Victor Hugo

LOS MISERABLES

Copyright © EDIMAT LIBROS, S. A.
C/ Primavera, 35
Polígono Industrial El Malvar
28500 Arganda del Rey
MADRID-ESPAÑA
www.edimat.es

ISBN: 978-84-9764-904-9
Depósito legal: M-13925-2008

Colección: Clásicos inolvidables
Título: Los Miserables
Autor: Victor Hugo
Diseño de cubierta: Juan Manuel Domínguez
Impreso en: Cofás

IMPRESO EN ESPAÑA – *PRINTED IN SPAIN*

PRIMERA PARTE

CAPÍTULO PRIMERO

UN JUSTO

En 1815, monseñor Carlos-Francisco-Bienvenido Myriel era obispo de Digne. Anciano de cerca de setenta y cinco años, ocupaba la sede desde 1806.

A pesar de que lo que vamos a relatar no afecte al fondo de esta historia, quizá no sea inútil recoger aquí los rumores que circularon acerca de su persona cuando llegó por primera vez a su diócesis.

Verdadero o falso, lo que se dice de los hombres ocupa tanto lugar en su destino y en su vida como lo que hacen. Monseñor Myriel era hijo de un consejero del Parlamento de Aix. Pertenecía, pues, a la nobleza togada. Afirmábase que su padre, reservándole para que ocupara su sitio por herencia, le casó muy joven, a los dieciocho o veinte años, según costumbre admitida en las familias dedicadas a la magistratura. Afirmábase que Carlos Myriel, a pesar de este matrimonio, había dado que hablar mucho. Tenía buena presencia, aunque de estatura pequeña; era elegante, simpático y espiritual. Su juventud la dedicó al mundo y a la galantería.

Sobrevino la Revolución; precipitáronse los acontecimientos; las familias de la magistratura fueron perseguidas, acosadas y diezmadas, dispersándose. El señor Myriel emigró a Italia en los primeros días de la Revolución. Allí murió su esposa de una enfermedad de pecho que hacía largo tiempo la aquejaba. No habían tenido hijos. ¿Qué sucedió luego?

El hundimiento de la antigua sociedad francesa, la caída de su propia familia, los trágicos espectáculos del 93, más espantosos aún para los emigrados, que los veían de lejos con el aumento que les prestaba el terror, ¿hicieron germinar tal vez en su alma ideas de retiro y de soledad? En medio de las distracciones y de los afectos que ocupaban su vida, ¿fue por ventura súbitamente herido de uno de esos golpes misteriosos y terribles, que algunas veces vienen a derribar, hiriéndole en el corazón, al hombre a quien las catástrofes públicas no conmoverían si le hiriesen en su existencia o en su hacienda? Nadie hubiera podido decirlo: sólo se sabía que a su vuelta de Italia era sacerdote. En 1804 desempeñaba el curato de B. Era ya anciano y vivía en un completo retiro.

Hacia la época de la coronación de Napoleón, un pequeño asunto de su curato, no se sabe a punto fijo cuál, le llevó a París; y entre otras personas poderosas, cuyo amparo fue a solicitar en favor de sus feligreses, visitó al cardenal Fesch. Un día en que el emperador fue a visitar a su tío, el digno cura, que esperaba en la antesala, se halló al paso de S. M. Imperial. Napoleón, notando la curiosidad con que aquel anciano le miraba, se volvió, y dijo bruscamente:

—¿Quién es ese buen hombre que me mira?

—Señor —dijo el señor Myriel—, vos miráis a un hombre bueno, y yo miro a un grande hombre. Cada uno de nosotros puede aprovecharse de lo que mira.

En la misma noche el emperador pidió al cardenal el nombre de aquel cura, y algún tiempo después el señor Myriel quedó sorprendido al saber que había sido nombrado obispo de Digne.

¿Qué había de verdad en el resto de las habladurías que se referían a la primera parte de la vida del señor Myriel? Nadie lo sabía. Pocas familias habían conocido a la de Myriel antes de la Revolución. Él debía sufrir la suerte de todo recién llegado a una población pequeña, donde hay muchas bocas que hablan y pocas cabezas que piensan. Debía sufrirla, aunque fuera obispo, y precisamente porque era obispo. Por lo demás, las habladurías en que se mezclaba su nombre no eran más que ruido, frases, palabras; menos aún que palabras, «palabrerías», como se dice en el enérgico idioma del Mediodía.

Sea como quiera, a los nueve años de episcopado y de residencia en Digne todas estas murmuraciones habían caído en el olvido. Nadie hubiera osado hablar de ellas, nadie se hubiera atrevido a recordarlas.

Había llegado a Digne acompañado de una solterona, la señorita Baptistina, que era su hermana y contaba diez años menos que él. Su única servidumbre era una criada de la misma edad que la señorita Baptistina, la señora Magloire, la cual, después de haber sido «el ama del señor cura», tomaba ahora el doble título de doncella de la señorita y ama de llaves de Su Ilustrísima.

Baptistina era de corta estatura, de rostro pálido, bondadosa; realizaba el ideal de lo que expresa la palabra respetable. Nunca había sido bella; su vida, que fue una serie no interrumpida de buenas obras, había acabado por extender sobre su persona una especie de blancura y de claridad y, al envejecer, había adquirido lo que se podría llamar la belleza de la bondad.

Magloire era una viejecilla blanca, gorda, hacendosa, siempre afanada y siempre sofocada: primero por su actividad, luego a causa de su asma.

A su llegada, instalaron al señor Myriel en su palacio episcopal, con todos los honores dispuestos por los decretos imperiales, que clasificaban al obispo inmediatamente después del mariscal de campo. El alcalde y el presidente le hicieron la primera visita, y él hizo la primera al general y al prefecto.

Terminada la instalación, la población aguardó a ver cómo se conducía su obispo.

* * *

El palacio episcopal de Digne se alzaba contiguo al hospital. Era un gran edificio de piedra, construido a últimos del siglo por orden de monseñor Enrique Puget, doctor en Teología por la Facultad de París, abad de Simore posteriormente, y que ocupó el obispado de Digne en 1712. Todo en él tenía aire de grandeza; las habitaciones del obispo, los salones, las habitaciones interiores, el patio de honor, muy amplio, con galerías arcadas, según la costumbre florentina, los jardines llenos de magníficos árboles. En el comedor, que era una enorme y soberbia galería del piso bajo con salida a los jardines, monseñor Enrique Puget dio, el 29 de julio de 1714, un gran banquete a SS. EE. Carlos Brulart de Genlis, arzobispo príncipe de Embrun; Antonio de Mesgrinuy, capuchino, obispo de Grasse; Felipe de Vendôme, gran prior de Francia, abad de San Honorato de Lerins; Francisco de Berton de Grillan, obispo, barón de Vence; César de Sabran de Forcalquier, obispo señor de Glandéve, y Juan Soanen, sacerdote del Oratorio, Obispo y señor de Senez. Los retratos de estos siete reverendos personajes adornaban aquella sala, y la fecha memorable, 29 de julio de 1714, estaba grabada en letras de oro, en una lápida de mármol blanco.

A los tres días de su llegada, el obispo visitó el hospital. Acabada la visita, pidió al director que tuviera a bien ir a verle a su palacio.

—Señor director —le dijo—: ¿cuántos enfermos tenéis en el hospital?

—Veintiséis, monseñor.

—Son los que había contado —dijo el obispo.

—Las camas —replicó el director— están muy juntas, quizá demasiado.

—Lo había notado.

—Las salas, más que salas, son celdas, y el aire en ellas se renueva difícilmente. Permanece estancado, enrarecido.

—Me había parecido lo mismo.

—Y además cuando un rayo de sol penetra en el edificio, el jardín es muy pequeño para los convalecientes.

—También me lo he figurado

—En tiempo de epidemia —este año hemos sufrido el tifus y hace dos años la fiebre miliar— se juntan tantos enfermos que no sabemos qué hacer. Eran más de cien.

—Ya se me había ocurrido esa posibilidad.

—¡Qué queréis, monseñor! —dijo el director—: es preciso resignarse.

Esta conversación la tuvieron en la galería-comedor del piso bajo.

El obispo calló un momento; luego, volviéndose súbitamente hacia el director del hospital, inquirió:

—¿Cuántas camas creéis que podrán caber en esta sala?

—¿En el comedor de Su Ilustrísima? —exclamó el director asombrado.

El obispo miraba la sala y parecía que sus ojos tomaban medidas y echaban cálculos.

—Bien cabrán veinte camas —dijo como hablando consigo mismo. Y alzando la voz, añadió—: Señor director, aquí evidentemente, hay un error. En el hospital sois veintiséis personas repartidas en cinco o seis pequeños cuartos. Nosotros somos tres y tenemos sitio para sesenta. Hay error, os digo; vos tenéis mi casa y yo la vuestra. Devolvedme la mía, pues aquí estoy en vuestra casa.

Al día siguiente los veintiséis enfermos estaban instalados en el palacio del obispo, y éste en el hospital.

Monseñor Myriel no tenía bienes, pues su familia quedó arruinada por la Revolución. Su hermana tenía una renta vitalicia de quinientos francos, que en el curato bastaba a su gasto personal, y monseñor Myriel recibía del Estado, como obispo, una asignación de quince mil francos. El día mismo en que se instaló en el hospital, el prelado determinó el empleo de esta suma, del modo que consta en la nota que transcribimos aquí, escrita de su puño y letra:

Nota para arreglar los gastos de mi casa

	Francos
Para el seminario	1.500
Congregación de la misión	100
Para los lazaristas de Mondidier	100
Seminario de las misiones extranjeras de París	200
Congregación del Espíritu Santo	150
Establecimientos religiosos de la Tierra Santa	100
Sociedad de caridad maternal	300
Sociedad para la de Arlés	50
Obra para mejora de las cárceles	400
Obra para el alivio y rescate de los reclusos	500
Para libertar a padres de familia presos por deudas	1.000
Suplemento a la asignación de los maestros de escuela pobres de la diócesis	2.000
Pósito de los Altos Alpes	100
Congregación de señoras de Digne, de Monosque y de Sisteron, para la enseñanza gratuita de niñas pobres	1.500
Para los menesterosos	6.000
Mi gasto personal	1.000
Total	15.000

Durante todo el tiempo que ocupó el obispado de Digne no cambió en nada. Llamaba a esto, como se ha visto, «tener arreglados los gastos de su casa».

Esto fue aceptado con absoluta sumisión por la señorita Baptistina. Para ella monseñor Myriel era a la vez su hermano y su obispo; su hermano según la naturaleza y su superior según la Iglesia. Le amaba y le veneraba a la vez. Cuando hablaba, se inclinaba ante sus palabras; cuando obraba, aceptaba sus obras. Sólo la criada, la señora Magloire, murmuraba un poco. El obispo, como se ha visto, no se reservaba más que mil francos, los cuales, unidos a la pensión de la señorita Baptistina, hacían mil quinientos francos por año. Con estos mil quinientos francos vivían los tres.

Y cuando un cura de aldea iba a Digne, el obispo todavía encontraba medio de obsequiarle, gracias a la severa economía de la señora Magloire y a la inteligente administración de la señorita Baptistina. Un día, hacía ya tres meses que se hallaba en Digne, dijo el obispo:

—El caso es que con todo esto no ando muy holgado.

—Exacto —asintió la señora Magloire—; como que Su Ilustrísima ni se ha acordado de reclamar la renta que el departamento le debe para sus gastos de coche en la población y de visitas en las diócesis. Por lo menos así lo hacían los obispos en otros tiempos.

—Pues es verdad que tenéis razón, señora Magloire —dijo el obispo.

Y presentó la correspondiente reclamación. Algún tiempo después el Consejo General, aceptando la petición del obispo, le asignó una suma anual de tres mil francos, con el siguiente epígrafe: «Asignación a Su Ilustrísima el obispo para gastos de carruaje, de correo, postas y visitas pastorales.»

Esto hizo protestar bastante a la clase media de la población, y con tal motivo, un senador del Imperio, antiguo miembro del Consejo de los Quinientos, favorable al 18 brumario, y agraciado, cerca de la ciudad de Digne, con una magnífica senaduría, escribió al ministro de Cultos una carta confidencial, de la que sacamos estos párrafos:

«¡Gastos de carruaje! ¿Para qué en una población de menos de cuatro mil habitantes? ¿Qué falta hacen esos viajes? ¿Ni cómo correr la posta en este país montañoso donde no hay carreteras ni se puede caminar más que a caballo? El puente que hay sobre el Durance en Château-Arnoux casi no puede sostener las carretas de bueyes. Todos estos curas son iguales: avarientos y ambiciosos. Éste, al llegar, representó el papel del buen apóstol; pero es igual que los demás: ya necesita carruaje y silla de posta. Ya quiere lujo como los antiguos obispos. ¡Oh, qué gente esta la de los clérigos! Señor conde, las cosas no marcharán bien del todo hasta tanto que el emperador nos haya libertado de las sotanas. Por lo que hace a mí, estoy siempre al lado del César, etc.»

La nueva pensión causó tanta alegría a la señora Magloire como mal humor al senador, cuya carta hemos copiado en parte.

—Bien —dijo a la señorita Baptistina—; monseñor ha comenzado por los demás; pero al fin ha sido preciso que acabara por sí mismo. Ya tiene arregladas todas sus obras de caridad, y estos tres mil francos serán para nosotros.

Aquella misma noche, el obispo entregó a su hermana la siguiente nota:

Gastos de coche y de viaje

	Francos
Para dar caldo de carne a los enfermos del hospital	1.500
Para la sociedad de caridad maternal de Aix	250
Para la sociedad de caridad maternal de Draguiñán	250
Para los niños expósitos	500
Para los huérfanos	500
Total	3.000

Éste era el presupuesto de monseñor Myriel. En cuanto a los derechos episcopales, dispensas de amonestaciones, dispensas de parentesco, predicaciones, bendición de iglesias o capillas, matrimonios, etc., el obispo los cobraba a los ricos con tanto rigor como generosidad tenía en dar a los pobres.

Al cabo de algún tiempo afluyeron las ofrendas de dinero. Los que tenían y los que no tenían llamaban a la puerta de monseñor Myriel, los unos yendo a buscar la limosna que los otros acababan de dar. En menos de un año el obispo llegó a ser el tesorero de todos los beneficios y el cajero de todas las penurias. Grandes sumas pasaban por sus manos; pero nada hacía que cambiara o modificase su género de vida, ni que añadiera lo más ínfimo de lo superfluo a lo que le era puramente necesario. Lejos de esto, como siempre hay más miseria que fraternidad, todo estaba dado antes de ser recibido. Era como el agua arrojada a un cesto: por más que recibía dinero, nunca lo tenía, y cuando llegaba la ocasión se despojaba de lo suyo.

Es tradición que los obispos encabecen con sus nombres de bautismo sus escritos y cartas pastorales. Los pobres del país habían elegido, con una especie de instinto afectuoso, entre los nombres del obispo, aquel que les ofrecía una significación adecuada, y entre ellos le designaban con el nombre de monseñor Bienvenido. Haremos lo que ellos, y le llamaremos del mismo modo. Además, al obispo le agradaba esta designación.

—Me place ese nombre —decía—: Bienvenido suaviza un poco lo de monseñor.

No pretendemos que el retrato cuyo bosquejo trazamos aquí sea real; nos limitamos a decir que es parecido.

* * *

En una ocasión llegó a Senez, una vieja ciudad episcopal, a lomos de un burro. Su bolsa, harto flaca en aquel entonces, no le permitía otra montura. Salió el alcalde a recibirle y miróle escandalizado al verle apearse de su asno. Algunas personas se rieron.

—Señor alcalde —dijo el obispo—, y vosotros, señores regidores, bien conozco lo que os sorprende: creéis que es demasiado orgullo en un pobre sacerdote presentarse a caballo en una cabalgadura que fue la de Jesucristo. Pero creed que por necesidad lo hice, no por vanidad.

En estos viajes era indulgente y piadoso, y predicaba menos que conversaba. Nunca iba a buscar muy lejos sus argumentos, ni los modelos que solía citar. A los habitantes de un país les señalaba el ejemplo del país vecino. En los lugares donde había poca caridad para los pobres, decía:

—Ved a los de Brianzon. Han otorgado a los pobres, a las viudas y a los huérfanos el derecho de segar sus campos tres días antes que los de los demás. Les reconstruyen gratuitamente sus casas cuando amenazan ruina. Es aquél un país bendito de Dios. Durante todo un siglo no se ha cometido una muerte violenta.

En las aldeas cuyos habitantes eran perezosos, decía:

—Ved a los de Embrun. Si en tiempos de la recolección un padre de familia tiene a sus hijos en el ejército y a sus hijas sirviendo en la ciudad, y está enfermo o impedido, el párroco les recomienda desde el púlpito a sus convecinos; y el domingo, al acabar la misa, todos los vecinos de la aldea, hombres, mujeres y niños, van al campo del pobre para hacerle su siega, y llevan la paja y el grano a sus trojes y graneros.

A las familias divididas por cuestiones de dinero solía decir:

—Ved a los montañeses de Devolny, país tan duro que en él no se oye un ruiseñor en cincuenta años. Pues bien, cuando muere el padre de familia, los hombres se van a buscar fortuna y dejan los bienes a las muchachas, a fin de que éstas puedan hallar marido.

En las comarcas donde reinaba la manía de los pleitos y donde los arrendatarios se arruinaban con el papel sellado, solía decir:

—Mirad la gente del valle de Queyras. Son unas tres mil almas, pero viven como si aquello fuera una pequeña república. Allí no se conocen ni el juez ni el alguacil. El alcalde lo soluciona todo. Reparte la contribución, tasa la cuota de cada uno a conciencia, juzga gratis las diferencias, dicta los fallos sin costas, y se le obedece, porque es un hombre justo y respetado.

En las aldeas donde no había maestro ni quien enseñase, les ponía el ejemplo de los de Queyras.

—¿Sabéis lo que hacen? Como un pequeño pueblo de quince o veinte casas no puede costear un maestro, tienen maestros de escuela pagados por todo el valle, los cuales recorren las aldeas, pasando ocho días en cada una y enseñando de este modo. Estos maestros van a las ferias, yo los he visto. Se les conoce por las plumas de escribir que llevan en los sombreros. Los que enseñan sólo a leer, escribir y contar llevan dos plumas: los que además de esto enseñan latín, llevan tres plumas. Éstos son los sabios. ¡Pero qué vergüenza ser ignorantes! Haced todo lo posible por imitar a los de Queyras.

Hablaba así, grave y paternalmente; a falta de ejemplos, inventaba parábolas; iba derecho al fin que se proponía, con pocas frases y muchas imágenes, que era la elocuencia misma de Jesús, convencida y convincente.

* * *

Su conversación era afable y agradable; acomodábase a la inteligencia de las dos ancianas que pasaban la vida a su lado: cuando reía, era su risa la de un escolar. La señora Magloire le llamaba siempre «Vuestra Grandeza». Un día se levantó de un sillón y fue a la biblioteca en busca de un libro. Estaba éste en una de las estanterías más altas de la biblioteca, y como el obispo era de corta estatura, no pudo alcanzarlo. «Señora Magloire —dijo—, traedme una silla, porque mi Grandeza no alcanza a esa estantería.»

La condesa de Lo, parienta lejana suya, rara vez dejaba escapar la ocasión de recordar en su presencia lo que ella llamaba «las esperanzas» de sus tres hijos. Tenía varios ascendientes muy viejos, próximos a la muerte, de los cuales eran sus hijos los herederos. El más joven debía recibir de una tía más de cien mil libras de renta; el segundo debía heredar el título de duque de su tío, y el mayor debía suceder a su abuelo en la dignidad de senador.

El obispo escuchaba habitualmente en silencio estas candorosas y disculpables ilusiones maternas. Una vez, sin embargo, quedó más meditabundo que de costumbre, y en el instante que la condesa renovaba los detalles de todas sus futuras sucesiones, y de sus «esperanzas», el obispo la cortó con cierta impaciencia.

—¡Dios mío, primo! —dijo la condesa—, ¿en qué estáis pensando?

—Pienso —contestó el obispo— en un consejo magnífico, que es, creo, de San Agustín: «Poned vuestra esperanza en aquella a quien nada sucede.»

En otra ocasión, al recibir la esquela de defunción de un hidalgo del país, donde se veían en una ancha página, además de las dignidades del difunto, los títulos feudales y nobiliarios de todos sus parientes: «¡Qué fuertes espaldas tiene la muerte! —exclamó—. ¡Qué gran carga de títulos le hacen llevar alegremente y cuánto talento es menester que tengan los hombres para emplear así la tumba en la vanidad!»

A veces hacía gala de una sátira suave. Durante una Cuaresma llegó a Digne un cura joven, que predicó en la catedral. Fue muy elocuente: habló de la caridad: invitó a los ricos a socorrer a los pobres para evitar el infierno, que les pintó horrible, y para ganar el paraíso que bosquejó adorable y encantador. Había en el auditorio un rico mercader, retirado de los negocios, un tanto usurero, llamado Geborand, el cual había ganado dos millones haciendo paños gruesos y sargas. El señor Geborand no había dado jamás una limosna, pero desde este sermón se observó que daba todos los domingos un cuarto a los pobres y ancianas del atrio de la catedral.

Eran seis las que se debían repartir la caridad del mercader. Un día el obispo le vio dando su parca limosna, y dijo a su hermana con singular sonrisa: «Ahí está el señor Geborand que compra un cuarto de paraíso.»

Una vez pedía para los pobres, en una de las tertulias de la ciudad: hallábase allí el marqués de Champtercier, viejo rico y avaro, el cual había encontrado medio de ser a la vez ultrarrealista y ultravoltairiano. El obispo, al llegar a él, le cogió del brazo: «Señor marqués —le dijo—, es menester que me deis algo.» El marqués se volvió y le replicó bruscamente: «Monseñor, yo tengo mis pobres.» «Dádmelos», le contestó el obispo.

Un día en la catedral predicó lo siguiente:

«Queridos hermanos y amigos: hay en Francia un millón trescientas veinte mil casas de campesinos que no tienen más que tres huecos; un millón ochocientas diecisiete mil que sólo tienen dos, la puerta y una ventana, y trescientas cuarenta y seis mil cabañas que sólo tienen la puerta. Esto, a consecuencia de un impuesto titulado de puertas y ventanas. Imaginaros estas casucas habitadas por gente pobre, por mujeres ancianas, por niños, y pensad las enfermedades que sufrirán. ¡Ay! Dios dio el aire a los hombres: la ley se lo vende; no censuro la ley, pero bendigo a Dios. En el Iser, en el Var, en los dos Alpes, Altos y Bajos, los aldeanos carecen hasta de carretilla, y tienen que transportar los abonos a cuestas; carecen de velas, y queman teas y pedazos de cuerda empapados en alquitrán. Así sucede en el país alto del Delfinado. Amasan pan para seis meses, y lo cuecen con boñiga seca de vaca. En invierno cortan este pan a hachazos, y lo remojan veinticuatro horas para poder comerlo. Hermanos míos, sed compasivos, y ved cuánto padecen otros en derredor vuestro.»

Habiendo nacido en Provenza, conocía todos los dialectos del Mediodía de Francia, y los hablaba sin dificultad. Esto agradaba mucho a la gente, y había contribuido bastante a ganarle las voluntades de la multitud. Encontrábase en la cabaña o en medio de la montaña como si estuviera en su casa. Sabía decir las cosas más sublimes con las palabras más vulgares y, hablando todas las lenguas, se introducía en todas las almas. Y era siempre el mismo para la alta sociedad que para la gente humilde del pueblo. No condenaba nada ni a nadie sin tener en cuenta las circunstancias. Solía decir:

—Veamos cómo ha sucedido.

Siendo un ex pecador, como se calificaba a sí mismo sonriendo, no era riguroso, sin cuidarse para nada del fruncimiento de cejas de los virtuosos intratables. Su doctrina podría resumirse en estas palabras: «El hombre tiene sobre sí la carne, que es a la vez su carga y su tentación. La lleva, y cede a ella. Debe vigilarla, contenerla, reprimirla; mas si a pesar de sus esfuerzos cae, la falta así cometida es venial. Es una caída; pero caída sobre las rodillas, que puede acabar en oración.»

Cuando veía que ciertas personas gritaban mucho y se indignaban pronto, decía:

—¡Vaya!, parece que es un gran crimen que todo el mundo comete. Mirad cómo los hipócritas asustados se apresuran a protestar.

Era indulgente para con las mujeres y los pobres, sobre quienes cae con todo su peso la sociedad humana. Decía:

—Las faltas de las mujeres, de los hijos, de los criados, de los débiles, de los pobres y de los ignorantes son faltas de los maridos, de los padres, de los amos, de los fuertes, de los ricos y de los sabios.

Añadía también:

—A los ignorantes enseñadles las cosas que podáis: la sociedad es culpable de no dar instrucción gratis; ella es responsable de la oscuridad que con esto se produce. Si un alma sumida en las tinieblas comete un pecado, el culpable no es en realidad el que peca, sino el que no le disipa las tinieblas.

Tenía un modo extraño y peculiar suyo de juzgar las cosas. Sospecho que lo había tomado del Evangelio. Un día oyó relatar en un salón una causa célebre que se estaba instruyendo y que muy pronto debía sentenciarse. Un infeliz, por amor a una mujer y al hijo que de ella tenía, carente de todo recurso, había acuñado moneda falsa. En aquella época se castigaba este delito con la pena de muerte. La mujer había sido presa al poner en circulación la primera moneda falsa fabricada por el hombre. Se la había detenido, pero no había pruebas contra ella. Sólo ella podía acusar a su amante y perderle confesando. Negó; siguió la causa; se obstinó en negar; al fiscal se le ocurrió la idea de suponer una infidelidad del amante y, con fragmentos de cartas sabiamente combinados, consiguió persuadir a aquella desgraciada de que tenía una rival, y de que aquel hombre no la amaba. Entonces, exasperada por los celos, denunció a su amante, lo confesó todo y lo probó. Aquel hombre estaba perdido. Iba a ser juzgado en Aix con su cómplice. Se refería el hecho y todo el mundo se extasiaba ante la habilidad del fiscal. Poniendo en juego los celos, había hecho aparecer la verdad por medio de la cólera, y se iba a hacer justicia, gracias al sentimiento de la venganza. El obispo oía todo esto en silencio. Cuando concluyó el relato preguntó:

—¿Dónde se juzgará a ese hombre y a esa mujer?

—En el tribunal de la Audiencia.

Y replicó:

—¿Y dónde juzgarán al fiscal?

Sucedió en Digne una aventura trágica: un hombre fue condenado a muerte por asesinato. Era un desventurado, no completamente ignorante, no del todo falto de instrucción, que había sido titiritero en las ferias, y memorialista. Aquella causa metió mucho ruido en la ciudad. La víspera del día fijado para la ejecución del reo, el capellán de la cárcel enfermó. Era menester un sacerdote para que asistiera al reo en sus últimos momentos. Se fue a buscar un cura, el cual parece que rehusó asistirle. «Yo —dijo— nada tengo que ver con esa tarea, ni con ese saltimbanqui; también yo estoy enfermo; además, que no es ése mi lugar.» Se contó esta respuesta al obispo, que dijo: «El señor cura tiene razón; ese puesto no es el suyo, es el mío.»

Inmediatamente fue a la cárcel, bajó al calabozo del saltimbanqui, le llamó por su nombre, le dio la mano y le habló. Pasó todo el día a su lado, olvidando el alimento y el sueño. Le dijo las mayores verdades, que son las más sencillas: fue padre, hermano, amigo; obispo sólo para bendecir. Le preparó, tranquilizándole y consolándole. Aquel hombre iba a morir desesperado; la muerte era para él un abismo. En pie y estremecido sobre el umbral lúgubre de la tumba, retrocedía horrorizado. No era bastante ignorante para ser absolutamente indiferente. Su sentencia, rápida y profunda sacudida, había, en cierto modo, roto acá y allá en torno suyo ese cercado que nos separa del misterio de las cosas, y al cual llamamos vida. Miraba sin cesar fuera de este mundo por aquellas fatales brechas, y sólo alcanzaba a ver tinieblas. El obispo le hizo ver una luz. Al día siguiente, cuando fueron a buscar al reo, el obispo estaba allí. Le siguió y se presentó a la vista del pueblo con su traje morado, con su cruz episcopal al cuello, al lado de aquel miserable amarrado y sujeto con cuerdas. Subió con él a la carreta, y con él también al cadalso. El reo, taciturno y abatido la víspera, estaba animado, pero contrito. Sentía que su alma se había reconciliado, y esperaba en Dios. El obispo le abrazó, y en el momento en que la cuchilla iba a caer le dijo: «Aquel a quien el hombre mata Dios le resucita; aquel a quien sus hermanos repelen lo acoge el Padre. Orad, creed, entrad en la vida. El Padre está allí.» Cuando bajó del cadalso había algo en su mirada que hizo que el pueblo le abriese paso. No se sabía qué era más de admirar en él, si su palidez o su serenidad. Al volver a aquella humilde habitación, que él llamaba sonriendo «su palacio», dijo a su hermana: «Acabo de oficiar de pontifical.» Como las cosas más admirables son por lo general las menos comprendidas, no faltó gente que dijera que aquello «era afectación». O bien que no fue más que una palabra de salón. El pueblo, que nunca supone malicia en las acciones verdaderamente santas, quedó enternecido y admirado.

Para el obispo la vista de la guillotina fue un golpe terrible, del cual tardó mucho tiempo en reponerse. En efecto: el patíbulo, cuando está ante nuestros ojos levantado, derecho, tiene algo que alucina. Se puede sentir cierta indiferencia hacia la pena de muerte, no pronunciarse ni en pro ni en contra, no decir que sí ni que no mientras no se ha visto una guillotina; pero si se llega a ver una, la sacudida es violenta; es menester decidirse y tomar partido en pro o en contra de ella. Los unos admiran, como De Maistre; los otros execran, como Beccaria. La guillotina es la concreción de la ley: se llama «vindicta»; no es indiferente ni os permite que lo seáis tampoco. Quien llega a verla se estremece con el más misterioso de los estremecimientos. Todas las cuestiones sociales alzan sus interrogantes en torno de aquella cuchilla. El cadalso es una visión: no es un tablado ni una máquina, ni un mecanismo frío de madera, de hierro y de cuerdas. Parece que es una especie de ser, que tiene no sé qué sombría iniciativa. Se diría que aquellos andamios ven, que aquella madera, aquel hierro y aquellas cuerdas tienen voluntad. En la horrible meditación en que aquella vista sume al alma, el patíbulo aparece terrible y como teniendo conciencia de lo que hace. El patíbulo es el cómplice del verdugo; devora, come carne, bebe sangre. Es una especie de monstruo fabricado por el juez y por el carpintero; un espectro que parece vivir una especie de vida espantosa, hecha con todas las muertes que ha dado. La impresión fue horrible y profunda: al siguiente día de la ejecución, y aún muchos días después, el obispo estuvo abatido. Habíase desvanecido la serenidad casi violenta del fatal momento, y el fantasma de la justicia social le asediaba. Él, que de ordinario recababa de todas sus acciones una satisfacción tan pura, parecía que se acusaba en ésta, como si le causara pesar el haberla llevado a cabo. A intervalos hablaba consigo mismo y murmuraba a media voz lúgubres monólogos. He aquí uno que su hermana oyó una noche:

—No creía que esto fuese tan monstruoso. Acaso es una falta absorberse en la ley divina hasta el punto de no acordarse de la ley humana. Sólo a Dios pertenece la muerte. ¿Con qué derecho tocan los hombres a esa cosa desconocida?

Con el tiempo estas impresiones se atenuaron y acaso se borraron del todo. Sin embargo, desde entonces el obispo evitaba pasar por la plaza de las ejecuciones. A cualquier hora se podía llamar a monseñor Myriel a la cabecera de los enfermos y de los moribundos. No ignoraba que aquél era su mayor deber y su mayor tarea. Las viudas y huérfanos no necesitaban llamarle; iba él mismo. Sabía sentarse y callar largas horas junto al hombre que había perdido a la mujer que amaba, o de la madre que había perdido a su hijo, y así como sabía el momento de callar, conocía también el instante en que debía hablar. ¡Oh, qué admirable consolador! No trataba de borrar el dolor con el olvido, sino de dignificarlo por la esperanza. Decía: «Cuidado con la manera con que recordáis a los muertos. No penséis en lo que se pudre. Mirad fijamente con atención y veréis la viva luz de vuestro amado difunto allá en el cielo.»

* * *

La vida privada de monseñor Myriel contenía los mismos pensamientos que su vida pública. Para quien hubiese podido verla de cerca, habría sido un espectáculo grave y sublime aquella pobreza voluntaria en que vivía el obispo de Digne. Como todos los ancianos, y como la mayor parte de los pensadores, dormía poco. Este sueño, aunque corto, era profundo. Por la mañana oraba durante una hora, después decía su misa. Luego desayunaba con pan de centeno, mojado en la leche de sus vacas. Después trabajaba.

Un obispo es un hombre muy atareado; es preciso que reciba todos los días al secretario del obispado, que de ordinario es un canónigo, y casi todos los días a sus vicarios. Tenía congregaciones que inspeccionar, privilegios que conceder, toda una librería eclesiástica que examinar, libros de misa, catecismos, semanas santas, etc., pastorales que escribir, predicaciones que autorizar, curas y alcaldes a quienes poner de acuerdo; la correspondencia eclesiástica y la correspondencia administrativa, por una parte el Estado, por otra la Santa Sede: en fin, mil deberes.

El tiempo que le dejaban libre éstos, sus oficios y su breviario, lo dedicaba primero a sus necesitados, a los enfermos y a los afligidos, y el que éstos le dejaban vacante, lo destinaba al trabajo. Tan pronto escardaba, sembraba o regaba en su jardín como leía o escribía. Sólo usaba de una palabra para designar estas dos clases de trabajo: llamábalo «jardinear». «El espíritu es también un jardín», decía.

Hacia el mediodía, cuando hacía buen tiempo, paseaba a pie por el campo o la ciudad, entrando frecuentemente en las casas de los pobres. Se le veía ir solo, ensimismado, con los ojos bajos, apoyado en un gran bastón, vestido con su traje morado, calzado con medias moradas y zapatos gruesos y cubierto con un sombrero chato, que dejaba caer por uno de sus lados las borlas de seda verde y oro. Donde quiera que aparecía había fiesta. Hubiérase dicho que su paso esparcía por donde iba luz y animación. Los niños y los ancianos salían al umbral de sus puertas para verle. Bendecía y le bendecían. A cualquiera que necesitase algo se le indicaba la casa del obispo.

Deteníase acá y allá; hablaba a los niños y sonreía a las madres. Visitaba a los pobres mientras tenía dinero y cuando se le acababa, iba a casa de los ricos.

Como hacía durar sus sotanas mucho tiempo y no quería que nadie lo supiera, siempre se presentaba en público con su traje de obispo, lo cual en verano le molestaba un poco.

Cuando volvía de paseo, comía. La comida se parecía al almuerzo. Por la noche, a las ocho y media, cenaba con su hermana, y la señora Magloire les servía la mesa. Nada más frugal que su cena. Sin embargo, si el obispo tenía convidado a alguno de sus curas, la señora Magloire aprovechaba la ocasión para servir a Su Ilustrísima algún excelente pescado de los lagos o alguna caza fina de la montaña. Todo cura era un pretexto para una buena cena: el obispo dejaba hacer. Fuera de estos casos, cenaba algunas legumbres cocidas en agua, y unas sopas de aceite. Así se decía en la ciudad: «Cuando el obispo no tiene mesa de cura, tiene mesa de trapense.» Después de cenar hablaba durante media hora con la señorita Baptistina y con la señora Magloire; después se marchaba a su cuarto, y allí, o escribía en hojas sueltas, o en los márgenes de algún libro. Era literato, y hasta un poco erudito. Dejó cinco o seis manuscritos muy curiosos; entre otros, un estudio sobre el versículo del Génesis: «En el principio, el espíritu de Dios flotaba sobre las aguas.» Confrontólo con tres textos: el versículo árabe que dice: «Los vientos de Dios soplaban»; Flavio Josefo, que dice: «Un viento de lo alto se precipitaba sobre la tierra», y por último, sobre la paráfrasis caldaica de Onkelos, que expresa: «Un viento procedente de Dios soplaba sobre la superficie de las aguas.»

En otro estudio examina las obras teológicas de Hugo, obispo de Tolemaida, ascendiente del que escribe este libro, y establecía que a este objeto deben atribuirse los diversos opúsculos publicados en el último siglo bajo el seudónimo de Barleycourt. A veces, durante una lectura, fuera el que quisiera el libro que tenía entre manos, caía de repente en una profunda meditación, de la que no salía sino para escribir algunas líneas en los márgenes del mismo volumen. Frecuentemente estas líneas no tenían relación ninguna con el libro que las contenía. Tenemos a la vista una nota escrita por él en el margen de un tomo en cuarto, titulado: «Correspondencia de lord Germain con los generales Clinton, Cornwalis y los almirantes de la estación de América. En Versalles, librería de Poinzot, y en París, librería de Pissot, muelle de los Agustinos.»

Véase esta nota: «¡Oh vos! ¿Quién sois? El Eclesiástico os llama Todopoderoso; los Macabeos os nombran Creador; la Epístola a los Efesios os llama Libertad; Baruch os nombra Inmensidad; los Salmos os llaman Sabiduría y Verdad; Juan os llama Luz; los reyes os nombran Señor; el Éxodo os apellida Providencia; el Levítico, Santidad; Esdras, Justicia; la creación os llama Dios; el hombre os llama Padre; pero Salomón os llama Misericordia, y éste es el más bello de vuestros nombres.»

Hacia las nueve de la noche se retiraban las mujeres y subían al piso principal, donde tenían sus habitaciones, dejándole hasta la mañana siguiente solo en el piso bajo.

* * *

La casa que habitaba se componía de dos pisos solamente. En el bajo había tres piezas, otras tres en el principal, encima un desván, y detrás de la casa un jardín. Las dos mujeres vivían en el principal; el obispo ocupaba el bajo. La primera pieza que daba a la calle le servía de comedor; la segunda de dormitorio, y de oratorio la tercera. No se podía salir del oratorio sin pasar por el comedor. En el fondo del oratorio había una habitación cerrada, con una cama para cuando iba algún huésped. El obispo solía ofrecer esta cama a los curas de aldea cuyos negocios o las necesidades de la parroquia les llevaban a Digne.

La botica del hospital, edificio pequeño añadido a la casa y tomado del jardín, había sido transformada en cocina y en despensa. Había, además, en el jardín, un establo, que era la antigua cocina, y donde tenía dos vacas. Fuera la que quisiera la cantidad de leche que éstas dieran, enviaba invariablemente todas las mañanas la mitad a los enfermos del hospital. «Pago mis diezmos», decía.

La habitación era bastante grande y difícil de caldear en la estación fría. Como en Digne la leña era cara, había imaginado hacer en el establo de las vacas una separación cerrada con tablas. Allí pasaba las veladas en la época de los grandes fríos, y por eso lo llamaba su «salón de invierno». Sólo había en este salón de invierno, como en el comedor, una mesa de madera blanca cuadrada y cuatro sillas de paja. El comedor estaba adornado con un antiguo aparador pintado de color de rosa al óleo. Otro aparador semejante a éste y revestido de mantellillos blancos con faldas servía de altar y adornaba el oratorio de Su Ilustrísima, allí tenía dos reclinatorios de paja y en la alcoba un sillón de brazos, también de paja. Cuando por casualidad recibía la visita de ocho o diez personas a la vez, el prefecto, el general y los mandos de la guarnición, o algunos discípulos del seminario, era necesario ir a buscar al establo las sillas del salón de invierno, al oratorio los reclinatorios y el sillón a la alcoba: así se podían reunir hasta once asientos para las visitas. Sucedía a veces que las visitas eran doce. Entonces el obispo disimulaba las dificultades de su situación, manteniéndose en pie delante de la chimenea si era en invierno, o paseándose por el jardín si era en verano.

No es posible figurarse nada más sencillo que el dormitorio del obispo. Una puerta-ventana que daba al jardín; enfrente, la cama, una cama como las del hospital, con colcha de sarga verde; en la sombra que proyectaba la cama, detrás de una cortina, los utensilios de tocador, descubriendo todavía los antiguos hábitos elegantes del hombre de mundo; dos puertas, una cerca de la chimenea que daba paso al oratorio; otra cerca de la biblioteca que daba al comedor. La biblioteca era un armario grande con puertas vidrieras, lleno de libros; la chimenea era de madera, pero pintada imitando mármol, habitualmente sin fuego: en ella se veían un par de morillos de hierro adornados con dos vasos de guirnaldas y canelones, en otro tiempo plateados, lo cual era una especie de lujo episcopal; encima de la chimenea un crucifijo de cobre, que en su tiempo había estado plateado como los morillos, estaba clavado sobre terciopelo negro algo raído, y colocado bajo un dosel de madera que había sido dorada: cerca de la puerta-ventana había una gran mesa con un tintero, repleta de una masa confusa de papeles y gruesos libros. Delante de la mesa, el sillón de paja: ante la cama, un reclinatorio tomado de la capilla u oratorio del obispo. Dos retratos en marcos ovalados colgaban en la pared a ambos lados de la cama. Pequeñas inscripciones doradas sobre el fondo oscuro del lienzo, al lado de las figuras, indicaban que los retratos representaban el uno al abad de Chaliot, obispo de San Claudio, y el otro al abad Tourteau, vicario general de Agde, abad de Grand-Champs, de la orden de Císter, diócesis de Chartres. Al suceder el obispo en este cuarto a los enfermos del hospital, halló allí aquellos retratos, y los había dejado donde estaban. Eran sacerdotes, y probablemente donativos, dos motivos para que él los respetase.

Todo lo que se sabía de aquellos dos personajes era que habían sido nombrados por el rey, el uno para un obispado, y el otro para un beneficio en el mismo día, esto es, el 27 de abril de 1785. Habiendo descolgado los cuadros la señora Magloire para quitarles el polvo, el obispo halló estos datos escritos con una tinta blanquecina en un pequeño pedazo de papel, amarillo ya por el tiempo, pegado con cuatro obleas detrás del retrato del abad de Grand-Champs.

Cubría la ventana una larga cortina de una gruesa tela de lana, que había llegado a ser tan vieja, que para evitar el gasto de una nueva, la señora Magloire tuvo que hacer una gran costura en medio, en forma de cruz. El obispo lo hacía notar con frecuencia, diciendo que estaba muy bien aquella cruz en la cortina. Todos los cuartos de la casa, lo mismo del piso bajo que del principal, sin excepción, estaban enjalbegados, a la manera y moda de cuartel u hospital. Sin embargo, en los últimos años la señora Magloire encontró, como más adelante se verá, bajo las capas de cal, pinturas que adornaban la habitación de la señorita Baptistina.

Antes de ser hospital aquella casa, había sido locutorio del pueblo. De aquí provenía aquel adorno. Los cuartos estaban enlosados con baldosas encarnadas y delante de todas las camas había una esterilla de junco; la casa, cuidada por dos mujeres, respiraba una exquisita limpieza. Era el único lujo que el obispo se permitía. Decía, «Esto no les quita nada a los pobres.»

Menester es decir, sin embargo, que le quedaban. de lo que en otro tiempo había poseído, seis cubiertos de plata y un cucharón que la señora Magloire miraba con cierta satisfacción todos los días relucir espléndidamente sobre el mantel de gruesa tela. Y como intentamos pintar aquí al obispo de Digne tal cual era, debemos añadir que más de una vez dijo: «Renunciaría difícilmente a comer con cubiertos que no fuesen de plata.» A estas alhajas deben añadirse dos grandes candeleros de plata maciza, que eran herencia de una tía segunda. Aquellos candeleros sostenían dos velas de cera, y de ordinario figuraban sobre la chimenea. Cuando había convidados a cenar, la señora Magloire encendía las dos velas y ponía los candeleros en la mesa.

A la cabecera de la cama, en el cuarto mismo del obispo, había un pequeño cajón, en el que la señora Magloire guardaba todas las noches los seis cubiertos de plata y el cucharón. Hay que añadir que nunca quitaba la llave.

El jardín, un poco estropeado por las construcciones bastante feas de que ya hemos hablado, se componía de cuatro calles en cruz, que irradiaban de un pozo que había en el centro: otra calle daba la vuelta a todo él, y se prolongaba a lo largo de la blanca pared que le servía de cercado. Estas calles dejaban entre sí cuatro o cinco cuadros separados por una hilera de césped. En tres de ellos, la señora Magloire cultivaba legumbres; en el cuarto el obispo había sembrado flores: aquí y allí crecían algunos árboles frutales. En una ocasión, la señora Magloire dijo a Su Ilustrísima con dulce malicia:

—Monseñor, vos que sacáis partido de todo, tenéis ahí un cuadro de tierra inútil. Mejor sería que eso produjera frutos que flores.

—Señora —respondió—, os equivocáis; lo bello vale tanto como lo útil —y añadió después de una pausa—: Quizá tal vez más.

Aquel cuadro compuesto de tres o cuatro arriates ocupaba al obispo casi tanto como sus libros. Pasaba allí gustosamente una o dos horas, cortando, abriendo aquí y allí agujeros en la tierra, y poniendo en ellos semillas. No era tan hostil a los insectos como un jardinero. Además, no tenía ninguna pretensión de botánico. No estudiaba las plantas: le agradaban las flores. Respetaba mucho a los sabios; respetaba todavía más a los ignorantes; y sin faltar nunca a ninguno de estos dos respetos, regaba sus plantas todas las noches de verano con una regadera de hoja de lata pintada de verde.

No había en la casa una sola puerta que cerrase con llave. Quien llegara, fuera la hora que fuera, no tenía que hacer más que entrar. Al principio las dos mujeres se habían asustado bastante al ver que la puerta no quedaba nunca cerrada; pero el obispo les dijo: «Si queréis, poned cerrojos a las puertas de vuestras habitaciones»; al fin acabaron por participar de la confianza de Su Ilustrísima, o aparentar que la tenían. Sólo a la señora Magloire le asaltaban de cuando en cuando ciertos temores. Por lo que hace al obispo, puede verse su pensamiento expuesto en estas tres líneas escritas por él al margen de una Biblia: «La diferencia entre la puerta del médico y la del sacerdote es que la puerta del médico jamás debe estar cerrada, y la del sacerdote debe estar siempre abierta.» En otro libro titulado «Filosofía de la ciencia médica» escribió esta otra nota: «¿Acaso no soy médico como ellos? También yo tengo mis enfermos; en primer lugar todos los suyos, que ellos llaman pacientes; luego los míos, que yo llamo desgraciados.» En otra parte había escrito: «No preguntéis su nombre a quien os pide asilo. Precisamente quien más necesidad tiene de asilo es el que tiene más dificultad en decir su nombre.»

* * *

Vamos a relatar un hecho que es de los que mejor dan a conocer la clase de hombre que era el obispo de Digne.

Después de la destrucción de la banda de Gaspar Bés, que había infestado las gargantas de Ollioules, uno de sus tenientes, llamado Cravatte, se refugió en la montaña. Ocultóse algún tiempo con sus bandidos, restos de la tropa de Gaspar Bés, en el condado de Niza; después pasó al Piamonte, y luego volvió a reaparecer en Francia, por el lado de Barcelonette. Viósele primero en Jauziers, y posteriormente en Tuiles. Ocultóse en las cavernas de Joug de l'Aigie, y de allí, descendiendo hacia las cabañas y aldeas por los barrancos del Ubaye y del Ubayette, llegó hasta Embrun, penetró una noche en la catedral y robó la sacristía. Sus audacias desolaban el país. Salió en su persecución la gendarmería, pero en vano: se escapaba siempre, y algunas veces resistía a viva fuerza. Era muy audaz. En medio del temor que suscitaba llegó el obispo, que iba a hacer su visita al Chastelar. El alcalde salió a recibirle y le suplicó que se volviese: Cravatte dominaba la montaña hasta el Arche, y aún más allá: había peligro en andar por allí, aun con escolta; era exponer tres o cuatro gendarmes.

—Siendo así —dijo el obispo—, iré sin escolta.

—¡No es posible, monseñor! —exclamó el alcalde.

—Sí, y no quiero que venga conmigo ningún gendarme. Pienso marcharme dentro de una hora.

—¿Solo?

—Solo.

—Monseñor, no haréis lo que decís.

—Tengo en la montaña una pequeña feligresía, tan grande casi como la palma de la mano, la cual no he visitado hace tres años. Son grandes amigos míos aquellos buenos y honrados pastores: de cada treinta cabras que guardan, una es suya; hacen muy bonitos cordones de lana de diversos colores, y tocan los aires de sus montañas con unas pequeñas flautas con seis agujeros. Necesitan que de cuando en cuando se les hable del buen Dios. ¿Qué pensarían de un obispo que tuviese miedo? ¿Qué dirían de mí, si no fuese a verles?

—Pero, monseñor, ¿y los ladrones?

—Calle —dijo el obispo—: ahora caigo. Tenéis razón: puedo encontrarlos, y ellos también necesitan que se les hable de Dios.

—Monseñor, esa gente es una banda de forajidos, un rebaño de lobos.

—Señor alcalde, precisamente de ese rebaño es de quien acaso Jesús me hizo pastor. ¿Quién sabe cuáles son las miras de la Providencia?

—Monseñor, os robarán.

—Nada tengo.

—Os matarán.

—A un pobre y anciano sacerdote que pasa la vida mascullando sus rezos, ¿para qué?

—¡Oh, Dios mío! ¡Si llegáis a encontrarlos!

—Les pediré limosnas para mis pobres.

—Monseñor, no vayáis. En nombre de Dios, no expongáis vuestra vida.

—Señor alcalde —dijo el obispo—, ¿no es más que eso? No vivo, ni estoy en el mundo para guardar mi vida, sino para guardar las almas.

Hubo que acceder a su voluntad, y marchó acompañado de un niño que se ofreció a servirle de guía. Su obstinación fue comentada en el país y causó no poco susto. Atravesó la montaña en una mula; a nadie encontró, y llegó sano y salvo al territorio de sus «buenos amigos» los pastores. Pasó allí quince días, predicando, administrando, enseñando y moralizando. Cuando se acercó el día de su marcha, resolvió cantar pontificalmente un «Tedéum». Habló de ello al cura, pero, ¿qué hacer careciendo de ornamentos episcopales? No se le podía proporcionar más que el servicio de una mala sacristía de aldea, y algunas viejas casullas de damasco, muy usadas y adornadas con galones falsos.

—¡Bah! —dijo el obispo—. No nos apuremos: señor cura, anunciad desde el púlpito nuestro «Tedéum». Ya se arreglará.

Buscáronse ornamentos en las iglesias de los alrededores. Todas las magnificencias de aquellas humildes parroquias no hubieran bastado para vestir convenientemente a un chantre de una catedral.

No sabía cómo salir del paso, cuando dos desconocidos, montados en sendos caballos, llevaron y dejaron en casa del cura un gran cajón para el obispo. Abrióse éste y se vio que contenía una capa de tisú de oro, una mitra adornada con diamantes, una cruz arzobispal, un magnífico báculo y todas las vestiduras episcopales robadas un mes antes en la iglesia de Nuestra Señora de Embrun. En la caja había también un papel en el que estaban escritas estas palabras: «Cravatte a monseñor Bienvenido.»

—¡Cuando yo decía que esto se arreglaría! —exclamó el obispo. Después añadió sonriendo—: A quien se contenta con la sobrepelliz de un cura Dios le envía una capa arzobispal.

—Monseñor —murmuró el cura meneando la cabeza—, ¿Dios o el diablo? El obispo miró fijamente al cura y replicó con autoridad:

—Dios.

Cuando volvió a Chastelar, en todo lo largo del camino salía la gente a verle por curiosidad. En la casa parroquial halló a la señorita Baptistina y a la señora Magloire que le estaban esperando y dijo a su hermana:

—¿Tenía o no tenía yo razón? El pobre sacerdote fue a los pobres montañeses con las manos vacías, y vuelve con ellas llenas. Marché con mi esperanza puesta en Dios, y vuelvo trayendo el tesoro de una catedral.

Por la noche, antes de acostarse, volvió a decir:

—No temamos nunca a los ladrones ni a los asesinos: ésos son los peligros exteriores, los pequeños peligros. Temámonos a nosotros mismos. Las preocupaciones son los ladrones; los vicios, éstos los asesinos. Los grandes peligros existen dentro de nosotros. ¿Qué importa lo que amenaza a nuestra cabeza o a nuestra bolsa? Pensemos con preferencia en lo que amenaza a nuestra alma. —Después, volviéndose a su hermana, añadió—: Hermana mía, nunca por parte del sacerdote debe tomarse precaución alguna contra el prójimo. Lo que el prójimo hace Dios lo permite. Limitémonos a rogar a Dios cuando creamos que nos amenaza un peligro. Pidámosle, no por nosotros, sino por nuestro hermano, que va a caer en falta por nuestra causa.

Fuera de esto, eran muy raros los acontecimientos de su existencia. Referimos lo que sabemos, pero de ordinario pasaba la vida haciendo siempre las mismas cosas en los mismos momentos. De lo que fuese del tesoro de la catedral de Embrun, se nos causaría embarazo preguntándonos por él. Se componía de muy bellas cosas, tentadoras y buenas para emplear en provecho de los desgraciados. Robadas ya lo habían sido; la mitad, pues, de su destino estaba ya cumplido. Sólo faltaba hacer cambiar de dirección el robo para que favoreciera a los desgraciados. Nada podemos afirmar con referencia a este asunto. En todo caso, sólo podemos añadir que entre los papeles del obispo se encontró una nota, casi ilegible, que posiblemente se refería a este asunto y que decía: «La cuestión está en saber si esto ha de volver a la catedral o al hospital.»

* * *

El senador, de quien antes hemos hablado, era un hombre entendido que hizo su carrera siguiendo un camino tanto más derecho cuanto que había olvidado esos obstáculos que dificultan, y que se llaman conciencia, fe, justicia, deber. Siempre había marchado recto a su objeto sin separarse una sola vez de la línea de su interés. Era un antiguo procurador, blando por sus triunfos, no mal hombre del todo, que hacía cuantos pequeños favores podía a sus hijos, a sus yernos, a sus parientes y aun a sus amigos, y que, habiendo aprovechado el buen lado de la vida, las buenas ocasiones, las buenas utilidades, parecíale tonto lo demás. Tenía ingenio y era suficientemente instruido para creerse discípulo de Epicuro, no siendo en realidad más que un producto de Pigault-Lebrun. Reíase buena y agradablemente de las cosas infinitas y eternas y de las «salidas del buen obispo». A veces, con cierta amable autoridad, reíase ante el mismo Myriel que le escuchaba. No sé en qué ceremonia semioficial, el senador de quien hablamos y monseñor Myriel comieron juntos en casa del prefecto. A los postres, el senador, un tanto alegre, aunque siempre digno, exclamó:

—Pardiez, señor obispo, hablemos. Rara vez se ven un senador y un obispo sin mirarse de reojo. Voy a haceros una confesión. Yo tengo mi filosofía particular.

—Y hacéis bien —respondió el obispo—; filosofar o acostarse todo es lo mismo. Vos descansáis en lecho de púrpura, señor senador.

El senador, alentado, siguió:

—¡Bah! Seamos buenos chicos.

—O buenos diablos —dijo el obispo.

—Os declaro —añadió el senador— que el marqués de Argens, Pirron, Hobbes y el señor Naigeon no son para mí unos bergantes. Tengo en mi biblioteca a todos estos filósofos, encuadernados con canto dorado. Aborrezco a Diderot: es un idealista y un revolucionario; en el fondo creyente en Dios, y más mojigato que Voltaire. Voltaire se burló de Needham e hizo mal, porque las anguilas de Needham prueban que Dios es inútil. Una gota de harina suple al «fiat lux». Suponed que la gota es más grande también, y tendréis el mundo. El hombre es la anguila, y entonces, ¿para qué el Padre Eterno? Señor obispo, la hipótesis Jehová me fatiga. Sólo sirve para producir personas flacas que piensan hueco. ¡Abajo ese Gran Todo, que me fastidia! ¡Viva Cero que me deja tranquilo! De vos a mí, y para decirlo todo, y para confesarme con mi pastor, como conviene, os confieso que no soy tonto. Yo no puedo volverme loco con vuestro Jesús, que predica en todas partes la pobreza y el sacrificio. Consejo de avaro a desharrapados. Pobreza: ¿por qué? Sacrificio: ¿para qué? Nunca he visto que un lobo se inmole por la felicidad de otro lobo. Permanezcamos, pues, dentro del orden de la Naturaleza. Nos encontramos en la cúspide: tengamos una filosofía superior a la de otros. ¿De qué sirve estar en lo alto, si no se alcanza a ver más lejos que la punta de la nariz de los demás? Vivamos alegremente. La vida es todo. Que el hombre tiene otro porvenir en otra parte, allá arriba, allá abajo, donde quiera: yo no creo una palabra de todo eso. ¡Ah!, se me recomienda la pobreza y el sacrificio, y por tanto debo tener mucho cuidado con todo lo que hago, y es menester también que me rompa la cabeza sobre el bien y sobre el mal, sobre lo justo y lo injusto, sobre el fas y sobre el nefas. ¿Por qué? Porque tendré que dar cuenta de mis acciones. ¿Cuándo? Después de mi muerte. Vaya un buen sueño. ¡Bah! Después de muerto que me coman las ratas. Haced que una mano de sombra coja un puñado de ceniza. Hablemos nosotros, que somos los iniciados, que hemos levantado el velo de Isis: no hay bien ni mal, no hay más que vegetación. Busquemos la realidad, profundicemos, penetremos en el fondo, ¡qué diablo!

Es menester ventear la verdad, minar bajo tierra y apoderarse de ella: y cuando la tenéis, sois fuerte y os reís de todo. Yo soy cuadrado por la base, señor obispo: la inmortalidad del alma es una ridícula paradoja. ¡Oh promesa encantadora! Fiad en ella. ¡Vaya un billete de Banco que tiene Adán! Si es alma, será ángel, tendrá alas azules en los omoplatos. Argüidme, pues: ¿no es Tertuliano quien dice que los bienaventurados irán de un astro a otro? Bueno: quiere decir que serán las langostas de las estrellas. ¡Y después verán a Dios! Ta, ta, ta. No son malas tonterías todos esos paraísos. Dios es una patarata monstruosa. Yo no diré esto en el «Monitor», pardiez; pero lo cuchicheo entre amigos: «Inter pocula.» Sacrificar la tierra al paraíso es lo mismo que dejar la presa por la sombra, lo cierto por lo dudoso. ¡Ser burlado por lo infinito! ¡Ca! ¡No soy tan bestia! Soy nada. Me llamo el señor Conde. Nada, senador. ¿Era antes de mi nacimiento? No. ¿Seré después de mi muerte? No. ¿Qué soy, pues? Un poco de polvo agregado y constituido en un organismo. ¿Qué tengo que hacer en la tierra? La elección es mía: padecer o gozar. ¿Adónde me conducirá el padecimiento? A la nada; pero habré padecido. ¿Adónde me conducirá el goce? A la nada; pero habré gozado: comamos. Más vale ser el diente que la hierba: tal es mi sabiduría. Después de esto, el sepulturero allí; el panteón para nosotros: todo cae en la gran fosa. Fin, «Finis», liquidación total, éste es el sitio donde todo acaba. La muerte está muerta, creedme. Si hay alguien que tenga algo que decirme sobre esto, desde ahora me río de él. Cuentos de chicos: El Bu para los niños; Jehová para los hombres. No; nuestro mañana es la noche. Detrás de la tumba no hay más que nadas iguales. Hayáis sido Sardanápalo, o San Vicente de Paúl, lo mismo da. Esto es lo cierto. Vivid, pues; sobre todo, ¡vivid! En verdad, os lo digo, señor obispo; yo tengo mi filosofía y mis filósofos. Yo no me dejo engatusar por todas esas consejas. Por lo demás, a los que van con las piernas al aire, a la canalla, a los miserables, les hace falta algo. Engullan, pues, las leyendas, las quimeras, el alma, la inmortalidad, el paraíso, las estrellas. Que masquen eso; que lo coman con su pan seco. Quien no tiene nada, tiene al buen Dios. Es lo menos que pueden tener. Yo no me opondré a ello; pero guardo para mí al señor Naigeon. El buen Dios es bueno para el pueblo.

El obispo batió las palmas.

—Eso es lo que se llama hablar —exclamó—. ¡Qué excelente, qué maravilloso es ese materialismo! ¡Ah! no todo el que quiere lo tiene. Cuanto se posee no es un juguete de nadie. No se deja uno desterrar bestialmente como Catón, ni lapidar como San Esteban, ni quemar como Juana de Arco. Los que han conseguido procurarse ese materialismo admirable tienen la alegría de sentirse irresponsables, y de pensar que pueden devorarlo todo sin inquietud, los cargos, las dignidades, el poder bien o mal adquirido, las palinodias lucrativas, las traiciones útiles, las sabrosas capitulaciones de la conciencia, y que bajarán a la tumba, hecha ya la digestión. ¡Qué cosa tan agradable! No digo esto por vos, señor senador: sin embargo, me es imposible no felicitaros. Vosotros, los grandes señores, tenéis, como habéis dicho, una filosofía peculiar, especial, para vuestro uso exclusivo, exquisita, refinada, accesible solamente a los ricos, buena en cualquier salsa que se la sirva, y admirablemente sazonada de los placeres de la vida. Esta filosofía está sacada de las profundidades, y desenterrada por rebuscadores especiales. Pero sois príncipes amables, y no halláis del todo mal que la creencia en Dios sea la filosofía del pueblo, sobre poco más o menos, como el pato con castañas en el pavo trufado del pobre.

* * *

Carta de la señorita Baptistina a la señora vizcondesa de Boischevron, su amiga de la infancia.

«*Digne, 16 de diciembre de 18...*

»Mi buena señora: No pasa un día sin que hablemos de vos. Es nuestra costumbre, y hay ahora además una razón para ello. Figuraos que al desempolvar los techos y paredes de nuestras habitaciones, la señora Magloire ha hecho varios descubrimientos: nuestros dos cuartos enjalbegados no figurarían mal en un castillo por el estilo del vuestro. La señora Magloire ha desgarrado y arrancado todo el papel. Debajo había otras cosas. Mi salón, en el que no hay muebles y que nos sirve para tender la ropa de la colada, tiene quince pies de alto y dieciocho de ancho: su techo, pintado antes con dorados y a bovedilla como en vuestra casa, estaba cubierto con una tela del tiempo en que fue hospital. En fin, tiene ensambladuras del tiempo de nuestros abuelos. Pero mi gabinete es el que tiene que ver. La señora Magloire ha descubierto, lo menos debajo de diez capas de cal, pinturas que, sin ser buenas, son pasables. Unas representan a Telémaco armado de caballero por Minerva: otras al mismo en un jardín de cuyo nombre no puedo acordarme, donde las damas romanas iban una sola noche. ¿Qué podré deciros? Hay romanos, romanas y todo su séquito. La señora Magloire ha puesto en claro todo esto y este verano va a reparar algunas pequeñas averías y a barnizarlo todo de nuevo, con lo cual quedará mi cuarto hecho un verdadero museo.

»En un rincón del desván ha encontrado también dos consolas de madera antiguas. Nos pedían dos escudos de seis libras por volverlas a dorar; pero es mejor dar esto a los pobres: además de que son muy feas, y preferiría una mesa redonda de caoba.

»Soy tan feliz como siempre. ¡Mi hermano es tan bueno! Todo cuanto tiene lo da a los necesitados y a los enfermos. Vivimos un poco estrechos: el país es muy duro en invierno, y es menester hacer algo por los que nada tienen. Nosotras estamos casi bien abrigadas y alumbradas: ya veis que no es poca cosa.

»Mi hermano tiene sus costumbres propias y peculiares. Cuando habla, dice que un obispo debe ser así. Figuraos que nunca se cierra la puerta de la casa. Entra quien se le antoja, y en seguida está en el cuarto de mi hermano. Nada teme, ni aun por la noche. Éste es su valor particular, como él dice.

»No quiere que yo tema por él, ni que tampoco tenga miedo la señora Magloire. Se expone a toda clase de peligros, y no quiere ni aun que aparentemos que lo notamos. Es preciso saberle comprender.

»Sale lloviendo; marcha por medio del agua; viaja en invierno. No tiene miedo de la noche, de los caminos sospechosos ni de los malos encuentros.

»El año último se fue a pie y solo a un país de ladrones. No quiso llevarnos consigo. Estuvo ausente quince días. Nada le pasó; se le creía muerto, pero gozaba de buena salud, y decía: "Ved cómo me han robado." Y abriendo una maleta, nos la enseñó llena de todas las joyas de la catedral de Embrun, que los ladrones le habían devuelto.

»Esta vez al volver no pude menos de reñirle un poco, si bien teniendo cuidado cuando el coche metía mucho ruido para que nadie nos oyera.

»En los primeros tiempos me decía a mí misma: no hay peligros que le detengan, es terrible; he acabado por acostumbrarme. Hago señas a la señora Magloire para que no le contraríe. Se arriesga como quiere. Yo me llevo a la señora Magloire, me encierro en mi cuarto, rezo por él y duermo. Estoy tranquila, porque sé muy bien que si le sucediera una desgracia, sería el fin de mi vida. Yo iré al cielo con mi hermano y mi obispo. A la señora Magloire le ha costado más que a mí el acostumbrarse a lo que llamaba sus imprudencias. Pero ahora ya está hecha a ellas. Juntas oramos, juntas tenemos miedo y juntas nos dormimos. El diablo entraría en la casa y no hallaría quien se lo impidiera. Y en verdad, ¿qué es lo que podemos temer en esta casa? Hay siempre con nosotros alguien que es más fuerte que él. El diablo podrá pasar por ella, pero Dios la habita.

»Esto me basta. Mi hermano, actualmente, no necesita decirme una palabra. Le comprendo sin que hable y nos abandonamos a la Providencia.

»Ved aquí cómo hay que ser con un hombre que tiene algo grande en la cabeza.

21

»He preguntado a mi hermano las noticias que me pedíais sobre la familia de Faux. Ya sabéis que él sabe de todo, y que tiene sus recuerdos, porque es siempre buen realista. Los de Faux son una antigua familia normanda de la nobleza de Caen. Hace quinientos años que hubo un Raúl de Faux, un Juan de Faux y un Tomás de Faux, que eran nobles, y uno de ellos señor de Rochefort. El último fue Guido Esteban Alejandro; era maestro de campo, y alguna cosa más en los caballos ligeros de Bretaña. Su hija María Luisa casó con Adriano Carlos de Grammont, par de Francia, coronel de guardias franceses y teniente general de los ejércitos. Se escribe Faux, Fauq y Faouq.

»Buena señora, recomendadme a vuestro santo pariente el cardenal para que me tenga presente en sus oraciones. En cuanto a vuestra querida Silvania, ha hecho bien en no perder en escribirme los cortos instantes que pasa a vuestro lado. Está buena, trabaja según nuestros deseos, me quiere como siempre, es todo lo que deseo, y me felicito por el recuerdo que por vos me envía. Mi salud no es muy mala y, sin embargo, enflaquezco cada día más. Adiós: me falta ya el papel, y me obliga a despedirme de vos: mil cosas a todos.

BAPTISTINA.»

«P. D.: Vuestro sobrinillo es encantador; ayer vio pasar un caballo, al cual habían puesto rodilleras, y preguntaba: ¿Qué es lo que tiene en las piernas? Es un muchacho muy guapo. Su hermanito corre por la habitación arrastrando una escoba vieja como si fuera un carro, y gritando: ¡Hala! ¡Hala!»

* * *

En una época ligeramente posterior a la fecha de la carta citada en las precedentes páginas, hizo una cosa que, según voz pública en la ciudad, había sido mucho más arriesgada y peligrosa que su paseo por la montaña llena de bandidos.

Había cerca de Digne, en el campo, un hombre que vivía solitario: aquel hombre era un antiguo convencional y se llamaba G.

Hablábase del convencional G. entre la sociedad de Digne, con una especie de horror. ¡Un convencional! ¿Os podéis figurar una fiera de esta especie? Eso existía en el tiempo en que todo el mundo se tuteaba, y en que se decía: ciudadano. Aquel hombre era casi un monstruo. No había votado la muerte del rey, pero casi. Era un casi regicida. Había sido terrible. ¿Cómo a la vuelta de los príncipes legítimos no se había llevado a aquel hombre ante un tribunal? No se le habría cortado la cabeza, es cierto; es menester usar de clemencia: bueno, pero a lo menos un destierro perpetuo, ejemplar. Era un ateo de los de antaño como toda la gente de entonces. Habladurías de gansos acerca del buitre. ¿Era en realidad un buitre G.? Sí, si se le juzgaba por lo que había de huraño en su soledad. No habiendo votado la muerte del rey, no fue incluido en los decretos de destierro y había podido permanecer en Francia.

Habitaba a tres cuartos de hora de la ciudad, lejos de toda vivienda, separado de todo camino, en su retiro perdido en un valle semisalvaje. Tenía allí, decían, una especie de campo y un agujero, una madriguera. Ni un vecino, ni siquiera transeúntes. Desde que vivía en aquel valle, el sendero que a él conducía se había cubierto de hierba. Hablábase de aquel lugar como de la casa del verdugo.

Sin embargo, el obispo pensaba y de cuando en cuando, mirando al horizonte hacia el sitio en que un grupo de árboles señalaba el valle del anciano convencional, se decía: «Hay allí un alma que está sola.» Y en el fondo de su pensamiento añadía: «Debería hacerle una visita.»

Pero, confesémoslo, esta idea, a primera vista muy natural, se le presentaba, después de un momento de reflexión, como extraña, imposible y casi repugnante. Porque en el fondo participaba de la impresión general, y el convencional le inspiraba, sin que pudiera explicarse claramente el motivo, ese sentimiento que es como la frontera del odio, y que expresa perfectamente la palabra repulsión. Sin embargo, ¿la sarna del cordero debe alejar al pastor? No. ¡Pero qué cordero! El buen obispo estaba perplejo; algunas veces se encaminaba hacia aquel lado; pero luego retrocedía. Un día, al fin, el rumor en la ciudad de que una especie de pastorcillo que servía al convencional G. había ido a buscar un médico: que el viejo malvado se moría, que la parálisis se había apoderado de él y que no saldría de la noche. «¡Gracias a Dios!», añadían algunos.

El obispo tomó su báculo, púsose su balandrán, a causa de estar su sotana un tanto raída, como ya hemos dicho, y también a causa del viento de la noche, que no tardaría en levantarse, y marchó. Declinaba el sol, y casi tocaba al horizonte cuando el obispo llegó al sitio excomulgado, conociendo en el latir un tanto más apresurado del corazón que se hallaba cerca del cubil de la fiera. Saltó un foso, atravesó un seto, subió una escalera, entró en un cercado, dio algunos pasos y de pronto, en el fondo de un erial, detrás de una maleza bastante crecida, divisó la caverna. Era una casita pobre, pequeña y limpia, con un emparrado en la fachada. Delante de la puerta, en un viejo sillón de ruedas, sillón verdaderamente de aldeano, había un hombre de blancos cabellos, que sonreía mirando al sol. Cerca del anciano hallábase en pie un joven, el pastorcillo, que alargaba al anciano una vasija con leche. Mientras el obispo miraba al anciano, éste alzó la voz.

—Gracias —dijo—, nada necesito ya.

Y su sonrisa se separó del sol para fijarse en el pastorcillo. El obispo avanzó. Al ruido que hacía al andar, el viejo, sentado como estaba, volvió la cabeza y su rostro manifestó toda la sorpresa que se puede tener después de una larga vida.

—Desde que vivo aquí, es ésta la primera vez que entra una visita en mi casa: ¿quién sois, señor?

El obispo respondió:

—Me llamo Bienvenido Myriel.

—¡Bienvenido Myriel! He oído pronunciar ese nombre. ¿Sois vos ése a quien el pueblo llama monseñor Bienvenido?

—Yo soy.

El anciano añadió con una semisonrisa:

—En ese caso, sois mi obispo.

—Un poco.

—Entrad, señor.

El convencional tendió la mano al obispo, pero éste no la tomó, limitándose a decir:

—Celebro mucho ver que me han engañado. En verdad, no parece que estéis enfermo.

—Señor, voy a curarme del todo. —Hizo una pausa y añadió—: Moriré dentro de tres horas. —Después continuó—: Soy un poco médico, y sé cómo se acerca la última hora. Ayer sólo tenía los pies fríos; hoy el frío ha subido hasta las rodillas: ahora siento que sube hasta la cintura: cuando llegue al corazón, moriré. Qué hermoso es el sol, ¿no es verdad? He hecho que me traigan aquí para dirigir una postrera mirada a las cosas. Podéis hablarme: el hablar no me fatiga. Habéis hecho bien en venir a mirar a un hombre que va a morir. Es bueno que en este momento tenga testigos. Cada cual tiene sus manías; yo hubiera deseado tirar hasta el alba, pero apenas me quedan tres horas. Será de noche. Mas, ¿qué importa? Morir es una cosa muy sencilla. No se necesita la mañana para esto. Sea: Moriré de noche. —El anciano se volvió hacia el pastor y le dijo—: Vete a acostar. Has velado toda la última noche; debes estar cansado.

El joven entró en la cabaña y el anciano le siguió con la vista, y añadió como hablando consigo mismo:

—Mientras él duerme, moriré; los dos sueños pueden hacer buena vecindad.

El obispo no estaba conmovido, como parece que debiera estarlo. No creía sentir a Dios en aquella manera de morir. Lo diremos todo, porque las pequeñas contradicciones de los corazones grandes deben ser indicadas como las demás; él, que en ocasiones tan de veras se reía de su grandeza, se hallaba un poco lastimado de no ser llamado monseñor, y con tentaciones de replicar: ciudadano. Asaltóle un capricho de grosera familiaridad, bastante común en médicos y sacerdotes, pero que en él no era habitual. Al fin y al cabo, aquel hombre, aquel convencional, aquel representante del pueblo, había sido un poderoso de la tierra; por primera vez en su vida, el obispo se sintió severo. El convencional, sin embargo, le consideraba con modesta cordialidad, en la cual quizá se hubiera podido adivinar la humildad que tan bien sienta cuando se está cerca de la muerte. El obispo, aunque ordinariamente se guardaba de la curiosidad, la cual, según él, estaba muy cercana a la ofensa, no podía menos de examinar al convencional con una atención que, no teniendo origen en la simpatía, probablemente le hubiera reprochado su conciencia respecto de cualquier otro hombre. Un convencional causábale en cierto modo el efecto de un hombre fuera de la ley común, y hasta fuera de la ley de caridad. G., tranquilo, con la cabeza alzada y la voz vibrante, era uno de esos grandes octogenarios que son la admiración del fisiólogo. La Revolución ha contado muchos de estos hombres proporcionados a su época. Veíase y se adivinaba en aquel anciano al hombre de prueba. Tan cercano a su fin, había conservado todos los movimientos y ademanes de una perfecta salud. Había en su vista clara, en su acento firme, en su robusto movimiento de hombros con qué desconcertar a la muerte. Azrael, el ángel mahometano del sepulcro, hubiérase vuelto atrás y creído que se engañaba de puerta. G. parecía morir porque quería. Había libertad en su agonía. Sólo las piernas estaban inmóviles. Los pies estaban muertos y fríos; pero la cabeza vivía con todo el poder de la vida, y aparecía en plena lucidez. Se parecía en este momento al rey de la leyenda oriental, de carne en la parte superior, de mármol de medio cuerpo abajo.

Había una piedra. El obispo se sentó en ella. El exordio fue un «exabrupto».

—Os felicito —dijo en tono de represión—, pues al cabo no habéis votado la muerte del rey.

El convencional no pareció notar el amargo sentido oculto en las palabras «al cabo»; pero la sonrisa había desaparecido de su rostro.

—Señor, no me felicitéis demasiado pronto: he votado el fin del tirano.

Era aquél el acento austero en presencia del acento severo.

—¿Qué queréis decir? —replicó el obispo.

—Quiero decir que el hombre tiene un tirano: la ignorancia, y yo he votado el fin de ese tirano, que engendra la falsa autoridad en vez de la autoridad que se apoya en lo verdadero. El hombre no debe ser gobernado más que por la ciencia.

—Y por la conciencia —añadió el obispo.

—Es lo mismo. La conciencia es la cantidad de ciencia innata que tenemos en nosotros.

Monseñor Bienvenido escuchaba, un poco admirado, aquel lenguaje tan nuevo para él. El convencional prosiguió:

—En cuanto a Luis XVI, no voté su muerte. No me creo con el derecho de matar a un hombre, pero me siento con el deber de exterminar el mal. He votado el fin del tirano: es decir, el fin de la prostitución para la mujer, el fin de la esclavitud para el hombre, el fin de la ignorancia para el niño. He votado la fraternidad, la concordia, la aurora. He ayudado a la caída de las preocupaciones y de los errores. El hundimiento de las unas y de los otros produce la luz. Hemos hecho caer el viejo mundo: y ese viejo mundo, vaso de miserias, al volcarse sobre el género humano, se ha convertido en una urna de alegría.

—De alegría no pura —dijo el obispo.

—Podríais decir de alegría turbada; y hoy, después de ese fatal retroceso a lo pasado, que se llama mil ochocientos catorce, alegría desvanecida. ¡Ay! La obra estaba incompleta, lo reconozco; hemos demolido el antiguo régimen en los hechos: no hemos podido suprimirlo completamente en las ideas. No basta destruir los abusos; es menester modificar las costumbres. El molino ya no existe, pero el viento que lo movía aún continúa soplando.

—Habéis demolido. Demoler puede ser útil, pero yo desconfío de una demolición en la cual está mezclada la cólera.

—El derecho tiene su cólera, señor obispo. De todos modos, y dígase lo que se quiera, la Revolución Francesa es el paso más grande dado por el género humano desde el advenimiento de Cristo. Progreso incompleto, sí, pero sublime. Ha despejado todas las incógnitas sociales, ha dulcificado los ánimos, ha apaciguado, ha ilustrado: ha hecho correr sobre la tierra torrentes de civilización. La Revolución Francesa es la consagración de la humanidad.

El obispo no pudo menos de murmurar:

—¿Sí? ¿Y el noventa y tres?

El convencional se enderezó en su asiento con una solemnidad casi lúgubre, y exclamó con toda la fuerza que puede tener un moribundo:

—¡Oh! Ya apareció el noventa y tres. Esperaba esa palabra. Durante mil quinientos años se ha estado formando una nube; al cabo de quince siglos ha estallado la tormenta, y vos encausáis al rayo.

El obispo sintió, sin confesarlo tal vez, que algo en él había sido herido. Sin embargo, con buen continente replicó:

—El juez habla en nombre de la justicia; el sacerdote habla en nombre de la piedad, que no es sino una justicia más elevada. Un rayo no debe nunca engañarse. —Y añadió, mirando fijamente al convencional—: ¿Luis XVII?

El convencional extendió la mano y cogió el brazo del obispo.

—¿Luis XVII? ¿Por quién lloráis? ¿Por el niño inocente? Entonces, bien: yo lloro con vos. ¿Es por el niño real? Os pediré que reflexionéis. El hermano del bandido Cartucho, niño inocente, colgado por los sobacos en la plaza de Grève hasta que el suplicio produjera la muerte por el solo crimen de ser hermano de Cartucho, no es para mí menos digno de compasión que el nieto de Luis XV, niño inocente martirizado en la torre del Temple por el único crimen de ser nieto de Luis XV.

—Señor mío —dijo el obispo—, no me gusta la proximidad entre ciertos hombres.

Hubo un momento de silencio: el obispo casi se arrepentía de haber ido a visitar al convencional y, sin embargo, sentíase vaga y entrañablemente conmovido. G. continuó:

—¡Ah, señor sacerdote! No os gusta la esperanza de la verdad. Cristo la amaba. Tomaba un látigo y limpiaba el templo. Su látigo era un rudo proclamador de verdades. Cuando exclamaba: «Sinite parvulos», no distinguía entre los niños. No se hubiera incomodado porque el heredero de Barrabás hubiese estado codo con codo con el heredero de Herodes. Señor, la inocencia tiene su corona en sí misma. La inocencia nada gana con ser alteza. Tan augusta es desarrapada como flordelisada.

—Cierto —dijo el obispo en voz baja.

—Insistó —continuó el convencional G.—. Habéis nombrado a Luis XVII. Entendámonos: lloremos por todos los inocentes, por todos los mártires, por todos los niños; lo mismo por los de arriba que por los de abajo. Pero entonces debemos remontarnos más arriba del noventa y tres, y nuestras lágrimas deben comenzar antes de Luis XVII. Lloraré por los hijos de todos los reyes con vos con tal que vos lloréis conmigo por todos los hijos del pueblo.

—Lloro con vos —dijo el obispo.

Nació un nuevo silencio. El convencional fue el que lo rompió. Se levantó apoyándose sobre un brazo, cogió entre el pulgar y el índice, replegado, un poco de su mejilla, como se hace maquinalmente cuando se interroga y cuando se juzga, e interpeló al obispo con una mirada llena de todas las angustias de la agonía. Fue casi un estallido.

—Hace mucho tiempo que el pueblo padece, y no es esto solo; ¿a qué venís a preguntarme y a hablarme de Luis XVII? No os conozco. Desde que estoy en este país vivo en este retiro, sin salir nunca de aquí, sin ver a nadie, más que a ese niño que me sirve. Vuestro nombre, es verdad, ha llegado hasta mí confusamente y, debo decirlo, no mal pronunciado. Pero eso nada significa. ¡Las personas hábiles tienen tantas maneras de hacerse lugar entre el bueno del pueblo! A propósito, no he oído el ruido de vuestro carruaje; lo habréis dejado detrás del seto, allá abajo en el empalme del camino. No os conocía, he dicho. Me habéis contestado que erais el obispo; pero esto nada me enseña respecto de vuestra persona moral. En suma, vuelvo a repetiros mi pregunta: ¿Quién sois? Un obispo; un príncipe de la Iglesia, uno de esos hombres dorados, blasonados, ricos, que tienen gruesas prebendas, buena mesa, gran número de familiares y sirvientes; pero esto, o me dice demasiado, o no me dice bastante: esto no me ilustra sobre vuestro valor intrínseco y esencial, sobre vos, que venís con la pretensión probable de traerme la sabiduría. ¿A quién es a quien hablo? ¿Quién sois?

—«Vermis sum» —contestó el obispo bajando la cabeza.

—¡Un gusano en carroza! —murmuró el convencional.

Tocábale al convencional de ser altivo y al obispo de ser humilde. Éste contestó con dulzura:

—Sea lo que queráis, señor mío. Pero explicadme cómo mi coche, que está a dos pasos detrás de los árboles, cómo mi buena mesa y mis familiares y criados prueban que la piedad no es una virtud, que la clemencia no es un deber y que el noventa y tres no fue inexorable.

El convencional se pasó una mano por la frente.

—Antes de responderos —dijo—, os suplico que me perdonéis. Acabo de cometer una falta, señor obispo. Estáis en mi casa, sois mi huésped; os debo cortesía. Discutís mis ideas, y yo debo limitarme a rebatir vuestros razonamientos. Vuestras riquezas y vuestros goces son ventajas que tengo sobre vos en el debate, pero no sería de buen gusto servirme de estas armas. Os prometo no volver a usarlas.

—Y yo os lo agradezco —dijo el obispo.

—Volvamos a la explicación que me pedíais. ¿Dónde estábamos? ¿Qué me decíais? ¿Que el noventa y tres había sido inexorable?

El convencional empezaba a sentir hipo: el asma de la agonía que se mezcla con los últimos alientos le entrecortaba la voz. Sin embargo, se notaba todavía en sus ojos la perfecta lucidez de su inteligencia. Continuó:

—Digamos aún algunas palabras. Fuera de la Revolución, que, tomada en su conjunto, es una inmensa afirmación humana, el noventa y tres, ¡ay!, es una réplica. Os parece inexorable, pero ¿y toda la monarquía, señor obispo? Carrier es un bandido; ¿pero qué nombre dais a Montrevel? Jourdan Corta-Cabezas es un monstruo, pero no tanto como el marqués de Louvois. Compadezco a María Antonieta, archiduquesa y reina, pero también me inspira compasión aquella pobre mujer hugonote que en mil seiscientos ochenta y cinco, en tiempo de Luis *el Grande*, fue atada, desnuda hasta la cintura, a un poste, y su hijo mantenido a cierta distancia: el pecho de la madre se llenaba de leche y su corazón de angustia y el niño hambriento y pálido agonizaba y gritaba. Y el verdugo decía a aquella mujer, madre y nodriza: «¡Abjura!», dándole a elegir entre la muerte de su hijo y la abjuración. ¿Qué decís de ese suplicio de Tántalo aplicado a una madre? Abreviaré o, por mejor decir, concluyo. Tengo demasiado buen juego; además, ¡me muero! —y dejando de mirar al obispo acabó su pensamiento con estas tranquilas palabras—: Sí; las brutalidades del progreso se llaman revoluciones. Pero cuando han concluido se reconoce que el género humano ha sido maltratado, pero ha avanzado.

El convencional no sabía que acababa de tomar por asalto uno tras otro todos los atrincheramientos interiores del obispo. Uno sólo quedaba, y de este atrincheramiento, supremo recurso de la resistencia de monseñor Bienvenido, nacieron estas frases en que apareció toda la rudeza del principio de la conversación.

—El progreso debe creer en Dios. El bien no puede tener un servidor impío. Es mal conductor del género humano el que es ateo.

El moribundo representante del pueblo no replicó; experimentó una especie de estremecimiento, miró al cielo y una lágrima brotó lentamente de sus ojos. Cuando el párpado estuvo lleno, la lágrima se desprendió, cayendo a lo largo de la lívida mejilla, y dijo como hablando consigo mismo, la mirada perdida en la profundidad del firmamento:

—¡Oh ideal! ¡Tú sólo existes!

El obispo experimentó una inexplicable conmoción. Hubo una pausa; el anciano levantó un dedo hacia el cielo y añadió:

—El infinito existe. Está allí. Si el infinito no tuviera un yo, el yo sería su límite: no sería infinito; en otros términos, no existiría. Pero existe: luego hay un yo. Este yo del infinito es Dios.

El moribundo había pronunciado estas últimas palabras en voz alta y con el estremecimiento del éxtasis, como si viese a alguien. Cuando concluyó de hablar sus ojos se cerraron; aquel esfuerzo le había rematado. Era evidente que había vivido en un minuto las pocas horas que le quedaban. Lo que acababa de decir le había aproximado a la muerte; el instante supremo se acercaba. El obispo lo comprendió; el tiempo apremiaba; había ido allí como sacerdote: de la extremada frialdad había pasado a una extremada emoción; miró aquellos ojos cerrados, tomó aquella mano vieja, arrugada y helada, y se inclinó hacia el moribundo.

—Esta hora —dijo— es la hora de Dios. ¿No creéis que sería sensible que nos hubiésemos encontrado en vano?

El convencional abrió los ojos: una gravedad en que había algo de sombra se pintó en su semblante.

—Señor obispo —murmuró con una lentitud que acaso más provenía de la dignidad del alma que del desfallecimiento de las fuerzas físicas—: he pasado mi vida en la meditación, en el estudio y en la contemplación. Tenía sesenta años cuando mi patria me llamó y me ordenó que me mezclara en sus asuntos. Obedecí. Había abusos, los combatí. Había tiranías, las destruí. Había derechos y principios, proclamé los unos y confesé los otros. El territorio estaba invadido y lo defendí. Francia estaba amenazada, le ofrecí mi pecho. No era rico y soy pobre. He sido uno de los dueños del Estado: las cajas del Banco estaban llenas de oro hasta tal punto, que fue preciso apuntalar las paredes, casi próximas a hundirse con el peso de los metales preciosos, y entre tanto yo comía en la calle del Árbol Seco a razón de veintidós sueldos por cubierto. He socorrido a los oprimidos, he aliviado a los que padecían. He desgarrado los manteles del altar, pero ha sido para vendar las heridas de la patria. He sostenido siempre la marcha progresiva del género humano hacia la luz y he resistido algunas veces los progresos crueles. En ocasiones he protegido a mis propios adversarios, vuestros amigos. Hay en Peteghem, en Flandes, en el sitio mismo en que los reyes merovingios tenían su palacio de verano, un convento de urbanistas, la abadía de Santa Clara de Beaulieu, a la cual salvé en mil setecientos noventa y tres. He cumplido mi deber según mis fuerzas y he hecho el bien que he podido. A pesar de esto he sido perseguido, calumniado, ridiculizado, escarnecido, maldito y proscrito. Ya desde hace muchos años, a pesar de mi edad, siento y conozco que muchas personas creen tener sobre mí el derecho de despreciarme; para la pobre masa ignorante mi cara es la de un condenado y acepto, sin odiar a nadie, el aislamiento del odio. Tengo ochenta y seis años, y voy a morir. ¿Qué es lo que venís a pedirme?

—El amigo os pide que estrechéis su mano: el sacerdote os da su bendición.

Cuando el obispo levantó la cabeza el rostro del convencional había tomado un tinte verdaderamente augusto; acababa de expirar. El obispo volvió a su casa absorto no se sabe en qué pensamientos y pasó toda la noche en oración. Desde aquel momento redobló su ternura y su fraternidad para con los pobres y con los que padecen. Cualquier alusión a «aquel viejo malvado de G.» le hacía caer en una profunda y singular meditación. Nadie podría decir que el paso de aquel espíritu ante el suyo y el reflejo de aquella conciencia sobre su conciencia no había influido algo en su proximidad a la perfección.

Aquella «visita pastoral» fue, naturalmente, ocasión de murmuraciones en los círculos de la ciudad.

—¿Es el sitio de un obispo la cabecera de tal moribundo? Evidentemente allí no se podía aguardar ninguna conversión. Todos esos revolucionarios son iguales. Y entonces, ¿para qué ir? ¿Qué tenía que hacer allí? Preciso es que tuviera gran curiosidad de ver cómo se llevaba un alma el diablo.

Se engañaría quien de aquí dedujera que monseñor Bienvenido era un «obispo filósofo» o «un cura patriotero». Su encuentro, lo que casi pudiera llamarse su conjunción con el convencional G., le causó una especie de admiración que le hizo más humilde todavía; pero nada más. Aunque nunca había sido, ni mucho menos, hombre político, tal vez es esta la ocasión de indicar cuál fue su actitud en los acontecimientos de entonces, suponiendo que pensara alguna vez en tener una actitud. Remontémonos a algunos años atrás. Poco tiempo después de la elevación del señor Myriel al episcopado, el emperador le hizo barón del Imperio al mismo tiempo que a muchos otros obispos. Sucedió la prisión del Papa, como es sabido, en la noche del 5 al 6 de julio de 1809, y en esta ocasión monseñor Myriel fue llamado por Napoleón al sínodo de los obispos de Francia y de Italia convocado en París. El sínodo se celebró en Nuestra Señora, reuniéndose por primera vez el 15 de julio de 1811 bajo la presidencia del cardenal Fesch, y monseñor Myriel fue uno de los noventa y cinco obispos que acudieron; pero sólo asistió a una sesión y a tres o cuatro conferencias particulares. Obispo de una diócesis montañesa, viviendo tan cerca de la Naturaleza, en la rusticidad y en la desnudez, parecía como que aportaba entre aquellos eminentes personajes ideas que cambiaban la temperatura de la asamblea. Volvióse muy pronto a Digne. Preguntáronle sobre aquella súbita vuelta, y contestó:

—Les molestaba: entrábales por mí el aire de fuera y les causaba el efecto de una puerta abierta.

Otra vez dijo:

—¿Qué queréis? Aquellos monseñores son príncipes, y yo sólo un pobre obispo plebeyo.

El hecho es que había disgustado. Entre otras cosas extrañas, se le había escapado decir una noche, hallándose en casa de uno de sus colegas más calificados:

—¡Qué hermosos relojes! ¡Qué hermosas alfombras! ¡Qué lujosas libreas! Debe ser todo esto altamente importuno. ¡Oh! No quisiera tener todas esas superficialidades, porque me parecería que me gritaban continuamente: «¡Hay gente que tiene hambre! ¡Hay personas que tienen frío! ¡Hay pobres! ¡Hay muchos pobres!»

Digámoslo, aunque de paso: no sería un odio inteligente el odio al lujo, porque implicaría el odio a las artes. Sin embargo, en los hombres de iglesia, fuera de la representación y las ceremonias, el lujo es una falta. Parece revelar hábitos poco caritativos. Un sacerdote opulento es un contrasentido: el sacerdote debe mantenerse cerca de los pobres. ¿Puede nadie estar en contacto día y noche con todas las miserias, con todas las desgracias, con todos los infortunios, con todas las indigencias, sin llevar sobre sí mismo un poco de esa santa miseria, como el polvo del trabajo? ¿Puede imaginarse un hombre que esté cerca de un fuego y que no sienta calor? ¿Hay un obrero que trabaje sin descanso en una fragua y que no tenga ni un cabello quemado, ni una uña ennegrecida, ni una gota de sudor, ni una mota de ceniza en el rostro? La primera prueba de caridad en el sacerdote, en el obispo sobre todo, es la pobreza. Esto era lo que opinaba Su Ilustrísima el obispo de Digne. No por esto debe creerse que participara sobre ciertos puntos delicados de lo que llamaremos «las ideas del siglo».

Mezclábase poco en las disputas teológicas del momento, y guardaba silencio sobre las cuestiones en que están comprometidos el Estado y la Iglesia; pero si se le hubiese apremiado, parécenos que más bien se hubiera hallado ultramontano que galicano. Como hacemos un retrato, y nada queremos ocultar, nos vemos obligados a decir que fue glacial para Napoleón cuando declinó. Desde 1813 se adhirió, o dio su aprobación, a todas las manifestaciones hostiles al emperador. No quiso verlo cuando pasó de vuelta de la isla de Elba, y se abstuvo de mandar en su diócesis que se hicieran las rogativas públicas por el emperador durante los cien días. Además de su hermana Baptistina, tenía dos hermanos: uno general, el otro prefecto. A ambos les escribía con frecuencia. Fue riguroso con el primero, porque estando encargado de un mando en Provenza, en la época del desembarco en Cannes, se puso a la cabeza de mil doscientos hombres y persiguió al emperador como si le quisiera dejar escapar. Su correspondencia continuó más afectuosa con su otro hermano, antiguo prefecto, hombre bueno y digno, que vivía en París retirado, en una casa de la calle de Casette.

Monseñor Bienvenido tuvo también su hora de espíritu de partido, su hora de amargura, su nube. La sombra de las pasiones del momento se proyectó sobre aquel alma grande y afable, únicamente ocupada en las cosas eternas. En verdad, semejante hombre hubiera merecido no tener opiniones políticas. No hay que interpretar mal nuestro pensamiento; no confundamos lo que se llama «opiniones políticas» con la gran aspiración al progreso, con la sublime fe patriótica que en nuestros días debe constituir el fondo de toda inteligencia generosa. Sin profundizar en cuestiones que sólo tocan indirectamente al asunto de este libro, decimos simplemente esto: habría sido hermoso que monseñor Bienvenido no hubiese sido realista, que su mirada no se hubiese separado un solo instante de esa contemplación serena en que se ven irradiar distintamente, por encima de las facciones y de los odios de este mundo, por encima del vaivén tempestuoso de las cosas humanas, esas tres puras luces: la Verdad, la Justicia, la Caridad.

Aun conviniendo en que Dios no había hecho a monseñor Bienvenido para cargos políticos, hubiéramos comprendido y admirado en él la protesta en nombre del derecho y de la libertad; la oposición altiva, la resistencia peligrosa y justa a Napoleón omnipotente; pero lo que nos agrada respecto de los que suben nos disgusta respecto de los que bajan. Nos gusta el combate mientras en él hay peligro y, en todo caso, sólo los combatientes de la primera hora tienen derecho a ser los exterminadores de la última. Quien no ha sido obstinado acusador durante la prosperidad debe callar ante el derrumbamiento. El denunciador del éxito es el solo legítimo justiciero de la caída. Por lo que a nosotros toca, cuando la Providencia se mezcla en el asunto y hiere, dejamos hacer.

Los sucesos de 1812 comienzan a desarmarnos. En 1813 la cobarde ruptura del silencio de aquel cuerpo legislativo, envalentonado por las catástrofes, debía indignar, y era una falta el aplaudirla. En 1814, entre aquellos mariscales que hacían traición; ante aquel Senado que pasaba de un fango a otro, insultando después de haber divinizado; ante aquella idolatría que volvía la espalda y escupía al ídolo, era un deber volver la cabeza y apartar la vista. En 1815, cuando se cernían en el aire los supremos desastres, cuando Francia sentía el misterioso estremecimiento de su siniestra proximidad, cuando ya se podía distinguir a Waterloo abierto ante Napoleón, las doloridas aclamaciones del ejército y del pueblo al condenado del destino nada tenían de risibles, y prescindiendo del déspota, un corazón como el obispo de Digne no hubiera debido desconocer lo que había de augusto y de conmovedor en el estrecho abrazo de una gran nación y de un grande hombre, dado y recibido al borde del abismo. Fuera de esto era y fue el obispo de Digne en todo justo, verdadero, equitativo, inteligente, humilde y digno, benéfico y benévolo, que es una especie de beneficiencia también. Era un sacerdote, un sabio y un hombre. Pero, debe decirse; aun en esta opinión política que acabamos de reprocharle y que estamos dispuestos a juzgar casi siempre con severidad, era tolerante y fácil, tal vez más que los mismos que le censuramos.

El portero de la Casa Ayuntamiento había sido colocado en aquel puesto por el emperador. Era un antiguo sargento de la vieja guardia, legionario de Austerlitz, más bonapartista que el águila. Aquel pobre diablo dejaba escapar a cada momento y sin reflexión palabras que las leyes de entonces calificaban de «dichos sediciosos». Desde que el perfil imperial había desaparecido de la Legión de Honor, nunca se vestía «con arreglo a ordenanza» —como él precisaba—, a fin de no tener que ponerse su cruz. Había quitado por sí mismo devotamente la efigie imperial de la cruz que Napoleón le había dado, lo cual había causado un agujero en la condecoración, que no quiso tapar con nada. «Antes morir —decía— que llevar sobre mi corazón los tres sapos.» Burlábase en alta voz de Luis XVIII: «Viejo gotoso —decía—, con calzones de inglés: váyase a Prusia con su escorzonera», considerándose feliz por poder reunir en una misma imprecación las dos cosas que más aborrecía: Prusia e Inglaterra. Por fin perdió su empleo. Quedóse sin pan, en medio de la calle, con su mujer y sus hijos. El obispo le llamó, le riñó con dulzura y le nombró portero de la catedral.

En nueve años, a fuerza de santas acciones y de afables palabras, monseñor Bienvenido había llenado la ciudad de Digne de una especie de veneración tierna y filial. Hasta su conducta respecto a Napoleón fue aceptada y como tácitamente perdonada por el pueblo, bueno y débil rebaño que adoraba a su emperador, pero que amaba a su obispo.

* * *

Existe siempre alrededor de un obispo una turba de cleriguillos, como en derredor de un general hay una bandada de oficiales. Éstos son los que el bueno y sencillo San Francisco de Sales llama «curas boquirrubios». Toda carrera tiene sus aspirantes, que naturalmente forman el séquito de los que han llegado a su término. No hay poder sin corte. Los buscadores del porvenir hormiguean en derredor del presente espléndido. Toda metrópoli tiene su estado mayor: todo obispo un poco influyente lleva en pos de sí una nube de querubines seminaristas, que hacen la ronda y conservan el orden en el palacio episcopal y montan la guardia a la sonrisa de Su Ilustrísima. Agradar a su obispo es poner el pie en el estribo para un subdiaconado. Es menester andar el camino: el apostolado no desdeña las canonjías.

Así como en otros ramos hay cargos pingües, en la Iglesia hay buenas mitras. Éstas las desempeñan obispos que están bien con la corte: ricos, con rentas, hábiles, aceptados por el mundo, que saben orar pero que también saben solicitar; poco escrupulosos de que toda una diócesis rinda pleitesía a su persona; lazos de unión entre la sacristía y la diplomacia; más bien clérigos que sacerdotes; más bien prelados que obispos. ¡Feliz el que a ellos se aproxima!

Como son gente de crédito, hacen llover los servidores solícitos y los favoritos, y sobre toda esa juventud que sabe agradar, los buenos curatos, las prebendas, los arcedianatos, las capellanías y las canonjías mientras llegan las dignidades episcopales. Al avanzar hacen progresar a sus satélites: es cada uno de ellos todo un sistema solar en marcha. Su esplendor irradia sobre su séquito; su prosperidad se distribuye entre sus paniaguados en buenas promociones y buenos ascensos. Cuanto mayor es la diócesis del patrono, mayor es el cuarto del favorito; y luego, a Roma por todo. Un obispo que sabe llegar a ser arzobispo, un arzobispo que sabe alzarse a cardenal os lleva como conclavista; entráis en la Rota; tenéis el palio; os veis hecho auditor, camarero, monseñor. Después, desde la Ilustrísima a la Eminencia no hay más que un paso, y entre la Eminencia y la Santidad, no hay más que el humo de un escrutinio. Todo bonete puede soñar con la tiara: el sacerdote es en nuestros días el único hombre que puede regularmente llegar a ser rey. ¡Y qué rey! ¡El rey supremo! Así, ¡qué semillero de aspirantes es un seminario! ¡Qué de niños de coro rubicundos, qué de jóvenes presbíteros llevan en la cabeza el cántaro de la lechera! ¡Qué fácilmente la ambición se oculta bajo el nombre de vocación, de buena fe, tal vez, y engañándose a sí misma, cándida como es!

Monseñor Bienvenido, humilde, pobre, no se hallaba entre las buenas mitras. Era esto visible en la completa ausencia de clérigos jóvenes que se notaba a su alrededor.

Ya se ha visto que en París «no había petado». Ni un solo porvenir pensaba basarse en el solitario anciano; ni una ambición en flor cometía la locura de cobijarse bajo su sombra. Sus canónigos y sus vicarios eran buenos viejos como él, como él también un poco plebeyos, encerrados en aquellas diócesis sin salida al cardenalato.

Se comprendía tan perfectamente la imposibilidad de medrar cerca de monseñor Bienvenido, que apenas salían del seminario los jóvenes tonsurados y ordenados por él se hacían recomendar a los obispos de Aix o de Auch y se marchaban a escape, porque al cabo —no es necesario repetirlo— todo el mundo quiere que le den la mano. Un santo que vive en un exceso de abnegación es una vecindad peligrosa. Podría muy bien comunicar por contagio una pobreza incurable, la anquilosis de las articulaciones útiles al adelantamiento, y en suma, más desprendimiento del que se quiere tener; por eso se huye de esa virtud sarnosa. De aquí el aislamiento de monseñor Bienvenido. Vivimos en una sociedad sombría. Medrar: tal es la enseñanza que gota a gota cae de la corrupción a plomo sobre nosotros.

Dicho sea de paso, el éxito es una cosa bastante fea. Su falso parecido con el mérito engaña a los hombres de tal forma que para la multitud, el triunfo tiene casi el mismo rostro que la superioridad. El éxito es compañero del talento, tiene una víctima a quien engaña, y es la historia. Juvenal y Tácito son los únicos que de él murmuran. En nuestros días ha entrado de sirviente en casa del éxito una filosofía casi oficial, que lleva la librea de su amo y hace el oficio de lacayo en la antesala. Medrad: ésta es la teoría. Prosperidad supone capacidad. Ganad a la lotería y sois un hombre hábil. Quien medra es venerado. Naced de pie: todo consiste en esto. Aprovechad la ocasión de medrar y lograréis lo demás; sed afortunado y os creerán grande. Fuera de cinco o seis excepciones inmensas, que son el orgullo y la luz de un siglo, la admiración contemporánea no es sino miopía: se toma el similor por el oro: no importa que uno sea advenedizo si llega a su objeto el primero. El vulgo es un viejo Narciso que se adora a sí mismo y que aplaude todo lo vulgar. Esa facultad enorme por la cual un hombre es Moisés, Esquilo, Dante, Miguel Ángel o Napoleón, la multitud la concede por unanimidad y por aclamación a quien alcanza su fin, sea en lo que sea. Que un notario se transforme en diputado; que un falso Corneille haga el «Tiridates»; que un eunuco llegue a tener un harén; que un militar inepto gane por casualidad la batalla decisiva de una época; que un boticario invente las suelas de cartón para el ejército del Sambre-et-Meuse y logre, con el cartón vendido por suela, cuatrocientas mil libras de renta; que un buhonero se case con la usura y tenga de ella por hijos siete u ocho millones de francos; que un predicador gerundiano llegue a ser obispo; que a un mayordomo de buena casa, al salir del servicio, se le haga ministro de Hacienda, no importa: los hombres llaman a esto Genio, lo mismo que llaman Belleza a la figura de Mosquetón, y Majestad a la tiesura de Claudio. Confunden las huellas estrelladas que dejan en el cieno blanco de un lodazal las patas de los gansos con las constelaciones del firmamento.

··*

Desde el punto de vista de la ortodoxia, no tenemos por qué sondear al obispo de Digne. Ante un alma semejante sólo sentimos respeto. La conciencia del justo debe ser creída por su palabra. Además, dadas ciertas naturalezas, admitimos el desarrollo posible de todas las bellezas de la virtud humana en una creencia diversa de la nuestra. ¿Qué pensaba de este dogma o de aquel misterio? Estos secretos del fuero interno sólo son conocidos de la tumba, donde las almas entran desnudas. De lo que estamos seguros es de que nunca las dificultades de la fe se resolvían por él con hipocresía. En el diamante no es posible ninguna podredumbre. Creía lo más que podía —«Credo in patrem»—, decía con frecuencia. Hallaba además en las buenas obras esa cantidad de satisfacción que basta a la conciencia, y que os dice por lo bajo: ¡Tú estás con Dios! Lo que sí debemos observar es que, fuera y, por decirlo así, más allá de su fe, tenía un exceso de amor. Por esto, «quia multum amavit», es por lo que le juzgaban vulnerable los «hombres serios», «las personas graves» y la «gente sensata», locuciones favoritas de nuestro triste mundo, en que el egoísmo recibe el santo y la seña de la pedantería.

¿Qué era este exceso de amor? Era una benevolencia tranquila, serena, que yendo más allá del hombre, como ya hemos indicado, en ocasiones se hacía extensiva a las cosas. Vivía sin desdén hacia nadie ni hacia nada. Era indulgente con lo creado por Dios. Todo hombre, aun el mejor, tiene en sí cierta dureza irreflexiva que reserva siempre para el animal. El obispo de Digne creía de esa dureza frecuente, sin embargo, a muchos sacerdotes. No llegaba hasta el respeto del brahmán a los seres vivientes, pero parecía haber meditado esta frase del «Esclesiástés»: «¿Sabes adónde va el alma de los animales?» La fealdad del aspecto, las deformidades del instinto ni le turbaban ni le indignaban, antes bien le conmovían y casi le enternecían. Parecía como si quisiera investigar, más allá de la apariencia, la causa, la explicación o la excusa de aquellas deformidades. Examinaba sin cólera y con la mirada del lingüista que descifra un palimpsesto la cantidad de caos que existe todavía en la Naturaleza. En estas meditaciones dejaba a veces escapar palabras extrañas. Una mañana estaba en el jardín; se creía solo; pero su hermana paseaba detrás sin que él la viese: de repente se detuvo; miró algo en el suelo; era una araña gorda, negra, velluda, horrible. Su hermana le oyó decir:

—¡Pobre animal, no es culpa suya!

¿Por qué ocultar estas niñerías casi divinas de la bondad? ¿Son puerilidades? Que lo sean. Pero estas puerilidades sublimes han sido las de San Francisco de Asís y las de Marco Aurelio. Un día se causó una pequeña dislocación en un pie por no haber querido pisar a una hormiga.

Así vivía este hombre justo. Algunas veces se durmió en su jardín, y entonces nada había más venerable que su semblante. Si hemos de dar crédito a lo que se contaba de su juventud y aun de su virilidad, monseñor Bienvenido había sido en otro tiempo un hombre apasionado y algo violento. Su mansedumbre universal más que un instinto natural era el resultado de una gran convicción, filtrada en su corazón a través de la vida, y que había caído lentamente en él, pensamiento a pensamiento, porque en su carácter, como en una roca, puede haber agujeros causados por gotas de agua. Estas cavidades son indelebles: estas formaciones son indestructibles.

En 1815 —creemos haberlo dicho ya— contaba setenta y cinco años, pero no aparentaba tener más de sesenta. No era alto: tenía cierta obesidad, y para combatirla daba largos paseos a pie: su paso era firme y su cuerpo estaba ligeramente encorvado; tenía lo que el pueblo llama «una hermosa cabeza». Cuando hablaba con esa alegría infantil —que era una de sus gracias, y a la cual ya hemos aludido— causaba placer estar a su lado, y parecía que de toda su persona brotaba alegría. Su tez de buen color y fresca; sus dientes perfectamente blancos —que había conservado intactos, y que dejaba ver cuando reía— le daban ese aire franco y fácil, que hace decir de un hombre: «es un buen muchacho»; y de un anciano: «es un buen hombre». Éste era, si se recuerda, el efecto que había causado en Napoleón. En el primer momento y para el que le veía por primera vez no era más que un buen hombre. Pero si se pasaban algunas horas a su lado y a poco que se le viera pensativo, el buen hombre se transfiguraba poco a poco y tomaba no sé qué de imponente: su frente espaciosa, serena y augusta por los blancos cabellos que la rodeaban, cobraba mayor majestad que la meditación: de aquella bondad se desprendía la majestad, pero sin que la bondad dejase de irradiar; experimentábase algo parecido a la emoción que causaría el ver a un ángel sonriéndose, abrir lentamente sus alas sin dejar de sonreírse.

El respeto era inexplicable: penetraba por grados y subía hasta el corazón de todo el que se le acercaba, comprendiendo que tenía delante de sí una de esas almas fuertes, probadas e indulgentes, en las cuales, por lo grande que es el pensamiento, sólo puede ya ser suave. Como se ha visto, la oración, la celebración de los oficios religiosos, la limosna, el consuelo a los afligidos, el cultivo de un pedazo de tierra, la fraternidad, la frugalidad, la hospitalidad, el desprendimiento, la confianza, el estudio, el trabajo, llenaban todos los días de su vida. «Llenar» es justamente la palabra adecuada a esta idea, y ciertamente que cada uno de los días del buen obispo estaba repleto hasta los bordes de buenos pensamientos, de buenas palabras y de buenas acciones. Sin embargo, no era completo si el tiempo frío o lluvioso le impedía pasear de noche, después que las dos mujeres se habían retirado, una o dos horas por su jardín antes de dormirse. Parecía para él una especie de rito prepararse al sueño por la meditación, en presencia de los grandes espectáculos que ofrece el cielo por la noche. Algunas veces, a hora bastante avanzada de ésta, si las dos mujeres no dormían, le oían pasear lentamente por el jardín. Hallábase allí solo consigo mismo; recogido, apacible, adorando, comparando la serenidad de su corazón con la serenidad del éter, conmovido en las tinieblas por los resplandores visibles de las constelaciones y por los invisibles resplandores de Dios, abriendo su alma a los pensamientos que brotan de lo desconocido. En aquellos instantes, cuando a la hora en que las flores nocturnas ofrecen su perfume, ofrecía su corazón, ardiendo como una lámpara en el centro de la noche estrellada, esparciéndose en éxtasis en medio de la irradiación universal de la creación, ni él mismo hubiera podido describir lo que pasaba en su espíritu. Sentía algo que se lanzaba fuera de su ser, y algo también que descendía sobre él. Misteriosas relaciones entre los abismos del alma y los abismos del universo. Pensaba en la grandeza y en la presencia de Dios: en la eternidad futura, extraño misterio; en la eternidad pasada, misterio más extraño todavía; en todos los infinitos que se hundían ante sus ojos en todos los sentidos, y, sin tratar de comprender lo incomprensible, lo miraba. No estudiaba a Dios; se deslumbraba admirándole en sus obras. Consideraba aquellos magníficos enlaces de los átomos que dan aspecto a la materia; que revelan las fuerzas, evidenciándolas; que crean los individuos en la unidad, las proporciones en la extensión, lo innumerable en lo infinito, y que por la luz producen la belleza. Estos enlaces se forman y deshacen sin cesar; de aquí la vida y la muerte.

Sentábase en un banco de madera pegado a una pared decrépita, y miraba los astros a través de los brazos descarnados y raquíticos de sus árboles frutales. Aquel pedazo de tierra tan pobremente plantado, tan lleno de cobertizos y casuchas, le bastaba y sentía cariño hacia él.

¿Qué más pensaba aquel anciano, que repartía los pocos ocios de su vida entre cuidar su jardín de día y la contemplación de noche? Aquel cercado que tenía por bóveda los cielos, ¿no era bastante para poder adorar a Dios, ya en sus obras más hermosas, ya en las más sublimes? ¿Qué más podía desear? Un pequeño jardín para pasear y la inmensidad para meditar. A sus pies lo que podía cultivar y recoger; sobre su cabeza lo que se puede estudiar y meditar: algunas flores en la tierra y todas las estrellas en el cielo. Estos pormenores podrían dar al obispo de Digne cierta fisonomía panteísta y hacer creer que profesaba una de esas filosofías personales propias de nuestro siglo, que germinan algunas veces en los ánimos solitarios y en ellos se arraigan, debemos decir e insistimos en ello, que ninguno de cuantos han conocido a monseñor Bienvenido se ha creído autorizado para pensar nada semejante de él. Lo que en aquel hombre resplandecía era el corazón. Su sabiduría era hija de la luz que aquél producía.

Ningún sistema, muchas obras: tal era su norma. Las especulaciones abstractas acaban por producir vértigos; y nada indica que aventurase su espíritu en las apocalipsis. El apóstol puede ser osado, pero el obispo debe ser tímido. Probablemente hubiera tenido escrúpulo de sondear demasiado el fondo de ciertos problemas reservados de algún modo a los grandes y atrevidos pensadores. A las puertas del enigma hay cierto horror sagrado; aquellos sombríos caminos están allí abiertos, pero alguna cosa os grita, pasajeros de la vida, que no entréis allí. ¡Desgraciado del que por ellos penetra...!

Los genios, en las inauditas profundidades de la especulación pura, situados, por decirlo así, por encima de los dogmas, proponen sus ideas a Dios. Su plegaria ofrece audazmente la discusión: su adoración interroga. Ésta es la religión directa, llena de ansiedad y de responsabilidad para quien trata de probar sus escarpados senderos. La meditación humana no tiene límites. A su costa y riesgo analiza y profundiza su propio deslumbramiento. Podría decirse que, por una especie de reacción espléndida, deslumbra con él a la Naturaleza. El mundo misterioso que nos rodea devuelve lo que recibe: es probable que los contempladores sean contemplados. Sea como quiera, hay sobre la tierra hombres, ¿son hombres?, que perciben distintamente al extremo de los horizontes de la meditación las alturas de lo absoluto, y que tienen la terrible visión de la montaña infinita. Monseñor Bienvenido no era de estos hombres: monseñor Bienvenido no era un genio. Hubiera tenido en tal caso esas sublimes concepciones desde donde algunos seres muy grandes, como Pascal y Swedenborg, han caído en la demencia. Es verdad que esos poderosos delirios tienen su utilidad moral, y que por esos arduos caminos se acerca uno a la perfección ideal. Él prefería el atajo del Evangelio. No trataba de hacer en su casulla los pliegues del manto de Elías; no proyectaba ningún rayo del porvenir sobre los vaivenes tenebrosos de los acontecimientos, no trataba de condensar en llama la luz de las cosas, nada tenía de profeta y nada de mago. Aquel alma humilde amaba y nada más. Que dilatase la oración hasta una aspiración sobrehumana, es probable; pero nunca se ora ni se ama demasiado. Y si fuera una herejía orar aún más allá de los textos, Santa Teresa y San Jerónimo serían herejes.

Inclinábase hacia lo que gime y hacia lo que se expía. El universo se le aparecía como una inmensa enfermedad; sentía en todas partes el padecimiento, y sin tratar de adivinar el enigma, procuraba vendar y curar la llaga. El tremendo aspecto de las cosas creadas desarrollaba en él el enternecimiento; no se ocupaba sino en buscar para sí mismo y para los demás la manera mejor de compadecer y aliviar; cuanto existe era para aquel bueno y raro sacerdote un motivo permanente de tristeza que procuraba consolar. Hay hombres que trabajan en la extracción del oro; él trabajaba en la extracción de la piedad. La miseria universal era su mina, el dolor era siempre ocasión de bondad. «Amaos los unos a los otros»: en esta máxima lo encontraba todo, nada más deseaba, y ésta era toda su doctrina.

Un día, aquel hombre que se creía filósofo, aquel senador que ya hemos nombrado, dijo al obispo:

—Mirad el espectáculo que ofrece el mundo: guerra de todos contra todos: el más fuerte es el de más talento. Vuestro «amaos los unos a los otros» es una tontería.

—Pues bien —respondió monseñor Bienvenido con serenidad—, si eso es una tontería, el alma debe encerrarse en ella como la perla dentro de la concha de la ostra.

Y en ella se encerraba, y de ella vivía, y con ella se satisfacía absolutamente, dejando a un lado las cuestiones prodigiosas que atraen y que espantan: las perspectivas insondables de la abstracción, los precipicios de la metafísica, todas esas profundidades, convergentes para el apóstol hacia Dios, para el ateo hacia la nada: el destino, el bien y el mal, la guerra, la conciencia del hombre; el sonambulismo pensativo del animal; la transformación por la muerte; la recapitulación de existencias que contiene la tumba; el injerto incomprensible de los amores sucesivos en el yo persistente; la esencia, la sustancia, el Nihil y el Ens, el alma, la naturaleza, la libertad, la necesidad; problemas pavorosos, precipicios siniestros a los cuales se asoman los gigantescos arcángeles del espíritu humano, formidables abismos que Manú, Lucrecio, San Pablo y Dante observan con esa mirada fulgurante, que parece, al mirar fijamente al infinito, que hace brotar en él las estrellas. Era un hombre que observaba desde fuera las cuestiones misteriosas, sin escrutarlas, sin agitarlas y sin perturbar su propio espíritu, y que tenía en el alma el grave respeto de la sombra.

CAPÍTULO II

LA CAÍDA

En los primeros días de octubre de 1815, una hora antes de ponerse el sol, un hombre que viajaba a pie entraba en la pequeña ciudad de Digne. Los pocos habitantes que en aquel momento estaban asomados a sus ventanas o en el umbral de sus casas le miraban con cierta inquietud. Difícil hubiera sido hallar un viajero de aspecto más miserable. Era de mediana estatura, rechoncho y robusto, como de cuarenta y seis a cuarenta y ocho años. Un casquete con visera de cuero calado hasta los ojos, ocultaba en parte su rostro tostado por el sol y el aire, y todo cubierto de sudor. Su camisa, de una tela gorda y amarillenta, abrochada al cuello con una pequeña áncora de plata, dejaba ver su velludo pecho: llevaba una corbata retorcida como una cuerda; un pantalón blanco de cutí azul, usado y roto, rozado en una rodilla, agujereado en la otra; una vieja blusa gris hecha jirones, remendada en una de las mangas con un pedazo de paño verde cosido con bramante; un morral de soldado a la espalda, bien repleto, bien cerrado y nuevo; en la mano un enorme palo nudoso, los pies sin medias, calzados con gruesos zapatos claveteados, la cabeza áspera y la barba larga. El sudor, el calor, el viajar a pie, el polvo, daban sordidez a aquel conjunto derrotado. Sus cabellos estaban cortados al rape, y, sin embargo, erizados, porque comenzaban a crecer un poco y parecía que no habían sido cortados hacía algún tiempo. Evidentemente era forastero. ¿De dónde venía? Del Mediodía; de las orillas del mar tal vez, pues hacía su entrada en Digne por la misma calle por la que siete meses antes pasó Napoleón, yendo de Cannes a París. Aquel hombre debía haber caminado todo el día, pues parecía muy fatigado.

Algunas mujeres del antiguo arrabal, que está en lo bajo de la ciudad, le vieron pararse junto a los árboles del bulevar Gassendi y beber en la fuente que hay al extremo del paseo. Mucha debía ser su sed, porque algunos chicos que le seguían le vieron pararse de nuevo y volver a beber doscientos pasos más lejos, en la fuente de la plaza del Mercado.

Al llegar a la esquina de la calle de Poichevert, tomó por la izquierda y se dirigió hacia el Ayuntamiento. Entró en él y volvió a salir un cuarto de hora después. Un gendarme estaba sentado a la puerta, en el banco de piedra mismo en que el general Drouot subió el 4 de marzo para leer a la muchedumbre afanada de los habitantes de Digne la proclama del golfo Juan. El hombre se quitó su casquete y saludó humildemente al gendarme. Éste sin contestar a su saludo, le observó, le siguió algún tiempo con la vista y luego entró en la Casa Ayuntamiento.

Había entonces en Digne una buena posada que, según la muestra, se titulaba «La Cruz de Colbas». Aquella posada tenía por dueño a un tal Joaquín Labarre, hombre considerado en la ciudad por su parentesco con otro Labarre que tenía en Grenoble la posada de los «Tres Delfines». Contábase que el general Bertrand, disfrazado de carretero, hizo allí frecuentes paradas en el mes de febrero, y que había distribuido cruces y puñados de napoleones a la gente de la ciudad y del campo. El hecho es que el emperador, cuando entró en Grenoble, no quiso hospedarse en el palacio de la prefectura, y dio las gracias al alcalde diciéndole: «Voy a casa de un hombre a quien conozco», y se fue a los «Tres Delfines». La gloria de este Labarre se reflejaba a veinticinco leguas de distancia sobre el Labarre de «La Cruz de Colbas». Y en la ciudad afirmaban de él: «Es el primo del de Grenoble.»

Encaminóse el hombre hacia esta posada, que era la mejor del país, y entró en la cocina, a la cual se pasaba directamente desde la calle. Todas las hornillas estaban encendidas, y un gran fuego ardía alegremente en la chimenea. El posadero, que era al mismo tiempo jefe de cocina, iba del hogar a las cacerolas, muy ocupado en vigilar una excelente comida, destinada a unos carreteros a quienes se oía hablar y reír ruidosamente en una pieza inmediata. Todo el que ha viajado sabe que nadie come mejor que los carreteros. Una liebre bien gorda, flanqueada por dos perdices y dos gallinas, daba vueltas en un largo asador delante del fuego: en las hornillas cocían dos gruesas carpas del lago de Lanzet, y una trucha del lago de Alloz.

El posadero, al oír abrirse la puerta y entrar alguien preguntó sin apartar la vista de sus hornillas.

—¿Qué ocurre?

—Cama y comida —dijo el hombre.

—Al momento —replicó el huésped.

Entonces volvió la cabeza, abrazó con una rápida ojeada todo el conjunto del viajero, y añadió:

—Pagando, por supuesto.

El hombre sacó una bolsa de cuero del bolsillo de su blusa y contestó:

—Tengo dinero.

—En este caso, al instante estoy con vos —dijo el huésped.

El hombre volvió a guardar la bolsa en la blusa; se quitó el morral, conservó su palo en la mano y fue a sentarse en un banquillo cerca del fuego. Las noches de octubre son frías en Digne, que está cerca de las montañas. Entre tanto el huésped, yendo y viniendo de un lado para otro, lanzaba miradas al viajero.

—¿Se come pronto? —preguntó éste.

—Al momento —dijo el posadero.

Mientras el recién venido se calentaba con la espalda vuelta al posadero, éste sacó un lápiz del bolsillo, rasgó un pedazo de periódico que había sobre una mesa pequeña cerca de la ventana, escribió en el margen blanco una línea o dos, lo dobló sin cerrarlo y entregó aquel papel a un muchacho que parecía servirle a la vez de pinche y de criado; después dijo una palabra al oído del chico, y éste salió corriendo en dirección a la Casa Ayuntamiento. El viajero nada de esto vio y volvió a preguntar:

—¿Comeremos pronto?

—En seguida —respondió de nuevo Labarre.

Regresó el muchacho: traía un papel. El huésped lo desdobló apresuradamente, como quien está esperando una contestación. Leyó con rapidez, movió la cabeza y permaneció pensativo. Por fin dio un paso hacia el viajero, que parecía sumido en no muy agradables ni tranquilas reflexiones.

—Buen hombre —le dijo—, no puedo acogeros en mi casa.

El hombre se medio enderezó sobre su asiento.

—¡Cómo! ¿Teméis que no pague el gasto? ¿Queréis cobrar anticipado? Os digo que tengo dinero.

—No es eso.

—¿Pues qué?

—Vos tenéis dinero.

—He dicho que sí.

—Pero yo —dijo el posadero— no tengo cuarto que daros.

—Dejadme un sitio en la cuadra —dijo el hombre.

—No puedo.

—¿Por qué?

—Porque los caballos la ocupan toda.

—Pues bien —insistió el viajero—, ya habrá un rincón en el pajar, y un poco de paja no faltará tampoco. Lo arreglaremos después de comer.

—No puedo daros de comer.

Esta declaración hecha con tono tranquilo, pero firme, pareció grave al forastero, el cual se levantó y dijo:

—¡Bah! Me estoy muriendo de hambre. Estoy en pie desde que salió el sol; he andado doce leguas. Pago y quiero comer.

—Yo no tengo qué daros —dijo el posadero.

El viajero soltó una carcajada y, volviéndose hacia el hogar y las hornillas, preguntó:

—¿Nada? ¿Y todo esto qué es?

—Todo esto está ya comprometido.

—¿Por quién?

—Por los carreteros que están allá dentro.

—¿Cuántos son?

—Doce.

—Aquí hay comida para veinte.

—Lo han encargado todo, y además me lo han pagado adelantado.

El hombre se sentó y, sin alzar la voz, dijo:

—Estoy en la hostería; tengo hambre y me quedo.

El posadero se inclinó hacia él y le dijo con un acento que le hizo estremecer:

—Marchaos.

El viajero estaba en aquel momento encorvado y empujaba algunas brasas con la contera de su garrote. Volvióse bruscamente y, como abriese la boca para replicar, el huésped le miró fijamente y añadió en voz baja:

—Mirad, basta de conversación. ¿Queréis que os diga vuestro nombre? Os llamáis Juan Valjean. Ahora, ¿queréis que os diga también lo que sois? Al veros entrar sospeché algo; envié a preguntar al Ayuntamiento, y ved lo que me han contestado: ¿sabéis leer?

Al hablar así, Labarre presentaba al viajero, desdoblado, el papel que acababa de ir desde la hostería a la alcaldía, y de ésta a aquélla. El hombre fijó en él una mirada. El hostelero añadió después de una pausa:

—Me gusta ser político con todo el mundo. Marchaos.

El hombre bajó la cabeza, recogió el morral que había dejado junto a la puerta al entrar y se marchó. Echó por la calle principal; caminaba pegado casi a las paredes de las casas, como un hombre humillado y triste. No volvió la cabeza ni una sola vez. Si la hubiese vuelto, habría visto al posadero de «La Cruz de Colbas» en el umbral de la puerta rodeado de todos los huéspedes de la posada, hablando con viveza y señalándole con la mano, y en las miradas de desconfianza y de espanto del grupo habría adivinado que su llegada sería el acontecimiento de aquel día en la ciudad.

Nada de esto vio; las personas agobiadas por algún pesar no miran detrás de sí. Saben que les sigue siempre la mala suerte. Caminó así algún tiempo andando a la ventura por calles que no conocía, olvidando el cansancio, como sucede cuando el ánimo está triste. De pronto sintióse aguijoneado por el hambre. La noche se acercaba. Miró en derredor para ver si descubría algún sitio donde recogerse. La posada se había cerrado para él: buscaba algún humilde figón, algún pobre chiribitil. Precisamente ardía una luz al extremo de la calle: una rama de pino colgada de una horquilla de hierro se destacaba sobre el fondo blanquecino del crepúsculo. Se dirigió hacia él. Era un figón, y al propio tiempo una casa para dormir: el figón de la calle de Chaffaud. Se detuvo un momento, miró por los vidrios de la puerta el interior de la sala baja, iluminada por una pequeña lámpara colocada sobre una mesa, y por un gran fuego que ardía en la chimenea. Algunos hombres bebían. El tabernero se calentaba. La llama hacía cocer el contenido de una marmita de hierro, colgada de una cadena en medio del hogar. Entrábase al figón por dos puertas. La una daba a la calle, la otra a un pequeño corral lleno de estiércol. El viajero no se atrevió a entrar por la puerta de la calle. Entró en el corral, se detuvo de nuevo, luego levantó tímidamente el pestillo y empujó la puerta.

—¿Quién va? —preguntó el amo.

—Uno que quiere comer y dormir. Las dos cosas pueden hacerse aquí.

Entró. Todos cuantos se hallaban en el figón se volvieron hacia él. La luz de la lámpara le iluminaba por un lado, el fuego de la chimenea por otro. Examináronle algún tiempo mientras se despojaba de su morral. Luego dijo el posadero:

—Aquí tenéis fuego. La cena cuece en la marmita; venid a calentaros.

El viajero fue a sentarse junto al hogar; extendió hacia el fuego sus pies doloridos por el largo camino; un agradable olor exhalaba la marmita. Todo lo que de su rostro se podía distinguir bajo la visera de su casquete tomó un vago aspecto de bienestar mezclado con ese otro aspecto tan punzante que da el hábito del padecimiento. Su semblante era firme, enérgico y triste. Era extraña la composición de aquella fisonomía: comenzaba por parecer humilde y acababa por parecer severa. Los ojos brillaban bajo las cejas, como el fuego bajo la maleza. Uno de los que estaban sentados junto a la mesa del figón era un pescadero, que antes de ir allí había estado en la posada de Labarre a dejar su caballo. La casualidad había hecho que aquella misma mañana hubiera encontrado a aquel viandante de mal aspecto entre Bras d'Asse y... creo que Escoublon. Al encontrar al viajero, que parecía muy fatigado, le había pedido que le permitiera subirse a la grupa, a lo que el pescadero contestó doblando el paso de su cabalgadura. Este pescadero formaba parte del grupo que rodeaba a Joaquín Labarre, y él mismo había contado su desagradable encuentro de por la mañana a los huéspedes de «La Cruz de Colbas». Desde el sitio en que estaba hizo al posadero una seña imperceptible. Éste se acercó a él y hablaron unas pocas palabras en voz baja. El hombre había vuelto a caer en sus meditaciones. El posadero se acercó a la chimenea, puso bruscamente la mano en el hombro del viajero y le dijo:

—Vas a largarte de aquí.

El viajero se volvió y contestó con dulzura:

—¡Ah! ¿Sabéis...?

—Sí.

—¿Qué no me han admitido en la posada?

—Y yo te echo de aquí.

—Pero, ¿adónde queréis que vaya?

—A cualquier parte.

El hombre cogió su garrote y su morral, y se marchó. Al salir algunos chiquillos que le seguían desde «La Cruz de Colbas» y que parecía que le habían esperado, le empezaron a tirar piedras. Volvió atrás colérico y les amenazó con el palo, y los muchachos se dispersaron como una bandada de pájaros. Pasó por delante de la cárcel. A la puerta colgaba una cadena de hierro unida a una campana. Llamó. Abrióse un postigo.

—Buen carcelero —le dijo, quitándose respetuosamente la gorra—, ¿queréis abrirme y darme alojamiento por esta noche?

Una voz le contestó:

—La cárcel no es una posada. Haced que os prendan, y se os abrirá.

El postigo volvió a cerrarse.

Entró en una callejuela a la cual daban muchos jardines. Algunos, en vez de tapia, sólo estaban cerrados por un pequeño seto, lo cual alegraba la calle. Entre estos jardines y estos setos vio una casa de un solo piso cuya ventana aparecía iluminada. Acercóse y miró por la vidriera como había hecho en la taberna. Era una habitación grande, enjalbegada; había en ella una cama con colcha de indiana, una urna en un rincón, algunas sillas de madera y una escopeta de dos cañones colgada en la pared. En medio se veía una mesa dispuesta para comer. Un velón de cobre iluminaba el mantel de tela gorda, pero blanca, el vaso de estaño reluciente como si fuera de plata, lleno de vino, y una sopera humeante. A la mesa estaban sentados un hombre como de cuarenta años, de fisonomía alegre y franca, que hacía brincar sobre sus rodillas un niño. Cerca de él estaba una mujer joven, dando de mamar a otro niño. El padre reía, el niño reía también, la madre sonreía.

El forastero permaneció un momento meditabundo ante aquel espectáculo tierno y tranquilo. ¿Qué pasó en su ánimo? Es probable que pensara que aquella casa alegre también sería hospitalaria, y que allí donde veía tanta dicha hallaría también un poco de piedad. Llamó débilmente con la mano en uno de los vidrios y no le oyeron. Dio un segundo golpe. Oyó que la mujer decía al marido:

—Me parece que alguien llama.

—No —contestó el marido.

Insistió por tercera vez. El marido se levantó, cogió el velón y abrió la puerta. Era un hombre alto, medio campesino, medio artesano, con un gran delantal de cuero que le llegaba hasta la barba. En la parte del pecho, convertida en una especie de bolsillo, llevaba un martillo, un pañuelo encarnado, una caja de tabaco y otros varios objetos. Tenía la cabeza echada hacia atrás, y la camisa y el cuello vuelto dejaban desnudo el suyo, que era blanco y grueso como el de un toro. Sus cejas eran espesas, sus bigotes grandes y poblados, sus ojos relucían, y la parte inferior del rostro, semejante al de un perro de presa.

—Buen hombre, perdonad —dijo el viajero—. ¿Podríais darme, pagando, por supuesto, un poco de sopa y un rincón en ese cobertizo del jardín para pasar la noche?

—¿Quién sois? —preguntó el amo de la casa.

El hombre contestó:

—Vengo de Puy-Mosson. He caminado todo el día, he andado doce leguas. ¿Podéis proporcionarme lo que os pido, pagándolo?

—Ciertamente no me negaría a alojar a nadie con tal de que pagase bien. Pero, ¿por qué no habéis ido a la posada?

—No había ya lugar en ella.

—¡Bah! No es posible. Hoy no ha sido día de feria ni de mercado. ¿Habéis estado en casa de Labarre?

—Sí.

—¿Y bien?

—No sé por qué, pero no me ha recibido —contestó turbado.

—¿Por qué no habéis ido al figón de la calle de Chaffaud?

La turbación del forastero crecía por momentos.

—No me ha querido recibir tampoco —balbuceó.

El rostro del artesano tomó una viva expresión de desconfianza, observó al viajero de la cabeza a los pies y de pronto exclamó, con una especie de estremecimiento:

—¡Ah! ¿Seréis por ventura el...?

Dirigió una nueva mirada al forastero, dio tres pasos atrás, dejó el velón en el suelo y descolgó la escopeta.

A las palabras del marido *seréis por ventura...* la mujer se levantó, cogió sus dos niños en brazos, se refugió precipitadamente detrás de su marido, mirando con espanto al forastero, asustados los ojos y murmurando en voz baja: «¡Tunante!» Todo esto pasó en menos tiempo del que hemos tardado en referirlo. Después de haber examinado por algunos momentos al viajero, como se examina a una víbora, el dueño de la casa se encaminó a la puerta y le ordenó con imperioso acento:

—Vete.

—Por piedad —suplicó el hombre—; un vaso de agua.

—Un tiro te daré.

Al propio tiempo cerró violentamente la puerta y el viajero oyó correr dos viejos cerrojos. Luego, cerrándose también las maderas de la ventana, desde fuera se oyó el ruido de una barra de hierro. Continuaba anocheciendo y el viento frío de los Alpes comenzaba a soplar. A la luz del expirante día el forastero descubrió, en uno de los jardines que costeaban la calle, una caseta o choza con techo de bálago. Atravesó resueltamente la barrera de madera que cerraba el jardín y se halló dentro de éste. Acercóse a la choza: tenía por puerta una estrecha abertura muy baja y se parecía a esas construcciones que los peones levantan a la orilla de las carreteras. Pensó que sería aquélla alguna choza de peones camineros. Sentía frío y hambre. Estaba resignado a sufrir ésta, pero contra el frío quería encontrar un abrigo. Generalmente esta clase de chozas no están habitadas por la noche. Púsose a gatas y logró penetrar en la choza. Estaba caliente, y además encontró en ella una buena cama de paja. Quedóse por un momento tendido en aquel lecho, sin poder hacer ningún movimiento; tal era su cansancio. Luego, percatándose de que el morral le incomodaba y que además podía servirle de excelente almohada, púsose a desatar una de las correas. En aquel momento se oyó un gruñido: alzó el rostro y vio que por la abertura de la choza asomaba la cabeza de un mastín enorme. El sitio en donde estaba era una perrera. Era el viajero vigoroso y temible: armóse con su garrote, hizo de su morral una especie de escudo y salió de la choza como pudo no sin agrandar los desgarrones de su vestido. Salió también del jardín; pero andando hacia atrás, obligado, para mantener al perro a distancia respetuosa, a recurrir a ese manejo del palo, que los maestros en el arte llaman el *molinete*. Cuando, no sin trabajo, hubo vuelto a pasar la barrera y se halló otra vez en la calle, solo, sin comida, sin techo, sin abrigo, arrojado hasta de aquella cama de paja y de aquella zahúrda miserable, dejóse caer más bien que se sentó sobre una piedra, y parece que alguien que pasaba le oyó murmurar:

—Soy menos que un perro.

Al poco se levantó y reanudó el camino. Salió de la ciudad, esperando encontrar algún árbol o alguna pila de heno que le diera abrigo. Caminó un rato con la cabeza siempre baja. Cuando se vio lejos de toda habitación, alzó los ojos y miró en derredor. Estaba en el campo: ante él había una de esas colinas bajas, cubiertas de rastrojo que después de la siega parecen cabezas esquiladas. El horizonte estaba negro, no sólo por efecto de la oscuridad de la noche, sino porque lo empañaban nubes muy bajas, que parecían apoyarse en la colina y que subían cubriendo todo el cielo. Sin embargo, como la luna iba a salir y flotaba aún en el cenit un resto de claridad crepuscular, aquellas nubes creaban en lo alto del cielo una especie de bóveda blanquecina, desde la cual caía sobre la tierra cierta claridad. Estaba, pues, la tierra más iluminada que el cielo, lo cual es particularmente siniestro; y la colina, de pobres y mezquinos contornos, dibujábase vaga y descolorida sobre el tenebroso horizonte. Nada había en el campo ni en la colina más que un árbol deforme, cuyas ramas se retorcían gimiendo a algunos pasos del viajero. Aquel hombre estaba muy distante de tener esos hábitos delicados de la inteligencia y del espíritu que nos hacen sensibles al aspecto misterioso de las cosas; sin embargo, había en aquel cielo, en aquella colina, en aquella llanura y en aquel árbol algo tan profundamente desconsolador que, después de un momento de meditación, el viajero se volvió atrás bruscamente. Hay instantes en que hasta la Naturaleza parece hostil.

Volvióse a la ciudad. Las puertas de Digne estaban ya cerradas. Digne que sostuvo sitios durante las guerras de religión estaba todavía rodeada en 1815 de viejas murallas flanqueadas de torres cuadradas, que después han sido demolidas. Pasó por una brecha y entró de nuevo en la población. Serían como las ocho de la noche. Como no conocía las calles, anduvo a la ventura. Llegó a la prefectura y luego al seminario. Cuando pasó por la plaza de la catedral, enseñó el puño a la iglesia en señal de amenaza. En la esquina de esta calle hay una imprenta. Allí se imprimieron por primera vez las proclamas del emperador y de la guardia imperial al ejército, traídas de la isla de Elba y dictadas por el mismo Napoleón. Destrozado por el cansancio y no esperando ya nada, se echó sobre el banco de piedra que estaba a la puerta de aquella imprenta. Una anciana salía de la iglesia en aquel momento y vio a aquel hombre, tendido en la oscuridad.

—¿Qué hacéis, buen amigo? —le preguntó.

—Ya lo veis, buena mujer, me acuesto —le contestó con voz colérica y dura.

La buena mujer, bien digna de este nombre por cierto, era la marquesa de R.

—¿En ese banco? —replicó.

—Durante diecinueve años he tenido un colchón de madera, y hoy tengo un colchón de piedra.

—¿Habéis sido soldado?

—Sí, buena mujer, soldado.

—¿Por qué no vais a la posada?

—Porque no tengo dinero.

—¡Ay! —dijo la marquesa de R.—; no llevo en el bolsillo más que cuatro sueldos.

—Dádmelos.

El viajero tomó los cuatro sueldos: la señora R. siguió:

—Con tan poco no podéis alojaros en una posada. ¿Habéis probado, sin embargo? ¿Es posible que paséis así la noche? Tendréis sin duda frío y hambre. Debieran recibiros por caridad.

—He llamado a todas las puertas.

—¿Y qué?

—De todas me han arrojado.

La «buena mujer» tocó en el hombro al viajero y le señaló al otro extremo de la plaza una puerta pequeña al lado del palacio arzobispal.

—¿Habéis llamado —dijo— a todas las puertas?

—Sí.

—¿También a aquélla?

—No.

—Pues llamad allí.

* * *

Aquella noche el obispo, al regresar de dar un paseo por la ciudad, estuvo hasta bastante tarde encerrado en su cuarto. Ocupábase en escribir una gran obra sobre los «Deberes», la cual, por desgracia, ha quedado incompleta. Reunía cuidadosamente cuanto los Padres y Doctores han dicho sobre este grave asunto; su libro estaba dividido en dos partes: primera, de los deberes de todos; segunda de los deberes de cada uno, según la clase a que pertenece.

Los deberes de todos son los grandes deberes. Hay cuatro, y San Mateo los señala: Deberes para con Dios (San Mateo IV); deberes para con uno mismo (V, 29, 30); deberes para con el prójimo (VII, 12); deberes para con las criaturas (VI, 20, 25). Los demás deberes del obispo los había hallado indicados y prescritos en otras partes; los de los soberanos y los súbditos en la Epístola a los Romanos; de los magistrados, de las esposas, de las madres y de los jóvenes, por San Pedro; de los maridos, de los padres, de los hijos y de los servidores, en la Epístola a los Efesios; de los fieles, en la Epístola a los Hebreos; de las doncellas, en la Epístola a los Corintios. De todas estas prescripciones iba haciendo laboriosamente un conjunto que quería presentar a las almas.

A las ocho trabajaba todavía, escribiendo en grandes cuartillas de papel, con un voluminoso libro abierto sobre las rodillas, cuando la señora Magloire entró, según costumbre, a sacar la plata del cajón colocado junto a la cama. Poco después el obispo, conociendo que la mesa estaba puesta y que su hermana quizá estaría esperando, cerró su libro, abandonó su asiento y penetró en el comedor.

Sobre la mesa había un velón: la mesa estaba junto a la chimenea, y en ésta ardía un buen fuego.

En el momento en que penetró el obispo en el comedor, la señora Magloire conversaba con la «señorita» de un asunto que le era familiar, y al cual el obispo estaba ya acostumbrado. Tratábase del cerrojo de la puerta principal.

Parece que yendo a hacer algunas compras para la cena había oído referir ciertas cosas en distintos sitios. Hablábase de un vagabundo de mala facha; decíase que había llegado un hombre sospechoso, el cual debía estar en alguna parte de la ciudad, y que podía suceder que llegasen a tener un mal encuentro los que aquella noche se olvidaran de recogerse temprano. Añadíase que la policía estaba muy mal organizada, en atención a ciertas rivalidades que existían entre el prefecto y el alcalde, los cuales trataban de hacerse daño, dejando que se verificasen los acontecimientos que debieran evitar, y que a las personas prudentes tocaba vigilar lo que la policía descuidaba, guardarse bien y tener mucho cuidado con echar cerrojos y cerrar bien las puertas.

La señora Magloire recalcó esta última frase, pero el obispo acababa de salir de su cuarto, donde hacía bastante frío, y habiéndose sentado a la chimenea, se calentaba, y acaso pensaba en cosa muy distinta de lo que formaba el tema de la conversación de las dos mujeres. No prestó, pues, atención a las palabras que acababa de pronunciar la señora Magloire. Ésta volvió a repetirlas, y entonces la señorita Baptistina, queriendo satisfacerla, sin desengañar a su hermano, se atrevió a decir tímidamente:

—Hermano mío, ¿oyes lo que dice la señora Magloire?

—He oído vagamente algo —contestó el obispo.

Después, medio volviéndose en su silla hacia la anciana, poniendo ambas manos sobre las rodillas y levantando su rostro cordial y francamente alegre, iluminado por el resplandor del fuego, añadió:

—Veamos: ¿Qué hay? ¿Qué sucede? ¿Nos amenaza algún peligro?

Entonces la señora Magloire contó de nuevo su historia, exagerándola un poco, sin querer y sin advertirlo. Decíase que un desarrapado, una especie de mendigo peligroso, se hallaba en la ciudad. Habíase presentado para alojarse en la posada de Joaquín Labarre, que no le quiso recibir. Se le había visto llegar por el bulevar Gassendi y vagar al oscurecer por las calles. Era un hombre con un morral y cuerdas, de una facha terrible.

—¿De veras? —dijo el obispo.

Este consentimiento en interrogarla alentó a la señora Magloire, parecía indicarle que el obispo no estaba muy distante de sentir alguna alarma; así, pues, prosiguió con acento triunfante:

—Sí, monseñor: es como os lo digo. Esta noche sucederá alguna desgracia en la ciudad. Todo el mundo lo dice. Luego, ¡como la policía es tan mala! ¡Vivir en un país montañoso como éste y no tener por la noche faroles en las calles! Se sale... y a lo mejor... Yo decía, monseñor, y la señorita decía también...

—Yo —interrumpió la hermana— no digo nada. Lo que mi hermano haga está bien hecho.

La señora Magloire siguió como si no la hubiera oído.

—Decíamos que esta casa no está del todo segura; que si monseñor lo permite, voy a avisar a Paulino Musebois que venga a poner los antiguos cerrojos de la puerta: están ahí, de modo que es cosa de un minuto. Y digo que hacen falta cerrojos, aunque no sea sino por esta noche, monseñor, porque una puerta que se abre desde fuera con sólo alzar el pestillo por el primero que llega es una cosa terrible. Luego, como monseñor tiene la costumbre de decir siempre que entren y, además, como a medianoche, ¡válgame el cielo!, no hace falta pedir permiso...

En aquel momento se oyó llamar a la puerta con alguna violencia.

—¡Adelante! —dijo el obispo.

La puerta se abrió de par en par, todo lo grande que era, como si alguien la empujase con energía. Entró un hombre. Era el viajero a quien hemos visto vagar buscando asilo. Dio un paso y se detuvo, dejando la puerta abierta. Llevaba el morral a la espalda, el palo en la mano; en los ojos una expresión ruda, audaz, cansada y violenta: iluminábale el fuego de la chimenea, era una aparición siniestra. La señora Magloire ni fuerza tuvo para lanzar un grito. Se estremeció y quedó muda e inmóvil como una estatua. La señorita Baptistina se volvió, vio al hombre que entraba y medio se incorporó de miedo; luego, volviendo poco a poco la cabeza hacia la chimenea, miró a su hermano y su rostro adquirió al fin un aspecto de profunda calma y serenidad. El obispo fijaba en el hombre una mirada tranquila. Al abrir los labios para preguntar al recién llegado lo que deseaba, éste apoyó ambas manos en su garrote, pasó su mirada por el anciano y las dos mujeres, y sin esperar a que el obispo hablase, dijo en voz alta:

—Me llamo Juan Valjean: soy presidiario. He pasado en presidio diecinueve años. Estoy libre desde hace cuatro días, y me encamino a Pontarlier, que es el punto de mi residencia. Hace cuatro días que estoy de marcha desde Tolón. Hoy he hecho doce leguas a pie. Esta tarde, al llegar a este país, he entrado en una posada, de la cual me han despedido a causa de mi pasaporte amarillo, que había presentado en la alcaldía. Era preciso que así lo hiciese. He ido a otra posada y me han dicho: Vete. Nadie quiere albergarme. He ido a la cárcel y el carcelero no me ha abierto. Me he metido en una perrera y el perro me ha mordido y me ha arrojado de allí. Parecía que sabía quién era yo. Me he ido al campo para dormir al raso; pero ni aun eso me ha sido posible. He creído que iba a llover y que no habría un buen Dios que impidiera la lluvia y he vuelto a entrar en la ciudad para buscar en ella el quicio de una puerta. Iba a echarme ahí en la plaza sobre una piedra, cuando una buena mujer me ha señalado vuestra casa y me ha dicho: llamad ahí. He llamado: ¿Qué casa es ésta? ¿Una posada? Tengo dinero, producto de mi masita. Ciento nueve francos y quince sueldos que he ganado en presidio con mi trabajo en diecinueve años. Pagaré. ¿Qué me importa, si tengo dinero? Estoy muy cansado: he recorrido doce leguas a pie y tengo hambre. ¿Queréis que me quede?

—Señora Magloire —dijo el obispo—, poned un cubierto más.

El hombre dio tres pasos y se acercó al velón que estaba sobre la mesa.

—Mirad —dijo—, no me habéis comprendido bien: soy un presidiario, un forzado. Vengo de presidio —y sacó del bolsillo una gran hoja de papel amarillo que desdobló—. Ved mi pasaporte. Amarillo, como veis: esto sirve para que me echen de todas partes. ¿Queréis leerlo? Lo leeré yo; sé leer: he aprendido en presidio. Hay allí una escuela para los que quieren aprender. Ved lo que han puesto en mi pasaporte: «Juan Valjean, presidiario cumplido, natural de...» esto no hace al caso... «Ha estado diecinueve años en presidio: cinco por robo con fractura; catorce por haber intentado evadirse cuatro veces. Es hombre muy peligroso.» Ya lo veis, todo el mundo me desprecia. ¿Queréis vos recibirme? ¿Esta es una posada? ¿Queréis darme cama y cena? ¿Tenéis una cuadra?

—Señora Magloire —ordenó el obispo—, poned sábanas limpias en la cama de la alcoba.

Ya hemos explicado de qué naturaleza era la obediencia de aquellas dos mujeres. La señora Magloire salió para ejecutar las órdenes que había recibido. El obispo se volvió hacia el hombre y le dijo:

—Sentaos y calentaos: dentro de un momento cenaremos, y mientras cenáis, se os hará la cama.

El hombre comprendió al fin. La expresión de su rostro, hasta entonces sombría y dura, cambióse en una expresión de asombro, de alegría extraordinaria. Comenzó a balbucear como un loco:

—¿Es de veras? ¡Cómo! ¿Me recibís? ¿No me echáis? ¿A mí? ¿A un presidiario? ¿Y no me tuteáis? ¿Y no me decís: «¡Vete, perro!» como suelen decirme? Yo creía que tampoco aquí me recibirían; por eso he dicho lo que soy. ¡Oh, gracias a la buena mujer que me ha enseñado esta casa! ¡Voy a cenar! ¡A dormir en una cama con colchones y sábanas como todo el mundo! ¡Una cama! Hace diecinueve años que no me he acostado en una cama, y no querréis que la deje. Sois personas muy dignas y además tengo dinero: pagaré bien. Dispensad, señor posadero: ¿cómo os llamáis? Pagaré todo lo que queráis. Sois un excelente hombre. Sois el posadero, ¿verdad?

—Soy —dijo el obispo— un sacerdote que vive aquí.

—¡Un sacerdote! —dijo el hombre—. ¡Oh, un buen sacerdote! Entonces, ¿no me pedís dinero? Sois el cura, ¿no es esto? ¿El cura de esta iglesia? ¡Claro, es verdad! ¡Qué tonto! No había visto vuestro solideo.

Hablando así había dejado el saco y el palo en un rincón, guardado su pasaporte en el bolsillo y tomado asiento. La señora Baptistina le miraba con dulzura.

—Sois muy humano, señor cura —siguió diciendo—; vos no despreciáis a nadie. Es gran cosa un buen sacerdote. ¿De modo que no tenéis necesidad de que os pague?

—No —dijo el obispo—, guardad vuestro dinero. ¿Cuánto tenéis? ¿No me habéis dicho que ciento nueve francos?

—Y quince sueldos —precisó el hombre.

—Ciento nueve francos y quince sueldos. ¿Y cuánto tiempo os ha costado ganar ese dinero?

—¡Diecinueve años!

El obispo suspiró profundamente y el hombre siguió:

—Todavía tengo todo mi dinero. En cuatro días no he gastado más que veinticinco sueldos, que he ganado ayudando a descargar unos carros en Grasse. Y pues sois sacerdote voy a deciros que en el presidio teníamos un capellán. Y un día vi a un obispo, a monseñor como allí le llaman. Era el obispo de la Mayor en Marsella. Es el cura que está sobre los curas. Vos lo sabéis; perdonadme, yo hablo mal, ¡pero está tan lejos de mí! El obispo dijo la misa en medio de un altar, y tenía en la cabeza una cosa de oro terminada en punta. Era el mediodía y brillaba. Estábamos puestos en fila, por los tres lados, con los cañones y las mechas encendidas enfrente de nosotros. No le veíamos bien. El obispo habló, pero estaba demasiado lejos y no le oímos. Ved aquí lo que es un obispo.

Mientras hablaba, el obispo se había levantado a cerrar la puerta, que había quedado completamente abierta. La señora Magloire volvió y trajo un cubierto que puso en la mesa.

—Señora Magloire —dijo el obispo—, poned ese cubierto lo más cerca posible de la lumbre. —Y volviéndose hacia su huésped—: El viento de la noche es muy crudo en los Alpes: ¿tenéis frío, caballero?

Cada vez que pronunciaba la palabra «caballero» con voz dulcemente grave se iluminaba la fisonomía del huésped. Llamar caballero a un presidiario es dar un vaso de agua a un náufrago de la Medusa.

—Mal alumbra esta luz —dijo el obispo.

La señora Magloire lo oyó; trajo de la chimenea del cuarto de Su Ilustrísima los dos candelabros de plata y los puso encendidos en la mesa.

—Señor cura —dijo el hombre—, sois bueno; no me despreciáis. Me aceptáis en vuestra casa. Encendéis las bujías para mí. Y sin embargo, no os he ocultado de dónde vengo y que soy un miserable.

El obispo, que estaba sentado a su lado, le tocó suavemente la mano:

—Podéis excusaros el decirme quién sois. Ésta no es mi casa, es la casa de Jesucristo. Esa puerta no pregunta al que entra por ella si tiene un nombre, sino si tiene algún dolor. Padecéis, tenéis hambre y sed, pues sed bien venido. No me lo agradezcáis; no me digáis que os recibo en mi casa. Aquí está en su casa el que precisa un asilo. Así debo decíroslo a vos que pasáis por aquí; estáis en vuestra casa más que yo en la mía. Todo lo que hay aquí es vuestro. ¿Para qué necesito saber vuestro nombre? Además, tenéis un nombre que antes que lo dijeseis lo sabía yo.

El hombre abrió sus ojos asombrado.

—¿De veras? ¿Sabéis cómo me llamo?

—Sí —contestó el obispo—, ¡os llamáis mi hermano!

—¡Ah señor cura! —exclamó el viajero—. Antes de entrar tenía mucha hambre; pero sois tan bueno que ahora no sé lo que tengo. El hambre se me ha pasado.

—¿Habéis sufrido mucho? —preguntó el obispo.

—¡Oh! ¡La chaqueta roja, la bala al pie, una tarima para dormir, el calor, el frío, el trabajo, los cabos de vara, la doble cadena por nada, el calabozo por una palabra y, aun enfermo en la cama, la cadena! ¡Los perros son más felices! ¡Diecinueve años! Ahora tengo cuarenta y seis y un pasaporte amarillo. Aquí está todo.

—Sí —replicó el obispo—, dejáis atrás un lugar de tristeza. Pero sabed que hay más alegría en el Cielo por las lágrimas de un pecador arrepentido que por la blanca vestidura de cien justos. Si salís de ese lugar de dolores con ideas de odio y de cólera contra los hombres seréis digno de lástima; pero si salís con pensamientos de caridad, de dulzura y de paz, valdréis más que todos nosotros.

Mientras tanto la señora Magloire había servido la cena; una sopa hecha con agua, aceite, pan y sal, un poco de tocino, un pedazo de carnero, higos, un queso fresco y un gran pan de centeno. A la comida ordinaria del obispo había añadido una botella de vino añejo de Mauves. La faz del obispo tornó de repente a la expresión de dulzura propia de las personas hospitalarias:

—A la mesa —dijo con viveza, según acostumbraba cuando cenaba con algún forastero, e hizo sentar al hombre a su derecha. La señorita Baptistina, tranquila y naturalmente, tomó asiento a su izquierda.

El obispo dijo el «benedicte», y después sirvió la sopa según su costumbre. El hombre empezó a comer ávidamente.

—Me parece que falta algo en la mesa —dijo el obispo de repente.

La señora Magloire no había puesto más que los tres cubiertos absolutamente necesarios. Pero era costumbre de la casa, cuando el obispo tenía algún convidado, poner en la mesa los seis cubiertos de plata, inocente ostentación. Esta graciosa apariencia de lujo era una especie de niñada, notable en aquella casa tranquila y severa, que elevaba la pobreza hasta la dignidad. La señora Magloire comprendió la observación, salió sin decir nada, y un momento después los tres cubiertos pedidos por el obispo lucían en el mantel, colocados simétricamente ante cada uno de los comensales.

* * *

Para dar una idea de lo que pasó en aquella mesa, no podemos hacer nada mejor que transcribir un pasaje de una carta de la señorita Baptistina donde cuenta a la señora de Boischevron, con minuciosa sencillez, la conversación entre el obispo y el forzado:

«Este hombre no prestaba atención a nada. Comía con una voracidad de hambriento. Sin embargo, después de cenar dijo:

»—Señor ministro de Dios, todo esto es demasiado bueno para mí; pero debo deciros que los carreteros que no me han permitido comer con ellos, comen mejor que vos.

»Esta observación me pareció un poco extraña. Mi hermano le respondió:

»—Trabajan más que yo.

»—No —replicó el hombre—, tienen más dinero. Vos sois pobre, ya lo veo. Quizá no sois ni aun cura. ¿Sois cura siquiera? ¡Ah! Si Dios fuese justo, bien mereceríais ser cura.

»—Dios es más que justo —dijo mi hermano.

»Un momento más tarde añadió:

»—Señor Juan Valjean, ¿váis a Pontarlier?

»—Con itinerario forzoso.

»Creo que esto fue lo que contestó. Luego continuó:

»—Es necesario que me ponga en camino mañana al rayar el día. Muy duro es viajar. Las noches son frías y los días calurosos.

»—Vais —dijo mi hermano— a buen país. En tiempo de la Revolución quedó arruinada mi familia, y yo me refugié en el Franco-Condado, donde viví algún tiempo con el trabajo de mis manos. Tenía buena voluntad: encontré en qué ocuparme. No tuve que hacer más que escoger. Había almacenes de papel, de curtidos, de esencias, de aceites; fábricas de relojes, de acero, de cobre, y más de veinte de hierro, entre las cuales son notables las de Lods, Chatillon, Audincourt y Beure.

»Creo que no me equivoco, y que son éstos los nombres que mi hermano mencionó. Después de esto se volvió a mirarme y me dirigió la palabra.

»—Querida hermana: ¿no tenemos parientes en ese país?

»Yo le respondí:

»—Teníamos, entre otros, al señor Lucenet, capitán de puertas en Pontarlier, bajo el antiguo régimen.

»—Sí —dijo mi hermano—; pero en el 93 no había parientes, ni tenía uno más que sus brazos; y yo trabajé. Hay en el país de Pontarlier, adonde vais, señor Valjean, una industria patriarcal y hermosa, hermana mía: las queserías, que llaman allí fruterías.

»Entonces mi hermano, mientras comía aquel hombre, le explicó detenidamente lo que son las fruterías de Pontarlier —que las hay de dos clases—: las "grandes granjas", que pertenecen a los ricos, y tienen cuarenta o cincuenta vacas, que producen de siete a ocho mil quesos en el verano, y las "queserías de asociación", que son de los pobres; es decir, de los campesinos de la montaña que reúnen sus vacas y se reparten los productos. Toman a su servicio un quesero, a quien llaman "grurin", el cual recibe la leche que le da cada uno de los asociados tres veces al día y anota esas cantidades en una tabla duplicada; a finales de abril empieza el trabajo en las queserías y hacia mediados de junio los queseros llevan sus vacas a la montaña.

»El hombre se reanimaba comiendo. Mi hermano le hacía beber del rico vino de Mauves, del que no se atreve a beber él mismo, porque es muy caro, y, entre tanto, le refería todos estos pormenores con esa sencilla alegría, que ya conocéis, mezclando sus palabras con graciosos gestos dirigidos a mí. Insistió mucho en la buena posición del "grurin", como si desease que este hombre comprendiera, sin aconsejarle directa y claramente, que con tal oficio encontraría un asilo. Una cosa me chocó: mi hermano, ni durante toda la cena ni el resto de la noche, si se exceptúan algunas palabras sobre Jesús que pronunció a su entrada, nada dijo que pudiese recordar a este hombre quién era, ni darle a conocer lo que era mi hermano. Y ésta era, sin embargo, una ocasión muy propia para dirigirle un trozo de sermón. Cualquiera hubiera creído que, teniendo al lado a este desgraciado, era la ocasión de dar alimento a su alma al mismo tiempo que al cuerpo y de hacerle alguna reconvención bien razonada de moral y de consejo, o de manifestarle conmiseración, exhortándole a obrar mejor en el porvenir. Pero mi hermano ni le preguntó de dónde era, ni cuál era su vida. En su vida está indudablemente su falta, y mi hermano parecía evitar todo lo que pudiese recordársela, hasta el punto de que en un momento en que hablaba de los montañeses de Pontarlier, que "tienen un suave trabajo cerca del cielo, y que son felices porque son inocentes...", enmudeció de repente, temiendo que hubiese en estas palabras que se le escapaban algo que pudiera ofender al huésped. A fuerza de reflexionar creo haber comprendido lo que pasaba en el corazón de mi hermano. Pensaba sin duda que este hombre, que se llamaba Juan Valjean, tenía tan presente su miseria en el espíritu, que debía distraerle y hacerle creer, aunque no fuese más que por un momento, que era un hombre como otro cualquiera y que para él todo aquello era lo mismo que sucedía ordinariamente. En efecto: ¿no es esto comprender bien la caridad? ¿No hay, buena amiga, algo verdaderamente evangélico en esta delicadeza que prescinde del sermón, de la moral y de las alusiones? La piedad más grande, ¿no consiste, cuando un hombre tiene un sitio dolorido, en no tocar este sitio? Me ha parecido que éste era el pensamiento íntimo de mi hermano. En todo caso, lo que puedo decir es que, si efectivamente obró así, no lo dio a conocer ni aun a mí misma: estuvo lo mismo que todas las noches, y cenó con Juan Valjean con la misma naturalidad con que hubiera cenado con el señor Gedeón el preboste, o con el señor cura párroco.

»Al fin de la cena, cuando estábamos comiendo unos higos, llamaron a la puerta. Era la tía Gerbaud con su hijo en brazos. Mi hermano besó al niño en la frente y me pidió quince sueldos que tenía yo allí para dárselos a la tía Gerbaud. El hombre no prestó gran atención a esto. No hablaba nada, y parecía cansado. La pobre tía Gerbaud salió; mi hermano dio gracias, se volvió hacia el hombre y le dijo: "Debéis tener necesidad de descanso." La señora Magloire quitó el cubierto en seguida. Yo comprendí que debíamos retirarnos para dejar dormir al viajero y ambas subimos a nuestro cuarto. Pero poco después envié a la señora Magloire para que pusiera en la cama de este hombre una piel de corzo de la Selva Negra que tengo en mi cuarto.

»Las noches son muy frías, y esta piel calienta. Es una lástima que esté ya muy usada: se le cae todo el pelo. Mi hermano la compró cuando estuvo en Alemania, en Tottlingen, cerca de las fuentes del Danubio, al mismo tiempo que el cuchillo, de mango de marfil, que uso en la mesa.

»La señora Magloire volvió inmediatamente: hicimos oración a Dios en el salón donde se cuelga la ropa blanca, y luego nos fuimos cada una a nuestra habitación sin hablar una palabra.»

* * *

Monseñor Bienvenido, después de dar las buenas noches a su hermana, cogió uno de los dos candelabros de plata que había sobre la mesa, entregó el otro a su huésped y le dijo:

—Caballero, voy a mostraros vuestro cuarto.

El hombre le siguió. Como ha podido conocerse por lo que hemos dicho antes, la habitación estaba distribuida de tal modo que para salir o entrar al oratorio en que estaba la alcoba era preciso pasar por el dormitorio del obispo. En el momento en que atravesaba este cuarto, la señora Magloire cerraba el armario de la plata que estaba a la cabecera de la cama. Esto era lo último que hacía cada noche antes de acostarse. El obispo instaló a su huésped en la alcoba. Una cama blanca y limpia le aguardaba. El hombre puso la luz sobre una mesita.

—Bien —dijo el obispo—, que paséis buena noche. Mañana, antes de marchar, tomaréis una taza de leche de nuestras vacas, bien caliente.

—Gracias, señor cura —dijo el hombre.

Pero apenas hubo pronunciado estas palabras de paz, súbitamente, sin transición alguna, hizo un movimiento extraño, que hubiera helado de espanto a las dos santas mujeres si hubieran estado presentes. Hoy mismo no es difícil explicar la causa que le impulsaba en aquel momento. ¿Quería hacer una advertencia o una amenaza? ¿Obedecía simplemente a una especie de impulso instintivo y desconocido para él mismo? Lo cierto es que se volvió bruscamente hacia el anciano, cruzó los brazos y, fijando en él una mirada salvaje, exclamó con voz ronca:

—¡Ah! ¡Decididamente me alojáis en vuestra casa y tan cerca de vos!

Calló un momento y añadió con una sonrisa que tenía algo de monstruosa.

—¿Lo habéis reflexionado bien? ¿Quién os ha dicho que no soy un asesino?

El obispo respondió:

—Ésa es cuenta de Dios.

Después, con toda unción y moviendo los labios como el que reza o habla consigo mismo, bendijo con la mano derecha a su huésped, que ni aun dobló la cabeza, y sin volver la vista atrás entró en su dormitorio. Cuando la alcoba estaba habitada, el altar se cubría con una gran cortina de sarga, que corría de un lado a otro del oratorio. El obispo se arrodilló al pasar delante de la cortina e hizo una breve oración. Un instante después estaba en su jardín, paseando, pensativo, contemplando con el alma y con el pensamiento los grandes misterios que Dios descubre por la noche a los ojos que permanecen abiertos. En cuanto al hombre, estaba tan cansado que ni aun se aprovechó de aquellas sábanas tan blancas. Apagó la luz y se dejó caer vestido en la cama, donde quedó profundamente dormido.

* * *

Juan Valjean despertó poco después de medianoche. Pertenecía el ex presidiario a una pobre familia de Brie. No había aprendido a leer en su infancia, y cuando fue hombre, tomó el oficio de podador en Faverolles. Su madre se llamaba Juana Mathieu, y su padre Juan Valjean, mote y contracción probablemente de «voilá Jean»: ahí está Juan.

Juan Valjean tenía el carácter pensativo, aunque no triste, propio de las almas afectuosas. Su naturaleza estaba algo adormecida, era algo indiferente, en apariencia a lo menos. Perdió de muy corta edad a su padre y a su madre. Ésta murió de una fiebre láctea mal cuidada. Su padre, podador como él, murió de una caída de un árbol. Se encontró sin más familia que una hermana de más edad que él, viuda y con siete hijos entre varones y hembras. Esta hermana le había criado y mientras vivió su marido tuvo en su casa a su hermano. El marido murió cuando el mayor de los siete hijos tenía ocho años y el menor uno. Juan Valjean acababa de cumplir veinticinco años. Reemplazó al padre y mantuvo a su vez a su hermana, que le había criado. Hizo esto sencillamente como un deber, y aun con cierta rudeza.

Su juventud se agotó con un trabajo duro y mal pagado. Nunca le habían conocido novia en el país. No había tenido tiempo para enamorarse. Por la noche regresaba cansado a su casa y comía su sopa sin decir una palabra. Mientras comía, su hermana, la tía Juana, tomaba con frecuencia de su escudilla lo mejor de la comida, el pedazo de carne, la lonja de tocino, el cogollo de la col, para dárselo a alguno de sus hijos. Él, sin dejar de comer, inclinado sobre la mesa, con la cabeza casi metida en la cena, con sus largos cabellos esparcidos alrededor de la escudilla y ocultando sus ojos, parecía que nada veía y dejaba hacer. Había en Faverolles, no lejos de la choza de Valjean, al otro lado de la calle, una lechera llamada María Claudia; los hijos de Juana, casi siempre hambrientos, iban muchas veces a pedir al fiado a María Claudia en nombre de su madre una pinta de leche, que bebían detrás de una enramada o en cualquier rincón de la calle, arrancándose unos a otros el vaso, y con tanta precipitación que las niñas pequeñas lo derramaban en su delantal y en su cuello. Si la madre hubiera sabido de este hurtillo habría corregido severamente a los delincuentes. Pero Juan Valjean, brusco y gruñón, pagaba, sin que Juana lo supiera, la pinta de leche a María Claudia, y los niños se evitaban así el castigo.

Ganaba en la estación de la poda dieciocho sueldos diarios; después se empleaba como segador, como peón de albañil, como mozo de bueyes y como jornalero. Hacía todo lo que podía. Su hermana también trabajaba. Pero, ¿qué había de hacer con siete niños? Aquella familia era un triste grupo vencido poco a poco por la miseria. Llegó un invierno cruel; Juan no tuvo trabajo. La familia careció de pan. ¡Ni una onza de pan y siete niños!

Un domingo por la noche Maubert Isabeu, panadero de la plaza de la Iglesia en Faverolles, se disponía a acostarse, cuando oyó un golpe violento en la puerta y en la vidriera de su tienda. Acudió y llegó a tiempo de ver pasar un brazo a través del agujero hecho en la vidriera por un puñetazo. El brazo cogió un pan y se retiró. Isabeu salió apresuradamente; el ladrón huyó corriendo, pero Isabeu corrió también y lo detuvo. El ladrón había tirado el pan, pero tenía aún el brazo ensangrentado. Era

Juan Valjean. Esto pasó en 1795. Juan fue acusado ante los tribunales de aquel tiempo como autor de un «robo con fractura, de noche y en casa habitada». Tenía en su casa un fusil del que se servía como el mejor tirador del mundo; era aficionado a la caza furtiva, y esto le perjudicó. Porque hay contra estos cazadores una repulsión legítima. El cazador furtivo, lo mismo que el contrabandista, anda muy cerca del salteador. Sin embargo, digámoslo de paso, hay un abismo entre ambos y el miserable asesino de las ciudades. El cazador furtivo vive en el bosque; el contrabandista en las montañas o en el mar. Las ciudades crean hombres feroces, porque crían hombres corrompidos. La montaña, el mar, el monte crían hombres salvajes, en los cuales se desarrolla el lado feroz; pero casi siempre sin destruir el instinto humano. Juan Valjean fue declarado culpable. Las palabras del código eran terminantes. Hay en nuestra civilización momentos terribles, y son precisamente aquellos en que la ley penal pronuncia una condena. ¡Instante fúnebre aquel en que la sociedad se aleja y consuma el irreparable abandono de un ser pensador! Juan Valjean fue condenado a cinco años de presidio. El 22 de abril de 1796 se celebró en París la victoria de Montenotte, ganada por el general en jefe del ejército de Italia, a quien el mensaje del Directorio a los Quinientos, el 2 floral del año IV, llama Buonaparte. Aquel mismo día se remachó una cadena en Bicetre. Juan Valjean formaba parte de esta cadena. Un antiguo mozo de la cárcel, que tiene hoy cerca de noventa años, recuerda aún a este desgraciado, cuya cadena se remachó en la extremidad del cuarto cordón en el ángulo norte del patio. Estaba sentado en el suelo como todos los demás. Parecía que no comprendía de su posición sino que era horrible. Pero es posible que descubriese, a través de las vagas ideas de un hombre completamente ignorante, que había en su castigo algo excesivo. Mientras que a grandes martillazos remachaban la bala de su cadena, lloraba; las lágrimas le ahogaban, le impedían hablar, y solamente de rato en rato exclamaba: «Yo era podador en Faverolles.» Luego, sollozando y alzando su mano derecha, y bajándola gradualmente siete veces, como si tocase sucesivamente siete cabezas a desigual altura, quería indicar que lo que había hecho, fuese lo que fuese, había sido para alimentar y vestir a siete criaturas.

Por fin partió para Tolón, donde llegó después de un viaje de veintisiete días en una carreta y con la cadena al cuello. En Tolón fue vestido con la chaqueta roja, y entonces se borró todo lo que había sido en su vida, hasta su nombre, porque desde entonces no fue Juan Valjean, sino el número 24.601. ¿Qué fue de su hermana? ¿Qué de los siete niños? Pero, ¿quién se preocupa de esto? ¿Qué es el puñado de hojas del árbol serrado por el pie?

La historia es siempre la misma. Estos desgraciados seres, estas criaturas de Dios, sin apoyo alguno, sin guía, sin asilo, quedaron a merced del destino: ¿qué más se ha de saber? Se fueron cada uno por su lado y se sumergieron poco a poco en esa fría bruma en que se sepultan los destinos solitarios: tenebrosas tinieblas en que desaparecen sucesivamente tantos infortunados en la sombría marcha del género humano. Abandonaron aquel país. La campana de lo que había sido su pueblo les olvidó; el límite de lo que había sido su campo les olvidó y, después de algunos años de presidio, Juan Valjean les olvidó también. En aquel corazón, donde había existido una herida, quedó una cicatriz y nada más. Apenas, durante todo el tiempo que pasó en Tolón, oyó hablar una sola vez de su hermana. Al fin del cuarto año de prisión recibió noticias por no sé qué conducto. Alguno que los había conocido en su país había visto a su hermana: estaba en París. Vivía en un miserable callejón, cerca de San Sulpicio, en la calle de Geindre. No tenía consigo más que un niño, un niño pequeño, el amor de todos. ¿Dónde estaban los demás? Posiblemente su madre no lo sabía. Todas las mañanas iba a una imprenta, en la calle de Sabat, número 3, donde trabajaba de plegadora y encuadernadora. Debía estar allí a las seis de la mañana, mucho antes de ser de día en el invierno. En la misma casa de la imprenta había una escuela, adonde llevaba a su hijo, que tenía siete años. Pero, como ella entraba en la imprenta a las seis y la escuela no se abría hasta las siete, el niño esperaba una hora en el patio a que se abriese la escuela; en el invierno una hora de noche y al descubierto. En la imprenta no querían que entrase el niño, porque incomodaba, según decían. Los obreros veían a este chicuelo, al pasar por la mañana, sentado en el suelo cayéndose de sueño, y muchas veces dormido en la oscuridad, acurrucado sobre su cestito. Los días de lluvia, una viejecita, la portera, tenía compasión del infeliz y le recogía en su cuchitril, donde no había más que una pobre cama, una rueca y dos taburetes: el pobrecillo se dormía allí en un rincón, arrimándose al gato para sentir menos el frío. A las siete se abría la escuela y entraba en ella. Esto fue lo que dijeron a Juan Valjean. Ocupó su ánimo esta noticia un día, es decir, un momento, un relámpago, como una ventana abierta bruscamente en el destino de los seres a quienes había amado. Después se cerró la ventana; no se volvió a hablar más de ello, y todo se acabó. Nada supo después; no los volvió a ver; no los encontró ni los encontrará jamás en la continuación de esta dolorosa historia.

A finales de este mismo cuarto año le llegó su turno para la evasión. Sus camaradas le ayudaron como suele hacerse en aquella triste mansión, y escapó. Anduvo errante dos días en libertad por el campo, si es ser libre estar perseguido, volver la cabeza a cada instante y al menor ruido, tener miedo de todo: del techo que humea, del hombre que pasa, del perro que ladra, del caballo que galopa, de la hora que suena, del día porque se ve, del camino, del sendero, de los árboles, del sueño. En la noche del segundo día cayó preso. No había comido ni dormido hacía treinta y seis horas. El tribunal le condenó por este delito a un recargo de tres años, con lo cual eran ocho los de pena. Al sexto año le tomó también el turno para la evasión, pero no pudo consumarla. Había faltado a la lista. Tiróse el cañonazo, y por la noche la ronda le encontró oculto bajo la quilla de un buque en construcción; resistió a los guardias que le cogieron: evasión y rebelión. Este hecho, previsto por el código especial, fue castigado con un recargo de cinco años, dos de ellos de doble cadena: total trece años. Al décimo le llegó otra vez su turno, y lo aprovechó, pero no salió mejor librado. Tres años más por esta nueva tentativa: total dieciséis años. En fin, el año decimotercero, según creo, intentó de nuevo su evasión y fue cogido a las cuatro horas. Tres años más por estas cuatro horas: total diecinueve años. En octubre de 1815 salió en libertad: había entrado en presidio en 1796 por haber roto un vidrio y haber cogido un pan.

Hagamos aquí un corto paréntesis. Ésta es la segunda vez que el autor de este libro, en sus estudios sobre la cuestión penal y sobre la condena legal, toma el robo de un pan como punto de partida del desastre de un destino. Juan Valjean había robado un pan. Una estadística inglesa demuestra que, en Londres, de cada cinco robos, cuatro tienen por causa inmediata el hambre. Juan Valjean había entrado en el presidio sollozando y tembloroso, salió impasible. Entró desesperado, salió sombrío. ¿Qué había sucedido en su alma? Intentemos explicarlo. Es preciso que la sociedad se fije en estas cosas, puesto que ella es su causa.

Juan era, como hemos dicho, un ignorante, pero no era un imbécil. La luz natural ardía en su interior, y la desgracia, que tiene también su luz, aumentó la poca claridad que había en aquel espíritu. Bajo la influencia del látigo, de la cadena, del calabozo, del trabajo bajo el ardiente sol, en el lecho de tablas del presidiario, se encerró en su conciencia y reflexionó. Se constituyó en tribunal. Empezó por juzgarse a sí mismo. Reconoció que no era un inocente castigado injustamente. Confesó que había cometido una acción mala, culpable; que quizá no le habrían negado el pan si lo hubiese pedido; que en todo caso habría sido mejor esperar para conseguirlo de la piedad o del trabajo; que no es una razón que no tiene réplica el decir: ¿se puede esperar cuando se padece hambre? Que es muy raro el caso de que un hombre muera literalmente de hambre, y que, afortunada o desgraciadamente, el hombre está constituido de modo que puede sufrir mucho y por mucho tiempo, moral y físicamente, sin que le hiera la muerte; que le era preciso haber tenido paciencia; que esto hubiera sido mejor para sus pobres niños; que había sido un acto de locura en él, desgraciado criminal, coger violentamente a la sociedad entera por el cuello y figurarse que se puede salir de la miseria por medio del robo; que es siempre una mala puerta para salir de la miseria la que da entrada a la infamia, y, en fin, que había obrado mal.

Después se preguntó si era el único que había obrado mal en tan fatal historia; si no era una cosa grave que él, trabajador, careciese de trabajo; que él, laborioso, careciese de pan; si el castigo no había sido feroz y extremado después de cometida y confesada la falta; si no había más abuso por parte de la ley en la pena que por parte del culpado en la culpa; si no había un exceso de peso en uno de los platillos de la balanza, en el de la expiación; si el recargo de la pena no era el olvido del delito, y no producía por resultado el cambio completo de la situación, reemplazando la falta del delincuente con el exceso de la represión, transformando al culpado en víctima y al deudor en acreedor, poniendo definitivamente el derecho de parte del mismo que lo había violado; si esta pena, complicada por recargos sucesivos por las tentativas de evasión, no concluía por ser una especie de atentado del fuerte contra el débil, un crimen de la sociedad contra el individuo; un crimen que empezaba todos los días; un crimen que se cometía continuamente por espacio de diecinueve años. Se preguntó si la sociedad humana podía tener el derecho de hacer sufrir igualmente a sus miembros, en un caso su imprevisión irracional y en otro su impía previsión, y de adueñarse para siempre de un hombre entre una falta y un exceso: falta de trabajo, exceso de castigo. Se preguntó si no era justo que la sociedad tratase así precisamente a aquellos de sus miembros peor dotados en la repartición de los bienes, y por tanto a los miserables más dignos de consideración.

Planteadas y resueltas estas cuestiones, juzgó a la sociedad y la condenó. La hizo responsable de su suerte y se dijo que no dudaría en pedirle cuentas algún día. Se declaró a sí mismo que no había equilibrio entre el mal que había causado y el que había recibido; concluyendo, por fin, que su castigo no era ciertamente una injusticia, pero era seguramente una iniquidad.

La cólera puede ser loca, absurda; el hombre puede irritarse injustamente, pero no se indigna sino cuando tiene razón en el fondo. Juan Valjean se sentía indignado. Además, de la sociedad no había recibido sino otro daño: nunca había conocido más que esa fisonomía iracunda que se llama justicia y que enseña a los que castiga. Los hombres no le habían prestado atención más que para maltratarle. Todo contacto que con ellos tuvo había sido una herida. Nunca, desde su infancia, exceptuando a su madre y a su hermana, había encontrado una voz amiga, una mirada benévola. Así, de padecimiento en padecimiento, llegó a la convicción de que la vida es una guerra, y que en esta guerra era él el vencido. Y no teniendo más arma que el odio, resolvió aguzarle en el presidio, y llevarle consigo a su salida.

Había en Tolón una escuela para los presidiarios, dirigida por los hermanos Ignorantinos, en la cual se enseñaba lo más preciso a los desgraciados que tenían buena voluntad. Juan fue del número de los hombres de buena voluntad. Principió a ir a la escuela a los cuarenta años y aprendió a leer, a escribir y a contar. Entonces conoció que fortificar su inteligencia era fortificar su odio; porque en ciertos casos, la instrucción y la luz pueden servir de auxiliares al mal.

Digamos ahora una cosa triste: Juan, después de haber juzgado a la sociedad que causó su desgracia, juzgó a la Providencia que había hecho la sociedad, y la condenó también. Así, durante estos diecinueve años de tortura y de esclavitud su alma se elevó y decayó al mismo tiempo. En ella entraron la luz y las tinieblas. Juan no era, como se ha visto, de una naturaleza malvada. Incluso era bueno cuando entró en el presidio. Allí condenó a la sociedad y conoció que se hacía malo; condenó a la Providencia y conoció que se hacía impío.

Es difícil pasar adelante sin meditar un momento: ¿La naturaleza humana puede transformarse completamente por el destino y hacerse mala siendo malo el destino? ¿Puede el corazón hacerse deforme y contraer defectos y enfermedades incurables bajo la presión de una desgracia desproporcionada, como la columna vertebral bajo una bóveda demasiado baja? ¿No hay en toda alma humana, no había en el alma de Juan Valjean una primera chispa, un elemento divino, incorruptible en este mundo, inmortal en el otro, que el bien puede desarrollar, encender, hacer brillar esplendorosamente y que el mal no puede nunca apagar?

Todas éstas son cuestiones graves y oscuras, a la última de las cuales cualquier fisiólogo hubiera respondido probablemente sin vacilar que «no» si hubiese visto en Tolón, en las horas de descanso, que eran para Juan Valjean horas de meditación que pasaba sentado con los brazos cruzados, apoyado en algún cabrestante, con el extremo de su cadena metido en el bolsillo para impedir que se arrastrase; a este presidiario triste, serio, silencioso y pensativo, paria de las leyes, que miraba al hombre con cólera, condenado de la civilización, que miraba al cielo con severidad. Cierto, y no tratamos de disimularlo, el observador fisiólogo hubiera visto allí una miseria irremediable; se hubiera lamentado tal vez del mal causado por la ley, pero no hubiera tratado de curarle; habría vuelto el rostro a otro lado al entrever las profundas cavernas de aquel alma y, como Dante de la puerta del infierno, habría borrado de esta existencia la palabra que el dedo de Dios ha escrito en la frente de todo hombre: «¡Esperanza!»

Pero este lado del alma, que hemos tratado de analizar, ¿era tan claro para Juan Valjean como nosotros tratamos de presentarlo a nuestros lectores? ¿Veía distintamente este desgraciado, a medida que se formaban, todos los elementos de que se componía su miseria moral? Este hombre rudo e ignorante, ¿se había explicado claramente la sucesión de ideas por medio de la cual, peldaño a peldaño, había subido y bajado hasta los lúgubres espacios, que eran desde hacía tantos años el horizonte interior de su espíritu? ¿Tenía conciencia de todo lo que había pasado en él y de todas las emociones que experimentaba? Esto es lo que no nos atrevemos a decir: esto es lo que no creemos. Había demasiada ignorancia en Juan Valjean; estaba en las tinieblas; puede decirse que odiaba todo lo que pudiera haber delante de él. Vivía habitualmente en esta sombra, a tientas, como un ciego. Solamente a intervalos recibía súbitamente, de sí mismo o del exterior, un impulso de cólera, un aumento de padecimiento, un pálido y rápido rayo que iluminaba toda su alma y presentaba bruscamente a su alrededor, y entre los resplandores de la luz horrible, los negros precipicios y las sombrías perspectivas de su destino. Pero pasaba el rayo, venía la noche y ¿dónde estaba él? Ya no lo sabía. La consecuencia inmediata de las penas de esta naturaleza, en las que domina la impiedad, es decir, la estupidez de transformar poco a poco, por una especie de transfiguración estúpida, un hombre en una bestia y algunas veces en una bestia feroz. Las tentativas de evasión de Juan Valjean, sucesivas y obstinadas, bastarían para probar esta extraña influencia de la ley penal sobre el alma humana. Juan Valjean habría renovado estas tentativas, tan inútiles y tan temerarias, cuantas veces se hubiese presentado la ocasión, sin pensar un instante en el resultado ni en la experiencia adquirida. Se escapaba como el lobo que encuentra abierta la jaula. El instinto le decía: ¡Huye! La razón le habría dicho: ¡Espera! Pero ante una tentativa tan violenta, la razón desaparecía; quedaba sólo el instinto. Obraba la bestia. Cuando era preso de nuevo, la severidad no servía más que para aumentar su irritación.

Una circunstancia que no debemos olvidar es que estaba dotado de una fuerza física a la que no llegaba con mucho ninguno de sus compañeros de presidio. En el trabajo para hacer un cable, para tirar de una cabria, Juan Valjean valía tanto como cuatro hombres. Levantaba y sostenía enormes pesos sobre su espalda, y reemplazaba a veces el instrumento llamado «cabria» o «gato», y que antes se llamaba «orgullo», de donde ha tomado su nombre, dicho sea de paso, la calle de Mont-Irgueil, cerca del mercado de París. Sus compañeros le habían apodado Juan Cabria. Una vez que se estaba reparando el balcón de las Casas Consistoriales de Tolón, una de las admirables cariátides de Puget que lo sostienen se balanceó e iba a caer, cuando Juan Valjean, que se hallaba cerca, sostuvo la cariátide con los hombros y dio tiempo a que llegaran los obreros. Su agilidad era aún mayor que su fuerza. Ciertos presidiarios, fraguadores perpetuos de evasiones, concluyen por hacer de la fuerza y de la destreza combinadas una verdadera ciencia: la ciencia de los músculos. Los presidiarios, eternos envidiosos de las moscas y de los pájaros, practican cotidianamente esta estática misteriosa. Subir por una vertical y hallar puntos de apoyo donde no existe apenas un desnivel, era solamente un juego para Juan Valjean. Dado un ángulo de un muro, con la tensión de la espalda y de los jarretes, con los codos y talones hundidos en las asperezas de la piedra, se izaba, por decirlo así, mágicamente a un tercer piso. Algunas veces subía de este modo hasta el techo del calabozo. Hablaba poco y no reía jamás. Era necesaria una emoción fortísima para arrancarle una o dos veces al año esa lúgubre risa del forzado, que es como el eco de una risa satánica. Parecía ocupado siempre en mirar una cosa terrible. Estaba continuamente absorto. A través de las percepciones defectuosas de una naturaleza incompleta y de una inteligencia oprimida, conocía confusamente que había algo monstruoso sobre él. Y en aquella penumbra sombría y tenebrosa en que se arrastraba, cada vez que volvía la cabeza y trataba de elevar sus miradas, veía con miedo y furor al mismo tiempo sobreponerse, subir y desaparecer en alturas escarpadas una especie de montón confusa y repugnante de cosas, de leyes, de preocupaciones, de hombres y de hechos cuyos contornos no podía descubrir, cuya masa le asustaba y que no era más que esa prodigiosa pirámide que llamamos civilización. Distinguía aquí y allí en esta confusión movediza y deforme ya a su lado, ya lejos, en llanuras inalcanzables, algún grupo, algún detalle vivamente iluminado: aquí al cabo con su vara; allí al gendarme con su sable; más allá al arzobispo con su mitra; en lo alto, como una especie de sol, al emperador, coronado y deslumbrante. Y le parecía que estos resplandores lejanos no sólo no disipaban su noche, sino que la hacían más fúnebre, más negra. Todo esto, leyes, ilusiones, hechos, hombres y cosas, iban y venían en su cabeza, siguiendo el movimiento complicado y misterioso que Dios imprime a la civilización, pasando sobre él y humillándole con pacífica crueldad, con inexorable indiferencia. Los réprobos de la ley, desgraciados perdidos en lo más inferior de los limbos, adonde nadie dirige una mirada, siente gravitar sobre su cabeza todo el peso de la sociedad humana, tan formidable para el que está fuera de ella, tan espantosa para el que está debajo. En esta situación Juan meditaba. ¿Cuál podía ser la naturaleza de su meditación? Si el grano colocado bajo la rueda del molino pudiese pensar, pensaría indudablemente lo mismo. Todas estas cosas, realidades llenas de espectros, fantasmagorías llenas de realidades, habían contribuido a crear en él un estado interior indescriptible. Con frecuencia, en su trabajo de presidio se detenía algunos momentos: pensaba. Su razón, más madura pero más turbada que en otro tiempo, se rebelaba. Todo lo que le había sucedido le parecía absurdo: todo lo que le rodeaba le parecía imposible. Se decía: «Esto es un delirio.» Miraba al cabo de vara que estaba de pie a algunos pasos; el cabo le parecía un fantasma, pero pronto el fantasma le sacudía un varazo. La naturaleza apenas existía para él. Casi podría decirse que no había para él ni sol, ni hermosos días de verano, ni cielo esmaltado, ni frescas auras de abril. No sé qué día de suspiros iluminaba habitualmente su alma.

Para resumir, nos limitaremos a consignar que en diecinueve años el inofensivo podador de Faverolles, el terrible presidiario de Tolón, había llegado a ser capaz, gracias a la constitución del presidio, de dos clases de malas acciones: primero, de una rápida, irreflexiva, hija del instinto, especie de represalia por el dolor sufrido, y segundo, de una grave, seria, meditada con las ideas falsas que puede dar semejante desgracia. Sus premeditaciones pasaban por las tres fases que sólo las naturalezas de cierto temple pueden recorrer: la razón, la voluntad, la obstinación. Tenía por móviles la indignación habitual, la amargura del alma, el profundo sentimiento de la iniquidad padecida, la reacción aun contra los buenos, los inocentes y los justos, si los hay. El punto inicial, así como el término de estos pensamientos, eran el odio a la ley humana: ese odio que, si no se detiene en su desarrollo por algún incidente providencial, llega a ser en un tiempo dado el odio a la sociedad; después el odio al género humano; después el odio a la creación, que se traduce por un deseo vago, incesante y brutal de hacer daño, no importa a quien, a todo ser viviente. No sin razón, el pasaporte le calificaba de «hombre muy peligroso».

De año en año se fue secando su alma, lenta pero fatalmente. A alma seca, ojos secos. A su salida de presidio hacía diecinueve años que Juan Valjean no había derramado una lágrima.

Cuando llegó la hora de abandonar el presidio, cuando Juan Valjean oyó sonar en sus oídos las palabras: «¡Eres libre!», tuvo un momento indescriptible: un rayo de viva luz, un rayo de la luz de los vivos penetró en él súbitamente. Pero no tardó en debilitarse este rayo. Se había deslumbrado con la idea de la libertad. Había creído en una vida nueva, pero pronto supo lo que es una libertad con pasaporte amarillo. Otras amarguras le esperaban. Había calculado que su masita durante su estancia en presidio se había elevado a ciento setenta y un francos, pero había olvidado en sus cálculos el reposo forzado de los domingos y días de fiesta, que en diecinueve años hacían una disminución de veinticuatro francos aproximadamente. Además, esa masita había sido reducida, por varias retenciones, a la suma de ciento nueve francos y quince sueldos, que le fueron entregados a su salida. Pero él no comprendía esto, y se creía perjudicado o robado.

Al día siguiente de su libertad, en Grasse, vio ante la puerta de un destilador de flores de naranjo algunos hombres que descargaban unos fardos. Ofreció su trabajo. Era necesario y fue aceptado. Se puso a trabajar. Era inteligente, robusto, ágil; trabajaba perfectamente; su amo parecía estar contento. Pero mientras trabajaba pasó un gendarme, le observó y le pidió sus papeles. Le fue preciso enseñar el pasaporte amarillo. Hecho esto, volvió a su trabajo. Un momento antes había preguntado a un compañero cuánto ganaba al día: «Treinta sueldos», le había respondido. Llegó la tarde y, como debía partir al siguiente día por la mañana, se presentó al amo y le rogó que le pagase. El amo no pronunció una palabra y le entregó quince sueldos. Reclamó: «Bastante es eso para ti.» Insistió. El amo le miró fijamente y le dijo: «¡Guárdate de la cárcel!» También allí se creyó robado. La sociedad, el Estado disminuyéndole su masita, le había robado en grande. Ahora le tocaba la vez al individuo, y le robaba en pequeño. La excarcelación no es la libertad. Se acaba el presidio, pero no la condena. Esto fue lo que sucedió en Grasse. Ya sabemos cómo había sido recibido en Digne.

* * *

Sonaban las dos en el reloj de la catedral cuando Juan Valjean despertó. Fue el lecho. Hacía veinte años que no se había acostado en cama y, aunque no se hubiese desnudado, la sensación era demasiado nueva para no turbar su sueño. Había dormido más de cuatro horas: estaba descansado. No acostumbraba a dedicar más horas al reposo. Abrió los ojos y miró un momento la oscuridad en derredor suyo; después los cerró para dormir otra vez.

Pero cuando han agitado el ánimo durante el día muchas sensaciones diversas; cuando se ha pensado a la vez en muchas cosas, el hombre duerme, pero no consigue volver a dormir una vez que ha despertado. El sueño viene con más facilidad que vuelve. Esto fue lo que le sucedió. No pudo dormir otra vez, y se puso a meditar. Se encontraba en uno de esos momentos en que todas las ideas que tiene el espíritu se mueven y agitan sin fijarse. Tenía una especie de vaivén oscuro en el cerebro. Sus recuerdos anteriores y sus recuerdos inmediatos flotaban en su cabeza y se cruzaban confusamente, perdiendo sus formas, aumentándose desmesuradamente y desapareciendo después de repente como en una laguna fangosa y removida.

Muchas ideas le acosaban, pero entre ellas había una que se presentaba más continuamente a su espíritu y que expulsaba a las demás. Había reparado en los seis cubiertos de plata y el cucharón que la señora Magloire había puesto en la mesa. Estos seis cubiertos de plata le perseguían. Y estaban allí. A algunos pasos. En el mismo instante en que atravesaba el cuarto contiguo, la criada los colocaba en un cajoncito, a la cabecera de la cama. Se había fijado mucho en este cajoncito. A la derecha, entrando por el comedor. Y eran macizos. Y de plata antigua. Con el cucharón, valdrían unos doscientos francos. Doble de lo que había ganado en diecinueve años. Verdad es que hubiera ganado más si la administración no le hubiera «robado».

Su mente osciló por espacio de una hora larga en fluctuaciones. Dieron las tres. Abrió los ojos, se incorporó bruscamente en la cama, extendió el brazo y buscó a tientas el morral que había arrojado en un rincón de la alcoba; después dejó caer sus piernas, puso los pies en el suelo y se encontró, casi sin saber cómo, sentado en la cama. Permaneció por algún tiempo pensativo en esta actitud, siniestra para todo el que le hubiese observado en aquella oscuridad y despierto él solo en aquella casa en que todo dormía. De repente se bajó, se quitó los zapatos, que colocó suavemente en la estera de la cama; volvió a su primera postura de meditación y quedó inmóvil. En aquella horrible meditación las ideas que asaltaban sin cesar su cerebro entraban, salían, volvían, formando una especie de peso en su cabeza. Además pensaba también, sin saber por qué y con esa obstinación maquinal propia del delirio, en un presidiario llamado Brevet, el cual llevaba un pantalón sujeto sólo por un tirante de algodón hecho a punta de aguja. El dibujo a cuadros de este tirante se le presentaba sin cesar en la memoria. Seguía en esta situación, y hubiera permanecido en ella hasta que viniese el día si el reloj no hubiese dado una campanada; el cuarto o la media. No parecía sino que esta campanada le ordenara: ¡Vamos!

Se levantó, dudó aún un momento y escuchó: todo estaba en silencio en la casa; entonces se dirigió a cortos pasos y rectamente a la ventana, guiado por la luz que penetraba por entre las rendijas. La noche no era oscura, había luna llena ante la cual pasaban las nubes impulsadas por el viento, que producían por fuera alternativas de luz y de sombra, eclipses, iluminaciones, y por dentro una especie de crepúsculo. Este crepúsculo, suficiente para servir de guía e intermitente a causa de las nubes, se asemejaba a las tintas lívidas que penetran por el respiradero de una cueva sobre el cual van y vienen los transeúntes. Cuando llegó a la ventana la examinó. No tenía reja, daba al jardín y no estaba cerrada, según la costumbre del país, más que con un pestillo. La abrió; el aire frío y penetrante que entró en la alcoba le obligó a cerrar en seguida. Observó el jardín con esa mirada atenta que estudia más que mira. Estaba cercado por una pared blanca, bastante baja y fácil de escalar. Más allá distinguió las copas de unos árboles plantados a distancias iguales, lo que le indicaba que la pared separaba el jardín de una alameda o de una calle con árboles.

Después de haber echado esta mirada, y con el ademán de un hombre decidido, se dirigió a la cama, cogió su morral, lo abrió, lo registró, sacó una cosa que puso sobre la cama, se metió los zapatos en los bolsillos, cerró el saco y se lo echó a la espalda, se puso la gorra bajando la visera encima de los ojos, buscó a tientas su palo y fue a colocarlo en el ángulo de la ventana; después volvió a la cama y cogió el objeto que había dejado allí. Parecía una barra de hierro corta, aguzada como un chuzo por uno de sus extremos. Hubiera sido difícil averiguar para qué servía aquel pedazo de hierro. ¿Era una palanca o una maza? A la luz hubiera podido conocerse que no era más que un candelero de mina. Los presidiarios lo empleaban algunas veces para extraer piedras de las colinas que rodean Tolón. Y no es extraño que tuvieran a su disposición útiles de minería. Los candeleros de minero son de hierro macizo y terminan en su extremo inferior en una punta que se clava en la roca. Cogió el candelero en la mano derecha y, conteniendo la respiración y andando con sigilo, se dirigió a la puerta del cuarto contiguo donde estaba el obispo, como sabe el lector. Halló la puerta entornada. El obispo no la había cerrado.

Escuchó un momento. No se oía ningún ruido. Empujó la puerta con un dedo, suavemente. La puerta cedió a esta presión y se movió silenciosamente, ensanchando un poco la abertura. Esperó un instante y empujó de nuevo la puerta con más fuerza. Un gozne mal engrasado produjo un ruido ronco y prolongado. Juan tembló. Este ruido sonó en sus oídos como un eco formidable y vibrante, como la trompeta del juicio final. Se detuvo temblando. Oyó latir las arterias en sus sienes como dos martillos de fragua, y le pareció que el aliento salía de su pecho con el ruido con que sale el viento de una caverna. Creía imposible que el grito de aquel gozne irritado no hubiese estremecido toda la casa como la sacudida de un temblor de tierra. La puerta, impulsada por él, había dado la voz de alarma; el viejo se levantaría, las dos mujeres gritarían, recibirían auxilio, y antes de un cuarto de hora el pueblo estaría en movimiento y la gendarmería en pie. Por un instante se creyó perdido. Permaneció inmóvil, petrificado como estatua de sal, sin atreverse a hacer ningún movimiento. Pasaron algunos minutos. La puerta se había abierto completamente. Se atrevió a entrar en el cuarto. Escuchó; nada se movía. El ruido del gozne mohoso no había despertado a nadie. Había pasado el primer peligro; Juan Valjean estaba sobrecogido y confuso. Pero no retrocedió. Ni aun en el momento en que se creyó perdido retrocedió. Sólo pensó en acabar cuanto antes. Dio un paso y se encontró en el cuarto del obispo. Reinaba una calma absoluta. Distinguíanse aquí y allí formas vagas y confusas que de día eran papeles esparcidos en una mesa, libros abiertos, tomos colocados uno sobre otro en un taburete, un sofá con algunas ropas y un reclinatorio; pero en aquellos momentos no eran más que rincones tenebrosos y espacios blanquecinos. Se adelantó con precaución, evitando tropezar con los muebles. Oía en el fondo de la habitación la respiración igual y tranquila del obispo dormido. De repente se detuvo. Estaba cerca de la cama; había llegado antes de lo que creía.

La naturaleza mezcla algunas veces sus efectos y sus espectáculos con nuestras acciones dándoles una especie de armonía sombría e inteligente, como si quisiese obligarnos a reflexionar. Hacía media hora que el cielo estaba cubierto con una opaca nube. En el momento en que Juan se detuvo ante el lecho se abrió la nube como si hubiera estado esperando aquel instante, y un rayo de luna que atravesó la alta ventana iluminó súbitamente la pálida cabeza del obispo. Dormía tranquilamente. Estaba medio vestido, para evitar la frialdad de las noches en los Alpes Bajos, con un traje de lana oscuro que le cubría los brazos hasta las muñecas. Tenía la cabeza reclinada en la almohada, en la actitud de abandono propia del reposo, y dejaba caer fuera de la cama la mano adornada del anillo pastoral, aquella mano que ejecutaba tan santas obras, tan buenas acciones.

La fisonomía del obispo reflejaba un cielo misterioso.

Dejaba pasar su luz, porque este cielo estaba dentro del obispo. Este cielo era su conciencia.

En el momento en que el rayo de luna vino a sobreponerse, por decirlo así, a esta claridad interior, el obispo dormido apareció como rodeado de un claro resplandor; pero quedó, no obstante, velado por una semiluz inefable. Aquella luna, aquella Naturaleza adormecida, aquel jardín sin un murmullo, aquella casa tan silenciosa, la hora, el momento, el silencio, daban un no sé qué de solemne al venerable reposo del obispo y rodeaban con una especie de aureola majestuosa y serena sus blancos cabellos, sus ojos cerrados, su semblante que expresaba la esperanza y la confianza, su cabeza de anciano y su sueño de niño.

Había casi divinidad en aquel hombre, tan augusto sin saberlo.

Juan Valjean estaba en la sombra con su barra de hierro en la mano, de pie, inmóvil, azorado ante aquel anciano resplandeciente. Nunca había visto una cosa semejante. Aquella confianza le asustaba. El mundo moral no puede presentar espectáculo más grande: una conciencia turbada e inquieta, próxima a cometer una mala acción, contemplando el sueño de un justo.

56

Este sueño en aquel aislamiento y al lado de aquel hombre tenía una sublimidad que se sentía vaga, pero enérgicamente.

Nadie hubiera podido decir lo que pasaba en aquel momento por el criminal; ni aun él mismo lo sabía. Para tratar de expresarlo es preciso combinar mentalmente lo más violento con lo más suave. En su fisonomía no se podía distinguir nada con certidumbre; parecía expresar un asombro esquivo. Contemplaba aquel cuadro, pero ¿qué pensaba? Imposible adivinarlo. Era evidente que estaba conmovido y desconcertado. Pero ¿de qué naturaleza era esta emoción?

No podía apartar su vista del anciano y lo único que dejaba conocer claramente su fisonomía era una extraña indecisión. Parecía dudar entre dos abismos: el de la perdición y el de la salvación, entre herir aquel cráneo y besar aquella mano.

Al cabo de algunos instantes levantó el brazo izquierdo hasta la frente y se quitó la gorra; después dejó caer el brazo con lentitud y volvió a su meditación, con la gorra en la mano izquierda, la barra en la derecha y los cabellos erizados sobre su tenebrosa frente.

El obispo seguía durmiendo tranquilamente bajo aquella mirada espantosa.

El reflejo de la luna hacía visible confusamente encima de la chimenea el crucifijo, que parecía abrir sus brazos a ambos, bendiciendo al uno y perdonando al otro.

De repente, Juan Valjean se puso la gorra, pasó rápidamente a lo largo de la cama sin mirar al obispo, dirigiéndose al armarito que estaba a la cabecera; alzó la barra de hierro como para forzar la cerradura, pero estaba puesta la llave, le abrió, y lo primero que encontró fue el cestito con la plata; lo cogió, atravesó la estancia a largos pasos, sin precaución alguna y sin cuidarse ya del ruido; pasó la puerta, entró en el oratorio, cogió su palo, abrió la ventana, la saltó, guardó la plata en su morral, tiró el canastillo, atravesó el jardín, saltó la pared como un tigre y desapareció.

Al día siguiente, al salir el sol, monseñor Bienvenido se paseaba por el jardín. La señora Magloire salió corriendo a su encuentro toda azorada.

—Monseñor, monseñor —exclamó—, ¿sabe vuestra grandeza dónde está el canastillo de la plata?

—Sí —contestó el obispo.

—¡Bendito sea Dios! —dijo ella—. No sabía dónde estaba.

El obispo acababa de recoger el canastillo en uno de los cuadros sembrados del jardín y se lo presentó a la señora Magloire.

—Aquí está.

—Sí —dijo ella—, pero vacío. ¿Dónde está la plata?

—¡Ah! —dijo el obispo—. ¿Es la plata lo que buscáis? No lo sé.

—¡Gran Dios! ¡La han robado! El hombre de anoche la ha robado.

Y en un momento, con toda su viveza, la señora Magloire corrió al oratorio, entró en la alcoba y volvió al lado del obispo. Éste se había bajado y examinaba suspirando una planta de coclearia de Gillons que había destrozado el canastillo al ser arrojado. Un grito de la señora Magloire le hizo levantarse.

—¡Monseñor, el hombre se ha escapado! ¡Ha robado la plata!

Al hacer esta exclamación sus miradas se fijaron en el ángulo del jardín, en que se veían las huellas del escalamiento. El tejadillo de la pared estaba roto.

—Mirad, por allí se ha ido. Ha saltado a la calle Cochefilet. ¡Ah, qué abominación! ¡Nos ha robado la plata!

El obispo permaneció un momento silencioso, alzó después la vista y dijo a la señora Magloire con toda dulzura:

—¿Y era nuestra esa plata?

La señora Magloire se quedó suspensa; hubo un momento de silencio y el obispo añadió:

—Señora Magloire, yo retenía injustamente hace algún tiempo esa plata. Pertenecía a los pobres. ¿Quién es ese hombre? Un pobre, evidentemente.

—¡Ay, Jesús! —dijo la señora Magloire—. No lo digo por mí ni por la señorita, porque nos es lo mismo; lo digo por vuestra ilustrísima. ¿Con qué va a comer ahora, monseñor?

El obispo la miró como asombrado.

—Pues ¿no hay cubiertos de estaño?

La señora Magloire se encogió de hombros.

—El estaño huele mal.

—Entonces, de hierro.

La señora Magloire hizo un gesto expresivo.

—El hierro sabe mal.

—Pues bien —dijo el obispo—; cubiertos de palo.

Algunos momentos después almorzaba en la misma mesa a que se había sentado Juan Valjean la noche anterior. Mientras almorzaba, monseñor Bienvenido hacía notar alegremente a su hermana, que no hablaba nada, y a la señora Magloire, que murmuraba sordamente, que no había necesidad de cuchara ni de tenedor, aunque fuesen de madera, para mojar un pedazo de pan en una taza de leche.

—¡También es ocurrencia —decía la señora Magloire yendo y viniendo— recibir a un hombre así y darle cama a su lado! ¡Aún estamos de enhorabuena porque no haya hecho más que robar! ¡Ah, Dios mío! Tiemblo cuando me acuerdo.

Cuando el ama y la hermana iban a levantarse de la mesa llamaron.

—Adelante —dijo el obispo.

Abrióse la puerta. Un grupo extraño y violento apareció en el umbral. Tres hombres traían a otro agarrado del cuello. Los tres hombres eran tres gendarmes. El cuarto era Juan Valjean.

Un cabo de gendarmes que parecía dirigir el grupo estaba también cerca de la puerta. A poco entró y se dirigió al obispo, haciendo el saludo militar.

—Monseñor... —dijo.

Al oír esta palabra, Juan Valjean, que estaba silencioso y parecía abatido, levantó estupefacto la cabeza.

—¡Monseñor! —murmuró—. ¡No es el cura!...

—Silencio —dijo un gendarme—. Es su ilustrísima el obispo.

Mientras tanto, monseñor Bienvenido se había aproximado tan precipitadamente como le permitía su edad.

—¡Ah, estáis aquí! —dijo, mirando a Juan Valjean—. Me alegro de veros. Os había dado también los candelabros, que son de plata y os pueden valer también doscientos francos. ¿Por qué no los habéis llevado con los cubiertos?

Juan Valjean abrió los ojos y miró al venerable obispo con una expresión que no podría pintar ninguna lengua humana.

—Monseñor —dijo el cabo de gendarmes—, ¿es verdad lo que decía este hombre? Le hemos encontrado como si fuese huyendo y le hemos detenido hasta ver. Tenía esos cubiertos...

—¿Y os ha dicho —interrumpió sonriendo el obispo— que se los había dado un hombre, un sacerdote anciano, en cuya casa había pasado la noche? Ya lo veo. Y lo habéis traído aquí. Eso no es nada.

—Según eso —dijo el gendarme—, ¿podemos dejarlo libre?

—Sin duda —dijo el obispo.

Los gendarmes soltaron a Juan Valjean, que retrocedió.

—¿Es verdad que me dejáis? —dijo con voz inarticulada y como si hablase en sueños.

—Sí, te dejamos, ¿no lo oyes? —le dijo un gendarme.

—Amigo mío —dijo el obispo—, tomad vuestros candelabros antes de iros. Llevadlos.

Y fue a la chimenea, cogió los dos candelabros de plata y se los dio a Juan Valjean. Las dos mujeres lo miraban sin hablar palabra, sin hacer un gesto, sin dirigir una mirada que pudiese distraer al obispo.

Juan Valjean, temblando de pies a cabeza, tomó los dos candelabros con aire distraído.

—Ahora —dijo el obispo— id en paz. Y a propósito; cuando volváis, amigo mío, es inútil que paséis por el jardín. Podéis entrar y salir siempre por la puerta de la calle. Está cerrada sólo con el picaporte noche y día.

Después, volviéndose a los gendarmes, les dijo:

—Señores, podéis retiraros.

Los gendarmes salieron.

Jean Valjean quedó como un hombre que va a desmayarse.

El obispo se aproximó a él y le dijo en voz baja:

—No olvidéis nunca que me habéis prometido emplear este dinero en haceros hombre honrado.

Juan Valjean, que no recordaba haber prometido nada, quedó suspenso. El obispo había recargado estas palabras al pronunciarlas y continuó con solemnidad:

—Juan Valjean, hermano mío, vos no pertenecéis al mal, sino al bien. Yo compro vuestra alma; yo la libro de las negras ideas y del espíritu de perdición y la consagro a Dios.

Juan Valjean salió del pueblo como huido. Caminó precipitadamente por el campo, tomando los caminos y senderos que se presentaban, sin notar que a cada momento desandaba lo andado. Así anduvo errante toda la mañana, sin comer y sin tener hambre. Una multitud de sensaciones nuevas le oprimían. Se sentía colérico y no sabía contra quién. No podía distinguir si estaba conmovido o humillado. Sentía por momentos un estremecimiento extraño y lo combatía oponiéndole el endurecimiento de sus últimos veinte años. Esta situación le fatigaba. Veía con inquietud que se debilitaba en su interior la horrible calma que le había hecho adquirir la injusticia de su desgracia. Y se preguntaba con qué la reemplazaría. En algún instante hubiera preferido estar preso con los gendarmes y que todo hubiera pasado de otra manera; de seguro entonces no tendría tanta intranquilidad. Aunque la estación estaba muy adelantada, había aún en las enramadas algunas flores tardías, cuyo olor, que percibía en su camino, le traía a la memoria recuerdos de la infancia. Estos recuerdos le eran insoportables. ¡Tanto tiempo hacía que no le habían impresionado!

Todo el día le persiguieron multitud de pensamientos imposibles de expresar.

Cuando ya el Sol iba a desaparecer en el horizonte y alargaba en el suelo hasta la sombra de la menor piedrecilla, Juan Valjean se sentó detrás de un matorral en una gran llanura rojiza, enteramente desierta. En el horizonte sólo se descubrían los Alpes; ni siquiera el campanario de algún pueblecillo próximo. Juan Valjean estaría a tres leguas de Digne. Un sendero que cortaba la llanura pasaba a algunos pasos del matorral.

En medio de su meditación, que no hubiera contribuido poco a hacer más temerosos sus harapos para todo el que lo hubiese encontrado, oyó un alegre ruido.

Volvió la cabeza y vio venir por el sendero a un niño saboyano, de unos diez años, que andaba cantando, con su gaita al lado y un cajón con una mona a la espalda.

Era uno de esos alegres muchachos que van de país en país, enseñando las rodillas por los agujeros de los pantalones.

El muchacho interrumpía de cuando en cuando su canto para jugar con algunas monedas que llevaba en la mano y que serían probablemente todo su capital. Entre estas monedas había una de plata de dos francos.

El muchacho se detuvo cerca del arbusto sin ver a Juan Valjean y tiró al alto las monedas, que hasta entonces había cogido con bastante habilidad en el dorso de la mano.

Pero esta vez la moneda de cuarenta sueldos se le escapó y fue rodando por la hierba hasta donde estaba Juan Valjean, quien le puso el pie encima.

Pero el niño había seguido la moneda con la vista y lo había observado.

No se detuvo; se fue derecho hacia el hombre.

El sitio estaba completamente solitario. No había ni un alma en todo lo que podía abarcar la vista, ni en la llanura ni en el camino. Sólo se dejaban oír las débiles piadas de una nube de pájaros que cruzaban el cielo a gran altura. El muchacho volvía la espalda al Sol, que doraba sus cabellos y teñía con una claridad sangrienta la salvaje fisonomía de Juan Valjean.

—Señor —dijo el saboyanito con esa confianza de los niños que es una mezcla de ignorancia y de inocencia—. ¡Mi moneda!

—¿Cómo te llamas? —preguntó Juan Valjean.

—Gervasillo, señor.

—Pues anda con Dios —le dijo Juan Valjean.

—Señor, dadme mi moneda —volvió a decir el niño.

Juan Valjean bajó la cabeza y no respondió.

El muchacho volvió a decir:

—¡Mi moneda, señor!

La vista de Juan Valjean siguió fija en el suelo.

—¡Mi moneda! —gritó ya el niño—. ¡Mi moneda de plata! ¡Mi dinero!

Parecía que Juan Valjean no oía nada. El niño le cogió del cuello de la blusa y le sacudió, haciendo esfuerzos al mismo tiempo para separar el tosco zapato claveteado que cubría su tesoro.

—¡Quiero mi moneda! ¡Mi moneda de cuarenta sueldos!

El niño lloraba. Juan Valjean levantó la cabeza, pero siguió sentado. Sus ojos estaban turbios. Miró al niño como con asombro y después llevó la mano al palo, gritando con voz terrible:

—¿Quién anda ahí?

—Yo, señor —respondió el muchacho—. Yo, Gervasillo. ¿Queréis devolverme mis cuarenta sueldos? ¿Queréis alzar el pie?

Y después, irritado ya y casi con tono amenazador, a pesar de su niñez, le dijo:

—Pero ¿quitaréis el pie? ¡Vamos, levantad el pie!

—¡Ah! ¡Conque estás aquí todavía! —dijo Juan Valjean.

Y poniéndose repentinamente de pie, sin descubrir por esto la moneda, añadió:

—¿Acabarás de largarte de aquí?

El niño le miró atemorizado, tembló de pies a cabeza y después de algunos momentos de estupor echó a correr con todas sus fuerzas sin volver la cabeza ni dar un grito.

Sin embargo, a alguna distancia, la fatiga le obligó a detenerse, y Juan Valjean, en medio de su meditación, le oyó sollozar.

Algunos instantes después, el niño había desaparecido.

El Sol se había puesto.

La sombra crecía alrededor de Juan Valjean. En todo el día no había tomado alimento; es probable que tuviese fiebre.

Se había quedado en pie y no había cambiado de postura desde que huyó el niño. La respiración levantaba su pecho a intervalos largos y desiguales. Su mirada, clavada diez o doce pasos delante de él, parecía examinar con profunda atención un pedazo de lona azul que había entre la hierba. De pronto se estremeció; sentía ya el frío de la noche.

Se encasquetó bien la gorra, se cruzó y se abotonó maquinalmente la blusa, dio un paso y se bajó para coger del suelo el palo.

Al hacer este movimiento vio la moneda de cuarenta sueldos que su pie había medio sepultado en la tierra y que brillaba entre algunas piedras. Su vista le hizo el efecto de una conmoción galvánica. «¿Qué es esto?», dijo entre dientes. Retrocedió tres pasos y se detuvo sin poder separar su vista de aquel punto que había pisoteado hacía un momento, como si aquella cosa que brillaba en la oscuridad hubiese tenido un ojo abierto y fijo en él.

Después de algunos minutos se tiró convulsivamente a la moneda de plata, la cogió y enderezándose miró a lo lejos por la llanura, dirigiendo sus ojos a todo el horizonte, anhelante, como una fiera asustada que busca un asilo.

Nada vio. La noche cerraba, la llanura estaba fría e iba formándose una bruma violada en la claridad del crepúsculo.

Dio un suspiro y marchó rápidamente en una dirección, hacia el sitio por donde el niño había desaparecido. Después de haber andado unos treinta pasos se detuvo y miró. Pero tampoco vio nada.

Entonces gritó con todas sus fuerzas:

—¡Gervasillo, Gervasillo!

Calló y esperó.

Nadie respondió.

El campo estaba desierto y triste. Juan Valjean se veía rodeado sólo del espacio. En su derredor no había más que una sombra en que se perdía su mirada, un silencio en que se perdía su voz.

Soplaba un viento glacial que daba a los objetos una especie de vida lúgubre. Los arbustos sacudían sus ramas descarnadas con increíble furia. Parecía que amenazaban y perseguían a alguien.

El hombre volvió a andar, a correr. De rato en rato se paraba y gritaba en aquella soledad con voz formidable y desolada:

—¡Gervasillo, Gervasillo!

Si el muchacho hubiera oído estas voces, de seguro habría tenido miedo y se hubiera guardado muy bien de acudir. Pero debía de estar ya muy lejos, sin duda.

Juan Valjean encontró a un cura que iba a caballo. Se dirigió a él y le dijo:

—Señor cura, ¿habéis visto pasar a un muchacho?

—No —dijo el cura.

—¡Uno que se llama Gervasillo!

—No he visto a nadie.

Entonces Juan Valjean sacó dos monedas de cinco francos de su morral y se las dio al cura.

—Señor cura, tomad para los pobres. Señor cura, es un muchacho de unos diez años, con una mona y una gaita. Iba caminando. Es uno de esos saboyanos; ya sabéis...

—No lo he visto.

—¡Gervasillo! ¿No hay algún pueblo por aquí? ¿Podríais decirme...?

—Si es como decís, debe de ser un extranjero, de esos que pasan y nadie los conoce.

Juan Valjean tomó violentamente otras dos monedas de cinco francos y se las dio al sacerdote.

—Para los pobres —le dijo.

Y después añadió con azoramiento:

—Señor cura, mandad que me prendan: soy un ladrón.

El cura picó espuelas y huyó atemorizado.

Juan Valjean echó a correr en la dirección que había tomado primeramente.

Siguió a la suerte un camino, mirando, llamando y gritando; pero no encontró a nadie. Dos o tres veces corrió hacia algunos objetos que le parecieron una persona echada o acurrucada; eran malezas o rocas a flor de tierra. En fin, se detuvo en un sitio en que había tres senderos. La luna había salido. Paseó su mirada a lo lejos y gritó por última vez: «¡Gervasillo, Gervasillo, Gervasillo!» Sus voces se apagaron en la bruma sin despertar ni un eco siquiera. Murmuró aún otra vez: «¡Gervasillo!», pero ya con una voz débil y casi inarticulada. Aquél fue su único esfuerzo;

sus piernas se doblaron bruscamente, como si un poder invisible le oprimiese con todo el peso de su mala conciencia. Cayó desfallecido sobre una piedra, con las manos en la cabeza y la cara entre las rodillas, y exclamó:

—¡Soy un miserable!

Su corazón se abrió y rompió a llorar. ¡Era la primera vez que lloraba en diecinueve años!

Cuando Juan Valjean salió de casa del obispo estaba, por decirlo así, fuera de todo lo que había sido su pensamiento hasta allí. No podía explicarse lo que pasaba por él. Quería resistir la acción angélica, las dulces palabras del anciano. «Me habéis prometido ser hombre honrado. Yo compro vuestra alma. Yo la liberto del espíritu de perversidad y la consagro a Dios.» Estas frases se presentaban a su memoria sin cesar y oponía a esta diligencia celeste el orgullo, que es en nosotros la fortaleza del mal. Conocía claramente que el perdón de aquel sacerdote era el ataque más formidable que podía recibir; que su endurecimiento sería infinito si podía resistir aquella clemencia; pero que si cedía le sería preciso renunciar a aquel odio contra los actos de los demás hombres que había alimentado en su alma por espacio de tantos años, aquel odio en que hallaba un placer; que en esta ocasión no había medio entre vencer o ser vencido, y que había comenzado una lucha colosal y definitiva entre su maldad y la bondad del anciano sacerdote.

Ante estas meditaciones, que eran ya un principio de luz, caminaba como un hombre enajenado. Pero mientras caminaba así, con los ojos extraviados, ¿tenía una percepción clara de lo que podría resultar de la aventura de D.? ¿Oía todos los ruidos confusos y misteriosos que aconsejan e importunan al espíritu en ciertos momentos de la vida?

Una voz le decía al oído que acababa de atravesar la hora solemne de su destino; que ya no había término medio para él; que si desde entonces no era el mejor de los hombres, sería el peor; que era preciso, por decirlo así, que se elevase a mayor altura que el obispo o descendiese más abajo que el presidiario; que si quería ser bueno debía ser un ángel; que si quería ser malo debía ser un monstruo.

Y aquí debemos volver a hacernos las preguntas que ya nos hemos hecho otra vez. ¿Tenía en su inteligencia alguna sombra confusa de lo que por ella pasaba? Ciertamente, la desgracia, según hemos dicho ya, educa la inteligencia; pero es muy dudoso que Juan Valjean estuviese en estado de comprender todo lo que vamos diciendo. Si se le presentaban estas ideas, las vislumbraba más bien que las percibía y sólo servían para causarle una confusión inexplicable y casi dolorosa. Al salir de aquella casa negra e informe que se llama el presidio, el obispo le había causado un dolor en el alma, del mismo modo que una viva claridad hiere los ojos que acaban de salir de las tinieblas. La vida futura, la vida posible se le presentaba desde entonces pura, esplendente y le llenaba de ansiedad. Verdaderamente no sabía qué era de sí mismo. El presidiario había sido deslumbrado y cegado por la virtud, como un mochuelo que viera salir repentinamente el Sol.

Lo cierto, lo que Juan Valjean veía sin duda alguna, era que ya no era el mismo hombre, que todo había cambiado en él y que no había estado en su mano evitar que el obispo le hablase y lo conmoviese.

En esta situación de espíritu había encontrado a Gervasillo y le había robado sus cuarenta sueldos. ¿Por qué? De seguro, no hubiera podido explicarlo. ¿Era aquella acción un último efecto, un supremo esfuerzo de las malas ideas que había traído del presidio, un resto de impulso, un resultado de lo que se llama en mecánica «fuerza adquirida»? Esto era, pero era también algo menos. Digámoslo claramente: no era él el que había robado; no era el hombre, era la bestia que por hábito y por instinto había puesto estúpidamente el pie sobre aquella moneda, mientras que la inteligencia luchaba en medio de tantas mortificaciones nuevas y desconocidas. Cuando la inteligencia despertó y vio esta acción del bruto, Juan Valjean retrocedió con angustia y dio un grito de espanto.

62

Al robar la moneda al niño se había verificado en él un extraño fenómeno que parecía imposible en su situación, porque había hecho una cosa de que hacía mucho tiempo no era capaz.

Sea como fuere, esta última mala acción causó en él un efecto decisivo: atravesó bruscamente el caos que tenía en la inteligencia y lo disipó; separó a un lado las nubes sombrías y a otro la luz, y obró en su alma, en el estado en que se encontraba, como obran algunos reactivos químicos sobre una mezcla, precipitando un elemento y clarificando el otro.

Ante todo, antes de examinarse y de reflexionar, azorado como el que busca su salvación, trató de buscar al muchacho para volverle su dinero, y cuando conoció que esto era inútil e imposible se detuvo desesperado. En el momento en que exclamaba: «¡Soy un miserable!», acababa de conocerse tal como era. Estaba en aquel instante como separado de sí mismo; se figuraba que él no era más que un fantasma y que tenía delante de sí al repugnante presidiario Juan Valjean en carne y hueso, con su palo en la mano, su blusa, su saco lleno de objetos robados a la espalda, su fisonomía resuelta y taciturna, su imaginación llena de proyectos abominables.

El exceso del infortunio, según hemos hecho notar ya, le había hecho visionario en cierto modo. Esto fue, pues, una visión. Vio realmente a Juan Valjean con su siniestra fisonomía delante de sí. Estuvo casi dispuesto a preguntarse quién era aquel hombre y le tuvo horror.

Su cerebro estaba en uno de esos momentos violentos y, sin embargo, horriblemente tranquilos, en que la meditación es tan profunda, que absorbe la realidad; momentos en que no se ven los objetos que se tienen delante y se ven fuera de sí mismo las imágenes que existen en el espíritu.

Se contempló, pues, por decirlo así, cara a cara, y al mismo tiempo, a través de aquella alucinación, vio, como en una profundidad misteriosa, una especie de luz que tomó al principio por una antorcha. Examinando con más atención esta luz encendida en su conciencia vio que tenía la forma humana y que era el obispo.

Su conciencia comparó sucesivamente estos dos hombres colocados enfrente de ella: el obispo y Juan Valjean. Había sido necesario nada menos que el primero para vencer al segundo. Por uno de esos efectos singulares, propios de estas clases de éxtasis, a medida que la ilusión se prolongaba, el obispo crecía y resplandecía a sus ojos, y Juan Valjean se achicaba y desaparecía. Después de algunos instantes sólo quedó de él una sombra. Después desapareció del todo. Sólo quedó el obispo.

El obispo, que iluminaba el alma de aquel miserable con un resplandor magnífico.

Juan Valjean lloró un buen rato. Lloró lágrimas ardientes, lloró sollozando; lloró con la debilidad de una mujer, con el temor de un niño.

Mientras lloraba se encendía poco a poco una luz en su cerebro, una luz extraordinaria, una luz maravillosa y terrible a la vez. Su vida pasada, su primera falta, su larga expiación, su embrutecimiento exterior, su endurecimiento interior, su libertad halagada con tantos planes de venganza, las escenas de casa del obispo, la última acción que había cometido, aquel robo de cuarenta sueldos a un niño, crimen tanto más culpable, tanto más monstruoso cuanto que lo ejecutó después del perdón del obispo; todo esto se le presentó claramente, pero con una claridad que no había conocido hasta entonces. Examinó su vida y le pareció horrorosa; examinó su alma y le pareció horrible. Y, sin embargo, sobre su vida y sobre su alma se extendía una suave claridad. Parecíale que descubría a Satanás con la luz del paraíso.

¿Cuánto tiempo estuvo llorando así? ¿Qué hizo después de llorar? ¿Adónde fue? No se supo. Solamente parece averiguado que aquella misma noche el conductor que hacía el viaje a Grenoble y que llegaba a Digne hacia las tres de la mañana, al atravesar la calle donde vivía el obispo, vio a un hombre en actitud de orar, de rodillas en el empedrado, en la sombra, y delante de la puerta de monseñor Bienvenido.

CAPÍTULO III

EL AÑO 1817

El de 1817 era el año que Luis XVIII, con cierto aplomo real que no estaba exento de orgullo, llamaba el vigésimo segundo de su reinado. Era también el año en que tenía celebridad el señor Bruguiere de Sorsum. Todas las peluquerías, esperando los polvos y la vuelta del ave real, estaban pintadas de azul y flordelisadas.

Era el tiempo inocente en que el conde Lynch se sentaba todos los domingos como mayordomo de fábrica en San Germán de los Prados, vestido de par de Francia, con su cordón rojo y su larga nariz, y aquella majestad de perfil peculiar al que ha hecho una acción brillante. La acción brillante del señor Lynch fue haber entregado la ciudad, siendo alcalde de Burdeos, el 12 de marzo de 1814, demasiado pronto, al duque de Angulema. Esta acción le hizo par. En 1817 la moda sepultaba a los niños de cuatro a seis años en grandes gorras de tafilete, con orejeras algo semejante a las mitras de los esquimales. El Ejército francés estaba vestido de blanco, a la austríaca; los regimientos se llamaban legiones y en vez de número llevaban el nombre de los departamentos. Napoleón estaba en Santa Elena, y como Inglaterra le negaba el paño verde se veía obligado a volver su ropa vieja.

En 1817 cantaba Pelegrini, bailaba la señorita Bigottini, reinaba Potier y Ordy no existía aún. La señora Saqui sucedía a Forioso. Aún había prusianos en Francia. El señor Delalot era un personaje. La legitimidad acababa de afirmarse, cortando la mano y después la cabeza a Pleignier, a Carbonneau y a Tolleron. El príncipe Talleyrand, gran chambelán, y el abate Luis, designado para ministro de Hacienda, se miraban y se reían con la risa de los augures. Ambos habían celebrado el 14 de julio de 1790 la misa de la federación en el Campo de Marte; Talleyrand había oficiado como obispo y Luis le había ayudado como diácono. En 1817, en la arboleda del mismo Campo de Marte, se veían gruesos cilindros de madera expuestos a la lluvia, pudriéndose entre la hierba, pintados de azul, con restos de águilas y de abejas que habían sido doradas.

Estos restos eran las columnas que dos años antes habían sostenido el solio del emperador en el Campo de Mayo. Estaban ya ennegrecidas por el fuego de los austríacos, acampados cerca de Gros-Caillou. Dos o tres de estas columnas habían desaparecido en las hogueras de estos campamentos y habían servido para calentar las anchas manos de los kaiserlicks. El Campo de Mayo había tenido de notable que se había celebrado en el mes de junio y en el Campo de Marte. En este año de 1817 eran muy populares dos cosas: el Voltaire-Touquet y la tabaquera de la Carta. La emoción parisiense más reciente era el crimen de Dautun, que había arrojado la cabeza de su hermano al estanque del Mercado de las Flores. El Ministerio de Marina principiaba a inquietarse por no tener noticias de la desgraciada fragata «Medusa», que debía cubrir de vergüenza a Chaumareix y de gloria a Gericault. El coronel Selves hacía su viaje a Egipto para convertirse en Solimán Bajá. El palacio de las Termas, calle de la Harpe, servía de tienda a un tonelero. Aún se veía en la plataforma de la torre octógona del palacio de Cluny el cajón de madera que había servido de observatorio a Messier, astrónomo de la Marina en tiempo de Luis XVI. La duquesa de Duras leía a tres o cuatro amigos, en su gabinete amueblado al estilo de Luis X y cubierto de seda azul celeste, la «Ourika» inédita. Se borraban las enes en el Louvre. El puente de Austerlitz abdicaba y tomaba el nombre de puente del Jardín del Rey, doble enigma que ocultaba a la vez el puente de Austerlitz y el Jardín Botánico. Luis XVIII, pensativo, señalando con la uña en Horacio los héroes que se hacen emperadores y los zapateros que se hacen delfines, tenía dos cuidados: Napoleón y Mathurin Brunneau. La Academia Francesa proponía como tema de premio «La felicidad que proporciona el estudio». El señor Bellart era elocuente oficialmente. A su sombra germinaba el futuro abogado general de Broe, prometido a los sarcasmos de Pablo Luis Courier. Había un falso Chateaubriand, llamado Marchangy, esperando que hubiese un falso Marchangy llamado Arlincourt. «Clara de Alba» y «Malek-Adel» eran las obras más notables, y la señora Cottin era considerada como la primera escritora de la época. El Instituto dejaba borrar de su lista al académico Napoleón Bonaparte. Un real decreto erigía a Angulema en Escuela de Marina, porque siendo el duque de Angulema gran almirante, era evidente que la ciudad de Angulema tenía de derecho todas las cualidades de puerto de mar, sin lo cual la monarquía hubiera estado en peligro. Se trataba en Consejo de Ministros de si se debían tolerar las viñetas que representaban juegos gimnásticos y adornaban los carteles de Franconi, porque reunía a los pilluelos de las calles. El señor Paer, autor de la «Inés», buen hombre, de cara cuadrada, con una verruga en la mejilla, dirigía los conciertos íntimos de la marquesa de Sassenaye, calle de la Ville-l'Evéque. Todas las jóvenes cantaban «El ermitaño de Saint-Avelle», letra de Edmundo Geraud. El «Enano amarillo» se transformaba en «Espejo». El café de Lemblin defendía al emperador contra el café de Valois, que defendía a los Borbones. Acababa de casarse el duque de Berry con una princesa de Sicilia y Louvel le seguía ya los pasos. Hacía un año que había muerto la señora Stael. Los guardias de Corps silbaban a la señorita Mars. Los grandes periódicos eran muy pequeños. La forma era reducida; pero la libertad, grande. «El Constitucional» era constitucional. «La Minerva» llamaba a Chateaubriand, Chateaubriand. Ésta hacía reír mucho al pueblo a costa del gran escritor. En los diarios vendidos escribían periodistas prostituidos, que insultaban a los proscriptos de 1815. David no tenía talento, ni Arnault ingenio, ni Carnot probidad; Soult no había ganado ninguna batalla, y Napoleón verdaderamente no tenía genio. Nadie ignora que es muy raro que un desterrado reciba las cartas echadas al correo, porque la Policía convierte su interceptación en un religioso deber. Pues esto no es nuevo. Descartes en su destierro se quejaba ya de lo mismo. David escribió en un periódico belga lamentándose de no recibir las cartas que le escribían, lo cual pareció gracioso a los periódicos realistas, que se mofaban por este motivo del proscripto. Decir los «regicidas» o decir los «votantes»; decir los «enemigos» o decir los «aliados»; decir «Napoleón» o decir «Bonaparte», eran cosas que separaban a dos hombres más que un abismo. Todas las personas de buen sentido convenían en que Luis XVIII, llamado «el autor inmortal de la Carta», había cerrado para siempre la era de las revoluciones. En el terraplén del Puente Nuevo se esculpía la palabra «Redivivo» en el pedestal que esperaba la estatua de Enrique IV. El señor Piet abría en la calle Thérése, número 4, su conciliábulo para consolidar la monarquía. Los jefes de la derecha decían en las grandes crisis: «Es preciso escribir a Bacot.» Canuel O'Mahony y Chappedelaine declinaban, no sin aprobación del hermano de Luis XVIII, lo que debía ser después «la conspiración de Borddel'eau». El Alfiler Negro conspiraba por su parte. Delaverderle se unía a Trogoff. Dominaba Decazes, liberal hasta cierto punto. Chateaubriand, en pie todas las mañanas ante su ventana del número 27 de la calle de Saint-Dominique, con pantalón de piel y zapatillas, con sus cabellos grises encerrados en un pañuelo, los ojos fijos en un espejo y un estuche completo de cirujano dentista abierto delante, se limpiaba los dientes, que eran hermosos, dictando al mismo tiempo «La Monarquía, según la Carta» a su secretario, el señor Pilorge. La crítica, formando autoridad, prefería Lafon a Talma. El señor de Feletz se firmaba A.; el señor Hoflmand firmaba Z, y Carlos Nodier escribía «Teresa Aubert». Habíase abolido el divorcio. Los liceos se llamaban colegios, y los colegiales, con la flor de lis en el cuello, se daban de puñadas con motivo del rey de Roma. La contrapolicía de Palacio denunciaba a su alteza real la hermana del rey el retrato, expuesto en todas partes, del duque de Orleáns, que tenía mejor semblante de uniforme de coronel general de húsares que el duque de Berry de uniforme de coronel general de dragones, lo que era un grave inconveniente. La ciudad de París restauraba a su costa los dorados de la cúpula de los Inválidos. Los hombres formales se preguntaban qué haría en tal o cual ocasión el señor de Triquelague. El señor Clausel de Montals se separaba de algunos puntos del señor Clausel de Coussergues. El señor de Salaberry no estaba contento. El cómico Picard, que era de la Academia, en que no había podido entrar el cómico Moliére, hacía representar «Los dos Filibertos» en el Odeón, en cuyo frontis, a pesar de haberse arrancado las letras, se leía claramente: «Teatro de la Emperatriz.» Todo el mundo tomaba partido en favor o en contra de Cugnet de Montarlot, Fabvier era faccioso y Bavoux revolucionario. El librero Pelicier publicaba una edición de Voltaire con el título: «Obras de Voltaire, de la Academia Francesa», y decía cándidamente: «Esto llama a los compradores.» La opinión general era que el señor Carlos Loyson sería el genio del siglo; la envidia empezaba a morderle, signo de gloria, y se le aplicaba este verso: «Aun cuando Leyson vuela, se ve que tiene patas.»

El cardenal Fesch se negaba a hacer dimisión, y administraba la diócesis de Lyón monseñor Pins, arzobispo de Amasia. Principiaba la cuestión del valle de Dappes entre Suiza y Francia por una Memoria del capitán Dufour, general después. Saint Simon, desconocido, meditaba su sublime teoría. Había en la Academia de Ciencias un Fourier célebre, a quien ha olvidado ya la posteridad, y en una buhardilla un Fourier oscuro, de quien se acordará el porvenir. El nombre de lord Byron principiaba a sonar, y una nota del poema de Millevoye le daba a conocer a Francia en estos términos: «Un tal lord Byron.» David de Angers se ensayaba en dar forma al mármol. El abate Caron citaba con elogio en el Comité de seminaristas del callejón de Feuillantines a un sacerdote desconocido, llamado Felicitas Roberto, que fue después Lamennais. En el Sena humeaba y se movía, con el ruido de un perro que nada, una cosa que iba y venía bajo las ventanas de las Tullerías, desde el puente Real al puente de Luis XV; era un aparato mecánico que no valía gran cosa, una especie de juguete, un sueño de un inventor fantástico, una utopía: un barco de vapor. Los parisienses miraban esta inutilidad con indiferencia. El señor de Vaublanc, reformador del Instituto por golpe de Estado, real orden y hornada, autor distinguido de varios académicos, después de haberlos hecho, no podía conseguir serlo. El barrio de San Germán y el pabellón Marsan deseaban que se nombrase prefecto de Policía al señor Delaveau, a causa de su devoción. Dupuytren y Recamier disputaban en el anfiteatro del Colegio de Medicina, y se amenazaban con el puño tratando de la divinidad de Jesucristo. Cuvier, con un ojo en el Génesis y otro en la Naturaleza, se esforzaba por agradar a la reacción hipócrita, poniendo los fósiles de acuerdo con los textos sagrados y adulando a Moisés con los mastodontes. El señor Francisco de Neufchateau, digno cultivador de la memoria de Parmentier, hacía mil esfuerzos para que «pomme de terre» se pronunciase «parmentiere», pero no lo conseguía. El abate Gregoire, antiguo obispo, antiguo convencional y antiguo senador, había pasado en la política realista al estado de «infame Gregoire». Esta locución que acabamos de emplear, «pasar al estado de», era denunciada como un neologismo por el señor Royer-Collard. Aún podía distinguirse por su blancura en el tercer arco del puente de Jena la piedra nueva con que dos años antes se había cubierto la boca de la mina hecha por Blucher para volar el puente. La justicia llamaba al Tribunal a un hombre, que, viendo entrar al conde de Artois en Nuestra Señora, había dicho en voz baja: «¡Por vida mía que echo de menos el tiempo en que veía a Bonaparte y a Talma entrar del brazo en Bal-Sauvage!» Palabras sediciosas. Seis meses de prisión.

Los traidores se presentaban al descubierto; hombres que se habían pasado al enemigo la víspera de una batalla no ocultaban la recompensa, e iban públicamente pavoneándose en mitad del día con todo el cinismo de las riquezas y de las dignidades. Desertores de Lgny y de Quatre-Bras, en la ostentación de su infamia pagada, manifestaban su adhesión monárquica completamente desnuda, olvidando lo que se dice en las paredes interiores de las columnas mingitorias de Inglaterra: «Please adjust your dress before leaving» o, lo que es lo mismo: «Sírvase usted abrocharse antes de salir.»

Esto era lo que sobrenadaba confusamente en el año 1817, olvidado ya hoy. La Historia no se hace cargo de todas estas particularidades, y no puede tampoco hacer otra cosa, porque la invadiría el infinito. Sin embargo, estos detalles que se llaman pequeños —no hay hechos pequeños en la Humanidad ni hojas pequeñas en la vegetación— son útiles. La figura de los siglos se compone de la fisonomía de los años.

En este año de 1817, cuatro jóvenes parisienses representaron «una buena farsa».

Estos parisienses eran uno de Tolosa, otro de Limoges, el tercero de Cahors y el cuarto de Montauban; pero eran estudiantes, y quien dice estudiante dice parisiense, porque estudiar en París es nacer en París.

Estos jóvenes eran insignificantes; todo el mundo conoce su tipo; cuatro imágenes del primero que llega; ni buenos ni malos, ni sabios ni ignorantes, ni genios ni imbéciles; ramas de ese abril encantador que se llama veinte años. Eran cuatro Óscares cualesquiera, porque en aquella época aún no se conocían los Arturos. «Quemad en honor suyo los perfumes de la Arabia», decía la novela. «Óscar adelanta. Óscar, voy a verle.» Se salía de Ossian; la elegancia era escandinava y caledoniana; el género inglés puro no debía prevalecer hasta después, y el primero de los Arturos, Wellington, acababa apenas de ganar la batalla de Waterloo.

Estos Óscares se llamaban Félix Tholomyes, de Tolosa; Listolier, de Cahors; Fameuil, de Limoges, y Blachevelle, de Montauban. Cada uno tenía, naturalmente, su amor. Blachevelle amaba a Favorita, llamada así porque había estado en Inglaterra; Listolier adoraba a Dalia, que había tomado por nombre de guerra un nombre de flor; Fameuil idolatraba a Zefina, abreviatura de Josefina; Tholomyes quería a Fantina, llamada la rubia por sus hermosos cabellos, que eran como los rayos del Sol.

Favorita, Dalia, Zefina y Fantina eran cuatro encantadoras jóvenes perfumadas y radiantes, un poco obreras aún, porque no habían abandonado enteramente la aguja, distraídas con sus amorcillos, y que conservaban en su fisonomía un resto de la severidad del trabajo, y en su alma esa flor de la honestidad que sobrevive en la mujer a su primera caída. Una de las cuatro se llamaba la joven, porque era la menor, y otra se llamaba la vieja; la vieja tenía veintitrés años. Y para no callar nada, diremos que las tres primeras eran más experimentadas, más despreocupadas y más amigas del ruido de la vida que Fantina la rubia, que aún vivía en su primera ilusión.

Dalia, Zefina y, sobre todo, Favorita no hubieran podido decir lo mismo porque había ya más de un episodio en la novela de su vida: el amante, que se llamaba Adolfo en el primer capítulo, se convertía en Alfonso en el segundo y en Gustavo en el tercero. La pobreza y la coquetería son dos consejeros fatales: el uno murmura y el otro halaga, y las jóvenes del pueblo tienen ambos consejeros que les habla cada uno a un oído. Estas almas mal guardadas les escuchan, y de aquí provienen los tropiezos que dan y las piedras que se les arrojan. Se les oprime con el esplendor de todo lo que es inmaculado e inaccesible. ¡Ah, si la señorita aristocrática tuviese hambre!

Favorita tenía por admiradoras a Zefina y a Dalia, a causa de haber estado en Inglaterra. Había tenido muy pronto casa propia. Su padre era un viejo profesor de Matemáticas, brutal y fanfarrón. No estaba casado y vivía a salto de mata, a pesar de su edad. Siendo joven vio un día engancharse el vestido de una doncella de un gabinete, y se enamoró de este accidente. De él resultó Fantina. Ésta encontraba algunas veces a su padre, que la saludaba. Una mañana, una mujer de edad y aspecto beato entró en su casa, y le dijo: «¿No me conocéis, señorita?» «No.» «Pues soy tu madre.» En seguida abrió un aparador, bebió y comió, trajo un colchón que tenía y se instaló allí. Esta madre, gruñona y devota, no hablaba nunca con Favorita; permanecía horas enteras sin pronunciar palabra; almorzaba, comía y cenaba como cuatro, y bajaba a hacer la visita al portero, donde pasaba el rato hablando mal de su hija.

Lo que había arrastrado a Dalia hacia Listolier, hacia otros tal vez y hacia la ociosidad, era el tener bonitas uñas rosadas. ¿Cómo habían de trabajar aquellas uñas? La que quiera ser virtuosa no debe tener piedad de sus manos. En cuanto a Zefina, había conquistado a Fameuil por su manera graciosa y halagüeña de decir: «Sí, señor.»

Los jóvenes eran camaradas; las jóvenes eran amigas. Tales amores llevan siempre consigo tales amistades.

La filosofía y la sabiduría son dos cosas distintas, y lo prueba el que, prescindiendo de estas particularidades, Favorita, Zefina y Dalia eran filósofas, y Fantina era sabia. ¡Sabia!, se dirá. ¿Y Tholomyes? Salomón respondería que el amor es parte de la sabiduría. Nosotros nos limitaremos a decir que el amor de Fantina era un primer amor, un amor único, un amor fiel.

Fantina era uno de esos seres que salen del fondo del pueblo. Había salido de las regiones más insondables de la sombra social, y tenía en su frente la señal de lo anónimo y de lo desconocido. Había nacido en M., a orillas del M. ¿Quiénes eran sus padres? ¿Quién podría decirlo? Nadie había conocido a su padre ni a su madre. Se llamaba Fantina. ¿Y por qué se llamaba Fantina? Nadie sabía otro nombre. Cuando nació existía aún el Directorio. No tenía nombre de familia, no tenía familia; no tenía nombre de bautismo; la Iglesia no existía para ella. Se llamó como quiso el primer transeúnte que la encontró, con los pies descalzos, en la calle. Recibió un nombre lo mismo que recibía en su frente el agua de las nubes los días de lluvia. Se le llamó Fantinita, y nadie sabía más. Así vino a la vida esta criatura humana. A los diez años Fantina abandonó la ciudad y se puso a servir en las quintas de los alrededores. A los quince años fue a París a «buscar fortuna». Fantina era hermosa y permaneció pura todo el mayor tiempo que pudo. Era una bonita rubia con bellísimos dientes; tenía por dote el oro y las perlas; pero el oro estaba en su cabeza y las perlas en su boca.

Trabajó para vivir y después amó también para vivir, porque el corazón tiene su hambre.

Y amó a Tholomyes.

Amor pasajero para él; pasión para ella. Las calles del Barrio Latino, que hormiguean en estudiantes y grisetas, vieron el principio de este sueño. Fantina había huido mucho tiempo de Tholomyes; pero de modo que siempre lo encontraba en los laberintos de la colina del Panteón, donde se empiezan y desenlazan tantas aventuras. Hay una manera de huir que parece buscar. Pronto tuvo lugar la égloga.

Blachevelle, Listolier y Fameuil formaban un grupo, a cuya cabeza estaba Tholomyes. Éste era el genio de la compañía.

Tholomyes era el estudiante veterano; era rico, tenía cuatro mil francos de renta, escándalo de esplendidez en la montaña de Santa Genoveva. Tholomyes era un vividor de treinta años mal conservado. Tenía ya arrugas, había perdido sus dientes y le principiaba una calvicie, de que decía él mismo sin tristeza: «Entrada a los treinta, rodilla a los cuarenta.» Digería mal y tenía un ojo lacrimoso. Pero a medida que perdía su juventud se rejuvenecía su buen humor; reemplazaba sus dientes con animadas gesticulaciones; sus cabellos, con la alegría; la salud, con la ironía, y el ojo que lloraba estaba siempre riendo. Estaba aniquilado, pero cubierto de flores. Su juventud, liando el petate antes de tiempo, se retiraba en buen orden, riendo y llena de entusiasmo. Había escrito una pieza que no le había admitido en el Vaudeville, y componía a cada momento versos. Además dudaba de todo, lo que es una gran fuerza a los ojos de los débiles. Siendo, pues, calvo e irónico, era el jefe. «Iron» es una palabra inglesa que significa hierro. ¿Vendrá de aquí la palabra ironía?

Un día, Tholomyes llamó aparte a los tres, hizo un gesto propio de un oráculo y les dijo:

—Pronto hará un año que Fantina, Dalia, Zefina y Favorita nos piden una sorpresa. Se la hemos prometido solemnemente y nos la están reclamando siempre, a mí sobre todo. Lo mismo que en Nápoles las viejas dicen a San Jenaro: «Faccia gialluta, fa il miracolo!» (¡Cara amarillenta, haz el milagro!), nuestras bellas nos dicen sin cesar: «Tholomyes, ¿cuándo darás a conocer tu sorpresa?» Al mismo tiempo nuestros padres nos escriben. Nos vemos apremiados por dos partes. Me parece que ha llegado el momento. Hablemos.

Tholomyes bajó la voz y articuló misteriosamente algunas palabras tan alegres que de las cuatro bocas salió a carcajadas un gran entusiasmo, al mismo tiempo que Blachevelle exclamaba: «¡Es una gran idea!»

Hallaron al paso un café lleno de humo y entraron, perdiéndose en aquella espesa atmósfera el fin de su conferencia.

El resultado de aquel secreto fue una gran partida de campo que se celebró el domingo siguiente, invitando los cuatro estudiantes a las cuatro jóvenes.

Es muy fácil figurarse hoy lo que era hace cuarenta y cinco años una comida de campo de estudiantes y grisetas. París no tiene ya los mismos alrededores; la vida que podría llamarse circumparisiense ha cambiado completamente en medio siglo. Donde estaba el carro está hoy el vagón; donde estaba el patache está hoy el barco de vapor, y hoy se dice Fecamp como entonces se decía Saint-Cloud. El París de 1862 es una ciudad que tiene por arrabales toda Francia.

Las cuatro parejas llevaron a cabo concienzudamente todas las locuras campestres posibles entonces. Principiaban las vacaciones y era un claro y ardiente día de verano. La víspera, Favorita, que era la única que sabía escribir, había escrito a Tholomyes lo siguiente: «Es muy sano salir de madrugada.»

Por esta razón se levantaron todos a las cinco de la mañana. Fueron a Saint-Cloud en coche; se pararon ante la cascada seca y exclamaron: «¡Qué hermosa sería si tuviera agua!» Almorzaron en la Tete-Noi-le, donde no se conocía a Castaing; jugaron una partida a la sortija en las arboledas del estanque grande; subieron a la linterna de Diógenes; jugaron los macarrones en la ruleta del puente de Sévres; hicieron ramilletes en Poteaux; compraron silbatos en Neuilly; comieron en todas partes pastelillos de manzanas; en fin, fueron perfectamente felices.

Las jóvenes triscaban y gritaban como cotorras escapadas. Aquello era un delirio. No hacían más que dar golpecitos con la mano a los jóvenes. ¡Embriaguez matinal de la vida! ¡Edad adorable! El ala de los libelulios juguetea. ¡Oh! Quienesquiera que seáis, ¿os acordáis? ¿Habéis ido alguna vez por la maleza separando las ramas para que pasase una linda cabeza que venía detrás de vosotros? ¿Habéis bajado alguna vez una cuestecilla mojada por la lluvia con una mujer amada, que os detiene por la mano y exclama: «¡Ay, mis botitas nuevas! ¡Cómo se han puesto!»?...

Pero apresurémonos a decir que faltó esta encantadora contrariedad. Un chaparrón. Aunque Favorita había dicho al salir, con acento sentencioso y maternal: «Las arañas andan por el suelo; señal de lluvia, hijos míos.»

Las cuatro eran locamente hermosas. Un viejo poeta clásico, muy nombrado entonces; un hombre que tenía una Leonor, el caballero Labouisse, paseando aquel día bajo los castaños de Saint-Cloud, les había visto pasar, a las diez de la mañana, y había dicho: «Sobra una», acordándose de las Gracias. Favorita, la amiga de Blachevelle, la de los veintitrés años, la vieja, corría bajo las grandes ramas verdes de los árboles, saltaba las caceras, pasaba atrevidamente los matorrales y presidía aquella fiesta con el entusiasmo de una diosa de las selvas. Zefina y Dalia, a quienes la fortuna había hecho hermosas de tal manera que se hacían valer más, y se completaban, por decirlo así, uniéndose, no se separaban, por instinto de coquetería, más bien que por amistad, y apoyadas una en otra tomaban actitudes inglesas. Los primeros «keapsakes» acababan de aparecer; comenzaba la melancolía de las mujeres, como posteriormente el byronismo en los hombres, y los cabellos del bello sexo empezaban a caer lánguidamente. Zefina y Dalia estaban peinadas con tirabuzones. Listolier y Fameuil, empeñados en una discusión sobre sus profesores, explicaban a Fantina la diferencia que había entre los señores Delvincourt y Blondeau.

Blachevelle parecía haber sido criado expresamente para llevar en el brazo los domingos el chal de tres colores con cenefa de Favorita.

Seguía Tholomyes dominando el grupo. Era muy alegre, pero dejaba conocer el deseo de mando; su jovialidad tenía algo de dictadura; la prenda principal de su traje era un pantalón muy ancho, de mahón, con trabillas de correa tejida; tenía un gran bastón de doscientos francos, y como todo se lo permitía, una cosa extraña, llamada cigarro, en la boca. No habiendo nada sagrado para él, fumaba.

—Este Tholomyes es admirable —decían los demás con veneración—. ¡Qué pantalones, qué energía!

En cuanto a Fantina, era la misma alegría. Sus blancos dientes habían recibido, evidentemente, de Dios una misión: reír. Llevaba en la mano, más que en la cabeza, un sombrerito de paja con grandes cintas blancas. Sus espesos cabellos rubios, acostumbrados a flotar y a desatarse fácilmente, siendo preciso componerlos a cada momento, parecían hechos para representar la fuga de Galatea entre los sauces. Sus labios rosados charlaban encantadoramente. Los extremos de la boca, voluptuosamente levantados como en los antiguos mascarones de Erigone, parecían animar a los atrevidos; pero sus largas pestañas cubiertas de sombra se bajaban discretamente contra este atractivo de la parte inferior del rostro como imponiéndole silencio. Su traje tenía un no sé qué de encantador y de flotante. Llevaba un vestido de barés color de malva; zapatos de color de canela, con cintas que subían trazando equis por su blanquísima media, y una especie de spencer de muselina, invención marsellesa, cuyo nombre canesú, corrupción de las palabras «quince aout» (quince de agosto) pronunciadas en la Cannebiére, significa buen tiempo, calor y mediodía. Las otras tres, menos tímidas, según hemos dicho ya, estaban descotadas, lo que en el verano, con sombreros cubiertos de flores, tiene mucha gracia y gran atractivo, pero al lado de estos vestidos ceñidos, el canesú de la rubia Fantina, con su transparencia, sus indiscreciones, sus reticencias, ocultando y enseñando a la vez, parecía una invención provocativa de la decencia. La famosa corte de amor presidida por la vizcondesa de Cette, la de los ojos de verde mar, habría dado probablemente el premio de la coquetería a este canesú, que se presentaba en nombre de la castidad. Lo más sencillo es algunas veces lo mejor entendido. Esto es lo que sucede siempre.

Fantina tenía un rostro deslumbrador, de delicado perfil, los ojos de azul oscuro, los párpados gruesos, las muñecas y las coyunturas perfectamente torneadas, el cutis blanco, que dejaba ver por todas partes las ramificaciones azuladas de las venas; las mejillas infantiles y frescas, el cuello robusto de las Junos eginéticas, la nuca fuerte y flexible; los hombros, modelados como por Coston, tenían en su centro una voluptuosa hendidura, visible a través de la muselina; era una alegría velada por la meditación, una escultura exquisita. Bajo aquellas trenzas y aquellas cintas se adivinaba una estatua, y en la estatua un alma.

Fantina era bella sin saberlo. Los pensadores, sacerdotes misteriosos de la belleza que examinan silenciosamente todo, hasta la perfección, habrían descubierto en aquella joven, a través de la transparencia de la gracia parisiense, la antigua eufonía sagrada. Aquella hija que la noche tenía su raza. Era bella bajo ambos aspectos: el del estilo y el del ritmo. El estilo es la forma de lo ideal; el ritmo es el movimiento.

Hemos dicho que Fantina era la alegría, pero era también el pudor.

Un observador que hubiera estudiado detenidamente lo que se desprendía de ella a través de aquella embriaguez de la edad, de la estación y del amor, hubiera encontrado una expresión invencible de pudor y de modestia. Estaba siempre como un poco asombrada. Este casto asombro era la nube que separaba a Psiquis de Venus. Tenía los dedos blancos, largos y delgados de la vestal que remueve las cenizas del fuego sagrado con un alfiler de oro. Aunque nada había negado a Tholomyes, según veremos más adelante, su rostro en el reposo era soberanamente virginal; una especie de dignidad grave, casi austera, le dominaba en algunos momentos, y era un espectáculo singular y admirable ver aparecer en él rápidamente la alegría y sucederla el recogimiento sin transición. Esta gravedad repentina, rigurosamente marcada muchas veces, parecía el desdén de una diosa. Su frente, su nariz y su barba presentaban el equilibrio lineal, muy distinto del equilibrio de proporción, y del cual resulta la armonía del rostro. En el intervalo tan característico que separa la base de la nariz del labio superior tenía una curvatura imperceptible y encantadora, signo misterioso de la castidad que hizo a Barbarroja enamorarse de una Diana de las cuevas de Iconia.

El amor es una falta, pero Fantina era la inocencia flotando sobre la falta.

Aquel día parecía una aurora continua. La Naturaleza estaba de fiesta y manifestaba su alegría. Los parterres de Saint-Cloud embalsamaban el aire; el soplo del Sena movía suavemente las hojas; las ramas gesticulaban en el aire; las abejas saqueaban los jazmines; una nube de mariposas se posaba en las hojas de los trébos les y las avenas; el augusto parque del rey de Francia estaba ocupado por un ejército de vagabundos: por los pájaros.

Las cuatro divertidas parejas resplandecían al sol en el campo, entre las flores y los árboles.

En aquella felicidad común, hablando, cantando, corriendo, bailando, persiguiendo a las mariposas, cogiendo campanillas, mojando las botas en las hierbas altas y húmedas, recibían a cada momento los besos de todos, excepto Fantina, que permanecía encerrada en su vaga resistencia pensativa y respetable.

—Tú —le decía Favorita—, tú tienes siempre alguna cosa.

Allí estaba el placer. Los pasos de aquellas felices parejas eran un llamamiento to a la vida y a la Naturaleza, y hacían salir de todas partes el amor y la luz. Hubo un hada que hizo las praderas y los árboles expresamente para los amantes. Y desde entonces existe esa escuela campestre de los amantes, que principia siempre y que durará mientras haya campo y estudiantes. De aquí proviene la popularidad de la primavera entre los pensadores. El patricio y el plebeyo, el duque y par y el último jornalero, los cortesanos y los villanos, como se decía en otro tiempo, son súbditos de esta fiesta. Todos ríen, todos se buscan; hay en el aire una claridad de apoteosis, una transfiguración: ¡la del amor! Los árboles son dioses. Los gritos, las correrías por la hierba, las hojas cogidas al vuelo, esos ruidos que forman una melodía, esas adoraciones que se descubren en el modo de pronunciar una sílaba, esas cerezas arrancadas de una boca por otra, todo esto brilla y pasa en placeres celestiales. Las jóvenes hacen un gran desperdicio de sí mismas. Esto creemos que no concluirá nunca. Los filósofos, los poetas, los pintores consideran estos éxtasis y no saben qué hacen. ¡Tanto los deslumbran! «¡La partida de Citerea! —exclama Vatteau—. Larncet, el pintor de la plebe, contempla a sus ciudadanos perdidos en el azul; Diderot tiende los brazos a estos amorcillos, y Urfé los confunde con los druidas.»

Después del almuerzo las cuatro parejas fueron a ver, en lo que se llamaba entonces el Jardín del Rey, una planta nueva llevada de la India, cuyo nombre no recordamos en este momento y que en aquella época llevaba a todo París a Saint-Cloud. Era un bonito y caprichoso arbolillo de un tallo, cuyas innumerables ramas, delgadas como hilos, enmarañadas y sin hojas, estaban cubiertas de miles de rositas blancas, lo que daba a la planta el aspecto de una cabellera sembrada de flores. Siempre había una multitud que la admiraba.

—Después de visto el arbusto —dijo Tholomyes— ¡os ofrezco unos burros!

Y ajustándose con un burrero volvieron por Vanvres e Issy. En Issy tuvieron un incidente.

El parque Bien Nacional, que era propiedad entonces del asentista Bourguin, estaba abierto. Los jóvenes pasaron la verja, visitaron al maniquí anacoreta en su gruta, probaron los misteriosos efectos del famoso gabinete de los espejos, lasciva emboscada digna de un sátiro millonario o de Turcaret convertido en Príapo, y sacudieron fuertemente el columpio sujeto a los dos castaños, celebrado por el abate de Bernis. Cuando se columpiaban las jóvenes una tras otra, lo que producía, entre risas universales, movimiento de los vestidos, que Greuze hubiera deseado con-

72

templar, el tolosano Tholomyes, algo español, porque Tolouse es prima de Tolosa, cantaba en tono melancólico una antigua canción gallega, probablemente inspirada por alguna joven lanzada en una cuenca entre dos árboles:

> *Al balcón de los ojos*
> *se asoma el alma;*
> *para ver lo que enseñas,*
> *amor me llama.*

Fantina era la única que se negaba a columpiarse.

—No me gustan esos genios —dijo, bastante agriamente, Favorita.

Dejaron después los burros y encontraron una nueva diversión: embarcáronse en el Sena, y desde Passy fueron a pie hasta la barrera de la Estrella. Estaban en pie, según hemos dicho, desde las cinco de la mañana; pero, «¡bah!, nadie se cansa el domingo», decía Favorita. «En domingo no cansa el trabajo.» A las tres, las cuatro parejas, perdidas de placer, descendían por las montañas rusas, edificio singular que ocupaba entonces las alturas de Beaujou, y cuya línea se descubría serpenteando por encima de los árboles de los Campos Elíseos.

De cuando en cuando preguntaba Favorita:

—¿Y la sorpresa?

—Paciencia —respondía Tholomyes.

Cansados ya de las montañas rusas, habían pensado en comer, y los ocho, algo fatigados, habían entrado en la hostería de Bombarda, sucursal que había establecido en los Campos Elíseos aquel famoso Bombarda, cuya muestra se veía entonces en la calle de Rívoli, al lado del pasaje Delorme.

Allí entraron en un cuarto grande, pero mal alhajado, con alcoba y cama en el fondo (tuvieron que aceptar este rincón por estar la hostería llena); dos ventanas, desde donde se descubrían, a través de los olmos, el muelle y el río, y por donde entraba un magnífico sol de agosto; dos mesas, en una de las cuales había una montaña de ramilletes mezclados con sombreros de hombre y de mujer, y en la otra, las cuatro parejas sentadas alrededor de un montón de platos, bandejas, vasos y botellas, frascos de cerveza y de vino; poco orden en la mesa y algún desorden debajo.

> *Los pies bajo la mesa, sin reposo,*
> *armaban un estrépito espantoso,*

dice Moliére.

Allí, pues, estaba, a las cuatro y media de la tarde, la broma que había empezado a las cinco de la mañana. El Sol declinaba y el apetito se extinguía.

Los Campos Elíseos, cubiertos de sol y de gente, no eran más que luz y polvo, dos cosas que componen la gloria. Los caballos de Marly, mármoles que relinchaban, hacían sus cabriolas en una nube de oro. Los coches iban y venían. Un escuadrón de guardias de Corps, con el clarín a la cabeza, bajaba por la alameda de Neuilly; la bandera blanca, rosada vagamente por el Sol poniente, flotaba en la torre de las Tullerías. La plaza de la Concordia, llamada entonces de Luis XV, rebosaba de paseantes. Muchos llevaban la flor de lis de plata suspendida de una cinta blanca de aguas, que en 1817 todavía no había desaparecido de las botonaduras. En varios puntos, y en medio de los paseantes que formaban círculo y aplaudían, había corros de niñas que tiraban al aire una pelota borbónica, célebre entonces, destinada a anatematizar los Cien Días, y que tenía por estribillo:

> *Devolvednos nuestro padre*
> *el de Gante.*
> *Devolvednos nuestro padre.*

Gran número de habitantes de los arrabales, con sus trajes de fiesta y aun también con flores de lis como los ciudadanos, en el gran cuadro y en el cuadro Marigny, jugaban a la sortija y daban vueltas en los caballos de madera; otros bebían; algunos aprendices de cajista llevaban gorras de papel y se oían sus risas. Todo estaba hermoso. Era aquel un tiempo de paz incontestable y de profunda seguridad realista; era la época en que el prefecto de Policía, Anglés, terminaba un informe reservado al rey acerca de los arrabales de París con las siguientes palabras: «Bien considerado todo, señor, no hay nada que temer de esta gente. Son descuidados e indolentes como gatos. El pueblo bajo de las provincias es inquieto; pero el de París no lo es. Éstos son unos hombres muy pequeños, señor; sería necesario poner dos de ellos, uno sobre otro, para hacer uno de vuestros granaderos. No hay temor ninguno por parte del populacho de la capital. Es muy notable que hasta la estatura haya decrecido en cincuenta años. El pueblo de los arrabales de París tiene menos estatura que antes de la Revolución. No es temible. En fin, es una buena canalla.»

Los prefectos de Policía no creían que un gato pudiese convertirse en león; pero éste es el milagro del pueblo de París. El gato, por otra parte, tan despreciado del conde Anglés, era muy estimado de las Repúblicas antiguas; tanto, que encarnaba a sus ojos la libertad, y así, para servir de contrapeso a la Minerva áptera del Pireo, había en la plaza pública de Corinto el coloso de bronce de un gato. La inocente policía de la Restauración creía muy «bueno» al pueblo de París. No es, sin embargo, tan buena «canalla» como se creía. El parisiense es al francés lo que el ateniense al griego. Nadie duerme mejor que él, nadie es más francamente frívolo ni más perezoso, nadie tiene aspecto más olvidadizo; pero no hay que fiarse. Es dejado, pero cuando tiene enfrente la gloria es admirable en su furia. Dadle una pica, y tendréis el 10 de Agosto; dadle un fusil, y tendréis un Austerlitz. Es el punto de apoyo de Napoleón y el recurso de Danton. ¿Se trata de la patria? Se alista. ¿Se trata de la libertad? Levanta barricadas. ¡Cuidado! Sus cabellos encolerizados son capaces de la epopeya; su blusa se convierte en clámide.

Mucho cuidado. De la primera calle Greneiat que encuentre hará una horca. Y cuando suena la hora, este hombre tan pequeño crece, se levanta, mira de un modo terrible y su aliento es una tempestad; de su delgado pecho sale un viento bastante fuerte para deshacer las arrugas de los Alpes. Y gracias al habitante de París, la Revolución, que lo mezcla en el Ejército, conquista Europa. Canta; éste es su placer. Dadle una canción proporcionada a su naturaleza y veréis. Cuando no tiene más canción que «La Carmañola» no hace más que derribar a Luis XVI; hacedle cantar «La Marsellesa» y libertará al mundo.

Después de escribir esta nota al margen del informe del conde Anglés, volvamos a nuestras cuatro parejas. La comida, como hemos dicho, iba concluyendo.

Palabras de sobremesa y palabras de amor. Tan difíciles son de coger unas como otras. Las palabras de amor son llamaradas; las palabras de sobremesa son humo.

Fameuil y Dalia murmuraban una canción; Tholomyes bebía; Zefina reía; Fantina se sonreía; Listolier tocaba una trompetilla de madera comprada en Saint-Cloud. Favorita miraba tiernamente a Blachevelle, y decía:

—Blachevelle, te adoro.

Esto produjo una pregunta de Blachevelle:

—¿Qué es lo que harías, Favorita, si dejara de amarte?

—¡Yo! —exclamó Favorita—. ¡Bah! No digas eso ni aun en broma. Si dejaras de amarme me tiraría a ti, te arañaría, te arrancaría los ojos, te daría un baño y te haría prender.

Blachevelle sonrió con la voluptuosa fatuidad de un hombre halagado en su amor propio.

Favorita continuó:

—¡Sí, gritaría, llamaría a la guardia! ¡Oh! ¡No me cortaría por eso, bribón!

Blachevelle, extasiado, se recostó en la silla y cerró orgullosamente ambos ojos.

Dalia, sin dejar de comer, decía por lo bajo a Favorita, en medio del tumulto:

—¿Tanto idolatras a tu Blachevelle?

—¡Yo! Lo detesto —respondió Favorita en el mismo tono, volviendo a coger su tenedor—. Es avaro. El que me gusta es el pequeñito de enfrente de mi casa. Es muy guapo aquel joven. ¿Lo conoces? Por las trazas debe ser actor. Me gustan los actores. En cuanto entra en su casa dice su madre: «¡Ay, Dios mío, ya perdí la tranquilidad! Ahora va a gritar. ¿Pero no ves que tus chillidos me vuelven loca?» Porque en cuanto vuelve a casa, en el desván, en la buhardilla, dondequiera que puede subir, allí se encarama y empieza a declamar, y a cantar y a gesticular; pero tan fuerte que se le oye desde una legua. Gana veinte sueldos al día en casa de un procurador, copiando autos y pedimentos. Es hijo de un antiguo sochantre de Saint-Jacques-du-Haut-Pas. Está muy bien. ¡Vaya! Me idolatra hasta un punto, que el otro día al verme hacer un poco de almidón para unos rizados, me dijo: «Señorita, haga usted buñuelos con sus guantes y soy capaz de comérmelos.» Sólo a los artistas se les ocurren cosas como éstas. ¡Ah! Está muy bien, y yo creo que voy a enloquecer por ese chico. Sin embargo, digo a Blachevelle que lo adoro. ¡Cómo miento! ¿Eh? ¡Cómo miento!

Favorita hizo una pausa y continuó:

—Dalia, ¿lo creerás? Estoy triste. Todo el verano ha estado lloviendo. El viento me encoleriza, me irrita los nervios. Blachevelle es muy roñoso. Apenas hay guisantes en el mercado. No sé qué comer. Tengo «spleen», como dicen los ingleses. ¡Está tan cerca la manteca! Y luego, ya ves, es un horror esto. ¡Comer en un cuarto donde hay una cama! Es cosa de aborrecer la vida.

Viendo que unos hablaban y otros cantaban tumultuosamente, y todos juntos metían ruido, Tholomyes intervino:

—No hablemos así por hablar ni con demasiada viveza —exclamó—. Si queremos deslumbrar, meditemos. Quien mucho abarca, poco aprieta. Señores, nada de prisa. Démosle majestad a nuestra francachela. Comamos con recogimiento. «Festina lente.» No nos apresuremos. Ved lo que le pasa a la primavera: se adelanta y todo se pierde, todo se hiela. El exceso de celo pierde los albérchigos y los albaricoques. El exceso de celo mata la gracia y la alegría de los festines. Nada de celo, señores. Grimaud de la Reyniére es del parecer de Talleyrand.

Una sorda rebelión agitó al grupo.

—Tholomyes, déjanos en paz —dijo Blachevelle.

—Abajo el tirano —exclamó Fameuil.

—Bombarda, Bombance y Bamboche —gritó Listolier.

—El domingo existe —repitió Fameuil.

—Nosotros somos sobrios —añadió Listolier.

—Tholomyes —dijo Blanchevelle—, contempla mi calma.

—Tú eres el marqués de ese título —respondió Tholomyes.

Este equívoco de mediano gusto produjo el efecto de una piedra arrojada a un charco. El marqués de Montcalm era un realista entonces célebre. Todas las ranas se callaron.

—Amigos —continuó Tholomyes, con el acento de un hombre que recobra el imperio—, reponeos. No hay que acoger con tanto estupor ese equívoco llovido del cielo. No todo lo que de ese modo cae es necesariamente digno de entusiasmo y de respeto. El equívoco es la secreción del talento que vuela. La secreción cae en cualquier parte, y el talento, después de haber segregado una necedad, se remonta y se pierde en el azul claro del cielo. Una materia blanquecina que cae y se aplasta sobre roca no impide al cóndor que siga volando. Lejos de mí la idea de insultar al equívoco. Le respeto en proporción de sus méritos, nada más. Las personas más augustas, más sublimes y mejores de la humanidad, y aun fuera de la humanidad, se han entretenido en hacer juegos de palabras. Jesucristo hizo uno acerca de San Pedro; Moisés, acerca de Isaac; Esquilo, acerca de Polinice; Cleopatra, acerca de Octavio. Y notad que este equívoco de Cleopatra precedió a la batalla de Accio, y que sin él nadie se acordaría de la ciudad de Toryne, nombre griego que significa cucharón. Concedido esto, vuelvo a mi exhortación. Hermanos míos, lo repito: nada de celo, nada de barullo, nada de excesos, ni aun en chistes, juegos de palabras y demás. Escuchadme. Yo tengo la prudencia de Anfiarao y la calvicie de César. Es preciso un límite hasta en los jeroglíficos. «Est modus in rebus.» Es preciso un límite aun en las comedias. Señoras mías, os gustan con exceso las tortas de manzanas; no abuséis. Aun en esto de tortas debe haber arte y buen sentido. La glotonería castiga al glotón. Gula castigó a Gulax. Las indigestiones están encargadas por Dios de moralizar los estómagos. No olvidéis esto: cada una de nuestras pasiones, incluso el amor, tiene un estómago que es menester no rellenar demasiado. En todo es preciso escribir a tiempo la palabra «finis». Cuando urja es necesario contenerse, echar el cerrojo al apetito, llevar a la prevención la fantasía y encerrarse uno mismo en el cuerpo de guardia. El hombre sabio es aquel que en un momento dado sabe contenerse. Confiad en mí. Porque yo haya estudiado un poco de leyes, según dicen mis exámenes; porque sepa la diferencia que hay entre la cuestión promovida y la cuestión pendiente; porque haya sostenido en latín una tesis sobre la manera con que se daba tormento en Roma en tiempo en que Manatius Demens era cuestor del Parricida; porque, a lo que parece, voy a ser doctor, no se sigue de aquí necesariamente que yo sea un imbécil. Os recomiendo la moderación en los deseos. Tan cierto como que me llamo Félix Tholomyes, que hablo en razón. Dichoso aquel que, cuando la hora ha sonado, toma un partido heroico y abdica, como Sila o como Orígenes.

Favorita escuchaba con profunda atención.

—¡Félix —dijo—, qué bonita palabra! Me gusta ese nombre. Debe de ser latino y querrá decir lo mismo que Próspero.

Tholomyes prosiguió:

—Quirites, «gentlemen», caballeros, amigos míos, ¿queréis no sentir ningún aguijón, olvidaros del lecho nupcial y desafiar al amor? Nada más sencillo. Ved aquí la receta: Limonada, mucho ejercicio, trabajo forzoso; descrismaos, arrancad piedras, no durmáis, velad, tomad gran cantidad de bebidas nitrosas y de tisanas de ninfeas; saboread emulsiones de adormideras y de agnocasto; sazonad todo esto con una dieta severa; reventad de hambre; añadid baños fríos, cinturones y hierbajos, la aplicación de una placa de plomo, lociones con el licor de Saturno y fomentos con el oxicrato.

—Prefiero una mujer —dijo Listolier.

—¡La mujer! —replicó Tholomyes—. Desconfiad de ella. Desgraciado del que se entrega al corazón cambiante de una mujer. ¡La mujer es pérfida y tortuosa! Detesta a la serpiente por celos del ofidio; la serpiente es para la mujer lo que la tienda de enfrente para el tendero.

—Tholomyes —gritó Blachevelle—, estás borracho.

—¡Pardiez! —dijo Tholomyes.

—Pues ponte alegre —replicó Blachevelle.

Y llenando su vaso se levantó:

—¡Gloria al vino! «¡Nunc te Bassche canam!» Perdonad, señoritas; esto es español. Y la prueba, señores, vedla aquí. Tal pueblo, tal tonel. La arroba de Castilla tiene dieciséis litros; el cántaro de Alicante, doce; el almud de Canarias, veinticinco; el cuartal de las Baleares, veintiséis; la bota del zar Pedro, treinta. ¡Viva este zar que era grande, y viva su bota que es más grande todavía! Señoras, un consejo de amigo. Si os parece bien, tomad un vecino por otro; lo natural del amor es equivocarse. La enamorada no está hecha para acurrucarse y embrutecerse como una criada inglesa que cría caballos en las rodillas. No está hecha para eso; la dulce enamorada debe errar alegremente. Se ha dicho: humano es el error; yo digo que el error es un amante. Señoras, os idolatro a todas. ¡Oh, Zefina! ¡Oh, Josefina, figura más que fachada, seríais encantadora si no os viera de perfil! Tenéis el aspecto de una cara muy bonita sobre la cual se han sentado por equivocación. En cuanto a Favorita, ¡oh, ninfas y musas!

Un día que Blachevelle pasaba el arroyo de la calle Guerin Boisseau, vio una joven de medias blancas y muy estiradas que enseñaba las pantorrillas. Este prólogo le agradó, y Blachevelle amó. La que amaba era Favorita. ¡Oh, Favorita tú tienes los labios jónicos! Había un pintor griego llamado Euforion, al cual apellidaron el pintor de labios. Sólo aquel griego hubiese sido digno de pintar tu boca. Escucha. Antes que tú no había criatura digna de este nombre. Tú estás hecha para recibir la manzana, como Venus, o para comerla, como Eva. La belleza comienza en ti. Acabo de mentar a Eva. Tú eres quien la has creado. Tú mereces el privilegio de invención de la mujer bonita. ¡Oh, Favorita, dejo de tutearos porque paso de la poesía a la prosa! Hablabais de mi nombre ahora poco; esto me ha enternecido; pero seamos lo que queramos, desconfiemos de nuestros nombres. Pueden engañarse. Yo me llamo Félix y no soy feliz. Las palabras son engañadoras. No aceptemos ciegamente las indicaciones que nos hacen. Sería un error escribir a Lieja para tener tapones, y a Pau para tener guantes. Miss Dalia, yo en vuestro lugar me llamaría Rosa. Es preciso que la flor huela bien y que la mujer tenga talento. Nada digo de Fantina. Es una soñadora, una delirante, una pasionaria, una sensitiva. Es un fantasma en forma de ninfa, y con el pudor de una monja que se extravía en la vida de griseta, pero que se refugia en las ilusiones; que canta, que ora, que mira al cielo, tal vez sin saber lo que ve ni lo que hace, y que con la vista en la inmensidad vaga por un jardín donde hay más pájaros que existir pueden. ¡Oh, Fantina! Sabe bien esto. Yo, Tholomyes, soy una ilusión; pero no me oye la rubia hija de las quimeras. Por lo demás, todo en ella es frescura, suavidad, juventud, dulce y matinal claridad. ¡Oh, Fantina, muchacha digna de llamaros Margarita o Perla; sois una mujer del más bello Oriente! Señoras, un segundo consejo: no os caséis. El matrimonio es un injerto; en unos prende bien y en otros mal. Huid de este riesgo. Pero, ¡bah!, ¿qué les estoy diciendo? Mis palabras son perdidas. Las mujeres, en punto a matrimonio, son incurables, y todo cuanto podamos decir los sabios no impedirá que las chalequeras y ribeteadoras sigan soñando con maridos ricos y llenos de diamantes. Pero, en fin, sea. Hermosas mías, recordad lo que os voy a decir: coméis demasiado azúcar. Sólo una falta tenéis, ¡oh, mujeres!: la de rumiar siempre azúcar. ¡Ah, sexo roedor, tus lindos, pequeños y blancos dientes adoran el azúcar! Pero sabed que el azúcar es una sal. Toda la sal es secante. La más secante de todas las sales es el azúcar. Absorbe a través de las venas los líquidos de la sangre; de aquí la coagulación, después la solidificación de la sangre; de aquí los tubérculos en el pulmón, y de aquí la muerte. Por esto es por lo que la diabetes confina con la tisis. ¡Conque no comáis azúcar y viviréis! Me dirijo ahora a los hombres. Señores, haced conquistas. Robaos los unos a los otros sin remordimiento vuestras queridas; cambiad de parejas unos con otros. En amor no hay amigos. Dondequiera que hay una mujer bonita están abiertas las hostilidades. Nada de cuartel; guerra de exterminio. Una mujer bonita es un «casus belli»; una mujer hermosa es delito flagrante. Todas las invasiones de la Historia están determinadas y señaladas por mujeres. La mujer es el derecho del hombre. Rómulo robó las sabinas; Guillermo robó las sajonas; César robó las romanas. El hombre que no es amado se cierne como un buitre sobre los amores del prójimo. Por lo que a mí hace, a todos esos infortunados que están viudos les dirijo la sublime proclama de Bonaparte al Ejército de Italia: «Soldados, carecéis de todo. El enemigo lo tiene.»

Tholomyes se detuvo.

—Escupe, Tholomyes —dijo Blachevelle.

Al mismo tiempo, éste, acompañado de Listolier y de Fameuil, entonó con la música de una canción lastimera uno de esos cánticos de taller, compuesto de las primeras palabras que por la imaginación se ocurren, medio rimados, medio sin rimar, vacíos de sentido, como el movimiento de un árbol o el ruido del viento, que nacen del vapor de las pipas y se disipan y desvanecen como el humo que las mismas arrojan.

No era un cántico de esa suerte lo más a propósito para calmar la improvisación de Tholomyes. Vació su vaso, lo llenó de nuevo y volvió a comenzar:

—¡Abajo la sabiduría! Olvidad todo cuanto he dicho. No seamos ni hombres de pudor, ni de prudencia, ni de pro. ¡Brindo a la alegría! Alegrémonos. Completemos nuestros cursos de derecho con la locura y la comida. Indigestión y digesto. ¡Que Justiniano sea el macho y que Francachela sea la hembra! ¡Gozo en los abismos! Rueda, ¡oh, creación! El mundo es un gran diamante. Yo soy dichoso. Los pájaros son admirables. ¡Qué fiesta tan general! El ruiseñor es un Farinelli gratis. ¡Estío, yo te saludo! ¡Oh, Luxemburgo! ¡Oh, Geórgicas de la calle Madame y de la alameda del Observatorio! ¡Oh, estudiantes meditabundos! ¡Oh, encantadoras niñeras que mientras cuidáis los niños os divertís en bosquejar otros! Las pampas de América me agradarían si no tuviese a mi disposición las bóvedas del Odeón. Mi alma vuela hacia los bosques vírgenes y hacia las sabanas. ¡Todo es bello! Las moscas zumban revoloteando en torno a los rayos del Sol. De un estornudo del Sol ha nacido el colibrí. Abrázame, Fantina.

Se equivocó y abrazó a Favorita.

—Se come mejor en casa de Edon que en casa de Bombarda —exclamó Zefina.

—Yo prefiero Bombarda a Edon —declaró Blachevelle—. Éste tiene más lujo, es más asiático. Ved, si no, la habitación de abajo; tiene espejos en las paredes.

—A mí me gustan más en el plato —dijo Favorita.

Blachevelle insistió:

—Mirad los cuchillos; los mangos son de plata en casa de Bombarda, y de hueso en casa de Edon. Ahora bien, la plata es cosa mucho más preciosa que el hueso.

—Excepto para los que tienen una barba de plata —observó Tholomyes.

En este momento miraba la cúpula de los Inválidos, visible desde las ventanas de Bombarda.

Hubo una pausa.

—Tholomyes —gritó Fameuil—, hace poco Listolier y yo teníamos una disputa.

—Disputar es bueno —respondió Tholomyes—; pero reñir es mejor.

—Disputábamos sobre filosofía.

—¿Y bien?

—¿A quién prefieres tú: a Descartes o a Spinoza?

—A Desangiers —dijo Tholomyes.

Dictada esta sentencia, bebió y continuó:

—¡Consiento en vivir! Todo no ha concluido en la Tierra, pues que todavía se puede disparatar. Doy por ello gracias a los dioses inmortales. Se miente, pero se ríe. Se afirma, pero se duda. Lo inesperado brota del silogismo. Esto es bello. Hay también aquí abajo seres que saben alegremente abrir y cerrar la caja de sorpresas de la paradoja. Esto, señoras, que bebéis tan tranquilamente es vino de Madera, sabedlo, de la cosecha del Corral de Freiras, que se halla a trescientas diecisiete toesas sobre el nivel del mar. ¡Atención al beber! ¡Trescientas diecisiete toesas! Y el señor Bombarda, el magnífico fondista, os da esas trescientas diecisiete toesas por cuatro francos y cincuenta céntimos.

Fameuil le interrumpió de nuevo:

—Tholomyes, tus opiniones son ley. ¿Cuál es tu autor favorito?

—Ber...

—¿Quién?

—No; Choux.

Y Tholomyes prosiguió:

—¡Honor a Bombarda! Igualaría a Munois de Elefanta si pudiera cogerme una almeja, y a Tigelion de Queronea si pudiera traerme una hetera. Porque, señoras, también en Grecia y en Egipto había Bombardas. Apuleyo nos lo cuenta. ¡Ay! Siempre las mismas cosas y nada nuevo. Nada inédito en la creación del Creador. «Nihil sub sole novum», dijo Salomón; «amor omnibus idem», dijo Virgilio, y Carabina se embarca con Carabin en la galeota de Saint-Cloud, como Aspasia se embarcaba con Pericles en la escuadra de Samos. Una postrer palabra. ¿Sabéis lo que era Aspasia, señoras? Aunque vivió en un tiempo en que las mujeres no tenían todavía alma, un alma de color rosa y púrpura, más abrasada que el fuego, más fresca que la aurora. Aspasia era una criatura en la cual se tocaban los dos extremos de la mujer: era la prostituta diosa. Sócrates, y además Manon Lescaut. Aspasia fue creada para el caso de que a Prometeo le hiciese falta un molde.

Una vez lanzado Tholomyes, difícilmente se hubiera detenido, a no haber caído un caballo en la calle en aquel momento mismo. Al choque paráronse la carreta que aquél arrastraba y el orador. Era el animal una yegua vieja y flaca, digna del matadero, que arrastraba una carreta muy pesada. Al llegar delante de la casa de Bombarda, la bestia, agotadas las fuerzas, se había negado a dar un paso más. Este incidente había atraído gente. Apenas el carretero, indignado, jurando y perjurando, había tenido tiempo de pronunciar con la conveniente energía la palabra sacramental: «¡Arre!», acompañada de un implacable palo, la yegua cayó para no volver a levantarse. Al ruido de la gente, los alegres oyentes de Tholomyes volvieron la cabeza, y éste se aprovechó de la ocasión para terminar su discurso con esta melancólica estrofa:

«Ella era de este mundo, en que coches y carros tienen igual destino.»

—¡Pobre caballo! —suspiró Fantina.

Y Dalia exclamó:

—¿A que Fantina va a compadecerse de los caballos? Vaya si es menester ser tonta de remate para eso.

En aquel momento, Favorita, cruzando los brazos, echando la cabeza hacia atrás, miró resueltamente a Tholomyes, y le dijo:

—Pero ¿y la sorpresa?

—Justamente ha llegado el momento —respondió Tholomyes—. Señores, la hora de sorprender a estas damas ha sonado. Señoras, esperadnos un momento.

—La sorpresa empieza por un beso —dijo Blachevelle.

—En la frente —añadió Tholomyes.

Cada uno depositó gravemente un beso en la frente de su querida; después se dirigieron hacia la puerta todos los cuatro en fila, con el dedo puesto sobre la boca.

Favorita aplaudió al verlos salir.

—¡Qué divertido es! —dijo.

—No tardéis mucho —murmuró Fantina—, os esperamos.

Una vez solas, las jóvenes se echaron de pecho, dos a dos, en cada ventana, charlando, sacando fuera las cabezas y hablándose de una ventana a otra.

Vieron a los jóvenes salir del brazo de casa de Bombarda; los cuatro se volvieron, hiciéronles varias señas riéndose y desaparecieron en aquella polvorienta muchedumbre que invade semanalmente los Campos Elíseos.

—¡No tardéis mucho! —gritó Fantina.

—¿Qué nos traerán? —dijo Zefina.

—De seguro que será una cosa bonita —dijo Dalia.

—Yo quiero que sea de oro —replicó Favorita.

Muy pronto se distrajeron con el movimiento y la gente que cruzaba, y que se veía por entre las ramas de los grandes árboles. Era la hora de salida de los correos y diligencias. Casi todas las mensajerías del Mediodía y del Oeste pasaban entonces por los Campos Elíseos. La mayor parte seguían el muelle y salían por la barrera de Passy. De minuto en minuto algún carruaje pintado de amarillo y negro, pesadamente cargado, con ruidoso atalaje, disforme a fuerza de baúles, maletas, bacas y cajones, lleno de cabezas que en seguida desaparecían, haciendo añicos el empedrado, cruzaba a través del gentío, sacando chispas del pedernal como una fragua, con el polvo por humo y cierto aire de furia. Aquel estrépito alegraba a las jóvenes.

Favorita exclamó:

—¡Qué tumulto! Parece que arrastran montañas de cadenas.

Sucedió que uno de estos carruajes, que se distinguía no muy fácilmente a través de los árboles, se paró un momento y luego volvió a marchar al galope. Esto chocó a Fantina.

—Es particular —dijo—; yo creía que la diligencia no se paraba nunca.

Favorita se encogió de hombros.

—Esta Fantina es sorprendente. Yo voy a verla por curiosidad. Las cosas más sencillas la deslumbran. Una suposición: Yo soy un viajero y digo a la diligencia: «Voy delante; subiré cuando paséis por el muelle.» La diligencia llega, me ve, se detiene y subo. Esto sucede todos los días. Tú no conoces la vida, querida.

Pasó algún tiempo. De pronto, Favorita hizo un movimiento como quien se despierta.

—¡Ah! —dijo—. ¿Y la sorpresa?

—Es verdad —añadió Dalia—. ¿Y la famosa sorpresa?

—¡Cuánto tardan! —dijo Fantina.

Cuando Fantina acababa más bien de suspirar que de decir esto, el camarero que les había servido la comida entró. Llevaba en la mano algo que se parecía a una carta.

—¿Qué es eso? —preguntó Favorita.

El camarero respondió:

—Es un papel que esos señores han dejado abajo para estas señoritas.

—¿Por qué no lo habéis traído antes?

—Porque esos señores —añadió el camarero— mandaron que no se os entregara hasta pasada una hora.

Favorita arrancó el papel de manos del camarero. Era una carta, en efecto.

—¡Calla! —dijo—. En lugar de la dirección han escrito: «Ésta es la sorpresa.»

Rompió vivamente el sobre, abrió la carta y leyó, sabía leer:

«¡Oh amadas nuestras! Sabed que tenemos padres. Vosotras no entenderéis muy bien qué es esto de padres. Así se llaman el padre y la madre en el Código civil, pueril y honrado. Ahora bien: estos padres lloran; estos ancianos nos reclaman; estos buenos hombres y estas buenas mujeres nos llaman hijos pródigos, desean nuestra vuelta y nos ofrecen hacer sacrificios. Somos virtuosos y les obedecemos. A la hora en que leáis esto, cinco fogosos caballos nos arrastran hacia nuestros papás y nuestras mamás. Levantamos el campo, como dice Bossuet. Partimos, hemos partido. Huimos en brazos de Laffitte y en alas de Caillard. La diligencia de Tolosa nos arranca del borde del abismo; el abismo sois vosotras, ¡oh, nuestras bellas amantes! Entramos de nuevo en la sociedad, en el deber y en el orden, al gran trote, a razón de tres leguas por hora. Importa a la patria que seamos como todo el mundo: prefectos, padres de familia, guardias campestres y consejeros de Estado. Veneradnos; nos sacrificamos. Lloradnos rápidamente y reemplazadnos pronto. Si esta carta os produce pena, rompedla. Adiós.

»Durante dos años os hemos hecho dichosas; no nos guardéis, pues, rencor.

»Firmado.—Blachevelle, Fameuil, Listolier y Félix Tholomyes.

»Post-scriptum.—La comida está pagada.»

Las cuatro jóvenes se miraron.

Favorita fue la primera que rompió el silencio.

—¡Y bien —exclamó—, lo mismo da; es una buena broma!

—Es muy graciosa.

—Quien la ha ideado debe haber sido Blachevelle —replicó Favorita—. Esto hace que lo vuelva a querer. Tan pronto ido, tan pronto amado. Ésta es la historia.

—No —dijo Dalia—, esta idea es de Tholomyes; se conoce a la legua.

—En ese caso —dijo Favorita—, ¡muera Blachevelle y viva Tholomyes!

—¡Viva Tholomyes! —gritaron Dalia y Zefina.

Y rompieron a reír.

Fantina soltó también la risa como las demás.

Una hora después, cuando estuvo ya en su cuarto, lloró. Era, ya lo hemos dicho, su primer amor. Se había entregado sin reservas a Tholomyes como a un marido, ¡y la pobre joven era madre!

CAPÍTULO IV

CONFIAR ES A VECES DAR

En el primer cuarto de este siglo había en Montfermeil, cerca de París, una especie de figón que ya no existe. Este figón, a cargo de unas personas llamadas Thenardier, que eran marido y mujer, se hallaba situado en un callejón titulado del Boulanger. Por cima de la puerta se veía una tabla clavada descuidadamente en la pared, en la cual se hallaba pintado algo que en cierto modo se asemejaba a un hombre que llevase a cuestas a otro hombre con grandes charreteras de general, doradas, y grandes estrellas plateadas; unas manchas rojas querían figurar la sangre; el resto del cuadro era todo humo y representaba una batalla. Debajo del cuadro se leía esta inscripción: «Mesón del sargento de Waterloo.»

Nada más frecuente que ver un carro o una carreta a la puerta de una taberna; pero esto no obstante, el vehículo o, mejor dicho, el fragmento de vehículo que obstruía la calle delante del figón del sargento de Waterloo, una tarde de la primavera de 1818, hubiese ciertamente llamado la atención, por su masa, de cualquier pintor que lo hubiera visto.

Era la parte delantera de uno de esos carreteros que se usan en los países montuosos y que sirven para cargar maderas y troncos de árboles. Componíase de un eje macizo de hierro, en el cual encajaba un pesado timón y que estaba sostenido por dos ruedas desmesuradas. Todo el conjunto era amazacotado, pesado y deforme, como hubiera podido ser el afuste de un cañón gigante. Los caminos habían dado a las ruedas, a las llantas, a los cubos, al eje y al timón de aquel armatoste una capa de lodo, sucio y amarillento estucado, muy parecido al que de buena voluntad se emplea para adornar las catedrales. La madera desaparecía bajo el barro, y el hierro bajo el moho. Debajo del eje colgaba una gruesa cadena, digna de un Goliat forzado. Aquella cadena hacía obedecer, no ya a la biga que estaba destinada a conducir, sino a los mastodontes y mamuthes que hubiera podido arrastrar; tenía cierto aspecto de objeto de presidio, pero de un presidio ciclópeo y sobrehumano, y parecía como desligada de algún monstruo. Homero hubiese amarrado con ella a Polifemo, y Shakespeare a Caliban.

¿Por qué aquella desmesurada carreta ocupaba aquel sitio en la calle? Lo primero para obstruirla y lo segundo para que se acabara de enmohecer. En el viejo orden social hay también una porción de instituciones que ocupan del mismo modo la vía pública y que tampoco tienen otras razones para estar en ella.

El centro de la cadena colgaba debajo, muy próximo al suelo, y en su medio, como sobre la cuerda de un columpio, estaban sentadas y agrupadas aquella tarde, en una unión perfecta, dos tiernas niñas, la una como de dos años y medio, la otra como de dieciocho meses; la más pequeña en los brazos de la mayor. Un pañuelo prudentemente atado impedía que se cayesen. Una madre había visto aquella espantosa cadena y había dicho: «Buen entretenimiento para mis niñas.»

Por lo demás, las dos niñas, graciosamente ataviadas, hasta con cierto cuidado, brillaban, por decirlo así; parecían dos rosas entre el hierro viejo, sus ojos eran un triunfo; sus frescas mejillas sonreían; una de las niñas era rubia-castaña; la otra, morena; sus inocentes rostros eran dos admiraciones encantadoras; un espino florido que había cerca enviaba a los transeúntes perfumes que parecía provenían de ellas; la de dieciocho meses enseñaba su lindo vientre desnudo con la casta indecencia de la infancia. Por encima y alrededor de aquellas cabezas delicadas, sumidas en la felicidad e inundadas de luz, la gigantesca carreta, negra por el orín, casi terrible, toda llena de nudos y de feos ángulos, se redondeaba como la boca de una caverna. A la distancia de algunos pasos, acurrucada en el umbral del figón, la madre, mujer de poco agradable aspecto, pero interesante en aquel momento, columpiaba a las dos niñas por medio de una larga cuerda, protegiéndolas con su mirada, temerosa de un accidente, con esa expresión animal y celeste propia de la maternidad. A cada vaivén, los horribles anillos despedían un sonido estridente que parecía un grito de cólera; las niñas se extasiaban, el Sol poniente participaba de aquella alegría, y nada tan hermoso como el capricho del azar que había hecho de una cadena de titanes un columpio de querubines.

Al mismo tiempo que mecía a sus hijas, la madre, con voz de falsete, entonaba una canción entonces célebre:

Preciso es, decía un guerrero...

Su canción y la contemplación de sus niñas la impedían ver y oír lo que pasaba en la calle.

Esto no obstante, una persona se la había ido aproximando cuando empezaba la primera estrofa de su canción, y de improviso oyó una voz que decía muy cerca de su oído:

—Tenéis dos hermosas niñas, señora.

A su adorada Imogina,

respondió la madre, continuando su canción y volviendo después la cabeza.

Hallábase a algunos pasos delante de ella una mujer, la cual llevaba también en sus brazos una niña.

Además llevaba un abultado saco de noche que parecía muy pesado.

La hija de aquella mujer era uno de los seres más hermosos que pueden verse. Era una niña de dos a tres años. Por la coquetería de su adorno hubiera podido competir con las otras niñas; tenía una gorrita de lienzo fino, cintas en la chambra y además lazos en la gorra. El pliegue de su falda levantada dejaba ver un muslo blanco, apretado y firme. Era admirablemente sonrosada y bien hecha. La hermosa niña inspiraba el deseo de morder en las manzanas de sus mejillas. De sus ojos nada podía decirse, sino que debían ser grandísimos y que tenían magníficas pestañas. Estaba dormida.

Dormía con ese sueño de absoluta confianza propio de su edad. Los brazos de las madres son lechos de ternura; los niños duermen en ellos profundamente.

En cuanto a la madre, era pobre y triste su aspecto. Tenía el traje de una obrera que tiende a convertirse en aldeana. Era joven, acaso hermosa; pero con aquel traje no lo parecía. Sus cabellos, de los cuales se descubría un mechón rubio, parecían muy espesos; pero se ocultaban severamente bajo una gorra de beata, fea, estrecha, apretada y sujeta debajo de la barba. Cuando se tienen buenos dientes, la risa los pone de manifiesto; pero aquella mujer no se reía. Sus ojos parecían secos desde hacía mucho tiempo. Estaba pálida, tenía aspecto cansado y algo enfermizo, miraba a su niña dormida en sus brazos con ese aire particular de la madre que ha criado a su hijo. Un ancho pañuelo azul, parecido a los que usan los inválidos, doblado en forma de pañoleta, ocultaba pesadamente su talle. Tenía las manos ásperas y salpicadas de manchas rojizas; el índice, endurecido y agrietado por la aguja; una manta negra de lana tosca y gruesos zapatos. Era Fantina.

Tal era Fantina; con dificultad se la conocía. Sin embargo, al examinarla atentamente, se descubría siempre su hermosura. Un pliegue triste, que parecía un principio de ironía, arrugaba su mejilla derecha. Por lo que hace a su traje, aquel traje aéreo de muselina y de cintas que parecía hecho de la alegría, de la locura y de la música, lleno de cascabeles y perfumado de lilas, se había desvanecido, como la bella escarcha que se finge diamantes a la luz del Sol; pero que, al deshacerse, deja enteramente negra la rama en que se posaba.

Diez meses habían transcurrido desde la «famosa sorpresa».

¿Qué había sucedido durante estos diez meses? Fácil es adivinarlo.

Después del abandono, la miseria. Fantina había perdido consecutivamente de vista a Favorita, Zefina y Dalia; el lazo, una vez cortado por el lado de los hombres, se había deshecho por el lado de las mujeres. Quince días después se hubieran admirado mucho si se les hubiera dicho que eran amigas; aquello no tenía razón de ser. Fantina había quedado sola. Habiéndola abandonado el padre de su hija —¡ah!, y estos rompimientos son irrevocables—, se encontró absolutamente aislada, con el hábito del trabajo de menos y la afición al placer de más. Impulsada por sus relaciones con Tholomyes a despreciar el pobre oficio que sabía, había descuidado sus medios de trabajo, y todas las puertas llegaron a cerrársele.

No le quedó ningún recurso; apenas sabía leer e ignoraba el arte de escribir; en su niñez no la habían enseñado sino a poner su nombre; un memorialista tuvo que ponerle una carta para Tholomyes, después otra, luego una tercera. Tholomyes no contestó a ninguna, y cierto día Fantina oyó decir a sus compañeras, que miraban a su hija: «¿Por ventura se toma en serio tener esos niños? ¡El que los engendra se encoge de hombros!» Entonces pensó que Tholomyes se encogería de hombros también cuando oyera hablar de su hija, y que el padre no tomaría por lo serio a aquel ser inocente. Su corazón se puso tétrico para todo lo que hacía relación a aquel hombre. Pero ¿qué partido tomar? No sabía a quién dirigirse. Había cometido una falta, pero el fondo de su naturaleza era, según puede recordarse, pudor y virtud; conoció que se hallaba en vísperas de caer en el abatimiento y resbalar hasta el abismo. Necesitaba valor. Lo tuvo y se irguió de nuevo. Ocurrióle la idea de volver a su pueblo natal, a M., a orillas del M. Acaso allí la conocería alguno y le daría trabajo, sí; pero érale menester ocultar su falta. Entonces entrevió confusamente la necesidad posible de una separación más dolorosa aún que la primera. Compungióse su corazón, pero se resolvió. Como se verá, Fantina tenía el feroz valor de la vida. Había ya renunciado valientemente a las galas; se había vestido de percal, colocando todas sus sedas, todos sus adornos, todas sus cintas y todas sus blondas en su hija, única vanidad que le quedaba, bien santa por cierto. Vendió, pues, todo lo que tenía, lo cual le produjo doscientos francos, y después de pagar sus pequeñas deudas vinieron a quedarle unos ochenta francos aproximadamente. A los veintidós años, y en una hermosa mañana de primavera, dejó París, llevando a su hija a la espalda. Aquella mujer no tenía en el mundo más que aquella niña, y aquella niña no tenía en el mundo más que aquella mujer. Fantina había criado a su hija, y esto la había fatigado el pecho, por lo cual tosía un poco.

Ya no tendremos ocasión de hablar de Félix Tholomyes. Limitémonos a decir que veinte años después, en los tiempos del rey Luis Felipe, era un robusto abogado de provincia, influyente y rico, prudente elector y jurado severísimo.

Hacia el mediodía, Fantina, después de haber caminado de cuando en cuando para descansar un rato, mediante tres o cuatro sueldos por legua, en lo que entonces se llamaban pequeños coches de los alrededores de París, se encontró en Montfermeil en el callejón del Boulanger.

Al pasar por delante de la hostería de Thenardier, las dos niñas, tan contentas en su columpio monstruo, produjeron en ella una especie de deslumbramiento, y se detuvo ante aquella visión de alegría.

Tenía aquella visión sus encantos. Las dos pequeñas niñas fueron una para aquella madre.

Contemplábalas toda conmovida. La presencia de los ángeles es anuncio del paraíso. Creyó ver por encima de aquella hostería el misterioso «Aquí» de la Providencia. ¡Aquellas dos niñas eran, evidentemente, dichosas! Mirábalas y las admiraba conmovida de tal modo que al tomar su madre aliento entre los dos versos de su canción, no pudo menos de decirle las palabras que se acaban de leer:

—Tenéis dos hermosas niñas, señora.

Las criaturas más feroces se sienten desarmadas cuando se acaricia a sus hijos.

La madre levantó la cabeza y la dio gracias, e hizo sentar a la transeúnte en el escalón de la puerta, porque ella estaba también en el umbral. Las dos mujeres hablaron.

—Me llamo la señora Thenardier —dijo la madre de las dos niñas—. Tenemos esta hostería.

Después, siempre con su canción, añadió entre dientes:

Preciso es, soy caballero,
partir para Palestina.

Era la señora Thenardier una mujer colorada, robusta y angulosa; el tipo de la mujer de soldado en toda su desgracia, aunque por un capricho, con cierto aire sentimental que debía a sus lecturas novelescas. Era una carantoña hombruna. Las antiguas novelas que se incrustan en las imaginaciones de las bodegoneras producen sus efectos. Aún era joven, pues apenas contaba treinta años. Si aquella mujer que estaba acurrucada hubiese estado derecha, acaso su alta estatura y su aspecto de coloso ambulante, propio de las selvas, habrían asustado a la viajera, perturbado su confianza y desvanecido lo que tenemos que referir. El destino se entremete hasta en que una persona esté en pie o sentada.

La viajera refirió su historia un poco modificada.

Contó que era trabajadora; que su marido había muerto, que faltándole trabajo en París iba a buscarlo fuera, a su país; que había dejado París aquella misma mañana, a pie; que como llevaba su hija y se sentía cansada había encontrado el coche de Villemomble y había subido; que de Villemomble a Montfermeil había venido a pie; que la niña había andado un poco, aunque no mucho, porque como era tan pequeñita había tenido que cogerla, y que su tesoro se había dormido.

Y al decir esta palabra dio a su hija un apasionado beso que la despertó. La niña abrió los ojos, unos grandes ojos azules como los de su madre, y miró. ¿Qué? Nada, todo, con ese aire grave y a veces severo de los niños, que es un misterio de su luminosa inocencia ante nuestros crepúsculos de virtudes. Podría decirse que saben que ellos son ángeles y nosotros sólo hombres. Después la niña se echó a reír y, aunque su madre quiso detenerla, se deslizó al suelo con la indomable energía de un pequeño ser que quiere correr. Repentinamente descubrió a las otras dos sobre el columpio, se detuvo en seguida y sacó la lengua en señal de admiración.

La tía Thenardier desató a sus hijas, las hizo bajar del columpio, y dijo:

—Jugad las tres.

Aquellos ángeles se avinieron en seguida, y al cabo de un minuto las niñas de la Thenardier jugaban con la recién llegada a hacer agujeros en el suelo. ¡Placer inmenso!

La recién llegada era muy alegre; la bondad de la madre se hallaba escrita en la alegría de la chicuela; había cogido un palito que le servía de pala, y cavaba enérgicamente una fosa como para una mosca. La misma obra de un enterrador viene a ser cosa de risa hecha por un niño.

Las dos mujeres continuaban hablando.

—¿Cómo se llama vuestra niña?

—Cosette.

Léase Eufrasia, no Cosette. La niña se llamaba Eufrasia, pero de Eufrasia había hecho la madre Cosette por ese dulce y gracioso instinto de las madres y del pueblo, que cambia Josefa en Pepita y Francisca en Paquita. Es éste un género de derivados que pierde y desconcierta toda la ciencia de los etimologistas. Hemos conocido una abuela que del nombre de Teodora había llegado a formar el de Gnon.

—¿Qué edad tiene?

—Va para tres años.

—Lo mismo que mi niña mayor.

Mientras tanto, las tres criaturas se habían agrupado con una actitud de ansiedad profunda y de beatitud. Habíase verificado un acontecimiento. Acababa de salir de la tierra un gran gusano, y tenían miedo y estaban en éxtasis.

Sus frentes radiantes se tocaban y parecían tres cabezas en una aureola.

—Lo que son los niños —exclamó la tía Thenardier—; cualquiera diría que eran tres hermanas.

Estas palabras fueron la chispa que probablemente esperaba la otra madre, porque tomando la mano de la Thenardier la miró fijamente y le dijo:

—¿Queréis tenerme a mi niña?

La Thenardier hizo uno de esos movimientos de sorpresa que no son ni el asentimiento ni la negativa.

La madre de Cosette continuó:

—Mirad, yo no puedo llevar a mi hija a mi país. El trabajo no lo permite. Con una criatura no hay dónde colocarse. ¡Son tan ridículos en mi país! El Dios de la bondad es el que me ha hecho pasar por vuestra hostería. Cuando vi vuestras niñas tan bonitas, tan compuestas, me chocó. Dije para mí: «Esta es una buena madre. Podrán ser tres hermanas. Además que no tardaré mucho en volver.» ¿Queréis encargaros de mi niña?

—Veremos —dijo la Thenardier.

—Pagaré seis francos al mes.

Entonces una voz de hombre gritó desde el interior del figón:

—No se puede menos de siete francos, y eso pagando seis meses adelantados.

—Seis por siete son cuarenta y dos —dijo la Thenardier.

—Los daré —dijo la madre.

—Además quince francos para los primeros gastos —añadió la voz del hombre.

—Total, cincuenta y siete francos —dijo la tía Thenardier.

Y a través de sus números cantaba vagamente.

—Los pagaré —dijo la madre—. Tengo ochenta francos. Yendo a pie me quedará con qué llegar a mi tierra. Allí ganaré dinero, y tan pronto como reúna un poco volveré a buscar a mi amor.

La voz del hombre repuso:

—¿Y la niña tiene equipo?

—Ése es mi marido —dijo la Thenardier.

—Vaya si tiene equipo mi pobre tesoro. Ya he conocido que es vuestro marido. ¡Vaya, y buen equipo! Un equipo desmedido, todo por docenas, y trajes de seda como una señora. Ahí lo tengo en mi saco de noche.

—Habrá que dejárselo —volvió a decir la voz del hombre.

—¡Ya lo creo que se lo dejaré! —dijo la madre—. ¡No sería mala picardía que yo dejase a mi hija desnuda!

Entonces apareció el rostro del amo.

—Está bien —dijo.

El trato quedó cerrado. La madre pasó la noche en la hostería, dio su dinero y dejó su niña; ató de nuevo su saco de noche, desprovisto ya del equipo, y partió a la madrugada siguiente, calculando volver en breve. Con facilidad se disponen estas separaciones, pero causan la desesperación.

Una vecina de los Thenardier encontró a aquella madre cuando se alejaba, y volvió diciendo:

—Acabo de ver a una mujer que va llorando por la calle, que es un dolor.

Cuando la madre de Cosette hubo marchado, el hombre dijo a su mujer:

—Con esto satisfaré mi pagaré de cien francos que vence mañana. Me faltaban cincuenta. ¿Sabes que si no hubiese tenido aquí al escribano con un protesto? No has armado mala ratonera con tus niñas.

—No creía yo coger ese ratón —dijo la mujer.

Pobre era el ratón cogido; pero el gato se alegra incluso por el ratón más flaco. ¿Quiénes eran los Thenardier?

Digámoslo desde luego. Después completaremos el cuadro.

Pertenecían estos seres a esa clase bastarda compuesta de personas groseras que han llegado a elevarse y de personas inteligentes que han decaído, que está entre la clase llamada media y la llamada inferior, y que combina algunos de los defectos de la segunda con casi todos los vicios de la primera, sin tener el generoso impulso del obrero ni el honesto orden del ciudadano.

Eran de esas naturalezas enanas que llegan con facilidad a hacerse monstruosas si por acaso las caldea un fuego sombrío. Tenía la mujer el fondo de un bruto, y el hombre era de la estofa de un pordiosero vagabundo. Ambos eran, en el más alto grado, capaces de cierta especie de repugnante progreso que se hace en el alma. Hay almas que, como el cangrejo, retroceden continuamente hacia las tinieblas, que retrogradan más que adelantan en la vida, empleando su existencia en aumentar su deformidad, empeorándose sin cesar e impregnándose más y más de un tizne creciente. Aquel hombre y aquella mujer eran de esa clase de almas.

Particularmente, Thenardier era repugnante para el fisonomista. A ciertos hombres no hay más que mirarlos para desconfiar de ellos, porque se les ve tenebrosos por sus dos lados. Son inquietos por detrás y amenazadores por delante. Hay algo en ellos de lo desconocido, sin que se pueda responder de lo que han hecho ni de lo que podrán hacer. Denúnciales la sombra que tienen en su mirada. Con oírles pronunciar una palabra o con verles hacer un gesto se entrevén sombríos secretos en su pasado y sombríos misterios en su porvenir.

El tal Thenardier, a creer su dicho, había sido soldado; él decía que sargento. Había hecho probablemente la campaña de 1815, y se había conducido bastante bien, a lo que parece. Después veremos lo que había de cierto en esto. La muestra de su bodegón era una alusión a uno de sus hechos de armas. Habíala pintado por sí mismo, porque entendía algo de todo; por supuesto, mal.

Era entonces la época en que la antigua novela clásica (que después de haber sido «Clelia» no era más que «Lodoiska», siempre noble, pero cada vez más vulgar, habiendo caído de la señorita de Scudery en la señora de Bournon-Malarme, y de la señora de Lafayette en la señora Barthelemy-Hadot) incendiaba el alma amante de las porteras de París, y tal vez arrasaba algún tanto la de los alrededores. La señora Thenardier era lo suficiente inteligente para leer tal especie de libros, los cuales constituían su alimento intelectual. Con ellos ahogaba el poco seso que tenía, habiendo adquirido mientras que fue jovencita, y aun un poco después, una especie de actitud pensativa respecto de su marido, pícaro de cierta profundidad, rufián letrado menos en la gramática, grosero y fino a la vez; pero que en punto a sentimentalismo leía a Pigault-Lebrun, y «para todo lo que toca al sexo», como decía en su jerga, era alcaraván completo y sin mezcla. Su mujer tenía como doce o quince años menos que él. Después, cuando los cabellos, novelescamente llorones, comenzaron a blanquear; cuando la Megera se desprendió de la Pamela, la Thenardier no fue ya más que una gruesa y mala mujer que había saboreado estúpidas novelas. Pero no se leen necedades impunemente, y de aquella lectura resultó que su hija mayor se llamó Eponina; en cuanto a la menor, la pobre niña estuvo a pique de llamarse Gulnara, y debió a no sé qué graciosa diversión, producida por una novela de Ducray-Dumesni, llamarse Azelma.

Por lo demás, dicho sea de paso, no todo es ridículo y superficial en la curiosa época a que vamos aquí aludiendo, y que podría llamarse de la anarquía de los nombres de bautismo. Al lado del elemento novelesco que acabamos de indicar se halla el síntoma social. No es nada raro hoy que el hijo de un carretero se llame Arturo, Alfredo o Alfonso, y que el vizconde, si todavía hay vizcondes, se llame Tomás, Pedro o Santiago. Esta dislocación que pone el nombre «elegante» al plebeyo y el nombre campesino al aristócrata, no es más que un remolino de la igualdad. La irresistible penetración del soplo nuevo se ve en esto como en todo. Bajo esta discordancia aparente hay una cosa grande y profunda: la Revolución Francesa.

No basta ser malo para prosperar. El bodegón iba mal.

Gracias a los cincuenta francos de la viajera, Thenardier pudo evitar un protesto y hacer honor a su firma. Al mes siguiente volvieron a tener necesidad de dinero, y la mujer llevó a París y empeñó en el Monte de Piedad el equipo de Cosette en la cantidad de sesenta francos. Cuando hubieron gastado aquella cantidad, los esposos Thenardier se fueron acostumbrando a no ver en la niña más que una criatura que tenían en su casa por caridad, tratándola como tal. Como ya no tenía equipo propio, la vistieron con las sayas viejas y las camisas deshechas de sus hijas; es decir, con harapos. Por alimento le daban las sobras de los demás; esto es, un poco mejor que el perro y un poco peor que el gato. En efecto, el perro y el gato eran sus acostumbrados comensales. Cosette comía con ellos debajo de la mesa en una hortera de madera igual a la suya.

Su madre, que se había establecido, como se verá después, en M., escribía, o, mejor dicho, hacía escribir todos los meses para tener noticias de su hija. Los Thenardier contestaban siempre: «Cosette está perfectamente.»

Transcurridos los seis primeros meses, la madre remitió siete francos para el siguiente, y continuó con bastante exactitud haciendo sus remesas de mes en mes. Aún no había concluido el año cuando Thenardier dijo: «¡Vaya un gran favor que nos hace! ¿Qué quiere que hagamos con siete francos?» Y le escribió pidiéndole hasta doce. La madre, a la cual persuadían que su hija era feliz y que «se criaba bien», se sometió y envió los doce francos.

Ciertas naturalezas no pueden amar por un lado sin odiar por otro. La tía Thenardier amaba apasionadamente a sus propias hijas, lo cual fue causa de que detestase a la forastera. Triste es pensar que el amor de una madre puede tener algún lado malo. El poco lugar que Cosette ocupaba en su casa le parecía que lo usurpaba a los suyos y que aquella niña disminuía el aire que sus hijas respiraban. Aquella mujer, como muchas de su calaña, tenía una suma de caricias y una suma de golpes y de injurias que distribuir cada día. Si no hubiese tenido en su poder a Cosette, de seguro sus hijas, aunque idolatradas, lo hubieran recibido todo; pero la forastera les hizo el favor de atraer los golpes para sí, y a sus hijas no les tocaron más que las caricias. Cosette no hacía movimiento que no fuera causa de que cayese sobre su cabeza una lluvia de castigos violentos e inmerecidos; débil y tímido ser que nada debía comprender de este mundo ni de Dios, sin cesar castigada, reñida, maltratada, golpeada, y que veía a su lado dos pequeñas criaturas como ella que vivían como en un rayo de la aurora.

Siendo la Thenardier mala para Cosette, Eponina y Azelma lo fueron también. A esa edad, los niños no son más que ejemplares de su madre. No hay más diferencia sino que la forma es más pequeña.

Decíase en el lugar:

—¡Qué buena gente son los Thenardier! A pesar de que no son ricos están manteniendo una pobre niña abandonada en su casa.

Creían que Cosette había sido olvidada por su madre.

Mientras tanto, Thenardier, habiendo llegado a saber por no sé qué oscuros caminos que la niña era probablemente bastarda y que su madre no podía confesarlo, exigió quince francos al mes, diciendo que «la criatura» se iba haciendo grande, que «comía», y amenazando con despedirla. «Que no me ande fastidiando —exclamaba—, porque le arrojo su rapaza en medio de sus tapujos. Es preciso que aumente el estipendio.» La madre pagó hasta los quince francos.

De año en año la niña crecía, y su miseria también.

Mientras que Cosette fue pequeñita fue la quitagolpes de las otras dos niñas; pero desde que empezó a desarrollarse un poco, es decir, aun antes de que cumpliera cinco años, vino a ser la criada de la casa.

A los cinco años, se dirá, eso es inverosímil. ¡Ah! Pero es cierto. El padecimiento social empieza en todas edades. No hace mucho hemos visto el proceso de un tal Rumolard, huérfano, convertido en bandido, que desde la edad de cinco años, según expresan los documentos oficiales, encontrándose solo en el mundo, «trabajaba para vivir y robaba».

Obligóse, pues, a Cosette a hacer los recados, barrer las habitaciones, el patio, la calle, fregar la vajilla y hasta llevar fardos. Los Thenardier se creyeron tanto más autorizados para proceder de este modo cuanto que la madre de la niña, que estaba todavía en M., empezó a pagar mal, dejando pasar algunos meses en descubierto.

Si aquella madre hubiese vuelto a Montfermeil al cabo de estos tres años no habría conocido a su hija. Cosette, tan fresca y tan linda cuando llegó a aquella casa, estaba entonces flaca y pálida, notándose además en ella cierto aire de desconfianza. «¡Es muy cazurra!», decían los Thenardier.

Habíala hecho desconfiada la injusticia, y la miseria la había tornado fea. No le quedaban más que sus hermosos ojos, que causaban lástima, porque, siendo muy grandes, parecía que en ellos se veía mayor cantidad de tristeza.

Lástima daba ver en el invierno a aquella pobre niña, que aún no contaba seis años, tiritando bajo los viejos harapos de percal agujereados, barrer la calle antes de apuntar el día, con una enorme escoba en sus manitas amoratadas y una lágrima en sus grandes ojos.

En el lugar la llamaban «la Alondra». El pueblo, que gusta de las imágenes, se complacía en dar este nombre a aquel pequeño ser, no mayor que un pájaro, que temblaba, se asustaba y tiritaba, despierto el primero en la casa y en la aldea, siempre el primero en la calle o en el campo antes del alba.

Sólo que la pobre alondra no cantaba nunca.

CAPÍTULO V

EL DESCENSO

¿Qué era, dónde estaba, qué hacía mientras tanto aquella madre, que, al decir de la gente de Montfermeil, parecía haber abandonado a su hija?

Después de dejar su pequeña Cosette a los Thenardier prosiguió su camino y llegó a M.

Se recordará que esto era en 1818.

Fantina había abandonado su país como unos diez años antes. M. había cambiado de aspecto. Mientras Fantina descendía lentamente de miseria en miseria, su pueblo natal había prosperado.

Hacía como dos años aproximadamente que se había realizado en él uno de esos hechos industriales que son los grandes acontecimientos de los pequeños países.

Es éste un detalle importante, y creemos útil desarrollarle y aun casi podríamos decir subrayarle.

De tiempo inmemorial, M. tenía por industria especial la imitación del azabache inglés y de las cuentas de vidrio negras de Alemania. Semejante industria no había hecho más que vegetar a causa de la carestía de las primeras materias, la cual venía a redundar en perjuicio de la mano de obra. Pero cuando Fantina volvió a M. habíase verificado una transformación inaudita en aquella producción de «artículos negros». A finales de 1815, un hombre, un desconocido, había ido a establecerse al pueblo y concebido la idea de sustituir en aquella fabricación la goma laca a la resina, y para los brazaletes en particular, los colgantes simplemente enlazados a los colgantes soldados.

Tan pequeño cambio fue una revolución, pues redujo prodigiosamente el precio de la materia prima, lo cual en primer lugar permitía subir el de la mano de obra, beneficio para el país; en segundo, mejorar la fabricación, provecho para el consumidor, y en tercero, vender más barato, triplicando la ganancia, ventaja para el manufacturero.

De modo que por una idea se obtenían tres resultados.

En menos de tres años habíase hecho rico el autor de aquel procedimiento, cosa excelente, y lo que es más, todo lo había enriquecido a su alrededor. Era forastero en el departamento. Nada se sabía de su origen y muy poco de sus principios.

Referíase que había llegado al pueblo con muy poco dinero; algunos centenares de francos todo lo más.

De tan pequeño capital, puesto al servicio de una idea ingeniosa, fecunda por el orden y la previsión, había sacado su fortuna y la fortuna de toda la comarca.

A su llegada a M. no tenía sino el traje, el aspecto y el lenguaje del obrero.

A lo que parece, la tarde misma en que aquel personaje hacía oscuramente su entrada en aquel pequeño pueblo de M., a la caída de una tarde de diciembre, llevando el morral a la espalda y el palo de espino en la mano, acababa de estallar un violento incendio en la Casa Municipal. Aquel hombre se arrojó al fuego y salvó, con peligro de su vida, a dos niños, que después resultaron ser los del capitán de la gendarmería, lo cual hizo que no se pensase en pedirle el pasaporte. Desde entonces se supo su nombre. Llamábase el tío Magdalena.

Era hombre como de cuarenta años, de aire distraído, pero bueno. Esto es todo lo que de él podía decirse.

Gracias a los rápidos progresos de aquella industria que había restaurado tan admirablemente, M. se había convertido en un considerable centro de negocios. España, que consume mucho abalorio negro, encargaba a aquel pueblo compras inmensas cada año. M., por su comercio, hacía casi competencia a Londres y Berlín. Los beneficios del tío Magdalena eran tales que al segundo año pudo ya edificar una gran fábrica, en la cual había dos grandes talleres, uno para los hombres y otro para las mujeres. Allí podía presentarse todo el que tenía hambre, seguro de encontrar trabajo y pan. El tío Magdalena pedía a los hombres buena voluntad; a las mujeres, costumbres puras; a todos, probidad. Había dividido los talleres, a fin de separar los sexos y que las mozas y las mujeres pudiesen estar tranquilas. En este punto era inflexible. Era lo único en que mostraba cierta intolerancia. Y su severidad era tanto más profunda cuanto que siendo M. pueblo de guarnición, abundaban las ocasiones de corrupción en él. Por lo demás, su llegada había sido un beneficio y su presencia como una providencia. Antes de llegar el tío Magdalena todo decaía en el país; desde entonces todo vivía la saludable vida del trabajo. Una fuerte circulación lo reanimaba y penetraba todo. La holganza y la miseria eran desconocidas. No había bolsillo tan escaso que no tuviese un poco de dinero, ni vivienda tan pobre que no contuviese un poco de alegría.

El tío Magdalena ocupaba a todo el mundo. No exigía más que una sola cosa: ¡Ser hombre honrado! ¡Ser mujer honrada!

Según hemos dicho, en medio de aquella actividad, de que era causa y eje, el tío Magdalena hacía su fortuna, pero, cosa no poco singular en un hombre dedicado tan sólo al comercio, no mostraba que fuera aquél su principal cuidado. Parecía que pensaba mucho en los demás y poco en sí mismo. En 1820 se le conocía una suma de seiscientos treinta mil francos, colocada en casa de Laffitte; pero antes de ahorrar estos seiscientos mil francos había gastado más de un millón para el pueblo y para los pobres.

El hospital estaba mal dotado; había costeado diez camas. M. estaba dividida en la población alta y baja. La baja, donde el tío Magdalena vivía, no tenía más que una escuela, que era un mal casucho que se caía a pedazos; él construyó dos escuelas, una para niñas y otra para niños. Pagaba de su bolsillo a los dos maestros una gratificación doble del mezquino sueldo oficial, y habiéndose admirado alguno de esto, les respondió: «Los dos primeros funcionarios del Estado son la nodriza y el maestro de escuela.» Había fundado a sus expensas una sala de asilo, cosa hasta entonces desconocida en Francia, y una casa de socorros para los trabajadores viejos e impedidos. Como su fábrica era un centro, un nuevo barrio, en que había un buen número de familias indigentes que habían surgido rápidamente a su alrededor, estableció para ellos una botica gratuita.

En los primeros tiempos, cuando se le vio empezar, las buenas almas decían: «Es un atrevido que quiere enriquecerse.» Cuando le vieron enriquecer el país antes de enriquecerse a sí mismo, las mismas buenas almas dijeron: «Es un ambicioso.» Lo cual parecía tanto más probable cuanto que aquel hombre era religioso e incluso practicaba la devoción con cierta regularidad, cosa muy bien vista en aquella época. Todos los domingos iba a oír misa rezada. El diputado del distrito, que por todas partes olfateaba competencias, no tardó mucho en inquietarse por aquella región. Este diputado, que había sido miembro del Cuerpo Legislativo del Imperio, participaba de las ideas religiosas de un padre del Oratorio, conocido por el nombre de Fouché, duque de Otranto, de quien era protegido y amigo. A puerta cerrada se reía lindamente de Dios. Pero cuando vio al rico manufacturero Magdalena ir a la misa rezada de las siete, vislumbró en él un candidato posible y resolvió superarle. Tomó un confesor jesuita y fue a misa mayor y a vísperas.

Esto no obstante, en 1819 corrió la voz una mañana por el lugar de que a propuesta del prefecto, y en consideración a los servicios hechos al país, el tío Magdalena iba a ser nombrado por el rey alcalde de M. Los que habían declarado «ambicioso» al recién llegado aprovecharon con transporte la ocasión, que todos los hombres desean, de exclamar: «¡Vaya! ¿No lo decía yo?» Esta exclamación se repitió por todo M. La noticia tenía fundamento. Días después apareció el nombramiento en el «Monitor». A la mañana siguiente renunció el tío Magdalena.

En aquel mismo año de 1819 los productos del nuevo procedimiento inventado por el tío Magdalena figuraron en la Exposición de la Industria. A informe del jurado, el rey nombró al inventor caballero de la Legión de Honor. Nuevo rumor en la población. «¡Vaya, era la cruz lo que quería!» El tío Magdalena renunció la cruz.

Decididamente aquel hombre era un enigma. Pero las buenas almas salieron del paso diciendo: «Por lo menos es una especie de aventurero.»

Como hemos dicho, la comarca le debía mucho; los pobres se lo debían todo. Era tan útil, que no podía menos de estimársele, y tan afable, que no se podía menos de amarle. Sus trabajadores, en particular, lo adoraban, y el tío Magdalena admitía esta adoración con una especie de gravedad melancólica. Cuando fue reputado rico «las personas de buena sociedad» le saludaron, y en el lugar se le llamó el señor Magdalena; sus trabajadores y los niños le llamaban, como siempre, «el tío Magdalena», y era lo que más le agradaba. Las invitaciones llovían sobre él a medida que iba subiendo. «La sociedad» le llamaba. Los pequeños salones colgados de M., a orillas del M., que no debe olvidarse habían estado cerrados en los primeros tiempos al artesano, se abrieron de par en par al millonario. Hiciéronsele mil invitaciones. A todas se negó.

Entonces las buenas almas no tuvieron obstáculo en exclamar: «Es un hombre ignorante y de baja educación. Bien se comprende por qué hace eso. No sabría conducirse entre personas decentes. Ni aun consta que sabe leer.»

Cuando se le vio ganar dinero se dijo: «Es un negociante.» Cuando se le vio derramar su ganancia se dijo: «Es un ambicioso.» Cuando se le vio desechar los honores se dijo: «Es un aventurero.» Cuando se le vio rechazar la sociedad se dijo: «Es un bruto.»

En 1820, cinco años después de su llegada a M., eran tan notables los servicios que había hecho al país y tan unánime el voto de toda la comarca, que el rey le nombró nuevamente alcalde de la ciudad. De nuevo renunció, pero el prefecto no admitió su renuncia, rogáronle los notables, suplicóle el pueblo en plena calle, y la insistencia fue tan viva que al fin tuvo que aceptar. Echóse de ver que lo que más pareció determinarle fue un apóstrofe casi irritado de un viejo del pueblo, que desde el umbral de su puerta le gritó desembozadamente: «Un buen alcalde es útil. ¿Quién retrocede cuando puede hacer un bien?»

Aquella fue la tercera fase de su elevación. El tío Magdalena había llegado a ser el señor Magdalena; el señor Magdalena había llegado a ser el señor alcalde.

Tenía los cabellos grises, la mirada grave, el aire cansado del obrero y el rostro pensativo de un filósofo. Ordinariamente llevaba sombrero de anchas alas y ancho gabán de paño grueso abotonado hasta la barba. Cumplía con las funciones de alcalde, y fuera de ellas vivía solitario. Hablaba con pocos. Huía de los cumplimientos, saludaba de paso, se esquivaba pronto, se sonreía para ahorrarse de hablar y daba para ahorrarse de sonreír. Las mujeres decían de él: «¡Qué buen oso!» Su distracción era pasear por el campo.

Comía siempre solo, con un libro abierto delante de sí, en el cual leía. Tenía una pequeña y escogida biblioteca. Gustaba de los libros. Los libros son amigos fríos y seguros. A medida que con la riqueza adquiría desahogo de trabajo, parecía que se aprovechaba de él para cultivar su espíritu. Desde que estaba en M. se echaba de ver que su modo de hablar se había ido haciendo más fino, más escogido, más suave.

Frecuentemente llevaba una escopeta en sus paseos, pero rara vez se servía de ella. Cuando así sucedía por casualidad, tenía un tino tan infalible que espantaba. Nunca mataba un animal inofensivo, jamás tiró a un pajarillo.

A pesar de no ser ya joven, decíase que tenía fuerzas prodigiosas. Ofrecía echar una mano a quien lo necesitaba. Levantaba un caballo, desatrancaba una rueda atollada, detenía por los cuernos un toro escapado. Llevaba siempre los bolsillos llenos de monedas menudas al salir de casa y vacíos al volver. Cuando pasaba por alguna aldea, los chicos desarrapados corrían alegremente detrás de él y le rodeaban como una nube de mosquitos.

Sospechábase que habría debido vivir en otro tiempo en la vida del campo, porque conocía toda clase de secretos útiles, que comunicaba a los campesinos. Enseñábales a destruir la cizaña de los trigos, asperjando las paneras e inundando las hendiduras del suelo con una disolución de sal común, y a extirpar el gorgojo, suspendiendo en todas partes, en las paredes y en los techos, en los pajares y en las casas, romero en flor. Tenía «recetas» para extirpar de un campo la neguilla, el tizón, la algarroba silvestre, la cola de zorro y demás plantas parásitas que consumen el trigo. Libraba una conejera de los ratones nada más que con el olor de un pequeño cerdo de Berbería que ponía en ella.

Viendo un día a la gente del país muy ocupada en arrancar ortigas, miró aquel montón de plantas desarraigadas y ya secas, y dijo:

—Están muertas. No obstante, serían provechosas si se supieran utilizar. Cuando la ortiga es nueva, su hijo es una excelente legumbre; cuando es vieja tiene filamentos y fibras como el cáñamo y el lino. La tela de ortiga sería tan buena como la tela de cáñamo. Picada, la ortiga es buena para las aves; molida, es buena para los animales de cuernos. La semilla de ortiga mezclada con el forraje da lustre al pelo de los animales; su raíz mezclada con sal produce un hermoso color amarillo. Por lo demás, es un excelente heno que se puede segar dos veces. ¿Y qué necesita la ortiga? Un poco de tierra, sin cuidado ni cultivo alguno. Únicamente la semilla se cae conforme va madurando y es difícil de recoger, pero no más. Con poco trabajo la ortiga sería útil; se la desprecia y es dañina. Entonces se la mata. ¡Cuántos hombres se asemejan a la ortiga!

Después de una pausa añadió:

—Amigos míos, acordaos de esto: no hay ni malas hierbas ni malos hombres. No hay sino malos cultivadores.

Los niños le amaban, además, porque sabía hacer lindos juguetes con paja y nueces de coco.

Cuando veía la puerta de una iglesia vestida de negro entraba, buscando en ella un entierro, como otros buscan un bautizo. Por su gran bondad le atraían la viudez y la desgracia de los demás; poníase entre los amigos afligidos, entre las familias enlutadas, entre los sacerdotes que gemían en derredor de un féretro. Parecía que daba gustoso por texto a sus pensamientos aquellas salmodias fúnebres llenas de la visión del otro mundo. Con los ojos elevados al cielo escuchaba con una especie de aspiración hacia todos los misterios del infinito aquellas voces tristes que cantaban al borde del oscuro abismo de la muerte.

Ejecutaba una multitud de acciones buenas, ocultándose como si fueran malas. Penetraba de oculto por la tarde en las casas y subía furtivamente las escaleras. Un pobre diablo, al volver a su chiribitil, veía que su puerta había sido abierta, algunas veces forzada en su ausencia. El pobre hombre se alarmaba y pensaba: «Algún malhechor habrá entrado aquí.» Entraba, y lo primero que veía era alguna moneda de oro olvidada sobre un mueble. El malhechor que había entrado era el tío Magdalena. Era afable y triste. El pueblo decía: «Ése es un hombre rico que no tiene aire orgulloso; un hombre feliz que no tiene aire de contento.»

Pretendíase por algunos que era un personaje misterioso, y afirmaban que jamás entraba nadie en su cuarto, el cual era una verdadera celda de anacoreta, amueblada con relojes de arena alados y adornada de huesos en cruz y de calaveras. Repetíase tanto esto, que algunas jóvenes elegantes y maliciosas de M. fueron un día a su casa y le dijeron: «Señor alcalde, enseñadnos vuestro cuarto. Se cuenta que es una gruta.» Se sonrió y las introdujo inmediatamente en aquella «gruta», con lo cual quedaron bien castigadas por su curiosidad, pues era una habitación adornada sencillamente, con muebles de anacardo, bastante feos, como todos los muebles de ese género, y tapizada de papel de doce sueldos. Nada pudo chocarles allí, como no fuesen dos candelabros de forma antigua que estaban sobre la chimenea, y que parecían ser de plata, «porque estaban contrastados»; observación que demuestra bien el espíritu de los pueblos pequeños.

No por esto se dejó de decir que nadie penetraba en su cuarto, el cual era una caverna de ermitaño, una cueva, un agujero, un sepulcro.

Murmurábase que ponía sumas «inmensas» colocadas en casa de Laffitte con la particularidad de que estaban siempre a su disposición inmediata: de tal suerte, añadían, que el señor Magdalena podría llegar una mañana a casa de Laffitte, firmar un recibo y llevarse sus dos o tres millones de francos en diez minutos. En realidad, según hemos dicho, estos «dos o tres millones» se reducían a seiscientos treinta o seiscientos cuarenta mil francos.

Al principiar el año 1821 anunciaron los periódicos la muerte del señor Myriel, obispo de D., apellidado «monseñor Bienvenido», que había fallecido en olor de santidad a la edad de ochenta y dos años.

El obispo de D., para añadir aquí un detalle que los periódicos omitieron, estaba, cuando murió, ciego desde hacía muchos años, y contento de hallarse ciego porque su hermana estaba a su lado.

Digámoslo de paso: ser ciego y ser amado es, en efecto, en este mundo, en que nada hay completo, una de las formas más extrañamente perfectas de la felicidad. Tener continuamente a nuestro lado a una mujer, a una hija, una hermana, un ser encantador, que está allí precisamente porque necesitamos de él y porque no puede pasar sin nosotros; conocer que somos indispensables a aquel ser a quien necesitamos; poder medir incesantemente su afecto por la cantidad de presencia que nos da, y decir: «Pues que me consagra todo su tiempo, es que tengo todo su corazón»; ver el pensamiento a falta de la fisonomía; comprobar la fidelidad de un ser en el eclipse del mundo; percibir el crujido de un vestido como un ruido de alas; sentir ir y venir, salir, entrar, hablar, cantar, y pensar que uno es el centro de esos pasos, de esa palabra, de ese canto; manifestar a cada instante su propia atracción; conocerse uno tanto más poderoso cuanto es más impotente, y llegar a ser en la oscuridad y por la oscuridad el astro a cuyo alrededor gravita aquel ángel; pocas felicidades igualan a ésta. La dicha suprema de la vida es la convicción de que somos amados, amados por nosotros mismos; mejor dicho, amados a pesar de nosotros. Esta convicción la tiene el ciego. Ser en su desgracia servido es ser acariciado. ¿Le falta algo? No; tener no es perder la luz. ¡Y qué amor! Un amor formado enteramente de virtud. No hay ceguera donde hay certidumbre. El alma a tientas busca al alma y la encuentra. Y aquel alma encontrada y experimentada es una mujer. Os sostiene una mano, es la suya; una boca roza vuestra frente, es su boca; oís cerca de vosotros una respiración, es ella. Tenerlo todo de ella, desde su culto hasta su piedad; no ser nunca abandonado, tener esa dulce debilidad que os socorre, apoyarse en esa caña inquebrantable y poder tomarla en los brazos como un Dios palpable, ¡qué arrobamiento! El corazón, esa celeste flor oscura, cae en un desvanecimiento misterioso. ¡No se cambiaría esta sombra por toda la claridad! El alma ángel está allí, sin cesar allí; si se aparta es para volver; se disipa como el sueño y reaparece como la realidad; se siente el calor de su presencia que se aproxima, vedla. Hay en ella una efusión de serenidad, de alegría, de éxtasis; es un rayo de luz en la noche. Mil cuidados pequeños, nonadas que son enormes en aquel vacío; los más inefables acentos de la voz femenil empleados en minarlos y supliendo por nosotros el universo desvanecido. Siéntese uno acariciado con el alma. Nada ve, pero se conoce adorado. Está en un paraíso de tinieblas.

Desde aquel paraíso había pasado monseñor Bienvenido al otro.

El anuncio de su muerte fue reproducido por el periódico local de M., y el señor Magdalena se presentó a la mañana siguiente todo de negro y con gasa en el sombrero.

Echóse de ver en el pueblo su luto y se comentó. Pareció como un vislumbre del origen del señor Magdalena. Dedújose que tenía algún parentesco con el venerable obispo. «Lleva luto por el obispo de D.», se dijo en las reuniones, y esto realzó mucho al señor Magdalena, dándole súbita y repentinamente cierta consideración entre la gente noble de M. Y el microscópico arrabal de San Germán decidió hacer cesar la cuarentena impuesta al señor Magdalena, pariente probable de un obispo. El señor Magdalena conoció lo que había adelantado en las mayores reverencias que le hicieron las señoras viejas y en las sonrisas más frecuentes que le dirigieron las jóvenes. Una tarde, cierta decana de aquel pequeño círculo aristocrático, curiosa por derecho de ancianidad, se atrevió a preguntarle:

—¿Era acaso el señor alcalde primo del difunto obispo de D.?

—No, señora —respondió.

—Pues —repuso la viuda—, ¿no lleváis luto por él?

El señor Magdalena respondió:

—Es que en mi juventud fui lacayo de su familia.

Otra cosa se advirtió, además: que cada vez que pasaba por el pueblo un joven saboyano recorriendo el país en busca de chimeneas que limpiar, el señor alcalde le hacía llamar, le preguntaba su nombre y le daba dinero. Los saboyanitos se lo contaban unos a otros, y por allí pasaban muchos.

Poco a poco, y con el tiempo, fueron disipándose todas las oposiciones. Habíanse propalado en un principio contra el señor Magdalena, por esa ley que sufren siempre los que se elevan, injurias y calumnias, que después no fueron sino murmuraciones, luego malicias, y que, por último, se desvanecieron del todo. El respeto llegó a ser cumplido, unánime, cordial, y hubo un momento en 1821 en que las palabras «El señor alcalde» se pronunciaban en M. casi con el mismo acento que estas otras, «El señor obispo», eran pronunciadas en D. en 1815. Íbase de diez leguas a la redonda a consultar al señor Magdalena. Terminaba las diferencias, suspendía los pleitos y reconciliaba a los enemigos. Todos le tomaban por juez de sus derechos. Parecía como que tenía por alma el cetro de la ley natural. Aquello fue como un contagio de veneración que en seis o siete años se extendió por todo el país.

Un hombre solo, en la población y en el distrito, se libró absolutamente de aquel contagio, e hiciera lo que quisiese el señor Magdalena, permanecía rebelde, como si una especie de instinto incorruptible e imperturbable le despertase e inquietase. Diríase que existe, en efecto, en ciertos hombres un verdadero instinto bestial, puro e íntegro como todo instinto, que crea la antipatía y la simpatía, que separa fatalmente unas naturalezas de otras, que no vacila, que no se turba, ni se calla, ni se desmiente jamás; claro en su oscuridad, infalible, imperioso, refractario a todos los consejos de la inteligencia y a todos los disolventes de la razón, y que de cualquier manera que vengan los destinos advierte secretamente al hombre-perro que le posee la presencia del hombre-gato, y al hombre-zorro la presencia del hombre-león.

Muchas veces, cuando el señor Magdalena pasaba por una calle, tranquilo, afectuoso, rodeado de las bendiciones de todos, acontecía que un hombre de alta estatura, vestido con una levita gris oscura, armado de un grueso bastón y cubierto con un sombrero de copa achatada, se volvía bruscamente a mirarlo y lo seguía con la vista hasta que desaparecía, cruzando los brazos, sacudiendo lentamente la cabeza y levantando los labios hasta la nariz, especie de gesto significativo que podía traducirse por: «¿Pero quién es ese hombre? Estoy seguro de haberlo visto en alguna parte. De todos modos, a mí no me engaña.»

Este personaje, grave, con gravedad casi amenazadora, era de esos que por rápidamente que se les vea llaman la atención del observador.

Llamábase Javert y era de la Policía.

Desempeñaba en M. las funciones penosas, pero útiles, de inspector. No sabía los antecedentes del señor Magdalena; debía el puesto que ocupaba a la protección del señor Chabouillet, secretario del ministro de Estado, conde de Anglés, entonces prefecto de Policía en París, y cuando llegó a M. estaba ya hecha la fortuna del gran manufacturero, y el tío Magdalena se había convertido en el señor Magdalena.

Ciertos polizontes tienen una fisonomía particular que se complica con un aspecto de bajeza mezclado con cierto aire de autoridad; Javert tenía esta fisonomía, menos la bajeza.

Tenemos la convicción de que si fueran las almas visibles a los ojos se vería distintamente una cosa extraña, y es que cada uno de los individuos de la especie humana corresponde a alguna de las especies de la creación animal; entonces se podría conocer fácilmente la verdad, apenas entrevista por el pensador, de que desde la ostra hasta el águila, desde el perro hasta el tigre, todos los animales están en el hombre, y cada uno de ellos está en un hombre, y aun en ocasiones muchos de ellos a la vez.

Los animales no son sino las figuras de nuestras virtudes y de nuestros vicios, errantes delante de nuestros ojos, los fantasmas visibles de nuestras almas. Dios nos lo pone de manifiesto para hacernos reflexionar. Sólo que como los animales no son más que sombras, Dios (¿y para qué?) no les ha hecho educables en el sentido completo de la palabra. Por el contrario, a nuestras almas, siendo realidades y teniendo un fin que les es propio, les ha dado Dios inteligencia; es decir, les ha hecho susceptibles de educación. La educación social bien entendida puede sacar siempre de un alma, cualquiera que sea, toda la utilidad que contenga.

Entiéndase cuanto decimos desde el punto de vista concreto de la vida terrestre, aparente, y sin prejuzgar la cuestión profunda de la personalidad anterior o ulterior de los seres que no son el hombre. El yo visible no autoriza en manera alguna al pensador para negar el yo latente. Hecha esta salvedad, continuemos.

Pues bien; si por un momento se admite con nosotros que en todo hombre hay una de las especies de animales de la creación, nos será fácil decir quién era el inspector de policía Javert.

Los aldeanos de Asturias creen que en cada camada de loba nace un perro, el cual es muerto por su madre, porque si no, tan pronto como llegara a hacerse grande devoraría a los demás hermanos.

Dótese de un rostro humano a este perro hijo de loba y tendremos a Javert.

Javert había nacido en una prisión, de una echadora de cartas cuyo marido estaba en presidio. Cuando hubo crecido pensó que se hallaba fuera de la sociedad, y se desesperó por no poder entrar en ella nunca. Advirtió que la sociedad mantiene irremisiblemente fuera de sí dos clases de hombres: los que la atacan y los que la guardan; no tenía elección sino entre una de estas dos clases; al mismo tiempo sentía dentro de sí un cierto fondo de rigidez, de regularidad y de probidad, complicado con un inexplicable odio hacia esa raza de gitanos de que descendía. Entró, pues, en la Policía y prosperó. A los cuarenta años era inspector.

En su juventud había estado empleado en los presidios del Mediodía.

Antes de pasar adelante expliquemos las palabras rostro humano que no ha mucho aplicamos a Javert.

El rostro humano de Javert consistía en una nariz chata, con dos profundas ventanas, hacia las cuales se extendían, campeando en sus dos carrillos, enormes patillas. Impresionaban desagradablemente la primera vez que se veían aquellas dos selvas y aquellas dos cavernas. Cuando Javert se reía, lo cual era raro y terrible, sus labios delgados se apartaban y dejaban ver, no tan sólo los dientes, sino también las encías, y alrededor de su nariz se formaba un pliegue abultado y feroz como sobre el hocico de una fiera carnívora. Javert, serio, era un perro de presa; cuando se reía era un tigre. Por lo demás, tenía poco cráneo y mucha mandíbula; los cabellos le ocultaban la frente y le caían sobre las cejas; tenía entre los ojos un ceño central permanente como una estrella de cólera; la mirada, oscura; la boca, recogida y temible; el aire, de mando y feroz.

Estaba compuesto este hombre de dos sentimientos muy sencillos y relativamente muy buenos, pero que él convertía casi en malos a fuerza de exagerarlos: el respeto a la autoridad y el odio a la rebelión. Javert envolvía en una especie de fe ciega y profunda a todo el que en el Estado desempeñaba una función cualquiera, desde el primer ministro hasta el guarda rural. Cubría de desprecio, de aversión y de disgusto a todo el que una vez había pasado el límite legal del mal. Era absoluto y no admitía excepciones. Por una parte decía: «El funcionario no puede engañarse; el magistrado nunca se equivoca.» Por la otra decía: «Éstos están irremediablemente perdidos; nada bueno puede esperarse que salga de ellos.» Era en un todo de la opinión de esos hombres extremados que atribuyen a la ley humana el poder de hacer o, si se quiere, de descubrir demonios, y que ponen una Estigia en lo más bajo de la sociedad. Era estoico, serio, austero, pensador, lúgubre, humilde y altanero como los fanáticos. Toda su vida se compendiaba en estas dos palabras: velar y vigilar. Había introducido la línea recta en lo que hay más torcido en el mundo; tenía la conciencia de su utilidad, la religión de sus funciones, y era espía, como se puede ser sacerdote. ¡Desgraciado del que caía en sus manos! Hubiese sido capaz de prender a su padre al escaparse del presidio y denunciar a su madre al huir de la prisión, y lo hubiera hecho con esa especie de satisfacción interior que da la virtud. Añádase que llevaba una vida de privaciones, de aislamiento, de abnegación, de castidad, sin una distracción nunca. Era el deber implacable, la policía comprendida como los espartanos comprendían a Esparta; una vigilancia inexorable, una honradez feroz, un espía marmóreo; Bruto injerto en Bidocq.

Toda la persona de Javert expresaba al hombre que espía y que se oculta. La escuela mística de José Maistre, que en aquella época sazonaba con una alta cosmogonía los periódicos llamados ultras, hubiera dicho, indudablemente, que Javert era un símbolo. No se le veía la frente, que desaparecía bajo el sombrero; no se le veían los ojos, que se perdían bajo las cejas; no se le veía la barba, que se introducía en la corbata; no se le veían las manos, que quedaban entre las mangas; no se le veía el bastón, porque lo llevaba debajo de la levita. Pero, llegada la ocasión, veíanse de pronto salir de aquella sombra, como de una emboscada, una frente angulosa y estrecha, una mirada funesta, una barba amenazadora, unas manos enormes y un garrote monstruoso.

En sus momentos de ocio, que eran poco frecuentes, aunque odiaba los libros, leía; de aquí que no fuese completamente iletrado, lo cual se conocía en cierto énfasis que había en sus palabras.

No tenía vicio alguno, ya lo hemos dicho. Cuando estaba contento de sí se concedía un polvo de tabaco. Tal era el lazo que le unía a la humanidad.

Sin trabajo se comprenderá que Javert era el espanto de toda esa clase que la estadística anual del Ministerio de Justicia designa bajo la casilla de «personas sin oficio conocido». El nombre de Javert los ponía en huida con sólo pronunciarlo; el rostro de Javert, apareciendo, los petrificaba.

Tal era este hombre formidable.

Javert era como un ojo siempre fijo sobre el señor Magdalena; ojo lleno de sospechas y conjeturas. El señor Magdalena llegó, al fin, a advertirlo; pero a lo que parece, semejante cosa significó muy poco para él. Ni una pregunta hizo a Javert; ni le buscaba ni le huía, y sufría sin aparentar conocerlo aquella mirada incómoda y casi pesada.

Por algunas palabras sueltas escapadas a Javert se adivinaba que había buscado secretamente, con esa curiosidad propia de la raza, en que entra tanto el instinto como la voluntad, hasta las huellas y antecedentes que el señor Magdalena había podido dejar en otras partes. Parecía saber, y a veces decía con palabras embozadas, que alguno había tomado determinados informes en cierto país sobre cierta familia que había desaparecido. Una vez le aconteció decir, hablando consigo mismo: «Creo que le he cogido.» Luego se quedó tres días pensativo, sin denunciar una palabra. Parecía que se había roto el hilo que había creído coger.

Por lo demás, y éste es un correctivo necesario al sentido demasiado absoluto que pudieran presentar ciertas palabras, nada puede haber verdaderamente infalible en una criatura humana, y es propio del instinto precisamente el poder ser confundido, descaminado, desorientado. Sin esto sería superior a la inteligencia, y entonces resultaría que las bestias poseerían mejor luz que el hombre.

Javert estaba, evidentemente, desconcertado en algún modo por el aspecto natural y la tranquilidad del señor Magdalena.

Esto no obstante, un día su extraño comportamiento pareció hacer impresión en el señor Magdalena, con el motivo que vamos a decir.

El señor Magdalena, pasando una mañana por una callejuela no empedrada de M., oyó ruido, y viendo un grupo a alguna distancia se acercó a él. Un viejo llamado el tío Fauchelevent acababa de caer debajo de su carro, cuyo caballo se había rendido.

El tal Fauchelevent era uno de los raros enemigos que tenía el señor Magdalena en aquella época. Cuando éste llegó al país, Fauchelevent, antiguo tabelión y campesino casi iletrado, tenía un comercio que empezaba a decaer. Fauchelevent vio a aquel simple obrero que se enriquecía, mientras que él, amo, se arruinaba, y de aquí que se llenase de envidia y que hiciese siempre cuanto estuvo en su mano para perjudicar al señor Magdalena. Habiendo llegado su ruina, y no quedándole más que un carro y un caballo, y estando, por otra parte, sin familia y sin hijos, habíase hecho carretero para vivir.

El caballo tenía rotas dos patas y no se podía levantar. El anciano había caído entre las ruedas, y tan desgraciada había sido la caída, que todo el peso del carruaje, que iba muy cargado, gravitaba sobre su pecho. El tío Frauchelevent arrojaba lastimeros ayes. Habíase tratado de sacarlo, pero en vano. Un esfuerzo desordenado, un socorro mal entendido, una sacudida en falso podía acabar con él. No había más medio de libertarle que levantar el carruaje por debajo. Javert, que había llegado en el momento del accidente, había mandado a buscar un cabrestante.

El señor Magdalena llegó, y todos se apartaron con respeto.

—¡Socorro! —gritó el viejo Fauchelevent—. ¿No habrá alguno tan bueno que quiera salvar a este viejo?

El señor Magdalena se volvió hacia los concurrentes.

—¿No hay un cabrestante? —dijo.

—A buscarle han ido —respondió un aldeano.

—¿Cuánto tiempo tardarán en traerlo?

Han ido a lo más cerca, a Flachot, donde hay un herrador; pero, con todo, aún tardarán un buen cuarto de hora.

—¡Un cuarto de hora! —exclamó el señor Magdalena.

Había llovido la víspera, el suelo estaba húmedo y el carro se hundía en tierra a cada instante y comprimía más y más el pecho del viejo carretero. Era evidente que antes de cinco minutos tendría las costillas rotas.

—Es imposible aguardar un cuarto de hora —dijo el señor Magdalena a los aldeanos que miraban.

—No hay más remedio.

—Pero entonces no será ya tiempo. ¿No estáis viendo que el carro se hunde?

—¡Gran Dios!

—Oíd —repuso el señor Magdalena—, todavía queda debajo del carro bastante espacio para que un hombre pase y lo levante con la espalda. Medio minuto no más y se sacará a este pobre hombre. ¿Hay alguno que tenga puños y corazón? Hay cinco luises de oro para ganar.

Nadie chistó en el grupo.

—¡Diez luises! —dijo el señor Magdalena.

Los asistentes bajaron los ojos. Uno de ellos murmuró:

—Muy fuerte habría de ser. Se corre el peligro de quedar aplastado...

—¡Vamos! —añadió el señor Magdalena—. ¡Veinte luises!

El mismo silencio.

—No es buena voluntad lo que les falta —dijo una voz.

El señor Magdalena se volvió y conoció a Javert. No lo había visto al llegar. Javert continuó:

—Es la fuerza. Sería preciso ser un hombre terrible para hacer la proeza de levantar un carro como ése con la espalda.

Y mirando fijamente al señor Magdalena, continuó, recalcando cada una de las palabras que pronunciaba:

—Señor Magdalena, no he conocido más que a un hombre capaz de hacer lo que pedís.

El señor Magdalena se sobresaltó.

Javert añadió con tono de indiferencia, pero sin apartar los ojos de los del señor Magdalena:

—Era un forzado.

—¡Ah! —dijo el señor Magdalena.

—Del presidio de Tolón.

El señor Magdalena se puso pálido.

Mientras tanto, el carro se iba hundiendo lentamente. El tío Fauchelevent gritaba y aullaba.

El señor Magdalena miró a su alrededor.

—¿No hay nadie, pues, que quiera ganarse veinte luises y salvar la vida a ese pobre anciano?

Ninguno de los asistentes se movió. Javert repuso:

—No he conocido más que a un hombre que pudiera reemplazar a una cabria; era un forzado.

—¡Ah! ¡Que me aplasta! —gritó el viejo.

El señor Magdalena levantó la cabeza, encontró los ojos de halcón de Javert siempre fijos sobre él, vio a los aldeanos y se sonrió tristemente. En seguida, sin decir una palabra, se puso de rodillas, y antes que la multitud hubiera podido arrojar un grito, estaba debajo del carro.

Hubo un momento espantoso de expectación y de silencio.

Viose al señor Magdalena, pegado a tierra bajo aquel peso espantoso, probar dos veces en vano a juntar los codos con las rodillas. Gritábanle:

—Señor Magdalena, salid de ahí.

El mismo viejo Fauchelevent le dijo:

—¡Señor Magdalena, marchaos! ¡No hay más remedio que morir, ya lo veis; dejadme! ¡Vais a ser aplastado también!

El señor Magdalena no respondió.

Los concurrentes vacilaban. Las ruedas habían seguido hundiéndose, y era ya casi imposible que el señor Magdalena saliese de debajo del carro.

De pronto se vio conmoverse la enorme masa; el carro se levantaba lentamente; las ruedas salían casi del carril. Oyóse una voz ahogada que exclama:

—¡Pronto, ayudad!

Era el señor Magdalena que acababa de hacer el último esfuerzo.

Todos se precipitaron. La abnegación de uno solo dio fuerza y valor a todos. El carro fue levantado por veinte brazos. El viejo Fauchelevent se había salvado.

El señor Magdalena se levantó. Estaba lívido, aunque el sudor le caía a chorros. Su vestido estaba desgarrado y cubierto de lodo. Todos lloraban. El viejo le besaba las rodillas y le llamaba el buen Dios. El señor Magdalena tenía en su rostro no sé qué expresión de padecimiento feliz y celestial, y fijaba su vista tranquila sobre Javert, que lo seguía mirando.

Fauchelevent se había dislocado una rótula en la caída. El señor Magdalena lo hizo llevar a una enfermería que había establecido para sus trabajadores en el edificio mismo de su fábrica, y que estaba asistida por dos hermanas de la Caridad. A la mañana siguiente, temprano, el anciano se halló un billete de mil francos sobre la mesa de noche, con esta línea escrita por mano del señor Magdalena: «Os compro vuestro carro y vuestro caballo.» El carro se había roto, y el caballo, muerto. Fauchelevent curó; pero la pierna le quedó anquilosada. El señor Magdalena, por recomendación de las hermanas y de su cura, hizo colocar al pobre hombre de jardinero en un convento de monjas del barrio de San Antonio, en París.

Algún tiempo después, el señor Magdalena fue nombrado alcalde. La primera vez que Javert vio al señor Magdalena revestido de la banda que le daba toda autoridad sobre la población, experimentó la especie de estremecimiento que sentiría un mastín que olfatease un lobo bajo los vestidos de su amo. Desde aquel momento huyó de él todo cuanto pudo, y cuando las necesidades del servicio lo exigían imperiosamente y no podía menos de encontrarse con el señor alcalde, le hablaba con un respeto profundo.

La prosperidad creada por el señor Magdalena en M. tenía, además de los signos visibles que hemos indicado, otro síntoma, que por no ser visible no era menos significativo; síntoma que no engaña nunca. Cuando la población padece, cuando falta el trabajo, cuando el comercio es nulo, el contribuyente resiste el impuesto por penuria, deja pasar los plazos, y el Estado gasta mucho dinero en apremios y reintegros. Cuando el trabajo abunda, cuando el país es feliz y rico, el impuesto se paga cómodamente y cuesta poco al Estado. Puede decirse que la miseria y la riqueza públicas tienen un termómetro infalible en los gastos de percepción del impuesto. En siete años los gastos de percepción del impuesto habían bajado las tres cuartas partes en el distrito de M., lo cual era causa de que se citase frecuentemente este distrito entre todos por el señor de Villéle, entonces ministro de Hacienda.

Tal era la situación del país cuando volvió a él Fantina. Nadie se acordaba de ella; pero afortunadamente la puerta de la fábrica del señor Magdalena era como un rostro amigo. Se presentó y fue admitida en el obrador de las mujeres. Era el oficio enteramente nuevo para Fantina y no podía estar muy experta en él; por tanto, sacaba poca cosa como producto de su jornal, pero al fin aquello le bastaba; el problema estaba resuelto: se ganaba la vida.

* * *

Cuando Fantina vio que vivía con su trabajo, tuvo un momento de alegría. Ganarse la vida honradamente, ¡qué favor del cielo! Recobró verdaderamente el gusto del trabajo. Se compró un espejo, se regocijó de ver en él su juventud, sus hermosos cabellos, sus hermosos dientes; olvidó muchas cosas; no pensó sino en Cosette y en el porvenir posible, y fue casi feliz. Alquiló un cuartito y lo amuebló de fiado sobre su trabajo futuro, resto de sus hábitos de desorden.

No pudiendo decir que estaba casada, se guardó mucho, como lo hemos dejado entrever, de hablar de su pequeña hija.

En un principio, como hemos visto, pagaba exactamente a los Thenardier, y como no sabía más que firmar, para escribirles se veía obligada a valerse de un memoralista.

Escribía con frecuencia, y esto se echó de ver. Empezóse a decir en voz baja en el taller de mujeres que Fantina «escribía cartas» y que «tenía ciertas maneras».

Nadie mejor para espiar las acciones de los demás que aquellos que nada tienen que ver con ellos. ¿Por qué ese caballero no viene sino al oscurecer? ¿Por qué el señor N. no cuelga la llave en su respectivo clavo de la portería el jueves? ¿Por qué va siempre por calles extraviadas? ¿Por qué la señora se baja del coche de alquiler antes de llegar a la casa? ¿Por qué envía a buscar un cuadernillo de papel de cartas, cuando tiene llena la papelera? Etcétera, etc. Existen seres que por saber el secreto de tales enigmas, que les son, por lo demás, perfectamente indiferentes, gastan más dinero, desperdician más tiempo y se toman más trabajo que costaría ejecutar diez buenas acciones, y todo ello lo hacen gratuitamente, por placer, sin que su curiosidad reciba más paga que la curiosidad. Seguirán a éste o a aquél días enteros; harán largas horas centinela en las esquinas, entre los árboles, de noche, con frío y con lluvia; corromperán criados, emborracharán cocheros y lacayos, comprarán a la doncella, harán la adquisición de un portero. ¿Para qué? Para nada. Por encarnizamiento de ver, de saber vidas ajenas, por pura comezón de murmurar. Y frecuentemente, conocidos estos secretos, publicados estos misterios, descubiertos estos enigmas a la luz del día, producen catástrofes, duelos, quiebras, ruinas de familia, existencias amargadas, con gran gozo de aquellos que lo han «descubierto todo» sin interés y por puro instinto. Cosa triste en verdad.

Ciertas personas son malas únicamente por necesidad de hablar. Su palabra, conversación en la sala, habladuría en la antecámara, es como esas chimeneas que consumen pronto la leña; necesitan mucho combustible, y el combustible es el prójimo.

Observóse, pues, a Fantina.

Añádase que más de una tenía envidia de sus cabellos rubios y de sus blancos dientes.

Averiguóse que en el obrador, entre las demás, se volvía frecuentemente para enjugar una lágrima. Eran los momentos en que pensaba en su hija, y quizá también en el hombre a quien había amado.

Es una obra dolorosa la de romper los sombríos lazos de lo pasado.

Se descubrió también que escribía por lo menos dos veces al mes, siempre con el mismo sobre, y que franqueaba las cartas. Consiguióse adquirir un sobre, que decía: «Al señor Thenardier, mesonero en Montfermeil.» Hízose hablar en la taberna al memoralista, viejo que no podía llenar su estómago de vino tinto sin desocupar su pecho de secretos. En una palabra: se supo que Fantina tenía un hijo «que debía ser una especie de hija». Hubo comadre que hizo el viaje a Montfermeil, habló a los Thenardier y dijo a su vuelta: «Mis treinta y cinco francos me ha costado; pero lo sé todo. He visto a la criatura.»

La comadre que esto hizo era una gorgona, llamada señora Victurnien, guardiana y portera de la virtud de todo el mundo. La señora Victurnien, mujer de cincuenta y seis años, tenía forrada la máscara de su fealdad con la máscara de la vejez, voz encabritada y espíritu capricante. Semejante vieja había sido joven, cosa admirable. En su juventud, en pleno 93, casó con un fraile escapado del claustro, con gorro colorado, y que pasó de los bernardinos a los jacobinos. Era flaca, seca, áspera, puntiaguda, espinosa, casi ponzoñosa; siempre acordándose de su fraile, de quien estaba viuda, y que la había domado y plegado mucho. Era una ortiga en que se advertía el rozamiento del hábito frailesco. Cuando la Restauración se hizo devota; pero tan enérgicamente, que los clerizontes le perdonaron su boda con el fraile. Poseía un pequeño patrimonio que había legado ruidosamente a una comunidad religiosa, y estaba muy bien vista en el obispado de Arras. Esta tal señora Victurnien fue, pues, la que pasó a Montfermeil y volvió diciendo: «He visto a la niña.»

Tantos pasos pidieron tiempo; Fantina llevaba ya un año en la fábrica cuando una mañana la sobrestante del obrador le entregó, de parte del señor alcalde, cincuenta francos, diciéndole que ya no formaba parte del taller y que el señor alcalde la invitaba a salir fuera del país.

Esto ocurrió precisamente en el mismo mes en que los Thenardier, después de haber pedido doce francos en lugar de seis, acababan de exigir quince francos en vez de doce.

Fantina quedó aterrada. No podía salir del pueblo; debía el alquiler de la casa y de los muebles. Cincuenta francos no eran bastantes para solventar estas deudas. Balbució algunas palabras de súplica; pero la sobrestante le dio a entender que tenía que salir inmediatamente del obrador. Por otra parte, Fantina no era más que una trabajadora mediana. Oprimida por la vergüenza más que por la desesperación, dejó el obrador y entró en su casa. Su falta era, pues, conocida por todos.

No se sentía con fuerzas para decir una palabra. Aconsejáronla que viese al alcalde; pero no se atrevió. El alcalde le daba cincuenta francos porque era bueno, y la despedía porque era justo. Se sometió, pues, a su decreto.

En cuanto al señor Magdalena, no supo nada de aquello. Tales son las combinaciones de que está llena la vida. El señor Magdalena no acostumbraba a entrar casi nunca en el taller de mujeres.

Había puesto al frente de este obrador a una soltera vieja que le había proporcionado el cura, y tenía toda su confianza en aquella capataza, persona respetable verdaderamente, firme, equitativa, íntegra, llena de la caridad que consiste en dar, pero que no poseía en el mismo grado la caridad que consiste en comprender y en perdonar. El señor Magdalena delegaba en ella. Los mejores hombres se ven obligados ordinariamente a delegar su autoridad, en uso de la cual, y con la convicción de que obraba bien, la capataza instruyó el proceso, juzgó, condenó y ejecutó a Fantina.

Respecto de los cincuenta francos, los dio de una cantidad que el señor Magdalena le confiaba para limosnas y socorros a las trabajadoras, de la que no daba cuenta.

Fantina se ofreció como criada en la localidad, y fue de casa en casa. Nadie la admitió. No había podido dejar el pueblo. El prendero a quien debía los muebles, ¡qué muebles!, le dijo: «Si os marcháis os haré prender por ladrona.» El propietario a quien debía el alquiler, le dijo: «Sois joven y bonita, podéis pagar.» Dividió los cincuenta francos entre el prendero y el propietario; devolvió a aquél las tres cuartas partes de los muebles, no quedándose más que con lo necesario, y se encontró sin trabajo, sin profesión, sin tener más que su cama y debiendo todavía sobre cien francos.

Púsose a coser camisas para los soldados de la guarnición, con lo que ganaba doce sueldos al día. Su hija le costaba diez. Entonces fue cuando comenzó a pagar mal a los Thenardier.

No obstante, una anciana que le encendía la luz cuando volvía de noche le enseñó el arte de vivir en la miseria. Detrás del vivir con poco hay el vivir con nada. Son dos habitaciones. La primera, oscura; la segunda, tenebrosa.

Fantina aprendió cómo se vive completamente sin fuego en el invierno, cómo se renuncia al pájaro que comía un maravedí de alpiste todos los días, cómo se hace de la saya manta y de la manta saya, cómo se ahorra la vela tomando la comida a la luz de la ventana de enfrente. Nadie conoce el partido que ciertos seres débiles que han envejecido en la miseria y en la honradez saben sacar de un cuarto. Llega esto hasta ser un talento. Fantina adquirió este sublime talento y recobró un poco de valor.

En aquella época decía a una vecina: «¡Bah! Me digo yo: No durmiendo más que cinco horas y trabajando todo lo demás en la costura, siempre llegaré a ganar casi para pan. Además, cuando se está triste se come menos. De modo que con los padecimientos, las inquietudes, un poco de pan por una parte y los pesares por otra, entre todo me alimentaré.»

En su miseria, haber tenido a su hija hubiese sido una extraña felicidad. Pensó en llevarla consigo; pero ¿para qué? ¿Para hacerla participar de su desnudez? Además, debía a los Thenardier. ¿Cómo pagar? Y el viaje, ¿cómo costearlo?

La vieja que le había dado lo que pudiera llamarse lecciones de vida indigente era una buena mujer llamada Margarita, devota con buena devoción, pobre y caritativa para los pobres y aun para los ricos; sabía escribir lo suficiente para firmar «Majarrita», y creía en Dios, lo que constituye la ciencia.

Hay muchas de estas virtudes, hoy humilladas, que un día estarán en lo alto. Esta vida tiene un día siguiente.

En los primeros tiempos se encontró Fantina tan avergonzada que no se había atrevido a salir.

Cuando iba por la calle comprendía que la gente volvía la cabeza a su paso y la señalaban con el dedo; todos la miraban y nadie la saludaba; el desprecio acre y frío de los transeúntes le penetraba en las carnes y en el alma como un viento helado.

En las pequeñas poblaciones una desgracia se encuentra expuesta al sarcasmo y a la curiosidad de todos. En París siquiera nadie os conoce, y esta oscuridad es como un vestido. ¡Oh, cuánto deseaba volver a París! ¡Pero era imposible!

Era preciso acostumbrarse al menosprecio, como se había acostumbrado a la indigencia. Poco a poco fue tomando resolución. Después de dos o tres meses sacudió la vergüenza y empezó a salir como si nada hubiera sucedido.

—Tanto me da —dijo.

Fue y vino, con la cabeza levantada, con amarga sonrisa, y comprendió que se iba haciendo descarada.

La señora Victurien, cuando la veía pasar por debajo de su ventana, notaba la miseria de «aquella criatura», puesta gracias a ella «en su lugar», y se felicitaba. Los malos tienen una felicidad negra.

El exceso de trabajo fatigaba a Fantina, y se le aumentó la pequeña tos que la aquejaba. Un día decía a su vecina Margarita:

—Tocad, veréis qué calientes tengo las manos.

No obstante, cuando por las mañanas se peinaba con un viejo peine roto sus hermosos cabellos que relumbraban como la seda floja, tenía sus minutos de feliz coquetería.

Fantina fue despedida a fines de invierno; pasó el verano y el invierno volvió. Días cortos, menos trabajo. En invierno no hay calor, no hay luz, no hay mediodía, la tarde se junta con la mañana, todo es niebla, crepúsculo, la ventana está empañada, no se ve claro. El cielo es un tragaluz; todo el día es cueva; el Sol tiene el aspecto de un pobre. El invierno convierte en piedra el agua del cielo y el corazón del hombre. Sus acreedores la acosaban.

Fantina ganaba poquísimo; sus deudas se habían aumentado. Los Thenardier, mal pagados, le escribían a cada instante cartas cuyo contenido la afligía y cuyo porte la arruinaba. Un día le escribieron que su pequeña Cosette estaba enteramente desnuda, con el frío que hacía; que tenía necesidad de una saya de lana y que era preciso que su madre enviase diez francos para ella. Recibió la carta y la estrujó entre sus manos todo el día. Por la noche entró en la casa de un peluquero que habitaba en un rincón de la calle, y se quitó el moño. Sus admirables cabellos rubios le cayeron hasta las caderas.

—¡Hermoso pelo! —exclamó el peluquero.

—¿Cuánto me daréis por él? —dijo ella.

—Diez francos.

—Cortadlo.

Compró un vestido de punto y lo envió a los Thenardier, los cuales se pusieron furiosos. Dinero era lo que ellos querían. Dieron el vestido a Eponina, y la pobre Alondra continuó tiritando.

Fantina pensó: «Mi niña no tiene frío. La he vestido con mis cabellos.» Gastaba pequeños gorros redondos, que ocultaban su cabeza trasquilada, y con los cuales aún estaba bonita.

Verificábase a la sazón un trabajo tenebroso en el corazón de Fantina.

Cuando vio que ya no podía peinarse comenzó a tomar odio a cuanto la rodeaba. Había participado por mucho tiempo de la veneración de todos hacia el señor Magdalena; no obstante, a fuerza de repetirse que él había sido el que la había despedido y la causa de su desgracia, llegó hasta odiarle más que a nadie. Cuando pasaba por delante de la fábrica, a las horas en que las trabajadoras estaban a la puerta, afectaba reír y cantar.

Una anciana trabajadora que una vez la vio reír y cantar de aquella manera, dijo: «He ahí una joven que acabará mal.»

Fantina tomó un amante, el primero que se presentó; un hombre a quien no amaba, por despique, con la rabia en el corazón. Era un miserable, un ocioso indigente, que la maltrataba y que la dejó como ella le había tomado: con disgusto.

Fantina adoraba a su hija.

A medida que iba descendiendo, cuanto más sombrío se hacía todo a su alrededor, más irradiaba en el fondo de su alma aquel dulce angelito. Fantina decía: «Cuando yo sea rica tendré a mi Cosette conmigo.» Y se sonreía. La tos no la abandonaba y sentía sudores en la espalda.

Cierto día recibió una carta de los Thenardier concebida en estos términos:

«Cosette está mala de una enfermedad que hay en el pueblo. Tiene lo que llaman una fiebre miliar. Necesita medicamentos caros, lo cual nos arruina, y ya no podemos pagar más. Si no nos enviáis cuarenta francos antes de ocho días, la niña habrá muerto.»

Echóse a reír a carcajadas, y dijo a su anciana vecina:

—¡Vaya, que está bueno! ¡Cuarenta francos! Es decir, ¡dos napoleones de oro! ¿De dónde quieren que yo los saque? ¡Qué tontos son esos aldeanos!

No obstante, se dirigió a la escalera, cerca de una ventanilla, y leyó de nuevo la carta.

En seguida bajó la escalera y salió corriendo y saltando, siempre riendo.

Uno que la encontró, le dijo:

—¿Qué tenéis para estar tan alegres?

Fantina respondió:

—Una gran tontería que acaban de escribirme unos aldeanos. Me piden cuarenta francos. ¡Lugareños, al fin!

Al pasar por la plaza vio mucha gente que rodeaba un coche de forma caprichosa, sobre el cual peroraba un hombre vestido de rojo. Era un charlatán, dentista en ejercicio, que ofrecía al público dentaduras completas, opiatas, polvos y elixires.

Fantina se unió al grupo y se echó a reír como los demás, con aquella arenga en que había germanía para la canalla y jerga para la gente fina. El sacamuelas vio a aquella hermosa joven que reía y exclamó de pronto:

—¡Hermosos dientes tenéis, joven risueña! Si queréis venderme los incisivos os daré por cada uno un napoleón de oro.

—¿Y cuáles son los incisivos? —preguntó Fantina.

—Incisivos —repuso el profesor dentista— son los dientes de delante, los dos de arriba.

—¡Qué horror! —exclamó Fantina.

—¡Dos napoleones de oro! —masculló una vieja desdentada que estaba allí—. ¡Vaya una mujer feliz!

Fantina echó a correr y se tapó las orejas para no oír la voz endiablada de aquel hombre, que le gritaba:

—¡Reflexionad, hermosa! Dos napoleones son algo. Si el corazón os aconseja, id a verme esta tarde a la posada de La Cubierta de Plata, donde me encontraréis.

Fantina volvió a su casa; iba indignada, y contó el caso a su buena vecina Margarita.

—¿Comprendéis eso? ¿No es verdad que es un hombre abominable? ¿Cómo se deja que esa gente ande por el pueblo? ¡Arrancarme los dos dientes de delante! ¡Eso sería horrible! Los cabellos vuelven a crecer, ¡pero los dientes! ¡Ah, monstruo! Antes querría arrojarme desde un piso quinto de cabeza a la calle. Me ha dicho que estaría esta tarde en La Cubierta de Plata.

—¿Y cuánto daba? —preguntó Margarita.

—Dos napoleones de oro.

—Que son cuarenta francos.

—Sí —dijo Fantina—; cuarenta francos.

Se quedó pensativa y se puso a la labor. Al cabo de un cuarto de hora dejó la costura y volvió a leer la carta de los Thenardier en la escalera.

Al volver a entrar dijo a Margarita, que trabajaba a su lado:

—¿Qué es una fiebre miliar? ¿Lo sabéis?

—Sí —respondió la vieja—. Es una enfermedad.

—¿Y se necesitan muchas medicinas?

—¡Oh! Medicinas terribles.

—¿Y en qué consiste?

—Es una erupción como otras.

—¿Y ataca sólo a los niños?

—Principalmente a los niños.

—¿Y mueren muchos?

—Muchos —dijo Margarita.

Fantina salió y fue una vez más a leer la carta en la escalera.

Por la tarde bajó, y se la vio dirigirse hacia la calle de París en que están las posadas.

A la mañana siguiente, como Margarita entrase en el cuarto de Fantina antes de amanecer, porque trabajaban siempre juntas, y de este modo no encendían más que una luz para las dos, encontró a Fantina pálida, helada. No se había acostado. La gorra se le había caído sobre las rodillas. La luz había ardido toda la noche y estaba casi consumida.

Margarita se detuvo en el umbral de la puerta, petrificada por tan enorme desorden, y exclamó:

—¡Señor, la vela se ha consumido toda! ¿Qué ocurre?

Después miró a Fantina, que volvía hacia ella su cabeza sin cabellos.

Desde la víspera había Fantina envejecido diez años.

—¡Jesús! —dijo Margarita—. ¿Qué tenéis, Fantina?

—Nada —respondió Fantina—. Al contrario. Mi niña no morirá de esa espantosa enfermedad por falta de socorros. Estoy contenta.

Al hablar así señalaba a la vieja dos napoleones de oro que relucían sobre la mesa.

—¡Jesús, Dios mío! —dijo Margarita—. Eso es una riqueza. ¿De dónde habéis sacado esas monedas de oro?

—Las he ganado —dijo Fantina.

Al mismo tiempo se sonrió. La vela alumbraba su rostro. Era una sonrisa sangrienta. Una saliva rojiza surcaba los extremos de los labios y en la boca tenía un agujero negro.

Los dos dientes habían sido arrancados.

Envió, pues, los cuarenta francos a Montfermeil.

Por lo demás, aquello había sido una estratagema de los Thenardier para sacar dinero. Cosette no estaba mala.

Fantina tiró su espejo por la ventana. Hacía mucho tiempo que había dejado su celda del segundo piso por un tabuco cerrado con un picaporte, debajo del tejado; una de esas buhardillas en que el techo forma ángulo con el suelo y en que a cada instante tropieza la cabeza. El pobre no puede penetrar en el fondo de su cuarto como en el fondo de su destino, sino encorvándose más y más. Fantina no tenía ya cama, y le quedaba un pingajo, al que llamaba cobertor, un colchón en el suelo y una silla desvencijada. Un rosalito que tenía se le había secado, olvidado en un rincón, y en el otro se veía una orza de manteca que servía para poner el agua, que se helaba en el invierno, y en la cual quedaban marcados los diferentes niveles del líquido por círculos de hielo.

Fantina había perdido el pudor, después perdió la coquetería y, últimamente, hasta el aseo. Salía con papalinas sucias, y ya por falta de tiempo, ya por indiferencia, no recosía su ropa. A medida que se rompían los talones iba metiendo las medias en los zapatos, lo cual se descubría por ciertos pliegues perpendiculares. Remendaba su corpiño viejo y gastado con pedazos de algodón que se desgarraban al menor movimiento. Las personas a quienes debía le daban «escándalos» y no le dejaban ningún reposo. Encontrábalas en la calle y las volvía a encontrar en las escaleras. Pasaba las noches llorando y pensando. Tenía los ojos muy brillantes, y sentía un dolor fijo en la espaldilla hacia lo alto del omoplato izquierdo. Tosía mucho, odiaba profundamente al señor Magdalena, pero no se quejaba. Se pasaba cosiendo diecisiete horas al día, pero un contratista del trabajo de las cárceles, que hacía trabajar más barato a las presas, hizo de pronto bajar los precios, con lo cual se redujo el jornal de las trabajadoras libres a nueve sueldos. ¡Diecisiete horas de trabajo y nueve sueldos diarios! Sus acreedores eran más implacables que nunca. El prendero, que había recobrado casi todos los muebles, le decía: «¿Cuándo me pagarás, pícara?» ¡Qué más quería ella, Dios mío! Se veía acorralada y se iba desarrollando en ella algo de la fiera. Por entonces también Thenardier le escribió, diciendo que la había esperado mucho tiempo con demasiada bondad; que necesitaba cien francos inmediatamente; que si no se los enviaba pondría en la calle a la pequeña Cosette, aunque convaleciente de su grave enfermedad, con frío por los caminos, a que fuese de ella lo que quisiera y reventase si tal era su gusto.

—¡Cien francos! —pensó Fantina—. ¿Pero dónde hay ocupación en que ganar cien sueldos diarios? Vaya —dijo—, vendamos el resto.

La infortunada se hizo mujer pública.

¿Qué es esta historia de Fantina? Es la sociedad comprando una esclava.

¿A quién? A la miseria.

Al hambre, al frío, al abandono, al aislamiento, a la desnudez. ¡Mercado doloroso! Un alma por un pedazo de pan: la miseria ofrece, la sociedad acepta.

La santa ley de Jesucristo gobierna nuestra civilización, pero no la penetra todavía. Se dice que la esclavitud ha desaparecido de la civilización europea, y es un error. Existe todavía; sólo que no pesa ya sino sobre la mujer, y se llama prostitución.

Pesa sobre la mujer, es decir, sobre la gracia, sobre la debilidad, sobre la belleza, sobre la maternidad. No es ésta una de las menores ignominias del hombre.

En el punto a que hemos llegado de este doloroso drama, nada le queda a Fantina de lo que era en otro tiempo. Se ha convertido en mármol al hacerse lodo. Quien la toca siente frío. Pasa o sufre y no sabe quién sois; es la figura deshonrada y severa; la vida y el orden social le han dicho su última palabra. Le ha acontecido todo lo que podía acontecerle. Todo lo ha sentido, todo lo ha sufrido, todo lo ha experimentado, todo lo ha soportado, todo lo ha perdido, todo lo ha llorado. Está resignada, con esa resignación que se parece a la indiferencia, como la muerte se parece al sueño. Nada evita, nada teme. Que caiga sobre ella toda la nube y pase sobre ella todo el océano, ¿qué le importa? Es una esponja empapada.

Así lo cree ella, por lo menos. Pero es un error creer que la suerte se agota y que se toca el fondo de ninguna situación, cualquiera que sea.

¡Ah! ¿Qué son esos destinos así lanzados y empujados confusamente? ¿Adónde van? ¿Por qué son así?

El que esto sabe ve en toda oscuridad.

Es solo. Se llama Dios.

* * *

Hay en todas las poblaciones pequeñas, y había en particular en M., a orillas del M., una clase de jóvenes que consumen quinientas libras de renta en provincias con el mismo aire con que sus iguales devoran en París doscientos mil francos por año. Pertenecen estos seres a la gran especie neutra. Impotentes, parásitos, nulos, que tienen un poco de tierra, un poco de tontería y un poco de chispa; que serían rústicos en un salón y se creen caballeros en una taberna; que dicen: «Mis prados, mis bosques, mis colonos»; que silban a las actrices del teatro para probar que son personas de gusto; que riñen con los oficiales de la guarnición para demostrar que son gente de armas tomar; que cazan, fuman, bailan, beben, huelen a tabaco, juegan al billar, miran bajar a los viajeros de la diligencia, viven en el café, comen en la fonda, tienen un perro que roe los huesos debajo de la mesa y una querida que pone los platos encima; que escatiman un sueldo, exageran las modas, admiran la tragedia, desprecian a las mujeres, gastan las botas viejas, copian a Londres a través de París y a París a través de Pont-à-Musson, envejecen embrutecidos, no trabajan, no sirven de nada y tampoco dañan gran cosa.

Si Félix Tholomyes hubiese permanecido en su provincia y no hubiera visto nunca a París, habría sido uno de esos hombres.

De ellos, si fueran más ricos, se diría: «Son elegantes.» Si fueran más pobres: «Son holgazanes.» Tales como son, se les llama simplemente «desocupados». Entre estos desocupados, los hay fastidiosos y fastidiados, filosofastros y pillastres.

Por aquel tiempo, un elegante se componía de un gran cuello, una gran corbata, un reloj con dijes, tres chalecos sobrepuestos de colores diferentes, el azul y rojo interiores; un frasco de color de aceituna, de talle corto y de cola de merluza, con dos carreras de botones de plata apretados unos contra otros y subiendo hasta el hombro, y un pantalón color de aceituna más claro, adornado con sus dos costuras, con un número de franjas indeterminado, pero siempre impar, que variaba de una a once, límite de que no se pasaba nunca. Añádanse a esto unas botitas con pequeñas herraduras en el tacón, un sombrero de alta copa y de alas estrechas, cabellos levantados formando tupé, un enorme bastón, una conversación realzada por los retruécanos de Potier y, sobre todo, espuelas y bigotes. En aquella época los bigotes querían decir paisano, y las espuelas, peatón.

El elegante de provincia llevaba las espuelas más largas y los bigotes más pronunciados que el de París.

Era la época de la lucha entre las Repúblicas de la América meridional y el rey de España, de Bolívar contra Morillo. Los sombreros de alas cortas eran realistas y se llamaban «morillos»; los liberales llevaban sombreros de anchas alas, que se llamaban «bolívares».

Ocho o diez meses después de lo que se deja referido en las páginas precedentes, en los primeros días de 1823, una tarde que había nevado, uno de estos elegantes, uno de estos desocupados «de buenas ideas», porque llevaba un «morillo» e iba además bien embozado en una de aquellas grandes capas que completaban en el tiempo frío el traje de moda, se divertía en hostigar a una mujer que pasaba en traje de baile, toda descotada y con flores en la cabeza, por delante del café de los oficiales. Aquel elegante fumaba, porque tal era decididamente la moda.

Cada vez que la mujer pasaba por delante de él la arrojaba, con una bocanada de humo de su cigarro, algún apóstrofe, que él creía chistoso y agudo, como: «¡Qué fea eres! ¿Cuándo te ocultas? No tienes dientes.» Etcétera, etc. La mujer, triste espectro vestido, que iba y venía sobre la nieve, no le respondía, ni siquiera lo miraba, y no por eso recorría con menos regularidad su paseo, que la ponía cada cinco minutos bajo el sarcasmo, como el soldado que va y vuelve en una carrera de baquetas. El poco efecto que causaba picó, sin duda, al ocioso, que aprovechando un momento en que la mujer se volvía se fue tras ella a paso de lobo, y ahogando la risa se bajó, tomó del suelo un puñado de nieve y se lo puso bruscamente en la espalda entre sus dos hombros desnudos. La joven lanzó un rugido, se volvió, saltó como una pantera y se arrojó sobre el hombre, clavándole las uñas en el rostro con las más espantosas palabras que pueden oírse en un cuerpo de guardia. Aquellas injurias, vomitadas por una voz enronquecida por el aguardiente, salían asquerosamente de la boca de una mujer, a la cual faltaban, en efecto, los dos dientes incisivos. Era Fantina.

Al ruido que produjo, los oficiales salieron del café, los transeúntes se agruparon también y se formó un gran círculo alegre, azuzando y aplaudiendo alrededor de aquel torbellino, compuesto de dos seres en quienes con trabajo podían distinguirse un hombre y una mujer: el hombre defendiéndose, con el sombrero en tierra; la mujer golpeando con pies y manos, descompuesta, rugiente, sin dientes y sin cabellos, lívida de cólera, horrible.

De pronto, un hombre de alta estatura salió de entre la multitud, agarró a la mujer por el vestido de raso verde, cubierto de lodo, y le dijo:

—¡Sígueme!

La mujer levantó la cabeza y su voz furiosa se apagó súbitamente. Sus ojos se pusieron vidriosos, de lívida se quedó pálida, y temblaba con estremecimientos de terror. Había conocido a Javert.

El elegante aprovechó la ocasión para escaparse.

Javert alejó a los concurrentes, deshizo el círculo y echó a andar a grandes pasos hacia la oficina de Policía, que estaba al extremo de la plaza, arrastrando tras sí a la miserable. Ella se dejó llevar maquinalmente. Ni él ni ella decían una sola palabra. La nube de espectadores, en el paroxismo de la alegría, los seguía con sus pullas. La suprema miseria es siempre ocasión de obscenidades.

Al llegar a la oficina de Policía, que era una sala baja, caldeada por una estufa y custodiada por un guardia, con una puerta vidriera enrejada que daba a la calle, Javert abrió la puerta, entró con Fantina y cerró detrás de sí, con gran desconcierto de los curiosos, que se empinaron sobre la punta de los pies y alargaron el cuello por la vidriera oscura del cuerpo de guardia, procurando ver. La oscuridad es una glotonería. Ver es devorar.

Al entrar, Fantina fue a sentarse en un rincón, inmóvil y muda, acurrucada como perro que tiene miedo.

El sargento de la guardia puso una luz encendida sobre una mesa. Javert se sentó, sacó del bolsillo una hoja de papel sellado y se puso a escribir.

Esta clase de mujeres están enteramente abandonadas por nuestras leyes a la discreción de la Policía, la cual hace de ellas lo que quiere. Las castiga como bien le parece y confisca a su talante esas dos tristes cosas que se llaman su industria y su libertad. Javert estaba impasible; en su rostro grave no se traslucía emoción alguna. Y, no obstante, se hallaba profunda y gravemente absorto. Era aquel uno de esos momentos en que ejercía, sin sujeción a nadie, pero con todos los escrúpulos de una conciencia severa, su temible poder discrecional. En aquel instante comprendía que su asiento de agente de policía era un tribunal. Juzgaba y además condenaba. Llamaba en su auxilio cuantas ideas tenía en su espíritu para el gran desempeño de la gran cosa que estaba haciendo. Cuanto más examinaba el hecho de aquella joven se sentía tanto más indignado. Era evidente que acababa de ver en la calle a la sociedad, representada por un propietario elector, insultada y atacada por una criatura excluida de todo derecho. Una prostituta había atentado contra un ciudadano. Lo había él visto; él, Javert. Escribía, pues, en silencio.

Cuando terminó firmó, dobló el papel y dijo al sargento de guardia, entregándoselo:

—Tomad tres hombres y conducid a esta joven a la cárcel.

Luego, volviéndose hacia Fantina, añadió:

—Ya tienes para seis meses.

—¡Seis meses, seis meses de presidio! —exclamó—. ¡Seis meses de ganar siete sueldos por día! ¿Qué va a ser de Cosette, mi hija, mi hija? Debo más de cien francos a los Thenardier, señor inspector. ¿No lo sabéis?

Fantina se arrastró por las baldosas, mojadas por las botas llenas de lodo de todos aquellos hombres, sin levantarse, juntando las manos y dando grandes pasos con las rodillas.

—Señor Javert —dijo—, os pido perdón. Os aseguro que yo no he tenido la culpa. Si hubieseis presenciado el principio de la ocurrencia hubierais visto. Os lo juro por Dios que no he tenido la culpa: ese caballero, a quien yo no conocía, me echó nieve en la espalda. ¿Hay derecho para ponernos nieve en la espalda cuando vamos tranquilamente por nuestro camino sin hacer mal a nadie? Por eso me exalté. Estoy algo enferma, miradlo; además hacía mucho tiempo que me estaba insultando. «¡Eres fea; no tienes dientes!» Ya sé que no tengo dientes. Yo no hacía nada. Decía: «Es un caballero que se divierte.» Fui prudente con él; no le dije nada. Entonces me puso la nieve. Señor Javert, mi buen señor inspector, ¿no hay nadie que lo haya visto para deciros que es verdad lo que cuento? Habré hecho mal en enfadarme; pero ya veis, en el primer momento nadie es dueño de sí; hay prontos. Es cruel sentir sobre sí una cosa tan fría cuando menos se espera. He faltado en derribar el sombrero de aquel caballero. Pero ¿por qué se ha marchado? Yo le pediría perdón. ¡Oh, Dios mío! Nada me costaría pedirle perdón. Dispensadme por esta vez, señor Javert. Mirad, no sabéis esto. En las prisiones no se ganan más que siete sueldos, lo cual no es culpa del Gobierno; pero ello es que se ganan siete sueldos, y figuraos que yo tengo que pagar cien francos, de lo contrario me enviarán a mi hija. ¡Dios mío, yo no puedo tenerla conmigo! ¡Es tan vergonzoso lo que yo hago! ¡Oh, mi Cosette! ¡Oh, mi ángel de la Santa Virgen! ¿Qué sería de ella? Mirad; los Thenardier, los posaderos, los campesinos no entienden de razones. Necesitan dinero. No me metáis en la cárcel. Mirad: tengo una niña, a quien pondrían en mitad de la calle, a la ventura, en mitad del invierno; es preciso tener piedad de esas criaturas, mi buen señor Javert. Si fuera mayor ya ganaría su vida; pero no puede aquel ángel. Yo no soy una mala mujer en el fondo. No es el vicio ni la holgazanería lo que han hecho de mí lo que veis. Si bebo aguardiente es por miseria. No me gusta, pero me aturde. Cuando yo era más feliz, si se hubieran examinado mis armarios se habría visto bien que no era una mujer coqueta que gusta del desorden. Yo tenía ropa blanca, mucha ropa blanca. Tened piedad de mí, señor Javert.

Fantina hablaba así arrodillada, agitada por los sollozos, ciega por las lágrimas, desnuda la garganta, retorciéndose las manos, tosiendo con tos seca y corta, balbuciendo en voz baja con la voz de la agonía. El dolor grande es un rayo divino y terrible que transfigura a los miserables. En aquel momento, Fantina había vuelto a estar hermosa. En ciertos instantes se detenía y besaba tiernamente el levitón del polizonte. Hubiera enternecido un corazón de granito, pero no enterneció un corazón de palo.

—Vamos —dijo Javert—, ya he oído. ¿Has acabado ya? Ahora marcha. ¡Ya tienes para seis meses! Ni el Padre Eterno en persona podría hacer nada en esto.

Cuando Fantina oyó las solemnes palabras: «Ni el Padre Eterno en persona podría hacer nada», comprendió que la sentencia se había dictado. Quedó abatida completamente y cayó murmurando:

—¡Perdón!

Javert volvió la espalda.

Los soldados la cogieron por el brazo.

Algunos minutos antes había penetrado en la sala un hombre sin que se reparase en él. Había cerrado la puerta y se había aproximado a oír las súplicas desesperadas de Fantina.

En el instante en que los soldados echaban mano a la desgraciada, que no quería levantarse, dio un paso, salió de lo oscuro y dijo:

—Un instante, si os parece.

Javert levantó la vista y conoció al señor Magdalena.

Se quitó el sombrero y, saludando con cierta especie de torpeza y enfado, dijo:

—Perdonad, señor alcalde...

Estas palabras, «señor alcalde», hicieron en Fantina un efecto extraño. Se levantó rápidamente como un espectro que sale de la tierra, rechazó a los soldados que la tenían por los brazos, se dirigió al señor Magdalena antes que pudieran detenerla y, mirándole fijamente con aire extraviado, exclamó:

—¡Ah, eres tú el señor alcalde!

Después se echó a reír y le escupió en el rostro.

El señor Magdalena se limpió la cara y dijo:

—Inspector Javert, poned a esta mujer en libertad.

Javert creyó que se había vuelto loco. Experimentó en aquel momento, una después de otra y casi mezcladas, las emociones más fuertes que había sentido en su vida. Ver a una mujer pública escupir en el rostro a un alcalde era cosa tan monstruosa que aun en sus suposiciones más extrañas hubiera creído un sacrilegio su posibilidad. Por otra parte, en el fondo de su pensamiento hacía una comparación terrible entre lo que era aquella mujer y lo que podía ser el alcalde, y entonces entreveía con horror que nada había de notable en tan prodigioso atentado. Pero cuando vio al alcalde, al magistrado, limpiarse tranquilamente el rostro y le oyó decir: «Poned en libertad a esta mujer», sintió como un deslumbramiento de estupor; le faltaron el pensamiento y la palabra. El asombro había pasado para él de los límites de lo posible. Quedó mudo.

Las palabras del alcalde no habían hecho menos efecto en Fantina. Levantó su brazo desnudo al oírlas y se agarró a la llave de la estufa, como una persona que vacila. Miró vagamente alrededor de sí y se puso a hablar en voz baja como si se hablase a sí misma.

—¡En libertad! ¡Que me dejen marchar! ¡Que no vaya por seis meses a la cárcel! ¿Quién lo ha dicho? ¿Es posible que se haya dicho esto? ¿He oído mal? ¡No será el monstruo del alcalde! ¿Habéis sido vos, señor Javert, el que ha dicho que me pongan en libertad? ¡Oh, yo os contaré y me dejaréis marchar! ¡Ese monstruo de alcalde, ese pícaro viejo, es la causa de todo! Figuraos, señor Javert, que me ha despedido por las habladurías de una porción de picaronas que hay en el taller. ¡Esto es horroroso! ¡Despedir a una pobre joven que trabaja honradamente! Yo no había ganado lo bastante, y de ahí provino mi desgracia. Es necesaria una reforma, que estos señores de la Policía podrían hacer, y es impedir a los contratistas de las cárceles causar perjuicio a los trabajadores pobres. Voy a explicaros esto. Ganáis, por ejemplo, doce sueldos con las camisas, y baja el precio a nueve sueldos, ya no es posible vivir. Entonces es preciso ir por donde se pueda. Yo tenía mi pequeña Cosette, y me he visto obligada a hacerme mujer mala. Ahora comprenderéis cómo tiene la culpa de todo el pícaro alcalde. Yo he pisoteado el sombrero de aquel caballero delante del café de los oficiales, pero antes me había él echado a perder mi vestido con la nieve. Nosotras no tenemos más que un vestido de seda para salir por la noche. Ya veis que no he hecho mal intencionadamente. ¿No es verdad, señor Javert? ¡Cuántas mujeres hay peores que yo y que son más felices! ¡Oh, señor Javert! Vos sois el que habéis dicho que me pongan en libertad, ¿no es cierto? Informaos, hablad a mi casero; pago bien y os dirá que soy honrada. ¡Dios mío! Os pido perdón. He tocado sin querer la llave de la chimenea y ha salido el humo.

El señor Magdalena la escuchaba con profunda atención. Mientras Fantina hablaba había él metido los dedos en el bolsillo del chaleco, había sacado la bolsa y la había abierto; pero estaba vacía y la había guardado otra vez. Después dijo a Fantina:

—¿Cuánto habéis dicho que debéis?

Fantina, que sólo miraba a Javert, se volvió y dijo:

—¿Te hablo yo a ti?

Y después, dirigiéndose a los soldados:

—¿Habéis visto cómo le he escupido a la cara? ¡Ah, bribón de alcalde! Vienes para meterme miedo; pero yo no tengo miedo. A quien tengo miedo es al señor Javert. Tengo miedo a mi buen señor Javert.

Y hablando de este modo se volvió hacia el policía.

—Es preciso, señor inspector, ser justo, y creo que lo sois, señor inspector. Lo que ha pasado es muy sencillo. Un caballero se divierte en poner un poco de nieve en el cuello de una mujer; esto hacer reír a los oficiales, que tienen gana de broma, y nosotras sólo servimos para que esos señores se diviertan. Os presentáis, tenéis que restablecer el orden, os traéis a la mujer que ha faltado; pero como sois bueno, reflexionáis y decís que me pongan en libertad, por mi hija; porque seis meses de cárcel me impedirían dar de comer a mi niña. Solamente decís: «¡Cuidado con la reincidencia, bribonzuela!» ¡Oh! No tengáis cuidado; no volverá a suceder. Aunque hagan conmigo todo lo que quieran, yo no me volveré. Hoy he gritado porque me hicieron daño; me sorprendió la frialdad de la nieve, y, como os he dicho, no estoy buena; tengo tos y siento en la garganta como una bola que me abrasa. El médico me dice que me cuide. Traed vuestra mano; tocad aquí, no tengáis miedo.

Ya no lloraba; su voz era cariñosa y ponía sobre su blanca garganta la tosca mano de Javert, a quien miraba sonriendo.

De repente arregló el desorden de sus vestidos, dejó caer los pliegues de la falda, que se habían subido hasta cerca de la rodilla, y se dirigió a la puerta, diciendo en voz baja a los soldados y moviendo amistosamente la cabeza:

—Hijos, el señor inspector ha dicho que me soltéis, y me voy.

Puso la mano en el picaporte. Un paso más y estaba en la calle.

Javert hasta ese momento había permanecido en pie, inmóvil, con la vista fija en el suelo, colocado en medio de esta escena como una estatua quitada de su sitio que espera ser puesta en otro.

El ruido del picaporte le hizo despertar, por decirlo así. Levantó la cabeza con una expresión de autoridad soberana; expresión tanto más terrible cuanto más baja es la autoridad, feroz en la bestia salvaje, atroz en el hombre que no es nada.

—Guardia —exclamó—, ¿no veis que esa pícara se va? ¿Quién os ha dicho que la dejéis salir?

—Yo —dijo el señor Magdalena.

Fantina, al oír la voz de Javert, tembló y soltó el picaporte, como suelta un ladrón sorprendido «in fraganti» el objeto robado. A la voz del señor Magdalena se volvió y, sin pronunciar una palabra, sin respirar siquiera, su mirada pasó del señor Magdalena a Javert, de Javert al señor Magdalena, según hablaba uno u otro.

Era preciso que Javert estuviese, como suele decirse, «fuera de juicio» para que se atreviera a apostrofar al guardia, como lo había hecho, después de la indicación del alcalde para poner a Fantina en libertad. ¿Había olvidado que estaba delante del alcalde? ¿Había concluido por decirse a sí mismo que una autoridad era imposible que hubiese dado semejante orden y que el alcalde había dicho sin querer una cosa por otra? O bien, después de haber oído tantas cosas incomprensibles en dos horas, ¿conocía que debía tomar una resolución suprema, que el pequeño debía hacerse grande, el polizonte magistrado, el hombre de Policía hombre de justicia, y que en aquella situación extrema el orden, la ley y la moral, el Gobierno y la sociedad entera se personificaban en él?

Sea lo que fuere, cuando el señor Magdalena pronunció este «yo», el inspector de policía se volvió hacia él, pálido, frío, con los labios azulados, la mirada desesperada, agitado de un temblor imperceptible, y le dijo, ¡cosa inaudita!, con la vista baja, pero la voz firme:

—Señor, eso no puede ser.

—¡Cómo! —dijo el señor Magdalena.

—Esta desgraciada ha insultado a un ciudadano.

—Inspector Javert —contestó el señor Magdalena con voz conciliadora y tranquila—, escuchad. Sois un hombre y no tengo dificultad en explicaros lo que hago. Vais a oír la verdad. Pasaba yo por la plaza cuando traíais a esta mujer; había algunos grupos; me he informado; lo he sabido todo: el ciudadano es el que ha faltado y el que debía haber sido arrestado.

Javert respondió:

—Esta miserable acaba de insultaros.

—Bien; eso me toca a mí —dijo el señor Magdalena—. Mi injuria es mía y puedo hacer de ella lo que quiera.

—Perdonad, señor alcalde; la injuria no se ha hecho a vos, sino a la justicia.

—Inspector Javert —contestó el señor Magdalena—, la primera justicia es la conciencia. He oído a esta mujer y sé lo que hago.

—Y yo, señor alcalde, no comprendo lo que estoy viendo.

—Entonces limitaos a obedecer.

—Obedezco a mi deber, y mi deber me manda que esta mujer sea condenada a seis meses de cárcel.

El señor Magdalena respondió con dulzura:

—Pues escuchad. No estará en la cárcel ni un solo día.

Al oír estas palabras decisivas, Javert miró fijamente a su jefe y le dijo con voz siempre respetuosa:

—Siento muchísimo tener que oponerme al señor alcalde; es la primera vez que lo hago en mi vida; pero me será permitido observar que estoy dentro de los límites de mis atribuciones. Hablo del hecho del ciudadano. Yo lo presencié. Esta mujer se arrojó sobre el señor Bamatabois, que es elector y propietario de esa hermosa casa de piedra, con tres pisos, que hace esquina a la explanada. Porque..., en fin, ¡hay cosas en este mundo! Pero éste es un hecho de policía sucedido en la calle, que me corresponde, y, por tanto, retengo a Fantina.

El señor Magdalena cruzó los brazos y dijo con una voz severa que aún no le había oído nadie en la población:

—El hecho de que habláis es un hecho de policía municipal, de que soy juez, según los artículos 9, 11, 15 y 66 del Código de Procedimientos. Mando, pues, que esta mujer quede en libertad.

Javert hizo el último esfuerzo.

—Pero, señor alcalde...

—Os recuerdo el artículo 81 de la ley de 13 de diciembre de 1799 sobre la detención arbitraria.

—Señor, permitid...

—Ni una palabra.

—Sin embargo...

—Salid de aquí —dijo el señor Magdalena.

Javert recibió este golpe de pie, de frente, en medio del pecho, como un soldado raso. Saludó profundamente al alcalde y salió.

La joven estaba sometida a una extraña emoción.

Acababa de verse disputada por dos poderes opuestos. Había presenciado la lucha de aquellos dos hombres, que tenían en sus manos su libertad, su vida, su alma, su hija: el uno la arrastraba hacia la sombra, el otro la guiaba hacia la luz. En esta lucha, observada a través de las grandes dimensiones que le prestaba el temor, se presentaban a ella aquellos dos hombres como dos gigantes: uno hablaba como el demonio; otro, como un ángel. El ángel había vencido al demonio, y precisamente esto la hacía temblar: el ángel, el libertador, era el hombre a quien aborrecía, el alcalde, a quien había considerado como autor de todos sus males, el señor Magdalena. ¡Y la salvaba en el momento mismo en que acababa de insultarle tan horriblemente! ¿Se había, pues, equivocado? ¿Debía cambiar todos sus sentimientos?... No lo sabía; temblaba. Escuchaba aturdida, miraba atónita, y a cada palabra que decía el señor Magdalena sentía deshacerse en su interior las horribles tinieblas del odio y nacer en su corazón algo consolador, inefable; algo que era alegría, confianza, amor.

Cuando salió Javert, el señor Magdalena se volvió hacia ella y le dijo con voz lenta y como un hombre grave que no quiere llorar:

—Os he oído. No sabía nada de lo que habéis dicho. Creo y comprendo que todo es verdad. Ignoraba también que hubieseis abandonado mis talleres. ¿Por qué no os habéis dirigido a mí? Pero yo pagaré ahora vuestras deudas y haré que venga vuestra hija o que vayáis a buscarla. Viviréis aquí o en París, donde queráis. Yo me encargo de vuestra hija y de vos. No trabajaréis más si no queréis; os daré todo el dinero que os haga falta. Volveréis a ser honrada, siendo feliz. Además de que, y os lo digo desde ahora, si todo ha pasado como decís, y yo lo creo, no habéis dejado de ser virtuosa y santa delante de Dios. ¡Pobre mujer!

Esto era mucho más de lo que Fantina podía resistir. ¡Vivir con Cosette! ¡Dejar aquella vida infame! ¡Vivir libre, rica, dichosa, honrada, con Cosette! ¡Ver desarrollarse súbitamente en medio de su miseria todas estas realidades celestiales! La pobre joven miró como estúpidamente al hombre que la hablaba y sólo pudo suspirar dos o tres veces: «¡Oh, oh, oh!» Dobláronse sus piernas y cayó de rodillas delante del señor Magdalena, y antes que él pudiese impedirlo sintió que le cogía la mano y posaba en ella los labios. Después se desmayó.

CAPÍTULO VI

JAVERT

El señor Magdalena hizo llevar a Fantina a la enfermería que tenía en su propia casa, y la entregó a las hermanas, que la acostaron. Fantina tuvo una gran fiebre y pasó una parte de la noche delirando y hablando en voz alta; pero, por fin, se durmió.

Al día siguiente, a mediodía, despertó, y oyendo una respiración cerca de su cama separó las cortinas y vio al señor Magdalena de pie y mirando algo por cima de su cabeza. Esta mirada era piadosa, angustiosa, suplicante. Fantina siguió su dirección y vio que iba a fijarse en un crucifijo que había en la pared.

El señor Magdalena se había transfigurado a los ojos de Fantina y se le presentaba como rodeado de luz. La joven le miró durante largo rato sin atreverse a interrumpirle, y por fin le dijo tímidamente:

—¿Qué hacéis ahí?

El señor Magdalena estaba en aquel sillón hacía una hora, esperando a que Fantina despertase. Le tomó el pulso y respondió:

—¿Cómo estáis?

—Bien; he dormido y creo que estoy mejor. Esto no será nada.

Él respondió entonces a la primera pregunta de Fantina como si la acabase de oír:

—Hacía oración al mártir que está allá arriba.

Y añadió mentalmente:

—Rogándole por la mártir que está aquí abajo.

El señor Magdalena había pasado la noche y la mañana informándose y ya lo sabía todo. Conocía en todos sus dolorosos pormenores la historia de la joven.

—Habéis padecido mucho, pobre madre —le dijo—. ¡Oh! No os quejéis. Ahora tenéis el dote de los elegidos. De este modo es como los hombres convierten en ángeles a sus semejantes. No es culpa suya porque no saben obrar de otra manera. Mirad, el infierno de que salís es la primera forma, y por ella es preciso principiar.

Suspiró profundamente, pero ella se sonrió con aquella sublime sonrisa que mostraba la falta de los dientes.

Javert había escrito aquella noche una carta y la había puesto por sí mismo en el correo de M. Era para París y el sobre decía: «Al señor Chabouillet, secretario del señor prefecto de Policía.» Como la noticia de la cuestión del cuerpo de guardia había corrido por la población, la mujer encargada de la estafeta y otras personas que vieron la carta antes de salir, y que conocieron la letra de Javert en el sobre, creyeron que enviaba su dimisión.

El señor Magdalena se apresuró a escribir a los Thenardier. Fantina les debía ciento veinte francos. Les envió trescientos, diciéndoles que se cobrasen de esta cantidad y que enviasen inmediatamente a la niña a M., a orillas del M., donde estaba su madre.

Esta cantidad deslumbró a Thenardier.

—¡Diablo! —dijo a su mujer—. No hay que soltar a la chica. Este pajarillo nos va a dar el producto de una vaca de leche. Lo adivino: algún inocente se habrá enamoricado de su madre.

Contestó enviando una cuenta de quinientos y tantos francos, muy bien hecha. En esta cuenta figuraban, por más de trescientos francos, dos documentos incontestables: uno del médico y otro del boticario, los cuales habían asistido y medicinado en dos largas enfermedades a Eponina y a Azelma. Cosette, según hemos dicho ya, no había estado mala. Pero todo se compuso con una sustitución de nombres. Thenardier puso debajo: «Recibido a cuenta, trescientos francos.»

El señor Magdalena le mandó inmediatamente otros trescientos francos, y escribió: «Enviad en seguida a Cosette.»

—¡Por Cristo! —dijo Thenardier—. No hay que soltar a la chica.

Fantina no se restablecía; continuaba en la enfermería.

Las hermanas, al principio, no habían recibido ni cuidado a esta joven «soltera» sino con repugnancia. El que haya visto los bajorrelieves de Reims recordará la expresión con que sacan el labio inferior las vírgenes prudentes al contemplar a las vírgenes fatuas. Ese antiguo desprecio de las vestales hacia las ambubayas es uno de los más profundos instintos de la dignidad femenil, y las hermanas lo habían experimentado con la severidad que le prestaba la religión. Pero Fantina las había desarmado en pocos días, porque empleaba las palabras más dulces y más humildes, y como madre enternecía. Un día las hermanas la oyeron decir delirando:

—He sido pecadora, pero cuando tenga a mi hija conmigo será señal de que Dios me ha perdonado. Mientras he sido mala no he querido tener a Cosette a mi lado, porque no hubiera podido sufrir su triste mirada. Y, sin embargo, por ella era mala; por esto creo que me perdonará Dios. Recibiré la bendición de Dios cuando Cosette esté a mi lado. La miraré y me consolará ver su inocencia. Es un ángel; nada sabe, hermanas mías. A su edad no se han perdido aún las alas.

El señor Magdalena la visitaba dos veces al día, y cada vez le preguntaba:

—¿Veré pronto a mi Cosette?

La respuesta era:

—Quizá mañana por la mañana. De un momento a otro llegará. La espero.

Y la fisonomía de la madre brillaba por un instante.

—¡Oh! —decía—. ¡Qué feliz voy a ser!

Acabamos de decir que no se restablecía; por el contrario, su estado parecía agravarse cada semana.

La nieve que le habían puesto entre los dos omoplatos había producido una repentina supresión de la transpiración, y en seguida se había manifestado violentamente la enfermedad que estaba latente hacía tantos años. Principiábanse entonces a seguir en el tratamiento de las enfermedades del pecho las indicaciones de Laennec. El médico auscultó a Fantina y movió tristemente la cabeza.

El señor Magdalena le preguntó:

—¿Y qué?

—¿No tiene un hijo a quien desea ver? —dijo el médico.

—Sí.

—Pues haced que venga pronto.

El señor Magdalena se estremeció.

Fantina le preguntó:

—¿Qué ha dicho el médico?

El señor Magdalena hizo un esfuerzo para sonreírse.

—Ha dicho que venga pronto vuestra hija, que esto os volverá la salud.

—¡Oh! —dijo ella—. Tiene razón. ¿Pero qué hacen esos Thenardier que no envían a mi Cosette? ¡Oh, va a venir! Por fin veré la felicidad a mi lado.

Thenardier, sin embargo, no enviaba a la niña, y daba para ello mil razones.

¡Cosette estaba tan delicada para ponerse en camino en el invierno!... Y además tenía una porción de pequeñas deudas de alimentos y otras cosas de primera necesidad, cuyas facturas estaba reuniendo. Etcétera, etc.

—Enviaré por Cosette —dijo el señor Magdalena—. Y si es preciso, iré yo mismo.

Y escribió, dictándole Fantina, esta carta, que la hizo firmar:

«Señor Thenardier: Entregaréis a Cosette al dador.

»Se os pagarán todas esas deudillas.

»Tengo el honor de enviaros mis respetos.—Fantina.»

En este tiempo sucedió un grave incidente. En vano cortamos y labramos lo mejor posible el tronco misterioso de que está hecha nuestra vida. La vena negra del destino se presentará siempre en él.

Una mañana el señor Magdalena estaba en su gabinete ocupado en arreglar con tiempo algunos asuntos de la Alcaldía para el caso en que se decidiese a hacer el viaje a Montfermeil, cuando entraron a decirle que el inspector de policía Javert deseaba hablarle. Al oír pronunciar su nombre no pudo el señor Magdalena evitar cierta impresión desagradable. Desde la cuestión de la oficina de Policía, Javert había huido de él más que nunca, y no le había vuelto a ver.

—Que entre —dijo.

Javert entró.

El señor Magdalena siguió sentado cerca de la chimenea, con la pluma en la mano y la vista sobre un legajo que estaba hojeando y anotando, y que contenía las actas de varias contravenciones a la Policía urbana. No se movió cuando entró Javert. No podía menos de pensar en la pobre Fantina, y le pareció que debía mostrarse glacial con el inspector.

Éste saludó respetuosamente al alcalde, que le volvía la espalda y que sin mirarle continuaba anotando en su legajo.

Javert dio tres pasos en el gabinete y se detuvo sin romper el silencio.

Un fisonomista familiarizado con el carácter de Javert, y que hubiese estudiado por mucho tiempo a aquel salvaje puesto al servicio de la civilización, aquella combinación extraña del tipo romano y del espartano, del fraile y del cabo de escuadra, aquel espía incapaz de mentir, aquel polizonte virgen; un fisonomista, decimos, que supiera su secreta y antigua aversión hacia el señor Magdalena y la disputa que había tenido con él con motivo de Fantina, se hubiera preguntado, al observar a Javert en aquel momento: «¿Qué ha pasado?» Era evidente, para todo el que conociera aquel carácter recto, franco, sincero, probo, austero y feroz, que Javert acababa de experimentar una gran conmoción interior, porque su rostro pintaba siempre lo que tenía en el alma. Como todos los hombres violentos, estaba sujeto a bruscas variaciones. Su fisonomía no había estado nunca tan incomprensible, tan extraña. Al entrar se había inclinado delante del señor Magdalena, dirigiéndole una mirada en que no había rencor, ni cólera, ni desconfianza, y se había detenido algunos pasos detrás del sillón que ocupaba el alcalde. Allí permaneció en pie en una actitud casi militar, con la rudeza fría y sencilla de un hombre que no conoce la dulzura y que está acostumbrado a la impasibilidad. Esperó sin decir una palabra, sin hacer un movimiento, con una verdadera humildad y con una resignación tranquila, a que el señor Magdalena se volviese sereno, grave, con el sombrero en la mano, la vista baja y con una expresión término medio entre el soldado delante de un oficial y el reo delante del juez. Todos los resentimientos, todos los recuerdos que hubiera podido creerse que tenía, se habían borrado. En su semblante, impenetrable y uniforme como el granito, sólo se descubría una lúgubre tristeza. Su actitud respiraba humildad y firmeza y alguna cosa como una opresión valerosamente sufrida.

Por fin, el señor Magdalena dejó la pluma y se volvió un poco.

—Y bien. ¿Qué es eso? ¿Qué hay, Javert?

Javert permaneció aún un momento silencioso, como si estuviese absorto; después dijo, con una especie de triste solemnidad que no excluía la sencillez:

—Hay, señor alcalde, que se ha cometido una acción culpable.

—¿Cuál?

—Un agente inferior de la autoridad ha faltado al respeto a un magistrado del modo más grave. Y vengo, cumpliendo con mi deber, a ponerlo en vuestro conocimiento.

—¿Quién es el agente? —preguntó el señor Magdalena.

—Yo —dijo Javert.

—¿Vos?

—Yo.

—¿Y quién es el magistrado agraviado por el agente?

—Vos, señor alcalde.

El señor Magdalena se enderezó en su sillón. Javert continuó con gravedad, y siempre con los ojos bajos:

—Señor alcalde, vengo a pediros que propongáis a la autoridad mi destitución.

El señor Magdalena, estupefacto, abrió la boca; mas Javert le interrumpió:

—Diréis que yo puedo presentar mi dimisión, pero esto no basta. Presentar la dimisión es un hecho honroso. Yo he faltado, merezco un castigo y debo ser destituido.

Después de una pausa añadió:

—Señor alcalde, el otro día fuisteis muy severo conmigo injustamente; sedlo hoy con justicia.

—Pero ¿por qué? —exclamó el señor Magdalena—. ¿Qué galimatías es ése? ¿Dónde está ese acto culpable que habéis ejecutado contra mí? ¿Qué me habéis hecho? ¿Qué falta habéis cometido respecto a mí? Os acusáis, queréis ser reemplazado.

—Destituido —dijo Javert.

—Destituido, sea; pero no lo entiendo.

—Vais a comprenderlo.

Javert suspiró profundamente, y continuó con la misma frialdad y tristeza:

—Señor alcalde, hace seis semanas, y a consecuencia de la cuestión que tuvimos por aquella joven, me encolericé y os denuncié.

—¿Me denunciasteis?

—A la Prefectura de Policía de París.

El señor Magdalena, que no era mucho más risueño que Javert, se echó a reír.

—¿Como alcalde que ha usurpado las atribuciones de la Policía? —dijo.

—Como antiguo presidiario —respondió Javert.

El alcalde se puso lívido.

Javert, que no había levantado los ojos, continuó:

—Así lo creía. Hacía algún tiempo que tenía esta idea. Vuestra semejanza, las indagaciones que habéis practicado en Faverolles, vuestra fuerza, la aventura del viejo Fauchelevent, vuestra destreza en el tiro, vuestra pierna que cojea un poco..., ¡y qué sé yo! ¡Tonterías! Pero, al fin, os tomé por un tal Juan Valjean.

—¿Un tal decís...? ¿Qué nombre?...

—Juan Valjean; un presidiario a quien yo había visto hace veinte años, cuando era ayudante de guarda-chusma en Tolón. Al salir de presidio ese Juan Valjean, según parece, robó a un obispo, y después cometió otro robo a mano armada y en despoblado contra un pobre niño. Hace ocho años se ha ocultado no sé cómo y se le perseguía. Yo me había figurado... En fin, lo he hecho. La cólera me impulsó y os denuncié a la Prefectura.

El señor Magdalena, que había vuelto a coger el legajo hacía algunos instantes, dijo con perfecta indiferencia:

—¿Y qué os han respondido?

—Que estaba loco.

—¿Y vos qué decís?

—Que tienen razón.

—¡Bueno es que lo conozcáis!

—No había remedio, porque se ha encontrado al verdadero Juan Valjean.

El señor Magdalena dejó caer el papel que tenía en la mano, levantó la cabeza, miró fijamente a Javert y dijo con un acento inexplicable:

—¡Ah!

Javert prosiguió:

—Voy a referiros lo que ha pasado, señor alcalde. En las cercanías de Ailly-le-Haut-Clocher había un hombre a quien nombraban el tío Champmathieu. Era un miserable que no llamaba la atención de nadie porque nadie sabe cómo vive esa gente. Este otoño, Champmathieu fue detenido por un robo de manzanas en... Pero no importa dónde. El hecho es que hubo un robo, con escalamiento de una pared y fractura de algunas ramas de árboles. Fue detenido cuando aún tenía las ramas en la mano y le llevaron a la cárcel. Hasta aquí no había más que un asunto correccional; pero ahora veréis lo que hay de providencial en esto. Hallándose la prisión en mal estado, el juez dispuso que Champmathieu fuese trasladado a la cárcel provincial de Arras. En esta cárcel había un antiguo presidiario, llamado Brevet, que estaba preso no sé por qué y que desempeñaba el cargo de calabocero porque se portaba bien. Apenas hubo entrado Champmathieu cuando Brevet exclamó: «¡Caramba, yo conozco a este hombre; hemos sido "compañeros de colegio"! Miradme, buen hombre. ¡Sois Juan Valjean!» Champmathieu se hacía el desentendido. «¡No te hagas el tonto —añadió Brevet—; eres Juan Valjean y has estado en el presidio de Tolón hace veinte años. Estuvimos allí juntos.» Champmathieu niega; pero ya podéis comprender lo que pasaría. Se hacen indagaciones, se escudriña el asunto, y al fin se descubre que Champmathieu hace unos treinta años fue podador en Faverolles y otros puntos. Allí se perdieron sus pasos. Algún tiempo después apareció en Auvernia, luego se le vio en París, y tuvo una hija lavandera, si bien esto no está probado, y últimamente vino a este país. Ahora bien, antes de ir a presidio por robo consumado, ¿qué era Juan Valjean? Podador. ¿Dónde? En Faverolles. Otro hecho. El nombre de pila de Valjean era Juan; su madre se llamaba de apellido Mathieu. Nada más natural que al salir de presidio tratase de tomar el nombre de la madre para ocultarse y cambiara su nombre por el de Juan Mathieu. Pasa después a Auvernia. La pronunciación del país cambia el Juan en Chan, y se llama Chan Mathieu. Nuestro hombre adopta esta modificación y se transforma en Champmathieu. Me comprenderéis, ¿no es verdad? Se hacen indagaciones en Faverolles. La familia de Juan Valjean ha desaparecido: no se sabe qué ha sido de ella. Ya sabéis que en esas clases de la sociedad hay muchas familias que desaparecen... Por más que se indaga nada se descubre; esa gente, cuando no son lodo, son polvo. Y además, como el principio de esta historia tiene de fecha treinta años, ya no hay nadie en Faverolles que conozca a Juan Valjean. Se piden informes a Tolón, donde sólo quedan con Brevet dos presidiarios condenados a cadena perpetua, Cochepaille y Chenildien, que hayan visto a Juan Valjean. Se les saca del presidio y se les hace comparecer; se les pone delante del supuesto Champmathieu y no dudan un momento. Para ellos, lo mismo que para Brevet, aquél es Juan Valjean. Tiene la misma edad, cincuenta y cuatro años; la misma estatura, el mismo aspecto; es el mismo hombre. Precisamente en este intermedio envié yo mi denuncia a la Prefectura de París, y me respondieron que había perdido el juicio, puesto que Juan Valjean estaba en Arras en poder de la justicia. ¡Ya comprenderéis si esto me asombraría a mí que creía tener a mi lado a Juan Valjean! Escribí al juez de instrucción; me llamó, me presenté a Champmathieu...

—¿Y qué? —interrumpió el señor Magdalena.

Javert respondió con la misma tristeza e imperturbabilidad:

—Señor, la verdad es la verdad. Lo siento; pero aquel hombre es, sin disputa, Juan Valjean. Le he conocido yo mismo.

El señor Magdalena le preguntó en voz baja:

—¿Estáis seguro?

Javert se echó a reír con la risa dolorosa que expresa una convicción profunda.

—¡Oh! Seguro.

Permaneció un momento pensativo, tomando y soltando maquinalmente con los dedos pequeñas cantidades de polvo de la salvadera que había en la mesa, y añadió después:

—Y aun ahora, después que he visto el verdadero Juan Valjean, no comprendo cómo he podido creer otra cosa. Os pido perdón, señor alcalde.

Al dirigir Javert esta frase suplicante al mismo que hacía seis semanas le había humillado en el cuerpo de guardia y le había dicho: «¡Salid de aquí!», aquel hombre altivo hablaba con sencillez y dignidad.

El señor Magdalena sólo respondió a su súplica con esta brusca pregunta:

—¿Y qué dice ese hombre?

—¡Ah, señor! Mal negocio es éste; si efectivamente es Juan Valjean, ha reincidido. Escalar una pared, romper un árbol, robar manzanas, son faltas leves en un niño, delitos en un hombre, crímenes en un presidiario; crímenes en que hay de todo: robo y escalamiento. El asunto no pertenece ya a la Policía correccional, sino a la Audiencia; no se penará con algunos días de prisión, sino con una cadena perpetua, y además tiene sobre sí el robo del saboyano, que ya saldrá a luz. ¡Diablo! Tela hay cortada, diréis, ¿no es verdad? Sí, para otro que no fuera Juan Valjean; pero éste es muy ladino, muy marrajo, y también en eso lo he conocido. Otro sentiría cerca el fuego, se agitaría, gritaría, como grita el puchero cerca de la lumbre; no querría ser Juan Valjean, etcétera. Pero él parece que no comprende. No dice más que «Yo soy Champmathieu», y no sale de ahí. Está como aturdido, embrutecido. ¡Oh! El papel que quiere representar es bueno; pero lo mismo da, porque hay pruebas. Ha sido reconocido por cuatro personas; el malvado será condenado. Está ahora en el Tribunal de Arras y tengo que ir de testigo; he sido ya citado.

El señor Magdalena se había vuelto hacia la mesa; había cogido otra vez el legajo y lo hojeaba tranquilamente, leyendo y escribiendo como un hombre muy ocupado. Volviéndose después a Javert, le dijo:

—Basta, Javert. Todos esos pormenores me importan muy poco. Estamos perdiendo tiempo y tenemos muchos asuntos urgentes. Vais a ir en seguida a casa de la tía Bureaupied, que vende hierbas en la esquina de la calle Saint-Saulve. Le diréis que presente su queja contra el carretero Pedro Chesnelong, que es un hombre brutal, el cual por poco atropella a esta mujer y a su hijo. Es preciso que se le castigue. Iréis en seguida a casa del señor Charcellay, calle de Montre-de-Champigny. Se queja de que hay una gotera en la casa de al lado que deja caer en la suya el agua de lluvia y que socava los cimientos. Después os informaréis de las faltas de policía que me han denunciado en la calle Guibourg, en casa de la viuda Daris, y en la calle de Garrand-Blanc, en casa de la señora Renata le Bossé, y levantaréis acta. Pero os doy mucho que hacer. ¿No vais a marcharos? ¿No me habéis dicho que tenéis que ir a Arras para ese asunto dentro de ocho o diez días?...

—Creo haberos dicho que mañana se veía la causa y que yo salía en la diligencia esta noche.

El señor Magdalena hizo un movimiento imperceptible.

—¿Y cuánto tiempo durará este asunto?

—Un día a lo más. La sentencia se pronunciará a más tardar mañana por la noche; pero yo no esperaré la sentencia. Así que dé mi declaración, volveré.

—Está bien —dijo el señor Magdalena.

Y despidió a Javert con un movimiento de mano.

Javert no se movió.

—Perdonad, señor —dijo.

—¿Qué queréis? —preguntó el señor Magdalena.

—Aún tengo que recordaros una cosa.

—¿Cuál?

—Que debo ser destituido.

El señor Magdalena se levantó.

—Javert, sois un hombre de honor y os aprecio. Exageráis vuestra falta. Por otra parte, ésta es una ofensa que me concierne a mí solo. Merecéis ascender, no bajar. Os aconsejo que conservéis vuestro destino.

Javert miró al señor Magdalena con su cándida mirada, a través de la cual parecía descubrirse su conciencia, poco iluminada, pero rígida y casta, y dijo con voz tranquila:

—Señor, no puedo acceder.

—Os repito —contestó el señor Magdalena— que esto me pertenece a mí solo.

Pero Javert, atento a su propósito, continuó:

—En cuanto a exagerar, creed que no exagero; oíd cómo raciocino. He sospechado de vos injustamente. En esto no hay nada de particular, porque nuestro deber es precisamente sospechar, aunque haya abuso en la sospecha respecto de un superior. Pero sin pruebas, en un acceso de cólera, con objeto de vengarme, os he denunciado como presidiario a vos, a un hombre respetable, a un magistrado. Esto es grave, muy grave. He ofendido en vuestra persona a la autoridad, yo que soy agente suyo. Si uno de mis subordinados hubiese hecho lo que yo le hubiera declarado indigno de su cargo, le hubiera destituido. Pues bien; esperad un poco, señor alcalde. He sido severo muchas veces en mi vida con los demás, y, sin embargo, era justo, hacía bien. Ahora, si no fuera severo conmigo mismo, toda esta justicia se convertiría en injusticia. ¿Debo yo ser distinto de los demás? No. ¿Por qué he de ser bueno para castigar a otros y no para castigarme a mí mismo? Sería un miserable, y los que me llaman el bribón de Javert tendrían razón. Señor, no deseo que me tratéis con bondad; vuestra bondad me ha hecho pasar muy malos ratos cuando se dirigía a otros; no la quiero para mí. La que consiste en dar razón a la mujer pública contra el ciudadano, al agente de policía contra el alcalde, al inferior contra el superior, la llamo yo bondad de mal género. Con esta bondad se desorganiza la sociedad. ¡Dios mío! ¡Cuán fácil es ser bueno, pero cuán difícil es ser justo! Si hubieseis sido lo que creía no habría sido bueno para vos. Ya lo hubierais visto, y yo debo tratarme a mí mismo como trataría a otro cualquiera. Cuando reprimía a los malhechores, cuando castigaba a los miserables, me he dicho muchas veces a mí mismo: «Si tropiezas, si alguna vez caes en falta, no habrá compasión para ti.» He tropezado, he caído en falta. ¡Tanto peor! Vamos, estoy despedido, perdido, expulsado. Está bien; tengo manos y trabajaré en la tierra; me es igual. La conveniencia del servicio exige un castigo ejemplar. Pido simplemente la destitución del inspector Javert.

Estas razones fueron pronunciadas con un acento humilde, firme, desesperado, de convicción, que daba cierta grandeza a aquel hombre extraño.

—Ya veremos —dijo el señor Magdalena.

Y le tendió la mano.

Javert retrocedió, y dijo en tono resuelto:

—Perdón, señor, pero esto no debe hacerse. Un alcalde no da la mano a un espía.

Y añadió entre dientes:

—Espía, sí; desde el momento que he abusado de mi cargo no soy más que un espía.

Después saludó profundamente y se dirigió a la puerta.

Allí se volvió y, con la vista siempre baja, dijo:

—Continuaré en mi destino hasta que sea reemplazado.

Salió.

El señor Magdalena quedó pensativo, escuchando sus pasos firmes y seguros, que se alejaban por el corredor.

CAPÍTULO VII

LA CAUSA DE CHAMPMATHIEU

No todos los incidentes que vamos a narrar se han sabido en M., a orillas del M. Pero lo poco que se ha traslucido de ellos ha dejado en la población tan hondos recuerdos, que quedaría una gran laguna en este libro si no los refiriésemos hasta en sus más pequeños pormenores.

En estos pormenores el lector encontrará dos o tres circunstancias inverosímiles, que conservamos por respeto a la verdad.

En la tarde que siguió a la visita de Javert, el señor Magdalena fue a ver a Fantina, según tenía costumbre.

Antes de entrar a verla hizo llamar a la hermana Simplicia.

Las dos religiosas que cuidaban de la enfermería, lazaristas como todas las hermanas de la Caridad, se llamaban sor Perpetua y sor Simplicia.

Sor Perpetua era el tipo de la beata provinciana: una tosca hermana de la Caridad que había entrado en la casa de Dios como se entra en cualquier empleo. Era religiosa del mismo modo que hubiera sido cocinera; tipo que no es extraordinario. Las órdenes monásticas reciben de buen grado este tosco barro de las provincias, que se modela fácilmente tomando la forma de capuchina o de ursulina. Su rusticidad se utiliza en las necesidades materiales de la devoción. La transformación de un boyero en un carmelita no tiene nada de extraña. Se pasa de una profesión a otra sin trabajo. El fondo común de ignorancia de la aldea y del claustro es una preparación, y pone a un mismo nivel al campesino y al fraile. Con aumentar un poco la blusa resulta ya un hábito. Sor Perpetua era una robusta religiosa, de Marines, cerca de Pontoise, que hablaba un francés mezclado con «patuá»; salmodiaba, gruñía, azucaraba la tisana más o menos, según era mayor o menor la devoción o la hipocresía de los enfermos; trataba a éstos bruscamente, reprendía a los moribundos, dándoles casi con el cristo en la cara, y atormentaba a los agonizantes con oraciones iracundas; una beata, en fin, atrevida, honrada y rubicunda.

Sor Simplicia era blanca como la cera. Al lado de sor Perpetua era la vela de cera junto a la vela de sebo. San Vicente de Paúl ha descrito perfectamente a la hermana de la Caridad en estas admirables palabras, en que mezcla tanta libertad con tanta esclavitud: «Tendrán por monasterio la casa del enfermo; por celda, un cuarto alquilado; por capilla, la iglesia de su parroquia; por claustro, las calles de la ciudad o las salas de los hospitales; por reclusión, la obediencia; por celosías y rejas, el temor de Dios; por velo, la modestia.» Sor Simplicia era la realización viva de este ideal. Nadie hubiera podido decir su edad; nunca había sido joven y parecía que no sería nunca vieja. Era una persona, no nos atrevemos a decir una mujer, afable, austera, bien educada, fría, que no había mentido nunca. Se mostraba tan amable que parecía frágil; pero era más fuerte que el granito. Tocaba suavemente a los desgraciados con sus dedos delgados y perfectos. Había, por decirlo así, algo silencioso en su voz: hablaba solamente lo necesario y tenía un metal de voz que podría edificar desde un confesonario y encantar desde un salón. Esta delicadeza se encerraba en el sayal de estameña, viendo en este rudo contacto un recuerdo continuo de Dios y del cielo. Insistimos en una particularidad. No había mentido nunca, no había dicho nunca por interés cosa que no fuese verdad, la santa verdad. Éste es el rasgo distintivo de sor Simplicia, el sello especial de su virtud, y era casi célebre en la Congregación por esta veracidad imperturbable. El padre Siccart habla de sor Simplicia en una carta dirigida al sordomudo Massieu. Por más sinceros y puros que seamos, siempre tenemos sobre nuestro candor la mancha de alguna mentirilla. Ella no la tenía. Pero ¿existe acaso una mentira insignificante, inocente? La mentira es lo absoluto del mal. Mentir poco no es posible; el que miente, miente en toda la extensión de la mentira; la mentira es precisamente la forma del demonio. Satanás tiene dos nombres: se llama Satanás y se llama Mentira. Éstas eran sus ideas respecto de la mentira, y a ellas arreglaba su conducta. De aquí resultaba aquella pureza que se descubría a través de su blancura y que brillaba también en sus labios y en sus ojos. Su sonrisa y su mirada tenían, puede decirse, esta misma blancura transparente. Ni una tela de araña ni un grano de polvo interrumpían la diafanidad de su conciencia. Al entrar en la Congregación de San Vicente había tomado el nombre de Simplicia por propia elección. Santa Simplicia de Sicilia, natural de Siracusa, prefirió, como es sabido, que le cortaran los dos pechos a decir que había nacido en Segesta, mentira que la hubiera salvado. El modelo correspondía al alma de su imitadora.

Sor Simplicia, cuando entró en la Orden, tenía dos defectos, de que se fue corrigiendo poco a poco: era golosa y le gustaba recibir cartas.

No leía nunca más que un libro de oraciones en gruesos caracteres y en latín. No entendía el latín, pero comprendía el libro.

La piadosa beata había tomado cariño a Fantina, descubriendo probablemente en ella una virtud latente, y se había dedicado casi exclusivamente a cuidarla.

El señor Magdalena llevó aparte a sor Simplicia y la recomendó a Fantina con un afecto singular, del cual la hermana se acordó después. Dejando en seguida a sor Simplicia se aproximó a Fantina, la cual esperaba diariamente su llegada como se espera un rayo de sol y de alegría, y decía a las religiosas:

—No vivo sino cuando el señor alcalde está aquí.

Aquel día tenía mucha fiebre. Así que vio al señor Magdalena, preguntó:

—¿Y Cosette?

Él respondió sonriendo:

—Pronto.

El señor Magdalena estuvo con Fantina como siempre. Pero permaneció una hora en vez de media, con gran placer de la joven. Hizo mil súplicas a todo el mundo para que nada faltase a la enferma, y pudo notarse que hubo un momento en que su fisonomía estuvo muy sombría. Pero se explicó esto cuando se supo que el médico, acercándose a su oído, le había dicho:

—Pierde mucho.

Después entró en la Alcaldía, y el mozo le vio examinar con atención un mapa itinerario de Francia que estaba colgado en su gabinete y escribir algunos guarismos con lápiz en el papel.

De la oficina fue al extremo de la población, a casa de un flamenco, del maestro Scauflaer o Scauflaire, según lo escribían en francés, que alquilaba caballos y «carruajes a voluntad».

Para ir a casa de Scauflaire el camino más corto era una calle poco frecuentada, en que vivía el cura de la parroquia del señor Magdalena. Este sacerdote era, según se decía, un hombre digno, respetable y de buen consejo. En el momento en que el señor Magdalena llegó delante de la casa del cura no había en la calle más que un transeúnte, el cual notó lo siguiente: El señor Magdalena, después de haber pasado de la casa del cura, se detuvo, permaneció inmóvil, volvió atrás y deshizo el camino hasta la puerta del presbítero, que era muy tosca y tenía llamador de hierro. Puso la mano en la aldaba y la levantó, se detuvo de nuevo y permaneció como pensativo algunos instantes, y en vez de dejar caer el llamador con fuerza lo bajó suavemente y volvió a tomar su camino con una precipitación que no llevaba antes.

Cuando llegó a casa de Scauflaire le encontró ocupado en arreglar un arnés.

—Maestro Scauflaire —le preguntó—, ¿tenéis un buen caballo?

—Señor —dijo el flamenco—, todos los que tengo son buenos. ¿A qué llamáis un buen caballo?

—Quiero decir un caballo que pueda correr veinte leguas en un día.

—¡Diablo! —dijo el flamenco—. ¿Veinte leguas?

—Sí.

—¿Con un cabriolé?

—Sí.

—¿Y cuánto tiempo ha de descansar después del viaje?

—Es preciso que vuelva a partir al día siguiente si fuese necesario.

—¿Para andar lo mismo?

—Sí.

—¡Caramba, caramba! ¡Veinte leguas!

El señor Magdalena sacó del bolsillo el papel en que había trazado con un lápiz algunos números y los enseñó al flamenco. Tenía los números 5, 6, 8½.

—¿Veis? —le dijo—. Total, diecinueve leguas y media; es decir, unas veinte leguas.

—Señor alcalde —respondió el flamenco—, puedo complaceros. Tengo un caballito blanco, que debéis haber visto pasar alguna vez; un caballito del Bajo Boloñés. Es un rayo; quisieron hacerle caballo de silla; pero saltaba y tiraba a todo el mundo al suelo. Creíase que era falso y no se sabía qué hacer con él; lo compré yo y lo puse en un cabriolé, y acerté, porque precisamente era lo que el animal quería. Es manso como una malva y corre como el viento. Sería imposible montarle, porque no quiere ser caballo de silla. Cada cual tiene sus ambiciones. Tirar, sí; llevar un jinete, no. Es todo lo que al parecer piensa este caballo.

—¿Y hará el viaje?

—Correrá las veinte leguas al trote largo y en menos de ocho horas. Pero tengo que imponer algunas condiciones.

—Decidlas.

—En primer lugar le daréis un descanso de una hora a la mitad del camino, le daréis de comer, y habrá alguien mientras come para impedir que el mozo de la posada le robe la avena, porque tengo observado que en las posadas la avena suele ser con más frecuencia bebida por los mozos que comida por los caballos.

Lo haré.

—En segundo lugar..., ¿es para vos el cabriolé?

—Sí.

—¿Y sabéis guiar?

—Sí.

—Pues bien; iréis solo y sin equipaje para no cargar al caballo.

—Convenido.

—Pero no yendo nadie con vos tendréis que cuidar que no le quiten la avena.

—Aprobado.

—Además me daréis treinta francos al día y pagaréis los días de descanso. Ni un ochavo menos, corriendo de vuestra cuenta el pienso del caballo.

El señor Magdalena sacó del bolsillo sesenta francos en tres monedas de oro y los puso en la mesa.

—Ahí tenéis dos días adelantados.

—En cuarto lugar, para este viaje sería muy pesado un cabriolé y cansaría demasiado al caballo. Es preciso que os avengáis a ir en mi tílburi.

—Consiento.

—Es ligero, pero está descubierto.

—Me es igual.

—Es que estamos en invierno...

El señor Magdalena no respondió. El flamenco continuó:

—Y hace frío...

El señor Magdalena continuó en silencio.

El maestro Scauflaire añadió:

—Y puede llover...

El señor Magdalena levantó la cabeza y dijo:

—El tílburi y el caballo estarán mañana a la puerta de mi casa a las cuatro y media de la mañana.

—Está bien —dijo Scauflaire.

Y después, rascando con la uña del dedo una mancha que había en la mesa, dijo, con el aire indiferente que los flamencos saben mezclar tan bien con su finura:

—Pero ahora se me ocurre. No me habéis dicho adónde vais. ¿Adónde se dirige el señor alcalde?

No pensaba en otra cosa desde el principio de la conversación; pero sin saber por qué no se había atrevido a hacer esta pregunta.

—¿Tiene vuestro caballo buenos brazos? —dijo el señor Magdalena.

—Sí, señor. Le contendréis un poco en las bajadas. ¿Hay muchas cuestas por el camino que vais?

—No olvidéis que ha de estar en mi casa a las cuatro y media en punto —respondió el señor Magdalena, y salió.

El flamenco quedó inmóvil «hecho un bestia», según dijo él mismo.

Hacía dos o tres minutos que había salido el alcalde cuando volvió otra vez, con el mismo aire impasible y grave.

—Maese Scauflaire —dijo—, ¿cuánto creéis que valen el tílburi y el caballo que le ha de llevar?

—El tílburi y el caballo que ha de tirar de él, diréis —respondió el flamenco riendo.

—Bien. Lo mismo da.

—¿Queréis comprarlos?

—No. Pero quiero dejar una garantía para todo evento. A mi vuelta me entregaréis el importe. ¿Cuánto valen el tilburi y el caballo?

—Quinientos francos.

—Pues aquí están.

El señor Magdalena puso un billete de Banco sobre la mesa y salió sin volver a entrar.

El maestro Scauflaire sintió entonces no haber dicho mil francos. El caballo y el tílburi valían cien escudos.

El flamenco llamó a su mujer y le contó lo que le había pasado.

—¿Adónde irá el señor alcalde?

Celebraron consejo.

—Va a París —dijo la mujer.

—No lo creo —contestó el marido.

El señor Magdalena había dejado olvidado en la chimenea el papel en que había trazado algunos números. El flamenco lo cogió y meditó sobre él.

—Cinco, seis, ocho y media; éstos deben ser los relevos de la posta.

Después, volviéndose a su mujer, dijo:

—Ya lo sé.

—¿Pues cómo?

—Hay cinco leguas de aquí a Hesdin; seis, de Hesdin a Saint-Pol, y ocho y media, de Saint-Pol a Arras. Va a Arras.

Mientras tanto, el señor Magdalena había vuelto a su casa, siguiendo el camino más largo, como si la puerta de la casa parroquial fuese para él una tentación que debiese evitar. Subió a su cuarto y se encerró, lo cual nada tenía de particular, porque solía acostarse muy temprano. Sin embargo, la portera de la fábrica, que era al mismo tiempo el único criado del señor Magdalena, observó que apagó la luz a las ocho y media, y se lo dijo al cajero cuando entró, preguntándole:

—¿Está malo el señor alcalde? Porque he notado en él algo extraño.

El cajero vivía precisamente en una habitación que caía debajo de la del señor Magdalena. No hizo caso alguno de las palabras de la portera; se acostó y se durmió. Hacia medianoche despertó bruscamente; había oído entre sueños un ruido encima de su cama. Prestó atención y descubrió que eran pasos como de alguno que se pasease por el cuarto de arriba. Escuchó con más cuidado y conoció los pasos del señor Magdalena, lo cual le pareció muy extraño, porque ordinariamente no se oía ruido alguno antes de la hora en que acostumbraba levantarse el alcalde. Poco después oyó un ruido como el que se hace al abrir y cerrar un armario, luego arrastraron un mueble, volvió el silencio y por fin los pasos. El cajero se sentó en la cama, despertó completamente, miró y, a través de los vidrios de su ventana, vio en la pared de enfrente el reflejo rojizo de una ventana iluminada, conociendo por la dirección de los rayos que era la ventana del señor Magdalena. El reflejo temblaba como si proviniese más bien de una llama de chimenea que de una luz. En aquel reflejo no se descubría la sombra del bastidor de las vidrieras, lo que indicaba que estaba abierta de par en par la ventana. ¡Cosa admirable atendiendo al frío que hacía! El cajero volvió a dormirse, y al despertar una o dos horas después oyó el mismo paso lento y regular sobre su cuarto.

El reflejo seguía iluminando aún la pared; pero pálida y tranquilamente, como si fuese el de una lámpara o bujía. La ventana continuaba abierta.

Veamos ahora lo que pasaba en el cuarto del señor Magdalena.

* * *

Escribir el poema de la conciencia humana, aunque sea a propósito de un solo hombre, a propósito del hombre más insignificante sería unir, fundir, todas las epopeyas en una sola grandiosa y completa. La conciencia es el caos de las quimeras, de las ambiciones, de las tentativas; el horno de los delirios, el antro de las ideas vergonzosas, el pandemónium de los sofismas, el campo de batalla de las pasiones. Si a ciertas horas penetráramos a través de la faz lívida de un ser humano que reflexiona; si mirásemos detrás de aquella faz, en aquella alma, en aquella oscuridad, descubriríamos bajo el silencio exterior combates de gigantes como en Homero, peleas de dragones y de hidras, y nubes de fantasmas como en Milton, espirales visionarias como en Dante. No hay nada más sombrío que este infinito que lleva el hombre dentro de sí, y al cual refiere con desesperación su voluntad y las acciones de su vida.

Dante encontró un día una puerta siniestra que le hizo dudar. Nosotros estamos ahora también en el umbral de una puerta ante la cual dudamos. Pero entremos.

Poco tenemos que añadir a lo que sabe el lector de lo que pasó a Juan Valjean después de la aventura de Gervasillo. Desde aquel momento fue otro hombre; el deseo del obispo se vio realizado; en el criminal se verificó algo más que una transformación: se efectuó una transfiguración.

Desapareció, vendió la plata del obispo, conservando los candelabros como un recuerdo; pasó de pueblo en pueblo, atravesó Francia, vino a M., a orillas del M.; concibió la idea que hemos dicho, realizó lo que hemos referido, consiguió hacerse desconocido e inaccesible, y, establecido ya, contento con sentir su conciencia pesarosa de lo pasado y por ver desmentida la primera mitad de su existencia por la segunda, vivió pacífico, seguro, con esperanzas, sin tener más que dos ideas: ocultar su nombre y santificar su vida; huir de los hombres y volver a acercarse a Dios.

Estas dos ideas estaban tan estrechamente unidas en su espíritu que no formaban más que una sola, ambas igualmente absorbentes e imperiosas, y dominaban sus más pequeños actos. Casi siempre estaban de acuerdo para dictarle la senda que debía seguir; las dos le arrastraban hacia la oscuridad, le hacían benévolo y sencillo, le aconsejaban lo mismo. Pero algunas veces disentían, y entonces el hombre conocido por el señor Magdalena no dudaba en sacrificar la primera a la segunda, su seguridad a su virtud. Así, a pesar de toda su reserva y de toda su prudencia, había conservado los candelabros del obispo, había llevado luto por su muerte, había llamado e interrogado a todos los saboyanos que pasaban, había tomado informes acerca de todas las familias de Faverolles y había salvado la vida al viejo Fauchelevent, a pesar de las terribles insinuaciones de Javert. Creía, como hemos notado ya, y de acuerdo con esto con todos los hombres sabios, justos y santos, que el deber que tenemos para con nosotros mismos no es el primero de los deberes.

Sin embargo, digamos aquí que hasta entonces no le había pasado nada semejante a lo que entonces le pasaba.

Las dos ideas que dirigían a aquel hombre, cuyos dolores vamos relatando, no habían sostenido nunca lucha tan grave. Él lo comprendió confusa, pero profundamente, desde las primeras palabras que pronunció Javert al entrar en su cuarto, y cuando oyó pronunciar el nombre que había sepultado bajo tan espesos velos, quedó sobrecogido de estupor y como trastornado ante tan siniestro e inesperado golpe del destino. A través de este estupor sintió el estremecimiento que precede a las grandes sacudidas: se dobló como una encina cuando se aproxima la tempestad, como un soldado antes del asalto, y vio venir sobre su cabeza nubes sombrías preñadas de rayos y centellas. Al oír a Javert, su primer pensamiento fue ir a Arras, denunciarse a sí mismo, sacar a Champmathieu de la cárcel y reemplazarle. Esta idea fue para él dolorosa, punzante, como incisión en carne viva; pero pasó, y se dijo: «¡Veremos, veremos!» Reprimió este primer movimiento de generosidad y retrocedió ante el heroísmo. Sin duda hubiera sido más heroico que después de las santas palabras del obispo, después de tantos años de arrepentimiento y de abnegación, en medio de una penitencia tan admirablemente empezada, este hombre, en presencia de una crisis tan terrible, no hubiera dudado un momento y hubiese marchado con el mismo paso hacia aquel precipicio en cuyo fondo estaba el cielo. Esto, decimos, hubiera sido más heroico, pero no fue así. Es preciso que demos cuenta exacta de lo que pasaba en aquel alma y que copiemos simplemente lo que en ella había. En el primer momento el instinto de conservación fue el que alcanzó la victoria, recogió sus ideas, ahogó sus emociones, consideró la presencia de Javert conociendo la magnitud del peligro, difirió toda resolución con la firmeza del espanto; meditó sobre lo que debía hacer y volvió a adquirir su alma, del mismo modo que un gladiador vuelve a coger su escudo.

El resto del día lo pasó en el mismo estado, alimentando un torbellino por dentro y aparentando una tranquilidad profunda por fuera; no hizo más que tomar lo que podemos llamar «medidas de conservación». Su cerebro lo veía todo confuso: todo se chocaba dentro de él; su turbación era tal que no podía distinguir la forma de ninguna idea: no hubiera podido decir nada de sí mismo, sino que acababa de recibir un gran golpe.

Fue, como tenía por costumbre, a ver a Fantina, y prolongó su visita al lado de aquel lecho de dolor por un instinto de bondad, diciéndose que debía obrar así y recomendarla a las hermanas por si llegaba el caso de tener que ausentarse. Conoció vagamente que tal vez tendría que ir a Arras, y sin estar decidido en manera alguna a hacer este viaje, se dijo que, estando como estaba al abrigo de toda sospecha, no había inconveniente en ser testigo de lo que pasase, y mandó preparar el tílburi de Scauflaire para estar preparado para todo evento.

Comió con bastante apetito.

Volvió a su cuarto y se recogió en sí mismo.

Examinó su situación y la creyó extraordinaria; tan extraordinaria que, en medio de su meditación, y por un impulso de temor casi inexplicable, se levantó de la silla y echó el cerrojo a la puerta. Temía que entrase alguna cosa; se parapetaba contra todo lo posible.

Un momento después apagó la luz. Le estorbaba; creía que con ella podrían verle.

¡Ah! Lo que quería que no entrase había entrado ya; lo que quería cegar le miraba fijamente: su conciencia.

Su conciencia; es decir, Dios.

Sin embargo, en el primer momento se hizo una ilusión: se creyó seguro y solo. Con el cerrojo echado se juzgó inaccesible; con la luz apagada se tuvo por invisible. Entonces tomó posesión de sí mismo: apoyó los codos en la mesa y la cabeza en las manos, y meditó en la oscuridad: «¿Dónde estoy? ¿Deliro? ¿Qué he oído? ¿Es cierto que he visto a Javert y me ha dicho todo esto? ¿Quién puede ser ese Champmathieu? ¿Se parece a mí? ¿Es esto posible? ¡Cuando pienso en que ayer estaba tranquilo y tan lejos de dudar de nada! ¿Qué hacía yo ayer a estas horas? ¿Qué hay en este incidente? ¿Cuál será su desenlace? ¿Qué haré?»

Estas preguntas eran su tormento. Su cabeza había perdido la fuerza necesaria para retener las ideas que pasaban por él como las olas; en vano quería detenerlas oprimiendo la frente con ambas manos.

En este tumulto, que daba al traste con su voluntad y su razón, buscaba una evidencia y una resolución, pero nada sacó más que angustia.

Ardía su cabeza. Dirigióse a la ventana y la abrió completamente. No había ni una estrella en el cielo. Volvió a sentarse a la mesa.

Así pasó la primera hora.

Poco a poco empezaron a formarse y a fijarse en su mente algunas líneas vagas, y entonces pudo entrever con la precisión de la realidad no todo el conjunto de la situación, pero sí algunos pormenores.

Comenzó por reconocer que por más extraordinaria y crítica que fuese esta situación, era dueño absoluto de ella.

Con esto, lejos de disminuirse, se aumentó su estupor.

Independientemente del objeto severo y religioso que se proponía en sus acciones, todo lo que había hecho hasta aquel día no había tenido más fin que el de ahondar una fosa para enterrar en ella su nombre. Lo que siempre había temido en sus horas de reflexión, en sus noches de insomnio, era oír pronunciar este nombre: decíase que esto sería el fin de todo; que el día en que ese nombre volviera a sonar haría desaparecer su nueva vida, ¿y quién sabe si también su nueva alma? Sólo la idea de que así pudiera suceder le hacía temblar. Y si en aquellos momentos le hubieran dicho que llegaría un día en que resonaría ese nombre en sus oídos, en que las odiosas palabras «Juan Valjean» saldrían repentinamente de las tinieblas y se erguirían delante de él; en que aquella gran luz encendida para disipar el misterio que le rodeaba resplandecería súbitamente sobre su cabeza, y que, sin embargo, tal nombre no le amenazaría, semejante luz no produciría sino una oscuridad más espesa, aquel velo roto aumentaría el misterio, aquel temblor de tierra consolidaría su edificio, aquel prodigioso incidente no tendría más resultado, si él quería, que hacer su existencia a la vez más clara y más impenetrable, y de su confrontación con el fantasma de Juan Valjean el bueno y digno ciudadano señor Magdalena saldría más honrado, más tranquilo y más respetado que nunca; si alguno le hubiera dicho esto, le habría vuelto la espalda, teniendo estas palabras por insensatas. Pues bien; todo esto acababa de suceder. Toda esta acumulación de imposibles era un hecho. ¡Dios había permitido que estos absurdos se convirtieran en realidades!

Su meditación iba aclarándose y se iba explicando cada vez más su posición. Le parecía que acababa de despertar de un sueño y que iba resbalando por una pendiente en medio de la noche, de pie, tembloroso, retrocediendo en vano ante la orilla de un abismo. Veía claramente en la sombra a un desconocido, a un extraño, a quien el destino confundía con él, y le empujaba hacia el precipicio en lugar suyo. Era preciso para que se cerrara el abismo que cayese alguien, o él o el otro.

No había más remedio que ceder al destino.

La claridad llegó a ser completa en su cerebro, y conoció que su lugar estaba vacío en el presidio y le esperaba todavía; que el robo de Gervasillo le arrastraba a él; que aquel lugar vacío le esperaría y le atraería inevitable y fatalmente hasta que lo ocupase. Además se dijo que en aquel momento había uno que le reemplazaba, y que mientras él estuviese representado en el presidio por Champmathieu y en la sociedad por el señor Magdalena no tenía nada que temer con tal que no impidiese que cayera sobre la cabeza de Champmathieu esa piedra de infamia que, como la piedra del sepulcro, cae para no volverse a levantar.

Como todo esto era tan violento y tan extraño, se verificó en él uno de esos movimientos indescriptibles que sólo ocurren dos o tres veces en la vida de un hombre; especie de convulsión de la conciencia que remueve todas las dudas del corazón, que se compone de ironía, de alegría, de desesperación, y que se podría llamar «risa interior».

Encendió bruscamente la luz.

—¿Y qué? —se dijo—. ¿De qué tengo miedo? ¿Qué debo pensar de esto? Estoy salvado. Todo ha concluido. No tenía más que una puerta entreabierta por la cual podría entrar mi pasado en mi nueva vida. ¡Esa puerta queda ahora tapiada para siempre! Ese Javert que me acosa hace tanto tiempo; ese terrible instinto que parecía haberme adivinado y me seguía a todas partes; ese perro de presa siempre en acecho sobre mí, está ya desorientado completamente. Está satisfecho y me dejará en paz. ¡Ya tiene a su Juan Valjean! ¡Quién sabe, además, si pensará dejar esta población! ¡Y todo ha sucedido sin intervención mía! Yo no he soñado en ello para nada. ¡Bah! ¿Por ventura es éste algún suceso desgraciado? Los que me viesen creerían que me había sucedido alguna catástrofe. Y, sobre todo, si resulta mal para alguien no es por culpa mía. La Providencia lo ha hecho y, por consiguiente, eso es lo que quiere que suceda, al menos aparentemente. ¿Tengo yo derecho para desordenar lo que ella ordena? ¿Qué es lo que ahora quiero? ¿En qué voy a mezclarme? Para nada me llaman. ¡Cómo! ¿Y no estoy contento? ¿Pues qué es lo que busco? El fin a que aspiro hace tantos años, el sueño de mis noches, el objeto de mis oraciones, es la seguridad. Pues ya la tengo. Dios lo quiere y no debo sublevarme contra la voluntad de Dios. ¿Y por qué lo quiere? Para que yo continúe lo que he empezado, para que realice el bien, para que dé un grande y animoso ejemplo, para que se diga, en fin, que ha habido alguna parte de felicidad en esta penitencia que he sufrido, en esta virtud a la cual he vuelto. En verdad que no comprendo por qué he tenido miedo hace poco de entrar en casa de ese buen cura, contarle todo como a un confesor y pedirle consejo, cuando estoy seguro de que habría dicho esto mismo. Está decidido; dejemos correr los sucesos, dejemos obrar a Dios.

De este modo se hablaba en las profundidades de su conciencia, inclinado sobre lo que podría llamarse su propio abismo. Se levantó de la silla y se puso a pasear por la habitación.

—Vamos —dijo—, no pensemos más en ello. ¡Ya he tomado mi resolución!

Mas no sintió alegría alguna.

Por el contrario.

Querer prohibir a la imaginación que vuelva a una idea es lo mismo que querer prohibir al mar que vuelva a la playa. Para el marinero este fenómeno se llama marea; para el culpado se llama remordimiento. Dios mueve las almas lo mismo que el océano.

Al cabo de pocos instantes, por más que hizo para evitarlo, continuó aquel sombrío diálogo, en que él mismo era el que hablaba y oía hablar, diciendo lo que hubiera querido callar y oyendo lo que no hubiera querido oír, cediendo a aquel poder misterioso que le decía: «¡Piensa!», del mismo modo que decía hace dos mil años a otro condenado: «¡Anda!»

Pero antes de pasar adelante, y para que seamos perfectamente comprendidos, insistamos en una observación necesaria.

Es cierto que el hombre se habla a sí mismo. No hay ningún ser pensador que no lo haya experimentado. Puede decirse que el misterio más grande y magnífico del Verbo es el que realiza cuando en el interior del hombre va del pensamiento a la conciencia y vuelve de la conciencia al pensamiento.

En tal sentido solamente deben entenderse las palabras empleadas con frecuencia en este capítulo: «dijo, exclamó, se decía, se hablaba a sí mismo», sin que el silencio exterior se rompiese. Dentro de nosotros hay un gran tumulto; todo habla en nosotros, excepto la boca. Las realidades del alma no dejan de ser realidades porque sean invisibles e impalpables.

Preguntóse, pues, dónde estaba de su resolución. Se interrogó sobre «esa resolución irrevocable», y se confesó que el arreglo que había hecho en su espíritu era monstruoso, porque «dejar pasar los sucesos, dejar obrar al buen Dios», era simplemente una idea horrible. Dejar que pasase adelante aquel error del destino y de los hombres, no impedirlo, ayudarlo con el silencio, no hacer nada, en fin, era una enorme injusticia, el colmo de la indignidad hipócrita, un crimen bajo, miserable, abyecto, vil.

Por primera vez en ocho años acababa de sentir aquel desgraciado el sabor amargo de un mal pensamiento y de una mala acción.

Lo expulsó de sí mismo con disgusto, como se escupe el objeto amargo que se rechaza de la boca.

Y continuó preguntándose. Se preguntó severamente qué era lo que había entendido al decirse: «¡He conseguido mi objetivo!» Reconoció que su vida tenía, efectivamente, un objetivo. Pero ¿cuál? ¿Ocultar su nombre? ¿Engañar a la policía? ¿Y para esto, para una cosa tan pequeña, había hecho todo lo que había hecho? ¿No tenía acaso otro objetivo, que era el grande, el verdadero: salvar, no su persona, sino su alma: ser bueno y honrado, ser un justo? ¿No era esto; sobre todo, no era esto únicamente lo que él había querido y el obispo le había mandado? ¡Cerrar la puerta a su pasado! Pero no la cerraba; la volvía a abrir con una acción infame. ¡Volvía a ser ladrón, y ladrón del género más odioso! ¡Robaba a otro su existencia, su vida, su paz, la luz del Sol! Era, pues, un asesino. ¡Mataba moralmente a un infeliz, le condenaba a esa horrible muerte de los vivos, a esa muerte a cielo abierto que se llama presidio! Por el contrario, entregarse, salvar a ese hombre, objeto de tan funesto error; tomar su nombre, volver a ser por obligación el presidiario Juan Valjean, era verdaderamente acabar su resurrección y cerrar para siempre el infierno de que salía. Caer en apariencia en ese infierno era en realidad salir de él. Era necesario cumplir ese deber, porque nada habría hecho si no lo cumplía, y su vida sería inútil, su penitencia ineficaz, absolutamente estéril y sin objeto. Conocía que el obispo estaba allí con él, tanto más presente cuanto que estaba muerto; el obispo le miraba fijamente, y si no cumplía su deber, el alcalde, el señor Magdalena, con todas sus virtudes, le sería odioso, y en su comparación el presidiario Juan Valjean sería un hombre admirable y puro. Los hombres verían su máscara, el obispo veía su rostro; los hombres verían su vida, el obispo veía su conciencia. Debía, por tanto, ir a Arras, libertar al falso Juan Valjean y denunciar al verdadero. ¡Ah! Éste era el mayor de los sacrificios, la victoria más dolorosa, el último y más difícil paso; ¡pero era necesario darle! ¡Cruel destino! ¡No entrar en la santidad a los ojos de Dios sin volver a entrar en la infamia a los ojos del mundo!

—Pues bien —dijo—, ¡tomemos esta resolución! Cumplamos con nuestro deber. Salvemos a ese hombre.

Pronunció estas palabras sin notar que hablaba en alto.

Tomó sus libros, los comprobó y los arregló; echó al fuego un paquete de recibos de comerciantes atrasados que le debían, y escribió y cerró una carta, en cuyo sobre hubiera podido leer cualquiera que hubiera estado allí: «Al señor Laffitte, banquero, calle de Artois, París.»

Sacó de un cajón una cartera que contenía algunos billetes de Banco y el pasaporte de que se había servido aquel año para ir a las elecciones.

El que hubiera visto ejecutar todos estos actos en medio de tan grave meditación, no hubiera sospechado lo que por él pasaba. Solamente a intervalos se movían sus labios; otras veces levantaba la cabeza y fijaba la vista en un punto cualquiera de la pared, como si hubiese precisamente allí algo que quisiera aclarar o alguien a quien tratara de interrogar.

Así que terminó la carta para el señor Laffitte la puso en el bolsillo con la cartera y volvió a pasearse.

Sus ideas no habían cambiado. Continuaba viendo claramente su deber escrito en luminosas letras que resplandecían ante sus ojos y giraban con su mirada: «¡Anda! ¡Da tu nombre! ¡Denúnciate!»

Veía también, y como si se moviesen delante de él con formas sensibles, las dos ideas que habían sido hasta entonces la regla de su vida: ocultar su nombre, santificar su alma. Por primera vez se le presentaban absolutamente distintas y comprendía su diferencia. Reconocía que una de ellas era necesariamente buena, mientras que la otra podía llegar a ser mala; que ésta era el sacrificio; aquélla, la personalidad; que una le decía: «¡El prójimo!», y la otra le decía: «Yo»; que una venía de la luz y otra de las tinieblas.

Ambas luchaban entre sí y él lo veía. A medida que reflexionaba iban creciendo ante los ojos de su espíritu y tenían ya colosales dimensiones; le parecía que las veía luchar dentro de sí mismo en aquel infinito de que hemos hablado antes, en medio de la oscuridad y de la luz. Una, diosa; la otra, gigante.

Estaba lleno de espanto; pero creía que triunfaría la buena idea.

Conocía que había llegado al segundo momento decisivo de su conciencia y de su destino; que el obispo había marcado la primera fase de su nueva vida y Champmathieu marcaría la segunda; después de la gran crisis, la gran prueba.

Entre tanto, la fiebre, apaciguada un instante, le volvió a invadir poco a poco. Mil pensamientos le asaltaban; pero le fortificaban aún más en su resolución.

Por un momento se dijo que tomaba el asunto con demasiado calor. Porque Champmathieu no era nada importante y, en último resultado, había cometido un robo.

Y se respondió:

—Si este hombre ha robado algunas manzanas, tiene un mes de prisión; lo que es mucho menos que la cadena. ¿Y quién sabe? ¿Ha robado? ¿Está probado? El nombre de Juan Valjean le oprime y parece que dispensa de pruebas. ¿No suelen pensar así los fiscales? Se cree que es ladrón porque se cree que ha sido presidiario.

En otro momento pensó que si se denunciaba a sí mismo tal vez se comprendería el heroísmo de su acción; se tendrían en cuenta sus siete años de honradez y lo que había hecho por el país, y se le haría gracia.

Pero esta suposición se desvaneció en seguida, y se sonrió amargamente pensando que el robo de los cuarenta sueldos a Gervasillo le hacía reincidente, que este crimen reaparecería y que la ley le condenaría a cadena perpetua.

Comenzó a perder todas las ilusiones, se alejó más y más de la Tierra y buscó el consuelo y la fuerza en otra parte. Se dijo que le era preciso cumplir su deber; que tal vez no sería más desgraciado después de cumplirle que después de haberle eludido; que si dejaba pasar los sucesos, si permanecía en M., a orillas del M., su consideración, su buen nombre, sus buenas obras, la deferencia y la veneración públicas, su caridad, sus riquezas, su popularidad, estarían cimentadas sobre un crimen. ¿Y qué tranquilidad podrían dar cosas tan santas unidas a la maldad? Pero si realizaba su sacrificio, al presidio, al potro, a la cadena, al gorro verde, al trabajo sin descanso, a la vergüenza sin piedad, se uniría siempre una idea celestial.

Por fin se dijo que su destino era éste; que él no era dueño de arreglar lo que viene desarreglado de arriba, y que tenía que escoger en todo caso entre la virtud exterior unida a la abominación interior o la santidad interior unida a la fama exterior.

Su valor no desfallecía ante la lucha de tan lúgubres ideas, pero su cerebro se fatigaba y, a pesar suyo, empezaba a pensar en otras cosas, en cosas indiferentes.

Sus sienes latían fuertemente, seguía paseando. Dieron las doce en el reloj de la parroquia y después en el del Ayuntamiento. Contó las doce campanadas en los dos relojes, comparó el sonido de las dos campanas y recordó en aquel momento que algunos días antes había visto en un almacén de hierro una campana vieja que tenía grabado este nombre: «Antonio Albín de Romainville.»

Tuvo frío. Encendió un poco de lumbre, pero no se le ocurrió cerrar la ventana.

Después volvió a su estupor, y le fue preciso hacer un gran esfuerzo para recordar lo que estaba pensando antes de que diesen las doce. Al fin lo consiguió.

—¡Ah! Sí —se dijo—. Había tomado la resolución de denunciarme.

Entonces se acordó de Fantina.

—¡Ah! —exclamó—. ¿Y esta pobre mujer?

Aquí comenzó una nueva crisis.

Al presentarse bruscamente Fantina en su delirio como un rayo inesperado de luz, le pareció que todo cambiaba de aspecto en su derredor, y dijo:

—¡Ah! ¡Hasta ahora sólo me he tenido en cuenta a mí mismo! ¡Sólo he considerado mi interés particular: si me conviene callarme o denunciarme, ocultar mi persona o salvar mi alma, ser un magistrado despreciable y respetado o un presidiario despreciable y venerable, es decir, que no he salido de mí! ¡Pero, Dios mío, todo esto no es más que egoísmo! Podrán ser formas distintas de egoísmo; pero al cabo es egoísmo puro. ¿Y si pensase un poco en los demás? La caridad empieza por los demás. Veamos, examinemos. Quitándome a mí, borrándome, olvidándome, ¿qué sucedería de todo esto? Si me denuncio, me prenden; sale en libertad Champmathieu, me envían al presidio, y ¿después? ¿Qué sucederá aquí? ¡Ah! Aquí hay un país, un pueblo, fábricas, industria, obreros, hombres, mujeres, ancianos, niños, desvalidos. Yo lo he creado todo, le he dado vida, donde hay una chimenea que humea he puesto yo la leña en el fuego y la comida en el puchero; yo he creado el bienestar, la circulación, el crédito; antes no había nada; yo he vivificado, animado, fecundado, estimulado y enriquecido el país. Si desaparezco, todo muere. ¿Y esa mujer que ha padecido tanto, que tiene tantos méritos en su caída y cuya desgracia he causado yo sin querer? ¿Y esa niña que iba yo a buscar, según he prometido a su madre? ¿No debo algo a esa mujer en reparación del mal que la he hecho? Si yo desaparezco, ¿qué sucederá? La madre morirá, la niña sabe Dios qué será de ella. Esto es lo que sucederá si me denuncio. ¿Y si no me presento? Veamos qué sucederá entonces.

Después de haberse hecho esta pregunta se detuvo y pasó por un momento de duda, de temor; pero esto duró poco, y se respondió con calma:

—Ese hombre irá a presidio, es verdad, ¡pero cómo ha de ser! Es un ladrón. No puedo hacerme la ilusión de que no ha robado. Ha robado. Yo me quedo aquí. En diez años ganaré diez millones; los reparto en el país. No tengo nada mío; no trabajo, pues, para mí. La creciente prosperidad de todos, la industria que despierta, las manufacturas y las máquinas que se multiplican hacen felices a cien, a mil familias, el país se puebla; se crean pueblos donde sólo había caseríos; se crean caseríos donde no había nada; desaparece la miseria y, con ella, el escándalo, la prostitución, el robo, el asesinato, todos los vicios, todos los crímenes. Esa pobre madre educa a su hija, y hay todo un país rico y honrado. ¡Ah! Estaba loco, pensaba un absurdo cuando trataba de denunciarme. Debo meditarlo bien y no precipitarme. ¿Por qué me había de agradar más hacerme el grande, el generoso? Sería éste un papel de melodrama, simplemente de melodrama. Yo no había pensado más que en mí, en mí sólo. ¿Y por salvar de un castigo, quizá un poco exagerado, pero justo en el fondo, a un ladrón, a un malhechor, indudablemente, ha de perecer un país entero, ha de morir esa mujer en el hospital y ha de quedar su hija abandonada en la calle como si fuera un perro? ¡Ah! Esto sería abominable. Sin que la madre haya visto a su hija, sin que la hija conozca apenas a su madre, ¿ha de suceder todo esto por ese pícaro ladrón, que seguramente merecerá la cadena por algo más que por el robo de las manzanas? ¿Qué escrúpulos son éstos que salvan a un culpado y sacrifican inocentes; que salvan a un viejo vagabundo, a quien sólo quedan algunos años de vida y no será más desgraciado en el presidio que en su casa, y sacrifican a toda una población, a madres, a mujeres y a niños? ¡Esa pobre Cosette, que no tiene más que a mí en el mundo y que estará en este momento tiritando de frío en el tabuco de los Thenardier! ¡Otra canalla por otro estilo! ¿Faltaré, pues, a mi deber respecto de toda esta gente? ¿Iré a denunciarme? ¿Haré esta solemne tontería? Pongámonos en lo peor: supongamos que al obrar así cometo una mala acción y que mi conciencia me culpa por ella algún día; aceptar por el bien del prójimo esta culpa que cae sobre mí solo, esta mala acción que no compromete más que a mi alma, es un sacrificio, es una virtud.

Se levantó y volvió a pasear. Esta vez parecía estar contento.

Así como los diamantes sólo se encuentran en las profundidades de la tierra, las verdades sólo se hallan en las profundidades del pensamiento. Le parecía que después de haber descendido a estas profundidades, después de haber andado a tientas en lo más negro de las tinieblas, acababa de hallar un diamante, una verdad, que la tenía en la mano y que se deslumbraba al mirarla.

—Sí —pensó entonces—. ¡Esto es! Ahora estoy en la verdad. Tengo la solución. Me era preciso decidirme, y ya me he decidido. Esperemos. No vacilemos, no retrocedamos, porque así conviene, no a mí interés, sino al interés general. Soy Magdalena, me quedo Magdalena. ¡Desgraciado del que es Juan Valjean! Ése no soy yo. Yo no conozco a ese hombre, no sé quién es; si hay alguno que sea Juan Valjean ahora, que se arregle como pueda, a mí no me importa. Éste es un nombre de fatalidad que flota en la noche. Si se detiene y cae sobre una cabeza, tanto peor para ella.

Se miró entonces al espejo que estaba encima de la chimenea y dijo:

—¡Ah! Me consuela el tomar una resolución. Ya soy otro.

Dio algunos pasos después y se detuvo de repente.

—Vamos —dijo—, no debo dudar ante ninguna consecuencia de la resolución que he tomado. Hay todavía algunos hilos que me unen a Juan Valjean y es necesario romperlos. En este mismo cuarto hay objetos que me acusarían, testigos mudos que deben desaparecer.

Metió la mano en el bolsillo, sacó una cartera, la abrió y cogió una llavecita.

Introdujo esta llave en una cerradura, cuyo agujero apenas se veía por estar oculto entre las sombras más oscuras del dibujo del papel que cubría la pared. Abrióse un escondrijo, una especie de armarito colocado entre el ángulo de la pared y el cañón de la chimenea. Sólo había en aquel cajón unos andrajos: un saco azul, un pantalón viejo, un morral y un grueso palo de espino con contera en los dos extremos. Los que habían visto a Juan Valjean en la época en que pasó por D., en octubre de 1815, habrían conocido fácilmente aquellos harapos.

Los había conservado, lo mismo que los candelabros de plata, para tener siempre presente su punto de partida. Pero ocultaba lo que era del presidio y dejaba ver lo que era del obispo.

Dirigió una mirada furtiva a la puerta, como si temiese que la abriese alguien, a pesar del cerrojo, y después, con un movimiento vivo y brusco, de una sola brazada, sin mirar siquiera aquellos objetos que había guardado tantos años con tanto cuidado y peligro, lo cogió todo, harapos, palo y morral, y lo arrojó al fuego.

Cerró el escondrijo y, redoblando sus precauciones, completamente inútiles, puesto que ya estaba vacío, puso un mueble atrancando la puerta.

Al cabo de algunos segundos la habitación y la pared de enfrente se iluminaron con un resplandor rojizo y tembloroso.

El morral, al consumirse con los harapos que contenía, había dejado ver una cosa que brillaba en la ceniza.

Acercándose se hubiera visto una moneda de plata. Sin duda era la moneda de cuarenta sueldos robada al saboyano.

Pero él no miraba al fuego; continuaba paseando con el mismo paso. De repente su vista se fijó en los dos candelabros de plata, que con la llama relucían vagamente encima de la chimenea.

—¡Ah! —pensó—. Aún está ahí Juan Valjean. Hay que destruir eso.

Y cogió los candelabros.

Había aún bastante lumbre para poder quitarles la forma y hacer de ellos una barra o cosa parecida.

Se inclinó cerca de la chimenea y se calentó un instante. «¡Qué buen calor!», dijo.

Removió la lumbre con uno de los candelabros.

Un minuto más en esta disposición de ánimo, y ambos hubieran ido al fuego.

En este momento le pareció oír dentro de sí una voz que gritaba: «¡Juan Valjean, Juan Valjean!»

Sus cabellos se erizaron y quedó como un hombre que oye una cosa terrible.

—Sí, acaba —decía la voz—. ¡Completa lo que haces! ¡Destruye esos candelabros! ¡Aniquila ese recuerdo! ¡Olvida al obispo! ¡Olvídalo todo! ¡Pierde a Champmathieu! ¡Todo va bien! ¡Regocíjate! Ya está resuelto. Un hombre, un anciano que no sabe lo que le quieren, que tal vez no ha hecho nada; un inocente, cuyo único crimen es tu nombre, va a ser condenado, va a concluir sus días en la abyección y en el horror. ¡Está bien! Sé hombre respetable. Quédate siendo señor alcalde, ilustre y honrado; enriquece al pueblo, alimenta a los indigentes, educa a los huérfanos, mírate feliz, virtuoso y admirado; que mientras tanto, mientras tú estás aquí rodeado de alegría y de luz, otro usará tu chaqueta roja, llevará tu nombre en la ignominia y arrastrará tu cadena en el presidio. Sí. Todo está muy bien arreglado. ¡Ah, miserable!

El sudor corría por su frente; dirigió a los candelabros una mirada extraviada. Pero la voz no había concluido, y continuó así:

—¡Juan Valjean! A tu alrededor habrá muchas voces que harán gran ruido, que hablarán alto, que te bendecirán, y no habrá más que un ser que te maldiga en las tinieblas! Pues bien; escucha, ¡infame! ¡Todas esas bendiciones caerán antes de llegar al cielo; sólo la maldición subirá hasta Dios!

Esta voz, débil al principio, y que se había elevado desde lo más profundo de su conciencia, había llegado a ser por grados ruidosa y formidable, hasta el punto de creer que la oía distintamente por el oído. Le parecía que había salido de sí mismo y que le hablaba ya desde fuera, y creyó oír sus últimas palabras tan claramente que miró en derredor suyo con cierta especie de terror.

—¿Hay alguien aquí? —preguntó en voz alta y azorada.

Y después añadió, con una risa que parecía la de un idiota:

—¡Qué tonto soy! ¡Si no puede haber nadie!

Había alguien, en efecto; pero el que allí estaba no era de los seres a quienes puede ver el ojo humano.

Dejó los candelabros en la chimenea y volvió a aquel paseo monótono y lúgubre, que había despertado súbitamente al cajero que dormía en la habitación inferior.

Este paseo le consolaba y abrumaba al mismo tiempo; porque en ciertas ocasiones críticas el hombre parece que se mueve para pedir consejo a todo lo que encuentra al paso. Al cabo de algunos instantes no sabía dónde estaba de su meditación.

Retrocedía con igual espanto ante las dos resoluciones que había tomado. Las dos ideas que le aconsejaban le parecían a cual más funestas. ¡Qué fatalidad envolvía aquella equivocación personal respecto de Champmathieu! ¡Verse precipitado por el mismo medio que parecía haber escogido la Providencia para tranquilizarle!

Hubo un momento en que pensó en el porvenir. ¡Denunciarse! ¡Entregarse! Se pintó con inmensa desesperación todo lo que tenía que abandonar y todo lo que tenía que volver a adquirir. Tenía que despedirse de aquella vida tan buena, tan pura; de todo: del honor, de la libertad. ¡Ya no podría pasearse por el campo, ni oír los cantos de los pájaros en la primavera, ni dar limosna a los pequeñuelos, ni sentir la dulzura de las miradas de amor y de reconocimiento que se fijaban en él! ¡Tendría que abandonar aquella casa que había edificado, aquel cuartito que había arreglado para sí! ¡Ya no leería aquellos libros, ya no escribiría en aquella mesita de madera tan blanca! ¡La portera, que era su única criada, no le subiría ya el café por la mañana! ¡En vez de esto pasaría por el presidio, el cepo, la chaqueta roja, la cadena al pie, el trabajo, el calabozo, la cama de tablas y todos los horrores conocidos! ¡A su edad, y después de lo que había sido! ¡Si fuese aún joven! ¡Pero anciano y ser tuteado por todo el mundo, humillado por el carcelero, apaleado por el cabo de vara! ¡Llevar los pies desnudos en zapatos herrados, presentar tanto por la mañana como por la tarde su pierna al martillo de la ronda que examina los grillos! Sufrir la curiosidad de los extraños, a quienes se diría: «¡Éste es el famoso Juan Valjean, que fue alcalde de M.!» ¡Y por la noche, cubierto de sudor, abrumado de cansancio, con el gorro verde sobre los ojos, subir de dos en dos, bajo el látigo del cabo, la escala del pontón flotante! ¡Oh, qué miseria! ¿Puede acaso el destino ser malo?

De modo que siempre venía a caer en el mismo dilema que formaba la base de su meditación: ¡permanecer en el paraíso y ser un demonio, o entrar en el infierno y ser un ángel!

¿Qué hacer, gran Dios, qué hacer?

El tormento de que se había creído librado volvió a desencadenarse. Sus ideas volvieron a confundirse y tomaron ese carácter de estupidez propio de la desesperación. El nombre de Romainville se presentaba sin cesar a su imaginación en dos versos de una canción que había oído hacía tiempo. Pensaba en que Romainville es un bosquecillo cerca de París, adonde van los amantes a coger lilas en el mes de abril.

Seguía paseando y vacilando, lo mismo exterior que interiormente. Paseaba como un niño que empieza a andar solo.

En algunos momentos, luchando con su cansancio, hacía un esfuerzo para ordenar su inteligencia.

Trataba de presentarse definitivamente y por última vez el problema sobre el cual, por decirlo así, había caído abrumado de fatiga. ¿Debía denunciarse? ¿Debía callar? No conseguiría ver nada claro. Los vagos razonamientos que se sucedían en su delirio temblaban y se disipaban sucesivamente, convirtiéndose en humo. Solamente conocía que cualquiera que fuese la resolución que tomara, necesariamente, y sin que pudiera evitarlo, algo en él iba a morir, ya entrase en el sepulcro por la derecha o por la izquierda, ya pasase por la agonía de su felicidad o por la agonía de su virtud.

Había vuelto a ser presa de esta irresolución; no había adelantado nada desde el principio.

Así luchaba en medio de la angustia aquel desgraciado. Mil ochocientos años antes, el ser misterioso en que se resumen toda la santidad y todos los padecimientos de la humanidad, mientras que los olivos temblaban agitados por el viento de lo infinito, había apartado por algún tiempo de su mano el horroroso cáliz que se le presentaba, lleno de sombra y de tinieblas, en las profundidades cubiertas de estrellas.

Acababan de dar las tres de la mañana. Hacía cinco horas que estaba paseando, casi sin descanso, cuando se dejó caer en su silla. Se durmió y soñó.

Este sueño, como casi todos, no se refería a su situación sino a algunas remotas conexiones funestas y dolorosas que le hicieron gran impresión. Aquella pesadilla le afectó tan vivamente, que después la escribió y la hemos encontrado entre algunos papeles que dejó escritos. Nos parece oportuno transcribirla aquí textualmente.

Cualquiera que fuese este sueño, la historia de aquella noche sería incompleta si omitiésemos esta sombría aventura de un alma enferma. Vamos, pues, a referirla. En el sobre decía lo siguiente: «Sueño que tuve aquella noche.»

«Estaba en el campo, en un campo triste donde no había hierba. No podía distinguir si era de día o de noche.

»Me paseaba con mi hermano, con el hermano de mi infancia, del cual debo decir que apenas me acuerdo, que nunca pienso en él.

»Hablábamos y encontrábamos algunos paseantes. Hablamos de una vecina que habíamos tenido y que, viviendo en el cuarto bajo, trabajaba con la ventana siempre abierta. Durante nuestra conversación sentíamos el frío que producía aquella ventana abierta.

»No había árboles en aquel campo.

»Pasó un hombre cerca de nosotros. Era un hombre desnudo, de color de ceniza, montado en un caballo de color de tierra. Era calvo; veíanse su cráneo y una porción de venas que lo cruzaban. Llevaba en la mano una varita flexible como un sarmiento y pesada como el hierro. Pasó a nuestro lado y no nos dijo nada.

»Mi hermano me dijo:

»—Vámonos por el camino hondo.

»Había un camino hondo por el cual no se veía ni un matorral ni una hierbecilla. Todo era de color de tierra, incluso el cielo. Al cabo de algunos pasos nadie me respondió cuando hablé, y entonces noté que mi hermano ya no iba conmigo.

»Vi un pueblo y entré en él. Creo que debía ser Romainville.

»(¿Y por qué había de ser Romainville?)

»La primera calle que vi estaba desierta; pasé a otra. Detrás de la esquina había un hombre en pie, apoyado en la pared. Le pregunté: "¿Qué país es éste? ¿Dónde estoy?"

»El hombre no respondió. Vi abierta la puerta de una casa y entré.

»La primera habitación estaba desierta; entré en la segunda, y detrás de la puerta había un hombre en pie apoyado en la pared. Le pregunté: "¿De quién es esta casa? ¿Dónde estoy?" El hombre no respondió. La casa tenía jardín y entré en él. Estaba desierto; pero detrás del primer árbol había un hombre en pie. Le pregunté: "¿Qué jardín es éste? ¿Dónde estoy?" El hombre no respondió.

»Recorrí después el pueblo y vi que era grande. Todas las calles estaban desiertas; todas las puertas abiertas. Ni un ser viviente pasaba por las calles ni se movía en las casas, ni se paseaba por los jardines. Pero detrás de cada esquina, de cada puerta, de cada árbol, había un hombre en pie y en silencio. No se veía más que uno de una vez y todos me miraban al pasar.

»Salí del pueblo y anduve por el campo.

»Poco después volví la cabeza y vi una gran multitud que venía detrás de mí. Conocí a todos los que había visto en el pueblo. Tenían unas cabezas extraordinarias. Parecía que andaban muy despacio y, no obstante, marchaban más de prisa que yo. No hacían ruido alguno al andar, y en un instante me alcanzaron y cercaron. Sus rostros eran de color de tierra.

»Entonces el primero a quien yo había visto en el pueblo me dijo: "¿Adónde vais? ¿No sabéis que estáis muerto hace mucho tiempo?"

»Abrí la boca para responder y vi que ya no había nadie a mi lado.»

Aquí despertó. Estaba helado. El viento frío de la mañana hacía girar las hojas de la ventana abierta. La lumbre se había apagado. La luz tocaba a su fin. La noche era aún oscura.

Se levantó y se asomó a la ventana. No se veían estrellas en el cielo.

Desde la ventana se descubrían el patio de la casa y la calle. Un golpe seco y duro que resonó en el suelo le hizo bajar la vista, y vio debajo de sí dos estrellas rojas, cuyos rayos se extendían y desaparecían caprichosamente en la sombra.

Como su imaginación estaba aún medio sumergida en la bruma de los sueños, exclamó:

—¡Calla! No hay estrellas en el cielo, pero están en la Tierra.

Disipóse pronto esta turbación, y un segundo golpe que acabó de despertarle le dio a conocer que aquellas dos estrellas eran los faroles de un carruaje, cuya forma pudo distinguir a su claridad. Era un tílburi con un caballo blanco. El ruido que había oído era el de los cascos del caballo en el empedrado.

—¿Qué carruaje es éste? —se dijo—. ¿Quién viene aquí tan temprano?

En este momento llamaron a la puerta de su cuarto.

Tembló de pies a cabeza y gritó con voz terrible:

—¿Quién?

Una voz respondió:

—¡Yo, señor alcalde!

Y conociendo la voz de la portera, dijo:

—¿Y qué? ¿Qué ocurre?

—Señor, van a dar las cinco de la mañana.

—¿Y qué me importa?

—Que está aquí el carruaje.

—¿Qué carruaje?

—El tílburi.

—¿Qué tílburi?

—¿No habéis mandado venir a esta hora un tílburi?

—No.

—Pues el cochero dice que viene en busca del señor alcalde.

—¿Qué cochero?

—El del señor Scauflaire.

—¡Scauflaire!

Este nombre le estremeció como un relámpago que le hubiese pasado cerca de la cara.

—¡Ah, sí! —contestó—. ¡El señor Scauflaire!

Si la vieja le hubiera visto en este momento, de seguro se habría aterrorizado.

Hubo después un largo rato de silencio. Se puso a examinar con aire estúpido la llama de la bujía y a coger la cera derretida que había alrededor del pábilo para hacer pelotillas con los dedos. La vieja estuvo esperando hasta que se atrevió a decir:

—Señor, ¿qué he de decir al cochero?

—Decidle que está bien, que ahora bajo.

* * *

El servicio de Correos de Arras a M., a orillas del M., se hacía aún en aquella época, como en tiempos del Imperio, en pequeños cabriolés de dos ruedas, forrados de cuero leonado por dentro, suspendidos en muelles y con dos asientos, uno para el conductor y otro para un viajero. Las ruedas estaban armadas de esos largos palos ofensivos que aún se conservan en Alemania.

El cajón de la correspondencia, que era una gran caja oblonga, estaba colocado detrás del cabriolé, formando con él un solo cuerpo. Este cajón estaba pintado de negro, y el cabriolé, de amarillo.

Estas sillas, que no tienen semejanza alguna con los modernos carruajes, presentaban un aspecto deforme y tortuoso; cuando se las veía pasar a lo lejos en la extensión del horizonte, parecían uno de esos insectos que se llaman «termitas», que con un pequeño cuerpo arrastran un gran apéndice posterior. Por lo demás, caminaban con rapidez.

El correo salía de Arras todas las noches a la una, después que pasaba el de París, y llegaba a M. un poco antes de las cinco de la mañana.

Aquella noche, el correo que venía por el camino de Hesdin, al volver una calle, cuando entraba en el pueblo, chocó con un tílburi tirado por un caballo blanco que iba en dirección contraria, guiado sólo por un hombre envuelto en su capa. La rueda del tílburi recibió un golpe bastante grande. El conductor gritó para que el hombre se detuviese, pero el viajero no lo oyó y siguió su camino al trote largo.

—¡Vaya una prisa que lleva el hombre! —dijo el conductor.

El hombre que así corría era precisamente el mismo a quien hace poco hemos visto pasar por una situación digna de lástima.

¿Adónde iba? No hubiera podido decirlo. ¿Por qué se apresuraba tanto? No lo sabía. Caminaba a la ventura. ¿Adónde? A Arras, sin duda; pero también podría ir a otra parte. Conocíalo por momentos y temblaba. Se ocultaba en la oscuridad de la noche como en una gruta.

Había en él dos fuerzas: una que le atraía, otra que le rechazaba. Es imposible decir lo que pasaba en su alma, pero todos lo comprenderán. ¿Quién no ha entrado, por lo menos una vez en su vida, en la oscura caverna de lo desconocido?

Aún no había resuelto, ni decidido ni hecho nada. Ningún acto de su conciencia había sido definitivo. Estaba ni más ni menos como en el primer momento.

¿A qué iba a Arras?

Se decía lo mismo que se había dicho al alquilar el cabriolé: que cualquiera que fuese el resultado no había inconveniente alguno en ver y juzgar las cosas por sí mismo; que además esto era muy prudente para saber lo que sucedería; que no podía decidir nada sin haber observado y comparado: desde lejos, los menores objetos parecen montañas; en fin, que cuando hubiera visto a Champmathieu, si era un miserable, su conciencia encontraría un consuelo viéndole ir a presidio; que aunque estarían allí Javert y los presidiarios Brevet, Chenildieu y Cochepaille, que le habían conocido, no le conocerían ya; que Javert estaba ya muy alejado de toda sospecha; que todas las conjeturas y suposiciones se fijaban en Champmathieu, y que no hay nada más terco que el error; que no tenía, pues, nada que temer; que sería aquel un momento crítico, pero que saldría de él, que sobre todo tenía su destino en la mano, por malo que fuese, y que era dueño de su suerte. Esta idea era su principal apoyo.

Pero si hemos de decir la verdad, mejor hubiera querido no ir a Arras.

Y, sin embargo, iba.

Pensando en esto arreaba el caballo, que corría con ese trote sentado que hace dos leguas y media por hora.

A medida que avanzaba en el camino sentía dentro de sí algo que le impulsaba a retroceder.

Al rayar el día estaba en campo raso. M. se veía muy lejos a su espalda. Miró cómo blanqueaba el horizonte; miró, sin ver, cómo pasaban por delante de sus ojos las frías sombras de una madrugada de invierno. La mañana tiene sus espectros, como la noche. No los veía; pero por una especie de penetración casi física, los negros perfiles de los árboles y de las colinas aumentaban la tristeza y el estado violento de su alma.

Cada vez que pasaba por delante de una de esas casas aisladas que hay al lado del camino, se decía:

—¡Ahí hay personas que duermen!

El trote del caballo, los cascabeles de los arreos y las ruedas hacían un ruido lento y monótono, ruido que es agradable cuando uno está alegre, y lúgubre cuando está triste.

Era ya muy de día cuando llegó a Hesdin, y se detuvo delante de una posada para que descansase y tomase pienso el caballo.

El caballo era, como había dicho Scauflaire, de raza boloñesa, de gran cabeza, gran vientre y poco cuello; pero de pecho abierto, lomo ancho, pierna seca y fina y pie firme; raza fea, pero robusta. Había corrido cinco leguas en dos horas y no tenía una gota de sudor.

El viajero no había bajado del tílburi. El mozo de la posada que traía la avena se bajó de repente y examinó la rueda izquierda.

—¿Vais muy lejos? —preguntó.

El viajero respondió sin salir de su meditación:

—¿Por qué?

—¿Venís de muy lejos?

—Cinco leguas de aquí.

—¡Ah!

—¿Por qué decís ¡ah!?

El mozo se inclinó de nuevo, estuvo un momento callado mirando la rueda y se enderezó, diciendo:

—Es que traéis una rueda que ha corrido cinco leguas, pero que de seguro no correrá ni un cuarto de legua más.

El viajero bajó en seguida del carruaje.

—¿Qué decís?

—Digo que es un milagro que hayáis andado cinco leguas sin volcar e ir rodando hasta el foso del camino. Mirad.

En efecto, la rueda estaba muy estropeada. El choque de la silla correo le había roto dos rayos y destrozado el cubo, que había perdido la matriz.

—Amigo —dijo al mozo—, ¿hay aquí algún carretero?

—Sí, señor.

—Hacedme el favor de ir a buscarle.

—Vive a dos pasos de aquí. ¡Eh, maestro Bourgaillard!

El maestro Bourgaillard, el carretero, estaba en el umbral de la puerta.

Llegó, examinó la rueda e hizo el gesto de un cirujano que ve una pierna rota.

—¿Podéis componer esta rueda al momento?

—Sí, señor.

—¿Cuándo podré marcharme?

—Mañana.

—¡Mañana!

—Hay trabajo para un día entero. ¿Tenéis prisa?

—Mucha. Tengo que marchar dentro de una hora a lo más.

—Imposible, señor.

—Pagaré todo lo que queráis.

—Imposible.

—¡Siquiera en dos horas!

—Imposible por hoy. Hay que hacer dos rayos y un cubo. No podéis marchar hasta mañana.

—Mis asuntos no me permiten esperar a mañana. ¿Y si en vez de componer esta rueda se la reemplazase?

—¿Cómo?

—¿No sois carretero?

—Sí, señor.

—¿Y no tenéis una rueda que venderme y podría marcharme en seguida?

—¿Una rueda suelta?

—Sí.

—No tengo ninguna hecha para vuestro cabriolé. Sólo se hacen pares de ruedas, porque un par no se hace de dos ruedas cualesquiera.

—Pues bien; vendedme un par de ruedas.

—Es que no todas las ruedas se ajustan a todos los ejes.

—Probad, sin embargo.

—Es inútil. Sólo tengo de venta dos ruedas de carreta. Éste es un país muy pobre.

—¿Y no tenéis un cabriolé para alquilarme?

El maestro carretero al primer golpe de vista había conocido que el tílburi era un carruaje alquilado, y contestó alzando los ojos:

—¡Cuidáis bien los carruajes que os alquilan! No os alquilaré yo ninguno.

—Pues vendédmelo.

—No lo tengo.

—¡Cómo! ¿Ni un carruaje cualquiera? Ya veis que me contento con lo que haya.

—Éste es un país muy pobre. Yo tengo en casa una carretela vieja de un caballero que me la ha dado para que la guarde, y se sirve de ella cada treinta y seis días. Yo os la alquilaría. ¿A mí qué más me da? Pero sería preciso que no la viera pasar su dueño, y además es una carretela y necesita dos caballos.

—Tomaré caballos de posta.

—¿Adónde vais?

—A Arras.

—¿Y queréis llegar hoy?

—Sí.

—¿Tomando caballos de posta?

—¿Y por qué no?

—¿Es igual que lleguéis a las cuatro de la madrugada?

—No, ciertamente.

—Porque debéis saber que hay algo que hacer antes de tomar caballos de posta. ¿Tenéis pasaporte?

—Sí.

—Pues bien; tomando caballos de posta no llegaréis a Arras antes de mañana. Estamos en camino de travesía. Los relevos están mal servidos. Los caballos están en el campo. Nos encontramos, además, en la estación de labranza; se necesitan muchas yuntas y se cogen los caballos de cualquier parte, aunque sean los de posta. Tendréis que esperar tres o cuatro horas en cada parada, y además iréis al paso, porque hay muchas cuestas en el camino.

—¡Vaya! Iré a caballo. Desenganchad. Me buscaréis una silla.

—Sí. ¿Pero sufre silla este caballo?

—Es verdad; me recordáis que no la sufre.

—Entonces...

—Pero ¿encontraré aquí un caballo de alquiler?

—¿Un caballo para ir a Arras de una tirada?

—Sí.

—Sería necesario un caballo como no los hay por aquí, y tendríais que comprarle, porque no sois conocido. Además de que ni alquilado ni comprado le encontraríais por quinientos ni por mil francos.

—¿Qué haré?

—Lo mejor, a fe de hombre honrado, es componer la rueda y dejar el viaje para mañana.

—Mañana será tarde.

—¡Demonio!

—¿No pasa por aquí el correo que va a Arras? ¿A qué hora pasa?

—Mañana a la noche. Los dos correos hacen el servicio de noche, el que va y el que viene.

—¿Y os es necesario todo un día para componer esa rueda?

—¡Todo un día!

—¿Y poniéndose dos hombres a trabajar?

—Aunque se pusieran diez.

—Si pudieran atarse los rayos con cuerdas...

—Los rayos sí, pero el cubo no. Y además el rodete está en muy mal estado.

—¿Hay algún alquilador de coches en el pueblo?

—No, señor.

El viajero sintió una alegría inmensa.

La Providencia influía en el suceso, evidentemente. Ella había roto la rueda y le detenía en el camino. Sin embargo, no queriendo ceder a esta primera indicación, acababa de hacer cuantos esfuerzos era posible para continuarlo, y había agotado leal y escrupulosamente todos los medios. No había retrocedido ni ante la estación, ni ante el cansancio, ni ante el gasto. No tenía nada de qué culparse. Si no iba más lejos no era por él. No dependía su detención de su voluntad, sino de la Providencia.

Respiró, y respiró libremente por primera vez después de la visita de Javert. Le pareció que la mano de hierro que le oprimía el corazón hacía veinte horas le dejaba en libertad.

Creía que Dios le protegía.

Se dijo que había hecho todo lo que podía y que no le quedaba más recurso que volverse tranquilamente.

Si su conversación con el carretero se hubiese verificado en un cuarto de la posada, si no hubiese tenido testigos, si nadie la hubiese oído, todo habría terminado allí, y es muy probable que no tuviésemos que referir ninguno de los acontecimientos que siguen. Pero esta conversación pasó en medio de la calle. Todo coloquio en la calle produce inevitablemente un corro. Hay muchas personas que sólo desean ser espectadores.

Mientras discutía con el carretero se habían detenido algunos transeúntes, y entre ellos un muchacho en quien nadie había fijado la atención, y que se separó del grupo echando a correr.

En el momento en que el viajero, después de hacer la reflexión que acabamos de decir, se resolvía a retroceder, volvió el muchacho acompañado de una vieja.

—Señor —dijo la vieja—, este muchacho me ha dicho que queréis alquilar un cabriolé.

Estas sencillas palabras, pronunciadas por una vieja guiada por un chico, le hicieron sudar copiosamente. Creyó ver la mano que antes le había soltado reaparecer en la sombra, dispuesta a cogerle de nuevo.

Respondió:

—Sí, buena mujer; quiero alquilar un cabriolé.

Y añadió apresuradamente:

—Pero no hay ninguno en el pueblo.

—Sí hay —dijo la vieja.

—¿Dónde? —preguntó el carretero.

—En mi casa —contestó la vieja.

El viajero se estremeció. La mano fatal le había cogido otra vez.

La vieja tenía, en efecto, bajo un cobertizo una especie de tartana.

El carretero y el mozo de la posada, pesaroso de que se les escapase el viajero, intervinieron.

—Es un horrible carro, está apoyado en el mismo eje; es verdad que los asientos están suspendidos con correas; llueve lo mismo dentro que fuera; las ruedas están mohosas y oxidadas por la humedad; no irá mucho más allá que el tílburi; es un carromato. Este caballero hará muy mal en servirse de él.

Todo era verdad; pero aquel carro, aquella cosa, cualquiera que fuese, rodaba y podía ir a Arras.

Pagó lo que le pidieron, dejó el tílburi al carretero para que lo compusiese, hasta su vuelta; hizo enganchar el caballo blanco en la tartana, subió y siguió el camino que traía desde por la mañana.

En el momento en que se puso en movimiento la tartana se confesó que había tenido una alegría al creer que no podría ir más allá. Pero examinando después esta alegría con algún tanto de cólera, conoció que había sido absurda. ¿Por qué se había de alegrar de retroceder? Hacía este viaje voluntariamente, sin que nadie le obligase a ello.

Y, ciertamente, no sucedería sino lo que él quisiera.

Cuando salía ya de Hesdin oyó una voz que le gritaba: «¡Parad, parad!» Detuvo la tartana con un movimiento en que había algo febril y convulsivo que se asemejaba a la esperanza.

Era el muchacho de la vieja.

—Señor —dijo—, yo he sido el que os he proporcionado ese carruaje.

—¿Y qué?

—Que no me habéis dado nada.

El viajero, que a todos daba tan fácilmente, halló esta pretensión exorbitante, enfadosa.

—¡Ah, eres tú, buena pieza! —dijo—. Pues tampoco te daré ahora.

Arreó el caballo y partió a buen trote.

Había perdido mucho tiempo en Hesdin y quiso ganarlo. El caballo era animoso y tiraba como dos; pero era en el mes de febrero, había llovido, los caminos estaban muy malos, y además la tartana era mucho más pesada y dura que el tílburi.

Empleó cerca de cuatro horas desde Hesdin a Saint-Pol, cuatro horas para cinco leguas.

En Saint-Pol hizo desenganchar en la primera posada que encontró y mandó llevar el caballo a la cuadra. Según había prometido a Scauflaire, estuvo cerca del pesebre mientras comió el caballo, pensando en cosas bien tristes y confusas.

La posadera entró en la cuadra y le dijo:

—¿Vais a almorzar?

—¡Es verdad! Tengo buen apetito.

Y siguió a la posadera, que tenía bonita y alegre figura, hasta una sala baja, donde había varias mesas con hule en vez de mantel.

—Despachaos —dijo—; debo marchar en seguida porque tengo mucha prisa.

Una criada gruesa, flamenca, puso al momento un cubierto.

El viajero miró a esta joven con benevolencia.

—Esto es lo que yo tenía —pensó—: que no había almorzado.

Sirviéronle, cogió el pan, comió un bocado, volvió a dejarle lentamente en la mesa y no tocó más.

Un carretero estaba comiendo en otra mesa. El viajero le dijo:

—¿Por qué es tan amargo este pan?

El carretero era alemán y no le entendió.

El viajero volvió a la cuadra, cerca de su caballo.

Una hora después había salido ya de Saint-Pol y se dirigía a Tinques, que sólo dista cinco leguas de Arras.

¿Qué hacía en el camino? ¿En qué pensaba? Lo mismo que por la mañana miraba cómo pasaban los árboles, los tejados de las cabañas, los campos cultivados, la perspectiva del paisaje, que variaba a cada recodo del camino. Ésta es una contemplación que satisface muchas veces al alma y la dispensa de pensar. ¿Qué puede haber más melancólico que ver muchos objetos por primera y última vez? Viajar es nacer y morir a cada instante. Tal vez en la región más vaga de su espíritu comparaba aquellos horizontes variables con la existencia del hombre. Todas las cosas de la vida huyen perpetuamente delante de nosotros; se mezclan la claridad y las sombras; después de una viva luz viene un eclipse; el hombre mira, corre, tiende las manos para coger lo que pasa; cada incidente es un recodo del camino, y pronto llega a la vejez. Se siente, por fin, como una sacudida; se ve todo negro, se distingue una puerta oscura; el sombrío caballo de la vida que nos conduce se para, y se ve algún ser velado y desconocido que lo desunce en las tinieblas.

El crepúsculo empezaba ya cuando los niños que salían de la escuela vieron entrar al viajero en Tinques. Debemos advertir que aquellos días eran de los más cortos del año. No se detuvo en Tinques. Cuando salía del pueblo, un caminero que estaba echando piedra a la carretera alzó la cabeza y dijo:

—¡Qué caballo tan cansado!

En efecto; la pobre bestia sólo podía ya ir al paso.

—¿Vais a Arras? —preguntó el peón.

—Sí.

—Pues si seguís así ¡ya llegaréis a buena hora!

Detuvo el caballo y preguntó:

—¿Cuánto hay de aquí a Arras?

—Unas siete leguas largas.

—¡Cómo! La guía de postas no marca más de cinco leguas y cuarto.

—¡Ah! —respondió el peón—. ¿Pues no sabéis que están componiendo el camino? Le encontraréis cortado a un cuarto de legua y no podréis ir más lejos.

—¿De veras?

—Allí tomaréis, a la izquierda, el camino que va a Carency; pasaréis el río y al llegar a Camblin volveréis a la derecha, por el camino de Mont-Saint-Eloy a Arras.

—Pero va a llegar la noche y me perderé.

—¿No sois del país?

—No.

—Pues todo es camino de travesía. Mirad, caballero. ¿Queréis que os dé un consejo? Vuestro caballo está cansado. Volved a Tinques; hay una buena posada; acostaos y mañana iréis a Arras.

—Tengo que estar allí esta noche.

—Eso es diferente. Entonces id a la posada y tomad un caballo de refresco. Un muchacho os guiará por el camino.

Siguió el consejo del peón caminero, volvió atrás y media hora después pasó por el mismo sitio; pero al trote largo de un buen caballo que había agregado al suyo. Un mozo de cuadra, que se llamaba postillón, iba sentado en la delantera del carruaje.

Sin embargo, conocía que perdía tiempo.

La noche caía ya.

Entraron en la travesía. El camino era muy malo.

El carruaje caía de un hoyo a otro. Dijo al postillón:

—Siempre al trote, y doble propina.

En un vaivén se rompió el balancín.

—Señor —dijo el postillón—, se ha roto el balancín y no sé cómo enganchar los caballos; este camino es muy malo de noche; si queréis ir a dormir a Tinques podremos estar mañana temprano en Arras.

—¿Tenéis una cuerda y una navaja? —preguntó

—Sí, señor.

Cortó una rama de árbol e hizo un balancín.

Había perdido veinte minutos, pero partió al galope.

La llanura estaba tenebrosa; una niebla blanca y densa se arrastraba por las colinas, desprendiéndose como humo; las nubes eran blanquecinas; un fuerte viento que venía del mar hacía en los límites del horizonte el mismo ruido que hacen los muebles en movimiento. Todo lo que descubría la vista tenía la actitud de terror. ¡Cuántas cosas tiemblan al impulso de esos soplos de la noche!

El frío penetraba; no había comido desde la víspera. Recordaba vagamente otro viaje nocturno por las llanuras que rodean a D., hacía ocho años. Le parecía que había sido ayer.

Sonó una hora en algún campanario lejano, y preguntó al muchacho:

—¿Qué hora es ésta?

—Las siete, señor. A las ocho estaremos en Arras. Sólo nos faltan tres leguas.

Entonces se hizo por primera vez una reflexión que le extrañó no se le hubiera ocurrido antes: que era inútil todo el trabajo que se tomaba, pues no sabía la hora de la vista; que debía haberse informado; que era muy ridículo eso de ir adelante sin saber si el viaje sería útil. Después se hizo varios cálculos. Que ordinariamente las sesiones del Tribunal empiezan a las nueve de la mañana. Que no debía ser larga aquella vista. Que estando reducido todo a un robo de manzanas, sería muy corta. Que sólo habría después una cuestión de identificación, cuatro o cinco declaraciones y alguna palabra de los abogados. Que llegaría cuando todo habría concluido.

El postillón arreaba al caballo. Habían pasado el río y quedaba ya a su espalda Mont-Saint-Eloy.

La noche se hacía cada vez más oscura.

* * *

En aquel mismo momento, Fantina estaba llena de alegría.

Había pasado mala noche. La tos continua, el aumento de fiebre y el delirio no la habían abandonado. Por la mañana, cuando la visitó el médico, estaba delirando. El doctor estaba alarmado y había encargado que le avisasen cuando volviese el señor Magdalena.

La joven estuvo toda la mañana triste, habló poco y se entretuvo en doblar la sábana, haciendo en voz baja unos cálculos que parecían de distancias. Sus ojos estaban hundidos y fijos. Parecían casi apagados, pero por momentos brillaban y resplandecían como estrellas. No parece sino que al aproximarse ciertas horas sombrías la claridad del cielo inunda a los que se encuentran privados de la claridad de la Tierra.

Cada vez que sor Simplicia le preguntaba cómo estaba, respondía con las mismas palabras:

—Bien. Quisiera ver al señor Magdalena.

Algunos meses antes, en el momento en que Fantina acababa de perder el último resto de pudor, de vergüenza y de alegría, era la sombra de sí misma; a la sazón era su espectro. La enfermedad física había completado la obra de la enfermedad moral. Aquella joven de veinticinco años tenía la frente arrugada, las mejillas marchitas, la nariz afilada, los dientes descarnados, el color plomizo, el cuello huesoso, las clavículas salientes, los miembros demacrados, la piel terrosa, y sus cabellos rubios mezclados con algunos grises. ¡Ah! ¡Cómo improvisa la vejez el mal!

A mediodía volvió el médico, dio algunas prescripciones, se informó de si el señor Magdalena había llegado y movió tristemente la cabeza.

El señor Magdalena acostumbraba a ir todos los días a las tres a ver a la enferma, y como la exactitud era en este caso bondad, era exacto.

Fantina empezó a inquietarse a las dos y media. En el espacio de veinte minutos preguntó más de diez veces a la religiosa: «¿Qué hora es, hermana?»

Dieron las tres. A la tercera campanada, Fantina, que apenas podía moverse en el lecho, se sentó bruscamente, cruzó convulsivamente sus dos manos descarnadas y amarillentas y exhaló de su pecho uno de esos suspiros profundos que parece levantan un gran peso; después se volvió y miró a la puerta.

Nadie entró, la puerta no se abrió.

Permaneció así un cuarto de hora, con la vista fija en la puerta, inmóvil y conteniendo el aliento. Sor Simplicia no se atrevía a hablarle. El reloj de la iglesia dio las tres y cuarto. Fantina se dejó caer en la almohada.

No habló ni una palabra, y se puso a plegar la sábana.

Pasó media hora, pasó una hora; nadie entró. Cada vez que se oía un reloj, Fantina se incorporaba, miraba a la puerta y volvía a dejarse caer.

Descubríase claramente su pensamiento; pero no pronunciaba ningún nombre, no se quejaba, no acusaba a nadie. Solamente tosía de una manera lúgubre. Parecía que la iba cubriendo alguna nube oscura. Estaba lívida; sus labios se habían vuelto azules; sin embargo, se sonreía en algunos momentos.

Dieron las cinco. La religiosa oyó que decía, en voz muy baja y lenta:

—¡Ya que me voy mañana, hace muy mal en no venir hoy!

Sor Simplicia estaba también admirada del retraso del señor Magdalena.

Fantina miraba al cielo de la cama. Parecía que quería recordar alguna cosa. De repente se puso a cantar con una voz débil como un soplo. La religiosa escuchó. Esto era lo que cantaba:

> *Paseando las calles*
> *compraremos cosas*
> *de lindo color.*
> *Azul es el lirio,*
> *rosadas las rosas,*
> *¡Que viva mi amor!*
> *La Virgen María,*
> *ayer en mi hogar,*
> *con manto bordado*
> *me fue a visitar.*
> *—Bajo este mi velo*
> *—me dijo— verás*
> *el niño que un día*
> *pedido me has.*
> *Corred a la villa*
> *y lienzo comprad,*
> *y también el hilo,*
> *también un dedal.*
> *Paseando las calles,*
> *compraremos más.*
> *¡Oh, qué bellas cosas*
> *vamos a comprar!*
> *Buena y santa Virgen,*
> *cerca de mi hogar*
> *adorné una cuna*
> *con cintas sin par,*
> *y aunque Dios su estrella*
> *de más claridad*
> *me diera a este niño*
> *lo quisiera más.*
> *¿Qué hacer con el lienzo*
> *que se fue a comprar*
> *al recién nacido?*
> *La ropa formad.*
> *Del río en las aguas*
> *la ropa lavad,*
> *sin mancharla nada,*
> *sin nada arrugar.*
> *Una hermosa chambra*
> *y un bello cendal,*
> *que da lindas flores,*
> *le pienso cuajar.*
> *Mas ¿qué hacer, que el niño*
> *no parece ya?*
> *Haced unos paños*
> *y me amortajad.*
> *Paseando las calles*
> *compraremos cosas*

de lindo color.
Azul es el lirio,
rosadas las rosas.
¡Que viva mi amor!

Esta canción era un antiguo romance de nodriza con que solía dormir a Cosette, y que no se había presentado a su espíritu en los cinco años que hacía que no había visto a su niña. Fantina cantó con una voz tan triste y tan dulce, que excitaba el llanto incluso de una religiosa. La hermana, acostumbrada a la austeridad, sintió que se le saltaba una lágrima.

El reloj dio las seis, sin que al parecer lo oyese Fantina, que no prestaba atención a cosa alguna.

Sor Simplicia envió una criada a preguntar si había vuelto el señor alcalde y si subiría pronto a la enfermería. La criada volvió después de algunos minutos.

Fantina seguía inmóvil, como atendiendo sólo a sus ideas.

La criada dijo en voz muy baja a sor Simplicia que el señor Magdalena había salido por la mañana antes de las seis, a pesar del frío que hacía, en un tílburi tirado por un caballo blanco, que había salido solo, hasta sin cochero; que no se sabía el camino que había tomado, que algunos decían que le habían visto por el camino de Arras y otros por el de París; que al marcharse había estado, como siempre, muy amable; pero que había dicho a la portera que no le esperase aquella noche.

Mientras las dos mujeres, con la espalda vuelta a la cama de Fantina, hablaban en voz baja, la hermana preguntando y la criada conjeturando, Fantina, con la viveza febril propia de ciertas enfermedades orgánicas, en que se combinan los movimientos libres de la salud con la espantosa debilidad de la muerte, se puso de rodillas en la cama, apoyando sus crispadas manos en la almohada, y escuchó, sacando la cabeza entre las cortinas. De repente exclamó:

—¿Estáis hablando del señor Magdalena? ¿Por qué habláis bajo? ¿Qué hace? ¿Por qué no viene?

Su voz era tan brusca y tan ronca, que las dos mujeres creyeron oír una voz de hombre y se volvieron asustadas.

—Respondedme —gritó Fantina.

La criada balbució:

—La portera me ha dicho que no podía venir hoy.

—Hija mía —dijo la hermana—, estaos quieta y echaos.

Fantina, sin cambiar de actitud, respondió en voz alta con acento imperioso:

—¿No podrá venir? ¿Por qué? Vosotras sabéis la causa. Os la decíais en secreto. Quiero saberlo.

La criada se apresuró a decir a la religiosa al oído:

—Decid que está ocupado en el Ayuntamiento.

Sor Simplicia se ruborizó ligeramente. La criada le proponía una mentira. Por otra parte, creía que decir la verdad a la enferma sería causarle un gran dolor, lo que era grave en el estado de Fantina. Este rubor duró poco.

La hermana dirigió a la joven su mirada tranquila y le dijo:

—El señor alcalde ha marchado fuera de la población.

Fantina se levantó y se sentó sobre los talones. Sus ojos brillaron; una alegría inmensa cubrió aquella fisonomía dolorida.

—¡Ha marchado! —exclamó—. ¡Ha ido a buscar a Cosette!

Después levantó los brazos al cielo, y en su rostro se pintó una expresión inefable. Movía los labios; oraba en voz baja.

Cuando acabó su oración, dijo:

—Hermana mía, voy a echarme otra vez; voy a hacer todo lo que queráis. Hace poco he sido mala; os pido perdón por haber hablado alto. Ya sé que me hace daño hablar alto; pero, hermana mía, ya veis que estoy muy contenta. Dios es muy bueno;

el señor Magdalena también es bueno; figuraos que ha ido a buscar a mi Cosette a Montfermeil.

Volvió a echarse, ayudó a la hermana a arreglar la almohada y besó una crucecita que llevaba al cuello, regalo de sor Simplicia.

—Hija mía —dijo la religiosa—, descansad ahora y no habléis más.

Fantina cogió con sus manos húmedas la mano de la religiosa, que padecía sintiendo aquel sudor.

—Ha salido esta mañana para París, y en verdad que no tiene necesidad de pasar por París. Montfermeil está un poco a la izquierda al venir. ¿Os acordáis cómo me decía ayer cuando yo le hablaba de Cosette: «Pronto, pronto»? Me quería dar una sorpresa. Ya sabéis que me había hecho firmar una carta para recogerla de los Thenardier. No dirán nada, ¿no es verdad?, y entregarán a Cosette, porque se les paga. Las autoridades no consentirían que se quedasen con la niña habiéndoles pagado. Hermana, no me hagáis señas para que no hable. Soy muy feliz. Voy muy bien. Ya no estoy mala. Voy a ver a Cosette; hasta tengo hambre. Hace más de cinco años que no la veo. ¡Vosotras no podéis figuraros cómo se quiere a los hijos! ¡Estará tan hermosa! ¡Tiene unos dedos rosados tan pequeñitos! ¡Tendrá ahora unas manos tan bonitas! ¡Al año tenía unas manos tan diminutas! ¡Ah, debe estar ya muy alta! Tiene siete años. Es una señorita. Yo la llamo Cosette, pero su nombre es Eufrasia. Esta mañana estaba yo mirando el polvo que había en la chimenea y estaba pensando en que la vería pronto. ¡Dios mío! ¡Qué triste es pasar muchos años sin ver a un hijo! Porque es preciso conocer que la vida no es eterna. ¡Oh, qué bueno es el señor alcalde, que ha ido por ella! ¿Es verdad que hace mucho frío? ¿Habrá llevado su capa, por lo menos? Vendrá mañana, ¿no es cierto? Mañana será un día de fiesta. Mañana por la mañana, hermana mía, me recordaréis que me ponga la papalina de encaje. Yo he andado el camino de Montfermeil a pie. El señor alcalde ha ido muy lejos por mí; pero las diligencias van muy de prisa. Mañana estará aquí con Cosette. ¿Cuánto hay de aquí a Montfermeil?

La hermana, que no tenía idea alguna de las distancias, respondió:

—Creo que podrá estar de vuelta mañana.

—¡Mañana, mañana! —dijo Fantina—. ¡Veré a mi Cosette mañana! Ya veis, buena religiosa de Dios misericordioso, que no estoy mala. Estoy loca.

El que la hubiera visto un cuarto de hora antes la habría desconocido. Estaba sonrosada, hablaba en voz viva y natural; todo su semblante se había convertido, por decirlo así, en una sonrisa. Reíase por momentos, hablando en voz baja. Alegría de madre, que es casi alegría de niño.

—Vamos —dijo la religiosa—, ya sois feliz; obedecedme, no habléis más.

Fantina echó la cabeza en la almohada y dijo a media voz:

—Sí, échate, ten paciencia, porque vas a ver a tu hija. Sor Simplicia tiene razón. Todos los que están aquí tienen razón.

Y después, sin moverse, sin menear la cabeza, miró a todas partes con sus grandes ojos abiertos y aire alegre, y no habló más.

La hermana cerró las cortinas creyendo que se dormiría.

Entre siete y ocho llegó el médico. No oyendo ningún ruido, creyó que Fantina dormía; entró con cuidado y se acercó de puntillas a la cama. Separó un poco las cortinas y descubrió los grandes ojos de Fantina que le miraban tranquilamente.

La joven le dijo:

—¿No es verdad que dejaréis que la acueste a mi lado en una camita?

El médico creyó que deliraba. Ella añadió:

—Mirad, hay el sitio justo.

El médico llamó aparte a sor Simplicia, que le explicó todo, diciéndole que el señor Magdalena se había marchado por uno o dos días, y que en la duda no habían creído conveniente desengañar a la enferma, que creía había ido a Montfermeil, además de que podía ser verdad.

El médico lo aprobó, y acercándose a la cama oyó que Fantina decía:

—Ya veréis; cuando despierte por la mañana le daré los buenos días, y por la noche, como no duermo, la veré dormir. Su tranquilo sueño me hará un gran bien.

—Dadme la mano —dijo el médico.

Extendió el brazo y exclamó riendo:

—¡Ah! Es verdad. ¿No lo sabéis? Ya estoy buena. Cosette llega mañana.

El médico se sorprendió. Estaba mejor, la opresión era menor, el pulso había tomado su primitiva fuerza. Una especie de nueva vida reanimaba aquel cuerpo desfallecido.

—Señor doctor —dijo la enferma—, ¿os ha dicho ya la hermana que el señor alcalde ha ido a buscar a mi cariñito?

El médico recomendó el silencio y que se evitase toda emoción penosa. Recetó una infusión de quinina pura, y para el caso en que volviese la fiebre a la noche, una poción calmante. Al marcharse dijo a la hermana:

—Esto va mejor. Si el señor alcalde viniese mañana con la niña, ¿quién sabe? Hay crisis tan asombrosas, se han visto curas hechas por grandes alegrías, y aunque sé que ésta es una enfermedad orgánica muy adelantada, sé también que hay en esto mucho misterioso. Tal vez se salvaría.

* * *

Eran cerca de las ocho de la noche cuando la tartana que hemos dejado en el camino entró por la puerta cochera de la casa de postas de Arras. El hombre a quien hemos seguido hasta ese momento se apeó, respondió con aire distraído a los cuidados de los criados de la posada, despidió al postillón con el caballo de refresco que había llevado y condujo por sí mismo el blanco a la cuadra; después empujó la puerta de una sala baja y se sentó, apoyando los codos en la mesa. Había empleado catorce horas en un viaje en que sólo esperaba emplear seis. Decíase que no era suya la culpa, pero en el fondo no lo sentía.

La posadera entró.

—¿Queréis comer o acostaros?

El viajero hizo un signo negativo.

—El mozo dice que vuestro caballo está muy cansado.

Aquí rompió el silencio.

—¿No podrá volver a viajar mañana por la mañana?

—¡Oh! Necesita por lo menos dos días de descanso.

—¿No es ésta la casa de postas? —preguntó.

—Sí, señor.

La posadera le llevó al despacho, donde presentó su pasaporte y preguntó si podía ir aquella noche a M., a orillas del M., en el correo. Precisamente el asiento estaba desocupado y le tomó.

—Caballero —dijo el empleado—, no faltéis a la una en punto.

Después salió de la posada y empezó a andar por la población.

No había estado nunca en Arras; las calles estaban oscuras, iba a la ventura; pero se obstinaba en no preguntar a los transeúntes. Pasó el riachuelo Crinchon y se encontró en un dédalo de callejuelas en que se perdió; pero viendo a un hombre con un farol se decidió a preguntarle, no sin haber antes mirado a derecha e izquierda, como si temiera que alguien oyese su pregunta.

—Amigo —dijo—, ¿me haréis el favor de decir dónde está la Audiencia?

—¿No sois de aquí? —respondió el transeúnte, que era un viejo—. Pues bien, seguidme. Voy precisamente hacia la Audiencia; es decir, hacia la Prefectura, porque están ahora reparando la Audiencia y los Tribunales están en la Prefectura.

—¿Y allí se ven las causas?

—Sin duda, caballero; la Prefectura era el palacio del obispo antes de la Revolución. El señor de Conizé, que era obispo el año 82, hizo una gran sala, que es donde hoy se reúne el Tribunal.

Por el camino el hombre continuó:

—Si es una causa lo que queréis ver, ya es tarde, porque suelen concluir a las seis.

Pero cuando llegaron a la plaza el hombre le enseñó cuatro grandes ventanas iluminadas en la fachada de un vasto y tenebroso edificio.

—A fe que llegáis a tiempo —añadió—; tenéis fortuna. ¿Veis esas cuatro ventanas? Son de la sala del Tribunal. Hay luz; por tanto, no deben haber concluido. Será largo el negocio y tendrán audiencia de noche. ¿Tenéis interés en esta causa? ¿Es causa criminal? ¿Sois testigos?

Respondió:

—No vengo a ninguna causa, sino que tengo que hablar a un abogado.

—Eso es otra cosa —dijo el hombre—. Ésa es la puerta, donde está el centinela. No tenéis que hacer más que subir la escalera principal.

Siguió las indicaciones del viejo y algunos minutos después estaba en una sala, donde había mucha gente y varios grupos, compuestos en parte de abogados con toga, que cuchicheaban acá y allá.

Es cosa que oprime el corazón ver esos grupos de hombres vestidos de negro que hablan en voz baja a la puerta de la sala del Tribunal. Es muy raro encontrar caridad y compasión en sus palabras; en cambio, salen con frecuencia condenas anticipadas.

La sala era una espaciosa habitación alumbrada por una sola lámpara; había sido una sala del palacio del obispo y servía de antecámara al Tribunal. Una puerta de dos hojas, cerrada en aquel momento, la separaba de la sala en que se reunían los jueces para deliberar.

La oscuridad era tal que el viajero no temió dirigirse al primer abogado que encontró.

—Caballero —le dijo—, ¿en qué están?

—Ya acabó —dijo el abogado.

—¿Se acabó?

Dijo esta palabra con tal acento que el abogado se volvió.

—¿Sois tal vez algún pariente?

—No. No conozco a nadie. ¿Ha habido condena?

—Sí. No era posible otra cosa.

—¿A presidio?

—A galera perpetua.

—¿Se ha probado la identidad? —dijo con voz tan débil que apenas se le oía.

—¿Qué identidad? —contestó el abogado—. No había ninguna identificación que hacer. Esa mujer había matado a su hijo. Se ha probado el infanticidio. El Jurado ha desechado el cargo de premeditación, y ha sido condenada a galera por toda su vida.

—¿Pero es una mujer? —dijo.

—Ciertamente. La Limosin. ¿Pues de qué habláis?

—De nada. Pero supuesto que han acabado, ¿por qué está aún la sala iluminada?

—Por el otro proceso que ha empezado hace cerca de dos horas.

—¿Cuál?

—¡Oh! Ése es muy claro también. Un pícaro, un reincidente, un presidiario que ha robado. No sé su nombre; pero tiene cara de bandido. Sólo por su figura le enviaría yo a presidio.

—¿Y hay medio de entrar en la sala?

Creo que no. Hay mucha gente. Sin embargo, se ha suspendido la audiencia. Han salido algunas personas, y al volverse a abrir podéis probar.

—¿Por dónde se entra?

—Por esa puerta grande.

El abogado le dejó. En pocos instantes, casi simultáneamente, había experimentado todas las emociones posibles. Las palabras indiferentes de aquel abogado le habían atravesado el corazón como agujas de hielo, como puntas de fuego. Cuando supo que aún no había acabado la causa, respiró; pero no hubiera podido decir si lo que sentía era alegría o dolor.

Se acercó a algunos grupos y escuchó lo que decían. Habiendo muchas causas, el presidente había señalado para aquel día dos de las más sencillas y breves. Se había visto primero la del infanticidio, y entonces se veía la del presidiario, del reincidente, del «caballo de retorno». Aquel hombre había robado unas manzanas, pero esto no estaba bien probado; lo que estaba bien probado era que había sido presidiario en Tolón. Esto era lo que daba mal giro a su negocio. Habían terminado el interrogatorio y las declaraciones de los testigos; pero faltaba aún la acusación del ministerio público y la defensa del abogado, con lo cual llegarían las doce de la noche tal vez antes de que se concluyera la vista. El acusado saldría probablemente condenado. El fiscal era muy elocuente y no perdía ningún negocio de éstos. Era un joven de talento que hacía versos.

Cerca de la puerta y de pie estaba un portero, a quien preguntó nuestro viajero:

—¿Se abrirá pronto la puerta?

—No se abrirá.

—¡Cómo! ¿No se volverá a abrir cuando continúe la vista? ¿No está suspendida?

—La vista continúa ya; pero la puerta no se abrirá.

—¿Por qué?

—Porque está llena la sala.

—¡Y qué! ¿No hay un solo sitio?

—Ni uno. La puerta está cerrada y nadie puede entrar.

El portero añadió, después de un momento de silencio:

—Sólo hay dos o tres sitios detrás del señor presidente; pero allí sólo entran los funcionarios públicos.

Y diciendo esto volvió la espalda.

Nuestro hombre se retiró con la cabeza baja, atravesó la antecámara y bajó la escalera lentamente, como dudando en cada escalón. Es probable que tuviera una especie de consejo consigo mismo. La violenta lucha que se verificaba en su interior desde la víspera no había concluido; a cada momento entraba en una nueva peripecia. Cuando llegó a la meseta de la escalera se arrimó a la barandilla y cruzó los brazos. De repente se desabrochó la levita, sacó su cartera, cogió un lápiz, arrancó una hoja y escribió rápidamente a la luz del farol estas palabras: «El señor Magdalena, alcalde de M.» Después subió la escalera con precipitación, atravesó la multitud, se dirigió al portero, le dio el papel y le dijo con voz de mando:

—Entrad esto al señor presidente.

El portero tomó el papel, lo miró y obedeció.

* * *

El alcalde de M. había adquirido, sin él saberlo, cierta celebridad. Hacía diez años que su reputación de virtud se extendía por el Bajo Boloñés y había pasado los límites de tan pequeña comarca, llegando a las dos o tres provincias próximas. Además del gran servicio que había hecho a la capital, reformando la industria de los abalorios negros, no había ni uno de los ciento cuarenta y un ayuntamientos del distrito que no le debiese algún beneficio, porque también había ayudado y protegido la industria de los demás distritos. Había sostenido con su crédito y sus fondos la fábrica de tules de Boloña, la de hilados de lino a máquina de Frevent y los telares hidráulicos de Boubers de Río Cauche. En todas partes se pronunciaba con veneración su nombre. Arras y Douai envidiaban su alcalde a la pequeña población de M.

El magistrado de la Audiencia de Douai, que presidía el Tribunal de Arras, conocía como todo el mundo aquel nombre, tan profunda y universalmente respetado, y
cuando el portero, abriendo discretamente la puerta que comunicaba con la sala de
vista, se inclinó detrás del sillón del presidente y le dio el papel que acabamos de
leer, añadiendo: «Este caballero desea asistir a la vista», el presidente hizo un movimiento de deferencia, cogió la pluma, escribió algunas palabras en el mismo papel
y se lo dio al portero, diciendo: «Que entre.»

El desgraciado cuya vida vamos refiriendo se había quedado de pie en la puerta de la sala, en el mismo sitio y en la misma actitud en que el portero le había dejado, y oyó en medio de su meditación una voz que le decía: «¿Queréis hacerme el
honor de seguirme?»

Era el portero, que le había vuelto la espalda un instante antes, y que a la sazón
le saludaba profundamente. Le dio el papel, él lo desdobló, y como estaba cerca de
la lámpara pudo leer: «El presidente del Tribunal presenta sus respetos al señor Magdalena.»

Restregó el papel entre sus manos, como si aquellas palabras tuviesen para él
un sabor extraño y amargo, y siguió al portero.

Algunos minutos después estaba en una especie de gabinete de aspecto severo,
alumbrado por dos bujías que había encima de una mesa cubierta de un tapete verde.
Aún tenía en los oídos las últimas palabras del portero que acababa de dejarle: «Caballero, ésta es la sala de las deliberaciones; no tenéis que hacer más que tocar el botón
de cobre de esa puerta y os hallaréis en la sala del Tribunal, detrás del señor presidente.» Estas palabras se mezclaban en su pensamiento con un recuerdo vago de
los negros corredores y estrechas escaleras que acababa de recorrer.

El portero le había dejado solo. Había llegado el momento supremo. Trataba de
recogerse en sí mismo y no podía conseguirlo. En los momentos en que el hombre
tiene más necesidad de pensar en las realidades dolorosas de la vida, es precisamente cuando los hilos del pensamiento se rompen en el cerebro. Estaba en el mismo
sitio en que los jueces deliberan y condenan. Miraba con tranquilidad estúpida aquel
aposento pacífico y temible en que se habían roto tantas vidas, en que iba a resonar
su nombre y que su destino atravesaba en aquel momento. Miró después a la pared,
se miró a sí mismo, asombrándose de estar en aquel sitio y de ser él mismo.

No había comido hacía veinticuatro horas; estaba rendido del movimiento del
carruaje, pero no lo sentía, le parecía que no sentía nada.

Se aproximó a la pared y se paró ante un cuadro negro que contenía, cubierto
con un cristal, una carta autógrafa de Juan Nicolás Pache, corregidor de París y
ministro, fechada, sin duda por una equivocación, el 9 de «junio» del año II, y en
la cual Pache enviaba al Ayuntamiento la lista de los ministros y diputados arresta-
dos en sus casas respectivas. Si alguno le hubiera visto en aquel momento, habría
creído, sin duda, que aquella carta le interesaba, porque no separaba sus ojos de ella,
después de haberla leído dos o tres veces. Pero la leyó sin poner por su parte atención alguna. Pensaba en Fantina y en Cosette.

Sin dejar su meditación, se volvió y vio el botón de cobre de la puerta que le separaba de la sala. Casi se había olvidado de la tal puerta. Detúvose su mirada, hasta
entonces tranquila, en aquel botón; se extravió después y poco a poco se fue llenando de espanto. Gruesas gotas de sudor salían de sus cabellos y corrían por sus sienes.

Lanzó después, con cierta especie de autoridad, y al mismo tiempo de rebelión,
un grito indescriptible que quería decir: «¡Pardiez! ¿Quién me obliga a mí?» Se volvió vivamente, vio la puerta por donde había entrado, se dirigió a ella, la abrió y
salió. Ya no estaba en aquel cuarto; estaba fuera. Se encontró en un pasillo largo,
estrecho, cortado por escalones y postigos que formaban toda clase de ángulos, y
alumbrado aquí y allá por faroles parecidos a lamparillas de enfermos; era el pasillo por donde había entrado. Respiró, escuchó, no oyó nada por ningún lado y huyó
como si le persiguieran.

Cuando hubo recorrido algunos recodos del pasillo escuchó de nuevo. El mismo silencio y la misma sombra le rodeaban. Estaba sofocado, temblaba; tuvo que apoyarse en la pared. La piedra estaba fría; helóse el sudor en su frente, y se enderezó temblando.

Entonces, solo, de pie en aquella oscuridad, tembló de frío y quizá también de otra cosa. Meditó.

Había estado meditando toda la noche, todo el día; sólo podía oír una voz que le decía: «¡Ay de ti!»

Así pasó un cuarto de hora. Por fin inclinó la cabeza, suspiró con angustia, dejó caer los brazos y volvió atrás. Anduvo lentamente y como oprimido de algún paso, como si alguno lo hubiese cogido en su fuga y lo volviese.

Entró de nuevo en la sala de las deliberaciones, y lo primero que vio fue el botón de la puerta, que era de cobre pulimentado y que resplandecía, para él, como una estrella horrible. Lo miró como una oveja puede mirar a un tigre.

No podía separar los ojos de aquel botón.

De rato en rato daba un paso y se acercaba a la puerta.

Si hubiera escuchado habría sido una especie de murmullo confuso, el ruido de la sala; pero ni oía ni escuchaba.

De pronto, sin saber cómo, se encontró cerca de la puerta y oprimió convulsivamente el botón, la puerta se abrió.

Estaba en la sala de la Audiencia.

Dio un paso, cerró maquinalmente la puerta detrás de sí y quedó en pie, examinando lo que veía.

Era la sala un vasto recinto iluminado apenas, ya silencioso, ya lleno de un vago rumor, todo el aparato de un proceso criminal se desplegaba, con su mezquina y lúgubre gravedad, en medio de la multitud.

En un extremo de la sala, precisamente en el mismo que él estaba, los jueces, con aire distraído, con la toga usada, se mordían las uñas o cerraban los párpados; en el otro extremo, una multitud desarrapada; abogados en toda clase de actitudes, soldados de fisonomía tan dura como honrada, un entarimado lleno de manchas, un techo sucio, mesas cubiertas de un paño más amarillo que verde, puertas ennegrecidas por las manos, algunos clavos en la pared, quinqués tabernarios que daban más tufo que claridad; en las mesas, algunas velas de sebo en candeleros de cobre; la oscuridad, la fealdad, la tristeza y todo esto producía una impresión grave y augusta, porque se descubría esa gran cosa humana que se llama ley, y esa gran cosa divina que se llama justicia.

En toda aquella gran multitud nadie hizo caso de él. Todas las miradas se fijaban en un punto único, en un banco de madera situado cerca de una puertecilla a la izquierda del presidente. En aquel banco, alumbrado por varias velas, había un hombre entre dos gendarmes.

Aquel era el acusado.

No lo buscó, lo vio. Sus ojos se dirigieron allí naturalmente, como si antes hubiesen visto ya el sitio que ocupaba.

Y creyó verse a sí mismo envejecido, no con su mismo rostro, pero con el mismo aspecto, con sus cabellos erizados, con aquella mirada salvaje e inquieta, con aquella blusa que llevaba el día que entró en D., lleno de odio y ocultando en su alma aquel espantoso tesoro de pensamientos horribles acumulados en tantos años de presidio.

Y se dijo, estremeciéndose: «¡Dios mío! ¿Me convertiré yo en eso?»

Aquel hombre parecía tener por lo menos sesenta años; había en su aspecto un no sé qué de rudeza, de estupidez, de espanto.

Al ruido de esta puerta, el presidente volvió la cabeza y, conociendo que el que acababa de entrar era el alcalde de M., le saludó. El fiscal, que había visto al señor Magdalena en M., adonde las funciones de su ministerio lo habían llamado alguna

151

vez, le conoció y le saludó también. Él apenas lo notó. Estaba sometido a una especie de alucinación: miraba solamente.

Hacía veintisiete años había visto lo mismo que entonces: a los jueces, al escribano, a los gendarmes, a aquella multitud de cabezas cruelmente curiosas. Volvía a encontrar aquel espectáculo lúgubre; las mismas cosas que existían, que se movían, que vivían. Aquello no era un esfuerzo de su memoria ni una pintura de su imaginación: eran verdaderos gendarmes, verdaderos hombres de carne y hueso. Aquéllo existía, evidentemente: veía reaparecer, revivir en toda su horrible realidad las escenas monstruosas de su pasado.

Todo esto era lo que tenía delante de sí.

Se sintió horrorizado, cerró los ojos, y exclamó en lo más profundo de su alma: «¡Nunca!»

Y por un capricho trágico de su destino que le estremecía y casi le volvía loco, tenía delante a otro que era él mismo. Aquel hombre a quien estaban juzgando lo conocían todos por Juan Valjean.

Tenía ante sus ojos, visión extraordinaria, la escena más horrible de su vida representada por su fantasma.

Todo era lo mismo: el mismo aparato, la misma hora de la noche, casi las mismas caras de los jueces, de los soldados y de los espectadores. Solamente encima de la cabeza del presidente había un crucifijo que no había en los Tribunales cuando él fue condenado. Entonces Dios estaba ausente.

Había detrás de él una silla; se dejó caer en ella, temiendo que pudieran verle, y se aprovechó de un legajo de papeles que había en la mesa de los jueces para ocultar su rostro a los espectadores. Podía, pues, ver sin ser visto. Entonces entró en el sentimiento de la realidad y se repuso. Llegó a esa fase de calma en que se puede escuchar.

El señor Bamatabois era uno de los jurados.

Buscó a Javert y no lo encontró. La mesa del escribano le ocultaba la vista del banco de los testigos, y además, según hemos dicho ya, la sala estaba poco alumbrada.

En el momento en que entró, el defensor acababa su peroración. La atención de los espectadores se hallaba muy excitada; la vista había durado ya tres horas. Hacía tres horas que aquella muchedumbre veía encorvarse poco a poco, bajo el peso de una semejanza horrible, a un hombre, a un desconocido, a un ser miserable, profundamente estúpido o profundamente hábil. Aquel hombre era un vagabundo que había sido cogido en el campo con una rama cargada de manzanas maduras arrancada de un manzano de un cercado próximo, llamado el cercado de Pierron. ¿Quién era aquel hombre? Habíase procedido a una investigación; habían sido oídos los testigos, habían estado conformes y los hechos se habían aclarado. La acusación decía:

—No solamente tenemos aquí un ladrón de frutos, un merodeador; tenemos en nuestras manos un bandido, un relapso, un antiguo presidiario, un malvado de los más peligrosos, un malhechor llamado Juan Valjean, a quien persigue la justicia hace mucho tiempo, y que hace ocho años, al salir del presidio de Tolón, cometió un robo en despoblado a mano armada en la persona de un muchacho llamado Gervasillo; crimen previsto por el artículo 383 del Código Penal, por cuyo crimen nos reservamos juzgarle cuando se haya averiguado la identidad legal de su persona. Acaba de cometer un nuevo robo, lo que constituye la reincidencia. Condenadlo ahora por el último crimen; luego será juzgado por el antiguo.

El acusado seguía como asombrado ante esta acusación y ante la unanimidad de los testigos. Hacía gestos y signos negativos o miraba atentamente al techo. Hablaba con trabajo y respondía con embarazo; pero toda su persona, desde los pies a la cabeza, negaba los hechos alegados. Estaba como un idiota en presencia de aquellas inteligencias formadas en batalla en derredor suyo, como un extranjero en medio de aquella sociedad que le cercaba. Y, sin embargo, de allí podía salir para él un porvenir terrible; la verosimilitud crecía por momentos, y aquella multitud miraba con más ansiedad que él mismo la sentencia, llena de calamidades, que amenazaba su cabeza más y más. Una eventualidad dejaba entrever posible la pena de muerte si se reconocía la identidad, si sobre el robo de Gervasillo recaía una condena. ¿Qué era, pues, aquel hombre? ¿De qué naturaleza era su apatía? ¿Era imbécil o astuto? ¿Comprendía demasiado o no comprendía nada? Cuestiones que dividían a la multitud y que parecía dividían también al Jurado. En aquel proceso había error o intriga; el drama era no sólo sombrío, sino oscuro.

El defensor había hablado bastante bien en ese lenguaje provinciano que ha sido por mucho tiempo la elocuencia del Foro, que usaban en otro tiempo los abogados, lo mismo en París que en Romorantin o en Montbrison, y que hoy, habiéndose hecho clásico, lo practican sólo los oradores, a quienes conviene por su sonora gravedad y su frase majestuosa; lenguaje en que el marido se llama «esposo»; la mujer, «esposa»; París, «el centro de las artes y de la civilización»; el rey, «el monarca»; el obispo, «un santo pontífice»; el fiscal, «el elocuente intérprete de la vindicta pública»; los oradores, «la voz que acaba de oírse»; el siglo de Luis XVI, «el gran siglo»; un teatro, «el templo de Melpómene»; la familia reinante, «augusta sangre de nuestros reyes»; un concierto, «una solemnidad musical»; el comandante general de la provincia, «el ilustre guerrero que, etc.»; los alumnos del seminario, «esos tiernos levitas»; los errores imputados a los periódicos, «la impostura que destila su veneno en las columnas de esos órganos», etc., etc.; el abogado, pues, había empezado por el robo de manzanas, cosa difícil para un buen estilo; pero el mismo Benigno Possuet se vio obligado a aludir a una gallina en una oración fúnebre, y lo hizo con elocuencia. El abogado había sentado que el robo de las manzanas no estaba suficientemente probado. Su cliente, a quien como defensor persistía en llamar Champmathieu, no había sido visto al escalar la pared ni al romper la rama. Había sido cogido con esta rama, que el abogado llamaba con más gusto «ramo»; pero él decía que la había encontrado en el suelo y recogido. ¿Dónde estaba la prueba de lo contrario? Sin duda esta rama había sido arrancada, robada después de un escalamiento y arrojada por el ladrón, atemorizado; sin duda había habido un ladrón, pero ¿qué probaba que este ladrón fuera Champmathieu? Una sola cosa. Que había sido presidiario. El abogado no negaba que esto parecía, desgraciadamente, bien probado: el acusado había residido en Faverolles, el acusado había sido podador, el nombre de Champmathieu podía muy bien tener por origen Juan Mathieu. Todo esto era verdad. Además, cuatro testigos reconocían, sin duda alguna, positivamente, en Champmathieu al presidiario Juan Valjean.

A estas indicaciones, a estos testimonios, el abogado no podía oponer más que la negativa de su cliente, negativa interesada; pero aun suponiendo que fuese Juan Valjean, ¿probaba esto que fuese el autor del robo de manzanas? Esto era a lo más una presunción, no una prueba. El defensor, «en su buena fe», debía convenir en que el acusado había adoptado «un mal sistema de defensa». Se obstinaba en negarlo todo: el robo y su condición de presidiario. La confesión en este último punto hubiera sido mucho mejor, y de seguro le hubiera granjeado la indulgencia de los jueces; su defensor le había aconsejado, pero el acusado se había negado obstinadamente, creyendo sin duda salvarse negándolo todo. Esto estaba mal hecho, pero ¿no debía tenerse en cuenta su escasa inteligencia? Aquel hombre era visiblemente estúpido. Su larga permanencia en el presidio, su gran miseria fuera de él, le habían embrutecido, etc.; se defendía mal, pero ¿era ésta una razón para condenarle? En cuanto al robo de Gervasillo, el abogado no tuvo que hablar de él, porque no estaba en la causa. El abogado concluía suplicando al Jurado y al Tribunal que si creían probada la identidad de Juan Valjean le aplicasen la corrección de policía que se aplica a los transgresores de un bando, y no el castigo terrible de un reincidente.

El fiscal contestó al defensor. Estuvo violento y florido, como están habitualmente los fiscales.

Felicitó al defensor por su «lealtad», se aprovechó de ella débilmente y atacó al acusado por todas las concesiones que había hecho. El abogado parecía haber concedido que el acusado era Juan Valjean, y el fiscal tomó acta de estas palabras. Esta parte de la acusación era, pues, un hecho aceptado y no podía negarse. Después, por una hábil antonomasia, remontándose al origen y causas de la criminalidad, tronó contra la inmoralidad de la escuela romántica, que estaba entonces en su apogeo bajo el nombre de «escuela satánica», que le habían dado los críticos de la «Quottidienne» y del «Oriflamme»; atribuyó, no sin verosimilitud, a la influencia de esta literatura perversa el delito de Champmathieu, o, por mejor decir, de Juan Valjean. ¿Quién era este Juan Valjean? Un monstruo vomitado, etc. El modelo de esta clase de descripciones se halla en la relación de Teramenes, que no es útil en la tragedia, pero presta diariamente grandes servicios a la elocuencia forense. El auditorio y los jurados se «estremecieron». Acabada esta descripción, el fiscal continuó con un movimiento oratorio, a propósito para excitar hasta lo sublime al día siguiente el entusiasmo del diario de la Prefectura: «¡Y es un hombre semejante, vagabundo, mendigo, sin medios de existencia, etc., etc., acostumbrado a las acciones criminales, poco corregido por su estancia en el presidio, como lo prueba el crimen cometido contra Gervasillo, etc., etc.! ¡Y es un hombre semejante el que, cogido en la vía pública en flagrante delito de robo, a algunos pasos de una pared escalada, teniendo aún en la mano el cuerpo del delito, todavía niega el robo y el escalamiento, y lo niega todo, todo, hasta su nombre, hasta su identidad! Además de mil pruebas que no hay para qué repetir, le reconocen cuatro testigos: Javert, el inspector de policía, y tres de sus antiguos compañeros de ignominia, los presidiarios Brevet, Chenildieu y Cochepaille. ¿Qué puede oponerse a esta unanimidad? ¡Y niega! ¡Qué endurecimiento! Señores jurados, haréis justicia. Etc.» Mientras hablaba el fiscal, el acusado escuchaba con la boca abierta, con una especie de asombro no exento de admiración. Estaba indudablemente sorprendido de que un hombre pudiese hablar así. De rato en rato, en los momentos más «enérgicos» de la acusación, en aquellos instantes en que la elocuencia que no puede contenerse se desborda en un torrente de epítetos y rodea al acusado como una tempestad, movía lentamente la cabeza de derecha a izquierda y de izquierda a derecha, como haciendo una especie de triste y muda protesta, con que se contentaba desde el principio de la vista. Los espectadores que estaban próximos a él le oyeron decir dos o tres veces a media voz:

—¡Ved aquí el resultado de no haberse informado del señor Balouq!

El fiscal hizo notar al Jurado esta actitud estúpida, calculada evidentemente, y que denotaba, no la imbecilidad, sino la astucia, el hábito de engañar a la justicia, que ponía en evidencia «la profunda perversidad» de aquel hombre, y terminó reservándose para el asunto de Gervasillo y pidiendo un severo castigo.

Por lo pronto, éste era, como hemos dicho, la cadena perpetua.

El defensor se levantó: empezó por cumplimentar al «ministerio público» por su «admirable palabra», y después contestó como pudo, pero débilmente; conocía que se hundía el terreno bajo sus pies.

* * *

Llegó el momento de cerrar el debate. El presidente mandó levantar al acusado y le hizo la pregunta de costumbre:

—¿Tenéis algo que alegar en defensa propia?

El hombre se puso en pie dando vueltas entre sus manos al gorro, como si no hubiese entendido la pregunta.

El presidente la repitió.

Entonces la oyó el acusado; pareció que la había comprendido. Hizo un movimiento como si se despertase de un sueño, paseó la vista alrededor, miró al público, a los gendarmes, a su abogado, a los jurados, al Tribunal; puso su monstruosa mano sobre la barandilla que había delante de su banquillo, miró de nuevo y luego, dirigiendo la vista al fiscal, empezó a hablar. Habló como un torrente; las palabras se escapaban de su boca incoherentes, impetuosas, atropelladas, confusas, como si acudiesen en tropel a sus labios para salir de una vez. Véase lo que dijo:

—Tengo que decir algo. Yo he sido carretero en París y he estado en casa del señor Balouq. Mi profesión era muy dura. Los carreteros trabajan siempre al aire libre, en patios o bajo cobertizos en los buenos talleres; pero nunca en sitios cerrados, porque necesitan mucho espacio. En el invierno pasan tanto frío que tiene uno que golpearse los brazos para calentarse; pero esto no gusta a los maestros, porque dicen que se pierde tiempo. Manejar el hierro cuando están heladas las calles es muy duro. Así se acaban pronto los hombres y se hace uno viejo cuando aún es joven. A los cuarenta años, hombre gastado. Yo tenía cincuenta y tres y lo pasaba muy mal. ¡Y después son tan malos los obreros! Cuando uno no es joven le llaman por cualquier cosa «¡pícaro viejo, burro viejo!». Yo no ganaba más que treinta sueldos al día; me pagaban lo menos que podían; los maestros se aprovechaban de mi edad. Además, yo tenía una hija que era lavandera del río; ganaba poco pero los dos íbamos tirando. Mas ella tenía mucho trabajo también. Estaba todo el día metida en una banca hasta medio cuerpo, con lluvias, con nieves, con un viento que cortaba la cara. Cuando helaba era lo mismo: tenía que lavar, porque hay mucha gente que no tiene bastante ropa y espera ser servida en seguida, y si no lavaba perdía los parroquianos. Las tablas están muy mal juntas y entra el agua por todas partes. Los vestidos se mojaban todos por arriba y por abajo, el agua le penetraba. Lavó también algún tiempo en el hospital de los niños expósitos, adonde llega el agua por caños. Allí no hay bancas. Se lava delante del caño y se aclara en el estanque. Como allí está cerrado se tiene menos frío; pero la colada de agua caliente es muy mala y hace perder la vista. Venía la pobre a las siete de la noche y se acostaba porque estaba rendida. Su marido la pegaba. Ha muerto ya. Hemos sido muy desgraciados. Era una joven que no iba a los bailes, siempre en su casa. Me acuerdo de un Martes de Carnaval en que estaba acostada a las ocho. Ahí tenéis. Yo digo la verdad. No tenéis que hacer más que preguntarme. ¡Ah! Sí, preguntad. ¡Yo soy muy torpe! París es un infierno. ¿Quién conoce al tío Champmathieu? Ya os he dicho que el señor Balouq. Preguntad en casa de Balouq. No sé qué más me queréis.

El hombre se calló y permaneció en pie. Había hablado con voz alta, ronca, precipitada, dura, con una especie de sencillez irritada y salvaje. Una vez se interrumpió para saludar a alguien entre los espectadores. Las afirmaciones que lanzaba, por decirlo así, de su boca salían como una especie de hipo violento, y acompañaba cada una con un gesto parecido al que hace un leñador al hender la madera. Así que acabó, el auditorio se echó a reír. Él miró al público, vio que se reía y, no comprendiendo nada, se echó a reír también.

Triste era aquel espectáculo.

El presidente, que era un hombre atento y benévolo, habló a su vez.

Recordó a los «señores jurados» que el señor Balouq, antiguo maestro carretero con quien había trabajado el acusado, había sido citado inútilmente. Estaba en quiebra y no había podido ser hallado.

Después, volviéndose al acusado, le aconsejó que oyera lo que iba a decirle, y añadió:

—Vuestra situación exige que reflexionéis. Sobre vos pesan las más graves presunciones y os pueden traer consecuencias capitales. Por interés vuestro os requiero por última vez para que os expliquéis claramente sobre estos dos hechos: Primero, ¿habéis escalado la cerca de Pierron, roto una rama y robado manzanas; es decir, habéis cometido un robo con escalamiento? ¿Sí o no? Segundo, ¿sois el expresidiario Juan Valjean? ¿Sí o no?

El acusado movió la cabeza como si hubiese comprendido y supiese lo que iba a responder. Abrió la boca, se volvió hacia el presidente, y dijo:

—En primer lugar...

Después miró su gorra, miró al techo y se calló.

—Acusado —dijo el fiscal con severa voz—, estad atento. No respondéis a nada de lo que os preguntan. Vuestra turbación os condena. Es evidente que no os llamáis Champmathieu; que sois el presidiario Juan Valjean, oculto bajo el nombre de Juan Mathieu, que era el apellido de vuestra madre; que habéis estado en Auvernia y que sois natural de Faverolles, donde erais podador. Es evidente que habéis robado, con escalamiento, manzanas maduras en el cercado de Pierron. Los señores jurados apreciarán estos hechos.

El acusado se había sentado; pero de repente se levantó cuando acabó de hablar el fiscal, y gritó:

—¡Sois muy malo! Esto es lo que quería decir y no sabía cómo. Yo no he robado nada; soy un hombre que no puede comer todos los días. Venía de Ailly, iba por el camino después de una tempestad que había asolado el campo: los charcos se desbordaban y no se veían por encima de las arenas más que las puntas de la hierba; al lado del camino encontré una rama con manzanas en el suelo y la recogí sin saber que me traería un castigo. Hace tres meses que estoy preso y que me interrogan. Después de esto no sé qué decir. Se habla contra mí. Se me dice: «¡Responde!» El gendarme, que es un buen muchacho, me da con el codo y me dice por lo bajo: «Contesta.» Yo no sé explicarme; no he hecho estudios; soy un pobre. Esto es lo que es injusto no conocer. No he robado; he cogido del suelo una cosa. Decís Juan Valjean, Juan Mathieu; yo no los conozco. Serán aldeanos. He trabajado en casa del señor Balouq, en el bulevar del hospital. Me llamo Champmathieu. Sois muy mal intencionados al decirme dónde he nacido. Yo lo ignoro, porque no todos tienen una casa para venir al mundo. Esto sería muy cómodo. Creo que mi padre y mi madre andaban por los caminos, y no sé más. Cuando era niño me llamaban Pequeño; ahora me llaman Viejo. Éstos son mis nombres de bautismo. Tomadlo como queráis. Que he estado en Auvernia, que he estado en Faverolles. ¡Pardiez! ¿Y qué? ¿Es imposible haber estado en Auvernia y en Faverolles sin haber estado antes en presidio? Os digo que no he robado y que soy el tío Champmathieu. He estado en casa del señor Balouq, allí he vivido. Me estáis fastidiando con vuestras tonterías. ¿Por qué estáis encarnizados conmigo?

El fiscal había permanecido en pie y, dirigiéndose al presidente, le dijo:

—Señor presidente: Después de oír las negativas confusas y muy hábiles del acusado, que quiere pasar por idiota, pero que no lo conseguirá, se lo advertimos, pedimos al Tribunal se sirva mandar llamar de nuevo a los condenados Brevet, Cochepaille y Chenildieu, y al inspector de Policía Javert, para interrogarles por última vez acerca de la identidad del acusado y del presidiario Juan Valjean.

—Debo advertir al fiscal de su majestad —dijo el presidente— que el inspector Javert, llamado por sus obligaciones a la capital de un distrito próximo, ha dejado esta ciudad así que hizo su declaración. Le hemos dado licencia para ello con el consentimiento del ministerio público y del defensor del acusado.

—Es cierto, señor presidente —dijo el fiscal—. En ausencia del señor Javert creo que debo recordar a los señores jurados lo que ha declarado aquí mismo hace pocas horas. Javert es un hombre estimado que honra con rigurosa y estrecha probidud un cargo inferior, pero de importancia. Véase en qué términos ha declarado: «No tengo necesidad de presunciones morales ni de pruebas materiales que desmientan las negativas del acusado. Le conozco perfectamente. Este hombre no se llama Champmathieu. Es un antiguo presidiario, muy malo y muy temido, llamado Juan Valjean. Se le puso en libertad al terminar su condena, con sentimiento. Ha sufrido diecinueve años de trabajos forzados por robo calificado. Cinco o seis veces trató de escaparse. Además del robo de Gervasillo y de Pierron, sospecho que cometió otro en casa de su ilustrísima el difunto obispo de D. Le he visto muchas veces cuando era ayudante en Tolón. Repito que le conozco perfectamente.»

Esta declaración tan terminante produjo una viva impresión en el público y en el Jurado. El fiscal concluyó insistiendo en que a falta de Javert fuesen oídos de nuevo e interrogados solemnemente los tres testigos: Brevet, Cochepaille y Chenildieu.

El presidente dio una orden a un ujier, y un momento después se abrió la puerta del cuarto de los testigos. El ujier, acompañado de un gendarme, dispuesto a auxiliarle, introdujo al condenado Brevet. El auditorio estaba en suspenso. Todos los corazones palpitaban como si tuviesen una sola vida.

El presidiario Brevet llevaba el traje negro y gris de las prisiones centrales. Era un hombre de unos sesenta años, que tenía aire de pícaro y facha de hombre de negocios, cualidades que van juntas algunas veces. En la cárcel, adonde le habían llevado nuevos delitos, había llegado a ser calabocero o cosa semejante. Era un hombre cuyos jefes decían: «Quiere hacerse útil.» Los capellanes daban testimonio de sus costumbres religiosas. No debe olvidarse que esto sucedía en tiempo de la Restauración.

—Brevet —dijo el presidente—, habéis sufrido una pena infamante y no podéis jurar.

Brevet bajó los ojos.

—Pero aun en el hombre degradado por la ley puede quedar, cuando la misericordia divina lo permite, un sentimiento de honor y de equidad. Apelo a ese sentimiento en este instante decisivo. Si existe aún en vos, como creo, reflexionad antes de responderme; considerad, por un lado, que podéis perder a este hombre, y por otro, que podéis ayudar a la justicia. El instante es solemne y aún es tiempo de retractaros si os habéis equivocado. Acusado, levantaos. Brevet, mirad bien al acusado, reunid vuestros recuerdos y decid en vuestra conciencia si persistís en reconocer en este hombre a vuestro antiguo compañero de presidio Juan Valjean.

Brevet miró al acusado y después se volvió al Tribunal.

—Sí, señor presidente. Yo lo he conocido el primero y persisto en ello. Este hombre es Juan Valjean, que entró en el presidio de Tolón en 1796 y salió en 1815. Yo salí un año después. Ahora tiene el aire de bruto, lo cual consistirá en que le ha embrutecido la edad; en el presidio era muy socarrón. Le conozco positivamente.

—Id a vuestro asiento —dijo el presidente—. Acusado, seguid en pie.

Entró Chenildieu, presidiario perpetuo, como indicaba su chaqueta roja y su gorro verde. Sufría su pena en el presidio de Tolón, de donde había salido para declarar en esta causa. Era de pequeña estatura, como de cincuenta años, vivo, arrugado, amarillento, nervioso, descarado: tenía en todos sus miembros y en todo su cuerpo una especie de debilidad enfermiza, y en la mirada, una fuerza inmensa. Sus compañeros le llamaban «Niego a Dios».

El presidente le hizo las mismas preguntas que a Brevet. En el momento en que le recordó que su infamia no le permitía jurar, Chenildieu levantó la cabeza y miró al público descaradamente. El presidente le amonestó para que se reportara, y le preguntó, como a Brevet, si conocía al acusado.

Chenildieu soltó una carcajada.

—¡Vaya si le conozco! Hemos pasado cinco años atados a la misma cadena. ¿Te enfadas, antiguo camarada?

—Id a vuestro asiento —dijo el presidente.

El portero entró a Cochepaille, que era otro presidiario perpetuo, que venía del presidio vestido de rojo, lo mismo que Chenildieu; era natural de Lourdes, un semioso de los Pirineos. Había guardado un rebaño en la montaña, y de pastor había pasado a bandolero; no era menos salvaje y parecía más estúpido que el acusado. Era uno de esos seres desgraciados que la Naturaleza comienza a formar bestias feroces y la sociedad concluye haciéndolos presidiarios.

El presidente trató de conmoverle con algunas palabras patéticas y graves, y le preguntó, como a los otros dos, si persistía en creer sin duda alguna que conocía a aquel hombre.

—Es Juan Valjean —dijo Cochepaille—. Se le llamaba también Juan Cabria por lo fuerte que era.

Cada afirmación de estos tres hombres, evidentemente sinceros y de buena fe, había suscitado en el auditorio un murmullo de mal agüero para el acusado; murmullo que crecía y se prolongaba más tiempo cada vez que una nueva declaración venía a dar fuerza a la precedente. El acusado las había oído con esa expresión de asombro que, según la acusación, era su principal medio de defensa. Cuando oyó la primera, los gendarmes que estaban a su lado le oyeron bisbisar: «¡Ah, bien! ¡Ahí está uno!» Después de la segunda, dijo un poco más alto y con aire casi de satisfacción: «¡Bueno!» A la tercera exclamó: «¡Magnífico!»

El presidente le preguntó:

—Acusado ¿habéis oído? ¿Qué tenéis que decir?

Y respondió:

—Digo... que... ¡Magnífico!

En el público estalló un rumor que llegó hasta el Jurado. Era evidente que el hombre estaba perdido.

—Ujieres —dijo el presidente—, imponed silencio. Voy a resumir los debates para dar por terminada la vista.

En este momento hubo un movimiento al lado del presidente, y se oyó una voz que gritó:

—¡Brevet, Chenildieu, Cochepaille! ¡Mirad aquí!

Todos los que oyeron esta voz quedaron helados; tan lastimero, tan terrible era su acento. Todas las miradas se volvieron hacia el sitio de donde había salido. En el lugar destinado a los espectadores privilegiados había un hombre que acababa de levantarse y, atravesando la puertecilla de la baranda que lo separaba del Tribunal, se había puesto en pie en medio de la sala. El presidente, el fiscal, el señor Bamatabois, veinte personas lo conocieron y exclamaron a la vez:

—¡El señor Magdalena!

Era él en efecto. La luz del escribano iluminaba su rostro. Tenía el sombrero en la mano. Su traje no estaba descompuesto. Tenía la levita abotonada con esmero. Estaba muy pálido y temblaba ligeramente. Sus cabellos, grises aún en el momento que llegó a Arras, se habían vuelto completamente blancos. Había encanecido en una hora.

Todas las cabezas se volvieron. La sensación fue indescriptible. Hubo en el auditorio un momento de duda. La voz había sido tan penetrante y aquel hombre parecía tan tranquilo, que en el primer momento nadie comprendió lo que había pasado. Preguntáronse todos quién había gritado. No podía creerse que aquel hombre tan tranquilo fuese el que había dado un grito tan horroroso.

Esta duda no duró más que algunos segundos. Antes que el presidente y el fiscal hubiesen dicho una palabra, antes que los gendarmes y los ujieres hubiesen podido hacer un gesto, el hombre a quien todos llamaban aún el señor Magdalena se había adelantado hacia los testigos Cochepaille, Brevet y Chenildieu, y les había dicho:

—¿No me conocéis?

Los tres quedaron suspensos e indicaron con un movimiento de cabeza que no le conocían. Cochepaille, intimidado, hizo el saludo militar. El señor Magdalena se volvió hacia los jurados y dijo con voz tranquila:

—Señores jurados, mandad poner en libertad al acusado. Señor presidente, mandad que me prendan. El hombre a quien buscáis no es ése, soy yo. Yo soy Juan Valjean.

Ni una boca respiraba. A la primera conmoción de asombro había sucedido un silencio sepulcral. Sentíase en la sala ese terror religioso que sobrecoge a la multitud cuando va a verificarse alguna gran cosa.

Sin embargo, el rostro del presidente respiraba simpatía y tristeza; había cambiado un gesto rápido con el fiscal y algunas palabras en voz baja con los asesores. Se dirigió después al público y preguntó con un acento que fue comprendido por todos:

—¿Hay algún médico entre los circunstantes?

El fiscal tomó la palabra.

—Señores jurados: El extraño e inesperado incidente que acaba de pasar nos inspira, lo mismo que a vosotros, un sentimiento que no tenemos necesidad de explicar. Todos conocéis, a lo menos por su reputación, al respetable señor Magdalena, alcalde de M. Si hay algún médico en el auditorio, nos unimos al señor presidente para rogarle que examine al señor Magdalena y lo lleve a su casa.

El señor Magdalena no dejó acabar al fiscal. Le interrumpió con mansedumbre y autoridad.

A continuación ponemos las palabras que pronunció, tomadas literalmente, tales como fueron escritas en seguida por un testigo de aquella escena, tales como se conservan aún en el oído de todos los que las oyeron hace cuarenta años:

—Os doy gracias, señor fiscal; pero no estoy loco. Vais a verlo. Estabais a punto de cometer un grave error. Dejad a ese hombre. Cumplo con mi deber al denunciarme, porque yo soy ese desgraciado criminal. Soy el único que veo claro aquí y os digo la verdad. Dios juzga desde allá arriba lo que hago en este momento; esto me basta. Podéis prenderme, puesto que estoy aquí. Yo, mirando por mi propio interés, me he ocultado largo tiempo con otro nombre; he llegado a ser rico, me han hecho alcalde, he querido vivir entre los hombres honrados; mas parece que esto es ya imposible. Hay muchas cosas que no puedo decir ahora. No puedo contaros mi vida. Algún día se sabrá. He robado al señor obispo, es verdad; he robado a Gervasillo, también es verdad. Habéis tenido razón al decir que Juan Valjean era muy malvado; pero la falta no es toda suya. Creedme, señores jueces; un hombre tan humillado como yo no debe quejarse de la Providencia ni aconsejar a la sociedad, pero la infamia de que había querido salir es muy grande; el presidio hace al presidiario. Reflexionad sobre esto si queréis. Antes de ir a presidio era un pobre aldeano muy poco inteligente, una especie de idiota; el presidio me transformó. Era estúpido, me hice malvado; era un pedazo de leño, me hice un tizón. La bondad y la indulgencia me salvaron de la perdición a que me había arrastrado la severidad. Pero, perdonadme, no podéis comprender lo que digo. En mi casa, en las cenizas de la chimenea, hallaréis la moneda de cuarenta sueldos que robé hace siete años a Gervasillo. No tengo más que decir; prendedme. Veo que el señor fiscal mueve la cabeza como diciendo: «El señor Magdalena se ha vuelto loco.» ¡No me creéis! Esto es lo más triste. ¡A lo menos no condenéis a ese hombre! Pues qué, ¿ésos no me conocen? Quisiera que estuviera aquí Javert; él me reconocería.

Imposible es describir la melancolía triste y tranquila que acompañó a estas palabras.

Volviéndose después hacia los tres testigos, les dijo:

—Yo os conozco, Brevet. ¿Os acordáis...?

Se interrumpió, dudó un momento y dijo:

—¿Te acuerdas de aquellos tirantes de cuadros que tenías en el presidio?

Brevet hizo un movimiento de sorpresa y le miró de los pies a la cabeza, asustado.

—Chenildieu —dijo después—, tú, que te llamabas a ti mismo «Niego a Dios», tienes el hombro derecho todo abrasado, porque te echaste un día sobre un brasero encendido para borrar las tres letras T. F. P. que aún se descubren bastante. Responde, ¿no es verdad?

—Es cierto —dijo Chenildieu.

Y dirigiéndose a Cochepaille, le dijo:

—Cochepaille, tú tienes cerca de la sangría del brazo izquierdo una fecha escrita en letras azules con pólvora quemada. Esta fecha es la del desembarco del emperador en Cannes el 1 de marzo de 1815. Levántate la manga.

Cochepaille se levantó la manga. Todas las miradas se dirigieron a su brazo desnudo. Un gendarme acercó una luz. Allí estaba la fecha.

El desgraciado se volvió hacia el auditorio y hacia los jueces con una sonrisa que aún mueve a compasión a los que la vieron cuando la recuerdan. Era la sonrisa del triunfo; pero también la sonrisa de la desesperación.

—Ya veis —dijo— que soy Juan Valjean.

No había ya en aquel recinto jueces, ni acusadores, ni gendarmes; no había más que ojos fijos y corazones conmovidos. Nadie se acordaba del papel que debía representar. El fiscal olvidó que estaba allí para acusar; el presidente, que estaba para presidir; el defensor, que estaba para defender. No se hizo ninguna pregunta; no intervino ninguna autoridad. Los espectáculos sublimes se apoderan del alma y convierten a todos los que los presencian en meros espectadores. Tal vez ninguno podía explicarse lo que experimentaba; ninguno podía decir que veía allí una gran luz, y, sin embargo, interiormente todos se sentían deslumbrados.

Era evidente que tenían delante a Juan Valjean. Su aparición había bastado para aclarar aquel negocio, tan oscuro algunos momentos antes. Sin necesidad de explicación alguna, aquella multitud comprendió en seguida, como que estaba para presidir; el defensor, que estaba para defender. No se hizo gaba para evitar que fuese condenado otro en su lugar. Los detalles, las dudas, las dificultades posibles se perdieron en aquella luz. La impresión pasó con rapidez, pero fue irresistible.

—No quiero perturbar por más tiempo la audiencia —dijo Juan Valjean—. Me voy, puesto que no me prenden. Tengo mucho que hacer. El señor fiscal sabe quién soy y adónde voy, y me mandará prender cuando quiera.

Se dirigió a la puerta. Ni se elevó una voz ni se extendió un brazo para detenerle. Todos se apartaron. Juan Valjean tenía en aquel momento esa superioridad que obligaba a la multitud a retroceder delante de un hombre. Pasó por medio de la gente con lentitud. No se sabe quién abrió la puerta, pero lo cierto es que estaba abierta cuando llegó a ella. Allí se volvió y dijo:

—Señor fiscal, estoy a vuestra disposición.

Y dirigiéndose al auditorio, añadió:

—Todos creéis que soy digno de compasión. ¿No es verdad? ¡Dios mío! Cuando pienso en lo que he estado a punto de hacer me creo digno de envidia. Sin embargo, preferiría que nada de esto hubiera sucedido.

Salió; la puerta se cerró como se había abierto, porque los que hacen alguna cosa grande están siempre seguros de encontrar alguien que les sirva entre la multitud.

Una hora después, el veredicto del jurado declaraba inocente a Champmathieu, que puesto en libertad inmediatamente se fue estupefacto, creyendo que todos estaban locos y no comprendiendo nada de lo que había visto.

CAPÍTULO VIII

REACCIÓN

Comenzaba a apuntar el día. Fantina había pasado una noche de fiebre y de insomnio, mecida por las halagüeñas esperanzas. Por la mañana se durmió. Sor Simplicia, que había pasado la noche en vela, aprovechó aquel sueño para preparar una nueva poción de quinina, y hacía algunos minutos que estaba en el laboratorio de la enfermería con sus drogas y sus redomas, mirándolas muy de cerca a causa de esa ligera bruma que extiende el crepúsculo alrededor de los objetos. De pronto volvió la cabeza y dio un grito: el señor Magdalena había entrado silenciosamente y estaba delante de ella.

—¡Sois vos, señor alcalde! —exclamó.

—¿Cómo está esa pobre mujer? —respondió él en voz baja.

—No está mal en este momento. Pero nos hemos visto apurados.

Y le refirió lo que había pasado: que Fantina estaba muy mal la víspera; pero que ya estaba mejor, porque creía que el señor alcalde había ido a buscar a su niña a Montfermeil. Sor Simplicia no se atrevió a preguntar al señor alcalde; pero conoció muy bien que no venía de allí.

—Perfectamente; habéis hecho bien en no desengañarla —dijo.

—Sí —respondió la hermana—; pero ahora que va a veros sin la niña, ¿qué le diremos?

El alcalde quedó un momento pensativo.

—Dios nos inspirará —dijo.

—Pero no se le podrá mentir —dijo la religiosa a media voz.

Era ya completamente de día; la luz iluminaba el rostro del señor Magdalena. La casualidad hizo que sor Simplicia levantase los ojos.

—¡Dios mío! —exclamó—. ¿Qué os ha sucedido? ¡Se os ha vuelto blanco el pelo!

—¿Blanco? —dijo él.

Sor Simplicia no tenía espejo, pero metió la mano en un cajón y sacó un pedazo de luna, de la que se servía el médico de la enfermería para probar si un enfermo había muerto y no respiraba ya. El señor Magdalena lo tomó en las manos, y dijo:

—Es verdad.

Pronunció estas palabras con indiferencia, como si estuviese pensando en otra cosa.

La religiosa se quedó helada, porque veía algo desconocido en todo aquello. El señor Magdalena preguntó:

—¿Puedo verla?

—¿No se acordará de su niña al veros? —dijo la hermana, casi sin atreverse a hacer esta pregunta.

—Sin duda; pero se necesitan a lo menos dos o tres días para traérsela.

—Si no os viese hasta entonces —dijo tímidamente sor Simplicia— no sabría que estábais ya de vuelta; sería fácil hacerla aguardar con paciencia, y cuando llegase su hija creería que habíais venido con ella. No habría que mentir nada para esto.

El señor Magdalena reflexionó algunos instantes, y después dijo con su gravedad habitual:

—No, hija; es preciso que la vea. Tal vez tenga yo prisa.

La religiosa aparentó, a lo menos, que no se había fijado en este «tal vez», que daba un significado tan oscuro y particular a las palabras del señor alcalde, y respondió con voz respetuosa y bajando los ojos:

—En ese caso podéis entrar; está durmiendo.

Hizo en seguida algunas observaciones acerca de una puerta que cerraba mal, y cuyo ruido podía despertar a la enferma; después entró en el cuarto de Fantina, se acercó a su cama y descorrió las cortinas. Dormía. El aliento salía de su boca con ese ruido lúgubre, propio del enfermo, que asusta a las pobres madres cuando velan por la noche cerca de su hijo adormecido y moribundo. Pero aquella respiración penosa apenas turbaba la inefable serenidad de su rostro, que se transfiguraba durante el sueño. Su palidez se había convertido en blancura; sus mejillas estaban rojas; sus largas pestañas rubias, única belleza que le quedaba de su virginidad y de su juventud, palpitaban a pesar de estar cerrados los ojos. Todo su cuerpo temblaba con un movimiento parecido al de unas alas dispuestas a abrirse y a llevarla; alas que se sentían, pero invisibles. Al verla entonces no se hubiera creído que era una enferma casi desahuciada. Parecía más bien que se iba, no que se moría.

Cuando se acerca una mano para coger una flor, la rama tiembla y parece que huye y se ofrece a la vez. El cuerpo humano tiene algo de este temblor cuando llega el instante en que los dedos misteriosos de la muerte van a coger el alma.

El señor Magdalena quedó por algún tiempo inmóvil cerca de la cama, mirando alternativamente a la enferma y al crucifijo, lo mismo que dos meses antes, el día en que la vio por primera vez en el asilo. Los dos estaban en la misma actitud: ella dormía, él oraba; pero en aquellos dos meses los cabellos de Fantina se habían vuelto grises, y los del señor Magdalena, blancos.

Sor Simplicia no había entrado con el señor alcalde, que estaba en pie, con el dedo en la boca, como si estuviera diciendo a alguno que guardase silencio.

Fantina abrió los ojos, le vio, y dijo tranquilamente y sonriéndose:

—¿Y Cosette?

Fantina no hizo ni un movimiento de sorpresa ni de alegría, porque en aquel momento era la misma alegría. Esta sencilla pregunta: «¿Y Cosette?», fue hecha con una fe tan profunda, con tal certidumbre, con una ausencia tan completa de inquietud y de duda, que no creyó necesarias más palabras

—Sabía —continuó— que estábais ahí; estaba durmiendo, pero os veía. Hace tiempo que os sigo con la vista toda la noche. Estáis en una especie de gloria y os rodean miles de figuras celestiales.

Y dirigió su mirada al crucifijo.

—Pero —añadió— ¿dónde está Cosette? ¿Por qué no la habéis traído a mi cama para cuando yo despertase?

El señor Magdalena respondió maquinalmente algunas palabras que nunca ha podido recordar.

Por fortuna, el médico, que estaba advertido, vino en su auxilio.

—¡Hija mía —dijo—, calmaos; vuestra niña está ahí!

Los ojos de Fantina se iluminaron y cubrieron de claridad todo su rostro. La joven cruzó las manos, expresando toda la violencia y dulzura de una ardiente oración.

—¡Oh —exclamó—, traédmela!

Tierna ilusión de madre. Cosette era aún para ella el niño a quien se lleva en brazos.

—Aún no —dijo el médico—; en este momento no. Tenéis un poco de fiebre. La vista de vuestra hija os agitaría y os haría mal. Ante todo es preciso que os pongáis buena.

Ella le interrumpió bruscamente:

—¡Ya estoy buena! ¡Os digo que estoy buena! ¡Este médico no entiende! ¡Ah! ¡Quiero ver a mi hija! ¡Lo quiero!

—Ya veis —dijo el médico— cómo os arrebatáis. Mientras sigáis así me opongo a que veáis a vuestra hija. No basta que la veáis, es preciso que viváis para ella. Cuando estéis mejor os la traeré yo mismo.

La pobre madre bajó la cabeza.

—Señor doctor, os pido perdón; os pido perdón humildemente. En otro tiempo no hubiera hablado como acabo de hacerlo; pero me han sucedido tantas desgracias, que no sé lo que digo. Sé que teméis la emoción; esperaré todo lo que queráis; pero os aseguro que no me hará mal la vista de mi niña. La estoy viendo y no separo mis ojos de ella desde ayer por la tarde. Si me la presentaran le hablaría tranquilamente; no me conmovería. ¿No es natural que tenga deseos de ver a mi hija, a quien ha sido preciso ir a buscar expresamente a Montfermeil? No estoy enfadada; sé que voy a ser feliz. Toda la noche he estado viendo nubes blancas y personas que me miraban sonriendo. Cuando el médico quiera me traerán a Cosette. Ya no tengo calentura, casi estoy curada; conozco que ya no tengo nada; pero voy a hacer como si estuviera mala, y a no moverme para contentar a las señoras que me cuidan, y cuando vean que estoy tranquila dirán: Debemos traerle a su hija.

El señor Magdalena se había sentado en una silla, cerca de la cama. Fantina se volvió hacia él, esforzándose por parecer tranquila y hacer ver que era «buena», según decía en aquella debilidad del mal que hace al enfermo semejante a un niño, a fin de que viéndola tan reposada no encontrasen dificultad en llevarle a Cosette. A pesar de esto, y aun contentándose, no podía menos de hacer mil preguntas al señor Magdalena.

—¿Habéis tenido un buen viaje, señor alcalde? ¡Oh! ¡Qué bueno habéis sido! ¡Haber ido a buscarla! Decidme sólo cómo está. ¿Ha sufrido bien el viaje? ¡Ah! ¡Ya no me conocerá! ¡Me habrá olvidado en tanto tiempo! ¡Pobrecilla! Los niños no tienen memoria: son como los pájaros. Hoy ven una cosa y mañana otra, y no piensan en nada. ¿Tenía ropa blanca? ¿La tenían aseada los Thenardier? ¿Estaba bien alimentada? ¡Oh! ¡Cuánto he pasado, si lo supierais, al hacerme todas estas preguntas en el tiempo de mi miseria! Ahora todo ha concluido; ya estoy alegre. ¡Cuánto deseo verla, señor alcalde! ¿Es bonita? ¿No es verdad que es muy guapa mi hija? Debéis haber tenido mucho frío en la diligencia. ¿No me la podéis traer ni un momento? Se la llevarían en seguida. Decidlo vos, que mandáis aquí.

El señor Magdalena, tomándole la mano, añadió:

—Cosette es hermosa, está buena, la veréis pronto; pero tranquilizaos. Habláis con mucha viveza y sacáis el brazo de la cama, lo cual os hace toser.

En efecto; algunos golpes de tos interrumpían a Fantina a cada momento.

Fantina calló, creyendo que había comprometido con alguna palabra apasionada la confianza que quería inspirar, y se puso a hablar de cosas indiferentes.

—Es muy bonito Montfermeil, ¿no es verdad? En el verano se hacen allí muchos viajes de recreo. ¿Hacen buen negocio los Thenardier? No irá mucha gente a su casa. Es una especie de bodegón aquella posada.

El señor Magdalena la tenía de la mano, mirándola con ansiedad; se conocía que había ido allí para decirle algo que hacía dudar a su espíritu. El médico había hecho su visita y se había retirado. Sor Simplicia solamente había quedado con los dos.

En medio de aquel silencio exclamó Fantina:

—¡La oigo, Dios mío, la oigo!

Extendió el brazo imponiendo silencio, contuvo la respiración y escuchó con ansiedad.

Era una niña que jugaba en el patio; una niña de la portera o de cualquier obrera. Fue una de esas casualidades que suceden siempre y que parece forman parte del misterio que rodea los sucesos lúgubres. La niña iba y venía, corría para ahuyentar el frío, reía y cantaba en alta voz. ¡Ah! ¡En qué no se mezclan los juegos de los niños!

—¡Oh —dijo Fantina—, es mi Cosette! ¡Conozco su voz!

La niña se alejó como se había aproximado; se apagó la voz; pero Fantina quedó escuchando algunos momentos. Después se cubrió de sombra su semblante, y el señor Magdalena oyó que decía en voz baja:

—¡Qué mal hace el médico en no dejarme ver a mi hija! ¡Tiene mala fama ese hombre!

Pero pronto volvió la alegría a sus ideas, y continuó hablándose a sí misma, con la cabeza en la almohada:

—¡Qué felices vamos a ser! Tendremos un jardinito; el señor Magdalena me lo ha prometido. Mi niña jugará en el jardín. Ya debe saber las letras; la haré deletrear. La veré correr en el jardín tras las mariposas; después hará su primera comunión. ¡Ah! ¿Cuándo comulgará por primera vez?

Se puso a contar con los dedos.

—... Uno, dos, tres, cuatro... Tiene siete años. Dentro de cinco años llevará un velo blanco y medias como la nieve; parecerá una mujercita. ¡Oh, hermana mía! ¿No veis qué tonta soy, que estoy pensando en la primera comunión de mi niña?

Y se echó a reír.

El señor Magdalena había soltado la mano de Fantina y escuchaba sus palabras como quien escucha al viento: con los ojos bajos y el espíritu sumergido en profundas reflexiones. Pero de pronto levantó la cabeza porque la enferma había cesado de hablar. Fantina estaba horrorizada.

No hablaba, no respiraba, se había incorporado; su hombro huesoso salía fuera de la camisa; su rostro, tan alegre algunos momentos antes, estaba azulado; su vista parecía fijarse en alguna cosa formidable, aparecida al otro extremo del cuarto; sus ojos estaban abiertos desmesuradamente por el terror.

—¿Qué tenéis, Fantina? —dijo el señor Magdalena.

Fantina no respondió, no separó su vista; pero le tocó en el brazo con una mano, y con la otra le indicó que mirase detrás de sí.

Se volvió y vio a Javert.

* * *

Véase lo que había pasado.

Acababan de dar las doce y media cuando el señor Magdalena salió de la sala del Tribunal de Arras. Volvió a la posada precisamente en el momento oportuno para partir en el correo, cuyo asiento recordará el lector había tomado. Poco antes de las seis de la mañana llegó a M., y su primer cuidado fue echar al correo la carta al señor Laffite, y después ir a ver a Fantina.

Pero apenas hubo abandonado la sala de la audiencia, el fiscal, repuesto de la primera sorpresa, tomó la palabra para deplorar el acto de locura del respetable alcalde de M., declarar que sus convicciones no se habían modificado en nada por este incidente, que se aclararía después, y pedir, mientras tanto, la condenación de Champmathieu, que era evidentemente el verdadero Juan Valjean. La insistencia del fiscal estaba visiblemente en contradicción con los sentimientos de todos: del público, del Tribunal y del Jurado. Al defensor le costó poco trabajo refutar su discurso y sentar que, a consecuencia de las revelaciones del señor Magdalena, es decir, del verdadero Juan Valjean, el asunto había cambiado completamente, y el jurado no tenía delante más que a un inocente. El abogado defensor sacó de este incidente algunas epifonemas, desgraciadamente bastante antiguas, sobre los errores judiciales, etc. El presidente, en el resumen, se unió al defensor, y el jurado, en algunos minutos, declaró libre de culpa a Champmathieu.

Pero como era necesario un Juan Valjean, el fiscal, no teniendo ya a Champmathieu, se atuvo al señor Magdalena.

En seguida que fue puesto en libertad Champmathieu, el fiscal se encerró con el presidente y conferenciaron «acerca de la necesidad de apoderarse de la persona del señor alcalde de M.». Esta frase en que hay tantas «des» es del fiscal, y está escrita de su puño y letra en la minuta de la relación enviada al tribunal superior. Pasada la primera emoción, el presidente hizo pocas objeciones. Era preciso que la justicia siguiese su curso. Además, para decirlo todo, aunque el presidente era un buen hombre, de bastante inteligencia, era al mismo tiempo muy realista, casi furibundo, y se había extrañado que el alcalde de M., hablando del desembarque de Cannes, hubiese dicho el «emperador» y no «Buonaparte».

Expidió, pues, la orden de prisión, y el fiscal la envió a M. con un propio a escape, encargando de ella al inspector Javert.

Ya sabemos que Javert había vuelto a la población inmediatamente después de haber declarado.

Javert se estaba vistiendo cuando el propio le entregó la orden de prisión y de traslación.

El propio era también un individuo de la Policía, muy listo, y en dos minutos enteró a Javert de lo que había pasado en Arras. La orden de prisión, firmada por el fiscal, estaba concebida en estos términos:

«El inspector Javert reducirá a prisión al señor Magdalena, alcalde de M., que en la audiencia de hoy ha sido reconocido como el licenciado de presidio Juan Valjean.»

El que no conociera a Javert y le hubiese visto en el momento en que entró en la enfermería, no habría adivinado seguramente lo que pasaba y le habría encontrado como siempre. Estaba frío, tranquilo, grave, con sus cabellos grises perfectamente alisados sobre las sienes, y había subido la escalera con su lentitud habitual. Pero el que le conociese y le hubiera examinado atentamente, habría temblado. La hebilla de su corbatín de cuero, en lugar de estar en la nuca, estaba en la oreja izquierda. Esto revelaba una agitación extraordinaria.

Javert era un carácter completo; no permitía ningún pliegue ni en su obligación ni en su uniforme; metódico con los malhechores, rígido con los botones de su ropa.

Para que tuviese mal puesta la hebilla de la corbata era necesario que experimentase una de esas emociones que pueden llamarse terremotos interiores.

Había ido a la fábrica tranquilamente; había pedido un cabo y cuatro soldados en el cuerpo de guardia más próximo; había dejado a los soldados en el patio, y había hecho que le guiase al cuarto de Fantina la portera, que lo hizo sin temor alguno, porque estaba acostumbrada a ver gente armada que buscaba al señor alcalde.

Cuando llegó al cuarto de Fantina, alzó el picaporte y empujó la puerta con el cuidado de un enfermero o de un espía y entró.

Propiamente hablando, no podemos decir que entró. Se quedó en pie junto a la puerta entreabierta, con el sombrero puesto y la mano izquierda metida en el gabán, que llevaba abotonado hasta la barba. En la sangría del brazo se veía el puño de plomo de su enorme bastón, que desaparecía por detrás de su cuerpo.

Estuvo así cerca de un minuto sin que se notase su presencia. De pronto, Fantina levantó los ojos, le vio e hizo volverse al señor Magdalena.

En el momento en que la mirada del señor Magdalena encontró la de Javert, éste, sin moverse, sin acercarse, se puso espantoso. Ningún sentimiento humano puede ser tan horrible como el de la alegría.

El gesto de Javert fue el de un demonio que encuentra a su condenado.

La seguridad de tener en su poder a Juan Valjean hizo aparecer en su fisonomía todo lo que tenía en el alma. El fondo removido subió a la superficie. La humillación de haber perdido la pista y haberse equivocado respecto de Champmathieu, desaparecía ante el orgullo de haber adivinado desde el principio y de haber tenido instinto tan exacto. La alegría de Javert estalló en toda su extensión; en su frente estrecha se pintó la deformidad del triunfo; apareció, en fin, en la plenitud horrible de una venganza satisfecha.

Javert estaba en sus glorias en aquel momento. Creía, sin saber por qué, por una especie de intuición confusa de su importancia y de su triunfo, que personificaba la justicia, la luz y la verdad en el desempeño de su misión celeste de destruir el mal. Le servían y le apoyaban en aquel momento de un modo eficaz la autoridad, la razón, la cosa juzgada, la conciencia legal, la vindicta pública, todas las estrellas; protegía el orden; hacía salir el rayo de la ley; vengaba la sociedad; prestaba auxilio a lo absoluto; le cercaba la gloria. En su victoria había aún un resto del desafío y del combate; de pie, altanero, resplandeciente, brillaba con la bestialidad sobrehumana de un arcángel feroz; la sombra terrible de la acción que ejecutaba hacía visibles en su crispada mano los vagos destellos de la espada social; contento e indignado, tenía bajo sus pies el crimen, el vicio, la rebelión, la perdición, el infierno; deslumbraba, exterminaba, sonreía. Había indudablemente cierta grandeza en aquel ángel monstruoso.

Javert, espantoso, no tenía nada de innoble.

La probidad, la sinceridad, el candor, la convicción, la idea del deber, son cosas que, engañándose, pueden ser repugnantes; pero, aun repugnantes, son grandes; la majestad propia de la conciencia humana subsiste en el horror; son virtudes que tienen un vicio: el error. El impío y honrado placer de un fanático en medio de la atrocidad conserva algún resplandor lúgubre, pero respetable. Sin que él lo conociese, Javert, en su felicidad, era digno de lástima, como todo ignorante que triunfa. Es imposible hallar nada más terrible que aquella fisonomía en que se pintaba todo lo que puede llamarse lo malo de lo bueno.

* * *

Fantina no había visto a Javert desde el día en que el señor alcalde la había librado de sus manos. Su cerebro enfermo no se podía explicar nada; pero no dudó un momento que iba a buscarla. No pudo soportar la vista de aquella repugnante figura, sintióse perdida y, cubriéndose el rostro con las manos, exclamó angustiada:

—¡Señor Magdalena, salvadme!

Juan Valjean —desde ahora le llamaremos así—, que se había levantado, dijo a Fantina con voz tranquila y dulce:

—Tranquilizaos. No viene por vos.

Y después, dirigiéndose a Javert, le dijo:

—¡Vamos, pronto!

Javert respondió:

—Ya sé lo que queréis.

El tono con que pronunció estas palabras fue frenético y feroz. Javert no dijo: «¡Vamos, pronto!»; dijo: «¡Vámpronto!» La ortografía es insuficiente para expresar este tono: aquello no fue una palabra humana; fue un rugido.

No hizo lo que acostumbraba; no habló nada, no enseñó la orden de prisión. Juan Valjean era para él una especie de enemigo misterioso e impalpable; un combatiente tenebroso con quien luchaba hacía cinco años sin poder vencerle. Esta prisión no era un principio, era un fin. Por esto se limitó a decir: «¡Vamos, pronto!»

Al decirlo no se movió; pero dirigió a Juan Valjean aquella mirada que lanzaba a los criminales como un garfio, y con la cual solía atraerlos a sus manos violentamente.

Esta mirada era la que Fantina había sentido penetrar hasta la médula de sus huesos dos meses antes.

Al oír el grito de Javert, Fantina había abierto los ojos. Estando allí el señor alcalde, ¿qué tenía que temer?

Javert se adelantó hasta el medio del cuarto, y dijo:

—¡Vamos! ¿Vendrás?

La desgraciada joven miró en derredor. No había nadie más que la religiosa y el alcalde. ¿A quién, pues, tuteaba Javert tan ignominiosamente? A ella sólo. ¡Tembló!

Entonces vio una cosa extraordinaria, de tal modo extraordinaria, que no podía compararse con ella nada de lo que había visto en los más tenebrosos delirios de la fiebre.

Veía al espía Javert coger por el cuello al señor alcalde; vio al señor alcalde bajar la cabeza. Creyó que dejaba de existir el mundo. Javert, en efecto, había cogido a Juan Valjean por el cuello.

—¡Señor alcalde! —exclamó Fantina.

Javert se echó a reír con aquella risa que enseñaba todos sus dientes, y dijo:

—No hay ya aquí ningún señor alcalde.

Juan Valjean no trató de separar de su cuello la mano que lo sujetaba. Sólo dijo:

—¡Javert!...

—Llámame señor inspector.

—Señor inspector —continuó Juan Valjean—, quiero deciros unas palabras a solas.

—Habla alto —respondió Javert—; a mí se me habla alto.

Juan Valjean continuó bajando la voz:

—Tengo que pediros un favor...

—Te digo que hables alto.

—Es que quiero que me oigáis vos solo.

—Y a mí ¿qué me importa eso? Yo no escucho.

Valjean se volvió hacia él y le dijo rápidamente y en voz baja:

—¡Concededme tres días! Tres días para ir a buscar la niña de esa desgraciada. Pagaré lo que sea, me acompañaréis si queréis.

—¿Te chanceas? —dijo Javert—. ¡Vaya, no te creía tan bestia! ¡Me pides tres días para escaparte! ¿Dices que es para ir a buscar la hija de esa mujer? ¡Ah! ¡Bueno es eso! ¡Está bien!

Fantina se estremeció.

—¡Hija mía! —exclamó—. ¿Ir a buscar a mi hija? ¿Pues no está aquí? Hermana, respondedme. ¿Dónde está Cosette? ¡Quiero mi hija, señor Magdalena! ¡Señor alcalde!

—¡Ésta es otra! ¿Te callarás, tunanta? ¡Diablo de país en que los presidiarios son magistrados y las mujeres públicas están cuidadas como condesas! Pero ya va a cambiar eso. ¡A fe que era tiempo!

Miró fijamente a Fantina, y añadió cogiendo de nuevo la corbata, la camisa y el cuello de Juan Valjean:

—Te digo que no hay aquí señor Magdalena ni señor alcalde. Sólo hay un ladrón, un bandido, un presidiario llamado Juan Valjean, y es éste que tengo agarrado. Eso es lo que hay.

Fantina se enderezó de repente, apoyándose en sus flacos brazos y en sus manos; miró a Juan Valjean, miró a Javert, miró a la religiosa, abrió la boca como para hablar, salió un ronquido del fondo de su garganta, chocaron sus dientes, extendió los brazos con angustia, abriendo convulsivamente las manos y tentando alrededor como el que se ahoga, y después cayó a plomo sobre la almohada.

Su cabeza chocó en la cabecera de la cama, y cayó sobre el pecho con la boca abierta, lo mismo que los ojos.

Estaba muerta.

Juan Valjean puso su mano sobre la de Javert que le tenía asido, la abrió como si fuera la de un niño y le dijo:

—¡Habéis asesinado a esta mujer!

—¡Acabaremos! —exclamó Javert furioso—. No estoy aquí para oír razones. Economicemos todo esto. La guardia espera abajo; vamos en seguida o mando llevarte atado.

Había en el rincón del cuarto una cama vieja de hierro en bastante mal estado, que servía para recostarse las religiosas en las noches de vela. Juan Valjean se dirigió a ella, rompió en un momento la cabecera, ya muy resentida, cosa fácil a fuerzas como las suyas, empuñó la barra maestra y miró a Javert. Éste retrocedió.

Juan Valjean, con la barra de hierro en la mano, se acercó lentamente al lecho de Fantina y, cuando se volvió, dijo a Javert con una voz que apenas se oía:

—Os aconsejo que no me distraigáis en estos momentos.

Lo cierto es que Javert temblaba.

Pensó llamar a la guardia que traía; pero Juan Valjean podía aprovecharse de aquel momento para huir. Quedóse, pues, en pie, cogió su bastón por la punta y se apoyó en el quicio de la puerta sin separar la vista de Juan Valjean.

Éste puso el codo en la cabecera de la cama, apoyó la frente en la mano y contempló el cadáver inmóvil y rígido de Fantina, permaneciendo así algunos momentos absorto, mudo y sin pensar en nada probablemente. En su rostro y en su actitud se descubría sólo el sentimiento de la compasión. Después de una corta meditación se inclinó hacia Fantina y le habló en voz baja.

¿Qué le dijo? ¿Qué le podía decir aquel hombre criminal a aquella mujer muerta? ¿Qué palabras eran aquéllas? Nadie las oyó. ¿Las oyó el cadáver? Hay ilusiones que son casi realidades sublimes. Lo que está fuera de duda es que sor Simplicia, único testigo de lo que allí pasó, ha referido muchas veces que mientras Juan Valjean hablaba a Fantina, vio aparecer claramente una inefable sonrisa en aquellos pálidos labios y en aquellas pupilas vagas que respiraban el asombro de la tumba.

Juan Valjean cogió con las dos manos la cabeza de Fantina y la colocó en la almohada, lo mismo que lo hubiera hecho una madre con su hijo; después le ató el cordón de la camisa y metió sus cabellos en la papalina; hecho esto, le cerró los ojos.

El rostro de Fantina en aquel momento parecía iluminado por una luz extraña.

La muerte es la entrada en la gran luz.

La mano de Fantina caía fuera del lecho. Juan Valjean se arrodilló delante de ella, la levantó suavemente y la besó.

Después se puso en pie, y volviéndose hacia Javert, le dijo:

—Ahora estoy a vuestra disposición.

Javert llevó a Juan Valjean a la cárcel del pueblo.

La prisión del señor Magdalena produjo en M. una sensación o, por mejor decir, una conmoción extraordinaria. Sentimos no poder ocultar que al oír esta frase: «Es un presidiario», casi todo el mundo le abandonó. En menos de dos horas se olvidó todo el bien que había hecho, y no fue ya más que un presidiario. Justo es decir también que no se sabía lo que había pasado en Arras.

En todo el día no se oyeron en el pueblo más que conversaciones como ésta:

—¿No lo sabéis? Era un licenciado de presidio. —¿Quién? —El alcalde. —¡Bah! ¿El señor Magdalena? —Sí. —¿De veras? —No se llama Magdalena. Tiene un nombre horrible, Bejean, Bojean, Bujean. —Pero, ¡Dios mío! —¡Está preso! —¡Preso! —En la cárcel, esperando que le trasladen. —¿Que le trasladen? ¿Adónde? —Al Tribunal de Arras, por un robo en despoblado que cometió hace ya tiempo. —Ya lo sospechaba yo. Ese hombre era demasiado bueno, demasiado perfecto, demasiado amable; hacía renuncia de la condecoración y daba dinero a todos los pilluelos que encontraba. Siempre creí que todo esto ocultaba alguna mala vida.

En los «salones», sobre todo, abundaron estas escenas.

Una vieja suscriptora de «La Bandera Blanca» hizo la siguiente reflexión, cuya profundidad es casi imposible sondear:

—Me alegro. ¡Qué lección para los bonapartistas!

Así se disipó aquel fantasma que se había llamado el señor Magdalena. Sólo tres o cuatro personas de la población guardaron fielmente su memoria. La vieja portera que le había servido fue una de ellas.

La noche de aquel mismo día, esta vieja estaba sentada en su cuarto, asustada aún y reflexionando tristemente. La fábrica había estado cerrada todo el día, la puerta cochera estaba con el cerrojo echado; el patio, desierto. No había en la casa más que las dos religiosas: sor Perpetua y sor Simplicia, que velaban a Fantina.

Hacia la hora en que el señor Magdalena tenía por costumbre recogerse, la buena de la portera se levantó maquinalmente, cogió la llave del cuarto de su amo, que estaba en un cajón, y el candelabro que usaba todas las noches para subir la escalera; colgó la llave en el clavo en que solía hacerlo y puso el candelabro al lado, como si lo estuviese esperando. En seguida volvió a sentarse y se puso a reflexionar. La pobre vieja había hecho todo esto sin saber lo que hacía.

Al cabo de dos horas salió de su meditación y dijo:

—¡Toma! ¡Señor mío Jesucristo! ¡He puesto la llave en el clavo!...

En aquel momento se abrió la vidriera de la portería, pasó una mano, cogió la llave y encendió la luz de una vela. La portera levantó los ojos, se quedó aturdida y ahogó un grito en la garganta.

Conocía aquella mano, aquel brazo, aquella manga.

Era el señor Magdalena.

Quedó algunos momentos, antes de poder hablar, «sobrecogida», como decía cuando refería después esta escena.

—¡Dios mío, señor alcalde! —dijo por fin—. Yo os creía...

Se detuvo, porque el fin de la frase hubiera sido una falta de respeto a su principal. Juan Valjean continuaba siendo para ella el señor alcalde.

—En la cárcel —dijo Valjean acabando la frase—. En efecto, en ella estaba; pero he roto un hierro de la ventana, me he dejado caer desde lo alto de un tejado, y ya estoy aquí. Voy a subir a mi cuarto; avisad a sor Simplicia, que estará sin duda al lado de esa pobre mujer.

La vieja obedeció corriendo.

Valjean no le hizo recomendación alguna; estaba seguro de que le guardaría mejor que se guardaría él mismo.

No se sabe cómo consiguió entrar en el patio sin llamar para que abrieran la puerta cochera. Tenía y llevaba consigo una llave maestra con que abría una puertecita lateral; pero debieron haberle registrado y habérsela quitado. Este punto no está puesto en claro.

Subió la escalera de su cuarto; al llegar arriba dejó la palmatoria en el último escalón, abrió la puerta haciendo poco ruido y fue a oscuras a cerrar la ventana y las maderas; después salió, cogió la luz y entró en el cuarto.

La precaución era útil, porque debe recordarse que su ventana se veía desde la calle.

Miró en derredor a su mesa, a su silla, a su cama, que no se había deshecho en tres días. No había señal alguna del desorden de la última noche que estuvo allí. La portera había «arreglado el cuarto», pero había recogido de entre la ceniza y puesto con cuidado sobre la mesa las dos conteras del bastón y la moneda de cuarenta sueldos ennegrecida por el fuego.

Cogió una hoja de papel y escribió:

«Éstas son las conteras de mi garrote y los cuarenta sueldos robados a Gervasillo, de que he hablado en el Tribunal.»

Y puso en este papel la moneda de plata y los dos pedazos de hierro, de modo que fuese lo primero que se viese al entrar en el cuarto. Sacó de un armario una camisa vieja y la rompió, envolviendo en sus pedazos los dos candelabros de plata. Hacía todo esto sin prisa ni agitación, y al envolver los candelabros del obispo estuvo comiendo un pedazo de pan negro. Sería probablemente el pan de la cárcel que llevaba consigo al evadirse.

Este hecho se comprobó por las migajas que fueron halladas en el suelo cuando la justicia mandó hacer después un reconocimiento.

Dieron dos golpes a la puerta.

—Entrad —dijo Juan Valjean.

Era sor Simplicia.

Estaba pálida, tenía los ojos enrojecidos; la luz vacilaba en su mano. La violencia del destino tiene la propiedad de manifestar al exterior, por muy disimulados y fríos que seamos, los secretos del alma. En las emociones de aquel día, la religiosa se había convertido en mujer. Había llorado, temblaba.

Juan Valjean acababa de escribir algunas líneas en un papel que presentó a la religiosa, diciendo:

—Hermana, enviaréis esto al señor cura.

El papel estaba desdoblado. La joven lo miró.

—Podéis leerlo —dijo él.

Sor Simplicia leyó:

«Ruego al señor cura que cuide de todo lo que dejo aquí. Será preciso pagar las costas de mi causa y el entierro de la mujer que ha muerto hoy. El resto se distribuirá entre los pobres.»

La hermana quiso hablar, pero apenas pudo balbucir algunas palabras. Sin embargo, dijo:

—¿No deseáis ver por última vez a esa pobre desgraciada?

—No —contestó—, me persiguen; podrían prenderme en su cuarto, y esto turbaría su sueño.

Apenas acabó de decir estas palabras se oyó un gran ruido en la escalera, un tumulto de pasos; la vieja portera decía con su más fuerte voz:

—Señor, os juro por el buen Dios que no ha entrado nadie aquí en todo el día ni en toda la noche, porque no me he separado de la puerta.

Un hombre respondió:

—Sin embargo, hay luz en ese cuarto.

Conocieron la voz de Javert.

El cuarto estaba dispuesto de modo que al abrirse la puerta ocultaba el ángulo de la pared a la derecha. Juan Valjean apagó de un soplo la luz y se ocultó en aquel ángulo.

Sor Simplicia cayó de rodillas cerca de la mesa.

Entró Javert.

Oíase el cuchicheo de muchos hombres y las protestas de la portera en el pasillo. La religiosa no levantó los ojos. Estaba orando.

La vela apagada estaba sobre la chimenea, y el pábilo derramaba aún alguna claridad.

Javert vio a la hermana y se detuvo suspenso.

Debe recordarse que el elemento de Javert, el medio en que respiraba, era la veneración de toda autoridad. Era un ser homogéneo que no admitía por ningún lado ni objeciones ni restricciones. Creía que la autoridad eclesiástica era la primera de todas, y era religioso, superficial y rígido en este punto como en todos los demás. Un sacerdote, a sus ojos, era un espíritu infalible; una religiosa, una criatura impecable. Ambos eran almas tapiadas en este mundo, con una sola puerta, que no se abría más que para dar paso a la verdad.

Al ver a sor Simplicia, su primera intención fue retirarse.

Pero iba a cumplir un deber que lo arrastraba poderosamente en sentido inverso. Su segunda intención fue quedarse y hacer, por lo menos, una pregunta a sor Simplicia, que no había mentido en su vida. Javert lo sabía, y la veneraba especialmente por esta causa.

—Hermana —dijo—, ¿estáis sola en este cuarto?

Pasó un momento terrible en que la pobre portera creyó morir.

Sor Simplicia levantó la vista y respondió:

—Sí.

—Perdonadme —dijo Javert— si insisto; es mi deber. ¿No habéis visto esta noche a un hombre que se ha escapado y a quien buscamos? ¿No habéis visto a un hombre llamado Juan Valjean?

La hermana respondió:

—No.

Mentía. Había mentido dos veces seguidas, sin duda, rápidamente, como el que se sacrifica.

—Perdonad —dijo Javert.

Y se retiró, saludando profundamente.

¡Oh, santa joven! No sois de este mundo hace muchos años; habéis encontrado en la luz a vuestras hermanas las vírgenes y a vuestros hermanos los ángeles; que esta mentira no os sea contada en el paraíso.

La afirmación de sor Simplicia fue para Javert una cosa tan decisiva, que no echó de ver la singularidad de que la vela que se había apagado humeaba encima de la mesa.

Una hora después, un hombre, a través de los árboles y la bruma, se alejaba de M. en dirección a París. Aquel hombre era Juan Valjean. Se supo posteriormente, por el testimonio de dos o tres arrieros que lo encontraron, que llevaba un paquete y que iba vestido con una blusa. ¿De dónde había sacado esta blusa? No se sabe. Pero algunos días antes había muerto un viejo en la enfermería de la fábrica y había dejado una. Puede ser que fuera la misma.

Una palabra final sobre Fantina.

Todos tenemos una madre: la tierra. Fantina volvió a su madre.

El cura creyó, y tal vez tenía razón, que lo mejor era reservar, de lo que había dejado Juan Valjean, la mayor cantidad posible para los pobres. Al fin y al cabo, ¿de quién se trataba? De un presidiario y de una mujer pública. Por estas razones simplificó cuanto pudo el entierro de Fantina y le redujo a lo estrictamente necesario, que se llama la fosa común.

Fantina fue, pues, enterrada en la zanja gratuita del cementerio, en el hoyo que es de todos y de cada uno, y donde se encuentran los pobres. Pero Dios sabe dónde debe buscar el alma. Enterróse a Fantina en las tinieblas, entre los primeros huesos que se vieron; pasó por la promiscuidad de cenizas; fue arrojada a la fosa pública. Su tumba fue como su cama.

CAPÍTULO IX

WATERLOO

En una hermosa mañana del mes de mayo del año 1861, un viajero, precisamente el que refiere esta historia, llegaba de Nivells y se dirigía hacia La Hulpe. Iba a pie. Caminaba entre dos hileras de árboles, por una calzada ancha y empedrada, ondulante por colinas que levantan unas veces el camino y otras lo dejan caer, formando ondas enormes. Había ya pasado de Lillois y Bois-Seigneur-Isaac; hacia el Oeste veía el campanario de pizarra de Baine l'Alleud, que tiene la forma de un vaso boca abajo; había dejado atrás un monte arbolado, y en el ángulo de un camino de travesía, al lado de una especie de estaca carcomida por el tiempo, en la que había esta inscripción: «Barrera antigua número 4», había reparado en una taberna que tenía en su fachada la siguiente muestra: «A los Cuatro Vientos. Echabeau, café de particular.»

Medio cuarto de legua más allá de esta taberna llegó al centro de un vallecito, donde el agua pasa por debajo de un arco practicado en el terraplén del camino. El ramillete de escasos árboles, aunque muy verdes, que cubre el valle por un lado de la calzada, se desparrama por el otro en las praderas, y sigue con gracia y como en desorden hacia Braine l'Alleud.

Allí, a la derecha y a orillas del camino, había una posada, una carreta de cuatro ruedas delante de la puerta, un gran haz de estacas, un arado, un montón de ramas secas cerca de un seto vivo, cal que humeaba en una especie de cuadro hecho en el suelo y una escalera apoyada en un cobertizo cuyas paredes eran de paja. Una joven escardaba en un campo, donde se agitaba al viento un gran cartel amarillo, probablemente el anuncio de algún espectáculo del tiempo de feria. En el ángulo de la posada, y junto a una laguna donde nadaban unos cuantos ánades, había un sendero mal empedrado que desaparecía entre la maleza. El viajero entró en él.

Al cabo de unos cien pasos, después de haber seguido la dirección de una tapia del siglo XV, que remataba en una albardilla construida de ladrillos, colocados uno contra otro, hallóse frente a una puerta grande, de piedra, cintrada, con imposta rectilínea, del grave estilo de Luis XIV, y adornada en los costados con dos medallones planos. Una fachada severa dominaba esta puerta; una pared perpendicular a la fachada venía casi a tocarla y la flanqueaba con un brusco ángulo recto. En el prado, y delante de la puerta, había tres rastros, a través de los cuales brotaban mezcladas todas las flores de mayo. La puerta estaba cerrada con dos hojas decrépitas, adornadas de un llamador viejo y oxidado.

El sol era magnífico; las ramas tenían ese suave estremecimiento del florido mes que parece venir de los nidos más aún que del viento. Un pajarillo, probablemente enamorado, poblaba el aire con sus trinos desde un árbol frondoso.

El viajero se inclinó y examinó en la piedra de la izquierda, al extremo inferior de la jamba derecha de la puerta, una excavación ancha y redonda parecida al alvéolo de una esfera. En aquel momento se abrió la puerta y salió una aldeana.

Reparó en el viajero y observó lo que miraba.

—Eso lo ha hecho una bala francesa —le dijo.

Y añadió:

—Lo que veis arriba en la puerta, junto a un clavo, es el agujero de una bala de cañón que no pudo traspasar la madera.

—¿Cómo se llama este sitio? —preguntó el viajero.

—Hougomont —dijo la aldeana.

El viajero se incorporó, dio algunos pasos y fue a mirar por encima de los setos. Vio en el horizonte, a través de los árboles, una especie de montecillo, y en este montecillo una cosa que de lejos se parecía a un león.

Estaba en el campo de batalla de Waterloo.

* * *

Hougomont fue un sitio fúnebre, el principio del obstáculo, la primera resistencia que encontró en Waterloo ese gran talador de Europa que llamaban Napoleón; el primer nudo bajo el filo de su hacha.

Era un castillo; ya no es más que una casa de labranza. Hougomont, para el anticuario, es «Hugomons». Esta residencia fue construida por Hugo, señor de Somerel, el mismo que dotó la sexta capellanía de la abadía de Villers.

El viajero empujó la puerta, tropezó al pasar bajo el pórtico con un carruaje viejo y entró en el patio.

Lo primero que llamó su atención fue una puerta del siglo XV, figurando el ojo de un puente, y todo caído a su alrededor. El aspecto monumental nace muchas veces de la ruina. Cerca de esta puerta hay otra con clavos del tiempo de Enrique IV, dejando ver los árboles de un huerto. Al lado de esta puerta hay un hoyo para el estiércol, palas y azadones, algunas carretillas, un pozo con su tabla y un torno de hierro, un potro que salta, un pavo que hace la rueda, una capilla coronada de un pequeño campanario, un peral en flor y con espaldera, plantado junto a la pared de la capilla; tal es el patio cuya conquista fue un sueño de Napoleón. Si hubiese podido tomar ese rincón de tierra, le habría dado tal vez el mundo. Las gallinas levantan el polvo con sus picos. Óyese un gruñido: es el perro que enseña los dientes y que ha reemplazado a los ingleses.

Los ingleses estuvieron allí admirables. Las cuatro compañías de los guardias de Coocke hicieron allí frente, durante siete horas, al encarnizamiento de un ejército.

Hougomont, visto en el mapa en el plano geométrico, incluso los cercados y edificios, presenta una especie de rectángulo irregular del cual se hubiera estropeado un ángulo. En el sitio de este ángulo se hallaba la puerta meridional guardada por aquella pared que la fusila a boca de jarro. Hougomont tiene dos puertas: la puerta meridional, que es la del castillo, y la puerta septentrional, que es la de la granja. Napoleón envió contra Hougomont a su hermano Jerónimo; las divisiones Guilleminot, Foy y Bachelu se estrellaron allí; casi todo el Cuerpo de Reille fue enviado desde aquel punto, pero en vano, y hasta las balas de Kellermann se agotaron en aquellos muros heroicos. Costó mucho trabajo a la brigada Bauduin forzar la entrada por el Norte, y la brigada Soye no hizo más que principiar a tomarlo por el Sur, sin poder conseguirlo. El patio está limitado al Sur por los edificios de la granja. Un trozo de la puerta del Norte, rota por los franceses, pende de la pared, y se compone de cuatro tablas clavadas a dos traviesas, donde se distinguen los destrozos del ataque.

La puerta septentrional forzada por los franceses, y a la que han puesto una pieza para reemplazar el trozo que pende de la pared, se entreabre al otro lado del patio; está cortada en cuadro en un muro de piedra por abajo y de ladrillo por arriba, que cierra el patio por la parte Norte. Es una simple puerta carretera como existen en todas las granjas, compuesta de dos anchas hojas hechas de tablas rústicas; al otro lado están los prados. Esta entrada fue disputada furiosamente. Mucho tiempo después se veían aún en la parte superior de la puerta infinidad de huellas de manos ensangrentadas. Allí fue donde mataron a Bauduin.

En este patio existe todavía la borrasca del combate; el horror está aún visible; la confusión y revuelta general se ha petrificado allí; éste vive, aquél muere; parece que fue ayer. Los muros agonizan, las piedras caen, las brechas gritan, los agujeros son heridas; los árboles, inclinados y como estremecidos, parece que hacen un esfuerzo para huir.

Este patio, en 1815, tenía más edificios que hoy. Varias obras, derribadas después, formaban en él ángulos y estrellas.

Los ingleses se parapetaron allí; los franceses penetraron, pero no pudieron sostenerse. Al lado de la capilla permanece aún en pie un ala del castillo, únicas ruinas que quedan de la morada de Hougomont. El castillo sirvió de torre; la capilla, de *blockaus*. Hubo un exterminio general. Los franceses, acosados a tiros por todas partes, desde lo alto de los graneros, detrás de las paredes, desde el fondo de las cuevas, por todas las ventanas, por todas las lumbreras, por todas las hendiduras de las piedras, reunieron y llevaron faginas, y pusieron fuego a los muros y a los hombres; la metralla tuvo por réplica el incendio.

Aún se ven en el ala arruinada, a través de las ventanas guarnecidas de barras de hierro, los cuartos desmantelados de un cuerpo de edificio construido con ladrillos; en estos cuartos se había emboscado la guarnición inglesa; la espiral de la escalera, medio destrozada desde el piso bajo hasta el techo, aparece como el interior de una concha hecha pedazos. La escalera tiene dos tramos; los ingleses, situados en ella y agrupados en los peldaños superiores, habían cortado los inferiores, consistentes en anchas losas de piedra azul que hoy forman un montón confuso mezclado de ortigas. Unos diez escalones existen aún incrustados en la pared; en el primero hay grabado un tridente. Estos escalones inaccesibles permanecen aún sólidos en su encaje; el resto de la escalera se parece a una quijada desdentada. Dos árboles seculares existen aún: uno se ha secado, el otro está herido en el pie y reverdece en abril. Desde 1815 ha empezado a brotar a través de la escalera.

En la capilla también hubo una gran carnicería; el interior, tranquilo ya, presenta, sin embargo, un aspecto extraño. Desde aquella época no se ha vuelto a decir misa en ella. Sin embargo, se ha conservado el altar, que es de madera grosera, arrimado a una pared de piedra tosca. Cuatro paredes blanqueadas de cal, una puerta en frente del altar, dos ventanitas cintradas, un gran crucifijo de madera sobre la puerta; por encima del crucifijo un tragaluz cuadrado tapado con un haz de heno, y en el suelo un bastidor viejo de una vidriera, todo roto; tal es esta capilla. Junto al altar está clavada una estatua de madera del siglo XV, que representa a Santa Ana; una bala de cañón se llevó la cabeza del Niño Jesús. Los franceses, dueños un momento de la capilla y desalojados después, la incendiaron. Las llamas llenaron aquel recinto; la capilla se convirtió en un horno; la puerta se quemó; el suelo se quemó también; el Cristo de madera no se quemó. El fuego llegó a roerle los pies, de los cuales no se ven más que los muñones ennegrecidos, y después se detuvo. Milagro según los habitantes del país. El Niño Jesús, decapitado, no tuvo la suerte que el Cristo.

Las paredes están cubiertas de inscripciones. Junto a los pies del Cristo se lee este nombre: «Henquinez.» Luego estos otros: «Conde de Río Mayor, marqués y marquesa de Almagro (Habana).» Hay nombres franceses con admiraciones, signos de cólera. En 1849 se volvieron a blanquear las paredes para borrar los insultos que se dirigían mutuamente las naciones.

A la puerta de esta capilla fue recogido un cadáver que tenía un hacha en la mano. Este cadáver era el del subteniente Legros.

Al salir de la capilla, a la izquierda, se ve un pozo. En este patio hay dos. Se pregunta: «¿Por qué no hay cubo ni polea en este pozo?» «Porque ya no se saca agua de él.» «¿Y por qué no se saca agua?» «Porque está lleno de esqueletos.»

El último que sacó agua de este pozo se llamaba Guillermo Van Kylson. Era un aldeano que habitaba el castillo de Hougomont, en el cual era jardinero. Su familia tuvo que apelar a la fuga el 18 de junio de 1815, y fue a ocultarse a los bosques.

La selva que rodea la abadía de Villers fue durante muchos días y muchas noches el asilo de estas infelices poblaciones dispersas. Hoy todavía hay vestigios, tales como troncos quemados, por los cuales se conoce el sitio de aquellos pobres campamentos que los trémulos fugitivos formaron en la espesura del bosque.

Guillermo Van Kylson permaneció en Hougomont «para guardar el castillo», y se escondió en una cueva, donde los ingleses dieron con él. Le sacaron de su escondite a sablazos y le obligaron a que les sirviera. Tenían sed, y Guillermo les daba de beber. De este pozo se sacaba el agua. Muchos bebieron allí por última vez. Este pozo, donde bebieron tantos muertos, debía morir también.

Después de la acción se apresuraron a enterrar los cadáveres. La muerte tiene un modo peculiar suyo de perseguir a la victoria, y traer en pos de la gloria la peste. El tifus va siempre unido al triunfo. El pozo era profundo, y se hizo de él un sepulcro arrojándose a su cavidad trescientos muertos, tal vez con demasiada precipitación. ¿Estaban todos muertos? La leyenda dice que no. Parece que a la noche siguiente de haberlos enterrado, oyeron salir del pozo débiles voces que pedían socorro.

Este pozo está aislado en medio del patio. Tres paredes medio derruidas, mitad ladrillo y mitad piedra, reflejadas como las hojas de un biombo y figurando una torrecilla cuadrada, le rodean por tres lados; el otro está abierto. Por allí se sacaba el agua. La pared del centro tiene una especie de claraboya informe, tal vez el agujero de una bala de obús. Esta torrecilla tenía un techo, del que sólo quedaban las vigas. El maderaje que sostenía la pared de la derecha forma el dibujo de una cruz, y al inclinarse hacia el pozo la mirada se pierde en un cilindro profundo hecho de ladrillos, donde reinan la oscuridad y las tinieblas. La parte baja de la fábrica, alrededor del pozo, desaparece entre las ortigas.

Este pozo no tiene por brocal la ancha losa azul que sirve como de delantal a todos los de Bélgica. A la losa ha sustituido una traviesa, en la que se apoyan cinco o seis troncos deformes de madera, nudosos y anquilosados, que parecen grandes huesos. No tiene ya ni cubo, ni cadena, ni polea; pero conserva aún la pila de piedra donde se vertía el agua. Allí se va reuniendo el agua llovediza, y de cuando en cuando van a beberla los pájaros de la selva.

En estas ruinas existe aún la casa de la granja, que está habitada. La puerta de esta casa da al patio. Junto a una linda placa de cerradura gótica, hay en esta puerta un puño de hierro que sirve de llamador. En el momento de ir a coger este llamador el teniente hannoveriano Wilda, para refugiarse en la granja, un zapador francés le echó abajo la mano de un hachazo.

La familia que ocupa la casa tiene por abuelo al antiguo jardinero Van Kylson, que murió hace mucho tiempo. Una mujer que tenía todo el pelo blanco nos dijo:

—Yo estaba allí, tenía tres años. Mi hermana la mayor tenía miedo y lloraba. Nos llevaron a los bosques. Mi madre me llevaba en brazos, y de cuando en cuando ponía el oído contra la tierra para escuchar. Yo imitaba el cañón, y hacía: «¡Bum! ¡Bum!»

Una puerta del patio, a la izquierda, ya lo hemos dicho, da al huerto.

El huerto es terrible.

Está dividido en tres partes, casi podría decirse en tres actos. La primera parte es un jardín; la segunda, el huerto, y la tercera, un bosque. Estas tres partes tienen un cercado común; por el lado de la entrada están los edificios del castillo y de la granja; a la izquierda, un seto; a la derecha, una pared, y al fondo, otra pared. La de la derecha es de ladrillos, y la del fondo de piedra. Primero se entra en el jardín, que va formando cuesta y está plantado de groselleros, lleno de vegetaciones silvestres y cerrado con un malecón de piedra labrada con balaustres de doble grueso. Era un jardín señorial del primer estilo francés que precedió a Le Notre, y hoy convertido en zarzas y ruinas. Las pilastras concluyen en unos globos que parecen balas de pie-

176

dra. Se cuentan aún cuarenta y tres balaustres en pie; los demás están echados por tierra. Casi todos están acribillados por las descargas de la fusilería.

En este jardín, más bajo que el huerto, fue donde habiendo penetrado seis tiradores del primero de ligeros, y no pudiendo ya salir, cogidos y cazados como osos en su guarida, aceptaron el combate con dos compañías hannoverianas, de las cuales una iba armada de carabinas. Los de Hannover rodeaban las balaustres y tiraban desde lo alto. Los tiradores, contestando desde abajo; seis contra seiscientos, no teniendo en su intrepidez más abrigo que los groselleros; tardaron un cuarto de hora en morir.

Se suben algunos escalones, y desde el jardín se pasa al huerto propiamente dicho. Allí, en algunas toesas cuadradas, murieron en menos de una hora mil quinientos hombres. El muro parece pronto a volver a empezar el combate. Aún existen allí las treinta y ocho troneras abiertas por los ingleses a alturas irregulares. Delante de la décimosexta hay dos tumbas inglesas construidas de granito. Sólo hay troneras en el muro del Sur, porque el ataque principal procedía de aquella parte. Dicho muro está oculto exteriormente por un gran seto vivo; los franceses llegaron, creyendo no tener que vencer más obstáculos que el seto, y lo atravesaron; pero hallaron en el muro obstáculo y emboscada, porque detrás estaban las tropas inglesas y las treinta y ocho troneras haciendo fuego a la vez; fue aquella una verdadera tempestad de balas y metralla; allí sucumbió la brigada Loye. Así empezó Waterloo.

Sin embargo, el huerto fue tomado. No había escalas, y los franceses subieron con las uñas. Peleóse cuerpo a cuerpo bajo los árboles. Toda la hierba está empapada en sangre. Un batallón de Nassau, compuesto de setecientos hombres, fue exterminado allí. La parte exterior del muro, contra la cual se asestaron dos baterías de Kellermann, está acribillada toda por la metralla.

El huerto se viste de gala, como cualquier otro, en el mes de mayo. Tiene sus botones de oro y sus bellotitas; la hierba está muy crecida; los caballos de labranza pastan aquella hierba; cuerdas de crin para secar la ropa están atadas de árbol a árbol y hacen bajar la cabeza a los transeúntes, los cuales también deben tener cuidado al andar de no meter el pie en los agujeros de los topos. En medio de la hierba se encuentra un tronco desarraigado, echado por tierra y verde aún. El mayor Blackman se recostó en él para expirar. Al pie de un árbol grande inmediato a éste cayó el general alemán Duplat, oriundo de una familia francesa, refugiada cuando la revocación del edicto de Nantes. Junto a este árbol hay un manzano viejo y enfermizo, al que han puesto un vendaje de paja y arcilla. Casi todos los manzanos se caen de viejos. No hay uno que no esté horadado por una bala de fusil o de cañón. En este huerto abundan los troncos de árboles secos. Los cuervos vuelan de rama en rama, y en el fondo hay un bosque lleno de violetas.

Bauduin, muerto; Foy, herido; el incendio, la matanza, la carnicería; un río de sangre inglesa, alemana y francesa, mezcladas furiosamente; un pozo lleno de cadáveres; el regimiento de Nassau y el regimiento de Brunswick, destruidos; Duplat, muerto; Blackman, muerto; la Guardia inglesa, mutilada; veinte batallones franceses de los cuarenta del Cuerpo de Reille, diezmados; tres mil hombres sólo en las ruinas de Hougomont acuchillados, degollados, fusilados, quemados, y todo esto para que hoy un aldeano diga al viajero: «Señor, dadme tres francos; si queréis, os explicaré la cosa de Waterloo.»

* * *

Volvamos atrás —que es uno de los derechos del narrador— y coloquémonos en el año 1815, y aun un poco antes de la época en que empieza la acción referida en la primera parte de este libro.

Si no hubiera llovido en la noche del 17 al 18 de junio de 1815, el porvenir de Europa hubiera cambiado. Algunas gotas de agua más o menos hicieron decaer a

Napoleón. Para que Waterloo fuese el fin de Austerlitz, la Providencia no necesitó más que un poco de lluvia, y una nube atravesando el cielo en sentido contrario a la estación bastó para la destrucción de un mundo.

La batalla de Waterloo —y esto dio a Blucher tiempo para llegar— no pudo comenzar sino a las once y media de la mañana. ¿Por qué? Porque la tierra estaba mojada. Fue preciso esperar a que se secara un poco para que pudiera maniobrar la artillería.

Napoleón era oficial de Artillería, y se resentía de ello. Todos sus planes de batalla están hechos para el proyectil. Hacer converger la artillería sobre un punto dado, tal era su clave de victoria. Trataba la estrategia del general enemigo como una ciudadela y la batía en brecha. Abrumaba con la metralla el punto débil; ataba y desataba las batallas con el cañón. En su genio había puntería. Desbaratar los cuadros, pulverizar los regimientos, romper las líneas, barrer y dispersar las masas, todo para él consistía en esto: destruir, destruir, destruir siempre, y encomendaba este trabajo a las balas. Método temible que, unido al genio, hizo invencible durante quince años a aquel sombrío atleta del pugilato de la guerra.

El 18 de junio de 1815 contaba con tanta más razón con la artillería cuanto que la suya era más numerosa. Wellington sólo tenía ciento cincuenta y nueve bocas de fuego; Napoleón tenía doscientas cuarenta.

Suponed la tierra seca y la artillería pudiendo rodar, y la acción hubiese empezado a las seis de la mañana. La batalla se habría ganado y concluido a las dos, tres horas antes de la peripecia prusiana.

¿Qué culpa hubo por parte de Napoleón en la pérdida de esta batalla? ¿El naufragio puede imputarse acaso al piloto?

¿La decadencia física evidente de Napoleón se complicaba en esta época con cierta disminución interior? ¿Los veinte años de guerra habían usado la hoja como la vaina, el alma como el cuerpo? ¿Se hacían sentir desagradablemente en el capitán los efectos del veterano? En una palabra, ¿se eclipsaba este genio, como han creído muchos historiadores dignos de consideración? ¿Se inflamaba para ocultarse a sí mismo su decaimiento? ¿Empezaba a oscilar bajo el extravío de un soplo de aventura? ¿Se volvía, cosa grave en un general, ignorante del peligro? Para esa clase de hombres, grandes materiales a quienes puede llamarse gigantes de la acción, ¿hay una edad para la miopía del genio? La vejez no hace mella en los genios ideales; para los Dante, los Miguel Ángel, envejecer es crecer; para los Aníbal y los Bonaparte, ¿es decrecer? ¿Había perdido Napoleón el sentido directo de la victoria? ¿Estaba ya en el caso de no conocer el escollo, de no adivinar el lazo, de no distinguir la pendiente del abismo? ¿No preveía las catástrofes? Él que en otro tiempo conocía todos los caminos del triunfo y que desde la altura de su carro deslumbrador los señalaba con el dedo soberano, ¿tenía ahora el siniestro aturdimiento de conducir al precipicio su tumultuoso atalaje de legiones? ¿Se veía atacado a los cuarenta y seis años de una locura suprema? Ese conductor titánico del carro del Destino, ¿no era más que un inmenso fanfarrón, un simple acuchillador?

No lo creemos.

Su plan de batalla era, según confesión de todos, una obra maestra. Ir derecho al centro de la línea aliada, hacer un claro en el enemigo, dividirlo en dos, empujar la mitad británica hacia Hall y la mitad prusiana hacia Tongres; hacer de Wellington y de Blucher dos trozos, apoderarse de Mont-Saint-Jean, tomar Bruselas, arrojar al alemán al Rhin y al mar al inglés. Todo esto para Napoleón entraba en el plan de esta batalla. Después ya vería lo que había que hacer.

Inútil es decir que no pretendemos hacer la historia de Waterloo; una de las escenas fundamentales del drama que referimos está unida a esta batalla; pero la historia no es nuestro objeto. Además, esa historia está hecha, y hecha magistralmente, desde un punto de vista, por Napoleón, y desde otro punto de vista, por Charras. En cuanto a nosotros, dejamos que allá se las hayan los dos historiadores; no somos más que un testigo a cierta distancia, un transeúnte por la llanura, un indagador inclinado sobre esa tierra amasada con carne humana, tomando tal vez las apariencias a hacer frente, en nombre de la Ciencia, a un conjunto de hechos, donde sin duda hay algo de ilusión; no tenemos ni la práctica militar ni la competencia estratégica que autorizan un sistema; según nosotros, un encadenamiento de azares dominó en Waterloo a los dos capitanes, y cuando se trata del Destino, ese reo misterioso, juzgamos como el pueblo, juez ingenuo y sencillo.

Los que quieran tener una idea exacta de la batalla de Waterloo, no tienen más que figurarse pintada en el suelo una «A» mayúscula. La pierna izquierda es el camino de Nivelle; la pierna derecha, el camino de Genappe; el palo transversal de la «A» es el camino bajo de Ohain a Braine l'Alleud. El vértice de la «A» es Mont-Saint-Jean: allí está Wellington; la punta izquierda inferior, es Hougomont; allí está Reille con Jerónimo Bonaparte; la punta derecha inferior es la Bella Alianza; allí está Napoleón. Un poco más abajo del punto donde el palo transversal de la «A» se encuentra y corta la pierna derecha es la Haie-Sainte. En medio de este palo está precisamente el punto donde se dijo la palabra final de la batalla. Allí se ha colocado el león, símbolo involuntario del supremo heroísmo de la Guardia imperial.

El triángulo comprendido en el vértice de la «A» entre las dos piernas y el palo transversal es la llanura de Mont-Saint-Jean. La disputa de esta llanura fue toda la batalla.

Las alas de ambos ejércitos se extienden a derecha e izquierda de los dos caminos de Genappe y de Nivelle; Erlon da frente a Picton, y Reille da frente a Hall.

Detrás de la punta de la «A», tras la llanura de Mont-Saint-Jean, está la selva de Soignes.

En cuanto a la llanura en sí misma, figúrese el lector un vasto terreno ondulante; cada pliegue domina al que lo sigue, y todas las ondulaciones suben hacia Mont-Saint-Jean y van a dar a la selva.

Dos ejércitos enemigos en un campo de batalla son dos atletas que luchan a brazo partido. Cada uno de ellos procura hacer caer al otro; ambos se agarran a lo primero que encuentran: un matorral es un punto de apoyo; el ángulo de un muro, un punto de defensa; un regimiento retrocede a veces por falta de un punto de resguardo cualquiera; el declive de una llanura, un terreno movedizo, un sendero transversal, un bosque, un barranco, pueden detener la planta de ese coloso que se llama ejército e impedirle que retroceda. El que sale del campo es derrotado. De ahí la necesidad, para el jefe responsable, de examinar hasta la menor espesura de árboles y profundizarlo todo.

Los dos generales habían estudiado con atención la llanura de Mont-Saint-Jean, llamada hoy llanura de Waterloo. Desde el año anterior, Wellington, con sagacidad previsora, la había examinado como para el caso de una gran batalla. En este terreno, y para este duelo, el 18 de junio tenía Wellington la ventaja y Napoleón la desventaja. El ejército inglés estaba situado en una altura, y el ejército francés estaba abajo.

Creemos inútil bosquejar aquí el aspecto de Napoleón a caballo, con su anteojo en la mano, en las alturas de Rosomme, al amanecer del 18 de junio de 1815. Antes de retratarle todo el mundo lo ha visto. Su perfil tranquilo bajo el pequeño sombrero de la escuela de Brienne; su uniforme verde con las vueltas blancas, ocultando la placa; su levita ancha, ocultando las charreteras; el extremo del cordón rojo bajo el chaleco, su calzón de piel, el caballo blanco con su gualdrapa de terciopelo púrpura con enes coronadas y águilas en las puntas, sus botas de montar sobre medias de seda, sus espuelas de plata, la espada de Marengo, toda esa figura del último César está presente a todas las imaginaciones, aclamada por unos, mirada severamente por otros.

Esa figura ha permanecido mucho tiempo en todo el apogeo de su brillo; consiste esto en cierto oscurecimiento novelesco que la mayor parte de los héroes desprenden en torno suyo, y que siempre oculta la verdad por más o menos tiempo; pero hoy la Historia y la luz se han abierto paso.

Esta claridad, la Historia, es implacable; tiene algo de extraño y de divino, que por mucha luz que arroje, y precisamente porque es luz, suele poner sombras donde había resplandor; del mismo hombre hace dos fantasmas distintos: el uno ataca al otro haciéndole justicia, y las tinieblas del déspota luchan con el brillo del capitán. De ahí una medida más verdadera en la apreciación definitiva de los pueblos. Babilonia violada rebaja a Alejandro; Roma encadenada empequeñece a César; Jerusalén muerta disminuye la grandeza de Tito. La tiranía sigue al tirano. Es una desgracia para un hombre dejar tras de sí la sombra que tiene su forma.

Todo el mundo conoce la primera fase de esta batalla; principio confuso, incierto, vacilante, amenazador para los dos ejércitos; pero más aún para los ingleses que para los franceses.

Toda la noche había estado lloviendo; la tierra estaba empapada en agua, y hasta se habían formado lagunas; en algunos puntos llegaba el agua hasta los ejes de los carros del tren; las cinchas de los tiros goteaban fango líquido; si los trigos y los centenos, cubiertos por esta inmensa hilera de carros en marcha, no hubiesen hecho cama bajo las ruedas, colmando los baches, habría sido imposible todo movimiento, particularmente por los valles del lado de Papelotte.

La acción empezó tarde. Napoleón, ya lo hemos dicho, acostumbraba tener toda la artillería en su mano como una pistola, apuntando ora a un punto, ora a otro de la batalla, y había querido esperar a que las baterías enganchadas pudiesen rodar y galopar libremente; para esto era preciso que el Sol apareciese y secase la tierra. Pero el Sol no apareció. No era ya la cita de Austerlitz. Cuando se hubo disparado el primer cañonazo, el general inglés Colville miró su reloj y observó que eran las once y treinta y cinco minutos de la mañana.

La acción empezó con furia, con más furia tal vez que la que el emperador hubiese querido, por el ala izquierda francesa, sobre Hougomont. Al mismo tiempo Napoleón atacó el centro, precipitando la brigada. Quiot sobre la Haie-Sainte, y Ney llevó el ala derecha francesa contra el ala inglesa izquierda, que se apoyaba en Papelotte.

El ataque a Hougomont tenía algo de simulado; su objeto era llevar hacia allí a Wellington y hacerle inclinar hacia la izquierda. Este plan habría dado buenos resultados si las cuatro compañías de guardias inglesas y los fogosos belgas de la división Perponcher no hubiesen defendido sólidamente la posición; Wellington, en vez de concentrarse allí con mucha fuerza, pudo limitarse a enviar por todo refuerzo otras cuatro compañías de guardias y un batallón de Brunswick.

El ataque del ala derecha francesa sobre Papelotte era un ataque a fondo: derrotar a la izquierda inglesa, cortar el camino de Bruselas, cerrar el paso a los prusianos que pudieran acudir por aquella parte, forzar la posición de Mont-Saint-Jean, rechazar a Wellington hacia Hougomont, de allí hacia Braine l'Alleud, de allí a Hall: nada más sencillo. A excepción de algunos incidentes, este ataque tuvo buen éxito. Papelotte fue tomado y la Haie-Sainte también.

Tenemos que anotar un detalle. Había en la infantería inglesa, particularmente en la brigada de Kempt, muchos reclutas. Estos soldados, bisoños ante nuestra temible infantería, se portaron como valientes; su inexperiencia salió intrépidamente del paso; sobre todo hicieron un excelente servicio de guerrilla; el soldado en guerrilla, entregado en cierto modo a sí mismo, llega a ser, por decirlo así, su propio general; estos reclutas mostraron algo de la invención y de la bravura francesa. Esta infantería bisoña tuvo momentos de inspiración, lo cual desagradó a Wellington.

Después de la toma de la Haie-Sainte, el éxito de la batalla anduvo vacilante.

En esta jornada, desde las doce a las cuatro de la tarde, hay un oscuro intervalo; la parte media de esta batalla apenas se distingue, y participa de lo sombrío de la pelea; el crepúsculo se extiende sobre ella. En esa bruma hay vastas fluctuaciones, una especie de ilusión vertiginosa, el aparato de guerra de entonces, casi desconocido hoy; los morriones con flama, los portapliegos flotantes, las correas cruzadas, las cartucheras de granadas, los dormanes de los húsares, las botas encarnadas de mil pliegues, los pesados chacós adornados de cordones, la infantería casi negra de Brunswick revuelta con la infantería color de escarlata de Inglaterra, los soldados ingleses llevando por charreteras grandes rodetes blancos circulares, la caballería ligera hannoveriana con su casco de cuero oblongo con filetes de cobre y crines rojas, los escoceses con las rodillas desnudas y sus mantas de cuadros, las grandes polainas blancas de nuestros granaderos; cuadros, no líneas estratégicas; lo que conviene al pincel de Salvador Rosa, no lo que conviene al de Gribeauval.

Con una batalla se mezcla siempre cierta cantidad de tempestad: «Quid obscurum, quid divinum.» Cada historiador traza en cierto modo los perfiles que le agradan en esta confusión. Cualquiera que sea la combinación de los generales, el choque de las masas armadas tiene incalculables reflujos; en la acción, los dos planos de ambos jefes penetran uno en otro y se desfiguran mutuamente. La línea de batalla flota y serpentea como un hilo, los rastros de sangre corren ilógicamente, los frentes de los ejércitos ondean, los regimientos entran o salen formando cabos o golfos; todos esos escollos se renuevan continuamente unos tras otros; al sitio donde estaba la infantería llega la artillería; donde se halla la artillería se ve ahora la caballería; los batallones son columnas de humo. Miramos a un punto donde se nos figuraba ver alguna cosa, buscámosla con la vista y ya ha desaparecido; los claros mudan de sitio, los pliegues sombríos avanzan y retroceden; una especie de viento del sepulcro impulsa, arrolla, dilata y dispersa toda esa trágica muchedumbre. ¿Qué es una batalla? Una oscilación. La inmovilidad de un plano matemático expresa un minuto, no un día. Para pintar una batalla se necesita uno de esos pintores poderosos que tengan algo del caos en su pincel. Rembrandt vale más que Vandermeulen. Vandermeulen, exacto a las doce, miente a las tres, la geometría engaña; sólo el huracán es verdadero. Esto es lo que da a Folard el derecho de contradecir a Polibio. Añadamos que hay siempre cierto instante en que la batalla degenera en combate, se particulariza y se divide en innumerables pormenores que, según la expresión de Napoleón mismo, «pertenecen más a la biografía de los regimientos que a la historia del ejército». El historiador en este caso tiene derecho evidente de resumen. Sólo puede apoderarse de los rasgos principales de la lucha, y no le es dado a ningún narrador, por concienzudo que sea, fijar absolutamente la forma de esa nube horrible que se llama una batalla.

Esto, que es cierto cuando se trata de todos los grandes choques de los ejércitos, es particularmente aplicable a Waterloo.

Sin embargo, por la tarde, en un momento dado, se presentaron claros y distintos los caracteres de la batalla.

A eso de las cuatro la situación del ejército inglés era grave. El príncipe de Orange mandaba el centro; Hill, el ala derecha, y Picton, el ala izquierda. El príncipe de Orange, desalado e intrépido, gritaba a los holandobelgas: «¡Nassau! ¡Brunswick! ¡No retrocedáis nunca!» Hill, debilitado, se encaminó a apoyar su espalda en Wellington; Picton había muerto. En el momento mismo en que los ingleses cogían a los franceses la bandera del regimiento 105 de línea, los franceses mataban al general inglés Picton de un balazo en la cabeza. La batalla tenía para Wellington dos puntos de apoyo: Hougomont y la Haie-Sainte. Hougomont se sostenía aún, pero estaba ardiendo; la Haie-Sainte había sido tomada. Del batallón alemán que la defendía sólo habían quedado cuarenta y dos hombres; todos los oficiales, menos cinco, habían caído muertos o prisioneros. Tres mil combatientes se habían asesinado en esta granja. Un sargento de guardias ingleses, el primer boxeador de Inglaterra, reputado como invulnerable por sus compañeros, había sido muerto por un tamborcillo francés. Baring había sido desalojado de su posición; Alten había sido acuchillado. Se habían perdido muchas banderas: una de la división de Alten y otra del batallón Lunebourg, que llevaba el príncipe de la familia de Deux-Ponts. Los escoceses grises ya no existían; los corpulentos dragones de Ponsomby habían sido despedazados. Esta valiente caballería había sido arrollada por los lanceros de Bro y los coraceros de Travers; de mil doscientos caballos, sólo quedaban seiscientos; de los tres tenientes coroneles, dos se hallaban tendidos en tierra; Hamilton, herido, y Mater, muerto. Ponsomy había caído atravesado de siete lanzadas. Gordon había muerto; Marsh, también. Las divisiones quinta y sexta estaban destruidas.

Casi tomado Hougomont y tomada la Haie-Sainte, no quedaba más que un nudo, el centro, que continuaba resistiendo. Wellington lo reforzó. Llamó a Hill, que estaba en Merbe-Braine, y a Chassé, que estaba en Braine l'Alleud.

El centro del ejército inglés, algo cóncavo, muy denso y muy compacto, estaba muy bien situado. Ocupaba la meseta de Mont-Saint-Jean, teniendo a su espalda la aldea y delante la pendiente, entonces bastante áspera. Se apoyaba en la casa de piedra que en aquella época era dominio señorial de Nivelles, y que marca la intersección de los caminos; edificio del siglo XVI, tan inexpugnable que rechazaba las balas sin sufrir deterioro. Los ingleses habían cortado los setos por varios lados alrededor de la llanura, hecho troneras entre los árboles, colocado una boca de cañón entre cada dos ramas y aspillerado los matorrales. Su artillería estaba emboscada detrás de la maleza. Este trabajo púnico, autorizado incontestablemente por la guerra, que admite las estratagemas, estaba tan bien hecho que Haxo, enviado por el emperador a las nueve de la mañana para reconocer las baterías enemigas, no había visto nada, y había vuelto a decir a Napoleón que no existía obstáculo alguno, excepto las dos barricadas que obstruían los caminos de Nivelles y de Genappe. Era la época en que las mieses están muy crecidas; un batallón de la brigada de Kempt, el 95, armado de carabinas, habíase echado en los trigos a orillas de la meseta.

Fortificado y precavido así, el centro del ejército angloholandés estaba en buena posición.

El peligro de esta posición era la selva de Soignes, contigua entonces al campo de batalla y cortada por los estanques de Groendael y de Boitsfort. Un ejército no habría podido retroceder allí sin disolverse; los regimientos se hubiesen diseminado en seguida. La artillería se habría perdido en los pantanos. La retirada, según la opinión de muchos hombres competentes, si bien es cierto que rebatida por otros, hubiese sido una dispersión general.

Wellington añadió a este centro una brigada de Chassé que quitó al ala derecha; otra brigada de Wincke, que suprimió del ala izquierda, con más la división Clinton. A sus ingleses, a los regimientos de Halkett, a la brigada de Mitchell y a los guardias de Maitland, dio como sostén y refuerzo la infantería de Brunswick, el contingente de Nassau, los hannoverianos de Kielmansegge y los alemanes de Ompteda. Todo en conjunto veintiséis batallones. El ala derecha, como dice Charras, «fue rechazada hasta detrás del centro». Una batería enorme estaba oculta por sacos de tierra en el sitio donde está hoy lo que se llama «el Museo de Waterloo». Wellington tenía además en un pliegue del terreno los guardias dragones de Somerset: mil cuatrocientos caballos. Era la otra mitad de esta caballería inglesa, tan justamente célebre. Destruido Pontomby, quedaba Somerset.

La batería, que concluido hubiera sido casi un reducto, estaba colocada tras el muro de un jardín muy bajo, revestido apresuradamente con una cortina de sacos de arena y con un ancho repecho de tierra. Esta obra estaba por concluir; no había tiempo para empalizarla.

Inquieto Wellington, pero impasible, estaba a caballo, y todo el día permaneció en la misma actitud, un poco delante del molino viejo de Mont-Saint-Jean, que existe todavía, y bajo un olmo que un inglés, vándalo entusiasta, compró después en doscientos francos, lo hizo serrar y se lo llevó. Wellington se mostró allí fríamente heroico. Llovían las balas. El ayudante de campo, Gordon, acababa de caer a su lado. Lord Hill, señalándole un obús que acababa de disparar, le dijo:

—Milord, ¿cuáles son vuestras instrucciones y qué órdenes nos dejáis si os matan?

—Haced lo que yo —respondió Wellington.

A Cliton le dijo lacónicamente:

—Permaneced aquí hasta perder el último hombre.

La jornada iba mal visiblemente. Wellington gritaba a sus antiguos compañeros de Vitoria, de Talavera y de Salamanca:

—«Bous» (¡muchachos!), ¿pensáis acaso huir? ¡Acordaos de la vieja Inglaterra!

A eso de las cuatro la línea inglesa se movió hacia atrás. De pronto no se vio ya en la cresta de la meseta más que la artillería y los tiradores; el resto había desaparecido; los regimientos, arrojados por los obuses y las balas francesas, se replegaron al fondo, que aún hoy corta el sendero de la granja de Mont-Saint-Jean; hubo un movimiento retrógrado, desapareció el frente de batalla inglesa y Wellington retrocedió.

—Principio de retirada —exclamó Napoleón.

Napoleón, aunque enfermo e incómodo a caballo por un padecimiento local, no había estado nunca de tan buen humor como aquel día. Desde por la mañana su impenetrabilidad se sonreía. El 18 de junio de 1815, aquel alma profunda, cubierta de una máscara de mármol, centelleaba ciegamente. El hombre que había estado sombrío en Austerlitz estuvo alegre en Waterloo. Todos los predestinados célebres tienen estas contradicciones. Nuestras alegrías no son más que sombra. La sonrisa suprema pertenece a Dios.

«Ridet César, Pompeius flebit», decían los soldados de la legión Fulminante. Esta vez no debía llorar Pompeyo; pero lo cierto es que César reía.

Desde la una de la noche anterior, explorando a caballo con Bertrand, entre la lluvia y la tempestad, las colinas inmediatas a Rossomme, satisfecho al ver la larga línea de fuegos ingleses, que iluminaba todo el horizonte desde Frischemont hasta Braine-l'Alleud, le había parecido que el Destino, emplazado por él para un día fijo en el campo de Waterloo, era exacto a la cita; había detenido su caballo y permaneció inmóvil algún tiempo, mirando los relámpagos y oyendo el trueno, y habíase oído a aquel fatalista murmurar entre dientes estas palabras misteriosas: «Estamos de acuerdo.» Napoleón se engañaba. No estaban ya de acuerdo el Destino y él.

No había dormido un minuto siquiera; todos los instantes de aquella noche se habían señalado para él con una alegría. Había recorrido toda la línea de las avanzadas, deteniéndose en algunos puntos para hablar con los centinelas de caballería. A las dos y media, cerca del bosque de Hougomont, había oído el paso de una columna en marcha, y por un momento creyó que se retiraba Wellington. Entonces dijo a Bertrand: «Es la retaguardia inglesa que se prepara para levantar el campo. Haré prisioneros a los seis mil ingleses que acaban de llegar a Ostende.» Hablaba con expansión; había vuelto a esa inspirada elocuencia del desembarco del 1 de marzo, cuando presentaba al gran mariscal el aldeano entusiasta del golfo Juan, exclamando: «Y bien, Bertrand, ¡ya tenemos refuerzo!» La noche del 17 al 18 de junio se burlaba de Wellington, diciendo: «Ese inglesillo necesita una lección.» La lluvia redoblaba; mientras el emperador hablaba estaba tronando.

A las tres y media de la madrugada había perdido una ilusión; algunos oficiales, enviados para explorar el campo, le habían anunciado que el enemigo no hacía movimiento. Nada se movía; ni una sola hoguera del campamento se había apagado. El ejército inglés dormía. El silencio en la tierra era profundo; sólo en el cielo había ruido. A las cuatro le llevó las avanzadas un aldeano que había servido de guía a la caballería inglesa, probablemente a la brigada Vivian, que iba a tomar posiciones en la aldea de Ohain, el extremo izquierdo. A las cinco, los desertores belgas le habían referido que acababan de dejar su regimiento y que el ejército inglés esperaba la batalla. «¡Me alegro! —exclamó Napoleón—. Más quiero derrotarlos que hacerlos retirar.»

Por la mañana, en el sitio que forma el ángulo del camino de Plancenoit, había echado pie a tierra, en el fango; había hecho que le llevaran, de la granja de Rosemme, una mesa de cocina y una silla rústica; se había sentado, teniendo un haz de paja por alfombra, y había desdoblado encima de la mesa el mapa del campo de batalla, diciendo a Soult: «¡Bonito tablero!»

A consecuencia de la lluvia de la noche, los convoyes de víveres, atascados en los caminos llenos de baches, no habían podido llegar por la mañana; los soldados no habían dormido, estaban calados de agua hasta los huesos y en ayunas, lo cual no impidió que Napoleón dijese alegremente a Ney: «Tenemos noventa y nueve probabilidades contra una.»

A las ocho llevaron el almuerzo al emperador, para lo cual había invitado a muchos generales. Mientras almorzaban se estuvo refiriendo que Wellington había asistido la antevíspera al baile dado en Bruselas en casa de la duquesa de Somerset, y Soult, rudo guerrero con aspecto de arzobispo, había dicho: «El baile es hoy.» El emperador se había chanceado con Ney, que decía: «Wellington no será bastante necio para esperar a vuestra majestad.» Tal era, por otra parte, su costumbre. «Se chanceaba fácilmente», dice Felury de Chaboulon. «El fondo de su carácter era un humor festivo», dice Gourgaus. «Decía con frecuencia chistes más bien caprichosos que ingeniosos», dice Benjamín Costant. Estas alegrías de gigante valen la pena de que se insista en ellas. Llamaba a sus granaderos «los gruñones», les pellizcaba las orejas y les tiraba de los bigotes. «El emperador no cesaba de chancearse con nosotros», es frase de uno de ellos. Durante el misterioso trayecto de la isla de Elba a Francia, el 27 de febrero, el bergantín de guerra francés «Céfiro» encontró en alta mar al bergantín «Inconstante», donde Napoleón iba oculto, y habiéndole pedido noticias del emperador, éste, que llevaba aún en aquel momento en su sombrero la escarapela blanca y amaranto sembrada de abejas, adoptada por él en la isla de Elba, tomó riendo la bocina y respondió él mismo: «El emperador continúa perfectamente.» El que ríe de esta suerte está familiarizado con los acontecimientos. Napoleón había tenido muchos accesos de esta risa durante el almuerzo de Waterloo. Después de almorzar se quedó pensativo un cuarto de hora, y luego se sentaron dos generales en el haz de paja, con una pluma en la mano y un pliego de papel sobre las rodillas, y el emperador les dictó órdenes para la batalla.

A las nueve, en el instante en que el ejército francés, escalonado y puesto en movimiento en cinco columnas, desplegaba sus divisiones en dos líneas, la artillería entre las brigadas, las músicas a la cabeza batiendo marcha con el redoble de los tambores y el sonido de las trompetas, y destacándose sobre el horizonte aquel poderoso, vasto, alegre e inmenso mar de cascos, de sables y de bayonetas, el emperador, conmovido, exclamó: «¡Magnífico! ¡Magnífico!»

De nueve a diez y media, todo el ejército, lo que parece increíble, había tomado posición y se había ordenado en seis líneas, formando, para repetir la expresión del emperador, «la figura de seis VV». Pocos instantes después de la formación del frente en batalla, en medio de ese profundo silencio que precede a la pelea, como la calma precede a las tempestades, al ver desfilar las tres baterías de a doce, destacadas por su orden de los tres Cuerpos de Erlon, de Reille y de Lobaú, y destinadas a empezar la acción, atacando a Mont-Saint-Jean, donde está la intersección de los caminos de Nivelles y de Genappe, tocó familiarmente en el hombro de Haxo, diciéndole: «He ahí veinticuatro guapas chicas, general.»

Seguro del éxito, había alentado con su sonrisa, al pasar por delante de él, a la compañía de zapadores del Cuerpo designado por él mismo para hacerse fuerte en Mont-Saint-Jean tan pronto como fuera tomada la aldea. Esta serenidad sólo fue turbada por una palabra de altiva piedad; al ver a su izquierda, en un sitio en donde existe hoy una gran tumba, agolparse con sus magníficos caballos los admirables escoceses grises, dijo: «¡Es lástima!»

Después montó a caballo, se dirigió hacia Rosomme y escogió para observatorio un estrecho montecillo de musgo a la derecha del camino de Genappe a Bruselas, que fue su segunda estación durante la batalla. La tercera estación, la de las siete de la tarde, entre la Bella-Alianza y la Haie-Sainte, es terrible: es una altura bastante elevada que existe aún, y tras la cual se había agrupado la guardia en un declive de la llanura. Alrededor de este montecillo rebotaban las balas sobre el empedrado de la calzada hasta Napoleón. Como en Brienne, tenía sobre su cabeza el silbido de las balas y de las granadas. Casi en el sitio donde puso los pies su caballo se han recogido balas oxidadas, hojas de sable viejas y proyectiles informes llenos de orín: «scabra rubigine». Hace algunos años se desenterró en aquel mismo sitio un obús de sesenta, cargado todavía, cuya boca se había roto al ras de la bomba. En esta última estación fue donde el emperador dijo a su guía Lacoste, labriego enemigo, que iba atado, temblando, a la silla de un húsar, volviéndose a cada descarga de metralla y procurando ocultarse detrás de Napoleón: «Imbécil, eso es una vergüenza. Vas a hacerte matar por la espalda.» El que escribe estas líneas ha hallado en el resbaladizo declive de ese montecillo, removiendo la arena, los restos del cuello de una bomba, casi deshechos por el óxido de cuarenta y seis años, y pedazos de hierro viejo que se rompían entre sus dedos como varas de saúco.

Las ondulaciones de las llanuras diversamente inclinadas donde se verificó el encuentro de Napoleón y de Wellington, no son ya, como nadie ignora, las que eran el 18 de junio de 1815. Al tomar de este campo fúnebre los materiales para fabricar en él un monumento le han quitado su forma verdadera, y la Historia, desconcertada, ya no lo conoce. Para glorificarlo lo han desfigurado. Al volver a ver Wellington a Waterloo dos años después, exclamó: «Me han cambiado mi campo de batalla.» Donde está hoy la gran pirámide de tierra coronada con un león, había un cerrillo que hacia el camino de Nivelles bajaba en rampa practicable; pero que por la parte de la calzada de Genappe era muy escarpado. Aún puede hoy medirse la elevación de este repecho por la altura de los montecillos de las dos grandes sepulturas que encallejonan el camino de Genappe a Bruselas: una, la tumba inglesa, está a la izquierda; la otra, que es la alemana, a la derecha. No hay tumba francesa. Para Francia es sepulcro toda esta llanura. Gracias a las mil y mil carretadas de tierra empleadas en el cerro de ciento cincuenta pies de altura y de media milla de circuito, la meseta de Mont-Saint-Jean es hoy accesible por una pendiente suave; pero el día de la batalla, sobre todo por la parte de Haie-Sainte, era de áspero y escabroso acceso. Su vertiente era tan inclinada que la granja, situada en el fondo del valle, centro del combate, quedaba muy debajo del tiro de los cañones ingleses. El 18 de junio de 1815 las lluvias habían formado barrancos en aquellas asperezas, el cieno dificultaba la subida, y no sólo se trepaba mal, sino que se hundían en el lodo los que se aventuraban a subirlas. A lo largo de la cresta de la meseta corría una especie de foso imposible de adivinar para un observador lejano.

¿Qué foso era éste? Digámoslo. Braine-l'Alleud es una aldea de Bélgica; Ohani es otra. Estas aldeas, ocultas ambas en las desigualdades del terreno, están unidas por un camino de cerca de legua y media, que atraviesa una llanura ondulante, y muchas veces entra y se hunde como un surco entre colinas, lo que hace que el camino en varios puntos sea un barranco. En 1815, como hoy, este camino cortaba la cresta de la meseta de Mont-Saint-Jean, entre las dos calzadas de Genappe y de Nivelles, sólo que hoy está al nivel de la llanura; entonces era una hondonada. Le han tomado sus dos declives para formar el cerrillo monumental. Este camino era, y es aún, una zanja en la mayor parte de su trayecto; zanja algunas veces de doce pies, y cuyos declives, demasiado escarpados, se desmoronaban por varios lados, sobre todo en invierno, en tiempo de lluvia. Algunos accidentes había habido en aquel sitio. El camino era tan estrecho a la entrada de Braine-l'Alleud, que un viajero fue aplastado por un carro, como lo prueba una cruz de piedra levantada junto al cementerio, donde se lee el nombre del que murió, el «señor Bernardo de Brye, comerciante en Bruselas», y la fecha del accidente, fecha de 1637. Era tan profundo también por la parte de la meseta del Mont-Saint-Jean, que un aldeano llamado Mateo Nicaise había sido aplastado en 1783 por el hundimiento del declive, como lo probaba otra cruz de piedra, cuyos brazos desaparecieron en el desmonte, pero cuyo pedestal caído se ve hoy aún en la pendiente del césped a la izquierda de la calzada, entre la Haie-Sainte y la granja de Mont-Saint-Jean.

En un día de batalla, este camino hondo y pantanoso, de cuya existencia nada daba señal, rodeando la cresta de Mont-Saint-Jean, formando un foso en la misma cima del repecho, una trampa oculta entre las tierras, era invisible, es decir, formidable.

Una vez empeñada la batalla, sus peripecias muy diversas, la resistencia de Hougomont, la tenacidad de Haie-Sainte, la muerte de Baudin, la herida de Foy, la inesperada muralla en que se había estrellado la brigada de Soye, el fatal aturdimiento de Guilleminot, que se había quedado sin petardos ni sacos de pólvora; el atascamiento de las baterías, las quince piezas sin escolta derrotadas por Uxbridge en una cañada, el poco efecto de las bombas que caían en las líneas inglesas, hundiéndose en el suelo empapado en agua y consiguiendo sólo formar volcanes de fango, de suerte que la metralla se trocaba en salpicaduras de cieno; la inutilidad del ataque simulado de Piré sobre Braine-l'Alleud, toda esta caballería, quince escuadrones, o poco menos, inutilizados; el ala derecha inglesa poco inquietada, el ala izquierda atacada muy mal, el extraño error de Ney formando en masa en vez de escalonar las cuatro divisiones del primer Cuerpo, masas de veintisiete filas y frentes de doscientos hombres entregados de esa suerte a la metralla; los claros horribles que hacían las balas en estas masas, las columnas de ataque diseminadas, la batería Descarpe bruscamente descubierta por el flanco, Bourgeois, Doncelot y Durutte, comprometidos; Quiot, rechazado; el teniente Vieux, hércules procedente de la Escuela Politécnica, herido en el momento en que echaba abajo a hachazos la puerta de la Haie-Sainte bajo el fuego del reducto inglés que cortaba el ángulo del camino de Genappe a Bruselas; la división Marcognet, cogida entre la infantería y la caballería, fusilada a boca de jarro en los trigos por Best y Pack, acuchillada por Ponsomby, clavada su batería de veinte piezas; el príncipe de Sajonia Weimar, manteniendo y conservando a Frischemont y a Smohain, a pesar del conde de Erlon; la toma de las banderas del 105 y del 45, el húsar negro prusiano detenido por los exploradores de la columna volante de trescientos cazadores que corrían el camino entre Wavre y Plancenoit, las noticias alarmantes que había dado este prisionero, la tardanza de Grouchy, los mil quinientos hombres muertos en Hougomont, los mil ochocientos que habían caído en menos tiempo aún alrededor de la Haie-Sainte; todos estos tempetuosos incidentes, pasando como nubes de batalla ante Napoleón, ni habían turbado casi su mirada ni habían podido anublar aquella faz imperial haciendo que dudase. Napoleón estaba acostumbrado a mirar la guerra fijamente; no hacía nunca, guarismo por guarismo, la suma dolorosa de los pormenores; los guarismos le importaban poco, con tal que diese este total: victoria. Si el principio salía mal, no se alarmaba por esto, porque se creía dueño y poseedor del fin; sabía esperar poniéndose como fuera de la cuestión y trataba al Destino de igual a igual. Parecía decir a la suerte: «No te atreverías.»

Medio luz y medio sombra, Napoleón se creía protegido en el bien y tolerado en el mal. Tenía, o creía tener, en su favor una connivencia, casi podría decirse una complicidad, de los acontecimientos, equivalente a la invulnerabilidad antigua.

Sin embargo, teniendo tras de sí al Beresina, a Leipzig y a Fontainebleau, parece que había motivo para desconfiar de Waterloo.

En el momento en que Wellington retrocedió, se estremeció Napoleón. Vio desalojarse la meseta de Mont-Saint-Jean súbitamente y desaparecer el frente del ejército inglés. Se rehacía, pero se ocultaba. El emperador medio se incorporó sobre sus estribos. Había entrevisto el brillo de la victoria. Wellington, arrollado hasta la selva de Soignes y destruido, significaba la derrota definitiva de Inglaterra por Francia; era el desquite de las derrotas de Crecy, Poitiers, Malplaquet y Ramillies. El hombre de Marengo rehabilitaba a Azincourt.

186

Meditando entonces el emperador sobre la terrible peripecia, dirigió por última vez su anteojo a todos los puntos del campo de batalla. Su guardia, descansando sobre las armas detrás de él, le observaba desde abajo con una especie de respeto religioso. Napoleón meditaba, examinaba las laderas, observaba las pendientes, escudriñaba el conjunto de árboles, el cuadro de centeno, el sendero; parecía contar cada matorral. Miró con alguna fijeza los reductos ingleses de las dos calzadas, dos anchas e inmensas talas de árboles, la de la calzada de Genappe encima de la Haie-Sainte, armada con dos cañones, los únicos de toda la artillería inglesa que apuntaban al fondo del campo de batalla, y la de la calzada de Nivelles, donde brillaban las bayonetas holandesas de la brigada Chassé. Vio junto a esta barricada la antigua capilla de San Nicolás, pintada de blanco, que está en el ángulo de travesía hacia Braine-l'Alleud. Inclinóse y habló a media voz al guía Lacoste. Éste hizo una gran señal negativa con la cabeza, probablemente pérfida.

El emperador volvió a enderezarse y reflexionó.

Wellington había retrocedido.

Sólo restaba concluir este retroceso con una derrota completa.

Napoleón, volviéndose bruscamente, envió a París un correo a todo escape para anunciar que había ganado la batalla.

Napoleón era uno de esos genios de donde sale el trueno.

Acababa de hallar el rayo.

Dio orden a los coraceros de Milhau para que se apoderasen de la meseta de Mont-Saint-Jean.

Eran tres mil quinientos y formaban un frente de un cuarto de legua. Eran hombres gigantes montados en caballos colosales. Eran veintiséis escuadrones, y tenían detrás, para apoyarlos, la división de Lefebvre Desnouttes, los ciento seis gendarmes escogidos, los cazadores de la guardia, mil ciento noventa y siete hombres, y los lanceros de la guardia, ochocientas lanzas. Llevaban casco sin crin y coraza de hierro batido, pistolas en el arzón de la silla y largo sable-espada. Por la mañana todo el ejército los había admirado, cuando a las nueve, tocando los clarines y entonando todas las bandas de música el himno «Velemos por la salvación del Imperio», habían venido en columna cerrada, con una de las baterías en su flanco y la otra en su centro, a desplegarse en dos hileras entre la calzada de Genappe y Frischemont y ocupar su puesto de batalla en la poderosa segunda línea, tan sabiamente dispuesta por Napoleón, la cual, teniendo a su extremo izquierdo los coraceros de Kellermann y a su extremo derecho los coraceros de Milhaud, tenía, por decirlo así, dos alas de hierro.

El ayudante de campo Bernard les llevó la orden del emperador. Ney sacó su espada y se puso a la cabeza. Los enormes escuadrones se pusieron en movimiento.

Entonces se vio un espectáculo formidable.

Toda esta caballería, con los sables desenvainados, con sus flotantes banderines, dando al viento los ecos de las trompetas, formada en columna por divisiones, bajó con un mismo movimiento y como un solo hombre, con la precisión de un ariete de bronce que abre una brecha, la colina de la Bella-Alianza; se internó en el fondo temible donde habían caído ya tantos hombres y desapareció entre nubes de humo; después salió de esta sombra, volvió a aparecer por el otro lado del valle, siempre compacta y unida, y subió al trote largo, atravesando una nube de metralla que llovía sobre ella, la espantosa pendiente de fango de la meseta de Mont-Saint-Jean. Subían graves, amenazadores, imperturbables, aquellos hombres, y en los intervalos del fuego de fusilería y de artillería oíase el colosal ruido que hacían marchando los caballos. Siendo dos divisiones, eran dos columnas: la división Wathier iba a la derecha, y la división Delort a la izquierda. Creíase ver de lejos adelantarse hacia la cresta de la meseta dos inmensas culebras de acero. Esto atravesó la batalla como un prodigio.

Desde la toma del gran reducto del Moskowa por la caballería pesada no se había visto cosa igual; Murat faltaba allí, pero estaba Ney. Parecía que aquella masa de hombres se había vuelto un monstruo y no tenía más que un alma. Cada escuadrón ondeaba y se dilataba como los anillos de un pólipo. Se les veía a través de una inmensa nube de humo, rasgada acá y allá. Revuelta confusión de cascos, de gritos, de sables, saltos borrascosos de las grupas de los caballos al oír el estampido del cañón y el sonido de los clarines, disciplinado y terrible tumulto, y luego, por encima de todo, las corazas, como las escamas sobre la hidra.

Esta narración parece propia de otra edad. Una cosa semejante a esta visión se observaba, sin duda, en las antiguas epopeyas órficas que se referían a los hombres-caballos, a los antiguos hipantropos, esos titanes de faz humana y de pecho ecuestre que escalaron a galope el Olimpo, horribles, invulnerables, sublimes: dioses y bestias.

Por una caprichosa coincidencia numérica, veintiséis batallones iban a recibir a estos veintiséis escuadrones. Detrás de la cresta de la meseta, a la sombra de la batería oculta, la infantería inglesa, formada en trece cuadros, dos batallones por cuadro, y en dos líneas, siete en la primera y seis en la segunda, con la culata del fusil apoyada en el hombro, apuntando a los que iban a venir, esperaba tranquila, inmóvil, muda. No veía a los coraceros ni los coraceros la veían; pero se oía subir aquella marea de hombres. Oía aumentarse el ruido de los tres mil caballos, las pisadas alternativas y simétricas de los cascos al trote largo, el roce de las corazas, el contacto de los sables y una especie de resoplido inmenso y feroz. Hubo un silencio terrible; luego, de repente, apareció por encima de la cresta una larga fila de brazos levantados blandiendo los sables, y los cascos, y las trompetas, y los banderines, y tres mil cabezas de grises bigotes, gritando: «¡Viva el emperador!» Toda aquella caballería desembocó en la meseta y fue como el principio de un temblor de tierra.

De pronto, ¡cosa trágica!, a la izquierda de los ingleses, a nuestra derecha, la cabeza de la columna de coraceros se detuvo lanzando un clamor horrible. Al llegar los coraceros al punto culminante de la cresta, desenfrenados, en toda su furia y en su carrera de exterminio contra los cuadros y los cañones, acababan de ver entre ellos y los ingleses un foso, una zanja. Era la hondonada de Ohain.

Aquel instante fue espantoso. Allí estaba el barranco inesperado, abierto a pico bajo los pies de los caballos, con sus dos declives; la segunda fila empujó hacia él a la primera, y la tercera a la segunda; los caballos se encabritaban, se echaban hacia atrás, caían sobre los grupos, deslizaban en el aire los cuatro pies, amontonando y arrojando a los jinetes; no había medio de retroceder, toda la columna no era más que un proyectil; la fuerza adquirida para destruir a los ingleses destruyó a los franceses; el barranco inexorable sólo lleno se entregaba; jinetes y caballos rodaron allí en revuelta y horrible confusión, aplastándose unos a otros, no formando más que una carne en aquel abismo, y cuando la zanja estuvo llena de hombres vivos, empezaron a andar por encima y pasaron los demás. Casi una tercera parte de la brigada Dubois cayó en el abismo.

Éste fue el principio de la pérdida de la batalla.

Cuenta una tradición local, exagerada, sin duda, que mil quinientos hombres y dos mil caballos fueron sepultados en la cañada de Ohain. Este número comprende probablemente todos los demás cadáveres que fueron arrojados allí al otro día del combate. Antes de mandar Napoleón la carga de los coraceros de Milhaud, había escudriñado el terreno; pero no pudo ver esta hondonada, que no formaba ni una arruga en la superficie de la meseta. Sin embargo, advertido y puesto en cuidado por la capillita blanca que marca el ángulo en la calzada de Nivelles, había hecho, probablemente en la eventualidad de un obstáculo, una pregunta al guía Lacoste. Éste respondió que no. Casi podría decirse que de este movimiento de cabeza de un aldeano dependió la catástrofe de Napoleón.

Otras fatalidades debían surgir.

¿Era posible que Napoleón ganase esta batalla? Nosotros contestamos: No. ¿Por causa de Wellington? ¿Por causa de Blucher? No. Por causa de Dios.

No estaba ya en la ley del siglo XIX que Bonaparte venciese en Waterloo. Otra serie de hechos se preparaba, en que Napoleón no tenía ya sitio señalado. La contrariedad del Destino se había anunciado mucho tiempo hacía.

Era ya tiempo de que este hombre inmenso cayera.

Su excesivo peso en el destino humano turbaba el equilibrio. Este individuo pesaba él solo más que el grupo universal. Estas plétoras de toda la vitalidad humana concentrada en una sola cabeza, el mundo subiendo al cerebro de un hombre, todo eso sería mortal para la civilización si durase. A la incorruptible equidad suprema le había llegado el momento de intervenir. Probablemente estaban lastimados los principios y los elementos de que depende la gravitación regular en el orden moral como en el material. La sangre que humea, los cementerios llenos, las madres vertiendo lágrimas, son abogados temibles. Cuando la tierra padece con un exceso de carga, hay en la sombra gemidos misteriosos y los oye el abismo.

Napoleón había sido denunciado en lo infinito, y su caída estaba decidida. Molestaba a Dios.

Waterloo no es una batalla; es el cambio de frente del universo.

Al mismo tiempo que el barranco se había descubierto la batería.

Sesenta cañones y los trece cuadros fulminaron a boca de jarro a los coraceros. El intrépido general Delford saludó militarmente a la batería inglesa.

Toda la artillería volante inglesa había entrado al galope en los cuadros. Los coraceros no tuvieron ni un momento de detención. El desastre del barranco los había diezmado, pero no desanimado. Eran de esos hombres que cuando disminuyen en número crecen en valor.

Sólo la columna de Wathier había padecido en el desastre; la columna Delord, a la cual Ney había hecho oblicuar a la izquierda como si presintiese la celada, había llegado entera.

Los coraceros se precipitaron sobre los cuadros ingleses.

Al galope tendido, las bridas sueltas, el sable entre los dientes y las pistolas en las manos: tal fue el ataque.

Hay momentos en las batallas en que el estado del alma endurece al hombre hasta el extremo de cambiar al soldado en estatua, y en que toda esta carne se vuelve granito. Los batallones ingleses, terriblemente atacados, no se movieron.

Entonces pasó una cosa horrible.

Todos los frentes de los cuadros ingleses fueron atacados a la vez y se vieron envueltos en un torbellino frenético. La infantería inglesa permaneció fría, impasible. La primera fila, con la rodilla en tierra, recibía con la bayoneta a los coraceros; la segunda los fusilaba; detrás de la segunda fila, los artilleros cargaban los cañones, el frente del cuadro se abría, dejaba pasar un torrente de metralla y se volvía a cerrar. Los coraceros respondían aplastando a sus enemigos. Sus grandes caballos se encabritaban, pasaban por encima de las filas, saltaban sobre las bayonetas y caían como gigantes en medio de aquellos cuatro muros vivientes. Las balas hacían claros en los coraceros, los coraceros hacían brechas en los cuadros. Hileras de hombres desaparecían atropelladas, magulladas, bajo los pies de los caballos. Las bayonetas se hundían en los vientres de aquellos centauros. De ahí una deformidad de heridas que tal vez no se ha visto en ninguna otra ocasión. Mermados los cuadros por esta caballería delirante, se estrechaban sin retroceder. Inagotables en metralla, se verificaba la explosión en el centro mismo de los acometedores. La forma de este combate era monstruosa: los cuadros no eran ya batallones, eran cráteres; los coraceros no eran ya caballería, eran una tempestad. Cada cuadro era un volcán atacado por una nube; la lava combatía al rayo.

El cuadro extremo de la derecha, el más expuesto de todos, puesto que estaba aislado por aquella parte, fue casi anonadado desde los primeros choques. Estaba formado del regimiento número 75 de *higalanders*. El corneta, en el centro, mientras se exterminaban en torno suyo, bajando con inatención profunda su mirada melancólica, llena del reflejo de los bosques y de los lagos de su montañoso país, sentado en un tambor con su *pibroch* bajo el brazo, tocaba los aires de la montaña. Aquellos escoceses morían pensando en Ben Lomian, como los griegos acordándose de Argos. El sable de un coracero, echando abajo el *pibroch* y el brazo que lo llevaba, hizo cesar el canto, matando al pobre cantor.

Los coraceros, poco numerosos relativamente, y aminorados por la catástrofe del barranco, tenían en su contra casi todo el ejército inglés, pero se multiplicaban, cada hombre valía por diez. Sin embargo, algunos batallones hannoverianos tuvieron que replegarse. Wellington lo vio y pensó en su caballería. Si Napoleón, también en aquel momento, hubiese pensado en su infantería, habría ganado la batalla. Este olvido fue su falta grave y fatal.

De pronto los coraceros agresores se vieron atacados. La caballería inglesa estaba a sus espaldas. Delante de ellos, los cuadros; detrás, Somerset; Somerset eran los mil cuatrocientos guardias dragones. Somerset tenía a su derecha a Dornberg con la caballería ligera alemana, y a su izquierda, a Trip con los carabineros belgas; atacados los coraceros por flanco y de frente, por delante y por detrás, por la infantería y la caballería, tuvieron que hacer frente a todos lados. ¿Qué les importaba? Eran el torbellino. Su valor se aumentó hasta un punto inexplicable.

Además tenían tras sí la batería que continuaba vomitando fuego. Todo esto se necesitaba para que aquellos hombres fuesen heridos por la espalda. Una de sus corazas, agujereada por una bala de cañón en el omoplato izquierdo, se conserva en la colección del Museo de Waterloo.

Para tales franceses eran preciso nada menos que ingleses como aquéllos.

Ya no fue una batalla: fue una sombra, una furia, una ira vertiginosa en que se confundían las almas y el valor, un huracán de espadas flameantes. En un momento los mil cuatrocientos dragones no fueron más que ochocientos. Fuller, su teniente coronel, cayó muerto. Ney acudió con los lanceros y los cazadores de Lefebvre Desnouttes. La meseta de Mont-Saint-Jean fue tomada, perdida y vuelta a tomar. Los coraceros dejaban la caballería para volver a la infantería, o, por mejor decir, toda aquella formidable confusión de combatientes se cogían uno a otro por el cuello, sin soltarse. Los cuadros permanecían aún en pie. Hubo doce asaltos. A Ney le mataron cuatro caballos que sucesivamente montó. La mitad de los coraceros quedó en la meseta. La lucha duró dos horas.

El ejército inglés tuvo pérdidas inmensas. Sin duda, si los coraceros no se hubiesen visto debilitados en su primer choque por el desastre de la cañada, habrían derrotado el centro y decidido la victoria. Aquella extraordinaria caballería petrificó a Clinton, que había estado en Talavera y en Badajoz. Wellington, medio vencido, experimentaba una admiración heroica. Decía a media voz: «¡Sublime!»

Los coraceros destruyeron siete cuadros, de trece; tomaron o clavaron sesenta cañones y quitaron seis banderas a los regimientos ingleses, que tres coraceros y tres cazadores de la Guardia fueron a llevar al emperador ante la granja de la Bella-Alianza.

La situación de Wellington había empeorado. Esta extraña batalla se parecía a un duelo entre dos heridos encarnizados que van perdiendo toda su sangre, sin dejar por eso de combatir y resistirse mutuamente. ¿Cuál de los dos caerá el primero?

La lucha de la meseta continuaba.

¿Hasta dónde fueron los coraceros? Nadie podría decirlo. Lo cierto es que al día siguiente de la batalla aparecieron muertos un coracero y su caballo entre las vigas de la báscula de pesar carruajes en Mont-Saint-Jean, en el mismo punto en que se dividen y se encuentran los cuatro caminos de Nivelles, de Genappe, de La Hulpe y de Bruselas. El jinete había atravesado las líneas inglesas. Uno de los hombres que levantaron el cadáver vive aún en Mont-Saint-Jean. Se llama Dehace. Tenía entonces dieciocho años.

Wellington conocía que iba decayendo. La crisis se acercaba.

La carga dada por los coraceros no había tenido éxito, ya que el centro inglés no había sido destruido.

Posesionados todos de la llanura, nadie en realidad la poseía, si bien en último resultado los ingleses conservaban la mayor parte de ella. Wellington ocupaba la aldea y la meseta culminante; Ney no tenía más que la cresta y la pendiente. Ambas partes parecía que habían echado raíces en aquel fúnebre suelo.

Pero el decaimiento de los ingleses parecía irremediable. La hemorragia de aquel ejército era horrible. Kempt reclamaba refuerzo en el ala izquierda. «No le hay —respondía Wellington—. ¡Qué muera en su puesto!» Casi al mismo tiempo, ¡coincidencia singular que pinta el agotamiento de fuerzas de los dos ejércitos!, Ney pedía infantería a Napoleón, y Napoleón exclamaba: «¡Infantería! ¿De dónde quiere que la saque? ¿Quiere que la haga yo?»

Sin embargo, el ejército inglés era el enfermo de más peligro. Los furiosos embates de los grandes escuadrones de corazas de hierro y pechos de acero habían triturado la infantería. Algunos hombres alrededor de una bandera marcaban el sitio donde hubo un regimiento; había batallón que no estaba mandado más que por un capitán o por un teniente; la división Alten, tan maltratada en la Haie-Sainte, estaba casi destruida; los intrépidos belgas de la brigada Van Kluze cubrían con sus cuerpos los campos de centeno a lo largo del camino de Nivelles; no quedaba casi ninguno de aquellos granaderos holandeses que en 1811, unidos en España a nuestras filas, combatían contra Wellington, y que en 1815, unidos a los ingleses, combatían contra Napoleón. La pérdida de oficiales era considerable. Lord Uxbridge, que al otro día hizo enterrar su pierna, tenía la rodilla rota. Si por parte de los franceses en la carga de los coraceros quedaron fuera de combate Delord, l'Heritres, Colbert, Duop, Traviers y Blancard, por parte de los ingleses, Alten estaba herido, Berne también, Delancey había muerto, así como Van Meeren y Ompteda. Todo el Estado Mayor de Wellington había sido diezmado, e Inglaterra llevaba la peor parte en este sangriento equilibrio. El segundo regimiento de guardias de infantería había perdido cinco tenientes coroneles, cuatro capitanes y tres alféreces; el primer batallón del 30 de infantería perdió veinticuatro oficiales y ciento doce soldados; el 79 de montañeses tenía veinticuatro oficiales heridos, dieciocho oficiales muertos y cuatrocientos cincuenta soldados muertos también. Los húsares hannoverianos de Cumberland, un regimiento entero, con su coronel Hacke a la cabeza, que debía después ser juzgado y destituido, habían vuelto grupas en la pelea, poniéndose en fuga hacia Bruselas. Los carros, los tiros, los bagajes, los furgones llenos de heridos, al ver a los franceses ganar terreno y acercarse a la selva, se precipitaban en ella; los holandeses, acuchillados por la caballería francesa, gritaban: «¡Alarma!» Desde Vert-Cou-cou hasta Groenendael, en una longitud de cerca de dos leguas en dirección de Bruselas, había, según dicen testigos que existen aún, tal multitud de fugitivos que no se podía dar un paso. El pánico fue tan terrible que se comunicó al príncipe de Condé, en Manilas, y a Luis XVIII, en Gante. A excepción de la débil reserva escalonada detrás del hospital ambulante, establecido en la granja de Mont-Saint-Jean, y de las brigadas Vivian y Vandeleur que flanqueaban el ala izquierda, Wellington no tenía ya caballería. Muchas baterías estaban desmontadas.

Estos hechos han sido confesados por Siborne, y Pringle, exagerando el desastre, hasta ha llegado a decir que el ejército angloholandés había quedado reducido a treinta y cuatro mil hombres. «El duque de hierro» permanecía sereno; pero sus labios se habían vuelto lívidos. El comisario austríaco Vincent y el comisario español Álava, presentes en la batalla, en el Estado Mayor inglés, creían perdido al duque. A las cinco sacó Wellington su reloj y se le oyó murmurar esta frase sombría: «¡Blucher o la noche!»

En este momento fue cuando se vio brillar en las alturas, por la parte de Frischemont, una línea lejana de bayonetas.

Aquí estaba la peripecia de este drama gigantesco.

Sabida es la dolorosa equivocación de Napoleón: esperaba a Grouchy y fue Blucher el que llegó; la muerte en vez de la vida.

El Destino tiene variaciones de esta clase: se espera el trono del mundo y se divisa Santa Elena.

Si el pastorcillo que servía de guía a Bulow, teniente de Blucher, le hubiese aconsejado que saliera por la selva encima de Frischemont, en vez de salir más abajo de Plancenoit, la forma del siglo XIX tal vez fuera distinta. Napoleón habría ganado la batalla de Waterloo. Por cualquier otro camino más arriba de Plancenoit, el ejército prusiano iba a salir a un barranco intransitable para la artillería, y Bulow no hubiera llegado.

Ahora bien; el general prusiano Muffing lo ha declarado así: si Blucher se hubiera retrasado una hora no hubiera hallado a Wellington en pie; «la batalla estaba perdida».

Como se ve, ya era tiempo de que llegase a Bulow. Por lo demás, había encontrado muchos obstáculos en su marcha; había descansado aquella noche en Dionle-Mont, y vuelto a ponerse en marcha al amanecer. Pero los caminos estaban intransitables y sus divisiones se habían metido en el lodo hasta las rodillas, llegando el barro en los baches hasta los cubos de las ruedas de los cañones. Además, había tenido que pasar el Dyle por el estrecho puente de Wavre. La calle que da al puente había sido incendiada por los franceses; las arcas y los furgones de la artillería, no pudiendo pasar por entre dos hileras de casas ardiendo, tuvieron que esperar a que el incendio se apagase. Eran las doce y la vanguardia de Bulow no había podido llegar todavía a Chapelle-Saint-Lambert.

Si la acción hubiera empezado dos horas antes hubiese concluido a las cuatro, y Blucher habría llegado al campo de batalla encontrándola ya ganada por Napoleón. Tales son esos azares inmensos, proporcionados a un infinito que no está a nuestro alcance.

A las doce, el emperador fue el primero que con su anteojo de larga vista divisó en el extremo del horizonte algo que llamó su atención, y dijo: «Allá abajo veo una nube que me parece que son tropas.» Después preguntó al duque de Dalmacia: «Soult, ¿qué veis hacia Chapelle-Saint-Lambert?» El mariscal, dirigiendo hacia este punto su anteojo, respondió: «Cuatro o cinco mil hombres, señor. Sin duda es Grouchy.» Sin embargo, nada daba a entender que aquello se moviese. Todos los anteojos del Estado Mayor habían estudiado «la nube» señalada por el emperador. Algunos dijeron: «Son columnas que hacen alto.» Otros, y fueron los más: «Son árboles.» La verdad es que la nube no se movía. El emperador destacó para reconocer este punto oscuro a la división de caballería ligera de Domon.

En efecto, Bulow no se había movido. Su vanguardia era muy débil y no podía hacer nada. Debía esperar el grueso del Cuerpo de ejército, y tenía orden de concentrarse antes de entrar en línea; pero a las cinco, viendo el peligro de Wellington, mandó Blucher a Bulow que atacase, y dijo esta frase notable: «Es preciso dar aire al ejército inglés.»

Poco después las divisiones Losthin, Hiller, Hacke y Ryssel se desplegaban ante el Cuerpo de Loban; la caballería del príncipe Guillermo de Prusia salía del bosque de París; Plancenoit estaba ardiendo, y las balas prusianas empezaban a llover hasta en las filas de la guardia de reserva detrás de Napoleón.

Sabido es lo demás: la irrupción de un tercer ejército, la batalla dislocada, ochenta y seis bocas de fuego tronando de repente, Pirch I acudiendo con Bulow, la caballería de Zieten dirigida por Blucher en persona, los franceses rechazados, Marcognet barrido de la meseta de Ohain, Duzutte desalojado, Papelotte, Douzelot y Quiot retrocediendo, Lobau acuchillado; otra batalla amenazando a la caída de la tarde a nuestros regimientos desmantelados, toda la línea inglesa volviendo a tomar la ofensiva y avanzando hacia nosotros, la gigantesca brecha abierta en el ejército francés, la metralla inglesa y la metralla prusiana ayudándose mutuamente, el exterminio, el desastre en el frente, el desastre en los flancos, la Guardia entrando en línea bajo aquel espantoso y general hundimiento.

Conociendo que iba a morir, gritó: «¡Viva el emperador!» No hay nada en la Historia más patético que esa agonía estallando en aclamaciones.

El cielo había estado nublado todo el día. De pronto, en aquel momento mismo, eran las ocho de la tarde, las nubes del horizonte se apartaron y dejaron pasar a través de los hombres del camino de Nivelles el inmenso siniestro resplandor del Sol que se ponía. Se le había visto salir en Austerlitz.

Para este desenlace, cada batallón de la Guardia iba mandado por un general. Friant, Michel, Roguet, Harlet, Mallet y Poret de Morvan estaban allí.

Cuando las elevadas gorras de pelo de los granaderos de la Guardia, con la ancha placa en que estaba esculpida el águila, aparecieron entre la bruma de aquel revuelto mar, simétricas, tranquilas, alineadas, el enemigo sintió respeto por Francia, creyó ver entrar veinte victorias en el campo de batalla con las alas desplegadas, y los que eran vencedores retrocedieron figurándose vencidos; pero Wellington gritó: «¡De pie, guardias, y buena puntería!» El regimiento encarnado de guardias ingleses que se hallaba tendido detrás de los setos, se levantó, y una nube de metralla acribilló la bandera tricolor ondeante alrededor de nuestras águilas; todos se precipitaron unos contra otros, y empezó la suprema carnicería. La Guardia imperial sintió en la oscuridad al ejército que huía y la general dispersión que seguía a la derrota; oyó el ¡sálvese quien pueda!, que había reemplazado al ¡viva el emperador!, y a pesar de la fuga que dejaba en pos de sí, continuó avanzando, cada vez más destrozada y encontrando la muerte a cada paso que daba. No hubo vacilantes ni tímidos. El soldado de este Cuerpo era tan héroe como el general. Ni un hombre tembló ante el suicidio.

Aterrado Ney de estupor, pero grande con toda la altivez de la muerte aceptada, se ofrecía a todos los golpes en aquella tormenta. Allí murió el quinto caballo que montaba. Empapado en sudor, los ojos despidiendo chispas, los labios echando espuma, el uniforme desabotonado, una de las charreteras medio cortada por el sablazo de un guardia a caballo, con su placa de la Gran Águila abollada por una bala, lleno de sangre, de fango, magnífico, con una espada rota en la mano, decía: «¡Venid a ver cómo muere un mariscal de Francia en el campo de batalla!» Pero en vano, no murió. Estaba furioso e indignado. Dirigió a Drouet de Erlon esta pregunta: «¿No te haces matar?» En medio de toda aquella artillería que destrozaba a un puñado de hombres, gritó: «¿No hay nada para mí? ¡Oh! ¡Quisiera que todas esas balas inglesas entraran en mi pecho!» ¡Infeliz! ¡Estabas reservado para las balas francesas!

La derrota que tras sí dejó la Guardia fue fúnebre.

El ejército se replegó precipitadamente de todas partes a la vez: de Hougomont, de la Haie-Sainte, de Papelotte y de Plancenoit. El grito ¡traición! fue seguido del grito ¡sálvese quien pueda! Un ejército que se desbanda es como un deshielo general. Todo se rinde, cede, estalla, flota, rueda, cae, choca, empuja, se precipita. Dispersión inaudita. Ney pide un caballo prestado, monta en él, y sin sombrero, sin corbata, sin espada, se lanza por la calzada de Bruselas, deteniendo a la vez a los ingleses y a los franceses. Trata de detener al ejército, lo llama, lo insulta, quiere hacerle volver caras, pero en vano: las oleadas de los fugitivos pasan adelante. Los soldados huyen de él gritando: «¡Viva el mariscal Ney!» Dos regimientos de Durutte van y vienen azorados y llevados de un lado a otro entre el sable de los ulanos y el fuego de la fusilería de las brigadas Kempt, de Best, de Pack y de Rylandt; la peor de las matanzas es la de la derrota; los amigos se matan unos a otros por huir; los escuadrones y los batallones chocan entre sí, y se dispersan los unos contra los otros; enorme espuma de la batalla. Lobau a un extremo, como Reille al otro, se ven arrollados por la ola. En vano hace Napoleón una muralla con lo que queda de la Guardia; en vano utiliza para el último esfuerzo sus escuadrones de servicio. Quiot retrocede ante Vivian, Kellermann ante Vandeleur, Lobau ante Bulow, Moran ante Pirch, Domon y Suberbie ante el príncipe Guillermo de Prusia. Guyot, que ha llevado a la carga los escuadrones del emperador, cae a los pies de los dragones ingleses. Napoleón corre al galope en pos de los fugitivos, los arenga, los estrecha, amenaza y suplica. Todas las bocas que gritaban por la mañana ¡viva el emperador! permanecen abiertas, pero apenas le conocen. La caballería prusiana recién venida se lanza, vuela, acuchilla, raja, hiende, mata, extermina. Los tiros de la artillería ruedan impetuosamente; los cañones caen a tierra; los soldados del tren desenganchan los arcones y toman sus caballos para escaparse; furgones derribados boca arriba entorpecen el camino y sirven de ocasión para cometer asesinatos. Los fugitivos se destrozan, se oprimen, andan por encima de los muertos y de los vivos. Una muchedumbre vertiginosa llena los caminos, los senderos, los puentes, las llanuras, las colinas, los valles, los bosques, atestados por esa evasión de cuarenta mil hombres. Gritos, desesperación, sacos y fusiles arrojados en los campos de centeno; el paso abierto a sablazos; no se conoce ni a los camaradas, ni a los oficiales, ni a los generales; por doquiera un espanto inexplicable; Zieten acuchillando a Francia a su sabor; los leones convertidos en cabritos. Tal fue esta fuga.

En Genappe intentaron volver, hacer frente y tener a raya al enemigo. Lobau reunió trescientos hombres que se fortificaron a la entrada de la aldea; pero a la primera descarga de la metralla prusiana todos huyeron, y Lobau fue hecho prisionero. Todavía se ven huellas de la metralla impresas en la pared de una casa vieja construida de ladrillos a la derecha del camino, poco antes de llegar a Genappe. Los prusianos se lanzaron a Genappe, furiosos, sin duda, de ser vencedores a tan poca costa. La persecución fue monstruosa. Blucher ordenó el exterminio. Roguet había dado el lúgubre ejemplo de amenazar de muerte a todo granadero francés que le llevase un prisionero prusiano. Blucher fue más allá que Roguet. El general de la Guardia nueva, Duhesme, arrinconado en la puerta de una posada de Genappe, entregó su espada a un húsar de la muerte, que tomó la espada y mató al prisionero. La victoria concluyó con el asesinato de los vencidos. Castiguemos, pues que somos la Historia: el viejo Blucher se deshonró. Tal ferocidad puso el colmo al desastre. La derrota desesperada atravesó a Genappe, a Quatre-Bras, a Sombreffe, a Frasnes, a Thuin, a Charleroi, y no se detuvo hasta la frontera. ¡Ay! ¿Quién huía de esta suerte? El gran ejército.

¿Acaso dejó de tener causa ese vértigo, ese terror, esa caída desde el más alto valor que ha admirado la Historia? La sombra de una línea recta enorme se proyecta sobre Waterloo. Es la jornada del Destino. Una fuerza superior al hombre prevaleció aquel día. De ahí el espanto de todos; de ahí todas esas grandes almas entregando su espada. Los que habían vencido a Europa cayeron aterrados, no teniendo ya nada que hacer ni que decir, sintiendo en la sombra una presencia terrible: «Hoc erat in fatis.» Aquel día cambió la perspectiva del género humano. Waterloo es el gozne del siglo XIX. Se necesitaba la desaparición del grande hombre para el advenimiento del gran siglo. De efectuarla se encargó uno a quien nadie replica. El pánico de los héroes tiene su explicación. En la batalla de Waterloo hay algo más que una nube; hay un meteoro. Dios había pasado por allí.

A la caída de la noche, en un campo cerca de Genappe, Bernard y Bertrand detuvieron y cogieron por el faldón de la levita a un hombre sombrío, pensativo, siniestro, que llevado hasta allí por la corriente de la derrota, acababa de echar pie a tierra, había pasado por el brazo la brida de su caballo, y con la mirada extraviada regresaba solo a Waterloo. Era Napoleón, que intentaba aún ir adelante, sonámbulo inmenso de aquel sueño desvanecido.

* * *

Algunos cuadros de la Guardia, inmóviles en el torrente de la derrota, como rocas en un torrente de agua, permanecieron firmes hasta la noche. Cuando llegó la noche, acompañada de la muerte, esperaron esta doble sombra y se dejaron envolver en ella a pie firme. Cada regimiento, aislado de los demás, y no teniendo ya lazo alguno con el ejército, deshecho por todas partes, moría por su cuenta. Para llevar a cabo esta última acción había tomado cada cual sus posiciones; unos se habían situado en las alturas de Rossomme, y otros en la llanura de Mont-Saint-Jean. Allí, abandonados, vencidos, terribles, aquellos cuadros sombríos agonizaban formidablemente. Ulma, Wagram, Jena, Friedland, morían en ellos.

A la hora del crepúsculo, a eso de las nueve de la noche, sólo quedaba uno en la parte baja de Mont-Saint-Jean. En este valle funesto, al pie de la pendiente que habían subido los coraceros, inundada ahora por las masas inglesas, luchaba este cuadro bajo los fuegos convergentes de la artillería enemiga victoriosa y bajo una horrible densidad de proyectiles. Mandábalo un oscuro oficial llamado Cambronne. A cada descarga disminuía el cuadro, y respondía. Contestaba a la metralla con la fusilería, estrechándose continuamente sus cuatro muros. Los fugitivos se detenían a lo lejos para tomar aliento y escuchaban en las tinieblas aquel trueno sombrío que decrecía por instantes.

Cuando la legión se vio reducida a un puñado de hombres, cuando su bandera no fue más que un harapo, cuando sus fusiles agotados de balas no fueron más que bastones, cuando el montón de cadáveres fue mayor que el grupo vivo, hubo entre los vencedores una especie de terror sagrado en derredor de aquellos sublimes moribundos, y la artillería inglesa calló y tomó aliento. Fue una especie de tregua. Los combatientes tenían a su alrededor como un hormiguero de espectros, siluetas de hombres a caballo, el negro perfil de los cañones, el cielo blanco, visto a través de las ruedas y de las cureñas; la colosal cabeza de muerto que los héroes entrevén siempre en el humo, en el fondo de la batalla, avanzaba hacia ellos y los miraba. Oyeron cargar las piezas en la sombra crepuscular, vieron las mechas encendidas que, semejantes a los ojos del tigre en la oscuridad, formaban un círculo en torno de sus cabezas; todos los botafuegos de las baterías inglesas se acercaron a los cañones, y entonces, conmovido, teniendo el instante supremo suspendido encima de aquellos hombres, un general inglés, Colville, según unos, o Maitland, según otros, les gritó:

—¡Rendíos, valientes franceses!

Cambronne contestó:

—¡Mierda!

Dar esta respuesta a la catástrofe, decir esto al Destino, dar esta base al león futuro, arrojar esta réplica a la lluvia de la noche, al muro traidor de Hougomont, al barranco de Ohain, a la tardanza de Grouchy, a la llegada de Blucher; ser la ironía en el sepulcro, quedar de este modo en pie después de haber caído, ahogar en sus sílabas la coalición europea, ofrecer a los reyes aquellas letrinas ya conocidas de los Césares, convertir la última de las palabras en la primera, dándole el brillo de Francia; cerrar insolentemente la escena de Waterloo con una frase de Carnaval, completar a Leónidas con Rabelais, resumir aquella victoria en una palabra suprema, imposible de pronunciar; perder terreno y conservar nombre en la Historia, poniendo de su parte la risa del público después de tal carnicería; todo esto es inmenso.

Es el insulto al rayo; es llegar a una grandeza esquiliana.

La frase de Cambronne produce el efecto de una fractura. Es la fractura del pecho por el desdén; es el desbordamiento de la agonía que estalla. ¿Quién venció? ¿Fue Wellington? No. Sin Blucher estaba perdido. ¿Fue Blucher? No. Si Wellington no hubiese empezado, Blucher no hubiera podido concluir. Cambronne, ese viajero de la última hora, ese soldado desconocido, ese átomo de la guerra, conoce que hay una mentira en una catástrofe doblemente, y en el momento en que estalla de rabia se le ofrece esta irrisión: ¡la vida! ¡Cómo no había de saltar! Allí están todos los reyes de Europa, los generales dichosos, los Júpiter tonantes; tienen cien mil soldados victoriosos; detrás de los cien mil, un millón; sus cañones, con las mechas encendidas, están esperando; tienen bajo sus pies la Guardia imperial y el gran ejército; acaban de derrotar a Napoleón, y no queda más que Cambronne, no queda para protestar más que aquel gusano. Él protestará. Entonces busca una palabra como se busca una espada; acúdele espuma a los labios, y esa espuma es la palabra. Ante aquella victoria prodigiosa y mediana, ante aquella victoria sin vencedores, Cambronne, desesperado, levanta la cabeza, se somete a sus enormes consecuencias; pero hace constar su nulidad, hace más que escupir sobre ella, y abrumado por el número, por la fuerza y por la materia, halla en su mente una expresión que aplicarle: el excremento. Lo repetimos: hacer esto, decir esto, hallar esta palabra, es ser el vencedor.

El espíritu de los grandes días inspiró a este hombre desconocido en aquel momento fatal. Cambronne inventó la frase Waterloo, como Rouguet de l'Isle inventó «La Marsellesa», por inspiración del cielo. Un efluvio del huracán divino se desprende y viene a pasar por la mente de aquellos hombres; se agitan en su inspiración, y el uno entona el canto supremo y el otro exhala el grito terrible. Esta palabra de desdén titánico, lanzada por Cambronne, no se dirigía solamente a Europa en nombre del Imperio; eso hubiera sido poco: se dirigía a lo pasado en nombre de la Revolución. Al oírla se conoce que Cambronne posee el alma antigua de los gigantes. Parece que es Danton que habla o Kleber que ruge.

Al oír a Cambronne, el inglés respondió: «¡Fuego!» Las baterías arrojaron llamas, la colina tembló, de todas aquellas bocas de bronce salió un último y espantoso vómito de metralla, formóse una vasta nube de humo blanqueada por la argentada luz de la luna, y cuando se disipó ya no había nada. El resto formidable había sido anonadado; la Guardia había perecido. Los cuatro muros de aquel reducto vivo yacían por tierra y apenas se advertía entre los cadáveres alguno que otro estremeciéndose con las convulsiones de la muerte. Así fue como las legiones francesas, más grandes que las legiones romanas, expiraron en Mont-Saint-Jean, sobre la tierra empapada en lluvia y en sangre, entre los trigos sombríos, en el sitio por donde ahora pasa a las cuatro de la mañana, silbando y azotando alegremente su caballo, el conductor José, que hace el servicio de correo en el camino de Nivelle.

* * *

La batalla de Waterloo es un enigma, tan oscuro para los que la ganaron como para el que la perdió. Para Napoleón fue un pánico; Blucher no vio en ella más que fuego; Wellington no comprendió nada, como lo prueban sus comunicados oficiales. Los boletines están confusos; los comentarios, embrollados. Éstos no hacen más que balbucir, aquéllos tartamudean. Jomini divide la batalla de Waterloo en cuatro momentos; Muffing la separa en tres peripecias; Charra sólo —aunque en algunos puntos tengamos diversa opinión que él— es el que apreció con certero golpe de vista los lineamientos característicos de aquella catástrofe del genio humano en lucha con el azar divino. Los demás historiadores se han deslumbrado en cierto modo, y en este deslumbramiento andan a tientas. Jornada fulgurante, en efecto; hundimiento de la monarquía militar, que con gran estupor de los reyes arrastró consigo a todos los reinos; caída de la fuerza, derrota de la guerra.

En este acontecimiento, que lleva impreso el sello de una necesidad sobrehumana, la parte de los hombres no entra para nada.

Quitar a Wellington y a Blucher la fama de Waterloo, ¿es quitar alguna cosa a Inglaterra y a Alemania? No. Ni la ilustre Inglaterra ni la augusta Alemania tienen nada que ver en el problema de Waterloo. Gracias al Cielo, los pueblos son grandes sin necesidad de las lúgubres aventuras de la espada. Ni Alemania, ni Francia, ni Inglaterra dependen de una espada. En esa época en que Waterloo no es más que un ruido de sables, Alemania, por encima de Blucher, tiene a Goethe, e Inglaterra, por encima de Wellington, tiene a Byron. En la aurora de ese vasto sol naciente de ideas, propio de nuestro siglo, tienen un esplendor magnífico Inglaterra y Alemania. Son majestuosas porque piensan. La elevación de nivel que traen a la civilización les es intrínseca, viene de ellas mismas, y no de un accidente. Lo que tienen de grandeza en el siglo XIX no reconoce a Waterloo por origen. Sólo los pueblos bárbaros tienen súbitas crecidas después de una victoria. Es la vanidad pasajera de los torrentes henchidos con la borrasca. Los pueblos civilizados, sobre todo en el tiempo en que estamos, ni se rebajan ni se elevan por la buena o mala fortuna de un capitán. Su peso específico en el género humano resulta de algo más que un combate. Gracias a Dios, su honor, su dignidad, su luz, su genio, no son números que pueden poner a la lotería de las batallas esos jugadores que se llaman conquistadores y héroes. A veces una batalla perdida es un progreso conquistado. Cuanta menos gloria, más libertad. El tambor calla y la razón toma la palabra. Es el juego del ganapierde. Hablemos, pues, de Waterloo fríamente por ambas partes. Demos al azar lo que es del azar, y a Dios lo que es de Dios. ¿Qué fue Waterloo? ¿Una victoria? No. Un escudo de armas.

Escudo ganado por Europa y pagado por Francia.

No merecía la pena de poner allí un león.

Por lo demás, Waterloo es el encuentro más extraño que hay en la Historia: Napoleón y Wellington. No son enemigos, son contrarios. Dios, que se complace de las antítesis, jamás formó un contraste más notable y una confrontación más extraordinaria. Por un lado, la precisión, la previsión, la geometría, la prudencia, la retirada asegurada, las reservas aprovechadas, una sangre fría obstinada, un método imperturbable, la estrategia que se aprovecha del terreno, la táctica que equilibra los batallones, la carnicería tirada a cordel, la guerra arreglada con reloj en mano, sin dejar nada voluntariamente a la casualidad; el antiguo valor clásico, la corrupción absoluta; por otro, la intuición, la adivinación, lo extraordinario a medidas militares, el instinto sobrehumano, el golpe de vista flamante, el no sé qué que mira como el águila y que hiere como el rayo, un arte prodigioso en medio de una impetuosidad desdeñosa, todos los misterios de un alma profunda, la asociación con el Destino; el río, la llanura, la selva, la colina, intimados y obligados en cierto modo a obedecer; el déspota llegando hasta tiranizar el campo de batalla; la fe en la estrella mezclada con la ciencia estratégica, engrandeciéndola, pero turbándola. Wellington era el Bareme de la guerra, Napoleón su Miguel Ángel, y esta vez el genio fue vencido por el cálculo.

Por ambas partes se esperaba a alguno. El calculador exacto fue el que venció. Napoleón esperaba a Grouchy, y no vino; Wellington esperaba a Blucher, y fue exacto.

Wellington es la guerra clásica que toma su desquite. Bonaparte, en su aurora, la había encontrado en Italia y derrotado magníficamente. El viejo mochuelo huyó ante el buitre joven. La táctica antigua no sólo quedó derrotada, sino escandalizada. ¿Quién era ese corso de veintiséis años, qué significaba ese ignorante espléndido, que teniéndolo todo en contra suya y nada en su favor, sin víveres, sin municiones, sin cañones, sin zapatos, casi sin ejército, con un puñado de hombres contra masas enteras, se precipita sobre Europa coligada y ganaba absurdamente victorias imposibles? ¿Quién era ese advenedizo de la guerra que tenía la insolencia de aparecer como un astro? La escuela académica militar lo excomulgaba, huyendo de él. De ahí el implacable rencor del viejo cesarismo contra el nuevo, del sable correcto contra la espada flamígera y del tablero contra el genio. El 18 de junio de 1815 ese rencor tuvo su desquite, y debajo de Lodi, de Montebello, de Montenotte, de Mantua, de Marengo y de Arcole, escribió: Waterloo. Triunfo de los medianos, caro a las mayorías. El Destino consistió en esta ironía cruel. Napoleón en su decadencia volvió a hallar ante sí a Souwarow joven.

En efecto; para tener a Souwarow, basta blanquear los cabellos de Wellington.

Waterloo es una batalla de primera clase ganada por un capitán de segundo orden.

Lo que se debe admirar en la batalla de Waterloo es Inglaterra, la firmeza inglesa, la resolución inglesa, la sangre inglesa; lo que Inglaterra tuvo de magnífico, digámoslo a pesar suyo, fue ella misma. No fue su capitán; fue su ejército.

Wellington, caprichosamente ingrato, declara en una carta a lord Bathurst que su ejército, el ejército que combatió el 18 de junio de 1815, era un «ejército pésimo». ¿Qué piensa de esta frase ese oscuro montón de huesos sepultados bajo los surcos de Waterloo?

Inglaterra ha sido demasiado modesta tratándose de Wellington. Engrandecer a Wellington es hacer pequeña a Inglaterra. Wellington no es más que un héroe como cualquier otro. Los escoceses grises, los guardias de a caballo, los regimientos de Maitland y de Mitchell, la infantería de Pack y de Kempt, la caballería de Ponsomby y de Somerset, los *higlanders* tocando el *pibroch* envueltos en el fuego de la metralla, los batallones de Rylandt, los bisoños reclutas que apenas sabían manejar el fusil haciendo frente a los veteranos de Essling y de Rívoli, eso, eso es lo grande. Wellington fue tenaz; ése fue su mérito, y nosotros no se lo quitamos; pero el último de sus soldados de infantería y de sus jinetes fue tan obstinado como él. El soldado de hierro vale tanto como el duque de hierro. En cuanto a nosotros, toda nuestra glorificación se dirige al soldado inglés, al ejército inglés, al pueblo inglés. Si hubo trofeos, Inglaterra los mereció para sí. La columna de Waterloo sería más justa si en vez de la figura de un hombre ostentara en su cúspide la estatua de un pueblo.

Pero Inglaterra se irritará por lo que decimos aquí. Conserva aún, después de 1688 y de nuestro 1789, la ilusión feudal. Cree en el derecho de herencia y en la jerarquía. Ese pueblo, superior a todos en poder y en gloria, se estima como nación, no como pueblo. Como pueblo, se subordina espontáneamente y cree que un lord es siempre una cabeza bien organizada y capaz de mandar; trabajador, se somete al desprecio; soldado, se somete al castigo de los palos. Aún recordamos que en la batalla de Inkermann un sargento, que según parece había salvado al ejército, no pudo ser mencionado por lord Raglan porque la jerarquía militar inglesa no permite citar en un parte a ningún héroe inferior al grado de oficial.

Lo que admiramos sobre todo en un encuentro del género del de Waterloo es la prodigiosa habilidad del acaso. Lluvia nocturna, muro de Hougomont, cañada de Ohain, Grouchy sordo al cañón, el guía de Napoleón que le engaña, y el guía de Bulow que le dirige bien. Todo este cataclismo fue conducido maravillosamente.

Digámoslo de una vez: en Waterloo hubo más mortandad que combate.

De todas las batallas ordenadas, la de Waterloo es la que tiene el frente más pequeño respecto del número de combatientes. Napoleón tenía tres cuartos de legua; Wellington, media legua: setenta y dos mil combatientes por cada lado. De esta espesura vino la carnicería.

Se han formado el cálculo y la proporción siguientes. Pérdida de hombres: En Austerlitz: franceses, el catorce por ciento; rusos, el treinta por ciento; austríacos, el cuarenta y cuatro por ciento. En Wagram: franceses, el trece por ciento; austríacos, el catorce. En Moskowa: franceses, el treinta y siete por ciento; rusos, el cuarenta y cuatro. En Bautzen: franceses, el trece por ciento; rusos y prusianos, el catorce. En Waterloo: franceses, el cincuenta y seis por ciento; aliados, el treinta y uno. Total respecto de Waterloo, cuarenta y uno por ciento. Ciento cuarenta y cuatro mil combatientes; setenta mil muertos.

El campo de Waterloo presenta hoy la tranquilidad que pertenece a la tierra, sustentáculo impasible del hombre, y se parece a todas las llanuras.

Sin embargo, por la noche, una especie de bruma fantástica se desprende de él, y si algún viajero lo recorre, si mira, si escucha, si medita como Virgilio en las funestas llanuras de Filipos, se apodera de él la alucinación de la catástrofe. Revive el horrible 18 de junio; la falsa colina monumental se desvanece; el león se disipa, y el campo de batalla vuelve a tomar su realidad; líneas de infantería ondean en la llanura, galopes furiosos cruzan el horizonte; el aterrado soñador ve el brillo de los sables, el resplandor de las bayonetas, el flamígero fulgor de las bombas y el monstruoso cruzamiento de los truenos; oye, como una especie de estertor que sale del fondo de una tumba, el vago clamor de la batalla fantasma; esas sombras son los granaderos; esos resplandores son los coraceros; aquel esqueleto es Napoleón; aquel otro es Wellington. Todo esto no existe ya, y, sin embargo, aún se choca y se combate, y los barrancos se tiñen de sangre, y los árboles se estremecen, y hasta las nubes respiran venganza, y cuando llega la hora de las tinieblas, todas aquellas alturas feroces, Mont-Saint-Jean, Hougomont, Firschemont, Papelotte y Plancenoit, aparecen coronadas confusamente de torbellinos de espectros exterminándose.

Waterloo, si se le considera desde el punto de vista culminante de la cuestión, es intencionalmente una victoria contrarrevolucionaria. Es Europa contra Francia: San Petersburgo, Berlín y Viena contra París; el «statu quo» contra la iniciativa; el 14 de julio de 1789 atacado a través del 20 de marzo de 1815; es el zafarrancho de las monarquías contra el indomable motín francés. Apagar de una vez el volcán de ese vasto pueblo en erupción durante veintiséis años; tal era el objeto. Solidaridad de los Brunswich, de los Nassau, de los Romanoff, de los Hohenzollern, de los Habsburgos con los Borbones. Waterloo lleva a la grupa el derecho divino. Es cierto que habiendo sido despótico el Imperio, por la reacción natural de las cosas la monarquía tradicional debía ser forzosamente liberal, y que de Waterloo salió un orden constitucional, aunque forzoso y con gran sentimiento de los vencedores. Pero la Revolución no puede ser verdaderamente vencida, y siendo providencial y absolutamente fatal, vuelve a aparecer siempre. Antes de Waterloo, con Bonaparte, que derriba los tronos decrépitos; después de Waterloo, con Luis XVIII, que otorga y sufre al mismo tiempo la Carta Constitucional. Bonaparte pone un postillón en el trono de Nápoles y un sargento en el trono de Suecia, empleando la desigualdad para demostrar la igualdad; Luis XVIII, en Saint-Ouen, rubrica la Declaración de los Derechos del Hombre. ¿Queremos explicarnos lo que es la Revolución? Llamémosle Progreso. ¿Queremos explicarnos lo que es el Progreso? Llamémosle Mañana. Mañana ejecuta su tarea irresistiblemente, y la ejecuta desde hoy; llega siempre a su objeto de un modo extraordinario. Se vale de Wellington para hacer un orador de Foy, que no era más que un soldado. Foy cae en Hougomont y se levanta en la tribuna. Así procede el Progreso. Para ese obrero no hay herramienta mala. Ajusta a su trabajo divino, sin desconcertarse, al hombre que ha atravesado los Alpes y al enfermo y vacilante anciano del padre Elíseo. Lo mismo se sirve del gotoso que del conquistador: del conquistador, exteriormente; del gotoso, en lo interior. Waterloo poniendo término a la demolición de los tronos europeos con la espada, no hizo sino continuar por otro lado la obra revolucionaria. El militarismo concluyó, y les llegó su vez a los pensadores. El siglo que Waterloo quería detener marchó por encima de él y prosiguió su camino. Esta victoria siniestra fue vencida por la libertad.

En suma, e incontestablemente, lo que triunfaba en Waterloo, lo que sonreía tras Wellington, lo que le llevaba todos los bastones de mariscal de Europa incluso, según se dice, el bastón de mariscal de Francia; lo que hacía rodar alegremente las carretadas de tierras llenas de huesos para elevar el cerro del león; lo que hizo inscribir triunfalmente en ese pedestal la fecha «18 de junio de 1815»; lo que animaba a Blucher a acuchillar y acabar con la derrota; lo que desde lo alto de la meseta de Mont-Saint-Jean se inclinaba sobre Francia como sobre una presa, era la contrarrevolución. La contrarrevolución fue quien murmuró esta palabra infame: desmembración. Al llegar a París vio el cráter de cerca, sintió que sus cenizas le quemaban los pies y varió de opinión. Volvió a la tartamudez de una carta constitucional.

No veamos en Waterloo sino lo que hay realmente en él. Y respecto de intenciones liberales no había ninguna. La contrarrevolución era involuntariamente liberal, lo mismo que Napoleón, por un fenómeno análogo, era revolucionario contra su voluntad. El 18 de junio de 1815, Robespierre, a caballo, perdió los estribos.

Terminada la dictadura, todo un sistema europeo se vino abajo.

El Imperio se desmoronó en una sombra parecida a la del mundo romano expirante. Volvióse a ver el abismo, como en tiempo de los bárbaros. Sólo que la barbarie de 1815, a la cual llamaremos por su apodo la contrarrevolución, tenía poco aliento, se cansó en breve y se detuvo. El Imperio, confesémoslo de una vez, fue llorado, y llorado por los ojos de héroes. Si la gloria consiste en la espada convertida en cetro, el Imperio había sido la gloria misma. Había derramado por la tierra toda la luz que pueda dar la tiranía, luz sombría; digamos más, luz oscura.

Comparada con la del día verdadero, es la oscuridad de la noche. Pero la desaparición de esta noche produjo el efecto de un eclipse.

Luis XVIII regresó a París. Los bailes del 8 de junio borraron el entusiasmo del 20 de marzo. El corso se volvió la antítesis del bearnés. La bandera de la cúpula de las Tullerías fue blanca; el destierro se sentó en el trono. La mesa de abeto de Hartwell se colocó frente al sillón flordelisado de Luis XIV. Se habló de Bouvines y de Fontenoy como del día anterior, habiendo envejecido Austerlitz. El altar y el trono fraternizaron majestuosamente. En Francia y en el continente se estableció una de las formas más incontestadas de la salvación de la sociedad en el siglo XIX. Europa tomó la escarapela blanca.

Trestaillón se hizo célebre. La divisa «non pluruvis in par» volvió a aparecer en rayos de piedra, figurando un sol en la fachada del cuartel del muelle de Orsay. Donde había habido una guardia imperial hubo una casa roja. El arco del Carroussel, cargado de victorias ya insoportables, fuera de su sitio en estas novedades, algo vergonzoso tal vez de Marengo y de Arcole, salió del paso de la estatua de Angulema. El cementerio de la Magdalena, temible fosa común del 93, se cubrió de mármol y de jaspe, descansando en este polvo los huesos de Luis XVI y de María Antonieta. En el foso de Vicennes se elevó de la tierra un monumento sepulcral para recordar que el duque de Enghien había muerto el mismo mes en que fue coronado Napoleón. El Papa Pío VII, que había hecho esta consagración casi al mismo tiempo de ocurrir aquella muerte, bendijo tranquilamente la caída, como había bendecido la elevación. Hubo en Schoenbrunn un niño de cuatro años, sombra infeliz a quien era sedicioso llamar rey de Roma. Y se hicieron todas estas cosas, y estos reyes volvieron a subir a sus tronos, y el dueño de Europa fue encerrado en una jaula, y el antiguo régimen se convirtió en moderno, y toda la oscuridad y toda la luz de la Tierra cambiaron de sitio porque en la tarde de un día de verano un pastor dijo en el bosque a un prusiano: «Pasad por aquí y no por allí.»

El año 1815 fue una especie de abril lúgubre. Las viejas realidades nocivas y venenosas se cubrieron de nuevas apariencias. La mentira se casó con el 1789; el derecho divino se enmascaró con una carta; las farsas se hicieron constitucionales; las preocupaciones, las supersticiones y los pensamientos ocultos con el artículo 14 en el corazón, se barnizaron de liberalismo. Fue el cambio de piel de las serpientes.

El hombre había sido hecho grande y empequeñecido a la vez por Napoleón. Lo ideal, bajo ese reinado de la materia espléndida, decidió el extraño nombre de ideología; grave imprudencia de un grande hombre ridiculizar el porvenir. Los pueblos, sin embargo, esa carne de cañón tan enamorada del artillero, lo buscaban con la vista. ¿Dónde está? ¿Qué hace? «Napoleón ha muerto», decía un transeúnte a un inválido de Marengo y de Waterloo. «¿Muerto él? —exclamó el soldado—. ¿Lo conocéis bien?» Las imaginaciones deificaban a aquel hombre caído. Después de Waterloo, el fondo de Europa fue tenebroso. Durante mucho tiempo hubo un gran vacío causado por la ausencia de Napoleón.

Los reyes se colocaron en este vacío. La vieja Europa se aprovechó de él para reformarse. Hubo una Santa Alianza. Bella Alianza, había dicho de antemano el campo fatal de Waterloo.

En presencia y frente a frente de la antigua Europa rehecha, se bosquejaron los rasgos de una Francia nueva. El porvenir, ridiculizado por el emperador, hizo su entrada solemne llevando en la frente la estrella de la libertad. Los ojos ardientes de las generaciones jóvenes se volvieron hacia él. Cosa singular: se enamoraron al mismo tiempo del porvenir, Libertad, y del pasado, Napoleón. La derrota había elevado al vencido: Bonaparte, caído, parecía más alto que Napoleón de pie. Los que habían triunfado tuvieron miedo. Inglaterra le hizo guardar por Hudson Lowe, y Francia le hizo espiar por Montchenu. Sus brazos cruzados pusieron en alarma los tronos. Alejandro le llamaba «mi insomnio». Este espanto procedía de la cantidad de revolución que tenía en sí, lo cual explica y excusa el liberalismo bonapartista. El fantasma hacía temblar al viejo mundo. Los reyes reinaron con cierto malestar mientras tuvieron la roca de Santa Elena en el horizonte.

Mientras Napoleón agonizaba en Longwood, los setenta mil hombres que cayeron en el campo de Waterloo yacían gangrenándose tranquilamente, y algo de su paz se esparció por el mundo. El Congreso de Viena hizo sus Tratados de 1815, y Europa llamó a eso la Restauración.

Esto fue Waterloo.

Pero ¿qué importa a lo infinito? Toda esta tempestad, toda esa nube, esa guerra, y después esa paz; toda esa sombra no turbó un momento la luz de la inmensa mirada, ante la cual un pulgón saltando de hoja en hoja es igual al águila que vuela de campanario en campanario en las torres de Nuestra Señora.

* * *

Es una necesidad de este libro que volvamos a ese campo fatal de batalla.

El 18 de junio de 1815 era día de luna llena. Aquella claridad favoreció la feroz persecución de Blucher, denunció las huellas de los fugitivos, entregó aquellas masas desastrosas a la caballería prusiana y ayudó a la matanza. La noche se complace algunas veces en ser testigo de esas horribles catástrofes.

Después de disparado el último cañón, la llanura de Mont-Saint-Jean quedó desierta.

Los ingleses ocuparon el campamento de los franceses; es la prueba habitual de la victoria acostarse en el lecho del vencido. Establecieron su vivac al otro lado de Rosomme. Los prusianos, continuando la persecución, siguieron adelante. Wellington fue a la aldea de Waterloo a redactar el parte para lord Bathurts.

Si alguna vez ha sido aplicable el «sic vos non vobis», es seguramente a esta aldea de Waterloo. Waterloo no hizo nada, y está situada a media legua de los sitios en que se dio la acción. Mont-Saint-Jean fue cañoneado; Hougomont fue quemado; Papelotte, también; Plancenoit, igualmente; la Haie-Sainte fue tomada por asalto; la Bella Alianza vio el brazo de los dos vencedores. Sin embargo, estos nombres han quedado casi desconocidos, y Waterloo, que no hizo nada en la batalla, tuvo para sí todos los honores.

No somos aduladores de la guerra; cuando se presenta la ocasión le decimos las verdades. La guerra tiene bellezas horribles que no hemos ocultado, pero convengamos en que tiene también cosas muy feas. Una de las más sorprendentes es el rápido despojo de los muertos después de la victoria. El alba que sigue a una batalla aparece siempre para alumbrar cadáveres desnudos.

¿Quién hace esto? ¿Quién mancha así el triunfo? ¿Qué asquerosa mano furtiva es ésa que se introduce en el bolsillo de la victoria? ¿Qué rateros son esos que dan sus golpes detrás de la gloria? Algunos filósofos, entre ellos Voltaire, afirman que son precisamente aquellos que han conquistado la gloria. «Son los mismos —dicen—; no ha habido cambio alguno; los que están de pie saquean a los que están en tierra. El héroe del día es el vampiro de la noche. Al fin y al cabo tienen derecho a despojar a un cadáver que él mismo ha hecho.» En cuanto a nosotros, no lo creemos. Recoger laureles y robar los zapatos a un muerto nos parece imposible que lo haga una misma mano.

Lo cierto es que, generalmente, después de los vencedores vienen los ladrones. Pero pongamos al soldado, sobre todo al soldado contemporáneo, fuera de cuestión.

Todo ejército tiene una cola, y a ésa es a la que debe acusarse. Seres murciélagos, entre bandidos y criados, todas las especies de mariposas crepusculares que engendra esa oscuridad que se llama la guerra, portadores de uniforme que no combaten, enfermos supuestos, cojos temibles, cantineros contrabandistas, algunas veces con sus mujeres, trotando en carretas y robando lo que vuelven a vender; mendigos que se ofrecen por guías a los oficiales, granujas merodeadores; todo esto —no hablamos del tiempo presente— seguía en pos de los ejércitos en otro tiempo, de tal suerte que en el lenguaje especial militar se llamaban «los rezagados». Ningún ejército ni nación alguna era responsable de estos seres; hablaban italiano y seguían a los alemanes; hablaban francés y seguían a los ingleses. Uno de estos miserables, rezagado español que hablaba francés, fue el que engañó al marqués de Fervacques con su charla; el cual, tomándole por uno de los nuestros, se fió de él y fue muerto a traición y robado en el mismo campo de batalla la noche que siguió a la victoria de Cernolles. Del merodeador nacía el pícaro. La detestable máxima «Vivir a costa del enemigo» producía esta lepra, que sólo podía curar una disciplina rigurosa. Hay famas que engañan; algunas veces no se sabe por qué ciertos generales, grandes por otro lado, han sido tan populares. Turena era adorado por sus soldados porque toleraba el pillaje; el mal consentido forma parte de la bondad. Turena era tan bueno que dejó poner a sangre y fuego al Palatinado. Detrás de los ejércitos veíanse más o menos merodeadores, según la mayor o menor severidad del jefe. Hoche y Manau no tenían rezagados. Wellington —le hacemos voluntariamente esta justicia— tenía muy pocos.

Sin embargo, en la noche del 18 al 19 de junio se despojó a los muertos. Wellington fue rígido. Dio orden de pasar por las armas a todo el que fuese cogido en flagrante delito; pero la rapiña es tenaz.

Los merodeadores robaban en uno de los extremos del campo de batalla mientras estaban fusilando en el otro.

En esta llanura la luna era siniestra.

A eso de las doce vagaba un hombre o, mejor dicho, andaba arrastrándose por la parte del barranco de Ohain. Según toda apariencia, era uno de los que acabamos de caracterizar, ni inglés, ni francés, ni soldado, ni paisano; menos hombre que hiena, atraído por el olor de los muertos, teniendo el robo por victoria y acudiendo a saquear a Waterloo. Llevaba una blusa que tenía algo de capote, e inquieto y atrevido, marchaba hacia adelante mientras miraba hacia atrás. ¿Quién era aquel hombre? Probablemente la noche le conocía más que el día. No llevaba saco; pero es indudable que llevaba bajo su capote anchos bolsillos. De cuando en cuando se detenía, examinaba la llanura en torno suyo, como para ver si alguien le observaba; se bajaba bruscamente, revolvía en tierra una cosa silenciosa e inmóvil, y luego se enderezaba y se escapaba de aquel sitio. Su paso de zorra, su actitud, su gesto rápido y misterioso, le asemejaban a esas larvas crepusculares que frecuentan las ruinas y que las antiguas leyendas normandas llaman los «Andantes».

Ciertas aves nocturnas forman figuras de esta especie en los pantanos.

Cualquiera que hubiese mirado con atención toda esta bruma habría podido notar a cierta distancia, parado y como oculto detrás de un caserón que rodea en la calzada de Nivelle el ángulo del camino de Mont-Saint-Jean a Braine l'Ailleud, una especie de carro pequeño de vivandero, con toldo de mimbre embreado, del que tiraba un hambriento rocín, que en aquel momento pacía las ortigas a través del freno, y en el carro una especie de mujer sentada encima de cofres y paquetes. Tal vez había algún vínculo de unión entre este carro y el merodeador.

La claridad era serena. Ni una nube empañaba el limpio azul del horizonte. ¿Qué importa que la tierra se tiña de rojo si la luna permanece blanca? Ésa es la indiferencia del cielo. Las ramas de los árboles, rotas por la metralla, pero sin caer aún, y sujetas a la corteza, se mecían en la pradera blandamente al suave soplo del viento de la noche. Un tenue aliento, casi una respiración, movía las malezas. Había en la hierba cierto estremecimiento que parecía el de las almas al abandonar los cuerpos.

Oíanse vagamente en lontananza ir y venir las patrullas y rondas mayores del campamento inglés.

Hougomont y la Haie-Sainte continuaban ardiendo, formando, el uno al Oeste y el otro al Este, dos grandes hogueras, a las que se unía como un collar de rubíes desatado, con dos carbunclos a sus extremos, el cordón de fuego del campamento inglés, que se extendía en inmenso semicírculo por las colinas del horizonte.

Si hay alguna cosa horrible, si existe una realidad que va más allá del sueño, es ésta: vivir, ver el Sol, estar en plena posesión de la fuerza viril, tener salud y alegría, reír con valor, correr hacia una gloria deslumbradora que se tiene delante, sentir en el pecho un pulmón que respira, un corazón que late, una voluntad que raciocina; hablar, pensar, esperar, amar, tener una madre, tener mujer, tener hijos, tener luz, y, de pronto, en el espacio de tiempo necesario para dar un grito, en menos de un minuto, hundirse en un abismo, caer, rodar, magullar, ser magullado, ver espigas de trigo, flores, hojas, ramas; no poder agarrarse a nada, apretar un sable inútil, tener debajo de sí los hombres, encima los caballos, luchar en vano, romperse los huesos con una coz dada en las tinieblas, sentir el tacón de una bota que os hace saltar los ojos, recordar con rabia las herraduras de los caballos, ahogarse, aullar, desesperarse, estar allí debajo y decirse: «¡Hace un momento yo vivía!"

Donde había ocurrido este lamentable desastre reinaba a la sazón un profundo silencio. La caja del camino estaba llena de caballos y de jinetes amontonados inextricablemente; terrible amalgama. Ya no había declive; los cadáveres nivelaban el camino con la llanura, y le tenían ras con ras, como una media fanega de cebada bien medida. Un montón de muertos en la parte alta y un río de sangre en la parte baja; tal era este camino la noche del 18 de junio de 1815. La sangre corría hasta la calzada de Nivelle, y allí se extendía en una ancha laguna delante de la tala de árboles que cerraba el paso de la calzada, en un sitio que hoy se enseña aún.

El vagabundo nocturno que acabamos de hacer entrever al lector iba por este lado escudriñando aquella inmensa tumba, mirando, pasando no sé qué asquerosa revista de muertos y hundiéndose los pies en charcos de sangre. De pronto se detuvo.

A algunos pasos delante de él, en el camino, y en el punto donde concluía el montón de cadáveres, de debajo de aquella masa confusa de hombres y de caballos, salía una mano abierta, alumbrada por la luna.

Esta mano tenía en un dedo una cosa que brillaba y que era una sortija de oro.

El hombre se inclinó y permaneció un momento agachado, y cuando volvió a levantarse la sortija había desaparecido de la mano.

No se volvió a levantar precisamente; permaneció en una actitud feroz y medrosa, volviendo la espalda al montón de muertos, examinando el horizonte, de rodillas, con el cuerpo inclinado hacia adelante y apoyando en tierra los dos índices, sacando la cabeza por encima del borde del camino. Las cuatro patas del chacal convienen a ciertas acciones.

Después, tomando su partido, se levantó.

En aquel momento tuvo una especie de sobresalto.

Sintió que le agarraban por detrás.

Volvióse. Era la mano abierta, que había vuelto a cerrarse y que le había cogido el faldón de su capote.

Un hombre honrado hubiese tenido miedo. Éste se echó a reír.

—¡Calle! —dijo—. Si es el muerto. Más me gusta un aparecido que un gendarme.

Sin embargo, la mano se fue aflojando y le soltó. El esfuerzo se agota pronto en la tumba.

—¡Hola! —dijo el vagabundo—. ¿Estará vivo este muerto? Vamos a ver.

Inclinóse de nuevo; empezó a separar los obstáculos que le impedían llegar hasta la mano y, una vez separados, la cogió, empuñó el brazo, separó la cabeza, sacó el cuerpo, y algunos instantes después arrastraba en la oscuridad del camino a un hombre inanimado o desmayado a lo menos. Era un coracero, un oficial, y hasta oficial de cierta categoría. Por debajo de la coraza salía una charretera gruesa de oro; este oficial no tenía ya casco. Un sablazo furioso había destrozado su cara, en la que sólo se veía sangre. Por lo demás, parecía que no tenía ningún miembro roto, y por una feliz casualidad, si esta palabra es posible aquí, los muertos habían formado arco por encima de él, de modo que le habían librado de ser aplastado. Sus ojos estaban cerrados. Sobre su coraza llevaba la cruz de plata de la Legión de Honor.

El vagabundo arrancó esta cruz, que desapareció en uno de los abismos que tenía debajo del capote.

Hecho lo cual, tentó el bolsillo del chaleco del oficial, en el que sintió un reloj, y lo tomó. Después examinó el otro bolsillo; halló en él una bolsa, y la cogió. A este punto llegaba del socorro que estaba prestando al moribundo, cuando el oficial abrió los ojos.

—Gracias —dijo débilmente—. ¿Quién ha ganado la batalla?

—Los ingleses —respondió el vagabundo.

El oficial continuó:

—Registrad mis bolsillos. En ellos hallaréis una bolsa y un reloj; tomadlos.

Ya estaba hecho; pero el vagabundo fingió ejecutar lo que se le decía, y replicó:

—No hay nada.

—Me han robado —dijo el oficial—, y lo siento. Hubiese sido para vos.

Los pasos de la patrulla se oían cada vez más distintos.

—Viene gente —dijo el vagabundo, haciendo el movimiento de un hombre que se va.

El oficial, levantando el brazo con trabajo, le detuvo.

—Me habéis salvado la vida. ¿Quién sois?

El vagabundo respondió rápidamente y en voz baja:

—Yo pertenecía, como vos, al ejército francés. Tengo que dejaros. Si me cogiesen me fusilarían. Os he salvado la vida. Ahora componeos como podáis.

—¿Cuál es vuestra graduación?

—Sargento.

—¿Cómo os llamáis?

—Thenardier.

—No olvidaré ese nombre —dijo el oficial—. Y vos conservad el mío. Me llamo Pontmercy.

CAPÍTULO X

EL NAVÍO «ORIÓN»

Juan Valjean había sido capturado de nuevo.

El lector nos agradecerá que pasemos rápidamente por detalles dolorosos. Nos limitaremos, pues, a reproducir dos artículos sueltos publicados por los periódicos de aquella época pocos meses después de los sorprendentes acontecimientos ocurridos en M.

Estos artículos son algo reducidos, porque, como sabemos, en aquel tiempo no existía aún la «Gaceta de los Tribunales».

Tomamos el primero de «La Bandera Blanca», fechado el 25 de julio de 1823:

«Un distrito del departamento del Pas-de-Calais acaba de ser teatro de un acontecimiento poco común. Un hombre extraño al departamento, y llamado el señor Magdalena, había dado gran impulso de algunos años a esta parte, gracias a procedimientos nuevos, a una antigua industria local: la fabricación de azabaches y abalorios negros. En ella había hecho su fortuna, y, si vale decir verdad, la del departamento. En justa retribución de sus servicios se le había nombrado alcalde. La Policía ha descubierto que el señor Magdalena no era sino un antiguo presidiario, escapado del presidio, condenado en 1796 por robo y llamado Juan Valjean. Éste ha sido enviado de nuevo al presidio. Parece que antes de su prisión había conseguido sacar de casa del señor Laffitte la cantidad de más de medio millón de francos que tenía colocada en dicha casa, y que, por otra parte, según se dice, había ganado muy legítimamente en su comercio. No se ha podido saber dónde había ocultado esta suma Juan Valjean después de su entrada en el presidio de Tolón.»

El segundo artículo, algo más minucioso, se publicó en el «Diario de París» de la misma fecha. Dice así:

«Acaba de comparecer ante el Tribunal de los Asisses del Var un antiguo licenciado de presidio, llamado Juan Valjean, en circunstancias propias para llamar la atención. Este criminal había conseguido engañar la vigilancia de la Policía: había cambiado su nombre y logrado hacerse nombrar alcalde de una de nuestras pequeñas poblaciones del Norte, donde había establecido un comercio de bastante consideración. Al fin ha sido desenmascarado y preso, gracias al celo infatigable de la autoridad. Tenía por concubina a una mujer pública, que ha muerto de terror en el momento de su prisión. Este miserable, dotado de una fuerza hercúlea, había hallado medio de evadirse; pero tres o cuatro días después de su evasión la Policía consiguió apoderarse nuevamente de él en París mismo, en el momento de subir a uno de esos pequeños carruajes que hacen el trayecto de la capital a la aldea de Monfermeil (Sena y Oise). Dícese que se aprovechó de estos tres o cuatro días de libertad para retirar una suma considerable colocada por él en casa de uno de nuestros principales banqueros, y cuyo importe se hace subir a seiscientos o setecientos mil francos. Si hemos de dar crédito al acta de acusación, debe haberla escondido en un sitio conocido de él sólo, y no se ha podido dar con ella. Como quiera que sea, el tal Juan Valjean acaba de comparecer ante el Tribunal del departamento del Var como acusado de robo en despoblado, cometido a mano armada hará unos ocho años en la persona de uno de esos honrados niños que, como dijo el patriarca de Ferney en versos inmortales:

»Todos los años vienen de Saboya para deshonillar con diestra mano los largos tubos de las chimeneas.

»El bandido ha renunciado a defenderse. El hábil y el elocuente órgano del ministerio público ha probado que el robo fue cometido en unión con otros cómplices, y que Juan Valjean formaba parte de una banda de ladrones establecida en el Mediodía. Por consiguiente, Juan Valjean, declarado reo, ha sido condenado a la pena de muerte y, no habiendo querido entablar recurso de casación, la sentencia se hubiera ejecutado si el rey, en su inagotable benignidad, no se hubiera dignado conmutarle dicha pena por la de cadena perpetua. Juan Valjean ha sido conducido inmediatamente al presidio de Tolón.»

No se habrá olvidado que Juan Valjean tenía en M. costumbres religiosas. Algunos periódicos, entre otros «El Constitucional», presentaron esta conmutación de pena como un triunfo del partido clerical.

Juan Valjean cambió de número en el presidio. Se llamó el 9.430.

Por lo demás, digámoslo de una vez para siempre, la prosperidad de M. desapareció con el señor Magdalena. Todo cuanto había previsto en su noche de vacilación y de fiebre se realizó. Faltando él, faltó el alma de aquella población. Después de su caída se verificó en M. ese reparto egoísta de la herencia de los grandes hombres caídos: esa fatal desmembración de las cosas florecientes que se efectúa todos los días oscuramente en la comunidad humana, y que la Historia no ha consignado más que una vez, porque se hizo después de la muerte de Alejandro. Los tenientes se coronan reyes; los contramaestres se improvisaron fabricantes. Surgieron las rivalidades envidiosas. Cerráronse los vastos talleres de Magdalena; los edificios se arruinaron; dispersáronse los obreros. Unos dejaron el país, otros dejaron el oficio. Desde entonces todo se hizo en pequeño en vez de hacerse en grande; en vez de hacerse por el bien, se hizo por el lucro. Ya no hubo centro; la competencia y el encarnizamiento aparecieron por todas partes. Magdalena lo dominaba y dirigía todo. Caído él, cada uno se fue por su lado; el espíritu de lucha sucedió al espíritu de organización; la aspereza a la cordialidad; el odio del uno contra el otro a la benevolencia del fundador para con todos. Los hilos atados por el señor Magdalena se enredaron y se rompieron. Se falsificaron los procedimientos, se envilecieron los productos, se mató la confianza, disminuyeron las exportaciones, hubo menos pedidos, bajó el salario, cerráronse los talleres y pronto vino la quiebra. Y luego, nada para los pobres. Todo se desvaneció.

El Estado mismo echó de ver que alguien había sido arruinado en alguna parte. En menos de cuatro años, después de la sentencia del Tribunal estableciendo la identidad de Magdalena y de Juan Valjean y enviándolo a presidio, se habían duplicado los gastos de percepción del impuesto en el distrito de M., como observó monsieur De Vilelle en la tribuna en el mes de febrero de 1827.

* * *

Hay en el país de Montfermeil una superstición muy antigua, tanto más curiosa y tanto más preciosa cuanto que superstición popular en las cercanías de París es como un áloe en la Siberia. Somos de los que respetan todo lo que se halla en estado de planta rara. La superstición de Montfermeil consiste en creerse allí que el diablo, desde tiempo inmemorial, ha escogido la selva inmediata para ocultar en ella sus tesoros. Las buenas mujeres afirman que no es raro encontrar, al morir el día, en los sitios apartados del bosque, un hombre negro, con facha de carretero o de leñador, calzado con zuecos, vestido con pantalón y sobretodo de lienzo, y fácil de conocer, porque en vez de gorra o de sombrero lleva dos cuernos inmensos en la cabeza.

En efecto; esto debe servir de mucho para conocerlo. Este hombre está habitualmente ocupado en hacer hoyos en la tierra. Hay tres modos de sacar partido del encuentro. El primero es llegarse al hombre y hablarle. Entonces se ve que el pobre hombre no es más que un aldeano, que parece negro porque es la hora del crepúsculo; que no hace tal hoyo en la tierra, sino que corta hierba para sus vacas, y que lo que se había tomado por cuernos no es más que una horquilla para remover el estiércol, que lleva a la espalda, y cuyos dientes, por efecto de la perspectiva de la noche, parecía que salían de su cabeza. Vuelve uno a su casa y se muere al cabo de una semana. El segundo método es observarle; esperar a que haya hecho su hoyo, a que lo haya vuelto a cubrir y se haya ido; luego ir corriendo al agujero, destaparlo y coger «el tesoro» que el hombre negro ha depositado en él necesariamente. En este caso muere uno al cabo de un mes. En fin, el tercer método es no hablar al hombre negro, no mirarle y echar a correr a todo escape. Entonces muere uno al cabo de un año.

Como los tres métodos tienen sus inconvenientes, el segundo, que ofrece a lo menos algunas ventajas, entre otras las de poseer un tesoro, aunque no sea más que un mes, es el que generalmente se adopta. Los hombres atrevidos y que intentan toda clase de aventuras han abierto muchas veces, según se dice, los hoyos hechos por el hombre negro y han intentado robar al diablo. Parece que la operación no ha producido grandes resultados, a lo menos si se ha de creer la tradición, y, en particular, los dos versos enigmáticos en latín bárbaro que ha dejado sobre este asunto un mal fraile normando, algo hechicero, llamado Trifón. Este Trifón está enterrado en la abadía de San Jorge de Bocherville, cerca de Ruan, y sobre su tumba nacen sapos.

Se hacen, pues, esfuerzos enormes, porque esos hoyos son generalmente muy hondos. Se suda, se cava, se trabaja toda una noche, porque de noche es cuando se ejecuta todo esto; se empapa la camisa en sudor, se gasta toda la luz, se mella el azadón, y cuando se ha llegado, en fin, al fondo del hoyo, cuando se ha puesto la mano encima del «tesoro», ¿qué es lo que se encuentra? ¿Qué es el tesoro del diablo? Un sueldo, a veces un escudo, una piedra, un esqueleto, un cadáver destilando sangre; en ocasiones un espectro doblado en cuatro, como un pliego de papel en una cartera; otras veces nada.

Parece que en nuestros días se halla también en estos hoyos bien un frasco de pólvora con balas, bien una baraja vieja de cartas mugrientas y chamuscadas, que indudablemente ha servido a los diablos. Trifón no consigna estos dos hallazgos, porque vivía en el siglo XII, y no parece que el diablo haya tenido el talento de inventar la pólvora antes de Roger Bacon, ni las cartas antes de Carlos VI.

Por lo demás, el que juega con estas cartas puede estar seguro de perder todo lo que posee, y en cuanto a la pólvora que hay en el frasco, tiene la propiedad de hacer reventar el fusil en el rostro.

Ahora bien; muy poco tiempo después de la época en que pareció al ministerio público que el licenciado de presidio Juan Valjean, durante su evasión de algunos días, había andado vagando por los alrededores de Montfermeil, se notó en esta misma aldea que un viejo peón caminero, llamado Boulatruelle, hacía «frecuentes visitas» al bosque. Se creía saber en el país que el tal Boulatruelle había estado en presidio; estaba sometido a cierta vigilancia de la Policía, y como no encontraba trabajo en ninguna parte, la Administración lo empleaba, por un pequeño jornal, como peón en el camino vecinal de Gagny a Lagny.

Este Boulatruelle, que era mirado de reojo por la gente del país, demasiado respetuoso, demasiado humilde, pronto a quitarse su gorra ante todo el mundo, temblando y sonriendo delante de los gendarmes, estaba afiliado probablemente a alguna partida de malhechores, según se decía, y aún se tenían sospechas de que se emboscaba a la caída de la noche en alguna espesura de los bosques. No tenía en su favor sino la circunstancia de no ser borracho.

Véase lo que se creía haber notado:

Hacía algún tiempo que Boulatruelle dejaba muy temprano su trabajo de echar piedra y de componer el camino y se iba con su azadón a la selva. A la caída de la tarde se le encontraba en los claros más desiertos, entre la maleza más sombría, buscando al parecer alguna cosa y otras veces abriendo hoyos. Las comadres que pasaban le tomaban por Belcebú; después conocían a Boulatruelle, y no quedaban más tranquilos por esto. Tales encuentros parece que incomodaban mucho a Boulatruelle, lo cual era indicio evidente de que procuraba ocultarse y de que había misterio en lo que hacía.

Decían en la aldea:

—Es claro que el diablo se ha aparecido. Boulatruelle le ha visto, y busca. Vamos, se ha empeñado en atraparle el gato a Lucifer.

Los volterianos añadían:

—¿Será Boulatruelle quien atrape al diablo o el diablo a Boulatruelle?

Las viejas llevaban todo el día haciendo la señal de la cruz.

Poco tiempo después cesaron las idas de Boulatruelle al bosque y volvió a su trabajo de peón caminero, con lo cual se habló de otra cosa.

No obstante, la curiosidad de algunas personas no se había dado por satisfecha, creyendo que en todo esto había probablemente, no los fabulosos tesoros de la leyenda, sino alguna buena cantidad más seria y más palpable que los billetes de Banco del diablo, y cuyo secreto había medio sorprendido sin duda el caminero. Los más «curiosos» eran el maestro de escuela y el bodegonero Thenardier, el cual era amigo de todo el mundo y no había desdeñado unirse a Boulatruelle.

—Ha estado en presidio —se decía—. ¡Cómo ha de ser! No se sabe ni quién está allí ni quién ira.

Una noche afirmaba el maestro de escuela que en otro tiempo la justicia habría inquirido lo que Boulatruelle iba a hacer al bosque y le habría hecho hablar, porque en caso de necesidad se le habría sometido al tormento, y no habría podido resistir, por ejemplo, a la cuestión del agua.

—Le daremos la cuestión del vino —dijo Thenardier.

Pusieron manos a la obra e hicieron beber al viejo peón caminero. Boulatruelle bebió enormemente y habló poco. Combinó con un arte admirable y una proporción magistral la sed de un glotón con la discreción de un juez. Sin embargo, a fuerza de volver a la carga y de unir y compaginar las pocas palabras oscuras que se le escaparon, Thenardier y el maestro de escuela creyeron comprender lo siguiente:

Una mañana, al ir Boulatruelle a su trabajo, apenas amanecía, se sorprendió al ver en un recodo del bosque, entre la maleza, una pala y un azadón, «como quien dice ocultos». Sin embargo, pensó que probablemente serían el azadón y la pala del tío Six-Fours, el aguador, y no volvió a pensar en ello. Pero al oscurecer del mismo día había visto, sin que le viese a él, porque estaba oculto tras un árbol, «a un individuo que no era del país, que se dirigía desde el camino a lo más espeso del bosque, y a quien él, Boulatruelle, conocía muy bien». Traducción de Thenardier: «Un compañero de presidio.»

Boulatruelle se había negado obstinadamente en declarar su nombre. Este individuo llevaba un paquete, una cosa como cuadrada, parecido a una caja grande o a un cofre pequeño. Sorpresa de Boulatruelle. Sin embargo, hasta pasados siete u ocho minutos no se le ocurrió la idea de seguir al «sujeto». Pero era demasiado tarde. El «sujeto» se había internado en lo más espeso del bosque; la noche se había echado encima, y Boulatruelle no había podido dar con él. Entonces tomó el partido de observar a la entrada del bosque. «Hacía luna» y, dos o tres horas después, había visto salir de entre la maleza al sujeto, llevando, no el cofre-maleta, sino una pala y un azadón. Boulatruelle le dejó pasar, y no se le ocurrió la idea de llegarse a él porque dijo para sí que el otro era tres veces más fuerte, y, armado además como iba de un azadón y una pala, le hubiera hundido de un puñetazo, probablemente, al conocerle y verse conocido. ¡Tierna efusión de dos camaradas antiguos que se vuelven a hallar! Pero la pala y el azadón habían sido un rayo de luz para Boulatruelle; había corrido a la maleza por la mañana, y no había encontrado ya ni uno ni otro instrumento, de lo cual dedujo que el sujeto, después de entrar en el bosque, abrió un hoyo en la tierra con el azadón, enterró el cofre y volvió a cerrar el hoyo con la pala. Ahora bien; el cofre era demasiado pequeño para contener un cadáver; contenía, pues, dinero. De ahí sus pesquisas. Boulatruelle exploró, sondeó y escudriñó toda la selva, y miró por todas partes donde le pareció que habían removido recientemente la tierra; pero fue en vano.

No había «pescado» nada. Nadie volvió a pensar sobre esto en Montfermeil. Sólo hubo algunas comadres que dijeron:

—Tened por cierto que el caminero de Gagny ha armado por algo toda esta barahúnda; de seguro ha venido el diablo.

* * *

A fines de octubre del año 1823 los habitantes de Tolón vieron entrar en su puerto, de resultas de un temporal y para reparar algunas averías, al navío «Orión», que fue después empleado en Brest como navío-escuela, y que entonces formaba parte de la escuadra del Mediterráneo.

Este buque, averiado y todo como estaba porque el mar lo había maltratado, hizo un gran efecto al entrar en la rada. Llevaba no recuerdo qué pabellón, que le valió un saludo reglamentario de once cañonazos, devueltos por él uno a uno; total, veintidós. Se ha calculado que en salvas, cortesías reales y militares, cambio de ruidos corteses, señales de etiqueta, formalidades de radas y de ciudadelas, salvas hechas diariamente por todas las fortalezas y todos los buques de guerra al salir y ponerse el sol, a la apertura y clausura de puertos, etc., etc., el mundo civilizado gasta en pólvora en toda la Tierra cada veinticuatro horas ciento cincuenta mil tiros de cañón inútiles. A seis francos cada tiro, importan novecientos mil francos al día; trescientos millones al año que se convierten en humo. Esto no es más que un detalle. Entre tanto los pobres se mueren de hambre.

El año 1823 era lo que la Restauración ha llamado «la época de la guerra de España».

Esta guerra contenía muchos acontecimientos en uno solo, y muchas singularidades. Un gran asunto de familia para la casa de Borbón. La rama de Francia socorriendo y protegiendo a la de Madrid; es decir, ejecutando un acto de primogenitura; una vuelta aparente a nuestras tradiciones nacionales, complicada con servidumbre y sujeción a los Gabinetes del Norte. El duque de Angulema, llamado por los periódicos liberales «el héroe de Andújar», comprimiendo, en una actitud triunfal; algo contrariada por su aire pacífico, al viejo terrorismo demasiado real del Santo Oficio, en lucha con el terrorismo quimérico de los liberales; los «sans-culottes», resucitados con gran terror de las viudas de la nobleza hereditaria bajo el nombre de «descamisados»; el monarquismo oponiéndose al progreso, calificado de anarquía; las teorías del 89 interrumpidas bruscamente en su trabajo de zapa; un «Basta» europeo intimando a la idea francesa que daba la vuelta al mundo; al lado del hijo de Francia, generalísimo, el príncipe de Carignan, después de Carlos Alberto, alistándose voluntariamente en esa cruzada de los reyes contra los pueblos, con charreteras de lana encarnada como simple granadero; los soldados del Imperio volviendo a entrar en campaña; pero después de ocho años de reposo, viejos, tristes y bajo la escarapela blanca; la bandera tricolor agitada en el extranjero por un puñado heroico de franceses, como la bandera blanca lo había sido en Coblenza treinta años antes; los frailes mezclados con nuestros soldados; el espíritu de libertad y de novedad cohibido por las bayonetas; los principios humillados a cañonazos; Francia deshaciendo con sus armas lo que había hecho con su genio; por lo demás, los jefes enemigos vendidos, los soldados vacilando, las ciudades sitiadas por millones en metálico; peligros militares nulos, y, sin embargo, explosiones posibles, como en toda mina sorprendida e invadida; poca sangre vertida, poco honor conquistado; vergüenza para algunos, gloria para nadie. Tal fue esta guerra, hecha por príncipes que descendían de Luis XIV y dirigida por generales que procedían de Napoleón. Tuvo la triste suerte de no recordar ni la gran guerra ni la gran política.

Algunos hechos de armas fueron de consideración: la toma del Trocadero, entre otros, fue una buena acción militar; pero, en suma, lo repetimos, las trompetas de esa guerra produjeron un sonido cascado; en conjunto fue sospechoso; la Historia reprueba la conducta de Francia, que aceptó con mucha dificultad este triunfo falso. Parece evidente que ciertos oficiales encargados de la resistencia cedieron con facilidad, desprendiéndose de la victoria la idea de corrupción; parecía que se ganaban más bien los generales que las batallas, y el soldado vencedor regresó humillado. Guerra, en efecto, que en vez de engrandecer empequeñecía a los vencedores, y donde pudo leerse «Banco de Francia» en los pliegues de la bandera.

Soldados de la guerra de 1808, sobre los que se desplomó Zaragoza formidablemente, fruncían el ceño en 1823 ante la fácil apertura de las ciudadelas y echaban de menos a Palafox. Más quiere el genio de Francia tener enfrente de sí a Rostopchine que a Ballesteros.

Desde un punto de vista más grave aún, y en el cual conviene insistir también, esa guerra, que lastimaba en Francia el espíritu militar, indignaba el espíritu democrático. Era una empresa de esclavizamiento. En esta campaña, el objeto del soldado francés, hijo de la democracia, era la conquista de un yugo para otro pueblo; repugnante contrasentido. El destino de Francia es despertar el espíritu de los pueblos, no sofocarlo. Desde 1792, todas las revoluciones de Europa son la Revolución francesa. La libertad irradia desde Francia, éste es un hecho solar, y es ciego el que no lo ve, como dijo Bonaparte.

La guerra de 1823, ese atentado a la generosa nación española, fue, pues, al mismo tiempo un atentado a la Revolución francesa. Francia cometió esa monstruosa agresión por fuerza; porque, excepto las guerras libertadoras, todo lo que hacen los ejércitos lo hacen por la fuerza. Las palabras «obediencia pasiva» lo indican. Un ejército es una extraña obra maestra de combinación, en la que la fuerza resulta de una enorme suma de impotencia. Así se explica la guerra hecha por la Humanidad contra la Humanidad.

En cuanto a los Borbones, la guerra de 1823 fue fatal para ellos. La tomaron por un triunfo. No vieron el peligro que hay en hacer matar una idea por medio de una consigna. Se equivocaron en su ingenuidad hasta el punto de introducir en su establecimiento, como elemento de fuerza, la inmensa debilidad de un crimen. En su política entró el espíritu de asechanza, y 1830 germinó en el seno de 1823. La guerra de España vino a ser en sus consejos un argumento en favor de los golpes de fuerza y de las aventuras del derecho divino. Restableciendo Francia «el rey neto» en España, bien podía restablecerse el rey absoluto en su casa misma. Cayeron en el temible error de tomar la obediencia del soldado por el consentimiento de la nación. Esa confianza perdió a los tronos. No es bueno dormirse ni a la sombra de un manzanillo ni a la sombra de un ejército.

Volvamos al navío «Orión».

Durante las operaciones del ejército mandado por el príncipe generalísimo cruzaba una escuadra el Mediterráneo. Acabamos de decir que el «Orión» pertenecía a esta escuadra, y se vio obligado a pasar a Tolón para reparar averías.

La presencia de un navío de guerra en un puerto tiene siempre un no sé qué que atrae y ocupa a la multitud. Es grande, y la multitud ama lo que es grande.

Un navío de línea es una de las combinaciones más magníficas del genio del hombre con el poder de la Naturaleza.

Un navío de línea se compone a la vez de lo más pesado y de lo más ligero, porque tiene que habérselas al mismo tiempo con las tres formas de la sustancia: la sólida, la líquida y la fluida, y debe luchar contra todas tres. Tiene once garras de hierro para asir el granito en el fondo del mar, y más alas y más antenas que los insectos, para tomar el viento entre las nubes. Su respiración sale por sus ciento veinte cañones como por enormes clarines, y responde al rayo con orgullo. El océano procura extraviarle en la horrible semejanza de sus olas; pero el navío tiene su alma, su brújula, que le aconseja y le indica siempre el Norte. En las noches oscuras sus fanales suplen a las estrellas. Así, pues, contra el viento tiene la cuerda y la lona; contra el agua, la madera; contra la roca, el hierro, el cobre y el plomo; contra la sombra, la luz; contra la inmensidad, una aguja.

Si se quiere formar una idea de todas las proporciones gigantescas cuyo conjunto constituye el navío de línea, no hay más que entrar en una de las calas, cubiertas de seis pisos, de los puertos de Brest o de Tolón. Los buques en construcción están allí, por decirlo así, bajo una campana. Aquella viga colosal es una verga; aquella gruesa columna de madera echada en tierra hasta perderse de vista es el palo mayor. Midiéndolo desde el fondo del casco, donde empieza, hasta su cima, que se confunde con las nubes, tiene de largo sesenta toesas y tres pies de diámetro en su base. El palo mayor inglés se eleva a doscientos diecisiete pies por encima de la línea de agua. La marina de nuestros padres empleaba cables; la nuestra emplea cadenas. El simple montón de cadenas de un navío de cien cañones tiene cuatro pies de altura, veinte de longitud y ocho de anchura. Y para hacer este navío, ¿cuánta madera se necesita? Tres mil metros cúbicos. Es una selva flotante.

Además, nótese bien esto, aquí sólo se trata del buque de guerra de hace cuarenta años, de la simple nave de vela; el vapor, entonces en la infancia, ha añadido después nuevos milagros a ese prodigio llamado navío de guerra. Hoy, por ejemplo, el navío de vapor de hélice es una máquina sorprendente, llevada por un velamen de tres mil metros cuadrados de superficie y por una caldera de la fuerza de dos mil quinientos caballos.

Sin hablar de esas maravillas nuevas, la antigua nave de Cristóbal Colón y de Ruyter es una de las grandes obras maestras del hombre, que, inagotable en fuerzas como en hálitos lo infinito, almacena el viento en sus velas, le mantiene en dirección fija en la inmensa difusión de las olas, flota y reina.

Llega el momento, sin embargo, en que una ráfaga rompe como una paja la verga de sesenta pies de largo; en que el viento dobla como un junco el palo mayor de cuatrocientos pies de alto; en que el áncora, que pesa diez mil libras, se tuerce en la boca de la ola como el anzuelo de un pescador en la quijada de un sollo; en que los monstruosos cañones lanzan rugidos quejumbrosos e inútiles, que el huracán se lleva en la oscuridad y en el vacío; en que todo ese poder y toda esa majestad se abisman en un poder y en una majestad superiores. Cada vez que se despliega una fuerza inmensa para terminar en una inmensa debilidad, semejante resultado hace pensar a los hombres. De ahí los curiosos que abundan en los puertos de mar alrededor de esas maravillosas máquinas de guerra y de navegación, sin que ellos mismos se expliquen perfectamente el porqué.

Todos los días, pues, desde la mañana hasta la noche, los muelles y la playa del puerto de Tolón se ven cubiertos de una multitud de ociosos y de necios, como se dice en París, ocupados solamente en mirar el «Orión».

El «Orión» era un buque averiado hacía mucho tiempo. En sus navegaciones anteriores habíanse amontonado sobre su quilla espesas capas de mariscos, hasta el punto de hacerle perder la mitad de su andar; se le había puesto en seco el año anterior para rasparle los mariscos, y después había sido botado al agua de nuevo. Pero esta raspadura había alterado todos los pernos de la quilla. A la altura de las Baleares la parte del buque bajo línea de flotación se había cansado y abierto, y como el forrado no se hacía entonces en cobre, el buque hacía agua. Sobrevino un violento vendaval de equinoccio, que desfondó a babor la roda y una portañola y deterioró el porta-obenque de mesana, y a consecuencia de estas averías el «Orión» tuvo que regresar a Tolón.

Fondeó cerca del arsenal, y se trató de armarlo y repararlo. El casco no había sufrido nada a estribor, pero se habían desclavado algunos listones de los costados, según costumbre, para que el aire pudiese penetrar en el armazón.

Una mañana, la multitud que lo contemplaba fue testigo de un accidente.

La tripulación estaba ocupada en envergar las velas. El gaviero encargado de tomar el mastelero de gavia por la parte de estribor perdió el equilibrio. Se le vio vacilar; la multitud reunida en el muelle lanzó un grito; la cabeza pudo más que el cuerpo. El hombre dio vueltas alrededor de la verga, con las manos extendidas hacia el abismo; cogió al paso, con una mano primero y luego con la otra, el estribo, y quedó suspendido de él. Tenía el mar debajo, a una profundidad vertiginosa. El sacudimiento de su caída había impreso al estribo un violento movimiento de columpio. El hombre iba y venía agarrado a esta cuerda como la piedra de una honda.

Socorrerle era correr un riesgo horrible. Ninguno de los marineros, pescadores todos de la costa, que hacía poco habían entrado en el servicio, se atrevía a aventurarse a ello. Entre tanto, el desgraciado gaviero se cansaba; no se podía ver la angustia en su rostro, pero en todos sus miembros se conocía el agotamiento. Sus brazos se torcían en un estiramiento horrible. Cada esfuerzo que hacía para subir no servía más que para aumentar las oscilaciones del estribo. No gritaba de miedo de perder la fuerza. La multitud esperaba verle de un minuto a otro soltar la cuerda, y todo el mundo volvía la cabeza para no ver su muerte. Hay momentos en que la punta de una cuerda, un palo, la rama de un árbol, es la vida misma, y es una cosa horrible ver a un ser viviente que se desprende y cae como un fruto maduro.

De pronto viose a un hombre que trepaba por el aparejo con la agilidad de un tigre. Este hombre iba vestido de encarnado, era un presidiario; llevaba un gorro verde, señal de condenado a cadena perpetua. Llegado que hubo a la altura de la gavia, un golpe de viento le llevó el gorro y dejó ver una cabeza enteramente blanca; no era un joven.

En efecto; un individuo perteneciente a una cuerda de presidiarios, empleada a bordo, había corrido desde el primer momento al oficial de cuarto, y en medio de la turbación y duda de la tripulación, mientras todos los marineros temblaban y retrocedían, le había pedido permiso para arriesgar su vida por salvar al gaviero. A un signo afirmativo del oficial, rompió de un martillazo la cadena sujeta a la argolla de su pie, tomó luego una cuerda y se lanzó a los obenques. Nadie notó en aquel instante la facilidad con que fue rota la cadena. Hasta después no lo recordaron.

En un abrir y cerrar de ojos estuvo en la verga. Se detuvo algunos segundos y pareció medirla con la vista. Estos segundos, durante los cuales el viento columpiaba al gaviero al extremo de un hilo, parecieron siglos a los que estaban mirando. Por fin, el presidiario alzó los ojos al cielo y dio un paso hacia adelante. La multitud respiró. Viósele recorrer en un instante la verga. Llegado que hubo a la punta, ató a ella un cabo de la cuerda que llevaba y dejó suelto el otro cabo; después se puso a bajar deslizándose por esta cuerda, y entonces hubo una angustia inexplicable; en vez de un hombre suspendido sobre el abismo había dos.

Parecía una araña yendo a coger una mosca; sólo que allí la araña llevaba la vida y no la muerte. Diez mil miradas estaban fijas en el grupo. Ni un grito, ni una palabra; el mismo estremecimiento fruncía todas las cejas. Todas las bocas contenían su aliento, como si hubiesen temido añadir el menor soplo al viento que sacudía a aquellos dos infelices.

Entre tanto, el presidiario había conseguido bajarse muy cerca del marinero. Ya era tiempo; un minuto más tarde, el hombre, cansado y desesperado, se habría dejado caer al abismo. El presidiario lo había atado sólidamente con la cuerda a que se sujetaba con una mano, mientras que trabajaba con la otra. En fin, se le vio subir sobre la verga y tirar del marinero hasta que le tuvo también en ella; allí le sostuvo también un instante para dejarle recobrar las fuerzas; después le cogió en sus brazos y le llevó andando sobre la verga hasta el tamborete, y de allí a la gavia, donde le dejó en manos de sus camaradas.

En este instante aplaudió la multitud; algunos lloraban; las mujeres se abrazaban en el muelle, y oyóse gritar a todo el mundo, con una especie de furor enternecido: «¡Perdón, perdón para ese hombre!»

Éste, mientras tanto, se había preparado a bajar inmediatamente para unirse a la cuadrilla a que pertenecía. Para llegar más pronto dejóse deslizar y echó a correr por una antena baja. Todas las miradas le seguían. Por un momento se tuvo miedo; sea que estuviese cansado, sea que se marease, se creyó que vacilaba y que dudaba. De pronto la muchedumbre lanzó un grito; el presidiario acababa de caer al mar.

Al día siguiente el diario de Tolón imprimía estas líneas:

«17 de noviembre de 1823.—Un presidiario que se hallaba trabajando con su cuadrilla a bordo del "Orión", al acabar de socorrer ayer a un marinero cayó al mar y se ahogó. Su cadáver no ha podido ser hallado. Se cree que habrá quedado enganchado en las estacas de la punta del arsenal. Este hombre estaba inscrito en el registro con el número 9.130 y se llamaba Juan Valjean.»

SEGUNDA PARTE

CAPÍTULO PRIMERO

PROMESA CUMPLIDA

Montfermeil está situado entre Liory y Chelles, en la orilla meridional de la elevada meseta que separa el Ourque del Marne. Hoy es una villa bastante numerosa, adornada todo el año de casitas de campo construidas de yeso, y el domingo de alegres y honrados ciudadanos. En 1823 no había en Montfermeil ni tantas casas blancas ni tantos ciudadanos satisfechos. No era más que una aldea entre bosques. Solía verse en algún que otro sitio una casa de recreo del último siglo, fácil de conocer por su aire aristocrático, sus balcones de hierro retorcido y sus largas ventanas, cuyos vidrios verdes tomaban matices tan diferentes sobre el color blanco de los postigos cerrados. Pero no por eso dejaba Montfermeil de ser una aldea. Los mercaderes de paños retirados y los aficionados a veranear no la habían descubierto aún. Era un sitio tranquilo y halagüeño, que no era paso para ninguna parte; se vivía en él económicamente, y se pasaba esa vida campestre tan abundante y tan fácil. La única falta que tenía era que escaseaba el agua a causa de la elevación de la meseta.

Era preciso ir a buscarla bastante lejos. El extremo de la aldea que está del lado de Gagny se surtía de agua en los magníficos estanques que hay en aquellos bosques, y el otro extremo, que rodea la iglesia, y que está por la parte de Chelles, no hallaba agua potable sino en un pequeño manantial que había a la mitad de la cuesta, cerca del camino de Chelles, a un cuarto de hora de Montfermeil.

Así, pues, el abastecimiento de agua era un trabajo bastante rudo para cada casa. Las casas grandes, la aristocracia y el bodegón de Thenardier pagaban medio sueldo por cubo de agua a un hombre que tenía este oficio y que ganaba en esto ocho sueldos al día; pero este hombre sólo trabajaba hasta las siete de la tarde en verano y hasta las cinco en el invierno, y cuando llegaba la noche, cuando se cerraban las ventanas de los pisos bajos, el que no tenía agua para beber, o iba a buscarla o se pasaba sin ella.

Esto es lo que aterraba a la pobre criatura, a la pequeña Cosette, a quien el lector no habrá olvidado. Se recordará que Cosette era útil a los Thenardier de dos modos: se hacían pagar por la madre y se hacían servir por la hija. Así, cuando la madre dejó enteramente de pagar por las razones expuestas en los capítulos anteriores, los Thenardier se quedaron con Cosette. La pobre niña les servía de criada y, como tal, ella era la que iba a buscar agua cuando faltaba. Así es que, espantada con la idea de ir a la fuente por la noche, cuidaba de que no faltase nunca en casa.

La Navidad del año 1823 fue muy brillante en Montfermeil. El principio del invierno había sido templado y no había helado ni nevado. Los charlatanes y feriantes que habían llegado de París obtuvieron del señor alcalde el permiso para colocar sus tiendas en la calle ancha de la aldea, y una bandada de mercaderes ambulantes situó sus puestos con el mismo permiso en la plaza de la iglesia, y hasta en el callejón del Boulanger, donde estaba situado, según se recordará, el bodegón de los Thenardier. Toda aquella gente llenaba las posadas y tabernas, y daba al país, tranquilo de suyo, una vida alegre y ruidosa. Hasta debemos decir, para ser fieles historiadores, que entre las curiosidades expuestas en la plaza había una especie de barraca, en la que unos horribles saltimbanquis, vestidos de harapos y procedentes no se sabe de dónde, enseñaban a los aldeanos de Montfermeil uno de esos horribles buitres del Brasil, que nuestro Real Museo no poseyó hasta 1845 y que tiene por ojo una escarapela tricolor. Los naturalistas llaman a esta ave, según creo, *Caracara Polyborus;* es del orden de los apicedes y de la familia de los buitres. Algunos soldados viejos, bonapartistas, retirados en la aldea, iban a ver este animal con devoción. Los charlatanes presentaban la escarapela tricolor como un fenómeno único y formado expresamente por Dios para su colección de animales raros.

En la noche misma de Navidad muchos carreteros y trajineros se hallaban sentados y bebían alrededor de una mesa con cuatro o cinco velas de sebo en la sala baja del bodegón de Thenardier. La sala se parecía a todas las salas de taberna: mesas, cántaros de estaño, botellas, bebedores, fumadores, poca luz y mucho ruido. La fecha del año 1823 se veía, sin embargo, indicada por los dos objetos entonces a la moda en la clase media, que estaban sobre una mesa, a saber: un caleidoscopio y una lámpara de hoja de lata morada. La Thenardier vigilaba la cena que se estaba asando ante un buen fuego. El marido bebía con sus parroquianos y hablaba de política.

Además de las conversaciones políticas, que tenían por objeto principal la guerra de España y el duque de Angulema, se oían entre el ruido paréntesis enteramente locales, como éste:

—Por la parte de Nanterre y de Suresne ha dado mucho el vino. Donde se contaba con diez tinajas ha dado más jugo del que se creía.

—Pero las uvas no debían estar maduras.

—En esos países no se deja madurar enteramente la uva, porque el vino se tuerce, si se deja, en cuanto llega la primavera.

—¿Es, pues, un vino flojo?

—Más flojo que los de por aquí. Hay que vendimiar en verde.

Etcétera.

O bien exclamaba un molinero:

—¿Acaso somos responsables de lo que hay en los sacos? Encontramos en ellos una porción de granos que no podemos entretenernos en limpiar, y que es preciso dejar pasar por las ruedas, como la cizaña, el cañamón, la cola de zorra u otra infinidad de drogas, sin contar con las piedras que abundan en ciertos trigos, sobre todo en los trigos bretones. A mí no me gusta moler trigo bretón, así como a los serradores de largo no les gusta serrar vigas que tengan clavos. Figuraos el maldito polvo que todo esto formará entre la harina después de la molienda, y luego se quejan de la harina. Si la harina no sale limpia no es culpa nuestra.

En el espacio comprendido entre dos ventanas, un segador, hablando con un propietario que ponía precio al trabajo de una pradera que había de segar en la primavera, decía:

—No importa que la hierba esté mojada. Así se corta mejor; el rocío es bueno; pero de todos modos vuestra hierba es muy nueva y difícil de segar; en unos sitios está demasiado tierna; en otros la guadaña no ceba.

Etcétera.

Cosette se hallaba en su puesto ordinario, sentada en el travesaño de la mesa de cocina, junto a la chimenea. La pobre niña estaba vestida de harapos, tenía los pies desnudos metidos en zuecos, y a la luz del fuego se entretenía en hacer medias de lana destinadas a las niñas de Thenardier. Debajo de las sillas jugaba un gato pequeño. En la pieza inmediata oíanse dos voces frescas e infantiles, que reían y charlaban: eran las de Eponina y Azelma. En un rincón de la chimenea había unas disciplinas colgadas de un clavo.

De cuando en cuando, entre el ruido de la taberna, oíase hacia el interior de la casa el grito de un niño de muy tierna edad. Era una criatura que la mujer de Thenardier había tenido en uno de los inviernos anteriores, «sin saber por qué —según decía ella—, por efecto del frío», y que tendría unos tres años. La madre le había criado, pero no le quería. Cuando el clamor encarnizado del chiquillo se volvía demasiado importuno, decía Thenardier a su mujer:

—Tu hijo llora, ve a ver lo que quiere.

—¡Bah! —respondía ella—. Me fastidia.

Y el pobre abandonado continuaba llorando en la oscuridad.

* * *

Thenardier acababa de cumplir los cincuenta años; su esposa frisaba en los cuarenta, que son los cincuenta de la mujer, de modo que entre la mujer y el marido se hallaba equilibrada la edad.

Los lectores han conservado tal vez, desde su primera aparición, algún recuerdo de la mujer de Thenardier. Alta, rubia, colorada, gruesa, membruda, cuadrada, enorme y ágil. Ya hemos dicho que procedía de la raza de esas salvajes colosales que en las ferias levantan del suelo grandes piedras con los cabellos. Ella lo hacía todo en la casa: las camas, los cuartos, la colada, la comida, la lluvia, el buen tiempo, el diablo. Por única criada tenía a Cosette: un ratoncillo al servicio de un elefante. Todo temblaba al sonido de su voz: los vidrios, los muebles y la gente. Su ancho rostro, acribillado de pecas rojas, parecía una espumadera. Tenía barbas. Era el ideal de un matón del mercado, vestido de mujer. Juraba como un carretero, y se jactaba de partir una nuez de un puñetazo. A no ser por las novelas que había leído, y que de cuando en cuando producían el efecto extravagante de presentar a aquella giganta bajo el aspecto de una niña melindrosa, jamás hubiese ocurrido a nadie la idea de decir de ella: Es una mujer. Era el producto del injerto de una señorita en una rabanera. Cuando se la oía hablar, se decía: Es un gendarme. Cuando se la veía beber, se decía: Es un carretero. Cuando se la veía pegar a Cosette, se decía: Es el verdugo. Cuando dormía, de la boca le salía un diente.

Thenardier era un hombre pequeño, delgado, pálido, anguloso, huesudo, endeble, que parecía enfermizo y se conservaba muy bien; aquí empezaba su trapacería. Se sonreía con precaución habitualmente, y era casi atento con todo el mundo, hasta con el mendigo a quien le negaba una limosna. Tenía la mirada de una zorra y el aspecto de un letrado. Se parecía mucho a los retratos del abate Delille. Su coquetería consistía en beber con los trajineros, y nadie había podido emborracharle nunca. Fumaba en una pipa muy grande; llevaba una blusa y debajo una casaca negra, muy vieja. Tenía pretensiones de literato y de materialista. Pronunciaba con frecuencia ciertos nombres para apoyar todo lo que decía, como Voltaire, Raynal, Porny y, cosa extraña, San Agustín. Afirmaba «tener sistema». Por lo demás, era un estafador; pero estafador por principios y reglas científicos, matiz que existe. Se recordará que pretendía haber servido; contaba con algún lujo que en Waterloo, siendo sargento en un sexto o en un noveno de ligeros cualquiera, solo contra un escuadrón de húsares de la Muerte, había cubierto con su cuerpo y salvado a través de la metralla «a un general peligrosamente herido». De ahí provenían para el dintel de su puerta la flamante muestra, y para su bodegón en el país el nombre de «Taberna del Sargento de Waterloo». Era liberal, clásico y bonapartista. Se había suscrito para el campo de asilo, y en la aldea se decía que había estudiado para cura.

Nosotros creemos que había estudiado simplemente en Holanda para ser posadero. Este tunante del orden compuesto era, según las probabilidades, algún flamenco de Lila en Flandes, francés en París, belga en Bruselas, teniendo un pie en cada una de las fronteras. Ya hemos dicho en qué había consistido su hazaña de Waterloo, y se convendrá en que la exageraba un poco. El flujo y el reflujo, las peripecias, las aventuras, eran el elemento de su existencia; una conciencia rasgada produce siempre una vida descosida, y probablemente en la borrascosa época del 18 de junio de 1815 pertenecía Thenardier a esa variedad de cantineros merodeadores de que hemos hablado, que corrían los caminos vendiendo a éstos, robando a aquéllos, y rodando en familia, el hombre, la mujer y los chicos, en algún carretón cojo, detrás de las tropas en marcha, con el instinto de agregarse siempre al ejército vencedor. Concluida la campaña y teniendo, como decía, «cunquibus», había abierto un bodegón en Montfermeil.

Este «quibus», compuesto de los bolsillos y de los relojes, de las sortijas de oro y de las cruces de plata, cosechadas en el tiempo de la vendimia en los surcos llenos de cadáveres, no formaban un total muy elevado, y no había hecho adelantar mucho al vivandero convertido en bodegonero.

Thenardier tenía en el gesto un no sé qué rectilíneo, que cuando juraba recordaba el cuartel, y cuando hacía la señal de la cruz recordaba el seminario. Charlaba mucho y se creía un sabio. Sin embargo, el maestro de escuela había observado que cometía errores gramaticales. Formaba la cuenta del gasto de los viajeros con superioridad; pero los ojos ejercitados hallaban algunas veces en ella faltas de ortografía. Era taimado, glotón, perezoso y hábil. No desdeñaba a sus criadas, por lo cual su mujer no las tenía. Esta giganta era celosa. Le parecía que aquel hombrecillo, delgado y amarillento, debía ser objeto de la codicia universal.

Además de todo esto, Thenardier, hombre de astucia y de equilibrio, era un bribón del género templado. Esta especie es la peor, porque tiene mucho de hipócrita.

Esto no quiere decir que Thenardier no fuese en ocasiones capaz de encolerizarse tanto a lo menos como su mujer; pero esto era muy raro, y en aquellos momentos, como odiaba a todo el género humano, como tenía en sí una profunda dosis de odio, como era de los que se vengan perpetuamente, de los que atribuyen la culpa de cuanto cae sobre ellos a cuanto tienen delante de sí y de los que están siempre prontos a arrojar sobre el primero que llega como legítimo agravio el total de las decepciones, bancarrotas y calamidades de su vida, y como toda esta levadura se sublevaba en él y le hervía en la boca y en los ojos, en esos momentos, decimos, estaba espantoso. ¡Desgraciado del que entonces pasaba al alcance de su furor!

Además de todas sus cualidades, tenía Thenardier la de ser atento y penetrante, silencioso o charlatán, según la ocasión, y siempre con una inteligencia elevada. Tenía algo de la mirada de los marinos, acostumbrados a guiñar los ojos en los anteojos de larga vista. Thenardier era un hombre de Estado.

Cualquier recién venido que entraba en el bodegón decía al ver a la mujer de Thenardier:

—Ésa es el amo de la casa.

Error. No era ni aun el ama: el amo y el ama era el marido. Ella hacía, él creaba. Dirigía todo por una especie de acción magnética invisible y continua. Una palabra le bastaba; algunas veces una señal, el mastodonte obedecía. Thenardier era para su mujer, sin que ella pudiera explicarse la causa, una especie de ser particular y soberano. Tenía las virtudes de su modo de ser. En la vida hubiese ella disentido en un detalle «del señor Thenardier»; hipótesis, por lo demás, inadmisible; ni hubiese quitado la razón a su marido públicamente en ninguna cosa del mundo. Jamás habría cometido «delante de extraños» esa falta que con tanta frecuencia cometen las mujeres, y que en lenguaje parlamentario se llama «dejar en descubierto a la corona». Aunque su conformidad y mutuo acuerdo no tuviese por resultado sino el mal, había cierta contemplación en la sumisión de la Thenardier a su marido. Esta montaña de ruido y de carne se movía bajo el dedo meñique de aquel frágil déspota. Visto este matrimonio por su lado mezquino y grosero, se verificaba en él el gran fenómeno universal de la adoración de la materia por el espíritu; porque ciertas fealdades tienen su razón de ser en las profundidades mismas de la belleza eterna. En Thenardier había algo de lo desconocido; de aquí el imperio absoluto de este hombre sobre su mujer. En ciertos momentos le veía ésta como una luz encendida; en otros lo sentía como la garra de una fiera.

Esta mujer era una criatura formidable, que no amaba más que a sus hijas y no temía más que a su marido. Era madre porque era mamífera. Por lo demás su maternidad no pasaba de sus hijas, y, como se verá más adelante, no se extendía a los varones. Él, el hombre, no tenía más que un pensamiento: enriquecerse.

Y no lo conseguía. A su gran talento le faltaba un teatro digno. Thenardier se arruinaba en Montfermeil, si es posible arruinarse a cero, y, sin embargo, este perdido hubiera llegado a ser millonario en Suiza o en los Pirineos; mas el posadero tiene que vivir allí donde la suerte le pone.

Entiéndase que la palabra posadero se emplea aquí en sentido limitado, y que no se refiere a la clase entera.

En el mismo año 1823, Thenardier se hallaba empeñado en unos mil quinientos francos, de deudas de pago urgente, lo cual le ponía en cuidado.

Cualquiera que fuese para con él la injusticia tenaz del Destino, era uno de los hombres que mejor comprendían, con más profundidad y del modo más moderno, esa cosa que es una virtud en los pueblos bárbaros y una mercancía en los pueblos civilizados: la hospitalidad. Por lo demás, era un gran cazador furtivo, y en todas partes se le citaba por su acertada puntería. Tenía cierta risa fría y pacífica, que era particularmente peligrosa.

Algunas veces brotaban de él a modo de relámpagos sus teorías de mesonero. Tenía aforismos profesionales que procuraba imbuir en el ánimo de su mujer.

—El deber del mesonero —le decía un día violentamente y en voz baja— es vender al primero que viene guisado, reposo, luz, fuego, sábanas sucias, criada, pulgas y sonrisas. Detener a los caminantes, variar los bolsillos pequeños y aligerar honradamente los grandes, acoger con respeto a las familias que viajan, estafar al hombre, desplumar a la mujer, desollar al niño, poner en la cuenta la ventana abierta, la ventana cerrada, el rincón de la chimenea, el sillón, la silla, el taburete, el escabel, el lecho de plumas, el colchón y el haz de paja. Saber cuándo se usa el espejo con la sombra del que se mira en él, y reducirlo a tarifa, y, con quinientos mil diablos, hacer que el viajero lo pague todo, hasta las moscas que su perro se come.

Este hombre y esta mujer eran la astucia y la rabia casadas, pareja repugnante y terrible.

Mientras el marido reflexionaba y combinaba, la mujer no pensaba en los acreedores ausentes, ni se inquietaba por lo pasado ni por lo porvenir, viviendo sola y exclusivamente para el presente.

Tales eran estos dos seres. Cosette se hallaba entre ellos sufriendo su doble presión, como una criatura que se viese a la vez triturada por una piedra de molino y hecha trizas por unas tenazas. El hombre y la mujer tenían cada uno su modo diferente de martirizar. Si Cosette se veía molida a golpes, era cosa de la mujer; si iba descalza en invierno, era cosa del marido.

Cosette subía, bajaba, lavaba, cepillaba, frotaba, barría, caminaba, sudaba, cargaba con las cosas más pesadas, y enferma y débil se ocupaba en los trabajos más duros. No había piedad para ella; tenía una ama feroz y un amo venenoso. El bodegón de Thenardier era como una tela de araña donde Cosette estaba cogida y temblaba. El ideal de la opresión se veía realizado en esta domesticidad siniestra. Era una cosa parecida a la mosca sirviendo a las arañas.

La pobre niña sufría y callaba.

* * *

Habían llegado cuatro nuevos viajeros.

Cosette pensaba tristemente: porque, aun cuando no tenía más que ocho años, había padecido ya tanto que pensaba con el aire lúgubre de una mujer de edad.

Tenía un párpado negro de un puñetazo que le había dado la Thenardier, por lo cual de cuando en cuando decía ésta:

—¡Qué fea está con su cardenal en el ojo!

Cosette pensaba, pues, que estaba oscuro, muy oscuro; que había sido preciso llenar de pronto los jarros y las botellas en los cuartos de los viajeros recién llegados, y que no había ya agua en la fuente.

Lo que la tranquilizaba un poco era que en la casa de Thenardier no se bebía mucha agua. No faltaban personas que tenían sed; pero era de esa sed que se aplaca más con el vino que con el agua. El que hubiese pedido un vaso de agua entre los del vino habría sido mirado como un salvaje por aquellos hombres. Hubo, sin embargo, un momento en que la pobre niña tembló; la mujer de Thenardier levantó la tapadera de una cacerola que hervía al fuego; después tomó un vaso y se acercó con presteza a la fuente. Dio vuelta al grifo; la niña tenía levantada la cabeza y seguía todos sus movimientos. Sólo salió un delgado chorro de agua que llenó el vaso hasta la mitad.

—¡Calle —dijo—, ya no hay agua!

Después hubo un momento de silencio. La niña no respiraba.

—¡Bah! —continuó la Thenardier examinando el vaso, lleno solamente hasta la mitad—. Bastante habrá con esto.

Cosette volvió a su trabajo, pero durante un cuarto de hora el corazón le latía hasta querer saltarle del pecho.

Contaba los minutos que pasaban así, y sólo deseaba que llegase el día siguiente.

De cuando en cuando uno de los bebedores miraba hacia la calle, y exclamaba:

—¡Está oscuro como boca de lobo! ¡Sólo los gatos irían por la calle sin luz a estas horas!

Y Cosette se estremecía.

De pronto, uno de los mercaderes ambulantes hospedados en el bodegón entró y dijo con voz dura:

—A mi caballo no le han dado de beber.

—Sí por cierto —dijo la mujer de Thenardier.

—Os digo que no, buena mujer —contestó el mercader.

Cosette había salido de debajo de la mesa.

—¡Oh! Sí, señor —dijo—. El caballo ha bebido, y ha bebido en el cubo, que estaba lleno; yo misma le he dado de beber, y le he hablado.

Esto no era cierto. Cosette mentía.

—Vaya una muchacha, que no levanta tanto como el codo y que echa unas mentiras como una casa —dijo el mercader—. Te digo que no ha bebido, tunantuela. Cuando no bebe tiene un modo de resoplar que conozco perfectamente.

—¡Vaya si ha bebido! ¡Y muy bien!

—Bueno, bueno —replicó el mercader, colérico—. Que den de beber a mi caballo y concluyamos.

Cosette volvió a meterse debajo de la mesa.

—Tiene razón —dijo la Thenardier—. Si el animal no ha bebido es preciso que beba.

Después, mirando a su alrededor:

—Y bien, ¿dónde está ésa?

Inclinóse y vio a Cosette acurrucada al otro extremo de la mesa, casi debajo de los pies de los bebedores.

—¿Quieres venir? —gritó la Thenardier.

Cosette salió de la especie de agujero en que se hallaba metida. La Thenardier continuó:

—Señorita lechuza, vaya a dar de beber a ese caballo.

—Pero, señora —dijo Cosette débilmente—, si no hay agua.

La Thenardier abrió de par en par la puerta de la calle.

—Pues bien; ve a buscarla.

Cosette bajó la cabeza y fue a tomar un cubo vacío que había en el rincón de la chimenea.

El cubo era mayor que ella, y la niña habría podido sentarse dentro y aun estar cómoda.

La Thenardier volvió a sus hornillas, y probó con una cuchara de palo el contenido de la cacerola, gruñendo al mismo tiempo:

—En la fuente la hay; buen remedio. Creo que habría valido más arreglar las cebollas.

Después púsose a buscar en un cajón donde había unos cuartos de pimienta y ascalonia.

—Mira tú, sapo —añadió—; a la vuelta comprarás un pan al panadero. Ahí tienes una moneda de quince sueldos.

Cosette tenía un bolsillo en uno de los lados del delantal; tomó la moneda sin decir palabra y la guardó en aquel bolsillo.

Después permaneció inmóvil, con el cubo en la mano y delante de la puerta, abierta de par en par. Parecía esperar que fuesen a socorrerla.

—¿No oyes que vayas? —gritó la Thenardier.

Cosette salió. La puerta volvió a cerrarse.

Como el bodegón de Thenardier se hallaba en la parte de la aldea que está cerca de la iglesia, tenía que ir Cosette por el agua a la fuente del bosque que estaba por el lado de Chelles.

Ya no miró una sola tienda de juguetes. Mientras estuvo en la callejuela del Boulanger, y por los alrededores de la iglesia, las luces de las tiendas alumbraban el camino; pero pronto desapareció la última luz de la última barraca, y la pobre niña se halló en la oscuridad más completa. Penetró en ella; pero, como se iba apoderando de su ánimo cierta emoción, al mismo tiempo que andaba agitaba todo lo que podía el asa del cubo, y este ruido le servía de compañía.

Cuanto más andaba más espesas se volvían las tinieblas. No había un alma por las calles. Sin embargo, encontró a una mujer, que se volvió al verla pasar, y que permaneció entonces inmóvil, murmurando entre sí: «¿Adónde irá esa niña? ¿Es algún duende?» Después conoció a Cosette. «¡Calle! —dijo—. ¡Si es la Alondra!»

Así pasó Cosette el laberinto de calles tortuosas y desiertas, en que termina por la parte de Chelles la aldea de Montfermeil. Mientras vio casas y aun paredes por los lados del camino fue bastante animada. De cuando en cuando veía luces a través de las rendijas de una ventana: eran la luz y la vida; allí había gente, y esto la tranquilizaba.

Sin embargo, a medida que avanzaba iba aminorando el paso maquinalmente. Cuando hubo pasado la esquina de la última casa, era imposible. Dejó el cubo en tierra, llevóse la mano al pelo y púsose a rascarse la cabeza lentamente, gesto propio de los niños aterrados e indecisos. No era ya Montfermeil el que tenía delante; era el campo, el espacio oscuro y desierto. Miró con desesperación aquella oscuridad, donde ya no había nadie, donde no había más que animales, donde había tal vez aparecidos. Miró bien; oyó los animales que pacían la hierba y vio distintamente las almas en pena que se movían entre los árboles. Entonces volvió a coger el cubo; el miedo le dio la audacia.

—¡Bah! —dijo—. Le diré que ya no había agua.

Y se volvió resueltamente a Montfermeil.

Apenas hubo andado cien pasos cuando se detuvo y volvió a rascarse la cabeza. A la sazón era la Thenardier la que se le aparecía; la repugnante Thenardier, con su boca de hiena y sus ojos echando chispas de cólera. La niña arrojó una mirada lastimera hacia adelante y hacia atrás. ¿Qué haría? ¿Adónde iría? Tenía delante el espectro de la Thenardier; detrás, todos los fantasmas de la noche y de los bosques; retrocedió ante la Thenardier. Volvió a tomar el camino de la fuente y echó a correr.

Salió de la aldea corriendo, entró en el bosque corriendo, sin mirar ni escuchar nada. No detuvo su carrera hasta que le faltó la respiración, aunque no por eso interrumpió su marcha. Marchaba hacia adelante como desvanecida.

Al mismo tiempo que corría tenía ganas de llorar. El estremecimiento nocturno de la selva la rodeaba enteramente.

Ya no pensaba, ya no veía. La inmensa oscuridad de la noche hacía frente a aquel ser tan pequeño. De un lado estaban las tinieblas; del otro, un átomo.

De la orilla del bosque a la fuente sólo había siete u ocho minutos. Cosette conocía el camino por haberlo andado de día muchas veces. Cosa extraña, no se perdió; un resto de instinto la conducía vagamente. Sin embargo, no dirigía la vista ni a la derecha ni a la izquierda, por temor de ver cosas horribles en las ramas y entre la maleza. Así llegó a la fuente.

Era un estrecho pozo natural, abierto por el agua en un suelo arcilloso, de una profundidad de cerca de dos pies, rodeado de musgo y de esa hierba llamada gorgueras de Enrique IV, empedrado groseramente. Partía de allí un arroyuelo, haciendo un ruido suave y tranquilo.

Cosette no se tomó tiempo ni aun para respirar. Estaba muy oscuro; pero ella tenía por costumbre el ir a aquella fuente. Buscó en la oscuridad con la mano izquierda una encina joven inclinada hacia el manantial, que ordinariamente le servía de punto de apoyo; encontró una rama, se agarró a ella, inclinóse y metió el cubo en el agua. Estaba en una situación de ánimo tan violenta, que se habían triplicado sus fuerzas. Mientras se hallaba inclinada así, no paró la atención en que el bolsillo de su delantal se vaciaba en la fuente. La moneda de quince sueldos cayó al agua. Cosette no la vio ni la oyó caer. Sacó el cubo casi lleno y lo puso sobre la hierba.

Hecho esto, se encontró abrumada de cansancio. Bien hubiera querido volver a casa en seguida; pero el esfuerzo que hizo para llenar el cubo había sido tal, que le fue imposible dar un paso. Viose, pues, obligada a sentarse. Se dejó caer en la hierba y allí se acurrucó.

Cerró los ojos, después los volvió a abrir sin saber por qué; pero no podía obrar de otro modo. A su lado tenía el cubo, cuya agua agitada formaba círculos que se parecían a serpientes de fuego blanco.

Encima de su cabeza aparecía el cielo, cubierto de vastas nubes negras formando como masas de humo. La trágica máscara de la sombra parecía inclinarse vagamente sobre la niña.

Entonces, por una especie de instinto, para salir de aquel singular estado que no comprendía, pero que la asustaba, se puso a contar en voz alta: una, dos tres, cuatro, hasta diez, y cuando hubo concluido volvió a empezar. Esto le devolvía la percepción verdadera de las cosas que la rodeaban. Sintió frío en las manos, que se le habían mojado al sacar el agua, y se levantó. El miedo se apoderó de ella otra vez, un miedo natural e insuperable. No tuvo más que un pensamiento: huir, huir a todo escape por medio del campo, hasta las casas, hasta las ventanas, hasta las luces encendidas. Su mirada se fijó en el cubo que tenía delante. Tal era el terror que le inspiraba la Thenardier que no se atrevió a huir sin el cubo de agua. Cogió el asa con las dos manos y le costó trabajo levantarlo. No pudo menos de exclamar:

—¡Oh, Dios mío! ¡Dios mío!

En este momento sintió de pronto que el cubo no pesaba ya nada. Una mano, que le pareció enorme, acababa de coger el asa y lo levantaba vigorosamente. Cosette alzó la cabeza y vio una gran forma negra, derecha y alta, que caminaba a su lado en la oscuridad. Era un hombre que había llegado detrás de ella sin haber sido visto.

El hombre, sin decir una palabra, había cogido el asa del cubo que llevaba Cosette. La niña no tuvo miedo.

El hombre le dirigió la palabra. Hablaba con una voz grave y casi baja.

—Hija mía, lo que llevas ahí es muy pesado para ti.

Cosette alzó la cabeza y respondió:

—Sí, señor.

—Dame —continuó el hombre—; yo lo llevaré.

Cosette soltó el cubo. El hombre echó a andar junto a ella.

—En efecto; es muy pesado —dijo entre dientes.

Luego añadió:

—¿Qué edad tienes, pequeña?

—Ocho años, señor.

—¿Y vienes de muy lejos así?

—De la fuente que está en el bosque.

—¿Y vas muy lejos?

—A un cuarto de hora largo de aquí.

El hombre permaneció un momento sin hablar; después dijo bruscamente:

—¿No tienes madre?

—No lo sé —respondió la niña.

Y antes que el hombre hubiese tenido tiempo para tomar la palabra, añadió:

—No lo creo; las otras, sí; pero yo no la tengo.

Y después de un instante de silencio continuó:

—Creo que no la he tenido nunca.

El hombre se detuvo; dejó el cubo en tierra, inclinóse y puso las dos manos sobre los hombros de la niña, haciendo un esfuerzo para mirarla y ver su rostro en la oscuridad.

A la lívida luz del cielo se dibujaba vagamente la figura flaca y macilenta de Cosette.

—¿Cómo te llamas? —dijo el hombre.

—Cosette.

El hombre sintió como un sacudimiento eléctrico. Volvió a mirarla, quitóle las manos de los hombros, cogió el cubo y echó a andar.

Al cabo de un instante preguntó:

—¿Dónde vives, niña?

—En Montfermeil, si sabéis.

—¿Es allí adonde vamos?

—Sí, señor.

Volvió a haber otra pausa, y luego continuó:

—¿Quién te ha enviado a esta hora a buscar agua al bosque?

—La señora Thenardier.

El hombre replicó con un tono que quería esforzarse por hacer indiferente:

—¿Quién es esa señora Thenardier?

—Es mi ama —dijo la niña—. Tiene una posada.

—¿Una posada? —dijo el hombre—. Pues bien; allá voy a parar esta noche. Llévame.

—Vamos allá —dijo la niña.

El hombre andaba bastante de prisa. La niña lo seguía sin trabajo; ya no sentía el cansancio; de cuando en cuando alzaba los ojos hacia él con una especie de tranquilidad y de abandono inexplicables. Jamás le habían enseñado a dirigirse a la Providencia y orar. Sin embargo, sentía en sí una cosa parecida a la esperanza y a la alegría, y que se dirigía hacia el cielo.

Pasaron algunos minutos. El hombre continuó:

—¿No hay criada en casa de esa señora Thenardier?

—No, señor.

—¿Eres tú sola?

—Sí, señor.

Volvió a haber otra interrupción. Cosette levantó la voz:

—Es decir, hay dos niñas.

—¿Qué niñas?

—Ponina y Zelma.

La niña simplificaba de esta suerte los nombres novelescos tan del gusto de la Thenardier.

—¿Quiénes son Ponina y Zelma?

—Son las señoritas de la señora Thenardier, como quien dice, sus hijas.

—¿Y qué hacen?

—¡Oh! —dijo la niña—. Tienen muñecas muy bonitas; cosas en que hay oro y muchos juguetes. Juegan y se divierten.

—¿Todo el día?

—Sí, señor.

—¿Y tú?

—Yo trabajo.

—¿Todo el día?

Alzó la niña sus grandes ojos, donde había una lágrima, que no se veía a causa de la oscuridad, y respondió blandamente:

—Sí, señor.

Después de un momento de silencio prosiguió:

—Algunas veces, cuando he concluido el trabajo y me lo permiten, me divierto también.

—¿Cómo te diviertes?

—Como puedo. Me dejan; pero yo no tengo muchos juguetes. Ponina y Zelma no quieren que juegue con sus muñecas, y no tengo más que un sable muy chico de plomo, así de largo.

La niña señalaba su dedo meñique.

—¿Y que no corta?

—Sí, señor —dijo la niña—; corta ensalada y cabezas de moscas.

Llegaron a la aldea. Cosette guió al desconocido por las calles. Pasaron por delante de la panadería; pero Cosette no se acordó del pan que debía llevar.

El hombre había cesado de preguntarla y guardaba a la sazón un silencio sombrío. Cuando hubieron dejado atrás la iglesia, al ver el hombre todas aquellas tiendas al aire libre, preguntó a Cosette:

—¿Hay feria aquí?

—No, señor; es Navidad.

Cuando ya se acercaban al bodegón, Cosette le tocó en el brazo tímidamente.

—¡Señor!

—¿Qué, hija mía?

—Ya estamos junto a la casa.

—¿Y bien?

—¿Queréis que tome yo el cubo ahora?

—¿Por qué?

—Porque si la señora ve que me lo han traído me pegará.

El hombre le devolvió el cubo. Un instante después estaban a la puerta del bodegón.

Cosette no pudo menos de echar una mirada oblicua hacia la muñeca grande que continuaba expuesta en la tienda de juguetes. Después llamó; abrióse la puerta y apareció la Thenardier con una luz en la mano.

—¡Ah! ¿Eres tú, bribonzuela? Gracias a Dios; no has echado poco tiempo. Se habrá estado divirtiendo la holgazanota.

—Señora —dijo Cosette temblando—. Aquí hay un señor que busca habitación.

La Thenardier reemplazó al momento su aire gruñón con un gesto amable, cambio visible muy propio de los posaderos, y buscó ávidamente con la vista al recién venido.

—¿Es el señor? —dijo.

—Sí, señora —respondió el hombre llevando la mano al sombrero.

Los viajeros ricos no son tan atentos. Este ademán y la inspección del traje y del equipo del forastero, a quien la Thenardier pasó revista de una ojeada, hicieron desaparecer la amable mueca y reaparecer el gesto avinagrado. Replicóle, pues, secamente:

—Entrad, buen hombre.

El «buen hombre» entró. La Thenardier le echó una mirada. Examinó particularmente su levitón, que no podía estar más raído, y su sombrero, algo abollado, y con un movimiento de cabeza, un fruncimiento de nariz y una guiñada de ojos consultó a su marido, que continuaba bebiendo con los trajineros. El marido respondió con esa imperceptible agitación del índice, que, unida a la dilatación de los labios, significa en semejante caso: «Maldita la cuenta que nos tiene.» Recibida esta contestación, la Thenardier exclamó:

—Lo siento mucho, buen hombre; pero no hay habitación.

—Ponedme donde queráis —dijo el hombre—; en el granero o en la cuadra. Pagaré como si ocupase un cuarto.

—Me daréis cuarenta sueldos.

—Cuarenta sueldos. Sea. Corriente.

—¡Cuarenta sueldos! —dijo por lo bajo un trajinero a Thenardier—. ¡Si no son más que veinte sueldos!

—Para él son cuarenta —replicó la Thenardier en el mismo tono—. Yo no admito a pobres por menos.

—Es verdad —añadió el marido con dulzura—; porque siempre es perjuicio para una casa tener esa clase de gente.

Entre tanto, el hombre, después de haber dejado sobre un banco su paquete y su bastón, se había sentado junto a una mesa, en la que Cosette se apresuró a poner una botella de vino y un vaso. El trajinero que había pedido el cubo de agua fue él mismo a llevárselo a su caballo. Cosette volvió a ocupar su sitio debajo de la mesa de la cocina y se puso a hacer media.

El hombre, que apenas había llevado a los labios el vaso de vino que se había echado, contemplaba a la niña con atención extraña.

De pronto exclamó la Thenardier:

—A propósito, ¿y el pan?

Cosette, según era su costumbre cada vez que la Thenardier levantaba la voz, salió en seguida de debajo de la mesa.

Había olvidado el pan completamente. Recurrió, pues, al expediente de los niños. Mintió.

—Señora, el panadero tenía cerrado.

—¿Por qué no llamaste?

—Llamé, señora.

—¿Y qué?

—No abrió.

—Mañana sabré si es verdad —dijo la Thenardier—, y si mientes, verás lo que te espera. Entre tanto, devuélveme la moneda de quince sueldos.

Cosette metió la mano en el bolsillo de su delantal y se puso lívida. La moneda de quince sueldos ya no estaba allí.

—Vamos —dijo la Thenardier—; ¿me has oído?

Cosette volvió el bolsillo del revés; no había nada. ¿Qué había sido del dinero? La desgraciada niña no halló una palabra para explicarlo. Estaba petrificada.

—¿Has perdido acaso los quince sueldos —aulló la Thenardier— o me los quieres robar?

Al mismo tiempo alargó el brazo hacia las disciplinas, colgadas en el rincón de la chimenea.

Aquel ademán terrible dio a Cosette fuerzas para gritar:

—¡Perdonadme, señora; no lo haré más!

La Thenardier descolgó las disciplinas.

Entre tanto, el hombre del levitón amarillo había metido los dedos en el bolsillo de su chaleco, sin que nadie lo viera, ocupados como estaban los demás viajeros en beber o jugar a los naipes sin hacer caso de nada.

Cosette se revolvió con angustia en el rincón de la chimenea, procurando reunir sus harapos para librar en lo posible de los golpes sus pobres miembros medio desnudos. La Thenardier levantó el brazo.

—Perdonad, señora —dijo el hombre—; pero ahora mismo he visto caer una cosa del bolsillo del delantal de esa chica y ha venido rodando hasta aquí. Quizá sea la moneda.

Al mismo tiempo se bajó y pareció buscar en tierra un instante.

—Aquí está justamente —continuó, levantándose.

Y dio una moneda de plata a la Thenardier.

—Sí, ésta es —dijo ella.

No era aquélla, sino una moneda de veinte sueldos; pero la Thenardier salía ganando. Guardóla en el bolsillo y se limitó a echar una mirada feroz a la niña, diciendo:

—¡Cuidado con que te suceda otra vez!

Cosette volvió a meterse en lo que la Thenardier llamaba su «nido», y su mirada, fija en el viajero desconocido, empezó a tomar una expresión que no había tenido nunca.

—A propósito, ¿queréis cenar? —preguntó la Thenardier al viajero.

Éste no respondió. Parecía que meditaba profundamente.

—¿Quién será este hombre? —dijo ella entre dientes—. Algún pobre asqueroso. No tiene un sueldo para cenar. ¿Me pagará siquiera la habitación? Con todo, suerte ha sido que no se le haya ocurrido la idea de robar el dinero que estaba en el suelo.

Entonces abrióse una puerta y entraron Azelma y Eponina.

Eran verdaderamente dos niñas muy lindas, vestidas como de la clase media y no como aldeanas, ambas encantadoras; una con sus trenzas color de castaña muy brillantes, y otra con sus largos cabellos negros, que le caían por la espalda; ambas animadas, limpias, gruesas, frescas y sanas, que daba gusto verlas. Iban bien vestidas y con tal arte maternal que lo grueso de las telas no quitaba nada a la coquetería con que estaban hechos los trajes. El invierno estaba previsto sin que desapareciera la primavera. Estas dos niñas despedían rayos de luz; además eran reinas. En su traje, en su alegría, en el ruido que hacían, había cierta soberanía. Cuando entraron les dijo Thenardier con un tono de mal humor lleno de adoración:

—¡Ah, sois vosotras!

Después, sentando a ambas sobre sus rodillas, alisándoles el pelo, atando sus lazos y soltándolas en seguida con ese modo tan dulce, propio de las madres, exclamó:

—¡Qué mal vestidas están!

Sentáronse al amor de la lumbre. Tenían una muñeca, a la que daban vueltas y más vueltas sobre sus rodillas, jugando y cantando. De cuando en cuando alzaba Cosette la vista de su trabajo y las miraba jugar con aire lúgubre.

Eponina y Azelma no miraban a Cosette; era para ellas como un perro. Estas niñas, que entre las tres no tenían veinticuatro años, representaban ya toda la sociedad de los hombres: por un lado, la envidia; por otro, el desdén.

La muñeca de las hermanas Thenardier estaba ya muy estropeada, muy sucia y rota; pero no por eso parecía menos admirable a Cosette, que en su vida había tenido una muñeca, «una verdadera muñeca», para servirnos de una expresión que todos los niños comprenderán.

De pronto la Thenardier, que continuaba yendo y viniendo por la sala, advirtió que Cosette se distraía, y que en vez de trabajar miraba a las niñas, que estaban jugando.

—¡Ah, ahora no me lo negarás! —exclamó—. ¡Es así como trabajas! ¡Ahora te haré yo trabajar a disciplinazos!

El desconocido, sin dejar su silla, se volvió a Thenardier.

—Señora —dijo sonriéndose, con aire casi humilde—. ¡Bah! ¡Dejadla jugar!

En boca de cualquier otro viajero que hubiese comido un buen pedazo de carne y bebido dos botellas de vino en su cena y no hubiese parecido un «pobre asqueroso», este deseo habría sido una orden; pero que un hombre que llevaba aquel sombrero se atreviese a tener un deseo, y que un hombre que usaba aquel levitón se permitiese tener una voluntad, es lo que no creyó debía tolerar la Thenardier. Replicó, pues, con acritud:

—Es preciso que trabaje, puesto que come. Yo no la alimento por nada.

—¿Pero qué es lo que hace? —continuó el desconocido con una dulce voz que contrastaba extrañamente con su traje.

La Thenardier se dignó responder:

—Está haciendo medias. Medias para mis niñas, que no las tienen, vamos al decir, y que ahora mismo van con las piernas desnudas.

El hombre miró los pies morados de la pobre Cosette, y continuó:

—¿Y cuándo concluirá ese par de medias?

—La perezosa tiene para tres o cuatro días.

—¿Y cuánto puede valer el par de medias después de hecho?

La Thenardier le lanzó una mirada despreciativa.

—Lo menos treinta sueldos.

—¿Lo daríais por cinco francos? —replicó el hombre.

—¡Cáspita! —exclamó soltando una risotada uno de los trajineros que escuchaba—. ¡Cinco francos! Ya lo creo... Pues digo... ¡Cinco balas!

Thenardier creyó que debía tomar la palabra.

—Sí, señor; si es un capricho se os dará ese par de medias por cinco francos. Nosotros no sabemos negar nada a los viajeros.

—Pero sería preciso pagar ahora mismo —dijo la mujer con voz breve y perentoria.

—Compro el par de medias —respondió el hombre, y añadió sacando del bolsillo una moneda de cinco francos y poniéndola sobre la mesa—, y lo pago.

Después, volviéndose hacia Cosette:

—Ahora tu trabajo es mío. Juega, hija mía.

El trajinero se conmovió tanto al ver la moneda de cinco francos, que dejó su vaso y se acercó.

—¡Conque es verdad! —exclamó examinándola—. ¡Una verdadera rueda trasera! ¡Y no es falsa!

Acercóse Thenardier y guardó silenciosamente la moneda en su bolsillo.

La Thenardier no tenía nada que replicar. Se mordió los labios, y su rostro tomó una expresión de odio.

Entre tanto, Cosette temblaba. Arriesgóse a preguntar:

—¿Es verdad señora? ¿Puedo jugar?

—¡Juega! —dijo la Thenardier con voz terrible.

—Gracias, señora —dijo Cosette.

Y mientras su boca daba gracias a la Thenardier, toda su alma se las daba al viajero.

Thenardier se había vuelto a poner a beber. Acercóse su mujer, y le dijo al oído:

—¿Quién podrá ser ese hombre amarillo?

—He visto —respondió en tono soberano Thenardier—, he visto millonarios que tenían levitones así.

Cosette había dejado su media, pero no había salido de su sitio. La pobre niña se movía siempre lo menos posible. Había tomado de una caja que tenía detrás algunos trapos viejos y un sablecito de plomo.

Eponina y Azelma no ponían atención alguna a lo que pasaba. Acababan de ejecutar una operación importante: se habían apoderado del gato. Habían arrojado al suelo una muñeca, y Eponina, que era la mayor, ataba al gato, a pesar de sus maullidos y sus contorsiones, con una porción de trapos y cintas encarnadas y azules. Al mismo tiempo que ejecutaba esta obra difícil y grave, decía a su hermana en ese dulce y adorable lenguaje de los niños, cuya gracia, parecida al esplendor de las alas de una mariposa, desaparece cuando se la quiere fijar:

—Mira, hermana mía, esta muñeca es más divertida que la otra. Se mueve, grita y no se deja vestir. Ven, hermana, juguemos con ella. Será mi hija. Yo seré una señora. Yo vendría a verte y tú la mimarías. Poco a poco verías sus bigotes, y te extrañarías. Verías sus orejas y verías su cola, y te admirarías. Y me dirías: «¡Ay, Dios mío!» Yo te diría: «Sí, señora, es una niña que tengo así. Las niñas son así ahora.»

Azelma escuchaba a Eponina con admiración.

En esto los bebedores se habían puesto a entonar una canción obscena de la que se reían hasta hacer temblar el techo. Thenardier los animaba y los acompañaba.

A fuerza de instancias de la patrona, el hombre amarillo, «el millonario», consintió al fin en cenar.

—¿Qué quiere el señor?

—Pan y queso —dijo el hombre.

—Decididamente es un mendigo —dijo para sí la Thenardier.

Los borrachos continuaban entonando su canción y la niña, debajo de la mesa, cantaba también la suya.

De pronto cesó de cantar Cosette. Acababa de volverse y de ver la muñeca de las niñas de Thenardier, abandonada a causa del gato y dejada en tierra a pocos pasos de la mesa de cocina.

Entonces dejó caer el sable, que sólo la satisfacía a medias, y luego paseó lentamente su mirada alrededor de la sala. La Thenardier hablaba en voz baja con su marido y contaba dinero; Eponina y Azelma jugaban con el gato; los viajeros comían, o bebían, o cantaban, y nadie se fijaba en ella. No había un momento que perder; salió de debajo de la mesa arrastrándose sobre las rodillas y las manos, se cercioró otra vez de que nadie la acechaba, se llegó con presteza a la muñeca y la cogió. Un instante después estaba otra vez en su sitio, sentada, inmóvil, vuelta solamente de modo que diese sombra a la muñeca que tenía en los brazos. La dicha de jugar con una muñeca era tan rara para ella, que tenía toda la violencia de un deleite.

Nadie la había visto, excepto el viajero, que comía lentamente su mezquina cena.

Esta alegría duró cerca de un cuarto de hora.

Pero por mucha precaución que hubiese tomado Cosette, no vio que uno de los pies de la muñeca «sobresalía», y que el fuego de la chimenea lo alumbraba con mucha claridad. Aquel pie rosado y luminoso que salía de la sombra llamó súbitamente la atención de Azelma, que dijo a Eponina:

—¡Mira, hermana!

Las dos niñas se detuvieron estupefactas. ¡Cosette se había atrevido a tomar la muñeca!

Eponina se levantó y, sin soltar el gato, se llegó a su madre y empezó a tirarle del vestido.

—Déjame —dijo la madre—. ¿Qué me quieres?

—Madre —dijo la niña—. ¡Mira!

Y señalaba a Cosette con el dedo.

Ésta, entregada al éxtasis de su posesión, no veía ni oía nada.

El rostro de la Thenardier tomó esa expresión particular que se compone de lo terrible unido a lo insignificante en las pequeñeces de la vida, y que ha hecho dar a esta clase de mujeres el nombre de megeras.

Esta vez el orgullo lastimado exasperó más su cólera. Cosette había traspasado todos los límites; había atentado a la muñeca de las «señoritas». Una zarina viendo a un mujick probarse el gran cordón de su imperial hijo no habría puesto otra cara.

Gritó con una voz enronquecida por la indignación:

—¡Cosette!

Cosette se estremeció, como si la tierra hubiese temblado bajo sus pies.

—¡Cosette! —replicó la Thenardier.

Tomó Cosette la muñeca y la puso suavemente en el suelo, con una especie de veneración y de doloroso temor, y sin dejar de mirarla cruzó desesperadamente las manos y, lo que es horrible de decir en una niña de esta edad, se las retorció; después, las lágrimas, que no había podido arrancarle ninguna de las emociones del día ni la carrera por el bosque, ni el peso del cubo de agua, ni la pérdida del dinero, ni la vista de las disciplinas, ni aun la sombría palabra que había oído decir a la Thenardier, acudieron a sus ojos, y rompió a sollozar y a llorar.

En este intermedio el viajero se había levantado.

—¿Qué es eso? —dijo a la Thenardier.

—¡Esa miserable —respondió la Thenardier— se ha permitido tocar a la muñeca de las niñas!

—¡Tanto ruido para eso! —dijo el hombre—. ¿Y qué importaba que jugase con esa muñeca?

—¡La ha tocado con sus manos sucias! —prosiguió la Thenardier—. ¡Con sus horribles manos!

Aquí redobló Cosette sus sollozos.

—¿Quieres callar? —gritó la Thenardier.

El hombre se fue derecho a la puerta de la calle, la abrió y salió.

Apenas hubo salido aprovechóse la Thenardier de su ausencia para dar a Cosette un puntapié por debajo de la mesa que la hizo poner el grito en el cielo.

La puerta volvió a abrirse y entró otra vez el hombre; llevaba en la mano una fabulosa muñeca que puso de pie delante de Cosette, diciendo:

—Toma; para ti.

Sin duda en la hora y media que hacía que estaba allí había notado confusamente, a pesar de su meditación, la tienda de juguetes, alumbrada con lamparillas y velas de sebo tan espléndidamente que, a través de las puertas de cristales de la posada, parecía una iluminación.

Cosette levantó los ojos, vio ir al hombre hacia ella con la muñeca como si hubiera sido el Sol; oyó las palabras inauditas: «Para ti»; le miró, miró la muñeca, después retrocedió lentamente y fue a ocultarse al otro extremo, delante de la mesa, junto al rincón de la pared.

Ya no lloraba ni gritaba; parecía que ya no se atrevía a respirar.

La Thenardier, Eponina y Azelma eran otras tantas estatuas. Los bebedores mismos se habían callado. En todo el bodegón había un silencio solemne.

La Thenardier, petrificada y muda, volvía a empezar sus conjeturas: «¿Quién es este viejo? ¿Es un pobre? ¿Es un millonario? Tal vez sea las dos cosas; es decir, un ladrón.»

La faz del marido presentó esa arruga expresiva que atraviesa la frente humana cada vez que el instinto dominante aparece en el rostro con todo su poder bestial. El bodegonero examinaba alternativamente al viajero y a la muñeca, y parecía olfatear a aquel hombre como hubiese olfateado un saco de plata. Todo esto no duró más que el tiempo de un relámpago. Acercóse a su mujer y dijo en voz baja:

—Esa máquina cuesta lo menos treinta francos. No hagamos tonterías; de rodillas delante de ese hombre.

Las naturalezas groseras se parecen a las cándidas en que para ellas no hay transiciones.

—Vamos, Cosette —dijo la Thenardier con una voz que quería dulcificar y que se componía de esa miel agria de las mujeres malas—. ¿No tomas tu muñeca?

Cosette se aventuró a salir de su agujero.

—¿Puedo, señora?

Ninguna frase podría expresar esta voz, al mismo tiempo desesperada, alegre y llena de espanto.

—¡Pardiez! —dijo la Thenardier—. Sí, es tuya, puesto que el señor te la da.

—¿De veras, señor? —replicó Cosette—. ¿Es verdad? ¿Es mía la señora?

El desconocido parecía tener los ojos llenos de lágrimas y haber llegado a ese extremo de emoción en que no se habla para no llorar. Hizo una señal con la cabeza a Cosette, y puso en sus manecitas la mano de «la señora».

Cosette retiró vivamente su mano como si la de «la señora» se la quemase, y se puso a mirar al suelo. Fuerza es añadir que en aquel instante sacaba la lengua de un modo desmesurado. De pronto volvióse y cogió la muñeca con violencia.

—La llamaré Catalina —dijo.

Fue un espectáculo extraño aquel en que los harapos de Cosette se encontraron y estrecharon con las cintas y frescas muselinas de color de rosa de la muñeca.

—Señora —continuó—, ¿puedo ponerla en una silla?

—Sí, hija mía —respondió la Thenardier.

A la sazón eran Eponina y Azelma las que miraban a Cosette con envidia.

Cosette colocó a Catalina en una silla; después se sentó en el suelo delante de ella y permaneció inmóvil, sin decir una palabra, en actitud de contemplación.

—Juega, pues, Cosette —dijo el desconocido.

—¡Oh! Estoy jugando —respondió la niña.

El hombre se había apoyado en la mesa, volviendo a tomar su actitud pensativa. Los demás viajeros, trajineros y feriantes se habían alejado un poco y ya no cantaban. Le examinaban a cierta distancia con una especie de temor respetuoso. Aquel viajero tan pobremente vestido, que sacaba de su bolsillo las «ruedas traseras» con tanta facilidad y que prodigaba muñecas gigantescas a muchachas haraposas, era ciertamente un buen hombre, magnífico y temible.

Así transcurrieron algunas horas. La misa del gallo se había dicho ya; la Nochebuena había pasado, los bebedores se habían ido, el bodegón estaba cerrado, la sala baja desierta, apagado el fuego, y el desconocido continuaba en el mismo sitio y en la misma postura. De cuando en cuando dejaba descansar un brazo, apoyándose en el otro codo, y a esto se reducían todos sus movimientos. Pero no había dicho una palabra desde que Cosette se había ido a acostar.

Sólo los Thenardier permanecían en la sala, por el bien parecer y por curiosidad.

—¿Se pensará pasar la noche así? —gruñía Thenardier.

En aquel momento dieron las dos de la mañana. La Thenardier se declaró vencida y dijo a su marido:

—Me voy a acostar. Haz de él lo que quieras.

Sentóse el marido en un rincón, junto a una mesa; encendió una vela de sebo y se puso a leer «El Correo Francés».

Así pasó una hora larga. El digno bodegonero había leído lo menos tres veces «El Correo Francés» desde la fecha del número hasta el nombre del impresor. El desconocido no se movía.

Thenardier se movió, tosió, escupió, se sonó la nariz, hizo ruido con su silla; el forastero continuó inmóvil.

—¿Estará dormido? —pensó Thenardier.

El hombre no dormía; pero nada podía despertarle.

En fin, Thenardier se quitó su gorro, se acercó suavemente y se aventuró a decir:

—¿El señor no va a descansar?

Decir «No va a acostarse» le hubiera parecido excesivo y demasiado familiar. «Descansar» olía a lujo y era más respetuoso. Estas palabras tienen la propiedad misteriosa y admirable de aumentar al día siguiente por la mañana el total de la cuenta. Un cuarto para «acostarse» cuesta veinte sueldos; un cuarto donde se «descansa» cuesta veinte francos.

—¡Calle! —dijo el desconocido—. Tenéis razón. ¿Dónde está vuestra cuadra?

—Señor —dijo Thenardier con una sonrisa—, voy a conduciros.

Tomó la luz, cogió el hombre su bastón y su paquete, y Thenardier lo llevó a un cuarto del primer piso, adornado con un lujo espléndido, con muebles de caoba y una cama en forma de barco con colgaduras de percal encarnado.

El posadero se retiró a su cuarto. Su mujer estaba acostada, pero no dormía. Cuando oyó entrar a su marido se volvió y le dijo:

—¿Sabes que mañana pongo a Cosette en medio del arroyo?

Thenardier respondió fríamente:

—Muy a pecho lo has tomado.

No volvieron a hablar una palabra, y pocos momentos después habían apagado la luz.

El viajero, por su parte, había puesto en un rincón su bastón y su paquete. Cuando Thenardier salió sentóse en una silla y permaneció algún tiempo pensativo. Después se quitó los zapatos, tomó una de las dos velas, apagó la otra, abrió la puerta y salió del cuarto, mirando a su alrededor como quien busca algo. Allí oyó un ruido muy leve, parecido a la respiración de un niño. Dejóse conducir por este ruido y llegó a una especie de hueco triangular practicado debajo de la escalera o, por mejor decir, formado por la escalera misma. Este hueco no era otra cosa sino el que quedaba naturalmente debajo de los peldaños. Allí, entre toda clase de cestos y trastos viejos, entre el polvo y las telas de araña, había una cama, si puede llamarse cama a un jergón lleno de agujeros hasta enseñar la paja y un cobertor agujereado hasta dejar ver el jergón. No tenía sábanas y estaba echado por tierra. En esta cama dormía Cosette.

Acercóse el hombre y la estuvo examinando.

Cosette dormía profundamente y estaba vestida.

En invierno no se desnudaba para tener menos frío. Tenía abrazada la muñeca, cuyos grandes ojos abiertos brillaban en la oscuridad. De cuando en cuando exhalaba un hondo suspiro, como si fuese a despertarse, y estrechaba la muñeca en sus brazos casi convulsivamente. Al lado de su cama no había más que un zueco.

Una puerta que había al lado del desván de Cosette dejaba un cuarto oscuro bastante grande. El desconocido penetró en él. En el fondo, a través de una puerta vidriera, veíanse dos camas gemelas muy blancas. Eran las de Azelma y Eponina. Detrás de las dos camas medio se veía una cuna sin colgaduras, donde dormía el chiquitín que había estado gritando toda la noche.

El desconocido conjeturó que este cuarto comunicaba con el de los esposos Thenardier. Iba a retirarse cuando reparó en la chimenea, una de esas vastas chimeneas de posada, donde siempre hay muy poco fuego, cuando lo hay, y que da frío el verlas. En aquélla no había fuego, ni aun ceniza, lo cual llamó, sin embargo, la atención del viajero. Había, sí, dos zapatitos de niña, de forma bella y desiguales en tamaño; el desconocido recordó la graciosa e inmemorial costumbre de los niños, que ponen su calzado en la chimenea la noche de Navidad, esperando allí en las tinieblas algún brillante regalo de una buena hada. Eponina y Azelma no habían faltado a esta costumbre, y cada una había puesto uno de sus zapatos en la chimenea.

El viajero se inclinó hacia ellos.

El hada, es decir, la madre, había hecho su visita, y se veía brillar en cada zapato una magnífica moneda de diez sueldos, nuevecita.

Volvióse el hombre a la ventana, y ya se iba, cuando vio a un lado, en el fondo, en el rincón más oscuro de la chimenea, otro objeto. Miró y vio que era un zueco, un horrible zueco de la madera más basta, medio roto y todo cubierto de ceniza y barro seco. Era el zueco de Cosette. Cosette, con esa tierna confianza de los niños que puede engañarlos siempre sin desanimarlos jamás, había puesto también su zueco en la chimenea.

La esperanza es una cosa dulce y sublime en una niña que sólo ha conocido la desesperación.

En el zueco no había nada.

El viajero buscó en el bolsillo de su chaleco, inclinóse y puso en el zueco de Cosette un luis de oro.

Después volvióse de puntillas a su habitación.

Al día siguiente, lo menos dos horas antes de que amaneciese, Thenardier, sentado junto a una mesa en la sala baja del bodegón, con una pluma en la mano y alumbrado por la luz de una vela, componía la cuenta del viajero del levitón amarillo.

—¡Veintitrés francos! —exclamó la mujer con un entusiasmo unido a la vacilación.

Thenardier, como todos los grandes artistas, no estaba contento de su obra.

—¡Psch! —dijo.

—Thenardier, tienes razón, bien debe eso —murmuró la mujer, que pensaba en la muñeca dada a Cosette delante de sus hijas—. Es justo, pero es demasiado. No querrá pagar.

Thenardier se sonrió fríamente, y dijo:

—Pagará.

Esta sonrisa era la expresión suprema de la convicción y de la autoridad. Lo que así se decía debía suceder infaliblemente. La mujer no insistió. Púsose a arreglar las mesas; el marido empezó a dar paseos por la sala. Un momento después añadió:

—¡Yo, sin embargo, debo mil quinientos francos!

Fue a sentarse frente a la chimenea, meditando y poniendo los pies sobre las cenizas calientes aún.

—¡Ah! —continuó la mujer—. No olvides que hoy pongo a Cosette a la puerta. ¡Monstruo! ¡Me come el corazón con su muñeca! ¡Preferiría casarme con Luis XVIII a tenerla en casa un día más!

Thenardier encendió su pipa y respondió entre dos bocanadas de humo:

—Entregarás al hombre esta cuenta.

Después salió.

Apenas había puesto el pie fuera de la sala cuando entró el viajero.

Thenardier volvió a aparecer al momento detrás de él y permaneció inmóvil en la puerta entreabierta, visible sólo para su mujer.

El hombre amarillo llevaba en la mano su bastón y su paquete.

—¡Cómo! ¡Tan pronto levantado! —dijo la Thenardier—. ¿Acaso el señor nos deja?

Y al mismo tiempo que hablaba daba vueltas a la cuenta que tenía entre los dedos, haciéndola pliegues con las uñas. Su rostro duro presentaba una expresión que no le era habitual: la de la timidez y el escrúpulo.

Presentar semejante cuenta a un hombre que tenía tan perfectamente el aire «de un pobre» le parecía cosa impropia.

El viajero estaba pensativo y distraído. Respondió:

—Sí, señora; me voy.

—El señor —continuó ésta—, ¿no tenía negocios en Montfermeil?

—No; paso por aquí y nada más. Señora —añadió—, ¿qué debo?

La Thenardier, sin responder, le entregó la cuenta doblada.

El hombre desdobló el papel y lo miró, pero su atención estaba visiblemente en otra parte.

—Señora —continuó—, ¿hacéis buenos negocios en Montfermeil?

—¡Ay, los tiempos están muy malos! Y luego tenemos tan pocos señores por aquí... Ya lo veis, toda es gente de poco más o menos. ¡Si no viniesen a veces viajeros generosos y ricos como el señor! ¡Tenemos tantas cargas! Mirad, esa chiquilla nos cuesta los ojos de la cara.

—¿Qué chiquilla?

—Ya sabéis, Cosette; la Alondra, como la llaman en el país.

—¿Y si os desembarazasen de ella?

—¿De quién, de la Cosette?

—Sí.

—¡Ah, señor! ¡Mi buen señor! Tomadla, buen provecho; lleváosla, conservadla en azúcar, en trufas; bebéosla, coméosla y seáis bendito de la Virgen Santísima y de todos los santos del paraíso.

—Está dicho

—¿De veras? ¿Os la lleváis?

—Me la llevo.

—¿Ahora?

—Ahora mismo. Llamadla.

—¡Cosette! —gritó la Thenardier.

—Entre tanto —prosiguió el hombre— voy a pagaros mi cuenta. ¿Cuánto es?

Echó una ojeada a la cuenta y no pudo reprimir un movimiento de sorpresa.

—¡Veintitrés francos!

Miró a la bodegonera y replicó:

—¿Veintitrés francos?

Había en la pronunciación de estas dos palabras repetidas así el acento que separa la admiración del interrogante.

La Thenardier había tenido tiempo de prepararse al choque. Respondió, pues, con seguridad.

—¡Caramba! ¡Sí, señor! Veintitrés francos.

El viajero puso en la mesa cinco monedas de cinco francos.

En este momento Thenardier se adelantó en medio de la sala, y dijo:

—El señor no debe más que veintiséis sueldos.

—¡Veintiséis sueldos! —dijo la mujer.

—Veinte sueldos por el cuarto —continuó fríamente Thenardier —y seis sueldos por la cena. Y en cuanto a la niña, necesito hablar un poco con el señor. Déjanos solos.

Apenas estuvieron solos, Thenardier ofreció una silla al viajero. Éste se sentó; Thenardier permaneció en pie, y su rostro tomó una expresión de bondad y de sencillez.

—Señor —dijo—, mirad, voy a deciros: yo adoro a esa niña.

El viajero le miró fijamente.

—¿Qué niña?

—Ya lo oís, a nuestra pequeña Cosette. ¿No os la queríais llevar? Pues bien, hablo francamente; tan cierto como que sois un hombre honrado, no puedo consentir en ello. Esa niña me haría falta. Como que la estoy manejando desde chica. Verdad es que nos cuesta dinero; verdad es que nos cuesta disgustos; verdad es que tiene sus defectos, y que no somos ricos, y que he pagado más de cuatrocientos francos en drogas nada más que por una de sus enfermedades. ¡Pero es preciso hacer algo por Dios! No tiene padre ni madre; yo la he criado. Tengo pan para ella y para mí. En fin, yo quiero a esa niña. Ya comprendéis; uno toma afecto a las personas; yo tengo más corazón que cabeza, la quiero; mi mujer tiene el genio vivo, pero también la quiere. La tenemos como a hija nuestra. No podemos renunciar a oír su charla infantil en nuestra casa.

El desconocido continuaba mirando fijamente.

Thenardier continuó:

—Perdonad, señor; pero no se da un hijo así como así al primero que viene. ¿No es verdad que tengo razón? Además, no digo que no; sois rico, parecéis bueno, y si fuese por su dicha... Pero yo necesitaría saber... ¿Me entendéis? Supongamos, es una suposición, que yo la dejase ir y me sacrificase. Quisiera saber adónde la lleváis; quisiera no perderla de vista, saber a casa de quién va, para ir a verla de cuando en cuando y que supiese que su buen padre, que la ha criado, velaba por ella. En fin, hay cosas que no son posibles. Yo no sé siquiera vuestro nombre. Si os la llevarais, diría: «¿Y la Alondra? ¿Adónde ha ido?» A lo menos necesitaría ver algún pedazo de papel, una muestra siquiera de vuestro pasaporte.

El desconocido, sin dejar de mirarle con esa mirada que penetra, por decirlo así, hasta el fondo de la conciencia, le respondió con acento grave y firme:

—Señor Thenardier, para venir a cinco leguas de París no se saca pasaporte. Si me llevo a Cosette me la llevaré, y nada más. Vos no sabréis mi nombre, ni mi habitación, ni adónde ha de ir a parar, y mi intención es que no os vuelva a ver en su vida. Rompo el hilo que tiene en el pie, y se va. ¿Os conviene? ¿Sí o no?

Lo mismo que los demonios y los genios conocían en ciertas señales la presencia de un Dios superior, comprendió Thenardier que tenía que habérselas con uno más fuerte que él. Ésta fue como una especie de intuición; comprendió esto con su prontitud clara y sagaz. La víspera, al mismo tiempo que bebía con los trajineros, mientras fumaba, mientras cantaba coplas obscenas, había pasado la noche observando al viajero, acechándolo como un gato y estudiándolo como un matemático. Le había espiado a la vez por su propia cuenta, por placer y por instinto; espiado como si hubiese sido pagado para esto. No se le había escapado ni un gesto ni un movimiento del hombre del levitón amarillo. Aun antes que el desconocido manifestara tan claramente su interés por Cosette, Thenardier lo había adivinado. Había sorprendido las profundas miradas del viejo, clavadas siempre en la niña. ¿Quién era este hombre? ¿Por qué con tanto dinero en su bolsa llevaba un traje tan miserable? Preguntas que se hacía sin poder contestarlas, y que le irritaban. Toda la noche había estado pensando en ello. ¿No podría ser el padre de Cosette? ¿Sería su abuelo? Entonces, ¿por qué no se daba a conocer en seguida? Cuando uno tiene derecho hace uso de él. Evidentemente, aquel hombre no tenía derecho sobre Cosette. ¿Quién era, pues? Thenardier se perdía en suposiciones. Entreveía todo y no veía nada. Como quiera que fuese, entablando conversación con aquel hombre, seguro como estaba de que había un secreto en todo esto, seguro de que el hombre estaba interesado en permanecer incógnito, sentíase fuerte. A la respuesta clara y firme del viajero, cuando vio que el misterioso personaje era misterioso simplemente, se sintió débil. No se esperaba una cosa igual. Fue la derrota de sus conjeturas. Reunió sus ideas, pesó todo esto en un segundo. Thenardier era uno de esos hombres que juzgan una situación de una ojeada. Calculó que era el momento de ir derecho y pronto al asunto. Hizo como los grandes capitanes en ese instante decisivo que sólo ellos conocen: descubrió bruscamente su batería.

—Señor —dijo—, necesito mil quinientos francos.

El viajero tomó el bolsillo, de uno de los lados, una cartera vieja de cuero negro, la abrió y sacó de ella tres billetes de Banco que puso sobre la mesa. Después apoyó su ancho pulgar sobre estos billetes y dijo al bodegonero:

—Haced venir a Cosette.

Un instante después entraba Cosette en la sala baja.

El desconocido tomó el paquete que había llevado y lo desató. Este paquete contenía un vestidito de lana, un delantal, una almilla de fustán, un jubón, un pañuelo, medias de lana, zapatos; un vestido completo para niña de siete años, todo de color negro.

—Hija mía —dijo el hombre—, toma esto y ve a vestirte en seguida.

El día aparecía cuando los habitantes de Montfermeil, que empezaban a abrir sus puertas, vieron pasar por la calle de París a un hombre vestido pobremente, que llevaba de la mano a una niña vestida de luto con una muñeca color de rosa en los brazos.

* * *

Juan Valjean no había muerto.

Al caer al mar o, por mejor decir, al arrojarse a él, estaba, como se ha visto, sin cadena ni grillos. Nadó entre dos aguas hasta llegar a un buque anclado, al cual había amarrada una barca, y halló medio de ocultarse en esta embarcación hasta que llegó la noche. Entonces se echó a nadar de nuevo y saltó a tierra a poca distancia del cabo Brun. Allí, como no le faltaba dinero, pudo proporcionarse un traje en una taberna de las cercanías de Balaguier, que era a la sazón el vestuario común de los presidiarios escapados, especulación lucrativa. Luego, como todos esos fugitivos que tratan de burlar la vigilancia de la ley y la fatalidad social, siguió un itinerario oscuro y tortuoso. Halló primero asilo en los Pradeaux, cerca de Beausset; después se dirigió hacia el Grand-Villard, cerca de Brianzon, en los Altos Alpes: fuga oscura y zozobrosa por caminos de topos, cuyos ramales son desconocidos. Después se pudo encontrar alguna huella de su paso por el Ain, en el territorio de Civrieux, por los Pirineos en Accons, en el sitio llamado la Granja de Doumecq, junto al caserío de Chavailles, y por las cercanías de Perigueux, en Bruines, cantón de la Chapelle-Fonaguet. Así llegó a París, y lo acabamos de ver en Montfermeil.

Su primer cuidado al llegar a París fue comprar vestidos de luto para una niña de siete años, y luego buscó una habitación. Hecho esto, fue a Montfermeil.

Se recordará que ya en su primera evasión había hecho por allí, o por las inmediaciones, un viaje misterioso, del cual la justicia tuvo algún indicio.

Por lo demás, se le creía muerto, circunstancia que espesaba en cierto modo la oscuridad que lo envolvía. En París llegó a su poder uno de los periódicos que consignaban el hecho, con lo cual se sintió más tranquilo y casi en paz, como si hubiese muerto realmente.

La noche misma del día en que sacó a Cosette de las garras de los Thenardier entró en París, adonde llegó a la caída de la noche con la niña por la barrera de Monceaux. Allí subió a un coche de alquiler, que le llevó hasta la explanada del Observatorio. Bajó, pagó al cochero, tomó a Cosette de la mano y ambos, en medio de la oscuridad de la noche, por las desiertas calles inmediatas al Ourcine y la Glaciare, se dirigieron hacia el bulevar del Hospital.

El día había sido extraño y de muchas emociones para Cosette; habían comido detrás de los vallados pan y queso, comprados en bodegones fuera del camino; habían cambiado de carruaje muchas veces y habían andado varios trozos de camino a pie. No se quejaba, pero estaba cansada, y Juan Valjean advirtió en su mano que la pobrecita niña tiraba de él al andar; entonces la tomó a cuestas; Cosette, sin soltar a Catalina, colocó su cabeza sobre el hombro de Juan Valjean y se durmió.

CAPÍTULO II

EN CASA DE GORBEAU

El paseante solitario que hace cuarenta años se aventuraba a ir por los barrios perdidos de la Salpetrière y a subir por el bulevar hasta la barrera de Italia, llegaba a sitios donde se hubiese podido decir que desaparecía París. Aquellos sitios no estaban desiertos, porque había transeúntes; no eran campos, porque había calles y casas; no eran una ciudad, porque las calles tenían baches como las carreteras y en ellas brotaba la hierba; no eran una aldea, porque las casas tenían mucha elevación. ¿Qué eran, pues? Eran parajes habitados, donde no había nadie; eran lugares desiertos, donde había gente; eran un bulevar de la gran ciudad, una calle de París, más pavorosa por la noche que una selva, más triste por el día que un cementerio.

Eran el barrio antiguo del mercado de caballerías.

Si se arriesgaba el paseante a ir más allá de las cuatro paredes caducas de este mercado; si consentía siquiera en pasar de la calle del Petit-Banquier, después de haber dejado a su derecha un corral cerrado por altas tapias; luego un prado donde se elevaban montones de materias curtientes, parecidos a barracas de castores gigantescos; luego una cerca llena de madera de construcción con montones de troncos, aserraduras y virutas, sobre las cuales ladraba un enorme perro; luego una larga tapia baja, toda arruinada, con una puertecita negra y enlutada, llena de musgo, que se llenaba de flores en la primavera; luego, en fin, en lo más desierto, un horrible y decrépito edificio, en cuya fachada se leía en letras gordas: «Se prohíbe poner carteles», ese paseante aventurero llegaba a la esquina de la calle de las Vignes-Saint-Marcel, latitudes poco conocidas. Allí, junto a una herrería y entre dos tapias de jardín, se veía en aquel tiempo una casa que, a la primera ojeada, parecía pequeña como una choza, y que en realidad era grande como una catedral. La fachada que daba a la vía pública correspondía a la parte lateral del edificio, y de ahí su exigüidad aparente. Sólo se veían la puerta y una ventana.

Esta casa no tenía más que un piso.

Al examinarla, lo que ante todo llamaba la atención era que aquella puerta no había podido ser nunca más que la puerta de un tabuco, mientras que la ventana, si hubiese estado abierta en la misma piedra, en vez de estarlo en el ripio, hubiera podido ser la ventana de un palacio.

La puerta no era sino un conjunto de tablas carcomidas, groseramente unidas por medio de travesaños, parecidos a pedazos de leño mal cuadrados. Esta puerta daba a una escalera áspera, con escalones altos, llenos de fango, de yeso y de polvo, y de la misma anchura que ella; escalera que se veía desde la calle subir recta como una escala y desaparecer en la sombra entre dos paredes. El dintel informe de esta puerta estaba cubierto de una estrecha tabla, en medio de la cual se había abierto un agujero triangular, que servía justamente de tragaluz y ventanillo cuando la puerta estaba cerrada. En el hueco que formaba esta última se había trazado con tinta y en dos brochazos el número 52, y encima del ventanillo el mismo pincel había borrajeado el número 50; de suerte que el transeúnte no sabía a punto fijo dónde estaba.

Si miraba al dintel de la puerta creía hallarse en el número 50; si miraba al hueco interior, veía el número 52. Varios trapos indefinibles de color de polvo pendían como colgaduras del agujero triangular.

La ventana era ancha y bastante alta, y estaba adornada de persianas y vidrieras de grandes cristales cuadrados; sólo que estos cristales tenían varias heridas, que se ocultaban y se mostraban a un mismo tiempo por medio de un vendaje ingenioso de papel, y las persianas, dislocadas y desunidas, más amenazaban a los transeúntes que resguardaban a los inquilinos. Faltaban en algunos sitios las tablillas horizontales, cándidamente reemplazadas por tablas clavadas en posición perpendicular; de modo que aquel objeto comenzaba siendo persiana y concluía por ser postigo.

Aquella puerta, que tenía un aspecto inmundo, y aquella ventana, que tenía un aspecto decente, aunque deteriorada, vistas así en la misma casa, producían el efecto de dos mendigos desiguales que fuesen juntos y marchasen uno al lado del otro, con dos trazas diferentes bajo iguales harapos, habiendo sido uno siempre mendigo y el otro en sus tiempos caballero.

La escalera conducía a un cuerpo de edificio muy vasto, que se parecía a un cobertizo del cual hubieran hecho una casa. Este edificio tenía por tubo intestinal un largo corredor, limitado a derecha e izquierda por habitaciones de dimensiones diversas, las cuales, rigurosamente hablando, podían llamarse habitables, y eran más parecidas a tiendas que a celdas. Estos cuartos recibían la luz de los solares de las inmediaciones. Todos eran oscuros, pálidos, tristes, melancólicos, sepulcrales y todos recibían rayos fríos de luz o helados vientos, según las hendiduras estaban en el techo o en la puerta. Una particularidad interesante y pintoresca de este género de habitaciones es la enorme magnitud de las arañas.

A la izquierda de la puerta de entrada que daba al bulevar, y a la altura de un hombre, una buhardilla que se había tapiado formaba un nicho cuadrado lleno de piedras que los chicos arrojaban al pasar por allí.

Una parte de este edificio ha sido demolida últimamente; mas, por lo que hoy queda de él, se puede juzgar de lo que ha sido. El todo, en su conjunto, sólo tendrá unos cien años: cien años son la juventud de una iglesia y la vejez de una casa. Parece que la habitación del hombre participa de su brevedad, y la de Dios de su eternidad.

Los carteros llamaban a este edificio el número 50-52, pero en el barrio era conocido con el nombre de casa de Gorbeau.

Expliquemos la procedencia de este nombre.

Los compiladores de sucesos menudos, que se hacen hervorizantes de anécdotas y que fijan con un alfiler en su memoria las fechas fugaces, saben que había en París en el último siglo, hacia el año 1770, dos procuradores del Chatelet, llamados el uno Corbeau y el otro Renard; dos nombres previstos en sus fábulas por Lafontaine.

Los dos honrados agentes, incomodados por los epigramas y heridos en su vanidad por las risotadas que por doquiera les seguían, resolvieron desembarazarse de sus apellidos y tomaron el partido de dirigirse al rey. La súplica fue presentada a Luis XV en ocasión en que dos altos personajes, devotamente arrodillados, calzaban cada uno con una chinela, en presencia de su majestad, los pies desnudos de la Dubarry al salir del lecho.

El rey, que estaba risueño, continuó riendo; pasó naturalmente de los dos personajes que la crónica menciona a los dos curiales, e hizo a ambos gracia de sus nombres o poco menos. Su majestad permitió al señor Corbeau que añadiera una cola a su inicial y se llamara maese Gorbeau; en cuanto al señor Renard fue menos feliz, no pudiendo obtener sino la licencia de poner una P delante de su R y llamarse Prenard; de suerte que el segundo no se prestaba menos al epigrama que el primero.

Ahora bien; según la tradición local, el señor Gorbeau había sido propietario del edificio número 50-52 del bulevar del Hospital, e incluso era el autor de la ventana monumental.

De ahí el haberle puesto el nombre de casa de Gorbeau.

Frente al número 50-52 descollaba entre las plantaciones del bulevar un gran olmo, muerto en sus tres cuartas partes; casi enfrente empezaba la calle de la barrera de los Gobelinos, calle entonces sin casas ni empedrado, plantada de árboles mezquinos, verde o fangosa, según la estación, y que iba a salir justamente al muro que rodeaba a París. De los tejados de una fábrica inmediata salían bocanadas de humo que despedían olor a caparrosa.

La barrera estaba muy cerca. En 1823 el muro que cerraba el recinto de París existía aún.

La barrera misma suscitaba en el ánimo ideas funestas: era el camino de Bicetre. En tiempo de la Restauración y del Imperio volvían a entrar en París por allí los condenados a muerte el día de la ejecución.

Allí fue donde en 1829 se cometió el misterioso asesinato llamado de «la barrera de Fontainebleau», cuyos autores no pudo descubrir la justicia; problema fúnebre que ha permanecido envuelto en las sombras del misterio; enigma horrible que no se ha descifrado. Algunos pasos más allá se encuentra la calle fatal de Croulebarbe, donde Ulbach dio de puñaladas a la cabrera de Ivry en medio del ruido del trueno, como en un melodrama. Poco más adelante se llega a los abominables olmos descabezados de la barrera de Saint-Jacques, ese expediente de los filántropos para ocultar el suplicio; esa mezquina y vergonzosa plaza de la Grève, compuesta de una sociedad tenderil y de ideas medianas, que ha retrocedido ante la pena de muerte, no atreviéndose ni a abolirla con grandeza ni a conservarla con autoridad.

Hace treinta y siete años, prescindiendo de la plaza de Saint-Jacques, que estaba como predestinada y que ha sido siempre horrible, el punto más triste tal vez de todo ese triste bulevar era el sitio, tan poco atractivo aún hoy, donde se halla la casa número 50-52.

Las casas de la clase media no empezaron allí hasta veinticinco años después. El sitio era lúgubre; por las ideas fúnebres que despertaba el transeúnte conocía que se hallaba entre la Salpetrière, cuya cúpula veía, y Bicetre, cuya barrera casi tocaba; es decir, entre la locura de la mujer y la locura del hombre. Por lejos que la vista se extendiese, no se veían más que los mataderos, el muro de circunvalación y algunas raras fachadas de fábricas, parecidas a cuarteles o a monasterios; por todas partes barracas o casucas de yeso, paredes negras como mortajas o nuevas y blancas como sudarios; por todas partes hileras de árboles paralelos, sin que se interrumpiese esta monotonía; ni un accidente del terreno, ni un capricho de arquitectura, ni un pliegue. Era un conjunto glacial, regular, odioso.

En el verano, a la hora del crepúsculo, véanse acá y allá algunas ancianas sentadas al pie de los olmos en bancos enmohecidos por las lluvias. Aquellas buenas viejas mendigaban cuando veían la ocasión.

Por lo demás, el barrio, que parecía más bien aviejado que antiguo, propendía ya desde aquella época a transformarse, y era preciso que se apresurase a verle el que quisiera examinar su estado, porque cada día desaparecía algún detalle de este conjunto. Hoy, y desde hace veinte años, la estación del ferrocarril de Orleáns está al lado de este arrabal viejo e influye en su situación, pues una estación de ferrocarril, dondequiera que se sitúe, produce la muerte de un arrabal y da nacimiento a una ciudad. Parece que alrededor de esos grandes centros del movimiento de los pueblos, al rodar de esas poderosas máquinas, al soplo de esos monstruosos caballos de la civilización, que comen carbón y vomitan fuego, la tierra, llena de gérmenes, tiembla y se abre para absorber las antiguas moradas de los hombres y dejar salir las modernas. Las casas viejas se hunden y surgen las nuevas.

Desde que la estación del ferrocarril de Orleáns ha invadido los terrenos de la Salpetrière las antiguas calles estrechas inmediatas a los Fossés-Saint-Víctor y al Jardín Botánico se bambolean, atravesadas violentamente tres o cuatro veces al día por esas corrientes de diligencias, de coches y de ómnibus, que al cabo de cierto tiempo hacen retroceder las casas a derecha e izquierda; porque hay cosas que parecen paradójicas y que son rigurosamente exactas, y así como puede decirse con exactitud que en las grandes ciudades el Sol hace vegetar y crecer las fachadas de las casas al Mediodía, del mismo modo puede afirmarse con verdad que el paso frecuente de los carruajes ensancha las calles. Los síntomas de una vida nueva son allí evidentes.

Delante de la casa de Gorbeau fue donde se detuvo Juan Valjean. Como las aves bravías, había elegido aquel sitio desierto para hacer de él su nido.

Buscó en el bolsillo de su levitón y sacó una especie de llave maestra; abrió la puerta, entró, la cerró luego con cuidado y subió la escalera con Cosette a cuestas.

En lo alto de la escalera sacó de su bolsillo otra llave, con la que abrió otra puerta. El cuarto donde entró, y que volvió a cerrar en seguida, era una especie de desván bastante espacioso, amueblado con una mesa, algunas sillas y un colchón en el suelo. En un rincón había una estufa encendida, cuyas ascuas se veían. El reverbero del bulevar alumbraba vagamente esta pobre habitación. Enfrente de la puerta había un gabinete con una cama de tijera. Juan Valjean puso a la niña en este lecho, colocándola en él sin despertarla.

Echó yescas y encendió una vela de sebo; todo estaba sobre la mesa preparado de antemano y, como lo había hecho la víspera, se puso a contemplar a Cosette con una mirada extática, donde la expresión de bondad y de ternura llegaba hasta el extravío. La niña, con esa confianza tranquila que sólo pertenece a la fuerza extrema y a la extrema debilidad, se había dormido sin saber con quién estaba, y continuaba durmiendo sin saber dónde se hallaba.

Inclinóse Juan Valjean y besó la mano de la niña.

Nueve meses antes había besado la mano de la madre, que también acababa de dormirse.

El mismo sentimiento doloroso, religioso, punzante, llenaba su corazón.

Arrodillóse junto a la cama de Cosette.

Era ya muy de día, y la niña dormía aún. Un pálido rayo del sol de diciembre entraba por la ventana del desván, esparciendo por el techo rayos de sombra y de luz. De pronto, una carreta de cantero muy cargada que pasaba por la calzada del bulevar conmovió el caserón como si fuera un largo trueno y lo hizo temblar de arriba abajo.

—¡Sí, señora! —gritó Cosette despertándose sobresaltada—. ¡Allá voy!

Y se arrojó de la cama con los párpados medio cerrados aún con la pesadez del sueño, extendiendo los brazos hacia el rincón de la pared.

—¡Ah, Dios mío! Mi escoba —dijo.

Abrió del todo los ojos y vio el rostro risueño de Juan Valjean.

—¡Ah! ¡Calla! ¡Es verdad! —dijo la niña—. Buenos días, señor.

Los niños aceptan inmediatamente y con toda familiaridad la alegría y la dicha, siendo ellos mismos naturalmente dicha y alegría.

Cosette vio a Catalina al pie de su cama; se apoderó de ella, y mientras jugaba hacía cien preguntas a Juan Valjean.

De pronto exclamó:

—¡Qué bonito es esto!

Era un horrible zaquizamí, pero la niña se veía libre.

—¿Tengo que barrer? —preguntó al fin.

—Juega —dijo Valjean.

El día pasó así. Cosette, sin inquietarse, aunque no comprendía nada de lo que pasaba por ella, se consideraba inexplicablemente feliz entre aquella muñeca y aquel buen hombre.

Al día siguiente, al amanecer, hallábase otra vez Juan Valjean junto al lecho de Cosette. Allí esperaba inmóvil, mirándola despertar.

En su alma entraba una cosa nueva.

Juan Valjean no había amado nunca. Hacía veinticinco años que estaba solo en el mundo. Jamás había sido padre, amante, marido, ni amigo. En presidio era malo, sombrío, casto, ignorante, feroz. El corazón del viejo presidiario estaba lleno de virginidad. Su hermana y los hijos de su hermana no le habían dejado más que un recuerdo vago y lejano, que había concluido por desvanecerse casi enteramente. Había hecho todos sus esfuerzos por volver a hallarlos, y no habiéndolo conseguido, los había olvidado. La naturaleza humana es así. Si tuvo las otras emociones tiernísimas de su juventud habían caído en un abismo.

Cuando vio a Cosette, cuando la hubo cogido y libertado, sintió que se estremecían sus entrañas. Todo lo que en ellas había de apasionado y de afectuoso se despertó en él y fue a parar a esta niña. Iba junto a la cama donde estaba durmiendo y temblaba de alegría; sentía arranques de madre, y no sabía lo que eran; porque es una cosa muy oscura y muy dulce ese grande y extraño movimiento de un corazón que se pone a amar.

¡Pobre corazón, viejo y enteramente nuevo al mismo tiempo!

Sólo que, como tenía cincuenta y cinco años y Cosette tenía ocho, todo el amor que hubiese podido tener en su vida se fundió en una especie de claridad inefable.

Era la segunda aparición cándida que encontraba. El obispo había hecho levantarse en su horizonte el alba de la virtud; Cosette hacía salir en él el alba del amor.

Los primeros días pasaron en este deslumbramiento.

Cosette por su parte se volvía también otra, ¡aunque sin saberlo el pobre ser! Era tan pequeña cuando la dejó su madre que ya no se acordaba de ella. Como todos los niños, semejantes al retoño nuevo de la vid que se agarra a todo, había intentado amar, pero no había podido conseguirlo. Todos la habían rechazado: los Thenardier, sus niñas y otros niños. Había querido al perro, y el perro había muerto; después no la había querido nadie ni nada. Cosa lúgubre de decir, y que ya hemos indicado. A los ocho años tenía el corazón frío. No era culpa suya, puesto que no era la facultad de amar lo que le faltaba, ¡ay!, era la posibilidad. Así, desde el primer día se puso a amar a aquel hombre con todas las facultades de su alma. Sentía lo que jamás había sentido: una expansión de ánimo extraordinaria.

El buen hombre no le parecía ya viejo ni pobre. Creía a Juan Valjean hermoso, así como le había parecido lindo el desván.

La Naturaleza y cincuenta años de intervalo habían establecido una separación profunda entre Juan Valjean y Cosette; esta separación la borró el Destino. El Destino unió bruscamente y enlazó con su irresistible poder aquellas dos existencias desarraigadas, diferentes por la edad y parecidas por la desgracia. En efecto, una completaba a la otra. El instinto de Cosette buscaba un padre, como el instinto de Juan Valjean buscaba una hija. Ponerse en contacto fue hallarse mutuamente. En el momento misterioso en que se tocaron sus dos manos se soldaron. Se vieron estas dos almas, se reconocieron como necesarias la una para la otra y se abrazaron estrechamente.

Tomando las palabras en un sentido más compasivo y absoluto, podría decirse que, separados de todo por muros de tumba, Juan Valjean era el viudo, así como Cosette era la huérfana. Esta situación hizo que Juan Valjean viniese a ser de un modo celeste el padre de Cosette.

Y en verdad, la impresión misteriosa producida en Cosette, en el fondo del bosque de Chelles, por la mano de Juan Valjean cogiendo la suya en la oscuridad, no era una ilusión, sino una realidad. La entrada de aquel hombre en el destino de esta niña era la llegada de Dios.

Por lo demás, Juan Valjean había escogido bien su asilo. Estaba allí en una seguridad que podía parecer completa.

El cuarto con gabinete que ocupaba con Cosette era aquel cuya ventana daba al bulevar. Como en la casa no había más que esta ventana no era de temer que los vecinos mirasen por un lado ni por otro.

El piso bajo del número 50-52, especie de tejadillo medio derruido, servía de cuadra a los hortelanos, y no tenía comunicación alguna con el primer piso. Estaba separado de él por el techo, que no tenía ni trampa ni escalera, y que era como el diafragma de la casa. El primer piso contenía, como ya hemos dicho, muchos cuartos y desvanes, de los cuales uno sólo estaba ocupado por una vieja que cuidaba de la habitación de Juan Valjean. Todo lo demás estaba deshabitado.

Esta vieja, adornada con el nombre de «inquilina principal», y en realidad encargada de las funciones de portera, era quien le había alquilado la habitación el día de Navidad. Habíase dado a conocer por un rentista, arruinado por los bonos de España, que iba a vivir allí con su nieta. Había pagado anticipadamente seis meses, y encargó a la vieja que amueblase el cuarto y el gabinete como hemos visto. Esta buena mujer fue la que encendió la estufa y lo preparó todo la noche de su llegada.

Pasaron las semanas. Los dos seres llevaban en aquel miserable desván una existencia feliz.

Desde el amanecer poníase Cosette a reír, a charlar y cantar. Los niños tienen su canto de la mañana, como los pájaros.

Sucedía algunas veces que Juan Valjean le tomaba sus manitas encarnadas y acribilladas de sabañones, y las besaba. La pobre niña, acostumbrada sólo a llevar golpes, no sabía lo que esto quería decir, y se retiraba toda avergonzada.

Algunos momentos quedábase seria y pensativa, y examinaba su vestidito negro. Cosette no vestía ya harapos; vestía de luto. Salía de la miseria y entraba en la vida.

Juan Valjean se había puesto a enseñarla a leer. Algunas veces, sin dejar de hacer deletrear a la niña, pensaba que había aprendido a leer en el presidio con la idea de hacer mal. Esta idea se había convertido en la de enseñar a leer a la niña. Entonces el viejo presidiario se sonreía con la sonrisa pensativa de los ángeles.

Veía en esto una premeditación del cielo, una voluntad de alguno que no es el hombre, y se perdía en meditaciones. Los pensamientos buenos tienen sus abismos, como los malos.

Enseñar a leer a Cosette y dejarla jugar: tal era, poco más o menos, toda la vida de Juan Valjean. Y luego le hablaba de su madre y le hacía rezar.

Cosette le llamaba «padre», y no sabía llamarle con otro nombre.

Pasaba las horas mirándola vestir y desnudar su muñeca, y oyéndola gorjear. A la sazón se le presentaba la vida llena de interés; los hombres le parecían buenos y justos, no acusaba a nadie en su pensamiento, y no veía ninguna razón para no envejecer hasta una edad muy avanzada, ya que aquella niña le amaba.

Vivían sobriamente, teniendo siempre un poco de fuego; pero como personas muy necesitadas. Juan Valjean no había cambiado nada de los muebles del primer día; únicamente había hecho reemplazar la puerta vidriera del gabinete de Cosette por otra de madera.

Continuaba con su levitón amarillo, su calzón negro y su sombrero viejo. En la calle se le tomaba por un pobre. Sucedía algunas veces que algunas mujeres caritativas se volvían y le daban un sueldo; Juan Valjean recibía el sueldo y hacía un saludo profundo. Sucedía en otras ocasiones también que encontraba a algún mendigo pidiendo limosna; entonces miraba hacia atrás por si le veía alguien, se acercaba rápidamente al desgraciado, le ponía en la mano una moneda, muchas veces de plata, y se alejaba precipitadamente. Esto tenía sus inconvenientes. En el barrio se le empezaba a conocer con el nombre de «el mendigo que da limosna».

La «inquilina principal», vieja ceñuda y que miraba al prójimo con toda la intención de los envidiosos, examinaba mucho a Juan Valjean sin que éste lo sospechase. Era algo sorda, lo cual la hacía habladora. Sólo le quedaban dos dientes, uno arriba y otro abajo, que siempre tropezaban uno con otro. Había hecho mil preguntas a Cosette, que, no sabiendo nada, sólo había podido decir que venía de Montfermeil. Una mañana, la vieja, que estaba acechando, vio entrar a Juan Valjean en una de las habitaciones deshabitadas de la casa con un aire que a ella le pareció particular. Siguióle a paso de gata vieja, y pudo observarle sin ser vista por las rendijas de la puerta. Juan Valjean, sin duda para mayor precaución, se había puesto de espaldas a esta puerta. La vieja le vio echar mano al bolsillo y sacar un estuche, hilo y tijeras; después se puso a descoser el forro de uno de los faldones de su levi-

242

tón y sacó de allí un pedazo de papel amarillento, que desdobló. La vieja notó con asombro que era un billete de mil francos. Era el segundo o tercero que veía desde que estaba en el mundo. Echó a huir espantada.

Un momento después, Juan Valjean se llegó a ella y le rogó que fuera a cambiar el susodicho billete de mil francos, añadiendo que era el semestre de su renta, que había cobrado la víspera. «¿En dónde? —pensó la vieja—. No ha salido hasta las seis de la tarde, y la Caja del Gobierno no está abierta a esa hora ciertamente.» La vieja fue a cambiar el billete haciendo conjeturas. El billete de mil francos, comentado y multiplicado, produjo infinidad de conversaciones y de exclamaciones entre las comadres de la calle de las Vignes-Saint-Marcel.

En uno de los días siguientes sucedió que Juan Valjean, en mangas de camisa, se puso a aserrar madera en el corredor. La vieja estaba arreglando la habitación de éste. Se hallaba sola; Cosette estaba ocupada en admirar la madera que se aserraba; la vieja vio el levitón colgado de un clavo, y escudriñó. El forro había sido vuelto a coser. La buena mujer lo palpó con atención, y creyó sentir entre el forro y el paño como papeles doblados. ¡Sin duda otros billetes de mil francos!

Notó además que había muchas clases de cosas en los bolsillos: no sólo las agujas, las tijeras y el hilo que había visto, sino una cartera muy abultada, un cuchillo muy grande y —detalle sospechoso— muchas pelucas de varios colores; cada bolsillo del levitón parecía contener diferentes objetos para acontecimientos imprevistos.

* * *

Había cerca de San Medardo un pobre que se sentaba sobre el brocal de un pozo de vecindad cegado, y a quien Juan Valjean daba limosna con frecuencia. No había vez que pasara por delante de aquel hombre que no le diera algún sueldo, y en ocasiones entraba en conversación con él. Los envidiosos de aquel pobre decían que era «de la Policía».

Era un viejo de setenta y cinco años, que había sido pertiguero y siempre estaba murmurando oraciones.

Una noche que Juan Valjean pasaba por allí, y que no llevaba consigo a Cosette, vio al mendigo en su puesto ordinario, debajo del farol que acababan de encender. El hombre, como siempre, parecía rezar, y estaba todo encorvado; Juan Valjean se llegó a él y le puso en la mano la limosna de costumbre. El mendigo levantó bruscamente los ojos, miró con fijeza a Juan Valjean y después bajó rápidamente la cabeza. Este movimiento fue como un relámpago; Juan Valjean se estremeció. Parecióle que acababa de entrever a la luz del farol, no el rostro plácido y beato del viejo pertiguero, sino un semblante espantoso y conocido. Recibió una impresión igual a la que habría tenido al hallarse de pronto a frente a frente con un tigre. Retrocedió aterrado y petrificado, no atreviéndose a respirar, ni a hablar, ni a quedarse, ni a huir, examinando al mendigo, que había bajado la cabeza, cubierta con un harapo, y parecía ignorar que el otro estuviese allí. En aquel momento extraño un instinto, tal vez el instinto misterioso de la conservación, hizo que Juan Valjean no pronunciase una palabra. El mendigo tenía la misma estatura, los mismos harapos, la misma apariencia que todos los días.

—¡Bah! —dijo Juan Valjean—. Estoy loco, sueño. ¡Es imposible!

Y entró en su casa profundamente turbado.

Apenas se atrevía a confesarse a sí mismo que el rostro que había creído ver era el de Javert.

Por la noche, pensando en ello, sintió no haber preguntado al hombre para obligarle a levantar la cabeza por segunda vez.

Al anochecer del otro día volvió allí. El mendigo estaba en su puesto.

—Dios os guarde, buen hombre —dijo resueltamente Juan Valjean, dándole un sueldo.

El mendigo levantó la cabeza y respondió con voz doliente:

—Gracias, mi buen señor.

Era, realmente, el viajero pertiguero.

Juan Valjean se tranquilizó del todo. Se echó a reír.

—¿De dónde diablos he sacado que ese hombre pudiera ser Javert? —dijo—. Vaya, vaya, ¿voy a ver ahora visiones?

Y no pensó más en ello.

Algunos días después, serían las ocho de la noche, estaba en su cuarto y hacía deletrear a Cosette en voz alta cuando oyó abrir y después volver a cerrar la puerta de su casa. Esto le pareció singular. La vieja, única persona que vivía allí con él, se acostaba siempre temprano para no encender luz. Juan Valjean hizo señas a Cosette para que callara. Oyó que subían la escalera; en rigor podía ser la vieja que se habría puesto mala y habría ido a la botica. Juan Valjean escuchó. Los pasos eran pesados y sonaban como los de un hombre; pero la vieja gastaba zapatos gruesos, y nada se parece tanto a los pasos de un hombre como los de una vieja. Sin embargo, Juan Valjean dio un soplo a la luz.

Había enviado a Cosette a que se acostase, diciéndole en voz baja: «Acuéstate muy quedito», y mientras la besaba en la frente los pasos se habían detenido. Juan Valjean permaneció en silencio, inmóvil, vuelto de espaldas a la puerta, sentado en su silla, de la que no se había movido, y conteniendo su respiración en la oscuridad. Al cabo de bastante tiempo, no oyendo ya nada, volvióse sin hacer ruido, y al alzar la vista hacia la puerta de su cuarto vio una luz por el ojo de la llave. La luz formaba una especie de estrella siniestra en la parte oscura de la puerta y de la pared.

Pasaron algunos minutos y la luz desapareció. Solamente que no oyó ruido de pasos, lo que parecía indicar que el que había ido a escuchar a la puerta se había quitado los zapatos.

Juan Valjean se echó en la cama vestido, y en toda la noche no pudo cerrar los ojos.

Al amanecer, cuando estaba casi aletargado de cansancio, fue despertado por el ruido de una puerta que se abría en alguna buhardilla del fondo del corredor, y después oyó los mismos pasos del hombre que la víspera había subido la escalera. Los pasos se acercaban. Echóse de la cama abajo y aplicó un ojo a la cerradura, que era bastante grande, esperando ver al paso al ser que en la noche anterior se había introducido en la casa y había escuchado a su puerta. En efecto; era un hombre que pasó, pero esta vez sin detenerse, por delante del cuarto de Juan Valjean. El corredor estaba demasiado oscuro todavía para que se pudiese distinguir su rostro; pero cuando el hombre llegó a la escalera un rayo de luz de la parte de afuera hizo resaltar su perfil, y Juan Valjean lo vio de espaldas completamente. El hombre era de alta estatura, con un levitón largo y un palo debajo del brazo. Era la facha formidable de Javert.

Juan Valjean habría podido intentar volver a verle por la ventana que daba al bulevar. Pero habría sido preciso abrirla, y no se atrevió.

Era evidente que aquel hombre había entrado con una llave y como en su casa. ¿Quién le había dado esta llave? ¿Qué significaba aquello?

A las siete de la mañana, cuando la vieja entró con objeto de arreglar el cuarto, Juan Valjean le echó una mirada penetrante, pero no la interrogó. La buena mujer estuvo como siempre.

Mientras barría le dijo:

—¿Habéis oído tal vez a uno que ha entrado esta noche?

En aquella época, y en el bulevar, las ocho de la noche era la noche cerrada.

—A propósito, es verdad —respondió él con el acento más natural del mundo—. ¿Quién era?

—Es —dijo la vieja— un nuevo inquilino que hay en la casa.

—¿Y cómo se llama?

—No sé a punto fijo. Dumont o Daumont. Un nombre así.

—¿Y qué es ese Dumont?

Examinóle la vieja con sus ojillos de raposa, y respondió:

—Un rentista como vos.

Tal vez estas palabras no envolvían segunda intención, pero Juan Valjean creyó que la tenían.

Cuando la vieja se hubo retirado hizo un rollo de unos cien francos que tenía en un armario, y se lo guardó en el bolsillo. Por más precaución que tomó para hacer esta operación sin que le oyera remover el dinero, escapósele de las manos una moneda de cien sueldos y rodó por el suelo, haciendo mucho ruido.

Al anochecer bajó y miró con atención el bulevar por todos lados. No vio a nadie; el bulevar parecía absolutamente desierto. Es verdad que detrás de los árboles podía ocultarse cualquiera.

Volvió a subir.

—Ven —dijo a Cosette.

La tomó de la mano y ambos salieron.

* * *

Juan Valjean había abandonado en seguida el bulevar y se había perdido por las calles, trazando las líneas más quebradas que podía y volviendo atrás muchas veces para asegurarse de que nadie le seguía.

Esta maniobra es propia del ciervo acorralado. En los terrenos en que se marca bien la huella, esta maniobra tiene, entre otras ventajas, la de engañar a los cazadores y a los perros con las huellas en sentido contrario. Esto es lo que en montería se llama «emboscada falsa».

Era una noche de luna llena. Juan Valjean no lo sentía.

La luna, aún muy próxima al horizonte, marcaba en las calles grandes espacios de sombra y luz. Juan Valjean podía deslizarse a lo largo de las casas y de las paredes por el lado oscuro y observar el lado iluminado. No pensaba tal vez que la sombra iría haciéndose menor. En las callejuelas desiertas que desembocaban en la calle de Poliveau creyó estar seguro de que nadie les seguía.

Cosette andaba sin preguntar nada. Los padecimientos de los seis primeros años de su vida habían dado cierta pasividad a su naturaleza. Por otra parte, ya tendremos más de una ocasión de volver a hacer esta observación; se había acostumbrado, sin saber cómo, a las rarezas del buen hombre y a los caprichos del Destino. Además, estando a su lado se creía segura.

Juan Valjean no sabía más que Cosette adónde iba, y ponía su confianza en Dios, así como Cosette la ponía en él. Le parecía que tenía agarrado de la mano algo más grande que una niña; creía sentir un ser invisible que lo guiaba. No llevaba ninguna idea meditada, ningún plan, ningún proyecto. No estaba tampoco seguro de que fuese Javert el que le perseguía, e incluso podía ser Javert sin que supiese que él era Juan Valjean. ¿No iba disfrazado? ¿No le creía muerto? Sin embargo, hacía días que le sucedían cosas muy raras. No necesitaba más. Se había decidido a no volver a la casa de Gorbeau. Como el animal arrojado de su caverna, buscaba un agujero en que pasar la noche, esperando encontrar dónde alojarse.

Describió muchos laberintos en el barrio Mouffetard, que yacía dormido como si tuviese sobre sí aún la disciplina de la Edad Media y el yugo de la queda. Combinó de diversas maneras, en sabias líneas estratégicas, la calle de Censier y la calle de Copeau, la calle del Rattoir-Saint-Víctor y la calle de Puits-l'Hormite. Había allí posadas; pero no entraba en ellas porque no encontraba lo que le convenía. Es decir, dudaba que si le buscaban hubieran perdido la pista.

Cuando daban las once en San Esteban del Monte atravesaba la calle de Pontoise por delante de la Comisaría de Policía, que estaba en el número 14. Algunos instantes después el instinto de que hemos hablado antes hizo que se volviera y vio claramente, gracias al farol del comisario, que les vendía, a tres hombres que le seguían bastante cerca pasar sucesivamente debajo del farol por el lado oscuro de la calle. Uno de estos tres hombres entró en el portal de la casa del comisario.

El que iba a la cabeza le pareció sospechoso decididamente.

—Ven hija —dijo a Cosette.

Y dejó precipitadamente la calle de Pontoise.

Dio otra vuelta; rodeó el pasaje de los Patriarcas, que estaba cerrado a causa de la hora; midió con sus pasos la calle de la Espada de Madera y la calle de la Arbalete, y se metió en la calle de Postas.

Hay allí una encrucijada en que está hoy el colegio Rollin, donde desemboca la calle Nueva de Santa Genoveva.

Digamos de paso que la calle Nueva de Santa Genoveva es una calle muy vieja, y que en diez años no pasa una silla de postas por la calle de Postas. Esta calle de Postas estaba habitada en el siglo XIII por alfareros, y su verdadero nombre es calle de los Postes.

La luna alumbraba claramente la encrucijada. Juan Valjean se escondió en el hueco de una puerta, calculando que si aquellos hombres le seguían aún no podía menos de verlos cuando atravesasen aquella claridad.

En efecto; no habían pasado tres minutos cuando aparecieron los hombres. Entonces eran cuatro; todos altos, vestidos de largos levitones oscuros, con sombrero redondo y gruesos bastones en la mano. No eran menos sospechosos por su gran estatura y sus grandes puños que por su marcha siniestra en las tinieblas. Parecían cuatro espectros disfrazados de hombres.

Se detuvieron en medio de la encrucijada y formaron un grupo, como gente que se consulta. Parecían indecisos. El que les dirigía se volvió y señaló vivamente con la mano derecha el punto en que estaba Juan Valjean; otro parecía que indicaba con cierta obstinación el punto contrario. En el momento en que el primero se volvió, la luna le iluminó el rostro. Juan Valjean conoció a Javert.

Cesó la incertidumbre para Juan Valjean; pero afortunadamente duraba para aquellos hombres. Se aprovechó de su vacilación, que fue tiempo perdido para ellos y ganado para él. Salió de la puerta en que se había ocultado y entró en la calle de Postas, hacia el lado del Jardín Botánico. Cosette empezaba a cansarse; la cogió en brazos y la llevó. No había un alma por allí, ni se habían encendido los faroles a causa de la luna.

Dejó tras de sí la calle de Clef y después la fuente de San Víctor; costeó el Jardín Botánico por las calles bajas y llegó al muelle. Allí se volvió. El muelle estaba desierto; las calles estaban desiertas; nadie le seguía. Respiró.

Llegó al puente de Austerlitz.

En aquella época se pagaba aún peaje.

Entró en el cuarto del guarda y pagó un sueldo.

—Son dos sueldos —dijo el inválido del puente—. Lleváis un niño que puede andar. Pagad por los dos.

Pagó, disgustado de que su paso hubiese dado lugar a una observación. La fuga debe deslizarse inadvertida.

Al mismo tiempo que él, pasaba el Sena, en la misma dirección, una voluminosa carreta. Esto le sirvió de mucho, porque pudo atravesar todo el puente a su sombra.

Hacia la mitad del puente, Cosette, que llevaba los pies hinchados, quiso andar. La bajó y la cogió de la mano.

Cuando pasó el puente descubrió un poco a la derecha los almacenes de madera, y se dirigió allí. Mas para llegar tenía que atravesar un espacio bastante grande descubierto e iluminado. No vaciló. Los que le perseguían habían perdido la pista de seguro, y Juan Valjean se creía fuera de peligro. Buscado, sí; pero seguido, no.

Entre los dos almacenes cercados de tapias se abría la callejuela del Camino Verde de San Antonio. Esta calle era estrecha, oscura y como hecha a propósito para él. Pero antes de entrar miró atrás.

Desde el sitio en que estaba veía en toda su longitud el puente de Austerliz.

Cuatro sombras acababan de entrar en el puente.

Estas sombras volvían la espalda al Jardín Botánico y se dirigían a la orilla derecha.

Estas cuatro sombras eran los cuatro hombres.

Juan Valjean sintió el estremecimiento de la fiera descubierta.

Pero le quedaba una esperanza; aquellos hombres quizá no habían entrado aún en el puente ni le habían visto cuando había atravesado el gran espacio iluminado llevando a Cosette de la mano.

En este caso, entrando en la callejuela que tenía delante, si conseguía llegar a los almacenes, las huertas, los sembrados y los terrenos en que no había casas, podía escapar.

Le pareció, pues, que debía entrar en aquella callejuela silenciosa, y entró.

Al cabo de trescientos pasos llegó a un punto en que se bifurcaba la calle en otras dos: una hacia la derecha y otra hacia la izquierda. Juan Valjean tenía, pues, delante de sí dos caminos como los dos brazos de una «Y». ¿Cuál debería escoger?

No dudó, tomó la derecha.

¿Por qué?

Porque la izquierda conducía al arrabal; es decir, a los lugares habitados, y la derecha al campo; es decir, a los lugares desiertos.

Pero iba despacio. El paso de Cosette acortaba el suyo. Volvió a tomarla en brazos. Cosette apoyaba la cabeza en sus hombros y no hablaba una palabra.

De rato en rato se volvía y miraba, cuidando de permanecer siempre en el lado oscuro de la calle, que seguía recta delante de él. Las dos o tres primeras veces que se volvió no vio nada; el silencio era profundo y continuó su marcha más tranquilo; pero una vez que se volvió creyó ver en la parte de la calle que acababa de pasar, a lo lejos, en la oscuridad, una cosa que se movía.

Se precipitó adelante más bien que anduvo, esperando encontrar alguna callejuela lateral para huir por allí y hacerles perder la pista.

Pero llegó a una pared.

Ésta, sin embargo, no era una imposibilidad para ir más allá; era una pared que costeaba una callejuela transversal, en la cual concluía la que había seguido.

Allí era preciso decidirse de nuevo: tomar la derecha o la izquierda.

Miró a la derecha. La calle se prolongaba cortada por entre dos construcciones que eran cobertizos o granjas, y después terminaba en un callejón sin salida. Se veía claramente el fondo del callejón, que era una alta pared blanca.

Miró a la izquierda. La calle estaba abierta por este lado, y a unos doscientos pasos terminaba en otra de que era afluente. Por aquel lado estaba la salvación.

Pero precisamente cuando Juan Valjean iba a volver hacia la izquierda para entrar en la calle que estaba al fin de la callejuela vio en la esquina a que se dirigía una especie de estatua negra, inmóvil.

Indudablemente era un hombre que acababa de ser apostado allí, y que le esperaba, impidiéndole el paso.

Juan Valjean retrocedió.

El punto de París en que se encontraba, situado entre el arrabal de San Antonio y la Rapée, es uno de los que han sido transformados completamente, afeándolos, según unos, y hermoseándolos, según otros. Los sembrados, los almacenes y los edificios antiguos han desaparecido. Hoy hay grandes calles nuevas, bailes, circos, hipódromos, estaciones de caminos de hierro y una cárcel: la de Mazas; es decir, el progreso con su correctivo.

Hace medio siglo, en aquella lengua popular formada por la tradición, que aún se obstina en llamar al Instituto las Cuatro Naciones y a la Ópera Cómica Feydeau; en este lenguaje, pues, el sitio a que había llegado Juan Valjean se llamaba Pequeño Picpus. La puerta de Santiago, la de París, la barrera de los Sargentos, de los Porcherons, la Galiote, los Celestinos, los Capuchinos, el Mail, el Bourbe, el Árbol de Cracovia, la

Polonia Pequeña, el Pequeño Picpus, son los nombres del antiguo París, que sobrenadan en el nuevo. La memoria del pueblo flota sobre estos recuerdos de lo pasado.

El Pequeño Picpus, que por lo demás apenas ha existido, no fue nunca más que una sombra de barrio, y tenía el aspecto monacal de una ciudad de España. Los caminos están poco cuidados; las calles, poco empedradas. Excepto las dos o tres calles de que vamos a hablar, todo eran tapias y soledad; no había ni una tienda, ni un carruaje; apenas se veía acá y allá alguna luz en una ventana; todas las luces se apagaban a las diez. Todo eran jardines, conventos, almacenes de madera, huertas, casas bajas y grandes tapias tan altas como las casas.

Tal era el estado de este barrio en el último siglo. La Revolución lo maltrató; la República lo demolió, lo atravesó, lo agujereó. Se establecieron allí depósitos de yeso. Hace treinta años comenzó a desaparecer este barrio bajo el trazado de nuevas construcciones. Hoy ha desaparecido por completo.

El Pequeño Picpus, del cual no se encuentra huella en ningún plano moderno, está marcado en el plano de 1727, publicado en París en casa de Dionisio Thierry, calle de Santiago, frente a la calle del Yeso, y en Lyón, en casa de Juan Girin, calle Merciere, en la Prudence. El Pequeño Picpus tenía lo que acabamos de llamar una «Y» de calles, formada por la del Camino Verde de San Antonio, separándose en dos ramas, que tomaban, a la izquierda, el nombre de callejuela de Picpus, y a la derecha, el de calle Polonceau. Los dos brazos de la «Y» se reunían en su vértice como por una barra. Esta barra se llama calle de Droit-Mur. La calle Polonceau desembocaba allí; la de Picpus seguía más allá y subía hacia el mercado Lenoir. Yendo del Sena, se llegaba a la extremidad de la calle Polonceau, y se tenía: a la izquierda, la calle Droit-Mur, que volvía bruscamente en un ángulo recto; enfrente, la pared de esta calle, y a la derecha, una prolongación torcida de la calle Droit-Mur, sin salida, llamada el callejón Genrot.

Allí era donde estaba Juan Valjean.

Como acabamos de decir, al descubrir el perfil negro del espía situado en la esquina de la calle Droit-Mur y de la callejuela Picpus, retrocedió. Ya no tenía duda. Estaba vigilado por aquel fantasma. ¿Qué hacer?

No era ya tiempo de retroceder. Lo que había visto moverse en la sombra, a alguna distancia detrás de él, era sin duda Javert con su escolta; Javert, que estaría ya en el principio de la calle a cuyo extremo se hallaba. El polizonte, según todas las apariencias, conocía este dédalo, y había tomado sus precauciones enviando uno de sus hombres a guardar la salida.

Estas conjeturas, tan parecidas a la evidencia, giraron como un puñado de polvo que arrastra un soplo de viento en el dolorido cerebro de Juan Valjean. Examinó el callejón Genrot; allí estaba la pared. Examinó la callejuela Picpus; allí había un centinela. Veía destacarse su figura sombría sobre la claridad con que la luna iluminaba el suelo. Avanzar era caer en manos de este hombre. Retroceder era echarse en brazos de Javert. Juan Valjean se sentía cogido en una red cuyas mallas se apretaban lentamente. Miró al cielo con desesperación.

* * *

Para comprender lo que sigue es preciso formarse una idea exacta de la calle Droit-Mur y, en particular, del ángulo que se dejaba a la izquierda cuando se salía de la calle Polonceau para entrar en ésta. La calle Droit-Mur estaba casi toda costeada a la derecha, hasta la callejuela Picpus, por casas de poca apariencia; a la izquierda había un solo edificio de severo aspecto, compuesto de varios cuerpos que iban teniendo gradualmente un piso o dos más a medida que se aproximaban a la callejuela Picpus; de modo que este edificio, muy elevado por el lado de la calle Picpus, era muy bajo por el lado de la calle Polonceau. Allí, en el ángulo de que hemos hablado, descendía hasta el punto de no ser más que una pequeña tapia. Esta pared no llegaba rectamente a la calle; dibujaba un plano rebajado que ocultaba sus dos ángulos a dos observadores que estuviesen uno en la calle Polonceau y otro en la de Droit-Mur.

A partir de estos dos ángulos, la pared se prolongaba por la calle Polonceau hasta una casa que llevaba el número 49, y por la calle Droit-Mur, donde su extensión era mucho más corta, hasta el edificio sombrío de que hemos hablado, y cuya fachada cortaba, formando en la calle un nuevo ángulo entrante. Esta fachada era de triste aspecto; no se veía en ella más que una ventana o, por mejor decir, dos postigos revestidos de una capa de cinc y siempre cerrados.

La pintura que aquí hacemos de estos lugares es de una rigurosa exactitud, y despertará de seguro un recuerdo fiel en los antiguos vecinos del barrio.

El ángulo rebajado estaba cubierto de una cosa semejante a una puerta colosal y miserable. Era una vasta reunión informe de tablas horizontales, las de arriba más anchas que las de abajo, unidas por largas abrazaderas de hierro transversales. Al lado había una puerta-cochera de ordinarias dimensiones, y cuya construcción no se remontaba de seguro a más de cincuenta años.

Un tilo extendía su ramaje por encima del ángulo rebajado, y la pared estaba cubierta de hiedra por el lado de la calle Polonceau.

En el inminente peligro en que se encontraba Juan Valjean, aquel edificio sombrío tenía algo de deshabitado y de solitario que atraía. Lo recorrió ávidamente con los ojos. Se decía que si llegaba a penetrar en él quizá se salvaría; concibió, pues, una idea y una esperanza.

En la parte media de la fachada de este edificio que daba a la calle Droit-Mur había en todas las ventanas de los diversos pisos viejos canalones en forma de embudos de plomo. Los variados cruzamientos de los conductos, que iban de un conducto central a estos embudos, dibujaban sobre la pared una especie de árbol. Estas ramificaciones de los tubos con sus cien codos imitaban las parras deshojadas que se elevan torcidas ante la fachada de una casa de campo.

Esta caprichosa espaldera de ramas de plomo y de hierro fue el primer objeto que llamó la atención de Juan Valjean. Sentó a Cosette con la espalda apoyada en un guardacantón, mandándole guardar silencio, y corrió al sitio donde el conducto llegaba al suelo. Tal vez por allí podría escalarse la pared y entrar en la casa. Pero el conducto estaba destrozado e inútil y apenas tenía soldaduras. Por otro lado, las ventanas de aquella parte del edificio, y hasta las buhardillas, tenían espesas barras de hierro.

Además, la luna iluminaba completamente esta fachada, y hubiera podido vérsela escalar el hombre que le espiaba desde el extremo de la calle. ¿Y qué había de hacer de Cosette? ¿Cómo había de subirla a una casa de tres pisos?

Renunció, pues, a subir por el conducto y siguió la pared a lo largo para volver a la calle de Polonceau.

Cuando llegó al plano del ángulo en que había dejado a Cosette, observó que desde allí nadie podía verle. Se ocultaba, como acabamos de decir, a todas las miradas, de cualquier lado que viniesen.

Además estaba en la sombra. Había también allí dos puertas y podría forzarlas. La pared, por encima de la cual veía el tilo y la hiedra, daba evidentemente a un jardín, donde podría ocultarse a lo menos, aunque aún no tenían hojas los árboles, y pasar el resto de la noche.

Examinó la puerta-cochera, y conoció en seguida que estaba condenada por dentro y por fuera.

Se acercó a la otra puerta con más esperanza. Estaba muy decrépita; su misma inmensidad la hacía poco sólida; las tablas estaban podridas; no tenía más que tres abrazaderas de hierro oxidadas. Le pareció posible agujerear aquella barrera carcomida.

Pero examinándola más atentamente descubrió que aquella puerta no era puerta. No tenía ni goznes, ni bisagras, ni cerradura, ni hojas. Las barras de hierro la atravesaban de parte a parte, sin solución de continuidad.

Por las grietas de las tablas entrevió cascote y piedras groseramente cimentadas, que los transeúntes podían ver aún hace diez años. Se vio, pues, obligado a conocer, aunque lleno de consternación, que aquella apariencia de puerta era simplemente un adorno de madera de la pared a la que estaba unida.

En este momento comenzó a oírse a alguna distancia un ruido sordo y acompasado. Juan Valjean aventuró una mirada por fuera de la esquina de la calle. Un pelotón de siete u ocho soldados acababa de desembocar en la calle Polonceau. Vio brillar las bayonetas, que se dirigían hacia él.

Estos soldados, a cuyo frente se distinguía la alta estatura de Javert, avanzaban lentamente y con precaución. Se detenían con frecuencia; era visible que exploraban todos los rincones de la pared y todos los huecos de las puertas.

Esto era, y ya no podía equivocarse, que Javert había encontrado una patrulla y le había pedido auxilio.

Al paso que llevaban, y con las paradas que hacían, tenían que emplear un cuarto de hora para llegar al sitio en que estaba Juan Valjean. Fue aquel un momento horrible. Sólo algunos minutos separaban a Juan Valjean de aquel espantoso precipicio que se abría ante sus pasos por tercera vez. ¡El presidio! Ahora no era ya el presidio solamente, era perder a Cosette para siempre; es decir, una vida muy semejante al interior de una tumba.

Sólo había una cosa posible.

Juan Valjean tenía una particularidad; podía decirse que llevaba alforjas de dos senos: en el uno guardaba los pensamientos de un santo; en el otro, la temible astucia de un presidiario, y buscaba en uno o en otro, según la ocasión.

Entre otros recursos, y gracias a sus repetidas evasiones del presidio de Tolón, poseía, según ya hemos dicho, el de ser un maestro consumado en el arte de elevarse sin escala, sin garfios, sólo por la fuerza muscular, apoyándose en la nuca, en los hombros, en las caderas y en las rodillas, y ayudándose de las más pequeñas desigualdades de la piedra, por el ángulo recto de una pared, hasta un sexto piso, si necesidad hubiera; arte que ha hecho tan temible y tan célebre el ángulo del patio de la Conserjería de París, por donde se escapó hace veinte años el condenado Battamolle.

Juan Valjean midió con la vista la pared por encima de la cual veía el tilo. Tenía unos dieciocho pies de altura. El ángulo que formaba con la fachada del gran edificio estaba relleno en la parte inferior de una mampostería maciza de forma triangular, destinada probablemente a preservar aquel cómodo rincón de las paradas que en él pudieran hacer esos estercoleros llamados transeúntes. Este lugar de protección es muy usado en los rincones de las calles de París.

El prisma tenía unos cinco pies de alto. Desde su vértice quedaban, pues, para subir hasta la albardilla de la pared catorce pies.

La tapia estaba coronada de una piedra lisa, sin tejadillo.

La dificultad era Cosette, que no sabía escalar una pared. Juan Valjean no pensó siquiera en abandonarla; pero subir con ella era imposible. Para hacer estas ascensiones son necesarias todas las fuerzas de un hombre; el menor peso le haría perder el centro de gravedad y le precipitaría.

Necesitaba una cuerda. No la tenía. ¿Y dónde había de encontrar una cuerda a medianoche y en la calle de Polonceau? Ciertamente si en aquel momento Juan Valjean hubiera tenido un reino, lo hubiera dado por una cuerda.

Todas las situaciones críticas tienen un relámpago que nos ciega o nos ilumina. La mirada desesperada de Juan Valjean encontró el brazo del farol del callejón Genrot.

En aquella época no había aún alumbrado de gas en las calles de París. Al caer la noche se encendían faroles colocados de distancia en distancia, que lo subían y bajaban por medio de una cuerda que atravesaba la calle de parte a parte, y que se ajustaba en la ranura de una palomilla. El torniquete en que se arrollaba esta cuerda estaba sujeto a la pared debajo del farol, en un hueco con tapa de hierro, cuya llave tenía el farolero, y la cuerda estaba también protegida por un tubo de metal.

Juan Valjean, con la energía de una lucha suprema, atravesó la calle de un salto, hizo saltar la cerradura del cajoncito con la punta de la navaja, y volvió en seguida a donde estaba Cosette. Ya tenía cuerda. Estos sombríos maniobreros hacen pronto sus maniobras luchando con la fatalidad.

Pero la hora, el sitio, la oscuridad, el estado de Juan Valjean, sus gestos particulares, todo empezaba a inquietar a Cosette. Otro niño hubiera gritado hacía rato. Cosette se limitó a tirar a Juan Valjean de la falda del levitón. Oíase cada vez más claramente el ruido de la patrulla, que se aproximaba.

—Padre —dijo en voz baja—, tengo miedo. ¿Quién viene?

—¡Chist! —respondió el desgraciado—. Es Thenardier.

Cosette se estremeció.

—No hables. Déjame obrar —añadió—. Si gritas, si lloras, la Thenardier te echa la garra. Viene por ti.

Entonces, sin precipitación, pero sin perder tiempo, con una precisión firme y breve, tanto más notable en aquel momento cuanto que la patrulla y Javert podían llegar de un momento a otro, se quitó la corbata, la pasó alrededor del cuerpo de Cosette por bajo los sobacos, teniendo cuidado de no hacer daño a la pobre niña; ató la corbata a un extremo de la cuerda, haciendo el nudo que los marinos llaman nudo de golondrina; cogió el otro extremo con los dientes, se quitó los zapatos y las medias y los arrojó por encima de la tapia, subió al prisma de mampostería y comenzó a elevarse por el ángulo de la tapia y de la fachada con la misma seguridad que si apoyase en escalones los pies y los codos. Menos de medio minuto tardó en ponerse de rodillas sobre la tapia.

Cosette le miraba con estupor, sin pronunciar una palabra. La orden de Juan Valjean y el nombre de la Thenardier la habían dejado helada.

De pronto oyó la voz de Juan Valjean que le decía por lo bajo:

—Arrímate a la pared.

Ella obedeció.

—No hables una palabra ni tengas miedo.

Cosette sintió que se elevaba sobre el suelo.

Antes que tuviese tiempo de volver en sí estaba en lo alto de la tapia.

Juan Valjean la cogió, se la puso a cuestas, asiéndole sus dos manos con la izquierda; se echó boca abajo y se arrastró por lo alto de la pared hasta el ángulo rebajado. Como había sospechado, había allí un cobertizo cuyo tejado partía de lo alto del remate de madera y bajaba hasta cerca del suelo por un plano suavemente inclinado tocando al tilo.

Feliz disposición, porque la tapia, por aquel lado, era mucho más alta que por el de la calle. Juan Valjean veía el suelo debajo de sí, y muy profundo.

Acababa de llegar al plano inclinado del tejado, y aún no había abandonado lo alto de la pared, cuando un ruido violento anunció la llegada de la patrulla. Oyóse la voz tonante de Javert:

—Registrad el callejón. La calle Droit-Mur está guardada, y la callejuela Picpus también. Aseguro que está en el callejón.

Los soldados se precipitaron en el callejón Genrot.

Juan Valjean se deslizó a lo largo del tejado, sosteniendo a Cosette; llegó al tilo y saltó a tierra. Cosette no había chistado, ya fuese por valor o por miedo. Tenía las manos un poco desolladas.

Juan Valjean se encontró en una especie de jardín muy grande y de singular aspecto: en uno de esos tristes jardines que parecen hechos para ser mirados una noche de invierno. Tenía forma oblonga y una calle de grandes álamos en el fondo, arboleda bastante alta en los ángulos, un espacio sin sombra en medio, donde se distinguía un gran árbol aislado, y después algunos otros frutales torcidos y erizados como gruesos matorrales; cuadros de legumbres, un melonar, cuyas campanas brillaban a la luz de la luna, y un viejo pozo. Acá y allá había algunos bancos de piedra, que parecían negros con el musgo. Las calles estaban cortadas de arbustos sombríos y rectos. La hierba había invadido la mitad, y una especie de moho verde cubría el resto.

Juan Valjean tenía a su lado el cobertizo cuyo tejado le había servido para bajar y un montón de haces de leña, y detrás, apoyada en la pared, una estatua de piedra, cuya faz mutilada no era más que una máscara informe que aparecía vagamente en la oscuridad.

El cobertizo era una especie de ruina en que se distinguían cuartos desmantelados, uno de los cuales parecía servir de verdadero cobertizo.

El gran edificio de la calle Droit-Mur, que daba vuelta a la callejuela Picpus, tenía a este jardín dos fachadas a escuadra. Estas fachadas interiores eran mucho más lúgubres que por el exterior. Todas las ventanas tenían reja. No se descubría luz alguna. En los pisos superiores había tragaluces como en las cárceles. Una de las fachadas proyectaba su sombra sobre la otra y caía en el jardín como un inmenso paño negro.

No se veía ninguna otra casa. El fondo del jardín se perdía en la bruma y en la noche. Sin embargo, se distinguían confusamente tapias que se cortaban como si hubiese otros jardines más allá y los tejados bajos de la calle Polonceau.

Es imposible figurarse nada más pavoroso y más solitario que este jardín. No había en él nadie, lo que era propio de la hora; pero parecía que estaba hecho para que nadie anduviera por él ni aun a mediodía.

El primer cuidado de Juan Valjean fue buscar sus zapatos y calzarse, y después entrar en el cobertizo con Cosette. El que huye no se cree nunca bastante oculto. La niña continuaba pensando en la Thenardier y participaba de este deseo de ocultarse lo más posible.

Cosette temblaba y se pegaba a él. Oíase el ruido tumultuoso de la patrulla que registraba el callejón y la calle, los golpes de las culatas contra las piedras, las voces de Javert que llamaba a los espías que había apostado y sus imprecaciones mezcladas con palabras que no se distinguían.

Al cabo de un cuarto de hora pareció que esta especie de ruido tumultuoso comenzaba a alejarse. Juan Valjean no respiraba.

Había puesto suavemente su mano sobre la boca de Cosette. La soledad en que se hallaba era tan extrañamente profunda, que aquel horrible ruido, tan furioso y tan próximo, apenas llegaba a él como la sombra de un ruido. Parecía que aquellos muros estaban construidos con las piedras sordas de que habla la Escritura.

De pronto, en medio de esta calma profunda, se dejó oír un nuevo ruido; un ruido celestial, divino, inefable, tan dulce como horrible era el otro. Era un himno que salía de las tinieblas; un rayo de oración y de armonía en el oscuro y terrible silencio de la noche; voces de mujeres, pero voces compuestas a la vez del acento puro de las vírgenes y del acento sencillo de los niños; de esas voces que no son de la Tierra, y que se parecen a las que oyen aún los recién nacidos y a las que oyen ya los moribundos. Este cántico salía del sombrío edificio que dominaba el jardín. En el momento en que se alejaba el ruido de los demonios parecía que se aproximaba un coro de ángeles.

Cosette y Juan Valjean cayeron de rodillas.

No sabían lo que era, no sabían dónde estaban; pero conocían ambos, el hombre y la niña, el penitente y la inocente, que debían estar arrodillados.

Aquellas voces tenían entonaciones tan extrañas que no impedían que el edificio pareciese desierto. Era como un canto sobrenatural en una morada inhabitada.

Mientras cantaban, Juan Valjean no pensaba en nada. No veía la noche, veía un cielo azul. Parecía que sentía abrirse las alas que tenemos todos dentro de nosotros.

El canto se apagó. Había durado tal vez mucho tiempo; Juan Valjean no hubiera podido decirlo. Las horas de éxtasis son siempre un minuto.

Todo había vuelto al silencio. Nada se oía en la calle, nada en el jardín. Todo había desaparecido, así lo que amenazaba como lo que inspiraba confianza. El viento rozaba en lo alto de la tapia algunas hierbas secas que producían un ruido suave y lúgubre.

Habíase ya levantado la brisa matutina, lo que indicaba que debían ser ya la una o las dos de la mañana. La pobre Cosette no decía nada. Se había sentado a su lado y había inclinado la cabeza sobre él. Juan Valjean creía que estaba dormida. Se bajó y la miró; Cosette tenía los ojos enteramente abiertos y un aire meditabundo que causó dolorosa impresión a Juan Valjean.

La infeliz temblaba continuamente.

—¿Tienes sueño? —dijo Juan Valjean.

—Tengo mucho frío —respondió.

Un momento después añadió:

—¿Está ahí todavía?

—¿Quién? —dijo Juan Valjean.

—La señora Thenardier.

Juan Valjean había olvidado ya el medio de que se había valido para hacer guardar silencio a Cosette.

—¡Ah! —dijo—. ¡Se ha marchado! ¡Ya no temo nada!

La niña respiró como si le quitaran un peso del pecho.

La tierra estaba húmeda; el cobertizo abierto por todas partes; la brisa se hacía más fresca a cada momento. Juan Valjean se quitó el levitón y arropó a Cosette.

—¿Tienes así menos frío? —dijo.

—¡Oh, sí, padre!

—Pues bien, espérame un instante.

Salió de las ruinas y empezó a recorrer el gran edificio buscando un abrigo mejor.

Encontró varias puertas, pero estaban cerradas. En todas las ventanas había rejas.

Cuando pasó el ángulo interior del edificio notó que las ventanas eran cintradas y descubrió alguna claridad. Se empinó sobre la punta de los pies y miró por una de estas ventanas. Todas daban a una gran sala, cubierta de grandes losas, cortadas por arcos y pilares; nada se distinguía más que una débil luz y muchas sombras. La luz provenía de una lámpara encendida en un rincón. La sala estaba desierta; nada se movía en ella. Pero a fuerza de mirar creyó ver en el suelo, sobre la piedra, una cosa que parecía cubierta con una mortaja y semejante a una forma humana. Estaba echada extendida boca abajo, el rostro contra el suelo, los brazos en cruz, en la inmovilidad de la muerte. Hubiérase dicho que era una especie de serpiente que se arrastraba por el suelo, y que aquella figura siniestra tenía el cordel al cuello.

La sala estaba llena de esa bruma propia de los sitios poco iluminados, que aumentan el horror.

Juan Valjean ha dicho después varias veces que, aunque había presenciado en su vida muchos espectáculos lúgubres, nunca había visto ninguno tan glacial y terrible como aquella figura enigmática, realizando un misterio desconocido en aquel lugar sombrío y entrevisto de noche. Era horrible suponer que aquello estaba muerto; pero más horrible aún pensar que estaba vivo.

Sin embargo, tuvo el valor de pegar la frente al vidrio y observar si se movía. Así permaneció un rato, que le pareció muy largo; la figura no hizo ningún movimiento. De repente se sintió sobrecogido de un terror inexplicable y echó a correr hacia el cobertizo sin atreverse a mirar atrás. Creía que si volvía la cabeza vería aquella figura detrás de él, siguiéndole a grandes pasos y agitando los brazos.

Llegó anhelante a la ruina. Se le doblaban las rodillas; el sudor le corría por todo el cuerpo.

¿Dónde estaba? ¿Quién podía imaginar algo semejante a este sepulcro en medio de París? ¿Qué casa tan extraña era aquélla? Edificio lleno de los misterios de la noche, que llamaba a las almas en la sombra con la voz de los ángeles, y cuando acudían les ofrecía bruscamente aquella espantosa visión; les prometía abrir la puerta radiante del cielo y abría la puerta horrible de la tumba. ¡Y aquello era un edificio, una casa que tenía su número en la calle! ¡No era un sueño! ¡Tenía que tocar las piedras para creer!

El frío, la ansiedad, la inquietud, las emociones de aquella noche le producían una verdadera fiebre, y todas estas ideas se chocaban en su cerebro.

Se acercó a Cosette; la niña dormía.

La niña había recostado la cabeza en una piedra y se había dormido.

Valjean se sentó a su lado y se puso a contemplarla; poco a poco, a medida que la miraba, se iba calmando, iba adquiriendo la plena posesión de su espíritu.

Conocía claramente que en su vida, mientras ella viviese, mientras ella estuviese con él, no experimentaría ninguna necesidad ni ningún temor más que por ella. No sentía ni frío después de haberse quitado el levitón para abrigarla.

Pero a través de la meditación en que había caído oía hacía algún rato un extraño ruido, como de una campanilla o cencerro. Este ruido salía del jardín, y se oía débil, pero claramente. Parecíase a la vaga armonía que producen los cencerros de los ganados por la noche al andar pastando.

Juan Valjean se volvió al oír otra vez más distintamente este ruido.

Miró y vio que había alguien en el jardín.

Un ser semejante a un hombre andaba por medio de las campanas del melonar, levantándose, bajándose, deteniéndose con regular movimiento, como si arrastrase o extendiese alguna cosa por el suelo. Este ser parecía cojo.

Juan Valjean tembló con el temblor continuo de los criminales. Todo les es hostil y sospechoso; desconfían de la luz, porque sirve para verlos; de la noche, porque sirve para sorprenderlos. Hacía un momento temblaba porque el jardín estaba desierto; ahora temblaba porque había alguien.

De los temores quiméricos pasó a la realidad del temor. Reflexionó que Javert y sus espías no se habrían marchado quizá, que habrían dejado en la calle gente en observación, y que si este hombre le descubría en el jardín gritaría creyéndole un ladrón, y le entregaría. Cogió, pues, suavemente a Cosette, que seguía dormida, y la llevó detrás de un montón de muebles viejos en el rincón más apartado del cobertizo. Cosette no se movió.

Desde allí observó los movimientos del ser que andaba por el melonar, y le extrañó sobre todo que el ruido del cencerro seguía todos los movimientos del hombre. Cuando éste se aproximaba, aproximábase también el ruido; cuando se alejaba, alejábase el ruido; si hacía algún movimiento precipitado, le acompañaba un «trémolo» de cencerro; si se detenía, cesaba el ruido. Parecía, pues, evidente que el cencerro estaba unido al hombre; pero ¿qué podía significar esto? ¿Qué era aquel hombre que llevaba un cencerro?

Haciéndose estas preguntas tocó las manos de Cosette. Estaban heladas.

—¡Dios mío! —dijo.

Y la llamó en voz baja:

—¡Cosette!

La niña no abrió los ojos.

La sacudió bruscamente.

No se despertó.

—¡Estará muerta! —se dijo, y se levantó. Temblaba de pies a cabeza.

Las ideas más horribles pasaron confusamente por su espíritu. Hay algunos momentos en que las suposiciones más horrendas nos sitian como una cohorte de furias y fuerzan violentamente los nervios de nuestro cerebro. Cuando se trata de las personas que amamos nuestra prudencia inventa los temores más locos. Juan Valjean recordó que el sueño puede ser mortal en una noche fría al aire libre.

Cosette, pálida, estaba echada en la tierra, a sus pies, sin movimiento.

Escuchó su respiración. Respiraba, pero de un modo que le pareció débil y próximo a extinguirse.

¿Cómo volverle el calor? ¿Cómo despertarla? Todo lo que no era esto se borró de su pensamiento. Se lanzó fuera del rincón.

Era preciso que antes de un cuarto de hora Cosette tuviera lumbre y cama.

Juan Valjean se dirigió al hombre que estaba en el jardín, después de haber sacado del bolsillo del chaleco el paquete de dinero que llevaba.

El hombre tenía la cabeza inclinada y no le vio acercarse. Juan Valjean se puso a su lado en cuatro pasos, y dijo:

—¡Cien francos!...

El hombre dio un salto y levantó la vista.

—¡Cien francos si me dais asilo por esta noche! —dijo Juan Valjean.

La luna iluminaba su asustado semblante.

—¡Calla! ¡Sois vos, señor Magdalena! —dijo el hombre.

Este nombre, pronunciado a aquella hora oscura, en aquel sitio solitario, por aquel hombre desconocido, hizo retroceder a Juan Valjean.

Todo lo esperaba excepto esto. El que le hablaba era un viejo cojo y encorvado, vestido como un campesino; en la rodilla izquierda llevaba una rodillera de cuero, de donde pendía un cencerro. No se distinguía su rostro, que estaba en la sombra.

El hombre se había quitado la gorra y decía temblando:

—¡Ah! ¡Dios mío! ¿Cómo estáis aquí, señor Magdalena? ¿Por dónde habéis entrado? ¡Jesús! ¿Venís del cielo? Pero esto no es extraño; si caéis alguna vez será de él. Pero ¿cómo es esto? ¿No tenéis corbata, ni sombrero, ni levita? ¿Sabéis que hubierais hecho pasar miedo a quien no os conociera? ¡Sin levita! ¡Señor, Dios mío! ¿Se han vuelto locos los santos? Pero ¿cómo habéis entrado aquí?

El hombre hablaba con una volubilidad en que no se descubría inquietud alguna; sus palabras se alcanzaban una a otra; hablaba con una mezcla de asombro y de sencilla honradez.

—¿Quién sois? ¿Qué casa es ésta? —preguntó Juan Valjean.

—¡Ah! ¡Pardiez! ¡Esto sí que es grande! —dijo el viejo—. Soy el que ha sido colocado aquí por vos; esta casa es la casa en que me habéis colocado. ¡Cómo! ¿No me conocéis?

—No —dijo Juan Valjean—. ¿Cómo me conocéis a mí?

—Me habéis salvado la vida —dijo el hombre.

Entonces se volvió e iluminó su perfil un rayo de luna. Juan Valjean conoció al tío Fauchelevent.

—¡Ah! —dijo Juan Valjean—. ¿Sois vos? Sí, os conozco.

—Me alegro mucho —dijo el viejo en tono de reconvención.

—¿Y qué hacéis aquí? —preguntó Valjean.

—Estoy cubriendo mis melones.

En efecto; el tío Fauchelevent tenía en la mano, en el momento en que Juan Valjean se acercó a él, la punta de una estera que iba extendiendo sobre el melonar, y había ya colocado otras muchas en una hora que hacía que estaba en el jardín.

Esta operación le obligaba a hacer los movimientos particulares que había observado Juan Valjean desde el cobertizo.

El viejo continuó:

—Me dije: la luna es muy brillante, va a helar; pues a poner a mis melones el *carrick*.

En seguida añadió, mirando a Juan Valjean y riéndose:

—¡Habríais hecho muy bien en hacer con vuestra persona lo mismo! Pero ¿cómo estáis aquí?

Juan Valjean, viendo que este hombre le conocía, a lo menos por el señor Magdalena, sólo avanzaba con precaución. Multiplicaba las preguntas. ¡Cosa extraña! ¡Los papeles estaban trocados! El intruso era el que interrogaba.

—¿Y qué campanilla es esa que lleváis en la rodilla?

—¡Ah! —dijo Fauchelevent—. Es para que eviten mi presencia.

—¡Cómo! ¿Para que eviten vuestra presencia?

El tío Fauchelevent guiñó el ojo de un modo inexplicable.

—En esta casa no hay más que mujeres; hay muchas jóvenes, y parece que mi presencia es peligrosa. El cencerro las avisa, y cuando me acerco se alejan.

—¿Pues qué casa es ésta?

—¡Toma! Bien lo sabéis.

—No, no lo sé.

—¿Pues no me habéis colocado aquí de jardinero?

—Respondedme como si no supiera nada.

—Pues bien, éste es el convento del Pequeño Picpus.

Juan Valjean iba coordinando sus recuerdos. La casualidad, es decir, la Providencia, lo había conducido precisamente al convento del barrio de San Antonio, en que por recomendación suya había sido admitido hacía dos años el tío Fauchelevent, lisiado en la caída de su carreta. Repitió, pues, como hablándose a sí mismo:

—¡El convento del Pequeño Picpus!

—Pero volvamos al caso —dijo Fauchelevent—. ¿Cómo demonios habéis entrado aquí, señor Magdalena? Por más santo que seáis, sois hombre, y los hombres no entran aquí.

—¿Pues cómo estáis vos?

—No hay nadie más que yo.

—Sin embargo —dijo Juan Valjean—, es preciso que me quede aquí.

—¡Ah, Dios mío! —exclamó Fauchelevent.

Juan Valjean se aproximó a él y le dijo con voz grave:

—Tío Fauchelevent, os he salvado la vida.

—Yo he sido el primero que lo he recordado —respondió Fauchelevent.

—Pues bien, hoy podéis hacer por mí lo que yo hice en otra ocasión por vos.

Fauchelevent tomó en sus arrugadas y temblorosas manos las dos robustas de Juan Valjean y permaneció algunos momentos como si no pudiese hablar. Por fin exclamó:

—¡Oh, sería una bendición de Dios que yo pudiese hacer algo por vos! ¡Yo salvaros la vida! Señor alcalde, disponed, disponed de este pobre viejo.

Su rostro se había transfigurado por una gran alegría; parecía resplandeciente.

—¿Qué queréis que haga? —preguntó.

—Ya os lo explicaré. ¿Tenéis una habitación?

—Tengo una choza aislada, allá detrás de las ruinas del antiguo convento, en un rincón oculto a todo el mundo. Allí hay tres habitaciones.

La barraca estaba, en efecto, tan oculta detrás de las ruinas, y tan bien dispuesta para que nadie la viese, que Juan Valjean no la había visto.

—Bueno —dijo Valjean—. Ahora tengo que pediros dos cosas.

—¿Cuáles son, señor alcalde?

—La primera es que no digáis a nadie lo que sabéis de mí. La segunda que no tratéis de saber más.

—Como queráis. Sé que no podéis hacer nada que no sea bueno, y que siempre seréis un hombre de bien. Además, vos me habéis empleado aquí; soy vuestro, estoy a vuestras órdenes.

—Está bien. Ahora venid conmigo. Vamos por la niña.

—¡Ah! —dijo Fauchelevent—. ¿Hay una niña?

No dijo más y siguió a Juan Valjean como un perro sigue a su amo.

Media hora después, Cosette, iluminada por la llama de una buena lumbre, dormía en la cama del jardinero. Juan Valjean se había vuelto a poner la corbata y el gabán, y había encontrado el sombrero arrojado por encima de la tapia. Mientras que Juan Valjean se ponía la levita, Fauchelevent se había quitado la rodillera con el cencerro, que colgaba de un clavo cerca de un canasto; era un adorno de la pared. Los dos hombres se calentaban apoyados de codos en una mesa en que Fauchelevent había puesto un pedazo de queso, pan de cebada, una botella de vino y dos vasos. El viejo decía a Juan Valjean, poniéndose la mano en la rodilla:

—¡Ay, señor Magdalena! ¡No me habéis conocido en seguida! ¡Salváis la vida a la gente y luego la olvidáis! ¡Oh! ¡Eso está mal! ¡Ellos se acuerdan de vos! ¡Sois un ingrato!

* * *

do que el abuelo hacía bien. Ésta fue la historia que oyó Javert cuando llegó a Montfermeil. Ante la figura del abuelo se desvaneció la idea de Juan Valjean.

Javert, sin embargo, introdujo algunas preguntas a guisa de sondas en la historia de Thenardier.

—¿Quién era y cómo se llamaba el abuelo?

Thenardier respondió con sencillez:

—Es un rico labrador. He visto su pasaporte, y creo que se llama Guillermo Lambert.

Lambert es un buen nombre, muy tranquilizador. Javert volvió a París.

—Juan Valjean es indudable que ha muerto —se dijo—; soy un necio.

Comenzaba ya a olvidar esta historia, cuando en marzo de 1824 oyó hablar de un extraño personaje que vivía en la parroquia de San Medardo, y era conocido por «el mendigo que daba limosna». Era, según se decía, un rentista cuyo nombre no sabía nadie, que vivía solo con una niña de ocho años, que tampoco sabía de sí otra cosa sino que había venido de Montfermeil. ¡Montfermeil! Esta palabra, sonando de nuevo en los oídos de Javert, le llamó la atención. Un viejo mendigo y polizonte, que había sido pertiguero, al cual daba limosna el desconocido, dio algunos nuevos pormenores. El rentista era un hombre muy huraño, no salía más que de noche, no hablaba a nadie, más que a los pobres algunas veces, y no permitía que nadie se le aproximase. Llevaba un levitón feo, viejo y amarillento, que valía muchos millones porque estaba forrado de billetes de Banco.

Todo esto excitó la curiosidad de Javert, y con objeto de ver de cerca a este hombre extraordinario, sin asustarle, se puso un día el traje del pertiguero y ocupó el lugar en que el espía se acurrucaba todas las tardes mascullando oraciones y espiando a través del rezo. «El individuo sospechoso» se llegó, en efecto, a Javert disfrazado y le dio limosna; en este momento Javert levantó la vista, y la misma impresión que produjo en Juan Valjean la vista de Javert recibió Javert al conocer a Juan Valjean.

Sin embargo, la oscuridad había podido engañarle; la muerte de Juan Valjean era oficial. Quedaban, pues, a Javert graves dudas, y en la duda, Javert, hombre escrupuloso, no prendía a nadie.

Al día siguiente, Juan Valjean se marchó de la casa. Pero el ruido de la moneda de cinco francos que dejó caer fue notado por la vieja, que, oyendo sonar dinero, conoció que se iba a mudar y se apresuró a avisar a Javert. Por la noche, cuando salió Juan Valjean, lo estaba esperando Javert detrás de los árboles del bulevar con dos hombres.

Javert había pedido auxilio a la Prefectura, pero no había dicho el nombre del individuo a quien pensaba prender. Éste era su secreto, y lo había guardado por tres razones: primera, porque la menor indiscreción podía despertar las sospechas de Juan Valjean; segunda, porque echar la garra a un antiguo presidiario escapado y tenido por muerto, a un condenado clasificado para siempre por la justicia «entre los malhechores de la peor especie», era un gran servicio, que de seguro los antiguos polizontes de París no dejarían a un novato como Javert, y temía que le arrebatasen su ex presidiario, y tercera, porque Javert era artista y tenía el gusto de lo imprevisto. Odiaba esos resultados anunciados, que pierden su mérito con lo que se habla de ellos antes de tiempo. Le gustaba elaborar en la sombra sus grandes obras y manifestarlas después repentinamente.

Javert había seguido a Juan Valjean de árbol en árbol, después de esquina en esquina, y no le había perdido de vista ni un solo instante, ni aun en los momentos en que Juan Valjean se creía en mayor seguridad. Pero ¿por qué no lo detenía? Porque dudaba aún.

Debe recordarse que en aquella época la Policía no obraba con toda libertad; la prensa libre la tenía a raya. Algunas detenciones arbitrarias, denunciadas por los periódicos, habían llegado hasta las Cámaras e intimidado a la Prefectura. Atentar a la libertad individual era un hecho grave. Los agentes temían engañarse porque el prefecto les cargaba la responsabilidad, y un error era una destitución. Figurémonos el efecto que hubiera hecho en París este breve párrafo, reproducido por veinte periódicos:

«Ayer, un anciano de cabellos blancos, respetable rentista, que se paseaba con una niña de ocho años, nieta suya, fue detenido y conducido al depósito de la Prefectura como desertor de presidio.»

Repitamos además que Javert tenía sus escrúpulos; las objeciones de su conciencia se unían a las prevenciones del prefecto. Dudaba.

Juan Valjean volvía la espalda y marchaba en la oscuridad.

La tristeza, la inquietud, la ansiedad, el cansancio, la nueva desgracia de verse obligado a huir de noche y a buscar a la ventura un asilo en París para Cosette y para él, la necesidad de acompasar su paso al de una niña, todo esto había cambiado el modo de andar de Juan Valjean y dado a su cuerpo tal aspecto de senectud, que la Policía, encarnada en Javert, podía engañarse, y se engañó. La imposibilidad de aproximarse mucho, su traje de preceptor emigrado, la declaración de Thenardier, que le hacía abuelo de Cosette, y la creencia de su muerte en el presidio, aumentaban la incertidumbre de Javert.

Lo seguía, pues, bastante perplejo, haciéndose una porción de preguntas acerca de aquel personaje enigmático.

Solamente al llegar a la calle de Pontoise, y a favor de la viva luz que salía de una taberna, fue cuando conoció sin duda alguna a Juan Valjean.

Hay en el mundo dos clases de seres que se estremecen profundamente: la madre que encuentra a su hijo perdido y el tigre que encuentra su presa.

En aquel momento Javert sintió este estremecimiento profundo.

Así que tuvo seguridad de que aquel hombre era Juan Valjean, el terrible presidiario, observó que en su persecución no le acompañaban más que dos personas y pidió un refuerzo al comisario de Policía de la calle de Pontoise. Antes de coger un palo de espino es preciso ponerse los guantes.

El tiempo que para esto se detuvo y un rato que hizo alto en la encrucijada Rollin para dar instrucciones a sus agentes le hicieron perder la pista. Pero conoció en seguida que Juan Valjean trataría de poner el río entre él y sus perseguidores. Inclinó la cabeza y reflexionó un momento, como un sabueso que olfatea la tierra para descubrir la senda, y con su poderoso instinto se fue derecho al puente de Austerlitz. Con dos palabras que habló al guarda se puso al corriente. «¿Habéis visto pasar un hombre con una niña?» «Le he hecho pagar dos sueldos», dijo el guarda.

Javert entró en el puente en el momento oportuno para ver a Juan Valjean al otro lado del río, atravesando con Cosette de la mano un espacio iluminado por la luna. Lo vio entrar en la calle del Camino Verde de San Antonio; se acordó del callejón sin salida de Genrot, puesto allí como una trampa, y de la única salida de la calle de Droit-Mur a la calle de Picpus. «Le cogió las vueltas», como dicen los cazadores, y envió en seguida a uno de sus agentes para que guardarse esta salida. Vio una patrulla que volvía al cuerpo de guardia del Arsenal, le pidió auxilio y se hizo escoltar por ella. En este juego, soldados son triunfos; los soldados son para todo. Para cercar al jabalí es preciso ciencia de montería y muchos perros. Combinado todo de esta manera, teniendo a Juan Valjean cogido entre el callejón por la derecha, su agente por la izquierda y él por detrás, tomó un polvo de tabaco.

Después se puso a gozar. Tuvo un momento de alegría infernal; dejó ir a su presa delante de él, en la confianza de que la tenía segura; deseando retardar todo lo posible el momento de echarle mano, gozando en tenerla cogida y verla libre y cubriéndola con la mirada voluptuosa de la araña que deja volar a la mosca y del gato que deja correr al ratón. La uña y la garra tienen una sensualidad horrible, que goza con los movimientos confusos de la bestia aprisionada en su tenaza. ¡Qué placer encierra esta opresión!

Javert gozaba en aquel momento. Las mallas de su red estaban sólidamente unidas. Tenía seguridad del triunfo; ya no tenía que hacer más que cerrar la mano.

cordón de hilo, unido a un torniquete de campanilla, colgaba a la derecha de este agujero enrejado.

Si se tiraba de este cordón sonaba una campanilla y se oía una voz muy cerca que hacía temblar.

—¿Quién es? —preguntaba la voz.

Era una voz de mujer, una voz dulce, tan dulce como lúgubre.

Aquí también era preciso saber una palabra mágica.

Si no se sabía, la voz se callaba y la pared quedaba silenciosa, como si del otro lado estuviese la tenebrosa oscuridad del sepulcro.

Si se sabía la palabra, la voz respondía:

—Entrad por la derecha.

Y entonces se echaba de ver una puerta coronada de una ventana de vidrios y pintada de gris. Se alzaba el picaporte, se pasaba la puerta y se experimentaba absolutamente la misma impresión que cuando se entra en un palco cerrado con celosía antes que ésta se haya bajado y se haya encendido la araña. Entrábase, en efecto, en una especie de palco de teatro, iluminado apenas por la luz de la puerta vidriera, estrecho, amueblado con dos sillas viejas y una estera toda rota, verdadero palco con su barandilla a regular altura, que tenía una tablilla de madera negra.

Este palco estaba enrejado; pero no con una reja dorada, como en la Ópera, sino con monstruoso cruzamiento de barras de hierro, horriblemente enredadas y empotradas en la pared por enormes soldaduras que parecían puños cerrados.

Pasados algunos minutos, cuando la vista iba acostumbrándose a la media luz de aquel cuarto, si trataba de atravesar la reja no podía pasar más allá de seis pulgadas. Allí se encontraba una barrera de postigos negros, asegurados y reforzados por traviesas de madera pintada de amarillo.

Estos postigos estaban divididos a trechos en largas planchas delgadas y ocultaban toda la verja. Siempre estaban cerrados.

Al cabo de algunos instantes oíase una voz que llamaba por detrás de los postigos, y que decía:

—Aquí estoy. ¿Qué me queréis?

Era una voz amada, en ocasiones una voz adorada. No se veía a nadie. Apenas se oía el ruido del aliento. Parecía una evocación que hablaba a través de la cubierta de la tumba.

Si el que llegaba tenía ciertas condiciones exigidas, muy raras, se abría la estrecha hoja de un postigo y la evocación se convertía en aparición. Detrás de la reja y detrás del postigo se veía tanto como dejaba ver el enrejado una cabeza, de la cual sólo se descubrían la boca y la barba; lo demás estaba cubierto con un velo negro. Entreveíase una toca negra y una forma apenas visible cubierta de un sudario negro. Aquella cabeza os hablaba, pero no os miraba ni se sonreía nunca.

La luz que entraba por detrás estaba dispuesta de tal modo que el visitante veía blanca aquella aparición, y ella le veía negro. Esta luz es un símbolo. La vista penetraba ávidamente por la abertura hecha en aquel sitio cerrado a todas las miradas. Una vaga penumbra rodeaba a aquella figura enlutada. Los ojos escudriñaban aquella penumbra y trataban de separarla de la aparición. Al poco tiempo se conocía que no se veía nada, porque lo que se veía era la noche, el vacío, las tinieblas, una bruma de invierno mezclada con un vapor de la tumba, una especie de paz horrible, un silencio en que no se recogía nada, ni aun los suspiros; una sombra en que no se distinguía nada, ni aun los fantasmas.

Lo que se veía era el interior de un claustro.

Era el interior de esa casa triste y severa que se llama el convento de las Bernardas de la Adoración Perpetua. Aquel palco era el locutorio. La voz que había hablado primero era la voz de la tornera, que estaba siempre sentada, inmóvil y silenciosa, del otro lado de la pared, cerca de la abertura cuadrada, defendida por la verja de hierro y por la placa de mil agujeros como por una doble visera.

La oscuridad provenía de que el locutorio tenía una ventana del lado del mundo y no tenía ninguna del lado del convento. Los ojos profanos no debían ver nada de aquel lugar sagrado.

Pero más allá de esta sombra había algo: había una luz, una vida en aquella muerte. Aunque aquel convento era el más resguardado de todos, vamos a tratar de penetrar en él y a hacer entrar al lector, y a decirle, sin olvidar la discreción, cosas que los narradores no han visto y, por consiguiente, nadie ha contado.

Este convento, que en 1824 existía desde hacía ya muchos años en la callejuela de Picpus, era una comunidad de Bernardas de la regla de Martín Vargas.

Estas Bernardas dependían, pues, no de Claraval, como los Bernardos, sino del Císter, como los Benedictinos. En otros términos: seguían la regla, no de San Bernardo, sino de San Benito.

Todo el que ha hojeado algunos libros antiguos sabe que Martín Vargas fundó en 1425 una Congregación de Bernardas Benedictinas, que tenían por capital de la Orden a Salamanca y por sucursal a Alcalá.

Las Bernardas Benedictinas de Martín Vargas practicaban la adoración perpetua, como las Benedictinas llamadas señoras del Santo Sacramento, las cuales, al principio de este siglo, tenían en París dos casas: una en el Temple y otra en la calle Nueva de Santa Genoveva. Por lo demás, las Bernardas Benedictinas del Pequeño Picpus, de que vamos hablando, era una Orden completamente distinta de la que seguían las señoras del Santo Sacramento, que vivían en la calle Nueva de Santa Genoveva y en el Temple. Había muchas diferencias en la regla y también en el hábito. Las Bernardas Benedictinas del Pequeño Picpus llevaban la pechera negra, y las Benedictinas del Sacramento de la calle Nueva de Santa Genoveva la llevaban blanca, y además en el pecho un Santísimo Sacramento de unas tres pulgadas de alto y de plata sobredorada o de cobre. Las religiosas del Pequeño Picpus no llevaban el Santísimo Sacramento. La adoración perpetua, común al Pequeño Picpus y al convento del Temple, permitía, sin embargo, que fuesen distintas las dos Órdenes. Solamente había semejanza en esta práctica entre las señoras del Santo Sacramento y las Bernardas de Martín Vargas, lo mismo que la había en el estudio y glorificación de todos los misterios relativos a la infancia, a la vida y a la muerte de Jesucristo, y a la Virgen, entre dos Órdenes separadas, y aun enemigas en ocasiones: la del Oratorio de Italia, establecida en Florencia por Felipe Neri, y la del Oratorio de Francia, fundada en París por Pedro Berulle. El Oratorio de París pretendía la primacía, porque Berulle era cardenal y Felipe no era más que santo.

Pero volvamos a la severa regla española de Martín Vargas. Las Bernardas Benedictinas de esta regla comen de viernes todo el año, ayunan toda la Cuaresma y otros muchos días especiales; se levantan en el primer sueño, desde la una hasta las tres, para leer el breviario y cantar maitines; se acuestan entre sábanas de jerga en todas las estaciones y sobre paja; no usan baños ni encienden nunca lumbre; se disciplinan todos los viernes; observan la regla del silencio, no se hablan más que en las horas de recreo, que son muy cortas, y llevan camisas de buriel seis meses, desde el 14 de septiembre, que es la exaltación de la Santa Cruz, hasta la Pascua. Estos seis meses son una gracia; la regla dice todo el año; pero esta camisa de buriel, insoportable en el rigor del estío, producía fiebres y espasmos nerviosos, y fue preciso limitar su uso. Aun con esta modificación, el 14 de septiembre, cuando las monjas se ponen esta camisa, tienen calentura tres o cuatro días. Sus votos, cuyo rigor está aumentado por la regla, son de obediencia, pobreza, castidad y perpetuidad en el claustro.

La priora es elegida cada tres años por las madres que se llaman vocales porque tienen voz en el capítulo. Una priora sólo puede ser reelegida dos veces; de modo que su mando no puede durar más de nueve años.

No ven nunca al sacerdote celebrante, que permanece oculto por una cortina de nueve pies de alta. En los sermones, cuando el predicador está en el púlpito, bajan el velo, cubriéndose el rostro. Deben hablar siempre en voz baja, andar con los ojos

Sólo la priora podía hablar con los extraños; las demás no podían ver más que a su familia, y eso raras veces. Si por casualidad quería alguien ver a alguna monja a quien había conocido o amado en el mundo, tenía que formar casi un expediente. Si era una mujer, podía en algunos casos concederse la autorización: la monja iba al locutorio y hablaba por entre los postigos, que sólo se abrían para una madre o una hermana. No hay para qué decir que este permiso se negaba siempre a los hombres.

Tal era la regla de San Benito, rigorizada por Martín Vargas.

Estas monjas no estaban alegres, rosadas, frescas, como lo están otras muchas de las otras Órdenes. Estaban pálidas y graves.

Las jóvenes deben ser dos años, por lo menos, postulantes; con frecuencia cuatro, y otros cuatro novicias. Es muy raro que pueda pronunciarse el voto definitivo antes de los veintitrés o veinticuatro años. Las Bernardas Benedictinas de Martín Vargas no admitían viudas en su Orden.

Las monjas se entregaban en sus celdas a maceraciones desconocidas, de las que no deben hablar nunca.

El día en que profesa una novicia se la viste con sus más hermosos trajes, se adorna la cabeza con blancas rosas, se perfuman y rizan sus cabellos, y después se prosterna, extiéndese sobre ella un gran velo negro, y se canta el oficio de difuntos. Entonces las religiosas se dividen en dos filas y pasan una tras otra, diciendo con lastimosa acento: «Nuestra hermana ha muerto», y la otra fila responde: «Pero vive en Jesucristo.»

En la época en que pasa esta historia había anejo al convento un colegio de niñas nobles, ricas la mayor parte, entre las cuales se distinguían las señoritas de Saint-Aulaire y de Belissen, y una iglesia que llevaba el ilustre nombre católico de Talbot. Estas jóvenes, educadas por las religiosas entre cuatro paredes, crecían en el horror al mundo y al siglo. Una de ellas nos decía un día: «Ver el empedrado de la calle es cosa que estremece de pies a cabeza.» Iban vestidas de azul, con sombrero blanco, y un Espíritu Santo de plata sobredorada o de cobre en el pecho. En ciertos días de gran festividad, y especialmente el día de Santa Marta, se les concedía, como extraordinaria gracia y felicidad suprema, vestirse de monjas y cumplir las prácticas de San Benito durante todo el día. En los primeros tiempos las religiosas les prestaban sus vestidos negros; pero después, pareciendo esto una profanación, fue prohibido por la priora, y sólo se permitió este préstamo a las novicias. Es muy notable que estas representaciones, toleradas sin duda y favorecidas en el convento por un secreto espíritu de proselitismo y para dar a estas niñas alguna prueba anticipada del santo hábito, fuesen un placer real y una diversión para las educandas, que se divertían simplemente. «Era una cosa nueva, una variación.» Cándidas razones de la infancia, que no pueden hacer comprender a los mundanos el placer de tener en la mano un hisopo y estar de pie horas enteras cantando a coro ante un facistol.

Las educandas, a excepción de la austeridad, se conformaban con todas las prácticas del convento. Hubo alguna joven que habiendo vuelto al mundo, aun muchos años después de casada, no pudo perder la costumbre de decir en alta voz cada vez que llamaban a la puerta: «Por siempre...» Las educandas, lo mismo que las monjas, sólo veían a su familia en el locutorio. ¡Ni sus madres podían abrazarlas! Hasta este punto se llevaba la severidad. Un día fue visitada una joven por su madre, acompañada de una hermanita de tres años. La niña lloraba porque quería abrazar a su hermana. Imposible. Entonces suplicó que a lo menos se permitiera a la niña pasar la manita por entre los hierros para besársela. También esto fue negado casi con escándalo.

* * *

El convento del Pequeño Picpus estaba agonizando desde el principio de la Restauración, como parte de la muerte general de la Orden, que va desapareciendo como todas las demás desde el siglo XVIII. La contemplación es, lo mismo que la oración, una necesidad humana; pero se transformará, como todo lo que ha tocado la Revolución, y se convertirá de hostil al progreso en favorable.

La casa del Pequeño Picpus se despoblaba rápidamente. En 1840 el convento pequeño y el colegio habían ya desaparecido; no habitaban ya sus claustros ni viejas ni jóvenes; unas habían muerto, otras se habían ido. «Volaverunt.»

La regla de la Adoración perpetua es de una rigidez espantosa, ante la cual las vocaciones retroceden y la Orden no encuentra novicias. En 1845 había aún esparcidas algunas religiosas conversas; de coro, ninguna. Hace cuarenta años había más de cien religiosas; hace quince no había más que veintiocho. ¿Cuántas hay hoy día? En 1847 la priora era joven, aún no tenía cuarenta años, señal de que la elección se hacía en un círculo muy pequeño. A medida que disminuye el número se aumenta el trabajo; el servicio de cada una es más penoso, y se esperaba desde entonces el momento en que no serían más que una docena de hombros doloridos y encorvados para llevar todo el peso de la horrible Orden de San Benito. La carga es muy pesada, y es la misma para pocos que para muchos. Su peso aplasta, las monjas mueren. Viviendo el autor de este libro en París murieron dos: una de veinticinco años y otra de veintitrés. Ésta puede decir, como Julia Alpinula: «Hic jaceo. Vivi annos viginti et tres.» A causa de esta decadencia el convento ha renunciado a la educación de las niñas.

No hemos podido pasar ante esta casa extraordinaria, desconocida, oscura, sin entrar en ella y sin hacer entrar también a los que nos acompañan, y que nos oyen hoy referir, tal vez con utilidad para algunos, la historia melancólica de Juan Valjean. Hemos penetrado en aquella comunidad, cuyas antiguas prácticas nos parecen hoy novísimas. Allí está el jardín cerrado, «hortus conclusus»; hemos hablado de este sitio singular detenidamente, pero con respeto, al menos hasta el punto en que los pormenores y el respeto son conciliables. No todo lo comprendemos, pero no insultamos a nada; nos colocamos a igual distancia del hosanna de José de Maistre, que llega hasta la consagración del verdugo, y de la burla de Voltaire, que llega hasta el escarnecimiento del Crucifijo; falta de lógica de Voltaire, digámoslo de paso, porque hubiese defendido a Jesús como defendió a Calas. ¿Qué representa el Crucifijo, aun para los mismos que niegan la Encarnación sobrehumana? El sabio asesinado.

La idea religiosa ha pasado una gran crisis en nuestro siglo. Se olvidan muchas cosas, y es bien hecho con tal que, al olvidarlas, se aprendan otras nuevas. El corazón humano repugna el vacío. Es bueno hacer algunas demoliciones, pero a condición de que las sigan nuevas construcciones.

Mientras tanto, estudiemos las cosas que ya no existen. Es necesario conocerlas, aunque no sea más que para evitarlas. Las falsificaciones de lo pasado toman falsos nombres, y se apropian a sí mismas el del porvenir; lo pasado es un viajero que puede falsificar el pasaporte; estemos prevenidos, desconfiemos. Lo pasado tiene una fisonomía, la superstición; una máscara, la hipocresía. Denunciemos la fisonomía y arranquemos la máscara.

En cuanto a los conventos, nos presentan una cuestión compleja: la civilización los condena; la libertad los protege.

* * *

En esta casa había «caído del cielo» Juan Valjean, según decía Fauchelevent.

Había saltado por la pared del jardín que formaba el ángulo de la calle Polonceau; el himno angélico que había oído en medio de la noche era el canto de maitines de las monjas; la sala que había visto en la oscuridad era la capilla; el fantasma tendido en tierra era la hermana en el acto del desagravio; la campanilla cuyo ruido le había sorprendido tanto era el cencerro del jardinero, sujeto a la pierna del tío Fauchelevent.

Acostada ya Cosette, Juan Valjean y Fauchelevent habían cenado, como hemos dicho, un pedazo de queso y una copa de vino al amor de una buena lumbre, y como

—¿Quiénes? —preguntó Valjean.

—Las niñas. Os descubrirían en seguida, y gritarían: ¡Un hombre! Pero hoy no hay cuidado, porque no hay recreo. El día se va a ir en rezos. ¿Oís la campana? Como os he dicho, dará una campanada por minuto. Es el clamor.

—Ya entiendo, tío Fauchelevent; hay colegialas.

Juan Valjean pensó:

—Así encontraré educación para Cosette.

Fauchelevent exclamó:

—¡Pardiez, si hay colegialas! ¡Y que no gritarían al veros! ¡Y que no huirían! Porque aquí ser hombre es lo mismo que estar apestado. Ya veis que a mí me hacen llevar una campanilla en la pata como a una fiera.

Juan Valjean seguía meditando cada vez más profundamente.

—Este convento podrá ser nuestra salvación —murmuró.

Después elevó la voz, y dijo:

—Sí; lo difícil es quedarse.

—No —dijo Fauchelevent—; lo difícil es salir.

Juan Valjean sintió que le afluía la sangre al corazón.

—¡Salir!

—Sí, señor Magdalena; para volver a entrar es preciso que salgáis.

Y después de haber dejado pasar una campanada, continuó:

—No podéis seguir aquí así. ¿De dónde venís? Para mí habéis caído del cielo, porque os conozco; pero para las religiosas es preciso que se entre por la puerta.

Oyóse en este momento un toque bastante complicado de otra campana.

—¡Ah! —dijo Fauchelevent—, llaman a las madres vocales al capítulo; siempre que muere alguna celebran capítulo. Ha muerto al amanecer: es la hora a que se suele morir. Pero ¿no podéis salir por donde habéis entrado? Veamos, y no lo digo por preguntar: ¿por dónde habéis entrado?

Juan Valjean se puso pálido. Sólo la idea de volver a ver aquella temible calle le hacía temblar. Salid de una selva de tigres y, estando ya fuera, pensad en el efecto que os haría un consejo de amigo que os invitara a entrar otra vez. Juan Valjean se figuraba ver a toda la Policía registrando el barrio, a los agentes en observación, centinelas en todas partes, horribles garras extendidas hacia su cuello, y al mismo Javert en el extremo de la encrucijada.

—¡Imposible! —dijo—. Tío Fauchelevent, suponed que he caído del cielo.

—Sí; yo lo creo, lo creo —respondió Fauchelevent—. No tenéis necesidad de decírmelo. Dios os habrá cogido de la mano para miraros de cerca, y después os habrá soltado. Sólo que, sin duda, quería llevaros a un convento de hombres, y se ha equivocado. Vamos, otro toque. Este es para decir al portero que vaya a la Municipalidad a avisar al médico de los muertos para que venga a ver el cadáver. Todo esto es una ceremonia necesaria a la muerte; pero a estas señoras no les gustan mucho tales visitas. Un médico no cree en nada. Viene, levanta el velo, y algunas veces otra cosa. ¡Qué prisa han tenido esta vez para avisar al médico! ¿Qué será esto? Vuestra niña duerme. ¿Cómo se llama?

—Cosette.

—¿Es vuestra hija? O, lo que es igual, ¿sois su abuelo?

—Sí.

—A ella le será fácil salir de aquí. Hay una puerta excusada que da al patio. Llamo, el portero abre, yo llevo mi cesto al hombro, la niña va dentro, y salgo. El tío Fauchelevent sale con su cesto; esto es muy sencillo. Diréis a la niña que se esté quieta debajo de la tapa. Después la deposito el tiempo necesario en casa de una vieja frutera, amiga mía, sorda, que vive en la calle del Camino Verde, donde tiene una camita. Gritaré a su oído que es una sobrina mía, que la tenga allí hasta mañana, y después la niña entrará con vos, porque yo os facilitaré la entrada. Será preciso. Pero ¿cómo saldréis?

Juan Valjean meneó la cabeza.

—Todo consiste en que nadie me vea, tío Fauchelevent. Buscad un medio de que salga, como Cosette, en un cesto y bajo una tapa.

Fauchelevent se rascó la punta de la oreja con el dedo de en medio de la mano izquierda, señal evidente de un grave apuro.

Se oyó un tercer toque.

—El médico de los muertos se va —dijo Fauchelevent—. Habrá mirado y habrá dicho: «Está muerta»; bueno. Así que el médico ha dado el pasaporte para el paraíso, la Administración de pompas fúnebres envía un ataúd. Si la muerta es una madre, la amortajan las madres; si es una hermana, la amortajan las hermanas, y después clavo yo la caja. Esto forma parte de mis obligaciones de jardinero, porque un jardinero tiene algo de sepulturero. Se deposita el cadáver en una sala baja de la iglesia que da a la calle, y donde no puede entrar ningún hombre más que el médico de los muertos; porque no cuento como hombres a los sepultureros ni a mí. En la sala es donde clavo la caja. Los sepultureros vienen por ella, y ¡arrea, cochero! Traen una caja vacía, y aquí se llena. Ya veis lo que es un entierro. «De profundis.»

Un rayo de luz horizontal iluminaba el rostro de Cosette dormida, que abría vagamente la boca y parecía un ángel bebiendo la luz. Juan Valjean se puso a contemplarla. No escuchaba ya a Fauchelevent.

El no ser escuchado no es razón para callarse. El célebre jardinero continuó pacíficamente su charla:

—Hacen el hoyo en el cementerio Vaugirard, que, según dicen, va a ser suprimido. Es un cementerio muy antiguo, que está fuera de los reglamentos, que no tienen uniforme, y va a tomar el retiro, y es una lástima, porque es muy cómodo. Tengo allí un amigo, el tío Mestienne, el enterrador. Las monjas de este convento tienen el privilegio de ser enterradas al caer la noche. Hay un decreto de la Prefectura, dado expresamente para ellas. ¡Pero qué de acontecimientos han sucedido desde ayer! Ha muerto la madre Crucifixión. El señor Magdalena...

—Está enterrado —dijo Juan Valjean, sonriendo tristemente.

Fauchelevent dio un salto al oír esta palabra.

—¡Diablo! Realmente, si os quedáis aquí, es como si os enterrasen.

Oyóse en esto un cuarto toque. Fauchelevent cogió precipitadamente del clavo la rodillera con el cencerro y se la puso en la pierna.

—Esta vez el toque es para mí. Me llama la madre priora. Bueno, me he pinchado con la punta de la hebilla. Señor Magdalena, no os mováis y esperadme. Hay alguna novedad. Si tenéis hambre, ahí encontraréis vino, pan y queso.

Y salió de la choza, diciendo:

—¡Ya van, ya van!

Juan Valjean lo vio atravesar el jardín tan de prisa como le permitía su pierna torcida, mirando al paso sus melones.

Unos minutos después, el tío Fauchelevent, cuya campanilla ponía en fuga a las religiosas, llamaba suavemente a una puerta; una dulce voz respondió: «Por siempre, por siempre», es decir, «entrad».

Esta puerta era la del locutorio reservado al jardinero para las necesidades del servicio, el cual estaba contiguo a la sala capitular. La priora, sentada en la única silla que había en el locutorio, esperaba a Fauchelevent.

El aire agitado y grave en las ocasiones críticas es muy propio de ciertos caracteres y de ciertas profesiones, y especialmente de curas y frailes. En el momento en que entró Fauchelevent estaba impresa esta doble señal de la meditación en la fisonomía de la priora, que era la encantadora e ilustrada señorita Blemeur, madre Inocente, que estaba casi siempre alegre.

El jardinero hizo un saludo tímido y se paró en el umbral de la celda. La priora, que estaba pasando las cuentas de un rosario, levantó la vista y le dijo:

—¡Ah! ¿Sois vos, tío Fauvent?

—¿De veras?

—Apenas distingo yo mi toque.

—Ha muerto al romper el día.

—Además, esta mañana el viento me era contrario.

—Ha sido la madre Crucifixión, una bendita.

La priora se calló; movió por algunos momentos los labios y continuó:

—Hace tres años que, sólo por haber visto rezar a la madre Crucifixión, una jansenista, la señora de Beltune, se hizo ortodoxa.

—¡Ah, sí! Ahora oigo el clamor, reverenda madre.

—Las madres la han llevado al depósito de los muertos, que da a la iglesia.

—Ya lo sé.

—Ningún hombre más que vos puede y debe entrar en el depósito. Vigilad bien. ¿Sería bueno ver entrar a un hombre en el depósito de los muertos?

—Con más frecuencia...

—¿Eh?

—¡Con más frecuencia!

—¿Qué decís?

—¡Digo que con más frecuencia!

—¿Con más frecuencia que qué?

—Reverenda madre, no digo con más frecuencia que, sino con más frecuencia.

—No os comprendo. ¿Por qué decís con más frecuencia?

—Para decir lo que vos, reverenda madre.

—Pero yo no he dicho con más frecuencia.

—No lo habéis dicho; pero lo he dicho yo para decir lo que vos.

En este momento dieron las nueve.

—A las nueve de la mañana, y a toda hora, alabado y adorado sea el Santísimo Sacramento del altar —dijo la priora.

La hora dio muy oportunamente y cortó el con más frecuencia. Es muy probable que sin esta interrupción la priora y Fauchelevent no hubiesen desenredado nunca esta madeja.

Fauchelevent se enjugó la frente.

La priora murmuró de nuevo, como rezando, y después dijo, alzando la voz:

—La madre Crucifixión, en vida, hacía muchas conversiones; después de la muerte hará milagros.

—¡Los hará! —contestó Fauchelevent, haciéndose firme en el terreno y esforzándose para no volver a tropezar.

—Tío Fauvent, la comunidad ha sido bendecida en la madre Crucifixión. Sin duda, no es dado a todo el mundo morir como el cardenal de Berulle, celebrando la santa misa, y exhalar el alma hacia Dios pronunciando estas palabras: «Hanc igitur oblationem.» Pero sin esperar tanta felicidad, la madre Crucifixión ha tenido una buena muerte. Ha conservado el conocimiento hasta el último instante: nos hablaba a nosotras y después hablaba a los ángeles; nos ha dado sus últimas órdenes. Si tuvierais más fe y hubierais podido estar en su celda, os hubiera curado la pierna sólo con tocarla. No hacía más que sonreír: conocía que iba a resucitar en Dios. Su muerte ha sido una gloria.

Fauchelevent creyó que concluía una oración, y dijo:

—Amén.

—Tío Fauvent, es preciso cumplir la voluntad de los muertos.

La priora pasó algunas cuentas de su rosario. Fauchelevent calló.

Ella prosiguió:

—He consultado acerca de este punto a muchos eclesiásticos que trabajan en la viña del Señor, que se ocupan en el ejercicio de la vida espiritual y que recogen admirables frutos.

—Reverenda madre, desde aquí se oyen los clamores mucho mejor que desde el jardín.

—Por otra parte, ésta es más que una muerta: es una santa.

—Como vos, reverenda madre.

—Dormía en el ataúd, desde hace veinte años, por breve expreso de nuestro santo padre Pío VII.

—El que coronó al emp..., a Bonaparte.

Para un hombre hábil como Fauchelevent, este recuerdo era muy desgraciado. Afortunadamente, la priora, entregada a sus pensamientos, no le oyó.

—¿Tío Fauvent? —le dijo.

—¿Reverenda madre?

—San Dioro, arzobispo de Capadocia, quiso que en su sepultura sólo se escribiera esta palabra: «Acarus», que significa gusanos de tierra, y así se hizo, ¿no es verdad?

—Sí, reverenda madre.

—El bienaventurado Mazzocane, obispo de Aquila, quiso ser inhumado bajo la horca, y así se hizo.

—Verdad es.

—San Terancio, obispo de Porto, en la embocadura del Tíber, pidió que se grabase en su sepulcro el signo que se ponía en la sepultura de los parricidas, con el deseo de que los transeúntes escupiesen sobre su tumba. Y así se hizo. Es necesario obedecer a los muertos.

—Amén.

—El cuerpo de Bernardo Guidonis, francés, natural de Roche-Abeille, fue, según había dejado dispuesto, y a pesar de la oposición del rey de Castilla, trasladado a la iglesia de los Dominicos de Limoges, aunque Bernardo Guidonis había sido obispo de Tuy, en España. ¿Puede decirse lo contrario?

—No, reverenda madre.

—El hecho está atestiguado por Plantavit de la Fosse.

Volvieron a pasar algunas cuentas del rosario silenciosamente.

La priora continuó:

—Tío Fauvent, la madre Crucifixión será sepultada en el ataúd en que ha dormido veinte años.

—Es justo.

—Es una continuación del sueño.

—¿La encerraré en este ataúd?

—Sí.

—¿Y dejaremos a un lado la caja de las pompas fúnebres?

—Precisamente.

—Estoy a las órdenes de la reverendísima comunidad.

—Las cuatro madres cantoras os ayudarán.

—¿A clavar la caja? No las necesito.

—No, a bajarla.

—¿Adónde?

—A la cripta.

—¿Qué cripta?

—Debajo del altar.

Fauchelevent dio un brinco.

—¡A la cripta debajo del altar!

—Debajo del altar.

—Pero...

—Llevaréis una barra de hierro.

—Sí; pero...

—¡Levantaréis la piedra, metiendo la barra en el anillo!

—No escuchará. Además, lo que sabe el claustro lo ignora el mundo.

Hubo una pausa; la priora continuó:

—Os quitaréis la campanilla. Es inútil que la monja que esté en el poste conozca que estáis allí.

—¿Reverenda madre?

—¿Qué, tío Fauvent?

—¿Ha hecho ya su visita el médico de los muertos?

—La hará hoy, a las cuatro. Se ha dado el toque que manda llamarle. ¿Pero no oís ningún toque?

—Sólo hago caso del mío.

—Bien hecho, tío Fauvent.

—Reverenda madre, se necesita una palanca lo menos de seis pies.

—¿De dónde la sacaréis?

—Donde hay rejas no faltan barras de hierro. Tengo un montón de hierro en un rincón del jardín.

—Tres cuartos de hora antes de media noche: no lo olvidéis.

—¿Reverenda madre?

—¿Qué?

—Si alguna vez tuvieseis que hacer cosas como ésta, mi hermano es muy fuerte. ¡Es un atleta!

—Lo haréis lo más pronto posible.

—Yo no puedo ir muy de prisa. Estoy delicado; por eso me vendría bien un auxiliar. Cojeo.

—El ser cojo no es una desgracia; es quizá una bendición. El emperador Enrique II, que combatió al antipapa Gregorio y estableció a Benedicto VIII, tiene dos sobrenombres: *el Santo* y *el Cojo.*

—Es muy bueno eso de tener dos sobretodos —murmuró Fauchelevent, que en realidad tenía el oído un poco duro.

—Tío Fauvent, estoy pensando en que debemos tomarnos una hora entera y no será demasiado. Estaréis al lado del altar mayor, con la barra de hierro, a las once. El oficio empezará a media noche, y es preciso que todo esté hecho un cuarto de hora antes.

—Todo lo haré para probar mi celo por la comunidad. Está dicho. Clavaré el ataúd, y a las once en punto estaré en la capilla. Estarán ya allí las madres cantoras y la madre Ascensión. Dos hombres valdrían mucho más. Pero, en fin, no importa; llevaré mi palanca. Abriremos la bóveda, bajaremos el ataúd y volveremos a cerrar la bóveda. Y después, se acabó; no queda rastro alguno. El Gobierno ni lo sospechará. Reverenda madre, ¿todo está arreglado así?

—No.

—¿Pues qué falta?

—Falta la caja vacía.

Esto produjo una pausa. Fauchelevent meditaba; la priora meditaba.

—Tío Fauvent, ¿qué haremos del ataúd?

—Lo enterraremos.

—¿Vacío?

Nuevo silencio. Fauchelevent hizo con la mano izquierda ese movimiento que parece dar por terminada una cuestión enfadosa.

—Reverenda madre, yo soy el que ha de clavar la caja en el depósito de la iglesia; nadie puede entrar allí más que yo, y cubriré el ataúd con el paño mortuorio.

—Sí; pero los mozos, al llevarlo al carro y al bajarlo a la fosa, conocerán en seguida que no tiene nada dentro.

—¡Ah, diablo! —exclamó Fauchelevent.

La priora comenzó a santiguarse y miró fijamente al jardinero. El «blo» se le quedó en la garganta.

Se apresuró a improvisar una salida para hacer olvidar el juramento.

—Reverenda madre, echaré tierra en la caja y hará el mismo efecto que si llevara dentro un cuerpo.

—Tenéis razón. La tierra y el hombre son una misma cosa. ¿De modo que arreglaréis el ataúd vacío?

—Lo haré.

La fisonomía de la priora, hasta entonces turbada y sombría, se serenó. Hizo al jardinero la señal del superior que despide al inferior, y éste se dirigió hacia la puerta. Cuando iba a salir, la priora elevó suavemente la voz:

—Tío Fauvent, estoy contenta de vos. Mañana, después del entierro, traedme a vuestro hermano y decidle que le acompañe la niña.

* * *

Los pasos de un cojo son como las miradas de un tuerto: no llegan pronto al punto a que se dirigen. Además, Fauchelevent estaba perplejo. Empleó cerca de un cuarto de hora en llegar a la barraca del jardín. Cosette había despertado; Juan Valjean la había sentado cerca de la lumbre, y cuando llegó Fauchelevent le estaba enseñando la cesta del jardinero, que pendía de la pared, y diciéndole:

—Escúchame bien, niña. Tenemos que salir de esta casa; pero volveremos a ella y estaremos muy bien. El amigo que vive aquí te llevará a cuestas ahí dentro. Tú me esperarás en casa de una señora, adonde iré a buscarte. ¡Si no quieres que te atrape la Thenardier, obedece y no repliques a nada!

Cosette hizo un movimiento de cabeza gravemente.

Al ruido que hizo Fauchelevent abriendo la puerta, se volvió Juan Valjean.

—¿Y qué?

—Todo está arreglado, y nada está arreglado —contestó Fauchelevent—. Tengo ya permiso para entraros; pero antes es preciso que salgáis. Aquí está el atasco de la carreta. En cuanto a la niña, es fácil.

—¿La llevaréis?

—¿Se callará?

—Yo respondo.

—Pero ¿y vos, señor Magdalena?

Y después de un silencio lleno de ansiedad, exclamó:

—¡Pero salid por donde habéis entrado!

Juan Valjean, como la primera vez, se limitó a contestar:

—¡Imposible!

Fauchelevent, hablando más bien consigo mismo que con Juan Valjean, murmuró:

—Hay otra cosa que me atormenta. He dicho que llenaré la caja de tierra y ahora pienso que llevando tierra en vez de un cuerpo no se confundirá, sino que se moverá, se correrá; los hombres lo conocerán. Y ya comprenderéis, señor Magdalena, que los agentes del Gobierno lo sabrán.

Juan Valjean le miró atentamente, creyendo que deliraba.

Fauchelevent continuó:

—¿Cómo di...antre vais a salir? ¡Y es preciso que todo quede hecho mañana! Porque mañana os he de presentar; la priora os espera.

Entonces explicó a Juan Valjean que esto era una recompensa por un servicio que él, Fauchelevent, hacía a la comunidad. Que en sus atribuciones entraba algo del sepulturero; que clavaba el ataúd y ayudaba al enterrador del cementerio; que la religiosa que había muerto por la mañana había pedido ser enterrada en el ataúd que le servía de cama, y sepultada en la bóveda debajo del altar de la capilla; que esto estaba prohibido por los reglamentos de Policía, pero que la religiosa era una de esas muertas a quienes nada se niega; que la priora y las madres vocales creían

Todo el mundo ha observado la afición de los gatos a detenerse al pasar por entre las hojas de una puerta entreabierta. Quién no ha dicho a un gato: «¡Pero entra, animal!» Hay hombres que cuando tienen un incidente abierto entre sí, tienen también inclinación a permanecer indecisos entre dos resoluciones, temiendo que les aplastase el Destino si cierran bruscamente la abertura. Los más prudentes, por muy gatos que sean, y porque son gatos precisamente, corren alguna vez más peligro que los audaces. Fauchelevent era de esta naturaleza indecisa. Sin embargo, la serenidad de Juan Valjean le dominó, a pesar suyo, y murmuró:

—La verdad es que no hay otro medio.

Juan Valjean replicó:

—Lo único que me inquieta es lo que sucederá en el cementerio.

—Pues eso es justamente lo que me tiene a mí sin cuidado —dijo Fauchelevent—. Si tenéis seguridad de poder salir de la caja, yo la tengo de sacaros de la fosa. El enterrador es un borracho, amigo mío: el tío Mestienne, un viejo de cepa vieja. El enterrador mete a los muertos en la fosa, y yo meto al enterrador en mi bolsillo. Voy a deciros lo que sucederá: Llegamos un poco antes de la noche, tres cuartos de hora antes de que cierren la verja del cementerio. El carro llega hasta la sepultura, y yo lo sigo, porque es mi obligación. Llevaré un martillo, un escoplo y tenazas en el bolsillo. Se detiene el carro, los mozos atan una cuerda al ataúd y os bajan a la sepultura. El cura reza las oraciones, hace la señal de la cruz, echa agua bendita y se va. Me quedo yo solo con el tío Mestienne, que es mi amigo, como os he dicho. Y entonces sucede de dos cosas: o está borracho o no lo está. Si no está borracho, le digo: «Ven a echar una copa, mientras está aún abierto, Al Buen Membrillo.» Me lo llevo y lo emborracho; no es difícil emborrachar al tío Mestienne, porque siempre tiene ya principios de borrachera; le dejo bajo la mesa, le cojo su cédula para volver a entrar en el cementerio y me vuelvo solo. Entonces ya no tenéis que ver más que conmigo. Si está borracho, le digo: «Anda, yo haré tu trabajo.» Se va, y os saco del agujero.

Juan Valjean le tendió la mano y Fauchelevent se precipitó hacia ella con tierna efusión.

—Está convenido, tío Fauchelevent. Todo saldrá bien.

—Con tal de que nada se descomponga... —pensó Fauchelevent—. ¡Qué horrible sería!

Al día siguiente, cuando declinaba el sol, los pocos paseantes del bulevar del Maine se quitaban el sombrero al paso de un carro fúnebre antiguo, adornado de calaveras, tibias y lágrimas. Este carro conducía un ataúd cubierto con un manto blanco, en el que brillaba una gran cruz negra, semejante a un esqueleto con los brazos colgando. Un coche enlutado, en el que iban un cura con sobrepelliz y un monaguillo con sotana roja, seguía al carro, a cuyos lados marchaban dos sepultureros en traje gris con adornos negros. Detrás iba un viejo, con traje de pueblo y cojeando. El entierro se dirigía al cementerio Vaugirard.

Del bolsillo del hombre se veían salir el mango de un martillo, un escoplo y las puntas de unas tenazas.

El cementerio Vaugirard era una excepción entre los demás de París. Tenía, por decirlo así, sus costumbres particulares, lo mismo que tenía su puerta-cochera y puerta pequeña, llamadas en el barrio por los viejos, siempre apegados a las palabras viejas, la puerta noble y la puerta plebeya.

Las Bernardas Benedictinas del Pequeño Picpus habían conseguido, según hemos dicho ya, el privilegio de ser enterradas en un sitio aparte, en terreno que había pertenecido a la comunidad, y por la tarde. Los enterradores tenían una disciplina también particular por hacer su servicio en el cementerio, por la tarde en el verano y de noche en el invierno. Los cementerios de París se cerraban en aquella época al ponerse el Sol, y, siendo ésta una medida de orden municipal, estaba sometido a ella el cementerio Vaugirard lo mismo que otro cualquiera. La puerta noble y la puerta plebeya eran dos verjas contiguas, situadas a los lados de un pabellón construido por el arquitecto Perronet, donde vivía el guarda del cementerio. Estas verjas giraban inexorablemente sobre sus goznes en el momento en que el sol desaparecía por detrás de la cúpula de los Inválidos. Si se había quedado algún sepulturero, no tenía más que un medio para salir, que era presentar su cédula de enterrador, expedida por la Administración de pompas fúnebres. En un postigo de la casa del guarda había una especie de buzón como los de las estafetas; el sepulturero echaba en él su cédula; el guarda la oía caer, tiraba de una cuerda y abría la puerta plebeya. Si el sepulturero no tenía cédula, decía su nombre, y el guarda, que solía haberse acostado o dormido, se levantaba, examinaba al sepulturero y le abría la puerta con la llave. El sepulturero salía, pero pagaba quince francos de multa.

Este cementerio, que con sus privilegios rompía la simetría administrativa, fue suprimido poco después, en 1830. El cementerio de Monte Parnaso, llamado también del Oriente, le sucedió y heredó la famosa taberna medianera con él, que tenía una muestra con un membrillo pintado, y formaba ángulo, por un lado, con las mesas de los bebedores, y por otro lado, con los nichos, ostentando esta inscripción: «Al Buen Membrillo.»

El cementerio Vaugirard era lo que podía llamarse un cementerio gastado. Había caído en desuso. Le invadía la hierba y le abandonaban las flores; las personas de la clase media se cuidaban muy poco de que las enterrasen en Vaugirard; olía a pobre. El cementerio del Padre Lachaise, ¡ya era otra cosa! Ser enterrado en el cementerio del Padre Lachaise era como tener muebles de caoba. En esto se conocía la elegancia. El cementerio Vaugirard era un recinto venerable, plantado como los antiguos jardines franceses, con calles rectas, bojes, tuyas, acebos, sepulcros a la sombra de algunos tejos y la hierba muy alta. La noche era imponente en aquel sitio, que tenía muchos aspectos lúgubres.

Aún no se había puesto el sol cuando el carro fúnebre del manto blanco y la cruz negra entró en la alameda del cementerio Vaugirard. El cojo que le seguía era Fauchelevent.

El entierro de la madre Crucifixión en la cripta, debajo del altar; la salida de Cosette y la entrada de Juan Valjean en la sala de los muertos se había ejecutado sin obstáculo, y nada había salido mal.

Cuando el convoy fúnebre entró en el camino que conducía directamente al cementerio, Fauchelevent, lleno de satisfacción, miró al carro y dijo a media voz, frotándose sus gruesas manos:

—¡Vaya una farsa!

Paróse el carro; había llegado a la verja. Como era preciso enseñar la licencia para el entierro, el encargado de la pompa fúnebre se adelantó y habló un momento con el portero. Durante este coloquio, que produjo una detención de dos o tres minutos, apareció un desconocido y fue a colocarse detrás del carro, al lado de Fauchelevent. Parecía un trabajador; llevaba una blusa con grandes bolsillos y un azadón bajo el brazo.

Fauchelevent fijó en él la vista.

—¿Quién sois? —le preguntó.

El hombre respondió:

—El enterrador.

Fauchelevent hizo el mismo gesto que si le hubiera caído una bala de cañón en el pecho.

—¡El enterrador!

—Sí.

—¿Vos?

—Yo.

—El enterrador es el tío Mestienne.

—Era.

Poco después de haber clavado Fauchelevent la tapa del ataúd, sintió Juan Valjean que lo llevaban y luego que rodaba. Conoció también, por la suavidad del movimiento, que pasaba del empedrado a la arena; es decir, que salía de las calles y entraba en el camino; al oír un ruido sordo adivinó que atravesaba el puente de Austerlitz. En la primera parada conoció que entraba en el camposanto; en la segunda se dijo: «Aquí está el hoyo.»

Sintió que cogían bruscamente la caja y oyó un áspero rozamiento en las tablas; conoció que ataban una cuerda al ataúd para bajarle a la fosa. Después tuvo una especie de vértigo.

Probablemente, los sepultureros y el enterrador habían hecho oscilar el ataúd y había bajado la cabeza antes que los pies. Volvió pronto en sí y vio que estaba horizontal e inmóvil. Había llegado al fondo del hoyo.

Sintió una especie de frío.

Oyó una voz glacial y solemne sobre su cabeza, y escuchó cómo pasaban, tan lentamente que podía oírlas, palabras en latín, que no comprendió:

—«Qui dormiunt in terrae pulvere, vigilabunt; illi in vitam aeternam, et illi in opprobium, ut videant semper.»

Una voz infantil contestó:

—«De profundis.»

La voz grave continuó:

—«Requiem aeternam dona ei, Domine.»

La voz infantil respondió:

—«Et lux perpetua luceat ei.»

Oyó sobre la tapa del ataúd como el débil ruido de algunas gotas de agua. Era, probablemente, el agua bendita.

Entonces se dijo: «Ya va a acabar esto. Tengamos un poco de paciencia. Ahora se irá el cura; Fauchelevent se llevará a beber a Mestianne; me dejarán; después vendrá Fauchelevent solo y saldré de aquí. Todo será cosa de una hora.»

La voz grave volvió a decir:

—«Requiescat in pace.»

—«Amén.»

Juan Valjean, con el oído atento, oyó un ruido como de pasos que se alejaban.

—Ya se van —pensó—; estoy solo.

Mas de repente oyó sobre su cabeza un ruido como el del trueno que despide un rayo.

Era una paletada de tierra que caía sobre el ataúd.

Después cayó otra.

Uno de los agujeros por donde respiraba quedó obstruido.

Después cayó otra paletada. Después, otra.

Hay cosas más fuertes que el hombre más fuerte. Juan Valjean perdió el conocimiento.

* * *

Veamos qué era lo que había pasado por encima del ataúd en que yacía Juan Valjean.

Así que partió el carro y el sacerdote y el monago subieron en el coche y partieron también, Fauchelevent, que no separaba sus ojos del enterrador, le vio inclinarse y coger la pala, que estaba clavada verticalmente en el montón de tierra.

Se colocó entre la fosa y el enterrador, cruzó los brazos y le dijo:

—¡Yo pago!

El enterrador le miró asombrado y le respondió:

—¿El qué?

—El vino.

—¿Qué vino?

—El de Argenteuil.

—¿Dónde está ese Argenteuil?

—En «Al Buen Membrillo».

—¡Dejadme en paz! —dijo el enterrador.

Y arrojó una paletada de tierra sobre el ataúd, que despidió un sonido ronco. Fauchelevent se sintió desfallecido y a punto de caer en la hoya, y gritó con una voz en que se mezclaba la opresión de la agonía:

—¡Camarada! Antes de que cierren «Al Buen Membrillo».

El enterrador cogió una nueva paletada de tierra.

Fauchelevent continuó:

—¡Yo pago!

Y cogió por el brazo al enterrador.

—Escuchadme, camarada —le dijo—: Soy el enterrador del convento y vengo para ayudaros. Esto podemos hacerlo a la noche; comencemos por beber un trago.

Y al mismo tiempo que hablaba y se agarraba a esta insistencia desesperada, se hacía esta lúgubre reflexión:

—Y cuando haya bebido, ¿se emborrachará?

—Provinciano —dijo el enterrador—, si lo queréis absolutamente, consiento; beberemos, pero después del trabajo; antes, de ningún modo.

Y levantó la paletada. Fauchelevent lo detuvo.

—Argenteuil de a seis.

—¡Ah! —dijo el enterrador—. Sois campanero. «Din-don, din-don»; no sabéis más que decir eso. Andad, iros a tocar.

Y arrojó a la fosa la segunda paletada.

Fauchelevent llegó al momento en que ya no sabe el hombre lo que dice.

—Vamos a beber —gritó—; yo soy el que paga.

—Después que hayamos enterrado a la joven —dijo el enterrador.

Y echó la tercera paletada.

Después clavó la pala en la tierra y añadió:

—Mirad: va a hacer frío esta noche, y la muerta nos gritaría como si la dejásemos sin ropa.

En este momento, al llenar la pala, se encorvaba y dejaba ver entreabierto el bolsillo de la blusa.

La vista extraviada de Fauchelevent cayó maquinalmente sobre este bolsillo y se detuvo.

El sol no se había ocultado aún bajo el horizonte; había aún bastante luz para que pudiese distinguirse una cosa blanca en el fondo de aquel bolsillo abierto.

La pupila de Fauchelevent despidió todo el fuego que pueden despedir unos ojos picardos.

Se le acababa de ocurrir una idea.

Sin que el enterrador, ocupado sólo en llenar la pala, lo notara, le metió la mano en el bolsillo, por detrás, y le sacó la cosa blanca que contenía.

El enterrador arrojó al foso la cuarta paletada.

Cuando se volvía para coger la quinta, Fauchelevent lo miró tranquilamente y le dijo:

—A propósito, novato: ¿tenéis vuestra cédula?

El enterrador se quedó parado.

—¿Qué cédula?

—El sol se va a acostar.

—¿Y qué? Se pondrá el gorro de dormir.

—Van a cerrar la verja del cementerio.

—¿Y qué?

—¿Tenéis la cédula?

Entonces el pobre hombre se puso a sollozar y a hablar. El monólogo existe en la Naturaleza; las grandes emociones nos hacen hablar alto.

—El tío Mestienne tiene la culpa. ¿Por qué se ha muerto ese imbécil? ¿Qué necesidad tenía de morirse cuando hacía falta? Él ha dado la muerte al señor Magdalena. ¡Señor Magdalena! Está en el ataúd; todo ha concluido. ¡Ah! ¿Es eso tener sentido común? ¡Ay! ¡Dios mío! ¡Está muerto! ¿Y qué voy a hacer yo ahora de su niña? ¿Qué va a decir la frutera? ¿Pero es posible, Dios mío, que un hombre como éste muera así? ¡Cuando me acuerdo de que se metió debajo de mi carreta! ¡Señor Magdalena! ¡Señor Magdalena! Se ha asfixiado; bien decía yo, pero no quiso creerme. ¡Vaya una picardía que he hecho! ¡Ha muerto este buen hombre, el mejor hombre que había entre los buenos de Dios! ¡Y su niña! ¡Yo no vuelvo allá! Me quedo aquí. ¡Haber hecho una cosa como ésta! ¡Haber llegado a esta edad para ser dos viejos locos! ¿Pero cómo entró en el convento? Por aquí empezó. No se deben hacer esas cosas. ¡Señor Magdalena! ¡Señor Magdalena! ¡Señor alcalde! No me oye. ¡Cómo saldremos ahora de ésta!

Y se mesaba los cabellos.

Oyóse en aquel momento a lo lejos, por entre los árboles, un chirrido agudo. Era la verja del cementerio, que se cerraba.

Fauchelevent se inclinó sobre Juan Valjean y retrocedió bruscamente todo lo que se puede retroceder en una sepultura. Juan Valjean tenía los ojos abiertos y le miraba.

Ver una muerte es una cosa horrible; pero ver una resurrección no lo es menos. Fauchelevent se quedó petrificado, pálido, confuso, rendido por el exceso de las emociones, sin saber si tenía que habérselas con un muerto o con un vivo, y mirando a Juan Valjean, que le miraba.

—Me he dormido —dijo Juan Valjean.

Y se sentó.

Fauchelevent cayó de rodillas.

—¡Santa Virgen! —exclamó—. ¡Me habéis dado un susto!

Después se levantó y dijo:

—Gracias, señor Magdalena.

Juan Valjean estaba sólo desmayado. El aire libre le volvió el conocimiento.

La alegría es el reflejo del temor. Fauchelevent tuvo que hacer casi tanto como Juan Valjean para volver en sí.

—¡No habéis muerto! ¡Oh, cuánto ánimo tenéis! Os he llamado tanto, que habéis despertado. Cuando os vi con los ojos cerrados, dije: «Bien; se ha asfixiado.» ¡Oh! Me hubiera vuelto loco; pero loco furioso, loco de atar; me hubieran llevado a Bicetre. ¿Qué había yo de hacer si hubierais muerto? ¡Y vuestra niña! ¡La frutera no hubiera sabido nada! ¡Se le deja la niña en los brazos, y el abuelo ha muerto! ¡Qué historia! ¡Santos del paraíso, qué historia! ¡Ah! Pero vivís. Todo se acabó.

—Tengo frío —dijo Juan Valjean.

Estas palabras recordaron a Fauchelevent la realidad, que era urgente. Aquellos dos hombres, aunque vueltos en sí, tenían, sin saber por qué, turbado el espíritu; sentían una cosa extraña, que era el reflejo del siniestro lugar en que estaban.

—¡Salgamos pronto de aquí! —dijo Fauchelevent.

Metió la mano en el bolsillo y sacó una calabacita de que se había provisto.

—¡Lo primero un trago! —dijo.

La calabaza acabó lo que la brisa había empezado. Juan Valjean bebió un sorbo de aguardiente y entró en plena posesión de sí mismo.

Salió del ataúd y ayudó a Fauchelevent a clavar la tapa.

Tres minutos después estaban fuera de la hoya.

Fauchelevent estaba tranquilo por lo demás. Había calculado bien el tiempo. El cementerio estaba cerrado y no había que temer la llegada del enterrador Gribier. El «recluta» estaría en su casa buscando la cédula, sin encontrarla, porque la tenía Fauchelevent en el bolsillo. Y sin cédula no podía entrar en el cementerio.

Fauchelevent cogió la pala y Juan Valjean el azadón, y enterraron el ataúd vacío.

Cuando estuvo llena la fosa, dijo Fauchelevent:

—Vámonos. Yo llevo la pala, llevad el azadón.

Juan Valjean encontró alguna dificultad para moverse y para andar; en el ataúd se había enfriado y había tomado algo del cadáver. La anquilosis de la muerte le había cogido entre cuatro tablas, y le fue necesario, por decirlo así, deshelarse del sepulcro.

—Estáis yerto —dijo Fauchelevent—. Es lástima que yo sea cojo; correríamos un poco.

—¡Bah! —respondió Valjean—. Cuatro pasos me bastan para dar fuerza a las piernas.

Se fueron por el mismo camino que había llevado el carro fúnebre. Cuando llegaron a la verja, cerrada ya, y al cuarto del guarda, Fauchelevent, que llevaba en la mano la cédula del enterrador, la echó en la caja; el guarda tiró de la cuerda, se abrió la puerta y salieron.

—¡Qué bien va todo! ¡Habéis tenido una idea magnífica, señor Magdalena! —dijo Fauchelevent.

Atravesaron la barrera Vaugirard lo más fácilmente del mundo. En las cercanías de un cementerio, una pala y un azadón son dos pasaportes. La calle de Vaugirard estaba desierta.

—Señor Magdalena —dijo Fauchelevent sin dejar de andar y alzando la vista hacia las casas—, tenéis mejor vista que yo. Enseñadme el número 87.

—Aquí está precisamente.

—No hay nadie en la calle —respondió Fauchelevent—. Dadme el azadón y esperadme dos minutos.

Fauchelevent entró en el número 87. Subió al último piso, guiado por el instinto, que lleva siempre al pobre hacia el tejado, y llamó en la oscuridad a la puerta de una buhardilla. Una voz respondió:

—Adelante.

Era la voz de Gribier.

Fauchelevent empujó la puerta. El cuarto del enterrador era, como todas esas infelices habitaciones, un desván sin amueblar y lleno de trastos. Un cajón —un ataúd quizá— servía de cómoda; una orza de manteca hacía de fuente; una estera de cama; el suelo hacía las veces de sillas y de mesa. En un rincón, sobre un harapo, que era un retazo viejo de alfombra, estaba una mujer delgada, rodeada de niños, que formaban un grupo confuso. Toda la habitación indicaba un gran desorden. Parecía que había sucedido un temblor de tierra «para uno solo». Las tapas estaban abiertas; los harapos, esparcidos; el cántaro, roto; la madre había llorado; los hijos habían recibido algún golpe probablemente; huellas todas de un registro riguroso y extraordinario. Conocíase que el enterrador había buscado en vano su cédula y hecho responsable de esta pérdida a todo el mundo en la casa, desde el cántaro hasta su mujer. Gribier parecía desesperado.

Pero Fauchelevent deseaba demasiado el fin de la aventura para observar este lado triste de su triunfo.

Entró, pues, y dijo:

—Os traigo la pala y el azadón.

Gribier le miró estupefacto.

—¿Sois vos, provinciano?

—Mañana encontraréis la cédula en casa del guarda del cementerio.

Y dejó la pala y el azadón en el suelo.

—¿Qué quiere decir eso? —preguntó Gribier.

—Quiere decir que habéis dejado caer la cédula del bolsillo; que la encontré en el suelo, después que os marchasteis; que he enterrado al muerto y cubierto la fosa; que he hecho vuestro trabajo; que el guarda os dará la cédula y que no pagaréis quince francos. Eso es todo, «recluta».

—Gracias, provinciano —exclamó Gribier, deslumbrado de alegría—. La próxima vez seré yo el que pague.

Una hora después, en la oscuridad de la noche, dos hombres y una niña se presentaron en el número 62 de la calle de Picpus. El más viejo de los dos cogió el llamador y llamó.

Eran Fauchelevent, Juan Valjean y Cosette.

Los dos hombres habían ido a buscar a Cosette a casa de la frutera de la calle del Camino Verde, donde la había dejado Fauchelevent la víspera. Cosette había pasado estas veinticuatro horas sin comprender nada y temblando silenciosamente. Temblaba tanto, que no había llorado. No había comido ni dormido. La pobre frutera le había hecho mil preguntas, sin conseguir más respuesta que una mirada triste, siempre la misma. Cosette no había dejado traslucir nada de lo que había oído y visto en los dos últimos días. Adivinaba que estaba atravesando una crisis y conocía que era necesario ser «prudente». ¿Quién no ha experimentado el terrible poder de estas tres palabras, pronunciadas en cierto tono al oído de un niño aterrado: «¡No digas nada!»? El miedo es mudo. Por otra parte, nadie guarda un secreto como un niño.

Sólo cuando, después de estas veinticuatro horas, había vuelto a ver a Juan Valjean, había arrojado tal grito de alegría, que cualquier hombre pensativo hubiera adivinado en él la salida de un abismo.

Fauchelevent era del convento y sabía la contraseña. Todas las puertas se abrieron. Así se resolvió el doble y difícil problema: Salir y entrar.

El portero, que tenía ya sus instrucciones, abrió la puertecita que ponía en comunicación el patio y el jardín, y que hace veinte años se veía aún desde la calle, en la pared del fondo del patio, enfrente de la puerta-cochera. El portero introdujo a los tres por esta puerta, y desde allí pasaron al locutorio reservado, donde el día anterior había tomado Fauchelevent las órdenes de la priora.

La priora, con el rosario en la mano, los esperaba ya. A su lado estaba de pie, con el velo echado, una madre vocal. Una discreta vela alumbraba o, por mejor decir, hacía que alumbraba el locutorio.

La priora examinó a Juan Valjean. Nada escudriña tanto como unos ojos bajos.

Después le preguntó:

—¿Sois el hermano?

—Sí, reverenda madre —respondió Fauchelevent.

—¿Cómo os llamáis?

Fauchelevent respondió:

—Último Fauchelevent.

Había tenido, en efecto, un hermano llamado Último, que había muerto.

—¿De dónde sois?

Fauchelevent respondió:

—De Picquigny, cerca de Amiens.

—¿Qué edad tenéis?

Fauchelevent respondió:

—Cincuenta años.

—¿Qué oficio?

Fauchelevent respondió:

—Jardinero.

—¿Sois buen cristiano?

Fauchelevent respondió:

—Todos lo son en nuestra familia.

—¿Es vuestra esta niña?

Fauchelevent respondió:

—Sí, reverenda madre.

—¿Sois su padre?

Fauchelevent respondió:

—Su abuelo.

La madre vocal dijo entonces a la priora:

—Responde bien.

Juan Valjean no había pronunciado una sola palabra.

La priora miró a Cosette con atención y dijo a media voz a la madre vocal:

—Será fea.

Las dos madres hablaron algunos minutos en voz baja en el rincón del locutorio, y después se volvió la priora y dijo:

—Tío Fauvent, buscaréis otra rodillera con campanilla. Ahora hacen falta dos.

En efecto; al día siguiente se oían dos campanillas en el jardín, y las religiosas no podían resistir al deseo de levantar una punta del velo. En el fondo del jardín, y bajo los árboles, se veía cavar a dos hombres: Fauchelevent y otro. Extraordinario acontecimiento. Rompióse el silencio y llegaron a decir en voz baja: «Es un ayudante del jardinero.»

Las madres vocales añadían: «Es un hermano del tío Fauvent.»

 Juan Valjean se había ya instalado formalmente; tenía su rodillera de cuero y campanilla. Era ya una cosa oficial. Se llamaba Último Fauchelevent.

Cosette continuó guardando silencio en el convento.

Creíase sencillamente hija de Juan Valjean, y como, por otra parte, nada sabía, nada podía contar, y en todo caso no hubiera descubierto nada. Hemos dicho ya que nada enseña el silencio de los niños como la desgracia, y Cosette había padecido tanto, que todo lo temía, hasta su voz y su respiración. ¡Cuántas veces una palabra había hecho caer sobre ella un alud! Pero había comenzado a tranquilizarse desde que estaba con Juan Valjean. Se acostumbró muy pronto al convento; solamente echaba de menos a Catalina, pero no se atrevía a decirlo. Sin embargo, una vez dijo a Juan Valjean:

—Padre, si lo hubiera sabido, la habría traído conmigo.

Cosette, al entrar de educanda, tuvo que tomar el traje de las colegialas de la casa. Juan Valjean consiguió que le devolviesen los vestidos que dejó, es decir, el mismo traje de luto con que la vistió cuando la sacó de las garras de los Thenardier. El traje no estaba aún muy usado: Juan Valjean guardó el vestido, las medias de lana y los zapatos, con mucho alcanfor y otros aromas que abundan en los conventos, en un baulito que pudo procurarse; lo puso sobre una silla, al lado de su cama, y llevaba siempre la llave consigo.

—Padre —le dijo un día Cosette—, ¿qué tiene esta caja que huele tan bien?

El tío Fauchelevent, además de la gloria que acabamos de decir, y que él ignoró, fue recompensado por su buena acción. En primer lugar tuvo la satisfacción de su conciencia, y además tuvo menos trabajo, dividiéndolo con Juan Valjean. Por último, como le gustaba mucho el tabaco, estando al lado del señor Magdalena tomaba triple cantidad que antes y con mucho más placer, porque era el señor Magdalena el que pagaba.

Las monjas no adoptaron el nombre de Último, y llamaron a Juan Valjean «el otro Fauvent».

Si aquellas santas mujeres hubieran tenido la perspicacia de Javert habrían notado que cuando había que salir fuera para las necesidades del jardín, salía siempre el Fauchelevent mayor, el viejo, el delicado, el cojo, y nunca el otro; pero ya fuese porque los ojos siempre fijos en Dios no saben espiar o porque estuviesen ocupadas en espiarse unas a otras, lo cierto es que no notaron nada.

Juan Valjean, por lo demás, hizo muy bien en estarse quieto y no moverse, porque Javert vigiló el barrio por espacio de mucho más de un mes.

El convento era para Juan Valjean como una isla rodeada de abismos; aquellos cuatro muros eran el mundo para él. Tenía bastante cielo para estar tranquilo, y tenía a Cosette para ser feliz.

Empezó, pues, para él una vida muy grata.

Vivía con el tío Fauchelevent en la barraca del jardín, choza de argamasa que existía aún en 1845 y se componía, como hemos dicho, de tres piezas completamente desamuebladas, que sólo tenían las paredes. El tío Fauchelevent había cedido la principal al señor Magdalena, por más que Juan Valjean se había opuesto a ello. La pared de este cuarto, además del clavo destinado a colgar la rodillera y la cesta que usaba Fauchelevent, estaba adornada con un papel-moneda realista, de 1793, pegado a la pared por encima de la chimenea.

Este asignado vendeano había sido puesto allí por el jardinero precedente, antiguo chuán, que había muerto en el convento y a quien había sucedido Fauchelevent.

Juan Valjean trabajaba todos los días en el jardín, y era muy útil. Había sido en su juventud podador y no extrañaba la jardinería. El lector recordará que conocía todo género de recetas y de secretos de cultivo, y sacó de ellas partido. Casi todos los árboles del jardín eran silvestres; los injertó y les hizo dar excelentes frutos.

Cosette tenía licencia para pasar todos los días una hora a su lado. Como las hermanas estaban siempre tristes y Juan Valjean era tan amable, la niña comparaba y le adoraba. A la hora puntual corría hacia la barraca, y cuando entraba en la casucha se llenaba de alegría. Juan Valjean se explayaba y sentía crecer su dicha con la de Cosette. La alegría que inspiramos tiene el doble encanto de que, lejos de debilitarse con el reflejo, vuelve a nosotros más intensa. En las horas de recreo, Juan Valjean miraba desde lejos cómo jugaba y reía Cosette, y distinguía su risa de las risas de las demás.

Porque Cosette reía ya.

La figura de la niña hasta se había cambiado en cierto modo. Había perdido lo sombrío. La risa es el Sol: disipa las nubes de la fisonomía.

Cuando concluía el recreo y volvía al convento, Juan Valjean miraba a las ventanas de la clase, y por la noche se levantaba a mirar las ventanas del dormitorio.

Pero Dios tiene sus caminos: el convento contribuía, como Cosette, a mantener y completar en Juan Valjean la obra del obispo. Es cierto que la virtud, por un lado, llega hasta el orgullo: sólo está separada de él por un puentecillo hecho por el diablo; Juan Valjean estaba quizá cerca de este puente cuando la Providencia le llevó al Pequeño Picpus. Mientras no se había comparado más que con el obispo, se había creído indigno y había sido humilde; pero desde que, hacía algún tiempo, se comparaba con los hombres, había comenzado a nacer en él el orgullo. ¿Quién sabe si tal vez, y poco a poco, habría concluido por volver al odio?

El convento le detuvo en esta pendiente.

Era aquél el segundo lugar de cautividad que veía. En su juventud, en lo que había sido para él el principio de la vida, y después, recientemente aún, había visto otro lugar horroroso, terrible, cuyos rigores había considerado como la iniquidad de la justicia y como el crimen de la ley. A la sazón, después del presidio, veía el claustro y, pensando en que había estado en el presidio y que era espectador del claustro, los confrontaba con ansiedad en su imaginación.

Algunas veces se apoyaba en la pala y descendía lentamente por la espiral sin fin de la meditación.

Recordaba a sus antiguos compañeros y su gran miseria: se levantaban al amanecer y trabajaban hasta la noche; apenas les permitían dormir; se acostaban en camas de campaña y sólo se les toleraba un colchón de dos pulgadas de grueso, en salas que no tenían lumbre más que en los meses más crudos del año; vestían una horrible chaqueta roja, y se les permitía usar por gracia un pantalón de tela en los grandes calores y una manta de lana en los fríos excesivos; no bebían vino ni comían carne sino cuando iban «al trabajo». Vivían sin nombre: sólo eran conocidos por números; estaban casi convertidos en cifras, y vivían con los ojos bajos, la voz baja, los cabellos cortados bajo la vara y en la vergüenza.

Después su espíritu se dirigía a los seres que tenía ante la vista.

Estos seres vivían también con los cabellos cortados, los ojos bajos, la voz baja, no en la vergüenza, pero sí en medio de la burla del mundo; no con la espalda herida por el látigo, pero sí destrozada por las disciplinas. También estos seres habían perdido su nombre entre los hombres; sólo eran conocidos por austeros apelativos. Nunca comían carne, jamás bebían vino; muchos días estaban en ayunas hasta la noche. Traían, no una chaqueta roja, sino un sudario negro de lana, pesado en el verano, ligero en el invierno, y no podían quitarle ni añadirle nada; no tenían ni aun el recurso de la tela y de la lana; seis meses del año llevaban camisas de buriel, que les producían calentura. Vivían, no en salas calentadas sólo los días de riguroso frío, sino en celdas donde nunca se encendía lumbre; dormían, no en colchones de dos pulgadas de grueso, sino sobre paja. Por último, ni aun se les permitía dormir; todas las noches, después de un día de trabajo, debían despertar en el cansancio del primer sueño; cuando empezaban a dormir y a calentarse, debían levantarse y rezar en una capilla, helada y sombría, de rodillas sobre la piedra.

En ciertos días, cada uno de estos seres a su vez permanecía doce horas consecutivas arrodillado sobre el mármol o prosternado con la cara en el suelo y los brazos en cruz.

Los otros eran hombres; éstos eran mujeres.

¿Y qué habían hecho aquellos hombres? Habían robado, violado, saqueado, matado, asesinado. Eran bandidos, falsarios, envenenadores, incendiarios, asesinos, parricidas. ¿Y qué habían hecho estas mujeres? Nada.

De un lado, el salteamiento, el fraude, el dolo, la violencia, la lubricidad, el homicidio; todos los géneros del sacrilegio, todas las variedades del crimen. De otro lado, una sola cosa: la inocencia.

La inocencia perfecta, casi llevada hasta una misteriosa asunción, unida a la tierra por la virtud y al cielo por la santidad.

De un lado, confidencias de crímenes que se hacen en voz baja. De otro, la confesión de faltas hecha en alta voz. ¡Y qué crímenes! ¡Y qué faltas!

De un lado, miasmas; del otro, inefable perfume. De un lado, la peste moral vigilada por centinelas de vista, cercada de cañones, devorando lentamente a sus apestados; del otro, una casta unión de todas las almas en el mismo foco. Allí, las tinieblas; aquí, la sombra; pero una sombra llena de caridad y una caridad llena de fulgores.

Ambos eran lugares de esclavitud; pero en el primero era posible la redención; tenía un límite legal, siempre esperado, y además la evasión. En el segundo, la perpetuidad, y por toda esperanza, a la extremidad lejana del porvenir, esa luz de libertad que los hombres llaman muerte.

En el primero, el hombre estaba sólo encadenado por una cadena; en el segundo, por la fe.

¿Qué salía del primero? Una inmensa maldición, el rechinamiento de dientes, el odio, la perversidad desesperada, un grito de rabia contra la sociedad humana, un sarcasmo contra el cielo.

¿Qué salía del segundo? La bendición y el amor.

Y en estos dos lugares, tan semejantes y tan diversos, estas dos clases de seres realizaban una misma cosa: la expiación.

Juan Valjean comprendía muy bien la expiación de los primeros: la expiación personal, la expiación por sí mismo. Pero no comprendía la otra, la de aquellas criaturas sin mancha, y se preguntaba temblando: «¿Expiación de qué? ¿Qué expiación?»

Y en su conciencia respondía una voz: «La más divina de las generosidades humanas: la expiación por los demás.»

Aquí nos reservamos toda teoría personal: no somos más que narradores; nos ponemos en el punto de vista de Juan Valjean y traducimos sus impresiones.

Tenía ante su vista el vértice sublime de su abnegación, la cumbre más alta de la virtud: la inocencia, que perdona las faltas de los hombres y las expía en su lugar; la servidumbre practicada, la tortura aceptada, el suplicio reclamado por las almas que no han pecado para librar de él a las almas que lo han cometido; el amor de la humanidad, abismándose en el amor de Dios; pero permaneciendo distinto y suplicante: débiles seres que unen la miseria de los condenados a la sonrisa de los escogidos.

¡Y entonces recordaba que se había atrevido a quejarse!

Muchas veces, en medio de la noche, se levantaba para escuchar el canto de agradecimiento de aquellas criaturas inocentes y abrumadas de rigor, y sentía frío en las venas al pensar que los que eran castigados con justicia no elevaban la voz hacia el cielo más que para blasfemar, y que él, miserable, había amenazado a Dios.

¡Y cosa extraña, que le hacía meditar profundamente como un aviso en voz baja de la misma Providencia! Todos los esfuerzos que había hecho para salir del otro lugar de expiación: el escalamiento, la ruptura de la prisión, la muerte, la ascensión difícil y brusca, había tenido que hacerlos igualmente para entrar en este segundo lugar. ¿Era acaso éste el símbolo de su destino?

Aquella casa era también una prisión y se parecía lúgubremente a la otra casa de que había huido, y, sin embargo, nunca se le había ocurrido esta semejanza.

Veía allí rejas, cerrojos, barras de hierro. ¿Para qué? Para guardar ángeles.

Aquellas altas tapias que había visto cercando a tigres, las miraba ahora alrededor de corderos.

Aquél era un lugar de expiación y no de castigo; mas no por esto era menos austero, menos lúgubre, menos inexorable que el otro. Aquellas vírgenes andaban más oprimidas que los presidiarios. Un viento frío y rudo, el viento que había helado su juventud, atravesaba el foco enrejado y encadenado de los buitres; una brisa más áspera y más dolorosa soplaba en la jaula de las palomas.

¿Por qué?

Cuando pensaba en estas cosas se abismaba su espíritu en el misterio de la sublimidad.

En estas meditaciones desaparecía el orgullo. Dio toda clase de vueltas sobre sí mismo y conoció que era malo y lloró muchas veces. Todo lo que había sentido su alma en seis meses lo llevaba de nuevo a las santas máximas del obispo.

Algunas veces, a la caída de la tarde, en el crepúsculo, a la hora en que el jardín estaba desierto, se le veía de rodillas en medio del paseo que costeaba la capilla, delante de la ventana por donde había mirado la primera noche, vuelto hacia el sitio en que sabía que la hermana que hacía el desagravio estaba prosternada en oración. Rezaba arrodillado ante esta monja.

Parecía que no se atrevía a arrodillarse directamente delante de Dios.

Todo lo que le rodeaba, aquel jardín pacífico, aquellas flores embalsamadas, aquellas niñas dando gritos de alegría, aquellas mujeres graves y sencillas, aquel claustro silencioso, le penetraban lentamente, y poco a poco su alma iba adquiriendo el silencio del claustro, el perfume de las flores, la paz del jardín, la ingenuidad de las monjas y la alegría de las niñas. Además, recordaba que precisamente dos casas de Dios le habían acogido en los momentos críticos de su vida: la primera, cuando todas las puertas se le cerraban y le rechazaba la sociedad humana; la segunda, cuando la sociedad humana volvía a perseguirle y el presidio volvía a solicitarle. Sin la primera hubiera caído en el crimen, sin la segunda, en el suplicio. Su corazón se deshacía en agradecimiento y amaba cada día más.

Muchos años pasaron así. Cosette iba creciendo.

CAPÍTULO IV

MARIO

París tiene un hijo, y la selva, un pájaro. El pájaro se llama gorrión, y el hijo, pilluelo.

Asociad estas dos ideas, que contienen: la una, todo el foco de luz; la otra, toda la aurora; haced que se choquen estas dos chispas: París y la infancia, y resulta un pequeño ser: «Homuncio», como diría Plauto.

Este pequeño ser es muy alegre. No come todos los días, y va a los espectáculos, si le parece bien, todas las noches. No tiene camisa sobre sus carnes, ni zapatos en los pies, ni techo sobre la cabeza, como los pájaros, que no tienen nada de esto. Tiene de siete a trece años, vive en bandadas, baquetea el empedrado, habita al aire libre, lleva un viejo pantalón de su padre, que le pasa más allá de los talones; un viejo sombrero de cualquier otro padre, que se le mete hasta las orejas: un solo tirante de orillo amarillo; corre, espía, pregunta, pierde el tiempo, desgasta pipas, jura como un condenado, frecuenta la taberna, conoce a los ladrones, tutea a las mujeres públicas, habla el caló, canta canciones obscenas y no tiene mal corazón. Esto consiste en que tiene en el alma una perla: la inocencia, y las perlas no se disuelven en el fango. Mientras el hombre es niño, Dios quiere que sea inocente.

Si se preguntase a esta gran ciudad: «¿Quién es ése?», respondería: «Es mi hijo.»

El pilluelo de París es el hijo enano de una gran giganta.

No exageremos: este querubín del arroyo tiene alguna vez camisa, pero no tiene, aun entonces, más que una; tiene alguna vez zapatos, pero no suelen tener suela; tiene alguna vez casa, y la ama, porque en ella encuentra a su madre; pero prefiere la calle porque en ella encuentra la libertad. Tiene sus juegos peculiares, su malicia, cuyo fondo es el odio a los tenderos; sus metáforas; morir se llama en su lenguaje «comer amargones por la nariz»; sus ocupaciones son proporcionar coches de alquiler, bajar el estribo de los carruajes, establecer paso de una acera a otra en los días de mucha lluvia, lo que se llama hacer «puentes de las Artes»; pregonar los discursos de la autoridad en favor del pueblo francés; ahondar las junturas del empedrado. Tiene su moneda, que se compone de todos los pedazos de cobre que se encuentra en la calle. Esta curiosa moneda, llamada «loques», tiene un curso invariable, y muy bien arreglado, entre reducida sociedad de gitanillos.

En fin, tiene su fauna, a quien observa cuidadosamente en los rincones: la bestia de Dios, el pulgón de cabeza de muerto, la zancuda, el «diablo», insecto negro que amenaza torciendo su cola, armada de dos cuernos. Tiene su monstruo fabuloso, con escamas en el vientre, sin ser un lagarto; con pústulas en el dorso, sin ser un sapo; que vive en los agujeros de los hornos viejos de cal y de los pozos secos; negro, velludo, viscoso, que se arrastra, ya lenta, ya rápidamente; que no grita, pero que mira; tan terrible, que nadie le ha visto nunca. Este monstruo se llama la salamandra. Buscar salamandras entre las piedras es un placer extraordinario, y no menor es el de levantar el empedrado y ver las correderas. Cada región de París es célebre por los descubrimientos interesantes que en ella pueden hacerse. En los almacenes de las Ursulinas hay tijeretas; en el Panteón, ciempiés; en los hoyos del Campo de Marte, renacuajos.

En cuanto a los dichos, los de este niño no son menos notables que los de Talleyrand; no cede a éste en cinismo, pero le gana en honradez. Está dotado de cierta jovialidad imprevista; desconcierta a los tenderos con su loca risa. Su diapasón recorre todos los tonos, desde el elevado drama hasta el sainete.

Pasa un entierro; entre los que acompañan al muerto va un médico.

—¡Calla! —grita un pilluelo—. ¿De cuándo acá los médicos llevan sus obras?

Otras veces, en medio de la multitud, un hombre grave, adornado de anteojos y dijes, se vuelve indignado y dice:

—Bribón, acabas de coger la «cintura» de mi mujer.

—¡Yo, señor! Registradme.

Por la noche, el «homuncio», gracias a algunos sueldos que siempre halla medio de proporcionarse, entra en un teatro. Así que atraviesa aquel umbral mágico se transfigura: era el pilluelo y se convierte en un tití. Los teatros son una especie de navío suelto que tiene la cala en lo alto: a esta cala sube el tití. El tití es al pilluelo lo que la mariposa a la oruga; es el mismo ser, pero volando y cerniéndose. Basta que esté allí derramando alegría con su poderoso entusiasmo, con su palmoteo de alas, para que aquella cala estrecha, fétida, oscura, fea, malsana, repugnante, abominable, se llame el paraíso.

Dad a un ser lo inútil y quitadle lo necesario, y tendréis el pilluelo.

El pilluelo no carece de cierta intuición literaria. Su tendencia, lo decimos con todo el dolor debido, no sería el gusto clásico; es por naturaleza poco académico. Puede verse un ejemplo de ello en la popularidad de la señorita Mars, popularidad que en este pequeño público de niños turbulentos estaba sazonada con algo de ironía. El pilluelo la llamaba señorita «Muche».

Este ser vocea, se burla, se mueve, lucha, lleva retazos como un niño pequeño; harapos como un filósofo; pesca en los albañales, caza en las cloacas, saca alegría de la inmundicia, azota las calles con su locuacidad, husmea y muerde, silba y canta, aclama y vocea, entona la aleluya por la música del Mambrú, salmodia todos los ritmos, desde el «De profundis» hasta la «Mascarada»; encuentra sin buscar, sabe lo que ignora, es espartano hasta la ratería, loco hasta la sabiduría, lírico hasta la obscenidad; se acurrucaría en el Olimpo, se revuelca en el estiércol y sale cubierto de estrellas. El pilluelo de París es Rabelais en pequeño.

No está contento con sus pantalones si no tienen bolsillo de reloj.

Se admira muy poco, se asusta menos aún, convierte las supersticiones en cantares, deshincha las exageraciones, pregona los misterios, saca la lengua a los aparecidos, despoetiza los fantasmas, introduce la caricatura en las hipérboles épicas. Y esto no quiere decir que el pilluelo sea prosaico, muy lejos de eso; pero reemplaza la visión solemne por la farsa de la fantasmagoría. Si se le presentase Adamastor, le diría él:

—¡Andad! ¡Espantajo!

París empieza en el papanatas y concluye en el pilluelo, dos seres que no pueden tener ninguna otra ciudad; la aceptación pasiva, que se satisface con mirar, y la iniciativa inagotable: Prudhomme y Fouiliou. Sólo París tiene estos tipos en su historia natural. El papanatas representa la monarquía; el pilluelo, la anarquía.

El pálido hijo de los arrabales de París vive y se desarrolla, se enrosca y «se desenrosca» en el padecimiento, en presencia de las realidades sociales y de las cosas humanas, como un testigo pensativo. Se le cree indiferente; no lo es. Mira dispuesto siempre a reírse, pero dispuesto también a otras cosas. Preocupaciones, abusos, ignominia, opresión, iniquidad, despotismo, injusticia, fanatismo, tiranía. ¡Guardaos del pilluelo indiferente!

Este niño crecerá.

¿De qué masa se ha hecho? Del primer fango que se ha encontrado. Un puñado de barro y un soplo, como Adán. Basta que pase Dios, y siempre ha pasado un Dios por el pilluelo. La fortuna trabaja para este pequeño ser, y entendemos por fortuna la aventura. Este pigmeo, amasado de la grosera tierra común, ignorante, iletrado, aturdido, vulgar, populachero, ¿será un jonio o un beocio? Esperad, «currit rota», el espíritu de París, ese demonio que crea los hijos de la casualidad y los hombres del Destino; al revés del alfarero latino, hace del cántaro un ánfora.

El pilluelo ama la ciudad y ama también la soledad; tiene mucho de sabio: «urbis amator», como Fusco; «ruris amator», como Flaco.

El andar errante soñando es emplear muy bien el tiempo para un filósofo, particularmente en esa especie de campiña bastarda, bastante fea, pero extraña y compuesta de dos naturalezas, que rodea algunas grandes ciudades, y entre ellas a París. Contemplar los alrededores es contemplar un anfibio. Concluyen los árboles y empiezan los tejados; concluye la hierba y empieza el empedrado; concluye el surco y empiezan las tiendas; concluyen los baches y empiezan las pasiones; concluye el murmullo divino y empieza el rumor humano, y de este contraste resulta un interés extraordinario.

De aquí los paseos sin objeto, en apariencia, del soñador por estos lugares de poco atractivo y designados siempre por el transeúnte con el epíteto «tristes».

El que escribe estas líneas ha sido mucho tiempo rondador de las barreras de París, que son para él una fuente de profundos recuerdos. Aquel césped cortado, aquellos senderos llenos de piedra, aquella greda, aquellas margas, aquellos yesos, aquella áspera monotonía de eriales y barbechos, los plantíos de frutas tempranas de los hortelanos, descubiertos de repente en el fondo; aquella mezcla de lo campestre y lo urbano, aquellos vastos rincones donde los tambores de la guarnición dan constantemente ruidosas lecciones, haciendo una especie de simulacro incompleto de una batalla; aquellos desiertos de día y ladroneras de noche; el molino suelto, que gira a impulso del viento; los aparatos de atracción de las canteras, las tabernas en las esquinas de los cementerios, el encanto misterioso de las grandes tapias sombrías, que cortan a escuadra inmensos y vagos terrenos inundados de sol y llenos de mariposas; todo esto le atraía.

Casi nadie conoce aquellos sitios singulares: los pozos de la nieve, los barrancos, los tristes muros de Grenelle, pintados de balazos; el Monte Parnaso, el barranco de los Lobos, los Aubiers sobre la cuesta del Marne, el monte del Ratón, la tumba de Isoire, la Piedra Llana de Chatillon, donde hay una cantera vieja agotada, que sólo sirve para criar setas y que forma a flor de tierra una trampa de tablas podridas. El campo de Roma es una idea; el de París, otra; porque no ver en lo que nos ofrece un horizonte más que campos, casas y árboles, es quedarse en la superficie; los aspectos de las cosas son pensamientos de Dios. El sitio en que una llanura se une a la población tiene siempre cierta melancolía penetrante. La Naturaleza y la Humanidad hablan a la vez, y aparecen las originalidades locales.

El que ha andado errante, como nosotros, por esas soledades contiguas a nuestros arrabales, que podrían llamarse los limbos de París, ha descubierto aquí y allá, en el rincón más abandonado, en el momento más inesperado, detrás de un seto poco poblado o en el ángulo de una lúgubre pared, niños agrupados confusamente, fétidos, llenos de lodo y polvo, haraposos, despeluznados, que juegan al chito coronados de florecillas: son los niños de familias pobres escapados. El bulevar exterior es su medio respirable; los alrededores les pertenecen, y en ellos tienen su escuela los «novilleros»; allí cantan ingenuamente su repertorio de torpes canciones; allí están o, por mejor decir, allí viven, lejos de toda mirada, bajo el dulce sol de mayo o de junio; arrodillados alrededor de un agujero hecho en la tierra, jugando a las chinas, disputando por un ochavo, irresponsables, huidos, sueltos, felices, y cuando os ven se acuerdan de que tienen una industria, de que les hace falta ganarse la vida, y os ofrecen en venta una vieja media de lana llena de saltones o un manojo de lilas. El encuentro de estos niños es una de las mayores, pero más dolorosas, gracias de los alrededores de París.

Algunas veces en aquel montón de muchachos hay algunas niñas, tal vez sus hermanas, ya casi mozas, flacas, nerviosas, atezadas por el sol y el aire, cubiertas de pecas, coronadas de centeno y amapolas, alegres, esquivas, descalzas; algunas están comiendo cerezas entre los trigos; se les oye reír por la tarde. Estos grupos, vivamente iluminados por la luz del mediodía o entrevistos en el crepúsculo, ocupan al pensador, y estas visiones se mezclan con sus pensamientos.

París es el centro; su campiña, la circunferencia; para estos niños no hay más mundo; nunca van más allá, no pueden salir de la atmósfera parisiense, del mismo modo que los peces no pueden salir del agua. Para ellos, a dos leguas de las barreras, no hay ya nada: Ivry, Gentilly, Arcueil, Belleville, Aubervillier, Menilmontant, Chois-le-Roi, Billancourt, Meudon, Issy, Vanvre, Sèvres, Puteaux, Neuilly, Gennevilliers, Colombe, Romainville, Chatou, Asnieres, Bouguéal, Nanterre, Enghien, Nois-le-Sec, Nogent, Gournay, Drancy, Gonesse; allí está el fin del universo.

En la época, casi contemporánea, en que pasa la acción de este libro, no había, como hoy, un agente de Policía en cada bocacalle (beneficio que no es ésta la ocasión de discutir); los muchachos vagabundos abundaban en París. Los estadistas dan, por término medio, doscientos sesenta niños sin asilo, recogidos entonces anualmente por las rondas de Policía en los terrenos abiertos, en las casas en construcción y bajo los arcos de los puentes. Uno de estos nidos, que se hizo famoso, ha producido «las golondrinas del puente de Arcole». Pero éste es el más desastroso de los síntomas sociales, porque todos los crímenes del hombre empiezan en la vagancia de sus primeros años.

Sin embargo, exceptuemos a París, creyendo que esta excepción es justa, a pesar del recuerdo que acabamos de evocar. Mientras que en otras grandes ciudades un muchacho vagabundo es un hombre perdido; mientras que en casi todas partes el niño entregado a sí mismo está abandonado, en algún modo, a una especie de inmersión fatal en los vicios públicos que devoran en él la honradez y la conciencia, el pilluelo de París, decimos, tan gastado y tan corrompido en la superficie, se halla interiormente casi intacto. Y es una cosa magnífica, que debemos hacer constar aquí, y que brilla en la espléndida probidad de nuestras revoluciones populares, la incorruptibilidad que resulta de la idea, que está en el aire de París como la sal en el agua del océano. Respirar el aire de París conserva el alma.

Pero no se opone en manera alguna a la opresión del corazón que se siente cada vez que se encuentra a uno de esos niños, alrededor de los cuales parece que se ven flotar los hilos rotos de la familia. En la civilización actual, tan incompleta aún, no es muy extraña esta ruptura de la familia, perdiéndose en la sombra, ignorando lo que se han hecho de sus hijos y dejando caer los pedazos de su corazón en la calle. De aquí provienen los destinos desconocidos, y esto se llama, porque tiene su nombre, «estar abandonado en las calles de París».

Digamos, de paso, que este abandono de niños no encontraba gran oposición en la antigua monarquía. Algunas costumbres de Egipto y de Bohemia en las bajas regiones eran cosa que convenía a las altas esferas y a los poderosos. El odio a la enseñanza de los hijos del pueblo era un dogma. ¿De qué sirven «las medias luces»? Tal vez era consigna. El niño vagabundo era el corolario del niño ignorante.

Por otra parte, la monarquía tenía repetidas veces necesidad de muchachos, y entonces espumaba las calles.

En tiempo de Luis XIV, para no ir más lejos, el rey quería, con razón, crear una escuadra. La idea era buena, pero veamos el medio. No podía haber escuadra si al lado del buque de velas, juguete del viento, y para remolcarle según conviniera, no se tenía el barco que va a donde se quiera a fuerza de remo o de vapor. Las galeras eran entonces en la Marina lo que son hoy los vapores. Hacían falta, pues, galeras, y como las galeras no se mueven sin galeotes, hacían falta también galeotes. Colbert hacía que hubiese, por medio de los intendentes provinciales y de los tribunales, el mayor número posible de galeotes, y la Magistratura se prestaba a ello con el mayor gusto. Tenía un hombre el sombrero puesto mientras pasaba una procesión, actitud de hugonote: a galeras. Se encontraba un muchacho en la calle, con tal que tuviese quince años y no supiese dónde acostarse: a galeras. Gran reinado; gran siglo.

En tiempo de Luis XV desaparecían los niños de París; la Policía los arrebataba, no se sabe por qué misterioso destino. Cuchicheábase con miedo acerca de monstruosas suposiciones sobre los baños purpúreos del rey. Barbier habla sencillamente de estas cosas. Sucedía alguna vez que los exentos que perseguían a los niños cogían alguno que tenía padres. Los padres, desesperados, acudían a los exentos. Intervenía entonces el tribunal y mandaba ahorcar, ¿a quién? ¿A los exentos? No; a los padres.

La pillería parisiense es casi una casta. Pudiera decirse: El pilluelo nace.

Esta palabra, pilluelo, «gamin», se imprimió por primera vez, y pasó del lenguaje popular al literario, en 1833. Apareció un opúsculo titulado «Claudio Gueux» (Claudio el mendigo). El escándalo fue grande; pero la palabra pasó y se aceptó.

Los elementos que constituyen la consideración de los pilluelos entre sí son muy diversos. Sabemos de uno que era muy respetado y admirado por haber visto caer a un hombre desde lo alto de la torre de Nuestra Señora; otro, por haber conseguido penetrar en el patio interior donde estaban temporalmente depositadas las estatuas de la cúpula de los Inválidos y haber «afanado» un poco de plomo; otro, por haber visto volcar una diligencia; otro, porque «conocía» a un soldado que por poco deja tuerto a un paisano.

Con esto se explica la siguiente exclamación de un pilluelo parisiense, epifonema profundo de que se ríe el vulgo sin comprenderle: «¡Dios de Dios! ¡Tendré yo desgracia! ¡Decir que todavía no he visto caer a nadie de un piso quinto!»

También es notable esta otra frase de un campesino.

—Tío Fulano, ha muerto vuestra mujer de su enfermedad. ¿Por qué no habéis llamado a un médico?

—¡Qué queréis, señor! Nosotros, los pobres, «nos morimos solos».

Pero si en esta frase se pinta la pasividad del pueblo, en la siguiente se descubre la anarquía librepensadora del pilluelo del arrabal. Un condenado a muerte escucha a su confesor en el camino del suplicio. El hijo de París grita: «Habla el clerizonte. ¡Oh! ¡Qué cobarde!»

Da importancia al pilluelo cierta audacia en materia de religión; ser espíritu fuerte es lo que conviene.

La asistencia a las ejecuciones constituye para él un deber. Enseña la guillotina y se ríe. La llama de varios modos: «Fin de la cena», «Soplamocos», «La tía de lo azul» (del cielo), «El último bocado», etc. Para no perder nada del espectáculo, escala las paredes, se iza a los balcones, gatea a los árboles, se cuelga de las rejas, se abraza a las chimeneas. El pilluelo nace pizarrero, así como nace marino. Un tejado no le asusta más que un mástil. No hay fiesta que iguale a la de la Gréve. Sansón (el verdugo) y el abate Montes (el cura de la cárcel) son los verdaderos nombres populares. Se azuza al paciente para animarle; alguna vez se le admira. Lacenaire, cuando era pilluelo, dijo, viendo morir con valor al atroz Dautun, esta frase, que encierra un porvenir: «Le tengo envidia.» En la pillería no se conoce a Voltaire, pero se conoce a Papavoine. Se confunde en la misma leyenda a los «políticos» y a los asesinos. Se conserva por tradición el recuerdo del último vestido de todos. Saben que Tolleron llevaba un gorro de chispero; Avril, un casquete de nutria; Louvel, un sombrero redondo; que el viejo Delaporte era calvo y fue sin nada en la cabeza; que Castaing era sonrosado y muy guapo; que Bories tenía una perilla romántica; que Juan Martín conservaba los tirantes, y que Lecouffé y su madre iban riñendo.

—No os echéis en cara el cesto —les gritó un pilluelo.

Otro, por ver pasar a Debacker, siendo muy pequeño, se subió a la farola del muelle. Un gendarme, que estaba allí, frunce el entrecejo.

—Dejadme subir, señor gendarme —dice el pilluelo.

Y para enternecer a la autoridad, añade:

—No me caeré.

—Me importa muy poco que te caigas —responde el gendarme.

En la pillería, una desgracia memorable se aprecia mucho. Se llega a la cúspide de la consideración si sucede que uno se corta «hasta el hueso».

Los puños no son pequeños elementos de respeto; una de las cosas que el pilluelo dice con más gusto es: «Yo soy muy fuerte. ¡Bah!» Ser zurdo es envidiable. Ser bizco es cosa superior.

En el verano se metamorfosea en rana, y por la tarde, cuando cae la noche, delante de los puentes de Austerlitz y de Jena, desde lo alto de los montones de carbón y de las barcas de las lavanderas, se arroja de cabeza al Sena, infringiendo asombrosamente todas las leyes del pudor y de policía. Sin embargo, como están vigilando los agentes, resulta de aquí una situación muy dramática, que dio lugar una vez a un grito fraternal y memorable, grito que fue célebre en 1830, y es un aviso estratégico de un pilluelo a otro; se mide como un verso de Homero, con una anotación casi tan inexplicable como la melopea eleusíaca de las Panateneas, hallándose aquí reproducido el antiguo Evohé. Es éste: «Ohé, Tití, ohéee! Y a la de la grippe, y a de la cogne, prends tes zardes et va-t-en; passe par l'égout.»

Algunos de estos mosquitos —así se llaman a sí mismos— saben leer; otros saben escribir, y todos saben pintarrajear. No dudan en adquirir, por medio de una misteriosa enseñanza mutua, todas las habilidades que pueden ser útiles a la cosa pública: de 1815 a 1830 imitaba el graznido del pavo; de 1830 a 1848 pintarrajeaba una pera en las paredes.

Una tarde de verano, Luis Felipe, que volvía a palacio a pie, vio a uno de estos pequeñuelos, que sudaba y se empinaba para pintar con un carbón una gigantesca pera en uno de los pilares de la verja de Neuilly; el rey, con aquella bondad que heredó de Enrique IV, ayudó al pilluelo, acabó de trazar la pera y le dio un luis, diciéndole: «Ahí también hay una pera.» Al pilluelo le gusta mucho la gresca; le place un estado violento. Detesta «a los curas». Un día, en la calle de la Universidad, uno de estos picarillos presenta un palmo de narices a la puerta-cochera del número 69.

—¿Por qué haces eso a esa puerta? —le preguntó uno que pasaba, y él le respondió:

—Porque vive ahí un cura.

Y, en efecto, allí vive el nuncio. Sin embargo, cualquiera que sea el volterianismo del pilluelo, si se le presenta la ocasión de hacerse monaguillo, tal vez la acepta, y entonces ayuda a misa con todo esmero. Hay dos cosas en que se parece a Tántalo, y que desea siempre, sin conseguirlas nunca: derribar al Gobierno y que le cosan el pantalón.

El pilluelo, en el estado perfecto, conoce a todos los agentes de Policía de París, y sabe, siempre que encuentra alguno, darle su nombre, porque tiene los nombres en la punta de la uña. Estudia sus costumbres y tiene notas particulares sobre cada uno; lee como en un libro abierto en las almas de la Policía; así os podrá decir inmediatamente y sin tropezar: Fulano es un «traidor»; Zutano «es muy malo»; éste «es grande»; aquél, «ridículo» (y todas estas palabras: traidor, malo, grande, ridículo, tienen en sus labios una acepción particular). Éste se figura que el Puente Nuevo es suyo, y prohíbe «a la gente» pasearse por la cornisa fuera del parapeto; el otro tiene la costumbre de tirar de las orejas «a las personas», etc.

Este tipo de muchachos existía en Poquelin (Molière), hijo de los mercados; lo hay también en Beaumarchais. Esta pillería es una sombra del espíritu galo. Asociada al buen sentido le da fuerza, como el alcohol al vino. Algunas veces es un defecto. Homero repite muchas veces lo que ha dicho antes, es verdad, y puede decirse que Voltaire pillea. Camilo Desmoulins era de los arrabales. Championet, que trataba brutalmente los milagros, había salido de las calles de París; de pequeño «había inundado» los pórticos de San Juan de Beauvais y de San Esteban del Monte; había tuteado a la urna de Santa Genoveva; para después dar órdenes, en Nápoles, a la redoma de San Jenaro.

El pilluelo de París es respetuoso, irónico e insolente. Tiene feos dientes porque está mal alimentado y su estómago padece, y buenos ojos porque es agudo. Delante de Jehová saltaría a pie juntillas las gradas del paraíso. Es fuerte para la lucha a zapatazos. Todos los crecimientos le son posibles. Juega en el arroyo y se levanta en los motines; su descaro persiste ante la metralla; era un pilluelo y es un héroe; como el tábano, sacude la piel del león. El tambor Barra es un pilluelo de París; grita: «¡Adelante!», como el caballo de la Escritura. Dice: «¡Va!», y en un minuto pasa de rapazuelo a gigante.

Es hijo del cieno y también de lo ideal. Medid esta escala, que va desde Molière a Barra.

Para resumirlo ahora todo, diremos que el pilluelo de París hoy, como el «græculas» de Roma en otro tiempo, es el pueblo niño que tiene en la frente las arrugas del mundo viejo.

Todas las generosas irradiaciones sociales parten de la ciencia, de las letras, de las artes, de la educación. Formad hombres, formad hombres. Iluminadlos para que os calienten. Tarde o temprano, la magnífica cuestión de la instrucción universal se establecerá con la irresistible autoridad de la verdad absoluta, y entonces los que gobiernen bajo la vigilancia de la idea francesa tendrán que elegir entre los hijos de Francia y los pilluelos de París, entre las llamas en la luz o los fuegos fatuos en las tinieblas.

El pilluelo representa a París, y París representa al mundo.

Porque París es un total: es la cúpula del género humano. Esta prodigiosa ciudad es un resumen de todas las costumbres, vivas y muertas.

El que ve a París ve lo profundo de toda la Historia, con el cielo y las constelaciones en los intervalos. París tiene un Capitolio: el Hotel de Ville; un Parthenon: Nuestra Señora; un Monte Aventino: el barrio de San Antonio; un Asinario: la Sorbona; un Panteón: el Panteón; una Vía Sacra: el bulevar de los Italianos; una torre de los Vientos: la opinión, y ha reemplazado las Gemonias con el ridículo. Su «majo» se llama faraute, «faraud»; su transtiberiano se llama arrabalero, «faubourien»; su hammal se llama el matón, «le fort», del mercado; su lazarone se llama el pigre; su cockney se llama el vago, «gandin». En París se halla todo lo que hay en cualquier otra parte. La verdulera de Dumarsais puede medirse con la vendedora de hierbas de Eurípides; el discóbolo Veyano revive en el bailarín de cuerda Forioso; Terapontigono Miles estaría muy bien del brazo con el granadero Vadebonomur; Damasipo el chalán viviría feliz entre los vendedores de trapo y hierro viejo; Vicennes cogería a Sócrates lo mismo que la Agora enjaularía a Diderot; Grimod de la Reyniere ha descubierto el modo de hacer rosbif con sebo, como Curtilo inventó el erizo asado; vemos reaparecer bajo el globo del Arco de la Estrella el trapecio de Plauto; el tragaespadas del Pecilo, inventado por Apuleyo, es el tragasables del Puente Nuevo; el sobrino de Rameau y Curculion el parásito corren parejas; Ergasilo podría ser presentado en casa de Cambaceres por Aigrofeuille; los cuatro elegantes de Roma, Alcesimarco, Phadromo, Diabolo y Argyrico, bajan de la Courtille a la silla de posta de Labatut; Aulo Gelio no se detenía más tiempo ante Congrio que Carlos Nodier ante Polichinela; Martita no es tigre, como tampoco Pardalisca era dragón; Pantolabio el bufón recuerda en el café Inglés a Nomentano el vividor; Hermógenes es tenor de los Campos Elíseos, y en derredor suyo pide Trasio el mendigo vestido de Bobeche; el importuno que os detiene en las Tullerías por el botón de la levita os hace repetir, después de dos mil años, el apóstrofe de Tesprión: «Quis properantem me prehendit pallio?» El vino de Suresne parodia al vino de Alba; el vaso lleno de tinto de Desaugiers se equilibra con la gran copa de Balatron; el Padre Lachaise exhala con las lluvias nocturnas los mismos fuegos fatuos que las Esquilias, y la fosa del pobre, comprada por cinco años, equivale al ataúd alquilado del esclavo.

Buscad algo que París no tenga. La cubeta de Trofonio no tiene nada que no se encuentre en la de Mesmer; Ergafilao resucita en Cagliostro; el brahman Vasafanta se encarna en el conde de San Germán; el cementerio de San Medardo hace tan buenos milagros como la mezquita umumié de Damasco.

París tiene un Esopo, que es Mayeux, y una Canidia, que es la señorita Lenormand. Agítase, como Delfos, en las fosforescentes realidades de la visión; hace girar las mesas, como Dodona los trípodes. Pone a la griseta en el trono, del mismo modo que Roma a la cortesana, y, en fin, si Luis XV es peor que Claudio, la Dubarry vale más que Mesalina. París combina en un tipo inaudito, que ha vivido, y a cuyo lado hemos pasado, la desnudez griega, la úlcera hebraica y la graciosa gascona. Mezcla a Diógenes, a Job y a Paillase; viste un espectro con números viejos del «Constitucional» y crea Chodruc Duclos.

Aunque Plutarco diga: «El tirano no envejece», Roma, en tiempos de Sila y Domiciano, se resignaba y echaba agua en el vino. El Tíber era un Leteo, si ha de creerse el elogio un poco doctrinario, que de él hacía Vario Vibisco: «Contra Grachos Tiberim habemus, Bibere Tiberim, id est seditionem oblivisci.» París bebe un millón de litros de agua al día; pero esto no le impide en las ocasiones tocar generala y somatén.

Por lo demás, París es un buen muchacho; acepta todo regiamente y no es escrupuloso en la elección de su Venus; su Calipige es hotentota; con tal de reírse, todo lo perdona; la fealdad le divierte, la deformidad le alegra, el vicio le distrae; se puede ser pícaro siendo chistoso; ni aun la hipocresía, ese cinismo supremo, le incomoda; es tan literario, que no se tapa la nariz ante Basilio, ni se escandaliza más de las palabras de Tartufe que Horacio del «hipo» de Príapo. En París no falta ninguna facción de la fisonomía universal. El baile de Mabille no es la danza polimnia del Janículo; pero en él la revendedora de trajes atrae con su mirada a la «loreta», del mismo modo que la encubridora Estafila acechaba a la virgen Planesia. La barrera del combate no es un coliseo; pero hay allí tanta ferocidad como si la mirase César. La hostelera Siriaca tiene más gracia que la tía Saguet; pero si Virgilio frecuentaba la taberna romana, David de Angers, Balzac y Charlet se han sentado en el figón parisiense. París reina; los genios brillan en su recinto, los diablos prosperan en él. Adonai pasa por él en su carro de doce ruedas de truenos y relámpagos; Sileno es decir Ramponneau.

París es sinónimo de Cosmos; París es Atenas, Roma, Sibaris, Jerusalén, Pantin; es un compendio de todas las civilizaciones y también de todas las barbaries. París sentiría no tener la guillotina.

Algo de la guillotina es bueno. ¿Qué sería esta fiesta eterna sin esta salsa?

Nuestras leyes han provisto sabiamente a tal necesidad, y, gracias a ellas, la cuchilla se humedece en este continuo Carnaval.

París no tiene límites: ninguna otra ciudad ha ejercido esa dominación que escarnece alguna vez a los que subyuga. «Agradaros, ¡oh!, atenienses», exclamaba Alejandro. París hace algo más que la moda: hace la rutina. Hace el tonto cuando quiere, y alguna vez tiene este lujo, pero entonces todo el universo hace el tonto con él. París vuelve después en sí, se restriega los ojos y dice: «¡Qué estúpido soy!», y suelta una carcajada a la faz del género humano. ¡Qué admirable es esa ciudad! ¡Qué cosa tan extraña el considerar que lo grandioso y lo burlesco hagan buena amistad; que lo majestuoso no se vea empañado por la parodia, y que la misma boca pueda soplar hoy en la trompeta final y mañana en una flauta de tallo de cebolla!

París tiene una jovialidad soberana: su alegría es el rayo; su farsa lleva un cetro; su huracán sale muchas veces de una mueca; sus explosiones, sus jornadas, sus obras maestras, sus prodigios, sus epopeyas llegan hasta el fin del universo, y lo mismo sus tonterías.

Su risa es la boca de un volcán que salpica toda la tierra; sus «lazzi» son chispas. Impone a los pueblos sus caricaturas lo mismo que su ideal; los más grandes momentos de la civilización humana aceptan sus ironías y prestan su eternidad a sus truhanerías.

París es grandioso; tiene un magnífico 14 de julio, que da libertad al mundo: obliga a repetir a todas las naciones el juramento del Juego de Pelota; su noche de 4 de agosto destruye en tres horas mil años de feudalismo; hace de su lógica el músculo de la voluntad unánime; se multiplica bajo todas las formas de lo sublime; llena con su resplandor a Washingtonn, a Kosciusko, a Bolívar, a Botzaris, a Riego, a Bem, a Manin, a López, a Juan Brown, a Garibaldi; está en todas partes donde resplandece el porvenir: en Boston, en 1779; en la isla de León, en 1820; en Pesth, en 1849; en Palermo, en 1860. Murmura la poderosa consigna «Libertad» al oído de los abolicionistas americanos, agrupados en la barca de Harper's Ferry, y al oído de los patriotas de Ancona, reunidos en la sombra en los Arcos, ante la posada de Gozzi, a orillas del mar; crea a Canaris, crea a Quiroga, crea a Pisacane; irradia todo lo grande sobre la Tierra; yendo al punto donde su soplo les empuja, mueren: Byron, en Missolonghi, y Mazet, en Barcelona; es tribuno con Mirabeau y cráter con Robespierre; sus libros, su teatro, sus artes, sus ciencias, su literatura, su filosofía, son los manuales del género humano; tiene a Pascal, a Regnier, a Corneille, a Descartes, a Rousseau; a Voltaire, para cada minuto; a Molière, para todos los siglos; hace hablar su lengua a la boca universal, y esta lengua llega a ser el verbo; crea en todos los ánimos la idea del progreso; los dogmas libertadores que forja son para las generaciones espadas flamantes, y con la inspiración de sus pensadores y poetas se han formado, desde 1789, todos los héroes de todos los pueblos. Pero esto no le impide tener pilluelos, y este genio enorme que se llama París, transfigurando el mundo con su luz, pinta con carbón la nariz de Bouginier en la pared del templo de Tosco, y escribe en las pirámides: «Credeville, ladrón.»

París está enseñando siempre los dientes; cuando no gruñe, ríe.

Así es París. Las columnas de humo de sus chimeneas son las ideas del universo. París será, si se quiere, un montón de barro y de piedras; pero, por encima de todo, es un ser moral; es más que grande, es inmenso. ¿Por qué? Porque es audaz.

La audacia: sólo a este precio se obtiene el progreso.

Todas las conquistas sublimes son, más o menos, el premio del atrevimiento. Para que se verifique la Revolución, no basta que la presienta Montesquieu, ni que Diderot la predique, ni que Baumarchais la anuncie, ni que Condorcet la calcule, ni que Voltaire la prepare, ni que Rousseau la premedite; es preciso que Danton tenga audacia.

El grito «Audacia» es un «fit lux». Es necesario, para que progrese el género humano, que encuentre en las cumbres de la sociedad lecciones permanentes y altivas de valor. La temeridad deslumbra a la Historia y es una gran luz para el hombre. La aurora es audaz cuando aparece. Intentar, desafiar, persistir, perseverar, ser fiel a sí mismo, luchar cuerpo a cuerpo con el Destino, asombrar a la catástrofe con el poco miedo que nos cause, ora haciendo frente a los poderes injustos, ora insultando la victoria llena de embriaguez; resistir y persistir; éstos son los ejemplos que necesitan los pueblos, ésta es la luz que los electriza. El mismo formidable relámpago enciende la antorcha del Prometeo que el botafuego de Cambronne.

En cuanto al pueblo parisiense, aun cuando sea un hombre hecho, siempre es el pilluelo. Pintar al niño es pintar la ciudad; por esto hemos estudiado esta águila en el libre pajarillo.

En los arrabales es donde principalmente se presenta la raza parisiense; allí conserva su pureza de sangre; allí está su verdadera fisonomía; allí el pueblo trabaja y padece, y el padecimiento y el trabajo son las dos figuras del hombre. Allí hay cantidades inmensas de seres desconocidos en que hormiguean los tipos más extraños, desde el descargador de la Rapée hasta el desollador de Montfaucon. «Fex urbis», dice

Cicerón. «Mob», añade Burke, indignado; turba, multitud, populacho. Estas palabras se pronuncian muy fácilmente. Sea; pero ¿qué importa? ¿Qué importa que anden con los pies descalzos? No saben leer, tanto peor. ¿Los abandonaréis por eso? ¿Haréis de su desgracia una maldición? ¿Acaso la luz no puede penetrar en esas masas? Volvamos a este grito: «Luz»; obstinémonos en él: «¡Luz, luz!» ¿Quién sabe si esos seres opacos se harán transparentes? ¡No son transfiguraciones las revoluciones? Andad, filósofos; enseñad, ilustrad, iluminad, pensad alto, hablad alto, corred alegres hacia el vivo sol, fraternizad con las plazas públicas, anunciad las buenas nuevas, prodigad los alfabetos, proclamad los derechos, cantad las marsellesas, sembrad el entusiasmo, arrancad verdes ramas de la encina, haced de la idea un torbellino. La multitud puede llegar a ser sublime. Sepamos utilizar esa vasta hoguera de principios y de virtudes que chisporrotea, estalla y se conmueve a ciertas horas. Esos pies descalzos, esos brazos desnudos, esos harapos, esa ignorancia, esa abyección, esas tinieblas, pueden emplearse en conquistar lo ideal. Mirad a través del pueblo y descubriréis la verdad. Esa vil arena que oprimís bajo los pies echadla en el horno; se fundirá, cocerá, se hará brillante cristal y, gracias a él, Galileo y Newton descubrirán los astros.

* * *

Unos ocho o nueve años después se veía en el bulevar del Temple, y en las regiones del Chateau d'Eau, un muchachillo, de once a doce años, que hubiera realizado perfectamente el ideal del pilluelo que hemos bosquejado más arriba si con la sonrisa propia de su edad en los labios no hubiera tenido el corazón absolutamente vacío y opaco. Este niño estaba envuelto en un pantalón de hombre, que no era de su padre, y en una camisa de mujer, que tampoco era de su madre. Algunas personas caritativas le habían socorrido con harapos; sin embargo, tenía un padre y una madre; pero su padre no pensaba en él, ni su madre le amaba. Era uno de esos muchachos dignos de lástima entre todos los que tienen padre y madre y son huérfanos.

Este muchacho no se encontraba en ninguna parte tan bien como en la calle. El empedrado era para él menos duro que el corazón de su madre.

Sus padres le habían arrojado al mundo de un puntapié.

Había empezado por sí mismo a volar.

Era un muchacho amigo de bulla, descolorido, listo, despierto, truhán, de aire vivo y enfermizo. Iba, venía, cantaba, jugaba al chito, escarbaba en los arroyos; robaba; pero poquito a poquito, como los gatos y los pájaros, alegremente; se reía cuando le llamaban galopín, y se incomodaba cuando le llamaban granuja; no tenía casa, ni pan, ni lumbre, ni amor; pero estaba contento, porque era libre.

Cuando estos pobres seres son ya hombres, casi siempre la rueda del orden social los encuentra y los tritura; pero mientras son muchachos se escapan porque son pequeños. El menor agujero los salva.

Sin embargo, por más abandonado que estuviese este niño, algunas veces, cada dos o tres meses, decía: «¡Calla! ¡Voy a ver a mamá!» Y entonces dejaba el bulevar, el Circo, la Puerta de San Martín; bajaba al muelle, pasaba los puentes, entraba en el arrabal, llegaba a la Salpetrière y se paraba precisamente en el número 50-52, que el lector conoce ya, en la casa de Gorbeau.

En esta época la casa número 50-52, habitualmente desierta y eternamente adornada con el letrero: «Cuartos desalquilados», estaba, cosa rara, habitada por ciertos individuos que, como sucede siempre en París, no tenían ningún vínculo ni relación entre sí. Todos pertenecían a esa clase indigente que comienza en el último ciudadano entrampado, y que se prolonga, de miseria en miseria, por las capas más inferiores de la sociedad, hasta esos dos seres en que vienen a concluir todas las cosas materiales de la civilización: el pocero, que limpia las alcantarillas, y el trapero, que recoge los harapos.

La «inquilina principal» del tiempo de Juan Valjean había muerto, y había sido reemplazada por otra semejante. No sé qué filósofo ha dicho: «Nunca falta una vieja.»

Esta nueva vieja se llamaba la señora Bourgon, y no tenía nada notable en su vida más que una dinastía de tres papagayos que habían reinado sucesivamente en su corazón.

Los más miserables entre los que vivían en la casa eran una familia de cuatro personas: padre, madre y dos hijas, ya bastante grandes; todos los cuatro vivían en la misma buhardilla, en una de aquellas celdas de que hemos hablado.

Esta familia no ofrecía al pronto nada de particular más que su extrema desnudez; el padre, al alquilar el cuarto, dijo que se llamaba Jondrette. Algún tiempo después de la mudanza, que se había parecido, usando una expresión memorable de la inquilina principal, «a la entrada de la nada», este Jondrette había dicho a la vieja, que, como su antecesora, era portera y barría la escalera:

—Tía Fulana, si viniese alguno por casualidad a preguntar por un polaco, o por un italiano, o tal vez por un español, ése soy yo.

Esta familia era la familia del alegre pilluelo. Llegaba allí, encontraba la miseria y, lo que es más triste, no veía ni una sonrisa; el frío en el hogar, el frío en los corazones. Cuando entraba le preguntaban:

—¿De dónde vienes?

Y respondía:

—De la calle.

Cuando se iba le preguntaban:

—¿Adónde vas?

Y respondía:

—A la calle.

Su madre le decía:

—¿Pues a qué vienes aquí?

Este muchacho vivía en una carencia completa de afectos, como esas hierbas pálidas que se crían en las cuevas; mas no sentía el ser así, y no echaba la culpa a nadie. No tenía idea exacta de lo que debía ser un padre y una madre.

Su madre amaba a sus hermanas.

Hemos olvidado decir que en el bulevar del Temple se llamaba a este niño el pequeño Gavroche. ¿Por qué se llamaba Gavroche? Probablemente por lo mismo que su padre se llamaba Jondrette.

Parece que el instinto de ciertas familias miserables es romper los hilos que unen a sus individuos.

El cuarto que los Jondrette habitaban en la casa de Gorbeau estaba al extremo del corredor. El contiguo estaba ocupado por un joven que se llamaba Mario.

Digamos ahora quién era este Mario.

CAPÍTULO V

EL NOBLE DE LA CLASE MEDIA

En las calles de Boucheret, de Normandía y de Saintonge existen aún algunos vecinos antiguos que han conservado el recuerdo de un buen hombre, llamado el señor Gillenormand, y que hablan de él con placer. Este señor era viejo cuando ellos eran jóvenes. Su perfil, contemplado por los que miran melancólicamente el vago movimiento de las sombras que se llama pasado, no ha desaparecido aún del laberinto de las calles próximas al Temple, a las cuales se dieron, en tiempo de Luis XIV, los nombres de todas las provincias de Francia, así como se dan en nuestros días a las calles del nuevo barrio de Tívoli los nombres de todas las capitales de Europa; progresión, digámoslo de paso, en que es visible el progreso.

El señor Gillenormand, que vivía aún en 1831, era uno de esos hombres a quienes es curioso ver, porque han vivido mucho tiempo y que son raros, porque antes fueron como todo el mundo y después no se parecen a nadie. Era un viejo particular; el tipo de otra edad en todo su vigor: el verdadero hombre de la clase media, un poco orgulloso, del siglo XVIII, que vivía en su medianía con la misma altivez que un marqués vive con su marquesado. Había cumplido noventa años y andaba derecho, hablaba alto, bebía vino puro, comía, dormía y roncaba. Conservaba los treinta y dos dientes, y sólo se ponía anteojos para leer. Era muy aficionado a las aventuras amorosas; pero afirmaba que hacía una docena de años había renunciado decididamente a las mujeres. Decía que ya no podía agradar; pero no añadía: «Soy muy viejo», sino: «Soy muy pobre; ¡si no estuviese arruinado!, ¿eh?» No le quedaba, en efecto, más que una renta de unas quince mil libras. Su sueño dorado era poseer cien mil francos de renta para tener queridas. No pertenecía, pues, a esa variedad enfermiza de octogenarios que, como Voltaire, han estado moribundos lo que les faltaba de vida. No era la suya una longevidad cascada; aquel gallardo viejo estaba siempre fuerte. Era superficial, de genio pronto, iracundo. Enfurecíase por cualquier cosa, y muchas veces contra la verdad. Cuando se le contradecía levantaba el bastón y pegaba a la gente, como en el gran siglo. Tenía una hija de más de cincuenta años, soltera, a quien golpeaba a su placer cuando se encolerizaba, y a quien habría dado azotes de buena voluntad. La trataba como si tuviera ocho años. Abofeteaba enérgicamente a sus criadas, y decía: «¡Ah, perdida!»

Uno de sus juramentos era: «¡Por el pantuflo de la pantufla!» Tenía otras costumbres pacíficas muy singulares. Se hacía afeitar todos los días por un barbero que había estado loco, y que le odiaba porque tenía celos del señor Gillenormand a causa de su mujer, bonita y coqueta barbera. El señor Gillenormand admiraba su propio discernimiento en todo, y se tenía y declaraba por muy sagaz. Uno de sus dichos era: «Tengo verdaderamente alguna penetración; puedo decir cuando me pica una pulga de qué mujer viene.» Las palabras que pronunciaba con más frecuencia eran: «El hombre sensible y la Naturaleza.» Pero no daba a esta última palabra la gran acepción que le ha dado nuestra época; la hacía entrar a su manera en las sátiras del hogar.

—La Naturaleza —decía—, para que la civilización tenga un poco de todo, le da hasta el espécimen de una barbarie divertida. Europa tiene tipos de Asia y de África en miniatura. El gato es un tigre de salón, el lagarto es un cocodrilo de bolsillo, las bailarinas de la Ópera son salvajes de color de rosa; no comen a los hombres, pero los chupan, o bien con sus artes los convierten en ostras y se los tragan. Los caribes no dejan más que los huesos; ellas no dejan más que la concha. Tales son nuestras costumbres. No devoramos, pero roemos; no exterminamos, pero arañamos.

Vivía en el Marais, calle de las Hijas del Calvario, número 6.

La casa era suya, y ha sido ya demolida y reedificada; su número habrá cambiado también en la revolución de números por que pasan las calles de París.

El señor Gillenormand ocupaba una antigua y grande habitación del primer piso, situada entre la calle y los jardines, y adornada hasta el techo de tapices de Gobelinos y de Beauvais que representaban asuntos pastoriles. Los dibujos del techo y de los entrepaños estaban repetidos en pequeño en los sillones. Tenía la cama rodeada de un gran biombo de nueve hojas pintadas con laca de Coromandel. Anchas y largas cortinas pendían de las ventanas y puertas, formando al caer grandes y magníficos pliegues. El jardín, que estaba debajo de estas ventanas, comunicaba con la que estaba en la esquina por medio de una escalera de doce o quince peldaños, que el dueño de la casa subía y bajaba alegremente. Además de una biblioteca contigua a su cuarto, tenía un gabinetito que le gustaba mucho, retiro galante cubierto con una alfombra de color de paja flordelisada y llena de flores, hecha en las galeras de Luis XIV y encargada por el señor Vivonne a sus presidiarios para su querida. El señor Gillenormand la había heredado de una hermana de su abuelo materno, mujer de genio áspero, que había muerto centenaria. El señor Gillenormand había tenido dos mujeres. Sus modales eran un término medio entre el cortesano, que no había sido, y el hombre de toga, que hubiera podido ser. Era alegre y cariñoso cuando quería serlo. En su juventud había sido de esos hombres a quienes engaña siempre su mujer y no engaña nunca su querida, porque son a la vez los maridos más bruscos y los amantes más finos. Era también inteligente en pintura. Tenía en su cuarto un magnífico retrato, que no sabía de quién era, pintado por Jordaens, hecho a brochazos, con un millón de detalles como escogidos al acaso. El traje del señor Gillenormand no era el de Luis XV ni el de Luis XVI, era el traje de los increíbles del Directorio. Se había tenido por joven hasta entonces, y seguía todavía las modas de aquella época. Era un frac de paño fino con grandes solapas, larga cola y grandes botones de acero, calzón corto y zapatos de hebilla. Siempre tenía las manos metidas en los bolsillos. Decía con autoridad: «La Revolución francesa es una gavilla de forajidos.»

A la edad de dieciséis años, una noche en la Ópera había tenido el honor de que le dirigiesen sus anteojos a un tiempo dos bellezas, entonces ya maduras, célebres y cantadas por Voltaire: la Camargo y la Sallé. Cogido entre dos fuegos, había hecho una retirada heroica hacia una bailarina llamada Nahemy, que tenía dieciséis años como él, arisca como un gato, y de quien estaba enamorado. Tenía muchos recuerdos, y decía: «¡Qué hermosa estaba aquella Guimard-Huimardina-Guimardineta la última vez que la vi en Longchamps, con el pelo rizado a lo sentimental; con ven-a-verme de turquesas, vestido de color de recién venida y manguito de agitación!» Había llevado en su adolescencia una chupa de Nain-Londrin, de la cual hablaba con gusto y efusión. «Yo estaba vestido como un turco de Levante Levantino», decía. La señora de Boufflers, que le había visto por casualidad cuando tenía veinte años, le había calificado de «loco encantador». Se escandalizaba de todos los nombres que oía sonar en la política y en el poder, creyéndolos bajos y vulgares. Leía los periódicos, «los papeles noticieros, las gacetas», como decía él, ahogándole la risa. «¡Oh! —exclamaba—. ¡Qué gentes son éstas! ¡Corbiére! ¡Casimiro Perier! ¡Humaim! ¡Y esto es ministro! Me figuro leer en un periódico: "¡El señor Gillenormand ministro!" ¡Vaya un sainete! Y serían tan tontos que esto no les sorprendería.» Llamaba alegremente a todas las cosas por su nombre, bueno o malo, y no se cuidaba de que hubiera delante señoras. Decía muchas groserías, obscenidades y porquerías con cierta tranquilidad e indiferencia que eran casi elegantes. Así se hacía en su siglo. Hagamos notar aquí que el tiempo de la perífrasis en verso ha sido el tiempo del lenguaje más libre en prosa. Su padrino había predicho que sería un hombre de genio y le había puesto estos dos nombres significativos: Lucas-Espíritu.

Había ganado premios en la niñez, en el colegio de Moulins, que era su patria, y había sido coronado por mano del duque de Nevernais, a quien llamaba el duque de Nevers. Ni la Convención, ni la muerte de Luis XVI, ni Napoleón, ni la vuelta de los Borbones, nada había podido borrar el recuerdo de aquella coronación. El duque de Nevers era para él la gran figura del siglo. «¡Qué amable gran señor! —decía—. ¡Qué bien le sentaba el cordón azul!» A los ojos del señor Gillenormand, Catalina II había reparado el crimen de la repartición de Polonia comprando en tres mil rublos el secreto del elixir de oro a Bestuchef. Esto le entusiasmaba. «El elixir de oro —decía—, la tintura amarilla de Bestuchef, las gotas del general Lamotte valían en el siglo XVIII a luis el frasco de media onza, el gran remedio para las catástrofes amorosas, la panacea contra Venus.» El que le hubiera querido exasperarle y ponerle fuera de sí no habría tenido más que decirle que el elixir de oro es el percloruro de hierro. El señor Gillenormand adoraba a los Borbones y odiaba a 1793; refería sin cesar de qué manera se había salvado en el Terror, y cómo había necesitado mucho espíritu y mucho humor para que no le cortasen la cabeza. Si algún joven hacía delante de él el elogio de la República, se ponía azul y se irritaba hasta el desmayo. Algunas veces, aludiendo a su edad de noventa años, decía: «Creo que no veré dos veces el noventa y tres.» Otras decía que pensaba vivir cien años.

Tenía sus teorías, y una de ellas era ésta: «Cuando un hombre se enamora apasionadamente de las mujeres y tiene una mujer propia de quien se cuida poco, fea, de mal genio, legítima, llena de derechos, que cita en seguida el código, celosa, no hay más que un medio de librarse de ella y de vivir en paz, y es poner el bolsillo a su disposición. Esta abdicación le hace libre. La mujer se ocupa entonces, hasta con pasión, en el manejo de todo; se mancha los dedos de cardenillo, toma a su cargo la educación de los criados y la dirección de los colonos, convoca a los procuradores, preside a los notarios, arenga a los curiales, visita a los golillas, sigue los procesos, repasa las escrituras, dicta los contratos, conoce su soberanía, vende, compra, arregla, manda, promete y compromete, ata y desata, cede, concede y retrocede, ordena y desordena, atesora y prodiga, hace calaveradas, felicidad magistral y personal, y todo esto la consuela. Mientras su marido la desprecia, ella tiene la satisfacción de arruinar a su marido.» El señor Gillenormand se había aplicado a sí mismo esta teoría, que había concluido por ser en la práctica su historia. Su segunda mujer había administrado de tal modo sus bienes, que el día feliz en que se quedó viudo sólo tenía lo justamente necesario para vivir, colocándolo todo a renta vitalicia; es decir, unos quince mil francos de renta, cuyas tres cuartas partes debían extinguirse con él. No dudó, pues, importándole muy poco el cuidado de dejar una herencia. Por otra parte, había visto que los patrimonios estaban sujetos a ciertas vicisitudes, y que podían convertirse, por ejemplo, «en bienes nacionales»; había asistido a las conversiones del tercio consolidado y creía muy poco en el gran libro. «Todo eso va a parar a la calle de Quiacampoix», decía. La casa en que vivía, en la calle de las Hijas del Calvario, era suya, como hemos dicho ya; tenía dos criados: «un macho y una hembra». Siempre que tomaba alguno nuevo lo rebautizaba. Daba a los hombres el nombre de su provincia: Nimois, Contoise, Poitevin, Picardía. El último lacayo que había tenido era un hombre grueso, cansino y fatigoso, de cuarenta y cinco años, incapaz de correr veinte pasos; pero como era natural de Bayona, el señor Gillenormand le llamaba Vasco. En cuanto a las criadas, todas se llamaban Nicolasitas (hasta la Magnon, de que hablaremos más adelante).

Un día se presentó a pretender una altiva cocinera, noble, descendiente de la elevada raza de los porteros.

—¿Qué salario queréis al mes? —le preguntó el señor Gillenormand.

—Treinta francos.

—¿Cómo os llamáis?

—Olimpia.

—Pues ganarás cincuenta francos y te llamarás Nicolasita.

En el señor Gillenormand el dolor se traducía en cólera: estaba furioso por estar desesperado. Tenía todas las preocupaciones y se tomaba todas las licencias imaginables. Una de las cosas de que se componía su aspecto exterior y su satisfacción íntima era, según acabamos de indicar, el haberse quedado hecho un galán verde y pasar por tal, lo cual llamaba «real fama». La fama real le hacía alguna vez objeto de raras aventuras. Un día le llevaron a su casa en una borrica, lo mismo que se lleva un cesto de ostras, un robusto niño recién nacido, desgañitándose, muy bien envuelto en mantillas; le daba por suyo una criada echada de su casa seis meses antes. El señor Gillenormand tenía entonces ochenta años justos. En toda la vecindad se levantó un clamor de indignación. ¿A quién quería hacer creer aquello la pícara criada? ¡Qué audacia! ¡Qué abominable calumnia! Pero el señor Gillenormand no sintió cólera alguna. Miró al chiquillo con la amable sonrisa de un hombre halagado por la calumnia, y dijo, para que todos lo oyeran: «¿Y qué? ¿Qué es esto? ¿Qué hay? ¿Qué sucede? Os sorprendéis lo mismo que unos ignorantes. El señor duque de Angulema, bastardo de su majestad Carlos IX, se casó, a los ochenta y cinco años, con una muchachuela de quince; el señor Virginal, marqués de Alluye, hermano del cardenal de Sourdis, arzobispo de Burdeos, tuvo a los ochenta y tres años, de una doncella de la señora presidenta Jacquin, un hijo, un verdadero hijo de amor, que fue caballero de Malta y consejero de Estado de espada, un grande hombre de este siglo; el abate Tabaraud es hijo de un hombre de ochenta y siete años. Esto no tiene nada de extraordinario. Pues ¿y la Biblia? Pero declaro, a pesar de esto, que este caballerito no es mío. Que le cuiden, porque él no tiene la culpa.» La orden era caritativa, y la criada, que se llamaba Magnon, le hizo otro envío al año siguiente. También era un niño. Ante este golpe, el señor Gillenormand capituló. Envió a la madre estos dos chicuelos, comprometiéndose a pagar por su educación ochenta francos al mes, bajo la condición de que no volviera a las andadas. Y añadió: «Quiero que su madre los trate bien, y yo iré a verlos alguna vez.» Y así lo hizo. Había tenido un hermano sacerdote, que había sido rector de la Academia de Poitiers treinta y nueve años y había muerto a los setenta y nueve. «Le he perdido joven», decía. Este hermano, de quien apenas queda memoria, era un avaro pacífico que, por ser sacerdote, se creía obligado a dar limosna a los pobres que encontraba; pero nunca les daba más que moneda falsa o sueldos que no pasaban, encontrando así un medio de ir al infierno por el camino del paraíso. En cuanto al señor Gillenormand mayor, no comerciaba con la limosna, la daba con gusto y noblemente. Era benévolo, brusco y caritativo; si hubiera sido rico, su inclinación le habría arrastrado a ser magnífico. Quería que todo lo que le rodeaba se hiciese en grande, hasta las bribonadas. Un día fue robado en una herencia por un agente de negocios de una manera grosera y visible, y dijo estas palabras solemnes:

—¡Oh, qué suciamente hecho! ¡Me avergüenzan esas manos puercas! Todo ha degenerado en este siglo, hasta los pillos. ¡Caramba! ¡No es ése el modo de robar a un hombre como yo! Me han robado como en un bosque, pero mal robado. «Silvæ sin consule dignæ!»

Ya hemos dicho que había tenido dos mujeres: la primera le dio una hija, que permaneció soltera, y la segunda, otra, que murió a los treinta años, y se había casado por amor, por casualidad o por otra causa, con un soldado de fortuna, que había servido en los ejércitos de la República y del Imperio, ganando la cruz en Austerlitz y recibiendo el grado de coronel en Waterloo.

—Es la deshonra de mi familia —decía el viejo Gillenormand.

Tomaba mucho tabaco y tenía una gracia particular para sacudirse la chorrera de encaje con el revés de la mano. Creía muy poco en Dios.

Tal era el señor Lucas-Espíritu Gillenormand, que aún no había perdido sus cabellos, más grises que blancos, y estaba siempre peinado en forma de orejas de perro.

En suma: a pesar de todo esto, era venerable. Tenía algo del siglo XVIII: era frívolo y grande.

En 1814, y en los primeros años de la Restauración, el señor Gillenormand, que era aún joven —no tenía más que setenta y cuatro años—, había vivido en el barrio de San Germán, calle de Servandoni, cerca de San Sulpicio, y no se había retirado al Marais sino al salir del mundo, ya a los ochenta años cumplidos.

Y al salir del mundo se había fortificado en sus costumbres. La principal y más variable era tener la puerta absolutamente cerrada por el día, y no abrirla a nadie, ni por nada, más que de noche. Comía a las cinco y abría después la puerta. Era la moda de su siglo y no quería oponerse a ella. «El día es la canalla —decía—, y no merece más que las maderas cerradas. Las personas de posición encienden su espíritu cuando el cenit enciende sus estrellas.» Y se cerraba para todo el mundo, aunque fuese para el rey. Vieja elegancia de su tiempo.

Las dos hijas del señor Gillenormand, de que acabamos de hablar, habían nacido con dieciséis años de intervalo. En su juventud se habían parecido muy poco, y habían sido, lo mismo por su carácter que por su fisonomía, lo menos hermanas que pudieran ser. La menor era un alma bellísima, amante de todo lo que era luz, pensando siempre en flores, versos y música, sumida en los espacios gloriosos, entusiasta, etérea, unida desde la infancia en el ideal a una vaga figura heroica. La mayor tenía también su quimera: veía en el azul un asentista, algún gran contratista muy rico, un marido espléndidamente tonto, un millón hecho hombre o bien un prefecto; las recepciones de la Prefectura, los ujieres de antecámaras con la cadena al cuello, los bailes oficiales, las arengas de la Alcaldía, ser la «señora perfecta»; todo esto fermentaba en su imaginación. Las dos hermanas se extraviaban así, cada una en su respectivo sueño, cuando eran jóvenes. Ambas tenían alas: la una, como un ángel; la otra, como un ganso.

Pero aquí abajo a lo menos no se realiza ninguna ambición; en nuestra época no se hace terrenal ningún paraíso. La menor se había casado con el hombre de sus sueños, pero murió. La mayor no se había casado.

En el momento que ésta sale a la escena en la historia que vamos escribiendo, era una virtud vieja, una mojigata incombustible, una de las narices más agudas y uno de los talentos más obtusos que pueden encontrarse. Señal característica del estrecho círculo de su familia, nadie había sabido nunca su nombre de pila. Se la conocía por la «señorita Gillenormand mayor».

En materia de canto, la señorita Gillenormand mayor hubiera ganado punto a una miss. Era el pudor llevado al extremo. Tenía un recuerdo horrible en su vida: un día le había visto un hombre la liga.

La edad no había hecho sino aumentar este pudor intransigente. Para ella su pechera no era nunca demasiado opaca ni subía demasiado; multiplicaba los broches y los alfileres allí donde a nadie podía ocurrírsele mirar. Es muy propio de la mojigatería poner tantos más centinelas cuanto menos atacada está la fortaleza.

Sin embargo, y el que pueda explicará estos misterios de la inocencia, se dejaba abrazar sin repugnancia por un oficial de lanceros, sobrino segundo suyo, que se llamaba Teódulo.

Prescindiendo de este favorecido lancero, el epíteto «mojigata», con que la hemos calificado, era absolutamente propio. La señorita Gillenormand era una especie de alma crepuscular. La mojigatería es semivirtud y semivicio.

Unía a la mojigatería la falsa devoción, que es el forro que le conviene. Era de la Cofradía de la Virgen y llevaba en ciertas fiestas un velo blanco; mascullaba oraciones especiales, adoraba la «sagrada sangre» y el «sagrado corazón»; permanecía horas enteras en contemplación ante un altar de jesuíta antiguo, en una capilla cerrada al común de los fieles, y allí dejaba elevarse al alma entre pequeñas nubes de mármol y grandes rayos de madera dorada.

Tenía una amiga de capilla, virgen vieja como ella, llamada la señorita Vaubois, enteramente boba, a cuyo lado la señorita Gillenormand era un águila. Fuera del «Agnus Dei» y de las «Ave Marías», la señorita Vaubois no sabía más que los diversos modos de hacer confituras; era, pues, perfecta, en su género: era el armiño de la estupidez, sin una sola mancha de inteligencia.

Si hemos de decir la verdad, la señorita Gillenormand había ganado más bien que perdido al envejecer, como sucede siempre con las naturalezas pasivas. No había sido mala nunca, lo cual es una bondad relativa; además, los años desgastan los ángulos, y había ya adquirido la dulzura que da el tiempo.

Estaba siempre triste, con una tristeza oscura, cuyo secreto ni aun ella misma poseía. En toda su persona se descubría el estupor de una vida que concluía sin haber empezado.

Dirigía la casa de su padre, y el señor Gillenormand la tenía a su lado, del mismo modo que monseñor Bienvenido tenía a su hermana. Estas uniones de un viejo y de una vieja soltera no son raras, y presentan el espectáculo, siempre tierno, de debilidades que se sostienen mutuamente.

Había además en la casa entre esta solterona y este viejo, un joven, siempre tembloroso y mudo delante del señor Gillenormand, el cual no le hablaba nunca sino con voz severa y algunas veces con el bastón levantado. «¡Aquí, caballerito! Bergante, pillo, acérquese usted. Responda usted, tunante. Que le vea yo a usted, galopín...», etc., etc.

Lo idolatraba.

Era su nieto. Ya nos encontraremos con este joven.

* * *

Cuando el señor Gillenormand vivía en la calle de Servandoni frecuentaba varias reuniones, muy buenas y muy nobles, en las cuales era recibido, aunque él no era noble. Como tenía dos clases de talento: primera, el que poseía realmente, y segunda, el que le prestaban era bastante buscado y agasajado. No iba a ninguna parte sino con la condición de dominar. Hay personas que quieren a cualquier costa tener influencia y que hablen de ellos; donde no pueden ser oráculos son bufones. El señor Gillenormand no era de esta naturaleza: el dominio que ejercía en los salones realistas que frecuentaba no costaba nada a su amor propio. Era en todas partes oráculo; a veces rivalizaba con Bonald, y aun con Bergy-Puy-Vallée.

Hacia 1817 pasaba invariablemente dos tardes por semana en una casa próxima, en la calle de Ferou, en casa de la señora baronesa de T., digna y respetable mujer, cuyo marido había sido, en tiempo de Luis XVI, embajador de Francia en Berlín. El barón de T., que en vida era sumamente aficionado a los éxtasis y a las visiones magnéticas, había muerto arruinado en la emigración, dejando por toda herencia diez volúmenes manuscritos, encuadernados en tafilete encarnado y con cantos dorados, de memorias muy curiosas acerca de Mesmer y de su varilla. La señora T. no había publicado las memorias por dignidad, y se sostenía con una corta renta, que se había salvado no sabemos cómo; vivía lejos de la corte, de la «sociedad muy mezclada», como ella decía; en un aislamiento noble, altivo y pobre. Algunos amigos se reunían dos veces por semana alrededor de su chimenea de viuda y formaban una tertulia realista pura. Tomaban té y daban, según que el impulso del viento se dirigía a la elegía o al ditirambo, gemidos o gritos de horror sobre el siglo, sobre la Carta, sobre los bonapartistas, sobre la prostitución del cordón azul en los plebeyos, sobre el jacobinismo de Luis XVIII, y se hablaba en voz baja de las esperanzas que dejaba concebir el hermano del rey, después Carlos X.

Como algunos campanarios, la tertulia de la señora baronesa de T. tenía dos gallos. El uno era el señor Gillenormand, y el otro, el conde de Lamothe-Valois, del cual se decía al oído con cierto respeto: «¿No sabéis? Es el Lamothe del asunto del collar.» Los partidos suelen presentar estas amnistías tan singulares.

Consignemos aquí que en la clase media ciertas posiciones pierden importancia cuando mantienen relaciones con gente de poca valía; es preciso mirar bien con quien se trata, porque así como hay pérdida de calor en la proximidad de un cuerpo frío, así también se pierde consideración con el trato de gente menospreciada. Pero la parte alta de la sociedad antigua saltaba por encima de esta ley, como por encima de todas las demás. Marigny, hermano de la Pompadour, entraba en casa del señor príncipe de Subise. ¿A pesar de ser lo que era? No, sino precisamente por ser lo que era. Du Barry, padrino de la Vaubernier, era muy bien recibido en casa del señor mariscal de Richelieu. Esa sociedad es el Olimpo; Mercurio y el príncipe de Guemené están en él como en su casa; se admite al ladrón con tal que sea dios.

El conde de Lamothe, que en 1815 era un viejo de setenta y cinco años, no tenía de notable más que su aspecto reservado y sentencioso, su anguloso y frío rostro, sus maneras sumamente finas, su traje abotonado hasta la barba y sus largas piernas, siempre cruzadas y metidas en un ancho pantalón sin gracia alguna, de color de barro de Siena cocido. El color del rostro era el mismo del pantalón.

Este señor de Lamothe era «muy considerado» en esta tertulia, a causa de su celebridad y, cosa extraña, pero cierta, a causa también de su nombre de Valois.

En cuanto al señor Gillenormand, la consideración que gozaba era absolutamente de buen género. Había adquirido autoridad. A pesar de su ligereza, y sin que se perjudicase en lo más mínimo su galantería, tenía un modo de ser imponente, digno, noble y modestamente altivo, que hacía más respetable su edad. Nadie llega a ser un signo andando impunemente. Los años concluyen por rodear la cabeza de una aureola venerable.

Tenía, además, esos dichos que son completamente de la escuela clásica. Así, cuando el rey de Prusia, después de haber restaurado a Luis XVIII, le hizo una visita con el nombre de conde de Rupin, fue recibido por el descendiente de Luis XVI casi como marqués de Brandeburgo y con la impertinencia más delicada. El señor Gillenormand lo aprobó, diciendo:

—Todos los reyes que no son el rey de Francia son reyezuelos de provincia.

Un día oyó esta pregunta y esta respuesta:

—¿A qué ha sido condenado el redactor del «Correo Francés»?

—A ser suspendido.

—El «sus» está de más; debería ser «pendido» o colgado —observó el señor Gillenormand.

Dichos como éste crean una posición.

Una vez en un tedéum, en que se celebraba el aniversario de la vuelta de los Borbones, vio pasar al señor Talleyrand y dijo:

—Ése es su excelencia el Mal.

El señor Gillenormand iba casi siempre a la tertulia acompañado de su hija, aquella alta señorita que a la sazón pasaba de los cuarenta años y representaba cincuenta, y de un guapo niño de siete años, blanco, sonrosado, fresco, de alegres e inocentes ojos, que, al entrar en la sala, oía siempre murmurar a su alrededor estas frases: «¡Qué hermoso es!» «¡Qué lástima!» «¡Pobre niño!» Este niño era el mismo de quien hemos hablado no hace mucho. Se le llamaba «pobre niño» porque su padre era «un bandido del Loira».

Este bandido del Loira era el yerno del señor Gillenormand, de quien hemos dicho ya que había sido calificado por éste como «la deshonra de su familia».

* * *

Todo el que hubiera pasado en aquella época por la pequeña aldea de Vernon y se hubiera detenido un momento en aquel hermoso puente monumental, que será sustituido en breve probablemente por algún feo puente de hierro, habría podido observar, dirigiendo su vista desde lo alto del parapeto, a un hombre de unos cincuenta años, con gorra de badana, vestido con un pantalón y una especie de casaca de burdo paño gris, en la cual llevaba cosida una cosa amarilla, que en su tiempo había sido una cinta roja; calzado con almadreñas, tostado por el Sol, de modo que tenía la cara casi negra y el pelo casi blanco, con una gran cicatriz que se corría desde la frente hasta la mejilla; encorvado, doblado, envejecido antes de tiempo; paseándose casi todos los días, con una azadilla y una podadera en la mano, por uno de aquellos espacios rodeados de tapias, inmediatos al puente, que se extienden costeando, como una cadena de terrados, por la orilla izquierda del Sena; bonitos cercados, llenos de flores, de los cuales podría decirse, si fueran mucho mayores: son jardines, y si fueran un poco más pequeños: son ramilletes. Todos estos cercados terminan, por un lado, en el río, y por el otro, en una casa.

El hombre de la casaquilla y las almadreñas vivía, en 1817, en el más pequeño de estos cercados y en la más humilde de todas estas casas. Vivía solo y solitario, silenciosa y pobremente, con una criada, que no era ni joven ni vieja, ni bonita ni fea, ni campesina ni cortesana. El cuadrado de tierra que llamaba su jardín tenía fama en el pueblo por la belleza de las flores que cultivaba, porque las flores eran toda su ocupación.

A fuerza de trabajo, de perseverancia, de cuidado y de cubos de agua, había conseguido crear, después del Creador, y había inventado algunos tulipanes y ciertas dalias, que parecían haber sido olvidadas por la Naturaleza. Era ingenioso: había descubierto, antes que Soulauge Bodin, la formación de montecillos de tierra de brezo para cultivar los ralos y preciosos arbustos de América y de China. En el verano, desde que asomaba el día, estaba en su jardín, cavando, cortando, escardando, segando, andando por medio de sus flores con cierto aspecto de bondad, de tristeza y de dulzura; a veces se quedaba pensativo e inmóvil horas enteras, escuchando el canto de un pájaro en un árbol o el ruido de un niño en una casa; a veces, con los ojos fijos en el extremo de la hojita de una hierba, en alguna gota de rocío convertida por los rayos del sol en un rubí. Comía muy frugalmente y bebía más leche que vino; cedía ante un niño y le regañaba su criada. Era tímido, hasta parecer arisco; salía muy poco y no veía a nadie más que a los pobres que llamaban a su ventana y al padre Mabeut, el cura, que era un buen hombre de bastante edad. Sin embargo, si algún convecino o forastero llamaba a su puerta, deseando ver sus tulipanes y sus rosas, abría sonriéndose. Éste era el «bandido del Loira».

El que hubiera leído por aquel tiempo las memorias militares, las biografías, el «Monitor» y los boletines del gran ejército, habría echado de ver un nombre repetido con frecuencia: el de Jorge Pontmercy. Muy joven aún, este Jorge Pontmercy era soldado en el regimiento de Saintonge. Cuando estalló la Revolución, el regimiento de Saintonge fue agregado al ejército del Rhin. Los antiguos regimientos de la monarquía conservaron los nombres de las provincias, aun después de la caída del trono, y no fueron reformados hasta 1794. Pontmercy peleó en España, en Worms, en Neustadt, en Turkheim, en Alcey, en Maguncia, donde fue uno de los doscientos que formaban la retaguardia de Houchard. Fue también de aquellos doce que pelearon contra el ejército del príncipe de Hesse, detrás de la vieja muralla de Andernach, y no se replegó sobre el grueso del ejército sino cuando el cañón enemigo abrió la brecha desde el cordón del parapeto hasta la misma escarpa. Estuvo con Kleber en Marchiennes y en la acción de Monte Polisel, en que le rompió un brazo una bala de cañón.

Después pasó a la frontera de Italia y fue uno de los treinta granaderos que defendieron el desfiladero de Tende con Joubert. Joubert fue nombrado entonces ayudante general, y Pontmercy, subteniente. Estuvo después al lado de Berthier, en medio de la metralla, en aquella jornada de Lodi que hizo decir a Bonaparte: «Berthier ha sido artillero, soldado de caballería y granadero.» Vio caer, en Novi, a su antiguo general Joubert, en el momento en que, alzando el sable, gritaba: «¡Adelante!» Embarcóse después, con su compañía, para un asunto de servicio, en un barquito que iba de Génova a otro puerto de la costa, y cayó en una emboscada de siete u ocho velas inglesas.

El capitán del barco quería arrojar al mar los cañones, ocultar los soldados en el entrepuente y pasar oculto como un buque mercante; pero Pontmercy hizo brillar los colores nacionales en el mástil del pabellón y pasó orgullosamente bajo los cañones de las fragatas británicas. Veinte leguas más allá, creciendo siempre su audacia, con su barquichuelo atacó y apresó un gran transporte inglés que llevaba tropas a Sicilia, tan cargado de hombres y caballos, que iba atestado hasta las velas.

En 1805 perteneció a la división Malher, que se apoderó de Günzburgo contra el archiduque Fernando. En Wettingen recibió en sus brazos, en medio de una lluvia de balas, al coronel Maupetit, herido mortalmente a la cabeza del noveno de dragones, y se distinguió en Austerlitz, en aquella admirable marcha escalonada, hecha bajo el fuego enemigo.

Cuando la caballería de la Guardia imperial rusa destruyó un batallón del cuarto regimiento de línea, Pontmercy fue de los que le vengaron, arrollando a esta tropa. El emperador le concedió la cruz. Pontmercy vio sucesivamente caer prisioneros a Wurmser, en Mantua; a Melas, en Alejandría; a Mack, en Ulm. Formó parte del octavo cuerpo del gran ejército, mandado por Mortier y conquistador de Hamburgo.

Después pasó al regimiento 55 de línea, que llevaba antes el nombre de Flandes. En Eylau estuvo en el cementerio en que el heroico capitán Luis Hugo, tío del autor de este libro, sostuvo sólo con su compañía, compuesta de ochenta y tres hombres, durante dos horas, todo el empuje del ejército enemigo. Pontmercy fue uno de los tres que salieron vivos de aquel cementerio. Estuvo también en Fiedland. Vio a Moscow y el Beresina; se encontró en Lutzen, Bautzen, Dresde, Wachau, Leipzig y en los desfiladeros del Gelenhausen, y después en Montmirail, Chateau-Tierry, Graon, en las orillas del Marne, en las riberas del Aisne y en la temible posición de Laon.

En Arnay-le-Duc, siendo capitán, acuchilló a diez cosacos, y salvó, no a un general, sino a un cabo. Pontmercy fue acuchillado también en esta ocasión y hubo que extraerle veintisiete esquirlas del brazo izquierdo. Ocho días antes de la capitulación de París acababa de permutar con un compañero y de entrar en la Caballería, pues tenía lo que en el antiguo régimen se llamaba «doble mano»; es decir, igual aptitud para manejar el sable o el fusil, y, como oficial, un escuadrón o un batallón. De esta aptitud, perfeccionada por la educación militar, han nacido ciertos cuerpos especiales, como los dragones, que son al mismo tiempo soldados de a pie y de a caballo. Acompañó a Napoleón a la isla de Elba. En Waterloo era ya jefe de un escuadrón de coraceros en la brigada Dubois. Él fue quien cogió la bandera del batallón del Luxemburgo y fue a ponerla a los pies del emperador, todo cubierto de sangre, pues había recibido, al apoderarse de ella, un sablazo en la cara. El emperador, lleno de satisfacción, le dijo: «Eres coronel, barón y oficial de la Legión de Honor.» Pontmercy respondió: «Señor, os lo agradezco por mi viuda.» Una hora después caía en el barranco de Ohain. ¿Quién era este Jorge Pontmercy? Era el «bandido del Loira».

Ya conocemos algo de su historia. Después de Waterloo, Pontmercy fue sacado, como ya hemos dicho, del barranco; consiguió unirse al ejército y fue, arrastrándose, de hospital en hospital ambulante, hasta los acantonamientos del Loira. La Restauración le dejó a media paga y después le envió al cuartel; es decir, sujeto a vigilancia, a Vernon. El rey Luis XVIII, considerando como no sucedido todo lo que se había hecho en los Cien Días, no le reconoció ni la gracia de oficial de la Legión de Honor, ni su grado de coronel, ni su título de barón; pero él no perdía ocasión de firmarse «el coronel, barón de Pontmercy». No tenía más que una vieja casaca azul, y no salía nunca sin poner en ella la roseta de oficial de la Legión de Honor. El fiscal de su majestad le previno que se le perseguiría por uso «ilegal» de esta condecoración, y cuando lo supo por tercera persona, Pontmercy respondió con amarga sonrisa:

—O yo no entiendo el francés o vos no lo habláis; lo cierto es que no os comprendo.

Y después salió ocho días seguidos con su roseta; nadie se atrevió a inquietarle.

Dos o tres veces el ministro de la Guerra y el comandante general del departamento le escribieron con este sobre: «Al señor comandante Pontmercy»; pero él devolvió las cartas sin abrirlas. Napoleón, por entonces, hacía lo mismo en Santa Elena con las cartas de sir Hudson Lowe dirigidas al «general Bonaparte». Pontmercy había concluido, permítasenos la frase, por tener en la boca la misma saliva que el emperador.

En Roma hubo también prisioneros cartagineses que se negaban a saludar a Flaminio y mostraban tener algo del alma de Aníbal.

Una mañana encontró al fiscal de su majestad en la calle de Vernon y, dirigiéndose a él, le dijo:

—Caballero fiscal, ¿me es permitido llevar mi cicatriz en la cara?

No tenía más que su mezquina media paga de jefe de escuadrón. Había alquilado en Vernon la casa más pequeña que encontró, y en ella vivía solo, como acabamos de decir. En tiempo del Imperio, y entre dos guerras, tuvo tiempo para casarse con la señorita Gillenormand. El viejo ciudadano, indignado en el fondo, consintió, suspirando y diciendo: «Las familias más principales se ven obligadas a hacer lo mismo.» En 1815 murió la señora Pontmercy, mujer admirable, elevada, poco común y digna de su marido, dejándole un niño. Ese niño habría sido la felicidad del coronel en su soledad; pero el abuelo había reclamado imperiosamente a su nieto, declarando que, si no se lo entregaban, le desheredaría. El padre accedió por el interés del niño, y, no pudiendo tener al lado a su hijo, se dedicó a amar a las flores.

Por lo demás, había renunciado a todo; no se movía, ni conspiraba. Dividía su pensamiento entre la inocencia de su presente y la grandeza de su pasado; pasaba el tiempo esperando un clavel o acordándose de Austerlitz.

El señor Gillenormand no tenía relaciones con su yerno. El coronel era para él «un bandido», y él, para el coronel, un «necio». El abuelo no hablaba nunca del coronel sino para hacer alguna alusión burlesca a su «baronía». Habían convenido expresamente en que Pontmercy no trataría nunca de ver ni hablar a su hijo, so pena de ver a éste expulsado de la casa y desheredado: los Gillenormand miraban a Pontmercy como un apestado. Querían educar al niño a su manera. El coronel obró mal quizá al aceptar estas condiciones; pero pasó por ellas creyendo obrar bien y sacrificarse a sí mismo.

La herencia del abuelo Gillenormand era poca cosa; pero la de la señorita Gillenormand mayor era grande, porque su madre había sido muy rica, y, habiendo ella permanecido soltera, el hijo de su hermana era su heredero natural. El niño, que se llamaba Mario, sabía que tenía padre; pero nada más. Nadie abría la boca para hablarle de él; pero la gente con quien le hacía tratar su abuelo, con sus cuchicheos, sus medias palabras, sus guiños de ojos, había llamado la atención del niño con el tiempo, y éste había concluido por comprender alguna cosa, y como tomaba naturalmente por una especie de infiltración y de lenta penetración las ideas y las opiniones que formaban a su alrededor, por decirlo así, una atmósfera, llegó poco a poco a no pensar en su padre sino lleno de vergüenza y con el corazón oprimido.

Mientras Mario iba creciendo en esta atmósfera, cada dos o tres meses se escapaba el coronel, iba furtivamente a París, como un perseguido por la Justicia que ha roto sus cadenas, y se apostaba en San Sulpicio, a la hora en que la señorita Gillenormand llevaba a Mario a misa, y allí, temblando de que se volviese la tía, oculto detrás de un pilar, inmóvil, sin atreverse apenas a respirar, estaba mirando a su hijo. Aquel hombre, lleno de cicatrices, tenía miedo de una vieja soltera.

De aquí habían provenido sus relaciones con el cura de Vernon, señor Mabeuf. Este digno sacerdote tenía un hermano, mayordomo de fábrica de San Sulpicio, que había visto muchas veces a este hombre contemplando a su hijo, y había fijado su atención en la cicatriz que le cruzaba el carrillo y la gruesa lágrima que pendía de sus ojos. Aquel hombre, de aspecto tan varonil, que lloraba como una mujer, había chocado al mayordomo; su rostro le había impresionado. Un día que fue a Vernon a ver a su hermano, se encontró en el puente al coronel Pontmercy y conoció en él al hombre de San Sulpicio. El mayordomo habló de él al cura y ambos, con un pretexto cualquiera, hicieron una visita al coronel, visita que trajo detrás de sí otras muchas.

El coronel, muy reservado al principio, concluyó por abrir su corazón, y el cura y el mayordomo llegaron a saber toda la historia y cómo Pontmercy sacrificaba su felicidad por el porvenir de su hijo. Esto hizo que el cura le mirase con veneración y ternura, y el coronel le cobró afecto. Por lo demás, cuando por casualidad se encuentran un anciano sacerdote y un viejo militar, si ambos son sinceros y buenos, nadie se comprende ni se amalgama más fácilmente, porque en el fondo son una misma cosa: el uno se sacrifica por la patria de aquí abajo, y el otro, por la patria de allá arriba; no hay más diferencia.

Dos veces al año, el 1 de enero y el día de San Jorge, escribía Mario a su padre cartas obligadas, que le dictaba su tía y que parecían copiadas de algún formulario. Esto era lo único que toleraba el señor Gillenormand. El padre respondía en cartas muy tiernas, que el abuelo se guardaba en el bolsillo sin leerlas.

La tertulia de la señora T. era todo lo que Mario Pontmercy conocía del mundo; aquél era el único agujero por donde podía mirar la vida. El agujero era sombrío y recibía por él más frío que calor, más tinieblas que luz.

Este niño, que era la alegría y la luz, al entrar en aquel mundo extraño adquirió en poco tiempo tristeza y, lo que es más opuesto a sus años, gravedad. Rodeado de todas aquellas personas imponentes y singulares, miraba en su derredor con serio asombro: todo contribuía a aumentar en él este estupor. En la tertulia de la señora T. había algunas viejas nobles muy venerables, que se llamaban Mathan, Noé, Lévis, que se pronunciaba Leví, y Cambis, que se pronunciaba Cambises. Aquellas caras antiguas y aquellos nombres bíblicos se mezclaban en la cabeza del niño con el Antiguo Testamento, que aprendía de memoria, y cuando estaban todas sentadas en círculo, alrededor de una lumbre moribunda, iluminadas apenas por una lámpara de pantalla verde, con sus severos perfiles, sus cabellos grises o blancos, sus largos vestidos de otra edad, en los que no se distinguían más que colores lúgubres, dejando caer a intervalos palabras majestuosas y graves, el niño Mario las contemplaba con ojos azorados, creyendo ver en ellas, no mujeres, sino patriarcas y magos; no seres reales, sino fantasmas.

A estos fantasmas se agregaban varios curas que frecuentaban aquella tertulia y algunos nobles: el marqués de Sas***, secretario de órdenes de la princesa de Berry; el vizconde de Val***, que publicaba, bajo el seudónimo de «Carlos Antonio», odas monorrimas; el príncipe de Beuf***, que siendo aún joven tenía cabellera gris y una mujer bonita, y de talento, cuyos trajes de terciopelo escarlata con trencilla de oro, muy escotados, eran el escándalo de aquella sombría casa; el marqués de C*** de E***, que sabía mejor que nadie en Francia «la urbanidad proporcionada»; el conde de Am***, buen hombre, de benévolo semblante, y el caballero de Port-de-Guy, columna de la biblioteca del Louvre, llamada el gabinete del rey. El señor Port-de-Guy, calvo y más bien envejecido que viejo, contaba que en 1793, cuando tenía dieciséis años, había sido condenado a presidio por refractario y atado a la misma cadena que un octogenario, el obispo de Mirepoix, refractario también, pero como sacerdote, mientras que él lo era como soldado. Estaban en Tolón, y su oficio era ir a recoger por la noche, del cadalso, las cabezas y los cuerpos de los guillotinados por el día; llevaban a cuestas aquellos troncos destilando sangre, de modo que los capotes de presidiario tenían por bajo la nuca una costra de sangre, seca por la mañana y húmeda por la noche. En la tertulia de la señora T. abundaban estas narraciones trágicas, y, a fuerza de maldecir a Marat, se aplaudía a Trastaillon. Algunos diputados de los llamados «introuvables» jugaban su partida de «wist»; eran el señor Thibord del Chalard, el señor Lemarchant de Gomicourt y el célebre burlón de la derecha, el señor Cornet-Dincourt. El baile de Ferrete, con su calzón corto y sus delgadas pantorrillas, entraba de paso alguna vez en el salón al ir a casa del señor Talleyrand. Había sido compañero de locuras del señor conde de Artois, y, al revés de Aristóteles, acurrucado bajo Campaspe, había hecho andar a la Guimard a cuatro pies, y por consiguiente, había demostrado a los siglos cómo puede quedar vengado un filósofo por un baile.

Respecto de los sacerdotes, concurrían allí: el abate Halma, el mismo a quien el señor Larose, su colaborador en «El Rayo», decía: «¡Bah! ¿Quién no tiene cincuenta años? Solamente algún boquirrubio»; el abate Letourneur, predicador del rey; el abate Frayssinous, que no era aún ni conde, ni obispo, ni ministro, ni par, y que llevaba una sotana vieja, sin botones ya, y el abate Keravenant, cura de San Germán de los Prados, y, además, el nuncio del Papa, que era entonces monseñor Macchi, arzobispo de Nisibis, después cardenal, que se distinguía por su larga y pensativa nariz, y otro monseñor, que se titulaba el abate Palmieri, prelado doméstico, uno de los siete protonotarios participantes de la Santa Sede, canónigo de la insigne basílica liberiana, abogado de los santos, «postulatore del santi», lo que se refiere a los asuntos de canonización y significa, poco más o menos, postulador o receptor de memoriales para un sitio en los altares, y en fin, dos cardenales, el señor de la Luzerne y el señor Cl***-T***. El señor cardenal de la Luzerne era escritor, y tuvo, algunos años después, el honor de firmar al lado de Chateaubriand algunos artículos en el «Conservador». El señor de Cl***-T*** era arzobispo de Toul* y solía ir con frecuencia a París a pasar una temporada en casa de su sobrino el marqués de T***, que fue ministro de la Guerra y de la Marina. El cardenal era un viejo alegre que enseñaba las medias moradas bajo la sotana arremangada; su manía era odiar la Enciclopedia y jugar locamente al billar. La gente que por entonces pasaba en las noches de verano por la calle M***, donde vivía el señor Cl***-T***, se paraba para oír el choque de las bolas y la aguda voz del cardenal, que gritaba a su conclavista monseñor Cosette, obispo «in partibus» de Caryste: «Apunta, abate, que he hecho carambola.» El cardenal de Cl***-T*** había sido presentado en casa de la señora T. por su más íntimo amigo el señor de Roquelaure, antiguo obispo de Senlis y uno de los cuarenta. El señor de Roquelaure era notable por su alta estatura y por su asiduidad en la Academia. A través de la puerta vidriera de la sala próxima a la biblioteca, en que la Academia Francesa celebraba entonces sus sesiones, los curiosos podían ver todos los jueves al antiguo obispo de Senlis, casi siempre en pie, recién empolvado, con medias moradas, volviendo la espalda a la puerta para dejar ver mejor su alzacuello. Todos estos eclesiásticos, que eran tan cortesanos como hombres de Iglesia, aumentaban la gravedad de la tertulia de T., en la cual recargaban el aspecto señorial cinco pares de Francia: el marqués de Vib, el marqués de Tal, el marqués de Herb, el vizconde Damb y el duque Val. Éste, aunque era príncipe de Mon, es decir, príncipe soberano extranjero, tenía formada tan alta idea de Francia y de la dignidad de par, que todo lo veía a través de ambas cosas, y solía decir: «Los cardenales son los pares de Francia, de Roma; los lores son los pares de Francia, de Inglaterra.» Por lo demás, como la Revolución en este siglo debe entrar en todas partes, aquel salón feudal estaba, según hemos dicho, dominado por un hombre de la clase media. El señor Gillenormand reinaba allí.

Aquélla era la nata y la quintaesencia de la sociedad parisiense que seguía la bandera blanca; allí se ponían a discusión los nombres más conocidos, aunque fueran realistas, porque en la fama hay algo de anarquía. Si Chateaubriand hubiera entrado allí, hubiera producido el efecto del padre Duchesne. Sin embargo, en esta sociedad ortodoxa entraban por tolerancia algunos arrepentidos. El conde Benh*** fue admitido a título de corrección.

Las tertulias «nobles» de hoy no se parecen a aquéllas. El barrio de San Germán moderno huele a hereje, y los realistas de ahora son demagogos, digámoslo en elogio suyo.

En casa de la señora T., como la tertulia se componía de lo más superior, dominaba un gusto exquisito y altivo bajo una urbanidad escogida. Las costumbres llevaban consigo toda clase de refinamientos involuntarios, que eran el antiguo régimen enterrado, pero vivo. Algunas de estas costumbres, en el lenguaje sobre todo, eran muy caprichosas; los observadores superficiales habrían tomado por provincialismos lo que no eran más que antiguallas. Oíase decir allí «la señora generala», y no era del todo inusitada «la señora coronela». La encantadora señora de León, en recuerdo, sin duda, de las duquesas de Longueville y de Chevreuse, prefería este apelativo a su título de princesa. La marquesa de Crequy se había llamado también «la señora coronela».

En este pequeño círculo aristocrático se inventó el refinamiento de decir en las Tullerías, el hablar al «rey» en tercera persona y no decir nunca «vuestra majestad», porque este tratamiento había sido «profanado por el usurpador».

Allí juzgaban los hechos y los hombres; se burlaban del siglo, con lo cual quedaban dispensados de comprenderle; auxiliábanse en esta ignorancia y se comunicaban mutuamente la cantidad de luz que cada uno poseía. Matusalén enseñaba a Epiménides; el sordo ponía al corriente al ciego; declarábase como no pasado el tiempo desde Clobenza, y así como Luis XVIII estaba por la gracia de Dios en el vigésimo quinto año de su reinado, así los emigrados se encontraban de derecho en el vigésimo quinto año de su adolescencia.

Todo estaba en armonía; nada había vivido demasiado. La palabra apenas era un soplo; el periódico, en conformidad con el salón, parecía un papiro. Había algunos jóvenes, pero estaban casi muertos. En la antecámara, las libreas estaban muy gastadas, porque personas que eran de una edad muy pasada tenían criados de su época. Todo aquello parecía que había vivido hacía mucho tiempo y luchaba con el sepulcro. Todo su diccionario se reducía casi a estas palabras: «Conservar, conservación, conservador.» Lo que importaba era «estar en buen olor». Y, en efecto, las opiniones de aquellos grupos venerables estaban embalsamadas, sus ideas olían a nardo. Era aquél un mundo en estado de momia. Los amos estaban embalsamados; los criados, empajados.

Una digna marquesa vieja, recién llegada de la emigración y arruinada, no tenía más que una criada, y seguía diciendo: «Mis criados.»

Pero ¿y qué hacían en la tertulia de la señora T.? Eran ultras.

¿Y qué quiere decir ser ultra? Esta palabra no tiene hoy significado, aunque lo que representaba no haya desaparecido. Expliquémosla.

Ser ultra es ir más allá; es hacer la guerra al cetro en nombre del trono, y a la mitra en nombre del altar; es maltratar lo que se arrastra; es aherrojarse en el tiro de caballos para que vayan más de prisa; es censurar a la hoguera porque quema poco a los herejes; es reprender al idólatra por su poca idolatría; es insultar por exceso de respeto; es hallar en el Papa poco papismo, en el rey poco realismo y mucha luz en la noche; es estar descontento del alabastro, de la nieve, del cisne y de la azucena en nombre de la blancura; es ser partidario de las cosas hasta el punto de ser su enemigo; es llevar el pro hasta el contra.

El espíritu ultra caracteriza especialmente la primera fase de la Restauración.

No hay nada en la Historia semejante al cuarto de hora que empieza en 1814 y termina en 1820, el advenimiento del señor de Villele, el hombre práctico de la derecha. Estos seis años fueron un momento extraordinario, ruidoso y triste a la vez, risueño y sombrío, iluminado como la claridad del alba y cubierto al mismo tiempo de las tinieblas de las grandes catástrofes, que llenaban aún el horizonte y se iban perdiendo lentamente en lo pasado.

Hubo en aquella luz y en aquella sombra un pequeño mundo, nuevo y viejo, bufón y triste, juvenil y senil, frotándose los ojos, porque nada se parece al acto de despertar como la vuelta de una emigración: grupo que mira a Francia con ironía; viejos búhos, marqueses finchados, los que desaparecen y los aparecidos, «los ex...» estupefactos de todo, buenos y nobles aristócratas que se sonreían por estar en Francia y lloraban también sorprendidos al volver a su patria, desesperados de no encontrar su monarquía; la nobleza de las Cruzadas despreciando a la nobleza del Imperio; es decir, a la nobleza de la espada; las razas históricas, que habían perdido la significación de la Historia; los hijos de los compañeros de Carlomagno menospreciando a los compañeros de Napoleón.

Las espadas, como acabamos de decir, se enviaban recíprocamente el insulto; la espada de Fontenoy era cosa de risa y estaba cubierta de crin; la espada de Marengo era odiosa y no se veía en ella más que un sable. El «antiguamente» desconocía el «ayer». No se tenía el sentimiento de lo grande ni el sentimiento de lo ridículo, y hubo quien llamó Scapin a Bonaparte. Aquel mundo ya no existe, nada queda de él; por casualidad alguna figura, y si tratamos de hacerla revivir por medio de la imaginación nos parece extraña, como de un mundo antediluviano, y es que, en efecto, ha sido sumergido también por un diluvio. Ha desaparecido bajo dos revoluciones. ¡Qué olas tan poderosas son las ideas! ¡Cómo cubren rápidamente todo lo que deben destruir y sepultar en cumplimiento de su misión, y cuán pronto excavan terribles profundidades!

Tal era la fisonomía de las tertulias de aquellos tiempos, lejanos y cándidos, en que el señor Martainville tenía más agudeza que Voltaire.

Estas tertulias tenían una literatura y una política propias. Creíase en Fievée; el señor Agier ponía la ley; comentábase a Colnet, publicista que vendía libros viejos en el muelle Malaquais. Napoleón era conocido sólo por el «Ogro de Córcega»; pero después la introducción en la Historia del señor marqués de Bonaparte, teniente general de los ejércitos del rey, fue una concesión al espíritu del siglo.

Aquellas tertulias no se conservaron puras mucho tiempo. Desde 1818 empezaron a germinar en ellas algunos doctrinarios, matiz sospechoso que tenía por sistema ser realista disculpándose de serlo. Los doctrinarios estaban avergonzados donde los ultras triunfaban. Tenían talento y guardaban silencio; su dogma político estaba convenientemente aderezado de gravedad; debían, pues, triunfar. Hacían, muy útilmente, excesos de corbata blanca y frac abotonado. El error o la desgracia del partido doctrinario ha sido crear una juventud envejecida. Tomaban posturas de sabios; soñaban con injertar en el principio absoluto y excesivo un poder templado. Oponían, y alguna vez con rara inteligencia, al liberalismo demoledor un liberalismo conservador, y se les oía decir: «Gracia para el realismo; nos ha hecho más de un beneficio. Nos ha traído de nuevo la tradición, el culto, la religión, el respeto; es fiel, valiente, caballeresco, amante, leal. Viene a mezclar, aunque con pesar, las nuevas grandezas de la nación con las grandezas seculares de la monarquía. Tiene la desgracia de no comprender la Revolución, el Imperio, la gloria, la libertad, las nuevas ideas, las nuevas generaciones, el siglo. Pero este defecto que tiene respecto de nosotros, ¿no lo tenemos algunas veces también respecto de él? La Revolución, de que somos herederos, debe tener inteligencia de todo. El contrasentido del liberalismo es atacar el realismo. ¡Qué falta! ¡Qué ceguedad! Francia revolucionaria no tiene respeto a Francia histórica; es decir, a su madre; es decir, a sí misma. Después del 5 de septiembre se trata a la nobleza de la monarquía como después del 8 se trataba a la nobleza del Imperio. Ellos han sido injustos con el águila; nosotros lo somos con la flor de lis. ¿Se desea, pues, siempre tener algo que proscribir? ¿Es útil acaso desdorar la corona de Luis XIV, raspar el escudo de Enrique IV? ¿Nos burlamos del señor Vlaubanc, que borraba las enes del puente de Jena! ¿Y qué hacía? Lo que hacemos nosotros. Bouvines nos pertenece, lo mismo que Marengo, y las flores de lis lo mismo que las enes. Éste es nuestro patrimonio. ¿Por qué disminuirlo? No debemos renegar de la patria, ni en lo pasado ni en lo presente. ¿Por qué no hemos de admitir toda la Historia? ¿Por qué no hemos de amar a toda Francia?»

De este modo criticaban y protegían los doctrinarios al realismo, descontento porque le criticaban, irritado porque le protegían.

Los ultras caracterizaron la primera época del realismo; la congregación caracterizó la segunda. A la pasión sucedió la habilidad. Dejemos aquí este bosquejo.

En el curso de esta narración el autor ha encontrado en su camino este momento curioso de la Historia contemporánea, y al pasar ha debido dirigirle una mirada y trazar alguno de los perfiles singulares de aquella sociedad, desconocida hoy. Pero lo hace rápidamente, sin ninguna idea amarga o burlesca. Algunos recuerdos afectuosos y respetuosos, puesto que se refieren a su madre, le unen a este pasado. Por otra parte, digámoslo, aquel pequeño mundo tenía su grandeza. Podemos sonreírnos, pero no despreciarlo ni odiarlo. Era la Francia de otro tiempo.

Mario Pontmercy hizo, como todos los niños, algunos estudios. Cuando salió de las manos de su tía Gillenormand, su abuelo lo entregó a un digno profesor de la más pura inocencia clásica, y aquella joven alma, que empezaba a abrirse, pasó de una mojigata a un pedante. Mario pasó los años de colegio y entró en la Escuela de Derecho. Era un realista fanático y austero. Amaba muy poco a su abuelo, cuya alegría y cuyo cinismo le incomodaban, y era sombrío respecto de su padre.

Por lo demás, era un joven entusiasta y frío, noble, generoso, altivo, religioso, exaltado, digno hasta la dureza, puro hasta ser insociable.

La conclusión de los estudios clásicos de Mario coincidió con la salida del mundo del señor Gillenormand. El viejo se despidió del arrabal de San Germán y de las reuniones de la señora T., y fue a establecerse en el Marais, en su casa de la calle de las Hijas del Calvario, donde tenía por criados, además del portero, a la doncella Nicolasita, que había sucedido a la Magnon, y al vasco finchado y cansino, de que hemos hablado algunas páginas antes.

Mario acababa de cumplir diecisiete años en 1827, y un día, al volver a su casa, vio a su abuelo con una carta en la mano.

—Mario —dijo el señor Gillenormand—, mañana partirás para Vernon.

—¿Para qué? —dijo Mario.

—Para ver a tu padre.

Mario se estremeció. En todo había pensado, excepto en que podría llegar un día en que tuviese que ver a su padre. No podía encontrar nada más inesperado, más sorprendente y, digámoslo, más desagradable. Era la antipatía obligada a convertirse en simpatía; no era un disgusto, sino un trabajo fatigoso.

Mario, además de sus motivos de antipatía política, estaba convencido de que su padre, el acuchillador, como le llamaba el señor Gillenormand en los días de mayor amabilidad, no le amaba; esto era evidente, porque le había abandonado así y entregado a otros. Creyendo que no era amado, no amaba. «Nada más sencillo», se decía.

Se quedó tan estupefacto, que no preguntó nada al señor Gillenormand. El abuelo añadió:

—Parece que está malo; te llama.

Y después de un rato de silencio:

—Marcharás mañana por la mañana. Creo que hay en la plaza de las Fuentes un carruaje que sale a las seis y llega por la noche. Toma el billete; dice que corre prisa.

Después arrugó la carta y se la metió en el bolsillo.

Mario hubiera podido partir aquella misma noche y estar al lado de su padre al día siguiente, por la mañana, porque de la calle de Bouloy salía entonces una diligencia que iba a Ruau, de noche, y pasaba por Vernon. Pero ni el señor Gillenormand ni Mario pensaron en informarse.

Al día siguiente, al anochecer, llegaba Mario a Vernon. Comenzaban a encenderse las luces. Preguntó al primer transeúnte: «¿La casa del señor Pontmercy?» Porque en su interior era de las mismas ideas que la Restauración, y no reconocía tampoco en su padre el grado de coronel ni la baronía.

Indicáronle la casa; llamó; abrióle una mujer con una lamparilla en la mano.

—¿El señor Pontmercy? —dijo Mario.

La mujer permaneció inmóvil.

—¿Es aquí? —preguntó Mario.

La mujer hizo con la cabeza un signo afirmativo.

—¿Puedo hablarle?

La mujer hizo un signo negativo.

—¡Es que soy su hijo! —dijo Mario—. Me espera.

—Ya no os espera —dijo la mujer.

Mario echó entonces de ver que estaba llorando.

La mujer le señaló con el dedo la puerta de una sala baja, donde entró.

En aquella sala, iluminada por una vela de sebo colocada sobre la chimenea, había tres hombres: uno de pie, otro de rodillas y otro en camisa y echado cuan largo era sobre los ladrillos. El que estaba en el suelo era el coronel.

Los otros dos eran un médico y un sacerdote, que oraba.

El coronel había sido atacado hacía tres días de una fiebre cerebral; al principio de la enfermedad tuvo un fatal presentimiento y escribió al señor Gillenormand para llamar a su hijo. El mal había aumentado, y el mismo día de la llegada de Mario a Vernon el coronel había tenido un acceso de delirio; se había levantado del lecho, a pesar de la oposición de la criada, gritando:

—¡Mi hijo no viene! ¡Voy a buscarle!

Y, habiendo salido de su cuarto, cayó en los ladrillos de la antecámara. Acababa de expirar.

Habían sido llamados el médico y el cura; pero uno y otro habían llegado demasiado tarde. También el hijo llegó tarde.

A la débil luz de la vela se distinguía en la mejilla del tendido y pálido coronel una gruesa lágrima que había salido de su ojo ya moribundo. El ojo se había apagado, pero la lágrima no se había secado aún. Aquella lágrima era la tardanza de su hijo.

Mario contempló a aquel hombre, a quien veía por primera y última vez; contempló aquella fisonomía venerable y varonil, aquellos ojos abiertos que no miraban, aquellos cabellos blancos, aquellos miembros robustos, en los que se veían acá y allá líneas oscuras, que eran sablazos, y unas como estrellas rosadas, que eran agujeros de balas. Contempló aquella gigantesca cicatriz que imprimía un sello de heroísmo en aquella fisonomía, marcada por Dios con el sello de la bondad. Pensó en que aquel hombre era su padre y en que aquel hombre estaba muerto, y permaneció inmóvil.

La tristeza que experimentó fue la misma que hubiera sentido ante cualquier otro muerto.

Y, sin embargo, en aquella sala se respiraba el dolor, un dolor punzante. La criada sollozaba en un rincón, el cura rezaba y se le oía sollozar, el médico se secaba las lágrimas; el cadáver lloraba también.

El médico, el cura y la mujer miraban a Mario a través de su aflicción, sin decir una palabra; allí era él el extraño; se sentía poco conmovido, avergonzado y en una situación embarazosa; tenía el sombrero en la mano y lo dejó caer al suelo para hacer creer que el dolor le quitaba la fuerza necesaria para sostenerlo.

Al mismo tiempo sentía como un remordimiento, y se reconvenía por obrar así. Pero ¿era esto culpa suya? ¡No amaba a su padre! ¿Y qué?

El coronel no dejaba nada. La venta de sus muebles apenas alcanzaba para pagar el entierro. La criada encontró un pedazo de papel, que entregó a Mario; en él estaba escrito lo siguiente por el mismo coronel:

«Para mi hijo: El emperador me hizo barón en el campo de batalla de Waterloo. La Restauración me niega este título, que he comprado con mi sangre. Mi hijo lo tomará y lo llevará. No hay que decir que será digno de él.» A la vuelta, el coronel había añadido: «En esta misma batalla de Waterloo un sargento me salvó la vida. Se llama Thenardier. Creo que últimamente tenía una posada en un pueblo de los alrededores de París, en Chelles o en Montfermeil. Si mi hijo lo encuentra, haga por él todo el bien que pueda.»

Mario cogió este papel y lo guardó, no por amor a su padre, sino por ese vago respeto a la muerte que tan imperiosamente vive en el corazón del hombre.

Nada quedó del coronel. El señor Gillenormand hizo vender a un prendero su espada y su uniforme. Los vecinos echaron a perder el jardín y cogieron las flores más raras; las demás plantas se convirtieron en maleza y murieron.

Mario permaneció sólo cuarenta y ocho horas en Vernon. Después del entierro volvió a París y se entregó de nuevo al estudio del Derecho, sin pensar más en su padre, como si no hubiera existido nunca. El coronel fue enterrado en dos días y olvidado en tres.

Mario llevaba una gasa en el sombrero. A esto se redujo todo.

Mario había conservado los hábitos religiosos de la infancia. Un domingo que fue a misa a San Sulpicio, a la misma capilla de la Virgen a la que le llevaba su tía cuando era pequeño, estaba distraído y más pensativo que de ordinario y se había colocado detrás de un pilar, arrodillado, sin advertirlo, sobre una silla de terciopelo de Utrecht, en cuyo respaldo estaba escrito este nombre: «Señor Mabeuf, mayordomo.» Apenas empezó la misa, se presentó un anciano y le dijo:

—Caballero, ése es mi sitio.

Mario se apartó en seguida y el viejo ocupó su silla.

Cuando acabó la misa, Mario permaneció pensativo a algunos pasos; el viejo se acercó otra vez y le dijo:

—Os pido perdón de haberos distraído antes y de distraeros aún un momento; pero tal vez me habréis creído impertinente, y debo daros una explicación.

—Es inútil, caballero —dijo Mario.

—¡Oh! —contestó el viejo—, no quiero que forméis mala idea de mí. Este sitio es mío. Me parece que desde él es mejor la misa. ¿Y por qué? Voy a decíroslo. A este mismo sitio he visto venir por espacio de diez años, cada dos o tres meses, regularmente, a un pobre padre que no tenía otro medio ni otra ocasión de ver a su hijo, porque se lo impedían cuestiones de familia. Venía a la hora en que sabía que traían a su hijo a misa. El niño no sabía que su padre estaba ahí ni aun sabía, tal vez, el inocente que tenía padre. El padre se ponía detrás de una columna para que no le viesen, miraba a su hijo y lloraba. ¡Cuánto le quería el pobre hombre! Yo lo he visto. Ese sitio está como santificado para mí, y he tomado la costumbre de venir a él a oír misa. Le prefiero al sillón de la mayordomía, que debería ocupar. He tratado un poco a ese caballero de que os hablo. Tenía un suegro y una tía rica, y parientes que amenazaban desheredar al hijo si le veía, y se sacrificaba porque su hijo fuese algún día rico y feliz. Le separaban de ello las opiniones políticas. Ciertamente yo apruebo la opinión política; pero hay personas que no la tienen con prudencia. ¡Dios mío! Porque un hombre haya estado en Waterloo no es un monstruo; no por eso se debe separar a un padre de su hijo. Era un coronel de Bonaparte, y ha muerto, según creo. Vivía en Vernon, donde tengo un hermano cura, y se llamaba una cosa como Potmarie o Montpercy... Tenía una gran cicatriz de un sablazo.

—Pontmercy —dijo Mario, poniéndose pálido.

—Precisamente, Pontmercy. ¿Le habéis conocido?

—Caballero —dijo Mario—, era mi padre.

El viejo mayordomo juntó las manos y exclamó:

—¡Ah, sois su hijo! Sí, ahora debía de ser ya un hombre. Pues bien; podéis decir que habéis tenido un padre que os ha querido mucho.

Mario ofreció el brazo al anciano y le acompañó hasta su casa.

Al día siguiente dijo al señor Gillenormand:

—Hemos arreglado entre algunos amigos una partida de caza. ¿Me dejáis ir por tres días?

—¡Por cuatro! —respondió el abuelo—. Anda, diviértete.

Y, guiñando el ojo, dijo en voz baja a su hija:

—Algún amorcillo.

Más adelante veremos adónde fue Mario.

El joven estuvo tres días ausente; después volvió a París, se fue derecho a la Biblioteca de Jurisprudencia y pidió la colección del «Monitor».

Leyó el «Monitor», leyó la historia de la República y del Imperio, el «Memorial de Santa Elena», todas las memorias, todos los periódicos, todos los boletines, todas las proclamas; todo lo devoró. La primera vez que encontró el nombre de su padre en los boletines del gran ejército tuvo calentura toda una semana. Visitó a los generales a cuyas órdenes había servido Jorge Pontmercy y, entre otros, al conde H. El mayordomo Mabeuf, a quien había vuelto a ver, le contó la vida de Vernon, el retiro del coronel, sus flores, su soledad. Mario llegó a conocer enteramente a aquel hombre raro, sublime y amable, a aquella especie de león-cordero que había sido su padre.

Mientras tanto, ocupado en este estudio, que le consumía todo el tiempo y todos sus pensamientos, casi no veía al señor Gillenormand. Presentábase a las horas de comer, buscábanle después; mas ya no estaba en casa. La tía murmuraba, Gillenormand se sonreía.

—¡Bah, bah! Está en la edad de los amores.

Y alguna vez añadía:

—¡Demonio! Creía que esto era una distracción; pero voy viendo que es una pasión.

Era una pasión, en efecto: Mario iba adorando a su padre.

Un cambio extraordinario se estaba verificando en sus ideas. Las fases de este cambio fueron muchas y sucesivas, y como ésta es la historia de muchos talentos de nuestra época, creemos útil seguir estas fases paso a paso e indicarlas todas.

La historia en que había fijado la vista le deslumbraba.

El primer efecto fue un deslumbramiento.

La República, el Imperio, no habían sido para él hasta entonces más que palabras monstruosas. La República, una guillotina en un crepúsculo; el Imperio, un sable en la noche. Pero acababa de mirar ambas cosas, y donde no esperaba encontrar más que un caos de tinieblas había visto, con inaudita sorpresa y con no menos temor y alegría, brillar astros como Mirabeau, Vergniaud, Saint-Just, Robespierre, Camilo Desmoulins, Dantón, y salir un sol: Napoleón. No sabía dónde estaba; retrocedía, ciego ante tanta claridad. Poco a poco fue pasando el asombro, se acostumbró a aquel esplendor, consideró los actos sin pasión, examinó a los hombres sin terror, la Revolución y el Imperio se pusieron luminosamente en perspectiva ante su vista y vio a cada uno de estos dos grupos de sucesos y de hombres resumirse en dos grandes hechos: la República, en la soberanía del Derecho civil restituida al pueblo; el Imperio, en la soberanía de la idea francesa impuesta a Europa. Vio salir de la Revolución la gran figura de Francia. Y declaró en su conciencia que todo esto había sido bueno.

No creemos necesario indicar aquí lo que pasó por alto su deslumbramiento en esta primera apreciación demasiado sintética. Lo que pintamos es el estado de su mente en marcha, y los progresos no se hacen en una etapa. Dicho esto de una vez para siempre, así para lo que precede como para lo que sigue, continuemos.

Entonces conoció que hasta aquel momento no había comprendido ni a su patria ni a su padre. No había conocido ni a una ni a otro: había tenido una especie de venda voluntaria ante los ojos. Ahora veía, y por un lado admiraba y por otro adoraba.

Estaba lleno de pesares, de remordimientos; pensaba, desesperado, que no podía decir todo lo que tenía en el alma más que a una tumba. ¡Oh! Si su padre hubiera vivido, si le tuviera aún: si Dios, compadecido y bondadoso, hubiera permitido que viviera aún su padre, cómo habría corrido, cómo se habría precipitado, cómo le habría gritado: «¡Padre! ¡Mírame! ¡Soy yo! ¡Yo, que tengo el mismo corazón que tú! ¡Soy tu hijo!» ¡Cómo habría abrazado su encanecida frente, inundando sus cabellos de lágrimas, contemplando su cicatriz; estrechado sus manos, adorado su ropa, besado sus pies! ¡Oh! ¿Por qué había muerto su padre tan pronto, antes de tiempo, antes de la justificación, antes del amor de su hijo? Mario tenía un llanto continuo en el corazón, que decía a cada momento: «¡Ay!» Al mismo tiempo se hacía más formal, más grave; se afirmaba en su fe, en su pensamiento. A cada instante un rayo de luz de la verdad venía a completar su razón: verificábase en él un verdadero crecimiento interior. Sentía una especie de engrandecimiento natural, producido por dos cosas nuevas para él: su patria y su padre.

Como sucede cuando se posee una clave, todo se abría para él: se explicaba lo que había aborrecido y penetraba en lo que había condenado. Veía claramente el sentido providencial, divino y humano, de las grandes cosas que le habían enseñado a detestar y de los grandes hombres a quienes le habían enseñado a maldecir. Cuando pensaba en sus antiguas ideas, que eran de ayer y, sin embargo, le parecían muy viejas, se indignaba y se sonreía. De la rehabilitación de su padre había pasado naturalmente a la rehabilitación de Napoleón.

Sin embargo, hagamos notar que ésta no se había verificado sin trabajo.

Desde la infancia le habían imbuido en el juicio que el partido de 1814 había formado acerca de Bonaparte. Ahora bien, todas las preocupaciones de la Restauración, sus intereses y sus instintos, tendían a desfigurar a Napoleón: le execraban más aún que a Robespierre. La Restauración había explotado hábilmente el cansancio de la nación y el odio a las madres. Bonaparte había llegado a ser una especie de monstruo casi fabuloso, y para presentarlo a la imaginación del pueblo, que, como hemos dicho hace poco, se parece a la imaginación de los niños, el partido de 1814 evocaba sucesivamente todas las máscaras más horribles, desde lo que es terrible, sin dejar de ser grandioso, hasta lo terrible grotesco; desde Tiberio hasta el Coco. Así, hablando de Bonaparte, cada uno podía libremente sollozar o reventar de risa, con tal que le odiase. Mario no había tenido nunca acerca de este hombre —como le llamaban— más ideas que éstas, y se habían combinado en su mente con la tenacidad propia de su carácter. Tenía dentro de sí mismo un hombrecillo testarudo que odiaba a Napoleón.

Pero leyendo la Historia, estudiándola en los documentos y en los materiales, se fue rasgando poco a poco el velo que cubría a Napoleón a los de Mario. Entrevió primero algo inmenso, y sospechó que se había engañado acerca de Bonaparte como en lo demás; cada día veía mejor, y empezó a subir lentamente, paso a paso, primero casi con sentimiento y después con entusiasmo, y como atraído por una fascinación irresistible, los escalones sombríos, luego los iluminados vagantes y, por último, los luminosos y radiantes de entusiasmo.

Una noche estaba solo en su pequeña habitación, que lindaba con el tejado. La vela estaba encendida: leía, apoyado de codos en la mesa, al lado de la ventana abierta; una multitud de pensamientos salía del espacio y se mezclaba con sus ideas. ¡Qué espectáculo es la noche! Óyense ruidos sordos sin saber de dónde vienen; se ve centellear como una chispa a Júpiter, que es mil doscientas veces mayor que la Tierra; el azul es negro, las estrellas brillan. Esto es sublime.

Leía los boletines del gran ejército, esas estrofas homéricas escritas sobre el campo de batalla; veía en ellos por intervalos el nombre de su padre, y siempre el nombre del emperador, aparecía a sus ojos todo el gran Imperio; sentía como una marea que se elevase en su interior; en algunos momentos le parecía que su padre pasaba a su lado como un soplo y le hablaba al oído; íbase abstrayendo poco a poco; creía oír los tambores, el cañón, las cornetas, el paso mesurado de los batallones, el galope sordo y lejano de la caballería; de tiempo en tiempo sus ojos se elevaban al cielo y veían brillar en las profundidades sin fondo las colosales constelaciones, y bajaban después al libro y veían moverse confusamente otras cosas colosales. Tenía el corazón oprimido.

Estaba enajenado, tembloroso, anhelante; mas de pronto, sin saber él mismo lo que por él pasaba ni a quién obedecía, se levantó, extendió ambos brazos fuera de la ventana, miró fijamente a la sombra, al silencio, al infinito tenebroso, a la inmensidad eterna, y gritó:

—¡Viva el emperador!

Desde aquel momento el «Ogro de Córcega», el tirano, el usurpador, el monstruo, amante incestuoso de sus hermanas, el histrión que tomaba lecciones de Talma, el envenenador de Jafa, el tigre, Bonaparte, todo esto desapareció y dejó el sitio en su espíritu a un vago y brillante esplendor, en que brillaba a una altura inaccesible el pálido fantasma de mármol del César. El emperador sólo había sido para su padre el querido capitán a quien se admira, y por quien se sacrifica el soldado, Mario, y fue algo más: fue el constructor predestinado del grupo francés, sucesor del grupo romano en la denominación del universo; fue el prodigioso arquitecto de un cataclismo; el continuador de Carlomagno, de Luis XI, de Enrique IV, de Richelieu, de Luis XIV y del Comité de Salvación Pública, que tenía, sin duda, sus defectos, sus faltas, su crimen; es decir, era hombre, pero era grande en sus faltas, brillante en sus manchas, poderoso en su crimen.

Fue el hombre predestinado, que obligó a todas las naciones a decir: «La gran nación.» Fue más propiamente la encarnación de Francia, conquistando Europa con la espada, y el mundo, con la luz que despedía. Mario vio en Bonaparte el espectro deslumbrador que se elevará siempre en la frontera y guardará el porvenir. Déspota, pero dictador; déspota, hijo de una república y símbolo de una revolución. Bonaparte fue para Mario el hombre-pueblo, así como Jesús era el hombre-Dios.

Vese aquí que, como sucede a todos los recién convertidos a una religión, su conversión le embriagaba, le precipitaba y le llevaba demasiado lejos. Su temperamento era así: puesto en una pendiente, le era imposible detenerse. El fanatismo por el sable le arrebataba y se complicaba en su espíritu con el entusiasmo por la idea. No conocía que con el genio admiraba juntamente la fuerza; es decir, que instalaba en los dos recintos de su idolatría lo divino y lo brutal. Desde varios puntos de vista se había vuelto a engañar otra vez. Todo lo admitía. Hay un modo de encontrarse con el error en el camino de la verdad. Tenía una especie de buena fe violenta que todo lo abrazaba en conjunto. En la nueva vía en que había entrado, al juzgar los errores del antiguo régimen, lo mismo que al medir la gloria de Napoleón, despreciaba las circunstancias atenuantes.

Sea como fuese, había dado un paso inmenso. Donde había visto antes la caída de la monarquía, veía ahora el porvenir de Francia. Había cambiado la orientación. Lo que había sido el Ocaso, era el Levante. Había dado una vuelta completa.

Todas estas revoluciones se verificaban en él sin que su familia lo sospechase.

Cuando en esta misteriosa metamorfosis hubo perdido completamente la antigua piel de borbónico y de ultra; cuando se despojó del traje de aristócrata y de realista; cuando fue completamente revolucionario, profundamente demócrata y casi republicano, se dirigió a casa de un grabador de la calle de Orfevres y mandó hacer cien tarjetas con esta inscripción: «El barón Mario Pontmercy.»

Lo cual era una consecuencia lógica del cambio que se había verificado en él, cambio en que todo gravitaba alrededor de su padre.

Sólo que como no conocía a nadie, y no podía dejar las tarjetas en ninguna portería, se las guardó en el bolsillo.

Por otra consecuencia natural, a medida que se aproximaba a su padre, a su memoria, a las cosas por las que el coronel había peleado veinticinco años, se alejaba de su abuelo. Ya hemos dicho que hacía algún tiempo no le agradaba el genio del señor Gillenormand. Entre ambos había todas las disonancias que puede haber entre un joven grave y un viejo frívolo. La alegría de Jeronte repugna y exaspera a la melancolía de Werther. Mientras que habían tenido unas mismas opiniones políticas y comunes ideas, Mario se encontraba como en un puente con el señor Gillenormand. Cuando se hundió el puente les separó el abismo. Además, Mario sostenía inexplicables impulsos de rebelión cuando recordaba que el señor Gillenormand, por estúpidos motivos, le había separado sin piedad del coronel, privando al hijo de su padre, y al padre, de su hijo.

A fuerza de compasión hacia su padre, había llegado casi a tener aversión a su abuelo.

Pero nada de esto, como hemos dicho, salía al exterior. Solamente cada día se mostraba más frío, más lacónico en la mesa, y con más frecuencia ausente de la casa.

Cuando su tía le reprendía, era muy respetuoso, y daba por pretexto sus estudios, el curso, los exámenes, las conferencias, etc. El abuelo no salía de su infalible diagnóstico:

—¡Enamorado! ¡Yo bien sé lo que son esas cosas!

Mario hacía de cuando en cuando algunas escapatorias.

—Pero ¿adónde va? —preguntaba la tía.

En uno de estos viajes, siempre cortos, fue a Montfermeil para cumplir la indicación que su padre le había dejado hecha, y buscó al antiguo sargento de Waterloo, al posadero Thenardier. Thenardier había quebrado; la posada estaba cerrada y nadie sabía qué había sido de él. Mario, a causa de estas investigaciones, estuvo cuatro días fuera de casa.

—Decididamente —dijo el abuelo—, se extravía.

Habíase notado que llevaba bajo la camisa, sobre el pecho, algo que pendía de una cinta negra que colgaba del cuello.

* * *

Hemos hablado de un lancero.

Era un sobrino tercero que tenía el señor Gillenormand, por parte de padre, y que llevaba, lejos de la familia y del hogar doméstico, la vida de guarnición. El teniente Teódulo Gillenormand tenía todas las condiciones necesarias para ser lo que se llama un lindo oficial. Tenía «cuerpo de señorita», cierto modo triunfal de arrastrar el sable y bigote retorcido. Iba raras veces a París, tanto que Mario no le había visto nunca. Los dos primos sólo se conocían de nombre. Teódulo era, según creemos haber dicho ya, el favorito de la tía Gillenormand, que le prefería porque no le veía. No ver a las personas es una cosa que permite suponer en ellas todas las perfecciones.

Una mañana la señorita Gillenormand mayor entró en su cuarto tan conmovida como podía permitirlo su afabilidad. Mario acababa de pedir a su abuelo permiso para hacer un viaje, diciendo que pensaba partir aquella misma noche. «¡Anda!», le había respondido el abuelo, y el señor Gillenormand había añadido aparte, arqueando las cejas: «¡Duerme fuera con reincidencia!» La señorita Gillenormand había subido a su cuarto muy azorada y había dejado escapar en la escalera esta exclamación: «¡Es mucho!», y esta interrogación: «¿Pero adónde va?» Entreveía alguna aventura de corazón, más o menos ilícita; una mujer en la penumbra, una cita, un misterio, y no la hubiera disgustado haberla podido echar el lente. La cala y cata de un misterio es como el principio de un escándalo; no le detestan las almas más santurronas. Hay en los secretos receptáculos de la mojigatería alguna curiosidad para el escándalo.

Veíase, pues, dominada por el vago prurito de saber una historia.

Para distraerse de esta curiosidad, que la agitaba un poco más de lo que era costumbre, se había refugiado en sus habilidades y se había puesto a festonear con algodón, y sobre algodón, uno de esos bordados del Imperio y de la Restauración en que hay muchas ruedas de cabriolé. Obra tosca, obrera brusca. Estaba hacía algunas horas en su silla, cuando se abrió la puerta. La señorita Gillenormand levantó la nariz; el teniente Teódulo estaba en su presencia haciéndole el saludo de ordenanza. Dio un grito de alegría. Una mujer puede ser vieja, mojigata, devota, tía; pero siempre se alegra al ver entrar en su cuarto a un lancero.

—¡Tú aquí, Teódulo! —exclamó.

—¡De paso, tía!

—Pero ¡abrázame! ¡Ven!

—¡Ya está! —dijo Teódulo.

Y la abrazó. La tía Gillenormand fue a su tocador. Y lo abrió.

—Te quedarás con nosotros una semana.

—Me marcho esta tarde, tía.

—¡No es posible!

—Matemáticamente.

—Quédate, Teodulito, te lo ruego.

—El corazón dice que sí, pero la consigna dice que no. La historia es muy sencilla. Cambiamos de guarnición; estábamos en Melun y nos llevan a Gaillon. Para ir de la antigua guarnición a la nueva tenemos que pasar por París, y me he dicho: «Voy a ver a mi tía.»

—Pues aquí tienes por la molestia.

Y le puso diez luises en la mano.

—Por el placer querréis decir, querida tía.

Teódulo la abrazó por segunda vez, y ella tuvo el placer de que la rozara un poco el cuello con los cordones del uniforme.

—¿Haces el viaje a caballo, con tu regimiento?

—No, tía. He querido veros, y tengo un permiso especial. El asistente lleva mi caballo y yo voy en la diligencia. Y a propósito, tengo que preguntaros una cosa.

—¿El qué?

—¿Está de viaje también mi primo Mario Pontmercy?

—¿Cómo sabes tú eso? —dijo la tía, súbitamente.

—Al llegar he ido a la diligencia a tomar mi asiento en berlina.

—¿Y qué?

—Que había ido ya un viajero a tomar un asiento en imperial y he visto su nombre en la hoja.

—¿Qué nombre?

—Mario Pontmercy.

—¡Ah, pícaro! —exclamó la tía—. Tu primo no es un muchacho de juicio como tú. ¡Decir que va a pasar la noche en diligencia!

—Como yo.

—Pero tú lo haces por obligación, y él, por desorden.

—¡Ah! —dijo Teódulo.

En esto sucedió una cosa notable a la señorita Gillenormand: se le ocurrió una idea. Si hubiera sido hombre se habría dado una palmada en la frente.

—¿Sabes que tu primo no te conoce? —preguntó repentinamente a Teódulo.

—No. Yo lo he visto, pero él nunca se ha dignado mirarme.

—¿Y vais a viajar juntos?

—Él en imperial y yo en berlina.

—¿Adónde va esa diligencia?

—A los Andelys.

—¿Y va allí Mario?

—Sí, como no sea que haga lo que yo y se quede en el camino. Yo bajo en Vernon para tomar la silla de Gaillon. No sé el itinerario de Mario.

—¡Mario! ¡Qué nombre tan vulgar! ¡Qué ocurrencia el haberle llamado Mario! ¡Pero tú, al menos, te llamas Teódulo!

—Mejor quisiera llamarme Alfredo —dijo el oficial.

—Escucha, Teódulo.

—Ya escucho, tía.

—Pon atención.

—Pongo atención.

—¿Estás?

—Sí.

—Pues bien; Mario se ausenta a menudo.

—¡Eh!

—Viaja.

—¡Ah!

—Duerme fuera de casa.

—¡Oh!

—Quisiéramos saber qué hay en esto.

Teódulo respondió con la calma de un hombre curtido:

—Algún amorío.

Y con esa risa entre cuero y carne que pone de manifiesto la certidumbre, añadió:

—Alguna chica.

—Es evidente —dijo la tía, que creyó oír hablar al señor Gillenormand y que sintió salir irresistiblemente su convicción de esta palabra «chica», acentuada casi de la misma manera por el tío y el sobrino.

Después añadió:

—Haznos el favor. Sigue un poco a Mario. Esto te será fácil, porque no te conoce, y supuesto que haya una chica, haz por verla. Nos escribirás la aventura y se divertirá el abuelo.

No le gustaba mucho a Teódulo este espionaje; pero los diez luises le habían conmovido y creía que podrían traer otros detrás de él. Aceptó, pues, la comisión, y dijo:

—Como queráis, tía —añadiendo por lo bajo—: Ya estoy convertido en dueña.

La señorita Gillenormand lo abrazó.

—No harías tú nunca esto, Teódulo. Tú obedeces a la disciplina; eres esclavo de la consigna, eres un hombre escrupuloso y fiel a tus deberes, y no abandonarías a tu familia por ir a ver una muchacha.

El lancero, satisfecho, hizo el mismo gesto que haría el célebre ladrón Cartucho elogiado por su probidad.

En la noche que siguió a este diálogo, Mario subió a la diligencia sin sospechar que iba vigilado. En cuanto al vigilante, la primera cosa que hizo fue dormirse con un sueño completo y concienzudo. Argos pasó roncando toda la noche.

Al despertar el día, el mayoral de la diligencia gritó:

—¡Vernon! ¡Relevo de Vernon! ¡Los viajeros de Vernon!

Y el teniente Teódulo se despertó.

—¡Bueno! —murmuró, medio dormido aún—. Aquí es donde me bajo.

Después empezó a despejarse su memoria poco a poco, y se acordó de su tía, de los diez luises y de la promesa que había hecho de contar los hechos y los gestos de Mario. Esto le hizo reír.

—Ya no estará tal vez en el coche —pensó, abotonándose el peto—. Ha podido quedarse en Poissy y ha podido quedarse en Triel; si no ha bajado en Meulan, puede haber bajado en Mantes, a menos que no se haya apeado en Rolleboise o que no haya llegado hasta Pacy, pudiendo allí volver, a la izquierda, hacia Evreux, o a la derecha, hacia Laroche-Guyon. Echadle un galgo, tía. ¿Qué diablos voy a escribir ahora a esta buena tía?

En aquel momento apareció en la vidriera de la berlina un pantalón negro que descendía de la imperial.

—¿Será Mario? —dijo el teniente.

En efecto, era Mario.

Al pie del coche, y entre los caballos y los postillones, una jovencita del pueblo ofrecía flores a los viajeros.

—Compradme flores, señores —dijo.

Mario se acercó a la joven y le compró las flores más hermosas que llevaba en la cesta.

—Por de pronto —dijo Teódulo saltando de la berlina—, esto ya me interesa. ¿A quién diantres va a llevar esas flores? Es preciso que sea una mujer muy guapa para merecer tan hermoso ramillete. Quiero conocerla.

Y no ya por mandato, sino por curiosidad personal, como los perros que cazan por cuenta propia, se puso a seguir a Mario.

Éste no fijó su atencion en Teódulo. De la diligencia bajaron algunas mujeres elegantes; no las miró; parecía que no veía nada alrededor.

—¡Está enamorado! —pensó Teódulo.

Mario se dirigió hacia la iglesia.

—¡Magnífico! —dijo Teódulo—. ¡La iglesia! Eso es. Las citas sazonadas con un poco de misa son las mejores. No hay nada tan exquisito como una ojeada que pasa por encima de Dios.

Mario llegó a la iglesia, pero no entró; dio la vuelta por detrás de la cabecera del templo y desapareció en el ángulo de uno de los estribos del ábside.

—La cita es fuera —dijo Teódulo—. Veamos a la chica.

Y se adelantó de puntillas hacia el sitio en que había dado la vuelta Mario. Cuando llegó allí se quedó estupefacto.

Mario, con la frente entre ambas manos, estaba arrodillado en la hierba, sobre una tumba. Había deshojado el ramo. En el extremo de la fosa, en una alturita que indicaba la cabecera, había una cruz de madera negra con este nombre en letras blancas: «El coronel barón de Pontmercy.» Oíase sollozar a Mario.

La muchacha era una tumba.

Allí era adonde había ido Mario la primera vez que se ausentó de París. Allí iba cada vez que el señor Gillenormand decía: «Pasa la noche fuera.»

El teniente Teódulo se quedó desconcertado a consecuencia de este encuentro inesperado de un sepulcro, experimentando una sensación desagradable y singular, que no hubiera podido analizar, y que se componía del respeto a una tumba y del respeto a un coronel. Retrocedió, pues, dejando a Mario solo en el cementerio, y hubo en esta retirada algo de disciplina. Presentósele la muerte con grandes charreteras, y casi le hizo el saludo militar. No sabiendo qué escribir a la tía, tomó el partido de no escribirle, y probablemente no hubiera tenido resultado alguno el descubrimiento hecho por Teódulo sobre los amores de Mario si por una de esas coincidencias misteriosas, tan frecuentes en la casualidad, la escena de Vernon no hubiese tenido, por decirlo así, una especie de eco en París.

Mario volvió de Vernon tres días después, muy temprano; llegó a casa de su abuelo y, cansado de las dos noches que había pasado en la diligencia, conociendo la necesidad de reparar su insomnio con una hora de escuela de natación, subió rápidamente a su cuarto, y sin emplear más tiempo que el necesario para quitarse el levitón de viaje y el cordón negro que llevaba al cuello, se fue al baño.

El señor Gillenormand se levantó de madrugada, como todos los viejos fuertes; le oyó entrar y se apresuró a subir lo más pronto que le permitieron sus viejas piernas la escalera del cuarto de Mario, con objeto de abrazarle y de preguntarle para vislumbrar de dónde venía.

Pero el joven había empleado menos tiempo en bajar que el octogenario en subir, y cuando el abuelo Gillenormand entró en la buhardilla ya Mario había salido.

La cama estaba hecha, y sobre ella estaban tendidos el levitón y el cordón negro.

—Mejor quiero esto —dijo el señor Gillenormand.

Y un momento después entró en la sala en que estaba sentada la señorita Gillenormand bordando sus ruedas de cabriolé.

La entrada fue triunfal.

El señor Gillenormand llevaba en una mano el levitón y el cordón en la otra.

—¡Victoria! —exclamó—. ¡Vamos a penetrar el misterio! ¡Vamos a saber el fin del fin; vamos a palpar los libertinajes de nuestro hombre reservado! ¡Ya tenemos aquí la novela! Tengo el retrato.

En efecto, del cordón pendía una cajita de tafilete negro, muy semejante a un medallón.

El viejo tomó la caja y la contempló algunos momentos sin abrirla, con ese aire de voluptuosidad, de placer y de cólera de un pobre diablo famélico que viese pasar por sus narices una magnífica comida que no fuese para él.

—Porque esto es evidentemente un retrato. Yo no me engaño. Esto se lleva tiernamente sobre el corazón. ¡Qué tontos son! ¡Algún abominable feostición que hará temblar probablemente! ¡Los jóvenes tienen hoy tan mal gusto!

—Veámoslo, padre —dijo la vieja solterona.

La caja se abrió apretando un resorte; pero no encontraron en ella más que un papel cuidadosamente doblado

—De la misma al mismo —dijo el señor Gillenormand, echándose a reír—. Yo sé lo que es esto: ¡un billete amoroso!

—¡Ah! ¡Leámoslo! —dijo la tía.

«Para mi hijo: El emperador me hizo barón en el campo de batalla de Waterloo. La Restauración me niega este título que he comprado con mi sangre; mi hijo lo tomará y lo llevará. No hay que decir que será digno de él.»

Lo que el padre y la hija experimentaron entonces no puede decirse. Se quedaron helados como por el soplo de una calavera. No se dijeron ni una palabra. Solamente el señor Gillenormand dijo en voz baja y como hablándose a sí mismo:

—Es la letra de ese acuchillador.

La tía examinó el papel, lo volvió en todos sentidos y después lo volvió a poner en la cajita.

En aquel momento cayó al suelo del bolsillo de la levita un paquetito cuadrado, envuelto en papel azul. La señorita Gillenormand lo recogió y desdobló el papel azul; era el ciento de tarjetas de Mario. Cogió una y se la dio al señor Gillenormand, que leyó: «El barón Mario Pontmercy.»

El viejo llamó y acudió Nicolasita. El señor Gillenormand cogió el cordón, la caja y la levita, lo tiró al suelo en medio de la sala y dijo:

—Llévate esos guiñapos.

Pasó una hora larga en el más profundo silencio. El viejo y la solterona se habían sentado, volviéndose la espalda, y pensaban, cada uno por su parte, probablemente lo mismo. Al cabo de esta hora, la tía Gillenormand dijo:

—¡Estamos lucidos...!

Algunos momentos después apareció Mario. Volvía del baño. Antes de haber atravesado el umbral del salón, vio a su abuelo que tenía en la mano una de sus tarjetas. El abuelo, al verlo, exclamó con aire de superioridad plebeya y burlona, que tenía algo de fulminante:

—¡Vaya, vaya, vaya, vaya, vaya! Ahora eres barón. Te felicito. ¿Qué quiere decir esto?

Mario se ruborizó ligeramente y respondió:

—Eso quiere decir que soy hijo de mi padre.

El señor Gillenormand dejó de reírse y dijo con dureza:

—Tu padre soy yo.

—Mi padre —dijo Mario con los ojos bajos y gravemente— era un hombre modesto y heroico que sirvió gloriosamente a la República y a Francia; que fue grande en la Historia más grande que han hecho los hombres; que vivió un cuarto de siglo en el campo de batalla, por el día bajo la metralla y las balas, de noche entre la nieve, en el lodo, bajo la lluvia; que tomó dos banderas, que recibió veinte heridas, que ha muerto en el olvido y en el abandono, y que no ha cometido en su vida más que dos faltas: amar demasiado a dos ingratos, a su país y a mí.

Esto era más de lo que el señor Gillenormand podía oír. A estas palabras, «la República», se había levantado o, por mejor decir, se había enderezado repentinamente. Cada una de las palabras que Mario acababa de pronunciar había hecho en el rostro del viejo realista el efecto del soplo de un fuelle de fragua sobre un tizón encendido. De oscuro había pasado a rojo; de rojo, a purpúreo, y de purpúreo, al color de la llama.

—¡Mario! —exclamó—. ¡Abominable criatura, yo no sé lo que era tu padre! ¡No quiero saberlo! ¡No sé nada! ¡No lo sé! ¡Pero lo que sé es que entre esa gente no ha habido nunca más que miserables; que todos ellos son unos perdidos, asesinos, gorros rojos, ladrones! ¡Digo que todos! ¡Repito que todos! ¡Yo no conozco a ninguno! ¡Repito que todos! ¿Lo oyes Mario? ¡Ya lo ves; eres tan barón como mi zapatilla! ¡Todos eran bandidos que han servido a Robespierre! ¡Todos forajidos que han servido a Bu-o-naparte! ¡Todos traidores, que han vendido, vendido, vendido a su rey legítimo! ¡Todos cobardes, que han huido ante los prusianos y los ingleses en Waterloo! Esto es lo que sé. Si vuestro padre es de ellos, lo ignoro, lo siento; tanto peor.

A su vez, Mario era el tizón y el señor Gillenormand el fuelle. Mario temblaba de pies a cabeza; no sabía qué hacer; le ardía la frente. Era el sacerdote que ve arrojar al viento todas sus hostias; el faquir que ve a un pasajero escupir a su ídolo. Era imposible que tales cosas se hubiesen dicho delante de él impunemente. Pero ¿qué había de hacer?

Su padre acababa de ser pisoteado y humillado en su presencia; pero ¿por quién? Por su abuelo. ¿Cómo vengar al uno sin ultrajar al otro? Le era igualmente imposible insultar al abuelo y no vengar a su padre. De un lado, tenía una tumba sagrada; de otro, unos cabellos blancos. Permaneció algunos instantes aturdido y vacilante, con aquel torbellino dentro de la cabeza; después levantó los ojos, miró fijamente a su abuelo y gritó con voz tonante:

—¡Abajo los Borbones! ¡Abajo ese cerdo de Luis XVIII!

Luis XVIII había muerto hacía cuatro años; pero a Mario esto no le importaba.

El anciano pasó del color escarlata a una blancura mayor que la de sus cabellos. Se volvió hacia un busto del señor duque de Berry, que estaba encima de la chimenea, y le saludó respetuosamente con cierta majestad singular. Después paseó dos veces, lentamente y en silencio, desde la chimenea a la ventana y desde la ventana a la chimenea, atravesando toda la sala y haciendo resonar el pavimento como si anduviese por él una figura de piedra. A la segunda vez se inclinó ante su hija, que asistía a esta escena con el estupor de una oveja, y le dijo, sonriéndose con una sonrisa casi tranquila:

—Un barón como este caballero y un plebeyo como yo no pueden vivir bajo un mismo techo.

Y después, enderezándose, pálido, tembloroso, temible, con la frente ensanchada por la terrible radiación de la cólera, extendió el brazo hacia Mario y le gritó:

—¡Vete!

Mario salió de la casa.

Al día siguiente, el señor Gillenormand dijo a su hija:

—Enviaréis cada seis meses sesenta doblones a ese bebedor de sangre y no me volveréis a hablar de él.

Y como tenía aún una inmensa cantidad de furor, que no sabía en qué emplear, siguió llamando de vos a su hija por espacio de más de tres meses.

Mario, por su parte, había salido indignado. Una circunstancia, que debemos decir, agravó aún su exasperación, porque siempre hay alguna pequeña fatalidad que complica los dramas domésticos y aumenta los motivos de queja, aunque no aumente los verdaderos agravios. Nicolasita, al llevar precipitadamente por orden del abuelo los «guiñapos» de Mario a su cuarto, había dejado caer, sin saberlo, y probablemente en la escalera de la buhardilla, que era oscura, el medallón de tafilete negro que contenía el papel escrito por el coronel. Ni el papel ni el medallón pudieron ser habidos, y Mario quedó convencido de que el «señor Gillenormand», porque desde aquel día llamó así a su abuelo, había echado al fuego «el testamento de su padre». Sabía de memoria las pocas líneas escritas por el coronel y, por consiguiente, nada había perdido. Pero el papel, la letra, aquella reliquia sagrada, todo esto era su mismo corazón. ¿Qué habían hecho de ello?

Mario se había ido sin decir ni saber adónde, con treinta francos, su reloj y algunas ropas en un saco de noche. Subió a un cabriolé de plaza, le tomó por horas y se dirigió a la ventura al Barrio Latino.

¿Qué iba a ser de Mario?

CAPÍTULO VI

LOS AMIGOS DEL A B C

En aquella época, indiferente en apariencia, corría vagamente cierto estremecimiento revolucionario. El soplo que salía de las profundidades de 1789 y 1792 estaba en el aire. La juventud, permítasenos la palabra, estaba en la época de la muda. Se transformaba, casi sin saberlo, por el mismo movimiento del tiempo. La aguja que anda en el cuadrante marcha también en las almas. Cada uno daba el paso hacia adelante que debía dar. Los realistas se hacían liberales; los liberales se hacían demócratas.

Era aquélla como una marea creciente, complicada con mil reflejos, y, como lo propio del reflujo es mezclarlo todo, resultaban de aquí combinaciones de ideas muy singulares: se adoraba a la vez a Napoleón y a la libertad. Ahora escribimos la Historia, y aquéllos eran los aspectos de aquel tiempo, porque las opiniones tienen sus fases. El realismo volteriano, variedad caprichosa, tuvo un contrapeso no menos extraño: el liberalismo bonapartista.

Otros grupos políticos eran más serios. En ellos se sondeaba el principio; se buscaba un fundamento en el Derecho; se apasionaban por lo absoluto; se vislumbraban las realizaciones infinitas. Lo absoluto, por su misma rigidez, impulsa el ánimo hacia el cielo y le hace flotar en el espacio ilimitado. No hay nada mejor que el dogma para crear la meditación, y nada es más propio que la meditación para engendrar el porvenir. La utopía hoy es carne y hueso mañana.

Las opiniones avanzadas tenían doble fondo. Un principio de misterio amenazaba el «orden establecido», que era sospechoso y receloso, signo altamente revolucionario. La intención secreta del poder se encuentra en la zapa con la intención secreta del pueblo. La incubación de las insurrecciones responde a la premeditación de los golpes de Estado.

No había entonces todavía en Francia esas vastas organizaciones ocultas, como el tugenbund alemán y el carbonarismo italiano; pero se iban ya ramificando algunos agujeros oscuros. La congourde se bosquejaba en Aix, y había en París, entre otras asociaciones de este género, la Sociedad de los Amigos del A B C.

¿Y qué eran los amigos del A B C? Una sociedad que tenía por objeto, en apariencia, la educación de los niños, y en realidad, el mejoramiento de los hombres.

Declarábanse amigos del A B C. El A B C era el pueblo y querían realzarle. Retruécano de que haríamos mal en reírnos, porque estos retruécanos son muchas veces cosa grave en política: dígalo el «Catastrus ad castræ», que hizo de Narsés un general de ejército; el «Barbari» y «Barberini», el «Fueros» y «Juzgos», el «Tu es Petrus et super hanc Petram», etc.

Los amigos del A B C eran pocos; componían una sociedad secreta en estado de embrión, casi podríamos decir una pandilla, si las pandillas pudiesen producir héroes. Se reunían en París en dos puntos: cerca de los Mercados, en una taberna llamada de Corinto, de que trataremos después, y cerca del Panteón, en un cafetucho de la plaza de San Miguel, llamado el café Musain, que hoy ha desaparecido.

El primero de estos sitios de reunión estaba cerca de los jornaleros, y el segundo, cerca de los estudiantes.

Los conciliábulos habituales de los amigos del A B C se celebraban en una sala interior del café Musain. Esta sala, bastante apartada del café, con el cual se comunicaba por un largo corredor, tenía dos ventanas y una puerta con escalera secreta que daba a la callejuela de Grés. Allí se fumaba, se bebía, se jugaba y se reía. Se hablaba de todo a gritos y de una cosa en voz baja. En la pared estaba clavado un antiguo mapa de Francia en tiempo de la República, indicio suficiente para excitar el olfato de un agente de Policía.

La mayor parte de los amigos del A B C eran estudiantes, en cordial inteligencia con algunos obreros. Véanse algunos nombres de los más principales que pertenecen en algún modo a la Historia: Enjolras, Combeferre, Juan Prouvaire, Feuilly, Courfeyrac, Bahorel, Lesgle o Laigle, Joly, Grantaire.

Estos jóvenes formaban una especie de familia a fuerza de amistad. Todos, excepto Laigle, eran del Mediodía.

Este grupo era muy notable; ya se ha desvanecido en las profundidades invisibles que están detrás de nosotros. En el punto del drama a que hemos llegado, no será tal vez inútil hacer penetrar un rayo de claridad en aquella reunión de jóvenes antes de que el lector los vea sumergirse en la sombra de una aventura trágica.

Enjolras, a quien hemos nombrado el primero por la razón que se verá después, era hijo único y rico. Joven simpático, capaz de ser terrible y angelicalmente hermoso. Era Antinoo encolerizado. Hubiérase dicho, al ver el pensativo fulgor de su mirada, que había ya atravesado en alguna existencia anterior el apocalipsis revolucionario y conservaba su tradición como un testigo. Sabía todos los pormenores de la gran cosa. Era una naturaleza pontificia y guerrera, extraña en un adolescente. Era celebrante y militante: desde el punto de vista inmediato, soldado de la democracia, y por encima del movimiento contemporáneo, sacerdote de lo ideal. Tenía la pupila profunda, los párpados un poco enrojecidos, el labio inferior grueso y dispuesto siempre a expresar el desdén, la frente elevada. Mucha frente en una cara es lo mismo que mucho cielo en un horizonte. Como ciertos jóvenes de principios de este siglo y fines del pasado, que han adquirido celebridad muy pronto, tenía una juventud excesiva, fresca como la de una joven, aunque con sus horas de palidez. Era ya un hombre y parecía un niño. Sus veintidós años parecían diecisiete; era grave, y parecía ignorar que hubiese en la Tierra un ser llamado mujer.

No tenía más que una pasión: el derecho; ni más que un pensamiento: destruir los obstáculos. En el monte Aventino hubiera sido Graco, y en la Convención, Saint-Just. Apenas conocía las razas; desconocía la primavera; no oía cantar los pájaros; la garganta desnuda de Evadne no le habría conmovido más que a Aristogiton; para él, como para Armodio, las flores sólo servían para ocultar la espada. Era severo en sus alegrías, y bajaba castamente los ojos ante lo que no era la República. Era el enamorado de mármol de la libertad. Su palabra tenía cierta áspera inspiración y la vibración del himno. A veces desplegaba sus alas inesperadamente. ¡Desgraciado el amor si se hubiese atrevido a pasar a su lado! Si alguna modistilla de la plaza de Cambray o de la calle de San Juan de Beauviar, al ver aquella fisonomía que parecía escapada del colegio, aquella figura de paje, aquellas largas cejas rubias, aquellos ojos azules, aquella cabellera movida tumultuosamente por el viento, aquellas mejillas sonrosadas, aquellos labios vírgenes, aquellos dientes perfectos, hubiera sentido algún apetito de aquella aurora y hubiera tratado de ensayar el efecto de su belleza en Enjolras; una mirada sorprendente y temible le habría mostrado bruscamente el abismo y le habría enseñado a no confundir el querubín enamoradizo de Beaumarchais con el formidable querubín de Ezequiel.

Al lado de Enjolras, que representaba la lógica de la revolución, Combeferre representaba su filosofía. Entre la lógica y la filosofía de la revolución hay esta diferencia: que la lógica puede ir a parar a la guerra, mientras que la filosofía no puede menos de tener por última consecuencia la paz. Combeferre completaba y rectificaba a Enjolras. Era más bajo y más grueso. Quería que se imbuyesen en los ánimos los principios extensos de ideas generales. «Revolución —decía—, pero también civilización.» Y en derredor de la montaña a pico abría el vasto horizonte azul. De aquí provenía que en todas las teorías de Combeferre había algo de accesible y practicable. La revolución era más respirable con él que con Enjolras, porque Enjolras expresaba el derecho divino y Combeferre el derecho natural. El primero se eslabonaba con Robespierre; el segundo confinaba con Condorcet. Combeferre vivía más que Enjolras la vida de todo el mundo. Si hubiera sido dado a estos dos jóvenes llegar a la Historia, el uno habría sido el justo, el otro, el sabio. Enjolras era más viril; Combeferre, más humano. «Homo» y «Vir»; estas palabras los califican exactamente.

Combeferre era tan afable como severo Enjolras por su inocencia natural. Le gustaba la palabra ciudadano, pero prefería la palabra hombre, y de buena gana habría dicho «hombre», como los españoles, en vez de «homme», como los franceses. Todo lo leía, iba a los teatros, seguía los cursos públicos, aprendía de Arago la polarización de la luz, se apasionaba por una lección en que Geoffroy-Saint-Hilaire había explicado la doble función de la arteria carótida externa y de la arteria carótida interna; la una, que constituye el rostro, y la otra, que constituye el cerebro; estaba al corriente, seguía a la ciencia paso a paso; confrontaba a Saint-Simon con Fourier, descifraba los jeroglíficos, rompía los guijarros que encontraba y hablaba de geología; pintaba de memoria una mariposa bombix; señalaba las faltas del diccionario de la Academia Francesa; estudiaba a Puysegur y Delezue; no afirmaba nada, ni aun los milagros; no negaba nada, ni aun las apariciones; hojeaba la colección del «Monitor»; meditaba. Decía: «El porvenir está en manos del maestro de escuela.» Y le ocupaban mucho las cuestiones de educación. Quería que la sociedad trabajase sin descanso en la elevación del nivel intelectual y moral, en la monetización de la ciencia, en la circulación de las ideas, en el crecimiento intelectual de la juventud, y temía que la pobreza de los métodos actuales, la miseria del punto de vista literario, limitado a dos o tres siglos llamados clásicos; el dogmatismo tiránico de los pedantes oficiales, las preocupaciones escolásticas y la rutina concluyesen por hacer de nuestros colegios bancos de ostras artificiales. Era sabio, purista, preciso, politécnico, trabajador y, al mismo tiempo, pensativo «hasta la quimera», como decían sus amigos. Creía en todos los sueños, en los caminos de hierro y en la anestesia quirúrgica, en la persistencia de la imagen, en la cámara oscura, en el telégrafo eléctrico y en la dirección de los globos. Por lo demás, se asustaba poco de las ciudadelas que se edificaban en todas partes contra el género humano por la superstición, el despotismo y la preocupación. Era de esos que creen que la Ciencia acabará por apoderarse de ellas por sorpresa. Enjolras era un jefe; Combeferre, un guía. Habríase deseado pelear con uno y marchar con otro. Y no porque Combeferre no fuese capaz de pelear, ni se negase a luchar cuerpo a cuerpo con el obstáculo y a atacarle a viva fuerza y por explosión, sino porque prefería poner poco a poco, por medio de la enseñanza de axiomas y de la pronunciación de las leyes positivas, al género humano de acuerdo con sus destinos y, entre dos claridades, se inclinaba más a la iluminación que al incendio. Cierto es que un incendio puede producir una aurora; pero ¿por qué no ha de esperarse la salida del Sol? Un volcán alumbra, pero alumbra mejor el alba. Combeferre prefería tal vez la blancura de lo bello al resplandor de lo sublime. Una claridad turbada por el humo, un progreso comprado con la violencia, sólo satisfacían a medias a aquel espíritu tierno y grave. El acto de precipitarse verticalmente un pueblo en la verdad, un 93, le asustaba; sin embargo, la estancación le repugnaba más, porque veía en ella la putrefacción y la muerte, y, en último caso, prefería la espuma al miasma, el torrente a la cloaca, las cataratas del Niágara al lago de Montfaucon. En suma: no quería ni pararse ni correr. Mientras que sus tumultuosos amigos, prendados caballerescamente de lo absoluto, adoraban e invocaban las espléndidas aventuras revolucionarias, Combeferre se inclinaba a dejar obrar al progreso, al buen progreso, frío tal vez, pero puro; metódico, pero irreprensible; flemático, pero imperturbable. Combeferre se había arrodillado, había suplicado con las manos juntas para que llegase el porvenir con todo su candor y para que nada turbase la inmensa evolución virtuosa de los pueblos. «Es necesario que el bien sea inocente», repetía sin cesar. Y, en efecto, si la grandeza de la revolución consiste en mirar fijamente el deslumbrador ideal y volar hacia él a través de los rayos, llevando en las manos sangre y fuego, la belleza del progreso consiste en no tener mancha alguna. Entre Washington, que representa el uno, y Danton, que es la encarnación de la otra, hay la misma diferencia que entre el ángel de las alas de cisne y el ángel de alas de águila.

Juan Prouvaire era un tipo más templado aún que Combeferre. Se llamaba Johan por un capricho pasajero que se mezclaba con el poderoso y profundo movimiento de donde ha salido el estudio tan necesario de la Edad Media. Juan Prouvaire era enamorado, cultivaba un tiesto, tocaba la flauta, hacía versos, amaba al pueblo, se compadecía de la mujer, lloraba por los niños, confundía en la misma esperanza el porvenir y Dios, y censuraba a la Revolución por haber cortado una cabeza real: la de Andrés Chenier. Tenía la voz habitualmente delicada, pero en ocasiones viril. Era literato hasta la erudición y casi orientalista. Era bueno, sobre todo, y prefería en poesía lo inmenso, preferencia que fácilmente comprende todo el que sabe que la bondad confina con la grandeza.

Sabía el italiano, el latín, el griego y el hebreo, lo cual le servía para no leer más que cuatro poetas: Dante, Juvenal, Esquilo e Isaías. En francés daba la preferencia a Corneille sobre Racine y a Agripa de Augbigné sobre Corneille. Le gustaba vagar por campos cubiertos de avena silvestre y de campanillas, y le ocupaban tanto las nubes como los acontecimientos. Su espíritu solía tomar dos actitudes: una, mirando al hombre; otra, mirando a Dios. Estudiaba o contemplaba. Por el día profundizaba las cuestiones sociales: el salario, el capital, el crédito, el matrimonio, la religión, la libertad de pensar, la libertad de amar, la educación, la penalidad, la miseria, la asociación, la propiedad, la producción y la repartición; el enigma de aquí abajo que cubre la sombra, el hormigueo humano. Por la noche contemplaba los astros, esos seres enormes. Como Enjolras, era rico e hijo único. Hablaba despacio, inclinaba la cabeza, bajaba los ojos, se sonreía con embarazo, se cuidaba poco, tenía mala facha, se ruborizaba por nada y era muy tímido. Por lo demás, era intrépido.

Feuilly era un abaniquero, huérfano de padre y madre, que ganaba penosamente tres francos al día, y que no tenía más que un pensamiento: liberar al mundo. Tenía otra idea fija: instruirse, lo que llamaba también liberarse. Había aprendido por sí solo a leer y escribir; todo lo que sabía lo había aprendido así. Tenía corazón generoso y quería abrazar lo inmenso. Aquel huérfano había hecho hijos adoptivos suyos a los pueblos. Habiéndole faltado su madre, había pensado en la patria, y no quería que hubiese en la Tierra un hombre sin patria. Alimentaba en sí mismo, con la adivinación profunda del hombre del pueblo, lo que llamamos hoy «la idea de las nacionalidades». Había estudiado la Historia sólo para indignarse con conocimiento de causa. En aquel entusiasta cenáculo de utopistas, que trataba principalmente de Francia, él representaba el exterior: su manía principal la constituían Grecia, Polonia, Hungría, Rumania, Italia. Pronunciaba estos nombres continuamente, a propósito y fuera de propósito, con la tenacidad del Derecho. Turquía sobre Grecia y Tesalia, Rusia sobre Varsovia, Austria sobre Venecia; todas estas violaciones le exasperaban; pero entre todas, la gran violencia de 1772 le sublevaba. No hay elocuencia más soberana que la verdad de la indignación, y él era elocuente con esta elocuencia. No se agotaba nunca su tema al tratar de la fecha infame de 1772 y del noble y valiente pueblo suprimido por la traición; de aquel crimen de tres criminales, de aquella monstruosa asechanza, prototipo y patrón de todas las horribles supresiones de Estados, que después han venido a caer sobre nobles naciones, y que han raspado, por decirlo así, su partida de bautismo. Todos los atentados sociales contemporáneos se derivan de la repartición de Polonia. La repartición de Polonia es un teorema cuyos corolarios son los actuales crímenes políticos. No hay un déspota ni un traidor, desde hace un siglo, que no haya visado, aprobado, firmado y rubricado, «ne varieteur», la repartición de Polonia.

Cuando se examina el legajo de las traiciones modernas, ésta se presenta la primera. El Congreso de Viena consultó este crimen antes de cometer el suyo: 1772 es el grito del cazador; 1815 es la comida que se da a los perros. Tal era el tema habitual de Feuilly. Este pobre obrero se había hecho el tutor de la Justicia, y ella le recompensaba haciéndole grande; porque hay, efectivamente, algo de eternidad en el Derecho. Varsovia no puede ser tártara, así como Venecia no puede ser tudesca; los reyes perderán el tiempo y el honor en esta empresa: tarde o temprano, la patria sumergida reaparece y flota en la superficie. Grecia vuelve a ser Grecia; Italia, Italia.

La protesta del Derecho contra el hecho persiste siempre; el robo de un pueblo no prescribe, porque estas grandes estafas no tienen porvenir y no se borra la marca de una nación como la de un pañuelo.

Courfeyrac tenía un padre que se llamaba el señor de Courfeyrac, porque una de las falsas ideas de la clase media de la Restauración, en materias de aristocracia y de nobleza, era creer en la partícula «de», y sabido es que esta partícula no tiene significación alguna. Pero la clase media del tiempo de «la Minerva» estimaba tanto este pobre «de», que se creía obligada a abdicarle. El señor de Chauvelin se hacía llamar señor Chauvelin; el señor de Caumartin, señor Caumartin; el señor Constant de Rebecque, Benjamín Constant; el señor de Lafayette, señor Lafayette; Courfeyrac no quiso quedarse atrás, y se llamaba Courfeyrac a secas.

Podríamos detenernos aquí en lo que se refiere a Courfeyrac, y nos limitamos a decir: Courfeyrac, véase Tolomyes.

Courfeyrac tenía, en efecto, esa verbosidad de joven que podría llamarse la belleza del diablo del espíritu. Esta gracia se pierde después como la gracia del gatito, y concluye, cuando tiene dos pies, en el ciudadano, y cuando tiene cuatro, en el gato.

Las generaciones que pasan por la escuela y las promociones de la juventud se transmiten este género de numen, que se pasan de mano en mano, «quasi cursores», casi siempre el mismo; de modo que, como acabamos de indicar, cualquiera que hubiera oído a Courfeyrac en 1828, habría creído oír a Tolomyes en 1810. Pero Courfeyrac era un buen muchacho. Bajo estas aparentes semejanzas exteriores, la diferencia entre Tolomyes y él era muy grande. El hombre latente que existía en ellos era en el primero distinto del segundo. Tolomyes era un procurador; Courfeyrac, un paladín.

Enjolras era el jefe; Combeferre, el guía; Courfeyrac, el centro. Los otros daban más luz; él, más candor. Tenía todas las cualidades de un centro: la redondez y la irradiación.

Bahorel había figurado en el tumulto sangriento de junio de 1822, con ocasión del entierro del joven Lallemand.

Bahorel era un muchacho de buen humor y de mala compañía; bravo, gastador, pródigo hasta llegar a la generosidad, hablador hasta llegar a la elocuencia, atrevido hasta llegar al descaro; la mejor pasta de diablo que es posible encontrar; tenía chalecos temerarios y opiniones de color de escarlata; era camorrista; es decir, nada le gustaba tanto como una riña, si no era un motín, y nada más que un motín, si no una revolución. Estaba siempre dispuesto a romper una vidriera, después a desempedrar una calle, y después a derribar un Gobierno, para ver el efecto. Era estudiante de «undécimo» año de Leyes. Huía el estudio del Derecho, pero lo practicaba; tenía por divisa: «abogado, nunca», y por armas una mesa de noche, en la cual se veía un bonete cuadrado. Siempre que pasaba por delante de la Facultad de Derecho, lo que sucedía pocas veces, se abotonaba la levita, porque aún no se había inventado el gabán, y tomaba precauciones higiénicas. Cuando hablaba del portal de la escuela, decía «¡Qué hermoso viejo!» Y del decano, señor Delvincourt: «¡Qué monumento!» Veía en los cursos un motivo de canciones, y en los profesores, tipos de caricaturas. Gastaba en no hacer nada una gruesa renta, como de tres mil francos. Sus padres eran unos campesinos, a quienes había sabido inculcar el respeto a su hijo.

Y decía de ellos: «Son campesinos, y no de la clase media; por eso no carecen de inteligencia.»

Era hombre caprichoso y vivía esparcido en varios cafés; los demás tenían sus hábitos; él no tenía ninguno. Andaba ocioso, y aquí debemos advertir que el andar errante es propio de todos los hombres; pero el andar ocioso es propio de los parisienses. En el fondo, era un talento penetrante y más pensador de lo que parecía.

Servía de lazo entre los amigos del A B C y otros grupos aún informes, pero que debían concluir de delinearse más adelante.

Había además en aquel cónclave de jóvenes una cabeza calva.

El marqués de Avaray, a quien Luis XVIII hizo duque por haberle ayudado a subir a un coche de plaza el día en que emigró. Contaba que en 1814, a su vuelta de Francia, cuando el rey desembarcó en Calais, le presentó un hombre un memorial.

—¿Qué pedís? —dijo el rey.

—Señor, una Administración de Correos.

—¿Cómo os llamáis?

—L'Aigle (el Águila).

El rey frunció el entrecejo, miró la firma del memorial y vio el nombre escrito así: «Lesgle.» Esta ortografía, poco bonapartista, tranquilizó al rey y le hizo sonreír.

—Señor —continuó el hombre del memorial—, tengo entre mis antepasados un perrero, a quien llamaban Lesgueules (Bocaza). Este mote me ha dado mi nombre. Me llamo Lesgueules; por contracción, Desgle, y por corrupción, L'Aigle.

Esto hizo que el rey acabara de sonreírse, y, por fin, le dio la Administración de Correos de Meaux, no sabemos si inocente o intencionadamente.

El miembro calvo del grupo era hijo de este Lesgle o Legle, y se afirmaba Legle de Meaux. Sus camaradas, para abreviar, le llamaban Bossuet.

Bossuet era un muchacho alegre y desgraciado. Su especialidad consistía en que todo le salía mal, pero él se reía de todo. A los veinticinco años era ya calvo. Su padre había conseguido comprar una casa y un campo; pero él por nada había tenido tanta prisa como por perder, en una falsa especulación, el campo y la casa, y no le había quedado nada. Tenía ciencia y talento, pero todo le salía al revés; en todo perdía, en todo se veía engañado; lo que construía se venía abajo, aplastándole. Si partía leña, se cortaba un dedo; si tenía una querida, descubría en seguida que ella tenía también un amigo. A cada momento le sucedía una desgracia; de aquí provenía su jovialidad. Solía decir: «Vivo en la casa del tejado cuyas tejas se caen.» Se admiraba muy poco, porque para él el accidente era lo previsto; recibía con serenidad la mala suerte y se sonreía de los reveses del Destino como quien oye una broma.

Era pobre, pero tenía un bolsillo inagotable de buen humor. Llegaba con facilidad a su último ochavo, pero nunca a su última risa. Cuando entraba la adversidad en su casa, la saludaba cordialmente, como un amigo antiguo, y daba cariñosas palmadas en el vientre a la catástrofe; tenía franqueza con la fatalidad, hasta el punto de llamarla por su nombre familiar:

—Buenos días, Mala Suerte —le decía.

Estos reveses de fortuna le habían dado cierto genio, inventivo, abundante en recursos. No tenía dinero, pero encontraba medio de hacer, cuando le parecía bien, «gastos desenfrenados». Una noche se comió «cien francos» en una cena con una muchachuela, que le inspiró, en medio de la orgía, esta frase memorable: «Fille de cinq louis; tire moi des bottes.»

Bossuet se encaminaba lentamente hacia la profesión de abogado; estudiaba Leyes, lo mismo que Bahorel. Bossuet tenía poca casa, y a veces ninguna. Vivía, ya en casa de uno, ya en casa de otro, y con más frecuencia con Joly, que estudiaba Medicina y tenía dos años menos que Bossuet.

Joly era el enfermo imaginario joven. Lo único que había conseguido al estudiar Medicina era hacerse más enfermo que médico.

A los veintitrés años se creía valetudinario y pasaba la vida mirándose la lengua al espejo. Afirmaba que el hombre se imanta como una aguja; ponía la cama en su alcoba con la cabecera al Mediodía y los pies al Norte, para que durante la noche no contrariase la circulación de la sangre la gran corriente magnética del Globo, y cuando había tempestad se tomaba el pulso. Por lo demás, era el más alegre de todos. Estas contradicciones, la juventud y la manía, la aprensión y el buen humor, se avenían perfectamente y formaban un ser excéntrico y divertido a quien sus camaradas, pródigos de consonantes aladas, llamaban Joll-lly.

—Puedes volar con cuatro eles —le decía Juan Prouvaire.

Joly tenía la costumbre de tocarse las narices con el puño del bastón, lo que indica un espíritu sagaz.

Todos estos jóvenes tan diferentes, y de los cuales no puede hablarse, en suma, sino seriamente, tenían una misma religión: el progreso.

Todos eran los hilos directos de la Revolución francesa. Los más frívolos llegaban a ser solemnes cuando se pronunciaba esta fecha: 1789. Sus padres, según la carne, eran, o habían sido, fuldenses, realistas, doctrinarios; poco importaba esta mezcla anterior a ellos, que eran jóvenes; no les concernía en nada; por sus venas corría en toda su pureza la sangre de los principios, y se consagraban, sin intermedio alguno, al Derecho incorruptible y el deber absoluto. Afiliados e iniciados bosquejaban subterráneamente el ideal.

En medio de todos estos corazones apasionados y de todos estos ánimos llenos de convicción había un escéptico. ¿Cómo se encontraba allí? Por una yuxtaposición. Este escéptico se llamaba Grantaire y firmaba habitualmente con este jeroglífico: «R». Era un hombre que se guardaba bien de creer en nada, uno de los estudiantes que más habían aprendido en sus cursos de París; sabía que el mejor café era el del café Lemblin, y el mejor billar, el del café Voltaire; que había buenas galletas y buenas chicas en el Ermitage del bulevar del Maine, pollos con salsa picante en casa de la tía Saguet, exquisitos pescados a la marinera en la barrera de la Conutte y cierto vinillo blanco en la del Combate. Sabía los buenos sitios para todo; manejaba la chancla y el zapato; bailaba algo y sabía usar el palo; era, además, gran bebedor e inconmensurablemente feo. La pespunteadora de botines más bonita de aquel tiempo, Irma Boissy, indignada de su fealdad, había dicho esta sentencia: «Grantaire es imposible.» Pero la fatuidad de Grantaire no se desconcertaba. Miraba tierna y fijamente a todas las mujeres, como diciéndoles: «¡Si yo quisiera!» Y trataba de hacer creer a sus compañeros que se veía generalmente solicitado.

Todas estas palabras: derechos del pueblo, derechos del hombre, contrato social, Revolución francesa, República, democracia, humanidad, civilización, religión, progreso, carecían para Grantaire casi completamente de significación. Se reía de ellas. El escepticismo, esa caries de la inteligencia, no le había dejado ni una idea entera en la cabeza. Vivía con ironía, y su axioma era éste: «No hay más que una incertidumbre: mi vaso lleno.» Se burlaba de todos los sacrificios en todos los partidos, lo mismo del hermano que del padre; lo mismo de Robespierre joven que de Loizerolles. «Bastante han avanzado con estar muertos», exclamaba. Decía del Crucifijo: «Éste es un suplicio que ha triunfado.» Corretón, jugador, libertino, embriagado con frecuencia, disgustaba a aquellos jóvenes esperanzados, cantando sin cesar: «Me gustan las muchachas, me gusta el buen vino», con el tono de «¡Viva Enrique IV!»

Este escéptico tenía, no obstante, un fanatismo: fanatismo que no era ni una idea, ni un dogma, ni un arte, ni una ciencia; era un hombre: Enjolras.

Grantaire admiraba, amaba y veneraba a Enjolras. ¿A quién se unía aquel incrédulo anarquista en aquella falange de espíritus absolutos? Al más absoluto. ¿Cómo le subyuga Enjolras? ¿Por las ideas? No, por el carácter. Fenómeno observado muchas veces. Un escéptico que se une a un creyente es una cosa tan sencilla como la ley de los colores complementarios, siempre nos trae la que nos falta; nadie ama la luz como el ciego; los enanos adoran al tambor mayor; el sapo tiene siempre los ojos en el cielo. ¿Para qué? Para ver volar los pájaros. Grantaire, en el cual se arrastraba la duda, se complacía en ver cernerse la fe en Enjolras.

Tenía necesidad de Enjolras. Sin explicárselo y aun sin tratar de hacerlo, aquella naturaleza casta, sana, firme, recta, dura, cándida, le atraía. Admiraba instintivamente a su contrario. Sus ideas flexibles, dislocadas, enfermas, deformes, se unían a Enjolras como a una espina dorsal. Su raquitismo moral se apoyaba en aquella firmeza. Grantaire, al lado de Enjolras, era alguien. Además, estaba compuesto de dos elementos en apariencia incompatibles.

Era irónico y cordial; su indiferencia era amorosa; su mente podía pasarse sin creencias, pero su corazón no podía prescindir de la amistad. Contradicción profunda, porque un afecto es una convicción; pero su naturaleza era así, porque hay hombres que parece que han nacido para ser el verso, el anverso y el reverso; que son al mismo tiempo Polux y Patroclo, Niso y Eudamidas, Efestion y Pochmeya. Sólo viven a condición de estar unidos a otro; su nombre es una continuación, y sólo se escribe precedido de la conjunción «y»; su existencia no les pertenece; es el otro lado de un destino que no es el suyo. Grantaire era uno de estos hombres, era el reverso de Enjolras.

Casi podría decirse que las afinidades comienzan con las letras del alfabeto. En el abecedario la «O» y la «P» son inseparables. Podéis, a vuestro gusto, pronunciar «O» y «P», o sea Orestes y Pílades.

Grantaire, verdadero satélite de Enjolras, frecuentaba este círculo de jóvenes; sólo vivía allí, sólo allí gozaba, y los seguía a todas partes. Todo su placer era ver ir y venir aquellos perfiles en los vapores del vino. Se le toleraba por su buen humor.

Enjolras, creyente y sobrio, despreciaba a este escéptico y a este borracho; sólo le concedía un poco de lástima altanera. Grantaire era un Pílades no aceptado. Tratado con dureza por Enjolras, rechazado y alejado bruscamente, volvía sin cesar a él y decía de Enjolras:

—¡Qué hermoso mármol!

Una tarde que tenía, como va a verse, alguna coincidencia con los sucesos que hemos contado más arriba, Laigle de Meaux estaba sensualmente recostado en las jambas de la puerta del café Musain. Tenía el aspecto de una cariátide en vacaciones. No llevaba consigo más que sus ensueños y estaba mirando a la plaza de San Miguel. Estar recostado es una manera de estar echado de pie, que no es impropia de los soñadores. Laigle de Meaux pensaba, sin melancolía, en un percance que le había sucedido el día anterior en la Facultad de Derecho, y que modificaba sus proyectos personales para el porvenir; proyectos, por otra parte, bastante vagos.

La meditación no se opone a que pase un cabriolé ni a que el que medita se fije en él. Laigle de Meaux, cuya vista erraba en una especie de difusa vagancia, vio, a través de su sonambulismo, un vehículo de dos ruedas que pasaba por la plaza, al paso y como indeciso. ¿Qué iba a hacer este cabriolé? ¿Por qué iba al paso? Laigle lo observó. Iba dentro, al lado del cochero, un joven, y delante del joven un grueso saco de noche. El saco mostraba a los transeúntes este nombre escrito en gruesas letras negras en un papel cosido a la tela: Mario Pontmercy.

Este nombre hizo cambiar la posición a Laigle. Se enderezó y gritó al joven del cabriolé:

—¡Señor Mario Pontmercy!

El cabriolé interpelado se detuvo.

El joven, que también parecía ir meditando, levantó los ojos.

342

—¡Eh! —dijo.

—¿Sois el señor Mario Pontmercy?

—Efectivamente.

—Os buscaba —volvió a decir Laigle de Meaux.

—¿Pues cómo? —preguntó Mario, porque era él, que salía de casa de su abuelo y tenía delante de sí un rostro que no había visto nunca—. No os conozco.

—Ni yo tampoco a vos —dijo Laigle.

Mario creyó haberse encontrado con un burlón y tener que aceptar una broma en medio de la calle. No estaba del mejor humor en aquel momento y frunció el entrecejo; pero Laigle de Meaux, imperturbable, prosiguió:

—¿No fuisteis anteayer a la cátedra?

—Es posible.

—¿Sois estudiante? —preguntó Mario.

—Sí, señor, como vos. Anteayer entré en la clase por casualidad, ya comprenderéis que alguna vez le dan a uno estas ideas. El profesor iba a pasar lista, y no ignoráis cuán ridículos son todos los profesores en este momento. A las tres faltas os borran de la matrícula: sesenta francos perdidos.

Mario empezó a escuchar. Laigle continuó:

—El que pasaba lista era Blondeau. Ya lo conocéis; tiene una nariz muy puntiaguda y muy maliciosa que olfatea con delirio a los que faltan a clase. Comenzó socarronamente por la letra «P». Yo no escuchaba, porque no estaba comprometido en esa letra. La lista no iba mal, no había una radiación, porque todo el universo estaba presente. Blondeau estaba triste y yo me decía: «Blondeau, amor mío, hoy no harás ninguna ejecución.» Pero de repente llama a Mario Pontmercy. Nadie responde. Blondeau, lleno de esperanza, repite más fuerte: «Mario Pontmercy», y coge la pluma. Caballero, yo tengo corazón, y me dije rápidamente: «Ése es un buen muchacho, a quien van a borrar de la lista. Atención. Éste es un verdadero vividor que no es exacto; no es un buen discípulo, no es gastador de bancos, un estudiante que estudia, un barbilampiño pedante, profundo en ciencias, letras, teología y sapiencia; uno de esos talentos rudos prendidos con cuatro alfileres, uno por cada Facultad. Es un honrado perezoso que anda vagando, que practica los "novillos", que cultiva las modistas, que hace el honor a las bellas, y que quizá en este momento esté en casa de mi querida. Salvémosle. ¡Muera Blondeau!» En aquel instante, Blondeau mojaba en el tintero su negra pluma de borrar; paseó su fiera pupila por el auditorio y repitió por tercera vez: «¡Mario Pontmercy!» Yo respondí: «¡Presente!» Y esto hizo que no os borraran.

—¡Caballero! —dijo Mario.

—Y que el borrado haya sido yo —añadió Laigle de Meaux.

—No os comprendo —dijo Mario.

Laigle continuó:

—Nada más sencillo. Yo estaba cerca de la cátedra para responder y cerca de la puerta para marcharme. El profesor me miraba con cierta fijeza. De repente, Blondeau, que debe ser la nariz maligna de que habla Boileau, salta a la letra «L». La «L» es mi letra, porque soy de Meaux y me llamo Laigle.

—¡L'Aigle! —interrumpió Mario—. ¡Qué hermoso nombre!

—Caballero, Blondeau llegó a este hermoso nombre y gritó: «¡Laigle!» Yo respondí: «¡Presente!» Entonces Blondeau me miró con la dulzura del tigre, se sonrió y me dijo: «Si sois Pontmercy no sois Laigle (el Águila).» Frase que parece poco cortés para vos, pero que era muy lúgubre para mí. Dicho esto me borró.

Mario exclamó:

—Caballero, cuánto siento...

—Ante todo —dijo Laigle—, quiero embalsamar a Blondeau con algunas frases de sentido elogio. Lo supongo muerto, para lo cual no habría que cambiar mucho en su delgadez, en su palidez, en su heladez, en su rigidez y en su fetidez.

Y digo: «Erudimine quijudicatis terram.» Aquí yace Blondeau, el Blondeau-Nariz, el Blondeau-Nasica, el buey de la disciplina, «bos disciplinæ», el moloso de la consigna, el ángel de la lista, que fue recto, cuadrado, exacto, rígido, honrado y repugnante. Dios le borró como él a mí.

—Siento tanto... —replicó Mario.

—Joven —le dijo Laigle de Meaux—. Sírvaos esto de lección: sed más puntual en adelante.

—Os pido mil perdones.

—No os expongáis a que borren a vuestro prójimo.

—Estoy desesperado.

Laigle soltó una carcajada.

—Y yo muy alegre. Estaba a punto de ser abogado, y esta raya me salva. Renuncio a los triunfos del foro. No defenderé a la viuda ni atacaré al huérfano. Nada de toga, nada de estrados. Mi radiación está obtenida, y a vos os lo debo, señor Pontmercy. Debo haceros solemnemente una visita de agradecimiento. ¿Dónde vivís?

—En este cabriolé —dijo Mario.

—Señal de opulencia —respondió Laigle con tranquilidad—. Os felicito. Tenéis una habitación de nueve mil francos por año.

En este momento salió Courfeyrac del café.

Mario se sonrió tristemente.

—Estoy en esta casa desde hace dos horas y deseo salir de ella; pero esto es una historia, y no sé adónde ir.

—Caballero —dijo Courfeyrac—, venid a mi casa.

—Tengo la prioridad —observó Laigle—, pero no tengo casa.

—Cállate, Bossuet —repuso Courfeyrac.

—¡Bossuet! —dijo Mario—. Creía que os llamabais Laigle (el Águila).

—De Meaux —respondió Laigle—, y por metáfora, Bossuet.

Courfeyrac subió al cabriolé.

—Cochero —dijo—, hostería de la Puerta de Santiago.

Y la misma tarde Mario se instaló en un cuarto de la hostería de la Puerta de Santiago, al lado de Courfeyrac.

En pocos días se hizo Mario amigo de Courfeyrac: la juventud es la estación de las soldaduras prontas y de las cicatrices rápidas. Mario, al lado de Courfeyrac, respiraba libremente, cosa que era bastante nueva para él. Courfeyrac no le había hecho ninguna pregunta ni había pensado siquiera en esto. A cierta edad las fisonomías lo dicen todo en seguida y la palabra es inútil. Hay jóvenes de quienes podría decirse que tienen una fisonomía parlante. Se miran y se conocen.

Sin embargo, una mañana Courfeyrac le hizo bruscamente esta interrogación:

—A propósito, ¿tenéis opinión política?

—¡Vaya! —dijo Mario, casi ofendido de la pregunta.

—¿Qué sois?

—Demócrata bonapartista.

—Matiz gris de ratón confiado —dijo Courfeyrac.

Al día siguiente, Courfeyrac llevó a Mario al café Musain y le dijo al oído, sonriéndose:

—Es preciso que os dé entrada en la revolución.

Le condujo a la sala de los amigos del A B C y lo presentó a los demás compañeros, diciendo sólo estas palabras, que Mario no comprendió:

—Un discípulo.

Mario había caído en un avispero de talentos; pero, aunque silencioso y grave, no era el menos alado ni el menos armado.

Mario, hasta entonces solitario y aficionado al monólogo y al aparte, por costumbre y por gusto, se quedó como asustado ante aquella bandada de pájaros. Todas aquellas variadas iniciativas le solicitaban y le atraían en diversos sentidos a la vez.

El vaivén tumultuoso de todos aquellos ingenios, libres y laboriosos, conmovía sus ideas en revuelto torbellino, y alguna vez, en su turbación, se iban tan lejos de él, que le costaba trabajo recogerlas. Oía hablar de filosofía, de literatura, de arte, de historia y de religión de una manera inaudita. Vislumbraba aspectos extraños, y como no los ponía en perspectiva, no estaba seguro de no ver el caos. Al abandonar las opiniones de su abuelo por las de su padre, había creído haber adquirido ideas fijas; pero ahora sospechaba con inquietud, y sin atreverse a afirmarlo, que no las tenía. El prisma por el cual lo veía todo empezaba de nuevo a moverse. Cierta oscilación conmovía todos los horizontes de su cerebro, produciendo en él una extraña confusión casi dolorosa.

Parecía que para aquellos jóvenes no había «cosas sagradas». Mario oía, sobre todo, un idioma nuevo y singular que bañaba su alma, aún muy tímida.

Veíase un cartel de teatro, adornado con un título de tragedia del antiguo repertorio, llamado clásico, y gritaba Bahorel:

—¡Abajo la tragedia preferida por los tenderos!

Y Mario oía que Combeferre contestaba:

—Haces mal, Bahorel; los tenderos prefieren la tragedia, y debemos en este punto dejarlos tranquilos. La tragedia con peluca tiene su razón de ser, y yo no soy de esos que, en nombre de Esquilo, le disputan el derecho a existir. En la Naturaleza hay bosquejos; en la creación hay parodias hechas. Un pico que no es pico, alas que no son alas, aletas que no son aletas, patas que no son patas y un grito doloroso que mueve a risa: tal es el pato. Pero supuesto que la volatería existe al lado del ave, no veo razón para que la tragedia clásica no viva frente a frente de la tragedia antigua.

O bien la casualidad hacía que Mario pasase por la calle de Juan Jacobo Rousseau, entre Enjolras y Courfeyrac, y éste, cogiéndole del brazo, le decía:

—Prestadme atención. Ésta es la calle de la Yesería, que se llama hoy de Juan Jacobo Rousseau a causa de una familia especial que vivía en ella hace unos sesenta años. Esta familia la componían Juan Jacobo y Teresa. De cuando en cuando hacían algunos pequeñuelos. Teresa los daba al mundo y Juan Jacobo los daba a la Inclusa.

Y Enjolras reprendía a Courfeyrac:

—¡Silencio ante Juan Jacobo! Admiro a ese hombre: renegaba de sus hijos, es verdad, pero prohijó al pueblo.

Ninguno de aquellos jóvenes pronunciaba nunca esta palabra: «el emperador». Sólo Juan Prouvaire decía algunas veces Napoleón. Todos los demás decían Buonaparte. Enjolras pronunciaba «Bonaparte».

Mario se asombraba vagamente. «Initium sapientiæ.»

Una de las conversaciones que tuvieron estos jóvenes, conversaciones a las que asistía Mario, tomando parte en ellas alguna vez, había producido una verdadera sacudida a su ánimo.

Pasaban estas escenas en la sala del café Musain. Casi todos los amigos del A B C estaban allí reunidos aquella noche. El quinqué estaba solamente encendido. Se hablaba de todo, pero sin pasión y con ruido. Excepto Enjolras y Mario, que se callaban, todos los demás arengaban un poco. Las conversaciones entre camaradas son muchas veces tumultos pacíficos. Era aquello un juego y una confusión tanto como una conversación. Echábanse unos a otros palabras que eran recogidas. Se hablaba en los cuatro extremos.

En aquella sala no se admitía a ninguna mujer más que a Luisita, la fregatriz de la vajilla del café, que la atravesaba de tiempo en tiempo para ir del fregadero al «laboratorio».

Grantaire, completamente borracho, ensordecía el rincón de que se había apoderado, razonando y desrazonando a grito herido.

—Tengo sed, mortales —decía—; estoy soñando; sueño que el tonel de Heidelberg tiene un ataque de apoplejía, y que yo soy una sanguijuela de la docena de ellas que le van a aplicar. Quisiera beber. Deseo olvidar la vida. La vida es una

345

invención repugnante, inventada por no sé quién. Ni dura ni vale nada. Se cansa uno viviendo. La vida es una decoración en que hay muy poco practicable. La felicidad es una ventana vieja pintada sólo por un lado. El Eclesiastés dice: «Todo es vanidad.» Y pienso, como este buen hombre, que tal vez nunca ha existido. El cero, no queriendo ir desnudo, se ha vestido de vanidad. ¡Oh vanidad, que todo lo revistes de grandes palabras! ¡Una cocina es un laboratorio; un bailarín, un profesor; un saltimbanqui, un gimnasta; un boxeador, un pugilista; un boticario, un químico; un peluquero, un artista; un albañil, un arquitecto; un jockey, un sportmant; un escarabajo, un pterigibranquio! La vanidad tiene un revés y un derecho; el revés es tonto, es el negro con sus cuentas de cristal; el revés es necio, es el filósofo con sus andrajos. Lloro por el uno y me río del otro. Los que se llaman honores y dignidades, y aun el honor y la dignidad, son generalmente oropeles. Los reyes juegan con el orgullo humano. Calígula hacía cónsul a su caballo; Carlos II hacía caballero a un solomillo de vaca. Pavoneaos ahora entre el cónsul Incitatus y el barón Roastbeef. En cuanto al valor intrínseco de las personas, no es más respetable. Escuchad el panegírico que el vecino hace de su vecino. Lo blanco sobre lo blanco es una cosa feroz; si hablase la azucena, ¡cómo pondría a la paloma! Una hipócrita que habla de una devota es más venenosa que el áspid y que el búngaro azul. Es lástima que yo sea un ignorante, porque os citaría una porción de cosas; pero nada sé. Siempre he tenido chispa: por ejemplo, cuando era escolar en casa de Gros, en vez de embadurnar cuadraditos, pasaba el tiempo en afanar manzanas; rapaz es el masculino de rapiña. Esto en cuanto a mí. En cuanto a vosotros, valéis otro tanto. Me río de vuestras perfecciones, excelencias y cualidades. Toda cualidad se pierde en un defecto; la economía linda con la avaricia; la generosidad, con la prodigalidad; la bravura, con la fanfarronería; mucha piedad es decir fanatismo, hay tantos vicios en la virtud como agujeros en el manto de Diógenes. ¿A quién admiráis, al muerto o al matador? ¿A César o a Bruto? Generalmente al matador. ¡Viva Bruto!, porque mató. Esto es la virtud. Virtud, sí pero locura también. Estos grandes hombres tienen faltas muy curiosas. El Bruto que mató a César estaba enamorado de la estatua de un niño. Esta estatua era del estatuario griego Estrongilion, que había modelado también la figura de amazona llamada Bella-Pierna, Eucnemus, que Nerón llevaba consigo en los viajes. Estrongilion no dejó más que dos estatuas, que pusieron de acuerdo a Bruto y a Nerón. Bruto se enamoró de una, y Nerón, de otra. La Historia no es más que una continua repetición. Cada siglo plagia a otro. La batalla de Marengo es copia de la de Pydna; el Tolbiac de Clodoveo y el Austerlitz de Napoleón se parecen como dos gotas de sangre. Yo hago poco caso de la victoria. No hay nada tan estúpido como vencer; la verdadera gloria es convencer. Pero ¡tratad de probarme alguna cosa! Os contentáis con el éxito: ¡qué medianías! Con la conquista: ¡qué miseria! ¡Ah! Vanidad y vileza en todo. Todo obedece al éxito, aun la gramática. «Si volet usus», dice Horacio. Por tanto, desprecio al género humano. ¿Descenderé ahora del todo a la parte? ¿Queréis que admire a los pueblos? Qué pueblo queréis, ¿Grecia? Los atenienses, es decir, los parisienses de entonces, mataban a Foción, como quien dice, de Caligny, y adulaban a los tiranos, hasta el punto que Anáceforo decía de Pisístrato: «Su orín atrae a las abejas.» El hombre más notable de Grecia, en el espacio de cincuenta años, fue el gramático Filetas, que era tan diminuto que tenía que ponerse plomo en los zapatos para que no le arrebatase el viento. En la gran plaza de Corinto había una estatua esculpida por Silanion, y citada en su catálogo por Plinio; representaba a Epistato. ¿Y qué había hecho Epistato? Había inventado la zancadilla. Esto resume Grecia y la gloria. Pasemos a otros pueblos. ¿Admiraré a Inglaterra? ¿Admiraré a Francia? ¿A Francia? ¿Y por qué? ¿Porque tiene un París? Acabo de deciros mi opinión sobre Atenas. ¿A Inglaterra? ¿Y por qué? ¿Porque tiene un Londres? Odio a Cartago. Además, Londres, metrópoli de lujo, es capital de la miseria. Sólo en la parroquia de Charing-Cross mueren cien personas al año de hambre. Tal es la Albión. Y para acabar, añado que he visto bailar a una inglesa con corona de rosas y anteojos azules. Así, pues, una hija para Inglaterra. Si no admiro a John Bull, ¿admiraré a su hermano Jonathan? Me gusta muy poco este hermano que tiene esclavos. Quitad el «time is money», ¿y qué queda de Inglaterra? Quitad el «coton is king», ¿y qué queda de América? Alemania es la linfa; Italia, la bilis. ¿Nos extasiaremos ante Rusia? Voltaire la admiraba, pero admiraba también a la China. Convengo en que Rusia tiene sus bellezas, entre otras, un gran despotismo; pero compadezco a los déspotas; tienen una salud delicada. Hay un Alejo decapitado, un Pedro cosido a puñaladas, un Pablo estrangulado, otro Pablo hundido a taconazos, varios Ivanes degollados, varios Nicolases y Basilios envenenados, todo lo cual indica que el palacio de los emperadores de Rusia tiene tristes condiciones de insalubridad. Todos los pueblos civilizados ofrecen a la meditación del hombre pensador un hecho: la guerra. Pero la guerra civilizada agota y totaliza las formas del bandidismo, desde el salteamiento del ladrón de trabuco en las gargantas del monte Jaxa hasta el merodeo de los indios comanches en el Paso-Dudoso. ¡Bah! Me diréis: «Europa vale más que Asia.» Convengo en que el Asia es una farsa; pero no sé por qué os reís del gran lema, vosotros pueblos de Occidente, que habéis mezclado con vuestras modas y vuestra elegancia todas las inmundicias complicadas de la majestad, desde la camisa sucia de la reina Isabel hasta la silla del retrete del Delfín. Señores humanos, os digo: ¡Mamola! Bruselas es el pueblo que consume más cerveza; Estocolmo, más aguardiente; Madrid, más chocolate; Amsterdam, más ginebra; Londres, más vino; Constantinopla, más café; París, más ajenjo. A esto están reducidas todas las nociones útiles. París sobresale. En París hasta los traperos son sibaritas. Diógenes hubiera querido ser mejor trapero en la plaza Maubert que filósofo del Pireo. Ahora atended: las tabernas de los traperos se llaman «bibinas»; las más célebres son la «Cacerola» y el «Matadero». Pero, ¡oh!, figones, bodegones, tapones, tabernas, chiscones, cachimares, bibinas de traperos, caravanserrallos de los califas, yo os tomo como testigos, yo soy un voluptuoso de cuarenta sueldos y quiero tapices de Persia, tales que pueda rodar por ellos Cleopatra desnuda. ¿Dónde está Cleopatra? ¡Ah! Eres tú, Luisita. Buenos días.

Así Grantaire, más que borracho, se deshacía en palabras, abrazando a la fregatriz de la vajilla del café, en su rincón de la sala interior del café Musain.

Bossuet trató de imponerle silencio, extendiendo hacia él la mano; pero Grantaire continuó más entusiasmado:

—¡Águila de Meaux, abajo las patas! No me causas ningún efecto con tu gesto de Hipócrates rechazando los presentes de Artajerjes. Te dispenso de calmarme. Además, estoy triste. ¿Qué queréis que os diga? El hombre es malo, deforme; la mariposa es un ser completo; el hombre fracasó. Dios se equivocó al hacer este animal. Una multitud es una colección de fealdades. Cualquiera es un miserable. Mujer rima con mal ser. Sí, tengo «spleen» complicado con melancolía, con nostalgia, con hipocondría. Me desespero, rabio, se me abre la boca, me fastidio, me aburro, me embrutezco...

—¡Silencio, erre mayúscula! —dijo Bossuet, que discutía un punto de Derecho con otros, y que estaba metido hasta medio cuerpo en una frase de la jerga forense, cuyo fin era éste:

—En cuanto a mí, aunque apenas soy legista y, a lo más, puedo pasar por procurador de afición, sostengo que, conforme a la costumbre de Normandía, el día de San Miguel, y cada año, debería pagarse un equivalente al señor, salvos los demás derechos, por todos y cada uno, tanto propietarios como herederos, por todas las enfiteusis, arrendamientos, alodios, contratos periciales, hipotecarios e hipotecables...

—Ecos, ninfas lastimeras —murmuró Grantaire.

Cerca de éste, y en una mesa casi silenciosa, una hoja de papel, un tintero y una pluma entre dos copas anunciaban que se estaba bosquejando un «vaudeville». Este gran negocio se trataba en voz baja y tocándose las dos cabezas que trabajaban.

—Comencemos por buscar los nombres. Cuando se tienen los nombres se halla en seguida el argumento.

—Es cierto. Dicta. Yo escribo.

—¿Señor Dorimon?

—¿Rentista?

—Sin duda.

—Su hija Celestina.

—...tina. ¿Qué más?

—¿El coronel Sainval?

—Sainval está muy usado. Yo le llamaría Valsain.

Al lado de estos aspirantes a vaudevillistas había otro grupo que se aprovechaba también del ruido para hablar bajo. Discutía un duelo. Un viejo de treinta años aconsejaba a un joven de dieciocho y le explicaba con qué adversario tenía que habérselas.

—¡Diablo! Desconfiad. Es un magnífico florete: tira muy limpio. Conoce el ataque, no pierde golpe. Tiene puño, impetuosidad, viveza, el quite justo y respuestas matemáticas. ¡Caramba!, y es zurdo.

En el rincón opuesto a Grantaire estaban Joly y Bahorel jugando al dominó y hablando de amor.

—Eres feliz —decía Joly—. Tienes una querida que siempre está riendo.

—Pues es un defecto —respondió Bahorel—; las queridas hacen muy mal en reír, porque así nos animan a engañarlas. El verlas alegres quita el remordimiento; pero si uno las ve tristes le parece cargo de conciencia el dejarlas.

—¡Ingrato! ¡Es tan bueno tener una mujer que se ríe! ¿Y no reñís nunca?

—Eso depende del convenio que hemos celebrado. Al hacer nuestra santa alianza nos hemos designado a cada uno nuestra frontera; no la pasamos nunca. La que está al Norte pertenece al cantón de Vaud; la del Sur, a Gex. De aquí proviene la paz.

—La paz es la felicidad en el acto de la digestión.

—Y tú, Joll-lly, ¿cómo vas de tu desavenencia con la señorita...? Ya sabes a quién aludo.

—Sigue desdeñándome con una paciencia cruel.

—Y, sin embargo, eres un tierno enamorado.

—¡Ah!

—Yo en tu lugar la plantaría.

—Eso es muy fácil de decir.

—Y de hacer. ¿No se llama Musicheta?

—Sí. ¡Ah, pobre Bahorel! Es una chica soberbia, muy literata, con diminutos pies y pequeñas manos, bien compuesta, blanca, torneada, con ojos de hechicera. Estoy loco.

—Pues, querido, entonces es preciso agradarle, ser elegante y hacer efectos de rodillas. Compra en casa de Staub un buen pantalón de cuero de lana. Esto da cierto tono.

—¿A cómo? —gritó Grantaire.

En el tercer rincón se oía una discusión poética. La mitología pagana disputaba con la teología. Se trataba del Olimpo, y lo defendía Juan Prouvaire por romanticismo. Juan Prouvaire sólo era tímido en los momentos de reposo. Una vez excitado, estallaba; cierto sello de alegría marcaba su entusiasmo, y era a la vez risueño y lírico.

—No insultemos a los dioses —decía—. Los dioses no se han ido quizá. Júpiter no me causa el efecto de un muerto. Decís que los dioses son sueños. Pues bien; aun en la Naturaleza, tal como es hoy, después de la desaparición de los sueños, se encuentran todos los antiguos mitos paganos. Una montaña de aspecto de una ciudadela, mirada de perfil, como Vignemale, es aún para mí el tocado de Cibeles; nadie me ha demostrado que Pan no venga por la noche a soplar en el tronco hueco de los sauces, tapando, sucesivamente, los agujeros con los dedos, y siempre he creído que está para algo en la cascada de Pissevache.

En el último rincón se hablaba de política: se maltrataba la carta otorgada. Combeferre la defendía débilmente y Courfeyrac la atacaba enérgicamente en brecha. En la mesa había un ejemplar de la malhadada carta Touquet. Courfeyrac la había cogido y la sacudía, mezclando con sus argumentos el ruido del papel.

—En primer lugar, no quiero reyes; aunque no sea más que desde el punto de vista económico, no los quiero; un rey es un parásito. Los reyes no se tienen gratis. Oíd esto: carestía de los reyes. A la muerte de Francisco I, la deuda pública en Francia era de treinta mil libras de renta; a la muerte de Luis XIV ascendía a dos mil seiscientos millones de veintiocho libras el marco, lo que equivaldría, en 1760, según Desmarets, a cuatro mil quinientos millones, y ascendería hoy a doce mil millones. En segundo lugar, con perdón de Combeferre, una carta otorgada es un mal expediente de civilización. Salvar la transición, dulcificar el tránsito, amortiguar la sacudida, hacer pasar insensiblemente a la nación de la monarquía a la democracia por la práctica de las ficciones constitucionales, son razones muy detestables. ¡No, no! No alumbremos nunca al pueblo con luz falsa. Los principios se debilitan y palidecen en vuestra bodega constitucional. Fuera bastardías, fuera compromisos, fuera concesiones del rey al pueblo. En todas estas concesiones hay un artículo 14. Al lado de la mano que da está la garra que quita. Rechazo vuestra carta. Una carta es una máscara; bajo ella está la mentira. Un pueblo que acepta una carta, abdica. El Derecho debe ser completo, si no no es Derecho. ¡No! ¡Fuera la carta!

Era invierno; dos leños chispeaban en la chimenea. Courfeyrac, ante aquella tentación, no pudo resistir. Arrugó la pobre carta Touquet y la echó al fuego. El papel hizo llama. Combeferre miró filosóficamente cómo se quemaba la obra maestra de Luis XVIII y se contentó con decir:

—La carta convertida en humo.

Y los sarcasmos, los chistes, las agudezas, esa cosa francesa que se llama el «entrain», esa cosa inglesa que se llama el «homour», el bueno y el mal gusto, las buenas y las malas razones, la loca chispa del diálogo, creciente a cada momento y cruzándose por todos los puntos de la sala, formaban sobre las cabezas una especie de alegre bombardeo.

El choque de los ingenios jóvenes ofrece la particularidad admirable de que no se puede nunca prever la chispa ni adivinar el relámpago. ¿Qué va a brotar en un momento dado? Nadie lo sabe. La carcajada parte de la ternura; la gravedad sale de un momento de burla. Los impulsos provienen de la primera palabra que se oye. La vena de cada uno es soberana. Un chiste basta para abrir la puerta de lo inesperado. Estas conversaciones son, pues, entretenimientos de bruscos cambios en que la perspectiva varía de repente. La casualidad es el maquinista de estas discusiones.

Así, una idea grave, que surgió caprichosamente de entre un juego de palabras, atravesó esta conversación, en que se tiroteaban confusamente Grantaire, Bahorel, Prouvaire, Bossuet, Combeferre y Courfeyrac.

¿Cómo brota una frase de un diálogo? ¿Cuál es la causa de que quede escrita con letra bastardilla en la imaginación de los que la oyen? Acabamos de decirlo: nadie lo sabe. En medio del ruido, Bossuet terminó un apóstrofe dirigido a Combeferre con esta fecha: 18 de junio de 1815: Waterloo.

Al oír este nombre, Waterloo, Mario, apoyando los codos en una mesa, y cerca de un vaso de agua, se quitó el puño de la barba y se puso a mirar fijamente al auditorio.

—¡Por Dios! —exclamó Courfeyrac («pardiez» iba estando en desuso por aquel tiempo)—, este número 18 es muy extraño y me llama la atención. Es el número fatal de Napoleón. Poned a Luis delante y al brumario detrás, y tendréis todo el destino del hombre, con la particularidad significativa de que el principio es pisoteado por el fin.

Enjolras, que hasta entonces había permanecido mudo, rompió el silencio y dijo a Courfeyrac:

—Tú quieres decir el crimen por la expiación.

Esta palabra «crimen» pasaba el límite de lo que podía aceptar Mario, conmovido ya con la brusca evocación de Waterloo.

Se levantó y fue lentamente hacia el mapa de Francia que había en la pared, en cuya parte inferior se veía una isla en un cuadrito separado, y puso el dedo en este cuadrito, diciendo:

—Córcega, isla pequeña que ha hecho grande a Francia.

Estas palabras fueron como un soplo de aire helado. Todos se interrumpieron. Conocióse que iba a empezar algo.

Bahorel, replicando a Bossuet, estaba dispuesto a recostarse, tomando su actitud favorita; pero renunció a ello por escuchar.

Enjolras, cuyos ojos azules no se fijaban en nadie y parecían contemplar el vacío, respondió sin mirar a Mario:

—Francia no necesita ninguna Córcega para ser grande. Francia es grande porque es Francia: «Quia nominor leo.»

Mario no experimentó deseo alguno de retroceder. Se volvió hacia Enjolras y dejó oír su voz con una vibración que provenía del estremecimiento del corazón:

—No permita Dios que yo deprima a Francia. Pero no es deprimirla unirla a Napoleón. Discutamos. Yo soy nuevo entre vosotros, pero os confieso que no me asustáis. ¿Dónde estamos? ¿Qué somos? ¿Qué sois? ¿Qué soy yo? Hablemos del emperador. Os oigo decir Buonaparte, acentuando la «u» como los realistas, y os advierto que mi abuelo lo hacía mejor aún. Decía: «¡Buonaparté!» Os creía jóvenes. ¿En qué ponéis vuestro entusiasmo? ¿Qué hacéis? ¿Qué admiráis, si no admiráis al emperador? ¿Qué más necesitáis? Si no consideráis grande a éste, ¿qué grandes hombres queréis? Napoleón lo tenía todo. Era un ser completo. Su cerebro era el cubo de las facultades humanas. Hacía códigos como Justiniano; dictaba como César; su conversación tenía la brillantez de Pascal y la precisión de Tácito. Hacía la Historia y la escribía. Sus boletines son Ilíadas; combinaba las cifras de Newton con las metáforas de Mahoma; dejaba detrás de sí, en Oriente, palabras grandes como las pirámides; en Tilsit enseñaba la majestad a los emperadores; en la Academia de Ciencias contestaba a Laplace; en el Consejo de Estado discutía con Merlin; daba alma a la geometría de éstos y a las argucias de aquéllos; era legista con los procuradores y sideral con los astrónomos; como Cromwell apagando una vela de dos, se iba al Temple a regatear una borla de cortina; todo lo veía y lo sabía, lo que no le impedía reír con la risa del más bonachón al lado de la cuna de su hijo. De pronto, Europa se asustaba y escuchaba; los ejércitos se ponían en marcha, rodaban los parques de artillería, los puentes de barcas cubrían los ríos, las nubes de caballería galopaban entre el huracán; había gritos, trompetas, temblor de tronos; oscilaban las fronteras de los reinos en el mapa; se oía el ruido de una espada sobrehumana que salía de la vaina; se le veía elevarse sobre el horizonte, con una llama en la mano y la radiación en los ojos, desplegando en medio del rayo sus dos alas; es decir, el gran ejército y la Guardia veterana. ¡Era el arcángel de la guerra!

Todos callaban y Enjolras bajaba la cabeza. El silencio produce siempre alguna aquiescencia o, por lo menos, una especie de descanso sobre las armas. Mario, casi sin tomar aliento, continuó con entusiasmo creciente:

—Seamos justos, amigos. ¡Qué brillante destino de un pueblo ser el Imperio de semejante emperador, cuando el pueblo es Francia y asocia su genio al genio del gran hombre! Aparecer y reinar, marchar y triunfar, tener por etapas todas las capitales, hacer reyes de los granaderos, decretar caídas de dinastías, transfigurar a Europa a paso de carga; sentir, cuando amenazáis, que ponéis la mano en el pomo de la espada de Dios; seguir en un solo hombre a Aníbal, a César y a Carlomagno;

ser el pueblo de un hombre que mezcla con todas vuestras auroras la noticia de una brillante victoria; tener por despertador el cañón de los Inválidos; arrojar en abismos de luz palabras prodigiosas que resplandecen para siempre: Marengo, Arcole, Austerlitz, Jena, Wagram; hacer brillar a cada instante en el cenit de los siglos constelaciones de victorias; dar el Imperio francés por contrapeso al Imperio romano; ser la gran nación y producir el gran ejército; hacer volar las legiones por todos los pueblos, así como una montaña envía a todas partes sus águilas; vencer, dominar, fulminar; ser, en medio de Europa, un pueblo dorado a fuerza de gloria; tocar, a través de la Historia, una marcha de titanes; conquistar el mundo dos veces, por conquista y por deslumbramiento; esto es sublime. ¿Qué hay más grande?

—Ser libre —dijo Combeferre.

Mario bajó a su vez la cabeza; esta sola palabra pronunciada sencilla y fríamente, atravesó como una hoja de acero su épica efusión y sintió que se desvanecía. Cuando levantó la vista, Combeferre no estaba allí. Probablemente satisfecho de su réplica a la apoteosis, acababa de salir, y todos, excepto Enjolras, le habían seguido. La sala estaba vacía. Enjolras se había quedado solo con Mario y lo miraba atentamente. Mario ordenó un poco sus ideas y no se creyó derrotado. Había en él un resto de entusiasmo que iba a traducirse, sin duda, en silogismos desplegados contra Enjolras, cuando se oyó cantar en la escalera a uno que se retiraba. Era Combeferre. Véase lo que cantaba:

> *Si César me hubiera dado*
> *la guerra y la victoria*
> *y me hubiera obligado*
> *a dejar a mi madre por la gloria,*
> *habría dicho a Augusto:*
> *Da el cetro a quien te cuadre.*
> *No es eso de mi gusto;*
> *yo prefiero quedarme con mi madre.*

El acento tierno y severo con que cantaba Combeferre daba a esta canción cierta extraña grandeza.

En este momento sintió en el hombro la mano de Enjolras.

—Ciudadano —le dijo Enjolras—, mi madre es la República.

Aquella noche produjo en Mario una conmoción profunda y una oscuridad triste en el alma. Experimentó lo que tal vez experimenta la tierra en el momento en que abre su seno el hierro para depositar en ella el grano de trigo: sólo siente la herida; el movimiento del germen y el placer del fruto vienen después.

Mario se quedó sombrío. ¿Debía abandonar una fe cuando acababa de adquirirla? Se dijo que no, se aseguró que no debía dudar; pero, a pesar suyo, dudaba. Vivir entre dos religiones, no habiendo dejado aún la una ni entrado todavía en la otra, es insoportable. El crepúsculo sólo conviene a las almas de los murciélagos. Mario tenía una pupila abierta y necesitaba la verdadera luz. Las sombras de la duda le hacían padecer. Por más deseo que tuviera de quedarse donde estaba y de permanecer firme, y se veía obligado irresistiblemente a avanzar, a examinar, a penar, a ir más adelante. ¿Adónde debía llevarle este impulso? Temía, después de haber dado tantos pasos que le habían aproximado a su padre, dar otros nuevos que lo alejasen de él. Su malestar se aumentaba con todas las reflexiones que hacía. Todo lo veía escarpado en derredor suyo. Ya no estaba de acuerdo ni con su abuelo ni con sus amigos; era temerario para el uno, retrógrado para los otros; se vio, pues, doblemente aislado por el lado de la vejez y por el de la juventud. Dejó de ir al café Musain.

Esta turbación de su conciencia no le permitía pensar en algunos pormenores bastante serios de la vida; pero las realidades de ésta no se dejan olvidar y vinieron a caer sobre él bruscamente.

Una mañana entró en su cuarto el amo de la casa y le dijo:

—El señor Courfeyrac ha respondido por vos.

—Sí.

—Pero me hace falta dinero.

—Decid al señor Courfeyrac que venga, que tengo que hablarle —dijo Mario.

Fue Courfeyrac y los dejó el patrón. Mario le dijo que lo que no había pensado aún decirle era que estaba solo en el mundo y no tenía parientes.

—¿Y qué vais a hacer? —dijo Courfeyrac.

—No lo sé —respondió Mario.

—¿Qué vais a ser?

—No lo sé.

—¿Tenéis dinero?

—Quince francos.

—¿Queréis que os preste?

—No. Nunca.

—¿Tenéis ropa?

—Ésta.

—¿Tenéis alhajas?

—¡Un reloj!

—¿De plata?

—De oro. Vedlo aquí.

—Yo sé de un prendero que os comprará una levita y un pantalón.

—Bueno.

—No tendréis ya más que un pantalón, un chaleco y un frac.

—Y las botas.

—¡Qué! ¿No iréis con los pies descalzos? ¡Qué opulencia!

—Tendré bastante.

—Sé de un relojero que os comprará el reloj.

—Bueno.

—No, no es bueno. ¿Qué haréis después?

—Lo que sea preciso. Al menos todo lo que sea honrado.

—¿Sabéis el inglés?

—No.

—¿Sabéis el alemán?

—No.

—Tanto peor.

—¿Por qué?

—Porque un librero amigo mío está publicando una especie de enciclopedia para la cual podríais traducir artículos alemanes o ingleses. Se paga mal, pero se vive.

—Aprenderé el inglés y el alemán.

—¿Y mientras tanto?

—Comeré mi ropa y mi reloj.

Llamaron al prendero y compró la ropa en veinte francos. Fueron a casa del relojero y vendieron el reloj en cuarenta y cinco francos.

—Esto no va mal —decía Mario a Courfeyrac al entrar de vuelta en su casa—; con los quince francos tengo ochenta.

—¿Y la cuenta del patrón?

—Es verdad, la olvidaba —dijo Mario.

El patrón presentó la cuenta y hubo que pagarla en seguida. Subía a setenta francos.

—Me quedan diez francos —dijo Mario.

—¡Malo! —dijo Courfeyrac—. Gastaréis cinco francos en comer mientras aprendéis el inglés y cinco francos mientras aprendéis el alemán. Esto será tragar una lengua muy pronto o gastar cien sueldos muy lentamente.

Mientras tanto, la tía Gillenormand, bastante buena en el fondo en las tristes ocasiones, había concluido por descubrir la morada de Mario.

Una mañana, cuando Mario volvía de la cátedra, se encontró con una carta de su tía y las «sesenta pistolas»; es decir, seiscientos francos en oro en una cajita cerrada.

Mario devolvió los treinta luises a su tía con una respetuosa carta en que aseguraba que tenía medios de existencia y podía cubrir todas sus necesidades. En aquel momento le quedaban tres francos.

La tía no dijo nada al abuelo, por miedo de acabarle de exasperar completamente. Además, ¿no había dicho: «No me habléis nunca de ese bebedor de sangre»?

Mario salió de la casa de la Puerta de Santiago, no queriendo contraer deudas.

La vida empezó a ser muy áspera para Mario. Comerse la ropa y el reloj no era nada. Se vio reducido a esa situación inexplicable que se llama «comerse los codos», cosa horrible, que quiere decir días sin pan, noches sin sueño y sin luz, hogar sin fuego, semanas sin trabajo, porvenir sin esperanza, la levita rota por los codos, el sombrero viejo que hace reír a las jóvenes, la puerta que se encuentra cerrada de noche porque no se paga a la patrona, la insolencia del portero y del bodegonero, la burla de los vecinos, las humillaciones, la dignidad ultrajada, el trabajo de cualquier clase aceptado, los disgustos, la amargura, el abatimiento. Mario aprendió a devorar todo esto y a no tener que devorar muchas veces más que estas cosas. En estos momentos de la existencia en que el hombre tiene necesidad de orgullo, porque tiene necesidad de amor, se vio burlado porque andaba mal vestido, y ridículo porque era pobre. A la edad en que la juventud inflama el corazón con imperial altivez bajó más de una vez los ojos a sus botas agujereadas y conoció la injusta vergüenza, el punzante bochorno de la miseria. ¡Prueba terrible y admirable de que los débiles salen infames, y los fuertes, sublimes; crisol en que el Destino arroja al hombre cuando quiere hacer de él un ser despreciable o un semidiós!

Porque hay muchas acciones grandes en esas pequeñas luchas. Hay valor terco e ignorado, que se defiende palmo a palmo en la sombra contra la fatal invasión de las necesidades y de la ignominia; hay nobles y misteriosos triunfos que no ve ninguna mirada, que no tienen la indemnización de ninguna clase de fama ni el saludo de ninguna clase de aplausos. La vida, la desgracia, el aislamiento, el abandono, la pobreza, son campos de batalla que tienen sus héroes: héroes oscuros, pero más grandes a veces que los héroes ilustres.

Hay naturalezas firmes y raras que han sido creadas así, porque la miseria, que es casi siempre una madrastra, es algunas veces madre. La desnudez engendra en ocasiones el vigor del alma y del talento, la miseria amamanta la altivez, la desgracia suele ser un buen alimento para los corazones magnánimos.

Hubo una época en la vida de Mario en que él mismo barría su miserable cuarto, en que él mismo iba a comprar dos cuartos de queso de Brie a casa de la frutera, en que esperaba que cayese la oscuridad del crepúsculo para entrar en la panadería y comprar una libreta, que llevaba furtivamente a su buhardilla como si la hubiera robado. Alguna vez se veía deslizarse en la carnicería del rincón, entre las parlanchinas cocineras que le rodeaban, a un joven de aspecto serio, con unos libros bajo el brazo, que al entrar se quitaba el sombrero, dejando ver el sudor que corría de su frente; hacía un profundo saludo a la carnicera sorprendida, otro al criado de la carnicería, pedía una chuleta de carnero, la pagaba dando seis o siete sueldos, la envolvía en un papel, la ponía debajo del brazo entre dos libros y se iba. Aquel joven era Mario. Con aquella chuleta, que cocía él mismo, vivía tres días.

El primer día comía la carne, el segundo se bebía el caldo y el tercero roía el hueso. En varias ocasiones la tía Guillenormand hizo tentativas y le envió los sesenta doblones. Mario se los devolvió siempre, diciendo que nada necesitaba.

Aún estaba de luto por su padre cuando se verificó en él la revolución que hemos descrito. Desde entonces no había abandonado el traje negro; pero el traje le abandonó a él. Llegó un día en que no tuvo levita; aún podía durarle el pantalón.

¿Qué hacer? Courfeyrac, a quien había hecho algunos favores, le dio un frac viejo. Mario hizo que se lo volviera del revés por treinta francos un portero cualquiera, y se encontró con un frac nuevo. Pero era verde, y Mario desde entonces no salió sino después de caer la noche, con lo cual hacía que su traje pareciese negro. Quería vestirse siempre de luto y se vestía con las sombras de la noche.

A través de todo esto se recibió de abogado. Se creía que vivía en casa de Courfeyrac, casa que era decente, y en la cual un cierto número de libros de Derecho, sostenidos y completados por algunos volúmenes de novelas descabaladas, figuraban la biblioteca que exigen los reglamentos. Se hacía dirigir las cartas a casa de Courfeyrac.

Cuando Mario fue abogado dio parte a su abuelo en una carta fría, pero llena de sumisión y respeto. El señor Guillenormand cogió la carta temblando, la leyó y la tiró hecha cuatro pedazos al cesto. Dos o tres días después la señorita Guillenormand oyó a su padre, que estaba solo en su cuarto, hablar en voz alta, lo que le sucedía siempre que estaba muy agitado: aplicó el oído, y oyó que el anciano decía:

—Si no fueses un imbécil, sabrías que no se puede ser a un tiempo barón y abogado.

Con la miseria sucede lo que con todo: llega a hacerse posible. Concluye por tomar una forma y arreglarse. Se vegeta; es decir, se desarrolla uno de cierto modo miserable, pero suficiente para vivir. Véase cómo se había arreglado la existencia de Mario.

Había salido ya de la gran estrechura; el desfiladero se ensanchaba un poco delante de él. A fuerza de trabajo, de valor, de perseverancia y de voluntad, había conseguido sacar de su trabajo unos setecientos francos por año. Había aprendido el alemán y el inglés, y gracias a Courfeyrac, que le había puesto en contacto con su amigo el librero, desempeñaba en la literatura librera el modesto papel de «utilidad».

Hacía prospectos, traducía de los periódicos, anotaba ediciones, compilaba biografías, etc.; producto neto, fuese bueno o malo el año, setecientos francos. Con esto vivía. ¿Cómo? No enteramente mal. Vamos a decirlo.

Mario ocupaba en la casa de Gorbeau, mediante el precio anual de treinta francos, un chiribitil sin chimenea, llamado gabinete, donde no había en materia de muebles más que lo indispensable. Estos muebles eran suyos. Daba tres francos al mes a la vieja inquilina principal por barrer el chiribitil y por subirle por la mañana un poco de agua caliente, un huevo fresco y un panecillo de a cinco céntimos.

Con este pan y este huevo se desayunaba, de modo que el almuerzo le costaba de dos a cuatro sueldos, según estaban caros o baratos los huevos. A las seis de la tarde bajaba por la calle de Santiago a comer a casa de Rousseau, enfrente de Basset, el vendedor de estampas del rincón de la calle de Maturins. No comía sopa; tomaba una ración de carne de seis sueldos, media ración de legumbres de tres sueldos y un postre de otros tres, y por otros tres, pan a discreción. En cuanto al vino, bebía agua. Cuando pagaba en el mostrador, donde estaba sentada majestuosamente la señora Rousseau, siempre gruesa y aún fresca en aquel tiempo, daba un sueldo al mozo, y la señora Rousseau le daba una sonrisa. Después se iba. Por dieciséis sueldos tenía una comida y una sonrisa.

Este restaurante de Rousseau, donde se vaciaban tan pocas botellas y tantas tinajas, era más bien un calmante que un restaurante. Ya no existe. Su dueño tenía un buen mote; le llamaban «Rousseau el acuático».

Almorzando, pues, por cuatro sueldos y comiendo por dieciséis le salía el alimento por veinte sueldos diarios; es decir, trescientos sesenta y cinco francos al año. Añadiendo a esto los treinta francos de alquiler y los treinta y seis de la vieja, más algunos otros gastillos, resulta que por cuatrocientos cincuenta francos tenía Mario casa, comida y servicio. El vestir le costaba cien francos; la ropa blanca, cincuenta; la lavandera, otros cincuenta, y el todo no pasaba de seiscientos cincuenta. Era rico, hasta el punto de que prestaba a veces diez francos a un amigo. Courfeyrac le había tomado a préstamo una vez sesenta francos. En cuanto a la lumbre, como Mario no tenía chimenea, la había «simplificado».

Mario tenía siempre dos trajes completos: uno viejo, «para todos los días», y otro nuevo, para las ocasiones; ambos eran negros. Sólo tenía tres camisas: una puesta, otra en la cómoda y la tercera en la casa de la lavandera; las renovaba a medida que se usaban, y como estaban casi siempre rotas, le obligaban a ir abotonado hasta la barba.

Para llegar Mario a esta situación floreciente le habían sido necesarios algunos años; años muy rudos, difíciles unos de atravesar, otros de subir; pero no había decaído ni un solo día. Todo lo había padecido en materia de desnudez; todo lo había hecho, excepto contraer deudas. Se daba testimonio de que nunca había debido un sueldo a nadie, porque creía que una deuda era el principio de la esclavitud, y se decía que un acreedor es peor que un amo, porque un amo no posee más que la persona, y un acreedor posee la dignidad y puede abofetearla. Prefería no comer a pedir prestado, y así había pasado muchos días ayunando. Conociendo que los extremos se tocan y que, si no se está advertido, la aminoración de los bienes de fortuna puede llegar al alma, cuidaba celosamente de su altivez. Una frase o un acto que en otra ocasión le hubiera parecido una deferencia, le parecía entonces una humillación, y se erguía. No se aventuraba en nada para no tener que retroceder. Tenía en su fisonomía una especie de rubor severo. Era tímido hasta la aspereza.

En todas sus pruebas se sentía animado, y aun algunas veces impulsado por una fuerza secreta que tenía dentro de sí. El alma ayuda al cuerpo y en ciertos momentos le sirve de apoyo. El alma es el único pájaro que sostiene su jaula.

Al lado del nombre de su padre se había grabado otro nombre en su corazón: el nombre de Thenardier. Mario, en su naturaleza, entusiasta y grave, rodeaba de una especie de aureola al hombre a quien, en su pensamiento, debía la vida de su padre; a aquel intrépido sargento que había salvado al coronel en medio de las bombas y las balas de Waterloo. Nunca separaba el recuerdo de este hombre del recuerdo de su padre y los asociaba en su veneración. Era una especie de culto de dos grados: el altar mayor para el coronel, y uno pequeño para Thenardier. Lo que redoblaba la ternura de su reconocimiento era la idea del infortunio en que sabía que había caído y desaparecido Thenardier. Mario había sabido en Montfermeil la ruina y la quiebra del desgraciado posadero. Desde entonces había hecho esfuerzos inauditos para encontrar sus huellas y llegar a él en el tenebroso abismo de la miseria en que había desaparecido. Había escudriñado toda la comarca; había ido a Chelles, a Bondy, a Gournay, a Fogent, a Lagny, y por espacio de tres años se había dado sólo a buscarle, gastando en estas exploraciones el poco dinero que ahorraba.

Nadie había podido darle noticias de Thenardier; creían que se había ido al extranjero. Sus acreedores le habían buscado también, con menos amor que Mario, pero con tanto tesón, y no habían podido echarle mano. Mario se acusaba y se reprendía casi por no haber conseguido nada en sus investigaciones. Ésta era la única deuda que le había dejado el coronel, y Mario tenía a honra el pagarla.

—¡Cómo! —pensaba—. ¡Cuando mi padre yacía moribundo en el campo de batalla, Thenardier supo encontrarle a través del humo y de la metralla, y llevarle sobre sus hombros, y no le debía nada, sin embargo, y yo, que debo tanto a Thenardier, no podré encontrarle en esta sombra en que agoniza y volverle a mi vez de la sombra a la vida! ¡Ah! ¡Yo le encontraré!

Y, en efecto, por encontrarle hubiera dado Mario un brazo, y por sacarle de la miseria, toda su sangre.

Volver a verle, hacerle un favor cualquiera. Decirle: «No me conocéis. Pues bien; ¡yo os conozco! Aquí estoy, disponed de mí.» Éste era el deseo más dulce y magnífico de Mario.

En esta época tenía Mario veinte años, y hacía tres que había abandonado a su abuelo. Habían quedado ambos en los mismos términos de una y otra parte, sin tratar de aproximarse ni de verse. Además, ¿para qué se habían de ver? ¿Para chocar? ¿Quién habría hecho conocer la razón al otro? Mario era el vaso de bronce; pero el señor Gillenormand era la olla de hierro.

Pero digamos aquí que Mario se había equivocado al juzgar el corazón de su abuelo. Había creído que su abuelo no le había amado nunca y que aquel buen hombre, vivo, duro y risueño, que juraba, gritaba, tronaba y levantaba el bastón, no había tenido para él, al menos, sino ese afecto, ligero y grave a la vez, de los gerontes de comedia. Mario se engañaba. Hay padres que no quieren a sus hijos, pero no hay ni un abuelo que no adore a su nieto.

En el fondo, ya lo hemos dicho, el señor Gillenormand idolatraba a Mario. Le idolatraba a su manera, con acompañamiento de sofiones y aun de golpes; mas cuando desapareció el niño, sintió un negro vacío en el corazón; exigió que no le hablasen más de él, sintiendo en su interior el ser tan bien obedecido.

En los primeros días esperó que el buonapartista, el jacobino, el terrorista, el septembrista, volvería; pero pasaron las semanas, pasaron los meses, pasaron los años y, con gran desesperación del señor Gillenormand, el bebedor de sangre no volvió. «No podía menos de echarle de casa», se decía el abuelo, y se preguntaba: «Si volviera a pasar lo mismo, ¿volvería yo a obrar del mismo modo?» Su orgullo respondía inmediatamente que sí; pero su encanecida cabeza, que sacudía en silencio, respondía tristemente que no. Tenía sus horas de abatimiento. Le faltaba Mario, y los viejos tienen tanta necesidad de afectos como de sol. Para ellos el efecto es también calor.

Por más fuerte que fuese su naturaleza, la ausencia de Mario había producido alguna variación en él. Por nada en el mundo hubiera querido dar un paso hacia «aquel pícaro», pero padecía. Nunca preguntaba por él, pero nunca pensaba en otra cosa. Vivía cada vez más retirado en el Marais. Era aún, como en otros tiempos, alegre y violento; pero su alegría tenía una dureza convulsiva, como si contuviese dolor y cólera, y su violencia terminaba siempre por una especie de abatimiento manso y sombrío.

Decía algunas veces:

—¡Oh! ¡Si volviera, qué bofetón había de darle!

En cuanto a la tía, pensaba demasiado para amar mucho. Mario no era para ella más que una especie de perfil vago, y había concluido por cuidarse de él mucho menos que del gato o del loro, que probablemente tendría.

Lo que acrecentaba el secreto padecimiento del señor Gillenormand era que le guardaba íntegro, sin dejar adivinar nada. Su tristeza era como uno de esos hornillos, modernamente inventados, que queman su mismo humo.

Sucedía a veces que llegaba algún oficioso malhadado y le hablaba de Mario y le preguntaba:

—¿Qué hace o qué ha sucedido a vuestro señor nieto?

El viejo ciudadano respondía suspirando, si estaba triste, o sacudiéndose los vuelillos, si quería parecer alegre:

—El señor barón de Pontmercy pleitea en algún rincón.

Mientras que el viejo padecía, Mario se aplaudía a sí mismo. Como a todos los buenos corazones, la desgracia le había hecho perder la amargura. Sólo pensaba en el señor Gillenormand con dulzura; pero se había propuesto no recibir nada del hombre «que había sido malo para su padre». Era aquello como la traducción mitigada de su primera indignación.

Por otra parte, se creía dichoso por haber padecido y no padecer aún, porque lo hacía para su padre. La dureza de su vida le satisfacía y le agradaba. Decíase con cierta alegría que «aquello era lo menos»; que era una expiación; que sin esto habría sido castigado de otro modo, y más tarde, por su impía indiferencia hacia su padre; que no habría sido justo que su padre hubiese sobrellevado todo el padecimiento y él nada; que, por otra parte, ¿qué eran sus trabajos y su desnudez comparados con la vida heroica del coronel? Y que, en fin, el único medio de acercarse y asemejarse a su padre era ser tan valiente contra la indigencia como el coronel lo había sido contra el enemigo, y que esto, sin duda, era lo que el coronel había querido decir con estas palabras: «Será digno de él.»

Palabras que Mario seguía llevando, no sobre su pecho, porque había desaparecido el escrito del coronel, sino sobre su corazón.

Además, el día en que su abuelo le había expulsado no era más que un niño; pero ahora era hombre y lo conocía. La miseria, repetimos, había sido buena para él. La pobreza en la juventud, cuando puede salir adelante, tiene una cosa magnífica: la propiedad de dirigir toda la voluntad hacia el esfuerzo y toda el alma hacia la aspiración. La pobreza pone de manifiesto la vida material en toda su desnudez y la hace horrible. De aquí provienen esos inexplicables impulsos hacia la vida ideal. El joven rico tiene cien distracciones brillantes y groseras: las carreras de caballos, la caza, los perros, el tabaco, el juego, los banquetes y todo lo demás; ocupaciones de las regiones bajas del alma a costa de las regiones más altas y delicadas. El joven pobre encuentra gran dificultad en ganar su pan; come, y cuando ha comido no le queda más que el ensueño de la meditación.

Asiste a los espectáculos gratis que Dios le presenta; contempla el cielo, el espacio, los astros, las flores, los niños, la humanidad en que padece, la creación en que brilla. Contempla tanto la humanidad, que descubre el alma; contempla tanto la creación, que descubre a Dios. Medita; conoce que es grande; medita más y conoce que es sensible. Del egoísmo del hombre que padece pasa a la compasión del hombre que medita. Un admirable sentimiento brilla en él: el olvido de sí mismo y la piedad para todos.

Al pasar de los goces sin número que la Naturaleza ofrece, da y prodiga a las almas abiertas y niega a las almas cerradas; llega a compadecer, él, millonario de la inteligencia, a los millonarios del dinero. De su corazón se borra todo el odio a medida que va entrando toda la claridad en su espíritu.

Por otra parte, ¿es desgraciado? No. La miseria de un joven no es nunca miserable. Cualquier joven, por pobre que sea, con su salud, su fuerza, su paso vivo, sus ojos brillantes, su sangre que circula ardorosa, sus cabellos negros, sus mejillas frescas, sus labios sonrosados, sus dientes blancos, su aliento puro, dará siempre envidia a un viejo, aunque sea emperador. Cada día, por la mañana, se pone a ganar el sustento, y mientras sus manos ganan el pan, su espina dorsal adquiere gallardía, su cerebro adquiere ideas; y cuando concluye el trabajo, vuelve a los éxtasis inefables, a la contemplación, a los goces; vive con los pies en la aflicción, en los obstáculos, en el suelo, en los abrojos, y a veces en el lodo, y con la cabeza en la luz. Es firme, sereno, dulce, pacífico, atento, grave, satisfecho con poco, benévolo, y bendice a Dios que le ha dado dos riquezas de que carecen muchos ricos: el trabajo, que le hace libre, y la inteligencia, que le hace digno.

Esto era lo que había pasado en Mario, que, para decirlo todo, se había dedicado bastante a la contemplación. Desde el día en que había podido ganar su vida casi con seguridad, se había estacionado, encontrando buena la pobreza y descontando algo del trabajo para darlo al pensamiento, es decir, que pasaba días enteros meditando, sumergido y abstraído como un visionario en las muchas voluptuosidades del éxtasis y de la irradiación interior.

Había planteado de este modo el problema de la vida: dar el menor tiempo posible al trabajo material para dar el mayor tiempo posible al trabajo impalpable; en otros términos, dedicar algunas horas a la vida real, y el resto al infinito. No advertía, creyendo no carecer de nada, que la contemplación, comprendida de esta manera, concluye por ser una de las formas de la pereza; que se había satisfecho con dominar las primeras necesidades de la vida y que descansaba demasiado pronto.

Era evidente que para esta naturaleza, enérgica y generosa, esto no podía ser más que un estado transitorio, y que al primer choque con las inevitables complicaciones del Destino, Mario despertaría.

En tanto, y aunque fuese ya abogado, y a pesar de lo que pensaba el señor Gillenormand, no informaba, no ponía ni siquiera un pedimento. La meditación le había alejado de la abogacía. Tratar con los procuradores, ir a la Audiencia, buscar causas; todo esto le cansaba. ¿Y por qué había de hacerlo? Ninguna razón veía para cambiar de modo de vivir. El librero comerciante y oscuro le daba ya un trabajo seguro, un trabajo poco penoso, y, como acabamos de ver, le bastaba.

Uno de los libreros para quienes trabajaba, el señor Magimel, creo, le había ofrecido emplearle en su casa, alojarle bien, darle un trabajo regular y mil quinientos francos al año. ¡Estar bien alojado! ¡Mil quinientos francos! Es verdad. ¡Pero renunciar a la libertad! ¡Estar asalariado! ¡Ser una especie de literato hortera! En el pensamiento de Mario, aceptar esta nueva posición era llegar a estar mejor y peor al mismo tiempo; ganaba en bienestar y perdía en dignidad; era una desgracia completa y hermosa que se cambiaba en una incomodidad fea y ridícula; una cosa así como un ciego convertido en tuerto. No quiso aceptar el trato.

Mario vivía solitario. A causa de la afición que tenía a permanecer extraño a todo, y también a causa de haberse asustado demasiado, no había entrado decididamente en el grupo presidido por Enjolras. Habían quedado como buenos amigos; estaban dispuestos a ayudarse mutuamente en la ocasión de todas las maneras posibles; pero nada más. Mario tenía dos amigos: uno joven, Courfeyrac, y otro viejo, el señor Mabeuf; se inclinaba al viejo, porque le debía, en primer lugar, la revolución que en su interior se había realizado, y en segundo lugar, haber conocido y amado a su padre. «Me ha hecho la operación de la catarata», decía.

Ciertamente, la intervención de aquel mayordomo había sido decisiva.

Y, sin embargo, el señor Mabeuf no había sido en esta ocasión más que el agente tranquilo e impasible de la Providencia. Había iluminado a Mario por casualidad y sin saberlo, como hace una vela que lleva cualquiera; había sido la vela, no el cualquiera.

En cuanto a la revolución política interior de Mario, el señor Mabeuf era incapaz de comprenderla, de quererla y de dirigirla.

Como hemos de encontrar más adelante al señor Mabeuf, no estará de más que digamos sobre él algunas palabras.

El día en que el señor Mabeuf decía a Mario: «Ciertamente, yo apruebo las opiniones políticas», explicaba el verdadero estado de su ánimo. Todas las opiniones políticas le eran indiferentes; todas las aprobaba sin distinción con tal que le dejasen tranquilo, del mismo modo que los griegos llamaban a las furias «las bellas, las buenas, las graciosas», las «Eumenides». La opinión política del señor Mabeuf consistía en amar apasionadamente las plantas y, sobre todo, los libros. Tenía, como todo el mundo, su terminación en «ista», sin la cual nadie hubiera podido vivir en aquel tiempo; pero no era ni realista, ni bonapartista, ni carlista, ni orleanista, ni anarquista: era librista.

No comprendía que los hombres no tuviesen más ocupación que odiarse por necedades, como la carta, la democracia, la legitimidad, la monarquía, la república, etc., cuando hay en este mundo tantas clases de musgos, de hierbas y de arbustos, que podían contemplar, y montones de libros en folio y aun en treintaidozavo, que podían hojear. Se cuidaba mucho de no ser inútil; el tener libros no le impedía leer, y el ser botánico no le impedía ser jardinero. Cuando conoció a Pontmercy, había nacido entre el coronel y él la simpatía de que lo que el coronel hacía por las flores lo hacía él por los frutos. El señor Mabeuf había llegado a conseguir peras de semilla, tan sabrosas como las de San Germán; de una de estas combinaciones ha nacido, a lo que parece, el mirabel de octubre, tan célebre hoy y no menos perfumado que el mirabel de verano. Iba a misa más bien por bondad que por devoción, y porque amando el rostro de los hombres, pero odiando su ruido, los encontraba reunidos y silenciosos sólo en la iglesia. Conociendo que todos deben ser alguna cosa en el Estado, había escogido la carrera de mayordomo de fábrica. Por lo demás no había conseguido nunca amar a ninguna mujer tanto como a una cebolla de tulipán, ni a ningún hombre tanto como a un elzevir. Había cumplido hacía ya tiempo sesenta años, cuando un día le preguntó uno:

—¿No os habéis casado?

—Me he olvidado de ello —contestó.

Cuando le ocurría alguna vez —porque ¿a quién no le ocurre?— decir: «¡Oh, si fuese rico!», no lo decía nunca echando el lente a una joven bonita, como el señor Gillenormand, sino contemplando un libro. Vivía solo con un ama vieja. Padecía de gota en las manos, y cuando dormía, sus viejos dedos, entorpecidos por el reumatismo, se agarrotaban en los pliegues de las sábanas. Había escrito y publicado una «Flora de las cercanías de Cauterets», con láminas iluminadas, obra bastante apreciada, cuyas planchas poseía y vendía por sí mismo. Dos o tres veces al día llamaban a su puerta, en la calle de Mezieres, con este objeto. Así sacaba muy bien dos mil francos al año, y en esto consistía casi toda su fortuna. Aunque era pobre, había tenido habilidad para hacerse, a fuerza de paciencia, de privaciones y de tiempo, con una colección preciosa de ejemplares raros de todos géneros. Nunca salía sin llevar un libro bajo el brazo, y casi siempre volvía con dos. El único adorno de las cuatro habitaciones en el piso bajo, que con un pequeño jardín componían su casa, eran unos herbarios en cuadros y grabados de antiguos maestros. La vista de un sable o de un fusil le dejaba helado; en su vida se había aproximado a un cañón, ni aun al de los Inválidos. Tenía un estómago regular, un hermano cura, los cabellos enteramente blancos, ningún diente ni en la boca ni en el espíritu, temblor en todo el cuerpo, acento picardo, risa infantil, el miedo fácil y el aire de un carnero viejo. No tenía más lazos de amistad y trato con los vivos que los que le unían a un viejo librero de la Puerta de Santiago, llamado Royol. Su sueño dorado era aclimatar el añil en Francia.

Su criada era también una variedad de la inocencia. Era una pobre vieja y virgen. Su gato «Sultán», que hubiera podido maullar el «Miserere» de Allegri en la Capilla Sixtina, había llenado su corazón, y bastaba para la cantidad de pasión que tenía. Ninguno de sus pensamientos había llegado al hombre; nunca había podido ir más allá de su gato, y tenía, como éste, bigotes. Toda su gloria se cifraba en sus papalinas blancas. Empleaba el tiempo los domingos, después de la misa, en contar la ropa blanca en su baúl y en extender sobre su cama vestidos en corte, que compraba y no se hacía nunca. Sabía leer, y el señor Mabeuf la llamaba «la tía Plutarco».

El señor Mabeuf había simpatizado con Mario, porque, siendo Mario joven y afable, templaba su ancianidad sin asustar su timidez. La juventud con afabilidad produce en los viejos el efecto del sol sin viento. Cuando Mario estaba saturado de gloria militar, de pólvora de cañón, de marchas y contramarchas, y de todas aquellas prodigiosas batallas en que su padre había dado y recibido tantos sablazos, se iba a ver al señor Mabeuf, y éste le hablaba de los héroes desde el punto de vista de las flores.

Hacia 1830, su hermano el cura había muerto, y casi de repente, como cuando llega la noche, todo el horizonte se había oscurecido para el señor Mabeuf. Una quiebra —de notario— le hizo perder una suma de diez mil francos, que era todo lo que poseía de la herencia de su hermano y de su patrimonio. La Revolución de Julio produjo una crisis en el comercio de libros. En tiempos revueltos lo que menos se vende es una flor, y la «Flora de las cercanías de Cauterets» se quedó sin venta, pasándose las semanas sin presentarse un comprador. Alguna vez el señor Mabeuf se estremecía al oír llamar. «Señor —le decía tristemente la tía Plutarco—, es el aguador.» De pronto, un día el señor Mabeuf abandonó la calle Mezieres, abdicó las funciones de mayordomo de fábrica, renunció a San Sulpicio, vendió una parte, no de sus libros, sino de sus estampas —que apreciaba menos—, y fue a instalarse en una casita del bulevar Montparnasse, donde no vivió más que un trimestre, por dos razones: primera, porque el piso bajo y el jardín costaban trescientos francos, y no se atrevía a pagar más de doscientos de alquiler, y segunda, porque la casa estaba cerca del tiro de Fatoy y oía a cada momento pistoletazos, lo cual le era insoportable.

Cogió, pues, su «Flora», sus planchas, sus herbarios, sus carteras y sus libros, y se estableció cerca de la Salpetriére, en una especie de cabaña del barrio de Austerlitz, donde por cincuenta escudos al año tenía tres piezas, un jardín cerrado por un seto y un pozo. El día que entró en esta nueva habitación estuvo muy contento y clavó él mismo los clavos para colgar los cuadros y los herbarios, cavó en el jardín el resto del día, y por la noche, viendo que la tía Plutarco tenía el aspecto triste y pensativo, le dio un golpecito en el hombro y le dijo, sonriéndose:

—¡Ya tenemos el albañil!

Sólo dos visitantes, el librero de la Puerta de Santiago y Mario, eran admitidos en su cabaña de Austerlitz, nombre algo guerrero, y que, por lo mismo, era bastante desagradable.

Por lo demás, como acabamos de indicar, los cerebros absortos en una sabia meditación o en una locura, o, lo que sucede más frecuentemente, en las dos cosas a la vez, sólo son sensibles con mucha lentitud a las realidades de la vida. Su mismo destino es como una cosa lejana para ellos. De estas concentraciones resulta una pasividad que, si fuese racional, se asemejaría a la filosofía. Estos dos hombres declinan, descienden, se deslizan y aun se desploman sin notarlo. Concluyen, es verdad, por despertar, pero tardíamente. Mientras tanto, parece que son extraños a la partida entablada entre su felicidad y su desgracia. Son la puerta, y miran la partida con indiferencia.

Así es que, a través de esta oscuridad que se formaba en derredor suyo, todas sus esperanzas morían, una después de otra, y, sin embargo, el señor Mabeuf permanecía sereno, un poco puerilmente, pero muy profundamente. Sus hábitos intelectuales tenían la oscilación de un péndulo. Una vez impulsado por una ilusión, seguía andando por mucho tiempo, aun cuando la ilusión hubiese desaparecido. Un reloj no se detiene en el momento mismo en que pierde la llave.

El señor Mabeuf tenía inocentes placeres, que eran poco costosos e inesperados; la menor casualidad se los proporcionaba. Un día la tía Plutarco leía una novela en un rincón del cuarto; leía en voz alta, creyendo que así lo entendería mejor; porque leer alto es afirmarse a sí mismo en la lectura, y hay personas que leen muy alto y que parece se dan una especie de palabra de honor de lo que leen.

La tía Plutarco leía, pues, con esta energía la novela que tenía en la mano, y el señor Mabeuf la oía sin escuchar.

Siguiendo su lectura, la tía Plutarco llegó a esta frase (tratábase de un oficial de dragones y de una bella joven): «... La beldad se incomodó y el dragón...»

Aquí se interrumpió para limpiar los anteojos.

—Budda y el dragón —repitió a media voz el señor Mabeuf—. Sí, es verdad; había un dragón que desde el fondo de su caverna arrojaba llamas por la boca y encendía el cielo. Ya habían sido incendiadas muchas estrellas por este monstruo, que tenía, además, garras de tigre. Budda fue a la caverna y pudo convertir al dragón. Es un buen libro ése que estáis leyendo, tía Plutarco; no hay leyenda más bonita.

Y el señor Mabeuf cayó en una deliciosa meditación.

Mario tenía simpatía hacia aquel cándido anciano que se veía cogido lentamente por la indigencia y que se iba asustando poco a poco, pero sin entristecerse aún. Mario encontraba a Courfeyrac y buscaba al señor Mabeuf, pero muy raramente; una o dos veces al mes, a lo más.

El mayor placer de Mario era dar largos paseos solo por los bulevares exteriores, o por el Campo de Marte, o por las calles de árboles menos frecuentadas de Luxemburgo. Algunas veces pasaba medio día mirando una huerta, los cuadros de lechugas, las gallinas entre el estiércol o un caballo dando vueltas a una noria. Los que pasaban le miraban con sorpresa y algunos hallaban en él un aspecto sospechoso y una fisonomía siniestra. Sin embargo, no era más que un joven pobre meditando sin objeto.

En uno de aquellos paseos había descubierto el caserón de Gorbeau, y habiéndole tentado el aislamiento y el bajo precio se instaló en él. No se le conocía allí más que por el señor Mario.

Algunos de los antiguos generales o compañeros de su padre le invitaron, cuando le conocieron, a que fuese a visitarlos, y Mario no había rehusado, porque aquellas visitas eran otras tantas ocasiones de hablar de su padre. Así, iba de tiempo en tiempo a casa del conde Pajol, a casa del general Bellavesne, a casa del general Fririon y a los Inválidos. Allí se tocaba y se bailaba, y en aquellas noches Mario se ponía el frac nuevo; pero no iba nunca a estas reuniones ni a estos bailes sino los días en que helaba mucho, porque no podía pagar un coche y no quería llevar las botas sino como un espejo.

Decía algunas veces pero sin amargura:

—Los hombres están constituidos de tal modo que se puede entrar en una reunión cubierto de lodo por todas partes, excepto en las botas. No se os pregunta, para recibiros, más que por una cosa irreprensible. ¿Por la conciencia? No. Por las botas.

Todas las pasiones, excepto las del corazón, se disipan en la meditación. La fiebre política de Mario había desaparecido. La revolución de 1830, satisfaciéndole y calmándole, había cooperado a este fin. Había, pues, permanecido el mismo, excepto en la cólera. Tenía siempre las mismas opiniones, pero se había dulcificado. Propiamente hablando, no tenía ya opiniones; tenía simpatía. ¿Y a qué partido pertenecía? Al de la Humanidad, y en la Humanidad escogía a Francia; en la nación, el pueblo, y en el pueblo, la mujer. A ésta se dirigía principalmente su piedad. Prefería una idea a un hecho, un poeta a un héroe, y admiraba más un libro como el de Job que un triunfo como Marengo. Cuando, después de un día de meditación, se iba por las noches a los bulevares, y a través de las ramas de los árboles descubría el espacio sin fondo, los resplandores sin nombre, el abismo, la sombra, el misterio, le parecía muy pequeño todo lo humano.

Creía, y tal vez con razón, haber llegado a la verdad de la vida y de la fisonomía humana, y había concluido por no mirar casi más que el cielo, única cosa que la verdad puede ver desde el fondo de su pozo.

Esto no le impedía multiplicar los planes, las combinaciones, los castillos en el aire, los proyectos para el porvenir. En aquel estado fantástico, si la vista de un hombre hubiera podido penetrar hasta el interior de Mario se habría deslumbrado ante la pureza de aquel alma. En efecto; si fuese dado a nuestros carnales ojos ver en la conciencia de otro, se juzgaría con más acierto a un hombre por lo que sueña en su imaginación que por lo que piensa, porque en el pensamiento hay voluntad y en el sueño no la hay. Este sueño o meditación, cuando es espontáneo, toma y conserva, aun en lo gigantesco e ideal, la figura de nuestro espíritu. Nada sale más directamente y más sinceramente del fondo mismo de nuestra alma que esas aspiraciones irreflexivas y desmesuradas hacia los esplendores del Destino. En ellas, más que en las ideas compuestas, razonadas y coordinadas, puede encontrarse el verdadero carácter de cada hombre. Las quimeras de nuestra imaginación son los objetos que más se nos parecen. Cada uno sueña lo desconocido y lo imposible, según su naturaleza.

Hacia mediados de este año de 1831, la vieja que servía a Mario le contó que iban a despedir a sus vecinos, a la miserable familia Jondrette. Mario, que pasaba casi todo el día fuera de casa, apenas sabía si tenía vecinos.

—¿Y por qué los despiden?

—Porque no pagan el alquiler. Deben dos plazos.

—¿Y cuánto es?

—Veinte francos —dijo la vieja.

Mario tenía treinta francos ahorrados en un cajón.

—Tomad —dijo a la vieja—, ahí tenéis veinticinco. Pagad por esa pobre gente, dadles cinco francos y no digáis que lo hago yo.

La casualidad hizo que el regimiento de que era teniente Teódulo fuese de guarnición a París, lo cual dio ocasión a que ocurriese una segunda idea a su tía Gillenormand. Había ideado la primera vez hacer vigilar a Mario por Teódulo, y ahora armó un complot para hacer a Teódulo sucesor de Mario.

A todo evento, y para el caso de que el abuelo experimentase la vaga necesidad de ver una fisonomía joven en la casa, porque estos rayos de aurora son algunas veces gratos a las ruinas, era útil buscar otro Mario.

—Pues sea —dijo ella—; esto es una simple errata como las que veo en los libros; dice Mario, léase Teódulo.

Un sobrino segundo es casi lo mismo que un nieto, y a falta de un abogado se toma un lancero.

Una mañana que el señor Gillenormand estaba leyendo alguna cosa, como «La Quotidienne», entró su hija y le dijo con la voz dulce, porque se trataba de su favorito:

—Padre mío. Teódulo va a venir hoy por la mañana a presentaros sus respetos.

—¿Qué Teódulo?

—Vuestro sobrino.

—¡Ah! —dijo el abuelo.

Y siguió leyendo, sin pensar más en el sobrino, que no era para él sino un Teódulo cualquiera; no tardó mucho en tener mal humor, lo que sucedía casi siempre que leía. El «papel» que tenía, realista, como era de esperar, anunciaba para el día siguiente, sin amenidad ninguna, uno de los sucesos diarios de escasa importancia del París de entonces: que los alumnos de las Escuelas de Derecho y Medicina debían reunirse en la plaza del Panteón, a mediodía, para deliberar. Se trataba de una de las cuestiones del momento: de la artillería de la Guardia nacional, y de un conflicto entre el ministro de la Guerra y la Milicia ciudadana con motivo de los cañones depositados en la plaza del Louvre. Los estudiantes debían deliberar sobre esto. No era necesario más para enfurecer al señor Gillenormand.

Pensó en Mario, que era estudiante, y que probablemente iría como los demás a «deliberar al mediodía en la plaza del Panteón».

Cuando estaba pensando en esto penosamente, entró el teniente Teódulo vestido de paisano, lo que era hábil, y fue discretamente introducido por la señorita Gillenormand. El lancero había hecho este razonamiento: «El viejo druida no lo ha colocado todo a renta vitalicia, y esto vale muy bien que uno se disfrace de paisano de cuando en cuando.»

La señorita Gillenormand dijo en voz alta a su padre:

—Teódulo, vuestro sobrino.

Y en voz baja al teniente:

—Aprueba todo lo que diga.

Y se retiró.

El teniente, poco acostumbrado a encuentros tan venerables, balbució con alguna timidez:

—Buenos días, tío.

E hizo un saludo mixto, compuesto del bosquejo involuntario y maquinal del saludo militar, terminando por un saludo de paisano.

—¡Ah! ¿Sois vos? Está bien. Sentaos —dijo el abuelo.

Y, dicho esto, olvidó al lancero.

Teódulo se sentó y el señor Gillenormand se levantó y se puso a pasear de un lado a otro de la sala con las manos en los bolsillos, hablando alto y dando tormento con sus viejos dedos irritados a los dos relojes que llevaba en los dos bolsillos del calzón.

—¡Ese montón de mocosos! ¡Y eso se convoca en la plaza del Panteón! ¡Por vida de los chicos! ¡Galopines, que estaban ayer mamando! ¡Si les apretaran la nariz aún saldría leche! ¡Y eso van a deliberar mañana a mediodía! ¿Adónde vamos? ¿Adónde vamos? Es claro que vamos a un abismo, ¡esto nos lleva a los descamisados! ¡La artillería ciudadana! ¡Deliberar sobre la artillería ciudadana! ¡Ir a charlar a mediodía acerca de las pedorretas de la Guardia nacional! ¿Y con quién se van a encontrar allí? Véase adónde conduce el jacobinismo. Apuesto todo lo que se quiera, un millón contra cualquier cosa, a que no habrá allí más que perseguidos por la justicia y presidiarios cumplidos. Los republicanos y los presidiarios no son más que una nariz y un pañuelo. Cornet decía: «¿Adónde quieres que vaya, traidor?» Y Fouché respondía: «A donde quieras, imbécil.» Éstos son los republicanos.

—Es verdad —dijo Teódulo.

El señor Gillenormand medio volvió la cabeza; vio a Teódulo y continuó:

—¡Cuando pienso que ese tunante ha hecho la picardía de hacerse carbonario! ¿Por qué has abandonado tu casa? Por hacerte republicano. ¡Bah! En primer lugar, el pueblo no quiere tu república; no la quiere, porque tiene buen juicio y sabe muy bien que siempre ha habido reyes, y que los habrá siempre; sabe muy bien que el pueblo, después de todo, no es más que el pueblo, y se burla de tu república; ¿lo oyes, tonto? ¿No es bastante horrible semejante capricho? ¡Enamorarse del padre Duchesme, poner buena cara a la guillotina, cantar romances y tocar la guitarra debajo del balcón del 93! Vamos, merecen que se les escupa por tontos. Todos son lo mismo; ni uno se exceptúa. Basta respirar el aire que corre por la calle, para ser insensato; el siglo XIX es un veneno. Cualquier perdido se deja crecer la barba de chivo, se cree un verdadero personaje y deja plantados a sus ancianos padres. Esto es lo republicano, esto es lo romántico, y hacedme el favor de decir: ¿qué significa esto de romántico? Todas las locuras posibles. Hace un año el ser romántico era ir a «Hernani». Ahora pregunto yo: ¿Qué es «Hernani»? ¡Antítesis, abominaciones que ni siquiera están escritas en francés! Y luego se ponen cañones en la plaza del Louvre. ¡Tales son las violencias de este tiempo!

—Tenéis razón, tío —dijo Teódulo.

El señor Gillenormand continuó:

—¡Cañones en la plaza del Museo! ¿Y para qué? Cañón, ¿qué me quieres? ¿Queréis ametrallar al Apolo del Belvedere? ¿Qué tienen que hacer vuestros cartuchos con la Venus de Médicis? ¡Oh! ¡Estos jóvenes de ahora son todos unos perdidos! ¡Qué gran cosa es su Benjamín Constant! Y es que no son malvados, son necios. Hacen todo lo que pueden para ser feos; van mal vestidos, tienen miedo de las mujeres, están alrededor de las faldas con un aire de mendigos que hacen reír a las piedras; palabra de honor que se les puede llamar los pobres vergonzantes del amor. Son deformes, y se completan siendo estúpidos; repiten los retruécanos de Tiercelin y de Potier, gastan levitas-sacos, chalecos de palafranero, camisas gruesas, pantalones de paño burdo, botas de mal becerro, y su lengua se parece a su plumaje. Podría uno servirse de su jerga para remendar sus zapatos. Y toda esta inepta gentecilla tiene opiniones políticas. Veamos: debería prohibirse severamente tener opiniones políticas. Fabrican sistemas, refunden la sociedad, demuelen la monarquía, echan por tierra todas las leyes, ponen el granero en el lugar de la cueva, y a mi portero en el lugar del rey; trastornan a Europa de arriba abajo; reedifican el mundo y tienen por una gran fortuna mirar socarronamente las piernas de las lavanderas que suben en sus carros. ¡Ah, Mario! ¡Ah, vagabundo! ¡Ir a vociferar a la plaza pública! ¡Discutir, debatir, tomar medidas! ¡Porque esto lo llaman medidas, Dios santo! El desorden se empequeñece y se hace estúpido. He visto el caos y ahora veo los puches. ¡Unos escolares deliberar sobre la Guardia nacional! Esto no se vería ni aun en el país de los Ogibbewas, ni en el de los Cadodaches. ¡Los salvajes que andan desnudos, con la cabezota adornada con un volante de jugar a la pelota y con una maza en la pata, son menos brutos que estos bachilleres! ¡Monigotes que no valen cuatro sueldos, haciéndose los entendidos y los graves! ¡Deliberar y raciocinar! ¡Éste es el fin del mundo! ¡Deliberad, pillos! Todas esas cosas sucederán mientras se vaya a leer periódicos a las galerías del Odeón, lo cual cuesta un sueldo, y el sentido común, y la inteligencia, y el corazón, y el alma y el talento. Todos los periódicos son una peste; todos, hasta «La Bandera Blanca», porque en el fondo Martainville era un jacobino. ¡Ah, justo cielo! ¡Tú podrás gloriarte de haber desesperado a tu abuelo!

—Es evidente —dijo Teódulo.

Y aprovechando el momento en que el señor Gillenormand tomaba aliento, el lancero añadió magistralmente:

—No debería haber más periódicos que el «Monitor» ni más libros que el «Anuario Militar».

El señor Gillenormand prosiguió:

—¡Lo mismo que su Sieyes! ¡Un regicida que llegó a senador! Porque siempre concluyen por esto. Se hieren el rostro con su tuteamiento ciudadano para llegar a hacerse llamar el señor conde. El señor conde, así, en letras gordas, como el brazo de los camorristas de septiembre. ¡El filósofo Sieyes! Me hago la justicia de que no he hecho nunca más caso de las filosofías de estos filósofos que de los anteojos del pagano del Tívoli. Vi un día a los senadores que pasaban por el muelle Malaquais con mantos de terciopelo morado sembrados de abejas, con sombreros a lo Enrique IV. Estaban horribles; parecían los monos de la corte del tigre. Ciudadanos, os declaro que vuestro progreso es una locura; vuestra humanidad, un delirio; vuestra revolución, un crimen; vuestra república, un monstruo, y que vuestra joven Francia virgen sale de un lupanar, y os lo sostengo a todos, quienesquiera que seáis, aunque fueseis legistas, aunque fueseis más conocedores en materia de libertad, igualdad y fraternidad que la cuchilla de la guillotina. Os lo declaro, amigos.

—Pardiez —exclamó el teniente—, todo eso es admirablemente verdadero.

El señor Gillenormand interrumpió un gesto que había empezado, se volvió, miró fijamente al lancero, frunciendo el ceño, y le dijo:

—Sois un imbécil.

Por aquella época era Mario un hermoso joven de mediana estatura, de cabellos muy espesos y negros, frente ancha e inteligente; las ventanas de la nariz, abiertas con cierta expresión apasionada; aspecto sincero y tranquilo y, sobre todo, un no sé qué en el rostro que denotaba a la par altivez, reflexión e inocencia.

Su perfil, cuyas líneas eran todas redondas, sin dejar de ser firmes, tenía esa dulzura germánica que ha penetrado en la filosofía francesa por Alsacia y Lorena, y aquella absoluta carencia de ángulos que hacía distinguir tan fácilmente a los sicambros entre los romanos y que distingue a la raza leonina de la raza aquilina. Hallábase en esa época de la vida en que la imaginación de los hombres que piensan se compone casi en iguales proporciones de reflexión y de sencillez. Dada una situación grave, tenía cuanto se necesitaba para ser estúpido; un paso más y podía ser sublime. Sus modales eran reservados, fríos, políticos, poco francos. Como su boca era graciosísima, sus labios los más encarnados y sus dientes los más blancos del mundo, su sonrisa atemperaba lo que había de severo en su fisonomía.

En ciertos momentos formaban singular contraste aquella frente casta y aquella sonrisa voluptuosa. Tenía pequeños los ojos y grande la mirada.

En el tiempo de su mayor miseria, observaba que las jóvenes se volvían a mirarle cuando pasaba, lo cual era causa de que huyese o se ocultase con la muerte en el alma. Creía que lo miraban por sus vestidos viejos y que se reían de ellos; el hecho es que lo miraban por su gracia, y aun había alguna que soñaba con ella.

Aquella muda desavenencia entre él y las lindas transeúntes le había hecho huraño. No eligió ninguna por la sencilla razón de que huía de todas. Vivió así indefinidamente; bestialmente, como decía Courfeyrac.

Courfeyrac solía decir también:

—No aspires a ser venerable (se tuteaban; ya se sabe que las amistades jóvenes propenden al tuteamiento). Querido, un consejo: no leas tanto los libros y mira un poco más las faldas. Siempre hay algo bueno en ellas, ¡oh Mario! A fuerza de huir y de ponerte colorado, te embrutecerás.

Otras veces Courfeyrac le encontraba y le decía:

—Buenos días, señor cura.

Cuando Courfeyrac le había dirigido alguna frase por el estilo, Mario huía más que nunca durante ocho días de las mujeres y procuraba a todo trance no encontrarse con Courfeyrac.

Había, sin embargo, en la inmensa creación, dos mujeres de quienes Mario no huía y contra las cuales no tomaba precaución ninguna. Verdad es que hubiera sido extremada su admiración si le hubieran dicho que eran mujeres. Una era la vieja barbuda que barría su cuarto, y de la cual decía Courfeyrac:

—Viendo que su criada se deja la barba, Mario no se deja la suya.

La otra mujer era una joven, a la cual veía frecuentemente, pero sin mirarla nunca.

Desde hacía más de un año, Mario observaba en una calle de árboles desierta, del Luxemburgo, la que costea el parapeto o muro del Vivero, a un hombre y a una niña, casi siempre sentados uno al lado del otro en el mismo banco, en el extremo más solitario del paseo, por el lado de la calle Oeste. Cada vez que esa casualidad, que se entremete en los paseos de las personas meditabundas, llevaba a Mario por aquella calle, y esto sucedía casi todos los días, hallaba allí la misma pareja.

El hombre podría tener sesenta años; parecía triste; toda su persona presentaba el aspecto robusto y fatigado de los militares retirados. Si hubiera llevado una condecoración, Mario habría dicho: Es un antiguo oficial. Tenía buen aspecto, pero inabordable, y nunca fijaba su mirada en la mirada de nadie. Vestía un pantalón azul, un levitón también azul y un sombrero de anchas alas, traje que parecía siempre nuevo; una corbata negra y una camisa de cuáquero, es decir, deslumbrante por su blancura, pero de tela gruesa. Al pasar un día una griseta junto a él, dijo:

—¡Vaya un viejo bien aseado!

Tenía el pelo muy blanco.

La primera vez que la joven que le acompañaba fue a sentarse con él en el banco que parecía habían adoptado, era una muchacha de trece o catorce años, flaca hasta el punto de ser casi fea, encogida, insignificante y que tal vez prometía tener bastante buenos ojos. Sólo que los tenía siempre levantados con una especie de desagradable seguridad. Tenía ese aspecto a la vez aviejado e infantil de las colegialas de un convento, y vestía un traje mal cortado de merino negro. Parecían ser padre e hija.

Mario examinó durante dos o tres días a aquel viejo, que no era todavía un anciano, y a aquella niña, que no era todavía una joven, y después no puso más atención en ellos. Éstos, por su parte, parecía que ni le veían. Hablaban entre sí con aire apacible e indiferente. La joven charlaba sin cesar y alegremente; el viejo hablaba poco, pero a cada momento fijaba en ella sus ojos, lleno de una inefable ternura paternal.

Mario había contraído maquinalmente la costumbre de pasearse por aquella calle, en la cual los encontraba todos los días.

Véase lo que pasaba.

Generalmente, Mario llegaba por el extremo de la calle opuesto a su banco y la recorría a lo largo. Pasaba por delante de la pareja; después volvía y recorría de nuevo el paseo hasta el extremo por donde había entrado, y volvía a comenzar. Repetía este va y viene cinco o seis veces por semana, sin que, a pesar de tanto encuentro, aquellas personas y él hubieran llegado a cambiar un saludo.

Aquel hombre y aquella niña, aunque parecían, o tal vez porque parecían evitar las miradas, naturalmente habían despertado la atención de cinco o seis estudiantes, que de cuando en cuando se paseaban por el Vivero. Los estudiosos, después de sus clases; los otros, después de su partida de billar; Courfeyrac, que era de estos últimos, los observó algún tiempo; pero pareciéndole fea la muchacha, puso buen cuidado en alejarse pronto. Había huido como un parto, lanzándoles en vez de un dardo, un apodo. Habiéndole chocado únicamente el traje de la chica y los cabellos del viejo, llamó a la joven «señorita Negra», y al padre «señor Blanco», y con tal suerte que, no conociéndolos nadie e ignorando su verdadero nombre, el apodo ocupó el lugar e hizo las veces de aquél. Los estudiantes decían: «¡Ah!, ya está el "señor Blanco" en su puesto.» Y Mario, como los demás, halló muy cómodo llamar a aquel desconocido el «señor Blanco».

Seguiremos su ejemplo y adoptaremos el nombre de Blanco para mayor facilidad de este relato.

Mario continuó así, viéndolos casi todos los días a la misma hora durante el primer año. El hombre le agradaba; pero la muchacha le parecía un poco tosca y muy sin gracia.

En el mismo año, precisamente en el punto de esta historia a que ha llegado el lector, sucedió que la costumbre de pasear por el Luxemburgo se interrumpió, sin que el mismo Mario supiera por qué, y estuvo cerca de seis meses sin poner los pies en aquel paseo. Por fin, un día volvió allá. Era una serena mañana de estío, y Mario estaba alegre, como se suele estar cuando hace buen tiempo. Parecíale que llevaba en el corazón todos los cantos de los pájaros que oía y todo el cielo azul que veía a través del ramaje de los árboles.

Fuese en derechura «a su paseo» y, cuando estuvo en la extremidad, divisó, siempre en el mismo banco, la consabida pareja. Solamente que, cuando se acercó, vio que el hombre continuaba siendo el mismo; pero le pareció que la joven no era la misma. La persona que ahora veía era una hermosa y alta criatura con las formas más encantadoras de la mujer, en ese momento preciso en que se combinan todavía con las gracias más cándidas de la niña; momento fugaz y puro que sólo pueden traducir estas dos palabras: quince años.

Cuando Mario pasó cerca de ella no pudo ver sus ojos, que tenía constantemente bajos. Sólo vio sus largas pestañas de color castaño, llenas de sombra y de pudor.

Esto no impedía que la hermosa joven se sonriese escuchando al hombre de cabellos blancos que le hablaba, y nada tan encantador como aquella fresca sonrisa con los ojos bajos.

En el primer momento, Mario creyó que era otra hija del mismo hombre, hermana, sin duda, de la primera. Pero cuando la costumbre le condujo por segunda vez cerca del banco y la hubo examinado con atención, conoció que era la misma. En seis meses la niña se había hecho joven; esto era todo. Nada más frecuente que este fenómeno. Hay un momento en que las niñas, en un abrir y cerrar de ojos, pasan de capullo a rosa. Se las dejó ayer niñas, y se las halla hoy jóvenes seductoras.

Ésta, no sólo había crecido, sino que se había idealizado. Así como sólo bastan tres días de abril para que ciertos árboles se cubran de flores, seis meses habían bastado para vestirla de belleza. Su abril había llegado.

Se ven algunas personas pobres y mezquinas que parecen despertar, pasan súbitamente de la indigencia al fausto, hacen gastos de todos géneros y se convierten de pronto en deslumbradoras, pródigas y magníficas. Consiste esto en una fortuna improvisada, en un plazo vencido. La joven había cobrado su semestre.

No era ya la colegiala con su sombrero anticuado, su traje de merino, sus zapatos rusos y sus manos encarnadas. El buen gusto se había desarrollado en ella a la par de la belleza. Era una señorita bien puesta, con cierta elegancia, sencilla y rica sin pretensión. Llevaba un vestido de damasco negro, un abrigo de la misma tela y un sombrero de crespón blanco. Sus guantes blancos dejaban ver la finura de su mano, que jugaba con el mango de marfil chinesco de una sombrilla, y su botita de seda dibujaba su pequeño y bien formado pie. Cuando se pasaba por su lado se percibía cierta penetrante fragancia de juventud que exhalaba todo su traje.

Por lo que hace al nombre, era siempre el mismo.

366

La segunda vez que Mario llegó cerca de ella, la joven alzó los párpados. Sus ojos eran de un azul celeste y profundo; pero en aquel azul velado no había todavía más que la mirada de una niña. Miró a Mario con indiferencia, como si hubiera mirado a la mona que corría por debajo de los sicomoros o al jarrón de mármol que proyectaba su sombra sobre el banco. Mario, por su parte, continuó el paseo pensando en otra cosa.

Pasó todavía cuatro o cinco veces cerca del banco donde estaba la joven, pero sin mirarla.

Los días siguientes volvió como de ordinario al Luxemburgo. Como de ordinario, halló «al padre y a la hija»; pero no hizo alto en ellos. No pensó más en aquella joven cuando fue hermosa que lo que había pensado cuando era fea. Pasaba, sí, cerca del banco donde ella estaba; pero sólo por costumbre.

Un día el aire estaba tibio. El Luxemburgo, inundado de sombra y de sol. El cielo, puro, como si los ángeles lo hubiesen lavado por la mañana. Los pajarillos cantaban alegremente, posados en el ramaje de los castaños. Mario había abierto toda su alma a la Naturaleza; en nada pensaba. Vivía y respiraba. Pasó cerca de aquel banco. La joven alzó los ojos y sus dos miradas se encontraron.

¿Qué había esta vez en la mirada de la joven? Mario no hubiera podido decirlo. No había nada y lo había todo. Fue un relámpago extraño. Ella bajó los ojos, él continuó su camino.

Lo que acababa de ver no era la mirada ingenua y sencilla de un niño: era una sima misteriosa que se había entreabierto y luego bruscamente cerrado.

Hay un día en que toda joven mira así. ¡Desgraciado del que se encuentra cerca!

Esta primera mirada de un alma que no se conoce todavía a sí misma es como el alba en el cielo. Es el despertar de alguna cosa radiante y desconocida. Nada puede pintar el encanto peligroso de esa luz que ilumina vagamente, de pronto, adorables tinieblas, y que se compone de toda la inocencia del presente y de toda la pasión del porvenir. Es una especie de ternura indecisa que se revela por casualidad y que espera. Es un lazo que la inocencia tiende a su pesar, y en el cual aprisiona los corazones sin saberlo y sin quererlo. Es una virgen que mira como una mujer.

Es raro que dondequiera que caiga esta mirada no haga nacer una profunda meditación. Todas las clases de pureza y todas las especies de candor se encuentran reunidas en este rayo celeste y fatal, que tiene, aún más que las miradas mejor elaboradas de las coquetas, el mágico poder de hacer brotar, súbitamente, en el fondo del alma, esa flor sombría, llena de perfumes y de venenos, que se llama amor.

Por la tarde, al volver a su buhardilla, Mario fijó la vista en su vestido, y notó, por primera vez, que tenía el poco aseo, la inconveniencia y la estupidez inaudita de irse a pasear al Luxemburgo con su vestido de «todos los días»; es decir, con un sombrero roto hacia el ala, con botas gruesas como las de un carretero, un pantalón negro que estaba blanquecino por las rodillas y una levita negra que palidecía por los codos.

Al día siguiente, a la hora acostumbrada, Mario sacó de su armario su frac nuevo, su pantalón nuevo, su sombrero nuevo y sus botas nuevas. Revistióse de esta panoplia completa, calzóse guantes, lujo prodigioso, y se fue al Luxemburgo.

En el camino se encontró a Courfeyrac y fingió no verle. Courfeyrac, al volver a su casa, dijo a sus amigos:

—Acabo de encontrarme al sombrero nuevo y al frac nuevo de Mario, y a Mario dentro. Sin duda iba de examen, porque llevaba un aire completamente estúpido.

Llegado que hubo Mario al Luxemburgo, dio la vuelta al estanque. Miró los cisnes; luego permaneció largo rato contemplando una estatua que tenía la cabeza completamente negra de moho, y a la cual le faltaba una cadera. Cerca del estanque había un caballero de cuarenta años y abdomen prominente que llevaba en la mano a un muchacho de cinco años y le decía: «Evita los excesos. Mantente, hijo mío, a igual distancia del despotismo y de la anarquía.»

Mario escuchó a aquel hombre; luego dio todavía otra vuelta al estanque y por fin se encaminó hacia «su calle» lentamente y como si fuera a pesar suyo. Hubiérase dicho que se veía obligado a reír y retenido a la vez por un impulso contrario. Él, por su parte, no examinaba sus sensaciones y creía hacer lo que todos los días.

Al desembocar en el paseo, divisó al otro extremo, «en su banco», al «señor Blanco» y a la joven. Abotonóse hasta arriba el frac, lo estiró por el pecho y espalda para que no hiciera arrugas, examinó con cierta complacencia los reflejos lustrosos de su pantalón y se fue derecho al banco. Había algo de ataque en aquella marcha y hasta humos de conquista, ciertamente. Digo, pues, que se fue derecho al banco, como podría decir: «Aníbal marchó sobre Roma.»

Por lo demás, todos sus movimientos eran maquinales, y las ocupaciones habituales de su imaginación y de sus trabajos no habían sufrido ninguna interrupción. Pensaba en aquel momento en que el «Manual del bachillerato» era un libro estúpido, y que era preciso que lo hubiesen compuesto personas de una sandez extremada para que en él se examinasen y analizasen como obras maestras del espíritu humano tres tragedias de Racine y sólo una comedia de Molière. Sentía un agudo zumbido de oídos, y al acercarse al banco volvió a estirar las arrugas de su frac y sus ojos se fijaron sobre la joven, pareciéndole que llenaba todo el extremo de la calle con una vaga luz azulada.

A medida que se acercaba iba acortando el paso. Llegado que hubo á cierta distancia del banco, mucho antes de llegar al fin de la calle, se detuvo y él mismo no pudo saber cómo fue; pero ello es que se volvió en dirección opuesta a la que llevaba. Ni aun se dijo que no pensaba andar todo el paseo. La joven apenas pudo verlo de lejos y notar el buen aire que tenía con su vestido nuevo. Sin embargo, él caminaba muy derecho para tener buena facha, en el caso de que le mirara alguien que estuviese detrás.

Llegó al extremo opuesto. Después volvió, y esta vez se acercó un poco más al banco. Aproximóse hasta la distancia de tres intervalos de árboles; pero allí sintió no sé qué imposibilidad de ir más adelante, y dudó. Creyó ver el rostro de la joven volverse hacia él; sin embargo, hizo un esfuerzo viril y violento, dominó su vacilación y continuó avanzando. Algunos segundos después pasaba por delante del banco, tieso y firme, encarnado hasta las orejas, sin atreverse a mirar ni a derecha ni a izquierda, con la mano metida entre los botones del frac, como un hombre de Estado. En el momento que pasó bajo el cañón de la plaza, comenzó a latirle fuertemente el corazón.

Ella vestía, como la víspera, su traje de damasco y su sombrero de crespón. Mario oyó una voz inefable que debía ser «su voz». Hablaba tranquilamente; estaba muy bonita, lo conocía, aunque no procuraba verla. «No podría menos de estimarme —pensaba Mario— y de tenerme en consideración si supiese que soy yo el verdadero autor de la disertación sobre el escudero Marcos Obregón, que el señor Francisco de Neufchateau ha puesto como de su cosecha al frente de su edición del Gil Blas.»

Pasó el banco, llegó hasta la extremidad de la calle, que estaba muy cercana; después volvió y cruzó nuevamente por delante de la joven. Esta vez estaba muy pálido. Por lo demás, cuanto sentía era desagradable. Alejóse del banco y de la joven. Y como, aun volviéndole la espalda, se figuraba que le miraba, esto le hacía tropezar.

No trató más de acercarse al banco. Detúvose a la mitad de la calle, y allí, cosa que nunca hacía, se sentó, mirando de reojo a un lado y a otro y pensando, en las más recónditas profundidades de su espíritu, que, al fin y al cabo, era difícil que las personas cuyo sombrero blanco y vestido negro admiraba fuesen absolutamente insensibles a su lustroso pantalón y su frac nuevo.

Al cabo de un cuarto de hora se levantó como si fuera a comenzar de nuevo su paseo en dirección de aquel banco que aparecía rodeado de una aureola. Quedóse, sin embargo, en pie e inmóvil. Por la primera vez desde hacía quince meses, se dijo a sí mismo que aquel señor que se sentaba allí todos los días con aquella joven habría reparado, sin duda, en él y que le habría parecido extraña su asiduidad.

Por primera vez también conoció que era algo irreverente designar a aquel desconocido, aun en el secreto de su pensamiento, con el apodo del «señor Blanco».

Permaneció, pues, algunos minutos con la cabeza baja, haciendo dibujos en la arena con una varita que tenía en la mano. Después volvióse bruscamente al lado opuesto al «señor Blanco» y su hija, y se marchó a su casa.

Aquel día se olvidó de ir a comer. A las ocho de la noche se acordó de que no había comido, y siendo ya muy tarde para bajar a la calle de Santiago: «¡Bah!», dijo, y comió un pedazo de pan.

No se acostó sino después de haber cepillado su traje y de haberlo doblado con gran cuidado.

Al día siguiente, la tía Bougon, pues así llamaba Courfeyrac a la portera, inquilina principal y criada del caserón Gorbeau (en realidad se llamaba la tía Bourgon, como ya hemos dicho; pero el tarambana de Courfeyrac nada respetaba); la tía Bougon, decimos, observó estupefacta que el señorito Mario salía otra vez con su vestido nuevo.

Volvió al Luxemburgo, pero no pasó del banco que estaba a la mitad del paseo. Sentóse allí, como la víspera, considerando de lejos y viendo distintamente el sombrero blanco, el traje negro y, sobre todo, la claridad azulada. No se movió de aquel punto, y no volvió a su casa hasta que cerraron las puertas del Luxemburgo. No vio retirarse al «señor Blanco» y a su hija, y dedujo de aquí que habían salido del jardín por la verja de la calle del Oeste. Posteriormente, algunas semanas después, cuando pensó en ello, no pudo nunca acordarse dónde había comido aquel día.

Al día siguiente, era el tercero, la tía Bougon quedó estupefacta otra vez: Mario salió con su vestido nuevo. «¡Tres días seguidos!», exclamó la portera.

Y trató de seguirle. Pero Mario andaba muy de prisa, a grandes pasos, de modo que seguirle era para la tía Bougon como si un hipopótamo tratase de seguir a un corzo. Le perdió de vista a los dos minutos y volvióse sofocada, casi asfixiada por su asma, y furiosa.

—¡Habrase visto! —exclamaba—. ¿Hay valor para ponerse el vestido nuevo todos los días y para hacer correr a la gente de esta manera?

Mario se había encaminado al Luxemburgo.

La joven estaba allí con el «señor Blanco». Mario se acercó lo más que pudo, aparentando leer un libro; pero permaneció todavía muy lejos. Luego volvió a sentarse en su banco, donde pasó cuatro horas mirando saltar a los bulliciosos gorriones, que le pareció que se burlaban de él.

Así pasaron quince días. Mario iba al Luxemburgo, no para pasearse, sino para sentarse siempre en el mismo sitio y, sin saber por qué, luego que llegaba allí, no se movía. Todas las mañanas se ponía su vestido nuevo para no dejarse ver, y al día siguiente volvía a hacer lo mismo.

Decididamente, ella tenía una hermosura maravillosa. La sola observación que pudiera hacerse parecida a una crítica era que la contradición que existía entre su mirada, que era triste, y su sonrisa, que era alegre, daba a su rostro un aspecto como extraviado, lo cual hacía que en ciertos momentos aquella dulce cara pareciera extraña, sin dejar de ser encantadora.

Uno de los últimos días de la segunda semana, Mario estaba, como de costumbre, sentado en su banco, teniendo en la mano un libro abierto, del cual hacía dos horas que no había vuelto una hoja. De repente se estremeció; al final de la calle se verificaba un acontecimiento: el «señor Blanco» y su hija acababan de levantarse. La hija habíase apoyado en el brazo del padre y ambos se dirigían lentamente hacia el medio del paseo donde se encontraba Mario. Éste cerró su libro; luego lo abrió y procuró leer; temblaba. La aureola venía recta a él.

—¡Ah, Dios mío! —pensaba—. No me darán tiempo para tomar una postura conveniente.

En tanto continuaban avanzando el hombre de cabellos blancos y la joven. Parecíale que aquello duraba siglos, cuando, en realidad, sólo habían pasado algunos segundos.

—¿Qué vendrán a hacer? —se preguntaba—. ¡Cómo! ¿Van a pasar por aquí? ¿Sus pies van a pisar esa arena, en esta calle, a dos pasos de mí?

Estaba completamente trastornado; hubiera querido en aquel instante ser hermoso, tener una condecoración. Oía aproximarse el ruido dulce y mesurado de sus pasos. Imaginábase que el «señor Blanco» le dirigía miradas irritadas. «¿Irá a hablarme este caballero?», pensaba. Bajó la cabeza; cuando la levantó estaban pegando con él. La joven pasó y, al pasar, le miró. Lo miró fijamente, con cierta dulzura pensativa, que hizo estremecerse a Mario de la cabeza a los pies. Le pareció que lo reconvenía por haber estado tanto tiempo sin llegarse hasta ella, y que le decía: «Yo soy quien vengo.» Mario quedó deslumbrado ante aquellas pupilas llenas de rayos y de abismos.

Sentía arder una hoguera en su cerebro. Ella se había acercado a él. ¡Qué alegría! Y luego, ¡cómo lo había mirado! Le pareció más bella que nunca la había visto. Bella, con una hermosura a la par femenil y angélica; con una belleza completa, que hubiera hecho cantar a Petrarca y arrodillarse a Dante. Le parecía estar nadando en pleno cielo azul. Al mismo tiempo, estaba horriblemente incomodado porque tenía empolvadas sus botas.

Creía estar seguro de que ella había mirado también sus botas.

La siguió con la vista hasta que desapareció. Luego se puso a pasear por el Luxemburgo como un loco. Es probable que a ratos se riera solo y hablara en alta voz. Pasaba tan pensativo junto a las niñeras, que cada cual lo creía enamorado de ella.

Salió del Luxemburgo, esperando encontrarla en alguna calle.

Encontróse con Courfeyrac bajo los arcos del Odeón, y le dijo:

—Vente a comer conmigo.

Fueron a casa de Rousseau y gastaron seis francos. Mario comió como un buitre y dio seis sueldos de propina al mozo. A los postres dijo a Courfeyrac:

—¿Has leído el periódico? ¡Qué buen discurso ha hecho Andry de Puyrabeau! Estaba completamente enamorado.

Después de comer dijo a Courfeyrac:

—Te convido al teatro.

Y se fueron a la Puerta Saint-Martin a ver a Frederick en «El castillo de San Alberto». Mario se divirtió enormemente.

Al mismo tiempo su esquivez se redobló. Al salir del teatro se negó a mirar la liga de una modistilla que saltaba un arroyuelo. Y Courfeyrac llegó a causarle horror por haber dicho:

—De buena gana aumentaría mi colección con esa mujer.

Courfeyrac le había convidado a almorzar al día siguiente en el café Voltaire. Mario acudió a la cita y comió aún más que la víspera. Estuvo a la vez pensativo y muy alegre. Hubiérase dicho que aprovechaba todas las ocasiones para reír a carcajadas, y abrazó tiernamente a un provinciano que le presentaron. Habíase formado en torno de la mesa un círculo de estudiantes; se había hablado de las tonterías pagadas por el Estado que se administran desde la cátedra en la Sorbona. Luego la conversación recayó sobre las faltas y lagunas de los diccionarios y prosodias de Quicherat. Mario interrumpió su discurso para exclamar:

—Sin embargo, debe ser muy agradable tener una condecoración.

—¡Esto es chistoso! —dijo Courfeyrac por lo bajo a Juan Prouvaire.

—No —respondió Juan Prouvaire—; al contrario, es serio.

Y era serio, en efecto. Mario se hallaba en esa primera hora violenta y llena de encanto en que comienzan esas grandes pasiones.

Una mirada había hecho todo esto.

Cuando la mina está cargada, cuando el combustible está pronto, nada es más fácil. Una mirada es una chispa.

La suerte estaba echada; Mario amaba a una mujer. Su destino entraba en lo desconocido.

La mirada de las mujeres se parece a ciertos rodajes tranquilos en la apariencia, pero formidable. Pasamos a su lado todos los días, quieta e impunemente, y sin sospechar nada. Llega un momento en que hasta olvidamos que aquello está allí. Se va, se viene, se sueña, se habla, se ríe. De pronto nos sentimos cogidos; todo acabó. La rueda nos detiene; la mirada nos ha apresado. Nos ha apresado, no importa por dónde ni cómo; por una parte cualquiera de nuestro pensamiento que vagaba sin objeto, por una distracción que hemos tenido: estamos perdidos. Pasaremos completamente por toda la máquina; se apodera de nosotros un encadenamiento de fuerzas misteriosas y en vano luchamos; no hay socorro humano posible. Vamos a caer de engranaje en engranaje, de angustia en angustia, de tortura en tortura. Nosotros, nuestra imaginación, nuestra fortuna, nuestro porvenir, nuestra alma. Y según que nos hallemos en poder de una criatura malvada o de un noble corazón, no saldremos de esa espantosa máquina sino desfigurados por la vergüenza o transfigurados por la pasión.

El aislamiento, el despego de todo, el orgullo, la independencia, la inclinación a las bellezas naturales, la falta de actividad cotidiana y material, la vida retraída, las luchas secretas de la castidad y el éxtasis benévolo ante la creación entera, habían preparado a Mario para ser poseído de ese espíritu que se llama la pasión. El culto que tributaba a su padre había llegado poco a poco a ser una religión, y, como toda religión, se había retirado al fondo de su alma. Faltaba algo en primer término, y vino el amor.

Un mes largo pasó, durante el cual Mario fue todos los días al Luxemburgo. Llegada la hora, nada podía detenerlo:

—Está de servicio —decía Courfeyrac.

Mario vivía en continuo éxtasis; verdad es que la joven le miraba.

Había acabado por atreverse y se aproximaba al banco. Sin embargo, no pasaba por delante, obedeciendo a la vez al instinto de timidez y al de prudencia de los enamorados. Juzgaba útil no llamar «la atención del padre». Combinaba sus paradas detrás de los árboles y de los pedestales de las estatuas con un maquiavelismo profundo, para mostrarse lo más posible a la joven y dejarse ver lo menos posible del viejo. Algunas veces permanecía inmóvil más de media hora a la sombra de un Leónidas o de un Espartaco cualquiera, teniendo en la mano un libro, por encima del cual sus ojos, suavemente levantados, iban a buscar a la hermosa joven, la cual, por su parte, volvía hacia él con vaga sonrisa su perfil encantador. Hablando lo más natural y lo más tranquilamente del mundo con el hombre de los cabellos blancos, apoyaba sobre Mario los rayos misteriosos de una mirada virginal y apasionada. Antigua e inmemorial habilidad que Eva sabía desde el primer día de su vida. Su boca contestaba al uno y su mirada respondía al otro.

Preciso es creer, sin embargo, que el «señor Blanco» había llegado al fin a notar algo, porque frecuentemente, al ver a Mario, se levantaba y se ponía a pasear. Había abandonado su sitio acostumbrado y había escogido, al extremo opuesto de la calle, el banco inmediato al gladiador, como para ver si Mario lo seguiría allí. Mario no comprendió este juego y cometió esta falta. «El padre» comenzó a no ser tan puntual como antes al paseo y a no llevar todos los días «a su hija». Algunas veces iba solo. Entonces Mario se marchaba; otra falta.

Mario no se cuidaba de estos síntomas. De la fase de la timidez había pasado, progreso natural y fatal, a la fase de la ceguedad. Su amor crecía; soñaba con él todas las noches y, además, había tenido una dicha inesperada que fue como aceite sobre el fuego. Y redobló las tinieblas en derredor de sus ojos.

Una tarde, al anochecer, había hallado en el banco que el «señor Blanco» y su hija acababan de abandonar un pañuelo. Un pañuelo sencillo y sin bordado, pero blanco, fino, y que le pareció que exhalaba inefables perfumes. Apoderóse de él con transporte. Aquel pañuelo estaba marcado con las letras U. F. Mario no sabía nada de aquella hermosa joven, ni de su familia, ni su nombre, ni su casa. Aquellas dos letras eran la primera noticia que tenía de ella; adorables iniciales sobre las que comenzó inmediatamente a formar conjeturas. U era, evidentemente, la inicial del nombre: «¡Úrsula! —pensó—. ¡Qué delicioso nombre!»

Besó el pañuelo, lo aspiró, lo puso sobre su corazón, sobre su carne durante el día y por la noche bajo sus labios para dormirse.

—¡Aspiro en él toda su alma! —exclamaba.

Aquel pañuelo era del anciano, que lo había dejado caer del bolsillo.

Los días que siguieron a este hallazgo, Mario se presentó en el Luxemburgo besando el pañuelo o estrechándolo contra su corazón. La hermosa joven nada de aquella pantomima comprendía, y así lo daba a entender por medio de señas imperceptibles.

—¡Oh, pudor! —decía Mario.

Ya que hemos pronunciado la palabra pudor, y puesto que nada ocultamos, podemos decir que una vez, sin embargo, a través de sus éxtasis, experimentó Mario de parte de su «Úrsula» un agravio muy serio. Era uno de esos días en que la joven hacía al «señor Blanco» levantarse del asiento y pasear por la calle de árboles. Una fresca brisa de mayo agitaba las copas de los plátanos. El padre y la hija, enlazados del brazo, acababan de pasar por delante del banco de Mario, el cual, levantándose al momento, los siguió con la vista, como convenía a la situación en que se encontraba su ánimo.

De pronto una ráfaga de viento, un poco más alegre y juguetona que las demás, encargada sin duda de los asuntos de la primavera, voló desde el Vivero, se abatió sobre la calle de árboles, envolvió a la joven en un encantador estremecimiento digno de las ninfas de Virgilio y levantó su vestido, aquel vestido más sagrado que la túnica de Isis, casi hasta la altura de la liga, mostrando al descubierto una pierna de forma exquisita. Mario la vio y aquel espectáculo le exasperó y le puso furioso.

La joven bajó rápidamente el vestido con un movimiento de susto encantador; pero no por eso se indignó menos que Mario. Estaba solo en la alameda, es verdad; pero podía haber habido alguno. ¿Y si hubiera habido alguno? ¿Se comprende una cosa semejante? Era horrible lo que la joven acababa de hacer. ¡Ay! La pobre nada había hecho; sólo había un culpable: el viento. Pero Mario, en quien rugía confusamente el Bartolo que hay en todo querubín, estaba determinado a enfadarse y sentía celos hasta de su sombra. Así, en efecto, se despiertan en el corazón humano y se imponen, aun sin derecho, los acres y extraños celos de la carne. Por lo demás, y aun prescindiendo de los celos, la vista de aquella hermosa pierna no había tenido para él nada de agradable. La media blanca de la primera mujer que hubiera encontrado le hubiera causado más placer.

Cuando «su Úrsula», después de haber llegado al extremo de la alameda, volvió a pasar con el «señor Blanco» por delante del banco donde Mario se había sentado de nuevo, éste le dirigió una mirada irritada y feroz. La joven experimentó ese movimiento de hombros y ese leve arqueamiento de cejas que significa: ¿Qué tendrá?

Ésta fue «su primera riña».

Apenas acababa Mario de reñir con ella de este modo por medio de los ojos, cuando una persona atravesó el paseo. Era un inválido encorvado, arrugado y poco cano, con uniforme del tiempo de Luis XV, que llevaba al pecho la pequeña placa ovalada de paño encarnado, con espadas cruzadas, cruz de San Luis, del soldado, e iba adornado, además, de una manga del uniforme sin brazo dentro, una barba de plata y una pierna de palo. Mario creyó notar que aquel ente tenía el aire extremadamente satisfecho. Le pareció que el viejo cínico, al pasar cojeando por su lado, le había dirigido una guiñada fraternal y alegre, como si una casualidad cualquiera hubiese hecho que estuviesen en inteligencia y que hubieran saboreado en común alguna buena fortuna. ¿Qué tenía para estar tan contento aquel resto de Marte? ¿Qué había pasado entre aquella pierna de palo y ella? Mario estaba en el colmo de los celos.

—¡Tal vez estaba aquí —dijo— y tal vez ha visto!...

Y le entraron ganas de exterminar al inválido.

Con el tiempo todo se olvida; la cólera de Mario contra «Úrsula», por justa y por legítima que fuese, pasó. Acabó por perdonar; pero tuvo que hacer un gran esfuerzo y se manifestó irritado con ella tres días.

Sin embargo, a través de todo esto, y a causa de todo esto, la pasión crecía y llegaba hasta la locura.

* * *

Acabamos de ver cómo Mario había descubierto, o creído descubrir, que ella se llamaba Úrsula.

Comiendo se abre el apetito, y en amor sucede lo que en la mesa. Saber que se llama Úrsula era mucho y era poco. Mario, en tres o cuatro semanas, devoró aquella felicidad; deseó otra, y quiso saber dónde vivía.

Había cometido una primera falta: caer en la emboscada del banco del gladiador. Había cometido la segunda: no permanecer en el Luxemburgo cuando iba solo el «señor Blanco». Cometió la tercera, que fue inmensa: siguió a «Úrsula».

Vivía en la calle del Oeste, en el sitio menos frecuentado, en una casa nueva de tres pisos, de modesta apariencia.

Desde aquel momento, Mario añadió a su dicha de verla en el Luxemburgo la de seguirla hasta su casa.

Su hambre se aumentaba. Sabía cómo se llamaba, o a lo menos de nombre, nombre lindísimo, el verdadero nombre de una mujer; sabía dónde vivía; quiso saber quién era.

Una noche, después de seguir al padre y a la hija hasta su casa, luego que los vio desaparecer tras de la puerta-cochera, entróse en su seguimiento y preguntó valientemente al portero:

—¿Es el señor del piso principal el que acaba de entrar?

—No —contestó el portero—. Es el inquilino del tercero.

Había dado un paso; este triunfo alentó a Mario.

—¿Interior o exterior? —preguntó.

—La casa no tiene más que cuartos a la calle —contestó el portero.

—¿Y cuál es la profesión de ese caballero? —replicó Mario.

—Es rentista, caballero; un hombre muy bueno y un señor muy caritativo, que hace mucho bien a los pobres, aun cuando no es rico.

—¿Cómo se llama? —añadió Mario.

El portero alzó la cabeza, y dijo:

—¿Acaso sois polizonte?

Mario se fue un poco mohíno, pero encantado; progresaba.

—Bueno —pensó—. Sé que se llama Úrsula, que es hija de un rentista y que vive ahí, en ese piso tercero de la calle del Oeste.

Al día siguiente, el «señor Blanco» y su hija sólo dieron un pequeño paseo en el Luxemburgo. Todavía era muy de día cuando se marcharon. Mario los siguió a la calle del Oeste, como acostumbraba. Al llegar a la puerta-cochera, el «señor Blanco» hizo pasar primero a su hija; luego se detuvo antes de atravesar el umbral, se volvió y miró fijamente a Mario. Al día siguiente ya no fueron al Luxemburgo, y Mario esperó en balde todo el día.

Entrada la noche fue a la calle del Oeste y vio luz en las ventanas del tercer piso y se paseó por debajo hasta que se apagó la luz.

Al día siguiente tampoco fueron al Luxemburgo. Mario esperó todo el día, y luego fue a ponerse de centinela bajo las ventanas. Esto le entretenía hasta las diez de la noche. Ya no comía. La fiebre alimenta al enfermo, y el amor al enamorado.

Así pasaron ocho días. El «señor Blanco» y su hija no volvieron a aparecer por el Luxemburgo. Mario formaba tristes conjeturas; no se atrevía a espiar la puerta-cochera durante el día. Contentábase con ir de noche a contemplar la claridad roji-za de los cristales. Veía de cuando en cuando pasar algunas sombras, y el corazón le latía con este espectáculo.

Al octavo día, cuando llegó bajo las ventanas, no había luz en éstas.

—¡Calla! —exclamó—. Todavía no han encendido la luz y, sin embargo, es ya muy de noche. ¿Habrán salido?

Esperó hasta las diez, hasta las doce, hasta la una de la mañana; pero no se encendió ninguna luz tras de las vidrieras del tercer piso ni entró nadie en la casa. Se fue, pues, muy triste.

A la mañana siguiente (porque no vivía sino de día siguiente en día siguiente, ni había hoy para él, digámoslo así), a la otra mañana no vio a nadie en el Luxemburgo; lo esperaba. Al anochecer fue a la casa. No se veía ninguna luz en las ventanas; las persianas estaban cerradas. El piso tercero estaba oscuro como boca de lobo.

Mario llamó a la puerta-cochera, entró y dijo al portero:

—¿El señor del piso tercero?

—Se ha mudado —contestó el portero.

Mario vaciló y dijo débilmente:

—¿Cuándo?

—Ayer.

—¿Dónde vive ahora?

—No lo sé.

—¿No ha dejado las señas de su nueva casa?

—No.

Y el portero, levantando la nariz, conoció a Mario.

—¡Calla! —dijo—. Sois vos. ¿Conque decididamente sois de la Policía?

CAPÍTULO VII

EL PATRÓN MINETTE

Las sociedades humanas tienen todas lo que en los teatros se llama «el foso». El suelo social está minado por todas partes, ya en favor del bien, ya en favor del mal. Estas obras se superponen unas a otras. Hay las minas superiores y las minas inferiores. Hay un alto y un bajo en este oscuro subsuelo que se abre a veces bajo la civilización, y que nuestra indiferencia y dejadez huellan a cada momento. La Enciclopedia del siglo último era una mina casi a cielo abierto. Las tinieblas, esas sombrías encubridoras del cristianismo primitivo, sólo esperaban una ocasión para hacer explosión en tiempo de los Césares y para inundar de luz al género humano. Porque en las tinieblas sagradas hay luz latente. Los volcanes están llenos de una sombra capaz de arrojar llamas; toda lava comienza por ser noche. Las catacumbas donde se dijo la primera misa no eran sólo la cueva de Roma, sino que eran también el subterráneo del mundo.

Hay bajo el edificio social la complicada maravilla de los sótanos de todo edificio grande, excavaciones de todas clases. Allí están la mina religiosa, la mina filosófica, la mina política, la mina económica y la mina revolucionaria. Unos atacan con la pica de la idea, otros con el número, otros con la cólera. Se llaman y se responden desde una catacumba a la otra. Las utopías caminan por bajo de tierra en las galerías y se ramifican en todos sentidos. Encuéntranse a veces y fraternizan. Juan Jacobo presta su pico a Diógenes, que a su vez le presta su linterna. Algunas veces combaten entre sí. Calvino anda a la greña con Socino. Pero nada detiene ni interrumpe la tensión de todas estas energías hacia su fin, ni la vasta actividad simultánea que va y viene, sube, baja y vuelve a subir en aquellas oscuridades y que transforma lentamente lo superior por lo inferior, el exterior por lo interno; inmenso hormiguero desconocido. La sociedad apenas sospecha esta excavación que, dejándole la superficie, le cambia las entrañas. Tantos pisos subterráneos suponen otros tantos trabajos diferentes, otras tantas extracciones diversas. ¿Qué sale de todas estas profundas simas? El porvenir.

Cuanto más se ahonda, más misteriosos son los trabajadores. El trabajo es bueno hasta un grado que el filósofo social sabe conocer. Más allá de este grado es dudoso y mixto; más abajo llega a ser terrible. A cierta profundidad, las excavaciones no son ya penetrables al espíritu de la civilización; el límite respirable del hombre está traspasado. Y es posible un principio de monstruos.

La escala descendente es extraña; cada uno de sus escalones corresponde a un piso en que la filosofía puede asentar el pie, y donde se encuentra uno de esos obreros, algunas veces divinos, otras veces deformes. Más abajo de Juan Huss se halla Lutero; más abajo de Lutero está Descartes; por bajo de Descartes está Voltaire; por bajo de Voltaire está Condorcet; por bajo de Condorcet, Robespierre; por bajo de Robespierre, Marat; por bajo de Marat, Babeuf. Y así se continúa. Más abajo aún, en el límite que separa lo distinto de lo invisible, se divisan confusamente otros hombres sombríos que acaso no existen aún. Los de ayer son espectros; los de mañana son larvas. La vista del espíritu los distingue oscuramente. El trabajo embrionario del porvenir es una de las visiones del filósofo.

¡Inaudito espectáculo! ¡Un mundo en el limbo, en el estado de feto!

Saint-Simon, Owen, Fourier, se hallan también allí en simas laterales.

Realmente, aunque cierto encadenamiento divino, invisible, une entre sí y sin saberlo ellos mismos a todos estos minadores subterráneos, que casi siempre se creen aislados y no lo están, sus trabajos son muy diversos y la luz de los unos contrasta con las llamaradas de los otros.

Los unos son paradisíacos, los otros son trágicos. Sin embargo, sea el que quiera el contraste, todos estos trabajadores, desde el más alto al más nocturno, desde el más sabio hasta el más loco, tienen una semejanza, y es el desinterés. Prescinden de sí propios, no piensan en sus personas ni en sus particulares intereses; ven otra cosa distinta de ellos mismos.

Tienen una mirada, y en esa mirada buscan lo absoluto. El primero tiene todo el cielo en los ojos; el último, por enigmático que sea, tiene también en sus pupilas la pálida claridad del infinito. Respetemos de todos modos a todo el que tiene por signo la pupila estrella.

La pupila sombra es el otro signo.

En ella comienza el mal. Delante de aquel que no tiene mirada, meditad y estremeceos.

El orden social tiene también sus mineros negros.

Hay un punto en que el ahondamiento es el enterramiento, en que la luz se apaga.

Por debajo de todas estas minas que acabamos de indicar, más abajo de todas estas galerías, más abajo de todo ese sistema inmenso, venoso, subterráneo, del progreso y de la utopía; mucho más adentro de la tierra, más abajo que Marat, más abajo que Babeuf, más abajo, muchísimo más abajo y sin relación ninguna con los pisos superiores, se halla la última zapa. Sitio formidable. Es lo que hemos designado con el nombre de foso. Es el foso de las tinieblas. Es la cueva de los ciegos. «Inferi.»

Este foso se comunica con los abismos.

Los seres feroces que vagan por esas profundidades, casi bestias, casi fantasmas, no se ocupan en el progreso universal: ignoran la idea y la palabra, no se cuidan más que de la satisfacción del apetito individual. Casi carecen de conciencia, y hay en su interior una especie de tabla rasa aterradora. Tienen dos madres, ambas a dos madrastras: la ignorancia y la miseria. Tienen un guía: la necesidad, y por toda forma de satisfacción, el apetito. Son brutalmente voraces: es decir, feroces, no a la manera del tirano, sino al modo del tigre. Del padecimiento, estas larvas pasan al crimen: filiación fatal, engendro vertiginoso, lógica de la oscuridad. Lo que se arrastra en el foso social no es la reclamación ahogada de lo absoluto: es la protesta de la materia.

El hombre se convierte allí en dragón. Tener sed y hambre es el punto de partida; ser Satanás es el punto de llegada. De esta cueva sale Lacenaire.

Acabamos de ver ha poco, en el libro cuarto, una de las regiones de la mina superior, de la gran zapa política, revolucionaria y filosófica. Allí, acabamos también de decirlo, todo es noble, puro, digno y honrado.

Allí ciertamente puede uno engañarse y se engaña; pero el error es venerable porque lleva envuelto en sí el heroísmo. El conjunto del trabajo que allí se ejecuta tiene un nombre: el progreso.

Existe bajo la sociedad, insistimos en ello, y existirá hasta el día en que la ignorancia sea destruida, la gran caverna del mal.

Esta cueva es la última de todas y el enemigo de todas. Es el odio sin excepción. Esta cueva no conoce filósofo ninguno: su puñal nunca ha servido para tajar una pluma. Su negrura no tiene relación ninguna con la sublime negrura de la tinta. Nunca los dedos de la noche que se crispan bajo aquel techo asfixiante han hojeado un libro ni desplegado un periódico. Babeuf es un aristócrata para Cartucho.

Marat es un explotador del género humano para Schinderhannes. Esta cueva tiene por fin la excavación de todo.

De todo, incluso las capas superiores a quienes execra. No mina solamente en su horrible hormiguero el orden social actual, el derecho, el pensamiento humano, la civilización, la revolución y el progreso. Se llama simplemente robo, prostitución, homicidio y asesinato. Es tinieblas y quiere el caos. Su bóveda está formada de ignorancia.

Todas las demás minas, las de arriba, no tienen más que un solo objeto: suprimir ésta. A eso tienden por todos sus órganos a la vez, así por el mejoramiento de lo real como por la contemplación de lo absoluto, la filosofía y el progreso. Destruid la cueva Ignorancia y habréis destruido la sima Crimen.

Condensemos en algunas palabras una parte de lo que acabamos de escribir. El único peligro social es la oscuridad.

Humanidad es identidad. Todos los hombres son del mismo barro. No existe diferencia, por lo menos en este mundo, respecto de la predestinación. La misma sombra antes, la misma carne ahora, igual ceniza después. Pero la ignorancia, mezclada con la pasta humana, la ennegrece. Esta incurable negrura se apodera del interior del hombre y se convierte allí en el mal.

Desde 1830 a 1835, gobernaba el foco de París una cuadrilla de bandidos, llamados Tragamar, Suenadinero, Babet y Montparnase.

Tragamar era un hércules decaído. Tenía por astro la alcantarilla del Arche-Marion. Tenía seis pies de estatura, pecho de mármol, piernas de acero, la respiración de caverna, el tono de un coloso y el cráneo de un pájaro. Creíase ver en él al hércules Farnesio vestido con pantalón de cutí y blusa de veludillo. Formado de esta manera escultural, Tragamar hubiera podido domar monstruos; le había parecido mejor y más corto ser uno de ellos. Frente estrecha, sienes anchas, menos de cuarenta años y la pata de gallo, el pelo áspero y corto, las mejillas a modo de cepillo y barba de jabalí; tal era el hombre. Sus músculos solicitaban el trabajo; su estupidez lo rechazaba. Era una gran fuerza perezosa. Era asesino por dejadez; se le suponía criollo. Probablemente habría estado algún tanto en contacto con el general Brune, puesto que en 1815 había sido mozo de cuerda en Avignon. Después de esto se había hecho bandido.

La diafanidad de Babet contrastaba con la corpulencia de Tragamar. Babet era flaco y sabio. Era transparente, pero impenetrable. Sus huesos se transparentaban, pero no su pupila.

Decíase químico. Había sido bufón en casa de Bobiche y payaso en casa de Bobino. Había representado el vodevil en Saint-Mihiel. Era hombre intencionado, gran charlatán, que subrayaba sus sonrisas y entrecomaba sus gestos. Su industria consistía en vender al aire libre bustos de yeso y retratos «del jefe del Estado». Además, era sacamuelas. Había enseñado fenómenos en las ferias y poseído una barraca con trompeta y este anuncio: «Babet, artista, dentista, miembro de varias academias; hace experimentos físicos en metales y metaloides, extirpa los dientes y saca los raigones dejados por sus colegas. Precio: una muela, franco y medio; dos muelas, dos francos; tres muelas, dos francos y medio. Aprovechad la ocasión.» (Este «aprovechad la ocasión» significaba: Haceos arrancar todas las muelas posibles.) Había sido casado y tenía hijos; pero no sabía qué había sido de su mujer ni de sus hijos. Los había perdido como se pierde un pañuelo. Rarísima excepción en el mundo en que vivía. Babet leía los periódicos. Un día, cuando aún vivía con él su familia en su barraca movible, leyó en el «Mensajero» que una mujer había dado a luz un niño suficientemente viable, el cual tenía hocico de ternera, y exclamó: «¡Oh, qué fortuna! ¡No será mi mujer la que tenga el talento de darme un hijo por el estilo!»

Después lo abandonó todo para «trabajar en París». Dicho suyo.

¿Quién era Suenadinero? Era la noche. Esperaba para presentarse que el cielo se hubiera cubierto de negro. Por la noche salía de un agujero, adonde volvía antes de amanecer. ¿Dónde estaba ese agujero? Nadie lo sabía. Siempre en la más completa oscuridad; nunca hablaba a sus cómplices sino volviendo la espalda. ¿Se llamaba Suenadinero? No. Él solía decir: «Yo me llamo Nadie.» En cuanto aparecía una luz se ponía una careta. Era ventrílocuo. Babet decía: «Suenadinero es un nocturno a dos voces.» Suenadinero era un ser vago, errante, terrible. No había seguridad de que tuviese un nombre, puesto que Suenadinero era ópodo; no era seguro que tuviese voz, pues su vientre hablaba con más frecuencia que su máscara. Desaparecía como un fantasma y aparecía como por escotillón.

Montparnase era un ser lúgubre; era casi un niño. Tenía menos de veinte años, linda cara, labios parecidos a las cerezas, hermosos cabellos negros y la claridad de la primavera en los ojos. Tenía todos los vicios y aspiraba a todos los crímenes. La digestión le daba apetito para lo peor. Era el pilluelo convertido en ladrón y el ladrón convertido en bandido. Era garboso, afeminado, gracioso, robusto, blando, feroz. Llevaba el ala del sombrero levantada hacia la izquierda para dejar bien al descubierto el mechón de pelo rizado según la moda de 1829. Vivía de robar violentamente. Su levita tenía el mejor corte, pero estaba siempre raída; era una especie de figurín entregado a la miseria y cometiendo toda clase de crímenes. La causa de todos los atentados de este adolescente era el deseo de ir bien vestido. La primera modista que había dicho: «Eres guapo» le había impreso la mancha de las tinieblas en el corazón y había hecho un Caín de aquel Abel. Viéndose guapo, quiso ser elegante. Ahora bien; la primera elegancia es la ociosidad, y la ociosidad del pobre es el crimen. Pocos ladrones eran tan temidos como Montparnase. A los dieciocho años había ya dejado tras de sí algunos cadáveres. Más de un transeúnte, con los brazos extendidos, yacía en la sombra de aquel miserable, hundida la cara en un charco de sangre. Rizado, perfumado, ajustada la cintura, con caderas de mujer y busto de oficial prusiano, oyendo el murmullo de admiración que alzaban a su alrededor las muchachas del bulevar, sabiamente atada la corbata, con un rompecabezas en el bolsillo y una flor en el ojal. Tal era este petimetre del sepulcro.

Estos cuatro bandidos formaban por sí solos una especie de Proteo que serpenteaba a través de la Policía y procuraba librarse de las miradas indiscretas de Vidocq «bajo distinta forma, árbol, llama o fuente», prestándose mutuamente sus nombres y sus guaridas, ocultándose en su propia sombra, teniendo cajas de secreto y asilos unos para los otros, deshaciéndose de sus personalidades como se despoja uno de una nariz postiza en un baile de máscaras, simplificándose a veces hasta el punto de no ser más que uno, multiplicándose en otras ocasiones hasta el punto de que el mismo Coco Latour los tomaba por una turba.

Estos cuatro hombres no eran cuatro hombres; eran una especie de ladrón misterioso de cuatro cabezas que trabajaba en grande sobre París. Eran el pólipo monstruoso del mal, que habitaba la cripta de la sociedad.

Gracias a sus ramificaciones y a la red subyacente de las relaciones, Babet, Tragamar, Suenadinero y Montparnase tenían la empresa general de los crímenes del departamento del Sena. Ejercían una especie de soberanía inferior, cuyos golpes de Estado descargaban siempre sobre el pobre transeúnte. Los que concebían una idea de este género, los hombres de imaginación nocturna, se dirigían a ellos para la ejecución. Se suministraba a estos cuatro bribones el argumento, y ellos se encargaban de la representación. Trabajaban como en un teatro. Siempre se hallaban en situación de presentar un personal proporcionado y conveniente para los atentados en que se pudiera arrimar el hombro y que fuesen suficientemente lucrativos. Cuando un crimen andaba en busca de brazos se subarrendaban cómplices. Tenían una compañía de actores de tinieblas a disposición de todas las tragedias de las cavernas.

Reuníanse habitualmente al caer la noche, hora de su despertar, en las llanuras inmediatas a la Salpetrière y allí conferenciaban. Tenían ante sí doce horas negras y arreglaban su empleo.

El «Patrón Minette»: tal era el nombre que en la circulación subterránea se daba a la asociación de estos cuatro hombres. En el antiguo lenguaje popular y fantástico que diariamente desaparece, «Patrón Minette» significa la mañana, lo mismo que «entre perro y lobo» significa la noche. Este apelativo Patrón Minette procedía probablemente de la hora a que concluían su trabajo, puesto que el alba es el momento en que se desvanecen los fantasmas y en que se separan los bandidos.

Estos seres, poco pródigos de sus caras, no eran de esos que se ven pasar por las calles. Por el día, cansados de las noches feroces que tenían, se iban a dormir, ya a los hornos de yeso, ya a las canteras abandonadas de Montmartre o de Montrouge, y a veces a las alcantarillas. Se agazapaban en la huronera.

¿Qué ha sido de estos hombres? Siempre existen, siempre han existido. Horacio decía de ellos: «Ambubaiarum collegia, pharmacopolae, mendici, mimae.» Y mientras que la sociedad sea lo que es, serán ellos lo que son. Bajo el oscuro techo de su cueva renacen continuamente de las filtraciones sociales. Vuelven a aparecer, como espectros siempre idénticos; solamente que no llevan los mismos nombres ni se ocultan bajo las mismas pieles.

Extirpados los individuos, subsiste la tribu.

Tienen siempre las mismas facultades. Del truhán al vago, la raza se mantiene pura. Adivinan el dinero en los bolsillos y huelen los relojes en los chalecos. El oro y la plata tienen para ellos olor. Hay hacendados crédulos de quienes se puede decir que están predestinados a ser robados. Estos hombres siguen pacientemente a esas gentes. Al paso de un extranjero o de un provinciano se estremecen como arañas.

Cuando hacia la medianoche se descubre o se ve a estos hombres en una calle desierta, son horribles. No parecen hombres, sino formas hechas de bruma animada. Diríase que habitualmente forman cuerpo con las tinieblas, que no se distinguen de éstas, que no tienen más alma que la sombra y que sólo momentáneamente, y para vivir por espacio de algunos minutos con una vida monstruosa, se han desprendido de la noche.

¿Qué hay que hacer para desterrar estas larvas? Luz, luz a torrentes. No hay un murciélago que resista al alba. Iluminad la sociedad en sus mayores profundidades.

* * *

Pasó el verano y después el otoño, y llegó el invierno. Ni el señor Blanco ni la joven habían vuelto a poner los pies en el Luxemburgo. Mario no tenía más que un pensamiento: volver a ver aquel dulce y adorable rostro, y lo buscaba sin cesar y en todas partes, pero no hallaba nada. No era ya Mario el soñador entusiasta, el hombre resuelto, ardiente y firme; el arriesgado provocador del Destino, el cerebro que engendra porvenir sobre porvenir, con la imaginación llena de planes, de proyectos, de altivez, de ideas y de voluntad; era un perro perdido. Había caído en una negra tristeza; todo había concluido para él. El trabajo le repugnaba, el paseo le cansaba, la soledad le fastidiaba. La vasta Naturaleza, tan llena para él en otro tiempo de formas, de luz, de voces, de consejos, de perspectivas, de horizontes, de enseñanzas, se presentaba ahora vacía ante sus ojos. Le parecía que todo había desaparecido.

Continuaba pensando, porque no podía hacer otra cosa; pero ya no encontraba placer en sus pensamientos. Y a todo lo que éstos le proponían en voz baja, respondía en la sombra:

—¿Para qué me sirve?

Se respondía con frecuencia:

—¿Por qué la he seguido? ¡Era feliz sólo con verla! Me miraba. ¿Y no era esto ya una dicha inmensa? Parecía que me amaba. ¿No es esto todo lo que yo podía desear? He querido algo más. ¿El qué? Nada hay después de esto. He cometido un absurdo; mía es la culpa.

Courfeyrac, a quien nada confiaba, porque así era propio de su carácter, pero que adivinaba un poco, siendo esto también propio del carácter de Courfeyrac, había empezado felicitándole por su amor, pero asombrándose por otra parte; pero después, viendo a Mario sumergido en aquella melancolía, había concluido por decirle:

—Veo que eres simplemente un animal. Anda, ven al baile de la Chaumiere.

Una vez, confiando en un hermoso sol de septiembre, Mario se dejó llevar al baile de Sceaux por Courfeyrac, Bossuet y Grantaire, creyendo, ¡qué delirio! que tal vez la encontraría allí. Como era de esperar, no vio a quien buscaba. «Y, sin embargo, aquí se encuentran todas las mujeres perdidas», decía Grantaire aparte. Mario dejó a sus amigos en el baile y se volvió a pie, solo, cansado, febril, con los ojos turbados y tristes en la noche, aturdido del ruido y del polvo producido por los alegres carruajes llenos de personas que volvían cantando de la fiesta y pasaban a su lado, mientras él, desanimado, para refrescarse la cabeza aspiraba el acre olor de los nogales del camino.

Diose entonces a vivir más solitario, extraviado, humillado, entregado sólo a su angustia interior, yendo y viniendo en su dolor como el lobo en la trampa y buscando en todas partes el ser ausente perdido de amor.

Otra vez tuvo un encuentro que le produjo un efecto singular. Había visto en las callejuelas próximas al bulevar de los Inválidos a un hombre vestido como un obrero, que llevaba en la cabeza una gorra de gran visera, y de la cual salían algunos mechones de blancos cabellos. Mario quedó sorprendido de la belleza de aquellos cabellos blancos y examinó a aquel hombre que marchaba a pasos lentos y como absorto en una meditación dolorosa, y, ¡cosa extraña!, creyó conocer al señor Blanco. Aquéllos eran sus mismos cabellos, al mismo perfil, en cuanto le dejaba ver la gorra; el mismo aspecto, sólo que más triste. Pero ¿por qué llevaba aquel traje de obrero? ¿Qué quería decir esto? ¿Qué significaba aquel disfraz? Mario se quedó absorto. Cuando volvió en sí, su primer movimiento fue seguir a aquel hombre. ¿Quién sabe si tenía ya la huella que buscaba? En todo caso, bueno era ver al hombre de cerca y aclarar aquel enigma. Pero esta idea se le ocurrió ya tarde; el hombre había desaparecido. Sin duda había entrado en alguna de las calles laterales y no pudo encontrarlo. Este encuentro le tuvo pensativo algunos días; después se borró.

—No será —se decía— más que una semejanza.

Acababa de pasar el umbral de su puerta que estaba barriendo la tía Bougon, mientras murmuraba este monólogo, digno de memoria:

—¿Qué es lo que está ahora barato? Todo está caro. Sólo andan baratos los trabajos del mundo. ¡Esto sí que no cuesta nada: las penas!

Mario subía lentamente el bulevar hacia la barrera con objeto de llegar a la calle de Santiago; iba pensativo, con la cabeza baja.

De repente sintió un empujón en la bruma; se volvió y vio dos jóvenes cubiertas de harapos, la una alta y delgada, la otra menor, que pasaban rápidamente sofocadas, asustadas y como huyendo. Venían a su encuentro, no le habían visto y le habían tropezado al pasar.

Mario distinguía en el crepúsculo sus figuras lívidas, sus cabezas despeinadas, sus cabellos esparcidos, sus horribles gorras, sus rotos vestidos y sus pies descalzos. Sin dejar de correr iban hablando.

La mayor decía en voz baja:

—Los corchetes han venido; no han podido trincarme.

La otra respondió:

—Los he visto, ¡y he chapescado, chapescado, chapescado!

Mario comprendió, a través de este repugnante caló, que los gendarmes o los agentes de Policía habían tratado de prender a estas muchachas y ellas se habían escapado.

Se metieron por entre los árboles del bulevar que estaban detrás de Mario y formaron por algún tiempo en la oscuridad una sombra blanquecina que desapareció al fin.

Mario se detuvo un momento.

Iba ya a continuar su camino, cuando vio en el suelo, a sus pies, un paquetito gris; se bajó y lo cogió. Era como un sobre y parecía que contenía papeles.

—Bueno —dijo—. ¡Esas desgraciadas lo habrán dejado caer!

Volvió atrás, llamó, pero no las encontró; creyó que estarían ya lejos. Se metió el paquete en el bolsillo y se fue a comer.

En el camino vio en el paseo de la calle Mouffetard un ataúd de niño, cubierto con un paño negro, colocado sobre tres sillas y alumbrado por una vela. Las dos jóvenes que había visto en el crepúsculo se presentaron a su imaginación.

—¡Pobres madres! —pensó—. Hay una cosa más triste que ver morir a los hijos, y es verlos con mala vida.

Después, estas sombras que distraían su tristeza abandonaron su pensamiento y cayó en sus habituales meditaciones. Volvió a pensar en los seis meses de amor y de felicidad que había pasado al aire libre y en plena luz bajo los hermosos árboles del Luxemburgo.

—¡Qué sombría se ha hecho mi vida! —se decía—. Las jóvenes eran ángeles y ahora son abismos.

Por la noche, cuando se desnudaba para acostarse, encontró en el bolsillo de la levita el paquete que había encontrado en el bulevar. Ya se había olvidado de él. Creyó que sería útil abrirlo, porque tal vez el paquete contuviese las señas de la morada de aquellas jóvenes si en realidad les pertenecía, y en todo caso los indicios necesarios para restituirlo a la persona que lo había perdido.

Rompió el sobre.

No estaba pegado y contenía cuatro cartas, también sin cerrar.

Todas tenían señas.

Todas exhalaban un olor repugnante a tabaco.

La primera estaba dirigida: «A la señora marquesa de Grucheray, plaza de enfrente de la Cámara de Diputados, número...»

Mario se dijo que encontraría probablemente las indicaciones que buscaba en ella y que, además, no estando cerrada la carta, era probable que pudiese ser leída sin inconveniente.

Estaba concebida en estos términos:

«Señora marquesa: La virtud de la clemencia y de la piedad es la que une más estrechamente la sociedad. Dad salida a vuestros cristianos sentimientos y dirigid una mirada de compasión a este desgraciado español, víctima de la lealtad y fidelidad a la causa sagrada de la legitimidad, que ha sellado con su sangre; a que ha consagrado su fortuna, todo por defender esta causa, y hoy se encuentra en la mayor pobreza. No duda que vuestra honorable persona le concederá un socorro para conservar una existencia extremadamente penosa para un militar de educación y de honor, cubierto de heridas, que cuenta de antemano con la humanidad que os anima y con el interés que la señora marquesa tiene por una nación tan desgraciada. Su súplica no será vana y su agradecimiento conservará su encantador recuerdo.

»Tengo el honor de ofrecer mis sentimientos respetuosos y ser, señora, **Álvarez,** capitán español de caballería; realista refugiado en Francia, que está de biaje para su patria y carece de recursos para continuar su biaje.»

La firma no tenía señas de habitación. Mario creyó encontrar las señas en la segunda carta, cuyo sobre decía: «A la señora condesa de Montverdet, calle Cassete, número 9.»

Mario leyó lo siguiente:

«Señora condesa: Os escribe una desgraciada mare de familia con seis hijos, y el menor no tiene más que ocho meses. Yo estoy enferma, desde mi último parto, abandonada de mi marido desde hace cinco meses, no teniendo ningún recurso en el mundo en la más orrorosa endigencia.

»Eperando en la señora condesa, tiene el honor de ser, señora, con un profundo respeto. **De Balizard**.»

Mario pasó a la tercera carta, que era, como las anteriores, una petición.

Decía así:

«Señor Pabourgeot, elector, negociante gorrero al por mayor, calle de San Dionisio, esquina a la calle de los Hierros.

»Me tomo la libertad de dirigiros esta carta para rogaros que me concedáis el favor preciso de vuestras simpatías y de interesaros por un literato que ha presentado un drama al Teatro francés. El argumento es histórico y la acción pasa en Auvernia, en tiempo del Imperio. Creo que el estilo es natural, lacónico y puede tener algún mérito. Tiene algunos versos cantables en cuatro escenas. Lo cómico, lo serio, lo imprevisto, se mezclan en él con la variedad de los caracteres y con una tinta de romanticismo, extendida ligeramente en toda la intriga, que marcha misteriosamente y va por peripecias sorprendentes a un desenlace en medio de varias escenas notables.

»Mi objeto principal es satisfacer el deseo que anima progresivamente al hombre de nuestro siglo, es decir, a la moda, esa caprichosa y extraña beleta que cambia casi a cada variación del biento.

»A pesar de estas cualidades, tengo mis temores de que la envidia, el egoísmo de los autores privilegiados consiga mi exclusión del teatro, porque no ignoro los disgustos que tienen que pasar los autores nuevos.

»Señor Pabourgeot, vuestra justa reputación de protector ilustrado de los le dos me da balor para embiaros mi hija, que os expondrá nuestra situación endi te, sin pan, sin lumbre en esta estación de ibierno. Deciros que os ruego admitá dedicatoria que deseo haceros de mi drama y de todos los que haga, es proba cuánto ambiciono el honor de colocarme bajo vuestra egida, y honrar mis escrit con vuestro nombre. Si os dignáis honrarme con la más modesta ofrenda, me ocu paré pronto en hacer una pieza de verso para pagaros mi trebuto de reconocimiento. Esta pieza, que trataré de hacer tan perfecta como me sea posible, os la enviaré antes de insertarse al principio del drama y de ponerse en escena.

»Al señor y señora de Pabourgeot, mis homenajes más respetuosos. **Genflot**, literato.

»P. D. Aunque no sean más que cuarenta sueldos.

»Perdonadme que os envíe mi hija, y que no me presente yo mismo, pero tristes razones de tocador no me permiten ¡ay de mí!, salir de casa...»

Mario abrió por fin la cuarta carta. El sobre era éste: «Al señor bienhechor de la iglesia de Santiago de Haut-Pas», y contenía las siguientes líneas:

«Hombre bienhechor: Si os dignáis acompañar a mi hija, veréis una calamidad miserable, y os enseñaré mis certificados.

»Al ver estos escritos, vuestra alma generosa se convencerá con un sentimiento de sensible benevolencia, porque los verdaderos filósofos experimentan siempre vivas emociones.

»Convenid, hombre compasivo, en que es preciso experimentar la más cruel necesidad, y que es muy doloroso para conseguir algún consuelo atestiguarlo con la autoridad, como si uno no fuese libre para padecer o para morir de inanición, esperando que sea socorrida nuestra miseria. El destino es muy faltal para unos y demasiado pródigo para otros.

»Espero vuestra visita o vuestro socorro, si os dignáis darle, y os ruego que recibáis los sentimientos respetuosos con que hoy se honra de ser, hombre verdaderamente magnánimo, vuestro muy humilde y muy obediente servidor, **P. Fabontou**, artista dramático.»

Después de haber leído estas cuatro cartas, no se quedó Mario mucho más enterado que antes.

Y miró a Mario con aire espantado.

Mario, a fuerza de buscar y rebuscar en sus bolsillos, había conseguido reunir cinco francos y dieciséis sueldos. Era todo cuanto en el mundo tenía.

—Mi comida de hoy —pensó—. Hela aquí; mañana ya veremos.

Y guardando los dieciséis sueldos, dio los cinco francos a la joven.

Ésta cogió la moneda.

—¡Bueno! —exclamó—. ¡Ya salió el sol!

Y como si el sol hubiera tenido la propiedad de fundir en su cerebro torrentes de calor, prosiguió:

—¡Cinco francos! ¡Trigo largo! ¡Un monarca! Sois un chavó de primera. ¡Salud! ¡Adelante los piñones! ¡Dos días de bureo! Habrá chistón tinto, y peñascaró, y brinsa, y jamaremos y tragalaremos hasta allí.

Recogió su camisa sobre sus hombros, hizo un profundo saludo a Mario, después hizo una señal familiar con la mano y se encaminó hacia la puerta, diciendo:

—Buenos días, caballero. Voy a buscar a mi viejo.

* * *

Hacía cinco años que Mario vivía en la pobreza, en la desnudez, en la indigencia; pero entonces advirtió que aún no había conocido la verdadera miseria. La verdadera miseria era la que acababa de pasar ante sus ojos. Y, en efecto, quien no ha visto más que la miseria de la mujer, no ha visto tampoco nada. Es menester ver la miseria del niño o de la joven.

Cuando el hombre ha llegado al último extremo, llega también a los últimos recursos. Desgraciados los seres sin defensa que le rodean. El trabajo, el salario, el pan, el fuego, el valor, la buena voluntad, todo le falta a la vez. La claridad del día parece apagarse en el exterior, y la luz moral se apaga en el interior; en esta sombra, el hombre encuentra la debilidad de la mujer y del niño, y las dobléga violentamente a la ignominia.

Entonces todos los horrores son posibles. La desesperación está rodeada de frágiles tabiques que lindan con el vicio o con el crimen.

La salud, la juventud, el honor, las santas y pudorosas delicadezas de la carne, todavía nueva; el corazón, la virginidad, el pudor, esa epidermis del alma, son siniestramente manoseados por ese tiento incierto que busca recursos, que encuentra el oprobio y se acomoda con él. Padres, madres, hijos, hermanos, hermanas, hijas, se adhieren y se agregan casi como una formación mineral y en esa brumosa promiscuidad de sexos, de parentescos, de edades, de infamias y de inocencias. Se amontonan, pegados los unos a los otros, en una especie de predestinado chiribitil. Allí se entremiran lamentablemente. ¡Oh, infelices! ¡Qué pálidos están! ¡Qué frío tienen! ¡Parece que se hallan en un planeta más lejano del Sol que el nuestro!

Aquella muchacha fue para Mario una especie de enviado de las tinieblas.

Le reveló todo un lado horrible de la noche.

Mario hasta casi se acusó de los sueños de delirio y pasión que le habían impedido hasta aquel día dirigir una mirada a sus vecinos. Haber pagado su alquiler era un movimiento maquinal; todo el mundo podía tener aquel movimiento. Pero Mario debía haber hecho más. ¡Cómo! Le separaba solamente un tabique de aquellos seres abandonados que vivían a tientas en la noche, fuera del resto de los vivientes; codeábase con ellos. Era, en cierto modo, el último eslabón del género humano que tocaban; les había oído vivir, o más bien suspirar, al lado suyo, y no había parado la atención en ellos. Todos los días, a cada instante, a través de la pared, les oía andar, ir, venir, hablar, y no prestaba el oído; y en aquellas palabras había gemidos, ¡y tampoco los escuchaba! ¡Su pensamiento estaba en otra parte, soñando, ocupado con visiones imposibles, con amores en el aire, con locuras! Y, sin embargo, criaturas humanas, sus hermanos en Jesucristo, sus hermanos del pueblo, agonizaban inútilmente a su lado; tenía parte en su desgracia, la agravaba. Porque si hubiesen tenido otro vecino, un vecino menos entregado a quimeras y más atento, un hombre ordinario y caritativo, evidentemente su indigencia hubiera sido notada, sus señales de angustia hubieran sido vistas, y desde hace largo tiempo tal vez hubiesen sido recogidos y salvados. Parecían, sin duda, muy depravados, muy corrompidos, muy envilecidos, hasta muy odiosos; pero son raros aquellos que han caído y no se han degradado. Además, hay un punto en que los infortunios y las infamias se confunden y mezclan en una sola palabra fatal: los miserables. ¿De quién es la culpa? Además, ¿no es cuando la caída es más profunda cuando la caridad debe ser mayor?

Dándose esta lección de moral, porque había ocasiones en que Mario, como todos los corazones verdaderamente honrados, se erigía en su propio pedagogo y se reprendía más que lo que merecía, consideraba la pared que le separaba de los Jondrette y hubiera querido hacer pasar a través de aquel tabique su mirada llena de piedad, para con ella reanimar a aquellos desgraciados. La pared estaba formada por una pequeña capa de yeso, sostenida por listones y pies derechos que, como acabamos de decir, dejaba distinguir perfectamente el ruido de las palabras y de las voces. Era preciso ser el soñador Mario para no haberlo notado todavía. No había pegado papel ninguno en la pared, ni por el lado de los Jondrette ni por el de Mario. Veíase completamente desnuda la grosera fábrica.

Mario, sin saber casi lo que hacía, examinaba la pared; algunas veces la meditación examina, observa y escudriña como lo haría el pensamiento. De pronto se levantó; acababa de observar hacia lo alto, cerca del techo, un agujero triangular, resultado de tres listones que dejaban un hueco entre sí. Faltaba la mezcla que debía llenar aquel hueco, y subiendo sobre la cómoda se podía ver por aquel agujero la buhardilla de los Jondrette. La conmiseración debe tener también su curiosidad. Aquel agujero formaba una especie de trampilla. Permitido era mirar como a traición el infortunio para socorrerlo.

—Veamos, pues, lo que son esa gente —pensó Mario— y lo que hacen.

Escaló la cómoda, aproximó la vista a la abertura y miró.

Las ciudades, como los bosques, tienen sus antros, donde se oculta todo lo que aquéllas tienen de más malo y de más temible. Solamente que en las ciudades lo que se oculta así es feroz, inmundo y pequeño; es decir, feo. En los bosques, lo que se oculta es feroz, salvaje y grande; es decir, bello. Madrigueras por madrigueras, preferibles son las de las fieras a las de los hombres. Las cavernas valen más que los zaquizamíes.

Lo que Mario veía era un zaquizamí.

Mario era pobre y su cuarto era indigente; pero así como su pobreza era noble, su buhardilla era limpia. El tugurio en que su mirada se hundía en aquel momento era abyecto, sucio, fétido, infecto, tenebroso y sórdido. Por todo mueblaje, una silla de paja, una mesa coja, algunos viejos tiestos y, en dos rincones, dos tarimas indescriptibles. Por toda claridad, una ventanilla de un pie en cuadro con cuatro vidrios, adornada de telas de araña. Por aquel agujero entraba la luz suficiente para que una cara de hombre pareciese la faz de un fantasma. Las paredes tenían un aspecto leproso y estaban cubiertas de costurones y cicatrices, como un rostro desfigurado por alguna horrible enfermedad. Destilábase a través de ella una humedad legañosa y se divisaban algunos dibujos obscenos groseramente trazados con carbón.

El cuarto que Mario ocupaba estaba embaldosado de ladrillos ya destrozados. Éste no estaba ni embaldosado ni enyesado. Andaban los inquilinos sobre la antigua mezcla de la fábrica, que se había convertido en negra con el roce de los pies. Sobre un suelo desigual, donde el polvo parecía como incrustado y que sólo tenía una virginidad, la de la escoba, se agrupaban caprichosamente constelaciones de calzones viejos, de zapatos viejos y de pingajos horribles; por lo demás, aquel cuarto tenía una chimenea, por lo cual su alquiler valía cuarenta francos al año. De todo había en aquella chimenea: una estufilla, una marmita, planchas rotas, trapos colgados en clavos, la jaula de un pájaro, ceniza e incluso un poco de fuego. Dos tizones humeaban tristemente.

Lo que hacía aún más horrible aquel desván era su longitud. Tenía cabos, ángulos, agujeros negros, camaranchones, bahías y promontorios. Allí se veían horribles rincones insondables donde parecía que debían encastillarse las arañas, gordas como puños, correderas como el pie y tal vez no sé qué seres humanos monstruosos.

Una de las tarimas estaba cerca de la puerta y la otra cerca de la ventana. Ambas tocaban por uno de sus extremos a la chimenea y daban frente a Mario. En un ángulo próximo a la abertura por donde Mario miraba, estaba colgado en la pared, en un cuadro de madera negro, un grabado iluminado, por debajo del cual estaba escrito en letras gruesas: «El Sueño.» Éste representaba a una mujer dormida y un niño dormido; el niño en el regazo de la madre. Un águila en una nube con una corona en el pico, y la mujer apartando la corona de la cabeza del niño, por supuesto, sin despertarse. En el fondo, Napoleón en una gloria, apoyándose en una columna de azul oscuro, con un capitel amarillo adornado con esta inscripción:

«Marengo, Austerlitz, Jena, Wagramme, Elot.»

Por bajo de este cuadro, una especie de tablero de madera, más largo que ancho, estaba colocado en el suelo y apoyado en plano inclinado contra la pared. Tenía aquello el aire de un cuadro vuelto al revés de un lienzo probablemente embadurnado por el opuesto lado, de algún cuadro descolgado de la pared y olvidado allí esperando que lo volvieran a colgar.

Cerca de la mesa, sobre la cual Mario divisaba pluma, tinta y papel, estaba sentado un hombre de sesenta años aproximadamente, pequeño, flaco, lívido, huraño, de aire astuto, cruel e inquieto; un bribón horrible.

Si Lavater hubiera considerado aquel rostro, hubiera hallado allí al buitre mezclado con el procurador, el ave de rapiña y el curial redomado, afeándose y completándose uno con otro; el curial haciendo innoble al ave de rapiña y ésta haciendo horrible al leguleyo.

Aquel hombre tenía una larga barba gris. Estaba vestido con una camisa de mujer que dejaba ver su pecho velludo y sus desnudos brazos erizados de pelos grises. Bajo la camisa se veía un pantalón enlodado y botas por las cuales asomaban los dedos de los pies.

Tenía una pipa en la boca y fumaba. En aquella casa no había pan, pero aún había tabaco.

Escribía, probablemente alguna carta como las que Mario había leído.

En una esquina de la mesa se veía un tomo viejo, rojizo, desencuadernado, y cuya forma, que era el antiguo dozavo de los gabinetes de lectura, revelaba que era una novela. En la cubierta campeaba este título, impreso en grandes letras: «Dios, El Rey, El Honor y Las Damas, por Ducray Dumisnil; 1814.»

Mientras escribía el hombre hablaba en voz alta, y Mario le oyó estas palabras:

—¡Decir que ni en la muerte hay igualdad! ¡Véase al Padre Lachaise! Los grandes, los que son ricos, están en lo alto, en la calle de las Acacias, que está empedrada. Pueden llegar allí en carruaje. Los pequeños, los pobres, los desgraciados, ¡qué! Se les mete abajo, donde hay barro hasta las rodillas, en los agujeros, en la humedad. Los meten allí para que se descompongan más pronto. No se puede ir a verlos sin hundirse en la tierra.

Detúvose aquí; pegó un puñetazo en la mesa y añadió rechinando los dientes:

—¡Oh! ¡Me comería el mundo!

Una mujer gorda, que lo mismo podría tener cuarenta años que ciento, estaba acurrucada cerca de la chimenea sobre sus desnudos talones.

Tampoco ella tenía más traje que una camisa y un vestido de punto, remendado con pedazos de paño viejo. Un delantal de gruesa tela ocultaba la mitad del vestido. Aunque aquella mujer estaba doblada y recogida, se conocía que era muy alta. Era una especie de gigante al lado de su marido. Tenía espantosos cabellos rubios tirando a rojos, entrecanos, que removía de cuando en cuando con sus enormes y relucientes manos de uñas chatas.

A su lado estaba colocado en el suelo, abierto por completo, un volumen de la misma forma que el otro y probablemente de la misma novela.

En una de las tarimas, Mario entreveía una muchacha larguirucha, sentada, casi desnuda, con los pies colgantes, pareciendo por su aire que ni escuchaba, ni veía, ni vivía. Era la hermana menor, sin duda, de la que había estado en su cuarto.

Parecía de once a doce años. Examinándola con atención, se veía que tenía muy bien catorce. Era la muchacha que la víspera, por la noche, decía en el bulevar: «He chapescado, chapescado.»

Era de esa especie enfermiza que está atrofiada largo tiempo y luego crece pronto y casi de repente. La indigencia es la que forma estas tristes plantas humanas. Estas criaturas no tienen ni infancia ni adolescencia. A los quince años aparentan doce; a los dieciséis, veinte. Hoy niña, mañana mujer. Diríase que saltan la vida para concluir más pronto.

En este momento aquel ser tenía el aire de un niño. Nada revelaba en aquella habitación la presencia de ningún trabajo; ni un aparato, ni una rueda, ni un instrumento de ninguna especie. En un rincón había algunos objetos de hierro de aspecto dudoso. Era esa triste y sombría pereza que sigue a la desesperación y que precede a la agonía.

Mario consideró por algún tiempo aquel interior fúnebre, más espantoso que el interior de una tumba, porque allí se sentía removerse el alma humana y palpitar la vida.

El desván, la cueva o el foso desde donde ciertos indigentes se arrastraban a lo más bajo del edificio social, no es del todo el sepulcro; es su antesala. Pero como esos ricos que ponen de manifiesto sus mayores magnificencias a la entrada de sus palacios, parece que la muerte, que está al lado, ostenta sus más grandes miserias en este vestíbulo.

El hombre se había callado, la mujer no hablaba, la joven parecía que ni respiraba. Oíase rechinar la pluma sobre el papel.

El hombre masculló sin dejar de escribir:

—¡Canalla! ¡Canalla y todo canalla!

Esta variante al epifonema de Salomón arrancó un suspiro a la mujer.

—Cálmate, amiguito —dijo—. No te pongas malo, querido. Eres demasiado bueno escribiendo a esa gente, marido mío.

Con la miseria, los cuerpos se aprietan los unos contra los otros, como con el frío; pero los corazones se alejan.

Aquella mujer, según todas las apariencias, había debido amar a aquel hombre con la cantidad de amor que había en ella. Pero, probablemente, con las reconvenciones cotidianas y recíprocas de una espantosa miseria que pesaba sobre todo el grupo, aquel amor se había apagado. No había ya en ella para su marido más que cenizas de un afecto. Sin embargo, los apelativos cariñosos, como sucede frecuentemente, habían sobrevivido. Le llamaba «querido, amiguito, marido mío», con la boca, mientras el corazón guardaba silencio.

El hombre se había puesto nuevamente a escribir.

Mario, con el corazón oprimido, iba a bajarse de la especie de observatorio que se había improvisado, cuando un ruido atrajo su atención y le obligó a permanecer en el sitio que estaba.

La puerta del desván acababa de abrirse bruscamente. La hija mayor apareció en el umbral. Llevaba puestos gruesos zapatos de hombre, manchados de barro, que la habían salpicado hasta sus encarnados tobillos, y estaba cubierta con una vieja manta hecha jirones, que Mario no la había visto una hora antes, pero que probablemente dejaría a la puerta para inspirarle más piedad y que sin duda había recogido al salir. Entró, cerró la puerta tras sí, se detuvo para tomar aliento, porque iba muy fatigada, y luego gritó con expresión de triunfo y de alegría:

—¡Viene!

El padre volvió los ojos; la madre la cabeza; la chica no se movió.

—¿Quién? —preguntó el padre.

—El señor.

—¿El filántropo?

—Sí.

—¿De la iglesia de Santiago?

—Sí.

—¿Ese viejo?

—Sí.

—¿Y va a venir?

—Me sigue.

—¿Estás segura?

—Estoy segura.

—¿Conque de veras viene?

—Viene en un coche de alquiler.

—¡En coche! ¡Es Rothschild!

El padre se levantó.

—¿Conque estás segura? Pero si viene en coche, ¿cómo es que has llegado antes que él? ¿Le has dado a lo menos bien las señas? ¿Le has dicho bien claramente la última puerta al fondo del corredor, a la derecha? ¡Con tal que no se equivoque! ¿Le has hallado en la iglesia? ¿Ha leído mi carta? ¿Qué ha dicho?

—¡Ta, ta, ta! Y cómo corres, buen hombre —dijo la muchacha—. Mira: he entrado en la iglesia; estaba en su sitio de costumbre. Le he hecho una reverencia, le he dado tu carta, la ha leído y me ha dicho: «¿Dónde vives, hija mía?» Contesté: «Yo os llevaré, caballero.» Me dijo: «No, dadme vuestras señas; mi hija tiene que hacer algunas compras, tomaré un carruaje y llegaré a vuestra casa al mismo tiempo que vos.» Le di, pues, las señas. Cuando le dije la casa, pareció sorprendido y como que dudaba un instante; pero luego añadió «Es igual, iré.» Concluida la misa, le vi salir de la iglesia con su hija y subir los dos en un coche. Le he indicado bien la última puerta, a lo último del corredor, a la derecha.

—¿Y qué te hace suponer que vendrá?

—Que acabo de ver el coche que llegaba por la calle del Petit-Banquier. Por esto es por lo que he corrido.

—¿Cómo sabes que es el mismo coche?

—¡Toma! Porque había mirado el número.

—¿Cuál es el número?

—Cuatrocientos cuarenta.

—Bien; eres una chica de talento.

La joven miró atrevidamente a su padre y, enseñando los zapatos que llevaba en los pies, añadió:

—Una chica de talento, es posible; pero digo que no me volveré a poner estos zapatos, que no los quiero, primero por la salud y luego por la limpieza; no conozco nada más fastidioso que las suelas que rechinan y que hacen ri, ri, ri todo lo largo del camino. Prefiero ir con los pies descalzos.

—Tienes razón —contestó el padre con un tono de dulzura que contrastaba con la rudeza de la joven—. Pero como no les dejarían entrar en las iglesias, es preciso que los pobres tengan zapatos. No se va con los pies descalzos a la casa de Dios —añadió amargamente.

Luego, volviendo al objeto que le ocupaba la imaginación, continuó:

—¿Estás segura, segura de que viene?

—Viene pisándome los talones.

El hombre se enderezó; había una especie de iluminación en su rostro.

—Mujer —gritó—. Ya lo oyes. Aquí tienes al filántropo. Apaga el fuego.

La madre, estupefacta, no se movió.

El padre, con la agilidad de un saltimbanqui, agarró un puchero desportillado que había sobre la chimenea y arrojó el agua sobre los tizones.

Luego, dirigiéndose a su hija mayor:

—Quítale el asiento a la silla —añadió.

Su hija no comprendió.

Cogió la silla y de un talonazo le quitó o, mejor dicho, le rompió el asiento. Su pierna pasó por el agujero que había abierto.

Al retirarla, preguntó a la muchacha:

—¿Hace frío?

—Mucho. Está nevando.

Volvióse el padre hacia la hija menor, que estaba en la tarima cerca de la ventana, y le gritó con voz tonante:

—¡Pronto! Fuera de la cama, perezosa; nunca servirás para nada. Rompe un vidrio.

La niña se levantó tiritando.

—¡Rompe un vidrio! —replicó.

La chica permaneció como absorta.

—¿No me oyes? —repitió el padre—. Te digo que rompas un vidrio.

La chica, con una especie de obediente pavor, se alzó sobre la punta de los pies y pegó un puñetazo en uno de los vidrios, el cual se rompió y cayó con estrépito.

—¡Bien! —dijo el padre.

Estaba grave y brusco. Su mirada recorría rápidamente los rincones del desván.

Hubiérase dicho que era un general haciendo los últimos preparativos en el momento en que va a comenzar la batalla.

La madre, que aún no había dicho una palabra, se levantó y preguntó con voz lenta y sorda, cuyas palabras parecían salir como coaguladas:

—Querido, ¿qué pretendes hacer?

—Échate en la cama —respondió el hombre.

La entonación no admitía réplica.

La madre obedeció y se arrojó pesadamente en una tarima.

Mientras tanto, oíanse sollozos en un rincón.

—¿Qué es eso? —preguntó el padre.

La hija menor, sin salir de la sombra en que se había guarecido, enseñó su puño ensangrentado. Al romper el vidrio se había herido.

Había ido a colocarse cerca de la tarima de su madre, y allí lloraba silenciosamente.

Tocóle ahora a la madre levantarse y gritar:

—Ya lo ves; no haces más que tonterías; al romper el vidrio se ha cortado la mano.

—¡Tanto mejor! —dijo el hombre—. Lo había previsto.

—¿Cómo tanto mejor? —replicó la mujer.

—¡Calma! —replicó el padre—. Suprimo la libertad de la prensa.

Y desgarrando la camisa de mujer que tenía puesta, sacó de ella una tira de tela, con la cual envolvió vivamente el puño ensangrentado de la niña.

Hecho esto, la mirada se fijó con satisfacción en la desgarrada camisa.

—¡Y la camisa también! —dijo—. Todo tiene un aire magnífico.

Un viento helado silbaba al pasar por el vidrio y entraba por el cuarto. La bruma exterior penetraba en él y se dilataba como blanquecino algodón vagamente deshecho por dedos invisibles. A través del vidrio roto se veía la nieve. El frío prometido la víspera por el sol de la Candelaria había llegado, en efecto.

El padre paseó una mirada a su alrededor como para asegurarse de que nada había olvidado. Cogió una vieja paleta y echó con ella ceniza sobre los tizones mojados hasta ocultarlos completamente.

Luego, enderezándose y apoyándose en la chimenea, dijo:

—Ahora podemos recibir al filántropo.

La hija mayor se acercó y puso su mano sobre la de su padre.

—Tienta —le dijo—. Verás qué frío tengo.

—¡Bah! —respondió el padre—. Más tengo yo.

La madre gritó impetuosamente:

—Siempre lo tuyo es mejor o mayor que lo de los demás, hasta en lo malo.

—¡Silencio! —dijo el hombre.

La madre, mirada de cierto modo, se calló.

Hubo en la cueva un momento de silencio.

La hija mayor deshilaba con aire indiferente el extremo inferior de la manta; la más pequeña continuaba sollozando. La madre le había cogido la cabeza entre las manos y la cubría de besos, diciéndole por lo bajo:

—¡Tesoro mío! No llores, te lo suplico. Eso no será nada; mira que se va a enfadar tu padre.

—No —gritó éste—. Al contrario, llora, llora; eso está muy bien.

Luego, volviéndose a la mayor, añadió:

—¡Ese hombre no llega! ¡Si no viniese, habría apagado mi fuego, desfondado mi silla, desgarrado mi camisa y roto mi vidrio por nada!

—¡Y herido a la niña! —murmuró la madre.

—¿Sabéis —replicó el padre— que hace un frío de perros en este desván del diablo? ¡Si este hombre no viniera! ¡Oh, cómo se hace esperar! Él dirá: «Me esperarán. ¡Allí están para eso!» ¡Oh, cómo los aborrezco! ¡Y con qué júbilo, con qué alegría, con qué entusiasmo, con qué satisfacción ahogaría a todos esos ricos! ¡A todos esos ricos, a esos pretendidos hombres caritativos, que se hacen los santos, que van a misa, que predican por aquí y por allá, que se creen por encima de nosotros y que vienen a humillarnos y a traernos vestidos, como ellos dicen; trapos que no valen cuatro sueldos y pan! No es eso sólo lo que yo quiero, atajo de canallas. Es dinero. ¡Ah, dinero, nunca! Porque dicen que iríamos a beberlo y que somos unos borrachos y unos holgazanes. ¿Y ellos? ¿Qué es lo que son y lo que fueron en sus tiempos? Ladrones, si no, no se hubieran enriquecido. ¡Oh! Debiera cogerse a la sociedad entre las cuatro puntas de una manta y arrojarlo todo por el aire. Todo se rompería, es posible; pero a lo menos nadie tendría nada, y esto habríamos ganado. Pero ¿qué es lo que hace el mastín de tu benéfico señor? ¿Vendrá? ¡Tal vez el animal habrá olvidado las señas! Apostemos a que ese viejo bestia...

En aquel momento dieron un ligero golpe a la puerta; el hombre se precipitó hacia ella y la abrió, exclamando con profundos saludos y sonrisas de adoración:

—Entrad, señor; dignaos entrar, mi respetable bienhechor, así como vuestra encantadora hija.

Un hombre de edad madura y una joven aparecieron en la puerta del desván.

Mario no había dejado su puesto. Lo que sintió en aquel momento no puede expresarse en ninguna lengua humana.

Era ella.

Todo el que haya amado sabe las aceptaciones resplandecientes que contienen las tres letras de esta palabra: ella.

Era ella, efectivamente. Mario apenas la distinguía a través del luminoso vapor que se había esparcido súbitamente sobre sus ojos. Era aquel dulce ser ausente, aquel astro que para él había lucido durante seis meses, era aquella pupila, aquella frente, aquella boca, aquel bello rostro desvanecido, que le había dejado sumiso en la oscuridad al marcharse. La visión se había eclipsado y reaparecía.

Reaparecía en aquella sombra, en aquel desván, en aquella cueva deforme, en aquel horror.

Mario se estremeció. ¡Cómo! ¡Era ella! Las palpitaciones de su corazón le turbaban la vista. Sentíase próximo a prorrumpir en llanto. ¡Cómo! ¡La volvía a ver después de haberla buscado tanto tiempo! Le parecía que había perdido su alma y que acababa de encontrarla.

Se conservaba la misma, solamente un poco más pálida. Formaba el marco de su delicado rostro un sombrero de terciopelo violeta, y ocultaba su talle una manteleta de raso negro. Bajo su larga falda se entreveía su pequeño pie, aprisionado en una botita de seda.

Acompañábala el señor Blanco.

Había dado algunos pasos por el cuarto y había dejado un gran paquete sobre la mesa.

La Jondrette mayor se había retirado detrás de la puerta y miraba con tristes ojos aquel sombrero de terciopelo, aquel abrigo de seda y aquel encantador rostro feliz.

A tal punto estaba oscuro el chiribitil, que las personas que venían de fuera experimentaban al entrar en él lo mismo que hubieran sentido al entrar en una cueva. Los dos recién venidos avanzaron con cierta vacilación, distinguiendo apenas formas vagas en torno suyo, en tanto que eran perfectamente vistos y examinados por los habitantes del desván, acostumbrados a aquel crepúsculo.

El señor Blanco se aproximó con su mirada buena y triste y dijo a Jondrette padre:

—Señor, en ese paquete hallaréis algunas prendas nuevas; medias y cobertores de lana.

—Nuestro angelical bienhechor nos abruma —dijo Jondrette inclinándose hasta el suelo.

Luego, acercándose al oído de su hija mayor, mientras que los dos visitantes examinaban aquel lamentable interior, añadió por lo bajo y rápidamente:

—¡Hein! ¿No lo decía yo? Trapos, pero no dinero. Todos son lo mismo. A propósito, ¿cómo estaba firmada la carta para este babieca?

—Fabontou —respondió la hija.

—El artista dramático. ¡Bueno!

A tiempo se acordó Jondrette, porque en aquel momento el señor Blanco se volvió hacia él y le decía con ese aire de quien busca un nombre:

—Veo que sois muy digno de lástima, señor...

—Fabontou —respondió vivamente Jondrette.

—Señor Fabontou, sí, eso es. Ya lo recuerdo.

—Artista dramático, señor, que ha obtenido algunos triunfos.

Aquí Jondrette creyó evidentemente llegado el momento de «apoderarse» del filántropo. Exclamó, pues, con un acento que participaba a la vez de la charla del titiritero de las ferias y de la humildad del mendigo en las carreteras:

—Discípulo de Talma, señor; he sido discípulo de Talma. La fortuna me ha sonreído en otro tiempo. ¡Ah! Ahora ha llegado su turno a la desgracia; ya lo veis, mi bienhechor, no tengo ni pan ni fuego. ¡Mis pobres hijas no tienen fuego! ¡Mi única silla sin asiento! ¡Un vidrio roto! ¡Y con el tiempo que hace! ¡Mi esposa en la cama, enferma!

—¡Pobre mujer! —dijo el señor Blanco.

—¡Mi hija querida! —añadió Jondrette.

La muchacha, distraída con la llegada de los dos extraños, se había puesto a contemplar a la «señorita» y había dejado de llorar.

—¡Llora, chiquilla! —le dijo por lo bajo Jondrette.

Y al mismo tiempo le pellizcó la mano herida; todo esto con un verdadero talento de escamoteador.

La chica puso el grito en el cielo.

La adorable joven que Mario llamaba en su corazón «su Úrsula» se acercó vivamente.

—¡Pobre niña! —dijo.

—Ya lo veis, hermosa señorita —prosiguió Jondrette—. Su puño está ensangrentado. Es un accidente que le ha sucedido trabajando en una máquina para ganar seis sueldos al día. Acaso habrá necesidad de cortarle el brazo.

—¿De veras? —dijo el señor Blanco alarmado.

La chica, tomando estas palabras por lo serio, comenzó a llorar con más fuerza.

—¡Ah, sí, mi bienhechor! —respondió el padre.

Desde hacía algunos momentos, Jondrette contemplaba al «filántropo» de un modo extraño. Mientras hablaba, parecía escudriñar con atención, como si tratase de buscar algo en sus recuerdos. De pronto, aprovechando el momento en que los recién venidos preguntaban con interés a la niña sobre la herida de la mano, pasó cerca de su mujer, que estaba en la cama, con aire estúpido, y le dijo vivamente y en voz baja:

—¡Mira bien a ese hombre!

Luego, volviéndose hacia el señor Blanco y continuando su lamentación:

—¡Ya lo veis, señor; tengo por todo vestido una camisa de mi mujer y desgarrada con el rigor del invierno! No puedo salir porque no tengo ropa. Si la tuviera, por mala que fuese, iría a ver a la señorita Mars, que me conoce y me quiere mucho. ¿No vive aún en la calle de las Tourdes-Dames? Sabed caballero, que en provincias hemos trabajado juntos. He compartido sus laureles. Celimene vendría en mi socorro, caballero. ¡Elmira daría limosna a Belisario! Pero no. ¡Nada! ¡Y ni un sueldo en casa! Mi mujer padece de espasmos, efectos de la edad, complicados con una afección del sistema nervioso; necesita ciertos cuidados, lo mismo que mi hija. ¡Pero cómo pagar al médico y la botica sin un cuarto! Me arrodillaría ante una décima, señor. Mirad a lo que están reducidas las artes. ¿Y sabéis, hermosa señorita, y vos, mi generoso protector, vos que respiráis la virtud y la bondad, y que perfumáis esa iglesia donde mi pobre hija, al ir a rezar, os ve todos los días...; sabéis por qué yo educo religiosamente a mis hijas? No he querido que se dedicasen al teatro. ¡Ah, las picaruelas! Que las vea yo torcerse... ¡No gasto bromas yo! Les echo largos sermones sobre el honor, sobre la moral, sobre la virtud. Preguntádselo. Es menester que anden derechas. Tienen padre. No son de esas desgraciadas que comienzan por no tener familia y acaban por emparentar con el público; que al principio son la señorita Nadie y después se convierten en la señora de Todoelmundo. Pardiez, eso no sucederá en la familia de Fabontou. Trato de educarlas virtuosamente y que sean honradas y buenas y que crean en Dios, pardiez. Y bien, señor, mi digno señor, ¿sabéis lo que va a pasar mañana? Mañana es el 4 de febrero, el día fatal, el último plazo que me ha concedido mi casero. Si esta noche no le pago, mañana mi hija mayor, yo, mi esposa con su calentura, mi hija menor con su herida, todos los cuatro seremos arrojados de aquí y echados a la calle, al bulevar, en medio de la lluvia y de la nieve. Mirad, señor; ¡debo cuatro trimestres! Un año, es decir, ¡sesenta francos!

Jondrette mentía. Cuatro trimestres no hubieran hecho más que cuarenta francos, y no podía deber cuatro puesto que no hacía seis meses que Mario había pagado dos.

El señor Blanco sacó cinco francos de su bolsillo y los echó sobre la mesa.

Jondrette tuvo tiempo de murmurar al oído de su hija mayor:

—¡Tacaño! ¿Qué querrá que haga yo con cinco francos? Con eso no me paga ni la silla, ni el vidrio. ¡Haga usted gastos!

Entre tanto se había quitado un gran sobretodo oscuro que llevaba sobre su levita azul y lo había echado sobre la espalda de la silla.

—Señor Fabontou —dijo—, no traigo aquí más que esos cinco francos; pero voy a llevar a mi hija a casa y volveré esta noche. ¿No es esta noche cuando debéis pagar...?

La cara de Jondrette se iluminó con una extraña expresión y contestó vivamente:

—Sí, mi respetable bienhechor. A las ocho debo estar en casa del propietario.

—Vendré a las seis y os traeré los sesenta francos.

—¡Oh! ¡Mi bienhechor! —exclamó Jondrette como delirando.

Y añadió por lo bajo:

—Míralo bien, mujer.

El señor Blanco había cogido el brazo de su hermosa hija y se volvió hacia la puerta.

—Hasta la noche, amigos míos —dijo.

—¿A las seis? —añadió Jondrette.

—A las seis en punto.

En aquel momento la Jondrette mayor se fijó en el sobretodo dejado sobre la silla.

—Señor —dijo—, olvidáis vuestro gabán.

Jondrette dirigió a su hija una mirada furibunda, acompañada de un encogimiento de hombros formidable.

El señor Blanco se volvió y contestó sonriendo:

—No lo olvido, lo dejo.

—¡Oh, mi protector! ¡Mi augusto bienhechor! —dijo Jondrette—. Voy a llorar a lágrima viva con tantas bondades. Permitid que os acompañe hasta vuestro carruaje.

—Si salís —dijo el señor Blanco—, poneos ese abrigo. Verdaderamente hace mucho frío.

Jondrette no se lo hizo repetir dos veces. Enjaretóse rápidamente el sobretodo oscuro.

Y los tres salieron del desván, Jondrette precediendo a los dos visitantes.

Mario no había perdido nada de toda esta escena, y en realidad, sin embargo, nada había visto. Sus ojos habían estado constantemente fijos en la joven. Su corazón se había, por decirlo así, apoderado de ella y la había rodeado toda entera desde su primer paso en el desván. Durante todo el tiempo que ella estuvo allí, Mario había vivido con esa vida del éxtasis que suspende las percepciones materiales y precipita toda el alma sobre un solo punto. Contemplaba, no a aquella joven, sino aquella luz que llevaba una manteleta de raso y un sombrero de terciopelo. Si la estrella Sirio hubiera entrado en el cuarto no le habría deslumbrado más.

En tanto que la joven abría el paquete, desplegaba las prendas y los cobertores, preguntaba a la madre enferma con bondad y a la muchacha herida con enternecimiento, Mario expiaba todos sus movimientos y procuraba oír sus palabras. Conocía sus ojos, su frente, su belleza, su talle, su andar; lo que no conocía era su voz. Había creído oír algunas palabras una vez en el Luxemburgo, pero no estaba absolutamente seguro de ello. Hubiera dado diez años de su vida por oírla, por poder llevar a su alma un poco de aquella música. Pero todo se perdía en las declamaciones lastimeras y en las jeremíadas de Jondrette, lo cual irritaba verdaderamente a Mario, aun en medio de su éxtasis. No apartaba de ella los ojos. No podía imaginarse que fuese realmente aquella criatura divina la que veía en medio de seres tan inmundos en aquel monstruoso tugurio. Parecíale ver un colibrí entre sapos.

Cuando la joven salió, él sólo tuvo un pensamiento: seguirla, no perder sus huellas, no dejarla saber dónde vivía, no volverla a perder después de haberla hallado tan milagrosamente. Saltó de la cómoda y cogió su sombrero. Al poner la mano en el picaporte, cuando ya iba a salir, le detuvo una reflexión. El corredor era largo; la escalera, estrecha y empinada; Jondrette, muy charlatán; el señor Blanco no había aún subido en su coche, y si, volviéndose en el corredor, en la escalera o en el portal, le veía en aquella casa, evidentemente se alarmaría y hallaría medio de escapar de nuevo, y otra vez habría acabado todo. ¿Qué hacer? ¿Esperar un poco? Pero mientras esperaba, el carruaje podría marchar. Mario se hallaba perplejo. Por fin se arriesgó y salió de su cuarto.

No había ya nadie en el corredor. Corrió a la escalera. Tampoco había nadie en la escalera. Bajó a escape y llegó al bulevar a tiempo para ver a un coche de alquiler volver la esquina de la calle Petit-Banquier y entrar en París.

Mario se precipitó en aquella dirección. Al llegar a la esquina del bulevar, volvió a ver el coche que bajaba rápidamente por la calle Mouffetard. El coche estaba ya muy lejos y no había medio de alcanzarle. ¿Qué hacer? ¿Correr detrás de él? Imposible. Además, desde el carruaje podrían observar que un individuo corría a todo escape en su persecución, y el padre le conocería. En aquel momento, ¡casualidad inaudita y maravillosa!, Mario vio un cabriolé de alquiler que pasaba vacío por el bulevar. Sólo había un partido que tomar: subir en el cabriolé y seguir al coche. Esto era seguro, eficaz.

Mario hizo seña al cochero de que parara y le gritó:

—¡Por horas!

Mario estaba sin corbata, tenía puesto el traje viejo de los días de trabajo, al cual le faltaban algunos botones, y su camisa estaba rota por uno de los pliegues de la pechera.

El cochero se detuvo, guiñó el ojo y extendió hacia Mario su mano izquierda, frotando suavemente el índice y el pulgar.

—¿Qué hay? —dijo Mario.

—Pago anticipado —dijo el cochero.

Mario se acordó de que no llevaba consigo más que dieciséis sueldos.

—¿Cuánto? —preguntó.

—Cuarenta sueldos.

—Al volver pagaré.

El cochero, por toda respuesta, silbó la canción de la Palisse y aplicó un latigazo al caballo.

Mario vio alejarse al cabriolé con aire consternado. Por veinticuatro sueldos que le faltaban, perdía su alegría, su felicidad, su amor, y volvía a caer en las tinieblas. Había visto y quedaba nuevamente ciego. Pensó amargamente, y preciso es decirlo, con un profundo pesar, en los cinco francos que aquella misma mañana había dado a aquella miserable muchacha. Si hubiera tenido sus cinco francos, estaba salvado; renacía, salía del limbo, de las tinieblas; salía del aislamiento, del «spleen», de la viudez. Reanudaba el negro hilo de su destino a aquel hermoso hilo de oro que acababa de pasar ante sus ojos y de romperse otra vez. Volvió, pues, a su buhardilla, desesperado.

Habría podido reflexionar que el señor Blanco había prometido volver por la noche, y que sólo de él dependía manejarse mejor aquella vez para seguirle. Pero en su contemplación apenas le había oído.

En el momento de subir la escalera, vio al otro lado del bulevar, junto a la desierta pared de la calle de la Barrera de los Gibelinos, a Jondrette, envuelto en el sobretodo del «filántropo», que hablaba con uno de esos hombres de figura sospechosa que se ha convenido en llamar «vagos de las barreras». Gentes de aspecto equívoco, de monólogos sospechosos, que tienen aire de mal pensados y que duermen muy comúnmente por el día, lo que hace suponer que trabajan por la noche.

Aquellos dos hombres, hablando inmóviles bajo la nieve que caía a grandes copos, formaban un grupo que a un agente de Policía le hubiera de seguro llamado la atención, pero en el que Mario apenas reparó.

Sin embargo, por dolorosa que fuese su meditación, no pudo menos de decirse que aquel vago de las barreras con quien Jondrette hablaba se parecía a un tal Panchaud (a) Primaveral o Colmenero, que Courfeyrac le había enseñado una vez, y que pasaba en el barrio por un paseante nocturno bastante peligroso. Ya hemos visto en el libro precedente el nombre de este mozo. Aquel Panchaud (a) Primaveral o Colmenero, figuró posteriormente en muchas causas criminales y llegó a ser un bribón célebre. Entonces no era más que un bribón notable. Hoy existe en estado de tradición entre los bandidos y ladrones. A fines del último reinado formaba escuela. Y al anochecer, a la hora en que se forman grupos y se habla en voz baja, hablaban de él en la Fuerza, en la Cueva de los Leones. En aquella prisión, precisamente en el sitio donde pasaba bajo el camino de ronda el canal de la alcantarilla que sirvió para la inaudita fuga en pleno día de treinta presos, en 1843, se podía, encima de los ladrillos de la alcantarilla, leer su nombre, Panchaud, audazmente grabado por él en una de sus tentativas de evasión. En 1832 la Policía le vigilaba ya; pero aún no se había estrenado seriamente.

* * *

Mario subió la escalera de la buhardilla a paso lento. Cuando iba a entrar en su celda, vio detrás de sí a Jondrette mayor, que le seguía. Aquella muchacha le era odiosa a la vista. Ella era quien tenía sus cinco francos. Era ya demasiado tarde para reclamárselos. El cabriolé no estaba ya allí y el coche del señor Blanco iba muy lejos. Además, no se los devolvería. En cuanto a preguntarle por la casa de los que ha poco habían estado allí, era inútil, pues evidentemente no lo sabía, toda vez que la carta firmada Fabontou iba dirigida «Al bienhechor de la iglesia de Santiago de Haut-Pas».

Mario entró en su cuarto y empujó la puerta tras de sí. No se cerraba, y volviéndose vio una mano que mantenía la puerta entreabierta.

—¿Qué hay? —preguntó—. ¿Quién está ahí?

Era la Jondrette.

—¿Sois vos? —replicó Mario con dureza—. ¿Otra vez vos? ¿Qué queréis?

Ella parecía pensativa y no le miraba. No tenía la seguridad de aquella mañana. No había entrado y se mantenía en la sombra del corredor, donde Mario la veía por entre la puerta entreabierta.

—¿Contestáis o no? —dijo Mario—. ¿Qué me queréis?

Ella levantó hacia él su vista apagada, donde parecía encenderse vagamente una especie de claridad, y le dijo:

—Señor Mario, parece que estáis triste. ¿Qué tenéis?

—¡Yo! —dijo Mario.

—Sí, vos.

—No tengo nada.

—Sí.

—No.

—Os digo que sí.

—Dejadme en paz.

Mario empujó nuevamente la puerta, pero ella continuó reteniéndola abierta.

—Mirad —dijo—, hacéis mal. Aun cuando no seáis rico, habéis sido bueno esta mañana; sedlo también ahora. Me habéis dado para comer, decidme ahora lo que tenéis. Estáis apesadumbrado, eso se ve a la legua. No quisiera que tuvierais pena ninguna. ¿Qué hay que hacer para ello? ¿Puedo serviros en algo? Empleadme. No os pregunto vuestros secretos, no necesito que me los digáis; pero, en fin, puedo seros útil. Bien puedo ayudaros, puesto que ayudo a mi padre. Cuando es menester llevar cartas, ir a las casas, preguntar de puerta en puerta, hallar unas señas, seguir a alguno, yo sirvo para eso. Pues bien; confiadme lo que tenéis, iré a hablar a las personas; algunas veces alguien que hable a las personas basta para que sepan las cosas y todo se arregla. Servíos de mí.

Una idea atravesó por la imaginación de Mario. ¿Quién desdeña una rama cualquiera cuando se siente caer?

Acercóse a la Jondrette.

—Oye —le dijo.

Ésta le interrumpió con un relámpago de alegría en los ojos.

—Sí, sí, tuteadme; prefiero eso.

—Pues bien —replicó—: ¿Tú has traído aquí a ese caballero anciano con su hija?

—Sí.

—¿Sabes dónde viven?

—No.

—Averígualo.

La mirada de la Jondrette, de triste se había vuelto alegre, de alegre se tornó sombría.

—¿Eso es lo que queréis? —preguntó.

—Sí.

—¿Los conocéis acaso?

—No.

—Es decir —replicó vivamente—, no la conocéis, pero queréis conocerla.

Aquellos «los» que se habían convertido en «la» tenía un no sé qué de significativo y de amargo.

—¿Puedes o no? —dijo Mario.

—Tendréis las señas de esa hermosa señorita.

Había en las palabras «hermosa señorita» un acento que importunó a Mario, el cual replicó:

—¡En fin! No importa; las señas del padre y de la hija. Sus señas es lo que quiero.

La Jondrette le miró fijamente.

—¿Qué me daréis?

—Todo lo que quieras.

—¿Todo lo que yo quiera?

—Sí.

—Tendréis esas señas.

Bajó la cabeza. Luego, con un movimiento brusco, tiró de la puerta, que se cerró. Mario se encontró solo.

Dejóse caer sobre una silla, la cabeza y los codos apoyados en la cama, abismado en pensamientos que no podía retener y como poseído de un vértigo. Todo lo que había pasado desde la mañana: la aparición del ángel, su desaparición, lo que aquella muchacha acababa de decirle, un vislumbre de esperanza flotando en una inmensa desesperación, todo esto llenaba confusamente su cerebro.

De pronto se vio interrumpida violentamente su meditación.

Oyó la voz alta y dura de Jondrette pronunciar estas palabras, que para él tenían el más extraño interés:

—Te digo que estoy seguro de ello y que le he conocido.

¿De quién hablaba Jondrette? ¿A quién había conocido? ¿Al señor Blanco? ¿Al padre de «su Úrsula»? ¿Acaso Jondrette le conocía? ¿Iba Mario a tener de aquel modo brusco e inesperado todas las noticias, sin las cuales su vida era oscura para él mismo? ¿Iba a saber por fin a quién amaba? ¿Quién era aquella joven? ¿Quién era su padre? ¿Estaba a punto de iluminarse la espesa sombra que los cubría? ¿Iba a romperse el velo? ¡Ah, cielos!

Saltó más bien que subió sobre la cómoda y volvió a su puesto cerca del pequeño agujero del tabique.

Desde allí volvió a ver el interior de la cueva de Jondrette.

Nada había cambiado en el aspecto de la familia, como no fuese la mujer y las hijas, que habían sacado del paquete y se habían puesto medias y camisetas de lana. Dos cobertores nuevos estaban tendidos sobre las dos camas.

Jondrette acababa evidentemente de entrar. Tenía todavía como una especie de sobrealiento, producido por el cansancio. Sus hijas estaban sentadas en el suelo cerca de la chimenea, la mayor curando la mano de la menor. Su mujer estaba como acurrucada en la tarima inmediata a la chimenea, con rostro estupefacto. Jondrette se paseaba por el desván, de un extremo a otro, a largos pasos, y sus miradas eran extraordinarias.

La mujer, que parecía tímida y como herida de estupor ante su marido, se atrevió a preguntarle:

—Pero ¿de veras? ¿Estás seguro?

—¡Seguro! Hace ya ocho años, pero ¡le conozco! ¡Oh, sí, le conozco! ¡Le conocí en seguida! ¡Cómo! ¿No te ha saltado a la vista?

—No.

—¡Y, sin embargo, te dije que pusieras atención! Pero es su estatura, su cara, apenas más viejo. Hay personas que no envejecen; yo no sé cómo hacen. Es el mismo eco de voz. Mejor vestido; es la única diferencia. ¡Ah, viejo misterioso del diablo, ya te tengo!

Se paró y dijo a sus hijas:

—Vosotras idos de aquí. Es raro que no te haya saltado a la vista.

Las hijas se levantaron para obedecer. La madre balbució:

—¿Con su mano mala?

—El aire le sentará bien —dijo Jondrette—. Idos.

Evidentemente aquel hombre era de esos a quienes no se replica. Las dos muchachas salieron.

En el momento en que iban a atravesar el umbral de la puerta, el padre detuvo a la mayor por un brazo y le dijo con un acento particular:

—Estaréis aquí las dos a las cinco en punto; os necesito.

Mario redobló su atención.

Jondrette, solo ya con su mujer, se puso a pasear nuevamente por el cuarto y dio dos o tres vueltas en silencio. Después ocupó algunos minutos en hacer entrar y pasar por la cintura del pantalón la parte inferior de la camisa de mujer que tenía puesta.

De pronto volvióse hacia la Jondrette, cruzó los brazos y exclamó:

—¿Quieres que te diga una cosa? La señorita...

—Y bien, ¿qué? —replicó la mujer—. ¿La señorita?

Mario no podía dudar. Era de ella de quien se hablaba. Escuchaba con ardiente ansiedad. Toda su vida estaba en sus oídos.

Pero Jondrette se había inclinado y había hablado bajo a su mujer. Luego se levantó y terminó en voz alta:

—¡Es ella!

—¿Esa? —dijo la mujer.

—Esa —contestó el marido.

No hay palabra que pueda expresar lo que había en el «ésa» de la madre. Eran la sorpresa, la rabia, el odio y la cólera, mezclados y combinados en monstruosa entonación. Habían bastado algunas palabras, el nombre, sin duda, que su marido le había dicho al oído, para que aquella mujer gorda, adormecida, se despertase, y de repugnante se volviese espantosa.

—¡Imposible! —exclamó—. Cuando pienso que mis hijas van con los pies descalzos y que no tienen un vestido que ponerse... ¡Cómo! ¡Una manteleta de raso, sombrero de terciopelo, botas y todo! ¡Más de doscientos francos en trapos! ¡Cualquiera creería que es una señora! No, te engañas. Pero, en primer lugar, la otra era horrible y ésta no es fea; de veras que no es del todo fea. ¡No puede ser ella!

—¡Te digo que es ella! Ya verás.

A aquella afirmación tan absoluta, la Jondrette alzó su ancha cara roja y rubia y miró al techo con una expresión deforme. En aquel momento le pareció a Mario más temible aún que su marido. Era una cerda con la mirada de un tigre.

—¡Cómo! —replicó—. Esa elegante y hermosa señorita que miraba a mis hijas con aire de piedad, ¿sería aquella pelona? ¡Oh! ¡Quisiera destriparla a zapatazos!

Saltó de la cama y permaneció un momento en pie, despeinada, con las ventanas de la nariz dilatadas, entreabierta la boca, crispados los puños y echados hacia atrás. Luego se volvió a dejar caer sobre la tarima.

El hombre iba y venía sin parar la atención en su hembra.

Después de algunos momentos de silencio, se aproximó a la Jondrette y se detuvo delante de ella con los brazos cruzados, como lo había hecho momentos antes.

—¿Y quieres que diga otra cosa?

—¿Qué? —preguntó ella.

Jondrette respondió en voz baja y breve:

—Que mi fortuna está hecha.

La Jondrette le miró con esa mirada que quiere decir: «¡Si estará loco el que me habla!»

Él continuó:

—¡Mil truenos! Ya hace bastante tiempo me parece que soy feligrés de la parroquia; muérete de hambre si tienes fuego; muérete de frío si tienes pan. Bastante miseria he tenido ya; mi carga y la de los demás. No me chanceo; esto ya no me divierte. ¡Basta de bromas, buen Dios! ¡No más farsas, Padre Eterno! Quiero que mi hambre coma y que mi sed beba. Quiero zampar, dormir y no hacer nada. ¡Quiero ser un poco millonario!

Dio la vuelta a la cueva y añadió:

—Como los demás.

—¿Qué quieres decir? —preguntó la mujer.

Sacudió la cabeza, guiñó los ojos y alzó la voz como un charlatán de plazuela que va a hacer una demostración.

—¿Lo que quiero decir? Escucha.

—¡Chist! —murmuró la Jondrette—. ¡No tan alto! Si vas a hablar de asuntos, no es menester que nos oigan.

—¡Bah! ¿Quién nos ha de oír? ¿El vecino? Le he visto salir hace poco. Además ese gran bestia ni oye, ni ve, ni entiende, y luego, como ya te dicho, le he visto salir.

Sin embargo, por una especie de instinto, Jondrette bajó la voz, aunque no lo bastante para que sus palabras no llegasen a oídos de Mario. Una circunstancia favorable, y que había permitido a Mario no perder nada de esta conversación, es que la nieve que había caído amortiguaba el ruido de los carruajes del bulevar.

—Escucha: el Creso está cogido, o como si lo estuviera; es cosa hecha; todo está arreglado. He visto a algunos amigos; él vendrá a las seis. ¡Traerá sesenta francos! ¡Canalla! ¿Has visto cómo le he enredado para que suelte los sesenta francos con mi casero y con el de febrero, que no puede ser fin de trimestre? ¡Qué bestia! Vendrá, pues, a las seis. A esa hora el vecino se habrá ido a comer; la tía Bougon estará fregando los platos en la ciudad. No habrá nadie en la casa. El vecino no vuelve nunca hasta las once. Las chicas estarán de escucha, tú nos ayudarás y él se ejecutará.

—¿Y si no se ejecuta? —preguntó la mujer.

Jondrette hizo un gesto siniestro y dijo:

—Nosotros lo ejecutaremos.

Y soltó una carcajada.

Era la primera vez que Mario le veía reír. Aquella risa era fría y suave, y hacía estremecer.

Jondrette abrió un armario que estaba cerca de la chimenea y sacó de él una gorra vieja, que se puso, después de haberla limpiado con la manga.

—Ahora —dijo— voy a salir. Tengo aún que ver a algunos de los buenos. Ya verás cómo esto marcha. Estaré fuera el menos tiempo posible; es un buen golpe el que vamos a dar. Guarda la casa.

Y con las manos metidas en los bolsillos del pantalón, permaneció un momento pensativo y luego exclamó:

—¿Sabes que no es mala chiripa que no me haya conocido? Si me hubiese conocido no volvería. ¡Se nos escapa! ¡Mi barba es la que nos ha salvado! ¡Mi perilla romántica! ¡Mi linda perilla romántica!

Y se echó a reír de nuevo.

Después se acercó a la ventana. Continuaba nevando y el cielo estaba gris.

—¡Qué tiempo tan perro! —dijo.

Luego, abrochándose el sobretodo, añadió:

—Tiene el pelo muy largo. Es igual. Ha hecho endiabladamente bien en dejármelo el tunante del viejo. Sin esto no hubiera podido salir y todo se lo habría llevado la trampa. ¡Qué casualidades hay en el mundo!

Y hundiéndose la gorra hasta los ojos, salió.

Apenas había tenido tiempo de dar algunos pasos fuera, cuando la puerta se volvió a abrir y su perfil montés e inteligente reapareció por la abertura.

—Me olvidaba decirte que tengas preparada una estufa de carbón.

Y arrojó a su mujer en el delantal el napoleón que le había dejado el «filántropo».

—¿Una estufa de carbón? —preguntó la mujer.

—Sí.

—¿Cuánto compro?

—Una arroba.

—Eso costará treinta sueldos, con el resto traeré de comer.

—Diablo, no.

—¿Por qué?

—No vayas a gastarlo todo.

—¿Por qué?

—Porque yo, por mi parte, tendré que comprar algo.

—¿El qué?

—Algo.

—¿Cuánto necesitarás?

—¿Dónde hay por aquí un quincallero?

—En la calle de Mouffetard.

—¡Ah! Sí. En la esquina de la calle. Ya recuerdo la tienda.

—Pero dime, ¿cuánto te hace falta para eso que necesitas comprar?

—Cincuenta sueldos o tres francos.

—No quedará mucho para la comida.

—Hoy no se trata de comer; hay algo mejor que hacer.

—Basta, hermoso.

Oído este mimo de su mujer, Jondrette cerró la puerta, y esta vez Mario oyó sus pasos alejarse por el corredor del caserón y bajar rápidamente.

Por muy soñador que fuese Mario, ya hemos dicho que era de naturaleza firme y enérgica. Los hábitos de recogimiento solitario, desarrollando en él la simpatía y la compasión, habían disminuido tal vez la facultad de irritarse; pero habían dejado intacta la facultad de indignarse. Tenía la benevolencia de un brahmán y la severidad de un juez. Se apiadaba de un sapo, pero aplastaba a una víbora. Ahora bien; su mirada había penetrado en un agujero de víboras; era un nido de monstruos el que tenía en su presencia.

—¡Es preciso aplastar a esos miserables! —dijo.

Ninguno de los enigmas que esperaba ver disiparse se había aclarado. Por el contrario, casi todos se habían oscurecido más tal vez. Nada más sabía sobre la hermosa joven del Luxemburgo ni sobre el hombre a quien llamaba el señor Blanco sino que Jondrette los conocía. A través de las tenebrosas palabras que había oído, sólo entreveía una cosa claramente, y era que se preparaba una emboscada, una emboscada oscura, pero terrible: que los dos corrían un gran peligro. La joven probablemente, el padre seguro. Que era menester salvarlos. Que era preciso deshacer las horribles combinaciones de los Jondrette y romper la tela de aquellas arañas.

Observó un momento a la Jondrette. Había sacado de un rincón un viejo hornillo de palastro y andaba revolviendo en sus útiles de hierro viejo.

Bajóse de la cómoda lo más suave que pudo y cuidando de no hacer el menor ruido.

En su espanto por lo que se preparaba y en el horror que los Jondrette le habían causado, sentía una especie de alegría con la idea de que le sería dado prestar un gran servicio a la que amaba.

Pero ¿qué hacer? ¿Advertir a las personas amenazadas? ¿Dónde encontrarlas? No sabía sus señas. Habían reaparecido un momento a sus ojos y después se habían vuelto a hundir en las inmensas profundidades de París. ¿Esperar al señor Blanco a la puerta, por la noche, a las seis, en el momento en que llegase y prevenirle del lazo? Pero Jondrette y su gente le verían espiar; el sitio estaba desierto; serían más fuertes que él; hallarían medio de cogerle o de alejarle, y aquel a quien Mario quería salvar quedaría perdido. Acababa de dar la una; la emboscada no debía verificarse hasta las seis. Mario disponía de cinco horas.

No había más que una cosa que hacer.

Púsose su frac presentable, atóse un pañuelo al cuello, cogió el sombrero y salió, sin hacer más ruido que si hubiese caminado sobre un musgo y descalzo.

Mientras tanto, la Jondrette continuaba revolviendo sus chismes.

Una vez fuera de la casa, se dirigió a la calle del Petit-Banquier.

Iba como a la mitad de esta calle, cerca de una tapia muy baja, que se podía saltar en ciertos sitios, la cual daba a un terreno erial. Caminaba lentamente y pensativo. La nieve amortiguaba el ruido de sus pasos, cuando de pronto oyó voces que hablaban muy cerca de él. Volvió la cabeza; la calle estaba desierta; a nadie se veía. Estaba en pleno día, y, sin embargo, se oían distintamente dos voces.

Tuvo idea de mirar por encima de la pared que costeaba.

Había allí, en efecto, dos hombres pegados a la pared, sentados en la nieve y hablando bajo.

Aquellas dos figuras le eran desconocidas; el uno era un hombre barbudo, con blusa, y el otro un hombre cabelludo, todo desarrapado. El barbudo tenía un gorro griego; el otro, la cabeza desnuda y nieve en los cabellos.

Avanzando la cabeza por encima de ellos, Mario podía oír.

El cabelludo empujaba al otro con el codo y le decía:

—Con el patrón Minette la cosa no puede fallar.

—¿Lo cree así? —dijo el barbudo.

Y el cabelludo replicó:

—Siempre dará para cada uno una recua de quinientos machos, y lo peor que puede suceder son: cinco años, seis, diez a lo más.

El otro contestó con cierta vacilación y tiritando bajo su gorro griego:

—Eso es una cosa positiva y no se debe ir en busca de esas cosas.

—Te digo que el negocio no puede fallar —replicó el cabelludo—. Desataremos la culebra.

Luego se pusieron a hablar de un melodrama que habían visto la víspera en el teatro de la Gaité.

Mario continuó su camino.

Parecíale que las palabras oscuras de aquellos hombres, tan extrañamente ocultos detrás de la pared y acurrucados sobre la nieve, tal vez no dejaban de tener alguna relación con los abominables proyectos de Jondrette. Éste debía ser «el negocio».

Dirigióse hacia el arrabal de San Marcelo y preguntó en la primera tienda que encontró dónde había una Delegación de Policía.

Indicáronle la calle de Pontoise y el número 14.

Mario se encaminó allí.

Al pasar por delante de una panadería compró un panecillo de dos sueldos y lo comió, previendo que no comería más aquel día.

Mientras andaba hizo justicia a la Providencia. Pensó que si no hubiese dado por la mañana sus cinco francos a la hija de Jondrette, hubiera seguido al coche del señor Blanco y, por consiguiente, lo habría ignorado todo. Nada se hubiera opuesto a la celada de los Jondrette, y el señor Blanco estaba perdido y, sin duda alguna, su hija con él.

Al llegar al número 14 de la calle de Pontoise, subió al piso principal y preguntó por el comisario de Policía.

—El señor comisario de Policía no está —contestó un ordenanza de la oficina—. Pero hay un inspector que le reemplaza. ¿Queréis hablarle? ¿Es cosa urgente?

—Sí —dijo Mario.

El ordenanza le introdujo en el gabinete del comisario. Un hombre de alta estatura estaba allí en pie, detrás de un enrejado, apoyado en una estufa y levantando con sus dos manos los faldones de un gran «carrik» de tres esclavinas. Tenía cara cuadrada, boca pequeña y firme, espesas patillas entrecanas, muy erizadas, y una mirada capaz de registrar hasta el fondo de los bolsillos. Hubiérase podido decir que aquella mirada no penetraba, sino que registraba.

Aquel hombre tenía el aire no menos feroz y no menos temible que Jondrette; algunas veces causa tanta inquietud un encuentro de un perro de presa como el de un lobo.

—¿Qué queréis? —dijo a Mario sin añadir «caballero».

—Ver al comisario de Policía.

—Está ausente. Yo lo reemplazo.

—Es para un asunto muy secreto.

—Entonces hablad.

—Es muy urgente.

—Entonces hablad pronto.

Aquel hombre, tranquilo y brusco, era a la vez temible y tranquilizador. Inspiraba temor y confianza. Mario le refirió la aventura: Que una persona, a quien no conocía más que de vista, debía ser atraída por la noche a una emboscada; que habitando en el cuarto inmediato a la cueva, él, Mario Pontmercy, abogado, había oído todo el complot a través de la pared; que el malvado que había ideado el plan era un hombre llamado Jondrette; que tendría cómplices, probablemente entre los vagos de las barreras, y entre otros un tal Panchaud (a) Primaveral o Colmenero; que las hijas de Jondrette estarían en acecho; que no había medio alguno de prevenir a la persona amenazada, toda vez que no sabía ni su nombre, y, por último, que todo esto debía verificarse a las seis de la tarde en el punto más desierto del bulevar del Hospital, en la casa número 50 y 52.

Al oír este número, el inspector levantó la cabeza y dijo fríamente:

—¿Es, pues, en el cuarto del extremo del corredor?

—Precisamente —dijo Mario, y añadió—: ¿Por ventura conocéis la casa?

El inspector permaneció un momento silencioso; luego contestó, calentándose el tacón de la bota en la puertecilla de la estufa:

—Probablemente.

Y continuó entre dientes, hablando, más que a Mario, a su corbata.

—Por ahí debe de andar el Patrón Minette.

Esta palabra llamó la atención de Mario.

—¡El patrón Minette! —dijo—. En efecto; he oído pronunciar esta palabra.

Y refirió al inspector el diálogo que tenían el hombre cabelludo y el hombre barbudo en la nieve, detrás de la tapia de la calle del Petit-Banquier.

El inspector murmuró:

—El cabelludo debe de ser Brujon, y el barbudo debe de ser Demiliard (a) Dosmillares.

Había bajado nuevamente los párpados y meditaba.

—En cuanto a la culebra, ya comprendo lo que podrá ser. ¡Bueno! He quemado mi «carrik». Siempre ponen demasiado fuego en estas malditas estufas. Números 50 y 52, antigua casa de Gorbeau.

Luego fijó la vista en Mario.

—¿No habéis visto más que a ese barbudo y a ese cabelludo?

—Y a Panchaud.

—¿Y no habéis visto rodar por allí a un currutaquillo con quien cargue el diablo?

—No.

—¿Ni a un grandote, macizo, que se parece al elefante del Jardín Botánico?

—No.

—¿Ni a un malafacha que tiene todo el aire de un antiguo colarroja?

—Tampoco.

—En cuanto al cuarto, nadie le ve, ni aun sus ayudantes, dependientes o empleados. No es, pues, sorprendente que no lo hayáis visto.

—No. ¿Pero qué es eso y quiénes son esos seres? —preguntó Mario.

El inspector respondió:

—Además que tampoco es ésa su hora.

Volvió a guardar silencio. Luego continuó:

—Números 50 y 52; conozco ese caserón. Imposible que nos ocultemos en el interior sin que los artistas lo noten, y entonces saldrían del paso con dejar ese drama para otro día. ¡Son tan modestos! El público les incomoda. Nada, nada. Quiero oírles cantar y hacerles bailar.

Terminado este monólogo, se volvió hacia Mario y le preguntó, mirándole fijamente:

—¿Tenéis miedo?

—¿De qué? —dijo Mario.

—De esos hombres.

—Ni más ni menos que vos —replicó rudamente Mario, que comenzó a notar que el polizonte no le había llamado aún «caballero».

El inspector miró a Mario más fijamente todavía, y replicó con una especie de solemnidad sentenciosa:

—Habláis como un hombre valiente y como un hombre honrado. El valor no teme al crimen, ni la honradez teme a la autoridad.

Mario le interrumpió:

—¡Bueno! ¿Pero qué pensáis hacer?

El inspector se limitó a contestarle:

—Los inquilinos de esa casa tienen picaporte para entrar por la noche en sus cuartos. Vos debéis tener uno.

—Sí —dijo Mario.

—¿Lo lleváis por casualidad?

—Sí.

—Dádmelo —dijo el inspector.

Mario sacó su llave del bolsillo, se la dio al inspector y añadió:

—Si me queréis creer, haréis bien en ir acompañado.

El inspector dirigió a Mario la misma mirada que habría dirigido Voltaire a un académico de provincia que le hubiese dado una consonante. Sumergió en un solo movimiento sus dos manos, que eran enormes, en los dos inmensos bolsillos de su «carrik», y sacando de ellos dos pequeñas pistolas de acero, de esas que se llaman cachorrillos, se las presentó a Mario, diciéndole vivamente y con tono breve:

—Tomad esto. Volved a vuestra casa. Ocultaos en vuestro cuarto, de modo que crean que habéis salido. Están cargados, cada uno con dos balas. Observaréis, puesto que hay un agujero en la pared, como me habéis dicho. Esa gente irá; dejadla obrar, y cuando juzguéis la cosa a punto, y que es tiempo de prenderlos, tiraréis un pistoletazo. No antes. Lo demás es cosa mía. Un tiro al aire, al techo, a donde se os antoje. Sobre todo, que no sea demasiado pronto. Aguardad a que hayan principiado la ejecución; vos sois abogado y sabéis lo que esto quiere decir.

Mario cogió las pistolas y las metió en el bolsillo del pecho de su frac.

—Eso hace mucho bulto; se ve —dijo el inspector—. Metedlas más bien en los bolsillos del pantalón.

Mario ocultó las pistolas donde el inspector le indicaba.

—Ahora —prosiguió el inspector— no hay que perder un minuto. ¿Qué hora es? Las dos y media. ¿No es para las siete?

—A las seis —dijo Mario.

—Tengo tiempo —replicó el inspector—, pero sólo el tiempo preciso. No olvidéis nada de cuanto os he dicho. ¡Pum! ¡Un tiro!

—Descuidad —respondió Mario.

Y al poner la mano en la cerradura de la puerta para salir, el inspector le gritó:

—A propósito; si de aquí a entonces tuvierais necesidad de mí, venid o mandadme recado, preguntaréis por el inspector Javert.

Algunos momentos después, hacia las tres, Courfeyrac pasaba por casualidad por la calle de Mouffetard en compañía de Bossuet. La nieve redoblaba y llenaba el espacio. Bossuet iba diciendo a Courfeyrac:

—Al ver caer todos estos copos de nieve, diríase que en el cielo hay peste de mariposas blancas.

De pronto, Bossuet divisó a Mario, que subía la calle hacia la barrera con aire particular.

—Mira —dijo Bossuet—. Mira a Mario.

—Ya le he visto —dijo Courfeyrac—. No le hablemos.

—¿Por qué?

—¡Va ocupado!

—¿En qué?

—¿No ves la cara que tiene?

—¿Qué cara?

—La del que va siguiendo a alguien.

—Es verdad —dijo Bossuet.

—¿Ves qué ojos pone? —dijo Courfeyrac.

—¿Pero a quién diablos sigue?

—A alguna pollilla de quince en adelante. Está enamorado.

—Pero —observó Bossuet— es que por aquí no veo ni pollas, ni gallinas, ni ninguna clase de faldas. No hay una mujer en todo lo que alcanza la vista.

Courfeyrac miró y exclamó:

—Sigue a un hombre.

Un hombre, en efecto, cubierto con una gorra, y cuya barba gris se distinguía, aun cuando no se le veía más que de espaldas, caminaba a unos veinte pasos delante de Mario.

Aquel hombre iba vestido con un sobretodo nuevo, demasiado ancho para él, y con un espantoso pantalón roto y ennegrecido por el lodo.

Bossuet rompió a reír a carcajadas.

—¿Qué especie de hombre es ése?

—¿Ese? —replicó Courfeyrac—. Es un poeta. Los poetas suelen llevar muy a menudo pantalones de mercaderes de pieles de conejo y sobretodos de pares de Francia.

—Veamos adónde va Mario —dijo Bossuet—. Veamos adónde va ese hombre. Sigámosles, ¿eh?

—Bossuet —exclamó Courfeyrac—, águila de Meaux, sois un bruto prodigioso. ¡Seguir a un hombre que sigue a otro hombre!

Y volvieron pies atrás.

Mario, en efecto, había visto pasar a Jondrette por la calle Mouffetard y le espiaba. Jondrette caminaba delante de él sin sospechar que le iban vigilando.

Salió de la calle Mouffetard y Mario le vio entrar en una de las más horribles covachas de la calle Graciuse, donde permaneció como un cuarto de hora, y luego volvió a la calle Mouffetard. Detúvose en casa de un quincallero que había en aquella época en la esquina de la calle de Pierre Lombard, y algunos minutos después Mario le vio salir de la tienda, llevando en la mano un gran cortafríos, con mango de madera blanca, que ocultó bajo el sobretodo. A la altura de la calle del Petit-Gentilly, volvió a la izquierda y se encaminó rápidamente a la calle del Petit-Banquier. El día iba cayendo; la nieve, que había cesado por unos momentos, volvía a comenzar. Mario se ocultó detrás de la esquina misma de la calle del Petit-Banquier, que estaba, como siempre, desierta, y no siguió a Jondrette. Hizo bien, porque llegado que hubo a la tapia baja donde Mario había oído al hombre cabelludo y al hombre barbudo, Jondrette se volvió, se aseguró de que nadie le seguía ni le veía, y luego saltó la tapia y desapareció.

Mario creyó que sería prudente aprovechar la ausencia de Jondrette para entrar en la casa; además, la hora se acercaba. Todas las tardes, la tía Bougon, al marchar para ir a fregar la vajilla a la ciudad, acostumbraba cerrar la puerta de la casa, que al anochecer quedaba irremisiblemente cerrada. Mario había dado su llave al inspector de Policía; era, pues, importante que se apresurase.

La noche se venía encima y casi casi había ya cerrado. No había ya en el horizonte ni en la inmensidad más que un punto iluminado por el sol; la luna, que se levantaba rojiza por detrás de la cúpula baja de la Salpetrière.

Mario llegó a grandes pasos al número 50 y 52, en ocasión en que todavía estaba abierta la puerta. Subió la escalera de puntillas y se deslizó a lo largo de la pared del corredor hasta su cuarto. Aquel corredor, ya se recordará, tenía a ambos lados desvanes que en aquel momento estaban todos vacíos y por alquilar. La tía Bougon dejaba habitualmente las puertas abiertas. Al pasar por delante de una de aquellas puertas, Mario creyó divisar en el deshabitado cuarto cuatro cabezas de hombres inmóviles, blanqueadas vagamente por un rayo de luz que penetraba por una claraboya.

Mario no trató de ver, no queriendo ser visto. Consiguió entrar en su cuarto sin ser notado y sin ruido. Ya era tiempo. Pocos instantes después oyóse a la tía Bougon que se iba y cerraba la puerta de la casa.

Mario se sentó en su cama. Podían ser las cinco y media. Media hora solamente le separaba de lo que iba a suceder. Oía latir sus arterias, como se oye el movimiento del volante de un reloj en la oscuridad. Pensaba en aquella doble marcha que se efectuaba en aquel momento en las tinieblas; el crimen avanzando por un lado, la Justicia avanzando del otro. No tenía miedo; pero no podía pensar sin cierto sobresalto en lo que iba a suceder. Como a todo aquel a quien repentinamente asalta una aventura sorprendente, aquel día entero le causaba el efecto de un sueño, y para no creerse juguete de una pesadilla, necesitaba sentir en sus bolsillos el frío de las dos pistolas de acero.

Ya no nevaba. La luna, cada vez más clara, se desprendía de las nubes, y su luz, mezclada con el reflejo blanquecino de la nieve que había caído, daba a la habitación un aspecto crepuscular.

En el tugurio de los Jondrette había luz. Mario veía brillar el agujero de la medianería con una claridad rojiza que le parecía sangrienta.

Era evidente que aquella claridad no podía ser producida por una vela. Además, en casa de los Jondrette no se notaba movimiento alguno. Nadie se movía. Nadie hablaba. No se oía un soplo. El silencio era glacial y profundo, y sin aquella luz se hubiera creído que se estaba al lado de un sepulcro.

Mario se quitó suavemente las botas y las metió debajo de la cama.

Transcurrieron algunos minutos. Mario oyó la puerta de la calle girar sobre sus goznes; un paso pesado y rápido subió la escalera, recorrió el corredor y levantó el pestillo de la puerta con ruido. Era Jondrette, que entraba.

Eleváronse al momento muchas voces. Toda la familia estaba en el desván. Solamente que en ausencia del dueño callaban todos, como callan los lobeznos en ausencia del lobo.

—Soy yo —dijo.

—Buenas noches, papaíto —chillaron las hijas.

—¿Y bien? —dijo la madre.

—Todo va perfectamente —respondió Jondrette—, pero tengo un frío de perros en los pies. Bueno; eso es, te has vestido. Será preciso que puedas inspirar confianza.

—Estoy pronta para salir.

—¿No olvidarás nada de lo que te he dicho? ¿Lo harás bien todo?

—Descuida.

—Es que... —dijo Jondrette.

Y no acabó la frase.

Mario le oyó dejar algo pesado sobre la mesa; probablemente el cortafríos que había comprado.

—¡Ah! —exclamó Jondrette—. Aquí se ha comido.

—Sí —dijo la madre—. He traído tres grandes patatas y sal; me he aprovechado del fuego para asarlas.

—Bueno —replicó Jondrette—. Mañana os llevaré a comer conmigo. Habrá pato y accesorios. Comeréis como Carlos X. Todo va bien.

Luego añadió, bajando la voz:

—La ratonera está abierta. Los gatos están ahí.

Bajó todavía más la voz y dijo:

—Pon esto al fuego.

Mario oyó el ruido del carbón empujado con una tenaza u otro instrumento de hierro, y Jondrette continuó:

—¿Has dado sebo a los goznes de la puerta para que no metan ruido?

—Sí —respondió la madre.

—¿Qué hora es?

—Las seis darán pronto, porque la media hace ya rato que dio en San Medardo.

—¡Diablo! —dijo Jondrette—. Es menester que las chicas vayan a ponerse en acecho. Venid aquí vosotras y escuchad.

Hubo un cuchicheo.

La voz de Jondrette se elevó de nuevo.

—¿Ha marchado la tía Bougon?

—Sí —dijo la madre.

—¿Estás segura de que no hay nadie en el cuarto del vecino?

—No ha vuelto en todo el día, y ya sabes que ésta en su hora de comer.

—¿Estás segura?

—Segurísima.

—Es igual —replicó Jondrette—. Pero no estará de más verlo. Chica, coge la luz y ve a ver si el vecino está en su cuarto.

Mario se dejó caer a cuatro pies y se deslizó silenciosamente bajo su cama.

Apenas se había escondido, cuando divisó la luz a través de las junturas de la puerta.

—Papá —gritó una voz—, ha salido.

Mario conoció la voz de la hija mayor.

—¿Has entrado? —preguntó el padre.

—No —respondió la hija—-; pero cuando está la llave en la cerradura es señal de que ha salido.

El padre gritó:

—Entra, sin embargo.

La puerta se abrió y Mario vio entrar a la Jondrette mayor con una vela en la mano. Estaba como por la mañana, sólo que más espantosa con aquella claridad.

Marchó derecha hacia la cama. Mario pasó un inexplicable momento de ansiedad; pero cerca de la cama había un espejo colgado en la pared y allí era donde ella se dirigía. Empinóse sobre la punta de los pies y se miró. En la pieza inmediata se oyó un ruido como de remover hierro viejo.

La chica se alisó el pelo con la palma de la mano y dirigió al espejo varias sonrisas, mientras cantaba con voz ronca.

Mario continuaba temblando; parecía imposible que no oyese su respiración.

La Jondrette se dirigió a la ventana y miró al exterior, hablando alto, con ese aire alocado que tenía.

—¡Qué feo es París cuando se pone camisa blanca! —dijo.

Volvió al espejo e hizo varias muecas, contemplándose sucesivamente de frente y de costado.

—Y bien —gritó el padre—, ¿qué es lo que haces?

—Miro debajo de la cama y de los muebles —respondió continuando la operación de alisarse el pelo—. No hay nadie.

—¡Ea! —aulló el padre—. Pronto aquí y no perdamos tiempo.

—¡Voy, voy! —contestó—. No hay tiempo para nada en esta casuca.

Dirigió una última mirada al espejo, y salió cerrando la puerta.

Un momento después, Mario oyó el ruido de los pies desnudos de las chicas en el corredor y la voz de Jondrette que les gritaba:

—Poned cuidado: la una del lado de la barrera, la otra a la esquina de la calle del Petit-Banquier; no perdáis de vista un minuto la puerta de la casa, y en notando la menor cosa, inmediatamente aquí. Subid de cuatro en cuatro los escalones; tenéis una llave para entrar.

La hija mayor murmuró:

—¡Hacer centinela con los pies descalzos, sobre la nieve!

—Mañana tendréis botas de seda color de escarabajo —dijo el padre.

Bajaron las chicas las escaleras, y algunos segundos después el ruido de la puerta que se cerraba anunció que ya estaban fuera.

No quedaban ya en la casa más que Mario y los Jondrette, y probablemente también los misteriosos seres divisados por Mario a la luz del crepúsculo, detrás de la puerta del deshabitado desván.

Mario creyó que había llegado el momento de volver a ocupar su puesto en su observatorio. En un abrir y cerrar de ojos, y con la agilidad de sus pocos años, se halló junto al agujero de la medianería. Miró.

El interior de la habitación de los Jondrette ofrecía un aspecto singular, y Mario se explicó la extraña claridad que en ella había observado. En un candelero de cobre ardía una vela de sebo; pero no era ésta la que alumbraba realmente el cuarto. Toda la cueva estaba como iluminada por la reverberación de una gran estufa de palastro, colocada en la chimenea y llena de carbón encendido. Era la estufa que la Jondrette había preparado por la mañana. El carbón estaba hecho ascua, roja; una llama azulada vagaba oscilante sobre el fuego y ayudaba a distinguir la forma del cortafríos comprado por Jondrette en la calle de Pierre Lombard, el cual se enrojecía hundido entre las ascuas. En un rincón cerca de la puerta, y como para usarse próximamente, se veían dos montones que parecían ser uno de objetos de hierro y otro de cuerdas. Todo esto, para el que no hubiese sabido lo que se preparaba, hubiera hecho vacilar la imaginación entre una idea siniestra y otra sencillísima. La cueva, iluminada de aquel modo, parecía más bien una fragua que una boca del infierno; pero Jondrette, con aquella claridad, más bien tenía el aire de un demonio que de un herrero.

La estufa, colocada en el mismo fogón al lado de los tizones casi apagados, enviaba un vapor por el conducto de la chimenea y no daba olor.

La luna, entrando por los cuatro cristales de la ventana, arrojaba su luz blanquecina en el purpúreo y llameante desván, y a la poética imaginación de Mario, soñador incluso en el momento de la acción, parecíale como un pensamiento celeste mezclado con los deformes sueños de la Tierra.

Una corriente de aire que entraba por el vidrio roto contribuía a disipar el olor del carbón y a disimular la estufa.

Recordando cuanto hemos dicho sobre el caserón de Gorbeau, se vendrá en conocimiento de que la cueva de Jondrette se hallaba admirablemente situada para servir de teatro a un hecho violento y sombrío y de manto a un crimen. Era el cuarto más retirado de la casa, más aislado del bulevar más desierto de París. Parecía hecho a propósito para las sorpresas criminales; de tal modo que, si éstas no existiesen, allí se hubieran podido inventar.

Todo el espesor de una casa y una porción de cuartos deshabitados separaban aquel antro del bulevar, y la única ventana que tenía daba a solares desiertos, cerrados con tapias o empalizadas.

Jondrette había encendido su pipa; estaba sentado sobre la silla desfondada y fumaba. Su mujer le hablaba por lo bajo.

Si Mario hubiera sido Courfeyrac, es decir, uno de esos hombres que se ríen en todas las ocasiones de la vida, habría soltado la carcajada cuando su mirada cayó sobre la Jondrette. Ésta tenía un sombrero negro con plumas muy parecido a los sombreros de los reyes de armas de la consagración de Carlos X. Un inmenso pañuelo tartán cubría su vestido de punto, y adornaban sus pies los zapatos de hombre que su hija había desdeñado por la mañana. Este tocado es el que había arrancado a Jondrette aquella exclamación: «¡Bueno! ¡Te has vestido! ¡Has hecho bien! Es preciso que puedas inspirar confianza.»

Jondrette no se había quitado el sobretodo nuevo, y demasiado ancho para él, que le había dado el señor Blanco, y su traje continuaba ofreciendo el contraste del sobretodo y del pantalón que constituía a los ojos de Courfeyrac el ideal del poeta. De pronto, Jondrette alzó la voz:

—A propósito. ¡Ahora caigo! Con el tiempo que hace vendrá en coche. Enciende la linterna, cógela y baja. Quédate detrás de la puerta; en el momento en que oigas pararse el carruaje, la abrirás; subirá y le alumbrarás por la escalera y el corredor, y mientras entra aquí, bajarás a todo escape, pagarás al cochero y despedirás el carruaje.

—¿Y el dinero? —preguntó la mujer.

Jondrette rebuscó en los bolsillos del pantalón y le entregó una moneda de cinco francos.

—¿De dónde ha venido esto? —exclamó la mujer.

Jondrette respondió con dignidad.

—Es el monarca que dio el vecino esta mañana.

Y añadió:

—¿Sabes que aquí hacen falta dos sillas?

—¿Para qué?

—Para sentarse.

Mario sintió correr por todo su cuerpo un estremecimiento glacial al oír a la Jondrette dar esta respuesta:

—¡Pardiez! Voy a buscarte las del vecino.

Y con un movimiento rápido, abrió la puerta del desván y salió al corredor.

Mario no tenía ni tiempo material para bajar de la cómoda, ir a la cama y ocultarse debajo de ella.

—Coge la luz —gritó Jondrette.

—No —dijo ella—, me estorbaría; tengo que traer las dos sillas, y además hay luna.

Mario oyó la pesada mano de la Jondrette buscar a tientas en la oscuridad la llave. La puerta se abrió, y Mario quedó clavado en su sitio, poseído de sorpresa y estupor.

La Jondrette entró.

La ventanilla abuhardillada dejaba pasar un rayo de luz entre dos grandes trozos de sombra. Uno de aquellos trozos cubría enteramente la pared, a la cual estaba pegado Mario, de modo que desaparecía en la oscuridad.

La tía Jondrette alzó los ojos, no vio a Mario, cogió las dos sillas, únicas que Mario poseía, y se marchó, dejando que la puerta se cerrase ruidosamente detrás de ella.

Volvió a entrar en su cueva.

—Aquí están las dos sillas.

—Y aquí la linterna —dijo el marido—. Baja pronto.

Obedeció y Jondrette quedó solo.

Colocó las dos sillas a los dos lados de la mesa, dio vueltas al cortafríos en el brasero, puso delante de la chimenea un viejo biombo que ocultaba la estufa; luego fue al rincón donde estaba el montón de cuerdas y se bajó como para examinar en él alguna cosa. Mario conoció entonces que lo que había tomado por un montón informe era una escala de cuerda muy bien hecha, con travesaños de madera y dos garfios para colgarla.

Aquella escala y algunos gruesos instrumentos, verdaderas mazas de hierro, que estaban entre un montón de herramientas, detrás de la puerta, no se hallaban por la mañana en la cueva de los Jondrette, y evidentemente habían sido llevados allí aquella tarde durante la ausencia de Mario.

—Son herramientas de cerrajero —pensó Mario.

Si hubiera sido un poco más conoceder de aquel oficio, habría conocido en lo que tomaba por herramientas de cerrajero ciertos instrumentos capaces de forzar una cerradura o desencajar una puerta, y otros capaces de cortar o romper; las dos familias de instrumentos siniestros que los ladrones llaman «ganzúas y ruiseñores».

La chimenea y la mesa con las dos sillas se hallaban precisamente enfrente de Mario. Estando oculta la estufa por el biombo, sólo iluminaba el cuarto la luz de la vela; el más pequeño objeto colocado sobre la mesa o sobre la chimenea producía una gran sombra. Un jarro de agua desportillado ocultaba la mitad de la pared. Había en aquel cuarto no sé qué calma horrible y amenazadora. Sentíase como la expectación de alguna cosa espantosa.

Jondrette había dejado apagarse su pipa, grave signo de meditación, y había vuelto a sentarse.

La luz hacía resaltar los ángulos fieros y finos de su cara. Grandes fruncimientos de cejas y bruscos movimientos de su mano derecha parecían indicar como que contestaba a los últimos consejos de un sombrío monólogo interno. En una de esas réplicas que se daba a sí mismo, tiró vivamente hacia sí del cajón de la mesa, cogió de él un ancho cuchillo de cocina que allí estaba oculto y probó el filo sobre su uña. Hecho esto, volvió a meter el cuchillo en el cajón y lo cerró.

Mario, por su parte, sacó el cachorrillo que tenía en el bolsillo derecho y lo montó.

El cachorrillo, al ser montado, produjo un pequeño ruido claro y seco.

Jondrette se estremeció y medio se levantó de la silla.

—¿Quién anda ahí? —gritó.

Mario contuvo su respiración; Jondrette escuchó un momento y luego se echó a reír, diciendo:

—¡Qué bestia soy! Es el tabique que cruje.

Mario conservó el cachorrillo en la mano.

De pronto, la lejana y melancólica vibración de una campana conmovió los vidrios. Daban las seis en San Medardo.

Jondrette marcó cada campanada con un movimiento de cabeza. Cuando dio la sexta, despabiló la vela con los dedos.

Después se puso a andar por el cuarto, escuchó en el corredor, paseó y escuchó nuevamente.

—¡Con tal que venga! —masculló.

Y se volvió a sentar.

Apenas se había sentado se abrió la puerta.

La tía Jondrette la había abierto y permaneció en el corredor, haciendo una horrible mueca amable, iluminada de abajo arriba por uno de los agujeros de la linterna sorda.

—Entrad, mi bienhechor —repitió Jondrette, levantándose precipitadamente.

Apareció en la puerta el señor Blanco.

Tenía un aire de serenidad que le hacía singularmente venerable.

Puso sobre la mesa cuatro luises y dijo:

—Señor Fabontou, aquí tenéis para el alquiler y para vuestras primeras necesidades. Después ya veremos.

—Dios os lo paque, mi generoso bienhechor —dijo Jondrette.

Y acercándose rápidamente a su mujer, añadió:

—Despide al coche.

La mujer se marchó, en tanto que el marido prodigaba sus saludos y ofrecía una silla al señor Blanco, y poco después volvió a aparecer y le dijo al oído:

—Ya está.

La nieve que había caído todo el día era tan espesa, que no se oyó el carruaje llegar ni volverse.

En tanto, el señor Blanco se había sentado.

Jondrette tomó posesión de la otra silla, enfrente del señor Blanco.

Ahora, para formarse una idea de la escena que va a seguir, figúrese el lector en su imaginación la noche helada, las soledades de la Salpetrière, cubiertas de nieve y blancas a la luz de la luna, como inmensos sudarios; la débil claridad de los reverberos acá y acullá, los trágicos bulevares y las largas filas de negros olmos, ni un transeúnte tal vez en un cuarto de legua a la redonda, el caserón de Gourbeau en su más alto punto de silencio, de horror y de oscuridad, y en medio de aquella soledad, en medio de aquella sombra, el vasto desván de Jondrette, iluminado por una vela de sebo, y en aquella cueva dos hombres sentados junto a una mesa: el señor Blanco, tranquilo; Jondrette, risueño y espantoso; la Jondrette, la madre loba, en un rincón, y detrás del tabique, Mario, invisible, en pie, no perdiendo una palabra ni un movimiento, la vista en acecho, la pistola en la mano.

Mario, por su parte, sentía una emoción de horror pero ningún temor. Apretaba la culata de la pistola y se sentía tranquilo. «Detendré a ese miserable cuando quiera», pensaba.

Sentía también que la policía andaba por allí emboscada en alguna parte, esperando la señal convenida y pronta a tenderle los brazos.

Esperaba, además, que de aquel violento encuentro entre Jondrette y el señor Blanco brotaría alguna luz que iluminase todo lo que tenía interés en conocer.

Apenas se sentó, el señor Blanco volvió la vista hacia las tarimas, que estaban vacías.

—¿Cómo está la pobre niña herida? —preguntó.

—Mal —respondió Jondrette con una sonrisa triste de reconocimiento—, muy mal, mi digno señor. Su hermana mayor la llevó a la Bourbe para que la curen. Pronto la veréis, pues no deben tardar en volver.

—La señora Fabontou parece algo mejor que esta mañana —replicó el señor Blanco fijando la mirada en el extraño arreo de la tía Jondrette, que de pie entre él y la puerta, como si guardase la salida, lo miraba en actitud de amenaza y casi de combate.

—Está muriéndose, señor —dijo Jondrette—; pero ¡qué queréis! Es tan animosa esa mujer, que no es mujer; es una mula.

La Jondrette, halagada por el cumplimiento, exclamó con un arrumaco de fiera acariciada:

—¡Ah, Jondrette! Tú siempre has sido bueno para mí.

—¡Jondrette! —exclamó el señor Blanco—. Yo creía que os llamabais Fabontou.

—Fabontou (a) Jondrette —replicó vivamente el marido—. Es un apodo de artista.

Y arrojando a su mujer una mirada furibunda, que el señor Blanco no vio, prosiguió con voz enfática y acariciadora:

—¡Ah! Siempre hemos hecho buenas migas mi pobre mujer y yo. ¿Qué nos quedaría si no nos quedase el cariño? ¡Somos tan desgraciados, mi respetable señor! ¡Hay brazos, pero no trabajo! ¡Hay voluntad, pero falta obra! No sé cómo el Gobierno arregla esto; pero, ¡palabra de honor, caballero!, yo no soy jacobino, ni realista; yo no le quiero mal; pero si yo fuera ministro, juro por lo más sagrado que esto habría de marchar de otra manera. Por ejemplo, yo he querido enseñar a mis hijas a hacer cajas de cartón. Me diréis: ¡Cómo! ¡Un oficio! ¡Un simple oficio! ¡Un medio de ganar el pan de cada día! ¡Qué humillación, mi bienhechor! ¡Qué degradación cuando uno ha sido lo que yo! ¡Ay! ¡Nada nos queda del tiempo de nuestra prosperidad! Nada más que una cosa: un cuadro que aprecio en mucho, pero del cual me desharía, sin embargo, porque es preciso vivir. Sí, señor. ¡Es preciso vivir!

En tanto que Jondrette hablaba con una especie de desorden aparente, que en nada debilitada la expresión reflexiva y sagaz de su fisonomía, Mario alzó los ojos y vio en el fondo del cuarto un bulto que hasta entonces no había visto. Acababa de entrar un hombre, pero tan silenciosamente que no se habían oído sonar los goznes de la puerta. Aquel hombre vestía una chaqueta de punto color violeta, vieja, usada, manchada, rota y con jirones en todas las arrugas; un ancho pantalón de pana, escarpines en los pies, sin camisa, el cuello desnudo, los brazos desnudos y pintarrajeados y la cara manchada de negro. Se había sentado en silencio y con los brazos cruzados sobre la cama más próxima, y como estaba detrás de la Jondrette, sólo se le distinguía confusamente.

Esa especie de instinto magnético que advierte a la mirada hizo que el señor Blanco se volviese casi al mismo tiempo que Mario, y no pudo reprimir un movimiento de sorpresa, que echó de ver Jondrette.

—¡Ah, ya comprendo! —exclamó éste abotonándose con cierta complacencia—. Miráis vuestro sobretodo. ¡Oh! Me sienta perfectamente, como si fuera hecho para mí.

—¿Quién es ese hombre? —dijo el señor Blanco.

—¿Ese? —exclamó Jondrette—. Es un vecino; no hagáis caso.

El vecino tenía un aspecto extraño. Sin embargo, en el arrabal de San Marcelo abundaban las fábricas de productos químicos. Muchos obreros de aquellas fábricas podían tener la cara manchada de negro. Toda la persona del señor Blanco respiraba una confianza cándida e intrépida. Replicó:

—Perdonad. ¿De qué me hablabais, señor Fabontou?

—Os decía, mi venerable protector —contestó Jondrette apoyando los codos en la mesa y fijando en el señor Blanco miradas tiernas, semejantes a las de la serpiente boa—, os decía que tenía un cuadro en venta.

Hizo la puerta un ligero ruido. Otro hombre acababa de entrar y de sentarse en la cama detrás de la Jondrette. Como el primero, tenía los brazos desnudos y la cara tiznada con tinta u hollín.

Aun cuando aquel hombre, más bien que entrar, se deslizó por el cuarto, no pudo impedir que el señor Blanco lo viese.

—No tengáis cuidado —dijo Jondrette—. Son personas de la casa. Decía, pues, que me quedaba un cuadro precioso... Vedlo, caballero, vedlo.

Se levantó, se dirigió a la pared en cuya parte estaba colocado el bastidor de que hemos hablado y lo volvió, conservándolo apoyado en la pared misma. Era, en efecto, una cosa que se parecía a un cuadro, iluminado un poco por la luz de la vela. Mario no podía distinguir nada, porque Jondrette se había colocado entre el cuadro y él; solamente divisaba groseros chafarrinones y una especie de personaje principal, iluminado con la crudeza chillona de los lienzos de las ferias y de las pinturas de biombo.

—¿Qué es eso? —preguntó el señor Blanco.

—¡Una obra maestra! Un cuadro de gran precio mi bienhechor; lo quiero tanto como a mis hijas. Despierta en mí recuerdos... Pero yo no me desdigo de lo dicho, soy tan desgraciado que me desharé de él...

Fuese casualidad, fuese que hubiera en él un principio de inquietud, al examinar el cuadro, el señor Blanco volvió la vista hacia el interior de la habitación. Había ya allí cuatro hombres: tres sentados en la cama y uno en pie cerca de la puerta; todos cuatro con los brazos desnudos, inmóviles y el rostro tiznado de negro. Uno de ellos, que estaba sentado en la cama, se apoyaba en la pared y tenía los ojos cerrados; hubiérase dicho que dormía. Era viejo; sus cabellos blancos sobre su cara negra eran horribles. Los otros dos parecían jóvenes: el uno era barbudo y el otro cabelludo. Ninguno tenía zapatos; los que no llevaban escarpines tenían los pies desnudos.

Jondrette observó que la mirada del señor Blanco se fijaba en estos hombres.

—Son amigos, vecinos —dijo—. Están tiznados porque trabajan en carbón; son fumistas. No hagáis caso de ellos, mi bienhechor. Pero compradme mi cuadro. Compadeceos de mi miseria. No os lo venderé caro. A vuestro ver, ¿cuánto vale?

—Pero —dijo el señor Blanco mirando a Jondrette con ceño y como hombre que se pone en guardia— eso no es más que una muestra de taberna y valdrá unos tres francos.

Jondrette replicó con amabilidad:

—¿Tenéis ahí vuestra cartera? Me contentaré con mil escudos.

El señor Blanco se levantó, apoyó la espalda en la pared y paseó rápidamente su mirada por el cuarto. Tenía a Jondrette a su izquierda, del lado de la ventana, y a la Jondrette y los cuatro hombres a la derecha, por el lado de la puerta. Los cuatro hombres no pestañeaban y ni aun parecían verle. Jondrette había comenzado de nuevo su arenga con acento tan plañidero, miradas tan vagas y entonación tan lastimera, que el señor Blanco podía creer muy bien que la miseria había vuelto loco a aquel hombre.

—Si no me compráis mi cuadro, mi querido bienhechor —decía Jondrette—, no tengo recurso ninguno ni me queda otro medio más que tirarme al río. ¡Cuando pienso que he querido enseñar a mis hijas a hacer cajas de cartón entrefinas y a hacer cajas de aguinaldos! Pues bien; hace falta una mesa con una plancha en el fondo para que los vasos no se caigan al suelo; es preciso un hornillo hecho expresamente para el caso, un cubilete con tres divisiones para los diferentes grados de fuerza que debe tener la cola, según se la emplea en la madera, en el papel o en la tela; una cuchilla para cortar el cartón, un molde para dar forma a las piezas, un martillo para clavar los aceros, pinceles, demonios, ¡qué sé yo! ¡Y todo esto para ganar cuatro sueldos al día y trabajar catorce horas! ¡Y cada caja pasa tres veces por la mano de la obrera! ¡Y mojar el papel! ¡Y no manchar nada! ¡Y tener la cola caliente, y qué diablos más! ¡Cuatro sueldos al día! ¡Cómo queréis que se viva!

Hablando así, Jondrette no miraba al señor Blanco, que le observaba. La mirada del señor Blanco estaba fija en Jondrette, y la de Jondrette en la puerta. La atención jadeante de Mario iba de uno a otro. El señor Blanco parecía preguntarse: «¿Es un idiota?» Jondrette repitió dos o tres veces con toda clase de inflexiones variadas del género llorón y suplicante.

—No tengo más remedio que tirarme al río. ¡El otro día bajé ya tres escalones para hacerlo, por el lado del puente de Austerlitz!

De repente, su apagada pupila se iluminó con un horrible fulgor. Aquel hombrecillo se enderezó y apareció espantable; dio un paso hacia el señor Blanco y le gritó con voz tonante:

—No se trata de nada de esto. ¿Me conocéis?

La puerta del desván acababa de abrirse bruscamente y dejaba ver tres hombres con blusas de tela azul, cubiertas las caras con máscaras de papel negro. El primero era flaco y llevaba un largo garrote claveteado; el segundo, que era una especie de coloso, llevaba cogida por medio del mango, y con el corte hacia abajo, una cuchilla de las destinadas a matar bueyes; el tercero, fornido de hombros, menos flaco que el primero y menos macizo que el segundo, empuñaba una enorme llave, robada quizá de la puerta de alguna prisión.

Parece que Jondrette esperaba la llegada de estos hombres. Empeñóse un diálogo rápido entre él y el hombre del garrote, el flaco.

—¿Está todo pronto? —dijo Jondrette.

—Sí —contestó el otro.

—¿Dónde está Montparnase?

—El primer galán se ha parado a hablar con tu hija.

—¿Con cuál?

—Con la mayor.

—¿Hay abajo un carruaje?

—Sí.

—¿Está enganchada la carraca?

—Enganchada está.

—¿Con dos buenos caballos?

—Excelentes.

—¿Espera donde he dicho que esperase?

—Sí.

—Bien —dijo Jondrette.

El señor Blanco estaba muy pálido. Miraba todos los objetos de la cueva en torno suyo, como hombre que comprende dónde ha caído y su cabeza, sucesivamente dirigida hacia todas las cabezas de los que le rodeaban, se movía sobre su cuello con lentitud atenta y admirada; pero sin que hubiese nada en su aire parecido al miedo. Habíase formado con la mesa un improvisado atrincheramiento, y aquel hombre, que momentos antes sólo tenía el aspecto de un buen anciano, se había convertido súbitamente en una especie de atleta y apoyado su puño robusto sobre el respaldo de la silla con un gesto temible y sorprendente.

Aquel anciano, tan firme y tan valiente ante tal peligro, parecía ser de esas naturalezas que son valerosas de la misma manera que son buenas, fácil y sencillamente. El padre de la mujer a quien amamos no es nunca un extraño para nosotros. Mario se sentía orgulloso de aquel desconocido.

Tres de los hombres de quienes Jondrette había dicho: «Son fumistas», habían cogido en el montón de hierro, el uno unas grandes tijeras de cortar metales, el otro la barra de una romana y el tercero un martillo, y se habían colocado delante de la puerta sin decir una palabra. El viejo se había quedado en la cama y solamente había abierto los ojos. La Jondrette se había sentado a su lado.

Mario pensó que a los pocos segundos el momento de intervenir habría llegado, y levantó su mano derecha hacia el techo, en dirección del corredor, pronto a soltar el tiro.

Terminado su coloquio con el hombre del garrote, Jondrette se volvió de nuevo hacia el señor Blanco y repitió su pregunta, acompañándola con esa sonrisa baja, contenida y terrible que le era peculiar:

—¿No me conocéis?

—No.

Entonces Jondrette se llegó hasta la mesa. Inclinóse por encima de la vela, cruzó los brazos, aproximó su mandíbula angulosa y feroz al rostro tranquilo del señor Blanco y, avanzando cuanto podía, sin que éste se retirase, y en aquella postura de fiera montés que va a morder, le gritó:

—¡No me llamo Fabontou ni me llamo Jondrette: me llamó Thenardier! ¡Soy el posadero de Montfermeil! ¿Oís bien? ¡Thenardier! ¿Me conocéis ahora?

Un imperceptible rubor pasó por la frente del señor Blanco, el cual contestó, sin que la voz le temblase, sin alzarla, con su ordinaria afabilidad:

—Tampoco.

Mario no oyó esta respuesta. Quien le hubiese visto en aquel momento en la oscuridad, le hubiera hallado atontado, estúpido, como herido por un rayo. En el momento en que Jondrette había dicho: «Me llamo Thenardier», Mario se había estremecido y había tenido que apoyarse en la pared, como si hubiera sentido el frío de una espada que le atravesase el corazón. Luego su brazo derecho, pronto a dar la señal, se había bajado lentamente y en el momento en que Jondrette había repetido: «¿Oís bien? ¡Thenardier!», los desfallecidos dedos de Mario habían estado a punto de dejar caer la pistola. Jondrette, al descubrir quién era, no había conmovido al señor Blanco, pero había trastornado a Mario. Aquel nombre de Thenardier, que el señor Blanco parecía no conocer, Mario lo conocía. Recuérdese lo que este hombre era para él. Ese nombre lo llevaba sobre su corazón, escrito en el testamento de su padre; lo llevaba en el fondo de su pensamiento, en el fondo de su memoria, en esta sagrada recomendación: «Un tal Thenardier me ha salvado la vida; si mi hijo lo encuentra, hará por él todo lo que pueda.»

Este nombre se recordará que era uno de los cultos de su alma; iba mezclado con el nombre de su padre. ¡Cómo! ¡Era aquel el Thenardier, el posadero de Montfermeil, a quien había buscado en vano durante largo tiempo! ¡Lo hallaba al fin! Pero ¿cómo? El salvador de su padre era un bandido; aquel hombre, por el que Mario hubiera querido sacrificarse, era un monstruo. Aquel libertador del coronel Pontmercy estaba a punto de cometer un atentado, cuya forma no veía aún Mario claramente, pero que se parecía a un asesinato. Y un asesinato de quién, ¡gran Dios! ¡Qué fatalidad! ¡Qué amarga burla de la suerte! Su padre le mandaba desde el fondo de su ataúd que hiciera todo el bien posible a Thenardier. Hacía cuatro años que Mario no tenía más idea que pagar esta deuda de su padre, y en el momento en que iba a hacer que la Justicia cogiera a un criminal en el acto de cometer un crimen, el Destino le gritaba: «¡Es Thenardier!» Iba, en fin, a pagar la vida de su padre, salvada entre una granizada de metralla en el campo heroico de Waterloo, e iba, en fin, a pagarla con el cadalso. Se había prometido, si llegaba a encontrar a Thenardier, no acercarse a él sino echándose a sus pies, y lo hallaba, en efecto, pero para entregarlo al verdugo. Su padre le había dicho: «¡Socorre a Thenardier!» Y él contestaba a esta voz adorada y santa destruyendo a Thenardier. ¡Dar por espectáculo a su padre en su tumba al hombre que le había librado de la muerte, con peligro de su vida, ejecutado en la plaza de Santiago por culpa de su hijo, de aquel Mario a cuya protección le había encomendado! ¡Qué irrisión! ¡Haber llevado tan largo tiempo en su pecho la última voluntad de su padre, escrita de su mano, para hacer horriblemente todo lo contrario!

Pero, por otra parte, ¡asistir a aquel asesinato premeditado y no impedirlo! ¡Cómo! ¡Condenar a la víctima y salvar al asesino! Por ventura, ¿debía Mario conservar la menor gratitud a semejante miserable? Todas las ideas que Mario tenía hacía cuatro años se hallaban como trastornadas por este golpe inesperado. Se estremecía; todo dependía de él. Tenía en su mano, sin que ellos lo supiesen, la suerte de aquellos que se agitaban ante su vista. Si disparaba su cachorrillo, el señor Blanco se había salvado y Thenardier estaba perdido; si no tiraba, el señor Blanco era sacrificado y, ¿quién sabe?, Thenardier se salvaba. Precipitar al uno o dejar al otro; remordimiento por ambos lados. ¿Qué hacer? ¿Qué partido elegir? Faltar a los más imperiosos recuerdos, a tantos y tantos compromisos como consigo mismo había contraído, al más santo deber, el texto más venerado por él. ¡Faltar al testamento de su padre o dejar que se consumase un crimen! Parecíale, por un lado, oír a «su Úrsula» suplicarle en nombre de su padre, y por el otro al coronel que le recomendaba a Thenardier. Estaba loco; dobláronsele las rodillas; no tenía tiempo para deliberar porque la escena que tenía ante la vista se precipitaba con furia hacia el desenlace. Era como un torbellino, del cual se había creído dueño y que lo arrastraba consigo. Estuvo a punto de desmayarse.

Entre tanto, Thenardier, a quien ya no nombraremos de otro modo, se paseaba a lo largo y a lo ancho por delante de la mesa, en una especie de extravío y de triunfo frenético.

Cogió el candelero y lo colocó sobre la chimenea, dando con él un golpe tan violento, que la vela estuvo a punto de apagarse y la pared quedó salpicada de sebo.

Luego se volvió hacia el señor Blanco, espantoso, y vomitó, más que pronunció, estas palabras:

—¡Chamuscado! ¡Ahumado! ¡Asado! ¡Con sal picante!

Y volvió a pasear nuevamente, en el paroxismo de la venganza satisfecha.

—¡Ah! —gritó—. ¡Al fin os encuentro, señor filántropo, señor millonario raído! ¡Señor regalador de muñecas! ¡Viejo cínico! ¡Ah! ¡No me conocéis! ¡No sois vos quien fue a Montfermeil, a mi posada, hace ocho años, la noche de Navidad de 1823!

¡No sois vos quien se llevó de mi casa la hija de la Fantina, la Alondra! ¡No sois vos quien llevaba un «carrik» amarillo, no! ¡Y un paquete lleno de trapos en la mano, como el de esta mañana! ¡Mira, mújer! ¡Parece que es su manía llevar a las casas paquetes de medias de lana! ¡El viejo caritativo! ¡Bah! ¿Sois guerrero, señor millonario? ¿Regaláis a los pobres los géneros de vuestra tienda, santo varón? ¡Qué saltimbanqui! ¿Conque no me conocéis? Pues bien; yo os conozco. Os conocí en seguida, en cuanto metisteis aquí el hocico. Al fin va a verse que no es todo rosas el ir así a casa de las personas, a pretexto de que son posadas, con vestidos miserables, con el aire de un pobre a quien se le puede dar limosna, a engañar a la gente, a hacer el generoso, quitarles su modo de ganar la vida y amenazarles en el bosque, y que cuando estas personas están arruinadas no queda esto pagado con un sobretodo demasiado ancho y dos malas mantas de hospital, viejo pelón, ladrón de niños.

Se detuvo, y un momento pareció hablarse a sí mismo. Hubiérase dicho que su furor caía como el Ródano en algún agujero. Luego, como si acabase en alta voz cosas que había comenzado a decirse interiormente, dio un puñetazo en la mesa y exclamó:

—¡Con su aire bonachón!

Y apostrofando al señor Blanco:

—¡Pardiez! —continuó—. En otro tiempo os burlasteis de mí; sois causa de todas mis desgracias. Por mil quinientos francos habéis adquirido una muchacha que yo tenía y que seguramente era de gente rica, que me había producido ya mucho dinero y a costa de la cual debía vivir toda mi vida. Una chica que me hubiera indemnizado de todo lo que he perdido en ese abominable bodegón, donde se hacían grandes orgías y donde me he comido como un imbécil toda mi hacienda. ¡Oh! Quisiera que todo el vino que se ha bebido en mi casa se volviese veneno para los que lo han bebido. En fin, no importa. Decid: os debía parecer muy grotesco cuando os fuisteis con la Alondra. En el bosque teníais vuestra estaca. Erais el más fuerte; ahora lo soy yo. Yo soy quien tengo hoy los triunfos. ¡Estáis cogido, amiguito! ¡Oh! Pero es cosa de risa, y verdaderamente me río. ¡Cómo ha caído en el garlito! Le dije que era actor, que me llamaba Fabontou, que había trabajado con la señorita Mars y con la señorita Muche, que mi casero quería ser pagado mañana 4 de febrero, y no ha caído en que es el 8 de enero y no el 4 de febrero cuando cumplo el plazo. ¡Babieca! ¡Y me trae cuatro malos luises! ¡Canalla! ¡Ni aun ha tenido valor para llegar a los cien francos! ¡Y cómo creía en todas mis simplezas! ¡Bah! Me divertía y al mismo tiempo me decía: «¡Anda, majadero!» Ya te cogí; esta mañana te lamía las manos; pero esta noche te arrancaré el corazón.

Thenardier calló. Se ahogaba. Su pecho mezquino y angosto hipaba como el fuelle de una fragua. Su mirada estaba llena de esa innoble felicidad de una criatura débil, cruel y cobarde que consigue al fin echar por tierra al que ha temido e insultar al que ha halagado; alegría de un enano que pusiera su talón sobre la cabeza de Goliat. Alegría de un chacal que comienza a desgarrar un toro enfermo, suficientemente muerto para no defendese ya y bastante vivo para padecer todavía.

El señor Blanco no le interrumpió, pero le dijo cuando acabó:

—No sé lo que queréis decir. Os equivocáis. Soy un hombre pobre, y nada más lejano de mí que ser millonario. No os conozco; me tomáis por otro.

—¡Ah! —gritó Thenardier—. Me gusta la tonadilla. ¡Os empeñáis en seguir la broma! ¡Ah! ¡Palabras en vano, mi viejo! ¿Conque no me recordáis? ¿Conque no sabéis quién soy?

—Perdonad —respondió el señor Blanco con un acento tan político que tenía en tal momento algo de extraño y de poderoso—. Ya veo que sois un bandido.

¡Quién no ha observado que los seres odiosos tienen su susceptibilidad, que los monstruos son quisquillosos! A la palabra bandido, la mujer de Thenardier se levantó de la cama y éste cogió una silla como si fuera a romperla entre sus manos.

—¡No te muevas tú! —gritó a su mujer.

Y volviéndose hacia el señor Blanco, añadió:

—¡Bandido! Sí, ya sé que nos llaman así los señores ricos. ¡Calla! Es verdad; he quebrado, me oculto, no tengo pan, no tengo un cuarto. ¡Soy un bandido! Tres días hace que no como; soy un bandido. ¡Ah! Vosotros os calentáis los pies; vosotros tenéis escarpines de Sakoskis; tenéis sobretodos entretelados, como los arzobispos; vivís en el piso principal de una casa con portero; coméis trufas, manojos de espárragos a cuarenta francos, en el mes de enero guisantes; os atracáis, y cuando queréis saber si hace frío, miráis en el periódico los grados que marca el termómetro del ingeniero Chevalier. Nosotros, nosotros somos los termómetros. No necesitamos ir a ver a la esquina de la torre del reloj cuántos grados hace de frío; sentimos la sangre coagularse en nuestras venas y al hielo llegar al corazón, y decimos: «¡No hay Dios!» ¡Y vosotros venís a nuestras cavernas a llamarnos bandidos! ¡Os comeremos! ¡Os devoraremos, miserables criaturas! ¡Sabed esto, señor millonario! Yo he sido un hombre que he tenido un establecimiento; he pagado contribución, he sido elector, soy un ciudadano, y vos, vos acaso no lo seáis.

Aquí Thenardier dio un paso hacia los hombres que estaban cerca de la puerta y añadió con cierto estremecimiento:

—¡Cuando pienso que se atreve a venir a hablarme como a un remendón!

Luego, dirigiéndose al señor Blanco, con cierta recrudescencia de frenesí, añadió:

—¡Y sabed también esto, señor filántropo! ¡Yo no soy un hombre oscuro, no! Yo no soy un hombre cuyo nombre se ignora, que va a robar chicos a las casas. Yo soy un antiguo soldado francés. ¡Yo debiera estar condecorado! ¡Yo estuve en Waterloo y salvé en la batalla a un general llamado el conde de Pontmercy! Este cuadro que veis, y que ha sido pintado por David en Bruselas, ¿sabéis lo que representa? Pues es a mí. David quiso inmortalizar esta acción. Yo tengo sobre los hombros al general Pontmercy y lo llevo a través de la metralla. Ésa es la historia. ¡Ese general nunca hizo nada por mí! No valía más que los otros. No por eso dejé de salvarle la vida con peligro de la mía; tengo los bolsillos llenos de certificaciones. ¡Mil rayos! Soy un soldado de Waterloo. Y ahora que he tenido la bondad de deciros todo esto, acabemos. Necesito dinero, muchísimo dinero, ¡u os extermino, con mil demonios!

Mario había cobrado algún imperio sobre sus angustias y escuchaba. La última posibilidad de duda acababa de desvanecerse. Era aquel, efectivamente, el Thenardier del testamento. Mario se estremeció al oír la reconvención de ingratitud dirigida a su padre, y que él estaba a punto de justificar tan fatalmente. Redobló su perplejidad. Además, había en todas las palabras de Thenardier, en el acento, en el gesto, en la mirada, de la que cada palabra hacía brotar llamas; había en aquella explosión de una mala naturaleza, presentándolo todo, en aquella mezcla de fanfarronada y de abyección, de orgullo y de pequeñez, de rabia y de tontería, en aquel caos de quejas reales y de sentimientos falsos, en aquel impudor de un malvado saboreando la voluptuosidad de la violencia, en aquella desvergonzada desnudez de un alma fea, en aquella conflagración de todos los sufrimientos combinados con todos los odios, algo que era horrible, como el mal, y doloroso, como la verdad.

El cuadro de David, la obra maestra de pintura, cuya adquisición había propuesto al señor Blanco, no era, como el lector habrá adivinado, sino la muestra de su figón, pintada, ya se recordará, por él mismo, único resto que había salvado de su naufragio de Montfermeil.

Como había cesado de interpretar el rayo visual de Mario, éste podía ya mirar aquella cosa, y en aquellos chafarrinones distinguió realmente una batalla, un fondo de humo y un hombre que llevaba a otro. Era el grupo de Thenardier y de Pontmercy: el sargento salvador y el coronel salvado. Mario estaba como ebrio. Aquel cuadro le hacía, en cierto modo, el efecto de su padre vivo. No era ya la muestra del figón de Montfermeil; era una resurrección, era una tumba que se entreabría, un fantasma que se levantaba. Mario oía a su corazón latir en sus sienes; tenía el cañón de Waterloo en sus oídos; su padre ensangrentado, vagamente pintado en aquel lienzo siniestro, le asustaba y parecíale que aquella figura informe le miraba fijamente.

Cuando Thenardier cobró aliento, fijo sobre el señor Blanco sus sangrientas pupilas y le dijo en voz baja y breve:

—¿Qué tienes que decir antes que te trinquen?

El señor Blanco callaba. En medio de aquel silencio, una voz cascada lanzó desde el corredor este sarcasmo lúgubre:

—Si hace falta partir leña, aquí estoy yo.

Era el hombre de la maza, que se divertía.

Al mismo tiempo apareció en la puerta una enorme cara erizada y terrosa, sonriendo espantosamente y enseñando, no dientes, sino garfios.

Era la cara del hombre de la maza.

—¿Por qué te has quitado la máscara? —le gritó Thenardier enfurecido.

—Para reír —replicó aquel hombre.

Hacía algunos instantes que el señor Blanco parecía seguir y espiar todos los movimientos de Thenardier, el cual, cegado y alumbrado por su propia rabia, iba y venía por el cuarto con la confianza de tener la puerta guardada y de ser nueve contra uno, aun suponiendo que la Thenardier no se contase más que por un hombre. En su apóstrofe al de la maza, volvía la espalda al señor Blanco.

Éste aprovechó el momento. Rechazó con el pie la silla, la mesa con la mano, y de un salto, con prodigiosa agilidad, antes que Thenardier hubiera tenido tiempo de volverse, estaba en la ventana. Abrirla, escalarla y meter una pierna por ella, fue obra de un momento. Ya tenía la mitad del cuerpo fuera, cuando seis robustos puños le cogieron y le volvieron a meter enérgicamente en el antro. Eran los tres «fumistas», que se habían lanzado sobre él. Al mismo tiempo, la Thenardier le había cogido por los cabellos.

Al pataleo que se armó acudieron los otros bandidos del corredor. El viejo, que estaba en la cama y parecía borracho, se bajó de ella y llegó vacilante, con un martillo de picapedrero en la mano.

Uno de los «fumistas», cuyo rostro tiznado iluminaba la vela, y en quien Mario, a pesar de su tizne, había conocido a Panchaud (a) Primaveral o Colmenero, levantaba sobre la cabeza del señor Blanco una especie de maza, formada por dos bolas de plomo en los dos extremos de una barra de hierro.

Mario no pudo resistir a este espectáculo.

—Padre mío —pensó—. ¡Perdonadme!

Y su dedo buscó el gatillo de la pistola. Iba ya a salir el tiro, cuando la voz de Thenardier gritó:

—¡No le hagáis daño!

Aquella tentativa desesperada de la víctima, en vez de exasperar a Thenardier, lo había calmado. Había dos hombres en él: el hombre feroz y el hombre diestro. Hasta aquel instante, en el desbordamiento del triunfo, ante la presa abatida e inmóvil, el hombre feroz había dominado. Cuando la víctima intentó luchar y se movió, el hombre diestro volvió a reaparecer y a tomar el ascendiente.

—¡No le hagáis mal! —repitió.

Y sin sospecharlo siquiera, por primer triunfo detuvo la pistola de Mario, pronta a dispararse, y paralizó la acción del joven, para el cual desapareció la urgencia, no viendo inconveniente ante esta nueva fase en esperar todavía. ¿Quién sabe si surgiría algún incidente que le liberase de la horrible alternativa de dejar perecer al padre de Úrsula o de perder al salvador del coronel?

Habíase empeñado una lucha hercúlea. De un puñetazo en la espalda, el señor Blanco había echado a rodar al viejo al medio del cuarto, de un revés de cada mano había tirado a otros dos de los que le atacaban y a otros dos los tenía sujetos bajo las rodillas. Los miserables se ahogaban bajo aquella presión como bajo una rueda de granito; pero los otros cuatro habían cogido al temible anciano por los dos brazos y la nuca y lo tenían doblegado sobre los dos «fumistas», que yacían en el suelo. Así, dueño de unos y dominado por los otros, aplastando a los de abajo y ahogado por los de arriba, oponiéndose en vano a todos los esfuerzos de los que se agrupaban sobre él, desaparecía bajo el grupo horrible de bandidos, como un jabalí bajo la jadeante y ladradora traílla de mastines y sabuesos.

Consiguieron echarlo sobre la cama más próxima a la ventana y contener allí sus esfuerzos. La Thenardier no le había soltado los cabellos.

—Tú —dijo el marido— no te mezcles en esto. Vas a romperte el pañuelo.

La Thenardier obedeció como la loba obedece al lobo, con un gruñido.

—Vosotros —añadió Thenardier—, registradlo.

El señor Blanco parecía haber renunciado a toda resistencia. Se le registró; no tenía más que una bolsa de cuero que contenía seis francos y su pañuelo.

Thenardier se guardó el pañuelo en el bolsillo.

—¡Cómo! ¿No hay cartera? —preguntó.

—Ni reloj —respondió uno de los «fumistas».

—Es igual —murmuró con voz de ventrílocuo el hombre enmascarado que llevaba la gran llave—. Es un viejo duro de pelar.

Thenardier fue al rincón de la puerta y allí cogió un paquete de cuerdas que les arrojó.

—Atarle al banquillo —dijo.

Y viendo al viejo que había permanecido tendido en medio del cuarto del puñetazo que el señor Blanco le había dado, y notando que no se movía:

—¿Acaso está muerto Boulatruelle? —preguntó.

—No —contestó el Colmenero—: está borracho.

—Barredle a un rincón —dijo Thenardier.

Dos de los «fumistas» empujaron al borracho con el pie cerca del montón de hierro.

—Babet, ¿por qué has traído tanta gente? —dijo Thenardier por lo bajo al hombre del garrote—. Era inútil.

—¡Qué quieres! —replicó el del garrote—. Todos han querido ser de la partida; el tiempo es malo y apenas se hacen negocios.

La tarima en que el señor Blanco había sido derribado era una especie de cama de hospital, sostenida por un par de banquillos de madera y toscamente labrada. El señor Blanco dejó que hicieran de él lo que quisieran; los ladrones le ataron sólidamente en pie y con los pies sujetos al banquillo más distante de la ventana y más cercano a la chimenea.

Cuando fue echado el último nudo, Thenardier cogió una silla y fue a sentarse casi enfrente del señor Blanco. Thenardier se había transformado en algunos instantes. Su fisonomía había pasado de la violencia desenfrenada a la dulzura tranquila y astuta. Mario apenas podía conocer en la sonrisa política de oficinista la boca casi bestial que momentos antes echaba espuma. Consideraba, estupefacto, aquella metamorfosis fantástica y alarmante, y sentía lo que sentiría un hombre cualquiera que viese a un tigre cambiarse en procurador.

—Caballero... —dijo Thenardier.

Y apartando con el gesto a los ladrones, que aún tenían puesta la mano sobre el señor Blanco, añadió:

—Apartaos un poco, y dejadme hablar con este caballero.

Todos se retiraron hacia la puerta, y continuó:

—Caballero, habéis hecho mal en querer saltar por la ventana, porque habríais podido romperos una pierna. Ahora, si lo permitís, vamos a hablar tranquilamente. Ante todo, debo comunicaros una observación que he hecho, y es que todavía no habéis lanzado el menor grito.

Thenardier tenía razón, este detalle era positivo, aun cuando en su turbación Mario no lo había notado. El señor Blanco apenas había pronunciado algunas palabras sin alzar la voz, y hasta en su lucha cerca de la ventana con los seis bandidos había guardado el más profundo y el más singular silencio. Thenardier continuó:

—Aunque hubiérais gritado: «Ladrones!, ¡ladrones!», no me hubiera parecido inconveniente. Se grita: «¡Al asesino!», en ocasiones, y yo no lo hubiera echado a mala parte. Es natural que se meta un poco de bulla cuando uno se encuentra con personas que no le inspiran suficiente confianza. Aun cuando hubieseis hecho todo esto, no os hubiéramos incomodado. Ni siquiera se os hubiese puesto una mordaza, y voy a deciros por qué. Este cuarto es muy sordo. No tiene más que esta cualidad; pero la tiene. Es una cueva. Aunque reventase aquí una bomba, el ruido que se sentiría en el cuerpo de guardia más próximo no pasaría de ser como un ronquido de un borracho. Aquí el cañón haría ¡bum! y el trueno ¡paf! Es un alojamiento cómodo. Pero, en fin, no habéis gritado, tanto mejor; os felicito por ello, y voy a deciros lo que deduzco de aquí. Cuando se grita, mi buen señor, ¿quién acude? La Policía. ¿Y después de la Policía? La Justicia. Pues bien; vos no habéis gritado; es que os cuidáis muy poco de que acudan la Justicia y la Policía. Es que hace tiempo que lo sospecho, tenéis algún interés en ocultar alguna cosa. Por nuestra parte, tenemos el mismo interés, conque podemos entendernos.

Hablando así parecía que Thenardier, fija la pupila en el señor Blanco, trataba de hundir las puntas agudas que salían de sus ojos hasta la conciencia de su prisionero. Por lo demás, su lenguaje, sazonado con cierta especie de insolencia suave y socarrona, era reservado y casi escogido, y en aquel miserable, que poco antes era un bandido, se revelaba al presente «el hombre que ha estudiado en seminario».

El silencio que había guardado el prisionero, esa precaución que llegaba hasta olvidarse del cuidado de su vida, esa resistencia opuesta al primer movimiento de la naturaleza, que es gritar; todo esto, preciso es decirlo, desde que había sido observado y consignado, importunaba a Mario y le admiraba penosamente.

La fundada observación de Thenardier oscurecía aún más para Mario las misteriosas sombras bajo las cuales se ocultaba aquella figura grave y extraña a la que Courfeyrac había puesto el apodo de «señor Blanco». Pero fuese quien quisiera, aquel hombre, atado, rodeado de verdugos, medio sumido en un foso que se hundía bajo sus pies un grado a cada instante, así ante el furor como ante la dulzura de Thenardier, permanecía impasible, y Mario no podía menos de admirar en semejante momento aquel rostro soberbiamente melancólico.

Era evidentemente un alma inaccesible al espanto y que no sabía lo que era la desesperación. Era uno de esos hombres que dominan las situaciones desesperadas. Por extrema que fuese la crisis, por inevitable que fuese la catástrofe, no había allí nada de la agonía del ahogado abriendo debajo del agua los ojos horribles.

Thenardier se levantó sin afectación, fue a la chimenea, separó el biombo, apoyándose en la cama inmediata, y dejó al descubierto la estufa llena de ardientes brasas, en la que el prisionero podía ver perfectamente el cortafríos albando y salpicando a trechos de estrellitas escarlata.

Luego volvió a sentarse cerca del señor Blanco.

—Continúo —dijo—. Podemos entendernos; arreglemos esto amistosamente. Hice mal en incomodarme hace poco; no sé dónde tenía la cabeza; he ido demasiado lejos y he dicho mil locuras. Por ejemplo, porque sois millonario, os he dicho que exigía dinero, mucho dinero, enorme cantidad de dinero. Esto no sería razonable; tenéis la suerte de ser rico, pero tendréis vuestras obligaciones. ¿Quién no tiene las suyas? No quiero arruinaros; al fin y al cabo, yo no soy un desollador. No soy de esos que, porque tienen la ventaja de la posición, se aprovechan de ella para ser ridículos. Mirad; yo cedo algo y hago un sacrificio por mi parte. Necesito solamente doscientos mil francos.

El señor Blanco no dijo una palabra.

Thenardier prosiguió:

—Ya veis que no dejo de aguar mi vino. No conozco el estado de vuestra hacienda; pero sé que no tenéis mucho apego al dinero, y un hombre benéfico como vos bien puede dar doscientos mil francos a un padre de familia que no es feliz. Vos sois ciertamente razonable, y ya os figuraréis que no me habré tomado el trabajo de hoy y organizado la cosa de esta noche, que es un plan muy acabado, según confesión de estos señores, para venir a pediros que me deis con qué beber tinto de a doce y comer ternera en casa de Desnoyers. Bien vale esto doscientos mil francos. Una vez fuera de vuestro bolsillo esa bagatela, os respondo de que todo ha concluido y de que no tenéis que temer ni lo más mínimo. Me diréis: «¡Pero yo no tengo aquí doscientos mil francos!» ¡Oh! No soy exagerado; no exijo eso. Sólo os pido una cosa: tened la bondad de escribir lo que voy a dictaros.

Aquí Thenardier suspendió su arenga, y luego añadió, marcando cada palabra y dirigiendo una sonrisa hacia el lado de la estufa:

—Os prevengo que no admitiré la excusa de no saber escribir.

Un inquisidor general hubiera podido envidiar aquella sonrisa.

Thenardier empujó la mesa cerca del señor Blanco y sacó tintero, pluma y papel del cajón, que dejó entreabierto, y en el cual relucía la ancha hoja del cuchillo.

Colocó el papel delante del señor Blanco.

—Escribid —dijo.

El prisionero habló por fin.

—¿Cómo queréis que escriba si estoy atado?

—Es cierto; perdonad —dijo Thenardier—. Tenéis mucha razón.

Y volviéndose hacia el Colmenero, añadió:

—Desatad el brazo derecho del señor.

Panchaud (a) Primaveral o Colmenero, ejecutó la orden de Thenardier. Cuando vio libre la mano derecha del prisionero, Thenardier mojó la pluma en el tintero y se la presentó.

—Notad bien que estáis en nuestro poder —dijo—, a nuestra discreción; que ningún poder humano puede sacaros de aquí y que nos afligiría verdaderamente el vernos obligados a recurrir a desagradables extremos. No sé ni vuestro nombre ni las señas de vuestra casa; pero os prevengo que seguiréis atado aquí hasta que vuelva la persona encargada de llevar la carta que vais a poner. Ahora dignaos escribir.

—¿El qué? —preguntó el prisionero.

—Ya dicto.

El señor Blanco cogió la pluma. Thenardier comenzó a dictar.

—«Hija mía...»

El prisionero se estremeció y alzó los ojos hacia Thenardier.

—Poned: «Mi querida hija» —dijo Thenardier.

El señor Blanco obedeció. Thenardier continuó:

—«Ven al momento...»

Aquí se detuvo para preguntar:

—¿La tuteáis, no es verdad?

—¿A quién? —preguntó el señor Blanco.

—Pardiez —dijo Thenardier—, a la niña...

El señor Blanco respondió sin la menor emoción aparente:

—No sé lo que queréis decir.

—Vaya, continuad —dijo Thenardier.

Y se puso nuevamente a dictar:

—«Ven al momento; necesito absolutamente de ti. La persona que te entregará esta carta está encargada de conducirte adonde yo estoy. Te espero. Ven con confianza.»

El señor Blanco había escrito todo. Thenardier añadió:

—¡Ah! Borrad «ven con confianza»; esto podría hacer suponer que la cosa no es natural y que la desconfianza es posible.

422

El señor Blanco borró las tres palabras.

—Ahora —prosiguió Thenardier—, firmad... ¿Cómo os llamáis?

El prisionero dejó la pluma y preguntó:

—¿Para quién es esta carta?

—¡Bah! Ya lo sabéis —respondió Thenardier—. Para la niña.

Era evidente que Thenardier evitaba nombrar a la joven de que se trataba. Decía «la Alondra», decía «la niña»; pero no pronunciaba el nombre. Precaución de hombre hábil, guardando su secreto ante sus cómplices. Decir el nombre hubiera sido entregarles todo «el negocio» y enseñarles más de lo que tenían necesidad de saber. Replicó:

—Firmad. ¿Cuál es vuestro nombre?

—Urbano Fabre —dijo el prisionero con serena decisión.

Thenardier, con el movimiento propio de un gato, se metió la mano en el bolsillo y sacó el panuelo cogido al señor Blanco. Buscó la marca y se aproximó a la luz.

—U. F. Eso es. Urbano Fabre. Pues bien, firmad U. F.

El prisionero firmó.

—Como hacen falta las dos manos para cerrar la carta, dádmela; la cerraré yo.

Hecho esto, Thenardier añadió:

—Poned en el sobre: «Señorita Fabre», en vuestra casa. Sé que vivís muy lejos de aquí, en los alrededores de Santiago de Haut-Pas, puesto que allí vais a misa todos los días; pero no sé en qué calle. Veo que comprendéis vuestra situación. Como no habéis mentido al decir vuestro nombre, tampoco mentiréis para vuestras señas. Ponedlas vos mismo.

El prisionero permaneció un momento pensativo; luego cogió la pluma y escribió:

«Señorita Fabre, casa del señor Urbano Fabre, calle Saint-Dominique d'Enfer, número 17.»

Thenardier cogió la carta con una especie de convulsión febril.

—¡Mujer! —gritó.

La Thenardier acudió.

—Toma esta carta. Ya sabes lo que tienes que hacer. Abajo hay un coche. Marcha inmediatamente y vuelve ídem.

Y dirigiéndose al hombre de la maza, añadió:

—Tú, que te has quitado el tapabocas, acompaña a la ciudadana. Subirás en la trasera del coche. Ya sabes dónde he dejado la «carraca».

—Sí —contestó el hombre.

Y dejando su maza en un rincón, siguió a la Thenardier.

Cuando ya se iban, Thenardier sacó la cabeza por la puerta entreabierta y gritó en el corredor:

—Cuidado con perder la carta; piensa que llevas en ella doscientos mil francos.

La voz ronca de la Thenardier respondió:

—Descuida; me la he metido en el pecho.

No había transcurrido un minuto cuando se oyó el chasquido de un látigo que fue disminuyendo y se apagó rápidamente.

—¡Bien! —murmuró Thenardier—. Van a buen paso. Como corran de ese modo, la ciudadana estará de vuelta aquí dentro de tres cuartos de hora.

Acercó una silla a la chimenea y se sentó, cruzando los brazos y presentando sus botas enlodadas a la estufa.

—Tengo frío en los pies —dijo.

No quedaban en el desván con Thenardier y el prisionero más que cinco bandidos. Aquellos hombres, a través de las máscaras de liga negra que, cubriéndoles el rostro, hacían de ellos, a elección o gusto del miedo, carboneros, negros o demonios, tenían aire embotado y triste. Se conocía que ejecutaban el crimen como un trabajo cualquiera, tranquilamente, sin cólera y sin piedad, con cierta especie de fastidio. Hallábanse en un rincón amontonados como bestias y se callaban. Thenardier se calentaba los pies. El prisionero había vuelto a caer en su taciturnidad. Una sombría calma había sucedido al feroz estrépito que llenaba el desván momentos antes.

La vela, que había criado un largo pabilo, iluminaba apenas el inmenso tugurio; el fuego había palidecido, y todas aquellas cabezas monstruosas proyectaban sombras deformes en las paredes y en el techo.

No se oía más ruido que la tranquila respiración del viejo borracho que dormía. Mario esperaba con ansiedad siempre creciente.

El enigma era más impenetrable que nunca. ¿Quién era aquella «niña» a quien Thenardier había llamado «la Alondra»? ¿Era «su Úrsula»? El prisionero no había parecido conmovido al oír el nombre de Alondra y había contestado lo más naturalmente del mundo: «No sé lo que queréis decir.»

Por otra parte, las dos letras U. F. estaban explicadas, era Urbano Fabre y Úrsula no se llamaba ya Úrsula. Esto era lo que Mario veía claramente. Una especie de fascinación horrible le retenía clavado en su sitio, desde donde observaba y dominaba toda la escena. Estaba allí, casi incapaz de reflexión y de movimiento, como aniquilado por tan abominables cosas vistas de cerca. Aguardaba algún incidente, no importaba cuál, no pudiendo reunir sus ideas y no sabiendo qué partido tomar.

—De cualquier modo —decía—, si la Alondra es ella, la veré, porque la Thenardier va a traerla aquí. Entonces todo acabará; daré mi vida y mi sangre si es preciso, pero la libertaré. Nada me detendrá.

Pasó así media hora. Thenardier parecía absorto en una tenebrosa meditación; el prisionero no se movía. Sin embargo, Mario creía oír por intervalos y desde hacía unos instantes un pequeño ruido sordo hacia el lado del prisionero.

De pronto, Thenardier apostrofó a aquél:

—Señor Fabre, escuchad lo que voy a deciros.

Estas pocas palabras parecían dar principio a una declaración. Mario prestó oído. Thenardier continuó:

—Mi mujer va a volver; no os impacientéis. Creo que la Alondra es verdaderamente vuestra hija y me parece muy natural que la conservéis. Pero oíd lo que voy a deciros: con vuestra carta, mi mujer irá a buscarla. He dicho a mi mujer que se vistiese como habéis visto para que vuestra hija consienta en seguirla sin dificultad. Las dos subirán al carruaje y mi camarada en la trasera. Hay en cierta parte, fuera de una de las barreras, una «carraca» preparada con dos buenos caballos. Llevaré allí a vuestra hija; se apeará del coche; mi camarada subirá con ella en la «carraca», y mi mujer volverá aquí a decirnos: «Ya está hecho.» En cuanto a vuestra hija, no se le hará ningún daño. La «carraca» la llevará a un sitio donde estará tranquila, y en cuanto me halláis dado esos miserables doscientos mil francos os será devuelta. Si hacéis que me prendan, mi camarada dará el golpe de gracia a la Alondra y todo habrá concluido.

El prisionero no articuló una palabra. Después de una pausa, Thenardier prosiguió:

—Como véis, es muy sencillo. No habrá nada malo, si vos no queréis que lo haya. Yo os cuento el suceso; os prevengo para que lo sepáis.

Se detuvo; el prisionero no rompió el silencio, y Thenardier prosiguió:

—Cuando mi esposa haya vuelto y me haya dicho: «La Alondra está en camino», os soltaremos y podréis ir a dormir a vuestra casa. Ya veis que no tenemos malas intenciones.

Imágenes espantosas pasaron por la imaginación de Mario. ¡Cómo! ¿Aquella joven a quien robaban no iba a ser llevada allí? ¿Uno de aquellos monstruos iba a arrebatarla en la oscuridad? ¿Dónde?... ¡Y si era ella! Claro es que era ella. Mario sentía paralizarse y apagarse los latidos de su corazón. ¿Qué hacer? ¿Disparar el tiro? ¿Poner en manos de la justicia a todos aquellos miserables? Pero no por eso dejaría de estar fuera de todo alcance con la joven el horrible hombre de la maza, y Mario pensaba en estas palabras de Thenardier, cuya sangrienta significación entreveía: «Si me hacéis prender, mi camarada dará el golpe de gracia a la Alondra.»

Ahora ya no le detenía el testamento del coronel, sino también su mismo amor, el peligro de la que amaba.

Esta espantosa situación, que duraba ya hacía más de una hora, cambiaba de aspecto a cada momento. Mario tuvo la fuerza de pasar revista sucesivamente a las más punzantes conjeturas, buscando una esperanza y no hallándola. El tumulto de sus pensamientos contrastaba con el fúnebre silencio de la caverna.

En medio de aquel silencio se oyó el ruido de la puerta de la calle, que se abría y luego se cerraba.

El prisionero hizo un movimiento en sus ligaduras.

—Aquí está la ciudadana —dijo Thenardier.

Apenas acababa de hablar, cuando, en efecto, la Thenardier se precipitó en el cuarto, amoratada, sofocada, jadeante, llameante los ojos, y gritó, pegando con sus dos manazas sobre sus dos muslos a la vez:

—¡Señas falsas!

El bandido que había ido con ella entró detrás y se dirigió a coger su maza.

—¿Señas falsas? —repitió Thenardier.

La mujer replicó:

—Nadie; en la calle de Saint-Dominique, número 17, no vive ningún Urbano Fabre. Nadie da razón de él.

Se detuvo sofocada, luego continuó:

—Mira, Thenardier, ese viejo te la ha pegado. Tú eres demasiado bueno, ya ves; yo que tú le hubiera abierto en canal para empezar, y si me hubiera hecho de pencas le habría cocido vivo. Preciso le hubiera sido hablar y decir dónde está su hija y dónde tiene el gato. Así hubiera yo manejado este negocio. Bien dicen que los hombres son más bestias que las mujeres. Nada; no había nadie en el número 17. Es una puerta-cochera muy grande. En la calle de Saint-Dominique no hay ningún señor Fabre. ¡Y a escape, y propina al cochero, y todo! He hablado al portero y a la portera, que es una buena mujer, y no lo conocen.

Mario respiró; ella, Úrsula o la Alondra, aquella a quien no sabía cómo llamar, estaba salvada.

Thenardier, en tanto que su mujer, exasperada, vociferaba, se había sentado sobre la mesa; permaneció algunos minutos sin pronunciar una palabra, moviendo la pierna derecha, que colgaba, y considerando la estufa con aire de meditación salvaje.

Por fin, dijo al prisionero con una inflexión de voz lenta y singularmente feroz:

—¿Señas falsas? ¿Qué es, pues, lo que esperabas?

—¡Ganar tiempo! —gritó el prisionero con voz tonante.

Y al mismo tiempo sacudió sus ataduras; estaban cortadas. El prisionero sólo estaba sujeto a la cama por una pierna.

Antes que los siete hombres hubiesen tenido tiempo de comprender la situación y de lanzarse sobre él, el señor Blanco se inclinó hacia la chimenea, extendió la mano hacia la estufa, luego se levantó, y Thenardier, su mujer y los bandidos, rechazados por el asombro al fondo de la cueva, le vieron estupefactos levantar por encima de su cabeza el cortafríos hecho ascua, del cual se desprendía una claridad siniestra, casi libre y en formidable actitud.

En el sumario a que más adelante dio lugar el crimen del caserón de Gorbeau, consta que cuando la Policía hizo uno de sus reconocimientos halló en el desván un sueldo cortado y trabajado de un modo particular. Aquel sueldo era una de esas maravillas de industria que la paciencia del presidio engendra en las tinieblas y para las tinieblas; maravillas que no son otra cosa que instrumentos de evasión. Estos productos horribles y delicados, de un arte prodigioso, son en la bisutería lo que las metáforas del caló son en la poesía. Hay Benvenuto Cellini en los presidios, lo mismo que hay Villon en el idioma. El desgraciado que aspira a la libertad, halla algunas veces sin instrumentos, con un cortaplumas, con un cuchillo viejo, el medio de aserrar un sueldo en dos hojas delgadas, de ahuecar éstas sin tocar a la impresión monetaria y de practicar un bisel o una rosca sobre el corte del sueldo, de modo que las dos hojas se puedan adherir de nuevo.

Así se juntan o separan a voluntad, formando una caja. En aquella caja se oculta un muelle de reloj, y este muelle, bien manejado, corta los grillos y las barras de hierro. Se cree que un infeliz forzado no tiene más que un sueldo; nada de eso: posee la libertad. Un sueldo de esta clase fue el que halló la Policía en sus pesquisas ulteriores, abierto y en dos pedazos, sobre la cama inmediata a la ventana. Se descubrió igualmente una pequeña sierra de acero empavonado que podía ocultarse en el sueldo. Es probable que en el momento que los bandidos registraron al prisionero llevara consigo ese sueldo, que conseguiría ocultar en su mano, y que, teniendo en seguida la mano libre, lo abrió y se sirvió de la sierra para cortar las cuerdas que le ataban, lo cual explicaría el ligero ruido y los movimientos casi imperceptibles que Mario había observado.

No habiendo podido bajarse, por temor de descubrirse, no había cortado las ligaduras de su pierna izquierda.

Los bandidos habían vuelto de su primera sorpresa.

—Descuidad —dijo el Colmenero a Thenardier—. Está todavía sujeto por una pierna y no se irá, yo respondo; como que he sido yo quien le ha atado esa pata.

Sin embargo, el prisionero alzó la voz:

—¡Sois unos miserables; pero mi vida no vale la pena de ser tan defendida! En cuanto a imaginaros que me haréis hablar, que me haréis escribir lo que yo no quiero escribir, que me haréis decir lo que yo no quiero decir...

Se levantó la manga del brazo izquierdo y añadió:

—Mirad.

Al mismo tiempo alargó el brazo y puso sobre la carne desnuda el cortafríos ardiendo que tenía en la mano derecha, cogido por el mango de madera.

Oyóse el chirrido de la carne quemada; esparcióse por el desván el olor propio de los cuartos de tormento. Mario vaciló, sobrecogido de horror; los bandidos mismos se estremecieron. El rostro del enigmático anciano apenas se contrajo, y en tanto que el hierro enrojecido penetraba en la herida humeante, impasible y casi augusto, fijaba en Thenardier su hermosa mirada, sin odio, en la que el dolor se desvanecía bajo una majestad serena.

En las naturalezas grandes y escogidas, la resistencia de la carne y de los sentidos, cuando son presa del dolor físico, hacen salir el alma y le hacen aparecer en la frente, como las rebeliones de la soldadesca hacen aparecer al capitán.

—¡Miserables! —dijo—. No tengáis más miedo de mí que el que yo tengo de vosotros.

Y arrancando el cortafríos de la herida, lo lanzó por la ventana, que había quedado abierta; el horrible instrumento abrasado desapareció girando en la oscuridad, cayendo a lo lejos y yendo a apagarse en la nieve.

El prisionero añadió:

—Haced de mí lo que queráis.

Estaba ya desarmado.

—¡Sujetadle! —gritó Thenardier.

Dos bandidos le echaron la mano a los hombros y el enmascarado, con voz de ventrílocuo, se colocó enfrente, pronto a saltarle el cráneo de un llavazo al menor movimiento.

En aquel momento, Mario oyó por bajo de sí, en el extremo inferior del tabique, de tal modo que no podía ver a los que hablaban, este coloquio sostenido en voz baja:

—No hay más que una cosa que hacer.

—Abrirle en canal.

Eran el marido y la mujer que celebraban consejo.

Thenardier marchó lentamente hacia la mesa, abrió el cajón y cogió el cuchillo.

Mario atormentaba la culata de la pistola. ¡Perplejidad inaudita! Hacía una hora que se elevaban dos voces en su conciencia: la una le decía que respetase el testamento de su padre; la otra le gritaba que socorriese al prisionero. Aquellas dos voces continuaban sin interrupción su lucha, que le ponía en la agonía. Había esperado vagamente, hasta aquel momento, hallar un medio de conciliar los dos deberes; pero nada posible había surgido. Entre tanto el peligro apremiaba; había ya traspasado el último límite de la espera. Thenardier, a algunos pasos del prisionero, pensaba con el cuchillo en la mano.

Mario, loco, paseaba sus miradas en torno suyo, último y maquinal recurso de la desesperación.

De repente se estremeció.

A sus pies, sobre la cómoda, un rayo de clara luna iluminaba y parecía mostrarle una hoja de papel. En aquella hoja leyó esta línea, escrita en gruesos caracteres, aquella misma mañana, por la mayor de las hijas de Thenardier: «Los corchetes están ahí.»

Una idea, una luz atravesó la imaginación de Mario: era el medio que buscaba, la solución de aquel horrible problema que le torturaba, librar al asesino y salvar a la víctima. Se arrodilló sobre la cómoda, alargó el brazo, cogió el papel, arrancó suavemente un yesón del tabique, lo envolvió en el papel y arrojó el envoltorio por el agujero en medio de la zahúrda.

Ya era tiempo; Thenardier había vencido sus últimos escrúpulos o sus últimos temores y se dirigía hacia el prisionero.

—¡Algo han tirado! —gritó la Thenardier.

—¿Qué es eso? —dijo el marido.

La mujer se había lanzado y había recogido el yeso envuelto en el papel, que entregó a su marido.

—¿Por dónde ha venido esto? —preguntó Thenardier.

—¡Pardiez! ¿Por dónde quieres que haya entrado? Por la ventana.

—Yo lo he visto pasar —dijo el Colmenero.

Thenardier desenvolvió rápidamente el papel y se acercó a la luz.

—Es la letra de Eponina. ¡Diablo!

Hizo una seña a su mujer, que se acercó vivamente, y le enseñó lo escrito en el papel, añadiendo luego con voz sorda:

—¡Pronto! ¡La escalera! Dejemos el tocino en la ratonera y abandonemos el campo.

—¿Sin cortar el cuello al hombre? —preguntó la Thenardier.

—No tenemos tiempo.

—¿Por dónde? —preguntó el Colmenero.

—Por la ventana —respondió Thenardier—. Puesto que Eponina ha tirado la piedra por la ventana, es que la casa no está cercada por este lado.

El enmascarado de voz de ventrílocuo dejó en el suelo la llave, levantó los dos brazos y abrió y cerró tres veces rápidamente las manos sin decir una palabra. Fue como la voz de zafarrancho para una tripulación. Los bandidos que sujetaban al prisionero le soltaron; en un abrir y cerrar de ojos fue desarrollada la escala por fuera de la ventana y sujetada sólidamente al marco con los dos ganchos de hierro.

El prisionero no ponía atención en lo que pasaba en torno suyo. Parecía soñar o rezar.

Una vez corriente la escala, Thenardier gritó:

—Ven, mujer.

Y se precipitó hacia la ventana. Pero cuando iba a saltar por ella, el Colmenero lo cogió bruscamente del cuello.

—Todavía no, viejo farsante; después que nosotros hayamos salido.

—Después que nosotros —aullaron los bandidos.

—Sois unos chiquillos —dijo Thenardier—, estamos perdiendo tiempo. Los podencos nos están ya pisando los talones.

—Pues bien —dijo un bandido—; echemos a suertes quién pasará el primero.

Thenardier exclamó:

—¡Estáis locos! ¡Estáis borrachos! ¡Vaya un atajo de mandrias! ¡Perder así el tiempo! Echar a suerte, ¿no es verdad? ¿Echaremos chinas? ¿Echaremos pajas? Escribiremos nuestros nombres, los pondremos en una gorra...

—¿Queréis mi sombrero? —gritó una voz desde el umbral de la puerta.

Todos se volvieron; era Javert.

Tenía el sombrero en la mano y lo alargaba sonriendo.

Javert, al anochecer, había apostado su gente, y él mismo se había emboscado detrás de los árboles en la calle de la Barrera de los Gobelinos, que daba frente al caserón de Gorbeau por el otro lado del bulevar. Había empezado por abrir «su bolsillo» para meter en él a las dos muchachas encargadas de vigilar las inmediaciones de la caverna. Pero sólo había «enjaulado» a Azelma. Eponina no estaba en su puesto; había desaparecido, y no había podido cogerla. Luego Javert se había puesto en acecho, atento el oído a la señal convenida. Las idas y venidas del coche le habían agitado mucho. Por fin, se había impacientado y, seguro de estar «de suerte», habiendo conocido a muchos de los bandidos que habían entrado, acabó por decidirse a subir sin esperar el pistoletazo.

Se recordará que tenía la llave de Mario.

Había llegado a tiempo.

Los bandidos, asustados, se arrojaron sobre las armas que habían abandonado en el momento de evadirse. En menos de un segundo, aquellos siete hombres espantosos se agruparon en actitud de defensa: uno, con su maza; otro, con su llave; otro, con su barra de hierro; los otros, con tenazas, pinzas y martillos. Thenardier cogió su cuchillo; la Thenardier cogió un enorme pedrusco, que estaba en el rincón de la ventana y que servía a sus hijas de taburete.

Javert se puso su sombrero, dio dos pasos por el cuarto con los brazos cruzados, el bastón debajo del brazo y el espadín en la vaina.

—¡Alto ahí! —dijo—. No saldréis por la ventana, sino por la puerta. Es menos perjudicial. Sois siete, nosotros somos quince. No nos agarraremos como ganapanes. Sed buenos muchachos.

El Colmenero sacó una pistola que llevaba oculta bajo la blusa y la puso en la mano de Thenardier, diciéndole al oído:

—Es Javert. Yo no me atrevo a disparar contra ese hombre. ¿Te atreves tú?

—¡Pardiez! —respondió Thenardier.

—Pues bien, tírale.

Thenardier cogió la pistola y apuntó a Javert.

Éste, que se hallaba a tres pasos, le miró fijamente, y se contentó con decirle:

—No tires; te va a fallar.

Thenardier apretó el gatillo; el tiro no salió.

El Colmenero tiró su rompecabezas a los pies de Javert.

—¡Eres el rey de los diablos! Me rindo.

—¿Y vosotros? —preguntó Javert a los demás bandidos.

—Nosotros también.

Javert repitió con calma:

—Bien, bueno; ya decía yo que seríais buena gente.

—Sólo pido una cosa —añadió el Colmenero—, y es que no se me niegue el tabaco mientras esté en chirona.

—Concedido —dijo Javert.

Y volviéndose y llamando:

—Entrad ya —dijo.

Una escuadra de municipales, sable en mano, y de agentes armados de rompe-cabezas y garrotes se precipitó en la habitación y ató a los bandidos a la voz de Javert. Aquella multitud de hombres, apenas iluminados por una vela, llenaba de sombra el antro.

—¡Esposas a todos! —gritó Javert.

—¡Acercaos un poco! —gritó una voz, que no era voz de hombre, pero de la que nadie hubiera podido decir que era voz de mujer.

La Thenardier se había atrincherado en uno de los ángulos de la ventana, y era ella quien acababa de lanzar aquel rugido.

Los municipales y agentes retrocedieron.

Se había quitado el pañuelo, pero conservaba su sombrero. Su marido, agachado detrás de ella, desaparecía casi bajo el pañuelo caído. Además, ella le cubría con su cuerpo, levantando con ambas manos, por encima de su cabeza, el pedrusco, con el balanceo de un gigante que va a lanzar una roca.

—¡Cuidado! —gritó.

Todos se refugiaron en el corredor, quedando un gran trecho desierto en medio del desván.

La Thenardier dirigió una mirada a los bandidos que se habían dejado amarrar, y murmuró con acento gutural y ronco:

—¡Cobardes!

Javert se sonrió y se adelantó al espacio vacío que la Thenardier abrazaba con sus feroces miradas.

—¡No te acerques! ¡Vete —gritó— o te aplasto!

—¡Qué buen granadero! —exclamó Javert—. Vaya, aunque tengas barbas como un hombre, yo tengo uñas como una mujer.

Y continuó avanzando.

La Thenardier, desmelenada y terrible, abrió las piernas, se dobló hacia atrás y tiró el pedrusco a la cabeza de Javert con loca furia. Javert se bajó, la piedra pasó por encima de él, dio en la pared de enfrente, arrancando un gran pedazo de yeso, y volvió, repercutiendo de ángulo en ángulo a través del desván, por fortuna vacío, a morir a los pies de Javert.

En el mismo instante, éste llegaba junto a la pareja Thenardier. Una de sus anchas manos cayó sobre el hombro de la mujer y la otra sobre la cabeza del marido.

—¡Las esposas! —gritó.

Los polizontes entraron a escape, y algunos segundos después la orden de Javert estaba ejecutada.

La Thenardier, domada, miró sus manos atadas y las de su marido, se dejó caer en el suelo y exclamó llorando:

—¡Hijas mías!

—Están ya a la sombra —dijo Javert.

En tanto, los agentes habían descubierto al borracho, dormido detrás de la puerta, y le sacudían. Se despertó balbuciendo:

—¿Hemos concluido, Jondrette?

—Sí —respondió Javert.

Los seis bandidos, atados, estaban de pie, conservaban aún sus caras de espectros; tres, tiznados de negro; tres, enmascarados.

—Conservad vuestras caretas —dijo Javert.

Y pasándoles revista con la mirada de un Federico II en la parada de Postdam, dijo a los tres «fumistas»:

—Buenas noches, Colmenero; buenas noches, Brujón; buenas noches, Dosmillares.

Luego, volviéndose hacia los tres enmascarados, dijo al hombre de la maza:

—Buenas noches, Tragamares.

Y al hombre del garrote:

—Buenas noches, Babet.

Y al ventrílocuo:

—Salud, Suenadinero.

En aquel momento vio al prisionero de los bandidos, el cual, desde la entrada de los agentes de Policía, no había pronunciado una palabra y se mantenía con la cabeza baja.

—Desatad al señor —dijo Javert—, y que nadie salga.

Dicho esto, se sentó ante la mesa, donde habían quedado la vela y el tintero, sacó un papel sellado del bolsillo y comenzó el atestado. Luego que escribió las primeras líneas, que son las fórmulas de siempre, alzó la vista.

—Que se acerque el caballero a quien estos señores habían atado.

Los agentes miraron en derredor.

—Y bien —preguntó Javert—, ¿dónde está?

El prisionero de los bandidos, el señor Blanco, el señor Urbano Fabre, el padre de «la Úrsula», había desaparecido.

La puerta estaba guardada, pero la ventana no lo estaba. Inmediatamente que se vio libre, y en tanto que Javert escribía, se aprovechó de la confusión, del tumulto, de la multitud, de la oscuridad y de un momento en que la atención no estaba fija en él para lanzarse por la ventana.

Un agente corrió a ella y miró. No se veía nada afuera. La escalera de cuerda temblaba todavía.

—¡Diablo! —dijo Javert entre dientes—. Éste debía ser el mejor de todos.

* * *

Al día siguiente del en que se verificaron estos acontecimientos en la casa del bulevar del Hospital, un chico, que parecía venir del lado del puente de Austerlitz, subía por la travesía de la derecha, en dirección a la barrera de Fontainebleau. Era noche oscura. Aquel chico era pálido, flaco. Iba vestido de remiendos, con un pantalón de lienzo, en el mes de febrero, y cantaba a grito pelado.

En la esquina de la calle del Petit-Banquier, una vieja encorvada rebuscaba en un montón de basura, a la luz del reverbero. El chico la empujó al pasar y luego retrocedió, exclamando:

—¡Calla! ¡Y yo que había tomado esto por un enorme perro!

Pronunció la palabra enorme, por segunda vez, con un ronquido gangoso y burlón, que sólo letras mayúsculas pueden expresar: ¡Un enorme, un ENORME perro!

La vieja se enderezó furiosa.

—¡Bribón! ¡Pillastre! —murmuró—. Si yo no hubiera estado inclinada, ya sé dónde te hubiera aplicado la punta del pie.

El chico estaba ya a alguna distancia.

—¡Tuso! ¡Tuso! ¡Vaya! ¡Ya veo que no me había engañado!

La vieja, sofocada de indignación, se levantó, y el resplandor de la linterna dio de lleno en su cara lívida, angulosa y arrugada, con patas de gallo que la bajaban hasta casi los ángulos de la boca. El cuerpo se perdía en la sombra y sólo se veía la cabeza. Hubiérase dicho que era la máscara de la decrepitud recortada por una claridad cualquiera en las tinieblas. El chico la miró atentamente.

—Esta señora —dijo— no tiene el género.

Mambrú se fue a la guerra
montado en una perra;
Mambrú se fue a la guerra,
no sé cuándo vendrá.

Al acabar el cuarto verso se detuvo. Había llegado delante del número 50 y 52, y hallando cerrada la puerta, había comenzado a descargar sobre ella golpes y taconazos resonantes y heroicos, que revelaban más bien los zapatos de hombre que llevaba que los pies de niño que tenía.

Entre tanto, aquella misma vieja que había encontrado en la esquina de la calle del Petit-Banquier corría detrás de él, lanzando gritos y prodigando gestos desmesurados.

—¿Qué es eso? ¿Qué es eso? ¡Buen Dios! ¡Echan abajo la puerta! ¡Están derribando la casa!

Las patadas continuaban.

La vieja gritaba a más no poder:

—¡Así se arreglan las casas ahora!

De pronto se detuvo; había conocido al pilluelo.

—¡Cómo! ¿Eres tú, Satanás?

—¡Calle! ¡Es la vieja! —dijo el muchacho—. Buenas noches, tía Bougoncha. Vengo a ver a mis progenitores.

La vieja respondió con una mueca del orden compuesto, admirable improvisación del odio sacando partido de la caducidad y de la fealdad, que desgraciadamente se perdió en las tinieblas.

—No hay nadie, carátula.

—¡Bah! —replicó el chico—. ¿Dónde está mi padre?

—En la cárcel de la Fuerza.

—¡Calla! ¿Y mi madre?

—En la de San Lázaro.

—Muy bien. ¿Y mis hermanas?

—En las Magdalenas.

El chico se rascó la oreja, miró a la tía Bougoncha y dijo:

—¡Ah!

Después giró sobre sus talones, y a los pocos momentos la vieja, que había quedado en el umbral de la puerta, le oyó que cantaba con voz clara y juvenil, perdiéndose entre los álamos negros que se estremecían al soplo del cierzo de invierno:

> *Mambrú se fue a la guerra*
> *montado en una perra;*
> *Mambrú se fue a la guerra,*
> *no sé cuándo vendrá;*
> *si vendrá por la Pascua*
> *o por la Trinidad.*

TERCERA PARTE
CAPÍTULO PRIMERO

ALGO DE HISTORIA

Los años 1831 y 1832, que siguieron inmediatamente a la Revolución de julio, son uno de los momentos más particulares y más notables de la Historia. Estos dos años, en medio de los que les preceden y les siguen, aparecen como dos montañas; tienen la grandeza revolucionaria; en ellos se descubren precipicios. Las masas sociales, las hiladas mismas del edificio de la civilización, el grupo sólido de los intereses seculares de la antigua formación francesa, aparecen y desaparecen a cada instante a través de las nubes tempestuosas de los sistemas, de las pasiones y de las teorías.

Estas apariciones y estas desapariciones han sido llamadas la resistencia y el movimiento. Por intervalos se ve brillar entre ellas la verdad, que es la luz del alma humana.

Esta época notable está bastante circunscrita y comienza a alejarse bastante de nosotros para que puedan apreciarse desde ahora sus líneas principales.

Vamos a tratar de hacerlo.

La Restauración había sido una de esas fases intermedias difíciles de definir en que se encuentran cansancio, zumbido, murmullos, sueño, tumulto, y que no son más que la llegada de una gran nación a una etapa. Estas épocas son muy singulares y engañan a los políticos que quieren explotarlas. Al principio, la nación no pide más que el reposo; no tienen más que sed de paz, ni más ambición que ser pequeña. Todo esto, traducido, quiere decir permanecer tranquila. Porque los grandes sucesos, las grandes casualidades, las grandes aventuras, los grandes hombres, gracias a Dios, se ha visto demasiado que abundan hasta cansarnos. En ciertas ocasiones se daría a César por Prusias, y a Napoleón por el rey de Ivetot. «¡Qué buen reyecito era aquél!» Cuando se ha caminado desde el amanecer, cuando se ha andado una jornada larga y penosa, cuando se ha hecho la primera parada con Mirabeau, la segunda con Robespierre y la tercera con Napoleón, se encuentra uno derrengado y lo que desea es una cama.

La fidelidad cansada, el heroísmo envejecido, las ambiciones satisfechas y las fortunas adquiridas, buscan, reclaman, imploran y solicitan ¿el qué? Un lugar de descanso. Y lo tienen, toman posesión de la paz, de la tranquilidad, del ocio, y ya están contentos. Mientras tanto, surgen ciertos hechos, se dan a conocer y llaman a la puerta cada uno por su lado. Estos hechos salen de la revolución y de las guerras, y existen, viven, tienen el derecho de instalarse en la sociedad y se instalan, y, la mayor parte del tiempo, los hechos son aposentadores y furrieles que no hacen más que preparar la habitación a los principios.

Y véase entonces lo que se presenta a los filósofos políticos.

Al mismo tiempo que los hombres cansados piden el reposo, los hechos consumados piden garantía. Las garantías para los hechos son como el reposo para los hombres.

433

Esto es lo que Inglaterra pedía a los Estuardos después del Protectorado; lo que Francia pedía a los Borbones después del Imperio.

Estas garantías son una necesidad de los tiempos y es preciso concederlas. Los príncipes las «otorgan»; pero, en realidad, las da la fuerza de las cosas; verdad útil y profunda que ignoraron los Estuardos en 1662 y que los Borbones no vislumbraron aún en 1814.

La familia predestinada que volvió a Francia cuando cayó Napoleón, tuvo la inocencia fatal de creer que era ella la que daba, y que lo que había dado lo podía volver a tomar; que la casa de Borbón poseía el derecho divino; que Francia no poseía nada, y que el derecho político concedido en la Carta de Luis XVIII no era más que una rama del derecho divino, separada por la casa de Borbón y concedida graciosamente al pueblo hasta el día en que el rey quisiera recogerla de nuevo. Sin embargo, la casa de Borbón podía haber conocido en el disgusto que le causaba que no salía de ella esta concesión.

Esta casa se presentó huraña en el siglo XIX; puso mala cara a los desahogos de la nación, y para servirnos de una palabra trivial, es decir, popular y verdadera, estaba de hocico; el pueblo lo vio.

Creyó que tenía fuerza porque el Imperio había desaparecido delante de ella como una decoración de teatro, sin conocer que ella había venido de la misma manera; no vio que estaba en la misma mano que había hecho desaparecer a Napoleón.

Creyó que estaba arraigada en el pueblo porque era lo pasado, y se engañaba; era una parte de lo pasado. Pero todo lo pasado en Francia. Las raíces vivas y profundas de la sociedad francesa no estaban en los Borbones, sino en la nación; no constituían el derecho de una familia, sino la historia de un pueblo, y estaban en todas partes, excepto en el trono.

La casa de Borbón era para Francia el nudo ilustre y sangriento de su historia; mas no el elemento principal de su destino ni la base necesaria de su política. Podía pasarse sin los Borbones, como se había pasado veintidós años; había habido una solución de continuidad, pero ellos lo negaban. ¿Y cómo no habían de negarlo ellos, que creían que Luis XVII reinaba el 9 termidor y que Luis XVIII reinaba el día de Marengo? Nunca, desde el origen de la Historia, había habido príncipes tan ciegos en presencia de los hechos y de la parte de autoridad divina que contienen y promulgan; nunca esa pretensión humana que se llama el derecho de los reyes había negado hasta tal punto el derecho divino.

Error capital que llevó a esta familia a poner mano en las garantías «otorgadas» en 1814, en las concesiones, como ella las llamaba, y cierto que era triste cosa ver que llamaba sus concesiones a lo que eran nuestras conquistas, que llamaba nuestras usurpaciones a lo que eran nuestros derechos.

La Restauración, cuando creyó llegada la hora, cuando se creyó victoriosa de Bonaparte y arraigada en el país, es decir, cuando se creyó fuerte y profunda, tomó bruscamente su partido y se arriesgó a dar un golpe.

Una mañana se levantó poniéndose enfrente de Francia y, elevando la voz, negó el título colectivo y el título individual: a la nación, la soberanía, y al ciudadano, la libertad; en otros términos; negó a la nación lo que la hacía nación, y al ciudadano lo que le hacía ciudadano.

Ésta es la esencia de esos actos célebres que se llaman los Derechos de Julio.

La Restauración cayó.

Y cayó con justicia, aunque debamos decir que no fue absolutamente hostil a todas las formas del progreso, y que se habían hecho grandes cosas a su lado.

En tiempo de la Restauración, la nación se había acostumbrado a la discusión tranquila, cosa que no había tenido en tiempo de la República, y a la grandeza en la paz, cosa que no había tenido durante el Imperio.

El espectáculo de Francia, libre y fuerte, había sido un estímulo para los demás pueblos de Europa; la Revolución había tenido la palabra en tiempo de Robespierre, el cañón en tiempo de Bonaparte. Pero en tiempo de Luis XVIII y Carlos X, tuvo, a su vez, la palabra y la inteligencia. Cesó el viento y se encendió de nuevo la antorcha; viose brillar en las serranas cimas la luz del pensamiento. Espectáculo magnífico, útil y agradable.

Viose trabajar por espacio de quince años en plena paz, en medio de la plaza pública, a esos grandes principios, tan antiguos para el pensador y tan nuevos para el hombre de Estado: la igualdad ante la ley, la libertad de la conciencia, la libertad de la palabra, la libertad de la Prensa, la accesibilidad de todas las clases a todos los cargos. Esto duró hasta 1830. Los Borbones fueron un instrumento de civilización que se quebró en manos de la Providencia.

La vida de los Borbones tuvo mucha grandeza, no por parte suya, sino por parte de la nación. Dejaron el trono con gravedad, pero sin autoridad. Su caída, en medio de la noche, no fue una de esas desapariciones solemnes que dejan una sombría emoción en las páginas de la Historia; no fue ni la tranquilidad sepulcral de Carlos I ni el rugido de águila de Napoleón.

Se fueron. Esto es lo mejor que puede decirse. Depusieron la corona y no conservaron la aureola; fueron dignos, pero no augustos; faltaron en cierto modo a la majestad de su desgracia. Carlos X, en el viaje de Cherburgo, haciendo cortar una mesa redonda para cuadrarla, pareció más cuidadoso de la etiqueta en peligro que de la monarquía que se derrumbaba. Esta pequeñez entristeció a los hombres fieles que amaban su persona y a los hombres graves que honraban su raza. El pueblo estuvo admirable; la nación, atacada una mañana a mano armada por una especie de insurrección real, se sintió tan poderosa, que no tuvo ni aun cólera; se defendió y se contuvo; volvió las cosas a su lugar. El Gobierno a la ley, y los Borbones al destierro. Pero ¡ah!, se detuvo. Tomó al viejo rey Carlos X debajo del dosel que había abrigado a Luis XIV, y le puso en tierra suavemente, no tocó a las personas reales sino con tristeza y precaución. Esto no lo hizo un hombre, no lo hicieron algunos hombres: lo hizo Francia, Francia entera. Francia victoriosa y embriagada con la victoria, que parecía recordar, y que practicó a los ojos del mundo entero, estas graves palabras de Guillermo de Vair, después de la jornada de las barricadas: «Es muy fácil a los que se han acostumbrado a aprovecharse de los favores de los grandes y a saltar como un pájaro de rama en rama, de una situación aflictiva a otra floreciente, manifestarse atrevidos contra su príncipe en la adversidad; pero en cuanto a mí, la suerte de mis reyes me será siempre venerable, y principalmente la de los desgraciados.»

Los Borbones cayeron con respeto, pero sin sentimientos; como hemos dicho, su desgracia fue más grande que ellos y desaparecieron en el horizonte.

La Revolución de julio tuvo inmediatamente amigos y enemigos en el mundo entero. Unos se precipitaron hacia ella con entusiasmo y alegría; otros le volvieron la espalda; cada uno según su naturaleza. Los príncipes de Europa, en el primer momento, como los búhos de esta aurora, cerraron los ojos, heridos y estupefactos, y nos los abrieron sino para amenazar; temor que se comprende, cólera que se disculpa. Esta extraña revolución apenas había sido un choque; no había hecho al realismo vencido ni aun el honor de tratarle como enemigo y verter su sangre. A los ojos de los Gobiernos despóticos, siempre interesados en que se calumnie la libertad a sí misma, la Revolución de julio había cometido la falta de presentarse formidable y ser tranquila. Por lo demás, nada se intentó y maquinó contra ella. Los más descontentos, los más irritados, los más temblorosos, la saludaban; cualesquiera que sean nuestro egoísmo y nuestros rencores, siempre emana un respeto misterioso de los sucesos en que se descubre la colaboración de alguno que trabaja desde lugar más elevado que el hombre.

La Revolución de julio es el triunfo del derecho derrocando el hecho; una cosa llena de esplendor.

El derecho derrocando el hecho: de aquí proviene el esplendor de la Revolución de 1830, y de aquí también su mansedumbre; el derecho que triunfa no tiene necesidad de ser violento.

El derecho es lo justo y lo verdadero.

El carácter del derecho es permanecer enteramente bello y puro; el hecho, aun el más necesario en apariencia, aun el mejor aceptado por los contemporáneos, si no existe sino como hecho, si no contiene en sí más que un poco o nada de derecho, está destinado infaliblemente a ser, con el tiempo, deforme, inmundo y quizá monstruoso. Si se quiere conocer de una vez hasta qué grado de miseria puede llegar el hecho, visto a la distancia de los siglos, mírese a Maquiavelo. Maquiavelo no es un mal genio, ni un demonio, ni un escritor malvado y miserable; no es nada más que el hecho, y no es solamente el hecho europeo, es el hecho del siglo XVI. Parece horrible, y lo es ante la idea moral del siglo XIX.

Esta lucha del derecho y del hecho existe desde el principio de las sociedades; el trabajo de los sabios tiene por objeto terminar el duelo, amalgamar la idea pura con la realidad humana, hacer penetrar pacíficamente el derecho en el hecho.

Pero uno es el trabajo de los sabios, y otro el de los hábiles.

La Revolución de 1830 se había detenido muy pronto.

Tan luego como se calma al llegar al puerto la tempestad revolucionaria los hábiles se apoderan del buque náufrago.

Los hábiles, en nuestro siglo, se han conferido a sí mismos la calificación de hombres de Estado, si bien estas palabras «hombre de Estado» han concluido por pertenecer algo al caló. No se olvide que allí donde no hay más que habilidad, hay, necesariamente, pequeñez. Decir, pues, los hábiles, equivale a decir las medianías.

Del mismo modo que decir los hombres de Estado equivale algunas veces a decir los traidores.

Al creer a los hábiles, las revoluciones como las de julio son arterias cortadas, y es preciso hacer pronto la ligadura. El derecho proclamado en toda su grandeza estremece, y una vez afirmado el derecho es necesario afirmar el Estado; asegurada la libertad es preciso pensar en el poder.

En esto los sabios no se separan aún de los hábiles; pero comienzan a desconfiar. El poder, sea; pero, ante todo, ¿qué es el poder? Y después, ¿de dónde viene?

Los hábiles aparentan no comprender esta objeción y continúan su maniobra.

Según estos políticos, muy ingeniosos para cubrir las ficciones de que pueden aprovecharse con una máscara de necesidad, lo que primero hace falta a un pueblo, después de una revolución, cuando este pueblo forma parte de un continente monárquico, es proporcionarse una dinastía. De este modo, dicen, puede tener la paz después de su revolución; es decir, el tiempo necesario para sondear sus llagas y reparar su casa. La dinastía oculta los andamios y cubre los hospitales de sangre. Pero no es siempre fácil encontrar una dinastía.

En rigor, basta el primer hombre de genio o el primer hombre de fortuna para hacer de él un rey. En el primer caso resulta un Bonaparte; en el segundo, un Itúrbide.

Mas para hacer una dinastía no basta una familia cualquiera. Debe haber, necesariamente, cierta cantidad de antigüedad en una raza, y las arrugas de los siglos no se improvisan.

Si nos colocáramos desde el punto de vista de los «hombres de Estado», haciendo todas las reservas convenientes, y preguntáramos, después de una revolución, cuáles son las cualidades del rey que de ella hubiera de salir, nos responderíamos: «Puede ser, y es útil que sea revolucionario; es decir, partícipe personal de esta revolución, que haya puesto en ella la mano, que se haya comprometido o distinguido en ella, que haya tocado el hacha o manejado la espada.»

¿Cuáles son las cualidades de una dinastía? Debe ser racional; es decir, revolucionaria a cierta distancia, no por sus actos consumados, sino por las ideas aceptadas; debe componerse de lo pasado y ser histórica, componerse del porvenir y ser simpática.

Todo esto explica por qué las primeras revoluciones se contentan con encontrar un hombre, llámese Cromwell o Napoleón, y por qué las segundas quieren absolutamente encontrar una familia, la casa de Brunswick o la casa de Orleáns.

Las familias reales se asemejan a esas higueras de la India, cuyas ramas se encorvan hasta la tierra, echan raíces y se convierten en nuevos troncos. Cada rama puede ser una dinastía, con la única condición de bajarse hasta el pueblo. Tal es la teoría de los hábiles.

Éste es, pues, el arte, sublime; hacer que un acontecimiento suene algo a catástrofe, para que los que se aprovechen de él tiemblen también; sazonar con un poco de miedo un paso de hecho; aumentar la curva de la transición hasta retardar el progreso; endulzar la obra, denunciar y disminuir los preparativos de entusiasmo, cortar los ángulos y las uñas, acolchar el triunfo, arropar el derecho, rodear al gigante pueblo de franela y meterle en cama en seguida, imponer dieta a este exceso de salud, tratar a Hércules como convaleciente, desleír el acontecimiento en el expediente, ofrecer a los ánimos sedientos del ideal este néctar con tisana, tomar sus precauciones contra el éxito demasiado grande, guarnecer la revolución con una pantalla.

En 1830 se practicó esta teoría, aplicada ya en Inglaterra en 1688.

La de 1830 fue una revolución detenida a media playa; progreso a medias, semiderecho. Pero la lógica ignora el casi, absolutamente lo mismo que el Sol ignora que haya velas.

¿Y quién detiene la revolución a media playa? Es esa parte de la clase media compuesta de los que de nada se han hecho algo y miran sólo a su conservación.

¿Y por qué?

Porque esta clase media es el interés satisfecho; ayer era el apetito, hoy es la plenitud, mañana será la saciedad.

El fenómeno de 1814, después de Napoleón, se reprodujo en 1830, después de Carlos X.

Se ha querido equivocadamente hacer de esa parte de la sociedad representada en el tendero que gana, una clase. Esta clase media es simplemente la parte contenta del pueblo. El individuo de esta llamada clase es el hombre que tiene ahora tiempo para sentarse, y una silla no es una casta.

Mas por querer sentarse demasiado pronto se puede detener la marcha del género humano, y ésta ha sido casi siempre la falta de esa parte del pueblo.

No constituye una clase el cometer una falta; el egoísmo no es una de las divisiones del orden social.

Por lo demás, debemos ser justos, aun respecto del egoísmo; el estado a que aspiraba después de la conmoción de 1830 esta parte de la nación de que vamos hablando, no era la inercia, que se complica con la indiferencia y la pereza y que es algo vergonzosa; no era el sueño, que supone un olvido momentáneo, accesible a los ensueños: era un descanso, un alto.

Hacer alto es una frase que tiene un doble sentido singular y casi contradictorio; tropa en marcha quiere decir movimiento; alto quiere decir reposo.

Hacer alto es reparar las fuerzas; es el reposo armado y despierto; es el hecho consumado que pone centinelas y se mantiene en guardia. El alto supone el combate ayer, y el combate mañana.

Éste es el intermedio de 1830 y de 1848.

Lo que aquí llamamos combate puede también llamarse progreso.

Era preciso, pues, a esta parte de la clase media, como a los hombres de Estado, un hombre que representase esta palabra. ¡Alto! Un Atrás y Adelante; una individualidad compuesta que significase revolución y estabilidad; en otros términos: que consolidase lo presente por medio de la compatibilidad evidente de lo pasado y lo por venir.

Este hombre se «encontró enteramente». Se llamaba Luis Felipe de Orleáns.

Los 221 hicieron rey a Luis Felipe; Lafayette se encargó de la consagración, y llamó a la nueva monarquía «la mejor de las repúblicas». El Hotel de Ville, de París, reemplazó a la catedral de Reims.

Esta sustitución de semitrono a un trono completo fue la «obra de 1830».

Cuando los hábiles hubieron concluido, apareció el vicio inmenso de su solución; todo se había hecho fuera del derecho absoluto. El derecho absoluto gritó: «¡Protesto!», y después, cosa formidable, se sumergió en la sombra.

Las revoluciones tienen el brazo terrible y la mano afortunada; pegan firme y escogen bien. Aun incompletas, aun bastardeadas y prematuras, aun sofocadas y reducidas al estado de revolución menor de edad, como la revolución de 1830, les queda casi siempre bastante lucidez providencial para que no puedan caer mal. Su eclipse no es nunca una abdicación.

Sin embargo, no nos gloriemos demasiado; las revoluciones se engañan también, y se han visto graves equivocaciones.

Volvamos a 1830. Este año tuvo acierto en su extravío. En el establecimiento, que se llamó orden después de la revolución, detenida muy pronto, el rey valía más que el realismo; Luis Felipe era un hombre raro.

Hijo de un hombre a quien la Historia juzgará seguramente con circunstancias atenuantes, pero tan digno de aprecio como su padre de censura, tenía todas las virtudes privadas, y algunas públicas; era cuidadoso de su salud, de sus bienes, de su persona, de sus negocios, conociendo el valor de un minuto y no siempre el de un año; sobrio, sereno, pacífico, sufrido; buen hombre y buen príncipe.

Dormía con su mujer y tenía en su palacio lacayos encargados de enseñar el lecho conyugal a los ciudadanos; había alhajado su alcoba con un lujo regular, útil después de la antigua ostentación ilegítima de la rama mayor; sabía todas las lenguas de Europa, y, lo que es más notable, sabía y hablaba el idioma de todos los intereses. Admirable representante de la «clase media», pero siempre superior a ella y más avanzado que ella, tenía el singular talento, sin dejar de apreciar la sangre de su familia, de medirse por su valor intrínseco, y en cuanto a la cuestión de raza, hacerse Orleáns y no Borbón, primer príncipe de la sangre mientras no había sido más que alteza serenísima, pero franco ciudadano el día en que fue majestad; difuso en público, conciso en la intimidad, acusado de avaricia, pero sin pruebas, y, en realidad, hombre económico, fácilmente pródigo respecto de su fantasía o de su deber, literato y poco sensible a las letras, noble y no caballeresco, sencillo, tranquilo y fuerte, adorado de su familia y de su casa, conversador lleno de seducción, hombre de Estado desengañado, frío interiormente, dominado por el interés inmediato, incapaz de rencor ni de agradecimiento, empleando sin piedad los talentos superiores sobre los medianos, muy hábil en vencer por medio de las mayorías parlamentarias esas unanimidades misteriosas que gruñen sordamente bajo los tronos, expansivo y algunas veces imprudente en su expansión, pero de una maravillosa destreza en su imprudencia; fértil en expedientes, en fisonomías, en máscaras; metiendo miedo a Francia con Europa y a Europa con Francia; amante seguramente de su país, pero mucho más de su familia; apreciando más la dominación que la autoridad y la autoridad más que la dignidad, disposición que tiene algo de funesta, porque dirigiéndolo todo exclusivamente al éxito, admite la astucia y no repudia absolutamente la bajeza; pero que tiene también algo de útil, porque preserva a la política de los choques violentos, al Estado de los rompimientos y a la sociedad de las catástrofes; minucioso, correcto, vigilante, atento, sagaz, infatigable, contradiciéndose alguna vez y desdiciéndose; arrogante contra Austria en Ancona, tenaz contra Inglaterra en España, bombardeando a Amberes y pagando a Pritchard; cantando con convicción «La Marsellesa»; inaccesible al abatimiento, al cansancio, al gusto de lo bello y de lo ideal, a las generosidades temerarias, a la utopía, a la quimera, a la cólera, a la vanidad, al temor.

Tenía todas las formas de la intrepidez personal: como general en Valmy, como soldado en Jemmapes, probado ocho veces por el regicidio, y siempre con la sonrisa en los labios. Valiente como un granadero, animoso como un pensador, inquieto solamente ante la suerte de una conmoción europea, e impropio para las grandes aventuras políticas; siempre dispuesto a arriesgar su vida pero nunca su obra; disfrazando su voluntad con la influencia, con objeto de ser obedecido más bien como inteligencia que como rey; dotado de observación, y no de adivinación; poco conocedor de los talentos, pero muy conocedor de los hombres; es decir, necesitando de ver para juzgar; buen juicio, pronto y penetrante de cordura práctica, palabra fácil, memoria prodigiosa; echando mano siempre de su memoria, único punto de semejanza que tuvo con César, Alejandro y Napoleón. Sabía los nombres propios, e ignoraba las tendencias, las pasiones, los talentos vulgares, las aspiraciones interiores, los levantamientos ocultos y oscuros de las almas; en una palabra: todo lo que podría llamarse las corrientes invisibles de las conciencias. Aceptado por la superficie, pero algo discorde con la Francia interior, saliendo adelante con su habilidad, gobernando demasiado y no reinando bastante, siendo su propio primer ministro; excelente para hacer de la pequeñez de las realidades un obstáculo a la inmensidad de las ideas; mezclando con una verdadera facultad creadora de civilización, de orden y de organización; un espíritu extraño de procedimientos y de sutileza; fundador y procurador de una dinastía, con algo de Carlomagno y algo de curial; en suma: figura grande y original, príncipe que supo consolidar el poder a pesar de la inquietud de Francia y adquirir fuerza a pesar de los recelos de Europa. Luis Felipe será colocado entre los hombres eminentes de su siglo, y sería colocado entre los hombres de gobierno más ilustres de la Historia si hubiese amado un poco la gloria y hubiera tenido el sentimiento de lo grande, del mismo modo que tenía el sentimiento de lo útil.

Luis Felipe había sido de bella figura, y viejo ya era gracioso: no siempre había sido bien acogido por Francia, pero lo había sido por la multitud; agradaba porque tenía el don de la seducción. La majestad no le sentaba bien; era rey y no llevaba corona, era anciano y no tenía el cabello blanco. Sus modales eran del antiguo régimen, y sus costumbres, del moderno. Mezcla del noble y del ciudadano que convenía a 1830, Luis Felipe era la transición reinante; había conservado la antigua pronunciación y la antigua ortografía, que ponía al servicio de las opiniones modernas: era partidario de Polonia y de Hungría, pero escribía «les poloneis» y pronunciaba «les hongrais». Llevaba el uniforme de la Guardia nacional, como Carlos X, y el cordón de la Legión de Honor, como Napoleón.

Iba poco a la iglesia; nunca a cazar ni a la ópera. Era incorruptible con los sacristanes, los perreros y las bailarinas; lo cual era causa de alguna parte de su popularidad en la clase media. No tenía corte; salía con su paraguas bajo el brazo, y este paraguas ha sido por mucho tiempo parte de su aureola. Entendía un poco de albañilería, un poco de jardinería y un poco de medicina; sangraba a un postillón que se caía del caballo y no iba nunca sin su lanceta, lo mismo que Enrique III sin su puñal. Los realistas se burlaban de este rey ridículo, único que ha derramado sangre para curar.

En el debe de la cuenta histórica contra Luis Felipe, tenemos que rebajar una partida; esta cuenta tiene tres columnas que dan cada una un total diferente: la que acusa al realismo, la que acusa al reinado y la que acusa al rey. El derecho democrático confiscado, el progreso mirado como un interés secundario, las protestas de la calle reprimidas violentamente, la ejecución militar de las insurrecciones, el motín pasado por las armas, la calle Trasponain, los consejos de guerra, la absorción del país real por el país legal, el Gobierno de cuenta y mitad, con trescientos mil privilegiados, son el hecho del realismo. Bélgica rechazada, Argelia duramente conquistada con más barbarie que civilización, lo mismo que la India por los ingleses; la falta de fe con Abd-el-Kader, Blaye, la compra de Deutz, el pago de Pritchard, son hechos del reinado; la política más familiar que nacional es el hecho del rey.

Como puede verse, hecho el descuento, el cargo del rey se disminuye.

Su gran falta fue ésta: haber sido modesto en nombre de Francia. ¿De dónde proviene esta falta?

Vamos a decirlo.

Luis Felipe fue un rey demasiado padre, y esta incubación de una familia que quiere hacerse dinastía, tiene miedo de todo y no quiere aventurarse mucho; de aquí la timidez excesiva, importuna para un pueblo que tiene el 14 de julio en su tradición civil y un Austerlitz en su tradición militar.

Por lo demás, si prescindimos de los deberes públicos, que exigen el primer lugar, la profunda ternura de Luis Felipe hacia su familia era merecida por ésta. Aquel grupo doméstico era admirable; las virtudes se hermanaban en él con el talento. Una de las hijas de Luis Felipe, María Orleáns, hacía escribir el nombre de su raza entre los artistas, como Carlos de Orleáns lo hacía escribir entre los poetas, y había hecho de su alma un mármol, al cual había llamado Juana de Arco. Dos de los hijos de Luis Felipe habían arrancado a Metternich este elogio demagógico: «Son jóvenes como se ven muy pocos, y príncipes como no se ve ninguno.»

Éste es, sin disimular nada, pero sin agravar tampoco nada, el retrato de Luis Felipe.

La fortuna de Luis Felipe en 1830 consistió en ser el príncipe Igualdad; en llevar en sí mismo la contradicción de la Restauración y la Revolución; en poseer ese aspecto inquieto del revolucionario, que se convierte en aspecto tranquilizador en el gobernante; nunca se presentó un hombre que se adaptase tan bien a un acontecimiento; entró uno en otro y se hizo la encarnación. Luis Felipe es 1830 hecho hombre. Además tenía un gran precedente para el trono: el destierro. Había estado proscripto, errante, pobre; había vivido de su trabajo. En Suiza, aquel heredero de los dominios más ricos de Francia había tenido que vender un caballo para comer; en Richenau había dado lecciones de matemáticas, mientras su hermana Adelaida bordaba y cosía. Estos recuerdos, unidos a un rey, entusiasmaban a la clase media. Había demolido con sus propias manos la última jaula de hierro del monte de San Miguel, construida por Luis XI y utilizada por Luis XV; era compañero de Rumouriez y amigo de Lafayette; había sido individuo del Club de los Jacobinos; Mirabeau le había dado golpecitos en el hombro; Dantón le había dicho: «¡Hola, joven!» A los veinticinco años, en 1793, siendo duque de Chartres, había asistido, desde el fondo de una oscura tribuna de la Convención, al proceso de Luis XVI, tan bien calificado con el nombre de «ese pobre tirano».

La huella que en él había dejado la Revolución era prodigiosa; su recuerdo era como una marca viva de aquellos grandes años, minuto por minuto. Un día, ante un testigo de quien es imposible dudar, rectificó de memoria toda la letra «A» de la lista alfabética de la Asamblea Constituyente.

Luis Felipe fue un rey a la luz del día. En su reinado, la prensa fue libre, la tribuna libre, la conciencia y la palabra libres. Las leyes de septiembre eran lúcidas. Pero aun conociendo el poder desgastador de la luz sobre los privilegios, dejó su trono expuesto a la luz. La Historia, al juzgarle, tendrá en cuenta esta lealtad.

Luis Felipe, como todos los hombres históricos que han salido ya de la escena, está hoy sujeto al juicio de la conciencia humana; su proceso está aún en primera instancia.

Aún no ha sonado para él la hora en que la Historia hable con su acento venerable y libre; aún no ha llegado el momento de pronunciar sobre este rey el juicio definitivo; hasta el austero e ilustre historiador Luis Blanca ha modificado hoy su primer veredicto. Luis Felipe ha sido el elegido de estos dos semis que se llaman 221 y 1830; es decir, de un semiparlamento y de una semirrevolución, y en todo caso, desde el punto de vista superior en que debe colocarse la filosofía, no podríamos juzgarle aquí, como se ha podido descubrir en lo que hemos dicho, sino con ciertas reservas en nombre del principio democrático absoluto.

A los ojos del absoluto, fuera de estos dos derechos, primero el del hombre, segundo el del pueblo, todo es usurpación. Pero hechas estas reservas, lo que podemos decir desde ahora es que, resumiendo, y de cualquier manera que se considere, Luis Felipe, examinado en sí mismo y desde el punto de vista de la bondad humana, será, sirviéndonos del lenguaje de la Historia antigua, uno de los mejores príncipes que se han sentado en el trono.

¿Qué tiene, pues, contra él? El trono. Quitad de Luis Felipe el rey; queda el hombre, y el hombre es bueno; bueno, algunas veces hasta ser admirable. Con frecuencia, en medio de los más graves cuidados, después de un día de lucha contra toda la diplomacia del continente, volvía por la noche a su cuarto, y allí, abatido por el cansancio, rendido por el sueño, ¿qué hacía? Tomaba un legajo y pasaba la noche revisando un proceso criminal, creyendo que era algo hacer frente a Europa; pero que era aún más importante asunto arrancar un hombre al verdugo. Disputaba con el ministro de Justicia; defendía paso a paso el terreno de la guillotina contra los fiscales generales, «esos charlatanes de la ley», como él los llamaba.

Algunas veces los legajos apilados cubrían su mesa; los examinaba todos, porque era angustioso para él abandonar aquellas miserables cabezas condenadas. Un día decía al mismo testigo que hemos citado hace poco: «Esta noche he ganado siete.»

En los primeros años de su reinado estuvo como abolida la pena de muerte y la elevación del cadalso fue como una violencia hecha al rey. Habiendo desaparecido la plaza de Gréve, en que se ajusticiaba en tiempo de la rama primogénita, se instituyó una Gréve ciudadana, bajo el nombre de Barrera de Santiago; los «hombres prácticos» conocieron la necesidad de una guillotina casi legítima, y en esto fue donde obtuvo una de sus victorias Casimiro Perier, que representaba el lado estrecho de la clase media, contra Luis Felipe que representaba el lado liberal. Luis Felipe había anotado por su mano a Beccaria, y escribía después del atentado de Fieschi: «¡Qué lástima que no haya sido herido! ¡Hubiera podido perdonar!» Otra vez, aludiendo a la resistencia de sus ministros, escribía, a propósito de un condenado político, que es una de las más generosas figuras de nuestro tiempo: «Su perdón está concedido; no me falta más que obtenerlo.» Luis Felipe era afable como Luis IX, y bueno como Enrique IV.

Ahora bien, para nosotros, en la Historia, en que la bondad es una perla rara, el que ha sido bueno pasa casi antes que el que ha sido grande.

Es muy natural que habiendo sido juzgado Luis Felipe severamente por unos y duramente, tal vez, por otros, un hombre que es hoy también un fantasma, y que ha conocido a ese rey, venga a declarar en su favor ante la Historia. Esta declaración, cualquiera que sea, es evidentemente, y sobre todo, desinteresada. Un epitafio escrito por un muerto es sincero; una sombra puede consolar a otra sombra; la participación de las mismas tinieblas da el derecho de alabanza, y no es de temer que se diga nunca de dos tumbas en el destierro: Ésta ha adulado a aquélla.

En el momento en que el drama que vamos narrando va a penetrar en el espesor de una de las nubes trágicas que cubren los principios del reinado de Luis Felipe, no era conveniente ningún equívoco, y era necesario que este libro se explicase acerca de aquel rey.

Luis Felipe había adquirido la autoridad real sin violencia, sin acción directa por su parte, por un giro revolucionario, evidentemente muy distinto del fin real de la Revolución, pero en el cual el duque de Orleáns no había tenido ninguna iniciativa personal. Había nacido príncipe y se creía erigido rey. No se dio a sí mismo este poder; no lo tomó; se lo ofrecieron y lo aceptó. Convencido, equivocadamente a nuestro juicio, pero convencido de todos modos, de que el ofrecimiento era con arreglo a derecho y de que la aceptación era un deber. De aquí nació una posesión de buena fe. Ahora bien: digamos en conciencia que estando Luis Felipe de buena fe en su posesión y la Revolución de buena fe en su ataque, la cantidad de espanto que se desprende de las luchas sociales no recae sobre el rey ni sobre la democracia.

Un choque de principios se parece a un choque de elementos; el océano defiende al agua, el huracán defiende al viento; el rey defiende al realismo, la democracia defiende al pueblo; la monarquía, que es lo relativo, resiste a lo absoluto, que es el pueblo; la sociedad vierte sangre en este conflicto; pero lo que es hoy su padecimiento será su salud, y en todo caso no deben culparse a los que luchan; uno de los dos partidos se equivoca, porque el derecho no está, como el coloso de Rodas, sobre dos riberas a la vez, con un pie en el pueblo y otro en el trono; es invisible, está todo en un lado; pero los que se engañan se engañan sinceramente; un ciego no es culpado, del mismo modo que un vendeano no es un bandido. No imputemos, pues, más que a la fatalidad de las cosas esas colisiones terribles. En esas tempestades, cualesquiera que sean, entra siempre la irresponsabilidad humana.

Acabemos esta teoría:

El Gobierno de 1830 comenzó en seguida una vida muy dura; nació ayer y tuvo que combatir hoy.

Apenas instalado, sentía ya por todas partes vagos movimientos de tracción sobre el aparato de julio, tan recientemente armado y tan poco sólido.

La resistencia nació al día siguiente; quizá había nacido ya la víspera.

Cada mes creció la hostilidad y pasó de sorda a patente.

La Revolución de julio, poco aceptada fuera de Francia por los reyes, había sido interpretada en Francia de muy diversos modos, según hemos dicho.

Dios entrega a los hombres sus voluntades visibles en los acontecimientos; texto oscuro escrito en una lengua misteriosa. Los hombres le traducen en seguida y hacen traducciones apresuradas, incorrectas, llenas de faltas, de lagunas y de contrasentidos. Muy pocas inteligencias comprenden la lengua divina. Las más sagaces, las más serenas, las más profundas, descifran lentamente, y cuando llegan con su texto, todo se ha verificado hace tiempo; hay ya veinte traducciones en la plaza pública. De cada traducción nace un partido; de cada contrasentido, una facción, y cada partido cree tener el único texto verdadero, y cada facción cree poseer la luz.

Y muchas veces el mismo poder es una facción.

Hay en las revoluciones nadadores contra la corriente, y son los partidos viejos.

Los partidos viejos, que se refieren al derecho hereditario por la gracia de Dios, creen que habiendo nacido las revoluciones del derecho de insurrección, tienen también el derecho de rebelión; éste es un error, porque siendo revolución precisamente lo contrario de insurrección, cuando las revoluciones son verdaderamente tales, el insurgente no es el pueblo, es el que se opone a su voluntad. Siendo toda revolución verdadera el cumplimiento de una función normal, contiene en sí su legitimidad, legitimidad que algunas veces deshonran los falsos revoluciorarios, pero que persiste aun deshonrada, que sobrevive aun ensangrentada. Las revoluciones salen, no de un accidente, sino de la necesidad: una revolución es la vuelta de lo ficticio a lo real; existe porque debe existir.

Los antiguos partidarios legitimistas no por esto dejaron de atacar la Revolución de 1830 con todas las violencias que produce el falso raciocinio. Los errores son excelentes proyectiles. La hirieron sabiamente por donde era vulnerable; en el vacío de su corazón, por su falta de lógica, atacaban a la Revolución en su realismo y gritaban: «Eres Revolución. ¿Por qué quieres a este rey?»

Las facciones son ciegos que apuntan bien.

Los republicanos daban este mismo grito; pero en ellos era lógico. Lo que era ceguedad para los legitimistas era lucidez en los demócratas. La Revolución de 1830 había hecho bancarrota para el pueblo, y la democracia, indignada, le reprendía.

Entre el ataque del pasado y el ataque del porvenir, el establecimiento de julio se resistía. Representaba el minuto presente, luchando por un lado con los siglos monárquicos, y por otro con el derecho eterno.

Además, en cuanto a lo exterior, 1830, no siendo ya revolución y haciéndose monarquía, se veía obligado a seguir el paso de Europa. Debía, pues, conservar la paz, lo que aumentaba la complicación. Una armonía deseada equivocadamente es muchas veces más onerosa que una guerra. De este sordo conflicto, siempre con mordaza, pero siempre amenazador, nació la paz armada, ese ruinoso expediente de la civilización, recelosa de sí misma.

La monarquía de julio se encabritaba, por más realista que fuese, metida en varas con los Gabinetes de Europa. Metternich la hubiera puesto de buena gana en el potro. Impulsada en Francia por el progreso, impulsaba en Europa a las monarquías, seres tardígrados. Era remolcada y remolcaba.

Mientras tanto, en el interior, pauperismo, proletariado, salario, educación, penalidad, prostitución, consumo, repartición, cambio, moneda, crédito, derecho al capital, derecho al trabajo. Todas estas cuestiones se multiplicaban por cima de la sociedad; terrible peso.

Por fuera de los partidos políticos propiamente dichos se manifestaba un nuevo movimiento. A la fermentación democrática respondía la fermentación filosófica; la parte más pura estaba tan conmovida como la turba; de otra manera, pero tanto.

Los pensadores meditaban, mientras que el suelo, es decir, el pueblo, atravesado por las corrientes revolucionarias, temblaba bajo sus plantas con una especie de vagas sacudidas epilépticas. Estos pensadores, unos aislados, otros reunidos en familias y casi en comunicaciones, removían las cuestiones sociales, pacífica pero profundamente. Mineros impasibles que trabajaban tranquilamente sus galerías en las profundidades de un volcán y apenas se distraían por las sordas conmociones y por los hornos vistos a lo lejos.

Esta tranquilidad no es una de las menores bellezas de aquella época agitada.

Estos hombres dejaban a los partidos políticos la cuestión de los derechos y trataban de la cuestión de la felicidad.

Se proponían extraer de la sociedad el bienestar del hombre.

Elevaban las cuestiones materiales, las cuestiones de agricultura, de industria, de comercio, casi hasta la dignidad de una religión. En la civilización, tal como se va realizando, un poco por Dios y mucho por el hombre, los intereses se combinan, se agregan, se amalgaman de manera que forman una verdadera roca dura, según una ley dinámica pacientemente estudiada por los economistas, que son los geólogos de la política.

Estos hombres, que se agrupaban bajo nombres diferentes, pero que pueden ser designados todos por el título genérico de socialistas, trataban de horadar esta roca y de hacer salir de ella el surtidor de agua viva de la felicidad humana.

Sus trabajos lo abrazaban todo, desde la cuestión del patíbulo hasta la cuestión de la guerra. Al derecho del hombre, proclamado por la Revolución francesa, añadían el derecho de la mujer y el derecho del niño.

Nadie extrañará que, por varias razones, no tratemos aquí a fondo, desde el punto de vista teórico, las cuestiones promovidas por el socialismo. Nos limitaremos a indicarlas.

Todos los problemas que los socialistas se proponían, prescindiendo de las visiones cosmogónicas, los delirios y el misticismo, pueden reducirse a dos principales.

Primer problema:

Producción de la riqueza.

Segundo problema:

Repartición de la riqueza.

El primer problema implica la cuestión del trabajo.

El segundo, la cuestión del salario.

En el primer problema se trata del empleo de las fuerzas.

En el segundo, de la distribución de los goces.

Del buen empleo de las fuerzas resulta el poder público.

De la buena distribución de los goces resulta la felicidad individual.

Por buena distribución debe entenderse, no la distribución igual, sino la distribución equitativa. La primera igualdad es la equidad.

De estas dos cosas combinadas, poderío público en el exterior, felicidad individual en lo interior, nace la prosperidad social.

Y prosperidad social quiere decir el hombre feliz, el ciudadano libre, la nación grande.

Inglaterra resuelve el primero de estos dos problemas. Produce admirablemente la riqueza, pero la distribuye mal, y esta solución, que sólo es completa por un lado, la lleva fatalmente a estos dos extremos: opulencia monstruosa, miseria monstruosa; todos los goces para algunos, todas las privaciones para los demás; es decir, para el pueblo; el privilegio, la excepción, el monopolio, el feudalismo, nacen aquí del trabajo mismo. Situación falsa y peligrosa que asienta el poder público sobre la miseria particular, y que funda la grandeza del Estado en los padecimientos del individuo. Grandeza mal compuesta en que se combinan todos los elementos materiales, y en la cual no entra ningún elemento moral.

El comunismo y la ley agraria creen resolver el segundo problema. Se engañan; su repartición mata la producción; la distribución igual mata la emulación, y, por consiguiente, el trabajo; es una repartición hecha por el carnicero, que mata lo que divide. Es, pues, imposible detenerse en estas falsas soluciones; matar la riqueza no es repartirla.

Los dos problemas exigen una solución común para estar bien resueltos; las dos soluciones deben estar combinadas de manera que formen una sola.

Si sólo resolvéis el primer problema, tendréis a Venecia, a Inglaterra; tendréis, como Venecia, un poder artificial, o como Inglaterra, un poder material; tendréis el mal del rico y moriréis por vías de hecho, como ha muerto Venecia, o por una bancarrota, como caerá Inglaterra. Y el mundo os dejará morir y caer; porque el mundo deja caer y morir todo lo que no es más que egoísmo, todo lo que no representa para el género humano una virtud o una idea.

Téngase entendido que por estas palabras, Venecia, Inglaterra, designamos, no los pueblos, sino las construcciones sociales, la oligarquía sobrepuesta a la nación, y no la nación misma. Las naciones merecen siempre nuestro respeto y nuestra simpatía. Venecia, como pueblo, renacerá; Inglaterra, como aristocracia, caerá; pero Inglaterra, como nación, es inmortal. Dicho esto, prosigamos.

Resolved los dos problemas; animad al rico y proteged al pobre; suprimid la miseria; poned término a la explotación del débil por el fuerte; poned freno al inicuo recelo del que está en camino contra el que ha llegado ya; ajustad matemática y fraternalmente el salario al trabajo; mezclad la enseñanza gratuita y obligatoria con el crecimiento de la infancia; haced de la ciencia la base de la virilidad; desarrollar las inteligencias, ocupando al mismo tiempo los brazos; sed a la vez un pueblo poderoso y una familia de hombres felices; democratizad la propiedad, no aboliéndola, sino universalizándola, de modo que todo ciudadano, sin excepción, pueda ser propietario, cosa más fácil de lo que se cree; en una palabra: sabed producir y repartir la riqueza, y tendréis justamente la grandeza material y la grandeza moral, y seréis dignos de llamaros Francia.

Esto es lo que, aparte y por encima de algunas sectas que se extraviaban, decía el socialismo; esto era lo que buscaba en los hechos, lo que bosquejaba en los ánimos.

¡Esfuerzos admirables! ¡Tentativas sagradas! Estas doctrinas, estas teorías, esta resistencia: la necesidad inesperada para el hombre de Estado de contar con los filósofos, confusas evidencias vislumbradas; una política nueva que había de crear, de acuerdo con el mundo antiguo, y sin ponerse demasiado en desacuerdo con el ideal revolucionario, una situación en la cual era preciso emplear a Lafayette en defender a Polignac; la intuición del progreso transparente bajo el motín; las Cámaras y la calle; las competencias que debían equilibrarse en derredor del rey; su fe en la revolución; tal vez una desconocida resignación eventual que nacía de la vaga aceptación de un derecho definitivo superior; su deseo de ser como los de su raza, su espíritu de familia, su sincero respeto al pueblo, su propia honradez; todas estas cosas traían pensativo a Luis Felipe, casi dolorosamente. Y a veces, por más fuerte y animoso que fuese, le abatían bajo la dificultad de ser rey.

Sentía que bajo sus pies se verificaba una disgregación temible, que no era, sin embargo, un desmoronamiento, porque la Francia era más Francia que nunca.

Tenebrosos agrupamientos cubrían el horizonte. Una sombra extraña que iba aproximándose se extendía poco a poco sobre los hombres, sobre las cosas, sobre las ideas; sombra que provenía de la cólera y de los sistemas. Todo lo que había sido ahogado con precipitación se removía y fermentaba. Alguna vez la conciencia del hombre honrado detenía su respiración; tanto malestar había en aquel aire en que los sofismas se mezclaban con las verdades. Los ánimos temblaban en la ansiedad social, como las hojas cuando se aproxima la tempestad. La tensión eléctrica era tal, que en ciertos momentos, cualquiera, un desconocido, iluminaba, y después volvía a caer la oscuridad crepuscular. A intervalos, profundos y sordos murmullos podían hacer juzgar de la intensidad del rayo que contenía la nube.

Apenas habían pasado veinte meses desde la Revolución de julio, y el año 1832 había empezado con aspecto amenazador. La miseria del pueblo, los trabajadores sin pan, el último príncipe de Condé que había desaparecido en las tinieblas; Bruselas expulsando a los Nassau, como París a los Borbones; Bélgica ofreciéndose a un príncipe francés y entregada a un príncipe inglés; el odio ruso de Nicolás detrás de nosotros; dos absolutistas en el Mediodía, Fernando en España y Miguel en Portugal; la tierra temblando en Italia; Metternich extendiendo la mano sobre Bolonia; Francia afrontando a Austria en Ancona; en el Norte, un ruido siniestro del martillo que remachaba los clavos de Polonia en su ataúd; en toda Europa, miradas irritadas que acechaban a Francia; Inglaterra, aliada sospechosa, dispuesta a empujar lo que cayese y a echarse sobre lo que hubiera ya caído; la Cámara de los Pares refugiándose detrás de Beccaria para negar cuatro cabezas a la ley; las flores de lis borradas del coche del rey; la cruz arrancada de Nuestra Señora; Lafayette, decaído; Laffite, arruinado; Benjamín Constant, muerto en la indigencia; Casimiro Perier, muerto del cansancio del poder; la enfermedad política y la enfermedad social, declarándose a la vez en las dos capitales del reino, la una en la ciudad del pensamiento y la otra en la ciudad del trabajo; en París la guerra civil, en Lyón la guerra servil; en las dos ciudades el mismo resplandor de un horno; una púrpura de cráter en la frente del pueblo; el Mediodía, fanatizado; el Occidente, turbado; la duquesa de Berry, en la Vandée; los complots, las conjuraciones, los levantamientos, el cólera añadían al oscuro rumor de las ideas el sombrío tumulto de los acontecimientos.

Hacia finales de abril todo se había agravado. La fermentación se convertía en ebullición. Desde 1830 había habido, aquí y allá, pequeñas conmociones parciales, prontamente reprimidas, pero que renacían en seguida: señal de una vasta conflagración subyacente. Alguna cosa terrible se estaba formando. Entreveíanse los lineamientos, aún poco marcados y mal iluminados, de una revolución posible. Francia miraba a París, y París miraba al barrio de San Antonio.

El barrio de San Antonio, sordamente caldeado, entraba en ebullición.

Las tabernas de la calle de Charonne estaban graves y tempestuosas, por más que la unión de estos dos objetivos parezca muy singular aplicada a las tabernas.

Allí el Gobierno era, pura y simplemente, el objeto de la cuestión; discutíase públicamente «la cosa, para combatir o permanecer tranquilos». Había trastiendas en que se hacía jurar a los obreros que saldrían a la calle al primer grito de alarma, y «que pelearían sin contar el número de los enemigos». Una vez admitido el compromiso, un hombre, sentado en un rincón de la taberna, «levantaba la voz» y decía:

—¿Loco es? ¡Lo has jurado!

Algunas veces se subía al primer piso, a un cuarto cerrado, y allí pasaban escenas masónicas. Se hacía prestar a los iniciados juramentos «para socorrerle como a los padres de familia». Ésta era la fórmula.

En las salas bajas se leían libros «subversivos». «Trataban a la baqueta al Gobierno», dice un informe secreto de aquel tiempo.

Oíanse frases como éstas:

—No sé los nombres de los jefes; no sabremos el día sino con dos horas de anticipación.

Un obrero decía:

—Somos trescientos; damos cada uno diez sueldos, y se tendrán ciento cincuenta francos para hacer balas y pólvora.

Otro decía:

—No digo seis meses, no digo, ni aun dos; antes de quince días nos pondremos frente a frente con el Gobierno. Con veinticinco mil podemos hacer frente.

Otro decía:

—No me acuesto, porque paso la noche haciendo cartuchos.

De tiempo en tiempo, algunos hombres, vestidos «decentemente y con buenos trajes», venían «causando embarazo», y con aire de «mando» daban apretones de manos a «los más importantes» y se iban. Nunca estaban más de diez minutos. Se cambiaban en voz baja palabras significativas:

—El complot está maduro; la cosa está a punto.

«Y todos los que estaban allí murmuraban esto mismo», usando los mismos términos de un espectador. La exaltación era tal, que un día, en medio de la taberna, exclamó un obrero:

—¡No tenemos armas!

Y uno de sus camaradas respondía:

—¡Los soldados las tienen! —parodiando así, sin saberlo, la proclama de Bonaparte al ejército de Italia.

«Cuando tenían algo más secreto —añade un informe—, no se lo comunicaban.»

Apenas se comprende lo que podían ocultar después de lo que decían.

Las reuniones eran algunas veces periódicas, y a ciertas de ellas sólo asistían ocho o diez, siempre los mismos. En otras entraba el que quería, y la sala se llenaba de tal modo, que tenían que estar de pie. Unos asistían por entusiasmo y pasión; otros porque «era su camino para ir al trabajo». Lo mismo que en la Revolución, había en estas tabernas mujeres patriotas que abrazaban a los neófitos.

Otros hechos expresivos se observaban con frecuencia.

Un hombre entraba en una taberna, bebía y salía diciendo:

—Tabernero, la Revolución pagará lo que debo.

En una taberna situada enfrente de la calle Charonne se nombraban agentes revolucionarios; el escrutinio se hacía en las gorras.

Otros obreros se reunían en casa de un maestro de esgrima, que tenía asaltos en la calle de Cotte; allí había un trofeo de armas, formado de espadones de madera, estoques, bastones y floretes. Un día quitaron los botones de los floretes, y decía un obrero.

—Somos veinticinco; pero lo que es por ahora no cuentan conmigo, porque me miran como si fuese una máquina.

Esta máquina fue después Quenisset.

Las cosas que se premeditaban tomaban poco a poco una extraña notoriedad. Una mujer que estaba barriendo la puerta decía a otra, sin temor de que la escuchasen:

—Hace mucho tiempo que trabajan sin descanso en hacer cartuchos.

Se leían en medio de la calle proclamas dirigidas a los guardias nacionales de los departamentos. Una de estas proclamas estaba firmada por «Burtot, vinatero».

Un día, a la puerta de un licorista del mercado Lenoir, un hombre que tenía la barba corrida y acento italiano, se subió a un guardacantón y leyó en alta voz un escrito singular, que parecía emanar de un poder oculto. Los grupos que se habían formado a su alrededor le aplaudían, y los pasajes que conmovían más a la multitud fueron recogidos y anotados.

«... Nuestras doctrinas son perseguidas; nuestras proclamas se hacen pedazos; nuestros carteleros son acechados y llevados a la cárcel... La baja que acababa de verificarse en los algodones nos ha traído a muchos partidarios del justo medio... El porvenir de los pueblos se elabora en nuestras oscuras filas... Ésta es la cuestión clara: acción o reacción, revolución o contrarrevolución. Porque en nuestra época no se cree en la inercia ni en la inmovilidad. Por el pueblo o contra el pueblo; ésta es la cuestión, y no hay otra... El día que no os convengamos ya, rechazadnos; pero hasta entonces, ayudadnos a marchar.»

Todo esto se hacía en medio del día.

Otros hechos más atrevidos aún eran sospechosos al pueblo, a causa de su misma audacia. El 4 de abril de 1832, un transeúnte subía en el guardacantón que está en la esquina de la calle de Santa Margarita, y gritaba:

—¡Soy babeutista!

Pero bajo la máscara Babeut, el pueblo descubría la punta de la oreja de Gisquet. Entre otras cosas, este hombre decía:

—¡Abajo la propiedad! La oposición de la izquierda es infame y traidora: cuando quiere tener razón, predica la revolución; es demócrata para que no la ataquemos, y realista para no combatir. Los republicanos son animales de pluma; desconfiad de los republicanos, ciudadanos trabajadores.

—¡Silencio, ciudadano polizonte! —gritó un obrero que le escuchaba.

Y este grito puso fin al discurso.

Sucedían algunos incidentes misteriosos.

Al anochecer, un obrero encontraba cerca del canal a «un hombre bien vestido», que le decía:

—¿Adónde vas, ciudadano?

—Señor —respondía el obrero—, no tengo el honor de conoceros.

—Yo te conozco mucho.

Y el hombre añadía:

—No temas. Soy el agente del Comité. Se sospecha que no eres muy fiel; sabe que si descubres algo se te vigila.

Y después daba al obrero un apretón de manos, y se iba diciendo:

—Pronto nos volveremos a ver.

La policía de escuchas recogía, no sólo en las tabernas, sino en la calle, diálogos muy extraños.

—Haz que te reciban pronto —decía un tejedor a un ebanista.

—¿Por qué?

—Va a ser preciso tirar un tiro.

Dos transeúntes cubiertos de harapos cambiaban estas respuestas notables, llena de apariencia de «jacquería»:

—¿Quién nos gobierna?

—El señor Felipe.

—No es de la clase de los tenderos.

Se equivoca el que crea que usamos la palabra «jacquería» en mal sentido. Los «jacques» eran los pobres. También los que tienen hambre tienen derechos.

Otras veces pasaban dos hombres y se oía que uno decía a otro:

—Tenemos un buen plan de ataque.

De una conversación íntima entre cuatro hombres acurrucados en una zanja del medio punto de la barrera del Trono, no se pudo tomar más que esto:

—Se hará lo posible para que él no se pasee más por París.

¿Quién era este «él»? Oscuridad amenazadora.

«Los principales jefes», como se decía en el barrio, se mantenían al paño, y se creía que se reunían, para ponerse de acuerdo, en una taberna cerca de la puerta de San Eustaquio.

Uno, llamado Aug, jefe de la Sociedad de Socorros a los Sastres, en la calle de Mandetour, pasaba por intermediario central entre los jefes y el arrabal de San Antonio. Pero siempre hubo mucha oscuridad acerca de estos jefes, y no hay ningún hecho cierto que pueda debilitar la altivez singular de esta respuesta, dada por un acusado posteriormente ante el Tribunal de los Pares.

—¿Quién era vuestro jefe?

—«No conocía a ninguno, no reconocía a nadie.»

Todo esto no era aún más que palabras transparentes, pero vagas, y algunas veces frases al aire, rumores, noticias. Otros indicios se iban presentando.

Un carpintero que estaba en la calle de Reuilly clavando las tablas de una empalizada alrededor de un terreno en que se elevaba una casa en construcción, encontró en este terreno un fragmento de carta rota, en que aún se podían leer estas líneas:

«... Es preciso que el Comité tome medidas para impedir el reclutamiento en las secciones para las diversas sociedades...»

Y en una posdata:

«Hemos sabido que había fusiles en la calle del Faubourg-Poissoniere, número 5 duplicado; unos cinco o seis mil fusiles en casa de un armero de aquella plaza. La Sección no posee armas.»

Mientras tanto, tras las noticias y las palabras, tras los indicios escritos, comenzaban a presentarse hechos materiales.

En la calle Popincourt, en casa de un prendero, se cogieron en el cajón de una cómoda siete hojas de papel gris, todas dobladas del mismo modo, a lo largo, en cuatro dobleces; estas hojas contenían veintiséis cuadros de este mismo papel gris, en forma de cartucho, y otro papel, en que se leía:

«Salitre, doce onzas.

Azufre, dos onzas.

Carbón, dos onzas y media.

Agua, dos onzas.»

La sumaria de la ocupación hacía constar que el cajón exhalaba un fuerte olor a pólvora.

Un albañil, al volver a su casa después del trabajo, dejó olvidado un paquetito en un banco, cerca del puente de Austerlitz. Este paquete fue llevado al Cuerpo de guardia, lo abrieron y encontraron dos diálogos impresos, firmados por «Lahautiere», una canción, titulada «Obreros asociados» y una caja de hoja de lata llena de cartuchos.

Un obrero que bebía con otro le hacía tentar su cuerpo para que viese cuánto calor tenía; el otro tentaba una pistola bajo la blusa.

En una zanja del bulevar, entre el cementerio del Padre Lachaise y la barrera del Trono, en el sitio más desierto, jugando unos niños, descubrieron, bajo un montón de virutas y de basura, un saco que contenía un molde de hacer balas, otro de madera de hacer cartuchos, una cazuela con granos de pólvora de caza y una marmita pequeña de hierro, cuyo interior ofrecía señales evidentes de plomo fundido.

Los agentes de Policía entraron de repente, a las cinco de la mañana, en casa de un tal Pardon, que perteneció después a la sección de la Barricada Merry y murió en la insurrección de abril de 1834, y le encontraron de pie, cerca de su cama, con cartuchos que estaba haciendo, aún en la mano.

A la hora en que los obreros descansan se había visto encontrarse a dos hombres entre la barrera Picpus y la barrera Charenton, en un caminito que rodeaba estas dos murallas, cerca de una taberna que tiene un juego de Siam delante de la puerta. Uno sacó de debajo de la blusa una pistola y se la dio al otro. En el momento de dársela notó que la transpiración de su pecho había humedecido algo la pólvora, y la cebó, añadiendo pólvora a la que tenía en la cazoleta. Después se separaron.

Un tal Gallais, que fue muerto en la calle Beaubourg en los sucesos de abril, se alababa de tener en su casa setecientos cartuchos y veinticuatro piedras de fusil.

El Gobierno recibió un día aviso de que se acababan de distribuir armas en el arrabal y doscientos mil cartuchos. La semana anterior se habían repartido treinta mil cartuchos, y, cosa notable, la Policía no pudo coger ni uno. Una carta interceptada decía: «No está lejos el día en que a las ocho estén sobre las armas ochenta mil patriotas.»

Esta fermentación era pública, y casi podría decirse tranquila. La insurrección inminente preparaba la tempestad con calma en frente del Gobierno. Ninguna singularidad faltaba a esta crisis, aún subterránea, pero ya perceptible. Los ciudadanos hablaban pacíficamente a los obreros de lo que se preparaba, y se decían: «¿Cómo va la insurrección?», del mismo modo que podían decir: «¿Cómo va vuestra mujer?»

Un mueblista de la calle Moreau preguntaba:

—¿Y cuándo atacáis?

Otro comerciante decía:

—Se atacará muy pronto, lo sé. Hace un mes erais quince mil; ahora sois veinticinco mil.

Ofrecía su fusil, y un vecino ofrecía su cachorrillo, que quería vender en siete francos.

Por lo demás, la fiebre revolucionaria iba ganando terreno. Ningún punto de París ni de Francia estaba ya libre de ella. La arteria latía en todas partes. Lo mismo que esas membranas que nacen en ciertas inflamaciones y se forman en el cuerpo humano, la red de las sociedades secretas empezaba a extenderse sobre el país. De la Asociación de los Amigos del Pueblo, pública y secreta a la vez, nacía la Sociedad de los Derechos del Hombre, que fechaba así una orden del día: «Pluvioso año 40 de la era republicana.» Que debía sobrevivir incluso a las sentencias del Tribunal de los Asises, que ordenaba su disolución, y que no dudaba en dar a sus secciones nombres significativos, como éstos:

Picas.

Somatén.

Cañón de alarma.

Gorro Frigio.

21 de Enero.

Los Mendigos.

Los Truhanes.

Adelante.

Robespierre.

Nivel.

Ça ira.

La Sociedad de los Derechos del Hombre engendraba la Sociedad de Acción, compuesta de los impacientes, que se separaban y corrían delante. Otras sociedades trataban de reclutarse en las sociedades madres. Los seccionarios se quejaban de ser atraídos hacia todos lados. De aquí «la Sociedad Francia y el Comité Organizador de las Municipalidades». Las asociaciones para «la libertad de la Prensa», para «la libertad individual», para «la instrucción del pueblo», «contra los impuestos indirectos». Además, la sociedad de «los obreros igualadores», que se dividían en tres fracciones: los igualadores, los comunistas y los reformistas; el Ejército de las Bastillas, especie de cohorte organizada militarmente, que tenía para cada cuatro hombres un cabo; para cada diez, un sargento; para cada veinte, un subteniente; para cada cuarenta, un teniente, y en la cual no había más de cinco que se conociesen. Creación en que la precaución estaba combinada con la audacia, y que parece que llevaba el sello de Venecia. El Comité Central, que era la cabeza, tenía dos brazos: la Sociedad de Acción y el Ejército de las Bastillas. Una asociación legitimista, los Caballeros de la Fidelidad, se movía en medio de estas afiliaciones republicanas, pero había sido denunciada y repudiada.

Las sociedades parisienses tenían ramificaciones en las principales ciudades: Lyón, Nantes, Lille, Marsella tenían su Sociedad de los Derechos del Hombre, la Carbonaria y los Hombres Libres. Aix tenía una sociedad revolucionaria que se llamaba la Cougourde. Ya hemos escrito otra vez esta palabra.

En París, el arrabal de San Marcelo no estaba menos conmovido que el de San Antonio, y las escuelas no se mostraban menos entusiastas que los arrabales.

Un café de la calle de San Jacinto y el fumadero de los Siete Billares, calle de los Maturinos de Santiago, servían de sitio de reunión a los estudiantes. La Sociedad de los Amigos de A B C, afiliada a los Mutualistas de Angers y a la Cougourde de Aix, se reunía, como ya hemos dicho, en el café Musain. Estos mismos jóvenes se encontraban también, como hemos dicho, en una hostería cerca de la calle Mondetour, que se llamaba Corinto. Estas reuniones eran secretas; otras eran tan públicas como era posible, y puede juzgarse de su atrevimiento por el siguiente trozo de un interrogatorio de uno de los procesados ulteriores:

—¿Dónde se celebró esta reunión?

—En la calle de la Paz.

—¿En qué casa?

—En la calle.

—¿Qué secciones asistieron?

—Una sola.

—¿Cuál?

—La sección Manuel.

—¿Quién era el jefe?

—Yo.

—Sois muy joven para haber tomado sobre vos la grave decisión de atacar al Gobierno. ¿De dónde recibíais instrucciones?

—Del Comité Central.

El Ejército estaba minado al mismo tiempo que la población, como lo probaron después los movimientos de Befort, de Lunneville y de Epinal. Se contaba con los regimientos 52, 5.º, 8.º, 37 y con el 20 ligero. En Borgoña y en las ciudades del Mediodía se plantaba «el árbol de la libertad»; es decir, un mástil con un gorro rojo.

Tal era la situación.

El arrabal de San Antonio, como hemos dicho ya al principio, hacía temible y caracterizaba esta situación más que ningún otro grupo de la población. Allí era donde se sentía el dolor de costado.

Aquel antiguo arrabal, poblado como un hormiguero, laborioso, animado y colérico como una colmena, se estremecía esperando y deseando la conmoción. Todo se agitaba en él, sin que por esto se interrumpiese el trabajo. Nada podría dar idea de aquella fisonomía viva y sombría. En aquel arrabal hay dolorosas miserias bajo el techo de una buhardilla, y hay también inteligencias ardientes y raras, y en materia de desgracia y de inteligencia, es precisamente lo más peligroso que los extremos se toquen.

El arrabal de San Antonio tenía además otras causas para conmoverse; porque allí se siente la reacción de las crisis comerciales, de las quiebras, de la carestía, de la falta de trabajo, inherentes a los grandes sucesos políticos. En tiempo de revolución, la miseria es a la vez causa y efecto. El golpe que hiere vuelve a ella. Esta población, llena de fiera virtud, capaz del mayor grado de calórico latente, siempre dispuesta a tomar las armas, pronta en las explosiones, irritada, profunda, minada, parecía que sólo esperaba la caída de una chispa. Siempre que flotan en el horizonte algunos resplandores impulsados por el viento de los sucesos, no se puede menos de pensar en el arrabal de San Antonio y en la temible fatalidad que ha colocado a las puertas de París aquel polvorín de padecimientos y de ideas.

Las tabernas del «arrabal Antonio», que se han descrito más de una vez en la historia que vamos escribiendo, tienen celebridad histórica. En tiempo de revolución embriagaban en ellas, más que el vino, las palabras. Una especie de espíritu profético, un efluvio de porvenir llena los corazones y engrandece las almas. Las tabernas del arrabal de San Antonio se parecen a esas tabernas del monte Aventino, edificadas sobre el antro de la Sibila y en comunicación con los profundos soplos sagrados; tabernas cuyas mesas son casi trípodes, y donde se bebía lo que Ennio llamaba el «vino sibilino».

El arrabal de San Antonio es un depósito del pueblo. La conmoción revolucionaria hace allí fisuras por donde corre la soberanía popular. Esta soberanía puede hacer mal, se engaña como cualquiera; pero extraviada aún es grande. Puede decirse de ella como del cíclope ciego: «Ingens.»

En 1793, según que la idea que flotaba en los aires fuera buena o mala, según que fuera la luz del fanatismo o del entusiasmo, partían del arrabal de San Antonio legiones salvajes o falanges heroicas.

Salvajes; expliquemos esta palabra. Esos hombres con el cabello erizado, que en los días genesíacos del caos revolucionario se lanzaron aullando contra el viejo París, trastornado, ¿qué querían? Querían el fin de la opresión, el fin de la tiranía, el fin del sable, el trabajo para el hombre, la instrucción para el niño, la dulzura social para la mujer, la libertad, la igualdad, la fraternidad, el pan para todos, la idea para todos, el progreso, esa cosa santa, buena y dulce: el progreso; le reclamaban terriblemente, medio desnudos, con la maza en la mano y el rugido en la boca; eran los salvajes de la civilización.

Proclamaban con furia el derecho; querían obligar al género humano a entrar en el paraíso, aunque fuese por medio del terror y del espanto.

Enfrente de esos hombres feroces y espantosos, pero feroces para el bien, hay otros hombres risueños, bordados, dorados, encintados, con medias de seda, plumas blancas, guante amarillo, bota de charol, que, apoyando los codos en una mesa cubierta de terciopelo, al lado de una chimenea de mármol, insisten templadamente en la conservación y permanencia de lo pasado, de la Edad Media, del derecho divino, del fanatismo, de la ignorancia, de la esclavitud, de la pena de muerte, de la guerra, glorificando a media voz y con finura el sable, la hoguera y el patíbulo. Si nos viéramos obligados a elegir entre los bárbaros de la civilización y los civilizados de la barbarie, escogeríamos a los bárbaros.

Pero, gracias a Dios, no estamos en esta alternativa; no es necesaria ninguna caída vertical, ni hacia adelante ni hacia atrás. Ni despotismo, ni terrorismo. Queremos el progreso por una suave pendiente.

Dios provee a él. La mitigación de las pendientes constituye la política divina.

Hacia esta época, Enjolras, previendo los sucesos posibles, hizo una especie de recuento misterioso.

Todos estaban en conciliábulo en el café Musain, y Enjolras, mezclando con sus palabras algunas metáforas medio enigmáticas, pero significativas, dijo lo siguiente:

—Conviene saber dónde estamos y con quién se puede contar. Si se quiere combatientes es preciso hacerlos. Tener con qué herir no puede estorbarnos. Los que andan por un camino tienen más peligro de recibir una cornada cuando hay bueyes en él que cuando no los hay. Contemos, pues, el rebaño. ¿Cuántos somos? No se trata de dejar esto para mañana. Las revoluciones deben ser siempre de prisa, porque el progreso no tiene tiempo que perder. Desconfiemos de lo inesperado y no nos dejemos coger desprevenidos; se trata de repasar las costuras que hemos hecho y ver si están firmes, y este negocio debe quedar concluido hoy. Courfeyrac, tú verás a los politécnicos; hoy miércoles es día de salida. Feuilly, tú verás a los de la Glaciere. Combeferre me ha prometido ir a Picpus; allí hay un hormiguero excelente.

Bahorel visitará la Estrapade. Prouvaire, los albañiles se entibian; tú nos traerás noticias de la logia de la calle de Grenelle-Saint-Honoré. Joly irá a la clínica de Dupuytren y tomará el pulso a la Escuela de Medicina. Bossuet dará una vuelta por la Audiencia y hablará con los escribanos. Yo me encargo de la Cougourde.

—Ya está todo arreglado —dijo Courfeyrac.

—No.

—¿Pues qué falta?

—Una cosa muy importante.

—¿Qué es? —preguntó Combeferre.

—La barrera del Maine —respondió Enjolras.

Quedóse después un momento como absorto en sus reflexiones, y añadió:

—En la barrera del Maine hay marmolistas, pintores y prácticos en los talleres de escultura. Es una familia entusiasta, pero sujeta al enfriamiento, y no sé lo que tienen hace algún tiempo; piensan en otra cosa, y se entibian; pasan el tiempo jugando al dominó. Sería urgente ir a hablarles un poco, y firme; se reúnen en casa de Richefeu, y se les encontrará allí entre doce y una. Es preciso soplar en aquellas cenizas; yo había pensado para esto en el distraído Mario, que, en suma, es bueno; pero ya no viene. Necesito uno para la barrera del Maine y no lo tengo.

—¿Pues y yo? —dijo Grantaire.

—¿Tú?

—Yo.

—¡Tú adoctrinar republicanos! ¡Tú volver al calor, no a principios, sino a corazones enfriados!

—¿Y por qué no?

—¿Puedes servir para algo?

—Tengo una ambición vaga —dijo Grantaire.

—Tú no crees en nada.

—Creo en ti.

—Grantaire, ¿quieres hacerme un favor?

—Todos, hasta limpiarte las botas.

—Pues bien; no te mezcles en nuestros asuntos, bebe tu ajenjo.

—Eres un ingrato, Enjolras.

—¿Serás tú hombre de ir a la barrera del Maine? ¿Serás capaz?

—Soy capaz de bajar por la calle de Grés, atravesar la plaza de San Miguel, torcer por la calle del Príncipe, tomar la calle Vaugirard, pasar los Cármenes, volver a la calle de Assas, llegar a la calle de Cherche-Midi, dejar atrás el Consejo de Guerra, medir la calle de las Viejas Tullerías, tomar el bulevar, seguir la calzada del Maine, atravesar la barrera y entrar en casa de Richefeu. Soy capaz de todo esto; mis zapatos son capaces de lo mismo.

—¿Conoces a esos compañeros de casa Richefeu?

—No mucho. Nos tuteamos solamente.

—¿Y qué les dirás?

—Les hablaré de Robespierre, ¡pardiez!; de Dantón, de los principios.

—¡Tú!

—¡Yo! Pero no me hacéis justicia; cuando me pongo a una cosa soy terrible. He leído a Prudhomme, conozco el Contrato Social, sé de memoria la Constitución del año dos. «La libertad del ciudadano concluye cuando empieza la libertad de otro ciudadano.» ¿Me tienes acaso por un bruto? Tengo un antiguo asignado en mi cajón. Los derechos del hombre, la soberanía del pueblo. ¡Demonio! Soy, además, un poco hebertista, y puedo estar hablando seis horas de reloj, con reloj en mano, de cosas soberbias.

—Sé formal —le dijo Enjolras.

—Soy terrible —respondió Grantaire.

Enjolras pensó algunos segundos e hizo el gesto del hombre que ha tomado una resolución.

—Grantaire —dijo gravemente—, consiento en probarte. Irás a la barrera del Maine.

Grantaire vivía en una casa de huéspedes cerca del café Musain. Salió y volvió a los cinco minutos; había ido a ponerse un chaleco a lo Robespierre.

—Rojo —dijo entrando y mirando fijamente a Enjolras.

Y después, con un enérgico movimiento de mano, cruzó sobre el pecho las dos solapas escarlatas del chaleco.

Y aproximándose a Enjolras le dijo al oído:

—Ten confianza.

Se puso el sombrero resueltamente y salió.

Un cuarto de hora después la sala interior del café Musain estaba desierta. Todos los amigos del A B C se habían ido, cada uno por su lado, a cumplir su misión. Enjolras, que se había reservado la Cougourde, salió el último.

Los de la Cougourde de Aix que estaban en París se reunían entonces en el llano de Issy, en una de esas canteras abandonadas, tan abundantes por aquel lado de París.

Enjolras, caminando hacia aquel lugar de reunión, iba pasando revista a las circunstancias de la situación. La gravedad de los sucesos era visible. Cuando los hechos, podromos de una especie de enfermedad social latente, se mueven con pesadez, la menor complicación los detiene y enreda, fenómeno de donde salen los derrumbamientos y los nacimientos. Enjolras descubría un levantamiento luminoso bajo los oscuros velos del porvenir. ¿Y quién sabe? El momento se aproxima tal vez. ¡El pueblo resumiendo el derecho! ¡Qué hermoso espectáculo! La Revolución volviendo a tomar majestuosamente posesión de Francia y diciendo al mundo: «¡Se continuará!» Enjolras estaba contento. El horno se caldeaba. En aquel instante tenía una nube de amigos extendida por París; componía en su imaginación, con la elocuencia penetrante y filosófica de Combeferre, el entusiasmo cosmopolita de Feuilly, la verbosidad de Courfeyrac, la risa de Bahorel, la melancolía de Juan Prouvaire, la ciencia de Joly y los sarcasmos de Bossuet, una especie de chisporroteo eléctrico que en todas partes daba fuego. Todos a la obra. Seguramente el resultado correspondería al esfuerzo; todo iba bien. Pero esto le hizo pensar en Grantaire.

—¡Calla! —se dijo—. La barrera del Maine está casi en mi camino. ¡Si yo llegase hasta casa de Richefeu! Veamos lo que hace Grantaire y dónde está.

Daba la una en la torre Vaugirard cuando Enjolras llegó al fumadero Richefeu. Empujó la puerta, entró, cruzó los brazos, dejando caer la puerta, que le dio en la espalda, y miró en la sala llena de hombres y de humo.

De en medio de aquella bruma salía una voz vivamente cortada por otra voz. Era Grantaire disputando con un adversario.

Grantaire estaba sentado enfrente de otro; al lado de una mesa de mármol de Santa Ana, sembrada de granos de maíz y llena de fichas de dominó, y golpeaba el mármol con el puño. Enjolras oyó lo siguiente:

—Seis doble.

—Cuatro.

—¡Diablo! No tengo.

—Estás muerto. Dos.

—Seis.

—Tres.

—Un as.

—Me toca poner.

—Cuatro.

—Difícilmente.

—Ahora tú.

—He cometido una falta enorme.

—Vas bien.

—Quince.

—Siete más.

—Con esas veintidós —pensando—, ¡veintidós!

—No esperabas el seis doble. Si le hubiese puesto al principio habría cambiado todo el juego.

—Dos otra vez.

—As.

—¡As! Pues bien, cinco.

—No tengo.

—¿Has puesto tú, creo?

—Sí.

—Blanca.

—¡Tienes suerte! ¡Tienes una suerte! —interrupción—. Un dos.

—Un as.

—Ni cinco ni as. Esto es bueno para ti.

—Dominó.

—¡Nombre de un perro!

* * *

Mario había asistido al inesperado desenlace de la emboscada que había dado a conocer a Javert. Pero apenas hubo abandonado éste la casa, llevando sus presos en tres coches de alquiler, salió también. No eran más que las nueve de la noche y se dirigió a casa de Courfeyrac.

Courfeyrac no era ya el imperturbable habitante del Barrio Latino; se había mudado a la calle de la Vidriera «por razones políticas»; aquel barrio era uno de los que servían de asiento a la Revolución por entonces. Mario dijo a Courfeyrac:

—Vengo a dormir contigo.

Courfeyrac sacó un colchón de los dos que tenía en su cama, lo extendió en el suelo y dijo:

—Ahí tienes.

Al día siguiente, a las siete de la mañana, Mario volvió a la casa, pagó el alquiler y lo que debía a la tía Bougon, hizo cargar en un carretón de mano sus libros, la cama, la mesa, la cómoda y sus dos sillas, y se fue sin dejar las señas de su nueva casa; de tal modo que, cuando Javert volvió por la mañana para preguntar a Mario sobre los sucesos de la víspera, no encontró más que a la tía Bougon, que le respondió:

—¡Se ha mudado!

La tía Bougon quedó convencida de que Mario era algo cómplice de los ladrones presos por la noche.

—¿Quién lo hubiera creído? —decía a los porteros del barrio—. ¡Un joven que tenía el aire de una niña!

Mario había tenido dos razones para mudarse tan pronto. Primera, que ya tenía horror a aquella casa en que había visto tan de cerca y en todo su desarrollo lo más repugnante y lo más feroz, una fealdad social más horrible aún que el rico malvado: el pobre malo. Segunda, que no quería figurar en el proceso que se seguiría probablemente y verse obligado a declarar contra Thenardier.

Javert creyó que el joven, cuyo nombre había olvidado, había tenido miedo y se había fugado, o no había vuelto quizá a su casa en el momento de la emboscada; hizo, sin embargo, algunos esfuerzos por encontrarlo, pero no lo consiguió.

Pasó un mes y después otro. Mario seguía en casa de Courfeyrac; había sabido por un pasante de abogado, visitante habitual de la Sala de los Pasos Perdidos, que Thenardier estaba incomunicado, y daba todos los lunes al alcaide de la cárcel de la Fuerza cinco francos para Thenardier.

Mario, no teniendo ya dinero, pedía los cinco francos a Courfeyrac; era la primera vez en su vida que pedía prestado. Estos cinco francos periódicos eran un doble enigma para Courfeyrac, que los daba, y para Thenardier, que los recibía.

—¿Para quién puede ser? —pensaba Courfeyrac.

—¿De dónde puede venir esto? —se preguntaba Thenardier.

Mario estaba dolorido; todo para él había vuelto a las tinieblas. No veía nada delante de sí; su vida estaba sumergida en un misterio en que andaba a tientas. Había visto un momento, de muy cerca, en esta oscuridad, a la joven a quien amaba, al viejo que parecía su padre, a esos seres desconocidos que eran su único interés y su única esperanza en este mundo, y en el momento en que había creído tenerlos por suyos, un soplo le había arrebatado todas estas sombras. Ni una chispa de certidumbre y de verdad había salido del choque más terrible. No había encontrado ninguna coyuntura posible. No sabía ni aun el nombre que había creído saber; seguramente no era el de Úrsula, y la Alondra era un apodo. ¿Y qué pensar del viejo? ¿Se ocultaba, en efecto, de la Policía? El obrero de cabellos blancos que Mario había encontrado en las cercanías de los Inválidos se le presentaba a la memoria; ya era probable que este obrero y el señor Blanco fuesen uno mismo. ¿Se disfrazaba, pues?

Este hombre tenía cosas heroicas y cosas equívocas. ¿Por qué no había gritado pidiendo auxilio? ¿Por qué había huido? ¿Era el padre de la joven? ¿Era realmente el hombre que Thenardier había creído conocer? ¿Podía haberse equivocado Thenardier? Estas preguntas eran otros tantos problemas sin solución. Pero nada de esto disminuía el encanto angelical de la joven del Luxemburgo. ¡Oh, desgracia dolorosa! Mario tenía una pasión en el pecho y la noche en los ojos. Se veía impulsado y atraído y no podía moverse; todo se había desvanecido, excepto el amor, y aun del mismo amor había perdido los instintos y las iluminaciones súbitas. Ordinariamente, esta llama que nos abrasa nos alumbra también un poco y da alguna claridad útil al exterior. Pero Mario no oía ya esos sordos consejos de la pasión. Nunca se decía: «¿Si fuese allí?» «¿Si hiciese tal o cual cosa?» Aquella joven, a quien no podía ya llamar Úrsula, estaba, evidentemente, en alguna parte; pero nada indicaba a Mario por qué lado debía buscarla. Toda su vida se resumía a la sazón en dos palabras: una incertidumbre absoluta en una bruma impenetrable. Aspiraba siempre a verla, pero ya no lo esperaba.

Para colmo de desgracia volvía a visitarle la miseria; sentía ya cerca de sí, por detrás, su soplo helado. Porque durante estos tormentos, y desde hacía algún tiempo, había abandonado su trabajo, y nada es más peligroso que la interrupción del trabajo; es una costumbre que se pierde. Costumbre fácil de perder y difícil de volver a adquirir.

Cierta cantidad de meditación fantástica es buena, como un narcótico en discreta dosis; adormece la fiebre muy dolorosa alguna vez, de la inteligencia que trabaja, y da origen en el espíritu a un vapor suave y fresco que corrige los contornos demasiado ásperos del pensamiento puro, llena aquí y allá lagunas e intervalos, enlaza los conjuntos y sombrea como un difumino los ángulos de las ideas. Pero mucha cantidad de estos ensueños fantásticos sumerge y ahoga. ¡Desgraciado el obrero del espíritu que se deja caer completamente desde el pensamiento a este ensueño! Cree que volverá a subir fácilmente y se dice que al fin y al cabo es lo mismo pensar que soñar. Error.

El pensamiento es el trabajo de la inteligencia; la meditación fantástica es la voluptuosidad; reemplazar aquél por ésta es confundir un veneno con un alimento.

Recordemos que Mario había empezado por aquí; la pasión se había echado encima después y había acabado de precipitarle en las quimeras sin objeto y sin fondo; sólo salía de casa para soñar. Costumbre perezosa, abismo tenebroso y malsano, y a medida que el trabajo disminuía, las necesidades crecían. Esto es una ley. El hombre, en el estado de meditación, es, naturalmente, pródigo y perezoso; el espíritu espaciado no puede tener una vida concreta. Hay en este modo de vivir una mezcla de bien y de mal, porque si la negligencia perezosa es funesta, la generosidad es sana y buena; pero el hombre pobre, generoso y noble que no trabaja está perdido: se le agotan los recursos y crecen sus necesidades.

Pendiente fatal en que los más honrados y los más firmes son arrastrados como los más débiles y los más viciosos, y que llega a uno de estos dos abismos: el suicidio o el crimen. Y a fuerza de salir sólo para ir meditando, llega un día en que se sale para tirarse al agua.

El exceso de meditación crea los Escousse y los Lebrás.

Mario bajaba esta pendiente a lentos pasos, con los ojos fijos en aquella persona a quien no veía ya. Lo que acabamos de decir parece extraño y, sin embargo, es verdadero. El recuerdo de un ser ausente se ilumina en las tinieblas del corazón, y cuanto más completamente va desapareciendo, más brilla; el alma desesperada y oscura ve esta luz en su horizonte como una estrella de la noche interior. Todo el pensamiento de Mario era «ella»; no pensaba en otra cosa. Conocía confusamente que su levita vieja se ponía inservible, que su levita nueva se hacía vieja, que sus camisas se gastaban, que se gastaba su sombrero, que se gastaban sus botas; es decir, que se gastaba su vida, y decía: «¡Si pudiese verla solamente antes de morir!»

Sólo una idea grata le quedaba: que ella le había amado; que su mirada se lo había dicho; que ella no sabía su nombre, pero conocía su alma, y que tal vez en el lugar en que estaba, por más que pudiese ser misterioso, le amaba aún. ¿Quién sabe si ella pensaba en él como él en ella? A veces en esas horas inexplicables que tiene todo corazón que ama, no encontrando más que razones de dolor, y sintiendo, sin embargo, un desconocido temblor de alegría, se decía: «Éstos son sus pensamientos que vienen a mí.» Y después añadía: «Mis pensamientos llegarán a ella tal vez del mismo modo.»

Esta ilusión, que Mario deshacía en seguida, conseguía, sin embargo, infundir en su alma rayos de luz que se parecían alguna vez a la esperanza. De cuando en cuando, sobre todo a esa hora de la noche que más entristece a los pensadores fantásticos, estampaba sobre un cuaderno, en que no había más que esto, lo más puro, lo más impersonal, lo más ideal de los sueños con que el amor llenaba su cerebro; a esto le llamaba «escribirle».

Pero no debe creerse que su razón estaba desordenada. Al contrario, había perdido la facultad de trabajar y de moverse con firmeza hacia un fin determinado; pero tenía, más que nunca, perspicacia y rectitud. Veía con una luz tranquila y real, aunque singular, lo que pasaba a su vista, hasta los hechos o los hombres más indiferentes; en todo decía lo justo con una especie de abatimiento noble y desinteresadamente cándido. Su juicio, casi desprendido de la esperanza, se mantenía elevado y se cernía.

En esta situación de ánimo nada se le escapaba, nada le engañaba, y descubría a cada instante el fondo de la vida, de la humanidad y del destino. ¡Dichoso, aun en medio del dolor, aquel a quien Dios ha dado un alma digna del amor y de la desgracia! El que no ha visto las cosas de este mundo y el corazón de los hombres a esta doble luz, no ha visto nada verdadero ni sabe nada.

El alma que ama y padece se encuentra en un estado sublime.

Por lo demás, sucedíanse los días y nada nuevo se presentaba; parecíale solamente que el espacio sombrío que debía atravesar se reducía a cada momento, y creía entrever ya distintamente el borde del precipicio sin fondo.

—¡Qué! —se decía—. ¿No volveré a verla?

Cuando se sube la calle de Santiago, dejando a un lado la barrera, y se sigue un poco a la izquierda del antiguo bulevar interior, se llega a la calle de la Salud, después a la de la Glaciere, y un poco antes de llegar al arroyo de los Gobelinos se encuentra una explanada que es en toda la larga y monótona ronda de los bulevares de París el único sitio en que Ruysdael se atreviera a sentarse.

No sé de dónde procede la gracia de aquel sitio: un prado verde atravesado de cuerdas tendidas en que se secan al aire algunos pingajos; una casa de hortelano, edificada en tiempo de Luis XIII, con su gran empizarrado cubierto de buhardillas, empalizadas arruinadas, un poco de agua que corre entre algunos álamos; mujeres, risas y voces; en el horizonte, el Panteón, el árbol de los Sordomudos, el Valde-Grace, negro, fantástico, alegre, magnífico, y en el fondo, el severo cuadrado de las torres de Nuestra Señora.

Como aquel sitio no vale la pena de ser visto, nadie lo visita. Apenas lo atraviesa cada cuarto de hora una carreta o un arriero.

Sucedió una vez que los paseos solitarios de Mario lo llevaron a este terreno, cerca de aquel arroyo. Aquel día hubo una novedad en el bulevar: un transeúnte. Mario, gratamente sorprendido por el atractivo casi salvaje del sitio, preguntó al transeúnte:

—¿Cómo se llama este sitio?

El transeúnte respondió:

—El campo de la Alondra.

Y añadió:

—Aquí fue donde Ulbak mató a la pastora de Ivry.

Pero después de la palabra «Alondra», Mario no había oído nada. Hay en el estado de ensueño congelaciones súbitas producidas por una sola palabra. Todo el pensamiento se condensa bruscamente alrededor de una idea y no es ya capaz de ninguna otra percepción. La Alondra era el nombre que en las profundidades de la melancolía de Mario había reemplazado a Úrsula.

—¡Calla! —dijo en el estupor poco lógico, propio de este aparte misterioso—. Éste es su campo. Aquí sabré dónde vive.

Esto era absurdo, pero irresistible.

Y desde entonces fue todos los días al campo de la Alondra.

El triunfo de Javert en la casa de Gorbeau había parecido completo, pero no lo había sido.

En primer lugar, y éste era su principal cuidado, Javert no había apresado al preso. El asesinado que se evade es más sospechoso que el asesino, y es probable que este personaje, tan preciosa captura para los bandidos, no hubiera sido menos buena presa para la autoridad.

Además, Montparnase se había escapado de las garras de Javert; era preciso esperar otra ocasión para echar la zarpa a aquel «currutaco del diablo». En efecto; Montparnase, habiendo encontrado a Eponina, que acechaba bajo los árboles del bulevar, se había ido con ella, prefiriendo ser Memorino con la hija a ser Schinder-hannes con el padre, y había hecho muy bien, porque estaba libre. En cuanto a Eponina, Javert la había hecho «trincar», lo que era un mediano consuelo, y se había reunido con Azelma en las Magdalenas.

En fin, en el trayecto de la casa de Gorbeau a la Fuerza, uno de los principales presos, Suenadinero, se había perdido. No se sabía cómo había sucedido esto; los agentes y los polizontes «no comprendían nada»; se había convertido en humo, se había deslizado por entre las cuerdas, se había escapado por las grietas del carruaje, porque el coche estaba roto, y había huido; no sabían qué decir, sino que al llegar a la cárcel Suenadinero había desaparecido. Había en aquello algo de magia o de policía. ¿Se había derretido Suenadinero en las tinieblas como un copo de nieve en el agua? ¿Había habido connivencia con los agentes? ¿Pertenecía este hombre al doble enigma del desorden y del orden público? ¿Era concéntrico a la infracción y a la represión? ¿Esta esfinge tenía las manos en el crimen y los pies en la autoridad? Javert no aceptaba estas combinaciones y se hubiese enfurecido ante tales compromisos; pero en su escuadra había otros inspectores más iniciados tal vez que él, a pesar de ser subordinados suyos, en los secretos de la Prefectura, y Suenadinero era tan malvado que podía ser un buen agente de Policía. En efecto; hay de estos bribones de dos filos. Pero fuese lo que fuese, lo cierto es que Suenadinero se perdió y no se volvió a encontrar. Javert parecía estar más irritado que asombrado de este incidente.

En cuanto a Mario, «ese pazguato de abogado que había tenido probablemente miedo», y cuyo nombre había olvidado Javert, era poco importante. Por otra parte, a un abogado se le encuentra siempre. Pero ¿era sólo un abogado?

Había empezado la sumaria.

El juez que la instruía había creído conveniente no poner incomunicado a uno de los hombres de la cuadrilla del Patrón Minette, esperando alguna confesión, y había escogido a Brujón, el cabelludo de la calle del Petit-Banquier. Se le había dejado en el patio de Carlomagno y tenía siempre encima la vista de los vigilantes.

El nombre de Brujón es un recuerdo de la Fuerza. En el repugnante patio, llamado por el verdugo el Edificio Nuevo, por la Administración el patio de San Bernardo y por los ladrones la Cueva de los Leones; en aquella muralla cubierta de escamas y de lepra que subía por la izquierda hasta el techo, cerca de una puerta de hierro, enmohecida ya, que conducía a la antigua capilla del palacio ducal de la Fuerza, convertida en dormitorio de bandidos, se veía aún, hace doce años, un castillo groseramente esculpido con un clavo en la piedra, y debajo esta firma: «Brujón, 1811.»

El Brujón de 1811 era el padre del Brujón de 1832.

Éste, a quien apenas hemos podido entrever en la emboscada de la casa de Gorbeau, era un gallardo joven, muy astuto y discreto, de aspecto huido y lastimero. A causa de este aspecto le había escogido el juez, creyéndole más útil en el patio de Carlomagno que en el calabozo incomunicado.

Los ladrones no interrumpen el ejercicio de su profesión aunque estén en manos de la justicia. No se incomodan por tan poca cosa, y estar preso por un crimen no impide comenzar otro crimen. Son como los artistas que tienen un cuadro en la exposición, y no por eso dejan de trabajar en alguna obra nueva en su taller.

Brujón aparentaba haber quedado estupefacto con la prisión. Se le veía muchas veces horas enteras en el patio de Carlomagno de pie, cerca del tragaluz del cantinero, contemplando como un idiota la sórdida lista de los precios de la cantina, que empezaba: «puerros, sesenta y dos céntimos», y concluía: «cigarro, cinco céntimos», o bien pasaba el tiempo temblando, chocando los dientes, diciendo que tenía calentura y preguntando si estaba vacante alguna de las veintiocho camas de la sala de los calenturientos.

De pronto, hacia la segunda quincena de febrero de 1832, se supo que Brujón, el tonto, había mandado hacer a los mozos de la cárcel, no bajo su nombre, sino bajo el nombre de tres camaradas suyos, tres comisiones diferentes, las cuales le habían costado cincuenta sueldos, gasto exorbitante que llamó la atención del inspector de la cárcel.

Hiciéronse indagaciones, y consultando la tarifa de los encargos, clavada en la pared de la sala de detenidos, se llegó a saber que los cincuenta sueldos se descomponían así: Tres recados: uno al Panteón, diez sueldos; otro a Val-de-Grace, quince sueldos, y otro a la barrera de Grenelle, veinticinco sueldos; este último era el precio más alto de la tarifa. Ahora bien: precisamente en el Panteón, en Val-de-Grace y en la barrera de Grenelle estaban los domicilios de los tres rateros más temibles de las barreras: Kruideniers, el llamado Bizarro, glorioso presidiario cumplido, y Paracoches, sobre los cuales cayó por este incidente la mirada de la Policía.

Creyóse adivinar que estos hombres estaban afiliados a la cuadrilla del Patrón Minette, de la cual habían sido puestos a la sombra los jefes, Babet y Tragamares. Supúsose que los recados de Brujón, enviados no a una casa, sino a personas que esperaban en la calle, debían ser avisos para algún crimen tramado. Había, además, otros indicios. Echóse la garra a los tres vagos y se creyó haber venteado la maquinación de Brujón, cualquiera que fuese.

Como una semana después de tomarse estas medidas, una noche un vigilante de ronda, que vigilaba el dormitorio inferior del Edificio Nuevo, en el momento de echar en el buzón de contraseñas la suya, es decir, la pieza de metal con su número, que sirve para indicar que el inspector cumple el servicio exactamente, de modo que cada hora cae en los buzones de las puertas de los dormitorios una contraseña; un inspector, decimos, vio por la rejilla del dormitorio a Brujón, sentado, escribiendo algo en la cama a la luz de la lámpara. El inspector entró, púsose a Brujón por un mes en el calabozo; pero no se le pudo coger lo que había escrito. La policía no supo más.

Lo cierto es que al día siguiente tiraron un «postillón» desde el patio de Carlomagno a la Cueva de los Leones por encima del edificio de cinco pisos que separaba ambos patios.

Los presos llaman «postillón» a una bola de pan, artísticamente amasada, que se envia «a Irlanda»; es decir, por encima de los tejados de una cárcel de un patio a otro. Etimología: por encima de Inglaterra, de una tierra a otra, «a Irlanda». Cuando cae, pues, la bola en el patio, el que la recoge la abre y encuentra un billete dirigido a algún preso en el patio. Si es un preso el que la coge, la da a su destino, y si es un carcelero o uno de los presos secretamente vendidos, que se llaman «borregos» en las cárceles y «zorros» en los presidios, el billete es presentado al escribano, y después a la Policía.

Esta vez el billete llegó a su destino, aunque en aquel momento el que debía recibirlo estaba entre los «separados»; era nada menos que Babet, uno de los cuatro de la cuadrilla del Patrón Minette.

El «postillón» contenía un papel arrollado, en el cual estaban escritas estas dos líneas:

«Babet: Se puede dar un golpe en la calle Plumet. Una verja en un jardín.»

Esto era lo que Brujón había escrito por la noche.

A pesar de los registradores y registradoras, Babet encontró medios de hacer llegar el billete desde la Fuerza a la Salpetrière, a una «buena amiga» que allí tenía, y que estaba encerrada. Ésta, a su vez, transmitió el billete a otra a quien conocía, a una tal Magnon, muy vigilada por la Policía, pero no presa aún. Esta Magnon, cuyo nombre ha visto ya el lector, tenía con los Thenardier relaciones que explicaremos más adelante, y podía servir de puente entre la Salpetrière y las Magdalenas, yendo a ver a Eponina.

Pero sucedió, precisamente en este momento, que, faltando pruebas en la sumaria formada contra Thenardier respecto de sus hijas Eponina y Azelma, fueron puestas en libertad.

Cuando Eponina salió, la Magnon, que la esperaba a la puerta de las Magdalenas, le dio el billete de Brujón a Babet, encargándola que «diese luz» al negocio.

Eponina fue a la calle Plumet, reconoció la verja y el jardín, observó la casa, espió, acechó y algunos días después llevó a Magnon, que vivía en la calle Colche-Perce, un «bizcocho», que Magnon transmitió a la querida de Babet a la Salpetrière. Un bizcocho, en el tenebroso simbolismo de las prisiones, significa «no hay nada que hacer».

Tan bien salió todo que, antes de una semana, Babet y Brujón, al encontrarse en el camino de ronda de la Fuerza, yendo uno «a la instrucción» y viniendo el otro, preguntó Brujón:

—¿Y la calle P.?

—Bizcocho —respondió Babet.

Así abortó este feto del crimen, engendrado por Brujón en la Fuerza.

Este aborto tuvo, sin embargo, consecuencias completamente extrañas al programa de Brujón. Ya se verán.

Muchas veces se cree estar anudando un hilo, y se anuda otro.

* * *

Mario no visitaba a nadie; solamente algunas veces encontraba al señor Mabeuf.

Mientras Mario descendía gravemente por estos lúgubres escalones, que podían llamarse la escalera de la cueva, y que conducen a los lugares sin luz, donde se oye a los dichosos marchar por encima, el señor Mabeuf los bajaba de otra manera.

La «Flora de Cauterets» no se vendía ya absolutamente. Los experimentos sobre el añil no habían dado resultado ninguno en el pequeño jardín de Austerlitz, que estaba mal situado. Allí sólo podía cultivar algunas plantas raras que necesitan la humedad y la sombra. Mas no por eso se desanimaba. Había conseguido un rincón de tierra en el Jardín Botánico, en buena situación para hacer «a su costa» los ensayos sobre el añil, para lo cual había llevado las láminas de su «Flora» al Monte de Piedad. Había reducido su almuerzo a dos huevos, y dejaba uno de ellos a su vieja criada, a la cual no había pagado el salario hacía quince meses. Muchas veces su almuerzo era su única comida. Ya no se reía con su risa infantil; se había hecho huraño, y no recibía visitas. Mario hacía muy bien en no ir a verle. Algunas veces, a la hora en que el señor Mabeuf iba al Jardín Botánico, se encontraban el viejo y el joven en el bulevar del Hospital. No se hablaban; solamente se saludaban con la cabeza tristemente. Cosa dolorosa: hay un momento en que la miseria separa hasta a los amigos. Antes eran dos amigos; ahora eran dos transeúntes.

El librero Royol había muerto. El señor Mabeuf no conocía más que sus libros, su jardín y su añil; éstas eran las tres formas que habían tomado para él la felicidad, el placer y la esperanza; esto le bastaba para vivir, y se decía: «Cuando haya hecho mis bolitas azules seré rico; sacaré mis láminas del Monte de Piedad, haré de moda mi "Flora" con el charlatanismo, pondré anuncios en los periódicos y compraré, ya sé dónde, un ejemplar del "Arte de navegar", de Pedro Medina, con grabados en madera, edición de 1559.»

Mientras tanto, trabajaba todo el día en su sembrado de añil, y por la noche volvía a su casa para regar el jardín y leer sus libros. El señor Mabeuf tenía por entonces muy cerca de los ochenta años.

Una noche tuvo una singular aparición.

Había vuelto a su casa muy de día aún. La tía Plutarco, cuya salud se quebrantada, estaba enferma y acostada. El señor Mabeuf había comido un hueso que tenía un poco de carne y un pedazo de pan que había encontrado en la mesa de la cocina, y estaba sentado en un guardacantón echado que tenía por banco en el jardín.

Cerca del banco había, según la moda de los antiguos huertos, una especie de cajón alto, hecho de vigas y de tablas muy estropeadas ya, que era jaula de conejos en la parte inferior y frutero en la superior. No tenía conejos en la jaula, pero aún conservaba algunas manzanas en el frutero, restos de la provisión del invierno.

El señor Mabeuf se había puesto a hojear y a leer, con ayuda de los anteojos, dos libros de que estaba apasionado, y que, cosa rara en su edad, le tenían pensativo. Su natural timidez le hacía propicio para aceptar ciertas supersticiones. El primero de estos libros era el famoso tratado del presidente Delanere, «De la inconstancia de los demonios»; el otro era la obra de Mutor de la Rubandiere, «Sobre los diablos de Vauvert y los gobelinos de la Bievre». Este libro le interesaba tanto más cuanto que su jardín había sido un sitio frecuentado por los gobelinos. El crepúsculo empezaba a blanquear los objetos que estaban en alto y a ennegrecer los que estaban en bajo. Al mismo tiempo que leía, mirando por encima del libro que tenía en la mano, el señor Mabeuf contemplaba sus plantas, y entre otras, un rododendro magnífico que era uno de sus consuelos; los cuatro últimos días de bochorno, de viento y de sol, sin una gota de lluvia, habían hecho que los tallos se encorvasen, que se inclinasen los botones y que cayesen las hojas; era preciso regar; el rododendro, sobre todo, estaba triste. El señor Mabeuf era de esos para quienes las plantas tienen alma. El viejo había trabajado todo el día en su sembrado de añil y estaba rendido de cansancio, se levantó sin embargo, dejó los libros en el banco y se dirigió encorvado y con vacilante paso al pozo; pero cuando cogió la soga no pudo ni tirar para desengancharla. Entonces se volvió y dirigió una mirada angustiosa al cielo, que se iba cubriendo de estrellas.

La noche tenía esa serenidad que disminuye los dolores del hombre bajo una alegría lúgubre, eterna y desconocida, y anunciaba que iba a ser tan árida como el día.

—¡Estrellas por todas partes! —pensaba el anciano—. ¡Ni una pequeñísima nube! ¡Ni una lágrima de agua!

Y dejó caer sobre el pecho la cabeza, que había levantado un momento. Pero volvió a levantarla y miró al cielo, murmurando:

—¡Una lágrima de rocío! ¡Un poco de piedad!

Trató de nuevo de desenganchar la soga del pozo, pero no pudo.

En aquel momento oyó una voz que decía:

—Señor Mabeuf, ¿queréis que riegue yo el jardín?

Y al mismo tiempo sintió en el seto el ruido de un animal salvaje que corre, y vio salir de entre los matorrales una jovenzuela delgada que se puso delante de él mirándole atrevidamente. Parecía más bien un aborto del crepúsculo que un ser humano.

Antes que hubiera podido responder una sílaba el señor Mabeuf, que se asustaba fácilmente, aquel ser, cuyos movimientos tenían en la oscuridad una especie de brusco capricho, había desenganchado la soga, sumergido y sacado el cubo y llenado la regadera; el buen hombre veía esta aparición que tenía los pies desnudos y un zagalejo todo roto; veía, decimos, cómo corría por las platabandas derramando la vida en su derredor. El ruido de la regadera en las hojas encantaba al señor Mabeuf. Le parecía que el rododendro era ya feliz.

Vaciado el primer cubo, la muchacha sacó otro, y después un tercero; así regó todo el jardín.

Cuando hubo acabado, el señor Mabeuf se aproximó a ella con lágrimas en los ojos y le puso la mano en la frente.

—Dios os bendiga —dijo—; sois un ángel, porque tenéis cuidado de las flores.

—No —respondió—, soy el diablo; pero es indiferente.

El viejo exclamó, sin esperar ni oír la respuesta:

—¡Qué lástima que yo sea tan desgraciado y tan pobre y que no pueda hacer nada por vos!

—Algo podéis —dijo ella.

—¿El qué?

—Decirme dónde vive el señor Mario.

El viejo no lo comprendió.

—¿Qué señor Mario?

Y alzó su vidriosa mirada como buscando una cosa que hubiera desaparecido.

—Un joven que venía aquí hace tiempo.

El señor Mabeuf había ya registrado su memoria, y contestó:

—¡Ah, sí!... Ya sé lo que queréis decir. ¡Esperad! El señor Mario..., el barón Pontmercy, ¡pardiez! Vive... o, por mejor decir, no vive ya... Vaya, no lo sé.

Y al mismo tiempo que hablaba se había encorvado para sujetar una rama del rododendro.

—Esperad —continuó—; ahora me acuerdo. Pasa mucho por el bulevar y va hacia la Glaciére, calle de Croule-Barbe, campo de la Alondra. Id por allí y no será difícil que lo encontréis.

Cuando el señor Mabeuf se enderezó ya no había nadie; la joven había desaparecido.

Entonces tuvo miedo de veras.

—Ciertamente —dijo—, que si no viese el jardín regado, creería que había sido un espíritu.

Una hora después, cuando se acostó, volvió a pensar en esto, y al dormirse, en ese momento confuso en que el pensamiento, semejante al pájaro fabuloso que se convierte en pez para pasar el mar, toma poco a poco la forma del ensueño para atravesar el sueño, se decía confusamente:

—Esto se parece mucho a lo que Rubandiere cuenta de los gobelinos. ¿Si será un gobelino?

Algunos días después de esta visita de un «espíritu» al señor Mabeuf, una mañana —era lunes, el día en que Mario pedía a Courfeyrac la moneda de cien sueldos para Thenardier— Mario había metido esta moneda en el bolsillo y, antes de llevársela al carcelero, había ido «a pasearse un poco», esperando tener ganas de trabajar a la vuelta. Esto era lo que hacía siempre. Apenas se levantaba, se sentaba delante de un libro y una hoja de papel para concluir alguna traducción; tenía entonces que hacer la versión al francés de una célebre disputa entre alemanes; la controversia de Gans y de Savigny; cogía a Gans, cogía después a Savigny, leía cuatro líneas; trataba de escribir una y no podía; veía una estrella entre sus ojos y el papel, y se levantaba de la silla, diciendo: «Voy a salir. Eso me dará ganas de trabajar.»

Y se iba al campo de la Alondra.

Allí veía más que nunca la estrella, y menos que nunca a Savigny y a Gans.

Volvía a su casa, trataba de empezar a trabajar y no lo conseguía; no podía reanudar ni uno solo de los hilos rotos de su cerebro, entonces decía: «Mañana no salgo, porque así no puedo trabajar.» Y salía todos los días.

Vivía en el campo de la Alondra más que en casa de Courfeyrac. Sus señas eran verdaderamente éstas: «Bulevar de la Salud, séptimo árbol, pasada la calle de Croule-Barbe.»

La mañana de que vamos hablando había abandonado el árbol y se había sentado en el parapeto del arroyo de los Gobelinos. Un sol alegre penetraba las frescas hojas abiertas y resplandecientes.

Pensaba en «ella», y su pensamiento, convirtiéndose en reconvención, recaía sobre él; pensaba dolorosamente en la pereza, parálisis del alma, que se apoderaba de él, y en aquella noche, cuyas tinieblas se espesaban por momentos ante su vista, hasta el punto de que ya no veía ni aun el Sol.

Sin embargo, a través de este penoso desprendimiento de ideas indistintas que no eran un monólogo, porque tanto se debilitaba en él la actividad que ya no tenía ni la fuerza de querer desconsolarse; a través de esta absorción melancólica sentía las sensaciones de lo exterior. Oía detrás de sí, debajo de sí, en ambas orillas del arroyo, a las lavanderas de los Gobelinos golpear la ropa, y por encima de su cabeza cantar a los pájaros de los olmos. Por un lado, el ruido de la libertad, del feliz descuido, del placer que tiene alas; por otro, el ruido del trabajo. Estos dos ruidos le parecían alegres, cosa que le hacía pensar profundamente y casi reflexionar.

De repente, en medio del éxtasis que le dominaba, oyó una voz conocida que decía:

—¡Calla! ¡Ahí está!

Levantó los ojos y conoció a aquella desgraciada niña que había ido una mañana a su casa, la hija mayor de la Thenardier, Eponina, pues ya sabía cómo se llamaba. Estaba empobrecida y hermoseada, dos cosas que parecía no podían ser. Había realizado un doble progreso hacia la luz y hacia la desgracia. Llevaba los pies descalzos e iba vestida de harapos, como el día que había entrado tan resueltamente en su cuarto; solamente que sus harapos tenían dos meses más, los agujeros eran mayores y los trapajos más miserables. Tenía la misma voz ronca, la misma frente atezada y arrugada por el aire, la misma mirada libre, extraviada y vacilante. Además tenía en la fisonomía algo de asombrado y de lastimero que añade la prisión o la miseria.

Llevaba algunos restos de paja y de heno en los cabellos, no como Ofelia, por haberse vuelto loca con el contagio de la locura de Hamlet, sino porque había dormido en algún pajar.

Y con todo esto estaba hermosa. ¡Qué astro eres, juventud!

462

Se había parado delante de Mario, con alguna expresión de alegría en su lívido rostro y una como sonrisa.

Estuvo algunos momentos como si no pudiese hablar.

—¡Ya os encontré! —dijo por fin—. Tenía razón el señor Mabeuf. ¡En este bulevar! ¡Cuánto os he buscado! ¡Si lo supiéseis! ¿Lo sabéis? ¡He estado en la cárcel quince días! Ya me han soltado, viendo que no había nada contra mí y que además no tenía edad de discernimiento; me faltaban dos meses. ¡Oh, cómo os he buscado desde hace seis semanas! ¿Ya no vivís allá?

—No —dijo Mario.

—¡Oh! Ya comprendo. A causa de aquello. Son muy desagradables esos lances. Os habéis mudado. ¡Calla! ¿Y por qué lleváis ese sombrero tan viejo? Un joven como vos debe llevar un buen traje. ¿No lo sabéis, señor Mario? El señor Mabeuf os llama el barón Mario de no sé cuántos. ¿No es verdad que no sois barón? Los barones son viejos, van al Luxemburgo, delante del palacio, donde hay más sol, y leen la «Quotidienne» por un sueldo. Yo estuve una vez a llevar una carta a casa de un barón así. Tenía más de cien años. Decidme, ¿dónde vivís ahora?

Mario no respondió.

—¡Ah! —continuó ella—. Tenéis un agujero en la camisa. Tendré que cosérosla.

Y añadió con un acento que se oscurecía poco a poco:

—Parece que no os alegráis de verme.

Mario callaba; ella guardó silencio por un momento, y después exclamó:

—Y, sin embargo, si quisiera os obligaría a estar contento.

—¡Cómo! —preguntó Mario—. ¿Qué queréis decir?

—¡Ah! ¡Antes me llamábais de tú!

—Pues bien: ¿qué queréis decir?

Eponina se mordió el labio; parecía dudar, como si fuese presa de una lucha interior; por fin pareció decidirse.

—Tanto peor; es igual. Tenéis el aire triste y quiero que estéis contento. Prometedme sólo que os reiréis. Quiero veros reír y deciros: «Bien, así me gusta.» ¡Pobre señor Mario! Ya sabéis; me habéis prometido que me daríais... todo lo que yo quisiera...

—¡Sí, pero habla!...

Ella miró a Mario fijamente a los ojos, y le dijo:

—¡Sé las señas!

Mario se puso pálido. Toda su sangre refluyó al corazón.

—¿Qué señas?

—Las que me habéis mandado averiguar.

Y añadió, como si hiciese un esfuerzo:

—Las señas... ya sabéis.

—¡De la señorita!

—¡Sí! —murmuró Mario.

Y así que pronunció esta palabra suspiró profundamente.

Mario saltó del sitio en que estaba sentado y le cogió fuertemente la mano.

—¡Oh, bien! ¡Llevadme! ¡Dime! ¡Pídeme todo lo que quieras! ¿Dónde es?

—Venid conmigo —respondió—. No sé bien la calle ni el número; es al otro extremo, pero conozco bien la casa; voy a enseñaros.

Retiró entonces la mano y dijo con un tono que hubiera lacerado el corazón de un observador, pero que no llamó la atención de Mario, embriagado y conmovido:

—¡Ah! ¡Qué contento estáis ahora!

Una nube pasó por la frente de Mario.

—¡Júrame una cosa! —dijo cogiendo a Eponina de un brazo.

—¡Jurar! —dijo ella—. ¿Qué quiere decir eso? ¡Calla! ¿Queréis que jure?

Y se echó a reír.

—¡Tu padre! Júrame, Eponina; júrame que no dirás a tu padre dónde vive.

Eponina se volvió hacia él admirada.

—¡Eponina! ¿Cómo sabéis que me llamo Eponina?

—¡Prométeme lo que te digo!

Pero ella parecía no oírle.

—¡Es muy raro esto! ¡Me habéis llamado Eponina!

Mario le cogió los dos brazos a la vez.

—¡Pero respóndeme, en nombre del cielo! Atiende a lo que te digo. ¡Júrame que no dirás esas señas a tu padre!

—¡Mi padre! ¡Ah, sí, mi padre! Estad tranquilo. Está incomunicado. Pero además, ¿me cuido yo de mi padre?

—¿Pero no me lo prometes? —exclamó Mario.

—¡Dejadme! —dijo ella echándose a reír—. ¡Cómo me sacudís! Sí, sí. ¡Os lo prometo! ¡Os lo juro! ¡Qué me importa eso! ¡No diré las señas a mi padre! ¿No es eso?

—Ni a nadie —dijo Mario.

—Ni a nadie.

—Ahora, llévame.

—¿En seguida?

—En seguida.

—Venid. ¡Oh, qué contento está! —dijo la joven.

A los pocos pasos se detuvo.

—Me seguís muy de cerca, señor Mario. Dejadme ir delante y seguidme como si tal cosa. No deben ver a un hombre bien portado como vos con una mujer como yo.

En ninguna lengua podría expresarse lo que encerraba esta palabra «mujer» pronunciada por aquella niña.

Dio una docena de pasos y se detuvo otra vez; Mario la alcanzó. Ella le dirigió la palabra de lado y sin volverse hacia él:

—A propósito, ¿recordáis que habéis prometido una cosa?

Mario registró el bolsillo. No poseía en el mundo más que los cinco francos destinados a Thenardier; los sacó y los puso en la mano de Eponina.

Ella abrió los dedos, dejó caer la moneda al suelo, y dijo mirando a Mario con aire sombrío:

—No quiero vuestro dinero.

* * *

CAPÍTULO II

LA CASA DE LA CALLE PLUMET

Hacia mediados del siglo último, un presidente de sala en el Parlamento de París tenía una querida, y queriendo ocultarla, porque en aquella época los grandes señores manifestaban sus queridas y los pequeños las ocultaban, hizo construir «una casita» en el arrabal de San Germán, en la calle desierta de Blomet, que hoy se llama Plumet, y no lejos del sitio que se llamaba entonces «La lucha de animales».

Se componía esta casa de un pabellón de un solo piso; tenía dos salas en el bajo y dos cuartos en el principal, una cocina en aquél y un gabinete de tocador en éste, y debajo del tejado un granero, precedido todo de un jardín con una verja que daba a la calle. El jardín tenía cerca de media fanega de tierra y era lo único que los transeúntes podían ver; pero por detrás del pabellón había un patio pequeño y en el fondo una habitación baja, compuesta de dos piezas sobre la cueva, especie de secreto, destinado a ocultar, en caso necesario, un niño o una nodriza. Esta habitación comunicada por la espalda, por medio de una puerta oculta y que se abría por un secreto, con un largo corredor o pasadizo, empedrado, tortuoso, a cielo abierto, costeado de dos altas paredes, que, oculto por un arte prodigioso y como perdido entre los límites de los jardines y de los sembrados, cuyos ángulos y vueltas iban siguiendo, terminaba en otra puerta también secreta que se abría a medio cuarto de legua de allí, casi en otro barrio, a la extremidad solitaria de la calle de Babilonia.

El señor presidente entraba por allí; de tal modo que aun los que le hubiesen espiado o seguido y hubiesen observado que el señor presidente iba todos los días misteriosamente a alguna parte, no habrían sospechado que ir a la calle de Babilonia era ir a la calle Blomet. Por medio de hábiles compras de terreno, el ingenioso magistrado había podido hacer este trabajo de camino secreto en sus posesiones, y, por consiguiente, sin obstáculo. Después había dividido en pequeños trozos, para jardines y huertas, los terrenos lindantes con el pasadizo y los propietarios de estos terrenos creían ver una pared medianera por ambos lados, y no sospechaban la existencia de aquella vereda que serpenteaba entre dos paredes por entre sus platabandas y vergeles. Sólo los pájaros veían aquella curiosidad, siendo muy probable que las currucas y calandrias del siglo último charlasen mucho a costa del señor presidente.

El pabellón era de piedra, al estilo Mansard; estaba artesonado y amueblado a la Watteau; rocalla por dentro y peluca por fuera, rodeado de un triple seto de flores, y tenía algo de discreto, de elegante y de solemne, como corresponde a un capricho amoroso de un magistrado.

La casa y el corredor, que han desaparecido ya, existían aún hace una quincena de años. En 1793, un calderero compró la casa para derribarla, pero, no habiendo podido pagar el precio, la nación le declaró en quiebra; de modo que la casa fue quien le derribó a él. Después quedó deshabitada y fue arruinándose lentamente, como todo edificio al que no comunica la vida la presencia del hombre. Había quedado amueblada con los muebles antiguos, y siempre anunciada en venta o alquiler, y las diez o doce personas que pasaban al año por la calle Plumet veían este anuncio en un cartel amarillo e ilegible, colgado de la verja del jardín desde 1810.

A finales de la Restauración, estos transeúntes pudieron notar que había desaparecido el escrito y que estaban abiertos los postigos del primer piso. En efecto, la casa estaba ocupada; las ventanas tenían «cortinillas», señal de que había una mujer.

En el mes de octubre de 1829, un hombre de alguna edad se había presentado y había alquilado la casa tal como estaba, incluyendo la habitación de atrás y el pasadizo que terminaba en la calle de Babilonia. Había hecho restaurar las aberturas secretas de las dos puertas de este pasadizo. La casa, como acabamos de decir, tenía casi los mismos muebles antiguos que en tiempo del presidente; el nuevo inquilino había mandado hacer algunas reparaciones, poniendo aquí y allá lo que faltaba: adoquines en el patio, baldosas en los suelos, escalones en la escalera, hojas en el parque y vidrios en las ventanas, y últimamente se había instalado allí con una jovencita y una criada vieja, sin ruido alguno, más bien como el que se desvía que como el que entra en su casa. Los vecinos no murmuraban nada, por la razón de que no los había.

Este inquilino tan silencioso era Juan Valjean, y la joven, Cosette. La criada era una solterona llamada Santos, a quien Juan Valjean había sacado del hospital y de la miseria; era vieja, provinciana y tartamuda; tres cualidades que habían determinado a Juan Valjean a tomarla a su servicio. Había alquilado la casa con el nombre del señor Fauchelevent, rentista. En todo lo que hemos referido anteriormente, el lector habrá tardado menos que Thenardier en conocer a Juan Valjean.

¿Por qué había abandonado Juan Valjean el convento del Pequeño Picpus? ¿Qué había sucedido?

Nada había pasado de extraordinario.

El lector recordará que Juan Valjean era feliz en el convento, tan feliz que su conciencia concluyó por alarmarse. Veía a Cosette todos los días; sentía nacer y desarrollarse en él poco a poco el sentimiento paternal, cubría con su alma a aquella niña, y se decía que era suya, que nadie podía quitársela, y que así sería siempre; que Cosette se haría monja, viéndose dulcemente solicitada todos los días, de modo que el convento sería siempre el universo para él y para ella; que él envejecería allí y ella crecería, y envejecería, y moriría, y, por último, ¡consoladora esperanza!, que no sería posible ninguna separación. Pero al mismo tiempo que pensaba esto, vino a caer en nuevas perplejidades. Preguntóse a sí mismo si toda aquella felicidad se componía sólo de su felicidad o también de la de otra persona; es decir, de la felicidad de aquella niña de que se apoderaba y a quien confiscaba él, que era un viejo. ¿No era esto un robo?

Se decía que esta niña tenía derecho a conocer el mundo antes de renunciar a él; que privarla de antemano y, en cierto modo, sin consultarla, de todos los goces, con el pretexto de salvarla de todas las pruebas, aprovecharse de su ignorancia y de su aislamiento para hacer germinar en ella una vocación artificial, sería desnaturalizar una criatura humana y engañar a Dios. ¿Y quién sabe si Cosette, reflexionando algún día sobre todo esto y viéndose monja a disgusto, no llegaría hasta a odiarle? Ultima idea casi egoísta y menos noble que las demás, pero que le era insoportable.

Resolvióse, pues, a abandonar el convento.

Se decidió; conoció, aunque con pesar, que era necesario; no tenía objeciones que hacerse. Cinco años de encierro y de desaparición entre aquellas cuatro paredes habían destruido o dispersado necesariamente los elementos de temor; podía volver tranquilamente a vivir entre los hombres, había envejecido y estaba desconocido. ¿Quién habría de conocerle ahora? Y aun en el peor caso, sólo corrría peligro por sí mismo, y no tenía derecho para condenar a Cosette al claustro por la razón de que él había sido condenado a presidio. Por otra parte, ¿qué es el peligro ante el deber? En fin, nada le impedía ser prudente y tomar sus precauciones.

En cuanto a la educación de Cosette, estaba casi terminada y completa.

Juan Valjean, después de decidirse, sólo esperó una ocasión, y no tardó ésta en presentarse: el tío Fauchelevent murió.

Juan Valjean pidió audiencia a la reverenda priora y le dijo que habiendo recibido a la muerte de su hermano una modesta herencia que le permitía vivir sin trabajar, pensaba dejar el servicio del convento y llevarse a su nieta; pero que como no era justo que Cosette, no pronunciando el voto, hubiese sido educada gratuitamente, suplicaba humildemente a la reverenda priora le permitiese ofrecer a la comunidad una suma de cinco mil francos como indemnización de los cinco años que Cosette había pasado en el convento.

Así salió Juan Valjean del convento de la Adoración Perpetua.

Al abandonar aquella casa llevó en sus brazos, sin querer entregarlo a ningún mozo, el baulito cuya llave tenía siempre consigo. Aquel baulito traía inquieta a Cosette por el olor embalsamado que despedía.

El baulito no se separó nunca de él; siempre lo tenía en su cuarto. Era lo primero y alguna vez lo único que trasladaba en sus mudanzas. Cosette se reía y le llamaba al baulito «el inseparable», diciendo:

—Me da celos.

Juan Valjean no salió al aire libre sin experimentar una profunda ansiedad.

Descubrió la casa de la calle Plumet y se quedó con ella; además estaba en posesión del nombre de Último Fauchelevent.

Al mismo tiempo alquiló otras dos casas en París, con objeto de atraer la atención menos que viviendo siempre en el mismo barrio, de poder ausentarse a la menor inquietud que sintiese y de no encontrarse desprevenido, como la noche en que se escapó milagrosamente de Javert. Estas otras dos casas eran dos edificios feos y de pobre aspecto, en dos barrios muy separados uno de otro: uno en la calle del Oeste y otro en la del Hombre Armado.

Iba de cuando en cuando, ya a la calle del Hombre Armado, ya a la del Oeste, a pasar un mes o seis semanas con Cosette, sin llevar a la tía Santos. Le servían los porteros y pasaba por un rentista de las cercanías que tenía un apeadero en la ciudad. Aquella gran virtud tenía tres casas en París para huir de la Policía.

Por lo demás, y hablando en rigor, vivía en la calle Plumet, donde había arreglado su existencia del modo siguiente:

Cosette, con la criada, ocupaba el pabellón; tenía la alcoba principal con los entrepaños pintados, el gabinete de las molduras doradas, el salón del presidente, adornado de tapicería y de grandes sillones, y el jardín. Juan Valjean había mandado poner en el cuarto de Cosette una cama, con pabellón de damasco antiguo de tres colores y una hermosa alfombra de Persia, antigua también, comprada en la calle de Figuier-Saint-Paul, en casa de la tía Gaucher, y para evitar la severidad de estas magníficas antigüedades, había combinado con esta prendería todos los muebles graciosos y elegantes de las jóvenes: el tocador, la biblioteca, los libros dorados, la papelera, el costurero incrustado de nácar, el neceser sobredorado y la palangana de porcelana del Japón. Grandes cortinones de damasco de fondo rojo de tres colores, semejantes a los de la cama, colgaban ante las ventanas del primer piso; en el bajo había colgaduras de tapicería.

Todo el invierno la casita de Cosette estaba caldeada de arriba abajo. Juan Valjean habitaba la especie de portería que había en el fondo del patio, con un colchón en una cama de tijera, una mesa de madera blanca, dos sillas de paja, un jarro de loza, algunos libros en una tabla y su querida valija en un rincón; allí nunca había lumbre. Comía con Cosette y tenía un pan de centeno para él en la mesa. El día que entró la tía Santos le dijo:

—La señorita es el ama en casa.

—¿Y vos, señor? —replicó la tía Santos estupefacta.

—Yo soy mucho más que el amo: soy su padre.

Cosette, en el convento, había aprendido la ciencia doméstica y arreglaba los gastos, que eran muy modestos. Todos los días Juan Valjean llevaba a Cosette a pasear del brazo. La llevaba al Luxemburgo, a la alameda más solitaria, y los domingos a misa, siempre a Santiago de Haut-Pas, porque estaba muy lejos. Como aquél era un barrio muy pobre, daba muchas limosnas y los desgraciados le rodeaban en la iglesia, lo que le había valido el título que Thenardier le había dado: «Al señor bienhechor de la iglesia de Santiago de Haut-Pas.» Llevaba a Cosette a visitar a los pobres y a los enfermos. En la casa de la calle Plumet no entraba ningún extraño; la tía Santos llevaba las provisiones, y Juan Valjean iba por sí mismo a buscar el agua a una fuente cercana del bulevar. Guardaban leña y vino en un espacio casi subterráneo, tapizado de conchas, que estaba cerca de la puerta de la calle de Babilonia y que había servido en otro tiempo de gruta al señor presidente, porque en tiempo de las Locuras y de las Casitas no había amor sin gruta.

En la puerta excusada de la calle de Babilonia había una de esas cajas o buzones que sirven para recoger cartas y periódicos; pero como los tres habitantes del pabellón de la calle Plumet no recibían ni periódicos ni cartas, utilizaban esta caja, guardadora en otro tiempo de amorcillos y confidente de un golilla petimetre, para las cédulas del cobrador de contribuciones y las papeletas de guardia; porque el señor Fauchelevent, rentista, era guardia nacional; no había podido escaparse de las apretadas mallas del censo de 1831. El empadronamiento municipal había llegado en aquella época hasta el convento del Pequeño Picpus, especie de nube impenetrable y santa, de donde Juan Valjean había salido venerable a los ojos del alcalde de barrio, y, por consiguiente, digno de hacer guardias.

Juan Valjean se ponía el uniforme y entraba de guardia tres o cuatro veces al año, y lo hacía con gusto, porque el uniforme era para él un correcto disfraz que le mezclaba con todo el mundo, dejándole solitario. Juan Valjean acababa de cumplir sesenta años, edad de la exención legal, pero no aparentaba más de cincuenta; además no tenía deseo alguno de librarse de su sargento mayor y de librarse del conde de Lobau; no tenía estado civil. Ocultaba su nombre, ocultaba su edad, ocultaba todo, y, como hemos dicho, era un guardia nacional de buena voluntad. Toda su ambición era asemejarse a cualquiera que pagase contribución. El ideal de este hombre era, en lo interior, ser ángel, y en lo exterior, contribuyente.

Hagamos notar aquí una cosa: cuando salía con Cosette, se vestía como hemos dicho y parecía un militar retirado. Cuando salía solo, que era, comúnmente, por la noche, iba siempre vestido con una blusa y de pantalón de obrero y una gorra que le ocultaba el rostro. ¿Era esto precaución o humildad? Ambas cosas a la vez. Cosette estaba acostumbrada ya al aspecto enigmático de su destino y apenas notaba las rarezas de su padre. En cuanto a la tía Santos, veneraba a Juan Valjean y hallaba bueno todo lo que hacía. Un día, el carnicero, que había visto a Juan Valjean, le dijo:

—Es buena pieza.

Y ella respondió:

—Es un santo.

Ni Juan Valjean, ni Cosette, ni la tía Santos entraban o salían más que por la puerta de la calle de Babilonia, de modo que, a no verlos por la verja del jardín, era difícil adivinar que vivían en el calle Plumet. Esta verja estaba siempre cerrada, y Juan Valjean había dejado inculto el jardín para que no llamase la atención.

Pero en esto se engañaba.

Aquel jardín, abandonado completamente hacía más de medio siglo, había llegado a ser extraordinario y hermoso. Los transeúntes se paraban a contemplarlo hace cuarenta años, sin sospechar los secretos que ocultaban sus verdes y frescas espesuras.

Más de un hombre meditabundo ha tratado varias veces de penetrar indiscretamente con los ojos y con el pensamiento a través de los hierros de aquella antigua verja en forma de cadena, torcida, movediza, sostenida por dos pilares verdosos y enmohecidos y coronada caprichosamente por un frontón de indescifrables arabescos.

Había en un rincón un banco de piedra y una o dos estatuas cubiertas de moho; algunos encañados, deshechos por el tiempo, se pudrían, arrimados a las paredes; no había ni calles ni césped; sólo abundaba la grama. Puede decirse que había desaparecido la jardinería y la había reemplazado la Naturaleza. Abundaba la mala hierba, admirable fortuna de un pobre rincón de tierra. Los alelíes crecían libre y espléndidamente, y nada contrariaba el esfuerzo sagrado de las cosas hacia la vida; nada impedía su venerable desarrollo. Los árboles se habían inclinado hasta las zarzas, y las zarzas habían subido hasta los árboles; la planta había trepado, la rama se había encorvado; lo que se arrastra por el suelo buscaba lo que se extiende en el aire; lo que flota en el viento se había inclinado hacia lo que vive entre el musgo; troncos y ramas, hojas y fibras, tallos y zarzas, sarmientos y espinas se habían mezclado, atravesado, enlazado, confundido; la vegetación, en un estrecho y profundo abrazo, había celebrado y realizado, a la vista del Creador satisfecho, y en aquel espacio de trescientos pies cuadrados, el santo misterio de su fraternidad, símbolo de la fraternidad humana. Aquello no era ya un jardín; era una maleza colosal; es decir, una cosa impenetrable como un bosque, poblada como una ciudad, temblorosa como un nido, sombría como una catedral, olorosa como un ramillete, solitaria como una tumba y viva como la multitud.

En la primavera, aquel enorme matorral, libre dentro de sus cuatro tapias y de la verja, entraba, como todo, en el sordo trabajo de la germinación universal; temblaba al salir el sol casi como un ser animado que aspira los efluvios del amor cósmico y que siente la savia de abril subir y bullir en sus venas, y sacudiendo al viento su prodigiosa y verde cabellera, sembraba en la tierra húmeda, en las rotas estatuas, en la desvencijada escalinata del pabellón y hasta en el empedrado de la calle desierta, las flores en estrellas, el rocío en perlas, la fecundidad, la belleza, la vida, la alegría, los perfumes. A mediodía, mil blancas mariposas se refugiaban allí, y era un espectáculo sublime ver revolotear en copos, y a la sombra, aquella nieve viva del estío. Allí, en las placenteras tinieblas del verdor, una multitud de voces inocentes hablaban dulcemente al alma, y lo que dejaba de decir el gorjeo de los pájaros, lo completaba el zumbido de los insectos. Por la noche, un vapor de meditación se desprendía del jardín y lo rodeaba; un manto de bruma, una tristeza celestial y tranquila lo cubrían; el perfume embriagador de las madreselvas y un correhuelas salía de todas partes como un veneno exquisito y sutil; oíanse los últimos cantos de los petirrojos y de las nevatillas durmiéndose bajo las ramas; descubríase la intimidad sagrada del pájaro y del árbol. Por el día, las alas daban alegría a las hojas, y de noche, las hojas daban protección a las alas.

En el invierno, la maleza estaba negra, mojada, erizada, temblorosa, y permitía ver un poco la casa a través de su seco ramaje. En vez de flores en las ramas y en lugar de rocío en las flores, veíanse los largos hilos de plata de los caracoles sobre el frío y espeso tapiz de las amarillentas hojas; pero siempre, en cualquier aspecto, en cualquier estación, en primavera, en invierno, en verano y en otoño, aquel pequeño cercado respiraba melancolía, contemplación, soledad, libertad, ausencia del hombre, presencia de Dios, y la antigua verja cerrada parecía decir: «Este jardín es mío.»

En vano el empedrado de París se extendía por todo el rededor; en vano se veían a dos pasos los palacios clásicos y espléndidos de la calle de Varennes, y muy cerca la iglesia de los Inválidos, y no lejos de allí la Cámara de los Diputados; en vano las carrozas de la calle de Borgoña y la calle de Santo Domingo rodaban fastuosamente por las cercanías; en vano los ómnibus amarillos, oscuros, blancos y rojos se cruzaban en la encrucijada próxima; todo esto no impedía que en la calle Plumet estuviera el desierto, y la muerte de los primeros propietarios, el transcurso de una revolución, el derrumbamiento de las antiguas fortunas, la ausencia, el olvido, cuarenta años de abandono y de vacío alrededor, habían bastado para reproducir en aquel lugar privilegiado los helechos, los gordolobos, la cicuta, las hierbas altas, las grandes plantas rastreras de anchas hojas y de un color verde pálido, los lagartos, los escarabajos, los insectos bulliciosos y rápidos; para hacer salir de las profundidades de la tierra y reaparecer entre aquellas cuatro paredes cierta grandeza salvaje y feroz, y para que la Naturaleza, que desconcierta los mezquinos arreglos del hombre y que donde puede extenderse se extiende toda entera, lo mismo en la hormiga que en el águila, se desarrollase en un pequeño y feo jardín parisiense con tanta rudeza y majestad como en un bosque virgen del Nuevo Mundo.

En efecto; nada hay pequeño, como lo saben todos aquellos en quienes la Naturaleza penetra profundamente. Aunque la filosofía no puede de un modo absoluto ni circunscribir la causa ni limitar el efecto, el pensador cae en un éxtasis sin fondo cuando contempla esos varios modos de descomposición de las fuerzas que convergen todas hacia la unidad. Todo trabaja para todo.

El álgebra se aplica a las nubes, la irradiación del astro es conveniente a la rosa y ningún pensador se atreverá a decir que el perfume del espino es inútil a las constelaciones. ¿Quién puede calcular el camino de una molécula? ¿Sabemos, acaso, si no se crean nuevos mundos por medio de la caída de granos de arena? ¿Quién conoce el movimiento de flujo y reflujo recíproco de lo infinitamente grande y de lo infinitamente pequeño, el eco sonoro de las causas en los precipicios del ser y los aludes de la creación? Un arador es un ser importante; lo pequeño es grande, lo grande es pequeño; todo está en equilibrio en la necesidad; terrible visión para el espíritu.

Hay entre los seres y las cosas relaciones de prodigio; en este inagotable conjunto, desde el sol hasta el pulmón, ninguna cosa desprecia a la otra; cada una de ellas tiene necesidad de las demás. La luz no lleva a la región azul los perfumes terrestres sin saber lo que hace; la noche reparte convenientemente la esencia estelar a las flores dormidas. Todas las aves que vuelan tienen en la pata el hilo de lo infinito. La germinación se vale lo mismo del estallido de un meteoro que del picotazo de la golondrina para romper el huevo, y dirige a un tiempo el nacimiento de una lombriz y el advenimiento de Sócrates. Donde concluye el telescopio empieza el microscopio. ¿Cuál tiene mayor vista? Escoged. Un poco de moho es una pléyade de flores; una nebulosa es un hormiguero de estrellas; igual es, y más inaudita todavía, la promiscuidad de las cosas de la inteligencia con los hechos de la sustancia. Los elementos y los principios se mezclan, se combinan, se unen, se multiplican unos por otros, hasta el punto de hacer terminar el mundo material y el mundo moral en la misma luz. El fenómeno está perpetuamente replegado en sí mismo. En las grandes transformaciones cósmicas, la vida universal va y viene en cantidad desconocida, arrastrándolo todo en el visible misterio de los efluvios, empleándolo todo, no perdiendo ni el delirio de un sueño; sembrando un germen animal aquí, desmenuzando un astro allá, oscilando y serpenteando, haciendo de la luz una fuerza y del pensamiento un elemento diseminado e indivisible; disolviéndolo todo, excepto ese punto geométrico que se llama el «yo» refiriéndolo todo al átomo alma, desarrollándolo todo en Dios, combinando y enlazando, desde la más alta hasta la más inferior, todas las actividades en la oscuridad de un mecanismo vertiginoso; relacionando el vuelo de un insecto con el movimiento de la tierra; subordinando, ¿quién sabe?, aunque no sea más que por la identidad de la ley, la evolución del cometa en el firmamento a las vueltas del infusorio en la gota de agua. Máquina hecha de espíritu, engranamiento enorme, cuyo primer motor es el mosquito y cuya última rueda es el Zodíaco.

Parecía que este jardín, creado en otro tiempo para ocultar los misterios del libertinaje, se había transformado, haciéndose propio para proteger los misterios de la castidad. Ya no había ni cunas, ni cenadores cubiertos, ni grutas; había una magnífica sombra que caía como un velo por todas partes. Pafos se había convertido en Edén. Cierto remordimiento había purificado aquel retiro; aquel ramillete ofrecía sus flores al alma; aquel jardín lleno de coquetería, tan comprometido en otro tiempo, había entrado en la virginidad y en el pudor. Un juez ayudado por un jardinero, un buen hombre que creía ser la continuación de Lamoignon, y otro buen hombre que creía ser la continuación de Lenotre, lo habían cercado, cortado, igualado, compuesto y arreglado para la galantería; la Naturaleza lo había hecho suyo después, lo había llenado de sombra y lo había arreglado para el amor.

Había también en aquella soledad un corazón que estaba preparado. El amor no tenía que hacer más que manifestarse; tenía allí un templo compuesto de verdor, de hierba, de musgo, de suspiros de avecillas, de suaves tinieblas, de ramas agitadas, y un alma de dulzura, de fe, de candor, de esperanza, de aspiración y de ilusión.

Cosette había salido del convento aún casi niña; tenía poco más de catorce años y estaba «en la edad ingrata»; ya hemos dicho que, fuera de los ojos, parecía más bien fea que bonita; no tenía, sin embargo, ninguna facción desgraciada; pero era delgada, sosa, tímida y atrevida a la vez; una niña grande, en fin.

Su educación estaba terminada; es decir, le habían enseñado religión y, sobre todo, devoción; la «historia», es decir, lo que se llama así en el convento; la geografía, la gramática, los participios, los reyes de Francia; pero, por lo demás, lo ignoraba todo; lo cual es un nuevo atractivo, mas también un peligro. No debe dejarse el alma de una joven tan completamente en la oscuridad, porque más adelante penetran en ella resplandores demasiado repentinos y demasiado vivos, como en una cámara oscura; debe iluminársela suave y discretamente, más bien con el reflejo de la realidad que con su luz directa y viva, con una especie de sencillez útil y graciosamente austera que disipe los temores pueriles e impida las caídas. Sólo el instinto materno, intuición admirable en que entran los recuerdos de la virgen y la experiencia de la mujer, sabe cómo y de qué modo debe ser esta semiluz. Para educar el alma de una joven, todas las monjas del mundo no valen lo que una madre.

Cosette no había tenido madre; había tenido muchas madres, en plural.

En cuanto a Juan Valjean, poseía toda la ternura, todos los cuidados posibles; pero no era más que un viejo que nada sabía.

Nada prepara a una joven para las pasiones como el convento; el convento dirige el pensamiento hacia lo desconocido. El corazón, replegado sobre sí mismo, se socava no pudiendo dilatarse y se profundiza, no hallando expansión. De aquí provienen las visiones, las suposiciones, las conjeturas, los bosquejos novelescos, el deseo de aventuras, los castillos en el aire, los edificios enteros creados en la oscuridad interior del espíritu: sombrías y secretas moradas en que las pasiones encuentran pronto dónde alojarse, luego que les permite entrar la puerta abierta. El convento es una comprensión, que para triunfar del corazón humano necesita durar toda la vida.

Cosette, al salir del convento, no podía encontrar nada más grato ni más peligroso que la casa de la calle Plumet, que era continuación de la soledad con el principio de la libertad; un jardín cerrado, pero una naturaleza vigorosa, rica, voluptuosa y aromática; los mismos sueños que en el convento, pero viendo a los jóvenes; una reja, pero reja que daba a la calle.

Sin embargo, cuando entró en esta casa, era aún, como hemos dicho, una niña. Juan Valjean le entregó aquel jardín inculto.

—Haz de él lo que quieras —le dijo.

Esto entretenía a Cosette, que ponía en movimiento todas las flores y todas las piedras buscando «guasarapos»; jugaba mientras llegaba el tiempo de meditar; amaba aquel jardín por los insectos que encontraba bajo sus pies entre la hierba, mientras llegaba el tiempo de amarle por las estrellas que pudiera ver por entre las ramas sobre su cabeza.

Además, amaba a su padre; es decir, a Juan Valjean, con toda su alma, con una sencilla pasión filial que hacía del buen viejo un compañero deseado y querido. El lector recordará que el señor Magdalena leía mucho; Juan Valjean continuaba haciendo lo mismo. Había llegado a hablar bien; tenía la secreta riqueza y la elocuencia de una inteligencia humilde y verdadera que se ha cultivado espontáneamente. No le había quedado más aspereza que la justamente precisa para sazonar su bondad, era un genio rudo y un corazón amable. En el Luxemburgo, en sus conversaciones con Cosette, hacía largas explicaciones de todo, tomadas ya de lo que había leído, ya de lo que había padecido. Cuando Cosette le escuchaba, sus miradas erraban vagamente.

Este hombre sencillo llenaba el pensamiento todo entero de Cosette, del mismo modo que aquel jardín inculto bastaba a su vista. Cuando había perseguido a las mariposas se acercaba a él sofocada, y le decía:

—¡Ah, cuánto he corrido!

Y él la besaba en la frente.

Cosette adoraba al buen hombre y siempre iba detrás de él; donde estaba Juan Valjean, allí estaba su felicidad. Como Juan Valjean no vivía ni en el pabellón ni en el jardín, Cosette se encontraba más a gusto en el patio empedrado que en el recinto lleno de flores, y en el cuartito amueblado con sillas de paja, mejor que en el gran salón cubierto de alfombras y de sillones de gran respaldo. Juan Valjean le decía algunas veces, sonriéndose ante la dicha de verse importunado:

—Pero vete a tu cuarto. ¡Déjame solo un rato!

Cosette entonces le reñía, dirigiéndole una de esas represiones tan tiernas y tan llenas de gracia cuando las dirige una hija a su padre.

—Padre; tengo mucho, mucho frío en vuestra habitación; ¿por qué no ponéis aquí una alfombra y una estufa?

—Hija mía, ¡hay tantos que valen más que yo y que no tienen ni aun techo para abrigarse!

—Entonces, ¿por qué tengo yo lumbre en mi cuarto y todo lo que hace falta?

—Porque tú eres mujer y niña.

—¡Bah! Pues qué, ¿los hombres deben sufrir el frío y pasarlo mal?

—Algunos hombres sí.

—Pues bueno; vendré aquí con tanta frecuencia que os veréis obligado a encender lumbre.

También solía decirle:

—Padre, ¿por qué coméis pan tan malo como ése?

—Porque sí, hija mía.

—Pues bien: si coméis de él, yo también comeré.

Y entonces, para que Cosette no comiese pan negro, Juan Valjean comía pan blanco.

Cosette sólo recordaba confusamente su infancia. Rezaba por la mañana y noche por su madre, a quien no había conocido. Los Thenardier habían quedado en su memoria como dos figuras repugnantes que se la hubiesen aparecido en sueños; recordaba que había ido «un día por la noche» a buscar agua a un bosque, creía que muy lejos de París; le parecía que había empezado a vivir en un abismo y que Juan Valjean la había sacado de él. Cuando pensaba en su infancia, sentía lo mismo que si recordase un tiempo en que no hubiera habido en su derredor más que ciempiés, arañas y serpientes, y cuando meditaba sobre todas estas cosas por la noche, antes de dormirse, como no tenía seguridad de ser hija de Juan Valjean, pensaba que el alma de su madre se había trasladado al cuerpo de aquel hombre y había venido a morar a su lado.

Cuando él se sentaba, ella apoyaba la cabeza en sus blancos cabellos y dejaba caer silenciosamente una lágrima, diciéndose: «¡Tal vez este hombre es mi madre!»

Cosette, por más que esto parezca extraño, en su profunda ignorancia de niña educada en un convento, y siendo, por otra parte, la maternidad una cosa completamente ininteligible para la virginidad, había concluido por figurarse que no había tenido tampoco madre como fuera posible tener. No sabía incluso ni el nombre de esta madre; siempre que preguntaba sobre el particular, Juan Valjean guardaba silencio, y si repetía la pregunta respondía con una sonrisa; una vez insistió, y la sonrisa concluyó por una lágrima.

Este silencio de Juan Valjean cubría con un espeso velo a Fantina.

¿Era esto prudencia? ¿Era respeto? ¿Era temor de entregar este nombre a otra memoria que no fuese la suya?

Mientras Cosette había sido niña, Juan Valjean le había hablado con gusto de su madre; cuando llegó a ser joven le fue imposible hablarle de ella. Creyó que no debía atreverse a tanto. ¿Hacía esto por Cosette o lo hacía por Fantina? Experimentaba una especie de horror religioso ante la idea de hacer penetrar aquella sombra en el pensamiento de Cosette y de introducir entre los dos la tercera persona de la difunta madre; cuanto más sagrada era para él la sombra, más temible le parecía; pensaba en Fantina y se sentía dominado por el silencio. Veía vagamente, en las tinieblas, una cosa que se parecía a un dedo sobre una boca. Todo el pudor que había tenido Fantina, y que durante su vida había salido de ella violentamente, ¿había vuelto después de su muerte a posarse sobre ella, a velar indignado por la paz de aquel cadáver y a guardar fieramente su tumba? ¿Juan Valjean experimentaba la presión de este pudor sin saberlo? Nosotros, que creemos en la muerte, no rechazaríamos esta explicación misteriosa. De aquí la imposibilidad de pronunciar, incluso para Cosette, este nombre: Fantina. Un día le dijo Cosette:

—Padre, esta noche he visto a mi madre en sueños. Tenía dos grandes alas; mi madre debe haber sido en vida casi una santa.

—Por martirio —respondió Valjean.

Por lo demás, Juan Valjean era feliz.

Cuando Cosette salía con él se apoyaba en su brazo, orgullosa, feliz en la plenitud del corazón. Juan Valjean, en todas estas muestras de una ternura tan exclusiva y tan satisfecha, sentía un placer delicioso. El pobre hombre temblaba, inundado de una alegría angelical; creía que aquello duraría toda la vida; se decía que verdaderamente no había padecido bastante para merecer tan brillante porvenir, y daba gracias por haber permitido que fuese amado de este modo un miserable por aquel ser inocente.

Un día Cosette se miró por casualidad al espejo, y se dijo: «¡Calla!», pareciéndole que era bonita, lo cual la turbó singularmente. Hasta este momento no había pensado en su figura. Se veía en el espejo, pero no se miraba. Y, además, había oído decir muchas veces que era fea. Sólo Juan Valjean decía con amabilidad: «¡No, no!» Sea como fuese, lo cierto es que Cosette se había creído siempre fea y había crecido en esta creencia, con la fácil resignación de la infancia. Pero ahora, de un golpe, su espejo le decía, como Juan Valjean: «¡No!» En toda la noche no pudo dormir. «¡Si yo fuese bonita! —pensaba—. ¡Qué bueno sería que fuese bonita.» Y se acordaba de aquellas de sus compañeras cuya belleza causaba efecto en el convento, y se decía: «¡Cómo! ¿Seré como Fulanita?»

Al día siguiente se miró también al espejo, pero no por casualidad, y dudó, «¿Dónde tenía yo la cabeza? —se dijo—. ¡No, soy fea!» Había dormido mal; tenía los ojos encendidos y estaba pálida. El día anterior había recibido gran alegría al creer en su belleza; pero entonces sintió gran tristeza al no creer en ella. No se miró más, y por espacio de más de quince días trató de peinarse y vestirse volviendo la espalda al espejo.

Por la noche, después de comer, solía bordar en el salón o hacer algún trabajillo de convento, y Juan Valjean leía a su lado. Una vez levantó los ojos de su trabajo y quedó sorprendida al observar la manera inquieta con que su padre la miraba.

Otra vez, yendo por la calle, le pareció oír a uno, a quien no pudo ver, que decía detrás de ella: «Linda muchacha, pero mal vestida.» «¡Bah —pensó ella—. No lo dice por mí; yo soy fea y voy bien vestida.» Llevaba entonces su sombrero de felpilla y su vestido de merino.

Un día, por fin, estaba en el jardín y oyó a la tía Santos que decía: «Señor, ¿no habéis observado qué guapa se va poniendo la señorita?» Cosette no oyó la respuesta de su padre, y las palabras de la tía Santos le produjeron una conmoción. Dejó el jardín, subió a su cuarto, corrió al espejo, al cual hacía tres meses que no se miraba, y arrojó un grito. Se había deslumbrado.

Era linda y graciosa; no podía menos de ser del parecer de la tía Santos y del espejo. Su talle se había formado, su cutis había blanqueado y sus cabellos se habían hecho lustrosos; un esplendor desconocido se había encendido en sus ojos azules. Adquirió completamente la conciencia de su belleza en un minuto, como cuando se enciende una gran luz; los demás lo notaban; la tía Santos lo decía, a ello se había referido sin duda el transeúnte; ya no podía dudar. Bajó al jardín, creyéndose reina; oyó cantar a los pájaros, era invierno; miró al cielo dorado, al sol en los árboles, a las flores en las matas, conmovida, loca, en una embriaguez inefable.

Juan Valjean, por su parte, experimentaba una profunda e indefinible opresión de corazón.

Era que, en efecto, desde hacía algún tiempo contemplaba con terror aquella belleza que se presentaba cada día más brillante en la simpática fisonomía de Cosette; aurora de alegría para todos y lúgubre para él.

Cosette había sido bella mucho antes de notarlo. Pero desde el primer día, aquella luz inesperada que se levantaba lentamente y envolvía por grados toda la persona de la joven, hirió la sombría pupila de Juan Valjean. Conoció que aquello era un cambio en una vida feliz, tan feliz que no se atrevía a alterarla en nada por temor de perder algo de ella. Aquel hombre, que había pasado por todas las miserias, que aún estaba sangrando por las heridas que le había hecho el Destino, que había sido casi malvado y que había llegado a ser casi santo; que después de haber arrastrado la cadena de presidiario arrastraba ahora la cadena invisible, pero pesada, de la infancia indefinida; aquel hombre a quien la ley no había perdonado aún y que podía ser apresado a cada instante y sacado de la oscuridad de su virtud a la luz del oprobio público; aquel hombre lo aceptaba todo, lo disculpaba todo, lo perdonaba todo, lo bendecía todo, tenía benevolencia para todo, y no pedía a la Providencia, a los hombres, a las leyes, a la sociedad, a la Naturaleza, al mundo, más que una cosa: ¡Que Cosette le amase! ¡Que Cosette siguiese amándole! ¡Que Dios no impidiese que llegase a él y permaneciese en él el corazón de aquella niña! Si Cosette le amaba, se creía curado, tranquilo, pacífico, recompensado, coronado. Si Cosette le amaba, era feliz; ya no deseaba más. Si le hubieran preguntado: «¿Quieres estar mejor?», habría respondido: «No.» Si Dios le hubiera dicho: «¿Quieres el cielo?», habría respondido: «Perdería en el cambio.»

Todo lo que pudiese modificar aquella situación, aunque no fuese más que la superficie, le hacía temblar como el principio de otra cosa desconocida. Nunca había sabido lo que era la belleza de una mujer; pero por instinto comprendía que era una cosa terrible.

Juan Valjean, desde el fondo de su fealdad, de su vejez, de su miseria, de su opresión, miraba asustado aquella belleza que se presentaba cada día más triunfante y soberbia a su lado, a su vista, sobre la frente pura y temible de la joven.

Y se decía: «¡Qué hermosa es! ¿Qué va a ser de mí?»

En esto estaba la diferencia entre su ternura y la ternura de una madre: lo que él veía con angustia lo habría visto una madre con placer.

No tardaron mucho en manifestarse los primeros síntomas.

Desde el día siguiente a aquel en que Cosette se había dicho: «Decididamente soy guapa», puso cuidado en su tocador. Recordó lo que había dicho el transeúnte: «Bonita, pero mal vestida»; soplo de oráculo que había pasado a su lado y se había desvanecido después de haber dejado en su corazón uno de los dos gérmenes que llenan siempre toda la vida de la mujer: la coquetería. El otro germen es el amor.

Con la fe en su hermosura se desarrolló en ella el alma de la mujer. Odió el merino y se avergonzó de la felpilla. Su padre no le había negado nunca nada. En seguida aprendió la ciencia del sombrero, del vestido, de la manteleta, de la bota, de los manguitos, de la tela de moda, del color que mejor sienta; esa ciencia que hace de la mujer parisiense una cosa tan seductora, tan profunda y tan peligrosa. La frase «mujer espiritual» ha sido inventada para designar a la mujer parisiense.

En menos de un mes, la niña Cosette, en aquella Tebaida de la calle de Babilonia, fue una mujer, no sólo de las más bonitas, lo que es algo, sino de las «más elegantes» de París, lo que es mucho más.

Hubiera querido encontrar a «su transeúnte» para ver lo que diría y para darle una lección. El hecho es que estaba verdaderamente encantadora y que distinguía de una mirada un sombrero de Gerard de un sombrero de Herbaut.

Juan Valjean contemplaba estos estragos con ansiedad. Él, que comprendía que nunca podría sino arrastrarse, andar por la tierra todo lo más, veía que Cosette iba adquiriendo alas.

Por otra parte, al ver el traje de Cosette, una mujer hubiera conocido en seguida que no tenía madre.

Hay ciertas sutilezas del decoro, ciertas convenciones especiales, que Cosette no observaba: una madre, por ejemplo, le habría dicho que una joven soltera no se viste de damasco.

El primer día que Cosette salió con su vestido y su manteleta de damasco negro y su sombrero de crespón blanco, se cogió del brazo de Juan Valjean, alegre, radiante, sonrosada, orgullosa, esplendente.

—Padre —dijo—, ¿qué os parezco así?

Juan Valjean respondió con una voz semejante a la de un envidioso:

—¡Encantadora!

Fueron a paseo, como siempre, y al volver preguntó a Cosette:

—¿No te pondrás ya tu vestido y tu sombrero?

Esto pasaba en el cuarto de Cosette. La joven se volvió hacia la percha del guardarropa donde estaba colgado su hábito de colegiala, y dijo:

—¡Ese disfraz, padre! ¿Qué queréis que haga con él? Con ese casquete en la cabeza parezco una tarasca.

Juan Valjean suspiró profundamente.

Desde aquel momento observó que Cosette, que antes quería siempre quedarse, diciendo: «Padre, me divierto más aquí con vos», quería a la sazón salir siempre. Y, en efecto, ¿de qué sirve tener buena cara y un delicioso traje si no se han de enseñar?

Observó también que Cosette no tenía ya tanta afición al patio interior; ya le gustaba más estar en el jardín y pasearse por delante de la verja. Juan Valjean, disgustado, no ponía los pies en el jardín; permanecía en su patio como un perro.

Cosette, al saber que era hermosa, perdió la gracia de ignorarlo; gracia exquisita, porque la belleza realzada por la sencillez inefable, y no hay nada más digno de adoración que una inocencia deslumbradora que lleva en la mano, sin saberlo, la llave de un paraíso.

Pero lo que perdió en gracia inocente lo ganó en encanto pensativo y serio. Toda su persona, penetrada por las alegrías de la juventud, de la inocencia y de la belleza, respiraba una espléndida melancolía.

En esta época fue cuando Mario, después de pasados seis meses, la volvió a ver en el Luxemburgo.

Cosette estaba en su sombra lo mismo que Mario en la suya; materiales dispuestos para el incendio. El Destino, con su paciencia misteriosa y fatal, aproximaba lentamente uno a otro estos dos seres, ambos desfallecidos y cargados de la tempestuosa electricidad de la pasión; estas dos almas llevaban el amor como dos nubes llevan el rayo, y debían encontrarse y mezclarse en una mirada como las nubes en un relámpago.

Se ha abusado tanto de las miradas en las novelas amorosas, que se ha concluido por darles poca importancia; apenas se atreve hoy un novelista a decir que dos seres se han amado porque se han mirado, y, sin embargo, así es como se ama y como únicamente se ama. Lo demás no es sino lo demás y viene después. Nada es más real que estas grandes sacudidas, que dos almas se impresionen mutuamente al cambiar esta chispa.

A cierta hora en que Cosette dirigió sin saberlo aquella mirada que turbó a Mario, éste no sospechó que dirigió otra mirada, que turbó también a Cosette, haciéndole el mismo mal y el mismo bien.

Hacía ya algún tiempo que lo veía y lo examinaba, como las jóvenes ven y examinan, mirando a otra parte. Mario encontraba aún fea a Cosette cuando Cosette encontraba ya hermoso a Mario. Pero como él no hacía caso de ella, este joven le era muy indiferente.

Y, sin embargo, no podía menos de decirse que tenía hermosos cabellos, hermosos ojos, hermosos dientes, un seductor timbre de voz cuando le oía hablar con sus compañeros; que andaba mal, si se quiere, pero con una gracia especial; que no le parecía tonto del todo; que toda su persona era noble, afable, sencilla, altiva, y que, por fin, tenía pobre, pero buen aspecto.

El día en que sus ojos se encontraron y se dijeron, por fin, bruscamente esas primeras cosas oscuras e inefables que balbuce una mirada, Cosette no las comprendió al pronto. Entró pensativa en la casa de la calle del Oeste, en que Juan Valjean, según su costumbre, había ido a pasar seis semanas. Al día siguiente, al despertar, pensó en aquel joven desconocido, por tanto tiempo indiferente y helado, que parecía ahora poner su atención en ella, y no creyó ni remotamente que esta atención le fuese agradable. Tenía más bien algo de cólera contra aquel hermoso joven desdeñoso. Movióse en su interior un principio de guerra. Creyó que iba, en fin, a vengarse, y experimentó por esto una alegría enteramente infantil.

Creyéndose bella, conocía muy bien, aunque de un modo vago, que tenía un arma. Las mujeres juegan con su belleza como los niños con un cuchillo y se hieren.

Recuérdese las vacilaciones de Mario, sus palpitaciones, sus temores. Se quedaba en su banco y no se aproximaba, lo que enojaba a Cosette. Un día dijo ésta a Juan Valjean:

—Padre, paseemos un poco por este lado.

Viendo que Mario no iba hacia ella, fue ella hacia él. En semejante caso, toda mujer se parece a Mahoma. Y, además, cosa extraña, el primer síntoma de verdadero amor en un joven es la timidez, y en una joven es el atrevimiento. Esto es asombroso, y, sin embargo, nada más sencillo. Son los dos sexos que tratan de aproximarse y toman cada uno las cualidades del otro.

Aquel día la mirada de Cosette volvió loco a Mario y la mirada de Mario puso temblorosa a Cosette. Mario se fue contento; Cosette, inquieta. Desde aquel día se adoraron.

Lo primero que Cosette experimentó fue una tristeza confusa y profunda; le parecía que desde aquel día al siguiente su alma se había vuelto negra; ella misma no la conocía ya.

La blancura del alma de las jóvenes, que se compone de frialdad y alegría, se parece a la nieve; se deshace al soplo del amor, que es su ideal.

Cosette no sabía lo que era amor; nunca había oído pronunciar esta palabra en el sentido terrestre.

En los libros de música profana que entraban en el convento se reemplazaba la palabra «amor» con «tambor» o «asador», lo cual daba motivo a enigmas que ejercitaban la imaginación de las «grandes», como: «¡Ah, qué grato es el tambor!», o bien: «¡La piedad no es más que un asador!» Pero Cosette había salido muy joven para haber pensado mucho en el «tambor». No sabía, pues, qué nombre dar a lo que sentía. ¿Se está menos enfermo por ignorar el nombre de la enfermedad?

Amaba con tanta pasión cuanto que amaba con ignorancia; no sabía si aquello era bueno o malo, útil o peligroso, necesario o accidental, eterno o pasajero, permitido o prohibido; amaba. Se habría asombrado mucho si le hubieran dicho: «¿No dormís? ¡Pues esto está prohibido! ¿No coméis? ¡Pues eso es muy malo! ¿Tenéis opresión y latidos de corazón? ¡Pues eso no se hace! ¿Os ruborizáis, os ponéis pálida cuando un ser vestido de negro aparece al extremo de cierta calle de árboles? ¡Pues eso es abominable!» De seguro no lo hubiese comprendido. «¿Cómo he de tener culpa de una cosa en que no he puesto nada y en que nada sé?»

Sucedió que la especie de amor que sentía era precisamente la que más convenía al estado de su alma. Era una especie de adoración a distancia, una contemplación muda, la deificación de un desconocido; era la aparición de la adolescencia, el sueño de las noches convertido en novela permaneciendo aún sueño, el fantasma deseado, realizado y hecho carne; pero sin nombre aún, sin culpa, sin mancha, ni exigencia, ni defecto; en una palabra: el amante lejano y envuelto en lo ideal, una quimera con forma. Otro cualquier encuentro más palpable, más próximo, hubiera asustado en aquella época a Cosette, aún medio sumergida en la bruma espesa del convento. Tenía todos los temores de un niño unidos a todos los miedos de las religiosas. El espíritu del convento, de que se había penetrado por espacio de cinco años, se evaporaba aún lentamente de toda su persona y hacía que todo temblase en derredor suyo; en esta situación lo que necesitaba no era un amante, no era ni aun un ser enamorado, sino una visión. Comenzó a adorar a Mario como a una cosa bella, luminosa e imposible.

Como la extrema sencillez se da la mano con la extrema coquetería, le dirigía sonrisas francamente.

Todos los días esperaba con impaciencia la hora del paseo. Encontraba a Mario, sentía una felicidad indecible y creía expresar sinceramente todo su pensamiento con decir a Juan Valjean: «¡Qué delicioso jardín es el Luxemburgo!»

Mario y Cosette estaban en la noche uno para el otro. No se hablaban, no se saludaban, no se conocían; se veían y, como los astros del cielo que están separados por millones de leguas, vivían de mirarse.

De este modo iba Cosette haciéndose mujer y desarrollándose bella y enamorada, con la conciencia de su hermosura y la ignorancia de su amor. Coqueta, sobre todo, por inocencia.

Todas las situaciones tienen su instinto. La vieja y eterna madre Naturaleza advertía sordamente a Juan Valjean la presencia de Mario, y Juan Valjean temblaba en lo más oscuro de su pensamiento; no veía nada, no sabía nada, y consideraba, sin embargo, con obstinada atención las tinieblas en que estaba como si sintiese por un lado una cosa que se construyera y por otro una cosa que se derrumbase. Mario, avisado también y, lo que es la profunda ley de Dios, por la misma madre Naturaleza, hacía todo lo que podía por ocultarse del «padre». Pero alguna vez sucedía que lo veía Juan Valjean. Los ademanes de Mario no eran del todo naturales; tenía accesos de prudencia miope y de temeridad fría; ya no se acercaba como antes; se sentaba lejos y permanecía en éxtasis. Llevaba un libro y hacía que leía; ¿por qué hacía que leía? Antes iba con su levita vieja, y ahora llevaba todos los días la levita nueva; no podía asegurarse que no se rizaba el pelo; tenía ojos picarescos y usaba guantes. En una palabra: Juan Valjean detestaba cordialmente a aquel joven.

Cosette no dejaba adivinar nada; sin saber exactamente lo que tenía, conocía que era una cosa que debía ocultar a su padre.

Había entre el gusto del tocador que había adquirido Cosette y la costumbre de usar levita nueva de aquel desconocido un paralelismo importuno para Juan Valjean. Esto era una casualidad tal vez, sin duda, seguramente; pero una casualidad amenazadora.

Nunca había abierto la boca para hablar a Cosette de aquel desconocido. Un día, sin embargo, no pudo contenerse, y con esa vaga desesperación que introduce de repente la sonda en su desgracia, le dijo:

—¡Qué aire tan pedante tiene ese joven!

Cosette el año antes, es decir, cuando era niña indiferente, hubiera respondido: «No, es un joven simpático.» Diez años después, con el amor de Mario en el corazón, habría respondido: «¡Sí, es un pedante insoportable! ¡Tenéis razón!» En el momento de la vida y del estado de corazón en que se encontraba, se limitó a contestar con una calma suprema:

—¡Ese joven!

Como si lo mirase por primera vez en su vida.

—¡Qué estúpido soy! —pensó Juan Valjean—. Cosette no se había fijado en él aún; yo soy quien se lo ha enseñado.

¡Oh inocencia de los viejos! ¡Oh profundidad de la juventud!

También es una ley de esos frescos años de padecimientos y de cuidado, de esas vivas luchas del primer amor contra los primeros obstáculos, que la joven no se deje coger en ningún lazo y el joven caiga en todos.

Juan Valjean había empezado contra Mario una guerra sorda, que éste, con la sublime estupidez de su pasión y de su edad, no adivinó. Juan Valjean le tendió una porción de emboscadas: cambió de horas, cambió de banco, olvidó su pañuelo, fue solo al Luxemburgo; Mario cayó de cabeza en todos estos lazos, y a todos estos interrogantes plantados en su camino por Juan Valjean, respondió ingenuamente: «Sí.» Mientras tanto, Cosette seguía encerrada en su aparente indiferencia y en su imperturbable tranquilidad; tanto, que Juan Valjean sacó esta conclusión: «Ese necio está enamorado locamente de Cosette; pero Cosette ni siquiera sabe que existe.»

Mas no por esto era menor la agitación dolorosa de su corazón. De un instante a otro podía sonar la hora en que Cosette empezase a amar. ¿No empieza todo por la indiferencia?

Sólo una vez Cosette cometió una falta y le asustó.

Se levantó del banco para marcharse, después de haber estado allí tres horas, y Cosette le dijo:

—¡Tan pronto!

Juan Valjean no había interrumpido sus paseos al Luxemburgo, porque no quería hacer nada singular y porque temía, sobre todo, que Cosette notase algo; pero en aquellas horas, tan gratas para los dos enamorados, mientras que Cosette enviaba su sonrisa a Mario, embriagado de placer, que permanecía completamente abstraído de todo y no veía nada en el mundo más que aquel rostro adorado, Juan Valjean lo miraba con ojos chispeantes y terribles; y él, que había concluido por no creerse capaz de un sentimiento malévolo, tenía momentos, cuando Mario estaba allí, en que creía volverse salvaje y feroz, en que sentía que se abrían y levantaban contra aquel joven las antiguas profundidades de su alma, que habían alimentado en otro tiempo tanta cólera. Le parecía que se volvían a formar en su corazón cráteres desconocidos.

¿Cómo estaba allí aquel ser? ¿Qué iba a hacer allí? ¿Iba a espiar, a escudriñar, a examinar, a probar? ¿Venía a preguntar algo? ¿Venía a dar vueltas alrededor de su vida, a dar vueltas alrededor de su felicidad para arrebatársela?

Juan Valjean añadía:

—Sí, eso es. ¿Qué viene a buscar? ¿Una aventura? ¿Qué quiere? ¡Un amorío! ¡Y yo! ¿Qué? ¡Habré sido primero el hombre más miserable y después el más desgraciado! ¡Habré pasado sesenta años viviendo de rodillas; habré padecido todo lo que se puede padecer; habré envejecido sin haber sido joven; habré vivido sin familia, sin padres, sin amigos, sin mujer, sin hijos; habré dejado sangre en todas las piedras, en todos los espinos, en todas las esquinas, en todas las paredes; habré sido bueno, aunque hayan sido malos conmigo, y afable, aunque hayan sido duros; me habré hecho bueno a pesar de todo; me habré arrepentido del mal que he hecho y habré perdonado el que me han causado, y en el momento en que recibo mi recompensa, en el momento que toco el fin, en el momento que tengo lo que quiero, que es bueno, que lo he pagado y lo he ganado, desaparecerá todo, se me irá de las manos, perderé a Cosette y perderé mi vida, mi alegría, mi alma, porque a un necio le haya gustado venir a vagar por el Luxemburgo!

Entonces sus ojos despedían una claridad lúgubre y extraordinaria. No era ya un hombre que miraba a otro; era un enemigo que miraba a otro enemigo; un perro de presa que miraba a un ladrón.

Ya sabe el lector lo demás: Mario continuó siendo insensato. Un día siguió a Cosette a la calle del Oeste; otro día habló al portero, y el portero habló a Juan Valjean, diciéndole:

—Señor, ¿qué querrá un joven curioso que ha preguntado por vos?

Al día siguiente, Juan Valjean dirigió a Mario aquella mirada que al fin notó el joven. Ocho días después, Juan Valjean se mudó, prometiéndose no volver a poner los pies en el Luxemburgo ni en la calle del Oeste, y se volvió a la calle Plumet.

Cosette no se quejó, no dijo nada, no preguntó nada, no trató de saber ningún porqué; estaba ya en el período en que se teme ser descubierto y vendido. Juan Valjean no tenía experiencia ninguna de estas miserias, únicas agradables y únicas que no conocía, lo cual fue causa de que no comprendiese la grave significación del silencio de Cosette. Solamente observó que estaba triste, y se puso sombrío. Por una y otra parte dominaba la inexperiencia.

Un día hizo una prueba y dijo a Cosette:

—¿Quieres ir al Luxemburgo?

Un rayo iluminó el pálido rostro de Cosette.

—Sí —contestó.

Fueron; habían pasado tres meses. Mario no iba ya; Mario no estaba allí. Al día siguiente, Juan Valjean volvió a decir a Cosette:

—¿Quieres volver al Luxemburgo?

Y respondió triste y dulcemente:

—No.

Juan Valjean quedó dolorido de esta tristeza y lastimado de esta dulzura.

¿Qué pasaba en aquella alma tan joven todavía y tan impenetrable ya?

¿Qué transformación se estaba verificando en ella? ¿Qué sucedía en el alma de Cosette? Algunas noches, en vez de acostarse, Juan Valjean permanecía sentado cerca del lecho, con la cabeza entre las manos, y pasaba la noche entera preguntándose: «¿Qué hay en el pensamiento de Cosette?», y pensando en las cosas en que ella podía pensar.

¡Oh! En aquellos momentos, ¡qué miradas tan dolorosas volvía hacia el claustro, a aquella cúspide casta, a aquel jardín del convento, lleno de flores ignoradas y de vírgenes encerradas, en que todos los perfumes y todas las almas subían directamente al cielo! ¡Cómo adoraba aquel edén cerrado para siempre, de que había salido voluntariamente y descendido con tan poca previsión! ¡Cómo se lamentaba de su abnegación y de su demencia de haber vuelto a Cosette al mundo, pobre héroe del sacrificio, cogido y derribado por su mismo desinterés! «¡Cómo! —se decía—. ¿Qué he hecho?»

Por lo demás, Cosette ignoraba todo esto. Juan Valjean no tenía para ella peor humor ni más rudeza; siempre la misma fisonomía serena y buena; sus modales eran más tiernos, más paternales que nunca; si algo hubiera podido haber en que se adivinase su falta de alegría, habría sido su mayor mansedumbre.

Cosette, por su parte, iba decayendo de ánimo. En la ausencia de Mario padecía, como había gozado en su presencia, sin explicárselo. Cuando Juan Valjean dejó de llevarla a sus paseos habituales, un instinto de mujer murmuró confusamente en el fondo de su corazón que no debía manifestar afición al Luxemburgo, y que si este paseo le parecía indiferente su padre la llevaría a él. Pero pasaron los días, y las semanas, y los meses. Juan Valjean había aceptado tácitamente el consentimiento tácito de Cosette. Ésta lo sintió, pero ya era tarde. El día que volvió al Luxemburgo, Mario había desaparecido. ¿Qué hacer entonces? ¿Volvería a encontrarle? Sintió una opresión en el corazón que nada podía disminuir y que se aumentaba cada día. No supo ya si era invierno o verano, si había sol o lluvia, si los pájaros cantaban, si era la estación de las dalias o de las margaritas, si el Luxemburgo era más bonito que las Tullerías, si la ropa que traía la planchadora estaba bien o mal almidonada, si la tía Santos había hecho buena o mala «compra»; quedó oprimida, absorta, atenta sólo a una idea, con la mirada vaga y fija como cuando se mira en la noche el sitio negro y profundo en que se ha desvanecido una aparición.

Pero tampoco dejó traslucir nada a Juan Valjean; más que su palidez, continuó mostrándole su rostro amable.

Aquella palidez era bastante como para alarmar a Juan Valjean. Algunas veces le preguntaba:

—¿Qué tienes?

Y ella respondía:

—No tengo nada.

Y después de un rato de silencio, como ella adivinaba también su tristeza, le decía:

—Y vos, padre, ¿tenéis algo?

—¿Yo? Nada —contestaba.

Aquellos dos seres, que se habían amado exclusivamente y con tan tierno amor, y que habían vivido por tanto tiempo el uno para el otro, padecían ahora cada uno por su lado, uno a causa del otro, sin culparse mutuamente y sonriendo.

Juan Valjean era el más desgraciado de los dos; porque la juventud, aun en medio de sus pesares, tiene cierta claridad propia.

En ciertos momentos, Juan Valjean padecía tanto que llegaba a ser pueril, pues es propio del dolor hacer aparecer el lado de niño en el hombre. Conocía de un modo inevitable que Cosette se le escapaba de las manos; hubiera querido luchar, retenerla, entusiasmarla con alguna cosa exterior y brillante. Estas ideas pueriles, ya lo hemos dicho, y serviles al mismo tiempo, le dieron por su misma puerilidad una noción bastante justa de la influencia de los adornos de pasamanería sobre la imaginación de las jóvenes. Sucedióle una vez que vio pasar por la calle un general a caballo con uniforme de gala: el conde Coutard, comandante general de París, y envidió a aquel hombre cubierto de dorados; pensó en la felicidad que causaría el ponerse aquel traje, y en que seguramente, si Cosette le viese así, se deslumbraría; que cuando le diese el brazo y pasase por delante de la verja de las Tullerías le presentarían las armas, y que esto bastaría a Cosette y le quitaría la idea de mirar a los jóvenes.

Un acontecimiento inesperado vino a mezclarse con estas tristes ideas.

En la vida aislada que llevaban, y desde que habían ido a vivir a la calle de Plumet, solían algunas veces ir a ver la salida del Sol; placer que conviene a los que entran en la vida y a los que salen de ella.

Pasearse de madrugada, para el que ama la soledad, equivale a pasearse de noche con la alegría de la Naturaleza; las calles están desiertas y los pájaros cantan. Cosette, que era pájaro, se despertaba muy temprano. Estas excursiones matinales se preparaban la víspera; él proponía y ella aceptaba. Arreglábase todo como un complot, salían antes del día, y todas estas cosas eran otros tantos placeres para Cosette. Estas extravagancias inocentes agradan a la juventud.

El punto flaco de Juan Valjean era, como hemos dicho, visitar los sitios poco frecuentados, los rincones solitarios, los lugares del olvido. Había entonces en las cercanías de las barreras de París algunos campos pobres, casi confundidos con la ciudad, donde brotaba en el verano un trigo enano y que por el otoño, después de hecha la recolección, no tenían aspecto de segados, sino de pelados. Juan Valjean los frecuentaba con predilección y Cosette no lo llevaba a mal, porque esto era la soledad para él y la libertad para ella. Allí se convertía en niña, podía correr y jugar; se quitaba el sombrero, lo ponía sobre las rodillas de Juan Valjean y hacía ramilletes; miraba las mariposas sobre las flores, pero no las cogía; la mansedumbre y la ternura nacen con el amor, y la joven que alimenta una idea temblorosa y frágil tiene lástima de las alas de la mariposa. Tejía guirnaldas de amapolas, se las ponía en la cabeza y, atravesadas y penetradas del sol, purpúreas hasta la radiación, daban a aquel fresco semblante rosado una corona de brasas.

Aun después de haber empezado a dominar la tristeza en sus almas, habían conservado la costumbre de los paseos matutinos.

Una mañana, pues, de octubre, atraídos por la perfecta serenidad del otoño de 1831, habían salido y estaban al amanecer cerca de la barrera del Maine. No era aún la aurora, era el alba; momento encantador y sombrío. Algunas constelaciones esparcidas por el azul pálido y profundo, la tierra toda negra, el cielo todo blanco, las hierbecillas trémulas; en todas partes el misterioso sobrecogimiento del crepúsculo. Una alondra, que parecía mezclarse con las estrellas, cantaba a una altura prodigiosa, y hubiérase dicho que aquel himno de la pequeñez al infinito calmaba la inmensidad. A Oriente el Val-de-Grace perfilaba en el horizonte, iluminado con una claridad acerada, su oscura masa; el planeta Venus, deslumbrante, subía por detrás de esta iglesia y parecía un alma que sale de un edificio tenebroso.

Todo era paz y silencio; en la calzada no había un alma; a lo lejos se veían confusamente algunos obreros que iban a su trabajo.

Juan Valjean se había sentado en una estrecha calle de árboles y sobre unos maderos colocados a la puerta de la casa de un carpintero. Tenía el rostro vuelto hacia el camino y la espalda al Oriente; se olvidaba del Sol, que iba a salir. Estaba sumergido en una de esas absorciones profundas en que se concentra toda el alma, que aprisionan hasta la mirada y equivalen a cuatro paredes. Hay meditaciones que podrían llamarse verticales, y cuando se ha llegado al fondo se necesita algún tiempo para subir a la superficie. Juan Valjean había descendido a uno de esos ensueños. Pensaba en Cosette, en su felicidad posible si no se interponía nada entre ambos, en aquella luz con que iluminaba su vida y era la respiración de su alma. Era casi feliz en aquella meditación. Cosette, de pie a su lado, miraba cómo iban tomando las nubes el color de rosa.

De repente exclamó Cosette:

—Padre, parece que viene algo por allí.

Juan Valjean alzó los ojos.

Cosette tenía razón.

La calzada que conduce a la antigua barrera del Maine es una prolongación de la calle de Sevres y está cortada en ángulo recto por el bulevar interior. En el mismo ángulo de la calzada y del bulevar, en el sitio en que se verifica la unión de las dos vías, se oía un ruido difícil de explicar a aquella hora, y se distinguía una especie de grupo confuso. Del bulevar salía una cosa informe y entraba ya en la calzada.

Este grupo iba haciéndose mayor y parecía moverse con orden, pero, sin embargo, era una cosa horrible y que estremecía; parecía un carruaje, pero no se podía distinguir la carga. Había caballos, ruedas, gritos; chasqueaba el látigo. Poco a poco fueron marcándose los perfiles, aunque sumergidos aún en las tinieblas. Era un carro, en efecto, que acababa de volver la esquina del bulevar y que se dirigía a la barrera cerca de la cual estaba Juan Valjean. Otro carro del mismo aspecto seguía al primero; después un tercero, luego un cuarto, y así desembocaron, sucesivamente, hasta siete, de tal modo que las cabezas y los caballos tocaban siempre la trasera del carro al que seguían. En estas carretas se agitaban algunas sombras; veíanse algunas chispas en el crepúsculo como si brillasen sables desnudos; oíase un sonido férreo como si se movieran cadenas; a medida que aquello avanzaba crecían las voces; era, en fin, una cosa formidable, como las que salen de las cavernas de los sueños.

Al aproximarse, aquel fenómeno tomó forma y se bosquejó detrás de los árboles con la vaguedad de una aparición, blanqueó toda aquella masa. El sol, que se elevaba poco a poco, derramaba una luz pálida sobre aquel hormiguero, sepulcral y vivo a un mismo tiempo; las cabezas de las sombras se convirtieron en rostros cadavéricos, y Juan Valjean vio lo siguiente:

Siete carretas marchaban en fila por el camino; las seis primeras tenían una estructura singular; parecían carromatos de toneleros; eran una especie de escaleras de mano, puestas sobre dos ruedas y formando unas varas en su extremidad anterior; cada carromato o, por mejor decir, cada escalera iba tirada por cuatro caballos, unos tras otros. Sobre estas escaleras iban extraños racimos de hombres. Con la escasa luz que había no se les veía, se les adivinaba. Iban veinticuatro en cada carreta, doce a cada lado, recostados unos en otros, de cara a los transeúntes y las piernas al aire; así caminaban aquellos hombres. Tenían a la espalda una cosa que sonaba: era una cadena al cuello; una cosa que brillaba: era una argolla.

Cada uno tenía su argolla, pero la cadena era de todos, de modo que aquellos veinticuatro hombres, cuando tenían que bajar del carro y andar, estaban encadenados por una especie de unidad inexorable, y serpenteaban por el suelo con la cadena por vértebra, ni más ni menos que un miriápodo. Delante y detrás de cada carreta iban de pie dos hombres armados de fusiles, teniendo bajo su pie uno de los extremos de la cadena. Las argollas eran cuadradas.

La séptima carreta era un gran furgón con barandilla de estacas, pero sin toldo; tenía cuatro ruedas y seis caballos y llevaba un ruidoso montón de calderos de hierro, de marmitas de metal, de estufas y de cadenas, y entre ellas algunos hombres atados y echados a lo largo; parecían enfermos.

Aquel furgón descubierto estaba guarnecido de disciplinas viejas que parecían haber servido para los suplicios antiguos.

Las carretas ocupaban el centro del camino. A ambos lados marchaban, en doble fila, guardias de infame aspecto, con tricornios chatos como los soldados del Directorio, sucios, rotos, sórdidos, tapujados con unos uniformes de inválidos y con pantalones de sepulturero, grises y azules por mitad, casi hechos pedazos, con charreteras encarnadas, correas amarillas, machetes, fusiles y varas; especie de soldados galopos. Estos esbirros parecían compuestos de la abyección del mendigo y de la autoridad del verdugo. El que parecía su jefe llevaba en la mano un látigo de postillón. Todos estos pormenores, sombreados por el crepúsculo, se dibujaban cada vez más claramente a medida que el día iba creciendo. A la cabeza, y detrás del convoy, iban gendarmes a caballo, graves y con sable en mano.

Era tan largo este tren, que en el momento en que la primera carreta llegaba a la barrera, apenas desembocaba la última en el bulevar.

Una multitud, procedente de no sé dónde y formada en un momento, como sucede en París, se oprimía y miraba desde ambos lados de la calzada. Oíanse en las callejuelas próximas gritos de personas que llamaban y el ruido de los zuecos de los hortelanos que corrían para ver el espectáculo.

Los hombres amontonados en las carretas se dejaban bazuquear en silencio. Estaban lívidos con el frío de la mañana. Todos llevaban pantalones de lienzo y los pies desnudos en zuecos. El resto del traje pertenecía a la moda de la miseria. Sus arreos eran horriblemente heterogéneos, porque no hay nada más fúnebre que el arlequín de los harapos. Sombreros sin copa, casquetes embreados, horribles gorros de lana, chaquetas negras agujereadas por los codos; algunos llevaban sombreros de mujer, otros un canastillo; veíanse pechos velludos, y a través de las roturas de los vestidos se distinguían pinturas en la carne: templos de amor, corazones con llamas, Cupidos. Descubríanse también herpes y manchas enfermizas. Dos o tres tenían una cuerda de esparto atada a las traviesas del carro y suspendida por bajo de ellos como un estribo en que sostenían los pies. Uno tenía en la mano, y llevaba a la boca y mordía, una cosa que parecía una piedra negra; era que iba comiendo pan.

No había allí más que ojos secos, apagados o luminosos con repugnante fulgor. La escolta juraba y maldecía; los encadenados no chistaban; de tiempo en tiempo oíase el ruido de un varazo en las espaldas o en la cabeza; algunos de aquellos hombres bostezaban. Los harapos eran terribles; colgaban los pies; los hombros oscilaban, las cabezas se chocaban, los hierros crujían, las pupilas radiaban ferozmente, los puños se crispaban o se abrían inertes como la mano de un muerto; detrás del convoy, una multitud de chicos reía a carcajadas.

Aquella fila de carretas, fuera lo que quisiese, era lúgubre. Tal vez al día siguiente, tal vez dentro de una hora, podía caer un aguacero, que sería seguido de otro, y después de otro, y se calarían los vestidos rotos, y aquellos hombres, una vez mojados, no se secarían, y una vez helados no se calentarían; sus pantalones de lienzo se pegarían a sus huesos con el agua, el agua llenaría sus zapatos, los latigazos no podrían impedir el castañeo de los dientes, la cadena seguiría uniéndoles por el cuello, sus pies seguirían en el aire. Era imposible no temblar viendo a estas criaturas humanas unidas así y pasivas bajo las frías nubes de otoño, entregadas a la lluvia, al viento, a todas las furias del aire, como los árboles y las piedras.

Las varas no respetaban a los enfermos, que yacían atados y sin movimiento en la séptima carreta y que parecían haber sido echados allí como sacos llenos de miseria.

De repente salió el sol, brilló el inmenso rayo del Oriente, y hubiérase dicho que prendía fuego en aquellas cabezas horribles. Desatáronse las lenguas y estalló un incendio de burlas, de juramentos y de canciones. La luz horizontal, extendiéndose a lo ancho, cortó en dos partes toda la fila, iluminando las cabezas y las espaldas y dejando los pies y las ruedas en la oscuridad. Los pensamientos aparecieron en los rostros. Aquel momento fue espantoso; se vieron demonios visibles con las máscaras caídas; almas feroces completamente desnudas. Aquella legión iluminada quedó tenebrosa. Algunos, más alegres, tenían en la boca cañones de pluma, con los que soplando arrojaban la miseria a la multitud, prefiriendo a las mujeres; la aurora marcaba con la oscuridad de las sombras aquellos tristes perfiles; no había entre todos aquellos hombres uno sólo que no fuese asqueroso a causa de su miseria, y era aquél un conjunto tan monstruoso, que pudiera decirse que cambiaba la claridad del sol en la luz de un relámpago.

La carreta que abría la marcha había entonado y salmodiaba a voz en grito, con huraña jovialidad, un popurrí de Desaugiers, célebre entonces: «La vestal». Los árboles temblaban lúgubremente en los paseos; algunos ciudadanos escuchaban, con rostro de idiota beatitud, los atrevidos cantares de aquellos espectros.

En aquel convoy iban mezclados todas las miserias como en un caos; allí se veía el ángulo facial de todos los animales, de los viejos, de los adolescentes; cráneos calvos, barbas grises, monstruosidades cínicas, resignaciones esquivas, risas salvajes, actitudes insensatas, viejos con casquete, especie de cabezas de jóvenes con tirabuzones en las sienes, rostros de muchachas, y por esto mismo horribles, flacos rostros de esqueleto, a los cuales no faltaba más que la muerte. En la primera carreta iba un negro que quizá habría sido esclavo y podría comparar ambas cadenas. El horrible nivel de la bajeza, la deshonra, había pasado por aquellas frentes; en aquel grado de abatimiento, todos sufrían las últimas transformaciones en las últimas profundidades; la ignorancia, convertida en imbecilidad, era lo mismo que la inteligencia convertida en desesperación.

Entre aquellos hombres no había elección posible; todos se presentaban a la vista con lo más escogido del lodo. Era evidente que el ordenador de aquella procesión inmunda no los había clasificado. Aquellos seres habían sido atados y apareados confusamente en el desorden alfabético probablemente y cargados al acaso en las carretas. Sin embargo, los errores agrupados concluyen por producir una resultante; toda suma de desgraciados da un total; de cada cadena salía un alma común, y cada carreta tenía su fisonomía. Al lado de la que cantaba había otra que aullaba; otra tercera mendigaba; otra que amenazaba a los transeúntes; otra que blasfemaba de Dios; la última callaba como la tumba. Delante hubiera creído ver los siete círculos del infierno en marcha.

Marcha siniestra de los condenados hacia los suplicios, no en el formidable y fulgurante carro del Apocalipsis, sino, lo que es más sombrío, en la carreta de las gemonías.

Uno de los guardias, que llevaba un gancho al extremo de la vara, meneaba de cuando en cuando aquel montón de basura humana. Una vieja que había entre el vulgo les señalaba con el dedo a un muchachillo de cinco años, y le decía:

—¡Aprende, tunante!

Como iban en creciente los cantos y las blasfemias, el que parecía capitán de la escolta hizo sonar el látigo, y a esta señal una serie de horribles varazos, que parecía una granizada, cayó sobre las siete carretas; muchos dieron un rugido y arrojaron espuma de rabia, lo que redobló la algazara de los pilluelos que habían acudido como nube de moscas sobre aquellas llagas.

La mirada de Juan Valjean se había vuelto espantosa. Sus ojos no eran sino ese vidrio que reemplaza a la mirada de algunos desgraciados, que parece la inconsciencia de la realidad y en que brilla la reverberación del espanto y de la catástrofe. No miraba un espectáculo: padecía una visión. Quiso levantarse, huir, escapar; pero no pudo mover los pies. Muchas veces las cosas que vemos nos cogen y nos sujetan. Permaneció clavado, petrificado, estúpido, preguntándose, a través de una confusa angustia inexplicable, lo que significaba aquella persecución sepulcral y de dónde salía aquel pandemónium que le perseguía. De pronto se llevó la mano a la frente, movimiento propio cuando se hace repentinamente memoria; se acordó de que aquél era, en efecto, el itinerario; que aquella vuelta se daba siempre para evitar el encuentro posible de las personas reales en el camino de Fontainebleau, y que hacía treinta y cinco años había pasado él mismo por aquella barrera.

Cosette no estaba menos asustada, aunque lo estaba de distinto modo. No comprendía nada; le faltaba el aliento, no le parecía posible lo que veía, y por fin exclamó:

—¡Padre! ¿Qué es eso que llevan esas carretas?

Juan Valjean respondió:

—Presidiarios.

—¿Y adónde van?

—Al presidio.

En aquel momento sonaron los varazos multiplicados por cien manos; mezcláronse con ellos los sablazos de plano; parecía aquella una rabia de látigos y varas; los presidiarios se encorvaron; de este suplicio resultó una obediencia repugnante, y todos se callaron, despidiendo miradas de lobos encadenados. Cosette temblaba de pies a cabeza.

—Padre —dijo—, ¿son hombres ésos?

—Algunas veces —respondió el miserable.

Era, en efecto, la cadena que salía antes de amanecer de Bicêtre y tomaba el camino de Mans para evitar el de Fontainebleau, donde estaba el rey. Este rodeo hacía durar el viaje tres o cuatro días más; pero para evitar a las personas reales la vista del suplicio, bien podía prolongarse.

Juan Valjean volvió a su casa con el corazón oprimido. Estos encuentros son choques, y el recuerdo que dejan parece un desquiciamiento.

Por esto Juan Valjean, al volver con Cosette a la calle de Babilonia, no notó que ésta le hacía otras preguntas sobre lo que acababan de ver; tal vez iba demasiado absorto en su abatimiento para oír sus palabras y para contestarlas. Sólo por la noche, cuando Cosette se separó de él para ir a acostar, la oyó que decía a media voz y como hablando consigo misma: «¡Creo que si encontrase en mi camino a uno de esos hombres, moriría de verle cerca, Dios mío!»

Pero, afortunadamente, la casualidad hizo que al día siguiente de aquella mañana tan trágica, y con motivo de una solemnidad oficial, hubiera fiestas en París, revista en el campo de Marte, fiestas en el Sena, teatros en los Campos Elíseos, fuegos artificiales en la Estrella e iluminaciones en todas partes. Juan Valjean, violentando su costumbre, llevó a Cosette a estas funciones, a fin de distraerla del recuerdo de la víspera y de borrar con el alegre tumulto de París aquella cosa abominable que había pasado por ante sus ojos. La revista con que se solemnizaba la fiesta hacía muy natural la circulación de uniformes; Juan Valjean se puso el de guardia nacional, con el vago sentimiento interior de un hombre que se oculta. Por lo demás, pareció que había conseguido el objeto que se proponía en el paseo. Cosette, que miraba como una obligación el agradar a su padre, y para la cual era nuevo cualquier espectáculo, aceptó la distracción con la buena gracia, frágil y ligera, de la adolescencia y no hizo ni un gesto desdeñoso ante esa gamella de alegría que se llama una fiesta pública; de modo que Juan Valjean pudo creer que había conseguido borrar todo rastro de la repugnante visión.

Algunos días después, una mañana en que hacía hermoso sol, estaban ambos en la escalerilla del jardín, otra infracción de las reglas que parecía haberse impuesto Juan Valjean y de la costumbre que Cosette había adquirido de permanecer en su cuarto; estaba la joven en peinador, de pie, con ese traje negligente de la mañana que envuelve adorablemente a las jóvenes y que parece una nube sobre un astro; con la cabeza al sol, sonrosada a causa de haber dormido bien, observada con ternura por su padre conmovido mientras ella deshojaba una margarita. Cosette ignoraba la seductora leyenda: «Te amo un poco, apasionadamente, etc.» ¿Quién se la habría de haber enseñado? Daba vueltas a aquella flor, instintiva e inocentemente, sin sospechar que deshojar una margarita es deshojar un corazón. Si hubiese una cuarta gracia llamada Melancolía, sonriéndose, Cosette se habría parecido a esta gracia.

Juan Valjean estaba fascinado contemplando aquellos deditos en la flor, olvidándolo todo en la radiación que despedían. Un petirrojo piaba entre las ramas allí cerca; nubes blancas cruzaban el cielo tan alegremente, que parecía que acababan de ser puestas en libertad. Cosette seguía deshojando su flor atentamente; pero en aquel momento seductor volvió de repente la cabeza, con la delicada lentitud del cisne, y dijo a Juan Valjean:

—Padre, ¿qué es el presidio?

* * *

La vida de ambos iba oscureciéndose por grados.

No les quedaba ya más que una distracción que en otro tiempo había sido su felicidad: llevar pan a los que tenían hambre, vestidos a los que tenían frío. En estas visitas a los pobres, en que Cosette acompañaba a su padre con frecuencia, hallaban algún resto de su antigua expansión, y a veces, cuando el día había sido bueno, cuando habían socorrido muchas miserias y reanimado y vuelto al calor a muchos pequeñuelos, Cosette estaba un poco alegre por la noche. En esta época fue cuando hicieron la visita al zaquizamí de Jondrette.

Al día siguiente de esta visita, Juan Valjean se presentó en el pabellón, tranquilo, como siempre; pero con una ancha herida en el brazo izquierdo, muy inflamada, muy materiosa, que parecía una quemadura y que explicó de cualquier manera. Esta herida le tuvo más de un mes con calentura y sin salir de casa; no quiso ver a ningún médico, y cuando Cosette le instaba, le decía:

—Llama al médico de los perros.

Cosette le hacía la cura por la mañana y por la tarde, de un modo tan celestial y manifestando tal júbilo por serle útil, que Juan Valjean sentía renacer toda su antigua alegría y disiparse sus temores y su ansiedad, y contemplaba a Cosette, diciendo:

—¡Oh, bendita herida! ¡Oh, bendito mal!

Cosette, viendo enfermo a su padre, había abandonado el pabellón y había vuelto a tomar afición a la casita y al traspatio. Pasaba casi todo el día al lado de Juan

Valjean y le leía los libros que quería, casi siempre libros de viaje. Juan Valjean renacía; su felicidad revivía con rayos inefables; el Luxemburgo, el rondador desconocido, la frialdad de Cosette, todas estas nubes de su alma se disipaban. Y concluía por decirse:

—Todo es ilusión mía.

Su felicidad era tal que el horrible encuentro de los Thenardier, acaecido en el chiribitil de Jondrette, encuentro tan inesperado, había pasado por él como un soplo que se desliza. Había conseguido escapar, su pista estaba perdida, ¿qué le importaba lo demás? Sólo pensaba en esto para compadecer a aquellos miserables.

Estaban ya en prisión y, por tanto, imposibilitados de hacer daño, pensaba; pero ¡qué lástima de familia en la desgracia!

En cuanto a la repugnante visión de la barrera del Maine, Cosette no había vuelto a hablar de ella.

En el convento, sor Santa Matilde había enseñado música a Cosette. Cosette tenía la voz de un avecilla con alma, y algunas noches, en el humilde cuarto del herido, cantaba tristes canciones que agradaban a Juan Valjean.

Llegaba la primavera; el jardín estaba tan admirable en esta estación, que Juan Valjean dijo a Cosette:

—No bajas nunca; quiero que pasees por él.

—Como queráis, padre —contestó Cosette.

Y por obedecer a su padre volvió a pasear por el jardín, casi siempre sola, porque, como hemos dicho, Juan Valjean, que probablemente temía ser visto por la reja, no paseaba casi nunca.

La herida había sido una diversión.

Cuando Cosette vio que su padre padecía menos y que se iba curando y parecía feliz, sintió una alegría que apenas echó de ver tan dulce y naturalmente se presentaba.

Era el mes de marzo; crecían los días, desaparecía el invierno, que se lleva siempre consigo alguna parte de nuestra tristeza; vino después abril, esa aurora del estío, fresca como toda aurora, alegre como la infancia, llorosa alguna vez como un niño recién nacido. La Naturaleza en este mes tiene resplandores llenos de atractivo, que pasan del cielo, de las nubes, de los árboles, de las praderas, de las flores, al corazón del hombre.

Cosette era muy joven aún para que esta alegría de abril, semejante a ella, no la penetrase. La noche fue desapareciendo de su espíritu insensiblemente y sin sospecharlo. En la primavera hay claridad en las almas tristes, así como a mediodía hay claridad en los sótanos. Cosette no estaba ya triste, por más que no pudiese explicarlo. Por la mañana, hacia las diez, después de almorzar, cuando había conseguido llevar a su padre un cuarto de hora al jardín y lo paseaba al sol por delante de la escalera, sosteniéndole el brazo malo, no conocía que reía a cada instante y que era feliz.

Valjean, satisfecho, la veía volver sonrosada y fresca.

—¡Oh, bendita herida! —repetía en su interior.

Estaba agradecido a Thenardier.

Curada que fue su herida, había vuelto a sus paseos solitarios y crepusculares.

Sería un error creer que se puede pasear de este modo, solo, por las regiones menos habitadas de París, sin encontrarse en una aventura.

Una noche, el niño Gavroche no había comido y recordó que tampoco había cenado el día anterior, lo que era ya muy pesado. Tomó, pues, la resolución de buscar algún medio de cenar. Fuese a dar vueltas más allá de la Salpetrière, por los sitios desiertos, donde se encuentran las albricias; por donde no hay un alma suele encontrarse algo, y así llegó hasta unas casuchas que le parecieron ser el pueblecillo de Austerlitz.

En una de sus anteriores excursiones había visto allí un viejo jardín, frecuentado por un anciano y una anciana, y que tenía un regular manzano. Al lado del manzano había una especie de frutera mal cerrada, de donde se podía coger una manzana. Una manzana es una cena; una manzana es la vida. Lo que perdió a Adán podía salvar a Gavroche. El jardín daba a una callejuela solitaria, sin empedrar y costeada de malezas que esperaban se hiciesen casas, y estaba separada de los edificios por un seto.

Gavroche se dirigió hacia el jardín; encontró la callejuela, reconoció el manzano, identificó la fruta y examinó el seto; un seto no es más que un salto. Iba declinando el día; la callejuela estaba desierta; la hora era magnífica. Gavroche saltó y se detuvo de repente. Se oía hablar en el jardín, y Gavroche se puso a mirar por un hueco del seto.

A dos pasos de él, al pie del seto, por el otro lado, precisamente en el punto en que le hubiese hecho caer el salto que meditaba, había una piedra tendida que servía de banco; en este banco estaba sentado el viejo del jardín, y delante, de pie, la vieja.

La vieja refunfuñaba; Gavroche, que era poco discreto, escuchó:

—¡Señor Mabeuf! —decía la vieja.

—¡Mabeuf! —pensó Gavroche—. Me choca ese nombre.

El viejo interpelado no se movía. La vieja repitió:

—¡Señor Mabeuf!

El viejo, sin levantar la vista, respondió:

—¿Qué, tía Plutarco?

—¡Tía Plutarco! —pensó Gavroche—. Otro nombre que me choca.

La tía Plutarco volvió a hablar, y el viejo tuvo que aceptar la conversación.

—El casero no está contento.

—¿Por qué?

—Se le deben tres plazos.

—Dentro de tres meses se le deberán cuatro.

—Dice que os echará a la calle.

—Y me iré.

—La tendera quiere que se la pague; ya no fía leña. ¿Con qué os calentaréis este invierno? No tendremos lumbre.

—Hay sol.

—El carnicero nos niega el crédito y no quiere dar carne.

—Está bien; digiero mal la carne; es muy pesada.

—¿Y qué comeremos?

—Pan.

—El panadero quiere que se le dé algo a cuenta, y dice que si no hay dinero no hay pan.

—Bueno.

—¿Y qué comeremos?

—Nos quedan las manzanas del manzano.

—Pero, señor, no se puede vivir así, sin dinero.

—¡Y si no lo tengo!

La anciana se fue y el anciano se quedó solo meditando. Gavroche meditaba por otro lado. Era ya casi de noche.

El primer resultado de la meditación de Gavroche fue que en vez de escalar el seto se acurrucó debajo. Las ramas se separaban un poco en la parte baja de la maleza.

—¡Calla! —exclamó interiormente—. ¡Una alcoba!

Y se agachó. Estaba casi recostado en el banco del señor Mabeuf; oía casi respirar al octogenario.

Y entonces, para comer, trató de dormir. Sueño de gato, sueño de un solo ojo. Adormeciéndose, Gavroche, sin embargo, espiaba.

La blancura del cielo crepuscular emblanquecía la tierra, y la calleja formaba una línea pálida entre dos filas de oscuros arbustos.

De repente, en esta línea blanquecina, aparecieron dos sombras. Una iba delante, y la otra, a algunos pasos, detrás.

—¡Dos personas! —murmuró Gavroche.

La primera sombra parecía de algún viejo encorvado y pensativo, vestido más que sencillamente, que andaba con lentitud a causa de la edad y que salía a pasear a la luz de las estrellas.

La segunda era recta, firme, pequeña. Arreglaba su paso al de la primera; pero en la lentitud voluntaria de la marcha se descubría la esbeltez y la agilidad. Aquella sombra tenía algo de huraña y de inquieta, y la figura de lo que entonces se llamaba un elegante; el sombrero era de buena forma; la levita negra, bien hecha y probablemente de buen paño y de talle ceñido. Elevaba la cabeza con cierta gracia robusta, y por debajo del sombrero se entreveía, en el crepúsculo, el pálido perfil de un adolescente. Este perfil tenía una rosa en la boca. Esta segunda sombra era conocida de Gavroche: era Montparnase.

En cuanto a la otra, no hubiera podido decir sino que era un viejo.

Gavroche se puso al momento en observación. Uno de los dos tenía, evidentemente, proyectos sobre el otro, y Gavroche estaba muy bien situado para ver el resultado. La alcoba se había convertido en un escondrijo.

Montparnase, «de caza», a aquella hora y en aquel lugar, era una cosa amenazadora. Gavroche sentía que su corazón de pilluelo se conmovía de lástima del viejo.

Pero ¿que hacer? ¿Intervenir? ¿Había de socorrer una debilidad a otra? Sería sólo dar motivo para que se riese Montparnase. Gavroche no dejaba de conocer que para aquel temible bandido de dieciocho años, el viejo primero y el niño después eran dos bocados.

Mientras que Gavroche deliberaba, tuvo efecto el ataque brusco y repugnante; ataque como el del tigre contra el asno, de la araña contra la mosca. Montparnase, de improviso, tiró la rosa, saltó sobre el viejo, le agarró del cuello, le acogotó y se engarabitó sobre él. Gavroche apenas pudo detener un grito. Un momento después, uno de estos hombres estaba debajo del otro, rendido, jadeante, forcejeando, con una rodilla de mármol sobre el pecho. Sólo que no había sucedido lo que Gavroche esperaba. El que estaba en tierra era Montparnase; el que estaba encima era el viejo. Todo esto pasaba a algunos pasos de Gavroche.

El viejo había recibido el choque y le había devuelto tan terriblemente, que en un abrir y cerrar de ojos el agresor y la víctima habían cambiado de papel.

—¡Vaya un viejo fuerte! —pensó Gavroche.

Y no pudo menos de palmotear; pero fue un aplauso perdido, porque no llegó hasta los combatientes, que estaban absortos y aturdidos, uno por otro.

Quedó todo en silencio. Montparnase cesó de forcejear y Gavroche se dijo: «¡Estará muerto!»

El viejo no había pronunciado una palabra ni arrojado un grito; se levantó, y Gavroche oyó que decía a Montparnase:

—Levántate.

Montparnase se levantó, sin que el viejo soltase aún; tenía la actitud humillada y furiosa de un lobo robado por un cordero.

Gavroche miraba y escuchaba, haciendo esfuerzos para duplicar sus ojos y sus oídos. Se divertía extraordinariamente.

Pero fue recompensado de su ansiedad de espectador y pudo coger al vuelo este diálogo, que recibía de la oscuridad cierto sabor trágico. El viejo preguntaba, y Montparnase respondía.

—¿Qué edad tienes?

—Diecinueve años.

—Eres fuerte y de buena figura. ¿Por qué no trabajas?

—Porque me fastidia.

—¿Qué eres?

—Paseante en corte.

—Habla con formalidad. ¿Puedo hacer algo por ti? ¿Qué quieres ser?

—Ladrón.

Hubo un momento de silencio; el viejo parecía estar profundamente pensativo; seguía inmóvil y no soltaba a Montparnasse.

De cuando en cuando, el joven ladrón, vigoroso y ágil, sentía el estremecimiento de la bestia cogida en una trampa. Daba una sacudida, ensayaba la zancadilla, retorcía sus miembros, trataba de escaparse. El viejo aparentaba no notarlo y le tenía cogidas las dos muñecas con una sola mano, con la indiferencia soberana de una fuerza absoluta.

La meditación del viejo duró algún tiempo; después, mirando fijamente a Montparnase, levantó con suavidad la voz y le dirigió en aquella sombra en que estaban una especie de alocución solemne, de la que Gavroche no perdió ni una sílaba.

—«Hijo mío, tú entras por pereza en la existencia más laboriosa. ¡Ah! ¡Tú te declaras holgazán! Pues prepárate a trabajar. ¿Has visto una máquina terrible? ¿El laminador? Es preciso tener mucho cuidado, porque es una cosa feroz: si te coge el faldón de la levita te lleva todo el cuerpo. Pues esta máquina es la ociosidad. Detente, porque aún es tiempo, y sálvate. De otra manera, todo se acabó; dentro de poco estarás entre las ruedas, y una vez cogido no esperes nada. ¿Eres perezoso? No descansarás. La mano de hierro del trabajo implacable te ha cogido. Ganar tu vida, tener una tarea, cumplir un deber. ¿No quieres esto? ¿Te fastidia ser como los demás? Pues bien, serás distinto. El trabajo es la ley; el que lo rechaza fastidiado lo tiene por suplicio; no quieres ser obrero, serás esclavo. El trabajo sólo nos deja por un lado para cogernos por otro; no quieres ser su amigo, serás su negro; no has querido tener el honrado cansancio de los hombres, tendrás el sudor de los condenados. Donde los demás canten, tú gruñirás. Verás de lejos trabajar a los demás hombres y te parecerá que descansan. El labrador, el segador, el marinero, el herrero, se te aparecerán en la luz como los bienaventurados de un paraíso. ¡Qué radiación vista desde el yunque! Guiar una carreta, atar las mieses, es un placer.

»El barco en libertad en el viento: ¡qué alegría! Y tú, perezoso, ¡cava, arrastra, rueda, anda! ¡Tira de tu cabestro, bestia de carga en el tiro del infierno! ¡Ah! ¿No hacer nada es tu objetivo? Pues bien; no pasarás una semana, ni un día, ni una hora sin humillación. No podrás hacer nada sino con angustia; tus músculos crujirán en todos los minutos; lo que en los demás sea blanda pluma, será dura roca para ti. Las cosas más sencillas serán escarpadas para ti; la vida en tu derredor se convertirá en un monstruo. Ir, venir y respirar serán para ti trabajos terribles; tu pulmón te hará el mismo efecto que si fuese un peso de cien libras. Ir allá o acullá te será un problema difícil de resolver. Todo el que quiere salir de su casa no tiene que hacer más que empujar la puerta, y ya está fuera. Tú, si quieres salir, tendrás que taladrar una pared.

»Para salir a la calle cualquiera no tiene que hacer más que bajar la escalera; pero tú romperás las sábanas, harás con sus tiras una cuerda, pasarás por la ventana, te suspenderás colgado de este hilo sobre un abismo, de noche, en medio de la tempestad, en medio de la lluvia, en medio del huracán, y si la cuerda es corta, sólo encontrarás un medio de bajar: tirarte. Tirarte a ciegas, en el precipicio, de una altura cualquiera, abajo, a lo desconocido; o bien te subirás por un cañón de chimenea con peligro de quemarte; o te deslizarás por un conducto de letrina con peligro de ahogarte. Y no te hablo de los agujeros que tienes que ocultar, de las piedras que tienes que quitar y poner veinte veces al día, ni de los pedazos de yeso que tienes que ocultar en el jergón. Se encuentra una cerradura; el hombre honrado lleva en el bolsillo una llave hecha por un cerrajero; tú, si quieres seguir adelante, estás condenado a hacer una obra maestra: cogerás un sueldo, lo cortarás en dos láminas, ¿y con qué herramientas? Las tendrás que inventar; eso te corresponde. Después ahondarás lo interior de estas chapas cuidando de no tocar a la superficie; harás alrededor la muesca de un tornillo, de modo que se ajusten exactamente una a otra, como una caja y su tapa, y que, atornilladas, no se sospeche nada. Para los vigilantes, porque estarás vigilado, esto será sólo un sueldo, para ti será una caja. ¿Y qué meterás en esa caja? Un pedazo de acero: un muelle de reloj, al que habrás hecho dientes, y será una sierra. Con esta sierra, tan larga como un alfiler y oculta en un sueldo, deberás cortar el pestillo de la cerradura, la barra del cerrojo, el asa del candado, el hierro de la ventana y el grillo de la pierna, y hecha esta obra prodigiosa, realizados milagros de arte, de industria, de habilidad, de paciencia, si se llega a saber que eres tú el autor, ¿cuál será tu recompensa? El calabozo. Éste es tu porvenir. La pereza, el placer, ¡qué precipicios! ¡No hacer nada es tomar un partido muy lúgubre! ¿Lo sabes bien? ¡Vivir ocioso de la sustancia social! ¡Ser inútil; es decir, ser perjudicial! Esto conduce directamente al fondo de la miseria. ¡Desgraciado el que quiere ser parásito! Será la miseria del cuerpo social. ¡Ah! ¡No te gusta trabajar! No tienes más que un pensamiento: beber bien, comer bien, dormir bien. Pues beberás agua, comerás pan negro, dormirás en una tabla con una cadena rodeada a tus miembros, cuyo frío sentirás por la noche en la carne. Romperás esta cadena y huirás. Bien; pero te arrastrarás entre las matas y comerás hierba como los animales del monte. Y volverás a ser preso, y entonces pasarás los años en un profundo patio, cercado de una muralla, buscando a tientas el jarro para beber, mordiendo en un horrible pan negro, que no comerían ni los perros; comiendo habas, que los gusanos han roído antes que tú. Serás una correder en una cueva. ¡Ah! ¡Ten piedad de ti mismo, niño miserable, joven que mamabas hace diecisiete años, y que aún tendrás madre! Te lo suplico; escúchame: quieres gastar paño fino, zapatos lustrosos, pelo rizado, usar en la cabeza perfumes, agradar a las jóvenes, ser elegante. Pues bien: te cortarán el pelo al rape, te pondrán una chaqueta roja y unos zuecos. Quieres llevar sortijas en los dedos, y tendrás una argolla al cuello, y si miras a una mujer, te darán un palo. ¡Entrarás allí a los veinte años y saldrás a los cincuenta! Entrarás joven, sonrosado, fresco, con ojos brillantes, dientes blancos y hermosa caballera; saldrás cascado, encorvado, lleno de arrugas, sin dientes, horrible y con el pelo blanco. ¡Ah, pobre niño! Te equivocas; la holgazanería te aconseja mal; el trabajo más rudo es el robo. Créeme, no emprendas la penosa profesión del perezoso; no es cómodo ser ratero. Menos malo es ser hombre honrado. Anda ahora, y piensa en lo que te he dicho. Pero ¿qué querías? Mi bolsa; aquí la tienes.»

Y el viejo soltando a Montparnase, le puso en la mano su bolsa, que Montparnase tuvo un momento en la mano, tomándola a peso; después de lo cual, con la misma precaución maquinal que si la hubiese robado, la dejó caer suavemente en el bolsillo de atrás de su levita.

Hecho esto, el viejo volvió la espalda y siguió su paseo.

—¡Zopenco! —murmuró Montparnase.

¿Quién era aquel viejo? El lector lo habrá adivinado, sin duda.

Montparnase, estupefacto, miró cómo desaparecía en el crepúsculo; pero esta contemplación le fue fatal.

Mientras que el viejo se apartaba, Gavroche se aproximaba.

Gavroche, con una mirada de reojo, se había asegurado de que el señor Mabeuf, dormido tal vez, seguía en el banco, y saliendo después de la maleza se arrastró en la sombra por detrás de Montparnase, que seguía inmóvil. Así llegó hasta él sin ser visto ni oído. Metió suavemente la mano en el bolsillo de atrás de la levita de paño fino, cogió la bolsa, retiró la mano y, volviendo a la rastra, hizo en la oscuridad una evolución de culebra. Montparnase, que no tenía motivo para estar en guardia, y que estaba meditando, quizá por primera vez en su vida, no notó nada. Gavroche, así que llegó a donde estaba el señor Mabeuf, tiró la bolsa por encima del seto y huyó a todo correr.

La bolsa cayó a los pies del señor Mabeuf y el ruido le despertó; se inclinó, la cogió y la abrió sin comprender nada. Era una bolsa con dos divisiones: en la una había algunos cuartos: en la otra seis napoleones. El señor Mabeuf, muy asustado, la llevó a su ama.

—Esto viene del cielo —dijo la tía Plutarco.

* * *

El dolor de Cosette, tan punzante y tan vivo aún cuatro o cinco meses antes, había entrado en convalecencia. La Naturaleza, la primavera, la juventud, el amor a su padre, la alegría de los pájaros y de las flores, infiltraban poco a poco, día por día, gota a gota, en aquella alma tan virgen y tan joven, una cosa muy semejante al olvido. ¿Era que se apagaba completamente el fuego o que se iban formando solamente capas de ceniza? El hecho es que no sentía ya apenas nada doloroso y abrasador.

Un día pensó de repente en Mario.

—¡Calla! —dijo—. Ya no pienso en él.

En la misma semana se fijó, al pasar por delante de la verja del jardín, en un hermoso oficial de lanceros, con talle de avispa, bonito uniforme, mejillas de niña, sable bajo el brazo, bigotes retorcidos y chascás charolado, cabellos rubios, ojos azules, cara redonda, vana, insolente y linda; todo lo contrario de Mario. Llevaba un cigarro en la boca. Cosette pensó que este oficial era del regimiento acuartelado en la calle de Babilonia.

Al día siguiente lo vio pasar otra vez y anotó la hora.

Desde aquel momento lo vio pasar casi todos los días. ¿Sería casualidad?

Los camaradas del oficial notaron que había en aquel jardín, «en traje de marcha» y detrás de aquella fea verja, una bonita niña que estaba allí casi siempre cuando pasaba el bizarro teniente, que no es desconocido para el lector, pues que se llamaba Teódulo Guillenormand.

—¡Ah! —le decían—. Hay una joven que te mira; obsérvalo.

—¿Acaso tengo tiempo —respondió el lancero— de mirar a todas las jóvenes que me miran?

Esto sucedía precisamente en el momento en que Mario descendía a la agonía y se decía: «¡Si pudiese solamente verla antes de morir!»

Si se hubiera realizado su deseo, si hubiera visto en aquel momento a Cosette mirando a un lancero, no habría podido pronunciar una palabra; habría muerto de dolor.

¿Y de quién habría sido la culpa? De nadie.

Mario tenía uno de esos temperamentos que se sumergen en la tristeza y moran en ella. Cosette, por el contrario, se sumergía, pero volvía a salir.

Cosette, además, atravesaba ese momento peligroso, fase fatal del ensueño femenil, abandonado a sí mismo, en que el corazón de una joven aislada se asemeja a esos sarmientos de la vid que se enganchan por casualidad al chapitel de una columna de mármol o al poste de una taberna. Momento rápido y decisivo, crítico para toda huérfana, ya sea pobre o rica, porque la riqueza no impide una mala elección. Se verifican casamientos muy desiguales, porque la verdadera desigualdad del casamiento es la de las almas, y así como más de un joven desconocido, sin nombre, sin familia, sin hacienda, es un chapitel de mármol que sostiene un templo de grandes sentimientos y de grandes ideas, del mismo modo, algún hombre de mundo, satisfecho y opulento, que tiene botas finas y palabras charoladas, si se le mira, no al exterior, sino al interior, es decir, a lo que se reserva a la mujer, no es más que una viga estúpida, oscuramente movida por pasiones violentas, inmundas y embriagadas: el poste de una taberna.

¿Que tenía Cosette en el alma? Una pasión calmada o adormecida; amor en el estado flotante; algo que era límpido, brillante; turbio a cierta profundidad, oscuro más abajo. La imagen del garrido oficial se reflejaba en la superficie. ¿Había algún recuerdo en el fondo? Muy en el fondo tal vez: mas Cosette no lo sabía.

Pero sucedió un incidente singular.

En la primera quincena de abril hizo un viaje Juan Valjean. Esto sucedía, como sabe el lector, algunas veces, a largos intervalos, y estaba ausente uno o dos días a lo más. ¿Adónde iba? Nadie lo sabía, ni aun Cosette. Sólo una vez, en uno de sus viajes, le había acompañado ésta en coche hasta la esquina de un callejón sin salida, en cuyas paredes había leído: «Callejón de la Plancheta.» Allí se había bajado, y el coche había llevado a Cosette a la calle de Babilonia. Generalmente, Juan Valjean hacía estos viajes cuando faltaba dinero en casa.

Juan Valjean estaba, pues, ausente. Al marcharse había dicho: «Volveré dentro de tres días.»

Por la noche, Cosette estaba sola en la sala. Para matar el fastidio había abierto el piano y había empezado a cantar, acompañándose ella misma, el coro de Euryanto, «¡Cazadores perdidos en los bosques!», que es quizá lo más bello de toda la música. Cuando concluyó se quedó pensativa.

De repente creyó oír andar por el jardín.

No podía ser su padre, porque estaba ausente; ni la tía Santos, porque estaba acostada. Eran las diez de la noche.

Se dirigió a la ventana de la sala, que estaba cerrada, y aplicó el oído.

Le pareció que oía el paso de un hombre que andaba suavemente.

Subió con rapidez al primer piso, a su cuarto; abrió el ventanillo que había en el postigo y miró al jardín. Había luna llena y se veía como si fuese de día.

No había nadie.

Abrió la ventana. El jardín estaba absolutamente silencioso, y lo que se veía de la calle, desierto, como siempre.

Cosette pensó que se había engañado; había creído oír aquel ruido, y todo era un alucinamiento producido por el sombrío y prodigioso coro de Weber, que abre ante el espíritu abismos insondables, que aparecen trémulos a la vista como un bosque vertiginoso, en que se oye el crujido de las ramas muertas bajo el paso inquieto de los cazadores, casi envueltos en el crepúsculo.

Y no pensó más en esto.

Además, Cosette no era por naturaleza muy tímida. Tenía en las venas la sangre de esas gitanas y aventureras que andan con los pies descalzos. Recuérdese que era más bien alondra que paloma, y tenía un fondo de valor y energía.

Al día siguiente, más temprano, a la caída de la noche, estaba paseando por el jardín y, en medio de los confusos pensamientos en que estaba sumergida, creyó oír claramente un ruido semejante al de la víspera, como de alguna persona que anduviera en la oscuridad, bajo los árboles y no muy lejos de ella; pero se decía que nada se asemeja tanto a los pasos sobre la hierba como el roce de dos ramas que se separan, y no hizo caso; además, no veía nada.

Salió de la maleza. Tenía que atravesar un espacio alfombrado de menuda hierba para llegar a las gradas de la puerta. La luna, que acababa de salir a su espalda, proyectó su sombra delante de ella, y sobre la alfombra cuando salió de la maleza.

Cosette se detuvo aterrorizada.

Al lado de la sombra, la luna proyectaba claramente sobre el césped otra sombra, singularmente espantosa y terrible; una sombra que tenía sombrero redondo.

Parecía la de un hombre que estuviese de pie, en la orilla del césped, a pocos pasos detrás de Cosette.

Permaneció un minuto sin poder hablar, ni gritar, ni moverse, ni volver la cabeza. Pero, al fin, reuniendo todo su valor, se volvió resueltamente.

No había nadie.

Miró al suelo; la sombra había desaparecido.

Penetró en la maleza, registró audazmente los rincones, llegó hasta la verja y no encontró a nadie.

Quedóse helada. ¿Había sido aquello también una alucinación? ¡Cómo! ¿Dos días seguidos? Una alucinación, pase; ¿pero dos? Lo que la inquietaba más que todo es que la sombra no era seguramente un fantasma, porque los fantasmas no llevan sombrero redondo.

Al día siguiente volvió Juan Valjean. Cosette le refirió lo que había creído ver y oír. Esperaba que su padre le tranquilizaría y que, encogiéndose de hombros, le diría: «Eres una loquilla.»

Juan Valjean se alarmó.

—Quizá no sea nada —dijo.

La dejó con cualquier pretexto y fue al jardín, y Cosette observó que examinaba la verja con mucha atención.

Por la noche despertó, esta vez estaba segura de oír pasos cerca de la escalinata por bajo de su ventana, y la abrió. En efecto; en el jardín vio a un hombre con un garrote en la mano. Iba ya a gritar cuando la luna iluminó el rostro del hombre: era su padre.

Volvió, pues, a acostarse, diciéndose:

—¡Qué alarmado está!

Juan Valjean pasó aquella noche y las dos siguientes en el jardín, y Cosette le observó por el ventanillo.

La tercera noche había Luna menguante, y salía más tarde; sería como la una de la mañana, y Cosette oyó una carcajada y la voz de su padre que la llamaba:

—¡Cosette!

Echóse fuera de la cama, se puso una bata y abrió la ventana.

Su padre estaba en el jardín, en el césped.

—Te despierto para tranquilizarte —le dijo—. Mira: aquí tienes la sombra del sombrero redondo.

Y la enseñó sobre el césped una sombra que hacía la Luna, y que parecía, en efecto, el espectro de un hombre con sombrero redondo.

Era un perfil producido por un tubo de chimenea de palastro con chapitel que subía por encima de un tejado próximo.

Cosette se echó a reír también; se borraron todas sus lúgubres suposiciones, y a la mañana siguiente, cuando almorzaba con su padre, se chanceó sobre el siniestro jardín visitado por las sombras de los tubos de chimenea.

Juan Valjean se tranquilizó completamente, y Cosette no se detuvo a examinar si el cañón de chimenea estaba en la misma dirección que la sombra que había visto o había creído ver y si la luna estaba en el mismo punto del cielo. No se fijó en la singularidad de un cañón de chimenea, que teme ser sorprendido en flagrante delito y se retira cuando miran su sombra; porque la sombra había desaparecido cuando Cosette se volvió, y Cosette creía estar segura de ello. La joven se tranquilizó por completo. La demostración le pareció evidente y creyó que era un efecto de imaginación, lo mismo que los pasos de alguno que anduviese por el jardín, por la tarde o por la noche.

Pero algunos días después hubo un nuevo incidente.

En el jardín, y cerca de la verja que daba a la calle, había un banco de piedra, defendido de las miradas de los curiosos por un enrejado de cañas, pero hasta el cual podía llegar el brazo de un transeúnte a través de la verja y de la enramada.

Una tarde de este mismo mes de abril había salido Juan Valjean, y Cosette, después de puesto el sol, se había sentado en este banco. El viento penetraba entre los árboles; Cosette meditaba; una tristeza sin objeto iba apoderándose poco a poco de ella, esa tristeza invencible que produce la tarde y que proviene tal vez del misterio de la tumba entreabierta a esta hora.

Fantina estaba quizá en aquella sombra.

Cosette se levantó, dio lentamente una vuelta por el jardín, andando sobre la hierba inundada de rocío y diciéndose a través del sonambulismo melancólico en que estaba sumergida: «Se deben usar zapatos fuertes para andar por el jardín a esta hora; es fácil constiparse.»

Después volvió al banco.

En el momento en que iba a sentarse, observó en el sitio que había ocupado una gran piedra que no estaba antes.

Contempló aquella piedra, preguntándose qué significaba. Pero, de repente, la idea de que aquella piedra no se había ido sola al banco, de que alguno la había puesto allí, de que un brazo había pasado a través de la verja; esta idea, decimos, se le presentó y le dio miedo; un miedo verdadero esta vez, porque la piedra estaba allí y no era posible dudar. No la tocó; huyó sin atreverse a mirar detrás de sí, se refugió en la casa, cerró en seguida con maderas, con barras y con cerrojos la puertaventana de la escalinata, y preguntó a la tía Santos:

—¿Ha vuelto mi padre?

—Aún no, señorita.

Juan Valjean, como hombre pensativo y paseante nocturno, solía retirarse bastante tarde por la noche.

—Santos —dijo Cosette—, tendrás cuidado de cerrar bien por la noche las ventanas que dan al jardín, al menos con barras, y poner los candados en las anillas.

—¡Oh! Estad tranquila, señorita.

La tía Santos no dejaba de hacerlo, y Cosette lo sabía muy bien; pero no pudo menos de añadir:

—¡Qué desierto está este sitio!

—Es verdad —dijo la tía Santos—. La asesinarían a una sin tener tiempo para decir ¡uf!, con eso de no dormir el señor en casa. Pero no temáis nada, señorita; cierro las ventanas como si fuesen una fortaleza. ¡Ah! ¡Mujeres solas! ¡Esto hace temblar! Figuraos ver que entran hombres en vuestro cuarto por la noche y os dicen: «¡Cállate!», y empiezan a cortaros la cabeza. No es lo más temible la muerte, porque al fin se muere una y sabe demasiado que se ha de morir, pero es una cosa horrible sentir que os toca esa gente. ¡Y luego sus puñales! ¡Oh, qué mal deben cortar! ¡Ah, Dios mío!

—¡Callaos! —dijo Cosette—. Cerradlo bien todo.

Y atemorizada del melodrama improvisado por la tía Santos, y quizá también por el recuerdo de las apariciones de la otra semana, no se atrevió a decirle: «¡Id a ver la piedra que han puesto en el banco!», de miedo de volver a abrir la puerta del jardín y que entrasen los «hombres». Hizo cerrar por todas partes las puertas y las ventanas; hizo que la tía Santos registrase la casa desde la cueva al granero; se encerró en su cuarto, echó los cerrojos, miró debajo de la cama, se acostó y durmió mal. Toda la noche estuvo viendo una piedra, grande como una montaña y llena de cavernas.

Cuando salió el sol —téngase presente que el sol, cuando sale, tiene la virtud de hacernos reír de todos nuestros terrores nocturnos, y la risa que nos produce es siempre proporcionada al miedo que se ha tenido—; al salir el sol, decimos, se despertó Cosette, pensó en su sueño con espanto, y se dijo: «¿Qué he estado soñando? ¡Lo mismo es esto que los pasos que me parecía haber oído la otra semana en el jardín, de noche! ¡Lo mismo que la sombra del cañón de chimenea! ¿Voy a hacerme ahora cobarde?» El sol, que entraba por las junturas de los postigos y coloreaba de púrpura las cortinas de damasco, la tranquilizó de tal manera que todo se borró de su imaginación, hasta la piedra. No había piedra ninguna en el banco, como no había ningún hombre con sombrero en el jardín. «¡He soñado lo de la piedra, como lo demás», se dijo.

Se vistió, bajó al jardín, corrió al banco y sintió un sudor frío. La piedra estaba allí.

Pero aquello sólo duró un momento; el miedo de noche es curiosidad de día.

—¡Bah! —dijo—. Veamos lo que es.

Y levantó la piedra, que era bastante grande. Debajo había un papel que parecía una carta.

Era un sobre blanco. Cosette lo cogió y vio que no tenía ni sobrescrito por un lado ni oblea por el otro; pero aunque estaba abierto, no estaba vacío. Veíanse papeles dentro.

Cosette lo abrió. Ya no tenía miedo ni curiosidad, sino un principio de impaciencia.

Sacó del sobre lo que contenía, que era un cuadernito de papel, de hojas numeradas, en cada una de las cuales había algunas líneas que parecieron a Cosette de bonita y elegante letra.

Cosette buscó un nombre, pero no lo había; buscó una firma, tampoco la había. ¿A quién iba dirigido aquello? A ella, probablemente, pues que una mano había depositado aquel paquete en su banco. ¿De quién venía aquello?

Una fascinación irresistible se apoderó de ella; trató de separar los ojos de aquellos papeles que temblaban en su mano; miró al cielo, a la calle, a las acacias llenas de luz, a las palomas que volaban sobre un tejado próximo y después su vista cayó rápidamente sobre el manuscrito, y se dijo que debía leer lo que contenía.

Véase lo que leyó:

La reducción del universo a un solo ser, la dilación de un solo ser hasta Dios: esto es el amor.

El amor es la salutación de los ángeles a los astros.

¡Qué triste está el alma cuando está triste por el amor!

¡Qué vacío tan inmenso es la ausencia del ser que llena el mundo! ¡Oh! ¡Cuán verdadero es que el ser amado se convierte en Dios! Se comprendería que Dios tuviese celos si el Padre de todo no hubiese hecho evidentemente la creación para el alma y el alma para el amor.

Basta una sonrisa vislumbrada por bajo un sombrero de crespón blanco con adornos de lilas para que el alma entre en el palacio de los sueños.

Dios está detrás de todo; pero todo oculta a Dios. Las cosas son negras, las criaturas son opacas. Amar a un ser es hacerlo transparente.

Ciertos pensamientos son oraciones. Hay momentos en que cualquiera que sea la actitud del cuerpo, el alma está de rodillas.

Los amantes que están separados engañan la ausencia con mil cosas quiméricas, que tienen, no obstante, su realidad. Si les impide verse, no pueden escribirse; pero tienen una multitud de medios misteriosos de correspondencia. Se envían el canto de los pájaros, el perfume de las flores, la risa de los niños, la luz del sol, los suspiros del viento, los rayos de las estrellas, toda la creación. ¿Y por qué no? Todas las obras de Dios están hechas para servir al amor.

El amor es bastante poderoso para emplear a la Naturaleza entera en sus mensajes.

¡Oh, primavera, tú eres una carta que yo le escribo!

El porvenir pertenece más al corazón que a la inteligencia. El amor es lo único que puede ocupar y llenar la eternidad. El infinito necesita lo inagotable.

El amor es una parte del alma misma; es de la misma naturaleza que ella, es una chispa divina; como ella, es incorruptible, indivisible, imperecedero. Es una partícula de fuego que está en nosotros, que es inmortal e infinita, a la cual nada puede limitar ni amortiguar. Se la siente arder hasta en la médula de los huesos, y se la ve brillar hasta en el fondo del cielo.

¡Oh, amor! ¡Adoraciones! ¡Deleite de dos almas que se comprenden, de dos corazones que se cambian uno por otro, de dos miradas que se penetran! ¡Vendréis a mí! ¿No es verdad, felicidades? ¡Paseos de dos solos en la soledad! ¡Días benditos y resplandecientes! He soñado alguna vez que de tiempo en tiempo se desprendían algunas horas de la vida de los ángeles y venían aquí abajo a penetrar el destino de los hombres.

Dios no puede añadir nada a la felicidad de los que se aman más que la duración sin fin. Una eternidad de amor, después de una vida de amor, es un aumento, en efecto; pero acrecentar en su intensidad misma la felicidad inefable que el amor da al alma desde este mundo, es imposible aun a Dios. Dios es la plenitud del cielo; el amor es la plenitud del hombre.

Miráis una estrella por dos motivos: porque es luminosa y porque es impenetrable; pues a vuestro lado tenéis una radiación más suave y un misterio más grande: la mujer.

Todos, sin excepción, tenemos nuestros seres respirables. Si nos faltan, nos falta el aire y nos ahogamos. Entonces se muere. ¡Morir! ¡Por falta de amor es horrible! ¡La asfixia del alma!

Cuando el amor ha fundido y mezclado dos seres en una unidad angélica y sagrada, estos seres han hallado el secreto de la vida; no son más que los dos términos de un mismo destino; no son más que las dos alas de un mismo espíritu. ¡Amad, pues! ¡Elevaos!

El día en que una mujer que pasa delante de ti desprende luz al andar, estás perdido: amas. Ya no tienes que hacer más que una cosa: pensar en ella tan fijamente como ella tenga que pensar en ti.

Lo que el amor comienza sólo puede ser acabado por Dios.

El amor verdadero se desespera y se encanta por un guante perdido o por un pañuelo encontrado, y necesita la eternidad para su desinterés y para sus esperanzas. Se compone a la vez de lo infinitamente grande y de lo infinitamente pequeño. Si eres piedra, sé imán; si eres planta, sé sensitiva; si eres hombre, sé amor.

Nada basta al amor. Si se tiene la felicidad, se desea el paraíso, si se tiene el paraíso, se desea el cielo.
¡Oh! Tú que amas, todo esto se halla en el amor. Aprende a encontrarlo. El amor tiene lo mismo que el cielo: la contemplación y, además, el deleite.

El amor tiene cosas de niño; las otras pasiones tienen pequeñeces. ¡Despreciemos las pasiones que empequeñecen al hombre! ¡Honremos la que le hace niño!

Me sucede una cosa extraña. ¿Sabéis cuál? Estoy en la noche; hay un sol que al irse se ha llevado el cielo.

¡Oh! Estar echados juntos en la misma tumba, con las manos enlazadas, y de tiempo en tiempo, en las tinieblas, acariciarnos suavemente un dedo; esto bastaría a mi eternidad.

Los que padecéis porque amáis, amad más aún. Morir de amor es vivir.

Amad. Una transfiguración sombría y estrellada se mezcla con este suplicio. Hay éxtasis en la agonía.

¡Oh, alegría de las aves! Tenéis el canto, porque tenéis nido.

El amor es una respiración celestial del aire del paraíso.

Corazones profundos, ánimos ilustrados, tomad la vida como Dios la ha hecho; la vida es una larga prueba, una preparación ininteligible para un destino desconocido. Este destino, el verdadero, comienza para el hombre en el primer escalón de lo interior de la tumba. Entonces se le aparece algo y comienza a distinguir lo decisivo. Lo definitivo; pensad en esta palabra. Los vivos ven lo infinito; lo definitivo no se deja ver más que de los muertos. Mientras tanto, amad y padeced, esperad y contemplad. ¡Desgraciado el que no haya amado más que cuerpos, formas, apariencias! La muerte se lo arrebatará todo. Amad a las almas y las volveréis a encontrar.

He encontrado en la calle un joven muy pobre que amaba. Llevaba un sombrero viejo, una levita usada, con los codos rotos; el agua penetraba en sus zapatos, y los astros en su alma.

¡Qué gran cosa es ser amado! ¡Pero más es aún amar! El corazón se hace heroico a fuerza de pasión. Sólo se compone de lo más puro; sólo se apoya en lo más grande y elevado. En él no puede germinar un pensamiento indigno, como no puede germinar una ortiga en un ventisquero.

El alma elevada y serena, inaccesible a las pasiones y a las emociones vulgares, que domina las nubes, las sombras de este mundo, las locuras, las mentiras, los odios, la vanidad, la miseria, habita el azul del cielo y no siente más que las conmociones profundas y subterráneas del destino, como las cimas de las montañas sienten los temblores de tierra.

Si no hubiera quien amase se apagaría el sol.

* * *

Durante esta lectura, Cosette iba cayendo poco a poco en meditación. En el momento en que levantó los ojos de la última línea del cuaderno, el oficial pasó triunfante por delante de la verja. Cosette lo encontró horrible.

Volvió a contemplar el cuaderno. Estaba escrito, pensaba Cosette, con una letra hermosísima; de la misma mano, pero con diversa tinta, ya negra, ya blanquecina, como cuando se echa la tinta en el tintero, y, por consiguiente, en distintos días. Era, pues, aquello, un pensamiento que se había derramado allí suspiro a suspiro, irregularmente, sin orden, sin elección, sin objeto, a la casualidad. Cosette no había leído nunca nada semejante. Aquel manuscrito, en que se veía más claridad que oscuridad, le causaba el mismo efecto que un santuario entreabierto. Cada una de sus misteriosas líneas resplandecía a sus ojos y le inundaba el corazón de una luz extraña. La educación que había recibido le había hablado siempre del alma y nunca del amor, así como si se hablase de la brasa sin hablar de la llama. Aquel manuscrito de quince páginas le revelaba suave y repentinamente todo el amor, el destino, la vida, la eternidad, el principio y el fin. Era como una mano que se hubiese abierto y le hubiese arrojado súbitamente un puñado de rayos. Descubría en aquellas líneas una naturaleza apasionada, ardiente, generosa, honrada; una voluntad sagrada, un inmenso dolor y una esperanza inmensa; un corazón oprimido y un éxtasis manifestado. ¿Y qué era aquel manuscrito? Una carta. Una carta sin señas, sin nombre, sin fecha, sin firma, apremiante y desinteresada; enigma compuesto de verdades. Mensaje de amor escrito para ser llevado por un ángel y leído por una virgen; cita dada fuera de la Tierra; billete amoroso de un fantasma a una sombra. Era un alma ausente, tranquila y oprimida, que parecía dispuesta a refugiarse en la muerte y que enviaba a otra alma ausente el secreto de su destino, la clave de la vida: el amor. Aquello había sido escrito con los pies en la tumba y el dedo en el cielo. Aquellas líneas que habían caído una a una sobre el papel, podrían llamarse gotas del alma.

Pero ¿de quién podrían ser aquellas páginas?

¿Quién las había escrito?

Cosette no dudó ni un minuto. Sólo un hombre.

¡Él!

Habíase iluminado su alma; todo había vuelto a aparecer. Experimentaba una alegría indecible y una angustia profunda.

¡Era él! ¡Él quien la escribía! ¡Él, que estaba allí! ¡Él, que había pasado el brazo a través de la verja! Mientras que ella lo olvidaba, él la había encontrado. Pero ¿le había olvidado? ¡No! ¡Nunca! Era una locura el creerlo por un solo momento; le había amado y adorado siempre. El fuego se había cubierto y había estado oculto algún tiempo; pero ella le veía. No había hecho más que ahondar un poco, y ya brillaba de nuevo y la abrasaba.

Aquel cuaderno era como una chispa caída del alma del otro en la suya.

Sentía empezar de nuevo el fuego; se penetraba de cada palabra del manuscrito.

—¡Ah, sí! —decía—. ¡Cómo conozco todo esto! Es lo que he leído en sus ojos.

Cuando acababa de leerla por tercera vez, el teniente Teódulo volvió por delante de la verja haciendo sonar las espuelas, lo que hizo levantar los ojos a Cosette, que le encontró soso, tonto, necio, presumido, desagradable, impertinente y muy feo. El oficial creyó que debía dirigirle una sonrisa; pero Cosette se volvió avergonzada e irritada. De buena gana le hubiera tirado algo a la cabeza.

Marchóse, pues, entró en la casa y se encerró en su cuarto para volver a leer el manuscrito, para aprenderlo de memoria y para pensar. Cuando lo hubo leído, lo besó y lo puso en su corsé.

Era cosa hecha: Cosette había caído en el profundo amor seráfico; acababa de abrirse el abismo edén.

Cosette pasó todo el día sumida en una especie de aturdimiento.

Apenas pensaba; sus ideas estaban en el estado de un ovillo enredado en su cerebro, no conseguía reflexionar. Esperaba, a través de estremecimiento, alguna cosa vaga. No se atrevía a prometerse nada y no quería negarse nada; cruzaban por su rostro sombras pálidas, y escalofríos por su cuerpo. Le parecía algunos momentos que penetraba en lo quimérico, y se decía: «¿Es esto real?» Y tentaba el papel querido bajo su vestido, lo oprimía contra su corazón, sentía los dobleces en su pecho, y si Juan Valjean la hubiera visto en aquel momento se habría estremecido ante aquella alegría luminosa y desconocida que brotaba de sus ojos. «¡Oh, sí! —pensaba—. ¡Es él! ¡Esto es de él para mí!»

Y creía que sé lo había llevado una intervención de los ángeles, una casualidad celestial.

¡Oh, transfiguraciones del amor! ¡Oh, sueños! Esta casualidad celestial, esta intervención de los ángeles, era la bola de pan lanzada de un ladrón a otro ladrón: del patio de Carlomagno a la Cueva de los Leones, por encima de los tejados de la Fuerza.

Cuando llegó la noche salió Juan Valjean y Cosette se vistió. Se peinó del modo que le sentaba mejor y se puso un vestido cuyo cuerpo había recibido una tijeretada más y dejaba ver por esta escotadura el nacimiento del cuello; era, como dicen las jóvenes, «un poco indecente». No era, de ninguna manera, indecente; pero era más bonito que otro. ¡Se vistió de este modo sin saber por qué!

¿Quería salir? No.

¿Esperaba una visita? No.

Al anochecer bajó al jardín. La tía Santos estaba ocupada en la cocina, que daba al traspatio.

Empezó a pasear bajo los árboles, separando las ramas de tiempo en tiempo con la mano, porque las había muy bajas.

Así llegó al banco. Allí estaba todavía la piedra.

Se sentó y puso su blanca mano sobre la piedra, como si quisiese acariciarla y manifestarle agradecimiento.

De pronto sintió esa impresión indefinible que se experimenta, aun sin ver, cuando se tiene alguien detrás, en pie.

Volvió la cabeza y se levantó. Era él.

Tenía la cabeza descubierta; parecía pálido y flaco; apenas se distinguía su traje negro. El crepúsculo blanqueaba su hermosa frente y cubría sus ojos de tinieblas. Tenía algo propio de la muerte y de la noche bajo un velo de incomparable dulzura. Su rostro estaba iluminado por la claridad del día que muere y por el pensamiento de un alma que se va.

Parecía que no era aún fantasma, pero que no era ya hombre.

Su sombrero estaba caído a algunos pasos sobre la hierba.

Cosette, próxima a desfallecer, no dio ni un grito. Retrocedió lentamente, porque se sentía atraída. Él no se movió. Cosette sentía la mirada de sus ojos, que no podía ver a través de un velo inefable y triste que le rodeaba.

Cosette, al retroceder, encontró un árbol y se apoyó en él; sin este árbol se hubiera caído al suelo.

Entonces oyó su voz, aquella voz que realmente no había oído nunca, que apenas sobresalía del susurro de las hojas, y que murmuraba:

—Perdonadme; estoy aquí. Tengo el corazón lleno; no podía vivir como estaba y he venido. ¿Habéis leído lo que he puesto en ese banco? ¿Me conocéis? No tengáis miedo de mí. ¿Os acordáis de aquel día, hace ya mucho tiempo, en que me mirasteis? Fue en el Luxemburgo, cerca del Gladiador. ¿Y del día que pasasteis cerca de mí? El 6 de junio y el 2 de julio. Va a hacer un año. Desde hace mucho tiempo no os he visto. He preguntado a la alquiladora de las sillas y me ha dicho que ya no os veía. Vivíais en la calle del Oeste, en un tercer piso de una casa nueva; ya veis que lo sé. Yo os seguía. ¿Qué tenía que hacer? Después, habéis desaparecido. Creí veros pasar una vez cuando estaba yo leyendo los periódicos bajo los arcos del Odeón, y corrí; pero no, era una joven que tenía un sombrero como el vuestro. Por la noche vengo aquí. No temáis. Nadie me ve; vengo a mirar vuestras ventanas de cerca. Ando muy suavemente para que no lo oigáis, porque podríais tener miedo. La otra noche estaba detrás de vos; os volvisteis y hui. Una vez os he oído cantar; fui feliz. ¿Os hace daño que os oiga cantar a través de las persianas? Esto no os hace mal, ¿no es verdad? Ya veis, sois mi ángel; dejadme venir; creo que me voy a morir. ¡Si supieseis! ¡Os adoro! Perdonadme: os hablo y no sé lo que os digo; os incomodo tal vez. ¿Os incomodo?

—¡Oh, madre mía! —dijo Cosette.

Se le doblaron las piernas como si se muriese.

Él la cogió; ella se desmayaba. La tomó en sus brazos, la apretó sin tener conciencia de lo que hacía y la sostuvo temblando. Estaba como si tuviese la cabeza llena de humo; veía pasar relámpagos ante sus ojos; sus ideas se desvanecían. Le parecía que realizaba un acto religioso y que cometía una profanación. Por lo demás, no experimentaba el menor deseo hacia aquella mujer seductora, cuyas formas sentía sobre su pecho. Estaba perdido de amor.

Le cogió una mano y se la puso sobre el corazón. Sintió el papel que tenía allí, y balbució:

—¿Me amáis, pues?

Cosette respondió en voz tan baja que no era más que un soplo que apenas se oía:

—¡Cállate! ¡Ya lo sabes!

Y ocultó su rostro, lleno de rubor, en el pecho del joven, orgulloso y embriagado.

Cayó sobre el banco, y ella a su lado. No tenían ya palabras. Las estrellas empezaban a brillar. ¿Cómo fue que sus labios se encontraron? ¿Cómo es que el pájaro canta, la nieve se funde, que la rosa se abre, que mayo extiende su fragancia, que el alba blanquea detrás de los árboles negros en la cumbre de las colinas?

Un beso. Esto fue todo.

Los dos se estremecieron y se miraron en la sombra con ojos brillantes.

No sentían ni el frío de la noche, ni la frialdad de la piedra, ni la humedad de la tierra, ni la humedad de las hojas; se miraban y tenían el corazón lleno de pensamientos. Se habían cogido las manos sin saberlo.

Ella no le preguntaba nada; no pensaba ni aun por dónde había entrado y cómo había penetrado en el jardín. ¡Le parecía ya tan sencillo que estuviese allí!

De tiempo en tiempo, la rodilla de Mario tocaba la rodilla de Cosette y ambos se estremecían.

Por intervalos, Cosette tartamudeaba una palabra.

Su alma temblaba en sus labios como una gota de rocío en una flor.

Poco a poco se hablaron. La expansión sucedió al silencio, que es la plenitud. La noche estaba serena y espléndida por cima de sus cabezas. Aquellos dos seres, puros como dos espíritus, se lo dijeron todo: sus sueños, sus felicidades, sus éxtasis, sus quimeras, sus debilidades. Cómo se habían adorado de lejos, cómo se habían deseado, y su desesperación cuando habían cesado de verse. Se confiaron en una intimidad ideal, que nada podía aumentar, lo que tenían más oculto y misterioso. Se contaron con una fe cándida en sus ilusiones todo lo que el amor, la juventud y el resto de infancia que tenían les hacía pensar. Aquellos dos corazones se derramaron uno en otro, de modo que al cabo de una hora, él tenía el alma de ella, y ella el alma de él. Se penetraron, se encantaron, se deslumbraron.

Cuando acabaron, cuando se lo dijeron todo, ella reposó su cabeza en el hombro de Mario y le preguntó:

—¿Cómo os llamáis?

—Yo me llamo Mario. ¿Y vos?

—Yo me llamo Cosette.

CAPÍTULO III

EL NIÑO GRANDE

Desde 1823, mientras que el bodegón de Montfermeil se oscurecía y desaparecía poco a poco, no en el abismo de una bancarrota, sino en la cloaca de las deudas pequeñas, los Thenardier habían tenido otros dos hijos, varones ambos; con éstos eran cinco: dos hembras y tres varones, lo cual era mucho.

La Thenardier se había desembarazado de los dos últimos, cuando eran aún muy pequeños, con una facilidad singular.

Hemos dicho, con razón, desembarazado, porque en aquella mujer no había más que un fragmento de naturaleza, fenómeno de que hay más de un ejemplo. Como la mariscala de Lamothe-Houdacourt, la Thenardier sólo era madre para sus hijas. Allí concluía su maternidad. Su odio al género humano empezaba en sus hijos; por el lado de éstos su maldad estaba cortada a pico, y su corazón tenía en este lugar una lúgubre escarpadura. Como se ha visto ya, detestaba al mayor y odiaba a los otros dos. ¿Por qué? Porque sí. El motivo más temible y la respuesta más incontestable es porque sí.

—No necesito una manada de chicos —decía esta madre.

Expliquemos cómo los Thenardier habían llegado a librarse de sus dos últimos hijos, y aun a sacar provecho de ellos.

Aquella Magnon, de quien hemos hablado en otro lugar, era la misma que había conseguido sacar una pensión al infeliz Gillenormand para los dos hijos que tenía. Vivía en el muelle de los Celestinos, a la esquina de la antigua calle de Almizclero, que ha hecho lo posible por cambiar en buen olor su mala fama. El lector recordará la gran epidemia de garrotillo que devastó hace treinta años los barrios ribereños del Sena en París, y de la que la Ciencia se aprovecha para experimentar en gran escala la eficacia de las insuflaciones de alumbre, tan inútilmente reemplazadas hoy por la tintura externa del yodo. En aquella epidemia la Magnon perdió en un mismo día sus dos hijos, aún muy pequeños: uno por la mañana y otro por la tarde. Esto fue un gran golpe, porque estos niños eran preciosos, para su madre: representaban ochenta francos al mes. Estos ochenta francos eran pagados exactamente, en nombre del señor Gillenormand, por su contador el señor Barge, portero retirado, calle del Rey de Sicilia. Muertos los niños, la pensión quedaba enterrada. La Magnon buscó un recurso. En aquella tenebrosa masonería del mal, de que formaba parte, se sabe todo, se guarda el secreto y se prestan todos auxilio mutuamente.

La Magnon necesitaba dos hijos: la Thenardier los tenía, y precisamente del mismo sexo, de la misma edad. Esto era un buen arreglo para la una y una buena colocación para la otra. Los niños de la Thenardier se convirtieron en niños de la Magnon. Ésta se mudó del muelle de los Celestinos a la calle Cloche-Perce. En París, la identidad que liga a un individuo a sí mismo se rompe de una calle a otra.

El estado civil, que no intervenía en nada, no reclamó, y la sustitución se hizo del modo más fácil del mundo. Sólo la Thenardier exigió, por el préstamo de sus dos hijos, diez francos al mes, que la Magnon prometió y aun pagó. No hay que decir que el señor Gillenormand continuó pagando. Cada seis meses iba a ver a los niños, y no notó el cambio.

—Señor —le decía la Magnon—, ¡cómo se parecen a vos!

Thenardier, que encontraba fácil todos los disfraces, aprovechó esta ocasión para convertirse en Jondrette. Sus dos hijas y Gavroche apenas habían tenido tiempo de notar que tenían dos hermanos. En cierto grado de miseria se apodera del alma una especie de indiferencia espectral y se ve a los seres como larvas. Las personas más allegadas se presentan como vagas formas de la sombra, que apenas se distinguen del fondo nebuloso de la vida y se confunden fácilmente en lo invisible.

La noche del día en que la Thenardier había hecho entrega a sus dos hijos a la Magnon, con voluntad expresa de renunciar a ellos para siempre, tuvo o aparentó tener un escrúpulo, y dijo a su marido:

—¡Pero esto es abandonar a estos niños!

Thenardier, magistral y flemático, cauterizó el escrúpulo con esta sentencia:

—¡Juan Jacobo Rousseau hizo más!

La madre pasó entonces del escrúpulo a la inquietud.

—¿Y si la Policía nos persiguiese? ¿Es permitido esto que hemos hecho, decidme, señor Thenardier?

Thenardier respondió:

—Todo es permitido. Nadie verá en esto más que una cosa clara como el agua. Por otra parte, no hay interés alguno en cuidar de hijos que no tienen un cuarto.

La Magnon era una variedad elegante del crimen. Se cuidaba del aseo personal. Dividía su habitación, amueblada de una manera extraña y miserable, como una astuta ladrona inglesa afrancesada. Esta inglesa, que se había naturalizado en París, recomendable por sus ricas relaciones, íntimamente ligada a las medallas de la biblioteca y a los diamantes de la señorita Mars, fue después célebre en los anales del crimen: se llamaba «la señorita Miss».

Los dos niños que, por decirlo así, cayeron en suerte a la Magnon, no tuvieron de qué quejarse. Recomendados por los ochenta francos, estaban cuidados como todo lo que es explotado; no estaban mal vestidos ni mal alimentados; estaban tratados como unos «señoritos»: estaban, por fin, mucho mejor con su falsa madre que con su madre verdadera. La Magnon se hacía la señora y no hablaba en caló delante de ellos.

Así pasaron algunos años. Thenardier auguraba bien. Un día que la Magnon le llevaba sus diez francos mensuales, le dijo:

—Será preciso que «el padre» les dé educación.

Pero, de repente, aquellos dos pobres niños, bastante protegidos hasta allí aun por la mala suerte, fueron lanzados bruscamente a la vida y se vieron obligados a empezar a recorrerla.

Una prisión en masa de malhechores como la del zaquizamí de Jondrette, que necesariamente había de complicarse con requisitorias y prisiones ulteriores, es un verdadero desastre para esa repugnante contrasociedad oculta que vive bajo la sociedad pública; una aventura de este género arrastra tras sí toda clase de derrumbamientos en ese mundo sombrío. La catástrofe de los Thenardier produjo la catástrofe de la Magnon.

Un día, poco tiempo después que la Magnon hubo dado a Eponina el billete relativo a la calle Plumet, se verificó en la calle Cloche-Perce una repentina visita de la Policía. La Magnon fue apresada, lo mismo que la señorita Miss, y toda la vecindad que era sospechosa tuvo que pasar por los hilos de la justicia.

Los dos niños estaban jugando en aquel momento en un patio y no vieron nada de esta catástrofe. Cuando volvieron hallaron la puerta cerrada y la casa vacía. Un zapatero de un portal de enfrente los llamó y les dio un papel que su «madre» había dejado para ellos. En el papel había escritas unas señas: «Señor Barge, contador, calle del Rey de Sicilia, número 8.» El hombre del portal les dijo:

—Ya no vivís ahí. Idos. Esta casa está cerca. La primera calle a la derecha. Preguntad el camino con este papel.

Los niños se fueron, llevando el mayor al menor, con el papel que debía guiarlos en la mano. Tenían frío; sus deditos hinchados se cerraban mal y apenas sostenían el papel. Al dar la vuelta de la calle Cloche-Perce se lo llevó una ráfaga de viento, y, como caía la noche, no pudo encontrarlo.

Pusiéronse, pues, a vagar por las calles.

La primavera en París suele verse interrumpida por brisas ásperas y agudas que le dejan a uno, no helado, pero sí aterido de frío. Estas brisas que entristecen los más hermosos días, causan el mismo efecto que esos soplos de aire frío que en un cuarto templado penetran por los huecos de las ventanas o de las puertas mal cerradas. Parece que la oscura puerta del invierno se ha quedado entreabierta y deja entrar el viento. En la primavera de 1832, época en que apareció la primera epidemia de este siglo en Europa, estas brisas fueron más incómodas y punzantes que nunca; era que había una puerta más glacial aún que la del invierno entreabierta: era la puerta del sepulcro. Sentíase en esta brisa el aliento del cólera. Desde el punto de vista meteorológico, estos vientos fríos tenían de particular que no excluían una gran tensión eléctrica, y estallaron en aquella época frecuentes tempestades, acompañadas de relámpagos y truenos.

Una tarde en que estas brisas soplaban rudamente, de modo que parecía haber vuelto el mes de enero, y los parisienses se habían vuelto a poner los abrigos, Gavroche, temblando alegremente de frío bajo sus harapos, estaba de pie y como en éxtasis delante de una peluquería de los alrededores de la calle del Olmo de San Gervasio. Llevaba un pañuelo de lana, de mujer, cogido no sabemos dónde, con el cual se había hecho un tapaboca; parecía que estaba admirando profundamente una figura de cera, escoltada y adornada con flores de naranjo, que daba vueltas en el escaparate, mostrando su sonrisa a los transeúntes entre dos quinqués; pero, en realidad, observaba la tienda para ver si podía «afanar» del escaparate una pastilla de jabón, que iría a vender en seguida por un sueldo a un «peluquero» de las afueras. Muchos días almorzaba con una de estas pastillas, y llamaba a este trabajo, para el cual tenía talento, «hacer la barba a los barberos».

Contemplando, pues, la muñeca y mirando la pastilla, decía entre dientes:

—Martes. No es martes. ¿Fue martes? Quizá es martes. Sí, es martes.

No se sabe a qué se refería este monólogo. Si por casualidad se refería a la última vez que había comido, hacía ya tres días, porque era viernes.

El barbero, en su tienda, templada por una buena chimenea, afeitaba a un parroquiano y dirigía de cuando en cuando una mirada oblicua a este enemigo, a este pilluelo helado y descarado que tenía las dos manos en los bolsillos; pero el espíritu, evidentemente, fuera del cuerpo.

Mientras que Gavroche examinaba la muñeca, el escaparate y el jabón Windsor, dos niños, de estatura desigual, vestidos con limpieza y menores que él, uno como de siete años y otro de cinco, hicieron girar tímidamente el picaporte y entraron en la tienda pidiendo algo, una limosna quizá, con un murmullo lastimero que parecía más bien un gemido que una súplica. Hablaban ambos a la vez y sus palabras eran ininteligibles, porque los sollozos ahogaban la voz del menor y el frío hacía temblar los dientes del mayor. El barbero se volvió con rostro airado, y sin abandonar la navaja, empujando al mayor con la mano izquierda y al menor con la rodilla, los echó a la calle y cerró la puerta, diciendo:

—¡Venir a enfriarnos por nada!

Los dos niños echaron a andar llorando. A todo esto se había presentado una nube y comenzaba a llover.

Gavrochillo corrió detrás de ellos, los alcanzó y les dijo:

—¿Qué tenéis, chiquillos?

—No sabemos dónde dormir —respondió el mayor.

—¿Y es eso todo? ¡Vaya una gran cosa! ¿Y se llora por eso? ¿Sois unos canarios, sin duda?

Y tomando a través de su superioridad, algo chocarrera, un acento de tierna autoridad y de dulce protección, añadió:

—Criaturas, venid conmigo.

—Sí, señor —dijo el mayor.

Y los dos niños le siguieron, lo mismo que hubieran seguido a un arzobispo, y cesaron de llorar.

Gavroche les hizo subir por la calle de San Antonio en dirección a la Bastilla.

El pilluelo, al mismo tiempo que se alejaba, dirigió una mirada indignada y retrospectiva a la peluquería.

—No tiene corazón ese bacalao —murmuró—; parece un inglés.

Una mozuela, que vio marchar a los tres en fila, con Gavroche a la cabeza, soltó una sonora carcajada. Esta risa era una falta de respeto al grupo.

—Buenos días, señorita Omnibus —le dijo Gavroche.

Y un instante después, acordándose del peluquero, añadió:

—Me he engañado; no es un bacalao, es una serpiente. Peluquero, ya buscaré un herrero y te pondré un cascabel a la cola.

El peluquero le había hecho agresivo, y apostrofó, saltando un arroyo, a una portera barbuda y digna de encontrar a Fausto en el Brocken, que tenía la escoba en la mano.

—Señora —le dijo—, ¿salís con vuestro caballo?

Y al mismo tiempo salpicó de lodo las botas barnizadas de un transeúnte.

—¡Bribón! —exclamó el transeúnte furioso.

Gavroche sacó la nariz del tapaboca.

—¿Se queja el señor?

—¡De ti! —dijo el transeúnte.

—Se ha cerrado el despacho y ya no admito reclamaciones.

Mientras tanto seguían subiendo la calle, y descubrió bajo una puerta-cochera a una pobrecita de trece o catorce años, helada, y con un vestidito tan corto que apenas le llegaba a la rodilla. La niña empezaba a ser ya grande para llevar este traje.

—¡Pobre niña! —dijo Gavroche—. No tiene ni aun pantalones. ¡Toma eso siquiera!

Y quitándose el pañuelo de lana que tenía al cuello, lo echó sobre los hombros delgados, amoratados de la pobre, convirtiéndose en chal el tapaboca.

La niña le contempló con asombro y recibió el chal en silencio. En cierto grado de miseria, el pobre, en su estupor, no llora ya su mal ni agradece el bien.

Hecho esto, dijo Gavroche:

—¡Brrr! —estremeciéndose más que San Martín, que se quedó, al menos, con la mitad de la capa.

Después de este ¡brrr! redobló su fuerza la lluvia. Esos malos cielos castigan las buenas acciones.

—¡Ah! —exclamó Gavroche—. ¿Qué significa esto? Llueve otra vez.

Y siguió su camino.

—Es igual —dijo después, echando una mirada a la pobre que se arrebujaba en el chal—; ahí tenéis una magnífica manteleta.

Y mirando a la nube, gritó:

—¡Te has fastidiado!

Los dos niños le seguían.

Al pasar por delante de uno de esos estrechos enrejados de alambre que indican una panadería, porque el pan se pone, como el oro, detrás de rejas de hierro, se volvió Gavroche y dijo:

—¡Eh, muchachos! ¿Habéis comido?

—Señor —respondió el mayor—, no hemos comido nada desde esta mañana.

—¿No tenéis, pues, ni padre ni madre? —preguntó majestuosamente Gavroche.

—Perdonad, señor; tenemos papá y mamá, pero no sabemos dónde están.

—A veces es mejor eso que saberlo —dijo Gavroche, que era todo un pensador.

—Ya hace dos horas —continuó el mayor— que estamos andando; hemos buscado algo que comer en los rincones, y no hemos encontrado nada.

—Lo sé —dijo Gavroche—. Los perros se lo comen todo.

Y continuó, después de un momento de silencio:

—¡Ah! Hemos perdido a los autores de nuestros días. No sabemos qué hemos hecho de ellos. Eso no está bien, pilluelos. Es muy tonto eso de perderse como personas de edad. ¡Ah! Sin embargo, es preciso luchar.

Por lo demás, no les hizo ninguna pregunta. ¿Qué cosa más sencilla que no tener domicilio?

El mayor de los dos niños, entregado ya casi por completo a la pronta indiferencia de la infancia, exclamó:

—Pero esto es muy triste. Mamá nos había dicho que nos llevaría a comprar romero bendito el Domingo de Ramos.

—¡Inocente criatura! —respondió Gavroche.

—Mamá —añadió el mayor— es una señora que vive con la señorita Miss.

—Necio —dijo Gavroche.

En esto se había parado y andaba, hacía algunos minutos, tentando y registrando todos los rincones que tenía en sus harapos.

Por fin, levantó la cabeza con una expresión no satisfecha; pero, en realidad, triunfante.

—Calmémonos, monigotillos. Ya tenemos con qué cenar los tres.

Y sacó de un bolsillo un sueldo.

Y sin dejar a los niños tiempo para alegrarse, les empujó delante de sí hacia la tienda de un panadero y puso el sueldo en el mostrador, gritando:

—¡Mozo! Cinco céntimos de pan.

El panadero, que era el amo en persona, cogió un pan y un cuchillo.

—¡En tres pedazos, mozo! —gritó Gavroche, añadiendo con dignidad—: Porque somos tres.

Y viendo que el panadero, después de haber examinado a los tres comensales, había tomado un pan negro y se metía profundamente el dedo en la nariz, con una aspiración tan imperiosa como si tuviese entre los dedos un polvo de tabaco de Federico *el Grande*, dirigió al rostro del panadero este apóstrofe indignado:

—¿Quéseso?

Los lectores que crean ver en esta interpelación de Gavroche una palabra rusa o polaca, o uno de estos gritos salvajes que los yowais y los botocudos se dirigen de una orilla a otra del río, a través de las soledades, deben saber que no es más que una frase que dicen todos los días (los lectores), una frase que quiere decir: «¿Qué es eso?» El panadero comprendió perfectamente y respondió:

—¡Qué! Es pan; buen pan de segunda clase.

—Pan de munición, querréis decir —respondió Gavroche, tranquilo y fríamente desdeñoso—. ¡Pan blanco, mozo! Pan jabonado. Yo convido.

El panadero no pudo menos de reírse, y, cortando el pan blanco, les miró de una manera compasiva que chocó a Gavroche.

—¡Ah, galopo! —dijo—. ¿Nos queréis medir a toesas?

Téngase presente que, puestos los tres uno encima del otro, apenas medían una toesa.

El panadero, así que cortó el pan, guardó el sueldo, y Gavroche dijo a los dos niños:

—Jamad.

Los niños le miraron sorprendidos.

Gavroche se echó a reír.

—¡Calla! Es verdad; no entienden aún. ¡Son tan pequeños!

Y añadió:

—Comed.

Y al mismo tiempo dio a cada uno un pedazo de pan.

Y pensando que el mayor, que le parecía más digno de su conversación, merecía alguna distinción especial y debía perder todo temor para satisfacer su apetito, le dijo, dándole el mayor pedazo:

—Echa ese cartucho en el fusil.

Había un pedazo más pequeño que los otros dos, y se quedó con él.

Los pobres niños estaban hambrientos y Gavroche lo conoció. Mientras mordían el pan con buenos dientes, ocupaban la panadería, cuyo amo, después que había cobrado, los contemplaba con enfado.

—Volvamos a la calle —dijo Gavroche.

Y tomaron la dirección de la Bastilla.

De tiempo en tiempo, cuando pasaban por delante de las tiendas iluminadas, el niño menor se detenía para mirar la hora en un reloj de plomo que llevaba colgado del cuello en un cordón.

—Es verdaderamente un canario —decía Gavroche.

Y después murmuraba, pensativo, entre dientes:

—Es igual. Si tuviese yo monigotes los educaría mejor.

Cuando iban ya acabando el pedazo de pan, llegaban al ángulo de aquella lúgubre calle de las Danzas, en cuyo fondo se descubre el postigo bajo y hostil de la Fuerza.

—¡Calla! ¿Eres tú, Gavroche? —dijo uno.

—¡Calla! ¿Y tú, Montparnase? —dijo Gavroche.

Era un hombre que acababa de acercarse al pilluelo: era Montparnase, disfrazado con anteojos azules, pero no desfigurado para Gavroche.

—¡Diablo! —prosiguió Gavroche—. Llevas una manteleta de color de cataplasma de harina de linaza y anteojos azules como un médico. Tienes estilo, palabra de hombre de honor.

—¡Chist! —le dijo Montparnase—. No hables tan alto.

Y se llevó vivamente a Gavroche fuera de la luz de las tiendas.

Los dos niños le seguían maquinalmente agarrados de la mano.

Cuando estuvieron bajo la oscura archivolta de una puerta-cochera, al abrigo de las miradas y de la lluvia, le preguntó Montparnase:

—¿Sabes adónde voy?

—A casarte con la viuda —contestó Gavroche.

—¡Farsante!

Y Montparnase añadió:

—Voy a buscar a Babet.

—¡Ah! —dijo Gavroche—. Ahora se llama Babet.

Montparnase bajó la voz:

—No ella, sino él.

—¡Ah! Babet.

—Sí, Babet.

—Yo le creía en chirona.

—Se ha escapado —respondió Montparnase.

Y contó rápidamente al pilluelo que aquella misma mañana Babet había sido trasladado a la Conserjería y se había escapado, tomando la izquierda en vez de tomar la derecha en el «corredor de la instrucción».

Gavroche admiró esta habilidad.

—¡Qué sacamuelas! —dijo.

Montparnase añadió algunos pormenores sobre la evasión de Babet, y concluyó diciendo:

—¡Oh! No es eso todo.

Gavroche, mientras hablaba, había cogido un bastón que Montparnase llevaba en la mano y había tirado maquinalmente de la parte superior, sacando la hoja de un puñal.

—¡Ah! —dijo envainando otra vez vivamente el puñal—. Has traído tu gendarme disfrazado de ciudadano.

Montparnase guiñó el ojo.

—¡Caramba! —añadió Gavroche—. ¿Vas a agarrarte con los corchetes?

—No lo sé —respondió Montparnase con indiferencia—. Bueno es siempre llevar consigo un alfiler.

Gavroche insistió:

—¿Qué vas a hacer esta noche?

Montparnase tomó de nuevo el tono grave, y dijo, mascando las palabras:

—Negocios.

Y cambiando bruscamente de conversación:

—¡A propósito!

—¿Qué?

—Una aventura que me pasó el otro día. Figúrate que me encuentro a un hombre; me regala un sermón y la bolsa; meto ésta en el bolsillo; un minuto después meto la mano en el bolsillo, y ya no tenía nada.

—Más que el sermón —añadió Gavroche.

—¿Pero y tú —dijo Montparnase—, adónde vas ahora?

Gavroche le señaló sus dos protegidos, y dijo:

—Voy a acostar a esos niños.

—¿Adónde?

—A mi casa.

—¿Dónde está tu casa?

—En mi casa.

—¿Tienes, pues, casa?

—Sí, tengo casa.

—¿Y dónde vives?

—En el elefante —dijo Gavroche.

Montparnase, aunque de naturaleza poco asustadiza, no pudo contener una exclamación:

—¡En el elefante! ¿De veras? —dijo—. ¿En el elefante? ¿Y se está bien allí?

—Muy bien —dijo Gavroche—. Allí, verdaderamente, no hay vientos encallejonados como bajo los puentes.

—¿Y cómo entras?

—Entrando.

—¿Hay algún agujero? —preguntó Montparnase.

—¡Caramba! Pero no se debe decir. Entre las patas delanteras. Los esbirros no le han visto.

—Y tú escalas. Ya lo comprendo.

—Un cambio de mano, cric crac, y está concluido; nadie lo ve.

Después de un momento de silencio, añadió Gavroche:

—Para estos pequeñuelos buscaré una escalera.

Montparnase se echó a reír.

—¿Dónde demonio has encontrado esos mochuelos?

Gavroche respondió con sencillez:

—Son unos monigotes que me ha regalado un peluquero.

Mientras tanto, Montparnase se había quedado pensativo.

—Me has conocido con facilidad —murmuró.

Sacó del bolsillo dos objetos pequeños, que no eran más que dos cañones de pluma rodeados de algodón, y se introdujo uno en cada agujero de la nariz. Esto le transformaba la nariz.

—Eso te desfigura —dijo Gavroche—. Así estás menos feo. ¿Por qué no los llevas siempre?

Montparnase era un guapo joven; pero Gavroche era un burlón.

—Sin reírte —dijo Montparnase—, ¿cómo estoy?

Había variado el timbre de la voz. En un momento, Montparnase estaba desconocido.

—¡Oh! Haznos el pulchinela —exclamó Gavroche.

Los dos niños, que no habían oído nada hasta entonces y que estaban ocupados en meterse los dedos en la nariz, se aproximaron al oír este nombre y miraron a Montparnase con un principio de alegría y de admiración.

Desgraciadamente, Montparnase estaba pensativo.

Puso la mano en el hombro de Gavroche y le dijo recargando estas palabras:

—Escucha lo que te voy a decir, chico. Si me encontrase en la plaza con mi dama, mi daga y mi dogo, y me prodigasen digamos diez sueldos, me dignaría trabajar; pero no todo se puede digerir.

Estas frases extrañas produjeron en el pilluelo un efecto singular. Se volvió con presteza, miró a su alrededor con sus pequeños ojos brillantes y descubrió a algunos pasos un agente de Policía que estaba de espaldas. Gavroche dejó escapar un «¡Ah, ya entiendo!», que reprimió en seguida, y dijo sacudiendo la mano de Montparnase:

—Pues bien, buenas noches. Me voy a mi elefante con mis hijuelos. Si por casualidad alguna noche me necesitas, ven a buscarme. Vivo en el entresuelo; no hay portero; preguntarás por el señor Gavroche.

—Está bien —dijo Montparnase.

Y se separaron, dirigiéndose Montparnase hacia la Grève, y Gavroche hacia la Bastilla. El niño de cinco años, arrastrado por su hermano, que era arrastrado por Gavroche, volvió varias veces la cabeza para ver al «pulchinela».

La frase enigmática con que Montparnase había avisado a Gravoche la presencia de un agente de Policía no tenía más secreto que la asonancia «dig», repetida cinco o seis veces de diverso modo. Esta sílaba «dig», no pronunciada aisladamente, sino mezclada artísticamente con palabras de una frase, quiere decir: «Tengamos cuidado, porque no se puede hablar con libertad.»

Había además en las palabras de Montparnase una belleza literaria que no observó Gravoche. La frase «mi dama, mi daga y mi dogo», locución del caló del Temple, que significa «mi mujer, mi puñal y mi perro», muy usada entre los pitres y colasrojas del siglo en que escribía Molière y pintaba Callot.

Hace veinte años se veía aún en el ángulo sudeste de la plaza de la Bastilla, cerca del remanso del canal formado en el antiguo foso de la cárcel-ciudadela, un extraño monumento que se ha borrado ya de la memoria de los parisienses y que merecía haber dejado alguna huella, porque era una idea del «miembro del Instituto, general en jefe del Ejército de Egipto».

Decimos monumento, aunque no era más que un boceto; pero aun siendo un boceto era un pensamiento prodigioso, un esqueleto grandioso de una idea de Napoleón; esqueleto al cual dos o tres golpes de viento sucesivos habían empujado y llevado cada vez más lejos, que se había hecho ya histórico y había tomado un carácter definitivo, que contrastaba con su aspecto provisional. Era un elefante de cuarenta pies de alto, construido de madera y mampostería; tenía encima su torre, que parecía una casa, pintada primitivamente de verde por un pintor de brocha gorda, y después de negro por el cielo, la lluvia y el tiempo. En aquel ángulo desierto y descubierto de la plaza, la ancha frente del coloso, su trompa, sus colmillos, su torre, su enorme grupa, sus cuatro pies, semejantes a otras tantas columnas, dibujaban por la noche en el cielo estrellado un perfil sorprendente y terrible.

No se sabía lo que significaba. Era una especie de símbolo de la fuerza popular; era una cosa negra, enigmática e inmensa; era un fantasma poderoso, visible, y de pie, al lado del espectro invisible de la Bastilla.

Muy pocos extranjeros visitaban aquel edificio; ningún transeúnte lo miraba. Estaba ya ruinoso; en cada estación, los pedazos de yeso que se le caían de los costados le causaban llagas repugnantes. «Los ediles», como se decía en el patuá elegante, le habían olvidado desde 1814, y allí estaba en su rincón, triste, enfermo, ruinoso, rodeado de una empalizada podrida y manchada a cada instante por cocheros y borrachos. Muchas grietas le serpenteaban el vientre, de la cola le salía un madero, entre sus piernas crecían altas hierbas, y como el nivel de la plaza se elevaba hacía treinta años alrededor, por ese movimiento lento y continuo que levanta insensiblemente el piso de las grandes ciudades, estaba en un hoyo y parecía que la tierra se hundía bajo su peso. Era inmundo, olvidado, repugnante y soberbio; feo a los ojos del ciudadano, melancólico a los ojos del pensador. Tenía algo de la basura que se barre y algo de la majestad que se va a decapitar.

Como ya hemos dicho, por la noche cambiaba de aspecto. La noche es el verdadero medio de todo lo que es sombra. Cuando caía el crepúsculo, el viejo elefante se transfiguraba; tomaba una figura tranquila y temible en la formidable serenidad de las tinieblas. Como pertenecía a lo pasado, le convenía la noche; la oscuridad sentaba bien a su grandeza.

Este monumento rudo, pesado, áspero, austero, casi deforme, pero seguramente majestuoso y lleno de una especie de gravedad magnífica y salvaje, ha desaparecido para dejar reinar en paz la chimenea gigantesca, adornada con su cañón, que ha reemplazado a la sombría fortaleza de nueve torres, así como la clase media reemplazaba al feudalismo. Es una cosa muy sencilla que una chimenea sea el símbolo de una época cuyo poder está contenido en una marmita. Esta época pasará; va pasando ya. Se comienza a comprender que, si puede haber fuerza en una caldera, no puede haber poder más que en un cerebro; en otros términos: que lo que mueve y arrastra el mundo no son las locomotoras Son las ideas. Uncid las locomotoras a las ideas, está bien, pero no toméis el caballo por el jinete.

En fin, el caso es, volviendo a la plaza de la Bastilla, que el arquitecto del elefante había hecho con yeso una cosa grande, y el arquitecto del cañón de chimenea ha conseguido hacer con bronce una cosa pequeña.

Este cañón de chimenea, que ha sido bautizado con el nombre sonoro de Columna de Julio; ese monumento, hijo de una revolución abortada, estaba aún rodeado en 1832 de una inmensa camisa de madera, que echamos de menos, y de una vasta empalizada de tablas que acababa de aislar al elefante.

Hacia este rincón de la plaza, apenas iluminado por el reflujo de un lejano farol, se dirigió el pilluelo con los «mamones».

Permítasenos detenernos aquí un momento y recordar que estamos en la realidad; que hace veinte años los Tribunales correccionales juzgaron por delito de vagancia y desperfectos en un monumento público a un muchacho que había sido sorprendido durmiendo en el interior del mismo elefante de la Bastilla. Consignado este hecho, sigamos refiriendo.

Al llegar cerca del coloso, Gavroche comprendió el efecto que lo infinitamente grande podía producir en lo infinitamente pequeño, y dijo:

—¡Cominos! No tengáis miedo.

Después entró por un hueco de la empalizada en el recinto que ocupaba el elefante y ayudó a los pequeñuelos a pasar la brecha. Los dos niños, un poco asustados, seguían a Gavroche sin decir palabra, y se entregaban a aquella pequeña providencia haraposa que les había dado pan y les había prometido un abrigo.

Había en el suelo una escalera de mano que servía de día a los trabajadores de una carpintería próxima. Gavroche la levantó con singular vigor y la aplicó contra una de las patas delanteras del elefante. Hacia el punto en que terminaba la escalera se distinguía un agujero negro en el vientre del coloso. Gavroche enseñó la escalera y el agujero a sus huéspedes, y les dijo:

—Subid y entrad.

Los dos niños se miraron aterrorizados.

—¡Tenéis miedo, mamones! —exclamó Gavroche.

Y añadió:

—Vais a ver.

Se agarró al pie rugoso del elefante, y en un abrir y cerrar de ojos, sin dignarse hacer uso de la escala, llegó a la grieta, entró por ella como una culebra que se desliza por una hendidura, desapareció y un momento después los dos niños vieron aparecer vagamente una forma blanquecina y pálida; era su cabeza que asomaba por el borde del agujero lleno de tinieblas.

—¡Eh! —gritó—. Subid ahora, cominejos. ¡Ya veréis qué bien se está aquí!

—Sube —añadió dirigiéndose al mayor—, te daré la mano.

Los niños se encogieron de hombros, el pilluelo les inspiraba miedo y confianza a un tiempo, y, además, llovía muy fuerte. El mayor se arriesgó, y el menor, viendo subir a su hermano y que se quedaba solo entre las patas de aquel enorme animal, estuvo a punto de llorar; pero no se atrevió.

El mayor subía temblando por los peldaños de la escalera; Gavroche, mientras tanto, le animaba con las exclamaciones de un maestro de armas a sus discípulos o de un carretero a las mulas:

—¡No tengas miedo! ¡Eso es!

—¡Adelante!

—¡Pon ahí el pie!

—¡Aquí la mano!

—¡Valiente!

Y cuando estuvo a su alcance le cogió repentina y vigorosamente por el brazo y le atrajo hacia sí.

—¡Ya te has colado! —le dijo.

El niño había pasado el agujero.

—Ahora —dijo Gavroche—, espérame. Caballero, tened la bondad de sentaros.

Y saliendo del agujero como había entrado, se deslizó con la agilidad de un «whistiti» por la pata del elefante y cayó de pie sobre la hierba; cogió al pequeñuelo de cinco años por medio del cuerpo y le plantó en medio de la escalera. Después empezó a subir detrás de él, gritando al mayor:

—Yo le empujo; cógele tú.

En un instante el niño fue subido, empujado, arrastrado, metido por el agujero, sin que tuviese tiempo de ver nada. Gavroche, que entró detrás de él, dio una patada a la escalera, que cayó sobre la hierba; dio una palmada y gritó:

—Ya estamos aquí. ¡Viva el general Lafayette!

Pasada esta explosión, exclamó:

—¡Párvulos, estáis en mi casa!

Gavroche estaba, en efecto, en su casa.

¡Oh, utilidad increíble de lo inútil!

¡Caridad de todo lo grande! ¡Bondad de los gigantes! Aquel monumento desmesurado, que había contenido un pensamiento del emperador, se había convertido en la jaula de un pilluelo. El niño había sido adoptado y abrigado por el coloso.

Los ciudadanos que pasaban los domingos por delante del elefante de la Bastilla, decían, midiéndole con la vista al nivel de su cabeza y con desprecio: «¿De qué sirve eso?» Pues servía para salvar del frío, de la escarcha, del granizo, de la lluvia, para librar del aire del invierno, para preservar del sueño sobre el lodo, que produce la fiebre, y del sueño en la nieve, que produce la muerte, a un pequeño ser, sin padre ni madre, sin pan, sin ropa, sin asilo. Servía para refugiar al inocente rechazado por la sociedad. Servía para disminuir una falta pública. Era una cueva abierta para el que encontraba cerradas todas las puertas. Parecía que el viejo mastodonte, miserable invadido por la carcoma y por el olvido, cubierto de verrugas, de putrefacción y de úlceras; ruinoso, carcomido, abandonado, condenado; especie de mendigo colosal, que pedía, en vano, la limosna de una mirada compasiva en medio de aquella explanada, había tenido piedad de aquel otro mendigo, del pobre pigmeo que andaba sin zapatos en los pies, sin techo sobre la cabeza, soplándose los dedos, vestido de harapos, alimentándose de desperdicios. Véase de qué servía el elefante de la Bastilla. Aquella idea de Napoleón, despreciada por los hombres, había sido acogida por Dios. Lo que sólo hubiera sido ilustre se había hecho augusto. El emperador había necesitado, para realizar lo que meditaba, el pórfido, el bronce de hierro, el oro, el mármol; a Dios le bastaba aquel viejo amontonamiento de tablas, vigas y yeso. El emperador había tenido un pensamiento digno del genio, en aquel elefante titánico, armado, prodigioso, que elevaba su trompa, llevaba su torre y hacía salir de todas partes, en su derredor, surtidores alegres y vivificantes, quería formar la encarnación del pueblo; Dios había hecho una cosa más grande: alojaba allí a un niño.

El agujero por donde Gavroche había entrado era una brecha apenas visible por fuera, porque estaba oculta, como hemos dicho, bajo el vientre del elefante, y era tan estrecha, que sólo los gatos o aquellos niños podrían pasar por ella.

—Comencemos —dijo Gavroche— por decir al portero que no estamos en casa.

Y penetrando en la oscuridad con la seguridad del que conoce su casa, tomó una tabla y tapó el agujero.

Gavroche volvió a la oscuridad. Los niños oyeron el chirrido de la cerilla sumergida en la botella fosfórica. La cerilla química no se conocía aún; la piedra Fumade representaba en aquella época el progreso.

Una claridad súbita les hizo cerrar los ojos: Gavroche acababa de encender una de esas sogas impregnadas de resina que se llaman hachas de viento. El hacha, que despedía más humo que luz, hacía confusamente visible lo interior del elefante.

Los dos huéspedes de Gavroche miraron en derredor y experimentaron algo semejante a lo que experimentaba el que se viese encerrado en el gran tonel de Heidelberg, o más bien lo que debió experimentar Jonás en el vientre bíblico de la ballena. Un esqueleto gigantesco se les presentaba, cercándolos. En lo alto, una gruesa viga oscura, de la cual partían de distancia en distancia macizas viguetas centradas, figuraba la columna vertebral con las costillas: estalactitas de yeso colgaban como vísceras, y de un lado a otro vastas telas de araña hacían el efecto de polvorosos diafragmas. Veíanse aquí y allí, en los rincones, grandes manchas negruzcas que parecían dotadas de vida y que se movían rápidamente, con movimiento brusco y asustadizo.

Los pedazos caídos del dorso del elefante sobre el vientre habían llenado la concavidad de modo que se podía andar por ellas como por un entablado.

El menor de los niños se arrimó a su hermano, y dijo a media voz:

—¡Qué oscuro!

Esta exclamación llamó la atención de Gavroche. El aspecto petrificado de los dos pequeñuelos hacía necesaria una explosión.

—¿Qué decis? —exclamó—. ¿Nos quejamos? ¿Nos hacemos los descontentos? ¿Necesitáis, acaso, las Tullerías? ¿Seréis unos asnos? Decídmelo. Os prevengo que no soy del batallón de los tontos. ¡Qué! ¿Sois, por ventura, los cominos de la despensa del Papa?

Para el miedo es muy buena alguna aspereza, porque da confianza. Los dos niños se aproximaron a Gavroche.

Gavroche, paternalmente enternecido de esta confianza, pasó de «lo grave a lo dulce», y dirigiéndose al más pequeño:

—Bestia —le dijo dulcificando la injuria con una sonrisa cariñosa—, lo oscuro está en la calle. En la calle llueve, aquí no llueve; en la calle hace frío, aquí no hay un soplo de viento; en la calle hay gente, aquí no hay un alma; en la calle no hay ni luna, aquí hay una luz.

Los dos niños empezaron a mirar aquella habitación con menos espanto; pero Gavroche no les dejó tiempo para contemplarla.

—Listos —dijo.

Y les empujó hacia lo que podemos llamar el fondo del cuarto.

Allí estaba su cama.

La cama de Gavroche estaba completa. Es decir, tenía un colchón, una manta y una alcoba con cortinas.

El colchón era una estera de paja; la manta, un pedazo de lana gris, caliente y casi nueva. Ahora veamos lo que era la alcoba.

Tres rodrigones bastante largos, metidos sólidamente entre el cascote del suelo, es decir, del vientre del elefante, dos delante y uno detrás, estaban reunidos por una cuerda en su vértice, de modo que formaban una pirámide. Esta pirámide sostenía un enrejado de hilo metálico que estaba colocado detrás y artísticamente aplicado y sostenido por ataduras de alambre, de modo que rodeaba enteramente los tres rodrigones. Un cordón de gruesas piedras, colocadas alrededor de este enrejado, le sujetaba de modo que nada podía pasar por entre él y el suelo. El enrejado no era más que un pedazo de esos enrejados de cobre con que se cubren las pajareras en los corrales. La cama de Gavroche estaba colocada bajo el enrejado como en una caja. El conjunto parecía la tienda de un esquimal.

El enrejado hacía oficio de cortinas.

Gavroche separó un poco las piedras que sujetaban el enrejado por delante, y se separaron los dos paños que caían uno sobre otro.

—Chiquillos, a cuatro pies —dijo.

E hizo entrar con precaución a sus huéspedes en la alcoba; entró después que ellos, arrastrándose, volvió a colocar las piedras y cerró herméticamente la abertura.

Los tres se echaron sobre la estera.

Aunque eran muy pequeños, ninguno podía estar de pie en la alcoba. Gavroche seguía con la luz en la mano:

—Ahora —dijo—, ¡sornad! Voy a suprimir el candelabro.

—Señor —preguntó el mayor de los hermanos a Gavroche, enseñándole el enrejado—, ¿qué es esto?

—Eso —dijo Gravoche gravemente— es para las ratas. ¡Sornad!

Pero se creyó obligado a añadir alguna palabra para instruir a aquellos niños, y continuó:

—Éstas son cosas del Jardín Botánico. Eso sirve para los animales feroces. Allay (allí hay) un almacén lleno. Nay (no hay) más que subir una pared, saltar por una ventana y pasar por una puerta, y se tiene todo lo que se quiere.

Y mientras hablaba, arropaba con una punta de la manta al más pequeño, que murmuraba:

—¡Oh, qué bueno es esto! ¡Qué caliente!

Gavroche dirigió una mirada de satisfacción a la manta.

—También es del Jardín Botánico —dijo—. Se la he cogido a los monos.

Y enseñando al mayor la estera en que estaba acostado, estera muy espesa y admirablemente trabajada, añadió:

—Esto era la de la jirafa.

Después de una pausa, prosiguió:

—Los animales tenían todo esto y yo se lo he cogido. Por eso no se han enfadado. Les he dicho: «Es para el elefante.»

Estuvo un momento silencioso, y volvió a decir:

—Se salta la tapia y se burla uno del Gobierno. Esto es.

Los dos niños contemplaban con cierto respeto temeroso y estupefacto a aquel ser intrépido e ingenioso, vagabundo como ellos, aislado como ellos, miserable como ellos, que tenía algo admirable y poderoso que les parecía sobrenatural, y cuya fisonomía se componía de todos los gestos de un viejo saltimbanqui, mezclados con la más sencilla y la más encantadora sonrisa.

—Señor —le dijo tímidamente el mayor—, ¿no tenéis miedo a los agentes de Policía?

Gavroche se limitó a contestar:

—¡Parvulillos! No se dice los agentes de Policía, sino los ganchos.

El menor tenía los ojos abiertos, pero no decía nada. Como estaba a la orilla de la estera, y el mayor en medio, Gavroche le arropó con la manta, como lo hubiera hecho una madre, y levantó la estera bajo su cabeza con unos harapos con objeto de hacerle una almohada.

Después se volvió hacia el mayor:

—¡Eh! ¡Se está muy bien aquí!

—¡Ah, sí! —respondió el mayor mirando a Gavroche con la expresión de un ángel salvador.

Los dos pobres niños, que estaban muy mojados, empezaban a calentarse.

—¡Ah! —continuó Gavroche—. ¿Por qué llorabais?

Y señalando al pequeño, añadió, dirigiéndose al mayor:

—Un pipiolo como ése, no digo que no; pero llorar uno grande como tú es una cosa fea; pareces un becerro.

—Caramba —dijo el niño—, no teníamos absolutamente casa adonde ir.

—¡Comino! —respondió Gavroche—. No se dice casa, sino chiscón.

—Y, además, teníamos miedo de estar solos así por la noche.

—No se dice la noche, sino la oscura.

—Gracias, señor —dijo el niño.

—Escucha —añadió Gravoche—. No debéis incomodaros por nada. Yo tendré cuidado de vosotros. Ya veréis cómo os divertiréis. Por el verano iremos a los pozos de la nieve con Navet, un camarada mío; nos bañaremos en el estanque, correremos desnudos sobre los trenes delante del puente de Austerlitz. Esto hace rabiar a las lavanderas, que gritan y vocean. ¡Si supieseis qué malas son! Iremos a ver el hombre esqueleto, que todavía vive, a los Campos Elíseos; es muy blanco ese parroquiano. Después os llevaré al teatro a ver a Federico Lemaitre. Tengo billetes; conozco a los actores, y aun he representado una vez una pieza. Éramos todos pipiolos, como ése, y corríamos bajo una tela que era el mar. Os contrataré en mi teatro. Iremos a ver los salvajes; no es verdad que sean salvajes. Tienen unos mantos de color de rosa que forman pliegues, y se les ven los codos zurcidos con hilo blanco. Después iremos a la Ópera; entraremos con los romanos. La romanería en la Ópera está muy bien dispuesta; pero no iría con ellos por el bulevar. Figúrate que en la Ópera hay quien paga veinte sueldos; pero esos son tontos y se llaman paganos. Además, iremos a ver guillotinar; os enseñaré el verdugo. Vive en la calle del Marais: el señor Sansón. Tiene una estafeta para las cartas, a la puerta. ¡Ah! Se divierte uno en grande.

En aquel momento cayó una gota de resina en el dedo de Gavroche y le recordó las realidades de la vida.

—¡Caramba! —dijo—. Se está gastando la mecha. ¡Atención! No puedo gastar más de un sueldo al mes en luz. Cuando uno se acuesta es para dormir. No tenemos tiempo para leer las novelas del señor Paul de Kock. Además de que la luz podría pasar por las rendijas de la puerta-cochera, y los ganchos no tendrían que hacer más que mirar.

—Y además —observó tímidamente el mayor, que era el único que se atrevía a hablar con Gavroche y a contestarle— podría caer una chispa en la paja, y hay que cuidar de no prender fuego a la casa.

—No se dice prender fuego a la casa —dijo Gavroche—; se dice achicharrar los trapos o dar candela.

La lluvia redoblaba, oíase, a través del redoble del trueno, el turbión que azotaba el lomo del coloso.

—Aquí metido, que llueva —dijo Gavroche—. Me divierte ver correr el agua por las patas de la casa. El invierno es un animal; pierde sus mercancías, pierde su trabajo, porque no puede mojarnos, y esto hace gruñir a ese viejo aguador.

513

Esta alusión al trueno, cuyas consecuencias aceptaba Gavroche en su calidad de filósofo del siglo XIX, fue seguida de un relámpago tan deslumbrador, que entró por las hendiduras del vientre del elefante. Casi al mismo tiempo resonó terriblemente el trueno. Los dos niños dieron un grito y se levantaron con tal rapidez que casi separaron el enrejado; pero Gavroche volvió hacia ellos su atrevido rostro, y se aprovechó del trueno para dar una carcajada.

—Calma, niños. No conmovamos el edificio. Ése es un hermoso trueno; sea enhorabuena. Un relámpago no es un coco. ¡Bravo por el trueno! Esto está casi tan bueno como el Ambigú.

Dicho esto, arregló el enrejado, empujó suavemente a los dos niños hacia la cabecera de la cama, apretó sus rodillas para que se estiraran bien, y exclamó:

—Puesto que Dios enciende su luz, yo puedo apagar la mía. Niños, es preciso dormir; jóvenes humanos, es muy malo no dormir, porque esto hace que se abra la boca. ¡Envolveos bien en la manta! Voy a apagar. ¿Estáis ya?

—Sí —murmuró el mayor—, estoy bien. Tengo la cabeza como sobre pluma.

—No se dice la cabeza; se dice la chichi —dijo Gavroche.

Los dos niños se apretaron uno contra otro. Gavroche acabó de arreglarlos sobre la estera, les subió la manta hasta las orejas, y después les repitió, por tercera vez, la exclamación en lengua hierática:

—¡Sornad!

Y apagó la luz.

Apenas quedó a oscuras, un temblor singular empezó a conmover el enrejado que cubría a los tres niños. Era una multitud de rozamientos sordos que producían un sonido metálico, como si garras o dientes arañasen los hilos de cobre. Este ruido iba acompañado de pequeños, pero agudos gritos.

El niño de cinco años, oyendo este ruido por encima de su cabeza, helado de espanto, empujó con el codo a su hermano; pero éste dormía ya, como le había mandado Gavroche.

Entonces el niño, no pudiendo con el miedo, se atrevió a interpelar a Gavroche, pero en voz muy baja y deteniendo el aliento.

—¡Señor!

—¡Eh! —dijo Gravoche, que acababa de cerrar los párpados.

—¿Qué es eso?

—Las ratas —respondió Gavroche.

Y volvió a echar la cabeza en la estera.

Las ratas, en efecto, que pululaban a millares en el esqueleto del elefante, y que eran aquellas manchas negras vivas de que hemos hablado, se habían estado quietas ante la luz mientras había estado encendida; pero desde el momento en que aquella caverna, que era como su ciudad, había vuelto a la noche, oliendo lo que el narrador Perrault llama «carne fresca», se habían arrojado sobre la tienda de Gavroche, habían subido hasta el vértice y mordían las mallas, como si tratasen de agujerear aquella armadura de nuevo género.

El niño no podía dormir.

—¡Señor! —volvió a decir.

—¡Eh! —dijo Gavroche.

—¿Qué son las ratas?

—Son ratones.

Esta explicación tranquilizó un poco al niño. Había visto algunas veces ratones blancos y no les tenía miedo. Sin embargo, volvió a decir:

—¡Señor!

—¡Qué! —respondió Gavroche.

—¿Por qué no tenéis gato?

—He tenido uno —respondió Gavroche—, he traído uno; pero me lo han comido.

Esta segunda explicación deshizo el efecto de la primera, y el niño volvió a temblar, de modo que por cuarta vez empezó el diálogo entre él y Gavroche.

—¡Señor!

—¡Qué!

—¿Quién fue el comido?

—El gato.

—¿Y quién comió al gato?

—Las ratas.

—¿Los ratones?

—Sí, las ratas.

El niño, consternado al tener noticia de estos ratones que se comían a los gatos, prosiguió:

—¡Señor! ¿Nos comerán a nosotros esos ratones?

—¡Vaya! —dijo Gavroche.

El terror del niño llegaba a su colmo. Pero Gavroche añadió:

—¡No tengas miedo! No pueden entrar. Además, estoy yo aquí. Toma, coge mi mano. Cállate y duerme.

Gavroche, al mismo tiempo, cogió la mano. El niño apretó esta mano y se tranquilizó. El valor y la fuerza tienen comunicaciones misteriosas.

Volvió el silencio; el ruido de las voces había ahuyentado y asustado a las ratas, y aunque poco después volvieron a roer el enrejado, los tres niños, sumergidos en el sueño, no oyeron nada.

Pasáronse las horas de la noche. La sombra cubría la inmensa plaza de la Bastilla; un viento de invierno, mezclado con la lluvia, soplaba con fuertes ráfagas; las patrullas registraban las puertas, las calles de árboles, los cercados, los rincones oscuros, y buscaban a los vagabundos nocturnos, y pasaban por delante del elefante; el monstruo, de pie, inmóvil, con los ojos abiertos en las tinieblas para meditar, como satisfecho de su buena acción, protegía contra el cielo y los hombres a los tres pobres niños dormidos.

Para comprender lo que sigue es preciso recordar que, en aquella época, el cuerpo de guardia de la Bastilla estaba situado al otro extremo de la plaza, y que lo que pasaba cerca del elefante no podía ser visto ni oído por el centinela.

Hacia el fin de la hora que precede inmediatamente al alba, salió un hombre corriendo de la calle de San Antonio, atravesó la plaza, dio la vuelta a la cerca de la Columna de Julio y se deslizó por la empalizada hasta colocarse bajo el vientre del elefante. Si una luz cualquiera hubiera iluminado a aquel hombre, se habría adivinado que había pasado la noche bajo la lluvia al ver lo calado que estaba.

Cuando llegó al elefante, dio un grito extraño que no pertenece a ninguna lengua humana, y que sólo podría reproducir un papagayo. Repitió dos veces este grito, que sólo podemos representar ortográficamente así:

—«¡Quiquirriquiu!»

Al segundo grito, una voz clara respondió desde el vientre del elefante:

—«¡Sí!»

Casi inmediatamente la tabla que cerraba el agujero se separó y dio paso a un niño, que bajó por la pata del elefante y fue a caer cerca del hombre.

Era Gravoche.

El hombre era Montparnase.

En cuanto a este grito, «quiquirriquiu», era, sin duda, lo que el niño había querido decir con «Preguntarás por el señor Gavroche».

Al oírle se había despertado sobresaltado; se había arrastrado fuera de su «alcoba» y separado un poco el enrejado, que había vuelto a cerrar cuidadosamente; después había abierto la trampa y descendido.

El hombre y el niño se reconocieron silenciosamente en la oscuridad. Montparnase se limitó a decir:

—Te necesitamos. Ven a dar un golpe de mano.

El pilluelo no se informó más.

—Aquí me tienes —dijo.

Y ambos se dirigieron hacia la calle de San Antonio, de donde había salido Montparnase, serpenteando rápidamente a través de la larga fila de carretas de los hortelanos que bajan al mercado a esta hora.

Los hortelanos, acurrucados en sus carros, entre las verduras y las legumbres, medio dormidos, envueltos hasta los ojos en sus mantas a causa de la lluvia que les azotaba, ni vieron a estos extraños transeúntes.

Veamos ahora lo que había pasado aquella misma noche en la Fuerza.

Habíase concertado una evasión entre Babet, Brujón, Tragamar y Thenardier, aunque Thenardier estaba incomunicado. Babel había dirigido el negocio, como se ha visto por las palabras de Montparnase a Gavroche. Montparnase debía ayudarles desde fuera.

Brujón, como había pasado un mes en el cuarto de corrección, había tenido tiempo de tejer una cuerda y madurar un plan. En otros tiempos, estos lugares severos, en que la disciplina de la prisión entrega al criminal a sí mismo, se componían de cuatro paredes de piedra, de un techo de piedra, de un suelo de losas de piedra, de una cama de campaña, de un tragaluz enrejado y de una puerta forrada de hierro, y se llamaban «calabozos». Hoy el calabozo se considera como una cosa demasiado horrible y se compone de una puerta de hierro, de un tragaluz enrejado, de una cama de campaña, de un suelo de losas de piedra, de un techo de piedra, de cuatro paredes de piedra, y se llama el «cuarto de corrección». Al mediodía se ve en él un poco. El inconveniente de estos cuartos, que, como se ve, no son calabozos, es dejar pensar a los seres a quienes se debería hacer trabajar.

Brujón, pues, había meditado y había salido del cuarto de corrección con una cuerda. Como se le creía muy peligroso en el cuarto de Carlomagno, se le trasladó al edificio nuevo, y lo primero que encontró allí fue a Tragamar, y lo segundo un clavo. A Tragamar, es decir, el crimen; un clavo, esto es, la libertad.

Brujón, cuyo carácter debemos pintar completamente ahora, era, con la apariencia de una complexión delicada y de una laxitud profunda, un criminal inteligente y un ladrón que tenía la mirada agradable y la sonrisa atroz. Su mirada era el resultado de su voluntad, y su sonrisa el resultado de su naturaleza. Sus primeros estudios en el «arte» se habían dirigido a los tejados; había introducido grandes progresos en la industria de los ladrones de plomos, que levantan los emplomados y abren las gateras por el procedimiento llamado entre ellos «de doble grasa».

Lo que en aquel momento hacía más favorable una tentativa de evasión era que los plomeros repasaban y componían parte del empizarrado de la cárcel. El patio de San Bernardo no estaba enteramente aislado del patio de Carlomagno y del patio de San Luis. Había, por la parte más alta, andamios y escalas, o, en otros términos, puentes y escaleras del lado de la libertad.

El edificio nuevo, que estaba lo más agrietado y lo más decrépito que puede imaginarse, era el punto más débil de la cárcel. Las paredes estaban tan roídas por el salitre, que había sido necesario cubrir con un entablado las bóvedas de los dormitorios, porque solían desprenderse de ellos piedras que caían sobre los presos, en la cama. A pesar de esta decrepitud, se cometía la falta de tener en el edificio nuevo a los acusados más peligrosos, de encerrar allí las «causas graves», como se dice en el lenguaje carcelario.

El edificio nuevo tenía cuatro dormitorios superpuestos, y una mole encima que se llamaba Buenos Aires. Un ancho tubo de chimenea, que probablemente había sido de alguna cocina de los duques de la Fuerza, partía del piso bajo, atravesaba los cuatro pisos y cortaba en dos partes todos los dormitorios, figurando una especie de pilar aplanado que pasaba al otro lado del techo.

Tragamar y Brujón estaban en el mismo dormitorio, y por precaución habían sido encerrados en el piso bajo. La casualidad hacía que la cabecera de sus camas estuviese apoyada en el tubo de la chimenea.

Thenardier estaba precisamente sobre su cabeza, en la mole llamada Buenos Aires.

El transeúnte que se detiene en la calle Culture-Sainte-Catherine, más allá del cuartel de los bomberos, delante de la puerta-cochera de la casa de Baños, descubre un patio lleno de flores y de arbustos, en cajas, en cuyo fondo se eleva, entre dos alas, una pequeña rotonda blanca, adornada con postiguillos verdes.

No hace aún diez años, por encima de esta rotonda se levantaba una tapia negra, enorme, horrible, desnuda, a la cual estaba unida. Aquella era la pared del camino de ronda de la Fuerza.

Aquel muro detrás de la rotonda era Milton, visto por detrás de Berquin.

Por más alto que fuese este muro, le excedía un tejado más negro aún y situado por detrás. Era el tejado del edificio nuevo. Descubríanse en él cuatro buhardillas con reja, que eran las ventanas de Buenos Aires. Una chimenea atravesaba el tejado; era la chimenea que pasaba por los dormitorios.

Buenos Aires, aquella gran buhardilla del edificio nuevo, era una especie de panera abuhardillada, cerrada con triples rejas y puerta forradas de palastro y cubiertas de clavos desmesurados.

Cuando se entraba en ella por la parte del Norte, quedaban a la izquierda las cuatro buhardillas, y a la derecha, haciendo frente, cuatro espacios cuadrados, bastante grandes, separados por estrechos corredores de mampostería hasta cierta altura, y desde allí hasta el techo barras de hierro.

Thenardier estaba incomunicado en uno de estos calabozos desde la noche del 3 de febrero. No hemos podido saber por qué medios había adquirido y tenido oculta una botella de ese vino, inventado, según se dice, por Desrues, que tiene un narcótico, y que la secta de los Adormecedores ha hecho tan célebre.

Hay en muchas cárceles empleados traidores, medio carceleros y medio ladrones, que auxilian en las evasiones, que venden a la Policía una servidumbre infiel y sisan la comida a los presos.

En aquella misma noche, pues, en que Gavrochillo había recogido a los dos niños perdidos, Brujón y Tragamar, que sabían que Babet, escapado por la mañana, les esperaba en la calle con Montparnase, se levantaron silenciosamente y empezaron a aguijerear con el clavo encontrado por Brujón el tubo de chimenea que estaba tocando a su cama. Los yesones que se desprendían caían sobre la cama, de modo que no producían ruido alguno.

El turbión y el trueno conmovían las puertas sobre sus goznes y producían en la cárcel un estrépito horrible y útil. Algunos presos que se despertaron aparentaron volverse a dormir y dejaron trabajar a Tragamar y a Brujón.

Brujón era diestro, y Tragamar vigoroso; así es que antes que el menor ruido llegase al vigilante acostado en la celda enrejada que daba al dormitorio, estaba ya atravesada la pared, escalada la chimenea, forzada la reja que cerraba el orificio superior del cañón, y en el tejado los temibles bandidos. La lluvia y el viento redoblaban, el tejado estaba resbaladizo.

—Qué buena rachi para una chalada —dijo Brujón.

Un abismo de seis pies de ancho y ochenta de profundidad les separaba de la pared de ronda. En el fondo de aquel abismo veían relucir en la oscuridad el fusil de un centinela. Ataron por un lado los pedazos de las barras de la chimenea que acababan de retorcer la cuerda que Brujón había hilado en su calabozo, la echaron al otro extremo, por encima del muro de ronda, atravesaron de un salto el abismo, se balancearon en el caballete del muro, le saltaron, se deslizaron uno después de otro por la cuerda hasta un tejadillo que llegaba a la casa de Baños, tiraron hacia sí la cuerda, saltaron al patio de la casa de Baños, lo atravesaron, empujaron el postiguillo del portero, a cuyo lado pendía el cordón, tiraron de éste, abrieron la puerta cochera y se encontraron en la calle.

No hacía más que tres cuartos de hora que se habían puesto de pie sobre sus camas, en las tinieblas, con el clavo en la mano y el proyecto en la mente.

Algunos momentos después se unieron a Babet y a Montparnase, que vagaban por los alrededores.

Al tirar de la cuerda la habían roto y había quedado un pedazo atado a la chimenea, en el tejado. No habían tenido más contratiempo que haberse despellejado enteramente las manos.

Thenardier estaba prevenido aquella noche, sin que se pudiese saber de qué manera había recibido aviso, y no dormía.

Hacia la una de la mañana, en medio de la profunda oscuridad de la noche, vio pasar dos sombras por el tejado, por entre la lluvia y el viento, y por delante del tragaluz que daba frente a su calabozo. Una de estas sombras se detuvo en el tragaluz el tiempo suficiente para dirigir una mirada, era Brujón. Thenardier le conoció y comprendió lo suficiente.

Thenardier, señalado como peligroso y detenido como acusado de una emboscada nocturna a mano armada, estaba vigilado por un centinela de vista, que era relevado cada dos horas y se paseaba con el fusil cargado por delante de su calabozo. Buenós Aires estaba iluminado por una lámpara. El preso tenía unos grillos de cincuenta libras de peso. Todos los días, a las cuatro de la tarde, un carcelero, escoltado de dos perros de presa —porque esto se hacía aún en aquella época—, entraba en su calabozo, ponía cerca de su cama un pan negro de dos libras, un cántaro de agua y una escudilla de un caldo bastante claro en que nadaban algunas habas; reconocía los grillos y golpeaba las rejas. Aquel hombre volvía dos veces por la noche con sus perros.

Thenardier había conseguido que le permitieran conservar una escarpia de hierro que usaba para clavar el pan en una hendidura de la pared, con objeto, decía, de «preservarle de los ratones». Como estaba vigilado no se había encontrado ningún inconveniente en dejarle esta escarpia. Sin embargo, luego se recordó que el carcelero había dicho: «Más valdría dejarle una escarpia de madera.»

A las dos de la mañana fueron a relevar al centinela, que era un soldado viejo, y fue reemplazado por un quinto. Algunos momentos después, el carcelero, con sus perros, hizo su visita y se retiró sin notar nada, excepto la mucha juventud y el «aire de paisano» del «pistolo». Dos horas después, a las cuatro, cuando iban a relevar al quinto, le encontraron dormido y tirado en el suelo, como un madero, cerca del calabozo. En cuanto a Thenardier, ya no estaba allí. Los grillos estaban rotos en el suelo. Había un agujero en el techo, y otro más arriba, en el tejado. De la cama había sido arrancada una tabla, que había desaparecido. Cogióse también en el calabozo una botella medio vacía, que contenía el resto del vino narcotizante con que había sido dormido el centinela. La bayoneta de éste había desaparecido también.

Cuando se descubrió todo esto se creyó que Thenardier estaba ya fuera de alcance. Pero, en realidad, si no estaba ya en el edificio nuevo, se veía aún en gran peligro.

Thenardier, al llegar al tejado del edificio nuevo, había encontrado el resto de la cuerda de Brujón, que colgaba de la reja de la cubierta superior de la chimenea; pero aquel cabo roto era muy corto y no había podido pasar por encima del camino de ronda, como habían pasado Brujón y Tragamar.

Cuando se vuelve la calle de Ballets a la calle del Rey de Sicilia, se descubre, casi de repente, a la derecha, una gran rinconada. Había allí en el siglo último una casa, de la que no queda más que la pared maestra, verdadera tapia de un caserón que se eleva hasta la altura de un tercer piso por entre los edificios antiguos. Distínguese esta ruina por dos grandes ventanas cuadradas, que aún se ven; la de en medio está hacia la derecha, atravesada por una viga podrida y sujeta por otro madero. A través de estas ventanas se distinguía antes una alta y lúgubre pared, que era un trozo de la muralla del camino de ronda de la Fuerza. El hueco que la casa demolida ha dejado en la calle está ocupado en su mitad por una empalizada de tablas podridas, apuntaladas por cinco guardacantones de piedra. En aquel recinto se oculta una pequeña barraca apoyada en la pared ruinosa. La empalizada tiene una puerta que hace algunos años estaba cerrada sólo con picaporte.

A la cima de esta pared era adonde había conseguido llegar Thenardier a las tres de la mañana.

¿Cómo había llegado allí? Nunca se ha sabido ni se ha podido explicar. Los relámpagos debían haberle auxiliado y molestado al mismo tiempo. ¿Se había servido de las escalas y andamios de los pizarreros para pasar de un tejado a otro, de una manzana a otra, de los edificios del patio de Carlomagno a los del patio de San Luis, de aquí al muro de ronda y de aquí al caserón de la calle del Rey de Sicilia? En este trayecto había soluciones de continuidad que le hacían, al parecer, imposible. ¿Había usado la tabla de una cama como un puente desde el tejado de Buenos Aires hasta la tapia del camino de ronda y se había arrastrado como una culebra alrededor de la cárcel hasta el caserón?

La tapia del camino de ronda de la Fuerza formaba una línea dentada y desigual, subía y bajaba, descendía hacia el cuartel de bomberos y se elevaba hacia la casa de Baños; estaba cortada por varios edificios y no tenía la misma altura por el hotel Lamoignon que por la calle Pavée; por todas partes presentaba líneas verticales y ángulos rectos; además, los centinelas habrían visto en este caso el sombrío perfil del fugitivo, y aun así, el camino recorrido por Thenardier queda casi inexplicable. La fuga era, pues, imposible de ambas maneras. Thenardier, iluminado por esa terrible sed de libertad que transforma los precipicios en fosos, las rejas de hierro en enrejados de mimbres, la debilidad en fuerza, un gotoso en un gamo, la estupidez en instinto, el instinto en inteligencia y la inteligencia en genio; Thenardier, decimos, ¿había inventado e improvisado un tercer medio? Nunca se ha sabido.

No siempre es posible explicarse las maravillas de una evasión. El hombre que se escapa, lo repetimos, está inspirado; hay algo de las estrellas y del relámpago en el misterioso fulgor de la fuga; el esfuerzo hacia la libertad no es menos sorprendente que el vuelo hacia lo sublime, y se dice de un ladrón escapado: «¿Cómo ha escalado esta pared?», lo mismo que se dice de Corneille: «¿Quién le ha inspirado tal escena?»

Sea como fuere, Thenardier, goteando sudor, mojado por la lluvia, rotos los vestidos, destrozadas las manos, sangrientos los codos, desolladas las rodillas, había llegado a lo que los niños, en su lenguaje figurado, llaman «el corte» de la pared ruinosa, y allí, faltándole la fuerza, se había echado a lo largo. La altura vertical de un tercer piso le separaba del empedrado de la calle.

La cuerda que tenía era muy corta.

Allí esperaba, pálido, rendido, perdida toda esperanza, cubierto aún por la oscuridad de la noche; pero diciéndose que iba a venir el día, aterrorizado ante la idea de oír dentro de algunos instantes las cuatro en el reloj próximo de San Pablo, hora en que irían a relevar al centinela, le encontrarían dormido y verían el techo agujereado; mirando con estupor, a una profundidad terrible a la luz de los faroles, el suelo mojado y negro, aquel suelo deseado y terrible, que era la muerte y la libertad.

Se preguntaba si sus tres cómplices de evasión habrían salido bien, si le habrían esperado y si vendrían en su auxilio. Escuchaba; excepto una patrulla, nadie había pasado por la calle desde que estaba allí. Casi todos los hortelanos de Montreuil, de Charonne, de Vicennes y de Bercy, que iban al mercado, bajaban por la calle de San Antonio. Dieron las cuatro. Thenardier tembló. Pocos instantes después, aquel rumor confuso que sigue a una evasión descubierta estalló en la cárcel. El ruido de puertas que se abren y se cierran, el chirrido de las rejas sobre sus goznes, el tumulto del cuerpo de guardia, las roncas voces de los carceleros, el choque de las culatas de los fusiles en los patios, llegaban hasta él. Algunas luces subían y bajaban a las ventanas enrejadas de los dormitorios; una antorcha corría por el último piso del edificio nuevo; los bomberos del cuartel próximo habían sido llamados. Sus cascos, iluminados en medio de la lluvia por las antorchas, iban y venían por los tejados. Al mismo tiempo, Thenardier veía del lado de la Bastilla una claridad pálida que blanqueaba lúgubremente la parte baja del cielo.

Estaba, pues, en lo alto de una pared de diez pulgadas de anchura, sufriendo echado la lluvia, con dos abismos, a derecha e izquierda, sin poder moverse, presa del vértigo, de una caída posible y del horror de una prisión segura; su pensamiento, como el badajo de una campana, iba de una de estas ideas a la otra: «Muerto, si caigo; preso, si me quedo.» En esta angustia, vio de pronto en la calle, que estaba aún oscura, a un hombre que se deslizaba a lo largo de la pared, y que venía del lado de la calle Pavée, detenerse en la rinconada, encima de la cual estaba Thenardier como suspendido. A aquel hombre se unió otro que marchaba con la misma precaución; después llegó un tercero, y después un cuarto. Cuando aquellos hombres estuvieron reunidos, uno de ellos levantó el picaporte de la puerta de la empalizada y entraron los cuatro en el recinto en que estaba la barraca. Se encontraban, precisamente, debajo de Thenardier.

Aquellos hombres habían escogido, evidentemente, aquel rincón para hablar sin ser vistos de los transeúntes ni del centinela que guarda el postigo de la Fuerza, a algunos pasos de allí. Pero digamos que el centinela, huyendo de la lluvia, se había metido en la garita. Thenardier, no pudiendo distinguir sus rostros, prestó oído a sus palabras con la atención desesperada de un miserable que se siente perdido.

Entonces vio pasar por delante de sus ojos una cosa semejante a la esperanza: aquellos hombres hablaban el caló. El primero decía en voz baja, pero muy claramente:

—Najémonos. ¿Qué querelamos «icigo»?

El segundo respondió:

—Bisela hasta apagar el benguistano; los ganchos avillarán, y allí hay un jundo aplacerado a la coba, diquela nae esgabarren mangue «icicaille».

Estas dos palabras, «icigo» e «icicaille», que pertenecen, la primera al caló de las barreras y la segunda al caló del Temple, fueron dos rayos de luz para Thenardier. En la primera conoció a Brujón, que era vago de las barreras, y en la segunda a Babet, que, entre sus varias profesiones, era prendero en el Temple.

El antiguo caló del gran siglo no se habla ya en el Temple, y Babet era el único que lo hablaba en toda su pureza. Sin esta palabra, Thenardier no lo hubiera conocido, porque había desfigurado completamente la voz.

Mientras tanto, el tercero tomaba parte en la conversación.

—Nada nos apremia; esperemos un poco. ¿Quién nos dice que no necesita de nosotros?

En este lenguaje, que era el francés ordinario, Thenardier conoció a Montparnase, que ponía su elegancia en comprender todos los géneros de caló y no hablar ninguno.

En cuanto al cuarto, callaba; pero sus anchas espaldas le denunciaban. Thenardier no dudó un momento: era Tragamar.

Brujón replicó casi impetuosamente, pero siempre en voz baja:

—¿Qué sinas garlando? O julai n'asti najarse. Na chanela mistós de chanelería. Quebrar a talarosa, y riquelar as sabanas somía querelar yeque guindala, querelar chirroes andré as bundales, querelar papeles calabeosos, maestras, quebrar ciseles, luanar a guindala d'abri; sonajarse; vadearse; somia ocono ha a sinelar baró ahoré. O batu na terelará astis querelarlo. Na chanela traginar.

Babet añadió, hablando siempre en el caló clásico en que hablaban Poulailler y Cartucho, y que es al caló atrevido, nuevo y brillante que hablaba Brujón, lo que la lengua de Racine es a la lengua de Andrés Chenier:

—O julai amangue sina trincao. ¡Ha a sinelar baró choré!, y sina o yeque chavelo. Sinara jonjobado por yeque chinel, pur na por yeque chaviro vadeado de baro batu. Montparnase, ¿junelas ocolas gritadas? ¿Diquelas ocolas urdiflelas andré o estaripel?

Ocono sida sos tirela esgabarrao. ¡Bah! Sinará apenao a tullosa. Menda na terela dal; na sio mandrial; acana chanetames lo sos sina; na astimos pirrel por o julai, y sinaramos esgabarraos. Na niqueles, andivela sat mangue a piyar de peñascaró.

—No se debe dejar a los amigos en el peligro —murmuró Montparnase.

—Penelo·sos sina trincao. O ocana o julai nacombra yeque pasmanró. Na sina astio querelar chi. Nagémonos. Penchahelo sos sinao esgabarrao por yeque chinel.

Montparnase sólo hacía resistencia débilmente. El hecho es que aquellos cuatro hombres, con esa fidelidad que tienen los bandidos para no abandonarse nunca mutuamente, habían estado rondando toda la noche alrededor de la Fuerza, a pesar del peligro, con la esperanza de ver salir por algún tejado a Thenardier.

Pero la noche, que era para ellos muy hermosa, era un turbión que tenía todas las calles desiertas; el frío que les entumecía, sus vestidos mojados; su calzado roto, el ruido inquieto que había estallado en la cárcel, las horas que habían pasado, las patrullas que habían visto, la esperanza que iban perdiendo, el miedo que se iba apoderando de ellos; todo esto les impulsaba a retirarse. El mismo Montparnase, que era un poco yerno de Thenardier, cedía ya. Un momento más, y se hubieran ido. Thenardier estaba anhelante sobre la tapia, como los náufragos de la «Medusa» en la balsa, viendo pasar el buque y desaparecer en el horizonte.

No se atrevía a llamarlos; un grito que se oyese podía perderlo todo; se le ocurrió una idea desesperada: un relámpago. Sacó del bolsillo el cabo de la cuerda que Brujón había dejado en la chimenea del edificio nuevo y lo tiró a la cerca de la empalizada.

La cuerda cayó a los pies de los ladrones.

—¡Una viuda! —dijo Babet.

—Mi guindala —gritó Brujón.

—Ahí está el posadero —dijo Montparnase.

Levantaron la vista. Thenardier sacó un poco la cabeza.

—¡Pronto! —dijo Montparnase—. ¿Tienes el otro pedazo de cuerda, Brujón?

—Sí.

—Ata los dos cabos, le echaremos la cuerda; la sujetará a la pared y tendrá la suficiente para bajar.

Thenardier se arriesgó a hablar.

—Estoy transido.

—Te calentarás.

—No puedo moverme.

—Te deslizarás y nosotros te recibiremos.

—Tengo las manos hinchadas.

—Ata solamente la cuerda a la pared.

—¡No podré!

—Es preciso que uno de nosotros suba —dijo Montparnase.

—Tres pisos —dijo Brujón.

Un viejo conducto de yeso que había servido para una chimenea que se encendía en otro tiempo en la barraca, subía por la pared hasta el sitio en que estaba Thenardier. Este conducto, todo lleno de grietas y agujereado, se ha arruinado después; pero todavía se ven sus restos. Era muy estrecho.

—Por ahí podría subirse —dijo Montparnase.

—¿Por ese tubo? —exclamó Babet—. Es imposible que suba un manú; sólo podría hacerlo un chaval.

—Sólo un chaval —repitió Brujón.

—¿Y dónde encontrarle? —preguntó Tragamar.

—Esperad —dijo Montparnase—. Yo le tengo.

Entreabrió suavemente la puerta de la empalizada, se aseguró de que no pasaba nadie por la calle, salió con precaución, cerró la puerta tras de sí y partió corriendo hacia la Bastilla.

Pasaron siete u ocho minutos, que fueron ocho mil siglos para Thenardier; Babet, Brujón y Tragamar no despegaban los labios. Abrióse, por fin, la puerta y entró Montparnase sofocado, conduciendo a Gavroche. La lluvia tenía todavía la calle desierta.

Gavroche entró en el recinto y miró aquellas figuras de bandidos con aire tranquilo. El agua le chorreaba por los cabellos. Tragamar le dirigió la palabra:

—Chaval, ¿sinas manú?

Gavroche se encogió de hombros y respondió:

—Un chaval sasta mande sina un manú, y manú, y manúes sasta sangue sinan chavales.

—Baró parla el chaval —dijo Babet.

—El chavoró e París no es gilí —añadió Brujón.

—¿Qué queréis que haga? —dijo Gavroche.

Montparnase respondió:

—Subir por ese conducto.

—Con esta viuda —dijo Babet.

—Y luar la guindala —continuó Brujón.

—A lo alto de la pared —volvió a decir Babet.

—A través de la ventana —añadió Brujón.

—¿Y después? —preguntó Gavroche.

—Nada más —dijo Tragamar.

El pilluelo examinó la cuerda, la chimenea, la pared, las ventanas, e hizo ese inexplicable y desdeñoso ruido con los labios que significa: «¿Y qué vale eso?»

—Allá arriba hay un hombre a quien salvarás.

—¿Quieres? —preguntó Brujón.

—¡Chaval! —respondió el muchacho, como si le pareciese extraordinaria la pregunta, y se quitó los zapatos.

Tragamar cogió a Gavroche de un brazo, lo puso en el tejado de la barraca, cuyas tablas carcomidas se doblaban bajo el peso del niño, y le dio la cuerda que Brujón había atado durante la ausencia de Montparnase.

El pilluelo se dirigió al tubo, en el cual era fácil penetrar por una ancha abertura que tenía cerca del tejado. En el momento en que iba a subir, Thenardier, que veía aproximarse la salvación, se inclinó hacia afuera; la primera claridad del día blanqueaba su frente inundada de sudor, sus pómulos lívidos, su nariz afilada y salvaje, y su barba gris erizada. Gavroche le conoció:

—¡Calla! —dijo—. ¡Es mi padre! ¡Bah, no importa!

Y cogiendo la cuerda con los dientes, empezó resueltamente la subida.

Llegó a lo alto del paredón, se montó en él como en un caballo y ató sólidamente la cuerda a la viga superior de la ventana.

Un momento después, Thenardier estaba en la calle.

Así que puso los pies en el suelo, así que se vio fuera de peligro, no se sintió cansado, ni transido, ni tembloroso; las cosas terribles por que había pasado se desvanecieron como el humo; toda su extraña y feroz inteligencia se despertó, y se encontró de pie y libre, dispuesto a marchar adelante. Véase, pues, cuáles fueron las primeras palabras de aquel hombre.

—Y ahora, ¿qué vamos a comer?

Es inútil explicar el significado de esta horrible frase, horriblemente clara, que quiere decir, a la vez, matar, asesinar, robar. «Comer»; es decir, «devorar».

—Chivarémonos bien —dijo Brujón—. Acabemos en tres palabras y nos separaremos en seguida.

Había un negocio de buena cara en la calle de Plumet; una calle desierta, una casa aislada, una verja podrida que da a un jardín, mujeres solas.

—¡Y bien! ¿Por qué no? —preguntó Thenardier.

—Tu dugida Eponina ha ido a verlo —respondió Babet.

—Y ha dado un bizcocho a la Magnon —añadió Tragamar—. No hay nada que maquilar allí.

—La dugida no es gil —dijo Thenardier—. Sin embargo, bueno será verlo.

—Sí, sí —dijo Brujón—; lo veremos.

Mientras tanto, ninguno de estos hombres se acordaba de Gavroche, que durante este coloquio se había sentado en uno de los guardacantones de la empalizada; esperó algunos instantes, quizá a que su padre se volviese hacia él; después se puso los zapatos y dijo:

—¿Tengo más que hacer? Ya os saqué del apuro. Me voy. Tengo que ir a cuidar de mis párvulos.

Y se fue.

Los cinco hombres salieron uno tras otro de la empalizada.

Cuando Gavroche hubo desaparecido por la esquina de la calle de Ballets, Babet se llevó a Thenardier aparte.

—¿Te has fijado en ese chavalillo? —le preguntó.

—¿Qué chavalillo?

—El que ha escalado la pared y te ha llevado la cuerda.

—No mucho.

—Pues bien; no sé, pero me parece que es tu chavoro.

—¡Bah! —dijo Thenardier—. ¿Lo crees tú?

CAPÍTULO IV

EL CALÓ

«Pigritia» es una palabra terrible.

Engendra un mundo: el «piger», o sea el robo, y un infierno, el «pigror», o sea el hambre.

Es decir, que la pereza es una madre.

Tiene un hijo: el robo, y una hija: el hambre.

¿En dónde estamos en este momento? En el caló.

¿Y qué es el caló? Es todo a la vez: nación e idioma; es el robo bajo dos especies: pueblo y lengua.

Cuando hace treinta y cuatro años el narrador de esta grave y sombría historia introducía en un libro escrito con el mismo objeto que éste un ladrón hablando caló, se suscitó un asombro y un clamor: «¿Qué? ¿Cómo? ¡El caló! ¡El caló es horrible! Es la lengua de la chusma, del presidio, de las cárceles, de todo lo más abominable de la sociedad», etc.

Nunca hemos comprendido este género de objeciones.

Después, dos grandes novelistas, de los cuales uno es un profundo observador del corazón humano y el otro un intrépido amigo del pueblo, Balzac y Eugenio Sué, han hecho hablar a los bandidos en su lengua natural, como lo había hecho en 1828 el autor del «Último día de un reo de muerte», y se han suscitado las mismas exclamaciones: «¿Qué quieren los escritores con esa repugnante jerga? ¡El caló es horrible! ¡El caló hace estremecer!»

¿Quién lo niega? Sin duda.

Cuando se trata de sondear una llaga, un abismo o una sociedad, ¿desde cuándo es una falta descender demasiado, ir al fondo? Muchas veces hemos pensado que esto era un acto de valor, y, por lo menos, una acción inocente y útil, digna de la atención simpática que merece el deber aceptado y cumplido. ¿Por qué no se ha de explorar todo y no se ha de estudiar? ¿Por qué se ha de detener uno en el camino? El detenerse corresponde a la sonda, no al que sondea.

Ciertamente que ir a buscar en la última capa del orden social, allí donde concluye la tierra y empieza el fango; registrar en aquellas aguas espesas; perseguir, coger y arrojar palpitante a la superficie este idioma abyecto que gotea lodo sacado a la luz, este vocabulario pustuloso, en que cada palabra parece un anillo inmundo de un monstruo del cieno y de las tinieblas, no es ni una empresa cómoda ni seductora.

Nada es más lúgubre que contemplar así, desnudo a la luz del pensamiento, el hormiguero terrible del caló. En efecto, parece que es una especie de horrible fiera, hecha para vivir en la noche y que se ve arrancada de su cloaca. Se cree ver una horrible maleza viva y erizada que tiembla, se mueve, se agita, pide volver a la sombra, amenaza y mira. Tal palabra parece una garra; tal otra, un ojo apagado y sangriento; tal frase parece moverse como la tenaza de una langosta. Todas viven con esa vida repugnante de las cosas que están organizadas en la desorganización.

Pero ¿desde cuándo el horror excluye al estudio? ¿Desde cuándo la enfermedad rechaza al médico? ¿Qué se diría de un naturalista que se negase a estudiar la víbora, el murciélago, el escorpión, el ciempiés, la tarántula, y que los rechazase a las tinieblas, diciendo: «¡Oh, qué fealdad!»? El pensador que se alejase del caló se parecería a un cirujano que se apartase de una úlcera o de una verruga; sería un filólogo dudando examinar un hecho de la lengua; un filósofo dudando analizar un hecho de la humanidad. Porque, y es preciso decirlo a los que lo ignoran, el caló es al mismo tiempo un fenómeno literario y un resultado social. ¿Qué es el caló propiamente dicho? El caló es la lengua de la miseria.

Aquí podría interrumpirnos alguno; puede generalizarse el hecho, lo cual muchas veces es un medio de atenuarlo. Puede decírsenos que todos los oficios, todas las profesiones, y, casi podría añadirse, todos los accidentes de la jerarquía social y todas las formas de la inteligencia, tienen su caló especial. El comerciante, que dice: «Montpellier, disponible; Marsella, buena calidad»; el agente de cambio, que dice: «Cargo, prima, a la par»; el jugador, que dice: «Tercio y todo, fallo a espadas»; el ujier de las islas normandas, que dice: «El feudatario deteniéndose en su fundo no puede reclamar el fruto de este fundo durante el embargo hereditario de los inmuebles del renunciador»; el zarzuelista, que dice: «Han hecho bailar al oso»; el cómico, que dice: «Tengo un caballo blanco»; el filósofo, que dice: «Triplicidad fenomenal»; el cazador, que dice: «La res está encamada»; el frenólogo, que dice: «Amatividad, combatividad, secretividad»; el soldado de infantería, que dice: «Mi tambor»; el soldado de caballería, que dice: «A media rienda»; el maestro de esgrima, que dice: «Tercera, cuarta, a fondo»; el impresor, que dice: «Atanasia»; todos, impresor, maestro de esgrima, soldado de caballería o de infantería, frenólogo, cazador, filósofo, cómico, zarzuelista, ujier, jugador, agente de cambio y comerciante, todos hablan en caló.

El pintor, que dice: «El ambiente del cuadro»; el escribano, que dice: «He dejado el crimen»; el peluquero, que dice: «A media melena»; el zapatero, que dice: «Tapas», hablan caló. En rigor, y si se quiere, absolutamente todos esos modos de decir la derecha y la izquierda: el marinero, «a babor» y «a estribor»; el maquinista, «lado del patio y lado del jardín»; el perrero, «lado de la Epístola» y «lado del Evangelio», son caló. Hay caló de monas, como hay caló de sabidillas. El palacio de Rambouillet, es decir, la aristocracia y el lujo, confinaba con la Corte de los Milagros, es decir, con la pobreza y el vicio. Hay caló de duquesas, como demuestra la siguiente frase, escrita en un billete amoroso por una gran señora de la Restauración: «Hallaréis en esas chismerías una porción de razones para que yo me libertice.» Las cifras diplomáticas son caló. La Chancillería romana, diciendo «26» por «Roma», «grkztntgzyak» por «envío» y «abxustgruogrkzu tu» por «duque de Módena», habla caló. Los médicos de la Edad Media, que por decir zanahoria, rábano y nabo decían: «opoponpoch, pergrosohium, reptitalmus, dracatholicum angelorum, postmegorum», hablaban caló. El fabricante de azúcar, que dice: «Moscabada, terciada, bastarda, común, tostada, clarificada», este honrado industrial habla caló. Una escuela de crítica que decía hace veinte años: «La mitad de Shakespeare es un juego de palabras y retruécanos», hablaba caló. El poeta y el artista que con profundo sentido calificaron al señor de Montmorency de «un ciudadano» si no hubiese sido muy entendido en versos y estatuas, hablaron caló. El académico clásico que llama a las flores «flora»; a los frutos, «pomona»; al mar, «Neptuno»; al amor, «los fuegos»; a la belleza, «los atractivos»; a un caballo, «un corcel»; a la escarapela blanca o tricolor, «la rosa de Belona»; al sombrero de tres picos, «el triángulo de Marte», ese académico clásico habla caló. El Álgebra, la Medicina, la Botánica tienen su caló. El lenguaje que se emplea a bordo, ese admirable lenguaje de la mar, tan completo y tan pintoresco, que han hablado Juan Bart, Duquesne, Suiffren y Duperré, que se mezcla con el silbido de las cuerdas, con el ruido de la bocina, con el choque de abordaje, con el vaivén, con el viento, con la ráfaga, con el cañón, es un caló heroico y brillante, que es al terrible caló de la miseria lo que el león al chacal.

Sin duda. Pero, dígase lo que se quiera, este modo de comprender el caló tiene una extensión que no admitirá todo el mundo. En cuanto a nosotros, conservamos a esta palabra su antigua acepción precisa, circunscripta y determinada, y limitamos el caló al caló. El caló verdadero, el caló por excelencia, si es que estas dos palabras pueden reunirse, el caló inmemorial, no es, lo repetimos, más que la lengua fea, inquieta, socarrona, traidora, venenosa, cruel, torturosa, vil, profunda, fatal de la miseria.

Hay en el extremo del envilecimiento y del infortunio una última miseria que se rebela y que se decide a entrar en lucha contra el conjunto de los hechos felices y de los derechos reinantes; lucha horrible, que ora astuta, ora violenta, feroz y malsana a la vez, ataca el orden social a alfilerazos por medio del vicio, y a estocadas por medio del crimen. Para las necesidades de esta lucha, la miseria ha inventado una lengua de combate, que es el caló.

Hace sobrenadar y conservar sobre el olvido, sobre el abismo, aunque no sea más que un fragmento de una lengua cualquiera que ha hablado el hombre, y que de otro modo se perdería; es decir, uno de los elementos, buenos o malos, de que se compone o que complica la civilización social, es auxiliar a la misma civilización. Este servicio le ha hecho Plauto, queriéndolo o no, haciendo hablar el fenicio a los soldados cartagineses; este servicio le ha hecho Molière, haciendo hablar el levantino y toda clase de patuá a muchos de sus personajes.

Aquí vuelven a suscitarse las objeciones: el fenicio, ¡magnífico!; el levantino, ¡bueno!; el patuá, ¡pase!, son lenguas que han pertenecido a naciones o provincias; pero el caló, ¿para qué queréis conservar el caló? ¿Para qué hacer «sobrenadar» el caló?

A esto sólo responderemos una cosa. Ciertamente, la lengua que ha hablado una nación o una provincia es digna de interés, pero es más digna aún de atención y estudio la lengua que ha hablado la miseria.

La lengua que ha hablado en Francia, por ejemplo, por más de cuatro siglos no solamente una miseria, sino la miseria, toda la miseria humana posible.

Y, además, insistimos en ello, estudiar las enfermedades y las deformidades sociales, y designarlas para curarlas, no es una necesidad en que se permita la elección. El historiador de las costumbres y de las ideas no tiene una misión menos austera que el historiador de los sucesos. Éste tiene en la superficie de la civilización las luchas de las coronas, los nacimientos de los príncipes, los casamientos de los reyes, las batallas, las asambleas, los grandes hombres públicos, las revoluciones a la luz del día, todo lo exterior; el otro historiador tiene el fondo, el pueblo que trabaja, que padece y espera, la mujer oprimida, el niño que agoniza, las guerras sordas de hombre a hombre, las ferocidades oscuras, las preocupaciones, las alarmas fingidas, los efectos indirectos y subterráneos de las leyes, las evoluciones secretas de las almas, los estremecimientos indistintos de la multitud, los pobres que mueren de hambre, los que andan con los pies desnudos, los desheredados, los huérfanos, los desgraciados y los infames; todas esas larvas que andan vagando en la oscuridad. Le es necesario descender con el corazón lleno de caridad y de severidad a un mismo tiempo, como un hermano y como un juez, hasta esas casamatas impenetrables en que se arrastran confundidos los heridos y los que hieren, los que lloran y los que maldicen, los que ayunan y los que devoran, los que sufren el mal y los que lo cometen. Estos historiadores de los corazones y de las almas, ¿tienen acaso deberes menos importantes que los historiadores de los hechos exteriores? ¿Se cree que Dante tiene que decir menos que Maquiavelo? ¿Acaso lo inferior de la civilización, sólo porque es más sombrío y más profundo, es menos importante que lo superior? ¿Se conoce bien la montaña cuando no se conoce la caverna?

Pero consignemos aquí, antes de ir más adelante, que, a pesar de las palabras anteriores, no puede inferirse que haya entre las dos clases de historiadores una diferencia, una barrera que no existe en nuestra mente. Nadie puede ser un buen historiador de la vida patente, visible, alumbrada, pública de los pueblos si no es al mismo tiempo, y en cierta magnitud, historiador de su vida profunda y oculta, y nadie es buen historiador de lo interior si no sabe ser, siempre que sea necesario, historiador de lo exterior.

La historia de las costumbres y de las ideas penetra la historia de los sucesos, y recíprocamente. Son dos órdenes de hechos diferentes que se corresponden, que se encadenan siempre y se engendran mutuamente con frecuencia. Todas las líneas que la Providencia traza en la superficie de una nación tienen sus paralelas sombrías, pero claras en el fondo, y todas las convulsiones del fondo producen levantamientos en la superficie. Como la verdadera historia se introduce en todo, el verdadero historiador tiene que introducirse en todo.

El hombre no es un círculo de un solo centro; es una elipse de dos focos: uno lo constituyen los hechos; otro, las ideas.

El caló no es más que un disfraz con que se cubre la lengua cuando va a hacer algo malo. Se reviste de palabras con máscara y de metáforas con harapos.

Y así se hace horrible.

Cuesta trabajo conocerla. ¿Es la lengua francesa esa gran lengua humana? Ahí está dispuesta a entrar en escena y a dar la réplica al crimen, propia para todos los empleos del repertorio del mal. No progresa, cojea, cojea con la muleta de la Corte de los Milagros, muleta que se metarmofosea en una maza; se llama truhanería. Todos los espectros, que son sus camareros, le han estropeado. Se arrastra y se levanta, lo cual constituye el doble movimiento del reptil. Es propia para todos los papeles. La ha hecho ambigua el falsario, verdegrís el envenenador; está carbonizada por el hollín del incendiario; el asesino le presta el color rojo.

Cuando se escucha del lado de las personas honradas a la puerta de la sociedad, se sorprende el diálogo de los que están fuera. Se oyen las preguntas y las respuestas. Se percibe, sin comprenderlo, un murmullo repugnante que suena casi como la voz humana; pero que se aproxima más al aullido que a la palabra. Es el caló. Las palabras son deformes y están impregnadas de una especie de bestialidad fantástica. Parece que se oye hablar a hidras.

Este lenguaje es lo ininteligible en lo tenebroso; rechina y cuchichea, y completa el crepúsculo con el enigma. La noche mora en la desgracia; pero es aún más tenebrosa en el crimen. Estas dos negras sombras amalgamadas componen el caló. Oscuridad en la atmósfera, oscuridad en las acciones, oscuridad en las palabras. Espantosa lengua reptil que va, viene, salta, se arrastra, babea y se mueve monstruosamente en esa inmensa bruma oscura, compuesta de lluvia, de noche, de hambre, de vicio, de mentira, de injusticia, de desnudez, de asfixia y de invierno. Mediodía de los miserables.

¡Compadezcamos a los castigados! ¡Ah! ¿Qué somos nosotros mismos? ¿Qué soy yo que os hablo en este momento? ¿Qué sois vosotros que me escucháis? ¿De dónde venimos? ¿Estamos seguros de no haber hecho nada antes de haber nacido? La Tierra no deja de tener semejanza con un presidio. ¡Quién sabe si el hombre no es más que un sentenciado de la justicia divina! Mirad la vida de cerca y veréis que en toda ella se encuentra el castigo.

¿Sois lo que se llama un ser feliz? Estáis triste todos los días. Cada día tiene su disgusto y su pequeño cuidado. Ayer temblabais por una salud que os es querida, hoy teméis por la vuestra, mañana tendréis una inquietud por el dinero, pasado mañana os inquietará la diatriba de un calumniador, el otro la desgracia de un amigo, después el tiempo que hace, después cualquier cosa que se rompa o se pierda, después un placer que la conciencia o la columna vertebral os echan en cara, otra vez la marcha de los negocios públicos. Y esto sin contar las penas del corazón, y así sucesivamente. Apenas se disipa una nube se forma otra; apenas hay un día de sol y de alegría entre ciento. Y, sin embargo, sois del pequeño número que goza de la felicidad. En cuanto a los demás hombres, la eterna noche se cierne sobre ellos.

Los ánimos reflexivos usan muy poco esta locución: los felices y los desgraciados. En este mundo, vestíbulo de otro, evidentemente, no hay seres felices.

La verdadera división humana es ésta: los luminosos y los tenebrosos.

Disminuir el número de los tenebrosos, aumentar el de los luminosos: tal es el grande objeto. Por eso gritamos: ¡Enseñanza! ¡Ciencia! Aprender a leer es encender el fuego; toda sílaba deletreada brilla.

Pero el que dice luz no dice necesariamente goces. También se padece en la luz, porque el exceso quema. La llama es enemiga de las alas. Arder sin cesar de volar es el prodigio del genio.

Cuando sepáis y améis, padeceréis aún. El día nace con lágrimas. Los luminosos lloran aunque no sea más que por los tenebrosos.

El caló es la lengua de los tenebrosos.

El pensamiento se conmueve en sus más sombrías profundidades; la filosofía social se sumerge en las meditaciones más dolorosas en presencia de este enigmático dialecto, a un mismo tiempo humillado y rebelde.

Allí es donde se encuentra el castigo visible. Cada sílaba tiene una significación marcada.

Las palabras de la lengua vulgar se presentan en el caló como contraídas y retorcidas por el hierro enrojecido del verdugo, y algunas parecen que están humeando aún. Tal frase produce el mismo efecto que la marca de la flor de lis de un ladrón a quien se desnuda de repente. La idea se opone siempre a dejarse expresar por estos sustantivos perseguidos por la Justicia. La metáfora es algunas veces tan descarada, que se conoce que ha estado en la argolla.

Por lo demás, y a pesar de todo esto y aun a causa de todo esto, esa jerga extraña tiene de derecho su habitación en el gran estante imparcial, en que hay un sitio para el ochavo oxidado como para la medalla de oro, y que se llama Literatura. El caló, quiérase o no se quiera, tiene su sintaxis y su poesía. Es una lengua, y si en la deformidad de ciertos vocablos se conoce que ha sido mascullada por Mandrin, en el esplendor de ciertas metonimias se descubre que la ha hablado Willon.

El siguiente verso, tan exquisito y tan célebre:

¿Do están las nieves de antaño?

es un verso de caló. Antaño —«ante ansum»— es una palabra de caló de Túnez, que significa el «año pasado». Hace treinta y cinco años aún podía leerse, en la época de la salida de la gran cadena de 1827, en uno de los calabozos de Bicetre, esta máxima, grabada con un clavo en la pared por un rey de Túnez condenado a galeras: «O challí d'antaño chalaban "siempre" por a bar de Coesres.» Lo que quiere decir: «Los reyes de otro tiempo iban siempre a hacerse consagrar.» Para aquel rey la consagración era el presidio.

La palabra «decarede», que significa la partida de un carruaje pesado al galope, se atribuye a Willon, y es digna de él. Esta palabra, que echa fuego por las cuatro patas, resume en una onomatopeya magistral el admirable verso de Lafontaine:

Tiraban de un coche seis fuertes caballos

Desde el punto de vista puramente literario, pocos estudios serán más curiosos y más fecundos que el del caló. Es una lengua dentro de la lengua común; una especie de excrescencia enfermiza, un injerto malsano que ha producido una vegetación, planta parásita que tiene sus raíces en el viejo tronco galo y cuyo siniestro follaje se arrastra por un lado de la lengua. Esto es lo que podría llamarse el primer aspecto, el aspecto vulgar del caló. Mas para los que estudian la lengua como deben estudiarla, es decir, como los geólogos estudian la Tierra, el caló se presenta como un verdadero aluvión.

Según que se ahonda más o menos, se encuentra en el caló, por bajo del antiguo francés popular, el provenzal, el español, el italiano, el levantino, esa lengua de los puertos del Mediterráneo, el inglés y el alemán, el romance en sus tres variedades: el romance francés, el romance italiano, el romance romano, el latín y, en fin, el vasco y el celta. Formación extraña y oscura. Edificio subterráneo construido en camón por todos los miserables. Cada raza maldita ha formado una capa, cada padecimiento ha dejado caer una piedra, cada corazón ha dado un guijarro. Una multitud de almas criminales, bajas e irritadas, que han atravesado la vida y han ido a desvanecerse en la eternidad, están allí casi completas y en cierto modo visibles aún, bajo la forma de una palabra monstruosa.

¿Se quieren voces españolas? El antiguo caló gótico las tiene en abundancia. Ahí están «boffete», que viene de bofetón; «vantana», después «vanterna», que viene de ventana; «gat», que viene de gato; «acite», que viene de aceite. ¿Se quieren voces italianas? «Spade», que viene de «spada»; «carvel», barco, que viene de «caravella». ¿Se quieren inglesas? «Bichott», obispo, que viene de «bishop»; «raille», espía, que viene de «rascal», «rascalion», pillo; «pilche», estuche, que viene de «pilcher», vaina. ¿Se quieren alemanas? «Caleur», mozo, de «keller»; «hers», amo, de «herzog», duque. ¿Se quieren latinas? «Frangir», romper, de «frangere»; «affurer», robar, de «fur»; «cadene», cadena, de «catena». Hay una palabra que reaparece en todas las leyendas del continente con una especie de poder y autoridad misteriosa: la palabra «magnus». Escocia ha sacado de ella «mac», con que designa al jefe del «Clan»: Mac-Faralane, Mac-Callummore: el gran Faralane, el gran Callummore. El caló ha sacado «meck» y después «meg»; es decir, Dios. ¿Se quieren voces vascongadas? «Gahisto», el diablo, que viene de «gaiztoa», malo; «sorgabon», buenas noches, que viene de «gabon», buenas noches. ¿Se quieren celtas? «Blavin», pañuelo, que viene de «blavet», agua que corre; «menesse», mujer (en mal sentido), que viene de «meinec», lleno de piedras; «barant», arroyo, de «baranton», fuente; «goffeur», cerrajero, de «gof», herrero; «guedouze», muerte, de «quenu-du», blanco negro. ¿Se quiere, en fin, la historia? El caló llama a los escudos «malteses», en recuerdo de la moneda que corría en las galeras de Malta.

Además de los orígenes filológicos que acabamos de indicar, el caló tiene otras raíces más naturales aún, y que salen, por decirlo así, del mismo espíritu del hombre.

En primer lugar, hay que notar la creación directa de las palabras que constituye el misterio de las lenguas. Pintar con palabras que tienen figura, aunque no se sepa cómo ni por qué, es el fondo primitivo de toda lengua humana; es lo que podría llamarse el granito de su construcción. El caló abunda en palabras de este género: palabras inmediatas, hechas de una pieza, no se sabe cómo ni por qué, sin etimología, sin analogía, sin derivados; palabras solitarias, bárbaras, repugnantes algunas veces, que tienen una singular fuerza de expresión y que viven. El verdugo, el «taule»; el bosque, el «sabrí»; el miedo, la fuga, «taf»; el lacayo, el «carbin»; el general, el prefecto, el ministro, «pharos»; el diablo, el «rabouin». Nada es más extraño que estas palabras que disfrazan y presentan la idea. Algunas, como el «rabouin», son, al mismo tiempo, grotescas y terribles y producen el efecto de un gesto ciclópeo.

En segundo lugar viene la metáfora, porque lo más propio de una lengua que quiere decirlo todo y ocultarlo todo es la abundancia de figuras. La metáfora es un enigma en que se refugian el ladrón que medita un golpe y el preso que combina una evasión. No hay ningún idioma más metafórico que el caló. «Trincar por el tronco», agarrar por el cuello; la «nube», la capa; «hacinar a uno», juzgarle; un «ratón», un ladrón de pan; «dardear», «picar», llover, figura antigua y asombrosa, que lleva su fecha en sí misma y asimila las largas líneas oblicuas de la lluvia a las picas espesas e inclinadas de los lansquenetes, y que contiene, en una sola palabra, la metonimia popular «llueven chuzos». Algunas veces, a medida que el caló pasa de la primera época a la segunda, las palabras pasan del estado salvaje y primitivo al sentido metafórico.

El diablo cesa de ser el «rabouin» y se convierte en el «panadero», el que anda en el horno. Esta significación es más ingeniosa, pero menos grande; es una cosa como Racine después de Corneille, como Eurípides después de Esquilo.

Ciertas frases del caló que corresponden a las dos épocas, y tienen, a la vez, el carácter bárbaro y metafórico, parecen un efecto fantasmagórico. «Los murcios van a chorar queles a la luna». Esto pasa por la mente como un grupo de espectros; no se sabe lo que se ve.

En tercer lugar, tenemos la modificación. El caló vive de la lengua y la usa a su capricho; la emplea al acaso, y se limita muchas veces, cuando tiene necesidad, a desnaturalizar la sumaria y gravemente. A veces, con las palabras usuales así transformadas y complicadas con palabras de caló puro, compone locuciones pintorescas, en que se descubre la mezcla de los dos elementos precedentes: la creación directa y la metáfora.

> *Del estaripen me sacan*
> *a caballito en un quel,*
> *por toda la polvorosa*
> *zurrándome el barandel.*

El «forio» es un «gilí», la «foria» es «garlicha«, y la «dugida», «juncal»: el ciudadano es tonto, la ciudadana es astuta, la hija es bonita.

Muchas veces, con objeto de hacer perder la pista a los que escuchen, el caló se limita a añadir indistintamente a todas las palabras de la lengua una especie de cola innoble, una terminación o una anteposición en «cuti» o en «di». Por ejemplo: «¿Tite tipatiretice tibuetino tiestecuti guitisatidoti?» ¿Te parece bueno este guisado?, frase dirigida por Cartucho a un carcelero para saber si le convenía la cantidad ofrecida por la evasión. Más recientemente se ha añadido la terminación en «mar».

El caló, siendo el lenguaje de la corrupción, se corrompe muy pronto; además, como trata siempre de ocultarse, así que se ve comprendido se transforma. Al contrario de lo que sucede en toda vegetación, en el caló el rayo de luz mata lo que toca. Así el caló va descomponiéndose y recomponiéndose sin cesar; trabajo rápido y oscuro que no se detiene nunca. El caló camina más en diez años que la lengua en diez siglos.

Así, el «larton» se convierte en «lartif»; el «gail», en «gaye»; la «fertanche», en «fertille»; el «momignard», en «momacque»; los «fiques», en «fruques»; la «chiche», en «egregeoir»; el «calabre», en «colas». El diablo es primero «gahisto», después el «rabouin», después el «panadero»; el sacerdote es el «ratichon», después el «jabalí»; el puñal es el «veintidós», después el «surin», después el «lingre»; los polizontes son «railles», después «roussins», después «rousses», después «comerciantes de lazos», después «coqueurs», después «cognes»; el verdugo es el «taules», después «Carlitos», después el «buchí», después el «cojuelo». En el siglo XVII, reñir es «darse para tabaco»; en el XIX es «darse de mojadas». Veinte locuciones distintas han pasado entre estos dos extremos. Cartucho hablaría en griego para Lacenaire. Todas las palabras de esta lengua están perpetuamente en fuga, como los hombres que las pronuncian.

Sin embargo, de tiempo en tiempo, y a causa de este mismo movimiento, reaparece el antiguo caló y se hace nuevo. Tiene sus capitales donde se conserva. El Temple conservaba el caló del siglo XVII; Bicetre, cuando era cárcel, conservaba el caló de Túnez; allí se oía la antigua terminación en «anche» de los antiguos tunecinos. «Bebeanches tú», bebes tú; «areyanches», cree. Pero no por eso es menos ley el movimiento perpetuo.

Si el filósofo, para observarla, llega a fijar por un momento esta lengua, que se evapora sin cesar, cae en dolorosas y útiles meditaciones. Ningún estudio es más eficaz y más fecundo en enseñanzas. No hay una metáfora ni una etimología del caló que no contenga una lección. Entre esos hombres «golpear» quiere decir «hender»; la astucia es su fuerza.

Para ellos, la idea del hombre no se separa de la idea de la sombra. La noche se dice la «sorgue»; el hombre, el «orgue». El hombre es un derivado de la noche.

Se han acostumbrado a considerar la sociedad como una atmósfera que les mata, como una fuerza fatal, y hablan de su libertad como hablarían de su salud. Un hombre preso es un «enfermo»; un hombre condenado es un «muerto».

Lo más terrible para el encarcelado en las cuatro paredes de piedra que le sepultan es una especie de castidad glacial; al calabozo le llama el «casto». En ese lugar fúnebre, la vida exterior se presenta siempre bajo el más grato aspecto; el preso tiene grillos en los pies. ¿Creéis, acaso, que piensa en que se anda con los pies? No; piensa en que se baila con los pies; así, en el momento en que consigue limar los grillos, su primera idea es que puede bailar, y llama a la lima «la bailadora». Un hombre es un «centro», profunda asimilación. El bandido tiene dos cabezas: la una que razona sus acciones y le guía toda su vida; la otra, que tiene sobre sus hombros el día de su muerte; llama a la cabeza que le aconseja el crimen «la soborna», y a la cabeza que expía, «el troncho». Cuando un hombre no tiene más que harapos sobre el cuerpo y vicios en el corazón, cuando ha llegado a esa doble degradación material y moral que caracteriza en sus dos aceptaciones la palabra «miserable», es lo más propio para el crimen; es como un cuchillo bien afilado, tiene dos filos: su miseria y su maldad; así el caló no dice un «miserable»; dice un «choré». ¿Qué es el presidio? Un brasero de condenación, un infierno. El forzado se llama un «sarmiento». En fin, ¿qué nombre dan los malhechores a la cárcel? El «colegio».

Todo un sistema penitenciario puede salir de esta palabra.

¿Se quiere saber de dónde han salido la mayor parte de las canciones del presidio, esos refranes, llamados en el vocabulario especial las «lirlonfas»? Pues oíd.

Había en el Chatelet de París un subterráneo muy grande que estaba ocho pies más bajo que el nivel del Sena. No tenía ni ventanas ni respiraderos; la única abertura era la puerta. Los hombres podían entrar allí; el aire, no. Esta cueva tenía por techo una bóveda de piedra, y por suelo, diez pulgadas de fango. Había sido enlosada; pero el enlosado se había podrido y abierto con el agua rezumada. A ocho pies por encima del suelo, una larga y gruesa viga atravesaba el subterráneo de parte a parte, y de esa viga caían, de distancia en distancia, cadenas de tres pies de longitud, en cuyo extremo había una argolla. En aquella cueva se encerraba a los condenados a galeras hasta que salían para Tolón.

Se les llevaba hasta ponerlos debajo de la viga, donde a cada uno esperaba una cadena oscilando en las tinieblas. Las cadenas, es decir, los brazos colgando, y las argollas, es decir, las manos abiertas, cogían a aquellos miserables por el cuello. Se remachaba el hierro y se los dejaba allí. La cadena era demasiado corta y no podían echarse; permanecían inmóviles en la cueva, en aquella oscuridad, bajo aquella viga, casi colgados, haciendo esfuerzos inauditos para alcanzar el pan o el cántaro, con la bóveda sobre la cabeza y el lodo hasta media pierna; corriendo sus excrementos por sus muslos, rendidos de fatiga, doblándose por las caderas y por las rodillas, agarrándose con las manos a la cadena para descansar, sin poder dormir más que de pie, despertándose a cada instante porque les ahogaba la argolla; algunos no volvían a despertar. Para comer, subían con el talón a lo largo de la pierna hasta la mano el pan que se les arrojaba en el lodo. ¿Y cuánto tiempo estaban así? Un mes, dos meses, seis meses; uno estuvo un año. Aquello era la antecámara de las galeras, y se entraba allí por haber robado una liebre al rey. ¿Y qué hacían en aquel sepulcro-infierno? Lo que se puede hacer en un sepulcro: agonizaban; y lo que se puede hacer en un infierno: cantaban; porque cuando ya no queda esperanza, queda aún el canto.

En las aguas de Malta, cuando una galera se aproximaba, oíase el canto antes que los remos. El pobre cazador furtivo Survincent, que había estado en el subterráneo de Chatelet, decía: «Las rimas me han sostenido.» Inutilidad de la poesía. ¿Para qué sirve la rima? En aquel subterráneo nacieron casi todas las canciones del caló. Del calabozo del gran Chatelet de París salió el melancólico mote de la galera de Montgomery: «Timalumisen timalumison.»

Por más que se haga, nunca se podrá borrar del corazón del hombre el amor.

En ese mundo de acciones sombrías se guarda el secreto. El secreto es de todos; el secreto para esos miserables es la unidad que sirve de base a la unión. Romperle es arrancar a cada miembro de esta comunidad terrible alguna cosa de sí mismo. Denunciar, en el enérgico lenguaje del caló, es «comer el pedazo». Como si el denunciador se llevase un poco de la sustancia de todos y se alimentase con un trozo de carne de cada uno.

¿Qué es recibir un bofetón? La metáfora responde: «Es ver las estrellas.» Aquí interviene el caló, y dice: «candelillas», «humazo», y el lenguaje usual francés da al bofetón («soufflet») por sinónimo «humazo» («camouflet»). Así, por una especie de penetración de abajo arriba, la metáfora, esa trayectoria incalculable, hace subir al caló desde la caverna a la Academia. Poulaillier, diciendo: «Enciendo mi candela» («camouflet»), hace escribir a Voltaire: «Law laviel a Beaumelle merecen cien bofetones» («camouflets»).

Las investigaciones sobre el caló traen un descubrimiento a cada paso. El estudio profundo de este extraño idioma nos lleva al misterioso punto de intersección de la sociedad regular con la sociedad maldita.

El ladrón tiene también su carne de cañón, la materia robable, vosotros, yo, cualquiera que pasa; el «pantre» (pan), todo el mundo.

El caló es el verbo hecho presidiario.

Y realmente asusta que el principio pensante del hombre pueda ser llevado tan abajo y arrastrado y oprimido allí por las oscuras tiranías de la fatalidad; que pueda estar sujeto por desconocidos vínculos en ese precipicio.

¡Oh, pobre pensamiento de los miserables!

¡Ah! ¿No acudirá nadie al socorro del alma humana que yace en esa sombra? ¿Será su destino esperar en ella para siempre el espíritu, el libertador, el inmenso jinete de los pegasos y de los hipogrifos, el soldado de color de aurora que desciende del azul entre dos alas, el radiante caballero del porvenir? ¿Llamará siempre en vano a su auxilio la lanza de luz del ideal? ¿Está condenada a oír llegar espantosamente en el espesor del abismo al Mal, y a entrever, cada vez más cerca, bajo las aguas repugnantes, esa cabeza de dragón, esa boca arrojando espuma, esa ondulación serpenteante de garras, de hinchazones y de anillos? ¿Será preciso que viva allí sin un resplandor, sin esperanza, entregado a esa aproximación formidable y vagamente sentida del monstruo, temblorosa, con el cabello suelto, retorciéndose los brazos, encadenada para siempre a la roca de la noche, sombría Andrómeda, pálida y desnuda en las tinieblas?

Como hemos dicho, el caló completo, el caló de hace cuatrocientos años, como el caló de hoy, está penetrado de ese tenebroso espíritu simbólico que da a todas las palabras, ya un aspecto dolorido, ya un aire amenazador. Se descubre en ellas la antigua y terrible tristeza de los truhanes de la Corte de los Milagros, que jugaban a las cartas con naipes especiales, de los cuales se han conservado algunos. El ocho de bastos, por ejemplo, representaba un gran árbol con ocho grandes hojas de trébol, especie de personificación fantástica del bosque. Al pie del árbol se veía una hoguera, en que tres liebres asaban a un cazador en el asador y detrás, en otra hoguera, una marmita humeante, de donde salía la cabeza de un perro.

Nada más lúgubre que estas represalias en pintura, y en una baraja, en presencia de las hogueras que quemaban a los contrabandistas y de la caldera en que se cocían los monederos falsos. Las diversas formas que tomaba el pensamiento en el reino del caló, hasta la canción, hasta la burla, hasta la amenaza, tenían ese carácter impotente y humillado.

Todas las canciones cuya música se ha conservado alguna vez eran humildes y lastimeras. El «pigre» se llamaba «pobre pigre», y siempre es la liebre que se oculta, el ratón que se escapa, el pájaro que huye. Apenas reclama; se limita a suspirar; uno de sus gemidos ha llegado hasta nosotros: «Mande na jabillo sasta Debel, o batu de menuces, asti traelar a desqueres chavorros y junelar desqueres bariches bari traelarse.»

El miserable, siempre que tiene tiempo de pensar, se hace pequeño ante la ley y despreciable ante la sociedad; se echa boca abajo, suplica, se vuelve hacia la piedad; se conoce que sabe sus faltas.

Hacia mediados del último siglo se verificó un cambio. Las canciones de la cárcel, los ritornelos de los ladrones, tomaron, por decirlo así, un gesto insolente y jovial. El quejumbroso «maluré» fue reemplazado por «larifla». En el siglo XVIII vuelve a encontrarse en casi todas las canciones de las galeras y de los presidios una alegría diabólica y enigmática. Se oye este estribillo estridente, que parece iluminado por una luz fosfórica y arrojado en un bosque por un fuego fatuo, tocando el pífano:

> Mirlababi surlababo
> Mirlitón ribonirbete,
> Surlababi mirlibabo
> Mirlitón riboribo.

Esto se cantaba mientras se degollaba un hombre en una cueva o en un escondrijo del bosque.

Síntoma grave. En el siglo XVIII, la antigua melancolía de esas tristes clases se disipa: se echan a reír, se burlan del gran «Debel» y del gran «benguistano». Desde el tiempo de Luis XV le llaman al rey de Francia «el marqués de París». Ya están casi alegres. Una especie de ligera luz sale de estos miserables, como si la conciencia no les pesase nada. Esas lastimeras tribus de la sombra no tienen ya solamente la audacia desesperada de las acciones, sino también la osadía negligente del ingenio. Indicio de que pierden el sentimiento de su criminalidad y de que encuentran hasta entre los pensadores y los utopistas un apoyo que desconocen ellos mismos; indicio de que el robo y el pillaje comienzan a infiltrarse hasta en las doctrinas y en los sofismas de manera que pierden algo de su fealdad, prestando una gran parte de ella a los sofismas y a las doctrinas; indicio, en fin, si no se distrae esta corriente, de que se aproxima una explosión prodigiosa.

Detengámonos aquí un momento. ¿A quién acusamos? ¿Al siglo XVIII? ¿A su filosofía? No, ciertamente. La obra del siglo XVIII es sana y buena. Los enciclopedistas, con Diderot a la cabeza; los fisiócratas, con Turgot a la cabeza; los filósofos, con Voltaire a la cabeza; los utopistas, con Rousseau a la cabeza, son las cuatro legiones sagradas a las cuales se debe el inmenso paso dado por la Humanidad hacia la luz. Son las cuatro vanguardias del género humano, dirigiéndose a los cuatro puntos cardinales del progreso. Diderot, a lo bello; Turgot, a lo útil; Voltaire, hacia lo verdadero; Rousseau, hacia lo justo.

Pero al lado y por bajo de los filósofos estaban los sofistas, vegetación venenosa mezclada con el progreso saludable, cicuta en un bosque virgen. Mientras que el verdugo quemaba en el atrio del Palacio de Justicia los grandes libros libertadores del siglo, escritores hoy olvidados publicaban, con privilegio del rey, ciertos escritos extrañamente desorganizadores, ávidamente leídos por los miserables. Algunas de estas publicaciones, patrocinadas, cosa singular, por un príncipe, se encuentran en la «Biblioteca secreta». Estos hechos profundos, pero ignorados, no eran conocidos en la superficie. Algunas veces la oscuridad de un hecho constituye un peligro; es oscuro porque es subterráneo. De todos los escritores, el que quizá ahondó en las masas la galería más insalubre fue Restif de la Bretonne.

Este trabajo, común a toda Europa, hizo más estragos en Alemania que en ninguna otra parte. En Alemania, durante cierto período, resumido por Schiller en su famoso drama «Los bandidos», el robo y el pillaje se erigían en protesta contra la propiedad y el trabajo; se asimilaban ciertas ideas elementales, especiosas y falsas, justas en apariencia, absurdas en realidad; se envolvían en estas ideas, desaparecían en ellas en cierto modo; tomaban un nombre abstracto y pasaban al estado de teoría, y de esta manera circulaban entre la multitud laboriosa, paciente y honrada, sin noticia de los mismos químicos imprudentes que habían preparado la mixtura, sin saberlo las masas que la aceptaban. Siempre que se verifica un hecho de ese género es muy grave. El padecimiento engendra la cólera, y mientras que las clases prosperan, se ciegan o se adormecen, lo cual es siempre cerrar los ojos, el odio de las clases desgraciadas enciende su antorcha a la luz de algún ánimo tétrico o contrahecho, que sueña en un rincón, y con ella se pone a examinar la sociedad. ¡El examen del odio! ¡Cosa terrible!

De aquí provienen, si la desgracia de los tiempos lo quieren, esas terribles conmociones que antes se llamaban «jacquerías», a cuyo lado las agitaciones puramente políticas son juegos de niños, que no son ya la lucha del oprimido contra el opresor, sino la rebelión del malestar contra el bienestar. Todo se derrumba entonces.

Las «jacquerías» son temblores del pueblo.

Este peligro, inminente quizá en Europa a finales del siglo XVIII, fue el que vino a detener la Revolución francesa, ese acto inmenso de probidad.

La Revolución francesa, que no es más que lo ideal armado de la espada, se levantó, y con el mismo movimiento brusco cerró la puerta del mal y abrió la puerta del bien.

Desprendió la cuestión de todo lo que la oscurecía, promulgó la verdad, expulsó el miasma, sanificó el siglo y coronó al pueblo.

Puede decirse de ella que ha creado al hombre por segunda vez, dándole una segunda alma: el derecho.

El siglo XIX hereda y beneficia su obra, y hoy la catástrofe social que hemos indicado hace poco es simplemente imposible. Denunciarla es ceguedad; temerla, necedad. La revolución es la vacuna de la «jacquería».

Gracias a la revolución, las condiciones sociales han cambiado. Las enfermedades feudales y monárquicas no están ya en nuestra sangre; ya no hay nada de la Edad Media en nuestra constitución. No estamos ya en aquellos tiempos en que horribles palpitaciones interiores hacían una irrupción, en que se oía bajo los pies el oscuro rumor de un ruido sordo, en que aparecían en la superficie de la civilización ciertos levantamientos de galerías secretas, en que el suelo se abría, en que se abrían las bóvedas de las cavernas y se veían salir, de repente, de la tierra, cabezas monstruosas.

El sentido revolucionario es un sentido moral.

El sentimiento del derecho desarrollado expone el sentimiento del deber. La ley de todos es la libertad, que concluye donde empieza la libertad de otro, según la admirable definición de Robespierre.

Desde 1789, el pueblo entero se dilata en el individuo realzado; no hay ningún pobre que, teniendo su derecho, no tenga su rayo de luz; el hambriento siente dentro de sí mismo la honradez de Francia; la dignidad del ciudadano es una armadura interior; el que es libre es escrupuloso; el que vota, reina. De aquí proviene la incorruptibilidad; de aquí el aborto de esas ambiciones funestas; de aquí el que los ojos se bajen heroicamente ante las tentaciones.

El saneamiento revolucionario es tal, que en un día de libertad, en un 14 de julio, en un 10 de agosto, no hay populacho. El primer grito de la multitud iluminada y engrandecida es «¡Pena de muerte al ladrón!» El progreso es honrado; lo ideal y lo absoluto no encubren nada. ¿Quién escoltó en 1848 los furgones que llevaban las riquezas de las Tullerías? Los traperos del arrabal de San Antonio.

El harapo hizo la guardia ante el tesoro; la virtud hizo resplandecientes a estos haraposos. En aquellos furgones estaba, en cajas apenas cerradas o entreabiertas, entre cien estuches brillantes, la antigua corona de Francia, toda de diamantes, terminada por el carbunclo de la monarquía, es decir, por el regente, que vale treinta millones de francos. Con los pies descalzos guardaban aquella corona.

Acabóse pues la «jacquería». Lo siento por los hábiles. Con ella se va el temor que ha causado su último efecto y que no podrá ya ser empleado en política; se ha roto el resorte del espectro rojo, todo el mundo lo sabe; el espantajo no espanta ya; los pájaros se toman familiaridades con el maniquí; los gorriones se posan en él, los ciudadanos se ríen de él.

Siendo esto así, ¿se ha disipado todo peligro social? No. No hay ya «jacquería»; la sociedad puede estar tranquila por este lado. No se le subirá ya la sangre a la cabeza; pero medite en el modo con que respira. La apoplejía no es de temer, pero sí la tisis. La tisis social se llama miseria.

Lo mismo se muere minado que aplastado.

No nos cansaremos de repetirlo: pensar, ante todo, en la multitud desheredada y dolorida; consolarla, darle aire y luz, amarla, ensanchar magníficamente su horizonte, prodigarle la educación bajo todas sus formas, ofrecerle el ejemplo del trabajo, nunca el de la ociosidad; aminorar el peso de la carga individual, aumentando la noción del fin universal; limitar la pobreza sin limitar la riqueza, crear vastos campos de actividad pública y popular, tener, como Briareo, cien manos que tender por todas partes a los débiles y a los oprimidos; emplear el poder colectivo en ese gran deber de abrir talleres a todos los brazos, escuelas a todas las aptitudes y laboratorios a todas las inteligencias; aumentar el salario; disminuir el trabajo, equilibrar el deber y el haber; es decir, proporcionar el goce al esfuerzo y la sociedad a la necesidad; en una palabra: hacer despedir al aparato social más claridad y más bienestar en provecho de los que padecen y de los que ignoran; ésta es, que las almas simpáticas no lo olviden, la primera de las obligaciones fraternales; ésta es, que los corazones egoístas lo sepan, la primera de las necesidades políticas.

Y, sin embargo, todo esto no es más que un principio. La verdadera cuestión es ésta: el trabajo no puede ser una ley sin ser un derecho.

No insistimos más, porque no es éste el lugar de hacerlo.

Si la Naturaleza se llama Providencia, la sociedad debe llamarse Previsión.

El crecimiento intelectual y moral no es menos indispensable que el mejoramiento material. La ciencia es un viático; el pensamiento es de primera necesidad; la verdad es un alimento como el trigo. Una razón sin ciencia y sin prudencia se enflaquece. Compadezcamos, lo mismo que a los estómagos, a los ánimos que no comen. Si hay algo más doloroso que un cuerpo agonizante por falta de alimento, es un alma que muere de hambre de luz.

El progreso tiende a la solución del problema. Llegará un día en que todo el mundo se asombre. El género humano, subiendo siempre, conseguirá que las capas más profundas salgan naturalmente de la zona de la desgracia. La desaparición de la miseria se hará por una simple elevación de nivel.

Nadie puede dudar de esta gran solución.

Es verdad que lo pasado tiene mucha vida aún en la hora en que escribimos. Revive, y este rejuvenecimiento de un cadáver es una cosa sorprendente. Anda y se acerca, parece triunfante; es un muerto conquistador; llega con su legión las supersticiones, con su espada el despotismo, con su bandera la ignorancia; en poco tiempo ha ganado diez batallas; avanza, amenaza, se ríe, y está a nuestras puertas. En cuanto a nosotros, no por eso desesperamos; vendamos el terreno donde está acampado Aníbal.

Nosotros, los que creemos, ¿qué podemos temer?

No hay retroceso en las ideas, como no lo hay en los ríos.

Pero reflexionen los que no quieren el porvenir; diciendo no al progreso, no es el porvenir lo que condenan, sino a sí mismos. Se crean una enfermedad sombría; se inoculan el mal de lo pasado. No hay más que una manera de negarse a ser mañana: morir.

Pero nosotros no queremos ninguna muerte; la del cuerpo, lo más tarde posible; la del alma, nunca.

Sí, el enigma dirá su palabra; la esfinge hablará; el problema se resolverá. Sí; el pueblo bosquejado por el siglo XVIII será perfeccionado por el siglo XIX. El que lo niegue será un idiota. La perfección futura, el estado próximo del bienestar universal, es un fenómeno divinamente fatal.

Los hechos humanos están regidos por inmensos empujes simultáneos que los llevan a todos y, en un tiempo dado, al estado lógico; es decir, al equilibrio y a la equidad. Una fuerza terrena y celestial resulta de la humanidad y la gobierna. Esta fuerza hace milagros; los desenlaces maravillosos no le son más difíciles que las peripecias extraordinarias. Auxiliada por la ciencia, que viene del hombre, y por el suceso, que viene de otra parte, se asusta poco de esas contradicciones en el enunciado de los problemas que parecen imposibilidades al vulgo. No es menos hábil para sacar una solución de la afinidad de ideas que una enseñanza de la afinidad de hechos, y todo se puede esperar de ese misterioso poder del progreso, que el mejor día pone al Oriente frente al Occidente, en el fondo de un sepulcro, y hace hablar a los imanes con Bonaparte en el interior de la gran pirámide.

Mientras tanto, no nos paremos, no vacilemos, no nos detengamos en la grandiosa marcha de las inteligencias. La filosofía social es esencialmente la ciencia de la paz; tiene por objeto, y debe tener por resultado, disolver la cólera en el estudio del antagonismo; examina, escudriña, analiza, y después recompone; procede por vía de reducción, separando siempre el odio.

Que una sociedad desaparezca ante el viento que se desencadena sobre los hombres lo hemos visto más de una vez; la Historia está llena de naufragios de pueblos y de imperios; costumbres, leyes, religiones, todo desaparece el día menos pensado ante el huracán desconocido que pasa y lo arrastra.

Las civilizaciones de la India, de Caldea, de Persia, de Asiria, de Egipto, una tras otra. ¿Por qué? Lo ignoramos. ¿Cuáles fueron las causas de esos desastres? No lo sabemos. ¿Habrían podido salvarse esas sociedades? ¿Fue suya la culpa? ¿Han alimentado algún vicio fatal que las ha perdido? ¿En qué cantidad entra el suicidio en esas muertes terribles de una nación y de una raza? Estas cuestiones no tienen respuesta.

La sombra cubre las civilizaciones condenadas. Hacían agua, puesto que se han ido a fondo; no tenemos más que decir. Y miramos con cierta especie de asombro en el fondo de ese mar que se llama pasado, detrás de esas olas colosales que se llaman siglos, zozobrar esos inmensos buques: Babilonia, Nínive, Tarsis, Tebas, Roma, bajo el soplo espantoso que sale de todas las bocas de tinieblas.

Pero estas tinieblas se quedan allí; aquí tenemos luz. Ignoramos los males de las civilizaciones antiguas, pero conocemos las enfermedades de la nuestra; en todas partes tenemos sobre ella el derecho de la luz, contemplamos sus deformidades. Donde tiene un dolor, lo sondeamos, y consignado el padecimiento, el estudio de la causa nos lleva al descubrimiento del remedio. Nuestra civilización, obra de veinte siglos, es a un tiempo un monstruo y un prodigio, y bien vale la pena que la salvemos. Y será salva. Consolarla es ya mucho; iluminarla es algo más. Todos los trabajos de la filosofía social moderna deben dirigirse hacia ese punto. El pensador moderno tiene un gran deber: auscultar la civilización.

Lo repetimos: esta auscultación es un estímulo, y con esta insistencia en el estímulo queremos concluir estas páginas, entreacto austero de un drama doloroso. Bajo la mortalidad social se descubre la inmortalidad humana. Porque el globo tenga aquí y allí esas heridas que se llaman cráteres, y esas herpes llamadas solfataras;

porque haya un volcán que se abra y arroje su pus, el globo no muere. Los males del pueblo no matan al hombre.

Y, sin embargo, el que estudia la clínica social, tiembla a cada momento. Los más fuertes, como los más sensibles, como los más lógicos, tienen sus horas de desfallecimiento.

¿Llegará el porvenir? Parece que casi es posible hacer esta pregunta cuando se descubren tantas sombras terribles, tan oscuras fases entre los egoístas y los miserables; en los egoístas, las preocupaciones, las tinieblas de una educación rica, el apetito aumentado por la embriaguez, un aturdimiento de prosperidad que asombra, el temor de padecer, que en algunos llega hasta la aversión hacia los que padecen, una satisfacción implacable, el yo tan hinchado que cierra las puertas del alma; en los miserables, la ambición, la envidia, el odio que proviene de ver gozar a los demás, las profundas sacudidas de la fiera humana hacia la saciedad del apetito; corazones llenos de bruma; la tristeza, la fatalidad, la necesidad, la ignorancia simple e impura.

¿Debemos continuar elevando los ojos al cielo? ¿El punto luminoso que en él se distingue es de los que se apagan? Es muy terrible ver así lo ideal perdido en las profundidades, pequeño, aislado, imperceptible, brillante, pero rodeado de todas esas grandes amenazas negras, monstruosamente amontonadas en su derredor.

CAPÍTULO V

EL ENCANTO Y LA DESOLACIÓN

El lector habrá comprendido que Eponina, habiendo conocido a través de la verja al inquilino de la calle Plumet, adonde la había enviado la Magnon, había empezado por separar a los bandidos de la calle Plumet, y luego había llevado allí a Mario y que, después de muchos días de éxtasis ante aquella verja, Mario, llevado por esa fuerza que arrastra al hierro hacia el imán y al amante hacia las piedras de que está hecha la casa de su amor, había concluido por entrar en el jardín de Cosette, como Romeo en el jardín de Julieta. Pero le había sido más fácil que a Romeo, porque éste tuvo que escalar una pared y Mario no tuvo que hacer más que forzar un poco una de las barras de la verja decrépita, que vacilaba en su alvéolo, carcomido como los dientes de los viejos.

Mario era delgado y pasó fácilmente.

Como nunca había nadie en la calle, y Mario sólo entraba en el jardín de noche, no corría peligro de ser visto.

A partir de aquella hora bendita y santa en que un beso unió dos almas, Mario seguía yendo todas las noches. Si en aquel momento de su vida Cosette hubiera caído en el amor de un hombre poco escrupuloso y libertino, habría estado perdida, porque hay naturalezas generosas que se entregan completamente, y Cosette era una de ellas. Una de las magnanimidades de la mujer es ceder. El amor, en esa altura en que es absoluto, se complica con una especie de celestial ceguedad del pudor. ¡Pero cuántos peligros corréis, almas nobles! Muchas veces dais el corazón y nosotros tomamos el cuerpo, y os queda el corazón y le miráis en la sombra temblando. El amor no tiene término medio: o pierde o salva. El destino humano está encerrado en este dilema. Ninguna fatalidad establece este dilema tan inexorablemente como el amor.

El amor es la vida si no es la muerte; es cuna, pero tumba también. El mismo sentimiento dice sí y no en el corazón humano.

De todas las cosas que Dios creó, el corazón es la que despide más luz, pero también más sombra.

Dios quiso que el amor que Cosette encontrase fuese uno de esos que salvan.

Mientras duró el mes de mayo de 1832, hubo todas las noches, en aquel pobre jardín silvestre, bajo el follaje, cada día más embalsamado y más espeso, dos seres respirando castidad e inocencia sumergidos en las felicidades celestes, más cercanos a los arcángeles que a los hombres; puros, castos, embriagados, esplendentes, que brillaban el uno para el otro en las tinieblas. Parecíale a Cosette que Mario tenía una corona, y a Mario que Cosette tenía un nimbo.

Se tocaban, se miraban, se cogían las manos, se apretaban uno contra otro; pero había una distancia que no atravesaban, y no era que la respetasen, sino que la ignoraban.

Mario tenía una barrera: la pureza de Cosette; Cosette tenía un apoyo: la lealtad de Mario. El primer beso había sido el último. Mario después no había hecho más que tocar con sus labios la mano, o el vestido, o un bucle de los cabellos de Cosette. Cosette para él era un perfume y no una mujer: la respiraba. Ella no le negaba nada, él no pedía nada; ella era feliz, él estaba satisfecho. Vivían en ese feliz estado que se podría llamar el deslumbramiento de un alma por un alma. Era aquello el inefable primer abrazo de dos virginidades en lo ideal. Dos cisnes encontrándose en el campo de la pureza.

En aquella hora del amor en que el deleite se calla absolutamente bajo el poder del éxtasis, Mario, el puro y seráfico Mario, hubiese sido más bien capaz de subir a una casa de prostitución que de levantar la punta del vestido de Cosette. Una vez, a la luz de la luna, Cosette se bajó a coger algo del suelo, se entreabrió su corpiño y dejó al descubierto el nacimiento del cuello.

Mario volvió los ojos.

¿Qué pasaba entre aquellos dos seres?

Nada, se adoraban.

Por la noche, cuando estaban allí, el jardín parecía un lugar vivo y sagrado. Todas las flores se abrían en su derredor y les enviaban perfumes, y ellos abrían sus almas y las derramaban sobre las flores. La vegetación ardiente y vigorosa temblaba llena de savia y de alegría en torno de aquellos dos inocentes, y ellos se decían palabras de amor que hacían estremecerse a los árboles.

¿Y qué palabras eran éstas? Soplos nada más. Estos soplos bastaban para turbar y conmover toda aquella naturaleza. Poder mágico que apenas se podría comprender si leyesen en un libro esas conversaciones nacidas para ser arrastradas y disipadas como el humo por el viento bajo las hojas. Quitad a esos murmullos de dos amantes esa melodía que sale del alma, y que los acompaña como una lira, y lo que queda no es más que una sombra. Y decís: «¡Qué! ¿No es más que eso?» Sí; niñeces, repeticiones, risas por nada, inutilidades, tontunas, todo lo más sublime y más profundo, las únicas cosas que merecen ser dichas y escuchadas.

El hombre que no ha dicho y no ha escuchado nunca estas tonterías, estas pequeñeces, es un imbécil y un mal hombre.

Cosette decía a Mario:

—¿Sabes?...

(A todo esto, y a través de la celeste virginidad, y sin que fuese posible ni a uno ni a otro decir cómo, se trataban de tú.)

—¿Sabes? Me llamo Eufrasia.

—¿Eufrasia? No, te llamas Cosette.

—¡Oh! Cosette es un nombre muy feo que me pusieron cuando era niña. Pero mi verdadero nombre es Eufrasia. ¿No te gusta ese nombre?

—Sí..., pero Cosette no es feo.

—¿Te gusta más que Eufrasia?

—Pero... Sí.

—Entonces también a mí me gusta más. Es verdad, es muy bonito Cosette. Llámame Cosette.

Y la sonrisa con que acompañaba estas palabras hacía de este diálogo un idilio digno de un bosque que estuviera en el cielo.

Otras veces ella le miraba fijamente y exclamaba:

—Caballero, sois muy lindo, muy guapo, tenéis talento, no sois tonto del todo, sois más sabio que yo; pero os desafío con esta palabra: ¡te amo!

Y Mario, en medio de un placer celestial, creía oír una estrofa cantada por una estrella.

O bien ella le daba un golpecito porque tosía, y le decía:

—No toséis, caballero. No quiero que nadie tosa en mi casa sin mi permiso. Es muy feo eso de toser e inquietarme. Quiero que estéis bueno, porque si estuvierais malo sería yo muy desgraciada. ¿Qué quieres que hiciera?

Y esto era una cosa divina.

540

Una vez, Mario dijo a Cosette:

—Figúrate que una vez creí que te llamabas Úrsula.

Y esto les hizo reír toda la noche.

Otra vez, en medio de una de estas conversaciones, exclamó Mario:

—¡Oh, un día, en el Luxemburgo, tuve deseos de acabar de estropear a un inválido!

Pero se detuvo y no fue más allá. Hubiera tenido que hablar a Cosette de la liga, y esto era un imposible. Había entre ellos una especie de barrera desconocida, la carne, ante la cual retrocedía con cierto temor sagrado aquel amor inocente.

Mario se figuraba que esto era vivir con Cosette, y que ya no había más en el mundo: ir todas las noches a la calle Plumet, separar el complaciente hierro de la verja del presidente, sentarse junto a ella en aquel banco, mirar a través de los árboles la brillantez del principio de la noche, poner en contacto el pliegue de la rodilla de su pantalón con la falda de Cosette, acariciarle la uña del dedo pulgar, aspirar uno después de otro el perfume de la misma flor, por siempre, indefinidamente.

Pero, mientras tanto, las nubes pasaban sobre sus cabezas. Siempre que sopla el viento arrastra más sueños del hombre que nubes del cielo.

Aquel casto amor, casi esquivo, no rechazaba absolutamente la galantería. «Hacer cumplimientos» es el primer modo de hacer caricias; es un ensayo de audacia.

El cumplimiento es como un beso a través del velo. El deleite envuelve en él su germen, ocultándose. Los requiebros de Mario, saturados de quimeras, eran, por decirlo así, celestes. Los pájaros, cuando vuelan por allí arriba al lado de los ángeles, deben oír estas palabras; en ellas se mezclaba la vida, la humanidad, toda la cantidad de positivismo de que Mario era capaz. Eran lo que se diría en la gruta, el preludio de lo que se diría en la alcoba; una efusión lírica, la estrofa y el soneto mezclados, las caballerescas hipérboles del arrullo; todos los refinamientos de la adoración mezclados en un ramillete y exhalando un sutil perfume celestial, un inefable murmullo de corazón a corazón.

—¡Oh! —murmuraba Mario—. ¡Qué hermosa eres! No me atrevo a mirarte. Por eso te contemplo. Eres una gracia. No sé lo que tengo. El bajo de tu vestido, cuando asoma la punta del pie, me trastorna. ¡Qué resplandor desprendes cuando se entreabre tu pensamiento! ¡Siempre hablas con razón! En algunos momentos me parece que eres un sueño. Habla; te escucho, te admiro. ¡Oh! ¡Qué raro y encantador es todo esto! Estoy verdaderamente loco. Eres adorable, Cosette. Estudio tus pies con el microscopio, y tu alma con el telescopio.

Y Cosette respondía:

—Te amo un poquito más por el tiempo que ha pasado desde esta mañana.

Preguntas y respuestas iban como podían en este diálogo, cayendo siempre de acuerdo sobre el amor, como los figurines de saúco sobre el muelle.

Cosette era la sencillez, la ingenuidad, la transparencia, la blancura, el candor, la luz. Podía decirse de Cosette que era clara. Causaba a quien la veía una sensación como el abril y la aurora; descubríase el rocío en sus ojos. Cosette era la condensación de luz de la aurora en la forma de mujer.

Era una cosa muy sencilla que Mario, adorándola, la admirase. Pero la verdad es que aquella colegiala, tierna flor del convento, hablaba con una profunda penetración exquisita, y decía a cada momento toda clase de palabras verdaderas y delicadas. Su charla era conversación; no se engañaba en ningún asunto, y veía siempre lo justo. La mujer siente y habla con el tierno instinto del corazón, que es infalible. Nadie puede decir cosas tiernas y profundas a la vez como una mujer. La dulzura y la profundidad constituyen la mujer, esto es, el cielo.

En esta plena felicidad les asomaban a cada instante lágrimas a los ojos. Un insectillo aplastado, una pluma caída de un nido, una rama de un árbol rota, los estremecía, y su éxtasis, dulcemente impregnado de melancolía, parecía que sólo pedía una lágrima. El síntoma más grande del amor es un estremecimiento casi insoportable algunas veces.

Y después de esto, porque tales contradicciones son el juego de los relámpagos amorosos, se reían espontáneamente y con gran libertad, y tan familiarmente, que parecían algunas veces dos niños. Sin embargo, aun ignorándolo aquellos corazones que rebosaban castidad, allí estaba la Naturaleza inolvidable. Allí estaba con su objeto brutal y sublime, y cualquiera que sea la inocencia de las almas, se siente en la conversación íntima más púdica la adorable y misteriosa nube que separa dos amantes de dos amigos.

Se idolatraban.

Lo permanente y lo inmutable subsiste. Los amantes se aman, se sonríen, se ríen. Se hacen cariñitos con los labios, entrelazando los dedos de las manos, se tutean, y todo esto no se opone a la eternidad. Dos amantes se ocultan por la noche en el crepúsculo, en lo invisible, como los pájaros, como las rosas; se fascinan uno a otro en la sombra de sus corazones, que ponen en sus ojos; murmuran, cuchichean y, mientras tanto, el grandioso movimiento de los astros se realiza en lo infinito.

Estaban vagamente asombrados de su felicidad. No habían notado que el cólera diezmaba a París en aquel mes. Se habían hecho todas las confianzas posibles; pero no habían pasado más allá de sus nombres.

Mario había dicho a Cosette que era huérfano, que se llamaba Mario Pontmercy, que era abogado, que vivía de escribir para los libreros, que su difunto padre era coronel y había sido un héroe. Y que estaba reñido con su abuelo, que era rico. Le había indicado también que era barón; pero esto no había causado efecto alguno a Cosette. ¿Mario barón? No lo comprendía; no sabía lo que quería decir esta palabra; Mario era Mario.

Ella, por su parte, le había dicho que se había educado en el convento del Pequeño Picpus, que su madre había muerto, como la de él; que su padre se llamaba el señor Fauchelevent, que era muy bueno, que daba muchas limosnas; que era, a pesar de esto, un pobre, que se privaba de todo, no privándola a ella de nada.

Y, cosa extraña, en la especie de sinfonía en que Mario vivía desde que veía a Cosette, lo pasado, aun lo más reciente, se había hecho para él tan confuso y lejano, que lo que Cosette le contaba le satisfacía plenamente. No pensó siquiera en hablarle de la aventura nocturna del caserón de los Thenardier, de la quemadura y de la extraña actitud y singular huida de su padre. Mario había olvidado al momento todo esto; no sabía por la noche ni lo que había hecho por la mañana, ni dónde había almorzado, ni quién le había hablado; tenía en el oído una música que le ensordecía para cualquier otro pensamiento; sólo existía en las horas en que veía a Cosette. Y entonces, como estaba en el cielo, era natural que olvidase la tierra. Ambos llevaban con languidez el peso indefinible de los deleites inmateriales. Así viven esos sonámbulos que se llaman enamorados.

¡Ah! ¿Quién no ha pasado por estas cosas? ¿Por qué llega una hora en que se sale de este cielo? ¿Por qué continúa la vida después?

El amor casi reemplaza al pensamiento; es un completo olvido de todo lo demás. No pidáis, pues, lógica a la pasión. No hay encadenamiento lógico absoluto en el corazón humano, lo mismo que no hay ninguna figura geométrica perfecta en la mecánica celeste.

Para Cosette y Mario no existía nada más que Mario y Cosette. El universo en su derredor estaba como caído en un abismo. Vivían en un minuto de oro. No tenían nada, ni delante ni detrás; Mario apenas pensaba en que Cosette tenía padre; en su cerebro había una cosa semejante a un deslumbramiento que todo lo borra. ¿De qué hablaban aquellos amantes? Ya lo hemos dicho: de las flores, de las golondrinas, del sol poniente, de la salida de la luna, de todas las cosas importantes; se lo decían todo, excepto todo; esto es, el todo de los enamorados, que es la nada. Pero el padre, las realidades, el chiribitil, los bandidos, aquella aventura, ¿qué les importaba? ¿Estaban seguros de que había existido aquel sueño? Eran dos, se adoraban, no había más que esto; todo lo demás no existía. Es probable que ese desvanecimiento del infierno detrás de nosotros sea inherente a la llegada al paraíso. ¿Acaso se habían visto los demonios? ¿Los ha habido? ¿Se ha tenido miedo? ¿Se ha padecido? Ya no se sabe; todo esto lo cubre una nube rosada.

Así vivían, pues, aquellos dos seres, en una gran altura, con toda la inverosimilitud que puede haber en la Naturaleza, ni en el nadir ni en el cenit, entre el hombre y el serafín, por encima del fango y por debajo del éter, en la nube. Apenas se descubría que eran de carne y hueso; eran alma y éxtasis desde los pies a la cabeza; demasiado sublimes para andar por la tierra; pero aun con bastante humanidad para desaparecer en el azul, en suspensión, como átomos que esperan el precipitado; en apariencia, fuera de destino, ignorando la miseria del ayer, hoy y mañana; maravillados, pasmados, flotantes, aligerados por momentos para la desaparición en el infinito; casi dispuestos a dar el vuelo eterno.

Dormían despiertos en aquel arrullo. ¡Oh, letargo espléndido de lo real por lo ideal!

Algunas veces, aunque Cosette era bella, cerraba los ojos delante de ella; porque, cerrados los ojos, es como mejor se ve el alma.

Mario y Cosette no se preguntaban adónde irían a parar. Se miraban como en un encuentro. Es una pretensión del hombre el querer que el amor le lleve a alguna parte.

Juan Valjean, por su parte, no sospechaba nada.

Cosette, un poco menos soñadora que Mario, estaba alegre, y esto bastaba a Juan Valjean para ser feliz. Los pensamientos de Cosette, sus tiernas ilusiones, la imagen de Mario que llenaba su alma, no perjudicaban en nada a la pureza incomparable de su hermosa frente, casta y risueña. Se encontraba en la edad en que la virgen lleva el amor como el ángel la azucena. Juan Valjean estaba, pues, tranquilo.

Además, cuando dos amantes se entienden, todo va bien, y cualquier tercero que pudiera turbar su amor está en una perfecta ceguedad a causa de unas cuantas precauciones, siempre las mismas para todos los enamorados. Así, Cosette nunca hacía objeciones a Juan Valjean. ¿Quería pasear? Sí, padre mío. ¿Quería quedarse? Muy bien. ¿Quería pasar la noche al lado de Cosette? Ella lo celebraba.

Como Juan Valjean se retiraba siempre a las diez de la noche, estas noches no iba Mario al jardín hasta después de esta hora, cuando oía desde la calle que Cosette abría la puerta-ventana de la escalinata. No hay que decir que por el día no aparecía Mario por allí. Juan Valjean no se acordaba ya ni de que existía tal hombre. Sólo una vez, una mañana, le dijo a Cosette:

—¡Calla! ¡Cómo tienes la espalda de yeso!

La noche anterior, Mario, en un momento de transporte, había oprimido a Cosette contra la pared.

La vieja Santos, que se acostaba muy temprano, no pensaba más que en dormir después de concluido su trabajo, y lo ignoraba todo, como Juan Valjean.

Mario no ponía nunca los pies en la casa. Cuando estaba con Cosette se ocultaba en una rinconada cerca de la escalinata para que no le viesen y oyesen desde la calle. Allí se sentaba, contentándose muchas veces con apretarse las manos veinte veces por minuto, mirando las ramas de los árboles. En aquellos momentos, aunque hubiera caído un rayo a treinta pasos de ellos no lo habrían notado; de tal modo absorbía cada uno el profundo pensamiento del otro.

¡Pureza limpia! ¡Horas diáfanas, casi todas iguales! Esta clase de amor es una colección de hojas de azucena y de plumas de paloma.

Todo lo ancho del jardín les separaba de la calle. Cada vez que Mario entraba y salía, ajustaba cuidadosamente la barra de la verja, de modo que no se notaba nada.

Se iba habitualmente a media noche, y se dirigía a casa de Courfeyrac. Éste decía a Bahorel:

—¿Lo creerás? Mario se retira ahora a la una de la mañana.

Bahorel respondía:

—¿Y qué quieres? Los seminaristas son siempre un petardo.

Algunas veces, Courfeyrac cruzaba los brazos y, poniéndose serio, decía a Mario:

—¡Andáis perdido, joven!

Courfeyrac, hombre práctico, no veía con buenos ojos este reflejo de un paraíso invisible en Mario; conocía muy poco las pasiones inéditas, se impacientaba y hacía frecuentes reflexiones a Mario para que volviese a lo real. Una mañana le dirigió esta pregunta:

—Querido, creo que vives en la Luna, reino del Delirio, provincia de la Ilusión, capital Bola de Jabón. Vamos, sé buen muchacho. ¿Quién es ella?

Pero no había medio de «hacer hablar» a Mario. Antes le hubieran arrancado las uñas que una de las tres sílabas sagradas que componían este nombre inefable: Cosette. El amor verdadero es luminoso como la aurora y silencioso como una tumba. Courfeyrac sólo había notado en Mario que tenía una taciturnidad esplendente.

En aquel alegre mes de mayo, Mario y Cosette descubrieron inmensas felicidades.

Reñir y llamarse de vos, sólo para llamarse de tú con más placer.

Hablar largamente y con los más minuciosos detalles de personas que no les importaban nada absolutamente, nueva prueba de que en esa ópera seductora que se llama el amor, el libreto no es casi nada.

Para Mario, oír a Cosette hablar de trapos.

Para Cosette, oír a Mario hablar de política.

Oír con las rodillas juntas el ruido de los coches que pasaban por la calle de Babilonia.

Contemplar el mismo planeta en el cielo.

Callarse a un tiempo; placer mayor aún que el de hablar.

Etcétera, etc.

Sin embargo, se aproximaban algunas complicaciones.

Una noche que Mario iba a la cita por el bulevar de los Inválidos, con la cabeza inclinada, como habitualmente, al volver la esquina de la calle Plumet, oyó decir a su lado:

—Buenas noches, señor Mario.

Esto le causó una impresión extraña.

Ni una sola vez había pensado en aquella muchacha desde el día en que le había llevado a la calle Plumet; no la había vuelto a ver y se había borrado por completo de su memoria. Tenía motivos para estarle agradecido, y le debía su felicidad presente; sin embargo, le incomodó encontrarla.

Es un error creer que la pasión es pura cuando se es feliz, y que conduce al hombre a un estado de perfección; le conduce simplemente, como hemos dicho, al estado de olvido. En esta situación, el hombre se olvida de ser malo; pero se olvida también de ser bueno. El agradecimiento, el deber, los recuerdos esenciales e importunos desaparecen. En cualquier otro tiempo, Mario habría sido una cosa muy distinta para Eponina. Absorbido por Cosette, ni siquiera se había explicado claramente que aquella Eponina se llamaba Eponina Thenardier; que llevaba un nombre escrito en el testamento de su padre, el mismo nombre porque se hubiera sacrificado generosamente algunos meses antes. Presentamos a Mario tal como era; hasta el nombre de su padre desaparecía en algún modo bajo el esplendor de su amor. Respondió, pues, con algún embarazo:

—¡Ah! ¿Sois Eponina?

—¿Por qué me habláis de vos? ¿Os he hecho algo?

—No —respondió él.

Es cierto que nada tenía contra ella; todo lo contrario. Pero conocía que no podía hacer otra cosa; llamando de tú a Cosette, debía tratar de vos a Eponina.

Como Mario se calló, le dijo Eponina:

—Decid, pues...

Y se detuvo. Parecía que faltaban palabras a aquella criatura que había sido tan despreocupada y tan atrevida. Trató de sonreírse y no pudo.

—¿Y qué?... —volvió a decir.

Después se calló y bajó los ojos.

—Buenas noches, señor Mario —dijo después de repente, y se fue.

El día siguiente, que era el 3 de junio de 1832, fecha que nosotros debemos consignar a causa de los sucesos graves que estaban suspendidos sobre el horizonte de París en el estado de nubes cargadas, Mario, al caer la noche, seguía el mismo camino de la víspera, con los mismos pensamientos placenteros en el corazón, cuando vio entre los árboles del bulevar a Eponina que se dirigía hacia él. Dos días seguidos de encuentro era demasiado. Se volvió rápidamente, salió del bulevar, cambió de camino y se fue a la calle Plumet por la calle Monsieur.

Eponina le siguió hasta la calle Plumet, lo que no había hecho nunca hasta entonces, pues se había contentado con verle al pasar por el bulevar, sin tratar de encontrarle. Sólo la víspera le había hablado.

Eponina le siguió, pues, sin que él lo supiese, le vio separar el hierro de la verja y entrar en el jardín.

—¡Calla! —dijo—. ¡Entra en casa!

Se acercó a la verja, tentó los hierros uno después de otro y encontró fácilmente el que Mario había separado.

Entonces murmuró a media voz, con lúgubre acento:

—¡Nada de eso, Lisette!

Se sentó en el estribo de la verja y al lado del hierro, como si lo estuviese guardando. Aquel punto era precisamente el extremo de la verja, que tocaba a la casa próxima, y se formaba allí un ángulo oscuro en que se ocultó completamente Eponina.

Así permaneció más de una hora sin moverse y sin respirar, entregada a sus ideas.

Hacia las diez de la noche, una de las dos o tres personas que pasaban por la calle Plumet, un viejo que se había retardado y pasaba muy de prisa por aquel sitio desierto y de mala fama, costeando la verja, al llegar al ángulo que ésta forma con el jardín, oyó una voz sorda y amenazadora que decía:

—¡No me admiro de que venga todas las noches!

El transeúnte miró alrededor, no vio a nadie, no se atrevió a mirar a aquel rincón oscuro, tuvo un gran miedo y redobló el paso.

Aquel transeúnte hizo bien en marcharse corriendo, porque pocos momentos después, seis hombres que iban separados y a corta distancia unos de otros, a lo largo de la pared, y que habrían podido confundirse con una patrulla de Policía, entraron en la calle Plumet.

El primero que llegó a la verja del jardín se detuvo y esperó a los demás; un segundo después estaban todos reunidos.

Aquellos hombres se pusieron a hablar en voz baja.

—Aquí es —dijo uno de ellos.

—¿Hay algún «tamburó» en el jardín? —dijo otro.

—No lo sé. Pero en todo caso he «acabelado» una bolita que le haremos «jamelar».

—¿Has traído la pasta para romper la «clariosa»?

—Sí.

—La verja es vieja —dijo el quinto, que tenía la voz de ventrílocuo.

—Tanto mejor —dijo el segundo que había hablado—. Así no «golearán» bajo la «sorda» y no costará tanto «ciserarla».

El sexto, que no había abierto aún la boca, se puso a examinar la verja, como había hecho Eponina una hora antes, empuñando sucesivamente cada barra y moviéndolas con precaución. Así llegó al hierro que Mario solía quitar. Cuando iba a cogerle, una mano que salió bruscamente de la sombra le agarró el brazo; al mismo tiempo se sintió rechazado por medio del pecho, y oyó una voz que le decía sin gritar:

—Hay un «tamburó».

Y vio una joven pálida delante de él.

El hombre sintió esa conmoción que produce siempre lo inesperado. Quedóse horriblemente estupefacto; no hay nada más horrible que las fieras inquietas; su aspecto atemorizado es temible. Retrocedió y murmuró:

—¿Quién es esa pícara?

—Vuestra hija.

En efecto; era Eponina, que hablaba a Thenardier.

A la aparición de Eponina, los otros cinco, es decir, Suenadinero, Tragamar, Babet, Montparnase y Brujón, se habían acercado sin ruido, sin precipitación, sin decir una palabra, con la siniestra lentitud propia de estos hombres nocturnos. Se les veían algunos repugnantes útiles en la mano. Tragamar tenía una de esas pinzas cortas que los vagos llaman tenaza.

—¡Ah! ¿Qué haces ahí? ¿Qué nos quieres? ¿Estás loca? —exclamó Thenardier, gritando todo lo que se puede gritar en voz baja.

Eponina se echó a reír y saltó a su cuello.

—Estoy aquí, padrecito mío, porque estoy aquí. ¿No me es permitido sentarme sobre las piedras ahora? Vos sois el que no debéis estar aquí. ¿Qué venís a hacer si esto es un «bizcocho»? Ya se lo dije a la Magnon. No hay nada que hacer aquí. Pero abrazadme, mi querido padre. ¡Cuánto tiempo hace que no os he visto! ¡Estáis ya fuera! ¡Estáis libre!

Thenardier trató de librarse de los brazos de Eponina, y murmuró:

—Está bien. Tú me has abrazado ya. Sí, estoy fuera. No estoy dentro. Ahora vete.

Pero Eponina no dejaba de hacerle caricias.

—Padre mío, ¿qué habéis hecho? Debéis tener mucho ingenio cuando habéis salido de allí. ¡Contádmelo! ¿Y mi madre? ¿Dónde está mi madre? Dadme noticias de mamá.

Thenardier respondió:

—Está buena, no sé, déjame; te digo que te vayas.

—No quiero irme ahora —dijo Eponina con su mimo de niño enfadado—. Me despedís, cuando hace cuatro meses que no os he visto y cuando apenas he tenido tiempo de abrazaros.

Y volvió a echar los brazos al cuello de su padre.

—¡Ah! ¡Vaya! ¡Qué tonta! —dijo Babet.

—Despachemos —dijo Tragamar—, que pueden pasar los corchetes.

La voz del ventrílocuo midió estos versos:

> *Ya no hay nadie que diga*
> *papá ni mamá.*

Eponina se volvió hacia los cinco bandidos.

—¡Calla! El señor Brujón. Buenos días, señor Babet. Buenos días, señor Suenadineros. ¿No me conocéis ya, señor Tragamar? ¿Cómo estáis, Montparnase?

—Sí, se acuerdan de ti —dijo Thenardier—. Pero buenos días, buenas noches y largo. Déjanos tranquilos.

—Ésta es la hora de los lobos y no de las gallinas —dijo Montparnase.

—Ya ves que tenemos que «maquilar» aquí.

Eponina le cogió la mano a Montparnase.

—¡Ten cuidado! —dijo éste—. Te vas a cortar, tengo un «churi» abierto.

—Mi querido Montparnase —respondió Eponina dulcemente—, es preciso tener confianza en las personas. Yo soy tal vez la hija de mi padre. Señor Babet, señor Tragamar, yo me encargo de dar luz a este negocio.

Es de notar que Eponina no hablaba en caló. Desde que conocía a Mario se le había hecho imposible esta horrible lengua.

Apretó con su pequeña mano, huesosa y débil como la de un esqueleto, los gruesos dedos de Tragamar, y continuó:

—Ya sabéis que no soy tonta. Casi siempre me creéis; os he prestado servicios algunas veces. Pues bien, me he informado y os expondréis inútilmente. Ya veis. Os juro que no hay nada que hacer en esta casa.

—Sólo hay mujeres —dijo Tragamar.

—No. Los inquilinos se han mudado.

—Las luces no se han mudado —dijo Babet.

Y enseñó a Eponina, a través de las copas de los árboles, una luz que se paseaba por la buhardilla del pabellón. Era la tía Santos, que había velado para poner la ropa blanca a secar.

Eponina tentó un último recurso.

—Pues bien —dijo—; esta gente es muy pobre; sólo tiene una barraca.

—¡Vete al diablo! —dijo Thenardier—. Cuando hayamos registrado la casa y puesto la cueva arriba y el granero abajo, ya te diremos lo que hay dentro, y si son «calés», «lunas» o «duqueles».

Y la empujó para entrar.

—Mi buen amigo Montparnase —dijo Eponina—, os lo ruego, vos que sois buen muchacho: no entréis.

—Ten cuidado, que te vas a cortar —dijo Montparnase.

Thenardier añadió con su acento decisivo:

—Lárgate, mujer, y deja que los hombres hagan sus negocios.

Eponina soltó la mano de Montparnase, que había vuelto a coger, y dijo:

—¿Os empeñáis, pues, en entrar en esta casa?

—Hay algo de eso —dijo el ventrílocuo burlándose.

Entonces ella se recostó en la verja, hizo frente a los seis bandidos, armados hasta los dientes y que parecían en la noche unos demonios, y dijo con voz firme y baja:

—Pues bien; yo no quiero.

Ellos se detuvieron estupefactos. El ventrílocuo acabó su risa. Ella continuó:

—Amigos, escuchadme bien; ahora hablo yo. Si entráis en el jardín, si tocáis esta verja, grito, llamo a las puertas, despierto a los vecinos y hago que os prendan a los seis, llamando a los agentes de Policía.

—Y lo haría —dijo Thenardier en voz baja a Brujón y al ventrílocuo.

Ella meneó la cabeza y añadió:

—¡Empezando por mi padre!

Thenardier se aproximó.

—No tan cerca, buen hombre —dijo Eponina.

Él retrocedió, murmurando entre dientes:

—Pero ¿qué es lo que tiene?

Y añadió:

—¡Perra!

Y se echó a reír de una manera horrible.

—Seré lo que queráis, pero no entraréis. No soy hija de perro, porque soy hija de lobo. Sois seis. ¿Y eso qué me importa? Sois hombres; pues yo soy mujer. No me dais miedo; marchaos. Os digo que no entráis en esta casa porque no quiero. Si os acercáis, ladro; ya os he dicho que soy el perro. No os temo. Seguid vuestro camino. ¡Me estáis fastidiando! Idos donde queráis, pero no vengáis por aquí; ¡os lo prohibo! Vosotros a puñaladas y yo a zapatazos; es un partido igual. Avanzad, pues.

Y dio un paso hacia los bandidos; estaba espantosa, y se echó a reír.

—¡Caramba!, que no tengo miedo. Por el verano tendré hambre, por el invierno tendré frío. ¡Serán brutos estos hombres al creer que inspiran miedo a una mujer! ¿De qué? ¡Miedo! ¡Ah, sí! ¡Vaya! ¡Porque tenéis ladronas de queridas que se esconden debajo de la cama cuando ahuecáis la voz! ¡Por eso! ¡Yo no tengo miedo de nada!

Y mirando fijamente a Thenardier, añadió:

—¡Ni aun de vos, padre!

Después prosiguió, paseando sobre los bandidos sus sangrientos ojos de espectro:

—¡Qué me importa a mí que me recojan mañana del suelo de la calle de Plumet, asesinada a puñaladas por mi padre, o que me encuentren dentro de un año en las redes de Saint-Cloud, o en la isla de los Cisnes, en medio de viejos tapones de corcho podridos y de perros ahogados!

Le fue preciso detenerse; le acometió una tos seca.

Después prosiguió:

—No tengo que hacer más que gritar y vienen, y atrás. Sois seis; yo soy todo el mundo.

Thenardier hizo un movimiento para aproximarse.

—¡Acercaos! —dijo ella.

Thenardier se detuvo y le dijo con dulzura:

—Pues bien; no me acercaré, pero no hables tan alto. Hija, ¿quieres que no trabajemos? Tenemos que ganarnos la vida. ¿No tienes cariño a tu padre?

—No me engañáis —dijo Eponina.

—Pero es preciso que vivamos, que comamos...

—¡Reventad!

Y diciendo esto se sentó en el estribo de la verja, cantando:

> *Mi brazo fornido,*
> *mi pierna bien hecha*
> *y el tiempo perdido.*

Se puso el codo en la rodilla y la barba en la mano y comenzó a menear el pie con indiferencia. Su vestido roto dejaba ver sus delgados hombros. Un farol próximo iluminaba su actitud y su perfil; no podía haber cosa más resuelta y más sorprendente.

Los seis bandidos, admirados y disgustados de verse detenidos por una muchacha, se retiraron a la sombra y celebraron una especie de consejo con movimiento de hombros, humillados y furiosos.

Ella, mientras tanto, les miraba con aire pacífico y esquivo.

—Algo le pasa —dijo Babet—. Una razón: ¿estará enamorada del perro? Es una lástima que lo dejemos. Dos mujeres, un viejo que vive en un traspatio, cortinas buenas en las ventanas. El viejo debe ser un judío; creo que era buen negocio.

—Pues bien, entrad vosotros —dijo Montparnase—; haced el negocio. Yo me quedaré con la muchacha, y si chista...

E hizo relucir a la luz del farol la navaja, que tenía abierta en la manga.

Thenardier no decía una palabra y parecía dispuesto a todo.

Brujón, que tenía algo de oráculo y que, como ya hemos dicho, era el inventor del golpe, no había hablado aún. Parecía pensativo; pasaba por no retroceder ante nada, y se sabía que había robado, sólo por una bravata, un cuerpo de guardia de la Policía. Además, hacía versos y canciones, lo que le daba una gran autoridad.

Babet le preguntó:

—¿Y tú no dices nada, Brujón?

Brujón permaneció un instante silencioso; después movió la cabeza de varias maneras y se decidió a hablar:

—Veamos: he encontrado esta mañana dos gorriones dándose picotazos; esta noche me encuentro con una mujer que riñe. Todo esto es mal presagio. ¡Vámonos!

Y se fueron.

Al marcharse, Montparnase murmuró:

—Si hubiesen querido, yo le hubiera dado el golpe de gracia.

Babet respondió:

—Yo no, porque no zurro a las señoras.

Al final de la calle se detuvieron y cambiaron entre sí, en voz sorda, este diálogo enigmático:

—¿Adónde iremos a dormir esta noche?

—Bajo París.

—¿Llevas la llave de la verja, Thenardier?

—¡Vaya!

Eponina, que no separaba de ellos la vista, les vio tomar el camino por donde habían venido. Después se levantó y se arrastró detrás de ellos, arrimada a las paredes y a las casas; así los siguió hasta el bulevar. Allí se separaron, y vio a aquellos seis hombres perderse en la oscuridad, como si se fundieran en ella.

Después que se marcharon los bandidos, la calle Plumet volvió a su tranquilo aspecto nocturno.

Lo que acababa de pasar en aquella calle no hubiera asombrado a nadie en un bosque. El arbolado, los setos, los brezos, las ramas fuertemente cruzadas, las hierbas altas existen de una manera sombría; el hormigueo salvaje descubre allí las súbitas apariciones de lo visible; lo que está por debajo del hombre distingue a través de la bruma lo que está por encima del hombre, y las cosas ignoradas de nosotros los vivos se confunden en la noche. La Naturaleza, erizada y salvaje, se asusta con la aproximación de ciertas cosas en que se cree descubrir lo sobrenatural. Las fuerzas de la sombra se conocen y tienen entre sí misteriosos equilibrios. Los dientes y las garras temen lo que es incaptible. La bestialidad sedienta de sangre, los voraces apetitos hambrientos en busca de la presa, los instintos armados de uñas y de mandíbulas, que tienen el vientre por principio y por fin, miran y olfatean con inquietud el impasible perfil del espectro vagando bajo un sudario, de pie, envuelto en su tembloroso vestido, que les parece vivir con una vida muerta y terrible. Estas brutalidades, que no son más que materia, tienen confusamente la inmensa oscuridad condensada en un ser desconocido. Una figura negra que les impide el paso detiene a una bestia feroz. Lo que sale del cementerio intimida y desconcierta a lo que sale del antro; lo feroz tiene miedo de lo siniestro; los lobos retroceden ante el encuentro de una boca.

Mientras que aquella perra con figura humana montaba la guardia en la verja y los seis bandidos retrocedían ante una muchacha, Mario estaba al lado de Cosette.

El cielo no había estado nunca tan estrellado y tan hermoso, ni los árboles tan temblorosos, ni las hierbas tan embalsamadas; nunca los pájaros se habían dormido entre las hojas con más suave arrullo; nunca todas las armonías de la serenidad universal habían correspondido mejor a las músicas interiores del amor; nunca Mario había estado tan conmovido, tan feliz, tan extasiado. Pero había encontrado triste a Cosette. Cosette había llorado; tenía los ojos encarnados.

Aquella era la primera nube en tan admirable sueño.

Las primeras palabras de Mario fueron:

—¿Qué tienes?

Ella respondió:

—¡Ya verás!

Después se sentó en el banco cerca de la escalinata, y mientras que él se sentaba a su lado tembloroso, continuó:

—Mi padre me ha dicho esta mañana que estuviese dispuesta, porque tenía negocios que tal vez nos harían partir.

Mario se estremeció desde los pies a la cabeza.

Desde hacía seis semanas, Mario, poco a poco, lentamente, por grados, iba tomando cada día posesión de Cosette; posesión enteramente ideal, pero profunda.

Como hemos dicho ya, en el primer amor se toma el alma antes que el cuerpo; después se toma el cuerpo antes que el alma, y algunas veces no se toma el alma del todo. Los Faublas y los Prudhomme añaden: «Porque no existe.» Pero el sarcasmo es, por fortuna, una blasfemia. Mario, pues, poseía a Cosette como poseen los espíritus; pero la envolvía con toda su alma y la poseía con una increíble convicción. Poseía su sonrisa, su aliento, su perfume; la radiación profunda de sus ojos azules, la suavidad de su cutis cuando le tocaba la mano, la encantadora señal que tenía al cuello, todos sus pensamientos. Se habían prometido no dormir nunca sin soñar cada uno con el otro, y se habían cumplido la palabra. Poseía, pues, todos los sueños de Cosette. La miraba sin cesar, movía algunas veces con su aliento los cabellos cortos que Cosette tenía en la nuca, y se decía que no había ni uno solo de aquellos cabellos que no perteneciese a Mario. Contemplaba y adoraba todo lo que ella se ponía: el lazo de cintas, sus guantes, sus manguitos, sus botitas, como objetos sagrados que eran suyos. Pensaba que era el dueño de aquellos bonitos peines de concha que se ponía en la cabeza, e incluso se decía, por un sordo y confuso murmullo del deleite que aparecía, que no había ni un solo hilo de su vestido, ni un punto de sus medias, ni un pliegue de su corsé que no fuese suyo. Al lado de Cosette se sentía cerca de su bien, cerca de su felicidad, cerca de su déspota y de su esclava.

Parecía que habían mezclado sus almas de tal modo que si hubiesen querido volver a tomar cada uno la suya les habría sido imposible conocerlas. «Ésta es la mía.» «No, es la mía.» «Te aseguro que te engañas.» «Ése soy yo.» «Lo que tomas por tuyo es mío.» Mario era algo de lo que formaba parte de Cosette; Cosette era algo de lo que formaba parte de Mario. Mario sentía que Cosette vivía en él; tener a Cosette, poseerla, no era para él distinto de respirar. En medio de esta fe, de esta embriaguez, de esta posesión virginal, inaudita y absoluta, de esta soberanía, cayeron estas palabras: «Vamos a partir.» La brusca voz de la realidad le gritó: «¡Cosette no es tuya!»

Mario se despertó. Desde hacía seis semanas vivía como hemos dicho, fuera de la vida; la palabra «¡partir!» le hizo entrar en ella dolorosamente.

No halló una palabra para responder; Cosette sintió dolorosamente que su mano estaba helada, y le dijo a su vez:

—¿Qué tienes?

Él respondió tan bajo que apenas le oyó Cosette:

—No comprendo lo que has dicho.

Y ella añadió:

—Esta mañana mi padre ha dicho que tenga prontas todas mis cosas y esté dispuesta para partir; que prepare mi ropa para guardarla en una maleta; que se verá obligado a hacer un viaje; que teníamos que partir; que necesitábamos una maleta grande para mí y una pequeña para él, y que lo preparase todo en una semana, porque iríamos tal vez a Inglaterra.

—¡Pero eso es monstruoso! —exclamó Mario.

Y ciertamente, en aquel momento, en el ánimo de Mario, ningún abuso de poder, ninguna violencia, ninguna abominación del más atroz tirano, ninguna acción de Busiris, de Tiberio o de Enrique VIII habría igualado en ferocidad a ésta: «El señor Fauchelevent lleva su hija a Inglaterra porque tiene allí negocios.»

Preguntó, pues, con voz débil:

—¿Y cuándo os marcháis?

No me ha dicho cuándo.

—¿Y cuándo volverás?

—No me ha dicho cuándo.

Mario se levantó y dijo fríamente:

—Cosette, ¿iréis?

Cosette volvió hacia él sus hermosos ojos, llenos de angustia, y respondió con acento extraviado:

—¿Adónde?

—A Inglaterra. ¿Iréis?

—¿Por qué me hablas de vos?

—Os pregunto si iréis.

—¿Qué queréis que haga? —dijo juntando las manos.

—¿Es decir, que iréis?

—¡Si va mi padre!

—¿Iréis, pues?

Cosette cogió la mano a Mario y la oprimió sin responder.

—Está bien —dijo Mario—. Entonces yo me iré a otra parte.

Cosette sintió, más bien que comprendió, el significado de esta frase; se puso pálida, de modo que su rostro apareció blanco en la oscuridad y balbució:

—¿Qué quieres decir?

Mario la miró; después alzó lentamente los ojos al cielo, y respondió:

—Nada.

Cuando bajó los párpados, vio que Cosette se sonreía, mirándole. La sonrisa de la mujer amada tiene una claridad que disipa las tinieblas.

—¡Qué tontos somos! Mario, se me ocurre una idea.

—¿Cuál?

—¡Parte si partimos los dos! Te diré adónde. Ven a buscarme donde esté.

Mario era entonces un hombre completamente despierto. Había vuelto a la realidad, y dijo a Cosette:

—¡Partir con vosotros! ¿Estás loca? Es preciso para eso dinero, y yo no lo tengo. ¡Ir a Inglaterra! Ahora debo más de diez luises a Courfeyrac, un amigo a quien tú no conoces. Tengo un sombrero viejo que no vale tres francos, una levita sin botones por delante; mi camisa está toda rota, llevo los codos por fuera, mis botas se calan; hace seis semanas que no pienso en nada y no te lo he dicho. Cosette, soy un miserable. Tú no me ves más que por la noche y me das tu amor. ¡Si me vieras de día me darías limosna! ¡Ir a Inglaterra! ¡No tengo con qué pagar el pasaporte!

Y se recostó contra un árbol que había allí; de pie, con los brazos por encima de la cabeza, con la frente en la corteza, sin sentir ni la aspereza que le arañaba la frente ni la fiebre que le golpeaba las sienes, inmóvil y próximo a caer al suelo, como la estatua de la desesperación.

Así permaneció un largo rato. En esos abismos se podría permanecer una eternidad; por fin se volvió y oyó detrás de sí un ruido ahogado y triste.

Era Cosette que estaba sollozando.

Lloraba desde hacía dos horas que Mario meditaba.

Mario se acercó a ella, cayó de rodillas prosternándose lentamente, cogió la punta del pie que salía por debajo del vestido y la besó.

Ella le dejó hacer todo en silencio.

Hay momentos en que la mujer acepta como una diosa sombría y resignada la religión del amor.

—No llores —dijo Mario.

Y ella murmuró:

—¡Qué he de hacer, si voy a marcharme y no puedes venir!

—¿Me amas?

Cosette le contestó sollozando esta frase del paraíso, que nunca es tan seductora como a través de las lágrimas:

—Te adoro.

Mario continuó con una voz que era una caricia:

—No llores; hazlo por mí.

—¿Me amas tú? —dijo ella.

Mario la cogió de la mano.

—Cosette, nunca he dado mi palabra de honor a nadie, porque mi palabra de honor me causa miedo; conozco que, al darla, mi padre está a mi lado. Pues bien; te doy mi palabra de honor más sagrada de que si te vas te moriré.

Había en el acento con que pronunció estas palabras una melancolía tan solemne y tan tranquila, que Cosette tembló. Sintió ese frío que produce al pasar una cosa sombría y verdadera; la impresión la hizo cesar de llorar.

—Ahora, escucha —dijo—: no me esperes mañana.

—¿Por qué?

—No me esperes hasta pasado mañana.

—¡Oh! ¿Por qué?

—Ya lo verás.

—¡Un día sin verte! Eso es imposible.

—Sacrifiquemos un día para tener tal vez toda la vida.

Y Mario añadió a media voz y aparte:

—Es un hombre que no cambia nunca sus hábitos y no recibe a nadie más que por la noche.

—¿De quién hablas? —preguntó Cosette.

—¿Yo? No he dicho nada.

—¿Qué esperas, pues?

—Espérame hasta pasado mañana.

—¿Lo quieres?

—Sí, Cosette.

Cosette entonces le cogió la cabeza entre sus manos, alzándose sobre la punta de los pies para igualar su estatura, tratando de ver en sus ojos la esperanza.

Mario continuó:

—Creo que conviene que sepas las señas de mi casa, por lo que pueda suceder; vivo en la casa de ese amigo llamado Courfeyrac, calle de la Verrerie, número 16.

Metió la mano en el bolsillo, sacó un cortaplumas, y con la hoja escribió en el yeso de la pared: «Calle de la Verrerie, 16.»

Cosette, entre tanto, había vuelto a contemplar sus ojos.

—Dime lo que piensas, Mario; tienes una idea, dímela. ¡Oh! ¡Dímela para que pase buena noche!

—Mi pensamiento es éste: es imposible que Dios quiera separarnos. Espérame pasado mañana.

—¿Y qué haré yo hasta entonces? —dijo Cosette—. ¡Tú estás libre, vas y vienes! ¡Qué felices sois los hombres! ¡Yo me quedo sola! ¡Oh! ¡Qué triste voy a estar! ¿Qué vas a hacer tú mañana por la noche? Dímelo.

—Voy a hacer una tentativa.

—En ese caso, rogaré a Dios y pensaré en ti hasta entonces para que lo consigas. No te pregunto más porque no lo quieres. Eres mi dueño. Pasaré la noche mañana cantando el coro de «Euryanto», que tanto te gusta, y que viniste a oír una noche debajo de mi ventana. Pero pasado mañana, ¿vendrás temprano? Te esperaré esa noche a las nueve en punto, te lo advierto. ¡Dios mío! ¡Qué triste es esto de que los días sean tan largos! ¿Lo oyes? Al dar las nueve te esperaré en el jardín.

—Y yo también.

Y sin decir nada, movidos por el mismo pensamiento, arrastrados por esas corrientes eléctricas que ponen a dos almas en comunicación continua, embriagados ambos de deleite hasta en su dolor, cayeron uno en brazos del otro, sin notar que sus labios estaban juntos, mientras que sus ojos, llenos de éxtasis y de lágrimas, contemplaban las estrellas.

Cuando salió Mario, la calle estaba desierta. En aquel momento, Eponina seguía a los bandidos hasta el bulevar.

Mientras que Mario meditaba con la cabeza apoyada en el árbol, se le había ocurrido una idea. Una idea, ¡ah!, que él mismo tenía por insensata e imposible. Había tomado un partido violento.

* * *

El señor Gillenormand tenía entonces noventa y un años cumplidos. Seguía viviendo con la señorita Gillenormand en la calle de las Hijas del Calvario, número 6, en su propia y vieja casa. Era, como recordará el lector, uno de esos viejos rancios que esperan la muerte a pie firme, que cargan con los años sin doblegarse y que no se encorvan ni aun con los pesares.

Sin embargo, desde hacía algún tiempo su hija decía: «Mi padre va decayendo.» Ya no abofeteaba a las criadas, ya no golpeaba con el bastón, y con acompañamiento de voces, la puerta de la escalera cuando Vasco tardaba en abrirle. La Revolución de Julio apenas le había exasperado por espacio de seis meses. Había visto casi con tranquilidad en el «Monitor» esta reunión de palabras: «El señor Humblot-Conté, par de Francia.» El hecho es que el viejo estaba abatido. No se doblegaba, no se rendía, porque esto era imposible, así en su naturaleza física como en la moral; pero se sentía desfallecer interiormente.

Hacía cuatro años que esperaba a Mario a pie firme, ésta es la frase, con la convicción de que aquel pequeño picarón extraviado llamaría algún día a la puerta; pero llegaba, en algunos momentos tristes, a decirse que por poco que Mario tardase en venir... Y no era la muerte lo que temía, sino la idea de que no vería más a su nieto. No volver a ver a Mario era un triste y nuevo temor que no se le había presentado nunca hasta ahora; esta idea, que empezaba a aparecer en su cerebro, le dejaba helado.

La ausencia, como sucede siempre en los sentimientos naturales y verdaderos, sólo había conseguido aumentar su cariño de abuelo hacia el hijo ingrato que se había marchado con tanta indiferencia. En las noches de invierno, cuando el termómetro marca diez grados bajo cero, es cuando más se piensa en el Sol. El señor Gillenormand era, o se creía por lo menos, incapaz de dar un paso hacia su nieto. «Antes moriré», decía. No encontraba en sus hechos ninguna culpa; pero sólo pensaba en Mario con profundo enternecimiento y con la muda desesperación de un viejo que anda en las tinieblas.

Comenzaba a perder los dientes, lo que aumentaba su tristeza.

El señor Gillenormand, sin declarárselo a sí mismo, porque esta declaración le hubiera enfurecido y avergonzado, no hubiera amado a ninguna querida tanto como a Mario.

Había mandado colocar en su cuarto, cerca de la cabecera de la cama, como la primera cosa que quisiera ver al despertar, un antiguo retrato de su otra hija, la que había muerto, la señora Pontmercy, retrato hecho cuando tenía dieciocho años.

Contemplaba sin cesar este retrato, y un día dijo mirándole:

—Ahora encuentro que se le parece.

—¿A mi hermana? —dijo la señorita Gillenormand.

—Sí, se parece.

El viejo añadió:

—Y a él también.

Otra vez, estando sentado con las rodillas juntas y los ojos casi cerrados, en una actitud de abatimiento, su hija se atrevió a decirle:

—Padre, ¿seguís tan enfadado con él?

Y se detuvo, no atreviéndose a ir más allá.

—¿Con quién? —preguntó.

—Con ese pobre Mario.

El señor Gillenormand levantó su vieja cabeza, puso su delgado y arrugado puño sobre la mesa, y gritó con el acento más vibrante y más irritado:

—¿Pobre Mario, decís? Ese señor es un pillo, un mal pícaro, un vanidoso ingrato, sin corazón, sin alma; un orgulloso, un malvado.

Y se volvió para que su hija no viese una lágrima que tenía en los ojos.

Tres días después rompió un silencio que duraba cuatro horas, para decir a su hija de repente:

—Había tenido el honor de rogar a la señorita Gillenormand que no me hablase nunca de él.

La tía Gillenormand renunció a toda tentativa y formó este diagnóstico profundo: «Mi padre no ha querido nunca a mi hermana después de su calaverada. Es claro que detesta a Mario.»

«Después de su calaverada» significaba después de haberse casado con el coronel.

Por lo demás, como puede haberse conocido, la señorita Gillenormand había visto defraudada su tentativa de sustituir con su favorito, el oficial de lanceros, a Mario. El sustituto Teódulo no había cuajado; el señor Gillenormand no había aceptado el «quid pro quo», porque el vacío del corazón no se acomoda a un alma cualquiera. Teódulo, por su parte, aunque deseando la herencia, repugnaba la servidumbre de agradar. El viejo fastidiaba al lancero, y el lancero chocaba al viejo. El teniente Teódulo era alegre sin duda, pero charlatán; frívolo, pero vulgar; buen vividor, pero de mala sociedad; tenía queridas, es verdad, y hablaba mucho de ellas, también es verdad; pero hablaba mal. Todas sus cualidades tenían un defecto.

El señor Gillenormand cometía un exceso oyéndole hablar contra los «buenos partidos» que vivían alrededor de su cuartel, en la calle de Babilonia. Además, el teniente Teódulo venía alguna vez de uniforme con la escarapela tricolor.

Todo esto le hacía insoportable, y el señor Gillenormand había concluido por decir a su hija:

—Ya estoy cansado de Teódulo. Me gustan poco los guerreros en tiempo de paz. Recíbele tú si quieres; no sé si preferir los acuchilladores a los que andan arrastrando el sable. El crujido de las espadas en la batalla es menos miserable que el ruido que hace la vaina en el suelo. Además, gallardearse como un matasiete y apretarse el talle como una chiquilla, y gastar corsé debajo de la coraza es ser dos veces ridículo. El que es hombre verdaderamente está a igual distancia de la fanfarronada y de la puerilidad. Ni Fierabrás, ni tierno corazón. Guárdate tu Teódulo.

Su hija le contestó:

—Sin embargo, es sobrino vuestro.

Pero se descubrió que el señor Gillenormand, que era abuelo hasta la punta de los dedos, no era eternamente buen tío.

En realidad, como tenía genio y comparaba, Teódulo sólo había servido para hacerle sentir más la falta de Mario.

Una noche, la del 4 de junio, lo cual no impedía que el señor Gillenormand tuviera una buena lumbre en la chimenea, había despedido a su hija, que cosía en el cuarto próximo. Estaba solo en su cuarto de pinturas pastoriles, con los pies en los morillos, medio rodeado por su ancho biombo de coromandel de nueve hojas, recostado en la mesa, sobre la cual había dos bujías con pantalla verde, sumergido en su sillón de tapicería, con un libro en la mano, pero sin leerlo. Estaba vestido, según su moda, «de increíble», y parecía un antiguo retrato de Garat.

Si hubiera salido con este traje a la calle, le hubieran seguido los muchachos; pero su hija, cuando salía, le cubría con una gran capa episcopal. En su casa, excepto para levantarse y acostarse, no usaba nunca bata. «Esto le hace a uno parecer viejo», decía.

El señor Gillenormand pensaba en Mario amorosa y amargamente. Y como sucede ordinariamente, dominaba la amargura. Su ternura dolorida concluía por convertirse en indignación. Se encontraba en esa situación en que se trata de tomar un partido y en aceptar lo que mortifica. Estaba ya dispuesto a decirse que no había razón para que Mario volviese; que si hubiera debido volver lo hubiera hecho ya, y que, por consiguiente, era preciso renunciar a verle. Trataba de familiarizarse con la idea de que todo había concluido y que moriría sin ver a «aquel caballero».

Pero toda su naturaleza se rebelaba, y su vieja paternidad no podía consentirlo. «¡Qué! —decía—. ¡No vendrá!» Y esto era su muletilla. Su cabeza calva había caído sobre su pecho y fijaba vagamente en la ceniza de la chimenea una mirada triste e irritada.

Cuando estaba en lo más profundo de esta tristeza, su antiguo criado Vasco entró y preguntó:

—Señor, ¿podéis recibir al señor Mario?

El viejo se incorporó, pálido y semejante a un cadáver que se levanta a consecuencia de una sacudida galvánica.

Toda su sangre había refluido a su corazón, y murmuró:

—¿Qué señor Mario?

—No sé —respondió Vasco, intimidado y desconcertado por el aspecto de su amo—. Nicolasita es la que acaba de decirme: «Ahí está un joven que dice es el señor Mario.»

El señor Gillenormand balbució en voz baja:

—Que entre.

Y permaneció en la misma actitud, con la cabeza temblorosa y la vista fija en la puerta. Abrióse ésta y entró un joven: era Mario.

Mario se detuvo a la puerta como esperando que le dijeran que entrase.

Su traje, casi miserable, apenas se veía en la oscuridad que producía la pantalla. Sólo se distinguía su rostro, tranquilo y grave, pero extrañamente triste.

El señor Gillenormand, como sobrecogido de estupor y de alegría, permaneció algunos momentos sin ver más que una claridad, como cuando se está delante de una aparición. Estaba próximo a desfallecer. Veía a Mario como a través de un deslumbramiento. Era él, era Mario.

Al fin, ¡después de cuatro años! Se apoderó de él, por decirlo así, de repente, con un solo golpe de vista. Le encontró hermoso, noble, distinguido, hombre hecho, en actitud conveniente, con aire simpático. Tuvo deseo de abrir los brazos, de llamarle, de precipitarse; oprimióse su corazón de alegría; le ahogaban y se desbordaban de su pecho palabras afectuosas. Toda esta ternura se abrió paso y llegó a sus labios, y por el contraste que constituía su naturaleza, salió de ellos la dureza y dijo bruscamente:

—¿Qué venís a hacer aquí?

Mario respondió con embarazo:

—Señor...

El señor Gillenormand hubiera querido que Mario se arrojase en sus brazos, y quedó descontento de Mario y de sí mismo. Conoció que había sido brusco y que Mario estaba frío, y era para él una insoportable e irritante ansiedad sentirse tan tierno y tan conmovido en lo interior y ser duro exteriormente. Volvió a su amargura, e interrumpió a Mario con aspereza:

—Pero entonces, ¿a qué venís?

Este «entonces» significaba: «Si no venís a abrazarme, ¿a qué venís?»

Mario miró a su abuelo, que con su palidez parecía un busto de mármol.

—Señor...

El viejo dijo con voz severa:

—¿Venís a pedirme perdón? ¿Habéis reconocido vuestra falta?

Creía con esto poner a Mario en camino para que el «niño» le pidiese perdón. Mario tembló; le exigía que se opusiese a su padre. Bajó los ojos y respondió:

—No, señor.

—Y entonces —exclamó impetuosamente el viejo con un dolor agudo y lleno de cólera—, ¿qué me queréis?

Mario juntó las manos, dio un paso y dijo con voz débil y temblorosa:

—Señor, tened compasión de mí.

Estas palabras conmovieron al señor Gillenormand; un momento antes le hubieran enternecido, pero ya era tarde. El abuelo se levantó y apoyó las dos manos en el bastón; tenía los labios pálidos, la cabeza vacilante; pero su alta estatura dominaba a Mario, que estaba inclinado.

—¡Compasión de vos, señorito! ¡Un adolescente que pide compasión a un anciano de noventa y un años! Vos entráis en la vida, y yo salgo de ella; vos vais al teatro, a los bailes, al café, al billar, tenéis talento, agradáis a las mujeres, sois un buen mozo, y yo escupo en medio del verano en la lumbre; sois rico, con las únicas riquezas que existen, y yo tengo todas las pobrezas de la vejez: la debilidad, el aislamiento. Tenéis treinta y dos dientes, un buen estómago, la vista clara, fuerza, apetito, salud, alegría, un bosque de cabellos negros, y yo no tengo ni aun cabellos blancos. He perdido los dientes, y voy perdiendo las piernas y la memoria; hay tres calles cuyos nombres confundo siempre: la calle Charlot, la calle Chaume y la calle Saint-Claude; así me veo. Vos tenéis delante un porvenir lleno de luz; yo empiezo a no ver ni gota, tanto voy avanzando en la noche; vos estáis enamorado, eso no hay que decirlo; ¡a mí no me ama nadie en el mundo! ¡Y venís a pedirme compasión! ¡Caramba! Molière ha olvidado esta escena. Si es así como litigáis en el Tribunal los abogados os felicito cordialmente. Sois unos pícaros.

Y el nonagenario añadió con voz airada y grave:

—Pero vamos, ¿qué es lo que me queréis?

—Señor —dijo Mario—, sé que mi presencia os enoja; pero vengo solamente a pediros una cosa; después me iré en seguida.

—¡Sois un necio! —dijo el anciano—. ¿Quién os dice que os vayáis?

Estas palabras eran la traducción de este tierno pensamiento que tenía en el corazón: «¡Pero pídeme perdón! ¡Ven a mis brazos!» El señor Gillenormand conocía que Mario iba a abandonarle dentro de algunos instantes, que su mal recibimiento le entibiaba, que su dureza le rechazaba; se decía todo esto y se aumentaba su dolor; pero como éste se cambiaba en cólera, iba aumentándose ésta. Hubiera querido que Mario le comprendiese, pero Mario no le comprendía.

—¡Cómo! ¿Me habéis faltado, a mí, a vuestro abuelo; habéis abandonado mi casa para iros no sé adónde; habéis angustiado a vuestra pobre tía; habéis querido, porque eso se adivina, y es más cómodo, llevar la vida de joven, hacer el currutaco, volver a casa a cualquier hora, divertiros; no habéis dado señal de vida; habréis contraído deudas sin decirme que las pague; habréis roto vidrios y os habréis hecho camorrista, y al cabo de cuatro años venís a mi casa y no tenéis que decirme más que eso?

Este modo violento de empujar al joven hacia la ternura sólo produjo el silencio de Mario. El señor Gillenormand cruzó los brazos, movimiento que era en él particularmente imperioso, y apostrofó a Mario amargamente:

—Concluyamos. ¿Venís a pedirme algo? Decidlo. ¿Qué queréis? ¿Qué es? Hablad.

—Señor —dijo Mario con la mirada de un hombre que conoce que va a caer en un precipicio—, vengo a pediros permiso para casarme.

El señor Gillenormand tocó la campanilla, y Vasco abrió la puerta.

—Decid a mi hija que venga.

Un segundo después se abrió la puerta, y la señorita Gillenormand no entró, pero se dejó ver. Mario estaba en pie, mudo, con los brazos caídos, con el aspecto de un culpable.

El señor Gillenormand iba y venía en todas direcciones por el cuarto. Se volvió hacia su hija y le dijo:

—Nada; es el señor Mario; dadle los buenos días. El señorito se quiere casar, eso es todo. Idos.

La voz breve y ronca del viejo anunciaba una gran plenitud de ira. La tía miró a Mario con aire extraviado; apenas aparentó conocerle; no hizo un gesto ni pronunció una sílaba, y desapareció ante la voz de su padre más pronto que una paja ante el huracán.

Mientras tanto, el señor Gillenormand se había recostado en la chimenea.

—¡Casaros! ¡A los veintiún años! ¡Lo habéis arreglado así! ¡No tenéis que hacer más que pedirme permiso! Una formalidad. Sentaos, caballero. Habéis pasado por una revolución desde que no he tenido el honor de veros, y han vencido en vos los jacobinos. Debéis estar muy contento. ¿No sois republicano desde que sois barón? ¿Podéis conciliar eso? La República es una salsa de la baronía. ¿Tenéis acaso la condecoración de Julio? ¿Habéis tenido alguna parte en la toma del Louvre? Hay aquí cerca, en la calle de San Antonio, enfrente de la calle de Nonaindieres, una bala incrustada en la pared, en el tercer piso de una casa, con esta inscripción: «28 de julio de 1830.» Id a verlo; produce buen efecto. ¡Ah! ¡Vuestros amigos hacen cosas muy lindas! Y a propósito: ¿no van a hacer una fuente en el lugar del monumento del duque de Berry? ¿Conque queréis casaros? ¿Con quién? ¿Puedo preguntar, sin ser indiscreto, con quién?

Y se detuvo. Pero antes de que Mario tuviese tiempo de responder, añadió con violencia:

—¡Ah! ¿Tendréis una posición? ¿Una fortuna hecha? ¿Cuánto ganáis en vuestro oficio de abogado?

—Nada —dijo Mario con una especie de firmeza y de resolución casi feroz.

—¿Nada? ¿No tenéis para vivir más que las mil doscientas libras que os envío?

Mario no respondió. El señor Gillenormand continuó:

—Entonces ya comprendo. ¿Es rica la joven?

—Como yo.

—¡Qué! ¿No tiene dote?

—No.

—¿Y esperanzas?

—Creo que no.

—¡Enteramente desnuda! ¿Y qué es su padre?

—No lo sé.

—¿Y cómo se llama?

—La señorita Fauchelevent.

—¿Fauche qué?

—Fauchelevent.

—Pst —dijo el viejo.

—¡Señor! —exclamó Mario.

El señor Gillenormand le interrumpió con el tono de un hombre que se habla a sí mismo:

—Eso es: veintiún años, sin posición, mil doscientas libras al año, y la señora baronesa de Pontmercy irá a comprar dos cuartos de perejil a la plaza.

—¡Señor! —dijo Mario con la angustia de la última esperanza que se desvanece—. Os suplico en nombre del cielo, con las manos juntas, me pongo a vuestros pies. ¡Permitidme que me case!

El viejo dio una carcajada estridente y lúgubre, a través de la cual tosía y hablaba:

—¡Ah!, ¡ah!, ¡ah! Os habéis dicho: «¡Pardiez! Voy a buscar a ese viejo pelucón, a ese absurdo bodoque. ¡Qué lástima que no tenga yo veinticinco años! ¡Cómo le pasaría una respetuosa papeleta! ¡Cómo me gobernaría sin él! Pero es lo mismo; le diré: Viejo gallina, eres muy dichoso al verme; tengo ganas de casarme con la señorita Fulana, hija del señor Fulano; yo no tengo zapatos y ella no tiene camisa; pero quiero echar a un lado mi carrera, mi porvenir, mi juventud, mi vida; deseo hacer excursión por la miseria con una mujer al cuello; éste es mi pensamiento. ¡Y es preciso que consientas!

Y el viejo fósil consentirá en ello. Anda, hijo, como tú quieras; átate, cásate con tu Pousselevent, con tu Coupelevent.» ¡Nunca, caballero, nunca!

—Padre mío...

—Nunca.

Mario perdió toda esperanza al oír el acento con que fue pronunciado este «nunca».

Atravesó el cuarto lentamente, con la cabeza inclinada, temblando, y más semejante al que se muere que al que se va.

El señor Gillenormand le siguió con la vista, y en el momento en que se cerraba la puerta, y en que Mario iba a desaparecer, dio cuatro pasos con esa viveza senil de los viejos impetuosos y coléricos, cogió a Mario por el cuello, le volvió a la habitación, le arrojó en un sillón y le dijo:

—¡Cuéntame eso!

Sólo estas palabras: «padre mío», que se habían escapado a Mario, habían causado esta revolución.

Mario le miró asustado. El móvil semblante del señor Gillenormand no expresaba más que una ruda e inefable buena fe. El abuelo se había convertido en el padre.

—Vamos a ver, habla: cuéntame tus amores, dímelo en secreto, dímelo todo. ¡Caramba! ¡Qué tontos son los jóvenes!

—¡Padre mío! —volvió a decir Mario.

Todo el rostro del anciano se iluminó con un indecible resplandor.

—Sí, eso es. ¡Llámame padre y verás!

Había en estas frases algo tan bueno, tan dulce, tan franco, tan paternal, que Mario pasó repentinamente del desánimo a la esperanza, y quedó como aturdido y confuso. Estaba sentado cerca de la mesa; la luz de las bujías hacía muy visible la miseria de su traje, que el señor Gillenormand examinaba con asombro.

—Y bien, padre mío —dijo Mario.

—¡Ah! —dijo el señor Gillenormand—. No tienes ni un ochavo. Estás vestido como un ladrón.

Y abriendo un cajón, sacó una bolsa que puso sobre la mesa.

—Toma, ahí tienes cien luises; cómprate un sombrero.

—Padre mío —continuó Mario—, mi buen padre. ¡Si supieséis! La amo. No podéis figuraros. La primera vez que la vi fue en el Luxemburgo, adonde ella iba a pasear. Al principio no fijé la atención, pero después yo no sé cómo me he enamorado. ¡Oh! ¡Qué desgraciado me ha hecho esto! Pero, en fin, ahora la veo todos los días en su casa; su padre no lo sabe. Figuraos que van a partir; nos vemos en el jardín por la noche. Su padre quiere irse a Inglaterra, y yo me he dicho: «Voy a ver a mi abuelo y a contárselo.» Me volveré loco, me moriré, caeré enfermo, me arrojaré al agua. Es preciso que me case, porque si no me volveré loco. Ésta es la verdad; creo que no he olvidado nada. Vive en un jardín en que hay una verja, en la calle Plumet, cerca de los Inválidos.

El señor Gillenormand se había sentado alegremente al lado de Mario. Al mismo tiempo que le escuchaba y saboreaba el sonido de su voz, saboreaba también un polvo de tabaco. Al oír «calle Plumet», detuvo la aspiración y dejó caer el tabaco sobre sus rodillas.

—¡Calle Plumet!, ¡calle Plumet, dices! Veamos: ¿No hay por allí un cuartel? Sí, eso es. Tu primo Teódulo me ha hablado ya; el lancero, el oficial. Una jovencita, mi buen amigo, una jovencita. ¡Vaya, sí, calle Plumet! La que se llamaba antes calle Blomet. Ahora me acuerdo. He oído hablar de esa verja de la calle Plumet: en un jardín; una Pamela; no tienes mal gusto, es aseadita. Aquí, entre nosotros, yo creo que ese tonto de lancero le ha hecho la corte; no sé hasta dónde habrá llegado. Pero, en fin, eso no es nada; además de que no hay que creerle, porque es un vanidoso. Mario, me parece muy bien que un joven como tú esté enamorado, porque eso es propio de tu edad, y mejor quiero que seas enamorado que jacobino; mejor quiero verte enamorado de unas faldas, ¡caramba!, de veinte faldas, que del señor Robespierre. En cuanto a mí, en materia de «sans-culottes», no me gustan más que las mujeres. Las muchachas bonitas son las muchachas bonitas, ¡qué diablo!, y a esto no puede hacerse objeción ninguna. ¡Conque la niña te recibe a escondidas del papá! Eso está muy puesto en el orden. A mí me han pasado historias de ese género, y más de una. ¿Y sabes lo que se hace? No se toma la cosa con ferocidad; no se precipita uno en lo trágico; no se concluye por un casamiento, y por ir a casa del alcalde a verle con su faja; es preciso ser un muchacho de ingenio, es preciso tener sentido común. Tropezad, mortales, pero no os caséis. Cuando llega un caso como éste, se busca al abuelo, que es un buen hombre en el fondo y que tiene siempre algunos cartuchos de luises en un cajón, y se le dice: «Abuelo, esto me pasa.» Y el abuelo dice: «Es muy natural.» Es preciso que la juventud se divierta y que la vejez se arrugue. Yo he sido joven y tú serás viejo. Anda, hijo mío, que ya dirás esto mismo a tus nietos. Aquí tienes doscientas pistolas. Diviértete. ¡Caramba! ¡Nada mejor! Así debe llevarse este negocio. No se casa uno; pero ¿eso qué impide?... ¿Me comprendes?

Mario, petrificado y sin poder pronunciar una palabra, hizo con la cabeza un movimiento negativo.

El buen viejo se echó a reír, guiñó el ojo, le dio un golpecito en la rodilla, le miró entre ambos ojos con aire misterioso y le dijo, alzando amistosamente los hombros:

—¡Tonto! ¡Tómala por querida!

Mario se puso pálido. No había comprendido nada de todo lo que acababa de decir su abuelo. Aquella confusión de calle Blomet, de Pamela, de cuartel, de lancero, había pasado por delante de Mario como una cosa fantasmagórica. Nada de aquello podía referirse a Cosette, que era una azucena. El viejo divagaba, sin duda; pero todo había concluido en una palabra que Mario había comprendido y que era una injuria mortal a Cosette. La frase «tómala por querida» había entrado en su corazón como una espada.

Se levantó, cogió el sombrero, que estaba en el suelo, y se dirigió hacia la puerta con paso firme y seguro. Allí se volvió, se inclinó profundamente ante su abuelo, levantó después la cabeza, y dijo:

—Hace cinco años insultasteis a mi padre; hoy habéis insultado a mi mujer. No os pido nada. Adiós.

El señor Gillenormand, estupefacto, abrió la boca, extendió los brazos y trató de levantarse; pero antes de que hubiera podido pronunciar una palabra se había cerrado la puerta y Mario había desaparecido.

El anciano permaneció algunos momentos inmóvil, como si hubiera caído un rayo a sus pies, sin poder hablar ni respirar, como si una mano vigorosa le apretase la garganta.

Por fin se levantó del sillón, corrió hacia la puerta con toda la velocidad con que se puede correr a los noventa y un años, la abrió y gritó:

—¡Socorro! ¡Socorro!

Acudió su hija, y luego los criados, y les dijo con angustioso acento:

—¡Corred detrás de él! ¡Cogedle! ¿Qué le he hecho yo? ¡Está loco! ¡Se va! ¡Ay, Dios mío! ¡Ahora ya no volverá!

Se dirigió a la ventana que daba a la calle, la abrió con sus viejas manos arrugadas, se inclinó, sacando medio cuerpo afuera, mientras que Vasco y Nicolasita le tenían por detrás, y gritó:

—¡Mario! ¡Mario! ¡Mario! ¡Mario!

Pero Mario ya no podía oírle, porque en aquel momento volvía la esquina de la calle de San Luis.

El nonagenario se llevó dos o tres veces las manos a las sienes con expresión de angustia, retrocedió temblando y se recostó en un sillón, sin pulso, sin voz, sin lágrimas, meneando la cabeza y agitando los labios con aire estúpido, sin tener en los ojos y el corazón más que una cosa triste y profunda como la noche.

CAPÍTULO VI

¿ADÓNDE VAN?

Aquel mismo día, hacia las cuatro de la tarde, Juan Valjean estaba sentado solo en uno de los declives más solitarios del Campo de Marte.

Ya fuese por prudencia o por ese deseo de recogimiento que sigue a los cambios insensibles de costumbres, que se introducen poco a poco en todas las existencias, ahora salía poco con Cosette.

Tenía su traje de obrero y un pantalón gris; la ancha visera de su gorra le ocultaba el rostro. Estaba tranquilo y era feliz respecto de Cosette, porque se había disipado lo que le había asustado algún tiempo; pero hacía una semana o dos le perseguía una ansiedad de otra naturaleza.

Un día, paseándose por el bulevar, había visto a Thenardier y, gracias a su disfraz, éste no le había conocido; pero desde entonces Juan Valjean le había vuelto a ver varias veces y había adquirido la certeza de que rondaba su barrio.

Esto bastaba para determinarle a tomar una gran resolución.

Estando allí Thenardier, estaban todos los peligros a un tiempo. Además, París no se hallaba tranquilo; las agitaciones políticas ofrecían el inconveniente, para todo el que tuviera que ocultar algo en su vida, que la Policía andaba inquieta y recelosa, y que, buscando la pista de un hombre como Pepín o Morey, podía muy bien encontrarse con un hombre como Juan Valjean. Se había, pues, decidido a abandonar París, incluso Francia, e ir a Inglaterra, y había prevenido a Cosette porque quería partir antes de ocho días.

Se había sentado, pues, en la cuestecita del Campo de Marte, dando vuelta en su cerebro a toda clase de pensamientos: Thenardier, la Policía, el viaje y la dificultad de hacerse con un pasaporte.

Todas estas cosas le inquietaban igualmente.

Además, un hecho inexplicable que acababa de sorprenderle, y que le tenía aún impresionado, aumentaba su inquietud. Aquel día, por la mañana, se había levantado temprano y, paseándose por el jardín antes que Cosette hubiese abierto su ventana, había descubierto este letrero, grabado en la pared, probablemente con un clavo: «Calle de la Verrerie, 16.»

La escritura era muy reciente, porque las letras estaban aún blancas en la antigua argamasa ennegrecida, y porque una mata de ortigas que había al pie de la pared estaba cubierta de polvo de yeso.

Aquello había sido escrito probablemente por la noche.

Pero ¿qué era? ¿Unas señas? ¿Una señal para otros? ¿Un aviso para él? En todo caso, era evidente que había sido violado el jardín y que había penetrado en él algún desconocido. Entonces recordó los incomprensibles incidentes que habían alarmado ya a la casa, meditó sobre aquel letrero y se guardó muy bien de hablar de él a Cosette por miedo de asustarla.

En medio de estos pensamientos se fijó en una sombra que el sol proyectaba, sin duda de alguno que acababa de detenerse en lo alto de la cuestecilla, por detrás de él. Iba a volverse, cuando cayó sobre sus rodillas un papel doblado en cuatro dobleces, como si una mano le hubiera dejado caer sobre su cabeza.

Cogió el papel, lo desdobló y leyó esta palabra, escrita en gruesos caracteres con lápiz: «Mudaos.»

Juan Valjean se levantó vivamente, pero ya no había nadie en la cuesta.

Miró por todas partes y descubrió un ser más grande que un niño y más pequeño que un hombre, vestido con blusa gris y pantalón de pana de color de polvo, que saltaba el parapeto y desaparecía en el foso del Campo de Marte.

Juan Valjean se volvió en seguida a su casa pensativo.

Mario había salido trastornado de casa del señor Gillenormand. Había entrado en ella con poca esperanza y salía con inmensa desesperación.

Por lo demás, y los que han observado el corazón humano lo comprenderán, el lancero, el oficial, el necio, el primo Teódulo, no había dejado sombra alguna en su espíritu, ni la más pequeña nube. El poeta dramático podría esperar algunas complicaciones de esta revelación hecha a quemarropa al nieto por el abuelo; pero lo que en esto ganaría el drama, lo perdería la verdad. Mario estaba en esa edad en que no se cree nada malo; después viene la edad en que se cree todo. Las sospechas no son más que arrugas, y la primera juventud no las tiene. Lo que anonada a Otelo pasa sencillamente por Cándido. ¡Sospechar de Cosette! Antes hubiera cometido Mario mil crímenes. Púsose a pasear por las calles, recurso de todos los que padecen, y no pensó en nada de que pudiese acordarse. A las dos de la mañana entró en casa de Courfeyrac y se echó vestido en su colchón. Había salido ya el sol cuando se durmió, con ese horrible sueño pesado que deja ir y venir las ideas en el cerebro. Cuando se despertó vio a Courfeyrac, Enjolras, Feuilly y Combeferre, de pie, con el sombrero puesto, preparados para salir y muy afanosos.

Courfeyrac le dijo:

—¿Vienes al entierro del general Lamarque?

Salió de casa algunos momentos después que ellos; se metió en el bolsillo los dos cachorrillos que Javert le había entregado para la aventura del 3 de febrero, y que se habían quedado en su poder. Los cachorrillos estaban aún cargados. Sería difícil decir qué oscuro pensamiento tenía en su cabeza al llevarlos.

Todo el día estuvo vagando sin saber por dónde iba; estaba lloviendo a intervalos, pero no lo notaba. Compró para comer un bollo de un sueldo en un puesto de pan, lo guardó en el bolsillo y no volvió a acordarse de él. Parece también que se bañó en el Sena, sin tener conciencia de lo que hacía. Hay momentos en que se tiene un horno bajo el cráneo, y Mario estaba en uno de esos momentos. Ya no esperaba nada ni temía nada; había dado este paso desde la víspera; esperaba la noche con impaciencia febril; no tenía más que una idea clara: que a las nueve vería a Cosette. Esta última felicidad era todo su porvenir, después sólo le quedaba la sombra. Por intervalos, paseando por los bulevares más desiertos, le parecía oír en París ruidos extraños, y saliendo de su meditación, decía: «¿Es que pelean?»

Al caer la noche, a las nueve en punto, como había prometido a Cosette, estaba en la calle Plumet. Cuando se acercó a la verja todo lo olvidó. Hacía cuarenta y ocho horas que no había visto a Cosette; iba a verla, y todas las demás ideas se borraron, y sólo sintió una profunda alegría. Esos minutos en que se vive un siglo tienen una cosa soberana y admirable: en el momento en que pasan llenan por completo el corazón.

Mario abrió la verja y se precipitó en el jardín. Cosette no estaba en el sitio en que le esperaba siempre. Atravesó la espesura y llegó a la rinconada cerca de la escalinata. «Me espera allí», se dijo. Cosette no estaba.

Alzó la vista y vio que los postigos de la ventana estaban cerrados. Dio la vuelta al jardín y vio que estaba desierto. Entonces volvió a la casa, y perdido de amor, loco, asustado, exasperado de dolor y de inquietud, como un amo que entra en su casa a mala hora, llamó a la ventana. Llamó y volvió a llamar, expuesto a ver abrirse la ventana y asomar por ella la sombría cabeza del padre, y oír que le preguntaba: «¿Qué queréis?»

Esto no era nada al lado de lo que sospechaba. Cuando hubo golpeado la ventana, gritó y llamó a Cosette.

—¡Cosette! —gritó—. ¡Cosette! —repitió imperiosamente.

Pero no le respondieron. Todo había concluido. No había nadie en el jardín, nadie en la casa.

Mario fijó sus ojos desesperados en aquella casa lúgubre, tan negra, tan silenciosa y más vacía que una tumba, y miró después el banco de piedra en que había pasado horas tan felices al lado de Cosette. Entonces se sentó en la escalinata con el corazón lleno de dolor y de resolución, bendijo su amor en el fondo de su pensamiento, y se dijo que, puesto que Cosette se había marchado, no tenía que hacer más que morir.

De repente oyó una voz que parecía salir de la calle, y que gritaba a través de los árboles:

—¡Señor Mario!

Se levantó.

—¿Quién es? —dijo.

—Señor Mario, ¿estáis ahí?

—Sí,

—Señor Mario —añadió la voz—, vuestros amigos os esperan en la barricada de la calle de Chanvrerie.

Esta voz no le era enteranente desconocida. Se parecía a la voz tomada y ruda de Eponina. Mario corrió a la verja, separó el hierro móvil, pasó la cabeza y vio una figura, que le pareció un joven, desaparecer corriendo en la oscuridad.

* * *

La bolsa de Juan Valjean había sido inútil al señor Mabeuf, porque éste, en su venerable austeridad infantil, no había aceptado el regalo de los astros; no había admitido que una estrella pudiera convertirse en luises de oro, y no había podido adivinar que lo que caía del cielo viniera de Gavroche.

Había llevado la bolsa al comisario de Policía del barrio, como objeto perdido, puesto por el que la había hallado a disposición del que lo reclamase. La bolsa, en efecto, se perdió. No hay que decir que nadie la reclamó, sin que disfrutase este socorro el señor Mabeuf. Por lo demás, el señor Mabeuf continuaba viniendo a menos.

Los ensayos sobre el índigo no habían dado mejor resultado en el Jardín Botánico que en su jardín de Austerlitz. El año anterior debía el salario a su ama, y ahora debía, como hemos visto, el alquiler de la casa. El Monte de Piedad, después de cumplidos trece meses, había vendido las planchas de su «Flora» y algún calderero habría hecho de ellas cacerolas. Perdidas, pues, sus planchas y no pudiendo completar los ejemplares descabalados de su «Flora», que poseía aún, había cedido a bajo precio a un librero chalán planchas y texto como desperfectos. Nada le quedó de la obra de toda su vida. Empezó a comerse el dinero de sus ejemplares.

Cuando vio que este admirable recurso se agotaba, renunció a su jardín y lo dejó sin cultivo. Antes, mucho tiempo antes, había renunciado a los dos huevos y al pedazo de carne que comía de tiempo en tiempo. Sólo se alimentaba con pan y patatas; había vendido sus últimos muebles. Después de todo, lo que tenía doble en materia de ropa de cama, vestidos y mantas; después sus herbarios y sus estampas; pero aún conservaba los libros más preciosos, entre los cuales había algunos muy raros: «Los cuadros históricos de la Biblia», edición de 1560; «La concordancia de las Biblias», de Pedro de Besse; «Las margaritas de la Margarita», de Juan de la Haye, con una dedicatoria a la reina de Navarra; el libro del «Cargo y dignidad del embajador», por el señor de Villiers Hotman: un «Florilegium Rabbinicum» de 1644;

un «Tibulo» de 1568 con esta espléndida inscripción: «Veneditiis, in aedibus manutianis.» Y, en fin, un «Diógenes Laercio» impreso en Lyón en 1644, en el que se hallaban las famosas variantes del manuscrito 411 del siglo XIII del Vaticano y las de los dos manuscritos de Venecia, 393 y 394, tan fructuosamente consultados por Enrique Etienne, y todos los pasajes en dialecto dórico, que no se encuentran más que en el célebre manuscrito del siglo XII de la Biblioteca de Nápoles.

El señor Mabeuf no encendía nunca lumbre en su cuarto, y se acostaba con el día para no encender luz.

Parecía que no tenía vecinos, porque evitaban su encuentro cuando salía; él lo había notado. La miseria de un niño conmueve a una madre; la miseria de un joven conmueve a una joven; pero la miseria de un viejo no conmueve a nadie, y es de todas las desgracias la más fría. Pero el señor Mabeuf no había perdido enteramente su serenidad de niño; sus ojos despedían aún luz cuando se fijaban en sus libros, y se sonreía cuando contemplaba el «Diógenes Laercio», que era un ejemplar único. Su armario con cristales era lo único que había conservado además de lo indispensable.

Un día le dijo la señora Plutarco:

—No tengo con qué traer comida.

Lo que ella llamaba comida era un pan y cuatro o cinco patatas.

—Fiado —dijo el señor Mabeuf.

—Ya sabéis que me lo niegan.

El señor Mabeuf abrió su biblioteca, miró mucho tiempo todos sus libros, uno después de otro, como un padre obligado a diezmar a sus hijos los miraría antes de escoger; después cogió uno de repente, se lo puso debajo del brazo y salió. A las dos horas volvió sin nada debajo del brazo, puso treinta sueldos sobre la mesa y dijo:

—Traeréis qué comer.

Desde aquel momento, la tía Plutarco vio cubrirse el cándido semblante del señor Mabeuf con un velo sombrío que no desapareció nunca.

El día siguiente, el otro, todos los demás fue preciso hacer lo mismo. El señor Mabeuf salía con un libro y volvía con una moneda de plata.

Como los libreros chalanes le veían obligado a vender, le compraban por veinte sueldos los libros por los que había dado veinte francos alguna vez a ellos mismos. Así concluyó toda su biblioteca tomo a tomo.

En algunos momentos se decía:

—Sin embargo, tengo ochenta años.

Como si tuviese alguna esperanza de llegar antes al fin de sus días que al fin de sus libros.

Su tristeza iba en aumento; pero una vez tuvo una alegría. Salió con un Roberto Etienne, que vendió en treinta y cinco sueldos en el muelle Malaquais, y volvió con un Alde que había comprado por cuarenta sueldos en la calle de Grés.

—Debo cinco sueldos —dijo muy alegre a la tía Plutarco.

Aquel día no comieron.

Era de la Sociedad de Horticultura, donde se sabía su pobreza. El presidente de esta Sociedad vino a verle, le prometió hablar de él al ministro de Agricultura y Comercio, y lo hizo.

—¡Cómo! —exclamó el ministro—. ¡Ya lo creo! ¡Un docto anciano! ¡Un botánico! ¡Un hombre inofensivo! ¡Es preciso hacer algo por él!

Al día siguiente, el señor Mabeuf recibió una invitación para comer con el ministro. Enseñó la carta temblando de alegría a la tía Plutarco.

—¡Nos hemos salvado! —dijo.

El día fijado fue a casa del ministro. Notó que su corbata rosada, su frac grande y cuadrado y sus zapatos embetunados asombraron a los porteros. Nadie le habló, ni aun el ministro. Hacia las diez de la noche, como estaba esperando una palabra, oyó a la mujer del ministro, hermosa señora descotada, a quien no se había atrevido a acercarse, que preguntaba:

—¿Quién es ese caballero anciano?

Se volvió a su casa, a pie, a media noche, con una fuerte lluvia. Había vendido un Elzebir para pagar el coche al ir.

Tenía la costumbre de leer todas las noches, antes de acostarse, algunas páginas de su «Diógenes Laercio»; sabía bastante griego para encontrar un placer en las particularidades del texto que poseía; ya no tenía más goces.

Pasáronse algunas semanas; pero, de pronto, la tía Plutarco cayó enferma. Hay una cosa más triste que no tener para comprar pan en la tahona, y es no tener para comprar medicinas en la botica; una noche, el médico recetó una poción muy cara. Además, agravándose la enferma, necesitaba una persona que la cuidara. El señor Mabeuf abrió la biblioteca y ya no tenía nada; había vendido hasta el último volumen; no le quedaba más que el «Diógenes Laercio».

Se puso el ejemplar único bajo el brazo y salió; era el 4 de junio de 1832. Fue a la puerta de Santiago, a casa del sucesor de Royol, y volvió con cien francos. Puso la pila de napoleones sobre la mesa de noche de la antigua criada, y se volvió a su cuarto sin decir una palabra.

Al día siguiente, desde que amaneció, se sentó en el guardacantón que había en el jardín, y pudo vérsele por encima del seto toda la mañana, inmóvil, con la cabeza inclinada y la vista vagamente fija en sus platabandas marchitas. Llovía a intervalos, pero el viejo no lo notaba.

A mediodía estalló en París un ruido extraordinario; parecía que se oían tiros de fusil y clamores populares.

El señor Mabeuf levantó la cabeza. Vio pasar a un jardinero, y le preguntó:

—¿Qué es eso?

El jardinero respondió, con su azadón al hombro y con acento tranquilo:

—Un motín.

—¡Cómo! ¡Un motín!

—Sí, están combatiendo.

—¿Y por qué?

—¡Diablo! —dijo el jardinero.

—¿Hacia qué lado? —preguntó el señor Mabeuf.

—Hacia el Arsenal.

El señor Mabeuf volvió a entrar en su casa, buscó maquinalmente un libro para llevarlo debajo del brazo, no le encontró, y dijo:

—¡Ah, es verdad!

Y salió con aire extraviado.

CAPÍTULO VII

EL 5 DE JUNIO DE 1832

¿De qué se compone un motín? De todo y de nada. De una electricidad que se desarrolla poco a poco, de una llama que se forma súbitamente, de una fuerza vaga, de un soplo que pasa. Este soplo encuentra cabezas que hablan, cerebros que piensan, almas que padecen, pasiones que arden, miserias que se lamentan y las arrastra.

¿Adónde?

Al ocaso. A través del Estado, a través de las leyes, a través de la prosperidad y de la insolencia de los demás.

La convicción irritada, el entusiasmo frustrado, la indignación conmovida, el instituto de guerra comprimido, el valor de la juventud exaltado, la ceguedad generosa, la curiosidad, el placer de la variación, la sed de lo inesperado, el sentimiento que hace experimentar placer al leer el cartel de un nuevo espectáculo, y al oír en el teatro el silbato del maquinista, los odios vagos, los rencores, las contrariedades, la vanidad que cree que ha fracasado el destino, el malestar, los pensamientos profundos, las ambiciones rodeadas de abismos; todo el que espera de un derrumbamiento una salida, y, en fin, en lo más bajo, la turba, ese lodo que se convierte en fuego; tales son elementos de motín.

Lo más grande y lo más ínfimo; los seres que vagan fuera de todo, esperando una ocasión; gitanos, gente sin profesión, vagabundos de las encrucijadas, los que duermen por la noche en un desierto de casas, sin más techo que las frías nubes del cielo; los que piden cada día su pan al acaso y no al trabajo, los brazos desnudos, los pies descalzos, pertenecen al motín.

Todo el que tiene en el alma una rebelión secreta contra un hecho cualquiera del Estado, de la vida o de la suerte, tiene afinidad en el motín, y desde que se presenta empieza a temblar y a sentirse conmovido por el torbellino.

El motín es una especie de tromba de la atmósfera social, que se forma de repente en ciertas condiciones de temperatura, y que en sus remolinos sube, corre, truena, arranca, corta, rompe, demuele, desarraiga, arrastrando consigo los ánimos grandes y pequeños, el hombre fuerte y el débil, el tronco del árbol y la arista de paja.

¡Desgraciado aquel a quien arrastra lo mismo que aquel con quien choca! Los estrella uno contra otro.

Comunica a los que coge un poder extraordinario. Lleva al primero que encuentra con la fuerza de los sucesos, y hace de todo proyectiles: convierte un canto en una bala, y un arenero en un general.

Si se ha de creer a ciertos oráculos de la política recelosa, desde el punto de vista del poder, un motín es una cosa deseable. Para ellos es un axioma que el motín afirma a los Gobiernos si no los destruye, porque pone a prueba el Ejército, concentra a los ciudadanos, estira los músculos de la Policía y pone de manifiesto la fuerza del esqueleto social. Es un ejercicio gimnástico, casi higiénico. El poder se siente mejor después de un motín, como el hombre después de una fricción.

El motín hace treinta años se consideraba además desde otros puntos de vista.

Hay para todo una teoría que se llama a sí misma «del sentido común». Filinto contra Alcestes; mediación ofrecida entre lo verdadero y lo falso; explicación, admonición, atenuación un poco altiva, que porque tiene cierta mezcla de culpa y de excusa se cree la sabiduría, y no es más que una pedantería. Toda una escuela política, llamada del justo medio, ha salido de aquí. Entre el agua fría y el agua caliente, hay el partido del agua tibia. Esta escuela, con su falsa profundidad enteramente superficial, que diseca los efectos sin remontarse a las causas, censura desde lo alto de una semiciencia las agitaciones de la plaza pública.

Según esta escuela, «los motines que complicaron la Revolución de 1830 quitaron a este gran acontecimiento una parte de su pureza». La Revolución de Julio había sido un hermoso huracán popular, seguido inmediatamente de la calma; pero los motines volvieron a nublar el cielo e hicieron que degenerase en querella esta revolución, tan notable al principio por su unanimidad. En la Revolución de Julio, como en todo progreso que se realiza por una sacudida, había habido fracturas secretas; el motín las hizo sensibles, y pudo decirse: «¡Ah! Esto está roto.» Después de la Revolución de Julio sólo se sentía la libertad; después de los motines se conoció la catástrofe.

Todo motín cierra las tiendas, hace bajar los fondos, asusta a la Bolsa, suspende el comercio, detiene los negocios, precipita las quiebras; se retira el dinero, las fortunas privadas están inquietas, el crédito público, perdido; la industria, desconcertada; los capitales retroceden, el trabajo se paga menos; en todas partes reina el miedo, la reacción en todas las ciudades. De aquí salen los precipicios. Se ha calculado que el primer día de motín cuesta a Francia veinte millones; el segundo, cuarenta; el tercero, sesenta. Un motín de tres días cuesta ciento veinte millones; es decir, que no teniendo en cuenta más que este resultado económico, equivale a un desastre, a un naufragio o a una batalla perdida que destruye una escuadra de sesenta navíos de línea.

Sin duda, los motines tienen sus bellezas históricas; la guerra de las calles no es menos grandiosa ni menos patética que la guerra del campo; en la una está el alma de los bosques, y en la otra el corazón de las ciudades; la una tiene a Juan Chonan, y la otra a Juana. Los motines despiden llamas rojizas, pero espléndidas, y todos los rasgos más orientales del carácter parisiense, la generosidad, el desinterés, la alegría tempestuosa, los estudiantes probando que la bravura es parte de la inteligencia, la Guardia nacional inquebrantable, los vivas de los tenderos, las fortalezas de los pilluelos, el desprecio de la muerte en los transeúntes. Las escuelas y los regimientos se encuentran. Bien considerado todo, entre los combatientes no hay más que una diferencia de edad; son la misma raza, los mismos hombres estoicos que mueren a los veinte años por sus ideas, y a los cuarenta por su familia. El Ejército, siempre triste en las guerras civiles, opone la prudencia a la audacia. Los motines, al mismo tiempo que manifiestan la intrepidez popular, educan en el valor al ciudadano.

Pero ¿todo esto vale la sangre que se ha derramado? Y añádase a la sangre vertida el porvenir oscuro, el progreso comprometido, la juventud aun entre los mejores, los liberales honrados desesperando ya, el absolutismo extranjero viendo con placer estas heridas hechas a la Revolución por sí misma, los vencidos de 1830 triunfando y diciendo: «¡Ya lo habíamos dicho!» Añádase a esto que París tal vez no puede engrandecerse con un motín, pero que Francia se empequeñece, y, por último, pues todo debe decirse, los asesinatos que deshonran con frecuencia la victoria del orden feroz sobre la libertad loca. En suma: «Los motines han sido funestos.»

Así habla esa casi sabiduría con que la clase de los pequeños propietarios egoístas, que es un casi pueblo, se contenta gustosa.

En cuanto a nosotros, rechazamos esa palabra tan extensa y, por consiguiente, tan cómoda: los motines. Entre un movimiento popular y otro movimiento popular, hacemos una distinción. No nos preguntamos si un motín cuesta tanto como una batalla. ¿Y por qué como una batalla? Aquí se presenta la cuestión de la guerra. ¿Acaso la guerra es un azote menos sensible que la calamidad de un motín? Además, ¿son calamidades todos los motines? ¿Y qué, aunque el 14 de julio costase ciento veinte millones? La instalación de Felipe V en España costó a Francia dos mil millones; pues, por igual precio, preferimos el 10 de julio.

Por otra parte, negamos esas cifras, que parecen razones y no son más que palabras. Dado un motín, lo examinamos en sí mismo. En todo lo que dice la objeción doctrinaria expuesta anteriormente, sólo se trata del efecto; nosotros buscamos la causa.

Vamos a explicarnos.

Hay motines y hay insurrecciones; son dos clases de cólera: una equivocada, otra con derecho. En los Estados democráticos, únicos que están fundados sobre la justicia, sucede algunas veces que una fracción es usurpadora; entonces todo se levanta, y la necesaria reivindicación de su derecho puede llegar hasta tomar las armas. En todas las cuestiones que llegan a la soberanía colectiva, la guerra del todo contra la fracción es la insurrección; el ataque de la fracción contra todo es el motín. Según que las Tullerías estén habitadas por el rey o por la Convención, son justas o injustamente atacadas. El mismo cañón asestado contra la multitud, no tiene razón el 10 de agosto y la tiene el 14 de Vendimiario.

La apariencia es, pues, semejante; el fondo, diferente. Los suizos defienden lo falso; Bonaparte, lo verdadero. Lo que el sufragio universal ha hecho en su libertad y en su soberanía no puede ser desechado por las calles.

Lo mismo sucede en las cosas de pura civilización; el instinto de las masas, ayer previsor, puede estar mañana turbado. La misma era es legítima contra Terray, y absurda contra Torgot. La destrucción de máquinas, el pillaje de los almacenes, rotura de los raíles, la demolición de los «docks», los falsos caminos de la multitud, el desafío de la justicia del pueblo al progreso; Ramus, asesinado por los escolares; Rousseau expulsado de Suiza a pedradas, son motines. Israel contra Moisés, Atenas contra Foción, Roma contra Escipión, son motines; París contra la Bastilla es la insurrección. Los soldados contra Alejandro, los marineros contra Cristóbal Colón, es la misma rebelión: rebelión impía. ¿Y por qué? Porque Alejandro hace por Asia con la espada lo que Cristóbal Colón por América con la brújula; Alejandro, como Colón, descubre un mundo. Estos dones de un mundo a la civilización son tales aumentos de luz, que toda resistencia es criminal.

Algunas veces el pueblo se miente fidelidad a sí mismo y la multitud hace traición al pueblo. ¿Hay, por ejemplo, nada más extraño que esa larga y sangrienta protesta de los falsos Saulniers, legítima rebelión crónica, que en el momento decisivo, en el día de la salvación, en la hora de la victoria popular se alza con el trono, se hace vendeana y de insurrección en contra se vuelve motín en favor? ¡Obra sombría de la ignorancia! El falso Saulniers huye del poder real, y con un gesto de cuerda al cuello enarbola la escarapela blanca. Grita: «¡Mueran las gabelas!», prepara el «¡Viva el rey!» Asesinos en la noche de San Bartolomé, degolladores de septiembre, verdugos de Aviñón, asesinos de Coligny, asesinos de la señora de Lamballe, asesinos de Brune, Miqueletes, Verdest, Cadenettes, compañeros de Jehú, caballeros de Brasard; ése es el motín. La Vendée es un gran motín católico.

El rumor del derecho en movimiento se conoce y no sale siempre del temblor de las masas turbulentas; hay furores locos, como hay campanas rajadas; no suena el somatén siempre a bronce. El estremecimiento de la pasión y de la ignorancia es distinto de la sacudida del progreso. Levantaos, sí, pero para engrandeceros; decidme hacia qué lado vais; sólo hay resurrección hacia adelante. Cualquier otro levantamiento es malo; todo paso violento hacia atrás es un motín; el retroceso es una vía de hecho contra el género humano. La insurrección es el acceso del furor de la verdad; los adoquines que mueve la insurrección despiden la chispa del derecho.

Esos adoquines sólo dejan su lado al motín. Dantón contra Luis XVI es la insurrección. Habert contra Dantón es el motín.

De aquí proviene que si la insurrección, en estos casos dados, puede ser, como ha dicho Lafayette, el más santo de los deberes, el motín puede ser el más fatal de los atentados.

Hay también alguna diferencia en la intensidad del calórico: la insurrección suele ser un volcán; el motín es con frecuencia fuego de paja.

La rebelión, según hemos dicho, parte algunas veces del poder. Polignac es un amotinador; Camilo Desmoulins es un gobernante.

Muchas veces insurrección es resurrección.

Siendo un hecho absolutamente moderno la solución de todo por el sufragio universal, y siendo toda la Historia anterior a este hecho, desde hace cuatro mil años, la violación del derecho y el padecimiento de los pueblos, cada época de la Historia trae consigo la protesta que le es posible. En tiempo de los Césares no había insurrección, pero había un Juvenal.

El «facit indignatio» reemplaza a los Gracos.

En tiempo de los Césares hay un desterrado de Siena; hay también un autor de los «Anales».

Y no hablamos del gran desterrado de Patmos, que también condena el mundo real en una protesta en nombre del mundo ideal; hace de la visión una sátira enorme y arroja sobre Roma-Nínive, sobre Roma-Babilonia, sobre Roma-Sodoma la resplandeciente reverberación del Apocalipsis.

Juan sobre su roca es la esfinge sobre su pedestal; no es posible comprenderlo; es un juicio, es el pueblo hebreo; pero el hombre que escribe los «Anales» es un latino o, mejor dicho, un romano.

Como los Nerones reinan de una manera oscura, deben ser pintados del mismo modo. El trabajo del buril sólo sería pálido; es preciso verter en los blancos una prosa concentrada y mordente.

Los déspotas entran para algo en la mente de los pensadores: palabra encadenada, palabra terrible. El escritor duplica y triplica su estilo cuando un señor impone silencio al pueblo. De este silencio nace cierta plenitud misteriosa que se filtra y se solidifica duramente en el pensamiento. La comprensión en la Historia produce la concisión en el historiador. La solidez granítica de alguna prosa célebre no es más que una condensación hecha por el tirano.

La tiranía obliga al escritor a contracciones de diámetro que son acrecentamientos de fuerza. El período ciceroniano, apenas suficiente para Verres, se embotaría en tiempo de Calígula. Cuanto mayor sea la extensión de la frase, mayor es la intensidad del golpe. Tácito piensa con inmensa fuerza.

La honradez de un gran corazón, condensada en justicia y en verdad, fulmina.

Digamos de paso que es muy notable el que Tácito no sea superior, históricamente hablando, a César; a aquél están reservados los Tiberios.

César y Tácito son dos fenómenos sucesivos, cuyo encuentro parece misteriosamente evitado por el que al sacar los siglos a la escena, arregla las entradas y las salidas. César es grande; Tácito es grande; Dios dirige estas dos grandezas para que no choquen una contra otra. El justiciero, hiriendo a César, podía herir demasiado y ser injusto, lo que Dios no quiere. Las grandes guerras de África y de España, los piratas de Cilicia destruidos, la civilización introducida en la Galia, en Bretaña, en Germania, toda esta gloria cubre el Rubicón. Hay en esto una especie de delicadeza de la justicia divina, dudando dejar caer sobre el usurpador ilustre el ilustre historiador formidable, haciendo a César gracia de Tiberio y concediendo circunstancias atenuantes al genio.

Cierto que el despotismo es siempre despotismo, aun debajo el déspota del genio. Hay corrupción bajo los tiranos ilustres; pero la pérdida moral es más repugnante aún bajo los tiranos infames. En esos reinados nada vela la vergüenza, y los hacedores de ejemplos. Tácito como Juvenal, abofetean más útilmente, en presencia del género humano, a esa ignominia sin réplica.

Roma despide peores miasmas en tiempo de Vitelio que en tiempo de Sila. Con Claudio y Domiciano hay una deformidad de bajeza correspondiente a la fealdad del tirano; la miseria de los esclavos es un producto directo del déspota; de esas conciencias escogidas se exhala un miasma en que se refleja el amo; los poderes públicos son inmundos; los corazones pequeños, las conciencias planas, las almas son repugnantes como una chinche. Así sucede con Caracalla, así con Cómodo, así con Heliogábalo, mientras que del Senado romano, en tiempo de César, no sale más que el olor del estiércol propio de los nidos de águila.

De aquí proviene la aparición, tardía sólo en apariencia, de los Tácitos y Juvenales; el demostrador sólo aparece en la hora de la evidencia.

Pero Juvenal y Tácito, lo mismo que Isaías en los tiempos bíblicos, lo mismo que Dante en la Edad Media, son el hombre; el motín y la insurrección son la multitud, que tan pronto tiene razón como no la tiene.

En la generalidad de los casos, el motín sale de un hecho material; la insurrección es siempre un fenómeno moral. El motín es Masaniello; la insurrección es Espartaco. La insurrección confina con la inteligencia; el motín, con el estómago. Gaster se irrita, pero Gaster no siempre tiene razón. En las cuestiones de hambre, el motín, Busancais, por ejemplo, tiene un punto de partida verdadero, patético y justo. Y, sin embargo, es un motín. ¿Por qué? Porque teniendo razón en el fondo, no la tiene en la forma. Terrible, aun teniendo derecho; violento, aunque fuerte, hiere al acaso; marcha como el elefante, ciego, rompiéndolo todo; deja detrás de sí cadáveres de ancianos, de mujeres y de niños; vierte sin saber por qué la sangre de los seres inofensivos e inocentes. Alimentar al pueblo es un buen fin; pero matarle es un mal medio.

Todas las protestas armadas, aun las más legítimas, aun el 10 de agosto, aun el 14 de julio, comienzan por la misma agitación. Antes que el derecho se desprenda hay tumulto y espuma. Al principio, la insurrección es motín, lo mismo que el río es torrente y, ordinariamente, llega a este océano: revolución. Algunas veces, sin embargo, viniendo de esas altas montañas que dominan el horizonte moral, la justicia, la prudencia, la razón, el derecho, formada de la más pura nieve de lo ideal, después de una larga caída de roca en roca, después de haber reflejado el cielo en su transparencia y de haber crecido con cien afluentes en el majestuoso camino del triunfo, la insurrección se pierde de repente en alguna hondura popular, como el Rhin en un pantano.

Todo esto se refiere a lo pasado; en lo por venir será otra cosa. El sufragio universal tiene de admirable que disuelve el motín en su principio, y dando el voto a la insurrección le quita las armas. La desaparición de las guerras, de la guerra de las calles como de la guerra de las fronteras, es el progreso inevitable. La paz, cualquiera cosa que sea hoy, es mañana.

Por lo demás, insurrección, motín, diferencia entre una y otra, todo esto apenas existe para el ciudadano. Para él todo es sedición, rebelión pura y simple, rebelión del perro contra el amo; especie de mordedura que venga la cadena y la covacha; ladrido, hasta el día en que la cabeza del perro, que va creciendo, se bosqueja vagamente en la sombra como una cabeza de león.

Entonces el ciudadano grita: «¡Viva el pueblo!»

Dada esta explicación, ¿qué es para la Historia el movimiento de julio de 1832? ¿Es un motín o una insurrección?

Es una insurrección.

Podrá sucedernos, al traer a la escena este acontecimiento terrible, que le llamemos alguna vez motín; pero sólo para calificar los hechos de la superficie, haciendo siempre la distinción necesaria entre la forma o motín y el fondo o insurrección.

Este movimiento de 1832 tuvo en su rápida explosión y en su lúgubre extinción tal magnitud, que aun aquellos que no ven en él más que un motín, hablan de él con respeto. Para éstos son como un residuo de 1830. Las imaginaciones conmovidas, dicen, no se calman en un día; una revolución no se corta a pico; tiene siempre necesariamente algunas ondulaciones antes de volver al estado de paz, lo mismo que una montaña antes de desaparecer en la llanura. No hay Alpes sin Jura ni Pirineos sin Asturias.

Esta crisis patética de la historia contemporánea, que la memoria de los parisienses llama la «época de los motines», es, seguramente, una hora característica entre las más tempestuosas de este siglo.

Digamos aún dos palabras antes de entrar en la narración.

Los hechos que vamos a referir pertenecen a esa realidad dramática y viva que el historiador desprecia muchas veces por falta de tiempo y de espacio.

En ella, sin embargo, insistimos: en ella está la vida, la palpitación, el temblor humano. Los pormenores, según hemos dicho ya, son, por decirlo así, el follaje de los grandes sucesos, y se pierden en la lontananza de la Historia.

La época llamada de los motines abunda en estos hechos pequeños. Los procesos judiciales, por otras razones que la Historia, no nos lo han revelado todo; tal vez no lo han profundizado tampoco. Nosotros vamos a dar luz, entre particularidades conocidas y publicadas, cosas que no se han sabido, hechos sobre los cuales ha pasado el olvido de unos y la muerte de otros.

La mayor parte de los actores de estas escenas gigantescas han desaparecido: al día siguiente se callaban; pero podemos decir de lo que contamos: «Lo hemos visto.» Cambiaremos algunos nombres, porque la Historia refiere y no denuncia; pero pintaremos cosas verdaderas.

En este libro no manifestaremos más que un lado y un episodio, seguramente el menos conocido: las jornadas de los días 5 y 6 de junio de 1832. Pero lo haremos de modo que el lector entrevea, bajo el sombrío velo que vamos a levantar, la figura real de esa terrible aventura del pueblo.

En la primavera de 1832, aunque hacía tres meses que el cólera tenía helados los espíritus y había echado sobre la agitación una lúgubre tranquilidad, París estaba hacía tiempo dispuesto para una conmoción. Como hemos dicho ya, la gran ciudad parece un cañón; cuando está cargado, basta que caiga una chispa para que salga el tiro. En junio de 1832 la chispa fue la muerte del general Lamarque.

Lamarque era un hombre de fama y de acción. Había tenido sucesivamente las dos clases de valor necesarias en las dos épocas: el valor de los campos de batalla y el valor de la tribuna. Era tan elocuente como bravo; su palabra parecía una espada. Como Foy, su antecesor, después de haber mantenido a gran altura el mando militar, mantuvo a gran altura la libertad.

Se sentaba entre la izquierda y la extrema izquierda; era querido del pueblo, porque aceptaba el porvenir, y querido de la multitud, porque había servido bien al emperador. Era, con el conde Gerard, uno de los mariscales «in petto» de Napoleón.

Los traidores de 1815 le miraban como una ofensa personal. Odiaba a Wellington con un odio directo que agradaba a la multitud, y hacía diecisiete años que guardaba majestuosamente la tristeza de Waterloo, atento apenas a los sucesos intermedios. En su agonía, en su última hora, había apretado contra su pecho una espada que le habían dedicado los oficiales de los Cien Días. Napoleón murió pronunciando la palabra «Ejército»; Lamarque pronunció la palabra «Patria».

Su muerte prevista era considerada por el pueblo como una pérdida, y por el Gobierno como una ocasión. Aquella muerte fue un duelo; duelo que, como todo lo que es amargo, puede cambiarse en una revuelta. Esto fue lo que sucedió.

La víspera y la mañana del 5 de junio, día fijado para el entierro del general Lamarque, el arrabal de San Antonio, por el cual debía pasar el entierro, tomó un aspecto temible. Aquella tumultuosa red de calles se llenó de rumores. Armábanse todos como podían. Los carpinteros llevaban las tablas de sus establecimientos «para echar abajo las puertas». Uno de ellos se había hecho un puñal de unos ganchos de zapatero, rompiendo el gancho y aguzando la espiga. Otro, en la fiebre de «atacar», dormía vestido hacía tres días; un carpintero, llamado Lombier, encontró a un compañero que le preguntó:

—¿Adónde vas?

—¡Pst! No tengo armas.

—Pues ¿y entonces?

—Me voy a mi taller a recoger un compás.

—¿Para qué?

—No lo sé —decía Lombier.

Otro, llamado Jacqueline, hombre de recursos, se acercaba a los obreros que pasaban y les decía:

—¡Ven!

Les pagaba un cuartillo de vino y añadía:

—¿Tienes trabajo?

—No.

—Pues ve a casa de Filspierre, entre la barrera Montreuil y la barrera de Charone, y hallarás trabajo.

En casa de Filspierre encontraban armas y cartuchos. Ciertos jefes conocidos «corrían la posta»; es decir, iban de una a otra parte para reunir a la gente. En casa de Barthelemy, cerca de la barrera del Trono; en casa de Capel, en el Petit-Chapeau, los bebedores se acercaban con aire sombrío y se les oía decir: «¿Dónde tienes tu pistola?» «Debajo de la blusa.» «¿Y tú?» «Debajo de la camisa.»

En la calle Traversiere, delante del taller Roland; en la plaza de la Casa-Quemada, frente al taller del instrumentista Bernier, cuchicheaban algunos grupos. Distinguíase entre ellos un tal Mavot, que nunca estaba una semana en un taller, pues los maestros le despedían «porque tenían disputas con él todos los días». Mavot fue muerto al día siguiente en la barricada de la calle Menilmontant.

Pretof, que debía morir también en la lucha, seguía a Mavot, y a esta pregunta: «¿Qué quieres?», le respondía: «La insurrección.» Algunos obreros, reunidos en la esquina de la calle de Bercy, esperaban a un tal Lamarin, agente revolucionario del arrabal de San Marcelo. Las órdenes se cambiaban casi públicamente.

El 5 de junio, pues, con un día en que se mezclaban la lluvia y el sol, el entierro del general Lamarque atravesó las calles de París con la pompa militar oficial, aumentada un poco con las precauciones. Dos batallones con los tambores enlutados y los fusiles a la funerala, diez mil guardias nacionales con el sable al lado, las baterías de artillería y de la Guardia nacional, escoltaban el féretro. El carro fúnebre era llevado por jóvenes. Los oficiales de inválidos le seguían inmediatamente, llevando ramos de laurel. Después venía una multitud innumerable, agitada, extraña: los seccionarios de los Amigos del Pueblo, la Escuela de Derecho, la de Medicina, los proscritos de todas las naciones, banderas españolas, italianas, alemanas, polacas, tricolores, horizontales, toda clase de enseñas; niños agitando ramas verdes, picapedreros y carpinteros, impresores, que se distinguían por sus gorros de papel, marchando de dos en dos, de tres en tres, dando gritos, agitando palos casi todos, algunos sables, sin orden y, a pesar de esto, con un solo pensamiento, semejantes ya a una confusión, ya a una columna.

Algunos pelotones habían elegido un jefe: un hombre armado con un par de pistolas, perfectamente visibles, parecía pasar revista a otros, cuyas filas se abrían para dejarle paso. En los paseos de los bulevares, en las ramas de los árboles, en los balcones, en las ventanas, en los tejados, hormigueaban cabezas, hombres, mujeres y niños, con ansiedad en los ojos. Pasaba una multitud armada; otra multitud asustada miraba.

El Gobierno, por su parte, observaba; observa con la mano en el pomo de la espada. Podían verse dispuestos a marchar, cartucheras llenas, fusiles y carabinas cargadas, en la plaza de Luis XV, cuatro escuadrones de carabineros, montados y con los clarines a la cabeza; en el Barrio Latino y en el Jardín Botánico, la Guardia

Municipal, escalonada de calle en calle; en el mercado de los vinos, un escuadrón de dragones; en la plaza de Grève, una mitad del 12 Ligero, y la otra mitad en la Bastilla; el 6.º de Dragones, en los Celestinos, y la artillería llenando la plaza del Louvre. El resto de las tropas estaba retenido en los cuarteles, sin contar los regimientos de los alrededores de París. El poder, inquieto, tenía suspendidos sobre la multitud amenazadora veinticuatro mil soldados en la ciudad y treinta mil en las afueras.

En el acompañamiento circulaban diversos rumores. Se hablaba de intenciones legitimistas; se hablaba del duque de Reichstadt, a quien Dios señalaba para la muerte en el momento mismo en que la multitud le designaba para el imperio. Una persona desconocida anunciaba que, a una hora fijada, un contramaestre ganado abriría al pueblo las puertas de una fábrica de armas. En todas las frentes descubiertas de la multitud de espectadores dominaba un entusiasmo mezclado con abatimiento. Veíase también aquí y allá, en aquella multitud, presa de tantas emociones violentas, pero nobles, verdaderos rostros de malhechores, bocas innobles que decían: «¡Robemos!» Hay ciertas agitaciones que remueven en el fondo de los pantanos y que hacen subir a la superficie del agua nubes de cieno. Fenómeno a que no es extraña la Policía «bien montada».

El acompañamiento fue con una lentitud febril desde la casa mortuoria, por los bulevares, hasta la Bastilla. Llovía de tiempo en tiempo; pero la lluvia no incomodaba a aquella multitud. En el tránsito habían ocurrido varios incidentes: el ataúd había sido paseado alrededor de la columna Vendôme; había sido apedreado el duque de Fitz-James, que estaba en un balcón con el sombrero puesto; el gallo de los gallos había sido arrancado de una bandera popular y arrastrado por el lodo; un agente de Policía había sido herido de un sablazo en la puerta de San Martín; un oficial del 12 Ligero decía en alta voz: «Soy republicano»; la Escuela Politécnica había dado, después de su consigna forzada, los gritos: «¡Viva la Escuela Politécnica!», «¡Viva la república!» Todos estos hechos marcaron el paso del fúnebre convoy. En la Bastilla, las grandes filas de curiosos que descendían del arrabal de San Antonio se unieron con el acompañamiento y empezó a levantarse cierto murmullo terrible.

Oyóse a un hombre que decía a otro: «¿Ves bien aquel de la perilla roja? Pues ése dirá cuándo hemos de tirar.»

Parece que aquella misma perilla roja se encontró después haciendo lo mismo en otro motín: en el de Quenisset.

El féretro pasó la Bastilla, siguió por el canal, atravesó el puente pequeño y llegó a la explanada del puente de Austerlitz. Allí se detuvo. En aquel momento, la multitud, vista a vuelo de pájaro, ofrecía el aspecto de un cometa cuya cabeza estuviese en la explanada y cuya cola, desarrollada por el muelle de Bourdon, cubriera la Bastilla y se prolongara por el bulevar hasta la Puerta de San Martín. Trazóse un círculo alrededor del carro fúnebre; el acompañamiento guardó silencio. Lafayette habló y se despidió de Lamarque. Fue aquel un instante tierno y augusto; todas las cabezas se descubrieron; todos los corazones palpitaron.

De pronto se presentó en medio del grupo un hombre a caballo, vestido de negro, con una bandera roja y, según otros, con una pica terminada por el gorro frigio. Lafayette volvió la cabeza. Excelmans abandonó el convoy.

Aquella bandera roja levantó una tempestad y desapareció. Uno de esos terribles rumores que parecen una marejada de la multitud, corrió desde el bulevar de Bourdon hasta el puente de Austerlitz, y oyéronse gritos prodigiosos:

—«¡Lamarque al panteón!»

—«¡Lafayette al Hotel de Ville!»

Al oír estas exclamaciones, algunos jóvenes arrastraron el carro fúnebre de Lamarque por el puente de Austerlitz, y a Lafayette, en un coche, por el muelle Morland.

En la multitud que rodeaba y aclamaba a Lafayette se distinguía y era señalado un alemán, llamado Ludwig Snyder, que murió centenario, que había hecho la guerra de 1776 y había peleado en Trenton a las órdenes de Washington, y en Brandywine a las de Lafayette.

Mientras tanto, por la orilla izquierda, la caballería municipal se ponía en movimiento y venía a ocupar el puente; por la orilla derecha los dragones salían de los Celestinos y se desplegaban a lo largo del muelle Morland. El grupo que llevaba a Lafayette los vio repentinamente en la esquina del muelle y gritó: «¡Los dragones! ¡Los dragones!».

Los dragones avanzaban al paso, en silencio, con los pistolas en las pistoleras, los sables envainados, las carabinas en el mosquetón, con aire sombrío, de espera.

A doscientos pasos del puente hicieron alto. El coche en que iba Lafayette llegó hasta ellos; abrieron sus filas, le dejaron pasar y volvieron a cerrarse. En aquel momento se tocaban los dragones y la multitud; las mujeres huyeron.

¿Qué paso en aquel momento fatal? Nadie podrá decirlo. Aquél fue el momento tenebroso en que chocan dos nubes. Unos dicen que en el lado del Arsenal se oyó una trompeta que tocaba ataque; otros que un muchacho dio una puñalada a un dragón. El hecho es que se oyeron tres tiros: el primero mató al jefe del escuadrón, Cholet; el segundo, a una vieja sorda que estaba cerrando una ventana en la calle de Contrescarpe, y el tercero quemó la charretera de un oficial. Una mujer gritó: «¡Se empieza muy pronto!» Y, de repente, se vio por el lado opuesto al muelle Borland un escuadrón de dragones, que se había quedado en el cuartel, desembocar al galope, con el sable desnudo, por la calle Bassampierre y el bulevar Bourdon, y barrer todo lo que se les ponía delante.

Todo concluye entonces; desencadénase la tempestad, llueven las piedras, estalla el fuego; unos se precipitan por los ribazos y pasan el estrecho brazo del Sena, hoy cegado; las canteras de la isla Souviers, vasta ciudadela natural, se erizan de combatientes, se arrancan las estacas, se disparan pistoletazos, se bosqueja una barricada; los jóvenes rechazados pasan el puente de Austerlitz, con el féretro a paso de carga, y atacan a la Guardia municipal; acuden los carabineros, los dragones acuchillan, la multitud se dispersa en todas direcciones; un rumor de guerra sale de los cuatro extremos de París. Se grita: «¡A las armas!» Corren, tropiezan, huyen, resisten. La cólera transmite el motín, como el viento transmite las llamas.

No hay nada más extraordinario que las primeras agitaciones de un motín. Todo estalla en todas partes a un tiempo. ¿Estaba esto prevenido? Sí. ¿Estaba preparado? No. ¿De dónde sale todo esto? Del empedrado. ¿De dónde cae todo esto? De las nubes. La insurrección tiene aquí el carácter de un complot; allí el de una improvisación.

El primero que llega se apodera de la corriente de la multitud y la lleva a donde quiere. Principio lleno de espanto con que se mezcla una alegría formidable. Empieza por los clamores, se cierran las tiendas, desaparecen los escaparates de los almacenes; después se oyen algunos tiros aislados; huye la gente, se oyen los culatazos en las puertas-cocheras; las criadas ríen en los patios de las casas y dicen: «¡Va a haber jarana!»

No había pasado un cuarto de hora, cuando en veinte puntos de París pasaba lo que vamos a referir:

En la calle de la Santa Cruz de la Breteneire, una veintena de jóvenes, de barba y cabellos largos, entraban en una taberna y salían un momento después, llevando una bandera tricolor horizontal, cubierta de un crespón; a la cabeza iban tres hombres armados: uno con un sable, otro con un fusil y el tercero con una pica.

En la calle de Nonaindieres, un hombre bien vestido, barrigudo, con voz sonora, calvo, frente elevada, barba negra y uno de esos bigotes rebeldes que no pueden bajarse, ofrecía públicamente cartuchos a los transeúntes.

En la calle de San Pedro de Montmartre, algunos hombres con los brazos desnudos paseaban una bandera negra, en la que se leía con letras blancas: «República o muerte.»

En la calle de Jeuneurs, en la del Cuadrante, en la del Montorgueil, en la de Mandar, se presentaban grupos agitando banderas en las que se leía, en letras de oro, la palabra «Sección», con un número. Una de estas banderas era roja y azul, con una imperceptible faja blanca.

En el bulevar de San Martín se saqueaba una fábrica de armas, y otras tres tiendas de armeros; la primera, en la calle Beaucourg; la segunda, en la calle Michelle-Comte, y la otra en la calle del Temple. En algunos minutos las mil manos de la multitud se apoderaban de doscientas treinta escopetas, casi todas de dos cañones, de sesenta y cuatro sables, y ochenta y tres pistolas. Para armarse más pronto, una cogía el fusil y otra la bayoneta.

Enfrente del muelle de la Grève, algunos jóvenes armados de mosquetes se instalaban en casa de las mujeres para tirar. Uno tenía un mosquete de rueda. Llamaban, entraban y se ponían a hacer cartuchos. Una de estas mujeres ha dicho: «No sabía lo que eran cartuchos, mi marido me lo ha enseñado.»

Un grupo entraba en una tienda de curiosidades de la calle de Vieilles-Haudriettes, y allí se armaban de yataganes y armas turcas.

El cadáver de un albañil muerto de un tiro yacía en la calle de la Perla.

Además, en la orilla izquierda, en la derecha, en los muelles, en los bulevares, en el Barrio Latino, en el cuartel de los Mercados, hombres jadeantes, obreros, estudiantes, seccionarios, leían proclamas y gritaban: «¡A las armas!» Rompían los faroles, desenganchaban los coches, desempedraban las calles, echaban abajo las puertas de las casas, desarraigaban los árboles, registraban las cuevas, rodaban los toneles, amontonaban las piedras, los adoquines, los muebles, las tablas: hacían barricadas.

Obligaban a los ciudadanos a ayudarles; entraban en casa de las mujeres y les hacían entregar el sable y el fusil de sus maridos ausentes, y escribían con tiza en la puerta: «Están entregadas las armas.» Algunos firmaban con «sus nombres» recibos de fusil y sable, y decían: «Enviad por ellos mañana a la alcaldía.» Desarmaban en la calle a los centinelas aislados; los guardias nacionales se dirigían a su punto de reunión. Se arrancaban las charreteras a los oficiales.

En la calle del Cementerio de San Nicolás, un oficial de la Guardia nacional, perseguido por un grupo armado de palos y estoques, se refugió con gran dificultad en una casa, de donde no pudo salir hasta la noche y disfrazado.

En el barrio de Santiago, los estudiantes salían en grupos de sus casas, y subían por la calle de San Jacinto al café del Progreso, o bajaban al café de los Siete Billares, calle de los Maturinos. Allí, delante de las puertas, algunos jóvenes, subidos en guardacantones, distribuían armas.

Se saqueó la carpintería de la calle Trasnonain para hacer barricadas. En un solo punto hacían ya resistencia los paisanos: en la esquina de las calles de San Avroye y Simon-le-Franc, donde destruían ellos mismos las barricadas. En un solo punto se replegaban los insurgentes. Abandonaban una barricada emplazada en la calle del Temple, después de haber hecho fuego contra un destacamento de la Guardia nacional, y huían por la calle de la Corderie. El destacamento recogió en la barricada una bandera roja, un paquete de cartuchos y trescientas balas de pistola. Los guardias nacionales desgarraron la bandera y llevaron los pedazos en la punta de las bayonetas.

Todo lo que referimos aquí lenta y sucesivamente se verificaba a un tiempo en todos los puntos de la ciudad, en medio de un inmenso tumulto, como una multitud de relámpagos en un solo trueno.

En menos de una hora salieron de tierra veintisiete barricadas solamente en el barrio del Mercado. En el centro estaba aquella famosa casa número 50, que fue la fortaleza donde se resistió Juana y sus ciento seis compañeros, y que, flanqueada por un lado por la barricada de San Merry y por el otro por una barricada en la calle Maubée, dominaba tres calles: la de Arcis, la de San Martín y la de Aubry-le-Boucher, a que daba frente.

Dos barricadas en ángulo recto se dirigían, la una por la calle Montorgueil, por la Grande Truanderie, y la otra por la calle Geoffroy-Angevin, por la calle de San Avroye.

Sin contar innumerables barricadas en otros veinte barrios de París, en Las Huertas, en las montañas de Santa Genoveva, una en la calle de Menilmontant, donde se veía una puerta-cochera arrancada de cuajo; otra cerca del puentecillo del Hotel-Dieu, construida con una diligencia desenganchada y tumbada a trescientos pasos de la Prefectura de Policía.

En la barricada de la calle de Menetiers, un hombre bien vestido distribuía dinero a los trabajadores. En la de la calle Grenetatise se presentó un jinete y entregó al que parecía jefe de la barricada un papel que parecía un cartucho de dinero. «Toma —le dijo—, para pagar los gastos, el vino, etc.»

Un joven rubio, sin corbata, iba de una barricada a otra comunicando órdenes. Otro, con sable en mano y una gorra azul de polizonte, ponía centinelas.

En el interior, más allá de las barricadas, las tabernas y las porterías estaban convertidas en cuerpos de guardia. Por lo demás, el motín estaba dirigido según la más ingeniosa táctica militar. Las calles estrechas, desiguales, torcidas, llenas de ángulos y recodos, habían sido elegidas con acierto, y los alrededores de los mercados, en particular, laberinto de calles más embrollado que un bosque. La Sociedad de Amigos del Pueblo se decía que había tomado la dirección de la insurrección en el barrio de Saint-Avoy. A un hombre que había muerto en la calle de Ponceau, y que había sido registrado, se le había encontrado un plano de París.

La dirección del motín, en realidad, pertenecía a una especie de impetuosidad desconocida que reinaba en la atmósfera. La insurrección había construido las barricadas con una mano, y con la otra se había apoderado de todos los cuerpos de guardia. En menos de tres horas, como un reguero de pólvora que se inflama, los insurgentes habían invadido y ocupado, en la orilla derecha del Sena, el Arsenal, la alcaldía de la plaza Real, todas Las Huertas, la Fáta, el Chateau-d'Eau, todas las calles próximas al Mercado; en la orilla izquierda, el cuartel de Veteranos, Santa Pelagia, la plaza Muabert, el polvorín de los dos Molinos y todas las barreras.

A las cinco de la tarde se habían apoderado de la Bastilla, de la Lingiere de Blanc-Monteaux; sus balas llegaban a la plaza de las Victorias y amenazaban el Banco, el cuartel de los Padres Mínimos y la Casa de Postas. La tercera parte de París estaba ocupada por los amotinados.

La lucha se había empeñado gigantescamente en todos los puntos, y había resultado de los desarmamentos, de las visitas domiciliarias, de las tiendas de armeros saqueadas, que la lucha, que había empezado a pedradas, continuaba a tiros.

Hacia las seis de la tarde, el pasaje de Saimson se convirtió en campo de batalla. Los amotinados ocupaban un extremo y la tropa el otro; se fusilaban desde una verja a otra. Un observador, el autor de este libro, que había ido a ver el volcán de cerca, se encontró entre dos fuegos dentro del pasaje, sin tener, para guarecerse de las balas, más que el hueco de las medias columnas que separan las tiendas, y estuvo en esa peligrosa situación más de media hora.

Mientras tanto, el tambor tocaba llamada; los guardias nacionales se vestían y armaban apresuradamente; las legiones salían de las alcaldías, y los regimientos de los cuarteles. Enfrente del pasaje de Ancora, un tambor recibió una puñalada. En la calle del Cisne, otro era asaltado por un grupo de jóvenes que le rompían la caja y le quitaban el sable, otro yacía muerto en la calle del Granero de San Lázaro. En la de Michel-le-Comte caían muertos tres oficiales, uno después de otro. Muchos guardias municipales, heridos en la calle de los Lombardos, retrocedían.

Delante de la Cour Batave un destacamento de guardias nacionales encontraba una bandera roja con esta inscripción: «Revolución republicana, número 127.» ¿Era aquélla una revolución, en efecto?

El motín había hecho del centro de París una especie de ciudadela inextricable, tortuosa, colosal.

Allí estaba el foco; allí estaba evidentemente la cuestión. Lo demás eran sólo escaramuzas, y la prueba de que todo había de decidirse allí era que aún no había empezado la lucha.

En algunos regimientos los soldados estaban dudosos, lo cual aumentaba la oscuridad terrible de la crisis. Recordaban la ovación popular que había recibido en julio de 1839 la neutralidad del regimiento número 53 de línea.

Dos hombres intrépidos, probados en las grandes guerras, el mariscal Lobau y el general Bugeaud, mandaban las tropas. Bugeaud a las órdenes de Lobau.

Gruesas patrullas, compuestas de batallones de línea, rodeados completamente de compañías enteras de guardias nacionales y precedidas de un comisario de Policía con banda, iban reconociendo las calles sublevadas.

Los insurgentes, por su parte, ponían vigías en las esquinas de las encrucijadas y enviaban audazmente patrullas fuera de las barricadas. Observábanse por ambos lados.

El Gobierno, con un ejército en la mano, dudaba; iba a llegar la noche y se empezaba a oír el toque de rebato en Saint-Merry.

El ministro de la Guerra, que era el mariscal Soult, el que había estado en Austerlitz, miraba el motín con aire sombrío.

Aquellos viejos marinos, acostumbrados a las maniobras correctas, sin más recurso ni más guía que la táctica, que es la brújula de las batallas, estaban desorientados en presencia de esa misma espuma que se llama cólera pública.

El viento de las revoluciones no es manejable.

Los guardias nacionales de las cercanías acudían apresuradamente y en desorden.

Un batallón del 12.º Regimiento Ligero venía veloz, a paso de carga, de San Dionisio; el 14 de Línea llegaba de Courbevoie; las baterías de la Escuela Militar habían tomado posición en el Carrousel; la artillería bajaba de Vicennes.

En las Tullerías reinaba la soledad. Luis Felipe estaba muy sereno.

Desde hacía dos años, según hemos dicho, París había visto más de una insurrección.

Fuera de los barrios sublevados, nada es más extrañamente tranquilo que la fisonomía de París en un motín.

París se acostumbra muy pronto a todo; un motín no es más que un motín, y París tiene tantos negocios que no se ocupa en una cosa tan pequeña.

Sólo estas ciudades colosales pueden dar tales espectáculos; sólo estos inmensos centros de población pueden contener en su recinto, a un mismo tiempo, la guerra civil y una extraña tranquilidad.

Por costumbre, cuando empieza la insurrección, cuando se oye el tambor, el toque de llamada, la generala, el tendero se limita a decir:

—Parece que hay jarana en la calle de San Martín.

O bien:

—En el arrabal de San Antonio.

Y algunas veces añade con indiferencia:

—Por ahí, en alguna parte.

Después, cuando se oye el estrépito horrible y lúgubre de la fusilería y de las descargas por pelotones, el tendero dice:

—¡Se va reproduciendo! ¡Calla! ¡Se va calentando la cosa!

Un momento después, si se aproxima el motín, cierra apresuradamente su tienda, y se pone en seguida el uniforme; es decir, pone en seguridad sus mercancías y en peligro su persona.

Mientras se fusila en una encrucijada, en un pasaje, en un callejón; mientras se toman y se pierden barricadas, y corre la sangre, y la metralla acribilla las fachadas de las casas, y las balas matan a los vecinos en sus alcobas, y los cadáveres se amontonan en las calles, se oye el choque de dos bolas de un billar a algunos pasos.

Los teatros abren sus puertas y representan vodeviles; los curiosos hablan y ríen a dos pasos de esas calles en que reina la guerra; los coches hacen sus viajes; los vecinos se van a comer de campo, y algunas veces esto sucede en el mismo barrio en que está empeñada la lucha. En 1831 se detuvo una descarga para dejar pasar una boda.

Cuando la insurrección del 12 de mayo de 1839, en la calle de San Martín, un viejo achacoso, que llevaba un carretón con un trapo tricolor y lleno de garrafas de un líquido cualquiera, iba y venía de una barricada a la tropa y de la tropa a la barricada, ofreciendo imparcialmente refrescos a la anarquía y al Gobierno.

No hay nada más extraño; pero esto es un carácter propio de los motines de París, que no se encuentra en ninguna otra capital, porque para esto son necesarias dos cosas: la grandeza y la alegría de París; es necesario que sea la ciudad de Voltaire y de Napoleón.

Esta vez, sin embargo, en la alarma del 5 de junio de 1832, la gran ciudad sintió algo que era quizá más fuerte que ella. Tuvo miedo. Viose en todas partes, en los barrios más lejanos y más indiferentes, que las puertas y las ventanas estaban cerradas en pleno día. Los valientes se armaron, los cobardes se escondieron. El transeúnte indiferente u ocupado desapareció; muchas calles estaban desiertas, como a las cuatro de la mañana. Referíanse en todas partes hechos alarmantes, noticias fatales. Que «ellos» se habían apoderado del Banco; que sólo en el claustro de San Merry había seiscientos retirados y parapetados en la iglesia; que la tropa de línea no inspiraba confianza; que Armand Carrel había ido a ver al mariscal Clausel, y que éste había dicho: «Contad primero con un regimiento»; que Lafayette estaba enfermo, pero que, sin embargo, había dicho: «Soy vuestro; os seguiré a todas partes mientras haya sitio para una silla»; que era preciso estar apercibidos, porque a la noche habría gente que saquearía las casas aisladas en los extremos de París (en esto se descubría la imaginación de la Policía, esa Ana Ratcliffe que se mezcla en el gobierno); que se había establecido una batería en la calle Aubry-le-Boucher; que Lobau y Bugeaud estaban de acuerdo, y que a media noche, o al rayar el día, lo más tarde, marcharían a un tiempo cuatro columnas contra el centro del motín: la primera desde la Bastilla, la segunda desde la Puerta de San Martín, la tercera desde la plaza de la Grève y la cuarta desde el Mercado; que quizá también las tropas evacuarían París y se retirarían al Campo de Marte; que no se sabía lo que sucedería, pero que sería una cosa grave. Discurrían mucho sobre las vacilaciones del mariscal Soult. ¿Por qué no atacaba en seguida? Era evidente que estaba muy pensativo; el viejo león parecía olfatear en aquella sombra un monstruo desconocido.

Llegó la noche. Los teatros no se abrieron, las patrullas circulaban con aire irritado; se registraba a los transeúntes, se detenía a los sospechosos. A las ocho había más de ochocientas personas presas; la Prefectura estaba llena; la Conserjería, atestada; la Fuerza, atestada. En la Conserjería, en particular, el gran subterráneo, que se llama «la calle de París», estaba cubierto de sacos de paja, sobre los cuales yacía un montón de prisioneros a quienes arengaba con valor el hombre de Lyón, Lagrange. Aquella paja, movida por los presos, hacía el efecto de un aguacero. En otras partes los presos estaban al aire, en los patios, unos sobre otros. En todas partes reinaba la ansiedad y el temor del día de mañana.

Se fortificaban en las casas; las mujeres y las madres estaban inquietas; no se oía más que esto: «¡Ah, Dios mío! ¡Aún no ha vuelto!» Sólo muy a lo lejos se oía rodar algún coche. Se oían al pasar por las piedras rumores, gritos, tumultos, ruidos sordos y confusos, palabras sueltas: «Ésa es la Caballería»; o bien: «Son los furgones que galopan»; los clarines, los tambores, la fusilería y, sobre todo, el toque a rebato de Saint-Merry. Oíase el cañón. Los hombres salían por detrás de una esquina, y desaparecían gritando: «¡Meteos en casa!» Y todos se apresuraban a echar los cerrojos a las puertas. Algunos preguntaban: «¿En qué concluirá esto?» Por momentos, a medida que la noche iba cayendo, París parecía colorarse más lúgubremente con el formidable fulgor del motín.

CUARTA PARTE

CAPÍTULO PRIMERO

EL ÁTOMO Y EL HURACÁN FRATERNIZAN

En el momento en que la insurrección, saliendo del choque del pueblo y de la tropa enfrente del Arsenal, produjo un movimiento de retroceso en la multitud que seguía el carro fúnebre, y en que toda la longitud de los bulevares pesaba, por decirlo así, sobre la cabeza del convoy, hubo un terrible reflujo. La columna se deshizo, las filas se rompieron, todos echaron a correr, partieron, huyeron; unos dando gritos de ataque, otros con la palidez de la fuga. El gran gentío que cubría los bulevares se desbordó a derecha e izquierda, y se derramó en torrentes por doscientas calles a un tiempo con la impetuosidad de una esclusa abierta.

En aquel momento, un muchacho haraposo, que bajaba por la calle Menilmontant, llevando en la mano una rama de ébano en flor, que acababa de coger de las alturas de Belleville, descubrió en el escaparate de una prendería una vieja pistola de arzón. Tiró su florida rama al suelo, y dijo:

—Señora Fulana, os compro esa máquina.

Y echó a correr con la pistola.

Dos minutos después, una ola de paisanos asustados, que huía por la calle Amelot y por la calle Basse, encontró al muchacho, que blandía su pistola y cantaba:

> *Nada se ve de noche,*
> *y se anda a troche y moche;*
> *de día se ve claro,*
> *y el tropezar es raro.*

Era Gavroche que iba a la guerra.

En el bulevar descubrió que la pistola no tenía gatillo.

¿De quién eran esos versos pareados, que le servían para marcar el paso y todas las demás canciones que cantaba cuando era ocasión? Lo ignoramos. ¡Quién sabe si serían suyas!

Gavroche, por otra parte, estaba al corriente de todos los cantares populares, y mezclaba con ellos su murmullo. Duende y galopín, hacía un popurrí de las voces de la Naturaleza y de las voces de París. Combinaba el repertorio de los pájaros con el repertorio de los talleres; conocía a los aprendices, tribu contigua a la suya, y había sido, a lo que parece, aprendiz de impresor tres meses y había hecho un día una comisión para el señor Bauor-Lormian, de la Academia. Gavroche era un pilluelo literato.

Por lo demás, no sospechaba que aquella mala noche lluviosa en que había ofrecido hospitalidad en su elefante a los dos niños, había representado el papel de la Providencia con sus dos hermanos. La noche había sido, primero para sus hermanos, y la madrugada para su padre. Al dejar la calle de Ballets, al amanecer, había vuelto apresuradamente al elefante, había sacado artísticamente a los dos niños, había partido con ellos un almuerzo cualquiera que había inventado, y después se había ido, confiándolos a la calle, a esa buena madre que casi le había criado a él. Al separarse de ellos les había dado una cita para la noche en el mismo sitio, y se había despedido con este discurso: «Rompo una caña, o de otro modo, me escurro, o, como se dice en la corte, desfilo... Pipiolos, si no encontráis al papá y a la mamá, volved aquí a la noche. Os daré de cenar y os acostaré.»

Los dos niños, recogidos por algún agente de Policía y llevados al Depósito, o robados por algún saltimbanqui, o perdidos simplemente en el inmenso laberinto de calles de París, no volvieron. El bajo fondo del mundo social en la actualidad abunda en estas huellas perdidas. Gavroche no había vuelto a verlos. Habíanse ya pasado diez u once semanas desde aquella noche, y más de una vez se había acordado de aquellos pobres niños, y rascándose la cabeza había dicho: «¿Dónde diablos estarán esos chicos?»

A todo esto había llegado con su pistola en la mano a la calle de Pont-aux-Choux. Observó que no había en toda la calle más que una tienda abierta, y, cosa digna de reflexión, una tienda de bollos. Era, pues, una ocasión providencial de comer un pastelillo de manzanas antes de entrar en lo desconocido.

Gavroche se detuvo, se tentó los costados, registró los bolsillos, los volvió, no encontró nada, ni siquiera un sueldo, y empezó a gritar: «¡Socorro!»

Es muy duro eso de carecer del bocado supremo.

Gavroche no por eso se detuvo en su camino.

Dos minutos después estaba en la calle de San Luis. Al atravesar el Parque Real sintió la necesidad de desquitarse del pastelillo de manzanas imposible, y gozó el inmenso placer de romper en pleno día los carteles de los espectáculos.

Un poco más allá, viendo pasar un grupo de personas bien puestas que le parecieron propietarios, alzó los ojos y escupió una bocanada de bilis filosófica:

—¡Esos rentistas qué gordos están! ¡Cómo gozan con las buenas comidas! ¡Preguntadles qué hacen de su dinero! No lo saben. ¡Se lo comen! ¡Y qué! ¡Todo se lo lleva el vientre!

La agitación producida por una pistola sin gatillo que se lleva en la mano a mediodía es una función pública tal, que Gavroche sentía crecer su verbosidad a cada paso. Iba gritando, entre algunos trozos de «La Marsellesa» que cantaba:

—Todo va bien. Me duele mucho la pierna izquierda; me he curado el reuma; estoy contento, ciudadanos. Los paisanos no tienen qué hacer; voy a echarles unos versos subversivos. Vengo del bulevar, amigos míos, y se va calentando la cosa; ya cuece un poco, ya hierve. Ya es tiempo de espumar el puchero. ¡Adelante los hombres! ¡Que la sangre impura inunde los surcos! Yo doy mi vida por la patria, y ya no volveré a ver a mi concubina, no, no; todo acabó; me es igual. ¡Viva la alegría! Luchemos. ¡Caramba, estoy ya cansado de despotismo!

En aquel momento, el caballo de un guardia nacional de lanceros que pasaba a su lado cayó al suelo. Gavroche puso su pistola en tierra, levantó al hombre y después ayudó a levantar al caballo. En seguida cogió la pistola y continuó su camino.

En la calle de Thorigny todo era paz y silencio. Esta apatía, propia de Las Huertas, formaba contraste con el inmenso rumor que la rodeaba.

En una puerta estaban hablando cuatro comadres. Escocia tiene terceto de brujas, pero París tiene cuartetos de comadres, y el «tú serás rey» sería tan lúgubre dicho a Bonaparte en la encrucijada Baudoyer, como a Macbeth en la selva de Armuyr; sería, sobre poco más o menos, el mismo graznido.

Las comadres de la calle Thorigny sólo se cuidaban de sus asuntos. Eran tres porteras y una trapera con su cesto y su gancho.

De pie, como estaban, parecían las cuatro esquinas de la vejez, que son: la caducidad, la decrepitud, la ruina y la tristeza.

La trapera era humilde. En ese mundo al aire libre, la trapera saluda y la portera protege. Esto depende de la basura, según quieren las porteras aprovechable o inútil, según la fantasía del que hace el montón. Hasta en la escoba puede haber bondad.

Esta trapera era un cesto agradecido, y se sonreía, ¡con qué sonrisa!, hablando con las tres porteras. Decían cosas como éstas:

—¡Ah! ¡Vuestro gato sigue siendo tan malo!

—¡Dios mío! Ya sabéis que los gatos son, naturalmente, enemigos de los perros, y los perros son los que se quejan.

—Y el mundo también.

—Y, sin embargo, las pulgas de los gatos no se pasan a las personas.

—Y además los perros son peligrosos. Me acuerdo de un año en que había tantos perros que lo pusieron en los periódicos. Era cuando había en las Tullerías unos borregos grandes que tiraban del cochecito del rey de Roma. ¿Os acordáis del rey de Roma?

—Yo quería más al duque de Burdeos.

—Pues yo he conocido a Luis XVII, y le prefiero.

—Lo que está caro es la carne, señá Patagona.

—¡Oh! No me habléis de eso; es una cosa horrible la carnicería. Un horror horrible.

En esto intervino la trapera.

—Señoras —dijo—, el comercio está paralizado. Los montones de basura están ya rebuscados. No se tira nada; todo se come.

—Hay otros más pobres que vos, Vagauleme.

—Sí, es verdad —respondía la trapera con deferencia—; yo tengo una profesión.

Hubo una pausa, y la trapera, cediendo a esa necesidad de hablar que reside en la misma naturaleza del hombre, añadió:

—Al volver a mi casa por la mañana, arreglo la cesta, hago mi lección (elección quería decir) y formo unos montones en mi cuarto. Pongo los trapos en un canastillo, los tronchos en el barreño, los pedazos de hierro en mi baúl, los de lana en mi cómoda, las papeles viejos en el rincón de la ventana, lo que se puede comer en una cazuela, los pedazos de vidrio en mi chimenea, los zapatos detrás de la puerta y los huesos debajo de la cama.

Gavroche, que se había parado detrás, estaba escuchando.

—Viejas —dijo—, ¿qué tenéis que hablar de la política?

El pilluelo recibió por contestación una andanada de un sofión cuádruple.

—¡Vaya un malvado!

—¿Qué lleva en la mano? ¡Una pistola!

—¡Mirad qué maldito pícaro!

—Ésos no están tranquilos mientras no derriban la autoridad.

Gavroche, despreciándolas, se limitó por toda represalia a levantar la punta de la nariz con el dedo pulgar, abriendo enteramente la mano.

La trapera gritó:

—¡Anda, bribón descalzo!

La que respondía al nombre de señá Patagona dio una palmada, escandalizada.

—Va a ver desgracias, es seguro. El galopín de al lado, que tiene perilla, sale todos los días del brazo con una joven que lleva gorro de color de rosa, y hoy le he visto pasar dando el brazo a un fusil. La señá Bacheux dice que la semana pasada hubo una revolución en... en... en... ¿De dónde viene el becerro? En Pontoise. ¡Y ahora veis a ese horrible tunante con su pistola! Parece que los Celestinos están llenos de cañones. ¿Qué queréis que haga el Gobierno con esos tunos, que no saben qué inventar para revolver al mundo, cuando empezaba a estar un poco tranquilo después de todas las desgracias que ha habido, señor Dios? Yo, que me acuerdo de aquella pobre reina, a quien vi pasar en una carreta. Y todo eso, por supuesto, va a ser causa de que se suba el rapé. ¡Es una infamia! Iré a verte guillotinar, galopín.

—Se te cae el moco, mi buena vieja —dijo Gavroche—. Límpiate ese promontorio.

Y pasó adelante. Cuando estaba ya en la calle Pavée, se acordó de la trapera y empezó este soliloquio:

—Haces mal en insultar a los revolucionarios, tía Estercolera, porque esta pistola te protege; sirve para que tengas en el cesto buenas cosas que comer.

De repente oyó un ruido tras de sí; era la portera Patagona que le había seguido, y que desde lejos le enseñaba el puño, gritando:

—¡Eres un bastardo!

—¡Bah! —dijo Gavroche—. Me río de eso a carcajadas.

Poco después pasó por delante del hotel Lamoignon e hizo este llamamiento:

—¡En marcha para la batalla!

En aquel momento le sobrecogió un acceso de melancolía; miró la pistola con cierto aire de reconvención que parecía destinado a enternecerla, y dijo:

—Yo salgo y corro; pero tú no corres ni de ti sale el tiro.

Después se dirigió hacia el Olmo de San Gervasio.

El digno peluquero que había echado de su casa a los dos niños a quienes Gavroche había abierto el vientre paternal del elefante, estaba en este momento en su tienda afeitando a un viejo soldado de la Legión de Honor que había servido en tiempos del Imperio. Estaban en conversación; el peluquero había hablado, naturalmente, al soldado del motín, después del general Lamarque, y de Lamarque habían pasado a hablar del emperador; de lo cual resultó una conversación de barbero y soldado que Prudhomme, si hubiera estado presente, habría enriquecido con arabescos y habría titulado: «Diálogo de la navaja y el sable».

—Caballero —decía el barbero—, ¿cómo montaba el emperador a caballo?

—Mal. No sabía caer; así es que no cayó nunca.

—¿Tenía buenos caballos? ¡Debería tener buenos caballos!

—El día en que me dio la cruz me fijé en su cabalgadura. Era una yegua corredora, blanca enteramente, con las orejas muy apartadas, la silla profunda, la cabeza delgada, con una estrella negra, el cuello muy largo, las rodillas fuertemente articuladas, las costillas salientes, el lomo oblicuo, la grupa poderosa. Un poco más de quince palmos de alzada.

—¡Hermoso caballo! —dijo el peluquero.

—Era de su majestad.

El peluquero conoció que después de estas palabras era conveniente un poco de silencio; se calló y dijo después:

—El emperador no fue herido más que una vez, ¿no es verdad?

El veterano respondió con el acento tranquilo y soberano del hombre que lo ha visto:

—En el talón, en Ratisbona. Nunca le vi mejor puesto que aquel día.

—Y vos, señor veterano, ¿habéis sido herido muchas veces?

—¿Yo? —dijo el soldado—. ¡Ah! ¡No es cosa! Recibí en Marengo dos sablazos en la nuca; en Austerlitz, una bala en el brazo derecho; en Friedland, un bayonetazo aquí; en el Moskowa, siete u ocho lanzazos, no importa dónde; en Lutzen, un tiro de obús que me rompió un dedo... ¡Ah! Y en Waterloo, un balazo de cañón en un muslo. Nada más.

—¡Qué hermoso es eso! —exclamó el peluquero con acento pindárico—. ¡Eso de morir en el campo de batalla! Yo, palabra de honor, antes de morir en mi cama de enfermedad, lentamente, un poco cada día, con drogas, cataplasmas, jeringas y medicinas, quisiera recibir en el vientre una bala de cañón.

—No tenéis mal gusto —dijo el soldado.

Apenas había acabado de pronunciar estas palabras cuando resonó en la tienda un horrible estrépito; había sido roto violentamente un vidrio del escaparate. El peluquero se puso lívido.

—¡Ah, Dios mío! —exclamó—. ¡Ahí está una!

—¿El qué?

—Una bala de cañón.

—Hela aquí —dijo el soldado.

Y recogió una cosa que rodaba por el suelo: era una piedra.

El peluquero corrió hacia el vidrio roto y vio a Gavroche que corría a escape hacia el mercado de San Juan. Al pasar por delante de la peluquería, Gavroche, que llevaba en la memoria a los dos niños, no pudo resistir el deseo de darle los buenos días, y le tiró una piedra a los vidrios.

—¡Pero veis! —dijo el peluquero, que de pálido había pasado a azul—. Se hace mal sólo por hacer mal. ¿Qué le he hecho yo a ese pilluelo?

Mientras tanto, Gavroche, en el mercado de San Juan, cuyo cuerpo de guardia había sido desarmado ya, acababa de hacer su incorporación a un grupo guiado por Enjolras, Courfeyrac, Combeferre y Feuilly. Todos iban casi armados. Bahorel y Juan Prouvaire les habían encontrado y aumentaban el grupo. Enjolras llevaba una escopeta de caza de dos cañones; Combeferre, un fusil de guardia nacional con el número de la legión, y en la cintura dos pistolas, que se le veían bajo su levita desabotonada; Juan Prouvaire, un viejo mosquetón de caballería, y Bahorel, una carabina. Courfeyrac blandía un estoque. Feuilly, con un sable desnudo, marchaba delante gritando: «¡Viva Polonia!»

Venían del muelle Morland, sin corbata y sin sombrero, agitados, mojados por la lluvia y con el fuego en los ojos. Gavroche se acercó a ellos tranquilo.

—¿Adónde vamos?

—Ven —dijo Courfeyrac.

Detrás de Feuilly iba o, por mejor decir, saltaba Bahorel, como un pez en las aguas del motín. Tenía su chaleco rojo, y palabras de esas que lo destruyen todo. Su chaleco trastornó a un transeúnte, que gritó asustado:

—¡Ya están ahí los rojos!

—¡El rojo, los rojos! —replicó Bahorel—. ¡Picar miedo, ciudadano! En cuanto a mí, no tiemblo ante una amapola; el sombrero rojo no me inspira temor alguno. Ciudadano, creedme: dejemos el miedo a lo rojo, a los animales cornudos.

Bahorel vio entonces en la ventana un joven pálido con barba negra que los estaba viendo pasar, probablemente un amigo del A B C, y le gritó:

—Pronto, cartuchos «para bellum».

—¡Bello hombre, es verdad! —dijo Gavroche, que ya comprendía el latín.

Un acompañamiento tumultuoso les seguía: estudiantes, artistas, jóvenes afiliados a la Cougourde de Aix, obreros, hombres bien puestos, armados de palos y de bayonetas, algunos, como Combeferre, con pistolas sujetas en la pretina de los pantalones. Un viejo, que parecía de mucha edad, iba también en el grupo. No tenía armas, y se apresuraba para no quedarse atrás, aunque iba pensativo. Gavroche le descubrió.

—«¿Quéseso?» (¿qué es eso?) —dijo a Courfeyrac.

—Un viejo.

Era el señor Mabeuf.

Digamos ahora lo que había pasado.

Enjolras y sus amigos estaban en el bulevar Bourdon, cerca del Pósito, en el momento en que los dragones dieron la carga.

Enjolras, Courfeyrac y Combeferre eran del grupo que había seguido la calle Bassompierre gritando:

—¡A las barricadas!

En la calle Lesdiguieres habían encontrado a un anciano, que les llamó la atención porque andaba haciendo eses como si estuviera embriagado.

Llevaba además el sombrero en la mano, a pesar de que había estado lloviendo toda la mañana y aún seguía lloviendo bastante fuerte.

Courfeyrac había reconocido al señor Mabeuf, a quien conocía por haber acompañado muchas veces a Mario a su casa.

Sabiendo las costumbres pacíficas y más que tímidas del antiguo mayordomo librero, y extrañando verle en medio de aquel tumulto, a dos pasos de las cargas de caballería, casi en medio del fuego, con la cabeza descubierta, lloviendo y paseando por entre las balas, se había acercado a él, y el amotinado de veinticinco años y el octogenario habían sostenido el siguiente diálogo:

—Señor Mabeuf, volveos a casa.

—¿Por qué?

—Porque va a haber jarana.

—Eso es bueno.

—¡Sablazos, tiros, señor Mabeuf!

—Eso es bueno.

—¡Cañonazos!

—Eso es bueno. ¿Adónde vais vosotros?

—Vamos a echar abajo el Gobierno.

Y los había seguido sin volver a pronunciar una palabra. Su paso se había ido fortaleciendo; algunos obreros le habían ofrecido el brazo y lo había rehusado con un movimiento de cabeza. Iba casi en la primera fila de la columna, presentando a un tiempo el movimiento de un hombre que anda y el rostro de un hombre que duerme.

—¡Qué hombre tan templado! —murmuraban algunos estudiantes.

En el grupo corría el rumor de que era un antiguo convencional, un viejo regicida.

Mientras tanto, el tumulto se dirigía por la calle de la Verrerie.

Gavroche iba delante, cantando.

El grupo crecía a cada instante. Hacia la calle de Billettes, un hombre de alta estatura, que empezaba a encanecer, y cuyo rostro rudo y atrevido notaron Courfeyrac, Enjolras y Combeferre, pero a quien nadie conocía, se unió al grupo. Gavroche, distraído con sus cánticos, sus silbidos y sus gritos, con ir el primero y con llamar en las tiendas con la culata de su pistola sin gatillo, no se fijó en aquel hombre.

Al pasar por la calle Verrerie, y al llegar a la puerta de la casa de Courfeyrac, dijo éste:

—Me alegro, porque me he olvidado del dinero y he perdido el sombrero.

Se separó del grupo y subió las escaleras de cuatro en cuatro; cogió un sombrero viejo, la bolsa y un cofre cuadrado del tamaño de una maleta grande, que estaba oculto entre la ropa vieja. Al bajar la escalera le gritó la portera:

—¡Señor Courfeyrac!

—Portera, ¿cómo os llamáis? —respondió Courfeyrac.

La portera se quedó parada.

—Ya lo sabéis; soy la portera, y me llamo la tía Veuvain.

—Pues bien; si seguís llamándome señor Courfeyrac, yo os llamaré tía Veuvain. Ahora hablad; ¿qué es eso?

—Ahí está uno que quiere hablaros.

—¿Quién es?

—No lo sé.

—¿Dónde está?

—En mi cuarto.

—¡Ah, diablo! —dijo Courfeyrac.

—¡Pero es que está esperando hace más de una hora a que volváis! —añadió la portera.

Y al mismo tiempo, un jovencillo, vestido de obrero, pálido, delgado, pequeño, con manchas rojizas en la piel, cubierto con una blusa agujereada y un pantalón de terciopelo remendado, que tenía más bien facha de una muchacha vestida de
muchacho que de hombre, salió de la portería y dijo a Courfeyrac con una voz que
no era, por cierto, de mujer:

—¿El señor Mario ha venido?

—No está.

—¿Volverá esta noche?

—No lo sé.

Y Courfeyrac añadió:

—En cuanto a mí, no volveré.

El muchacho le miró fijamente y le preguntó:

—¿Por qué?

—Porque no.

—¿Adónde vais?

—¿Qué os importa?

—¿Queréis que os lleve ese cofre?

—Voy a las barricadas.

—¿Queréis que vaya con vos?

—¡Si tú quieres!... —respondió Courfeyrac—. La calle es libre; el empedrado es de todo el mundo.

Y salió corriendo en busca de sus amigos. Cuando los hubo encontrado dio el
cofre, para que lo llevase, a uno de ellos. Hasta un cuarto de hora después no vio al
joven que le había seguido.

Un grupo de este género no va precisamente a donde quiere, ya hemos dicho
que le arrastra el viento. Pasaron por San Merry, y se hallaron, sin saber cómo, en
la calle de San Dionisio.

CAPÍTULO II

CORINTO

Los parisienses que al entrar hoy en la calle Rambuteau por el lado del Mercado notan a su derecha, enfrente de la calle Mondetour, una cestería que tenía por muestra un canastillo en el que figuraba el emperador, con esta inscripción: «Napoleón hecho de mimbres», no sospechan quizá las escenas terribles que se desarrollaban en aquel sitio hace treinta años.

Allí estaba la calle de la Chanvrerie que en las antiguas lápidas se escribía Chanverrerie, y la célebre taberna llamada Corinto.

El lector recordará todo lo que hemos dicho sobre la barricada construida en este sitio y eclipsada después por la de San Merry. A aquella famosa barricada de la Chanvrerie, sumergida hoy en una noche profunda, es a la que vamos a dar un poco de luz.

Permítasenos antes recurrir, para mayor claridad de nuestra narración, al medio sencillo que empleamos ya al hablar de Waterloo. Las personas que quieran representarse de una manera bastante exacta las manzanas de casas que se elevaban en esta época cerca de la punta de San Eustaquio, en el ángulo norte de los Mercados de París, donde está hoy la embocadura de la calle Rambuteau, no tienen más que figurarse, tocando a la calle de San Dionisio por el vértice y por la base a los Mercados, una «N», cuyos dos palos verticales serían la calle de la Gran Truanderie. La antigua calle Mondetour cortaba los tres trazos, formando los ángulos más tortuosos. El cruzamiento laberíntico de estas cuatro calles hacía, en un espacio de cien toesas cuadradas, entre los Mercados y la calle de San Dionisio, por una parte, y la calle del Cisne y la de Predicadores, por otra, siete manzanas de casas caprichosamente cortadas, de diferente magnitud, colocadas a través y como al acaso, y separadas como los trozos de piedra de una cantera por estrechas hendiduras.

Decimos estrechas hendiduras porque no podemos dar idea más exacta de aquellas callejuelas oscuras, oprimidas, angulosas, franqueadas de caserones de ocho pisos. Estos caserones eran tan decrépitos, que en las calles de la Chanvrerie y de la Pequeña Truanderie las fachadas se apuntalaban con vigas que iban de una casa a otra.

La calle era estrecha y el arroyo ancho, de modo que el transeúnte andaba siempre sobre un suelo mojado, costeando tiendas que parecían cuevas, gruesos guardacantones rodeados de un círculo de hierro, montones gigantescos de basura, puertas armadas de enormes verjas seculares. La calle Rambuteau acabó con todo esto.

El nombre Mondetour pinta maravillosamente las sinuosidades de aquellas calles. Un poco más lejos estaban aún mejor expresadas por la calle Pironette, que se perdía en la calle Mondetour.

El transeúnte que pasaba desde la calle de San Dionisio a la calle de la Chanvrerie, la veía estrecharse poco a poco delante de sí como si se hubiese encontrado en un gran embudo. Al fin de la calle, que era muy corta, encontraba cortado el paso, por el lado del Mercado, por una alta fila de casas, y creería hallarse en un callejón sin salida si no descubriese a derecha e izquierda dos bocas oscuras por donde podía salir. Éstas formaban la calle Mondetour, la cual iba a encontrar, por un lado, la de Predicadores, y por el otro, la del Cisne y la Pequeña Truanderie. En el fondo de aquella especie de callejón y en la esquina de la derecha se veía una casa más baja que las demás formando una especie de cabo sobre la calle.

En esta casa, que sólo tiene tres pisos, estaba instalada, hacía tres siglos, una ilustre taberna, que producía siempre un ruido alegre en el mismo sitio que el viejo Teófilo ha indicado en estos versos:

> *Allí se mece el cuerpo*
> *de un amante que se ahorcó.*

El sitio era bueno, y los taberneros se sucedían de padres a hijos.

En tiempo de Maturin Rognier esta taberna se llamaba el Tiesto de Rosas, y como los jeroglíficos estaban de moda, tenía por muestra un poste pintado de color de rosa. En el último siglo, el digno Nataire, uno de los maestros caprichosos despreciados por la escuela rígida, se había achispado muchas veces en esta taberna, en la misma mesa en que se había también embriagado Regnier; había pintado, en señal de agradecimiento, un racimo de uvas de Corinto sobre el poste de color de rosa. El tabernero, lleno de alegría, había cambiado la muestra, y había hecho pintar en letras doradas, por bajo del racimo, estas palabras: «A las pasas de Corinto.» De aquí el nombre de Corinto. Nada es más propio de los borrachos que la elipsis. Corinto destronó al Tiesto de Rosas. El último tabernero de la dinastía, el tío Hucheloup, ignorando la tradición, había hecho pintar el poste de azul.

Esta taberna se componía de lo siguiente:

Una sala baja, donde estaba el mostrador; otra encima con el billar, una escalera de caracol que atravesaba el techo; vino en las mesas, humo en las paredes y luz en medio del día. En la sala baja había una escalera de trampa que bajaba a la cueva. En el segundo piso estaba la habitación de Hucheloup; se subía a ella por una escalera, o más bien escala, y por toda entrada, una puerta oculta en la sala grande del primer piso. Debajo del tejado había dos grandes graneros abuhardillados que eran los nidos de las criadas. La cocina dividía el entresuelo con la sala del mostrador.

El tío Hucheloup había nacido quizá químico; el hecho es que era cocinero; en su taberna, no sólo se bebía, sino que se comía. Hucheloup había inventado una cosa excelente que no se comía más que en su casa: carpas rellenas, que él llamaba «carpes au gras» (carpas con manteca). Comíanse a la luz de una vela de sebo, o de un quinqué del tiempo de Luis XVI, en mesas que tenían, a guisa de mantel, un hule clavado, y acudían a saborear aquel plato desde muy lejos. Hucheloup, de repente, había creído conveniente anunciar a los transeúntes «su especialidad»; había mojado un pincel en una olla de pintura negra, y como tenía una ortografía propia, lo mismo que un arte culinario propio, había improvisado esta notable inscripción: «Carpes ho gras.»

Un invierno, la lluvia y los chaparrones habían tenido el capricho de borrar la «S» y la «G» con que empezaba la tercera, y había quedado esto: «Carpe ho ras.»

De modo que, con el auxilio del tiempo y de la lluvia, aquel humilde anuncio gastronómico se había convertido en un consejo profundo.

Así, pues, el tío Hucheloup, que no sabía francés, se había encontrado con que sabía latín, con que había hecho salir de la cocina la filosofía y con que, queriendo simplemente eclipsar al gran cocinero Careme, se había igualado a Horacio. Pero lo más notable era que también esto quería decir: «Entrad en mi taberna».

Nada de esto existe hoy. El dédalo Mondetour fue abierto en 1847, y probablemente no existe en este momento; las calles de la Chanvrerie y de Corinto han desaparecido bajo el empedrado de la calle Rambuteau.

Como hemos dicho, Corinto era uno de los puntos de reunión, ya que no el cuartel general de Courfeyrac y sus amigos. Grantaire había sido el descubridor de Corinto. Había entrado allí a causa del «carpe ho ras», y había vuelto a casa del «carpes au gras». Allí se bebía, se comía, se gritaba, se pagaba poco, se pagaba mal, no se pagaba, y siempre se encontraba buen recibimiento. El tío Hucheloup era un buen hombre.

Hucheloup, un buen hombre, como acabamos de decir, era un figonero con bigotes, variedad divertida. Tenía siempre la cara de mal humor; parecía querer intimidar a sus parroquianos; refunfuñaba a los que entraban en su casa, y tenía el aspecto más propio para buscar camorra con ellos que para servirles la sopa.

Y, sin embargo, repetimos que todos eran bien recibidos. Su capricho había acreditado su establecimiento, y acudían a él los jóvenes, diciendo:

—Ven, vamos a oír gruñir al tío Hucheloup.

Había sido maestro de armas, se reía a carcajadas y de repente; tenía voz muy gruesa; era buen diablo.

Tenía fondo cómico y apariencia trágica; no quería más que causar miedo, así como esas cajas de rapé que tienen la forma de una pistola. La detonación es el estornudo.

Su mujer, la tía Hucheloup, era un ser barbudo y muy feo.

Hacia 1830 murió el tío Hucheloup, y con él desapareció el secreto de las carpas con manteca. Su viuda, poco consolable, continuó con la taberna. Pero la cocina degeneró y llegó a ser malísima; el vino, que antes había sido malo, llegó a ser pésimo.

Courfeyrac y sus amigos siguieron yendo a Corinto, a pesar de esto, «por compasión», según decía Bossuet.

La viuda de Hucheloup era una tía colorada y deforme, con recuerdos campestres, cuya única gracia consistía en la pronunciación de las palabras con que los evocaba. Tenía un modo de decir las cosas que sazonaba sus reminiscencias primaverales y de aldea. Decía que en otro tiempo había sido su gran placer oír «cantar al ruinseñor en la serva».

La sala del primer piso donde estaba «el comedor» era una pieza grande y larga, llena de taburetes, de escabeles, de sillas, de bancos y de mesas, con una mesa coja de billar.

Se subía por la escalera de caracol, que concluía en el ángulo de la sala, por un agujero cuadrado, semejante a la escotilla de un buque.

Esta sala, iluminada por una sola ventana estrecha y por un quinqué siempre encendido, parecía una buhardilla. Todos los muebles de cuatro pies estaban como si sólo tuviesen tres.

Las paredes, blanqueadas con cal, no tenían más adorno que este cuarteto en honor de la señora Hucheloup:

> A diez pasos admira, a dos espanta;
> una verruga habita su nariz de giganta;
> esa nariz que veis, desmesurada,
> hará, cuando se suene, una que sea sonada.

Estos versos estaban escritos con carbón en la pared.

La señora Hucheloup estaba yendo y viniendo por delante de este cuarteto todo el día con una perfecta tranquilidad.

Dos criadas, llamadas Matelote y Gibelote, sin que nunca se haya sabido que tuvieran otros nombres, ayudaban a la señora Hucheloup a poner las mesas, los jarros de vino y la variedad de pistos que se servían a los hambrientos en cazuelas de barro.

Matelote, gruesa, redonda, roja y vocinglera, antigua sultana favorita del difunto Hucheloup, era fea, más fea que cualquier monstruo mitológico; sin embargo, como conviene que la criada sea siempre menos que el ama, era menos fea que la señora Hucheloup.

Gibelote era alta, delgada, de blancura linfática, con los ojos hundidos, los párpados caídos, siempre como fatigada y rendida, dominada por lo que podría llamarse laxitud crónica; se levantaba la primera y se acostaba la última; servía a todo el mundo, aun a la otra criada, en silencio y con dulzura, sonriendo bajo el trabajo con una especie de vaga sonrisa adormecida.

Antes de entrar en la sala comedor se leían sobre la puerta estos versos, escritos con yeso por Courfeyrac:

Regálate si puedes,
y come si te atreves.

* * *

Alegría preparatoria

Laigle de Meaux, como sabemos, vivía más en casa de Joly que en otra parte. Tenía un alojamiento, como tiene el pájaro una rama. Los dos amigos vivían juntos, comían juntos y dormían juntos. Todo les era común, hasta Musichetta. La mañana del 5 de julio se fueron a almorzar a Corinto. Joly estaba constipado; tenía una fuerte coriza, del cual empezaba a participar Laigle. La levita de Laigle estaba ya muy usada, pero Joly iba bien puesto.

Eran cerca de las nueve de la mañana cuando abrieron la puerta de Corinto.

Subieron al primer piso.

Matelote y Gibelote los recibieron.

—Ostras, queso y jamón —dijo Laigle.

Y se sentaron a una mesa.

La taberna estaba vacía; estaban solos.

Gibelote, conociendo a Laigle y a Joly, puso una botella de vino sobre la mesa.

Cuando estaban aún comiendo las primeras ostras, apareció una cabeza en la escotilla de la escalera y se oyó una voz que decía:

—Pasaba por ahí; he sentido desde la calle un delicioso olor a queso de Brie, y he subido.

Era Grantaire.

Grantaire cogió un taburete y se sentó.

Gibelote, viéndole, puso dos botellas sobre la mesa.

De modo que ya eran tres.

—¿Vas a beberte esas dos botellas? —preguntó Laigle a Grantaire.

Y éste respondió:

—Todos son ingeniosos; tú sólo eres ingenuo. Dos botellas no asustan nunca a un hombre.

Los otros habían empezado a comer. Grantaire empezó por beber y se tragó en seguida media botella.

—¿Tienes algún agujero en el estómago? —preguntó Laigle.

—Tú le tienes en el codo —contestó Grantaire.

Y después de haber vaciado su vaso, añadió:

—¡Ah, Laigle de las oraciones fúnebres! Tu levita está muy vieja.

—Lo creo —respondió Laigle—. Eso hace que hagamos buenas migas mi levita y yo; ella ha tomado todos mis pliegues, y no me incomoda nada; se ha amoldado a mis deformidades, y se presta con facilidad a todos mis movimientos; no la siento sino porque me abriga. Las levitas viejas son lo mismo que los amigos antiguos.

—Es verdad —exclamó Joly entrando en la conversación—; una levita vieja es un amigo viejo.

—Sobre todo —dijo Grantaire— para la boca de un hombre constipado.

—Grantaire —preguntó Laigle—, ¿vienes del bulevar?

—No.

—Joly y yo acabamos de ver pasar la cabeza del entierro.

—Es un espectáculo maravilloso —dijo Joly.

—¡Qué tranquila está esta calle! —exclamó Laigle—. ¿Quién sospecharía aquí que París está tan agitado? ¡Cómo se conoce que antes todo esto eran conventos! Du Breul, Sauval y el abate Lebeuf traen la lista de los que había. Los había en todo alrededor; aquí hormigueaban calzados, descalzos, tonsurados, barbudos, grises, negros, blancos, franciscanos, mínimos, capuchinos, carmelitas, pequeños agustinos... Pululaban.

—No hablemos de frailes —dijo Grantaire.

Y después exclamó:

—¡Bah! Acabo de tragar una ostra mala; ya me acomete la hipocondría. Las ostras están podridas y las criadas son feas. Odio a la especie humana. Acabo de pasar por la calle de Richelieu, por delante de la gran librería pública; aquel montón de conchas de ostras que se llama una biblioteca me quita la gana de pensar. ¡Cuánto papel! ¡Cuánta tinta! ¡Cuántos garabatos! ¡Todo eso se ha escrito! ¡Qué necio ha sido el que ha dicho que el hombre es un bípedo sin pluma! Después he encontrado una joven que me conocía, bella como la primavera, digna de llamarse Floreal, y entusiasmada, alegre, feliz como un ángel, la miserable, porque ayer un espantoso banquero pintado de viruelas se ha dignado solicitarla. ¡Ay! La mujer acecha al negociante lo mismo que al pollo; las gatas cazan lo mismo a los ratones que a los pájaros. Esta doncella no hace aún dos meses era honesta en su buhardilla; ajustaba circulitos de cobre a los agujeros de un corsé. ¿Cómo llamáis a eso? Cosía, tenía una cama de tijera, vivía al lado de un tiesto de flores, estaba contenta. Ahora está hecha una banquera; esta transformación se ha hecho esta noche. Por la mañana he encontrado a esa víctima muy alegre, y lo más horrible es que esa pícara es hoy tan bonita como ayer. Su banquero no se traslucía en su rostro. Las rosas tienen esta propiedad, de más o menos, comparadas con las mujeres; las huellas que las causan los insectos son invisibles. ¡Ah! No hay moral en la Tierra, y pongo por testigo al mirto, símbolo del amor; al laurel, símbolo de la guerra; al olivo, ese borrico, símbolo de la paz; al manzano, que supo perder a Adán con su fruto, y a la higuera, abuela de las faldas. En cuanto al derecho, ¿queréis saber lo que es el derecho? Los galos codician a Clusio; Roma protege a Clusio, y le pregunta: «¿Qué mal os ha hecho Clusio?» Breno responde: «El mal que os ha hecho Alba, el mal que os ha hecho Fidena, el mal que os han hecho los equos, los volscos y los sabinos, que eran vuestros vecinos. Los clusianos son los nuestros; nosotros entendemos la vecindad como vosotros. Vosotros habéis robado a Alba; nosotros tomamos a Clusio.» Roma dice: «Pues no tomaréis a Clusa.» Breno tomó a Roma, y después gritó: «¡Væ victis!» Esto es el derecho. ¡Ah! En este mundo no hay más que aves de rapiña. ¡Águilas! ¡Águilas! Yo tengo carne de gallina.

Y alargó su vaso a Joly, que se lo llenó, se lo bebió y prosiguió, sin detenerse casi por este vaso de vino, en que nadie se fijó, ni aun él mismo:

—«Breno, tomando a Roma, es un águila; el banquero que toma a una griseta es un águila. No hay más pudor aquí que allí. No creemos, pues, en nada; no hay más que una realidad: beber. Cualquiera que sea vuestra opinión, ya estéis por el gallo flaco, como el cantón de Uri, o por el gallo gordo, como el cantón de Gladis, poco importa; bebed. Me habláis de bulevar, de acompañamiento, etc. ¡Qué! ¿Va a haber otra revolución?

»Lo que vosotros llamáis progreso marcha por dos motores: los hombres y los sucesos. Pero ¡cosa triste! De tiempo en tiempo, lo excepcional es necesario.

»Para los sucesos, como para los hombres, la tropa ordinaria no basta; es preciso que haya genios entre los hombres y revoluciones entre los sucesos.

»Los grandes accidentes son la ley; el orden de las cosas no puede pasar sin ellos, y al ver las apariciones de los cometas, está uno dispuesto a creer que hasta el cielo tiene necesidad de actores en representación.

»En el momento en que menos se espera, Dios hace aparecer un meteoro en el firmamento; se presenta alguna estrella caprichosa, subrayada por una enorme cola. Y esto hace morir a César. Bruto le da una puñalada y la estrella un cometazo.

»Crac; ahí está una aurora boreal, una revolución, un gran hombre: 1793, escrito en gruesos caracteres. Napoleón en acecho, el cometa en 1811 en lo alto del cartel. ¡Ah! ¡Ese hermoso cartel azul tachonado de repentinas exhalaciones! ¡Bom! ¡Bom! ¡Espectáculo extraordinario!

»Alzad los ojos, papanatas; todo es descabellado, el astro lo mismo que el drama.

»Se da una revolución como un negociante cuya caja está vacía da un baile, y no se debe juzgar a los dioses por las apariencias. Bajo el oro del cielo descubro un universo pobre; la creación está en quiebra; por eso estoy descontento.

»Mirad, hoy es el 5 de junio, y está el día como si fuera de noche; desde esta mañana estoy esperando que venga el día, y no ha venido, y apuesto a que no vendrá; esto es una inexactitud de un dependiente mal pagado.

»Sí, todo está mal arreglado, nada se ajusta bien; este viejo mundo está deshecho, me coloco en la oposición.

»Todo marcha a través; el universo va tropezando; sucede lo que con los niños: los que los desean no los tienen; los que no los desean los tienen. Total: esto es una pepitoria. Además, Laigle de Meaux, ese calvo, me entristece cuando le miro; me humilla al pensar que soy de la misma edad que esta rodilla.

»Yo critico, pero no insulto; el universo es lo que es; hablo aquí sin mala intención, por lo que me dice mi conciencia.

»¡Ah! Por todos los santos del Olimpo y por todos los dioses del Paraíso, yo no nacía para parisiense; es decir, para estar dando vueltas siempre como un volante entre dos manoplas, desde el grupo de los ociosos al grupo de los revoltosos. Yo nací para ser turco, para estar mirando todo el día a las gracias orientales en los bailes del Egipto, lúbricos como los sueños de un hombre casto; o aldeano beauceron o gentilhombre veneciano, rodeado de gentileshembras; o principillo alemán contribuyendo con medio soldado a la Confederación Germánica, y empleando sus ocios en secar sus calcetas en un seto; es decir, en su frontera. Para una de esas cosas he nacido yo. Sí, he dicho turco y no me desdigo.

»No comprendo que se hable mal de los turcos habitualmente; Mahoma tiene cosas buenas. ¡Respeto al inventor de los serrallos de huríes y de los paraísos de odaliscas!

»¡No insultemos al mahometano, única religión que está adornada de un gallinero! Insisto sobre esto para beber.

»La Tierra es una gran tontuna. Parece que van a pelear todos esos imbéciles, a romperse las narices, a matarse en pleno estío, en el mes de junio, cuando podrían irse con una joven criatura del brazo a respirar en los campos la inmensa taza de té del heno segado.

»La verdad es que se hacen muchas necedades. Una vieja linterna rota que acabo de ver en una prendería me sugiere una reflexión:

»Ya es tiempo de iluminar al género humano. Sí, y ya estoy triste otra vez. ¡Lo que es comer una ostra y encontrarse con una revolución! Me he vuelto lúgubre. ¡Oh! ¡Horrible viejo mundo! ¡En él todos se esfuerzan, se destituyen, se prostituyen, se matan, se acostumbran!»

Y Grantaire, después de este trozo de elocuencia, tuvo otro de tos merecido.

—A propósito de revolución —dijo Joly—: parece que Mario está decididamente enamorado.

—¿Se sabe de quién? —preguntó Laigle.

—No.

—¿No?

—Te digo que no.

—¡Los amores de Mario! —exclamó Grantaire—. Los veo desde aquí. Mario es una niebla y habrá encontrado un vapor; es de la raza de los poetas, y quien dice poeta dice loco. «Thymbraeus Apollo.» Mario y su Maria, o su Marieta, o su Mariquita, deben ser unos pícaros amantes. Me explico lo que es este amor: un éxtasis en que se olvida el beso, castos sobre la tierra, pero uniéndose en el infinito; son almas que tienen sentidos; duermen juntos en las estrellas.

Grantaire empezaba su segunda botella, y tal vez su segunda arenga, cuando se presentó un nuevo ser en la escotilla de la escalera. Era un muchacho de menos de diez años, haraposo, muy pequeño, amarillo, boca grande, los ojos vivos, enormemente cabelludo, mojado por la lluvia, alegre.

Este niño, eligiendo sin duda entre los tres, aunque evidentemente no conocía a ninguno, se dirigió a Laigle de Meaux.

—¿Sois el señor Bossuet? —le preguntó.

—Ése es mi sobrenombre —respondió Laigle—. ¿Qué me quieres?

—Esto. Uno muy rubio me ha dicho en el bulevar: «¿Conoces a la tía Hucheloup?» Y yo he dicho: «Sí, en la calle de la Chanvrerie, la viuda del viejo.» Y me ha dicho: «Pues ve; allí encontrarás al señor Bossuet, y le dirás de mi parte: A B C.» Es una burla, ¿no es verdad? Me ha dado diez sueldos.

—Joly, préstame diez sueldos —dijo Laigle.

Y volviéndose hacia Grantaire:

—Grantaire, préstame diez sueldos.

Lo cual hizo veinte sueldos, que Laigle dio al muchacho.

—Gracias, señor —dijo éste.

—¿Cómo te llamas? —le preguntó Laigle, mirándole curiosamente.

—Navet, el amigo de Gavroche.

—Quédate con nosotros —dijo Laigle.

—Almuerza con nosotros —dijo Grantaire.

El muchacho respondió:

—No puedo; soy del acompañamiento; soy el que va gritando: «¡Abajo Polignac!»

Y sacando el pie todo lo que podía por detrás de sí, que es el saludo más respetuoso, se fue. Cuando se marchó el muchacho, Grantaire tomó la palabra:

—Ése es el pilluelo puro; hay muchas variedades en el género pilluelo. El pilluelo escribano se llama saltaarroyos; el pilluelo cocinero se llama marmitón; el pilluelo panadero se llama mitrón; el pilluelo lacayo se llama groom; el pilluelo soldado se llama granuja; el pilluelo pintor se llama aprendiz; el pilluelo negociante se llama hortera; el pilluelo cortesano se llama menino.

Mientras tanto, Laigle estaba meditando:

—A B C; es decir, entierro de Lamarque.

—El muy rubio —dijo Grantaire— es Enjolras, que te llama.

—¿Iremos? —dijo Bossuet.

—Llueve —dijo Joly—, y yo he jurado ir al fuego y no al agua. No quiero constiparme.

—Yo me quedo aquí —dijo Grantaire—; prefiero un almuerzo a un entierro.

—Conclusión: nos quedamos —añadió Laigle—. Pues entonces bebamos; puede faltarse al entierro sin faltar al motín.

—¡Ah! Al motín no faltaré yo —exclamó Joly.

Laigle se frotó las manos.

—Vamos a retocar la Revolución de 1830. La verdad es que oprime al pueblo en las articulaciones.

—Nada me importa vuestra revolución —dijo Grantaire—. Yo no execro a ese Gobierno; es la corona atemperada por el gorro de algodón; un cetro terminado en un paraguas; pienso en ella hoy por el tiempo que hace. Luis Felipe podrá utilizar su realismo con dos fines: dirigir un extremo del cetro contra el pueblo y abrir el extremo del paraguas contra el cielo.

La sala estaba oscura; gruesas nubes habían acabado de suprimir el día. No había nadie en la taberna ni en la calle. Todo el mundo había ido a ver «los sucesos».

—¿Es mediodía o medianoche? —preguntó Bossuet—. No se ve gota. Gibelote, ¡una luz!

Grantaire, entristecido, seguía bebiendo.

—Enjolras me desprecia —murmuró—. Enjolras ha dicho: Joly está malo, Grantaire borracho, y ha enviado a Navet para que busque a Bossuet. Si hubiera venido a llamarme a mí le habría seguido. ¡Tanto peor para Enjolras! No iré a su entierro.

Tomada esta resolución, Bossuet, Joly y Grantaire no se movieron de la taberna. Hacia las dos de la tarde, la mesa que estaban sentados se veía cubierta de botellas vacías. Ardían sobre ella dos velas, una en un candelero de cobre perfectamente verde y la otra en el cuello de una botella rota. Grantaire había arrastrado a Joly y a Bossuet al vino, y Bossuet y Joly habían hecho ponerse alegre a Grantaire.

En cuanto a éste, desde las doce había pasado más allá del vino, pobre origen de ensueños. El vino en los borrachos serios es siempre alegre. En la embriaguez hay la magia blanca y la magia negra: el vino no es más que la magia blanca. Grantaire era un atrevido bebedor de sueños. Las tinieblas de una embriaguez terrible entreabierta delante de él, lejos de detenerle, le atraían; había dejado las botellas y tomado el chope; el chope es el abismo: no teniendo a mano ni opio ni hachís, y queriendo llenarse el cerebro de oscuridad, había recurrido a esa horrible mezcla de aguardiente, de cerveza y de ajenjo, que produce letargos tan terribles; de esos tres vapores, cerveza, aguardiente y ajenjo, se hace el plomo del alma; son tres tinieblas en que se ahoga la mariposa celeste, y se forman en un humo membranoso vagamente condensado en alas de murciélago, tres furias mudas: el Delirio, la Noche y la Muerte, revoloteando por encima del espíritu adormecido.

Grantaire no estaba aún en esta fase lúgubre; muy lejos de eso. Estaba muy alegre, y Bossuet y Joly le seguían; todos brindaban. Grantaire añadía a la pronunciación extravagante de las palabras y de las ideas la divagación del gesto; apoyaba con dignidad el puño izquierdo sobre la rodilla, doblando en ángulo recto el brazo, con la corbata deshecha, a caballo en un taburete, el vaso lleno en la mano derecha, y dirigía a la gruesa criada Matelote estas solemnes palabras:

—¡Qué se abran las puertas de Palacio! ¡Que todo el mundo sea de la Academia Francesa y tenga el derecho de abrazar a la señora Hucheloup! ¡Bebamos!

Y volviéndose hacia la tía Hucheloup, añadía:

—¡Mujer antigua y consagrada por el uso, acércate que yo te contemple!

Joly gritaba:

—Matelote y Gibelote, no déis más vino a Grantaire; se está comiendo locamente el dinero; desde esta mañana ha devorado dos francos y noventa y cinco céntimos.

Y Grantaire continuaba:

—¿Quién ha desclavado las estrellas sin mi permiso para ponerlas en la mesa por velas?

Bossuet, que estaba muy borracho, había conservado su calma. Se había sentado en el quicio de la ventana abierta y la lluvia le mojaba la espalda mientras contemplaba a sus dos amigos.

De repente oyó detrás de sí un tumulto, pasos precipitados, gritos de «¡A las armas!» Se volvió, y descubrió en la calle de San Dionisio, en la esquina de la calle de la Chanvrerie, a Enjolras que pasaba con la carabina en la mano, a Gavroche con su pistola, a Feuilly con su sable, a Courfeyrac con su espada, a Juan Prouvaire con su mosquete, a Combeferre con su fusil, a Bahorel con su fusil, y todo el grupo armado y tumultuoso que le seguía.

La calle de la Chanvrerie apenas tenía el alcance de una carabina. Bossuet improvisó con sus manos una bocina, y gritó:

—¡Courfeyrac! ¡Courfeyrac! ¡Eh!

Courfeyrac oyó las voces; vio a Bossuet, dio algunos pasos en la calle de Chanvrerie, y dijo:

—¿Qué quieres?

Palabras que se cruzaron con estas otras:

—¿Adónde vas?

—A hacer una barricada —respondió Courfeyrac.

—Pues bien; este sitio es magnífico, hazla aquí.

—Es verdad, Águila de los males —dijo Courfeyrac.

Y a una señal suya, todo el grupo se precipitó en la calle de la Chanvrerie.

El sitio estaba, en efecto, admirablemente indicado: la entrada de la calle ancha; el fondo, estrecho y en forma de callejón sin salida; Corinto figurando un embudo; la calle Mondetour fácil de cerrar a derecha e izquierda, no siendo posible ningún ataque sino por la calle de San Dionisio; es decir, de frente y al descubierto. Bossuet, borracho, había tenido el golpe de vista de Aníbal en ayunas.

Al hacer su irrupción el grupo, se había apoderado el espanto de toda la calle; todos los transeúntes se eclipsaron, y en un abrir y cerrar los ojos, por todas partes, a derecha e izquierda, las tiendas, los establecimientos, las puertas, las ventanas, las persianas, las buhardillas, los postigos de todas dimensiones, se cerraron, desde el piso bajo hasta el tejado. Una vieja, llena de miedo, colgó un colchón delante de su ventana, en una cuerda que servía para poner a secar la ropa, con objeto de amortiguar el efecto de la fusilería. La taberna únicamente permanecía abierta, y esto sólo por razón de que allí se había instalado un grupo.

—¡Ah! ¡Dios mío! ¡Dios mío! —decía suspirando la tía Hucheloup.

Bossuet había bajado a recibir a Courfeyrac.

Joly se había asomado a la ventana y gritaba:

—Courfeyrac, ¿por qué no has cogido un paraguas? Te vas a constipar.

Mientras tanto, en pocos minutos habían sido arrancadas veinte barras de hierro de las rejas de la fachada de la taberna y habían sido desempedradas diez toesas de la calle; Gavroche y Bahorel habían cogido al pasar y derribado un carro de un fabricante de cales, llamado Anceau, el cual contenía tres toneles llenos de cal, que fueron colocados sobre las pilas de adoquines. Enjolras había levantado la trampa de la cueva, y todos los toneles vacíos de la viuda Hucheloup habían ido a formarse con los de cal; Feuilly, con sus dedos acostumbrados a iluminar delicados países de abanicos, había reforzado los toneles y el carro con dos macizas pilas de guijarros; guijarros improvisados como todo lo demás y cogidos sin saber dónde.

Habíanse arrancado también unos puntales de la fachada de una casa próxima y se habían echado sobre los toneles.

Cuando Bossuet y Courfeyrac se volvieron, la mitad de la calle estaba ya cerrada por una muralla más alta que un hombre. No hay nada como la mano popular para construir todo lo que se construye demoliendo.

Matelote y Gibelote se habían mezclado con los trabajadores. Gibelote iba y venía cargada de maderos; su laxitud se empleaba en la barricada, y servía adoquines como hubiera servido vino: adormecida.

Un ómnibus que llevaba dos caballos blancos pasó por el extremo de la calle.

Bossuet saltó por encima de los materiales, corrió, detuvo al cochero, hizo bajar a los viajeros, dio la mano «a las señoras», despidió al conductor y volvió trayéndose el coche y los caballos de la brida.

—Los ómnibus —dijo— no pasan por delante de Corinto. «Non licet omnibus adire Corynthum.»

Un instante después los caballos desenganchados se iban al acaso por la calle de Mondetour, y el ómnibus volcado completaba la barricada.

La tía Hucheloup, trastornada, se había refugiado en el primer piso.

Tenía la mirada vaga; miraba sin ver, hablando por lo bajo. Sus gritos asustados no se atrevían a salir de la garganta.

—Éste es el fin del mundo —murmuraba.

Joly daba un beso en el grueso cuello rojo y arrugado de la tía Hucheloup, y decía a Grantaire:

—Querido, siempre he considerado el cuello de una mujer como una cosa infinitamente delicada.

Pero Grantaire había llegado a la más alta región del diritambo. Matelote había subido al primer piso. Grantaire la había cogido por el talle y daba, en la ventana, grandes carcajadas.

—¡Matelote es fea! —gritaba—. Matelote es el sueño de la fealdad. Matelote es una quimera. Voy a descubrir el secreto de su nacimiento. Un Pigmalion godo que hacía mascarones de catedrales se enamoró un día de uno de ellos, el más horrible; suplicó al amor que le animase, y resultó Matelote. ¡Miradla, ciudadanos! ¡Tiene los cabellos de color de cromato de plomo, como la querida de Ticiano; es una buena muchacha; os aseguro que peleará bien; en toda buena muchacha hay un héroe! En cuanto a la tía Hucheloup, es una valiente vieja. ¡Mirad qué bigotes tiene! Los ha heredado de su marido. ¡Es un húsar! ¡Bah! ¡Peleará también! Dos como ella aterrarían la comarca. ¡Compañeros! Derribaremos al Gobierno, tan cierto como hay quince ácidos intermedios entre el ácido margárico y el ácido fórmico; por lo demás, a mí lo mismo me da. Caballero, mi padre me ha odiado siempre porque yo no podía comprender las matemáticas; yo no comprendo más que el amor a la libertad; soy Grantaire, el buen muchacho. Como nunca he tenido dinero, no tengo hábito de tenerlo, lo cual es causa de que nunca me haya hecho falta; pero si hubiera sido rico no habría habido pobres. ¡Ya hubierais visto! ¡Oh! ¡Si los buenos corazones tuviesen grandes bolsillos! ¡Cuánto mejor iría todo! ¡Cuánto bien haría yo! Matelote, ¡abrázame! Eres voluptuosa y tímida. Tienes unas mejillas que solicitan el beso de una hermana, y labios que reclaman el beso de un amante.

—¡Cállate, tonel! —dijo Courfeyrac.

Grantaire respondió:

—Soy capitular y maestro de juegos florales.

Enjolras, que estaba de pie encima de la barricada, con el fusil en la mano, levantó su hermoso y austero rostro. Enjolras, como ya sabemos, tenía algo del espartano y del puritano. Hubiera muerto en las Termópilas con Leónidas, y hubiera quemado a Drogheda con Cromwell.

—¡Grantaire! —exclamó—. Vete a dormir la mona fuera de aquí. Éste es el lugar de la embriaguez del entusiasmo, no de la embriaguez del vino. ¡No deshonres la barricada!

Estas palabras irritadas produjeron en Grantaire un efecto singular, como si le hubiesen arrojado un vaso de agua fría al rostro. Pareció que había vuelto en sí. Se sentó, apoyó los codos en la mesa cerca de la ventana, miró a Enjolras con indecible dulzura, y le dijo:

—Déjame dormir aquí.

—Vete a dormir a otra parte.

Pero Grantaire, fijando de nuevo en él sus ojos tiernos y turbados, respondió:

—Déjame dormir aquí hasta que aquí muera.

Enjolras le miró con desprecio y le dijo:

—Grantaire, eres incapaz de creer, de pensar, de querer, de vivir y morir.

Grantaire replicó con voz grave:

—Ya verás.

Murmuró aún algunas palabras ininteligibles, dejó caer su cabeza pesadamente sobre la mesa, y por un efecto bastante habitual del segundo período de la embriaguez, en que Enjolras le había precipitado rudamente, se quedó dormido un momento después.

Bahorel, entusiasmado al ver la barricada, exclamaba:

—¡Ya está la calle cortada! ¡Qué bien está!

Courfeyrac, al mismo tiempo que demolía la taberna, trataba de consolar a la viuda tabernera.

—Tía Hucheloup, ¿no os quejabais el otro día de que os habían llamado a juicio y declarado delincuente porque Gibelote había sacudido una manta por la ventana?

—Sí, mi buen señor Courfeyrac. ¡Ah, Dios mío! ¿Vais a poner también esa mesa en la barricada? Y no sólo por la manta, sino también por un tiesto que se cayó desde la buhardilla a la calle, el Gobierno me ha sacado cien francos de multa. ¿No es una picardía?

—Pues bien; tía Hucheloup, nosotros os vengamos.

La tía Hucheloup, al parecer, no comprendía muy bien todo el beneficio de esta reparación.

Quedaba satisfecha a la manera de aquella mujer árabe que, habiendo recibido un bofetón de su marido, fue a ver a su padre pidiendo venganza diciendo:

—Padre, debes a mi marido afrenta por afrenta.

El padre preguntó:

—¿En qué mejilla te ha dado el bofetón?

—En la izquierda.

El padre le dió un bofetón en la derecha, y le dijo:

—Ya estás satisfecha. Ve a decir a tu marido que si él ha abofeteado a mi hija, yo he abofeteado a su mujer.

La lluvia había cesado. Iban llegando reclutas; los obreros habían llevado bajo la blusa un barril de pólvora, una cesta de botellas de vitriolo, dos o tres hachas de viento, un canasto lleno de lamparillas, «restos de la fiesta del rey» que se había celebrado el 1.º de mayo. Se decía que enviaba estas municiones un droguero del arrabal de San Antonio, llamado Pepín. Se rompía el único farol de la calle de la Chanvrerie, la farola de la calle de San Dionisio y todas las demás de las calles próximas de Mondetour, del Cisne, de Predicadores y de la grande y pequeña Truanderie.

Enjolras, Combeferre y Courfeyrac lo dirigían todo. Mientras tanto se construían otras dos barricadas, que se apoyaban en la misma casa de Corinto, formando ángulo recto; la mayor cerraba la calle de la Chanvrerie, y la otra la de Mondetour, por el lado de la calle del Cisne; esta última barricada, muy estrecha, estaba construida sólo con toneles y guijarros. Había allí unos cincuenta trabajadores; una treintena de ellos con fusiles, porque al pasar habían saqueado la tienda de un armero.

Nada más extraño y abigarrado que aquella tropa.

Uno tenía levita, un sable de caballería y dos pistolas de arzón; otro estaba en mangas de camisa, con sombrero redondo y una bolsa de pólvora al lado; un tercero estaba cubierto con un peto hecho con nueve hojas de papel, y armado con una aguja de enjalmar. Había uno que gritaba: «¡Exterminemos hasta el último, y muramos en la punta de nuestra bayoneta!» El que decía esto no tenía bayoneta. Otro mostraba encima de su levita unas correas y una cartuchera de guardia nacional, con la funda adornada con esta incripción de lana roja: «Orden público.» Portafusiles con el número de las legiones, pocos sombreros, ninguna corbata, muchos brazos desnudos, algunas picas, todas las edades, todas las fisonomías: jovencillos pálidos, obreros ennegrecidos. Todos se apresuraban, y al mismo tiempo que trabajaban, hablaban de los sucesos posibles: que recibirían socorros a las tres de la mañana; que se contaba seguramente con un regimiento; que París se levantaría. Suposiciones terribles, con las cuales se mezclaba una especie de cordial alegría. Parecían hermanos, y ninguno sabía el nombre de los otros. Los grandes peligros tienen el privilegio de hacer fraternizar a los desconocidos.

En la cocina se había encendido lumbre y se fundían en el balinero medidas, cucharas, tenedores, toda la vajilla de estaño de la taberna; al mismo tiempo se bebía. Los pistones y las postas andaban revueltos en las mesas con los vasos de vino. En la sala del billar la señora Hucheloup, Matelote y Gibelote, diversamente afectadas por el terror, una atontada, otra sofocada y otra excitada, rompían rodillas viejas y hacían hilas; tres insurgentes las ayudaban; tres jóvenes cabelludos, barbudos y bigotudos, que deshilaban la tela con dedos de lencero y les hacían temblar.

El hombre de alta estatura que había llamado la atención de Courfeyrac, Combeferre y Enjolras, el que se unió al grupo en la esquina de la calle de Billettes, trabajaba en la pequeña barricada, y era útil; Gavroche trabajaba en la grande. En cuanto al joven que había esperado a Courfeyrac en su casa y le había preguntado por el señor Mario, había desaparecido poco después del momento en que había sido detenido el ómnibus.

Gavroche, completamente entusiasmado, se había encargado de todo. Iba, venía, subía, bajaba, metía ruido, brillaba; parecía que estaba allí para animar a todos. ¿Tenía algún aguijón? Sí, ciertamente: su miseria. ¿Tenía alas? Sí, ciertamente: su alegría. Gavroche era un torbellino. Se le veía sin cesar, se le oía continuamente; llenaba todo el espacio, encontrándose en todas partes a la vez; era una especie de ubicuidad casi irritante; no había nada que pudiese detenerle; la enorme barricada sentía su acción. Molestaba a los transeúntes, excitaba a los perezosos, reanimaba a los fatigados, impacientaba a los pensativos, alegraba a unos, esperanzaba o encolerizaba a otros, y ponía en movimiento a todos; pinchaba a un estudiante, mordía a un obrero; se paraba, volvía en seguida a su faena, volaba por encima del tumulto; saltaba de éstos a aquéllos, murmuraba, zumbaba y hostigaba a toda aquella multitud inmensa.

En sus pequeños brazos dominaba el movimiento perpetuo, y en sus pequeños pulmones el clamor perpetuo.

—¡Bravo! ¡Más adoquines! ¡Más toneles! ¡Más maderos! ¿Dónde hay? Una mano de yeso para cubrir este agujero. Es muy pequeña esa barricada; es preciso que suba más. Ponedlo todo, metedlo todo, colocadlo todo. Demoled la casa. Una barricada es un magnífico té. Tomad, ahí tenéis una puerta vidriera.

Esto hizo exclamar a los trabajadores:

—¡Una puerta vidriera! ¿Para qué quieres que sirva una puerta vidriera, tubérculo?

—Los tubérculos sois vosotros —respondió Gavroche—. Una puerta vidriera en una barricada es una cosa excelente; no impide el ataque, pero es un obstáculo para tomarla. ¿No habéis robado nunca manzanas por encima de una pared cubierta de cascos de botella? Una puerta vidriera corta los callos de los guardias nacionales cuando quieren subir a la barricada. ¡Pardiez!, el vidrio es muy traidor. ¡No tenéis imaginación libre, compañeros!

Por lo demás, estaba furioso con su pistola sin gatillo; iba de uno a otro pidiendo:

—¡Un fusil! ¡Quiero un fusil! ¿Por qué no se me da un fusil?

—¡Un fusil a ti! —dijo Combeferre.

—¡Toma! —replicó Gavroche—. ¿Por qué no? ¡Tuve uno en 1830, cuando se disputaba con Carlos X!

Enjolras alzó los hombros.

—Cuando los haya para los hombres se darán a los niños.

Gavroche se volvió altivamente y le respondió:

—Si te matan antes que a mí cogeré el tuyo.

—¡Pilluelo! —dijo Enjolras.

—¡Blanquillo! —dijo Gavroche.

Un elegante extraviado que pasaba por el extremo de la calle cortó esta disputa. Gavroche le gritó:

—¡Venid con nosotros, joven!

El elegante huyó.

Los periódicos de aquel tiempo, que han dicho que la barricada de la calle de Chanvrerie, aquella «construcción casi inexpugnable», como la llamaban, llegaba al nivel del piso principal, se han equivocado. No pasaba de una altura de seis o siete pies, como término medio. Estaba hecha de manera que los combatientes podían a voluntad ocultarse detrás o dominar el paso, y aun subir a la cima por medio de una cuádruple fila de adoquines superpuestos y colocados a guisa de escalera por el interior. Por fuera, el frente de la barricada, compuesto por pilas de adoquines y de toneles, sujetos por vigas y tablas que se enchufaban en las ruedas del carro de Auceau y del ómnibus, presentaba el aspecto de un obstáculo erizado e inextricable. Una cortadura suficiente para que un hombre pudiese pasar por ella dejaba un espacio entre el extremo de la barricada más alejado de la taberna y las casas, de modo que era posible hacer una salida. La lanza del ómnibus estaba puesta verticalmente, y a ella, atada con cuerdas, una bandera roja que flotaba sobre la barricada.

La pequeña barricada Mondetour, oculta detrás de la casa de la taberna, no se veía. Las dos barricadas reunidas formaban un verdadero reducto. Enjolras y Courfeyrac no habían creído conveniente hacer otra en el segundo extremo de la calle de Mondetour, que abre por la calle de Predicadores una salida al Mercado, queriendo, sin duda, conservar la posibilidad de una comunicación con el exterior y temiendo muy poco el ataque por la peligrosa callejuela de Predicadores.

Con esta salida libre, que constituía lo que Folar, en su estilo estratégico, hubiera llamado un ramal de trinchera, y con la estrecha cortadura de la calle de la Chanvrerie, el interior de la barricada, en que la taberna formaba un ángulo saliente, presentaba un cuadrilátero irregular, cerrado por todas partes. Había unos veinte pasos de intervalo entre la barricada y las altas casas que formaban el fondo de la calle, de modo que se podía decir que la barricada estaba recostada en estas casas, todas habitadas, pero cerradas de arriba abajo.

Todo este trabajo se hizo sin obstáculo en menos de una hora, y sin que aquel puñado de hombres atrevidos viese aparecer una gorra de pelo ni una bayoneta. Los pocos paisanos que se atrevían a pasar en aquel momento del motín por la calle de San Dionisio, echaban una mirada a la calle Chanvrerie, veían la barricada y doblaban el paso.

Cuando se acabaron las dos barricadas y se enarboló la bandera, se sacó una mesa fuera de la taberna y se subió en ella Courfeyrac. Enjolras trajo el cofre cuadrado que estaba lleno de cartuchos; Courfeyrac lo abrió. Cuando se descubrieron los cartuchos temblaron los más valientes y hubo un momento de silencio.

Courfeyrac los distribuyó sonriéndose. Cada uno recibió treinta cartuchos.

Muchos tenían pólvora y se pusieron a hacer más con las balas que se fundían en la taberna. En cuanto al barril de pólvora, estaba sobre una mesa aparte cerca de la puerta; se guardaba.

El toque de llamada que recorría todo París no cesaba; pero había concluido por no ser más que un ruido monótono de que nadie hacía caso; un ruido que se aproximaba o se alejaba con lúgubres ondulaciones.

Cargaron los fusiles y las carabinas todos juntos, sin precipitación, con solemne gravedad. Enjolras colocó tres centinelas fuera de las barricadas: uno en la calle de Chanvrerie, otro en la calle de Predicadores, y el tercero en la esquina de la pequeña Truanderie.

Concluidas ya las barricadas, designados los puestos, cargados los fusiles, puestos los centinelas, solos en aquellas calles temibles, por donde no pasaba ya nadie, rodeados de aquellas casas mudas y como muertas en que no palpitaba ningún movimiento humano, y envueltos en las sombras crecientes del crepúsculo que empezaba ya, en medio de aquella oscuridad y de aquel silencio en que se sentía avanzar alguna cosa, y que tenía un no sé qué de trágico y terrorífico, aislados, armados, resueltos, tranquilos, esperaron.

En aquellas horas de espera, ¿qué hicieron?

Es preciso que lo digamos, porque esto pertenece a la Historia.

Mientras que los hombres hacían cartuchos y las mujeres hilas, mientras que los centinelas velaban arma al brazo en la barricada, mientras que Enjolras, a quien nadie podía distraer, velaba sobre los centinelas, Combeferre, Courfeyrac, Juan Prouvaire, Feuilly, Bossuet, Joly, Bahorel y algunos otros se buscaron y se reunieron como en los días más pacíficos de sus conversaciones de estudiantes, y en un rincón de aquella taberna, convertida en casamata, a dos pasos del reducto que habían construido, con las carabinas cebadas, cargadas y apoyadas en el respaldo de la silla, aquellos jóvenes, tan cercanos a una hora suprema, se pusieron a cantar versos de amor.

La hora, el lugar, la evocación de aquellos recuerdos de la juventud, algunas estrellas que empezaban a brillar en el cielo, el reposo fúnebre de aquellas calles desiertas, la inminencia de la aventura inexorable que se preparaba, daban un encanto patético a estos versos, murmurados a media voz en el crepúsculo por Juan Prouvaire, que, según hemos dicho ya, era un tierno poeta.

Mientras tanto se había encendido una antorcha en la barricada pequeña, y en la grande una de esas hachas que el martes de Carnaval se encuentran precediendo a los coches cargados de máscaras que van a la Courtille. Estas antorchas, como hemos dicho, venían del arrabal de San Antonio.

La antorcha había sido colocada en una jaula de adoquines cerrada por tres lados para abrigarla del viento, y dispuesta de un modo que toda la luz caía sobre la bandera. La calle y la barricada quedaban en la oscuridad, y no se veía más que la bandera roja formidablemente iluminada como por una linterna sorda.

Esta luz extendía sobre el escarlata de la bandera una tinta de púrpura terrible.

La noche había ya caído completamente; nadie se acercaba.

No se oían más que rumores confusos, y por instantes descargas; pero raras, poco nutridas y lejanas.

Este plazo, que se prolongaba, era señal de que el Gobierno se tomaba tiempo y reunía sus fuerzas. Estos cincuenta hombres esperaban a sesenta mil.

Enjolras se sentía dominado por esa impaciencia que se apodera de las almas fuertes en el umbral de los grandes sucesos.

Fue a buscar a Gavroche, que se había puesto a hacer cartuchos en la sala baja, a la dudosa claridad de dos velas, colocadas sobre el mostrador por precaución a causa de la pólvora extendida sobre la mesa.

Aquellas dos velas no daban luz alguna por el exterior.

Además, los insurgentes habían tenido cuidado de no encender luz en los pisos superiores.

Gavroche, en aquel momento, estaba muy pensativo, aunque no precisamente por sus cartuchos.

El hombre de la calle de Billettes acababa de entrar en la sala baja y había ido a sentarse en la mesa menos alumbrada.

Llevaba un fusil de munición del mayor modelo, que sostenía entre sus piernas.

Gavroche, hasta aquel momento distraído por cien cosas «divertidas», no había ni visto a este hombre.

Cuando entró le siguió maquinalmente con la vista, admirando su fusil, y después, así que el hombre se sentó, se levantó él repentinamente.

Los que hubieran observado a aquel hombre hasta este momento, le habrían visto espiarlo todo en la barricada y en el grupo de los insurgentes con singular atención; pero desde que había entrado en la sala se había sumergido en el recogimiento y parecía no ver nada de lo que pasaba.

El pilluelo se aproximó a aquel hombre pensativo y se puso a dar vueltas en derredor suyo, sobre la punta de los pies, como se hace cuando no se quiere despertar a alguno.

Al mismo tiempo, en su rostro infantil, a la vez tan descarado y tan serio, tan vivo y tan profundo, tan alegre y tan entusiasta, se fueron pintando sucesivamente todos esos gestos de viejo que significan: «¡Ah! ¡Bah! ¡No es posible! ¡Tengo telarañas en los ojos! ¡Deliro! ¿Será él?... No, no es. Pero sí. Pero no», etc., etc.

Gavroche se balanceaba sobre sus talones, crispaba sus manos en los bolsillos, movía el cuello como un pájaro y empleaba en un gesto de desprecio toda la sagacidad de su labio inferior.

Estaba estupefacto, incierto, incrédulo, convencido, trastornado.

Tenía la fisonomía de un jefe de eunucos en el mercado de esclavas descubriendo una Venus entre feas; de un aficionado y entendido en pintura examinando una obra de Rafael en un montón de cuadros viejos.

En él trabajaban a un tiempo el instinto, que olfateaba, y la inteligencia, que combinaba.

Era evidente que se acercaba un acontecimiento para Gavroche.

En lo más profundo de este examen se acercó a él Enjolras.

—Tú eres pequeño —le dijo—, y no serás visto. Sal de las barricadas, desvíate a lo largo de las casas, explora un poco las calles y ven a decirme lo que hay.

Gavroche se enderezó al oír esto.

—¡Los pequeños sirven, pues, para algo! ¡Es una felicidad! ¡Ya voy! Mientras tanto, confiad en los pequeños, desconfiad de los grandes...

Y levantando la cabeza y bajando la voz, añadió señalando al hombre de la calle de Billettes:

—¿Veis ese grande?

—¿Y qué?

—Es un espía.

—¿Estás seguro?

—Aún no hace quince días que me bajó de las orejas de la cornisa del puente Real, en donde estaba yo tomando el fresco.

Enjolras abandonó vivamente al pilluelo y dijo en voz baja algunas palabras a un obrero del puerto que estaba allí.

El obrero salió de la casa y volvió al momento acompañado de otros tres.

Los cuatro hombres, cuatro mozos de grandes espaldas, fueron a colocarse detrás de la mesa en que estaba el hombre sospechoso, sin hacer nada que pudiese llamar su atención.

Estaban visiblemente dispuestos a arrojarse sobre él.

Entonces Enjolras se acercó al hombre y le preguntó:

—¿Quién sois?

A esta brusca interrogación, el hombre se sobresaltó; dirigió una mirada a Enjolras, una mirada que penetró hasta el fondo de su cándida pupila, y pareció que adivinaba su pensamiento.

Sonrióse entonces con una sonrisa, la más desdeñosa, la más enérgica y la más resuelta del mundo, y respondió con altiva gravedad:

—¡Veo qué es esto!... Pues bien, sí.

—¿Sois espía?

—Soy agente de la autoridad.

—¿Cómo os llamáis?

—Javert.

Enjolras hizo una señal a los cuatro hombres, y en un abrir y cerrar de ojos, antes de que Javert tuviese tiempo de volverse, fue cogido por el cuello, derribado y registrado.

Halláronle una tarjeta pequeña, circular, colocada entre dos vidrios, la cual tenía por un lado las armas de Francia grabadas en esta leyenda: «Seguridad y vigilancia», y en la otra esta mención: «Javert, inspector de Policía. Edad, cincuenta y dos años», y la firma del prefecto de Policía de entonces, señor Gisquet.

Tenía además un reloj y un monedero que contenía algunas monedas de oro. Le dejaron ambas cosas. Detrás del reloj, en el fondo del bolsillo, descubrieron por el tacto un papel hecho cuatro dobleces, que desdobló Enjolras, leyendo estas cuatro líneas, escritas de manos del prefecto de Policía:

«El inspector Javert, así que haya cumplido su misión política, se asegurará, por medio de una vigilancia especial, de si es verdad que algunos malhechores andan vagando por las cuestas de la orilla del Sena, cerca del puente de Jena.»

Terminado el registro, levantaron a Javert; le sujetaron los brazos por detrás de la espalda y le ataron en medio de la sala, bajo aquel célebre poste que había dado antiguamente nombre a la taberna.

Gavroche, que había presenciado y aprobado toda la escena con silenciosos movimientos de cabeza, se aproximó a Javert y le dijo:

—Amigo, el ratón ha cogido al gato.

Todo esto se había ejecutado con tanta rapidez, que todo estaba concluido cuando empezaron a notarlo en la taberna.

Javert no había dado ni un grito, y así que estuvo atado al poste, acudieron Courfeyrac, Bossuet, Joly, Combeferre y los demás que andaban dispersos por las barricadas.

Javert, recostado en el poste y tan rodeado de cuerdas que no podía hacer un movimiento, levantaba la cabeza con la serenidad intrépida del hombre que no ha mentido nunca.

—Es un espía —dijo Enjolras.

Y volviéndose hacia Javert:

—Seréis fusilado dos minutos antes de que tomen la barricada.

Javert replicó con imperioso acento:

—¿Y por qué no en seguida?

—Economizamos la pólvora.

—Entonces matadme de una puñalada.

—Espía —le dijo Enjolras—, nosotros somos jueces y no asesinos.

Después llamó a Gavroche.

—¡Tú, vete a tu negocio! ¡Haz lo que te he dicho!

—Voy —dijo Gavroche.

Y deteniéndose en el momento de partir, añadió:

—A propósito, ¡me daréis su fusil! Os dejo el músico y me llevo el clarinete.

El pilluelo hizo el saludo militar y saltó alegremente por la cortadura de la gran barricada.

La pintura trágica que hemos empezado a hacer no sería completa, y el lector no vería en ella, en su relieve exacto y real, esos grandes minutos del drama social y del desarrollo revolucionario en que la convulsión se mezcla con la fuerza, si omitiésemos en este bosquejo un incidente lleno de un horror épico y terrible que sucedió apenas se marchó Gavroche.

Los grupos, como es sabido, son bolas de nieve, y aglomeran al rodar un montón de hombres tumultuosos que no se preguntan de dónde vienen. Entre los transeúntes que se habían unido al grupo dirigido por Enjolras, Combeferre y Courfeyrac, había uno que llevaba una chaqueta de esportillero, bastante usada, y que gesticulaba y vociferaba con cierto entusiasmo salvaje. Este hombre, llamado o apodado Le Cabuc, y desconocido completamente a los que pretendían conocerle, muy entusiasta, como hemos dicho, o aparentando serlo, se había sentado con algunos otros a una mesa que habían sacado fuera de la taberna. Este hombre, al mismo tiempo que hacía beber a sus compañeros de conversación, parecía contemplar con reflexión la casa grande del fondo de la barricada, cuyos cinco pisos dominaban toda la calle y daban frente a la de San Dionisio. De repente exclamó:

—Compañeros, mirad: desde esa casa es desde donde debemos tirar. Puestos en las ventanas, ¡ni el diablo entra en la calle!

—Sí, pero está cerrada la casa —dijo uno de los bebedores.

—¡Llamemos!

—No abrirán.

—Echemos abajo la puerta.

Le Cabuc corrió a la puerta, que tenía un llamador muy pesado, y llamó; pero no abriéndose la puerta, volvió a llamar; nadie respondió; dio un tercer golpe, el mismo silencio.

—¿No hay nadie? —gritó Le Cabuc.

Nadie respondió.

Entonces cogió un fusil y empezó a dar culatazos a la puerta. Era una puerta vieja, pequeña, cintrada, estrecha, sólida, de encina, forrada por el interior de una chapa de palastro y de una armadura de hierro; era una verdadera poterna de una fortaleza. Los culatazos hacían temblar la casa, pero no movían la puerta.

Los vecinos debieron ponerse en movimiento, porque al fin se vio iluminarse y abrirse un ventanuco cuadrado en el tercer piso y aparecer en él una luz y el rostro asustado de un hombre de cabellos grises, que era el portero.

El hombre que llamaba se quedó parado.

—Señores —dijo el portero—, ¿qué queréis?

—¡Abre! —dijo Le Cabuc.

—Señores, eso no es posible.

—Abre en seguida.

—¡Imposible, señores!

Le Cabuc cogio el fusil y apuntó al portero; pero estaba debajo y era de noche, y éste no le vio.

—¿Quieres abrir? Sí o no.

—¡No, señores!

—¿Dices que no?

—Digo que no, buenos...

El portero no pudo acabar. Salió el tiro; la bala le entró por debajo de la barba y le salió por la nuca, después de atravesar la vena yugular.

El pobre hombre cayó sin dar un suspiro; la luz se le fue de las manos y se apagó, no viéndose después más que una cabeza inmóvil, recostada en el alféizar de la ventana, y un poso de humo blanquecino que subía hacia el tejado.

—¡Bueno! —dijo Le Cabuc dando un culatazo en el suelo.

Apenas había pronunciado esta palabra, sintió una mano que le cogía del cuello con la fuerza de la garra de un águila y oyó una voz que le decía:

—¡De rodillas!

El asesino se volvió y vio delante de sí el rostro pálido y sereno de Enjolras, que tenía una pistola en la mano.

Había acudido al oír la detonación.

Con la mano izquierda había cogido el cuello, la blusa, la camisa y el tirante de Le Cabuc.

—¡De rodillas! —repitió.

Y con un movimiento soberano, el delicado joven de veinticinco años dobló como una caña al ganapán robusto y le arrodilló en el lodo. Le Cabuc trató de resistir; pero parecía que estaba sujeto por un puño sobrehumano.

Enjolras, pálido, con el cuello descubierto, los cabellos esparcidos y el rostro femenil, tenía en aquel momento algo de la Temis antigua. Sus ojos bajos daban a su severo perfil griego esa expresión de cólera y de castidad que el mundo antiguo creía propia de la justicia.

Todos los de la barricada habían acudido y se habían colocado en círculo a alguna distancia, conociendo que era imposible pronunciar una palabra ante lo que iban a ver.

Le Cabuc, vencido, no trataba ya de defenderse, y temblaba de pies a cabeza. Enjolras le soltó y sacó el reloj.

—¡Encomiéndate a Dios! —le dijo—. ¡Te queda un minuto!

—¡Perdón! —murmuró el asesino.

Después bajó la cabeza y murmuró algunos juramentos inarticulados.

Enjolras no apartó la vista del reloj; dejó pasar el minuto y volvió el reloj al bolsillo. En seguida cogió por los cabellos a Le Cabuc, que se arremolinaba contra sus rodillas gritando, y le puso en la sien el cañón de la pistola.

Muchos de aquellos hombres intrépidos, que habían entrado tan tranquilamente en una de las más terribles aventuras, volvieron la cabeza.

Oyóse la detonación; el asesino cayó al suelo boca abajo. Enjolras se enderezó y paseó en derredor su mirada satisfecha y severa.

Después empujó el cadáver con el pie y dijo:

—Quitad eso de ahí.

Tres hombres levantaron el cuerpo del asesino, que se agitaba en las últimas convulsiones maquinales de la vida, y lo arrojaron por encima de la barricada en la callejuela Mondetour.

Enjolras se quedó pensativo; su sereno rostro se iba cubriendo de grandiosas tinieblas. De pronto elevó su voz; todos le escucharon en silencio.

—Ciudadanos —dijo Enjolras—: lo que este hombre ha hecho es espantoso; lo que yo he hecho es horrible. Ha matado; por eso le he matado, y he debido hacerlo porque la insurrección debe tener una disciplina; el asesinato es ahora mayor crimen que en otras circunstancias; estamos bajo los ojos de la Revolución. Somos los apóstoles de la República. Somos las víctimas del deber, y es preciso que nadie pueda calumniar nuestra lucha. Por esto he juzgado y condenado a muerte a ese hombre. En cuanto a mí, obligado a hacer lo que he hecho, pero aborreciéndolo, me he juzgado también, y pronto veréis a qué me he condenado.

Los que le escuchaban temblaron.

—Nosotros participaremos de tu suerte —dijo Courfeyrac.

—¡Gracias! —respondió Enjolras—. Pero oíd aún una palabra. Al matar a ese hombre he obedecido a la necesidad; pero la necesidad es un monstruo del viejo mundo; la necesidad se llama ¡Fatalidad! La ley del progreso es que los monstruos desaparezcan ante los ángeles, y la fatalidad se desvanezca ante la fraternidad. En el porvenir no habrá tinieblas, ni rayos, ni feroz ignorancia, ni pena de Talión. En el porvenir nadie será asesino; la tierra resplandecerá y el género humano amará. Ciudadanos: llegará ese día en que todo será amor, concordia, armonía, luz, alegría y vida; vendrá, y para que venga, vamos a morir.

—¿Dices que no?

Enjolras se calló. Sus labios de virgen se cerraron, y quedó por algún tiempo en pie en el sitio en que había derramado aquella sangre, con una inmovilidad de mármol.

Su mirada fija hacía que se hablase bajo en su derredor.

Juan Prouvaire y Combeferre se estrecharon la mano silenciosamente y, recostados uno en otro en el ángulo de la barricada, miraban con una admiración algún tanto compasiva a aquel joven tan grave, verdugo y sacerdote, transparente como el cristal y duro como la roca.

Digamos aquí que después del combate, cuando los cadáveres fueron llevados al Depósito y registrados, se encontró a Le Cabuc una cédula de agente de Policía. El autor de este libro ha tenido en sus manos, en 1848, el informe especial dado con este motivo al prefecto de Policía en 1832.

Añadamos que, si hemos de creer una tradición de Policía, extraña, pero probablemente fundada, Le Cabuc era Suenadinero. Este miserable no dejó huella alguna de su desaparición; parece que se amalgamó con lo invisible. Su vida había sido tinieblas; su fin fue la noche.

Todo el grupo de insurgentes estaba aún sometido a la emoción de este suceso trágico, instruido y terminado tan rápidamente, cuando Courfeyrac vio en la barricada al jovencillo que por la mañana había preguntado en su casa por Mario.

Este muchacho, que tenía el aspecto atrevido e indiferente, había venido por la noche a buscar a los insurgentes.

* * *

Aquella voz que a través del crepúsculo había llamado a Mario a la barricada de la calle de Chanvrerie le había producido el mismo efecto que la voz del destino. Quería morir y se le presentaba la ocasión. Llamaba a la puerta de la tumba y una mano en la sombra le enseñaba la llave. Esas lúgubres aberturas que se hacen en las tinieblas ante la desesperación son tentadoras. Mario separó la verja que le había dejado pasar tantas veces, salió al jardín y dijo: «¡Vamos!»

Loco de dolor, no encontrando nada fijo y sólido en su cerebro, incapaz de aceptar nada de la suerte después de aquellos dos meses pasados en la embriaguez de la juventud y del amor, oprimido a la vez por todas las meditaciones de la desesperación, no tenía más que un deseo: concluir con su vida.

Empezó a andar rápidamente; precisamente iba armado con los dos cachorrillos que le dio Javert.

El joven a quien había creído ver se había perdido en la oscuridad de las calles.

Mario, que había salido de la calle Plumet por el bulevar, atravesó la explanada y el puente de los Inválidos, los Campos Elíseos, la plaza de Luis XV, y llegó a la calle Rívoli. Las tiendas estaban por allí abiertas, el gas lucía en los arcos, las mujeres compraban en las tiendas, se servían sorbetes en el café Laiter, se comían pastelillos en la pastelería Inglesa. Solamente algunas sillas de posta partían al galope del hotel de los Príncipes y del hotel Mauricio.

Mario entró, por el pasadizo Delarme, en la calle de San Honorato. Allí las tiendas estaban cerradas, los comerciantes hablaban delante de sus tiendas entreabiertas, los transeúntes circulaban, los faroles estaban encendidos. Desde el primer piso, todas las ventanas estaban iluminadas como ordinariamente. En la plaza del Palacio Real había caballería.

Mario siguió la calle de San Honorato.

A medida que se apartaba del Palacio Real encontraba menos ventanas iluminadas. Las tiendas estaban completamente cerradas, nadie hablaba en los umbrales y, al mismo tiempo, se espesaba la multitud porque los transeúntes eran ya multitud. Nadie hablaba en aquella muchedumbre, y, sin embargo, salía de ella un murmullo sordo y profundo.

Hacia la fuente del Árbol Seco había grupos inmóviles y sombríos que estaban entre los que iban y venían como piedras en medio de una corriente.

A la entrada de la calle de Prouvaires, la multitud no andaba ya. Era un grupo resistente, macizo, sólido, compacto, casi impenetrable, de personas amontonadas que hablaban en voz baja. Apenas había levitas negras ni sombreros redondos; chaquetones, blusas, casquetes, cabezas erizadas y terrosas. Esta multitud ondulaba confusamente en la bruma nocturna. Sus cuchicheos tenían el ronco sonido de un estremecimiento. Aunque ninguno andaba, se sentía un continuo pisoteo en el lodo. Más allá de este espesor de la multitud, en la calle de la Roule, en la de Prouvaires y en la prolongación de la de San Honorato, no había una sola vidriera en que se reflejase una luz. Veíanse perderse en aquellas calles las filas solitarias y decrecientes de los faroles. Los faroles de aquel tiempo parecían gruesas estrellas rojas colgadas de cuerdas, y proyectaban en el suelo una sombra que tenía la forma de una gran araña.

Estas calles no estaban desiertas. Veíanse en ellas fusiles en pabellones, bayonetas que se movían y tropas que vivaqueaban. Ningún curioso pasaba aquel límite; allí cesaba la circulación; allí concluía la multitud y empezaba el Ejército.

Mario iba decidido, con la voluntad del hombre sin esperanza; le habían llamado y le era preciso ir. Encontró medio de atravesar por entre la multitud y las tropas, se ocultó a las patrullas y evitó los centinelas. Dio un rodeo, llegó a la calle Bettisy y se dirigió hacia el Mercado. En el extremo de la calle de Bourdonnais no había ya faroles.

Después de haber atravesado la zona de la multitud, había pasado el límite de la tropa; se veía envuelto en algo terrible; no encontraba ya ni un transeúnte, ni un soldado, ni una luz; nada. El silencio, la soledad, la noche, un frío que le sobrecogía; entrar en una calle era entrar en una cueva.

Continuó andando.

Dio algunos pasos y pasó, a su lado, algo corriendo. ¿Era un hombre? ¿Era una mujer? ¿Eran varios? No hubiera podido decirlo. Era una cosa que había pasado y se había desvanecido.

Así caminando llegó a una callejuela que creyó sería la de la Poterie, y hacia el medio de esta calle encontró un obstáculo. Extendió las manos y tropezó con una carreta volcada; pisaba al mismo tiempo charcos de agua, lodazales, adoquines amontonados y esparcidos; allí había una barricada bosquejada y abandonada. Pasó por encima de los adoquines y se encontró al otro lado del obstáculo. Iba siempre cerca de los guardacantones y guiándose por las fachadas de las casas. Un poco más allá de la barricada le pareció distinguir alguna cosa blanca; se acercó y vio dos bultos: eran dos caballos blancos, los del ómnibus que desenganchó Bossuet por la mañana, los cuales habían andado errantes todo el día y habían concluido por pararse allí con esa paciencia sumisa de los animales que no comprenden las acciones del hombre, lo mismo que el hombre no comprende las acciones de la Providencia.

Mario pasó adelante. Cuando llegó a una calle que le pareció la del Contrato Social, oyó un tiro que no sabía de dónde venía; el fogonazo atravesó la oscuridad, pasó a su lado, y la bala fue a dar por encima de su cabeza en una bacía colgada a la puerta de una barbería. En 1846 se veía aún en la calle del Contrato Social, en el extremo de los pilares del Mercado, esta bacía agujereada.

Hasta aquel punto todo era aún vida; a partir de aquel momento, ya no encontró nada.

Todo este itinerario parecía una bajada por una escalera de sombras.

Pero no por eso se detuvo Mario.

Un ser que hubiera podido cernerse sobre París en aquel momento con las alas del murciélago o del mochuelo, habría descubierto un lúgubre espectáculo.

Todo el antiguo barrio del Mercado, que es como una ciudad dentro de otra, atravesado por las calles de San Dionisio y de San Martín, en que se cruzan mil callejuelas, de las cuales habían hecho los insurgentes sus reductos y su plaza de armas, se le habría presentado como un enorme agujero sombrío en el centro de París. La mirada se perdía allí en un abismo, y a causa de los faroles rotos y de las ventanas cerradas, allí cesaba toda luz, toda vida, todo rumor, todo movimiento. La Policía invisible del motín velaba en todas partes y conservaba el orden, es decir, la noche; porque la táctica necesaria de la insurrección es ocultar a los pocos en la gran oscuridad, multiplicar a los combatientes con la posibilidad que puede encerrar la lobreguez. Al caer el día, todas las ventanas en que había luz habían recibido alguna bala que apagaba aquélla, y alguna vez también la vida del vecino. Así nada se movía; reinaba sólo el temor, la tristeza, el estupor, en las casas, y en las calles una especie de horror sagrado. Incluso no se distinguían las largas filas de ventanas y balcones, los cañones de las chimeneas, los tejados, los vagos reflejos que salen siempre del empedrado lleno de agua y de lodo.

El que hubiera mirado desde lo alto en este conjunto de sombras, habría descubierto quizá aquí y allá, de distancia en distancia, algunos resplandores que permitían ver líneas quebradas y caprichosas, perfiles de extrañas construcciones, algo semejante a luces que fueran y vinieran por entre ruinas; eran las barricadas. El resto era un lago de oscuridad, brumoso, pesado, fúnebre, por encima del cual se elevaban sombríos, inmóviles y lúgubres la torre de Santiago, la iglesia de San Merry y otros dos o tres edificios, de esos que son gigantes hechos por el hombre y que la noche convierte en fantasmas.

Alrededor de este laberinto desierto y alarmante, en los barrios en que aún no había cesado la circulación, en que aún había algunos faroles, el observador aéreo habría podido distinguir el centelleo metálico de los sables y bayonetas, el sordo rumor de la artillería y el latido de los batallones silenciosos, que aumentaban de minuto en minuto; muralla formidable que se estrechaba y cerraba alrededor del motín.

El barrio de la insurrección no era más que una especie de monstruosa caverna; allí todo parecía dormido o inmóvil, y, como acabamos de decir, cada calle no ofrecía más que una espesa sombra.

Sombra terrible, llena de peligros, de obstáculos desconocidos y espantosos; sombra en que era temible penetrar y espantoso permanecer, donde los que entraban temblaban ante los que esperaban, y los que esperaban temblaban ante los que venían. Combatientes invisibles ocultos en las esquinas; las bocas del sepulcro oculto eran una cosa cierta e inevitable. Allí, no podía esperarse más claridad que el relámpago de los fusiles, ni más encuentro que la aparición brusca y rápida de la muerte. ¿Dónde? ¿Cómo? No se sabía; pero era una cosa cierta e inevitable. Allí en aquel lugar designado para la lucha, el Gobierno y la insurrección, la Guardia Nacional y las sociedades populares, el orden y el motín, iban a buscarse a tientas. Para unos y para otros, la necesidad era la misma: salir de allí muertos o vencedores; Ésta era su única salida. Situación de tal modo extrema, oscuridad de tal modo poderosa, que los más tímidos se sentían llenos de revolución, y los más atrevidos, de terror. Por lo demás, había por ambas partes igual furia, igual encarnizamiento, igual decisión. Para los unos, avanzar era morir, y nadie pensaba en retroceder; para los otros, quedarse era morir, y nadie pensaba en la fuga.

Era preciso que al salir el día quedase todo terminado, que el triunfo estuviese ya en uno o en otro bando, que la insurrección fuese una revolución o un chispazo apagado. El Gobierno lo comprendía así, lo mismo que los partidos, lo mismo que el último ciudadano.

De aquí nacía una idea de angustia que se mezclaba con la sombra impenetrable de aquel barrio en que todo iba a decirse; de aquí un exceso de ansiedad alrededor de aquel silencio, de donde iba a salir la catástrofe.

No se oía más que un solo ruido; ruido doloroso como un gemido, amenazador como una maldición: el toque a rebato de San Merry. Nada más glacial que el clamor de aquella campana perdida y desesperada lamentándose en las tinieblas.

Como sucede muchas veces, la Naturaleza parecía haberse puesto de acuerdo con lo que los hombres iban a hacer; nada se oponía a las armonías de aquel conjunto. Las estrellas habían desaparecido; pesadas nubes cubrían el horizonte con sus melancólicos pliegues. Había un cielo negro sobre aquellas calles muertas, como si se desplegase una inmensa mortaja sobre aquella inmensa tumba.

Mientras que se preparaba una batalla política en aquel sitio, que había visto ya tantos sucesos revolucionarios; mientras que la juventud, las sociedades secretas, las escuelas en nombre de las teorías y la clase media en nombre de los intereses se aproximaban para chocar, para luchar y derribarse; mientras que cada uno se aproximaba y llamaba la hora última y decisiva de la crisis, a lo lejos, fuera de este barrio fatal, en lo más profundo de las cavidades insondables de ese viejo París miserable que desaparece bajo el esplendor del París feliz y opulento, se oía sonar lúgubremente la sombría voz del pueblo.

Voz terrible y sagrada, que se compone del rugido de la fiera y de la palabra de Dios; que aterroriza a los débiles y avisa a los sabios; que viene siempre de abajo como el rugido del león, y de arriba como el fragor del trueno.

Mario había llegado al Mercado.

Allí todo estaba más tranquilo, más oscuro e inmóvil que en las calles cercanas. Parecía que la paz glacial del sepulcro había salido de la tierra y se había extendido por el cielo.

Sin embargo, por encima de las casas que cerraban la calle de la Chanvrerie, por el lado de San Eustaquio, se descubría una claridad rojiza. Era el reflejo de la antorcha que ardía en la barricada de Corinto. Mario se dirigió hacia esa claridad, siguiéndola llegó al mercado de legumbres, descubrió la tenebrosa embocadura de la calle de Predicadores y entró en ella. El centinela de los insurgentes, que vigilaba al otro lado de la calle, no lo vio. Conocía que estaba ya cerca de lo que iba buscando y andaba de puntillas. Así llegó al recodo del trozo de la calle de Mondetour, que era la única comunicación conservada por Enjolras con lo exterior. En la esquina de la última casa, a la izquierda, adelantó la cabeza y miró en este trozo de calle.

Un poco más allá de la esquina que formaba el callejón y la calle de la Chanvrerie, que producía la larga sombra en que estaba metido, descubrió algún resplandor en los adoquines, que era la entrada de la taberna; una lamparilla agonizando en una especie de muralla informe, y hombres acurrucados con fusiles entre las rodillas. Todo estaba a diez toesas de él.

Las casas que flanqueaban la callejuela por la derecha le ocultaban el resto de la taberna, la gran barricada y la bandera.

Mario no tenía que dar más que un paso.

Entonces el desgraciado joven se sentó en un guardacantón, cruzó los brazos y pensó en su padre.

Pensó en aquel heroico coronel Pontmercy que había sido tan valiente soldado, que había defendido en tiempo de la República las fronteras de Francia, y llegado con el emperador a las fronteras de Asia; que había visto Génova, Alejandría, Milán, Turín, Madrid, Viena, Dresde, Berlín y Moscú; que había dejado en todos aquellos campos de gloria, de Europa, gotas de la misma sangre que Mario tenía en sus venas; que había envejecido antes de tiempo en la disciplina y el mando; que había vivido con el cinturón abrochado, con las charreteras que le caían sobre el pecho, con la escarapela ennegrecida por la pólvora, con la frente arrugada por el casco; en las barracas, en el campamento, en el vivac, en los hospitales de campaña, y que al cabo de veinte años había vuelto de las grandes guerras con una cicatriz en la mejilla, con el semblante risueño, sencillo, tranquilo, admirable, puro como un niño, habiendo hecho todo lo posible en favor de Francia y nada contra ella.

Se dijo que ya le había llegado su día, que había sonado su hora, y que después de su padre, él también iba a ser valiente, intrépido, atrevido; iba a correr el peligro de las balas, a ofrecer su pecho a las bayonetas, a derramar su sangre, a buscar al enemigo, a buscar la muerte; que iba a hacer la guerra a su vez, a bajar al campo de batalla, y que este campo de batalla a que descendía era la calle, y que la guerra que iba a hacer era la guerra civil.

Vio la guerra delante de sí como un precipicio en que iba a caer. Entonces se estremeció.

Se acordó de aquella espada de su padre, vendida por su abuelo a un prendero, y que él había echado de menos con tanto sentimiento. Se dijo que había hecho muy bien aquella valiente y casta espada en haber huido de sus manos y haberse perdido irritada en las tinieblas; que si había huido de esta manera era porque tenía inteligencia y preveía el porvenir, porque presentía el motín, la guerra de las calles, las descargas por los respiraderos de las cuevas, los golpes dados y recibidos por la espalda; porque viniendo de Marengo y de Friendland, no quería ir a la calle de la Chanvrerie; porque después de haber hecho lo que había hecho con su padre, no quería servir para aquello al hijo.

Se dijo que si aquella espada estuviese allí, que si habiéndola recibido de la cabecera de su padre muerto se hubiera atrevido a empuñarla y a llevarla a este combate nocturno, de seguro le quemaría las manos y resplandecería a su vista como la espada del ángel. Se dijo que era una felicidad no llevarla consigo, y que habría desaparecido porque así era justo; que su abuelo había sido el verdadero guardián de la gloria de su padre, y que era mejor que la espada del coronel hubiera sido subastada en almoneda, vendida a un prendero, tirada entre hierro viejo, que emplearla en herir a la patria.

Después se echó a llorar amargamente.

Esto era horrible. Pero ¿qué hacer? Vivir sin Cosette era imposible, y puesto que se había marchado era preciso morir. ¿No le había dado su palabra de honor de que moriría? Ella había partido sabiéndolo así; luego le agradaba que Mario muriera. Además, era evidente que ella no le amaba, puesto que se había ido así, sin avisarle, sin decirle una palabra, sin escribirle una letra sabiendo sus señas. ¿Para qué, pues, vivir ya? Además, ¡haber ido hasta allí y retroceder! ¡Haberse aproximado al peligro y huir! ¡Haber ido a ver la barricada y alejarse de ella! Alejarse temblando y diciendo: «¡He hecho bastante, he visto, y esto me basta; esto es la guerra civil, me voy!» ¡Abandonar a sus amigos que le esperaban, que quizá le necesitaban, que eran un puñado contra un ejército! ¡Faltar a todo a la vez: al amor, a la amistad, a su palabra! ¡Dar a su cobardía el pretexto del patriotismo! Pero esto era imposible, y si el fantasma de su padre estuviese allí en la sombra y le viese retroceder, le azotaría con la espada de plano y le gritaría: «¡Anda, cobarde!»

Dominado por el vaivén de estos pensamientos, bajó la cabeza.

De pronto la levantó; acababa de verificarse en su espíritu una especie de rectificación espléndida. Hay una dilatación del pensamiento propia de la aproximación de la tumba; al acercarse a la muerte se ve la verdad. La visión de la acción, en la cual se veía quizá próximo a entrar, se le presentaba, no ya horrible, sino soberbia. La guerra de las calles se cambió súbitamente por una desconocida modificación anímica interior, ante la vista de su inteligencia. Todos los tumultuosos puntos de interrogación del delirio se le aparecieron en conjunto, pero sin turbarle, y no dejó de responder a ninguno,

Veamos. ¿Por qué se indignaría su padre? ¿Acaso no hay circunstancias en que la insurrección se eleva hasta la dignidad del deber? ¿Por qué, pues, había que empequeñecerse el hijo del coronel Pontmercy en el combate que iba a empeñarse? Esto no es ya Montmirail ni Champaubert; es otra cosa. No se trata de un territorio sagrado, sino de una idea santa. La patria se queja, bien; pero la Humanidad aplaude. ¿Pero es verdad que la patria se queja? Francia vierte sangre, pero la Humanidad se sonríe, y ante la sonrisa de la libertad, Francia olvida su herida. Además, viendo las cosas desde punto más elevado, ¿quién hablaría de la guerra civil?

¡La guerra civil! ¿Qué quiere decir esto? ¿Acaso toda guerra entre hombres no es una guerra fratricida? La guerra no se califica por su objeto; no hay ni guerra extranjera ni guerra civil; no hay más que guerra justa o guerra injusta. Hasta el día en que se concluya el gran concordato humano, la guerra, a lo menos la que representa el esfuerzo del porvenir que se apresura contra el pasado que se retarda, puede ser necesaria. ¿Qué hay, pues, que censurar en esa guerra?

La guerra no es una vergüenza; la espada no se convierte en puñal sino cuando asesina el derecho, el progreso, la razón, la civilización, la verdad. Entonces guerra civil o guerra extranjera es inicua; se llama crimen. ¿Con qué derecho una forma cualquiera de la guerra condenará a otra? ¿Con qué derecho la espada de Washington renegará de la pica de Camilo Desmoulins? Leónidas, contra el extranjero; Timoleón, contra el tirano. ¿Cuál de estos dos es más grande? El uno es defensor; el otro, libertador. ¿Será malo, sin pensar en el fin, todo armamento en el interior de la ciudad? Entonces infamad a Bruto, a Marcelo, a Arnoldo de Blankenheim, a Coligny. ¡Guerra de los campos! ¡Guerra de las calles! ¿Por qué no? Ésta era la guerra de Ambiorix, de Arteveldo, de Marnix, de Agneesens. Pero Ambiorix luchaba contra Roma; Arteveldo, contra Francia; Marnix, contra España; Agneesens contra Austria; todos contra el extranjero. Pues bien: la opresión es el extranjero; el derecho divino es el extranjero.

El despotismo viola la frontera moral, como la invasión viola la frontera geográfica. Expulsar al tirano o expulsar al inglés es, en ambos casos, recuperar el propio territorio. Llega una hora en que no basta protestar; después de la filosofía viene la acción; la viva fuerza concluye lo que la idea bosqueja. Prometeo encadenado empieza, y concluye Aristogiton; la Enciclopedia ilumina las almas, y el 10 de agosto las electriza. Después de Esquilo viene Trasíbulo; después de Diderot, Danton. La multitud tiene cierta tendencia a admitir un amo. Su masa produce la apatía; la multitud se totaliza fácilmente en la obediencia. Y es preciso removerla, empujarla, animar a los hombres con el beneficio de su libertad, deslumbrar sus ojos con la verdad, arrojarle la luz a puñados. Es preciso que se vean un poco deslumbrados para su propia salvación, porque este deslumbramiento los despierta.

De aquí proviene la necesidad de los motines y de las guerras. Es preciso que aparezcan grandes combatientes que iluminen a las naciones con su audacia y sacudan a esta triste humanidad; que cubran de sombra el derecho divino, la gloria de los Césares, la fuerza, el fanatismo, el poder irresponsable y las majestades absolutas, legión estúpidamente ocupada en contemplar en su esplendor crepuscular esos sombríos triunfos de la noche. ¡Abajo el tirano! ¿Pero de quién habláis? ¿Llamáis tirano a Luis Felipe? No, ni tampoco a Luis XVI. Ambos son lo que la Historia suele llamar buenos reyes; pero los principios no se dividen, la lógica de lo verdadero es rectilínea, la verdad no tiene complacencias; no hay, pues, concesión; toda compasión hacia el hombre debe reprimirse; hay derecho divino en Luis XVI; lo hay por su familia en Luis Felipe. Ambos representan, en cierta medida, la confiscación del derecho; y para derribar la usurpación universal es preciso combatirlos, es preciso, y Francia, como siempre, empieza a hacerlo. Cuando el jefe cae en Francia, cae en todas partes.

En suma: restablecer la verdad social, volver su trono a la libertad, volver al pueblo a su hogar, volver al hombre la soberanía, volver la púrpura a la cabeza de Francia, restaurar en su plenitud la razón y la equidad, suprimir todo germen de antagonismo, restituyendo cada uno a sí mismo; aniquilar el obstáculo que el realismo presenta a la inmensa concordia universal, poner al género humano al nivel del derecho, ¿qué causa más justa, y, por consiguiente, qué guerra más grande? Estas guerras traen la paz. Una enorme fortaleza de preocupaciones, de privilegios, de supersticiones, de mentiras, de exacciones, de abusos, de violencias, de iniquidades, de tinieblas, se descubre aún de pie sobre el mundo con sus torres de odio. Es preciso derribarla; es preciso derribar esa masa monstruosa. Vencer en Austerlitz es cosa grande; pero tomar la Bastilla es una cosa inmensa.

No nay nada que no haya observado en sí mismo lo que vamos a decir: el alma, esa maravilla de unidad y ubicuidad, tiene la rara aptitud de reflexionar casi fríamente en los extremos más violentos, y sucede muchas veces que la pasión desesperada y la más profunda desesperación, aun en la agonía de sus más fúnebres monólogos, tratan de ciertos asuntos y discuten tesis. La lógica se mezcla con la convulsión, y el hijo del silogismo flota, sin romperse, en la lúgubre tempestad del pensamiento.

En esta situación de ánimo se encontraba Mario.

Al mismo tiempo que así pensaba, decaído, pero resuelto, vacilante, sin embargo, y, en suma, temblando ante lo que iba a hacer, su mirada vagaba por el interior de la barricada. Los insurgentes estaban hablando a media voz, sin moverse; se sentía ese casi silencio que distingue la última fase de la espera. Por encima de ellos, en una ventana del tercer piso, Mario distinguía una especie de espectador o testigo que le parecía singularmente atento. Era el portero muerto por Le Cabuc. Desde abajo, a la luz de la antorcha metida entre adoquines, se distinguía vagamente su cabeza. Nada más extraño que aquella claridad sombría e incierta, que aquella faz lívida e inmóvil, asombrada, con los cabellos erizados, los ojos abiertos y fijos, la boca entreabierta, inclinada hacia la calle en actitud de curiosidad. Parecía que el que estaba muerto contemplaba a los que iban a morir.

Un largo rastro de sangre, que había salido de aquella cabeza, corría en hilos rojizos desde la ventana hasta la altura del primer piso, en que desaparecía.

CAPÍTULO III

LA GRANDEZA Y LA DESESPERACIÓN

Aún no venía nadie; las diez habían dado en San Merry. Enjolras y Combeferre habían ido a sentarse, con la carabina en la mano, cerca de la cortadura de la barricada mayor; no hablaban. Escuchaban tratando de oír aún el ruido de la marcha sorda y más lejana.

De repente, en medio de aquella calma lúgubre, se oyó una voz clara, joven, alegre, que parecía venir de la calle de San Dionisio, y que empezó a cantar, con el tono de una antigua canción popular, esta otra que terminaba por un grito semejante al canto del gallo:

> *Mi nariz destila lágrimas;*
> *préstame, amigo Bugeaud,*
> *la de uno de tus gendarmes*
> *que sea de lo mejor.*
> *Con ella podré a la calle*
> *salir luciendo este talle,*
> *que envidia a los mozos da.*
> *Quiquiriquí, cacaracá.*

Ellos se apretaron la mano.

—Es Gavroche —dijo Enjolras.

—Nos avisa —dijo Combeferre.

Una carrera precipitada turbó el silencio de la calle desierta. Gavroche saltó con más agilidad que un «clown» por encima del ómnibus, y cayó en medio de la barricada, sofocado y gritando:

—¡Mi fusil! ¡Ahí están!

Un estremecimiento eléctrico recorrió toda la barricada, y se oyó el movimiento de las manos buscando los fusiles.

—¿Quieres mi carabina? —dijo Enjolras al pilluelo.

—Quiero el fusil grande —respondió Gavroche.

Y cogió el fusil de Javert.

Casi al mismo tiempo que entró Gavroche se habían retirado dos centinelas: el de la esquina de la calle y el vigía de la pequeña Truanderie; el de la esquina de la calle de Predicadores se había quedado en su puesto, lo que indicaba que por el lado de los puentes del Mercado no venía nadie.

La calle de la Chanvrerie, en que apenas se distinguían algunos adoquines al reflejo de la luz que se proyectaba sobre la bandera, ofrecía a los insurgentes el aspecto de un gran pórtico abierto en una humareda.

Cada uno se había colocado en su puesto de combate.

Cuarenta y tres insurgentes, entre los que se contaban Enjolras, Combeferre, Courfeyrac, Bossuet, Joly, Bahorel y Gavroche, estaban arrodillados en la gran barricada, con las cabezas a flor de parapeto, los cañones de los fusiles y de las carabinas apuntando a los guijarros como a asesinos, atentos, mudos y dispuestos a hacer fuego.

Otros seis, mandados por Feuilly, se habían instalado, apuntando, en las dos ventanas de los dos pisos de Corinto.

Pasáronse así algunos instantes; después se oyó claramente por el lado de San Leu un ruido de pasos acompasados, numerosos.

Este ruido, débil al principio, más fuerte luego, luego más y más sonoro, se aproximaba lentamente, sin hacer un alto, sin interrupción, con una continuidad tranquila y terrible.

Era al mismo tiempo el silencio y el ruido de la estatua del comendador; pero este paso de piedra tenía algo de enorme y de múltiple, que despertaba la idea de una multitud al mismo tiempo que la idea de un espectro.

Parecía oírse marchar la terrible estatua-legión. Los pasos se aproximaron, se aproximaron más y se detuvieron.

Al extremo de la calle se oía como el aliento de muchos hombres.

Sin embargo, no se veía nada; solamente se distinguía, en el fondo en aquella espesa oscuridad, una multitud de hilos metálicos, finos como agujas y casi imperceptibles, que se agitaban, semejantes a esos indescriptibles fulgores fosfóricos que se descubren, en el momento de dormirse, bajo los párpados cerrados en las primeras sombras del sueño.

Eran las bayonetas y los cañones de los fusiles confusamente iluminados por la reverberación lejana de la antorcha.

Hubo aún una pausa como si esperasen por ambos lados. De repente, desde el fondo de aquella sombra, una voz tanto más siniestra cuanto que no se veía a nadie, y parecía que hablaba la misma oscuridad, gritó:

—¿Quién vive?

Al mismo tiempo se oyó el golpe de los fusiles que caían sobre las manos. Enjolras respondió con acento vibrante y altanero:

—¡Revolución francesa!

—¡Fuego! —dijo una voz.

Un relámpago iluminó todas las fachadas de la calle, como si la puerta de un horno se hubiese abierto y cerrado rápidamente.

Una terrible detonación estalló sobre la barricada. La bandera roja cayó al suelo. La descarga había sido tan violenta y tan densa que había cortado el asta; es decir, la punta de la lanza del ómnibus. Las balas que habían rebotado en las fachadas de las casas penetraron en la barricada e hirieron a muchos hombres.

La impresión de esta primera descarga fue glacial. El ataque era violento y de tal naturaleza que pareció grave a los más atrevidos; era evidente que debían luchar con un regimiento por lo menos.

—Compañeros —gritó Courfeyrac—, no gastemos pólvora en balde. Esperemos a que entren en la calle para contestarles.

—Antes de todo —dijo Enjolras—, icemos de nuevo la bandera.

Precisamente había caído a sus pies, y la levantó.

Oíase por fuera el ruido de las baquetas en los fusiles: la tropa cargaba las armas. Enjolras añadió:

—¿Quién tiene corazón aquí? ¿Quién se atreve a clavar la bandera sobre la barricada?

Ninguno respondió. Subir a la barricada en el momento en que la estaban apuntando de nuevo era morir, y el más valiente dudaba al condenarse a muerte. Enjolras mismo temblaba y repitió:

—¿Nadie se atreve?

Desde que los insurgentes habían llegado a Corinto y empezado a construir la barricada, nadie se había acordado del señor Mabeuf, que, sin embargo, no había abandonado el grupo. Había entrado en el piso bajo de la taberna, sentándose delante del mostrador. Allí se había anodadado en sí mismo, por decirlo así; parecía que no veía ni pensaba. Courfeyrac y otros se habían acercado a él, advirtiéndole del peligro, aconsejándole que se retirara, sin que pareciera que los hubiera oído. Cuando no le hablaban, se movían sus labios como si contestase a alguno, y así que se le hablaba, permanecían inmóviles y se apagaban sus ojos.

Algunas horas antes de que fuese atacada la barricada había tomado una postura que no había abandonado: con ambas manos sobre las rodillas y la cabeza inclinada hacia adelante, como si estuviese mirando un abismo. Nada había podido sacarle de su actitud; no parecía que su pensamiento estuviese en la barricada.

Cuando cada uno ocupó su puesto de combate, no quedaron en la sala baja más que Javert atado al poste, un insurgente con el sable desnudo, custodiándole, y el señor Mabeuf. En el momento del ataque, de la detonación, le conmovió una sacudida física, y como si se despertase se levantó bruscamente, atravesó la sala y apareció en la puerta de la taberna en el momento en que Enjolras repetía por segunda vez su pregunta:

—¿No se atreve nadie?

La presencia del anciano causó una especie de conmoción en todos los grupos, y se oyeron estos gritos:

—¡Es el votante! ¡El convencional! ¡El representante del pueblo!

Es muy probable que él no lo oyera.

Dirigióse hacia Enjolras. Los insurgentes se apartaban a su paso con religioso temor; cogió la bandera a Enjolras, que retrocedió petrificado, y sin que nadie se atreviese a detenerle ni a auxiliarle, aquel anciano de ochenta años, con la cabeza temblorosa y el pie firme, empezó a subir lentamente la escalera de adoquines hecha en la barricada. Era aquello tan sombrío y tan grande, que todos gritaron a su alrededor:

—¡Abajo los sombreros!

A cada escalón que subía, sus cabellos blancos, su faz decrépita, su gran frente calva y arrugada, sus ojos hundidos, su boca asombrada y abierta, con la bandera roja en su envejecido brazo, saliendo de la sombra, engrandeciéndose en la claridad sangrienta de la antorcha, parecía el espectro de 1793 saliendo de la tierra con la bandera del Terror en la mano.

Cuando estuvo en lo alto del último escalón, cuando aquel fantasma tembloroso y terrible, de pie sobre aquel montón de escombros, en presencia de mil doscientos fusiles invisibles, se levantó enfrente de la muerte, y como si fuese más fuerte que ella, toda la barricada tomó en las tinieblas un aspecto sobrenatural y colosal.

Hubo ese silencio que sólo producen en su derredor los prodigios.

En medio de este silencio, el anciano agitó la bandera roja y gritó:

—¡Viva la Revolución! ¡Viva la República! ¡Fraternidad, igualdad y la muerte!

Oyóse desde la barricada un cuchicheo bajo y rápido, semejante al de un sacerdote que despacha apresurado una oración. Era probablemente el comisario de Policía que hacía las intimaciones legales desde el otro extremo de la calle.

Después, la misma voz vibrante que había dicho: «¿Quién vive?», gritó:

—¡Retiraos!

El señor Mabeuf, pálido, con los ojos extraviados, las pupilas iluminadas con lúgubres fulgores, levantó la bandera por encima de su frente, y repitió:

—¡Viva la República!

—¡Fuego! —dijo la voz.

Una segunda descarga, semejante a una metralla, cayó sobre la barricada.

El anciano se dobló sobre sus rodillas, después se levantó, dejó escapar la bandera de sus manos y cayó hacia atrás sobre el suelo, inerte, a todo lo largo y con los brazos en cruz.

Arroyos de sangre corrieron por debajo de su cuerpo. Su arrugado rostro, pálido y triste, pareció mirar al cielo.

Una de estas emociones superiores al hombre, que le hacen olvidarse incluso de su propia defensa, sobrecogió a los insurgentes, y se aproximaron al cadáver con respetuoso espanto.

—¡Qué hombres son estos regicidas! —dijo Enjolras.

Courfeyrac se inclinó al oído de Enjolras.

—No lo digo por ti, y no quiero disminuir tu entusiasmo; pero éste no fue nunca regicida. Lo conocía; se llamaba el señor Mabeuf, y no sé qué tendría hoy, pero era un soberbio tonto; mira su cabeza.

—Cabeza de tonto y corazón de bruto —respondió Enjolras.

Después elevó la voz y dijo:

—Ciudadanos, éste es el ejemplo que los viejos dan a los jóvenes. Estábamos dudando, y él se ha presentado; retrocedíamos, y él ha avanzado. ¡Ved aquí lo que los que tiemblan de viejos enseñan a los que tiemblan de miedo! Este anciano es augusto a los ojos de la patria; ha tenido una larga vida y una magnífica muerte. ¡Retiremos ahora el cadáver, y que cada uno de nosotros defienda a este anciano muerto como defendería a su padre vivo; que su presencia haga inaccesible nuestra barricada!

Un murmullo de enérgica adhesión siguió a estas palabras.

Enjolras se encorvó, levantó la cabeza del anciano y le besó con solemnidad en la frente; después, separándole los brazos y manejándole con tierna precaución, como si temiese hacerle daño, le quitó la levita, enseñó sus sangrientos agujeros, y dijo:

—¡Ésta será nuestra bandera!

Cubrióse al señor Mabeuf con un viejo pañuelo negro de la viuda Hucheloup; seis hombres hicieron con sus fusiles una camilla de campaña, pusieron en ella el cadáver y lo llevaron con la cabeza desnuda, con solemne lentitud, a la mesa grande de la sala baja.

Aquellos hombres, comprometidos en la sagrada y grave revolución que estaban realizando, no pensaban en su peligrosa situación.

Cuando el cadáver pasó cerca de Javert, que continuaba impasible, Enjolras dijo al espía:

—¡Y tú en seguida!

Entre tanto, el pequeño Gavroche, único que no había abandonado su puesto, quedándose en observación, creía ver algunos hombres que se aproximaban como lobos a la barricada.

De repente gritó:

—¡Desconfiad!

Courfeyrac, Enjolras, Juan Prouvaire, Combeferre, Joly, Bahorel y Bossuet, todos salieron en tumulto de la taberna. Apenas era ya tiempo.

Descubríase un gran espesor de bayonetas ondulando por encima de la barricada.

Los granaderos de la Guardia municipal penetraban en ella, unos saltando el ómnibus, otros por la cortadura, empujando al pilluelo, que retrocedía sin huir.

El instante era crítico.

Era aquel primer terrible minuto de la inundación, cuando el río se levanta al nivel de sus barreras y el agua empieza a infiltrarse por las hendiduras de los diques. Un segundo más, y la barricada estaba perdida.

Bahorel se lanzó sobre el primer guardia y le mató de un tiro a quemarropa con su carabina; el segundo mató a Bahorel de un bayonetazo. Otro había derribado a Courfeyrac, que gritaba:

—¡A mí!

El más alto de todos, una especie de coloso, se dirigía contra Gavroche con la bayoneta calada.

El pilluelo cogió en sus pequeños brazos el enorme fusil de Javert, apuntó resueltamente y dejó caer el gatillo; pero el tiro no salió.

El guardia municipal dio una carcajada y levantó la bayoneta sobre el niño.

616

Pero antes que hubiera podido tocarle, el fusil se escapó de manos del soldado, que cayó de espaldas, herido de un balazo en medio de la frente.

Una segunda bala daba en medio del pecho al otro guardia que había derribado a Courfeyrac.

Era Mario, que acababa de entrar en la barricada.

Mario, oculto en el recodo de la calle de Mondetour, había asistido a la primera fase del combate, irresoluto y tembloroso. Sin embargo, no había podido resistir mucho tiempo ese vértigo misterioso y soberano, que se podría llamar la atracción del abismo. Ante la inminencia del peligro, ante la muerte del señor Mabeuf, fúnebre enigma; ante Bahorel muerto, ante Courfeyrac gritando: «¡A mí!», ante aquel niño amenazado, ante sus amigos, a quienes debía socorrer o vengar, se desvaneció toda vacilación y se mezcló en la pelea con sus dos pistolas en la mano. Del primer tiro salvó a Gavroche, y del segundo a Courfeyrac.

A los tiros y a los gritos de los guardias heridos, la columna había subido al parapeto, en cuya cumbre se veían sobresalir a medio cuerpo y en tumulto guardias municipales, soldados de línea y guardias nacionales de las cercanías, con el fusil en la mano.

Cubrían ya más de los dos tercios de la barricada, pero no saltaban dentro, como si dudasen, temiendo algún lazo. Miraban a la barricada oscura como a una cueva de leones; la luz de la antorcha no iluminaba más que las bayonetas, las gorras de pelo y lo alto de los rostros inquietos e irritados.

Mario no tenía ya armas. Había tirado sus pistolas descargadas; pero había visto el barril de pólvora en la sala baja, cerca de la puerta.

Al volverse un poco mirando hacia este lado, le apuntó un soldado; pero en aquel momento una mano agarró el cañón del fusil, tapándole la boca; era uno que se había lanzado al fusil: el obrero del pantalón de pana. Salió el tiro, le atravesó la mano y tal vez el cuerpo, porque cayó al suelo sin que la bala tocase a Mario.

Todo esto sucedió en medio del humo, y fue más bien vislumbrado que visto. Mario, que entraba en la sala baja, apenas lo notó. Sin embargo, había visto confusamente aquel fusil que le apuntaba y aquella mano que le había tapado; había oído también el tiro; pero en tales momentos, todas las cosas que se ven son vacilantes y precipitadas y nada nos detiene. Todo es sombra, y aun se siente uno impulsado a otra sombra mayor.

Los insurgentes, sorprendidos, pero no asustados, se habían reorganizado. Enjolras había gritado: «¡Esperad! ¡No tiréis al acaso!», porque en la primera confusión podían herirse unos a otros. La mayor parte habían subido a la ventana del primer piso y a las buhardillas, desde donde dominaban a la tropa. Los más arriesgados, como Enjolras, Courfeyrac, Juan Prouvaire y Combeferre, se habían recostado fieramente en las casas del fondo, a descubierto, y hacían frente a las filas de los soldados y de guardias que coronaban la barricada.

Todo esto se hizo sin precipitación, con esa gravedad extraña y amenazadora que precede al combate. Por ambas partes se apuntaban a quemarropa; estaban tan cerca, que podían hablarse sin elevar la voz. Cuando llegó ese momento en que va a saltar la chispa, un oficial con gola y grandes charreteras, extendió la espada y dijo:

—¡Rendid las armas!

—¡Fuego! —gritó Enjolras.

Las dos detonaciones partieron al mismo tiempo y todo desapareció en una nube de humo.

Humo acre y sofocante en que se arrastraban dando gemidos, débiles y sordos, heridos y moribundos.

Cuando se disipó el humo, se vio por ambos lados a los combatientes en el mismo sitio, cargando sus armas en silencio.

De repente se oyó una voz tonante que gritaba:

—¡Retiraos o hago volar la barricada!

Todos se volvieron hacia el sitio de donde salía esta voz.

Mario había entrado en la sala baja y había cogido el barril de pólvora; después se había aprovechado del humo y de la especie de oscura niebla que llenaba el espacio cerrado para deslizarse a lo largo de la barricada hasta el hueco de adoquines en que estaba la luz. Coger ésta, poner en su lugar el barril de pólvora, colocar la pila de adoquines sobre el barril, cuya tapa se había abierto al momento con una especie de obediencia terrible, todo esto había sido para Mario bajarse y levantarse.

En aquel momento, todos, guardias nacionales, municipales, oficiales y soldados apelotonados en el otro extremo de la calle, le miraban con estupor, con el pie sobre los adoquines, la antorcha en la mano, su altivo rostro iluminado por una resolución fatal, inclinando la llama de la antorcha hacia aquel montón terrible en que se distinguía el barril de pólvora roto, y dando este grito aterrador:

—¡Retiraos o hago volar la barricada!

Mario, en aquella barricada, después del octogenario, era la visión de la juventud revolucionaria después de la aparición de la vejez revolucionaria.

—¡Saltar la barricada! —dijo un sargento—. ¡Tú saltarás también!

Mario respondió:

—Y yo también.

Y acercó la luz al barril de pólvora.

Pero ya no había nadie en el parapeto.

Los agresores, dejando sus heridos y sus muertos, se retiraban atropelladamente hacia el extremo de la calle, perdiéndose de nuevo en la oscuridad. Habíase dado el «¡Sálvese quien pueda!»

La barricada estaba libre.

Todos rodearon a Mario. Courfeyrac le abrazó.

—¡Tú aquí!

—¡Qué felicidad! —dijo Combeferre.

—¡Has venido a tiempo! —dijo Bossuet.

—¡Si no es por ti hubiera muerto! —añadió Courfeyrac.

—¡Sin vos me hubieran comido! —dijo Gavroche.

Mario preguntó.

—¿Quién es el jefe?

—Tú —contestó Enjolras.

Mario había tenido todo el día un volcán en la cabeza; ahora tenía un torbellino que le producía el mismo efecto que si estuviera fuera de él y le arrastrasen; parecía que estaba ya a una distancia inmensa de la vida.

Los dos meses luminosos de amor y de alegría por que había pasado terminaban en este horrible precipicio.

Cosette, perdida para él; la barricada; el señor Mabeuf, dando su vida por la República; él, convertido en jefe de los insurgentes; todas estas cosas le parecían una monstruosa pesadilla.

Tenía que hacer un esfuerzo de voluntad para convencerse de la realidad de lo que le rodeaba.

Mario había vivido aún muy poco para saber que nada es más inminente que lo posible, y que lo que hay que prever siempre es lo imprevisto. Asistía a su propio drama como a una escena que no se comprende.

En aquella bruma en que estaba sumergido su pensamiento no conoció a Javert, que, atado al poste, no había hecho ni un movimiento de cabeza durante el ataque de la barricada, y que miraba agitarse la rebelión en su derredor con la resignación de un mártir y la majestad de un juez. Mario incluso ni le vio.

Mientras tanto, los agresores no se movían. Se les oía andar y hormiguear al fin de la calle; pero no se aventuraban, ya porque estuviesen esperando órdenes, ya porque quisiesen recibir refuerzos antes de atacar aquel inaccesible reducto.

Los insurgentes habían puesto centinelas, y algunos que eran estudiantes de Medicina curaban a los heridos.

Se habían sacado todas las mesas fuera de la taberna, excepto dos, destinadas a las hilas y a los cartuchos, y otra en que estaba tendido el señor Mabeuf; se habían agregado a la barricada y habían sido reemplazadas en la sala por los colchones de la cama de la tía Hucheloup y de las criadas; en estos colchones se había echado a los heridos.

En cuanto a las tres pobres criaturas que vivían en Corinto, no se sabía qué habían hecho; por último, se las encontró ocultas en la cueva, como ahogadas, según dijo Bossuet, añadiendo:

—¡Mujeres al fin!

Una aguda emoción vino a entristecer la alegría del recobrado parapeto.

Pasóse lista y faltaba uno de los insurgentes; uno de los más queridos, uno de los más valientes: Juan Prouvaire. Le buscaron entre los heridos, no estaba; entre los muertos, no estaba; sin duda había caído prisionero.

Combeferre dijo a Enjolras:

—Nos han cogido a nuestro amigo; tenemos a su gente. ¿Quieres la muerte de ese espía?

—Sí —respondió Enjolras—, pero menos que la vida de Juan Prouvaire.

Esto pasaba en la sala baja, cerca del poste de Javert.

—Pues bien —dijo Combeferre—; voy a atar el pañuelo a mi bastón, a presentarme como parlamentario y a ofrecerles el canje de su hombre por el nuestro.

—Escucha —dijo Enjolras, poniendo su mano sobre el brazo de Combeferre.

Oíase al extremo de la calle un crujido de armas significativo.

Después se oyó una voz vigorosa que gritó:

—¡Viva Francia! ¡Viva el porvenir!

Conocieron la voz de Juan Prouvaire.

Pasó un relámpago y sonó una detonación.

Volvió a suceder el silencio.

—¡Le han muerto! —exclamó Combeferre.

Enjolras miró a Javert y le dijo:

—¡Tus amigos acaban de fusilarte!

Una particularidad de este género de guerra es que el ataque de las barricadas se verifica casi siempre de frente, y, en general, los agresores se abstienen de rodear las posiciones, ya porque teman las emboscadas, ya porque teman meterse en calles tortuosas. Toda la atención de los insurgentes se dirigía, pues, a la gran barricada, que era, evidentemente, el punto más amenazado y donde debía empezar infaliblemente la lucha. Mario, sin embargo, pensó en la barricada pequeña; fue a ella y la encontró desierta, guardada sólo por la temblorosa lamparilla. La calle Mondetour y las encrucijadas de la pequeña Truanderie y del Cisne estaban profundamente tranquilas.

Cuando Mario se retiraba, después de hacer su visita de inspección, oyó que le llamaban débilmente:

—¡Señor Mario!

Se estremeció, porque conoció la voz que le había llamado dos horas antes por la verja de la calle Plumet.

Sólo que esta voz parecía ahora un soplo.

Miró en su derredor y no vio a nadie.

Mario creyó que se había engañado, que aquella voz era una ilusión que su ánimo había mezclado con las realidades extraordinarias que pasaban ante sus ojos, y dio un paso para salir del profundo recodo en que estaba la barricada.

—¡Señor Mario! —repitió la voz.

Esta vez no podía dudar: la había oído claramente, miró y no vio nada.

—Estoy a vuestros pies —dijo la voz.

Entonces se inclinó y vio en la sombra un bulto que se arrastraba hacia él; era el que hablaba.

La lamparilla le permitió distinguir una blusa, un pantalón roto, de pana, unos pies descalzos y una cosa semejante a un mar de sangre. Mario entrevió un rostro pálido que se elevaba hacia él, y que le dijo:

—¿Me conocéis?

—No.

—Eponina.

Mario se bajó rápidamente. Era, en efecto, aquella desgraciada muchacha; estaba vestida de hombre.

—¿Cómo estáis aquí? ¿Qué hacéis ahí?

—¡Me muero! —dijo ella.

Hay palabras e incidentes que vigorizan al hombre decaído. Mario exclamó sobresaltado:

—¡Estáis herida! Esperad; voy a llevaros a la sala; allí os curarán. ¿Es cosa grave? ¿Cómo he de cogeros para no haceros daño? ¿Padecéis mucho? ¡Socorro, Dios mío! ¿Pero qué habéis venido a hacer aquí?

Y trató de pasar el brazo por debajo de Eponina para levantarla.

Al levantarla encontró su mano.

Ella dio un débil grito.

—¿Os he hecho daño? —preguntó Mario.

—Un poco.

—Pero sólo os he tocado en la mano.

Eponina acercó la mano a los ojos de Mario y le enseñó en ella un agujero negro.

—¿Qué tenéis en la mano? —le preguntó.

—La tengo atravesada.

—¿Atravesada?

—Sí.

—¿De qué?

—De una bala.

—¿Cómo?

—¿No habéis visto un fusil que os estaba apuntando?

—Sí, y una mano que lo tapó.

—Era la mía.

Mario se estremeció.

—¡Qué locura! ¡Pobre niña! Pero si es eso, no es nada; os voy a llevar a una cama y os curarán; no se muere nadie por tener una mano atravesada.

Ella murmuró:

—La bala ha atravesado la mano, pero ha salido por la espalda; es inútil que me mováis de aquí. Yo os diré cómo podéis curarme mejor que un cirujano. Sentaos a mi lado en esta piedra.

Mario obedeció; ella puso la cabeza sobre sus rodillas, y le dijo sin mirarle:

—¡Oh, qué placer! ¡Qué bien estoy! ¡Ya no padezco!

Permaneció un momento en silencio; después volvió el rostro, haciendo un esfuerzo, y miró a Mario.

—¿Lo sabéis, señor Mario? Me incomodaba que entraseis en aquel jardín; era una tontuna, porque precisamente yo os había enseñado la casa, y, además, porque debía conocer que un joven como vos...

Aquí se detuvo y, saltando por las sombrías transiciones que tenía sin duda en su alma, añadió con una triste sonrisa:

—Os parezco fea, ¿no es verdad?

Y continuó:

—¡Ya veis! ¡Estáis perdido! ¡Ahora nadie saldrá de la barricada! Yo os he traído aquí, y vais a morir; lo tenía calculado. Y, sin embargo, cuando vi que os apuntaban, puse mi mano en la boca del fusil. Lo que he hecho es una maldad, pero quería morir antes que vos. Cuando recibí el balazo me arrastré hasta aquí; no me han visto y no me han recogido. Os esperaba y decía: «¿No ha de venir?» ¡Oh! ¡Si supieseis!... Mordía la blusa. ¡Padecía tanto! Pero ahora estoy bien... ¿Os acordáis de aquel día que entré en vuestro cuarto y me miré al espejo, y del día que os encontré en el bulevar cerca de las mujeres, trabajando? ¡Cómo cantaban los pájaros! No hace mucho tiempo. Me disteis cien sueldos, y os contesté: «No quiero vuestro dinero.» ¿Recogisteis la moneda? No sois rico y no me acordé de deciros que la cogieseis. Hacía un sol hermoso; no hacía frío. ¿Os acordáis, señor Mario? ¡Oh! ¡Qué feliz soy! ¡Todo el mundo va a morir!

Tenía un aspecto insensato, grave, extraviado. Por entre la blusa desabrochada se veía su cuello desnudo. Al mismo tiempo que hablaba, apoyaba la mano herida sobre el pecho, donde tenía otro agujero, del cual salía a intervalos una ola de sangre como sale el vino de un tonel abierto.

Mario contemplaba aquella desgraciada criatura con profunda compasión.

—¡Oh! —dijo la joven de repente—. ¡Me vuelve ya! ¡Me ahogo!

Cogió la blusa y la mordió; sus piernas se estiraban secamente.

En aquel momento, el grito de gallo de Gavroche resonó en la barricada. El muchacho se había subido sobre una mesa para cargar el fusil, y cantaba alegremente esta canción, tan popular en aquella época:

> Decían los gendarmes
> al ver a Lafayette:
> ¡Huyamos! ¡Huyamos! ¡Huyamos!

Eponina se levantó y escuchó; después dijo en voz baja:

—¡Él es!

Y volviéndose hacia Mario:

—Ahí está mi hermano. No conviene que me vea, porque me regañaría.

—¿Vuestro hermano? —preguntó Mario, que estaba pensando, entre los dolores más amargos, en la obligación que su padre le había dejado respecto de los Thenardier—. ¿Quién es vuestro hermano?

—Ese muchacho.

—¿El que canta?

—Sí.

Mario hizo un movimiento.

—¡Oh! ¡No os vayáis! —le dijo—. Ya no durará esto mucho.

Estaba casi sentada; pero su voz era muy débil y cortada por el hipo unas veces, por el estertor otras. Acercaba todo lo que podía su rostro al de Mario. Después de un momento, dijo con extraña expresión:

—Escuchad: no quiero engañaros. Tengo en el bolsillo una carta para vos desde ayer. Me habían encargado que la echara al correo, y la he guardado porque no quería que la recibierais. ¡Pero tal vez me odiaríais cuando nos veamos dentro de poco! Porque los muertos se vuelven a ver, ¿no es verdad? Tomad la carta.

Cogió convulsivamente la mano de Mario con su mano herida, aunque parecía no sentir dolor, y la puso en el bolsillo de la blusa.

Mario tocó, en efecto, un papel.

—Cogedle —dijo ella.

Mario cogió la carta.

Entonces Eponina hizo un movimiento de satisfacción y de alegría.

—Ahora prometedme por mis dolores...

Y se detuvo.

—¿El qué? —preguntó Mario.

—¡Prometédmelo!

—Os lo prometo.

—Prometedme darme un beso en la frente cuando muera. Lo sentiré.

Su cabeza cayó entre las rodillas de Mario y cerráronse sus párpados.

Él creyó que había partido su alma.

Eponina quedó inmóvil; pero de repente en el momento en que Mario la creía dormida para siempre, abrió lentamente los ojos, apareciendo en ellos la sombría profundidad de la muerte, y le dijo con un acento cuya dulzura parecía venir del otro mundo:

—Mirad, señor Mario: creo que estaba un poco enamorada de vos.

Trató de sonreírse y expiró.

Mario cumplió su promesa y dio un beso en aquella frente lívida, de la cual corría un sudor glacial.

Aquel beso no era una infidelidad a Cosette; era un adiós pensativo y dulce a un alma desgraciada.

Mario no había podido coger sin estremecerse la carta que Eponina le había dado; había comprendido desde luego que encerraba algo grave, y estaba impaciente por leerla.

Así es el corazón del hombre. Apenas hubo cerrado los ojos la desgraciada niña, Mario sólo pensó en desdoblar el papel.

Separó suavemente a Eponina, dejándola en el suelo, y se fue.

Una cosa interior le decía que no podía leer la carta delante del cadáver.

Se acercó a una vela, en la sala baja.

La carta era un billetito, doblado y cerrado con ese esmero elegante de una joven.

Las señas, de letra de mujer, eran éstas: «Al señor Mario Pontmercy, en casa del señor Courfeyrac, calle de la Verrerie, número 16.»

Abrió el sobre y leyó:

«Querido mío: ¡Ay! Mi padre quiere que marchemos en seguida. Estaremos esta noche en la calle del Hombre Armado, número 7. Dentro de ocho días iremos a Londres. Cosette. 4 de junio.»

Tal era la inocencia de estos amores, que Mario no conocía aún la letra de Cosette.

Lo que había pasado puede decirse en breves palabras. Eponina había sido causa de todo. Desde la noche del 3 de junio tuvo dos proyectos: hacer fracasar el golpe que intentaban dar su padre y los bandidos en la casa de la calle de Plumet y separar a Mario de Cosette. Había cambiado de harapos con el primer pilluelo que encontró, el cual tuvo un placer en vestirse de mujer, al mismo tiempo que Eponina se vestía de hombre. Ella era quien había dicho a Juan Valjean en el Campo de Marte la expresiva frase: «Mudaos.» Juan Valjean había vuelto a su casa y había dicho a Cosette: «Nos vamos esta noche a la calle del Hombre Armado, con Santos, y la semana que viene iremos a Londres.»

Cosette, aterrada con este golpe imprevisto, había escrito apresuradamente dos líneas a Mario. ¿Pero cómo había de echar la carta al correo? Ella no salía sola, y Santos, extrañando tal encargo, de seguro habría enseñado la carta al señor Fauchelevent. En esta ansiedad, Cosette había visto a través de la verja a Eponina, vestida de hombre, que andaba rondando sin cesar alrededor del jardín. Cosette llamó a «aquel aprendiz» y le dio cinco francos y la carta, diciéndole: «Llevadla en seguida a su destino.» Eponina se guardó la carta en el bolsillo.

Al día siguiente, 5 de junio, fue a casa de Coureyrac a preguntar por Mario, no para darle la carta, sino «para ver», paso que comprenderá todo enamorado celoso. Allí esperó a Mario o a Courfeyrac, sólo para ver. Y cuando éste le dijo: «Vamos a las barricadas», se le ocurrió de repente una idea: buscar aquella muerte como habría buscado otra cualquiera, y precipitar en ella a Mario. Siguió, pues, a Courfeyrac, se informó del sitio en que se construían las barricadas, y como estaba segura de que Mario acudiría, lo mismo que todas las noches, a la cita, porque no había recibido la carta, fue a la calle Plumet, esperó a Mario y le dio, en nombre de sus amigos, aquel aviso para llevarle a la barricada. Contaba con la desesperación de Mario cuando no encontrase a Cosette, y no se engañaba. Volvió en seguida a la calle de la Chanvrerie, donde ya hemos visto lo que había hecho. Había muerto con esa alegría trágica, propia de los corazones celosos, que arrastran en su muerte al ser amado, diciendo: «¡Nadie lo poseerá!»

Mario cubrió de besos la carta de Cosette. ¡Le amaba! Por un momento creyó que ya no debía morir; pero después se dijo: «Se marcha. Su padre la lleva a Inglaterra, y mi abuelo me niega el permiso para casarme; la fatalidad continúa siendo la misma.» Comprendió, pues, que le quedaban dos deberes que cumplir: informar a Cosette de su muerte y enviarle un supremo adiós y salvar de la catástrofe inminente que se preparaba a aquel pobre niño, hermano de Eponina e hijo de Thenardier.

Tenía allí una cartera, la misma en que había escrito tantos pensamientos de amor para Cosette; arrancó una hoja y escribió con lápiz estas líneas:

«Nuestro casamiento es imposible. He hablado a mi abuelo y se opone; no tengo nada, ni tú tampoco. He ido a tu casa y no te he encontrado. Ya sabes la palabra que te di, y la cumplo: moriré. Te amo. Cuando leas estas líneas, mi alma estará cerca de ti, sonriendo.»

No teniendo con qué cerrar la carta, dobló sólo el papel y puso estas señas:

«A la señorita Cosette Fauchelevent, en casa del señor Fauchelevent, calle del Hombre Armado, número 7.»

Doblada la carta, permaneció un momento pensativo; volvió a coger su cartera, la abrió y escribió con el mismo lápiz, en la primera página, estas tres líneas:

«Me llamo Mario Pontmercy. Llévese mi cadáver a casa de mi abuelo, el señor Gillenormand, calle de las Hijas del Calvario, número 6, en el Marais.»

Guardó la cartera en el bolsillo de la levita y llamó a Gavroche. El pilluelo acudió a la voz de Mario, con su rostro alegre y decidido.

—¿Quieres hacer una cosa por mí?

—Todo —dijo Gavroche—. ¡Dios mío! Si no hubiera sido por vos me habrían comido.

—¿Ves esta carta?

—Sí.

—Tómala. Sal de la barricada al momento (Gavroche, inquieto, empezó a rascarse la oreja), y mañana por la mañana la llevarás a su destino, a la señorita Cosette, en casa del señor Fauchelevent, calle del Hombre Armado, número siete.

El heroico niño contestó:

—¡Ah, bien! Pero en este tiempo podrán tomar la barricada, y yo no estaré aquí.

—No atacarán la barricada hasta el amanecer, según espero, y no será tomada hasta el mediodía.

El nuevo plazo que los agresores concedían a la barricada se prolongaba, en efecto. Era una de esas intermitencias frecuentes en los combates nocturnos, que son siempre seguidas de un gran encarnizamiento.

—¿Y si yo llevase la carta mañana por la mañana?

—Sería tarde. La barricada será probablemente bloqueada; se cerrarán todas las calles y no podrás salir. Ve en seguida.

Gavroche no encontró nada que replicar; quedó indeciso y rascándose la oreja tristemente.

De repente, con uno de esos movimientos de pájaro que tenía, cogió la carta.

—Está bien —dijo.

Y salió corriendo por la calle Mondetour.

Se le había ocurrido una idea que le había decidido; pero que había callado, temiendo que Mario hiciese alguna objeción.

Esta idea era la siguiente: «Apenas es medianoche; la calle del Hombre Armado no está lejos. Voy a llevar la carta en seguida, y volveré a tiempo.»

CAPÍTULO IV

LA CALLE DEL HOMBRE ARMADO

¿Qué son las convulsiones de una ciudad al lado de los motines del alma? El hombre tiene aún más profundidad que el pueblo. Juan Valjean, en aquel momento, sentía en su interior una conmoción violenta. El abismo se había vuelto a abrir para él, y temblaba, como París, en el umbral de una revolución formidable y oscura. Algunas horas habían bastado para que su destino y su conciencia se cubriesen de opacas sombras. Y podía decirse de él como de París: los dos principios se encuentran, uno enfrente del otro; el ángel de la luz y el ángel de la noche van a luchar cuerpo a cuerpo al borde del abismo. ¿Cuál de ellos precipitará al otro? ¿Quién vencerá?

La víspera de aquel día, Juan Valjean, acompañado de Cosette y de Santos, se había instalado en la calle del Hombre Armado; una nueva peripecia le esperaba allí.

Cosette no había abandonado la calle Plumet sin cierta resistencia. Por primera vez desde que vivían juntos, la voluntad de Cosette y la de Valjean se habían presentado distintas y se habían contradicho, si no opuesto; había habido objeciones por un lado e inflexibilidad por otro. La seca orden «Mudaos», dada por un desconocido a Juan Valjean, le había alarmado hasta el punto de hacerle absoluto; se creía ya descubierto y perseguido. Cosette había tenido que ceder.

Ambos habían llegado a la calle del Hombre Armado sin despegar los labios, sin hablar una palabra, absortos cada uno en su meditación personal. Juan Valjean, tan inquieto, que no veía la tristeza de Cosette. Cosette, tan triste, que no veía la inquietud de Juan Valjean.

Juan Valjean había mandado seguirle a Santos, lo que no había hecho nunca en sus ausencias anteriores; preveía tal vez que no había de volver a la calle Plumet, y no podía ni dejar a Santos detrás de sí ni decirle su secreto, aunque la creía fiel y segura; pero desde la criada a la señora, la traición empieza por la curiosidad. Mas Santos, como si estuviese predestinada a servir a Juan Valjean, no era curiosa. Se decía, en medio de su tartamudeo, en su lenguaje de la provincia de Barrueville: «Yo soy así; yo hago mis cosas, y lo demás no me importa.»

En aquella mudanza de la calle Plumet, que había sido casi una huida, Juan Valjean no había llevado más que la maletita embalsamada, bautizada por Cosette con el nombre de «inseparable». Otros bultos habrían exigido mozos, y los mozos son testigos; había mandado ir un coche a la puerta de la calle de Babilonia, y en él se habían trasladado.

Solamente Santos consiguió empaquetar, con algún obstáculo, alguna ropa blanca, vestidos y algunos objetos de tocador. Cosette no había llevado más que su papelera y su cartapacio.

Juan Valjean, para aprovecharse todo lo posible de la soledad y activar su desaparición, no había querido dejar el pabellón de la calle Plumet hasta que cayese la noche, lo que había dado tiempo a Cosette para escribir la carta a Mario. Cuando llegaron a la calle del Hombre Armado era ya muy de noche.

Se habían acostado silenciosamente.

La nueva habitación estaba situada en un patio interior. Era un segundo piso, compuesto de dos alcobas, un comedor y una cocina al lado del comedor, y con un camaranchón en que había una cama de tijera, que se destinó para Santos. El comedor era al mismo tiempo recibimiento, y estaban separadas las dos alcobas; el cuarto tenía todos los muebles necesarios.

La confianza se apodera de nosotros con la misma facilidad que la inquietud; así es la naturaleza humana.

Apenas llegó Juan Valjean a la calle del Hombre Armado, se disminuyó su ansiedad y se fue disipando por grados.

Hay sitios tranquilos que obran como mecánicamente sobre el alma.

La calle era oscura; los vecinos, pacíficos, y Juan Valjean sintió una especie de contagio de tranquilidad en aquella callejuela del antiguo París, tan estrecha, que estaba cerrada a los coches por una viga transversal, sostenida por dos estacas; sorda y muda en medio del rumor del día e incapaz de emociones, por decirlo así, entre sus dos filas de altas casas seculares, que se callan como viejos.

Hay en aquella calle un olvido silencioso. Juan Valjean respiró, pues. ¿Cómo habían de encontrarle?

Su primer cuidado fue poner el «inseparable» a su lado.

Durmió bien. Dícese que la noche aconseja, y puede decirse que tranquiliza.

A la mañana siguiente se despertó casi alegre. Encontró muy bonito el comedor, que era feo y estaba amueblado con una vieja mesa redonda, un aparador con un espejo inclinado encima, un sofá apolillado y algunas sillas en que estaban los paquetes que había hecho Santos.

En uno de ellos se descubría, por la abertura, el uniforme de guardia nacional de Juan Valjean.

En cuanto a Cosette, había mandado a Santos que la llevara un caldo a su cuarto, y no se la vio por la tarde.

Hacia las cinco, Santos, que iba y venía muy ocupada en sus quehaceres, puso en la mesa del comedor un ave ñambre, que Cosette consiguió mirar por deferencia hacia su padre.

Hecho esto, Cosette, pretextando una jaqueca persistente, había dado las buenas noches a Juan Valjean y se había encerrado en su alcoba.

Juan Valjean había comido un alón con apetito y, puesto de codos sobre la mesa, serenándose poco a poco, iba adquiriendo seguridad.

Mientras hacía esta sobria comida, había oído confusamente dos o tres veces el tartamudeo de Santos, que decía:

—Señor, hay jarana. Están combatiendo en las calles.

Pero absorto en una porción de combinaciones interiores, no había hecho caso o, por mejor decir, no lo había oído.

Se levantó y empezó a pasear de la puerta a la ventana y de la ventana a la puerta, cada vez más tranquilo.

Con la calma iba volviendo a su imaginación Cossete, que era su único pensamiento. No porque le inquietase aquella jaqueca, crisis nerviosa de poca importancia, disgusto de joven, nube de un momento, que duraría uno o dos días, sino porque pensaba en el porvenir, y, como siempre, pensaba con dulzura y no veía ningún obstáculo en que la vida feliz siguiese su curso.

A ciertas horas, todo parece imposible; en otras, todo parece fácil.

Juan Valjean atravesaba una de estas horas, que suelen venir después de las horas tristes, como el día después de la noche, por esa ley de sucesión y de contraste que está en la esencia misma de la Naturaleza y que los hombres superficiales llamán antítesis.

En aquella pacífica calle en que se había refugiado, Juan Valjean se desprendía de todo lo que le había turbado por algún tiempo.

Por lo mismo que había visto muchas tinieblas, empezaba a descubrir un poco de luz.

Haber abandonado la calle Plumet sin complicaciones ni incidentes era un buen paso de hecho. Tal vez sería conveniente salir por algún tiempo e ir a Londres.

Pues iría; porque lo mismo le daba estar en Francia que en Inglaterra, con tal que tuviese a su lado a Cosette.

Cosette era su patria, bastaba a su felicidad. La idea de que él no fuese suficiente para la felicidad de Cosette, que le había asaltado en otro tiempo, siendo su pesadilla, ni se le presentaba a su ánimo. Estaba, puede decirse, en el «colapso» de sus pasados dolores, en pleno optimismo.

Estando Cosette a su lado, le parecía ser él mismo, efecto de óptica que todo el mundo ha experimentado.

Arreglaba con toda facilidad la partida para Inglaterra con Cosette; veía su felicidad construirse sin saber cómo en la perspectiva de su pensamiento.

Mientras se paseaba de un lado a otro, lentamente, su mirada se fijó en una cosa extraña.

Vio enfrente de sí, en un espejo inclinado que estaba sobre el aparador, estas tres líneas, que leyó perfectamente:

«Querido mío: ¡Ay! Mi padre quiere que marchemos en seguida. Estaremos esta noche en la calle del Hombre Armado, número 7. Dentro de ocho días iremos a Londres. Cosette. 4 de junio.»

Juan Valjean se detuvo aturdido.

Cosette, al llegar, había puesto el cartapacio sobre el aparador, delante del espejo, y, en su dolorosa agonía, lo había olvidado, sin notar que lo dejaba abierto precisamente por la hoja del papel secante que había empleado para secar la carta que había dado al aprendiz que rondaba la calle Plumet. Lo escrito había quedado marcado en el papel secante.

El espejo reflejaba la escritura.

Resultaba lo que se llama en geometría la imagen simétrica, de tal modo que la escritura, al revés sobre el papel, se presentaba al derecho en el espejo; así, Juan Valjean tenía delante la carta escrita la víspera por Cosette a Mario.

Esto era una cosa muy sencilla, pero muy terrible.

Juan Valjean se dirigió al espejo, leyó las tres líneas, pero no lo creyó; le parecía que se le presentaba en la luz del delirio; era una alucinación, una cosa imposible que no existía.

Poco a poco fue precisándose su percepción; miró al cartapacio de Cosette y adquirió el sentimiento de la realidad. Lo cogió y dijo: «Aquí está la causa.» Examinó convulsivamente las tres líneas marcadas en el papel secante; pero las letras, escritas al revés, hacían unos garabatos confusos y no pudo leerlas. Entonces se dijo: «Esto no significa nada, no hay aquí nada escrito.» Y respiró con todo el pecho, con indecible alegría. ¿Quién no ha tenido estos momentos de necia esperanza en momentos terribles? El alma no se entrega a la desesperación sin haber agotado antes todas las ilusiones.

Tenía el cartapacio en la mano y lo contemplaba en un estado de feliz estupidez, casi dispuesto a reírse de la alucinación de que había sido víctima. De repente, su vista cayó sobre el espejo y se le presentó de nuevo la visión. Las tres líneas se leían con una claridad inexorable. Esta vez no era ya una ilusión óptica, la reincidencia de una visión es una realidad; era una cosa palpable la escritura reflejada inversamente por el espejo. Todo lo comprendió.

Juan Valjean desfalleció; dejó caer el cartapacio y se recostó en el viejo sofá, al lado del aparador, con la cabeza caída, la vista vidriosa, extraviado. Se dijo entonces que aquello era evidente, que la luz del mundo se había eclipsado para siempre, que Cosette había escrito aquello a alguno, y oyó que su alma daba en medio de las tinieblas un sordo rugido. ¡Id a quitar al león el perro que tiene en su jaula!

¡Cosa extraña! En aquel momento, Mario no había recibido aún la carta de Cosette, y la traidora casualidad se la había dado ya a Juan Valjean.

Juan Valjean no había sido vencido hasta entonces por ninguna de las pruebas pasadas. Se había visto sometido a ensayos horribles; la desgracia había sido pródiga con él; la ferocidad de la suerte, armada con todas las venganzas y con todos los desprecios sociales, le había hecho su víctima, encarnizándose en él. Pero Juan Valjean no había retrocedido ni decaído ante nada. Había aceptado por necesidad todos los extremos; había sacrificado la inviolabilidad de hombre reconquistada, entregado su libertad, arriesgado su cabeza; lo había perdido, lo había padecido todo, y había permanecido desinteresado y estoico, hasta el punto de haberle podido considerar fuera de sí mismo como un mártir. Su conciencia, aguerrida en todos los asaltos posibles de la adversidad, parecía inaccesible. Pero ahora, cualquiera que hubiera visto su interior, habría podido asegurar que decaía.

Consistía en que, de todas las torturas que había sufrido en aquel largo interrogatorio que le hacía el Destino, ésta era la más terrible. Nunca había sentido otro tormento igual. Toda la sensibilidad latente se conmovía en su interior; iba sintiendo como el latido de una fiebre desconocida. ¡Ah! La prueba suprema, o, mejor dicho, la prueba única, es la pérdida del ser amado.

El pobre anciano no amaba ciertamente a Cosette más que como un padre. Pero, según hemos dicho ya, en aquella paternidad había introducido todos los amores de la soledad de su vida; amaba a Cosette como hija, como madre, como hermana, y como no había tenido nunca ni amante ni esposa, como la Naturaleza es un acreedor que no acepta ninguna excusa, este sentimiento, el más necesario de todos, se había mezclado con los demás, vagamente, sin conocerlo, puro con toda la pureza de la ceguedad, espontáneo, celestial, angélico, divino; más bien como instinto que como sentimiento, y más bien que como instinto, como un atractivo imperceptible e invisible, pero real. El amor, propiamente dicho, estaba en su gran ternura para Cosette, como el filón de oro en la montaña, tenebroso y virgen.

Recuérdese la pintura que hemos hecho de esa situación del corazón.

Entre ambos no era posible ninguna unión, ni aun la de las almas, y, sin embargo, sus destinos estaban enlazados.

Exceptuando a Cosette, es decir, una niña, Juan Valjean no tenía en su larga vida nada que amar.

Las pasiones y los amores que se suceden no habían dejado en su vida esos matices sucesivos del verde, ya claros, ya sombríos, que se notan en las hojas que han pasado el invierno y en los hombres que han pasado los cincuenta años.

En suma: toda esa fusión interior, como hemos dicho varias veces; todo ese conjunto, cuya resultante era una gran virtud, concluía por hacer de Juan Valjean un padre para Cosette; padre extrañamente formado del abuelo, del hijo, del hermano y del marido que había en Juan Valjean; padre en que había hasta una madre; padre que amaba y adoraba a Cosette, y que tenía aquella hija como su luz, su morada, su familia, su patria, su paraíso.

Así, cuando vio que todo estaba concluido, que se le escapaba de las manos, que se deslizaba, que se perdía, que era una nube, una corriente de agua; cuando tuvo ante los ojos esta evidencia terrible: «Otro es el objeto de su corazón, otro es el deseo de su vida; tiene su amor, y yo no soy más que su padre, yo no existo ya», no pudo dudar cuando se dijo: «¡Se va fuera de mí!»

El dolor que experimentó traspasó los límites de lo posible.

¡Haber hecho todo lo que había hecho para venir a parar en esto!

¡A no ser nada!

Entonces, como acabamos de decir, se estremeció de pies a cabeza, rebelándose; sintió hasta en la raíz de sus cabellos que se despertaba el egoísmo, que el «yo» alzaba su voz en el abismo de su conciencia.

Hay hundimientos interiores.

La certidumbre de la desesperación no penetra en el hombre sin separar y romper algunos principales elementos, que son alguna vez el hombre mismo.

El dolor, cuando llega a este punto, da el sálvese quien pueda a todas las fuerzas de la conciencia.

Entonces se verifican las crisis fatales, y pocos salen de ellas semejantes a sí mismos y fuertes en el deber.

Cuando se desborda el límite del padecimiento, se desconcierta hasta la virtud más imperturbable.

Juan Valjean volvió a coger el cartapacio y se convenció de nuevo, permaneciendo inclinado y como petrificado sobre aquellas tres líneas irrecusables, con la vista fija; formóse en su interior tal nube, que no parecía sino que se derrumbaba toda su alma.

Examinó aquella revolución a través del aumento que le prestaba el delirio, con una tranquilidad aparente y terrible, porque la tranquilidad del hombre nunca es más espantosa que cuando llega a la frialdad.

Midió el gran paso que su destino había dado sin que él lo sospechara; recordó sus temores del verano anterior, tan locamente disipados; reconoció el mismo precipicio, con la diferencia de que Juan Valjean no estaba ya a la orilla, sino en el fondo.

Y había caído sin notarlo.

Se había apagado toda la luz de su vida, mientras él creía estar viendo el sol.

Su instinto no dudó un momento.

Reunió algunas circunstancias, algunas fechas, ciertos rubores y palideces de Cosette, y se dijo: «Es él.»

La adivinación del hombre desesperado es una especie de arco misterioso que siempre da en el blanco.

Desde su primera suposición esperaba encontrarse con Mario; no sabía su nombre, pero lo conocía. Y lo encontró. Descubrió claramente, en el fondo de la implacable evocación del recuerdo, al desconocido rondador del Luxemburgo, a aquel miserable buscador de amores, a aquel vagabundo de novela, a aquel imbécil, a aquel cobarde, porque es una cobardía ir a poner buenos ojos a las jóvenes que tienen a su lado un padre que las ama.

Después que se hubo convencido de que era el mismo, Juan Valjean, el hombre regenerado, el hombre que había trabajado tanto por su alma, que había hecho tantos esfuerzos por convertir toda la vida, toda la miseria y toda la desgracia en amor, miró dentro de sí mismo y vio un espectro: el odio.

Los grandes dolores llevan en sí mismos el decaimiento, desaniman; el hombre en quien penetran siente retirarse alguna cosa.

En la juventud, su visita es lúgubre; más tarde es siniestra.

Cuando la sangre está caliente, cuando los cabellos son negros, cuando la cabeza está recta sobre el cuerpo como la llama sobre la antorcha, cuando la rueda del destino tiene aún casi todo su espesor; cuando el corazón, lleno de amor, tiene aún latidos que pueden renacer; cuando se tiene delante tiempo para repararlo, cuando aún existen para él todas las mujeres, todas las sonrisas, todo el porvenir y todo el horizonte; cuando la fuerza de la vida está completa, si la desesperación es una cosa terrible, ¿qué será en la vejez, cuando los años se precipitan cada vez más pálidos, en esa hora crepuscular en que se comienzan a descubrir las estrellas de la tumba?

Mientras que estaba pensando en esto, entró Santos.

Juan Valjean se levantó y le preguntó:

—¿De quién es esto? ¿Lo sabéis?

Santos, estupefacta, sólo pudo responderle:

—¿Os gusta?

Juan Valjean respondió:

—¿No me habéis dicho que estaban combatiendo?

—¡Ah! Sí, señor —contestó Santos—. Hacia San Merry.

Hay movimientos maquinales que provienen, a pesar nuestro, del pensamiento más profundo.

Sin duda a impulsos de un movimiento de este género, de que apenas tuvo conciencia Juan Valjean, salió a la calle antes de cinco minutos.

Llevaba la cabeza descubierta. Se sentó en el escalón de la puerta de su casa y se puso a escuchar.

Era ya de noche.

¿Cuánto tiempo pasó así? ¿Cuáles fueron las ondulaciones de aquella trágica meditación? ¿Se reanimó o permaneció abatido? ¿Había sido encorvado por el dolor hasta la ruptura? ¿Podía levantarse aún y hacer pie sobre alguna cosa sólida en su conciencia?

Ni él mismo hubiera podido decirlo, probablemente.

La calle estaba desierta. Algunos vecinos inquietos, que volvían rapidamente a sus casas, apenas le vieron.

En los momentos de peligro, cada uno miraba sólo para sí.

El farolero vino, como siempre, a encender el farol que estaba colocado precisamente enfrente de la puerta número 7, y se fue.

El que hubiese examinado a Juan Valjean en aquella sombra no le hubiera creído vivo.

Estaba sentado en el escalón de la puerta, inmóvil como una estatua de hielo; en la desesperación hay cierta congelación.

Oíanse el toque de rebato y algunos rumores tempestuosos.

En medio de estas convulsiones de la campana que se mezclaba con el motín, el reloj de San Pablo dio las once gravemente, sin apresurarse, porque el toque de rebato es del hombre, y la hora, de Dios. El sonido del reloj no causó efecto alguno a Juan Valjean; no se movió.

Pero poco después oyó una violenta detonación por el lado de los Mercados; al poco rato la siguió otra más violenta aún; era probablemente el ataque de la barricada de la calle de la Chanvrerie, que, según hemos visto, fue rechazado por Mario.

Al oír estas dos descargas, cuya furia aumentaba con el estupor de la noche, Juan Valjean tembló; levantóse, mirando hacia el sitio de el donde venía el ruido, y cayó sobre el escalón, cruzó los brazos y bajó lentamente la cabeza.

Entonces continuó su tenebroso diálogo consigo mismo.

De repente levantó los ojos; alguien andaba por la calle; oía los pasos muy cerca. Miró a la luz del farol, y por el lado de la calle que va a los Archivos descubrió una figura, lívida, joven y alegre.

Gavroche acababa de entrar en la calle del Hombre Armado.

Iba mirando al aire, como buscando algo. Veía perfectamente a Juan Valjean, pero no hacía caso alguno de él.

Gavroche, después de haber mirado al aire, miraba al suelo. Iba de puntillas, tocando las puertas y las ventanas de los pisos bajos; todas estaban cerradas con barra y cerrojo. Después de haber reconocido cinco o seis puertas cerradas de este modo, el pilluelo se encogió de hombros y dijo:

—¡Pardiez!

Y volvió a mirar al alto.

Juan Valjean, que un momento antes, en la situación de alma en que estaba, no hubiese preguntado ni respondido a nadie, se sintió irresistiblemente impulsado a hablar a aquel muchachillo.

—Niño —le dijo—, ¿qué tienes?

—Hambre —contestó secamente Gavroche, y añadió—: El niño seréis vos.

Juan Valjean metió la mano en el bolsillo y sacó una moneda de cinco francos.

Pero Gavroche, que pertenecía a la familia de las neveras y que pasaba con rapidez de un gesto a otro, acababa de coger una piedra. Había visto el farol.

—¡Calla! —dijo—. Todavía tenéis aquí faroles; estáis muy atrasados, amigos. Esto es un desorden. Rómpeme ese farol.

Y le tiró la piedra, cayendo los vidrios con tal estrépito, que los vecinos, ocultos detrás de las cortinas de la casa de enfrente, gritaron:

—¡Ya está ahí el noventa y tres!

El farol osciló violentamente y se apagó, la calle se quedó del todo a oscuras.

—Eso es, vieja calle —dijo Gavroche—, ponte el gorro de dormir.

Y volviéndose hacia Juan Valjean:

—¿Cómo llamáis a ese monumento gigantesco que tenéis al fin de la calle? Los Archivos, ¿no es eso? Me hacían falta algunos pedazos de esas columnas bestiales para hacer una barricada.

Juan Valjean se acercó a Gavroche.

—¡Pobrecillo! —dijo a media voz y hablando consigo mismo—. Tiene hambre.

Y le puso la moneda de cinco francos en la mano.

Gavroche levantó los ojos, asombrado de la magnitud de aquella moneda; la miró en la oscuridad y le deslumbró su blancura. Conocía de oídas las monedas de cinco francos, y le gustaba su reputación; quedó, pues, encantado de ver una, y se dijo: «Contemplemos el tigre», mirándola extasiado por algunos momentos; después se volvió a Juan Valjean, extendió el brazo, dándole la moneda, y le dijo majestuosamente:

—Ciudadano, me gusta más romper los faroles. Tomad vuestra fiera, a mí no se me compra. Eso tiene cinco garras, pero a mí no me araña.

—¿Tienes madre? —le preguntó Juan Valjean.

Gavroche respondió:

—Tal vez más que vos.

—Pues bien —dijo Juan Valjean—: guarda ese dinero para tu madre.

Gavroche se sintió conmovido. Además, había notado que el hombre que le hablaba no tenía sombrero, y esto le inspiraba confianza.

—¿De verdad no es esto para que no rompa los faroles?

—Rompe todo lo que quieras.

—Sois todo un hombre —dijo Gavroche.

Y se guardó el napoleón en el bolsillo.

Aumentándose poco a poco su confianza, preguntó:

—¿Vivís en la calle?...

—Sí. ¿Por qué?

—¿Podríais enseñarme el número siete?

—¿Para qué quieres saber el número siete?

El muchacho se detuvo, temió haber dicho demasiado, y se metió los dedos entre los cabellos, limitándose a contestar:

—Para saberlo.

Una repentina idea atravesó la mente de Juan Valjean; la angustia tiene momentos de lucidez. Dirigiéndose al pilluelo, le preguntó:

—¿Eres tú el que trae una carta que estoy esperando?

—¿Vos? —dijo Gavroche—. No sois mujer.

—La carta es para la señorita Cosette, ¿no es verdad?

—¿Cosette? —murmuró Gavroche—. Sí, creo que es ese endiablado nombre.

—Pues bien —añadió Juan Valjean—: yo debo recibir la carta para dársela. Dámela.

—¿Entonces deberéis saber que vengo de la barricada?

—Sin duda —dijo Juan Valjean.

Gavroche metió la mano en uno de sus bolsillos y sacó un papel con cuatro dobleces.

Después hizo un saludo militar.

—Respecto al despacho —dijo—, viene del Gobierno provisional.

—Dámelo —dijo Juan Valjean.

Gavroche tenía el papel en la mano, por encima de su cabeza.

—No creáis que es un billete amoroso; es para una mujer, pero es para el pueblo. Nosotros peleamos, pero respetamos el sexo.

—Dámela.

—A la verdad —continuó Gavroche—, me parecéis un buen hombre.

—Dámela pronto.

—¡Tomad!

Y dio el papel a Juan Valjean.

—Y despachaos, señor Cosa, porque la señorita Cosita está esperando.

Gavroche se quedó muy satisfecho después de haber inventado este juego de palabras.

Juan Valjean añadió:

—¿Hay que llevar la respuesta a San Merry?

—Haríais entonces un pan como unas hostias. Esta carta viene de la barricada de la Chanvrerie, y allá me vuelvo. Buenas noches, ciudadano.

Y dicho esto se fue, o, por mejor decir, voló como un pájaro escapado hacia el sitio donde había venido. Se sumergió en la oscuridad, como si hiciese en ella un agujero, con la rígida rapidez de un proyectil. La callejuela del Hombre Armado quedó silenciosa y solitaria en un momento. Aquel extraño niño, que participaba de la sombra y del sueño, se metió en la bruma entre aquellas filas de casas negras, perdiéndose como el humo en las tinieblas, y hubiera podido creerse que se había disipado completamente si algunos minutos después el ruido dé un vidrio roto y el estruendo de un farol cayendo al suelo no hubiesen despertado otra vez a los indignados vecinos. Era Gavroche, que pasaba por la calle de Chaume.

Juan Valjean entró en su casa con la carta de Mario.

Subió la escalera a tientas, satisfecho de las tinieblas; abrió y cerró suavemente la puerta, escuchó si se oía algún ruido, se aseguró de que, según todas las apariencias, Cosette y Santos dormían. Consumió tres o cuatro pajuelas antes de encender luz, ¡tanto le temblaba la mano!, porque había algo de robo en lo que acababa de hacer. Por fin encendió la vela, desdobló el papel y leyó.

En las emociones violentas no se lee; se atropella, por decirlo así, el papel, se le oprime como a una víctima, se le estruja, se le clavan las uñas de la cólera o de la alegría, se corre hacia el fin, se salta al principio; la atención es febril; comprende, en conjunto, sobre poco más o menos, lo esencial, se apodera de un punto, y todo lo demás desaparece. En la carta de Mario a Cosette, Juan Valjean no vio más que esto: «... Muero; cuando leas esto, mi alma estará a tu lado.»

Al leer estas dos líneas sintió un deslumbramiento horrible; se quedó un momento como pasmado del cambio de emoción que se verificaba en él; miraba la carta de Mario con una especie de asombro embriagador; tenía ante sus ojos este esplendor: la muerte del ser aborrecido.

Dio un terrible grito de alegría interior. Todo estaba ya concluido. El desenlace llegaba más pronto de lo que esperaba. El ser que oponía un obstáculo a su destino desaparecía, y desaparecía por sí mismo, libremente, de buena voluntad, sin que él hubiera hecho nada para conseguirlo. Sin que fuese culpa suya, «aquel hombre» iba a morir, quizá había ya muerto. Aquí empezó a reflexionar su fiebre. «No —se dijo—. Aún no ha muerto. Esta carta ha sido escrita indudablemente para que Cosette la lea mañana por la mañana. Después de estas dos descargas que he oído entre once y doce no ha habido nada; la barricada no será atacada formalmente hasta el amanecer, pero es igual. Desde el momento en que "ese hombre" se ha metido en la guerra, está perdido; será arrastrado por las ruedas.»

Juan Valjean se sintió libre; iba a encontrarse de nuevo solo con Cosette; cesaba la concurrencia, empezaba el porvenir. No tenía que hacer más que guardar la carta en el bolsillo, y Cosette no sabría nunca lo que había sido de «aquel hombre».

«No hay más que dejar que las cosas se cumplan.» «Ese hombre no puede escaparse. Si aún no ha muerto, de seguro va a morir. ¡Qué felicidad!»

Después de decirse todo esto, se puso sombrío; bajó y llamó al portero.

Como una hora después, Juan Valjean salía vestido de guardia nacional y armado. El portero había encontrado fácilmente en la vecindad con qué completar su traje. Llevaba un fusil cargado y una cartuchera llena de cartuchos. Se dirigió hacia el Mercado.

* * *

Mientras tanto, había sucedido una aventura a Gavroche.

Después de haber apedreado el farol de la calle de Chaume, llegó a la de Vieilles-Haudriettes, y no viendo ni «un alma», creyó que era buena ocasión de entonar una de sus canciones.

Su paso, lejos de retardarse con la canción, se aceleraba. Empezó, pues, a cantar, mientras seguía la fila de casas dormidas o aterradas.

Gavroche, al mismo tiempo que cantaba, prodigaba la pantomima. El gesto es el acento de la canción. Su rostro, inagotable repertorio de máscaras, hacía gestos tan convulsivos y más fantásticos que las bocas de un lienzo roto en un gran viento. Desgraciadamente, como estaba solo y era de noche, no era ni visto ni visible. Hay muchas de esas riquezas completamente perdidas.

De repente se detuvo.

—Cortemos la canción —dijo.

Acababa de distinguir en el hueco de una puerta-cochera lo que se llama en pintura un grupo; es decir, un ser y una cosa; la cosa era un carretón de mano y el ser un auvernés que dormía dentro.

Los brazos de la carreta estaban apoyados en el suelo, y la cabeza del auvernés en la tabla del carretón. Tenía el cuerpo encogido en aquel plano inclinado, tocando el suelo con los pies.

Gavroche, con la experiencia que tenía de las cosas de este mundo, conoció que era un borracho.

Era, sin duda, algún mozo de esquina que había bebido demasiado y dormía también demasiado.

—Ahí se ve —dijo Gavroche— para qué sirven las noches de verano. El auvernés se duerme en su carretón; pues cojo el carretón para la República y dejo al auvernés a la monarquía.

Habíase iluminado de repente su inteligencia con esta idea.

—Este carretón hará muy bien en nuestra barricada.

El auvernés roncaba.

Gavroche sacó suavemente el carretón por detrás y al auvernés por delante, es decir, por los pies, y en un minuto el pobre hombre, imperturbable, estaba tendido en el suelo.

El carretón estaba libre.

Gavroche, acostumbrado a hacer frente en todas ocasiones a lo imprevisto, llevaba siempre todo consigo; metió la mano en un bolsillo, y sacó un pedazo de papel y una punta de lápiz rojo, robado a algún carpintero, y escribió:

«República francesa. Recibí tu carretón.» Y firmó: «Gavroche.»

Hecho esto, puso el papel en el bolsillo del chaleco de pana del auvernés, que seguía roncando, cogió el carretón y partió hacia el Mercado, empujando el carretón al galope y, con aire de triunfo.

Esto era peligroso, porque en la Imprenta-Real había un cuerpo de guardia. Gavroche no pensó en ello. Aquella guardia la montaban nacionales de las cercanías, que empezaban a despertar y a levantar la cabeza de las camas de campaña. Los faroles rotos a pedradas, aquella canción a grito pelado, eran cosas demasiado graves en calles tan miedosas, que desean acostarse al ponerse el sol y que apagan la luz muy temprano. Hacía una hora que el pilluelo metía en el barrio el mismo ruido que un moscardón en una botella. El jefe de la guardia lo escuchaba y esperaba; era un hombre prudente.

El estrépito del carretón al rodar llenó la medida de la expectación y determinó al sargento a hacer un reconocimiento.

—Viene toda una partida —se dijo—; vayamos con tiento.

Era claro que la hidra de la anarquía había salido de su agujero y se paseaba por el barrio.

El sargento se aventuró a salir fuera del cuerpo de guadia sin hacer ruido alguno.

De repente, Gavroche, empujando su carretón, en el momento en que iba a desembocar en la calle de Vieilles-Haudriettes, se encontró frente a frente con un uniforme, un chacó, un plumero y un fusil.

—¡Calla! —dijo—. Es él. Buenos días. Orden público.

El asombro de Gavroche era muy breve y se pasaba en seguida.

—¿Adónde vas, tunante?

—Ciudadano —dijo Gavroche—, aún no os he llamado propietario. ¿Por qué me insultáis?

—¿Adónde vas, pícaro?

—Caballero —respondió Gavroche—, ayer érais tal vez un hombre de talento, pero lo habéis perdido esta mañana.

—¡Te pregunto que adónde vas, pillete!

Gavroche respondió:

—Habláis perfectamente, nadie diría la edad que tenéis; debíais vender vuestros pelos a cien francos por pieza, y tendríais quinientos francos.

—¿Me dirás, por fin, adónde vas, miserable?

—Mi general —dijo Gavroche—, voy a buscar al comadrón para mi esposa, que está de parto.

—¡A las armas! —gritó el sargento.

Salvarse con lo mismo que ha sido causa de la perdición es muy propio de los hombres fuertes; Gavroche midió de un golpe toda la situación; el carretón le había comprometido y el carretón debía protegerle.

En el momento en que el sargento iba a caer sobre Gavroche, el carretón, convertido en proyectil, y lanzado con fuerza, caía sobre él, y dándole en medio del vientre le tiraba boca arriba en el arroyo, al mismo tiempo que se disparaba su fusil al aire.

Al grito del sargento acudieron atropelladamente los que estaban en el cuerpo de guardia; el tiro fue seguido de una descarga general al acaso, después de la cual cargaron los fusiles y empezaron de nuevo el fuego.

Duró el fuego al aire un buen cuarto de hora, y rompió algunos cristales.

Mientras tanto, Gavroche, que había retrocedido corriendo, se detuvo cinco o seis calles más allá y se sentó sofocado en el guardacantón de la esquina de los Niños Rojos.

Allí escuchó.

Después de haber descansado un momento, se volvió hacia el sitio donde se oía el fuego, levantó la mano izquierda a la altura de la nariz y la separó tres veces hacia adelante, dándose con la mano derecha en la nuca; gesto soberano en que la pillería parisiense ha condensado toda la ironía francesa y que es verdaderamente eficaz, porque ha durado medio siglo. Una amarga reflexión turbó esta alegría.

—Sí —dijo—, me muero de risa, reviento de placer; pero pierdo mi camino, y tengo ahora que dar un rodeo. ¡Con tal que llegue a tiempo a la barricada!

Entonces siguió su carrera.

Y dijo corriendo:

—¡Ah! ¿Dónde estaba yo?

Y volvió a entonar su canción, pasando rápidamente por las calles y perdiéndose en las tinieblas.

La alarma del cuerpo de guardia no dejó de tener resultado. El carretón fue conquistado, y el borracho hecho prisionero. El primero se puso en una leñera; el segundo fue después perseguido ante un consejo de guerra como cómplice.

El ministerio público de entonces dio pruebas, en estas circunstancias, de su celo por la defensa de la sociedad.

La aventura de Gavroche, que vive en la tradición del barrio del Temple, es uno de los recuerdos más terribles de los antiguos vecinos del Marais, y se titula en su memoria: «Ataque nocturno del cuerpo de guardia de la Imprenta Real.»

CAPÍTULO V

LA GUERRA DENTRO DE CUATRO PAREDES

Los insurrectos, bajo la inspección de Enjolras, pues Mario no veía ya nada, habían aprovechado la noche.

La barricada había sido no sólo reparada, sino aumentada. Se la había levantado dos pies más. Algunas barras de hierro entre las piedras parecían lanzas en ristre.

Escombros de diferentes clases, traídos de todos lados y añadidos, complicaban la armazón exterior. El reducto había sido restaurado hábilmente: por dentro como pared, y por fuera como maleza.

Habíase recompuesto la escalera de adoquines que permitía subir a él como al muro de la ciudadela.

Se había hecho el arreglo de la barricada; la sala baja estaba libre de estorbos; la cocina, convertida en hospital; la cura de los heridos, practicada; se había recogido la pólvora esparcida por el suelo, y en las mesas, fundido balas, fabricado cartuchos, aprontado hilas, distribuido las armas caídas, limpiado el interior del reducto, quitado los escombros, llevado los cadáveres.

A los muertos se les depositó en la callejuela de Mondetour, de la que los insurrectos continuaban siendo dueños. Por tiempo se han visto las sangrientas señales en el empedrado. Entre los muertos había cuatro guardias nacionales de las afueras, cuyos uniformes mandó recoger Enjolras.

Éste había aconsejado dos horas de sueño. Un consejo de Enjolras era una consigna, y, sin embargo, sólo se aprovecharon de él tres o cuatro personas. Fueilly empleó aquellas dos horas en grabar esta inscripción en la pared que daba frente a la taberna: «¡Vivan los pueblos!»

Estas tres palabras, escritas en la piedra con un clavo, se leían allí aún en 1848.

Las tres mujeres se habían aprovechado de la noche para desaparecer definitivamente; así quedaban más a sus anchas los insurrectos.

Sin duda, ellas encontrarían medio de refugiarse en alguna casa vecina.

Casi todos los heridos podían y querían aún combatir en la cocina, que, según hemos dicho, hacía veces de hospital, en el que había, sobre una litera formada de colchones y haces de paja, cinco hombres gravemente heridos, entre ellos dos guardias municipales. A estos últimos se les atendió primero.

En la sala baja no quedaron más que Babeuf, cubierto con el paño negro, y Javert, atado en el poste.

—Ésta es la sala de los muertos —dijo Enjolras.

En el interior de esta sala, apenas alumbrada por una vela, hacia el fondo, hallábase la mesa mortuoria detrás del poste, como una barra horizontal; Javert y Mabeuf, el uno de pie y el otro tendido, figuraban una especie de cruz grande y algo vaga.

La lanza del ómnibus, aunque rota por los disparos de los fusiles, estaba aún en disposición de colgar de ella una bandera, y Enjolras, que tenía la cualidad, propia de un jefe, de ejecutar siempre lo que decía, ató a aquella asta el vestido agujereado y sangriento de Mabeuf.

No era posible preparar comida ninguna, pues no había pan ni carne. Los cincuenta hombres de la barricada, en las dieciséis horas que llevaban de estar allí, habían consumido pronto las mezquinas provisiones de la taberna. En un instante dado, toda barricada que resiste se convierte inevitablemente en la balsa de la Medusa. Fue preciso resignarse a tener hambre. Eran las primeras horas del 6 de junio, de ese día espartano, en que Juana, en la barricada de San Merry, rodeada de insurrectos que pedían pan, respondía a todos aquellos combatientes:

—¿Para qué? Son las tres, y a las cuatro habremos ya muerto.

Como no había qué comer. Enjolras prohibió que se bebiera.

Quitó el vino y puso a ración el aguardiente.

Habíanse encontrado en la cueva quince botellas herméticamente selladas. Enjolras y Combeferre las examinaron.

El último dijo mientras subía:

—Son efectos viejos del tío Hucheloup, que empezó por ser droguista.

—Esto tiene trazas de verdadero vino —observó Bossuet—. Es una suerte que Grantaire duerma, pues si no esas botellas peligrarían.

Enjolras, a pesar de los murmullos, puso su veto a las quince botellas; y para que nadie las tocara y se las considerara como sagradas, las mandó colocar debajo de la mesa donde yacía Mabeuf.

A las dos de la madrugada se contaron los combatientes, y resultó que quedaban aún treinta y siete.

El día empezaba a despuntar.

Acabábase de apagar la ántorcha que se había vuelto a colocar en su alvéolo de adoquines.

El interior de la barricada, especie de pequeño patio usurpado a la calle, estaba anegado en tinieblas, y se parecía, a través del vago horror crepuscular, al puente de un buque abandonado.

Los combatientes, yendo y viniendo, se movían allí como formas negras.

Por encima de este horrible nido de sombras, los pisos de las casas mudas se bosquejaban lívidamente, y en la parte superior se veían blanquear las chimeneas.

El cielo ofrecía ese hermoso matiz indeciso entre blanco y azul.

Los pájaros volaban, cantando alegremente.

La casa alta que formaba el fondo de la barricada, mirando hacia Levante, tenía en su techo un reflejo de color de rosa.

En el ventanillo del tercer piso, el aire de la mañana agitaba los cabellos blancos sobre la cabeza del hombre muerto.

—Me alegro de que hayan apagado la antorcha —decía Courfeyrac a Feuilly—. Me incomodaba verla doblarse a impulsos del viento, pues parecía tener miedo. La luz de las antorchas es como la prudencia de los cobardes: alumbra mal porque tiembla.

El alba despierta los ánimos como despierta a los pájaros.

Todos hablaban.

Joly, al ver a un gato andando por la canal de un tejado, prorrumpió en este arranque filosófico:

—¿Qué es el gato? Una corrección. Después de hacer Dios al ratón, hizo en seguida al gato. El gato es la fe de erratas del ratón. El ratón, más el gato, es la prueba revisada y corregida de la creación.

Combeferre, rodeado de estudiantes y de obreros, hablaba de los muertos: de Juan Prouvaire, de Bahorel, de Mabeuf, hasta de Le Cabuc y de la tristeza severa de Enjolras.

Decía:

—Armodio y Aristogiton, Bruto, Quereas, Stephanus, Cromwell, Carlota Corday, Sand, todos han tenido, después de dar el golpe, su momento de angustia. Nuestro corazón es tan propenso a estremercerse, y la vida humana es un misterio tan grande, que, aun en el caso de homicidio cívico, de un homicidio libertador, si los hay, el remordimiento de haber herido a un hombre excede a la alegría de haber servido al género humano.

Y un minuto después, como acontecece de ordinario en las conversaciones, por una transición a que dieron margen los versos de Juan Prouvaire, Combeferre se puso a comparar entre sí a los traductores de las Geórgicas, a Raux con Cournand, a Cournand con Delille, indicando los pasajes traducidos por Malfilatre, particularmente los prodigios de la muerte de César.

El nombre de César le condujo, naturalmente, a hablar de Bruto.

—César —decía Combeferre— mereció caer. Cicerón trató con severidad a César, y tenía razón para hacerlo. Aquella severidad no es la diatriba. Cuando Zoilo insulta a Homero, cuando Mevio insulta a Virgilio, cuando Visé insulta a Molière, cuando Pope insulta a Shakespeare, cuando Freron insulta a Voltaire, se cumple una antigua ley de envidia y de odio; los genios atraen la injuria; los grandes hombres son siempre zaheridos. Pero Zoilo y Cicerón son dos entidades diferentes. Cicerón hizo con el pensamiento la misma justicia que Bruto con la espada. En cuanto a mí, vitupero esta última justicia; pero la antigüedad la admitía. César, violador del Rubicón, confiriendo como precedentes de él las dignidades que procedían del pueblo, no levantándose a la entrada del Senado, observaba, según dice Eutropio, la conducta de un rey y casi de un tirano, «regia acpaene tyrannica». Era un grande hombre; tanto peor o tanto mejor, pues la lección así es más elevada. Sus veintitrés heridas me afectan menos que la saliva escupida a la frente de Jesucristo. César es inmolado por los puñales de los senadores; Cristo es abofeteado por los sirvientes. Allí donde es mayor el ultraje se siente a Dios.

Bossuet, dominando desde la parte más alta de un montón de adoquines toda aquella charla, gritaba, carabina en mano:

—¡Oh, Cidteneo! ¡Oh, Mirino! ¡Oh, Probalinto! ¡Oh, gracias de la Eántide! ¿Quién me dirá que pronuncio los versos de Homero como un griego de Laurio o de Edapteon?

Enjolras había ido a hacer un reconocimiento, saliendo por la callejuela de Mondetour y serpenteando a la orilla de las casas.

Los insurrectos estaban llenos de esperanzas. La manera como habían rechazado el ataque de la noche les conducía casi a despreciar de antemano el ataque de la mañana. Aguardábanle sonriéndose, y creían en el triunfo tanto como en las causas que sustentaban.

Por otra parte, iba a llegarles evidentemente un socorro, y contaban con él. Arrastrados por esa facilidad de profecía victoriosa que es una de las fuerzas del francés en la lucha, dividían en tres fases seguras el día próximo a clarear: a las seis de la mañana, la unión de un regimiento «que estaba ganado»; a las doce la insurrección de todo París; a la puesta del sol, la Revolución.

Oíase la campana de San Merry, que no había cesado ni un solo minuto de tocar a rebato desde la víspera, lo cual probaba que la otra barricada, la grande, la de Juana, seguía resistiendo.

Todas estas esperanzas se comunicaban de uno a otro grupo en una especie de murmullo, a un tiempo alegre y formidable.

Enjolras apareció de nuevo. Volvía de su sombrío paseo de águila en la oscuridad exterior. Escuchó un instante la expresión de aquella alegría, con los brazos cruzados y la mano en la boca. Después, fresco y sonrosado en medio de la blancura matinal creciente, dijo:

—Todo el Ejército de París está sobre las armas. La tercera parte de ese Ejército pesa sobre la barricada que defendéis, y además la Guardia nacional. He distinguido los chacós del quinto de línea y las banderas de la sexta legión. Dentro de una hora seréis atacados. En cuanto al pueblo, ha mostrado ayer efervescencia; pero hoy ya no se mueve. No hay nada que esperar; ni un arrabal, ni un regimiento. Estáis abandonados.

Estas palabras cayeron sobre los bulliciosos grupos, causando el efecto de la primera gota de la tempestad que cae sobre un enjambre. Todos quedaron mudos. Hubo un momento de inexplicable silencio, en que se habría oído volar a la muerte. Ese momento fue corto.

Una voz, que salió del fondo de los grupos, gritó a Enjolras.

—Bien está. Elevemos la barricada a veinte pies de altura y muramos todos. Ciudadanos, hagamos la protesta de los cadáveres. Mostremos que si el pueblo abandona a los republicanos, los republicanos no abandonan al pueblo.

Aquella palabra expresaba, desprendiéndose de la penosa nube de ansiedades individuales, el pensamiento de todos, y así fue acogida con entusiastas aclamaciones.

Jamás se ha sabido el nombre de la persona que habló así; alguno de esos que visten blusa, ignorado, desconocido, olvidado; un héroe del momento; ese grande anónimo que se mezcla siempre en las crisis humanas y en las génesis sociales, y que, en un instante dado, pronuncia con tono sublime la palabra decisiva, desvaneciéndose en las tinieblas, después de representar por un minuto, a la claridad de un relámpago, al pueblo y a Dios.

Esta inexorable resolución era tan unánime entre los sublevados del 6 de junio de 1832, que casi a la misma hora, en la barricada de San Merry, se lanzaba este grito, conservado por la Historia, y del cual hace mención el proceso: «Désenos o no auxilio, ¡qué importa! Muramos aquí hasta el último.»

Después que el desconocido que decretó «la protesta de los cadáveres» hubo hablado y dado la fórmula del sentimiento común, brotó de todos los labios un grito de extraña satisfacción; grito terrible, fúnebre por el sentido y triunfal por el acento:

—¡Viva la muerte! Muramos aquí todos.

—¿Por qué todos? —dijo Enjolras.

—¡Todos! ¡Todos!

—La posición —dijo Enjolras— es buena; la barricada es excelente. Treinta hombres bastan. ¿Por qué sacrificar cuarenta?

—Porque ninguno querrá marcharse —replicaron todos.

—Ciudadanos —exclamó Enjolras con cierta vibración, casi de cólera, en la voz—, la República no es bastante rica en hombres para hacer gastos inútiles. La vanagloria es un despilfarro. Si el deber, respecto de algunos, es marcharse, hay que cumplirlo como otro deber cualquiera.

Enjolras, el hombre principio, tenía sobre sus correligionarios esa especie de omnipotencia que se desprende de lo absoluto; y con todo, empezaron a oírse murmullos.

Enjolras, jefe hasta la punta de los dedos, viendo que había quien murmuraba, insistió y repuso con elevado tono:

—Que los que teman no ser más que treinta lo digan.

Los murmullos se aumentaron.

—Además —observó una voz de entre el grupo—, marcharse es más difícil de lo que se piensa. La barricada está cerrada por todas partes.

—Menos por el lado de los mercados —dijo Enjolras—. La calle de Mondetour está libre, y siguiendo la de Predicadores se puede llegar al mercado de los Inocentes.

—Y allí —añadió otra voz del grupo— no habrá medio de escapar. Se tropezará con alguna patrulla de tropa de línea o de las afueras, que al ver a un hombre de blusa y gorra, preguntará: «¿De dónde vienes? De la barricada tal vez.» Y examinando las manos del fugitivo y notando que huelen a pólvora, le fusilarán.

Enjolras, sin responder, tocó a Combeferre en el hombro, y ambos entraron en la sala baja.

Al cabo de un momento salieron. Enjolras traía en sus dos manos los cuatro uniformes que había mandado reservar, y Combeferre le seguía con las correas y los chacós.

—Vistiendo este uniforme —dijo Enjolras—, es fácil mezclarse en las filas y huir. Hay para cuatro personas.

Y arrojó en el suelo desempedrado los cuatro uniformes.

Nadie se movió en aquel estoico auditorio. Combeferre tomó la palabra.

—«Vamos —dijo—, es preciso tener algo de lástima. ¿Sabéis de qué se trata aquí? Pues se trata de las pobres mujeres. Veamos. ¿Hay o no esposas, hijos, madres que mecen la cuna con sus pies y que tienen alrededor de sí montones de chicuelos? Aquel de entre vosotros que no ha sentido jamás el calor del seno materno, levante la mano. ¡Ah! ¿Queréis morir? También yo, yo que os hablo; pero no quiero ver junto a mí espectros de mujeres torciéndose los brazos en su desesperación. Morid si lo deseáis, pero no causéis la muerte. Los suicidios como el que va a verificarse aquí son sublimes; pero el suicidio debe reducirse a estrechos límites, y en cuanto se extienda a vuestros parientes toma el nombre de asesinato. Pensad en las cabecitas rubias, pensad en los cabellos blancos. Oíd. Enjolras acaba de decirme que ha visto hace poco, en la esquina de la calle del Cisne, una ventana de un quinto piso alumbrada, y, a través de los vidrios, la vacilante sombra de una cabeza de anciana, que tenía trazas de haber pasado la noche aguardando. Quizá sea la madre de alguno de vosotros. Pues bien, ése que se marche; que se dé prisa a ir en busca de su madre, y decirle: «¡Madre, aquí estoy!» Y que vaya tranquilo, pues no dejaremos por eso de cumplir nuestro deber. Cuando se sostiene a sus parientes con el trabajo de sus brazos no hay derecho a sacrificarse, porque equivale a desertar de la familia. Pero ¿y los que tienen hijos y hermanas? ¿Habéis pensado bien en ello?

»Desafiáis la muerte, morís; perfectamente. Pero ¿y mañana? Ahí quedan esas jóvenes sin pan... ¡Porvenir terrible! El hombre mendiga; la mujer vende. ¡Ah! Esos seres hermosos, tan llenos de gracia y dulzura, que se adornan la cabeza de flores, que bañan la casa de castidad, que cantan, que charlan, que son como un perfume vivo, que prueban la existencia de los ángeles en el cielo con la pureza de las vírgenes en la tierra; esa Juana, esa Luisa, esa Lola, adorables y honestas criaturas, vuestra bendición y vuestro orgullo... ¡van, Dios mío, a tener hambre! ¿Qué queréis que os diga? ¡Hay un mercado de carne humana, y para alejaros de él no bastarán vuestras manos de espectros, trémulas, a su alrededor! Pensad en la calle, pensad en el embaldosado cubierto de transeúntes; pensad en las tiendas, por delante de las cuales pasan y vuelven a pasar mujeres descotadas y sumidas en el fango. También esas mujeres han sido puras. Los que tenéis hermanas, ¡pensad en ellas! La miseria, la prostitución, los municipales, San Lázaro; tales son los abismos que se abren ante esas delicadas y bonitas jóvenes, frágiles maravillas de pudor, donaire y belleza, más frescas que las lilas del mes de mayo. ¡Ah! ¡Habéis muerto! ¡No estáis ya a su lado! Perfectamente; habéis querido librar al pueblo de los reyes, ¡y entregáis a la Policía vuestras hijas! ¡Amigos, tened, al menos, compasión! ¡Se piensa de ordinario tan poco en las mujeres, en las infelices mujeres! Se fía en que no han recibido la educación de los hombres; se les impide leer, pensar, ocupar en política... Pero ¿les impediréis que vayan esta tarde a la Morgue y que conozcan allí vuestros cadáveres? ¡Ea! Es preciso que los que tienen familia sean buenos muchachos, nos den un apretón de manos y se marchen dejándonos aquí solos con nuestra obra. Comprendo que se necesita valor para marcharse, es difícil; pero cuanta más dificultad, más mérito. Dícese: "Tengo un fusil, estoy en la barricada y me quedo." Son cosas que se dicen pronto; pero, amigos míos, hay un mañana, y ese mañana no amanecerá para vosotros y sí para vuestras familias. ¡Y cuántos padecimientos!

»¿Sabéis lo que es un lindo niño, sano, con mejillas de rosa, que picotea, y retoza, y ríe, y exhala dulce frescor al besarle, en cuanto se le abandona? He visto uno que apenas levantaba del suelo. Su padre había muerto, y unas pobres gentes le habían recogido por caridad. Pero es el caso que no tenían pan para sí, y el niño estaba siempre con hambre. Era en invierno. No lloraba. Veíasele arrimarse a la estufa, donde jamás había lumbre, y cuyo tubo, como sabéis, se pega con betún amarillo. El pobre niño arrancaba con sus deditos un poco de aquel betún y se lo comía. Tenía la respiración ronca, la cara lívida, las piernas flojas, el vientre abultado. No decía nada. Si le hablaban, no respondía. Ha muerto. Le llevaron a morir al hospicio de Necker, y estando yo allí de interno, le vi. Ahora, si hay entre vosotros padres, padres que consideran una dicha ir a pasear el domingo teniendo en su robusta mano la manita de su hijo, figúrense en aquel niño el suyo. ¡Cuitadillo! Me parece aún verle desnudo en la mesa de las disecciones anatómicas, con las costillas asomándole bajo la piel, como las fosas bajo la hierba de un cementerio. Se le encontró una cosa parecida a cieno en el estómago, y ceniza en los dientes. ¡Vamos! Probemos a consolar nuestra conciencia y nuestro corazón. La estadística demuestra que la mortalidad de los niños abandonados es del cincuenta y cinco por ciento. Lo repito: aquí se trata de las esposas, de las madres, de los hijos, de los chiquitines. ¿Se os habla, acaso, de vuestras personas? Harto se sabe lo que valéis; harto se sabe que sois todos unos valientes, ¡pardiez!; que os alegráis y envanecéis de dar la vida por la santa causa; que os sentís elegidos para morir útil y magníficamente, y que todos vosotros queréis participar del triunfo; enhorabuena. Pero no estáis solos en el mundo. Hay otras personas en quienes es preciso pensar, y no debemos ser egoístas.»

Todos bajaron la cabeza con un aire sombrío.

¡Extrañas contradicciones del corazón humano en los momentos más sublimes! Combeferre, que hablaba así, no era huérfano. Acordábase de las madres de los otros y olvidaba la suya. Iba a morir; era egoísta.

Mario, en ayunas, calenturiento, sucesivamente burlado en todas sus esperanzas, encallado en el dolor, el más sombrío de los náufragos, saturado de emociones violentas y sintiendo aproximarse el fin, estaba cada vez más sumido en ese visionario estupor que precede siempre a la hora fatal voluntariamente aceptada.

Un fisiólogo hubiera podido estudiar en él los síntomas crecientes de esa absorción febril, conocida y clasificada por la Ciencia, y que es, respecto del padecimiento, lo que la voluptuosidad respecto del placer. También la desesperación tiene su éxtasis, y ése era el éxtasis de Mario. Asistía a todo lo que allí pasaba como si lo contemplase desde fuera. Según hemos dicho antes, las cosas que sucedían a su vista se le figuraban lejanas; aunque distinguía el conjunto, no percibía los pormenores. Veía a los que iban y venían a través de un inmenso resplandor. Las voces llegaban a él como si saliesen del fondo de un abismo.

Esto, sin embargo, le conmovió. Había en aquella escena algo que penetró hasta él y le despertó. Su única idea era morir, y no quería distraerse de ella un solo instante; pero comprendió en su sonambulismo fúnebre que, por el mero hecho de perderse, no le estaba vedado salvar a alguno. Levantó la voz.

—Enjolras y Combeferre tienen razón —dijo—; nada de sacrificios inútiles. Opino como ellos, y hay que darse prisa. Lo que Combeferre os ha dicho no admite réplica. Entre vosotros se cuentan algunos que tienen familias, madres, hermanos, esposas, hijos. Salgan, pues, de las filas.

Nadie se movió.

—Salgan de las filas los hombres casados y los que son el sostén de sus familias —repitió Mario.

Su autoridad era grande, pues si bien se consideraba a Enjolras como jefe de la barricada, mirábase a Mario como su salvador.

—Lo mando —gritó Enjolras.

—Os lo ruego —dijo Mario.

Entonces, conmovidos por el discurso de Combeferre, por la orden de Enjolras y por la súplica de Mario, aquellos hombres heroicos empezaron a denunciarse.

—Cierto —decía un joven a un hombre ya formado—, tú eres padre de familia. Márchate.

—A ti es a quien toca irse —respondía aquel hombre—, pues mantienes a tus dos hermanas.

Empeñóse una lucha inaudita, no queriendo ninguno dejarse de poner a la puerta del sepulcro.

—Despachemos —dijo Combeferre—, dentro de un cuarto de hora ya no será tiempo.

—Ciudadanos —prosiguió Enjolras—: reina aquí la República, y con ella, el sufragio universal. Designad vosotros mismos las personas que hayan de marcharse.

Se obedeció esta orden. Al cabo de algunos minutos fueron designados cinco por unanimidad, y salieron de las filas.

—¡Son cinco! —exclamó Mario.

No había más que cuatro uniformes.

—¡Bueno! —dijeron los cinco—. Es preciso que se quede uno.

Y empezó de nuevo el generoso certamen, buscando cada cual razones para no marcharse y para convencer a los demás de que debían hacerlo.

—Tú tienes una esposa que te ama.

—Tú tienes a tu anciana madre.

—Tú no tienes padre ni madre. ¿Qué va a ser de tus tres hermanitos?

—Tú eres padre de cinco hijos.

—Tú tienes derecho a vivir, pues sólo cuentas diecisiete años. Morirás demasiado pronto.

Las grandes barricadas revolucionarias eran centros de heroísmo. Lo inverosímil parecía allí sencillo, y aquellos hombres no se admiraban unos de otros.

—Despachad —repitió Courfeyrac.

Desde los grupos gritaron a Mario:

—Designad vos el que deba quedarse.

—Sí —dijeron los cinco—, elegid y obedeceremos.

Mario no se creía capaz de emoción, y, sin embargo, a la idea de elegir un hombre para la muerte, toda su sangre refluyó hacia el corazón. Se hubiera puesto pálido si le hubiera sido posible aún palidecer.

Dirigióse a los cinco, que le aguardaban con la sonrisa en los labios, y cada cual, brillando en sus ojos esa gran llama que se ve en el fondo de la Historia, en las Termópilas, le gritaba:

—¡Yo! ¡Yo! ¡Yo!

Mario los contó como estúpido. No había remedio. ¡Eran cinco! Luego fijó la vista en los cuatro uniformes.

En aquel instante, el quinto uniforme cayó, como si lo arrojasen del cielo, sobre los otros cuatro.

El quinto hombre se había salvado.

Mario alzó los ojos y conoció al señor Fauchelevent.

Juan Valjean acababa de entrar en la barricada.

Sea en virtud de aviso recibido, sea por instinto, sea debido a la casualidad, llegaba por la callejuela de Mondetour, y, gracias a su uniforme de guardia nacional, nadie le había puesto obstáculo.

El centinela que los insurrectos apostaron en la calle de Mondetour no creyó deber dar la señal de alarma, tratándose de un guardia nacional solo. Dejóle internarse en la calle, diciendo para sí: «Probablemente es un refuerzo, y cuando turbio corra, un prisionero.»

El momento era demasiado grave para que el centinela pudiera distraerse de su deber y separarse de su puesto de observación.

Al entrar Juan Valjean en el reducto, nadie lo advirtió, pues todos los ojos estaban fijos en los cinco individuos elegidos y en los cuatro uniformes. Juan Valjean había visto y oído todo, y despojándose silenciosamente de su uniforme, lo arrojó, según queda relatado.

La emoción fue indescriptible.

—¿Quién es ese hombre? —preguntó Bossuet.

—Un hombre que salva a los demás —contestó Combeferre.

Mario añadió con voz grave:

—Le conozco.

No se necesitaba de más fianza.

Enjolras se volvió a Juan Valjean.

—Bien venido seáis, ciudadano.

Y añadió:

—Supongo que sabréis que vamos a morir.

Juan Valjean, sin responder, ayudó al insurrecto a quien acababa de salvar a vestirse el uniforme.

La situación de todos en aquella hora inexorable y en aquel sitio fatal tenía por resultante y por vértice la suprema melancolía de Enjolras.

Enjolras reunía en su persona la plenitud de la revolución, y, sin embargo, era tan incompleto como lo absoluto puede serlo.

Sin embargo, en la Sociedad de los Amigos del A B C, su espíritu había acabado por experimentar la influencia de las ideas de Combeferre.

Hacía algún tiempo que, saliendo poco a poco de la forma estrecha del dogma, cedía al empuje del progreso, llegando a aceptar, como evolución definitiva y magnífica, la transformación de la gran República francesa en inmensa República humana.

En cuanto a los medios inmediatos, dada una situación violenta, queríalos también violentos; en esta parte no había variado, y permanecía fiel a la escuela épica y formidable que se resume en este número: 93.

Enjolras estaba en pie en la escalera de adoquines, con un codo apoyado en el cañón de su carabina.

Meditaba y de cuando en cuando se estremecía, como si sintiese pasar un hálito misterioso...

En los parajes que visita la muerte suelen notarse estos efectos de los antiguos trípodes.

De sus pupilas, que reflejaban la mirada interior, salían como especie de llamas comprimidas.

De repente levantó la cabeza; sus cabellos rubios cayeron hacia atrás, como los del ángel sobre el carro sombrío de estrellas y semejantes a la melena de un león, erizada en forma de aureola resplandeciente.

Enjolras habló así:

—«Ciudadanos: ¿Os representáis el porvenir? Las calles de las ciudades inundadas de luz; ramas verdes en los umbrales; las naciones, hermanas; los hombres, justos; los ancianos, bendiciendo a los niños; lo pasado, amando a lo presente; los pensadores, en completa libertad; los creyentes, iguales entre sí; por religión, el cielo; por sacerdote, a Dios; la conciencia humana convertida en altar; extinguido el odio; la fraternidad del taller y de la escuela; por penalidad y por recompensa, la notoriedad; el trabajo, el derecho, la paz para todos; no más sangre vertida, no más guerras; ¡las madres, dichosas! El primer paso es sojuzgar la materia; el segundo, realizar el ideal. Reflexionad en lo que ha hecho ya el progreso. En otro tiempo, las primeras razas humanas veían con terror pasar ante sus ojos la hidra que soplaba sobre las aguas, el dragón que vomitaba fuego, el grifo, monstruo del aire, que volaba con las alas de un águila y las garras de un tigre; espantosas fieras colocadas por encima del hombre. Sin embargo, el hombre ha tendido sus redes, las redes sagradas de la inteligencia, y ha acabado por coger en ellas a los monstruos. Hemos domado la hidra y le hemos dado el nombre de vapor; hemos domado el dragón, llamándole locomotora; estamos a punto de domar el grifo, pues ya ha caído en nuestras manos, y hemos cambiado su nombre por el de globo. El día en que esta obra de Prometeo se concluya, unciendo el hombre definitivamente al carro de su voluntad la triple quimera antigua: la hidra, el dragón y el grifo, ese día será dueño del agua, del fuego y del aire, y vendrá a ser para el resto de la creación animada lo que para él eran en otro tiempo los dioses mitológicos. ¡Valor y adelante! ¿Adónde vamos, ciudadanos? A la ciencia convertida en gobierno; a la fuerza de las cosas erigida en única fuerza pública; la ley natural con su sanción y su penalidad en sí misma, y promulgada por la evidencia; a una alborada de verdad que corresponda al nacer del día. Caminamos a la unión de los pueblos; caminamos a la unidad del hombre.

»No más ficciones, no más parásitos. Lo real gobernado por lo verdadero; tal es el fin. La civilización celebrará sus juntas en medio de Europa, y luego en el centro de los continentes, en un gran Parlamento de la inteligencia. Hase visto ya algo parecido a esto. Los anfictiones tenían diez juntas al año: una en Delfos, mansión de los dioses; otra en las Termópilas, mansión de los héroes. Europa tendrá sus anfictiones, y el globo los tendrá también a su vez. Francia lleva dentro de sí este porvenir sublime. Es la gestación del siglo XIX. Lo que bosquejó Grecia merece ser terminado en Francia. Escúchame, Feuilly, valiente obrero, hombre del pueblo, hombre de los pueblos: ¡te venero! Sí, tú ves con claridad las futuras edades; sí, tienes razón. Carecías de padre y madre, Feuilly, y has adoptado por madre la Humanidad, y por padre el Derecho. Vas a morir aquí, esto es, a triunfar. ¡Ciudadanos! Suceda hoy lo que quiera, venzamos o seamos vencidos, vamos a hacer una revolución. Así como los incendios iluminan toda una ciudad, las revoluciones iluminan todo el género humano. ¿Y qué revolución haremos? Acabo de decirlo: la de la verdad. Desde el punto de vista político no hay más que un principio: la soberanía del hombre sobre sí mismo. Esta soberanía del yo sobre el yo se llama Libertad. Desde que dos o más de estas soberanías se asocian, empieza el Estado. Pero en esta asociación no hay abdicación. Cada soberanía concede cierta parte de sí misma para formar el derecho común; parte que es igual para todos. Esta identidad de concesiones hechas por los individuos en beneficio de todos se llama Igualdad. El derecho común no es más que la protección de todos irradiando sobre el derecho de cada individuo. Esta protección se llama Fraternidad. El punto de intersección de todas estas soberanías que se agregan es lo que recibe el nombre de Sociedad. Siendo esta intersección una unión, el punto en que se verifica es un nudo. De ahí lo que se denomina Vínculo social. Algunos dicen contrato social, y viene a ser lo mismo, por cuanto la palabra contrato se forma etimológicamente con la idea del vínculo. Entendámonos acerca de la igualdad, pues al paso que la libertad es la cima, la igualdad es la base. La igualdad, ciudadanos, no significa toda la vegetación a nivel; una sociedad de matas grandes y de encinas pequeñas, un conjunto de envidiosos hostilizándose. Civilmente, la igualdad significa el camino abierto a todas las aptitudes; políticamente, el mismo peso para todos los votos; religiosamente, el mismo derecho para todas las conciencias. La igualdad tiene su órgano, y este órgano es la instrucción gratuita y obligatoria.

»El derecho al alfabeto; por ahí se debe empezar. La escuela primaria impuesta a todos; la escuela secundaria ofrecida a todos; tal es la ley. De la escuela idéntica sale la sociedad igual. ¡Sí! ¡Enseñanza! ¡Luz! ¡Luz! De la luz emana todo, y todo vuelve a ella. ¡Ciudadanos!, el siglo XIX es grande, pero el siglo XX será dichoso. Entonces no habrá nada que se parezca a la antigua Historia; no habrá que temer, como hoy, una conquista, una invasión, una usurpación, una rivalidad de naciones a mano armada, una interrupción de civilización por un casamiento de reyes; no habrá que temer un nacimiento en las tiranías hereditarias, un reparto de pueblos acordado en Congresos, una desmembración por hundimiento de dinastías, un combate de dos religiones al encontrarse frente a frente; no habrá ya que temer al hambre, la explotación, la prostitución por miseria, la miseria por falta de trabajo, el cadalso, la cuchilla, las batallas y todos estos latrocinios del acaso en la selva de los acontecimientos. Casi pudiera decir que no habrá ya acontecimientos. Reinará la dicha. El género humano cumplirá su ley, como el globo terrestre cumple la suya; la armonía entre el alma y el astro se restablecerá; el alma gravitará en torno de la verdad, como el astro en torno de la luz. Amigos: la hora en que estamos y en que os hablo es una hora sombría; pero tales son las terribles condiciones de la conquista del porvenir. Una revolución es un peaje. ¡Oh! El género humano será libertado, sacado de su postración, consolado. Se lo afirmamos desde esta barricada. ¿De dónde saldrá el grito de amor sino de lo alto del sacrificio? ¡Oh, hermanos míos! Aquí está el vínculo de unión de los que piensan y de los que padecen; esta barricada no está hecha ni de adoquines, ni de vigas, ni de hierro viejo; está hecha de dos montones: uno, de ideas; otro, de dolores. La miseria encuentra en ella a lo ideal. El día se abraza con la noche y le dice: "Voy a morir contigo, y tú vas a renacer conmigo." Del estrecho abrazo de todas las aflicciones brota la fe. Los padecimientos traen aquí su agonía, y las ideas, su inmortalidad. Esta agonía y esta inmortalidad van a mezclarse y a componer nuestra muerte. Hermanos: el que muere aquí, muere en la irradiación del porvenir, y nosotros bajamos a una tumba iluminada por la aurora.»

Enjolras se detuvo; era más bien una interrupcion que el fin de un discurso. Sus labios seguían moviéndose en silencio, como si continuase hablando consigo mismo, y sus compañeros, atentos y ansiosos de recoger aquellas palabras, no apartaban de él la vista. No hubo aplausos, pero se habló en voz baja mucho tiempo.

La palabra es aire, y el estremecimiento de las inteligencias se parece al estremecimiento de las hojas.

* * *

Digamos lo que pasaba en el pensamiento de Mario.

Téngase presente el estado de su alma.

Como acabamos de indicar, para él todo se había reducido a visión. Sus ideas estaban confusas. Mario, repitámoslo, se hallaba bajo la sombra de las alas tenebrosas abiertas sobre los agonizantes. Sentía que había penetrado en el sepulcro y parecía que estaba al otro lado de la barrera, no viendo ya las caras de los vivos sino con los ojos de un muerto.

¿Cómo y por qué se encontraba allí el señor Fauchelevent? ¿Qué iba a hacer a la barricada? Mario no trató de averiguar nada de esto, pues siendo propio de nuestra desesperación extenderse a cuanto nos rodea, hallaba lógico que todos fuesen a morir a aquel sitio.

Pensó, no obstante, en Cosette con indecible angustia.

Por lo demás, el señor Fauchelevent no le habló, ni aun le miró, y hasta pareció no haber oído cuando Mario, levantando la voz, dijo: «Le conozco.»

Esta actitud del señor Fauchelevent aliviaba a Mario de un gran peso, y aun diríamos que le agradaba, si, tratándose de tales impresiones, pudiera emplearse esta palabra. Habíase sentido siempre incapaz de hablar a aquel hombre enigmático, que era para él a la vez equívoco e imponente. Además, hacía mucho tiempo que no le había visto, lo cual, unido a la índole tímida y reservada de Mario, aumentaba más todavía su retraimiento.

Los cinco hombres designados salieron de la barricada por la callejuela de Mondetour, perfectamente disfrazados de guardias nacionales. Uno de ellos se fue llorando. Todos, antes de partir, dieron un abrazo de despedida a los que se quedaban.

Cuando aquellos cinco hombres devueltos a la vida se marcharon, Enjolras pensó en el sentenciado a muerte y entró en la sala baja. Javert, atado al poste, parecía meditabundo.

—¿Quieres algo? —le preguntó Enjolras.

Javert contestó:

—¿Cuándo me matáis?

—Aguarda. En este momento necesitamos todos nuestros cartuchos.

—Entonces dadme de beber.

Enjolras le presentó un vaso de agua, y como Javert estaba atado, le ayudó a beber.

—¿Quieres algo más? —preguntó de nuevo Enjolras.

—Estoy mal en este poste —respondió Javert—. ¡Habéis tenido alma para dejarme pasar aquí la noche! Atadme como más os plazca; pero se me figura no habrá inconveniente en que se me tienda, como a ese otro, sobre una mesa.

Y con un movimiento de cabeza indicaba el cadáver del señor Mabeuf.

Se recordará que en el fondo de la sala había una mesa grande, donde se habían fundido balas y hecho cartuchos. Ahora bien: empleada toda la pólvora y hechos todos los cartuchos, aquella mesa estaba libre.

Por orden de Enjolras, cuatro insurrectos desataron a Javert del poste, teniendo otro mientras tanto una bayoneta apoyada en su pecho.

Le dejaron las manos atadas atrás, le sujetaron los pies con una cuerda delgada, pero fuerte, de modo que pudiera dar pasos de quince pulgadas, como se hace con los que van a subir al cadalso, y se le condujo hasta la mesa del fondo, tendiéndole allí y atándole perfectamente por la mitad del cuerpo.

Para mayor seguridad, mediante una cuerda fijada al cuello, se añadió al sistema de ligaduras que le ponía en la imposibilidad de evadirse esa especie de lazo, llamado en las cárceles gamarra, que, partiendo de la nuca, se bifurca en el estómago y llega a las manos después de haber pasado por las piernas.

Mientras amarraban a Javert, un hombre, en el umbral de la puerta, le contemplaba con singular atención. La sombra que formaba aquel hombre hizo volver la cabeza a Javert. Alzó los ojos y conoció a Juan Valjean. Sin el menor estremecimiento, los bajó de nuevo con altivez y se limitó a decir:

—Es natural.

El día adelantaba rápidamente, pero las ventanas y las puertas permanecían cerradas. Era la aurora, no el despertar. Las tropas, como hemos dicho, habían desocupado la extremidad de la calle de Chanvrerie, que a la sazón parecía libre y que brindaba al transeúnte con una tranquilidad siniestra. La calle de San Dionisio estaba muda, como el paseo de las esfinges en Tebas. Ni un solo ser viviente se veía en las encrucijadas, que blanqueaba un reflejo de sol. Nada hay tan lúgubre como esa claridad de las calles desiertas.

Aunque no se divisaba a nadie, en cambio se oía. Notábase a cierta distancia un movimiento misterioso. Era evidente que el instante crítico iba a llegar. Como la víspera por la noche, los centinelas se replegaban; pero esta vez no quedó ninguno.

La barricada estaba más fuerte que en el primer ataque, y desde la partida de los cinco se la había levantado más aún.

Enjolras, por aviso del centinela a quien tocó observar los mercados, temeroso de ser sorprendido por aquella parte, adoptó una resolución grave. Mandó hacer otra barricada en la bocacalle de la de Mondetour, que había permanecido libre hasta entonces. Para esto fue preciso desempedrar algunas varas más de la calle. De este modo, la barricada, tapiada en tres calles, la de la Chanvrerie, por delante; la del Cisne y la pequeña Truanderie, a la izquierda, y la de Mondetour, a la derecha, era casi inexpugnable, aunque, en verdad, constituía un fatal encierro. Tenía tres frentes, pero ninguna salida.

—Fortaleza y ratonera al mismo tiempo —dijo riéndose Courfeyrac.

Enjolras mandó hacinar junto a la puerta de la taberna unos treinta adoquines, que se habían «arrancado de más», decía Bossuet.

El silencio era tan profundo por el lado de donde debía venir el ataque, que Enjolras hizo que cada cual ocupase de nuevo su respectivo puesto.

Distribuyóse a todos una ración de aguardiente.

Nada hay más curioso que una barricada preparándose a recibir el asalto. Cada cual elige su sitio, como en el teatro. Se recuestan, apoyan los codos, se respaldan, y hasta algunos forman sillones con los adoquines. Si la esquina de una pared es incomoda, todos se alejan de ella; si sobresale un ángulo protector, a él se acogen. Los zurdos hacen buena obra, pues ocupan los sitios que molestan a los demás. Muchos se disponen a combatir sentados, queriendo estar cómodos para matar y para morir.

En la funesta guerra de junio de 1848, un insurrecto, que tenía una puntería terrible, y que hacía fuego desde una azotea, había dispuesto le llevasen un sillón a lo Voltaire, y en él murió de un casco de metralla.

En cuanto el jefe manda el zafarrancho de combate, todos los movimientos desordenados cesan. No más empellones, no más corrillos, no más apartes; todo lo que bulle en los ánimos converge y se cambia en ansiedad, esperando la embestida. Antes del peligro, una barricada es el caos; en el peligro es la disciplina. Del peligro nace el orden.

Desde que Enjolras tomó su carabina de dos cañones y se situó en una especie de almena que se había reservado, todos callaron. Oyóse un ruido de golpes secos resonar confusamente en toda la extensión de la barricada. Era que se montaban los fusiles.

Por lo demás, reinaba allí más grandeza de ánimo, más confianza que nunca. El exceso del sacrificio fortalece; no tenían ya esperanza, pero les quedaba la desesperación. La desesperación, última arma que a veces da la victoria. Virgilio lo ha dicho. Los recursos supremos emanan de las resoluciones extremas. Embarcarse en la muerte suele ser a veces el medio de evitar el naufragio, y la tapa del ataúd se convierte en este caso en tabla de salvación.

Como la víspera por la noche, la atención de todos se dirigía, y casi pudiera decirse que se apoyaba, a la extremidad de la calle, ahora clara y visible.

No aguardaron mucho tiempo. El movimiento empezó a oírse distintamente por el lado de San Leu, aunque no se parecía al del primer ataque. Esta vez, el crujido de las cadenas, el alarmante rumor de una masa, la trepidación del bronce al saltar sobre el empedrado, especie de ruido solemne, anunciaron que se aproximaba alguna siniestra armazón de hierro. Estremeciéronse las entrañas de aquellas antiguas y tranquilas calles, abiertas y construidas para la fecunda circulación de los intereses y de las ideas, y no para que rodasen por ellas con monstruoso estrépito los carros de guerra.

La fijeza con que las pupilas de todos los combatientes se clavaban en el extremo de la calle tomó una expresión feroz.

Apareció una pieza de artillería.

Los artilleros la conducían, colocada ya sobre las muñoneras y sin el avantrén. Dos de aquéllos iban junto al afuste, cuatro empujaban las ruedas y otros seguían con el arcón. Veíase humear la mecha.

—¡Fuego! —gritó Enjolras.

Toda la barricada hizo fuego, y la detonación fue espantosa. Una tempestad de humo envolvía y oscurecía la pieza de artillería y los hombres. Después de algunos instantes se disipó la nube, y el cañón y los hombres reaparecieron. Los artilleros acababan de colocarlo enfrente de la barricada, con lentitud, en toda regla, sin precipitación de ningún género. No había ni un herido. En seguida, el jefe, apoyándose en la culata para elevar el tiro, se puso a apuntar el cañón con la gravedad de un astrónomo que asesta el anteojo.

—¡Bravo por los artilleros! —gritó Bossuet.

Y toda la barricada aplaudió.

Un momento después, la pieza, perfectamente situada en medio de la calle, como si dijéramos, a caballo sobre el arroyo, estaba ya en batería. Abríase ante la barricada una formidable boca.

—¡Bien, bien! —dijo Courfeyrac—. Aquí viene lo gordo. Después del papirotazo, la puñada. El Ejército extiende su garra hacia nosotros. La barricada va a sentirse sacudir seriamente. Los fusiles no hacen más que tantear; el cañón coge.

—Es una pieza de a ocho, del método moderno, y de bronce —añadió Combeferre—. Esa clase de piezas, por poco que se exceda de la proporción de diez partes de estaño en ciento de cobre, están expuestas a reventar. El exceso de estaño las ablanda demasiado, y entonces se forman escarabajos en el oído. Para evitar esto y poder forzar la carga, tal vez convendría volver al procedimiento del siglo catorce y circuir exteriormente la pieza con un sistema de anillos de acero sin soldadura, desde la culata hasta los muñones. Entre tanto, se remedia ese defecto del mejor modo posible. Para conocer dónde están los escarabajos del oído de un cañón se hace uso de la sonda, si bien es preferible emplear la estrella móvil de Gribeauval.

—En el siglo dieciséis —observó Bossuet— se rayaban los cañones.

—Sí —contestó Combeferre—, eso aumenta la potencia balística, pero disminuye la precisión del tiro. En el tiro a corta distancia, la trayectoria no tiene la tensión debida, y exagerándose la parábola, el camino del proyectil no es bastante rectilíneo para poder herir los objetos intermedios, a pesar de ser una necesidad del combate, cuya importancia crece con la cercanía del enemigo y la precipitación de los disparos. Esta falta de tensión de la curva del proyectil en los cañones rayados del siglo dieciséis consistía en lo escaso de la carga y las cargas pequeñas; en las máquinas de que hablamos son una exigencia de las necesidades balísticas, tales, por ejemplo, como la conservación de los afustes. En suma: el cañón, ese déspota, no puede todo lo que quiere; la fuerza es una gran debilidad. Una bala de cañón no anda más que seiscientas leguas por hora; la luz recorre setenta mil en un minuto. Tanta es la superioridad de Jesucristo sobre Napoleón.

—Volved a cargar —dijo Enjolras.

¿Cómo iba a recibir el armazón de la barricada el embate de la artillería? ¿Abrirían brecha las balas? Ésta era la cuestión.

Mientras que los insurrectos cargaban de nuevo sus fusiles, los artilleros hacían lo propio con el cañón.

La ansiedad era profunda en el reducto.

Salió el tiro y sonó la detonación.

—¡Presente! —gritó una voz con alegría.

Y al mismo tiempo que la bala dio contra la barricada, viose a Gavroche lanzarse dentro.

Llegaba por el lado de la calle del Cisne, y había andado listo en saltar la barricada accesoria que estaba en frente del laberinto de la pequeña Truanderie.

Gavroche produjo en la barricada más efecto que la bala.

Habíase pérdido ésta en los escombros, logrando, a lo sumo, romper una rueda del ómnibus y acabar con la carreta vieja de Anceau.

Los de la barricada, al ver esto, se echaron a reír.

—Continuad —gritó Bossuet a los artilleros.

Todos cercaron a Gavroche.

Pero Mario, sin darle tiempo para contar nada, le llevó aparte y, estremeciéndose, le dijo:

—¿Qué vienes a hacer aquí?

—¡Toma! —le respondió el pilluelo—. ¿Y vos?

Y miró fijamente a Mario con su descaro épico.

Sus dos ojos se agrandaban por efecto de la arrogante lucidez que despedían las órbitas.

Mario prosiguió con severo acento:

—¿Quién te ha dicho que volvieras? Supongo que habrás entregado mi carta.

No dejaba de escocerle algo a Gavroche lo pasado con aquella carta, pues con la prisa de volver a la barricada, más bien que entregarla lo que hizo fue deshacerse de ella.

No podía menos de decir en sus adentros que la había confiado con sobrada ligereza a aquel desconocido, cuyo rostro no logró siquiera distinguir, a pesar de tener descubierta la cabeza.

En una palabra: reprendíase interiormente, y temía los cargos que Mario pudiera dirigirle.

Para salir del apuro, eligió el medio más sencillo, que fue el de mentir abominablemente.

—Ciudadano, entregué la carta al portero. La señora dormía, y se la darán en cuanto despierte.

Mario, al enviar aquella carta, se había propuesto dos cosas: despedirse de Cosette y salvar a Gavroche. Tuvo que contentarse con la mitad de lo que quería.

El envío de su carta y la presencia del señor Fauchelevent en la barricada ofrecían cierta correlación, que no dejó de presentarse a su espíritu, y dijo a Gavroche, mostrándole a aquél:

—¿Conoces a ese hombre?

—No —contestó Gavroche.

En efecto, según acabamos de recordar, no había visto a Juan Valjean sino de noche.

Las confusas y débiles conjeturas que habían comenzado a formarse en el espíritu de Mario se disiparon. ¿Acaso conocía él las opiniones del señor Fauchelevent? Muy bien podía ser republicano, y de ahí su presencia en el sitio del combate.

Gavroche estaba ya al otro extremo de la barricada, gritando:

—¡Mi fusil!

Courfeyrac mandó que se lo entregasen.

Gavroche advirtió a los «camaradas» (así los llamaba) que el bloqueo de la barricada era cosa hecha; que a él le había costado mucho trabajo llegar. Un batallón de línea, cuyos pabellones estaban en la pequeña Truanderie, tenía ocupada la salida de la calle del Cisne, y por el lado opuesto la Guardia municipal se había apostado en la calle de Predicadores. Enfrente estaba el grueso del ejército.

Cuando hubo dado estas noticias, añadió Gavroche:

—Os autorizo para que los zurréis de lo lindo.

Entre tanto, Enjolras, desde su almena, con el oído atento, espiaba.

Los sitiadores, poco contentos, sin duda, de su cañón, no le habían vuelto a hacer funcionar.

Una compañía de infantería de línea ocupó la extremidad de la calle, detrás de la pieza. Los soldados desempedraban la calzada, y construían allí, con los adoquines, una pared baja, especie de parapeto, que apenas excedía de dieciocho pulgadas de altura y daba frente a la barricada. En el ángulo izquierdo de este parapeto se veía la cabeza de un batallón de las afueras, formado en columna cerrada en la calle de San Dionisio.

Enjolras, desde su atalaya, creyó percibir ese ruido particular que se hace al sacar del arcón las cajas de metralla, y vio al jefe cambiar la puntería e inclinar ligeramente la boca del cañón a la izquierda. Después los artilleros se pusieron a cargar la pieza. El jefe mismo cogió el botafuego y lo acercó al oído.

—¡Bajad la cabeza! —gritó Enjolras—. ¡Todos de rodillas en la barricada!

Los insurrectos, esparcidos delante de la taberna, y que habían dejado su puesto de combate a la llegada de Gavroche, corrieron en pelotón a la barricada; pero aún no se había ejecutado la orden de Enjolras, cuando se oyó el tiro, con ese ronquido terrible de las descargas de metralla.

La carga había sido dirigida a la cortadura del reducto, rebotando contra la pared, y de este espantoso rebote resultaron dos muertos y tres heridos.

Continuando así, la barricada sería pronto destruida. La metralla abría ancha calle. Hubo un rumor de consternación.

—Impidamos, a lo menos, el segundo metrallazo —dijo Enjolras.

Y bajando la carabina, apuntó al jefe, que en aquel momento, inclinado sobre la culata del cañón, rectificaba y fijaba definitivamente la puntería.

El jefe era un guapo sargento de artillería, joven, rubio, de rostro apacible, con ese aire inteligente propio del arma predestinada y tremenda, que a fuerza de perfeccionarse en el horror debe concluir por matar la guerra.

Combeferre, de pie junto a Enjolras, consideraba a aquel joven.

—¡Qué lástima! —dijo—. ¡Qué horrible cosa son estas carnicerías! Por fin, cuando ya no haya reyes, no habrá guerras. Enjolras, tú apuntas a ese sargento, pero no le miras. Figúrate un hermoso joven. Que es intrépido, no cabe duda; se le ve que piensa. Son muy instruidos esos artilleros. Tendrá padre, madre, familia, amará probablemente, a lo sumo, veinticinco años; pudiera ser tu hermano.

—Lo es —dijo Enjolras.

—Sí —prosiguió Combeferre—, y también mío. No le matemos, pues.

—Déjame; lo que es preciso, es preciso.

Y una lágrima rodó lentamente por la mejilla de mármol de Enjolras.

Al mismo tiempo oprimió el gatillo de su carabina y salió el tiro. El artillero giró dos veces sobre sí mismo, tendidos los brazos y levantada la cabeza como para aspirar el aire; después cayó de costado sobre la pieza, sin volver a moverse. Salíale de la espalda un arroyo de sangre. La bala le había atravesado el pecho de parte a parte. Estaba muerto.

Fue menester llevarle de allí y poner a otro en su lugar, con lo que ganaban, en efecto, algunos minutos.

Cruzábanse los avisos en la barricada. La pieza de artillería iba a empezar de nuevo, y con aquella metralla todo habría concluido en un cuarto de hora. Era de absoluta necesidad amortiguar los tiros.

—Es preciso poner ahí un colchón —dijo Enjolras.

—No hay ninguno —respondió Combeferre—; los ocupan los heridos.

Juan Valjean, sentado aparte en un guardacantón, junto a la esquina de la taberna, con el fusil entre las piernas, no había tomado parte hasta entonces en nada de lo que pasaba. Parecía no oír a los combatientes decir, aludiendo a él: «Un fusil inútil.»

Al dar Enjolras la orden, Juan Valjean se levantó.

Recordará el lector que cuando llegó el tropel de gente a la calle de la Chanvrerie, una vieja, por miedo a las balas, había colgado de la ventana un colchón. Esta ventana pertenecía a una buhardilla y estaba sobre el techo de una casa de seis pisos, algo fuera de la barricada. El colchón, puesto a través y apoyado por debajo en dos varas de tender ropa, estaba sostenido por arriba en dos cuerdas, que parecían desde lejos dos hilos, atadas a clavos fijos en el dintel de la buhardilla. Veíanse destacarse distintamente las dos cuerdas como si fuesen dos cabellos.

—¿Hay quien me preste una carabina de dos cañones? —dijo Juan Valjean.

Enjolras, que acababa de cargar de nuevo la suya, se la entregó.

Juan Valjean apuntó a la buhardilla y tiró.

Una de las cuerdas estaba rota, y el colchón no pendía ya más que de un hilo.

Juan Valjean disparó el segundo tiro, y la segunda cuerda golpeó en los vidrios de la buhardilla. El colchón resbaló por entre las dos varas y cayó a la calle.

La barricada aplaudió.

Todos gritaron:

—¡Un colchón! ¡Un colchón!

—Sí —dijo Combeferre—; pero ¿quién irá a traerlo?

El colchón había caído, en efecto, por fuera de la barricada, entre los sitiados y los sitiadores, y como la muerte del sargento de artillería había exasperado a la tropa, los soldados, desde algunos momentos antes, se habían tendido boca abajo, detrás de la línea de adoquines levantada por ellos, y para suplir el forzoso silencio de la pieza, que callaba hasta reorganizar su servicio, habían roto el fuego contra la barricada. Los insurrectos no respondían a aquella descarga de fusiles, para ahorrar las municiones. La fusilería se estrellaba en la barricada, pero llenaba de balas la calle, que tenía un aspecto terrible.

Juan Valjean salió por la cortadura, entró en la calle, atravesó aquel huracán de balas, fue al colchón, lo cogió, se lo echó a cuestas y volvió a la barricada.

Él mismo puso el colchón en la cortadura, fijándolo contra la pared, de modo que no lo viesen los artilleros.

Ejecutado esto, se aguardó la descarga de metralla.

No se hizo esperar.

El cañón vomitó con un rugido su carga; pero no hubo rebote. La metralla se amortiguó en el colchón. Habíase logrado el efecto previsto, y la barricada se había salvado.

—Ciudadano —dijo Enjolras a Juan Valjean—, la República os da las gracias.

Bossuet admiraba y reía.

—¡Es inmoral —exclamó— que un colchón posea tan gran virtud! ¡Es el triunfo de la debilidad sobre la fuerza! ¡Pero, de todos modos, gloria al colchón, que anula los cascos de metralla!

En aquel momento se despertaba Cosette.

Su cuarto era estrecho, aseado, discreto, con una gran ventana a Oriente, que daba al patio interior de la casa.

Cosette no sabía nada de lo que pasaba en París. No estaba allí la víspera, y ya se había retirado a su cuarto cuando la tía Santos dijo:

—Parece que hay alboroto.

Durmió pocas horas, pero bien.

Tuvo dulces sueños, contribuyendo quizá algo a esto la extremada blandura de su cama.

Habíasele aparecido Mario inundado de claridad, y como al despertar le daba el sol en los ojos, se le figuró que seguía soñando.

Su primer pensamiento cuando salió de aquel ensueño fue de alegría.

Cosette se sintió tranquila.

Experimentaba, como Juan Valjean algunas horas antes, esa reacción del alma que no quiere, bajo concepto alguno, la desgracia, y se puso con todas sus fuerzas a esperar, sin saber por qué.

De improviso le asaltó una angustia indecible.

¡Hacía tres días que había visto a Mario! Pero reflexionó que debía haber recibido su carta, que sabía dónde estaba y que, hallándose dotado de tanto talento, encontraría medio de acercarse hasta ella, y muy pronto sin duda, quizá aquella misma mañana.

Había que levantarse, no obstante, para recibir a Mario.

Sentía que le era imposible vivir sin Mario, y parecíale suficiente razón ésta para que viniese.

No había nada que objetar.

El argumento era concluyente.

¡Pues no llevaba ya tres días de padecer! ¡Tres días sin ver a Mario! ¡Atrocidad inaudita!

Dios había querido probarla; pero la prueba había terminado, y Mario iba a llegar, portador de buenas noticias.

Tal es la juventud; se enjuga pronto los ojos, y considerando inútil el dolor, no lo acepta.

La juventud es la sonrisa del porvenir ante un desconocido, ante sí mismo.

Nada para ella más natural que ser dichosa: parece que su respiración está formada de esperanza.

Por lo demás, Cosette no podía recordar lo que Mario le había dicho a propósito de aquella ausencia, que sólo debía durar un día, ni cómo se la había explicado.

Todos habrán advertido la habilidad de una moneda que cae al suelo para ocultarse y atormentar al que la busca.

Hay pensamientos que se divierten de igual modo a nuestra costa, escondiéndose en una celdilla del cerebro.

En vano corremos tras él; la memoria no consigue apoderarse del fugitivo.

Cosette no dejaba de sentir cierto despecho al notar que el recuerdo era el rebelde, pues juzgaba criminal en ella el olvido de las palabras que Mario había pronunciado.

En cuanto dejó el lecho, se apresuró a cumplir con las dos atenciones del alma y del cuerpo: la oración y el tocador.

Puédese, en un caso, introducir al lector en la alcoba nupcial, pero no en el dormitorio de una virgen.

Apenas lo osaría el verso, y no debe de intentarlo siquiera la prosa.

Es el interior de una flor aún cerrada, es una blancura en la sombra, es la célula íntima de un no abierto lirio, que no debe mirar el hombre mientras no lo haya mirado el sol.

La mujer todavía capullo es sagrada.

El lecho inocente que se descubre, la adorable semidesnudez que tiene miedo de sí misma, el blanco pie que se refugia en una chinela, la garganta que se ve delante de un espejo, como si el espejo tuviera ojos; la camisa que se apresura a subir y ocultar los hombros al menor ruido de un mueble que cruje o de un carruaje que pasa, las cintas atadas, los corchetes abrochados, los cordones atados, el estremecimiento de frío y de pudor, la especie de susto que denotan todos los movimientos, la inquietud casi aislada donde nada hay que temer, las fases sucesivas del vestido, tan bellas como las nubes de la aurora; todas estas cosas no conviene describirlas, y es ya demasiado indicarlas.

La mirada del hombre debe demostrarse aún más religiosa ante una joven que sale del lecho que ante una estrella que aparece en el horizonte. La posibilidad de alcanzar debe convertirse en aumento de respeto.

La pelusa del melocotón, el polvillo de la ciruela, el radiante cristal de la nieve, el ala de la mariposa polvoreada de plumas, son objetos groseros si se comparan con esa castidad que ni sabe que es casta.

La joven es un bosquejo de sueño y no es todavía una estatua. Ocúltase su alcoba en la parte sombría del ideal. El indiscreto tacto de la mirada materializa esa vaga penumbra. Contemplar, en este caso, es profanar.

No mostraremos, pues, ninguno de esos suaves cuidados femeniles que acompañaron el despertar de Cosette.

Un cuento oriental dice que Dios había hecho blanca la rosa; pero que habiéndola mirado Adán en el momento de entreabrirse, tuvo vergüenza y se puso rosada.

Nosotros somos de los que nos sentimos sobrecogidos delante de las jóvenes y de las flores, por juzgarlas dignas de veneración.

Cosette se vistió muy pronto y se peinó, pues entonces las mujeres no se ahuecaban el pelo con almohadillas ni se ponían miriñaques en la cabeza. Después abrió la ventana y miró alrededor, esperando descubrir algún trozo de calle, una esquina de casa o empedrado, y divisar en ella a Mario.

Pero no se veía nada de lo que pasaba afuera, por hallarse el patio interior rodeado de pared y sin más salida que a unos jardines.

Cosette declaró que aquellos jardines eran horrorosos, y por la primera vez en su vida le parecieron feas las flores.

Mucho más le habría gustado ver el menor pedazo de calle, y así tomó el partido de dirigir al cielo los ojos, como si se creyese que Mario podía también venir de allí.

De repente empezó a llorar, y no era efecto de la movilidad de su alma, sino consecuencia de las esperanzas agotadas, resultado de su situación. Sintió confusamente uno no sé qué horrible, de esas visiones que lleva el aire dentro de sí, y dijo en su interior que no estaba segura de nada; que perderse de vista era de todos modos perderse, y la idea de que Mario pudiera venir hacia ella del cielo se le presentó, no ya en colores agradables, sino lúgubres.

Después, ¡nubecillas pasajeras!, recobró la calma y la esperanza, luciendo de nuevo en su rostro esa sonrisa candorosa, pero que confía en Dios.

Todos dormían aún en la casa. Reinaba un silencio de provincia y no se había abierto ningún postigo. La portería estaba cerrada.

La tía Santos no se había levantado, y Cosette supuso, naturalmente, que sucedería lo propio a su padre. Preciso era todo lo que había padecido y lo que entonces padecía para calificar en su interior a éste de malo por haberla llevado allí; pero contaba con Mario, pues el eclipse de esta luz era imposible de todo punto.

Percibía de cuando en cuando, a cierta distancia, como sacudimientos sordos, y decía:

—Es raro que abran y cierren las puertas-cocheras tan temprano.

Eran los disparos del cañón contra la barricada.

Había, a unos pocos pies más abajo de la ventana de Cosette, en la antigua cornisa negra de la pared, un nido de golondrinas, algo saliente, de suerte que se podía desde arriba ver el interior de aquel pequeño paraíso.

La madre a la sazón cubría con sus alas, en forma de abanico, a sus hijuelos, y el padre revoloteaba, iba y volvía, trayendo en el pico comida y besos. El naciente día doraba aquel dichoso nido; la gran ley «Multiplicaos» se veía allí sonriente y augusta, bañando la gloria de la mañana el dulce misterio. Cosette, con los cabellos inundados de sol y el alma llena de quimeras, iluminada dentro por el amor y fuera por la aurora, se inclinó como maquinalmente, y casi sin atreverse a confesar que pensaba al mismo tiempo en Mario se puso a mirar aquellas aves, aquella familia, aquel macho y aquella hembra, aquella madre y aquellos hijos, con esa profunda inquietud que los nidos causan en las vírgenes.

El fuego de la tropa continuaba, alternando la fusilería y la metralla, sin gran daño, a la verdad. Sólo padecía la parte alta de la fachada de Corinto; poco a poco iba perdiendo su forma la ventana del primer piso y las buhardillas del tejado, acribillados de cascos de metralla y de balas.

Los combatientes apostados allí tuvieron que marcharse.

Por lo demás, ésta es la táctica que se observa en el ataque de las barricadas: se tira por mucho tiempo, a fin de agotar las municiones de los insurrectos, si cometen la falta de contestar a los disparos.

Cuando se conoce, por la disminución de éstos, que no tienen ya balas ni pólvora, se da el asalto. Enjolras no había caído en el lazo, y la barricada no contestaba.

A cada descarga, Gavroche se ahuecaba el carrillo con la lengua en señal de gran desdén.

—Bueno —decía—; rasgad el lienzo, pues necesitamos hilas.

Courfeyrac interpelaba a la metralla por el poco efecto que producían sus cascos y decía al cañón:

—Te vuelves difuso, pobre hombre.

En la batalla hay misterios como en el baile de máscaras.

Probablemente el silencio del reducto empezaba a causar inquietud a los sitiadores, y el temor de algún incidente imprevisto excitó en ellos el deseo de ver claro

654

a través de aquel montón de adoquines y de saber lo que pasaba detrás de aquella pared impasible, que recibía los tiros sin dignarse contestar.

De repente, los insurrectos divisaron un casco que reflejaba los rayos del sol en el tejado de una casa vecina.

Era un bombero que, apoyado en una chimenea, parecía estar allí de centinela, dominando con su vista toda la barricada.

—Es un testigo incómodo —dijo Enjolras.

Juan Valjean había devuelto la carabina a Enjolras, pero tenía su fusil.

Sin decir palabra, apuntó al bombero, y un segundo después, el casco, herido por la bala, cayó con estrépito a la calle.

El bombero, asustado, se alejó más que de prisa.

Sucedióle otro observador.

Era oficial.

Juan Valjean, que había vuelto a cargar el fusil, apuntó al recién llegado, y el casco del oficial fue a reunirse al del soldado.

El oficial no insistió más, desapareciendo con igual presteza que el bombero.

Esta vez se comprendió la advertencia, y nadie reemplazó a aquellos dos.

Se había renunciado a espiar la barricada.

—¿Por qué no habéis matado a esos hombres? —preguntó Bossuet a Juan Valjean.

Juan Valjean no respondió.

Bossuet dijo por lo bajo a Combeferre:

—No ha contestado a mi pregunta.

—Es un hombre que hace el bien a tiros —observó Combeferre.

Los que conservan algún recuerdo de esta época, ya lejana, saben que la Guardia nacional de las afueras combatió con valor contra las insurrecciones. Mostróse particularmente encarnizada e intrépida en las jornadas de junio de 1832.

Los buenos taberneros de París y de los alrededores, cuyos «establecimientos» dejaba el motín sin parroquia, se ponían furiosos ante el espectáculo de su sala de baile desierta, sacrificándose en aras del orden, representado por el figón.

En aquel tiempo, vulgar y heroico a la vez, ante las ideas que tenían sus caballeros, se elevaban los intereses con sus paladines. El prosaísmo del móvil no quitaba nada a la bravura del movimiento. Los banqueros, viendo disminuir su montón de escudos, entonaban «La Marsellesa». Vertíase líricamente la sangre en favor del mostrador, defendiendo con entusiasmo lacedemónico la tienda, ese inmenso diminutivo de la patria.

En el fondo, justo es decirlo, todo era grave allí. Los elementos sociales entraban en la lucha mientras llegaba para ellos el día de entrar en equilibrio.

Otra de las cosas que caracterizaban aquella época era la anarquía mezclada con el gubernamentalismo (nombre bárbaro del partido correcto). Defendíase el orden con indisciplina. El tambor tocaba a llamada de repente, por orden y antojo de tal o cual coronel de la Guardia nacional; el capitán Fulano marchaba al combate con inspiración; el guardia nacional Zutano salía al campo en favor de «su idea» y peleaba por su cuenta. En los momentos de crisis, en las «jornadas», se seguía menos el consejo de los jefes que el de los instintos. Había en el ejército del orden verdaderos guerrilleros: los unos, de espada, como Fannicot; los otros, de pluma, como Enrique Fonfréde.

La civilización, presentada desgraciadamente en aquella época más bien por un agregado de intereses que por un grupo de principios, estaba o se creía en peligro, y lanzaba el grito de alarma. Todos, constituyéndose en centro, la defendían, la prestaban auxilio y protección, y el primero que llegaba se imponía la obligación de salvar la sociedad.

A veces el celo iba hasta el exterminio. Un piquete de la Guardia nacional se constituía, por autoridad privada, en consejo de guerra, y juzgaba y ejecutaba en cinco minutos a los insurrectos que caían prisioneros. Un tribunal improvisado de esta clase juzgó y condenó a Juan Prouvaire. Feroz ley de Lynch, que ningún partido tiene derecho a echar en cara a los demás, pues así se aplica por la República en América como por la monarquía en Europa. Complicábase esta ley de Lynch con las equivocaciones a que daba margen. Cierto día de motín, un joven poeta, llamado Pablo Amaud Garnier, fue perseguido en la plaza Real por un soldado con la bayoneta calada, y no pudo evitar la muerte sino refugiándose en la puerta-cochera del número 6. Oíase gritar: «¡A ése, que es sansimoniano!», y querían matarle. Ahora bien: la causa de todo aquello era que llevaba bajo el brazo un tomo de las Memorias del duque de San Simón; un guardia nacional había leído en el dorso del libro «San Simón», y bastó para que gritase: «¡Matadle!»

El 6 de junio de 1832, una compañía de guardias nacionales de las afueras, que mandaba el capitán Fannicot, antes mencionado, se hizo diezmar por puro capricho en la calle de la Chanvrerie. El hecho, aunque raro, consta de la sumaria formada a consecuencia de aquella insurrección.

El capitán Fannicot, ciudadano impaciente y osado, especie de guerrillero del orden, de esos que acabamos de caracterizar, fanático e indómito partidario del Gobierno, no pudo resistir al gusto de hacer fuego antes de la hora fijada y a la ambición de tomar la barricada él solo, esto es, con su compañía.

Exasperado por la aparición sucesiva de la bandera roja y de la levita vieja de Mabeuf, que tomó por la bandera negra, criticaba en voz alta a los generales y a los jefes de los cuerpos, quienes, reunidos en consejo, no creían llegado aún el momento del asalto decisivo, y dejaban, según la célebre frase de uno de ellos, «guisarse la insurrección en su propia salsa». En cuanto a él, parecíale la barricada ya en sazón, y como es natural que lo que está en sazón caiga, quiso probar.

Mandaba a hombres tan resueltos como él; a «furiosos», según el dicho de un testigo. Su compañía, la misma que había fusilado al poeta Juan Prouvaire, era la primera del batallón situado en la esquina de la calle.

Cuando menos se esperaba, el capitán lanzó su gente contra la barricada. Este movimiento, ejecutado con mejor deseo que estrategia, costó caro a la compañía de Fannicot. Antes que llegase a los dos tercios de la calle, una descarga general de la barricada la recibió, y cuatro de los más audaces, que corrían a la cabeza, fueron muertos a boca de jarro al pie mismo del reducto. Entonces aquel pelotón de guardias nacionales, valientes, pero sin la tenacidad militar, hubo de replegarse, después de alguna vacilación, dejando tras sí quince cadáveres.

Aquel instante de vacilación dio a los insurrectos tiempo para volver a cargar las armas, y otra descarga, muy mortífera, alcanzó a la compañía antes de que pudiera doblar la esquina de la calle que era su abrigo. Un momento se vio cogida entre dos metrallas y recibió el fuego del cañón, que no teniendo orden en contrario seguía con sus disparos. El intrépido e imprudente Fannicot fue una de las víctimas de esta metralla. Matóle el cañón, esto es, el orden.

Aquel ataque, más furioso que formal, irritó a Enjolras.

—¡Imbéciles! —dijo—. Envían su gente a morir y nos hacen gastar las municiones para nada.

Enjolras hablaba como verdadero general de motín. La insurrección que se agota pronto no tiene sino un número limitado de tiros y de combatientes. Imposible es reemplazar una cartuchera que se vacía o un hombre que sucumbe. La represión, como cuenta con el Ejército, no se cuida de los hombres, y como tiene el parque de Vicennes, poco le importa desperdiciar pólvora ni balas. La represión dispone de tantos regimientos como defensores hay en la barricada, y de tantos arsenales como cartucheras poseen los insurrectos.

Son, pues, luchas de uno contra ciento, que terminan siempre por destruir la barricada; a menos que la Revolución, surgiendo bruscamente, no venga a arrojar en la balanza su flamígera espada de arcángel.

Esto, a veces, sucede, y entonces el levantamiento es general; los empedrados entran en efervescencia, pululan los reductos populares, París se estremece soberanamente, despréndese el «quid divinum», hay en el aire un 10 de agosto, un 29 de julio, aparece una prodigiosa luz, la boca abierta de la fuerza retrocede, y el Ejército, ese león, ve entre sí, de pie y tranquilo, ese profeta: Francia.

En el caos de sentimientos y pasiones que defienden una barricada se encuentra de todo: bravura, juventud, pundonor, entusiasmo ideal, convicción, encarnizamiento de jugador y, más que nada, intermitencias de esperanzas.

Una de esas intermitencias, uno de esos vagos estremecimientos de esperanza, se experimentó de improviso y cuando menos se creía en la barricada de la Chanvrerie.

—Escuchad —exclamó de repente Enjolras desde su atalaya—; figúraseme que París se despierta.

Es sabido que en la mañana del 6 de junio la insurrección tuvo, por una o dos horas, cierta recrudescencia. La obstinación de la campana de San Merry reanimó algunas ilusiones. En las calles de Poirier y de Gravilliers se empezaron a levantar barricadas. Delante de la puerta de San Martín, un joven, armado con una carabina, atacó solo a un escuadrón de caballería. Al descubierto, en medio del bulevar, puso una rodilla en tierra, apuntó, tiró, mató al que mandaba el escuadrón, y se volvió diciendo: «Otro más que no nos hará ya daño.» Fue acuchillado.

En la calle de San Dionisio, una mujer, situada detrás de una celosía corrida, hacía fuego contra la Guardia municipal; a cada tiro se veía temblar las hojas de la celosía. Un chico de catorce años, que llevaba los bolsillos llenos de cartuchos, fue hecho preso en la calle de la Cossonerie. Varios cuerpos de guardia fueron atacados. A la entrada de la calle Bertin-Poirée, un fuego de fusilería muy vivo y de todo punto imprevisto acogió a un regimiento de coraceros, a cuya cabeza marchaba el general Cavaignac de Baragne. En la calle Planche-Mibray se arrojaron de los últimos pisos, sobre la tropa, tiestos de loza vieja y utensilios de cocina, lo cual era mala señal, tanto que, al noticiarse este hecho al mariscal Soult, el veterano de Napoleón, se puso pensativo, acordándose de la frase de Suchet en Zaragoza: «Estamos perdidos cuando las viejas nos vierten sus vasos de noche sobre la cabeza.»

Estos síntomas generales que se manifiestan en el momento de creerse localizado el motín, esta fiebre de cólera que volvía a tomar fuerza, estas chispas que volaban acá y allá por encima de las masas profundas de combustible llamadas los arrabales de París, todo este conjunto alarmó a los jefes militares, que se dieron prisa a apagar aquellos principios de incendio. Aplazóse, para después que estas chispas se extinguieran, el ataque de las barricadas de Maubée, Chanvrerie y San Merry, a fin de tener que habérselas con ellas solas y de concluir de una vez con todo. Lanzáronse columnas a las calles donde había fermentación, barriendo las grandes, registrando las pequeñas a derecha e izquierda, ya con precaución y lentitud, ya al paso de carga.

La tropa derribaba las puertas de las casas desde donde se había hecho fuego y, al mismo tiempo, piquetes de caballería dispersaban los grupos de los bulevares. No se verificó esta represión sin ruido, sin ese estrépito tumultuoso, propio de los choques del Ejército y el pueblo. Esto era lo que percibía Enjolras en los intervalos de la fusilería y la metralla. Había visto, además, pasar por la esquina de la calle heridos en parihuelas, y dijo a Courfeyrac:

—Esos heridos no son de aquí.

La esperanza duró poco; aquella claridad no tardó en eclipsarse. En menos de media hora lo que había en el aire se desvaneció; fue a modo de un relámpago sin rayo, y los insurrectos sintieron volver a caer sobre ellos esa especie de chapa de plomo que la indiferencia del pueblo arroja sobre los que se obstinan en resistir, ya abandonados.

657

Había abortado el movimiento general, que pareció bosquejarse vagamente, y así la atención del ministro de la Guerra y de la estrategia de los generales podían concentrarse ya en las tres o cuatro barricadas que aún se sostenían.

El sol subía en el horizonte.

Un insurrecto interpeló a Enjolras:

—Tenemos hambre. ¿De veras vamos a morir aquí sin comer?

Enjolras, siempre apoyado en su almena y sin apartar los ojos del extremo de la calle, hizo con la cabeza una señal afirmativa.

Courfeyrac, sentado en su adoquín junto a Enjolras, continuaba insultando al cañón, y cada vez que pasaba con su monstruoso ruido esa sombría nube de proyectiles que se denominaba la metralla, lanzábale una bocanada de sarcasmos.

—Echa los bofes, infeliz animal; me das lástima, te desgañitas en vano. Eso no es trueno, sino tos.

Y todos reían a su alrededor.

Courfeyrac y Bossuet, cuyo buen humor se aumentaba con el peligro, sustituían, como la señora Scarron, el chiste al alimento, y a falta de vino escanciaban a todos alegría.

—Admiro a Enjolras —decía Bossuet—. Su impasible temeridad me maravilla. Vive solo, y por lo mismo quizá es algo triste. Enjolras se queja de su grandeza, que le obliga a permanecer viudo. Todos nosotros tenemos, más o menos, queridas que nos vuelven locos, esto es, valientes. Cuando se está enamorado como un tigre, no es extraño que se pelee como un león. Así nos vengamos de las malas pasadas que nos juegan las señoras grisetas. Roldán se hace matar por dar un disgusto a Angélica. Todos nuestros actos heroicos provienen de nuestras mujeres. Un hombre sin mujer es una pistola sin piedra, la mujer es la que hace disparar al hombre. Pues bien; Enjolras no tiene mujer, no está enamorado, y, sin embargo, halla medio de ser intrépido. Es cosa inaudita poder ser frío como la nieve y atrevido como el fuego.

Enjolras no parecía escuchar, pero cualquiera que hubiese estado junto a él, le habría oído pronunciar a media voz esta palabra: «Patricia.»

No había cesado aún de reírse Bossuet, cuando Courfeyrac gritó:

—¡Novedad!

Y con la voz de un portero en el acto de anunciar, añadió:

—Me llamo Pieza de a Ocho.

En efecto; un nuevo personaje acababa de salir a la escena. Era otro cañón.

Los artilleros, maniobrando con rapidez, colocaron en batería la segunda pieza al lado de la primera.

Algunos instantes después, las dos piezas, perfectamente servidas, tiraban de frente contra el reducto, y las descargas cerradas del batallón de línea y del de las afueras sostenían la artillería.

Oíanse también cañonazos a cierta distancia, y era que, al mismo tiempo que estas dos piezas se encontraban en la barricada de la calle de la Chanvrerie, otras dos bocas de fuego, una en la calle de San Dionisio y otra en la de Aubry-le-Boucher, acribillaban el reducto de San Merry. Los cuatro cañones hacían eco lúgubremente. Los perros sombríos de la guerra se respondían mutuamente con sus ladridos.

De las dos piezas asentadas ahora contra la barricada de la calle de la Chanvrerie, una tiraba con metralla y otra con bala.

Esta última tenía la puntería un poco más alta, y el tiro estaba calculado de manera que la bala hiriese en la extremidad de la arista superior de la barricada, la derribase y arrojase pedazos de adoquines sobre los insurrectos como si fuesen cascos de metralla.

Esta dirección del tiro tenía por objeto alejar a los combatientes de la cima del reducto, obligándolos a agruparse en el interior; es decir, que esto anunciaba el asalto.

Una vez ahuyentados los combatientes de lo alto de la barricada por las balas y de las ventanas de la taberna por la metralla, las columnas de ataque podrán adelantarse por la calle sin que les apuntaran y quizá hasta sin ser vistas, escalar repentinamente el reducto, como la noche anterior, y tal vez tomarlo por sorpresa.

—Es absolutamente preciso disminuir el daño que nos hacen esas piezas —dijo Enjolras.

Y gritó:

—¡Fuego contra los artilleros!

Todos estaban prontos. La barricada, que por tanto tiempo se había mantenido silenciosa, hizo fuego desesperadamente, sucediéndose siete u ocho descargas con una especie de rabia mezclada de alegría; la calle se llenó de humo espesísimo, y al cabo de algunos minutos, por entre aquella bruma rayada de llamaradas se pudo distinguir confusamente a las dos terceras partes de los artilleros tendidos bajo las ruedas de los cañones. Los que quedaban en pie continuaban en el servicio de las piezas con severa tranquilidad; pero el fuego se había amortiguado.

—Vamos bien —dijo Bossuet a Enjolras—. ¡Victoria!

Enjolras, meneando la cabeza contestó:

—Con un cuarto de hora más que dure esta victoria, no se encontrarán arriba de diez cartuchos en la barricada.

Parece que Gavroche oyó esto último.

De improviso, Courfeyrac vio un bulto en la barricada, fuera de la calle, bajo las balas.

Gavroche había tomado de la taberna una cesta de esas que sirven para poner botellas, y saliendo por la cortadura se ocupaba tranquilamente en vaciar en su cesta las cartucheras de los guardias nacionales muertos en el declive del reducto.

—¿Qué haces ahí? —dijo Courfeyrac.

Gavroche levantó la cabeza.

—Ciudadano, lleno mi cesta.

—¿No ves la metralla?

Gavroche respondió:

—Es igual; está lloviendo. ¿Qué más?

Gritóle Courfeyrac:

—¡Entra!

—Al instante.

Y de un salto se internó en la calle.

Recordará el lector que la compañía de Fannicot, al retirarse, había dejado detrás de sí un rastro de cadáveres.

Como unos veinte de éstos yacían acá y allá en toda la longitud de la calle, sobre el empedrado; eran veinte cartucheras para Gavroche y una provisión de cartuchos para la barricada.

El humo formaba en la calle como una niebla. Cualquiera que haya visto una nube en una garganta de montañas entre dos alturas perpendiculares puede figurarse aquel humo encerrado y como condensado por dos sombrías líneas de altas casas. Subía lentamente y se renovaba sin cesar, resultando así una oscuridad gradual que empañaba la luz del sol en mediodía. Los combatientes se distinguían apenas de un extremo a otro de la calle, no obstante lo corta que ésta era.

Aquella oscuridad, probablemente prevista y calculada por los jefes que debían dirigir el asalto de la barricada, fue útil a Gavroche.

Bajo los pliegues de aquel velo de humo, y gracias a su pequeñez, pudo avanzar por la calle sin que le viesen y desocupar las siete u ocho primeras cartucheras sin gran peligro.

Arrastrábase boca abajo, andaba a gatas, cogía la cesta con los dientes, se retorcía, se deslizaba, ondulaba, serpenteaba de un cadáver a otro y vaciaba la cartuchera como un mono abre una nuez.

Desde la barricada, a pesar de estar aún bastante cerca, no se atrevían a gritarle que volviese por miedo de llamar la atención hacia él.

En el bolsillo del cadáver de un cabo encontró un frasco de pólvora.

—Para la sed —dijo guardándoselo.

A fuerza de seguir avanzando, llegó a donde la niebla de la fusilería se volvía transparente, tanto que los tiradores de la tropa de línea, apostados detrás de su parapeto de adoquines, y los del batallón de las afueras en el ángulo de la calle, notaron que se movía algo entre el humo.

En el momento en que Gavroche vaciaba la cartuchera de un sargento que yacía cerca de un guardacantón, una bala hirió al cadáver.

—¡Diablo! —dijo Gavroche—. Me matan a mis muertos.

Otra bala arrancó chispas del empedrado junto a él. La tercera volcó el cesto. Gavroche miró, y vio que el fuego procedía de los guardias nacionales de las afueras.

Púsose en pie, con los cabellos esparcidos al viento, las manos en jarra, la vista fija en los guardias nacionales, y cantó:

> *Si uno es feo en Nanterre,*
> *la culpa es de Voltaire;*
> *si es bruto en Palaiseau*
> *la culpa es de Rousseau.*

En seguida cogió la cesta, volvió a ella, sin perder ni uno, los cartuchos que habían caído al suelo, y sin miedo a los tiradores marchó a desocupar otra cartuchera.

La cuarta bala no le acertó tampoco.

Gavroche cantó:

> *Notario voy a ser*
> *por culpa de Voltaire;*
> *y si lo soy o no,*
> *la culpa es de Rousseau.*

La quinta bala no produjo más efecto que el de inspirarle la tercera copla:

> *La alegría es mi ser*
> *por culpa de Voltaire;*
> *si tan pobre soy yo,*
> *la culpa es de Rousseau.*

Así continuó por algún tiempo.

El espectáculo era a la vez espantoso y entretenido.

Gavroche, blanco de las balas, se burlaba de los fusiles.

Parecía divertirse mucho.

Era el gorrión picoteando a los cazadores. A cada descarga respondía con una copla.

Le apuntaban sin cesar y no le acertaban nunca.

Los guardias nacionales y los soldados se reían al apuntarle.

Echábase en el suelo, volvía a levantarse, se ocultaba en el ángulo de una puerta, después saltaba, desaparecía, tornaba a aparecer, huía, presentábase de nuevo, respondía a la metralla poniéndose el pulgar en la nariz y extendiendo los demás, y, entre tanto, robaba los cartuchos, vaciaba las cartucheras y llenaba su cesto.

Los insurrectos, casi sin respirar, le seguían con la vista.

La barricada temblaba mientras él cantaba.

No era un niño ni un hombre; era un hada en forma de pilluelo; diríase el enano invulnerable de la pelea.

Las balas corrían tras él, pero él era más listo que ellas.

Jugaba una especie de terrible juego al escondite con la muerte, y cada vez que el espectro acercaba su faz desnuda, el pilluelo le daba un papirotazo.

Sin embargo, una bala, mejor dirigida o más traidora que las demás, acabó por alcanzar a aquel chico, especie de fuego fatuo.

Viose vacilar a Gavroche y luego caer.

Toda la barricada lanzó un grito.

Pero había algo de Anteo en aquel pigmeo; para el pilluelo, tocar el empedrado es como para el gigante tocar la tierra.

Gavroche no había caído sino para volver a levantarse.

Incorporóse; una larga línea de sangre le rayaba la cara.

Alzó los dos brazos al aire, miró hacia el punto de donde había salido el tiro, y se puso a cantar:

> *Si acabo de caer,*
> *la culpa es de Voltaire;*
> *si una bala me dio,*
> *la culpa es...*

No pudo acabar.

Otra bala del mismo tirador cortó la frase en su garganta.

Esta vez cayó con el rostro contra el suelo y no se movió más.

La grande alma de aquel niño había volado.

* * *

Había a la sazón en el jardín del Luxemburgo (pues la mirada del drama debe extenderse a todas partes) dos niños que iban cogidos de la mano. Uno podría contar siete años y el otro cinco. Mojados por la lluvia, habían elegido los pasos donde daba el sol. El mayor conducía al más pequeño; ambos estaban cubiertos de harapos y pálidos.

El más pequeño decía:

—Tengo hambre.

El mayor, con sus ínfulas ya de protección, conducía al otro de la mano izquierda, y en la derecha llevaba una varita.

Encontrábanse solos en el jardín, pues la Policía había mandado cerrar las verjas de éste a causa de la insurrección y estaba desierto. Las tropas que habían pasado en él la noche habían marchado al combate.

¿Cómo estaban allí aquellos chicos? Quizá se hubiesen evadido de algún cuerpo de guardia entreabierto; quizá en las cercanías, en la barrera del Infierno, en la explanada del Observatorio o en la vecina encrucijada que domina el frontón, donde se lee: «Invenerunt parvulum pannis involutum», hubiese alguna barraca de saltimbanquis, de la cual habían huido; quizá la víspera por la tarde, burlando la vigilancia de los inspectores del jardín al tiempo de cerrar la verja, se hubiesen quedado y pasado la noche en una de esas garitas donde se leen los periódicos. El hecho es que vagaban por allí y que parecían libres. Vagar y parecer libre es estar perdido, y, en efecto, aquellos pobres niños lo estaban.

Eran los mismos cuya suerte había tenido inquieto a Gavroche, y que el lector recordará. Los hijos de Thenardier que vivían con la tía Magnon, atribuidos al señor Gillenormand, y ahora hojas caídas de todas esas ramas sin raíces y que rodaban por tierra a impulsos del viento.

Sus vestidos, propios del tiempo de la tía Magnon, y que les servían de prospecto para con el señor Gillenormand, estaban hechos jirones.

Estos dos seres pertenecían ya a la estadística de los niños abandonados que la Policía registra, recoge, extravía y vuelve a encontrar en las calles de París.

Sólo en un día de tanta confusión se comprende que aquellos miserables chicos estuviesen en el jardín del Luxemburgo. Si los inspectores los hubiesen visto habrían arrojado de allí a tales harapos. Los niños pobres no entran en los jardines públicos, a pesar de que, como niños que son, debería pensarse que tienen derecho a las flores.

Éstos se encontraban allí gracias a haber mandado cerrar la verja. Entraban de contrabando. Habíanse escurrido en el jardín y se quedaron dentro. Los inspectores no dejan de vigilar aunque se cierre la verja; se supone que continúan funcionando, pero la vigilancia es menor y hasta nula. Los inspectores, aquel día, participando de la pública ansiedad y más ocupados en lo exterior que en lo interior, no se cuidaban del jardín, y así no vieron a los dos delincuentes.

La víspera había llovido, y un poco también por la mañana; pero en junio los chaparrones no calan la tierra. Apenas se conoce una hora después de la tormenta que tan hermoso y sonrosado día ha vertido lágrimas. El suelo se seca tan pronto como la mejilla de un niño.

En este instante de solsticio, la luz del mediodía es, digámoslo así, punzante. Se apodera de todo. Se duplica y se superpone a la tierra con una especie de succión. Diríase que el sol tiene sed. Un chaparrón es un vaso de agua. La lluvia es bebida en el momento. Por la mañana, todos sus arroyos que corren; por la tarde, polvo que se levanta. Nada hay tan admirable como el verdor que la lluvia lava y el sol seca; es como sentir el ambiente a la vez fresco y cálido. Los jardines y las praderas, con el agua en sus raíces y el sol en sus flores, se convierten en braserillos de incienso y exhalan a un tiempo todos sus perfumes. Todo sonríe, canta y se ofrece. Se siente uno dulcemente embriagado. La primavera es un paraíso provisional, y el sol ayuda al hombre a tener paciencia hasta que llega el definitivo.

Hay seres que no piden más; que teniendo el azul del cielo, dicen: «¡Basta!» Pensadores absortos ante el prodigio, que, idólatras de la Naturaleza, se muestran indiferentes al bien y al mal; contempladores del cosmos, que, en medio de tanta magnificencia, se olvidan de sus semejantes y no comprenden haya quien fije la atención en el hambre de unos, en la sed de otros, en la desnudez del pobre durante el invierno, en la curvatura linfática de una pequeña espina dorsal, en el jergón, en la buhardilla, en el calabozo, en los harapos de los jóvenes que tiritan de frío, cuando se **puede** meditar a la sombra de los árboles; espíritus tranquilos y terribles e implacablemente satisfechos. ¡Cosa rara!: el infinito les basta.

Ignoran esa gran necesidad del hombre, lo infinito, que admite el enlace. No se acuerdan de lo finito, que admite el progreso, el trabajo sublime. Huye de su mente lo indefinido, que nace de la combinación humana y divina de lo infinito y de lo finito. Con tal de ponerse frente a frente de la inmensidad, se sonríen. Para ellos no hay alegría, sino éxtasis. Abismarse; tal es su vida. En su concepto, la historia de la Humanidad no es más que un plano dividido en fracciones, donde no se halla el Todo; el verdadero Todo está fuera. ¿A qué acordarse de ese pormenor, el hombre? Decís que el hombre padece, y no tiene nada de imposible; pero, en cambio, ved cómo se eleva Aldebarán. Decís que a la madre se le ha agotado la leche, que el recién nacido se está muriendo; no sé una palabra; pero, en cambio, considerad ese admirable rosetón que forma la albura del abeto examinada con el microscopio. ¡Considerad a esto el más rico encaje! Esos pensadores se olvidan de amar. Es tanto lo que influye en ellos el Zodíaco, que les impide ver al niño que llora. Dios les eclipsa el alma. Es una familia de inteligencias a la vez pequeñas y grandes: Horacio se contaba en el número, y Goethe, y quizá también Lafontaine. Magníficos egoístas del infinito, espectadores tranquilos del dolor, que no ven a Nerón si hace buen tiempo; a quienes el sol oculta la hoguera; que mirarían guillotinar buscando en el suplicio un efecto de luz; que no oyen ni el grito, ni el sollozo, ni el estertor, el toque de alarma; para los cuales todo se encuentra bien, puesto que hay el mes de mayo; que se declaran satisfechos mientras luzcan sobre su cabeza nubes de púrpura y oro, y que están decididos a ser felices en tanto que los astros brillen y que canten las aves.

Se les compararía a cuerpos tenebrosos que despiden rayos de luz. No sospechan siquiera que son dignos de lástima; sin embargo, lo son, porque el que no llora no ve. Es preciso admirarlos y compadecerlos, como se compadecería y admiraría a un ser, a la vez noche y día, que no tuviese ojos bajo las cejas y en medio de cuya frente brillase un astro.

Según algunos, la indiferencia de esos pensadores es una filosofía superior. Concedido; pero en esa seguridad hay imperfección. Se puede ser inmortal y cojo; testigo, Vulcano. Se puede ser más que hombre y menos que hombre. Lo incompleto inmenso está en la Naturaleza. ¿Quién sabe si el sol no es ciego?

Mas entonces, ¿de quién fiarse? «Sólem quis discere falsum audeat.» ¿Cómo han de engañarse ciertos genios, ciertos altísimos en forma humana, ciertos hombres-astros? ¿Cómo lo que está a tan grande elevación, en la cima, en la cúspide, en el cenit, lo que envía a la Tierra tanta claridad, ha de ver poco, ha de ver mal, no ha de ver? ¿No es esto para desesperar? No. ¿Pues qué hay por encima del Sol? Dios.

El 6 de junio de 1832, a las once de la mañana, el Luxemburgo, solitario y despoblado, estaba hermoso. Los arriates y los parterres se enviaban, en medio de la luz, perfumes y resplandores; las ramas, locas con la claridad del mediodía, parecían querer abrazarse. Había en los sicomoros una batahola de currucas; los gorriones trepaban por los castaños, picoteando en los agujeros de la corteza. La platabanda aceptaba la legítima monarquía de los lirios. El más augusto de los perfumes es el que sale de la blancura.

Respirábase el olor aromático de los claveles. Las viejas cornejas de María de Médicis sentían el amor sobre los altos árboles. El sol doraba, teñía de púrpura y encendía los tulipanes, que no son otra cosa que todas las variedades de la llama hechas fuego. En torno de los bancos de tulipanes remolineaban las abejas, chispas de aquellas flores-llamas. Todo era gracia y alegría, hasta la próxima lluvia; ésta, reincidente, de que debían aprovecharse los lirios y las madreselvas, no tenía nada de alarmante; las golondrinas hacían la graciosa amenaza de volar bajo. El que estaba allí respiraba felicidad; la vida olía bien; toda aquella naturaleza exhalaba el candor, el socorro, la asistencia, la paternidad, la caricia, la aurora. Los pensamientos que caían del cielo eran dulces como la manita de un niño que se besa.

Las estatuas, bajo los árboles, desnudas y blancas, tenían ropajes de sombra agujereados de luz; eran diosas con harapos de sol, pues los rayos les colgaban de todas partes. Alrededor del estanque grande la tierra estaba ya seca y hasta caliente. Se movía bastante viento para levantar acá y allá pequeños remolinos de polvo, y algunas hojas amarillas, restos del último otoño, se perseguían alegremente como los pilluelos en sus juegos.

La abundancia de la claridad tenía no sé qué de tranquilizadora. La vida, la savia, el calor, los efluvios, se desbordaban; sentíase bajo la creación lo enorme del manantial. En todos aquellos soplos penetrados del amor, en aquel vaivén de reverberaciones y de reflejos, en aquella prodigiosa expendición de rayos, en aquel derrame indefinido de oro fluido se sentía la prodigalidad de lo inagotable, y detrás de tanto esplendor, como detrás de una cortina de llamas, se entreveía a Dios, ese millonario de estrellas.

Gracias a la arena no había una mancha de lodo; gracias a la lluvia no había un grano de ceniza. Los ramilletes acababan de lavarse; todo el terciopelo, todo el raso, todos los barnices, todo el oro que sale de la tierra en forma de flores, se ofrecían a la vista en su mayor pureza. Toda aquella magnificencia respiraba el aseo. El gran silencio de la Naturaleza, dichosa, llenaba el jardín. Silencio celeste, compatible con mil músicas: arrullos de los nidos, zumbidos de los enjambres, palpitaciones del viento. Toda la armonía de la estación se completaba en un agradable conjunto. Las entradas y salidas de la primavera se verificaban en el orden regular: concluían las lilas y empezaban los jazmines; algunas flores se retrasaban y, al contrario, adelantábanse algunos insectos; la vanguardia de las mariposas encarnadas de junio fraternizaba con la retaguardia de las mariposas blancas de mayo. Los plátanos mudaban la piel. La brisa formaba ondulaciones en los magníficos grupos de castaños. El espectáculo era espléndido. Un veterano del cuartel vecino que miraba a través de la verja, decía:

—Es la primavera vestida de con todas sus armas y con su uniforme de gala.

Toda la Naturaleza se desayunaba. La Creación se había sentado a la mesa, pues era la hora. El gran mantel azul estaba tendido en el cielo, y el gran mantel verde en la tierra. El sol alumbraba «a giorno». Dios servía el banquete universal. Cada ser tenía su alimento o su pasta. La paloma zurita encontraba cañamones; el pinzón, mijo; el jilguero, anagálida; el petirrojo, gusanos; la abeja, flores; la mosca, infusorios; el chotacabras, moscas. Comíanse también, de cuando en cuando, los unos a los otros; tal es el misterio del mal mezclado con el bien; pero ni un solo animal tenía el estómago vacío.

Los dos niños abandonados habían llegado junto al estanque, y, como si les asustase toda aquella luz, procuraban esconderse; instinto del pobre y del débil ante la magnificencia impersonal. Se pusieron detrás de la cabaña de los cisnes.

Por intervalos, cuando corría el viento, se oían confusamente gritos, un ruido, especie de estertor tumultuoso, que era el fuego de los fusiles, y golpes sordos, que eran los cañonazos. Percibíase humo sobre los tejados por el lado de los mercados, y sonaba a lo lejos una campana que parecía llamar.

Los chicos no daban indicios de notar nada de esto. El más pequeño repetía de tiempo en tiempo a media voz:

—Tengo hambre.

Casi a la par que los dos niños, arrimábase otra pareja al estanque. Era un honrado vecino de cincuenta años que conducía de la mano a otro honrado vecino de seis; sin duda el padre en compañía del hijo. El honrado vecino de seis años tenía un enorme bollo.

En aquella época, ciertas casas ribereñas, en la calle Madame y en la del Infierno, poseían una llave del Luxemburgo, de que disfrutaban los inquilinos cuando estaban cerradas las verjas, tolerancia que después se ha suprimido. Aquel padre y aquel hijo salían, indudablemente, de una de esas casas.

Los dos pobrecillos vieron venir a «aquel señor» y se ocultaron algo más.

Era éste un ciudadano, tal vez el mismo que Mario un día, en medio de su amorosa fiebre, había oído junto al propio estanque aconsejar a su hijo «que evitase el exceso». Tenía el aire afable y altivo, y su boca, no cerrándose jamás, se sonreía siempre. Esa sonrisa mecánica, producida por demasiada mandíbula y poca piel, muestra, más bien que el alma, los dientes. El niño, con su bollo mordido, sin seguir comiéndole, parecía disgustado. Llevaba el uniforme de guardia nacional, seguramente a causa del motín, y el padre iba vestido de paisano por prudencia.

Detuviéronse el padre y el hijo junto al estanque, donde se refocilaban los cisnes. Aquel ciudadano parecía profesar una admiración especial a estos animales. Asemejábase a ellos en el modo de andar.

A la sazón los cisnes nadaban; esto es su principal talento, y estaban magníficos.

Si los dos pobrecillos se hubiesen puesto a escuchar y hubieran tenido edad para comprender, habrían podido recoger las palabras de un hombre grave. El padre decía al hijo:

—El sabio se contenta con poco. Toma ejemplo en mí. No me gusta el fausto. Jamás se me ve con vestidos adornados de oro y piedras preciosas. Dejo ese falso brillo para las almas mal organizadas.

En aquel instante, los gritos profundos que procedían del lado de los mercados estallaron con un aumento de campanas y de algazara.

—¿Qué es eso? —preguntó el niño.

El padre respondió.

—Son saturnales.

De repente vio a los dos chicos haraposos, que seguían inmóviles detrás de la casita verde de los cisnes.

—Ese es el principio —dijo.

Y añadió tras un corto silencio:

—La anarquía entra en este jardín.

Entre tanto, el hijo volvió a morder el bollo; escupió el pedazo y se echó a llorar bruscamente.

—¿Por qué lloras? —preguntó el padre.

—No tengo más ganas —respondió el niño.

El padre tomó un aspecto serio.

—No es preciso tener ganas para comer un bollo.

—Me repugna el bollo. Es duro.

—¿No lo quieres?

—No.

El padre le mostró los cisnes.

—Arrójalo a esos palmípedos.

El niño vaciló. Aunque no se quiera un bollo, no es razón para darlo.

—Sé humano. Es preciso tener lástima de los animales.

Y tomando el bollo de manos de su hijo, lo tiró al estanque.

El bollo cayó bastante cerca de la orilla.

Los cisnes estaban lejos, en medio del estanque, ocupados con alguna presa; así, no habían visto al ciudadano ni el bollo.

El ciudadano, conociendo que este último corría peligro de perderse, se entregó a una agitación telegráfica que acabó por llamar la atención de los cisnes.

Divisaron algo que sobrenadaba; viraron de a bordo, como barcos que son, y se dirigieron hacia el bollo lentamente, con esa augusta majestad que conviene a animales blancos.

—Los cisnes comprenden las señales —dijo el ciudadano muy satisfecho con esta muestra de su ingenio.

En aquel momento el tumulto lejano de la ciudad se aumentó repentinamente. Esta vez tenía algo de siniestro. Hay bocanadas de viento que hablan con más claridad que otras. La que soplaba a la sazón trajo hasta allí distintamente redobles de tambor, gritos, descargas cerradas y las lúgubres respuestas de la campana y del cañón. Coincidió esto con una nube negra que ocultó el sol de improviso.

—Volvamos —dijo el padre—; atacan las Tullerías.

Tomó de nuevo la mano de su hijo. Después prosiguió.

—De las Tullerías al Luxemburgo no hay más distancia que la que separa la dignidad del rey de la dignidad del par. No es grande. Los fusilazos van a llover.

Miró la nube.

—Y quizá también a descargar la lluvia. El cielo se mezcla en todo esto. La rama segunda está condenada. Volvamos a prisa.

—Quisiera ver a los cisnes comerse el bollo —dijo el niño.

El padre respondió:

—Sería una imprudencia.

Y se llevó a su ciudadanito.

El hijo, sintiendo dejar los cisnes, volvió la cabeza hacia el estanque, hasta que un grupo de árboles se lo ocultó.

Entre tanto, y al mismo tiempo que los cisnes, los chicos vagabundos se habían acercado al bollo. Flotaba éste sobre el agua.

Mientras el más pequeño no apartaba los ojos del bollo, dirigía el mayor la vista al ciudadano.

El padre y el hijo entraron en el laberinto de paseos que conduce a la escalera del grupo de árboles, por el lado de la calle Madame.

En cuanto se perdieron de vista, el mayor se tendió prontamente boca abajo en el borde redondeado del estanque, y aferrándose a él con la mano izquierda, inclinado sobre el agua, casi expuesto a caer, extendió con la mano derecha su varita hacia el bollo. Los cisnes, viendo al enemigo, se dieron prisa, y al apresurarse produjeron un efecto de pecho útil al pescadorcito.

El agua refluyó delante de ellos, y una de sus blandas ondulaciones concéntricas empujó suavemente el bollo hacia la varita del niño. Ésta tocaba el bollo al mismo tiempo que llegaban los cisnes; el muchacho dio un golpe vivo, lo atrajo hacia sí, asustó a los cisnes, lo cogió y se levantó. El bollo estaba mojado, pero los chicos tenían hambre y sed. El mayor lo dividió en dos partes, una grande y otra pequeña; tomó la pequeña para sí, dio la grande a su hermanito, y le dijo:

—Échate eso al coleto.

* * *

Habíase lanzado Mario fuera de la barricada, seguido de Combeferre; pero era tarde. Gavroche estaba ya muerto.

Combeferre se encargó del cesto con los cartuchos, y Mario, del chico.

¡Ay! Pensaba que lo que el padre de Gavroche había hecho por su padre, él lo hacía por el hijo; sólo que Thenardier había traído a su padre aún vivo, y él traía al chico muerto.

Cuando Mario entró en el reducto con Gavroche en los brazos, tenía, como el pilluelo, el rostro inundado de sangre.

En el instante de bajarse para coger a Gavroche, una bala le había pasado rozando el cráneo sin que él lo advirtiese.

Courfeyrac se quitó la corbata y vendó la frente de Mario.

Púsose a Gavroche en la misma mesa que a Mabeuf, y sobre ambos cuerpos se tendió el paño negro.

Hubo bastante para el anciano y el niño.

Combeferre distribuyó los cartuchos del cesto que había traído.

Esto suministraba a cada hombre quince tiros más.

Juan Valjean seguía en el propio sitio sin moverse. Cuando Combeferre le presentó sus quince cartuchos, sacudió la cabeza.

—¡Qué hombre tan raro! —dijo en voz baja Combeferre a Enjolras—. Halla medio de no combatir en esta barricada.

—Lo que no le impide defenderla —contestó Enjolras.

—El heroísmo tiene sus originales —repuso Combeferre.

Y Courfeyrac, que había oído, añadió:

—Es un género distinto del tío Mabeuf.

Es curioso notar que el fuego que se hacía contra la barricada apenas turbaba los ánimos en el interior. Los que no han formado nunca parte del remolino que constituye esta clase de guerra, no pueden imaginar los singulares momentos de tranquilidad que se mezclan a tan terribles convulsiones. Se va y viene, se habla, se dicen chistes, se pasa el tiempo. Una persona a quien conocemos oyó decir a un combatiente, en medio de la metralla: «Estamos aquí como en una comida de amigos.»

El reducto de la calle de la Chanvrerie, lo repetimos, parecía muy tranquilo en el interior. Todas las peripecias y todas las fases habían sido o iban a ser agotadas. La posición, de crítica que era, habíase convertido en amenazadora e iba probablemente a volverse desesperada. A medida que la situación se oscurecía, la luz heroica teñía de púrpura más y más la barricada. Enjolras, grave, la dominaba, en la actitud de un joven espartano consagrando su espada desnuda al sombrío genio Epidotas.

Combeferre, con el mandil atado a la cintura, curaba a los heridos; Bossuet y Feuilly hacían cartuchos con la pólvora del frasco que Gavroche encontró en el bolsillo del cabo.

Bossuet decía a Feuilly:

—Vamos pronto a tomar el pasaporte para otro planeta.

Courfeyrac, sentado en los adoquines que se había reservado junto a Enjolras, disponía y arreglaba todo un arsenal: su bastón de estoque, su fusil, dos pistolas de arzón y los puños; todo con el cuidado de una joven que pone en orden sus avíos de tocador.

Juan Valjean, mudo, miraba la pared que tenía enfrente.

Un obrero se sujetaba a la cabeza con una cuerda un gran sombrero de paja de la tía Hucheloup, «por miedo de los rayos del sol», decía. Los jóvenes de la tía Cogourde, de Aix, departían alegremente unos con otros, como si tuviesen prisa de hablar patuá por última vez. Joly, que había descolgado el espejo de la viuda Hucheloup, examinaba en él su lengua. Algunos combatientes, habiendo descubierto mendrugos de pan casi mohosos en una gaveta, se los comían con ansia. Mario se sentía inquieto, pensando en lo que su padre iba a decirle.

* * *

Volvamos a la calle Chanvrerie.

De repente, entre dos descargas, se oyó el sonido lejano de la hora.

—Son las doce —dijo Combeferre.

Aún no habían acabado de dar las doce campanadas, cuando Enjolras, poniéndose en pie, dijo con voz tonante desde lo alto de la barricada:

—Subid adoquines a la casa y colocadlos en el borde de la ventana y de las buhardillas. La mitad de la gente, a los fusiles, y la otra mitad, a las piedras. No hay que perder un minuto.

Una partida de zapadores bomberos, con el hacha al hombro, acababa de aparecer, en orden de batalla, al extremo de la calle.

Aquello tenía que ser la cabeza de una columna. ¿Y de cuál? De la de ataque, evidentemente. Los zapadores bomberos, encargados de demoler la barricada, deben preceder siempre a los soldados que han de escalarla.

No cabía duda de que se iba a llegar ya al instante, denominado en 1832 por el señor de Clermont-Tonnerre, «Coup de collier» (pechugón).

La orden de Enjolras fue ejecutada con la diligente actitud propia de los buques y de las barricadas, los dos únicos sitios de combate de donde es imposible evadirse.

En menos de un minuto, las dos terceras partes de adoquines que Enjolras había hecho amontonar en la puerta de Corinto fueron subidos al primer piso y a la buhardilla, y antes que transcurriese otro minuto, aquellos adoquines, colocados artísticamente uno sobre otro, tapiaban, hasta la mitad de su altura, la ventana del uno y los tragaluces de la otra. Feuilly, principal constructor, tuvo cuidado en dejar algunos intervalos para los cañones de los fusiles.

Esta especie de parapeto en las ventanas pudo formarse con tanta mayor facilidad cuanto que la metralla había cesado. Las dos piezas tiraban ahora con bala al centro del reducto, a fin de abrir un agujero y, si era posible, una brecha para el asalto.

Cuando los adoquines destinados a la defensa estuvieron en su sitio, Enjolras mandó llevar al primer piso las botellas que había colocado debajo de la mesa donde estaba Mabeuf.

—¿Quién, pues, beberá esto? —preguntó Bossuet.

—Ellos —contestó Enjolras.

Se tapió en seguida la ventana del piso bajo y se aprontaron los travesaños de hierro que servían para cerrar de noche por dentro la puerta de la taberna.

La fortaleza estaba completa. La barricada era el baluarte, y la taberna, el torreón.

Con los adoquines que quedaron se cerró la cortadura.

Como los defensores de una barricada se ven siempre obligados a economizar las municiones y los sitiadores lo saben, éstos combinan su plan con una especie de calma irritante, exponiéndose antes de la hora al fuego, aunque más en apariencia que en realidad, y tomándose todo el tiempo que necesitan. Los preparativos de ataque se hacen siempre con cierta lentitud metódica; después viene el rayo.

Esta lentitud permitió a Enjolras revisarlo y perfeccionarlo todo. Conocía que, ya que semejantes hombres iban a morir, su muerte debía ser obra maestra.

Dijo a Mario:

—Somos los dos jefes. Voy adentro a dar algunas órdenes; quédate fuera tú y observa.

Apostóse Mario de vigía en la cúspide de la barricada.

Enjolras mandó clavar la puerta de la cocina, que, como se recordará, servía de hospital.

—Que no lleguen las salpicaduras a los heridos —dijo.

Dio las últimas instrucciones en la sala baja con voz breve, pero profundamente tranquila; Feuilly escuchaba y respondía en nombre de todos.

—Aprontad hachas en el primer piso para cortar la escalera. ¿Las hay?

—Sí —dijo Feuilly.

—¿Cuántas?

—Dos hachas y un merlín.

—Está bien. Somos veintisiete hombres aptos para el combate. ¿Cuántos fusiles hay?

—Treinta y cuatro.

—Sobran ocho. Tened a mano esos ocho fusiles cargados como los demás. En el cinto, los sables y las pistolas. Veinte hombres en la barricada. Seis emboscados en las buhardillas y en la ventana del primer piso para hacer fuego contra los sitiadores por las troneras de los adoquines. Ni un solo trabajador inútil. Luego, cuando el tambor toque a degüello, que los veinte de abajo se precipiten a la barricada; los que primero lleguen se colocarán mejor.

Dadas estas órdenes, se volvió a Javert y le dijo:

—No creas que te olvido.

Y poniendo sobre la mesa una pistola, añadió:

—El último que salga de aquí levantará la tapa de los sesos a ese espía.

—¿Aquí mismo? —preguntó una voz.

—No; no mezclaremos ese cadáver con los nuestros. Se puede atravesar la pequeña barricada de la callejuela de Mondetour. No tiene sino cuatro pies de altura. El hombre está bien amarrado. Se le conducirá y ejecutará allí.

En aquel momento había una persona de las presentes más impasible que Enjolras, y era Javert.

Presentóse Juan Valjean.

Estaba confundido en el grupo de los insurrectos. Salió y dijo a Enjolras:

—¿Sois el jefe?

—Sí.

—Me habéis dado gracias hace poco.

—En nombre de la República. La barricada tiene dos salvadores: Mario Pontmercy y vos.

—¿Creéis que merezco recompensa?

—Sin duda.

—Pues bien, os pido una.

—¿Cuál?

—La de permitirme levantar la tapa de los sesos a ese hombre.

Javert alzó la cabeza, vio a Juan Valjean, hizo un movimiento imperceptible y dijo:

—Justo es.

Enjolras se había puesto a cargar de nuevo la carabina, y dijo:

—¿No hay quien reclame?

Y dirigiéndose a Juan Valjean, le dijo:

—Os entrego el polizonte.

Juan Valjean, en efecto, se apoderó de Javert, sentándose al extremo de la mesa. Cogió la pistola, y un débil ruido seco anunció que acababa de montarla.

Casi al mismo tiempo se oyó el sonido de una corneta.

—¡Alerta! —gritó Mario en lo alto de la barricada.

Javert se puso a reír con esa risa sorda que le era propia, y mirando fijamente a los insurrectos, les dijo:

—No gozáis de mejor salud que yo.

—¡Todos fuera! —gritó Enjolras.

Los insurrectos se lanzaron en tropel, y al salir recibieron por la espalda, permítasenos la frase, estas palabras de Javert:

—Hasta luego.

* * *

Cuando Juan Valjean se quedó solo con Javert, desató la cuerda que sujetaba al prisionero por mitad del cuerpo, y cuyo nudo estaba hecho debajo de la mesa. En seguida le indicó que se levantase.

Javert obedeció con esa indefinible sonrisa en que se condensa la supremacía de la autoridad encadenada.

Juan Valjean tomó a Javert de la zamarra, como se tomaría a una acémila de la rienda, y arrastrándole en pos de sí, salió de la taberna con lentitud, porque Javert, a causa de las trabas que tenía puestas en las piernas, no podía dar sino pasos muy cortos.

Juan Valjean llevaba la pistola en la mano.

Atravesaron de este modo el trapecio interior de la barricada. Los insurrectos, todos atentos al ataque que iba a sobrevenir, tenían vuelta la espalda.

Sólo Mario, ladeado en la extremidad izquierda del parapeto, los vio pasar. Aquel grupo del paciente y del verdugo se iluminó con la luz sepulcral de su alma.

Juan Valjean, aunque con algún trabajo, hizo escalar a Javert, atado y todo, sin soltarle un instante, la pequeña trinchera de la callejuela de Mondetour.

Una vez pasado este parapeto, se encontraron solos en la calle. Nadie los veía. El ángulo que formaban las casas les ocultaba a los ojos de los insurrectos. A algunos pasos de allí estaban hacinados los cadáveres traídos de la barricada.

En el montón de los muertos se distinguía un rostro lívido, una cabellera suelta, una mano agujereada y un seno de mujer medio desnudo. Era Eponina.

Javert consideró de través aquel cuerpo, y dijo a media voz, profundamente tranquilo:

—Paréceme que conozco a esa muchacha.

Después se volvió hacia Juan Valjean.

Juan Valjean colocó la pistola bajo el brazo y fijó en Javert una mirada que no necesitaba palabras para decir: «Javert, soy yo.»

Javert respondió:

—Desquítate.

Juan Valjean sacó una navaja del bolsillo y la abrió.

—¡Una sangría! —exclamó Javert—. Tienes razón. Te conviene más.

Juan Valjean cortó la gamarra que Javert tenía al cuello; en seguida cortó las cuerdas de las muñecas, y, por último, bajándose, ejecutó lo mismo con la de los pies. Luego, poniéndose otra vez derecho, le dijo:

—Estáis libre.

Javert no era hombre que se asombrara fácilmente. Sin embargo, a pesar de ser tan dueño de sí mismo, no pudo menos de sentirse conmovido. Se quedó con la boca abierta e inmóvil.

Juan Valjean continuó:

—No creo salir de aquí. No obstante, si por casualidad saliese, vivo, con el nombre de Fauchelevent, en la calle del Hombre Armado, número siete.

Javert experimentó un sacudimiento de tigre, que le hizo entreabrir los labios y murmurar entre dientes:

—Ten cuidado.

—Idos —dijo Juan Valjean.

Javert repuso:

—¿Has dicho Fauchelevent, en la calle del Hombre Armado?

—Número siete.

Javert replicó a media voz:

—Número siete.

Abrochóse la levita, tomó cierta actitud militar, dio media vuelta, cruzó los brazos, apoyando la barba en una de las manos, y se puso a caminar en la dirección de los mercados. Juan Valjean le seguía con la vista. Después de dar algunos pasos, Javert se volvió y gritó a Juan Valjean:

—Me fastidiáis. Mejor es que me matéis.

Javert, sin advertirlo, no tuteaba ya a Juan Valjean.

—Idos —dijo Juan Valjean.

Javert se alejó poco a poco. Un momento después había doblado la esquina de la calle de Predicadores.

Cuando Javert hubo desaparecido, Juan Valjean disparó la pistola al aire.

En seguida entró de nuevo en la barricada, y dijo:

—Ya no hay remedio.

Veamos lo que había pasado entre tanto.

Mario, más ocupado en lo de afuera que en lo de adentro, no había mirado hasta entonces con atención al espía amarrado en el fondo oscuro de la sala baja.

Cuando le vio a la luz del día atravesando la barricada camino de la muerte, le conoció. Asaltóle un recuerdo repentino. Se acordó del inspector de la calle de Pontoise y de las dos pistolas que le había entregado, y de las que se había servido en esta misma barricada, y no sólo se acordó del rostro, sino hasta del nombre.

Sin embargo, era un recuerdo nebuloso y confuso, como todas sus ideas. No fue una afirmación, sino una pregunta que se dirigió a sí mismo: «¿No es ése el inspector de Policía que me dijo se llamaba Javert?»

Quizá era aún tiempo de intervenir en favor de aquel hombre; pero, ante todo, había que cerciorarse de si era Javert.

Mario interpeló a Enjolras, que acababa de situarse al otro extremo de la barricada:

—¡Enjolras!

—¿Qué?

—¿Cómo se llama ese hombre?

—¿Quién?

—El agente de Policía. ¿Sabes su nombre?

—Sin duda. Nos lo ha dicho.

—¿Cómo se llama?

—Javert.

Mario se levantó.

En aquel momento se oyó el pistoletazo.

Juan Valjean volvió a aparecer y gritó:

—Hemos concluido.

Un frío glacial penetró en el corazón de Mario.

* * *

La agonía de la barricada iba a empezar.

Todo contribuía a aumentar la trágica majestad de aquel momento supremo. Mil ruidos misteriosos en el aire, el soplo de las masas armadas que se movían en las calles ocultas a la vista, el galope intermitente de los caballos, el sacudimiento de las piezas de artillería en marcha, las descargas cerradas y los cañonazos cruzándose en el laberinto de París, el humo dorado de la batalla subiendo por encima de los tejados, gritos lejanos, vagos, terribles; relámpagos amenazadores en todas partes; la campana de San Merry, que ahora parecía sollozar; la dulzura de la estación, el esplendor del cielo lleno de sol y de nubes, la hermosura del día y el espantoso silencio de las casas.

Porque, desde la víspera, las dos hileras de casas de la calle de la Chanvrerie se habían convertido en murallas, y murallas de aspecto feroz.

Las puertas, las ventanas, los postigos, todo estaba cerrado.

En aquellos tiempos, tan distintos de los actuales, cuando había llegado la hora en que el pueblo quería derrocar una situación demasiado larga, o acabar con una carta otorgada, o con un país legal; cuando la cólera universal se difundía en la atmósfera, cuando la ciudad consentía en la sublevación de sus adoquines, cuando la insurrección hacía sonreír a la clase media susurrándole el santo y seña al oído, entonces el habitante, penetrado, digámoslo así, de motín, auxiliaba al combatiente, y la casa fraternizaba con la fortaleza improvisada a que servía de apoyo.

Cuando la situación no había aún madurado, cuando la insurrección no era consentida decididamente, cuando la masa rechazaba el movimiento, ¡ay de los combatientes! La ciudad se convertía en desierto alrededor de los sublevados, las almas se helaban, los asilos se cerraban y la calle se cambiaba en desfiladero para ayudar al Ejército a tomar la barricada.

De repente, el tambor dio la señal de ataque.

La embestida fue el huracán. La víspera, en medio de la oscuridad, los sitiadores se habían aproximado a la barricada silenciosamente, como una boa. Ahora, a la luz del día, en aquella ancha calle, la sorpresa era de todo punto imposible; además, a viva fuerza estaba desenmascarada; el cañón había empezado a rugir y el Ejército se precipitaba sobre el reducto. Al presente, la furia era habilidad. Una poderosa columna de infantería de línea, cortada a intervalos iguales por Guardia nacional y municipal de a pie, y apoyada en masas profundas, a las que se oía sin verlas, desembocó en la calle a paso de carga, tocando tambores y clarines, con las bayonetas caladas y los zapadores a la cabeza, imperturbable bajo los proyectiles, cayó sobre la barricada con el peso de una viga de bronce sobre un muro.

El muro se mantuvo firme.

Los insurrectos hicieron fuego impetuosamente, y el reducto escalado ostentó una cabellera de relámpagos.

El asalto fue tan furibundo, que por un momento se vio la barricada llena de sitiadores; pero sacudió de sí a los soldados, como el león a los perros, y no se cubrió de combatientes sino como el arrecife de espuma: para reaparecer luego escarpada, negra y formidable.

La columna, teniendo que replegarse, permaneció formada en la calle al descubierto, pero terrible, y respondió al reducto con una espantosa descarga de fusilería. Todo el que ha visto fuegos artificiales recordará la manga de cohetes voladores que se denomina canastillo.

Represéntese el lector ese canastillo o ramillete, no vertical, sino horizontal, con una bala de fusil o de cañón en la punta de cada tallo de fuego y lanzando la muerte al deshacerse sus racimos de rayos. La barricada estaba debajo.

De ambas partes había igual resolución. El valor era casi bárbaro, complicándose con una especie de ferocidad heroica que empezaba por el sacrificio de sí mismo. Era la época en que un guardia nacional combatía con un zuavo. La tropa quería acabar pronto; la insurrección quería luchar. La aceptación de la agonía en toda la fuerza de la juventud y de la salud convierte la intrepidez en frenesí. Cada cual tenía el engrandecimiento de la hora suprema. La calle se cubrió de cadáveres.

En uno de los extremos de la barricada estaba Enjolras, y en el otro Mario. Enjolras, que llevaba toda la barricada dentro de su cabeza, se reservaba y se ponía al abrigo de las balas; tres soldados cayeron, uno tras otro, al pie de su almena, sin haberle visto siquiera.

Mario combatía al descubierto, constituyéndose en blanco de los fusiles enemigos, pues más de la mitad de su cuerpo sobresalía por encima del reducto. No hay mayor pródigo que un avaro que se entrega al despilfarro, ni hay nadie más terrible en la pelea que el hombre pensador. Mario aparecía formidable y meditabundo. Estaba en la batalla como en un sueño. Diríase un fantasma disparando tiros.

Agotábanse los cartuchos, pero no los sarcasmos de los sitiados. En aquel remolino del sepulcro en que se encontraban, se reían.

Courfeyrac estaba con la cabeza descubierta.

—¿Qué has hecho del sombrero? —le preguntó Bossuet.

Courfeyrac respondió:

—Han logrado quitármelo a cañonazos.

O bien decían las cosas de orden más elevado.

—¡Cómo comprender —gritaba con amargura Feuilly— a esos hombres (y citaba los nombres, nombres conocidos y hasta célebres, algunos del antiguo ejército) que habían ofrecido unírsenos, jurando ayudarnos; que se habían comprometido bajo su palabra, que son nuestros generales y que nos abandonan!

Combeferre se limitaba a contestar con una grave sonrisa:

—Hay personas que observan las reglas del honor como se hace con las estrellas: de muy lejos.

El interior de la barricada estaba tan lleno de cartuchos rotos, que parecía haber nevado.

Los sitiadores tenían la ventaja del número; los insurrectos, la de la posición. De lo alto de una muralla hacían fuego a boca de jarro contra los soldados, quienes tropezaban con los muertos y heridos, enredándose en la escarpa.

Aquel reducto, construido como estaba y admirablemente apuntalado, era, en verdad, una de esas posiciones donde un puñado de hombres resisten a una legión. No obstante, la columna de ataque, reclutada sin cesar y agrandándose bajo la lluvia de balas, se acercaba inexorablemente, y ahora el Ejército, poco a poco, paso a paso, pero con seguridad, estrechaba la barricada como el husillo la prensa del hogar.

Sucediéronse los asaltos. El horror iba en aumento.

Entonces empezó en aquel montón de adoquines, en aquella calle de la Chanvrerie, una lucha digna de la muralla de Troya.

Aquellos hombres macilentos, haraposos, cansados, que no habían comido hacía veinticuatro horas, que tampoco habían dormido, que sólo contaban con unos cuantos tiros más, que se tentaban los bolsillos vacíos de cartuchos, heridos casi todos, vendados la cabeza o el brazo con un lienzo mohoso y negruzco, de cuyos calzones agujereados corría sangre, armados apenas de malos fusiles y de sables viejos mellados, se convirtieron en titanes. Diez veces fue atacado y escalado el reducto, y ninguna se consiguió tomarlo.

Para formar idea de esta lucha, convendría figurarse el fuego prendido a un montón de valores terribles y que se contempla el incendio. No era un combate, sino el interior de un horno; las bocas respiraban llamas; los rostros tenían algo de extraordinario. La forma humana parecía allí imposible; los combatientes resplandecían, y era monstruoso ver ir y venir por entre el rojizo humo aquellas salamandras de la pelea.

Renunciamos a pintar las escenas sucesivas y simultáneas de aquella grandiosa carnicería. Sólo la epopeya tiene derecho a llenar doce mil versos con una batalla.

Habríase dicho el infierno del brahmanismo, el más formidable de los diecisiete abismos, que Veda llama «La selva de las espadas».

Se combatía cuerpo a cuerpo, palmo a palmo; a pistoletazos, a sablazos, a puñaladas; de lejos, de cerca, de arriba, de abajo, de todas partes; de los tejados de las casas, de las ventanas de la taberna, de los respiraderos de las bodegas, adonde se habían retirado algunos. Eran uno contra sesenta. La fachada de Corinto, a medio demoler, estaba horrible. La ventana, tatuada de metralla, había perdido vidrios y marcos, y no era más que un enorme agujero, precipitadamente tapado con adoquines. Bossuet fue muerto, y lo mismo Feuilly, Joly y Courfeyrac. Combeferre, atravesado el pecho por tres bayonetazos en el momento en que levantaba a un soldado herido, no tuvo tiempo más que para mirar al cielo, y expiró.

Mario, combatiendo siempre, estaba tan acribillado de heridas, particularmente en la cabeza, que el rostro desaparecía en la sangre, y se hubiera dicho que lo llevaba cubierto con un pañuelo encarnado.

Enjolras era el único que se conservaba ileso. Cuando no tenía arma, extendía la mano a derecha e izquierda, y un insurrecto le daba una cualquiera. No le quedaba sino un pedazo de cuatro espadas, una más que Francisco I en Marignan.

Homero dice: «Diómedes degüella a Axilo, hijo de Teutránide, que habitaba en la feliz Arisba; Euríalo, hijo de Meristeo, extermina a Dresos y Olfetios, a Esepo y a Redaso, el que la náyade Abarbarea concibió del irreprensible Bucolionte; Ulises derriba a Pidites de Perusa; Antíloco, a Ablero; Polipetes, a Astalio; Polidamas, a Otos de Cilene, y Teucro, a Aretaonte. Meriantos muere atravesado por la pica de Eurípides. Agamenón, rey de los héroes, arroja en tierra a Elatos, oriundo de la escarpada ciudad que baña el sonoro río Satnois.» En nuestros antiguos poemas, Esplandián ataca con un hacha de fuego al gigante marqués de Swantibore, el cual se defiende apedreando al caballo con las torres que encuentran a mano. Nuestros antiguos frescos murales nos muestran a los dos duques de Bretaña y de Borbón, armados, con sus escudos de guerra, a caballo y acercándose uno a otro, empuñada el hacha de combate, con máscara, botas y manoplas de hierro, el uno caparazonado de armiño y el otro de azul; Bretaña, con el león entre los dos cuernos de la corona, y Borbón, con un casco de visera que figuraba una monstruosa flor de lis.

Mas para estar arrogante no se necesita llevar, como Ivon, el morrión ducal, ni tener en la mano, como Esplandián, una llama viva, ni haber traído de Epiro, como Files, padre de Polidamas, una buena armadura, regalo del rey de los hombres, Eufetes; basta dar la vida por una convicción o por una lealtad. ¿Veis ese soldado sencillo, ayer aldeano de Beauce o del Limosin, que ronda, con el machete al costado, alrededor de las niñeras en el Luxemburgo? ¿Veis ese estudiante pálido, inclinado sobre un estuche de anatomía o sobre un libro, rubio adolescente que se corta las barbas con tijeras? Tomad a ambos; inspirarles el soplo del deber; ponedlos cara a cara en la encrucijada de Boucherat o en las callejuelas sin salida de Planche-Mibray; que el uno combata por su bandera y el otro por su ideal; que imaginen los dos que combaten por la patria; la lucha será colosal, y la sombra que harán en el gran campo épico donde lucha la Humanidad ese currutaco y ese estudiantillo, igualará a la sombra que proyecta Megarionte, rey de la Licia, llena de tigres, luchando cuerpo a cuerpo con el inmenso Ayax, rival de los dioses.

Cuando no quedaron vivos más jefes que Enjolras y Mario en los dos extremos de la barricada, el centro, que habían sostenido tanto tiempo Courfeyrac, Joly, Bossuet, Feuilly y Combeferre, cedió. El cañón, sin abrir una brecha practicable, había ensanchado bastante la parte media del reducto. El borde superior de la pared había desaparecido, desmoronándose a impulsos de las balas, y los escombros que caían ya interior, ya exteriormente, acabaron por formar, amontonándose a ambos lados, dos declives: uno dentro y otro fuera. El declive exterior presentaba a los sitiadores un plano inclinado.

Intentóse por allí un asalto decisivo, y esta vez salió bien. La masa erizada de bayonetas marchando al paso gimnástico, llegó con irresistible empuje, y el espeso frente de batalla de la columna de ataque apareció entre el humo en lo alto de la escarpa. Entonces no hubo ya remedio. El grupo de insurrectos que defendía el centro retrocedió en desorden.

Despertóse a la sazón en algunos el sombrío amor a la vida. Viéndose blanco de aquella selva de fusiles, no querían ya morir. Es un minuto en que el instinto de la conservación lanza alaridos y en que el animal reaparece en el hombre.

Estaban arrimados a la casa de seis pisos que servía de fondo al reducto. Esta casa podía ser para ellos la salvación. Hallábase barreada y como tapiada de arriba abajo. Antes que la tropa de línea estuviese en el interior del reducto, tenía tiempo de abrirse y cerrarse una puerta; para esto bastaba la duración de un relámpago, y la puerta de la casa, entreabierta de improviso y cerrada en seguida, era la vida para aquellos desesperados. Por detrás de la casa había calles, la fuga posible, el espacio. Pusiéronse a pegar con la culata de los fusiles y con el pie contra la puerta, llamando, gritando, suplicando, juntando las manos. Nadie abrió. La cabeza muerta los miraba desde el ventanillo del tercer piso.

Pero Enjolras, Mario y siete u ocho más que los seguían corrieron a protegerlos. Enjolras había gritado a los soldados: «¡Deteneos!», y como un oficial no obedeciese la intimación, Enjolras le dejó muerto en el acto. Encontrábase ahora en el pequeño patio interior del reducto, respaldado en la casa de Corinto, con la espada en una mano y la carabina en la otra, teniendo abierta la puerta de la taberna, que impedía pasar a los sitiadores. Desde allí gritó a los desesperados:

—No hay más que una puerta abierta. Ésta.

Y cubriéndoles con su cuerpo y haciendo él solo cara a un batallón, les dio tiempo para que pasasen por detrás.

Todos se precipitaron dentro. Enjolras, ejecutando con su carabina, de la que se servía como si fuera un bastón, lo que los peritos llaman molinete, paró los golpes de los bayonetazos alrededor y delante de sí y entró el último. Hubo un instante horrible, queriendo penetrar los soldados y cerrar los insurrectos. La puerta se cerró, al fin, con tal violencia, que al encajar en el quicio, dejó ver cortados y pegados al dintel los cinco dedos de un soldado que se había asido de ella.

Mario se quedó afuera; una bala acababa de romperle una clavícula, y se sintió desmayar y caer. En aquel momento, ya cerrados los ojos, experimentó la conmoción de una vigorosa mano que le cogía, y su desmayo le permitió apenas este pensamiento, en que se mezclaba el supremo recuerdo de Cosette: «Soy hecho prisionero y me fusilarán.»

Enjolras, no viendo a Mario entre los que se refugiaron en la taberna, tuvo la misma idea. Pero habían llegado al punto en que no restaba a cada cual más tiempo que el de pensar en su propia suerte. Enjolras sujetó la barra de la puerta, echó el cerrojo, dio dos vueltas a la llave, ejecutó lo mismo con el candado, mientras que por la parte de afuera atacaban furiosamente los soldados y los zapadores con sus hachas. Empezaba el sitio de la taberna.

Los soldados, preciso es decirlo, estaban encendidos de cólera.

La muerte del sargento de artillería les había irritado, y lo que era aún más terrible, en las pocas horas anteriores al ataque había circulado entre ellos la noticia de que los insurrectos mutilaban a los prisioneros, y que se veía en la taberna el cadáver de un soldado sin cabeza. Esta clase de rumores fatales acompaña de ordinario a las guerras civiles, y uno por el estilo causó más adelante la catástrofe de la calle de Trasnonain.

Cuando la puerta estuvo barreada, Enjolras dijo a los suyos:

—Vendámonos caros.

Después se acercó a la mesa donde estaban tendidos Mabeuf y Gavroche. Veíanse bajo el paño negro dos formas derechas y rígidas, una grande y otra pequeña, y las dos caras se bosquejaban vagamente bajo los pliegues fríos del sudario. Una mano asomaba por debajo del paño, colgando hacia el suelo. Era la del anciano.

Enjolras se inclinó y besó aquella mano venerable, lo mismo que el día antes había besado la frente.

Fueron los dos únicos besos que dio en su vida.

Para abreviar: la barricada había luchado como una puerta de Tebas; la taberna luchó como una casa de Zaragoza. Semejantes resistencias son feroces. Nada de cuartel. Nada de capitulación. Se quiere morir con tal de matar. Cuando Suchet dice: «Capitulad», Palafox responde: «Después de la guerra del cañón, la del cuchillo.»

Nada faltó a la toma por asalto de la taberna de Hucheloup: ni los adoquines lloviendo de la ventana y el tejado sobre los sitiadores y exasperando a los soldados con aplastamientos horribles, ni los disparos desde las cuevas y las buhardillas, ni el furor del ataque, ni la rabia de la defensa, ni, al fin, cuando cedió la puerta, la frenética demencia del exterminio.

Los sitiadores, al precipitarse dentro de la taberna, con los pies enredados en los tableros de la puerta rota y derribada, no encontraron un solo combatiente. La escalera en espiral, cortada a hachazos, yacía en medio de la sala baja; algunos heridos acababan de expirar; los que aún vivían estaban en el piso principal, y allí, por el agujero del techo que había servido de encaje a la escalera, empezó un espantoso fuego. Eran los últimos cartuchos. Una vez quemados, sin pólvora ya ni balas aquellos formidables agonizantes, tomó cada cual en la mano dos de las botellas reservadas por Enjolras, que hemos mencionado antes, e hicieron frente al enemigo con estas mazas horriblemente frágiles. Eran botellas de agua fuerte.

Referiremos los hechos lúgubres de la matanza tal como fueron. El sitiado, ¡ay!, echa mano de todo. El fuego griego no ha deshonrado a Arquímedes, ni la paz derretida a Bayardo. La guerra es todo espanto y no hay en ella nada que elegir.

La fusilería de los sitiadores, aunque con la molestia de tener que dirigirse de abajo arriba, era mortífera. Pronto al borde del agujero del techo se vio rodeado de cabezas de muertos, de donde corría la sangre en rojos y humeantes hilos. El ruido era indecible; un humo espeso y ardiente esparcía casi la noche sobre aquel combate. Faltan palabras para expresar el horror cuando ha llegado a este punto. No había ya hombres en aquella lucha, ahora infernal. No eran gigantes contra colosos. Parecíase más aquello a Milton y a Dante que a Homero. Demonios atacaban, y espectros resistían.

En fin, subiéndose unos sobre otros, ayudándose con el esqueleto de la escalera, trepando por las paredes, asiéndose del techo, acuchillando al borde mismo de la trampa a los últimos que resistían, unos veinte de los sitiadores, entre soldados, guardias nacionales y guardias municipales, desfigurados la mayor parte por heridas recibidas en el rostro al verificar aquella terrible ascensión, cegados por la sangre, furiosos, salvajes, se precipitaron en la sala del piso principal. No quedaba allí más que un hombre en pie: Enjolras. Sin cartuchos ni espada, no tenía en la mano más que el cañón de su carabina, cuya culata había roto sobre la cabeza de los que entraban. Se había situado de manera que el billar le separase de sus enemigos, retrocediendo al ángulo de la sala, y allí, con la mirada altiva, la cabeza erguida y aquel trozo de arma en la mano, inspiraba aún bastante temor para que nadie osara acercársele. Oyóse gritar:

—Es el jefe. Es el que mató al artillero. Ya que se ha puesto ahí, está perfectamente. Que se quede. Fusilémosle en ese mismo sitio.

—Fusiladme —dijo Enjolras.

Y arrojando el trozo de su carabina y cruzando los brazos, presentó el pecho.

La audacia de una muerte heroica conmueve siempre a los hombres.

En cuanto Enjolras cruzó los brazos, aceptando el fin que se le preparaba, el ruido atronador de la lucha cesó en la sala, y aquel caos se convirtió repentinamente en una especie de solemnidad sepulcral. Parecía que la amenazadora majestad de Enjolras, desarmado e inmóvil, pesaba sobre el tumulto, y que, con sólo la autoridad de su tranquila mirada, aquel joven, el único que no había sido herido, magnífico, ensangrentado, hermoso, indiferente como si fuera invulnerable, obligase a aquella siniestra gente a matarlo con respeto. Su belleza, realzada en aquel momento por la altivez, despedía un vivísimo brillo, y como si el cansancio, lo mismo que las heridas, no tuvieran poder sobre él después de las horribles veinticuatro horas que acababan de transcurrir, estaba fresco y sonrosado. Quizá se refiriese a Enjolras el testigo que dijo luego ante el consejo de guerra: «Había un insurrecto a quien oí llamar Apolo.»

Un guardia nacional que le apuntaba bajó el cañón del fusil, diciendo:

—Paréceme que voy a fusilar una flor.

Doce hombres se formaron en el ángulo opuesto a Enjolras y montaron los fusiles en silencio.

En seguida un sargento gritó:

—¡Apunten!

Intervino un oficial.

—Esperad —dijo.

Y añadió, dirigiéndose a Enjolras:

—¿Queréis que os venden los ojos?

—No.

—¿Sois vos, en efecto, quien mató al sargento de artillería?

—Sí.

Hacía unos instantes que se había despertado Grantaire.

Grantaire, como recordará el lector, dormía desde la víspera en la sala alta de la taberna, sentado en una silla y recostada la parte superior del cuerpo sobre una mesa.

Realizaba en toda su energía la antigua metáfora: difunto de taberna. El horrible filtro de aguardiente, cerveza y ajenjo le había aletargado. Como la mesa que tenía delante era pequeña y no podía servir para la barricada, se la dejaron. Seguía en la misma postura: con el pecho doblado y la cabeza apoyada en el brazo, cercado de vasos, chopes y botellas. Dormía con ese sueño profundo del oso entorpecido o de la sanguijuela ya harta. Ni el fuego de los fusiles, ni del cañón, ni la metralla que penetraba por la ventana en la sala donde estaba, ni la inmensa barahúnda del asalto le despertaron. Sólo de cuando en cuando respondía al cañón con un ronquido. Parecía esperar allí a que una bala le ahorrase el trabajo de abrir de nuevo los ojos. En torno de él yacían algunos cadáveres, y a primera vista no se le distinguía de los que estaban entregados al profundo sueño de la muerte.

El ruido no despierta a un borracho, y sí el silencio. Es una observación que se ha hecho más de una vez. La caída de todo alrededor de Grantaire aumentaba su letargo como si fuese un arrullo; pero la especie de alto que hizo el tumulto delante de Enjolras fue un sacudimiento para aquel pesado sueño. Efecto parecido al de un carruaje a galope que se detiene de improviso. Los que duermen dentro del coche se despiertan entonces.

Grantaire levantó la cabeza sobresaltado, estiró los brazos, se frotó los ojos, miró, bostezó y comprendió.

La embriaguez que concluye se asemeja a una cortina que se corre. Vese en conjunto y de una sola vez cuanto ocultaba. Todo se ofrece de repente a la memoria, y el borracho, que no sabe nada de lo que ha pasado hace veinticuatro horas, no ha acabado aún de abrir los párpados cuando ya está al cabo de todo. Las ideas le ocurren con súbita lucidez; la opacidad de la embriaguez, especie de lejía que oscurece el cerebro, se disipa y da lugar a la clara y distinta percepción de la realidad.

Retirado como estaba Grantaire en un rincón y al abrigo de la mesa de billar, los soldados, que no separaban la vista de Enjolras, no habían reparado en él, y ya el sargento se preparaba a repetir la orden «¡Apunten!», cuando oyó de improviso gritar con voz robusta:

—¡Viva la República! Aquí estoy yo.

Grantaire se había levantado.

La inmensa claridad del combate, a que él no había asistido, apareció en la brillante mirada del borracho transfigurado.

Repitiendo «¡Viva la República!», atravesó la sala con paso firme y fue a colocarse delante de los fusiles, en pie, junto a Enjolras.

—Matad a dos de un golpe —dijo.

Y volviéndose a Enjolras, añadió con timidez:

—¿Lo permites?

Enjolras le estrechó la mano sonriéndole.

No había acabado de sonreírse, cuando sonó la detonación.

Enjolras, atravesado por ocho tiros, quedó arrimado a la pared, como si las balas le hubiesen clavado allí. No hizo más que inclinar la cabeza.

Grantaire cayó a sus pies como herido por un rayo.

Unos instantes después, los soldados desalojaban a los últimos insurrectos, que se habían refugiado en lo alto de la casa. Tiraban dentro de las buhardillas, a través de un enrejado de madera. Se combatía en el tejado. Se arrojaban cuerpos por las ventanas, algunos todavía vivos. Dos zapadores que intentaban poner en pie el ómnibus hecho pedazos, fueron víctimas de dos tiros de carabina disparados desde las buhardillas. Un hombre de blusa, a quien precipitaron desde aquella altura, traspasado el vientre de un bayonetazo, se revolcaba en el suelo con el estertor de la agonía. Un soldado y un insurrecto resbalaban juntos por el declive del tejado, sin querer desasirse, y caían fuerte y ferozmente abrazados. En la cueva, una lucha por el estilo. Gritos, tiros, pataleo espantoso, y luego el silencio. Se había tomado la barricada.

Los soldados empezaron el registro de las casas vecinas y la persecución de los fugitivos.

* * *

Mario era prisionero, en efecto. Prisionero de Juan Valjean.

La mano que le había asido por detrás en el momento de caer, y cuya presión había sentido al desmayarse, era la de Juan Valjean.

Juan Valjean no había tomado más parte en el combate que la de exponer su vida. Sin él, en aquella fase suprema de la agonía, nadie hubiera pensado en los heridos. Gracias a él, presente como una providencia en todos lados durante la matanza, los que caían eran levantados, trasladados a la sala baja y curados. En los intervalos reparaba la barricada. Pero nada que pudiera parecerse a un golpe, a un ataque, ni siquiera a una defensa personal, salió de sus manos. Se callaba y socorría. Por lo demás, apenas tenía algunos rasguños. Las balas le habían respetado. Si el suicidio entró por algo en el plan que se propuso al dirigirse a aquella tumba, el éxito no le había favorecido. Pero dudamos que hubiese pensado en el suicidio, acto irreligioso.

Juan Valjean, en medio de la densa niebla del combate, no aparentaba ver a Mario, siendo así que no le perdía de vista un solo instante. Cuando un balazo derribó a Mario, Juan Valjean saltó con la agilidad de un tigre, se arrojó sobre él, como si se tratara de una presa, y se lo llevó.

El remolino del ataque estaba entonces concentrado tan violentamente en Enjolras y en la puerta de la taberna, que nadie vio a Juan Valjean sosteniendo en sus brazos a Mario, sin sentido, atravesar el suelo desempedrado de la barricada y desaparecer detrás del ángulo de la casa de Corinto.

El lector recordará este ángulo, que forma una especie de cabo en la calle y protegía contra las balas, la metralla y hasta las miradas algunos pies de terreno. Hay a veces, en los incendios, una habitación que no arde, y en los mares más alborotados, detrás de un promontorio o al fin de una serie de escollos, un rinconcito tranquilo. En esta especie de repliegue del trapecio interior de la barricada había agonizado Eponina.

Allí se detuvo Juan Valjean; puso en el suelo a Mario, se respaldó contra la pared y miró en derredor.

La situación era espantosa.

Por el momento, y quizá durante dos o tres minutos, aquel lienzo de pared era un abrigo; ¿pero cómo salir y librarse de la matanza? Acordábase de la angustia que había experimentado ocho años antes en la calle de Polonceau, y de qué manera había conseguido salir del apuro; pero si entonces era difícil, ahora era imposible. Tenía ante sí aquella casa sorda e implacable de seis pisos que no parecía habitada más que por el hombre muerto del ventanillo; a la derecha estaba la barricada, bastante baja, que cerraba la pequeña Truanderie, y aunque no ofrecía mayor dificultad salvar este obstáculo, distinguíase, por encima del parapeto, una hilera de puntas de bayonetas. Era la tropa de línea, situada al otro lado de la barricada y en acecho. No cabía duda de que atravesar el parapeto equivalía a ir a buscar una descarga cerrada, y de que toda cabeza que se atreviera a mostrarse en lo alto de la pared de adoquines serviría de blanco a sesenta tiros de fusil. A la izquierda estaba el campo del combate. Detrás del ángulo de la pared estaba la muerte.

¿Qué partido tomar?

Sólo un pájaro hubiera podido salir de allí.

Y era preciso decidirse en el momento, hallar un recurso, adoptar una resolución. A algunos pasos de aquel sitio se combatía, y, por fortuna, todos se encarnizaban en un punto único: en la puerta de la taberna; pero si se le ocurría a un soldado, a uno no más, dar vuelta a la casa o atacarla por el flanco, todo habría concluido.

Juan Valjean miró la casa de enfrente, luego la barricada de la derecha y, por último, el suelo, con la violencia de la angustia suprema, desesperado y como si hubiese querido abrir un agujero con los ojos.

A fuerza de mirar, bosquejóse y llegó a adquirir forma ante él una cosa vagamente perceptible en tal agonía, como si la vista tuviera poder para hacer brotar el objeto perdido. Vio a los pocos pasos y al pie del pequeño parapeto, con tanto rigor custodiado y vigilado por fuera, bajo un hundimiento de adoquines que la ocultaban en parte, una reja de hierro colocada de plano y al nivel del piso. Esta reja, compuesta de fuertes barrotes transversales, tenía unos dos pies cuadrados. El marco de adoquines que la sostenía había sido arrancado y estaba como desencajada. A través de los barrotes se entreveía una abertura oscura, parecida al cañón de una chimenea o al cilindro de una cisterna. Abalanzóse Juan Valjean. Su antigua ciencia de las evasiones le iluminó el cerebro como una claridad. Apartar los adoquines, levantar la reja, echarse a cuestas a Mario, inerte, como un cuerpo muerto; bajar con esta carga, sirviéndose de los codos y de las rodillas, a aquella especie de pozo felizmente poco profundo; volver a dejar caer la pesada trampa de hierro que los adoquines, derrumbándose, cubrieron de nuevo; asentar el pie en una superficie embaldosada a tres metros del suelo; todo esto fue ejecutado como lo que se hace con el delirio, con la fuerza de un gigante y la rapidez de un águila; apenas empleó unos cuantos minutos.

Encontróse Juan Valjean, con Mario siempre desmayado, en una especie de corredor largo y subterráneo.

Reinaba allí una paz profunda, silencio absoluto, noche.

Se le vino a las mientes la impresión que había experimentado en otro tiempo cuando saltó de la calle al convento. Sólo que ahora no llevaba consigo a Cosette, sino a Mario.

Apenas oía encima de su cabeza como un vago murmullo; era el formidable tumulto de la taberna tomada por asalto.

CAPÍTULO VI

LODO Y ALMA

Encontrábase Juan Valjean en la alcantarilla de París.

La transición era inaudita. En medio mismo de la ciudad, Juan Valjean había salido de ella, y en un abrir y cerrar de ojos, en el tiempo preciso para levantar una tapa y volverla a dejar caer, había pasado de la luz a las tinieblas, del mediodía a la medianoche, del ruido al silencio, del torbellino de los truenos al estancamiento de la tumba, y por una peripecia mucho más prodigiosa que la de la calle Polonceau, del mayor peligro a la seguridad más absoluta.

Caída repentina en una cueva, desaparición en los calabozos de París. Dejar aquella calle, donde en todos lados veía la muerte, por una especie de sepulcro donde debía encontrar la vida, fue un extraño instante. Permaneció algunos segundos como aturdido, escuchando estupefacto. Habíase abierto de improviso, ante sus pies, la trampa de la salvación, cogiéndole, digámoslo así, por traición la bondad celeste. ¡Adorables emboscadas de la Providencia!

Entre tanto el herido no se movía, y Juan Valjean ignoraba si lo que había traído consigo a aquella fosa era un vivo o un muerto.

Su primera sensación fue la de que estaba ciego. Repentinamente no vio nada. Parecióle también que en un minuto se había puesto sordo. No oía el menor ruido. El frenético huracán de sangre y de venganza que se desencadenaba a algunos pasos de allí no llegaba a él, ya lo hemos dicho, gracias al espesor de la tierra que le separaba del teatro de los acontecimientos, sino apagado y confuso como un rumor en una profundidad. Lo único que conoció fue que pisaba en parte sólida, pero le era suficiente con esto. Extendió un brazo, luego otro y tocó la pared a ambos lados, de donde infirió que el pasillo era estrecho. Resbaló y dedujo que la baldosa estaba mojada. Adelantó un pie con precaución, temiendo encontrar un agujero, un pozo perdido, algún precipicio, y así se cercioró de que el embaldosado se prolongaba. Una bocanada de aire fétido le indicó cuál era su mansión actual.

Al cabo de algunos instantes no estaba ya ciego. Un poco de luz caía del respiradero por donde había entrado, y ya su mirada se había acostumbrado a ver la cueva. Empezó a distinguir alguna cosa. El pasillo donde se había soterrado (ninguna otra palabra expresa mejor la situación) estaba cerrado con pared a su espalda. Era uno de esos callejones sin salida que la lengua especial llama empalmes. Tenía delante de sí otra pared: pared de tinieblas. La claridad del respiradero concluía a diez o doce pasos del punto en que se encontraba Juan Valjean y apenas reflejaba una blancura pálida a algunos metros de la húmeda pared de la alcantarilla. Más allá la opacidad era maciza; parecía horrible penetrar en ella, y en la entrada tenía visos de inmersión.

Sin embargo, podía penetrarse en aquella pared de bruma, y hasta era preciso darse prisa a hacerlo. Juan Valjean calculó que aquella reja que él había visto debajo de los adoquines era posible la viesen también los soldados. Todo dependía de esta causalidad, pues nada impedía que los soldados bajasen también al pozo y le registrasen.

No había que perder un minuto. Recogió a Mario del suelo, se lo echó a cuestas y se puso en marcha, penetrando resueltamente en aquella oscuridad.

La verdad es que estaban menos a salvo de lo que Juan Valjean creía. Aguardábanles quizá peligros de otro género y de no menor tamaño. Después del torbellino fulgurante de la lucha, la caverna de los miasmas y de las emboscadas; después del caos, la cloaca. Juan Valjean había caído de un círculo del infierno a otro.

Cuando hubo andado cincuenta pasos tuvo que detenerse. Ofrecíase una duda. El pasillo iba a parar a otro ramal, con el que tropezaba transversalmente. Presentábanse dos caminos. ¿Cuál elegiría? ¿El de la derecha o el de la izquierda? ¿Cómo orientarse en aquel negro laberinto? El hilo de este laberinto, según dijimos antes, es la pendiente; siguiéndola se va al río.

Juan Valjean lo comprendió así.

Pensó que estaba probablemente en la alcantarilla de los Mercados; que si tomaba a la izquierda y seguía la pendiente llegaría antes de un cuarto de hora a alguna boca junto al Sena, entre el Pont-au-Change y el puente Nuevo; es decir, que aparecería en medio del día en el punto más concurrido de París, tal vez en una encrucijada. Los transeúntes, al ver salir del suelo, bajo sus pies, dos hombres ensangrentados, se asustarían; acudirían los municipales, luego los soldados del cuerpo de guardia vecino, y antes de estar fuera se les habría ya echado mano. Era preferible internarse en el laberinto, fiarse de la oscuridad y encomendarse a la Providencia para la salida.

Subió la pendiente y tomó a la derecha.

Cuando hubo doblado el ángulo de la galería, la lejana claridad del respiradero desapareció, la cortina de tinieblas volvió a caer ante él y de nuevo quedó ciego. Continuó sin embargo avanzando, y tan rápidamente como le fue posible. Los dos brazos de Mario rodeaban el cuello de Juan Valjean y sus pies colgaban por detrás. Juan Valjean tenía los brazos con una mano, y con la otra iba tentando la pared. La mejilla de Mario tocaba y se pegaba a la suya a causa de la sangre. Sentía correr por encima de él y penetrar sus vestidos un arroyo tibio que procedía de Mario. Sin embargo, la sensación de calor húmedo en la oreja próxima a la boca del herido indicaba que éste respiraba y, por consiguiente, que vivía. El pasillo por donde caminaba ahora Juan Valjean era menos estrecho que el primero. Costábale trabajo andar. La lluvia del día anterior no se había aún desaguado y formaba un pequeño torrente en el centro del zampeado, de suerte que le era preciso arrimarse a la pared para no meter los pies en el agua. Iba de este modo en medio de las tinieblas. Se parecía a los seres nocturnos que marchaban a tientas en lo invisible, perdidos subterráneamente en las venas de la sombra.

No obstante, poco a poco, sea que otros respiraderos lejanos enviasen alguna luz flotante a aquella opaca bruma, sea que sus ojos se acostumbrasen a la oscuridad, empezó a entrever confusamente, ora la pared a que iba arrimado, ora la bóveda por debajo de la cual pasaba.

La pupila se dilata en las tinieblas y concluye por percibir claridad, del mismo modo que el alma se dilata en la desgracia y acaba por entrar en ella Dios.

Era difícil dirigir el rumbo.

El trazado de las alcantarillas refleja, digámoslo así, el de las calles superpuestas. Había en el París de aquella época dos mil doscientas calles. Imagínese debajo esa selva de tenebrosas ramas que se denomina el albañal. El sistema de alcantarillas existente a la sazón, colocado punta con punta, hubiera medido una longitud de once leguas. Hemos dicho antes que la red actual, gracias a la actividad especial de los últimos treinta años, no cuenta menos de sesenta leguas.

Juan Valjean empezó por engañarse. Creyó estar debajo de la calle de San Dionisio, y no era así, por desgracia. Hay debajo de esa calle una alcantarilla vieja de piedra que pertenece al tiempo de Luis XIII y va en derechura el albañal colector de la alcantarilla grande, con un solo ángulo a la derecha, a la altura de la antigua corte de los Milagros, y un solo ramal, la alcantarilla de San Martín, cuyos cuatro brazos se cortan en cruz. Pero el ramal de la pequeña Truanderie, cuya entrada estaba próxima a la taberna de Corinto, no se había comunicado nunca con el subterráneo de la calle de San Dionisio; va a parar a la alcantarilla de Montmartre, que era donde se había internado Juan Valjean. Abundaban allí las ocasiones de extraviarse. La alcantarilla de Montmartre es una de las más intrincadas de la antigua red.

Felizmente, Juan Valjean había dejado detrás de sí la alcantarilla de los Mercados, cuyo plano geométrico figura una multitud de masteleros de juanete entretejidos; pero tenía delante de sí más de un encuentro embarazoso y más de una esquina de calle (porque son calles, en efecto) que aparecían en la oscuridad como puntos de interrogación.

Primero, a su izquierda, la vasta alcantarilla Platiére, especie de macana china, que conduce y enreda sus caos de «T» y de «Z» por debajo de la Casa de Postas y de la rotonda de la Alhóndiga hasta el Sena, donde termina en «Y». Segundo, a su derecha, el corredor en línea curva de la calle del Cuadrante, con sus tres dientes, que son otros tantos callejones sin salida. Tercero, a su izquierda, el ramal de Mail, complicado, casi a la entrada, por una especie de horquilla, y yendo de zigzag en zigzag a parar a la gran cripta exutoria del Louvre, partida y ramificada en todos los sentidos. En fin, a su derecha, el callejón sin salida de la calle de los Jeuneurs (ayunadores), sin contar con pequeños retretes acá y allá antes de llegar a la alcantarilla del centro, que era la única capaz de conducirle a alguna salida bastante lejana para poder considerarla segura.

Si Juan Valjean hubiese tenido una ligera noción de todo lo que acabamos de indicar, habría conocido pronto, con sólo tocar la pared, que no estaba en la galería subterránea de la calle de San Dionisio. En lugar de la piedra sillar vieja, en lugar de la arquitectura antigua, altiva y recia hasta en la alcantarilla, con zampeado y cimientos de granito, y con mortero de cal gorda, que costaba a ochocientos francos la toesa, hubiera sentido al tacto la baratura contemporánea, el recurso económico, la piedra de molino con baño de mortero hidráulico sobre una capa de hormigón, que cuesta a doscientos francos el metro, la mampostería plebeya denominada «de pequeños materiales», pero no sabía una palabra de esto.

Seguía adelante, con ansiedad, pero con calma, sin ver ni saber nada, a la ventura; es decir, en manos de la Providencia.

Gradualmente, confesémoslo, cierto horror se apoderaba de él. La sombra que le envolvía penetraba en su espíritu. Caminaba en medio de un enigma. El acueducto de la cloaca es formidable; crúzanse sus cañerías vertiginosamente. Tiene algo de lúgubre verse sumido en ese París de tinieblas. Juan Valjean estaba obligado a encontrar y casi a inventar su camino sin verlo. En aquel paraje desconocido, cada paso que daba podía ser el último de su vida. ¿Cómo salir de allí? ¿Hallaría por dónde? Y en ese caso, ¿llegaría a tiempo? Aquella colosal esponja subterránea con alvéolo de piedra, ¿se dejaría penetrar y horadar? ¿Tropezaría con algún nudo inesperado de oscuridad? ¿Aguardábale lo enmarañado e insuperable? ¿Morirían allí, Mario de hemorragia y él de hambre? ¿Acabarían por extraviarse ambos, quedando reducidos a esqueletos en aquellos lóbregos sitios? Lo ignoraba. A ninguna de estas preguntas que él se hacía sabía qué responder. El intestino de París es un precipicio. Estaba, como el Profeta, en el vientre de un monstruo.

De repente se sintió sorprendido. Cuando menos lo esperaba, y sin haber cesado de caminar en línea recta, notó que ya no subía; el agua del arroyo le daba en los talones y no en la punta de los pies. La alcantarilla bajaba ahora. ¿Por qué? ¿Iba, pues, a llegar de improviso al Sena? Este peligro era grande, pero era mayor el que resultaría si retrocedía. Siguió avanzando.

No se dirigía al Sena. La albardilla que forma el suelo de París en la orilla derecha vacía una de sus vertientes en el Sena y otra en el albañal grande. La cima de esta albardilla, que determina la división de las aguas, traza una línea muy caprichosa. El punto culminante, sitio en que se dividen los desagües, está en la alcantarilla de San Aboye, más allá de la calle de Michel-le-Comte, en la alcantarilla del Louvre, cerca de los bulevares, y en la alcantarilla de Montmartre, cerca de los Mercados. A este punto culminante había llegado Juan Valjean. Dirigíase al albañal del centro y estaba en buen camino, aunque sin saberlo.

Cada vez que encontraba un ramal buscaba a tientas los ángulos, y si la abertura que se ofrecía ante él era menos ancha que el corredor donde estaba, seguía sin hacer caso, juzgando, con razón, que toda senda más estrecha le llevaría a un callejón sin salida, lo que equivaldría a alejarle del objeto principal, que era salir de la alcantarilla. Así evitó el cuádruple lazo que le tendían en la oscuridad los cuatro laberintos mencionados.

Un momento después conoció que se separaba del París petrificado por el motín, donde las barricadas habían suprimido la circulación, y que iba por debajo del París vivo y normal. De repente oyó sobre su cabeza como el ruido de un trueno lejano, pero continuo. Eran los carruajes que rodaban.

Según sus cálculos, hacía media hora, poco más o menos, que caminaba, y no había pensado aún en descansar, contentándose con mudar la mano que sostenía a Mario. La oscuridad era más profunda que nunca; pero esta oscuridad le tranquilizaba.

De improviso vio su sombra delante de sí. Destacábase sobre un rojo claro que teñía vagamente el zampeado y la bóveda, y que resbalaba, a derecha e izquierda, por las dos paredes viscosas del corredor. Volvióse lleno de asombro.

Era la lúgubre estrella de la Policía, que se levantaba en el albañal.

Detrás de la estrella se movían confusamente ocho o diez sombras negras, rectas vagas y terribles.

Lo que en aquel momento reflejaba la luz sobre Juan Valjean era la linterna de la ronda de la orilla derecha.

Esta ronda acababa de visitar la galería curva y los tres callejones sin salida que se encuentran debajo de la calle del Cuadrante.

Mientras la ronda registraba estos callejones, Juan Valjean había tropezado con la entrada de la galería, y viendo que era más estrecha que el pasillo principal no penetró en ella y siguió adelante. Los de la Policía, al dejar la galería del Cuadrante, habían creído oír ruido de pisadas en la dirección del albañal del centro. Eran, en efecto, las pisadas de Juan Valjean. El sargento que mandaba la ronda levantó la linterna y todos se pusieron a mirar, en medio de las tinieblas, hacia el lado de donde procedía el ruido.

Felizmente, aunque él veía bien la linterna, ésta le veía a él mal. La linterna era la luz y él la sombra. Hallábase él muy lejos y confundido en el fondo oscuro del subterráneo. Arrimóse a la pared y se detuvo.

Por lo demás, Juan Valjean no tenía cabal idea de lo que se movía a su espalda. El insomnio, la falta de alimento, las emociones, le habían hecho pasar también a él al estado de visionario. Veía un resplandor, y junto a ese resplandor, larvas. ¿Qué significaba aquello? No lo comprendía.

Habiéndose detenido Juan Valjean, el ruido cesó.

Los hombres de la ronda escuchaban y no oían; miraban y no veían. Consultaron entre sí.

Había entonces en aquel punto de la alcantarilla de Montmartre una especie de encrucijada llamada «de servicio», que se ha suprimido luego a causa del pequeño lago interior formado allí por las aguas llovedizas en las recias tormentas. La ronda pudo agruparse en esa encrucijada.

Juan Valjean vio aquel corro de larvas, cuyas cabezas de sabuesos se acercaban y parecían cuchichear.

El resultado de la conferencia celebrada por los perros de guardia fue decidir que se habían engañado, que no había habido ruido, que no había allí nadie, que era inútil internarse en el albañal del centro, que sería perder el tiempo; pero que convendría darse prisa a ir a San Merry, pues si había algo que hacer y algún «bousin got» (republicano) que rastrear, era hacia aquella parte.

De cuando en cuando los partidos echan nuevas suelas a sus antiguas injurias. En 1832, la palabra «bousin got» era el punto de enlace entre la palabra «jacobino», ya olvidada, y la palabra «demagogo», casi inusitada a la sazón y que después ha servido tan bien.

El sargento dio la orden de torcer a la izquierda, dirigiéndose a la vertiente del Sena. Si se les hubiese ocurrido dividirse en dos partidas y marchar en opuestos sentidos, Juan Valjean habría caído en sus manos. Esto pendió de un hilo. Es probable que las instrucciones de la Prefectura, previendo el caso de un combate y suponiendo a los insurrectos en gran número, prohibiesen a la ronda fraccionarse. Los sabuesos, pues, volvieron a ponerse en marcha, dejando tras de sí a Juan Valjean. De todo aquel movimiento, éste no percibió más que el eclipse de la linterna, que se ocultó repentinamente.

Antes de irse el sargento, para tranquilidad de la conciencia de la Policía, descargó la carabina en la dirección del sitio que ocupaba Juan Valjean. La detonación rodó de eco en eco por la cripta titánica. Un pedazo de yeso que cayó en el arroyo e hizo saltar el agua a pocos pasos de Juan Valjean, le advirtió que la bala había dado en la bóveda encima de su cabeza.

Pisadas lentas y a compás resonaron por algún tiempo en el zampeado, desvaneciéndose a medida que se aumentaba la distancia; en seguida el grupo de formas negras se perdió en la sombra; una luz osciló, bosquejando en la bóveda un arco rojizo que decreció y luego desapareció. El silencio volvió a ser profundo; la oscuridad, completa; la ceguedad y la sordera se posesionaron otra vez de las tinieblas, y Juan Valjean, no osando moverse, permaneció bastante tiempo respaldado contra la pared, con el oído atento, la pupila dilatada, mirando alejarse aquella patrulla de fantasmas.

Preciso es hacer a la Policía de aquel tiempo la justicia de decir que, aun en las circunstancias públicas más graves, cumplía imperturbablemente su deber de inspección. Un motín no era a sus ojos un pretexto para aflojar la rienda a los malhechores y descuidar la sociedad por la razón de que el Gobierno estaba en peligro.

El servicio ordinario se desempeñaba, no obstante las tareas extraordinarias y sin resentirse lo más mínimo.

En medio de un incalculable acontecimiento político ya comenzado, bajo la presión de una revolución posible, no distraído por la insurrección ni por la barricada, el agente seguía la pista al ladrón.

Algo parecido a esto sucedía por la tarde del 6 de junio a orillas del Sena, en el ribazo de la izquierda, un poco más allá del puente de los Inválidos.

Hoy ya no hay allí ribazo. El aspecto de aquellos parajes ha cambiado.

En el ribazo, dos hombres, separados por cierta distancia, parecían observarse, evitándose mutuamente.

A medida que el que iba delante procuraba alejarse, ponía el que iba detrás empeño en vigilarlo más de cerca.

Era a modo de una partida de ajedrez que se jugase de lejos y silenciosamente. No parecían hostigarse; los dos caminaban despacio, como si cada cual temiese, apresurándose demasiado, que su compañero avivase el paso.

Hubiérase dicho un apetito tras una presa sin mostrar intención deliberada. La presa era socarrona y estaba sobre aviso.

Observábanse las proporciones debidas entre la garduña perseguida y el perro perseguidor. El que procuraba eclipsarse tenía mala traza y una figura raquítica, y el que quería echarle el guante era de elevada estatura y duro aspecto, y denotaba ser sumamente huraño.

El primero, como más débil, evitaba encontrarse con el segundo, pero al mismo tiempo estaba furioso; los que hubieran podido examinarlo de cerca habrían visto en sus ojos la sombría hostilidad de la fuga y la amenaza del miedo.

El ribazo se encontraba desierto; no pasaba nadie por allí; ni siquiera se veía al barquero ni al descargador de leña en los barcos chatos amarrados acá y allá.

No se podían distinguir bien aquellos dos hombres sino desde el muelle de enfrente, y contemplados así, el que iba delante hubiera aparecido como un ser erizado, haraposo y oblicuo, inquieto, tiritando bajo una blusa remendada, y el otro como un personaje clásico y oficial, con la levita de la autoridad abrochada hasta la barba.

El lector conocería quizá a estos dos hombres si los mirase más de cerca.

¿Qué fin se proponía el último?

Probablemente suministrar al primero ropa de abrigo.

Cuando un hombre vestido por el Estado persigue a otro hombre andrajoso, es con el objeto de convertirle en hombre vestido también por el Estado. El traje azul se considera glorioso; el encarnado es desagradable.

Hay una púrpura que procede de abajo.

Sin duda, algún disgusto, alguna púrpura de este género es lo que el primero deseaba evitar.

Si el otro le permitía ir delante y no se apoderaba de él aún, era, según las apariencias, con la esperanza de verle dirigirse a alguna cita significativa y a algún grupo que fuese buena presa. Desígnase esta difícil operación con la frase «seguir a la deshilada».

Lo que hace probable esta conjetura es que el hombre de la levita abrochada, divisando desde el ribazo un coche de alquiler que iba vacío, indicó algo al cochero. Éste comprendió, y conociendo evidentemente con quién se las había, cambió de dirección y se puso a seguir poco a poco, desde lo alto del muelle, a aquellos dos hombres. De esto no se impuso el personaje de mala traza que caminaba delante.

El coche iba junto a los árboles de los Campos Elíseos, y por encima del parapeto se veía pasar el busto del cochero con la fusta en la mano.

En una de las instrucciones secretas de la Policía a los agentes se lee este artículo: «Tener siempre pronto un carruaje de plaza por si se necesita.»

Maniobrando cada cual por su parte con una estrategia irreprensible, acercábanse aquellos dos individuos a una rampa del muelle que descendía del ribazo y permitía a los cocheros, a su vuelta de Passy, llevar al río los caballos para que bebiesen. Esta rampa se ha suprimido después por exigirlo así la simetría. Los caballos se mueren de sed, pero se recrea la vista.

Era de suponer que el hombre de blusa subiría por la rampa, a fin de intentar evadirse en los Campos Elíseos, sitio lleno de árboles, pero, en cambio, muy frecuentado por agentes de Policía y donde el otro hallaría fácilmente quien le ayudase.

Este punto del muelle dista muy poco de la casa traída de Moret a París en 1824 por el coronel Brack, y denominada Casa de Francisco I. Cerca hay un cuerpo de guardia.

Con gran sorpresa del que le observaba, aquel hombre no tomó por la rampa del abrevadero, sino que continuó avanzando por el ribazo, junto al muelle.

Evidentemente su posición se iba poniendo muy crítica.

¿Qué haría, a menos de no arrojarse al Sena?

Ya no había forma de volver a subir al muelle: ni rampa, ni escalera, y estaban próximos al sitio, señalado por el ángulo del río hacia el puente de Jena, donde el ribazo, cada vez más estrecho, acababa en lengua delgada y se perdía debajo del agua. Allí iba inevitablemente a encontrarse bloqueado entre el muro perpendicular a la derecha, el río a la izquierda, y enfrente y detrás la autoridad.

Es verdad que la conclusión del ribazo estaba oculta a la vista por un montón de escombros de seis a siete pies de altura, producto de no se sabe qué demolición. Pero ¿esperaba aquel hombre poder esconderse útilmente en un sitio donde, para descubrirle, bastaba dar la vuelta al montón? El medio hubiera sido pueril. Ni podía pensar en ello, pues la inocencia de los ladrones no llega a tanto.

Aquella aglomeración de ruinas formaba al borde del agua una especie de eminencia que se extendía como un promontorio hasta la muralla del muelle.

El hombre perseguido llegó a la pequeña colina y la dobló, cesando entonces el otro de verle.

Este último aprovechó el momento en que ni veía ni era visto, y dejando a un lado todo disimulo se puso a caminar con rapidez. Pronto estuvo junto a los escombros y dio la vuelta al montón, deteniéndose en seguida asombrado. El hombre a quien perseguía no estaba allí.

Eclipse total del hombre de blusa.

El ribazo apenas contaba, desde el montón de escombros, unos treinta pasos; sumergíase luego en el agua, que se estrellaba contra la muralla del muelle.

El fugitivo no hubiera podido arrojarse al Sena ni escalar el muelle sin que le viese su perseguidor. ¿Qué se había hecho, pues?

El hombre de la levita abrochada caminó hasta la extremidad del ribazo y permaneció allí un momento pensativo, con los puños apretados y registrándolo todo con los ojos. De improviso se dio un golpe en la frente, pues acababa de percibir, en el punto donde concluía la tierra y empezaba el agua, una reja de hierro, gruesa y baja, cimbrada y provista de una enorme cerradura, y de tres goznes macizos. Aquella reja, especie de puerta en la parte inferior del muelle, daba al río, lo mismo que al ribazo. Por debajo pasaba un arroyo negruzco que iba a desaguar en el Sena.

Al otro lado de los pesados y mohosos barrotes se distinguía una especie de corredor abovedado y oscuro.

El hombre cruzó los brazos y miró la reja con el aire de una persona que se echa en cara algo.

Como no bastaba mirar, trató de empujarla, la sacudió, y la reja resistió tenazmente. Era probable que acabasen de abrirla, aunque no se hubiese oído ruido alguno, cosa rara tratándose de una reja tan llena de herrumbre; en todo caso, no quedaba duda de que la habían vuelto a cerrar, y esto probaba que la persona para quien había girado sobre sus goznes tenía, no una ganzúa, sino una llave.

Pronto esta evidencia asaltó el espíritu del hombre, que se forzaba en violentar la reja, pues prorrumpió, indignado, en el siguiente epifonema.

—¡Esto pasa de la raya! ¡Una llave del Gobierno!

Luego, calmándose inmediatamente, expresó todo un mundo interior de ideas con esta bocanada de monosílabos, pronunciados casi irónicamente:

—¡Ta!, ¡ta!, ¡ta!, ¡ta!

Dicho esto, esperando no se sabe si ver salir al de la blusa o entrar otros, se puso al acecho detrás del montón de ruinas, con la paciente rabia del perro de muestra.

Por su parte, el carruaje de la plaza, que seguía todas sus evoluciones, se paró junto al parapeto. El cochero, previendo que no sería cosa de uno ni de dos minutos, ató el saco de avena al hocico de sus caballos; ese saco tan conocido de los parisienses, a quienes los Gobiernos, sea dicho de paso, suelen ponérselo. Las pocas personas que atravesaban el puente de Jena volvían la cabeza antes de alejarse para mirar un momento aquellos dos pormenores del paisaje inmóviles: el hombre en el ribazo y el coche en el muelle.

Juan Valjean emprendió de nuevo su marcha y ya no volvió a detenerse.

Era una marcha que se hacía cada vez más embarazosa. El nivel de las bóvedas varía; la elevación media es de unos cinco pies y seis pulgadas, y ha sido calculada para la estatura de un hombre. Juan Valjean se veía obligado a doblarse por miedo de que Mario diese contra la bóveda. A cada momento le era preciso bajarse; luego se volvía a levantar, e iba sin cesar tentando la pared. La humedad de las piedras y la viscosidad del zampeado constituían malos puntos de apoyo, fuese para la mano o para el pie. Tropezaba en el horrible estercolero de la ciudad. Los reflejos intermitentes de las cerceras no aparecían sino con larguísimos intervalos y tan débiles, que el sol, en su mayor fuerza, se tomaba por la luna. Lo demás era niebla, miasma, opacidad.

Juan Valjean tenía hambre y sed, sobre todo, y allí, como en la mar, había abundancia de agua no potable. Su fuerza prodigiosa, como es sabido, y muy poco debilitada por la edad, gracias a una vida casta y sobria, empezaba, sin embargo, a abandonarle. Sobreveníale la fatiga, y a medida que perdía vigor aumentábase el peso de la carga. Mario, muerto quizá, pesaba como pesan los cuerpos inertes. Juan Valjean lo sostenía de manera que el pecho quedase holgado y que la respiración pudiese pasar siempre lo mejor posible. Sentía deslizarse las ratas por entre sus piernas. Una se asustó hasta el punto de querer morderle. De tiempo en tiempo llegaban hasta él ráfagas de aire fresco, procedentes de las bocas de la alcantarilla, que le infundían nuevo ánimo.

Podrían ser las tres de la tarde cuando entró en el albañal del centro.

Al principio le sorprendió aquel ensanche repentino. Encontróse bruscamente en una galería cuyas dos paredes no tocaba con los brazos extendidos y bajo una bóveda mucho más alta que él. En efecto; la alcantarilla grande tiene ocho pies de ancho por siete de elevación.

En el punto en que el albañal de Montmartre se une con el del centro, otras dos galerías subterráneas, la de la calle de Provenza y la del Abbatoir (matadero) forman una encrucijada. Entre estas cuatro vías, uno menos sagaz hubiera vacilado. Juan Valjean eligió la más ancha; es decir, el albañal del centro. Pero renovábase la duda sobre si valdría más subir que bajar, o al contrario. Calculó, sin embargo, que la situación era apurada y que necesitaba a todo trance llegar al Sena, o lo que equivalía a lo mismo, bajar. Torció, pues, a la izquierda.

Fue una suerte para él, porque yerra quien cree que el arrabal del centro tiene dos salidas: una hacia Derry y otra hacia Passy. La alcantarilla grande, que no es sino el antiguo arroyo Menilmontant, va a parar, subiendo, a un callejón sin salida; esto es, a su antiguo punto de partida, a su origen, al pie del cerrillo Menilmontant. No se comunica directamente con el ramal que recoge las aguas de París en el barrio de Popincourt y desemboca en el Sena por la alcantarilla de Amalot, más arriba de la antigua isla de Louviers. Este ramal, que completa el albañal colector, se halla separado de él bajo la misma calle de Menilmontant por un macizo que indica el punto de división de las aguas río abajo y río arriba. Si Juan Valjean hubiera optado por subir habría llegado, después de mil esfuerzos, muerto de fatiga, a las tinieblas, a una pared, y estaba perdido.

En rigor, retrocediendo un poco, internándose en el pasillo de las Monjas del Calvario, a condición de no titubear en la pata de ganso subterránea de la encrucijada Boucherat; tomando por el corredor de San Luis, después a la izquierda, por el ramal de San Gil, y torciendo luego a la derecha, con cuidado de evitar la galería de San Sebastián, hubiera podido llegar al albañal de Amelot, y desde allí, con tal de no extraviarse en la especie de «F» que hay debajo de la Bastilla, salir al Sena junto al Arsenal. Pero para esto es indispensable conocer a fondo en todas sus ramificaciones y aberturas la enorme madrépora de la alcantarilla. Ahora bien, Juan Valjean, volvemos a repetirlo, ignoraba la disposición del horrible muladar por donde a la sazón iba, y si le hubiesen preguntado dónde se encontraba hubiera respondido que en la noche.

Su instinto le guió perfectamente. Bajar era, en efecto, la única salvación posible.

Dejó a la derecha los dos pasillos que se ramifican en figura de grifo bajo la calle Laffitte y la de San Jorge y el largo corredor bifurcado de la calzada de Antín.

Algo más allá de un afluente que era, al parecer, el ramal de la Magdalena, se detuvo. Estaba muy cansado. Un respiradero bastante ancho, probablemente el de la calle de Anjou, daba una luz casi viva. Juan Valjean, con la suavidad de movimientos que emplearía un hermano respecto de su hermano herido, colocó a Mario en la banqueta de la alcantarilla. El rostro ensangrentado del joven apareció a la luz pálida del respiradero como si estuviera en el fondo de una tumba.

Púsose otra vez en camino.

Por lo demás, aunque no dejó la vida en el cenagal, parecía haber dejado la fuerza. Habíale agotado aquel supremo sacrificio, y era tal su fatiga, que a cada tres o cuatro pasos tenía que cobrar aliento y apoyarse en la pared. Una vez le fue preciso sentarse en la banqueta para cambiar de posición a Mario, y creyó no volver a levantarse. Pero si el vigor había muerto en él, no así la energía. Se levantó.

Caminó desesperadamente, casi de prisa; andaba de este modo unos cien pasos, sin alzar la cabeza, sin respirar casi. De repente tropezó en la pared. Había llegado a un ángulo de la alcantarilla con la cabeza baja, y de ahí el choque. Alzó los ojos y en la extremidad del subterráneo, delante de él, lejos, muy lejos, percibió la claridad. Esta vez no era la claridad terrible, sino la claridad buena y blanca: el día.

Juan Valjean veía la salida.

Un alma condenada que en medio de las llamas divisase de repente la salida del infierno, experimentaría lo que experimentó Juan Valjean. Volaría desatinadamente con sus quemadas alas hacia la puerta. Juan Valjean no sintió ya fatiga, no sintió ya el peso de Mario; recobró sus piernas de acero y se puso a correr más bien que a caminar.

A medida que se aproximaba distinguía mejor la salida. Era un arco cimbrado, menos alto que la bóveda, la cual por grados iba decreciendo, y menos ancho que la galería, que iba estrechándose mientras la bóveda bajaba. El túnel concluía en forma de embudo, conclusión viciosa, imitada de las prisiones, lógica en una cárcel, ilógica en un albañal, y que después se ha corregido.

Juan Valjean llegó a la puerta.

Allí se detuvo.

Era la salida, pero no se podía salir.

Estaba cerrado el arco con una fuerte reja, y la reja, que, al parecer, giraba muy pocas veces sobre sus oxidados goznes, estaba sujeta al dintel de piedra por una gruesa cerradura, llena de herrumbre, que parecía un enorme ladrillo. Veíase el agujero de la llave y el macizo pestillo profundamente encajado en la chapa de hierro. La cerradura era de dos vueltas, como las que el antiguo París acostumbraba usar en la Bastilla.

Al otro lado de la reja, el aire libre, el río, el día, el ribazo, muy estrecho, pero suficiente para marcharse; los muelles lejanos; París, ese abismo donde es tan fácil esconderse; el vasto horizonte, la libertad. A la derecha, río abajo, se distinguía el puente de Jena, y a la izquierda, río arriba, el puente de los Inválidos. El sitio hubiera sido a propósito para esperar la noche y evadirse. Era uno de los puntos más solitarios de París; el ribazo enfrente del Gros-Caillou. Las moscas entraban y salían a través de los barrotes de la verja.

Serían las seis y media de la tarde. El día iba a desaparecer.

Juan Valjean colocó a Mario junto a la pared, en la parte seca del zampeado; después se dirigió a la reja y cogió con sus dos manos los barrotes. El sacudimiento fue frenético; la conmoción, nula. La reja no se movió. Juan Valjean los fue probando uno después de otro, por ver si podía arrancar el menos sólido y convertirlo en palanca para levantar la puerta o para romper la cerradura. Ningún barrote cedió. Los dientes del tigre dentro de sus alvéolos no tienen mayor solidez. El obstáculo era invencible. No había medio de abrir la puerta.

¿Qué partido adoptaría? ¿Todo debía terminar para él allí? En cuanto a retroceder, en cuanto a desandar el horrible camino ya recorrido, no se sentía con fuerzas para ello.

Por otra parte, ¿cómo atravesar de nuevo aquel cenagal, de donde había salido por milagro? Y pasado el cenagal, ¿no estaba allí la ronda de Policía, de la cual no era fácil librarse dos veces? ¿Y dónde iría luego? ¿Qué dirección tomaría? Siguiendo la pendiente no llegaría al fin propuesto. Y aun en la suposición de que encontrase otra puerta, ¿no estaría también cerrada con verja o de otro modo? Todas las salidas se hallaban, indudablemente, lo mismo que aquélla. La casualidad había hecho que estuviese abierta la reja por donde había entrado; pero era evidente que todas las demás bocas de la alcantarilla estarían cerradas. Sólo había logrado evadirlas para caer en una prisión.

No quedaba más arbitrio que pudrirse allí. Cuanto había hecho Juan Valjean era inútil. Después de tanta fatiga, el aniquilamiento.

Ambos estaban cogidos en la sombría e inmensa tela de la muerte, y Juan Valjean sentía correr por sus negros hilos, estremeciéndose en las tinieblas, la espantosa araña.

Volvió la espalda a la reja y se dejó caer en el suelo, cerca de Mario, que continuaba inmóvil. Hundió luego la cabeza entre las rodillas. No había medio de salir. Era la última gota de la amargura.

¿En qué pensaba en aquel profundo abatimiento? Ni en sí mismo ni en Mario. Pensaba en Cosette.

En medio de tal postración, una mano se apoyó en su hombro y una voz que hablaba bajo le dijo:

—Partamos.

¿Quién podía ser en aquel lóbrego sitio? Nada se parece más al sueño que la desesperación, y Juan Valjean creyó estar soñando. No había oído pasos. ¿Era sueño o realidad? Levantó los ojos.

Un hombre estaba delante de él. Iba vestido de blusa y descalzo. Llevaba los zapatos en la mano izquierda, pues, sin duda, se los había quitado para llegar hasta Juan Valjean sin ser oído.

Juan Valjean no vaciló un momento. A pesar de cogerle tan de improviso, conoció al hombre. Era Thenardier.

Aunque despertase, digámoslo así, de sobresalto, Juan Valjean, acostumbrado a vivir alerta y práctico en los golpes imprevistos que era preciso parar pronto, recobró al instante toda su presencia de ánimo.

Además de que la situación no podía empeorar, pues hay angustias que no tienen aumento posible, y ni el mismo Thenardier añadiría lobreguez a aquella tenebrosa noche.

Hubo un momento de espera.

Thenardier, levantando la mano derecha a la altura de la frente en forma de pantalla, encogió las cejas y guiñó los ojos, lo cual, acompañado de un ligero fruncimiento de boca, caracterizaba la atención sagaz de un hombre que quería conocer a otro. No lo consiguió.

Como hemos dicho antes, Juan Valjean volvía la espalda a la claridad, y estaba, además, tan desfigurado, tan lleno de fango y de sangre, que ni aun en medio del día le hubiera conocido nadie. Al contrario de Thenardier; éste, alumbrado el rostro por la luz de la reja, lívida, es verdad, pero fija, saltó, como dice la enérgica metáfora vulgar, en seguida a los ojos de Juan Valjean.

Esta desigualdad de posiciones bastaba para dar alguna ventaja a Juan Valjean en el misterioso duelo que iba a empeñarse.

El encuentro era entre Juan Valjean con disfraz y Thenardier sin él.

Juan Valjean advirtió inmediatamente que Thenardier no le conocía.

Se consideraron un momento en la penumbra y como si tratasen de medirse. Thenardier habló primero.

—¿Qué traza vas a darte para salir?

Juan Valjean no contestó.

Thenardier continuó:

—Es imposible abrir la puerta, y, sin embargo, tienes que marcharte.

—Cierto —dijo Juan Valjean.

—Pues bien, partamos las ganancias.

—¿Qué quieres decir?

—Has matado a ese hombre; bueno. Yo tengo la llave.

Thenardier indicaba con el dedo a Mario.

—No te conozco —prosiguió—, pero quiero ayudarte. Debes ser un camarada.

Juan Valjean empezó a comprender. Thenardier le tomaba por un asesino.

—Escucha —volvió a decir Thenardier—. No habrás matado a ese hombre sin mirar lo que tenía en el bolsillo. Dame la mitad y te abro la puerta.

Sacando entonces a medias una enorme llave de debajo de su agujereada blusa, añadió:

—¿Quieres ver lo que ha de proporcionarte la salida? Pues míralo.

Juan Valjean se quedó atónito, no atreviéndose a creer en la realidad de lo que veía. Era la Providencia en formas horribles; era el ángel bueno que surgía ante él en forma de Thenardier.

Thenardier metió la mano en su ancho bolsillo, que llevaba oculto debajo de la blusa, sacó una cuerda y la alargó a Juan Valjean.

—Toma —dijo—; te doy además la cuerda.

—¿Para qué?

—También necesitas una piedra, pero afuera la hallarás. Junto a la reja las hay de sobra.

—¿Y para qué necesito esa piedra?

—Imbécil, si arrojas el cadáver al río sin atarle una piedra al pescuezo flotaría sobre el agua.

Juan Valjean tomó maquinalmente la cuerda, como cualquiera habría hecho en su caso.

Thenardier hizo castañetear sus dedos, como si le hubiese asaltado de repente una idea.

—Pero, camarada, ¿cómo has podido desembarazarte del cenagal? Yo no he osado entrar en él. ¡Puf! Hueles mal.

Después de una breve pausa añadió:

—Te dirijo una pregunta tras otra y haces bien en no contestarme. Es un ensayo para cuando comparezcas ante el juez. Además de que el que calla no dice nada. ¡Bah! Porque no vea tu cara ni conozca tu nombre, no te figures que ignoro lo que eres y lo que quieres. ¡Claro! Has estropeado a ese mozo, y ahora desearías ocultarte en algún sitio; por ejemplo, en el río, que es el grande escondelotodo. Voy a sacarte del apuro. Me gusta ayudar a la gente de pro.

Al mismo tiempo de aprobar el silencio de Juan Valjean, se ve que trataba de excitarle a que hablase. Empujóle en el hombro, de suerte que, ladeándose, pudiera examinarle de perfil, y, siempre a media voz, dijo:

—Ahora que me acuerdo, eres un animal. ¿Por qué no arrojaste en el cenagal a ese hombre?

Juan Valjean no despegó los labios.

Thenardier, levantando hasta la nuez de la garganta el harapo que le servía de corbata, gesto que completa el aire de importancia de un hombre grave, continuó:

—Bien puede ser que obrases cuerdamente, porque mañana los obreros, al venir a tapar el hueco, habrían tropezado con el cadáver, e hilo por hilo, hebra por hebra, quizá llegaran hasta ti. Alguien ha entrado en la alcantarilla. ¿Quién? ¿Por dónde ha salido? ¿Se le ha visto salir? La Policía tiene talento. La alcantarilla es desleal y denuncia. Semejante hallazgo es una rareza y llama la atención. Pocas personas se valen de la alcantarilla para sus negocios, mientras que el río es de todos. El río es la verdadera sepultura. Al cabo de un mes se pesca al hombre con las redes de Saint-Cloud. ¿Y qué importa? Está hecho una lástima. ¿Quién le ha matado? París. Y ni siquiera interviene la justicia. Has obrado a las mil maravillas.

Cuanto más locuaz era Thenardier, más mudo se volvía Juan Valjean. Thenardier le puso de nuevo la mano sobre el hombro.

—Terminemos nuestro asunto. Partamos. Has visto mi llave; muéstrame tu dinero.

Thenardier estaba huraño, feroz, con sus puntas de amenazador; sin embargo, el tono era amistoso.

Notábase una cosa extraña. Los modales de Thenardier no tenían nada de sencillos. Estaba como violento. Aunque sin afectar misterio, hablaba bajo, y de cuando en cuando ponía el dedo en la boca, diciendo:

—¡Chitón!

No era fácil adivinar la causa. Encontrábanse solos y Juan Valjean supuso que habría más bandidos ocultos en algún rincón, no muy lejos, y que Thenardier no quería partir con ellos.

—Acabemos —dijo Thenardier—; ¿cuánto tenía ese mozo en los bolsillos?

Juan Valjean metió la mano en los suyos. Sábese que su costumbre era llevarlos siempre bien provistos; así lo exigía la vida de recursos repentinos a que se veía condenado. Esta vez, sin embargo, le cogió desprevenido. Al ponerse, la víspera por la noche, el uniforme de guardia nacional, se había olvidado, sumido como estaba en lúgubres pensamientos, de llevarse la cartera. Sólo tenía unas cuantas monedas en el bolsillo del chaleco lleno de fango. Lo vertió en el zampeado, y eran un luis de oro, dos napoleones y cinco o seis sueldos. Thenardier alargó el labio inferior con una contorsión de pescuezo significativa.

—Le has matado casi de gracia —dijo.

Y se puso a tentar con toda familiaridad los bolsillos de Juan Valjean y los de Mario. Juan Valjean, empeñado principalmente en que no le diese la claridad en el rostro, le dejaba que registrase. Al mismo tiempo de andar en el vestido de Mario, Thenardier, con la destreza de un escamoteador, halló medio de arrancar, sin que Juan Valjean lo notase, un pedazo, y ocultarle debajo de la blusa, calculando, sin duda, que podría servirle algún día para conocer al hombre asesinado y al asesino.

En cuanto al dinero, no encontró más de los treinta sueldos.

—Es verdad —dijo—, eso es todo.

Y olvidándose de sus palabras de introducción: «¡Partamos!», se lo guardó todo.

Hizo como que vaciló al llegar a los sueldos; pero después de reflexionar, los cogió también, acompañando la acción con estas palabras:

—¡No importa! ¡Es despachar demasiado barato a las gentes!

En seguida sacó otra vez la llave.

—Ahora, amigo mío, es menester que te vayas. Aquí, como en la feria, se paga a la salida. Has pagado, sal.

Que al proporcionar a un desconocido el auxilio de aquella llave y al abrirle la reja le guiase la intención pura y desinteresada de salvar a un asesino, hay más de un motivo para dudarlo.

Juan Valjean, con la ayuda de Thenardier, colocó de nuevo a Mario sobre sus hombros, y luego el segundo se dirigió a la reja de puntillas, indicando al primero que le siguiese; miró hacia fuera, se puso el dedo en la boca y permaneció algunos segundos como escuchando.

Satisfecho de su observación, introdujo la llave en la cerradura.

El pestillo se deslizó y la puerta giró sobre sus goznes, sin hacer el menor ruido, muy poco a poco. Conocíase que la reja y los goznes, dados con aceite, se abrían más a menudo de lo que se hubiera pensado. Era una suavidad siniestra, en la que se presentían las idas y venidas furtivas, las entradas y salidas silenciosas de los hombres nocturnos y las pisadas del hombre del crimen.

Evidentemente, la alcantarilla estaba confabulada con alguna banda misteriosa. Aquella taciturna reja era una encubridora.

Thenardier entreabrió la puerta lo suficiente para que saliese Juan Valjean, volvió a cerrar, dio dos vueltas a la llave en la cerradura y se hundió otra vez en las tinieblas sin hacer más ruido que si fuese un soplo.

Parecía andar con las patas afelpadas del tigre.

Un momento después, esta Providencia de mala catadura desaparecía en lo invisible.

Juan Valjean se encontró fuera.

La hora del crepúsculo había pasado y se acercaba a toda prisa la noche, libertadora y amiga de cuantos necesitan un manto de sombra para salir de alguna angustiosa situación. El cielo se ofrecía por todas partes como una calma enorme. El río llegaba hasta los pies de Juan Valjean con el blando susurro de un beso. Oíase el diálogo aéreo de los nidos, que se daban las buenas noches en los olmos de los Campos Elíseos. Algunas estrellas, salpicando débilmente el pálido azul del cenit, y visibles sólo a la meditación, formaban en la inmensidad cortos e imperceptibles resplandores. La noche desplegaba sobre la cabeza de Juan Valjean todas las dulzuras del infinito.

Era la hora indecisa y delicada que no dice ni sí ni no. Había ya bastante oscuridad para poder eclipsarse a cierta distancia, y bastante día aún para conocerse de cerca.

Durante algunos segundos se sintió Juan Valjean vencido irresistiblemente por toda aquella serenidad augusta y halagüeña. Hay ciertos minutos de olvido en que el padecimiento cesa de oprimir al miserable, en que todo se abisma en la idea, en que la paz, cual si fuese la noche, cubre al pensador, y bajo el crepúsculo que irradia, y a imitación del cielo que se ilumina, el alma se llena de estrellas.

Juan Valjean no pudo menos de contemplar la sombra inmensa y vaga que por encima de él se extendía, y, pensativo, tomaba en el majestuoso silencio del eterno cielo un baño de éxtasis y de oración. Después, vivamente, como si el sentimiento del deber le asaltase, se inclinó hacia Mario, y cogiendo agua en el hueco de la mano le salpicó el rostro con algunas gotas. Los párpados de Mario no se movieron, y, sin embargo, su boca entreabierta respiraba.

Juan Valjean iba a introducir de nuevo la mano en el río, cuando de improviso sintió ese embarazo que se siente al tener detrás de sí alguna persona sin verla. Se volvió.

Era un hombre de elevada estatura, envuelto en una levita larga, con los brazos cruzados y llevando en la mano derecha una macana con el puño de plomo. Estaba en pie, a corta distancia del grupo que formaban Juan Valjean y Mario.

Con el auxilio de la sombra, ofrecíase a la vista como una aparición. Un hombre sencillo se hubiera asustado a causa del crepúsculo, y un hombre de reflexión, a causa de la macana.

Juan Valjean conoció a Javert.

Aquellos dos encuentros seguidos, caer de Thenardier en Javert, era duro.

Javert no conoció a Juan Valjean, quien, como hemos dicho, no se parecía a sí mismo. Sin separar los brazos aseguró mejor la macana por un movimiento imperceptible, y dijo con voz seca y tranquila:

—¿Quién sois?

—Yo.

—¿Quién?

—Juan Valjean.

Javert cogió la macana entre los dientes, dobló las corvas, inclinó el cuerpo, colocó en los hombros de Juan Valjean sus dos robustas manos, que se encajaron allí como si fuesen dos tornillos, le examinó y le conoció. Casi se tocaban sus rostros. La mirada de Javert era terrible.

Juan Valjean permaneció inerte bajo la presión de Javert, como un león que consintiese la garra de un lince.

—Inspector Javert —dijo—, estoy en vuestras manos. Por otra parte, desde esta mañana me juzgo prisionero vuestro. No os he dado las señas de mi casa para tratar luego de evadirme. Apoderaos de mí. Sólo os pido una cosa.

Javert parecía no escuchar. Tenía clavadas en Juan Valjean sus pupilas. La barba fruncida empujaba los labios hacia la nariz, señal de meditación feroz. En fin, soltó a Juan Valjean, se levantó de golpe, cogió de nuevo la macana y, como en un sueño, murmuró, más bien que pronunció, esta pregunta:

—¿Qué hacéis ahí? ¿Quién es ese hombre?

Seguía sin tutear ya a Juan Valjean.

Juan Valjean contestó, y el tono de su voz pareció despertar a Javert:

—Cabalmente de él quería hablaros. Disponed de mi persona lo que os plazca; pero antes ayudadme a llevarle a su casa. Es todo lo que os pido.

El rostro de Javert se contrajo, como le sucedía siempre que alguien parecía creerle capaz de una concesión. Sin embargo, no respondió negativamente.

Inclinóse de nuevo, sacó del bolsillo un pañuelo que humedeció en el agua y limpió la frente ensangrentada de Mario.

—Este hombre estaba en la barricada —dijo a media voz y como hablando consigo mismo—. Es el que designaban con el nombre de Mario.

Conocíase en esto al espía por excelencia, que lo había observado, oído, entendido y recogido todo, creyendo morir; que espiaba hasta en la agonía, y que, con el pie en la primera grada del sepulcro, había tomado notas.

Cogió la mano de Mario y le pulsó.

—Es un herido —dijo Juan Valjean.

—Es un muerto —dijo Javert.

Juan Valjean respondió:

—No. Todavía...

—¿Le habéis traído aquí desde la barricada? —observó Javert.

Necesitábase que su preocupación fuese muy profunda para no insistir en aquella fuga a través de la alcantarilla, ni siquiera notar el silencio de Juan Valjean después de su pregunta.

Juan Valjean, por su parte, parecía no tener más que un pensamiento.

—Vive —continuó— en el Marais, calle de las Monjas del Calvario, en casa de su abuelo... No me acuerdo cómo se llama.

Juan Valjean registró la levita de Mario, sacó la cartera, la abrió en la página donde Mario había escrito con lápiz y se la mostró así a Javert.

Había aún en el aire suficiente claridad flotante para que se pudiera leer, además de que los ojos de Javert poseían la fosforescencia felina de las aves nocturnas. Leyó las pocas líneas escritas por Mario y dijo:

—Gillenormand, calle de las Monjas del Calvario, número 6.

Luego gritó:

—¡Cochero!

No se habrá olvidado el carruaje de plaza que esperaba para un caso de necesidad.

Javert se guardó la cartera de Mario.

Un momento después, el carruaje, bajando por la rampa del abrevadero, estaba en el ribazo. Mario fue colocado en el asiento del fondo, y Javert y Juan Valjean ocuparon el asiento delantero.

Una vez cerrada la portezuela alejóse el coche rápidamente, subiendo por los muelles en dirección de la Bastilla.

Dejaron los muelles y entraron en las calles. El cochero, perfil negro en el pescante, arreaba a sus escuálidos caballos. Silencio glacial dentro del carruaje. Mario, inmóvil, con el cuerpo apoyado en una de las esquinas, la cabeza caída sobre el pecho, los brazos colgando y las piernas tiesas, parecía no aguardar ya más que el ataúd. Diríase que Juan Valjean estaba hecho de sombra y Javert de piedra. Y en aquel tenebroso carruaje, cuya puerta interior, cada vez que pasaba por delante de un farol, se teñía de una luz lívida cual si proviniera de un relámpago intermitente, la casualidad había reunido y como situado una frente a otra las tres inmovilidades trágicas: el cadáver, el espectro y la estatua.

Era noche cerrada cuando llegaron al número 6 de la calle de las Monjas del Calvario.

Javert fue el primero que bajó y, después de cerciorarse de que aquella era la casa que buscaba, levantó el pesado aldabón de hierro de la puerta-cochera, en que figuraba, según el castillo antiguo, un macho cabrío y un sátiro frente a otro, y lo dejó caer con fuerza. Entreabrióse apenas la puerta y Javert la empujó. El portero apareció a medias, bostezando, entre dormido y despierto, con una vela en la mano.

Todos dormían en la casa. En el Marais se acuestan temprano, sobre todo en los días de motín. Aquel bueno y vetusto barrio, asustado por la revolución, se refugia en el sueño, así como los niños, cuando oyen que viene el coco, se cubren la cabeza con las sábanas de la cama.

Juan Valjean y el cochero sacaron a Mario del carruaje, sosteniéndole el primero por los sobacos y el segundo por las corvas.

Mientras así lo conducían, Juan Valjean introdujo la mano bajo los vestidos rotos del joven, le tocó el pecho y se cercioró de que el corazón latía aún, y hasta de que latía con alguna menos debilidad, como si el movimiento del coche hubiera determinado en él cierta renovación de la vida.

Javert interpeló al portero con el tono propio de los dependientes del Gobierno tratándose del portero de un faccioso:

—¿Vive aquí uno que se llama Gillenormand?

—Vive. ¿Qué le queréis?

—Le traemos a su hijo.

—¡Su hijo! —dijo el portero atónito.

—Está muerto.

Juan Valjean, que venía detrás de Javert, haraposo y sucio, y a quien el portero miraba con algún horror, le indicó que no con la cabeza.

El portero no pareció comprender las palabras de Javert ni la señal de Juan Valjean. Javert continuó:

—Fue a la barricada y ahí le tenéis.

—¡A la barricada! —exclamó el portero.

—Se dejó matar. Id a despertar a su padre.

El portero no se movía.

—¡Id de una vez!

Y añadió:

—Mañana habrá aquí entierro.

Para Javert, los incidentes habituales del servicio público estaban clasificados por categorías, lo cual es el principio de la previsión y de la vigilancia, y cada eventualidad tenía su especial distribución. Los hechos posibles se encontraban en cierto modo dentro de gavetas, de donde salían, llevado el caso, en cantidades variables. Clasificaba así los sucesos de la calle: ruido, motín, carnaval, entierro.

El portero se limitó a despertar a Vasco, Vasco despertó a Nicolasa y Nicolasa despertó a la señorita Gillenormand. En cuanto al abuelo, dejósele dormir, calculando que sabría harto pronto aquella desgracia.

Subióse a Mario al primer piso, sin que nadie se impusiese de ello en las demás partes de la casa, y se le colocó en un canapé viejo de la antecámara del señor Gillenormand. Mientras que Vasco iba a buscar un médico y Nicolasa abría los armarios de la ropa blanca, Juan Valjean sintió que Javert le tocaba en el hombro. Comprendió y bajó seguido del inspector de Policía.

El portero les vio partir como les había visto llegar: con una somnolencia estúpida.

Entraron en el carruaje, y el cochero ocupó su asiento.

—Inspector Javert —dijo Juan Valjean—, concededme otra cosa.

—¿Cuál? —preguntó con dureza Javert.

—Dejad que entre un instante en mi casa. Después haréis de mí lo que os acomode.

Javert permaneció algunos segundos en silencio, con la barba hundida en el cuello de su levita; luego corrió el cristal de delante y dijo:

—Cochero, calle del Hombre Armado, número 7.

No volvieron a despegar los labios en todo el camino.

¿Qué quería Juan Valjean? Acabar lo que había comenzado: advertir a Cosette, decirle dónde estaba Mario, darle quizá alguna otra indicación útil, tomar, si podía, ciertas disposiciones supremas. En cuanto a él, en cuanto a lo que le concernía personalmente, era asunto concluido; habíale cogido Javert y no se resistía. Otro cualquiera, en semejante situación, hubiera pensado tal vez vagamente en la cuerda de Thenardier y en los barrotes del primer calabozo donde entrase; pero desde lo que le sucedió con el obispo, había en Juan Valjean, tratándose de un atentado, aun siendo contra sí mismo, bueno es repetirlo, una profunda vacilación religiosa.

El suicidio, misteriosa vía de hecho en lo desconocido, que puede contener, hasta cierto punto la muerte en el alma, era imposible en Juan Valjean.

A la entrada de la calle del Hombre Armado, el coche se detuvo por no permitir lo estrecho de aquélla el tránsito de los carruajes. Javert y Juan Valjean se apearon.

El cochero indicó humildemente al «señor inspector» que el terciopelo de Utrecht de su carruaje estaba manchado de sangre del hombre asesinado y de lodo del asesino. Esto era lo único que había comprendido. Y añadió que se le debía indemnizar. Sacando al mismo tiempo su cuaderno, suplicó al señor inspector tuviese la bondad de escribirle en él unas cuantas palabras laudatorias.

Javert rechazó el cuaderno que le alargaba el cochero, y dijo:

—¿Cuánto te debo, contando el tiempo de la parada y la carrera?

—Han sido siete horas y cuarto —respondió el cochero—, y el terciopelo estaba nuevo. Ochenta francos, señor inspector.

Javert sacó del bolsillo cuatro napoleones y despidió el carruaje.

Internáronse en la calle, que, como de costumbre, se hallaba desierta. Javert seguía a Juan Valjean. Llegaron al número 7. Juan Valjean llamó y se abrió la puerta.

—Está bien —dijo Javert—; subid.

Y añadió con extraña expresión y como si le costase esfuerzo hablar así:

—Os aguardo.

Juan Valjean miró a Javert. Aquel modo de obrar desdecía de los hábitos del inspector de Policía; pero resuelto como se mostraba Juan Valjean a entregarse y acabar de una vez, no debía sorprenderle mucho que Javert tuviese en aquel caso cierta confianza altiva; la confianza del gato que concede al ratón una libertad de la longitud de su garra. Empujó la puerta, entró en la casa y gritó al portero, que estaba ya acostado:

—¡Soy yo!

Y subió al primer piso.

Una vez allí hizo una corta pausa. Todas las vías dolorosas tienen sus estaciones. La ventana de la escalera, que era de una sola pieza, estaba corrida. Como en muchas casas antiguas, la escalera tenía vistas a la calle. El farol situado enfrente de la casa número 7 comunicaba alguna claridad a los escalones, lo que equivalía a un ahorro de alumbrado.

Juan Valjean, sea para respirar, sea maquinalmente, sacó la cabeza por la ventana y miró toda la calle, que es corta, y que recibía la luz del farol de un extremo a otro. Juan Valjean se quedó atónito; no se veía a nadie.

Javert se había marchado.

* * *

Vasco y el portero habían llevado al salón a Mario, que seguía tendido e inmóvil en el canapé donde se le colocó a su llegada. El médico estaba ya allí. La señorita Gillenormand se había levantado.

La señorita Gillenormand iba y venía asustada, uniendo las manos e incapaz de hacer otra cosa que decir:

—¡Es posible, Dios mío!

De cuando en cuando añadía:

—¡Todo va a mancharse de sangre!

Cuando el primer horror hubo pasado, cierta filosofía de la situación se abrió camino hasta su espíritu, revelándose en la exclamación:

—¡Esto debía acabar así!

Si bien no completó el pensamiento con la frase «¡Bastante lo había dicho!», usada en tales casos.

Por orden del médico habíase arreglado una cama de cordeles junto al canapé. El médico examinó a Mario, y después de cerciorarse de que continuaban los latidos del pulso, de que el joven no tenía en el pecho ninguna herida profunda y de que la sangre de los labios provenía de las fosas nasales, le hizo colocar en la cama, sin almohada, con la cabeza a nivel del cuerpo, algo más baja, y el busto desnudo, a fin de facilitar la respiración. La señorita Gillenormand, viendo que iba a desnudar a Mario, se retiró y se puso a rezar el rosario en su cuarto.

El cuerpo no había recibido ninguna lesión interior; una bala, amortiguada al dar en la cartera, se había desviado y, corriéndose por las costillas, había abierto una grieta de horrible aspecto, pero sin profundidad y, consiguientemente, sin peligro. El largo paseo subterráneo había acabado de dislocar la clavícula rota, y esto presentaba serias complicaciones. Tenía los brazos acuchillados; pero ningún tajo desfiguraba su rostro. Sin embargo, la cabeza estaba cubierta de heridas. ¿Serían peligrosas estas heridas? ¿Deteníanse en la superficie? ¿Llegaban al cráneo? No se podía decir aún. Era un síntoma grave que hubiesen producido el desmayo, y no siempre se despierta de los desmayos de esta clase. Además, la hemorragia había debilitado al herido. De la cintura abajo habíale protegido la barricada.

Vasco y Nicolasa se ocupaban en rasgar lienzos y preparar vendajes. Nicolasa los cosía y Vasco los enrollaba. Como no había hilas, el médico había restañado provisionalmente la sangre de las heridas con algodón en rama. Sobre una mesa, al lado de la cama, había tres bujías encendidas y el estuche de cirugía estaba allí abierto. El médico lavó el rostro y los cabellos de Mario con agua fría. En un instante el cubo quedó teñido de rojo. El portero alumbraba.

El médico parecía meditar tristemente. De tiempo en tiempo hacía una señal negativa con la cabeza, como si respondiese a alguna pregunta interior. Estos misteriosos diálogos del médico consigo mismo son mala señal para el enfermo.

En el momento en que el médico limpiaba el rostro y tocaba apenas con el dedo los párpados siempre cerrados de Mario, la puerta del fondo se abrió, apareciendo en el umbral una figura alta y pálida. Era el abuelo.

El motín hacía dos días que traía muy inquieto, indignado y preocupado al señor Gillenormand. La noche anterior no había dormido, y en todo el día no se había visto libre de fiebre. Por la noche se acostó temprano, recomendando que se echase el cerrojo a todo en la casa, y abrumado de fatiga concluyó por quedarse dormido.

Los ancianos tienen el sueño ligero. El cuarto del señor Gillenormand estaba contiguo al salón, y así, a pesar de las precauciones que se tomaron, el ruido le despertó. Sorprendido de ver la luz a través de las rendijas de la puerta, dejó el lecho y dirigióse a tientas hacia el salón.

Estaba en el umbral, con la mano apoyada en la puerta a medio abrir, la cabeza un poco inclinada hacia adelante, el cuerpo envuelto en una bata blanca y estirada como un sudario, atónito, y tenía el aspecto de un fantasma mirando el interior de un sepulcro.

Vio la cama, y sobre el colchón a aquel joven ensangrentado, blanco como la cera, con los ojos cerrados, la boca abierta, los labios descoloridos, desnudo hasta la cintura, lleno de heridas, inmóvil y rodeado de luces.

El abuelo sintió de los pies a la cabeza el estremecimiento que son capaces de experimentar miembros osificados; sus ojos, cuya córnea estaba amarilla a causa de la vejez, se velaron con una especie de reflejo vítreo; toda su cara tomó en un instante las formas terrosas de una cabeza de esqueleto; sus brazos cayeron como si les hubiera faltado el resorte que los mantenía suspendidos; manifestóse el estupor en la separación de los dedos de sus trémulas manos, y sus rodillas formaron un ángulo, permitiendo entrever por la abertura de la bata las pobres piernas desnudas del anciano erizadas de blanco vello. Se le oyó decir con un susurro:

—¡Mario!

—Señor —dijo Vasco—, acaban de traer al señorito. Estaba en la barricada, y...

Entonces una especie de transfiguración sepulcral dio a aquel centenario la firme apostura de un joven.

—Caballero —dijo—, sois el médico y vais a empezar por hablarme francamente. Está muerto, ¿no es así?

El médico, en el colmo de la ansiedad, guardó silencio.

El señor Gillenormand se retorció las manos, prorrumpiendo en una carcajada espantosa.

—¡Está muerto! ¡Está muerto! ¡Se ha dejado matar en las barricadas... por odio a mí! ¡Por vengarse de mí! ¡Ah, sanguinario! ¡Ved cómo vuelve a casa de su abuelo! ¡Miserable de mí! ¡Está muerto!

Se dirigió a la ventana, abrió las dos hojas, como si se ahogase, y de pie, ante la sombra, se puso a hablar en la calle con la noche:

—¡Traspasado, acuchillado, degollado, exterminado, cortado en trozos! ¿No lo veis? ¡Tunante! ¡Sabía que le esperaba, que había hecho arreglar su cuarto y colgar a la cabecera de mi cama su retrato de cuando era niño! ¡Sabía que no tenía más que volver, y que no he cesado de llamarle en tantos años, y que todas las noches me sentaba a la lumbre, con las manos en las rodillas, no sabiendo qué hacer, y que por él me había convertido en imbécil! ¡Sabías esto! ¡Sabías que con sólo entrar y decir: «Soy yo», eras el amo, y yo te obedecería, y dispondrías a tu antojo del bobalicón de tu abuelo! Lo sabías, y has dicho: «¡No; es un realista y no iré!» ¡Y te has marchado a las barricadas y te has dejado matar por maldad! Para vengarte de lo que te dije a propósito del señor duque de Berry. ¡Es una conducta infame! ¡Y luego, acuéstese uno y duerma tranquilo para encontrarse al despertar con que su nieto ha muerto!

El médico, que empezaba a alarmarse por los dos, dejó un momento a Mario, y yendo a la ventana cogió al señor Gillenormand del brazo.

Volvióse el abuelo, le miró con ojos que parecían agrandarse y brotar sangre, y le dijo con calma:

—Caballero, os doy las gracias. Estoy tranquilo, soy un hombre; he visto la muerte de Luis XVI y sé sobrellevar las desgracias. Lo terrible para mí es pensar que vuestros periódicos tienen la culpa de todo. Escritorzuelos, abogados, oradores, tribunos; discusiones, progresos, luces, derechos del hombre, libertad de imprenta, poseeréis todo esto, pero, en cambio, ved cómo os traerán a casa a vuestros hijos. ¡Ah, Mario! ¡Es abominable! ¡Matado! ¡Muerto antes que yo! ¡Y en una barricada! ¡Ah, bandido! Oíd, doctor. Me parece que vivís en nuestro barrio. Sí, os conozco perfectamente. Desde mi ventana veo pasar vuestro coche. Oíd. Haríais mal en creer que estoy irritado. No es posible irritarse contra un muerto. Sería una estupidez. Es un niño a quien he criado. Yo había entrado ya en años cuando él todavía era pequeñito. Jugaba en las Tullerías con su carretoncillo, y para que los inspectores no gruñesen iba yo tapando con mi bastón los agujeros que él hacía en la tierra. Un día gritó: «¡Abajo Luis XVIII!», y se fue. No es culpa mía. Era sonrosado y rubio. Su madre ha muerto. ¿No habéis notado que todos los niños son rubios? ¿En qué consistirá eso? Es hijo de unos de esos bandidos del Loira; pero los niños no pueden responder de los crímenes de sus padres. Me acuerdo cuando era así tan chiquitín. ¡Qué trabajo le costaba pronunciar la «d»! En la dulzura del acento se le hubiera creído un pájaro. Un día, delante del Hércules Farnesio, se formó un corro para admirarle. ¡Tan hermoso era! Su cabeza se parecía a las que se ven en los cuadros. Yo engrosaba la voz y le metía miedo con el bastón; pero él sabía que no estaba enfadado de veras. Por la mañana, cuando entraba en mi cuarto, solía refunfuñar; pero su presencia me producía el efecto del sol. No hay defensa contra esos mocosos. Una vez que os han cogido, ya no os vuelven a soltar. La verdad es que no había cosa más querida que ese niño. ¡Venidme ahora a hablar de vuestro Lafayette, de vuestro Benjamín Costant y de vuestro zapatero Simón, que me le asesinan! Esto no puede quedar así.

Acercóse a Mario, que seguía lívido e inmóvil, y a cuyo lado había vuelto el médico, y empezó de nuevo a retorcerse los brazos.

Los blancos labios del anciano se agitaban como maquinalmente, y de ellos salían, a modo de soplo en el estertor, palabras inconexas que se oían apenas:

—¡Ah! ¡Desalmado! ¡Clubista! ¡Septembrista!

Eran reconvenciones en voz baja dirigidas por un agonizante a un cadáver.

Poco a poco, según acontece en todas las tempestades interiores, el encadenamiento de las palabras se restableció; mas parecía que el abuelo no tenía ya fuerzas para pronunciarlas, y su voz estaba tan sorda y apagada como si viniese del otro lado de un abismo.

—¡Me es indiferente, pues yo también voy a morir! ¡Y cuando pienso que no hay en París una mujer que no se hubiera alegrado de labrar la felicidad de ese miserable! ¡Un imbécil, que en vez de convertirse y de disfrutar de la vida ha ido a combatir y se ha dejado ametrallar! ¿Por quién? ¡Por la República! ¡En vez de ir a bailar a la Chaumiére, como deben hacer los jóvenes! Para mucho le ha valido tener veinte años. ¡La República! Tejido de necedades. ¡Pobres madres, parid, pues, hermosos chicos! Vaya, está muerto. Serán dos entierros en la puerta-cochera. ¡Te has dejado poner de ese modo por amor al general Lamarque! ¿Qué favores te había dispensado ese general Lamarque? ¡Un matachín! ¡Un charlatán! Es para volverse loco. ¿Comprendéis esto a los veinte años? ¡Y sin mirar atrás, a ver si en el mundo quedaban personas que le necesitasen! ¡Ah! ¡Ahora los pobres viejos habrán de morirse solos! ¡Revienta ahí en ese rincón, búho! Pues bien, mejor que mejor; lo esperaba, voy a morir sin remedio. Soy demasiado viejo; tengo cien años, mil años... Desde hace mucho tiempo nadie puede disputarme el derecho de morir. Con este golpe todo se acabó. Todo se acabó. ¡Qué felicidad! ¿Para qué ese amoníaco y ese montón de drogas? ¡Trabajo perdido, médico imbécil! Idos; está muerto, completamente muerto. Lo digo yo, que entiendo de eso; yo, que también estoy muerto. El miserable no ha hecho las cosas a medias. ¡Sí, la época actual es infame, infame, infame; y así pienso de vosotros, de vuestras ideas, de vuestros sistemas, de vuestros maestros, de vuestros oráculos, de vuestros doctores, de vuestros escritorzuelos, de vuestros filosofastros y de todas las revoluciones que espantan de sesenta años a esta parte las nubes de cuervos de las Tullerías! ¡Y ya que has sido implacable dejándote matar así, yo no tendré siquiera el disgusto de tu muerte! ¿Oyes, asesino?

En aquel momento abrió Mario lentamente los párpados, y su mirada, velada aún por el asombro letárgico, se fijó en el señor Gillenormand.

—¡Mario! —gritó el anciano—. ¡Mario! ¡Niño de mi alma! ¡Hijo de mis entrañas! ¡Abres los ojos, me miras, estás vivo! ¡Gracias!

Y cayó desmayado.

QUINTA PARTE

CAPÍTULO PRIMERO

JAVERT, DESORIENTADO

Javert se alejó lentamente de la calle del Hombre Armado.

Caminaba con la cabeza baja por primera vez en su vida, y también por primera vez en su vida con las manos cruzadas atrás.

Hasta entonces, Javert, de las dos actitudes de Napoleón, sólo había adoptado la que denota un ánimo resuelto: los brazos cruzados sobre el pecho; érale desconocida la que denota incertidumbre; esto es, las manos cogidas atrás. Habíase verificado en él un gran cambio; toda su persona, lenta y sombría, llevaba el sello de la ansiedad.

Internóse en las calles más silenciosas.

Sin embargo, seguía una dirección.

Tomó por el camino más corto hacia el Sena, llegó al muelle de los Olmos, le costeó, dejó tras de sí la Gréve y se detuvo a alguna distancia del cuerpo de guardia del Chatelet, en el ángulo del puente de Nuestra Señora. El Sena, entre el puente de Nuestra Señora y el Pont-au-Change, a un lado, y los muelles de la Mégisserie y de las Flores, al otro, forma una especie de lago cuadrado que atraviesa un remolino.

Este punto del Sena es muy temido de los marineros. Nada hay más peligroso que ese remolino, cuya furia aumentaban en aquella época las estacas del molino del puente, hoy demolido. Los dos puentes, tan próximos uno de otro, contribuyen a que sea mayor el peligro, y el agua se precipita de una manera formidable por debajo de los arcos. Acumulándose allí forcejea contra los postes, como para arrancarlos con gruesas cuerdas líquidas. Los hombres que caen en aquel remolino no vuelven a aparecer; ahóganse allí los más diestros nadadores.

Javert apoyó los dos codos en el parapeto, la barba en las dos manos, y mientras que sus uñas se contraían maquinalmente en las pobladas patillas, se puso a meditar.

En el fondo de su alma acababa de pasar algo nuevo: una revolución, una catástrofe, y había materia para entregarse a un profundo examen.

Javert padecía horriblemente.

Hacía algunas horas que la unidad de objeto había cesado en él. Sentíase turbado; aquel cerebro, tan límpido en su misma ceguedad, había perdido la transparencia; empañaba aquel cristal una nube. Javert conocía que su deber era mostrarse al descubierto y no cabía disimulo. Cuando encontró tan impensadamente a Juan Valjean en el ribazo del Sena, hubo en él algo del lobo que se apodera de nuevo de su presa y del perro que vuelve a hallar a su amo.

Ante sí veía dos sendas, ambas igualmente rectas; pero eran dos y esto le aterraba, pues en toda su vida no había conocido sino una sola línea recta. Y para colmo de angustia, aquellas dos sendas eran contrarias y se excluían mutuamente. ¿Cuál sería la verdadera?

Su situación era inexplicable.

Deber la vida a un malhechor; admitir y reembolsar esta deuda; estar, a pesar de sí mismo, mano a mano con una persona perseguida por la justicia, y pagarle un servicio con otro servicio; dejar que le dijesen: «Márchate», y decir a su vez: «Sé libre.» Sacrificar a motivos personales el deber, esta obligación general, y sentir en aquellos motivos personales algo de general también, y quizá algo de superior; vender la sociedad por ser fiel a su conciencia; la realización de tales absurdos y su acumulación en él, en su individuo, esto le aterraba.

Habíale admirado una cosa, y era que Juan Valjean le perdonase; y petrificábale la idea de que él, Javert, hubiese perdonado a Juan Valjean.

¿Qué era de su personalidad? Buscábase y no se encontraba.

¿Qué había de hacer ahora? Si malo le parecía entregar a Juan Valjean, no menos malo se le figuraba que era dejarle libre. En el primer caso, el hombre de la autoridad descendía más que el hombre del presidio; en el segundo, un presidario se sobreponía a la ley y la pisoteaba. En ambos casos el deshonor era para él. En cualquier partido que adoptase había descenso. El destino tiene ciertas extremidades perpendiculares a lo imposible, más allá de las cuales la vida no es más que un precipicio. Javert estaba en una de esas extremidades.

Afligíale tener que pensar. La misma violencia de todas estas emociones contradictorias le obligaban a ello. ¡El pensamiento! Cosa inusitada para él y que le causaba un dolor indecible.

Hay siempre en el pensamiento cierta cantidad de rebelión interior, e irritábale sentirla en sí.

El pensamiento sobre cualquier asunto ajeno al estrecho círculo de sus funciones hubiera sido para él, en todos los casos, una inutilidad y una fatiga; pero versando sobre el día que acababa de pasar, era un tormento. Sin embargo, había que examinar la conciencia después de tales sacudimientos y erigirse en juez de sí mismo.

Estremecíase al considerar lo que había hecho, decidiendo contra todos los reglamentos de Policía, contra toda la organización social y judicial, contra el Código entero, poner en libertad a un hombre.

Habíale convenido esto; había sobrepuesto sus negocios particulares a los negocios públicos. ¿No era incalificable tal conducta? Cada vez que fijaba la mente en aquella acción sin nombre acometíale un temblor general. ¿Qué resolución debía tomar? Un solo recurso le quedaba: volver apresuradamente a la calle del Hombre Armado y apoderarse de Juan Valjean. Claro estaba que no debía hacer sino eso. Con todo, no podía. Algo le cerraba el camino por aquel lado.

¿Y qué era ese algo? ¿Hay en el mundo una cosa distinta de los Tribunales, de las sentencias ejecutorias, de la Policía y de la autoridad? Las ideas de Javert se confundían.

¡Un presidiario sagrado! ¡Un presidiario que se emancipaba de la justicia por causa de Javert!

¿No era horrible que Javert y Juan Valjean, el hombre hecho para el rigor y el hombre hecho para el padecimiento, ambos sujetos a la ley, hubiesen llegado al extremo de sobreponerse a ella?

¡Cómo! ¡Sucedían atrocidades por el estilo y nadie sería castigado! ¡Juan Valjean, más fuerte que todo el orden social, se vería libre, y Javert continuaría comiendo el pan del Gobierno!

Poco a poco su meditación tomaba un carácter terrible.

También hubiera podido dirigir a su conciencia algún cargo con motivo del insurrecto conducido a la calle de las Monjas del Calvario; pero no pensaba en él. La falta menor se perdía en la mayor. Por otra parte, tratábase de un hombre evidentemente muerto, y con la muerte concluye la persecución legal.

Juan Valjean era el preso que abrumaba su espíritu.

Juan Valjean le desconcertaba. Los axiomas, que habían sido los puntos de apoyo de toda su vida, caían por tierra ante aquel hombre. La generosidad usada con él le tenía agobiado. Recordaba hechos que en otro tiempo había calificado de mentiras y locuras, y que ahora le parecían realidades. La figura del señor Magdalena se bosquejaba por detrás de Juan Valjean, superponiéndose ambas y no formando más que una, que era venerable. Javert sentía penetrar en su alma alguna cosa terrible: la admiración hacia un presidiario. ¿Pero se concibe que se respete a un presidiario? No, y a pesar de ello él le respetaba. Por más esfuerzos que hacía tenía que confesar en su fuero interno la sublimidad de aquel miserable. Esto era odioso.

Un malhechor benéfico, un presidiario compasivo, dulce, clemente, recompensando el mal con el bien, el odio con el perdón, la venganza con la piedad; prefiriendo perderse a perder a su enemigo; salvando al que le había herido, de rodillas en lo más culminante de la virtud, más cerca del ángel que del hombre; era un monstruo cuya existencia no podía ya negar Javert.

Imposible que esto continuase así.

Preciso es convenir en que él no se había rendido de buen grado a aquel monstruo, a aquel ángel infame, a aquel héroe terrible, que le causaba tanta indignación como asombro. Veinte veces, cuando iba en el carruaje en compañía de Juan Valjean, el tigre legal había rugido en él. Veinte veces había sentido tentaciones de arrojarse sobre Juan Valjean, cogerle y devorarle; esto es, sorprenderle. ¿Había nada más sencillo? Con gritar delante del primer cuerpo de guardia: «¡Un presidiario que se ha fugado!», y luego llamar a los gendarmes y decirles: «Os entrego ese hombre», marchándose y dejándole allí, sin volver a ocuparse en la suerte del criminal, todo estaba concluido. La ley podía disponer del preso como estimase mejor. ¿Qué cosa más justa? Javert había pensado todo esto, había querido ponerlo en ejecución: prender a aquel hombre. Y entonces, lo mismo que ahora, tropezó con una barrera insuperable. Cada vez que la mano del inspector de Policía se levantaba convulsivamente para coger a Juan Valjean por el cuello, aquella mano, como si tirase de ella un peso enorme, había vuelto a caer, y en el fondo de su pensamiento oía una voz, una voz extraña, que le gritaba: «Bueno; entrega a tu salvador, y en seguida haz traer la jofaina de Poncio Pilatos y lávate.»

Después se examinaba a sí mismo, y junto a Juan Valjean ennoblecido, contemplaba a Javert degradado.

¡Un prisionero era su bienhechor!

¿Pero por qué había permitido que aquel hombre le perdonase la vida? Tenía derecho a morir en la barricada y hubiera debido usar de este derecho. Hubiera debido llamar a los demás insurrectos en su auxilio, contra Juan Valjean, y haber hecho que le fusilasen; valía más así.

Su angustia mayor era la desaparición de la certidumbre. Sentía como si le faltasen las raíces. El Código no era más que un papel mojado en su mano. Acometíanle escrúpulos de una especie desconocida. Efectuábase en él una revelación sentimental enteramente distinta de la afirmación legal, su medida única hasta entonces. No le bastaba ya permanecer en la honradez antigua. Un orden de hechos inesperados surgía y le subyugaba. Era para su alma un mundo nuevo: el beneficio aceptado y devuelto, la abnegación, la misericordia, la indulgencia, las violencias hechas por la piedad a la austeridad, la acepción de personas; no más sentencias definitivas, no más condenas; la posibilidad de una lágrima en los ojos de la ley; cierta justicia, según Dios, contraria a la justicia, según los hombres. Divisaba en las tinieblas la imponente salida de un sol moral desconocido, y experimentaba al mismo tiempo el horror y el deslumbramiento de semejante espectáculo. Búho obligado a dirigir miradas de águila.

¡Conque era verdad que había excepciones, que la autoridad podía desconcertarse, que la regla podía retroceder ante un hecho, que todo no cabía en el texto de la ley, que lo imprevisto se hacía obedecer, que la virtud de un presidiario podía tender un lazo a la virtud de un empleado público, que lo monstruoso podía ser divino, que el Destino tendía emboscadas de esta clase, y que el mismo Javert no estaba al abrigo de una sorpresa!

Veíase en la necesidad de reconocer con desesperación que la bondad existía. Aquel presidiario había sido bueno, y también él, ¡cosa inaudita!, acababa de serlo. Íbase, pues, depravando.

Se conceptuaba cobarde y tenía horror de sí mismo.

El ideal para Javert no era ser humano, grande, sublime; era ser irreprensible. Ahora bien: acababa de cometer una falta.

¿Cómo había podido cometerla? ¿Cómo había pasado todo aquello? Ni él mismo lo sabía. Se cogía la cabeza con ambas manos; pero, a pesar de sus esfuerzos, no alcanzaba a explicárselo.

Él, sin duda, había tenido siempre intención de poner a Juan Valjean a disposición de la ley, de que era cautivo, y de la cual él, Javert, era esclavo. Jamás, mientras le tuvo en sus manos, le había ocurrido el pensamiento de dejarle ir. Hízolo, pues, en cierto modo, contra su voluntad y sin saber lo que hacía.

¡Interrogatorio tremendo! Dirigíase preguntas, daba respuestas, y estas respuestas le aterraban. Preguntábase: «¿Qué ha hecho ese presidiario, a quien he perseguido sin cesar, que me ha tenido bajo sus pies, que podía y debía vengarse, tanto por rencor como por seguridad, dejándome la vida, perdonándome? ¿Su deber? No. Algo más. Y yo, perdonándole a mi vez, ¿qué he hecho? ¿Mi deber? No. Algo más. ¿Hay, pues, algo por encima del deber?» Al llegar aquí se asustaba; dislocábase su balanza; uno de los platillos caía en el abismo, el otro se elevaba al cielo, y Javert sentía el mismo terror por el que subía como por el que bajaba. Sin haber en él nada de lo que se llama volteriano, o filósofo, o incrédulo; lleno, al contrario, instintivamente de respeto hacia la Iglesia establecida, no la conocía, sin embargo, sino como un fragmento augusto del edificio social. El orden era su dogma, y le bastaba. Desde que tuvo edad de hombre y empezó a desempeñar su cargo, cifró en la Policía casi toda su religión. Consideraba (y cuenta que empleamos aquí las palabras sin la menor ironía, en la acepción más formal) el espionaje como un sacerdocio. Tenía un superior, que era el señor Gisquet; apenas había pensado hasta aquel día en ese otro superior: Dios.

¡Dios! Sentíale dentro de sí inesperadamente y experimentaba cierto malestar.

El hecho predominante para él era que acababa de cometer una espantosa infracción. Había dado libertad a un criminal reincidente, a un presidiario. Había robado a las leyes un hombre que les pertenecía. Nada menos que esto había hecho y no se comprendía a sí mismo.

Ni siquiera concebía las razones de su modo de obrar. Agitábale una especie de vértigo. Hasta entonces había vivido con la fe ciega que engendra la probidad tenebrosa. Abandonábale esta fe; faltábale esta probidad. Todas sus creencias se desvanecían. Algunas verdades, que no quería escuchar, le asediaban inexorablemente.

En adelante era preciso ser otro hombre. Padecía los extraños dolores de una conciencia ciega, bruscamente devuelta a la luz. Veía lo que le repugnaba ver. Encontrábase vacío, inútil, segregado de su pasada vida, destruido, disuelto. En él había muerto la autoridad y no tenía ya razón de ser.

* * *

Oscuridad completa. Era el momento sepulcral que sigue a la medianoche. Nubes espesas ocultaban las estrellas. El cielo tenía un aspecto siniestro. No se veía una sola luz en las casas de la «Cité»; no pasaba nadie; las calles y los muelles hasta adonde la vista podía alcanzar estaban desiertos; Nuestra Señora y las torres del Palacio de Justicia parecían lineamentos de la noche. Un farol alumbraba el pretil del muelle. Los perfiles de los puentes iban desapareciendo en las tinieblas unos tras otros. El río había crecido con las lluvias.

El paraje en que se había apoyado Javert estaba, como se recordará, situado por encima del remolino del Sena, perpendicularmente a la formidable espiral de las olas, que se desatan y vuelven a atar como un tornillo sin fin.

Javert inclinó la cabeza y miró. Todo estaba negro. No se distinguía nada. Oíase el ruido de la espuma, pero no se veía el río. Por unos instantes aparecía en aquella profunda vorágine una luz que serpenteaba vagamente. Es virtud que tiene el agua de coger la luz, no se sabe de dónde, en medio de la noche más completa, y convertirla en culebra. La claridad no tardaba en disiparse y todo volvía a quedar confuso y negro. La inmensidad parecía estar allí abierta. Debajo no era aquello agua, sino abismo. La muralla del muelle, recta, confusa, mezclada con el vapor y ocultándose en seguida, producía el efecto de una muralla del infinito.

No se veía nada, pero se sentía la frialdad hostil del agua y el olor especial de las piedras mojadas. Subía del abismo un hálito salvaje. La crecida del río, que se adivinaba más bien que se percibía; el trágico murmullo de las olas, la enorme lobreguez de los arcos del puente, la caída imaginable en aquel sombrío precipicio, todo estaba lleno de horror.

Javert permaneció algunos minutos inmóvil mirando aquel abismo de tinieblas. Consideraba lo invisible con una fuerza que tenía algo de atención. El único ruido era el del agua.

De repente se quitó el sombrero y lo puso en el pretil del muelle. Poco después apareció en pie sobre el parapeto una figura alta y negra, que a lo lejos cualquier transeúnte retardado hubiera podido tomar por un fantasma; se inclinó hacia el Sena, volvió a enderezarse y cayó luego a plomo en las tinieblas.

Hubo un estremecimiento sordo, y únicamente la sombra estuvo en el secreto de las convulsiones de aquella forma oscura que desapareció bajo las aguas.

* * *

Algún tiempo después de los acontecimientos que acabamos de referir, el señor Boulatruelle experimentó una conmoción muy viva.

Como el lector recordará, el señor Boulatruelle es aquel peón caminero de Montfermeil, bosquejado ya en las partes tenebrosas de este libro.

Ocupábase en diferentes cosas, a cual más turbia. Rompía piedras y desvalijaba a los viajeros en el camino real. Picapedrero y ladrón, soñaba sin cesar con tesoros enterrados en el bosque de Montfermeil, y esperaba el día menos pensado encontrar dinero al pie de algún árbol. Buscábalo entre tanto en el bolsillo de los transeúntes.

Por el momento, sin embargo, era prudente. Acababa de librarse de una buena, pues, según en otro lugar hemos dicho, le cogieron en la buhardilla de Jondrette con los demás bandidos. Pero como para algo ha de servir tener un vicio, su borrachera le había salvado. No se pudo averiguar si estaba allí en clase de robado o de ladrón, de donde resultó la providencia de «no ha lugar», fundada en su notorio estado de embriaguez aquella terrible noche. Marchóse en seguida a su camino de Gany y Ligny para ocuparse en echar piedra, bajo la vigilancia del Estado, abatido, meditabundo, disgustado del robo que estuvo a pique de perderle y cada vez con más cariño al vino, su salvador.

En cuanto a la viva emoción que experimentó al poco tiempo de haber vuelto a su choza de peón caminero, vamos a decir la causa.

Una mañana que Boulatruelle se dirigía, como de costumbre, a su trabajo, y quizá al sitio desde donde acechaba, divisó entre las ramas a un hombre que estaba de espaldas hacia él, pero cuya traza, por lo que pudo juzgar desde lejos y a la luz del crepúsculo, no le era del todo desconocida. Boulatruelle, aunque borracho, tenía excelente memoria; arma defensiva indispensable a todo el que se pone en lucha con el orden legal.

—¿Donde diablos he visto yo algo parecido a ese hombre? —dijo para sí.

Pero la única respuesta que se le ocurrió fue que se asemejaba a una persona cuya imagen medio confusa tenía en la mente.

Por lo demás, Boulatruelle, prescindiendo de la identidad, que no le fue posible fijar, hizo comparaciones y formó cálculos. Aquel hombre no era del país y acababa de llegar a pie evidentemente, pues ningún carruaje público iba a tales horas a Montfermeil. Había andado toda la noche. ¿De dónde venía? La distancia no debía ser muy grande, pues no llevaba mochila ni lío. Sin duda venía de París. ¿Por qué estaba en el bosque y a semejante hora? ¿Qué objeto le traía allí?

Boulatruelle pensó en el tesoro. A fuerza de atormentar su memoria recordó vagamente haber tenido ya, muchos años antes, otra alerta por el estilo con motivo de un hombre que se le figuró podría muy bien ser aquel mismo.

Mientras meditaba, había bajado la cabeza, como cediendo a la presión del pensamiento, lo cual, aunque natural, fue poco hábil. Cuando se levantó no vio casi nada. El hombre había desaparecido en el bosque y en las dudosas tintas del crepúsculo.

—¡Diablo! —dijo Boulatruelle—. Yo le husmearé. Yo descubriré la parroquia de ese parroquiano. Yo sabré qué viene a buscar aquí ese paseante de Patrón Minette. En mi bosque no tiene nadie un secreto sin que no procure yo averiguarlo.

Cogió su pico, que era muy puntiagudo, y murmuró entre dientes:

—Hay aquí con qué registrar la tierra y a ese hombre.

Y después de estudiar lo mejor que pudo el itinerario del desconocido, se puso en marcha a través de los árboles.

A los cien pasos, el día, que empezaba a aclarar, le ayudó. Pisadas impresas acá y allá en la arena, hierbas tronchadas, matorrales rotos, tiernas ramas dobladas y que volvían a enderezarse con la graciosa lentitud de una linda joven que estira sus brazos al despertar, le indicaron una pista. La siguió, pero no tardó en perderla.

Entre tanto, el tiempo pasaba.

Internóse en el bosque y llegó a una especie de eminencia. Un cazador madrugador que cruzaba a lo lejos de un lado para otro, silbando el aire de Guillery, le inspiró la idea de trepar sobre un árbol. Aunque viejo, era ágil. Había allí una corpulenta haya, digna de Titiro y de Boulatruelle, y el peón caminero subió a una de sus más altas ramas.

La idea era buena. Al explorar aquel sitio por el lado donde el bosque es más bravío, Boulatruelle vio de repente a su hombre.

En seguida se perdió de vista.

El desconocido entró, o más bien se deslizó, en un claro bastante lejano, oculto por los grandes árboles, pero que Boulatruelle conocía perfectamente a causa de haber notado allí, cerca de un gran montón de piedras de molino, un castaño enfermo con un parche de cinc adherido a la corteza. Este claro es el mismo llamado en otro tiempo el predio Blaru. El montón de piedras, cuyo destino ignoramos, y que estaba en aquel paraje hace treinta años, continuará allí sin duda. No hay longevidad como la de un montón de piedras, a no ser la de una empalizada de tablas, y más si reúne la circunstancia de provisional. ¡Qué razón más fuerte para perpetuarse!

Boulatruelle, con la rapidez que da la alegría se dejó caer, en vez de bajar del árbol. Había encontrado la guarida y sólo se trataba ahora de apoderarse de la fiera. El famoso tesoro objeto de sus sueños estaba allí probablemente.

No era obra fácil llegar al claro. Por los senderos trillados, llenos de zigzags, se necesitaba algo más de un cuarto de hora. En línea recta por el monte, allí sumamente espeso, espinoso y agresivo, había que emplear una media hora larga. Boulatruelle no lo comprendió. Creyó en la línea recta, ilusión de óptica respetable, pero que pierde a muchas personas. El monte, erizado y todo, le pareció el mejor camino.

—Tomemos por la calle Rívoli-de-los-Lobos —dijo.

Boulatruelle, acostumbrado a caminar siempre torcido, cometió esta vez la falta de ir en derechura.

Internóse resueltamente entre las malezas.

Tuvo que habérselas con acebos, ortigas, espinos, agavanzos, cardos y zarzas, quedando arañado en extremo.

Al pie del barranco había agua, que le fue preciso atravesar.

Llegó al cabo de cuarenta minutos al predio Blaru, sudando, mojado, jadeante, feroz.

No vio a nadie.

Boulatruelle corrió al montón de piedras. El montón estaba allí: nadie se lo había llevado.

En cuanto al hombre, ni su sombra. Habíase evadido. Pero ¿por qué lado? ¿Hacia dónde? Imposible adivinarlo.

Lo más doloroso era que detrás del montón de piedras, al pie del árbol con el parche de cinc, se notaba la tierra removida y había un azadón olvidado o abandonado y un agujero.

El agujero estaba vacío.

—¡Ladrón! —gritó Boulatruelle levantando y apretando los puños.

* * *

Mario permaneció mucho tiempo entre la vida y la muerte. Durante algunas semanas tuvo fiebre acompañada de delirio y síntomas cerebrales de alguna gravedad, causados más bien por la conmoción de las heridas en la cabeza que por las heridas mismas.

Repitió el nombre de Cosette noches enteras en medio de la locuacidad lúgubre que da la fiebre y con la sombría obstinación del agonizante. Lo ancho de ciertas lesiones fue un peligro serio, pues la supuración de las llagas podía siempre reabsorberse y matar al enfermo, existiendo ciertas influencias atmosféricas. A cada mutación del tiempo, al menor huracán, el médico se asustaba.

—Sobre todo, procurar que el herido no experimente ninguna emoción —repetía.

Las curas eran complicadas y difíciles, pues en aquella época no se conocía aún el modo de fijar los aparatos y vendajes con el esparadrapo. Nicolasa gastó en hilas una sábana «del tamaño del techo», decía. Trabajo costó que las lociones del cloro y el nitrato de plata impidiesen la gangrena.

Mientras duró el peligro, el señor Gillenormand, a la cabecera del lecho de su nieto, estaba como Mario: ni vivo ni muerto.

Todos los días, una y hasta dos veces, un caballero con el pelo blanco y decentemente vestido (tales eran las señas del portero) venía a saber del enfermo y dejaba para las curas un gran paquete de hilas.

Por fin, el 7 de septiembre, al cabo de cuatro meses, día por día, contados desde la fatal noche en que le habían traído moribundo a casa de su abuelo, el médico declaró que respondía de Mario.

Empezó la convalecencia.

Sin embargo, tuvo que permanecer aún más de dos meses tendido en un sillón, a causa de los accidentes producidos por la fractura de la clavícula. Hay siempre una llaga, la última, que no quiere cerrarse y que eterniza la curación, con gran fastidio del paciente.

En cambio, aquella larga enfermedad y la no menos larga convalecencia le libraron de las pesquisas judiciales. En Francia no hay cólera, aun siendo pública, que no se extinga a los seis meses. En el estado actual de la sociedad todos tienen su parte de culpa en los motines y por lo mismo todos sienten la necesidad de cerrar los ojos.

Bueno será añadir que el incalificable edicto de Gisquet, mandando a los médicos que denunciasen a los heridos, indignó de tal modo al público, y al rey en primer lugar, que los heridos se encontraron cubiertos y protegidos por aquella indignación. Excepto los que habían sido cogidos en el sitio del combate, ninguno se vio inquietado por los consejos de guerra. Dejóse, pues, a Mario tranquilo.

El señor Gillenormand padeció al principio todas las angustias para experimentar luego todos los éxtasis. Costó mucho impedirle que pasase las noches enteras junto al herido. Mandó colocar su colosal sillón al lado de la cama de Mario, y exigió que su hija emplease el mejor lienzo de la casa en hacer compresas y vendajes.

La señorita Gillenormand, obrando como persona prudente y ya mayor, halló medio de economizar el lienzo fino, dejando al abuelo en la creencia de que le obedecía. El señor Gillenormand no permitió que le probasen que se sacan mejores hilas del lienzo burdo que de la batista, y del usado que del nuevo.

A cada nueva fase de la convalecencia, que iba notándose más y más, el abuelo hacía mil locuras. Ejecutaba multitud de acciones maquinales impregnadas de alegría: subía y bajaba las escaleras sin saber por qué.

Una vecina no mal parecida, por cierto, se quedó asombrada al recibir por la mañana un gran ramo de flores; el señor Gillenormand se lo había enviado, y el marido, ardiendo en celos, tuvo una explicación con su mujer.

El señor Gillenormand se empeñó dos o tres veces en sentar a Nicolasa sobre sus rodillas. Llamaba a Mario señor barón, y gritaba:

—¡Viva la República!

Un día el señor Gillenormand, mientras que su hija arreglaba los frascos y las tazas en el mármol de la cómoda, inclinado sobre Mario le decía con la mayor ternura:

—Mira, querido mío, en tu lugar preferiría ahora la carne al pescado. Un lenguado frito es bueno al principio de la convalecencia; pero después, al irse ya a levantar el enfermo, no hay como una chuleta.

Mario, que había recobrado ya casi todo su vigor, hizo un esfuerzo, se incorporó en la cama, apoyó las manos en la colcha, miró a su abuelo de frente, tomo un aire terrible y dijo:

—Esto me pone en camino de participaros una cosa.

—¿Cuál?

—Que quiero casarme.

—Lo había previsto —dijo el abuelo soltando una carcajada.

—¿Cómo previsto?

—Sí, previsto. Tendrás tu chiquilla.

Mario, atónito y sin saber qué pensar, se sintió acometido de un temblor.

El señor Gillenormand continuó:

—Sí, verás colmados tus deseos; tendrás esa preciosa niña. Ella viene todos los días, bajo la forma de un señor ya anciano, a saber de ti. Desde que estás herido pasa el tiempo en llorar y en hacer hilas. Me he informado y resulta que vive en la calle del Hombre Armado, número 7. ¡Ah! ¿Conque la quieres? Perfectamente; la tendrás. Esto destruye todos tus planes. Habías formado tu conspiracioncilla, diciendo para ti: «Voy a significar mi voluntad sin andarme en rodeos, crudamente, a ese abuelo, a esa momia de la Regencia y del Directorio, a ese antiguo pisaverde, a ese Dorante convertido en Geronte. También él ha tenido sus ligerezas, sus amoríos, sus grisetas, sus Cosettes. También él ha arrullado y arrastrado el ala y comido el pan de los veinte años; será preciso que se acuerde. Vamos a verlo. Batalla.» ¡Ah! Te has llevado chasco, y merecido. Te ofrezco una chuleta y me respondes que quieres casarte. Golpe de efecto. Contabas de seguro con que habría escándalo, olvidándote de que soy un viejo cobarde. ¿Qué dices ahora? Estás con la boca abierta. No esperabas encontrar al abuelo más borrico que tú y pierdes así el discurso que debías dirigirme. Vamos, señor abogado, esto es para desesperar. Pues bien; peor que peor, rabia. He seguido la corriente de tu deseo. ¡Imbécil! Escucha. He tomado informes, pues también yo tengo mis puntas de socarrón, y sé que es hermosa y formal. Lo del lancero es pura invención. Ha hecho un montón de hilas; vale un

Perú, te adora, y si hubieras muerto habríamos sido tres; su ataúd hubiera acompañado al mío. Desde que te vi mejor se me ocurrió traértela, así, de buenas a primeras, a la cabecera del lecho; pero sólo en las novelas se introduce de ese modo a las jóvenes en las alcobas donde yacen sus galanes heridos. En la vida real no existe tal costumbre. ¿Qué hubiera dicho tu tía? La mayor parte del tiempo estabas desnudo. Pregunta a Nicolasa, que no se ha separado de ti un momento, por si era posible que una mujer se acercase a tu cama. Y además, ¿qué hubiera dicho el médico? Una joven bonita no es el mejor remedio contra la fiebre. Por último, ¿a qué hablar más de eso? Es negocio concluido; tómala. ¿Te parezco feroz? He visto que no me querías y he dicho para mis adentros: «¿Qué podría hacer para que ese animal me quisiese? Darle su Cosette, y entonces será preciso que me quiera algo.» ¡Ah! Te figurabas que el abuelo iba a incomodarse, a dar voces, a gritar: «¡No!», a empañar con su cólera toda esa aureola de felicidad. Nada de eso. Cosette y el amor. Convencido. Yo no deseo otra cosa. Caballero, tomaos la molestia de casaros. ¡Sé dichoso, hijo de mi alma!

Dicho esto, el anciano prorrumpió en sollozos.

Cogió la cabeza de Mario, la estrechó contra su pecho y los dos se pusieron a llorar.

El llanto es una de las formas de la suprema dicha.

—¡Padre mío! —exclamó Mario.

—¡Ah! ¡Conque me quieres! —dijo el anciano.

Hubo un momento de inefable expansión en que se ahogaban sin poder hablar.

Cosette y Mario se volvieron a ver.

Renunciamos a describir la entrevista. Hay cosas que no son del dominio de la pintura; el sol, por ejemplo.

Toda la familia, incluso Vasco y Nicolasa, estaba reunida en el cuarto de Mario cuando entró Cosette.

Apareció en el umbral, diríase que la rodeaba una aureola.

Precisamente en aquel instante iba a sonarse el anciano, y se quedó parado, cogida la nariz y mirando a Cosette por encima del pañuelo.

—¡Adorable! —exclamó.

Después se sonó estrepitosamente.

Cosette estaba embriagada de placer, medio asustada, en el cielo. Tenía ese azoramiento que da la felicidad. Balbucía, ya pálida, ya encendida, queriendo echarse en brazos de Mario y sin atreverse. Avergonzábase de amar delante de tanta gente. No hay compasión para los amantes dichosos; se está junto a ellos cuando más desearían verse solos. ¿A qué necesitan de todas esas personas?

Detrás de Cosette había entrado un hombre de cabellos blancos, grave y, sin embargo, sonriente, aunque su sonrisa tenía cierto tinte vago y doloroso. Era el señor Fauchelevent; era Juan Valjean.

Estaba «vestido decentemente», como había dicho el portero, de negro y de nuevo y con corbata blanca.

El portero no podía ni remotamente figurarse en aquella persona bien vestida, en aquel notario probable, al horrible individuo que surgió ante él la noche del 7 de junio, harapiento, lleno de fango, asqueroso, con antifaz de sangre y cieno, llevando en brazos a Mario sin sentido; sin embargo, su olfato de portero estaba excitado. Cuando el señor Fauchelevent llegó con Cosette, no pudo menos de decir por lo bajo a su mujer:

—No sé por qué, pero se me antoja que he visto otra vez esa cara.

El señor Fauchelevent, en el cuarto de Mario, permanecía como aparte y junto a la puerta. Llevaba bajo el brazo un paquete bastante parecido a un tomo en octavo, con cubierta de papel verde, algo mohoso.

—¿Llevará siempre ese caballero libros bajo el brazo? —preguntó en voz baja a Nicolasa la señorita Gillenormand, poco amiga de libros.

—¡Y qué! —respondió en el mismo tono el señor Gillenormand, que la había oído—. Será algún sabio. ¿Qué tiene eso de particular? ¿Es culpa suya? El señor Bouland, a quien conocí, no salía nunca sin un libraco, así como lo lleva el señor.

Y saludando, dijo en voz alta:

—Señor Trauchelevent...

El señor Gillenormand no lo hizo adrede, pues la poca atención a los nombres propios era en él estilo aristocrático.

—Señor Trauchelevent, tengo el honor de pediros para mi nieto, el señor barón Mario de Pontmercy, la mano de esta señorita.

El «señor Trauchelevent» se inclinó en señal de asentimiento.

—Negocio concluido —dijo el abuelo.

Y volviéndose hacia Mario y Cosette, con los brazos extendidos, en actitud de bendecir, les gritó:

—Se os permite adoraros.

No dieron lugar a que se les repitiese, pues en seguida empezó el susurro. Se hablaban en voz baja, Mario recostado en el sillón, y Cosette de pie junto a él.

—¡Dios mío! —decía Cosette—. Os vuelvo a ver. ¡Eres tú! ¡Sois vos! ¡Haber ido a combatir de ese modo! ¿Y por qué? Es horrible. En cuatro meses no he vivido. ¡Oh! ¡Qué maldad haber tomado parte en esa batalla! ¿Qué os había yo hecho? Os perdono, pero con la condición de que será la última vez. Ahora mismo, cuando se nos avisó que viniésemos, creí de nuevo que iba a morir, pero era de alegría. ¡Estaba tan triste! No me detuve a vestirme, y así debo parecerte horrorosa. ¡Qué dirán vuestros padres al reparar que traigo el cuello tan estrujado! Pero ¡hablad! Seguimos viviendo en la calle del Hombre Armado. ¡Conque tan honda herida teníais en el hombro! Me han asegurado que cabía dentro un puño. Además, parece que ha habido carne cortada con tijeras. Esto sí que causa horror. He llorado hasta agotarse el raudal de mis lágrimas. No comprendo cómo se puede sufrir tanto. ¡Qué aire de bondad es el de vuestro abuelo! No os molestéis, no os apoyéis en el codo; vais a haceros daño. ¡Oh! ¡Qué feliz soy! Ha acabado para nosotros la desgracia. Soy una tonta. Quería deciros cosas que no sé. ¿Me amáis como antes? Vivimos en la calle del Hombre Armado. Allí no hay jardín. Mi pensamiento consistía en hacer hilas. Aquí tenéis, caballero; mirad cómo por culpa vuestra se ha formado en este dedo una callosidad.

—¡Ángel! —exclamó Mario.

«Ángel» es la sola palabra del idioma que no se gasta nunca. Ninguna otra resistiría al incesante empleo que hacen de ella los enamorados.

Después, como había gente delante, cesaron de hablar, contentándose con estrecharse suavemente las manos.

El señor Gillenormand se volvió a los que estaban en el cuarto y les dijo:

—Vamos, hablad alto, meted ruido, ¡qué diablo!, para que estos muchachos puedan hablar a gusto.

Y acercándose a Mario y Cosette, les dijo por lo bajo:

—Tuteaos. No os violentéis.

La señorita Gillenormand contemplaba con cierto estupor esta irrupción de claridad en su interior de solterona. Pero aquel estupor no tenía nada de agresivo; no era por ningún concepto la mirada gazmoña y envidiosa de una vieja zorra corrida; era la mirada imbécil de una pobre inocente de cincuenta y siete años; era la vida sin objeto contemplando el amor, ese triunfo.

—Yo te lo tenía anunciado —le dijo su padre—; no podía dejar de sucederte esto.

Permaneció un instante en silencio y luego añadió:

—Mira la dicha de los demás.

Dirigiéndose entonces a Cosette, exclamó:

—¡Es preciosa! ¡Preciosa! Es una obra de Greuze. ¿Y vas tú solo a poseer semejante tesoro, pilluelo? ¡Ah, bribón! De buena te libras. Si yo tuviera quince años menos

708

nos la disputaríamos a sablazos. Señorita, estoy enamorado de vos, y no tiene nada de extraño que lo esté, pues tal es vuestro derecho. ¡Y qué boda, qué monísima boda vamos a celebrar! Nuestra parroquia es San Dionisio del Santísimo Sacramento; pero obtendré una dispensa para que os caséis en San Pablo, que es mejor iglesia. La construyeron los jesuitas. Os parecerá lindísima. Está mirando a la fuente del cardenal de Birague. La obra maestra de la arquitectura jesuística se encuentra en Namur. Será preciso ir a verla cuando estéis casados. Vale la pena el viaje. Señorita, coincido enteramente con vuestro modo de pensar; quiero que las jóvenes se casen, pues para eso las ha criado Dios. Quedarse soltera es meritorio, pero frío. La Biblia dice: «Multiplicaos.» Para salvar al pueblo se necesita de Juana de Arco; mas para que no se concluya la especie se necesita de la tía Antonia. Casaos, pues, hermosas. ¿De qué sirve permanecer solteras? Sé muy bien que se tiene una capilla aparte en la iglesia, y que todos se inclinan ante la Cofradía de la Virgen. Pero ¡vive Dios! Un buen marido, mozo guapo y de provecho, y al cabo de un año un chiquitín rollizo y rubio, que mame por cuatro, cuyos muslos no quepan en las manos de gordos, y que juegue con los piececitos rosados en el seno materno, riéndose con la sonrisa de la aurora, esto vale más que llevar un cirio en la iglesia y cantar «¡Turris Eburnea!».

Sentóse junto a ellos, hizo sentar a Cosette, y tomando sus cuatro manos en las suyas, arrugadas por la edad, dijo:

—Es bocado exquisito esta picarona. ¡Es una obra maestra esta Cosette! Muy niña y muy señora al mismo tiempo; lástima que no lleve más título que el de baronesa, pues ha nacido para marquesa. ¡Y qué pestañas tiene! Hijos míos, convenceos de que es verdad lo que pasa a vuestro alrededor y dentro de vosotros. Amaos hasta embobeceros. El amor es la tontería de los hombres y el talento de Dios. Adoraos. Pero —añadió, poniéndose triste de repente—, ¡qué lástima! Ahora caigo en ello. Más de la mitad de mis rentas son vitalicias. Mientras yo viva todo marchará bien; pero después que muera, de aquí a unos veinte años, ¡ah, pobrecillos!, no tendréis un cuarto. Esas bonitas y blancas manos, señora baronesa, se verán quizá obligadas a dedicarse a faenas que no son de vuestra clase.

Oyóse, al llegar aquí, una voz grave y tranquila que decía:

—La señorita Eufrasia Fauchelevent tiene seiscientos mil francos.

Era la voz de Juan Valjean.

No había despegado aún los labios; nadie parecía cuidarse siquiera de que estuviese allí, y él permanecía de pie e inmóvil detrás de todos aquellos seres dichosos.

—¿Quién es la señorita Eufrasia? —preguntó el abuelo como asustado.

—Soy yo —respondió Cosette.

—¡Seiscientos mil francos! —repuso el señor Gillenormand.

—Menos catorce o quince mil quizá —dijo Juan Valjean.

Y colocó en la mesa el paquete que la señorita Gillenormand había tomado por un libro.

Juan Valjean lo abrió en seguida: era un legajo de billetes de Banco. Los contó y había quinientos billetes de mil francos y ciento sesenta y ocho de quinientos. Total, quinientos ochenta y cuatro mil francos

—¡Buen libro! —dijo el señor Gillenormand.

—Esto allana muchas cosas, ¿no es verdad, señorita Gillenormand mayor? —preguntó el abuelo—. ¡Ese diablo de Mario que ha ido a tropezar en la región de los sueños con una griseta millonaria! ¡Fijaos ahora en los amoríos de los jóvenes! Los estudiantes, ¡ahí es nada!, encuentran gangas de seiscientos mil francos. Ni Rothschild.

—¡Quinientos ochenta y cuatro mil francos! —repetía a media voz la señorita Gillenormand—. ¡Quinientos ochenta y cuatro! Poco falta para los seiscientos mil.

El lector debe haber comprendido, sin que necesitemos explicárselo latamente, que Juan Valjean, después del resultado obtenido en lo de Champmathieu, pudo gracias a su primera evasión de algunos días, ir a París y retirar a tiempo de la casa de Laffitte la suma que había ganado, bajo el nombre del señor Magdalena, en M., a orillas del M., y que, temeroso de que le cogiesen, lo que no tardó en suceder, había ocultado aquella suma, enterrándola en el bosque de Montfermeil, donde dicen el predio Blaru. La cantidad consistente en seiscientos treinta mil francos, toda en billetes de Banco, abultaba poco y cabía en una caja, sólo que, para preservar ésta de la humedad, la había colocado en un cofrecito de encina, lleno de virutas de castaño. En el mismo cofrecito guardó otro tesoro: los candelabros del obispo. Se recordará que llevó consigo estos candelabros al evadirse de M.

El hombre a quien Boulatruelle vio una noche por primera vez era Juan Valjean. Luego, cada vez que Juan Valjean necesitaba dinero, iba a buscarlo al claro Blaru; de ahí las ausencias de que hemos hablado.

Tenía oculto un azadón entre los matorrales, en un paraje de él solo conocido.

Cuando vio a Mario convaleciente, presintiendo que se acercaba la hora en que aquel dinero podía ser útil, fue a buscarlo. Ya se habrá colegido cómo y por qué le volvió a divisar Boulatruelle en el bosque, aunque esta vez de madrugada y no de tarde. Boulatruelle heredó el azadón.

La cantidad verdadera ascendía a quinientos ochenta y cuatro mil francos; Juan Valjean tomó para sí quinientos francos.

—Después veremos —dijo en su interior.

La diferencia entre esta suma y los seiscientos treinta mil francos retirados de la casa de Laffitte representaba el gasto de diez años: de 1823 a 1833. Los cinco que permaneció en el convento no habían costado más que cinco mil francos.

Juan Valjean colocó los dos candelabros de plata sobre la chimenea, donde los contemplaba con grande admiración la tía Santos.

Por lo demás, Juan Valjean sabía que nada tenía ya que temer de Javert. Había oído contar, y lo vio confirmado en el «Monitor», el caso de un inspector de Policía, llamado Javert, al que encontraron ahogado debajo de un barco chato de lavandera, entre el Pont-du-Change y el puente Nuevo. Un escrito que había dejado el tal inspector, hombre, por otra parte, irreprensible y apreciadísimo de sus jefes, inducía a creer en un acceso de enajenación mental, como causa inmediata del suicidio.

—En efecto —pensó Juan Valjean—; debía estar loco cuando, teniéndome en su poder, me dejó ir libre.

* * *

Se dispuso todo para el casamiento.

Habiéndose consultado al médico, declaró que podría verificarse en el mes de febrero.

Corría el mes de diciembre.

Algunas semanas de perfecta e inefable dicha se pasaron.

El abuelo no era el menos feliz.

Empleaba sus buenos cuartos de hora contemplando a Cosette.

—¡Qué admirable niña! —decía—. ¡Y qué aire tan dulce y candoroso tiene! En toda mi vida he visto muchacha más preciosa. Más adelante poseerá virtudes con olor a violeta. Es una de las gracias. Hay por necesidad que vivir noblemente con semejante criatura. Mario, hijo mío, eres barón y rico; déjate de defender pleitos, yo te lo ruego.

Cosette y Mario habían pasado repentinamente del sepulcro al paraíso.

La transición había sido tan inesperada que sólo el derrumbamiento les impidió perder el sentido.

—¿Comprendes algo de todo esto? —preguntaba Mario a Cosette.

—No —respondía Cosette—, pero me parece que Dios nos está mirando.

Juan Valjean hizo, aplaudió, concilió y facilitó todo, apresurando la dicha de Cosette con tanta solicitud y alegría, a lo menos en apariencia, como la joven misma.

La circunstancia de haber sido corregidor le ayudó a resolver un problema delicado, cuyo secreto le pertenecía a él solo: el estado civil de Cosette. Decir secamente su origen, ¿quién sabe?, tal vez fuese un obstáculo para el casamiento.

Él supo allanar todas las dificultades, arreglando a Cosette una familia de personas ya difuntas, lo cual era el mejor medio de evitar reclamaciones. Cosette era el último vástago de un tronco ya seco. Debía el nacimiento, no a él, sino a otro Fauchelevent, hermano suyo.

Los dos hermanos habían sido jardineros en el convento de la calle de Postas.

Las buenas monjas dieron excelentes informes. Poco aptas y sin inclinación a sondear las cuestiones de paternidad, no supieron nunca fijamente de cuál de los dos Fauchelevent era hija Cosette.

Dijeron lo que se quiso, y lo dijeron con celo.

Extendióse un acta de notoriedad y Cosette fue, ante la ley, la señorita Eufrasia Fauchelevent, huérfana de padre y madre.

Juan Valjean hizo de modo que se le designase, bajo el nombre de Fauchelevent, por tutor de Cosette, con el señor Gillenormand en clase de tutor sustituto.

En cuanto a los quinientos ochenta y cuatro mil francos, era un legado hecho a Cosette por una persona ya difunta y que deseaba permanecer desconocida.

El legado primitivo había sido de quinientos noventa y cuatro mil francos; pero se gastaron diez mil en la educación de la señorita Eufrasia, la mitad pagada al indicado convento.

Este legado, depositado en manos de un tercero, debía entregarse a Cosette en siendo mayor de edad o cuando se casase.

Todo esto era muy aceptable, como se ve desde luego, y más apoyándose en la firme base del medio millón y pico de francos.

Había esparcidas acá y allá algunas singularidades; pero se hizo la vista gorda.

Uno de los interesados tenía los ojos vendados por el amor, y los demás por los seiscientos mil francos.

Cosette supo que no era hija de aquel anciano a quien había llamado padre tanto tiempo.

Era sólo un pariente, y su verdadero padre el señor Fauchelevent.

En otra cualquier ocasión esto la habría lastimado; pero en aquellos momentos supremos de inefable felicidad fue apenas una sombra, una nubecilla, que el exceso de la alegría disipó pronto. Tenía a Mario.

Al mismo tiempo de desvanecerse para ella la personalidad del anciano surgía la del joven. Ésta es la vida.

Cosette, por otra parte, estaba habituada hacía muchos años a ver en torno suyo enigmas; todo ser que ha tenido una infancia misteriosa se halla siempre dispuesto a ciertas privaciones.

Continuó, sin embargo, llamando padre a Juan Valjean.

Cosette, en su amoroso éxtasis, se sentía entusiasmada por el señor Gillenormand, aunque él verdaderamente la colmaba de madrigales y de regalos. Mientras que Juan Valjean construía a Cosette una situación normal en la sociedad y un estado al abrigo de todos los ataques, el señor Gillenormand cuidaba del canastillo de boda. Nada le divertía tanto como mostrarse espléndido. Dio a Cosette un vestido de guipur de Binche que había llevado su abuela.

—Las modas antiguas vuelven a usarse —decía—, y las jóvenes de mi ocaso se visten como las viejas de mi oriente.

Vaciaba sus respetables cómodas de laca de Coromandel, que en muchos años no habían sido abiertas.

—Confesemos a estas centenarias —exclamaba—, a ver qué es lo que tienen en la tripa.

Abría con ruido gavetas panzudas llenas de trajes y adornos de todas sus mujeres, de todas sus queridas y de todas sus abuelas. Pequines, damascos, lustrinas,

oirés de colores, vestidos de gro, de Tours flameado, pañuelos de la India bordados de un oro que puede lavarse, delfina al revés en piezas, puntilla de Génova y
de Alençón, joyas de antigua fecha, cajitas de marfil para dulces con dibujos micros-
cópicos de batallas, cintas de infinitas clases; todo se lo regalaba a Cosette, y Cosette,
sorprendida, penetrada de amor hacia Mario y de reconocimiento hacia el señor
Gillenormand, soñaba con una felicidad sin límites entre rasos y terciopelos. Su
canastillo de boda se le aparecía sostenido por los serafines. Su alma se perdía en
el azul del cielo con alas de encaje de Malinas.

La embriaguez de los enamorados no era igualada, lo hemos dicho, más que
por el éxtasis del abuelo. Había como un concierto de trompetas y clarines en la
calle de las Monjas del Calvario.

Cada mañana, nueva ofrenda del abuelo a Cosette. Todos los falbalás imaginables se ostentaban espléndidamente a su alrededor.

Un día, Mario, que aprovechaba con gusto la ocasión de decir cosas graves en
medio de su felicidad, dijo a propósito de no sé qué incidente:

—Los hombres de la revolución son tan grandes que tienen ya el prestigio de
los siglos, como Canton y Focion, y cada uno de ellos parece una antigua memoria
(«Une memoire antique»).

—«¡Muer-antic!» («Moire antique») —exclamó el anciano—. Gracias, Mario.
Precisamente andaba buscando esa idea.

Y al día siguiente, un magnífico vestido de muerantis, color de té, se añadió al
canastillo de Cosette.

De todo este ajuar deducía reflexiones el abuelo.

—Bueno es el amor, pero no estos apéndices. La felicidad necesita de lo superfluo, pues ella, por sí sola, no es más que lo necesario, y conviene sazonarla con artículos de mero lujo. Un palacio y su corazón. Su corazón y el Louvre. Su corazón y
las fuentes de Versalles. Dadme la pastora de mi alma y procurad que sea duquesa.
Traedme a Filis coronada de flores y dotadla con cien mil francos de renta. Una bucó-
lica, sea; pero bajo columnas de mármol y de oro. La felicidad a secas se parece al
pan a secas. Se come y basta. Yo quiero lo superfluo, lo inútil, lo extravagante, lo
demasiado, lo que de nada sirve. Acuérdome de haber visto en la catedral de Estrasburgo un reloj tan alto como una casa de tres pisos, que señalaba la hora, que tenía
la bondad de señalar la hora; pero cuyo aspecto no indicaba que tal fuese su destino,
y que después de haber dado las doce del día o de la noche, esto es, la hora del sol y
del amor, o la que gustéis, mostraba la luna y las estrellas, la tierra y el mar, las aves
y los peces, Febo y Febé, y una caterva de cosas que salían de un nicho, y los doce
apóstoles, y el emperador Carlos V, y Eponina y Sabino, sin contar un montón de
figurillas doradas tocando la trompeta. Pues todavía le sobraba una multitud de campanas que echaba al vuelo a cada instante sin saberse por qué. ¿Qué vale, en comparación de tantas maravillas, un mal reloj, capaz sólo de señalar las horas? Soy del
mismo dictamen que el gran reloj de Estrasburgo, lo prefiero al de la Selva Negra.

El señor Gillenormand desbarraba, especialmente al tratarse de la boda, y todo
el ajuar del siglo XVIII hallaba cabida en sus ditirambos.

—«Vosotros ignoráis el arte de las fiestas. En estos tiempos no sabéis pasar un
día de buen humor. Vuestro siglo XIX es liviano y no conoce la riqueza ni la nobleza. Está raso en todo. Vuestra clase media es insípida, incolora, inodora e informe.
Sueños de personas vulgares que se establecen, como dicen: «Un bonito gabinete
con adornos, aún frescos, de madera pintada e indiana. ¡Plaza! ¡Plaza! El señor Gri-
gou se casa con la señorita Grippesou. ¡Qué suntuosidad! ¡Qué esplendor!» Un luis
de oro pegado a un cirio. Tal es la época. Me voy más allá de los Sármatas.

»¡Ah! Desde 1787, el día que vi al duque de Rohan, príncipe de León, duque
de Chabot, duque de Mombason, marqués de Souvise, vizconde de Thouars, par de
Francia, ir a Longchamps en una carraca, predije todo esto. El resultado no podía
ser otro. En el siglo actual se hacen negocios, se juega a la Bolsa, se gana dinero, y

son los hombres miserables. Pulir y barnizar la superficie es el objeto predominante. Las personas se ponen de veinticinco alfileres, se lavan y se enjabonan, se peinan, se alisan, se frotan, se cepillan, se charolan; el exterior está como un espejo, y al mismo tiempo, ¡mal pecado!, hay en el fondo de la conciencia estercoleros y cloacas capaces de hacer retroceder a una vaquera que se suena con los dedos. Decreto a la época actual esta divisa: limpieza sucia. Mario, no te enojes, permíteme hablar. Yo no hablo mal de tu pueblo, como ves; al contrario, se me llena la boca al mentarle; pero en cuanto a la clase media, ¡oh!, déjame sacudirle el polvo un poquito. Es evidente que el que bien ama mejor zurra. Lo digo y lo repito: hoy se casa la gente, pero no sabe hacerlo. Sí, mucho sí, echo de menos la gentileza de las antiguas costumbres. Todo lo echo de menos: aquella elegancia, aquella caballerosidad, aquellos modales tan corteses y graciosos, aquel lujo; la música formando parte de la boda; arriba, la sinfonía; abajo, el tamboril; los bailes, los alegres festines, los madrigales alambicados, las canciones, los fuegos artificiales, la risa sin doblez, el diablo y su comitiva, los lazos de cintas. Echo de menos la liga de la novia. La liga de la novia es prima del ceñidor de Venus. ¿Sobre qué gira la guerra de Troya? ¡Pardiez!, sobre la liga de Elena. ¿Por qué el divino Diómedes rompe en la cabeza de Merioneo el gran casco de bronce de diez puntas? ¿Por qué Aquiles y Héctor cruzan sus picas? Porque Elena ha dejado que París le ate la liga. Homero haría la "Ilíada" con la liga de Cosette. Introduciría en su poema un viejo charlatán como yo, y le llamaría Néstor. Amigos míos, en otro tiempo, en mi época, los casamientos se celebraban en regla; primero un buen contrato, y luego una suculenta comida. Desde que salía Cuyacio entraba Gamache. Porque, ¡diantre!, el estómago es un animal que pide lo que le pertenece de derecho, y quiere tener también su boda. Se cenaba bien, sentándose a la mesa junto a una mujer hermosa, sin griñón y descotada. ¡Oh! ¡Y qué bonitas y risueñas! ¡Qué alegría reinaba en mis tiempos! La juventud era un ramillete; toda joven terminaba por un ramo de lilas o de rosas. El guerrero se convertía en pastor, y si era casualmente capitán de dragones encontraba medio de llamarse Florián. Había empeño en estar lindo, abundando los bordados en el traje y el colorete en el rostro. El simple ciudadano tenía aire de flor, y el marqués, de piedra preciosa. No se usaban botas. Y así, rozagantes y lustrosos, presumidos y pisaverdes, llevaban espada al costado. Era el colibrí con pico y uñas. Era el tiempo de las "Indias galantes". Delicadeza y magnificencia, los dos caracteres de aquel siglo. Y, ¡cuerpo de Dios!, nos divertíamos. Hoy predomina la seriedad. El ciudadano es avaro, y la ciudadanía, gazmoña. ¡Qué desgraciado es vuestro siglo! Se expulsaría de él a las Gracias por encontrarlas demasiado desnudas. ¡Ay! Ocúltese la hermosura como si fuese un defecto. Desde la Revolución todos usan pantalones, hasta las bailarinas. Las alumnas de Terpsícore deben ser graves; vuestros rigodones son doctrinarios. La majestad ante todo. El gran tono es llevar la barba metida dentro de la corbata. El ideal de un mozalbete de veinte años que se casa consiste en parecerse a Royerd-Collard. ¿Y sabéis lo que se consigue con esta majestad exagerada? Empequeñecerse. Tened por cierto que la alegría no es solamente alegre, sino grande. Pero, a lo menos, sed amantes de buen humor, ¡qué diablo! ¡Casaos, ya que os caséis, con la fiebre, el atolondramiento y el bullicio de la felicidad! En la iglesia, gravedad; concedido. Pero concluida la ceremonia, ¡con mil de a caballo!, sería preciso envolver en un sueño mágico a la novia. Un casamiento debe ser regio y quimérico, pasándose el ceremonial de la catedral de Reims a la pagoda de Chanteloup. Me inspira horror una boda prosaica. ¡Cuerpo de Cristo! Ese día, por lo menos, subid al Olimpo y convertíos en dioses. ¡Ah! Pudiérais ser silfos, juegos, risas, argiráspidas, ¡y sois simples horteras! Amigos míos, todo recién casado debe ser el príncipe Aldobrandini. Aprovechad ese minuto, único en la vida, para volar al Empíreo con los cisnes y las águilas, aunque hayáis de volver a caer al día siguiente en el prosaísmo de las ranas. No os andéis en economías con el himeneo; no le escatiméis sus brillantes rayos.

»La boda no es el gobierno de la casa. ¡Oh! Si manejase a mi gusto ésta, sería magnífica. Se oirían violines en los árboles. Ved mi programa: cielo azul y dinero. Mezclaría en la fiesta las divinidades campestres; convocaría las dríadas y las nereidas. La boda de Anfitrite, una nube rosada, ninfas con elegantes peinados y desnudas, un académico dedicando coplas a la diosa y una carroza tirada por monstruos marinos.

»Si éste no es un magnífico programa de fiesta, confieso que no lo entiendo, ¡con todos los diablos!»

Mientras que el abuelo, en medio de su lírica efusión, se escuchaba a sí mismo, Cosette y Mario, mirándose con entera libertad, sentían una dulce embriaguez.

La señorita Gillenormand consideraba todo esto con su impasibilidad habitual. En cinco o seis meses no había cesado de recibir emociones: Mario, de vuelta; Mario, cubierto de sangre; Mario, traído de una barricada; Mario, muerto, y luego vivo; Mario, reconciliado; Mario, casándose con una pobre; Mario, casándose con una millonaria. Los seiscientos mil francos fueron su última sorpresa, y en seguida recobró su indiferente calma. Iba, como antes, a los oficios, rezaba el rosario, leía su eucologio, acompañaba con el murmullo de sus avemarías el otro murmullo de los «I'love you» (yo te amo), y veía vagamente a Mario y a Cosette como dos sombras. La sombra era ella.

Hay cierto estado de ascetismo inerte, en que el alma, neutralizada por el entorpecimiento, extraña a lo que pudiera llamarse la tarea de vivir, no percibe, si se exceptúan los temblores de tierra y las catástrofes, ninguna de las impresiones humanas: ni las impresiones agradables ni las penosas. «Esa devoción —decía el señor Gillenormand a su hija— se asemejaba al romadizo de cabeza. Tú no conoces nada de la vida. No respiras malos olores, pero tampoco los respiras buenos.»

Por lo demás, los seiscientos mil francos habían fijado la indecisión de la anciana señora. Su padre estaba tan acostumbrado a prescindir de ella, que no la consultó sobre el casamiento de Mario. Había cedido al primer ímpetu, como hacía siempre, no teniendo, convertido de déspota en esclavo, más que un pensamiento: satisfacer a Mario. De la tía no se había acordado para nada, y esto, monótona y todo, como la señorita Gillenormand era, no dejó de lastimarla.

Algo ofendida en su fuero interno, pero extremadamente impasible, había dicho para su sayo: «Mi padre resuelve la cuestión del casamiento sin mí; yo resolveré la cuestión de la herencia sin él.»

En efecto, la señorita Gillenormand era rica y su padre no lo era. No comunicó, pues, a nadie su decisión, y es probable que si el casamiento hubiese sido pobre, pobre lo hubiera dejado. «Tanto peor para mi sobrino. Se casa con una pordiosera; pues que mendigue.»

Pero el medio millón de francos de Cosette agradó a la tía y cambió su manera de pensar respecto de aquel par de enamorados. Seiscientos mil francos es una suma que merece consideración, y la señorita Gillenormand no podía menos de estar en favor de aquellos jóvenes por lo mismo que no necesitaban de su herencia.

Se dispuso que los esposos habitasen en casa del abuelo. El señor Gillenormand quiso absolutamente cederles su cuarto, por ser el más hermoso de la casa. «Esto me rejuvenecerá —decía—. Es un antiguo proyecto. Había tenido siempre la idea de convertir mi cuarto en cámara nupcial.»

La amuebló con cierta galantería antigua y lo hizo techar y alfombrar con una tela de extraordinario mérito, que conservaba en pieza y que creía era de Utrech; tenía el fondo de raso, y por adorno flores de terciopelo. «De esta tela —decía— era el cobertor de la cama de la duquesa de Anville, en la Rocheguyon.»

Colocó en la chimenea una figurilla de Sajonia que tenía manguito sobre el desnudo vientre.

La biblioteca del señor Gillenormand se transformó en despacho de abogado para Mario.

Los amantes se veían diariamente. Cosette iba a casa de Mario con el señor Fauchelevent.

—Es al revés de todas las cosas —decía la señorita Gillenormand—; la futura viene al domicilio del novio para que éste le haga la corte.

La convalecencia de Mario lo había exigido así, y los sillones de la calle de las Monjas del Calvario, mejores para los diálogos amorosos que las sillas de paja de la calle del Hombre Armado, habían contribuido a que se arraigase esta costumbre.

Mario y el señor Fauchelevent se veían, pero no se hablaban. Parecía un plan convenido. Toda joven necesita un rodrigón. Cosette no hubiera podido ir a casa de Mario sin el señor Fauchelevent; de modo que éste, para Mario, era la condición de Cosette, condición que él aceptaba.

Al discutir sobre política, aunque vagamente y sin determinar nada, desde el punto de vista de la mejora general de la suerte de todos, llegaban a decirse algo más que sí y no.

Una vez, con motivo de la enseñanza, que Mario quería que fuese gratuita y obligatoria, multiplicada bajo todas las formas, prodigaba a todos como el aire y el sol; en una palabra, respirable al pueblo entero, fueron del mismo dictamen y casi entraron en conversación. Mario notó entonces que el señor Fauchelevent hablaba bien y hasta con cierta elevación de lenguaje. Faltábale, sin embargo, no se sabe qué. El señor Fauchelevent tenía alguna cosa de menos que el hombre de mundo y alguna cosa de más.

Mario, interiormente y en el fondo de su pensamiento, dirigía todo género de preguntas mudas a aquel señor Fauchelevent, que era para él simplemente benevolo y frío. Ocurríanle de cuando en cuando dudas sobre sus propios recuerdos. Había en su memoria un agujero, un punto negro, un abismo abierto por cuatro meses de agonía, y en él se habían perdido muchas cosas. Preguntábase si estaba bien seguro de haber visto al señor Fauchelevent, a un hombre tan grave y tan sereno, en la barricada.

Y no era éste el único estupor que las apariciones y desapariciones del pasado le habían dejado en su espíritu, ni debe creerse que estuviese libre de esas insistencias de la memoria que nos obligan, aun siendo dichosos, aun hallándonos satisfechos, a mirar melancólicamente hacia atrás. La cabeza que no se vuelve a contemplar los horizontes ya desvanecidos no encierra ni pensamiento ni amor.

A veces Mario se cogía la cara entre las manos, y el vago y tumultuoso pasado empañaba el crepúsculo que tenía en el cerebro. Veía de nuevo caer a Mabeuf; oía a Gavroche cantar bajo la metralla; sentía en sus labios el frío de la frente de Eponina; las sombras de todos sus amigos, Enjolras, Courfeyrac, Juan Prouvaire, Combeferre, Bossuet, Grantaire, surgían ante él disipándose en seguida. Aquellos seres queridos, impregnados de dolor, valientes, ya graciosos, ya trágicos, ¿eran creaciones de su fantasía? ¿Habían existido realmente? El motín se lo había llevado todo en su humo. Las grandes fiebres originan estos sueños. Interrogábase, palpábase y agitábale el vértigo de todas estas realidades desvanecidas. ¿Dónde estaban, pues, aquellos seres? ¿Habían muerto, sin quedar uno solo? Una caída en las tinieblas, de la que él era el único que se había salvado. Parecíale la desaparición que se verifica al correr el telón de un teatro. Hay de estas bajadas de telón en la vida. Dios pasa al acto siguiente.

Y en cuanto a él, ¿era la misma persona que antes? Pobre entonces, ahora rico; abandonado hacía poco, tenía ya una familia; desesperado recientemente, iba a casarse dentro de unos días con Cosette. Figurábasele que había cruzado a través de un sepulcro, penetrando en negro y saliendo blanco. Los demás se habían quedado en la sombra.

En ciertos instantes, aquellos seres del pasado, apareciéndosele, formaban un círculo alrededor de él y le oscurecían; pero pensaba en Cosette y volvía a estar tranquilo. Necesitaba de esa felicidad para borrar de su memoria semejante catástrofe.

El señor Fauchelevent figuraba casi en aquella comitiva de muertos. Costábale trabajo a Mario creer que el Fauchelevent de la barricada fuese el mismo personaje que el Fauchelevent de carne y hueso tan gravemente sentado junto a Cosette. El primero era quizá una de esas pesadillas que se sucedían en las horas de su delirio.

Por lo demás, atendida la diferencia de índoles, no había posibilidad de que Mario dirigiese ninguna pregunta al señor Fauchelevent. Ni era fácil que le ocurriese tal idea. Hemos hecho alusión antes de ahora a ese pormenor tan característico.

Dos hombres poseedores de un secreto, y que por una especie de tácito convenio no hablan de él una palabra, es menos raro de lo que se cree.

Una vez sola intentó Mario romper aquel silencio. Hizo intervenir en la conversación la calle de Chanvrerie, y volviéndose al señor Fauchelevent le dijo:

—Conocéis perfectamente esa calle, ¿no es verdad?

—¿Qué calle?

—La de la Chanvrerie.

—No tengo ninguna idea del nombre de esa calle —contestó el señor Fauchelevent con el tono más natural del mundo.

La respuesta, que se refería al nombre de la calle misma, pareció a Mario más concluyente de lo que en sí era.

—Decididamente —pensó—, he soñado. Ha sido una alucinación. Alguno que se le parecía, sin duda. El señor Fauchelevent no estaba allí.

Tenía contraídas deudas de gratitud con varias personas, tanto en nombre de su padre como en nombre suyo.

Una era la de Thenardier, y otra la del desconocido que le había llevado a casa de su abuelo, el señor Gillenormand.

Mario deseaba encontrar a estos dos hombres, pues no podía conciliar la idea de casamiento y felicidad con la de olvidarlos, pareciéndole que esas deudas de reconocimiento, no pagadas, proyectarían una sombra en su vida, tan luminosa en adelante. Érale imposible dejar tras de sí tales partidas en descubierto, y quería, antes de entrar alegremente en el porvenir, recibir el finiquito del pasado.

El que Thenardier fuese un infame no impedía que hubiese salvado al coronel Pontmercy. Thenardier era un bandido para todos, excepto para Mario, que ignoraba la verdadera escena del campo de batalla de Waterloo, y no sabía, por tanto, que su padre, aunque debía la vida a Thenardier, no le debía, en atención a las circunstancias particulares de aquel hecho, ninguna gratitud.

Los varios agentes que empleó Mario no llegaron a descubrir la pista de Thenardier. Por parte de este individuo, el eclipse parecía completo. La Thenardier había muerto en la cárcel durante el proceso.

Thenardier y su hija Acelma, únicos personajes que quedaban de aquel deplorable grupo, habían desaparecido de nuevo en las tinieblas.

El abismo social de lo desconocido se había vuelto a cerrar silenciosamente sobre su cabeza, y ni siquiera se veía en la superficie ese estremecimiento, ese temblor, esos oscuros círculos concéntricos que anuncian que ha caído algo y que se puede echar la sonda.

La muerte de la Thenardier, la absolución de Boulatruelle y la fuga de Suenadinero y de los principales acusados habían hecho abortar, o poco menos, el proceso referente a la emboscada de la casuca Gorbeau.

Aquel asunto quedó cubierto de cierta oscuridad.

El tribunal había tenido que contentarse con dos subalternos: Panchaud (a) Primaveral o Colmenero, y Demiliars (a) Dosmillares, que fueron condenados a diez años de presidio, siéndolo a cadena perpetua sus cómplices fugados y contumaces.

Contra Thenardier, como jefe y autor de la trama, recayó también por contumacia, sentencia de muerte.

Esta sentencia era lo único que quedaba acerca de Thenardier, y su siniestra claridad, esparcida sobre este nombre, causaba el efecto de una vela alumbrando un ataúd.

Por lo demás, la pena capital, lanzando a lo último del abismo a Thenardier, quien, naturalmente, quería burlar la vigilancia de la Justicia, espesaba todavía más las tinieblas en que caminaba envuelto.

En cuanto al otro, esto es, al individuo que había salvado a Mario, las indagaciones dieron al principio algún resultado, y luego cesaron de darlo de ninguna clase.

Consiguióse hallar el carruaje que había traído a Mario a la calle de las Monjas del Calvario la noche del 6 de junio.

El cochero declaró que el 6 de junio, de orden de un agente de Policía, se había situado, desde las tres de la tarde hasta la noche, en el muelle de los Campos Elíseos, por encima de la salida de la alcantarilla grande; que a eso de las nueve de la noche, la reja de la alcantarilla que da al ribazo se había abierto, saliendo por ella un hombre con otro a cuestas, el cual parecía estar muerto; que el agente, colocado allí en acecho, había apresado a ambos, y que los tres entraron en el carruaje con dirección a la calle de las Monjas del Calvario, donde se dejó al muerto; que este muerto era el mismísimo Mario, a quien conocía perfectamente, aunque ahora vivo; que luego se habían vuelto a poner en marcha, mandándole parar a pocos pasos de la puerta de los Archivos, y que allí, en medio de la calle, le pagaron y despidieron, llevándose el agente al otro individuo.

Esto era cuanto sabía, y añadió que la noche estaba muy oscura.

Mario, ya lo hemos dicho, no recordaba nada. Sólo hacía memoria de que le habían cogido por detrás con mano enérgica en el momento de caer al suelo; lo demás no existía para él.

Recobró el conocimiento en casa del señor Gillenormand.

Perdíase en conjeturas.

No podía dudar de su identidad. ¿Cómo se comprendía, sin embargo, que habiendo caído en la calle de la Chanvrerie, el agente de Policía le recogiese en el ribazo del Sena, junto al puente de los Inválidos?

Alguien le había trasladado desde el barrio de los Mercados a los Campos Elíseos. ¿Y cómo? A través de la alcantarilla. ¡Inaudita abnegación!

¿Y quién era ese alguien?

A descubrirle se dirigían todas las pesquisas de Mario, y hasta la fecha ni el menor indicio ni el más leve rastro acerca de ese hombre, su salvador.

Mario, aunque teniendo que guardar en esta parte mucha reserva, acudió a la misma Prefectura de Policía.

Allí, lo propio que en otros puntos, los datos que se recogieron no aclaraban nada.

La Prefectura sabía menos que el cochero.

No se tenía allí noticia de ninguna aprehensión verificada el 6 de junio en la reja de la alcantarilla grande; no se había recibido parte alguno, por lo que se consideraba aquel hecho como mera fábula, atribuyendo su invención al automedonte.

Un cochero a caza de propinas es capaz hasta de tener imaginación.

Sin embargo, el hecho era cierto, y Mario no podía ponerlo en duda sin dudar al mismo tiempo de su identidad, como acabamos de decir.

Todo en este extraño enigma era inexplicable.

¿Qué había sido de aquel hombre, personaje misterioso, a quien el cochero vio salir de la alcantarilla grande con Mario desmayado a cuestas, y que el agente, colocado en acecho, prendió en el acto de querer salvar a un insurrecto? ¿Qué había sido también del agente? ¿Por qué este agente había guardado silencio? ¿Habría logrado evadirse aquel hombre? ¿Habría corrompido al agente? Y en tal caso, ¿cómo no daba señales de vida acudiendo a Mario, que se lo debía todo?

El desinterés no era menos prodigioso que la abnegación. ¿Por qué no se presentaba? Tal vez no se necesite de recompensa; pero la gratitud del beneficiado no está nunca de más al bienhechor. ¿Habría muerto? ¿Qué clase de hombre era? ¿Qué figura tenía? Nadie podía decirlo. El cochero se limitaba a responder que la noche estaba muy oscura; Vasco y Nicolasa, en su azoramiento no habían fijado la vista sino en el señorito cubierto de sangre. El cochero, cuya vela había alumbrado la trágica llegada de Mario, era el único que recordaba algo del individuo en cuestión; pero sus señas no se extendían más allá de esta frase: «Era un hombre espantoso.»

Esperando que le ayudarían en sus investigaciones, hizo Mario conservar los vestidos ensangrentados que tenía puestos cuando le trajeron a casa de su abuelo, y al examinar la levita se notó que uno de los faldones estaba roto. Faltábale un pedazo.

Una tarde hablaba Mario delante de Cosette y de Juan Valjean de toda esta singular aventura, de la multitud de datos que había recogido y de la inutilidad de sus esfuerzos. Impacientábale el rostro frío del señor Fauchelevent, y exclamó con una vivacidad que casi tenía la vibración de la cólera:

—Sí, ese hombre, quien quiera que sea, ha estado sublime. ¿Sabéis qué ha hecho? Ha intervenido como el arcángel. Ha sido preciso que se arrojase en medio del combate, que me arrebatase de allí, que abriese la alcantarilla, que bajase a ella conmigo. Ha tenido que andar más de legua y media por horribles galerías subterráneas, encorvado en medio de las tinieblas, a través de las cloacas. ¡Más de legua y media, señor, con un cadáver a cuestas! ¿Y con qué objeto? Sin otro objeto que salvar aquel cadáver. Y el cadáver era yo. Dijo, sin duda, entre sí: «Quizá en ese miserable haya todavía un resto de vida, y para salvar esa pobre chispa voy a aventurar mi existencia.» Y no la arriesgó una vez, sino veinte. Cada paso era un peligro. La prueba es que le prendieron al salir de la alcantarilla. ¿Sabéis que ese hombre ha hecho todo esto? Y sin esperar ninguna recompensa. ¿Qué era yo? Un insurrecto, un vencido. ¡Oh! Si los seiscientos mil francos de Cosette fuesen míos...

—Son vuestros —interrumpió Juan Valjean.

—Pues bien —continuó Mario—; los daría por encontrar a ese hombre.

Juan Valjean guardó silencio.

* * *

La noche del 16 de febrero de 1833 fue una noche bendita. Sobre sus tinieblas veíase sonreír el cielo. Fue la noche de boda de Mario y Cosette.

El día se había pasado en el colmo de la felicidad.

No había sido la fiesta imaginada por el abuelo; esto es, una hechicería con grupos de querubines y de cupidos sobre la cabeza de los novios, un casamiento digno de figurar en la muestra de una puerta; pero había sido un día apacible y risueño.

En 1833 la moda de los casamientos no era lo que hoy. Francia no había tomado aún de Inglaterra esa exquisita delicadeza de llevarse a su mujer, de huir al salir de la iglesia, de ocultarse avergonzados de la dicha y de combinar la conducta del que ha hecho bancarrota con las delicias del cántico de los cánticos. Aún no se había comprendido cuánta castidad y decencia hay en zangolotear en su paraíso en una silla de posta, en interrumpir su misterio con los chasquidos del látigo del postillón, en elegir para lecho nupcial una mala cama de posada, y en dejar tras de sí, en la vulgar alcoba, a tanto por noche, el más sagrado de los recuerdos de la vida, confundido con las conversaciones del conductor de la diligencia y la maritornes de la posada.

En la segunda mitad del siglo XIX, en que estamos, no bastan el corregidor con su banda, el sacerdote con su casulla, la ley y Dios; se necesita, para que la ceremonia sea completa, el postillón de Longjumeau, con chaqueta azul de vueltas encarnadas y botones de cascabel con brazaletes de cuero, pantalón de piel verde, galones falsos, sombrero charolado, pelo negro y lleno de polvo, látigo enorme, botas de tres suelas y unos cuantos botos a los caballos normandos de cola recogida para armonizar el conjunto. Francia, es verdad, no lleva aún la elegancia hasta arrojar, como la nobleza inglesa, sobre la silla de posta de los novios, una granizada de chinelas rotas y zapatos viejos, recuerdo de Churchill, desde el tiempo en que Malborough o Malbrouck se vio atacado el día de su casamiento por el cólera de una tía, a cuyo ataque debió su fortuna; pero esperemos que, yendo en aumento el buen gusto, ese progreso no tardará en realizarse.

Ahora bien; por el puro placer de ser exactos, diremos que el 16 de febrero era martes de Carnaval, lo cual dio lugar a vacilaciones y escrúpulos, en particular de la señorita Gillenormand.

—¡Martes de Carnaval! —exclamó el abuelo—. Tanto mejor. Hay un refrán que dice: «Si en Carnaval te casas no habrá ingratos en tu casa.» Pero basta de día 16. Por ventura, ¿quieres que se aplace la boda, Mario?

—De ninguna manera —respondió el enamorado joven.

—Casémonos, pues —dijo el abuelo.

Efectuóse el casamiento el 16, a pesar de la alegría pública. Llovía; pero el cielo tiene siempre un rinconcito azul al servicio de la felicidad, que los amantes ven, aun estando el resto de la creación bajo un paraguas.

Juan Valjean había entregado la víspera a Mario, en presencia del señor Gillenormand, los quinientos ochenta y cuatro mil francos.

Habiéndose verificado el casamiento bajo el régimen de la Municipalidad, los trámites fueron sencillos.

La tía Santos era en adelante inútil a Juan Valjean, por cuya razón Cosette se quedó con ella y la promovió al grado de doncella suya.

En cuanto a Juan Valjean, había en la casa del señor Gillenormand un bonito cuarto amueblado expresamente para él, y Cosette le dijo con irresistible acento:

—Padre, aceptadlo; os lo ruego.

Juan Valjean le ofreció ir a habitarlo.

Unos días antes del fijado para el casamiento sucedió a Juan Valjean un fracaso. Habíase lastimado el dedo pulgar de la mano derecha, y sin ser cosa grave, como que no permitió que nadie le curase ni que nadie viese siquiera en qué consistía la lastimadura, tuvo que envolverse la mano en un lienzo y llevar el brazo suspendido de un pañuelo, por lo cual no le fue posible firmar. Hízolo en su lugar el señor Gillenormand, como tutor sustituto de Cosette.

No conduciremos al lector ni al corregimiento ni a la iglesia.

No se sigue hasta allí a dos enamorados, y la costumbre es volver la espalda al drama desde que se adorna con el ramo de novio.

Nos limitaremos, pues, a tomar nota de un incidente que, sin advertirlo la comitiva nupcial, acaeció en el tránsito de la calle de las Monjas del Calvario a la iglesia de San Pablo.

Reparábase a la sazón la extremidad norte de la calle de San Luis, y estaba interceptada a partir de la calle del Parque Real, no pudiendo, por tanto, los coches ir directamente a San Pablo.

Hubo que cambiar de itinerario, y torcer por el bulevar.

En la primera berlina iban Cosette y la señorita Gillenormand con el señor Gillenormand y Juan Valjean.

En la segunda iba Mario, separado todavía, conforme al uso establecido, de la novia.

La comitiva nupcial, saliendo de la calle de las Monjas del Calvario, tuvo que formar parte de la larga procesión de coches que rodaba de la Magdalena a la Bastilla y de la Bastilla a la Magdalena.

Algunos municipales, colocados en los extremos, cuidaban de que no se interrumpieran las dos interminables filas paralelas que se movían en sentido contrario; los dos arroyos de carruajes que corrían, uno hacia arriba y otro hacia abajo, uno buscando la calzada de Antin y otro el arrabal de San Antonio.

Los coches con escudos de armas, pertenecientes a pares de Francia y embajadores, caminaban por el centro de la calzada, yendo y viniendo sin que nadie se lo estorbase. Disfrutaban igual privilegio ciertas comparsas magníficas, en particular la del Buey Gordo.

En medio de aquella alegría parisiense, Inglaterra hacía chasquear su látigo; la silla de posta de lord Seymour, hostigada por los apodos del populacho, pasaba metiendo gran ruido.

En las dos filas, que los guardias municipales de a caballo recorrían como mastines, había muchas berlinas de familia, llenas de tías y abuelas, con graciosos grupos de niños de uno u otro sexo y de seis a siete años de edad, disfrazados, los cuales parecían conocer que formaban oficialmente parte de la alegría pública, penetrados de la dignidad de su disfraz y graves como otros tantos funcionarios.

De tiempo en tiempo sobrevenía un obstáculo en la procesión de los vehículos, deteniéndose una de las filas hasta que el tropiezo desaparecía. El embarazo de un solo coche bastaba a paralizar toda la línea. Luego se ponían de nuevo en marcha.

Los carruajes de la boda estaban en la fila que se dirigía a la Bastilla por el lado derecho del bulevar. En el punto más alto de la calle de Pont-aux-Choux hubo una parada. Casi al mismo instante, en el otro extremo, la otra fila que iba hacia la Magdalena se detuvo también. Había allí un carruaje lleno de máscaras.

Estos carruajes o, mejor dicho, estas carretas de máscaras, son harto conocidas de los parisienses. No pueden suprimirse en un Martes de Carnaval o a la mitad de la Cuaresma sin que se entre en sospechas y se diga: «Aquí hay gato encerrado. Probablemente va a cambiar el Ministerio.»

Una multitud de casandras y arlequines, todos los géneros grotescos posibles, desde el turco hasta el salvaje; varios hércules sosteniendo marquesas, rabaneras que obligarían a Rabelais a taparse los oídos, así como las bacantes harían bajar los ojos a Aristófanes; pelucas de lino, fajas rosadas, sombreros de ala larga, anteojos encubridores, tricornios, gritos a la gente de a pie, brazos en jarra, la impudencia desbocada, un caos de desvergüenzas conducido por un cochero adornado de flores; tal es esta institución.

La casualidad quiso, como dijimos antes, que uno de esos disformes grupos de mujeres y de hombres con máscara, arrastrado en una gran calesa, se detuviese a la izquierda del bulevar, mientras que la comitiva nupcial lo hizo a la derecha. De un lado del bulevar al otro, el carruaje de las máscaras alcanzó a ver al de la novia.

—¡Tate! —dijo una máscara—. Es una boda.

—Una boda fingida —observó otro—. En nuestro carruaje va la verdadera.

Y hallándose demasiado lejos para poder interpelar a los novios, y temerosas, por otra parte, de llamar la atención de los municipales, las dos máscaras dirigieron la vista a otro lado.

Al cabo de un instante la multitud comenzó a perseguir con rechiflas, según la antigua costumbre, a la comparsa, y las dos máscaras que acababan de hablar, en unión de sus compañeros, entablaron una lucha de garganta con el pueblo, agotando todos los proyectiles del repertorio de los Mercados.

Entre tanto, otras dos máscaras del mismo carruaje, un español de descomunal nariz, con enormes bigotes negros, y una rabanera flaca, aún en la flor de la edad, con antifaz, habían fijado la atención en la boda, y durante aquella granizada de insultos hablaron en voz baja.

Su diálogo se perdió en medio del tumulto. La lluvia había mojado el carruaje, y añadido esto al viento de febrero, que nada tiene de apacible, era causa de que la joven, descotada como estaba, tiritase y tosiese mientras respondía al español. He aquí el diálogo:

—Dime.

—¿El qué, padre?

—¿Ves ese viejo?

—¿Qué viejo?

—Aquél que va en el primer carruaje de la boda, a este lado.

—¿El que lleva el brazo metido en el pañuelo negro?

—El mismo.

—¿Y qué?

—Estoy seguro de conocerlo.

—¡Ca!

—Que me ahorquen si no le conozco. ¿Puedes ver a la novia inclinándote un poco?

—No.

—¿Y al novio?

—En ese carruaje no va ningún novio.

—Que sí.

—A menos que no sea el otro viejo.

—Procura ver a la novia inclinándote más.

—No puedo.

—Lo mismo da. Te digo que conozco al del brazo vendado.

—¿Y qué ganas con conocerlo?

—No sabemos.

—Poco me agradan a mí los viejos.

—¡Lo conozco!

—Conócelo cuantas veces quieras.

—¿Cómo diablo asiste a la boda?

—También nosotros asistimos.

—¿De dónde viene esa boda?

—¿Acaso lo sé yo?

—Escucha.

—¿Qué?

—Deberías hacer una cosa.

—¿Cuál?

—Bajar de nuestro carruaje y seguir esa boda.

—¿A qué bueno?

—Para saber adónde se dirige y lo que es. Despáchate, corre, hija, tú que eres joven.

—No puedo dejar el carruaje.

—¿Y la razón?

—Que estoy alquilada.

—¡Ah! ¡Diantre!

—Debo un día de verdulera a la Prefectura.

—Es verdad.

—Si salgo del coche, el primer inspector que me vea me atrapará. Bien lo sabes.

—En efecto.

—Hoy me paga el Gobierno.

—De todos modos, ese viejo me apesta.

—¿Sí? Pues tú no eres ningún niño.

—Está en el primer carruaje.

—¿Y qué?

—En el carruaje de la novia.

—¿Qué más?

—De consiguiente es su padre.

—¿Y qué me importa a mí eso?

—Te repito que es su padre.

—Concedido.

—Escucha.

—Escucho.

—Yo no puedo salir sino con máscara. No se me conoce. Vivo oculto. Mañana no se permiten ya máscaras, como que es Miércoles de Ceniza, y corro peligro de que me echen el guante. Fuerza es que me vuelva a mi agujero. Tú estás libre.

—No del todo.

—Más que yo, a lo menos.

—Bien. ¿Qué es lo que quieres?

—Que averigües adónde ha ido esa boda.

—¿Adónde va?

—Sí.

—Lo sé.

—¿Adónde, pues?

—Al Cuadrante Azul.

—No es ése el camino.

—A la Rapée.

—O a otra parte.

—Como que es libre. ¿Acaso las bodas no son libres?

—Hay más todavía. Es preciso que me averigües qué boda es ésa y dónde viven los novios.

—No es mala gaita la de encontrar a los ocho días una boda que ha circulado por París el Martes de Carnestolendas. Un alfiler en un granero lleno de paja. ¿Por ventura es posible?

—Séalo o no, habrá que intentarlo. ¿Oyes, Acelma?

Las dos filas continuaron de nuevo a los dos lados del bulevar su movimiento en sentido inverso, y el carruaje de las máscaras perdió de vista el coche de la novia.

* * *

¿A quién es dado realizar su sueño? Para esto habrá elecciones en el cielo; nosotros, sin saberlo, somos los candidatos, y los ángeles votan.

Cosette y Mario habían sido elegidos.

Cosette, en el corregimiento y en la iglesia, estuvo radiante de hermosura y de amor. La había vestido la tía Santos, ayudada por Nicolasa.

Sobre una saya de tafetán blanco llevaba puesto el vestido de guipur de Binche, realzando su belleza un velo de punto de Inglaterra, un collar de perlas finas y una corona de azahares, todo blanco. Era un candor exquisito dilatándose y transfigurándose en claridad. Hubiérase dicho una virgen próxima a convertirse en diosa.

Los hermosos cabellos de Mario estaban lustrosos y perfumados; entreveíase acá y allá, bajo los bucles, líneas pálidas, que eran las cicatrices de la barricada.

El abuelo, con la cabeza erguida, magnífico, amalgamando más que nunca en su traje y en sus maneras toda la elegancia del tiempo de Barras, conducía a Cosette. Reemplazaba a Juan Valjean, el cual, por el inconveniente del brazo, no podía dar la mano a la novia.

Juan Valjean, vestido de negro y con la sonrisa en los labios, les seguía.

—Señor Fauchelevent —decía el abuelo—, ved qué día tan hermoso. Voto por el fin de las aflicciones y de los pesares. En lo sucesivo no debe haber tristeza en ningún lado. ¡Pardiez!, decreto que reine la alegría. El mal no tiene derecho a existir. Es una vergüenza para el azul del cielo que haya hombres desgraciados. El mal no proviene del hombre, pues éste, en el fondo, es bueno. Todas las miserias humanas radican en el infierno, llamado también las Tullerías del diablo. Ya veis que no economizo hoy las frases demagógicas, si bien mis opiniones políticas se reducen ahora a desear que todos los hombres sean ricos, es decir, felices.

Cuando al finalizar las ceremonias, después de haber pronunciado delante del corregidor y del sacerdote todos los «sí» posibles, después de haber firmado en los registros civiles y eclesiásticos, después del cambio de los anillos, después de haber estado de rodillas codo con codo bajo el yugo de muaré blanco, entre nubes de incienso, llegaron asidos de la mano, admirados y envidiados de todos, Mario, de negro, y Cosette, de blanco, precedidos del pertiguero con charreteras de coronel, cuya maza sonaba en las baldosas, atravesando por en medio de dos hileras de personas, maravilladas, a las puertas de la iglesia, abiertas de par en par, y se dispusieron a subir al coche, la joven apenas se atrevía a creer en la realidad de su dicha. Miraba a Mario, miraba aquella multitud de gente reunida, miraba al cielo, pareciendo como temerosa de despertarse; y así, atónita e inquieta, estaba aún más linda.

A la vuelta entraron juntos en el primer carruaje, colocándose Mario al lado de Cosette, y enfrente el señor Gillenormand y Juan Valjean. La señorita Gillenormand ocupó el segundo coche.

—Hijos míos —les decía el abuelo—, sois ya el señor barón y la señora baronesa, con treinta mil francos de renta.

Semejante día es una mezcla inefable de sueños y de realidad. Se posee y se forman suposiciones. Hay aún bastante tiempo para adivinar. ¡Indecible emoción la de un día en que a media mañana se piensa en la medianoche!

Las delicias de aquellos dos corazones rebosaban, esparciéndose por la multitud y comunicando su alegría a los transeúntes.

En la calle de San Antonio, delante de San Pablo, se detenía la gente para ver, a través del ventanillo del coche, temblar los azahares sobre la cabeza de Cosette.

Entraron luego en la calle de las Monjas del Calvario. Mario, sin separarse de Cosette, subió con aire de triunfo la misma escalera por donde le habían llevado moribundo. Los pobres, agrupados delante de la puerta y repartiéndose las limosnas, los bendecían.

En todas partes no se veían más que flores. La casa estaba tan perfumada como la iglesia; después del incienso, las rosas.

Creían oír voces en el infinito; tenían a Dios en el corazón; el Destino se les aparecía como una techumbre de estrellas; sobre su cabeza divisaban la claridad del paciente sol.

De repente sonó el reloj. Mario miró el gracioso brazo de Cosette y su rosada garganta, entrevelada por los encajes del vestido, y la joven, reparando en la mirada de su esposo, sintió el rubor subírsele hasta la frente.

Habían sido convidados muchos antiguos amigos de la familia Gillenormand, y todos se agolpaban alrededor de Cosette, llamándola a porfía señora baronesa,

El oficial Teódulo Gillenormand, ya capitán, había venido de Chartres, donde se hallaba de guarnición, para asistir a la boda de su primo Pontmercy. Cosette no le conoció.

Tampoco él, acostumbrado a que las mujeres le encontrasen bonito, se acordaba de Cosette ni de ninguna otra.

—¡Qué bien he hecho en no creer aquel cuento del oficial de lanceros! —decía el señor Gillenormand.

Cosette no había mostrado nunca más cariño a Juan Valjean, y mientras el señor Gillenormand expresaba su alegría por medio de aforismos y de máximas, ella exhalaba el amor y la bondad con un perfume. Es propio de las personas felices desear que las demás también lo sean.

Buscaba para hablar a Juan Valjean inflexiones de voz del tiempo en que era niña, y le acariciaba con su sonrisa.

Habíase preparado un banquete en el comedor.

El alumbrado «a giorno» es la sazón necesaria de una grande alegría. Las personas dichosas no aceptan la bruma ni la oscuridad. No consienten en estar negras. La noche, sí; las tinieblas, no. A falta de sol es menester proporcionarse uno.

El comedor esparcía rayos de luz por todas partes. En el centro, sobre la mesa blanca y resplandeciente, una araña de Venecia con toda clase de pájaros de colores: azules, violados, rojos, verdes, posados en medio de las bujías. Alrededor de la araña, guirnaldas; en la pared, espejos; cristalería, vajilla, porcelana, loza, cubiertos y candelabros de plata; todo deslumbraba con su brillo. Los huecos entre los candelabros estaban ocupados por ramos, con tal profusión, que donde faltaba una luz había una flor.

En la antecámara una flauta, dos violines y un violoncello con sordina ejecutaban cuartetos de Haydn.

Juan Valjean se había sentado en el salón detrás de la puerta, cuya hoja casi le ocultaba. Algunos momentos antes de sentarse a la mesa Cosette le hizo un gran saludo, cogiendo entre los dedos la saya de su vestido de novia, y le preguntó si estaba contento.

—Sí —contestó Juan Valjean.

—Pues entonces reíos.

Juan Valjean se sonrió.

Poco después anunció Vasco que estaba servida la sopa.

Los convidados, precedidos del señor Gillenormand, que daba el brazo a Cosette, entraron en el comedor y se fueron colocando en torno de la mesa.

Dos grandes sillones figuraban a derecha e izquierda de la novia: el primero para el señor Gillenormand, y el segundo para Juan Valjean. El señor Gillenormand se sentó; pero el otro sillón permaneció vacío.

Buscóse con la vista al señor Fauchelevent.

No estaba allí.

El señor Gillenormand interpeló a Vasco.

—¿Sabes dónde está el señor Fauchelevent?

—Señor —respondió Vasco—, precisamente acaba de salir, encargándome dijese al amo que padecía un poco de la mano que tiene enferma, lo cual le impedía comer con el señor barón y la señora baronesa. Que rogaba se le dispensase y que mañana vendría a primera hora.

Aquel sillón vacío entibió un instante la efusión del banquete nupcial; pero si el señor Fauchelevent se había ausentado, el señor Gillenormand se encontraba allí, y el abuelo valía por dos.

Dijo que el señor Fauchelevent hacía bien en acostarse temprano si la mano le molestaba, y que no merecía la pena de afligirse. Esta declaración bastó. Además, ¿qué es un ángulo oscuro en medio de tal irradiación de alegría? Cosette y Mario se hallaban en uno de esos momentos egoístas y dichosos en que todas las facultades se concentran en la percepción de la felicidad.

Al señor Gillenormand se le ocurrió una buena idea.

—¡Pardiez! Supuesto que está vacío ese sillón, pasa tú a él, Mario. Tu tía, aunque le asista derecho para retenerte a su lado, te lo permitirá. El sillón es tuyo. La ley y el amor así lo disponen. Fortunato junto a Fortunata.

Hubo un aplauso general. Mario ocupó al lado de Cosette el sitio destinado a Juan Valjean, y las cosas se arreglaron de manera que Cosette, al principio triste por la ausencia de aquél, acabó alegrándose del cambio. Con tal de reemplazarle Mario, Cosette no hubiera echado de menos ni al mismo Dios. Puso su lindo pie, calzado de raso blanco, sobre el pie de Mario.

Una vez ocupado el sillón se olvidó al señor Fauchelevent, y al cabo de cinco minutos, como si nadie faltase, la risa y el júbilo reinaban de un extremo al otro de la mesa.

En los postres, el señor Gillenormand, de pie, con una copa de champaña en la mano, medio llena para que el temblor de los noventa y dos años no la hiciese verter, brindó por los novios.

La noche se pasó alegremente. El buen humor del anciano dio el tono a la fiesta, y todos trataron de corresponder a aquella cordialidad casi centenaria. Se bailó un poco, se rió mucho; fue una boda al uso antiguo. El uso antiguo estaba allí representado en la persona del señor Gillenormand.

Hubo ruido y luego silencio.

Los novios desaparecieron.

Un poco después de media noche la casa del señor Gillenormand se transformó en un templo.

Nos paramos aquí. En el umbral de la noche de boda hay un ángel en pie, sonriéndose, con un dedo sobre los labios.

El alma se hunde en la contemplación ante el santuario donde se celebra la fiesta del amor.

Estas felicidades son las únicas verdaderas. No hay alegría fuera de estas alegrías. El amor es el solo éxtasis. Todo lo demás llora.

Amar o haber amado; basta. No pidáis más. No hay otra perla que buscar en los piélagos tenebrosos de la vida. Amar es una consumación.

* * *

¿Qué se había hecho de Juan Valjean?

Inmediatamente después de haberse sonreído, cediendo a la graciosa intimación de Cosette, Juan Valjean aprovechó un instante en que nadie le miraba, salió del salón y entró en la antecámara. Era la misma antecámara donde ocho meses antes había entrado cubierto de cieno, de sangre y de polvo, trayendo al nieto a casa de su abuelo. La antigua ensambladura estaba adornada con hojas y flores, y los músicos ocupaban el sofá en que se había depositado a Mario. Vasco, vestido de negro, con el calzón corto y las medias y los guantes blancos, colocaba guirnaldas de rosas alrededor de las fuentes que iban a servirse.

Juan Valjean le mostró su brazo en cabestrillo y se marchó, encargándole explicase el motivo de su ausencia.

Las ventanas del comedor daban a la calle. Juan Valjean permaneció algunos minutos de pie e inmóvil en la oscuridad delante de aquellas ventanas iluminadas. Estaba escuchando. El confuso ruido del banquete llegaba hasta él. Oía la voz alta y magistral del abuelo, los violines, el sonido de los platos y los vasos, las carcajadas, y, en medio de todo aquel alegre rumor, distinguía la dulce voz de Cosette.

Dejó la calle de las Monjas del Calvario y se dirigió a la del Hombre Armado, tomando por las de San Luis, Santa Catalina y Mantos Blancos.

Aunque más largo el camino, era el mismo por donde hacía tres meses, para evitar los escombros y el lodo de la calle Vieja del Temple, acostumbraba a ir todos los días con Cosette desde la calle del Hombre Armado hasta la de las Monjas del Calvario.

Esta última circunstancia le eximía de escoger ningún otro itinerario.

Juan Valjean entró en su casa. Encendió la vela y subió. La habitación estaba vacía; hasta faltaba la tía Santos. Las pisadas de Juan Valjean hacían en los cuartos más ruido que de ordinario. Todos los armarios estaban abiertos.

Penetró en el cuarto de Cosette. La cama, sin hacer, ofrecía a sus ojos el espectáculo de colchones arrollados y almohadas sin funda, dando a entender que nadie debía volver a acostarse en aquel lecho.

Los pequeños objetos femeninos que apreciaba Cosette habían sido llevados, quedando sólo los muebles grandes y las cuatro paredes. La cama de la tía Santos presentaba el mismo aspecto de desamparo; una sola cama estaba hecha y parecía esperar a alguien: la de Juan Valjean.

Juan Valjean miró las paredes, cerró las puertas de algunos armarios y visitó los cuartos uno tras otro.

Encontróse luego en el suyo y puso la vela sobre la mesa.

Había sacado el brazo del pañuelo y se servía de la mano derecha como si nada padeciese.

Acercóse a la cama, y sus ojos, no sabemos si por casualidad o de intento, se fijaron en la «inseparable» que había dado celos a Cosette, en la maleta de que no se separaba jamás. El 5 de junio, al llegar a la calle del Hombre Armado, la había colocado en un velador junto a su cabecera.

Dirigióse al velador con cierta precipitación, tomó una llave del bolsillo y abrió la maleta.

Fue sacando de ella, poco a poco, los vestidos con que diez años antes había partido Cosette de Montfermeil: primero, el traje negro; después, el pañuelo, también negro; en seguida, los zapatos de niña, tan grandes, que casi podrían servir aún a Cosette por lo diminuto de su pie; el justillo de media, el delantal y las medias de lana. Estas últimas, donde se veía aún señalada la forma de una pierna infantil, excedían apenas el tamaño de la mano de Juan Valjean. Él era quien había llevado a Montfermeil estos vestidos de luto para Cosette.

A medida que los sacaba de la maleta iba poniéndolos en la cama.

Sus pensamientos eran otros tantos recuerdos.

En invierno, en diciembre, con más frío que de costumbre, estaba tiritando la niña, medio desnuda, apenas envuelta en harapos, con los pies amoratados y metidos en unos malos zuecos, y él la había hecho dejar aquellos andrajos para vestirse de luto. La madre debió alegrarse en la tumba al ver a su hija de luto por ella; sobre todo, al verla vestida y abrigada.

Pensaba en la selva de Montfermeil, que había atravesado en compañía de Cosette. Pensaba en lo crudo del tiempo, en los árboles sin hojas, en el bosque sin pájaros, en el cielo sin sol; pues así y todo, había sido su embeleso.

Colocó en orden las prendas de vestir sobre la cama: el pañuelo, junto a la saya; las medias, cerca de los zapatos; el justillo, al lado del traje, y las contempló una tras otra, diciendo para sí: «Éste era su tamaño; tenía la muñeca en los brazos; había guardado el luis de oro en el bolsillo de este delantal, se reía, íbamos los dos asidos de la mano; sólo contaba conmigo en el mundo.»

Al llegar aquí, su blanca y venerable cabeza cayó sobre el lecho; aquel viejo corazón estoico pareció romperse; su rostro se hundió, por decirlo así, en los vestidos de Cosette, y si alguien hubiera entonces andado en la escalera habría oído terribles sollozos.

La antigua y formidable lucha, de la que hemos visto ya varias fases, empezó de nuevo.

¡Jacob no luchó con el ángel más que una noche! ¡Ay! ¡Cuántas veces hemos visto a Juan Valjean luchando en medio de las tinieblas a brazo partido con su conciencia!

¡Cuántas veces la verdad inexorable le había hincado la rodilla en el pecho!

¡Cuántas veces, derribado a impulso de la luz, había implorado de ella el perdón!

¡Cuántas veces aquella luz implacable, encendida en él y sobre él por el obispo, le había deslumbrado mientras deseaba ser ciego!

Sin embargo, Juan Valjean conoció que aquella noche empeñaba su postrer combate.

Presentábase una cuestión dolorosa.

Las predestinaciones no van siempre en derechura; no se desarrollan siempre en línea recta ante el predestinado, sino que tienen callejones sin salida, travesías oscuras, encrucijadas alarmantes por la dificultad de la elección.

Juan Valjean se había detenido en la más peligrosa de estas encrucijadas.

Había llegado al supremo punto en que se cortan las sendas del bien y del mal. Tenía a la vista esta tenebrosa intersección.

Como le había sucedido en otras peripecias dolorosas, dos caminos se abrían ante él: uno lleno de atractivos; otro, de terrores.

¿Por cuál debería decidirse?

Señalábale el segundo ese misterioso dedo indicador que todos percibimos cuando fijamos la vista en la sombra.

Juan Valjean tenía que escoger una vez más entre el terrible puerto y la sonriente emboscada.

¿Es, pues, cierto que habiendo cura para el alma no la hay para la suerte? ¡Cosa horrible! ¡Un destino incurable!

La cuestión era ésta: ¿De qué manera iba a conducirse Juan Valjean ante la felicidad de Cosette y de Mario?

Él era quien había querido, quien había hecho aquella felicidad, por más que le destrozase las entrañas, y a la sazón, contemplándola, podía sentir la satisfacción que sentiría un armero al reconocer la marca de su fábrica en un cuchillo sacándoselo humeante del pecho.

Cosette y Mario estaban unidos por indisoluble lazo; tenían hasta riqueza. Y era obra suya.

Pero una vez formada, una vez existente aquella dicha, ¿qué le correspondía hacer a Juan Valjean? ¿Imponérsele y tratarla como cosa que le pertenecía? Cosette ya era de otro; ¿pero retendría Juan Valjean todo lo que podía retener de la joven? ¿Continuaría siendo la especie de padre que había sido hasta allí? ¿Se introduciría tranquilamente en la casa de Cosette? ¿Uniría sin decir palabra su pasado a aquel porvenir?

¿Presentaríase como asistido de un derecho, para sentarse, velado el rostro, junto a aquel luminoso hogar? ¿Cogería sonriéndose la mano de aquellos inocentes en sus dos manos trágicas?

¿Pondría a calentar en la chimenea del señor Gillenormand sus pies, que arrastraban en pos de sí la infamante sombra de la ley?

¿Entraría a participar de la suerte reservada a Cosette y Mario? ¿Espesaría la oscuridad sobre su propia frente e iría a esparcir una nube en la de aquellos jóvenes, a intercalar su catástrofe en aquellas dos felicidades?

¿Persistiría en su silencio? En una palabra, ¿sería, al lado de aquellos dos seres dichosos, el siniestro mudo del Destino?

Es preciso estar habituado a los golpes de la fatalidad para atreverse a alzar los ojos cuando ciertas cuestiones se presentan en su horrible desnudez. El bien o el mal se hallan detrás de este severo punto de interrogación. «¿Qué vas a hacer?», pregunta la esfinge.

Juan Valjean tenía el hábito de la prueba y miró fijamente la esfinge.

Examinó el terrible problema en todas sus fases.

Cosette, divina criatura, era la tabla de salvación de aquel náufrago. ¿Qué debía hacer? ¿Asirse fuertemente a ella o soltarla?

Si lo primero, le libraba del desastre, tornaba a ver la luz, el agua salada se escurría de sus vestidos y de sus cabellos; se había salvado, vivía.

Si lo segundo, entonces el abismo.

Aconsejábase de este modo dolorosamente con su pensamiento.

Mejor dicho, combatía furioso dentro de sí mismo, ya con su voluntad, ya con sus convicciones.

Fue una dicha para Juan Valjean haber podido llorar.

Esto quizá le iluminó.

Al principio, no obstante, la tempestad tomó un aspecto horrible, desencadenándose con más violencia que la que le impulsó hacia Arras.

El pasado reaparecía ante él; comparaba y sollozaba. Una vez abierta la esclusa de las lágrimas, aquel desesperado se sintió como detenido.

¡Ay! En el pugilato entre el egoísmo y el deber, cuando retrocedemos así, paso a paso, ante nuestro ideal inconmutable, extraviados, encarnizados, exasperados por tener que ceder, disputando el terreno, esperando una fuga posible, buscando una salida, ¡qué brusca y siniestra resistencia al pie de la muralla que surge detrás de nosotros!

Permaneció hasta el alba en la misma actitud, doblado sobre aquel lecho, prosternado bajo el enorme peso del Destino, anonadado tal vez, ¡ay!, con las manos contraídas y los brazos extendidos en ángulo recto, como un crucifijo desclavado y colocado allí boca abajo.

Así estuvo doce horas, las doce horas de una larga noche de invierno, sin alzar la cabeza ni pronunciar una palabra, inmóvil como un cadáver, mientras que su pensamiento rodaba por el suelo o subía a las nubes, ya hidra, ya águila.

Viéndole sin movimiento se le habría creído difunto; de improviso se estremeció convulsivamente, y su boca, pegada a los vestidos de Cosette, imprimió besos en ellos, señal de que aún vivía.

Único testigo de aquel inmenso dolor era el Ser que ve en las tinieblas.

CAPÍTULO II

FIN DEL CÁLIZ DE LA AMARGURA

Vasco abrió y vio al señor Fauchelevent. Introdújole en el salón, donde todo estaba aún revuelto y que ofrecía el aspecto del campo de batalla de la fiesta de la víspera.

—¡Diantre! —observó Vasco—. Nos hemos despertado tarde.

—¿Se ha levantado vuestro amo? —preguntó Juan Valjean.

—¿Cómo está el brazo del señor? —preguntó Vasco a su vez.

—Mejor. ¿Se ha levantado vuestro amo?

—¿Cuál? ¿El antiguo o el nuevo?

—El señor de Pontmercy.

—¿El señor barón? —dijo Vasco con sus puntas de vanidoso.

Los criados gustan de recalcar sobre los títulos, como si recogiesen algo para sí, las salpicaduras de cieno, como las llamaría un filósofo.

Mario, digámoslo de paso, republicano militante, según acababa de probarlo, era ahora barón a pesar suyo. Habíase verificado en la familia una revolucioncilla acerca de este título; el señor Gillenormand y Mario habían trocado los papeles; el primero argumentaba en pro, y el segundo en contra. Sin embargo, el coronel Pontmercy había escrito que su hijo llevaría su título, y Mario obedeció.

Además, Cosette, en quien empezaba a despuntar la mujer, se alegraba de oírse llamar señora baronesa.

—¿El señor barón? —repitió Vasco—. Voy a ver. Le diré que el señor Fauchelevent le está aguardando.

—No. No le digáis que soy yo. Decidle que hay una persona que desea hablarle en particular, y no pronunciéis ningún nombre.

—¡Ah! —exclamó Vasco.

—Quiero causarle una sorpresa.

—¡Ah! —repitió el criado, pretendiendo explicar con esta segunda interjección el sentido de la primera. Y salió.

Pasaron algunos minutos. Juan Valjean permanecía inmóvil en el sitio donde le había dejado Vasco. Estaba muy pálido y tenía los ojos tan hundidos bajo las órbitas a causa del insomnio, que casi desaparecían. Las arrugas de la levita negra mostraban que había pasado la noche sin dormir. Veíase en los codos esa pelusa blanca que se adhiere al paño con el frotamiento del lienzo. Juan Valjean miraba a sus pies la ventana bosquejada en el pavimento por los rayos del sol.

Al ruido que hizo la puerta, levantó los ojos.

Mario entró con la cabeza erguida, la boca risueña, el rostro inundado de luz, la frente dilatada, la mirada triunfante. Tampoco él había dormido.

—¡Sois vos, padre! —exclamó viendo a Juan Valjean—. ¡Y ese imbécil de Vasco con su aire misterioso! Pero venís demasiado temprano. Apenas son las doce y media. Cosette está durmiendo.

La palabra padre, dicha al señor Fauchelevent por Mario, significaba felicidad suprema. Había existido siempre entre ambos tibieza y embarazo, hielo que romper o que derretir, y Mario se encontraba en ese punto de embriaguez en que las dificultades desaparecen, en que el hielo se disuelve, siendo el señor Fauchelevent para él, como para Cosette, un padre.

Continuó con esa superabundancia de palabras propia de los divinos paroxismos de la alegría:

—¡Qué contento estoy de veros! ¡Si supieseis cómo os hemos echado de menos ayer! Buenos días, padre. ¿Cómo va esa mano? Mejor, ¿no es verdad?

Y satisfecho de la respuesta que se daba a sí mismo, prosiguió:

—Hemos hablado mucho de vos. ¡Cosette os quiere tanto! No vayáis a olvidaros de que tenéis aquí vuestro cuarto. Basta de calle del Hombre Armado. Basta. ¿Cómo os determinasteis por esa calle tan vieja y tan fea, con una barrera donde hace frío y donde no se puede entrar? Vendréis a instalaros aquí, y desde hoy, o se enfadará Cosette. Ella se propone llevarnos a todos de la barba, os lo prevengo. Ya habéis visto vuestro cuarto; está junto al nuestro y da a los jardines. Se ha arreglado la cerradura, la cama está pronta; no falta sino que vengáis. Cosette ha puesto cerca de la cama una butaca antigua, forrada de terciopelo de Utrech, a la que ha dicho: «Tiéndele los brazos.» Todas las primaveras, un ruiseñor anida en el grupo de acacias que hay delante de nuestras ventanas. Allí estará dentro de dos meses. Tendréis su nido a la derecha y el nuestro a la izquierda. Por la noche cantará el ruiseñor, y por el día hablará Cosette. Vuestro cuarto mira a Oriente; Cosette colocará en él vuestros libros, el viaje del capitán Cook, el de Vancouver y los demás efectos que os pertenecen. Hay una maletita que me ha dicho apreciáis en alto grado; pues bien, le he destinado un sitio de honor. Habéis conquistado a mi abuelo, le agradáis sobremanera. Viviremos todos juntos. ¿Sabéis jugar al «whist»? En tal caso, mi abuelo hallará en vos cuanto desea. Los días que yo vaya al Tribunal sacaréis a paseo a Cosette; la llevaréis del brazo, como hacíais en otro tiempo en el Luxemburgo. Estamos decididos a ser muy dichosos, y vos entraréis a la parte en nuestra felicidad. ¿Oís, padre? Supongo que hoy almorzaréis con nosotros.

—Señor —dijo Juan Valjean—, tengo que comunicaros una cosa. Soy un antiguo presidiario.

El límite de los sonidos agudos perceptibles puede estar lo mismo fuera del alcance del espíritu que de la materia. Estas palabras: «Soy un antiguo presidiario», al salir de los labios del señor Fauchelevent y al entrar en el oído de Mario, iban más allá de lo posible. Mario, pues, no oyó. Parecióle que acababan de decirle algo pero no supo qué. Se quedó con la boca abierta.

Entonces advirtió que aquel hombre estaba espantoso. En su feliz enajenamiento no había notado aún la palidez terrible de aquella cara.

Juan Valjean desató su pañuelo negro que sostenía su brazo, se quitó la ligadura de la mano, descubrió el dedo pulgar y dijo mostrándoselo a Mario:

—No tengo nada en la mano.

Mario miró el dedo.

—Ni he tenido jamás nada —añadió Juan Valjean.

En efecto, no se veía allí señal de ninguna herida.

Juan Valjean prosiguió:

—Convenía que no asistiese a vuestro casamiento y me he ausentado de él todo lo más que he podido. He fingido esta herida para evitar falsedades, para no invalidar los contratos matrimoniales, para no tener que firmar.

—¿Qué significa esto? —preguntó Mario entre dientes.

—Esto significa —respondió Juan Valjean— que he estado en presidio.

—¡Vais a volverme loco! —exclamó Mario aterrado.

—Señor de Pontmercy —dijo Juan Valjean—, he estado diecinueve años en presidio por robo. Luego se me condenó a cadena perpetua, también por robo, como reincidente, y a estas horas ando prófugo.

Mario hacía vanos esfuerzos por retroceder ante la realidad, por resistir a la evidencia; preciso era ceder a ella. Empezó a comprender, y como sucede siempre en casos análogos, traspasó el límite de lo verdadero y entrevió en el porvenir un horrible destino.

—¡Decidlo todo, todo! —exclamó—. ¡Sois el padre de Cosette!

Y dio dos pasos hacia atrás con un movimiento de horror indecible.

Juan Valjean irguió la cabeza con actitud tan majestuosa que pareció tocar el techo.

—Es necesario que me creáis, señor, aunque nuestro juramento no se admita en juicio...

Aquí se detuvo, y luego, con una especie de autoridad soberana y sepulcral, añadió, articulando lentamente y apoyando en cada sílaba:

—Me creeréis. ¡Padre de Cosette yo! En nombre de Dios os juro que no. Señor barón de Pontmercy, soy un aldeano de Faverolles. Ganaba la vida podando árboles. No me llamo Fauchelevent, sino Juan Valjean. Ningún parentesco me une a Cosette. Tranquilizaos.

—¿Y quién me prueba...? —balbució Mario.

—Yo. Yo, puesto que lo digo.

Mario miró a aquel hombre, estaba lúgubre y tranquilo. La mentira no podía salir de semejante calma. Lo glacial es sincero. La verdad se sentía en aquella frialdad sepulcral.

—Os creo —dijo Mario.

Juan Valjean inclinó la cabeza como en testimonio de esta frase y continuó:

—¿Qué soy para Cosette? Un extraño. Hace diez años que ignoraba si existía. La quiero mucho, es cierto. Cuando uno, ya viejo, ha visto crecer a esos ángeles, es natural que los quiera. Los viejos se creen abuelos de todos los niños. Supongo que no iréis a considerarme desprovisto enteramente de corazón. Era huérfana. No tenía padre ni madre. Me necesitaba, y por eso le he consagrado todo mi cariño. Los niños son tan débiles, que cualquiera, aun siendo un hombre de mi clase, puede servirles de protector. He cumplido ese deber con Cosette. No creo que esto merezca el nombre de buena acción; pero si lo merece, yo la he ejecutado. Anotad esta circunstancia atenuante. Hoy Cosette deja mi casa, con lo cual nuestros dos caminos se separan, y en lo sucesivo no puedo hacer nada por ella. Cosette es ya la señora de Pontmercy. Su providencia ha cambiado, ganando, sin duda, en el cambio. En cuanto a los seiscientos mil francos, aunque no me habléis de ellos, me anticipo a vuestro pensamiento. Es un depósito. ¿Cómo se hallaba en mis manos ese depósito? Poco importa. Devuelvo el depósito y no se me debe exigir más. Completo la restitución diciendo mi verdadero nombre. Así me conviene. Sabéis ya quién soy.

Y Juan Valjean clavó la vista en Mario.

Lo que Mario experimentaba era tumultuoso e incoherente. Ciertas ráfagas del Destino forman esas olas en nuestra alma.

—Pero, en fin —exclamó—, ¿por qué me decís todo esto? ¿Quién os obligaba a descubrir el arcano de vuestra vida? Podíais guardároslo. Nadie os ha denunciado. No se os persigue. No se sabe vuestro paradero. Sin duda tenéis alguna razón que os mueve a poneros así de manifiesto. Acabad. Hay más aquí de lo que parece. ¿Por qué me habéis hecho esa revelación?

—¿Qué motivo? —respondió Juan Valjean con una voz tan baja y tan sorda que se hubiera dicho hablaba consigo mismo más bien que con Mario—. ¿Qué motivo ha obligado al presidiario a decir: «Soy un presidiario»? Pues bien: el motivo es extraño en efecto. Me ha inducido a ello la honradez. Mi mayor desgracia, sabedlo, es un hilo que está prendido en mi corazón y con ligadura fortísima. Esos hilos nunca son más sólidos que cuando uno es viejo. Toda la vida se quiebra en derredor; ellos resisten. Si hubiera podido arrancar ese hilo, romperle, desatar el nudo o cortarlo, irme lejos, muy lejos, estaría a salvo; con partir de aquí bastaba. Diligencias hay en la calle de Bouloy. Sois felices y me marcho. He tratado de romper ese hilo, tirando de él, y ha resistido y no se ha roto; me arrancaba el corazón al mismo tiempo. Entonces dije «No es posible que viva en otra parte. Necesito quedarme.» Pero tenéis razón, soy un imbécil. ¿Por qué no quedarme, olvidándome de todo? Me ofrecéis un cuarto en vuestra casa; la señora de Pontmercy me quiere mucho; ha dicho a ese sillón: «¡Tiéndele los brazos!» Vuestro abuelo desea mi compañía, habitaremos todos bajo el mismo techo, comeremos juntos, daré el brazo a Cosette..., a la señora de Pontmercy; perdón; es la costumbre... La misma casa, la misma mesa, el mismo hogar, la misma chimenea en el invierno, el mismo paseo en el verano. ¡Qué deliciosa perspectiva! ¡Qué feliz existencia! Viviremos en familia. ¡En familia!

Al pronunciar esta palabra, Juan Valjean tomó un aspecto feroz. Cruzó los brazos, fijó la vista en el suelo como si quisiese horadarlo, abrir a sus pies un abismo, y exclamó con voz tonante:

—¡En familia! No. No tengo familia. No pertenezco a la vuestra. No pertenezco a la familia de los hombres. Estoy de sobra en las casas donde se vive en común. Hay familias, mas no para mí. Soy el desgraciado, el espurio. Apenas sé si he tenido padres. El día en que he casado a esa niña todo ha concluido; la he visto dichosa, la he visto unida al hombre a quien ama, y cerca de ambos a ese buen anciano; reunión de dos ángeles bajo el alegre techo de esta casa, y he dicho para mí: «Tú no debes entrar.» Fácil me era mentir, no cabe duda, y seguir engañándoos bajo el nombre del señor Fauchelevent. Mientras ha sido para bien de ella, he callado; pero hoy que se trata sólo de mi bien, no debía continuar en silencio. Bastaba no despegar los labios y las cosas hubieran marchado como hasta aquí. Me preguntáis quién me ha obligado a hablar. Os contesto que la conciencia. Ya conoceréis cuán fácil me era callarme. He pasado la noche esforzándome en persuadirme a hacerlo. ¡Imposible! Es tan extraordinaria mi conducta que no me admira la sorpresa que os causa. Sí, he pasado la noche buscando razones; se me han ocurrido algunas excelentes; pero no he logrado ni romper el hilo que aprisiona mi corazón, ni imponer silencio a ese que me habla por lo bajo cuando estoy solo. Por esto he venido a descubríroslo todo o casi todo, pues lo que concierne únicamente a mi individuo me lo guardo. Sabéis lo esencial. Os he revelado mi secreto. El misterio que me envolvía ha dejado de serlo para vos. Bastante me ha costado decidirme; he luchado toda la noche. ¡Ah! ¿Pensáis que no he hecho la reflexión de que se trataba de un asunto como el de Champmathieu; de que, ocultando mi nombre, a nadie perjudicaba; de que este nombre de Fauchelevent me autorizó a llevarlo el verdadero Fauchelevent, en recompensa de un servicio; de que podía muy bien seguir usándolo y ser dichoso en el cuarto que me ofrecéis, sin molestar a nadie, con la mera idea de que, mientras vos poseíais a Cosette, yo vivía bajo el mismo techo que ella? Cada cual hubiera tenido su felicidad proporcionada. Con seguir siendo el señor Fauchelevent, todo se arreglaba. Todo, excepto mi alma. Alrededor mío, alegría; en el fondo de mi alma, tinieblas. No basta ser dichoso; es preciso estar contento. ¡Cómo había de continuar siendo el señor Fauchelevent y esconder mi verdadero rostro, y encerrar un enigma ante vuestra inocencia, y arrastrar conmigo la sombra en medio de vuestra irradiación, y en vuestro hogar, sin daros siquiera aviso, introducir el presidio, y sentarme a vuestra mesa con el pensamiento de que, si llegabais a saber quién era, me echaríais a la calle, y permitir me sirviesen criados, que al conocerme gritarían: «¡Qué horror!» ¡Ah! ¡Cómo había de consentir en rozaros con mi codo y en hurtaros vuestros apretones de manos! ¡En vuestra casa, el respeto se hubiera dividido entre cabellos blancos que son venerables y cabellos blancos que tienen impresa una mancha! ¡En vuestras horas más íntimas, en esos momentos de efusión de los corazones, estando juntos los cuatro, vuestro abuelo, vosotros dos y yo, habría allí un desconocido! ¡Y compartiendo vuestra existencia, mi único cuidado tendría que ser el que no se levantase la tapa de mi terrible pozo! ¡Yo, un muerto, me impondría a vosotros que estáis llenos de vida! Equivaldría a condenaros conmigo. ¡Vos, Cosette y yo habríamos sido tres cabezas con el gorro verde! ¿No os estremecéis? Así no soy sino el más infeliz de los hombres; en el otro caso hubiera sido el más monstruoso. ¡Cometer todos los días el mismo crimen! ¡Mentir todos los días! ¡Anublar de continuo vuestra dicha! ¡Comunicaros constantemente mi afrenta! ¡A vosotros, mis queridos, mis inocentes hijos!... ¿Conque callar es fácil? ¿Conque guardar silencio es cosa sencilla? No, no es cosa sencilla. Hay un silencio que miente. ¡Y había de mentir, ser embustero, indigno, vil, traidor en el salón, en la mesa, en el hogar, en todas partes, de noche, de día, mirando cara a cara a Cosette y respondiendo a la sonrisa de ángel con la sonrisa del condenado! ¿Para qué? ¡Para ser feliz! ¡Para ser feliz yo! ¿Acaso tengo ese derecho? No pertenezco al gremio de los vivientes, señor.

Juan Valjean se detuvo. Mario seguía escuchando. No puede interrumpirse tal encadenamiento de ideas y de angustias.

Juan Valjean bajó la voz de nuevo; pero no era ya la voz sorda, era la siniestra.

—Me preguntáis por qué hablo cuando ni me denuncian ni me persiguen. ¡Ah! ¡Estoy denunciado, sí! ¡Estoy perseguido! ¡Sí! ¿Por quién? Por mí. Yo mismo me he cerrado el paso. Yo me comunico el impulso, yo me echo los grillos, yo me ejecuto. No hay mejor carcelero que uno mismo.

Y cogiendo su levita entre las manos, continuó:

—Mirad. ¿No os parece que estas manos son capaces de retener fuertemente el cuello de esta levita sin que haya medio de que lo suelten? ¡Pues bien! La garra de la conciencia es mucho más dura. Para ser feliz, señor, se necesita no comprender el deber, porque, una vez comprendido, es implacable. Diríase que castiga al que le comprende, cuando le recompensa poniéndole en el infierno, donde siente junto a sí a Dios. Las entrañas se desgarran, pero la paz interior viene en seguida.

Y con indecible acento, añadió:

—Señor de Pontmercy, esto no tiene sentido común; soy un hombre honrado. Degradándome a vuestros ojos me elevo a los míos. Otra vez me ha sucedido una cosa análoga; pero aquello no fue nada en comparación. Sí, un hombre honrado. No lo sería si por mi culpa hubieseis continuado estimándome; ahora que me despreciáis, lo soy. Tengo la fatalidad de que, no pudiendo jamás poseer sino una consideración robada, esa consideración me humilla y agobia interiormente, necesitando para el respeto propio el desprecio de los demás. Entonces alzo la frente. Soy un presidiario que obedece a su conciencia; caso raro, lo sé. ¿Pero qué remedio? He contraído compromisos conmigo mismo y los cumplo. Hay encuentros que nos ligan y casualidades que nos impulsan por el camino del deber. Señor de Pontmercy, me han sucedido de esas cosas en la vida.

Juan Valjean hizo otra pausa, tragando la saliva con esfuerzo, como si sus palabras tuviesen un sabor amargo, y luego prosiguió:

—Cuando se horroriza uno de sí mismo hasta ese extremo, no tiene derecho para hacer a los demás partícipes, sin saberlo, de su horror, para comunicarles su peste, para lanzarlos en su precipicio, para cubrirlos con su casaquilla encarnada, para embarazar solapadamente con su miseria la felicidad del prójimo. Es odioso acercarse a los que están sanos y tocarlos en la sombra con la úlcera invisible. En vano Fauchelevent me prestó su nombre; no me asiste derecho para llevarlo, y aunque él haya podido dármelo, yo no he podido admitirlo. Un nombre es la personalidad. Ya veis, señor, que he pensado y leído algo, siendo, como soy, un simple labriego, y veis también que sé explicarme y que me doy cuenta de las cosas. Me he proporcionado una educación a mi manera. Sí, sustraer un nombre y cubrirse con él está mal hecho. Tan gran delito es robar letras del alfabeto como robar un bolsillo o un reloj. ¡Ser una firma falsa en carne y hueso, una llave falsa viva; entrar en casa de las personas honradas falseando la cerradura, no mirar nunca sino de través, encontrarme infame en el fondo de mi corazón! ¡No, no y no! Vale más padecer, brotar sangre, llorar, arrancarse la piel de la carne con las uñas, pasar las noches en las convulsiones de la agonía, roerse el vientre y el alma. Por eso os he contado lo que acabáis de oír. De propósito, como decís.

Respiró penosamente y pronunció después esta última frase:

—En otro tiempo, para vivir, robé un pan; hoy, para vivir, no quiero robar un nombre.

—¡Para vivir! —dijo Mario—. ¿Acaso necesitais de ese nombre para vivir?

—¡Ah! Yo me entiendo —respondió Juan Valjean levantando y bajando la cabeza lentamente muchas veces seguidas.

Hubo un silencio. Los dos callaban, hundido cada cual en un abismo de pensamientos. Habíase sentado Mario junto a una mesa y apoyaba el ángulo de la boca en uno de sus dedos doblados. Juan Valjean iba y venía. Detúvose delante de un espejo y se quedó inmóvil. Luego, como si respondiese a un razonamiento interior, dijo mirando aquel espejo, donde no se veía:

—¡Mientras que ahora me siento aliviado!

Se puso de nuevo a andar, dirigiéndose al otro extremo del salón.

En el momento de moverse notó que Mario le miraba caminar, y le dijo con un acento indescriptible:

—Arrastro un poco la pierna. Ya comprenderéis por qué.

Volvióse del todo y continuó:

—Y ahora figuraos que nada he dicho; que soy el señor Fauchelevent, que vivo en vuestra casa, que soy de la familia, que tengo mi cuarto, que os acompaño a almorzar de bata, que por la tarde vamos los tres al teatro, que acompaño a la señora de Pontmercy a las Tullerías y a la plaza Real; en una palabra, que me creéis igual a vos; y el día menos pensado, cuando estemos juntos, oís pronunciar el nombre de Juan Valjean y veis salir de la sombra la mano espantosa de la Policía que me arranca bruscamente de vuestro lado.

Callóse de nuevo; Mario se había levantado con un estremecimiento.

Juan Valjean prosiguió:

—¿Qué decís?

Mario no acertó a despegar los labios.

—Veis que he tenido razón en hablar. Sed dichosos, vivid en el cielo, sed el ángel de otro ángel, y contentaos con eso, sin cuidaros del medio que un pobre condenado ha elegido para desgarrarse el pecho y cumplir con su deber. Tenéis delante de vos, señor, a un hombre miserable.

Mario cruzó lentamente el salón, y cuando estuvo junto a Juan Valjean le tendió la mano; pero como la de éste no se alargase a cogerla, hubo de hacerlo él y le pareció que estrechaba en la suya una mano de mármol.

—Mi abuelo tiene amigos —dijo Mario—; yo haré que os consiga el perdón.

—Es inútil —respondió Juan Valjean—. Se me cree muerto, y basta. Los muertos no están sometidos a la vigilancia de la Policía. Se les deja pudrirse tranquilamente. La muerte equivale al perdón.

Y retirando su mano de la de Mario, añadió con una especie de dignidad inexorable:

—Además de que no he de acudir a otro amigo que al cumplimiento de mi deber. No necesito más que un perdón: el de mi conciencia.

En aquel momento, la puerta se entreabrió poco a poco al extremo opuesto del salón, y se dejó ver la cabeza de Cosette.

Sólo se percibía su cándido semblante; estaba admirablemente despeinada, y tenía los párpados hinchados aún por el sueño.

Hizo el movimiento de un pájaro que saca la cabeza fuera del nido; miró primero a su esposo, luego a Juan Valjean, y les gritó riendo:

—¡Apostaría a que habláis de política! ¡Qué necedad! ¡En vez de estar conmigo!

Era una sonrisa en el fondo de una rosa. Juan Valjean se estremeció.

—Cosette... —tartamudeó Mario, y se detuvo.

Parecían dos criminales.

Cosette, radiante de felicidad y de hermosura, seguía mirándoles. Había en sus ojos como emanaciones de paraíso.

—Os he cogido «in fraganti» —dijo Cosette—. Acabo de oír a través de la puerta las palabras de mi padre Fauchelevent: «La conciencia..., el cumplimiento de mi deber...» No cabe duda. Hablabais de política y no quiero eso. ¡Hablar de política al día siguiente de la boda! No me parece justo.

—Te engañas, Cosette —respondió Mario—. Hablábamos de negocios. Buscábamos el medio mejor de colocar tus seiscientos mil francos, y...

—Pues si no es más que eso —interrumpió Cosette—, aquí me tenéis. ¿Se me admite?

Y atravesando resueltamente el umbral entró en el salón.

Llevaba puesto un gran peinador blanco, de mil pliegues, con mangas anchas, el cual, partiendo del cuello, le caía hasta los pies.

En los cielos dorados de los antiguos cuadros góticos hay ángeles así vestidos.

Contemplóse de pies a cabeza en un espejo de cuerpo entero, y exclamó con una explosión de éxtasis inefable:

—Había una vez un rey y una reina. ¡Oh! ¡Qué contenta estoy!

Dicho esto, saludó a Mario y a Juan Valjean.

—Ya veis —continuó—, voy a instalarme cerca de vosotros en un sillón; dentro de media hora almorzaremos; hablaréis cuanto queráis; ya sé yo que los hombres tienen que tratar muchas cosas; seré prudente.

Mario la tomó del brazo y le dijo con dulzura:

—Hablamos de negocios.

—A propósito —respondió Cosette—; he abierto mi ventana y acaba de llegar al jardín una bandada de gorriones. ¿Creisteis que iba a decir de máscaras? No, que es Miércoles de Ceniza. Felizmente, no hay Miércoles de Ceniza para los pájaros.

—Te repito que hablamos de negocios; vamos, mi querida Cosette, déjanos un instante. Son guarismos y te fastidiarías.

—¡Qué bonita corbata te has puesto hoy, Mario! Estás guapísimo, monseñor. No, no me fastidiaré.

—Te aseguro que sí.

—Que no. Habláis vosotros, y me basta. Os escucharé aunque no os comprenda. Cuando uno oye las voces de las personas que ama no necesita comprender sus palabras. Estar juntos es todo lo que quiero, y me quedaré con vosotros. ¿Por qué no?

—Amor mío, imposible.

—¿Imposible?

—Sí.

—Muy bien —repuso la joven—. ¡Os hubiera dicho tantas cosas! Por ejemplo, que el abuelo duerme aún, que la tía se ha ido a misa, que la chimenea del cuarto de mi padre Fauchelevent echa humo, que Nicolasa ha llamado al deshollinador, que la tía Santos y Nicolasa han empezado ya a gruñir, que Nicolasa se burla de la tartamudez de la tía Santos. Pues bien, no sabréis nada. ¿Conque es imposible? También yo a mi vez gritaré: «Es imposible.» ¿Quién perderá en el juego? Ea, Mario, querido mío, deja que me quede con vosotros.

—Te juro que necesitamos estar solos.

—¿Acaso soy yo alguien?

Juan Valjean no pronunciaba una palabra. Cosette se volvió hacia él.

—Lo primerito que quiero, padre, es que me deis un abrazo. ¿Cómo calláis así en vez de tomar mi partido? ¡Vaya un singular padre! Ya veis que soy muy desgraciada en mi nuevo estado. Mi Mario me casca. Ea, un abrazo y un beso, pronto.

Juan Valjean se acercó.

Cosette se volvió a Mario.

—A vos esta mueca.

En seguida alargó su frente a Juan Valjean.

Juan Valjean dio un paso hacia ella.

Cosette retrocedió, exclamando:

—¡Qué pálido estáis, padre! ¿Os duele el brazo?

—Está ya bueno.

—¿Habéis dormido mal?

—No.

—¿Estáis triste?

—No.

—¡Vaya, un beso! Si os sentís bien, si dormís mejor, si estáis contento, no os reñiré.

Y le presentó de nuevo la frente.

Juan Valjean besó aquella frente, donde brillaba un celestial reflejo.

—Sonreíos ahora.

Juan Valjean obedeció. Diríase la sonrisa de un espectro.

—Ya es tiempo de que me defendáis contra mi marido.

—Cosette... —empezó a tartamudear Mario.

—Padre, enfadaos. Decidle que debo quedarme; que delante de mí bien se puede hablar. ¡Pues no me creéis poco tonta! ¡Y, sobre todo, me gusta el pretexto! Negocios, colocar dinero en un Banco. ¡Gran cosa! Los hombres fingen misterios para darse tono. Sí, señor, quiero quedarme. Mario, mírame; ¿no me encuentras hoy bonita?

Y con un movimiento de hombros adorable y cierto aire exquisito de desquite, fijó los ojos en Mario. Hubo como un relámpago entre aquellos dos seres. Poco importaba que no estuviesen solos.

—¡Te amo! —dijo Mario.

—¡Te adoro! —exclamó Cosette.

Y sin serles dable resistir se abrazaron estrechamente.

Salió. Al cabo de dos segundos la puerta se abrió de nuevo; su lindísima cabeza asomó por entre las hojas, y les gritó:

—¡Estoy furiosa!

La puerta se volvió a cerrar y todo quedó otra vez en tinieblas.

Fue a manera de un rayo de sol extraviado en los senderos de la noche.

Mario se cercioró de que la puerta estaba bien cerrada.

—¡Pobre Cosette! —murmuró—. Cuando sepa...

A estas palabras, Juan Valjean se estremeció y clavó en Mario la vista.

—¡Cosette! ¡Ah! Sí, es verdad, se lo vais a decir todo, justo. No había pensado en ello. Se tienen fuerzas para una cosa y faltan para otra. Os lo suplico, señor, os lo ruego por lo más sagrado; dadme palabra de no decirle nada. ¿No basta con que vos lo sepáis? Nadie me ha obligado a delatarme, lo he hecho de buen grado; me delataría al universo. ¿Qué me importa? Pero ella ignora estas cosas y se asustaría. ¡Un forzado! Habría que explicárselo; habría que decirle: «Es un hombre que ha estado en presidio.» Ella vio pasar un día la cadena. ¡Oh, Dios mío!

Se dejó caer en un sillón y ocultó el rostro entre las manos. No se le oía, pero por el movimiento de los hombros se conocía que lloraba. Lágrimas silenciosas, lágrimas terribles.

—Serenaos —dijo Mario—; guardaré vuestro secreto para mí solo.

Y menos enternecido quizá de lo que debiera, pero obligado hacía una hora a familiarizarse con aquella horrible revelación, viendo gradualmente convertirse al señor Fauchelevent en un presidiario, cautivado poco a poco por aquella realidad lúgubre y conducido por la pendiente natural de la situación a medir el intervalo que a ambos separaba, añadió:

—Me es imposible no deciros algo sobre el depósito que tan fiel y honradamente habéis entregado. Es un acto de probidad. Merecéis que os recompense. Fijad vos mismo la cantidad, y no temáis que sea muy crecida.

—Gracias —respondió Juan Valjean con dulzura.

Permaneció pensativo un momento, pasando maquinalmente la yema del dedo índice por la uña del pulgar; luego alzó la voz:

—Todo ha concluido, o poco menos. Una sola cosa me queda...

—¿Cuál?

Juan Valjean experimentó como una suprema vacilación, y sin voz, casi sin aliento, balbució:

—Ahora que lo sabéis todo, ¿creéis, señor, pues sois el dueño, que no debo volver a ver a Cosette?

—Sería lo más acertado —respondió fríamente Mario.

—No volveré a verla —dijo Juan Valjean.

Y se dirigió hacia la puerta.

Puso la mano en la cerradura; el pestillo cedió, entreabrióse la puerta lo bastante para que pasase Juan Valjean, se quedó un segundo inmóvil, luego cerró de nuevo y se encaró con Mario.

No estaba ya pálido, sino lívido. Sus ojos no tenían ya lágrimas, sino una especie de luz trágica. Su voz había cobrado cierta extraña serenidad.

—Si lo permitís, señor, vendré a verla. Os aseguro que lo deseo muchísimo. Sin eso, sin la necesidad de ver a Cosette, no os habría hecho esta confesión. Hubiera partido meramente... Pero queriendo permanecer en el pueblo donde vive Cosette y continuar viéndola, me ha parecido que debía descubríroslo todo. ¿Me comprendéis, no es cierto? Es razonable lo que digo. Nueve años hace que no nos separamos; nuestra primera habitación fue esa casuca del bulevar, luego el convento, en seguida junto al Luxemburgo. Allí la visteis por primera vez. Recordaréis su sombrero de felpa azul. Después nos trasladamos al barrio de los Inválidos, donde había una reja y un jardín a la calle Plumet. Desde mi habitación la oía tocar el piano. Tal ha sido mi vida. El uno sin el otro, jamás. Nueve años y algunos meses ha durado esto. Era para ella un padre, y se creía mi hija. No sé si me comprenderéis, señor Pontmercy; pero os aseguro que me sería difícil marcharme ahora y no volverla a ver, no hablarle más, quedarme sin nada en el mundo. Si no os pareciera mal, vendría de cuando en cuando a ver a Cosette. No lo haría con frecuencia ni permanecería aquí mucho tiempo. Daríais orden de que se me recibiese en la salita del primer piso, y hasta entraría por la puerta trasera, la de los criados, si no fuese reparable. Valdría más, se me figura, que entrase por donde entran todos. Lo esencial es, señor, que desearía ver alguna vez a Cosette, tan pocas como queráis. Poneos en mi lugar. Además de que, si no volviese, lo extrañarían. Lo que podré hacer es venir por la tarde, cuando empiece ya a oscurecer.

—Vendréis todas las tardes —dijo Mario—, y Cosette os aguardará.

—¡Qué bueno sois! —respondió Juan Valjean.

Mario le saludó; la felicidad acompañó hasta la puerta a la desesperación, y aquellos dos hombres se separaron.

* * *

La antipatía de Mario hacia el señor Fauchelevent, transformado en Juan Valjean, mezclábase ahora con ideas terribles, entre las cuales, justo es decirlo, había algo de lástima y hasta de sorpresa.

El ladrón, y ladrón reincidente, había restituido un depósito, ¡y qué depósito! Seiscientos mil francos, de los que sólo él tenía noticia y que pudo muy bien guardarse. Había hecho todo lo contrario.

Además, era el delator de sí mismo. ¿Quién le obligaba a delatarse? Si se sabía su verdadero nombre es porque él lo había dicho. Con aquella confesión, Juan Valjean aceptaba, no únicamente la humillación, sino también el peligro. Para el condenado, la máscara no es la máscara: es un abrigo. Un nombre falso es la seguridad, y él había renunciado al que le encubría. Podía, siendo presidiario, ocultarse para siempre en el seno de una familia honrada, y había resistido a esta tentación. ¿Y por qué? Por escrúpulo de conciencia. Sus palabras explicativas tenían el irresistible acento de la realidad.

En suma: quienquiera que fuese aquel hombre, incontestablemente se le debía considerar como una conciencia que se despertaba. Había en él cierta misteriosa rehabilitación, aun en sus principios, y, según todas las apariencias, hacía mucho tiempo que el escrúpulo dominaba en su alma. Tales accesos de lo justo y de lo bueno no son propios de naturalezas vulgares. El despertar de la conciencia indica un alma grande.

Juan Valjean era sincero. Esta sinceridad visible, palpable, irrefragable y aun evidente por el dolor que le causaba, hacía inútiles las pesquisas. ¡Inversión extraña de las situaciones! ¿Qué brotaba para Mario del señor Fauchelevent? La desconfianza. ¿Y de Juan Valjean? La confianza.

En el misterioso balance que Mario formaba de aquel individuo, comparando el debe y el haber, quería llegar a un resultado, pero sentíase como envuelto en un torbellino. Esforzábase en deducir una idea clara de Juan Valjean, y persiguiéndole, por decirlo así, en el fondo de su pensamiento, le perdía y no volvía a encontrarle sino en una bruma fatal.

El depósito restituido honradamente y la probidad de la confesión eran acciones meritorias y producían como un resplandor en la nube; ésta en seguida se ponía otra vez negra.

Aunque los recuerdos de Mario fuesen confusos, explicábase ahora ciertas escenas antes incontestables.

¿Qué venía a ser la aventura del desván de Jondrette? ¿Por qué a la llegada de la justicia, aquel hombre, en lugar de querellarse, había huido? Mario encontraba esta vez la respuesta: Porque aquel hombre era un forzado que andaba prófugo.

Otra pregunta: ¿Por qué había ido aquel hombre a la barricada? Pues Mario veía ahora aparecer distintamente este recuerdo al impulso de sus emociones como la tinta simpática cuando se arrima al fuego. Aunque estaba allí no combatía. ¿Qué había ido, pues, a hacer? Ante esta pregunta surgía un espectro y daba la contestación: era Javert.

Mario recordaba perfectamente la fúnebre visión de Juan Valjean arrastrando fuera de la barricada a Javert, atado, y oía aún detrás del ángulo de la callejuela Mondetour el horrible pistoletazo. Existía, sin duda, odio entre el espía y el presidiario. El uno molestaba al otro, y Juan Valjean había ido a la barricada por vengarse. Llegó tarde.

Probablemente sabía que Javert había sido hecho prisionero.

De las explicaciones desesperadas de Juan Valjean podría brotar alguna luz espantosa.

¿Y quién sabe si esa horrible claridad no se extendería hasta Cosette, esparciendo una especie de matiz infernal sobre la frente de aquel ángel? La fatalidad tiene de esas solidaridades, en que la marca del crimen se graba en la misma inocencia por la sombría ley de los reflejos colorantes. Las más cándidas figuras pueden conservar para siempre la reverberación de una vecindad horrible.

Con razón o sin ella, Mario había tenido miedo. Sabía ya demasiado, y más bien quería aturdirse que ilustrarse. En el colmo de la desesperación llevaba a Cosette en sus brazos, cerrando los ojos por no ver a Juan Valjean.

Este hombre era la noche; noche palpitante y terrible. ¿Cómo atreverse a buscar el fondo? Es atroz dirigir preguntas a la sombra. ¿Quién sabe lo que va a responder? El alba pudiera perder eternamente su blancura.

En tal situación de espíritu era para Mario una perplejidad dolorosa pensar que aquel hombre se rozaría en lo sucesivo, aunque apenas, con Cosette. Reprendíase ahora no haberle hecho esas formidables preguntas, ante las cuales había retrocedido, y de las que hubiera podido resultar una decisión implacable y definitiva. Encontrábase bueno y generoso; en una palabra, demasiado débil; debilidad que le indujo a consentir en una imprudencia. Se había dejado conmover; suya era la culpa. Debió pura y simplemente alejar de su casa a Juan Valjean.

Indignábase contra sí mismo, contra el torbellino de emociones que le había aturdido, cegado y arrastrado.

¿Qué haría ahora? Las visitas de Juan Valjean le repugnaban profundamente. ¿Qué significaba aquel hombre en su casa? Esta pregunta le ponía de nuevo al borde del abismo que no osaba profundizar.

Por lo demás, hizo sin objeto aparente algunas preguntas a Cosette, cándida como una paloma y sin recelar nada. Le habló de su infancia y de su juventud, convenciéndose cada vez más de que el presidiario había sido respecto de Cosette todo lo bueno, paternal y respetable que cabe en una criatura humana. Cuanto Mario había entrevisto y supuesto era verdad. Aquella ortiga siniestra había amado y protegido a aquel lirio.

CAPÍTULO III

EL CREPÚSCULO

Al día siguiente, cuando empezaba a oscurecer, Juan Valjean llamó a la puerta-cochera de la casa del señor Gillenormand. Vasco le recibió, encontrándose allí como ex profeso y por orden de alguno. A veces basta con decir a un criado: «Espera a Fulano.»

Vasco, sin aguardar a que Juan Valjean se adelantase hacia él, le dirigió la palabra:

—El señor barón me ha encargado que os preguntase si queréis subir o quedaros abajo.

—Quedarme abajo —respondió Juan Valjean.

Vasco, respetuoso como siempre, abrió la puerta de la sala y dijo:

—Voy a avisar a la señora.

La habitación en que Juan Valjean entró era un primer piso abovedado y húmedo, que servía a veces de bodega y que daba a la calle, con el suelo de ladrillos encarnados y una mala ventana que permitía apenas el paso de unos míseros rayos de luz a través de los barrotes de hierro.

No era este cuarto de los que el zorro, el plumero y la escoban molestan. El polvo yacía allí tranquilo. Las arañas campaban libremente. Una hermosa tela desplegada con lujo, muy negra y con adornos de moscas muertas, giraba alrededor de uno de los vidrios de la ventana. La sala, pequeña y baja de techo, estaba amueblada con unas cuantas botellas vacías amontonadas en un rincón. La pared, revocada de amarillo, se iba descascarillando a toda prisa. Veíase en el fondo una chimenea de madera, pintada de negro y encendida, lo cual indicaba que se había contado con la respuesta de Juan Valjean: «Abajo.»

A cada lado de la chimenea había un sillón, y entre los dos sillones, a modo de alfombra, una manta de cama, vieja, mostrando más hebra que lana.

El alumbrado de la habitación consistía en la llama de la chimenea y el crepúsculo de la ventana.

Juan Valjean se sentía fatigado, pues llevaba algunos días sin comer ni dormir, y se dejó caer en uno de los sillones.

Vasco vino, puso sobre la chimenea una bujía encendida y se retiró, sin que Juan Valjean, con la cabeza inclinada hasta tocar el pecho, hubiese notado lo más mínimo.

De repente se levantó como sobresaltado.

Cosette estaba detrás de él. No la había visto entrar, pero había sentido que entraba. Se volvió y la contempló con éxtasis. Estaba adorablemente hermosa; pero lo que él miraba de aquella suerte no era la hermosura material, sino el alma.

—Padre —exclamó Cosette—, sabía vuestras rarezas; pero jamás me hubiera figurado que llegasen a tanto. ¡Vaya una idea! Dice Mario que os habéis empeñado en que os reciba aquí.

—Sí, me he empeñado.

—Ya esperaba esa respuesta. Está bien. Os prevengo que voy a armar un escándalo. Empecemos por el principio. Padre, besadme.

Y le presentó la mejilla.

Juan Valjean permaneció inmóvil.

—No os movéis. Declaro que vuestra actitud es de una persona que se encuentra culpada. Os perdono, sin embargo. Jesucristo ha dicho: «Presentad la otra mejilla.» Aquí la tenéis.

Y le presentó la otra mejilla.

Juan Valjean no se movía; parecía clavado en el suelo.

—Esto se pone serio —dijo Cosette—. ¿Qué os he hecho? Me declaro ofendida y me debéis una satisfacción. Comeréis con nosotros.

—He comido ya.

—No es verdad. Haré que el señor Gillenormand os riña. Los abuelos están encargados de reñir a los padres. Vamos, subid conmigo al salón. Pronto.

—Imposible.

Al llegar aquí, Cosette perdió algún terreno. Cesó de mandar y pasó a las preguntas.

—¡Imposible! ¿Por qué? ¡Y escogéis para verme el cuarto más feo de la casa! Aquí se está muy mal.

—Sabes...

Juan Valjean se detuvo, y luego continuó como corrigiéndose a sí mismo:

—Sabéis, señora, que soy raro, que tengo mis caprichos.

Cosette dio una palmada.

—¡Señora!... ¡Sabéis!... ¡Cuántas novedades! ¿Qué significa esto?

Juan Valjean la miró con la sonrisa dolorosa a que recurría de cuando en cuando.

—Habéis querido ser señora y lo sois.

—Para vos no, padre.

—Cesad de llamarme padre.

—¿Cómo?

Llamadme señor Juan, Juan si gustáis.

—¡No sois ya padre, ni yo soy Cosette! ¡Qué os llame señor Juan! ¿Qué significan estos cambios? ¿Qué revolución es ésta? ¿Qué ha pasado? Miradme a la cara. ¡Y no aceptáis un cuarto en esta casa! ¡El cuarto que os tenía destinado! ¿Qué mal os he hecho? ¿En qué os he ofendido? ¿Ha ocurrido algo?

—Nada.

—¿Y entonces?

—Todo sigue lo mismo.

—¿Por qué mudáis de nombre?

—También vos habéis mudado el vuestro.

Sonrióse como antes y añadió:

—Siendo vos la señora de Pontmercy, muy bien puedo yo ser el señor Juan.

—No comprendo una jota. Esto raya en estupidez. Pediré permiso a mi marido para que seáis el señor Juan, y espero que no consentirá. Me disgustáis en extremo. Los caprichos no deben ir hasta ocasionar pesadumbre a su niña, a su Cosette. No tenéis derecho a ser malo, vos que sois tan bueno.

Juan Valjean no respondió.

Tomóle ella vivamente las dos manos, y con un movimiento irresistible, levantándolas al nivel de su rostro, las estrechó contra su cuello por debajo de la barba; profunda señal de cariño.

—¡Oh! —le dijo—. ¡Sed bueno!

Y prosiguió:

—Ved lo que yo llamo ser bueno; mostrándoos amable, venir a vivir con nosotros; aquí hay pájaros como en la calle Plumet; dejad ese agujero en la calle del

Hombre Armado; no queráis que adivine charadas; sed como todos; almorzad, comed en nuestra compañía, sed mi padre.

Él retiró las manos.

—No necesitáis ya de padre; tenéis marido.

Cosette se incomodó.

—¡Conque no necesito de padre! No hay sentido común en lo que decís.

—Si la tía Santos estuviese aquí —repuso Juan Valjean como el que busca testigos porque tiene que asirse hasta de un cabello—, sería la primera que convendría en que soy hombre antojadizo. Nada nuevo hay en todo esto. Siempre me ha gustado a mí un rincón.

—¡Pero si aquí hace frío, si apenas se ve! Es abominable antojo el de querer os llame señor Juan. Me opongo resueltamente a que me digáis vos.

—Cuando venía —respondió Juan Valjean—, vi en la calle de San Luis un bonito mueble. Es una casa de un ebanista. Si yo fuese mujer y linda no dejaría de adquirirlo. Un tocador a la moda de palo de rosa e incrustado, con un espejo bastante grande y varios cajones. Mueble de gusto.

—¡Oh, qué ruindad! —replicó Cosette.

Y con exquisito donaire, apretando los dientes y separando los labios, sopló contra Juan Valjean. Era una Gracia imitando a un gato.

—Estoy furiosa —prosiguió—. Desde ayer me hacéis todos rabiar. No comprendo una palabra. Vos no me defendéis de Mario, ni Mario me sostiene contra vos; estoy sola. Arreglo mi cuarto, poniendo en la obra mis cinco sentidos, y me dejáis desairada. Encargo a Nicolasa una comida de familia, y se me responde que no acepta. ¡Y mi padre Fauchelevent quiere que le llame señor Juan y que le reciba en una vieja y húmeda cueva, cuyas paredes tienen barbas, y donde en vez de cristales hay botellas vacías, y en vez de cortinas, telarañas! Sois un hombre raro, convengo en ello; es vuestro carácter; ¿pero no ha de haber alguna tregua para los que se casan? No parecen bien esas rarezas, así de seguida. Vais, pues, a vivir muy contento en vuestra abominable calle del Hombre Armado. ¡No he pasado yo en ella pocos malos ratos! ¿Qué resentimientos tenéis de mí? Me causáis mucha pena, ¡vaya!

Y formalizándose de repente, clavó la vista en Juan Valjean y añadió:

—¿Os pesa que sea dichosa?

La candidez, sin saberlo, penetra a veces en lo más hondo. Esta pregunta, sencilla para Cosette, era profunda para Juan Valjean. Cosette quería sólo arañar y destrozaba.

Juan Valjean se puso pálido. Permaneció un momento sin responder; luego, con acento indescriptible y hablando consigo mismo, murmuró:

—Tu felicidad era el objeto de mi vida. Dios, al presente, puede quitármela sin que haga falta a nadie. Cosette, eres dichosa y mi misión ha terminado.

—¡Ah! ¡Me habéis dicho eres! —exclamó Cosette.

Y se arrojó en sus brazos.

Juan Valjean, desvanecido, la estrechó contra su pecho, pareciéndole casi que la recobraba.

—¡Gracias, padre! —dijo Cosette.

Aquel arrebato iba a volverse doloroso para Juan Valjean. Desprendióse con dulzura de los brazos de Cosette y tomó el sombrero.

—¿Adónde vais? —preguntó Cosette.

Juan Valjean respondió:

—Me retiro, señora. Os aguardan.

Las visitas continuaron siendo diarias. Juan Valjean no tuvo valor para ver en las palabras de Mario otra cosa que la letra. Mario, por su parte, se ingenió de manera que siempre se hallaba ausente cuando Juan Valjean iba. Las personas de la casa se acostumbraron a aquel nuevo capricho del señor Fauchelevent. La tía Santos contribuyó a ello, repitiendo que «su amo había sido siempre así». El abuelo decretó que «era un extravagante».

Esto bastó. Además de que a los noventa años no son posibles ya las relaciones amistosas; todo es yuxtaposición; un recién venido es una molestia. No hay sitio para él, todos los hábitos están adoptados. El señor Gillenormand se alegró de verse libre del señor Fauchelevent o Tranchelevent, y añadió:

—Ese género de extravagantes es muy común. Ejecutan toda clase de rarezas sin motivo. El marqués de Canaples era peor aún, pues compró un palacio para vivir en las buhardillas. Son apariencias fantásticas de ciertas gentes.

Nadie entrevió la siniestra realidad. ¿Mas quién había de adivinar semejante cosa? Hay pantanos así en la India. El agua presenta un aspecto extraordinario, inexplicable, estremeciéndose sin que la impulse el viento, mostrando agitación cuando debiera estar tranquila. Se mira su superficie y no se ve la hidra que se arrastra en el fondo.

* * *

Varias semanas transcurrieron así. Poco a poco entró Cosette en una vida nueva; el matrimonio crea relaciones; las visitas son su necesaria consecuencia, y el cuidado de la casa ocupa gran parte del tiempo. En cuanto a los placeres de la nueva vida, no eran costosos para Cosette, pues se reducían a uno solo: estar con Mario. Su principal gloria era salir con él y no separarse de su lado. Ambos sentían un placer cada vez mayor en pasearse asidos del brazo, a la vista de todos, los dos solos.

Cosette experimentó una contrariedad. La tía Santos no hizo buenas migas con Nicolasa y se marchó. En cuanto al abuelo, su salud era excelente; Mario defendía de tiempo en tiempo algunas causas; la señorita Gillenormand pasaba agradablemente junto a la nueva familia la vida lateral que parecía bastarle. Juan Valjean iba todos los días.

Sustituyendo el vos al tú y las expresiones señora y señor Juan a las de su trato familiar antiguo, encontrábale Cosette distinto de lo que antes era. Hasta el empeño que había tomado en separarla de él le salía bien, pues Cosette se mostraba cada vez más alegre y menos cariñosa. Sin embargo, queríalo siempre mucho, y Juan Valjean lo conocía.

—Erais mi padre y no lo sois ya; erais el señor Fauchelevent y sois el señor Juan. ¿Quién sois, pues? No me gustan estas cosas. Si no os conociese os tendría miedo.

* * *

Poco a poco se fue acostumbrando a alargar sus visitas, como si aprovechase la autorización de los días, que iban también creciendo. Llegaba más temprano y se despedía más tarde.

Cierto día, Cosette le dijo maquinalmente: «¡Padre!», y un relámpago de alegría iluminó el sombrío rostro de Juan Valjean.

—Llamadme Juan —fue su única respuesta.

—¡Ah! Es verdad —dijo Cosette riéndose—; señor Juan.

—Eso, eso —replicó aquel desgraciado, volviéndose para que ella no le viera enjugarse los ojos.

CAPÍTULO IV

SUPREMA SOMBRA Y SUPREMA AURORA

¡Terrible cosa es la felicidad! En medio de sus goces, en medio de las satisfacciones que produce la posesión de ese falso objeto de la vida, induce a olvidar el verdadero, que es el deber.

Sin embargo, se haría mal en acusar a Mario.

Mario, lo hemos dicho, antes de casarse no había preguntado nada al señor Fauchelevent, y después temió preguntar a Juan Valjean. Sintió la promesa a que se dejó arrastrar por la lastimosa situación de éste, y repetidas veces dijo para sí que había obrado mal concediendo aquella gracia a la desesperación. Limitóse, pues, a alejar poco a poco a Juan Valjean de su casa y a borrar, en lo posible, su recuerdo del espíritu de Cosette. Procuró, en cierto modo, colocarse siempre entre Cosette y Juan Valjean, seguro de que así la joven, no viéndole, cesaría de pensar en él. Era más que la extinción: era el eclipse.

Mario hacía lo que juzgaba necesario y justo. Creía que le asistían, para alejar a Juan Valjean, sin dureza, pero también sin debilidad, graves razones, algunas de las cuales ya se han indicado y otras se indicarán a su tiempo.

La casualidad le puso en contacto, durante la prosecución de uno de sus pleitos, con un antiguo empleado de la casa de Laffitte, y adquirió, sin buscarlas, misteriosas noticias que, si bien no pudo profundizar por consideración al secreto que se le había confiado y a la peligrosa situación de la persona interesada, le constituían, a la luz de su criterio, en el deber de restituir los seiscientos mil francos a su dueño. Buscábale, al efecto, con toda discreción, absteniéndose, entre tanto, de tocar a lo que miraba como un depósito.

Cosette no estaba en tales interioridades; pero también merece disculpa.

Existía de Mario a ella un terrible magnetismo que la obligaba a ejecutar por instinto y casi maquinalmente los deseos de su esposo. Sentía, en la parte relativa al «señor Juan», un deseo de Mario y se conformaba con él. Su marido no necesitaba decirle nada; ella sufría la presión vaga, pero clara, de sus tácitas intenciones, y obedecía ciegamente. En este caso, su obediencia era no acordarse de lo que Mario olvidaba, y hacíalo sin esfuerzo, ignorando por qué y sin que deba condenársela. Su alma se había hasta tal punto confundido con la de su marido, que lo que se cubría de sombra en el pensamiento de Mario, oscurecíase también en el de Cosette.

No obstante, justo es decir que, respecto de la persona de Juan Valjean, este olvido y esta extinción no eran más que superficiales.

Cosette estaba aturdida más que otra cosa. En el fondo quería mucho al que había llamado por tanto tiempo padre; pero quería más a su esposo. Esto era lo que había falseado algo la balanza de aquel corazón, inclinándola a un lado solo.

Si sucedía que Cosette hablaba de Juan Valjean como admirándose, Mario la tranquilizaba, diciéndole:

—Está ausente, supongo. ¿No avisó que iba a emprender un viaje?

—Cierto —pensaba Cosette—. Tal ha sido siempre su costumbre; pero nunca ha tardado tanto.

Dos o tres veces envió a Nicolasa a la calle del Hombre Armado para que preguntase si el señor Juan había vuelto de su viaje, y de orden de Juan Valjean se le contestó que no.

Cosette no inquirió más, pues para ella en la Tierra no había ahora más que una necesidad: Mario.

* * *

Un día Juan Valjean bajó la escalera, dio tres pasos en la calle, se sentó en un trascantón, en el mismo trascantón donde Gavroche, en la noche del 5 al 6 de junio, le había encontrado pensativo; se detuvo allí tres minutos y luego volvió a subir.

Fue la última oscilación del péndulo.

Al día siguiente no salió y al otro día guardó cama.

La portera, que le preparaba su parco alimento, consistente en algunas coles o patatas con un poco de tocino, miró el plato de loza ordinaria, y exclamó:

—¡Pero si no habéis comido ayer, buen hombre!

—Sí he comido —respondió Juan Valjean.

—El plato está como lo dejé.

—Mirad el jarro de agua. Está vacío.

—Lo que prueba que habéis bebido, no que habéis comido.

—No tenía ganas más que de agua.

—Cuando se siente sed y no se come al mismo tiempo, es señal de que hay fiebre.

—Mañara comeré.

—O el año que viene. ¿Por qué no coméis ahora? ¿A qué dejarlo para mañana? ¡Hacer tal desaire a mi comida! ¡Despreciar mis patatas tan bien aderezadas!

Juan Valjean tomó la mano de la vieja y le dijo con bondadoso acento:

—Os prometo comerlas.

—Me tenéis enojada —contestó la portera.

Juan Valjean no veía casi otra criatura humana que aquella buena mujer.

Hay en París calles por donde nadie pasa, y casas adonde no va nadie. Tal era la calle del Hombre Armado y la casa de Juan Valjean.

En el tiempo en que aún salía compró un crucifijo de cobre y lo colocó enfrente del lecho. La vista del crucifijo es siempre un alivio para el alma.

Transcurrió una semana sin que Juan Valjean diese un paso por el cuarto. Estaba de continuo sobre la cama.

La portera dijo a su marido:

—El buen hombre de arriba no se levanta ya ni come. No tirará largo. ¡Los disgustos, los disgustos!... Nadie me quitará de la cabeza que su hija se ha casado mal.

El portero replicó con el acento de la soberanía marital:

—Si es rico, que llame a un médico; si no lo es, que no le llame. Si no tiene médico se morirá.

—¿Y si tiene uno?

—También morirá —dijo el portero.

La portera se puso a escarbar con un cuchillo viejo la hierba que crecía en lo que llamaba su empedrado, y entre tanto se le oía murmurar:

—¡Qué lástima! ¡Un anciano tan limpio! Está como un pollo de flaco.

Divisó en el extremo de la calle a un médico del barrio, que pasaba, y acudió a él suplicándole que subiese.

—Es en el piso segundo —le dijo—. Entrad sin inconveniente, pues como el infeliz no se mueve de la cama, la llave está siempre en la puerta.

El médico vio a Juan Valjean y le habló.

Cuando bajó, la portera fue a preguntar por el paciente.

—Está muy grave —dijo el doctor.

—¿Qué es lo que tiene?

—Todo y nada. Es un hombre que, según las apariencias, ha perdido a una persona querida. Algunos mueren de eso.

—¿Qué os ha dicho?

—Me ha dicho que se sentía bien.

—¿Volveréis?

—Sí —respondió el doctor—, aunque más le conviniera un médico para el alma.

Una tarde, Juan Valjean, apoyándose con trabajo en un codo, se tomó la mano y no halló el pulso; su respiración era corta y se interrumpía a cada momento; conoció que estaba más débil que nunca. Entonces, bajo la presión, sin duda, de alguna idea suprema, hizo un esfuerzo, se incorporó y se vistió.

Púsose el traje de obrero, pues no saliendo ya lo prefería a los otros. Tuvo que pararse repetidas veces y le costó sudar mucho antes de introducir los brazos en las mangas de la blusa.

Desde que estaba solo había colocado la cama en la antesala para habitar lo menos posible aquel desierto cuarto.

Abrió la maleta, sacó el ajuar de Cosette y lo extendió sobre la cama.

Los candelabros del obispo estaban en su sitio, en la chimenea. Sacó de un cajón dos velas de cera y las puso en ellos. Después, aunque no hubiese oscurecido aún, como que era en verano, las encendió. Vense, en medio del día, hachas así encendidas en la habitación donde hay algún difunto.

Cada paso, yendo de un mueble a otro, le extenuaba, y se veía obligado a sentarse. No era la fatiga ordinaria que supone, tras el consumo de fuerza, su renovación, era el resto de los movimientos posibles; era la vida agotándose en abrumadores esfuerzos que no debían reproducirse.

Una de las sillas donde se dejó caer estaba colocada enfrente del espejo, tan fatal para él y tan providencial para Mario, donde había leído la carta de Cosette.

Se miró a aquel espejo y no se conoció.

Tenía ochenta años; antes del casamiento de Mario sólo representaba cincuenta; de suerte que, en tan corto plazo, había envejecido treinta años más.

Lo que en su frente se veía no eran las arrugas de la edad; era la señal misteriosa de la muerte, la cavidad de la implacable garra. Sus mejillas pendían; el color terroso de su cara anunciaba ya la proximidad de la fosa; los dos ángulos de la boca se hundían como en la máscara que los antiguos esculpían sobre los sepulcros.

Miraba al cielo en ademán de queja; se le hubiera tomado por uno de esos grandes seres trágicos víctimas del Destino inexorable.

Encontrábase en la última fase de la agonía, fase en que ya el dolor no corre, sino que está, por decirlo así, cuajado; hay sobre el alma como un coágulo de desesperación.

Había cerrado la noche. Arrastró con mucho trabajo una mesa y el viejo sillón junto a la chimenea, y puso en la mesa pluma, tintero y papel.

Hecho esto se desmayó. Cuando hubo recobrado los sentidos tenía sed, y no pudiendo levantar el jarro lo inclinó y bebió un sorbo.

Volvióse después hacia la cama, y sentado siempre, porque no podía permanecer en pie, clavó los ojos en el trajecito negro y en los demás objetos que le eran queridos.

Como ni la pluma ni la tinta habían servido en mucho tiempo, los puntos de la primera línea estaban encorvados, y la segunda estaba seca; por cuanto le fue preciso levantarse y poner algunas gotas de agua en el tintero, lo que ejecutó deteniéndose y sentándose dos o tres veces, y luego tuvo que escribir con el dorso de la pluma. De tiempo en tiempo se enjugaba la frente.

Temblábale la mano. Véanse las líneas que escribió poco a poco.

«Cosette, te bendigo. Voy a explicártelo todo. Tu marido ha tenido razón en darme a entender que debía marcharme; aunque se haya equivocado algo en lo que ha creído, ha tenido razón. Es excelente. Ámale siempre mucho cuando yo no exista. Señor de Pontmercy, amad siempre a mi querida niña. Cosette, este papel será encontrado y en él verás los guarismos, si tengo fuerzas para recordarlos. Escucha; ese dinero es tuyo. Lo vas a saber todo. El azabache blanco viene de Noruega; el azabache negro, de Inglaterra; los abalorios negros, de Alemania. El azabache es más ligero, más precioso, más caro. En Francia pueden hacerse imitaciones como en Alemania. Se necesita un pequeño yunque de dos pulgadas cuadradas y una lámpara de espíritu de vino para ablandar la cera. La cera en otro tiempo se elaboraba con resina y negro de humo, y costaba a cuatro francos la libra. Se me ocurrió hacerla con goma-laca y trementina. Cuesta sólo treinta sueldos y es preferible. Las hebillas se hacen con vidrio violado que se pega, mediante esta cera, en una planchita de hierro negro. El vidrio ha de ser violado para las alhajas de hierro, y negro para las de oro. España compra en gran cantidad. Es el país del azabache...»

No le fue posible seguir. La pluma se le cayó de los dedos; le acometió uno de esos sollozos desesperados que subían por instantes desde lo más hondo de su pecho. El desgraciado se cogió la cabeza entre las manos y se hundió en la meditación.

—¡Oh! —exclamaba en sus adentros, gritos lamentables oídos sólo por Dios—. Todo ha acabado para mí. No la veré más. Es una sonrisa que ha pasado sobre mí. Voy a sepultarme en la noche sin volverla a ver siquiera. ¡Oh! ¡Un minuto, un instante, oír su voz, tocar su ropa, mirarla a ella, al ángel mío, y luego morir! La muerte no es nada; pero ¡morir sin verla! ¡Es horrible! Una sonrisa, una palabra suya. ¿Puede esto perjudicar a alguien? No; todo ha acabado para mí, todo. Solo para siempre. ¡Dios mío! ¡Dios mío! No la volveré a ver.

En aquel momento llamaron a la puerta.

* * *

El mismo día, mejor dicho, la misma tarde, cuando Mario dejaba la mesa y entraba en su gabinete para examinar unos asuntos, le entregó Vasco una carta, diciéndole:

—La persona que la ha escrito espera en la antesala.

Cosette se había cogido del brazo del abuelo y daba una vuelta por el jardín.

Hay cartas que, lo mismo que ciertos nombres, tienen mala catadura. Papel basto, manera tosca de cerrarlas; con sólo ver algunas misivas repugnan.

La carta que había traído Vasco pertenecía a esta clase.

Mario la tomó y le dio olor a tabaco, despertando en él una serie de recuerdos.

Miró el sobre: «Al señor barón de Pontmercy. En su casa.» Conocido el tabaco, le fue fácil conocer la letra. Pudiera decirse que del asombro se desprenden a veces relámpagos.

Uno de estos relámpagos iluminó a Mario.

El olfato, misterioso auxiliar de la memoria, acababa de hacer revivir en él todo un mundo. Era el mismo papel, la propia manera de doblarlo, el color idéntico de la tinta, la conocida letra; sobre todo, no cabía equivocación en el tabaco.

Abrió ansiosamente la carta y leyó lo que sigue:

«Señor barón: Si el Ser Supremo me hubiese dado talento, hubiera podido ser el barón Tenard, miembro del Instituto (Academia de Siensias); pero no lo soy. Me llamo solamente como él; feliz si este recuerdo me recomienda a la excelencia de vuestras vondades. El beneficio con que me honrréis será recíproco. Poseo un secreto que concierne a un indibiduo, y este indibiduo os concierne. El secreto está a vuestra disposición, deseando el honor de seros útil. Os proporcionaré un modo sencillo de arrojar de vuestra dina familia a ese indibiduo, que no tiene derecho a estar en ella, pues la señora baronesa pertenece a una clase elevada. El santuario de la virtú no puede coavitar más tiempo con el crimen sin mancharse.

»Espero en la antesala las órdenes del señor barón.

»Soy, con el mayor respeto.»

La firma de la carta era «Tenard».

Firma verdadera, aunque abreviada.

Por lo demás, el estilo y la ortografía completaban la revelación.

El certificado de origen no podía estar más evidente. No era posible dudar.

La emoción de Mario fue profunda. Despúes del movimiento de sorpresa experimentó un movimiento de felicidad.

Si lograba encontrar ahora al otro a quien buscaba, a su salvador, era cuanto podía apetecer.

Abrió un cajón de su papelera, cogió algunos billetes de Banco, los guardó en el bolsillo, volvió a cerrar y tiró de la campanilla. Vasco asomó la cabeza.

—Haced que pase —dijo Mario.

Vasco anunció:

—El señor Tenard.

Entró un hombre, y la sorpresa de Mario fue grande, pues le era totalmente desconocido.

Estaba vestido de negro de pies a cabeza; ropa bastante gastada, pero limpia; del bolsillo le salían unas cuantas baratijas con pretensiones de sello de reloj. Llevaba en la mano un sombrero viejo. Iba algo encorvado, y la curvatura de su espalda se aumentaba con lo profundo del saludo.

Lo que a primera vista sorprendía era que la levita de este personaje, demasiado ancha, aunque cuidadosamente abotonada, no parecía hecha para él.

El disgusto experimentado por Mario viendo entrar a un hombre distinto del que esperaba, recayó sobre el recién venido.

Lo examinó de pies a cabeza durante su saludo y le preguntó secamente:

—¿Qué se os ofrece?

El personaje contestó sonriéndose, como pudiera haberlo hecho un cocodrilo capaz de sonreírse:

—Me parece imposible que no haya tenido antes de ahora el honor de ver al señor barón. Figúraseme haberle encontrado, hace algunos años, en casa de la señora princesa Bagration y en los salones de su señoría el vizconde Dombray, par de Francia.

Mario escuchaba con atención a aquel hombre, espiando el acento y el gesto; pero nada le decía su pronunciación gangosa, en todo diferente del sonido de voz agrio y seco que imaginó iba a oír. Estaba desorientado.

—No conozco —dijo— a la señora princesa Bagration ni al señor vizconde Dombray. En mi vida he puesto los pies en sus casas.

La respuesta era contundente; sin embargo, nuestro hombre, sonriéndose de nuevo, añadió:

—Entonces fue en casa de Chateaubriand. ¡Ah! Sí conozco mucho a Chateaubriand. Es muy afable. En una ocasión me dijo: «Pero, Tenard, amigo mío, ¿no me acompañas a beber una copa?»

La frente de Mario se iba poniendo cada vez más severa.

—Jamás he tenido el honor de visitar al señor Chateaubriand. En fin, ¿qué queréis?

El personaje, notando que el tono era más duro, saludó profundamente.

—Señor barón, dignaos oírme. Hay en América, en un país que confina con Panamá, una aldea llamada Joya. Compónese de una sola casa de tres pisos, construida de ladrillos cocidos al sol; cada costado tiene de largo quinientos pies y cada piso se retira del inferior doce, a fin de dejar ante sí una azotea que da vuelta al edificio. En el centro hay un patio donde están los víveres y las municiones. En lugar de ventanas, troneras; nada de puerta principal; se sirven de escalera para subir del suelo a la primera azotea, y de ésta a la segunda y a la tercera; lo mismo para bajar al patio interior; las puertas de los cuartos son trampas. Por la noche se cierran estas trampas, se quitan las escalas, las bocas de las carabinas asoman por las troneras y la entrada es imposible. De día, casa; de noche, ciudadela. Ochocientos habitantes; tal es la aldea de Joya. ¿Por qué tantas precauciones? Porque el país es peligroso a causa de los antropófagos, de que está lleno. Entonces, ¿por qué van allí? Porque es un país maravilloso; porque se encuentra oro en él.

—¿Qué intención es la vuestra? —preguntó Mario, a quien la contrariedad había vuelto impaciente.

—Oíd, señor barón. Soy un antiguo diplomático y quiero probar a vivir entre salvajes.

—¿Qué más?

—Señor barón, el egoísmo es la ley del mundo. La labradora que trabaja en un campo que le pertenece no se muda. El perro del pobre ladra tras el rico, y el perro del rico tras el pobre. Cada uno para sí. El blanco de los hombres es el interés, y el imán el oro.

—¿Y qué me importa eso? —preguntó Mario.

El desconocido sacó el pescuezo fuera de la corbata, ademán propio del buitre, y replicó, sonriéndose otra vez:

—¿No ha leído el señor barón mi carta?

Había algo de verdad en esto, porque el hecho era que Mario, fijándose tan sólo en la letra, apenas había atendido a lo que decía la carta. No recordaba nada. Hacía un minuto que las palabras esposa e hija habían vuelto a anudar el hilo de sus conjeturas, y tenía clavada en aquel individuo una mirada penetrante, como la del juez sobre el presunto reo. Limitóse a responder:

—Sed más explícito.

—Está bien, señor barón. Voy a ser más explícito. Tengo un secreto que venderos.

—¿Qué secreto es ése?

Mario no cesaba de sondear a su interlocutor mientras le oía.

—Empiezo gratis —dijo el desconocido—. Vais a convenceros de que soy un hombre interesante.

—Hablad.

—Señor barón, tenéis en vuestra casa a un ladrón que es al mismo tiempo asesino.

Mario se estremeció.

—¿En mi casa? No.

El desconocido, imperturbable, pasó el codo por su sombrero y continuó:

—Asesino y ladrón. Cuente, señor barón, que no hablo de hechos antiguos, anulados por la prescripción ante la ley y por el arrepentimiento ante Dios. Hablo de hechos recientes, de hechos actuales, de hechos ignorados aún de la justicia. Continúo. Ese sujeto se ha introducido casi en vuestra familia con un nombre falso. Voy a deciros el nombre verdadero. Os lo voy a decir de balde.

—Escucho.

—Se llama Juan Valjean.

—Lo sé.

—Voy a deciros, también de balde, quién es.

—Decidlo.

—Un antiguo presidiario.

—Lo sé.

—Lo sabéis desde que he tenido el honor de decíroslo.

—No. La sabía antes.

El tono frío de Mario, aquella réplica por dos veces, «lo sé», su laconismo que repugnaba el diálogo, despertaron en el desconocido una cólera sorda.

—No me atrevo a desmentir al señor barón. En todo caso, debéis conocer que estoy al cabo de la calle. Ahora lo que tengo que revelaros sólo yo lo sé e importa a la señora baronesa. Es un secreto extraordinario que vale dinero. A vos os lo ofrezco antes que a nadie, y barato. Veinte mil francos.

—Sé ese secreto como sé los demás —dijo Mario.

—Señor barón, dadme diez mil francos y hablo.

—Os repito que no tenéis que tomaros ese trabajo. Sé lo que queréis decirme.

Los ojos de aquel hombre chispearon de nuevo; luego exclamó:

—Con todo, fuerza es que yo coma hoy. Insisto en que el secreto vale la pena. Señor barón, voy a hablar. Hablo. Dadme veinte francos.

Mario le miró fijamente:

—Conozco vuestro secreto extraordinario, lo mismo que sabía el nombre de Juan Valjean y que sé vuestro nombre.

—¿Mi nombre?

—Sí.

—No es difícil, señor barón, pues he tenido el honor de escribíroslo y decíroslo: Thenar...

—Dier.

—¿Cómo?

—Thenardier.

—¿Quién os ha...?

En el peligro, el puerco espín se eriza, el escarabajo se finge muerto, la guardia veterana forma el cuadro; nuestro hombre se echó a reír. Después sacudió de un papirotazo un poco de polvo que había en la manga de su levita.

Mario continuó:

—Sois también el obrero Jondrette, el comediante Fabontou, el poeta Genflot, el español Álvarez y la tía Balizard.

—¿La tía qué?

—Y habéis tenido un figón en Montfermeil.

—¡Un figón! Jamás.

—Y os digo que sois Thenardier.

—Lo niego.

—Y que sois un miserable. Tomad.

Mario sacó del bolsillo un billete de Banco y se lo arrojó a la cara.

—¡Gracias! ¡Perdón! ¡Quinientos francos! ¡Señor barón!

Y aquel hombre, atónito, saludando y cogiendo el billete lo examinó.

—¡Quinientos francos! —replicó absorto.

Luego exclamó con un movimiento repentino:

—Pues bien, sea. Fuera disfraces.

Y con la prontitud de un mono, echándose hacia atrás los cabellos, arrancándose los anteojos, sacando de la nariz y escamoteando los dos cañones de pluma, se quitó el rostro como se quitaría cualquiera el sombrero.

Sus ojos se inflamaron; la frente desigual, agrietada, con protuberancias en varios sitios, horriblemente arrugada en la parte superior, se manifestó por entero; la nariz volvió a ser aguda como un pico; reapareció el perfil feroz y sagaz del hombre de rapiña.

—El señor barón es infalible —dijo con voz clara y sin ganguear—; soy Thenardier.

Y enderezó la espina dorsal.

Thenardier, porque era él, se había quedado sorprendido, y hasta se hubiera turbado a ser capaz de ello. Quiso causar asombro y era él quien debía asombrarse. Valíale esta humillación quinientos francos, y en último caso la aceptaba; pero no por eso estaba menos aturdido.

Veía por primera vez al barón de Pontmercy, y, a pesar de su disfraz, este barón le había conocido, y conocido a fondo. Para mayor sorpresa suya, no sólo estaba el barón de Pontmercy al cabo de su historia, sino de la de Juan Valjean. ¿Quién era, pues, aquel joven casi imberbe, tan glacial y tan generoso, que sabía todos sus nombres, que le abría su bolsillo, que trataba a los bribones como un juez y les daba dinero como una víctima?

Se recordará que Thenardier, aunque en otro tiempo vecino de Mario, no lo había visto nunca, lo cual es muy frecuente en París. Había oído hablar a sus hijas vagamente de un joven muy pobre, llamado Mario, que vivía en la casa, y le había escrito, sin conocerle, la carta que sabe el lector. Ninguna relación podía existir para él entre el Mario de aquella época y el señor barón de Pontmercy.

Mario meditaba. Al cabo tenía delante a Thenardier, al hombre que tanto había deseado encontrar y podía cumplir el encargo del coronel Pontmercy. Humillábale que este héroe debiera algo a aquel bandido y que la letra de cambio girada desde el fondo de la tumba por su padre contra él estuviese aún en descubierto. Parecíale también, en la situación compleja de su espíritu respecto de Thenardier, que se le presentaba la ocasión de vengar al coronel de la desgracia de haber sido salvado por un individuo tan vil y tan perverso. De todos modos sentíase contento, pues iba al fin a libertar la sombra del coronel de aquel acreedor indigno, lo cual se le figuraba equivalente a sacar la memoria de su padre de la prisión por deudas.

A este deber agregábase otro: el de averiguar si era factible el origen de la fortuna de Cosette. La ocasión parecía venírsele a las manos. Tal vez Thenardier supiese algo. Tal vez fuese útil sondear el interior de este hombre. Por aquí empezó.

Thenardier, después de guardarse el billete de Banco, miraba a Mario con aire bondadoso y casi tierno.

Mario rompió el silencio:

—Thenardier, os he dicho vuestro nombre. Ahora, ¿queréis que os diga el secreto que pretendéis descubrirme? También he reunido yo datos y os convenceréis de que sé más que vos. Juan Valjean, como dijisteis, es asesino y ladrón. Ladrón, porque robó a un rico fabricante, siendo causa de su ruina: el señor Magdalena, asesino, porque dio muerte al agente de Policía Javert.

—Señor barón, equivocamos el camino.

Y subrayó esta frase, haciendo girar de una manera expresiva las baratijas que le salían del chaleco.

—¿Cómo? —replicó Mario—. ¿Negáis esto? Son hechos.

—Primero, no ha robado al señor Magdalena, porque el señor Magdalena y Juan Valjean son uno mismo.

—¡Qué me contáis!

—Segundo, no ha asesinado a Javert, porque Javert, y no Juan Valjean, es el autor de su muerte.

—¿Qué queréis decir?

—Javert se suicidó.

—¡Probadlo, probadlo! —gritó Mario fuera de sí.

Thenardier repuso, midiendo sus palabras como si se tratase de un alejandrino antiguo:

—Al agen-te de Policí-a Ja-vert se le en-contró aho-gado debajo de u-na barca del Pont-du-Change.

—Pero ¡probadlo!

Thenardier sacó del bolsillo del pecho una ancha cubierta de papel oscuro que parecía contener pliegos doblados de diferentes tamaños.

—Tengo mi legajo —dijo con calma.

Y añadió:

—Señor barón, por interés vuestro he querido conocer a Juan Valjean. Repito que Juan Valjean y el señor Magdalena son uno mismo, y que Javert ha muerto a manos de Javert; cuando así me expreso es porque me sobran pruebas. No pruebas manuscritas, que pudieran ser sospechosas, sino pruebas impresas.

Mientras hablaba extraía Thenardier de su legajo dos números de periódicos amarillos, estrujados y oliendo a tabaco. Uno de los números, roto por los dobleces y casi deshaciéndose, parecía mucho más antiguo que el otro.

—Dos hechos, dos pruebas —dijo Thenardier.

Y alargó a Mario los dos periódicos.

El lector los conoce. Uno, el más antiguo, era un número de «La Bandera Blanca» del 25 de julio de 1823, que probaba la identidad del señor Magdalena y de Juan Valjean. El otro era un «Monitor» del 15 de julio de 1832, donde se refería el suicidio de Javert, añadiéndose que resultaba de un informe verbal del agente al prefecto que, hecho prisionero en la barricada de la calle de la Chanvrerie, había debido su vida a la magnanimidad de un insurrecto, el cual, teniéndole al alcance de su pistola, en lugar de levantarle la tapa de los sesos había disparado al aire.

Mario no podía dudar. Las noticias del dependiente de Laffitte eran falsas, y él, él mismo se había equivocado. Juan Valjean, engrandeciéndose repentinamente, salía de la nube. Mario no pudo contener un grito de alegría.

—¡Entonces ese desgraciado es un hombre admirable! ¡Entonces ese caudal es verdaderamente suyo! ¡Es Magdalena, la Providencia de todo un país! ¡Es Juan Valjean, el salvador de Javert! ¡Un héroe! ¡Un santo!

—Ni un santo, ni un héroe —dijo Thenardier—. Es un asesino y un ladrón.

Ladrón, asesino. Estas palabras, que Mario creía habían desaparecido, y que entraban de nuevo en escena, cayeron sobre él como un témpano de hielo.

—¿Queréis hablar —repuso Mario— de ese miserable robo de hace cuarenta años, expiado, como resulta de vuestros mismos periódicos, por toda una vida de arrepentimiento, de abnegación y de virtud?

—Digo asesinato y robo, señor barón. Repito que hablo de los hechos actuales. Lo que os voy a revelar es absolutamente desconocido. Es inédito. Quizá descubráis en ello el origen del caudal hábilmente ofrecido por Juan Valjean a la señora baronesa. Digo hábilmente, porque no prueba torpeza de su parte eso de introducirse, mediante tal donativo, en una familia honrada, participando de sus comodidades, y al propio tiempo ocultar su crimen, disfrutar de lo robado, hacer desaparecer su nombre.

—Pudiera interrumpiros aquí —observó Mario—; pero continuad.

—Señor barón, voy a decirlo todo; dejo la recompensa a vuestra generosidad. El secreto vale oro macizo. Me preguntaréis: «¿Por qué no te has dirigido a Juan Valjean?» Por una razón muy sencilla. Sé que se ha despropiado en vuestro favor, y la combinación me parece ingeniosa; pero así y todo, no tiene un cuarto; de suerte que me enseñaría las manos vacías, y como necesito algún dinero para emprender mi viaje a Joya, os he preferido, pues sois rico, a él que nada tiene ya. Estoy algo fatigado; permitidme tomar una silla.

Mario se sentó y le indicó que se sentase.

Thenardier lo hizo en un muelle sillón, con aire satisfecho; cogió sus periódicos, los puso dentro de la cubierta y dijo refiriéndose a «La Bandera Blanca»:

—Trabajo me ha costado hallar éste.

Luego cruzó las piernas y se respaldó, actitud propia de las personas seguras de lo que van a decir, entrando en materia del modo siguiente, con voz grave y acentuada:

—Señor barón, el 6 de junio de 1832, hace cosa de un año, el día del motín, estaba un hombre en la alcantarilla grande de París, por el lado donde desemboca en el Sena, entre el puente de Jena y el de los Inválidos.

Mario acercó bruscamente su silla a la de Thenardier. Éste notó el movimiento y continuó con la lentitud de un orador que es dueño de sus oyentes y que siente la palpitación del adversario a cada una de sus palabras:

—Ese hombre, obligado a ocultarse por razones ajenas a la política, había elegido la alcantarilla para su domicilio y tenía una llave de la reja. Era, repito, el 6 de junio, a las ocho, poco más o menos, de la noche. El hombre oyó ruido en la alcantarilla. Bastante sorprendido se ocultó y espió. Era ruido de pasos; alguien caminaba en medio de las tinieblas, adelantándose hacia él. Había en la alcantarilla otro hombre. La reja de salida no estaba lejos, y la escasa claridad que entraba por ella le permitió conocer al recién venido y ver que traía algo a cuestas. Andaba doblado. Era un antiguo presidiario y llevaba a cuestas un cadáver. Flagrante delito de asesinato, si lo hubo. En cuanto al robo, es cosa corriente; no se mata a un hombre gratis. El presidiario iba a arrojar aquel cadáver al río. Es digno de notar que, antes de llegar a la reja de salida, el presidiario, que venía de un punto lejano de la alcantarilla, debió necesariamente tropezar con un cenagal espantoso, donde parece que hubiera podido dejar el cadáver; pero al día siguiente los poceros, trabajando en el cenagal, habrían descubierto al hombre asesinado, lo cual no quería sin duda el asesino. Prefirió atravesar el pantano con su carga, costándole inmensos esfuerzos y arriesgando de una manera increíble su propia existencia. No comprendo cómo acertó a salir de allí vivo.

La silla de Mario se acercó más, y Thenardier aprovechó este segundo movimiento para respirar largamente. Luego prosiguió:

—Señor barón, la alcantarilla no es el Campo de Marte. Allí falta todo, hasta sitio. Así, cuando la ocupan dos hombres, menester es que se encuentren. Esto fue lo que sucedió. El domiciliado y el transeúnte tuvieron que darse las buenas noches, uno y otro sin malditas ganas. El transeúnte dijo al domiciliado: «Ves lo que llevo a cuestas; es preciso que salga de aquí, tienes la llave, dámela.» El presidiario era hombre de extraordinarias fuerzas y no había medio de resistirle. Sin embargo, el que poseía la llave parlamentó únicamente para ganar tiempo. Examinó al muerto; mas sólo pudo averiguar que era joven, de buena postura, con aire de persona rica y que estaba todo desfigurado por la sangre. Mientras hablaba halló medio de romper y arrancar, sin que el asesino lo advirtiese, un pedazo de faldón de la levita que vestía el hombre asesinado. Documento justificativo, como comprenderéis; hilo para descubrir el ovillo y probar el crimen al criminal. Guardóse en el bolsillo el documento, y abriendo la reja dejó salir al presidiario con su pesada carga. Después cerró de nuevo y se puso a salvo, importándole poco el desenlace de la aventura, y, sobre todo, no conviniéndole estar allí cuando el asesino arrojase el cadáver al río. Ahora veréis claro. El conductor del cadáver era Juan Valjean; el que tenía la llave os habla en este momento, y el pedazo de la levita...

Thenardier acabó la frase sacando del bolsillo y sosteniendo a la altura de los ojos, cogido entre los dos pulgares y los índices, un jirón de paño negro todo lleno de manchas oscuras.

Habíase levantado Mario, pálido, respirando apenas, con la vista fija en el pedazo de paño negro, y sin pronunciar una palabra, sin apartar los ojos de aquel jirón retrocedió hacia la pared, buscando detrás de sí, con la mano derecha, a tientas, una llave que estaba en la cerradura de una alacena, junto a la chimenea. Encontró la llave, abrió la alacena e introdujo el brazo sin volver el rostro ni separar la vista de Thenardier. Entre tanto, éste continuaba:

—Señor barón, me asisten grandes razones para creer que el joven asesinado era un opulento extranjero, atraído por Juan Valjean a una emboscada y portador de una suma enorme.

—El joven era yo, y aquí está la levita —gritó Mario arrojando en el suelo una levita negra y vieja manchada de sangre.

En seguida, arrancando el jirón de manos de Thenardier, se bajó y lo ajustó en el faldón roto. Adaptábase perfectamente; el jirón completaba la levita.

Thenardier quedó petrificado y dijo para sí: «Me he lucido.»

Mario, levantándose tembloroso, desesperado, radiante, metió la mano en el bolsillo y se dirigió fuera de sí hacia Thenardier.

—¡Sois un infame! ¡Sois un embustero! ¡Un calumniador! ¡Un malvado! ¡Veníais a acusar a ese hombre y le habéis justificado; queríais perderle y habéis conseguido tan sólo glorificarle! ¡Vos sois el ladrón! ¡Vos sois el asesino! Yo os he visto, Thenardier, Jondrette, en el chiribitil del bulevar del Hospital. Sé de vos lo suficiente para enviaros a presidio y más lejos aún si quisiera. Tomad esos mil francos, bribonazo.

Y arrojó un billete de mil francos a los pies de Thenardier.

—¡Ah, Jondrette, Thenardier, vil e indigno! ¡Que os sirva esto de lección, chalán de secretos, mercachifle de misterios, desenterrador de huesos, miserable! ¡Tomad además esos quinientos francos y salid de aquí! Waterloo os protege.

—¡Waterloo! —murmuró Thenardier guardándose los quinientos francos al mismo tiempo que los mil.

—¡Sí, asesino! Habéis salvado en esa batalla la vida a un coronel...

—A un general —dijo Thenardier alzando la cabeza.

—¡A un coronel! —replicó Mario furioso—. No daría un ochavo por un general. ¡Y veníais aquí a cometer infamias! Os digo que sobre vos pesan todos los crímenes. ¡Marchaos! ¡Desaparecer! Sed dichoso; es cuanto os deseo. ¡Ah, monstruo! Tomad también esos tres mil francos. Mañana, mañana mismo, os iréis a América con vuestra hija, porque vuestra mujer ha muerto, abominable embustero. Cuidaré de vuestra partida, bandido, y en el momento de marchar os entregaré veinte mil francos más. ¡Id a que os ahorquen en otra parte!

—Señor barón —respondió Thenardier inclinándose hasta el suelo—, gratitud eterna.

Y Thenardier salió sin comprender una palabra, atónito y contento de verse abrumado bajo sacos de oro y herido en la cabeza por aquella granizada de billetes de Banco.

Hubiera sentido mucho hallarse provisto de pararrayos contra semejantes chispas eléctricas.

Acabemos desde ahora con este personaje. Dos días después de los sucesos que estamos refiriendo salió, merced a Mario, para América, mudándose el nombre y en compañía de su hija Acelma. Mario, según le había ofrecido, giró sobre Nueva York, a su favor, una letra de veinte mil francos. La miseria moral de Thenardier era irremediable; así, fue en América lo que había sido en Europa. El contacto de un hombre perverso basta a veces para bastardear una buena acción y que salga de ella una cosa mala. Con el dinero de Mario, Thenardier se hizo negrero.

En cuanto se retiró Thenardier, Mario corrió al jardín donde Cosette estaba aún paseando.

—¡Cosette! ¡Cosette! —exclamó— ¡Ven! ¡Ven pronto! Marchemos. Vasco, un coche. Ven, Cosette. ¡Ah, Dios mío! ¡Él es quien me había salvado la vida!... ¡No perdamos un minuto! Ponte el chal.

Cosette creyó que se había vuelto loco y obedeció.

Mario no respiraba y ponía la mano sobre su corazón para comprimir los latidos. Iba y venía a grandes pasos y abrazaba a Cosette, diciendo:

—¡Ah! ¡Qué desgraciado soy!

En el arrebato de su imaginación, Mario empezaba a entrever en Juan Valjean una elevada y sombría figura. Una virtud inaudita se aparecía ante él, suprema y dulce, humilde en su inmensidad. El presidiario se transfiguraba en Cristo. Mario estaba deslumbrado con aquel prodigio. No sabía precisamente lo que veía, pero sí que era grande.

El coche no tardó en llegar.

Mario hizo subir a Cosette y se lanzó en seguida dentro.

—Cochero —dijo—, calle del Hombre Armado, número 7.

El coche partió.

—¡Ah, qué felicidad! —exclamo Cosette—. A la calle del Hombre Armado. No me atrevía a hablarte de eso. Vamos a ver al señor Juan.

—A tu padre, ¡Cosette! A tu padre, pues lo es hoy más que nunca. Cosette, todo lo adivino. Me has dicho que no recibiste la carta que te mandé con Gavroche. Cayó, sin duda, en sus manos y fue a la barricada para salvarme. Como su misión es ser un ángel, de paso salvó a otras personas, salvó a Javert. Me extrajo de aquel abismo para entregarme a ti. Me llevó sobre sus hombros a través de la alcantarilla. ¡Ah! ¡Soy el mayor de los ingratos! Cosette, después de haber sido tu providencia fue la mía. Figúrate que había allí un espantoso cenagal donde ahogarse cien veces, donde ahogarse en lodo, Cosette, y lo atravesó conmigo a cuestas. Yo estaba desmayado, no veía, no oía, no podía saber nada de mi propia aventura. Vamos a traerle a casa, a tenerle entre nosotros, quiera o no; no volverá a separarse de nuestro lado. Si es que le encontramos, si es que no ha partido. Pasaré lo que me resta de vida venerándole. Habrá pasado cual te he dicho, ¿no es verdad, Cosette? Gavroche le entregaría mi carta. Todo se explica. ¿Comprendes?

Cosette no comprendía una palabra.

—Tienes razón —fue su respuesta.

Entre tanto, el coche seguía rodando.

* * *

Oyendo llamar a la puerta, Juan Valjean se volvió y dijo con voz débil:

—Adentro.

Abrióse la puerta y aparecieron Cosette y Mario.

Cosette se precipitó en el cuarto.

Mario permaneció en el umbral, de pie y apoyado contra los largueros de la puerta.

—¡Cosette! —dijo Juan Valjean.

Y se levantó con los brazos abiertos y trémulos, lívido, siniestro, mostrando una alegría inmensa en los ojos.

Cosette, ahogada por la emoción, cayó sobre el pecho de Juan Valjean, exclamando:

—¡Padre!

Juan Valjean, fuera de sí, tartamudeaba:

—¡Cosette! ¡Es ella! ¡Sois vos, señora! ¡Eres tú! ¡Ah, Dios mío!

Y sintiéndose estrechar por los brazos de Cosette, añadió:

—¡Eres tú, sí! ¡Me perdonas, pues!

Mario, bajando los párpados para detener el raudal de sus lágrimas, dio un paso y murmuró entre sus labios, contraídos convulsivamente para que no brotasen los sollozos:

—¡Padre mío!

—¡Y vos también me perdonáis! —dijo Juan Valjean.

Mario no encontraba palabras, y aquél añadió:

—Gracias.

Cosette se quitó el chal y el sombrero y arrojó ambas cosas en la cama.

—Me molestan —dijo.

Y sentándose en las rodillas del anciano, separó sus cabellos blancos con un movimiento adorable y le besó la frente.

Juan Valjean, extasiado, no se oponía.

Cosette, no comprendiendo sino muy confusamente los motivos de este cambio, redoblaba sus caricias, como si quisiera pagar la deuda de Mario. Juan Valjean balbució:

—¡Qué ignorantes somos! Creía no volverla a ver. Figuraos, señor de Pontmercy, que en el mismo momento en que entrabais, decía: «¡Todo se acabó! Ahí está su trajecito; soy un miserable y no veré más a Cosette.» Decía esto mientras subíais la escalera. ¿No es verdad que me había vuelto idiota? ¡Hasta qué grado es uno estúpido! Se cuenta sin la bondad infinita de Dios. Dios dijo: «¿Crees que te van a abandonar, idiota? No. No puede ser eso. Ese pobre viejo necesita de su ángel.» ¡Y el ángel vino, y he vuelto a ver a mi Cosette, a mi querida Cosette! ¡Ah! ¡Qué desgraciado era!

Estuvo un instante sin poder hablar; luego continuó:

—A la verdad, yo necesitaba ver a Cosette un rato de tiempo en tiempo. Un corazón necesita de un hueso que roer. Sin embargo, conocía que estaba de sobra y decía en mis adentros: «No ha menester de ti, quédate en tu rincón; nadie tiene derecho a eternizarse.» ¡Ah, Dios de mi alma! ¡La he vuelto a ver! ¿Sabes, Cosette, que tu marido es un guapo mozo? ¡Ah! Llevas un bonito cuello bordado. Perfectamente. El dibujo me gusta. Lo ha elegido tu esposo, ¿no es verdad? Será preciso que te compres chales de cachemira. Señor de Pontmercy, permitidme que la tutee; será por poco tiempo.

Cosette, a su vez, le dijo:

—¡Qué ruindad dejarnos de ese modo! ¿Adónde, pues, habéis ido? ¿Por qué habéis estado ausente tanto tiempo? Antes vuestros viajes apenas duraban tres o cuatro días. He enviado a Nicolasa y le contestaban siempre: «Está fuera.» ¿Desde cuándo habéis vuelto? ¿Por qué no nos avisasteis? ¿Sabéis que estáis muy trastornado? ¡Mal padre! ¡Enfermo y sin decírnoslo! Ten, Mario, toma su mano y verás qué fría está.

—Habéis venido, señor de Pontmercy. ¡Conque me perdonáis! —repitió Juan Valjean.

A estas palabras, los sentimientos que se agolpaban en el corazón de Mario hallaron una salida, y el joven exclamó:

—Cosette, ¿no lo oyes? ¿No le oyes que me pide perdón? ¿Sabes lo que me ha hecho, Cosette? Me ha salvado la vida. Más aún: te ha entregado a mí. Y después de salvarme y después de entregarte a mí, Cosette, ¿sabes lo que ha hecho de su persona? Se ha sacrificado. Tal es su conducta. ¡Y a mí, que he sido ingrato, olvidadizo, cruel, hasta criminal, me dice: «¡Gracias!» Cosette, aunque pase todo lo que me resta de vida a los pies de este hombre no será bastante expiación. La barricada, la alcantarilla, ese horno, esa cloaca, todo lo ha atravesado por mí, por ti, Cosette, preservándome de mil muertes que alejaba de mí y que aceptaba para él. En él se encuentran todas las clases de valor, de virtud, de heroísmo. ¡Cosette, ese hombre es el ángel!

—¡Silencio! ¡Silencio! —murmuró apenas Juan Valjean—. ¿A qué decir todo eso?

—Pero vos —exclamó Mario con cierta cólera llena de veneración—, ¿por qué no lo habéis dicho? Es culpa vuestra también. ¡Salváis la vida a las personas y lo tenéis oculto! ¡Y bajo pretexto de quitaros la máscara os calumniáis! Es horrible.

—He dicho la verdad —respondió Juan Valjean.

—No —replicó Mario—; la verdad es toda la verdad, y no habéis dicho sino parte. Erais el señor Magdalena; ¿por qué callarlo? Habíais salvado a Javert; ¿por qué callarlo? Yo os debía la vida; ¿por qué callarlo?

—Porque pensaba como vos, y conocía que teníais razón, que era preciso que me fuese. Si os hubiera referido lo de la alcantarilla me habríais detenido a vuestro lado. Debía, pues, callarme. Hablando, todo se contrariaba.

—¡Se contrariaba! ¡Todo! ¿Qué es lo que se contrariaba? —repuso Mario—. ¿Por ventura os figuráis que os vamos a dejar aquí? No. Os llevamos con nosotros. ¡Dios mío! ¡Dios mío! ¡Cuando pienso que por casualidad he sabido estas cosas! Os llevamos con nosotros. Formaréis parte de nosotros mismos. Sois su padre y el mío. No pasaréis un día más en esta horrible casa. Mañana ya no estaréis aquí.

—Mañana —dijo Juan Valjean— no estaré aquí ni tampoco en vuestra casa.

—¿Qué queréis decir? —replicó Mario—. Se acabaron los viajes. No os volveréis a separar de nosotros. Nos pertenecéis y no os soltaremos.

—Esta vez es de buen grado —añadió Cosette—. Abajo espera el coche. Os llevo de aquí. Si es menester emplearé la fuerza.

Y riéndose hizo ademán de coger al anciano en sus brazos.

—Vuestro cuarto está como estaba —continuó—. ¡Si supieseis qué bonito se ha puesto ahora el jardín! ¡Cuantas flores! Los paseos, cubiertos de arena del río, donde se ven algunas conchillas violadas. Comeréis mis fresas. Yo las riego. Y no más señora ni señor Juan. Viviremos en república; todos nos hablaremos de tú. ¿No es verdad, Mario? Se ha cambiado el programa. Padre, ¡si supieseis qué disgusto! Un petirrojo había hecho su nido en un agujero de la pared, y un horrible gato me lo ha comido. ¡Mi pobre petirrojo que sacaba la cabeza de su agujero para mirarme! Lloré, sí, señor, y de buena gana hubiera matado al gato. Pero al presente nadie llora; todos ríen, todos ríen. Vais a venir con nosotros. ¡Cómo va a alegrarse el abuelo! Tendréis vuestro cuadro en el jardín y lo cultivaréis, y veremos si vuestras fresas valen tanto como las mías. Una vez en casa haré cuanto queráis, y me obedeceréis. ¿Verdad que sí?

Juan Valjean la escuchaba sin oírla. Percibía la música de su voz sin casi comprender el sentido de sus palabras, y una de esas gruesas lágrimas, sombrías perlas del alma, se formaba lentamente en sus ojos.

—¡Dios es bueno! —murmuró.

—¡Padre mío! —dijo Cosette.

Juan Valjean prosiguió:

—No hay duda que sería delicioso vivir juntos. Tenéis árboles llenos de pájaros. Me pasearía con Cosette. ¡Es grato pasar la vida en compañía de las personas que se quieren, darles los buenos días, oírse llamar en el jardín! Desde por la mañana se disfruta de su presencia. Cada cual cultivaría un pequeño trozo. Ella me haría comer sus fresas, y yo le haría coger mis rosas. Sería delicioso; pero...

Se detuvo, y luego dijo bajando más la voz:

—No hay remedio.

La lágrima no cayó, sino que entró de nuevo en la órbita, y Juan Valjean la reemplazó con una sonrisa.

Cosette tomó las dos manos del anciano entre las suyas.

—¡Dios mío! —exclamó—. Vuestras manos me parecen más frías que antes. ¿Estáis malo? ¿Padecéis?

—¿Yo? No —respondió Juan Valjean—. Me siento bien. Sólo que...

Se detuvo.

—¿Sólo qué?...

—Me voy a morir en seguida.

Cosette y Mario se estremecieron.

—¡A morir! —exclamó Mario.

—Sí —dijo Juan Valjean.

Respiró, y sonriéndose repuso:

—Cosette, ¿no estabas hablando? Continúa, háblame más. ¿Conque el gato se comió tu petirrojo? Habla. ¡Que oiga yo tu voz!

Mario, petrificado, miraba al anciano.

Cosette lanzó un grito desgarrador.

—¡Padre! ¡Padre mío! Viviréis, sí, viviréis. Yo quiero que viváis. ¿Oís?

Juan Valjean alzó los ojos y los fijó en ella con adoración.

—¡Oh, sí, prohíbeme que muera! ¿Quién sabe? Tal vez te obedezca. Iba a morir cuando los dos entrasteis, y la muerte detuvo su golpe. Me pareció que renacía.

—Estáis lleno de fuerza y de vida —observó Mario—. ¿Acaso imagináis que se muere tan fácilmente? Habéis tenido disgustos y no volveréis a tenerlos. ¡Os pido perdón de rodillas! Vais a vivir con nosotros, y por largo tiempo. Os recobramos. ¡Somos dos cuyo único pensamiento en lo sucesivo será labrar vuestra dicha!

Juan Valjean continuaba sonriéndose.

—Señor de Pontmercy, aunque me recobraseis, ¿me impediría eso que fuese lo que soy? No. Dios ha pensado como vos y como yo, y él no cambia de dictamen. Es inútil que parta. La muerte lo arregla todo. Dios sabe mejor que nosotros lo que nos conviene. Que seáis dichosos; que el señor de Pontmercy posea a Cosette; que la juventud se despose con la mañana; que haya en torno vuestro, hijos míos, lilas y ruiseñores; que vuestra vida sea un hermoso césped iluminado por el Sol; que los encantos del cielo inunden vuestra alma, y que yo, que para nada sirvo, me muera; todo esto se armoniza perfectamente. Vaya, seamos razonables; no hay remedio ya; sé que no hay remedio. Hace una hora tuve un desmayo, y después, esta noche pasada, me he bebido todo ese jarro de agua. ¡Qué bueno es tu marido, Cosette! Con él te va mejor que conmigo.

Se oyó un ruido en la puerta.

Era el médico que entraba.

—Buenos días y adiós, doctor —dijo Juan Valjean—. Ved a mis pobres niños.

Mario se acercó al médico y le dirigió esta sola palabra:

—Caballero...

Mas en la manera de pronunciarla había una pregunta completa.

El médico respondió con una expresiva mirada.

—Porque las cosas desagraden —dijo Juan Valjean—, no es razón para que seamos injustos con Dios.

Hubo un silencio.

Todos los pechos estaban oprimidos.

Juan Valjean se volvió hacia Cosette y se puso a contemplarla como si quisiera atesorar recuerdos para una eternidad.

En la profunda sombra donde ya había descendido, aún le era posible el éxtasis mirando a Cosette. La reverberación de aquel dulce rostro iluminaba su pálida faz.

En el sepulcro puede haber también deslumbramientos.

El médico le tomó el pulso.

—¡Ah! ¡Necesitaba de vosotros! —dijo dirigiéndose a Cosette y a Mario.

E inclinándose al oído del último, añadió muy bajo:

—Es demasiado tarde.

Juan Valjean, sin apartar casi los ojos de Cosette, consideró al médico y a Mario con serenidad.

Se oyó salir de su boca esta frase apenas articulada:

—Nada importa, pero el no vivir es horrible.

De repente se levantó.

Estas renovaciones de fuerza son a veces señal de la agonía.

Caminó con paso firme hacia la pared, desvió a Mario y al médico que querían ayudarle, descolgó el crucifijo de cobre, volvió a sentarse con toda libertad de movimiento de una persona en completa salud, y dijo, alzando la voz y colocando el crucifijo sobre la mesa:

—Éste es el gran mártir.

Después su pecho se rindió, sintió que le vacilaba la cabeza, como si le acometiese el vértigo en la tumba, y apoyadas las manos en las rodillas se puso a escarbar con las uñas el pantalón.

Cosette le sostenía los hombros y sollozaba, procurando inútilmente hablarle.

Distinguíanse entre las palabras, mezcladas con esa saliva lúgubre que acompaña al llanto, frases por el estilo de éstas:

—¡Padre! No nos abandonéis. ¿Es posible que no nos hayamos encontrado sino para perderos?

Pudiera decirse que la agonía serpenteaba.

Va, viene, se adelanta hacia el sepulcro y retrocede hacia la vida.

Juan Valjean, después de aquel medio síncope, se serenó; sacudió la frente, como para disipar las tinieblas que se iban allí aglomerando, y recobró casi una completa lucidez.

Tomó la manga del vestido de Cosette y la besó.

—¡Vuelve en sí, doctor, vuelve en sí! —gritó Mario.

—Ambos sois buenos —dijo Juan Valjean—. Voy a explicaros lo que me ha causado viva pena. Señor de Pontmercy, me la ha causado el que no hayáis querido tocar a ese dinero. Ese dinero es de vuestra mujer. Ésta es una de las razones, hijos míos, por la que me he alegrado más de veros. El azabache negro viene de Inglaterra, y el azabache blanco de Noruega. En el papel que veis ahí consta todo esto. Para los brazaletes inventé sustituir los colgantes simplemente enlazados a los colgantes soldados. Es más bonito, mejor y menos caro. Ya comprenderéis cuánto dinero puede ganarse. Así, el caudal de Cosette es suyo, legítimamente suyo. Os refiero estos pormenores para que os tranquilicéis.

Cosette, con mucha suavidad, le puso una almohada bajo el cuerpo.

Juan Valjean continuó:

—Señor de Pontmercy, no temáis nada, os lo juro. Los seiscientos mil francos son de Cosette. Si no disfrutaseis de ellos resultaría perdido todo el trabajo de mi vida. Habíamos conseguido fabricar con singular perfección los abalorios y rivalizábamos con los de Berlín.

Cuando va a morir una persona que nos es querida, las miradas se fijan en ella como para retenerla. Los dos jóvenes, mudos de angustia, no sabiendo qué decir a la muerte, desesperados y trémulos, estaban en pie delante del anciano. Cosette daba la mano a Mario.

Juan Valjean declinaba por instantes. Se le veía descender y acercarse al horizonte de tinieblas. Su respiración era ya intermitente e interrumpida por un poco de estertor. Le costaba trabajo cambiar de posición el antebrazo, y los pies habían perdido todo movimiento. Al mismo tiempo que la miseria de los miembros y la postración del cuerpo crecían, toda la majestad del alma brillaba desplegándose sobre su frente. La luz del mundo desconocido era ya visible en sus pupilas.

Su rostro se ponía pálido, pero continuaba siempre sonriente. No era aquella la vida; era otra cosa. El aliento caía, al paso que la mirada se sublimaba. Diríase un cadáver con alas.

Hizo señas a Cosette de que se aproximase, y luego a Mario. Era, sin duda, el último minuto de su última hora, y se puso a hablarles con una voz tan baja que parecía venir de lejos, como si en aquel momento hubiese ya una pared divisoria entre ellos y él.

—Acércate; acercaos los dos. Os quiero mucho. ¡Oh! ¡Qué placer morir así! Tú también me quieres, Cosette. Yo sabía que te quedaba siempre algún cariño para tu viejo. ¡Cuánto te agradezco, niña mía, esta almohada! Me llorarás, ¿no es verdad? Pero que no sea con demasía. No quiero que tengas verdaderos disgustos. Divertíos mucho, mis amados hijos. Se me olvidaba deciros que las hebillas sin clavillos producían más que todo. La gruesa, las doce docenas, costaban diez francos y se vendían en sesenta. No debéis, pues, admiraros de los seiscientos mil francos, señor de Pontmercy. Es dinero ganado honradamente. Podéis ser ricos sin repugnancia alguna. Será preciso que compréis un carruaje, que vayáis de cuando en cuando a los teatros. Cosette, para ti bonitos vestidos de baile; para vuestros amigos, buenas comidas. Sed dichosos. Me ocupaba hace poco en escribir a Cosette; ya encontrará mi carta. Le lego los dos candelabros que están sobre la chimenea. Son de plata; mas para mí son de oro, de diamantes, y convierten las velas en cirios. No sé si el que me los dio estará satisfecho de mí en el cielo. He hecho lo que he podido. Hijos míos, no olvidéis que soy un pobre, y os encargo que me hagáis enterrar en el primer rincón de tierra que haya a mano, con sólo una piedra por lápida. Es mi voluntad. Sobre la piedra no grabéis ningún nombre. Si Cosette quisiese ir allí alguna vez se lo agradeceré. Vos también, señor de Pontmercy. Debo confesaros que no siempre os he tenido afecto; os pido perdón. Ahora ella y vos no sois más que uno para mí. Os estoy muy reconocido, pues veo que haréis feliz a Cosette. ¡Si supieseis, señor de Pontmercy, cuánto ha sido mi cariño hacia ella! Sus hermosas mejillas rosadas eran mi alegría; en cuanto la veía un poco pálida ya estaba triste. Hay en la cómoda un billete de quinientos francos. Es para los pobres, Cosette. ¿Ves tu trajecito allí, sobre la cómoda? ¿Lo conoces? No hace más de diez años de eso. ¡Cómo pasa el tiempo! Hemos sido muy dichosos. Hijos míos, no lloréis, que no me voy muy lejos; desde allí os veré. Con sólo que miréis cuando sea de noche, mi sonrisa se os aparecerá. Cosette, ¿te acuerdas de Montfermeil? Estabas en el bosque y tenías miedo. ¿Te acuerdas cuando yo cogí el asa del cubo lleno de agua? Fue la primera vez que toqué tu pobre manita. ¡Y qué fría estaba! Entonces vuestras manos, señorita, tiraban a rojas; hoy brillan por su blancura. ¿Y la muñeca? ¿Te acuerdas? ¡Qué de veces me hiciste reír, ángel mío! Cuando había llovido echabas en el arroyo granzones de paja y los mirabas correr. Un día te di una raqueta de mimbre y un volante con plumas amarillas, azules y verdes. Te has olvidado, de seguro. ¡Eras tan traviesa! No hacías más que jugar. Te colgabas las guindas de las orejas. Son cosas pasadas. Los bosques que uno ha atravesado con su amada niña, los árboles que les han resguardado del sol, los conventos que les han resguardado de los hombres, las inocentes risas de la infancia; todo no es más que sombra. Se me figuró que esas cosas me pertenecían, y ahí estuvo el mal. Los Thenardier han sido muy perversos; pero es menester perdonarlos. Cosette, ha llegado el momento de decirte el nombre de tu madre. Se llamaba Fantina. Retén este nombre: Fantina. Arrodíllate cada vez que lo pronuncies. Ella padeció mucho y te quería con extremo. Su desgracia fue tan grande como es grande tu felicidad. Dios lo dispuso así. Dios nos ve desde el cielo a todos y sabe, en medio de sus brillantes estrellas, lo que hace. Me voy, mis queridos niños. Amaos siempre mucho. En el mundo casi no hay otra cosa que hacer. Pensaréis alguna vez en el pobre viejo que ha muerto aquí. Cosette mía, no tengo yo la culpa de no haberte visto en tanto tiempo. El corazón se me desgarraba. Iba hasta la esquina de la calle, sin que me importase el juicio que debían formar de mí los transeúntes; estaba como loco; una vez me fui sin sombrero. Hijos míos, empiezo a ver turbio; aún tenía que deciros muchas cosas, pero es igual. Pensad un poco en mí. Sois seres benditos. No sé lo que siento, pero me parece que veo claridad. Acercaos más. Muero dichoso. Dadme vuestras cabezas amadas, muy amadas, para poner encima mis manos.

Cosette y Mario, fuera de sí, cayeron de rodillas, inundando de lágrimas las manos de Juan Valjean, manos augustas que habían cesado de moverse.

Estaba echado hacia atrás, de modo que la luz de los candeleros le iluminaba el pálido rostro, dirigido hacia el cielo.

Cosette y Mario cubrían sus manos de besos. Estaba muerto.

Junto a él se veía la noble figura del sacerdote, que, avisado por la portera, sólo había llegado a tiempo de recoger su último suspiro.

La oscuridad de la noche era tal que no se divisaban las estrellas.

Sin duda en la sombra algún ángel inmenso, de pie y con las alas desplegadas, estaba esperando el alma.

* * *

Hay en el cementerio del Padre Lachaise, en las cercanías del hoyo común, lejos del barrio elegante de la ciudad de los sepulcros, lejos de todas esas tumbas, hijas del capricho que ostentan, al borde de la eternidad, las horribles modas de la muerte, en un ángulo desierto, al pie de una antigua pared, bajo un gran tejado por el cual trepan las enredaderas de campanillas, en medio de la grama y del musgo, una piedra.

Esta piedra no se halla menos expuesta que las demás a la lepra del tiempo, a los efectos de la humedad, del liquen y de las inmundicias de los pájaros. El agua la pone verde, y el aire negra. No está próxima a ninguna senda, ni agrada ir por aquel lado a causa de la altura de la hierba y porque en seguida se mojan los pies. Cuando la bañan los rayos del sol se suben a ella los lagartos. Alrededor se estremecen las balluecas, agitadas por el viento, y en la primavera cantan en el árbol las currucas.

La piedra está desnuda. Al cortarla, únicamente se pensó en las necesidades de la tumba; esto es, en que fuese bastante larga y bastante estrecha para cubrir una persona.

Ningún nombre se lee en ella.

Sólo hace muchos años una mano escribió allí con lápiz estos cuatro versos, que se fueron volviendo poco a poco ilegibles a causa de la lluvia y del polvo, y que probablemente no existirán ya:

> *Duerme. La suerte persiguióle ruda;*
> *murió al perder la prenda de su alma.*
> *Larga la expiación, la pena aguda*
> *fue; y así obtuvo la celeste palma.*

FIN

ÍNDICE

PRIMERA PARTE

Página

Capítulo primero.	*Un justo*	5
Capítulo II.	*La caída*	35
Capítulo III.	*El año 1817*	65
Capítulo IV.	*Confiar es a veces dar*	81
Capítulo V.	*El descenso*	89
Capítulo VI.	*Javert*	113
Capítulo VII.	*La causa de Champmathieu*	121
Capítulo VIII.	*Reacción*	161
Capítulo IX.	*Waterloo*	173
Capítulo X.	*El navío «Orión»*	205

SEGUNDA PARTE

Capítulo primero.	*Promesa cumplida*	215
Capítulo II.	*En casa de Gorbeau*	237
Capítulo III.	*El pequeño Picpus*	261
Capítulo IV.	*Mario*	297
Capítulo V.	*El noble de la clase media*	309
Capítulo VI.	*Los amigos del A B C*	335
Capítulo VII.	*El patrón Minette*	375

TERCERA PARTE

Capítulo primero.	*Algo de historia*	433
Capítulo II.	*La casa de la calle Plumet*	465
Capítulo III.	*El niño grande*	501
Capítulo IV.	*El caló*	525
Capítulo V.	*El encanto y la desolación*	539
Capítulo VI.	*¿Adónde van?*	561
Capítulo VII.	*El 5 de junio de 1832*	567

CUARTA PARTE

Capítulo primero.	*El átomo y el huracán fraternizan*	581
Capítulo II.	*Corinto*	589
Capítulo III.	*La grandeza y la desesperación*	613
Capítulo IV.	*La calle del hombre armado*	625
Capítulo V.	*La guerra dentro de cuatro paredes*	637
Capítulo VI.	*Lodo y alma*	674

QUINTA PARTE

Capítulo primero.   *Javert, desorientado* 699
Capítulo II.   *Fin del cáliz de la amargura* 729
Capítulo III.   *El crepúsculo* 741
Capítulo IV.   *Suprema sombra y suprema aurora* 745

DATE DUE

DEMCO 38-296

HUMAN
SETTLEMENT

HUMAN SETTLEMENT

GENERAL EDITOR

Professor John Rennie Short

New York
OXFORD UNIVERSITY PRESS
1992

Professor John Agnew, Syracuse University, USA
Italy and Greece

Professor J.H. Bater, University of Waterloo, Ontario, Canada
Northern Eurasia

Dr David Burtenshaw, Portsmouth Polytechnic, UK
Central Europe

Dr Colin Clarke, University of Oxford, UK
Central America and the Caribbean

Professor Chris Dixon, The City of London Polytechnic, UK
Southeast Asia

Dr David Foot, University of Reading, UK
Japan and Korea

Professor Alan Gilbert, University College London, UK
South America

Dr Ezekiel Kalipeni, Colgate University, USA
Central Africa

Dr Richard Lawless, University of Durham, UK
Northern Africa

Dr Anthony Lemon, University of Oxford, UK
Southern Africa

Dr Oriol Nel.lo, Autonomous University of Barcelona, Spain
Spain and Portugal

Dr Ben de Pater, University of Utrecht, The Netherlands
The Low Countries

Dr Philip Pinch, The Polytechnic of North London, UK
The Indian Subcontinent

Professor Marwyn Samuels, Syracuse University, USA
China and its Neighbors

Dr Ian Scargill, University of Oxford, UK
France and its Neighbors

Professor John Rennie Short, Syracuse University, USA
The Global Pattern of Settlement; Australasia, Oceania and Antarctica; the British Isles; the United States

Dr David Turnock, University of Leicester, UK
Eastern Europe

Professor Dr J. van Weesup, University of Utrecht, The Netherlands
The Low Countries

AN EQUINOX BOOK

Copyright © Andromeda Oxford Limited 1992

Planned and produced by
Andromeda Oxford Limited
9–15 The Vineyard, Abingdon
Oxfordshire, England OX14 3PX

Published in the United States of America by
Oxford University Press, Inc.,
200 Madison Avenue,
New York, N.Y. 10016

Oxford is a registered trademark of
Oxford University Press

Library of Congress
Cataloging-in-Publication Data

Human settlement / edited by John Short.
    p.   cm.
    "An Equinox book"--T.p. verso.
    Includes index.
    ISBN 0-19-520944-3
    1. Human settlements.   I. Short, John R.
HT65.H85   1992
307--dc20   92-25044
                                       CIP

Project and volume editor	Susan Kennedy
Assistant editors	Brad Bates, Lauren Bourque, Fiona Mullan
Designers	Chris Munday, Isobel Gillan
Cartographic manager	Olive Pearson
Cartographic editors	Stephen Beck, Clare Cuthbertson, Sarah Rhodes, Olly Stainer
Picture researcher manager	Alison Renney
Picture researcher	Linda Proud
Art Editor	Steve McCurdy

ISBN 0-19-520944-3

Printing (last digit): 9 8 7 6 5 4 3 2 1

Printed by C. S. Graphics Ltd., Singapore

INTRODUCTORY PHOTOGRAPHS
Half title: *Kentucky Fried Chicken, The Ginza, Tokyo (Zefa)*
Half title verso: *City highrise, Montreal, Canada (The Image Bank/André Gallant)*
Title page: *Cobbled street, Berat, Albania (Hutchison Library)*
This page: *Waterfront houses, Ålesund, Norway (Explorer)*

Contents

PREFACE
7

THE GLOBAL PATTERN OF SETTLEMENT 8–9

THE SETTLEMENT PATTERN
10

Where People Live · The Origins of Settlement · Rural Communities · A Diversity of Functions · Centers of Power · Why Cities Rise and Fall

URBAN GROWTH
22

Town and Country · Urbanization Speeds Up Megacity and Beyond

CITY LANDSCAPES
28

Planning the City · The Urban Fabric · The Parts of the City · The Residential Mosaic

MANAGING THE CITY
36

Getting Around · Inputs and Outputs · The Green City

REGIONS OF THE WORLD 42–43

Canada and the Arctic
A CORRIDOR OF URBANIZATION
44

The United States
LAND OF MEGALOPOLIS
54

Central America and the Caribbean
CROWDED CITIES IN THE TROPICS
72

South America
AN URBAN EXPLOSION
80

The Nordic Countries
NORTHERN GARDEN CITIES
88

The British Isles
RURAL DREAMS, CONCRETE REALITIES
96

France and its neighbors
THE URBAN REVOLUTION
106

The Low Countries
FINDING ROOM TO GROW
114

Spain and Portugal
RAPIDLY EXPANDING CITIES
122

Italy and Greece
OLD CITIES, MODERN METROPOLISES
132

Central Europe
CITIES OF THE SHATTER BELT
142

Eastern Europe
THE LEGACY OF SOCIALIST PLANNING
150

Northern Eurasia
CITIES FROM THE SOCIALIST MOLD
158

The Middle East
EMPTY DESERTS, CROWDED STREETS
168

Northern Africa
CITIES AT THE DESERT'S EDGE
176

Central Africa
ISLANDS OF DEVELOPMENT
186

Southern Africa
SETTLING THE COASTS AND VELD
194

The Indian Subcontinent
PAST GLORIES AND MODERN DILEMMAS
204

China and its neighbors
A TURBULENT URBAN HISTORY
212

Southeast Asia
NEW CENTERS OF GROWTH
222

Japan and Korea
GIANT CITIES IN A CROWDED LAND
230

Australasia, Oceania and Antarctica
COASTAL CITIES AND EMPTY SPACES
240

Glossary
248
Further reading/Acknowledgments
252
Index
253

P EFACE

ONE OF THE STRONGEST PROCESSES OF WORLD SOCIETY OVER THE PAST 200 years has been the spatial rearrangement of where people live. The 20th century in particular has witnessed an urban revolution that has radically altered the pattern of settlement in every region of the world. Although in some parts of the developing world more people still live in the countryside than in the towns, everywhere the drift of rural populations to the towns, the rise of cities and the growth of huge urban areas is the overwhelming general trend.

The world's urban populations today inhabit giant cities, exploding shanty towns, sprawling suburbs and declining city centers. This volume seeks to make sense of the urban experience. Where we live is an important element of how we live. While some cities are expanding and having to face the problems of sudden growth, others are contracting and having to learn to manage the spiral of decline. Towns and cities are places where people come together, sometimes in cooperation, sometimes in antagonism. An understanding of the way cities are organized allows us to take a broader view of social interactions and conflicts.

A number of themes are explored. First, the volume looks at how the settlement pattern has evolved in each of the different regions of the world. An understanding of the way settlements develop is a useful basis on which to build an understanding of the pattern today and to identify future trends. The contemporary relationship between settlements and society is discussed, covering such important themes as the changing balance between rural and urban dwellers, conflict within the city, spatial patterns of economic growth and decline, and some of the problems and proposed solutions of urban living. Finally, one major city in each region is made the subject of a detailed study, summarizing the general features of the region and revealing some specific differences.

In this way, while elucidating the common trends in the way urbanization has developed across the world, subtle variations in the pattern are allowed to emerge. The volume thus enables the reader to make sense of the great spatial shift that, in a comparatively short space of time, has transformed where and how the great number of the world's people live.

Professor John Rennie Short
DEPARTMENT OF GEOGRAPHY, SYRACUSE UNIVERSITY

Manhattan skyline with the Brooklyn Bridge in the foreground, New York

Renaissance facades in the Plaza Mayor, Salamanca, Spain (*overleaf*)

THE GLOBAL PATTERN
OF SETTLEMENTS

THE SETTLEMENT PATTERN

Where People Live
10

The Origins of Settlement
12

Rural Communities
14

A Diversity of Functions
16

Centers of Power
18

Why Cities Rise and Fall
20

URBAN GROWTH

Town and Country
22

Urbanization Speeds Up
24

Megacity and Beyond
26

CITY LANDSCAPES

Planning the City
28

The Urban Fabric
30

The Parts of the City
32

The Residential Mosaic
34

MANAGING THE CITY

Getting Around
36

Inputs and Outputs
38

The Green City
40

The Origins of Settlement

THE FIRST HUMAN SETTLEMENTS EVOLVED AS prehistoric peoples gradually abandoned their nomadic life of hunting and gathering to group together in permanent dwellings. As people discovered how to domesticate animals and plants, they were able to supply their food needs by remaining in one place, rather than migrating alongside the animals they hunted. Early settlements therefore occurred in places that favored farming or fishing. By congregating together, people also gained security, so a good defensive site was often chosen. Shared religious beliefs also bonded groups of people together; many early settlements were situated around a sacred site or shrine.

Towns and cities were only able to develop when farmers could produce enough food to feed an urban population. While the bulk of the population worked on the land, some members of the community, such as builders, craftsmen, warriors and priests, carried out tasks that were not directly related to farming. Among the world's first cities were those established between 4000 and 3000 BC in Mesopotamia – the area of fertile land between the Euphrates and Tigris rivers in present-day Iraq where settled agriculture had been practiced by people for thousands of years.

Food surpluses do not simply occur. Farmers have to be persuaded to grow crops for more than their immediate needs. It was the emergence of a ruling elite, able to mobilize and organize manpower from the surrounding communities, that made possible the rise of the first Mesopotamian cities. Controlled by a king or priest, these cities were centers of religious and political power and catered for the storage and distribution of agricultural surplus.

Mountain fortress (*above*) The ancient peoples of Central and South America developed their urban cultures independently of others in the world. The dramatically sited city of Machu Picchu in Peru was built by the Incas.

The legacy of Rome (*left*) One of the most powerful influences on the development of cities in the Western world were the Romans. This ruined Roman temple stands in the Syrian desert as a reminder of the vanished city of Palmyra.

Early urban cultures also developed in the Indus valley, the Nile valley, the north China plain, Mexico and Peru, and southwest Nigeria. These cultures developed independently of one another, and they flourished at different times: the Inca civilization of Peru, for example, reached its height more than 4,000 years later than the first civilization of Mesopotamia. The

precise form of the cities varied according to their context, but they shared a number of broad similarities.

Proximity to fertile land and sources of water were vital to a city's location. Many were situated on river crossings, or on cliffs or hilltops. Within the fortified city walls there was a definite pattern to the city's layout. The central area housed the palaces of the social elite, the granary and community storehouses, and the towering temples. The lowliest members of society lived on the margins of the city, and slaves were often held in communal dwellings outside the protection of the city's walls.

Although called cities, these early urban settlements generally contained only a few thousand people: the size of a small

town or large village in present-day terms. Most led a precarious existence, vulnerable to total destruction in wars, earthquakes or floods caused by the silting of irrigation channels. Archaeological remains are all that survive of these earliest cities.

The classical city

Of more immediate relevance to city life around the world today are the cities of ancient Greece and Rome. From 800 BC autonomous city-states, each consisting of a single walled town and the surrounding countryside, emerged as the unit of territorial and political organization in Greece. The Romans extended the Greek urban tradition throughout most of Europe and Asia Minor. Roman cities

were formally designed on a grid plan, with public spaces and buildings such as the forum and the baths at the center. Superbly planned, their patterns of urbanization remain visible in many parts of the world today.

The classical urban tradition faded during the European Middle Ages, but in the 15th-century Renaissance it became accepted again as the "proper" model for urban design. Europe's colonial powers later exported the model around the world, creating new cities with neoclassical styles of architecture and form. Many contemporary cities, from Paris to Philadelphia, with their grid-plan layout, formal design and public building architecture, are a testimony to the enduring urban legacy of the classical world.

A Diversity of Functions

TOWNS TODAY HAVE MANY FUNCTIONS. Some may be centers of industry, commerce or government, others have become known for their educational or recreational facilities, yet others have grown up beside a site of religious importance. Large cities may combine many different functions; small towns may be reliant on only one activity, such as local trade or tourism.

Towns have always been places where people come to buy and sell, make deals and do business. Originally, such trade was local: farmers would exchange their agricultural surpluses for goods such as farm implements, baskets or pots made by the town's artisans, or services such as scribes, lawyers or doctors. Many African or South Asian towns today are still predominantly local trade centers, with members of different occupations, such as shoemakers, carpenters or butchers, occupying different quarters around the central bazaar.

In time, great trading centers grew up on the coast, along rivers and waterways, or where major land routes crossed. Many of the great towns of medieval and Renaissance Europe were seaports, such as Venice, Hamburg, Amsterdam. Colonial cities were later sited on coasts to facilitate trade with Europe, for example Rio de Janeiro in Brazil, Lagos in Nigeria, or Singapore.

Towns are also centers of industry. Industrialization and urbanization go hand in hand. The major cities of Britain's industrial revolution, such as Manchester or Leeds, were no more than market towns until the exploitation of local coal fields brought industrial growth and with it factories, workers' housing and new transportation facilities. Later, specialist factory towns began to emerge. Steelmaking towns, for example, developed near deposits of iron ore, while textile towns were located beside clean, soft water. Industrial cities often grew up around ports, especially when good road or river networks connected them with the hinterland – the area of countryside behind them – allowing the easy movement of goods and raw materials. New York is one such example.

In the latter part of the 20th century industry has shifted from the developed world to the developing countries where labor is cheaper and available in large

Prime locations (*below*) Cities grow for a variety of reasons. Sometimes one factor alone is enough to sustain growth, but the more assets a site has (access to a mineral resource *and* to trade routes, for example) the larger the city is likely to become.

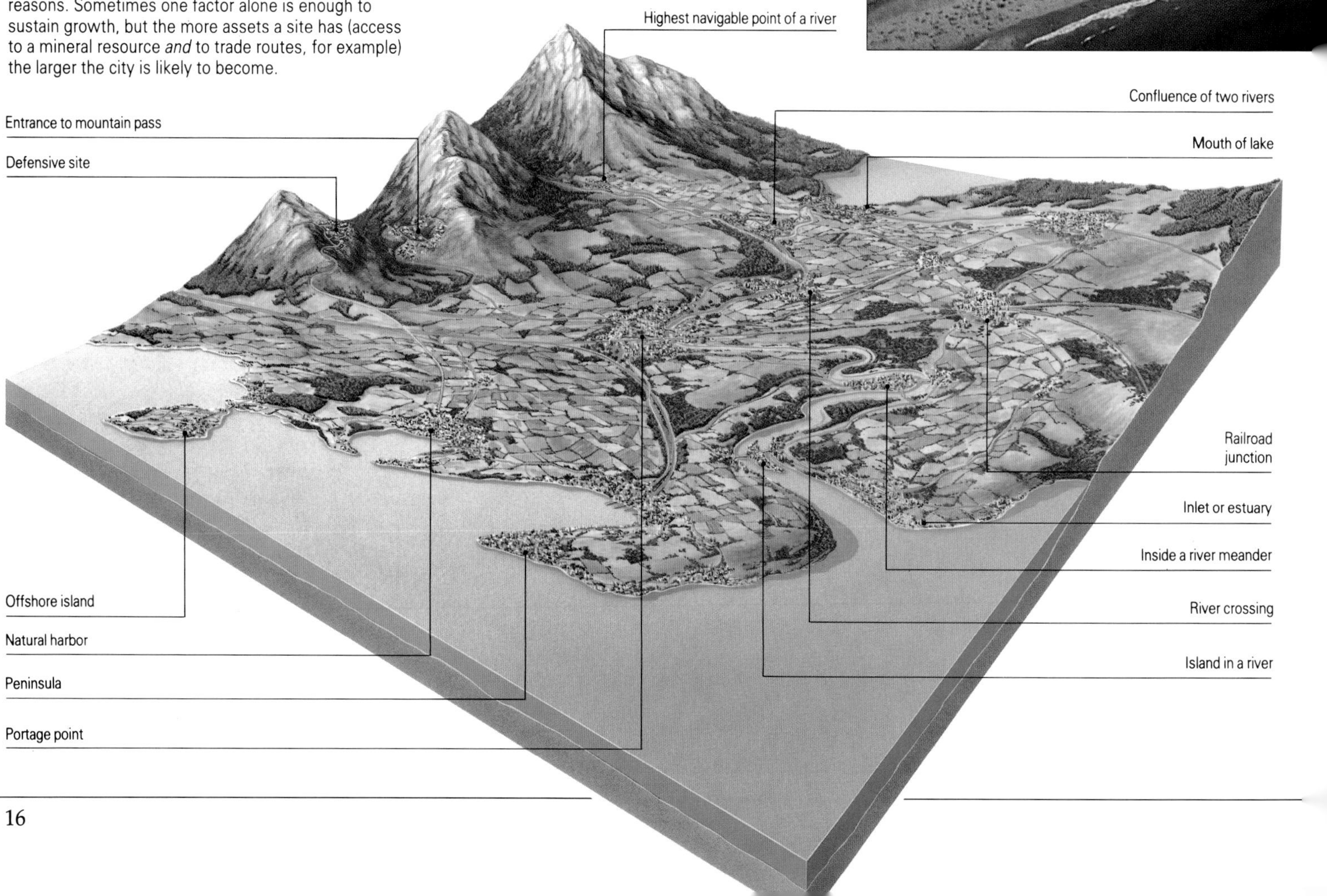

Entrance to mountain pass

Defensive site

Highest navigable point of a river

Confluence of two rivers

Mouth of lake

Railroad junction

Inlet or estuary

Inside a river meander

Offshore island

Natural harbor

River crossing

Peninsula

Island in a river

Portage point

numbers. As a result, new industrial centers have begun to develop in places such as Singapore, Brazil and South Korea. They face the pressing challenge of how to control industrial growth so that it does not cause the environmental and social blight associated with early industrialization in the west.

Changing patterns

As urban populations grow more affluent, the diversity of economic activity within towns and cities, and the number of people involved in jobs such as banking, insurance, retail and entertainment, increase enormously. Over the last 100 years, the extension of government administration, from tax assessment to the collection of garbage, has created armies of workers in the public services. Government offices and the headquarters of major companies were once all located in the capital or in the major cities, but in many European countries and in the United States rising costs and difficulty in recruiting labor have forced them to move out to where land is cheaper – a trend known as decentralization.

The spread of mass tourism around the world has had equally dramatic effect on some areas of settlement. Tourism creates towns where once there was only a small village. Resorts usually have a fluctuating population: it may double or even treble during the peak holiday season. Some, however, such as Miami in the United States, cater for the elderly and have a permanent population of retired people.

Trading places (*below*) A traditional Middle Eastern market at the heart of the city. From farmers bartering for goods in the local market place to international bankers making long distance deals in city offices, trade is a primary function of the city.

An advantageous site (*above*) A large natural harbor on the Atlantic favored the development of Rio de Janeiro, the second largest city in Brazil. It has grown from a colonial port to become a major economic center and international resort.

UNIVERSITY TOWNS

Each fresh academic year, university towns such as Cambridge in England or Princeton in the United States come alive with a new intake of students. Because these towns rely on the spending power of the students and faculties, there are an unusually high number of lodging houses, cheap restaurants, places of entertainment such as bars or cinemas, and bookshops. Most university towns have an energy and charm that is appreciated by all sections of their population, despite occasional clashes of interest.

University towns have existed in Europe for 800 years. The universities of Oxford and Cambridge in England, which have preserved their old college buildings and medieval street layout, provide examples of what the earliest university towns must have looked like. The model was taken to the United States in the 17th century, and the "Ivy League" colleges of the northeast, such as Harvard, Yale and Princeton, remain prestigious centers of learning.

Many new university towns were created during the 20th century, when most countries expanded their higher education systems. Many were built on campus sites (from the Italian *campo*, meaning field), away from the big cities. More recently, some university towns have come to act as magnets for activities that take advantage of their research facilities and accumulation of skills and knowledge. They attract a wide range of high-tech, research-intensive industries to "science parks" on their fringes.

Centers of Power

SOME CITIES DEVELOP BECAUSE THEY ARE primarily centers of religious and political power. Many ancient cities were sites of special religious significance; their rulers were god-kings who were believed to have divine authority. The great Inca city of Cuzco in Peru was ruled over by leaders thought to be descended from the Sun. Lhasa in Tibet was known as "The Forbidden City" because of its inaccessible position and its religious exclusivity. Its great buildings are all monasteries and, until recently, most of its population were Buddhist monks.

Muslim cities such as Damascus and Cairo flourished as centers of civilization during the early medieval period, when most European cities were stagnating. In Europe, settlements frequently grew up around churches and abbeys. As the division between the religious and secular power widened, cities formed around the institutions of government.

The consolidation of political power and the expansion of the state were reflected in the growing importance of the capital in the cultural life of the nation. By the 19th century, cities such as Berlin or Vienna had become a parade ground for national and state power. The emperor Napoleon I (1769–1821) endowed Paris with public buildings and monuments such as the Arc de Triomphe to commemorate his war victories. Later, under Napoleon III (1808–73), sweeping boulevards gave the city a new sense of spaciousness and classical elegance. They also made mass assemblies of the population easier to control.

In more recent times, the North Korean leader Kim Il Sung rebuilt the capital Pyongyang – devastated in the Korean War of 1950–53 – in a highly regimented fashion in a highly originated fashion to reflect both the militarized nature of his regime and his own absolute power. During during the 1980s the Romanian dictator, Nicolae Ceaucescu (1918–89), ordered the destruction of hundreds of historic buildings and churches in the capital Bucharest to make way for a massive new boulevard.

Capital cities

The leading cities in many countries are also their capital cities: their historic and economic importance make them the natural choice for the seat of government. Most European capitals are examples of this. Other cities are specially chosen as capitals. Washington DC would probably have remained a rather small and insignificant town if it had not become the center of American federal authority.

Many of the world's capitals were established during the colonial era by

Architecture in the service of the state (*right*)
Classical pediments and columns lend authority to public buildings. It was the style chosen for the Capitol in Washington DC, home of the US Congress.

Republic Day (*below*), commemorating India's independence, is marked by a military parade in New Delhi, the capital city built to reflect British power and later adopted by the state of India.

Some cities gain special significance as holy places. Their buildings are centers of pilgrimage to followers of particular religions or cults. Such cities include Jerusalem for Muslims, Christians and Jews, Rome for Christians and, in India Varanasi for Hindus.

To Muslims, the city of Mecca in Saudi Arabia – the birthplace of the Prophet Muhammed in 570 AD – is the holiest site of all. Muhammed was forced to flee the city in 622 but returned eight years later, destroying pagan idols and declaring the city the center of Muslim faith. All devout Muslims make their prayers facing toward Mecca, and they aim to undertake the *hajj*, or pilgrimage, to the holy city at least once in their lifetime.

The city's population of approximately 350,000 swells to well over a million during the *hajj*, which lasts from the 6th to the 12th day of the Islamic month of Dhu al-Hijjah. Catering for pilgrims has been Mecca's main industry for over 1,300 years and is the source of the city's prosperity. In times past pilgrims would endure great hardship to reach Mecca by camel, donkey or on foot across the desert. Today, they converge on the city by truck, bus or taxi, having flown into the international airport at Jidda. The Saudi Arabian government spends huge sums of money on improving access to the city and providing the pilgrims with the necessary accommodation and health facilities.

European powers who imposed their model of the centralized nation-state on the countries they controlled. Usually the site selected reflected the administrative convenience of the colonizing power rather than the needs of the indigenous population. After independence, many countries retained the colonial capital but renamed it and rebuilt it to reflect the new political order and its aspirations for the future. Others established new capitals to signal their newfound independence.

Capitals may sometimes be relocated to emphasize national aims. The capital of Pakistan was changed to the new city of Islamabad to symbolize the country's interest in the disputed northern territory between Kashmir, China and Afghanistan. Brazil transferred its capital from the largest city, Rio de Janeiro, to Brasília to draw attention to the underpopulated interior of the country.

Why Cities Rise and Fall

THE HISTORY OF URBANIZATION CONTAINS examples of spectacular growth as well as decay and decline. Small settlements may become cities for many different reasons. A ruler may set up his seat of government there, rich resources such as gold, coal or oil may be discovered nearby, or it may become a center of tourism. In a converse process, a great city, once the center of a powerful empire, may decline in size and influence to the status of an insignificant village.

Newly established towns have to import many of their basic necessities: not just food and fuel but also goods and services. When a new settlement is established, almost everything it needs has to be brought in, from machinery and building materials to office equipment and household goods. The young town will only prosper if it begins to provide some of the necessary goods and services itself; by the time the trend has been completely reversed, and goods and services are being exported to other settlements, the town is likely to have grown into a successful city.

Cities can sustain longterm growth only if they have a diversified economic base – several major industries, government offices, a university and a varied cultural life. Such a range means that the city can continue to grow even if some of its activities decline or disappear. Many European towns rose to importance in the 19th century on the basis of textile manufacturing. Foreign competition has since closed their mills, but because they had diversified into other activities such as engineering or chemicals, the towns have survived.

A benign cycle of events may be established in which growth feeds on growth. This is called "cumulative causation". As a city's population increases, so does the need for food, goods and services. The provision of these needs fuels further growth. World cities such as Tokyo, New York or London have grown through cumulative causation.

The downward trend

The landscape of the world is littered with the remains of once proud cities. The same conditions that advanced a town's growth and success can also cause its decline. A town that developed because it occupied a good defensive site on a rocky promontory, for example, may decline once peaceful conditions are established and the need for defense no longer exists. The town's inaccessibility – the very feature that was once regarded as so advantageous – may actively prevent it from expanding.

Abandoned city (*below*) A large and ancient fortress town in Morocco stands deserted. What began as an easily defensible settlement later proved too inaccessible for the trade and other activities that would have allowed the town to thrive.

Too great a reliance on one economic activity makes a town vulnerable to changes of circumstance. Its growth is likely to be short-term and its decline even more rapid. In the 1890s, the Klondike gold rush brought thousands of people to a remote, uninhabited area of northwestern Canada. Towns sprang up in the prospecting areas almost overnight, but when the gold began to run out, the community had no other means of sustaining itself and the towns were deserted. Many coal-mining towns – from those of Wales in western Britain to the Appalachian Mountains of the southeastern United States – are in danger of becoming ghost settlements today.

Cities dependent on the location of political power are also subject to the winds of fortune. Vienna was the political center of the Austro-Hungarian empire, and when the empire was at the height of its power during the 19th century, it was one of the most important cities in the world, renowned as a leading center of fashion, music, drama and art, as well as scientific and medical discovery. But the collapse of the empire after World War I greatly reduced Vienna's international influence and importance.

The cycle of cumulative causation can also be reversed. A city suffering from economic depression experiences job losses and decreases in population, and begins to contract. The very biggest cities can usually ride out depressions to their economy. Cities with populations of more than one million rarely decline. Populations lower than this make cities more vulnerable.

Even the greatest cities are subject to environmental change. Flooding, earthquakes and volcanic eruptions have caused urban destruction throughout history. Pompeii, the thriving Roman city in southern Italy that was wiped out in just a few days by the eruption of Vesuvius in 79 AD, is perhaps the most famous and well-preserved example of a sudden extinction. Environmental factors can also cause slow urban deterioration: the city of Venice, among the most beautiful in the world, which is built on numerous tiny islands off the Italian mainland, is now slowly sinking into the sea.

Success story In less than 200 years, Sydney has grown into a world city. Its natural harbor has enabled it to flourish as a port, nearby mineral resources supported its industrial growth, and today it serves as Australia's leading financial center.

Town and Country

THE TERMS "TOWN" AND "COUNTRY" IMPLY completely separate entities, yet urban and rural areas are connected by a network of transactions and relationships. Towns and cities exert a pull over the area around them. .This is known as their sphere of influence, and the larger the town, the larger the spere of influence will be. A big city may be at the center of an urban region that stretches over hundreds of square kilometers.

The influence of an urban region is expressed in a number of ways. Towns and cities are centers of employment; commuting patterns are one indication of the extent of their influence. A small town will probably attract workers only from the immediate locality, while large cities have a huge catchment area: people travel from all over southeast England to work in London, for example, and Paris serves a similarly large area of France. This is also true of shopping patterns: small urban centers serve the local community only, while the large cities, with their specialist goods and services, attract consumers from a very wide area.

The circulation of a city's newspapers can be a good indicator of the spread of its sphere of influence. Rural inhabitants – even when they live at some distance from the city – regularly buy its newspapers to keep up with news and events that may have a direct bearing on their lives. Allegiance to sports teams is perhaps one of the most obvious ways in which cities reach into the lives of those who live far away from them. In Catalonia in northern Spain, for example, support for the Barcelona soccer club permeates through the countryside as far away as the Pyrenees mountains.

Many of these supporters may also be fans of a smaller town team closer to home – a community may be subject to the influence of more than one urban settlement. Towns and cities are like magnets; according to their strength, they draw an ambit of smaller settlements and rural areas into their field of attraction.

The rural connection

The symbiotic relationship between town and country – where each is reliant on the other, one for food, the other for goods and services – still exists in many parts of the world. Most of the cereals grown in Africa, for example, are consumed by the farmers themselves or transported to the nearest towns. However, this relationship has largely broken down in the developed world. The modern revolution in methods of agriculture and food production means that urban populations are now supplied with food from all over the world, rather than relying on what is grown by local farmers.

Nevertheless, even in the most urbanized nations, town and country are connected. Land is cheaper in rural areas, so it is used to accommodate urban overspill. Space-consuming recreational facilities for urbanites, such as sports centers, golf courses and theme parks, are

Urban encroachment (*above*) Town and country meet abruptly outside Cairo, Egypt. Highrise buildings to relieve housing shortage in the overcrowded city require roads, water and electricity supplies to service them, increasing pressure on farmland.

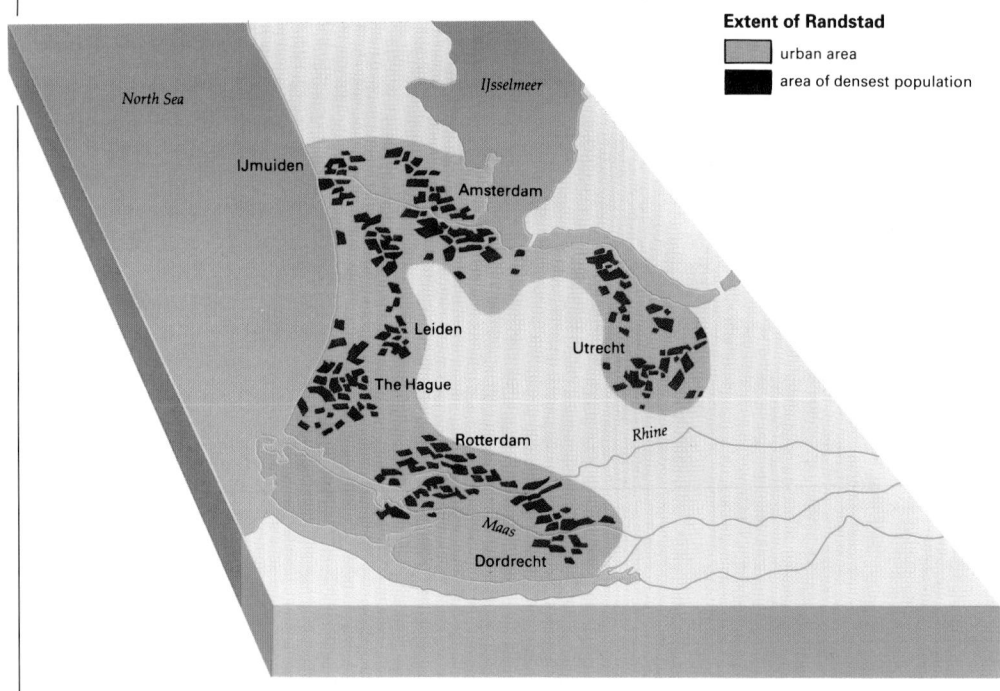

Extent of Randstad

▢ urban area
■ area of densest population

North Sea
IJsselmeer
IJmuiden
Amsterdam
Leiden
Utrecht
The Hague
Rotterdam
Rhine
Maas
Dordrecht

European megalopolis (*left*) In the Netherlands, towns and cities merge into each other to create the Randstad, or Ring City. Strict controls are imposed to prevent encroachment on open land, but new towns to take the overspill from Amsterdam and other cities fill up as quickly as they are planned.

THE RISE OF MEGALOPOLIS

Since the 19th century, the cities of the industrialized world have grown enormously in territorial extent. As levels of population rise, instead of intensifying, urban development spreads out from the edges of the original core city into the surrounding countryside. Eventually, residential suburbs grow up at some considerable distance from the original city center, and these in time develop their own shopping centers and amenities. The availability of cheap land for development gradually attracts a wide range of commerce or light industry, helping to create new poles of urban activity.

The ever-outward movement of the suburbs leads to small towns and settlements being swallowed up by urban growth, forming a conurbation, or large network of urban communities. The term megalopolis was first coined to describe the vast urban sprawl of the northeastern seaboard of the United States from Boston to Washington DC, including New York and Philadelphia. It is now used to refer to any large urban complex, such as Tokyo-Yokohama in Japan, London and its environs in Britain, the Rhine-Ruhr area of western Germany, and the Randstad (the conurbation incorporating Amsterdam, Rotterdam and the Hague) in the west of the Netherlands.

Bright lights, big cities (*below*) This satellite image of the United States at night shows clearly the vast urban agglomerations that have grown up along the northeast seaboard between Boston and Washington DC (the original megalopolis), around the Great Lakes, and on the coasts of Florida and California.

frequently sited on open land at the outskirts of cities. An ever larger network of roads and railroads allows many people to work in the city, but live – or spend much of their free time – in the country. In fact, the more urbanized a nation becomes, the more its people are likely to value the countryside. Rural conservation movements have become a powerful force in highly developed countries.

Tensions occur within the relationship between town and country. Urban pressure on rural areas causes land and house prices to rise, forcing out the original inhabitants and removing their means of livelihood. New housing or commercial developments destroy the natural beauty of the landscape, giving rise instead to anonymous belts of suburbia. Pollution from the cities affects the surrounding countryside. On the other hand, the outward movement of the population can erode the economic viability of the city; and the need to link the city with its growing sphere of influence requires expensive new transportation systems that frequently slice through urban residential districts. Town and country are thus held together in relationships of mutual benefit and mutual antagonism.

Urbanization Speeds Up

FOR MOST OF HUMAN HISTORY CITIES WERE tiny islands in a vast rural sea. Even as late as 1800 only about 3 percent of the world's population could be classified as urban. However, by 1950 nearly 30 percent of the population lived in urban areas, and by 1990 this had risen to 43 percent. It is estimated that by 2025 60 percent will live in cities.

These global figures conceal major differences between the developed and the developing countries. In 1990, for example, the urban populations of the United States and Germany were 74 percent and 94 percent respectively; this compares with 22 percent for Botswana and 40 percent for Guatemala. However, the difference between these two sets of figures is brought into perspective when urban growth rates are compared.

From 1960–90, the average annual increase of urban populations in the United States was 1.3 percent and in Germany 0.4 percent; the corresponding figure for Botswana was 12.6 percent, and for Guatemala 3.7 percent. The developing world is quickly catching up with the urban levels of the developed world.

The pull of the cities

Urbanization occurs through rural to urban migration. As agricultural production increases, greater numbers of people can have their food requirements met by a smaller number of farmers. Commercial and industrial activity becomes centered in the cities, and lack of employment opportunities in rural areas, combined with poor public services such as health, education, welfare and transport, pushes people toward the urban magnets of better employment opportunities and easier access to a range of public services. The bright city lights have been attracting migrants for years. There is every likelihood the trend will continue.

In the 19th and early 20th centuries most urban growth was concentrated in Europe and North America. Industrial expansion created new centers of population such as Pittsburgh and Detroit in the United States, Manchester and Glasgow (Britain), Lille (France) and Essen (Germany). More recently, the most explosive urban growth has taken place in the developing countries of Africa, Southeast Asia and South America.

Shanty town (*right*) Millions of people in the rapidly growing cities of the developing world live in makeshift dwellings. São Paulo in Brazil is one of the world's largest cities.

Arterial growth (*below*) The spread of Chicago followed the routes out of the city. As suburbs were absorbed into the urban sprawl, new ones started. Chicago's location at the heart of the country's railroad network brought a stream of migrants to the city.

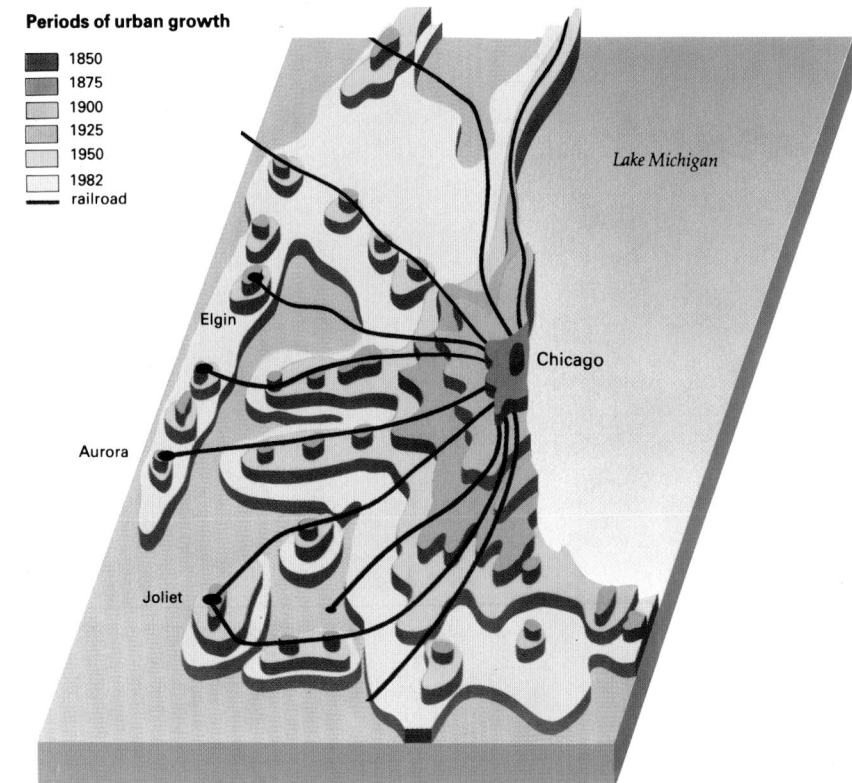

Periods of urban growth

- 1850
- 1875
- 1900
- 1925
- 1950
- 1982
- — railroad

Elgin

Aurora

Joliet

Chicago

Lake Michigan

Urbanization in these countries is often concentrated in a small number of the very biggest cities, where housing and employment opportunities are greatest. The growing city population creates a bigger market, which stimulates more employment opportunities. These in turn attract more migrants – cumulative causation. High expectations are easily dashed, however; work and accommodation are not always easy to find, and a large proportion of the migrants find themselves living in slums or shanty towns on the outskirts of cities that are already very over-crowded.

The transition from a familiar rural environment to the competitive and individualistic life of the city can be traumatic; integration is sometimes made easier when new arrivals join communities of migrants from similar backgrounds. Those who are able to make the adjustment and are successful in finding well-paid work are fortunate. Others, less lucky, may find it more difficult to survive in the new environment.

In the highly urbanized, developed countries, recent growth has mostly taken place away from the large cities. Acute urban problems of overcrowding, high rents and taxes, and traffic congestion encourages employers to move offices to smaller centers in more favorable locations. The recent development of California's Silicon Valley is an example of this new pattern of urban migration. Small cities can match the larger ones in terms of amenities, but offer a better quality of life with regard to climate, leisure facilities and living costs.

REVERSING THE TREND

In recent years in some parts of the world there has been a reverse movement from the town to the country. Growing numbers of urban dwellers in the richer countries have made the decision to move back into rural areas. The country – where there is space, fresh air and a slower pace of life – seems to offer a better way of life, particularly to families with children.

The increasingly urban-industrial character of the Western world has induced a deep nostalgia for a lost way of life based on idealized rural values of the dignity of labor, a oneness with nature and community spirit. Most migrants are only able to uphold this view of rural life because they retain their affluent lifestyles and, frequently, professional links with the city. Very few take up farming or other traditional rural occupations.

Country life is not an option open to everyone: most people are tied to their urban jobs or cannot afford to commute from the country. Advances in telecommunications have widened the opportunities for professional employment outside the cities. Computer networks can be linked up almost anywhere. In some rural areas, particularly where housing is cheap and the climate and scenery are attractive, such as Provence in France, centuries of rural depopulation are being reversed with the growth of new rural communities. Many of these consist of second homes that are used by urban families for only part of the year, or are rented out to others on vacation.

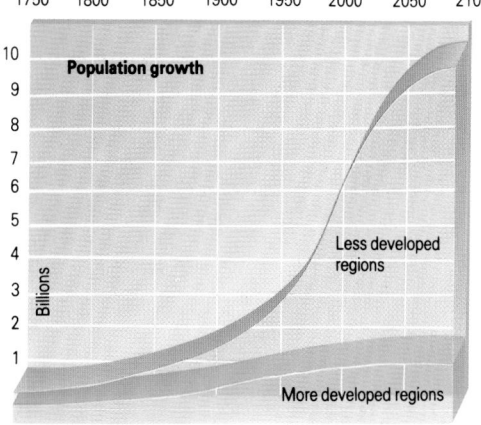

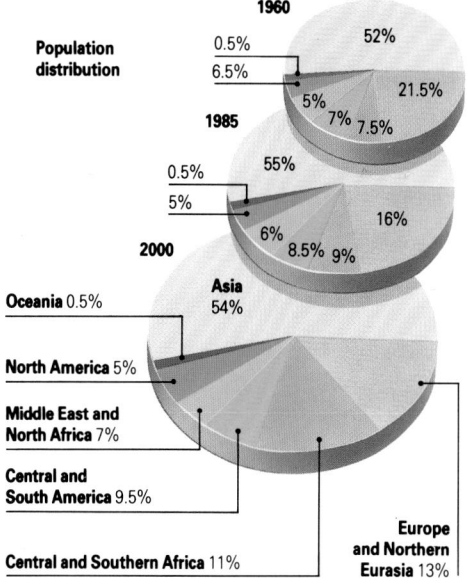

The population gap (*above and right*) Less developed countries show huge population increases since 1950 compared with more developed countries. The pattern will continue through the 21st century, with Africa and Latin America experiencing the greatest growth.

Megacity and Beyond

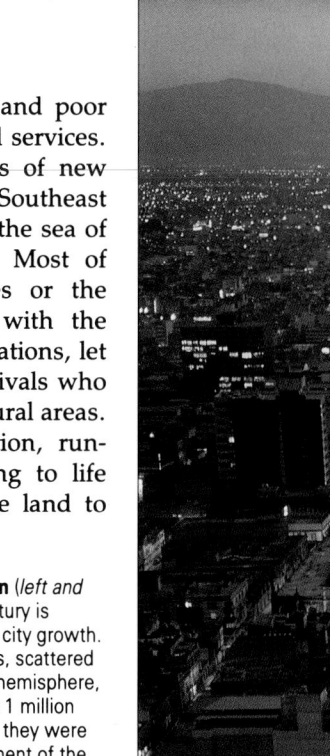

IN THE COURSE OF THE 20TH CENTURY, THE world's major cities have grown very dramatically, both in number and in size of population. In 1900 there were only 13 cities in the world with populations of over 1 million. Except Tokyo and Calcutta all were in Europe or North America. Of the 25 cities expected to exceed 10 million inhabitants by the year 2000, 18 will be in the developing countries. It is estimated that the population of São Paulo in Brazil, for example, will rise from 15 million in 1985 to 24 million in 2000.

Rapid growth brings many associated problems: inadequate housing and poor provision of basic amenities and services. The glittering commercial areas of new megacities in South America or Southeast Asia are in brusque contrast to the sea of poverty that surrounds them. Most of these cities lack the resources or the political mechanisms to deal with the problems of their existing populations, let alone the thousands of new arrivals who migrate there every year from rural areas. Shanty towns, without sanitation, running water or electricity, spring to life wherever there is unproductive land to

Major cities 1900

• city with population over 1 million

The urban explosion (*left and below*) The 20th century is irrefutably the era of city growth. In 1900 only 13 cities, scattered across the northern hemisphere, contained more than 1 million inhabitants. By 1990 they were legion in every continent of the world. By far the greatest growth has taken place outside the older industrialized regions, in South and Southeast Asia, especially China and India, and in Central and South America. With continuing high levels of population growth and rural–urban migration the trend is set to continue.

Arctic Circle

Tropic of Cancer

Equator

Tropic of Capricorn

Major cities 1990

• city with population over 1 million

support them – on steep hillsides or undrained marshes – and are vulnerable to natural disasters such as landslips or flooding. Many new megacities are buckling under the weight of numbers, and for many of the world's urbanites the quality of life is deteriorating rapidly.

World cities

The influence of some megacities expands beyond their immediate country or region. World cities such as New York, Paris, London and Tokyo have enjoyed steady overall growth since the last century, and are centers of national or international government, of banking and finance, commerce and trade. They are frequently major ports; road and rail links converge on them, and large airports serve their international traffic. Their great hospitals, law courts, universities and specialized institutions attract the cream of the world's professionals, and their national media reporting is so important that it is monitored throughout the world. Internationally famous art galleries and museums, opera houses, concert halls and theaters help to make

Avenues of growth Mexico City has doubled in size since 1970, and by 2000 is expected to contain more than 25 million people. Choked by poisonous pollution and engulfed by shanty towns, it serves to warn of the social and environmental dangers resulting from unrestrained growth.

them leaders of change and innovation in ideas and opinion.

Despite their apparent stability, change is taking place within these cities. The populations of London, New York and Paris, for example, range from 5 to 18 million depending on whether those living within the formal metropolitan boundaries or the urban region as a whole are being counted. In most cases, growth – both in terms of population and industrial activity – is increasingly shifting outside the metropolitan boundaries. In 1990, for example, the population of London – as defined by its formal boundaries – was lower than in 1970. Even Tokyo, which experienced the highest population growth rate in the developed world in the years after 1945, started to decline in the early 1980s.

The economic activity that remains within the city center (often called the Central Business District, or CBD) is of a nature that draws upon a professional workforce who travel in each day from the affluent suburbs. The less affluent populations that are left behind in the inner city (very often grouped within distinct ethnic neighborhoods) can become trapped within a spiral of deprivation. In both the United States and western Europe, many derelict industrial sites such as former docklands or harbor areas have been redeveloped as quality offices or luxurious residential apartments in an attempt to attract investment and richer people back to the inner city.

Planning the City

THE GROWTH AND DEVELOPMENT OF TOWNS and cities is not a random process. Each one is shaped by a combination of physical, economic, political and social forces. Cities are the physical embodiment of their wider society at any given moment. In older cities it is possible to trace back many stages of evolution, not only by reference to the architecture of the buildings, but also by examining the way the city's structure and form has been modified over time.

In many cases the layout of streets and arrangement of buildings is unplanned, developing around a particular focus – perhaps a marketplace or bazaar, temple or church, beside a busy road junction, or within a defensive ring of walls. New buildings have been erected in response to a particular need on any piece of convenient empty land. Only when urban areas are deliberately shaped is it possible to talk of town and city planning.

In creating a plan for the city, an attempt is being made to impose a view of society on the urban structure, whether it be that an individual autocratic ruler or a department of planning officials. Urban planning is not a new phenomenon. The structure of the Greek or Roman town,

built on a grid plan around a public space (the Greek agora and the Roman forum) reflected the prevailing values of civic participation and political debate.

Throughout history autocratic rulers have seized the opportunity to build cities to reflect their absolute power. The city of Jaipur in India, founded by the Maharajah Jai Singh in 1727, is built, in a beautiful rose-red limestone, in straight lines that focus on the royal palace. The best-known example of a planned royal town in Europe is Versailles, outside Paris, built by Louis XIV, the "Sun King", to symbolize his royal authority and as the expression of his controlling power over his nobles.

Similar motives guided the European builders of colonial cities. When the British wanted to show their power in India they built New Delhi to a grand design by Edwin Lutyens (1869–1944), the leading architect of the day. In these colonial cities the European and the indigenous populations were rigidly

"City beautiful" (*below*) Canberra, in Australia, was designed as both a garden city and a working federal capital. It is a model of 20th-century design, taking the best of British and American planning and giving them new shape in the southern hemisphere.

separated from each other, with the former living in well laid-out residential suburbs close to the administrative offices and social amenities, and the latter crowded into high-density housing in narrow streets to one side of the city.

City utopias

Philosophers and planners have always dreamed of creating an ideal community. By the 19th century, living conditions in many European towns and cities had become so bad that social reformers started to experiment with the creation idealistic new settlements for industrial workers. Ebenezer Howard (1850–1928), the British reformer, proposed a new type of city – the Garden City – that would combine the best of both town and country, allowing people both to live and

Drawing all toward it (*above*) The pink city of Jaipur in India was planned to express the personal power of its 18th-century founder and autocratic ruler.

Lines in the desert (*left*) Seen from the air, the layout of Sun City, a retirement city in Arizona, USA, makes a striking pattern of whorls and circles.

work in a healthy environment. Howard's Garden Cities had a profound effect on 20th-century urban planning: they were the forerunners of Britain's post-war new towns, and heavily influenced suburban developments in the United States.

Gradually it came to be accepted that government had a role to play in controlling urban development. Humanitarian motives apart, it made sense to try to eradicate the poor conditions created by industrialization since, if left untended, they might provide the tinder for social unrest. The 20th century has seen widespread acceptance of town and country planning as a legitimate tool of government policy.

The implementation of planning laws can create difficulties. Urban land is usually privately owned, and telling owners what they can or cannot do with their property may be perceived as a restriction on their individual rights. There is also the politically sensitive issue of raising local taxes to pay for improvements. The nature and scope of planning laws within a particular country consequently reflect its political and cultural traditions, its legislative structure and its economic priorities.

HANOI: COLONIAL CITY

When the French in 1887 established Hanoi (in Vietnam) as the capital of French Indochina, they – like the other colonial powers of the time – created a city in their own image. Until 1954, when the French withdrew after being defeated by Vietnamese national liberation forces, Hanoi was a French city under tropical skies, a constant reminder of home for expatriate civil servants, and a testimony to French military power in a foreign land.

The French grafted the look and atmosphere of their native towns onto the indigenous Vietnamese city. They laid out long, wide boulevards and built parks and buildings that would not have been out of place in Paris or Bordeaux. In Hanoi's new university,

French was the language of instruction; French-style bars, bistros and restaurants thrived in the flourishing city. In 1930, the English novelist Somerset Maugham (1874–1965) wrote of the city: "The French tell you it is the most attractive town in the East, but when you ask them why, they answer that it is exactly like a town, Montpelier, or Grenoble, in France."

After 1954 the city became the capital of communist North Vietnam. The university was refounded in 1956, street names were changed from French to Vietnamese, many of the restaurants closed down and the once lively nightlife evaporated. The street layout has been the most enduring legacy of the French occupation of the city.

The Urban Fabric

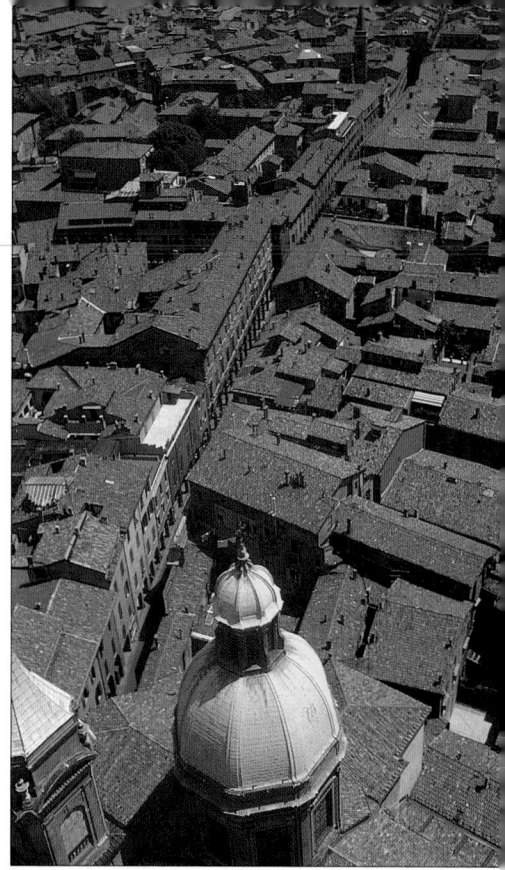

CITIES ARE BUILT ENVIRONMENTS. THEIR fabric is shaped by the characteristics of street layout and by the buildings that give identity to particular areas. Some cities are distinctive because the bulk of their fabric was built at one particular time in a specific architectural style. However, design coherence is much more likely to be restricted to small districts within the city. Miami Beach in Florida, for example, is one of the best-preserved examples of Art Deco architecture to be found anywhere in the world.

Every country or region in the world has its own style of architecture for domestic buildings. This is called vernacular architecture and draws on local materials and traditions of design and craftmanship to create buildings that are well-suited to the physical environment: Scandinavian log cabins, Inuit igloos, the thatched mud huts of Africa, or the baked clay courtyarded houses of many Islamic countries. There may be many regional styles within one country. In France, for example, vernacular building styles range from the red-tiled houses of Provence to the black and white timbered farms of Normandy or the steep-gabled houses in the towns and villages of Alsace.

Neoclassical architecture, which gained favor in the late 18th and early 19th centuries, was probably the first truly international style. A conscious imitation of the pediments and columns of classical Greek and Roman architecture, one of the finest examples is Thomas Jefferson's late 18th-century design for the University of Virginia. Neoclassicism was succeeded by other styles that looked to the past for their inspiration – European Gothic or the Italian Renaissance – and then in the early part of the 20th century, a new movement emerged in reaction to their florid ornamentation. Modernism was pioneered by radical young architects and planners such as Le Corbusier (1887–1965) and Mies van der Rohe (1866–1969) who rejected the past and sought to create an entirely new urban form that expressed the spirit of the modern industrial age. Modernists applied industrial techniques of mass production and efficiency to their buildings, which are characterized by their crisp, geometric lines, lack of ornamentation and use of "honest" materials such as steel, concrete and glass.

By the 1950s and 1960s, Modernism had become the dominant philosophy within the architectural profession. Enormous, unadorned tower blocks were built to provide mass housing; glass-covered highrise office buildings thrust their way upward in city centers the world over. In time, Modernist architecture came to be severely criticized. Many residents of tower blocks felt cut off and alienated; the old were afraid to venture out, the young vented their frustration with acts of vandalism. The Postmodernist movement is a reaction to the austerity of Modernism. This broad movement expresses renewed interest in vernacular traditions, neoclassical design and ornamentation.

Conservation and change

The fabric of a city is affected by two forces: the desire to conserve what is good from the past, and the need to change for the future. If a city does not change and adapt, it will decline and die. On the other hand, a city without old buildings is like a person without any

THE SKYSCRAPER

People have always tried to build as high as possible, but at the end of the 19th century in the United States new construction methods were developed that enabled buildings to rise storey upon storey ever upward. Walls could be made self-supporting by pouring reinforced and prestressed concrete around an internal metal framework, reaching heights that were previously undreamed of. The skyscraper has transformed the 20th-century cityscape.

Technological innovation was not the only impetus to build high. Building upward rather than outward – particularly in land-hungry New York – was a logical way of avoiding high land prices. Once one city built skyscrapers, others began to follow suit. Throughout this century Chicago (where the first fully steel-frame building was constructed in 1884) and New York have attempted to outdo each other. For years the Empire State Building in New York, probably still the most famous skyscraper in the world, was – at 381 m (1,250 ft) – the highest, till overtaken by the World Trade Center (412 m (1,350 ft). Then, with a height of 473 m (1,550 ft) the Sears Tower went up in Chicago – at the time of its building in 1973 the tallest building in the world.

memory. Buildings have a value that transcends their economic worth or architectural merit: they provide a physical link with our past. Radical Modernists who desired to break with all past forms have been blamed for the sterility of many modern cities.

However, the pendulum is swinging back. Along with the recognition that the users of buildings have a positive role to play in planning decisions, conservation has become a major part of many cities' urban planning programs. Conservation and change need not, in any case, be opposing tendencies. The renewal of London's Covent Garden, for example, which transformed a fruit, vegetable and flower market into a thriving specialist retail and entertainment center, both preserved a historic area and made it economically viable for the future, and similar examples can be found in cities all around the world.

All of a piece (*left*) The tiled roofs of the crowded medieval center of Bologna in northern Italy present a sea of red to the eye, broken here and there only by a taller church building. Many Italian cities have preserved their old centers intact.

City landscape (*below*) The skyline of modernist glass and steel towers is a familiar one in financial centers across the world from Asia to America. Here in London brick and stucco buildings bear witness to an earlier epoch in the city's commercial history.

The Parts of the City

THE DIFFERENT FUNCTIONS OF A CITY AS A place of residence, commerce, industry, recreation, and so on, are not randomly distributed; instead, they tend to be concentrated in specific districts. Most of the land surface in cities is taken up with housing. The oldest residential areas are usually found at the center, grouped around the original focal point of the city. In historic cities, the density of these early residential areas can be very high, with tight winding streets and limited green spaces.

Farther from the center, the houses are newer, and less densely packed together. Streets are wider and laid out to accommodate cars rather than pedestrians. The newest housing areas are found at the edge of the city. In affluent suburbs, householders can afford the luxury of detached, single-family dwellings and housing density is very low. Some new housing may be built closer to the center, but in most cities space is at a premium and only high-density, multistorey housing is economically feasible.

In the developing world, this situation is frequently reversed: the poorest housing is found on the city fringes. The cities of Latin America have evolved a particular form. Here the elite residential districts are usually found on either side of the main avenue into the city, or in the inner city, immediately around the central business district (CBD). The poorer residential districts have grown up in the suburbs. This is because the inner city developed before largescale industrialization; when rapid industrialization did take place, it was located away from the wealthy inner city. The migrants who flock to the developing city in search of work therefore settle on the outskirts, where they are close to employment opportunities and there is space to build.

Other districts of the city

The CBD is dominated by office buildings, frequently of ultra-modern design. Factories, workshops, and railheads are concentrated in the industrial zone. In the past, housing and industry were frequently located in the same district but the aim of modern urban planning has been to segregate them to reduce the impact of noise and pollution on living areas. Modern industrial zones in many cities are frequently sited on the outskirts of the city or in locations where there is little or no housing.

In the developing world, particularly Asia, the bazaar or market place – the original stimulus for growth – is still to be found at the center of the city, and merchants live above or behind their shops. In most Western cities, however, shopping districts are much more dispersed. Large department stores and expensive, specialized retail outlets are found in the city center, and neighborhood shopping centers with other services such as banks, insurance offices and post offices lie close to residential areas for everyday needs. But the tendency is for shopping to relocate at the city edges, where land is cheaper, customers with cars have easier access, and there is space to build huge malls.

The modern city is thus becoming increasingly segregated in terms of land uses. Residential areas are separated from the main shopping districts, while commerce and industry are located in specific zones. The result is increased movement, generating more traffic as people travel around the city to work, shop, visit theaters or cafés, and go back home.

Conflict over land use often occurs, particularly when residential areas adjoin other areas. If housing or urban parks border commercial or industrial areas, they may be invaded by offices or small workshops. Residents often oppose such changes and lobby for restrictions on development and controls on noise, traffic and pollution. In the suburbs landowners and property developers may well see agricultural land as a prime site for further development, while residents will fight to protect their local environment.

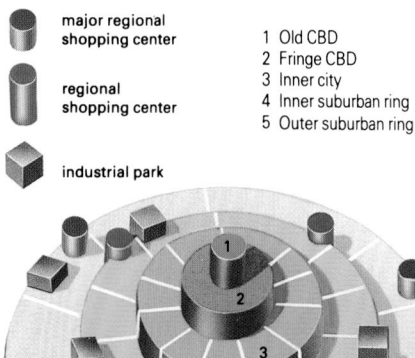

- major regional shopping center
- regional shopping center
- industrial park

1 Old CBD
2 Fringe CBD
3 Inner city
4 Inner suburban ring
5 Outer suburban ring

Ringing the center (*above*) In the old center of Frankfurt, Germany, residential apartments along the riverfront are encircled by skyscrapers. The modern CBD, rebuilt after wartime damage, stands on the line of the old city wall, removed in the 19th century.

Mixing the parts (*right*) In many Asian cities where the bazaar was the focus for urban growth there is still little separation of commercial and residential streets, even in a city as large as Bombay.

A model for growth (*left*) Cities grow from the inside out. Older housing around the core deteriorates as the affluent move to suburbs farther out. In turn these attract new shopping centers and industrial areas. Residential districts become increasingly segregated.

THE CENTRAL BUSINESS DISTRICT

At the heart of many modern cities is the CBD. All major transportation arteries lead to it, making it the most accessible part of the city. Competition for the limited amount of prime land forces up prices, resulting in very high building densities, as developers seek to maximize the use of their plot by building upward to the sky. To occupy space in the CBD is a mark of commercial success; reputation is maintained by building a prestigious concrete and glass skyscraper to outshine that of your rivals. At night, in many American cities, the "concrete canyon" of the CBD is dark and deserted.

Outside the United States a greater mix of uses often remains within the CBD. The downtown areas of cities such as Madrid, Paris or Mexico City are still lively at night; lights are on in apartments above shops or offices, and crowded restaurants and bars cater for late-night customers. Not all cities have a single recognizable CBD. Business districts form clusters in other areas, or there may be two main business districts, one traditional, one modern. In the former communist countries of Eastern Europe and the Soviet Union, business districts were not provided for in socialist planning. The city core was reserved for public use, and a large central square ringed by imposing administrative and cultural buildings took the place of the CBD.

The Residential Mosaic

THE RESIDENTIAL AREAS OF CITIES RESEMBLE a mosaic composed of different social groups. Cities have their leafy exclusive areas, where the large houses of the very rich sit in the midst of well cared for gardens. Cities also have their underprivileged areas, often in the most unattractive part of town, close to its industrial zones, where low-income residents live in poor quality, high-density housing. In between is a wide variety of middle-income districts.

Many countries, particularly those of Western Europe, have social housing programs that allocate some accommodation on the basis of need rather than income. In this case, there is not the same simple relationship between housing quality and income: low-income households may be found in very pleasant surroundings. Social housing in the United States is restricted to the very poorest members of the population, whereas in Scandinavian countries it constitutes a significant proportion of the housing stock.

People have different housing requirements at different stages of their life. In Western societies, young people typically leave their parents' home and rent a room or small apartment quite close to the city center. When they set up home with a partner, the new, two-person household has a higher income and can afford a larger home. If the couple have children, they need more space and perhaps a garden, so they are likely to move out to a house in the suburbs. Eventually, their own children leave home. On retirement, the couple may decide to move to a smaller, more convenient home in a quiet, well-serviced neighborhood.

This pattern is typical of the Western nuclear family that has adapted to several generations of urban living. In the developing world, where urbanization is a much more recent phenomenon, people tend to retain the traditional kinship patterns of the extended or joint family. Married couples often remain in the home of one of their parents. In China, for example, the eldest son commonly brings his wife to live with his parents. Sometimes several brothers, as the family breadwinners, may set up a joint household that includes their parents, as well the wives and children of each of them.

Most modern cities are multicultural places, where people from many countries and cultural traditions live and work together. When there are significant differences between the majority and minority cultures, residential clustering occurs – people of the same ethnic group tend to live close together in the same neighborhood. Partly this is voluntary – newly arrived migrants choose to join up with people from the same country, speaking the same language, or sharing the same religion and traditions since it

Fashionable once more (*below*) Victorian houses like these in the center of Melbourne, Australia – once neglected and fallen into disfavor – are being renovated as homes for city workers. Gentrification of urban housing occurs in most Western cities.

provides a link with the past, reinforces their cultural identity and offers them an instant support network. But ethnic neighborhoods also arise through racial discrimination. Sometimes the law is used to enforce segregation, as happened under South Africa's system of apartheid. But much more common is the informal discrimination by landlords and others that results in segregated societies.

A changing picture
The residential mosaic changes all the time as some areas deteriorate, others are improved, and new ones are built. The

Reaching upward (*above*) Where there is limited land for development housing must grow tall. This crowded tenement building is in Hong Kong, which has one of the highest urban densities of any city in the world.

Red on green (*left*) For millions of urbanites, a house standing in its own patch of land in the suburbs is a dream come true. This estate has been built to house white gold miners in South Africa, but could lie outside any Western city.

movement of industry out from the center deprives those still living in the inner residential districts of the city of employment opportunities. Their houses, built a century or more ago to house professional people such as doctors, lawyers, academics and businessmen (who have long since moved their families out to the suburbs), are already in a poor state of repair, and quickly begin to deteriorate.

A reverse process, gentrification, has begun to take place in many European and North American cities. Rundown properties in the inner city are bought by the better off (often young professionals buying their first home), improved and then sold on. Property prices rise, and the families who have lived there for years can no longer afford to buy or rent houses in the area and are forced to move away. Gentrification is often encouraged by planning authorities because it preserves properties that have historic or architectural value. But it often causes bitterness as close-knit communities are broken up and members are forced to live far from old neighbors and the familiar streets of their childhood.

THE GHETTO

The term "ghetto" (an Italian word) was used to refer to the Jewish quarters in medieval European towns – a period when Jews were heavily discriminated against. Denied access to most employment, they took on the despised if vital role of moneylending, considered sinful by the Christian church, and were restricted to living in certain parts of the city. In most circumstances Jews could practice their religion in relative peace, though socially segregated. But as the ghettos were so clearly demar-

cated, they were easy targets for attack when anti-Jewish feeling ran high.

The term ghetto later came to mean any concentration of the poor trapped in rundown areas of the city. In the United States, it is applied to the underprivileged residential districts of the inner city where millions of people, mostly black or Hispanic, are crowded together. In the 1960s feelings of frustration and lack of opportunity erupted into a series of riots, a pattern that was repeated in Los Angeles in 1992.

Getting Around

CITIES HAVE ALWAYS BEEN ON THE MOVE, places where people come and go on business and on pleasure. Until the 19th century, the main way of getting around was on foot, as it still is in many cities of the world today. Wealthier citizens went on horseback or were driven in a carriage or cart; sometimes rivers acted as thoroughfares, with hundreds of boatmen plying their craft for hire. The narrow and often twisting street layout was no obstacle to pedestrians and the fact that most people walked set a natural limit to city growth.

Change came to city streets in the mid 19th century with the development of the horse-drawn tram. The first underground railway was opened in London in 1863. Mass transportation reduced the cost of travel, and allowed more people to travel greater distances between work and home. The city spread out along the major traffic arteries. Small settlements on the outskirts were engulfed as the villages that had grown food for the city in the past became the suburbs of today.

Above all else, it was the mass production and ownership of the automobile that transformed the 20th-century city. In developed countries particularly, the pace of life, layout and size of cities has come to be dominated by the car, which has brought in its wake a great tide of suburbanization. Huge networks of new roads and elevated freeways have sprung up in and around the city to ease the passage of commuters from home to work and back again. Large areas of land have to be set aside for parking. The convenience of the automobile is offset by the environmental problems it causes. Traffic congestion in big towns and cities causes delays, air pollution, poor conditions for pedestrians and high accident rates. It is the bane of the urban city.

Finding solutions

A number of solutions have been sought to deal with the transport crisis that is seizing up today's cities. One approach, applied in Los Angeles, accepts the dominance of the automobile and tries to deal with traffic congestion by continually building more freeways. But though most city planners accept the need to build

No place for cars (*below*) In Venice, the only way to get around is by boat or on foot. Motor vehicles are not allowed to enter the old city, providing a pleasant reminder of a time when the urban pace of life moved more slowly than today.

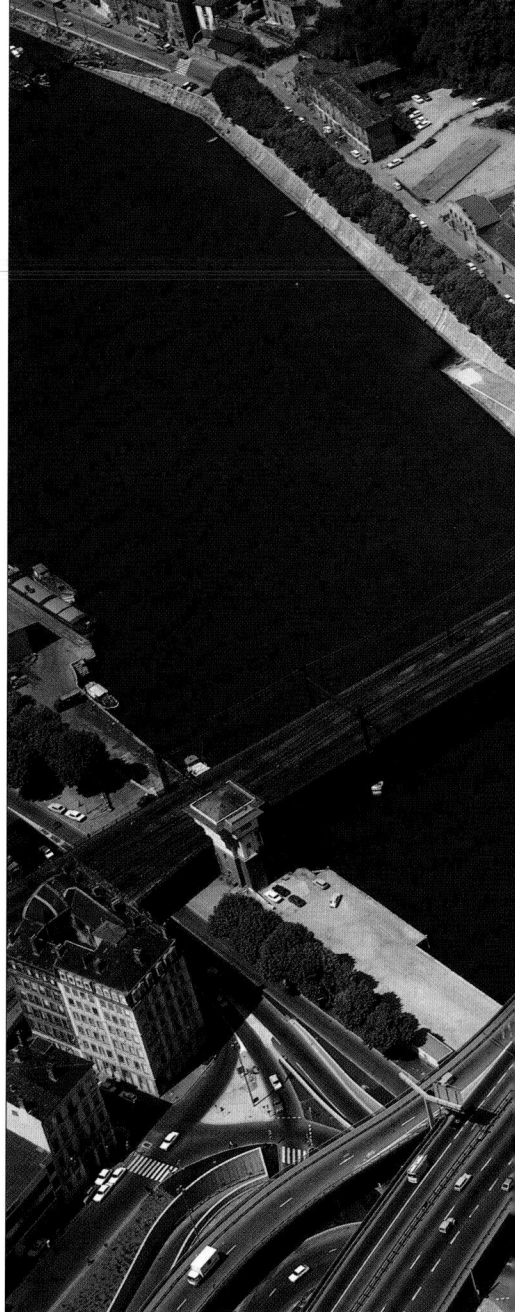

more roads, not many favor a transport policy that is based primarily on the use of the automobile.

There is ample evidence to suggest that such a policy merely generates more traffic. Even if cars are uncongested on the freeway, the feeder roads become hopelessly clogged. Not everyone owns a vehicle and shaping cities to meet the needs of the automobile means that they become dehumanized, more a place for machines than for people. Public transportation systems become rundown and inefficient, making it even more difficult for the elderly and those unable to afford a car to move about the city.

Some city planners try to avoid peak-hour traffic congestion by decentralizing urban activities. Suburban office complexes and shopping malls reduce the pulling power of the center and so reduce the flow of traffic, but they also contribute

Over and under (*above*) An urban freeway cuts a vast swathe through the center of Lyon, France. As cities grow and people live further from places of work, more and more land is required for road building. Space is also taken up with carparks.

to inner-city decline. Alternatively, some cities, such as Munich in Germany, have completely banned motor traffic in order to preserve the historic city center; many others have restricted access to private automobiles but extended the provision of public transportation.

This is the best way to deal with traffic congestion, though the creation of a public transportation system that is cheap and efficient enough to tempt drivers away from the convenience of their car usually requires large public investment and subsidies. Where there is a shortage of land for roads, public transport is the only feasible solution: most commuters in Tokyo travel by rail.

THE BIKE MAKES A COMEBACK

The richer a country becomes, the more sophisticated its technology. Richer countries have the most modern transportation systems, and their inhabitants drive the latest automobiles. Their traffic jams tend to be correspondingly greater, too. Simple methods of getting about, such as walking or biking, are generally resorted to in poorer countries, or are adopted only by the enthusiastic few in richer ones.

Until recently the bicycle as a mass form of transport was virtually limited to China and some countries of Southeast Asia, such as Vietnam. In Europe, the Dutch were notable for their enduring affection for the bicycle – no doubt helped by the flatness of the country. Today, however, the bicycle is enjoying a revival in a number of countries. Many people use their bicycles not only

for recreation but also to travel to work, prompting city authorities to introduce special lanes to separate bikers from motor traffic. This in turn encourages more people to ride.

The bicycle does have limitations. Compared with motor vehicles – in free-moving traffic at least – it is a slow form of transport; commuters wishing to bicycle need to live fairly close to their place of work. It requires a degree of physical fitness, and office workers may need a place to shower and change their clothes. Bad weather can also limit the bicycle's usefulness. Nevertheless, in smaller towns or cities, the bicycle has few equals. It is cheap, nonpolluting and safer and healthier than almost any other mechanical means of transportation. It seems likely that the bicycle will continue to grow in popularity.

Inputs and Outputs

THE CITY IS LIKE A HUGE MACHINE THAT USES up resources such as food, fuel, light and heat and expels waste such as garbage, noise and sewage. In order to run smoothly, both inputs and outputs need to be adequately controlled. The magnitude of the city's requirements presents problems everywhere, but in rapidly urbanizing countries, the city simply cannot cope with the new demands.

Cities consume vast quantities of energy. Quite apart from industrial and commercial use, domestic consumption for heat, light, cooking and all manner of home appliances is extremely high in developed countries. Energy use varies around the world: the United States, which has only 5 percent of the world's population, accounts for 30 percent of its annual energy consumption.

Most energy is supplied in the form of nonrenewable fossil fuels such as oil or coal. The energy crisis of the early 1970s gave the highly urbanized countries of the West a frightening glimpse of how dependent they are on external energy supplies, and many governments subsequently introduced measures to conserve energy, including the improved insulation of buildings, a more efficient use of existing supplies and investment in alternative energy sources.

Ensuring sufficient supplies of fresh water also becomes more complicated as cities grow in size. Many large cities have to transport their water from distant catchment areas in order to meet the demand. This is an expensive procedure that involves major changes to local ecosystems as rivers are dammed and water flows are reversed. It also brings cities into competition with farmers for supplies of water for irrigation.

Because supplies of fresh water can only be assured at high cost, cities in the poor world frequently suffer a chronic shortage; if this is the case, the water that is available is likely to be impure. Inadequate water supplies are a major cause of disease and health disorders, particularly among the very young, as the rapid spread of cholera throughout South and Central America during 1991 showed. However, even in richer countries, water shortage may be a problem. In hot, dry climates, such as southern California or the Mediterranean coast, the cost and difficulty of ensuring regular supplies of fresh water is one of the biggest brakes on continued urban expansion.

Large cities produce huge amounts of garbage; the average city in the United States creates 2,000 tonnes every day. This has to be disposed of in some way. Burning pollutes the air, dumping in landsites allows heavy metals and other toxic substances to filter into water sources, and infilling with organic matter may lead to the buildup of dangerous amounts of volatile methane gas. Sites for rubbish disposal are limited, especially in highly urbanized areas, and illegal or inadequately supervised dumping can pose serious health risks. The recycling of waste paper, glass and metals is increasingly seen as a solution, but recycling facilities are currently a luxury that only the richer countries can afford.

The poisoned city

Environmental pollution recognizes no barriers of wealth. Los Angeles and Tokyo, probably the two richest cities in the world, are permanently wreathed in a poisonous pall of smog. Hundreds of thousands of young children die from respiratory diseases every year in Mexico City. Atmospheric pollution, caused by the release of sulfur and nitrogen oxides into the air as fossil fuels are burned, damages trees in city parks and destroys the fabric of buildings. More harm has been caused to the ancient columns of the Acropolis in Athens in the last 50 years of urban growth than the previous 25 centuries of normal weathering.

The ultimate costs of pollution in environmental and human terms are not yet known. In the richer countries of western

Litter nuisance (*above*) Anti-litter laws are often ignored. The local authority responsible for collection in this London street could have helped by providing a bigger trash can.

Smog city (*right*) A haze of pollution hangs over this Los Angeles freeway. Individuals in the United States may be sympathetic to environmental issues, but commuting to work in private cars shows no obvious signs of abating.

Europe and North America pollution from factories is generally decreasing as a result of better technology, restrictive legislation and the decline of manufacturing industry. However, mounting car use means that toxic emissions from vehicle exhausts are increasing. In the burgeoning cities of the Third World, without the resources for costly preventive measures, the level of pollution from all sources continues to soar.

WHO PAYS?

One of the problems of governing the modern city is deciding just who is responsible for paying for public services. As cities grow they far outrun their formal, legally defined administrative boundaries. In 1990, for example, the "formal" city of Miami – the part included within the city boundaries – had a population of only 373,940. The "functioning" city – the whole urban area it serves – had a population of almost 3 million.

Boundary changes to accommodate new suburban areas are often fiercely resisted because areas outside the formal city generally pay less tax. People living beyond the tax-gathering boundary nevertheless use the services of the city whenever they travel into the city for work, use its libraries and art galleries, drop litter on its sidewalks or walk through its parks. All this puts a strain on the city's resources. New York faces a huge financial crisis largely because the number of people within the tax-paying boundary has declined.

The rapidly growing cities of Latin America and Asia lack adequate energy supplies, clean water, sewerage and garbage disposal. Large numbers of their populations are illegal squatters – their living conditions are appalling but, because they pay no tax, hard-pressed urban authorities are reluctant to invest in the infrastructure to provide basic services. The 21st century must find a way of creating a cleaner, healthier urban environment for all.

The Green City

THE CITY IS THE MOST HUMAN OF INVENTIONS. But it is not the sole preserve of people; many other plant and animal species have carved out a niche for themselves in the urban environment. In western Europe, foxes are more easily seen in the suburbs than in the country-side. Cows, regarded as sacred, roam freely through Indian city streets. Snakes and insects terrorize urban Australia. The peregrine falcon hunts from New York's high rooftops. There is something heroic about the capacity of nature to survive in even the most artificial of environments.

The presence of these animals is a reminder that the city is also a part of the wider environment. Cities affect the natural world in countless ways. Rain-forests are destroyed to supply timber for new buildings while remote wildernesses are damaged by pollution carried by wind or water from the cities.

Concern for the environment therefore has as much to do with towns and cities as with the countryside and wilderness. Moves are being made to create "greener" cities by reinforcing more stringent controls on industrial pollution, encouraging industry to develop environment-friendly products, recycling waste and placing restrictions on the use of private vehicles. Urban farms, which allow children who have had no contact with farm animals or experienced the yearly cycle of growing crops to form an understanding of the countryside, are becoming a common feature of many western cities. In other places, waste ground is transformed into nature sanctuaries. Individual citizens express their concern by riding by bicycle rather than car or collecting waste glass and paper. Much of the progress in regreening the cities has been due to public pressure.

Blueprint for the future?

There is still much to be done. Greater use of renewable energy sources, such as the Sun or the wind, and largescale recycling would reduce industrial pollution and waste. The increasingly segregated nature of the modern city, with huge freeways and other transportation systems cleaving through the urban fabric and demarcating functionally distinct sectors, is wasteful of space, time, and energy. Urban planning that promotes mixed land use by placing housing, non-polluting light industry, shops, commercial establishments and green spaces all within one district produces a finely grained urban fabric that reduces the need for frequent and costly journeys through the city. This lessens the impact of traffic on the environment since most short journeys can be made on foot or by bicycle and longer journeys by using public transport.

Cows on the street (*below*) are a common sight in the cities of India. Respect for this animal is based on religious belief. They are left free to roam at will through crowded city streets, regardless of traffic, and scavenge for whatever food they can find.

RATS: URBAN PESTS

Not all the animals that share the urban environment are welcome. The very sight of rats is enough to offend some people; these animals have become a symbol of dirt and disease and sometimes even an object of fear. Two species of rat are particularly common in cities, the brown rat and the black rat. They live in the underworld of the city: down sewers, in old, decrepit buildings, in subways or abandoned lots, anywhere that is dark, sheltered and collects garbage.

Much of our dislike of rats stems from the fact that they transmit disease. The terrible plague of 14th-century Asia and Europe, the Black Death, which wiped out a third of the population of Europe in less than 20 years, was transmitted to humans by fleas from infected rats. City rats are a pest that have shown great hardiness in their capacity to survive and, indeed, prosper. Many cities employ full-time rat-catchers, but attempts at eradicating rats have proved successful only in the short term. In the long term rats have adapted happily to living close to humans, and their numbers continue to rise.

Much can be done by persuading architects to design buildings that are more energy-efficient and in sympathy with the local environment. Good insulation retains heat or keeps the building cool, as required. Solar panels, where enough sunlight is received throughout the year, can be used to supply domestic hot water and electricity.

In many respects, the smaller-scale city advocated by many environmentalists resembles the preindustrial city. Reintegrating the city by forming mixed districts around a city core could help to reduce the problems of inner city decay and reintroduce a sense of place and belonging. However, the most powerful influence on urban development is usually economic: the short-term needs of industry and big business frequently override environmental concerns. But it seems clear that cities must become more sympathetic to the environment if they are to survive in a civilized form.

Green pastures in the asphalt jungle New York's Central Park is one of the world's most famous "green lungs", providing welcome relief from the crowding, pollution and squalor of the city. A haven by day, it is notoriously unsafe by night.

REGIONS OF THE WORLD

CANADA AND THE ARCTIC

Canada, Greenland

THE UNITED STATES

United States of America

CENTRAL AMERICA AND THE CARIBBEAN

Antigua and Barbuda, Bahamas, Barbados, Belize, Costa Rica, Cuba, Dominica, Dominican Republic, El Salvador, Grenada, Guatemala, Haiti, Honduras, Jamaica, Mexico, Nicaragua, Panama, St Kitts-Nevis, St Lucia, St Vincent and the Grenadines, Trinidad and Tobago

SOUTH AMERICA

Argentina, Bolivia, Brazil, Chile, Colombia, Ecuador, Guyana, Paraguay, Peru, Uruguay, Surinam, Venezuela

THE NORDIC COUNTRIES

Denmark, Finland, Iceland, Norway, Sweden

THE BRITISH ISLES

Ireland, United Kingdom

FRANCE AND ITS NEIGHBORS

Andorra, France, Monaco

THE LOW COUNTRIES

Belgium, Luxembourg, Netherlands

SPAIN AND PORTUGAL

Portugal, Spain

ITALY AND GREECE

Cyprus, Greece, Italy, Malta, San Marino, Vatican City

CENTRAL EUROPE

Austria, Germany, Liechtenstein, Switzerland

EASTERN EUROPE

Albania, Bosnia and Hercegovina, Bulgaria, Croatia, Czechoslovakia, Hungary, Macedonia, Poland, Romania, Slovenia, Yugoslavia

NORTHERN EURASIA

Armenia, Azerbaijan, Belorussia, Estonia, Georgia, Kazakhstan, Kirghiz, Latvia, Lithuania, Moldavia, Mongolia, Russia, Tadzhikistan, Turkmenistan, Ukraine, Uzbekistan

THE MIDDLE EAST

Afghanistan, Bahrain, Iran, Iraq, Israel, Jordan, Kuwait, Lebanon, Oman, Qatar, Saudi Arabia, Syria, Turkey, United Arab Emirates, Yemen

NORTHERN AFRICA

Algeria, Chad, Djibouti, Egypt, Ethiopia, Libya, Mali, Mauritania, Morocco, Niger, Somalia, Sudan, Tunisia

CENTRAL AFRICA

Benin, Burkina, Burundi, Cameroon, Cape Verde, Central African Republic, Congo, Equatorial Guinea, Gabon, Gambia, Ghana, Guinea, Guinea-Bissau, Ivory Coast, Kenya, Liberia, Nigeria, Rwanda, São Tomé and Príncipe, Senegal, Seychelles, Sierra Leone, Tanzania, Togo, Uganda, Zaire

SOUTHERN AFRICA

Angola, Botswana, Comoros, Lesotho, Madagascar, Malawi, Mauritius, Mozambique, Namibia, South Africa, Swaziland, Zambia, Zimbabwe

THE INDIAN SUBCONTINENT

Bangladesh, Bhutan, India, Maldives, Nepal, Pakistan, Sri Lanka

CHINA AND ITS NEIGHBORS

China, Taiwan

SOUTHEAST ASIA

Brunei, Burma, Cambodia, Indonesia, Laos, Malaysia, Philippines, Singapore, Thailand, Vietnam

JAPAN AND KOREA

Japan, North Korea, South Korea

AUSTRALASIA, OCEANIA AND ANTARCTICA

Antarctica, Australia, Fiji, Kiribati, Nauru, New Zealand, Papua New Guinea, Solomon Islands, Tonga, Tuvalu, Vanuatu, Western Samoa

North America

CANADA AND THE ARCTIC

THE UNITED STATES

CENTRAL AMERICA AND THE CARIBBEAN

SOUTH AMERICA

Central and South America

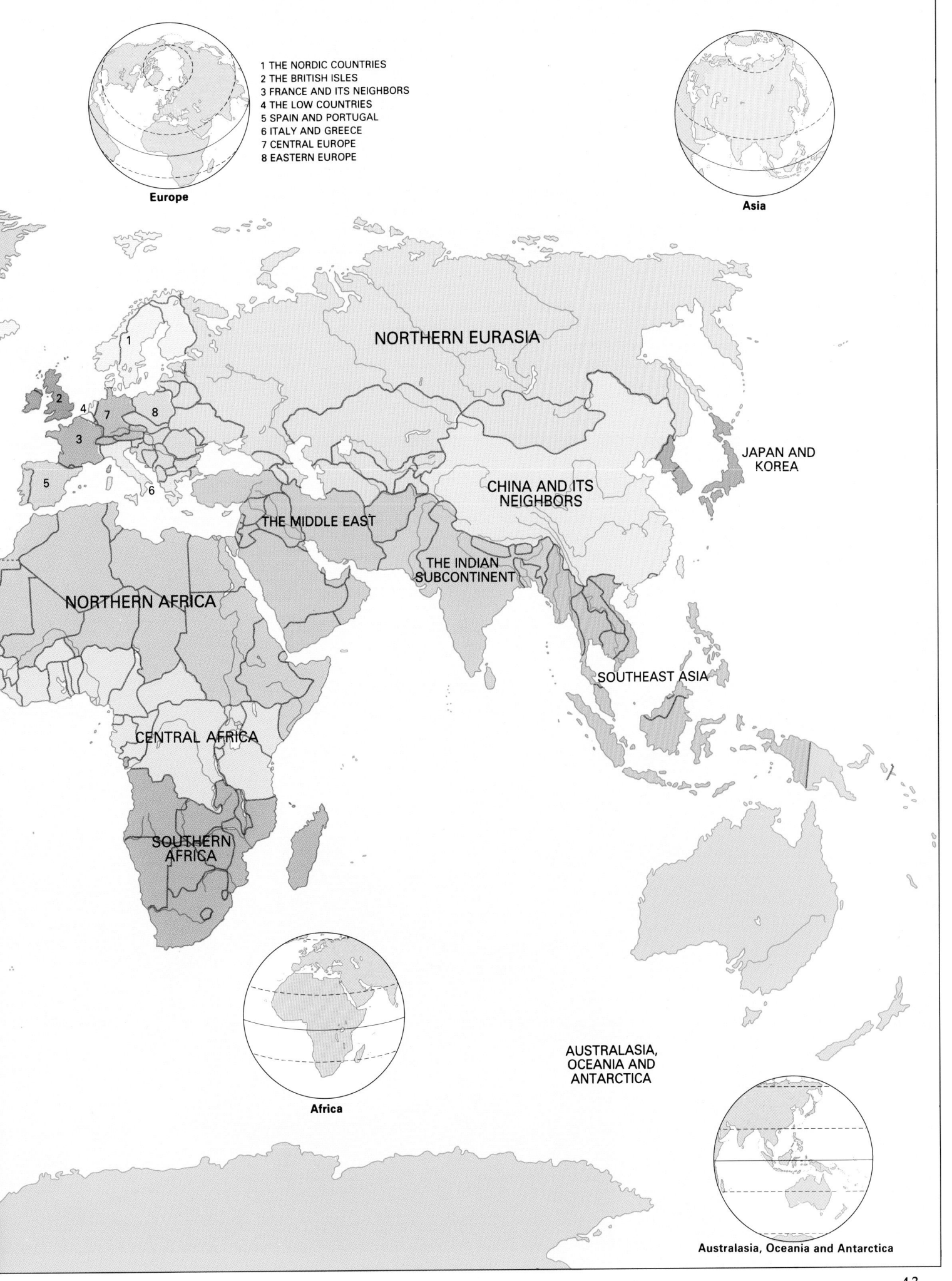

1 THE NORDIC COUNTRIES
2 THE BRITISH ISLES
3 FRANCE AND ITS NEIGHBORS
4 THE LOW COUNTRIES
5 SPAIN AND PORTUGAL
6 ITALY AND GREECE
7 CENTRAL EUROPE
8 EASTERN EUROPE

Europe

Asia

NORTHERN EURASIA

JAPAN AND
KOREA

CHINA AND ITS
NEIGHBORS

THE MIDDLE EAST

THE INDIAN
SUBCONTINENT

NORTHERN AFRICA

SOUTHEAST ASIA

CENTRAL AFRICA

SOUTHERN
AFRICA

Africa

AUSTRALASIA,
OCEANIA AND
ANTARCTICA

Australasia, Oceania and Antarctica

A CORRIDOR OF URBANIZATION

SETTLING A HARSH LAND · ISLAND CLUSTERS OF POPULATION · INSIDE THE CITIES

The popular image of Canada as a land of wide open spaces, vast forests and ice-capped mountains takes little account of the country's towns and cities. Yet Canada is highly urbanized – just over three-quarters of the population are urban-dwellers. Moreover, urban settlement is highly concentrated. The vast majority of people live within 320 km (200 mi) of the border with the United States, nearly one-third of them within the three dominant metropolitan areas of Toronto, Montreal and Vancouver. The transformation from a rural to an urban society is a relatively recent one. The mechanization and rationalization of farming methods in the course of the 20th century have led to massive rural-urban migration, while urban growth has been boosted by high levels of immigration from many parts of the world.

COUNTRIES IN THE REGION

Canada

POPULATION

Total population of region (millions)	26.6
Population density (persons per sq km)	2.9
Population change (average annual percent 1960–1990)	
Urban	+1.7
Rural	+0.4

URBAN POPULATION

As percentage of total population	
1960	68.9
1990	75.6
Percentage in cities of more than 1 million	29.7

TEN LARGEST CITIES

	Population
Toronto	3,427,000
Montreal	2,921,000
Vancouver	1,381,000
Ottawa †	819,000
Edmonton	785,000
Calgary	671,000
Winnipeg	623,000
Quebec	603,000
Hamilton	557,000
St Catharines-Niagara	343,000

† denotes capital city

SETTLING A HARSH LAND

Canada's indigenous peoples were mainly migratory hunter–gatherers until they were displaced by European colonists after the 15th century and forced into a more settled way of life. The earliest Canadian towns were founded during the early colonial period when control of land and trade along the course of the St Lawrence river was contested between Britain and France. Quebec City, for example, was founded by the French in 1608; Halifax in Nova Scotia was established in 1749 as a British stronghold.

Following the American War of Independence (1775–83), the influx of British Loyalists from the new republic of the United States and fear of a Yankee takeover stimulated urban settlement along the border. Places such as Kingston (Ontario) and St John (New Brunswick) grew as Loyalist centers, and new defense-oriented towns such as London in southwestern Ontario were founded.

Lingering distrust of its larger neighbor, as well the need to balance Anglo-Canadian and French-Canadian interests, was a factor in the decision in 1852 to locate Canada's new federal capital in Ottawa, on the border between Ontario and Quebec.

Resource-based settlement

Of even greater significance to the nature and location of urban settlement in the region has been the drive to exploit its rich natural resources. In Newfoundland, the town of St John's developed around a magnificent ice-free harbor to serve both inshore and deepsea fishing. The fur trade provided the original stimulus to Montreal's growth; later in the 19th century it developed as the hub of the country's transportation network.

As the export of lumber and timber products from Canada's forests grew into

Historic landmark (*below*) The walled Citadel of Quebec City dominates the busy harbor below. The capital of French-speaking Canada, the city was one of the first European settlements on the mainland.

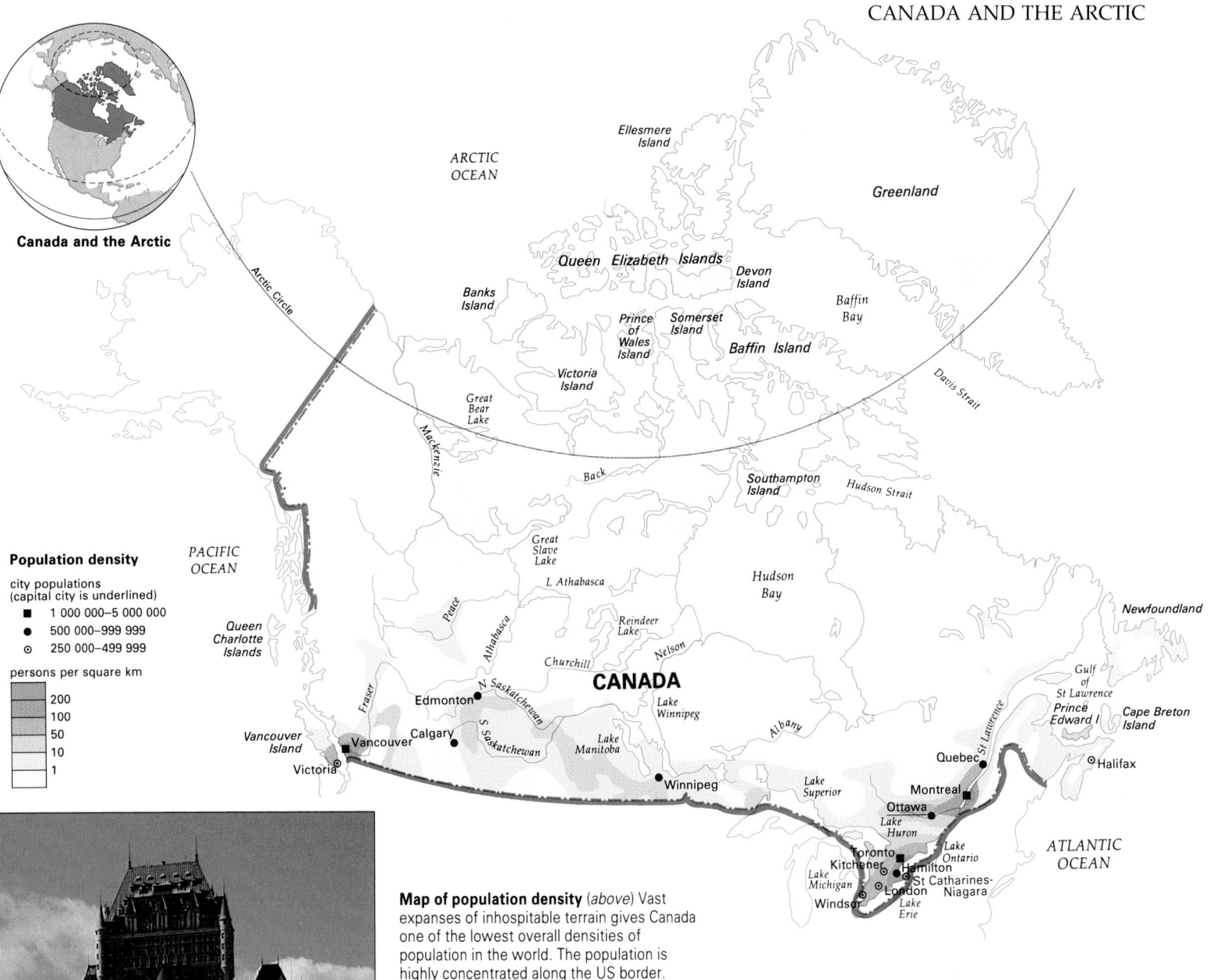

Canada and the Arctic

Population density

city populations
(capital city is underlined)

- ■ 1 000 000–5 000 000
- ● 500 000–999 999
- ◉ 250 000–499 999

persons per square km

- 200
- 100
- 50
- 10
- 1

Map of population density (*above*) Vast expanses of inhospitable terrain gives Canada one of the lowest overall densities of population in the world. The population is highly concentrated along the US border.

a major international trade, mill towns developed right across the country. Some of these – such as Trois-Rivières in Quebec and Prince George in British Columbia – have grown into significant provincial centers. However, management of the huge national complex of forest industries has mainly benefited the larger metropolitan areas, notably Vancouver on the west coast.

The extraction, and sometimes processing, of mineral resources also gave rise to a scattering of small towns in the interior of the country. A few, such as Sudbury in northern Ontario, have become important regional centers. Others were reduced to ghost towns as the mineral that brought them into life became exhausted or ceased to be mined because of falling world prices. More recently, the exploitation of oil and natural gas reserves in western Canada has boosted the growth of centers such as Edmonton, Calgary, Vancouver and Saskatoon.

Finally, a large number of small towns developed to serve the needs of dispersed rural farmers and their families. The expansion of the railroads, especially in the Prairies of western Canada, was a key factor in their growth: a school, a church, a few stores and houses would grow up beside the grain elevator and railroad siding from which wheat and other agricultural produce was dispatched to the larger cities and distribution centers.

Some of these places – such as Regina, Calgary or Winnipeg – have become important centers by virtue of location, entrepreneurialism and sheer good luck. But drastic changes in farming have led to the stagnation and decline of many others, as more and more people have left the rural areas of Canada to find work in the cities. As recently as the 1920s there were more rural-dwellers in Canada than urban, no metropolitan area exceeded 1 million, and only six cities had populations of more than 100,000. The transformation from a rural to an urban society has taken place within a single lifetime.

ISLAND CLUSTERS OF POPULATION

By the early 1990s more than three-quarters of Canada's population inhabited a comparatively small number of cities dispersed across a vast territory: it is 8,000 km (4,970 mi) from St John's (Newfoundland) in the east to Victoria (British Columbia) in the west, and 4,000 km (2,485 mi) from Windsor (Ontario) in the south to Whitehorse (Yukon) in the north. Most cities, however, lie in a narrow corridor running parallel to the border with the United States. The area of metropolitan Vancouver, located at the

Glittering metropolis The city skyline of Toronto is dwarfed by the CN tower, the tallest freestanding structure in the world. Toronto is the largest of Canada's three major metropolitan areas, and the country's leading commercial center.

international boundary, is exceeded in size only by Toronto and Montreal. Other cities along the border pair off with American cities on the other side. For example, a bridge and tunnel connect Windsor in southeast Ontario with Detroit, Michigan, and Fort Erie, also in Ontario, is linked by a bridge with Buffalo in New York state.

The exceptions to the borderland concentration of population are the few towns of Canada's far north (Whitehorse,

Yellowknife) and the resource-oriented towns of the mid-northern areas (Edmonton, Prince George, and Thunder Bay, on the northwest shore of Lake Superior). Although the towns of the eastern Maritime Provinces also lie geographically distant from the border, in the past communication links brought them within the sphere of influence of Boston in the northeastern United States, rather than that of any of the major cities of Quebec or Ontario province.

Main Street, Canada
At the heart of Canada's urban system is a densely populated urban area stretching almost 1,200 km (745 mi) from Windsor to

ARCTIC TOWNS

Towns in Canada's vast Arctic regions are few, far between and very small. Apart from a handful of government and mining centers, there are between 50 and 60 settlements where the predominantly indigenous population is about 1,000. Even Whitehorse, the largest Arctic settlement, has a population of less than 20,000.

The character of these Arctic towns reflects a mixture of influences. A "modern" economy – which provides seasonal work for many indigenous people – has been grafted on to an age-old way of life based on hunting and fishing for survival and fur-trapping for trade. Mining is particularly important in the Yukon, while oil and gas exploration and extraction are carried out throughout the northern Canada. The presence of government is increasingly evident in the larger towns. Yellowknife in the Northwest Territories has been transformed in two decades from a small mining town to an important regional center, with high-rise office buildings and hotels to house public officials and visitors.

Although government of the northern territories has moved significantly toward self-government, with greater inclusion of the Dene and Inuit peoples, economic dependency on external corporate and public sector interests is likely to increase. The struggle of the Dene and Inuit to preserve their land, traditional resources and way of life against modernizing and urbanizing pressures will continue.

Dawson City lies on the Yukon river about 80 km (50 mi) east of the Alaskan border, and serves as the receiving and distribution center for the Klondike mining region.

Quebec, referred to as Main Street – a lebel that ironically reflects American influences. This urban corridor, which accounts for only 14 percent of the country's occupied land area, contains half of the national population and most of its manufacturing and service industry.

Urban development is not continuous throughout this corridor, but is broken up by areas of farmland, forests and scrub. The agriculture of the area is very profitable – it accounts for 30 percent of national farming receipts. But its rich farmlands are under constant threat from urban expansion.

The two great cities that dominate this urban corridor, Toronto and Montreal, have a long history of rivalry that mirrors the tense relationship between Canada's English-speaking and French-speaking populations. In some respects, the competition seems to have been decided in favor of Toronto, which increasingly dominates the national economy. It is a major focus for immigration – in the early 1980s its growth rate was four times that of Montreal. Unemployment rates are twice as high in Montreal than Toronto, and though living costs – especially housing – are high in Toronto, its citizens earn almost 25 percent more per head than those of Montreal.

Leaving aside economic considerations, if criteria such as cultural vitality and quality of life are considered, then the rivalry is far from over. In the past, it was traditionally expressed through fervent support for the cities' sports teams. However, in the national game of ice hockey the once-proud Toronto Maple Leafs have long ceded superiority to the Montreal Canadiens.

Government and growth

A recent development has been the increasing challenge to Toronto and Montreal's dominance of Main Street by the growing metropolis formed by the two cities of Ottawa and Hull (across the border in Quebec), which now contains nearly 1 million people. Expansion of this metropolitan area has been fueled by the increasing scope of federal government, with its related employment, since World War II. An increase in the activities of the provincial government of Ontario, the most populous and affluent of the Canadian provinces, also accounts for some of the growth of Toronto, its capital.

Montreal has benefited less directly from public sector growth in Quebec province, since Quebec City is the capital as well as being the seat of the bilingual National Assembly. The latter's metropolitan area has grown rapidly in recent years as the provincial government has become an increasingly critical instrument in the expression of the national identity of the Quebecois. However, Montreal – accounting for almost half of the province's politically important population – has been the beneficiary of considerable federal investment. In response, the provincial government has asserted its physical presence in Montreal's urban landscape by funding the construction of office buildings and public works.

INSIDE THE CITIES

There is a great deal of variety in the architectural forms and styles of Canada's cities, reflecting the different historic, ethnic and cultural influences that have shaped them. The walled center and Citadel of Quebec City is almost medieval in character, as is the old city of Montreal, currently being preserved. In the fishing community of St John's, Newfoundland, brightly colored wooden houses cling to the rocky hillside above the harbor, dominated by a towering basilica. The solid limestone mansions of Kingston, Ontario, are a legacy of the commercial prosperity and political success of the Loyalists, and of later British and German immigrants.

In many Canadian cities, Victorian housing styles predominate in the wide residential streets that were laid out to accommodate the streetcar. However, the bungalow style that became popular in 19th-century Vancouver, influenced by

Colorful mansard roofs (*above*), reflecting strong French influences, in the St Denis area of Montreal are an example of the rich variety of architectural styles and motifs that enliven the older residential districts of Canada's major cities.

Chinatown (*below*) A street of narrow redbrick houses in downtown Toronto has become the center of a thriving Asian community, one of many that are found in cities across the country.

Suburban idyll Surrounded by well-groomed lawns, a bungalow occupies a pleasant site overlooking Vancouver. With plenty of space for development and roadbuilding, low-density suburban living is an attractive option for many Canadians.

Many of this latter group work in the central business district (CBD) where recent new development has been funded by public and private investment.

These new residential and commercial developments posed a direct threat to the older residential areas of the core city. The middle-class professionals who typically resided in these areas mounted articulate campaigns to preserve their neighborhoods by blocking further expansionary schemes. In some cases they were even able to stop the construction of new expressway systems designed to deliver suburban workers to downtown office complexes. Although modern development continues in the CBD, in the inner areas immediately surrounding it much greater emphasis is now being given to restoring and upgrading existing building stock.

Vitality in the city

The continuation of residential and mixed land-use districts within inner city areas contributes to their vitality. The population in a majority of Canadian cities, buoyed in key instances by worldwide immigration, has more often increased than declined. This distinguishes Canada from the United States. Until the 1970s most new arrivals to the cities came from Europe, including Britain, but then the pattern changed. Growing numbers of immigrants from Asia, the Caribbean and Central and South America have resulted in a more multiracial urban society, and this too helps to make the inner cities lively, vital places.

Canadian cities generally have higher residential densities than their counterparts in the United States. They provide more efficient public transportation, rather than relying on extensive freeway systems, and are safer and better served with public facilities provided by less fragmented municipal government and administration. Nevertheless, with their sprawling suburbs, enormous shopping malls and entertainment complexes, and with the spectacular highrise development of their CBDs, Canadian cities belong to a common North American urban experience that sets them apart from the rest of the world.

ETHNICITY IN THE CITY

The long-prevailing vision of Canada as a bicultural, bilingual society has been effectively challenged in recent years by the changing pattern of immigration, which has brought people from virtually every continent of the world to swell the numbers of Canada's urban populations. Canada's large cities today are multicultural, multiethnic societies in which a new, less polarized national identity is being asserted.

Residential districts and shopping neighborhoods with distinctive ethnic characters have developed in several of the larger cities, including the suburbs. For example, there is a Chinatown in Vancouver and in many other cities across Canada, Portuguese areas in Toronto, Italian areas in Montreal, Sikh areas in Vancouver and Polish and Ukrainian areas in Winnipeg.

Although there are few ghettos of the kind that house African-American populations in the United States, many of Canada's indigenous peoples live in adverse conditions in inner-city districts in Winnipeg, Edmonton, Regina and other western cities. Effectively excluded from the earlier bicultural vision of Canadian society, they are now actively campaigning for inclusion within the larger multicultural perspective that is emerging.

the western United States, differs sharply from the more densely-built redbrick Victorian houses of Toronto.

The coming of suburbia

The age of the automobile has had major impact on Canadian cities. Since the 1940s urban development has mainly taken the form of low-density, detached homes in the suburbs. These sprawl ever farther from the city center to accommodate an increasingly mobile population. Many suburban housing densities are as low as 30 per hectare (12 per acre).

Industrial enterprises have also moved out to larger, more efficient plants in suburban locations, together with shopping malls and a legion of other private and public services. Thus the out-of-town urban areas of Canada's major cities have come to resemble, on the surface at any rate, the auto-oriented, extensive single-family suburbs that characterize contemporary American cities.

In contrast to the more complex, racially divided inner cities of the United States, those in Canada have not experienced such dramatic declines and have been less adversely affected by suburbanization. There has been an infusion of new investment through the building of highrise apartment complexes to house the elderly, young people and childless couples.

Montreal
– city on the St Lawrence

No other city encapsulates the volatile politics of Canada's language issues in quite the same way as Montreal, the largest city of Quebec province. Founded by French settlers in 1642 on a strategic site on the St Lawrence river as a center for the fur trade, Montreal acquired the bicultural and bilingual character it partly retains today when the British displaced the French as the ruling power in Canadian North America in 1763: the settlement's military and ruling elite was British, while the majority of the population were French-speaking "canadiens".

Power remains closely related to language in Montreal. Although English-speakers are numerically smaller – today accounting for about 20 percent of the population – they traditionally filled elite positions in commerce, trade and industry. A French-speaking elite also existed, but was concentrated in the professions, the church and the regional administration. The French-speaking majority was therefore commonly perceived as being economically ruled by a privileged English-speaking minority.

This long-felt inequity provoked a political response during the 1960s and 1970s when the French-speaking majority sought change under the slogan "Masters in our own house", and Quebec's provincial government introduced a number of measures to support it. These included the encouragement of a French-speaking business community, which is now well represented in the skyscrapers of downtown Montreal. The city has been the principal battleground in the struggle to make French the everyday working language in Quebec. During the early 1990s this found expression in a complex, drawn-out legal and political wrangle over commercial signs.

Bicultural city (*right*) From the towering offices of Montreal's CBD, traditionally dominated by English-speaking economic interests, the view sweeps down toward the French-speaking working-class area of the city, with the modern port beyond.

Montreal's strategic site (*below*) on an island in the St Lawrence river has made it Canada's largest port. Joined to the coast by the St Lawrence Seaway, it serves both ocean-going and inland shipping, though it lies 1,600 km (1,000 mi) from the Atlantic.

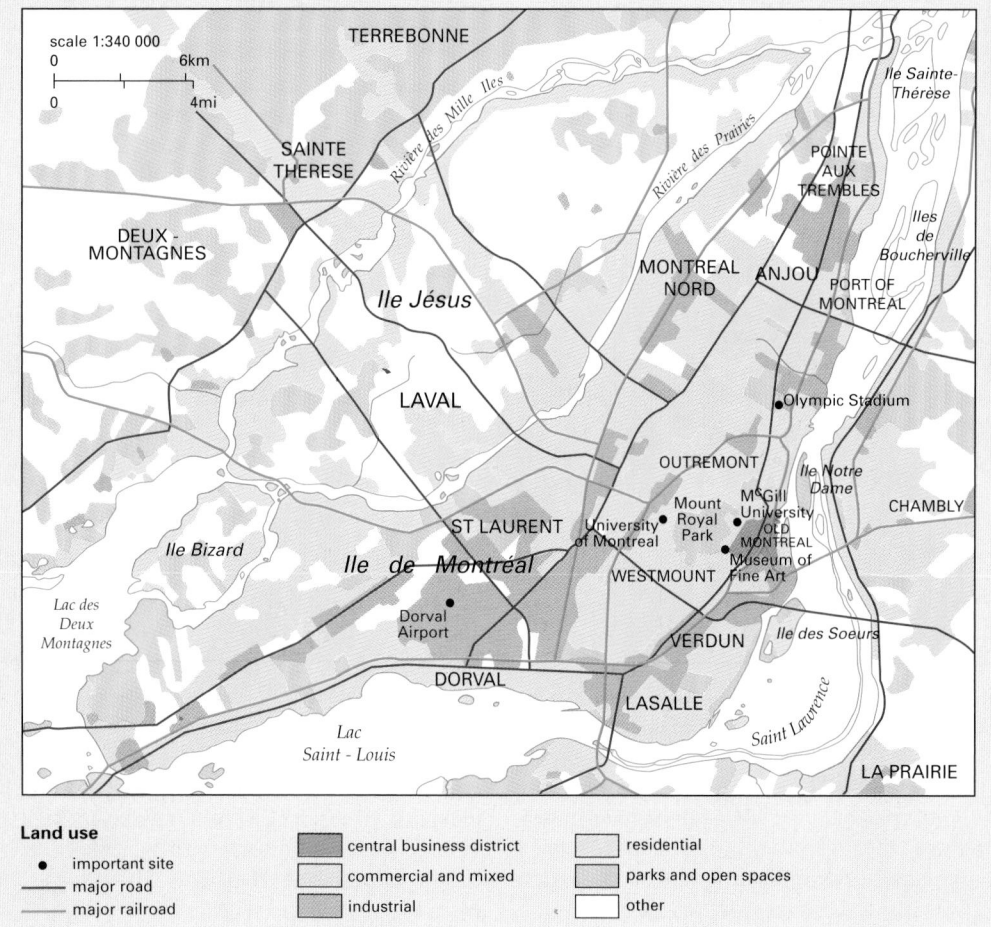

scale 1:340 000

Land use
- • important site
- — major road
- — major railroad

central business district
commercial and mixed
industrial

residential
parks and open spaces
other

Linguistic complexities
Over 1 million of the population speaks only French. A further 1.4 million is bilingual, and the majority of these have French as their first language. It is often claimed that Montreal is the second largest French-speaking city in the world after Paris, and it has acquired a significant place within the global French-speaking community that makes it attractive to a large number of international organizations.

Almost 300,000 speak only English, and they are the most privileged sector of the

population, for a complex institutional structure has developed to meet their needs. English-speaking schools, hospitals, newspapers, radio and television stations, colleges and universities parallel their French-speaking counterparts. Outside the confines of the old city boundaries there are residential enclaves of English-speakers. The district of Westmount, for example, is an affluent community of about 20,000 people.

Within the inner city there is a long-standing division between the English-speaking West End and the larger, poorer working-class French-speaking East End. Between them lies a "buffer" area where recent immigrants to the city live: at present accounting for about 10 percent of the population, the rising numbers of people whose first language is neither English nor French is adding a new layer to the city's linguistic complexity. The social geography of the city and its suburbs gives tangible expression to the interweavings of class, language and power within the city. The tension that underlies these inter-relationships makes Montreal appear an exciting – sometimes even disturbing – city to outsiders.

Montreal faces an uncertain future. It has relatively high level of unemployment, serious pollution and a creaking governmental structure. Economic power has been lost to Toronto, and many Montrealers fear that it has irrevocably slipped to second place in Canada's urban system. Growing numbers believe that the longterm solution is for Montreal to become the leading center of an autonomous Quebec within a restructured political system encompassing the whole of North America.

Living by the sea

In 1497 the Italian-born sailor John Cabot (c. 1450–c. 1499), in the service of the English crown, made landfall on the coast of Newfoundland or southern Labrador. Like Christopher Columbus only five years before, he had sailed west in search of a route to the Far East. The wealth he discovered was more prosaic than gold and exotic spices: fish. He told of schools of cod so large they stopped his ships from passing. Once news of his discovery spread, fishing fleets sailed regularly to the rich fishing grounds of the North Atlantic from England, France and Portugal, but stayed only long enough to salt their catch before returning home.

Permanent settlement in Canada's Maritime Provinces dates from the French colony of Acadia, established in 1605. In 1629 the British set up a rival settlement nearby that they named Nova Scotia – New Scotland. Fishing villages, notable for their brightly colored wooden houses, grew up around the rocky coasts. It was a hard life, and the small coummunities – far from large centers of urbanization – remained self-sufficient and close-knit.

In recent decades the prosperity of the Maritime Provinces has fallen behind that of the central and western regions of Canada. Seasonal unemployment in fishing and logging is high, and regional income is one of the lowest in Canada. Throughout the 20th century there has been a steady flow of emigration from the provinces to the United States and, more recently, to the urban industrial centers of Canada.

In Newfoundland, where there were about 1,300 coastal villages, government programs have favored the creation of larger concentrations of population to make more economically viable communities. Over half the population is now classified as urban, with the greater number living in the metropolitan areas of St John's and Corner Brook.

Fishing memorial A whale's jawbone decorates the doorway of a traditional fisherman's house, now in the Fisheries Museum of Nova Scotia.

LAND OF MEGALOPOLIS

THE EARLY STORY OF SETTLEMENT · THE ERA OF URBANIZATION · PATTERNS OF GROWTH AND DECLINE
THE CITY SPREADS OUT · DECLINE IN THE INNER CITY · PAYING FOR GROWTH

The United States is one the richest and most populous countries in the world. It contains a wide range of settlements from isolated farms in the prairies to urban agglomerations stretching over vast areas. Its big industrial cities have developed in little more than 200 years since Independence in 1776, their numbers swelled by waves of migrants from all over the world and by a steady drift of people from the countryside. Today the population of the United States is overwhelmingly urban, and contains a rich ethnic mix of peoples. In recent years growth in the older cities of the northeast and Midwest has slowed down as large numbers have moved from the congested centers to the suburbs or to other parts of the country, especially the newer cities of the south and west. These are still growing.

COUNTRIES IN THE REGION

United States of America

POPULATION

Total population of region (millions)	249.6
Population density (persons per sq km)	27.0
Population change (average annual percent 1960–1990)	
Urban	+1.3
Rural	+0.6

URBAN POPULATION

As percentage of total population	
1960	70.0
1990	74.0
Percentage in cities of more than 1 million	49.5

TEN LARGEST CITIES

	Population
New York	18,120,000
Los Angeles	13,770,000
Chicago	8,180,000
San Francisco	6,042,000
Philadelphia	5,963,000
Detroit	4,620,000
Dallas	3,766,000
Boston	3,736,000
Washington DC †	3,734,000
Houston	3,642,000

† denotes capital city

THE EARLY STORY OF SETTLEMENT

For thousands of years after the first waves of human migrants entered the region that is now the United States about 30,000 BC, hunting and subsistence farming were the predominant ways of life. Although the Native-American peoples were scattered across the continent, populations were densest around the coasts and along the river valleys.

Differences in local environments played an important role in shaping the rich and varied cultures of the Native Americans. Small hunting and fishing communities developed along the Pacific coast. In the Plains, sedentary farmers lived in walled villages made of domed earth lodges; others lived as nomadic hunters. The large Pueblo communities of

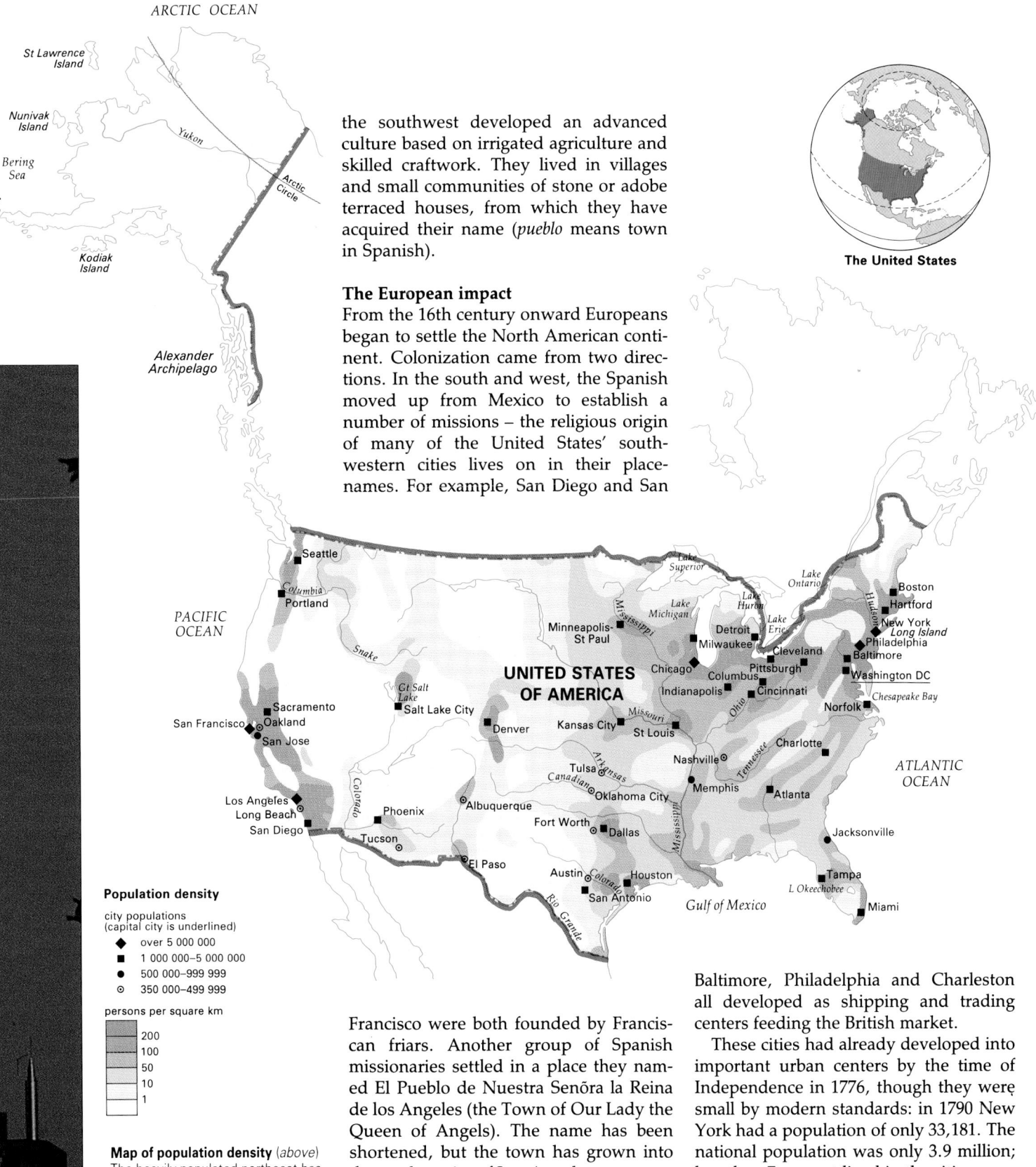

ARCTIC OCEAN

St Lawrence Island

Nunivak Island

Bering Sea

Kodiak Island

Alexander Archipelago

PACIFIC OCEAN

Seattle

Columbia
Portland

Snake

Gt Salt Lake
Salt Lake City

Sacramento
San Francisco Oakland
San Jose

Colorado

Los Angeles
Long Beach
San Diego

Phoenix

Tucson

El Paso

Rio Grande

Denver

Albuquerque

Fort Worth
Dallas

Austin
San Antonio

Colorado

Houston

UNITED STATES OF AMERICA

Kansas City
St Louis

Missouri

Arkansas
Canadian
Oklahoma City

Tulsa

Memphis

Nashville

Mississippi

Minneapolis-St Paul

Mississippi

Chicago

Indianapolis

Milwaukee

Detroit

Columbus
Cincinnati

Lake Superior

Lake Michigan

Lake Huron

Lake Erie

Cleveland
Pittsburgh

Ohio

Tennessee

Charlotte

Atlanta

Jacksonville

Tampa
L Okeechobee
Miami

Gulf of Mexico

Lake Ontario

Hudson

Boston
Hartford
New York
Long Island
Philadelphia
Baltimore
Washington DC
Chesapeake Bay
Norfolk

ATLANTIC OCEAN

Population density

city populations
(capital city is underlined)

◆ over 5 000 000
■ 1 000 000–5 000 000
● 500 000–999 999
⊙ 350 000–499 999

persons per square km

200
100
50
10
1

Map of population density (above)
The heavily populated northeast has gradually been countered by the growth of western and southern population centers. Recent growth has been greatest in Texas, Florida and California.

The first western city (left), San Francisco has matured from a rough frontier town to an affluent center for the arts. The modern, well-planned city is at risk from earthquakes, which have caused great devastation in the past.

the southwest developed an advanced culture based on irrigated agriculture and skilled craftwork. They lived in villages and small communities of stone or adobe terraced houses, from which they have acquired their name (*pueblo* means town in Spanish).

The European impact
From the 16th century onward Europeans began to settle the North American continent. Colonization came from two directions. In the south and west, the Spanish moved up from Mexico to establish a number of missions – the religious origin of many of the United States' southwestern cities lives on in their place-names. For example, San Diego and San

The United States

Francisco were both founded by Franciscan friars. Another group of Spanish missionaries settled in a place they named El Pueblo de Nuestra Senõra la Reina de los Angeles (the Town of Our Lady the Queen of Angels). The name has been shortened, but the town has grown into the modern city of Los Angeles.

On the other side of the continent, French, Dutch and English colonists competed for territory along the Atlantic seaboard. In 1664, the British took over the Dutch settlement of New Amsterdam, renaming it New York, and by the end of the 17th century they controlled the entire seaboard. Settlement was actively encouraged, and important trade routes were established. Boston, New York,

Baltimore, Philadelphia and Charleston all developed as shipping and trading centers feeding the British market.

These cities had already developed into important urban centers by the time of Independence in 1776, though they were small by modern standards: in 1790 New York had a population of only 33,181. The national population was only 3.9 million; less than 7 percent lived in the cities.

During the 19th century, the industrialization of the northeastern states of New York, New Jersey, Pennsylvania, Massachusetts, Ohio and Michigan, led to the growth of large industrial and manufacturing cities such as Pittsburgh, Buffalo, Cleveland, Chicago and Detroit. European immigrants provided cheap industrial labor and city populations grew rapidly. Between 1840 and 1890 the total population climbed from 17 million to almost 63 million.

Ever larger numbers of people moved westward into the empty lands that had been won through conquest and purchase. The discovery of gold in the southwest and the building of the railroads, which carried cattle and wheat from the interior to the eastern ports and brought goods from the industrial centers to new markets in the west, were major factors in shifting the center of gravity of the population away from the east coast. By the end of the century, San Francisco and Los Angeles in the west had begun to grow as centers to counterbalance the influence of the northeastern cities. However, over 40 percent of the United States' population still lived on farms.

DEFINING THE URBAN REGION

In many countries, population and other statistics are only available for the city as defined by its administrative boundaries. Because urban expansion takes place much more quickly than boundary changes, this produces an incomplete picture of the urban region. Consequently, the United States Census Bureau has devised statistical areas that provide more realistic information on urban areas. Recent figures clearly reveal a massive increase in the number of large cities and in the concentration of the population in huge urban agglomerations.

Metropolitan Statistical Areas (MSAs) are one or more counties in which there is at least one city with a population above 50,000 – or an urbanized area of at least 50,000 – within a total population of at least 100,000. In 1950 there were 109 MSAs; combined, they made up 56 percent of the total American population and almost 6 percent of the land area. By 1990 the number of MSAs had risen to 283, constituting 70 percent of the total population and 16 percent of the land area.

Consolidated Metropolitan Statistical Areas (CMSAs) are MSAs with a population of at least 1 million. Of the 20 designated CMSAs, the largest is the New York-Northern New Jersey-Long Island CMSA, with a combined population of over 18 million. The smallest is Hartford-New Britain-Middletown in Connecticut with just over 1 million. Almost 90 million people live in the CMSAs: one in every three people in the United States.

THE ERA OF URBANIZATION

Between 1890 and 1940 the population of the United States more than doubled, from 63 million to 131 million, and the transformation from a rural to an urban society was effected. Immigration continued to play an important role in this process. The Statue of Liberty and the New York skyline were the first sight of the United States for most European immigrants, and a large proportion of them settled in the big cities of the northeast, such as Chicago and Philadelphia, where they were likely to find work.

The drift to the cities

By 1920, more people lived in towns and cities than in rural areas. However, this change was not simply due to the influx of foreign immigrants. The age of the pioneers was now over; the frontier was closed. Agriculture was becoming increasingly mechanized, leading to rural unemployment. Manufacturing and industry offered new opportunities. Consequently, the early 20th century saw a leveling off in rural settlement and an increase in migration from the countryside to urban areas, especially the industrial cities of the north.

By the middle of the 20th century, 56 percent of the entire American population lived in cities of more than 50,000 people. The United States was not merely becoming more urbanized, it was becoming a society dominated by very large cities, and of these New York was the uncontested leader. From a population of 3 million in 1890 it had grown to number 7 million by 1950.

The migration of large numbers of African-Americans from the south was a significant factor in the growth of the northern cities in the mid 20th century. In 1910, 91 percent of all African-Americans lived in southern rural areas, mainly on the cotton plantations. After 1940, when the mechanical cotton-picker dispensed with the need for cheap labor, more than 5 million African-Americans moved to the factories of the north.

The rate of decline in the rural areas continues to accelerate throughout the United States. In 1960, the percentage of the population living on farms had fallen to 10 percent. By 1991 it had become a mere 1.9 percent.

Colorful neighborhoods (*below*) are the legacy of successive waves of immigration. New York's garment district retains the character contributed by the influx of thousands of European Jews in the late 19th and early 20th centuries.

The growth of megalopolis

Since World War II, the most dynamic urban growth has taken place in the suburbs and beyond in semirural areas on the urbanized fringes. This has created an urban structure that is peculiar to the United States. Although large cities in many other parts of the world, especially Europe, have also experienced suburban growth, the typical pattern there is one in which low-density residential zones surround a single central city district where most economic activity takes place. In the United States, however, this pattern has been superseded by a dispersed one, in which areas of commercial and industrial activity, shopping malls and entertainment complexes are located throughout the urban region. This is particularly noticeable in areas that have urbanized relatively recently.

Today almost 45 percent of Americans live in urban regions with populations of over 1 million. Large urban agglomerations are often called megalopolises. The term can be misleading, however, conjuring up images of an unending expanse of city streets and highrise buildings. Although each has a densely built-up core and sprawling suburbs, the big city regions also contain a surprising amount of low-density development and open land. The New York region, for example, includes the almost rural eastern section of Long Island and the rolling, wooded hills of Connecticut as well as the busy streets and towering skyscrapers of Manhattan Island.

This dispersed pattern of urban growth has been able to develop in the United States because it is a large country with no shortage of land for development. Most of its citizens are affluent enough to own their own cars, fuel is relatively cheap, and there is an extensive system of urban highways. However, it is not without its problems. Not everyone can afford a car, and lack of mobility can cause real disadvantages by limiting employment opportunities. The millions of vehicles on the road consume huge amounts of gas, their exhausts pollute the air, and traffic congestion is a chronic and growing problem, despite efforts to ease it by building more highways.

On the tracks Chicago owed its growth in the 19th century to the building of the railroads. Good public tranportation systems encouraged early suburban expansion. Elevated trains on the famous Loop still carry passengers around the city.

PATTERNS OF GROWTH AND DECLINE

Although urban regions have been growing in size and number across the United States, a breakdown of the national statistics reveals marked regional variations. Since the 1970s, urban growth has been most rapid in the south and west. Southern cities such as Phoenix, Los Angeles, Dallas-Fort Worth, Atlanta and Miami have expanded enormously. The population of Phoenix, for example, rose from a mere 65,000 in 1945 to 790,000 in 1980. By 1990 it was well over 2 million. By contrast, population and economic growth has slowed or even declined in the states of the northeast and Midwest, though they remain by far the most urbanized areas of the country.

In search of the sun

The explanation for much of this shift of population and economic activity is simple – cheaper labor, lower taxes and the lure of the sun. The widespread introduction of air-conditioning after World War II, allowing people to escape the extreme temperatures of the southern summer, was a key factor in attracting increasing numbers to the so-called Sunbelt states of California, Arizona, Texas, Georgia and Florida.

Conspicuous among those who have made the journey south in large numbers are the country's growing population of elderly people. With their relatively high levels of disposable income, the elderly can powerfully influence the economies of resort areas. Much of Florida's recent residential development consists of community cities for the retired.

In the 1980s a growing number of companies relocated to the Sunbelt from the urban regions of the northeast. Development was boosted by high federal expenditure on the space program and armaments technology. However, the ending of the Cold War acted as a brake to further development in the parts of the Sunbelt – particularly the cities of southern California – that had relied most heavily on federal investment. The recession of the 1990s also slowed down the pace of growth.

Environmental factors may pose increasing limitations on growth as well. The major population clusters tend to be separated by large tracts of inhospitable desert, steppe or mountains. Further growth in the populated areas is a serious threat to the sensitive ecological balance of some of these wild areas. Water is in

Frostbelt commuting (*above*) Skis provide an ingenious way of getting to work when a snowfall brings city traffic to a halt. It is to escape weather conditions like these that many companies throughout the northeast have relocated to the south.

Boom town (*left*) The gleaming towers of downtown Dallas, the second largest city in Texas, symbolize the wealth of the 1980s, when it was a growth center for the expanding oil, high-tech and financial industries.

very short supply throughout the Sunbelt, and in the drier populated areas water sources are already stretched to their limit. The high cost of ensuring an adequate water supply may in time bring a halt to the development of these areas.

From the Frostbelt to the Rustbelt

The rapid development of the Sunbelt took place at the same time as the older urban centers of Ohio, Michigan, Pennsylvania, New York and and Massachusetts – the Frostbelt – were entering a period of industrial decline. From the 1970s onward traditional labor-intensive manufacturing industries such as the automobile industry – the traditional mainstay of Detroit and other cities in Michigan – experienced severe job losses. The principal cause of this decline was cheaper foreign competition, which

ESCAPE FROM HIGH TAXES

The lure of a better physical climate is only part of the reason for the southernward shift of population and industrial activity in the United States. The business climate for employers is much more favorable in the Sunbelt states, too. Wages are lower and trade unions are less organized than in the industrial heartland states where union support has traditionally been greatest. Regulations in some Sunbelt states place strict limits on union activity.

There are also strong tax incentives. The Frostbelt states tend to have higher taxes and to spend more on social programs and education. California is the exception to the rule, being a Sunbelt state with Frostbelt tax and spending patterns. There is some evidence to suggest that companies are moving from California to the neighboring state of Arizona to escape the burden of high taxes.

Northeastern-based companies are not the only ones to have seen the advantages of location in the business-oriented Sunbelt – foreign companies establishing plants in the United States have overwhelmingly chosen to do so outside the high tax, high labor cost areas of the northeast. This too has contributed significantly to the decline in urban growth and economic activity in the older industrial centers in this part of the country.

caused production and profits to fall. In 1970 more than 90 percent of the cars driven in the United States were manufactured there; by 1990 the figure had fallen to less than 60 percent.

Some companies moved away from the northeast area entirely to cut high labor costs; others relocated to high-tech, labor-saving plants in the suburbs. Even if jobs survived a company's move to the suburbs, former workers were frequently unable to afford accommodation there and remained tied to diminishing employment opportunities in the inner city. In addition, although a large increase in service employment offset the loss of manufacturing jobs over the Frostbelt as a whole, it was the out-of-town areas that benefited the most. The movement of people out of the inner city worsened the situation by eroding tax revenues and thus reducing the city's ability to provide adequate public services.

The inner cities of the old industrial heartland of the nation – now unflatteringly called the Rustbelt – are beset with seemingly intractable problems: flagging economies, static or declining populations, high unemployment and a deteriorating physical environment. Urban authorities have tried repeatedly to lure investment back to the cities, but they are generally in a poor position to compete with the more alluring image of the new growth cities of the south and west.

Los Angeles – freeway city

Los Angeles is very much a product of the 20th century. In 1900 – a time when New York already contained almost 3.5 million – its population was only 100,000. Yet by 1930 the population had reached well over 1 million, and today it exceeds 13 million.

Los Angeles has a dispersed structure that is characteristic of many of the United States' newer cities: it sprawls out over an area of 1,170 sq km (450 sq mi). Lacking an established urban core to shape the city's evolution, development spilled in all directions across the open coastal plain that offered almost limitless opportunities for profit and expansion. This wide dispersal of the population was helped by the fact that when growth began at the beginning of the 20th century the city already possessed one of the largest streetcar systems in the world. Los Angeles' low-density sprawl predates the age of the automobile.

After World War II, the streetcar system was bought by an automobile company, thus removing competition against the car. The construction of the freeway network allowed the city to continue to spread outwards. Los Angeles is now a city dominated by the freeway and the automobile. There is only a rudimentary public transportation system; in this city, to be without an automobile is a mark of real poverty.

The great swaths of freeway that cut through the urban environment carry a seemingly never-ending procession of trucks and automobiles. Traffic congestion, even on the multilane highways, is a perennial problem; exhaust fumes, which become trapped over the city by sea

Giant spider's web (*right*) The network of freeways around the city has swallowed up what what was once a land of vineyards, orange groves and dairy farms. In the 1950s and 1960s, 1,200 ha (3,000 acres) a day were being lost to road construction.

Where is L.A.? (*below*) The city area has grown to encompass independent cities such as Santa Monica and Long Beach. Within this sprawling area, Angelinos live in segregated enclaves sharply differentiated by color, culture and wealth.

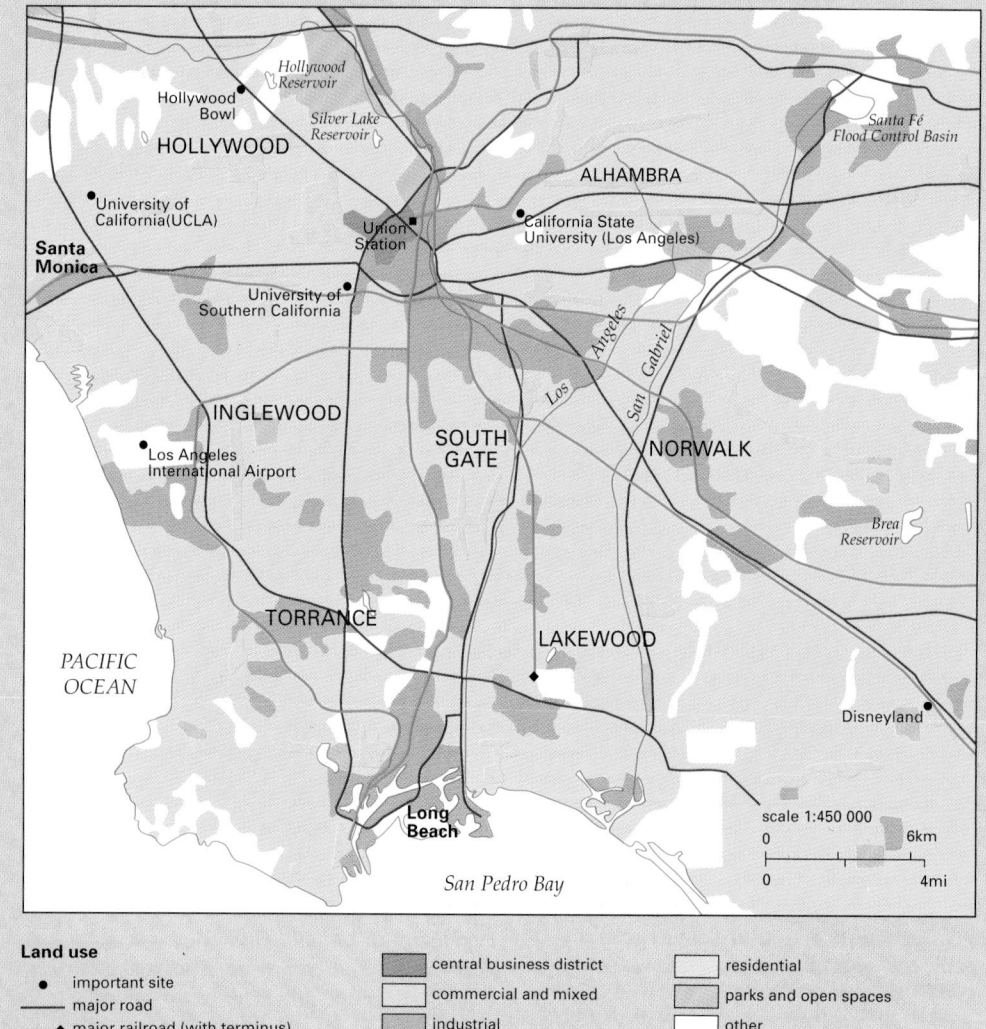

Land use
- important site
- major road
- major railroad (with terminus)

central business district
commercial and mixed
industrial

residential
parks and open spaces
other

scale 1:450 000

breezes and the barrier of the surrounding mountains, are a major cause of the infamous Los Angeles smog.

City of contrasts

Los Angeles has a glitzy reputation, which it owes to its long connection with the movie industry. In the early 20th century, pioneering movie-makers based themselves in the city to take advantage of the reliable weather conditions and the varied scenic locations of southern California. By the 1940s and 1950s, the

giant movie studios had brought worldwide fame to the suburb of Hollywood. Although Los Angeles no longer dominates the movie-making industry, it still derives glamor from the movies, and some of the most famous stars in the world make it their home.

Los Angeles is now the principal manufacturing center for the Sunbelt. Over 1 million jobs have been created in the past 50 years, particularly in the dynamic high-tech aerospace, defense and electronics industries. The densely populated area of southern California provides a large workforce and a lucrative market for goods and services.

Los Angeles attracts large numbers of Mexicans and other Hispanic-Americans, and in parts of the city Spanish is more commonly heard than English. There are many illegal immigrants. They provide a pool of cheap labor for the retail, service and garment industries: an estimated 80 percent of workers in the garment industry are undocumented workers who receive very low wages and employee benefits. Many of the city's African-American population are unemployed. There are also growing communities of Koreans and Vietnamese.

The city's extremes of wealth and poverty contribute to the racial tensions that exploded into rioting in 1992. The violence, triggered by the acquittal of four white policemen accused of beating up a black suspect, started in the poor, predominantly African-American districts of south central Los Angeles and spread to more affluent areas.

THE CITY SPREADS OUT

The urban history of the postwar United States is essentially the story of suburbanization. In 1945, the suburban population was less than 40 percent of the total urban population; by 1990 had increased to over 70 percent, or 94 million people.

The early suburbs were still oriented toward the central city, with the majority of suburban residents commuting into the city to work, shop or visit theaters or restaurants. Gradually, however, as they expanded they began to evolve their own economic and cultural life. Today, they form vast outer cities that are increasingly independent of the core city. More people now commute from suburb to suburb than into the city. Reverse commuting – from city to suburb – has more than doubled since 1970.

Centrifugal forces

Suburban development offers substantial economic and environmental advantages. Land is both cheap and readily available, giving people more choice over the nature of their housing than is possible in the city. In the age of the freeway they do not have to rely on public transportation systems that lead only in and out of the central city, but can live wherever they like and travel in from there. For industry and commerce the advantages include lower taxes and space to provide access roads and parking.

The suburbs have become one of the principal forces behind recent national economic growth. Successive administrations have bolstered the process of suburbanization with federal housing and highway policies and with a range of tax incentives and subsidies. Planning controls are comparatively limited, allowing private developers great freedom to transform large tracts of farmland into more profitable uses.

The construction of a new suburb stimulates local economic activity across a range of areas, providing work for developers, architects, house builders and real estate agents. New highways and shopping malls are constructed, and as

The suburban ideal (*above*) A detached one or two-storey home on a tree-lined street with its own well-tended back and frontyard is the ideal place to live for most Americans. A regular grid layout is typical of low-density suburbs like this one in Maine.

Drive-in facilities (*below*) Fast-food restaurants and drive-in banks line this out-of-town highway in Minnesota. Land on the urban fringes is cheap, allowing sprawling development of this kind, which caters for the needs of an auto-owning population.

BACK TO THE CENTER

In some cities, the flight to the suburbs has been reversed. Increases in the number of one-person households, and of those without children, mean that a growing section of the population is not concerned with the quality of local schools and does not need a large suburban house with a backyard. Many such people prefer the pace and excitement of city life.

City authorities have deliberately sought to attract such people – the so-called "yuppies" (young upwardly mobile professionals) – because they bring much-needed spending power to the cities. Apartment complexes specifically designed to house young professionals provide communal services such as security, parking, shopping and entertainment so that none of the advantages of the suburbs are lost by a return to the city.

Other areas in the American inner city have been gentrified, or upgraded. Middle-income households buy a downtown property cheaply and then invest time and money in improving it. Once one building has been renovated, others will follow, and extensive gentrification can lead to the revival of whole areas of the inner city. Although gentrification preserves the fabric of the inner city and generates wealth, it can cause resentment by putting up property prices and displacing the established residents into inferior housing.

Renewing the past The colonial past lives again in this careful restoration of historic housing in Savannah, Georgia.

the new residents move in local sales of automobiles and consumer goods ranging from household furnishings to swimming pools soars. The building of prestigious ultra-modern housing developments, often at the intersections of major freeways, creates new poles of activity that attract further development. Office and industrial parks, spacious new shopping malls, leisure and sporting facilities, all designed with every attention to the needs of their users, soon follow, providing a completely self-sufficient range of urban services and amenities. The suburb no longer needs the city center.

A segregated society

The move to the suburbs has come to symbolize personal success for most urban Americans. However, the routes to social advancement are not equally open to all sections of the population. By far the greatest number of people to make the move have been middle- and upper-income white Americans wanting to escape the poor schools, rising crime and decaying physical environment of the inner cities areas that have become increasingly identified with a high African-American population.

Between 1950 and 1970 alone, 12 million whites left the central cities for the suburbs. The white exodus was intensified by "busing", a policy that tried to enforce racial mixing in schools by transporting African-American children into predominantly white areas. By moving out to the suburbs, which had their own school districts, white families could ensure that their children received a racially segregated education.

After the successful civil rights campaign of the 1950s and 1960s, and the introduction of legislation designed to create equal opportunities and outlaw racial discrimination, a sizable African-American middle class began to appear in the larger cities, many of whom have joined the flight to the suburbs. While this may point the way to the eventual emergence of a more integrated society, enormous economic disparities remain between the residents of the inner and outer cities. Largescale suburbanization has created two urban faces in America. On the one hand there are the well-cared for suburbs, where dynamic development leads to expanding opportunities; on the other are the deprived inner cities where opportunities are few.

DECLINE IN THE INNER CITY

At the center of the older large American cities is an astonishingly rich mix of districts, building styles, and people. The glittering glass-and-steel skyscrapers of the central business district (CBD) lie only a few blocks away from gracious 18th-century townhouses. The luxurious and exclusive apartments of the very rich give way abruptly to the noisy street-life of ethnic neighborhoods. The bright lights of the theater and shopping districts attract visitors and tourists from all over the world. The inner cities are also home to the least privileged members of American society: recent immigrants who have yet to establish themselves, the poor, the unemployed and the homeless.

The melting pot

The inner cities have always had a magnetic attraction for immigrants. In the past it was the northeastern cities such as New York, Philadelphia, Boston and Chicago that drew streams of people from the crowded cities and poor rural areas of Europe to find a better future on the other side of the Atlantic. Until about 1880 they came mainly from Britain, Ireland and Germany, after that from southern and eastern Europe. More recently they have come from the Caribbean and Central America. Later on, the cities on the west coast – Seattle, Los Angeles and San Francisco – began to attract immigrants from China and Asia, as they still do. The Hispanic communities of Miami and Los Angeles are also growing rapidly.

When new immigrants arrive in the city they are naturally drawn to groups of their own people, speaking the same language and sharing the same cultural values. Thus an ethnic neighborhood community is created that provides a base from which new immigrant arrivals may advance in the new society. In time, those who have been successful may feel less dependent on their ethnic community; those who can afford to do so frequently move to the suburbs.

Second-generation immigrants – those who have been through the American school system and moved up the scale to better-paid jobs than their parents – are far less likely to stay in a traditional ethnic neighborhood. As the original group disperses, the neighborhood is taken over by a new group of arrivals. Thus, for

example, Asians and Hispanics have replaced the Polish and Italians in some of Chicago's inner-city neighborhoods.

The inner cities also contain large concentrations of African-Americans. Black districts first developed next to rich white areas in the inner cities in order to house the servants of the wealthy. Later their numbers were added to by the streams of

rural migrants who left the agriculturally depressed southern states in search of jobs. They were forced by explicit discrimination and low incomes into ghettos in the poorest districts of the cities, and they remain segregated today. African-Americans are twice as likely as other Americans to be unemployed and to live below the official poverty line.

City park (*above*) Public open spaces are a valuable recreational resource, used by baseball players, joggers, dog-walkers and picnickers alike. Many were created in the 19th century, and may now be vulnerable to pressure from developers.

Rotten at the core (*left*) Urban decay on New York's Lower East Side. The inner cities of many major American cities, deserted by business and industry, are at crisis point. High levels of unemployment and lack of investment feed the spiral of decline.

In some of the older cities such as New York and Chicago, the rich and poor live in close proximity. A single street may separate an area of expensive apartments from dilapidated, over-crowded housing. In New York, south of 120th Street in Manhattan is a solidly white residential area; north of the street is the start of the ghetto of Harlem.

The deserted downtown

The downtown area generally contains many of the city's most important economic and cultural institutions: the prestigious skyscrapers of multinational corporations, the city hall and other public buildings, art galleries, libraries and theaters, and exclusive shops and restaurants. But rising property prices and tax assessments have driven most affluent residents away from the city center. Only the very rich can afford luxury downtown apartments. As a result, downtown areas are becoming increasingly isolated in an encompassing sea of poverty, urban decline and violent crime.

A growing number of medium-sized American cities are effectively dead at the center. Their downtown areas are deteriorating and in some cases have been all but abandoned by the larger companies and retail department stores. As businesses leave, the city's tax base declines. There is less money to provide policing and other services and to improve civic amenities. The physical environment becomes increasingly shabby and unattractive to potential investors, and even more businesses leave. The inner city is set in a downward spiral of decline. There is vitality and urban growth, but it is taking place only at the suburban edges.

URBAN RENEWAL IN BALTIMORE

The exodus of people and economic activities to the suburbs has caused acute problems in many of the United States' inner cities, particularly those suffering from the decline of manufacturing industry. The urban fabric is desperately in need of renewal or replacement, social problems are endemic, provision of vital public services such as education is deteriorating, and business confidence is low. Regeneration schemes to bring new life and growth back to the downtown have all too often achieved only limited success.

Baltimore's renewal program, however, gives cause for some optimism over the future of the inner cities. Adopted in 1959 when Baltimore's fortunes were at their lowest and funded by a combination of public and private money, the scheme included the construction of the Charles Center, with offices, shops, a hotel, a theater and underground parking, and redevelopment of the city's Inner Harbor dock area for recreational and cultural use. Renovation of abandoned properties was encouraged by selling them to members of the public at a nominal price on condition they were repaired and occupied for at least 18 months. Baltimore's imaginative approach has reaped its rewards. The outflow of population has been stemmed, the city's tax revenues have increased – especially through tourist activity in the Inner Harbor development. There were social costs. Low income groups were displaced and housing opportunities for the poor were reduced. The costs and benefits of the renewal were not equally shared.

PAYING FOR GROWTH

The contrast between the deteriorating central city and the expanding suburbs reveals deep-seated problems at the heart of urban America. But the dilemmas confronting metropolitan governments goes beyond those posed by crumbling tenements and the fear of violence and crime in the deprived inner city. The United States' sprawling metropolitan growth puts enormous pressure on the natural environment. Pollution from millions of vehicles and thousands of factories, as well as municipal waste, contaminates the air and waterways; open spaces such as parks or waterfronts are worn out and soiled by intensive use.

Despite the fact that United States Census compiles statistics at a metropolitan level, this does not translate into corresponding forms of urban administration. Large urban areas are governed not by a single body but many authorities, usually consisting of the central city municipality and a host of independent suburban municipalities.

Throughout the whole of the United States, there are almost 80,000 local

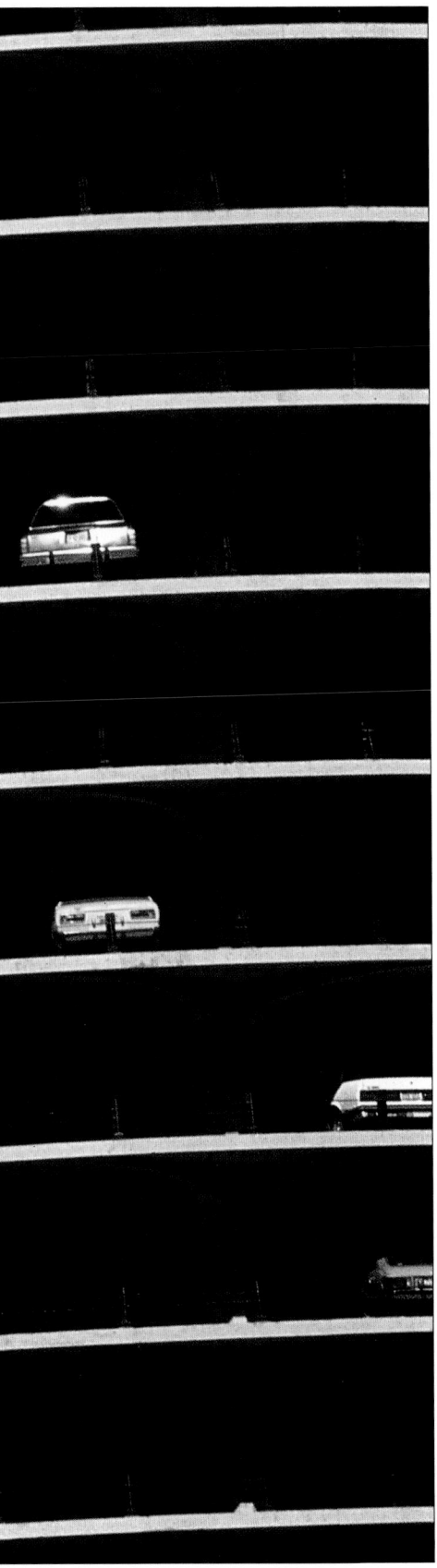

makes effective metropolitan planning such as the implementation of cheap and reliable public transportation systems almost impossible. The various local government bodies are concerned only to serve the interests of their voters and taxpayers. Thus, suburban authorities have implemented planning controls that set minimum limits on the size and cost of new housing, thus barring the poor from gaining access to the suburbs and maintaining racial segregation.

This entrenched governmental division creates clashes of interest and lack of coordination in planning decisions at a metropolitan level. It frequently results in the expensive duplication of services. Even more importantly, it prevents the formulation of integrated policies that would ultimately be to the benefit of the whole urban community.

Unequal burdens
The municipalities each have separate fiscal responsibilities, levy different taxes and are subject to varying pressures on the way they spend their money. Urban governments receive less than 25 percent of their total income from the state. The rest of their budget is made up by the local property tax, local sales taxes and by direct charges for water supply, garbage disposal and the other services they are required to provide.

Autos in the sky One solution to city parking problems is to build highrise parking. However, fees are likely to be as high as downtown real estate prices, and the developments use up valuable space that could be used for housing or other purposes.

It is a paradox that the central cities have the highest spending needs but the least ability to pay, while the rich suburbs have the greatest ability to pay but the lowest needs. This disparity results from the amount of tax revenue the different municipalities are able to raise. Property tax is the principal source of municipal revenue; the wealthier the municipality's residents, the greater the revenue. Suburbanization has left the inner cities with the poorest population from which to raise tax revenue, but the greatest need for increased provision of services such as policing, education, health and welfare and urban improvement schemes.

There is a limit to how much taxes can be increased, both in terms of the taxpayers' ability to pay and their deep resistance to such increases. This is greatest at times of recession when money is short; yet it is precisely then that the city needs to raise its spending. Most municipal authorities react to financial difficulties by laying off public sector workers such as teachers and by cutting back on services.

This is only a short-term solution; in the long term it adds to the problems of the city by lowering the quality of the urban environment and inducing more people and businesses to leave. Fragmented political organization and declining tax revenue have left some inner city municipalities with continuous financial crises. This is particularly true of the older cities of the Frostbelt; the municipal authorities in the newer Sunbelt cities tend to enjoy healthier finances.

governments including counties, municipalities, school districts and special districts. Chicago, for example, has more than 1,000 separate governmental units; Dallas-Fort Worth has 350. The only authorities in New York with metropolitan powers are the Port Authority of New York and New Jersey, and the Triborough Bridge and Tunnel Authority.

The fragmentation of responsibilities

URBAN TRANSPORTATION

A city needs an efficient transportation system to function properly. The dispersed structure of American cities has made this difficult and expensive to achieve because of the extensive area over which the city needs to maintain communications. Some of the older cities have large public transportation systems such as New York's subway and suburban rail network. However, continual outward growth and separation of residential and other activities makes these fixed-route systems less effective. They are also expensive to maintain: the condition of New York's subway is notoriously bad.

In many cities the private car is the main form of transport. Rates of car ownership in the United States are

among the highest in the world. An extensive system of interstate and intra-city highways links city and suburb, home and workplace. But traffic congestion is a major problem, and, as the experience of cities such as Los Angeles or Houston shows, the continual construction of new roads does not seem to improve the situation.

Some cities have experimented with new mass transit systems. In downtown Miami and Los Angeles, people are transported around the central city in trains that move on a track elevated above the streets. Such schemes have had mixed results in decreasing traffic congestion. They require high subsidies, so are vulnerable to cutbacks during recessionary periods.

New York – gateway city of America

In 1626 Peter Minuit of the Dutch West India Company bought a small island from a group of Native Americans for the equivalent of $24 in beads and ribbons. Neither party could know that this seemingly insignificant exchange would lead to the development of one of the world's greatest cities. The island where once there was only a small trading post is now Manhattan, and the outlying colonial settlements named New Amsterdam by the Dutch have grown into New York City.

New York has been the United States' largest city for the last 200 years. With its large protected harbor and central position within the original 13 colonies, New York had already become a major seaport and commercial center by the time of the American Revolution (1775–83). The city expanded rapidly during the industrial surge of the 19th century: its population of 60,000 in 1800 had grown to number over 3 million a century later.

New York was the main point of entry of immigrants into the United States – more than 12 million immigrants passed through the immigration station on Ellis Island in Upper New York Bay between 1892 and 1954. Recent arrivals have included many African-Americans from the southern states and Hispanics, mainly from Puerto Rico.

Today, New York is still the country's largest port and trading center. Despite decline in the manufacturing sector, it possesses an enormous range of industrial activity. However, it is in the fields of finance, management and communications that New York is preeminent. The city occupies a pivotal point in the global world of banking and finance and contains the headquarters of many national and international corporations and institutions. It is truly a world city whose connections span the globe. Wall Street, Broadway and Madison Avenue are synonymous throughout the world with banking, theater and advertising.

The city and the metropolis
The city of New York is made up of five boroughs: Manhattan, Brooklyn, Queens, the Bronx and Staten Island, which have a combined area of 775 sq km (299 sq mi). Only the Bronx is part of continental America; the others are located wholly or partly on islands. Metropolitan New York covers an area of 18,130 sq km (7,000 sq mi) with a combined population of almost 18 million. It stretches over 22 countries

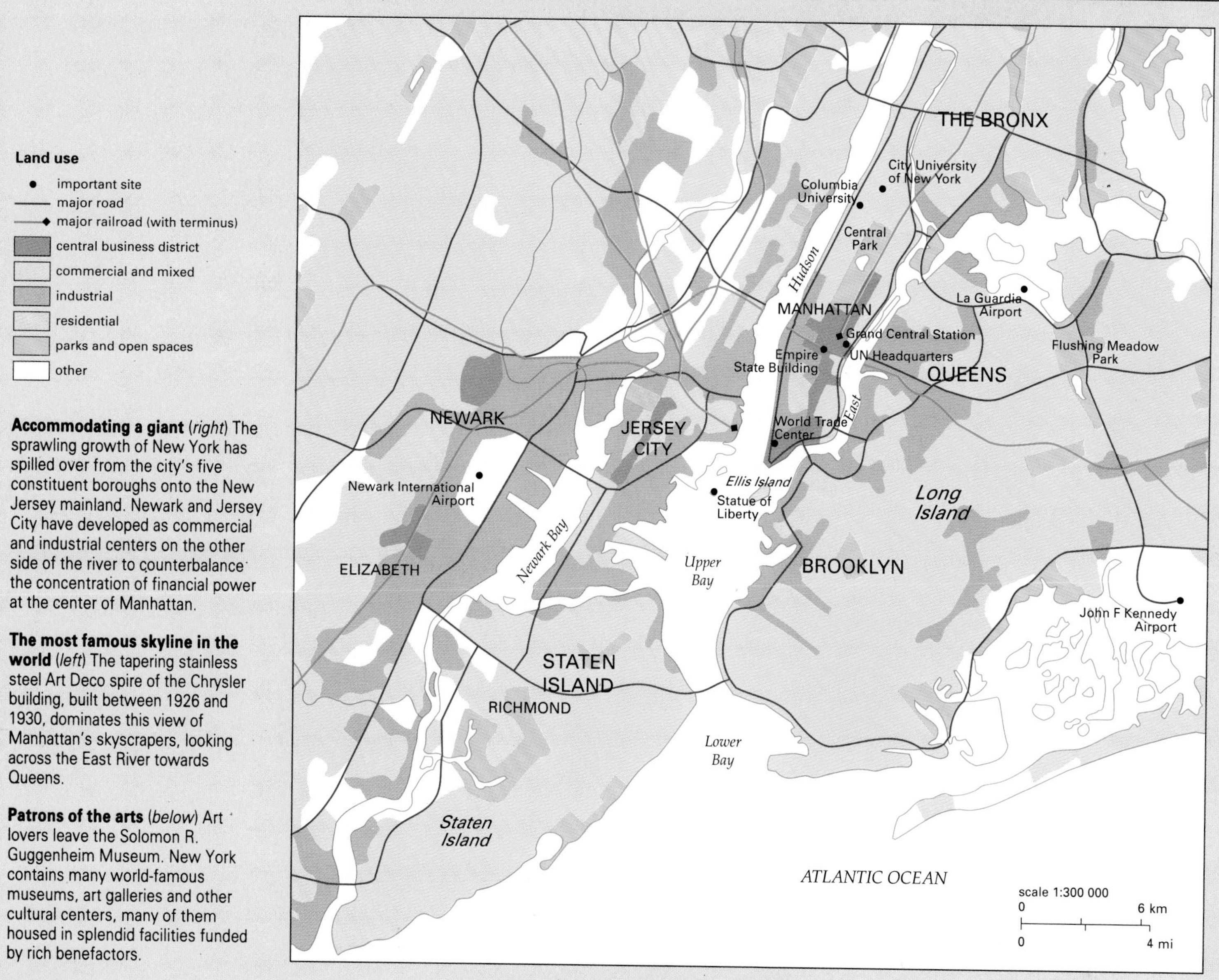

Land use

- • important site
- — major road
- ◆ major railroad (with terminus)
- central business district
- commercial and mixed
- industrial
- residential
- parks and open spaces
- other

Accommodating a giant (*right*) The sprawling growth of New York has spilled over from the city's five constituent boroughs onto the New Jersey mainland. Newark and Jersey City have developed as commercial and industrial centers on the other side of the river to counterbalance the concentration of financial power at the center of Manhattan.

The most famous skyline in the world (*left*) The tapering stainless steel Art Deco spire of the Chrysler building, built between 1926 and 1930, dominates this view of Manhattan's skyscrapers, looking across the East River towards Queens.

Patrons of the arts (*below*) Art lovers leave the Solomon R. Guggenheim Museum. New York contains many world-famous museums, art galleries and other cultural centers, many of them housed in splendid facilities funded by rich benefactors.

THE BRONX

City University of New York

Columbia University

Central Park

La Guardia Airport

MANHATTAN

Grand Central Station

Flushing Meadow Park

Empire State Building

UN Headquarters

QUEENS

NEWARK

JERSEY CITY

World Trade Center

Hudson

East

Newark International Airport

Ellis Island

Statue of Liberty

Long Island

ELIZABETH

Newark Bay

Upper Bay

BROOKLYN

John F Kennedy Airport

STATEN ISLAND

RICHMOND

Lower Bay

Staten Island

ATLANTIC OCEAN

scale 1:300 000

0   6 km

0   4 mi

and three states: New York, New Jersey and Connecticut. The metropolis is interconnected by an elaborate network of freeways and railroads that converge on the famous bridges, tunnels and ferries that link the city boroughs with each other and the mainland.

The sprawling growth and inner-city decline of New York typifies the problems of many American cities. Because its area crosses so many administrative boundaries, the fragmentation of responsibilities makes it impossible to develop integrated public policies or planning initiatives.

New York City receives only limited federal assistance from Washington; there is no metropolitan system of revenue sharing. The flight of industry and people to the suburbs has reduced employment opportunities for blue-collar workers and deprived the inner city authorities of much needed tax revenue.

The inner city's tottering tax base is not helped by the existence of a large informal economy, particularly within the garment, retail and construction industries; Manhattan's legions of unlicensed taxi-drivers are notorious for their limited knowledge of English or the city. Although this provides the needy with a source of employment and income, it puts added pressure on over-stretched public services without generating a corresponding increase in tax revenues. Solutions to New York's growing financial crisis have included reducing expenditure and delaying much-needed public works. Meanwhile, conditions in the inner city continue to deteriorate, while the metropolis grows ever farther outward.

Resort city in the desert

The word "resort" conjures up images of tropical beaches or snow-clad mountains etched by ski slopes. Las Vegas, in the Mojave desert, is in the driest corner of Nevada, the most arid of the United States. It lacks the splendid scenery of nearby Death Valley, which in any case is uninhabitable. Like most of Nevada, it was once merely a stopover on the long westward trek to California. Mormons from neighboring Utah settled in the area in 1855 but stayed only two years before abandoning the site. Altogether, it seems an unlikely place for a resort.

Las Vegas owes its prosperity to the decision of the Nevada state legislature to relax the laws on gambling in 1931. The Great Depression helped to make the get-rich-quick allure of gambling more attractive than ever. Another attraction was the introduction of no-wait marriages and six-week divorces. Wedding chapels, luxury hotels, nightclubs and restaurants catering for honeymoon couples quickly sprang up alongside the casinos in the desert.

The casinos remain the glittering heart of the city, open 24 hours a day, every day of the year. Alcohol flows freely and prostitution is legal. The permissive atmosphere inspires social criticism, but the regulation of such activities means revenue – gambling and other forms of entertainment are taxed, making it a highly profitable industry. A third of the workforce is employed in tourism and entertainment. Las Vegas has grown steadily since the 1940s, and today contains a quarter of the state's population.

On the strip The lights of Las Vegas illuminate the desert sky.

CROWDED CITIES IN THE TROPICS

EXPLOITING THE NEW WORLD · FACTORS FOR GROWTH · OLD AND NEW, RICH AND POOR

Until recently, the population of Central America and the Caribbean was predominantly rural, but the decline of traditional subsistence farming systems (and the decay of the plantation system in the Caribbean) has been the cause of massive movement to the cities. In nearly every country, one major city – usually the capital – predominates over all the rest, acting as a magnet for people seeking an escape from grinding rural poverty. But the enormous, unplanned and rapid growth of urban populations has not been matched by a rise in industrialization, and the cities face vast employment and housing problems. People cope by finding work in the informal sector and live in self-help settlements, but the municipal authorities of the region are hardpressed to supply even basic services and amenities.

COUNTRIES IN THE REGION

Antigua and Barbuda, Bahamas, Barbados, Belize, Costa Rica, Cuba, Dominica, Dominican Republic, El Salvador, Grenada, Guatemala, Haiti, Honduras, Jamaica, Mexico, Nicaragua, Panama, St Kitts-Nevis, St Lucia, St Vincent and the Grenadines, Trinidad and Tobago

POPULATION

Total population of region (millions)	152.8
Population density (persons per sq km)	61.1
Population change (average annual percent 1960–1990)	
Urban	+4.1
Rural	+0.9

URBAN POPULATION

As percentage of total population	
1960	50.1
1990	71.3
Percentage in cities of more than 1 million	25.9

TEN LARGEST CITIES

	Country	Population
Mexico City †	Mexico	18,748,000
Guadalajara	Mexico	2,587,000
Monterrey	Mexico	2,335,000
Havana †	Cuba	2,059,000
Guatemala †	Guatemala	2,000,000
San Juan †	Puerto Rico	1,816,000
Santo Domingo †	Dominican Republic	1,313,000
Puebla	Mexico	1,218,000
Port-au-Prince †	Haiti	1,144,000
San Salvador †	El Salvador	973,000

† denotes capital city

EXPLOITING THE NEW WORLD

Settled village life based on farming probably began to emerge in Mexico and the Central American isthmus around 7000 BC, and subsequently the development of intensive agricultural techniques supported the rise of urban cultures such as the Maya and the Aztec. At its height, from about 250 to 900 AD, the Mayan civilization boasted more than 40 cities in the area of southern Mexico, Guatemala and northern Belize, with populations of between 5,000 and 50,000. Today most are visible only as creeper-covered ruins emerging from the lowland forests.

The first European city in the Americas – that of Santo Domingo on the island of Hispaniola, today the capital of the Dominican Republic – was founded by the Spanish in 1496, only four years after Christopher Columbus (1451–1506) first set foot in the New World. It was from here that Mexico was conquered, followed by the annexation of the Central American isthmus. Avoiding the forested areas of the mainland, the Spanish swiftly established a network of towns along the coasts or at high altitude. These served as administrative centers from which to oversee the exploitation of the region's resources and to organize the indigenous population to provide forced labor in silver mines or on large agricultural estates (*haciendas*).

In the Caribbean, two major entrepot trading ports, Havana (on Cuba) and Puerto Rico (later known as San Juan, the present-day capital of Puerto Rico), supplied the great bullion fleets that, loaded with silver from the mines of Mexico and Upper Peru, crossed the Atlantic to Spain. Small farms in the hinterland grew foodstuffs for the passing crews – a contrast to the practice on the mainland. From the early 17th century, the British, French and Dutch replaced Spanish power in many Caribbean islands and set up a different settlement pattern. Large sugar cane plantations were established, usually on the coast; urban settlement was limited to a few exporting ports.

When the indigenous peoples of the Caribbean, the Caribs and Arawaks, were wiped out by European diseases and slavery, slaves were imported from Africa to work the plantations. Towns such as Spanish Town in Jamaica and St Pierre in Martinique became the resort of white

elites who resided there seasonally or semipermanently to enjoy the communal comforts of a more sophisticated and protected way of life than their plantations could afford. Similarly, in the mainland cities such as Oaxaca City in southern Mexico or Guatemala City, a small Spanish elite dominated the Amerindian and *mestizo* (mixed) populations. A major common denominator throughout the region was the role of the town as commercial and administrative center – an outpost of the colonizing country, with imposing public buildings in Spanish baroque, English gothic or French provincial styles.

Post-slavery settlement

The ending of slavery between 1834 and 1886 in the Caribbean brought a new element to the settlement pattern. Slave numbers had been greatest in the British and French islands, and on many of them

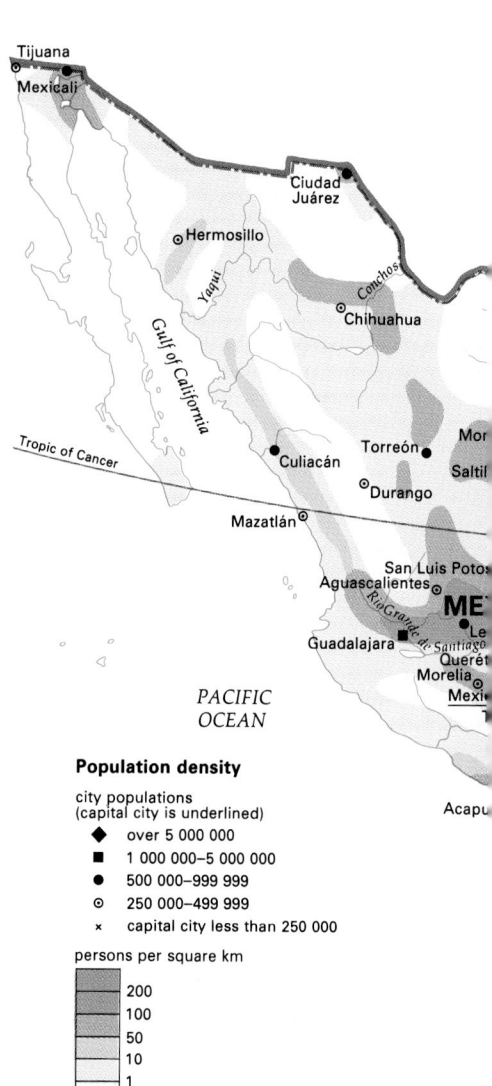

Population density

city populations
(capital city is underlined)

◆	over 5 000 000
■	1 000 000–5 000 000
●	500 000–999 999
◉	250 000–499 999
×	capital city less than 250 000

persons per square km

	200
	100
	50
	10
	1

there was a mass movement of population away from the coastal plantations as large numbers of ex-slaves bought or squatted on plots of land in the previously unoccupied interior. These people worked the land as subsistence farmers, and a new network of inland villages, market centers and towns came into being to serve them.

Although the old colonial ports at first remained at the apex of the urban hierarchy, many declined when the sugar industry was hit by the removal of protective tariffs during the second half of the 19th century. However, a number of new ports developed to export the agricultural produce grown on peasant holdings, such as bananas. Consequently, the settlement pattern is more varied than on the mainland. Here, little has altered in the last 150 years, except that urban centers are now better linked through improved road, rail and air communications.

A bridge with the past (*left*) The arch of Santa Catarina in Antigua, the former capital of Guatemala, and one of the first planned cities in the Americas. It has twice been destroyed by earthquakes, most recently in 1976.

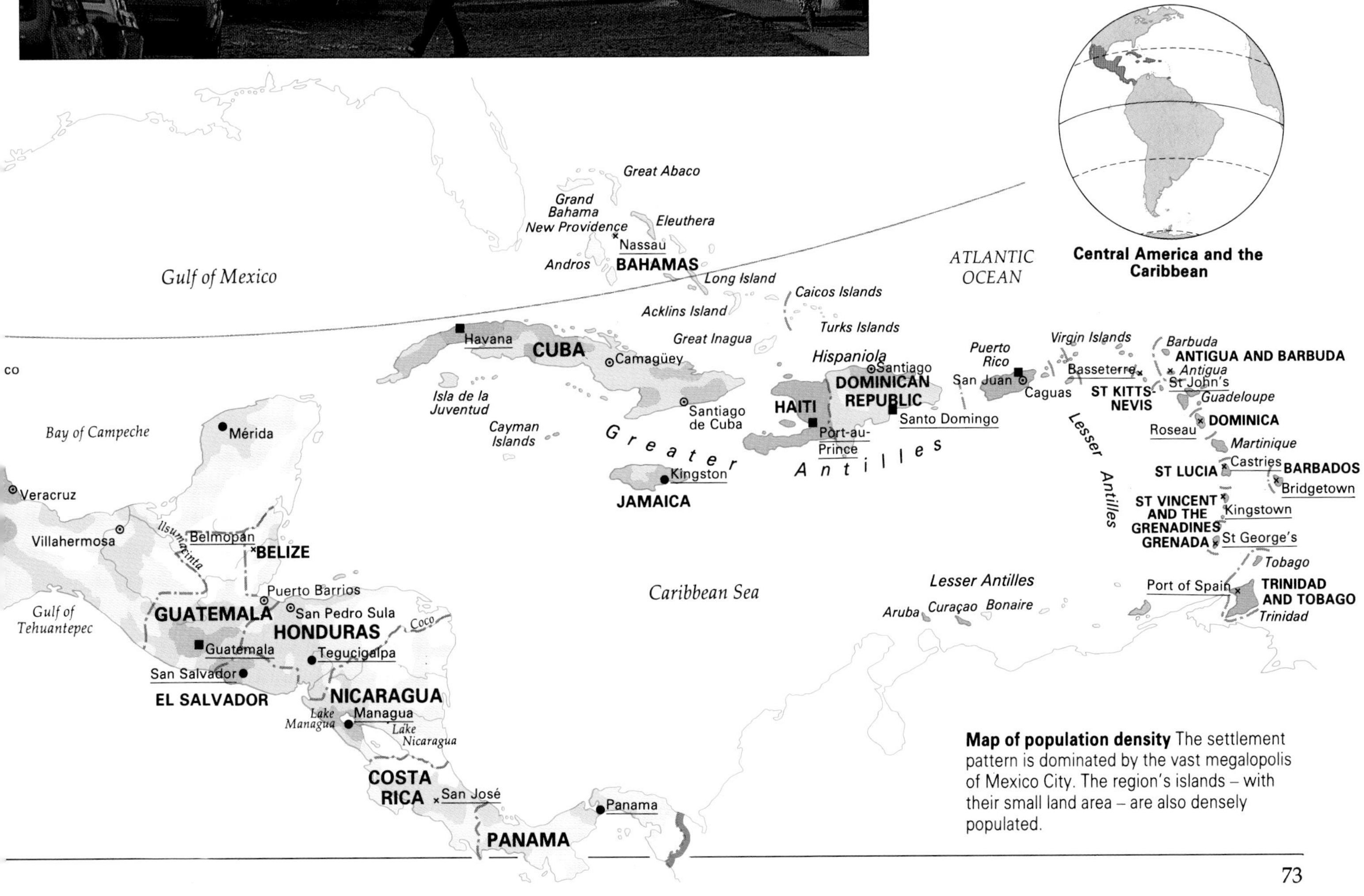

Central America and the Caribbean

Map of population density The settlement pattern is dominated by the vast megalopolis of Mexico City. The region's islands – with their small land area – are also densely populated.

FACTORS FOR GROWTH

Central American cities are growing very rapidly. The most obvious reason is the combination of falling death rates, due to the ability to control epidemic diseases, and a high – though slowly declining – birthrate. As a result of rural overpopulation and poverty, increasing numbers of people have migrated either to the cities or abroad. Urban populations, originally swelled by rural migration, continue to grow since governments are hardpressed to fund the public health programs to reduce fertility rates.

The population of Kingston, Jamaica, has doubled since independence in 1962 and now stands at more than half a million. In mainland Central America a handful of cities now have populations of over 1 million. Mexico City is the world's

CUBA – AN ISLAND APART

Since 1959 urban and rural planning in Cuba has been shaped by socialist principles. The artificially high prices it received for sugar from the former Soviet Union, combined with cheap oil imports, enabled it to carry out ambitious programs that emphasized rural development at the expense of urban growth, in sharp contrast to the trend in the rest of the region. One way it did this was to create "small cities" (*pequeñas ciudades*) – small clusters of modern housing, schools and health-care facilities in the countryside.

Although the population of Havana, the island's capital, has doubled in the last 30 years, it has grown much less than other cities in the region: over the same period Mexico City's population has increased sixfold. Public health programs account for the lowest fertility rate in the region. There is provision of state-funded housing, with rents fixed as a proportion of income. New housing developments have been built and old residential areas upgraded by "microbrigades" employed and directed by the state. Many town properties belonging to the rich, mainly white, elite when they abandoned Cuba after the revolution have been reallocated to public services, such as hospitals and schools. However, as economic crisis mounts with the removal of financial support from the former Soviet Union, the living standards of Havana's citizens seem set to fall.

largest metropolis: unofficial estimates place its population as high as 19 million and it is still growing. It is likely to have reached more than 20 million by the end of the century.

A number of other factors help to explain the region's recent rapid urbanization. In the Caribbean, the granting of political independence to the majority of islands since the 1960s has created many new capital cities, with all that entails in the way of extra government and administrative functions. The development of new industries such as bauxite mining, tourism and petroleum extraction, and the introduction of universal education and social welfare programs have increased the pulling power of the cities in all but the smallest of islands.

In some mainland Central American countries the ever increasing economic influence of the United States has been instrumental in promoting urban growth. The region's capitals have taken on many of the aspects of the United States' city. In a number of cities, such as Puebla in central Mexico and Mexico City, joint ventures with United States' firms, using

American technology, have increased employment opportunities. The setting up of the Central American Common Market (CACOM) in the 1970s stimulated growth in centers such as San Salvador and Guatemala City.

No glittering prizes

Most cities in the region, however, especially those in the Caribbean, do not possess a sufficiently varied and thriving industrial base to sustain rapid urbanization. For the majority of rural migrants, city life does not bring the desired economic advantages. A shortage of jobs means that only the very few find work within the formal employment sector – that is, with secure wages, regular hours of work and social security benefits. Most are therefore compelled to live within the informal sector, seizing every chance for work that offers itself, whether as casual laborers, recycling scrap, or cleaning cars or shoes. In many parts of the Caribbean domestic service is the mainstay of the urban female workforce.

Even in Mexico City, which has a more diversified economy than most, more

Rural street life (*above*) A street vendor weighs out his goods near a shop selling locally-produced beer, wine and liquor. Compared to the frenetic pace of Mexico City, the country's small towns and villages have a slow and easy atmosphere.

Castro's children (*below*) Cuba has one of the lowest population growth rates in the region. Declining birth rates, combined with heavy emigration by young people, mean that the majority of the Cuban population is over the age of 30.

many, the rewards of illegal activities such as robbery or drug pushing are obvious. Given that the cities and towns of Central America and the Caribbean lie across the conduit supplying drugs from South America to the United States, it is not surprising that urban gangs in most are involved in the illicit trade.

Rural decline

Urbanization, especially in the Caribbean, has led to acute rural depopulation and agricultural decline. In Jamaica, for example, sugar and banana production, the traditional mainstays of the economy, have fallen sharply over the past two decades, and Jamaica now has a massive food import bill. These conditions are repeated elsewhere in the Caribbean, especially in Trinidad and the French dependencies of Martinique and Guadeloupe. The lack of amenities in rural communities persuades more people to migrate to the cities, and so the spiral of decline is maintained.

In Mexico, where land reform since the mid 1920s has placed many millions of hectares in the hands of peasant farmers (*ejidatarios*), the problem is not as great since rural communities have been less affected by political and educational pressures for change. However, in some of the countries of the Central American isthmus – such as El Salvador and Nicaragua, which are plagued by endemic political violence – acts of brutality by guerrillas and national soldiers have terrorized parts of the countryside and forced many to flee for safety to the cities.

than 40 percent of the labor force in 1980 operated outside the formal sector. The economic crisis of the 1980s, when governments struggled to repay massive international debts, increased urban unemployment right across the region. In most cities, including Mexico City, the number of those in the informal sector is now likely to be nearer 60 percent. For

In the fast lane (*below*) A cow, a car and a bicycle share the freeway in Santo Domingo, the capital of the Dominican Republic. The road system is part of an American-inspired urban development program that was begun in the late 1950s. Plans were based on an ambitious forecast of economic growth; this has not been fulfilled, and the new roads are underused and left open to any traffic.

OLD AND NEW, RICH AND POOR

All the cities of Central America are showing the strains of unprecedented rapid growth. Mexico City, by far and away the largest, provides a striking example of the chaos that can result from unchecked development. Much of the city's industrialization over the last 50 years has been unplanned, with the result that factories are often poorly located. The city is surrounded on all sides by mountains that trap vehicle and industrial emissions and make air pollution a serious hazard. The area is prone to earthquakes such as the one in 1985 that killed 7,000 people. All these factors add to the problems of a city in which the service and transportation infrastructure is already severely overburdened and where the rate of population increase shows no sign of slowing down.

A blend of influences

Mexico City – built on top of the pre-Columbian capital Tenochtitlan – is the only city of the region that predates the European era. Like cities throughout the developing world, most are a blend of colonial and modern influences. Obvious symbols of former imperial domination

Scrap-heap recycling At the municipal dump in Guatemala City, a family of scavengers search for food and objects to sell among a sea of urban waste. The region's cities do not have a sufficiently developed industrial base to support their increasing populations, so many people are forced to make ends meet however and wherever they can.

such as place-names and statues have been removed or replaced with those of nationalist heroes, and the cathedral and the governor's residence have given way to city skyscrapers.

The smaller towns and cities show more visibly the signs of their colonial origins. In the formerly Spanish cities, for example, the large square flanked by imposing religious and civic buildings still lies at the center. There is considerable mixing of commercial and residential functions with many people living above or behind their place of work, and the areas of poorest housing are confined to the city periphery. In the large cities, by contrast, a century or more of invading modern influences and new technologies, acquired first of all from Western Europe and more recently from the United States, have virtually obliterated the earlier pattern. These new elements include central business districts (CBDs), as well as much greater segregation of commercial, industrial and residential areas.

The general pattern is for residential segregation to increase as cities grow. Elite suburbs of attractively landscaped low-density housing occupy large areas on the outskirts of the city. They are served by out-of-town shopping malls, and by rapid transit systems and expressways. These suburbs are taking on the appearance of affluent ghettos in the midst of a sea of overcrowded tenements and underserviced squatter settlements. In the case of San Salvador, capital of El Salvador, this is almost literally true. After a decade or more of insurgency, the elite barely leave the protection of the suburb, and even travel within it, to icecream parlor or pintable arcade, behind the safety of tinted car windows.

The housing crisis

The rapid increase in urban populations has spawned enormous housing problems, which municipal authorities are far from being able to solve. Those living within the informal sector rely on their own efforts to acquire homes. Self-help housing takes many forms throughout the region. In the Caribbean, squatting is rare, but houses are built on rented plots (known as rent yards) without planning permission. Often there is complex subletting of these properties.

In Central America squatter settlements, often lacking services such as

City within a city (*above*) One of Mexico City's residential districts, Nizahua-Coyotl is home to more than 3 million people. The mushrooming growth of the city's population has created a huge urban sprawl, halted only by the mountains that surround the city.

Rooms with a view (*left*) A luxurious riverside mansion in Belize City. The region's cities present stark contrasts between the living conditions of rich and poor. Residential areas are highly segregated; many wealthy citizens rarely venture beyond the borders of their favored areas.

electricity, piped water and sewerage, invade land belonging to someone else, often tucked away alongside rivers, as in San Salvador and Guatemala City. In Mexico City, as well as outright squatting, realtors may illegally subdivide orthodox housing developments. About half the population of Mexico City lives in informal settlements. Most of the houses are in various stages of improvement as their residents strive to get them legally recognized by the municipal authorities

and so enable them to be connected to electricity and water supplies.

The cities of Central America and the Caribbean are centers of social inequality based essentially on class, but with strong overtones of ethnicity, color and culture. The residential districts, transportation systems, work places and shopping amenities of the white – or pass-as-white – city conform to the standards of the United States or Europe. The self-help settlements, overcrowded buses, ramshackle repair yards and produce markets of the Amerindian city (in Central America) or black city (in the Caribbean) are by these standards exceedingly deprived. Yet even the urban poor achieve living standards that are often far superior to those they left behind when they migrated from the country, and their children can aspire to far better education and healthcare than is available in the rural villages.

Kingston – poverty and violence

One in four of Jamaica's inhabitants live in the capital, Kingston, the island's capital and major port, and one of the largest cities in the Caribbean. The city was founded in 1692 to house refugees displaced by the earthquake at Port Royal; the rectangular form and grid street layout of the old core city are still clearly discernible today. Although Kingston was originally a planned settlement, its rapid growth since World War II has been anything but controlled. Many of its shanty towns are reminiscent of the makeshift huts that the first inhabitants occupied in the late 17th century.

Kingston's population has doubled since Jamaica became independent in 1962. The rate of increase has, however, been lower than previously predicted: largescale emigration to Britain and, more recently, to Canada and the United States has had a drastic effect. Today, about 20,000 educated Jamaicans a year leave for better-paid jobs abroad. Another factor that has reduced the city's projected growth has been the drop in the birthrate caused by youth emigration and the widespread availability of family planning. There is evidence to suggest that political violence in the capital has led not only to urban depopulation but also to a falling off in the numbers of rural migrants to the city.

Social divisions

Kingston strongly exemplifies many of the urban divisions found in the region: colonialism and independence; formal and informal sectors; affluence and poverty; modernity and backwardness. In Kingston's case there is also a hierarchical social structure based on class, which in turn is strongly correlated with color and culture – these three factors govern the city's patterns of residential segregation.

Old-style colonialism, however, has to some extent been replaced by a kind of Americanized neocolonialism. Out-of-town shopping plazas cater for the upper and middle classes, leaving the old city core to the poorest section of the black population. A modern shopping and service complex has been developed at New Kingston, partially counterbalanced by the redevelopment of the waterfront, which now boasts the Bank of Jamaica, the Conference Center for the Law of the Sea, the National Gallery, and affluent apartments and boutiques.

Even by the standards of the region, Kingston is an exceptionally impoverished city. About one-third of its labor force is unemployed and the informal sector of the labor market has therefore grown enormously to become in some areas of the city the mainstay of the population. A significant, though unquantifiable, part

Land use

- ● important site
- —— major road
- ⟶ major railroad (with terminus)
- central business district
- commercial and mixed
- industrial
- residential
- shanty town
- parks and open spaces
- other

Harbor site The key to Kingston's growth is its excellent, virtually landlocked deepwater harbor. It is enclosed by the Palisadoes, a 13 km (8 mi) landspit that today houses the island's international airport and a complex of tourist hotels and marina. Port Royal, destroyed by an earthquake in 1672, stood at the western end of this spit. The planned city of Kingston replaced it on the north shore, and its residential areas now extend some distance inland. The commercial district abuts the old port area, now redeveloped to take large cruise and cargo ships.

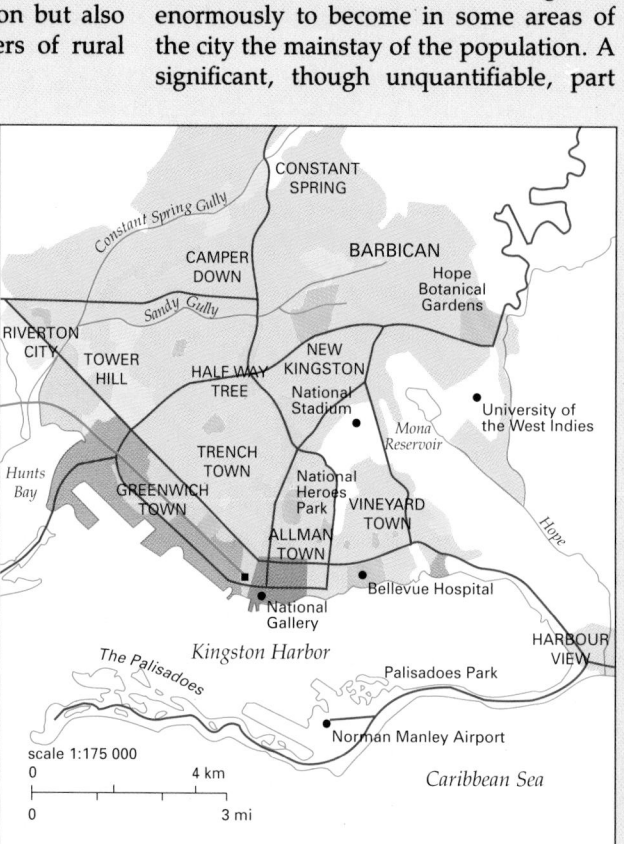

Kingston rent yard During the 1960s and 1970s, very large numbers of rural Jamaicans moved into the city of Kingston in search of work. Population growth was so fast that planners could not provide enough housing for all the migrants. Alternative housing arrangements – such as rent yards and shanty towns – became increasingly common and still exist in large numbers today. Now the government is supporting a program of agricultural reforms with the aim of redeveloping and repopulating the countryside in an effort to relieve population pressure on the capital.

of the labor force that declares itself unemployed is engaged in illegal and criminal activity. Drug dealing and gang violence, especially in West Kingston, brutalize life to a degree unknown in most other Caribbean capitals.

Only the elite and some of the middle class own property; most housing is rented or located on rented land. Squatting is confined to the poorest areas – in Kingston the most striking example of informal housing is the rent yard.

In 1960, 30 percent of the population lived in dilapidated housing, and more than 25 percent in overcrowded accommodation. Before the destruction caused by Hurricane Gilbert in 1988, 40 percent of dwellings were in need of replacement or upgrading, and 60,000 people required rehousing. That the situation was not worse was due in part to government housing schemes, though these more often than not benefited the clients of whichever political party was in power. The migration of many people to the Spanish Town area during the years of political violence in the 1970s was also a factor.

AN URBAN EXPLOSION

COLONIAL SETTLEMENTS · THE DRAW OF THE CITIES · SOCIALLY SEGREGATED CITIES

Although impressive urban civilizations had been developed by the indigenous peoples of South America before the Spanish and Portuguese invasion at the beginning of the 16th century, cities are a more recent phenomenon in South America than in the Middle East, China and some parts of Europe. Today, however, the major cities of South America are among the most populous in the world. The shift from a predominantly rural to a predominantly urban population has only occurred over the last 50 years, and cities have expanded very rapidly to cope with the enormous influx of people from the countryside. For vast numbers of urban dwellers, life is hard. Incomes and standards of living declined throughout the 1980s and the majority now live in overcrowded and poorly serviced housing.

COUNTRIES IN THE REGION

Argentina, Bolivia, Brazil, Chile, Colombia, Ecuador, Guyana, Paraguay, Peru, Surinam, Uruguay, Venezuela

POPULATION

Total population of region (millions)	296.6
Population density (persons per sq km)	17.0
Population change (average annual percent 1960–1990)	
Urban	+4.1
Rural	+0.6

URBAN POPULATION

As percentage of total population	
1960	43.2
1990	76.1
Percentage in cities of more than 1 million	12.1

TEN LARGEST CITIES

	Country	Population
São Paulo	Brazil	16,832,000
Rio de Janeiro	Brazil	11,141,000
Buenos Aires †	Argentina	11,126,000
Lima †	Peru	6,234,000
Santiago †	Chile	4,858,000
Bogotá †	Colombia	4,185,000
Belo Horizonte	Brazil	3,446,000
Caracas †	Venezuela	3,247,000
Salvador	Brazil	2,362,000
Fortaleza	Brazil	2,169,000

† *denotes capital city*

COLONIAL SETTLEMENTS

More than 3,000 years before Europeans reached South America at the end of the 15th century, people in the northern and central Andes had become settled farmers. Sophisticated systems of irrigation enabled them to produce agricultural surpluses, and this supported the rise of several urban-based empires. The greatest was that of the Inca. In the 100 years before their defeat at the hands of the Spanish they built many cities of stone including Machu Picchu and Cuzco in Peru. The Spanish used the vast walls of the Inca city as the foundations for their own city.

From the very earliest days of their conquest the Spanish and Portuguese used towns and cities as a means of establishing control over their newly acquired territories. Some cities were built on existing sites – both Quito, the capital of

church dignatories. The streets that spread out from the main square were laid out in a rectilinear pattern: those highest in the social hierarchy lived closest to the center. The Portuguese followed less rigid principles of urban design – the main square was not so regular in shape, the streets did not always follow a grid-iron pattern. Nevertheless, in both cases the city was made the nerve center for the colonization and subjugation of the Amerindian peoples.

Coastal developments

Most of these colonial cities were built on or near the coasts, and this long remained an enduring feature of the South American settlement pattern. Urban development only very gradually moved inward, deterred in part by the inhospitable climate and dense vegetation of the Amazon basin. Until the mid 20th century the few towns that grew up in the interior were river trading ports such as Manaus, 1,600 km (1,000 mi) from the coast, or in mining areas. In Brazil, it was not until a new capital, Brasília, was built closer to the center of the country that a great wave of settlement was unleashed in the Amazon region.

Even if most of South America's cities were established in the 15th and 16th centuries, urbanization is undoubtedly a 20th-century phenomenon. In 1900 the vast majority of South Americans still lived in the countryside. Only in Argentina and Uruguay did more than one-third of the population live in the cities, a consequence of rapid immigration to these countries from Spain and Italy. Elsewhere urbanization did not occur extensively until population growth and economic development accelerated during the 1930s and 1940s.

Control of the major epidemic diseases improved life expectancy throughout the region, but especially in the poorer countries. In Colombia, for example, it rose from 34 years in 1930 to 64 years in the early 1980s. While death rates fell, fertility rates remained fairly constant.

As a result, South America's population of 76 million in 1930 had risen to 110 million by 1950, and by 1985 had grown to 275 million – a fourfold increase. Pressure on farmland was exacerbated by unequal landholding systems and more and more people were encouraged to leave the land. The vast movement of migrants to the cities had begun.

Map of population density (*above*) South America has one of the most unequally distributed populations in the world. Most people live in dense concentrations in the coastal areas, mainly on the eastern side of the continent. In an attempt to open the interior to settlement, Brazil moved its capital in 1960 to a specially designed new city, Brasília.

The imprint of conquest (*left*) The ancient town of Cuzco is perched high up in the Andes mountains in Peru. Planned in the shape of a puma with the Saccshuaman fortress as its head, Cuzco served as the Incan empire's capital. But its importance and population (around 200,000) declined after the Spanish set up their colonial capital in Lima. The Incan temples were pulled down and replaced with the cathedrals and administrative buildings of the conqueror.

Ecuador, and Cuzco were already important towns when the Spanish occupied them. Many more were founded as new settlements. Nearly all the continent's capitals and major cities began as important administrative centers within the Spanish and Portuguese empires.

The cities built by the Spanish were very distinctive in form. They marked out a central square, and built a church or cathedral on one side and administrative offices on another. The remaining sides were occupied by the houses of the ruling elite: military officers, bureaucrats and

THE DRAW OF THE CITIES

The period of rapid population rise in South America was also a time of accelerated economic growth. Early industrial development, which started in the late 19th century, had mostly been concentrated in the southern countries of South America. Initially, the large cities, Buenos Aires (Argentina), Rio de Janeiro and São Paulo (both in Brazil) benefited. By the 1940s and 1950s, however, cities and towns in the smaller Andean countries, such as Peru and Bolivia, were experiencing a sustained burst of industrial expansion. Industry created jobs, helped to improve urban services such as health and housing provision and transportation systems, and raised living standards for most urban dwellers.

In rural areas, poverty was endemic. Unfair landholding systems meant that many peasant farmers were without land. Others possessed land, but plots were frequently subdivided by inheritance and many had become too small to support individual families. In places vast estates owned by absentee landlords occupied whole valley floors, while the bulk of the population were forced to farm the much less productive hillsides. Few villages possessed electricity or sanitary water supplies. Schools were mostly inadequate, secondary education unknown, and decent healthcare a dream.

The search for a better life

Life in the cities was by no means easy. However, the burgeoning economies of the cities offered those with some skills a variety of opportunities to improve their way of life. A man who knew how to drive could earn a decent living as a bus driver, a bricklayer could get much more remunerative work in the city, someone who could read and write might find employment in a government office. Even an unskilled daughter might find work – middle-class urban families were eager to train young girls to be domestic servants.

The desire for a better life thus drew more and more people to the cities in search of jobs. In about 1940 two out of three South Americans lived in the countryside. By the 1980s this had been reversed: two out of three South Americans were urban dwellers. In some parts of the region, the figure was much higher. In Argentina, for example, 83 percent of Argentina's population lived in the cities; the figures for Chile and Venezuela were 81 percent and 79 percent respectively. Only in Bolivia, Ecuador and Paraguay was the urban population smaller than that of the country.

Most migrants moved to the nearest large town or city, usually no more than 160 km (100 mi) away, where they were much more likely to have relatives or to know villagers who had already settled there and could help them find work. The largescale movement of population in the

Quiet streets (*right*) A load of wood is brought by mule from the country to be sold in Tarabuca, a small town high in the Andes that serves as a market center for the subsistence farmers of this predominantly rural area. It is famous for its lively Sunday market.

Shining opportunities (*below*) This shoeshine boy, who has set up his stall in the center of La Paz, the capital of Bolivia, is one of millions who rely on their own ingenuity and resourcefulness to survive in the harsh world of the city.

LIMA – FIRST CITY OF PERU

The history of Lima, the capital of Peru, is typical of the story of urban growth throughout the region. Founded in 1535 by the Spanish on a site about 13 km (8 mi) from the Pacific coast, the city was chosen as the administrative capital of the Spanish empire in South America in preference to the old Inca capital of Cuzco. Nevertheless its growth was slow until the mid 19th century. Then, helped by an export boom in cotton, sugar and guano, it prospered and expanded. Export taxes were concentrated in the hands of the city's ruling elite, and this centralization of wealth and power led rapidly to its eclipse of the country's provincial cities and small towns.

When Peru began to industrialize in the 1930s and 1940s, most companies established factories in Lima, as it contained the largest market for goods,

Past days of glory An elaborately carved wooden balcony on a church in the center of Lima is a reminder of the golden period when the city was the capital of the Spanish viceroyalty in South America and controlled the silver trade from Peru's mines.

key services such as water and electricity, and possessed its own port. Anyone hoping to make his way in national life could only do so by moving to the capital, as it was here that all the most important jobs and access to political influence were to be found.

In 1850 Lima was only twice as big as the country's second largest city. By 1940 it was eight times and by 1972 twelve times larger. Today it has more than 6 million inhabitants. Three out of ten Peruvians live in Lima, and it contains some two-thirds of Peru's manufacturing employment.

1940s consequently affected all medium to large towns in the region. There was scarcely a city with more than 50,000 inhabitants that did not experience a mass influx of country people at this time.

However, the pull of some cities was stronger than that of others. The largest cities, such as Buenos Aires, São Paulo and Lima grew fastest because they contained most industrial activity. Political power was centered in the region's capitals, and government offices came to employ ever larger numbers of workers. The emergence of a new middle class in cities such as Buenos Aires and Rio de Janeiro led to increased commercial activity and diversification of the city's economic base.

Once industry and commerce were established in a large city, vested interests emerged to defend their position and to ensure that the city's leading role was not threatened by competition from other urban centers. More job opportunities, better provision of basic services such as electricity and sewerage, better roads and distribution of goods to and from these centers ensured that they continued to expand, while growth in the smaller centers stagnated.

As a result, in nearly every country in South America the largest city, which is nearly always the capital, has come to dominate the pattern of settlement in, and the economic, political and social life of, the entire nation. By the 1990s, as many as one in two Uruguayans lived in Montevideo, one in three Argentinians in Buenos Aires and a similar proportion of Chileans in Santiago.

The recent growth of some South American cities has been quite spectacular. Today the region contains some of the world's largest metropolitan areas. The most striking example of staggering growth is São Paulo. Its population of 2.8 million in 1950 had risen to an official level of 10 million by the 1980s, and by the early 1990s had soared to 16 million. Similar explosive growth is seen in a city such as Caracas, the capital of Venezuela. With fewer than 700,000 inhabitants in 1950, its population in the 1980s was over 3 million and still rising.

SOCIALLY SEGREGATED CITIES

A striking feature of most South American cities is the very sharp social stratification that defines their residential areas. At the heart of the large cities is a modern central business district similar to those of North American and many European cities, with prestigious office blocks and enjoying the full range of urban services and amenities. Rapid transit systems bring the center in touch with affluent suburbs on the edges of the city, and very often grand avenues lined with exclusive shops, theaters, restaurants, offices and expensive apartment blocks lead from the central district to the most elite areas of low-density housing.

The people living here are very well off – they may be lawyers or doctors, run businesses, or be employed in the higher ranks of the government and civil service. Their spacious bungalows and villas are set far apart from each other in well-tended grounds. In addition, a much more numerous group of middle to low income earners lives in the older residential districts that ring the central core. Although solidly built and adequate, their houses lack modern conveniences. Many middle-income earners cannot afford a car, so they rely on overcrowded buses and trains for the journey to and from white-collar jobs in the cities' downtown commercial centers.

Living on the margins

By far the biggest urban group of all are those working for desperately low wages who are crowded into slums near the city centers – abandoned properties that have been divided up to provide shelter for many families – or into the shanty towns that occupy every inch of available land on the city fringes. It was the prospect of jobs and a better life that attracted the flood of rural migrants to the cities between 1950 and 1980. Living conditions for most people probably improved during these years. However, during the 1980s when the region's governments struggled to repay enormous international debts, wages fell relative to rising prices, and most families became substantially poorer.

Although rates of unemployment are climbing in some cities – in 1991 urban unemployment hovered round 11 percent in Venezuela and 9 percent in Argentina – work still exists for the majority. But hours are long and exacting, and most jobs are very badly paid. Such workers

LAND INVASION AND THE POLITICIANS

Many of Venezuela's self-help housing settlements have been built on land owned by the municipal or state authorities. Land invasions are rarely violent, and are often organized by politicians seeking the votes of potential settlers. On the day proposed for the invasion, the politicians try to ensure that the police are preoccupied elsewhere. Sometimes, however, they may fail to arrange the promised protection, especially when the authorities are unwilling to lose a particularly valuable piece of land.

On other occasions settlers have attempted to occupy privately owned land. If the owner has sufficient influence, he may persuade the police to intervene to repel the invaders. In 1970 in Valencia, Venezuela's third largest city, a Peasant League invaded some private land and was vigorously opposed for three years. Repressive action against the settlement ceased only when the police overreacted, and two settlers were killed.

Nevertheless, because the settlement was on private land it received no support from the authorities. Nothing was provided in the way of services for several more years; the roads were unpaved, electricity was stolen from the mains, and water was purchased from tankers. It was not until the eve of the election in 1978 that the settlement finally received piped water – a clear attempt on the part of the government party to win settlers' votes.

cannot afford healthcare for their families, diet is inadequate, most struggle to survive. With men unable to increase their wages despite working longer and longer hours, wives and children contrive to augment family incomes in a variety of ways. They sell chewing gum on street corners, they clean shoes, they wash cars, they recycle all kinds of scrap. The informal sector is very often highly organized. Dealers employ whole teams of young boys to scour garbage dumps for anything of value, and street vendors jealously guard the best pitches.

Self-help settlements

Low wages have an impact on nearly all elements of urban life, but most obviously on housing. The shanty towns that have grown up around the major cities, known as *favelas* in Brazil's major cities, *campamentos* in Santiago, *barriadas* in Lima and *ranchos* in Caracas, are overcrowded and poorly serviced. Typically these self-help housing areas are established when settlers occupy land belonging to someone else (as usually happens in Brazil, Peru and Venezuela). Elsewhere land invasions are not generally permitted, and other forms of land occupation are used; for example, plots of land may be purchased without services or planning permission.

Whatever methods of occupation are used, all self-help settlements tend to develop on sites that are not wanted by other social groups: on patches of polluted land close to factories and industrial sites, on dried up riverbeds that are liable to flood, beside open sewers, or on steep hillsides that are susceptible to landslides. Once the settlements have been established, the city authorities will probably get round to providing basic services such as water and electricity, but it may take years.

In some cities in South America, up to half the total population lives in houses they have built themselves in self-help settlements. But not all poor families live in their own self-help home; in cities such as Caracas and Bogotá about half of all households rent or share accommodation, some in old buildings near to the city center. Rented accommodation may also be found in some of the better organized and longer established self-help settlements: once they have been able to improve their housing, land invaders frequently become landlords.

City of contrasts (*above*) This view across Rio de Janeiro to the Sugar Loaf mountain, one of the most famous landmarks in the world, reveals something of the city's tremendous social and economic inequalities. Rising behind the beaches that give Rio its reputation as a jet-set playground are the gleaming high-rise blocks of the affluent commercial center, while the shanty towns or *favelas* of the poor spread up the mountain slopes at the city edge. Electricity has been supplied to this long-established *favela*, but most lack basic services.

Architectural bravura (*right*) Rio's revolutionary new cathedral is one of many exciting modern buildings that, drawing on a variety of international and indigenous stylistic elements, add to the city's dramatic character. Brazil has been at the forefront of Modernist and Postmodernist architectural experimentation.

Bogotá – just making it work

Bogotá is Colombia's capital and largest city. Founded by the Spanish in 1538, it was planned in the customary way with a grid-iron pattern of streets around a large central square, the Plaza Bolívar, that contained the cathedral and main government offices. Bogotá's story is the familiar South American one of gradual increase for four centuries followed by explosive growth in the last 50 years. In 1938 its population was 358,000; by 1990 it exceeded 4 million.

Unlike many other South American capitals, however, it does not totally dominate the country. Located high in the Andes far from the coast, communication was difficult, and other manufacturing centers such as Medellín and Cali also developed. Major ports grew up along the Caribbean coast. Bogotá today contains tire, pharmaceutical and chemicals industries, and it houses most of the country's large banks and finance houses. Today railroads connect it with the Caribbean coast, and it is the hub of air travel in Colombia.

Bogotá's rapid expansion was initially caused by heavy migration from the surrounding countryside. Most people came from districts within a two-hours' bus ride of the city. The majority of migrants were young and started families after arriving in the city. Thus natural increase soon became the driving force for Bogotá's continued growth. Today, however, fertility rates are declining. The average Colombian woman now has less than 4 children, compared to 6.7 during the early 1950s.

In the past, the rich elite of Bogotá lived in areas to the north of the city, and the poor to the south. This rigid divide is starting to break down as urban sprawl increases, but there is no mistaking the rich parts of town from the less affluent. The elite inhabit well-serviced, spacious suburbs that are scattered with large, detached houses, each designed in a different style. The poor, by contrast, are crowded into settlements that are rarely pleasing to the eye.

Land invasions are not permitted in Bogotá. Instead, the poor buy plots without legal title in settlements that lack services and planning permission. Settlers are rarely displaced by the city authorities, and considerable confidence exists in the system. Occupiers design their own homes and often construct them as well. Electricity and water are

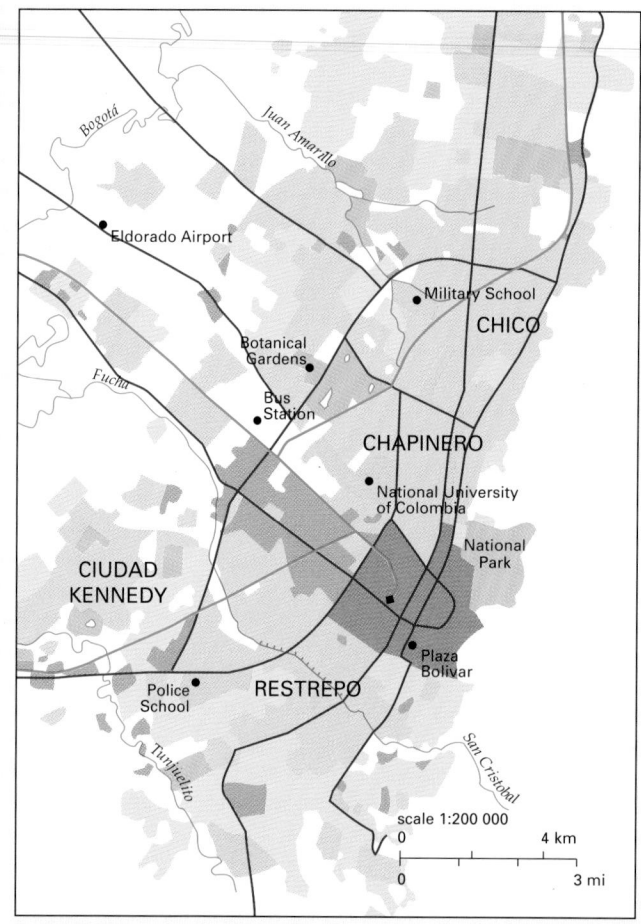

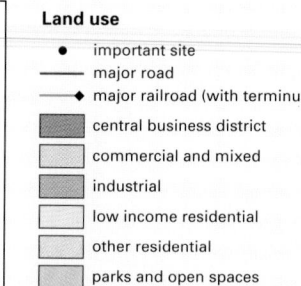

Land use
- ● important site
- —— major road
- ⟶ major railroad (with terminus)
- central business district
- commercial and mixed
- industrial
- low income residential
- other residential
- parks and open spaces
- other

scale 1:200 000

A changing mosaic (*left*) Bogotá's affluent residential suburbs initially spread northward from the old colonial city, and the areas of poorer housing were concentrated to the south. Today the pattern is much more broken up. The steep slopes of the Andes mountains provide an effective barrier to growth on the eastern edge of the city.

Bogotá by night (*below*) This boutique, selling European and American fashions, is in one of the affluent out-of-town shopping districts. Unlike Colombia's other main cities Medellín and Cali, Bogotá is relatively free of a criminal underworld and drug barons. The wealthy classes have made their money from the banking, financial and industrial sectors of the city's economy.

eventually supplied to most homes because the authorities would rather sell the services than have them pirated.

Services at full stretch

Waste disposal, however, is a major problem. The sewerage system covers less than a third of Bogotá, and sewage is deposited directly into rivers, creating a major health risk. Little is provided in the way of public healthcare, and only the very sick gain entry to hospitals. Traffic congestion and air pollution are increas-

Sharing a joke Life in Bogotá's shanty towns is not always lighthearted – many families go without even the basic amenities that those in the developed world take for granted. But self-help homes like this, though rough looking, are usually soundly built.

ing. Automobiles, however, are a luxury still reserved for the rich – most people travel to work by bus, on vehicles that are desperately overcrowded.

Despite its problems, Bogotá is a city that works. It is not easy to live in the city, especially for those who are poor. Some people do go hungry, yet the

majority are in no sense undernourished. Some people do sleep on the streets, yet the vast majority live in houses that at least keep out the rain and the cold. Most homes possess electricity, and nearly every household just about affords its own television set. Bogotá could, undoubtedly, be run more efficiently. Yet the fact that it has managed to absorb an increase of 3 million people in a little over 30 years without breaking down suggests that the administration must be getting something right.

NORTHERN GARDEN CITIES

THE EVOLVING SETTLEMENT PATTERN · REGIONAL URBAN STRATEGIES · CITIES IN A GREEN ENVIRONMENT

The settlement pattern of the Nordic Countries has been, and still is, strongly influenced by their mountainous terrain, forested interiors and hostile climate, restricting occupation to the coasts. For centuries fishing, farming and forestry were the predominant ways of life, and settlements remained small and widely dispersed – only in Denmark did a dense network of villages develop. Industrial growth and the construction of roads and railroads in the 19th century changed this pattern as people began to move from the countryside to the expanding towns. Today most people live in the cities, where they enjoy a high standard of living. Urban environments are pleasant and carefully planned, with plentiful provision of green spaces, efficient transportation systems and good housing.

THE EVOLVING SETTLEMENT PATTERN

Archaeological evidence suggests that the earliest settlement in the region was in Denmark, where widely scattered hilltop burial mounds reflect a relatively dense prehistoric population. The way in which it spread over the last 1,500 years can be detected from place-name evidence. Early settlement in all of the Nordic Countries was based on fishing in the inshore waters and farming the fertile clay soils of the coastal tracts. Fuel and materials for building were abundant in the wooded hinterlands and iron deposits were present in peat bogs and lakes. The mountainous terrain of Norway and the forested interiors of Sweden and Finland

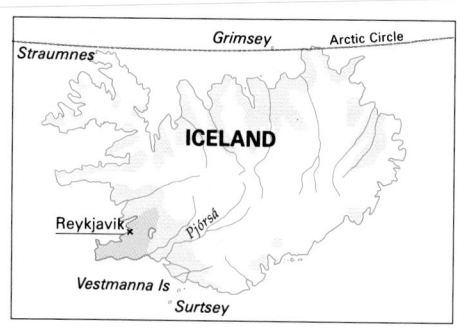

Map of population density (*below*) Most people in the region live in coastal settlements in the south where climate and terrain are most favorable – few live above the Arctic Circle. Denmark is the most densely populated country.

COUNTRIES IN THE REGION

Denmark, Finland, Iceland, Norway, Sweden

POPULATION

Total population of region (millions)	22.9
Population density (persons per sq km)	20.8
Population change (average annual percent 1960–1990)	
Urban	+0.9
Rural	−1.6

URBAN POPULATION

As percentage of total population	
1960	72.3
1990	82.6
Percentage in cities of more than 1 million	12.1

TEN LARGEST CITIES

	Country	Population
Stockholm †	Sweden	1,471,000
Copenhagen †	Denmark	1,339,000
Helsinki †	Finland	994,000
Oslo †	Norway	726,000
Göteborg	Sweden	720,000
Malmö	Sweden	466,000
Turku	Finland	265,000
Tampere	Finland	261,000
Århus	Denmark	258,000
Bergen	Norway	211,000

† *denotes capital city*

Population density

city populations
(capital city is underlined)

- ■ 1 000 000–5 000 000
- ● 500 000–999 999
- ◉ 250 000–499 999
- ○ 100 000–249 999
- × capital city less than 100 000

persons per square km

- 100
- 50
- 10
- 1

The Nordic Countries

Fire and water (*above*) Ålesund in Norway has been a fishing community for centuries. In a region where houses were traditionally built of wood, fire has always been a danger. Ålesund, destroyed in 1904, was later rebuilt in granite.

discouraged early occupation, and communication through these areas was difficult. Waterfalls and rapids prevented travel along the extensive river systems that drain the great lakes of Norway, Sweden and Finland.

The Nordic Countries, except for Denmark, lay outside the feudal system that so influenced the evolution of rural communities elsewhere in Europe. Farmers were independent, owning their own land. Farmsteads, consisting of a cluster of farm buildings, often occupied by an extended family, were widely dispersed across the countryside rather than concentrated in villages. Iceland, colonized in the 10th century from Norway, is unique in that the Book of Settlement (*Landnama bok*) records the names of the original farmsteads and their occupants.

The exception to this pattern was Denmark. Here the open-field system of landholding prevailed, with the farming population living in compact villages and cultivating the surrounding land. It only came to an end in the 18th century. Also at this time, new methods of reclaiming land, introduced from Germany, encouraged the colonization of heathland on the Jutland peninsula and the establishment of planned villages.

The growth of urbanization

During the medieval period urban centers began to develop throughout the region, usually around an important church or religious center, or around a military stronghold. Wherever concentrations of people formed, tradespeople and merchants were attracted to supply their needs and so market towns grew up. Trondheim on Norway's western coast (whose shrine to St Olaf made it a major pilgrimage center), Lund in Sweden, Ribe in south Denmark and Turku on the southwest coast of Finland are examples of towns that developed around a cathedral. Kalmar in Sweden and Elsinore in Denmark were originally castle towns.

A further stimulus to urban growth came with the emergence of the region's distinct nation-states and the rise of capital cities. Usually this became each country's single dominant urban center. Copenhagen, already a center of commerce, grew as one of Europe's great cities in the 17th century through its development as a military and naval base

Out-of-town tranquility (*below*) Alone among its neighbors, Denmark's settlement pattern includes a network of villages. Some such as Dragor, located on Amager Island southeast of Copenhagen, serve today as dormitory suburbs.

The city mosaic (*right*) This bird's-eye view of Copenhagen shows a variety of housing styles dating from different periods of time. Huge courtyard apartment blocks mix with older gable-roofed houses and with modern glass and concrete constructions.

serving the Danish state. Stockholm also blossomed as the capital of Sweden, with a highly organized military structure and a virtual monopoly of the Baltic's exports of pitch, tar, iron and steel.

However, Norway's geography proved an obstacle to a similar process of centralization. As a result, three important cities evolved, each dominating its own particular area – the cathedral city of Trondheim, Bergen in the southwest, and Oslo, the capital, in the south. Turku was the leading town in Finland until the early 19th century when Helsinki, to the east, replaced it.

The single greatest influence on the growth of towns and cities in the 19th century was industrialization. The railroad network and modern steamships linked the new industrial centers that grew up around ports and vastly increased the mobility of the workforce. Old urban centers expanded and new ones came into being: wood-processing ports in Finland, Norway and northern Sweden, cement-producing towns in Denmark, mining towns in Sweden. New ports were established to deal with specialized exports – Esbjerg in Denmark for bacon and dairy products, Narvik in northern Norway for iron ore, and Hangö in southern Finland for winter trading. In recent years Stavanger in southwest Norway has been transformed by the discovery of North Sea oil and gas.

REGIONAL URBAN STRATEGIES

Migration from scattered rural farming communities to urban areas proceeded at different rates in the five Nordic Countries. In Denmark, Norway and Sweden the movement of people began on a large scale during the 19th century; Finland and Iceland lagged behind until after World War II. Today, urban-dwellers are in a majority throughout the region – Reykjavik, for example, contains about half the population of Iceland. Although the capital cities of the other countries have no real rivals for size, they all contain other significant regional centers. Göteborg, Sweden's chief port and a major industrial center, dominates the west coast and Malmö the south. In Denmark, Aarhus acts as the "capital" of the Jutland peninsula. Trondheim and Bergen compete for the status of second city in Norway, as do Turku and Tampere in Finland.

In order to reduce the population drift to the cities of the south, development of growth centers in the north has been actively promoted by the Norwegian, Swedish and Finnish governments. Target areas have been Umea and Luleå in Sweden, and Oulu and Vaasa in Finland – all ports in the northern Gulf of Bothnia. Government policies to support industrial investment and so create emp-

loyment opportunities have given rise to the iron and steel complexes at Mo i Rana in Norway, Lulea in Sweden, and Rautarukki and Torniö in Finland.

The decline of rural life
Outside the cities, many people in Norway, Sweden, Finland and Iceland live neither in towns nor villages, but in dispersed settlements of several hundred inhabitants known as local service units, or *tätorter*. In remoter areas, many of these settlements have suffered from a decline in population. Younger people move to the cities, leaving a disproportionate number of elderly residents. Some *tätorter*, for example those maintaining isolated hydroelectricity stations, have small but highly skilled populations.

The provision of services for *tätorter* becomes increasingly difficult as their

FROZEN SEAS, RISING LAND

The Gulf of Bothnia, the northern arm of the Baltic Sea running between Sweden and Finland, is covered by ice for long periods each year, closing ports in the south for several weeks and in the north for as much as six months. In the past, this severe restriction on trade and communications had adverse effects on the life of towns such as Oulu or Vaasa on the coast of Finland, and Luleå or Skelleftea on the coast of Sweden. In recent years, however, icebreakers have done much to reduce the problem. In theory they could keep every port open in all but the severest winters, but in practice this service would be too costly to maintain. A railroad network linking the ports enables goods to be transported from factories to the nearest open harbor during the winter period.

The winter freeze is not the only problem affecting these coastal settlements. All along the coast the land is rising from the sea at rates that vary from some 20 cm (8 in) per century in the south to 80 cm (30 in) per century in the center. This has been steadily taking place since the ending of the last ice age 10,000 years ago, caused by the removal of the tremendous weight of the ice sheets. It frequently leads to legal difficulties over land ownership, as well as leaving harbors and fishing quays stranded above the waterline. In the Vaasa archipelago in Finland, the sites of as many as three successive fishing harbors can be seen.

populations dwindle. Banks, cooperative stores, health centers and post offices have been closed, and their functions concentrated in the nearest town, or replaced by mobile services. Centralization of specialized health services has been particularly pronounced, with new major hospitals being established at the large university medical schools. Mobile medical and dental teams can meet normal needs, but emergencies may require helicopter ambulances to get the patient to the nearest hospital.

In thinly peopled areas, education also raises problems. Although local facilities for primary education exist, secondary education demands special provisions, with fleets of buses carrying children long distances to school. In northern Norway there are state-run boarding schools for children living in remote areas, and in Iceland, where secondary education is largely concentrated in the capital, air services may be used to ferry pupils home at the weekend.

Transport lifelines

Where territories are so extended, the provision of efficient transportation networks to link widely dispersed centers of population is essential. They call for heavy investment. The Nordic Countries (except Iceland) all have state-owned railroad systems. These have become increasingly important around major urban centers as the numbers of commuters have risen.

High levels of car ownership have created a demand for an effective road network. In Norway the mountainous terrain presents major problems for highway construction, but new tunneling technologies have improved accessibility to many isolated settlements that previously had to rely on slow ferries or suffer the inconvenience of snowbound roads. In other places – notably Denmark – ferries are being replaced by bridges. Key urban settlements throughout the Nordic Countries are connected by domestic air services. These are critical for linking Thorshavn in the Faeroe Islands and the Danish dependency of Greenland with Copenhagen, as well as Arctic Svalbard with northern Norway.

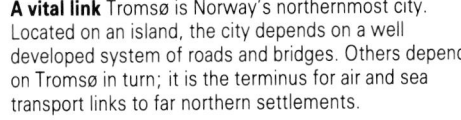

A vital link Tromsø is Norway's northernmost city. Located on an island, the city depends on a well developed system of roads and bridges. Others depend on Tromsø in turn; it is the terminus for air and sea transport links to far northern settlements.

CITIES IN A GREEN ENVIRONMENT

The cities of the Nordic Countries are generally very pleasant places in which to live. None of the region's capitals has a population exceeding 700,000 and there are only some 20 other municipalities larger than 100,000. With the exception of Denmark, where urban densities are comparatively high, cities occupy a disproportionately large area in relation to the number of inhabitants. There is plenty of room to expand, though in some cases difficult terrain may make development costly. Bergen, for example, is located among scenically exciting mountains and fjords, but complex and expensive "corkscrew" highways and tunnels are needed to open up access by road.

The topography and climate of the region presents other problems to city-dwellers. The shallow lakes and silty rivers of Finland are the cause of a sometimes unreliable water supply, and the disposal of sewage into the nontidal, brackish waters of the Baltic Sea also arouses environmental concern. Ice and snow are seasonal hazards in most Nordic cities: snow-clearance regulations have to be enforced, and icebreakers are stationed in the Baltic harbors.

Heating and lighting make heavy demands on the energy supply during the long, dark winters, and it is increasingly common for entire neighborhoods to be supplied from district heating plants. Reykjavik is exceptional in having thermal springs from which supplies of heat can be piped. As protection against winter cold, Nordic towns have indoor shopping malls and sports centers; out-of-town shopping centers are not common. In the past, building operations largely ceased during winter, but now construction sites are swathed in plastic sheeting and heated by hot-air machines so that work can continue. Finland's principal shipyard in Helsinki is roofed over for the same reason.

Garden cities

Within the urban areas, the environments of town and country merge freely with each other: tongues of woodland and water penetrate most towns in Norway, Sweden and Finland, giving them the appearance of garden cities. Reykjavik, by contrast, looks bare: few trees are able

Lunchtime reflections (*above*) Diners in a smart city restaurant, glassed over for winter protection, enjoy a leisurely view of the street. Standards of living in the cities of the Nordic Countries are among the highest anywhere in the world.

An architectural legacy (*right*) Called the "white city of the North" because of the pale color of the local granite in which it is built, Helsinki was made the capital of Finland when the country was annexed by Russia in the 19th century. The city's grand neoclassical buildings were designed by Russian architects in styles that are reminiscent of St Petersburg.

to withstand the harsh, windswept climate. Most urban families in Norway, Sweden and Finland have summer retreats. Copenhagen, much more a product of 19th-century industry and commerce than other Nordic cities, has its century-old *koloni* gardens – small hedged plots on the outskirts of the urban area to which apartment dwellers can migrate in summer. All the Nordic peoples have a special affection for Copenhagen – the largest and most European city in the region, its citizens have retained the art of living life to the full.

Most Nordic towns are well supplied with recreational facilities. The waterfront location that many towns enjoy makes boating a major activity, with a range of facilities from marinas and summer moorings to winter parking lots. Over much of Norway, Sweden and Finland, suburban ski trails, open-air ice rinks and even ski-jumps are provided by local government authorities.

The Nordic Countries were among the first in Europe to pedestrianize their main shopping areas. The presence of prestigious modern buildings reflect a degree of regional rivalry: the city halls of Stockholm and Oslo, for example, vie with each other for architectural innovation. There is an increasing interest in preserving historic neighborhoods: the old wharves of Trondheim and Copenhagen have been transformed. Municipal enterprise has provided Oslo with a park devoted entirely to the sculptures of the artist Gustav Vigelund (1869–1943).

Pressures of success

The high standard of living enjoyed across the region raises its own problems. Despite immense building programs, the

URBAN PLANNING IN FINLAND

Finland has a long tradition of urban planning. As long ago as the 17th century, the new trading centers being established along the Gulf of Bothnia were laid out on a formal gridiron street pattern. This layout can still be seen in Kokkola, Raahe and Oulu along the coast, as well as in the newer inland cities such as Kuopio on the west shore of Lake Kallavesi. Since most towns were built of wood – and so were at great risk from fire – the width of streets, the spacing of housing lots and the location of public buildings were carefully controlled. The old capital of Turku was reconstructed along these planned lines after much of the city had been destroyed by fire in 1827.

When the Grand Duchy of Finland (previously part of Sweden) was annexed by Russia in 1809, the new administrative center, Helsinki, was designed by architects and planners from St Petersburg. The splendid neoclassical city they created is strongly reminiscent of the northern Russian city.

The 20th century has not been lacking in planning opportunities. The need to repair wartime damage in Rovaniemi, the capital of the Lapland province, gave Finland's leading city planner, Alvar Aalto (1898–1976), the chance to redesign the town completely. Tapiola, a garden city to the west of Helsinki, is probably the outstanding example of contemporary urban planning.

level of single occupancy – which runs at one in three properties in Sweden – creates pressure on living accommodation. The growing number of cars in the cities causes acute traffic congestion.

Oslo has faced up to its traffic problem by establishing a ring of toll-gates at the approaches to the downtown area and charging all vehicles entering the city; Bergen, Trondheim and Stockholm plan to follow suit. Tens of thousands of cyclists – who constitute an important voting lobby – use Copenhagen's streets and are provided with special bicycle lanes. Both Helsinki and Copenhagen have retained their original tramway system. Oslo has a long-established light railroad network and Stockholm has a highly effective underground rail system.

Stockholm – the town between the bridges

Stockholm occupies some 20 islands and peninsulas on Sweden's southeast Baltic coast. The site is emerging from the sea. The stockaded island fortress lying between the Baltic Sea and Lake Mälaren became the center of the developing Swedish state when nearby settlements such as Sigtuna and Uppsala lost their access to the sea. Today the original old town – the *Staden mellan broarna*, or "town between the bridges" – with its medieval streets, old churches, parliament buildings and royal palace remains at the heart of the city, linked to the surrounding islands by a network of roads and bridges.

North and south of *Gamla Sta'n* (the Old Town), renaissance planning is reflected in the street layout. Norrmalm houses the city's commercial, financial and entertainment areas, and contains Stockholm's finest shopping street, Drottninggatan. Farther to the northeast is Östermalm, a century-old residential district with boulevards comparable to those of 19th-century Paris. The older suburbs, which include oases of green space, contain some fine early 20th-century villa and garden city development. Beyond stretches the belt of satellite suburbs, some with modern manufacturing parks. As these have expanded they have swallowed up older rural settlements.

An efficient subway system and suburban railroad network knits the parts of Stockholm together. It was one of the first cities in Europe to tackle the problems of slow-flowing city traffic by planning an elaborate complex of one-way streets and interchanges. The city's location raises several problems for planners and architects. It is built on a bedrock of granite, which affected the development of urban services in the days before modern methods of blasting and drilling became available. All the necessities of modern urban living – the subway system, pipes for water supply and sewage disposal and underground electricity and telephone cables – have to be accommodated in this layer of granite.

The city makes heavy demands on local energy supplies, especially during the long winter months. For a long time timber was shipped into the Stockholm area – which has no immediate sources of energy – for use as fuel. In recent years Stockholm has acquired hydroelectric power sites across the border in Norway in anticipation of expanding needs.

The Venice of the North (*above*) The Old Town is built on three small islands. Seen here from the west, the large, square building at the far side is the Royal Palace; to its left is the Parliament. With so many miles of waterfront, it is not surprising that boats and boating are still important in the life of Stockholm's citizens.

Northward expansion (*below*) Stockholm first began to spread onto the mainland in the 19th century when Norrmalm, the commercial and theater district, and Östermalm, a residential suburb, were first developed. The city's many parks and open spaces make it a pleasant place to live.

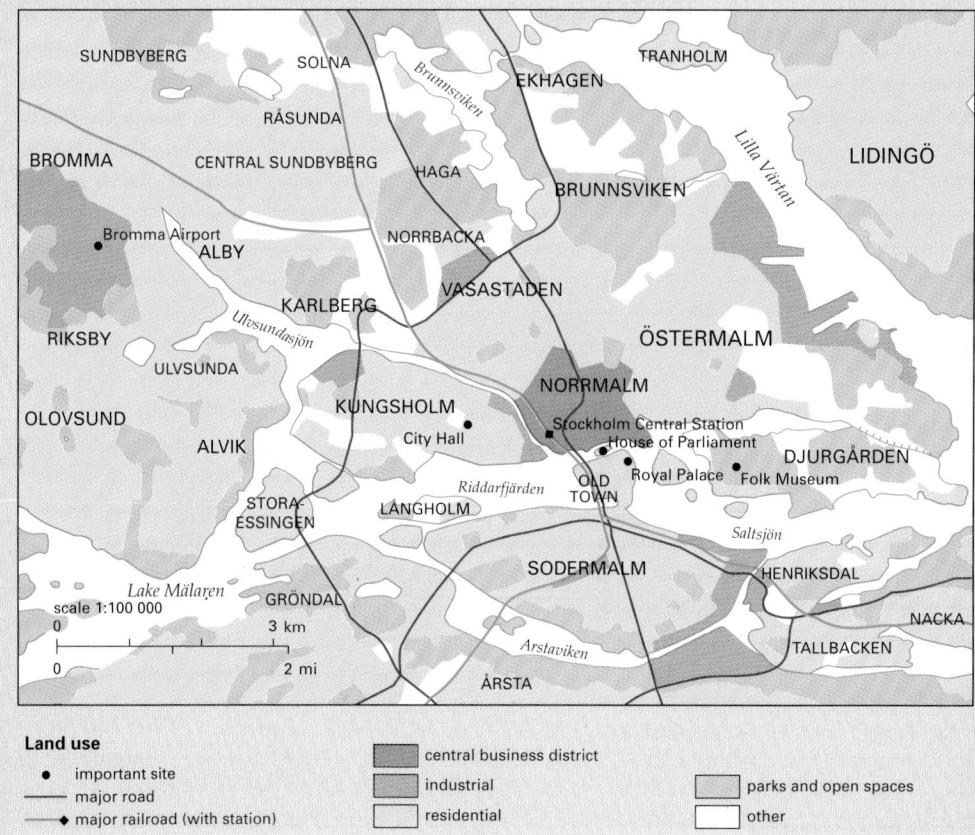

Land use

- important site
- major road
- major railroad (with station)

- central business district
- industrial
- residential

- parks and open spaces
- other

Urban renewal

During the last 40 years planners and architects have transformed two of Stockholm's central areas. Shortly after World War II, much of the 19th-century district of Norrmalm was rebuilt. A series of highrise offices and an extensive pedestrianized area – both of which were new ideas in European urban planning – were grafted onto Drottninggatan and the old marketplace of Hötorget. The Old Town was also a target for renewal. Its tall houses – dating back to the 17th and 18th centuries – built on a network of narrow alleyways had long been neglected. An extensive program of restoration transformed previously rundown dwellings and warehouses into attractive apartments, studios and offices.

Stockholm has always been well provided with open spaces. Parks, gardens and waterfront promenades are complemented by carefully maintained civic cemeteries as well as old churchyards. Recreation is an important part of the city's life. Most families have access to a boat for the summer months; in winter open-air ice skating rinks are provided, together with cross-country skiing on the edge of the city. The large number of indoor tennis halls reflects the popularity of a sport in which the Swedes have become internationally renowned.

Pedestrianized precincts The tower of the Storkyrkan, or cathedral of St Nicholas, overlooks this narrow alleyway in the Old Town. Many of its twisting streets have been closed to traffic. Crowded with antique shops and restaurants, they are popular with tourists and local shoppers. Some of the old burghers' houses are still private homes, but most have now been converted to offices.

RURAL DREAMS, CONCRETE REALITIES

FOLLOWING INDUSTRY'S WAKE · THE ENCROACHING CITY · SUBURBAN GROWTH, INNER DECAY

Despite its predominant image of small villages and sleepy country towns Britain has been a highly urbanized country for more than a century. For centuries, urban centers enjoyed slow and steady growth as local agricultural markets and places of trade. Then, throughout the 19th and early 20th centuries, mounting industrialization attracted a stream of migrants from the countryside. This caused cities in the center and north of the region to grow explosively, while medium-sized towns, especially those in the south, stagnated. The subsequent decline of these industrial cities has been a significant feature of contemporary urban Britain. Growth has switched to smaller, less industrialized towns, mainly in the south and southeast, confirming London's dominance of the urban hierarchy.

COUNTRIES IN THE REGION

Ireland, United Kingdom

POPULATION

Total population of region (millions)	60.6
Population density (persons per sq km)	195.4
Population change (average annual percent 1960–1990)	
Urban	+0.7
Rural	-1.6

URBAN POPULATION

As percentage of total population	
1960	84.7
1990	91.8
Percentage in cities of more than 1 million	13.0

TEN LARGEST CITIES

	Country	Population
London †	United Kingdom	6,378,000
Manchester	United Kingdom	1,669,000
Birmingham	United Kingdom	1,400,000
Liverpool	United Kingdom	1,060,000
Dublin †	Ireland	921,000
Glasgow	United Kingdom	730,000
Newcastle upon Tyne	United Kingdom	617,000
Sheffield	United Kingdom	445,000
Leeds	United Kingdom	432,000
Edinburgh	United Kingdom	404,000

† denotes capital city

FOLLOWING INDUSTRY'S WAKE

In 1800, Britain was essentially an agricultural society. Almost three-quarters of the population lived in small towns or villages of less than 2,500 people, and most worked on the land. Nevertheless, there was a well-developed urban network of market towns and of cities that had grown rich through trade. Norwich, for example, in the east of the region, was an important regional center, second only to London until Bristol, on the west coast, superseded it in the 17th century through its control of the new Atlantic trade. Then, as now, London – the political capital – was by far the most dominant city. As the British empire extended its influence around the globe, London grew ever larger and more powerful as a clearing house for trade and as a center of administration and government. Even in 1800 London was a world city.

Industrial transformation

The Industrial Revolution changed Britain from an agrarian to an urban society. From the late 18th century, industrial growth created bustling towns where once there had been green fields and quiet market towns. For example, in 1760 Manchester in northwest England had a population of only 17,000. During the Industrial Revolution the city became the center of an industrial area producing coal, textiles and manufactured goods. By 1830 the population had increased to 180,000; 20 years later it had almost doubled to 303,382. In other words, in less than 100 years the city's population had increased by over 1,700 percent. This phenomenal rate of growth was repeated in other cities in the industrial regions of the north, the Midlands, south Wales, central Scotland and northern Ireland.

By 1851 over 40 percent of the population lived in towns or cities with more than 100,000 inhabitants. This level of urbanization was not reached in other European countries until the middle of the 20th century. Such rapid growth, which was untrammeled by planning controls, exacted heavy social and environmental costs. Cities became overcrowded, polluted, and blackened with soot and grime. Workers were packed into hastily built, insanitary tenement

Population density
city populations
(capital city is underlined)
♦ over 5 000 000
■ 1 000 000–5 000 000
● 500 000–999 999
⊙ 250 000–499 999

persons per square km
200
100
50
10

The British Isles

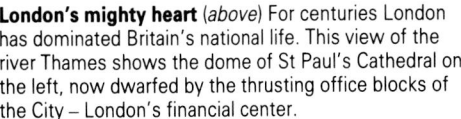

London's mighty heart (*above*) For centuries London has dominated Britain's national life. This view of the river Thames shows the dome of St Paul's Cathedral on the left, now dwarfed by the thrusting office blocks of the City – London's financial center.

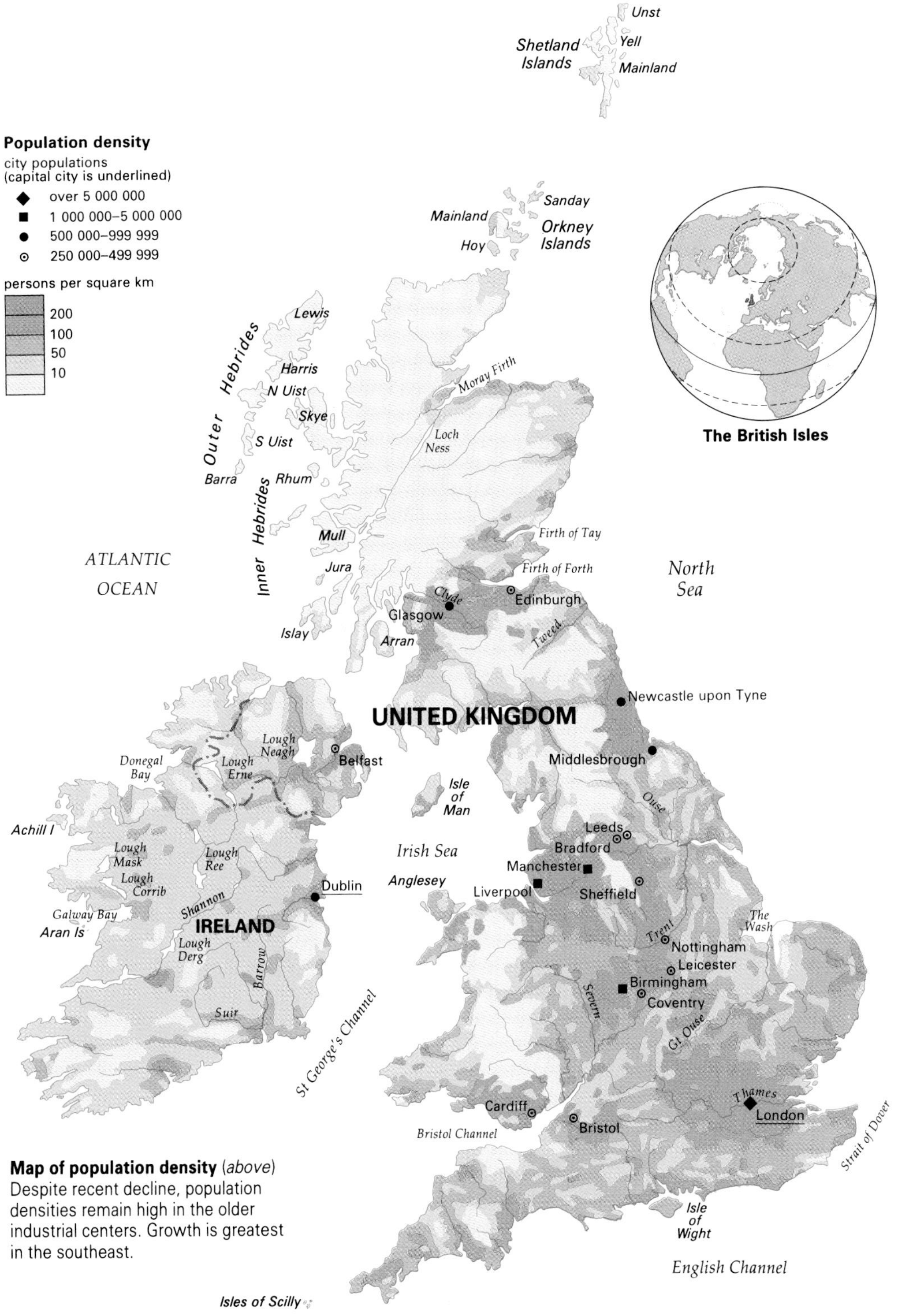

Map of population density (*above*)
Despite recent decline, population densities remain high in the older industrial centers. Growth is greatest in the southeast.

buildings or into crowded rows of back-to-back terraced housing.

The congested, polluted conditions of British cities prompted the trend toward suburbanization that was to intensify during the 20th century. Those who could afford to moved to healthier and more spacious housing on the city outskirts. The desperately poor conditions of the inner cities became a matter for mounting public concern, not least because they served as hotbeds for radical protest. It was against this background that planning to control industrial and urban growth became widely accepted toward the end of the 19th century. Urban development is still highly controlled.

New growth centers
The sharp decline in manufacturing industry and the rise of service-related industries during the latter half of the 20th century has had marked effects on patterns of urban decline and growth.

The coalfield cities of the north and central region – the traditional heartlands of British heavy industry – have experienced high unemployment and a steady downward economic trend. The economic growth sectors during this same period have been in research and development, computer software, the media, and other brain-power (as opposed to mechanical power) industries.

Free of the need to locate close to sources of raw materials for manufacturing, but relying on a skilled workforce, these industries tend to concentrate in the southeast in provincial towns or small cities that offer greenfield sites for architect-designed building expansion (new industrial estates are often termed "science parks") and bear none of the scars of previous industrial development. Despite government attempts to revitalize declining areas by relocating administrative departments in cities in the north, Scotland or south Wales, the highest rates of urban growth have been in a string of small towns within a radius of approximately 150-250 km (100-150 mi) of London, and easily accessible by train or car.

97

THE ENCROACHING CITY

It is ironic that the dominant image of Britain, one that is frequently promoted in tourist brochures, books and movies, is of a country of green fields and picturesque, timeless villages, each with its local pub, rose-covered cottages and ancient church standing around the village green. For over 140 years the majority of the population has been officially classified as urban, and rural populations are still declining. In many parts of the country there are very few working farming villages left. Attractive villages within easy access of major towns or cities have been taken over by affluent escapees from the city and lost their original rural inhabitants long ago.

Supplying basic services to the rural communities that remain – most of them in upland areas of the southwest peninsula, Wales, Scotland and northern England, and in Ireland – is a major problem. Most villages are without schools, shops and medical services, which have to be sought in the nearest town. At the same time, public transport in most rural areas has declined in quality and frequency, and increased in cost. For a number of rural residents, particularly those living on low income, the quality of life is deteriorating.

Town and country meet (*above*) in the new housing estates that are transforming Britain's villages into extensions of the city. This village in Devon is fast becoming an overspill suburb for Exeter, the regional center of the southwest.

The dominance of the southeast

The most striking feature of the urban settlement pattern in Britain is the dominating role of London. Its population exceeds the combined populations of the next 15 biggest cities. It is the seat of government and contains the headquarters of most major British companies, as well as multinational corporations. It is the center of the English legal system, of banking, insurance, publishing, fashion and advertising.

A closer look at the statistics reveals some shifting trends. The number of people living within the official administrative area of London has actually declined over recent decades. In 1939 it was 8.6 million, but by 1991 had fallen to approximately 6 million. This does not mean, however, that London has ceased to expand. Growth has taken place at the outer margins of the greater London area, creating a vast megalopolis in the southeast of Britain with a population of almost 17 million in 1990.

Improved transportation and telecommunications have been a major factor in this growth. Housing is cheaper far from the city, and many people are willing to travel up to three or four hours a day in order to live in more spacious surroundings. London's Green Belt policies, first developed before World War II and subsequently enforced through a series of planning acts, controlled urban sprawl by creating a band of protected open land around the city. This forced urban growth to take place beyond it. Small towns outside the Green Belt have grown to absorb London's outward-expanding population, and new towns have also been built – all with easy access to the employment market of the city.

The influence of London stretches far beyond the southeast to dominate the whole country, including Northern Ireland. The relatively small size of the country means that newspapers published in London can be bought virtually everywhere. The national television and radio stations are based in London. As a result, the experience of London and the

southeast is often magnified in the minds of its inhabitants to national significance – a view not necessarily shared by those living in other areas.

Other centers of urbanization
Although the London metropolitan area is by far the largest, the region contains several other major conurbations. Manchester, Britain's largest manufacturing city in the northwest, is the center of a sprawling metropolitan area; others have grown up around Birmingham and neighboring towns in the West Midlands, Merseyside in the northwest, Tyne and Wear in the northeast, Leeds and Bradford in Yorkshire, and Glasgow in southern Scotland. Provincial cities such as Bristol, Norwich or Exeter, in the southwest peninsula, are far enough away from London or these other conurbations to exercise their own field of attraction on the surrounding area.

The Republic of Ireland is much less urbanized than the rest of the region. Industrialization only began in earnest in the 1950s and 1960s, with the result that there are only two major cities – Dublin and Cork. Traditional rural communities have, therefore, survived to a far greater extent than elsewhere in the region.

Irish vitality As Ireland's capital, Dublin enjoyed a period of prosperity and growth after the country joined the European Community in 1973. These 19th-century industrial buildings have been converted into a lively shopping and café area.

Planned city Milton Keynes, north of London, is the largest and one of the most successful of the new towns built after World War II. The plan was based on the American surburban grid system, with strict segregation of residential and industrial areas.

CREATING NEW TOWNS

In the 19th century experiments in Europe and the United States to create new forms of urban living that avoided the problems of the old industrial cities led the British town-planner Ebenezer Howard (1850–1928) to pioneer the idea of the "garden city" – a planned residential community designed around green open space. The first of these, Letchworth in Hertfordshire just north of London, was begun in 1903.

Howard's garden cities were the forerunners of Britain's postwar new towns. The central areas of the cities had become squalid and congested, while unplanned outward growth had led to sprawling housing estates in the suburbs. Extensive bomb damage during World War II made the quest to create a better urban environment more urgent. In the 1950s and 1960s, 30 new towns were built. Many, such as

Stevenage and Harlow, were located around London to absorb pressure on the capital; others such as Peterlee in the northeast and Cumbernauld outside Glasgow were built in areas suffering from economic decline.

The new towns were planned as self-contained communities in which the residential areas were separated from work zones and pedestrians from traffic. There were teething problems: many early residents, uprooted from their traditional communities, suffered from depression, or "new town blues". With time, many of the new towns have matured into pleasant places to live in which ordinary people enjoy a high level of service provision. At their peak, almost 2 million people lived in new towns. As an example of central planning, they have been copied by countries around the world.

SUBURBAN GROWTH, INNER DECAY

The 20th century has seen steady movement of the population away from the old urban cores to the suburbs. Between 1951 and 1991 almost 3 million people left inner London and the other big cities. For many, the move was a voluntary one; others were compelled to do so as a result of government rehousing schemes.

After World War II, the need to repair bomb-damaged city centers widened into the opportunity to demolish the crowded, substandard housing that was the legacy of hurried building in the Victorian era. Until the 1970s, local governments vigorously pursued urban renewal policies that included the mass demolition of whole

streets and neighborhoods. The former inhabitants were rehoused in large new estates of highrise blocks on peripheral urban sites.

Many of these estates soon created more problems than they had solved, becoming new slums in place of the old. Residents felt alienated and shut off from their old community; many estates suffered very high rates of vandalism and violence. Within two or three decades of their construction, high-density housing schemes in many parts of the country were being demolished because they had fallen into such a poor state of repair.

Widening social divisions
At the other end of the scale were the higher-income households that chose to move out of elderly inner-city terraced

End of the road A familiar scene from the 1960s and 1970s, when streets of deteriorating 19th-century housing in northern cities were demolished to make way for new development. But the estates that replaced them did not always ease social problems.

houses (often with the inconvenience of many stairs and no offstreet parking) to private housing estates in the suburbs, or in neighboring small towns and villages, offering more space, better educational opportunities and easier access to shopping. The effect of these two separate trends was to create residential districts that were more sharply defined by economic and social status than previously, with the poor becoming concentrated in rundown areas of the inner cities or in highrise estates on the urban fringes, middle-income groups living in older suburban areas, and the better off in

spacious out-of-town estates or in affluent, high-status central districts.

An additional factor was the large influx of immigrants from the Caribbean and Asia to British cities from the 1950s to the 1970s. They settled in the industrial areas of the older cities, close to factories and other sources of work. The decline in British manufacturing since then has been particularly acutely felt in these large cities – inner-city factories tend to be the oldest, the least productive and the first to close during a recession. The dramatic loss of manufacturing jobs has created high levels of unemployment in inner-city areas, especially among young males. Although there has been some employment growth in the cities, this has mainly been in the service sectors.

The combination of low employment opportunities, poor housing and ethnic division has made the inner cities a seedbed for social tension. The rate of unemployment rate among young black males, for example, is five times higher than the national average. In 1981, simmering unrest erupted into urban riots in Liverpool, Bristol, Birmingham and London. Since then, government regeneration projects have included measures to try to improve housing and increase job opportunities for underprivileged inner-city residents, though none has yet had major success.

A shortage of housing

In the 1970s it became fashionable among the professional middle class to repair and renew rundown houses in the inner cities. As a result, the prices of housing in these areas rose rapidly, making it more difficult for local residents to find accommodation. Government housing policies in the 1970s and 1980s, aimed at reducing local authority control over housing, led to the selling off of much former social housing stock, or placed it in the hands of private housing associations.

Although these policies enabled more lower to middle-income earners to own their own homes, by restricting further local government provision of social housing they also helped to create serious housing shortages. Unemployment and lack of accommodation encouraged a drift of young people to London where, unable to find jobs or homes, they either squatted in empty houses or slept on the streets. In the early 1990s, homelessness was spreading to other towns and cities.

TACKLING THE INNER CITIES

Ways of tackling inner-city decline have long challenged successive British governments. The first schemes to divert money into building factory units in inner-city areas, established in the 1970s, used public funds in a partnership between central and local governments, but later the emphasis shifted to ways of attracting private funding into inner-city redevelopment schemes.

The Enterprise Zones, established in the major cities after 1980, sought to stimulate economic activity by tax concessions and minimal planning restrictions. These were followed by the Urban Development Corporations (UDCs): central government agencies charged with attracting private capital into the decaying inner-city areas. The

scheme to develop London's disused docklands area is generally regarded as having been the most successful of the UDC initiatives.

However, while the new investment attracted by these schemes may have created better conditions for business and industry, it did little to solve the social problems of the inner city. Critics of the London Docklands scheme, for example, argued that while investors and big business profited from the redevelopment, few benefits were passed on to local people. Moreover, recession in the 1990s meant that developers were experiencing more and more difficulty in leasing expensive office premises, calling in question the future of such schemes.

Glasgow – city with a new image

Glasgow, Scotland's largest city, situated on the river Clyde with easy access to the sea. Its ancient origins lie in trade, but it was not until the Treaty of Union between England and Scotland (1707), which allowed Glasgow a share in trade with British colonies, that the city's first major surge of growth occurred. Like other western ports such as Liverpool and Bristol, Glasgow flourished on trade with North America and the Caribbean, particularly the import of tobacco. In 1768 the river Clyde was deepened to allow ships to sail farther up the estuary and dock in the center of the city. In the course of the century Glasgow had grown to become a rich mercantile city, and visitors were impressed by its beauty and affluence. In 1771 the novelist Tobias Smollett (1721–1771) described it as "one of the prettiest towns of Europe".

From the late 18th century Glasgow became one of the centers of the Industrial Revolution, achieving fame as a center for shipbuilding, iron and steel production, and above all for heavy engineering. Locomotives built in the city were driven in Canada, Australia and India. Ships built on the Clyde sailed on all the oceans of the world.

The city's subsequent growth was dramatic. Between 1780 and 1830 the population increased fivefold; in the 19th century the increase was tenfold, reaching more than 750,000 by 1901, and by 1931 the figure had risen to over a million. The provision of public services such as roads, housing, and sanitation did not keep step with this rise. As early as 1830 a visitor noted that Glasgow had "the look of manufacture and abomination", and conditions remained crowded, though the city abounded in examples of fine Victorian architecture, reflecting the affluence of its leading citizens.

The era after World War II saw a downturn in the city's fortunes. Its manufacturing and shipbuilding base was undercut by shrinking world markets

City along the river The river Clyde, with access to the Atlantic, was essential in Glasgow's rise, but its docks and shipyards are no longer active today. The city is renowned for its parks and open spaces, living up to its Gaelic name meaning "beloved green place".

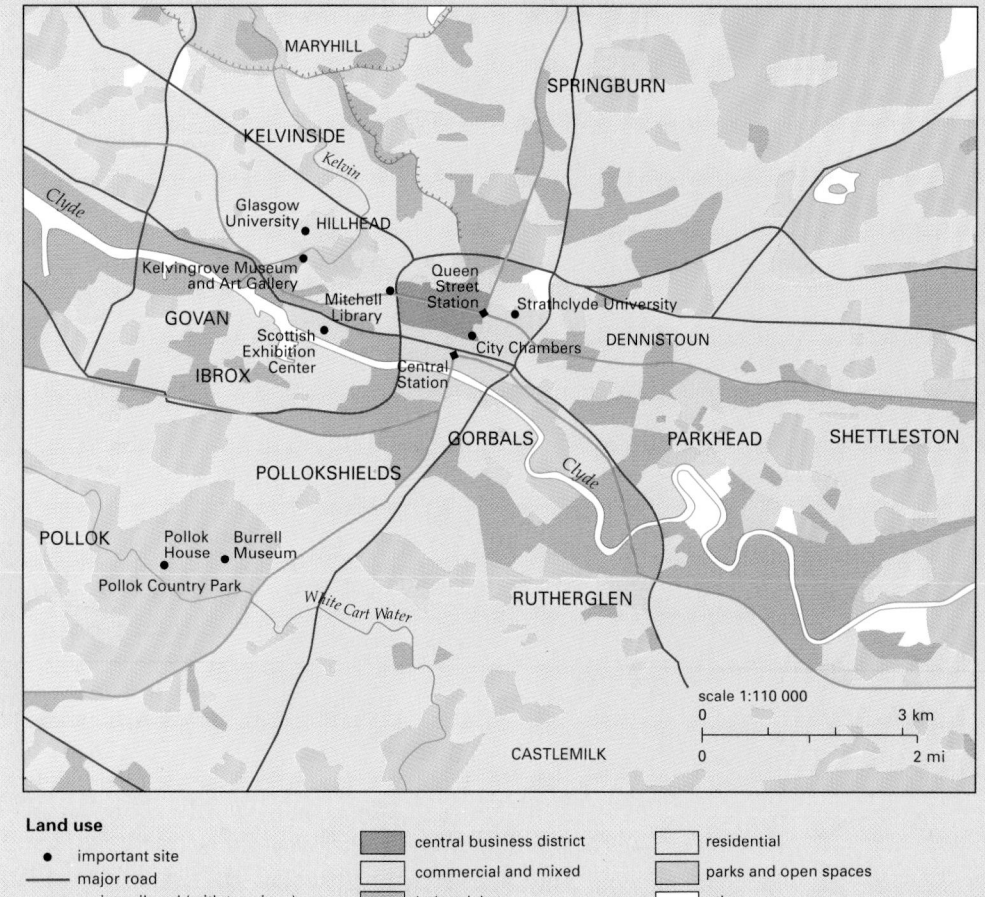

MARYHILL
SPRINGBURN
KELVINSIDE
Kelvin
Clyde
Glasgow University · HILLHEAD
Kelvingrove Museum and Art Gallery
Mitchell Library
Queen Street Station
Strathclyde University
GOVAN
Scottish Exhibition Center
City Chambers
DENNISTOUN
IBROX
Central Station
GORBALS
PARKHEAD
SHETTLESTON
POLLOKSHIELDS
Clyde
POLLOK
Pollok House
Burrell Museum
Pollok Country Park
White Cart Water
RUTHERGLEN
scale 1:110 000
0   3 km
0   2 mi
CASTLEMILK

Land use
- important site
- major road
- major railroad (with terminus)
- central business district
- commercial and mixed
- industrial
- residential
- parks and open spaces
- other

and sharper foreign competition. Massive social housing projects on the outskirts of the city, and the construction of new towns such as Cumbernauld and East Kilbride, were intended to solve some of the city's housing problems, but many of the estates soon became disliked and vandalized. The city also lost some of its vitality; by 1989 the population had fallen to 774,008.

Proud city streets (*left*) Glasgow was extremely prosperous in the 19th century, as reflected in its wealth of fine buildings. Streets of merchants' and shipowners' houses like these have been restored, often as offices.

A valuable cultural legacy (*below*) Glasgow shipowner William Burrell left his outstanding collection of art to the city in 1944, but it did not find a home until 1983. The museum built specially to house it in Pollok Park is one of Glasgow's finest modern buildings, and the collection now has a leading place among the city's cultural attractions.

City of culture

The prospects for Glasgow at the end of the 1970s looked bleak. It had difficulty in attracting employment or capital investment, and had acquired a reputation for hard-drinking, violence and other social problems. Perceptions of the city began to alter in the 1980s through a marketing and promotion campaign to change the city's image. A Garden Festival held in 1988 attracted tourist revenue and new investors into an area of disused docklands. Then in 1990 Glasgow was designated European City of Culture. During the course of the year the city hosted more than 13,000 cultural events attended by over 9 million people, and shared the same international stage as cities such as Athens, Amsterdam, Florence and Paris.

The change has been long lasting. Glasgow is no longer viewed as a dirty, industrial city blighted by industrial dereliction, but is seen as a dynamic, cultured environment, a pleasant place in which to live and work. Its recovery points the way to a post-industrial future – a city without pollution, with renewed architecture, and with space to attract new forms of capital investment and employment opportunities.

Ribbon development

The return of soldiers from the front at the end of World War I in 1918 highlighted the need for mass housing to relieve the overcrowded conditions of the cities. In the 20 years between the two world wars nearly 4 million houses were built in Britain. Much of this growth took place around London, following the extension of the Underground railway into the countryside. By the end of the 1930s, an area stretching 24 km (15 mi) from the center of London was covered in houses built at densities of about 30 to the hectare (12 to the acre). Much of this suburban growth consisted of facing rows of detached or semidetached houses, each standing in its own strip of garden, along the main routes out of the city – ribbon development.

There was almost limitless land for building, and few planning controls. If development of a particular plot was forbidden for any reason, the owner could be compensated for loss of profit. Speculative developers bought up fields and estates on the urban fringes and covered them in houses – the most usual type was neo-Tudor in style with bow windows and black and white timbers, a cheaper version of the "English cottage" style made popular in the early garden suburbs at the end of the 19th century. To help people achieve the house of their dreams, the Housing Act of 1928 gave municipal authorities power to grant money to potential owner-occupiers who lacked the means to meet the initial down payment.

A home of their own This suburb in the north of London was built beside a busy road out of town, which is flanked by neighborhood shops. A backyard with a scrap of lawn was a prerequisite of a house in the suburbs.

THE URBAN REVOLUTION

CITIES FOR DEFENSE OR TRADE · STABILITY AND GROWTH · CHANGE IN THE CITIES

France had the largest population in western Europe in 1800, yet its rate of urbanization remained slower than most of its neighbors throughout the 19th century and well into the 20th. Only Paris, dominating the urban system, experienced steady growth. However, after World War II transformation was rapid and far-reaching as agriculture was modernized and more and more people left the countryside for the cities. Today about three-quarters of the population is urban. This rapid expansion into the cities (augmented by large numbers of immigrants from northern Africa) created problems in the provision of housing,transportation and other services and amenities. There has been considerable restoration of historic city centers, but huge housing estates at the city edges have attracted criticism.

COUNTRIES IN THE REGION

Andorra, France, Monaco

POPULATION

Total population of region (millions)	56.2
Population density (persons per sq km)	101.8
Population change (average annual percent 1960–1990)	
Urban	+1.3
Rural	-0.6

URBAN POPULATION

As percentage of total population	
1960	62.4
1990	74.1
Percentage in cities of more than 1 million	19.7

TEN LARGEST CITIES

	Population
Paris †	8,510,000
Lyon	1,170,000
Marseille	1,080,000
Lille	935,000
Bordeaux	628,000
Toulouse	523,000
Nantes	465,000
Nice	449,000
Toulon	410,000
Grenoble	392,000

† denotes capital city

CITIES FOR DEFENSE OR TRADE

In the past, the physical features of the landscape powerfully influenced the location of towns. Many sprang up at bridging points on the country's main rivers. Lyon, for example, grew where the river Saône joins the Rhône and illustrates the importance of trade routes in the growth of larger cities. Urban centers also grew where uplands and lowlands meet, notably around the fringes of the Massif Central. Hundreds of smaller market towns developed as centers for the exchange of agricultural goods.

Defense was often a priority in the sites chosen for early towns. Hilltop settlements were particularly common in the more mountainous south. Islands also afforded protection, especially when surrounded by marsh, as at Lille and Strasbourg in the north and northeast. Such defensive sites were especially favored by the Celtic tribes who built some of the

earliest settlements in France. Known as *oppida* (towns) to the invading Romans, they were in reality little more than fortified camps. More urban in character were the colonies founded by Greek traders on natural harbors along the Mediterranean coast. The cities of Marseille, Antibes and Monaco all originated in this way.

The beginning of the urban system

These early sites were few and far between. It was the Romans, with their urbanized culture, who established the basis of a well-developed urban system in the region. During their nearly 500-years occupation of the area they founded numerous towns, especially in the south. Linked by a network of roads, their sites were chosen with such care that many

Provincial city Plane trees and elegant townhouses at the heart of Lyon convey the typical character of urban France. Although a predominantly rural country until recently, French culture is inextricably linked to the life of its cities.

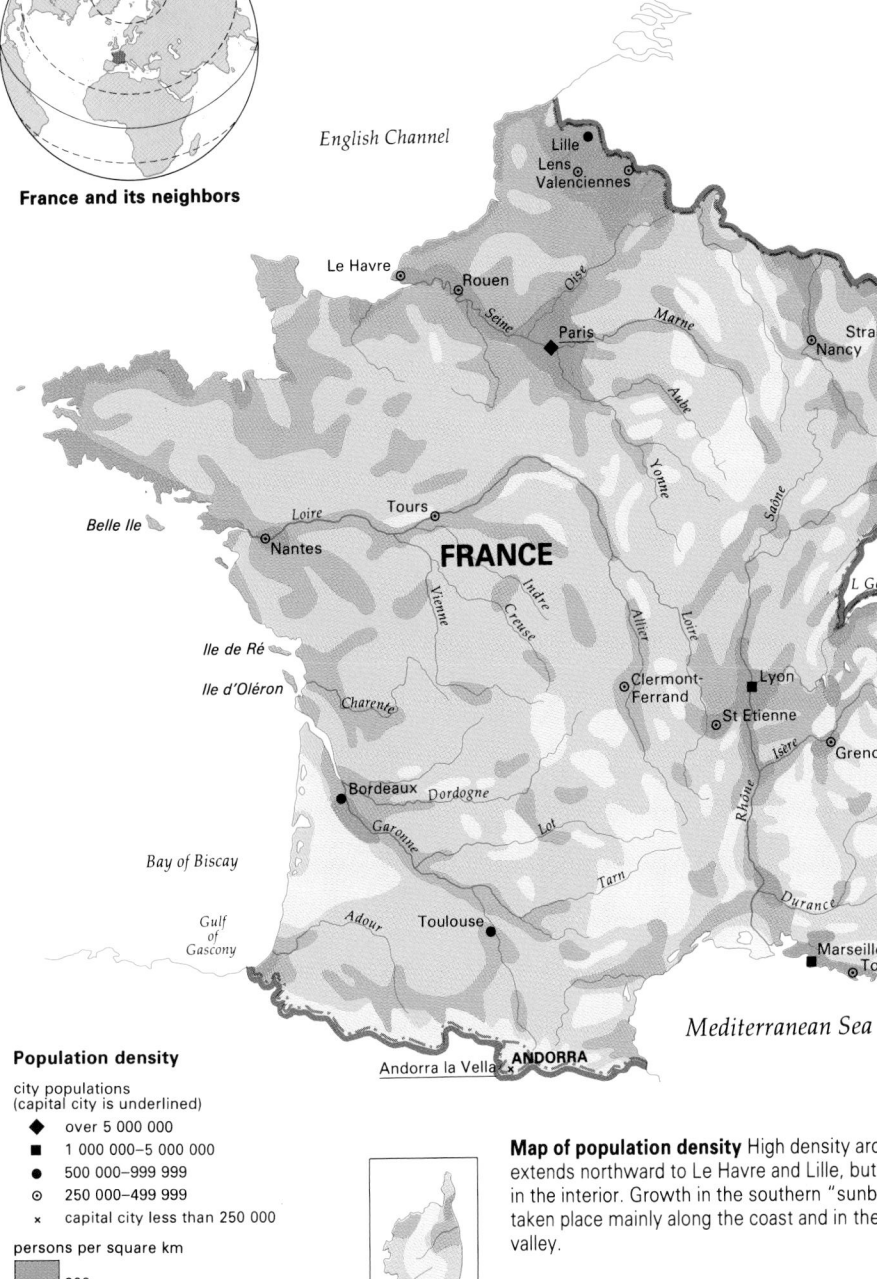

remain important administrative centers to this day. The regular gridiron street plan of the Romans can still be identified in many modern cities, and a number of urban structures such as the amphitheater at Nîmes and the arena at Arles have survived intact.

For centuries these Roman cities – many of them the seats of bishoprics remained islands of urbanization during the feudal struggles of the early medieval period. Then, between the 11th and 14th centuries, a new phase of town building took place, stimulated by rapid population growth and the expansion of trade. The granting of the right to hold a market and other liberties often marked the transition of an existing settlement from a feudal village to a town.

Some towns grew up at the gates of castles or the great abbeys. Others were founded as planned towns (*bastides*) to assist in the colonization of land for farming. These were most numerous in the southwest; examples include Montauban

Population density

city populations
(capital city is underlined)

◆ over 5 000 000
■ 1 000 000–5 000 000
● 500 000–999 999
⊙ 250 000–499 999
× capital city less than 250 000

persons per square km

- 200
- 100
- 50
- 25

Map of population density High density around Paris extends northward to Le Havre and Lille, but is missing in the interior. Growth in the southern "sunbelt" has taken place mainly along the coast and in the Rhône valley.

and Monpazier. The latter, with its parallel streets and arcaded market square, is particularly remarkable. Within its rectangular defensive wall, Aigues-Mortes in the Rhône estuary – founded in 1245 as an embarkation point for crusaders to the Middle East – has a striking formal gridiron layout.

In the following centuries existing towns grew steadily. There were few new foundations. During the 17th and 18th centuries fortress towns such as Neuf-Brisach and Belfort were built with elaborate defensive outworks in key positions along France's north and northeastern frontiers. A number of new ports included Le Havre on the English Channel, Lorient on the Atlantic coast for colonial trade with North America and

Asia, and Sète west of Marseille for trade with Africa and the Middle East. A few towns grew up in association with royal residences. By far the most famous of these was Versailles, site of the 17th-century palace of the Sun King, Louis XIV, southwest of Paris.

Due to the limited scale of 19th-century industrialization, France experienced a much slower rate of urbanization than its immediate neighbors, Britain and Germany. A few coalfield towns, such as Le Creusot and Saint-Etienne, both in central France, grew rapidly from modest beginnings to become important industrial centers. The capital, Paris, already by far the most dominant city in the settlement pattern, also expanded quickly after the middle of the 19th century. The advent of the railroads made possible the rise of fashionable coastal resorts and inland spa towns such as Nice, Biarritz, Deauville and Vichy.

STABILITY AND GROWTH

Two characteristics of the French urban system stand out clearly. The first is the close relationship between town and country. This has survived both the movement of population to the cities and agricultural reforms. The second is the stability of the urban system – with one or two exceptions, the leading towns of two centuries ago or more are France's most prominent cities today.

The layers of the settlement hierarchy

Throughout France, the small market town, or *bourg*, still acts as a link between rural and urban world. Locally produced farm goods are sold in the market square despite the spread of supermarkets. There is usually a secondary school, and the *bourg*'s banks, doctors, and lawyers serve the inhabitants of the immediate neighborhood. Larger than the *bourgs* are the medium-sized towns. These range in size, according to official definition, from 20,000 to 200,000 inhabitants. They include manufacturing towns and others with specialized roles such as ports, but most mainly provide a range of services to a wider rural area.

For administrative purposes France is divided into 96 departments, each with its own subcapitals (*sous-préfectures*) and capital (*préfecture*). Their administrative activities are a source of employment, and they are also likely to possess a hospital, theater and museum, publish a weekly newspaper and offer a wide range of wholesale and retail services. Links with the surrounding countryside remain close. Many townspeople may still own a patch of land in the countryside and – more likely these days – will have built a weekend home there. Village dwellers often choose to retire to the town.

Provincial cities in France are generally smaller than they are in other European countries. The 1990 census recorded 26 urban agglomerations – cities and their surrounding urbanized communes – with a population of over 200,000. Apart from Paris, only three (Lyon, Marseille, Lille) exceed 1 million, and only two others (Bordeaux and Toulouse) are more than half a million. This is accounted for by the dominance of Paris and the slow rate of city growth in France from 1800–1950.

Many larger provincial cities are ports. Others lie close to the internal border (Lille, Strasbourg, Grenoble), emphasizing the importance of international trade links in their development. Historically, the dominating presence of Paris inhibited the growth of other towns in the Paris basin, such as Rouen and Orléans. Recently, however, these centers have benefited from the decentralization of employment from the capital.

Since the early 1960s the government has tried to redress the balance between Paris and the provinces. In 1963, eight of the largest provincial cities or groups of cities were designated "balancing metropolises". There was heavy investment in

Market town Vineyards in the wine-producing region of Alsace in eastern France come right up to the edges of the small settlement of Eguisheim. A network of small country towns extends throughout the whole of rural France.

their infrastructure and in creating new areas of employment. Lyon, for example, gained a subway, a new airport, a redeveloped city center, a satellite town and improvements to its port on the Rhône. Later attention turned to the medium-sized and smaller towns that had grown rapidly as a result of migration from the countryside. During the 1970s the municipalities of over 70 medium-sized towns received government funds with the

---

TAKING THE CURE

"Taking the waters" at one of France's 100 or so inland spa towns is part of the French way of life. The number of *curistes* who do this every year has doubled since 1950 to reach about 650,000. Many of them are financially supported by the state.

France's mineral springs are in four main areas: the Pyrenees, the northern Alps, the Vosges in the northeast, and the Auvergne area of the Massif Central, where Vichy is the best-known center. The health-giving properties of mineral waters were recognized by the Romans, but the modern spa town began to develop in the 17th century when it became fashionable in aristocratic circles to take the waters. Spa towns enjoyed great popularity during the Second Empire (1852–70) when elegant hotels, drinking halls and fountains were built, often in flamboyant styles using volcanic stone, spectacular ceramics and other colorful materials.

Visitors to the resorts drink, or sometimes inhale, the waters, bathe in them or allow themselves to be smeared with healing mud. Individual spa towns specialize in treating particular ailments. For example, Royat in the central southeast, much favored by the Empress Eugénie (1826–1920), treats heart complaints. The modern spa also offers a range of sporting and leisure activities as exercise and relaxation are regarded as being part of the cure.

intention of improving the quality of urban life and the appearance of the urban environment.

Recent changes

For a time in the 1970s the movement to the cities that had gathered pace since 1945 was reversed, and rural populations grew faster than urban populations. In the 1980s a new phase of urban expansion began, but the pattern of change was uneven. City fortunes closely reflected the prosperity of their surrounding region. Job losses in manufacturing and mining resulted in declining populations in northern coalfield cities such as Valenciennes, Lens and Douai. Similar factors affected industrial towns such as Saint-Etienne and Clermont-Ferrand in the Massif Central, and ports such as Le Havre and Marseille.

In sharp contrast are the expanding cities of the south, west and Paris basin. Those with large service sectors or high-tech industries have prospered most, including Toulouse, center of the French aerospace industry; Grenoble, specializing in electronics; Montpellier in medical research; and the cities of the French riviera – Nice, Cannes and Monaco. The Mediterranean "sun belt" attracts scientists and company directors as well as tourists and the retired.

HUMAN SILOS

High unemployment rates, inadequate schools, growing racial prejudice and drug abuse are some of the problems faced every day by the inhabitants of the highrise housing estates built on the fringes of French cities in the 1960s and early 1970s. Grouped together far away from jobs and leisure activities, these steel and concrete towers, some more than 15 storeys, were favored by architects trained in the modernist tradition of Le Corbusier (1887–1965). Much of the accommodation on these estates is low-rent social housing. As the original residents moved on, they were used to rehouse high concentrations of North African families, very often the children of immigrant workers who arrived in France in the 1960s and 1970s.

Les Minguettes, an estate on the southern edge of Lyon, is typical. It has more than 60 tower blocks and most people are under 25. Urban unrest in Lyon and other cities led in 1981 to the appointment of a national commission to study the problems of these estates. Services have since been improved on the most disaffected, but social problems remain.

CHANGE IN THE CITIES

The legacy of the past remains evident in the historic cores of modern French cities. They owe their present form to a fusion of what were once quite separate settlements. The *cité*, centered on the cathedral, was usually built inside the walls of the old Roman town, and was distinct from the merchants' quarter or *ville*, with its marketplace and workshops. Other quarters may have developed around a castle or monastery, but eventually all were linked together within a common city wall.

Many of the most attractive features of the French city – fashionable townhouses (*hôtels*), tree-lined boulevards, formal gardens and elegant public buildings – date from the 17th and 18th centuries when classical ideas, imported from Italy, were incorporated into French town planning. Statues were erected in large squares, which often came to be called the Place Royale (royal square). The Place Stanislas in Nancy, the capital of Lorraine in the northeast, is particularly fine.

Giant building blocks New developments, housing thousands of families, dominate Cergy-Pontoise, a new town in the Ile-de-France northwest of Paris. Such dramatic solutions to the postwar housing crisis are the cause of mounting social problems.

Housing the people

In stark contrast to this elegance was the housing built for the working classes during the 19th century. Densely packed apartment blocks were common to most large cities, but the worst conditions were to be found in the industrial towns of the north, in the insanitary courtyards of textile towns like Roubaix and Tourcoing or in the dreary pit villages of the coalfields. Sometimes apartment blocks were demolished to make way for new roads. This happened in Paris during the great remodeling of the city, carried out by Baron Haussman (1809–91) in the 1850s and 1860s. However, replacement housing in the suburbs was equally poor.

The dramatic growth of urban populations after 1945 led to an acute housing crisis in many cities. The response of the municipal authorities was to build tower blocks, grouped unimaginatively on large estates and often poorly provided with services. A recent trend has been for more affluent households to leave the city centers for bungalows (*pavillons*) standing in their own yards on the rural fringes of the cities. This move to low-density housing is a new one; until recently, apartment buildings were by far the most common form of housing unit for rich and poor alike.

French cities have experienced many other changes in the postwar years, reflecting the changing nature of French society itself. Until the 1950s urban shoppers relied on large department stores for clothes, furniture and similar merchandise. Food was bought every day from a variety of small local shops. Some of these traders survive, but most people now shop weekly in superstores or hypermarkets located on the outskirts of towns, surrounded by huge car parks. Industrial manufacturing and repair workshops and a whole range of services such as banks, insurance offices and medical health centers have also moved to out-of-town sites in recent years. Even universities have relocated to vast sprawling suburban campuses.

Refurbishing city centers

The resulting impoverishment of city centers has been tackled in two ways. Firstly, new complexes of shops, offices, theaters and cinemas have been built. La Part-Dieu in Lyon, for example – on the site of a former barracks – includes a library and concert hall as well as business premises. The modern architecture of these new centers has sometimes proved to be controversial. A second strategy has been to restore the historic buildings and to ban traffic from the old streets, creating attractive pedestrian

Cleaning up Only one half of this 19th-century building flanking an elegant square in the center of Bordeaux has been cleaned of its accumulated layers of dirt and grime. French cities have been very extensively restored in recent decades.

precincts. It was the writer André Malraux (1901–76) who, as Minister of Culture in the 1960s, introduced the concept of the "safeguarded sector" or urban conservation area. One of the first of these was in the quarter of Paris known as Le Marais, where the 17th-century town houses had fallen into decay.

Urban conservation has preserved the beauty of the old buildings but sometimes at the expense of the poorer sections of the population who have been displaced by wealthy newcomers. In 1982, municipal authorities were given greater powers to raise taxes to finance services and restore their cities. The mayors of the larger French cities are powerful political figures who frequently hold office for many years. Proud of their cities, they actively seek to win financial support for their civic projects from central government and, increasingly, from the European Community.

Paris – capital of a nation

Paris is overwhelmingly the largest city in France, and is rivaled in Europe only by London. The population of the greater urban agglomeration was about 9 million in 1990. The slightly larger Ile-de-France – the region historically within Paris's immediate orbit of influence – housed 19 percent of the French population while accounting for only 2.2 percent of the total land area.

The city lies at the center of the fertile Paris basin. Originally occupying a group of islands in the river Seine, it lay at an important crossing point of overland trade routes and could be easily defended. The first Celtic settlement was on the Ile de la Cité, where the cathedral of Notre Dame now stands. Here the Romans built a temple, but the greater part of their town was built on higher ground on the left (southern) bank of the river. Later, settlement spread to the marshy right bank and to the surrounding hills such as Montmartre.

Chosen as the capital of the Frankish kingdom by Clovis in the 6th century, the boundaries of the city expanded over the course of many centuries as it became the ruling city of a highly centralized state. By 1800 the population was about half a million. It had risen to 1.25 million by the mid 19th century, but growth came much more rapidly with the spread of the

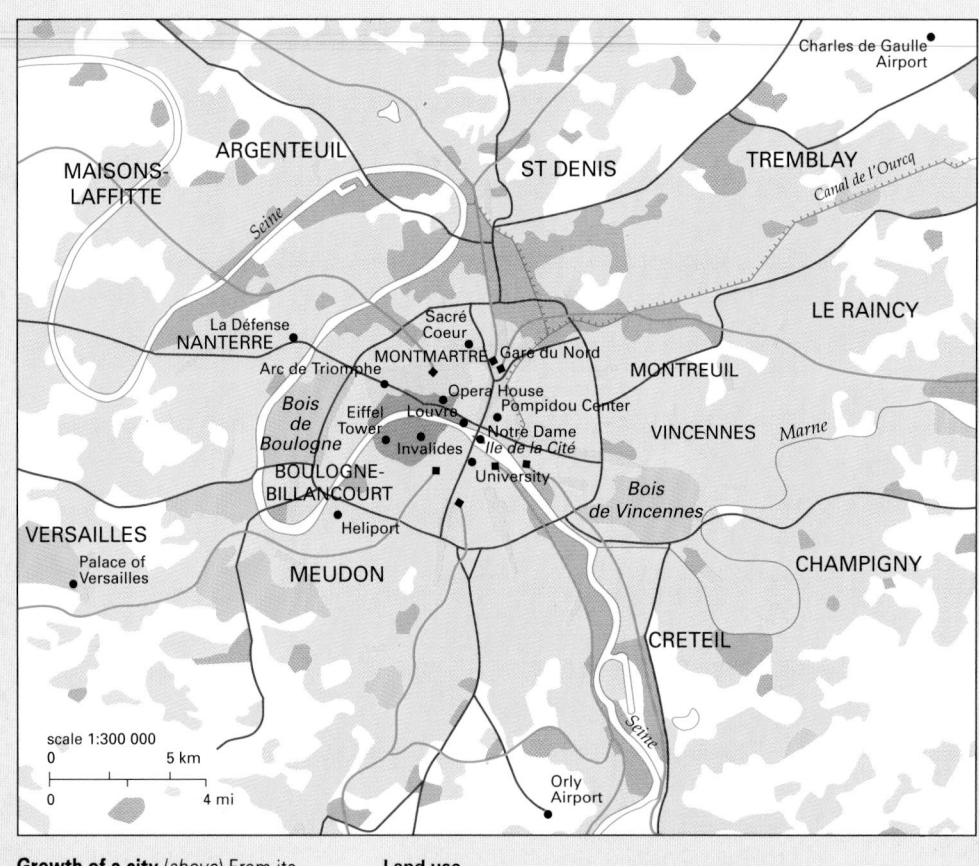

Growth of a city (*above*) From its original site on the tiny Ile de la Cité, Paris has grown to become a sprawling, densely-populated conurbation. New towns such as Creteil have been built to relieve overcrowding in the center.

Land use

- • important site
- —— major road
- ◆—— major railroad (with terminus)
- ▮ central business district
- ▯ commercial and mixed
- ▮ industrial
- ▯ residential
- ▮ parks and open spaces
- ▯ other

railroad network linking the capital to the major provincial cities. So dominant did Paris become in French political, social, economic and cultural life that the phrase "Paris and the French desert" was coined in the 1940s to describe its relationship with the rest of the country.

The city today
Since the 1970s efforts to move industry, administrative offices and other activities out to the regions have gone a long way to redressing the balance. But Paris remains at the heart of the country's political, financial and media affairs. The historic core of the city lies within an inner ringroad (*boulevard périphérique*) and is made up of distinct quarters – fashionable shops and offices on the right bank, administrative buildings on the islands, and university and cultural activities in the "Latin quarter" on the left bank.

Surrounding these are the suburbs. The densely populated tenement buildings of the inner suburbs give way to highrise apartment blocks farther out. In a similar progression, inner-city workshops where fashion clothing, jewelry and other luxuries are manufactured are succeeded in the outer suburbs by vehicle and airplane factories and, increasingly, by modern high-tech industries and research establishments.

Paris is a populous city. The rich tend still to live in the center and the poor in the suburbs. Problems of overcrowding are particularly acute in the inner, older suburbs. Plans to relieve them have included the building of five new towns in the outer suburbs: it is in one of these, Marne-la-Vallée, that the EuroDisney leisure complex was opened in 1992. The new towns are linked to the center by a fast rail link, the RER or *réseau express régional*, which complements the Métro subway. New complexes of offices, shops and administrative buildings have been built in the inner suburbs – La Defénse and Créteil are spectacular examples.

Changes have also taken place in the historic heart of Paris itself. Some new buildings like the Pompidou Center and the Montparnasse Tower have proved controversial. Other innovations, such as the glass pyramid built in the forecourt of the Louvre (the national art gallery) to commemorate the bicentenary of the French Revolution, and the conversion of the Gare d'Orsay railroad station to an art museum have won much praise.

"Arty oil refinery" (*left*) was the name given to the controversial Pompidou Center, a multipurpose cultural center, when it was first opened in 1977. Today it has become an accepted part of the architectural landscape of modern Paris.

The city of chic (*above*) Even mailboxes are stylish in Paris, the fashion center of the world for 100 years and more. Ornate street signs and decorative shop fronts lend enormous charm to the historic heart of the city, enjoyed by residents and tourists alike.

FINDING ROOM TO GROW

THE TRADING LINK · GREEN HEART, GREAT CITIES · CITIES IN TRANSITION

The densely populated Low Countries occupy some of the world's lowest lying land – nearly half of the Netherlands is below sea level. Early settlers quickly learned to defend themselves against floods, which caused major devastation as recently as 1953. The oldest towns – many of them Roman forts – were founded near the Rhine and Meuse rivers. Powerful trading ports were situated on the coast; market towns inland were smaller. Between 1300 and 1700, the Low Countries formed an urban corridor in northwestern Europe that was equaled only by northern Italy in population and wealth. After 200 years of decline, the cities began to boom again from the late 19th century. Since World War II, the bulk of the region's population has shifted away from the city centers to the burgeoning suburbs.

COUNTRIES IN THE REGION

Belgium, Luxembourg, Netherlands

POPULATION

Total population of region (millions)	25.1
Population density (persons per sq km)	358.5
Population change (average annual percent 1960–1990)	
Urban	+0.8
Rural	-1.2

URBAN POPULATION

As percentage of total population	
1960	90.2
1990	94.2
Percentage in cities of more than 1 million	4.1

TEN LARGEST CITIES

	Country	Population
Rotterdam	Netherlands	1,040,000
Amsterdam †	Netherlands	1,038,000
Brussels †	Belgium	976,000
The Hague	Netherlands	684,000
Utrecht	Netherlands	526,000
Antwerp	Belgium	500,000
Eindhoven	Netherlands	381,000
Arnhem	Netherlands	299,000
Heerlen	Netherlands	267,000
Enschede-Hengelo	Netherlands	250,000

† *denotes capital city*

THE TRADING LINK

The first towns in the the Low Countries were Roman forts established after 59 BC south of the Rhine. Involved with trade and transport from the start, these areas formed the basis for Christian bishoprics that were established later, such as Tournai and Utrecht. The collapse of the Roman empire in the mid 5th century brought a sudden halt to fledgling urban development in the north of Europe. Some Roman towns in the Low Countries disappeared entirely; others, such as Maastricht and Tournai, have endured for centuries.

The roots of the current urban system are found in the Middle Ages. Most cities trace their development back to before 1500 AD. Urbanization in Flanders (in what is now northwest Belgium) had begun even earlier. Many of Belgium's principal cities today were trading posts by the mid 9th century. Among these,

Map of population density In almost half the region population densities are over 200 per sq km (500 per sq mi). In the Netherlands the central coast is the most densely settled area; in Belgium the majority of people are concentrated in the Brussels-Antwerp area.

Population density

city populations
(capital city is underlined)

■	1 000 000–5 000 000
●	500 000–999 999
⊙	250 000–499 999
○	100 000–249 999
×	capital city less than 100 000

persons per square km

200
100
50
10

Bruges and Ghent grew to be the largest cities in northern Europe in the 14th and 15th centuries. Many smaller towns (Antwerp, Brussels and Liège in the south, Leiden and Utrecht in the north) were also early centers of textile manufacturing. Trade created especially close links with Britain, the producer of wool, as well as with other regions of Europe.

In what is now the Netherlands, growing areas of settlement were linked by overland and river routes to the Baltic, Germany, and places farther east and south. By 1200, cities had developed on the important waterways of the Rhine delta. Many of them belonged to the powerful merchants' association – called the Hanseatic League – that controlled trade throughout northern Europe to the Baltic. Members included Arnhem, Deventer, Kampen, Nijmegen and Zutphen.

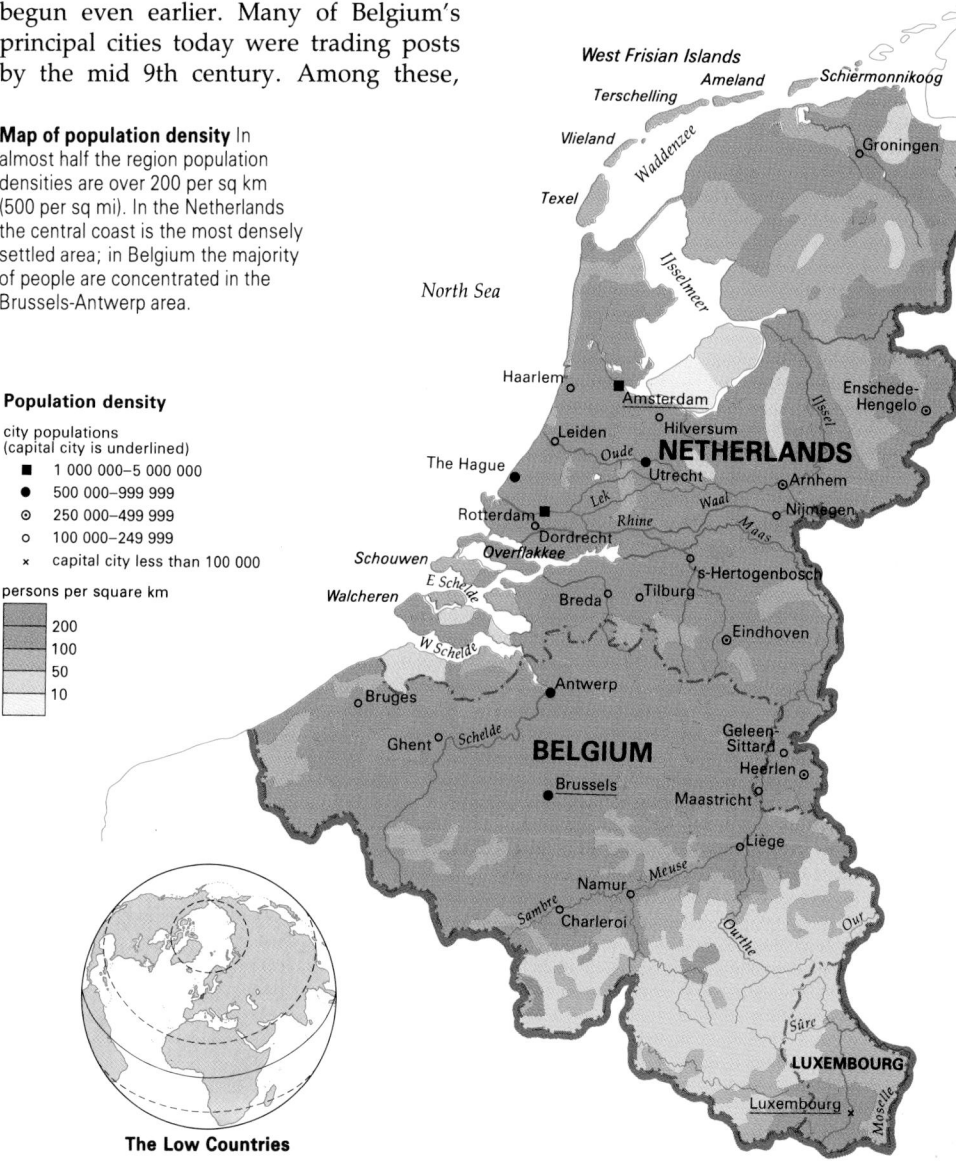

The Low Countries

Decline and renewal

Severe economic crises, political intrigues and wars marked the transition from the Middle Ages to early modern times. Most of the Low Countries fell under Spanish rule. In 1585, during the rebellion against Spain, the port of Antwerp was captured and subsequently cut off from the sea. Protestant entrepreneurs fled economic crisis and persecution by Roman Catholics to Zeeland and Holland (in the newly independent Dutch Republic, now the Netherlands), taking their wealth, know-how and contacts with them.

Religious toleration attracted many such groups to the cities of the new Dutch Republic, and they quickly rose to become world leaders in trade, particularly with Southeast Asia and China. Well into the 17th century Amsterdam was the leading commercial city in northern Europe. The associated wealth also made it a leading cultural center where Dutch

Old houses with stepped gables cluster around a canal in the center of Bruges, one of Europe's best-preserved medieval towns. Like many of the region's cities, Bruges' early prosperity was based on waterborne trade, but its river outlets to the North Sea later became silted up and the city declined.

art flourished. Trade and related industries prospered there, and smaller neighboring towns such as Leiden and Haarlem blossomed in the city's wake.

Around 1700 Amsterdam started to lose its mastery of international trade to London. Its decline affected the other cities of Holland. As their economies shrank they attracted fewer migrants, and urban death rates rose faster than birth rates. The market towns away from the coast were not subject to the same forces for decline; their small populations remained stable for many centuries.

Urbanization started to pick up again in the late 19th century in response to accelerating industrialization. Rotterdam,

for instance, benefited enormously from its intermediate position between Britain and the industrial centers of Germany. Major improvements in transportation helped to transform rural areas (in Belgium, North Brabant and Kempen in the province of Limburg, Twente in the Netherlands) into manufacturing centers for textiles and other goods.

Villages in the Netherlands grew into sizable industrial cities such as Tilburg, Enschede, and Hengelo. Philips, an industrial giant that began life as a lightbulb manufacturer, transformed Eindhoven into the fifth largest city in the country. The exploitation of coal deposits helped the urbanization of South Limburg (the Netherlands) after 1900. Industry based on coal and iron had been flourishing in southern Belgium since 1800. Industrial cities such as like Charleroi mushroomed, and Liège was no longer the lone center of urbanization in this part of the country.

GREEN HEART, GREAT CITIES

Population increases had a marked effect on settlement and urbanization in the Low Countries as early as the year 1000. In the coastal areas especially, more people meant more labor available to assist in building dikes, dams, levees and polders to hold back the sea. In Holland, Zeeland, Utrecht (all in the Netherlands) and in Flanders (Belgium), local water boards were set up from the 12th century to organize this work. The windmill, introduced in the 15th century, was used as a pump, and more than 3,000 sq km (1,160 sq mi) were reclaimed over the ensuing centuries.

By the Middle Ages most towns had populations of between 2,000 and 6,000. The regional leaders were the Flemish towns of Bruges (35,000) and Ghent (over 50,000). They slipped into decline during the 16th century. For many centuries a sharp contrast existed between the heavily urbanized coastal regions and the predominantly rural inland regions.

The Brussels–Antwerp axis
When Brussels became the capital of the newly founded kingdom of Belgium in 1830, it contained just 100,000 inhabitants, making it at that time only slightly larger than Ghent. The concentration of political power in Brussels led to steady population and economic growth, which has more recently been bolstered by the presence of European Community head offices (since 1958). In 1830, less than 3 percent of the population lived in Brussels; in the early 1990s the figure had risen to 14 percent. The suburbs of Brussels now occupy nearly half the land area of Brabant province.

A further 7 percent of the population lives in Antwerp. In spite of the presence of other cities such as Liège, Charleroi, Bruges and Ghent – the second largest port – Antwerp and Brussels dominate the country in population, economic activity and politics. Some 40 percent of Belgium's service industries and 30 percent of its manufacturing industry are located between these two cities. Antwerp lies at the hub of water, rail and road links, and the international airport is located at Brussels.

Both Antwerp and Brussels lie within Dutch-speaking northern Belgium. Brussels is officially bilingual and its character is international, whereas Antwerp is the unofficial capital of Flemish culture. Liège serves the same function for the French-speaking south. The rate of population growth is quite low among Belgians, though it is higher in Dutch-speaking regions than in those where French and German are spoken. The continuous flow of immigrants in search of work since World War II – primarily from Italy and North Africa – has been accompanied by a slightly high birth rate.

The flags of Europe fly in the Galerie St Hubert, Brussels. As the headquarters of the European Community, the Belgian capital has grown as a cosmopolitan center. Shoppers in this elegant 19th-century arcade may include EC officials, local residents, international executives and tourists.

AMSTERDAM AND BRUSSELS: WORLD CITIES

A comparative survey of Europe's top "world cities" in the 1990s placed Amsterdam and Brussels high in the ratings. Although their populations are nearly six times smaller than that of the number one city, London, both ranked in the top ten for cultural and educational facilities, international trade, and other activities – on an equal footing with Rome and Barcelona, ahead of Berlin, Copenhagen and Athens.

Brussels' international flavor begins with bilingualism in French and Dutch. With the addition of a German-speaking minority, Brussels was a natural choice for the headquarters of the European Community. The widespread use of English inevitably followed as the number of foreigners living in Brussels increased from less than 7 percent of the population in 1961 to nearly 30 percent in the early 1990s.

Amsterdam has a somewhat smaller foreign population (less than 15 percent in the late 1980s) but attracts more tourists. It is also a favored location for international conferences and corporation head offices. There are large communities from the former Dutch colonies of Indonesia and Surinam and its restaurants boast one of the widest ranges of cuisines in Europe. World-famous attractions such as the Concertgebouw Orchestra, the Artis Zoo and three principal museums with vast collections (the Rijksmuseum and the Van Gogh and Stedelijk Museums) enrich its cultural life.

The Ring City and the Green Heart
Eight of the ten largest cities in the Netherlands are in the three western provinces. The four largest – Amsterdam, Rotterdam, The Hague and Utrecht – are the focal points of the Randstad (Ring City). This urban region contains 6 million inhabitants – 40 percent of the population – on 17 percent of the land. The distance between Amsterdam and

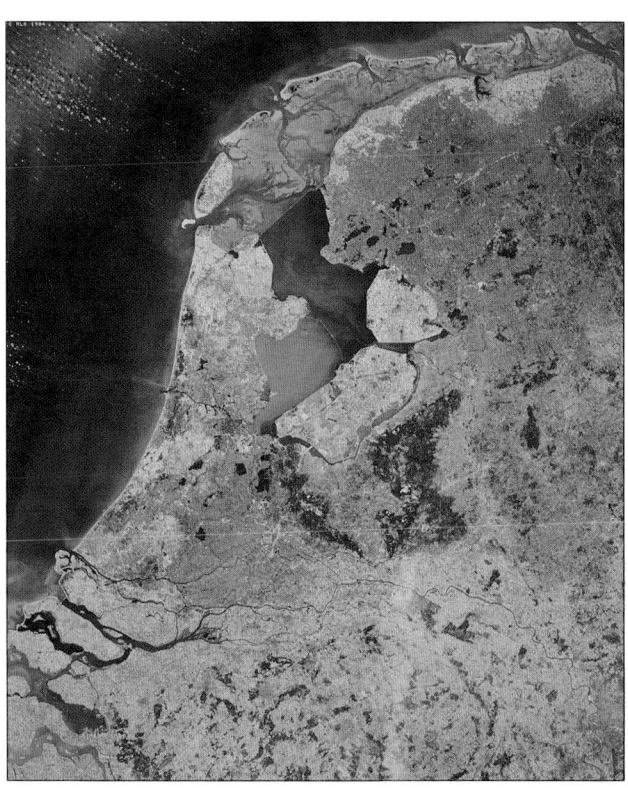

A crowded land (*right*) This satellite image of the Netherlands clearly shows two large areas of reclaimed land (polders) on the east and southeast of the IJsselmeer, or inland sea. More are being formed. Amsterdam lies at the southwest corner of the lake; Rotterdam is spread along the first of the long inlets to the south. These two major cities stand at the opposite ends of the Randstad, or Ring City. More than 40 percent of the entire population of the Netherlands at present lives in the area of land between them.

Housing the overflow (*below*) A housing project in Almere, one of several new towns that have been built on polderland to house the overflowing population of Amsterdam, and to prevent it from spilling into the open Green Heart at the center of the Randstad. Planned satellite towns built in the 1970s to take the flow filled up almost as quickly as they were built, and reclaimed land on the polders east of Amsterdam, originally reserved for agriculture, was consequently developed to provide additional space for housing.

Rotterdam, at opposite corners of the Randstad, is less than 60 km (37 mi).

Within this small area are concentrated all the country's major service activities, high-tech industries, and business head offices. Although the seat of government is at The Hague, and its port has been superseded by Rotterdam, Amsterdam remains the cultural and financial capital of the Netherlands.

To control the urban sprawl of the Randstad, buffer zones of open land were left to prevent one urban district from overflowing into the next. In addition, an area of countryside known as the Green Heart was left open in the center of the ring. From the 1960s city planners encouraged the relocation of people and firms to the less populated north, south and east. New satellite towns such as

Purmerend (Amsterdam) and Zoetermeer (the Hague) were carefully planned in the 1970s to catch the overspill. As the satellite towns filled up, new land had to be found for extended settlement. The New Polders, east of Amsterdam in the IJsselmeer – originally intended for farming – were appropriated for this purpose. Lelystad and Almere were established as new commuter towns.

CITIES IN TRANSITION

The cities of the Low Countries have retained their charm despite industrialization, urban growth, and destruction during World Wars I and II. Amsterdam has been described as "intimate," with its canals, narrow lanes, tree-lined streets, and houseboats. Wide boulevards are characteristic of the Belgian cities, and fine medieval churches and public places are found throughout the region. But beneath the old world charm are concealed severe modern problems.

Specialized cities: an urban trend
After the 19th century residential, recreational and work areas became physically separated in different city districts, with increasing homogeneity in terms of the groups within: the wealthy no longer lived beside the poor; industry did not mix with services. This was partly the result of deliberate planning from the 1930s, even more so in the Netherlands than in Belgium. However, these planned "rational cities" contributed to a variety of problems.

The first was that specialization increased the area of the cities, though the density decreased. In inner city areas built before 1940, up to 50 percent of the surface is covered by buildings; in postwar residential areas the proportion is typically 10–20 percent. The principle works vertically as well. In one residential area outside Amsterdam, nearly three-quarters of the housing built between 1966 and 1975 was in highrise development. By contrast, a new neighborhood built from 1978–82 was predominantly of low-rise housing units.

Urban sprawl and growth centers
Inevitably urban functions have spread beyond the city into the surrounding region, thus creating a transition zone between city and countryside. Modern transport expanded the urban realm,

Traveling underground (*above*) Brussels' subway is part of an efficient road and rail network. Clean and brightly decorated stations help to make daily commuting from the suburbs more pleasant for the city's workers.

Pollution-free transport (*below*) Cycling has always been a popular means of transport in the Netherlands. Concern about the environmental damage from cars has seen a demand for its increase. Some cities have discussed banning cars entirely from their centers.

though in Belgium the high-density rail network initially slowed down the process by making it possible for the rural population to work in the city. In 1948, only 15 percent of the workforce commuted; by 1988 the figure was 52 percent; and the average distance to work increased six times. Traffic jams clog the expressways every day of the year. In Brussels, 100 trains pass through the station every hour at peak times.

During the 1960s and 1970s, city planners attempted to avert congestion by creating satellite cities such as Almere and Zoetermeer in the Netherlands and Louvain la Neuve in Belgium to act as "growth centers". Many households relocated to these new communities, either voluntarily because of the attractive housing, or as the result of urban renewal programs that pulled down their houses to make way for redevelopment. Taken together, the cities of Amsterdam, Rotterdam, the Hague and Utrecht declined by many thousands of inhabitants.

It proved to be more difficult to entice the business sector out of its prestigious centrally located offices and into these towns. Businesses preferred locations on the edge of the large cities, or moved to the central part of the Randstad. The number of office jobs in the center of Amsterdam declined from 180,000 in 1965 to 80,000 in 1990.

Reclaiming the inner cities

Possibly the worst effect was that the urban population and employment structure became highly skewed. Families with upper incomes left; firms with the highest growth potential also relocated. The people who remained or took their place were often low-income earners or were unemployed, elderly, or reliant on

HOUSING CRISIS IN AMSTERDAM

World War II interrupted a 1935 plan to extend the area of Amsterdam, which was becoming overcrowded. After the war a largescale public housing policy was implemented. The central government strictly controlled rents in order to keep wages low. Consequently, construction was heavily subsidized and dwellings had to be allocated according to need (waiting lists still existed in the early 1990s).

In the 1960s and 1970s housing demand increased explosively due to the coming of age of the postwar baby boom (exceptionally high in the Netherlands) and significant increases in wages. The city was not able to fulfil the increasing demand from all income groups because of a shortage of suitable locations for building. In the late 1970s a squatter movement developed as a protest against the lack of housing, particularly for young adults. The squatters occupied vacant buildings, securing dwellings for people with a low priority rating in the housing allocation system. Some buildings were then redeveloped as housing for young people, but there were also arrests, evictions and riots.

In Amsterdam all locations, including urban renewal areas, were eventually allocated to public housing. There were also public housing facilities for the Amsterdam residents in new satellite towns. But middle and higher income groups were forced either to move out to the suburbs or to buy expensive apartments in the many restored buildings of central Amsterdam that had been left vacant by office firms. In the 1980s and 1990s Amsterdam was forced to change its housing policy and now more private apartments are being constructed than before.

The renovation of downtown Amsterdam Tall narrow buildings are commonly found in old, densely populated cities where land for development is at a premium. As populations moved outward, buildings often became neglected and rundown, but are now ripe for urban renewal. This former warehouse in the center of Amsterdam has been renovated to provide space for a number of attractive small offices.

welfare. With a relatively impoverished population, large areas of the cities began to deteriorate.

Urban erosion came to a halt in the 1980s. New housing developments promoted gentrification of decrepit neighborhoods. These newer projects provide a sharp contrast with the urban renewal schemes of the 1970s. They abound with tourist attractions, expensive apartments, commercial development, accommodation for high-tech industry, and office buildings. Run-down city centers and abandoned waterfronts are being turned into flourishing commercial successes.

However, grave social problems persist in the cities, including Brussels, Antwerp and Liège. Many areas are still plagued by deteriorating housing, poor education and healthcare systems, and increasing crime rates. In spite of an extensive welfare system, many city-dwellers remain on the fringes of society, though they may live in the midst of shining new highrises. In many ways, the cities have not altered fundamentally. Recent changes have led to an unequal distribution of economic benefits. The persistence of this inequality could endanger the cities in the long run.

Rotterdam – world port

In the Netherlands, where maritime traffic is equally as important as land traffic, ports play a prominent role. Rotterdam, the chief port and the second largest city, sprawls across the New Maas river, an estuary of the Rhine; to the south flow the Waal and Maas rivers, the latter flowing up from Belgium and along the German border.

Founded around 1283 on drained land at the mouth of the Rotte river, Rotterdam developed first as a fishing village. In 1340 a canal on the Schie river was dug, giving access to Delft and Amsterdam, and Rotterdam became the chief port of South Holland province. By the 17th century it had extended its facilities along the Maas to become an international port, though less prominent than Amsterdam. But by the end of the 19th century Amsterdam and Rotterdam had become rivals. Their ports were enhanced by newly dug canals providing them with direct access to the North Sea (1872); Rotterdam's is called the New Waterway.

However, the increasing flow of imports and exports to and from the rapidly developing industrial concentration of the Ruhr region (in Germany) favored Rotterdam's position on the lower Maas and Rhine. Amsterdam could not compete in bulk goods, and its role devolved to one of handling mainly colonial trade with Asia. But Rotterdam, strategically located halfway between the largest industrial region of Europe (Germany) and the most industrialized nation (Britain), expanded rapidly.

New houses on the waterfront (*above*) Buildings along Rotterdam's old waterfront have been turned into stylish residential, commercial and restaurant areas. Innovative building designs help to emphasize the modern character of the city, and add variety to the urban skyline.

Old tugs and barges (*right*) moored in front of the maritime museum at Leuve Haven in Rotterdam are a reminder of the important part that sea and seafaring have played in the city's rise.

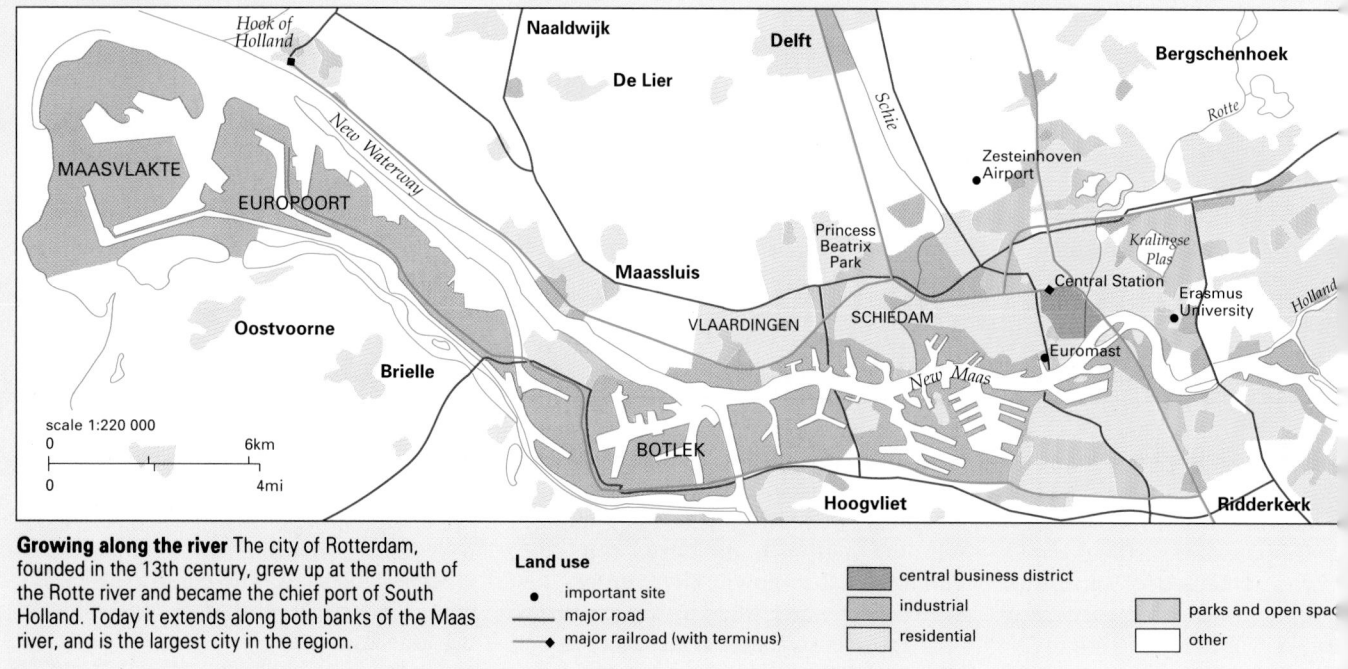

Growing along the river The city of Rotterdam, founded in the 13th century, grew up at the mouth of the Rotte river and became the chief port of South Holland. Today it extends along both banks of the Maas river, and is the largest city in the region.

Land use

- important site
- major road
- major railroad (with terminus)

- central business district
- industrial
- residential
- parks and open space
- other

Further improvements at the end of the 19th century included a bridge across the Maas, and expanded harbor facilities toward the sea. The largest dredged harbor in the world for its time was built from 1906 to 1930. From 150,000 inhabitants in 1850 its population had reached 425,000 in 1910. In 1940, the year that the invading Germans bombed the city, the population was 590,000. A third of the city center, docks and harbor installations were destroyed by the occupying forces before the war's end.

Recovery and growth

Rotterdam's recovery after World War II was rapid. New harbors were built: Botlek (1947–57), Europoort (1957–68), and Maasvlakte (1968–74). Europoort, parallel to the New Waterway, stands directly between Rotterdam and the sea,

serving as an extended entrance to Rotterdam harbor. These new locations reflect the enormous expansion of the scale of the port, the oil refineries and related petrochemical industries, and the role they play in the huge Dutch industrial complex that lies on the estuaries of the Rhine delta.

In 1963 Rotterdam gained first place among world ports and has retained this position. Nearly 300 million tons of goods are shipped into the port annually – 10 times the tonnage of 1950. It is Rotterdam's ambition to become the premier gateway to Europe, as well as an intercontinental distribution hub. The city's continuing transformation from a bulk port to an industrial complex will generate added value and jobs by providing further through facilities for assembly, upgrading, storage and distribution.

The city of Rotterdam is also undergoing rapid development. Apart from the city hall, the main post office and the mercantile exchange, few public buildings survived the war. The center of the city was rebuilt, and its innovative architecture and planning won international praise. A new shopping center designed for pedestrians, the Lijnbaan, in 1955 was the model for the malls that thereafter were built in their thousands across Europe and North America.

In the 1970s Rotterdam was an acknowledged leader in renovating rundown neighborhoods. But 20 years later the city, the center of an agglomeration with a population of over 1 million, was working on more ambitious plans. These included turning the city center into a major office center, and the waterfront into a commercial and recreational asset.

RAPIDLY EVOLVING CITIES

ANCIENT ORIGINS, MODERN GROWTH · THE URBANIZATION OF THE COASTS · LAYERS OF URBAN HISTORY

Important urban centers have existed on the Iberian peninsula from the time of the Roman empire, but extensive urbanization is recent. Because industrialization in both Spain and Portugal was later in coming than in other Western European countries, the traditional rural settlement pattern lasted much longer. In the 20th century rapid modernization and economic growth have transformed the urban system and created a number of large cities. Although population density is relatively low – in 1991 Portugal averaged 107 inhabitants per sq km (277 per sq mi), Spain only 76 per sq km (197 per sq mi) – the Iberian peninsula contains three of Europe's major metropolitan areas: Madrid, Barcelona and Lisbon. Urbanization in both Spain and Portugal is heaviest in coastal areas, where most economic activity is concentrated.

COUNTRIES IN THE REGION		
Portugal, Spain		

POPULATION		
Total population of region (millions)		49.6
Population density (persons per sq km)		95.0
Population change (average annual percent 1960–1990) Urban Rural		+1.9 -1.0

URBAN POPULATION		
As percentage of total population 1960 1990		41.6 59.0
Percentage in cities of more than 1 million		13.1

TEN LARGEST CITIES

	Country	Population
Madrid †	Spain	3,101,000
Barcelona	Spain	1,704,000
Lisbon†	Portugal	1,612,000
Oporto	Portugal	1,315,000
Valencia	Spain	732,000
Seville	Spain	655,000
Zaragoza	Spain	575,000
Malaga	Spain	566,000
Bilbao	Spain	382,000
Las Palmas	Spain	358,000

† denotes capital city

ANCIENT ORIGINS, MODERN GROWTH

Early settlement patterns on the Iberian peninsula showed marked regional differences. In the north and on the Atlantic coast – where rainfall is higher than 800 mm (32 in) a year – rural settlements were small and scattered. Elsewhere they were more concentrated, especially in the Central Meseta and the arid areas of the south. These patterns were little changed at the beginning of the 20th century. In spite of the long urban traditions of both countries, their populations were still mostly rural.

In 1910, 7 out of 10 Spaniards and 8 out of 10 Portuguese still lived in settlements of less than 10,000; only ten cities had more than 100,000 inhabitants. Among the most important were cities of Carthaginian or Roman origin, such as Malaga and Zaragoza, both of which have remained major centers of commercial

and administrative activity for more than 2,000 years. Cordoba and Granada were magnificent cities of the Muslim period, at their height during the 9th and 10th centuries. Later, ports such as Valencia and Seville grew with the rise of international trade.

At the beginning of the 20th century very few cities had become industrial centers. The exceptions were Barcelona and Bilbao in Spain, and Oporto in Portugal. The other important cities were Madrid and Lisbon, whose urban development had been closely linked to their role as national capitals. But more than 90 percent of the population lived outside these urban centers.

Dramatic 20th-century growth
By the late 20th century the situation had changed dramatically. In 1991 as many as 55 municipalities in Spain contained more than 100,000 inhabitants, and 7 out of 10 Spaniards were living in cities with more than 10,000 inhabitants. The rural

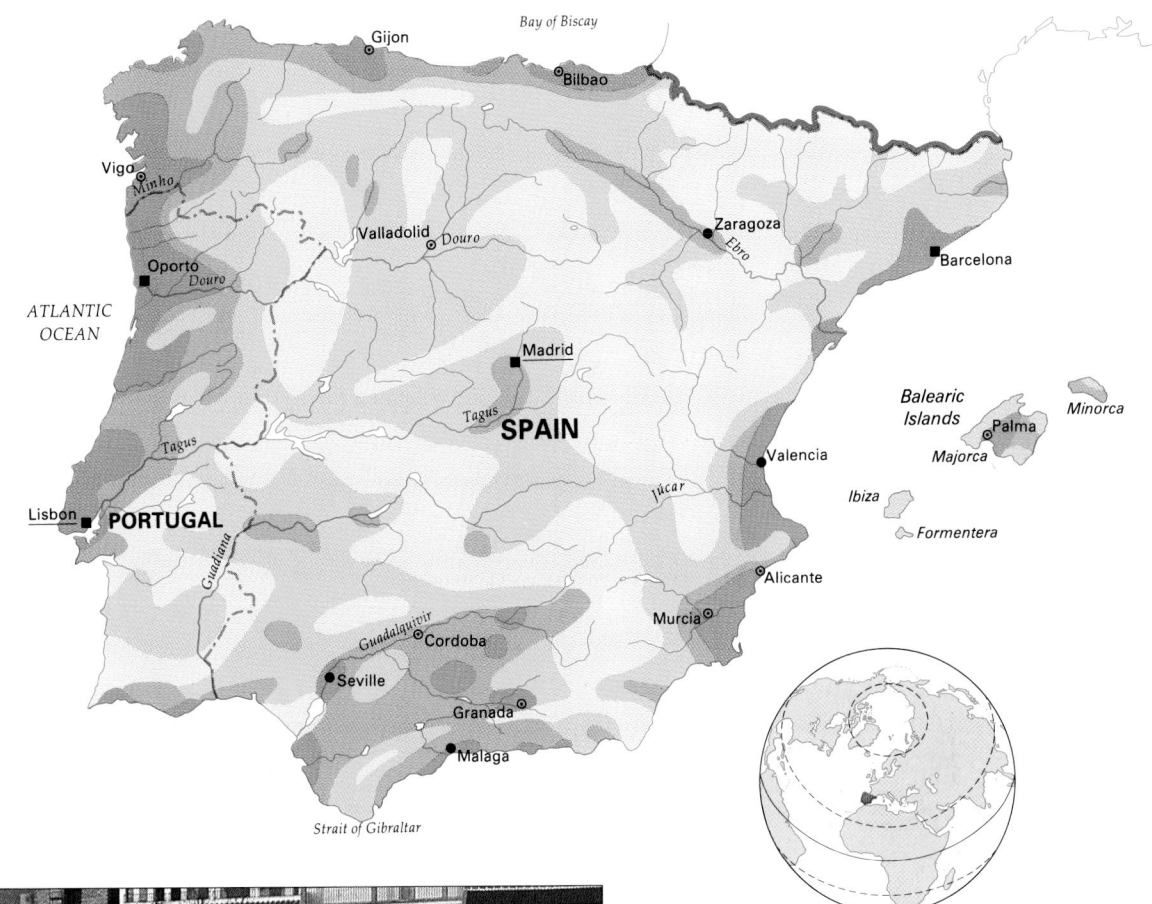

Population density

city populations
(capital city is underlined)

- ■ 1 000 000–5 000 000
- ● 500 000–999 999
- ⊙ 250 000–499 999

persons per square km

- 200
- 100
- 50
- 25

Map of population density (*right*)
The densest concentrations of population are found around the coast, especially in the industrialized areas of north and east Spain and around Lisbon and Oporto in Portugal. There is little urbanization in the interior of the peninsula, apart from around Madrid and along the valley of the river Ebro.

White-painted houses (*below*) climb a hillside in Andalucia, in the south of Spain, where architectural styles, with small windows set in high, blank facades, flat roofs and shaded balconies, owe much to Arab influences.

Spain and Portugal

population meanwhile had fallen to less than 30 percent.

In Portugal the process of urbanization has been slower, but the changes are equally spectacular. In 1910 only two cities, Lisbon and Oporto, had more than 100,000 inhabitants; in 1991 there were 23 municipalities with more than this, and Lisbon and Porto have become large metropolitan areas. The percentage of the urban population, though much lower than in Spain, has nearly doubled, from 17 percent in 1911 to 30 percent in 1981.

This transformation reflects the many changes that have taken place in the Iberian peninsula following from the modernization of agriculture, industrialization and the growth of the service sector, especially tourism. Between the 1950s and the 1980s, the number of people working in agriculture in Spain and Portugal fell from 50 percent to less than 10 percent. Former agricultural workers streamed into the cities in search of work, changing the traditional population pattern. This redistribution reached its peak in the 1960s and early 1970s. Villages in the interior shrank; some were entirely abandoned. By contrast, Iberian cities expanded rapidly to become modern industrial and service centers.

THE URBANIZATION OF THE COASTS

A consequence of Iberia's rapid urbanization in the second half of the 20th century has been a general redistribution of the population. People have abandoned inland rural areas, and have settled in large concentrations around Madrid and in the urbanized coastal areas.

Cities built on trade

In Portugal the coast is linked to the country's very existence as an independent state: its seafaring empire gave it the means to maintain its political, economic and cultural independence from Spain. The most important Portuguese cities are ports, usually located in a river estuary: Porto, Aveiro, Coimbra-Figueira da Foz, Lisbon and Setubal are examples. Railroads and highways run along the coast or follow the river valleys, linking the cities to each other and to inland areas.

Lisbon and Oporto are Portugal's chief cities, located at the mouth of the two main navigable rivers – the Tagus and the Douro. Lisbon, the chief port and the administrative capital, emerged during the colonial period (c.1415–1825) as the center for overseas trade. It has remained Portugal's dominant city, outlasting the empire that supported its growth. Lisbon is much larger than the second city – Oporto – which developed as a manufacturing and commercial center for the northern regions after the 1830s. By the second half of the 20th century, Lisbon and Oporto were in a position to lead the country's rapid industrialization.

In the 1970s both cities attracted rural migrants as well as most of the 600,000 people who returned to Portugal from Africa after the independence of its last colonies. Between 1960 and 1981 Lisbon's population grew by 64 percent, Oporto's by 34 percent. In 1991 Lisbon and Oporto together contained nearly 40 percent of the Portuguese population.

Throughout the rest of Portugal, urbanization takes the form of many small clusters of villages and towns. Density is much greater in the coastal areas: some 65 percent of the population lives in seven urban provinces in coastal areas (Lisbon,

A line of villages is strung out like a necklace across the coastal plain northwest of Lisbon. Portugal's population remains more rural than Spain's, but density in coastal farming areas is quite high.

TOURISM AND URBANIZATION

Tourism has had enormous impact along the coasts of Portugal and Spain. Massive developments of tourist apartments, hotels, marinas and camping grounds form a dense urban corridor along the Mediterranean coast, the coast of southern Portugal, and around the islands.

Along the Costa Brava in northeast Spain, for example, a narrow fringe some 100km (62 mi) in length contains less than 150,000 permanent inhabitants but can accommodate nearly a million tourists. Villages such as Roses or Lloret, which have only 10,000 inhabitants in winter, swell into cities of more than 100,000 during summer. The same situation arises on the island of Mallorca and along the coast of Valencia and Andalucia, where the well-known resorts of Benidorm, Torremolinos and Marbella are found. In Portugal, tourist activity is concentrated mainly in the Algarve, in the south, where the number of places for tourist accommodation in 1988 represented nearly half the country's total capacity.

The development of these tourist areas has created severe problems. Densely packed housing has crowded the landscape and caused environmental damage. Rapid and, in many cases, speculative growth of these areas has destroyed much architectural heritage as traditional buildings have been replaced with new ones of poor quality. Public services are often unable to meet demand at the height of the season.

Boom time on the Costa Blanca Multistoreyed hotels and apartment blocks bristle around the bay of Benidorm in southeast Spain. Visitors may outnumber local people by 100 to 1 at the height of the summer.

Oporto, Setubal, Braga, Aveiro, Coimbra and Leiria). The lowest population and urban densities are found in the provinces that run along the border with Spain, especially in the north.

The urban pattern in Spain

An exterior ring linking the coastal provinces represents the pattern of urbanization in Spain. The exception is Madrid, a huge metropolitan area in the very center of the peninsula, where a third of the inland population is concentrated. The other major urban areas are the second largest city, Barcelona, and Valencia on the Mediterranean coast, Zaragoza in the Ebro valley (northeast), Bilbao in the Cantabrian fringe (north), Seville and Malaga in Andalucia (south). Las Palmas de Gran Canaria and Palma de Mallorca are the respective major cities of the Canary Islands and Balearic Islands.

Some 6 million Spanish people – out of a total of less than 34 million – moved to

towns or cities between 1961 and 1975. Most of these migrated from the large rural areas to the few urban industrial centers and tourist resorts. Population and economic activity became heavily concentrated in dynamic areas such as Madrid, the coast, and along the line of the Ebro river from Catalonia to the Basque country.

This was a period of unprecedented growth. The populations of metropolitan Madrid and Bilbao grew by 100 percent, Barcelona by 76 percent and Valencia by 49 percent. By 1970 more than one third of the Spanish population was concentrated in 40 municipalities of more than 100,000 inhabitants. Many of these were regional capitals, which increased their weight with regard to surrounding areas. For example, in 1970, 53 percent of the population of the Catalan region lived in metropolitan Barcelona, and 42 percent of Aragonese had settled in Zaragoza.

After the mid 1970s urban growth, especially in the larger cities, declined. Between 1981 and 1991, Madrid and Valencia increased by less than 3 percent, Seville by 6 percent; Barcelona fell by 5 percent and Bilbao by 3 percent. Smaller urban centers grew more steadily, and the strong regional contrasts that were the result of rapid development diminished. However, in 1991, the 12 largest cities of the country contained as much as 27 percent of the total population.

Watching the world go by (*above*) Many Iberian cities were enlarged in the 19th century with new residential quarters built on a grid pattern. Large central squares (*plazas*), often containing a fountain, provided a meeting place, and are enjoyed by tourists today.

Madrid's high life (*right*) Madrid – the capital of Spain – has a level of affluence unmatched in the rest of the country. In the city center, modern office blocks mix with older apartment buildings – and amenities even include rooftop swimming pools.

LAYERS OF URBAN HISTORY

"Our cities are like historical monuments to which every generation, every century, every civilization has contributed a stone," wrote the Spanish town planner Idelfons Cerdà in 1867. The structure of most Spanish and Portuguese cities is made up of three layers: the old town of ancient or medieval origin; the 19th-century additions; and the suburbs built in the last 30 years.

Old towns and new additions
The old town lies within the medieval walls that once enclosed the city. Although now only a small portion of the whole urban area, in many Spanish and Portuguese cities the old quarters still serve as the symbolic and administrative center. Its structure reflects the history of the city. For example, the cross-shaped grid pattern of the Roman city can still be seen in the old centers of Barcelona,

Tarragona and Zaragoza, and traces of the narrow alleys of Arab quarters can be found in Seville, Toledo or Cordoba.

Most towns were built on hills for easy defense and crowned by a castle. In the case of Portuguese cities built close to the mouth of a river (such as Lisbon and Oporto), the site permitted simultaneous control of sea traffic and routes to the interior. The names of some quarters indicate that they were added later: "La Baixa" (the lower quarters), "Outra Banda" (the other side of the river).

Population increases in the 18th century made the old towns progressively more crowded. In the late 18th and early 19th century measures were taken to make conditions in the cities more bearable, such as building new streets and sewerage systems. One city that benefited from such reforms was Lisbon, rebuilt after an earthquake and fire in 1755.

The old city walls of Iberian towns were mostly demolished in the mid 19th century, and urbanization spread to the areas

As the cities of Spain and Portugal grew rapidly in the 1950s, they merged with and engulfed surrounding towns and villages. Each of these towns kept its own local elected council and mayor. Thus, in the metropolitan area of Valencia there are 29 municipal councils.

However, this urban expansion has not been accompanied by administrative reform. The fragmentation of urban government within the larger cities makes urban planning difficult. In addition, the management of public services such as transportation, waste disposal and water supply is also adversely affected.

In Spain, a number of different metropolitan bodies were created between 1945 and 1975 to consolidate services and planning in the major cities. However, in most cases these were abolished during the 1980s by the newly created autonomous regional authorities, reluctant to share their power with the metropolitan governments. Only Barcelona and Valencia retain some form of metropolitan coordination, and this works with great difficulty. By contrast, in Portugal, a 1991 law created the metropolitan councils of Lisbon and Oporto. These new bodies have extensive powers over urban planning and service coordination.

outside them. New quarters with wide streets were designed as residential districts for the middle classes who left the dense streets of the old city centers. These frequently became decrepit and run-down. Today many of the old towns look impoverished in spite of ambitious rehabilitation programs.

The 19th-century quarters, while remaining residential, have most usually developed into today's central business districts. More than half of the most advanced service firms of metropolitan Barcelona, for instance, are located in the 19th-century part of the city and its environs, along with theaters, cinemas, museums and other cultural facilities.

Sprawling modern suburbs have grown up around most Iberian cities in response to the economic and social changes that have taken place since the 1960s. Their growth was especially important in the period 1960–75, when rural–urban migration was at its peak. An acute housing shortage resulted in the formation of shanty towns – illegal in most cases. The shortage became catastrophic in the 1960s and early 1970s, especially on the outskirts of Lisbon, Madrid and Barcelona, where tens of thousands lived in shanty towns. In Portugal the return of settlers in 1974 after the independence of the African colonies contributed to pressure on housing, when large numbers were accommodated in makeshift camps. Most shanty towns were eradicated after the early 1980s.

To meet the housing need, massive new developments were built around many cities in the 1960s and 1970s, consisting of large highrise apartment blocks. Access to the city center was often difficult, and buildings were poorly designed and equipped. In metropolitan Barcelona as many as 700,000 dwellings of this type were built in a 25–year period. One effect of these developments was to isolate manual workers in industrial suburbs while the more affluent, and service sectors, became concentrated in the central districts and in low-density suburbs. This social and functional segregation remains one of the main features of Iberian cities.

Future prospects
In the last decade of the 20th century Spanish and Portuguese cities face new challenges. Low population growth and newly elected democratic local authorities have made it possible to solve some of their inherited urban and social problems. Since both countries joined the European Community in 1986, their cities have enjoyed a new period of economic growth. Madrid and Barcelona are among the 10 principal urban areas of Western Europe. Lisbon, Seville, Valencia, Bilbao and Oporto are also cities of international importance. The unified European market after 1992 offered new potential for growth but also required a greater level of investment in urban infrastructure in order to attract capital, technological development and services to the cities.

Barcelona
– an architectural city

Visitors to Barcelona, the second largest Iberian city, are frequently surprised by the passions aroused by questions concerning the physical appearance of the city. Planning intervention in a neighborhood, the design of a new public square or building, or even the places of a sculpture are occasions for lively debate.

One of the main ports and industrial centers in the Mediterranean basin, the city of Barcelona was founded more than 2,000 years ago. Today it is a metropolis of over 3 million. Its population density, one of the highest in Europe, poses important problems for the organization of services, housing, traffic, and transport.

A tradition of innovative design

Barcelona has a long tradition of innovation and experimentation in urban planning and avant-garde architecture. This tradition first appeared in the mid 19th century, when the old medieval walls were demolished and the city – already the leading industrial center in Spain – was poised for expansion.

Plans to enlarge the city were drafted by Ildefons Cerdà (1815–76), who was a

Stages of a city (*below*) Barcelona has experienced several phases of growth. L'Eixample, the planned 19th-century quarter, was built just outside the old walled city. The nearby Olympic village has revitalized a decayed waterfront area of the city.

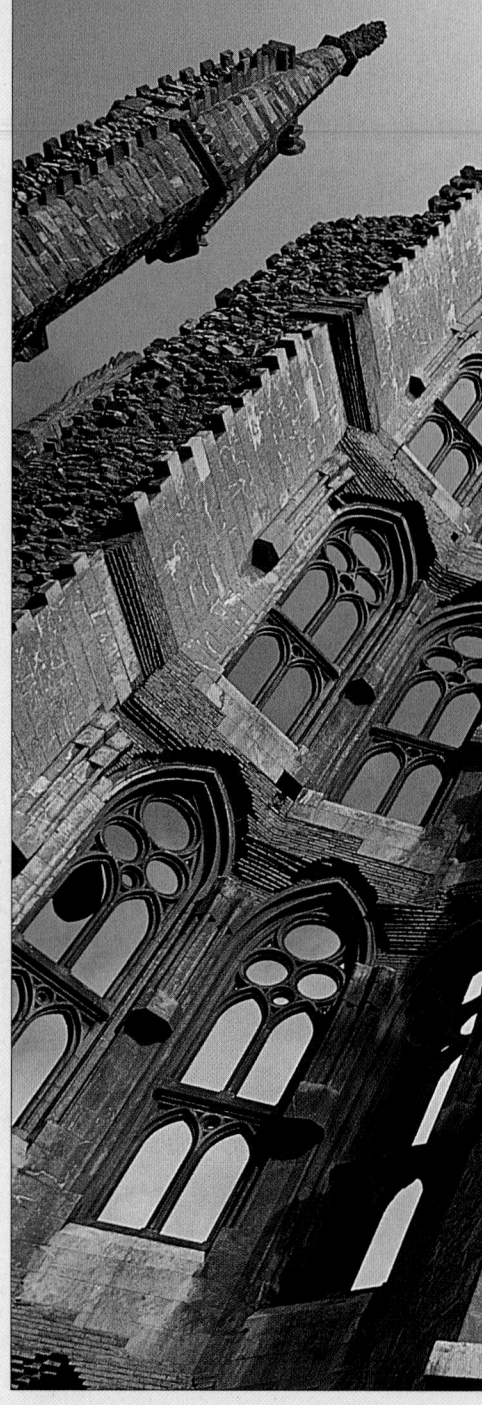

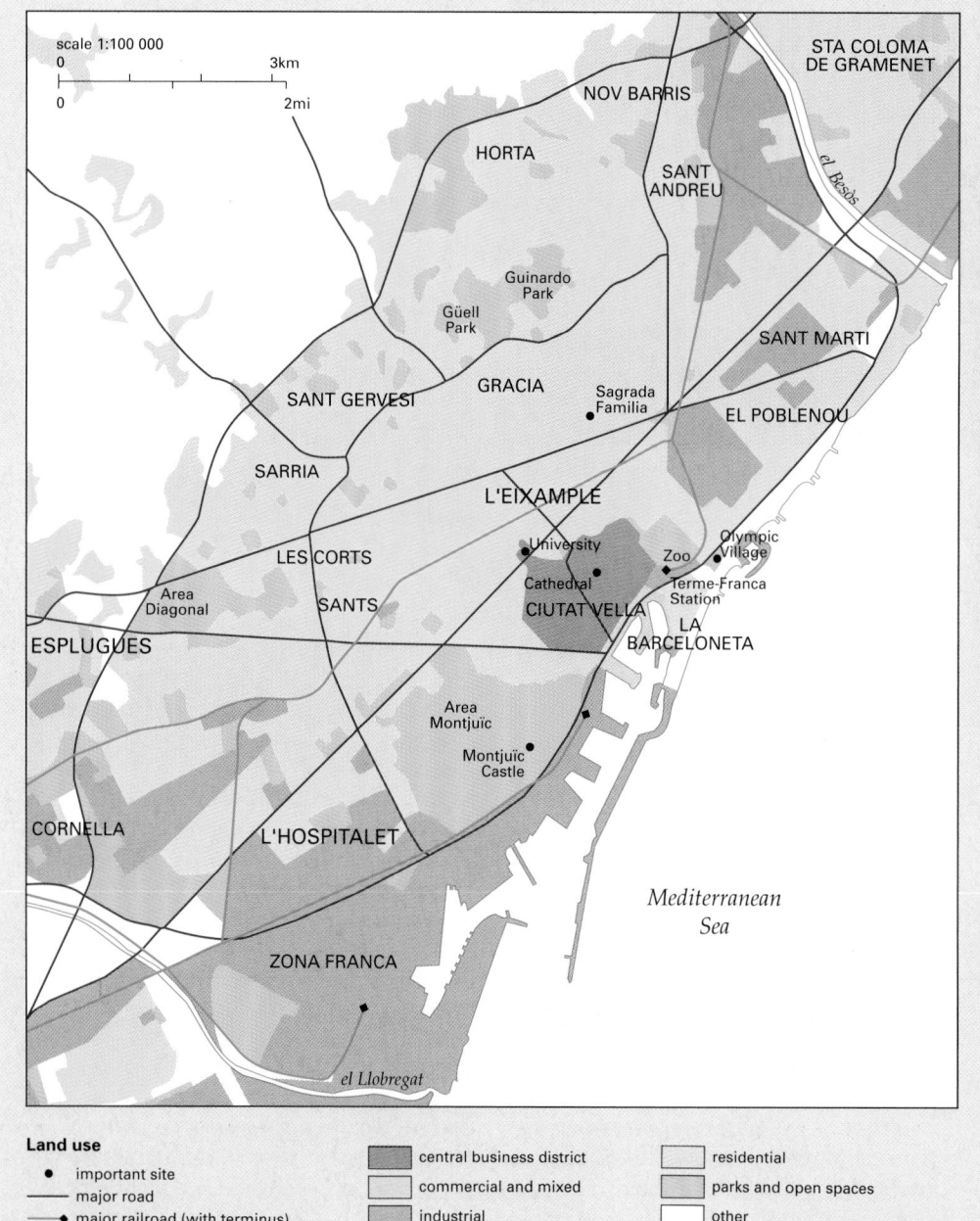

scale 1:100 000

STA COLOMA DE GRAMENET

NOV BARRIS

HORTA

SANT ANDREU

el Besòs

Guinardo Park

Güell Park

SANT MARTI

SANT GERVESI

GRACIA

Sagrada Familia

EL POBLENOU

SARRIA

L'EIXAMPLE

University

Olympic Village

LES CORTS

Zoo

Cathedral

Terme-Franca Station

Area Diagonal

SANTS

CIUTAT VELLA

LA BARCELONETA

ESPLUGUES

Area Montjuïc

Montjuïc Castle

Mediterranean Sea

CORNELLA

L'HOSPITALET

ZONA FRANCA

el Llobregat

Land use
- ● important site
- — major road
- ◆→ major railroad (with terminus)

- ▨ central business district
- ▨ commercial and mixed
- ▨ industrial
- ▨ residential
- ▨ parks and open spaces
- ▨ other

civil engineer. Cerdà set out the city's new development in a grid layout formed by octagonal blocks of 113 m (370 ft) each, separated by wide straight streets. Even though many aspects of the original plan were disregarded, it led to the creation of "l'Eixample", the new core of the city, and the regular pattern of its street layout remains one of the most characteristic features of contemporary Barcelona.

The building of L'Eixample introduced a new architectural style, "Modernisme", that spread throughout the city between 1885 and 1910. It is reflected in many of Barcelona's most important buildings, including the Palau de la Música, the apartment buildings Casa Milà and Casa

Unfinished masterpiece Begun in 1886, work stopped on Gaudí's church of the Sagrada Familia during the Civil War (1936–39). Building restarted in the 1980s, and it is expected to take another 50 years to complete this celebrated masterpiece of architecture.

Batlló, and Barcelona's best-known landmark, the unfinished church of the Sagrada Familia. These last three were designed by the world-famous architect Antoni Gaudí (1852–1926).

By the 1930s the rationalist movement in urban planning and architecture reached Barcelona. Local architects worked in conjunction with the Swiss-born architect Le Corbusier (1887–1965) to produce the Pla Macià (1932–33), which was the first serious attempt to rethink the planning of Barcelona after Cerdà.

The progressive climate of ideas in Catalonia was brought to a sudden end with the triumph of the Francoist regime in 1939. The election of local authorities was forbidden, public debate banned, and Catalonia's leading architects forced into exile. The four decades of the Francoist regime thus produced a severe setback in the development of the city, particularly between 1959 and 1975, when Barcelona's population doubled. Under the pressure produced by rapid growth and speculative development, the urban and architectural heritage of the city was severely damaged.

After Franco's death in 1975, the new constitutional regime and the democratic election of local authorities allowed a rebirth of architecture and planning in Barcelona. From 1979 onward an ambitious rehabilitation program targeted large areas, both in the old city and in the suburbs. The avant-garde designs chosen attracted both international attention and controversy.

Barcelona's hosting of the 1992 Olympic Games accelerated the process of urban renewal. More than two-thirds of the US$7 billion generated by the Games was used to provide much needed infrastructure for the city, including a highway around the city, waterfront renewal and other improvements.

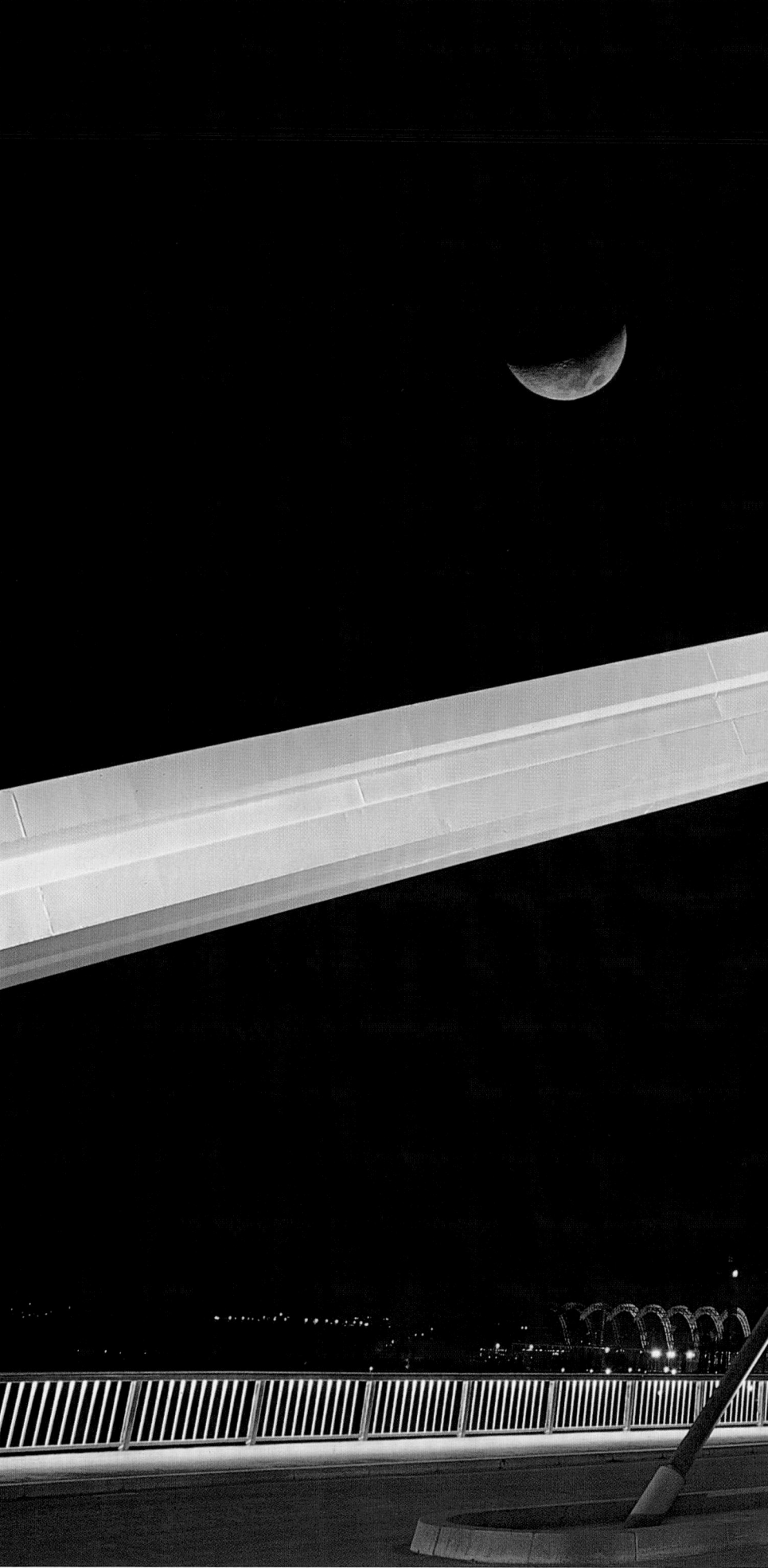

Architecture on show

Universal exhibitions, or expositions (called World Fairs in the United States) have been compared to a designer fashion show for international architecture. Their innovative buildings are often at the forefront of architectural avant-garde and have great influence on future styles of building, and on building technology. Two of the most famous examples of structures created for expositions come from the 19th century: the Crystal Palace in London, from the original Great Exhibition of 1851, and the Eiffel Tower, built for the Paris exhibition of 1889.

But, like designer fashions, many designer buildings have little to do with the real world. With abundant financing and few practical constraints, the architects can afford to let fantasy reign. The results may be spectacular but completely unsuited to other uses, except as tourist attractions.

Seville in southwest Spain, the host of Expo 1992, managed to combine style and function in the process of preparing the site. The design of a new railway station and an international terminal at the airport contributed to the showcase setting for Expo 92. Seven new bridges, also imaginatively designed, linked the city to the previously undeveloped La Cortuja island, the exposition site.

Light and fanciful One of seven new bridges from Seville to the island of La Cortuja. On its completion it was listed in the Guinness Book of World Records as the world's longest unsuspended bridge.

OLD CITIES, MODERN METROPOLISES

CITIES OF THE VALLEYS AND PLAINS · TOWN AND COUNTRY · URBAN LANDSCAPES

The history of Italy and Greece is, to a very large extent, the history of their urban settlements. From as far back as the city-states of the ancient Greeks and the towns of the Roman empire, they have shaped the economic, political and social life of the region. During the flowering of the Renaissance in the 15th and 16th centuries, Italy boasted the most highly developed urban network in the world, its great cities interspersed among strings of smaller towns. Yet it is only in recent decades that a majority of the region's population have become city dwellers. In sharp contrast to northern Europe, industry has followed rather than created this urban explosion. Today Greece's largest city, Athens, totally dominates the country; Italy has a more dispersed pattern of urban growth, in which no one city has primacy.

COUNTRIES IN THE REGION

Cyprus, Greece, Italy, Malta, San Marino, Vatican City

POPULATION

Total population of region (millions)	67.7
Population density (persons per sq km)	161.1
Population change (average annual percent 1960–1990)	
Urban	+1.1
Rural	-0.5

URBAN POPULATION

As percentage of total population	
1960	55.2
1990	66.3
Percentage in cities of more than 1 million	14.9

TEN LARGEST CITIES

	Country	Population
Athens†	Greece	3,027,000
Rome †	Italy	2,817,000
Milan	Italy	1,464,000
Naples	Italy	1,203,000
Turin	Italy	1,012,000
Salonika	Greece	872,000
Palermo	Italy	731,000
Genoa	Italy	715,000
Bologna	Italy	422,000
Florence	Italy	417,000

† denotes capital city

CITIES OF THE VALLEYS AND PLAINS

Since classical times, Italy and Greece have been noted for their cities. These traditionally acted both as trading and as local administrative centers. The countryside is characterized by a dense network of compact rural settlements. Isolated dwellings, or strung-out settlements along roadsides, are uncommon except in northeast and central Italy. In the 20th century, the movement of workers from the country to the towns, and largescale emigration abroad, mean that hamlets and villages have declined in importance everywhere in the region.

In northern Italy, towns and cities developed in two main west–east corridors, following the valleys and river plains. One runs along the foot of the Alps from Turin to Trieste, and the other, farther to the south, follows a line along the foot of the Apennines from Asti to Pesaro on the Adriatic coast. In both these corridors, towns arose where the mountain valleys open onto the Po valley and the Venetian plain: in the north, such centers as Brescia, Verona, Vicenza and Udine, and in the south Alessandria, Piacenza, Parma, Modena and Bologna. A third chain of towns is spaced between the other two across the plain of the river Po from Milan to Venice and including Piacenza, Cremona, Ferrara and Padua. Thus the urban network of northern Italy is comparatively continuous and dense, balanced between towns of varying sizes.

The settlement pattern in the south of Italy, including Sicily, is much more broken and irregular. A few cities, such as Naples and Palermo, serve large areas without the support of medium-sized towns. Coastal towns prevail in number and importance: of the 21 southern cities with more than 80,000 inhabitants, only three – Foggia, Cosenza and Sassari – are not coastal. Undoubtedly the mountainous nature of the southern peninsula has discouraged settlement, but other factors also played their part in creating this pattern. In medieval times the city-states of central and northern Italy enjoyed considerable independence under city councils or strong ducal rulers, and were at the heart of an urban revival. By contrast, the south came under the rule of first the Spanish Habsburgs and then the Bourbon dynasty, who both encouraged the development of large agricultural estates under absentee landlords, and set strict limits on urban growth.

Like southern Italy, mainland Greece has a mountainous interior, and all the major cities here are coastal as well. The northwest and Thessaly (in the east of central Greece) are virtually devoid of large settlements. In recent years, nearly all the smaller towns of the mainland interior and the islands have stagnated – growth has been confined almost entirely to the capital, Athens, and to Salonika, Greece's second city in the northeast. In a country of nearly 10 million people, there are only 25 towns of more than 30,000, and the two largest house about 40 percent of the total population.

Athens' spreading metropolitan area contains nearly one in three of the entire Greek population. Such concentration of

Ancient towers Set amid the rolling hills of Tuscany, San Gimignano is one of the best preserved of Italy's medieval towns. A peaceful scene today, its towers and strong walls recall more turbulent times when people sought to defend themselves from attack.

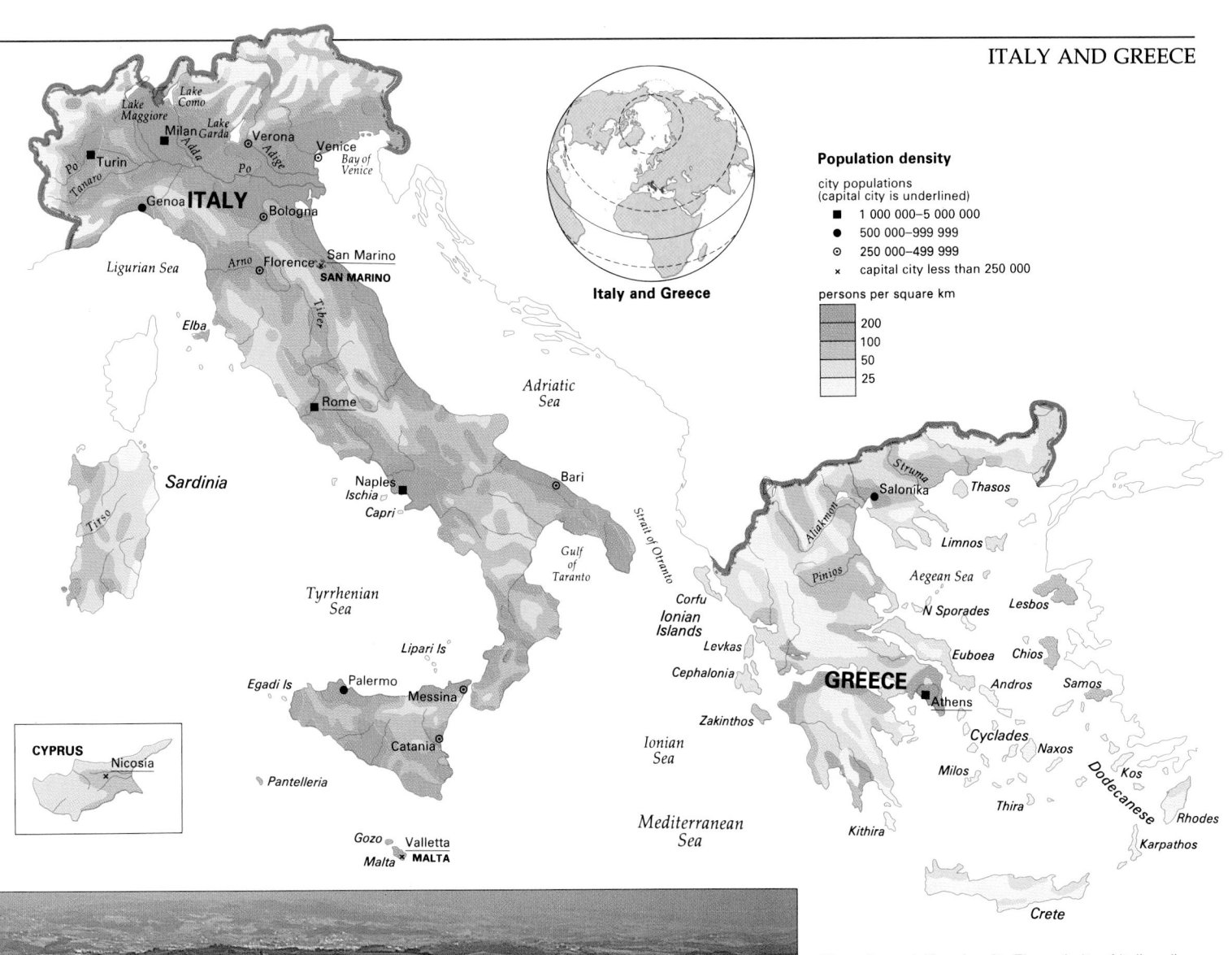

Population density

city populations
(capital city is underlined)

- ■ 1 000 000–5 000 000
- ● 500 000–999 999
- ⊙ 250 000–499 999
- × capital city less than 250 000

persons per square km

- 200
- 100
- 50
- 25

Italy and Greece

Map of population density The majority of Italians live along the country's long coastline and in the towns and cities of the northern river plains. The area of greatest population density in Greece is in and around the capital city, Athens.

population reflects Athens' preeminent role in all aspects of national life. Most industrial activity, international trade and commerce, government and administration are located here. The smaller states of the region, Malta and Cyprus, are similarly dominated by their national capitals (Valetta and Nicosia).

First among equals

In Italy, no single city enjoys primacy. Rome, the national capital, is not much bigger than Milan, the industrial–commercial center of the north, or Naples, the first city of the south, which as late as 1921 was the largest city in Italy. Once again, it is the peculiar nature of Italian history that has created this situation. The urban traditions of the north, dating back to medieval times, and the comparatively late date of the country's political unification, in 1870, together resulted in a decentralized pattern of city growth. Before unification, each of the individual Italian states had been dominated by its own capital.

133

URBAN LANDSCAPES

The cities of Italy and Greece are typically Mediterranean in character. Their historic centers remain the hub of most social and economic activity, and are crowded with commercial and administrative offices, small industrial workshops, fashionable boutiques and stores, theaters, cafés and restaurants, and residential apartment buildings. On the urban fringes there is spontaneous, largely unplanned, growth where new factories and housing have sprung up.

The architectural riches of Italy's cities are probably without rival in the world – nearly every town has something to offer: a medieval or baroque church or cathedral, crenellated city walls or Renaissance fountain and square. Yet a striking feature of its urban centers, from one end of the peninsula to the other, is the uniform architectural style of the public buildings, facades, official statues and street signs that have been erected since political unification in 1870. This is in marked contrast to the variety of styles found in buildings surviving from before that date.

Vertical living

A major influence on the way life is organized within the city center is the prevalence of the tall, narrow multistorey apartment building. From the late 19th century this has been the main building type, and is one reason why there is so much mixing of commercial, industrial and residential functions within central districts. Even within an individual building there may be commercial offices on the lower floors and residential apartments higher up.

Pigeon attack A waterspout on Milan's gothic cathedral bristles with a line of metal spikes, placed there to prevent pigeons from landing. An even greater threat to ancient stonework than bird lime is atmospheric pollution from vehicle exhaust.

Similarly, in both Italy and Greece there is much greater mixing of social groups within the city's residential areas than there is in northern Europe or the United States. The more affluent classes have not deserted the inner city to nearly the extent they have in these countries. In some apartment buildings in Naples and Athens, for example, the more spacious and airier upper floors are lived in by wealthy tenants, while those who are less well off occupy the lower part. Families sit out in the warm evenings on the balconies that embellish the buildings' facades, and laundry is hung out above the narrow streets.

Single-family dwellings are rare within the city, and can generally be afforded only by the very wealthy. During the 1960s and 1970s, however, large numbers of comparatively cheap, small houses were built, usually without regard for planning regulations, on the outskirts of Rome and Athens. Most new housing development on the urban fringes is occupied by blue collar and unskilled workers. As the number of foreign immigrant workers rises, they tend to live in geographical concentrations in the areas of poorest housing.

With their high density of population, Italian and Greek cities have remained relatively compact. Even middle class neighborhoods are crowded. The cities are becoming increasingly jammed with traffic and are underserviced as the public provision of roads, schools, parks and so forth has failed to keep up with the rate of population growth.

ATHENS – A CITY UNDER THREAT

Athens, one of oldest centers of Western civilization, is among the most evocative of cities. The Parthenon atop the Acropolis, the Temple of Zeus, the Tower of the Four Winds are among the most famous landmarks in the world. But they are in danger of being swamped by uncontrolled urban development. The spread of concrete and the untidy sprawl of expressways, industrial lots, gas stations and apartment blocks today stretches as far as the sacred site of Eleusis, 14 km (22 mi) along the pilgrims' route from the ancient city of Athens.

The city faces massive problems of air pollution. A surrounding circle of hills traps the fumes pumped out by vehicle exhaust and industry, endangering health and causing enormous damage to ancient stonework. On at least one occasion the blanket of smog has been so severe that private cars have been temporarily banned from the center.

However, local officials are without the authority to achieve longterm solutions. The stark cityscape lacks green spaces to relieve pollution. But proposals, such as one to create a pedestrianized area in central Athens that will run from the Temple of Zeus in the south to the Academy of Plato in the north, and incorporate the Acropolis, have yet to get beyond the drawing board.

of importance and have not been eroded by the movement to decentralize service activities, as they have in other countries.

Urban expansion places an immense strain on public transport systems as more and more people commute long distances to and from work. Delays in services and overcrowding on buses and trains encourages a rise in the number of those relying on private transport. Most cities, particularly the largest, have not been able to cope with this huge influx of cars – their road networks were designed for horsedrawn vehicles.

This and other urban environmental concerns have strengthened the cause of the Green movement in Italy. Its avowed aim of limiting traffic use and building development within the towns and cities has won it some electoral gains. It remains to be seen whether it can achieve lasting success in a society that has always favored spontaneity and individuality over regulation and control.

Old and new (*above*) The city of Athens has seen huge growth over the past century. In the 1850s, the town's population was only 10,000. Now, with 100,000 rural arrivals every year, the population exceeds 3 million, causing relentless urbanization.

Against the current (*left*) The Italians' preference for individuality over regulation and control is seen at its most extreme on the roads. Rome's Piazza Venezia is one of the world's busiest and most chaotic traffic junctions.

Expansion outside the cities
In the 1980s many medium-sized towns grew quite significantly as new industries were sited in places that could provide space to expand but were close enough to the large centers to take advantage of their financial, marketing and other producer services. The central areas of the large cities have consequently remained places

Venice
– Renaissance city of the sea

The marvel is that Venice should exist at all. Some marshy patches of land in a shallow lagoon off the Italian mainland does not on the face of it seem a propitious site for a city. But that the city should have prospered to become a leading center of the Italian Renaissance and a treasurehouse of art and architecture seems even more extraordinary.

In fact, Venice's site offers the key to its success. To the group of people who fled there during the dying days of the Roman empire (legend dates the foundation of Venice to 25 March 421) it offered security from invasion. Initially under the protection of the Byzantine emperors in Constantinople, it achieved political stability under a succession of elected rulers, known as doges, which lasted for more than 1,000 years. The city was ceded to Austria in 1797, but in 1866 became part of a united Italy.

Its setting – on as many as 118 islands interconnected by a network of canals and waterways and only joined to the mainland by a causeway in 1846 – played a vital part in its rise. Venice was a city made for sea power and trade, a busy port and a center of shipbuilding. It was truly an open city, alone of medieval towns in

Laundry collection (*above*) When the streets are made of water, boats have to take the place of delivery vans. Venice has always been a center of boat-building, and though today the motor engine has largely replaced the oar (except in the 100 or so surviving gondolas), boat designs still hark back to more glorious days when Venice's mastery of the seas brought it wealth and fame.

City of the sea (*right*) The historic city of Venice lies in the center of the lagoon, protected from the Adriatic by the narrow spit of the Lido. It is bisected by the 3.2 km (2 mi) long Grand Canal and honeycombed by more than 177 smaller canals. The dynamic core of the city has moved in the course of the 20th century to the industrial port of Marghera and the residential suburb of Mestre on the mainland, to which it is joined by a single causeway.

La serenissima (*right*) – "the most serene", as Venetians call their city – attracts tourists from all over the world. Among its architectural splendors is the magnificent baroque church of Santa Maria della Salute, seen here at the entrance to the Grand Canal.

Land use
- important site
- — major road
- ◆ major railroad (with terminus)
- industrial
- residential
- other

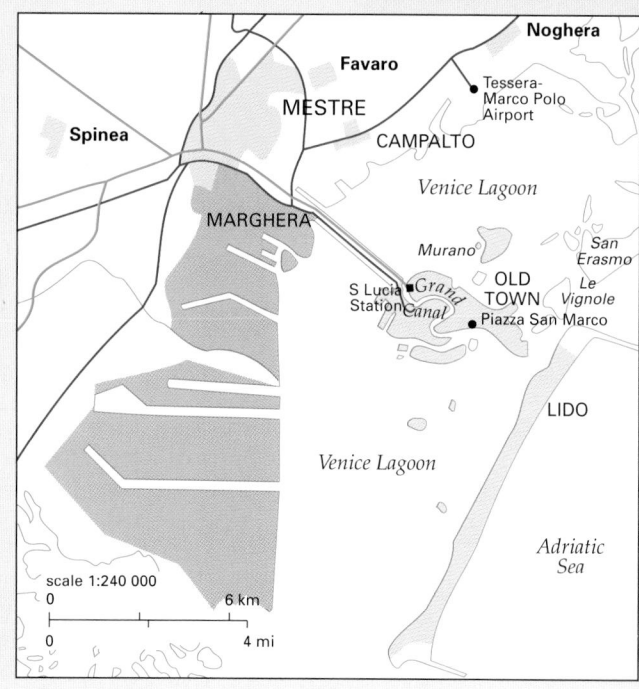

scale 1:240 000

0   6 km

0   4 mi

having neither defensive walls nor gates. By virtue of its position it came to dominate a maritime empire that extended around the Adriatic coast and across the islands of the eastern Mediterranean. Its fleets held a virtual monopoly of trade between Asia and the ports of northern Europe.

The wealth acquired through trade and conquest was not hidden away. Every monument bears witness to the unremitting passion of the Venetians' for beautifying their city and displaying their riches. The waters of the lagoon left little space in which to build; hence the persistent effort to construct well and lastingly. Buildings were raised above the alluvial mud of the lagoon on wooden piles – the adjacent Adriatic coastline was stripped of its native oak forest to supply timber for the building of Venice, and remains bare of trees to this day.

The city's world famous monuments include St Mark's Square, framed by St Mark's Cathedral and the Doge's Palace. Venice was a society where peoples of all nations and languages rubbed shoulders, and even today its buildings display a rich mix of influences – Gothic, Arabic, Byzantine, Renaissance and Baroque. Yet all acquire unity – and their particular Venetian character – from the harmonizing effects of stone, air, water and light.

Venice today

Today Venice exists almost solely as a tourist city. The dynamic core of the city has moved, along with much of the population, to the sprawling suburb of Mestre on the mainland. Despite the pressures that mass tourism brings, the city retains much of its earlier charm. Motor vehicles are banned from the central city, and transportation is still by water or on foot. Every kind of craft, from large ocean liners to the highly decorated, handpropelled gondolas, can be seen on the canals. All the services of the modern city – buses, taxis, garbage collection, food deliveries, fire engines and ambulances – are provided by boat.

The lagoon, once the protector of the city, is today its major threat. Venice is sinking – almost three times as fast as it did in earlier centuries. Every seasonal *acqua alta* ("high water") brings with it a major threat of flooding. Air pollution is causing damage to its stonework – one of the causes has been found to be the discharge of sulfuric acid from petrochemical plants at Marghera on the mainland. The great challenge facing Venice at the end of the 20th century is how to preserve its wealth of historical treasures so that the city may endure as a pilgrimage site for generations to come.

Long urban traditions

The Italian word *città*, like the English "city" and "civilization", derives from the Latin *civis*, or citizen – reflecting the fact that Roman, and later Italian, cities were first and foremost places where people met and interacted in public. At the heart of the Roman town plan was the forum, a large open square, usually at the crossing of the two main streets. This was where the public life of the town was carried on: political intrigue and gossip abounded in the forum, and around it stood the town's important administrative and religious buildings. The *piazza grande*, or grand square, at the center of many Italian cities today is the direct descendant of the forum.

Centuries later, the architects of the Italian Renaissance, particularly those of Florence, revived and elaborated the classical urban plan, raising it to new artistic heights and applying the principles of mathematics to solve complex engineering problems. Buildings and monuments were planned to reflect the prestige and authority of the ducal rulers of the city-states and other powerful citizens.

Italy's towns and cities thus have long urban traditions. The origins of Arezzo, 60 km (45 mi) southwest of Florence, reach back to the Etruscans in the 6th century BC. An important center in Roman times, it was a flourishing commune in the Middle Ages until it fell to Florence in 1384, and later became part of the grand duchy of Tuscany. As the birthplace of the scholar and poet Petrarch (1304–74), whose Humanist writings were later to influence the ideas of the Renaissance, and of Giorgio Vasari (1511–74), the painter, architect and biographer of the Italian Renaissance artists, the town holds an important place in the cultural history of Italy.

Ducal ruler The statue of Ferdinand I (1549–1609), third Grand Duke of Tuscany, by the Mannerist Florentine sculptor Giambologna (1529–1608) presides over a flight of steps leading up to the cathedral of Arezzo.

CITIES OF THE SHATTER BELT

FORTIFIED TOWNS AND MARKETS · RECONSTRUCTION AND GROWTH · LIVELY COMMERCIAL CENTERS

Central Europe has been called both a cultural crossroads and a shatter belt, a place where the peoples and civilizations of Europe have met and merged, and a region that has been fought over and divided by war many times. Its cities were built for self-defense and rebuilt in the aftermath of wars – not least after World War II. This last and most devastating conflict is still working its influence as, following German reunification, the cities of a failed communist system are absorbed into a free market system. The people of the region today are predominantly urban, and their cities are experiencing many of the problems associated with successful economies: traffic congestion, declining inner city areas with problem estates on the fringe and growing numbers of immigrants attracted by the prospect of high wages.

COUNTRIES IN THE REGION

Austria, Germany, Liechtenstein, Switzerland

POPULATION

Total population of region (millions)	91.1
Population density (persons per sq km)	193.8
Population change (average annual percent 1960–1990)	
Urban	+0.7
Rural	-1.2

URBAN POPULATION

As percentage of total population	
1960	73.4
1990	83.7
Percentage in cities of more than 1 million	8.1

TEN LARGEST CITIES

	Country	Population
Berlin †	Germany	3,301,000
Vienna †	Austria	2,044,000
Hamburg	Germany	1,594,000
Munich	Germany	1,189,000
Cologne	Germany	928,000
Zurich	Switzerland	839,000
Essen	Germany	623,000
Frankfurt	Germany	619,000
Dortmund	Germany	584,000
Dusseldorf	Germany	563,000

† denotes capital city

FORTIFIED TOWNS AND MARKETS

The origins of many of the towns and cities of Central Europe are evidence of its frontier past. A number of cities along the Rhine, such as Frankfurt, Cologne and Koblenz, started as garrison towns in the 1st and 2nd centuries AD when the river marked the northeastern extent of the Roman empire. A thousand years later, a policy of colonization and settlement became one of the chief ways by which German power was extended eastward against the Magyars and Slavs. An interconnecting system of villages and towns was established to control the newly acquired territories east of the Elbe. Later still, cities such as Vienna stood as a last line of defense against the advance of the Turkish Ottoman empire into southeast Europe, a threat that was only ended in the 17th century.

During the Middle Ages, the region was at the center of a network of trade routes that crisscrossed Europe – another major influence on the evolution of its early settlements. Small market towns developed at distances of between 8 and 25 km (5 and 15 mi) along these routes, as places where crops from the surrounding agricultural area could be collected and sold, and goods could be stored and traded. Settlements would win the right to hold markets, with guarantees of safety of passage for goods and traders, from the feudal lord who controlled the area, usually by agreeing to pay a tax. The towns of Graz and Feldkirch in Austria, for example, acquired the right to hold markets in 1172 and 1229 respectively. Along the Baltic coast, ports such as Hamburg and Lübeck flourished through trade generated by the Hanseatic League, a powerful association of north German trading towns.

The relative importance of a market town could be gauged by the number of gates in its walls – the more gates the greater its prosperity. Especially strong were those cities that grew up at crossing

Medieval origins (*left*) The German town of Bad Wimpfen has all the ingredients of a classic Central European town. The church tower overlooks the prosperous merchants' town houses that have grown up within the old fortified walls.

Map of population density (*below*) The industrial cities along the Rhine in Germany and in the valleys of the northern Alps in Switzerland have the highest populations in the region. Parts of eastern Germany and the Austrian and Swiss Alps are thinly populated.

Population density

city populations
(capital city is underlined)
- ■ 1 000 000–5 000 000
- ● 500 000–999 999
- ⊙ 250 000–499 999
- × capital city less than 250 000

persons per square km
- 200
- 100
- 50
- 25

Central Europe

points on major rivers where no bridge existed. Many cities retained their ring of defensive walls until the 19th century, reflecting the continued insecurity of the region and its involvement in the wars of the great European powers.

Other towns grew to prosperity as the site of an abbey, such as Essen, or the seat of a powerful bishopric in which the ruling prelate enjoyed the status of a secular prince. Some did not surrender this power until the 19th century. The wars between Roman Catholics and Protestants that bitterly divided Germany in the 16th and 17th centuries were settled by agreeing that the prince of a state, whether ecclesiastical or secular, should decide the religion to be practiced within his territory. This helped to ensure the continued existence in Germany of a large number of independent duchies and princedoms, some of them little larger than city-states. Thus many cities had the status of a court and in the 18th century were embellished with fine baroque palaces and administrative buildings.

Cities of equal status

After Germany was unified in 1871, the old state capitals remained important centers in the areas they had previously ruled and today many – such as Wiesbaden (Hesse), Munich (Bavaria) and Mainz (Rhineland-Palatinate) – are the administrative capitals of the states, or *Länder*, that make up the federation of Germany. Consequently, though Berlin, the pre-1945 capital, has been chosen as the political capital of the reunited Germany, it does not dominate the social, economic and political life of the country.

A similar situation exists in Switzerland. The country came into being as a federation of autonomous regions, or cantons, each with their own administrative capital, as far back as the 13th century. In part because the populations of German, French and Italian speakers looked to different centers, and because the mountainous nature of the country hindered communication, no single city gained preeminence. Bern, the capital since 1848, is surpassed in size of population by Zurich, Basel and Geneva. In Austria, Vienna – once the ruling city of the vast Austro-Hungarian empire – plays a much more dominant role in the political, social and cultural life of the country, but shares administrative functions with the *Land* capitals.

RECONSTRUCTION AND GROWTH

The region's experience of war this century has had far-reaching effects on its cities and urban populations. In the political agreements after World War I cities, and indeed whole areas, were transferred across international boundaries, and political boundaries were redrawn, often detaching cities from their surrounding area of influence. At the height of the Austro-Hungarian empire Vienna's influence had extended far beyond Austria into Czechoslovakia, Hungary, and parts of Poland and Yugoslavia, and it enjoyed the status of a major world city. At the end of World War I it was reduced from being the capital of an empire of 54 million people to the capital of a country of 5 million. Other changes occurred. Sopron, the regional capital of Burgenland in the east of the country, was ceded to Hungary, and Eisenstadt became Burgenland's new capital.

World War II was still more devastating. Hundreds of cities in Germany were bombed. More than half the buildings of central Berlin, Cologne, and Hamburg were left in ruins, and in a single night of terrible destruction on 13th February 1945 almost the entire city of Dresden was destroyed. Few German cities escaped the need for some postwar reconstruction. Millions of people had to be rehoused: the squat, unattractive apartment blocks that were hastily thrown up reflect the urgency of the task. In some cities, such as Dresden, the decision was taken to restore the buildings and street layouts exactly as they had been. Many others, however, took the opportunity to plan modern city layouts.

Separate ways
The war left Germany divided into two separate states. The new boundary between East and West Germany completely disrupted the centuries-old network of connections that linked the cities with the towns and villages of the surrounding countryside. For example, Lübeck and Hamburg, both in West Germany, lost the areas from which they drew their trade, as no goods or services were permitted to enter or leave the new state of East Germany. Berlin, the prewar capital, was similarly divided between East and West. The city lay completely

SOCIALIST CITIES IN EAST GERMANY

The towns and cities of East Germany developed very differently from those in the west. Although the bombed buildings of the historic city centers were restored as far as possible to their original form in order to provide the communist regime with the pretence of

Window dressing Rebuilding after the war in the former East German town of Meissen has left a historically accurate but soulless town center.

continuity, in the heart of the cities shops, banks and offices gave way to state enterprises, Party headquarters, and increased housing. Town and city planning came to resemble that of the Soviet Union. Wherever possible, a large processional way was constructed close to the city center for the parades that featured prominently in the communist calendar. Extensive state-run sports facilities were built in most towns and cities.

Most people lived in new, grimly anonymous industrially built apartment blocks in the suburbs. In some areas, new towns were built beside the mines, steelworks and chemicals plants that were opened up as the new regime sought to achieve industrial self-sufficiency. The groupings of the residential areas reflected the hierarchical organization of the Communist Party, with Party bosses benefiting from better quality housing. Desirable late 19th- and early 20th-century suburbs on the outskirts of the older cities became the homes of privileged Party leaders and the selected few, such as famous athletes.

Reflections of affluence A modern glass building in Vienna's historic center is in exciting contrast to the baroque dome beyond. It is typical of the kind of innovative architecture that enriches many of the region's wealthy cities.

within the territory of the new state of East Germany, and East Berlin became its capital, while West Berlin remained a part of West Germany.

For 40 years, urban development in the two Germanies followed divergent courses. In the East, cities and towns were planned in accordance with socialist principles. Industrial plant and equipment in the eastern sector of Berlin and in other cities of East Germany was expropriated to the Soviet Union, and companies were taken over by the state. As a result, those that could moved their headquarters to cities in West Germany. Bonn, on the Rhine, chosen as the capital of West Germany, was too small to house all the departments of government, and a number were located in other cities. All these developments helped to ensure that West Germany has remained a country of more or less equal regional cities, each with its commercial center and its university, hospital, administrative offices, museum, theaters and daily newspaper serving the towns and villages of the surrounding countryside.

Postwar affluence

Following the postwar period of reconstruction (even the cities of Switzerland, though not active participants, suffered the effects of wartime stagnation), the cities of Central Europe have, with the exception of those in the east of Germany, become among the wealthiest centers of industry and commerce in the world.

The region's workforce enjoys a high level of affluence, influencing where people choose to live. Instead of residing in congested city centers or even in suburbs on the city fringes, more and more workers are moving with their families to small towns and villages up to 100 km (62 mi) away from their work place. Many people earn enough to own a second home. One in four of Vienna's population, for example, possesses one property in the city and another elsewhere in the country within easy reach along Austria's extensive network of freeways. With fewer and fewer people engaged in farming, this brings new life to contracting rural communities, though it raises house prices close to those of the cities.

LIVELY COMMERCIAL CENTERS

At the historic heart of most Central European towns and cities is the *Altstadt* (old town). Very often it is still encircled by parts of the old medieval wall. Sometimes its limits are marked only by the street layout. In Vienna, for example, the central city containing the imperial palace and the cathedral is circled by the Ringstrasse – a wide street lined with parks and important buildings, including the parliament, town hall, opera house and national museum, which was created when the fortified city walls were dismantled in the 19th century.

The *Altstadt* houses the commercial area – the banks, offices and shops of all kinds that contribute to a vibrant city center. These areas were often the hardest hit by wartime bombing, and though historic buildings were rebuilt as they were and

street layouts were unaltered, offices and shops are often quite modern. Shopping areas are normally pedestrianized and may be quite large: the pedestrianized area in the center of Munich, for example, is well over 1 km (0.6 mi) in length. Access is usually provided for public transport. In some cities, such as Cologne, trams (streetcars) pass underground through the heart of the city; in others, such as Hannover and Munich, they travel along tracks in the middle of the pedestrianized streets.

The attraction of many Central European cities is their historic architecture. Castles, palaces, cathedrals and churches in city centers and many smaller towns draw many visitors. The center of many cities therefore contains a tourist district of bars, cafés and hotels. Historically, many towns were built on major river routes. Today port facilities in the center of these towns are underused, and many

Pedestrian precedence The Karlsplatz and the Marienplatz in the heart of Munich form one of Europe's largest pedestrian zones. Huge shopping arcades, reached by escalators, have been built underground to keep the squares congestion free.

are being converted into recreational areas for boating and watersports, and into expensive residential apartments.

Expansion outward

Increasing pressure for central office accommodation has resulted in the building of high-rise office blocks, many of which have grown up round the edges of the *Altstadt*. In Frankfurt, for example, towering glass and concrete bank buildings line the road following the course of the old city walls. When there is no longer any space left in the center for expansion, many authorities have built office parks in the city suburbs, often close to an airport. Arabella center, Munich, and UNO city, Vienna, built in the 1970s, are

Houses on houses (*above*) A painted scene enlivens the facade of a building in the St Pauli district of the northern port of Hamburg. A popular entertainment and red light district, St Pauli once had a rough and tumble image. Now parts of the area are being gentrified and redeveloped.

City on the move (*below*) Trams (streetcars) are a popular form of urban transport throughout Central Europe. A moving sculpture beside this tram stop in Frankfurt adds to the variety of the city scene.

the working population. These may accommodate 40,000 people or more, and many have become very rundown.

Since the 1960s Central Europe has attracted many foreign workers to its cities to fill manual jobs. Following reunification, there was an influx of unemployed workers from the former East Germany into the cities of the west. Groups of immigrants tend to live in high concentrations in areas of rundown housing close to the city centers. In a number of places, however, older city properties are being renovated with government assistance. For example, St Agnes, a decayed 19th-century district just to the north of the center of Cologne, has been revamped. New sidewalks, trees and seats adorn the streets, and housing has been fully modernized.

Such improved and conserved areas are regarded as desirable places to live in by the young and affluent. The lowpaid, predominantly immigrant families who used to live there move out to the city fringes. Many are rehoused in the areas of social housing put up in the 1960s and 1970s, which are now being abandoned by their original inhabitants.

just two examples of this urban trend.

Manufacturing plants that were sited in the old, inner city areas have either closed down or have moved out to large industrial estates situated on the urban fringes. In the heavily industrialized Ruhr area of western Germany, however, iron and steelworks have remained in their original sites, dependent on their access to waterways and railheads. A few cities, such as Duisburg in western Germany and Basel in Switzerland, both on the Rhine, still have commercially active ports at their center.

Residential areas

Housing density in towns and cities is high. The oldest residential areas just outside the city centers consist of apartment blocks and two-storey apartment houses. Typical are those of the coalfield cities of the Ruhr, built in the late 19th century to house the workers who flocked to the new industrial centers. Beyond them lie wider streets containing villas built in the early 20th century.

The newest outer suburbs have greater expanses of open space with detached single-family houses. Very often these are rented to the large numbers of highly paid foreign workers who are employed by the big multinational companies. The suburbs of some Swiss cities, for example, virtually resemble expatriate enclaves. However, almost every large city also has an extensive, high-density suburb built between 1960 and 1975 for

URBAN DECAY IN THE SUBURBS

Chorweiler is typical of the large social housing estates that fringe many German cities. Built in the 1960s, it is 12 km (7 mi) outside Cologne (though only 20 minutes from city center shops by the Ubahn, or subway) and accommodates 60,000 people. Its very large, high-rise apartment blocks are closely packed together. When it was built, new industries and offices were expected to follow to provide work for the residents, but few came. Shops and community facilities were also slow in arriving. As a result, Chorweiler became labeled as an undesirable area in which to live and work, and ambitious inhabitants moved away to other areas of the city.

By the 1990s, Chorweiler had an increasingly large immigrant population. In some blocks, immigrant workers and their families accounted for more than a quarter of the residents, having been displaced from older properties near the city center by gentrification and price rises. Estates such as Chorweiler have thus become forgotten backwaters, housing the least well-off and most vulnerable.

Berlin – a divided city

Berlin is Germany's largest city, containing more than 3 million inhabitants. It rose to power in the 18th and 19th centuries as the capital of the kingdom of Prussia, then of the German empire and later republic, flourishing as an industrial center. Then, for exactly 45 years, Berlin was divided, split between contesting political ideologies.

In 1945, following Germany's defeat in World War II, bomb-damaged Berlin – lying entirely within the Soviet-occupied part of Germany (later East Germany) – was divided into four separate zones under the control of American, British, French and Soviet forces. The onset of the Cold War led to ever worsening relations between the Soviet Union, occupying the eastern half of the city, and its former allies in what soon became known as West Berlin. Eventually in 1961, the 46 km (29 mi) Wall was built between East and West Berlin.

The old commercial center lay in the east, forcing West Berlin to develop its own and realign its telephone lines and transportation systems. Many Ubahn (subway) routes were cut by the Wall, though one line did pass beneath the East through closed stations each guarded by soldiers. New housing areas were built on the outskirts of West Berlin, but space was restricted. The city remained cut off from international supplies of electricity and gas until 1985, and the economy of West Berlin was heavily subsidized by the West German government.

The psychological fear of being in a city cut off from the world led many to leave. Young people, however, were attracted to the city by government policies that exempted them from army service if they worked in West Berlin. High wages also made the city a focus for immigrant workers, who were able to enter West Berlin via the eastern zone since the western authorities stuck to the pretence that the city was a single unit. These incomers settled in the areas close to the Wall, which had been abandoned by the locals. Kreuzberg, in particular, became the center of a large Turkish community.

East Berlin was rebuilt as the capital of East Germany and as a showcase for the communist system. Shops and banks had no place in the center, but instead streets were widened to provide broad avenues for state processions, and a parliament and other government buildings were erected in the Alexanderplatz. Historic

Showcase structures of East Berlin (*right*) The 365 m (1,200 ft) Television Tower in the Alexanderplatz served a symbolic as well as a practical purpose: it bolstered the tender pride of the East German communist regime, which had to build a wall to keep its citizens from fleeing. But not many East Berliners could afford to dine in the tower's revolving restaurant 243 m (800 ft) above the city.

Twilight of an era (*above*) The Brandenburg Gate, surmounted by its triumphant statue of Victory, stood at the heart of the 19th-century city. Enclosed just inside the eastern sector for 28 years, it made a dramatic stage for the celebrations that marked the opening of the Wall in 1989.

Divided by the Wall (*left*) East and West Berlin, pursuing opposing political ideologies, developed as two separate cities. In the West, a modern commercial center sprang up from the ruins around the Kurfürstendamm near the Zoo station. The Wall itself, with its controlled crossing points, imposed its grim presence on the city. The many lakes, canals, wooded areas and parks within the city boundary provide a recreational resource.

scale 1:325 000

Land use

- • important site
- —— major road
- —— major railroad
- —— city boundary
- --- line of Berlin Wall
- central business district
- industrial
- residential
- parks and forest
- other

monuments such as the St Nicholas church were restored, surrounded by new apartment buildings, modeled on traditional Berlin ones. Between 1971 and 1986, altogether 170,000 apartments were constructed in East Berlin, most of them in new housing districts such as Hellersdorf on the outskirts.

Coming together again

When, on 9th November 1989, the East German authorities bowed to the weight of popular feeling and opened the Wall, it was the start of a process that with astonishing speed led to the reuniting of the two countries and the two halves of the city. By June 1990 the two local government bodies had met jointly, by July there was a single currency. The allied powers suspended their rights in Berlin and on 3 October, the day the countries formally reunited, the city of Berlin became one again.

Within months the decision had been taken to restore Berlin as the national center of government by 1996. The Bundesrat, the upper house of parliament, would remain in Bonn, but the Bundestag, the elected lower house, would return to the Reichstag, the former parliament building that stands close to the course of the Wall.

It may take years to remove the scars of division. The merging of the communist system with the capitalist West has proved no easy task. For many East Berliners, the euphoria of shopping sprees in West Berlin soon faded as they faced the future as second-class citizens.

CHANGE IN THE COUNTRYSIDE

Well into the 20th century Eastern Europe remained a predominantly rural society with few large towns and little industrialization. Since World War II centrally planned programs of modernization and industrialization have brought about rapid urban growth in all the countries of the region, transforming the balance between urban and rural settlement. The figures speak for themselves. In 1950 only Czechoslovakia's urban population exceeded 40 percent of the total. Thirty years later, every country except Albania had reached this level. Hungary and Poland's urban populations had risen to over 50 percent, while Czechoslovakia's was more than 60 percent.

Rural–urban migration

The communist regimes set up in Eastern Europe after World War II actively promoted urban development as a means of combining a modern economy with a classless society. A policy of rapid industrialization through a central planning system favored the expansion of the towns because largescale production was best accommodated in bigger urban units. And the building of large apartment blocks on the city fringes to house industrial workers had the additional benefit of making it easier for security forces to supervise the population.

The cities became powerful poles of attraction, especially for young families. At the same time, centralized agricultural policies reduced the range of opportunities in the villages and small towns. The collectivization of agriculture diverted produce previously sold and handled in local markets to central government depots and warehouses. Small private businesses were subjected to high arbitrary taxation, and rural industry declined. The nationalization of the forestry industry replaced small, water-powered sawmills with huge, centralized operations.

All these things encouraged migration from the countryside to the towns. However, the priority given to investment in production facilities meant that housing provision always lagged behind demand, so that many people continue to live in the villages and travel to work in the cities. In addition, some professional people, such as doctors, farm managers and schoolteachers, live in the towns and

work in the villages, and a growing number of urban-dwellers seek access to the countryside at weekends and vacations. As a result, links between town and countryside remain strong.

The ending of rural isolation

At the heart of socialist planning theory was the concept of developing the "city region" (the town with its surrounding hinterland) to achieve greater equality of opportunity between regions and be-

Colorful farm buildings in southern Romania, 80 km (50 mi) west of Bucharest. Villages like this are subject to increasing pressure from urbanization. But living standards in rural areas have improved as they are drawn into the orbit of the cities.

tween town and country. Although this tenet of ideology was not always given the highest priority when implementing policy, the expansion of the urban network by building new towns and by improving access to existing centers through better communications has had

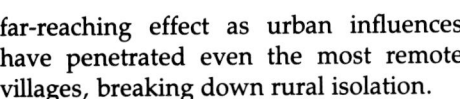

Private housing (*above*) A modern residential suburb near Pecs in southwest Hungary testifies to the new spirit of private enterprise. Roadbuilding programs have improved rural-urban links and increased the distances people may commute to work.

THE JOURNEY TO WORK

People travel from the villages to jobs in urban industries and businesses on a daily, weekly, or even on a seasonal basis. Daily commuting was common in Eastern Europe before World War II, especially in the industrialized parts of Czechoslovakia, Hungary and Poland, but under socialism the scale has increased considerably. Private car ownership is still very limited, and most commuters therefore have to rely on public transport.

Socialist planning avoided the duplication of services, so most villages are served either by a bus or rail service – though river steamers play a key role in some areas. In the more remote rural areas, services run only at peak operating times. Almost without exception, public transportation in Eastern Europe is slow, congested, and uncomfortable. The hours spent in traveling to and from work greatly reduce leisure time and accentuate fatigue. However, the introduction of electrified railroad services and of modern buses on improved roads is helping to improve life for many commuters.

far-reaching effect as urban influences have penetrated even the most remote villages, breaking down rural isolation.

Services such as electrification, a piped water supply and education reached many rural areas for the first time during the communist era. Village communities, which previously relied on amateur skills, now have access to dispensaries, medical centers and mobile units staffed by trained doctors and nurses. Schools and cultural centers have been built. The

increasing interaction between town and country means that money earned in the towns is spent in the countryside, improving the housing stock, for example.

In some places, the discovery of new mineral deposits and their linkage with oil and gas pipelines led to the creation of new socialist towns, such as Gheorghe Gheorghiu-Dej in Romania and Dimitrovgrad in Bulgaria. But the extension of the urban network usually occurred less dramatically, by promoting rural communes that were considered to have locational and other resource advantages to act as "agro-industrial centers" that combined agricultural production and industrial processing on one site. The loosening of state economic controls during the 1980s encouraged some of these units to diversify into other activities such as light engineering.

Socialist state authorities regarded the independence of rural communities as a threat to socialist society. By breaking down the traditions of village life, they hoped to bring rural communities as effectively under their control as urban populations. The Romanian rural resettlement program initiated by President Nikolae Ceausescu (1918–89), which planned for 550 additional new towns, threatened to remove villagers forcibly from their homes and place them in centralized apartment blocks.

THE URBAN LANDSCAPE

Rushhour congestion (*above*) in the streets of Sofia, capital of Bulgaria. With levels of private car ownership still low by western standards, heavy reliance is placed on public transportation systems to carry people to and from work and around the city; the streetcars seen here are modern.

Reconstructing the past (*right*) Of all the cities of Eastern Europe, the Polish capital of Warsaw suffered by far the greatest wartime damage. Less than 1 in 10 of its buildings were left standing. In a massive rebuilding project, the narrow streets of the old town have been painstakingly recreated and are carefully maintained today.

There is a tendency to refer to Eastern Europe's "socialist cities", as if they share a uniformity of style that is fundamentally different from that of Western capitalist cities. They are often associated with a monumentalist architecture, visible in public buildings such as Warsaw's towering Palace of Culture, erected in the 1950s, and in the huge public memorials that featured socialist leaders or groups of soldiers or workers. However, there is nothing new in political regimes using architecture to impose their particular stamp of authority.

Despite the ideological emphasis given to achieving equality of opportunity, the cities of Eastern Europe did not always develop in parallel. Industrial development was greater in some towns than in others, and even new residential buildings varied considerably in type and quality of construction. Nevertheless, 40 years of communist rule did produce some broad similarities.

Drab centers, cramped apartments

One noticeable feature in many cities is the lack of any obvious central business district. Under the centrally controlled economies of Eastern Europe price differentials between land at the center and on the fringes of the city did not exist, with the result that residential densities remained – and still remain – quite high in the center. The virtual elimination of private businesses, the removal of competition and the lack of consumer goods led to an impression of drabness that is in marked contrast to the bright lights of Western cities.

Townhouses surviving from before the socialist era were generally split into apartments. The state imposed strict norms for living space per person, and most Eastern European homes are cramped by Western standards. A typical family apartment consists of only two or three rooms. New housing provision focused on high-density apartment blocks located on the city edges close to extraction industries and factories, or beside the open fields of a collective farm.

Eastern European cities are usually well provided with public amenities such as parks, sports arenas, concert halls and other recreation facilities. There is a good record of conserving traditional houses and historic buildings. Partly this has arisen because of the lack of commercial

SOCIALIST NEIGHBORHOODS

The peripheries of the towns and cities have been transformed by large new neighborhoods of apartment blocks sometimes accommodating more than 10,000 people. These "sleeping silos" were designed to achieve a variety of ideological and practical aims. Communal urban living was regarded as a fundamental condition for socialism, while the rapid industrialization that took place in the postwar period demanded the cheap and quick construction of workers' housing next to industrial sites.

These new socialist neighborhoods have not worked well in practice. Even the theory of placing residential accommodation beside the industrial estates has broken down, and cross-city commuting to work places a heavy burden on the already overloaded transportation system. The structure of the buildings, which are usually made out of

A desert of unmade-up roads surrounds a housing development on the outskirts of the Serbian capital of Belgrade. Amenities are few in the new socialist neighborhoods.

prefabricated concrete blocks using a building system imported from the Soviet Union in the 1960s, exacerbates extremes of temperature. Other construction defects, cramped living conditions and inadequate green space are further causes for alienation, which some younger residents express by acts of vandalism, while others retreat into an exclusively private sphere.

Attempts to enliven the buildings with murals have not always been successful. The Corinthian columns added to apartment blocks in the new Czechoslovak town of Poruba have placed the term "Porubism" in the architectural dictionary as a byword for inappropriate and pretentious design.

pressure to redevelop city centers, but cities such as Gdansk and Warsaw in Poland placed a high priority on restoring their war-damaged centers after World War II. The exception is Romania, where a progressive policy on conservation was suddenly switched into reverse during the last years of the Ceaucescu regime.

Unfortunately, conservation efforts are being undermined by the effects of uncontrolled industrial growth. Pollution from factories unequipped with air filters and water processing facilities is seriously damaging the fabric of many buildings, and the backlog of maintenance

work in historic cities such as Dubrovnik in Croatia (also damaged by civil war in 1991), Cracow in Poland and Prague in Czechoslovakia is now so great that efforts on an international scale are needed to preserve them for the future.

Looking ahead

The revolutions of 1989 swept away the centrally-run economies of the communist regimes. Even before this date, the private housebuilding sector in Hungary was growing in importance: in Budapest, cooperatives working on the hillsides of Buda (on the right bank of the

river Danube) were boosting land values and creating difficulties for the government's policy of landscape preservation.

The removal of central planning controls, the return to private ownership, and the opening up of the region to Western capital investment presaged a period of rapid change and new direction in urban development. One beneficial effect may be that regional differences in architectural tradition and urban form – often reduced to mere detail by the stifling effects of Soviet-influenced central planning – will be given freedom to emerge once again.

Bucharest – victim of a personality cult

Bucharest, lying in the marshy flood-plains of the river Dimbovita, was first developed by the princes of Walachia as a defensive stronghold against the Turkish threat in the 15th century. After the Turks overran Walachia, the town became important as a trading station for the caravans heading south to Istanbul and was made the center of civil administration in 1659. It remained small,

however – a village capital with a tight central core of narrow, winding streets.

In 1862, Bucharest was made the capital of the newly independent country of Romania, then consisting of the former principalities of Moldavia and Walachia. After 1918 the country was enlarged by the addition of Transylvania and other provinces, so that it no longer occupies a central position in the territory it governs

– the northern and western boundaries lie 460 km (285 mi) and 525 km (362 mi) away, but it is scarcely 45 km (28 mi) from the southern border. Yet no other city has emerged to challenge its preeminence.

The city expanded rapidly as the capital of the new nation state – its population of 122,000 in 1859 had risen to 639,000 in 1939 and 2 million in 1992. A major program of public works in the 1860s was

implemented to reflect the city's new status and to modernize it in line with the Western European influences that were then permeating Romanian society. New boulevards were laid out, lined with fine public buildings and townhouses. The arrival of the railroad in 1869 boosted industrial development.

The city's marshy site has required extensive water management schemes

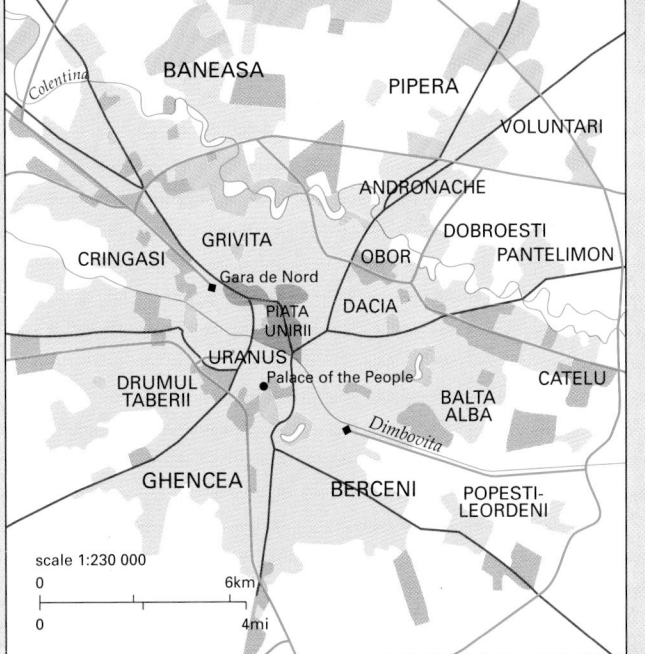

Rapid growth New residential areas containing vast apartment blocks surround the modern city. Once famous for its parks, little open space remains today, though the landscaped banks of the Colentina river are used for recreational purposes.

Land use

- • important site
- — major road
- ◆ major railroad (with terminus)
- central district
- commercial and mixed
- industrial
- residential
- parks and forest
- other

at different times of its development. After flooding in 1864–65, the meandering river Dimbovita was straightened and confined between dikes (it was later culverted), and the marshy floodplains reclaimed for building. Today only a few open spaces remain as parks and gardens in the old city center. The northward expansion of the city into the Colentina valley led to a different scheme: a chain of

16 industrial reservoirs were created here before and after the war, whose waters and landscaped shores are now used for recreation.

Socialism and its aftermath

Bucharest grew rapidly under the impetus of socialist industrialization. Most growth took place on the urban fringes, where new industrial estates sprang up around the railroad that encircled the city. Residential development consisted entirely of multistorey apartment blocks. The historic central areas of the city were largely untouched.

Nikolae Ceausescu, who became the leader of the Romanian Communist Party in 1969 and the country's first president in 1974, used the cult of personality to bolster his repressive regime. After an earthquake damaged parts of Bucharest in 1977 he conceived a plan that would transform the center of the city to a permanent memorial to his rule. Begun in 1984, the scheme included the construction of the Victory of Socialism avenue leading to a massive new government complex whose grandiose proportions were completely out-of-scale with the rest of the city. Luxurious apartments were built nearby to house the ruling elite.

Hundreds of historic buildings, such as churches, monasteries and traditional residential quarters were demolished as part of the redevelopment. The remodeling was carried out to international condemnation. The revolution of 1989 called a halt to the destruction of Romania's architectural heritage and traditional environment, leaving the new authorities to evolve a new planning strategy to serve Bucharest into the 21st century.

Past glories (*above*) The Athenaeum Concert Hall, whose entrance lobby is shown here, is one of the fine 19th-century buildings to have escaped the destruction of Bucharest's architectural heritage.

The Palace of the People (*left*), the monumental legacy of Ceaucescu's dictatorial rule, stands at the end of the Victory of Socialism boulevard. Flanking it are some of the luxurious apartments built to house the upper echelons of the Party.

CITIES FROM THE SOCIALIST MOLD

A HISTORY OF CENTRAL CONTROL · PLANNING THE SETTLEMENT SYSTEM · CITIES FOR THE PEOPLE

Before the momentous political events of 1991 that witnessed its demise, the Soviet Union, with just over 290 million people, was ranked third in population after China and India. Given the history of Russian and Soviet territorial expansion, the population was far from homogenous. However, Russians were the single largest nationality group, and the most dominant. During the 70 years of communist rule there were numerous attempts to plan cities and settlement systems across the whole region, including Mongolia. The Soviet settlement system was supposed to evolve according to socialist planning principles. The size of cities was to be limited, and urban and rural settlement systems were to develop in harmony. These policies failed to stem the growth of large cities and urban agglomerations.

COUNTRIES IN THE REGION

Armenia, Azerbaijan, Belorussia, Estonia, Georgia, Kazakhstan, Kirghiz, Latvia, Lithuania, Moldavia, Mongolia, Russia, Tadzhikistan, Turkmenistan, Ukraine, Uzbekistan

POPULATION

Total population of region (millions)	290.7
Population density (persons per sq km)	12.8
Population change (average annual percent 1960–1990) Urban	+2.1
Rural	−0.5

URBAN POPULATION

As percentage of total population	
1960	48.8
1990	67.5
Percentage in cities of more than 1 million	14.6

TEN LARGEST CITIES

	Country	Population
Moscow †	Russia	8,967,000
St Petersburg (Leningrad)	Russia	5,020,000
Kiev †	Ukraine	2,587,000
Tashkent †	Uzbekistan	2,073,000
Baku †	Azerbaijan	1,757,000
Kharkov	Ukraine	1,611,000
Minsk †	Belorussia	1,589,000
Gorky (Nishny Novgorod)	Russia	1,438,000
Novosibirsk	Russia	1,436,000
Sverdlovsk (Yekaterinburg)	Russia	1,367,000

† denotes capital city

A HISTORY OF CENTRAL CONTROL

The traditional power base both of Russia and the Soviet Union has always been the European part of the country. Climatic conditions east of the Ural mountains are generally harsh, with either too much heat or cold and too much or too little water for agriculture. Thus, most of the agricultural activity, and most of the population, were located in European Russia. The paradox is that most of the resources for a modern industrial economy were, and are, found in the vast area east of the Ural mountains.

Cities played an important role in the early political and economic history of European Russia. Most developed at strategic locations along trade routes inland, or as ports. From the late 10th to the 12th century, the most important city was Kiev, now the capital of Ukraine. It was succeeded by the town of Vladimir, located to the northeast between the Volga and Oka rivers. In the 14th century the Prince of Muscovy assumed control, and Moscow became the capital city of the rapidly expanding Russian Empire.

Peter the Great (1672–1725) emerged as the first Russian tsar to leave an indelible impression on the landscape in terms of city development. In order to demonstrate the importance of Europe to Russia he embarked on a longterm project to build a new city, St Petersburg, at the mouth of the Neva river. It was symbolically Russia's "window on the west", and in architecture and design reflected the best of European talent. Construction began in 1703, and in 1713 the new city was made the capital in place of Moscow.

In the 18th and 19th centuries, the expanding empire brought the predominately Islamic regions of Central Asia under the administrative control of European Russia. Cities here, such as Tashkent, Bukhara and Samarkand, had developed as great Islamic trading centers on the overland route from China to Europe. These new territories were occupied by peoples having very different cultural, religious and language backgrounds from the ruling Russians. Many Russian bureaucrats were brought into these regions to administer and keep effective control. Garrison towns were built anew or alongside existing towns, and government and military buildings were raised in city centers – bringing Russian architecture and planning to traditional Islamic and Asian cities.

After the Russian Revolution of 1917 most of the old empire eventually became the Union of Soviet Socialist Republics. The Communist system was maintained throughout the country by the strong leadership and control imposed by Moscow through the central bureaucracy and the Party system. For the republics outside Russia, central control from Moscow

A view of the past The Kremlin of Rostov the Great, northeast of Moscow, was built in the 17th century in a spirit of nostalgic anachronism – its fortified ramparts enclosing a palace and onion-domed cathedral were already outdated when built for its ecclesiastical patron. It is a perfect replica of a medieval Russian fortress town. Today its buildings are preserved as a museum piece.

Northern Eurasia

ARCTIC OCEAN

Wrangel Island

Komsomolets
October Revolution
Severnaya
Zemlya
Bolshevik

New Siberian Islands

Novaya Zemlya

Bering Sea

Baltic Sea
Tallinn
(RUSSIA)
Riga
ESTONIA
LITHUANIA
LATVIA
Vilnius
St Petersburg
L Ladoga
L Onega
Minsk
BELORUSSIA
Lvov
Kiev
UKRAINE
Kishinev
MOLDAVIA
Odessa
Krivoy Rog
Zaporozhye
Kharkov
Dnepropetrovsk
Donetsk
Voronezh
Yaroslavl
Moscow
Gorky
Kazan
Izhevsk
Perm
Ulyanovsk
Tolyatti
Ufa
Saratov
Kuybyshev
Sverdlovsk
Chelyabinsk
Volga
Don
Sea of Azov
Rostov
Krasnodar
Volgograd
Black Sea
Ural
Tobol

N Dvina
Ob
Yenisei
Lena

Sea of Okhotsk

Sakhalin

Kuril Islands

Tbilisi
Yerevan
Baku
Caspian Sea
Aral Sea
Syr Darya
Amu Darya
Ashkhabad
Tashkent
Dushanbe
Frunze
Alma-Ata
L Balkhash
L Zaisan

KAZAKHSTAN
Karaganda
Omsk
Irtysh
Ob
Irtysh

RUSSIA
Novosibirsk
Krasnoyarsk
Novokuznetsk
Barnaul
Irkutsk
L Baikal

Khabarovsk

Amur
Ussuri

PACIFIC OCEAN

Vladivostok

Ulan Bator

MONGOLIA

Arctic Circle

Map of population density The overwhelming majority of people in the region live in the south and southwest where fertile soils supported early urban development. The eastward shift of population after the Revolution followed the lines of the river valleys.

1 GEORGIA
2 AZERBAIJAN
3 ARMENIA
4 TURKMENISTAN
5 UZBEKISTAN
6 TADZHIKISTAN
7 KIRGHIZ

Population density

city populations
(capital city is underlined)

◆ over 5 000 000
■ 1 000 000–5 000 000
● 600 000–999 999
× capital city less than 600 000

persons per square km

100
50
10
1

meant that regional cultures, languages and religions were subordinated or in some cases even eliminated.

Shifting eastward

The Soviet experience changed traditional settlement patterns. Vast new collective farms and villages were created as well as industrial cities. Before the Revolution, most of the population lived west of the Urals. To fulfill the economic Five Year Plans, new industrial and mining towns were built in resource-rich Siberia and Central Asia. Between 1959 and 1970, Kazakhstan and Central Asia received over 1.5 million new migrants, while the Urals, Upper Volga and European regions saw their populations drop by nearly 3 million. People were not able to choose where they wanted to live but were directed to where there was work.

The legacy of the Soviet Union to the newly independent republics was a highly urbanized society – despite the administrative barriers, the attractions of urban life have been compelling.

PLANNING THE SETTLEMENT SYSTEM

Rapid urbanization, in association with industrial development, is a recent phenomenon in the region, initiated by Soviet economic planners in the late 1920s. At the beginning of the Soviet regime, barely one-sixth of the population was urban, and even as late as 1960 the majority of the population was still classified as rural. By 1990 barely one-third of the population was rural. For a great many urbanites, therefore, village life, culture and values are very much a part of living memory.

Soviet cities did not develop autonomously: planning norms were established in Moscow without regard for local needs and customs, and were implemented at republic level by regional agencies. Urbanization, particularly in Central Asia, was fueled by largescale migration of Slavs from other republics. The local populations in Central Asia had for cen-

turies lived an agricultural life with strong ties to the land, ties made stronger by limited or no ability to speak Russian and little or no training in technical, non-farming occupations. In addition, there was perhaps some preference by the central authorities to create Soviet urban enclaves in non-Slavic areas. As a result, the growing Central Asian cities such as Alma Ata, Tashkent and Dushanbe were, almost without exception, dominated by Slavs and other non-indigenous peoples.

The gap between theory and reality

In theory, the development of the urban system was to be guided by precepts and principles to ensure the rational growth of particular places and their harmonious integration into a new settlement system. Many Soviet government agencies were set up to oversee the urban development process, to coordinate design and formulate and implement planning norms.

There was a notable absence of specific policies to achieve the long-standing objective of a planned development of a

The grim legacy of Soviet planning (*left*) is all too evident in this Moscow scene. To help achieve production targets, residential blocks to house factory workers were built in industry's backyard.

Huddled against the Siberian winter (*above*) The wooden houses in this Siberian village have been built close together to conserve energy. Roofs are designed to withstand the weight of snow.

SIBERIAN BOOMTOWN

Like a great many urban settlements in Siberia, Bratsk, located on the Angara river downstream from Lake Baikal, reflects both the positive and negative features of the Soviet town planning process. Founded in 1954 in virtually a frontier location, Bratsk's existence as a new town was inextricably tied to the construction of what was then one of the world's largest hydroelectric power stations capable of generating huge blocks of seemingly inexpensive electricity. Energy-intensive industries were planned for development at Bratsk in order to take advantage of low-cost power. Thus, a largescale aluminum refining plant was built, as were several wood products and wood hydrolysis plants using local forest resources.

From the outset several different ministries were involved in the construction of factories and the urban settlement. It was to be a model new town. However, the industrial ministries involved built separate settlements for their own workers. The net result is an administrative area with 250,000 inhabitants, which consist of several physically separate settlement components. Most are modern complexes of apartments with some cultural and consumer services, but far fewer than the planning norms dictate.

On balance, the failure of central planning to bring about a single unified urban infrastructure has resulted in a lack of consumer and cultural facilities for the town's inhabitants. Schools run on three shifts daily, day care and hospital facilities are insufficient and so on. In short, Bratsk new town was not constructed according to the long-standing planning principles for urban development, and the population suffers accordingly.

settlement system. After 1933 when a decree was issued stating that cities were not to be created without due regard to their role within the evolving settlement system, close on 1,200 new towns were added to the map. Some were former rural settlements that were simply reclassified because of changes in size and economic role. Hundreds of others were literally new towns, built to house industrial workers where resource development schemes had been established.

In the last years of the Soviet Union, most new development took place in the shadow of existing large cities or urban agglomerations. Government agencies endeavored to locate new production facilities in cities or near to them, or expand existing facilities where this was feasible. Soviet town planning traditionally focused on the development of a particular city itself without regard for the surrounding area and its relationship with the other settlements within it. As a result, there was little planning of the settlement system as a whole and this favored the emergence of large urban agglomerations. The vast majority of Soviet urbanites now live within urban developments of this kind.

Individual cities grew at rates far in excess of what the planners had intended. In a non-market, planned urban environment where all the necessary resources and facilities, including housing, were to be provided in accordance with planned population growth, shortages of all kinds were the inevitable consequence.

Disintegrating control

With the passing of the Soviet Union and centralized urban planning, the independent republics have assumed responsibility for urban and rural development. There are, however, some new problems. The inter-nationality conflicts in the Caucasus and Central Asia have produced massive internal migration.

In the early 1990s, close to 1 million people could quite legitimately be described as internal refugees. Not all were non-Russian minorities such as the Azeris or Armenians of the troubled Caucasus region. Many Slavs, especially Russians, who had migrated to the cities of Central Asia and the Caucasus were now forced to flee situations that had become unsafe. These migrants frequently descended upon already overcrowded and under-provisioned cities in European Russia. The concerted efforts of the newly independent states to adopt the attributes of a free market system, including the privatization of the state housing stock and a market valuation system for the allocation of land to users, were likely to make matters worse.

CITIES FOR THE PEOPLE

The Russian Revolution of 1917 ushered in a new era of socialism, and expectations of what the state could deliver to its people were very high. Putting these expectations into practice, however, proved to be difficult – in improving social conditions in the cities, as in other areas of life. The struggle to consolidate the Revolution was the main concern of government planners in the first decade of the new Union, and little happened to change the urban scene until the adoption of the Plan for the Reconstruction of Moscow in 1935, which finally laid down Soviet principles for urban development. Because of the highly centralized state planning system and the continuous pressure to achieve conformity throughout the country, the Moscow Plan became the basis for overall city development.

Unattainable goals

Guidelines in the Moscow Plan called for limited city size, ideological rather than "business" functions for city centers, state control and allocation of housing, equality in the distribution of consumer and cultural services, and a limited journey to work. Planned urban development and limited city size assumed that population growth could be controlled. To ensure population control, a number of measures limiting citizens' right to free movement were introduced. These included internal passports, residence permits – required before housing could be allocated – and the surveillance of people's movements.

Despite these measures, urban growth regularly exceeded what the planners expected and housing was in short supply. Instead of the official one family per apartment, by the early 1950s a family per room was more often than not the reality of urban life for the masses. The devolution of the Soviet Union left its successors with continuing housing shortage problems, though the extreme problems of 40 years ago had been eased.

Over the years urban development principles were translated into hundreds of specific planning norms. For example, 9 sq m (96 sq ft) of living space was to be the minimum amount for each urban inhabitant to satisfy basic sanitary requirements. This norm, set in 1923, is still not satisfied in many former Soviet cities, especially in the smaller, more remote centers. These norms were intended to ensure an equal allocation of consumer services, cultural facilities and housing – all at a nominal cost. The reality however was that privilege always existed within Soviet society and manifested itself in elite groups having more of whatever was available, often at the cost of denying the same service or facility to the masses.

Privileged elites

Like society itself, the Soviet cities were riven with paradoxes and contradictions. Private housing has always existed. Cooperatives were legalized again in 1962 after almost 25 years of proscription. These sectors now comprise about 22 and 8 percent respectively of the total urban housing stock. Although residential areas

City of Central Asia (right) Samarkand in Uzbekistan was already an established city when Alexander the Great captured it in 329 BC. On the Silk Road from China to Europe, it flourished as an Islamic trading center and became a Russian city in 1868. Today monotonous apartment blocks, developed in accordance with the Moscow Plan, surround the city center. But as this view shows, mosques have survived amidst the modern city.

Clearing city streets (below) The socialist policies of the former Soviet Union guaranteed its people employment and a minimum standard of living. Menial tasks were often carried out by women. With economic reform and the ending of communist control, unemployment soared in the cities, and earnings fell to levels well below the official subsistence wage.

period of Mikhail Gorbachev's presidency (1985–91). But the promotion of private sector activity created a new class of wealthy Soviet citizens who had access to large amounts of money, often in the form of hard currency, which they could exchange, often on the black market, for scarce commodities or services.

Urban governments before Gorbachev's period in office had been increasingly hard-pressed to provide adequately for the needs of the cities' inhabitants. In the late 1980s many began actively to promote private sector activities in the hope that this would improve life for all. But the Soviet system meant that the transition from socialist to market principles was difficult and remained so even after the demise of communism. Moves to sell municipally owned apartments to individuals continued. Smallscale, privately owned businesses aimed at meeting the enormous but unsatisfied demand for consumer goods and services began to spring up everywhere, but were most in evidence in the larger cities.

However, with the privatization of housing and the promotion of private sector business activities, the existence of social inequalities will not only continue in the future but will be exaggerated. It remains to be seen what changes this will bring to the physical form of the region's cities, which still bear mute testimony, in their architecture and design, to decades of planning based upon the Soviet theory of equality.

were not socially segregated to the degree that they are in many European or American cities, there were still some obvious signs of privilege. Cooperative apartments were often occupied by the middle, not working, class and spacious accommodation (at least by prevailing Soviet standards) in the state housing sector was made available to favored groups such as members of the Party hierarchy.

Traditionally, privilege also brought access to consumer services, including more predictable and higher quality food supplies provided through special stores not open to the general public. Most of these privileges were removed during the

THE THREE FACES OF TASHKENT

Tashkent is the capital of Uzbekistan. Home to more than 2 million people, it is Central Asia's largest urban center and one of the oldest – dating back to about the 2nd century BC. The city has long been predominately Islamic, but the arrival of new ethnic groups and ideas that came with its absorption into the Russian empire (in 1865) and later into the Soviet Union has transformed Tashkent into a city with three separate urban identities.

Tashkent was the administrative capital of the Central Asian part of the tsarist empire. The colonial period is still visible in the 19th-century European townscape of radial thoroughfares, broad intersecting streets and government buildings reflecting the Russian architecture of the period. The bulk of the population lived apart in the

old Muslim town – a world of caravansaries and mosques, narrow streets and winding pathways. The character of the colonial city derived from the integrity of the street plan and the architectural conformity of the buildings. In the traditional Muslim quarter the intensity of human interaction, of bustle and noise, defined the old town's separate identity.

The Soviet contribution to Tashkent's urban landscape was vast, sprawling housing districts. With the break up of the Soviet Union, many native Tashkentis are returning from government and military service and swelling the population dramatically. Although the huge, drab and poorly built complexes are necessary to house the city's rapidly growing population, they add little character to the urban scene.

St Petersburg – a planned city

St Petersburg arose from the inhospitable and marshy delta of the Neva river in the early 1700s as a result of Peter the Great's determination to modernize the Russian empire. Tens of thousands of workers were forcibly transported to the westernmost border of the empire to build the new city. While this was made possible by the existence of serfdom, it scarcely matched the forms of social organization in the European countries whose modernity Peter the Great wished Russia to emulate. Still, a city did develop, and one that contained most of the best that European (particularly French) town planning and architecture could offer. By 1713 St Petersburg had been designated capital of the Russian empire. For two centuries its plan served as a model for new town development elsewhere in Russia, including Helsinki annexed in 1809.

While the principal emphasis in the city's development was on external form, the fascination with the geometry and symmetry of the town plan tended to mask the fact that it was more than simply a technical working document, but a social one as well. Land-use segregation went far beyond controlling the location of smoke-emitting industries to include provisions for the physical separation of social classes. The town plan was intended to reinforce the existing social order and the values of the autocracy. Industrialization, which came late to Russia but had profound consequences for all cities in the region including St Petersburg, put paid to such goals.

The Revolution and beyond

St Petersburg housed barely half a million people in 1850. A substantial share lived there on a transient basis as they were serfs on leave from the village. By 1914 the capital of the Russian empire was one of the largest cities in Europe with over 2 million inhabitants. While superficially a city of palaces and grand thoroughfares and squares, life for most people was arduous in the extreme. Industrialization and a rapid increase in population had brought unprecedented pressures to bear. The city was increasingly decried by Russians and foreigners as backward, unplanned and insalubrious. Vast sprawling suburbs with overcrowded, largely unserviced housing had emerged. Conditions were ripe for grassroots political activity. In 1917 the autocracy ot the tsars collapsed and revolution took place. St Petersburg was the stage upon which these events were played out.

What emerged from the Revolution was a new political system, in which Moscow replaced St Petersburg, renamed Leningrad, as the capital. Vast resources were allocated to assist its industrial development and – following the siege of the city during World War II – to rebuild its historic core according to the original plans and architectural design. This incidentally removed some of the worst impacts that industrialization and commercialization had had on the central city during the late imperial era.

Under the Soviet system St Petersburg was developed, like other cities, in accordance with the Moscow Plan of 1935. The city's housing stock expanded enormously. Vast stretches of apartment blocks, 15 to 25 storeys high, signal the beginning of the city from the north and east. There is very little that suggests a rural-urban fringe. Yet, despite the huge sums invested, housing remains one of the city's most pressing needs. With a population of nearly 5 million in 1990, St Petersburg is the second largest city in Russia.

Under the Soviet planned economy, the city quickly emerged as one of the country's main centers of scientific and advanced manufacturing, particularly in shipbuilding, machine construction, precision instrument manufacture, and defense-related electronic industries. St Petersburg's industrial managers and urban administrators were unusually innovative in their efforts to link the city's industrial enterprises with local scientific organizations. As a result, levels of industrial output and – more significant in the Soviet context – quality of output achieved very high standards in national terms. Entrepreneurship in its various guises played, and continues to play, an important role in boosting the city's economic development.

St Petersburg was notable in its resistance to the abortive hardline Communist Party coup in August 1991. Just as in 1917, events in the city played a critical role in bringing change to society at large. Its citizens remain committed to the preservation of the splendid urban fabric that is the legacy of imperial Russia, and to improving the poor conditions of daily labor and life that are the direct legacy of the Soviet era. With its highly skilled, educated labor force and its industrial production that is potentially competitive in the international market economy, the city's longterm prospects look good.

Treasurehouse of the tsars (*above*) The Winter Palace, seen here from across the Neva river, is among the architectural riches of St Petersburg. The former principal residence of the tsars, it was destroyed by fire in 1837 but rebuilt in identical style two years later. The adjoining Hermitage houses an unparalleled art collection.

Looking for a place to live (*left*) A street hoarding is covered with slips of paper advertising available rooms or asking for accommodation, an indication of the city's acute housing shortage.

Window on the west (*right*) Peter the Great built his city on the Gulf of Finland to give his fleets access to Europe. The city was built on land between the sea and the river Neva, with dockyards and other industrial sites strictly segregated from residential areas.

Land use

- ● important site
- —— major road
- ◆—— major railroad (with terminus)
- central district
- commercial and mixed
- industrial
- residential
- parks and open spaces
- other

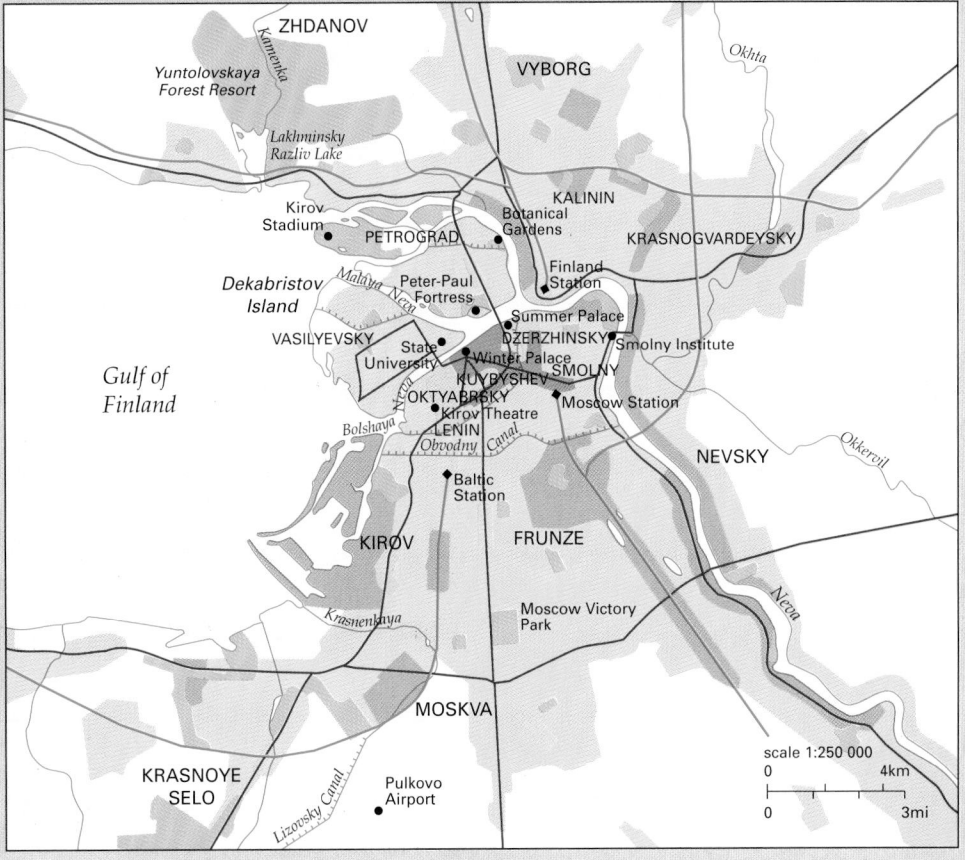

scale 1:250 000

0 — 4km

0 — 3mi

Power center

The most important part of any Russian medieval city was the kremlin, or citadel, usually located at a strategic point along a river and encircled both by a moat and a fortified wall. The kremlin contained both military and religious buildings, and was the center and symbol of ruling power and authority over the immediate neighborhood and other settlements. In times of war or siege, the inhabitants of the city would take refuge within its walls.

The Kremlin in Moscow is the most famous of these city forts. First built in 1156 on the left bank of the Moskva river, its original wooden palisade and buildings were replaced by stone and brick in the 14th century. Strong ramparts, 2.5 km (1.5 mi) long and topped by seven towers, surround a triangular-shaped fortification. The buildings inside were built at different times over the centuries, and encompass a range of styles and influences, including Byzantine, Russian baroque and classical.

The Kremlin has many churches, including the Blagoveshchenski (Annunciation) Cathedral where the tsars were baptized and married. It lost its military importance in the 17th century, but remained the center of Russian political power until the capital moved to St Petersburg in 1712. After an interval of 200 years, the Kremlin became the focus of power again in October 1917 when V.I. Lenin (1870–1924), the first head of the Soviet state, moved the new Soviet government to the historic citadel. As such it became the symbol of the ruling power of the Communist Party for 70 years, housing the Council of Ministers, the Presidium of the Supreme Soviet and the Palace of Congresses. With the breakup of the Soviet Union, the Kremlin became the home of the Russian parliament. So its role as a center of government continues.

Gilded domes and towers at the heart of Moscow. Among its many churches and palaces the Kremlin contains three cathedrals, built in the 15th and 16th centuries.

EMPTY DESERTS, CROWDED CITIES

SETTLING THE FERTILE CRESCENT · AN UNEVEN PATTERN OF URBANIZATION · BLENDING ANCIENT AND MODERN

Cities have existed in the Middle East for well over 5,000 years; their precursors date back some 9,000 years. Early urban settlements grew primarily as markets for agricultural surpluses, as centers of political organization, and at strategic crossing points on long-distance trade routes. Today most people in the region are urbanites, and city populations are doubling every 10–15 years, due to natural increase and an influx of rural migrants. While oil revenues have supported modern urban development in the Arabian Peninsula, the ancient cities of the region, with their cramped commercial and residential quarters and their narrow streets unsuited to modern traffic, are struggling to cope. Urban problems have been compounded by wars in the region that have badly damaged cities such as Beirut and Baghdad.

COUNTRIES IN THE REGION

Afghanistan, Bahrain, Iran, Iraq, Israel, Jordan, Kuwait, Lebanon, Oman, Qatar, Saudi Arabia, Syria, Turkey, United Arab Emirates, Yemen

POPULATION

Total population of region (millions)	202.8
Population density (persons per sq km)	31.2
Population change (average annual percent 1960–1990)	
Urban	+5.2
Rural	+0.8

URBAN POPULATION

As percentage of total population	
1960	36.8
1990	52.4
Percentage in cities of more than 1 million	16.8

TEN LARGEST CITIES

	Country	Population
Tehran †	Iran	6,043,000
Istanbul	Turkey	5,495,000
Baghdad †	Iraq	4,649,000
Ankara †	Turkey	2,252,000
Riyadh †	Saudi Arabia	2,000,000
Izmir	Turkey	1,490,000
Mashhad	Iran	1,464,000
Kabul †	Afghanistan	1,424,000
Jedda	Saudi Arabia	1,400,000
Damascus †	Syria	1,361,000

† denotes capital city

SETTLING THE FERTILE CRESCENT

Nearly all the Middle East today is fairly arid, but an area known as the Fertile Crescent, extending east-west from the delta of the Euphrates and Tigris in the Gulf to the Mediterranean coast and limited to the south by the Arabian Desert and to the north by mountains, probably received heavier rainfall in the past. The domestication of plants and animals by about 7000 BC meant that the hunter–gatherer way of life was gradually abandoned as people settled in agricultural villages. Some of these settlements grew into towns that support urban elites not engaged in farming.

The earliest settlement excavated so far is Catal Huyuk in southern Turkey, which by about 6000 BC contained hundreds of residents. True cities appeared by about 3500 BC in southern Mesopotamia

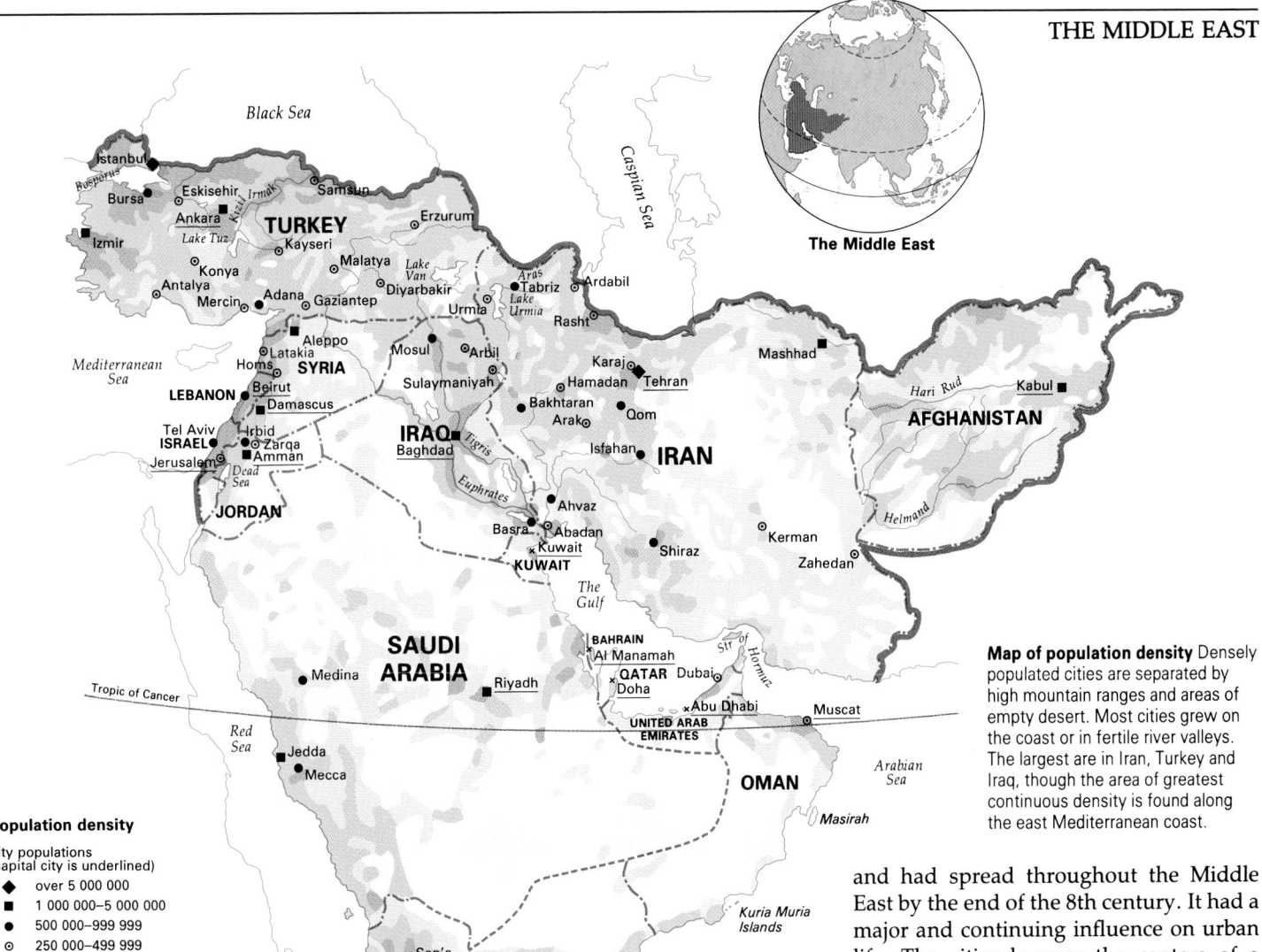

The Middle East

Map of population density Densely populated cities are separated by high mountain ranges and areas of empty desert. Most cities grew on the coast or in fertile river valleys. The largest are in Iran, Turkey and Iraq, though the area of greatest continuous density is found along the east Mediterranean coast.

Population density

city populations
(capital city is underlined)

- ◆ over 5 000 000
- ■ 1 000 000–5 000 000
- ● 500 000–999 999
- ◉ 250 000–499 999
- × capital city less than 250 000

persons per square km

- 100
- 50
- 10
- 1

(southern Iraq); these Sumerian city-states contained literate priest-rulers, elaborate temple structures, merchants, artisans, warriors, and farmers. A series of urban-based cultures succeeded each other, and cities gradually spread eastward to Afghanistan and westward to the Mediterranean coast.

Variations in terrain and climate meant that cities were not evenly distributed, but were concentrated in fertile river valleys, near coasts wherever sea trade flourished, and at oases where desert caravan routes converged. Although a number of these early cities have disappeared, others of them have enjoyed uninterrupted occupation for thousands of years. Byblos, north of Beirut, in Lebanon, and Jericho, on the west bank of the Jordan river, are both contenders

City of the Queen of Sheba Many cities in the Middle East have ancient origins. The walled city of Sana'a, capital of Yemen, is claimed by some to date from the time of the Queen of Sheba, mentioned in the Bible. Its closely-packed houses, built in distinctive style of baked clay, tower several storeys high.

for the world's title as the city with the longest continuous history.

Cities became more complex as conquest brought city-states into larger political empires and new elements were introduced. Alexander the Great of Macedonia (356–323 BC) swept through the north of the region and unified it, spreading Greek trade, culture and urban civilization as far east as Afghanistan. Later, cities in the northern and western parts of the region became part of the urbanized Roman empire. After the division of the empire they were ruled from Byzantium's capital, Constantinople (later Istanbul), while indigenous regimes, infused with peoples from Central Asis, controlled Persia (Iran) and Afghanistan. Each conqueror introduced new legal, social and political systems that blended with earlier urban patterns.

The impact of Islam

Islam, which originated in the Arabian Peninsula in the first half of the 7th century AD, traveled rapidly northward

and had spread throughout the Middle East by the end of the 8th century. It had a major and continuing influence on urban life. The cities became the centers of a highly literate civilization in which trade expanded considerably (even reaching China and Europe), and philosophy, science and the arts achieved remarkable levels of sophistication. The Islamic legal system shaped a common way of life across the region and influenced city development and administration in a number of similar ways.

New cities were founded, and existing ones transformed. Cities that served as centers of power between the 8th and the 18th century included Medina (Saudi Arabia), Damascus (Syria), Baghdad (Iraq) and Istanbul (Turkey), each the seat of the Islamic caliphate at different periods. Other places flourished as important caravan termini – such as Aleppo (Syria), Antakya (Antioch, Turkey) and Tabriz (Iran) – or seaports – Beirut, Jidda (Saudi Arabia), Basra (Iraq), Hormuz (Iran) and Aden (Yemen). Yet others were important centers of religion and learning, or served as local administrative and agricultural centers.

During the 18th century, and even more markedly in the 19th century, with the weakening of Ottoman power in Istanbul, European influences began to enter the region, bringing different forms of transportation, urban organization, government, and economic systems.

AN UNEVEN PATTERN OF URBANIZATION

Middle Eastern cities have grown rapidly since the mid 20th century. Some of this growth is due to natural increase, but rural migration has also played an important role. Between 1940 and 1990 the population of the region became overwhelmingly urban: 60 percent in Syria and Iraq, 70 percent in Jordan and Saudi Arabia, and nearly 90 percent in Israel and the Gulf states. Even in Turkey, where much of the region's arable farming is concentrated and where 80 percent of the population was rural 50 years ago, over half now live in the towns and cities.

Great variation exists in the settlement pattern across the region. Differences in physical terrain and historical development, as well as more recent economic and political upheavals, have played a part in creating this diversity. Nevertheless, it is still possible to distinguish several broad patterns of urbanization within the region.

Developed centers of urbanization
The first of these characterizes those countries that have large territories and large populations, a long tradition of pre-Islamic and Islamic urbanization, and a strong economic base in agriculture (Turkey, Iran, Iraq and Syria) and minerals, especially oil (Iran and Iraq). In each of these countries, the population of the capital exceeds 1 million. They are centers of modernization, with advanced transportation infrastructures, mechanized industry, and a monopoly of the country's financial, commercial and political activity. These large capital cities rise above a hierarchy of small and medium-sized towns. More than half of the populations of these countries are urban-dwelling, and most of the rest live in farming villages and towns. There are few of the nomads and pastoralists of earlier times.

Lebanon, Israel, and Jordan are small, densely populated, and industrialized. Most of their people are concentrated in one or two major metropolitan centers within restricted territories (though the latter two countries include large desert areas with few inhabitants). Wars and considerations of politics, rather than local economic growth, have contributed to high levels of urbanization.

The Jordanian capital of Amman expanded rapidly after the Arab–Israeli wars of 1948 and 1967 brought enormous influxes of Palestinian refugees. In Lebanon, half of the country's population crowds into the capital city of Beirut and surrounding suburbs for protection and support, despite the shattering of its economy first by civil war (from 1975 on) and then by Israeli bombing and invasion in 1982. Israel is very highly urbanized – the conurbation of Tel Aviv-Yafo, is the largest in the region. Since 1967 it has occupied the Palestinian West Bank and Gaza, and settlement of recent immigrants, particularly from Russia, has been encouraged in the Jerusalem area for political reasons.

Oil-rich cities
Yet another picture is found in the countries of the Arabian Peninsula, where oil wealth has very recently transformed the prevailing settlement pattern. As much as 80–90 percent of the formerly largely nomadic and very small populations of the four tiny city-states of the Gulf (Kuwait, Bahrain, Qatar, and the United Arab Emirates) now lives in new modern capitals equipped with everything money can buy. Although Kuwait City was substantially damaged by war in 1991, much of its modern center has subsequently been restored.

Saudi Arabia, with the largest land area (most of it inhospitable desert) and the largest population of the Arabian Peninsula, exhibits a wider variety of lifestyles. A very small proportion of its population still practices nomadism, though the government supports schemes to encourage them to settle. The cities, too, show some differences. Mecca, the birthplace of the Prophet Mohammed and the destination for millions of Muslim pilgrims who make the *Hajj* each year, and the port of Jidda have ancient origins, whereas Riyadh (the country's new

Modern cities in the desert (*above*) Like the other small but wealthy oil states, Kuwait City boasts innovative architecture and urban facilities such as indoor shopping malls and ice skating rinks. Many of its modern buildings were badly damaged during the Iraqi occupation of 1990–91.

Rapid growth (*left*) Less than 100 years ago Tel Aviv was a suburb of the Arab town of Jaffa (Yafo). The largescale immigration of Jews from northern Africa and Europe (most recently Russia) has helped to create today's large conurbation, which has one of the highest population densities in the world.

Traditional rural settlement (*below*) persists in parts of northern Afghanistan. This small village is used as a base by seminomadic pastoralists, who live there for a few months each year, moving with their herds of animals to more distant grazing lands as those nearby become exhausted.

CITIES AT WAR

Throughout human history the Middle East has been a battleground between warring peoples and civilizations, and the need for defense has played an important role in shaping its urban structures. Early cities were given strong walls for protection. Today urban populations defend themselves with missiles, planes and tanks.

Since World War II nearly every part of the region has experienced major conflict, with far-reaching effects on its city economies. Large portions of Beirut have been destroyed, first during the civil war in Lebanon that began in 1975 and then as a result of Israeli bombing in 1982. The city is still divided by war, making normal life impossible. In Afghanistan the capital, Kabul, remained cut off from the rest of the country after occupying Soviet troops withdrew in 1989, and Muslim guerrilla soldiers (the Mujahidin) continued to lay siege to the government's stronghold. As the result of the Iran-Iraq war (1980–88) border cities in both countries were devastated, and Iraq's leading port of Basra was fatally damaged.

In the Gulf war (1991) invading Iraqi troops inflicted substantial damage on Kuwait City and the surrounding oilfields. Allied bombing of Baghdad and other Iraqi cities and towns destroyed residential quarters and much of the country's modern infrastructure such as electricity generating plants, water and sewerage systems, highways and bridges. For the urban populations of both countries the war was a longterm environmental disaster.

capital), Dahran in the heart of the oil fields, and Jubail and Yanbu, newly constructed centers of industry, are all extremely modern, wealthy cities.

Slower to change

Afghanistan, Yemen and Oman, all three of them mountainous, remain the least urbanized and industrialized countries of the Middle East. Military conflicts have been a hindrance to Afghanistan's development. Yemen, politically separated by ideological differences after a civil war in 1962, was reunited in 1989. As a result the country has two major cities. The mountain agriculturalists of the north look to the city of Sana'a as their center, while the port of Aden dominates the economy of the south.

BLENDING ANCIENT AND MODERN

Most Middle Eastern cities have very long histories. Their current urban forms are an amalgam of elements from successive historical epochs, reaching back to archaeological times, each of which was designed to meet the particular needs of the moment and represented ways of life substantially different from today's. At the core of most cities is the medieval town, or medina, which used to accommodate the entire population in earlier days. The many mosques, surmounted by tall minarets that rise above the buildings of the medina, recall past periods of Islamic splendor.

Typical of the medina's domestic architecture is the courtyard house or enclosed compound in which separate rooms and apartments lead off from the private or shared space at the center. These buildings, often with no windows on the streetside, abut narrow public passageways that give shade from the sun and are wide enough only for pedestrian or animal traffic. At the heart of most medinas is still the *suq* or bazaar, the city's old commercial quarter. Aleppo and Damascus in Syria have both retained fine examples of *suqs*; the largest in the region, which has recently been garishly modernized, is the covered Grand Bazaar of Istanbul.

Today most of the older palaces and rich houses of the medina have decayed and now accommodate a population of urban poor and recent immigrants. Open space, water and sewage pipes, public transportation, sanitation and medical facilities are sadly lacking. However, these old quarters offer their residents a greater social network of relationships than do some of the anonymous, often ugly, modern apartment blocks on the city fringes. Smallscale industrial, handicraft and commercial enterprises still flourish there, drawing many tourists to these "exotic" shopping areas.

During the 19th century, there was

A modern wall around the city High-rise apartment blocks ring Damascus, claimed to be the oldest continuously occupied city in the world. In the past, defensive walls were built to keep invaders out, but today city boundaries are being pushed ever outward to absorb rapidly rising populations.

increasing pressure to modernize cities on European lines, leading to the construction of new districts next to the old medinas. They were laid out with wider and straighter streets to accommodate wheeled traffic, and these were flanked by multistoreyed apartment buildings. Glass-fronted shops faced the street on the first floor, while the upper floors provided residences for middle-class families. Nearby the westernized central business district, with offices, banks, hotels, and department stores, paralleled the old commercial quarter of the *suq*.

Some modern quarters were more exclusively residential. They contained low-density, single-family housing standing

WHOSE ARCHITECTURAL HERITAGE?

In the ancient cities of the Middle East, the needs of the people living there today must be weighed against the responsibility to preserve historic monuments. In Muslim countries, it is an article of faith to preserve buildings from the Islamic past – mosques, tombs, schools and even city walls. There is less agreement about the value of preserving domestic buildings or medieval residential quarters, or of restoring monuments surviving from antiquity that have been incorporated into the fabric of later buildings. In Istanbul, however, the church of St Sophia, which was built around 325 by the Emperor Constantine and then embellished with minarets and used as a mosque from 1453–1935, is now preserved as a museum.

In Jerusalem, where three different traditions – Jewish, Christian and Muslim – lay claim to the city's many religious shrines, conservation efforts have become embroiled in complex political struggles. After the 1967 Arab–Israeli war, the clearing of traditional Palestine quarters close to the al-Aqsa mosque, among the most sacred shrines of Islam, to expose the Wailing Wall, the western wall of Solomon's temple and a place of prayer for Jews, caused bitter resentment. In this case, preserving the past led to conflict over whose past should be preserved.

Golden morning light (*above*) fills a narrow street in the old Arab quarter of Jerusalem, which will soon be crowded with shoppers. The old city contains holy sites belonging to three of the world's major religions, and was traditionally divided into Arab, Christian, Jewish and Armenian quarters.

within gardens hidden behind high walls for privacy. Built originally for Europeans, these suburbs later came to house upper-class families retreating from the crowded medinas, whose former homes were then subdivided into low-income apartments. More recently, increases in car ownership together with the provision of better roads have encouraged an exodus of the well-to-do to spacious new suburbs farther out.

During the period of very rapid population growth in the second half of the 20th century most governments tried to meet the escalating demand for housing by constructing massive apartment blocks on the urban fringes, but these were often unserved by public transport, and were some distance away from jobs and shopping facilities. Areas of workers' housing were also built beside new industrial plants on the city outskirts.

Despite such efforts, large numbers of the urban poor went uncared for. Squatters moved on to all available empty space, and at the urban margins enormous colonies of self-built informal housing were rapidly constructed before the authorities could stop them. (In Turkey such colonies are known as *Gecekondos*, meaning "put up over night".) However, widespread unemployment means that families living there cannot afford to upgrade their homes, so they remain unconnected to basic services.

Future challenges

Blending these urban quarters together into a functioning city, planning for the growth that has outstripped municipal bureaucratic capacities and government purses, and building a modern economy and infrastructure to provide well-paid jobs and standard housing are the major challenges that confront most Middle Eastern cities. Economic development and population control, as well as an official commitment to social welfare, are the only ways in which these endemic urban problems can be solved.

Only in those countries where oil revenues have greatly enhanced the absorption of new urbanites have such problems been partly solved. However, new cities in the Gulf have problems of their own. Chief among them is how to incorporate into the social and economic framework of these elaborate "cities of tomorrow" such disparate cultural groups as recently settled nomads and guest workers from other parts of the Arab world or Asia who have no rights to permanent settlement or citizenship.

Beirut – a modern ruin

Beirut, the capital of Lebanon, was once one of the most beautiful cities in the Middle East. Today civil strife, external invasion, economic collapse and forced migration have conspired to ruin this ancient settlement. Located at the eastern end of the Mediterranean, the crescent-shaped harbor city enjoys a long coastline with fine beaches. Behind the city rise mountains where, about half an hour's drive away, snow allows skiing. In the early 1970s, Beirut had a population of about one million, about half in the city itself and the remainder in the dense ring of suburbs above it.

The population of Beirut, like that of Lebanon itself, reflected considerable religious diversity, consisting of Sunni and Shi'ite Muslims, Druze, Maronite Christians, Orthodox and Eastern Rite Catholics, who despite occasional conflict had learned to live together. Living there were Armenians, Palestinians (refugees from the Israeli expulsions of 1948 and 1967), Europeans and Americans. Arabic was the universal language, though French and English were also spoken.

The city was prosperous, since it served as the center of shipping and air commerce between Europe and the Middle East, and as the preferred banking and finance center for the new oil money of the region. It was also a popular summer resort, especially with wealthy Arabs.

Like many Middle Eastern cities, there were at least two downtowns. A centrally located one stretched from the old bazaar to the government center and brought together the inhabitants of East Beirut, many of them Christian, with those of West Beirut, mostly Muslim. The other, newer business zone of Hamra in West Beirut, near the American University, was associated with a more westernized lifestyle. Particular residential quarters were occupied by particular groups, distinguished by religion, ethnicity and class. However, such voluntary segregation was neither rigid nor complete. Coexistence was the rule.

Destruction and its aftermath

After the 1973 Arab-Israeli war, in which Lebanon did not participate, there was conflict on the southern border between Israel and Lebanon. When the south fell under the joint control of Israeli forces and Christian militia, many displaced Shi'ite villagers and Palestinian refugees fled to the capital. Soon the city was

Clearing up after the fighting (*left*) Residents of Beirut doggedly attempt to carry on with their daily life amid the dangers of civil war. Widespread devastation and factional fighting all too often disrupt the provision of public services.

ringed with what became known as the "belt of misery" – squatter settlements of self-built houses occupying any open space or forested land.

During the 1970s tensions between the city's communities of Christians and Muslims were exacerbated by the Israeli-Palestinian conflict in which Lebanon became an unwilling pawn, and erupted into fullscale urban civil war. The govern-

ment center, exclusive hotels on the shore and the old bazaar area were all destroyed by mortar fire and were emptied of inhabitants. This created a no-man's-land of dereliction between an increasingly Christian East Beirut and an increasingly Muslim West Beirut.

In June 1982 Israeli forces began to bomb Beirut, which had become the headquarters for the Palestinian Liberation Organization following its expulsion from Jordan in 1970, and then invaded the city itself. Destruction of buildings, roads and infrastructure was heaviest in West Beirut. Many residents fled and others were expelled.

More than a decade later, the city had still not recovered. Its economy remained in ruins and political factionalism continued to block peace and reconstruction. The city once known as the Paris of the Orient is sadly decayed. But a city whose roots lie in Phoenician times and whose people still retain the daring and the commercial acumen of their renowned ancestors is unlikely to die. In the early 1990s political rapprochements and a more stable government heralded the possibility of reconstruction and the promise of better things.

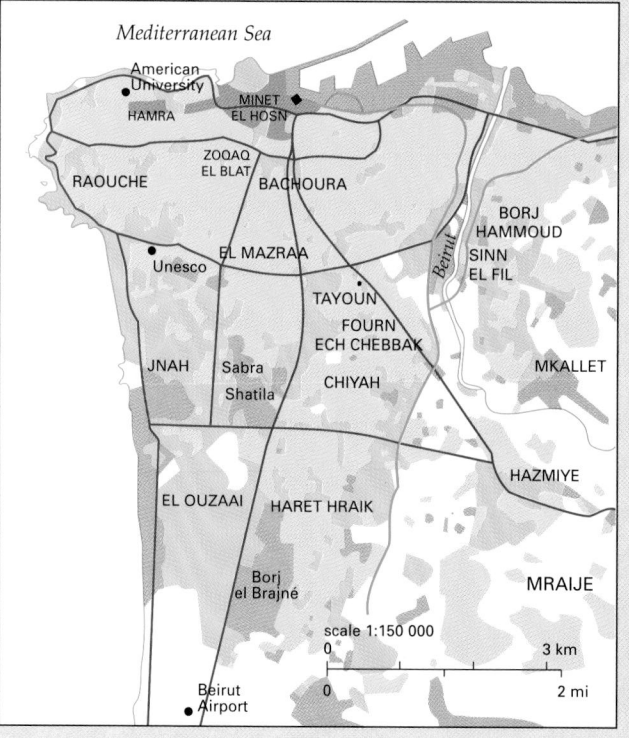

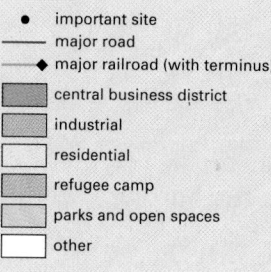

Sun, sand and shelling (*right*) A luxury hotel in West Beirut bears the scars of heavy bombardment. Beirut's beaches were once a magnet for holidaymakers. They now stay away, but many of Beirut's citizens are undeterred from enjoying the facilities.

Divided city (*left*) Downtown Beirut suffered the most damage in the fighting and is now in ruins. Businesses have relocated to East (Christian) or West (Muslim) Beirut to merge with residential areas. Thousands of refugees live in large camps under military control.

Map labels: Mediterranean Sea, American University, HAMRA, MINET EL HOSN, ZOQAQ EL BLAT, RAOUCHE, BACHOURA, EL MAZRAA, Unesco, BORJ HAMMOUD, SINN EL FIL, Beirut, TAYOUN, FOURN ECH CHEBBAK, JNAH, Sabra, Shatila, CHIYAH, MKALLET, HAZMIYE, EL OUZAAI, HARET HRAIK, Borj el Brajné, MRAIJE, Beirut Airport

scale 1:150 000
0 — 3 km
0 — 2 mi

Land use
- • important site
- — major road
- ◆ major railroad (with terminus)
- central business district
- industrial
- residential
- refugee camp
- parks and open spaces
- other

CITIES AT THE DESERT'S EDGE

POCKETS OF URBANIZATION · A PATTERN OF CHANGE · CITIES OF CONTRASTS

It was in the Nile delta more than 5,000 years ago that some of the world's first cities began to take shape, and since antiquity Northern Africa has seen the rise and fall of many great urban civilizations. Many important towns today have their origins in the Islamic revolution that swept through the region in the 7th century AD. But it was the advent of colonial rule in the 19th century that transformed the settlement pattern most profoundly. Ports along the Mediterranean coast, trading with Europe, became dominant, and there was massive movement of population from the country to the cities – a process that has accelerated since independence. Urban populations are concentrated in a few major cities, and contrasts between affluent city suburbs and the shanty towns that house the vast majority are stark.

COUNTRIES IN THE REGION

Algeria, Chad, Djibouti, Egypt, Ethiopia, Libya, Mali, Mauritania, Morocco, Niger, Somalia, Sudan, Tunisia

POPULATION

Total population of region (millions)	175.8
Population density (persons per sq km)	13.2
Population change (average annual percent 1960–1990)	
Urban	+4.3
Rural	+1.6

URBAN POPULATION

As percentage of total population	
1960	31.2
1990	44.3
Percentage in cities of more than 1 million	8.1

TEN LARGEST CITIES

	Country	Population
Cairo †	Egypt	6,325,000
Alexandria	Egypt	2,893,000
Casablanca	Morocco	2,409,000
Giza	Egypt	1,858,000
Addis Ababa †	Ethiopia	1,739,000
Algiers †	Algeria	1,722,000
Tunis †	Tunisia	1,395,000
Mogadishu †	Somalia	1,000,000
Tripoli †	Libya	980,000
Rabat †	Morocco	893,000

† denotes capital city

POCKETS OF URBANIZATION

The extensive and inhospitable expanses of the Sahara, dominating the region, exert a powerful and continuing influence on settlement patterns. Vast areas of Northern Africa are uninhabited or only sparsely populated. High population densities are found in only a few pockets of urbanization, notably the Ethiopian highlands, the Mediterranean coastline, and the Nile valley and delta – among the most populated areas in the world today.

It was here, during the 4th millennium BC, that one of the world's earliest urban cultures began to emerge. The fertile floodplains of the Nile were irrigated and farmed, producing agricultural surpluses that supported the rise of great urban centers such as Thebes and Memphis, with their complex temple structures and pyramids. The Egyptians were the first of many civilizations to rise and fall in the region, leaving their stone monuments to testify to their vanished presence. South of Pharaonic Egypt, the Kushites built the city of Meroe in the early 6th century BC, some 160 km (100 mi) north of modern Khartoum in Sudan.

A series of invading peoples founded trading cities along the Mediterranean coast. The first of these were the Phoenicians, from the area of present-day Lebanon, who established a colony at Carthage, close to the site of the city of Tunis. This grew to such importance that it founded trading posts of its own as far as the Atlantic coast of southern Morocco. The Greeks also established colonies in the region. The most famous was the port of Alexandria, still Egypt's second city today. Founded in 332 BC by Alexander the Great, it was renowned in classical times for its great library and as a center of science and scholarship.

The Romans, who seized control of Northern Africa in the 2nd century AD, created a network of towns and cities, linked by a good system of roads, as the main means of imposing their culture on the peoples of the region. Existing centers experienced exceptional growth and new ones were founded. Utique-Carthage, the capital of Roman Africa, may well have contained 300,000 inhabitants. Trade routes connected the towns of the Mediterranean coast with areas south of the Sahara. Excavations at Djenne-Jeno on the inland delta of the Niger river have revealed evidence of a substantial town there in classical times.

The Arab conquest of the 7th century AD introduced a new period of urban growth and invigoration. The coastal plains were abandoned, and a new urban axis established through a chain of Muslim centers such as Fes, Kairouan and Cairo a little distance inland. These towns were at the heart of a vast trading network that crossed the Sahara to link the coastal forests of western Africa with Europe and the Middle East via trading centers such as the fabulous cities of Gao, Timbuktu and Djenne in Mali.

The colonial impact

The final – and most profound – changes to the settlement pattern of Northern Africa came about as the result of European colonization in the 19th century. Urban systems were dramatically restructured to serve the interests of the expanding colonial economies. In the countries of the Maghreb (Morocco, Algeria, Tunisia and Libya) towns such as Casablanca, Oran, Algiers and Tunis were developed as major ports through which the agricultural and mineral resources of the interior were transported to Europe. The malarial swamps of the coastal plains were drained, and the land farmed for cash crops, attracting large numbers of European settlers. Many new agricultural villages came into being, along with garrison and market towns.

The development of this prosperous settler economy was at the expense of the region's traditional economic systems. South of the Sahara, where resources were much more limited, subsistence farmers were forced to migrate as laborers to the more prosperous agricultural areas on the coast. The largescale migrations from Mali and Niger to Senegal and Ivory Coast that have been a feature of recent times began under French rule.

Two urban cultures The louvred shutters and the fanlight over the door of this building in the old part of Cairo look to Europe for their architectural inspiration, but the intricate carving of the covered balcony is Islamic in origin.

Population density

city populations
(capital city is underlined)

◆ over 5 000 000
■ 1 000 000–5 000 000
● 500 000–999 999
× capital city less than 500 000

persons per square km

200
100
50
10
1

Map of population density The Sahara desert makes much of this region uninhabitable. By contrast, the northern coast has high concentrations of population. Cairo is the largest conurbation in Africa.

Northern Africa

A PATTERN OF CHANGE

For centuries the people of Northern Africa fell into three groups: nomads, settled farmers living in villages, and townspeople. Living and operating in different environments, these three groups were separate but mutually dependent, each playing an essential role in the long-distance trade that was the economic lifestay of the region. Merchants within the cities organized the exchange and distribution of goods, settled farmers supplied the overland caravans with foodstuffs and other agricultural produce, and the nomads provided animal transport across the desert, acted as guides and gave armed protection against bandits.

The forces of modern change have affected all three groups, but none more disastrously than the nomads. Railroads and motorized vehicles have replaced the great camel caravans. Governments have confiscated traditional grazing lands and developed them for settled agriculture. In Libya, for example, the Italian colonial administration took so much land in the

Sunbaked mud (*above left*) is the traditional building material in countries south of the Sahara, where timber is in short supply. Shoes left in the street outside the entrance of this building in Djenne, Mali, indicate that it is a mosque.

Crowded marketplace (*above right*) The Djemaa el Fna square in Marrakesh is full of noise and movement. This city in western Morocco, famous for its mosques and gated wall, has long served the farmers of the surrounding country as a market center.

Jebel Akhdar, the uplands behind Benghazi, that the Bedouin could no longer sustain their pastoral nomadism and were virtually eliminated from the area.

The economic, social and environmental pressures on nomads to settle are almost impossible to resist. A succession of severe droughts in the 1970s and again in the 1980s in the countries along the southern edge of the Sahara destroyed much of what remained of the nomadic economy. With their livestock dead, many nomads were forced to move to the towns. In 1967, as high a figure as 85 percent of Mauritania's population was nomadic – by 1987 the number had fallen to 17 percent.

The growing urban imbalance

The cities have always lived off the countryside and exploited it. Under colonial rule, Northern Africa was drawn into the international market economy, disrupting the traditional pattern of sub-

sistence agriculture. As a result, urban control over the settled rural areas was greatly extended, and this process has intensified since independence. Much more has been extracted from the countryside than returned to it in the way of subsidies and allowances. Government policies have kept agricultural prices low, but provided food subsidies to the urban population, thus strengthening the push-pull factor drawing people to the cities.

As a result of this great influx from the countryside, some city neighborhoods have acquired many of the characteristics of a rural community. But the impact of the towns on the countryside has been much more profound, especially in the countries of the Maghreb. Urbanization is reaching into rural areas, changing the physical structure of villages and the ways of life and patterns of consumption of their inhabitants. The diffusion of modern schools, the expansion of roads and railroads, the increasing mobility of

natural disasters, wars and civil unrest. Chad, Sudan, Somalia and Ethiopia have been disrupted by civil wars that have placed large areas of the country under rebel control, restricting government authority to the main cities. Mogadishu, the capital of Somalia, has been virtually destroyed as a result of violent clashes between rival factions in civil wars.

Staggering growth

Rural migration is only part of the reason for the enormous recent increase in the size of urban populations. Throughout the region there has been rapid population rise as death rates have fallen, thanks to advances in medical care, while birth rates have remained high. At present rates of growth, the population in most countries is doubling every 20 years. About half the population of Egypt, Tunisia, Algeria and Morocco are now city-dwellers, and in oil-rich Libya the proportion has risen to over two-thirds. The area of Greater Cairo is one of the most heavily urbanized in the world. Half the population of Morocco lives in the narrow coastal zone from Casablanca to Kenitra.

South of the Sahara, the level of urbanization is very much lower, except in Djibouti, virtually a city-state. However, in some countries natural disasters and civil wars have sent a flood of refugees to camps or shanty towns situated around the major cities. As little as 7 percent of Mauritania's population was urban in 1962. By 1988 this figure had risen to 40 per cent, of whom two out of three (one in three of the total population) lived in Nouakchott, the country's capital.

A drop in the ocean (*below*) Collecting water is a daily chore for people on this government-built housing development some way outside the city. Projects like this go only a little way toward relieving the acute shortage of urban housing.

the population, and the growing influence of the mass media are all factors in this process.

By contrast, south of the Sahara, urban systems are weaker. Even the capital cities may exert little influence over the interior of the country. Relations between town and country have been dramatically disrupted since the 1940s as a result of

FROM VILLAGE TO SUBURB

Throughout the countryside of the Maghreb and Egypt, more and more modern, two-storey villas are to be seen at the edges of villages, standing in marked contrast to the traditional dwellings of the rural community. These newly constructed homes of emigrant workers have been built with savings earned in the industrial cities of Western Europe or the oil-rich countries of the Gulf. The return of such emigrants to the village of their birth after many years, even a working lifetime away, is striking testimony to the strength of rural roots. But their houses are often built on agricultural land, and are a visible sign of the encroaching urbanization of the countryside.

In a variety of insidious ways urban influences disrupt the traditional life of rural communities, and even quite remote farming villages are brought into the economic and social orbit of the city. The metropolitan area of Cairo now attracts daily workers from villages more than 100 kms (60 mi) away. There are villages in Egypt where less than half the labor force is still employed in agriculture. Improved communications between urban and rural areas, better education, pressure of population on limited agricultural land and the high cost of housing in the cities are all factors that encourage people to work in the cities while continuing to live in the villages.

CITIES OF CONTRASTS

The cities of Northern Africa are strikingly similar in form. This they owe primarily to their common experience of Islam, with its strong urban traditions, and to the way cultural influences have been diffused along established trade routes across the whole region.

One notable feature of the region's precolonial towns was the clear separation of public and private space. The *suq*, or bazaar, the hub of the city's vibrant public life, was usually located on one of the main thoroughfares. Its crowded alleys housed a complex system of interconnecting commercial and manufacturing activities, wholesale and retailing outlets, and community buildings such as mosques and schools.

Residential areas were more clearly segregated, divided into quarters on the basis of regional, religious or ethnic origins – some cities had large Christian and Jewish communities, for example. Dwellings were built with windows facing inward, away from the street and looking out onto an inner courtyard, thus ensuring the privacy of family life. Clusters of houses were often inhabited by an extended kinship group – traditionally, the organization of society placed much more emphasis on kinship than on class or wealth.

In the absence of wheeled vehicles, streets were narrow and winding, providing access to pedestrians and pack animals only, their shade offering welcome respite from the sun, the walls some defense from invaders. A high level of civilization was reflected in fine architecture and buildings crafted in wood and stone. The provision of amenities, particularly water supplies to houses, mosques and gardens, was achieved with skill and artistry.

Clash of cultures

The impact of European colonialism on the Islamic cities was enormous. In Algeria, for example, much of the earlier fabric was quite brutally erased from the landscape. New towns built for the influx of French settlers were replicas of western European cities, with a gridiron street layout and wide roads built for wheeled transport. Imposing public buildings in alien architectural styles housed military barracks, modern government offices,

CAIRO – BURSTING AT THE SEAMS

The problems of Greater Cairo, which was estimated to have 12 million inhabitants in 1986, and where urban densities range from 9,000 per sq km (22,500 per sq mi) in middle-class districts to 100,000 per sq km (259,000 per sq mi) in the popular quarters, are unique. A stultifying bureaucracy has been unable to control rapid urban expansion and a speculative building boom financed by the earnings of some 3 million Egyptians working abroad. A staggering 80 percent of all the city's existing housing units have been built without formal planning permission.

Just over half the population occupy about one-third of the residential area, crowded into the old city and a belt of spontaneous settlements that ring the capital. More than half the buildings have no water supply and are not connected to the sewerage system – a figure that rises as high as 80 percent in some peripheral settlements such as Al-Ahram. Over one quarter of dwellings have no electricity.

In the old city overcrowding is acute, and 40 percent of all dwellings consist of only one room. The magnitude of Cairo's housing crisis is starkly illustrated by the fact that around one million people live in the "City of the Dead", a vast cemetery of tombs that dates back to the 10th century.

Medieval streets (*above*) The *suq* Sabbighin, or dyers' street, in the old medina of Fès seems to have been hardly touched by the passage of time. In the Islamic cities of Northern Africa, every narrow street or alleyway housed a separate trade or craft, and craftsmen and merchants lived behind their place of work.

The bustle of modern life (*left*) Traffic at a standstill, overloaded buses, milling crowds on the sidewalks – Cairo's westernized downtown has all the features of any modern megalopolis anywhere in the world. Away from the center the city's infrastructure is strained to the limit by overcrowding and uncontrolled growth.

railroad stations, shops, garages, schools and hospitals.

In some towns European forms were imposed onto the existing Islamic structure. Egypt's modernizing rulers, for example, sought to turn Cairo in the 1860s into a model of a European capital. New roads were carved into the heart of the medina, or old city, and new western-style quarters were built. In other cases, for example in Fès and Marrakesh in Morocco, the colonial authorities built new towns some distance away from the medina, in order to separate Europeans and the indigenous population as much as possible. The massive influx of rural migrants that European rule brought to the cities added a third element to this

dual structure – the shanty town, or *bidonville* as it was known locally. These were constructed, often illegally, on the outskirts of a built-up area, and in some cases penetrated deep into the heart of the modern quarters.

The medina and the CBD

After independence, the apartments and villas in the westernized parts of the city, abandoned on the departure of European residents, quickly came to be occupied by members of the upper- and middle-class Muslim elite. The large old properties in the medinas that these families had formerly inhabited were now divided up to create accommodation for the rural migrants who crowded in ever greater

numbers into the old city centers. Today the *suq*, formerly the commercial and social heart of the city, has become the major retailing area for the lower income groups who, in the absence of other employment, depend for their living upon finding a toehold in the informal sector of the urban economy.

The overcrowded, rundown buildings of the medinas are in sharp contrast to the burgeoning central business districts (CBDs), with their skyscrapers and luxury department stores. Spacious apartment blocks and villas often exist alongside squalid squatter settlements with dusty, unsurfaced roads and with open sewers. Privileged urban minorities continue to absorb far more than their share of urban services and infrastructures.

A recent survey of N'Djamena, the capital of Chad, revealed that almost 90 percent of the houses are built of mud bricks with earthern floors, half have no piped water and three-quarters no electricity. However, even in oil-rich Libya large urban areas that have grown up outside the formal planning process are not yet provided with sewerage or other amenities. Water supplies are insufficient for the daily needs of the population. In Northern Africa today, urban society divides along economic rather than ethnic or religious lines.

Tunis – ancient origins, modern problems

Tunis lies at the end of an inlet on the Gulf of Tunis. In the past, its protected position gave the city strategic control of the western end of the Mediterranean. Tunis' long history of settlement reaches back even further than the Phoenician city of Carthage (whose site is now a suburb of Tunis). The city was destroyed by the Romans in the 1st century BC and then refounded as their capital in North Africa. After the Islamic invasion in the 7th century, it achieved its greatest importance and prosperity as the capital of the powerful Hafsid dynasty (1236–1574). It was briefly claimed by the Spanish crown in the late 16th century, and then became part of the Turkish Ottoman empire until it was established as a French protectorate in 1881.

The French quickly reshaped Tunis as a European city. A new town (*ville neuve*) was laid out on a gridiron plan alongside the old Islamic city (medina) and an artificial port and an industrial zone were developed. European garden suburbs spread rapidly around the city. In the early 1940s an important new element appeared in the shape of *gourbivilles* – spontaneous settlements at the edges of the central city that housed the massive influx of migrants from the countryside.

Even before the arrival of the French, Tunis had dominated the rest of the country. The radical restructuring of the economy by the French colonial administration established it even more strongly as the economic, social and political heart of the nation. This trend continued after independence, with the flow of raw materials, people and investment running ever more strongly toward Tunis and away from the poorer and more backward areas of the country. Today, Tunis is a city of 1.6 million inhabitants – more than a third of the country's urban population – and is five times larger than the second city, Sfax.

Dramatic changes

French rule ended in 1956. The abrupt departure of the colonial ruling elite brought the same dramatic changes to Tunis as they did to all the former colonial capitals of the region – the comfortable suburbs were taken over by the new Arab elite, and the fine old houses and palaces of the medina were divided up to house people moving in from the *gourbivilles* and a stream of new migrants from the country.

Divisions between rich and poor are all too clearly reflected in the extreme disparity between housing types in the city. Beautiful villas set in spacious grounds have invaded the more attractive hillsides to the north of the city. Not only do these houses take up more than their fair share of building land, occupying more than two thirds of the city's total residential area, they also absorb far more than their share of services. Less than a third of the city's population live in the affluent garden suburbs.

To the west of the city a series of "popular cities" – economic or low cost housing schemes – have been built by the

View of the harbor Warehouses, office blocks, factories and industrial chimney stacks form an untidy sprawl around Tunis' busy port area. Like most of the region's capital cities, Tunis monopolizes a disproportionate amount of the country's industrial activity and means of production.

municipality. These were originally intended to provide housing for those living in the *gourbivilles*, but the houses proved too expensive for them, and they were rapidly taken over by the lower end of the middle income group. Other government initiatives to solve the housing problem have also worked against those they set out to help.

Excluded by their poverty from state

Street life (*above*) Young men in a Tunis street café scour the daily newspaper for jobs. Many are recent migrants from the countryside who will end up living in the overcrowded *gourbivilles*. The café's all-male clientele reflects the strong influence of Tunisia's Islamic culture, though the café itself is decidedly French in character.

A well-favored site (*right*) Tunis occupies a strategic position at the sheltered, western end of the shallow Lac de Tunis, an inlet giving on to the Gulf of Tunis. Today its artificial harbor is linked by a deepwater channel to the modern port of La Goulette, which lies close to the site of ancient Carthage. In the center of the city, the walled medina, or old Islamic town, lies side by side with the new colonial town (*villeneuve*) built by the French in the 19th century, forming parallel commercial districts.

Land use

- ● important site
- — major road
- ◆— major railroad (with terminus)
- central business district
- commercial and mixed
- industrial
- parks and open spaces
- other

residential
- upper income
- middle income
- lower income

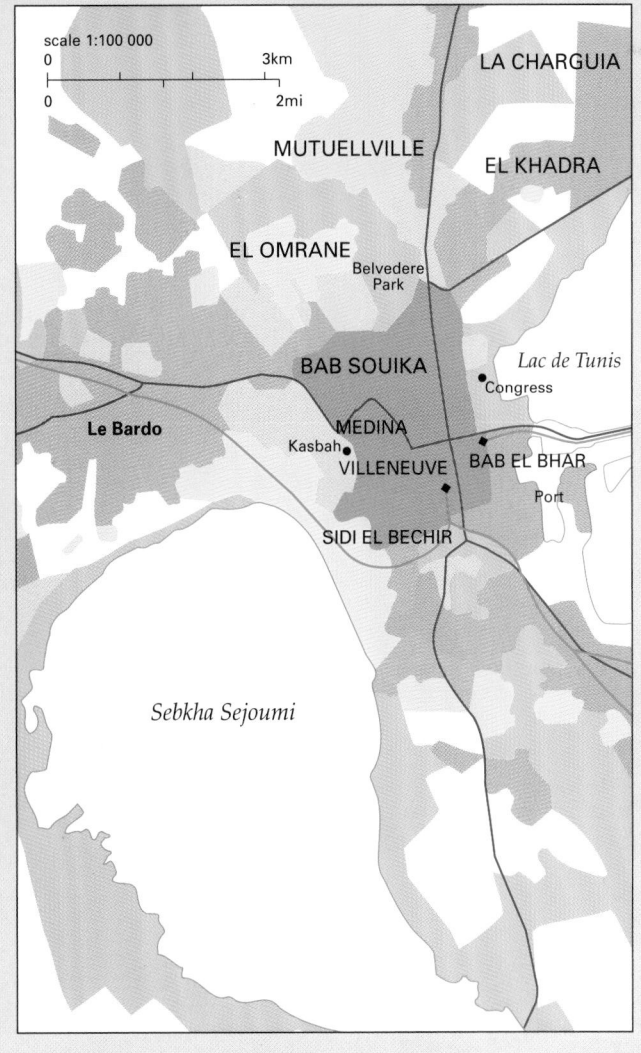

scale 1:100 000
0 — 3km
0 — 2mi

LA CHARGUIA
MUTUELLVILLE
EL KHADRA
EL OMRANE
Belvedere Park
BAB SOUIKA
Lac de Tunis
Congress
Le Bardo
MEDINA
Kasbah●
VILLENEUVE
BAB EL BHAR
Port
SIDI EL BECHIR
Sebkha Sejoumi

assistance, the city's low income groups – some 45 percent of the population – are crammed into the overcrowded medina or the *gourbivilles*, which occupy little more than one-tenth of the residential area. The authorities have reluctantly extended electricity, water supplies and sewerage to some of these settlements, and many of the houses have been illegally extended with plastic sheeting and other materials. But the older *gourbivilles* can no longer absorb any more people as the influx of newcomers continues, those unable to find shelter in the city are forced to build illegal new *gourbivilles* at a greater distance from the center.

Mountain refuge

Morocco's past has been a turbulent one of invasion and conquest, and tribal feuding. As in many other parts of the world, towns were built high up in the mountain ranges for defense. Although an elevated site at the top of a rocky outcrop gave the residents security from attack, it limited the amount of space for growth and expansion. Most of these mountain people were pastoralists. They would move their flocks down to the plains to graze in summer, but would stay close to the security of their mountain refuge.

The town of Moulay Idriss is one such site. It sits perched above the vast Rharb plain of northern Morocco, in a ravine of the Zerhoun massif, part of the el-Rif mountain range. It was the original stronghold of the first Islamic kingdom of Morocco, established by Idriss I in rebellion against the Arab caliphate in 789, and contains his tomb. It is thus a holy place of pilgrimage. Nevertheless its importance was shortlived. His son Idriss II founded a new capital at Fès, 50 km (30 mi) to the east, and this quickly rose to become a center of Islamic religion and learning whose fame, at its height, spread far beyond Northern Africa.

Storm clouds gather over the town of Moulay Idriss, standing on its rocky outcrop.

ISLANDS OF DEVELOPMENT

EARLY SETTLEMENT PATTERNS · THE JOURNEY TO THE CITY · CITIES WITH TWO FACES

Central Africa's first cities grew as trading centers along the caravan routes that entered the region from the Sahara, and on the eastern coast, founded by seafaring Arab merchants. Colonial powers encouraged expansion in the established trading centers, and founded new ports and administrative capitals, some of them inland. Since independence in the mid 20th century, African cities have been among the most rapidly expanding in the world, some of them doubling their populations every ten years. They are the main vehicles of modernization, industrial development and social change in the region, and their exceptional growth is the result of migration from the countryside in unprecedented numbers. The rural population still lives in villages and many people rarely even visit a town or city.

COUNTRIES IN THE REGION

Benin, Burkina, Burundi, Cameroon, Cape Verde, Central African Republic, Congo, Equatorial Guinea, Gabon, Gambia, Ghana, Guinea, Guinea-Bissau, Ivory Coast, Kenya, Liberia, Nigeria, Rwanda, São Tomé and Príncipe, Senegal, Seychelles, Sierra Leone, Tanzania, Togo, Uganda, Zaire

POPULATION

Total population of region (millions)	310.8
Population density (persons per sq km)	75.6
Population change (average annual percent 1960–1990)	
Urban	+5.2
Rural	+1.9

URBAN POPULATION

As percentage of total population	
1960	15.2
1990	24.3
Percentage in cities of more than 1 million	2.1

TEN LARGEST CITIES

	Country	Population
Kinshasa †	Zaire	2,654,000
Abidjan	Ivory Coast	1,850,000
Nairobi †	Kenya	1,429,000
Dakar †	Senegal	1,382,000
Dar es Salaam	Tanzania	1,100,000
Lagos	Nigeria	1,097,000
Ibadan	Nigeria	1,060,000
Douala	Cameroon	1,030,000
Accra †	Ghana	965,000
Libreville †	Gabon	830,000

† denotes capital city

EARLY SETTLEMENT PATTERNS

The earliest towns in Central Africa developed in the west, where agriculture gradually gave rise to large settlements such as Kano, Katsina, Zaria and Sokota (in northern Nigeria) and Ibadan (in southwest Nigeria) after about 100 BC. Many of these early cities were strategically located to control the lucrative trans-Saharan trade. Tribute and taxes collected from travelers enabled them to grow rich and large by the standards of their era. Artists and artisans flourished there, producing metal weapons and implements, jewelry and works of art in bronze and gold, and they became centers of commerce, administration and learning. Most of the inhabitants were literate in Arabic, the language of Islam, which had been introduced by Arab and Berber traders from Northern Africa.

While these settlements developed in western Africa, important urban settlements were also flourishing along the eastern seaboard. Trading cities such as Malindi, Mombasa (off the coast of Kenya) and Zanzibar (off the coast of Tanzania) grew larger and prospered. Mombasa, founded by 11th-century Arab traders, was for centuries a major commercial center for traffic in the Indian Ocean. The city's powerful strategic position made it much fought over throughout its history by Arabs, Persians, Portuguese and Turks. Arab traders also founded the trading city of Zanzibar, establishing it as a convenient center for supervising slave gathering expeditions into the interior and for conducting ocean-going commerce. In both of these important early ports traders exchanged ivory, gold and other metal goods – and sometimes slaves – for exotic goods such as silk and spices brought from Southeast

Clustered hut roofs (*right*) in Burkina, where as much as 90 percent of the population are farmers. The conical huts of each family group are enclosed by a fence that sets them apart from other compounds. Most of Burkina's few towns have grown up along the railroad that runs from the capital Ouagadougou to the Ivory Coast.

Trading city (*left*) Mosques mixed with colonial customs houses give Mombasa a cosmopolitan air. It was founded by medieval Arab traders and later occupied by the Portuguese before becoming a British protectorate in the course of the 19th century.

Uneven population distribution

A major factor controlling the patterns of human settlement in Central Africa is the reliability of seasonal rainfall. This falls away moving northward from the Equator to the Sahara. In the north of the region the precolonial trading cities such as Kano were supported by agricultural villages based on the cultivation of drought resistant crops such as millet and sorghum. Farther north still, rainfall becomes too low to support the farming of crops, and nomadic pastoralism is the means of subsistence.

Most people in Central Africa live in the coastal areas of the east and west, where towns and plantations were established during the colonial era. In the center of the region many areas were depopulated by centuries of slave trading, lasting until the early 1870s. This middle belt has proved difficult to reoccupy owing to the numerous diseases that affect humans and livestock there – malaria spread by mosquitoes, trypanosomiasis (sleeping sickness) spread by the tsetse fly and onchocerciasis (river blindness) spread by a black fly. Settlement is limited to the colonial agricultural or mineral-based towns – Nairobi, Kampala (the capital of Uganda) and Kinshasa (the capital of Zaire).

Asia and China by fleets of dhows and were then passed on to centers in the Middle East and Europe.

Colonial influence

European occupation of Africa had a dramatic effect on urban development. The colonial powers regarded Africa as a reservoir of raw materials for their burgeoning industries. They adapted or created cities to act as administrative, collecting and exporting centers. Most of the new towns were built on the coast as trading ports, while those in the interior were usually located near an important agricultural or mineral resource. Nairobi, for example, was established as the capital of Kenya by the British in 1905,

shortly after the railhead was established there. The city, close to the coffee and tea-growing plantations of the highlands, quickly became an exporting center for these commodities. Employment opportunities drew a stream of migrants from rural Kenya, and by 1919 Nairobi was one of the largest cities in tropical Africa.

As a rule, however, each Central African colony had one dominant city located on the coast, rather than at the geographic center of the country. Typical examples are Dakar in Senegal, Freetown in Sierra Leone, Accra in Ghana, Lomé in Togo, Douala in Cameroon and Dar es Salaam in Tanzania. These cities became the focus of colonial trade, and the principal providers of employment in the region. They were thus able to draw the rural population toward them.

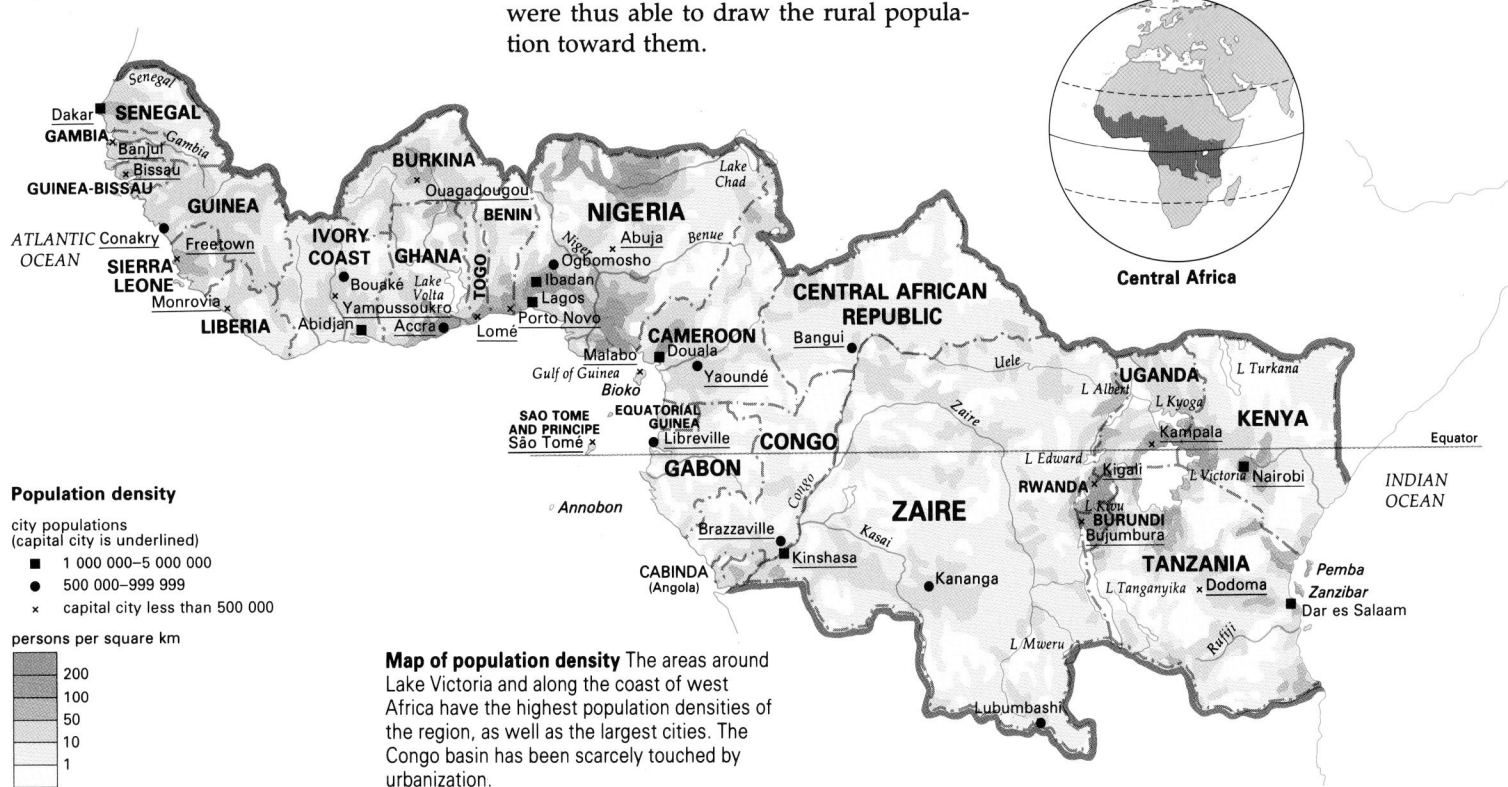

Population density

city populations
(capital city is underlined)

■ 1 000 000–5 000 000
● 500 000–999 999
× capital city less than 500 000

persons per square km

200
100
50
10
1

Map of population density The areas around Lake Victoria and along the coast of west Africa have the highest population densities of the region, as well as the largest cities. The Congo basin has been scarcely touched by urbanization.

Central Africa

THE JOURNEY TO THE CITY

Contemporary African towns and cities are like islands of development in a sea of underdevelopment. An intricate relationship exists between them and the poverty-stricken rural areas that they serve and are served by. The bulk of the region's population is still rural, living in small villages. They provide food for the cities, which are centers of administration, commerce and light manufacturing, particularly textiles. Jobs and services are concentrated in a relatively few large cities serving a wide rural area. Medical facilities, schools and colleges, stores, entertainment and leisure amenities are all concentrated in the modern African city, but are rarely found outside them. The smaller towns may provide only basic necessities, such as sugar, salt, soap and clothes, in return for food products brought to local markets.

Growth since independence

The colonial tradition of encouraging growth in urban areas was enthusiastically adopted by postcolonial governments in Central Africa. The generation of African leaders in power immediately after independence during the 1960s equated development with industrialization. The cities were regarded as vehicles for modernization and economic advancement. Foreign exchange earned from the export of cash crops was invariably invested by national governments in urban and industrial development rather than in rural areas. Old cities were expanded and new ones created. Dodoma in Tanzania and Yamoussoukro in the Ivory Coast are

The village in the city (*above*) A medicine man performing a healing ritual attracts a crowd in a city street. The traditional customs and beliefs of the rural community still have a strong following among people in the cities.

both new postcolonial towns. In the meantime older cities such as Kinshasa (formerly Leopoldville) in Zaire, Nairobi in Kenya, Dakar in Senegal, Lagos in Nigeria and Dar es Salaam in Tanzania and many others were growing at annual rates of well over 6 percent. Constant migration and the pressure to expand have caused urban sprawl in most areas.

Rural poverty, overpopulation, and the lack of employment opportunities have encouraged workers to flock from rural areas to the cities. Cities are like magnets for the young, especially those who have some degree of education. For them, there is the possibility of economic gain and the opportunity to acquire some of the benefits of 20th-century living – modern housing, a car, a stereo and a

TRADITIONAL VILLAGE COMMUNITIES

Two out of three Africans still live in rural settlements, generally in a compact nucleated village surrounded by agricultural fields, which could be easily defended. Villages range in size from a few huts to several hundred dwellings with several thousand inhabitants. Clusters of from 10 to 50 huts are typical of the region. In the vast rural areas of western Africa, however, sporadic, isolated compounds – homesteads made up of traditional houses arranged in an oval or rectangle – are more common. A compound may house several related families.

Building materials and methods vary across the region. Hunter–gatherers of the Zaire rainforest construct temporary shacks, which are simply abandoned when the group moves on. Settled agriculturalists build more durable structures of wattle and daub (interwoven branches plastered with mud). Close to the desert margins in northern Nigeria or Burkina a scarcity of wood means that houses are built of simple mud bricks. In villages right across the region, European-style houses with glass windows and iron roofs, are encountered more and more frequently.

television set. For the vast majority of those who migrate to the city, however, its lure proves to be a mirage. There are too many migrants chasing a limited number of opportunities, and many are forced to live in conditions of great poverty and squalor.

Those migrants who are lucky enough to establish themselves in the city usually continue to retain strong links with their rural village. They send home money, and in turn receive food and visits from

Room to expand (*below*) The mining town of Jos is situated in the uplands of central Nigeria. With almost no physical barriers to expansion, the town has grown in a low-density sprawl. Most buildings are only two storeys high.

relatives. Most people who move to the city want to – and do – return to their home village when they retire.

Coping with the side effects
Central Africa's level of urbanization, estimated at barely 25 percent, is low by world standards, but its cities have not been able to handle the constant influx of migrants from rural areas. This has resulted in a number of unwanted consequences. Large cities, such as Lagos, Kinshasa and Dakar, are experiencing heavy traffic congestion and environmental pollution. Shanty towns and squatter colonies have mushroomed alongside modern skyscrapers and there is little

control over how areas develop.

Living conditions in the slums are very poor. There is no running water, no sewerage facilities, no electricity or any of the modern amenities associated with more affluent cities. The burgeoning city population is putting pressure on housing, hospitals and schools, and unemployment and crime are on the rise. The city population needs to be fed, yet the countryside – where all the food they need could be grown – lacks a stable, able-bodied workforce. Many younger men migrate to the city, leaving mostly the old, the very young and the women to do the agricultural work. Food for city dwellers, therefore, has to be imported.

CITIES WITH TWO FACES

The shape and structure of an urban area is determined by its origins and historic functions. Cities that originated centuries ago but now contain all the elements of modern urban living often develop a dual character. The old section of the city has a distinct architectural tradition with narrow winding streets and houses built of wattle and daub or baked clay. The modern section, developed during and after the colonial era, is laid out on a grid pattern with the kind of commercial district and skyline found in countless cities across the world.

Ancient and modern

In many of today's modern cities, the pattern of the early African settlement that existed on that site is still clearly distinguishable. In cities such as Kano or Ibadan, for example, visitors can still see the shape of the defensive circular wall made of timber and mud that enclosed the original settlement. It contained a number of gates, through which roads led to the city center, like spokes of a bicycle wheel. In the center was the market, reflecting its economic importance to growth of the city. Another significant structure of the old city was the king's palace and its grounds, in which important meetings and functions such as feasts and ceremonies took place. The rest of the old city was made up of flat-roofed houses made of wattle and daub. These compact residential buildings were set in a maze of alleys and narrow streets. Some land was reserved within the city walls for future expansion as well as for agricultural use to provide emergency food in times of siege.

In sharp contrast is the modern city, generally built immediately outside the

The rise of Nairobi The capital of Kenya, which began life 100 years ago as a railroad construction camp, is now a bustling metropolis. It is the largest city in eastern Africa, and is the headquarters for international businesses and for some regional UN services as well as an important center of tourism.

walled city and a close replica of a Western city. This imitation is not an accident. Foreign governments and multinational corporations have been wooed to provide loans or to invest in these cities, and their influence is clearly seen. The familiar grid pattern marks out a well-defined land-use structure. At the heart of the city is the central business district (CBD), which is characterized by multistorey buildings and wide, modern thoroughfares adorned with decorative trees and shrubs and street lights. As in a western city, the CBD contains the major financial institutions, government administrative offices and commercial headquarters. However, power supplies may

A view from the mosque (*above*) in Kano looks across a cluster of traditional mud-built houses to a widening prospect of modern corrugated iron roofs. Nigeria's third largest city, Kano flourished in medieval times as the terminus of the trans-Saharan traderoute. It retains many traces of its prosperous past.

Beautifying the city (*below*) A workman plants a row of young ornamental plants beside a drainage gully running alongside a city thoroughfare – an example of some of the street decorations that have been introduced into Africa's urban environments to attract foreign investment.

often fail, waste disposal and domestic water supplies are unreliable and traffic congestion is most acute in this part of the city, and is steadily growing worse.

Close to the CBD, and sometimes within it, most African cities boast an open market, where women traders sell everything from fish and fruit to clothing. Immediately outside the CBD are smaller retail stores. In eastern Africa these are often owned by Indians, and in western Africa by Lebanese or Syrians. There is also an emergent class of local African traders who own and manage some of the smaller stores, selling general merchandise. Manufacturing industries may also occupy territory on the fringes of the CBD. Sometimes, however, factories are situated a little farther out from the city proper, in newly established manufacturing townships.

A residential hierarchy

On the city outskirts are the residential areas. Since most modern cities were built during the colonial era, when racism was at its peak, these areas were segregated. The low-density suburbs, with their luxurious houses built on spacious lots for the exclusive white community, have, since independence, been taken over by the modern African elite.

The majority of the population live in high-density residential areas of two types. Educated, middle-income Africans, most of them working in government offices or the private sector, occupy modern houses. The poor live in the slums and shanty areas, which are without any provision of services such as electricity, piped water or sewerage. They still contain traditional huts, made of wattle and daub with grass thatching, and other flimsy shelters constructed of readily available materials such as corrugated iron, plastics or cardboard. If newcomers to the city do not have well-placed relatives there, they will join the large numbers crrowded into the slums and shanty towns until they are lucky enough to establish themselves and move up the social ladder. The vast majority of people living in the shanty town settlements, however, find themselves trapped in a spiral of poverty that offers no means of escape.

Lagos – city of the lagoon

The sprawling metropolis of modern Lagos, spread over mainland quays, islands and waterways, is Nigeria's largest port as well as being the regional capital of Lagos state, and the former national capital, until the early 1990s, of Nigeria. As a port on the Atlantic coast, Lagos is also an important commercial center for neighboring countries such as Benin, Ghana, Niger and Cameroon.

In the 15th century Portuguese explorers sailing along the coast of west Africa came across a marshy island off the coast of Nigeria and named it Lagos, which means lake or lagoon. The city's coastal location has been a major factor in its growth and rise to importance. The Portuguese used it as a base for slave trading until 1861, when the British took possession of it. The city was then governed as a crown colony by the British and developed by them as a major commercial port. In 1906 it was amalgamated into the Protectorate of Southern Nigeria and became the capital of the unified state in 1914.

Part of the city's success as a trading port has been its transportation links into the center of Nigeria. The railroad that connects Lagos to the interior was built in 1912 and today the city is the western terminus of the nation's road and rail networks. This has been a major advantage to local manufacturing industry, enabling the city to develop assembly plants and to distribute finished goods efficiently. The wealth generated by the oil boom of the early 1970s contributed greatly to the city's recent development and growth.

Pride of ownership (*left*) A suburban bungalow dating from the British colonial period in one of Lagos' middle-class residential areas has seen better days. But like the car standing outside, it is a source of family pride.

Expanding inland (*right*) The commercial heart of the city is on Lagos Island, where relics of the historic city – such as the 18th-century Oba's (or king's) Palace – also survive. As the city has expanded beyond its original island site, residential areas on the mainland have followed the line of the railroad inland.

Land use

- important site
- — major road
- ◆ major railroad (with terminus)
- central business district
- industrial
- residential
- parks and open spaces
- other

Bridges across the water (*left*) A twisted skein of roads and bridges connects the islands of Lagos to the mainland and cuts great swathes through the industrial areas along the waterfront. The growing volume of cars in the city means that traffic on the bridges is nearly always congested, and at peak hours of the day grinds to a complete halt.

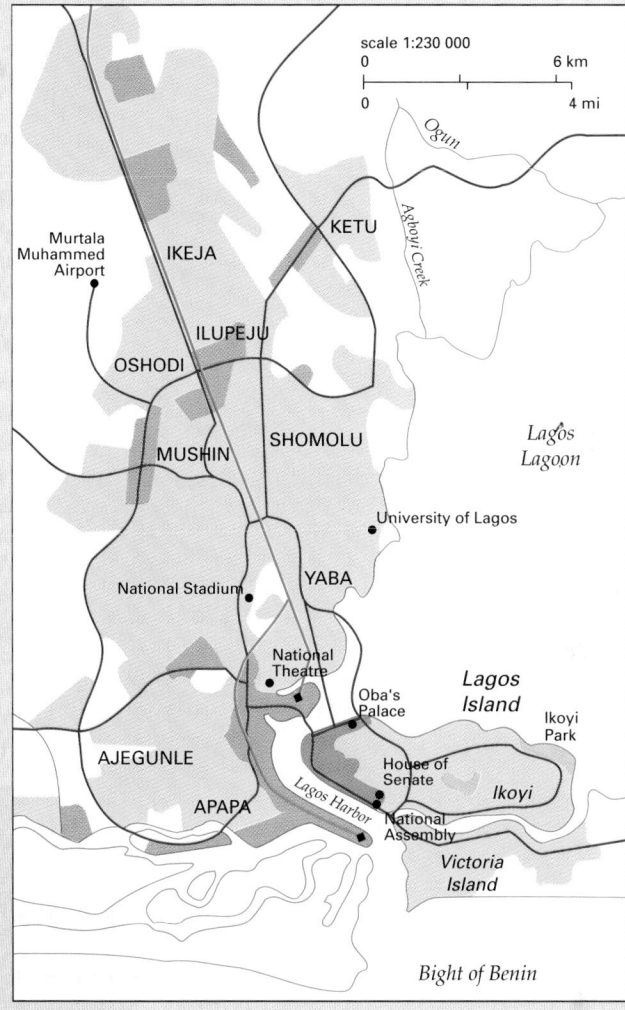

scale 1:230 000

Urban sprawl

The city's sprawling layout is as much a legacy of its geography as its history. There are four major parts to the city: the three islands of Lagos, Ikoyi and Victoria and the mainland area, including the quays and the main road and railroad line northward to the inland town of Kano. The mainland city has developed in a linear fashion along these arteries. Industrial development, for example, has extended from the harbor at Apapa along the railroad to towns including Ikeja, Ketu, Mushin and Ilupeju.

The modern CBD, with its skyscrapers, is on the southern part of Lagos Island, while the old town – on the northern part – is densely populated and suffers from dilapidated buildings and slum conditions. Low-density residential areas are primarily located on Ikoyi and Victoria islands to the south of Lagos Island.

Like most African cities, Lagos is growing too rapidly for local authorities to plan its expansion. The population of the greater metropolitan area quadrupled during the 1970s and 1980s. Most of this was accounted for by the influx of rural migrants. In the midst of this rapid growth, Lagos strives to be a multifunctional, modern city and, until recently, the main administrative center of the federal government. Although many administrative functions have been moved to Abuja, the new centrally located capital of the federal government, Lagos continues to be the major commercial and industrial center of Nigeria.

This success has been at a price. The site of Lagos itself – on coastal swamps, islands and sandy creeks – presents almost insuperable problems to growth. Most land for building is waterlogged, and drainage canals have been filled in and built over, increasing the risk of flooding. Worsening economic conditions since the 1980s mean that the city authorities are unable to provide adequate housing, sewerage facilities, piped water and public transportation. Air and water pollution are severe and slum areas are expanding into new parts of the city.

MIGRATION AND CITY GROWTH

The relationship between the cities and the countryside in southern Africa is dominated by the migrant labor system. It is a common pattern in many developing countries for the able-bodied rural workforce to move to the industrial cities in large numbers in search of work. However, the pattern in southern Africa is distorted by two important factors. The first is the dominance of one country, South Africa, which draws workers like a magnet from all the others. The second is apartheid, the system of racial segregation enforced in South Africa until the early 1990s, which still controls the settlement patterns there.

The wealthier mining areas and industrial cities were designated for whites only, with black Africans restricted to the peripheral "townships" except for the purposes of work. In rural areas, 10 bantustans ("homeland" areas) were set aside for the black population, organized on the basis of ethnic and religious grouping. The 1970 Bantu Homelands Citizenship Act made every black African a citizen of one of these homelands, even if he or she had never lived there.

The movement of the male workforce southward from every part of the region has been a familiar pattern since the foundation of Kimberley in the 1870s and Johannesburg in the late 1880s. Migration to the South African mines was banned by Tanzania and Zambia in the 1960s, and by Zimbabwe after independence in 1980. Nevertheless, the mines continue to be the major source of formal employment for workers from Lesotho, and a significant one for those from Mozambique, Botswana, Swaziland and Malawi.

However, about 60 percent of migrant mineworkers now come from within South Africa itself, drawn from the bantustans, where their families are forced to remain. Migrant labor is also used in other sectors of South Africa's industry, and workers' hostels are a prominent feature of the larger African townships. Changing labor demands and the ending of apartheid are likely to encourage a more stable urban workforce. This is already the case in the mines of Zambia and Botswana – but stability will decrease employment opportunities for workers from outside South Africa.

Controlling the flow

South Africa has ten metropolitan areas. The Witwatersrand (including Johannesburg) and Pretoria (the administrative capital) have the greatest "pulling power" for migrant workers, but each metropolitan area acts as a magnet within its own district. The pressure on housing in the metropolitan areas is so great that more than 7 million people are forced to live as squatters.

The government has attempted to stem the flow to the cities and to keep as many Africans as possible within the designated "homelands" with a combination of rigorous "influx control" laws and generous incentives to encourage industrial growth in the bantustan capitals and other locations. A number of towns, such as Mmabatho, capital of the Bophuthatswana bantustan in the north, and Bisho, capital of Ciskei in the southeast, thus owe their creation wholly to apartheid. Some of the larger homeland capitals have even developed their own squatter settlements. Nevertheless, these policies have not been able to lessen the attraction of the metropolitan areas.

FRONTIER COMMUTING

Restrictions on black Africans living in South African cities have forced many to move to the edges of the homelands within commuting distance of employment opportunities in the major industrial centers. This process has caused large shifts of population both within the homelands and between them, as workers move as close as possible to the white-dominated metropolitan areas. Bophuthatswana in particular has attracted many people from other homelands – its proximity to Pretoria and the East Rand provides a powerful draw. In South Africa as a whole, some 850,000 "frontier commuters" travel daily to jobs across the borders.

These workers face long and difficult journeys. People living in northern KwaNdebele traveling to the East Rand 100 km (60 mi) away may rise at 2.30 am and not return home until 9.30 pm. Low wages cannot support the costs of such commuting, which has to be heavily subsidized by both the state and employers. In the KwaNdebele homeland, where industrial development is restricted by lack of water, these subsidies cost more than the value of the area's output of goods and services.

Unbalanced growth

In common with the pattern in most parts of the developing world, southern Africa possesses very few medium-sized towns within the settlement hierarchy. Small towns satisfy basic needs, but provide little in the way of employment opportunities. Most have been unable to develop further in countries that can support only one or two large towns – or even, as in Swaziland, none at all. Rural migrants move directly from the countryside or small towns to the capital cities and industrialized regions. In Madagascar, for example, Antananarivo has more than five times the population of its nearest rival, and Luanda had passed the million mark before any other Angolan city reached 100,000.

Some southern African countries have been able to spread urban growth more evenly. Zimbabwe has two major industrial cities: Harare dominates the northeast, and Bulawayo the southwest. Other towns have grown up along the spine of the highveld and the railroad between them. The newer capital cities, Gaborone in Botswana, Lilongwe in Malawi, or Lusaka, situated some distance from Zambia's Copperbelt, do not tend to dominate the whole country. The role of a capital city as the seat of government, however, offers employment opportunities that still attract many migrants.

Commuting to work (*above*) Workers in Namibia stand patiently in line to squeeze aboard a crowded bus. The predominance of a few large cities and the lack of urban housing mean that many of the region's urban workers must travel long distances every day to their jobs in the city.

Unplanned development (*left*) Modern brick and corrugated iron houses are interspersed with more traditional mud huts in the sprawling "agrotown" of Maun in Botswana. The town has grown spontaneously and without formal shape beside the river Thamalakane, an important source of water in a predominantly arid country.

A crumbling boulevard (*right*) in Maputo, the capital of Mozambique, shows the effects of a faltering economy and of the long war of attrition carried on by rebel forces against the majority government. Much of the urban infrastructure left by the Portuguese after independence in 1975 has fallen into a state of disrepair.

OLD DIVISIONS, MODERN STRESSES

Colonialism has left a strong imprint on the towns and cities of southern Africa, particularly in the social divisions built into their structure. Segregation was very much the hallmark of British imperialism, encouraged by the lack of an African tradition of urbanization. When the settlers built their towns, they were able to restrict and control the presence of Africans within them. Black workers were housed in segregated hostels or in townships outside the city limits. Racial segregation was less rigid in Angola and Mozambique – a reflection of the poverty and lowly occupations of many Portuguese settlers, and of a lesser degree of race consciousness existing among them.

Postcolonial cities
Even after independence the cities and towns of the former British territories in southern Africa (Malawi, Zambia, Zimbabwe, Botswana, Lesotho, Swaziland and Namibia) have retained their segregated structures, but class and wealth have replaced race as the basis for separation. In Zimbabwe, for example, the white population fell by half in the first

10 years after independence in 1980. The expanding black middle class therefore moved into the formerly white residential areas, especially in the lower-income suburbs of southern Harare. The same process has started to take place more recently in Namibia.

Throughout the region the income gap between the middle-class elites and the urban masses is very great, as is reflected in the dramatic contrasts between the affluent, spacious suburbs and the poor townships and squatter settlements on the city fringes. In most countries the rising birth rate has caused urban populations to increase so rapidly that civic authorities can no longer hope to provide adequate housing and services. Postcolonial cities are therefore much larger than before, and growth is less controlled.

South Africa's segmented cities
In South Africa after 1948 the National Party governments pursued policies that built on the legacy of the colonial period to impose a much more rigid and thoroughgoing system of residential segregation within the cities. Those South Africans officially classed as colored (mixed race), Indian or white, were assigned specific, racially exclusive "group areas" in which to live. Some 1,700 of

Home away from home (*above*) A typically English family home – a reminder of colonialism that would not be out of place in an affluent London suburb – seen here in the setting of Harare.

these areas were created, involving the relocation of over 125,000 families, mainly colored and Indians. The number of black Africans who were moved to make way for them was probably far greater. They were compelled to live in townships on the periphery of the cities, usually in the least attractive areas. This social engineering caused extensive hardship. Many people were emotionally devastated by the destruction of their homes and of the community in which they had grown up. One notorious example that captured the world headlines at the time was the forcible removal of black Africans from Sophiatown in Johannesburg. The vibrant colored community of District Six in Cape Town was also destroyed, and for many Indians in Johannesburg and Durban, forced relocation usually meant that they lost both their homes and their businesses.

Although many cities throughout the world are informally segregated along racial or religious lines, the apartheid system in South Africa reinforced this

Township playground Children in the black African township of Alexandra have only the wreck of an automobile to play on. Under the apartheid system, South Africans were assigned to specific "group areas" in which to live on the basis of race and color. Black Africans were forced to move outside the cities to crowded, poorly serviced townships. Their former homes were bulldozed to prevent them returning.

division by establishing it as law. By the 1980s, however, the cities were feeling the strains imposed by a distorted housing market and overburdened transportation infrastructure. Further pressure for change came from increasingly liberal city councils and major business firms. By

1991 the Group Areas Act – a key aspect of apartheid – had become unenforceable and was repealed.

The imprint of apartheid planning will take decades to eradicate from South Africa's cities. Only a minority of blacks possess the resources to move into white areas, though they are sufficiently numerous to transform the composition of many lower-income white suburbs. The vast majority of South Africa's black population will continue to live either in the townships – probably upgraded, and benefiting from a fairer distribution of local government revenues – or, increasingly, in squatter settlements.

The urban population of black South Africans is predicted to grow by 600,000 a year in the 1990s. At this rate, it will be 17.7 million by the year 2000, and 23.6 million by 2010. Natural increase rather than migration will account for most of this growth, and this suggests that regional policies designed to reduce pressures on metropolitan areas can play, at best, only a limited role.

LAND FOR MASS HOUSING

In 1990 some 7 million people in South Africa – the equivalent of the entire population of the Witwatersrand – were accommodated in squatter settlements. These sprawling areas of self-built shacks and houses are found in and around all the major cities of southern Africa. But in South Africa, the situation was made worse by the powerlessness of the poor in the face of apartheid and by increasing unemployment – between 25 and 40 percent of the able-bodied urban African population was living outside the formal employment sector in 1990.

Encouraged by the government, a number of privately run schemes have

been introduced to make home ownership easier for people on low incomes, but these projects can only cater for a minority. The overwhelming need is for well located, affordable land on which to build. Where the poor have already found land for themselves, help is required to upgrade their shacks, to provide services such as electricity and water, and to ensure security of tenure. A postapartheid government will need to consider drawing up new land taxes to encourage the sale of vacant and underused land, and perhaps establish a national land corporation that could intervene directly in the market to make sites more available to the poor.

Johannesburg – city shaped by apartheid

Johannesburg is the largest city and the main economic center of southern Africa. It lies at the heart of the Witwatersrand, a complex of 10 towns that stretches for 80 km (50 mi) along what was once the world's richest gold-bearing seam and remains the industrial center of South Africa. Seven million people – one in five South Africans – live there, 3 million of them in Johannesburg and the black townships of Soweto and Alexandra.

Founded in 1886, Johannesburg has been racially segregated from the start, when Africans were prevented from owning or residing on mining land. Overcrowding and housing have been problems for almost as long. Early solutions were simply to remove black people in their hundreds. Major removals coincided with the outbreak of plague in 1904, the passage of the Natives (Urban Areas) Act in 1923, and the slum clearances and public housing programs of the late 1930s and early 1940s. These gave Johannesburg the structure it retains today.

During World War II the city's population doubled. Manpower and materials were absorbed in wartime needs, and housing provision fell behind. Attempts to build cheap housing in the early postwar years led to the construction of thousands of standardized "matchbox" houses that formed the beginnings of Soweto – the "SOuth WEst TOwnships". Their design and the monotonous land-scape they created was to change little in the next 50 years as Soweto's population grew to about 2 million.

The Group Areas Acts of 1950 and 1966 gave legal form to the segregation of Johannesburg into white, colored and Indian areas – the last group being relocated in the new suburb of Lenasia 30 km (18 mi) away, with a loss of business premises. Although the City Council favored gradual implementation of the Acts, the government began bulldozing the African slum areas of western Johannesburg in the early 1950s. Africans were moved to the new townships of Soweto some distance away. Here they were denied freehold because they supposedly "belonged" to their homeland areas.

Changing the system

In 1976 prolonged rioting broke out in Soweto, signaling growing widespread discontent among Johannesburg's black

Modern cityscape (*right*) The highrise buildings of central Johannesburg attest to the enormous wealth the city has derived from its goldmines. In the foreground, a well-watered golfcourse has been constructed on a piece of reclaimed mining land. Just beyond, a working mine merges in to the city's industrial periphery.

The geography of apartheid (*below*) In the racially segregated city of Johannesburg, the white residential areas were vastly greater in extent than those assigned to all the other racial groups put together. The most affluent suburbs are found in the north of the city away from the areas of heaviest industrialization.

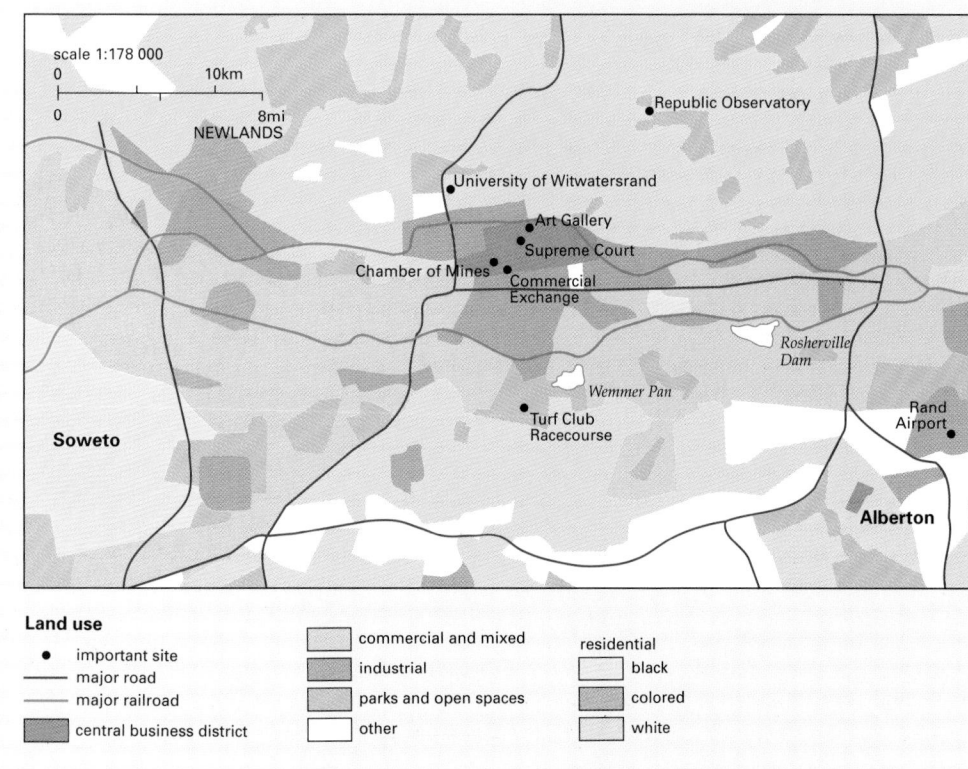

Land use
- • important site
- —— major road
- —— major railroad
- central business district
- commercial and mixed
- industrial
- parks and open spaces
- other
- residential
  - black
  - colored
  - white

population and providing the catalyst for the beginning of apartheid reforms. The South African government belatedly began to encourage home ownership among the emerging African middle class, and by 1990 up to 40 percent of formal housing stock in Soweto was privately owned. Soweto has even developed its own elite suburbs, including an area known as "Beverly Hills".

Although middle-class blacks remained legally confined to their own group areas and townships, from the 1970s they began to penetrate a handful of "white" areas, such as Hillbrow and Joubert Park. By the early 1990s Johannesburg had become the most racially integrated city in South Africa. A few black executives have even penetrated the elite white suburbs of northern Johannesburg. With the ending of apartheid restriction, the number moving to former white areas was likely to rise even higher.

Most Africans, however, continue to live in segregated townships and squatter settlements. Many of these have been set up in the backyards of township houses. In 1990 it was estimated that 1 million

Commercial revival A busy new shopping mall in Johannesburg – which, thanks to the ending of apartheid, is used by whites and blacks alike – shows that a more open society is good for business. During the 1980s, worldwide sanctions against apartheid damaged South Africa's economic life, and many small businesses suffered. The easing of restrictions has brought a wider market for goods both domestically and internationally, and commercial fortunes are reviving at all levels.

people were living as "subtenants" in Soweto. A westward extension of Soweto to provide more housing for Africans is planned, as well as the construction of a new township 50 km (30 miles) to the south of Johannesburg. Development closer to the city center may be possible if agreement can be reached over the use of derelict mining land.

The ending of apartheid is likely to bring further improvements – for example, the integration of of white and black Johannesburg into a single tax base under unified local government will enable services in the townships to be upgraded. However, squatter camps will probably grow as the ending of migration controls encourages a flood of poverty-stricken rural migrants from the homelands.

South African township

South Africa's black townships were built as rapidly as possible after the passing of the Group Areas Act to house the black African urban populations denied residence in the cities. The assembly-line production of cheap houses lacked provision of even basic services such as running water, electricity or paved roads. Conditions within them are stark for the majority of inhabitants.

The townships provide nothing more than living quarters. They have no industries or independent means of economic production. Unemployment is high, and those who do have jobs are forced to travel long distances to work in the mines or the cities. A part of the housing in the townships is set aside as hostels for migrant workers. Longterm township residents dislike the migrants for taking jobs away from locals, and violence is not uncommon between the two groups.

In the late 1980s, violence also broke out between the two leading antiapartheid movements in the townships. Longheld hostilities and tensions between them intensified as, with the political ending of apartheid seeming to draw near, they jockeyed for power and influence. Supporters of the Inkatha Freedom Fighters and the African National Congress were involved in fighting that claimed over 2,000 township lives in 1991 and 1992. With the political future of the townships and South Africa as a whole still unsettled, this violence seemed set to continue.

Living in line The largest of the black African townships is Soweto – in reality a collection of several townships. The housing plan in the townships allows almost no privacy, keeping tensions at a high level.

203

PAST GLORIES AND MODERN DILEMMAS

ANCIENT URBAN ROOTS · THE URBAN BOOM · CHALLENGES FOR THE FUTURE

Most people in the Indian subcontinent are still rural-based, living in small farming communities and villages. Yet so great is the total population of the region that the number of urban-dwellers is a staggering 250 million, and its cities are among some of the most crowded in the world. Urbanization has ancient roots in the Indian subcontinent, and settlement patterns are highly diverse, reflecting the rich combination of geographical, climatic, social, religious and ethnic forces that have shaped the region. A series of invading powers, most recently the Moguls and the British, have left their mark on the urban scene. More recently, urban infrastructures and services have been unable to keep pace with soaring populations: unemployment, poverty and a shortage of housing are ever-present problems.

ANCIENT URBAN ROOTS

The Indian subcontinent has a long history of urbanization. A complex urban civilization is known to have flourished in the Indus valley, in what is now Pakistan, between 3000 and 1500 BC. This consisted of a network of over 100 settlements, and excavations have revealed that the two largest, Harappa and Mohenjo-Daro, had populations of over 50,000 as well as a formally planned city structure with complex sanitation arrangements and an advanced system of local government.

To the southeast of this early cradle of civilization lies India's fertile Indo-Gangetic plains. From 1500 BC invading Aryan, Hindu and Muslim peoples in turn sought to command and expropriate the rich resources of this area, building fortified towns and palaces to exert control over the agricultural population. The latest and most splendid of these empire-builders were the Moguls (1527–1707) who, in a golden age of art and architecture, created some of the region's most enduring and romantic urban structures. The magnificence of their palaces, fortresses and mosques can still be seen in such sites as the abandoned city of Fatehpur Sikri and the glorious mausoleum of the Taj Mahal at Agra.

The most significant influence on contemporary urban patterns in the region, however, is the legacy of two centuries of British colonial rule. The subcontinent – the "jewel in the crown" of the British empire – provided primary resources for

COUNTRIES IN THE REGION		
Bangladesh, Bhutan, India, Maldives, Nepal, Pakistan, Sri Lanka		

POPULATION		
Total population of region (millions)		1129.5
Population density (persons per sq km)		289.6
Population change (average annual percent 1960–1990) Urban Rural		+4.5 +2.3

URBAN POPULATION		
As percentage of total population 1960 1990		19.2 28.6
Percentage in cities of more than 1 million		4.8

TEN LARGEST CITIES

	Country	Population
Calcutta	India	9,194,000
Bombay	India	8,243,000
New Delhi †	India	5,729,000
Karachi	Pakistan	5,181,000
Dhaka †	Bangladesh	4,770,000
Madras	India	4,289,000
Lahore	Pakistan	2,953,000
Bangalore	India	2,922,000
Ahmadabad	India	2,548,000
Hyderabad	India	2,546,000

† denotes capital city

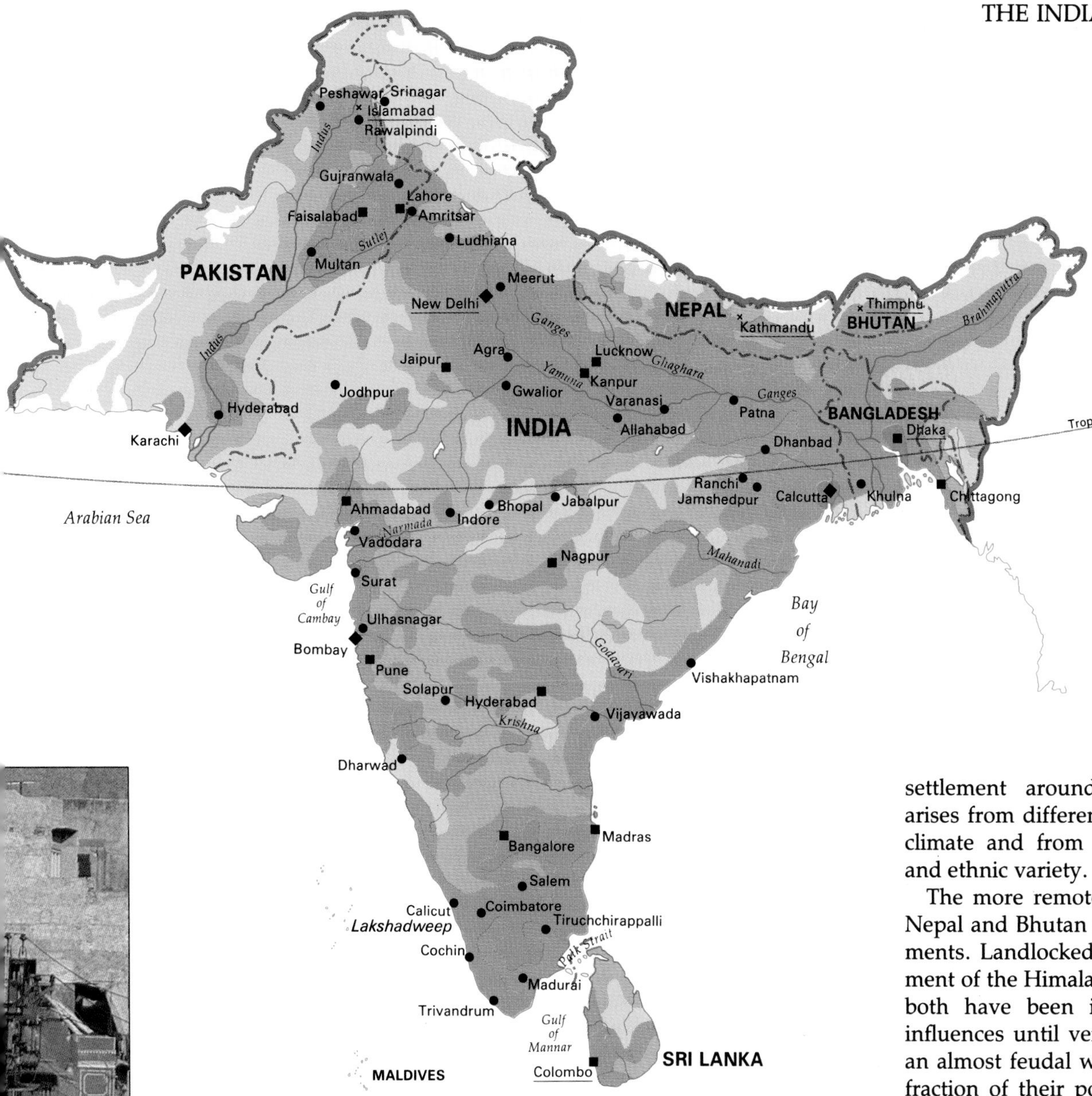

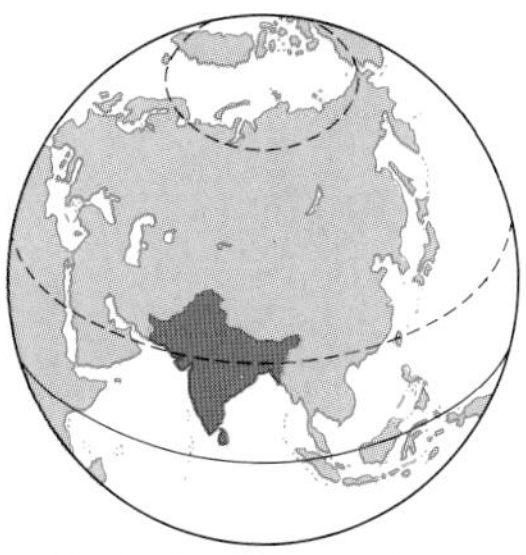

The Indian Subcontinent

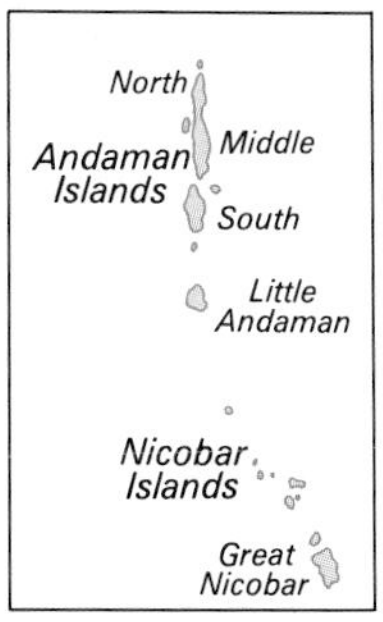

North
Andaman
Islands   Middle

South

Little
Andaman

Nicobar
Islands

Great
Nicobar

Population density

city populations
(capital city is underlined)

◆ over 5 000 000

■ 1 000 000–5 000 000

● 500 000–999 999

× capital city less than 500 000

persons per square km

500
200
100
50
1

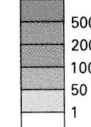

Map of population density (*above*)
India alone has more than 200 large
cities. Population densities are
greatest on the coasts, on the
southern tip and across the northern
floodplains of the Indus and Ganges
rivers, extending from Pakistan to
Bangladesh.

City of princes (*left*) Jaipur in
northwest India was founded in the
18th century by Maharajah Jai Singh,
who ordered its buildings to be
painted pink, an auspicious color.
Today it is a lively commercial and
industrial center with crowded
modern suburbs and a population of
more than 1 million.

industry and a market for manufactured
goods. New urban centers linked by an
extensive railroad system were created to
serve Britain's colonial interests. Bombay,
Calcutta and Madras in India, Karachi in
present-day Pakistan, and Colombo in
present-day Sri Lanka were all developed
as ports to facilitate trade with other parts
of the farflung British empire, and as
administrative centers. Calcutta, the port
of the northeast, was the chief city of
British rule until New Delhi, in the center
of the Ganges plain, was built as the new
national capital at the start of the 20th
century – a function that the city still
fulfills today.

Urban diversity

The economic exploitation of colonialism
left the newly independent countries of
the region with a legacy of underdevelopment and impoverishment. This is all too
clearly reflected in the many problems of
their cities today. Nevertheless, there is
tremendous diversity in the pattern of

settlement around the region, which
arises from differences of geography and
climate and from great social, religious
and ethnic variety.

The more remote states of the region,
Nepal and Bhutan have few major settlements. Landlocked in the harsh environment of the Himalayas and their foothills,
both have been isolated from outside
influences until very recently and follow
an almost feudal way of life. Only a tiny
fraction of their populations is classified
as urban (in Bhutan 4 percent, and in
Nepal 7 percent). Most people live as
subsistence farmers in small rural communities scattered throughout the land.
Urban development is limited to the
capital cities, Thimphu in Bhutan and
Kathmandu in Nepal.

The islands to the south of the subcontinent are very different. The total population of the 210 inhabited islands of the
Maldives is less than 185,000, and of this
one-fifth is urban. About the same proportion of Sri Lanka's population of 17
million is also urban-dwelling. Population densities are highest in the west of
the island where rainfall is high.

The highly populated countries of
Bangladesh, Pakistan and most notably
India dominate the urban picture, with
243 million of the region's 250 million
urban residents. In 1981 India had 214
cities with 100,000 or more inhabitants.
The extended urban areas of its three
largest cities – Bombay, Calcutta and
Delhi – had populations in 1992 of 12.57
million, 10.86 million and 9.37, and these
numbers are growing all the time.

205

The period since the end of World War II and the securing of independence from British colonial rule has seen startling changes to urban life in the Indian subcontinent. Cities have increased enormously in size, and the proportion of the population living in urban areas has soared. This has been part and parcel of the overall population explosion in the region, brought about by a dramatic decline in mortality rates – the result of better medical control of endemic disease. But – while the region's total population increased by 60 percent between 1965 and 1985 – the urban population more than doubled. This population has increasingly been concentrated in the largest cities. In 1981 the subcontinent had 15 cities with over 1 million inhabitants.

The urban impact of independence

Independence from British rule had a major impact on urban development. In 1947, British India was partitioned – largely by religion – to form the two new states of Pakistan and India. Pakistan was divided into two separate regions in the northeast and northwest to accommodate the unevenly distributed Muslim population. One immediate consequence was a vast migration – involving as many as 15 million people – as Hindus and Sikhs moved to India, and Muslims to West and East Pakistan (now Bangladesh). In 1946, for example, Lahore (the capital of British Punjab now in Pakistan) had about 600,000 Hindus and Sikhs, accounting for half the population; only about 1,000 remained after partition. Most migrants settled within urban areas and boosted populations accordingly: Karachi in Pakistan, for example, tripled in size between 1941 and 1951.

Partition was to have profound consequences beyond merely enlarging cities. The influx of refugees exacerbated social divisions within urban communities. The majority of people who moved from India to Pakistan settled in the towns and provinces of southwest Pakistan. The economic prosperity of many of these refugees, and their contrasting religious practices and traditions, led to conflicts with the indigenous urban populations. Such differences still form an important part of national politics today.

Some cities were transformed from

SHELTER FROM THE STORMS

Nowhere in the region is human settlement so much at the mercy of the elements as in Bangladesh. Nearly 90 percent of the land is low-lying, formed by the alluvial plains and deltaic islands of the Ganges, Brahmaputra and Meghna river systems. Settlement of this area has always been made vulnerable by the ever-present danger of floods. Whole villages may be swept away overnight, and most have to be built on mud platforms to keep them above water level. However, the population of this agriculturally fertile country has grown from 41 million in 1951 to over 100 million in 1992, placing intense pressure on limited land resources, and multiplying the consequences of frequent natural disasters.

Flooding from the annual monsoon rains is integral to the agriculture of Bangladesh. Plant nutrients are deposited in the silt brought down from the rivers, and new islands are formed. Yet the impact of natural forces can be catastrophic. Tropical cyclones often sweep in from the Bay of Bengal and devastate the densely populated coastal areas. Such floods resulted in over 500,000 deaths in 1970 and upwards of 150,000 in 1991. Most vulnerable to the effects of these natural disasters are the country's millions of landless laborers and peasant farmers. Those that survive are forced to live in squalid conditions in the squatter encampments of Bangladesh's major cities, such as the capital Dhaka, which provide their only source of refuge and livelihood.

High water (*above*) The people of Bangladesh live in precarious and often tragic dependence on their natural surroundings. In this lowland, predominantly agricultural country of high population density, floods can cause devastating damage.

Growing up (*far left*) Bombay's island location allows little room for expansion, and so buildings must reach upward. A commercial and trading city, Bombay's economy has been boosted by offshore oil, and it attracts a stream of rural migrants.

Sidewalk opportunities (*above*) Life in the cities is harsh for many rural migrants, but crowded streets at least offer the chance to earn a living. In the countryside, where landlessness is a growing problem, unemployment and poverty are endemic.

remote colonial outposts into the major commercial, industrial and administrative centers of the newly formed states. Karachi, Pakistan's only port on the Arabian Sea, developed rapidly as the country's chief exporting and manufacturing city, and as its first national capital. Similarly, Dhaka and Chittagong in East Pakistan grew very quickly after the new state of Bangladesh was created in 1971.

Independence also brought the need for new cities. Partition and the loss of Lahore left the Indian province of Punjab without a capital and so a new one, Chandigahr, was built to a modernistic design by the Swiss-born architect Le Corbusier (1887–1965). In 1967 Pakistan moved its capital to the purpose-built town of Islamabad, in the northeast, after Karachi was found to be too far removed from the rest of the country.

The pull of the cities

The greatest transforming influence on the subcontinent's major cities has been the scale of migration from the countryside, fueled by a combination of population growth, landlessness and rural unemployment. Migrants are attracted to cities by the perceived advantages they offer – employment opportunities, higher wages, better schools and medical treatment. But urban industrial development has not expanded to meet these demands, and for most newcomers the reality is very different. Many cannot find jobs, and are forced to live in shanty towns or in makeshift shelters on the city streets. Yet, compared to the despair of rural poverty, even the chance of erratic casual earnings in the city's informal economy offers some hope.

Although the urban population is increasingly concentrated in its largest cities, the region has a huge number of smaller towns and villages that are also part of the urban network. These places play an important role as local markets, administrative centers, and sites for processing and distributing agricultural produce. As such, they remain central to the everyday lives of millions of the region's inhabitants.

CHALLENGES FOR THE FUTURE

The geographical, social and historical diversity of the Indian subcontinent ensures that each city has its own unique features. Nevertheless, the urban fabric and layout of the city usually give evidence of three distinctive stages of development. At the heart of most cities is the traditional bazaar. Colonialism has left its impact in a gridiron arrangement of streets and in segregated land use areas. Recent commercial and industrial growth has brought unplanned and often chaotic expansion.

The bazaar and the cantonment

The region's early cities grew as places for agricultural trade, for the performance of religious ceremonies, and as centers of political and military power. Most occupy a strategic site – typically a well-defended position on or near a trading route. A city wall, built for security, encloses a dense pattern of narrow streets, passageways and courtyards. Temple sites dominate the center, and an additional focus is provided by the bazaar – the main market area, usually built at the main road interchange known in northern India as the *chowk*.

In the bazaar city there is no distinction between residential and commercial areas. Dwellings frequently accommodate business as well as housing needs, acting as a place where goods or commodities are produced, stored or traded. Although apparently heterogeneous in structure, the bazaar is usually split along ethnic, religious, linguistic or caste lines into distinctive neighborhoods. It is also common for traders of particular commodities to cluster together, so that there are whole streets of shops selling the same kind of goods. In contrast to the usual pattern in western cities, the most desirable buildings are those closest to the center, and are occupied by the higher class and caste groups, while lower castes and untouchables (or Harijans) are forced to the urban periphery.

Colonialism imposed an alien urban tradition on these existing city structures. The British, the dominant colonial power in the region, introduced European architectural styles and built spacious new settlements, formally planned with symmetrical street patterns. In marked contrast to the bazaar, there was strict separa-tion of residential, commercial and retail areas. The military were accommodated in "cantonments"; civil servants and the business community were housed in "civil lines". The British community was segregated from the indigenous population, both in the hope of avoiding disease and for protection against rebellion and civil commotion.

Contemporary problems

The region's major cities changed yet again after independence as they took on the role of regional and national centers for economic and industrial expansion. These changes are reflected in the urban landscape with the presence of westernized central business districts (CBDs) and industrial estates.

BOMBAY'S BUSTEES: CITIES WITHIN A CITY

The high-rise skyline of modern offices and luxury flats on the island city of Bombay reflects its position as the financial and trading center of India. The city is home to the country's leading stock exchange and banking headquarters, and its docks handle a huge volume of international trade. Side by side with this affluence, however, grim inner-city tenements, or *chawls*, and squatter settlements known as *bustees* are a reminder of pressing urban problems of overcrowding, homelessness and pollution.

In 1988 over 6 million of the city's population lived in informal housing, while a further 500,000 were homeless. It is estimated that between 3,000 and 5,000 people migrate to Bombay every week. Most of these come from the Western Ghats in western India, where rural poverty is endemic.

Many will end up in the *bustees* that surround Mahim Creek and the city's international airport. Over 1 million people are crammed into these slums at a density of more than 50,000 per sq km (130,000 per sq mi). The bustees are the world's largest shanty town. The appalling conditions are tolerated because the area provides a solution to a housing problem and is close to job opportunities in the nearby industrial complexes. The *bustees* are a city within a city – a symbol of human resourcefulness in adversity.

Himalayan capital (*left*) The center of Kathmandu in Nepal is a maze of narrow streets; the tall houses have elaborately carved wooden balconies. Although it appears to be remote from the 20th century, the city is being subjected to modernizing forces. During the 1960s it attracted the world's hippies, and it is a popular destination for tourists.

The shelter of the streets (*above*) Some of Bombay's millions of shanty-dwellers with their possessions all around them. The insanitary, crowded conditions of the slums and the problems of urban homelessness pose an enormous challenge to the subcontinent's politicians, administrators and planners – one that is likely to increase into the next century.

The city's growth has been rapid and chaotic, bringing with it many problems. A lack of financial resources has restricted investment in housing and in a modern urban infrastructure. Employment opportunities have also been limited by the lack of growth in services, and the demand for jobs far outweighs supply. The squatter settlements and shanty towns that have sprung up across the region, in Kathmandu, Colombo, Dhaka, Lahore and Karachi as well as Bombay, Calcutta and Madras, have become symbols of poverty and squalor – home to millions of people who live in insanitary conditions that pose a constant threat to their health.

The region has a long history of urban planning – from the ancient Indus valley cities of Harappa and Mohenjo-Daro to the modern, post-independence cities of Chandigahr and Islamabad. It is however the problems associated with future urban growth that offer the greatest challenges to the skills of the subcontinent's planners, politicians and academics and will test the resourcefulness and tenacity of its urban populations.

New Delhi
– a triumph of architecture

European urban planning in India reached its zenith with the construction of the planned capital of New Delhi between 1911 and 1931. None of its architectural splendor, its imposing buildings and sweeping avenues, however, could halt the pace of India's march toward independence. The city, whose creation was announced with imperial flourish by King George V at his Coronation Durbar in 1911, acted as a British administrative capital for only 16 years. During that time it was a visual symbol of the authority, arrogance and power of the British Raj – but it was also its swan song.

Delhi's historic site

Long before the British arrived, Delhi's strategic position had made it the historic capital of India. Its position on the right bank of the Yamuna River, protected from the south and west by the Delhi Ridge, gave the city command over the fertile Indo-Gangetic plains. It was well situated to counter invading armies from the northwest frontiers of the subcontinent.

At least seven previous cities have occupied the site, dating back to the 1st century BC, and it is rich in historic

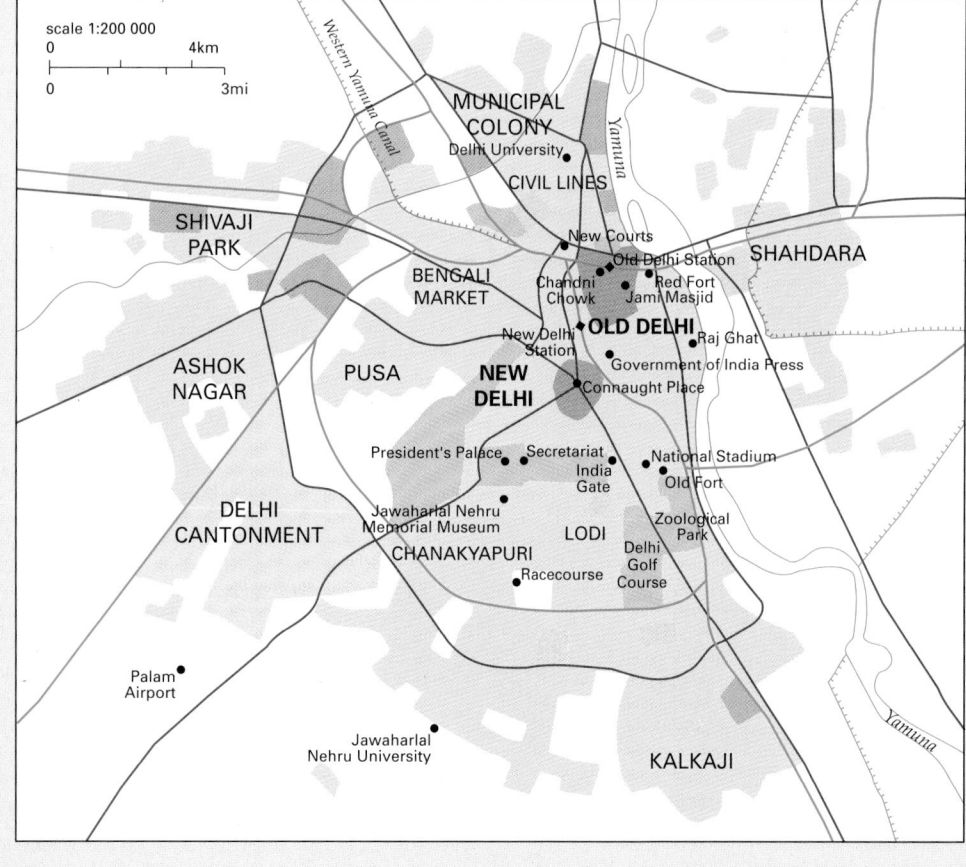

Local color (*above*) A dazzling array of market stalls can be found in the lanes of Old Delhi, where the Sadar and Chandni Chowk bazaars are among the city's largest. The irregular layout of Old Delhi betrays the fact that its streets were designed for pedestrian rather than vehicular traffic.

Plan of two cities (*left*) The imperial city of New Delhi was laid out beside the crowded old city, clustered around the Chandni Chowk and Red Fort (Lal Qila). The focal points of Lutyens' design were the Viceroy's House (now the President's Palace) and Connaught Place, an elegant ring of colonnaded shops and offices that is now being replaced by skyscrapers.

Land use

- • important site
- — major road
- ◆— major railroad (with station)
- central business district
- commercial and mixed
- industrial
- residential
- parks and open spaces
- military
- other

Seat of government At the center of Lutyens' city, Rajpath (previously Kingsway) leads up through the India Gate to the President's Palace. To one side is the parliament building, the Sansad Bhavan. Government offices flank the wide, tree-lined avenue.

monuments. In the 17th century the Mogul emperor Shah Jahan (1592–1666) built a great walled city, Shahjahanabad, to replace his existing capital at Agra. The most magnificent buildings of his city, the Lal Qila (Red Fort) and the Jami Masjid mosque, survive intact to this day. The area around them is a fine example of traditional Indian urban landscape, with a dense network of streets and courtyards centered on the Chandni Chowk, the main bazaar.

Delhi declined with the collapse of Mogul power, but in 1911 the British decided to move their capital there from Calcutta, which was becoming the center of the growing independence movement. A "New Delhi" was to be built to the south of the existing city, which at the time contained nearly quarter of a million people crammed into a squalid area of only about 4 sq km (1.5 sq mi).

The resulting city, designed by the architect Edwin Lutyens (1869–1944) with the help of Herbert Baker (1862–1946), took 20 years to complete. Its precise geometric layout is based on a series of wide tree-lined avenues radiating out from imposing buildings such as the Secretariat and the Viceroy's House, and from Connaught Place, a westernized shopping center. Many parks and memorials were incorporated into the city plan. The residential areas of the city reflected the complex hierarchy of rank, class and race that was present in the British imperial system. Military cantonments and civil lines were built to house the military and other officers of the colonial government.

Independence in 1947 brought a great influx of refugees to the city. Since then the population has soared – from 700,000 before independence to 5.7 million in 1991. A further 4 million live in the greater urban area. New Delhi continues to be the functioning center of India's power and government, but its phenomenal rate of expansion makes it a symbol of another kind. Its deteriorating infrastructure, environmental decay and growing squatter settlements testify to the severity of the problems and strains that rapid urbanization has brought to all the cities of the subcontinent.

A TURBULENT URBAN HISTORY

AN EARLY URBAN TRADITION · DRAMATIC DEMOGRAPHIC CHANGES · WORLDS APART

The Middle Kingdom, as China is known to its inhabitants, is the third largest country on earth and one of the world's oldest urban civilizations. As early as 800 BC, it had a population of nearly 14 million. However, despite the growth of early cities and the high culture they were associated with, the population remained overwhelmingly rural and poor into the late 20th century. Peasant life was almost unchanged through several thousand years of intermittent war, dynastic change, flood, famine, and invasion. European traders boosted the growth of the coastal cities in the 18th century but the interior remained sparsely settled. Changing patterns of settlement since 1949 have been the result of government policy, which since 1980 has again favored the coast, and of explosive population increases.

COUNTRIES IN THE REGION

China, Hong Kong*, Macao**, Taiwan

POPULATION

Total population of region (millions)	1.162
Population density (persons per sq km)	120.8
Population change (average annual percent 1960–1990)	
Urban	+2.2
Rural	+1.7

URBAN POPULATION

As percentage of total population	
1960	19.0
1990	21.4
Percentage in cities of more than 1 million	15.4

TEN LARGEST CITIES

	Population
Shanghai	12,320,000
Beijing †	9,750,000
Tianjin	7,790,000
Chongqing	6,511,000
Wenzhou	5,948,000
Guangzhou	5,669,000
Hangzhou	5,234,000
Shenyang	5,055,000
Dalian	4,619,000
Jinzhou	4,448,000

† denotes capital city
* colony of UK, due to be returned to China in 1997
**colony of Portugal, due to be returned to China in 1999

AN EARLY URBAN TRADITION

Geographical diversity in China produces areas of varying suitability for settlement. The far west is mostly mountain and desert, and some areas are completely uninhabited. The cities of the coast and Sichuan basin are among the most densely populated land on earth. The Chang (Yangtze) and Huang (Yellow) river valleys are prone to floods, but drought in north central China led to several million deaths from starvation in the 1870s.

Inland settlements between the Huang and Chang rivers were among the earliest and most important. Neolithic sites in Henan and Shandong provinces (in eastern China) possessed well developed architecture and a social hierarchy by 3000 BC. One of the earliest dynastic cities was near Anyang (Shandong province), about 1380 BC. Early towns grew on the sites where modern cities are now

found: Nan-wu cheng (Guangzhou), about 1100 BC; Hao (Xi'an) and Luoyang in Shaanxi province (700 BC); Shaoxing (600 BC, Zhejiang province); and Ji (Beijing, 400 BC). By 100 BC, after unification under the first Qin emperor, the urban ancestors of Chengdu (Sichuan province), Liaoyang (Liaoning), and Lanzhou (Gansu) also developed. Most of these early cities survived almost 2,000 years of intermittent war and natural disaster.

Early modern cities

The urban cluster along the Huang river plain was bolstered by irrigation projects and trade, which was carried on at a regional level by about 1000 BC. The Grand Canal, begun in the 5th century BC to facilitate the flow of goods between north and south, was abandoned, repaired, extended, and finally completed over 1,700 years. Running through the most heavily settled areas, it linked the northern capital, Beijing, with Hangzhou,

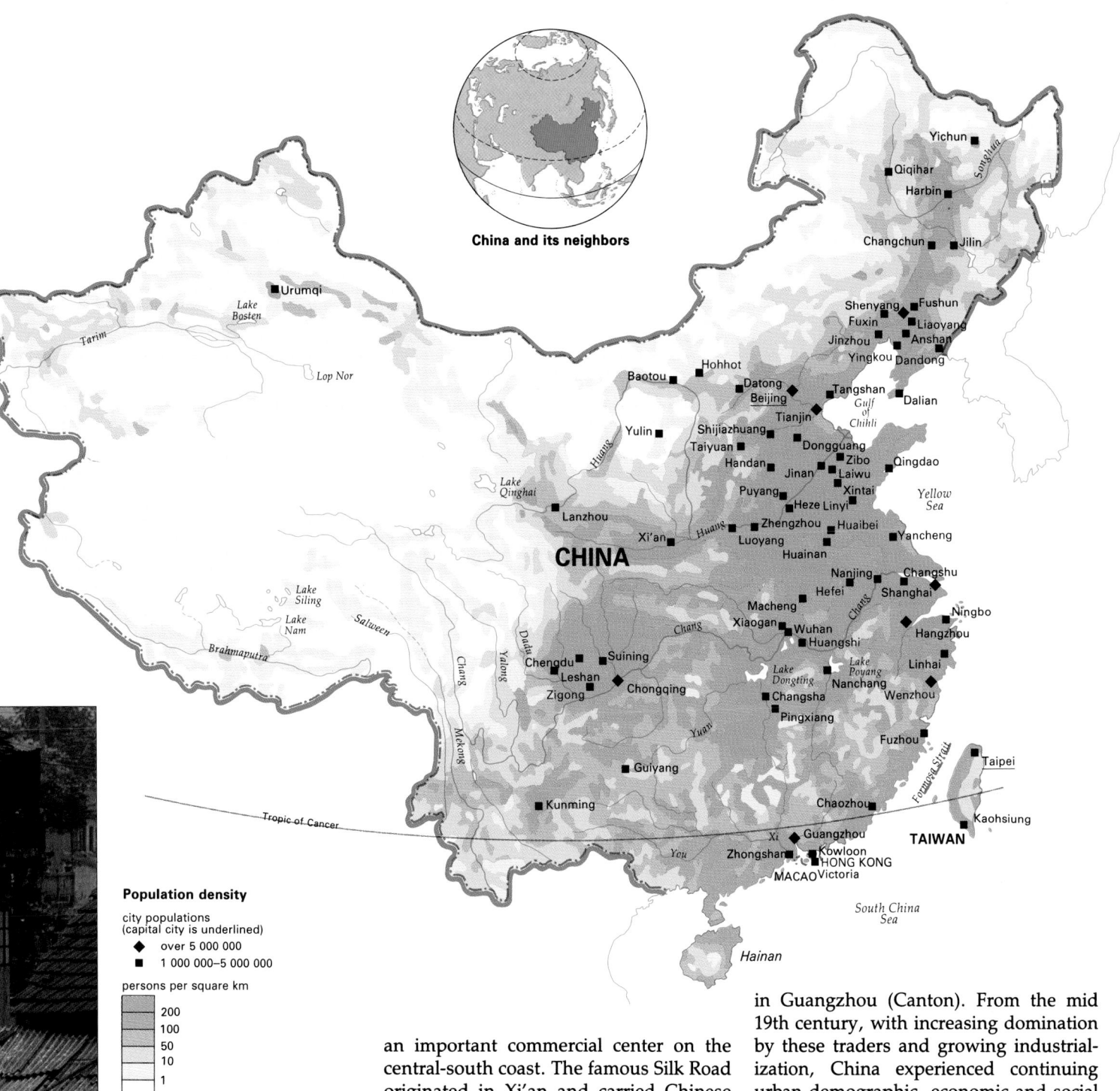

China and its neighbors

CHINA

TAIWAN

Population density

city populations
(capital city is underlined)

◆ over 5 000 000

■ 1 000 000–5 000 000

persons per square km

200
100
50
10
1

Map of population density (above)
The heaviest concentrations of
settlement, and most of the major
cities, are found on the east coast
and along the Huang and Chang
rivers (the Yellow and the Yangtze)
especially around Shanghai. Western
China remains sparsely settled on
account of its harsh climate and
inhospitable terrain.

The Grand Canal at Hangzhou (left)
Built as a communications link
between the centers of population in
the north and south, and still in use
today, the 1,200 km (750 mi) long
Grand Canal rivals the Great Wall in
engineering skill. Hangzhou, at the
southern end of the canal, has been
an important urban center and port
since the 5th century.

an important commercial center on the
central-south coast. The famous Silk Road
originated in Xi'an and carried Chinese
goods to imperial Rome; it declined after
Rome's fall but was revived, with its
ancient settlements, by the 13th century,
when the Venetian explorer Marco Polo
made the overland journey from Europe
to China.

Market cities flourished from the 8th
century AD. During the Sung dynasty
(960–1279) they grew into a sophisticated
and widespread urban base on which the
glory of the Chinese empire was maintained until modern times. However,
Shanghai – now China's largest city and
chief port since the 19th century – was not
among these; it was a fishing village that
remained quiet through the 18th century.

Following the arrival of the Portuguese
in the early 1500s, Europeans were active

in Guangzhou (Canton). From the mid
19th century, with increasing domination
by these traders and growing industrialization, China experienced continuing
urban demographic, economic and social
revolution. Between the Sino-British (or
Opium) war of 1839 and the collapse of
the Qing Dynasty in 1911, the foreign-
dominated coastal cities such as Hong
Kong, Shanghai, Qingdao, Tianjin and
Dalian became the birthplace of modern
Chinese industry, trade and finance.

From 1912 to 1949, through fledgling
republican rule followed by civil war,
industrialization spread slowly along major transportation corridors (rivers, canals
and railroads) to eastern and central
China and, under Japanese dominance,
the northeast (Manchuria) and Taiwan.
Urban populations grew and shifted, aid-
ed by post-war recovery efforts on the
mainland and in Taiwan.

After 1949 on the mainland a new

urban economic order emerged under Communist rule to emphasize rapid industrialization. Mao Zedong (1893–1976) sought to create a new urban fabric based on socialism and to reverse the drift toward the coast. However, in Taiwan and British Hong Kong, cities emulated their Western counterparts, with a rising middle class and increasing participation in global trade.

Since 1979 and especially after 1982, the Chinese leadership initiated a series of major economic reforms. A new phase began in the transformation of modern Chinese cities. Parting sharply with Maoism and centering attention again on the coastal regions, the leaders emphasized outward-looking policies that encouraged close links with the West. China has once more become "globalist", echoing the early phases in its modern history and resembling other newly urbanized societies in East Asia.

DRAMATIC DEMOGRAPHIC CHANGES

The population of China, which doubled between 1949 and 1979, reached 1 billion in the early 1980s. Overpopulation has been China's worst problem since the mid 19th century. Famines have killed millions of people – as recently as 1958–60 – causing the population to decline, but only briefly. In the early 1960s the growth rate leaped to 3 percent and the population soared again until 1970, when the one-child family planning campaign began to be effective. Annual population growth is only about 1.9 percent.

Although urban populations declined abruptly from 1961–65, between 1977 and 1982 urban growth rates moved up sharply past 5 percent and continued to grow. Largescale migrations were primarily responsible for these conflicting patterns:

Village terraces (*above*) In the hilly landscape of Guangxi autonomous region in southwest China villagers' houses stand among the paddy fields on neatly terraced slopes. The ground floors of the houses are used for keeping animals and for storage.

A window on the world (*right*) A quiet fishing village until the 18th century, Shanghai is now China's major port and one of the world's five largest cities. Many of its buildings reflect the influence of the Western traders who contributed to its growth in the 19th and early 20th centuries.

into the cities in the 1950s during industrialization; to the communes during the "Great Leap Forward" of the early 1960s and to the countryside during the Cultural Revolution; and back to the cities in the late 1970s. However, China's population remains 80 percent rural, showing little change from the 1950s.

In 1953 the coastal provinces held about 58 percent of the total urban population of China, but by 1981 this had declined to roughly 46 percent. During the same

Housing the workers (*above*) Accommodation in this apartment block in Nanjing is crowded, with entire families (including grandparents) sharing two or three small rooms. Nevertheless living conditions for urban populations are generally much better than for those living in the countryside.

POLITICALLY DRIVEN DEMOGRAPHICS

The agendas of the Communist government resulted in dramatic shifts in modern Chinese demographics. Collective farming was introduced from the early 1950s in an attempt to harness the massive rural workforce – 80 percent of the population. Collectives consisted of 20 to 30 households but these were organized on a local basis and did not involve any relocation. In 1958 the leadership introduced giant communes made up of whole villages. Almost 90 percent of the rural population was involved. Millions of rural dwellers avoided the communes by flocking to the cities. In 1961 more than 20 million of these were sent back to the countryside after the cities ran out of food during a widespread famine. Communes were scaled back and quietly disbanded after Mao's death in 1976.

Millions of urban residents were sent to the countryside during the 1960s on "rustication" programs designed to acquaint the city-bred with manual labor. Undesirable destinations such as Qinghai province were often assigned as punishment for unorthodox political views – it was a sign of enthusiasm to volunteer for placement in such isolated locations. Many of the "rusticated" urban dwellers returned to the cities after Mao's death. Others remained in the rural areas where they had married and made new homes for themselves.

period, the interior provinces increased from about 38 percent to over 46 percent of the total urban population, and the frontier provinces had increased from about 3.5 percent to almost 8 percent But of the five largest urban–industrial agglomerations, all but one (Chengdu, in Sichuan province) are in the coastal provinces. Five of these coastal cities were among the most populous in China (Beijing, Tianjin, Nanjing, Shanghai and Guangzhou – all well over 2 million). The Nanjing/Shanghai/Hangzhou triangle contains the single largest concentration of towns over 10,000 in China, and an urban density nine times greater than the national average – a staggering 42,000 persons per sq km (107,520 per sq mi).

Changing patterns of migration

Until the mid 20th century, internal migration usually occurred in response to natural disasters or wars that depopulated densely settled, cultivated land. The first real migration from the country to the cities began in the northeast in the mid 1920s. Manchuria had been closed to migrants in 1668 by the Qing emperors whose home it was. However, settlers ignored the ban; they included Russians, Mongols and Koreans as well as the Chinese who became the majority. At the end of the 19th century Harbin was used as the base for building a new railway across Manchuria. In the first decades of the 20th century, Chinese settlers poured into the northeast. Migration and growing industry, supported by the railroads, made Manchuria the national industrial belt. In the southwest, Kunming (Yunnan province) also developed into a major urban and industrial center as its location away from the coast gave it protection from the worst effects of the Japanese occupation of 1937–45.

After 1949, tensions along international borders mounnted, and the government encouraged settlement in the northeast. Large communities of eastern (Han) Chinese were established in the provinces of Gansu, Qinghai, and in Tibet and Xinjiang, long considered wilderness areas. New industrial centers were developed, such as Xining, capital of Qinghai. By 1980 migrants made up about a third of the population in these areas. Although the Han population of Xinjiang has quadrupled, an area the size of Europe remains with a density below 1 person per sq km (3 per sq mi).

WORLDS APART

Walls set early Chinese cities apart from the countryside, reflecting the role of the city not only as a barrier against attack but also as a controlled, administered and ordered place. Virtually all ancient imperial centers in China were designed as walled compounds with outer and inner walls. Inside the city walls were more walls encircling courtyard palaces, offices and common homes. The older quarters of most Chinese cities have narrow winding streets, in contrast with the wider, more regular design found in the foreign quarters were built later. In the narrow lanes of Tianjin, Shanghai, Chongqing (Sichuan) and other cities, a traditional noisy, colorful way of life still flourishes, undiminished by the high-rises outside. Often markets were originally located outside the main gates of the city and incorporated as the city grew. Many cities have special internal market districts.

CAVE DWELLINGS IN THE NORTH

Since prehistory people the world over have utilized natural caves to make habitable dwellings. In China today as many as 30 million people in the north central provinces of Gansu, Shanxi and Shaanxi are housed this way. The caves are dug out of the porous earth of cliffs and mountains. Naturally insulated, they are cool in the summer and warm in the winter. Cave dwellings may be elaborate or simple, and furnished according to the means of the dweller. Some even have rudimentary indoor plumbing. Cave compounds of dozens of rooms may serve as quarters for several families, or as public buildings such as schools, medical clinics or libraries. A plan to upgrade existing cave dwellings (rather than resettle the occupants) was proposed by a Chinese architect in 1986 in a Beijing newspaper, which sponsored a competition for the most innovative design.

The most famous cave dwellings are at Yan'an, Shaanxi, where the Communists marshalled their forces from 1936–45 before defeating the Nationalists in the civil war. Many of Mao Zedong's most famous works were written in the Yan'an caves, which are now a tourist attraction; the bedroom used by Mao is on display, complete with a traditional canopied bed with mosquito netting.

Increased urban density and overcrowding have become characteristic of the great modern cities such as Beijing, Shanghai, Taipei (Taiwan) and Hong Kong. In the latter case, the weight of numbers and shortage of land has produced great homelessness. Traffic jams occur daily in all four cities, though privately owned cars were still rare in the early 1990s in Beijing and Shanghai. Tightly packed buses – with the coaches hinged together like a train – share the roads with millions of bicycles. Public transport can barely cope with the demand from commuters. Beijing's subway, opened in the 1970s, was expanded in the 1980s. In Hong Kong the state-of-the-art underground transportation system is one of the finest in Asia.

Beyond the cities, the gap between rural and urban China remains staggering. In the poorer provinces (such as Jiangxi and Gansu) there is no sharp distinction between rural and urban areas. But city dwellers, though they live in crowded conditions, generally have access to better facilities – from schools to public baths. Many rural dwellers live without electricity or plumbing and have less access to educational and health facilities; only one-third of hospital beds are in rural areas, for example. All resources are overwhelmingly concentrated in the cities, where the explosion of Western-influenced trends since the late 1970s – from mirror sunglasses to fast food outlets – bewilders newly arrived peasants and the conservative elderly.

Regional comparisons

Huge differences also exist between the major cities of China in terms of population and wealth. Hong Kong, with 1.2 million residents, is slightly smaller than Taiyuan (Shanxi) with 1.9 million or Guiyang (Guizhou) with 1.4 million, yet Hong Kong is a thriving international city whereas Taiyuan and Guiyang are provincial and, by Western standards, very poor. Even in comparatively sophisticated Beijing and Xi'an, shortages remained a problem in the late 1980s, with shops and restaurants cleaned out before they could restock. Residents of the southern Chinese cities are better off. Food is more plentiful and varied due to the more favorable climate, and the vibrant market tradition of Guangzhou and Shanghai makes them leaders in mainland fashions and fads, often influenced

by nearby Hong Kong and Taiwan, which are highly Westernized and prosperous.

Special economic zones

In 1979 China established four "special economic zones" (SEZs) in south coastal China at Shenzhen, Zuhai, Shantou (Swatow) and Xiamen (Amoy). The SEZs have promoted not only the intended increase in foreign market activity but also an explosion of commerce at the local and national levels. Originally considered only experimental, the SEZs have acquired an influence far beyond their own boundaries. They increasingly resemble the outward-looking, Westernized commercial cities such as Hong Kong and Taipei; even Beijing looks to Shenzhen and the other SEZs for new fashions such as cosmetics and music, and consumer goods such as radios and refrigerators.

By 1984, 14 coastal cities had their own "special development zones." Hainan island, formerly sparsely populated and poor is becoming a beach resort and

Street life in Chengdu (*above*) Urban traditions in this city of Sichuan province, southwest China, date back to 100 BC. For these Chinese people, the street or alley is a communal extension of their homes, where they perform chores and gossip to neighbors.

Bright city lights (*right*) This Hong Kong street exhibits a belief in the power of advertising that contrasts with the bleaker aspect of China's communist cities. The vibrant commercial city has served as a draw for migrants from mainland China.

major tourist attraction. Shenzhen, linked to Hong Kong by rail and expressway, is a natural extension of Hong Kong. Boasting mainland China's tallest buildings and highest standards of living, Shenzhen is the most successful and the largest of these zones, with a population exceeding 300,000. Xiamen, the mainland city that lies closest to Taiwan, has played a significant role in foreign trade since 1544 and was the base from which Taiwan was settled after the 18th century. Emigrants who streamed out after 1949 have returned as retirees and, with their families, make up half its population.

Beijing – from ancient to modern capital

Originally a remote outpost of the Qin empire (200 BC) at the Nankou entrance to the Great Wall, Beijing has been the capital of China, with two interruptions, since 1271. The city was laid out in a series of outer rectilinear walls whose principal gates opened to the south. Its focal point was a separately walled rectangle, the imperial palace known as the Forbidden City. Outside its Meridian Gate, imperial officials lived within the walls of the larger Imperial City and the adjacent Inner City. Tiananmen, the Gate of Heavenly Peace, marked the Imperial City; Qianmen ("Front") Gate was the entrance to the Inner City.

Growth and congestion eventually forced the incorporation of districts south of Qianmen, known as the "Outer City," mainly a working-class industrial district.

The basic city structure was complete by the time of the Manchu occupation of 1644. While the Qing (Manchu) emperors elaborated on the pattern – especially by adding or expanding gardens – they changed little except to reinforce Beijing as the seat of power, prestige and culture. The concentrated presence of Westerners from the mid 19th century resulted in new commercial districts east of Tiananmen and north of the new Legation Quarter: the first offices, hotels and services. Western urban influence spread in the form of street cars, sewerage systems, banks, hospitals, department stores, museums and movie houses.

The hub of New China

Partly because it was abandoned by the Nationalists after 1926, Beijing suffered little damage during the Japanese occupation and World War II. Its structure and architectural forms looked back to a China that was once supremely confident and united. Largely for this reason, it was chosen as the national capital of the People's Republic of China in 1949. As the hub of the new socialist China, it became a center of heavy and light industry, science and technology in the service of production, and a new city of workers and peasants.

Tiananmen Square – which covers some 50 ha (124 acres) and contains various monuments to the Chinese revolution – was completed near the Gate of Heavenly Peace in 1959. The Memorial Hall of Mao Zedong was added in 1977. These buildings displayed the power and aspirations of the new order, while their location

wall, but by 1980 historical preservation efforts had been launched, not only as a reminder of the past but also to encourage the tourist industry. To improve access, a new wall was built around the city in the form of an "outer ring road" – along which two Ming-style watchtowers were rebuilt on their original foundations.

Growth in the post-Mao era

Beijing's population reached just under 10 million in 1987, with the inner city population numbering 6 million. Construction has lagged behind and housing has become a desperate problem. Urban density exceeded 1,200 persons/sq km (3,100/sq mi), and in the Xuanwu residential district it was two and a half times greater. Four new satellite towns are meant to absorb 2 million city residents by the end of the 20th century, though Beijing's residents are reluctant to relocate despite incentive programs. With migrants arriving from rural areas, demand on municipal services has continued to increase. Acute water shortages are compounded by increased industrial demand, by intensive and often wasteful irrigation techniques in the rural districts, and by more than 60 luxury hotels that have been built to accommodate the 23 million foreign tourists who visit Beijing annually.

Attention to detail (*above*) Statues of mythical beasts decorate a roof of the imperial palace in the Forbidden City. The artisans employed in its construction lived and worked in the southern district outside the city's Front Gate, known as the Outer City. Liulichang district, once the site of kilns that produced roof tiles, is now a well-known book and art market.

Outing at Tiananmen Square (*left*) Children from a day-care group are led on guiding ropes as they enjoy the sights of Beijing's famous square. Laid out just beyond the confines of the Imperial City, it houses modern China's great monuments, such as the Great Hall of the People (site of the National People's Congress), the Museum of the Chinese Revolution and Mao Zedong's tomb.

Spreading out from the center of the universe (*right*) The perfect squares of Beijing's early design, representing cosmic harmony, were quickly modified to allow for practical considerations such as water supply. The Forbidden City and Tiananmen Square remain the city's focal points amidst increasing urban sprawl. Severe crowding allowed only 4.3 sq m (46 sq ft) average living space per person in 1979.

reaffirmed the link with China's past greatness. Old Chang'an Avenue in front of Tiananmen Gate was expanded into a broad east-west public thoroughfare. The walls of the Inner City were breached to accommodate new administrative, housing and industrial districts in the western suburbs, and a new legation quarter as well as other industrial and residential districts in the eastern suburbs. Destruction of historic sites from 1966 culminated in the removal of the Ming dynasty outer

Land use

- • important site
- —— major road
- ◆—— major railroad (with terminus)
- central business district
- commercial and mixed
- industrial
- residential
- parks and open spaces
- other

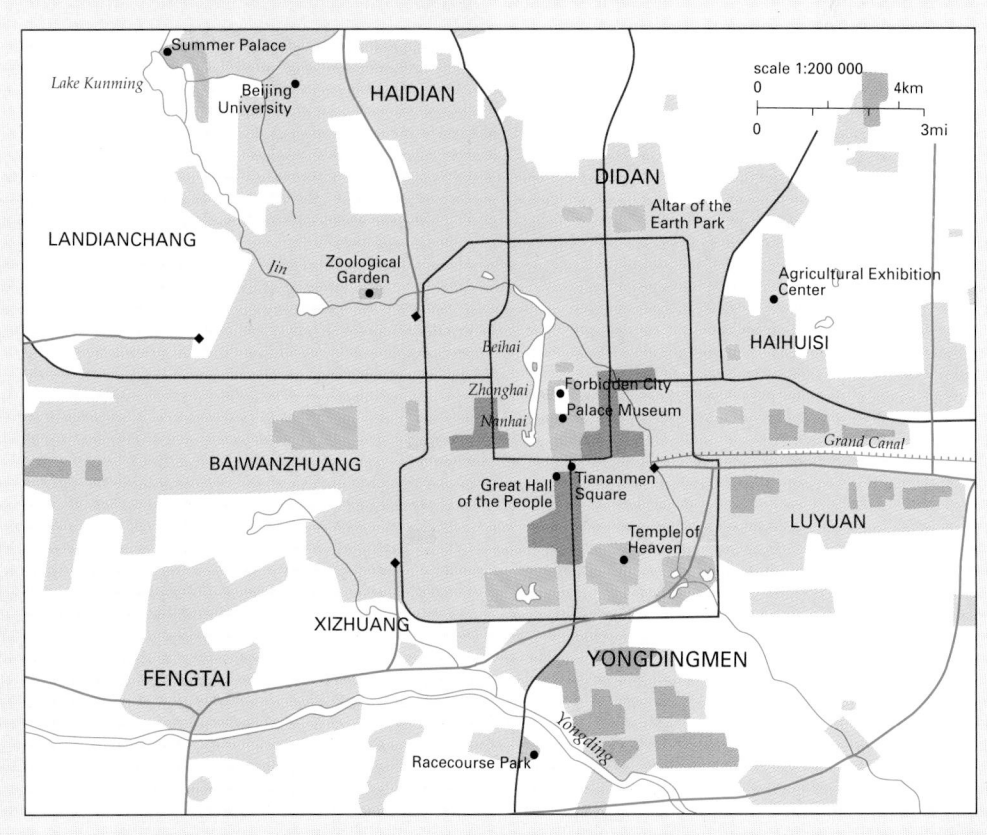

An island of prosperity

The island of Hong Kong, off the southeast coast of China, had only a few inhabitants when it was ceded as a trading base to the British in 1841. More than 150 years later, it is one of the most densely populated places in the world. Three-quarters of the island's population of 1.2 million live in the area around the natural harbor on the north side of the island, facing Kowloon on the other side of the strait. (The population of the colony as a whole, including the New Territories, is more than 5 million.) The urban growth rate is about 4 percent a year and, with only a limited area in which to grow, Hong Kong has become very crowded: its population density is 5,364 per sq km (13,892 per sq mi).

Hong Kong's postwar manufacturing prosperity has made it a world financial center, and a magnet for migrants seeking to share in its economic benefits. At a rate of over 150 people a day, more than 500,000 Chinese entered Hong Kong illegally from the mainland between 1975 and 1980. This huge influx placed great strain on housing and other urban services. In the early 1980s Vietnamese boatpeople began to seek refuge there from economic and political hardship. Their rates of entry became so great that the Hong Kong government took the decision to hold all new illegal immigrants in specially built camps, and in 1991 began to repatriate them.

Hong Kong faces further demographic shifts as the colony prepares to return to China ownership in 1997. Large numbers of professional, high-income earners have already chosen to emigrate to countries such as Australia, Canada and the United States rather than risk an uncertain economic future.

The city that never sleeps A view across the highrise buildings of Hong Kong's financial center looking toward Kowloon and the New Territories on the other side of the narrow strait that divides the island from the mainland.

NEW CENTERS OF GROWTH

TEMPLE CITIES AND PORTS · CITIES AS MAGNETS · GROWING OUT OF CONTROL?

The cities of Southeast Asia are among the most cosmopolitan in the world, containing a rich and complex mix of peoples, cultures, languages and economies that are a consequence both of Southeast Asia's pivotal position between the Pacific and Indian oceans and of the region's long history of international trade and urban culture. The major port cities dominate the settlement pattern. In comparison with other parts of the world, Southeast Asia has a relatively low level of urbanization, but present growth rates are among the highest in the world. Rapid and largely uncontrolled increases in the size of urban centers and their populations are creating problems of congestion, pollution and service provision, all of which are stretching the financial and political capabilities of the countries concerned.

COUNTRIES IN THE REGION

Brunei, Burma, Cambodia, Indonesia, Laos, Malaysia, Philippines, Singapore, Thailand, Vietnam

POPULATION

Total population of region (millions)	454.6
Population density (persons per sq km)	181.8
Population change (average annual percent 1960–1990) Urban	+4.5
Rural	+2.0

URBAN POPULATION

As percentage of total population	
1960	18.7
1990	30.5
Percentage in cities of more than 1 million	8.1

TEN LARGEST CITIES

	Country	Population
Djakarta †	Indonesia	7,886,000
Manila †	Philippines	6,720,000
Bangkok †	Thailand	5,609,000
Ho Chi Minh City	Vietnam	3,420,000
Singapore †	Singapore	2,704,000
Hanoi †	Vietnam	2,571,000
Rangoon †	Burma	2,513,000
Surabaya	Indonesia	2,224,000
Medan	Indonesia	1,806,000
Quezon City	Philippines	1,546,000

† denotes capital city

TEMPLE CITIES AND PORTS

The environmental and cultural contrasts between the two halves of Southeast Asia – the mainland (Laos, Vietnam, Cambodia, Burma, Thailand and the Malay Peninsula) and the islands – help to explain why human settlement developed differently in each. In the mainland, wet rice cultivation in the major lowland areas between mountain chains (the Mekong valley, the central plain of Thailand and the Irrawaddy basin) provided the basis for early settlement. With the development of irrigation techniques came the ability to grow and store enough surplus rice to support substantial nonagricultural populations, giving rise to the first towns. Urban elites gained power over large peasant populations, and so empires developed.

The earliest of these empires was Funan, based in present-day Cambodia. At its height in the 5th century AD its control extended into southern and central Vietnam, central and southern Thailand and over much of the Malay peninsula. The core of this state lay in the area around lake Tonle Sap, and became the

focus of the Khmer empire (9th–15th century). Its capital at Angkor is perhaps the most famous of the region's "temple cities", a name reflecting the dominance of religious buildings and palaces in their urban structures. However, these cities were also important administrative and international trading centers, and in many areas of the mainland population densities were once much higher than they are today.

In the islands, agricultural land was much more limited except in the fertile river valleys of Java, and only here did urban centers based on rice surpluses develop. Elsewhere, towns grew up at strategic points on the coast where they could control the seaways between the islands and dominate trade. For example, Srivijaya, with its river port of Palembang, in southern Sumatra rose to spectacular power between the 7th and 13th centuries, based on its command of the searoute between China and India. Pelambang was one of the first in a succession of port cities, the most notable of which were Malacca (on the southwest Malay peninsula), Aceh (Sumatra), and the islands of Penang and Singapore.

These cities were major players in the

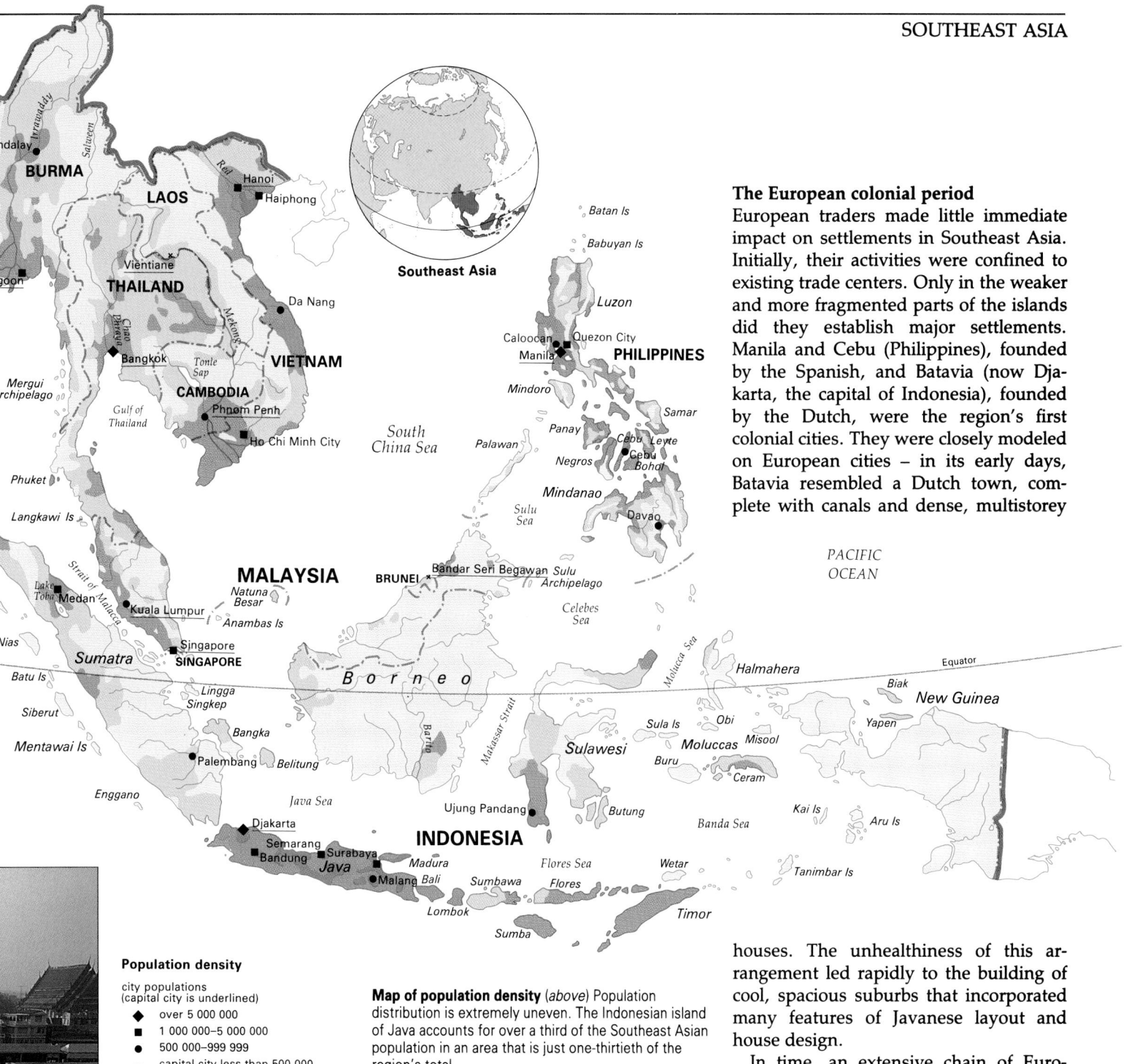

The European colonial period

European traders made little immediate impact on settlements in Southeast Asia. Initially, their activities were confined to existing trade centers. Only in the weaker and more fragmented parts of the islands did they establish major settlements. Manila and Cebu (Philippines), founded by the Spanish, and Batavia (now Djakarta, the capital of Indonesia), founded by the Dutch, were the region's first colonial cities. They were closely modeled on European cities – in its early days, Batavia resembled a Dutch town, complete with canals and dense, multistorey

Population density

city populations
(capital city is underlined)

◆ over 5 000 000
■ 1 000 000–5 000 000
● 500 000–999 999
× capital city less than 500 000

persons per square km

500
200
50
10

Map of population density (above) Population distribution is extremely uneven. The Indonesian island of Java accounts for over a third of the Southeast Asian population in an area that is just one-thirtieth of the region's total.

City of temples and trade (left)
Bangkok – Thailand's capital and principal port – owes its origins to a strategic position on the banks of the river Chao Phraya a little distance inland from the Gulf of Thailand. The city was founded in 1782 as the new capital of the kingdom of Siam (renamed Thailand after the peaceful coup of 1939). The temples and royal buildings of the Grand Palace – the original 18th-century walled town – contrast with the bustling port and cosmopolitan commercial districts, and with the areas of overcrowded housing, in today's modern city.

increasingly important trade network that connected East Africa with China and supplied the Middle East, the Mediterranean region and Europe with a variety of high-value goods such as silk, spices, drugs and porcelain. By the end of the 15th century perhaps 20 percent of the spice production of Southeast Asia was finding a destination in Europe. On the eve of European contact, the urban centers of Southeast Asia were thriving, cosmopolitan places. At the beginning of the 16th century, Malacca, founded only in 1409, may well have had a population of more than 100,000, and a handful of others probably had between 50,000 to 100,000 inhabitants – this in a period when few European cities possessed populations of more than 40,000.

houses. The unhealthiness of this arrangement led rapidly to the building of cool, spacious suburbs that incorporated many features of Javanese layout and house design.

In time, an extensive chain of European-dominated port cities was established, of which Batavia, Bangkok (Thailand), Manila, Rangoon (Burma) and Saigon-Cholon (Vietnam; now Ho Chi Minh City) were the most important. All except Bangkok were on existing sites, but extensively remodeled. In Rangoon, the British laid out what was in effect a new city, but planned it round elements of the old settlement.

These cities fulfilled many functions, but their key role was trade. The central areas were therefore dominated by docks, "godowns" (warehouses) and rice and timber processing plants. Large numbers of immigrant laborers, especially from China and India, were attracted to the cities, and particular residential areas and occupations within them became reserved for particular ethnic groups.

CITIES AS MAGNETS

Most people in Southeast Asia are still farmers. Although urban populations are growing extremely rapidly, they are concentrated in a relatively small number of major centers. Rural links are made directly with the major urban centers rather than through a hierarchy of smaller cities and towns – a pattern that is much more typical of the developed world. Agricultural produce is collected and delivered directly to the major markets; goods and services are sent out from the cities to the rural areas without a network of distribution centers in between. This marked "urban primacy" is at its most extreme in Thailand: the capital, Bangkok, is some 25 times the size of the next largest settlement and contains 60 percent of the urban population.

There are many reasons why migration from the rural areas gravitates toward the large cities. Services are generally much more widely available – even squatter settlements on the edge of major centers may be better provided for than small towns. In Bangkok, for example, electricity is available in 34 of the 38 recognized squatter settlements, and piped water in all. Road and rail links between smaller centers are frequently poor. In many parts of northeast Thailand – which is the source of large numbers of migrants to Bangkok – there are often better bus links to the capital than there are to the local provincial center.

Much migration is temporary, often seasonal, and provides much needed additional income for impoverished rural communities. For example, remittances sent back from those working in Bangkok amount to very nearly half of average household incomes in Thailand's rural northeast. Despite the appalling living conditions that are the lot of newly-arrived migrants to the city, even the lowest levels of urban employment are likely to produce a higher income than could be earned in rural areas.

The presence of a group of friends, relatives or fellow villagers in the city acts as a magnet, persuading others from the same family or community to try their luck in the urban environment. Once established, they in their turn attract yet another group of migrants. In this way, "migration chains" are set up, which result in migrants from one particular

The rural scene The graceful lines of communal longhouses in the village of Toraja in Indonesia are typical of the region's traditional architecture. Villages are becoming increasingly exposed to urban influences through migrants returning from the cities.

area becoming settled in a certain part of the city and following similar occupations. As migrants are drawn increasingly from remote areas farther away from the cities, they need the emotional support of people who share the same roots to survive in their new environment, and in this way distinctive cultural and linguistic enclaves are created.

Urban opportunities

Urban growth in Southeast Asia does not appear to be as closely related to industrial development as it was in western countries when they changed from being predominantly agricultural to predominantly urban societies. "Formal" employment opportunities – whether in the manufacturing or service sectors (both of which are expanding rapidly) – are only capable of absorbing a small proportion of the available labor force of migrants to the cities. An ever larger

Following the end of the Vietnam war in 1975 and the reunification of North and South Vietnam an ambitious program of de-urbanization and rural settlement was announced. In part, this occurred as a response to the over-urbanization of the South – the result of forced and spontaneous migration from the rural areas during the war. Additionally there were ideological, strategic and economic reasons for reducing a largely non-productive urban population, promoting rural settlement and expanding agricultural production. Large areas of land had passed out of cultivation, particularly in the former "rice bowl" districts of the Mekong delta, and the country faced a chronic food shortage.

Between 1976 and 1980 over 1 million people were moved from the urban areas. Many of those that fled the country as refugees during this period did so to avoid forceable resettlement. However, whatever the human cost of these settlement programs, they played a significant part in expanding agricultural production.

The stated aim of the Vietnam government is to keep the size of the southern cities constant by planned resettlement and by restricting urban–rural migration. While these programs have faltered since the early 1980s, a combination of resettlement, limited opportunities in urban area and severe restrictions on movement to the cities has limited urban growth. Indeed, the population of Ho Chi Minh City fell from 3.4 million in 1979 to 3.1 in 1989.

High contrasts (*above*) Modern skyscrapers – one showing strong Islamic influences – frame the lavish colonial State Secretariat building in central Kuala Lumpur, the capital of Malaysia. Originally a tin-mining camp, it has grown rapidly since independence to become a major commercial and industrial center, though with its share of squatter colonies.

Shacks on the sidewalk (*left*) Recent migrants to Manila erect makeshift shelters wherever they can find space on the city streets. Homelessness is a serious problem in Manila, as it is in most Southeast Asian cities; housebuilding programs are unable to keep pace with explosive population growth caused by migration from rural areas.

part of the urban population consequently obtains its income and necessities for hiring from the so-called "informal" sector, and is supported by systems of "shared poverty".

Hence the proliferation of street vendors, automobile window cleaners, collectors of waste materials, producers of goods on an often tiny scale, and the large number of middlemen handling minute quantities of goods and taking minuscule "cuts" on each transaction. In the past these activities were officially frowned on, and were sometimes even illegal. However, colorful street vendors are a major tourist attraction, and are now mostly tolerated – some authorities have even introduced registration or licensing schemes. Furthermore, by supplying the basic needs of much of the urban population, the informal sector helps to hold wage levels down across the whole workforce, and this is a magnet for foreign investment to the large cities.

Resisting change

All these factors help to reinforce the growth of the major urban centers at the expense of smaller ones. Nearly all the governments of the region have attempted to reverse the trend by implementing policies that will divert migration and encourage a more even distribution of people, development and resources.

Population inbalance is particularly extreme in Indonesia – 60 percent of the people live in Java, which represents only 7 percent of the land area. Attempts to resettle millions of Javanese through land colonization schemes in the outer islands have not met with longterm success and have attracted widespread criticism, since they have displaced indigenous communities and destroyed large areas of forest. Generally, efforts to influence or control urbanizing forces throughout the region are often contradicted by other government policies, and are proving less than effective against the powerful draw of the cities.

GROWING OUT OF CONTROL?

The layout of most major towns and cities in Southeast Asia reflects their evolution as trading centers during the colonial period. At this time western administrative and commercial districts, with wide boulevards and grandiose European-style buildings, developed around the central port zone. Beyond were the bungalows and villas of the European residents, each in its own leafy, well-watered garden. The large immigrant populations (predominantly Chinese, and to a lesser extent Indian) lived in separate areas of the city, and these in turn were sharply demarcated from the areas occupied by the indigenous population.

City contrasts

These basic divisions still exist today. The westernized central business district, the ports and industrial areas, the spacious residential suburbs and high-rise luxury apartments contrast sharply with the narrow streets of tenements in the "Chinatowns", where families live above their shops, and with the overcrowded districts of poor housing – lacking drainage or water – where most of the urban population lives.

The city landscape is always varied, juxtapositions often surprising. In many cities, the needs of a growing, comparatively wealthy urban middle class are being met by the development of major shopping and leisure complexes outside the centers. Very often these have been

built in close proximity to, and in sharp contrast with, a traditional street market.

Squatter settlements have sprung up on the edges of all the cities, and uncontrolled urban growth has engulfed villages that have barely been integrated into the urban fabric. It can be difficult to gauge the full extent of squatter settlements. In Bangkok, for example, according to official statistics only 13 percent of the urban population lives in them, but the real figure is much nearer 23 percent.

Life in these settlements is very hard. There is appalling overcrowding and conditions are insanitary. Many houses are little more than makeshift shelters. However, the extent of poverty is far from uniform, and a few households may be comparatively wealthy.

The bustling streets of Hanoi (*left*) attest to the resilience of the Vietnamese people. The centuries-old capital was transformed into a French-inspired city in the colonial period. Heavily bombed in the Vietnam war (1965–75), most of its population was moved to the countryside, and life in the city still remains harsh today.

Central Djakarta (*below*) Western architectural styles are very much in evidence in the modern commercial and business center of Djakarta, Indonesia's capital and largest city. In the surrounding residential areas houses are still commonly constructed of traditional bamboo or wood.

Future prospects

Rapid urban growth, combined with lack of regulations and insufficient funding for urban programs, is already resulting in major problems of congestion and pollution throughout the region. Provision of freshwater supplies, sewerage and drainage, electricity, surfaced roads and transportation are all inadequate to meet present needs, let alone cope with future expansion. But government attempts to limit migration and develop secondary centers and outlying rural areas have so far proved ineffective.

If growth continues unchecked, by the year 2000 the populations of Bangkok, Djakarta and Manila will have almost doubled to reach 9.5 million, 11.1 million and 12 million respectively. Given the current level of pollution, congestion and deprivation in these centers, and the lack of adequate housing, employment and services, the prospect of a population explosion is frightening. Most urban growth in the region appears to be not merely uncontrolled, but out of control.

Following the example of Singapore, which is the most modern and highly managed city in Southeast Asia, national governments in the region have assumed direct control over planning and administration in their capital cities. This has had the effect of turning each capital into a ministate. However, investment for redevelopment has been concentrated in the modern corporate sectors of the cities.

The building of luxury hotels, apartments, offices blocks and conference centers can be very successful in attracting further investment from foreign business sources, but it does little to raise the standard of living of the majority of the population.

Investment in low-cost housing, transportation and other urban facilities for the poor has been very much a secondary consideration. In any case, given present rates of growth, most housing programs and schemes to upgrade slums and squatter settlements (which have been launched in all major cities) are only touching the fringes of the problem. In Indonesia the National Urban Development Corporation, for example, constructs between 25,000 and 30,000 low-cost housing units a year, but housing need continues to grow at an estimated 300,000 a year.

THAT SINKING FEELING

Bangkok is situated on the delta of the Chao Phraya river about 40 km (25 mi) from the Gulf of Thailand. It receives about 1,520 mm (60 in) of rain a year, and relies on a system of canals to provide drainage. However, today the city is sinking. A major cause is the excessive pumping out of ground water. The problem has been exacerbated by the filling in of many canals for development and the weight of modern buildings. In the east of the city, the annual rate of subsidence exceeds 10 cm (4 in) and in central areas it varies from 5 cm (2 in) to 10 cm (4 in). In a number of places the city is already below sea level.

Floods are an ever-present risk, and are increasing both in frequency and in severity. Signs of subsidence are widespread: cracks in buildings, holes in roads, fractured pipes and elevated canal bridges. In addition, the depletion of aquifers by overpumping has enabled seawater to penetrate them, allowing the remaining reserves to become contaminated.

Bangkok also suffers some of the worst urban pollution and traffic congestion in the region. These, and the pressing problem of subsidence, can only be dealt with through investment in infrastructure and the imposition of stringent planning controls. However, neither the finance nor the political will necessary for the implementation of such policies are as yet present.

Singapore
– a modern city-state

Consisting of an island and a number of smaller islets at the southern tip of the Malay Peninsula, Singapore covers an area of 58,000 ha (143,324 acres) and has a population of only 2.5 million. Yet, since establishing itself as an independent republic in 1965, this tiny city-state has achieved a regional and global significance out of all proportion to its size.

A trading city on Singapore Island flourished in the 13th century but was destroyed by the Javanese in 1356. The island remained uninhabited until the 19th century. Developed as a port within Britain's colonial empire, Singapore acted as an intermediary in the flow of raw materials from the resource-rich countries of Southeast Asia to the industrialized world. Since the mid 1960s, it has successfully expanded its economy from this base into finance and manufacturing, and has transformed its urban fabric.

Today the city-state's economic base is multifaceted. The port, the largest in Southeast Asia, still lies at its heart and it remains a regional and global distribution center for commodities and manufactured goods. The city is also a key player in the financial system of Asia, an oil-refining center and a leading producer of services and manufactured goods. Multinational companies wishing to expand into Southeast Asia have established their regional headquarters in Singapore, and the government – which wants to see the city-state become the economic hub of

Keeping up appearances An elderly street-cleaner ensures that the sidewalk in Singapore's central business district is cleaned of debris. Government policies have created an urban environment that is attractive to foreign business investors.

Southeast Asia – has used every method in its power to keep and attract further foreign investment.

A miracle by design

The transformation of Singapore has been termed a "miracle by design". There are few aspects of Singaporean life in which the state has not intervened in an effort to create an attractive environment for foreign capital. Since the mid 1960s, there has been a major urban renewal program with heavy investment in power, sewerage, water supply, transport, industrial estates and housing. Slums and squatter settlements have virtually disappeared, and all that remains of the old colorful, if seedy, Chinatown are a few shop-houses and night markets that provide harmless tourist attractions.

These clearances had the double purpose of dispersing concentrated areas of opposition to the ruling government party and providing space for an expanded central business district. The densely packed tenements and shop-houses that characterized central Singapore were replaced with modern shopping, leisure and commercial complexes under the auspices of the Urban Redevelopment Authority. New townships

and estates were built on the peripheries to rehouse the inner-city population. Between 1970 and 1990, the population of the inner city fell by 40 percent while that of the outer areas rose by 60 percent.

The state's major housing and welfare programs have been expensive – in the 1960s they absorbed as much as 58 percent of recurring government expenditure. Singapore's housing provision is outstanding – in 1990, 87 percent of the population lived in public housing – and its people are the best educated and healthiest in Southeast Asia. Singapore is by far the least congested and least polluted city in the region. This has proved undeniably attractive to multinational companies and international investors. It has been achieved, however, by exerting a degree of government control over political, economic and social affairs that many find unacceptably high.

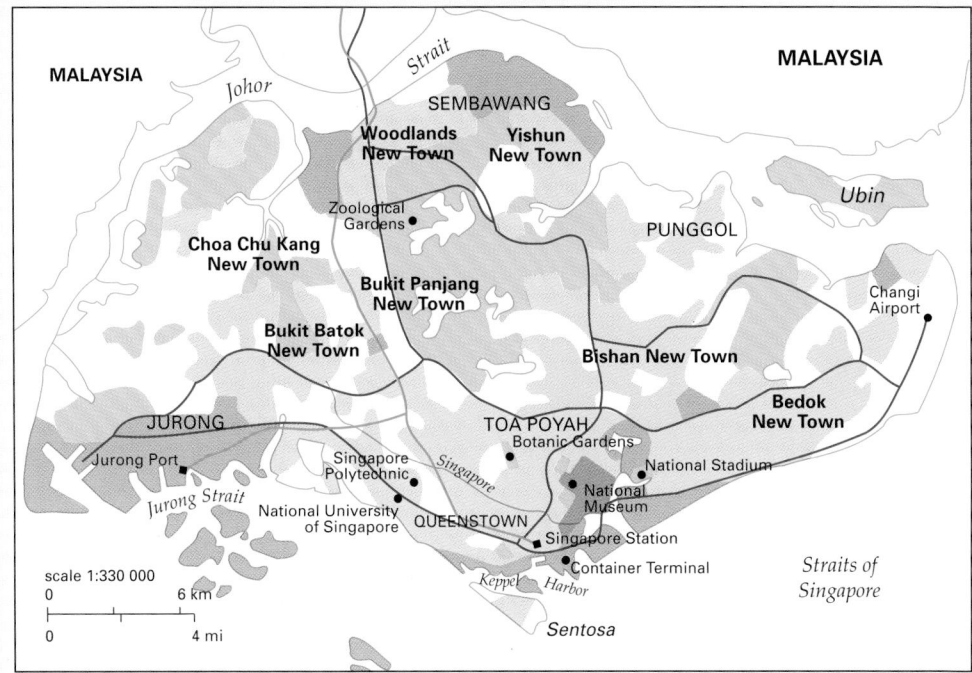

Singapore skyline (*above*) The impressive view of highrise headquarters of multinational corporations bears witness to Singapore's phenomenal economic development since independence in 1965. Singapore commands a prime position on the region's oceanic trading routes; its port is one of the largest in the world. Rapid economic growth has been accompanied by a major program of urban clearance and redevelopment.

Island site (*left*) The island of Singapore is at the southern extremity of the Malay Peninsula. The business and financial districts are close to the ports and industrial areas; the new towns house people whose homes were cleared during the redevelopment of the city center.

Land use

- • important site
- —— major road
- ◆—— major railroad (with terminus)
- central business district
- industrial
- residential
- parks and forest
- other

scale 1:330 000
0   6 km
0   4 mi

MALAYSIA

Johor   Strait

SEMBAWANG

Woodlands New Town   Yishun New Town

MALAYSIA

Ubin

Zoological Gardens

PUNGGOL

Choa Chu Kang New Town

Bukit Panjang New Town

Changi Airport

Bukit Batok New Town

Bishan New Town

JURONG

Jurong Port

Jurong Strait

TOA POYAH

Botanic Gardens

Bedok New Town

Singapore Polytechnic

Singapore

National University of Singapore

QUEENSTOWN

National Stadium

National Museum

Singapore Station

Container Terminal

Keppel   Harbor

Straits of Singapore

Sentosa

GIANT CITIES IN A CROWDED LAND

Japan and Korea are both mostly mountainous, so agricultural land and cities alike are concentrated in lowland coastal areas. Throughout the 20th century, and particularly since 1950, there has been mass migration from rural to urban areas: by 1990 over three-quarters of all Japanese, two-thirds of South Koreans and three-fifths of North Koreans were living in cities. This powerful trend toward urbanization was the result of rapid economic growth encouraged by all three governments, which focused on urban-based manufacturing industry and, particularly in Japan, the service sector. Japan's major cities have been almost entirely rebuilt since the destruction of World War II, giving them some of the most modern and cosmopolitan developments in the world, though space is short and crowding acute.

IMPERIAL AND DYNASTIC SETTLEMENTS

An urban lifestyle in Japan and Korea is a very recent phenomenon. For most of their history the vast majority of the population lived in rural areas and earned their living by farming. Nevertheless, cities have existed in both countries for many centuries. Among the earliest Japanese cities, built in the 8th century AD, were the planned administrative capitals of the imperial court in west central Honshu. The first of these was Nara, which lasted only from 710–784 before being replaced by Kyoto.

Over the centuries other towns were built as centers from which Japan's warring feudal clans could dominate the peasants of the surrounding countryside. The 16th century was an important period of town building when castle towns were developed around the fortified stronghold of the local shogun, or warlord, and served as a center for administration, trade and industry. Seaport settlements also grew up around the coasts. Some of these, such as Osaka and Nagoya, have grown into major cities; others have declined. Sakai, for example, was the major port of Japan from the 14th to the 17th century, but it has now been swallowed up by the suburbs of Osaka.

Cherry blossom and skyscrapers – the blending of the ancient and the modern in a Tokyo park. Tokyo (formerly Edo) has been at the center of Japanese life since the 15th century. Paintings show noble families and Edo townspeople enjoying the cherry blossom long before modern Tokyo was built.

COUNTRIES IN THE REGION

Japan, North Korea, South Korea

POPULATION

Total population of region (millions)	190
Population density (persons per sq km)	322.0
Population change (average annual percent 1960–1990)	
Urban	+2.1
Rural	−0.2

URBAN POPULATION

As percentage of total population	
1960	62.5
1990	74.2
Percentage in cities of more than 1 million	14.2

TEN LARGEST CITIES

	Country	Population
Tokyo †	Japan	11,936,000
Seoul †	South Korea	9,646,000
Pusan	South Korea	3,517,000
Yokohama	Japan	3,220,000
Pyongyang †	North Korea	2,639,000
Osaka	Japan	2,624,000
Nagoya	Japan	2,155,000
Taegu	South Korea	2,031,000
Sapporo	Japan	1,672,000
Kyoto	Japan	1,461,000

† *denotes capital city*

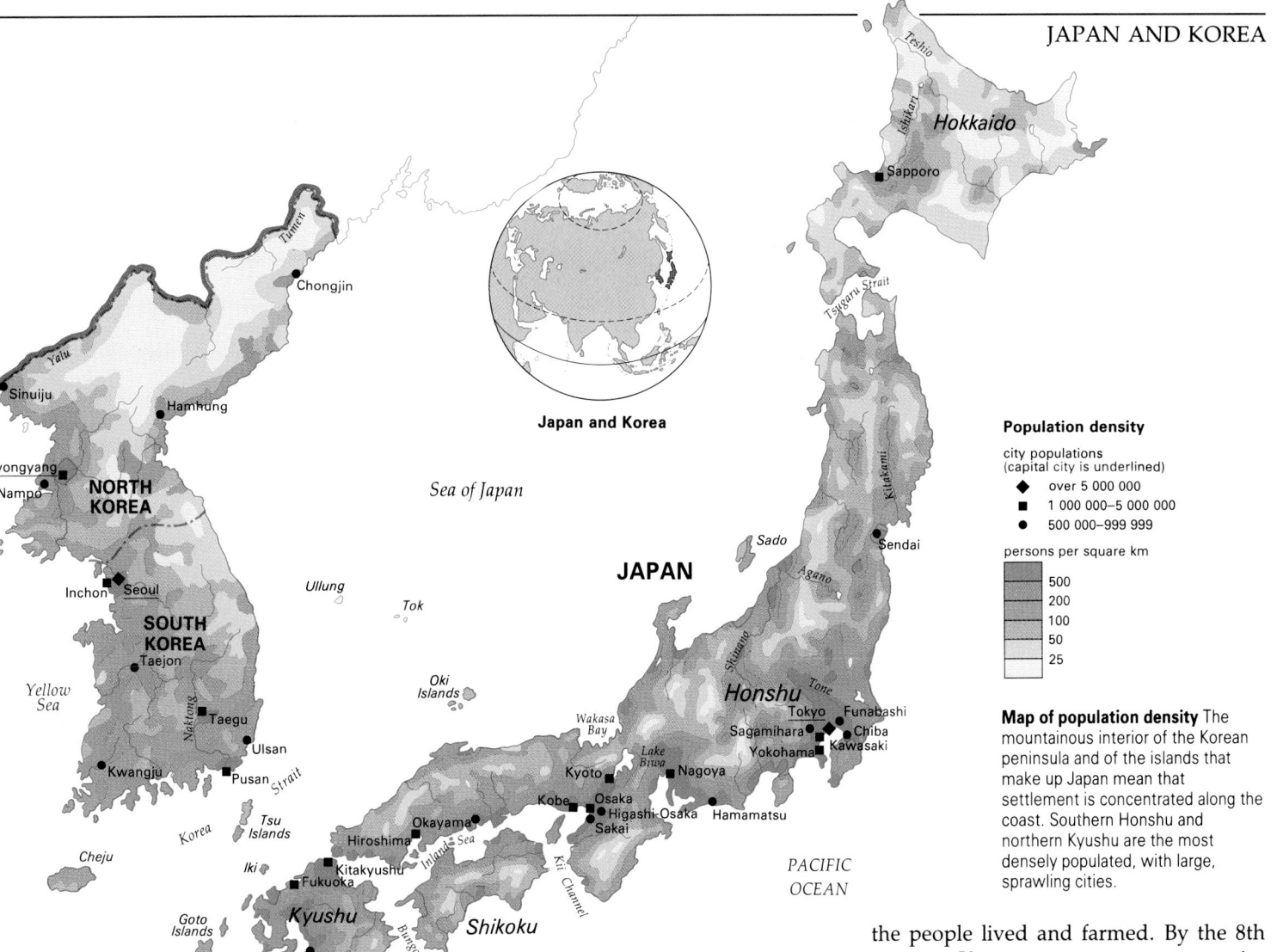

Population density

city populations
(capital city is underlined)

◆ over 5 000 000

■ 1 000 000–5 000 000

● 500 000–999 999

persons per square km

500
200
100
50
25

Map of population density The mountainous interior of the Korean peninsula and of the islands that make up Japan mean that settlement is concentrated along the coast. Southern Honshu and northern Kyushu are the most densely populated, with large, sprawling cities.

Other early urban centers developed in Japan as market towns at good strategic points along trading routes or as staging towns providing food and shelter for travelers along important roads. The gradual process of urbanization reached a landmark during the Tokugawa shogunate (1603–1868) – the period of Japan's isolation from the outside world – when a network of towns was established throughout the country for political motives. To keep control of its local area, each province was allowed one castle town. As this town grew in importance it drew migrant workers from the countryside toward it, thereby causing the decline of smaller towns and settlements.

The city of Edo had been founded in the 15th century as one of the early castle towns. It grew as the political center of Japan, though Kyoto, which had a population of half a million people in the 16th century, larger than any city in Europe at that time, remained the official capital. Edo grew quickly, reaching a population of 150,000 by the end of the 17th century and over 1 million by the 18th century, when it was the biggest city in the world. A network of roads linked Edo to all the other cities of Japan.

With the ending of Japan's period of self-imposed isolation in the mid 19th century and the restoration of imperial rule, Tokyo (as Edo was now named) was selected as the national capital. The new regime began to open up Japanese society, industry and economy. Western technology was adopted enthusiastically, a comprehensive railroad network constructed and factories and industrial plants built. The transformation of Japan into an urbanized nation had begun. Neverthless in 1940 more than half of its population still lived in rural areas and earned their living through farming.

Urban development in Korea

For most of its history Korea has been greatly influenced by its much larger and more powerful neighbor, China. Its earliest cities were modelled on Chinese towns and were administrative centers located in the valleys and plains where the people lived and farmed. By the 8th century Korea was a prosperous, independent country whose capital, Kyongju, housed over 1 million people (over 5 times its present population), making it the fourth largest city in the world.

Later, Sangdo (now Kaesong in North Korea) became the administrative capital. The city was destroyed by war in 1009, but was rebuilt soon afterwards and strongly fortified. With the establishment of the Yi dynasty, which ruled Korea from 1392 until the Japanese occupation in 1910, a new capital, Hanyang, was built near the site of modern Seoul, the capital of South Korea. A 16-km (10–mi) wall, with 10 entrance gates, was built around the city – a necessary measure of self-defense in this wartorn region. During the 17th and 18th centuries Korea went through a more intensive period of town building, when many market towns were established with links to the capital.

The urban landscape was altered significantly in the first half of the 20th century as Japan's occupying forces exploited the Korean economy to the full to support its own growing population. Western-style planning was introduced to modernize the cities by building roads, water supply and sewerage systems and developing them as commercial and industrial centers.

THE ALL-CONSUMING CITY

Japan's cities have grown at an astonishing rate since World War II. In 1950 the proportion of people living in urban or suburban areas was still only 33 percent, but by 1990 the proportion had risen to over 78 percent, and is still rising. The three biggest cities – Tokyo, Osaka and Nagoya – contain about 44 percent of the population, but together they account for only 9 percent of the land area. A shortage of land for development means that Japan's cities are among the most densely populated in the world.

One reason for this rapid growth was the need to rebuild Japan's major cities, severely damaged by bombing in World War II. The reconstruction of urban and industrial areas created jobs on a massive scale and attracted great numbers of people to migrate from the country to the cities. This trend was encouraged by a government intent on creating a modern industrial nation, and its cities have grown accordingly. In barely 40 years, Japan was transformed into a country with an overwhelmingly urban population.

No room to expand

Two-thirds of Japan is mountainous. Urban development can take place only in lowland areas between the sea and the hills, where it competes for space with farming. Much of Japan's limited agricultural land has been taken over by urbanization. Unlike many other regions of the world, there is no clear division between urban and rural landscapes – they merge into each other on the lowlands. Since agricultural land is almost always within easy reach of an urban center and holdings are small – generally less than 1 ha (2.47 acres) – more than 90 percent of those engaged in agriculture have become part-time farmers, traveling to jobs in the city every day. The real contrast is between the crowded lowlands and the empty upland areas.

As the cities spread, small villages and towns are swallowed up by their larger neighbors, so creating huge expanses of suburban sprawl – areas of unplanned development containing a mixture of factories, apartments, shops, private houses, highways and railroads spilling out through older rural communities. Housing and industrial plant are not the only uses putting pressure on agricultural land

Japan has attempted to overcome its chronic land scarcity in a number of ways, such as building upward (though the danger from earthquakes means that tall buildings have to be designed to withstand shocks) or downward – many shopping centers in larger cities have been built underground. The most successful method is the reclamation of land from the sea by means of infilling.

A largescale scheme of this kind has been carried out at Kobe on Japan's sheltered Inland Sea. One of the world's leading ports, the city is built on a 2 km (1.25 mi) wide strip of land between the coast and the steep mountains behind. In the 1950s a number of new quays were constructed on reclaimed land but these soon proved inadequate for the heavy flow of traffic using the port. Between 1966 and 1973 an artificial island, Port Island, was built in the middle of the harbor out of rock that was quarried from the hills behind Kobe. The quarry site was later reclaimed and used for new housing.

Today, Port Island provides quays for container ships and liners, a business center and housing for 20,000 people. A second artificial island, Rokko Island, has also been created in the same way. It has port facilities and a new multi-function city with a planned population of 30,000. Land reclamation has allowed Kobe to grow with the volume of its increasing trade so that it can maintain its position as one of the most important ports in the world.

In the shadow of a volcano (*above*) Kagoshima, an industrial city on the southern tip of Kyushu, has grown up in sight of Sakurajima, an active volcano. The streets are often showered with clouds of fine ash – a reminder of its ever-present danger.

Bolt-on buildings This house in Kumamoto, Kyushu, has been constructed using pre-fabricated parts. Most Japanese houses are much smaller than their western counterparts. Restricted living space is not considered an inconvenience.

close to major cities – it is also taken to provide recreational facilities, particularly golfcourses, for city-dwellers. However, such is the high premium on space, some Japanese companies are developing golfcourses in Australia where land is much cheaper.

This rapid urbanization has led to practical problems that the government is now addressing. City commuters may have to travel on overcrowded trains through miles of urban sprawl to get to work – the average employee's journey into Tokyo, for example, takes 90 minutes. Much of the new development grew so quickly that the buildings could not all be connected to a mains sewerage system. Even today half the buildings in Tokyo are without some services. Telephone and telegraph cables were nearly always carried above ground to save time and money, creating an untidy and obstructed landscape.

Korea's dual development
Since World War II the two separate states of North and South Korea have followed diverging paths of development. Before partition, urbanization was associated with the exploitation of industrial resources by the Japanese, and the bulk of these were concentrated in the northern,

more mountainous part of the peninsula. Most of the country's agricultural lowlands were in the south, and the population here was still overwhelmingly rural. Since partition, South Korea has promoted industrial development heavily, leading to spectacular urban growth as the population has moved in massive numbers from the countryside to the cities, particularly Seoul. By the early 1990s its population was approaching 10 million, just under three times as much as the next largest city, Pusan.

By contrast, communist North Korea, while retaining its industrial base, put its efforts into boosting agricultural output through collectivization and policies to redirect the population toward the countryside. Pyongyang is still its largest city, but all new urban development has been strictly controlled.

MODERN CITIES

In Japan before 1970 planning controls on urban growth were much weaker than they are today. Economic growth was all important, and free enterprise was allowed to operate unchecked. Urban areas spread in whatever direction they could with areas of housing, industry and commerce all crammed in together. Since then, great efforts have been, and are being, made to cope with overcrowding, urban sprawl and traffic congestion.

Attempts are being made to move industry and housing away from the most crowded urban areas by building new expressways, bridges and tunnels to open up the more remote parts of the country. These policies are longterm, but some dispersion has taken place. For example, a new academic town has been developed at Tsukuba, 60 km (37 mi) northeast of Tokyo, where government offices, national research facilities and universities have been relocated.

North Korea, operating under a system of communist central control, imposed much greater planning restrictions on urban development. Most North Korean cities control large areas of rural land beyond the urban settlement, and strict planning has provided services for the area as a whole. Most cities are relatively small and austere compared with those in South Korea and Japan. Commercial, industrial and residential areas are strictly divided, and some districts lack the color and vitality that is characteristic of cities in the rest of the region.

Land at a premium

Shortage of land affects nearly every aspect of Japanese urban life. As much as 80 percent of the price of a house is accounted for by the price of the land. As a result, living space in city houses and apartments is very confined by Western standards. In residential districts houses have little or no garden, but people cultivate shrubs and trees wherever they can, often growing miniature versions in pots indoors. Western-style parks and green open spaces are almost unknown in Japanese cities. Recreational areas are usually formal gardens to walk in rather than play areas.

The central areas of large cities in South Korea and Japan are lively, colorful shopping and commercial areas, full of

Climbing to the top Seoul has risen very fast in recent years, both in economic terms and in size of population, to become a leading world city. Although there has been a settlement here since the 14th century, little remains of earlier structures. Nearly all its buildings are less than 50 years old, and its citizens have witnessed many changes. Most have exchanged their traditional wooden-tiled houses for a modern apartment. The view from this city park looks across the trees to highrise office blocks at the city's center.

SEOUL – RISING WORLD CITY

Seoul, built on the Han river halfway up Korea's west coast, has been a capital city since 1392. It was established as the home of the Yi dynasty, and later acted as the center of Japanese colonial rule. The city was completely rebuilt in 1953 after the widespared destruction of the Korean war. It was made the capital – and became the industrial and economic center – of the newly created state of South Korea.

Since then it has experienced what virtually amounts to a population explosion – with nearly 10 million inhabitants it is among the 10 largest cities in the world. While it suffers from many of the attendant problems of rapid growth and a massive influx of population from the countryside – urban sprawl, severe traffic problems and an acute housing shortage – it has developed into a vibrant, colorful city of modern highrise buildings.

Only a few of the ancient palaces, temples, shrines and parts of the city wall have survived – the remainder is all new buildings. The center of the modern development is laid out in a grid pattern, which breaks up around the foothills on the outskirts. In 1988 Seoul celebrated its rising status among the wealthy cities of the world by playing host to the Olympic Games, an event that left the city with an impressive array of new sports and recreational facilities.

Yokohama harbor by night (*above*) Shortage of space for new roads has prompted this multilevel highway, built on reclaimed land in Honshu's Tokyo Bay. An efficient transport network is essential to the continuing success of the city. Yokohama is Japan's leading port, handling most of Tokyo's deep water traffic and its industrial cargo.

The rush hour (*right*) Shinjuku station on the western Yamanote line handles nearly 3 million of Tokyo's commuters every day. Like other major city stations, it has been developed as a civic complex, housing two department stores, offices, shops and other buildings, with a commercial district and major hotel nearby.

modern buildings. Railroad stations in the major cities usually have underground shopping centers. There are also a large number of restaurants – the small size of living areas at home means that it is common practice to eat out.

In the past, the air condition in Japanese cities was very bad. Pollution from industry and car exhaust fumes caused severe breathing problems for many people. In 1970, however, Japan set up an Environmental Agency to regulate the sources of pollution. Sulfur emissions from factories have been significantly reduced and automobiles now have to meet extremely strict standards of emission control – a factor that limits the sale of many foreign cars in Japan. As a result of these measures, the air in Japanese cities has improved considerably.

Problems of travel
Commuting to work in the city centers is a way of life for large numbers of the working population. There has been a staggering rise in the volume of cars in Japan – from 1.4 million vehicles on the roads in 1960, the number had climbed to 52.6 million by 1988 (South Korea has not yet seen such a dramatic increase in the number of private cars, except in Seoul). But roadbuilding in the cities has lagged behind because of lack of space to build and high land costs. However, there has been a huge program to develop road and rail links between cities, and more are planned. Where possible, the Japanese government is making efforts to improve traffic congestion in the cities through new planning regulations. Nagoya city, for example, has been redeveloped with wider roads to allow free-moving traffic.

Meanwhile many people prefer to travel by train, though these are often overcrowded at rush hour. The Japanese rail network is extensive and well used. The 250 km (155 mi) per hour Shinkansen express runs between major cities, with a train every five minutes through the Tokyo megalopolis. The larger cities also have a subway system. Air flights between Japanese cities are frequent, and many city airports have been built on land reclaimed from the sea.

Tokyo – city of wealth

Tokyo is a city of superlatives. It is the largest, wealthiest, and most crowded city in the world. Land prices are the highest in the world, the ratio of car ownership to land area is the highest in the world, and it has the lowest crime rate of any major city in the world. As well as being the political, administrative and commercial heart of Japan, it is regarded as the financial capital of the world.

Little remains of the city that became the national capital of Japan in 1868, when its population was just over half a million. It developed quickly, and by 1920 had reached 3.3 million, but a major earthquake in 1923 claimed 100,000 lives and destroyed most of the city's newly constructed rail network and industrial plant. The rebuilt city continued to grow ever outward, and by 1942 Tokyo had a population of nearly 7 million. American bombing raids in 1944–45 laid waste over two-thirds of the city area, and its population was more than halved. Again it was rebuilt, and spearheaded Japan's postwar reconstruction and expansion: by the early 1990s its population had risen to just under 12 million.

The modern megalopolis

As the city spread it absorbed the neighboring towns of Yokohama, Kawasaki, Chiba, and Saitama and now forms the world's largest metropolitan area, housing 32 million people. The Tokyo Metropolitan Region covers a mere 2 percent of the land area of Japan but it contains 22 percent of the population. It produces 22 percent of Japan's manufactured goods and houses most of the country's financial, administrative and service sectors, including 85 percent of all foreign companies, 80 percent of stockbroking companies, 63 percent of foreign banks and over half of Japan's company headquarters, computer service industries and media consultancies.

The Ginza district (*right*) Tokyo's brightly lit principal shopping area in the city center. At the northern end, Nihombashi Street, it passes through the financial district, and to the west it leads to the Imperial Palace and Hibiya Park.

Unstoppable growth (*below*) Tokyo's huge metropolitan area spreads over 21 satellite cities. At its heart are the financial, commercial and government districts, which lie behind the waterside industrial areas, many of them built on reclaimed land.

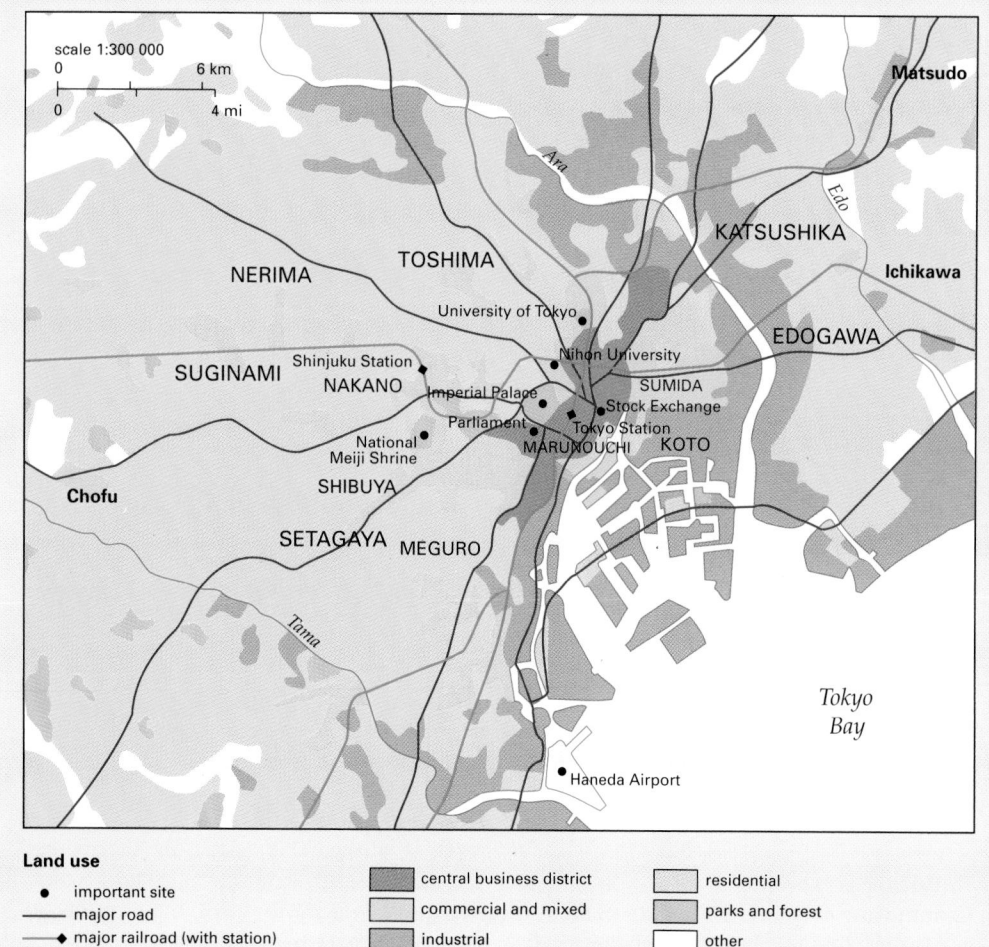

scale 1:300 000

Matsudo

Awa

Edo

KATSUSHIKA

Ichikawa

NERIMA

TOSHIMA

EDOGAWA

University of Tokyo

Nihon University

SUGINAMI

Shinjuku Station

NAKANO

Imperial Palace

SUMIDA

Stock Exchange

Parliament

Tokyo Station

National Meiji Shrine

MARUNOUCHI

KOTO

Chofu

SHIBUYA

SETAGAYA

MEGURO

Tama

Tokyo Bay

Haneda Airport

Land use

- • important site
- — major road
- ◆ major railroad (with station)

central business district	residential
commercial and mixed	parks and forest
industrial	other

Financial power is concentrated in the Marunouchi district. The head offices of all the leading banks are located there – eight of the ten largest banks in the world are Japanese. The city also contains the headquarters of Japan's foremost trading companies, such as Mitsui, Mitsubishi and Sumitomo, controlling huge financial, commercial and manufacturing interests all over the globe.

Residents of Tokyo have a high standard of living and enjoy high incomes, but the city's rapid growth, and its vast size, inevitably give rise to environmental, housing and transport problems. Because of earthquakes it has not been possible to solve the land shortage problem by building high – before 1968 no building over 8 storeys was permitted in the city. However, new technology now makes it safe for architects to design multistorey buildings, and the Shinjuku area has offices of more than 50 storeys.

Although there is sufficient accommodation for Tokyo residents, houses and apartments are small and crowded together. There is also a real shortage of parks and open spaces. Environmental problems, especially air pollution, became acute in the 1960s but recently the situation has improved considerably. It is much more difficult, however, to find a solution to the city's congested traffic – the shortage of roads makes it almost impossible to move freely around by car. However, public transport is well used and efficient. Over 3 million people use the Shinjuku railroad station in the center of Tokyo every day. Although the trains are crowded, they always run on time.

Pedestrian problems

Cities are environments for people – places where they come to work, shop, meet friends and socialize. In the past, getting around city streets on foot was easy, but as cities have grown into the sprawling metropolises of today pedestrians everywhere have become second-class citizens to the car.

Millions of people crowd into Tokyo's business and shopping districts every day. Many of them travel in by train, and then walk to their destination on foot. People congestion is as much a problem on the streets as vehicle congestion.

There have been many different measures to try and improve the situation for pedestrians. New expressways, flyovers and interchanges have been built to take some of the traffic away from the ordinary streets. Car parking has been severely restricted, and to improve air quality, cars must use lead-free gas.

At busy road intersections, crossings over 90 m (100 yards) wide allow people to walk in safety from one side of the street to the other. Pedestrian bridges and subways also make walking in the city safer and easier, though people have to go greater distances, while underground shopping centers and the pedestrianization of certain central shopping streets have improved the environment for shoppers. Despite all these improvements, the sidewalks of Tokyo are still exceedingly crowded, particularly at the peak times.

Keeping to the lines A wide street crossing at Tokyo's Shinjuku station carries shoppers and city strollers across a busy intersection. Crossings are strictly controlled. People cross only when the lights make it free to do so.

239

COASTAL CITIES AND EMPTY SPACES

A LATE START TO URBANIZATION · TWO SETTLEMENT PATTERNS · FIRST AND THIRD WORLD CITIES

Settlement within the vast region that includes the continent of Australia, the islands of New Zealand, and the scattered archipelagos of the Pacific Ocean falls into two distinct patterns. The only linking factor is the recent date, in world terms, of urbanization – no cities existed in the region more than 200 years ago. In Australia and New Zealand's developed economies, most people are urbanites, inhabiting a handful of wealthy coastal cities. Life for the vast majority is comfortable. In the island states of Oceania, where until very recently most people have existed as sub-sistence farmers, increasing rural–urban migration has favored the rapid growth of a single city, nearly always the capital. Most cities lack the resources to accom-modate this sudden influx, and urban poverty is widespread.

COUNTRIES IN THE REGION

Australia, Fiji, Kiribati, Nauru, New Zealand, Papua New Guinea, Solomon Islands, Tonga, Tuvalu, Vanuatu, Western Samoa

POPULATION

Total population of region (millions)	22.9
Population density (persons per sq km)	2.8
Population change (average annual percent 1960–1990)	
Urban	+2.1
Rural	+0.9

URBAN POPULATION

As percentage of total population	
1960	78.0
1990	84.2
Percentage in cities of more than 1 million	52.3

TEN LARGEST CITIES

	Country	Population
Sydney	Australia	3,531,000
Melbourne	Australia	2,965,000
Brisbane	Australia	1,215,000
Perth	Australia	1,083,000
Adelaide	Australia	1,013,000
Auckland	New Zealand	855,000
Newcastle	Australia	419,000
Wellington †	New Zealand	325,000
Christchurch	New Zealand	307,000
Canberra †	Australia	289,000

† denotes capital city

A bridge to a continent Sydney, Australia's oldest and largest city, has grown up around a natural harbor on the Pacific that is one of the finest in the world. Its population is now over 3 million, and the city extends over 1,735 sq km (670 sq mi).

A LATE START TO URBANIZATION

Before European colonization, the entire population of Australasia and Oceania was probably no more than 2 million. The hunter–gatherer way of life that pre-dominated, particularly in Australia and Papua New Guinea, placed ecological limits on population growth. Although small fishing and farming villages were found throughout New Zealand and clustered around the coasts of many of the Pacific islands, the region's relatively simple agricultural systems were not sufficiently developed to provide the basis for urban growth.

In the region's precolonial societies, the vast majority of the population were directly involved in food production, growing just enough for their own needs. The conditions that allow empires to grow did not exist. Cities begin to form when a powerful ruling elite is able to exert central control over a large farming population in order to generate and dis-tribute the food surplus, but in Austral-asia and Oceania the population never reached the level needed to establish such a system.

Map of population density
(*right*) Australia's five great coastal cities are dominant, containing up to 90 percent of their regional populations. Nevertheless, its average population density – at 2.1 persons per sq km (5.6 per sq mi) – is among the lowest in the world. Much of the interior is uninhabited desert. Even in the cities, many people live in low-density housing.

Population density

city populations
(capital city is underlined)
- ■ 1 000 000–5 000 000
- ● 500 000–999 999
- ◉ 250 000–499 999
- ○ 100 000–249 999

persons per square km
- 100
- 50
- 10
- 1

Moreover, the problems of distance and communications throughout the region were an obstacle to building the kinds of urbanized empires that developed at early dates in Central America, parts of Africa, Asia and Europe. In Australia, Aboriginal society was a mosaic of relatively small, widely dispersed tribes and clans, while the distances between the tiny islands scattered across the Pacific made it difficult to establish, let alone organize, an imperial system.

The European impact
It is only since the establishment of the first British colony at Port Jackson (now Sydney) in 1788 that towns and cities have existed in Australia and New Zea-land. Urban settlement came even later to Oceania as the islands were colonized by British, French, German and American missionaries and administrators in the second half of the 19th century. For thousands of years before this, the scattered communities of hunters, fishers and farmers of the region had lived in sustainable balance with their natural habitat, a balance that was reflected in their interconnecting systems of belief, ritual and social organization.

Many European travelers, such as the writer Robert Louis Stevenson (1850–94) and the painter Paul Gauguin (1848–1903), idealized the Pacific peoples as innocent children living in a Garden of Eden. But wherever their way of life came into conflict with the European appetite for territorial possession, it was contemptuously swept aside. Towns, in which grandiose public buildings in neoclassical or gothic style displayed the strength of European power, were made the means of controlling the indigenous populations and the center of colonial administration. Above all, towns existed to support trade, through which the natural mineral and agricultural resources of the colonies were shipped to home markets in Europe.

Some 200 years after the European conquest and contact with the outside world, the population of Australasia and Oceania is still only 23 million. This figure masks huge disparities within the region. Australia has by far the largest population, at 17 million, followed by Papua New Guinea with 4 million and New Zealand with almost 3.5 million. Populations in the Pacific islands are very much smaller. Fiji's, the largest, is less than 1 million.

TWO SETTLEMENT PATTERNS

While the populations of the island states of Oceania remain small, they are nevertheless expanding rapidly. In all of them, one city or town dominates the settlement hierarchy. Typically, it has grown to its present size in a very short time. For example, in 1967 Tahiti, the largest of the islands in the dependent territory of French Polynesia, had a population of 61,500; this had increased to 95,000 in 1977 and almost 150,000 by 1990. Most of this growth has been concentrated in the urban area of the island's capital Papeete, which today houses almost half of the island's population. Similar growth rates are found in the other islands. Fiji has a total population of almost 800,000, but over 100,000 live in just one city, the capital Suva.

Population density

city populations
(capital city is underlined)

● 500 000–999 999
◉ 250 000–499 999
○ 100 000–249 999

persons per square km

100
50
10
1

New Zealand

North Island

Great Barrier Island

Auckland

Bay of Plenty

Hamilton
L Rotorua

L Taupo

Hawke Bay

Cook Strait

Wellington

NEW ZEALAND

Tasman Sea

South Island

PACIFIC OCEAN

Christchurch

Waitaki

L Te Anau

Clutha

Dunedin

Foveaux Strait

Stewart Island

Map of population density New Zealand's two largest cities, Auckland and Wellington, are located on North Island. South Island is less hospitable, with mountains and glaciers. The coasts are more heavily populated than the interior. An increasing number of immigrants to the cities have come from the neighboring Pacific islands such as Western Samoa, the Cook Islands and Tokelau.

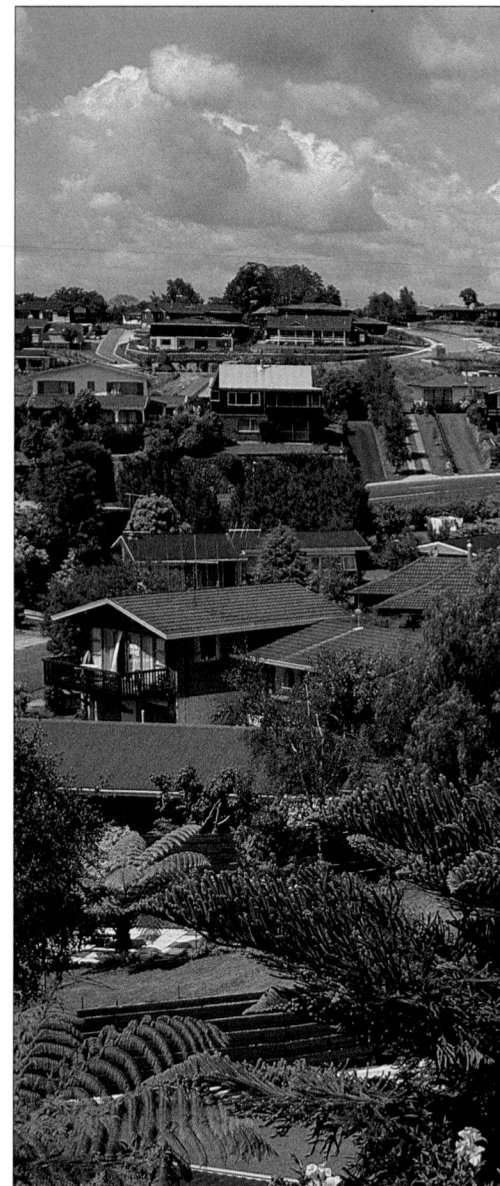

Magnets for growth

Throughout Oceania the greatest rates of population growth have been recorded in the bigger towns, which act as magnets for the rural–urban migrants seeking economic opportunities in the cities. Most of these island states are archipelagos covering a large expanse of ocean, so migration may mean moving considerable distances. In Kiribati, the population of some islands has fallen to very low levels, and more than a third of the people now live on the island of Tarawa, where the capital and major port are located. Migrants in American and Western Samoa

seek even farther destinations – the United States and New Zealand. There are now more American Samoans in the United States than are found in the islands themselves.

Patterns of circular migration also exist: people may move from the rural villages to the town on a temporary basis, just renting somewhere to live or staying with relatives while maintaining their base in the countryside. This gives rise to seasonal fluctuations in urban and rural populations as workers return to the country during the growing seasons and find work in the city the rest of the year.

The biggest and fastest growing cities of the Pacific island states tend to be the capitals. The legacy of the colonial period has lived on after independence. The new governments remained located in the former capitals, which were usually the main trading points with the outside world and the site of most commercial and industrial activity. Their new bureaucracies became further sources of economic growth, attracting rural migrants away from other urban centers.

The settlement pattern in Australasia

By contrast New Zealand and Australia have lower rates of population growth and very high levels of urbanization. More than 75 percent of the people in New Zealand and over 80 percent in Australia live in urban areas. In New Zealand, almost half of the people live in the three largest cities: Auckland, Wellington and Christchurch. In Australia, over half live in the five largest cities: Sydney, Melbourne, Brisbane, Perth and Adelaide.

The suburban jungle (*above*) Tauranga, New Zealand, a market town on North Island, is the center of a prosperous fruit-growing area. Spacious suburbs with plenty of foliage accommodate the population.

Going to town (*below*) The French painter Paul Gauguin who lived in Tahiti between 1895 and 1903, might recognize the people, but not the busy street. Nearly one in two lives in the capital, Papeete.

These large cities are all on the coast and are major centers of population, trade, industry and political power. They have captured all the economic growth in the states and regions they dominate. Their very size becomes a source of further growth, and so the upward spiral of expansion continues. Rural migration has been a minor factor in their growth: immigration from abroad – originally from Britain, more recently from southern Europe and Asia – has been the traditional source of their expanding urban workforce.

Because the cities are so dominant, other towns fail to reach the necessary size to ensure continued growth, creating a kind of urban imperialism. The big cities cast a giant shadow over the rest of the settlement hierarchy. In New South Wales, for example, Sydney, with a population of nearly 3.5 million, completely dwarfs the next largest city, Newcastle, at 400,000. The town next in line, Wollongong, is half this size again, and then comes Maitland at 38,000.

Away from the major population centers, settlement consists of very small market towns, usually referred to in Australia as "country towns". Consisting of a general store, a bar or hotel, and a handful of houses, these serve the immediate needs of the surrounding rural area, but lack the characteristic size and complexity of an urban center. Because cattle and sheep farms are so large – typically 40,000 hectares (100,000 acres) or more – and employ very small numbers of fulltime laborers, rural populations are not large enough to support a network of medium-sized towns. People living in the countryside therefore have to travel long distances to the major cities in order to acquire services such as banking, shopping, education and healthcare. Primary education is supplied to families in the outback over the radio, and emergency medical aid is provided via the Flying Doctor scheme.

FIRST AND THIRD WORLD CITIES

Viewed from the air, the most striking thing about the cities of Australia and New Zealand is their sprawling suburbs. Although urban growth is relatively low, the trend as in other cities in the rich world has been for city-dwellers to move outward into low-density residential areas. The availability of cheap land in Australia and New Zealand, combined with the purchasing power of ordinary households, has promoted this type of settlement. Almost three-quarters of their populations are found in single-family, lowrise dwellings in widely dispersed suburban areas.

The endemic scarcity of labor in Australia and New Zealand historically gave workers strong bargaining power, which was translated into relatively high wages and good conditions of employment. Consequently, the majority of the population could afford to be house owners. Even at the time of Federation in 1901, one in every two Australian households belonged to owner-occupiers. In Britain at the same time the comparable figure was less than one in ten.

The desire for owner-occupation has been a powerful force in the political and economic life of the two countries, and successive governments since the last quarter of the 19th century have encouraged this form of housing tenure. Later on, the promise of more spacious living conditions and cheaper housing figured prominently in the Australian government's promotion campaigns to encourage emigration from the crowded industrial cities of Britain and elsewhere in Europe. It is the coming together of public policy and private desires that has helped to create the peculiarly suburban

High life in the city (*left*) Australian cities are full of contemporary urban amenities such as galleries and cafés, some of them very imaginatively designed. The centers have an easy-going, cosmopolitan flavor, reflecting the multiethnic character of their populations.

Town along the Coral Sea (*above*) In Port Moresby, the capital of Papua New Guinea, houses have been raised on stilts above the estuarial mud. Port Moresby is much the largest urban settlement in the country, attracting a growing number of rural migrants.

Prime housing Terraced houses on The Rocks at the harbor edge of central Sydney. Downtown houses were among the first to benefit from the 1980s trend toward reurbanization and gentrification. A waterfront location makes the property even more desirable.

nature of Australasian cities. Sydney has only one half the population of Paris but spreads over ten times the surface area.

Back to the city

In recent years there has been a significant move back to the cities, which runs counter to the longterm trend for the population (and consequently commercial and shopping facilities) to disperse to the suburbs. In Sydney in the 1960s, for example, in the inner city residential area of Paddington, small 19th-century terraced houses with fine iron lacework verandahs were being abandoned as people deserted the city for the suburbs. All at once, it became fashionable for young professionals to buy and renovate these run-down properties. Gentrification has given life back to this part of the city. Paddington now boasts bookshops, cafés, wine bars and art galleries.

This is a common trend throughout the cities of the developed world, be it San Francisco or Toronto, London or Amsterdam. In Australia, however, and Sydney in particular, it is given a different twist. Because of Sydney's layout, the affluent, gentrified parts of the city lie closer to the beach. Given the importance of the beach in Australian popular culture, the people in the distant suburbs to the west are considered deprived because they live much farther away from the ocean.

Struggling to cope

If the urbanization trends in Australia and New Zealand resemble those of other countries of the developed world, then in the Pacific island states they come closer to those of the Third World. Here, rapid population growth resulting from rural–urban migration has outstripped the capacity of urban authorities to cope. Suva in Fiji, for example, is developing the squatter settlements and the large informal economy that are more usually associated with the sprawling cities Central or South America.

Some parts of the Pacific island cities date back to the Victorian age, but the bulk of urban building has taken place since World War II. Papeete is a typical example of a town with an old colonial core around the harbor surrounded by newer residential areas. Wealth and social position are usually the factors determining residential location, with bureaucrats and business people occupying the large villas that formerly belonged to colonial administrators, and the urban poor being housed in flimsy, makeshift shelters.

In some islands, where indentured immigrant labor was introduced under colonialism, ethnicity may also be a factor. The population of Noumea, the capital of New Caledonia, consists almost entirely of Europeans, Polynesians and Asians. The indigenous Melanesian people are is still predominantly rural, and those who do live in the city return frequently to their villages to take part in ceremonies and gift exchanges. However, in some island groups even rural communities are being affected by western-style urbanization. In Samoa, returning migrants from New Zealand and the United States bring new ideas, and in many villages timber or concrete-built houses with walls and windows are replacing the the traditional thatched houses with open sides.

THE LAST UNINHABITED WILDERNESS

Antarctica is the only continent in the world without permanent settlement. Its inaccessibility and its inhospitable climate make it truly the last uninhabited wilderness. The extreme cold of the winter months, reaching temperatures of -57°C (-70°F), means that human activity can only be carried on in the summer months when the average mean temperature rises to a balmy −18°C (0°F).

The unfeasibility of settlement has not prevented a number of countries – including Argentina, Britain, Chile, New Zealand, Australia, France and Norway – laying territorial claim to Antarctica, which is known to possess huge mineral reserves. However, these claims are held under abeyance under a number of international treaties. Permanent settlement is restricted, though the claimant countries are allowed to keep bases there for scientific research, and to maintain their presence in the region. They are already accumulating the mess and clutter that are the inevitable accompaniment of human occupation. Around all the bases piles of rusting abandoned equipment and rotting garbage can be found.

The birth of a baby on an Argentinian base in 1992 – the first recorded human birth in Antarctica – hinted that more permanent residence might even become a possibility in the future.

Canberra – a marriage of ideas

Canberra came into being following the federation of the separate states of Tasmania, Victoria, New South Wales, South and Western Australia in 1901 to form the new independent country of Australia. Intense interstate rivalry meant that none of the existing state capitals could be made the new national capital over the others, so federal government officials opted to build an entirely new city.

At first it was intended to base the capital territory in New South Wales, but politicians in Melbourne demanded that it be more than 160 km (100 mi) from Sydney, so that the capital of New South Wales would not benefit from being in close proximity to the federal capital. As a temporary compromise it was decided that the the federal government would stay in the Victorian capital of Melbourne until a new parliamentary home could be built elsewhere.

Canberra was chosen as the site of the Australian State Territory in 1909 and inaugurated in 1911. Its name derives from an Aboriginal term meaning "meeting place" and had been given to a small squatters' settlement of stockmen on the site as early as 1836. An international competition to find a design for the new capital was won by an American, Walter Burley Griffin (1888–1937).

Drawing on the ideas of the City Beautiful movement, then influential in the United States, which called for a return to the grandeur of classical Greece and Rome in urban design, Griffin's plan included a series of broad avenues and grand vistas. Married to this was an emphasis on public open space, derived from the Garden City concept pioneered by the British town planner Ebenezer Howard (1850–1928). The City Beautiful uses the city to display public power; the Garden City conceives it as a pleasant and livable place for ordinary people. By combining the two, Griffin was striving for the perfect city.

Griffin never saw his plan turned into reality. Economic depression and two world wars delayed the start of development. A temporary parliament house was constructed in 1927, but the city remained uncompleted. Critics referred to it as "a good sheep paddock gone to waste", "a cemetery with lights" and "two suburbs in search of a city". It was not until the mid 1950s that the government committed itself to spending the money needed to develop Canberra, and the city began

Weighty reflections (*below*) The original parliamentary building, since replaced by Parliament House, officially opened in 1988. Nearly half the city's population – which has increased eightfold since the 1950s – is employed by the government.

Garden city around water (*right*) Lacking a spectacular setting like the harbor cities, Canberra was designed with lakes and parks to make it attractive. Lake Burley Griffin, the largest body of water, was named after the American architect who designed the early city.

Planned growth The growth of the city since the 1950s has led to expansion of the original plan. Strict planning controls in Australia make it easy to add satellite areas (primarily residential) rather than encroach on urban green space for additional housing.

Land use

- • important site
- — major road
- —◆ major railroad (with terminus)
- central business district
- commercial and mixed
- industrial
- residential
- parks and open spaces
- other

scale 1:100 000

to live up to its early promise. In 1958 the population was only 40,000; by 1988 it had risen to 250,000.

Completion of an ideal

In Canberra, two planning movements, both originating in the northern hemisphere, have achieved their finest manifestation on the other side of the world – a visible sign of the global spread of urban development and planning ideas. Around the Parliament House (opened during the Bicentennial in 1988) a cluster of public buildings – the National War Memorial, National Art Gallery, High Court and National Library – all set out in broad vistas, are the symbolic center of political power in Australia.

The whole feeling of architectural display in the public part of the city is exaggerated by the embassies that have been designed in their respective national styles. The Indian embassy is a Maharajah's palace, while the representatives of New Guinea are accommodated in a replica of a traditional longhouse. Central Canberra is an architectural Disneyland, a theme park of national building styles.

Away from the center is the garden city – a city of single-family dwellings in carefully planned neighborhoods where pedestrians and bicycles are separated from cars, no fences are allowed and the authorities maintain sidewalk parks and green spaces with an expensive program of planting and constant irrigation. Residential Canberra is one of the very best examples of a garden city to be found anywhere in the world.

GLOSSARY

agro-industrial center
In the former SOCIALIST countries of Eastern Europe and the Soviet Union, a rural COMMUNE with resource and locational advantages that was selected to become both an agricultural and an industrial center.

agrotown
A relatively large agricultural settlement in Southern Africa that developed around a watering place for cattle and contained a degree of social and economic organization.

apartheid
The policy of separate development for the white and non-white populations in South Africa.

Art Deco
A design style widely used in the 1920s and 1930s. It was characterized by well defined geometric shapes, lively color schemes and the use of artificial materials such as plastic.

Austro-Hungarian empire
The empire dating from 1526 when Bohemia and Hungary were united under the Austrian crown. It held a powerful position in Central and Eastern Europe until 1867 when the separate existence of Hungary was recognized. The Austrian empire came to an end in 1918, at the end of World War I.

back-to-back housing
Cheap row housing for industrial workers, particularly in Britain, built during the 19th century. The backs of the two-storey houses either shared a common wall or were separated by a very narrow alley.

baroque style
A style of architecture characterized by curved and broken lines and ornate decoration. It was popular throughout Europe from the late 16th century to the early 18th century.

bazaar
A crowded market area at the center of cities and towns in Northern Africa, the Middle East and Asia consisting of hundreds of small family-run shops and stalls. Traditionally, merchants selling the same kind of goods or craftsmen following the same trade were located in particular streets or quarters of the bazaar.

bungalow
A single-storey house. The name derives from a Hindi word meaning "house in the Bengal style"; bungalows were introduced into Britain from India in the 19th century, from where they spread to North America, Australia and other parts of the world.

capital city
The city where the government of a country or state is located; it is usually, but not always, the largest city in the country. See also PRIMATE CITY.

Carthaginian
Belonging to the ancient CITY-STATE of Carthage near present-day Tunis in Northern Africa. The city was founded by PHOENICIAN traders in 800 BC and grew into an empire that dominated Northern Africa and the Mediterranean.

central business district
The part of a town or city, usually in the center, where retail stores, offices and cultural activities are concentrated, and land values and building DENSITIES are high. Often referred to as the CBD.

City Beautiful movement
A movement among a group of architects in the United States at the turn of the century who favored a style of urban design based on a return to the grandeur of ancient Greece and Rome.

city-state
An independent state consisting of a single city and the surrounding countryside needed to support it. Singapore is an example of a modern city-state.

cluster village
A small settlement that has developed around a central point such as a cross roads.

commune
A group of individuals or families sharing goods, dwellings and labor. In China, communes are an expression of a SOCIALIST philosophy. In other countries communes may be motivated by religious and philosophical beliefs.

communism
A social and political system based on the common ownership of all property. See SOCIALISM.

commuting
The act of traveling a considerable distance between home and work regularly, normally between the SUBURBS and the center of a city.

Consolidated Metropolitan Statistical Area (CMSA)
See METROPOLITAN STATISTICAL AREA.

conurbation
A continuous, extended URBAN AREA formed by several independent cities expanding and merging together.

cumulative causation
The process by which the growth of a city is fueled by its own growth. For example, as an URBAN population increases so does its need for food, goods and services. In turn this requires more people to provide them.

demography
The study of population statistics.

density
The quantity of anything (people, buildings, traffic etc) found within a given unit of area. See also POPULATION DENSITY.

downtown
Name popularly given to the CENTRAL BUSINESS DISTRICT of a city.

entrepot port
A port to which raw materials and commodities are brought and from which they are distributed, sometimes without being processed.

ethnic group
People sharing a distinctive culture, based on common national origin, or a shared religion or language.

ethnic neighborhood
An area of a town where the inhabitants are largely from one ETHNIC GROUP.

European Community
A cooperative economic and political organization consisting in 1992 of 12 European states.

Fertile Crescent
Name given to one of the earliest sites of civilization consisting of a crescent-shaped area of fertile land stretching from the lower Nile valley, along the east Mediterranean coast and into Syria and Mesopotamia (present-day Iraq). Agriculture had its origins in the area about 8000 BC.

feudalism
A hierarchical form of society in which land is held in return for providing military service, and landowners collect dues from peasants in return for protection.

fossil fuel
Any fuel, such as coal, oil and natural gas, formed beneath the Earth's surface under conditions of heat and pressure from organisms that died millions of years ago.

Frostbelt
The name popularly given to the older industrial areas of the northeastern United States that are extremely cold in winter, used to distinguish them from the SUNBELT.

garden city
A planned residential community with low-DENSITY housing, open space and planted areas. The garden city movement was started in Britain by Ebenezer Howard in the 19th century, and developed during the 20th century.

gentrification
The process of renewing deteriorating areas of the INNER CITY. Middle-class investors buy cheap rundown properties, repair and sell them, thereby attracting more affluent immigrants into the area and raising property prices.

ghetto
A rundown residential area, usually part of the INNER CITY, in which any underprivileged minorityor ETHNIC GROUP is concentrated.

ghost town
Normally refers to towns in the United States' West that were once mining boom towns but are now deserted.

grid plan
A town or city layout in which rectangular blocks of buildings are separated by roads intersecting at right angles. It was the plan used in Roman towns, and was adopted by city planners in the United States.

Gothic style
A style of architecture that originated in western

Europe in the 12th century and lasted until the 16th century in some places. It is characterized by rib and vault ceilings, pointed arches and decorative stone detail. The style enjoyed an international revival in the 19th century.

green belt
An area of open land around a city on which development is prevented or carefully controlled in order to set limits on a city's expansion.

greenfield site
A countryside site which is allocated for a new development such as housing, a shopping mall, factory or warehouse.

Hanseatic League
A group of trading towns in north Germany that formed an association in the 13th century to protect their interests. It grew to 100 towns in the 14th century and established a trading monopoly over much of northeast Europe. It was dissolved in the 17th century.

highrise
A tall building comprising many storeys such as an apartment or office block.

hinterland
The area lying inland from a coast that supplies agricultural goods and raw materials to an ENTREPOT PORT. By extension, it refers to the area of countryside around a city that lies within its SPHERE OF INFLUENCE, receiving and supplying goods and services.

homestead
An isolated group of farm buildings, usually occupied by one family. In the United States, a tract of land in the frontier territories given by the government to settlers for cultivation during the 19th century.

housing estate
A large area of houses built to a plan at about the same time, often as a SUBURBAN development with its own shops and amenities and built on a GREENFIELD SITE.

hunting–gathering
A way of life based primarily or exclusively on the hunting of wild animals and the gathering of uncultivated plants for food, fiber and other materials.

informal economy
The work that is carried on outside the officially monitored economy usually for untraceable cash payments. In many parts of the developing world it provides a major means of support for URBAN populations.

infrastructure
The stock of roads, railroads, airports, port facilities, public SERVICES etc that are necessary to sustain the economic and social activities of a city or a country and are a measure of its stage of development.

inner city
The older residential areas that developed around the city's commercial center. Some are the sites of GHETTOS, while others have become GENTRIFIED.

kraal
A Southern African name for a village of huts usually surrounded by a protective fence or wall.

Land (pl. *Länder*)
The individual states that make up the federation of Germany. They have a large measure of autonomy.

land reclamation
The process of creating new land for human use, usually by building dikes round an area of sea and pumping out the water to make dry land as in the Netherlands.

land use
The use to which a particular area of a city is put, for example as open space, for industry, or as a residential area.

linear village
A small settlement in which the majority of the buildings are built in two rows, one on either side of the street.

medina
The oldest part of the cities of Northern Africa, standing within a fortified wall around the SUQ and public mosques.

megalopolis
A giant URBAN AREA comprising several large towns or cities. The name was first given to the corridor of urban sprawl along the northeast seaboard of the United States from Boston to Washington DC.

metropolitan area
The city and its SUBURBS, which may spread over more than the city's administrative area.

Metropolitan Statistical Area (MSA)
In the United States, the name given by the Census Bureau for statistical purposes to an area containing at least one city or URBAN AREA with a population of more than 50,000 within a total population of 100,000. CONSOLIDATED METROPOLITAN STATISTICAL AREAS are MSAs with a population of at least 1 million.

Modernism
A cultural movement of the mid 20th century that rejected traditional subjects, values and styles. In relation to architecture, it led to styles with no ornamentation and crisp, geometric lines. Modern materials were used to convey the spirit of the industrial age. See also POSTMODERNISM.

municipality
A town or city that has some measure of local government.

neoclassical architecture
An architectural style popular in the late 18th and early 19th centuries that imitated classical art and architecture.

Ottoman empire
Empire founded in the 13th century by Ottoman Turks, which had its political center in Istanbul in present-day Turkey. It controlled the area

where Asia, Africa and Europe meet, but fragmented at the end of World War I.

Phoenician
Belonging to a group of CITY-STATES on the east coast of the Mediterranean Sea that after 1000 BC established trading posts around the Mediterranean, including the colony of Carthage in present-day Tunisia.

polder
An area of level land at or below sea level obtained by LAND RECLAMATION. It is normally used for agriculture.

population density
The number of people living in a given area. Usually expressed as x people per sq kilometer or per sq mile.

Postmodernism
An architectural movement dating from the 1970s that developed in reaction to the austerity of MODERNISM. It is characterized by a revival of local styles, NEOCLASSICAL design and ornamentation.

primate city
A country's leading city, disproportionately larger and functionally more complex than any other; a city dominating a SETTLEMENT HIERARCHY in which there is an absence of middle-sized towns between the layer of small rural towns and the top.

"push-pull" factors
In relation to RURAL-URBAN MIGRATION, the "push" factors are the unfavorable characteristics of a rural area (such as landlessness or unemployment) that persuade people to leave their home village; the "pull" factors are the attractive forces (better economic opportunities, provision of health care) that lead them to the city.

Randstad
The ring of urban development in the Netherlands that includes the cities of Amsterdam, Rotterdam, The Hague and Utrecht. It houses 40 percent of the population of the Netherlands.

rapid transit system
Public transportation systems, using light trains or streetcars, designed to move large numbers of people around URBAN AREAS at speed and in relative comfort irrespective of traffic conditions.

Renaissance
A period in Europe lasting from the 14th to 16th centuries during which there was a revival of the learning, art and architecture of the classical Greek and Roman period. It began in Italy and spread to northern and western Europe.

rent yard
An area of rented land in the Caribbean on which people build their own simple houses without acquiring any form of planning permission.

resort
A builtup area whose population derives a major proportion of its income from tourists.

ribbon development
The spread of urban development alongside major routeways leading out of a town or city.

Roman empire
The empire centered on the city of Rome in Italy that lasted from 27 BC to 476 AD. At its height it controlled the Mediterranean, large parts of western Europe and the Middle East.

rural–urban migration
The movement of people from the countryside to settle in towns and cities. The reasons for the migration are various PUSH-PULL FACTORS.

satellite town
A town lying close to a large city, and dependent on it for employment and services, but physically separate from it. Often planned as a new town built to prevent the continuing sprawl of the main settlement.

self-help housing
In Central and South America in particular, refers to settlements or SHANTY TOWNS on empty land where the occupants have moved in to build their houses for themselves without planning permission. Once the settlements have become established over a number of years, basic SERVICES may be supplied by the authorities.

services
The various amenities that people need in their daily lives such as water, sanitation, energy and transportation, which are supplied by public or private bodies.

settlement hierarchy
A classification of settlements by their size and range of SERVICES. A hamlet or village is a low order settlement and a city a high order settlement.

shanty town
An area of very poor housing consisting of ramshackle huts and other simple dwellings often made from waste materials. There are inadequate SERVICES.

Silk Road
An ancient land route stretching 6,400 km (4,000 miles) from the Mediterranean to China along which silk was traded westward and wool and precious metals eastward.

socialism
An economic system and political ideology based upon the principle of equality between people and the redistribution of wealth and property. In the socialist states of Eastern Europe and the former Soviet Union central planning agencies were established to regulate URBAN development and growth and to impose design and planning norms.

Special Economic Zone
One of four areas in the People's Republic of China where there is investment to encourage the growth of foreign trade. Joint ventures with foreign companies are a feature of commercial developments there.

spa town
A RESORT that attracts people because its water supply possesses special health and healing qualities.

sphere of influence
The area over which a town or city has influence. People living in the area look to that settlement to provide employment, goods and SERVICES.

suburb
A residential area, usually of low-DENSITY housing, situated on the edge of a town or city. People often COMMUTE to the city for work.

Sunbelt
The name given to the southern states of the United States where the climate is more hospitable than in the FROSTBELT.

suq
Sometimes spelled souk, the BAZAAR or market place of a Middle Eastern or Northern African town.

tenement
A large, multistoreyed city building that is divided into rooms or apartment for rent, providing high-DENSITY housing, often of poor quality.

terraced housing
Three or more houses that are built in a row and share side walls with a neighboring house.

urban
Characteristic of, or belonging to, or related to a city or town. Refers to any settlement where the inhabitants are primarily engaged in nonagricultural occupations.

urban renewal
The term used to describe the redevelopment of rundown INNER CITY areas to attract business investment and residents. See also GENTRIFICATION.

urbanization
The transformation of a population from rural to URBAN status; the process of city formation and growth.

world city
One of the major cities in the world with international influence and status such as New York, London or Tokyo.

Further reading

Castells, Manuel, *The Informational City* (Basil Blackwell, Oxford, UK and Cambridge, Mass, USA, 1989)

Castells, Manuel, *The City and the Grassroots* (Edward Arnold, London, UK, 1983)

Girouard, Mark, *Cities and People* (Yale University Press, New Haven, USA and London, UK, 1985)

Gugier, J., *The Urbanization of the Third World* (Oxford University Press, Oxford, UK and New York, USA, 1988)

Hall, Peter, *Cities of Tomorrow* (Basil Blackwell, Oxford, UK and Cambridge, Mass, USA, 1988)

Hall, Peter, *The World Cities* (Weidenfeld and Nicholson, London, UK, 1977)

Harvey, David, *Social Justice and the City* (Basil Blackwell, Oxford, UK, 1989)

Harvey, David, *The Urban Experience* (Basil Blackwell, Oxford, UK, 1989)

Jacobs, Jane, *The Economy of Cities* (Random House, New York, USA and Penguin, Harmondsworth, UK, 1969)

Jacobs, Jane, *Cities and the Wealth of Nations* (Random House, New York, USA and Viking, London, UK, 1984)

King, Anthony, *Urbanism, Colonialism and the World Economy* (Routledge, London, UK and New York, USA, 1990)

Matrix, *Making Space: Women and the Man-made Enrironment* (Pluto Press, London, UK, 1984)

Mumford, Lewis, *The City in History* (Harcourt, New York, USA and Penguin, Harmondsworth, UK, 1961)

Sassan, Saskia, *The Global City* (Princeton University Press, Princeton, New Jersey, USA, 1991)

Smith, Michael Peter and Feagin, Joe (eds), *The Capitalist City* (Basil Blackwell, Oxford, UK and Cambridge, Mass, USA, 1987)

Short, John Rennie, *An Introduction to Urban Geography* (Routledge, London, UK and New York, USA, 1984)

Short, John Rennie, *The Humane City* (Basil Blackwell, Oxford, UK and Cambridge, Mass, USA, 1989)

Sources of data

The information on population size given in this volume has been taken from the United Nations Demographic Yearbook 1991 and the *Geographical Digest 1992–1993* (George Philip with Heinemann Educational, Oxford, 1992). Wherever possible, figures referring to size of city populations have been given for the entire metropolitan area of the city, rather than its administrative area.

Acknowledgments

Picture credits

Key to abbreviations: A Arcaid, Surrey, UK; **BCL** Bruce Coleman Limited, Middlesex, UK; **C** Colorific!, London, UK; **COP** Christine Osborne Pictures, London, UK; **E** Explorer, Paris, France; **HL** The Hutchison Library, London, UK; **IB** The Image Bank, London, UK; **IP** Impact Photos, London, UK; **M** Magnum Photos Limited, London, UK; **PP** Panos Pictures, London, UK; **RHPL** Robert Harding Picture Library, London, UK; **SAP** South American Pictures, Suffolk, UK; **SPL** Science Photo Library, London, UK; **Z** Zefa Picture Library, London, UK.

t=top; c=center; b=bottom; l=left; r=right

1 Z **2** IB/Andre Gallant **3** HL **4** E/Christophe Boisvieux **6–7** IP/Martin Black **8–9** RHPL/Duncan Maxwell **10** RHPL **12** RHPL **12–13** Z/Neville Presho **14–15** Z/K F Scholz **16–17** M/Bruno Barbey **17** Z **18** RHPL **18–19** RHPL/J E Stevenson **20** Z **20–21** HL/Bernard Regent **22–23** COP **23** SPL/National Snow and Ice Data Center **24–25** HL **27** Z **28** IB/Charles Weckler **28–29** C/Contact/Alain Reininger **29** RHPL/Gascoigne **30** HL/Bernard Regent **30–31** A/Richard Bryant **32–33t** E/H Volz **32–33b** COP **34** RHPL/C C D Tokeley **34–35** M/Abbas **35** IB/P & G Bowater **36** Chris Donaghue **36–37** E/Louis Salon **38** COP **39** M/Michael Nichols **40** HL/Nancy Durrell **40–41** IP/Martin Black **44–45** RHPL **46–47** IB/D C Productions **47** RHPL/A C Waltham **48t** IB/Jake Rajs **48b** IB/Guido Alberto Rossi **49** RHPL **50–51** IB/Steve Dunwell **52** IB/Joseph Devenney **54** M/Thomas Hoepker **56** IP/Michael Mirecki **57** M/Fred Mayer **58** RHPL/Gerard Boutin **59** IP/Homer Sykes **61** M/Rene Burri **62t** M/Ernst Haas **62b** IP/Paul Forster **63** IP/Alain le Garsmeur **64** RHPL **65** M/Thomas Hoepker **66** M/Fred Scianna **68** IP/Martin Black **69** IP/Martin Black **71** COP **73** HL/John Hatt **74–75b** IP/Mark Cator **75t** SAP/Tony Morrison **75b** M/Alex Webb **76** M/James Nachtwey **76–77** PP/Neil Cooper **77** M/Abbas **78–79** IP/Colin Jones **80** SAP/Marion Morrison **82t** RHPL **82b** PP/T MacDonald **83** HL/Moser **84–85** SAP/Tony Morrison **85** Z/Schlenker **86** SAP/Tony Morrison **87** PP/Paul Harrison **89** IB/Per Eide **90** RHPL **90–91** RHPL **91** IB/Guido Alberto Rossi **92** E/Jean Luc Bohn **92–93** E/Elie Bernager **94–95** IB/Marvin E Newman **95** RHPL/Richard G Elliot **96–97** A/Richard Bryant **98** RHPL/Ian Griffiths **98–99** IB/Mahaux **99** RHPL **100–101** RHPL/Kodak Limited **102–103** RHPL **103** RHPL **104–105** RHPL/David Lomax **106–107** E/Christine Delpal **108–109** Daniel Phillipe **110** E/Arthus Bertrand **111** RHPL **112** E/Benoit Pesle **113** E/Thierry Borredon **115** E/Louis-Yves Loirat **116–117** E/Phillipe Maille **117t** SPL/World View **117b** RHPL/C & P Corrigan **118** E/Samuel Costa **118–119** RHPL **119** RHPL **120** RHPL/Paul Van Riel **120–121** E/Jean Luc Bohin **122–123** RHPL/Fin Costello **124–125** RHPL **125** RHPL **126** IB/Stockphotos/Patrick Doherty **126–127** IB/Cesar Lucas **128–129** IB/Marc Romanelli **130–131** IB/Chasan **132–133** IP/Brian Harris **134–135** IB/Guido Alberto Rossi **135** RHPL/Michael Short **136t** HL/Wilson **136b** IP/Mark Cator **137** M/Constantine Manos **138** I/Mark Cator **138–139** Chris Donaghue **141** IB/Giulano Colliva **142–143** BCL/Dennis Orchard **144** HL/Melanie Friend **144–145** A/Richard Bryant **146–147** Mecky Fogeling **147t** BCL/David Davies **147b** Mecky Fogeling **148** E/Sylvian Grandadam **148–149** RHPL/Robert Francis **150** E/Louis-Yves Loirat **152** E/Jean-Marie Steinlein **153** RHPL/Michael Short **154l** HL/Melanie Friend **154r** RHPL **155** E/Pierre Deverriere **156** E/Pierre Gleizes **157** RHPL **158–159** Vadim Gippenreiter **160–161** HL/Toroai **161** M/Fred Mayer **162–163t** RHPL/Christopher Rennie **162–163b** HL/Robert Francis **164–165** HL/Robert Francis **165** RHPL **166–167** Z **168** RHPL/Michael Jenner **170–171** RHPL **171t** IP/Ian Cook **171b** RHPL/ E Jackson **172** RHPL/Michael Jenner **172–173** IP/Mark Cator **174** HL/Bernard Gerard **175** IP/Penny Tweedie **176** COP **178** PP/Marcus Rose **178–179** COP **179** IP/Caroline Penn **180–181** COP **181** COP **182–183** Z **183** COP **184–185** Z **186** COP **187** RHPL/Hervy **188** PP/Nick Robinson **188–189** PP/Marcus Rose **190** PP/Trygre Bolstad **191t** Z/Bob Croxford **191b** PP/Bruce Paton **192–193t** RHPL **192–193b** RHPL **194–195** IP/Piers Cavendish **196** PP/David Reed **196–197** IP/Mark Cator **197** IP/Penny Tweedie **198** M/Chris Steele-Perkins **198–199** IP/Gideon Mendel **200–201** IP/Piers Cavendish **201** IP/Piers Cavendish **202–203** M/A Venzago **204–205** HL/Tim Beddow **206** HL/Christine Pemberton **207t** PP/Trygre Bolstad **207b** COP **208–209** RHPL **209** COP **210** COP **210–211** RHPL/Ross Greetham **212–213** IP/Alain le Garsmeur **214** HL/John Hatt **215t** IP **215b** Z/Goebel **216–217** IP/Alain le Garsmeur **217** Z/P Saloutos **218–219** IB/Grant V Faint **219** IB/Harald Sund **220–221** Z **222–223** IB/J Lewis Stage **224t** HL/Macintyre **224b** COP **225** IB/P & G Bowater **226–227** IP/Colin Jones **227** COP **228** RHPL/Robert Francis **228–229** RHPL **230** RHPL **232** PP/Jimmy Holmes **232–233** PP/Jimmy Holmes **234** IP/Alain le Garsmeur **235t** RHPL/Nigel Blythe **235b** RHPL/Paul Van Riel **236–237** RHPL **238–239** M/Bruno Barbey **240–241** Z/APL **242–243** HL/Maurice Harvey **243** M/Harry Gruyaert **244** HL/Jeremy Horner **245t** HL/Michael MacIntyre **245b** COP **246** RHPL **247** HL/Bernard Regent

Editorial, research and administrative assistance

Nick Allen, John Baines, Joanna Chisholm, Reina Foster-de-Wit, Claire Gabbey, Hilary McGlynn, Eelin Thomas

Cartography

Maps drafted by Euromap, Pangbourne, England and Lovell Johns, Oxford, England

Index

Barbara James

Production

Clive Sparling

Typesetting

Brian Blackmore, Niki Moores

Color origination

Scantrans pte Ltd, Singapore

INDEX

Page numbers in **bold** refer to extended treatment of the topic; in *italic* to illustrations or maps

A

Aalto, Alvar 93
Aarhus, Denmark 90
Abuja, Nigeria 193
Accra, Ghana 187
Aceh, Sumatra 222
Adelaide, Australia 242, 243
Aden, Yemen 169, 171
Afghanistan 19, 168, 169, 171, *171*
Agra, India 204, 211
agrotowns 194, *197*
Albania 150, 152
Aleppo, Syria 169, 172
Ålesund, Norway *89*
Alexandra, South Africa *199*, 200
Alexandria, Egypt 177
Algeria 176, 177, 179, 180
Algiers 177
Almere, Netherlands 117, *117*, 119
Amman, Jordan 170
Amsterdam, Netherlands 16, 23, 115, **116**, 117, *117*, 118, **119**, *119*, 120
Andalucia *123*, 125
Andorra 106
Angkor, Cambodia 222
Angola 194, 195, 197, 198
Antakya, Turkey 169
Antananarivo, Madagascar 197
Antarctica **245**
Antibes, France 106
Antigua and Barbuda 72, *73*
Antwerp, Belgium 114, 115, 116, 119
architectural styles **30–31**
    Art Deco 30, *69*; classical 13, *18*, 30; European Gothic 30; Modernism 30, 31, *31*, *85*, 128; neoclassical 13, 30; Postmodernism 30, *85*; Renaissance 30, 138–139; vernacular 30; Victorian 48–49, 102
Arctic **47**
Arezzo, Italy 140, *140*
Argentina 80, 81, 82, 83, 84
Athens, Greece 38, 116, 132, 133, 135, 136, **137**, *137*
Atlanta, USA 58
Auckland, New Zealand 242
Australasia, Oceania and Antarctica **240–247**
    architecture 246, *246*; colonialism 240, 241, 242, 243, 245; economic activity 240, 241, 242, 243, 245; government policies **243**; history 240–241, *240*, 243; housing *34*, 244–245, *245*; immigration to 243; indigenous peoples 241, 245; planning 246, *246*; population 240, 241, *241*, 242, *242*, 243, 244, 245, 246; public services 244, *245*; rural settlements 240, 242, 243, 244, 245; rural–urban migration 240, 242, 243, 245; squatters and shanty towns 245; suburbs *243*, 244–245; urban growth 242, 243, 244, 245, 246, *246*; urban renewal 245, *245*
Australia 10, 14, *21*, *28*, 40, 240–247
Austria 138, 142, 143, 144, 145, 146
automobiles 36–37, 38 *see also* transportation
Aveiro, Portugal 124, 125
Aztec civilization 72

B

Bad Wimpfen, Germany *143*
Baghdad, Iraq 168, 169, 171
Bahamas 72
Bahrain 168, 170
Baker, Herbert 211
Balearic Islands 125
Baltimore, USA 55, **65**
Bangkok, Thailand 223, *223*, 224, **227**
Bangladesh 10, 204, 205, 206, **207**, *207*
Barbados 72
Barcelona, Spain 22, 116, 122, 125, 126, 127, **128–129**, *128*, *129*
Bari, Italy 134, 135
Basel, Switzerland 143, 147
Basra, Iraq 169, 171
Batavia 223
Beijing, China 212, 215, 216, 218–219, *219*
Beirut, Lebanon 168, 169, 170, 171, 174, *174*
Belgium 114–116, 118–119, *118*; *see also under Low Countries*
Belgrade, Yugoslavia 151, *155*
Belize 72
Belize City *77*
Benghazi, Libya 178
Benin 186, 192
Bergen, Norway 90, 92
Berlin, Germany 18, 116, 143, 144, 145, **148–149**, *148*
Bern, Switzerland 143
Bhutan 204, 205
bicycling *37*, 40, 93, *118*
Bilbao, Spain 122, 125, 126, 127
Birmingham, UK 99, 101
Bisho, South Africa 196
Bogotá, Colombia 85, **86–87**, *86*, *87*
Bolivia 80, 82, *82*
Bologna, Italy *31*, 132, 134
Bombay, India *32*, 205, *207*, **209**, *209*
Bonn, Germany 145
Bophuthatswana 196
Bordeaux, France 108, *111*
Boston, USA 23, *23*, 46, 55, 64
Botswana 24, 194, 195, 196, 197, *197*, 198
boundaries, urban **38**
Braga, Portugal 125
Brasília, Brazil 19, 81
Bratsk, Russia **161**
Brazil 17, 19, *24*, 80, 81, 82, 85
Brescia, Italy 132, 134
Brisbane, Australia 242, 243
Bristol, UK 96, 99, 101, 102
Britain **96–105**
    architecture 31, *31*, 102; colonial influence of 44, 52, 55, 72, 187, 192, *193*, 195, 198, *198*, 204–205, 206, 208, 210–211, 213, 223, 228, 241, 243; economic activity 97, 101, 115; Enterprise Zones 101; environmental issues *38*, 96, 97; garden cities 99; government policies 97, 100, 101; Green Belt 98; history 96–97; housing 97, 98, *98*, 99, 100–101, *100*, 102, 105, *105*; immigration to 101; industrialization 16, 24, 96, 97, 102; new towns *99*, 99; planning 28–29, 97, 98, 99, 105; population 96, *97*, 98, 100, 102; public services 98, 102; ribbon development 105, *105*; rural settlements 96, 98; rural–urban migration 96; social division 100–101; suburbs 97, 100, 105, *105*; transportation 36, 98; urban decline 21, 97, 101; urban growth 23, 24, 96, 97, 98–99, 102, 105; urban renewal 31, 100, **101**, 103
British Isles **96–105**
Bruges, Belgium 114, *115*, 116
Brunei 222
Brussels, Belgium 114, **116**, *116*, 119
Bucharest, Romania 18, **156–157**, *157*
Budapest, Hungary 155
Buenos Aires, Argentina 82, 83
Buffalo, USA 46, 55
Bukhara, Uzbekistan 158
Bulawayo, Zimbabwe 197
Bulgaria 150, 151, 153, *154*
Burkina 186, *187*, 188
Burma 222, 223
Burrell, William *103*
Burundi 186

C

Cairo, Egypt 18, *22*, 177, *177*, 179, **180**, 181, *181*
Calcutta, India 26, 205, 209, 211
Calgary, Canada 45
Cali, Colombia 86
California 10, *23*, 25, 38, 58
Cambodia 222
Cameroon 186, 187, 192
Canada **44–53**
    architecture 48–49, *48*; economic activity 44–45, 49; ethnic neighborhoods *48*, 49, 50–51; government policies 47–48; history 44–45, 52; housing 49, *49*; immigration to 47, 49; indigenous peoples 44, 47, 49; industrialization 49; languages 50–51; Maritime Provinces *52*, *52*; population 10, 44, 45, *45*, 46, 49; rural settlements 45–46; rural–urban migration 44; suburbs 49, *49*; transportation 49; urban growth 21, 44, *45*, 47–49
Canary Islands 125
Canberra, Australia *28*, **246**, *246*
Cannes, France 109
Cape Town, South Africa 194, 195, 198
Cape Verde Islands 186
capital cities 10–11, **18–19**
Caracas, Venezuela 83, 85
Caribbean Islands *see* Central America and the Caribbean
Casablanca, Morocco 177, 179
Ceaucescu, Nikolae 18, 153, 155, 157, *157*
Cebu, Philippines 223
Central Africa **186–193**
    architecture 190; colonialism 187, 191, 192, *193*; economic activity 186–187, *187*, 188, 190–191, 192; environmental issues 189, 193; history 186–187, 190; housing 191, *191*, *193*; industrialization 186, 188, 191, 192, 193; planning 190; population 186, 187, *187*, 188, 189, 191, 193; public services 188, 189, 191, 193; rural settlements 186, 187, *187*, **188**–189, *188*; rural–urban migration 186, 187, 188–189, 193; squatters and shanty towns 189, 191, 193; transportation 189, 191, 192, 193, *193*; urban growth 186, 188, 189, *189*, 192–193, *193*
Central African Republic 186
Central America and the Caribbean **72–79**
    colonialism 72–73; economic activity 74–75, 76; emigration from 78; environmental issues 76; ethnic neighborhoods 77; government policies 78; history *12*, 15, 72–73; housing 72, 76–77, *77*, 78–79, 78; indigenous peoples 72; land reform 75, *78*; industrialization 72, 74, 76; planning **74**, 78; population *73*, 74, 76; public services **76**; rural settlements 72–75, *75*, *77*; rural–urban migration 74, 75, *77*; social division 77, *77*, 78–79; squatters and shanty towns 76–77, 78, 79; suburbs 76; transportation 75, 76, 77; urban growth 72, 74–76, *77*, 78; waste and recycling 76
central business district (CBD) 27, 32, *32*, 33
Central Europe **142–149**
    architecture 146; economic activity 142; history 142–145; housing 144, 145, 147, *147*; immigration to 142, 147; industrialization 145, 147; market towns 142–143; planning 144; population *143*; rural settlements 145; suburbs 147; tourism 146; transportation 142, 146, *147*; urban decline 142, *147*; urban growth 144–145, 146; urban renewal 144–145, *144*, 147, *147*; wars, effect of 144–145, *144*, 146
Cerdá, Idelfons 126, 128
Cergy-Pontoise, France *110*
Chad 176, 179, 181
Chandigarh, India 207, 209
Charleroi, Belgium 115, 116
Charleston, USA 55
Chengdu, China 212, 215, *217*
Chicago, USA 24, 31, 55, 56, *57*, 64, 65, 67
Chile 80, 82, 83
China, People's Republic of **212–221**, 231
    architecture 216, 218–219, *219*; cave dwellers **216**; colonialism 213; communes 214, **215**; economic activity 115, 187, 212–213, 214, 216–217; environmental issues 212; government policies 212; history *12*, 19, 169, 212–214, 218, 222, 223; housing *34*, 215, 216, 219; industrialization 213, 214, 215, 219; population 158, 212, 213, *213*, 214–215, 216, 217, 219; public services 216, 219; rural settlements 212, 214, 214, **215**, 216; rural–urban migration 214, 215; Special Economic Zones 216–217; tourism 219;

transportation 37, 213, 216; urban growth 214–215, 218; urban renewal 219
Chittagong, Bangladesh 207
Chongqing, China 216
Chorweiler, Germany **147**
Christchurch, New Zealand 242
City Beautiful Movement 246
Cleveland, USA 55
Coimbra, Portugal 124, 125
collective consumption **76**
Cologne, Germany 142, 144, 146, 147
Colombia 80, 81, **86–87**, *86*
Colombo, Sri Lanka 205, 209
Columbus, Christopher 52, 72
communism 144, 148–149, 152–153, 154, 157, 158, 163, 164, 166, 214, 215, 234
commuting 22, 23, *59*, 153, 179, 196, *197*, 203, 233, 235, *235*
Comoros 194
Congo 186
Copenhagen, Denmark 89, *90*, 91, 92, 93, 116
Cordoba, Spain 122, 126
Cork, Ireland 99
Costa Brava 125, *125*
Costa Rica 72
Cracow, Poland 155
Croatia *151*, 155
Cuba 72, 74, *75*
cumulative causation 20, 21, 25
Cuzco, Bolivia 18, 80, 81, *81*, 82
Cyprus 132, 133
Czechoslovakia 144, 150, 151, 152, 153, 155

D

Dakar, Senegal 187, 188, 189
Dalian, China 213
Dallas-Fort Worth, USA 58, *59*, 67
Damascus, Syria 18, 169, 172, *172*
Dar es Salaam, Tanzania 187, 188
Dawson City, Canada *47*
Delhi, India 205, 210–211, *210*; *see also* New Delhi
Denmark 88, 89, 90, *90*, 91, 92
dereliction, urban 27, 35, 37
Detroit, USA 24, 46, 55, 59
Dhaka, Bangladesh 207, 209
districts, city **32–33**, *32*
Djakarta, Indonesia 223, 227, *227*
Djenne-Jeno, Mali 177, *178*
Djibouti 176, 179
Dodoma, Tanzania 188
Dominican Republic 72, 75
Douala, Cameroon 187
Dragor, Denmark *90*
Dresden, Germany 144
Dublin, Ireland 99, *99*
Dubrovnik, Croatia 155
Duisburg, Germany 147
Durban, South Africa 195, 198

E

East London, South Africa 195
East Rand, South Africa 196
Eastern Europe **150–157**
architecture 154, 155, 157, *157*; commuting **153**; economic activity 150, 151, 153; environmental issues 155; government policies 155; history 150–151, *151*; housing 152, 153, *153*, 154, **155**, *155*, 157, *157*; industrialization 151, 152, 154, 155, 157; new towns 152, 153; planning 33, 152, 153, 155, 157; population *151*, 152, 156; public services 153, 154; rural settlements 14–15, 150, 152–153, *152*; rural–urban migration 152; transportation 153, *154*, 157; urban growth 150, 151, 152, 156–157, *157*; urban renewal 154–155, *154*, 157; wars, effect of *154*, 155
economies, urban 16–17, *16*, *17*, 27, 32
Ecuador 80, 81, 82
Edmonton, Canada 45, 46, 49
Eguisheim, France *108*
Egypt 176, 177, 179, **180**, 181, *181*
Eindhoven, Netherlands 115
El Salvador 72, 75, 76
environmental issues 21, 23, 27, 36, 38, *38*, 40–41, *41*; *see also individual names of countries and regions*
Equatorial Guinea 186
Esbjerg, Denmark 90
Essen, Germany 24, 143
Estonia 158
Ethiopia 176, 179
ethnic neighborhoods 21, 34: *see also individual countries and regions*
European Community 111, 116, *116*, 127
Exeter, UK *98*, 99
Expo 1992 *130*, *130*
expositions **130**

F

fall of cities **20–21**
Fès, Morocco 177, 181, *181*, 184
Fiji 240, 241, 245
Finland 88, 89, 90, 91, 92, *92*, 93
Florence, Italy 134, 140
Florida 23
France **106–113**
architecture 30, 110, 111, 113, *113*; colonial influence of 29, 44, 52, 55, 72, 177, 180, 182, 241; economic activity 108; government policies 108; history 106–107, 108, 110, 112; housing **110**, *110*, 113; immigration to 106, 110; industrialization 107, 109, 110, 113; migration 108; new towns 113; planning 28, 110; population 106, *107*, 108, 110, 112; public services 109, 110; rural settlements 25, 106–107, 108, 109; settlement hierarchy 108; social division 110; spa towns **108**; sport and recreation 108; suburbs 110, 113; taxation 111; tourism 109; transportation *37*, 107, 111, 113; urban growth 24, 106–110, *112*; urban renewal 111, *111*

Franco, General 129
Frankfurt, Germany *32*, 142, 146, *147*
Freetown, Sierra Leone 187
French Polynesia 242
Frostbelt, USA 59, 67

G

Gabon 186
Gaborone, Botswana 195, 197
Gambia 186
Gao, Mali 177
Gaudí, Antoni 129, *129*
Gauguin, Paul 241, *243*
garden cities 28–29, *28*, 92, 99, 246, *246*
Gdansk, Poland 155
Geneva, Switzerland 143
Genoa, Italy 134
gentrification *34*, 35, *63*, 119, 245
Germany 114, **142–149**
architecture 146; colonial influence of 195, 241; economic activity 115, 142–143; ethnic neighborhoods 148; government policies 148–149; history 142–145, *143*; housing 144, 147, *147*, 148–149; immigration to 147, 148; industrialization 147; land reclamation 89; planning 144; population 24, *143*; suburbs **147**; transportation 37, 146, *147*, 148; unification 142, 143, 147, 149; urban decline **147**; urban growth 23, 24, 146; urban renewal *32*, 144–145, *144*, 147, *147*; wars, effect of *32*, 144–145, *144*, 148
Ghana *15*, 186, 187, 192
Ghent, Belgium 114, 116
ghetto *35*; *see also* ethnic neighborhoods
Glasgow, UK 24, 99, **102–103**, *102*, *103*
Gorbachev, Mikhail 163
Göteborg, Sweden 90
Granada, Spain 122
Graz, Austria 142
Greece **132–137**
ancient 13, 15, 28, 30, 106, 132, 134, 150, 169, 177; architecture 136; economic activity 136; emigration from 132; environmental issues **137**; history 132–134; housing 136; immigration to 136; industrialization 136, 137; population 132, *133*, 135, 136, *137*; public services 136, 137; rural settlements 132, 135, *135*; rural–urban migration 135; social divisions 136; spheres of influence 135; transportation 136, 137; urban growth 132, 133, 135, 136, **137**, *137*
Green Belt 98
green cities **40–41**, *41*
Greenland 91
Grenada 72
Grenoble, France 108, 109
grid plan layout 13, 14, *14*, 15, 28, 78, 81, 93, 99, 107, 126, *126*, 128, 180, 182, 190, 208, 234
Griffin, Walter Burley 246

growth of cities 14, *22*, **23–27**, *24*, *26*
Guadeloupe 75
Guangzhou, China 212, 213, 215, 216
Guatemala 24, 72
Guatemala City 72, 74, *76*, 77
Guinea 186
Guinea Bissau 186
Guiyang, China 216
Guyana 80

H

Haarlem, Netherlands 115
Hague, The, Netherlands 23, 116, 117, 119
Hainan, China 216
Haiti 72
Halifax, Canada 44
Hamburg, Germany 16, 142, 144, *147*
Hangö, Finland 90
Hangzhou, China 212, *213*, 215
Hannover, Germany 146
Hanoi, Vietnam *29*, *227*
Hanseatic League 114, 142
Hanyang, China 231
Harare, Zimbabwe 195, 197, 198, *198*
Harbin, China 215
Haussman, Baron 110
Havana, Cuba 72, 74
Helsinki, Finland 90, 92, *92*, 93, 164
Hispaniola 72
Ho Chi Minh City, Vietnam 223, 225
Hobart, Australia 243
Honduras 72
Hong Kong *35*, 212, 213, 214, 216, 217, *217*, **220**, *220*
housing 30, 32, *32*, **33–34**, *34*, 35; *see also* squatters and shanty towns *and individual countries and regions*
Hormuz, Iran 169
Houston, USA 67
Howard, Ebenezer 28, 99, 246
Hull, Canada 47
Hungary 144, 150, 152, 153, *153*, 155

I

Ibadan, Nigeria 186, 190
Iceland 88, 89, 90, 91
Inca civilization 12, *12*, 18, 80, *81*, 82
India 10, *18*, 28, *29*, 32, 40, *40*, **204–211**
Indian subcontinent **204–211**
architecture 204, 208, 210–211; colonialism 204–205, 206, 208; economic activity 205, *207*, 208, 209; history 204–207, 222, 223; housing 204, 207, 208, 209, *209*; industrialization 208; market places and bazaars 208, 210; planning 208, 209; population 204, 205, *205*, 206, 207; public services 209; rural settlements 204, 205, 207; rural–urban migration 206, 207, *207*, 209; social divisions 206; squatters and shanty towns 207, 209, *209*,

211; transportation 205; urban growth 204, 206–207, *207*, 209
Indonesia 116, 222, 223, *224*, 226, 227
industrialization 11, 16–17, 24, 32; *see also individual countries and regions*
Iran 168, 169, 170, 171
Iraq 12, 168, 169, 170, 171, *171*
Ireland, Republic of 96, 98, 99, *99*
Islam 19, 169, 170, 172, 173, *173*, 176, 180, 181, 182, 184, 186
Islamabad, Pakistan 19, 207, 209
Israel 168, 170, 171, 174
Istanbul, Turkey 156, 169, 172, 173
Italy **132–141**
   architecture *31*, *132*, 136, **138–139**, *138*, 140, *140*; colonial influence of 178; economic activity 135, 136, 139; emigration from 116, 132; environmental issues *136*, 137, 139; history 21, 114, 132–135; housing 136; immigration to 136; industrialization 135, 136, 137; planning **140**; population 132, *133*, 135, 136; public services 136, 137; rural settlements *10*, 132, 134; rural–urban migration 135; social divisions 136; spheres of influence 134; tourism 139; transportation *36*, 136, 137; urban growth 132, 133, 134–135, 136, 137
Ivory Coast 177, 186, 188

J

Jai Singh, Maharajah 28, *205*
Jaipur 28, *29*, *205*
Jamaica 72, 75, **78–79**, *78*
Japan **230–239**
   commuting 233, 235, *235*; economic activity 230, 231, 234, 236; environmental issues 235, 237; government policies 234; history 213, 215, 219; housing 232, *233*, 234, 236, 237; industrialization 230, 232, 234; land reclamation **233**, *235*; planning 234; population 10, 14, 231, *231*, 232, 236; public services 233; rural settlements 14, 230, 231, 232; rural–urban migration 230, 232; sport and recreation 233, 234; transportation *37*, 231, 234, 235, *235*, 237, **239**; urban growth 23, 230, 231, 232–233, *233*, 234, 236–237, *236*; urban renewal 236; wars, effect of 232, 236
Java 222, 226
Jericho, Jordan 169
Jerusalem, Israel 19, 170, 173, *173*
Jewish faith and people 19, 35, *56*
Jidda, Saudi Arabia 169, 170
Johannesburg, South Africa 195, 196, 198, **200–201**, *200*, *201*
Jordan 168, 170
Jos, Nigeria *189*

K

Kabul, Afghanistan 171
Kaesong, North Korea 231

Kagoshima, Japan *233*
Kairouan, Tunisia 177
Kampala, Uganda 187
Kano, Nigeria 186, 187, 190, *191*, 193
Karachi, Pakistan 205, 206, 207, 209
Kathmandu, Nepal 205, 209, *209*
Kazakhstan 160
Kenitra, Morocco 179
Kenya 186, 187, 188, *190*
Khartoum, Sudan 176
Kiev, Ukraine 158
Kim Il Sung 18
Kimberley, South Africa 195, 196
Kingston, Canada 44, 48
Kingston, Jamaica 74, **78–79**, *78*
Kinshasa, Zaire 187, 188, 189, **191**
Kiribati 240, 242
Kobe, Japan *233*
Koblenz, Germany 142
Korcula, Croatia *151*
Korea **230–235**
   economic activity 230, 231, 234, *234*; history 230–231; housing 234; industrialization 230, 233, 234; planning 231, 234; population 231, *231*, 233, 234, *234*; public services 234; rural settlements 230, 233, 234; rural–urban migration 230; transportation 234, 235; urban growth 230, 231, 233, 234; wars, effect of 234; *see also* North Korea; South Korea
Kremlin, Moscow **166**, *166*
Kuala Lumpur, Malaysia *225*
Kumamoto, Japan *233*
Kunming, China 215
Kuwait 168, 170, 171
Kyong-ju, Japan 231
Kyoto, Japan 230, 231

L

La Paz, Bolivia *82*
Lagos, Nigeria 16, 188, 189, **192–193**, *193*
Lahore, Pakistan 206, 209
land-use, urban 31, **32–33**, *32*, *33*, 36–37
Lanzhou, China 212
Laos 222
Las Vegas, USA *70*, *70*
Latvia 158
Le Corbusier 30, 110, 129, 207
Le Creusot, France 107
Le Havre, France 107, *107*, 109
Lebanon 168, 169, 170, 171, 174, *174*, 177
Leeds, UK 16, 99
Leiden, Netherlands 114, 115
Lelystad, Netherlands 117
Lenin, V. I. 166
Lesotho 194, 195, 196, 198
Letchworth, UK 99
Lhasa, Tibet 18
Liaoyang, China 212
Liberia 186
Libya 176, 177, 178, 179, 181
Liechtenstein 142
Liège, Belgium 114, 115, 116, 119
Lille, France 24, 106, *107*, 108
Lilongwe, Malawi 197
Lima **82**, *82*, 83, 85

Lisbon, Portugal 122, 123, 124, 126, 127
Lithuania 158
Liverpool, UK 101, 102
Lomé, Togo 187
London, Canada 44
London, UK 11, 20, 22, 23, 27, 31, *31*, *36*, *38*, 96, *97*, 99, 100, 101, *105*, 115, 116, 130
Los Angeles, USA 36, 38, *38*, 55, 56, 58, **60–61**, *60*, 64, 67
Louis XIV, King (France) 28, 107
Low Countries 114–121
   architecture 121; economic activity 114–115, 116; environmental issues *118*; ethnic neighborhoods 116; government policies 119; history 114–116; housing *117*, 118, **119**, *120*; immigration to 116; industrialization 115, 118, 120, 121; land reclamation 116, *117*; new towns 117, *117*; planning 116–117, *117*, 118, 119, 121; population *114*, 115, 116, 118, 119, 121; public services 118; Randstad (Ring City) 22, 23, 116–117, *117*, 119; rural settlements 115, 119; squatters 119; tourism 116; transportation 115, 118, *118*, 119; urban decline 119; urban growth 114–119; urban renewal 119, *119*
Luanda, Angola 194, 197
Lübeck, Germany 142, 144
Luderitz, Namibia 195
Luleå, Sweden 90, 91
Luoyang, China 212
Lusaka, Zambia 197
Lutyens, Edwin 28, *210*, 211, *211*
Luxembourg 114
Lyon, France *37*, 106, *106*, 108, 110, 111

M

Maastricht, Netherlands 114
Macao 212
Machu Picchu, Peru *12*, 80
Madagascar 194, 197
Madras, India 205, 209
Madrid, Spain 33, 122, 124, 125, 126, *126*, 127
Malacca, Malaysia 222, 223
Malaga, Spain 122, 125
Malawi 194, 195, 196, 197, 198
Malaysia 222, *225*
Maldives 204, 205
Mali 176, 177, *178*
Malindi, Kenya 186
Malmö, Sweden 90
Malraux, André 111
Malta 132, 133
Manaus, Brazil 81
Manchester, UK 16, 24, 96, 99
Manila, Philippines 223, *225*, 227
Mao Zedong 214, 215, 216
Maputo, Mozambique 194, 195, *197*
Marco Polo 213
market places and bazaars 32, *32*; *see also under individual countries and regions*
Marrakesh, Morocco *178*, 181
Marseille, France 106, 108, 109

Martinique 72, 75
Maun, Botswana *197*
Mauritania 176, 178, 179
Mauritius 194
Mayan civilization 72
Mecca, Saudi Arabia **19**, 170
Medellín, Colombia 86
Medina, Saudi Arabia 169
megacities 22, **23**, 26–27, 57
megalopolis 22, **23**, 57
Meissen, Germany *144*
Melbourne, Australia *34*, 242, 243, 246
Mesopotamia 12
Mexico 12, 72, 75
Mexico City 10, **27**, *27*, 33, 38, 74, 75, 76, **76**, 77, *77*
Miami, USA 17, 30, 38, 58, 67
Middle East **168–174**
   architecture 172, *173*; economic activity 170, 174; environmental issues 171; history 168–169, *169*, 172; housing 172–173, *172*; immigration to 170, *171*, 172; industrialization 170, 171; market places and bazaars 172; rural–urban migration 168, 170; population *169*, 170, 171, 173, 174; public services 172, 173; rural settlements 168, 170, *171*; social divisions 173, 174; squatters and shanty towns 173, 174; suburbs 173; transportation 170, 172; urban growth 172–173; urban renewal 173; wars, effect of 168, 170, **171**, *171*, 173, 174, *174*
Mies van der Rohe, Ludwig 30
migration, urban–rural 24, 25, 26, 32, 34; *see also individual countries and regions*
Milan, Italy 132, 133, 134, *136*
Milton Keynes, UK *99*
Mmabatho, South Africa 196
Modena, Italy 134
Mogadishu, Somalia 179
Mombasa, Kenya 186, *187*
Monaco 106, 109
Mongolia 158
Montevideo, Uruguay 83
Montpellier, France 109
Montreal, Canada 44, 46, 47, 48, *48*, 49, 50–51, *50*
Morocco 20, 176, 177, *178*, 179, 181, **184**, *184*
Moscow, Russia 158, *159*, 160, *161*, 162, 164, **166**, *166*
Moulay Idriss, Morocco *184*, *184*
Mozambique 194, 195, 196, *197*, 198
Muhammed, Prophet 19, 170
Munich, Germany 37, 143, 146, *146*
Mussolini, Benito **134**, *134*

N

Nagoya, Japan 230, 232, 235
Nairobi, Kenya 187, 188, *190*
Namibia 194, 195, *197*, 198
Nancy, France 110
Nanjing, China 215, *215*
Naples, Italy 132, 133, 134, 135, 136
Nara, Japan 230
Narvik, Norway 90

natural disasters 10, 21, 27, 179, **207**, *207*
Nauru 240
N'Djamena, Chad 181
Nepal 204, 205
Netherlands *22*, 23, 37, 55, 72, 114–121, *117*, *118*, 195, 223; *see also under* Low Countries
New Caledonia 245
New Delhi, India *18*, 28, 205, **210–211**, *210*, *211*
New Guinea *see* Papua New Guinea
New Jersey 56, 67
new towns 99, *99*, 113, 117, *117*, 152, 153, 160, 161, 180, 181, 228, *229*
New York City, USA 11, 16, 20, 23, 27, 31, 38, 40, *41*, 55, 56, *56*, 57, 60, 64, 65, *65*, 67, **68–69**, *69*
New Zealand 14, **240–245**
Nicaragua 72, 75
Nice, France 107, 109
Nicosia, Cyprus 133
Niger 176, 177, 192
Nigeria 12, 186, 188, *189*, *191*, 192–193, *193*
Nordic Countries **88–95**
    environmental issues 92; garden cities 92; government policies 90; history 88–89; housing 34, *90*; industrialization 90; planning 92, **93**, 94; population *88*, 90, 92; public services 90–92; rural settlements 89, 90–91; rural–urban migration 90; sport and recreation 92, 95; standard of living 92–93, *92*; transportation 91, 93, 94; urban growth 89–90, *94*; urban renewal 95
Northern Africa **176–185**
    architecture *177*, 180; colonialism 177, 178, 180, 181, 182; commuting 179; economic activity 177, 178, 180, 181; emigration from 116, 177, 179; ethnic neighborhoods 180; government policies 182–183; history 176–178, *181*, 182; housing **179**, *179*, 180, 181, 182–183; market places and bazaars *178*, 180; new towns 180, 181; planning 180, 181; population 176, *177*, 179, 180, 182, 183; public services 180, 181, 183; rural settlements 178, *179*; rural–urban migration 181, 182; squatters and shanty towns 176, 181, 182; transportation 178; urban growth 176–177, 178–179, 180, *181*; wars, effect of 179
North Korea 18, 230, 231, 233, 234 *see also* Korea
Northern Eurasia **158–167**
    architecture 158, 163, 164, *165*; economic activity 158, 164; ethnic neighborhoods 163; history 145, 158, 164, 166; housing 155, 161, *161*, 162–163, 164, *165*; industrialization 158, 160, 161, 164; internal migration 160, 161; Moscow Plan (1935) 162, *162*, 164; new towns 160, 161; planning 33, 144, 158, 160, 161, *161*, 162, 164; population 158, *159*, 160, 162, 163, 164; public services 162–163, *162*; Revolution (1917) 158, 160,

162, 164; rural settlements 160, 161; social divisions 163, 164; urban growth 158, 160, 161, 162
Norway 88, 89, *89*, 90, 91, 92
Norwich, UK 96, 99
Nouakchott, Mauritania 179
Noumea 245

O

Oaxaca City, Mexico 72
Oceania *see under* Australasia, Oceania and Antarctica
Oman 168, 171
Oporto, Portugal 122, 123, 124, 125, 126, 127
Oran, Algeria 177
Orléans, France 108
Osaka, Japan 230, 232
Oslo, Norway 90, 92, 93
Ottawa, Candada 44, 47
Oulu, Finland 90, 91, 93

P

Padua, Italy 132, 134
Pakistan 19, **204–209**
Palermo, Sicily 132, 134, 135
Palmyra, Syria 12
Panama 72
Papeete, Tahiti 242, *243*, 245
Papua New Guinea 240, 241, *245*
Paraguay 80, 82
Paris, France 13, 18, 22, 27, 33, 106, 107, 108, 110, 111, **112–113**, *112*, *113*, 130
Parma, Italy 132, 134
Pecs, Hungary *153*
pedestrianization 95, 146, *146*, **239**, *239*
Pelambang, Sumatra 222
Penang, Malaysia 222
Perth, Australia 242, 243
Peru 12, *12*, 18, 72, 80, *81*, **82**, *82*, 85
Peter the Great 158, 164, *165*
Philadelphia, USA 13, 23, 55, 56, 64
Philippines 222, 223
Phoenix, USA 58
Pittsburgh, USA 24, 55
planning, urban **28–29**, 28, 31, 35, 40–41; *see individual countries and regions*
Poland 144, 150, 151, 152, 153, 155
pollution *see* environmental issues
Pompeii, Italy 21
Pompidou Center 113, *113*
population
    density 10, *11*, 14; growth 10, 24–25, *25*, 26; urban 21, 24–27; world 10; *see also under names of countries and regions*
Port Elizabeth, South Africa 195
Port Moresby, Papua New Guinea 245
Port Sunlight, UK 15
Portugal **122–127**
    architecture 125; colonial influence of 80–81, 122, 124, 127, 192, 194, 198, 213; economic

activity 122, 124, 127; environmental issues 125; government policies 127; history 122–123, 126; housing 127; industrialization 122, 124; planning 126–127; population 122, 123, *123*, 124, 125, 126, 127; public services 125, *127*; rural settlements 122, 124, *124*; rural–urban migration 124, 127; squatters and shanty towns 127; suburbs 127; tourism 123, *125*; transportation 124; urban growth 122, 123, 124, *125*, 126–127
Poruba, Czechoslovakia 155
power centers **18–19**, *18*, 21
Prague, Czechoslovakia 155
Pretoria, South Africa 196
Prince George, Canada 45, 46
Puebla, Mexico 74
Puerto Rico 72
Purmerend, Netherlands 117
Pusan, South Korea 233
Pyongyang, North Korea 18, 233

Q

Qatar 168, 170
Qingdao, China 213
Quebec City, Canada 44, *44*, 46, 47, 48
Quito, Ecuador 80

R

Randstad (Ring City) *22*, 23, 116–117, *117*, 119
Rangoon, Burma 223
rats *41*
Regina, Canada 45, 49
religion, centers of **18–19**, *19*
renewal, urban 27, 30–31, 35; *see also individual countries and regions*
rent yards 76, *78*, 79
residental areas 32, *32*, **34–35**; *see also housing and suburbs*
Reykjavik, Iceland 90, 92
Rhine–Ruhr area 23, 120, 121, 147
ribbon development **105**, *105*
Rio de Janeiro, Brazil 16, *17*, 19, 82, 83, *85*
Riyadh, Saudi Arabia 170
roads 36–37, *37 see also* transportation
Roman empire *12*, 13, 15, 28, 30, 106, 107, 110, 114, 126, 132, 134, 138, 140, 142, 150, 169, 177, 182
Romania 18, 150, *152*, 153, 155, **156–157**, *157*
Rome, Italy 19, 116, 133, **134**, *134*, 136, *137*
Rotterdam, Netherlands 23, 115, 116, 117, *117*, 119, **120–121**, *120*
Rouen, France 108
Rovaniemi, Finland 93
Royat, France 108
rural settlements **14–15**, *15*, 22–23
    migration from 24, 25; regeneration of *25*; *see also under names of countries and regions*
Rwanda 186

S

Saigon–Cholon, Vietnam 223
St John, Canada 44
St John's, Canada 44, 46, 48, 52
St Kitts Nevis 72
St Lucia 72
St Petersburg (Leningrad), Russia 158, **164**, *165*, 166
St Pierre, Martinique 72
St Vincent and the Grenadines 72
Saint-Etienne, France 107, 109
Sakai, Japan 230
Salonika, Greece 132, 135
Samarkand, Uzbekistan 158, *162*
San Diego, USA 55
San Francisco, USA 55, *55*, 56, 64
San Gimignano, Italy *132*
San Juan, Puerto Rico 72
San Marino 132
San Salvador, El Salvador 74, 76, 77
Sana'a, Yemen *169*, 171
Santa Catarina, Guatemala *73*
Santiago, Chile 83, 85
Santo Domingo, Dominican Republic 72, 75
São Paulo, Brazil *24*, 26, 82, 83
São Tomé and Principe 186
Sarajevo, Bosnia and Hercegovina 151
Sardinia 134
Saudi Arabia 19, 168, 169, 170
Savannah, USA *63*
Scandinavia *see* Nordic Countries
Seattle, USA 64
self–help housing 85, 173; *see also squatters and shanty towns*
Senegal 177, 186, 187, 188
Seoul, South Korea 231, 233, **234**, *234*, 235
Serbia 151, *155*
services, provision of 17, **38**
settlement
    origins of **12–13**; hierarchy **10–11**, *11*; *see also rural settlements*
Setubal, Portugal 124, 125
Seville, Spain 122, 125, 126, 127, 130, *130*
Seychelles 186
Sfax, Tunisia 182
Shahjahanabad, India 211
Shanghai, China 213, *214*, 215, 216
Shantou, China 216
shanty towns *see* squatters and shanty towns
Shaoxing, China 212
Shenzhen, China 216–217
shopping centers and malls 32, 36
Siberia 160, **161**, *161*
Sicily 132, 134
Sierra Leone 186, 187
Singapore 16, 17, 222, 227, **228**, *228*, *229*
skyscrapers **31**, *31*
Sofia, Bulgaria 151, *154*
Solomon Islands 240
Somalia 176, 179
South Africa, Republic of 35, **194–203**
    apartheid 34, 194, 196, 198–199, *199*, 200–201, *200*; homelands 196; townships 196, 198–199, *199*, 200–201, **203**, *203*; *see also* Southern Africa

South America
  colonialism 80–81, 82; economic activity 82, 83; environmental issues 87; history 12, 15, 80–81; housing 84–85, 86; immigration to 81; industrialization 82, 83, 86; land invasions 85, 86; planning 81; population 81, 81, 82, 86; public services 85, 86–87; rural settlements 82–83; rural–urban migration 81, 82–83, 84, 86; social division 84–85, 85, 86; squatters and shanty towns 84–85, 87; transportation 84, 87; urban growth 24, 26, 80, 81, 82–83, 86
South Korea 17, 230, 231, 233, 234, 235; see also Korea
Southeast Asia 222–229
  architecture 227; colonialism 223, 228; economic activity 115, 186–187, 222–223, 226, 228, 229; environmental issues 222, 227; government policies 225–226, 227, 228; history 222–223; housing 223, 225, 226–227, 228; immigration to 226; indigenous peoples 226; industrialization 224; new towns 228, 229; planning 227, 228; population 10, 222, 223, 223, 224–225, 226, 227, 228; public services 222, 224, 227, 228; rural settlements 222, 224, 224, 225; rural–urban migration 224, 226, 227; social divisions 226; squatters and shanty towns 224, 225, 227, 228; tourism 225; transportation 224, 227; urban decline 225; urban growth 24, 26, 222, 224–225, 225, 227; urban renewal 228
Southern Africa 194–203
  colonialism 194, 195, 198, 198; commuting 196, 197, 203; economic activity 194, 194, 195, 201; history 194–195; housing 194, 196, 197, 198–199, 199, 200–201, 203, 203; industrialization 196, 200; planning 199; population 195, 197, 198, 199, 200–201, 203; public services 194, 198, 199, 203; rural settlements 194, 196, 197; rural–urban migration 194, 196, 197, 199, 201, 203; social divisions 198, 200–201, 203; squatters and shanty towns 196, 199, 200–201, 203; suburbs 198; transportation 195, 199; urban decline 197; urban growth 194, 195, 196, 197, 197, 198; see also South Africa
Soweto, South Africa 200, 201, 203
Spain 122–131
  architecture 125, 128–129, 128, 129, 130, 130; colonial influence of 55, 72, 76, 80–81, 82, 115, 127, 182, 223; economic activity 122, 126, 127; environmental issues 125; government policies 127; history 122–123, 126; housing 123, 127; industrialization 122, 126; planning 126, 128–129; population 122–123, 123, 124, 125–126, 127, 128, 129; public services 125, 127; rural settlements 122; rural–urban migration 126, 127; sport and

recreation 22; squatters and shanty towns 127; suburbs 127; tourism 123, 125, 125, 126, 130; urban growth 122–124, 125–127, 126, 128, 129; urban renewal 128, 129
Spanish Town, Jamaica 72
sphere of influence 22–23, 134–135
squatters and shanty towns 24, 25, 26–27, 38, 76, 78, 79, 85, 173; see also self-help housing
Sri Lanka 204, 205
Srivijaya 222
Stanley, Henry 191
Stavanger, Norway 90
Stevenson, Robert Louis 241
Stockholm, Sweden 90, 92, 93, 94–95, 94, 95
Strasbourg, France 106, 108
suburbs 23, 24, 32, 35, 36, 38; see also individual countries and regions
Sudan 176, 179
Sudbury, Canada 45
Sumatra 222
Sunbelt, USA 58–59, 60, 67
Sun City, USA 29
Surinam 80, 116
Suva, Fiji 242, 245
Swaziland 194, 195, 196, 197, 198
Sweden 88, 89, 90, 91, 92, 93, 94–95, 94, 95
Switzerland 142, 143, 145, 147
Sydney, Australia 21, 240, 241, 242, 243, 245, 245, 246
Syria 168, 169, 170, 172, 172

T

Tabriz, Iran 169
Tahiti 242, 243
Taipei, Taiwan 216
Taiwan 212, 213, 214, 216, 217
Taiyuan, China 216
Tampere, Finland 90
Tanzania 186, 187, 188, 196
Tapiola, Finland 93
Tarabuca, Bolivia 82
Tarawa, Kiribati 242
Tarragona, Spain 126
Tashkent, Uzbekistan 158, 160, 163
Tauranga, New Zealand 243
taxes, urban 29, 38
Tel Aviv-Yafo, Israel 170, 171
Thailand 222, 223, 223, 224
Thimphu, Bhutan 205
Tianjin, China 213, 215, 216
Tibet 18, 215
Timbuktu, Mali 177
Togo 186, 187
Tokyo, Japan 11, 20, 23, 26, 27, 37, 38, 230, 231, 232, 233, 235, 236–237, 236, 239, 239
Toledo, Spain 126
Tonga 240
Toraja, Indonesia 224
Toronto, Canada 44, 46, 46, 47, 48, 48, 49, 51
Toulouse, France 108, 109
tourism 17, 70; see also individual countries and regions
Tournai, France 114
transportation 32, 36–37, 40
  public systems 36–37; see also individual countries and regions

Trieste, Italy 132, 134
Trinidad and Tobago 72, 75
Tromsø, Norway 91
Trondheim, Norway 89, 90, 92, 93
Tsukuba, Japan 234
Tunis, Tunisia 177, 182–183, 182, 183
Tunisia 176, 177, 179, 182–183
Turin, Italy 132, 134
Turkey 168, 169, 170, 173
Turku, Finland 89, 90, 93
Tuvalu 240

U

Udine, Italy 132, 134
Uganda 186, 187
Ukraine 158
Union of Soviet Socialist Republics see Northern Eurasia and under individual republics
United Arab Emirates 168, 170
United States of America 54–71
  architecture 30, 31, 69; economic activity 57, 58–59, 60–61, 62, 63, 68; energy use 38; environmental issues 38, 57, 58–59, 60, 66; ethnic neighborhoods 56, 56, 60, 61, 63, 64, 65; ghettos 35, 64, 65; government policies 66–67; history 54–56; housing 34, 57, 62–63, 62; immigration to 54, 55, 56, 61, 64, 68; indigenous peoples 54, 68; industrialization 55, 56, 57, 59, 62, 68; parks 41, 65; planning 29, 67, 69; population 10, 24, 54–58, 55, 60, 62, 68; public services 59, 69; rural decline 56; social division 61, 63, 64, 67; suburbs 57, 62–63, 62; taxation 59, 67, 69; transportation 36, 57, 57, 60, 60, 62, 63, 67, 67
university towns 17
urban wildlife 40, 41, 41
urbanization 11, 16, 20–21, 24–25, 24; see also under countries and regions
Uruguay 80, 83
utopias 28–29
Utrecht, Netherlands 114, 116, 119
Uzbekistan 162, 163

V

Vaasa, Finland 90, 91
Valencia, Spain 85, 122, 125, 126, 127
Valetta, Malta 133
Vanuatu 240
Vancouver, Canada 44, 45, 46, 48, 49, 49
Varanasi, India 19
Vasari, Giorgio 140
Vatican City 132
Venezuela 80, 82, 83, 84, 85
Venice, Italy 16, 21, 36, 132, 134, 138–139, 138
Verona, Italy 132, 134
Versailles, France 28, 107
Victoria, Canada 46
Vienna, Austria 18, 21, 142, 143, 144, 145, 145, 146

Trieste, Italy 132, 134
Vietnam 29, 37, 222, 223, 225
villages 10, 10, 15
  grid 14, 14, 15; types 14–15
Vladimir, Russia 158

W

Warsaw, Poland 154, 154, 155
Washington DC, USA 18, 18, 23, 23
waste and recycling 38, 40
water supplies 38, 58–59
Western Samoa 240, 242, 245
Whitehorse, Canada 46, 47
Windsor, Canada 46
Winnipeg, Canada 45, 49
Witwatersrand, South Africa 196, 199, 200
world cities 11, 27, 116, 234

X

Xiamen, China 216, 217
Xian, China 212, 213, 216
Xining, China 215

Y

Yamoussoukro, Ivory Coast 188
Yan'an, China 216
Yellowknife, Canada 46
Yemen 168, 169, 169, 171
Yokohama, Japan 23, 235, 236
Yugoslavia 144, 150, 151, 151

Z

Zaire 186, 187, 188, 191
Zambia 194, 195, 196, 197, 198
Zanzibar, Tanzania 186
Zaragoza, Spain 122, 125, 126
Zimbabwe 194, 195, 196, 197, 198
Zoetermeer, Netherlands 117, 119
Zuhai, China 216
Zurich, Switzerland 143